조선시대 번역고소설 총서 10

셔 쥬 연 의
西 周 演 義

장경남 · 이재홍 · 손지봉 校註

이회문화사

이 저서는 2002년 한국학술진홍재단(기초학문육성지원사업)의
지원에 의하여 연구되었음. (KRF-2002-071-AS3511)
This work was supported by Korea Research Foundation
Grant (KRF-2002-071-AS3511)

<h1 style="text-align:center">머 리 말</h1>

낙선재본 한글 필사본 『셔쥬연의(西周演義)』 25권은, 천상 옥허(玉虛) 부명(符命)을 받은 강자아(姜子牙)가 諸仙의 도움을 받아 36차례의 큰 난관을 이겨내고 주나라 무왕을 도와 은나라 주왕(紂王)을 멸하고 주나라를 세우는 일련의 과정을 묘사한, 명대 신마소설(神魔小說)의 대표작 중의 하나인 100회본 『봉신연의(封神演義)』를 번역한 것이다. 『봉신연의』는 대략 명나라 목종(穆宗) 융경연간(隆慶年間: 1567~1572)에서 신종(神宗) 만력연간(萬曆年間: 1573~1620)사이에 지어졌다. 『봉신연의』는 『서주연의』·『봉신방(封神榜)』·『봉신전(封神傳)』·『무왕벌주외사(武王伐紂外史)』·『상주열국전전(商周列國全傳)』 등으로도 불린다. 한글 필사본 서명을 『셔쥬연의』라고 한 것은 아마 역자가 우리말로 번역하면서 '봉신'이라는 말만으로는 그 함의와 책의 전체적인 내용을 전달하기가 곤란하다고 여겨 최종적으로 무왕이 서주(西周)를 건국하는 것에 초점을 맞추어 이름한 것이라 생각된다. 『봉신연의』의 작자는 허중림(許仲琳)과 육서성(陸西星)이라는 두 가지 설이 있다. 현재는 많은 근거를 뒷받침하는 허중림 作이 통설로 되어 있다.

『봉신연의』는 100회로 구성되어 있으며, 『서유기(西遊記)』와 함께 명대의 유명한 신마소설로 손꼽히고 있다. 『봉신연의』는 무왕이 주를 벌했다는 역사 사실을 주요 골자로 삼고, 당시 민간의 전설을 널리 채록하여 그 내용을 부연시켜 만든 장편 백화소설이다. 그러나 무엇보다 이에 직접적인 연원이 되는 것은 바로 원대 강사화본(講史平話)의 하나인 『무왕벌주평화(武王伐紂平話)』(3권 42회)이다. 이 작품 속에는 이미 『봉신연의』의 기본 틀이 갖추어져 있었던 것이다. 하지만 『봉신연의』의 작자는 平話에 등장하는 인물과 그들의 성격을 모두 똑같이 묘사하지는 않았다. 『봉신연의』는 주왕(紂王)을 대표로 하는 봉건 통치자의 잔학함을 드러내어 반폭군사상을 나타내고 있으며, 紂의 행위와 조정의 부패를 드러내고 있는데, 이는 바로 녕말 잔폭한 정치현실을 반영한 것으로 진보적 의의와 인식가치가 담겨 있다. 예술적으로 『봉신연의』는 민간의 창작과 문인의 창작이 서로 결합된 작품으로, 사람을 감동시키는 민간의 많은 전설과 신화를 보존하고 있으며, 매우 풍부한 상상력을 갖추고 있다.

전체적으로 「봉신연의」는 봉건유가의 정통관념 들 속에 들어 있다. 기본적인 사상은 은나라 주왕의 폭정과 주나라 무왕의 인애가 선명한 대조를 이루고 있다. 작품 속의 피할 수 없는 모순과 혼란에 대해 작자는 숙명론적인 관점으로 해석을 하는데, 모든 인간과 시물은 천의(天意)를 벗어날 수 없으며, 성탕(成湯)의 기수(氣數)가 다 끝나고 주 왕실(周王室)이 흥한다는 천명론(天命論)이 전서(全書)를 관통하는 사성이라고 여기고 있다. 이러한 숙명론적인 관념은 작품의 고사 전개에 있어서 중요한 관건이 된다.

한글 필사본 『셔쥬연의』 25권은 19세기에 번역된 것으로 추정되고 있다. 비록 한글 고어는 많이 발견되지 않으나 우리말의 번역 양상을 이해하는데 있어 중요한 자료이다.

『셔쥬연의』의 전체적인 번역 양상의 특징은, 먼저 번역소설의 특징의 하나인 생략이 많다는 것이다. 기본적으로 개장시(開場詩)·산장시(散場詩)는 생략되었고, 본문 중간에 삽입된 시들도 대부분 번역이 생략되어 있다. 또 하나는 의역과 축역이 많다는 점이다. 명청대 백화장편소설은 100회를 넘는 것이 보통이다. 그러다 보니 엄청난 양을 번역함에 있어 당시 역자의 능력 여부도 있겠지만 여간한 인내력이 아니고서는 이루어내기 힘들다. 번역 중간 중간에 역자는 전투 장면에 있어서 상세한 묘사가 요구되는 부분에서 한 덩어리로 뭉쳐 묘사해낸 곳이 있는 반면, 원문에는 없는 부분을 역자가 원서의 내용에 최대한 근접하는 상상력을 발휘하여 상세하게 묘사한 부분도 없지 않다. 그리고 회목을 번역하는 경우에 있어서도 현행본과 대조해 보았을 때 원서의 제목과는 다른 것이 많이 있고, 원서에는 없는 것이 나타나기도 한다. 이는 번역할 당시 대본으로 사용했던 것이 현전하는 『봉신연의』와 또 다른 판본이었음을 시사하고 있다.

본 교주본은 원문은 그대로 수록하되 띄어쓰기만은 대략 현행 표기에 맞추어 하였다. 그리고 자주 출현하는 인명이나 지명은 원문과 대조하여 각 회목 맨 처음에 한해 괄호 안에 한자를 병기했다. 그리고 특히 마지막 두 回의 분봉(分封)하는 장면에 있어서 인명의 상이한 한자 표기는 각주에 현행본의 것을 밝혀놓아 참고가 되도록 했다. 필사본 원문이 훼손되어 잘 알 수 없는 것에 대해서는 □으로 표시했고, 맨 마지막에는 작품의 원문을 영인해 넣었다.

이러한 번역자료에 대한 주석과 정리 및 연구는 조선시대 중국소설의 전래와 번역양상을 이해하고 한글 고어 자료를 발굴하는데 도움이 될 것이다.

이 교주서는 2002년도 한국학술진흥재단의 기초학문육성지원사업(국학고전연구)의 일환으로 나오는 6책 가운데 네 번째 권임을 밝힌다.

2003. 9. 10

장경남 이재홍 손지봉

차 례

附 錄

□ 金閶載陽舒文淵梓行 『新刻鍾伯敬先生批評封神演義』 影印

西周演義 一

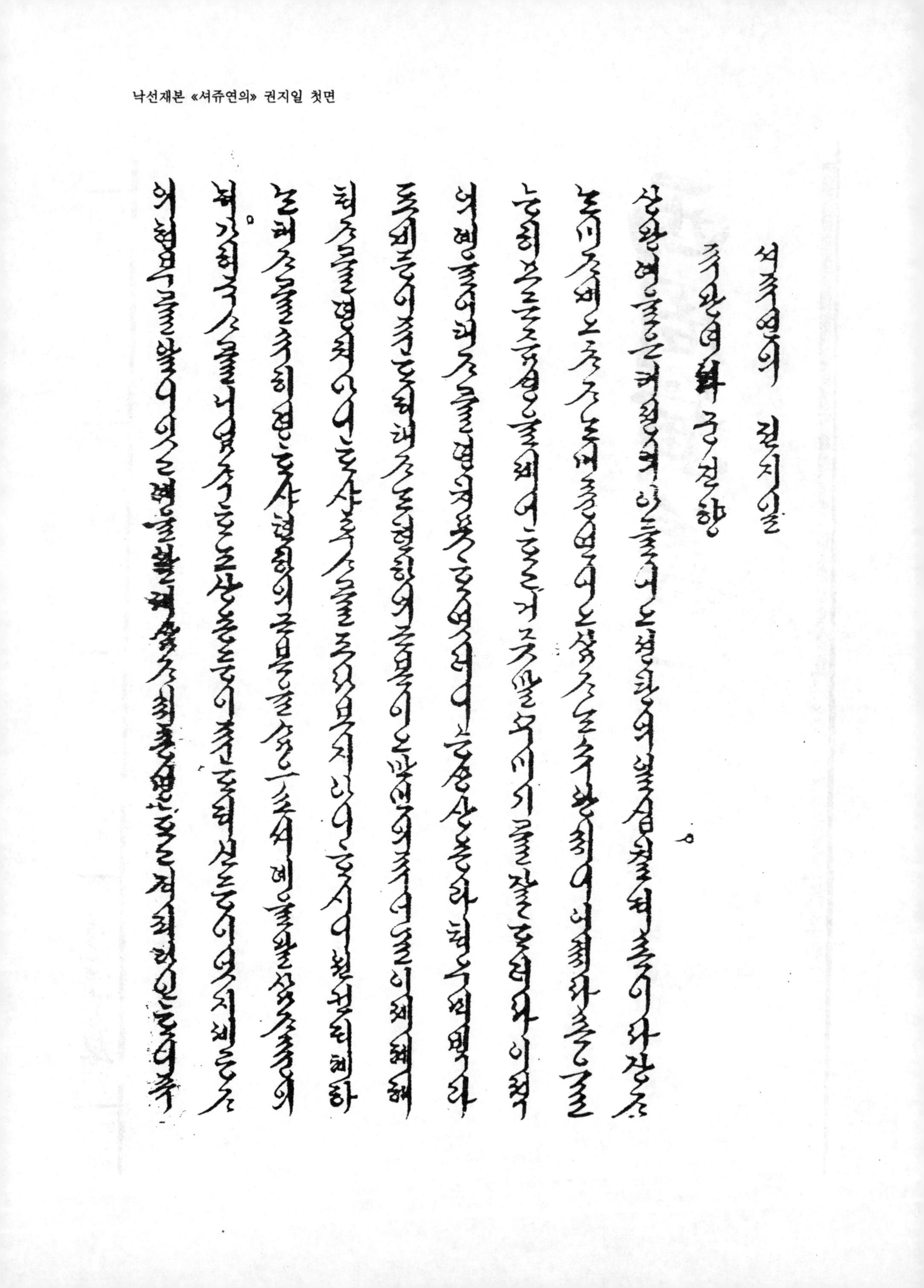

낙선재본 《서쥬연의》 권지일 첫면

[셔쥬연의西周演義 권지일]

1
쥬왕여와궁진향(紂王女媧宮進香)

【1】 상왕 데을(帝乙)은 태졍(太丁)의 아들이오 셩탕(成湯)의 일십 칠뒤 손이라. 장즈는 미즈계(微子啓)오 츠즈는 미쥰연(微子衍)이오 삼즈는 슈왕(壽王) 쉬니 이 쥐(紂)라. 숀으로 능히 모든 즘싱을 졔어ᄒᆞ고 거즛말 ᄭᅮ미기를 잘ᄒᆞ더라.

이젹의 뎨을이 태즈를 졍치 못ᄒᆞ엿더니 승샹 상용(商容)과 틱우(大夫) 미빅(梅伯)과 됴계(趙啓) 등이 쥬ᄒᆞ뒤,

"태즈는 텬하의 근본이오 만민의 쥬(主)어ᄂᆞᆯ 이졔 폐해 티즈를 졍치 아니ᄒᆞ샤 후스를 도라보지 아니ᄒᆞ시니 원컨뒤 폐ᄒᆞ는 티즈를 슈히 졍ᄒᆞ샤 텬하의 근본을 숨으쇼셔."

뎨을 왈,

"삼즈 중의 뉘 가히 국스를 니엄즉ᄒᆞ뇨?"

상용 등이 쥬ᄒᆞ뒤,

"신 등이 엇지 셰 공즈의 현부(賢否)를 알니잇고?"

뎨을 왈,

"졔 삼즈 쉬 총명ᄒᆞ고 지죄 과인ᄒᆞ니 족【2】히 대스를 니으리라."

ᄒᆞ고 틱일ᄒᆞ여 슈왕을 봉ᄒᆞ여 태즈를 삼다. 뎨을이 병이 병들어 죽으미 니르러 틱스(太師) 문즁(聞仲)을 불너 왈,

"네 공즈를 셰워 텬즈를 삼고 어진 □□□□□ 종스를 편히 ᄒᆞ라."

ᄒᆞ고 말을 맛츠며 붕ᄒᆞ니 지뒤 삼십 년이라 □□□즁 등이 슈왕 슈를 붓드러 예뒤의 즉ᄒᆞ다. 임의 텬지 되여 죠가(朝歌)의 도읍ᄒᆞ니 문관은 틱스 문즁이 녕ᄒᆞ고 무장은 진국(鎭國) 무셩왕(武成王) 황비회(黃飛虎) 녕ᄒᆞ니 경시 평안ᄒᆞ고 죠졍이 무스ᄒᆞ더라. 쥬(紂)의게 삼궁이 이시니 황후는 강시(姜氏)오 셔궁비(西宮妃)는 황시(黃氏)오 경궁비(慶宮妃)는 양시(楊氏)라. 셩덕이 유화(柔和)ᄒᆞ여 쥬를 도으니 쥐 황뎨 된 후로 틱평을 누리고 만인이 즐기니 우슌풍죠(雨順風調)ᄒᆞ며 스이(四夷) 드러와 조회ᄒᆞ더라. 스방 졔휘 팔빅 젹은 졔후를 거느리고 조회ᄒᆞ니 동빅후(東伯侯) 강환초(姜桓楚)와 남빅후(南伯侯) 악슝우(鄂崇禹)와 셔빅후(西伯侯) 희창(姬昌)과 븍빅후(北伯侯) 슝후호(崇侯虎).

쥬왕 칠년 츈이 【3】월의 븍히(北海) 칠십이로(七十二路) 졔후 원복통(袁福通) 등이 반ᄒᆞ거ᄂᆞᆯ 태스 문즁이 칙셔를 바다 군졸을 거느려 븍히로 나아가다.

일일은 쥐 뎐의 올나 조회를 바들시 문무 관원이 좌우의 버럿더니 우반(右班) 즁의 한 사름의 금계의 나아와 업뎌여 산호(山呼)[1]를 브르거ᄂᆞᆯ 쥐 므르뒤,

"엇던 사름이 무슴 말을 ᄒᆞ고져 ᄒᆞᄂᆞ뇨?"

기인이 쥬ᄒᆞ뒤,

"신 상용이 오뤼 국가 즁임을 맛닷ᄂᆞᆫ지라 일이 잇거든 반드시 고ᄒᆞ리니 닉일이 삼월 망일(望日)이니 녀와낭낭(女媧娘娘)의 셩일이라 쳥컨뒤 폐하는 친히 녀와궁의 가 분향ᄒᆞ쇼셔."

쥬 왈,

"녀와시 무슴 도덕이 잇관뒤 딤의 만승□

---

1) 山呼: 천자의 장수를 빌면서 '萬世, '萬萬歲!'라고 송축하는 것. 漢武帝가 친히 嵩山 위에서 제사를 지낼 때 臣民이 만세를 三唱한 데서 유래한 말. '嵩呼'와 같은 의미임.

□올ᄒ리오?"

상용 왈,

"녀와낭낭은 상고(上古) 신녕(神靈)이라 사라셔 셩덕이 □더니 이졔 비록 죽어시나 우리나라히 녜붓허 이 신녕긔 졔ᄒ면 졍시 편안ᄒ고 나라히 일이 업ᄂ이다. 원컨디 폐하는 맛당히 한 번 힝ᄒ샤 션왕의 법을 니어 만민의 복을 더으게 ᄒ쇼【4】셔."

쥬 왈,

"그디는 아직 믈너시라."

ᄒ고 궁의 도라왓더니 이튼날 쥬 문무관원을 거ᄂ려 녀와궁으로 갈시 거개(車駕) 남문으로 나니 집마다 향을 픠오고 문압마다 치단(彩緞)을 거럿더라. 삼쳔 쳘긔(鐵騎)와 어림군(御林軍)은 좌우의 옹위ᄒ엿고 무셩왕 황비호는 군ᄉ를 거ᄂ려 위엄을 빗니더라. 쥬 녀와궁의 니르러 진향ᄒ기를 맛고 두루 보니 궁뎐은 졔졍(齊整)ᄒ고 누각이 풍융(豊隆)ᄒ지라 쥬 스스로 일캇기를 맛지 아니ᄒ더니 믄득 광풍이 니러나 장을 거둣치며 녀와의 얼골이 뵈니 ᄆ음의 단졍흠과 의복의 화셔ᄒ미 완연이 스랏ᄂ듯 월뎐(月殿) 항이(嫦娥) 인간의 나셔 온듯 ᄒ더라. 쥬 한번 보미 심혼(心魂)이 표탕(飄湯)ᄒ며 음심(淫心)이 크게 니러나 ᄆ음의 혜오디 '니 귀ᄒ여 텬지 되고 부ᄒ미 스히를 두어시디 뉵원(六院)과 삼궁(三宮)은 다 이의 밋지 못다' ᄒ고 글 하나흘 지어 분벽(粉壁) 우희 쓰니 그 글의 ᄒ여시디,

봉난보장경비상(鳳鸞寶帳景非常)
진시니금교양장(盡是泥金巧樣粧)
【5】곡곡원산비취식(曲曲遠山飛翠色)
편편무슈영하상(翩翩舞袖映霞裳)
니화디우징교염(梨花帶雨爭嬌艶)
자약어용연비비(芍藥籠煙騁美粧)
단득요요능거동(但得妖嬈能擧動)
취회장낙시군왕(取回長樂侍君王)

봉과 난으로 만든 보비로온 장의 경이 비사ᄒ니
다 니금을 발나 공교로이 쑴엿도다
곡곡ᄒᆫ 먼 뫼히 프른 빗치 날고
편편ᄒᆫ 츔 츄는 스미 하상의 빗최리로다

니화는 비를 씌여 교티로온 고움을 닷호고
ᄌ약은 니의 어리여 고은 단장을 어리는도다[2]

쥬 글을 다 지으미 좌승상 상용이 나아와 쥬ᄒ디,

"여와시는 상고젹 신령이라 신이 쳥ᄒ여 복을 비러 만민으로 더브러 한가지로 티평을 누리고져 ᄒ거늘 이졔 폐히 시를 지어 신령을 희롱ᄒ고 조곰도 공경ᄒᆫ 뜻이 업스니 원컨디 쥬상은 이 글을 셜니 업시ᄒ야 빅셩으로 ᄒ여곰 우음되게 마르쇼셔."

쥬 왈,

"짐이 녀와의 얼골을 보니 텬하졀식이라 이러므로 글을 지어 고움을 기리니 엇지 다른 뜻이 이시리【6】오? ᄒ믈며 짐은 만승지군(萬乘之君)이라 이 글을 져 텬하 인민으로 ᄒ여곰 녀와의 졀셰미모와 짐의 글을 알게 ᄒ리라."

ᄒ니 문뮈 묵연ᄒ더라. 쥬 거가(車駕)를 두로혀 금궐을 니르러 뇽덕뎐(龍德殿)의 안즈니 문무빅관과 삼궁뉵원이 조회를 맛고 믈너다.

녀와시 쥬의 도라간 후의 모든 신령을 거ᄂ리고 텬하의 두로 단이더니 동녁 분벽 우희 글 하나히 쓰엿ᄂ지라 나아가 보니 다 져를 희롱ᄒᆫ 글이라 말이 심히 블공(不恭)ᄒ엿거늘 녀와시 디로 즐왈,

"쥬 셩탕의 공을 니어 만승지쥬(萬乘之主) 되여시디 도를 닷고 인을 힝치 아냐 스오나온 힝실을 ᄒ여 미츠리 업게 ᄒ여 우리의 노를 지어ᄂ니 황텬과 후튄들 엇지 스오나온 님군을 두어 만민의 화를 지으리오? 은되 반ᄃ시 망ᄒ리니 우리 그 스이를 타 이 보슈(報讐)를 ᄒ리라."

ᄒ고 벽하동ᄌ(碧霞童子)를 식여 텬하 신령을 모도와 공논ᄒ여 왈,

"텬ᄌ는 만민의 쥬어늘 이졔 쥬 폭뎡을 힝【7】ᄒ여 인민을 보치여 그른디 나아가게 ᄒ며 쏘 우리를 침노ᄒ여 노를 도도니 그 졍시 엇지 오리리오? 이십 년 니의 반ᄃ시 망ᄒ리니 그디 어진 님군을 도와 덕졍을 힝ᄒ고 스오나온 쥬를 업시ᄒ여 군싱의 즐거오믈 돕게ᄒ라."

ᄒᆫ디 모든 □□□□족이 다 믈너 하직고 가거늘

---

2) 제 7·8구는 번역이 빠져 있음.

녀와시 헌원시(軒轅氏) 무덤 직흰 제 요괴들이
불너 왈,

　　"너희 쥬의 슈히 망케 ᄒ기롤 의논ᄒ라."
ᄒᄃᆡ 한 요괴는 쳔년 묵은 여의 졍녕이오 한 요
괴는 아홉 머리 가진 꿩의 졍녕이오 한 요괴는
옥셕비파 졍녕이러라 제 요괴 짜히 업ᄃᆡ여 녕을
기다리더니 녀와시 분부ᄒᄃᆡ,

　　"은국(殷國) 뉵빅 년 긔업(基業)이 오리지
아녀 망홀지라 이러므로 봉이 산의셔 우니 이
뢰 아릭 반ᄃᆞ시 셩쥐 이실지라. 우리 갓흔 신녕
인들 엇지 깃브지 아니리오? 너희 몸을 감초아
쥬의 궁의 드러가 사름의 ᄆᆞ음을 어즈러여 쥬롤
망케 ᄒ고 셩쥬롤 도아 텬하롤 편 【8】 케 ᄒᄃᆡ
인싱을 샹히오지 말나. 일이 일면 후의 큰 공이
이시리라."
삼요ㅣ 녕을 듯고 화ᄒ여 바름이 되여 쥬의 궁의
드러가 후원의 글 하나흘 지어시니 ᄒ여시ᄃᆡ,

　　삼월즁슌가진향(三月中旬駕進香)
　　음시일슈긔비안(吟詩一首起飛殃)
　　지지팔필시ᄌᆡ학(只知把筆施才學)
　　블각금조사직망(不曉今番社稷亡)

　　삼월 즁슌의 가ᄒ여 향을 나올 ᄉᆡ
　　글 한 귀롤 읇흐니 비앙이 나는도다
　　다만 붓슬 잡아 지혹 베플 줄만 알고
　　이졔 ᄉᆞ직 망ᄒ믈 ᄭᆡ닷지 못ᄒᆞᆫ는도다

□□ 이 글을 쓴 후의 몬져 여와시긔 뵈고 다른
일을 쏘 의논ᄒ더라.

　　쥬ㅣ 여와시 본 후로 그 얼골을 ᄉᆞ모ᄒ여 옷
시 치우며 더우믈 니져 남이 쥬어야 닙고 음식
의 맛슬 아지 못ᄒ더라.

　　이적의 삼궁뉵원이 조회홀ᄉᆡ 쥐 얼골을 보
니 하나토 ᄆᆞ음의 맛지 아닌지라 다 믈니치고
홀노 뎐상의셔 졍ᄉᆞ롤 폐ᄒ고 심회 울울ᄒ여 낫
이면 거울을 ᄃᆡᄒ여 시름ᄒ고 밤이면 촉블노 벗
을 지어 일월을 지ᄂᆡ더니 홀논 사름이 입 【9】
히 와 근심ᄒᆞᆫ는 연고롤 뭇거늘 쥐 머리롤 드러
보니 이는 츙신 비즁(費仲)이러라. 문퇴ᄉᆞ(聞太
師) 븍졍(北征)ᄒᆞᆫ 후의 비즁과 우혼(尤渾)이 미
양 쥬의 ᄯᅳᆺ을 조ᄎ며 ᄆᆞ음을 아당ᄒ여3) 국가의

일이 이시면 반ᄃᆞ시 쥬롤 도와 심즁ᄉᆞ(心中事)
롤 다 니ᄅᆞ고 쏘 문왈,

　　"그ᄃᆡ 무슴 모칙으로 짐의 마음을 의론홀
다?"

　　비즁이 지비 쥬왈,

　　"폐하는 만승텬ᄌᆞ로 스히 군싱을 다 거ᄂᆞ
리샤 덕이 요슌(堯舜)의 밋츠시거늘 엇지ᄒᆞ 근
심으로 국가 졍ᄉᆞ롤 폐ᄒ시ᄂᆞ닛가? 폐히 한 조
셔롤 나리오샤 ᄉᆞ로(四路) 졔후롤 녕ᄒ여 각 진
(鎭)의 미녀 일빅식 ᄲᅡ혀4) 경셩으로 올니시면
엇지 여와의개 지나리 업ᄉᆞ리잇고? 인ᄒ여 그
즁의 졀식을 ᄌᆞ퇵ᄒ여 후궁의 두시면 폐하의 근
심을 덜니이다."

　　쥐 ᄃᆡ열 왈,

　　"그ᄃᆡ 말이 졍히 ᄂᆡ ᄯᅳᆺ과 갓ᄐᆞ니 너일 반ᄃᆞ
시 ᄒ조(下詔)ᄒ여 그ᄃᆡ 말을 조ᄎ리라."
【10】 ᄒ고 쏘 니ᄅᆞᄃᆡ,

　　"그ᄃᆡ는 과연 츙냥지신(忠良之臣)이로다."

　　비즁 왈,

　　"원컨ᄃᆡ 폐하는 슈히 힝ᄒ시고 다른 신하
의 말을 듯지 마르쇼셔."

　　쥐 왈,

　　"그ᄃᆡ는 근심 말나. ᄂᆡ 잇지 아니리라."
5)ᄒ고 이튼날 조회롤 농덕뎐의 베프니 문무빅
관이 녜롤 맛촌 후의 쥐 좌우다려 문왈,

　　"짐이 ᄉᆞ도(四道) 졔후의게 죠셔롤 나리와
각 진의 미녀 일빅식 ᄲᅡᆫ 올리ᄃᆡ 부귀빈쳔을 믈
논ᄒ고 용모와 셩덕을 갈히여 궁즁의 쥬고져 ᄒ
노라."

---

3) 【아당ᄒ다】 圄 {아당(阿黨)하다}. 아첨하다.
¶ 讒言獻媚∥ 문퇴ᄉᆞ 븍졍ᄒᆞᆫ 후의 비즁과 우
혼이 미양 쥬의 ᄯᅳᆺ을 조ᄎ며 ᄆᆞ음을 아당ᄒ여
국가의 일이 이시면 반ᄃᆞ시 쥬롤 노와 심즁ᄉᆞ롤
다 니ᄅᆞ고 (近因聞太師仲奉勅平北海, 大兵遠征,
戍外立功, 因此上就寵費仲·尤渾二人. 此二人朝
朝蠱惑聖聰, 讒言獻媚, 紂王無有不從.) <西周
1:9>
4) 【ᄲᅡᆫ히다】 圄 뽑다. 선발하다.¶ 選∥ 폐히 한
조셔롤 나리오샤 ᄉᆞ로 졔후롤 녕ᄒ여 각 진의
미녀 일빅식 ᄲᅡᆫ혀 경셩으로 올니시면 엇지 여와
의개 지나리 업ᄉᆞ리잇고? (陛下明日傳一旨, 頒行
四路諸侯: 每一鎭選美女百名以充王庭, 何憂天下
絶色不入王選乎?) <西周 1:9>
5) 여기서부터는 원문 제2회에 들어감.

말이 맛지 못ᄒ여셔 한 사름이 응셩 쥬왈,

"노신 상용은 죽기로셔 한 말슴을 고ᄒᄂ
이다. 님군이 되여시면 인졍을 힝ᄒ고 츔냥을
갈희여 쓸 거시어눌 이졔 폐ᄒᄂ 후궁 미인이
쳔이 남고 황휘 츈취 졍셩(正盛)ᄒ시니 이졔 부
졀업시 미인을 샌 텬하롤 쇼동ᄒ시면 민심이 반
ᄃ시 홋터지리이다. 녯 글의 ᄒ여시더 '빅셩의
즐거오믈 즐기면 빅셩이 쏘흔 님군의 근심【1
1】을 근심흔다'6) ᄒ엿ᄂ니 이졔 북희의 병미
(兵馬) 니러나 도젹의 셰 셩ᄒ며 요ᄉ이 슈한(水
旱)이 ᄌ조 잇고 경상(慶祥)이 낫지 아니ᄒ거눌
쏘 녀식을 구ᄒ시니 신이 실노 폐하롤 위ᄒ여
취치 아니ᄒᄂ이다. 요슌은 빅셩으로 더부러 한
가지로 즐기샤 인졍을 텬하의 베프시고 간과(干
戈)롤 쓰지 아니ᄒ시며 살벌(殺伐)을 힝치 아니
ᄒ시니 경셩(景星)이 빗나고 감뇌(甘露) 나리며
봉황이 츔츄고 쥬최(芝草) 나니 이 다 국가의
졍상(禎祥)이라. 힝지 길을 ᄉ양ᄒ며 ᄉ히 만민
이 다 공덕을 일ᄏ라 이졔 유젼(流傳)ᄒ니 이
나라히 평안ᄒ고 덕이 셩흔 일이어눌 이졔 폐하
ᄂ 눈의 고은 식을 ᄉ모ᄒ시며 귀의 음난흔 쇼
리롤 조화ᄒ시고 후궁 미인으로 더브러 후원의
가 노ᄅ시며 간과(干戈)로 산영ᄒ시고7) 졍ᄉ롤
도라보지 아니샤 하걸(夏桀)의 풍속을 힝ᄉ시니
악명이 히니의 가득ᄒ여 나라히 망ᄒ고 종시 귿
허질지라. 노신이 상위의 셰더룰 지나더 폐하
갓【12】흔 님군을 보지 못ᄒ엿ᄂ니 복원 폐하
ᄂ 어진 일을 쓰시고 ᄉ오나온 일을 믈니치시고
권을 힝ᄒ샤 빅셩이 인의의 나아가면 ᄉ히 안낙
ᄒ리이다."

쥬 이윽이 싱각다가 왈,

"그더 말이 심히 올타."

ᄒ더라.

---

6) 빅셩의 즐거오믈 즐기면 빅셩이 쏘흔 님군의 근
심을 근심흔다: 樂民之樂者, 民亦樂其樂; 憂民之
憂者, 民亦憂其憂.

7) 【산영하다】園 사냥하다. ¶ 獵‖ 이졔 폐하ᄂ
눈의 고은 식을 ᄉ모ᄒ시며 귀의 음난흔 쇼리롤
조화ᄒ시고 후궁 미인으로 더브러 후원의 가 노
ᄅ시며 간과로 산영ᄒ시고 졍ᄉ롤 도라보지 아
니샤 하걸의 풍속을 힝ᄉ시니 악명이 히니의 가
득ᄒ여 나라히 망ᄒ고 종시 귿허질지라 (今陛下
若取近時之樂, 則目眩多色, 耳聽淫聲, 沉湎酒色,
遊於苑囿, 獵於山林: 此乃無道敗亡之象也.) <西
周 1:11>

2
긔쥬후쇼획반상(冀州侯蘇護反商)

쥐(紂) 상용(商容)의 말을 듯고 왈,

"그디 말이 올흐니 너 이제 텬하 제후를 모화 인의를 권흐리라."

흐고 즉시 조셔흐여 계후를 브르니 팔년 하스월(夏四月)의 스방 계휘 팔빅 격은 계후 병마를 거느려 조가(朝歌)1)의 드러가 각각 장슈를 보니여 집졍흐는 사룸을 촛더니 이 쩌 틱스느 조셔를 바다 복졍흐라 가고 비즁(費仲)·우흔(尤渾) 양인이 경스를 잡아 권위 혁혁흐여 미스를 무음더로 흐고 스방의 조회흐리 이시면 몬져 회뢰(賄賂)를 밧고 그 말을 좃는지라 스로 계휘 다 이 일을 알고 녜믈노 그 두 사룸의게 보니되 긔쥬후(冀州侯) 쇼획(蘇護)은 위인이 방직(方直)【13】흐며 셩품이 블갓흐여 잠간 미안흔 일이 이실지라도 시긱을 참지 못흐더니 이 냥인의 말을 듯고 발연분노흐여 꾸짓기를 마지 아니흐고 녜단을 보니지 아니니 다른 계휘 므르디,

"엇지 녜단을 보니지 아니흐느뇨?"

쇼획이 답왈,

"이 냥젹이 조졍의 님군을 속이며 빅셩을 보치는지라 너 엇지 은졍을 도□ 간신의게 굴흐리오?"

흐니 비즁 등이 듯고 디로흐여 셔로 의논흐디,

"져놈을 업시흐여야 후환을 면흐리라."

흐더라.

구년 츈졍월 삭조(朔朝)의 쥐 텬하 계후를 농덕뎐의 조회 바들시 쥐 좌승상 상용을 블너 왈,

"이제 짐이 계후를 모도와 민간 풍속을 뭇고져 흐느니 엇더흐뇨?"

상용 왈,

"폐히 만일 민간 질고를 므르샤 잔젹을 토멸흐시면 텬히 평안흐고 군민이 덕을 일크르리이다."

쥐 왈,

"만일 경의 말 갓흘진디 텬히 다스리기를 엇지 근심흐리오?"

흐더라.

폐히 옥퓌를 울니【14】며 조복을 쁘으러 구룡교(九龍橋)를 지나 단계의 니르러 산호(山呼)를 브르디 쥐 디왈,

"경 등이 짐으로 더브러 텬하를 다스려 빅셩을 무휼흐며 팔황(八荒)을 진셥흐니 경 등의 공덕이 스히의 가득흐미 짐이 가장 깃거흐노라."

동빅후(東伯侯) 강환쵸(姜桓楚) 쥬왈,

"신 등이 폐하 후은을 닙스와 벼슬이 총진(總鎭)의 거흐여 즁임을 맛단지 오륙 년의 한 은혜도 갑흔 일이 업거늘 폐히 또 이러틋 위문흐시니 신 등이 비록 죽으나 엇지 셩은을 갑흐리잇고!"

쥐 깃거 왈,

"경 등의 츙셩을 죽빅의 드리워 후디 간신으로 흐여곰 붓그럽게 흐리라."

흐고 좌승상 상용과 우승상 비간(比干)[녜을의 아들]을 명흐여 스디 계후로 흐여곰 현경뎐(顯慶殿)의 가 연향흐라 흐디 스디 계휘 부복흐여 고두스은흐고 두 승상을 쏠와 현경뎐으로 가니라.

---

1) 조가(朝歌): 朝家. 皇室. 朝廷. 당시 商이 도읍한 곳.

조회롤 파흐미 쥐 편뎐(便殿) 젹은 집의 안줏더니 비중·우혼이 나아와 쥬흐디,

"젼일 신 등의 쥬흔 일【15】을 엇지 지금 힝치 아니흐시ᄂᆞ니잇고?"

쥐 왈,

"짐이 조셔롤 나리고져 흐디 좌승상 상용의 간흐믈 인흐여 힝치 못흐엿더니 이졔 텬하 졔휘 모닷ᄂᆞᆫ지라 각각 나라히 도라갈졔 친히 일녀 미인을 샌 올니게 흐미 엇더흐뇨?"

비중 등이 업디여 쥬흐디,

"상용이 한 말을 너여 폐하의 아름다온 일을 긋치시게 흐니 엇지 츙셩이라 흐리잇고? 즈고로 인군이 미녀롤 샌 후궁의 두어 졍스롤 돕게 흐ᄂᆞ니 폐하ᄂᆞᆫ 흐고져 흐ᄂᆞᆫ 바롤 슈히 힝흐쇼셔. 폐하 만일 텬히 요란흘가 두려 미녀롤 샌지 아니실진디 신이 폐하롤 위흐여 텬하 졀식을 어더 드리이다."

쥐 문왈,

"그디 힝혀 미인을 어더두고 닉 마음을 조롱흐ᄂᆞ냐?"

비중이 지비 왈,

"요스이 드르니 긔쥬후 쇼획이 한 ᄯᆞᆯ이 이시니 인간 졀식이오 텬셩녀질이라 그 용모와 셩덕이 텬하의 ᄶᆞᆨ이 업다 흐니 이졔 쇼획의게 조셔롤 나리와 그 ᄯᆞᆯ【16】을 궁중의 드리게 흐시면 텬히 요란치 아니흐고 폐하의 쇼욕(所欲)이 일우리이다."

쥐 디희 왈,

"경 등 갓흔 신히 조졍의 ᄯᅩ 이시면 엇지 닉 흐고져 흐ᄂᆞᆫ 바롤 근심흐리오?"

흐고 즉시 젼지흐여 쇼획을 브른디 획이 바야흐로 관역의 잇더니 믄득 스명(使命)이 조셔롤 젼흐거놀 획이 즉시 스명을 ᄯᆞᆯ와 농덕뎐의 조회롤 맛춘 후 쥐 문왈,

"경의게 한 ᄯᆞᆯ이 이셔 셩덕이 유화흐고 용뫼 졀식이라 흐니 짐이 드려 후궁의 두고져 흐ᄂᆞ니 경은 국쳑(國戚)이 되여 텬녹을 바드며 부귀롤 안향(安享)흐여 일홈이 스히의 가득흐고 경의 ᄯᆞᆯ은 졍궁이 되여 쥬궁 치졀의 슈복을 누리면 텬하 만민이 뉘 아니 아름 드이 너기리오? 그디 깁히 싱각흐고 뉘웃지 말나."

획이 졍식 왈,

"폐히 궁중의 우흐로 삼궁이 잇고 아리로 뉵원이 이시며 여와궁인이 ᄯᅩ흔 삼쳔이 남은지라 엇지 폐하 이목의 죡지 못【17】흐미 이시리잇고? 폐히 좌우 간신의 말을 드르시고 비례(非禮)롤 힝코져 흐시거니와 이졔 신의 ᄯᆞᆯ이 지죄 젹고 셩품이 좁은지라 심궁의 드러와 엇지 폐하롤 셤기리잇고? 이 말 너니롤 셜니 참흐샤 후셰로 흐여곰 폐하의 졍심인덕(正心仁德)을 직희여 어진 일을 쓰시며 간신을 믈니치신 일을 알게 흐쇼셔."

쥐 쇼왈,

"경이 디체(大體)롤 모로ᄂᆞᆫ도다. 이졔 한 미녀롤 드린들 졍스의 무어시 히흐리오? 그디 ᄯᆞᆯ을 드려 황비롤 삼으면 부귀롤 안낙흐여 영춍(榮寵)이 혁혁흐리니 그디 다시 싱각흐여 ᄆᆞ음을 위로흐라."

획이 쇼리롤 마이 흐여 답왈,

"신은 드르니 님군이 덕을 닷고 졍스롤 브즈런이 흐면 만민이 열복흐여 텬녹을 누리ᄂᆞ니 녜 하걸이 졍스롤 일흐며 황음쥬식흐여 텬히 포학지군이라 니르더니 이졔 폐히 조종의 덕을 바리시고 하걸의 일을 법바드시니 신이 셩탕 종스롤 위【18】흐여 그윽이 두리ᄂᆞ이다. 녯 글의 니로디 '님군이 호식흐면 반ᄃᆞ시 그 나라흘 망흐고 경디뷔 호식흐면 반ᄃᆞ시 그 몸을 보젼치 못흐다' 흐니 원컨디 폐하ᄂᆞᆫ 신의 말을 조추샤 탕덕(湯德)을 일치 마로쇼셔."

쥐 이 말을 듯고 발연(勃然) 디로 왈,

"짐은 드르니 님군이 명흐여 브르거든 가(駕)롤 기다리지 말며 죽으믈 쥬어든 감히 어그릇지 못흐다 흐니 흐믈며 네 ᄯᆞᆯ을 드려 황비롤 삼으려 흐거놀 네 엇지 감히 블공흔 말노 짐을 핍박흐여 망국흔 님군의게 비기ᄂᆞ뇨?"

흐고 무스롤 블너 획을 잡아 오문(午門)[2] 밧긔 참흐여 국법을 졍흐라 흐디 무시 획을 잡아 뎐 아리 나리와 오문 밧긔 가 죽이려 흐더니 비중·우혼이 셜니 나와 쥬왈,

"쇼획이 비록 텬현을 항거흐여시나 이졔 죽이면 텬하 만민이 다 니로디 '한 계집으로 국가 즁신을 죽이다' 흘 거시오. 폐히 ᄯᅩ 다른디

---

2) 오문(午門): 북경(北京)의 옛 자금성(紫禁城) 정문.

미녀롤 구ᄒ셔도 맛당치 아【19】니시면 후일 뉘우츠리니 획의 죄롤 스ᄒ여 나라히 도라보니시고 그 쏠을 구ᄒ시면 획이 쏘 텬은을 감동ᄒ여 그 쏠을 드리리이다."

쥐 비즁 등의 말을 드ᄅ미 노롤 두로혀 깃븐 빗치 낫치 가득ᄒ여 즉시 획의 죄롤 스ᄒ여 나라히 도라가라 ᄒ고 명관을 보니여 젼연(餞宴)ᄒ라 ᄒ디 획이 단계(段階)의 하직ᄒ고 관역의 니ᄅ러 젼연을 파ᄒ 후의 명관이 도라가거놀 획이 쏘 가고져 ᄒ더니 니별ᄒ라 온 즁관이 므ᄅ디,

"셩상이 장군을 블너 므슴 말슴을 무ᄅ시ᄂ뇨?"

획이 쑤지져 왈,

"무도ᄒ 혼군(昏君)이 조죵 덕업을 싱각지 아니ᄒ고 간신의 말을 드러 니 쏠을 후궁의 드리라 ᄒ니 이 반ᄃ시 비즁·우흔이 군심(君心)을 혹ᄒ여 국졍을 임의로 홀 시럼이니 슬프다 뉴빅 년 은덕이 일조의 그릇되리로다. 니 혼군의 말을 드ᄅ미 ᄆ음이 놀나와 니 뜻의 먹은 말을 니ᄅ니 혼군이 노ᄒ여 날을 죽이려 ᄒ더니 【20】 이젹(二賊)이 혼군을 다리여3) 날을 나라히 도라보니여 날노 ᄒ여곰 감격ᄒ여 쏠을 드리게 ᄒ나 니 엇지 이젹의 간계롤 모로리오? 요ᄉ이 텨시 복졍ᄒ고 조졍의 간신이 가득ᄒ여 국졍을 그릇치고 이젹이 쏘 권을 잡아 현신을 히ᄒ며 당뉴(黨類)롤 모도니 텬히 황황ᄒ고 인민이 도탄ᄒ지라 앗갑다 셩탕 뉴빅 년 긔업이 쇽졀업시 남의 숀의 가리로다. 니 이졔 쏠을 드리지 아니ᄒ면 혼군이 반ᄃ시 디병을 니로혀 날을 칠 거시오 드리면 텬히 반ᄃ시 날을 닐오디 부귀롤 탐ᄒᄋ 님군을 블의의 ᄲ지게 ᄒ다 ᄒ리니 원컨디 졔공은 날을 위ᄒ여 계교롤 가라치라."

모다 갈오디,

"우리는 드ᄅ니 님군이 어시시 못ᄒ면 나라홀 바리고 셩쥬롤 엇는다 ᄒ니 이졔 쥬상이 어진 주롤 히ᄒ고 간신을 신임ᄒ샤 쥬식음난ᄒ

니 현휘 엇지 나라히 도라가 셩곽을 굿게 ᄒ며 병긔롤 다ᄉ려 텬시롤 기다리【21】지 아니ᄒᄂ뇨?"

이 ᄡ 쇼획이 니롤 갈고 셩을 참지 못ᄒ여 ᄒ더니 이 말을 듯고 쇼리질너 왈,

"디장뷔 셰상의 나 엇지 혼군을 도와 빅셩의 화롤 지어니리오?"
ᄒ고 좌우롤 블너 필믁을 가져오라 ᄒ여 오문의 한 글을 쓰니 그 글의 ᄒ여시디,

    군회신강(君壞臣綱)
    유픠오상(有敗五常)
    긔쥬쇼획(冀州蘇護)
    영블조상(永不朝商)

    님군은 문허지고 신히 강ᄒ니
    오상이 픠ᄒ미 잇도다
    긔쥬 쇼획은
    길이 상의 조회치 아니리라

쇼획이 글쓰기롤 맛츠미 즁관을 니별ᄒ고 몬져 긔쥬로 도라가다.

쥐 쇼획을 보니고 쇼식을 몰나 졍히 침음ᄒ더니 사룸이 보ᄒ디,

"쇼획이 오문 우희 반가(反歌) 열여ᄉ 주롤 쓰고 긔쥬로 도라가다 ᄒᄂ이다."

쥐 디경ᄒ여 근신으로 벗겨오라 ᄒ여 보고 크게 쑤지져 왈,

"젹지 엇지 이러틋 무례ᄒ뇨? 니 인덕을 싱각ᄒ여 잔젹(殘賊)을 죽이지 아니코 스ᄒ여 나라히 도라보니엿거ᄂᆯ 제 잇지 김히 빈가롤 쎠 조【22】졍을 욕ᄒ뇨? 이 도젹을 슈히 업시ᄒ여 후환을 덜나."
ᄒ고 션시ᄒ여 문무빅관을 뇽딕뎐의 모화 조회롤 베플고 니외 친쳑과 문무 즁관이 다 드러와 조회롤 맛촌 후 쥐 은파픠(殷破敗)와 조젼(晁田)과 노웅(魯雄)을 블너 왈,

"쇼획이 오문의 반가롤 쎠 조졍을 욕ᄒ니 그 죄 가히 죽을지라. 경 등이 몬져 이십만 병을 거ᄂ려 션봉이 되고 짐이 친히 뉵ᄉ(六師)롤 거ᄂ려 북으로 힝ᄒ여 긔쥬롤 뭇질너 그 죄롤 졍ᄒ리라."

---

3) 【다티다】동 유혹하다. 꾀다. ¶ 이젹이 혼군을 다리여 날을 나라히 도라보니여 날노 ᄒ여곰 감격ᄒ여 쏠을 드리게 ᄒ나 니 엇지 이젹의 간계롤 모로리오? (二賊子又奏昏君, 赦我歸國, 諒我感昏君不殺之恩, 必將吾女送進朝歌, 以遂二賊奸計.) <西周 1:20>

노웅 등이 듯기룰 다ᄒ고 ᄆᆞ음의 싱각ᄒ디 '쇼획은 본디 충냥지신이오 인의지지러니 엇지 텬ᄌ의 뜻을 어그릇쳐 텬하로 ᄒ여곰 요란케 ᄒ고 스스로 화룰 취ᄒᄂᆞᆫ고? 텬지 일정 획의 간언을 슬희여 죽이려 ᄒ미 획이 블의룰 바리고 셩군을 조츠라 갓ᄂᆞ니 닉 엇지 구치 아니리오?' ᄒ고 다시 복지 쥬왈,

"쇼획이 비록 폐하긔 죄룰 어더시나 엇지 슈고로이 친정ᄒ시리잇고? 이졔 ᄉᆞ디 졔휘 다 아직 나라히 도라 【23】 가지 아니ᄒ엿ᄂᆞ니 폐히 그 중의 감즉 ᄒᆞ니룰 ᄀᆞᆯ희샤 긔쥬룰 치라 ᄒ쇼셔."

쥐 문왈,

"넷 중의 뉘 가히 감즉ᄒ뇨?"

비중이 겻히 잇다가 쥬왈,

"긔쥬ᄂᆞᆫ 븍방 쇼쇽이니 븍방 졔후 슝후호(崇侯虎)룰 명ᄒ여 보닉시면 일이 일니이다."

쥐 왈,

"그리ᄒ라."

노웅이 싱각ᄒ디 '슝후호ᄂᆞᆫ 탐비포학지인(貪鄙暴虐之人)이라 이졔 군ᄉᆞ룰 거ᄂᆞ려 힝ᄒ면 지나ᄂᆞᆫ 고을의 빅셩이 잔히ᄒᆞᆷ믈 닙을지라 닉 보니 셔빅후의 인덕이 ᄉᆞ방의 가득ᄒᆞ여 만민이 다 셩인이라 일ᄏᆞᆺᄂᆞ니 가히 보닉염즉 ᄒ다' ᄒ고 다시 쥬왈,

"슝후회 비록 븍방의 진ᄒ여시나 그 은덕이 빅셩의게 밋지 못ᄒᆞ엿ᄂᆞ니 셔빅후(西伯侯) 희창(姬昌)을 보닉시면 조졍 위덕이 진동ᄒ리이다."

쥐 왈,

"희창의 위인이 엇더ᄒ뇨?"

웅이 딕왈,

"희창은 대덕군지라 인의지명의 셔방의 가득ᄒᆞ여 빅셩이 다 셩군이라 일ᄏᆞᆺᄂᆞ니 폐히 만일 이 사름을 보닉시면 군마룰 슈고로이 아니ᄒᆞ여 도젹을 잡으리이다."

쥐 싱각 【24】 다가 왈,

"두 사름을 보닉여 도젹을 치면 가히 항복 바드리라."

ᄒ고 즉시 젼지ᄒᆞᆫ디 ᄉᆞ명이 젼지룰 가져 역관의 오니 네 졔휘 바야흐로 슐을 취ᄒ고 즐겨 후원의 풍경을 보며 두로 단니더니 ᄉᆞ명(使命)을 마

ᄌᆞ 뎐상의 올나 ᄭ우러 젼지룰 드ᄅᆞ니 ᄒ여시디,

경은 드ᄅᆞ니 군신의 분이 그 ᄉᆞ이 텬디 갓혼지라. 니ᄅᆞ므로 님군이 명ᄒ여 브ᄅᆞ면 가(駕)룰 기다리지 아니ᄒ고 죽으믈 쥬어도 그 명을 어긔지 아니ᄒᆞ니 신ᄌᆞ의 도리어ᄂᆞᆯ 이졔 반젹 쇼획이 광픽무례(狂悖無禮)ᄒ여 조졍을 욕ᄒ고 님군을 핍박ᄒᆞ니 기 죄 가살(可殺)이라 가히 참ᄒᆞᆯ 거시어ᄂᆞᆯ 좌우의 간언을 인ᄒ여 나라히 도라보닉엿더니 젹지 은혜룰 닛고 오문의 반가룰 쓰니 만고의 비ᄒᆞᆯ 디 업ᄂᆞᆫ지라. 짐이 셔빅후 희창과 븍빅후 슝후호룰 명ᄒ여 졀월(節鉞)을 가져 병을 거ᄂᆞ려 나아가게 ᄒᆞᄂᆞ니 경은 군을 거ᄂᆞ려 슈히 나아가고 지완치 말나. 공을 일우면 반ᄃᆞ시 ᄯᅡᄒᆞᆯ 버혀 경 등을 【25】 디봉ᄒ리라.

두 졔휘 조셔 듯기룰 다ᄒ고 비ᄉᆞᄒ더니 믄득 밧그로셔 좌승샹 샹용과 우승샹 비간이 드러오거ᄂᆞᆯ 녜룰 맛춘 후 셔빅이 경식ᄒ고 ᄉᆞ명과 두 승샹과 세 졔후다려 왈,

"젼의 이 사름을 용ᄒᆞᆫ 사름으로 아랏더니 이졔 엇지 셩샹긔 득죄ᄒ엿ᄂᆞ뇨? 아지 못게라 이 젼지가 아니 즁간 허신가 ᄒ노라."

ᄉᆞ명 왈,

"엇지 인신이 되여 위조(僞詔)룰 지어 공 등을 속이리오?"

셔빅 왈,

"이 조셰 만일 즁간 일이 아닐진디 진실노 괴이ᄒ노라. 쇼획은 본디 츙의공직ᄒᆞᆫ 사름이라. ᄯᅩ 젼의 군공이 만히 잇ᄂᆞ니 오문의 반가룰 쓴 일이 반ᄃᆞ시 즁간의 간사ᄒᆞᆫ 계죄 잇도다. 이졔 병을 닐오혀 훈공지신을 치면 두리건디 텬하 졔 휘 항복지 아니ᄒᆞᆯ가 ᄒᆞᄂᆞ니 원컨디 두 승샹은 조회의 드러가 쥬ᄒ여 슬피게 ᄒ쇼셔. 닉 뜻의ᄂᆞᆫ 쇼획의게 즁ᄒᆞᆫ 죄 업술가 시부니 그 죄목의 큰 일을 알아오시면 이번 츌ᄉᆞ(出師) 일홈이 이시려니와 그러지 아니 【26】 ᄒᆞ면 우리 아마도 츌ᄉᆞ 못ᄒᆞᆯ가 시버라."

ᄒᆞᆫ디 비간이 답왈,

"공의 말이 올ᄒᆞ니 닉 다시 셩샹긔 알외여

일홈을 붉게 ᄒ리라."

승후회 겻히 셧다가 왈,

"이졔 조세 이러ᄒ니 엇지 다시 의논ᄒ리오? ᄒ믈며 쇼획이 오문의 반가롤 쓰니 그 죄 죽을지라 이졔 텬명을 좃지 아니ᄒ고 의아ᄒ면 다른 졔후로 ᄒ여곰 님군 위엄을 믄허바리리니 반ᄃ시 난졍ᄒᆯ 죄라."

ᄒ거ᄂᆯ 셔빅이 우어 왈,

"공의 말이 단지기일(但知其一)이오 미지기이(未知其二)로다. 쇼획은 본ᄃ 츙냥한 군지오 신실ᄒᆫ 장뷔라 빅셩을 가ᄅ치미 네 잇고 군ᄉ롤 다스리미 법되 잇더니 이졔 텬지 간신을 말을 드ᄅ시고 군ᄉ롤 니ᄅ혀미 텬하롤 쇼동케 ᄒ시니 국가의 경죄 아니로다. 니 ᄯᅳᆺ은 다만 이졔 조졍이 어즈러워 긔강이 트러졋ᄂᆫ지라 이러므로 간□롤 쓰지 아니코 살벌을 힝치 아냐 요슌의 도롤 엇고져 ᄒ거ᄂᆯ 공 등이 엇지 이런 말을 ᄒᄂ뇨? 이졔 병을 니ᄅ【27】혀 먼니 힝ᄒ면 쇼과 군현이 반ᄃ시 어즈러워 군심이 경동ᄒᆯ 거시오 ᄯᅩ 연고업시 츌ᄉᄒ면 국가의 올흔 일이 아니라."

ᄒᆫ디 승후회 왈,

"공의 말이 비록 올흔 듯ᄒ나 한갓 님군을 그ᄅ다 ᄒ고 홀노 올흔디 나아가고져 ᄒ니 블의라."

ᄒ거ᄂᆯ 셔빅 왈,

"만일 니 말을 그ᄅ다 ᄒᆯ진디 공은 가히 병을 거ᄂᆯ려 힝ᄒ라. 니 ᄯᅩ 조ᄎ가리라."

ᄒ거ᄂᆯ ᄉ명 왈,

"이졔 도라가 셩상긔 무어시라 고ᄒ리오?"

셔빅 왈,

"공의 쇼견디로 ᄒ라."

ᄉ명이 하직고 가다.

승후회 몬져 퇵일ᄒ여 단계의 ᄉ빅ᄒ고 군ᄉ롤 졈고ᄒ여 긔쥬로 향ᄒ거ᄂᆯ 셔빅이 ᄯᅩ 단계의 드러가 하직ᄒ고 인ᄒ여 고ᄒ디,

"신이 본국의 ᄒᆯ 일이 잇ᄂᆫ지라 잠간 도라가 병을 졈고ᄒ고 긔치롤 빗나게 ᄒ여 가미 엇더ᄒ니잇고?"

쥐 허ᄒ거ᄂᆯ 셔빅이 본국으로 도라가다.

쇼획이 반가롤 쓰고 뎨경(帝京)을 ᄯᅥ나 슈일이 못ᄒ여 긔쥬의 니ᄅ더 장ᄌ 젼츙(全忠)이

군ᄉ롤 거ᄂᆞ【28】려 셩의 나와 마ᄌ 녜필 후 획 왈,

"이졔 텬지 실덕ᄒ여 한 간신의 말을 듯고 너 ᄯᅡᆯ을 궁중의 드리라 ᄒ거ᄂᆯ 너 굴복지 아니ᄒ여 직간ᄒ니 혼군이 디로ᄒ여 날을 잡아 오문 밧긔 버히라 ᄒ니 비즁·우혼이 공교로온 말노 혼군을 달니여 죽이면 반ᄃ시 텬희 우으리니 도로 노하보ᄂ니여 셩은을 감격ᄒ여 ᄯᅡᆯ을 드리게 홈만 갓지 못하다 ᄒ니 혼군이 ᄯᅩ 그 말을 올히 너겨 날을 노화보ᄂ니거ᄂᆯ 니 오문의 반가롤 쓰고 와시니 혼군이 반ᄃ시 군ᄉ롤 발ᄒ여 우리롤 칠 거시니 너희 ᄯᆞᆯ니 군ᄉ롤 졈고ᄒ여 방비ᄒ라."

젼츙이 디왈,

"부친은 넘녀 마르쇼셔. 쇼지 비록 지죄 업ᄉ나 슈쳔 병을 인ᄒ여 젹국을 막ᄋ리이다."

ᄒ고 졍히 셔로 의논ᄒ더니 쇼졸이 보ᄒ디,

"셩 오십 니 밧긔 긔치 빗나고 병미 거록ᄒ여 졈졈 갓가이 오ᄂ이다."

쇼획이 디경ᄒ여 ᄯᆞᆯ니 사롬을 보ᄂ니여 탐쳥ᄒ여 오라 ᄒ디 도라와 보ᄒ디,

"웃【29】듬 장슈ᄂᆫ 븍빅후 승후호오 군ᄉᄂᆫ 오륙 만이나 ᄒ다."

ᄒ거ᄂᆯ 획이 디로ᄒ여 ᄭᅮ지ᄌ디,

"이놈이 엇지 감히 니 셩을 침노ᄒ리오? 니 슈히 이놈을 죽여 빅셩의 화롤 덜니라."

ᄒ고 졔장을 블너 젼녕ᄒ디,

"너희 ᄊᆞ호디 즁군 디긔롤 보아 진퇴롤 □□엇게 ᄒ고 힘써 ᄊᆞ화 젹진을 슈히 멸ᄒ면 너의 공이 젹지 아니리라."

졔장이 녕을 듯고 나가거ᄂᆯ 획이 친히 디병을 기ᄂᆞ려 셩밧긔 니이가 디진ᄒ엿더니 이 ᄶᅥ 포셩이 ᄭᅳᆾ지 아니ᄒ고 살긔 년텬ᄒ더라. 획이 몬져 쳥총마롤 타고 슌은갑을 닙고 낭아곤을 들고 원문(轅門)의 니의 크게 웨어 왈,

"원컨디 장군은 진의 나 한 말을 드ᄅ라."

이젹의 승후회 바야흐로 진즁의셔 군즁디ᄉ롤 의논ᄒ더니 믄득 쇼졸이 보ᄒ디,

"젹진 원문 밧긔 한 거록ᄒᆫ 장쉬 나와 장군과 말ᄒᄌ ᄒᄂ이다."

후회 즉시 금갑의 홍포롤 ᄲᅥ 닙고 옥디롤 ᄯᅴ고 ᄌ화류 들고【30】쇼요마(逍遙馬) 타고 장ᄌ 응표(應彪)로 더브러 농봉 슈긔 아ᄅ셔 웨디,

"쇼젹이 엇지 디국 병마롤 보고 말긔 나려 항복지 아니코 이 작은 군스로 담 큰체 ᄒᄂ뇨?"

획이 후호롤 보고 몸을 굽혀 녜ᄒ고 왈,

"요스이 그디 무양(無恙)ᄒ냐? 즉시 나려 녜코져 ᄒ디 몸의 갑쥐 이셔 녜롤 힝치 못ᄒ노라."

ᄒ고 우왈,

"이졔 텬지 무도ᄒ여 황음쥬식ᄒ여 국졍을 도라보지 아니ᄒ고 ᄯᅩ 닉 ᄯ일 드려 후궁을 삼으려 ᄒ니 텬하의 변이 엇지 오리리오? 븍이 이러므로 잠간 작은 고을을 직희여 셩쥬롤 어더 빅셩을 평안케 ᄒ고져 ᄒᄂ이다. 존공은 엇지 혼군을 도와 일홈 업순 군스롤 니ᄅ혀 빅셩의 폐롤 도라보지 아니ᄒ고 이디도록 먼니 와 계시ᄂ뇨?"

슝후회 이 말을 듯고 디로 왈,

"반국 쇼젹은 닙을 드러 큰 말을 ᄒᄂ뇨? 네 져즈음긔 텬즈 죠셔롤 거역ᄒ고 오문의 반가롤 쓰니 이 가히 죽엄즉ᄒ 죄라. 텬지 날노 ᄒ여곰 네 죄롤 므ᄅ라 ᄒ【31】시거든 네 엇지 감히 군스롤 거ᄂ리고 진을 디ᄒ여 공교로온 말노 날을 달니ᄂ뇨?"

ᄒ고 좌우롤 도라보와 왈,

"뉘 날을 위ᄒ여 이 도젹을 잡을고?"

언미필의 좌군 즁으로셔 한 장쉬 니다라 웨여 왈,

"쇼장이 비록 지죄 젹으나 져 도젹을 죽여 텬하의 근심을 업시ᄒ리라."

ᄒ며 말을 노화 젹진으로 다라들거늘 후회 보니 좌장군 미뮈(梅武)러라. 창을 두로고 크게 웨여 왈,

"쇼젹은 말을 나려 슈이 항ᄒ여 죽기롤 면ᄒ라."

븍진 즁의셔 한 장슈 ᄲᅱ여 니다라 웨디,

"젹은 도젹이 엇지 무례ᄒ뇨?"

ᄒ고 도치롤 드러 미무롤 취ᄒ니 이는 쇼획의 장즈 젼츙이라. 미뮈 ᄯᅩ 창을 드러 싸화 이십합이 못ᄒ여셔 젼츙이 도치롤 드러 미무롤 두 조각의 ᄂ여 말긔 나리치니 쇼획이 이긔믈 타 븍을 울니고 긔롤 둘너 각쳐 군병을 다 브르니 좌우 뫼 뒤흐로셔 디장 조병(趙丙)·진계졍(陳季

貞)이 칼흘 두로고 즛쳐 나오니 후회 미뮈 죽고 젹병이 승세ᄒ믈 보【32】고 디경ᄒ여 ᄉᆞᆯ니 금규(金葵)와 황원졔(黃元濟)와 슝응표(崇應彪)로 젹병을 막으라 ᄒ니 셰 장쉬 말긔 올나 병긔롤 들고 딘의 ᄂ닷거늘 조병이 군을 지촉ᄒ여 바로 은 진즁으로 다라드러 좌츙우돌ᄒ니 죽엄이 뫼 갓고 피 흘너 니히 되엿더라.

후회 디픽ᄒ여 군을 인ᄒ여 남다히로 닷거늘 븍군이 크게 ᄯᅡ라 십니ᄶᅳ지 갓다가 도라와 각각 공을 드릴ᄉᆡ 젼츙은 미무의 머리롤 드리고 모든 장쉬 ᄯᅩ 공을 올니니 슈급 버힌 거시 슈만이오 술오잡은 지 오륙쳔인이러라. 획이 다 상ᄉ하고 졔장다려 왈,

"이번은 비록 공 등의 지략을 인ᄒ여 한 번 이긔여시나 일졍 은병(殷兵)이 보슈롤 ᄒ려 ᄒᆞᆯ 거시니 엇지ᄒ리오?"

말이 맛지 못ᄒ여 좌군장 조병이 알외디,

"장군이 이졔 한 번 이긔여 젹병을 크게 즛질너시니 졔 만일 경셩의 도라가 님군긔 고ᄒ면 쥐 일졍 젼후 일을 합ᄒ여 디병을 니ᄅ혀 우리롤 치리니 엇지 작은 군스로 져의 위엄을 당ᄒ【33】리오? ᄉᆞᆯ니 ᄶᅵ롤 타 젹진을 겁칙ᄒ여 즛질너 편갑도 남아 도라가지 못ᄒ게 ᄒ고 인ᄒ여 다ᄅᆫ 졔후의게 의탁ᄒ여 셩쥬롤 어더 텬하롤 평졍홈만 갓지 못ᄒ니이다."

획이 이 말을 듯고 크게 깃거 왈,

"공의 말이 닉 ᄯᅳᆺ과 갓다."

ᄒ고 즉시 장즈 젼츙을 블너 왈,

"네 삼쳔 인마롤 거ᄂ려 몬져 셩문 밧 십니의 가 오강진(五崗鎭)의 미복ᄒ엿다가 즁군 디진 승부롤 보아 응변ᄒ라. 졔 이졔 크게 픽ᄒ여시니 군이 곤핍ᄒ엿ᄂ지라 일졍 잠을 깁히 드러시리니 이 ᄶᅵ롤 타 츙돌ᄒ면 반ᄃ시 니긔리라."

젼츙이 명을 듯고 가거늘 획이 진계졍으로 좌군장을 삼고 조병으로 우군장을 삼고 친히 디병을 거ᄂ려셔 젹진의 니ᄅ니 졍히 초경 오졈(五點)이라 미월은 몽농ᄒ고 츄풍은 삭막ᄒ더라.

이젹의 후회 말을 노하 플을 ᄯᅳᆺ기며 군스롤 노하 졍히 쉬라 ᄒ고 군즁의 술을 주어 졔장으로 더부러 셔로 위로ᄒ더니 믄【34】득 드르니 일셩 포향의 범 갓흔 군시 영치(營寨)롤 겁

칙ᄒ니 검극(劍戟)이 삼나ᄒ고 금괴(金鼓) 진동ᄒᄂ지라 후회 디경ᄒ여 ᄊᆌ니 갑 닙고 말긔 올나 븍 쳐 군ᄉᆞᄅᆞ 모ᄒ더니 믄득 보니 긔쥬후 쇼획이라. 갑쥬ᄅᆞᆯ 갓초고 쳥총마ᄅᆞᆯ 타며 즈금 투고의 화룡검을 들고 셔셔 크게 웨여 왈,

"쇼장은 슈이 말긔 ᄂᆞ려 항복ᄒ고 죽기ᄅᆞᆯ 면ᄒ라."

승후회 획을 보미 졍신이 황홀ᄒ고 간담이 써러지ᄂᆞᆫ 듯ᄒ여 겨유 칼흘 드러 셔로 싼호더니 좌진문으로셔 조병이 쳔여 군을 거ᄂᆞ려 즛쳐 드러오고 우진문으로셔 진계경이 쳔여 병을 거ᄂᆞ려 즛쳐 드러오니 셰ᄅᆞᆯ 당키 어렵더라.

후호의 장ᄌᆞ 응푀 븍군의 즛쳐오믈 보고 ᄊᆌ니 금규4)와 황원계ᄅᆞᆯ 거ᄂᆞ려 진의 ᄂᆞᆫ다라 삼노 병마ᄅᆞᆯ 막아 셔로 싼호기ᄅᆞᆯ 초경붓허 ᄉᆞ경ᄭᆞ지 싼호더니 후호의 군ᄉᆞᄂᆞᆫ 마음을 프러바려 각각 훗허졋다가 이 환을 맛난지라 졈【35】졈 진셰 글너가고 븍군은 미리 예비ᄒ여 긔치검극을 빗나게 ᄒ여 잔병을 치ᄂᆞᆫ지라 그 흉악ᄒ미 밍호 갓고 모질기 ᄉᆡ랑5)갓ᄒ여 싼호ᄂᆞᆫ 족족 다 니긔니 일당빅이라.

은병이 디픽ᄒ여 후호 부ᄌᆞ와 디장 황원계 후군장 손ᄌᆞ위(孫自雨) 계요6) 이십여 긔ᄅᆞᆯ 거ᄂᆞ려 동다히7)로 닷더니 날이 붉거ᄂᆞᆯ 먼니 바라보

---

4) 금규: 원래는 '금교'로 되어 있으나 오기이므로 고침.

5) 【ᄉᆡ랑】圐 시랑(豺狼). 승냥이와 이리. ¶ 豺狼 ‖ 븍군은 미리 예비ᄒ여 긔치검극을 빗나게 ᄒ여 잔병을 치ᄂᆞᆫ지라 그 흉악ᄒ미 밍호 갓고 모질기 ᄉᆡ랑갓ᄒ여 싼호ᄂᆞᆫ 족족 다 니긔니 일당빅이라 (冀州人馬凶如猛虎, 惡似豺狼, 只殺的尸橫遍野, 血滿沟渠.) <西周 2:35>

6) 【셰요/셰오】튀 겨우. ¶ 은병이 디픽ᄒ여 후호 부ᄌᆞ와 디장 황원계 후군장 손ᄌᆞ위 계요 이십여 긔ᄅᆞᆯ 거ᄂᆞ려 동다히로 닷더니 날이 붉거ᄂᆞᆯ (崇侯虎父子領敗兵迤邐望前正走, 只見黃元濟·孫子羽催俊軍赶來, 打馬而行.) <西周 1:35> 너 장쉬 되연지 이십 여년의 한 번도 픽ᄒ미 업더니 오늘 져 도젹의게 이러트시 픽ᄒ고 군ᄉᆡ 계오 십여 인이 남아시니 너 하 면목으로 쥬상을 뵈오리오? (吾自提兵以來未嘗大敗, 今被逆賊暗劫吾營, 黑夜交兵未曾準備, 以致損折軍將. 此恨如何不報!) <西周 1:35>

7) 【-다히】졉 -쪽. -편. ¶ 은병이 디픽ᄒ여 후호 부ᄌᆞ와 디장 황원계 후군장 손ᄌᆞ위 계요 이십여 긔ᄅᆞᆯ 거ᄂᆞ려 동다히로 닷더니 날이 붉거ᄂᆞᆯ (崇侯虎父子領敗兵迤邐望前正走, 只見黃元濟·孫子羽催後軍赶來, 打馬而行.) <西周 1:35)

니 뫼 기슭의 한 암지 잇거ᄂᆞᆯ 군ᄉᆞᄅᆞ 모라 잠간 머므ᄅᆞ며 졔장다려 왈,

"너 장쉬 되연지 이십여 년의 한 번도 픽ᄒ미 업더니 오늘 져 도젹의게 이러트시 픽ᄒ고 군시 계오 십여 인이 남아시니 너 하 면목으로 쥬상을 뵈오리오? 셔빅후의 군을 기다려 합병ᄒ여 이 도젹을 쓰러바려 너 한을 갑흐리라." ᄒᆞᆫ디 장ᄌᆞ 응표와 디장 황원제 일시의 디답ᄒᆞ디,

"승픽ᄂᆞᆫ 병가의 상ᄉᆡ라 이졔 셔빅의 군이 머지 아녀시리니 병을 쉬엿다가 홈긔 젹병을 치면 졔 이긔믈 타 ᄆᆞ음을 프럿다가 밋쳐 슈【36】족을 놀니지 못ᄒ리니 긔쥬 파ᄒ기ᄂᆞᆫ 여반장이라."

ᄒᆞ거ᄂᆞᆯ 후회 다시 계교ᄅᆞᆯ 뭇고져 ᄒ더니 믄득 뫼 뒤ᄒ로셔 한 병미 ᄂᆞ다ᄅᆞ니 살긔 년텬ᄒ고 함셩이 진동ᄒ거ᄂᆞᆯ 후회 디경ᄒ여 ᄊᆌ니 말긔 올나 진셰ᄅᆞᆯ 베플고 머리ᄅᆞᆯ 드러보니 웃듬 장쉬 속발(束髮) 금관을 쓰고 쇄금갑의 홍포ᄅᆞᆯ 써닙고 빅셜마ᄅᆞᆯ 타고 화간극8)(畵干戟)을 두로며 군을 인ᄒ여 압히 와시니 쇼획의 아들 젼튱이라. ᄭᅮ지져 왈,

"너 부명을 바다 예 완지 오리더니라." ᄒ고 바로 후호ᄅᆞᆯ 잡으려 ᄒ거ᄂᆞᆯ 후회 졍신을 가다듬아 크게 ᄭᅮ지ᄌᆞᄃᆡ,

"너희 부지 나라흘 반ᄒ고 텬명을 항거ᄒ여 명관을 핍박ᄒ고 텬병을 죽이니 이 엇지 신ᄌᆞ의 도리리오? 너 이졔 네 머리ᄅᆞᆯ 버혀 군의ᄅᆞᆯ 붉히리라." ᄒ고 좌우ᄅᆞᆯ ᄭᅮ지져 싸홈을 바야니 뒤ᄒ로셔 디장 황원계 말을 ᄊᆔ여 칼춤 츄어 진젼의 ᄂᆞ다라 젼튱으로 더부러 셔로 싼호니【37】연염(煙炎)이 챵텬ᄒ고 함셩이 진동ᄒ더라. 셔로 싸화 슈합의 블분승뷔러니 은 진즁으로셔 손ᄌᆞ위 쏘 □ 흘 들고 말을 노화 ᄂᆞ다라 싸화 슈합이 못ᄒ여 젼튱이 창을 드러 ᄌᆞ우ᄅᆞᆯ 질너 말긔 ᄂᆞ리치니 후호의 부지 ᄌᆞ우의 죽ᄂᆞᆫ 양을 보고 일시의 ᄂᆞ다라 젼튱을 에워ᄊᆞ니 젼튱이 분긔디발ᄒ여 홀노 셰 장슈ᄅᆞᆯ 디젹ᄒ여 싸화 십여 합이 못ᄒ여 젼튱이 창을 드러 후호ᄅᆞᆯ 지ᄅᆞ더니 후회 몸을

---

8) 화간극: 원래는 '화산극'으로 되어 있으나 오기이므로 고침.

기우려 피ᄒ니 말의 궁둥이 질녀 것구러지거늘
젼츙이 다시 창을 드러 후호를 지르려ᄒ더니 후
회 말을 바리고 진즁으로 다라나니 웅표 아비
피ᄒ는 양을 보고 졍신이 황홀ᄒ여 창쓰는 법을
일헛거늘 젼츙이 창을 드러 웅표의 왼팔을 질녀
말긔 나리치니 은 진즁의셔 군ᄉ 열아믄이 니다
라 겨요 구완ᄒ여 본진으로 다라나거늘 젼츙이
다시 쏠와 ᄊᆞ호고져 ᄒ더니 ᄆᆞ음의 혜오디 '니
그만ᄒ여 도라가도 【38】 니 공이 블쇼ᄒ고 계
쏘 ᄊᆞ호다가 죽으믈 이겨 일시의 다라들면 니
엇지 니긔기를 바라리오' ᄒ고 군ᄉ를 거두어
긔쥬로 도라온디 획이 발셔 계장을 거느리고 승
셰ᄒ여 도라왓더니 젼츙의 니긔고 도라왓단 말
을 듯고 디희ᄒ여 샐니 블너 므르디,

"네 언마나 니긔고 도라온다?"

젼츙이 디왈,

"쇼지 부친의 명으로 오강진의 미복ᄒ엿더
니 텬긔 반명(半明)의 격병이 뫼 아리 군ᄉ를
쉬오며 계교를 의논ᄒ거늘 쇼지 군을 모라 니다
라 손즈우를 죽이고 후호를 쫏고 웅표를 지르니
잔병이 목숨을 보젼ᄒ여 가거늘 쇼지 군ᄉ의 곤
박ᄒ믈 도라보아 쏠오지 아니ᄒ고 도라왓ᄂᆞ이
다."

획이 디희ᄒ여 황금 빅 냥과 호마 일필을 상을
쥬다.

후회 픽병을 거느려 남다히로 오십 니 밧
긔 영치를 믈닐시 한 거름의 열 번 식 쉬고 열
거름의 빅 번 식 쉬더라.

3
희창히위진달긔(姬昌解圍進妲己)

은병이 만히 상ᄒ여 이틀의 오십 니롤 가지 못ᄒ거늘 후회(侯虎) 군ᄉ의 이러트시 상ᄒ여시믈 보고 눈믈을 흘녀 슬프믈 니긔지 못ᄒ거늘 황원졔(黃元濟) 왈,

"공이 엇지 이러트시 슬허ᄒ시ᄂ니잇고? 녯 말의 일너시디 '장쉬 게어르면 군심이 프러지고 장쉬 교만ᄒ면 군시 픠흔다' ᄒ엿ᄂ니 이졔 ᄒ 번 픠흐믈 근심ᄒ며 이리드시 슬허ᄒ시ᄂ니잇고? 군심이 ᄒ 번 훗터지면 다시 모흐기 어려오리니 원장군은 ᄆᆞᄋᆞᆷ을 다시 츌히샤 영치롤 셰우고 병마롤 쉬워 셔빅(西伯) 오기롤 기다려 ᄊᆞ호면 반ᄃᆞ시 니긔리니 젼일 한을 갑흐미 여반장이니이다."

후회 이 말을 듯고 침음 왈,

"이졔 셔빅이 병을 내지 아니ᄒ고 우리 승픠롤 보고져 ᄒᄂ니 슈이 오지 아닐지라. 슈이 오게 홀 계교롤 의논ᄒ여 니 근심을 덜나."

샹히 셔로 이러트시 의논ᄒ디 계교롤 졍치 못ᄒ【40】엿더니 믄득 먼니 바라보니 긔치 빗나고 검극이 삼나ᄒ여 일진 병미 나는ᄃᆞ시 다라

오니 승후회 더경ᄒ여 혼블부신ᄒ여 겨요 말긔 올나 진셰롤 찰히고져 ᄒ디 계교롤 너지 못ᄒ여 군즁의 분부ᄒ여 텬명을 기다릴 ᄯᆞᆫ이러니 쇼졸이 급히 보ᄒ디,

"뒤히 더강이 가리엿고 압히 병미 급ᄒ여시니 장군은 계교롤 ᄲᆞᆯ니 경ᄒ쇼셔."

ᄒ거늘 후회 머리롤 드러보니 오는 병마 가온디 두 원긔 아리 ᄒ 장쉬 오니 젹슈빅미(赤鬚白眉)의 비슈관(飛獸冠)을 쓰고 몸의 쇄ᄌᆞ년환갑(鎖子連環甲)을 닙고 허리의 빅옥씌롤 씌고 손의 냥병(兩柄) 침금부(湛金斧)롤 들고 화안금졍슈(火眼金睛獸)롤 타고 디병을 모라오니 그 셰 뫼히 믄허지는 ᄃᆞᆺᄒ더라. 후회 등이 간담이 ᄶᆞ러지는 ᄃᆞᆺᄒ여 속슈ᄒ고 상히 ᄒ 계교롤 너지 못ᄒ더니 그 장쉬 갓가이 오며 말긔 ᄂᆞ려 고두지비ᄒ고 왈,

"쇼데 흑회(黑虎) 도쥬(道州) 되연지 뉵년이라 형장을 니별ᄒ【41】연지 오리더니 오날 셔로 맛나기는 진짓 텬힝이라."

ᄒ거늘 후회 졔 아을 맛나미 븟들고 통곡 왈,

"현데 이졔 오지 아니ᄒ던들 니 젹의 히ᄒ믈 닙어 다시 보지 못ᄒ리랏다."

ᄒ고 응픠 쏘 졀ᄒ고 왈,

"슉뷔 이졔 쳔니롤 먼니 아니너겨 오시니 아니 우리 곤핍ᄒ믈 듯고 오시니잇가?"

흑회 답왈,

"도쥬 이시미 나라히 한가ᄒ지라 미양 병마만 년습ᄒ더니 경셩으로셔 오는 사름이 니로디 '형장이 긔쥬롤 치라 가신다' ᄒ여놀 쇼데 군ᄉ롤 발ᄒ여 여긔 와 만나니 원컨디 형장은 죄롤 ᄉᆞ하쇼셔. 요ᄉᆞ이 승픠 엇더ᄒ니잇고?"

후호는 머리롤 슉여 아모 말도 아니ᄒ고 응픠(應彪) 울며 젼일을 다 고ᄒᆞᆫ디 흑회 왈,

"도젹이 엇지 감히 이러틋 무례ᄒ뇨? 니 이놈의 부ᄌᆞ롤 슈이 죽여 형장의 보슈롤 ᄒᆞ리라."

ᄒ고 즉시 합병ᄒ여 긔쥬 셩하의 니ᄅᆞ니 이젹의 쇼획(蘇護)이 크게 ᄡᆞ홈을 니긔고 졍히 후호의 쇼식을 몰나ᄒ【42】더니 후호 형뎨 합병ᄒ여 오믈 듯고 크게 ᄒ 쇼리롤 지ᄅᆞ고 상의 것구러져 피롤 토ᄒ고 졍신을 찰히지 못ᄒ거늘 좌위 븟드러 상의 누이고 ᄒ 환약을 프러 닙의 드리

오니 획이 잠간 졍신을 찰혀 니러 안즈 왈,

"닉 드르니 혹호는 무예롤 출즁ㅎ고 지죄 비범ㅎ여 빅만 군즁의 장슈 버히기롤 낭즁취믈(囊中取物)갓치 혼다 ㅎ니 져즈음긔 남방 뇩쥬군 삼십 만을 혹회 일쳔 군으로 다 즛지르니 그 위엄이 남방의 진동ㅎ엿더니 이졔 쏘 우리 고을을 침노ㅎ니 엇지 당ㅎ리오?"

좌위 이 말을 듯고 감히 디답ㅎ리 업더니 장즈 젼츙(全忠)이 나아와 왈,

"져 혹호의 무예 비록 남방의 진동ㅎ여시나 블과 필부지용이라 쇼즈는 그윽이 두려 아니ㅎᄂ이다."

획 왈,

"네 나히 □□□□ 스체롤 모르ᄂ도다. 젹은 용을 미더 져의 거룩혼 지조롤 아지 못ㅎ니 네 이졔 빅만지즁을 거ᄂ려 나가도 반 【43】 드시 니긔지 못ㅎ리라."

젼츙이 쇼리ㅎ여 왈,

"부친이 엇지 젹장을 긔려 우리 예긔롤 최찰케 ㅎ시ᄂ니잇고?"

ㅎ고 말긔 올나 창을 들고 삼쳔 쳘긔롤 거ᄂ려 셩문의 나 진셰롤 베플고 쇼리롤 가다듬아 놉히 웨여 왈,

"엇던 쇼젹이 우리 경을 침노ㅎᄂ뇨?"

혹회 젼츙의 쇼리롤 듯고 가만이 깃거 왈,

"쇼장이 반드시 니 도치 아러 죽으리로다. 우리 형장의 피혼 보슈롤 ㅎ리로다."

ㅎ고 군스롤 거ᄂ려 군문의 나 웨여 왈,

"네 엇더혼 도젹놈이완디 감히 날과 쏘호고져 ㅎᄂ뇨? 너는 니 젹쉬 아니라 샐니 도라가고 용병혼 장쉬 나오거든 니 쏘화 승부롤 결ㅎ리라."

젼츙이 쇼왈,

"니 부친 명을 바다 너롤 잡으라 왓ᄂ니 샐니 말긔 나려 항복ㅎ라."

혹회 디로ㅎ여 도치롤 두로고 바로 젼츙을 취ㅎ거늘 젼츙이 쏘 창을 드러 셔로 마즈 긔쥬셩하의셔 십여 합을 쏘호더니 혹 【44】 회 젼츙의 지죄 졔게 지지 아닌 쥴 보고 마음의 혜오디 '쇼획이 엇지 져런 아들을 두고 젹병을 근심ㅎ리오? 그 용이 만고의 비치 못ㅎ리로다. 니 이졔 힘으로 쏘호면 □ 니긔리니 니 녯젹 비혼 도

슐을 니여 져놈을 속이리라' ㅎ고 즉시 도치롤 바리고 거즛 다라나니 젼츙이 승승ㅎ여 쏠오거늘 혹회 혜오디 '이놈이 니 계교의 샌지다' ㅎ고 등으로셔 한 호로(葫蘆)롤 니여 진언을 념ㅎ며 두어 번을 흔드니 호로 쇽으로셔 한 검은 긔운이 나 하늘의 퍼지며 그 긔운으로조츠 한 미니다라 바로 젼츙을 히ㅎ려 ㅎ니 젼츙이 블의의 이 환을 맛는지라 엇지 감히 도망ㅎ리오? 졍히 계괴 업셔 스스로 죽고져 ㅎ더니 그 미 다라드러 젼츙의 왼편 눈을 거러당긔니 망울이 샌지며 말긔 나려지거늘 혹회 군스롤 녕ㅎ여 젼츙을 잡아미야 진즁의 도라와 후호다려 왈,

"쇼뎨 젼츙 【45】 을 잡아왓ᄂ이다."

후회 디희ㅎ여 군스롤 지촉ㅎ여 젼츙을 쓰어 드려오니 츙이 꾸지 아니ㅎ고 셔셔 아모 말도 아니ㅎ거늘 후회 꾸지져 왈,

"젹지 이졔도 감히 텬명을 항거홀다?"

츙이 녀셩디미 왈,

"니 죽기는 관계치 아니디 이졔 네 진즁의 잡혀온 일을 분ㅎ여ㅎᄂ니 죽이거든 샐니 죽이라. 너희 혼군을 도아 만민을 살히ㅎ고 셩탕 긔업을 문허바리니 엇지 신즈의 도리리오? 다만 니 너희 고기롤 먹지 못ㅎ니 한ㅎ노라."

후회 디미 왈,

"젹은 도젹이 엇지 이러트시 무례ㅎ뇨? 슈이 니여 버히라."

혹회 마음의 혜오디 '젼츙이 졔 아뷔롤 도와 죽기롤 피치 아니코 젹진의 다라드니 이는 효오 조졍의 간언이 만코 쥬상이 황음쥬식혼 쥴을 알아 우리롤 면칙ㅎ니 이는 츙이라. ㅎ믈며 무지출즁ㅎ니 엇지 녜스 사롬이리오? 쏘 쇼획은 츙냥의 장뷔라 이졔 쥬상의 【46】 황음ㅎ믈 피ㅎ여 쏠을 드리지 아니려 ㅎ미니 니로 다리면 반드시 부지 다 귀슌ㅎ리라' ㅎ고 후호다려 왈,

"원 형장은 노롤 잠간 긋치시고 니 말을 드르쇼셔. 이졔 텬명을 밧즈와 젹장의 아들을 잡앗는지라 셔울 도라가 쥬상긔 뵈고 쳐치ㅎ면 이에 올흔 일이오 쏘 획의 쏠 달긔(姐己) 용뫼 졀식이라 쥬상이 스모ㅎ샤 후궁의 드리고져 ㅎᄂ니 이졔 젼츙 곳 죽이면 획이 반드시 죽도록 쏘호리니 우리 비록 텬힝으로 니긔여도 획이 쏠과 한가지로 죽을지언졍 귀슌치 아니리니 슈고

로이 싸호다가 나종의 공이 업스면 실노 디장뷔 아니라. 이졔 전츙을 진중의 두엇다가 획을 잡아 함긔 셔울노 가면 이 아니 상칙이니잇가?"

후회 왈,

"현뎨의 말이 올타."

ᄒ고 즉시 전츙을 노하 뒤 진의 두라 ᄒ고 술을 가져 흑호의게 치하ᄒ더라.

븍진 퓌망여졸이 도라와 획의게 이 연【47】 고ᄒ디 획 왈,

"발셔 이 환이 날 쥴 알앗더니라. 이졔 장지 잡혀가고 군심이 환난ᄒ엿ᄂ디 젹진의 범 갓흔 장쉬 이시니 살기롤 엇지 도모ᄒ리오? 이졔 젹병이 한 번 오면 너 명이 보젼치 못ᄒ리니 니 비록 죽은들 이 쫄을 엇지 경수(京師)의 보너여 임군의 마음을 더 음난케 ᄒ리오? 몬져 쳡과 쫄을 죽이고 니 쏘 ᄌ살ᄒ여 디장부의 일을 직희리라."

ᄒ고 칼을 쓰으고 즁당의 드러가니 달긔 쏫 갓흔 얼골의 우음을 반만 먹음고 쳥아ᄒᆫ 쇼리로 므르디,

"부친이 엇지 칼을 들고 오시ᄂ니잇가?"

획이 쫄을 보미 엇지 히홀 마음이 이시리오? 칼을 바리고 붓들고 울며 왈,

"네 오라븨 젹병의 잡혀가고 이졔 셩중의 냥장과 모시 업스니 엇지 젹병을 당ᄒ리오? 이졔 젹병이 한 번 오면 우리 쇼시(蘇氏) 일문이 다 히롤 맛나리니 이 가히 후셰 사롬으로 ᄒ여곰 우리 지죄 업스【48】믈 웃게 ᄒ고 쏘 젹병으로 ᄒ여 우리 용열ᄒᆷ믈 알게 ᄒ니 이 아니 슬프냐?"

ᄒ고 졍히 탄식ᄒ더니 사롬이 믄득 보ᄒ디,

"흑회 셩밧긔 와 ᄊᆞ홈을 도도니 원컨디 장군은 쌜니 계교롤 가르치쇼셔."

ᄒ디 획이 왈,

"졔장 등은 굿이 직희고 경히 나 디젹지 말고 젹병이 셩의 갓가이 오거든 시셕(柴石)과 방포롤 노화 위엄을 빗너라."

ᄒ디 졔장이 쳥녕(聽令)ᄒ고 굿이 나지 아니니 흑회 오러 ᄊᆞ홈을 도도다가 군시 나지 아니믈 보고 본진의 도라와 형다려 니로디,

"젹장이 셰 곤ᄒ여 나 ᄊᆞ호지 아니ᄒ니 우리도 군스롤 잠간 쉬오고 영을 직희여 져의 냥

식 길홀 쓴허 드러가지 못ᄒ게 ᄒ면 젹병을 치지 아니ᄒ여도 파ᄒ리라."

후회 왈,

"현뎨의 말이 올타."

ᄒ고 즉시 병을 블너 영을 직희다.

이젹의 획이 졔장을 분부ᄒ여 셩을 직희오고 홀노 안져 텬명을 기다리더니 믄득 보니 독냥관(督糧官) 뎡뉸(鄭倫)【49】이 압히 와 녜필 왈,

"쇼장이 젹병을 헷치고 셩밧긔 가 냥초 슈쳔 셕을 어더왓ᄂ이다."

획이 탄식 왈,

"이졔 냥식이 비록 족ᄒ나 셩중의 냥장이 업스니 실노 유익ᄒ미 업도다. 슈이 훗허 빅셩을 쥬라."

뉸이 다시 고왈,

"쇼장이 요ᄉᆞ이 여러날 셩외의 가 냥식을 구ᄒ노라 장군의 승부롤 아지 못ᄒ엿더니 이졔 형셰 엇더ᄒ니잇고?"

획이 답왈,

"니 져즈음긔 후호롤 쳐 크게 니긔엿더니 이졔 그 아오 흑호의 무예와 슐법이 텬하의 무쌍ᄒᆫ지라 이러므로 장ᄌ 전츙이 잡혀가고 셩중이 곤핍ᄒ엿ᄂ니 니 이졔 안히와 쫄을 죽이고 니 스스로 명을 쓴허 텬하 후셰로 ᄒ여곰 나의 장부의 일을 뵈리라. 그디는 다론디로 가 복녹을 누리라."

ᄒ고 눈물을 흘니거눌 뎡뉸이 디왈,

"장군이 이러트시 지략이 업ᄂ뇨? 이졔 텬하 졔휘 일시의 다 와도 쇼장은 두려 아니ᄒᆞᄂ이다. 쇼장이 장군의 후은을 닙언지 십여 년이라 의복 음【50】식이 몸의 족ᄒ디 일즉 한 공을 일우미 업ᄂ니 이졔 져 작은 도젹을 잡아 장군의 원을 씨스리이다."

획이 즁장을 도라보와 왈,

"이졔 이 사롬이 셩밧긔 멀니 갓다가 길히셔 스긔롤 어더와 이런 잡말을 ᄒ니 슈이 문밧긔 쓰어너치라. 이졔 승후회 니 아들을 잡아가고 쏘 니 셩이 이러트시 곤핍ᄒᆫ디 ᄒᆞ믈며 스로 졔휘 다 오면 비록 뎡뉸이 만이 이신들 엇지 우러러보리오?"

뉸이 졀ᄒ고 우왈,

"쇼장이 엇지 스긔롤 들여시리오? 원컨디 장군은 쇼장의 니긔는 양을 보쇼셔."
ᄒ고 말을 맛추며 샐니 화안금졍슈롤 타고 냥병 한마져(降魔杵)롤 들고 삼쳔 오아병(烏鴉兵)을 거느려 셩문을 크게 열고 바로 격진의 다다라 닙으로 한 긔운을 부러너니 검은 구름 흰 안기 눈의 진중의 가득ᄒ지라 군ᄉ의 다쇼롤 분변키 어렵더라. 눈이 안긔속의셔 웨더,

"쇼장 승후호는 니 위엄을 보라. 너만 놈을 한 쓰홈의 빅이라도 니긔【51】리라."
ᄒ디 은진 탐미 보ᄒ디,

"한 쎄 검은 구름 속의 슈쳔 병미 일시의 영치롤 츔돌ᄒᄂ이다."

혹회 듯고 디쇼 왈,

"쏘 엇던 작은 도젹이 명을 지촉ᄒᄂ뇨?"
ᄒ고 형다려 왈,

"쇼뎨 나가 져 도젹을 잡아오리라."
ᄒ고 삼쳔 병마롤 졈고ᄒ여 진의 니다르니 과연 한 쎄 검은 구름 속의 한 장쉬 쇄금갑의 홍포롤 쎠닙고 허리의 옥디롤 씌고 구운녀염관〔九雲四獸冠〕을 쓰고 금졍슈롤 타고 냥병 항마져롤 들고 삼쳔 오아병을 거느려 오니 낫촌 무른 디쵸빗 갓고 나롯손 범의 나롯 갓더라. 혹회 보고 마음의 혜오디 '이놈의 신긔로옴이 이러틋 ᄒ니 진짓 니 격쉬라' ᄒ고 샐니 도치롤 두루고 다라들고져 ᄒ더니 눈이 쇼리ᄒ여 꾸지즈디,

"네 강포ᄒᄆᆯ 밋고 우리 장군의 장ᄌᆯ 잡아가고 쏘 감히 날과 쓰호려 ᄒ니 엇지 이러틋 무례ᄒ뇨? 네 우리 장군의 아들을 도라보너지 아니면 오늘 네 몸을【52】바아 위엄을 텬하의 빗너리라."
ᄒ디 혹회 디로ᄒ여 꾸지즈디,

"필뷔 엇지 감히 법도롤 모로고 반젹 쇼획을 도아 망녕도이 명을 지촉ᄒᄂ뇨?"
ᄒ고 도치롤 둘너 바로 눈을 취ᄒ거늘 눈이 쏘 졀구쪼롤 드러 쓰ᄒ니 눈의 방아쪼는 혹호 가슴의 맛게 되엿고 혹호의 도치는 눈의 엇게 맛게 되여시미 두 장슈의 탄 신긔로온 즘싱이 셔로 톱을 헤오며 닙을 버려 위엄을 돕더라.

냥장이 셔로 쓰호기롤 빅여 합이나 ᄒ더니 혹회 등뒤흐로셔 홍호로롤 너여 도슐을 힝코져 ᄒ거늘 눈이 마음의 혜오디 '져놈 도슐을 니 한

번 쇼겨보리라' ᄒ고 삼쳔 신병을 호령ᄒ여 진셰롤 곳치니 그 진 형상이 졍히 범이 닙을 버려 사름을 믈며 뇽이 톱을 헤우는 듯ᄒ더라. 혹회 진 곳치믈 보고 ᄆᆞ음의 혜오디 '쇼젹이 쏘 작은 계교롤 너여 날을 속이려 ᄒ거니와 족히 두렵지 아니타' ᄒ더니 뎡눈이 코흐로 고이ᄒ 긔운을 ᄌᆞ아너여 진【53】셰롤 도으니 두 줄 흰 빗치 바로 은병(殷兵)으로 다라들며 그 가온디셔 뇌졍 갓촌 쇼리 나는지라 은병이 다 낫츨 쓰고 것구러져 졍신을 졍치 못ᄒ거늘 눈이 졔군을 호령ᄒ여 일시의 츔살ᄒ니 은군 진셰 졈졈 어즈러온지라 혹회 샐니 호로롤 도로 등의 너코 도치롤 들고 다라나더니 눈이 방하쪼로 혹호의 왼 엇게롤 치니 혹회 알프믈 참지 못ᄒ여 짜히 나려지거늘 눈이 군ᄉᆞ롤 녕ᄒ여 샐니 잡아미여 셩의 도라오니 이젹의 획이 쇼식을 몰나ᄒ더니 쇼졸이 보ᄒ디,

"뎡장군이 격장을 잡아온다."
ᄒ거늘 획이 밋지 아냐 혜오디 '일졍 눈이 젹병의 잡혀간거슬 중간의 와젼ᄒ미라' ᄒ고 하늘을 우러러 탄식ᄒ더니 이윽고 눈이 군ᄉ로 ᄒ여곰 혹호롤 미여 계하의 고두ᄒ거늘 획이 ᄎᆞ경ᄎᆞ회ᄒ여 샐니 계의 나려 좌우롤 꾸지져 믈니치고 민 거슬 글너 붓드러 뎐의 올녀 쑤러 왈,

"획이 이졔 죄【54】롤 텬하의 어더 몸이 용납홀디 업스니 홀노 셩을 직희여 텬명을 기다리더니 뎡눈이 ᄉ쳬(事體)롤 모로고 텬위롤 범ᄒ니 빅만 번 죽어도 획의 죄 남으리로쇼이다."

혹회 비왈,

"복이 장군으로 더브러 젼의 닉이 아던 의롤 닛고 작은 계교로 장군의 위엄을 범ᄒ여 이졔 잡혀와시니 엇지 슈괴치 아니리오? 오늘 술와두신 은혜는 죽어 지하의 가도 못니즈리로쇼이다."

획이 혹호롤 올녀 상좌의 안치고 졔장으로 더브러 한가지로 슐먹더니 혹회 왈,

"쇼뎨 오늘 잡히미 장군의게 세가지 니호 일이 이시니 하나흔 쇼뎨 잡히미 쓰홈이 긋칠지라 긔쥬 빅셩으로 ᄒ여곰 화롤 면케 ᄒ미오 둘흔 쇼뎨 장군의 은혜롤 닙엇ᄂ지라 도라가 쥬상긔 기유(開諭)ᄒ여 죄롤 스ᄒ시게 홀 거시오 세흔 장군의 쫄이 후궁의 들면 쇼시 일문의 권위 혁혁ᄒ리니 이 아니 만고의 드믄 일이【55】리

잇고?"

획이 믁연부답이러라. 후회 아이 젹장의게 잡혀가믈 듯고 디경 왈,

"셰상의 엇지 이런 괴이흔 사룸이 잇느뇨?"

흐고 다시 사룸 부려 허실을 탐청흐더니 믄득 쇼졸이 보흐디,

"셔빅후의 소신 산의싱(散宜生)이 원문(轅門) 밧긔 왓느이다."

후회 샐니 쇼복을 갓초고 장하의 나와 녜롤 맛춘 후 후회 냥진 승픽롤 니르고 쏘 문왈,

"엇지 쥬공(主公)이 나라홀 직희고 병을 움죽이지 아니흐여 텬즈 조명(詔命)을 거스리느뇨? 이 신즈의 녜 아니로다."

의싱이 답왈,

"우리 쥬공이 니르샤디 '병긔는 국가의 흉흔 일이니 엇지 작은 일을 인흐여 텬하롤 쇼동흐리오' 흐시고 한 글월을 닷가 '쇼획으로 흐여곰 쏠을 셔울 보니게 흐고 장군의 병진(兵陣)을 파흐게 흐디 획이 듯지 아니커든 니 디병을 거느려 가셔 법으로 다스리면 졔 비록 죽은들 엇지 날을 원흐리오' 흐시더 【56】 이다."

후회 디쇼 왈,

"쥬공이 거줏 인의로 조셔롤 거역흐고 날을 쇽이니 엇지 올흐리오? 니 이졔 쏜흔지 슈십여일의 지금 승부롤 미졍흐엿느니 그디 엇지 한 장 글월노 져의 마음을 도로혀게 흐리오?"

의싱이 디왈,

"이졔 비록 니긔지 못흐나 엇지 감히 쥬공 명을 지완케 흐리오?"

흐고 즉시 영의 나와 쇼졸을 다리고 긔쥬 셩하의 오니 획이 듯고 샐니 셩문을 열고 마즈드러 녜롤 맛츠미 획이 문왈,

"터위 이졔 작은 고을의 오시니 아니 군명을 바다 복을 달너려 오시니잇가?"

의싱이 디왈,

"셔빅휘 복을 명흐여 작은 글월을 드려 장군으로 흐여곰 텬의롤 조츠시게 흐라 흐시더이다. 인흐여 갈오디 우리 쥬공이 쏘 장군긔 한 말을 젼흐시더 져즈음긔 그디 명을 항거흐여 반가롤 오문의 쓰니 텬하의 큰 죄라 텬지 우리롤 보니여 죄롤 므르라 흐시더 나 【57】 논 그디 춤

냥을 임의 알앗는지라 이러므로 병을 니지 아니흐고 그디 무음 두로혀기롤 기다리느니 그디는 즈셰히 슬펴 뉘웃지 말나."

획이 문왈,

"이졔 글월이 어디 잇느뇨?"

의싱이 글월을 즉시 드리며 왈,

"원컨디 장군은 닉이 싱각흐여 텬위롤 어긔지 마로쇼셔."

획이 즉시 글월을 써혀보니 왈,

셔빅후 희창은 빅비돈슈흐고 긔쥬 쇼공 휘하의 글을 올니나이다. 창은 드르니 싸홀 바다 빅셩을 진졍흐느니는 이 다 인신이니 이러므로 졔휘 다 명을 좃느니 텬즈의 위엄이 엇지 거록지 아니리오? 이졔 텬지 장군의게 지예 이시믈 드르시고 쏠을 드려 궁중의 두랴 흐시니 장군이 엇지 텬명을 항거흐고 조졍을 슈욕흐여 오문의 반가롤 쓰고 고을의 웅거흐여 빅셩의 화롤 도라보지 아니흐느뇨? 이 죄 젹지 아니리니 원컨디 장군은 쇼졀을 바리오디 의롤 도라보【58】 시면 이 창의 바라는 비로쇼이다. 그디 병을 파흐고 쏠을 드리면 셰가지 유익흔 일이 이시니 그 하나흔 장군이 초방의 귀흐믈 누리고 지예 궁위의 총을 바다 쳔죵녹(千鍾祿)을 먹고 벼술이 국쳑의 이실 거시오 그 둘흔 긔쥬롤 진졍흐여 죵묘롤 평안흐고 친쳑을 무휼홀 거시오 셰흔 빅셩의 도탄을 건지고 삼군의 육살흐믈 긋칠 거시니 장군의 셰가지 니흔 일이니이다. 그디 만일 텬명을 거역흐고 쏠을 드리지 아니흐면 히로오미 장군의게 젹지 아니리니 창이 이졔 장군을 위흐여 졔교롤 드리느니 원컨디 장군은 쇼졀을 바리고 디의롤 직희쇼셔. 셔빅후 희창은 돈슈빅비흐고 삼가 글월을 올니느니다.

흐엿더라. 획이 글월을 보고 머리롤 슉이고 디답지 아니커놀 의싱이 다시 졀흐여 왈,

"장군이 엇지 유예흐여 졍치 못흐시느니잇고? 이졔 셔빅후의 말을 조츠면 후일 뉘우츠미 업스리이【59】 다."

획이 반일을 침음흐다가 혹호롤 쳥흐여 셔

빅의 글월을 뵈여 왈,
　"셔빅은 진짓 인의군지라 이 말이 다 유리
ᄒ니 니 엇지 좃지 아니리오?"
ᄒ고 즉시 좌우롤 명ᄒ여 쥬쥰(酒樽)과 찬합(饌
盒)을 가져오라 ᄒ여 산의싱을 관디ᄒ고 답셔롤
쥬며 왈,
　"그디 쥬공의 말이 다 니의 합당ᄒ니 니
힝장을 슈습ᄒ여 쏠노 더브러 은의 드러가 조회
ᄒ리라."
　의싱이 하직고 글월을 맛다 셩 남문으로
나가거눌 획이 혹호다려 왈,
　"이졔 셔빅의 말이 다 니의 올ᄒ니 우리
즉시 은의 드러가 조회ᄒ여 빅셩의 도탄을 덜니
라."
ᄒ더라.

4
은쥬역호리ᄉ달긔(恩州驛狐狸死妲己)

숭흑회(崇黑虎) 획(護)의 말을 듯고 답왈,

"이졔 디ᄉ를 졍ᄒ엿ᄂ지라 ᄲᆞᆯ니 힝장(行裝)을 슈습ᄒ여 셔울노 드러가고 쇼뎨를 도라보ᄂ녀 장군의 은덕을 빅【60】셩으로 ᄒ여곰 알게 ᄒ쇼셔. 일이 더디면 변이 이실가 두려ᄒᄂ이다. 이졔 쇼뎨를 노하 보ᄂ시면 가형으로 더부러 병을 파ᄒ고 나라히 도라가 장군의 ᄲᆞᆯ노 너브러 은의 조회ᄒ랴 ᄒ시믈 텬ᄉᄂ긔 고ᄒ면 상군의 부녜 변하위복ᄒ리이다."

획이 답왈,

"복이 이졔 장군의 ᄉ랑ᄒ시믈 닙고 셔빅(西伯)의 위덕을 감격ᄒᄂ니 엇지 한 ᄲᆞᆯ을 ᄉ랑ᄒ여 스스로 망ᄒ믈 취ᄒ리오?"

ᄒ고 즉시 흑호를 셩밧긔 나가 비별(拜別)ᄒ고 왈,

"장군이 도라가 복의 아들을 노하 보ᄂ시고 셔울 드러가 텬ᄌ긔 복의 죄를 히혹게 ᄒ시면 은혜 빅골난망이로쇼이다."

흑회 하직 왈,

"이졔 장군이 쇼뎨를 노하 보ᄂ시고 ᄯᅩ 텬의를 조ᄎ려ᄒ시니 쇼졔 엇지 장군의 명을 거슬니잇고? 장군은 유렴치 마로쇼셔."

ᄒ고 영의 도라와 후호의게 결ᄒ고 고왈,

"셔빅후 희창(姬昌)이 나라흘 직희고 병을 ᄂ지 아냐 만민의 화를 덜고져 ᄒ여 산의【61】싱(散宜生)을 보ᄂ여 획을 달ᄂ여 ᄲᆞᆯ을 드려 텬ᄌ의 명을 좃게 ᄒ니 이 엇지 군ᄌ의 도리 아니리오? 우리 몬져 병을 파ᄒ고 경ᄉ(京師)의 도라가 져의 항복ᄒ려 ᄒᄂ 뜻을 조졍의 고ᄒ리라."

흔디 후회 왈,

"쇼획(蘇護)이 과연 ᄲᆞᆯ을 드려 의의 도라오랴 ᄒ더냐? 원컨디 져의 뜻을 ᄌ셰히 일너 닌 마음을 플게 ᄒ라."

흑회 크게 웨여 왈,

"우리 형뎨 뎨을(帝乙)노봇허 이졔 니르히 오십이 지나시디 셔빅 갓흔 군ᄌ와 쇼획 갓흔 장부를 보지 못ᄒ엿ᄂ니 우리 형뎨는 졍병을 거ᄂ려완지 이졔 이십 여일이라 장쉬 죽고 군식 퓌ᄒ여 변이 목젼의 잇더니 이졔 셔빅은 한 장 글과 셰 치 혀를 놀녀 획을 ᄯᆞᆮ을 도로혀 경ᄉ의 드러가 죄를 쳥ᄒ려 ᄒ니 이 엇지 군ᄌ와 장부의 일이 아니리오? 쇼뎨 형을 위ᄒ여 붓그리ᄂ이다. 이졔 ᄲᆞᆯ니 젼튱(全忠)을 노하 보ᄂ고 병을 파ᄒ여 져의 뜻을 조ᄎ미【62】ᄯᅩ흔 의니이다."

후회 아의 말이 올흔지라 즉시 젼튱을 노하 도라가라 ᄒ디 젼튱이 고두 왈,

"쇼질(小侄)이 슉부 은혜를 닙ᄉ와 이졔 본국의 도라가니 이ᄂ 직심지은(再生之恩)이라 비록 디하의 간들 감히 니ᄌ리잇고?"

후회 왈,

"너 ᄯᅩ 텬ᄌ긔 표를 올녀 그디 부ᄌ를 ᄉᄒ시게 ᄒ리라."

젼튱이 비ᄉᄒ고 긔쥬로 가 부친을 보고 계하의 업디여 통곡흔디 획이 젼튱을 뎐의 올니고 왈,

"셔빅이 글을 보ᄂ여 쇼시(蘇氏) 멸문지화를 구ᄒ고 만민 도탄을 년ᄒ게 ᄒ니 이 은녁을 엇지 니ᄌ리오? 너 ᄯᅩ 싱각ᄒ니 군신지의는 텬하일체라 너 엇지 한 ᄲᆞᆯ을 앗겨 인신디의를 닛고 멸족지희를 도라보지 아니리오? 네 고을을

직희여 빅셩을 안보ᄒ고 너 도라오기를 기다리라. 너 조가(朝歌)의 드러가 ᄯᆯ을 드려 죄를 쇽ᄒ고 도라오리라.”

ᄒ고 너당의 드러가 부인 양시(楊氏)다려 왈,

“셔빅이 글을 보너여 날【63】노 ᄒ여곰 의의 도라가게 ᄒ니 너 엇지 좃지 아니리오?”

ᄒ고 글을 너여 뵌디 양시 통곡 왈,

“ᄯᆯ이 어려셔붓허 녜의ᄅᆞᆯ 비호지 못ᄒ여시니 엇지 궁중의 드러가 텬즈를 잘 셤기리오?”

획이 ᄯᅩ 울며 왈,

“일이 발셔 다 되엿느니 엇지 변ᄒ리오?”

ᄒ고 둘이 붓들고 우더니 이튼날 획이 삼쳔 졍병과 오빅 가졍(家丁)을 졈고ᄒ여 ᄯᆯ노 더브러 셔울노 향ᄒᆞᆯ시 달긔(妲己) 눈물이 비오듯ᄒ여 모친긔 하직 왈,

“원컨디 모친은 평안이 계시고 쇼녀ᄅᆞᆯ 싱각지 마로쇼셔. 쇼녜 타일의 틈을 어더 고향의 도라와 모친긔 뵈오리이다.”

양시 ᄯᅩ 울며 왈,

“너는 슈이 도라가 녜도ᄅᆞᆯ 극진이 ᄒ여 군왕을 잘 셤기고 노모의게 죄 밋게 말나.”

ᄒ더라.

전츙이 아븨와 누의ᄅᆞᆯ 문외 십니의 나가 니별ᄒ여 보너거늘 획이 전츙다려 일너 왈,

“너 슈이 도라올 거시니 너는 고을을 직희여 네 모친을 잘 셤기고 셔울다히1)ᄅᆞᆯ 넘겨말나.”

ᄒ고 가더【64】니 한 곳의 다ᄃᆞ른니 닝운(冷雲)은 삭막ᄒ고 삭셜은 분분한디 텬긔 졈졈 어두어가는지라 역졈(驛店)을 어더 이 밤을 지니려ᄒ더니 믄득 고을 안흐로셔 한 관원이 나와 결ᄒ고 왈,

“이 ᄯᅡ 일홈은 은쥬역(恩州驛)이오 나는 이 ᄯᅡ 역승(驛丞)이러니 그디네는 엇던 군민(軍馬)완디 마을도 업슨 작은 고을의 자려 ᄒᆞᄂᆈ?”

획이 답왈,

“나는 긔쥬후 쇼획이러니 이졔 텬지 너 ᄯᆯ을 드려 왕비ᄅᆞᆯ 숨으려 ᄒ시는지라 ᄯᆯ을 다려

셔울노 가더니 날셰 졈물고 마을이 업스니 원컨디 존관(尊官)은 우리로 ᄒ여곰 이 밤을 지니게 ᄒ쇼셔.”

역승이 답왈,

“이 역 뒤히 한 여이 이시니 요괴로온 변화로 사름을 쇽이니 이러므로 ᄒᆡᆼ인이 다 두려 이 ᄯᅡ히셔 밤을 지너지 아니ᄒᆞᄂᆞ니 존공은 엇지 이 ᄯᅡ히 머므시리잇고?”

획이 마음의 헤오디 ‘그 요괴 신통이 비록 그러나 너 휘하의 삼쳔 졍병과 오빅 가졍이 잇느니 엇지 족히 두려오리오’ ᄒ고 군ᄉᆞ를 명ᄒ여【65】쳥ᄉᆞ(廳舍)를 슈쇼(收掃)ᄒ고 장원(莊園)을 방비ᄒ라 ᄒ더 역승이 감히 어긔지 못ᄒ여 일ᄒᆡᆼ을 마즈 후당의 드리고 획다려 닐너 왈,

“이 역 뒤히 잇는 요괴 실노 괴이ᄒ 슐을 가졋느니 존공은 잘 방비ᄒ고 화ᄅᆞᆯ 면ᄒ라.”

획이 올히 너겨 즉시 달긔ᄅᆞᆯ 인ᄒ여 작은 졍즈의 드리고 오십 궁녀ᄅᆞᆯ 좌우의 직희여 경야(警夜)ᄒ라 ᄒ고 역승으로 더브러 등하의셔 병셔ᄅᆞᆯ 밤드도록 의논ᄒ더니 믄득 안히셔 지져괴는 쇼리 나며 일진 광풍의 등불이 ᄭᅥ지거늘 획이 디경ᄒ여 표미편(豹尾鞭) [신긔로온 치 일홈]을 들고 군ᄉᆞ를 인ᄒ여 안흐로 드리다른니 등불이 다 ᄭᅥ지고 오십 궁녜 다 것구러졋는디 홀노 달긔 당하의셔 블너 왈,

“쇼네 한 요괴ᄅᆞᆯ 맛나 블이 다 ᄭᅥ지고 궁녜 다 놀나 것구러져시디 쇼녀는 샹 아리 숨어 환을 면ᄒ엿느니 부친은 궁녀ᄅᆞᆯ 씨와 니르혀고 군ᄉᆞ를 식여 담 밧그로 호위ᄒ라 ᄒ고 귀체는 평안이 ᄌᆞ쇼셔.”

ᄒ거늘【66】획이 졔 ᄯᆯ을 보미 용모와 셩음이 조곰도 변ᄒᆞᆷ이 업슨지라 의심치 아니ᄒ고 너외의 분부ᄒ여 단단히 직희라 ᄒ고 도라와 ᄯᅩ 역승으로 더브러 등하의 녯 말을 의논ᄒ디 나종니 ᄯᆯ의 연고ᄅᆞᆯ 모로더라.

이젹의 역 뒤히 한 여이 이시니 살기ᄅᆞᆯ 쳔 년을 ᄒ고 도ᄅᆞᆯ 만히 비화 미양 요괴로온 슐노 사름을 쇽이더니 획이 달긔ᄅᆞᆯ 다리고 역관의 드럿는 일을 듯고 야반의 바름이 되여 침실의 드러가 달긔ᄅᆞᆯ 죽여 산곡의 감초고 그 피ᄅᆞᆯ ᄲᅡ라 먹어 얼골과 셩음을 가져 달긔 잇던디 이시니 획이 엇지 알니오?

---

1) 【-다히】ᄌᆞᆸ -쪽. -편. ¶ 너 슈이 도라올 거시니 너는 고을을 직희여 네 모친을 잘 셤기고 셔울다히를 넘겨말나 <西周 1:63>

이튼날 아춤의 군을 거느려 달긔로 더부러
조가의 드러가 하치(下寨)하고 몬져 사름을 식
여 무셩왕(武成王) 황비호(黃飛虎)의게 보하디
비회 이 말을 듯고 쥬의게 드러가 고하던 쥐 농
덕뎐(龍德殿)의셔 비즁(費仲)·우혼(尤渾)으로 더
브러 국졍을 의논하더니 획이 왓단 말을 듯고
뎌경 문왈,

"이 도젹이 무슴 계교로 쏘 날을 속【67】
이려하느뇨?"

비즁이 마음의 혜오디 '이졔 이놈이 곤하
고 힘이 약하여 쏠을 드려 죄롤 속하고져 하나
엇지 우리게 몬져 네단을 보니지 아니하고 무셩
왕의게 인졍을 힝하여 텬즈롤 달니고 우리롤 업
슈이 너기느뇨? 졔 스셩(死生)이 우리 두 사룸
의게 달넛느니 엇지 젼후 원슈롤 합하여 이놈을
죽이지 아니하리오' 하고 즉시 나아와 쥬하디,

"이졔 쇼획이 쏠노 더브러 셩하의 와 죄롤
쳥하니 이 가온디 반닥시 간스한 계괴 잇도쇼이
다."

쥐 이 말을 듯고 더옥 분노하여 꾸지즈디,

"이 도젹이 젼의 짐을 슈욕하고 졍스롤 어
즈러이 하니 짐이 참하여 국법을 붉히려 하더니
졔공의 간하믈 인하여 죄롤 스하고 나라히 도라
보니니 죽어도 닛지 못할 은혜어놀 젹지 의롤
져바리고 님군과 쏘호려 하더니 이졔 쏘 므슴
계교로 날을 비방하느뇨? 너 츠젹(此賊)을 죽여
국법을 졍히 하리라."

하고 노【68】롤 긋치지 아니하거놀 비즁이 쏘
더하디,

"이졔 획이 군신지의와 상하지분을 아지
못하여 쏘 쥬상을 속이려 하니 원컨디 폐하는
슈이 참하여 쇼셩의 위엄을 붉히쇼셔."

쥐 답왈,

"너 발셔 마음의 졍하엿느니 그디는 아직
믈너시라."

하고 이튼날 아춤의 조회롤 베프니 문무빅관이
다 녜필의 문왈,

"요스이 조하(朝賀)롤 여러날 아니하여시니
경 등이 쥬할 말이 잇거든 나아와 니르라."

셩문 직희엿던 관원 김혁이 출반 쥬왈,

"긔쥬후 쇼획이 셩하의 와 몬져 조졍의 보
하거놀 신이 무셩왕의게 일너 폐하고 쥬하라 하

엿더니 이졔 폐히 무르시니 고하느이다."

쥐 답왈,

"너 발셔 쇼획의 오믈 알앗느니라."

명관이 셩밧긔 나가 획을 블너 드려오니
획이 관 벗고 씌 그르고 단계의 고두빅비 왈,

"쇼획이 텬위롤 그릇 범하오니 빅 번 죽어
도 감슈로쇼이다."

쥐 더로 왈,

"네 오문 반가롤 쓰디 은의 다시 조회치
아니렷노라 하더니 이졔【69】엇지 오뇨? 텬병
을 살히하고 명관을 핍박하니 죄 가히 죽엄즉하
다."

하고 무스롤 명하여 획을 너여 버히라 하디 좌
승상 상용이 출반 쥬왈,

"쇼획의 죄 비록 크나 셔빅후 회창의 한
장 글을 보고 졔 죄롤 씨다라 쏠을 드리고 죄롤
쳥하니 원컨디 폐하는 용스하쇼셔. 이졔 폐히
획을 죽이시면 그 쏠을 쏘 후궁의 드리지 못하
시리니 폐하는 즈셰히 슬피쇼셔."

쥐 유예하여 결치 못하더니 비즁이 쏘 쥬
왈,

"승상의 말이 다 폐하롤 비방하고 쇼획을
구하려 하미니 원컨디 폐하는 상용의 말을 듯지
마르시고 이 도젹을 죽이쇼셔."

쥐 부답하고 명관을 보니여 달긔롤 브르니
달긔 명관을 조츠 농덕뎐의 드러와 구룡교롤 건
너 쇼리롤 아룻다이 하여 산호(山呼)롤 브르니
어엿분 틱도와 쳥안한 쇼리 사람의 이목을 놀니
는지라 쥐 달긔롤 보미 혼빅이 산난하고 졍신이
황홀하여 쎼 바아지【70】고 술이 녹는듯하여
아모리 할 줄 모로더니 이윽고 긔운을 겨요 찰
혀 쇼리하여 왈,

"획의 죄 죽엄즉하나 이졔 쏠을 드려 죄롤
쳥하니 이 인신의 도리라 특별이 스하고 옛 벼
슬을 도로 쥬라."

하고 좌우롤 명하여 달긔롤 다려다가 슈션궁(壽
仙宮)의 햐쳐(下處)하라 하디 획이 고두스은하고
긔쥬로 돌아가고져 하거놀 쥐 쏘 니르디,

"낭이 이졔 긔쥬 가면 다시 올나오기 어려
오니 아직 경의 아들노 직희라 하고 경은 셔울
머므러 쏠노 더부러 부귀 바드면 엇지 즐겁지
아니하리오?"

획이 수은ᄒ고 역관으로 나오니 쥐 쏘 미월의 쇼획을 녹 이쳔 셕과 돈 일만 관을 쥬라 ᄒ고 승상을 명ᄒ여 현경뎐(顯慶殿)의 가 획을 쳥ᄒ여 삼일 디연을 ᄒ라 ᄒ고 즉시 조회룰 파ᄒ고 슈션궁으로 도라오니 달긔 바야흐로 난간을 의지ᄒ여 잉무룰 희롱ᄒ니 구텬 텬녜 요지(瑤池)의 나려오며 월궁 항이(嫦娥) 옥졀의 나려온 듯ᄒ더라. 쥐 압희 【71】 나아가 왈,

"그디 임의 궁즁의 드러와시니 날을 무슴 도리로 셤길다?"

달긔 피셕 디왈,

"쳡의 원ᄒᄂ 바ᄂ 다만 폐하로 ᄒ여곰 근심 업스시게 ᄒ리이다."

쥐 쏘 문왈,

"네 엇지 니 즐거오믈 잘 도을다?"

달긔 답왈,

"쳡이 비혼 지죄 업스오며 아ᄂ 녜되 업스오나 폐하의 좌우의 이셔 조졍의 일이 잇거든 그 경ᄉ의 일난 폐하의게 쥬ᄒ고 그 결치 못ᄒᄂ 경ᄉᄂ 디신으로 ᄒ여곰 논ᄒ여 쳐치케 ᄒ면 폐희 근심이 업스리이다."

쥐 디열 왈,

"네 말이 심히 맛당ᄒ니 니 무슴 근심ᄒ리오?"

ᄒ고 이 밤을 예셔 지니니 원앙이 녹슈(綠水)의 놀며 봉황이 요지의셔 츔츄ᄂ 듯ᄒ더라. 쥐 달긔룰 어든 후로ᄂ 미양 궁즁의셔 연낙(宴樂)ᄒ고 셕달을 조회의 나지 아니ᄒ더라. 달긔 쏘 쥐의 마음을 아당ᄒ여 미양 조졍의 디시 이시면 즁간의 도로 너여 디신으로 ᄒ여곰 의논ᄒ라 ᄒ니 조졍 디신이 다 실식ᄒ고 국ᄉ룰 【72】 브즈런이 아니ᄒ디 비즁·우혼은 금궐의 츌입ᄒ기룰 임의로 ᄒ고 쥐와 달긔룰 아당ᄒ니 이젹의 텬희 다 은이 슈이 망홀 쥴을 아더라.

5

운듕즈진검졔요(雲中子進劍除妖)

쥬(紂) 달긔(姐己)와 비즁(費仲)·우혼(尤渾)
으로 더브러 쥬야로 음쥬방탕ᄒ고 졍ᄉ를 도라
보지 아니ᄒ니 상용(商容)과 비간(比干)이 셔로
의논ᄒ디.

"쥬상이 음황(淫荒)ᄒ고 간신이 쳔권(擅權)
ᄒ여시니 은이 오러지 아녀 속결업시 남의 숀의
가리로다. 우리 도ᄉ를 어더 요믈을 업시ᄒ여
조졍을 평안이 ᄒ리라."
ᄒ더니 믄득 무셩왕 황비희(黃飛虎) 두 승상의
셔로 의논ᄒᄂ 양을 듯고 승상부의 와 녜를 맛
춘 후 다시 안즈 문왈,

"요ᄉ이 쥬상이 시 후궁을 어드시니 그디
쇼견의ᄂ 졍시 엇더타 ᄒᄂ뇨?"

두 승상이 일시의 답왈,

"우리ᄂ 닙이 이셔도 말을 못ᄒ니 장군의
뜻의ᄂ 엇더ᄒ뇨?"

비회 비간의 귀의 다혀 왈,

"그디 시 황휘 요 【73】 믈인 줄 엇지 모로
ᄂ뇨?"

비간이 더경ᄒ여 마음의 싱각ᄒ디 '우리
이졔ᄂ 이 사롬을 긔이지 못ᄒ리라' ᄒ고 달긔
의 은쥬역(恩州驛) 일과 쥐 달긔의게 혹ᄒ여 졍
ᄉ를 혜오는 일을 니ᄅ디 비회 이 말을 듯고 믁
연브답ᄒ고 탄식고 도라오다.

비간이 비호롤 보니고 믄득 난간을 의지ᄒ
여 조으더니 믄득 긔이혼 도시 압히 와 결ᄒ고
왈,

"나ᄂ 종남산(終南山)의 잇ᄂ 도ᄉ 운듕즈
(雲中子)러니 이졔 여이 궁즁의 드러와 님군을
혹게 ᄒ고 졍ᄉ를 어즈러이디 조졍 디신이 하나
도 아지 못ᄒ고 다만 그디 아라 도ᄉ를 춧고져
홀시 이졔 너 나라홀 위ᄒ여 요얼(妖孼)을 업시
코져 ᄒᄂ니 그디 쥬상을 권ᄒ여 너 계교롤 드
리게 ᄒ라."
ᄒ거늘 놀나 ᄭ치니 하놀은 파스ᄒ고 야식은 창
망ᄒ거늘 비간이 괴이히 너겨 힝혀 이 말이 쥬
의 귀의 가면 디화(大禍) 날지라 감히 남다려
니ᄅ지 못ᄒ고 홀노 앙앙ᄒ더라.

이격의 셩 남문 밧 십니의 한 도시 이시
【74】 니 일홈은 운듕즈니 이쳔 빅년 득도혼 신
션이러라. 미양 산즁의셔 한가히 도롤 닷그며
귀신을 브리니 스스로 니ᄅ디 '비록 쳔만 도시
와 너 법술을 결우려 ᄒ나 나는 족히 두렵지 아
니토다' ᄒ고 숀의 뉴장(杻杖)을 집고 금강디 기
숡의 가 약을 키여 구롬을 ᄡ으고 안기롤 지어
너더니 믄득 바라보니 동남(東南)다히[1]로셔 한
줄 괴이혼 긔운이 바로 하놀의 쏘이거늘 운듕즈
싱각ᄒ다가 마음의 혜오디 '이 일졍 은쥬역의
잇던 쳔년 믁은 여이 인간을 속여 미골을 ᄡ고
조가(朝歌)의 드러가 사롬을 혹게 ᄒᄂ니 이졔
업시치 아니면 후의 반ᄃ시 디환이 이시리리'
ᄒ고 금화동즈롤 블너 뒤동산의 가 늙은 솔가지
하나홀 버혀 오라 ᄒ여,

"너 칼흘 민ᄃ리 요괴롤 업시ᄒ여 만민의
화롤 덜니라."

---

1) 【一다히】접 一쪽. 一편. ¶ 上‖ 숀의 뉴장
을 집고 금강디 기숡의 가 약을 키여 구롬을 ᄡ
으고 안기롤 지어너더니 믄득 바라보니 동남다
히로셔 한 줄 괴이혼 긔운이 바로 하놀의 쏘이
거놀 (那日閑居無事, 手携水火花籃, 意欲往虎兒
崖前採藥. 方才駕雲興霧, 忽見東南上一道妖氣,
直衝透雲宵.) <西周 1:74>

ᄒᆞ고 동ᄌᆞᄅᆞᆯ 블너 니ᄅᆞᆫᄃᆡ 동지 왈,

"엇지 즁당의 두엇던 보검을 가져다가 져 요괴ᄅᆞᆯ 버혀 블【75】희²⁾ᄅᆞᆯ 아조 업시ᄒᆞ려 아니시ᄂᆞ니잇고?"

운즁지 쇼왈,

"이 쳔년 믁은 여이 엇지 죡히 나의 보검을 당ᄒᆞ리오? 이 남그로 믠든 환도만 보와도 일졍 졔 본상을 도망치 못ᄒᆞ리라."

ᄒᆞᆫᄃᆡ 동지 즉시 늙은 소나무 가지ᄅᆞᆯ 가져왓거늘 운즁지 닙으로 남글 ᄡᅡ가 환도ᄅᆞᆯ 믠ᄃᆞ니 그 칼의 긔이ᄒᆞᆫ 빗치 골 안히 가득ᄒᆞ엿더라. 운즁지 목검을 츠고 조가로 올시 동ᄌᆞᄅᆞᆯ 분부ᄒᆞ여 뫼홀 직희라 ᄒᆞ고 몸을 감초와 셩즁의 드러와 승샹부로 오니 비간이 바야흐로 잠을 닉이 드럿거늘 씨와 요괴 졔어ᄒᆞ려 ᄒᆞ던 일을 잠간 의논ᄒᆞ니라.

이젹의 쥐 쥬식의 침혹ᄒᆞ여 여러날 조회ᄅᆞᆯ 밧지 아니ᄒᆞ니 ᄐᆡ우 미ᄇᆡᆨ(梅伯)이 좌승샹 상용과 우승샹 비간다려 왈,

"이졔 텬지 황음무도ᄒᆞ여 국졍을 다ᄉᆞ리지 아니ᄒᆞ니 이 반ᄃᆞ시 디란의 근본이라 공 등이 조졍 디신이 되여 거가(車駕)ᄅᆞᆯ 쳥ᄒᆞ여 엇지 조회【76】ᄅᆞᆯ 비셜ᄒᆞ고 각각 쇼원을 베프지 아니ᄒᆞᄂᆞ뇨?"

상용이 답왈,

"ᄐᆡ우의 말이 심히 유리ᄒᆞ다."

ᄒᆞ고 즉시 빅관을 농덕뎐의 모호고 어가ᄅᆞᆯ 쳥ᄒᆞ여 조회ᄒᆞᆷ믈 픔ᄒᆞᆫᄃᆡ 쥐 달긔다려 왈,

"네 조히 이시라."

ᄒᆞ고 농덕뎐의 나와 조회ᄅᆞᆯ 바들시 문무빅관이 조회ᄅᆞᆯ 맛ᄎᆞᆷᄆᆡ 두 승샹이 나아와 쥬왈,

"이졔 텬하 계휘 폐하의 명을 듯지 못ᄒᆞ여 경셩의 머므런지 장ᄎᆞᆺ 히 지나디 폐히 심궁의 계샤 날마다 슐을 두어 연나(宴羅)ᄒᆞ시고 ᄯᅩ 시후궁을 어드샤 침혹혼음ᄒᆞ여 조졍 졍ᄉᆞᄅᆞᆯ 도라보지 아니시니 이는 텬하 만민으로 ᄒᆞ여곰 다 폐하ᄅᆞᆯ 우을지라. 빌건디 폐하는 쥬식의 침곤치 마ᄅᆞ시고 국ᄉᆞᄅᆞᆯ 도라보샤 신 등의 바라는 바ᄅᆞᆯ

조ᄎᆞ샤 빅셩으로 더브러 복을 누리시면 우슌풍조(雨順風調)ᄒᆞ고 ᄌᆡ거복ᄂᆡ(災去福來)ᄒᆞ여 슈한(水旱)이 고로고 인심이 슌ᄒᆞ리이다."

쥐 답왈,

"이졔 ᄉᆞ히 안녕ᄒᆞ며 만【77】민이 낙업(樂業)ᄒᆞ고 다만 븍히의 작은 도젹이 이시디 짐이 발셔 ᄐᆡᄉᆞ 문즁(聞仲)을 명ᄒᆞ여 치라 ᄒᆞ엿ᄂᆞ니 이졔 민간의 무슴 부죡ᄒᆞᆫ 일이 이시리오? 말이 비록 올흐나 이졔 조졍의 일이 업고 만민이 원이 업술지라 나의 다스릴 바는 이의셔 지나지 아니리로다. 민간의 질괴 잇거든 그디네 날노 ᄒᆞ여곰 힝실을 곳치게 ᄒᆞ라."

두 승샹이 ᄯᅩ 쥬다려 ᄒᆞ더니 믄득 보ᄒᆞ디,

"한 도시 오문 밧긔 와 폐하긔 뵈오믈 쳥ᄒᆞᄂᆞ이다."

ᄒᆞ거늘 쥐 괴이 너겨 브르라 ᄒᆞᆫᄃᆡ 그 도시 쳔초관을 쓰고 ᄉᆞ히피ᄅᆞᆯ 신으며 학창의(鶴氅衣)ᄅᆞᆯ 닙고 니디ᄅᆞᆯ 씌고 셔시니 상뫼 비범ᄒᆞ고 긔질이 쇼아ᄒᆞ더라. 계하의 와 업디여 왈,

"나는 죵남산 도스 운즁지러니 폐하긔 한 말을 쥬ᄒᆞ려 ᄒᆞᄂᆞ이다."

ᄒᆞ거늘 쥐 운즁ᄌᆞ의 예와 용모ᄅᆞᆯ 보고 심즁의 깃거 아니ᄒᆞ여 혜오디 '늬 귀ᄒᆞ미 텬지 되고 그 가음열미³⁾ ᄉᆞ히ᄅᆞᆯ 두어시니 이졔 텬히 다 늬 신히 아닌 거시 업거늘 이 괴이ᄒᆞᆫ【78】거시 어디로셔 오뇨' ᄒᆞ고 문왈,

"네 죵남산 도시면 엇지 인간 만민이 다 너ᄅᆞᆯ 아ᄂᆞ니 업ᄂᆞ뇨?"

운즁지 디왈,

"늬 마음이 빅운(白雲) 갓고 뜻이 뉴슈(流水) 갓흔지라 인간을 피ᄒᆞ고 산즁의 슘어 도ᄅᆞᆯ 닷그니 그 뉘 알니잇고?"

쥐 문왈,

"구름이 훗터지고 믈이 마ᄅᆞ면 네 무어슬 취ᄒᆞᄂᆞᆫ다?"

운즁지 답ᄒᆞ디,

---

2) 【블희】명 뿌리. 근본. ¶ 根‖ 엇지 즁당의 두엇던 보검을 가져다가 져 요괴ᄅᆞᆯ 버혀 블희ᄅᆞᆯ 아조 업시ᄒᆞ려 아니시ᄂᆞ니잇고? (何不用照妖寶劍斬斷妖邪, 永絶禍根?) <西周 1:74-75>

3) 【가음열다】형 부유하다 ¶ 富‖ 쥐 운즁ᄌᆞ의 예와 용모ᄅᆞᆯ 보고 심즁의 깃거 아니ᄒᆞ여 혜오디 '늬 귀ᄒᆞ미 텬지 되고 그 가음열미 ᄉᆞ히ᄅᆞᆯ 두어시니 이졔 텬히 다 늬 신히 아닌 거시 업거늘 이 괴이ᄒᆞᆫ 거시 어디로셔 오뇨?' (村王看這道人如此行禮, 心中不悅, 自思: '朕貴爲天子, 富有四海, ……那道者從何處來?') <西周 1:77>

"구롬이 홋터지면 달이 잇고 믈이 말으면 명쥬 잇느니다."

쥬 이 말을 듯고 상의 나려 머리조아 왈,

"과인이 션싱의 거룩한 도량을 모로고 그릇 디답하여시니 원컨더 션싱은 과인의 죄룰 스하라."

한더 운중즈 몸을 움죽여 다시 안즈며 왈,

"니 오눌 온 뜻은 폐하로 하여곰 그론 일을 바리고 어진더 나아가시게 하려 하미니 원(願) 폐하는 니 말을 조추샤 셩탕의 도룰 일치 마로쇼셔."

하고 글 열아믄 귀(句)룰 올니니 그 글이 문니(文理) 졉쇽(接續)하고 혈믹이 관종(貫縱)하여 진짓 션가 도법이러라. 쥬 글을 다 드르미 크게 깃거 왈,

"그더 글이 다 션가의 도법이라 그 뜻을 다 몰나 닛다감4) 【79】 아라듯는 디는 가슴이 싀훤하며5) 졍신이 황홀하고 의시 발월(發越)하니6) 원컨더 그 뜻을 즈시 일너 니 뜻을 찌치게 하라."

운중즈 왈,

"나는 산중 도시라 깁흔 뫼히 가 약을 키더니 홀연 바라보니 요괴 긔운이 금달노조추 하눌의 쏘엿는지라 놀나 이졔 와 폐하로 하여곰 요괴룰 업시하려 하느이다."

---

4) 【닛다감】 图 이따금. 종종. ¶ 그더 글이 다 션가의 도법이라 그 뜻을 다 몰나 닛다감 아라 듯는 디는 가슴이 싀훤하며 졍신이 황홀하고 의시 발월하니 원컨더 그 뜻을 즈시 일너 니 뜻을 찌치게 하라 (朕聆先生此言, 不覺精神爽快, 如在 塵世之外, 眞覺富貴如浮雲耳. ……請道其詳.) <西周 1:78>

5) 【싀훤하다】 圈 시원하다. ¶ 爽快∥ 그더 글이 다 션가의 도법이라 그 뜻을 다 몰나 닛다감 아라듯는 디는 가슴이 싀훤하며 졍신이 황홀하고 의시 발월하니 원컨더 그 뜻을 즈시 일너 니 뜻을 찌치게 하라 (朕聆先生此言, 不覺精神爽快, 如在塵世之外, 眞覺富貴如浮雲耳. ……請道其詳.) <西周 1:78>

6) 【발월하다】 圈 {발월(發越)하다.} 뛰어나다. ¶ 그더 글이 다 션가의 도법이리 그 뜻을 다 몰나 닛다감 아라듯는 디는 가슴이 싀훤하며 졍신이 황홀하고 의시 발월하니 원컨더 그 뜻을 즈시 일너 니 뜻을 찌치게 하라 (朕聆先生此言, 不覺精神爽快, 如在塵世之外, 眞覺富貴如浮雲耳. ……請道其詳.) <西周 1:78>

쥬 더로 왈,

"디궐이 깁고 산님이 머니 무슴 요괴 이시리오? 션싱이 다론 긔운을 보고 요괴라 하는도다."

운중즈 쇼왈,

"폐히 만일 요괴 긔운을 아라보실진더 엇지 져 긔운을 모르시느니잇고? 슈이 업시하여 만민의 화룰 더르쇼셔."

쥬 왈,

"궁중의 요괴 이실진더 이졔 어니 곳의 잇느뇨?"

운중즈 남그로 민든 환도 하나흘 드리며 왈,

"폐히 이 환도의 신긔로오믈 알으시느니잇가?"

쥬 바다 즈셰히 보다가 왈,

"이 블과 쇼나무 환되니 무슴 신긔로오미 이시리오?"

운중즈 더왈,

"이 환도룰 침중의 거러두시면 셕달 니의 요괴 긔운이 업스리이다."

【80】 쥬 좌우로 하여곰 그 환도룰 가져다가 침궁의 걸나 하고 왈,

"이졔 션싱이 잠간 산중 낙월을 바라지 말고 짐을 도와 졍스룰 다스리면 벼슬이 삼공(三公) 위의 잇고 몸이 후셰의 현달하리니 엇지 아롬답지 아니리오?"

운중즈 비스 왈,

"비록 폐하의 바리지 아니시믈 힘닙으나 초야 운인의 치국안민할 슐은 아지 못하느이다."

쥬 왈,

"션싱이 엇지 괴로이 산간의 몸을 숨기고 일홈을 감쵸와 후셰 사롬으로 하여곰 도덕을 아지 못하게 하느뇨? 션싱이 벼슬을 바다 과인을 도으면 몸의 홍포룰 닙고 허리의 금더룰 씌여 쳐룰 봉하며 즈손을 귀케 하여 무궁한 복을 누리리라."

운중즈 더왈,

"폐하는 아지 못하거니와 빈도는 즐거오미 그 가온더 이시니 몸이 한가하고 마음이 평안하

여 젹은 집을 혐의로이 너기지 아니ᄒᆞ며 녯 옷
시 더러오믈 슬희여 아니ᄒᆞ여 년닙흘 썻거 옷슬
민들고 남초롤 미 【81】 ᄌᆞ 찰 거슬 민들고 벼기
롤 의지ᄒᆞ여 한 번 조을미 넉시 텬궁의 가 놀고
화월을 디ᄒᆞ여 글을 읇ᄒᆞ니 경이 산중의 가득ᄒᆞ
엿ᄂᆞ니 공명(孔明)의 초긔(草家) 갓흔 거술 싱각
지 아니며 의복의 빗난 거슬 싱각지 아니며 관
작의 놉흐믈 싱각지 아녀ᄒᆞ미 빈도의 즐거오미
니이다.”

쥐 이 말을 듯고 탄왈,

“션싱은 진짓 청졍ᄒᆞᆫ 신션이라.”

ᄒᆞ고 좌우롤 명ᄒᆞ여 금은 한 반을 가져오라 ᄒᆞ
여 쥬며 왈,

“이 비록 ᄉᆞ쇼ᄒᆞ나 원컨디 션싱은 길히 반
젼이나 ᄒᆞ라.”

운중지 밧지 아녀 왈,

“빈도의게는 쓸디 업스니 좌우롤 쥬쇼셔.”

ᄒᆞ고 하직고 바룸을 조츠 남다히로 가니 아모디
로 간줄 모롤너라. 쥐 괴이히 너겨 기리기롤 이
윽이 ᄒᆞ다가 슈션궁의 도라오니 궁녜 썰니 나와
보ᄒᆞ디,

“쇼낭낭이 독질을 어더 졍신이 침곤ᄒᆞ고
인ᄉᆞ롤 출히지 못ᄒᆞᄂᆞ이다.”

쥐 디경ᄒᆞ여 썰니 침궁의 나아가 금뇽장을
들고 달긔롤 보니 긔식이 급촉ᄒᆞ여 【82】 명지
경긱이어눌 쥐 급히 블너 왈,

“아춤의 궁의 나갈졔 얼골이 쏫갓더니 엇
지 일시의 이런 병을 어덧ᄂᆞ뇨?”

ᄒᆞ고 졍히 아모리홀 줄 모로더니 이윽고 졍안을
반만 ᄯᅳᆺ고 쥬슌을 겨유 여러 블너 왈,

“쳡이 아춤의 군왕을 보니옵고 홀노 궁중
의 이셔 군왕 도라오시믈 기다리옵더니 믄득 머
리롤 드러 바람벽을 보니 젼의 못보던 보검이
잇ᄂᆞᆫ지라 마음이 놀납고 긔운이 쩔녀 인ᄒᆞ여 이
병을 어드니 명이 박ᄒᆞ고 인연이 젹어 오리 폐
하의 겻히 잇지 못ᄒᆞ게 되엿ᄂᆞ니 쳥컨디 폐하는
몸을 안셔ᄒᆞ샤 졍ᄉᆞ롤 슬피시고 쳔쳡의 죽기로
나라 일을 그릇 민드지 마ᄅᆞ쇼셔.”

ᄒᆞ고 인ᄒᆞ여 눈믈이 비오듯ᄒᆞ니 쥐 ᄯᅩ 눈믈을
먹음고 답왈,

“짐이 붉지 못ᄒᆞ여 종남산 도ᄉᆞ 운중ᄌᆞ의
게 속아 요괴 졔어ᄒᆞ는 보검을 궁중의 거러시나

이 깁흔 디궐의 무슴 요괴 이시리오? 이졔 도로
혀 너롤 놀너여 이 병을 엇게 ᄒᆞ 【83】 니 이 다
짐의 죄라.”

ᄒᆞ고 즉시 좌우롤 명ᄒᆞ여 환도롤 너여다가 블질
너 업시ᄒᆞ라 ᄒᆞ다.

6
쥬왕무도됴포락(紂王無道造炮烙)

쥬(紂) 급히 좌우룰 명ᄒ여 보검을 너여다가 블지르라 ᄒ니 좌위 너여다가 블지르다.

달긔(妲己) 환도 업순 줄을 보고 녯 얼골을 너니 용모와 티되(態度) 의구ᄒ더라. 쥐 더희ᄒ여 디연을 격셩누(摘星樓)의 비셜ᄒ고 각 궁을 다 오라 ᄒ더 삼궁뉵원과 삼쳔 궁녜 의복을 빗니고 용모룰 다듬아 달긔의게 치하ᄒᆞᆯ시 가셩은 녈녈ᄒ고 무규혼 분분ᄒᆞᆫ더 쥐 친히 잔을 잡아 달긔룰 쥬며 왈,

"답답ᄒ다 너 의시 그릇 요괴로온 도스의 말을 드러 너룰 놀니니 이 다 짐이 붉지 못혼 탓시라."

ᄒ더 달긔 피셕 지비 왈,

"폐히 쳡을 위ᄒ여 위로ᄒ시니 쳡이 죽어 디하의 가도 폐하의 은퇴을 엇지 니즈리잇고?"

ᄒ더라.

운즁지(雲中子) 【84】 보검을 드리고 종남산으로 도라가더니 믄득 머리룰 도로혀 보니 요괴 긔운이 다시 니르혀 궁즁의 가득ᄒ엿거늘 하놀을 우러러 탄왈,

"보검을 나라히 드려 요괴룰 업시ᄒ랴 ᄒ엿더니 이졔 군왕이 요괴의 간스혼 슐의 ᄲ혀 너 말을 듯지 아니ᄒ고 국졍을 슬피지 아니ᄒ니 블구의 은되 망ᄒ리로다. 너 이졔 다시 드러가 빅셩으로 ᄒ여곰 은이 슈이 망ᄒᆞᆯ 줄을 알게 ᄒ리라."

ᄒ고 즉시 드러와 가만이 티스의 집 분벽 우희 혼 글을 쓰니 그 글의 ᄒ여시더,

요괴 긔운이 궁졍을 어즈러이니,
벅벅이[1) 피믈이 조가의 들믈 알니로다.
셩덕이 셔시의 파양ᄒ니,
무오셰 갑즈일이라.

妖氛穢亂宮廷,
要知血染朝歌.
聖德播揚西土[2],
戊午歲中甲子.

ᄒ엿더라. 운즁지 이 글을 다 쓰고 종남산으로 도라가다.

이젹의 티스 두원션(杜元銑)이 텬문을 보더니 집안 노복 빅여 인이 분장 아리 짓궤거늘 두 티시 괴이히 너겨 나아가 무룬더 디왈,

"이 동산의 사룸이 완지 슈월이러니 앗가 쥬인이 텬 【85】 문을 보시거늘 우리 드러가 분벽을 보니 괴이혼 글이 쓰엿ᄂ이다."

ᄒ고 웨와 니르거늘 두원션이 디경ᄒ여 즉시 업시ᄒ라 ᄒ고 즁당의 드러와 바야흐로 궁구ᄒ다가 싱각ᄒ더 '이 반드시 어졔 왓던 도스 운즁즈의 일이라' ᄒ고 다시 뜰외 나러 금달을 비리본 과연 안기 속의 괴이혼 긔운이 잇거늘 탄왈,

"운즁즈는 진짓 득도혼 신션이로다. 우리 비록 텬문을 보는 체ᄒ니 우러러 그 신긔로오믈 보기 어렵도다."

ᄒ고 ᄯᅩ 니르더,

---

1) 【벅벅이】 🈂 반드시. 틀림없이. ¶ 요괴 긔운이 궁졍을 어즈러이니 벅벅이 피믈이 조가의 들믈 알니로다 (妖氛穢亂宮廷, 要知血染朝歌.) <西周 1:84>

2) 원문은 제2구와 제3구가 바뀌어 있으나 여기에서는 고쳤음.

"텬지 황음무도ᄒᆞ여 요얼을 밋고 츙냥을
히ᄒᆞ니 텬히 반ᄃᆞ시 오러지 아닐지라. 우리 션
데 후은을 닙어 복녹을 이러트시 누리고 엇지
참아 종ᄉ의 망ᄒᆞ믈 보리오?"
ᄒᆞ고 즉시 표를 지어 ᄉᆞ미의 녀코 승상 상용을
보아 왈,

"이졔 조졍 경시 엇더ᄒᆞ니잇가?"

상용이 믁연브답이어놀 원션이 운듕ᄌ의
글 지은 일과 궁듕의 요괴 긔운 잇ᄂᆞᆫ 【86】 줄을
ᄌᆞ셰히 니른더 상용이 답왈,

"우리 발셔 님군의 혼암ᄒᆞ고 졍시 어즈러
워 은되 거의 망ᄒᆞ여 가니 이ᄂᆞᆫ 다 쇼달긔(蘇妲
己)의 님군을 침혹게 ᄒᆞᆫ 일을 아노라."

즉시 너외 관원을 모화 왈,

"이졔 님군이 시 후궁을 어더 혼음쥬식ᄒᆞ
고 방탕무도ᄒᆞ니 우리 조졍 신히 되여 종ᄉ의
기우러져가믈 엇지 참아 보리오?"
ᄒᆞ고 쏘 달긔의 연고를 다 니른고 왈,

"이졔 공 등이 무슴 계교로 져 요괴를 업
시ᄒᆞ리오?"

조졍 ᄃᆡ신이 혹은 달긔의 근본을 알고 혹
은 모로더니 이 말을 듯고 ᄃᆡ경ᄒᆞ여 일시의 ᄃᆡ
답ᄒᆞ더,

"만일 그러ᄒᆞᆯ진더 승상이 엇지 쥬상긔 고
ᄒᆞ여 요괴를 업시치 아니ᄒᆞᄂᆞ뇨? 우리 쏘ᄒᆞᆫ 틈
을 어더 일시의 닷ᄒᆞ면 쥬상이 엇지 아니 드르
시리잇고?"

상용이 답고져 ᄒᆞ더니 원션이 ᄉᆞ미로셔 한
표를 너여 상용을 쥬며 왈,

"공이 표를 가지고 너뎡의 드러가 죽기로
셔 간ᄒᆞ면 공은 션데 【87】 젹븟허 유공(有功)ᄒᆞᆫ
ᄃᆡ신이라 쥬상이 일즉 밋비 드르시리라."
ᄒᆞ거늘 상용이 즉시 표를 ᄉᆞ미의 녀코 슈션궁의
드러간더 문직횐 즁관이 드러가 보ᄒᆞ더니 이윽
고 나와 니른더,

"쥬상이 드러오라 ᄒᆞ신다."
ᄒᆞ거늘 상용이 용모를 셕셕이3) ᄒᆞ고 졍신을 가
다듬아 근시(近侍)를 ᄯᅩᆯ와 궁 압히 드러가 녜를
맛ᄎᆞ미 쥐 문왈,

---

3) 【셕셕이】㊎ 씩씩하게. 엄숙하게. ¶ 상용이 용
　모를 셕셕이 ᄒᆞ고 졍신을 가다듬아 근시를 ᄯᅩᆯ와
　궁 압히 드러가 녜를 맛ᄎᆞ미 <西周 1:87>

"승상이 무슴 긴급ᄒᆞᆫ 일을 고ᄒᆞ려 슈고로
이 드러오뇨?"

용(容)이 ᄃᆡ왈,

"어졔 신이 홀노 승상부의 이셔 조뎡 일을
의논ᄒᆞ더니 티ᄉᆞ 두원션이 와 신다려 니로더
'집 뒤 동산의 가 텬문을 보더니 믄득 궁듕으로
셔 한 요괴의 긔운이 하늘의 쏘이니 이ᄂᆞᆫ ᄃᆡ변
(大變)이라 폐히긔 엿ᄌᆞ와 붉이 다스리게 ᄒᆞ라'
ᄒᆞ거늘 신이 그 말을 드르미 졍신이 황홀ᄒᆞ며
마음이 놀나와 죽기를 피치 아니ᄒᆞ고 감히 고ᄒᆞ
ᄂᆞ이다."
ᄒᆞ고 한 표를 올니니 그 표의 왈,

　　집장ᄉᆞ(執掌司) 텬관(天官) 신 두원션
은 돈슈빅비ᄒᆞ고 감히 일봉 표 【88】 를 쥬
상 폐하긔 올니ᄂᆞ이다. 신은 드르니 국긔
흥홀 젹은 ᄉᆞ방의 뎡상이 니러나고 국긔
망홀 젹은 요얼이 잇다 ᄒᆞ니 신이 밤의 텬
문을 보옵더니 한 괴이ᄒᆞᆫ 긔운이 금달노조
ᄎᆞ 하늘의 쏘여시니 이 반ᄃᆞ시 젼의 종남
산 도ᄉᆞ 운듕ᄌ의 고ᄒᆞ던 긔운이라 원컨더
폐하ᄂᆞᆫ ᄌᆞ셰히 술피ᄉᆞ 국가 졍ᄉᆞ를 도라보
쇼셔. 신이 한 환관의게 듯ᄉᆞ오니 운듕ᄌ
의 드리던 보검을 블지르시고 미식의 탐혹
ᄒᆞ시니 이 엇지 인군의 도리리잇고? 신이
그윽이 폐하를 위ᄒᆞ여 취치 아니ᄒᆞᄂᆞ니이
다. 폐히 시 후궁을 어드샤 쥬야로 연낙ᄒᆞ
시고 요언(妖言)을 신쳥(信聽)ᄒᆞ샤 반년을
조회의 나지 아니ᄒᆞ시니 이 엇지 인군의
도리리잇고? 신이 그윽이 폐하를 위ᄒᆞ여
취치 아니ᄒᆞᄂᆞ니이다. 폐히 시 후궁을 어
드샤 쥬야로 연낙ᄒᆞ시고 요언을 신쳥ᄒᆞ샤
반년을 조회의 나지 아니ᄒᆞ시니 이 엇진
일이니잇고? 신이 션데젹븟허 후은을 닙ᄉᆞ
【89】 와 이졔 니른히 셰더 되엿ᄂᆞᆫ지라 촌
공으로 나라 은혜 갑ᄉᆞ온 일이 업ᄉᆞ오니
오늘날 폐하를 위ᄒᆞ여 요얼을 업시ᄒᆞ시게
고ᄒᆞᄂᆞ이다.

ᄒᆞ엿더라. 쥐 그 글을 다 보고 달긔를 도라보아
계교를 므른더 달긔 ᄃᆡ왈,

"이졔 두원션이 요슐을 인ᄒᆞ여 폐하를 무
혹ᄒᆞ고 조졍을 어즈러이니 폐하ᄂᆞᆫ ᄲᅡᆯ니 죽여 나

라홀 보젼ᄒᆞ쇼셔. 만일 아니 죽이시면 나라히 어즈럽고 빅셩이 요란ᄒᆞ여 디변이 나리이다."

쥐 왈,

"네 말이 올타."

ᄒᆞ고 좌우롤 명ᄒᆞ여 틱ᄉ 두원션을 오문의 가 참ᄒᆞ여 요언을 덜나 ᄒᆞ거놀 상용(商容)이 지비왈,

"폐히 두원션을 죽이미 가장 가치 아니ᄒᆞ니이다. 두원션은 삼디 노신이라 춤냥지심을 두어시며 신ᄌᆞ지졀을 직희엿ᄂᆞ니 이졔 조졍 긔강이 문허지고 나라 졍시 글녀가는 양을 보고 죽기롤 ᄉᆞ양치 아니ᄒᆞ고 폐하긔 간언을 드리오니 이 만고의 드믄 사롬이어놀 이졔 폐히 무ᄉᆞ롤 명【90】ᄒᆞ여 참ᄒᆞ라 ᄒᆞ시니 이 엇지 셩쥬의 도리리잇고?"

쥐 왈,

"승상이 아지 못ᄒᆞ도다. 이졔 두원션을 죽이지 아니ᄒᆞ면 조뎡 졍시 글녀가고 인간 요언이 졈졈 더으리니 엇지 죽이지 아니리오?"

ᄒᆞ고 좌우롤 명ᄒᆞ여 상용으로 ᄒᆞ여곰 문밧그로 나가라 ᄒᆞ고 안흐로 드러가니 상용이 마지 못ᄒᆞ여 탄식고 나가다.

이득고 무시 젼지롤 가지고 나와 원션을 미여 오문 밧그로 나가니 원션이 아모란 쥴 모로고 ᄭᅳ이여 가더니 믄득 한 틱위 홍포롤 닙고 옥디롤 ᄯᅴ고 밧그로셔 드러오다가 원션을 보고 디경 문왈,

"틱시 쥬상긔 무삼 죄롤 즁히 어덧ᄂᆞ뇨?"

원션이 머리롤 드러보니 상틱우(上大夫) 미빅(梅伯)이라 졍식 답왈,

"니 궁즁의 요괴 이시믈 보고 쥬상긔 한 표롤 올녓더니 블의의 무시 젼지롤 가지고 나와 날을 미여 가니 아모란 쥴 모로노라."

미빅이 괴이히 너겨 원션을 조ᄎᆞ 밧그로 가더니 믄득 뒤흐로셔 좌승상 상용이 나【91】오다가 원션의 억미히 미여오는 양을 보고 통곡ᄒᆞ고 문왈,

"그디 엇지 이런 죄의 ᄲᆡ졋ᄂᆞ뇨?"

원션이 답왈,

"니 마을의 홀노 안졋더니 두 무시 쎨니와 날을 잡아가니 니 지금 그 죄롤 아지 못ᄒᆞ니 원컨디 승상은 ᄌᆞ셰히 일녀 니 한을 업시ᄒᆞ

라."

흔디 상용이 슈션궁의 드러가 져의 고ᄒᆞ던 말과 쥬의 셩너던 ᄉᆞ연을 다 니ᄅᆞ고 도라 미빅ᄃᆞ려 왈,

"이졔 나라 일이 니르트시 글너시니 우리 엇지ᄒᆞ여야 텬의롤 도로혀시게 ᄒᆞ리오?"

미빅이 답왈,

"나는 드ᄅᆞ니 승상은 국가의 디신이라 엇지 죽기롤 두리고 살기롤 탐ᄒᆞ여 조졍 디신이 죽으디 텬ᄌᆞ긔 간졍치 아니코 이졔 와 거즛 ᄉᆞ셜만 ᄒᆞ ᄂᆞ뇨?"

상용이 고기롤 슉이고 믁연부답이어놀 미빅이 쏘 니ᄅᆞ디,

"니 이졔 승상으로 더브러 니뎐의 드러가 죽도록 간ᄒᆞ리라."

ᄒᆞ고 승상을 ᄭᅳ으고 슈션궁의 니ᄅᆞ니 문직흰 지 드러가더니 나와 니ᄅᆞ디,

【92】"둘홀 다 드러오라 ᄒᆞ신다."

ᄒᆞ거놀 둘히 궁 압히 드러가 녜롤 맛츤 후 쥐 문왈,

"경 등이 무삼 고홀 말이 이셔 쏘 왓ᄂᆞ뇨?"

미빅이 디왈,

"신 등의 드러온 ᄯᅳᆺ은 다롬이 아니라 이졔 폐히 무죄흔 두원션을 죽이려 ᄒᆞ시니 그 연고롤 ᄌᆞ셰히 알고져 ᄒᆞᄂᆞ이다."

쥐 디로 왈,

"두원션이 벼슬이 디신위의 잇고 귀ᄒᆞ미 승상의셔 다ᄅᆞ지 아니커놀 나라 은혜란 싱각지 아니ᄒᆞ고 요인 운즁ᄌᆞ로 더부러 쇠롤 의논ᄒᆞ여 짐을 비방ᄒᆞ니 이 법눌의 죽엄즉ᄒᆞ시라 이러므로 짐이 져 은혜 니즌 도격을 죽여 위엄을 빗니려 ᄒᆞ노라."

미빅이 웨여 왈,

"신은 드ᄅᆞ니 요순이 텬하롤 다스리시미 응텬슌인(應天順人)ᄒᆞ여 디신의 간ᄒᆞ믈 드러 졍ᄉᆞ롤 붉히고 만민의 바라믈 도라보와 인덕을 힝ᄒᆞ니 텬히 틱평ᄒᆞ고 녀념(閭閻)이 무ᄉᆞᄒᆞ여 셩쥐라 일ᄏᆞ더니 이졔 폐하는 반년을 조회의 나지 아니시고 셕달을 졍ᄉᆞ롤【93】 술피지 아니샤 쥬야 연낙ᄒᆞ시니 엇지 인군의 도리리잇고? 이졔 두원션은 국가 즁신이어놀 폐히 연고업시 죽이

시니 신이 그윽이 두리건디 히니 인심이 반홀가 두려ᄒᆞᆫ이다."

쥐 듯고 디경 왈,

"네 원션의 당뉘(黨類)라 엇지 조졍의 두워 졍ᄉᆞᄅᆞᆯ 어즈러이리오?"

ᄒᆞ고 즉시 젼지ᄒᆞ여 그 벼술을 아ᅀᆞ라 ᄒᆞ거놀 미빅이 ᄯᅩ 디호 왈,

"혼군의 달긔의 말을 듯고 군신의 의롤 일허 이졔 원션을 죽이고 니 벼술을 삭ᄒᆞ려 ᄒᆞ니 우리 죽기ᄂᆞᆫ 관겨치 아니커니와 국가 졍시 엇지 오리 보젼ᄒᆞ리오? 우리 션뎨젹붓허 나라 은혜롤 닙은지라 이러므로 셩탕 뉵빅 년 긔업이 혼군의 숀의 망ᄒᆞᄆᆞᆯ 참아 보지 못ᄒᆞ여 여러번 간ᄒᆞ디 듯지 아니코 오늘 ᄯᅩ 죽이니 엇지 하걸(夏桀)의 망국홀 시졀이 아니리오? 이졔 틱시 븍졍ᄒᆞ고 간신이 좌우의 가득ᄒᆞ여 조뎡 긔강을 문허바리며 국가 졍ᄉᆞᄅᆞᆯ 어즈러이디 혼군이 【94】 ᄭᅢ닷지 못ᄒᆞ여 미양 비즁·우혼과 달긔로 더부러 심궁 고쥬의 연낙 황음ᄒᆞ니 엇지 인군의 도리리오?"

ᄒᆞᆫ디 쥐 상을 박츠며 디셩 왈,

"이 작은 도젹이 엇지 감히 짐을 슈욕ᄒᆞᄂᆞ뇨?"

ᄒᆞ고 무ᄉᆞ롤 블너 미빅을 잡아 오문 밧긔 니여다가 원션과 한 가지로 죽이라 ᄒᆞ니 무시 일시의 잡아 오문 밧그로 가더니 달긔 쥬의 압히 나아와 니ᄅᆞ디,

"폐히 엇지 즁ᄒᆞᆫ 형벌노 져 도젹들을 죽여 나라 위엄을 뵈지 아니ᄒᆞ시고 이졔 다만 머리만 버혀 다른 신하로 ᄒᆞ여곰 폐하롤 업슈이 너기게 ᄒᆞ시ᄂᆞ니잇가?"

쥐 문왈,

"네 무슴 계교롤 싱각ᄒᆞ여 날노 ᄒᆞ여곰 조뎡 디신을 졔어케 홀다?"

달긔 다시 안져 왈,

"쳡이 싱각ᄒᆞ오니 경ᄒᆞᆫ 형벌노ᄂᆞᆫ 만흔 신하롤 졔어키 어려온지라 장인을 분부ᄒᆞ여 구리 기동을 민드디 속이 궁글게 ᄒᆞ여 아러 블을 지ᄅᆞ고 그 우회 죄 잇ᄂᆞᆫ 즈롤 미야 두면 반시 못 【95】 ᄒᆞ여 살이 다 타 지 되리니 다른 신하들이 감히 비방치 못ᄒᆞ리이다."

쥐 디희ᄒᆞ여 즉시 원션으란 버히고 미빅으란 가도왓다가 다시 녕을 기다리라 ᄒᆞ고 달긔다

려 왈,

"네 임의 묘혼 계교롤 닌여시니 네 조졍의 분부ᄒᆞ여 여러홀 민드라 신하로 ᄒᆞ여곰 위엄을 두리게 ᄒᆞ라."

ᄒᆞᆫ디 달긔 즉시 비즁으로 ᄒᆞ여곰 장인을 슈션궁 뒤 동산의 블너다가 민둘나 ᄒᆞ다.

상용이 쥬의 달긔 말 듯고 더옥 그론 일 ᄒᆞᄂᆞᆫ 양을 보고 탄왈,

"이졔 디시 글넛ᄂᆞᆫ지라 탕덕(湯德)이 오리지 아니리니 너 엇지 참아 조뎡 디신위의 이셔 국가 망ᄒᆞᄆᆞᆯ 보리오?"

ᄒᆞ고 나아와 쥬왈,

"신이 디신(大臣) 위(位)의 이션지 십년이 남으디 나라 은혜 갑혼 일이 업습고 ᄯᅩ 신의 나히 뉵십이 남은지라 조뎡 졍ᄉᆞ롤 술피지 못ᄒᆞ리니 원컨디 폐하ᄂᆞᆫ 신을 노화 젼니(田里)의 도라 보니여 여년을 맛게 ᄒᆞ쇼셔."

쥐 위로 왈,

"경이 비록 늙으나 오히려 【96】 졍ᄉᆞ 다ᄉᆞ리기롤 확삭(矍鑠)히4) ᄒᆞ더니 이졔 짐이 붉지 못ᄒᆞ여 경으로 ᄒᆞ여곰 평안케 못ᄒᆞ여 나라홀 바리고 고향의 도라가 여년을 즐기려 ᄒᆞᄂᆞᆫ도다."

상용이 졀ᄒᆞ여 왈,

"신이 엇지 나라홀 나모라 평안이 가 쉬고져 ᄒᆞ리잇고? 이졔 조뎡의 현ᄉᆞ와 명장이 만흔지라 노신은 이셔도 국가의 쓸디 업고 ᄯᅩ 고향의 노뫼 나히 팔십이 남은지라 이러므로 도라가 노모롤 위ᄒᆞ여 여년을 맛고져 ᄒᆞᄂᆞ이다."

쥐 허락ᄒᆞ고 황금 빅 근을 쥬며 왈,

"그디 도라가 노모롤 봉양ᄒᆞ라."

ᄒᆞ거놀 지비ᄉᆞ은ᄒᆞ고 셔울을 써나 고향으로 도라가ᄉᆞᆯ 문무빅관이 다 십니 외의 가 니별ᄒᆞ더니 무셩왕 황비호(黃飛虎)와 비간(比干)과 미즈(微子)와 긔즈(箕子)와 미즈연(微子衍)이 각각 잔을 잡고 왈,

"공이 이졔 조뎡을 바리고 환난을 피ᄒᆞ여 고향의 도라가 텬년을 마츠려 ᄒᆞ니 엇지 아롬답

---

4) 【확삭히】 뿐 확삭(矍鑠)히. 졍졍히. ¶ 경이 비록 늙으나 오히려 졍ᄉᆞ 다ᄉᆞ리기롤 확삭히 ᄒᆞ더니 이졔 짐이 붉지 못ᄒᆞ여 경으로 ᄒᆞ여곰 평안케 못ᄒᆞ여 나라홀 바리고 고향의 도라가 여년을 즐기려 ᄒᆞᄂᆞᆫ도다 <西周 1:96>

지 아니ᄒ리오? 우리 그윽이 공을 위ᄒ여 블워
ᄒᄂ니이다."

상용이 눈믈 【97】 을 흘니며 왈,

"공 등은 츙셩을 다ᄒ여 텬ᄌ로 ᄒ여곰 그
룬 일을 바리고 어진디 나아가시게 ᄒ라. 나는
나히 만코 지죄 업ᄉ지라 조뎡 디ᄉ를 술피지
못ᄒᄂ니 이졔 고향의 도라가 화룰 면ᄒ리라."
ᄒ고 글 하나흘 지으니 그 글의 왈,

그디 십니의 도라가는 길히 보너믈
닙으니,

술을 장졍의셔 잡으미 눈믈이 임의
써러지도다.

머리룰 장안의 도로혀미 셰상이 격ᄒ
엿고,

몸이 견묘의 도라가미 츙심이 붉앗도
다.

단심이 농방의 피룰 희키 어려오니,

젹일이 속졀업시 하걸의 일홈을 술오
ᄂ도다.

달이 압산의 붉으미 가을 빗치 조ᄒ
니,

엇지 오늘날 니별ᄒᄂ 졍을 견디리
오?

蒙君十里送歸程, 把酒長亭淚已傾.
回首天顔成隔世, 歸來畎畝祝神京.
丹心難化龍逢血, 赤日空消夏桀名.
幾度話來多悒快, 何年重訴別離情.

ᄒ엿더라. 상용이 글을 다 짓고 하직고 도라가
니라.

쥬 상용을 보너고 달긔다려 왈,

"네 엇지 이런 거술 슈이 민드라 니 위엄
을 붉히게 아니ᄒᄂ뇨?"

달긔 디왈,

"폐하는 조곰도 근심치 므로쇼셔. 쳡이 발
셔 비즁으로 ᄒ여곰 장인 스 【98】 믈을 밋져 긱
각 하나식 밍글니ᄂ이다."

쥬 디희ᄒ여 사롬을 보너여 비즁의게 지쵹
ᄒ여 슈이 밍글나 ᄒ고 달긔로 더브러 격셩누

의셔 쥬야 연낙ᄒ여 즐기더라.

삼일이 못ᄒ여셔 비즁이 구리기동 스믈을
밍그라 왓거늘 쥬 보니 길희 열ᄌ히오 속을 궁
글게 ᄒ여 삼층 블 부츌 거술 민둘고 두 술위박
회 ᄉ이의 블 피올 디롤 민드랏더라. 쥬 그 기
동을 보고 손벽치고 왈,

"셰상의 엇지 이런 묘ᄒ 거시 잇ᄂ뇨?"
ᄒ고 즉시 조회룰 구간뎐(九間殿)의 비셜ᄒ니
문무빅관이 드러와 녜룰 맛춘 후의 쥬 좌우룰
명ᄒ여 구리기동을 너여다가 버리고 무ᄉ룰 명
ᄒ여 미빅을 잡아오라 ᄒ더 너외 관원이 셔로
보고 괴이히 너겨 두려 아니 쩔니 업더라. 무ᄉ
미빅을 잡아 뎐하의 ᄭᆯ니니 쥬 문왈,

"필뷔 이 기동을 젼의 보앗는다?"

미빅이 디왈,

"신이 션뎨젹부터 국녹을 먹으디 조뎡이
무ᄉᄒ고 졍시 평안ᄒ 【99】 니 비록 문직흰 작
은 관원이라도 하나토 그룻 죽으니 업ᄉ미 형벌
을 아지 못ᄒᄂ이다. 엇지 셰상의 괴이ᄒ 거술
보아시리오?"

쥬 쇼왈,

"짐이 간ᄉᄒ 말 ᄭᅮ미는 이룰 져 우희 미
고 블을 질너 나라 위엄을 뵈고져 ᄒ노라."

미빅이 ᄯᅩ 쇼리룰 미이 ᄒ여 ᄭᅮ지ᄌ더,

"혼군이 이졔 날을 죽여도 두려 아니ᄒ려
니와 뉵빅년 긔업이 혼군의 숀의 망ᄒ믈 슬허ᄒ
노라."

쥬 디로ᄒ여 좌우룰 ᄭᅮ지져 미빅을 벗겨
구리기동의 미고 형벌을 힝ᄒ라 ᄒ니 스므 남은
무ᄉ 일시의 너다라 미빅의 옷술 벗기고 ᄉ지룰
쯔어다가 구리기동의 쇠ᄉ슬노 미여 움즉지 못
ᄒ게 동혀미고 그 아리 블을 피오니 블꼿치 기
동 우희 난만(爛漫)ᄒ여 눈을 ᄯᅳ지 못ᄒ고 궐
니의 연긔 ᄌ옥ᄒ엿더라. 미빅이 년ᄒ여 ᄭᅮ짓기
룰 긋치지 아니타가 이윽고 한 쇼리룰 크게 지
ᄅ고 몸이 타 지 되니 좌우 시신(侍臣)이 코흘
ᄊ고 눈믈을 흘녀 아니 참혹ᄒ 【100】 여 ᄒ리
업더라. 쥬 달긔로 더브러 뎐 우희셔 보다가 디
쇼 왈,

"이 형벌 일홈을 포락지형(炮烙之刑)이라
일으ᄌ."
ᄒ니 좌우 빅관이 묵연브답ᄒ고 조회룰 파ᄒ니

라.

미즈·긔즈·비간 등이 밧긔 나와 무셩왕 황비호다려 왈,

"이졔 텬지 달긔의 간스흔 계교의 쩌져 요얼을 밋비 너기고 충냥을 살히ᄒᆞ니 우리 무슴 모칙으로 쥬상의 마음을 도로힐고?"

황비회 더로 왈,

"공 등은 국가 즁신이오 쥬상의 친쳑이어늘 엇지 극간ᄒᆞ여 상의롤 도로혀시게 못ᄒᆞ고 우리다려만 거즛 근심ᄒᆞᄂᆞᆫ 쳬ᄒᆞᄂᆞᆢ?"

각각 무류히 믈너가다.

쥐 미빅을 죽인 후 슈션궁의 도라와 달긔의 손을 잡고,

"네 묘흔 계교롤 니 조뎡의 위엄을 붉히도다."

ᄒᆞ고 좌우로 술을 가져오라 ᄒᆞ여 달긔의게 치하홀시 싱황은 졔명(齊鳴)ᄒᆞ고 가무ᄂᆞᆫ 난만(爛漫)ᄒᆞ더라.

이젹의 강황휘(姜皇后) 후당의 잇다가 지져괴ᄂᆞᆫ 쇼리롤 듯고 좌우다려 문왈,

"이 쇼리 어디셔 나ᄂᆞᆢ?"

궁인이 디왈,

"텬지 미 【101】 빅을 포락지형으로 죽이고 달긔로 더브러 셔로 치하ᄒᆞᄂᆞᆫ 쇼리로쇼이다."

황위 탄식 왈,

"니 드르니 텬지 달긔의게 혹ᄒᆞ여 무죄흔 사ᄅᆞᆷ을 만히 죽이신다 ᄒᆞ더니 이졔 쏘 엇지 이런 형벌을 ᄒᆞ시ᄂᆞᆢ? 니 이졔 가 간ᄒᆞ리라."

ᄒᆞ고 궁인을 다리고 슈션궁으로 오시다.

[셔쥬연의西周演義 권지이]

7

비듕계폐강황후(費仲計廢姜皇后)

【1】 강황휘(姜皇后) 궁녀롤 거느리고 슈션궁의 오니 과연 쥬(紂) 슐을 취ᄒ고 달긔(妲己)의 무릅히 누어 꼿가지롤 희롱ᄒ는디 녹의홍상과 경군취더 셔로 나련(羅連)ᄒ엿거놀 강황휘 아모 말도 아니ᄒ고 눈살을 찡긔고1) 한 가의 안즈니 쥬 아라보고 문왈,

"짐이 미인으로 더브러 셔로 즐기니 이는 텬상 긔관이오 인간 경ᄉ어놀 그디 엇지 홀노 즐겨 아니ᄒ느뇨?"

강황휘 피셕 지비 답왈,

"폐하의 달긔로 더부러 즐기시미 무슴 경ᄉ니잇고? 첩은 듯ᄌ오니 님군이 되어 지믈을 쳔히 너기고 요얼을 믈니치며 식을 먼니ᄒ미 이 국가의 경ᄉ니이다."

쥬 쇼왈,

"짐이 금일 즐기미 국가의 아룸다온 일이어놀 그디 엇지 경ᄉ 아니라 ᄒ느뇨?"

강황휘 디왈,

"이 엇지 국【2】가의 경ᄉ리잇고? 녯 글의 일너시디 '일월과 셩신은 하놀의 웃듬 보비오 오곡과 산슈눈 국가의 웃듬 보비오 셩쥬와 인군은 종ᄉ의 웃듬 보비오 츙신과 냥장은 국가의 웃듬 보비오 효ᄌ와 현손은 일가의 웃듬 보비라' ᄒ엿느니 이 다ᄉᆺ가지 만고의 아룸다온 보비니이다. 이졔 폐하는 황음쥬식ᄒ고 무도광픠ᄒ샤 죄업손 사룸을 죽이며 간신을 쓰시니 일노뼈 아룸다온 일을 삼을진디 픠국망신ᄒ미 아룸다온 일이니잇가? 원컨디 폐하는 허믈을 바리시고 그른 일을 곳치샤 덕을 닷그시며 인을 힝ᄒ시면 경ᄉ 평안ᄒ고 조졍의 일이 업셔 너외 군민이 다 근심을 도로혀 복을 누리리이다. 첩은 비록 아녀지나 감히 한 말을 드려 상의롤 도로혀시게 ᄒ느이다."

쥬 답고져 ᄒ더니 달긔 쥬왈,

"황휘 미안ᄒ시니 원컨디 폐하는 잔치롤 파ᄒ쇼셔."

쥬 답왈,

"무슴 연고로 이러틋 즐거온 잔【3】치롤 파ᄒ라 ᄒ느뇨?"

달긔 왈,

"황휘 첩을 칙ᄒ시믄 다룸이 아니라 가무롤 방ᄌ이 ᄒ여 국가롤 도라보지 아니ᄒ다 ᄒ미니 이 심히 올ᄒ니이다."

쥬 답고져 ᄒ더니 달긔 쏘 눈믈을 흘니며 왈,

"첩이 셩은을 넙ᄉ와 좌우의 쩌나지 아니ᄒ연지 이졔 장ᄎᆺ 히 남으디 티만ᄒ 일이 업습더니 이졔 황휘 괴이ᄒ 말을 쑤며 첩으로 ᄒ여곰 폐하롤 무혹ᄒ다 ᄒ오니 오늘날 가무의 방ᄌᄒ믄 다 첩의 죄어니와 그 밧근 첩이 비록 폐하 압히셔 죽어도 이미ᄒ여이다."

쥬 눈을 바로 쓰고 왈,

"뉘 감히 너 미인을 핍박ᄒ여 거즛 죄롤 지어니느뇨? 짐이 너일 강시(姜氏)롤 폐ᄒ고 쇼시(蘇氏)롤 셰워 황후롤 삼으리라."

달긔 지비 ᄉ은ᄒ고 다시 슐을 나호여 가무연낙ᄒ거놀 황휘 아모 말도 아니ᄒ고 궁으로

---

1) 【찡긔다】 图 찡그리다. 찌푸리다. ¶ 쥬 슐을 취ᄒ고 달긔의 무릅히 누어 꼿가지롤 희롱ᄒ는디 녹의홍상과 경군취더 셔로 나련ᄒ엿거놀 강황휘 아모 말도 아니ᄒ고 눈살을 찡긔고 한 가의 안즈니 <西周 2:1>

도라왓더니 이튼날 달긔의 복을 빗나게 ᄒ고 처음으로 강황후 궁의 와 셔로 녜를 맛츠미 강황후 【4】 뒤히 황귀비(黃貴妃) 잇다가 문왈,

"그디 어제 쥬상으로 더브러 연낙ᄒ다 ᄒ더니 귀체 아니 상ᄒ시니잇가?"

달긔 답고져 ᄒ더니 강황휘 졍식 칙왈,

"텬지 슈션궁의셔 쥬야로 연낙ᄒ시고 국졍을 도라보지 아니ᄒ시미 네 엇지 간치 아니코 요괴로온 슐노 텬ᄌ의 마음을 아당ᄒ며 뜻을 조차 어진 사ᄅᆞᆷ을 죽이며 간ᄉᆞᆫ 신하를 밋어 셩탕 덕업을 문허바리며 국가의 위티로오를 지으니 이 엇지 사ᄅᆞᆷ의 홀 비리오? 이 다 삼족을 쥬멸홀 죄니라."

달긔 원을 먹음고 하직고 도라오더니 쥬의 총신(寵臣) 곤연2)(緄捐)이 달긔의 ᄉᆞ식이 평안치 아니믈 보고 문왈,

"낭낭이 엇지 황후긔 조회ᄒ시고 오시미 블안ᄒᆞᆫ ᄉᆞ식이 만ᄒ시니잇가?"

달긔 니를 갈며 왈,

"니 텬ᄌ의 총비로 위엄이 비길디 업거늘 이제 강시 황휘 방ᄌᆞ교종ᄒ여 날을 슈욕ᄒ니 이 한을 엇지 갑흐리오?"

곤연이 디왈,

"쥬상이 어제 강시 【5】 를 폐ᄒ고 낭낭을 셰워 황후를 삼으려 ᄒ시니 타일의 엇지 원을 갑흘 찌 업스리오?"

달긔 왈,

"비록 그러나 져는 황후오 나는 쳡이라 므슴 모칙으로 져를 히ᄒ리오? ᄯᅩ 쥬상이 어제 그리 니ᄅᆞ시나 싱각지 아니시니 뉘 감히 일ᄭᅵ오리오?"

ᄒ디 곤연이 디왈,

"우리 다 궁즁의 뫼신지라 낭낭을 위ᄒ여 계교를 싱각ᄒ리니 원컨디 낭낭은 살피쇼셔."

달긔 왈,

"네 무ᄉᆞᆷ 계교로 날을 도으려 ᄒᆞᆫ다?"

곤연이 ᄯᅩ 우으며 왈,

"쳡이 므슴 계교를 싱각ᄒ리잇고? 너일 텬지 ᄯᅩ 후원의 나시리니 낭낭 그 ᄉᆞ이를 타 거즛

전지를 위조ᄒ여 간의티우(諫議大夫) 비즁(費仲)을 블너 계교를 한가지로 의논ᄒ시면 반드시 긔특ᄒᆞᆫ 계괴 이시리이다."

달긔 침음 왈,

"비즁은 비록 나라 총신이나 일이 번거ᄒ면 반드시 누셜홀 거시오 너는 비록 아녀지나 지뫼(智謀) 사ᄅᆞᆷ의게 지난지라 이제 계교를 싱각ᄒ여 날을 가ᄅᆞ치라."

곤연이 이윽이 싱각다 【6】 가 가만이 니로디,

"연즉 거즛 전지로 비즁을 블너 문밧긔 셰오고 쳡으로 ᄒ여곰 밀셔를 비즁의게 젼ᄒ여 계교를 싱각ᄒ쇼셔."

달긔 디희ᄒ여 계교를 졍ᄒ엿더니 이튼날 쥐 후원의 가 곳츨 구경ᄒ거늘 달긔 가만이 젼지를 위조ᄒ여 비즁을 브ᄅᆞ디 이윽고 보ᄒ디,

"궁문 밧긔 왓다."

ᄒ거늘 달긔 밀셔를 민드라 곤연을 식여 비즁을 쥬라 ᄒ디 곤연이 밀셔를 너여다가 비즁을 쥬며 왈,

"그디 이 밀셔를 보고 그 계교를 시ᄒᆡᆼᄒ면 타일의 귀ᄒ미 무궁ᄒ리라."

ᄒ고 즉시 도라오니 비즁이 괴이 너겨 그 글을 품고 집의 나오더니 승상 비간(比干)이 비즁의 ᄉᆞ식이 다ᄅᆞᆷ믈 보고 블너 문왈,

"그디 므슴 밧분 일이 잇ᄂᆞ냐? 엇지 져리 창황이 가ᄂᆞ뇨?"

비즁이 디왈,

"동싱의 병이 즁ᄒ여 급히 나가나이다."

ᄒ고 샐니 집의 도라와 그 글을 ᄯᅥ혀 보니 강황후를 히코져 ᄒᆞᆫ 뜻이라 비즁이 싱각다가 ᄆᆞ음의 혜오디 '니 이 계교 【7】 를 조츠면 강황후는 쥬상 졍궁(正宮)이오 동빅후(東伯侯) 강환초(姜桓楚)의 ᄯᆞᆯ이라 이제 동노(東魯)의 웅병이 빅만이오 장쉬 슈천이오 그 아들 강문환(姜文煥)이 만부부당지용이 이시니 후일의 일이 누셜ᄒ면 디환이 날 거시오 이 계교를 좃지 아니면 쇼시는 텬ᄌ의 총비라 한을 먹음어 날을 히ᄒ리니 이를 엇지ᄒ리오' ᄒ고 쥬야 삼일을 식음을 젼폐ᄒ고 싱각ᄒ디 계교를 졍치 못ᄒ여 췌ᄒᆞᆫ 듯ᄒ여 ᄒ더니 믄득 압히 ᄒᆞᆫ 사ᄅᆞᆷ이 드러와 졀ᄒ거늘 비즁이 머리를 드러 보니 한 마을의 잇는 작은 관원

─────────────

2) 곤연: 원래는 '고연'으로 되어 있으나 오기이므로 고침. 이하 같음.

강환(姜環)이라. 문왈,

"퇴위 요스이 무슴 일을 져리 근심ᄒ시ᄂ니잇고?"

비즁이 답왈,

"니 무슴 일을 근심ᄒ리오? 몸의 병이 드러 움죽이지 못ᄒ미 괴로와ᄒ노라."

강환이 지비 왈,

"쇼관이 어졔 져녁의 퇴우긔 뵈오라 오니 가동이 니로디 '쥬인이 글 한 쟝을 샹 우희 노코 안식이 블안ᄒ여 넘녀ᄒ시ᄂ 일이 잇다' ᄒ거늘 쇼관이 감히 드러 [8] 오지 못ᄒ여 도라갓더니 쇼관이 퇴우의 어졔 근심ᄒ시던 일을 알고져 오늘 왓ᄂ니 원컨디 퇴우ᄂ 긔이지3) 마로쇼셔."

비즁이 즐겨 아니ᄒᄂ 빗치 낫치 가득ᄒ여 왈,

"니 비록 근심ᄒᄂ 일이 이시나 그디 무슴 계교로 날을 가ᄅ치려 ᄒᄂ냐?"

강환이 ᄯᅩ 지비 왈,

"복이 퇴우의 문하의 이션지 오년이라 은덕이 뫼 갓ᄒ디 한 일도 갑혼 일이 업스오니 비록 죽을 일인들 엇지 감히 거슬니오?"

비즁이 디희 왈,

"그디 날을 위ᄒ여 계교ᄅ 가ᄅ치면 니 비록 디하의 간들 은혜ᄅ 니즈리오만은 그디 니 말을 밋지 아닐가 두려ᄒ노라."

강환이 마음의 혜오디 '이 사ᄅᆷ이 일졍 난쳐혼 일이 잇ᄂ가 시브다' ᄒ고 ᄯᅩ 니ᄅ디,

"퇴위 복(僕)ᄃ려 니ᄅ시면 복이 엇지 밋지 아니ᄒ리잇고? 퇴우ᄅ 위ᄒ여 근심이 업스시게 ᄒ리이다."

비즁이 귀의 다혀 난쳐혼 일을 니ᄅᆫ디 강환이 싱각다가 왈,

"퇴위 엇지 그리 지혜 입스뇨? 이세 [9] 동빅후와 결원ᄒ면 화ᄅ 면홀 법이 이시려니와 쇼낭낭긔 믜이믈4) 어드면 그 한을 즉시 갑흐리

니 원컨디 퇴우ᄂ 즉시 살피라."

비즁이 ᄯᅩ 반일을 침음ᄒ다가 왈,

"그리면 그디 쇼견의ᄂ 엇지ᄒ여야 쇼낭낭의 ᄆ음을 맛치리오?"

강환이 귀의 다혀 왈,

"이리이리ᄒ면 계괴 거의 일니라."

비즁이 디희 왈,

"그디 이제 죽기ᄅ 피치 아니ᄒ고 큰 일을 ᄒ랴 ᄒ니 후셰 사ᄅᆷ으로 ᄒ여곰 디쟝뷔라 니ᄅ리로다. 만일 공이 일면 우리 다 복녹의 귀ᄒ믈 바드려니와 일이 누셜ᄒ면 그 ᄒᆡ 젹지 아니ᄒ리라."

강환이 하직고 가거늘 비즁이 즉시 사ᄅᆷ을 브려 곤연의게 통ᄒ디 달기 듯고 디희ᄒ여 마음의 혜오디 '이졔야 강시ᄅ 폐ᄒ여 니 한을 씨스리라' ᄒ고 바로 뎐의 드러가 쥬샹ᄃ려 왈,

"요스이 폐히 여러 달 조회 아녀 계신지라 조뎡의 일졍 쥬홀 일이 만흘지니 폐히 니일 조회 바드샤 신하의 바라ᄂ 일을 일치 마로쇼셔."

[10] 쥬 엇지 달긔의 간스혼 ᄭᅬᄅ 알니오? 우으며 왈,

"네 니ᄅᄂ 말이 올흐니 비록 녯 현빈들 엇지 네게 밋츠리오?"

ᄒ고 이튼날 조회ᄅ 구간뎐(九間殿)의 바드려 홀시 승예(乘輿) 분궁누(分宮樓) 아리 니ᄅ니 믄득 한 사ᄅᆷ이 찰건을 쓰고 보검을 들고 바로 다라드러 크게 쇼리ᄒ여 왈,

"혼군이 무도ᄒ여 황음쥬식ᄒ니 니 오늘 황후의 명을 바다 너ᄅ 죽여 졍스ᄅ 평안케 ᄒ리라."

ᄒ고 바로 쥬ᄅ 히ᄒ러 ᄒ거늘 쥬 니경ᄒ여 솨

---

3) 【긔이다】 동 속이다. ¶ 쇼관이 감히 드러오지 못ᄒ여 도라갓더니 쇼관이 퇴우의 이제 근심ᄒ시던 일을 알고져 오늘 왓ᄂ니 원컨디 퇴우ᄂ 긔이지 마로쇼셔 <西周 2:8> 隱‖ 일뎡 황슉이 주거시되 슉이 우리 ᄌ미 셜워홀가 ᄒ야 긔이고 니ᄅ디 아닛ᄂᄯᅩ다 (想皇叔休矣! 二叔恐我姊妹 煩惱, 故隱而不言.) <三國 9:62>

4) 【믜이다】 동 미움받다. 미움을 사다. ¶ 퇴위 잇지 그리 지혜 업스뇨? 이졔 동빅후와 결원 ᄒ면 화ᄅ 면홀 법이 이시려니와 쇼낭낭긔 믜이 믈 어드면 그 한을 즉시 갑흐리니 원컨디 퇴우 ᄂ 즈시 살피라 <西周 2:9> 仇恨‖ 흉녕한 즁놈 풍쥬지ᄅ 만나미 그놈이 탐지호식ᄒ고 즁의 노 롯슬 아니ᄒ여 념불ᄒ기ᄅ 핑계ᄒ고 니고 조파 와 동모ᄒ이 심젼의 쳐 시옥을 속여 통간ᄒ거늘 니 말니고 도로혀 믜이미 되여 (不期撞着那凶徒 正住持鐘守淨, 貪財好色, 不守釋門戒行, 以念佛 拜念懺爲由, 與做佛頭的密嘴同謀, 賺騙寺後隣人 沈全渾家黎賽玉通奸, 來往情熱因俺責善, 反主仇 恨.) <禪眞 3:67>

우롤 분부ᄒ여 도적을 잡으라 ᄒ고 쥬ᄂᆞᆫ 연을
바리고 거러 다라나니 그 도적이 진짓 잡히여
밧그로 나가다 쥐 거러 구간면의 니르니 문무빅
관이 다 모닷다가 쥬의 거러오ᄂᆞᆫ 양을 보고 디
경ᄒ여 일시의 문왈,

"폐ᄒᆡ 엇지 져리 황망이 거러오시ᄂᆞ니잇
고?"

쥐 승상 비간과 무셩왕(武成王) 황비호(黃
飛虎)롤 블너 왈,

"너 앗가 오다가 분궁누 아리 니르러 한
ᄌᆞ직을 맛나 겨유 도망ᄒ여 왓노라."

황비회 지비 고두 쥬【11】왈,

"어졔 밤의 총병(總兵) 노웅(魯雄)이 상직
ᄒ여 시도록 궐니롤 순나ᄒᆞ디 사롬 긔쳑이 아모
디도 업습더니 엇지 ᄌᆞ직이 감히 텬위롤 히ᄒ려
ᄒ더니잇가?"
ᄒ고 군소롤 발ᄒ여 잡으려 ᄒ더니 이윽고 좌위
ᄌᆞ직을 미여 왓거놀 쥐 군신다려 문왈,

"뉘 날을 위ᄒ여 져 도적을 져쥬리오?"5)

말이 맛지 못ᄒ여 비중이 니다라 왈,

"신이 져쥬리이다."
ᄒ고 심복의 무소롤 식여 ᄌᆞ직을 잡아 오문 밧
긔 너여와 거줏 져쥬워 뭇ᄂᆞᆫ 체ᄒ니 이 ᄌᆞ직은
젼의 비중으로 더브러 계교의 논ᄒ던 강환이러
라. 비중이 도로 드러와 쥬왈,

"그 ᄌᆞ직은 강환초의 가신(家臣) 강환이러
이다."

쥐 문왈,

"뉘 다리오믈 듯고 날을 히ᄒ려노라 ᄒ더
뇨?"

비중 왈,

"그 ᄌᆞ직의 말을 드르니 강황후의 명을 바
다 텬위롤 히ᄒ고 강시롤 셰워 텬ᄌᆞ롤 삼으려
ᄒ더니라 ᄒ더이다."

쥐 디로ᄒ여 상을 박츠고 왈,

"강후(姜后)ᄂᆞᆫ 짐의 정궁이어놀 엇지 감히
사름을 식여 역도롤【12】 힝ᄒ려 ᄒ더뇨?"

ᄒ고 즉시 슈션궁으로 도라오니 조뎡이 분분ᄒ
고 상히 쇼동ᄒᆞ거놀 상ᄐᆡ우(上大夫) 양임(楊任)
이 무셩왕다려 왈,

"강황후ᄂᆞᆫ 슉신공혜ᄒ고 ᄌᆞ상인의ᄒ여 니
외 다 셩비라 일ᄏᆞᆺᄂᆞ니 이졔 엇지 이런 일이 잇
ᄂᆞ뇨?"
ᄒ고 셔로 싱각지 못ᄒ여 ᄒ더라. 쥐 노롤 먹음
고 슈션궁으로 도라와 즉시 강황후의게 젼지롤
ᄂᆞ리오니 황휘 후당의 잇다가 아모란 줄 모로고
ᄲᆞᆯ니 와 젼지롤 드르니 ᄒ여시디,

> 짐은 드르니 황후란 거ᄉᆞᆫ 위(位) 졍궁
> 의 잇고 덕이 공원의 ᄶᅡᆨᄒ엿거놀 이졔 텬
> 니롤 슬피지 아니ᄒᆞ며 인뉸을 직희지 못ᄒ
> 여 무스롤 치며 격신을 ᄉᆞ괴여 짐을 분궁
> 누의셔 죽이려 ᄒ니 이 엇지 황후의 도리
> 리오? 그 죄 가히 삼족을 멸ᄒ염즉ᄒ나 짐
> 이 아직 짐죽ᄒ여 너롤 폐ᄒ여 셔궁(西宮)
> 의 잇게 ᄒ노라.

ᄒ엿더라. 강황휘 듯기롤 다ᄒ고 방셩통곡 왈,

"너 궁즁의 드러오므로붓허【13】 슉흥야ᄆᆡ
(夙興夜寐)ᄒ며 삼강오상(三綱五常)을 일치 아니
ᄒ엿더니 이졔 황상이 간신의 말을 드러 날을
디역부도의 너ᄒ니 출하리 이졔 죽어 이 말을
듯지 아니ᄒᆞ미 니 원이라."
ᄒ고 하놀을 브르지져 슬피 우더니 황귀비 쏘
젼지롤 맛다와 갈오디,

"쥬상이 황후로 ᄒ여곰 니궁의 잇게 ᄒ시
더이다."
ᄒ거놀 강황휘 ᄉᆞ러 왈,

"쳡이 결을 직희여 녜롤 힝ᄒ여 일즉 한
일도 그른 일이 업더니 오늘 엇지 이런 일이 이
실 줄을 알니오? 황쳔후퇴(皇泉后土) 나의 익민
ᄒᆞᆫ 줄 슬피면 후일 반드시 조흔 시졀을 만나려
니와 엇지 다시 바라리오? 원컨디 현비ᄂᆞᆫ 날을
위ᄒ여 쥬상긔 쥬ᄒ여 나의 익민ᄒᆞᆫ을6) 붉히라."

황귀비 왈,

---

5)【져쥬다】 国 고문하다. 심문하다. ¶ 勘問
‖ 좌위 ᄌᆞ직을 미여 왓거놀 쥐 군신다려 문왈,
"뉘 날을 위ᄒ여 져 도적을 져쥬리오?" (衆官將
刺客拖到滴水之前, 天子傳旨: 衆卿, 誰與朕勘問
明白回旨?) <西周 2:11>

6)【익민ᄒ다】 형 억울하다. 원통하다.¶ 冤枉‖ 원
컨디 현비ᄂᆞᆫ 날을 위ᄒ여 쥬상긔 쥬ᄒ여 나의
익민ᄒᆞᆯ을 붉히라 (願乞賢妃鑒我平昔所爲, 替奴
作主, 雪此冤枉!) <西周 2:13>

"셩지의 발셔 이런 말이 낫시니 엇지 버셔 나리오? 만일 올홀진디 구족을 이 면ᄒ미 법뉼의 올타."

ᄒ거늘 강황휘 우러 왈,

"쳡의 아뷔 동노 이빅진(二百鎭) 졔후롤 거ᄂ【14】려 벼술이 극픔(極品)의 잇고 위 ᄉ디 졔후의 웃듬이니 다시 도모ᄒ여 바랄 비 업술 거시오 쳡이 ᄯᅩ 아들을 나하 위 동궁(東宮)의 잇ᄂ지라 셩상 만셰 후의 쳡이 ᄯᅩ 황티휘 되리니 무ᄉᆷ 부죡흔 일이 이셔 이런 부도의 일을 힝ᄒ리오? 녯 글의 닐너시디 '신히 님군을 시ᄒ며 아들이 아뷔롤 시ᄒ며 겨집이 지아뷔롤 시ᄒᆷ은 텬하의 큰 부되라' ᄒ엿ᄂ니 이러므로 사오나온 마음을 먹으ᄂᆫ 처음붓허 알ᄂ다 ᄒ엿ᄂ니 쳡이 이졔 궁중의 이셔 폐하 좌우의 이션지 이십 년이 남으디 궁중의 원ᄒᄂᆫ 사름이 업ᄉ며 조뎡의 분ᄒ여ᄒᄂᆫ 신히 업더니 오날 이런 일이 이슬 줄 쳡이 엇지 싱각ᄒ여시리오? 원컨디 후비ᄂᆫ 샐니 도라가 텬ᄌ긔 쥬ᄒ여 나의 이미흔 일을 벗기며 인뉸의 범치 못홀 일을 붉히라. 귀비 만일 상의롤 도로혀 나의 이미흔 일을 붉히면 디하의 간들 은혜롤 엇지 ᄂ【15】ᄌ리잇고?"

황귀비 허락고 도라와7) 그 니ᄅ던 말을 낫낫치 다 고흔디 쥐 다 듯고 침음ᄒ다가 왈,

"네 말이 니의 올ᄒ니 다시 이 허실을 눌 다려 므ᄅ리오?"

ᄒ거늘 달긔 겻히 잇다가 넝쇼흔디 쥐 문왈,

"네 엇지 니 말을 웃ᄂ뇨?"

달긔 디왈,

"황낭낭이 져의 간ᄉ흔 계교의 ᄲᅢ져 폐하롤 속이니 이 ᄯᅩ흔 블의라 샐니 황후롤 폐ᄒ여 죄롤 붉히쇼셔."

쥐 왈,

"이졔 강후롤 폐ᄒ면 강환으란 엇지 쳐치ᄒ리오?"

달긔 디왈,

"강환은 졔 죄 아니라 강후의 다리오미 되여 폐하롤 놀니엿ᄂ니 그 죄 엇지 강환의게 밋ᄎ리잇고?"

황귀비 ᄯᅩ 쇼리ᄒ여 왈,

"달긔 엇지 이리 방ᄌ히 구ᄂ뇨? 황후ᄂᆫ 텬ᄌ의 비필이오 텬하의 국뫼라 비록 큰 죄 이시나 경히 그 법을 쓰지 못ᄒᄂ니 엇지 텬ᄌ롤 다리여 거줏말을 ᄭᅮ며 황후롤 디역부도의 모ᄂᆫ다?"

ᄒ고 즉시 니러나랴 ᄒ더니 달긔 ᄯᅩ 곳쳐 안ᄌ며 쥬의【16】게 고왈,

"법은 나라히 웃듬이라 비록 텬지라도 감히 인졍을 못두ᄂ니 이졔 황후의 죄 법뉼의 맛당이 버힐지라 텬지 그롤 블상이 너기샤 아직 폐ᄒ여 타일을 바라려 ᄒ시ᄂ디 강시로 더브러 텬ᄌ롤 원망ᄒ며 무죄흔 쳡을 ᄭᅮ지져 졈졈 부도의 일을 더ᄒ니 이 엇지 겨집의 도리리잇고? 원(願) 폐하ᄂᆫ 즁흔 형벌을 더ᄒ여 법뉼을 힝ᄒ시고 져로 ᄒ여곰 폐하롤 원치 못ᄒ게 ᄒ쇼셔."

쥐 졍히 답고져 ᄒ더니 황귀비 다시 안ᄌ며 달긔롤 ᄭᅮ지ᄌ디,

"네 젼의 황후 쥬륙ᄒᄆᆯ 드럿ᄂ다? 엇지 이러틋 무도흔 말노 텬ᄌ롤 다리여 강후롤 즁형ᄒ라 ᄒᄂ뇨?"

ᄒ고 즉시 셔궁으로 도라와 강황후롤 보고 눈믈을 흘니고 머리롤 조으며

"달긔의 방ᄌᄒ미 만고의 ᄶᅡᆨ이 업셔 텬ᄌ압희셔 부도의 말을 무궁이 ᄒ여 텬ᄌ로 ᄒ여곰 황후의게 즁형을 더으고져 ᄒ니 니 젹은 말노ᄂᆫ 져롤 졔어ᄒ고【17】 상의롤 도로혀기 어렵더이다."

강휘 울며 왈,

"현비 비록 날을 위ᄒ여 텬ᄌ긔 어려번 고ᄒ나 텬지 달긔와 말을 드ᄅ시고 나의 이미한 쥴을 슬피지 못ᄒ시니 이졔ᄂᆫ 니 종ᄉ의 득죄흔 쳔비라 비록 디하의 간들 어니 면목으로 조종(祖宗)긔 뵈오리오? 우리 부친도 날노 인ᄒ여 블의블츙의 ᄲᅢ져 다시 츙녈이라 ᄒᄆᆯ 듯지 못ᄒ게 ᄒ엿고 니 아들이 ᄯᅩ 날을 인ᄒ여 부군긔 죄롤 어더 티ᄌ(太子) 위(位)의 잇지 못ᄒ게 ᄒ여시니 셰히 악명이 비록 후셰엔들 엇지 면ᄒ리오?"

ᄒ고 졍히 통곡ᄒ더니 믄득 한 시녜 젼지롤 가져다 니ᄅ디,

"텬지 날을 싀여 강황후의 한 눈을 가져오

---

7) 도라와: 원래는 '도와와'로 되어 있으나 오기이므로 고침.

라 ᄒ시더이다."

ᄒ니 이 일이 달긔의 위조ᄒᆫ 일이라 황휘 듯고 더곡 왈,

"비록 죽은들 엇지 참아 이런 형벌을 바드리오?"

그 시녜 우김질노[8) 잣바리치고[9) 한 눈을 ᄲᅡ히니 강휘 왼 몸의 피ᄅᆞᆯ 흘니고 반【18】 일을 긔결ᄒ엿더라. 황귀비 이 참혹ᄒᆫ 형벌을 보고 눈믈을 흘니며 참아 보지 못ᄒ여 ᄒ다가 마음의 헤오디 '니 이졔 쥬샹긔 드러가 쥬ᄒ리라' ᄒ고 그 시녀의 가졋던 눈을 아ᄉ 그릇시 담아 슈션궁의 가 쥬의게 드리고 울며 왈,

"이졔 비록 황휘 만분 부도의 일홈을 어덧신들 폐히 엇지 참아 이런 참혹ᄒᆫ 형벌을 ᄒ여 어진 디졀(大節)을 일ᄒ시ᄂᆞ니잇가?"

쥐 그 눈을 보고 디경ᄒ여 참아 보지 못ᄒ여 머리ᄅᆞᆯ 두로혀 달긔ᄅᆞᆯ ᄭᅮ지즈디,

"이 일이 일졍 네 일이니 니 비록 너ᄅᆞᆯ ᄉ랑ᄒ여 궁즁의 두어신들 네 엇지 이런 마음을 닌다? 이졔 빅관이 알면 날노 ᄒ여곰 블의의 님군이라 ᄒ리니 네 홀노 디악의 일홈을 엇지 면ᄒ리오?"

달긔 졍식 쥬왈,

"강휘 방ᄌ교종ᄒ고 ᄯᅩ 강환초의 벼슬이 텬하의 웃듬이어늘 쏠노 더브러 블의ᄅᆞᆯ ᄒᆡᆼᄒ【19】 니 이 죄 법뉼의ᄂᆞᆫ 부지 다 즁ᄒᆫ 형벌을 바들 거시어늘 텬지 그 목숨을 술와두시니 이도 텬힝이어늘 폐히 엇지 이러트시 져 블의의 사ᄅᆞᆷ을 위ᄒ여 첩을 칙ᄒ시ᄂᆞ니잇가?"

쥐 반일을 침음ᄒ여 아모의 말이 올흔 쥴 몰나 ᄒ더니 달긔 ᄯᅩ 쥬왈,

"폐히 ᄯᅩ 졍의ᄅᆞᆯ 싱각ᄒ여 져의 목숨을 살와주시니 더옥 방ᄌᄒᆫ ᄯᅳᆺ을 니여 폐하로 ᄒ여곰

블의ᄅᆞᆯ ᄒᆡᆼᄒ신다 ᄒ니 이 ᄯᅩ 죽을 죄라 폐히 이졔 젼지ᄅᆞᆯ 나리오샤 귀비로 ᄒ여곰 구리 화로 하나흘 가져다가 그 가온더 블을 만히 피오고 강후의 두 손을 지져 그 마옴을 곳치게 ᄒ쇼셔."

쥐 왈,

"황비의 말을 드르니 임의 ᄒᆡᆼᄒᆫ 형벌이 법도의 지나거늘 이졔 ᄯᅩ 이 일을 참아 엇지 ᄒ리오?"

달긔 지비 왈,

"폐히 발셔 져 강시의 간계의 ᄲᅡ져 유예ᄒ여 결치 못ᄒ시미 세 범ᄐᆞ니 ᄀᆞᆺᄒ시니 엇지 져ᄅᆞᆯ 위ᄒ여 국【20】 법을 그릇 민ᄃᆞ시ᄂᆞ니잇고? 폐히 ᄲᆞᆯ니 이 형벌을 ᄒᆡᆼᄒ시고 ᄉ졍의 거리끼지 마ᄅᆞ쇼셔."

황귀비 이 말을 듯고 혼빅이 몸의 븟지 아녀 아모 말도 못ᄒ고 셔궁으로 도라오니 강휘 왼 몸의 피ᄅᆞᆯ 흘니고 ᄯᅡ히 것구러졋다가 황귀비 오ᄂᆞᆫ 양을 알고 졍신을 찰혀 울며 왈,

"첩이 젼싱의 무슴 죄로 이졔 이런 즁형을 어더 사ᄅᆞᆷ의 도리로 ᄒᆡᆼ치 못ᄒᄂᆞ뇨?"

ᄒ고 방셩디곡ᄒ거늘 황귀비 위로 왈,

"현후(賢后)ᄂᆞᆫ 셜워 마로쇼셔. 텬지 후일의 반드시 현후의 이미ᄒᆞᆷ믈 술피시리이다."

강휘 ᄯᅩ 문왈,

"그ᄂᆞᆫ 바라지 못ᄒ려니와 현비 앗가 텬ᄌ 계신디 가시니 ᄯᅩ 무ᄉ 일이 잇더니잇가?"

황귀비 긔이지 못ᄒ여 달긔의 ᄒ던 말을 다 고ᄒ니 강휘 ᄯᅩ 히 구을며 거의 죽을듯ᄒ여 인ᄉᄅᆞᆯ 출히지 못ᄒ더니 ᄯᅩ 한 시녜 구리 화로의 블을 가득이 담고 젼지ᄅᆞᆯ 가져와 황귀비다 【21】 려 왈,

"앗가 드른 형벌을 ᄒᆡᆼᄒ라."

귀비 그 시녀ᄅᆞᆯ ᄭᅮ지즈디,

"달긔 엇지 텬ᄌᄅᆞᆯ 다리여 날노 ᄒ여곰 이런 블의ᄅᆞᆯ ᄒᆡᆼᄒ라 ᄒᄂᆞ뇨?"

ᄒ고 그 화로ᄅᆞᆯ 업치려 ᄒ더 그 시녜 쇼리ᄒ여 왈,

"황시 엇지 져 폐인을 도와 텬명을 거역ᄒ려 ᄒᄂᆞ뇨?"

ᄒ고 강후의 두 손목을 미여 화로의 녀허 티오니 그 누린너와 사오나온 긔운이 집 안히 가득

---

8) 【우김질노】[부] 강제로. ¶ 그 시녜 우김질노 잣바리치고 한 눈을 ᄲᅡ히니 강휘 왼 몸의 피ᄅᆞᆯ 흘니고 반일을 긔결ᄒ엿더라 (奉侍官百般逼迫, 容留不得, 將姜皇后剜去一目, 血染衣襟, 昏絶於地.) <西周 2:17>

9) 【잣바리치다】[동] 쓰러뜨리다. ¶ 그 시녜 우김질노 잣바리치고 한 눈을 ᄲᅡ히니 강휘 왼 몸의 피ᄅᆞᆯ 흘니고 반일을 긔결ᄒ엿더라 (奉侍官百般逼迫, 容留不得, 將姜皇后剜去一目, 血染衣襟, 昏絶於地.) <西周 2:17>

호여시디 오히려 강후는 인스룰 모로더라. 황귀
비 이룰 보미 정신이 스러지고 창즈룰 써호는
듯호여 통곡호는 줄 씨돗지 못호더니 마음의 혜
오디 '니 텬즈긔 드러가 이 참혹호 형상을 고호
리라' 호고 슈션궁의 드러와 쥬룰 보고 울며 그
형상을 다 쥬호디 쥐 졔 그룬 쥴 알고 고기룰
슉여 아모말도 못호더니 달긔 꾸러 왈,

　　"졔 이미호롸 호니 원컨디 폐하는 조전(晁
田)·조뢰(晁雷)[심복지인]룰 명호여 강환을 블너
다가 져과 면지(面知)호라 호쇼셔."

　　귀【22】비 쏘 아모말도 아니호고 도라오
다.

　　달긔 여러번 고호디 쥐 올히 너겨 즉시 젼
지호여 브르라 호니라.

8
방필방상반조가(方弼方相反朝歌)

쥬(紂) 조젼(晁田)·조뢰(晁雷)의게 젼지ᄒ
여 강환(姜環)을 다려오라 ᄒᆞᆫ디 냥인이 강환을
압녕(押㑌)ᄒ여 왓거ᄂᆞᆯ 쥬 냥인다려 왈,

"너희 강환을 다려 셔궁의 가 강시(姜氏)로
면질(面質)ᄒ고 오라."
ᄒᆞᆫ디 냥인이 강환을 압녕ᄒ여 셔궁의 가 강후다
려 왈,

"텬지 우리 냥인과 황귀비로 증인을 ᄒ고
낭낭과 이 사ᄅᆞᆷ으로 면질(面質)ᄒ라 ᄒ시더라."
ᄒᆞᆫ디 강휘 한 눈을 겨오 ᄯᆞ고 강환을 ᄭᆞ지져
왈,

"네 엇지 달긔와 동심(同心)ᄒ여 텬ᄌᆞ롤 속
여 날노 이런 형벌을 밧긔 ᄒᄂᆞ뇨?"
강환이 쇼리ᄒ여 왈,

"낭낭이 날을 다려여 블의롤 ᄒᆡᆼᄒ라 ᄒ고
이졔 일이 낫하나니 ᄯᅩ 엇지 죄롤 너게 밀위랴
ᄒ시ᄂᆞ니잇고?"
황귀비 겻히 잇 【23】 다가 디로 즐왈,

"필뷔 엇지 달긔로 동심ᄒ여 강낭낭을 져

런 형벌을 닙히고 ᄯᅩ 오ᄂᆞᆯ날 니 궁의 드러와 잡
도이 구ᄂᆞ뇨?"
ᄒ더니 이젹의 티ᄌᆞ 은교(殷郊)ᄂᆞᆫ 나히 십ᄉᆞ 셰
오 왕ᄌᆞ 은홍(殷洪)은 나히 십이 셰라. 시방 작
은 집의 이셔 쥬롤 두려 강황후롤 보지 못ᄒ고
쇼식도 아지 못ᄒ연지 셕달이러니 티감(太監)
양용(楊容)이 티ᄌᆞ긔 드러와 쥬ᄒᆞᆫ디,

"신이 드ᄅᆞ니 텬지 달긔의 말을 드ᄅᆞ시고
티후롤 참혹ᄒᆞᆫ 형벌을 쥬어 계시ᄂᆞ이다."
ᄒᆞᆫ디 은홍은 나히 젹은지라 이 말을 듯고 졍신
을 졍치 못ᄒ고 은교ᄂᆞᆫ 방셩디곡ᄒ며 바로 셔궁
의 가니 황휘 두 숀을 업시ᄒ고 왼 몸의 피롤
흘니고 ᄯᅡ히 누엇ᄂᆞᆫ지라 은교 겨오 아라보고 다
라드러 붓들고 울며 왈,

"모친이 무ᄉᆞᆷ 즁ᄒᆞᆫ 죄로 이런 참혹ᄒᆞᆫ 형벌
을 바다겨시ᄂᆞ니잇고?"
황휘 아들의 쇼리롤 듯고 겨유 한 눈을 ᄯᅳ
고 통곡ᄒ며 져의 이미ᄒᆞᆫ 일과 여러 가지 형벌
닙은 줄 니ᄅᆞᆫ 【24】 디 은교 이 말을 듯고 반일
을 긔졀ᄒ엿다가 겨요 ᄭᆡ여보니 셤 우희 조젼과
조뢰 강환을 다리고 안ᄌᆞᆺ거ᄂᆞᆯ 은교 디로ᄒ여 보
검을 들고 바로 다라드러 강환을 두 조각의 니
고 조젼 등을 ᄭᆞ지져 왈,

"네 엇지 달긔와 동심ᄒ여 이런 참혹ᄒᆞᆫ 형
벌을 ᄒᆡᆼᄒ엿ᄂᆞ뇨? 니 너희 둘과 달긔롤 죽여 모
친의 원슈롤 갑흐리라."
황귀비 티ᄌᆞ의 셩ᄂᆞᆷ을 보고 말녀 왈,

"티ᄌᆞᄂᆞᆫ 셩을 긋치고 셩노롤 도도지 마로
쇼셔."
티지 듯지 아니ᄒ고 칼흘 ᄡᅳ으고 냥인을
ᄶᅩ오더니 아오 은홍이 ᄯᅩ 졍신을 겨유 찰혀 이
긔별을 듯고 보검을 들고 마조 ᄂᆞ다라 치려 ᄒᆞᆫ
디 냥인이 겨요 환을 면ᄒ여 다라나니 밋지 못
ᄒ고 은홍이 형으로 더브러 셔궁의 와 모친을
보니 형용이 참혹ᄒ여 사ᄅᆞᆷ의 얼골이 업ᄂᆞᆫ지라
셔로 붓들고 연고롤 뭇더라.
조젼 등이 겨요 다라나 쥬의게 울며 이 말
을 【25】 다 고ᄒᆞᆫ디 쥬 디로 즐왈,

"이 두 도젹이 엇지 감히 어뮈롤 위ᄒ여
궁즁의셔 작난ᄒ고 날을 핍박고져 ᄒᄂᆞ뇨?"
ᄒ고 즉시 보검 둘흘 니여 조젼 등을 쥬며 왈,

"너희 이 칼흘 가지고 가 두 도젹의 머리

롤 버혀오라.”

냥인이 녕을 듯고 셔궁으로 오니 두 왕ᄌ는 업고 황귀비 나와 문왈,

“너희 ᄯᅩ 무슴 연고로 셔궁의 왓ᄂᆞ뇨?”

더왈,

“우리 황명을 바다 두 왕ᄌ의 머리롤 가지라 왓ᄂᆞ이다.”

귀비 싱각ᄒᆞ디 ‘니 오늘 져놈을 쇽여 두 왕ᄌ의 명을 보젼ᄒᆞ리라’ ᄒᆞ고 쇼리ᄒᆞ여 왈,

“필뷔 두 왕ᄌ롤 잡으려 홀진디 동궁으로 가지 아니ᄒᆞ고 셔궁으로 와 날을 핍박ᄒᆞ며 궁녀롤 희롱ᄒᆞᄂᆞ뇨? 이졔 텬ᄌ긔 쥬ᄒᆞ여 너희 죄롤 붉히리라.”

조젼 등이 감히 아모말도 못ᄒᆞ고 환도롤 들고 도라가거늘 황귀비 도로 안히 드러와 은교 형뎨롤 블너 왈,

“이졔 혼군이 안히롤 형벌ᄒᆞ고 ᄯᅩ 아들을 죽이【26】려 ᄒᆞ니 그더 이졔 잠간 형경궁[1](馨慶宮)의 가 화롤 피ᄒᆞ면 후일 디신의 간ᄒᆞ미 이시리니 명을 보젼ᄒᆞ리라.”

ᄒᆞ디 둘이 ᄲᅮ러 왈,

“황낭낭이 우리롤 이러트시 구ᄒᆞ시니 이 은혜롤 어닛날 갑흐리잇고만은 병든 어뮈 홀노 이셔 명지 경긱ᄒᆞ니 엇지 ᄎᆞ마 바리고 가리잇가?”

귀비 왈,

“그더네는 ᄲᆞᆯ니 가 환을 피ᄒᆞ라. 황후는 니 구완ᄒᆞ여 명을 보젼ᄒᆞ리라.”

둘이 ᄲᆞᆯ니 셔궁을 피ᄒᆞ여 형경궁의 가니 양귀비 보고 디경 문왈,

“귀체 무슨 일노 밧비 더러온 집의 오시ᄂᆞ니잇고?”

둘이 울며 졀ᄒᆞ여 젼후 곡졀을 다 니ᄅᆞ고,

“원컨더 양낭낭은 우리 둘히 명을 구ᄒᆞ쇼셔.”

귀비 이 말을 듯고 눈물을 흘니며 왈,

“니 집이 비록 더러오나 귀체는 아직 여긔 셔 환을 피ᄒᆞ쇼셔.”

ᄒᆞ고 싱각다가 왈,

“이졔 조젼 등이 동궁의 가 두로 보와 찻지 못ᄒᆞ면 이리 오리니 이롤 엇지ᄒᆞ리【27】오?”

ᄒᆞ고 졍히 셔로 의논ᄒᆞ더니 믄득 사롬이 보ᄒᆞ디,

“두 녁시(力士) 젼지롤 가져 밧긔 왓다.”

ᄒᆞ거늘 양귀비 니다라 왈,

“여긔는 나 잇는 깁흔 궁이어늘 너희 감히 엇지 방ᄌ이 드러왓ᄂᆞ뇨? 죄 맛당이 멸족ᄒᆞ염즉 ᄒᆞ도다.”

냥인이 졀ᄒᆞ여 왈,

“우리는 텬ᄌ의 명을 바다 두 왕ᄌ롤 ᄎᆞᆺᄌᆞ라 왓ᄂᆞ이다.”

귀비 ᄭᅮ지져 왈,

“두 왕지 이졔 동궁의 잇거늘 엇지 아랑곳 업손 니 궁의 와 이러틋 무례ᄒᆞ뇨?”

냥인이 아모말도 못ᄒᆞ고 칼홀 ᄶᅳ으고 다라나더라.

양귀비 드러와 티ᄌ다려 왈,

“이졔 여러 사롬이 와 뒤면 그 해 젹지 아니리니 티지 아을 다리고 ᄲᆞᆯ니 조정의 나가 미ᄌ(微子)·긔ᄌ(箕子) 등 모든 국쳑을 보아 계교롤 졍ᄒᆞ쇼셔.”

둘이 고두비ᄉᆞᄒᆞ고 양귀비롤 니별ᄒᆞ고 밧그로 나오니 양귀비 은교 등을 니별ᄒᆞ고 홀노 안져 싱각ᄒᆞ디 ‘이졔 텬지 달긔의게 침혹ᄒᆞ샤 참혹ᄒᆞᆫ 형벌노 졍궁을 죽이시고 두【28】아들을 죽이려 ᄒᆞ시니 이런 변이 만고의 어더 이시리오? 녯 글의 일너시더 “닙시웲이 업스면 니 차다” ᄒᆞ니 이제 달긔 황후와 두 왕ᄌ롤 업시ᄒᆞ면 버거 날을 침노ᄒᆞ리니 니 엇지 져런 형빌을 닙으리오’ ᄒᆞ고 목 잘나 죽으니 쥐 듯고 아모란 줄 몰나 관곽을 갓초와 빅호뎐(白虎殿)의 빙쇼ᄒᆞ라 ᄒᆞ더니 황귀비 드라와 쥬왈,

“강황휘 쥬야로 통곡ᄒᆞ며 이미ᄒᆞ믈 발명ᄒᆞ더니[2] 밤의 명이 진ᄒᆞ여시니 원컨더 폐하는 젼

---

1) 형경궁: 원래는 ‘현경궁’으로 되어 있으나 오기 이므로 고침. 이하 같음.

2) 【발명ᄒᆞ다】 동 〔발명(發明)하다.〕 무죄를 변명 (辨明)하다. 밝히다. ¶ 강황휘 쥬야로 통곡ᄒᆞ며 이미ᄒᆞ믈 발명ᄒᆞ더니 밤의 명이 진ᄒᆞ여시니 원 컨더 폐하는 젼일 ᄉᆞ졍을 싱각ᄒᆞ셔 관곽을 갓초 와 양귀비의 신체와 한가지로 빅호뎐의 두라 ᄒᆞ 쇼셔 (姜后言罷氣絶, 尸臥西宮, 望陛下念元配生 太子之情, 可賜棺槨收停白虎殿, 庶成其禮.) <西

일 ㅅ경을 싱각ㅎ셔 관곽을 갓초와 양귀비의 신체와 한가지로 빅호뎐의 두라 ㅎ쇼셔.”

쥐 허락ㅎ디 황귀비 명을 듯고 셔궁으로 도라가려 ㅎ더니 조젼 등이 드러와 쥬왈,

“신 등이 궁즁을 두로 돌며 ᄎᄌ디 티ᄌ와 왕ᄌ 간 곳을 아지 못ㅎ오니 원컨디 폐하는 신의 죄룰 ㅅㅎ쇼셔.”

쥐 왈,

“셰 궁의 가 업거든 샐니 니뎐의 드러가 어드라.”

조젼 등이 명을 듯고 가다.

이 ᄱ 은교 등이 양귀비룰 니별【29】ㅎ고 조졍의 나오니 문무빅관이 조회룰 갓 파ㅎ고 훗허지지 아냣더니 무셩왕(武成王) 황비회(黃飛虎) 아라보고 다라드러 고두지비 왈,

“뎐하 무ㅅ 일노 나오시니잇가?”

티지 디곡ㅎ며 젼후 곡졀을 다 니르고 왈,

“황장군은 우리 형뎨 위명(危命)을 구ㅎ라.”

ㅎ고 방셩디곡ㅎ디 문무빅관이 다 눈믈을 먹음고 왈,

“이졔 국뫼 즁ㅎ 형벌을 바다 계시고 ᄶ 뎐하 이런 화룰 닙어 계시니 신 등이 엇지 가만이 이셔 셩탕3) 덕업을 문허바리리잇고? 이졔 텬ᄌ룰 쳥ㅎ여 신 등이 일시의 간ㅎ여 황후의 이미ㅎ 줄을 ᄱ다ㄹ시게 ㅎ리라.”

ㅎ더니 언미이(言未已)의 계하의셔 두 사롬이 벽녁 갓흔 쇼리로 웨여 왈,

“텬지 명ㅅ룰 일허 포락지형을 지어 츙냥을 ㅎ ㅎ며 경궁요디룰 지어 간신을 디졉ㅎ며 안ㅎ룰 형벌ㅎ고 아들을 죽이려 ㅎ니 이 엇지 인군의 도리리오? 우리 이졔 황후룰 위ㅎ여 원을 씻고 티ᄌ 왕ᄌ로 ㅎ여곰 환을 면케 ㅎ리라. 녯 말의 ‘어진【30】 신는 조흔 남글 갈히여 깃드리고 착ㅎ 신하는 덕 잇는 님군을 갈히여 셤긴다’4) ㅎ니 우리 이졔 반ㅎ여 무도ㅎ 왕을 업시

____

周 2:28>
3) 셩탕: 원래는 ‘셩탁’이라 되어 있으나 오기이므로 고침.
4) 어진 신는 조흔 남글 갈히여 깃드리고 착ㅎ 신하는 덕 잇는 님군을 갈히여 셤긴다: 良禽擇木而栖, 賢臣擇主而仕.

ㅎ고 어진 님군을 어더 ㅅ직을 보젼ㅎ리라.”

모다 보니 이 사롬은 진젼디장군(鎭殿大將軍) 방필(方弼) 형뎨러라. 황비회 좌우룰 블너 잡아미라 ㅎ더니 믄득 싱각ㅎ디 ‘이졔 져 둘흘 잡아드리면 텬지 공으란 쓰지 아니ㅎ고 일졍 달긔의게 침혹ㅎ여 날을 황귀비의 동싱이라 ㅎ여 히홀 마음을 니리니 잡아드려 쓸디 업다’ ㅎ고 좌우룰 분부ㅎ여 도로 노흐라 ㅎ고 미ᄌ·긔ᄌ·비간 등으로 더브러 셔로 탄식ㅎ더니 믄득 보니 한 관원이 홍포옥디로 뎐 아리 와 니로디,

“금일 이변이 종남산 운즁ᄌ(雲中子)의게로 셔조츠 낫도다. 녯 말의 일너시디 ‘님군이 졍치 아니ㅎ면 신히 사오납다’ ㅎ니 이졔 텬지 티우 두원션(杜元銑)을 참ㅎ며 미빅을 포락지형으로 죽이고 오늘 ᄯ 황후룰 죽을 형벌을 쓰고 아들을 죽이려 ㅎ니 져 두 사롬이 엇지【31】 몸을 앗겨 후환을 피코져 아니리오? 우리 등도 ᄯ 명이 아모날 진홀 줄 아지 못ㅎ리로다.”

모다 보니 이는 상티우(上大夫) 양임(楊任)이러라. 티ᄌ와 왕지 이 말을 드르미 더옥 슬프믈 니긔지 못ㅎ더니 믄득 방필이 티ᄌ 은교룰 업고 방상은 은홍을 업고 십여인을 거느려 다라나며 웨여 왈,

“텬지 무도ㅎ여 두 아들을 죽여 종ㅅ룰 굿츠려 ㅎ미 이졔 우리 두 공ᄌ룰 보호ㅎ여 동노의 가 병을 비러 혼군을 업시ㅎ고 셩탕 긔업을 다시 니으리라.”

ㅎ고 다라나니 길히 아모도 막으리 업더라. 문무빅관이 다 디경실식ㅎ디 홀노 황비회 졍식ㅎ고 아모말도 아니커늘 승상 비간(比干)이 나아와 문왈,

“우리 다 아모리 홀 줄을 몰나 셔로 후환을 근심ㅎ디 장군이 홀노 ᄌ약ㅎ시ᄂ니잇고?”

황비회 답왈,

“가히 우읍도다. 문무 즁관이 오륙쳔이로디 져 방가 두 놈의 지조의 밋지 못ㅎ믈 한ㅎ노라. 우리는 다 셔로 죽을 날만 기다리디 져【32】 두 놈은 공ᄌ룰 보호ㅎ여 다라나 셩탕 종ㅅ룰 보젼ㅎ랴 ㅎ니 이 엇지 디장부의 일이 아니리오?”

비간이 믁연부답ㅎ더니 믄득 드르니 조젼·조뢰 각각 보검을 들고 니뎐으로조츠 밧그

로 스못 나오다가 빅관이 모닷눈 양을 보고 문
왈,

"두 공지 이리 나오시더니 어디로 가뇨?"
ᄒ거늘 황비회 왈,

"두 공지 앗가 나와 쥬상긔 죄 어드믈 두
려ᄒ더니 진전디장군 방필 형졔 일시의 옹호ᄒ
여 남문으로 다라나니 아모디로 간 줄 모로노
라."

조전·조뢰 이 말을 듯고 샐니 슈션궁의
드러와 쥬의게 보ᄒ디 쥐 티로 왈,

"방필·방상(方相)이 엇지 감히 반ᄒ여 다
라나뇨? 니 샐니 잡아 후환을 업시ᄒ리라."
ᄒ거늘 조전이 쥬ᄒ디,

"방필 형뎨 지용이 가즈니5) 경히 젹은 군
스롤 보니면 일이 이지 못ᄒ리니 원컨디 폐하는
샐니 무셩왕 황비호의게 조셔ᄒ샤 반젹을 잡으
라 ᄒ쇼셔."

쥐 올히 너겨 즉시 황비호의게 조셔ᄒ여
왈,

"장【33】군이 샐니 본부 군을 거느려 남
문으로 나가 두 반젹과 두 아들의 머리롤 버혀
오라."

ᄒ거늘 비회 조셔롤 듯고 나오며 우어 왈,

"이졔 방필 등이 두 공즈롤 보호ᄒ여 다라
나 디의롤 일우려 ᄒ거늘 우리 엇지 져의 길을
막아 의롤 어그릇치리오?"
ᄒ더니 믄득 보니 휘하 관원 황명(黃明)·쥬긔
(周紀)·뇽환(龍環)·오염(吳炎) 등이 일시의 와
니르디,

"쇼장 등이 장군을 조츠 공을 일우리라."
ᄒ거늘 황비회 마지 못ᄒ여 스인다려 왈,

"그디네는 슈고로이 오시 말나."
ᄒ고 오싴 신우(神牛)롤 타고 슈쳔 쳘긔롤 거ᄂ
려 방필 등을 쏠오니 이 탄 쇼눈 신긔로온 즘싱
이라 하루 팔빜 니싴 딧고 한 날을 굴머도 능히

격진을 츙돌ᄒ더니 삼십여 리롤 가미 방필 등이
츄병이 급ᄒ믈 보고 디경ᄒ여 샐니 두 공즈로
더브러 길히 나려 명을 빌고져 ᄒ더니 황비회
갓가이 오거늘 두 공지 길가의 꾸러 왈,

"황장군이 오시기는 우리롤 잡으라 오시
【34】ᄂ니잇가?"

황비회 쏘 말긔 나려 꾸러 왈,

"원컨디 뎐하는 신의 죄롤 스ᄒ쇼셔. 신이
오기는 텬즈 명을 바다 뎐하와 공즈롤 조결ᄒ시
게 왓습거니와 신이 엇지 감히 히홀 뜻을 두리
잇고?"
ᄒ거늘 티즈 은교 쏘 고ᄒ디,

"우리 모친이 참혹ᄒ 형벌을 바드시고 우
리 쏘 큰 죄롤 명을 보전ᄒ려 다라나더니 이졔
장군이 살오시니 이 은혜는 죽은들 엇지 니즈리
잇고?"

황비회 왈,

"뎐하는 슈이 다라나쇼셔. 츄병이 쏘 이실
가 두려ᄒᄂ이다."

은교 싱각ᄒ디 '우리 둘이 다 살기는 어려
오니 하나히나 술아 원슈롤 갑흐리라' ᄒ고 황
비호다려 왈,

"이졔 장군이 군명을 바다 왓ᄂ니 엇지 감
히 그져 도라가리오? 니 아이 비록 나히 젹으나
동노롤 득달ᄒ여 조흔 씨롤 어드면 원슈롤 갑흐
리니 장군은 니 머리롤 가져가 공을 일우쇼셔."
ᄒ디 은홍이 쏘 니로디,

"나는 나히 어리고 비록 명이 보전ᄒ여시
나 블과 【35】한 공을 봉홀 거시오 이졔 형은
나히 만코 쏘 동궁 티지라 후일의 공을 일우면
은덕을 보전ᄒ리니 니 머리롤 버혀 가 공을 일
우쇼셔."
ᄒ고 형뎨 셔로 스양ᄒ거늘 방필·방상이 두 공
즈의 스양ᄒ눈 양을 보고 왈,

"엇지 굿ᄒ여 하나힌들 죽으리잇가?"

황비회 이 두 사롬이 두 공즈롤 보호ᄒ여
후일의 공을 일우려 ᄒ믈 보고 왈,

"니 엇지 공즈롤 히ᄒ리오? 너희 보호ᄒ여
하ᄂ혼 동노로 가고 하나혼 남노로 가 각각 명
을 도모하라. 이졔 도라가 거즛 쓰로지 못ᄒ 양
으로 쥬ᄒ리라."
ᄒ디 방필 등이 고두비스ᄒ거늘 황비회 한 보검

---

5) 【가즈다】 혱 날래다. ¶ 猛‖ 방필 형뎨 지용
이 가즈니 경히 젹은 군스롤 보니면 일이 이지
못ᄒ리니 원컨디 폐하는 샐니 무셩왕 황비호의
게 조셔ᄒ샤 반젹을 잡으라 ᄒ쇼셔 (方弼力大勇
猛, 臣焉能拿得來? 要拿方弼兄弟, 陛下速發手詔,
着武成王黃飛虎方可成功, 殿下亦不致漏網.) <西
周 2:32>

을 쥬며 왈,

"이 갑시 빅금이 남으니 너희 두 뎐하롤 보호흐여 가며 젼도이(前途)의 반젼을 흐라. 공을 일우면 후의 복녹을 바드리라."

흐고 즉시 조가(朝歌)의 도라오니 날이 발셔 져므러시디 빅관이 그져 오문의 모닷더라.

비간이 문왈,

"황장군이 엇지【36】그져 도라오뇨?"

황비회 답왈,

"쏠와 밋지 못흐고 복명흐라 왓노라."

빅관이 다 깃거흐더라. 황비회 바로 궁의 드러가 그디로 고흔디 쥐 왈,

"그디 아직 도라가 쉬라. 너 다시 싱각흐리라."

비회 스은흐고 믈너나온디 달긔 나아와 고왈,

"녯 말의 흐여시디 '범을 노화 산의 보니면 반드시 후환이 잇다' 흐엿느니 이제 두 왕지 동노로 다라나면 그 해 젹지 아니리니 쏠니 은파퓌(殷破敗)·뇌긔(雷開)롤 명흐여 삼쳔 비긔(飛騎)롤 쥬어 쥬야로 딸녀가 후환을 업시흐라 흐쇼셔."

쥐 올히 너겨 즉시 냥인의게 젼지흐디,

"너희 쏠니 가 두 도젹을 잡아오라."

두 장쉬 쳥녕흐고 즉시 황비호의 마을의 병을 어드라 온디 황비회 홀노 안즈 졍소의 그릇되믈 탄식흐더니 냥장의 오믈 보고 녜롤 맛촌 후 문왈,

"장군이 무스 일로 이리 밧비 오시뇨?"

냥장이 젼지롤 즈셰히 니론디 황비회 싱각흐디 '이 장쉬 가면 반드시 일이 날 거시니 니 속【37】여 못밋게 흐리라' 흐고 냥장다려 왈,

"오늘은 발셔 밤이 드럿느지라 인마롤 밋쳐 찰히지 못흘 거시니 너일 오경의 군스롤 거느려 쏠니 가라."

냥장이 감히 명을 거스지 못흐여 믈너나거늘 비회 좌초장관(左哨將官) 쥬긔롤 블너 가만이 니로디,

"너일 시비의 두 장쉬 와 삼쳔 비긔롤 빌

거시니 네 미리 노병(老病)과 유약(儒弱)을 갈히여 두엇다가 쥬라."

흔디 쥬긔 명을 듯고 가더니 이튼날 오경 씨의 두 장쉬 와 군스롤 빌거늘 쥬긔 노병과 유약을 갈히여 쥬니 두 장쉬 비록 득달치 못흘 쥴 아나 감히 밧골 계교롤 못흐여 군스롤 모라 남문으로 나가다.

방필 등이 두 공즈롤 보호흐여 일이일을 나아가더니 방필이 아오다려 왈,

"우리 네히 한가지로 가다가 츄병 곳 만나면 다 보젼키 어려올 거시니 길흘 각각 난화 동노와 남노로 가면 엇지 만젼흘 계괴 아니리오? 비록 셰히 죽어도 하나흔 살니라."

방【38】상 왈,

"올타."

흐고 두 공즈다려 그 연고롤 니론니 은긔 답왈,

"장군의 말이 비록 올흐나 다만 우리 형뎨 나히 젹은지라 엇지 고초히 먼 길히 득달흐리오?"

방필이 디왈,

"동노 남노의 다 큰 길히 만흐니 엇지 길흘 근심흐리오?"

은긔 왈,

"그러면 그디는 어느 길노 가려 흐느뇨?"

흐고 네히 각각 눈믈을 쓰리고 훗허지다.

방필은 동으로 가고 방상은 남으로 가거늘 은교 형뎨 쏘 셔로 니로디,

"우리도 각각 훗허졋다가 하나히 죽어도 하나흔 보젼흐여 후일 모친 원슈롤 갑흐리라."

흐고 은교는 동으로 가고 은홍은 남으로 가니 이 씨 츄풍은 삭막흐고 낙일은 거의 져므럿느지라 만긔구젹흐고 풍엽이 난만흐여시니 둘희 졍시 참혹흐더라.

은홍이 슬프믈 먹음고 말을 바야7) 가더니 먼니 바라보니 한 촌이 잇거늘 집을 츠즈 드러가 갑술 쥬고 밥을 빈디 쥬인이 은홍의 몸의 붉은 옷술 닙고 상뫼 비범흐믈 보고 문왈,

【39】"공이 어디로셔 오는 사름이완디 이

---

6) 젼도: 원래는 '젼두'로 되어 있으나 오기이므로 고침.

7)【바야다】图 재촉하다. ¶ 은홍이 슬프믈 먹음고 말을 바야 가더니 먼니 바라보니 한 촌이 잇거늘 집을 츠즈 드러가 갑술 쥬고 밥을 빈디 <西周 2:38>

밤의 깁흔 마을의 드러오시니잇고?"

은홍이 답왈,

"나는 다른 사룸이 아니라 텬즈의 둘지 아들 은홍이러니 이제 남빅후 악숭우8)(鄂崇禹)룰 보려 가노라."

쥬인이 쓸의 나려 고두 왈,

"쇼인이 아지 못ᄒ고 텬위룰 범ᄒ니 원컨더 뎐하는 스ᄒ쇼셔."

ᄒ고 음식을 장만ᄒ여 드리며 왈,

"이 음식이 비록 더러오나 이 압길희 촌이 업논지라 잠간 요긔ᄒ고 가쇼셔."

은홍이 음식을 다 먹고 쥬인을 니별ᄒ고 압길노 이삼 니룰 가더니 쇼나무 속의 한 묘당이 잇거눌 마음의 혜오디 '말도 갓바ᄒ고9) 밤이 깁헛논지라 이 묘당의 드러 쉬여가리라' ᄒ고 말치룰 바야 묘당의 니르니 문압희 써시디 '헌원묘(軒轅廟)'라 ᄒ엿거눌 셜니 말긔 나려 졀ᄒ고 고왈,

"나는 셩탕 삼십 일셰 쥬왕의 아들 은홍이러니 이제 부군이 황후룰 형벌ᄒ며 아들을 죽이려 ᄒ논【40】지라 홍이 감히 나라홀 반ᄒ고 남도로 가고져 ᄒᄂ니 원컨더 신령은 하로밤을 빌니셔든 타일의 맛당이 묘당을 중슈ᄒ고 스시의 분향ᄒ리이다."

ᄒ고 밤을 예셔 지너다.

은괴 또 아을 니별ᄒ고 동으로 스오십 니룰 가더니 먼니 바라보니 한 마을이 잇거눌 나아가 보니 큰 뫼흔 뒤흘 둘넛고 작은 너믈은 압희 흘녀가논디 집이 잇거눌 그 중 큰 집 문압희 가 쥬인을 브르더 인격이 업더니 이윽고 사룸이 나와 문왈,

"엇던 사룸이완더 이 밤의 와 즈는 사룸을 씨오논다?"

은괴 답왈,

"나는 지나가는 사룸이러니 밤이 깁힛ᄂ지라 잘 더룰 못어더ᄒ더니 원컨더 쥬인은 하로밤

을 빌니라."

그 쥬인이 문왈,

"그더 쇼리 남과 다르고 의복이 빗나니 이 아니 셔울다히 지상가(宰相家) 사룸인다?"

은괴 답왈,

"니 과연 셔울 잇는 사룸이로라."

쥬인 왈,

"니 잠간 안희 드러가 승상긔 보ᄒ리라."

【41】 ᄒ고 드러가더라.

---

8) 악숭우: 원래는 '악숭후'로 되어 있으나 오기이므로 고침.

9) 【갓바ᄒ다】 혱 피곤해하다. 힘들어하다. ‖ 은홍이 음식을 다 먹고 쥬인을 니별ᄒ고 압길노 이삼 니룰 가더니 쇼나무 속의 한 묘당이 잇거눌 마음의 혜오디 '말도 갓바ᄒ고 밤이 깁헛논지라 이 묘당의 드러 쉬여가리라.' <西周 2:39>

9
상용구간뎐亽졀(商容九間殿死節)

그 쥬인이 승상긔 보ᄒᆞ리라 ᄒᆞ고 안흐로 드러가거ᄂᆞᆯ 은교(殷郊) 마음의 혜오디 '이 아니 져즈음긔 상쇼ᄒᆞ고 믈너간 승상 상용(商容)의 집인가' ᄒᆞ고 졍히 기다리더니 이윽고 사ᄅᆞᆷ이 나와 니ᄅᆞ디,

"승상이 드러오쇼셔 ᄒᆞᆫ다."

ᄒᆞ거ᄂᆞᆯ 은교 관을 졍히 ᄒᆞ고 드러가니 과연 승상 상용이 계하의 나려 마ᄌ 올니고 고두 왈,

"노신이 뎐하의 오시ᄂᆞᆫ 줄을 미리 아라 영졉지 못ᄒᆞ오니 쳥컨디 뎐하ᄂᆞᆫ 죄를 亽ᄒᆞ쇼셔."

ᄒᆞ고 온 연고를 뭇거ᄂᆞᆯ 은교 디곡ᄒᆞ고 젼후슈말(前後首末)을 ᄌ셰히 니ᄅᆞᆫ디 상용이 쇼리질너 왈,

"혼군이 이러툿 무도ᄒᆞ여 블의를 ᄒᆡᆼᄒᆞ디 조뎡 디신이 엇지 아모도 간ᄒᆞ리 업ᄂᆞ뇨? 앗갑다 뉵빅년 셩탕 긔업이 일조의 혼군의 손의 망ᄒᆞ리로다. 신이 【42】 뎐하를 뫼셔 경亽의 드러가 텬즈긔 간ᄒᆞ여 뎐하의 화를 더르시게 ᄒᆞ리이다."

ᄒᆞ고 좌우를 분부ᄒᆞ여 쥬식을 가져오라 ᄒᆞ여 관

더ᄒᆞ거ᄂᆞᆯ 은교 이날을 예셔 조히 지니다.

은파퓌(殷破敗)와 뇌기(雷開) 삼쳔 비긔를 거ᄂᆞ려 오십여 리ᄂᆞᆫ 나오더니 군시 다 노약이라 득달키 어렵고 ᄯ오 압길히 여러히니 아모디로조ᄎᆞ 갈 줄을 몰나 뇌기 왈,

"그디ᄂᆞᆫ 오십 졍병을 거ᄂᆞ려 남노(南路)로 가 쥬야로 가고 그 남은 노약군은 미조ᄎᆞ1) 오라 ᄒᆞ미 엇더ᄒᆞ뇨?"

은파퓌 왈,

"올타."

ᄒᆞ고 즉시 군亽를 ᄲᅢ 두 길노 ᄒᆡᆼᄒᆞ다.

뇌기 오십 졍병을 거ᄂᆞ려 쥬야를 블계(不計)ᄒᆞ고 남노로 ᄒᆡᆼᄒᆞ니 그 세(勢) 구룸이 날며 바ᄅᆞᆷ이 닷ᄂᆞᆫ 듯ᄒᆞ더라. 슈일을 ᄒᆡᆼᄒᆞ여 총졍의 니ᄅᆞ러 한 묘당이 잇거ᄂᆞᆯ 문압히 다ᄃᆞ라 한 비를 보니 '헌원퓌'라 ᄒᆞ엿더라. 뇌기 네를 맛고 묘당 뒤흐로 드러가 이 밤을 지니고져 ᄒᆞ더니 믄득 드ᄅᆞ니 ᄒᆞᆫ 사ᄅᆞᆷ이 상 아리 누어 잠을 닛게 드럿거ᄂᆞᆯ 괴【43】 이히 너겨 군亽로 ᄒᆞ여곰 ᄭᅢ오라 ᄒᆞ니 이 공ᄌ 은홍(殷洪)이러라. ᄌ다가 일ᄭᅥ나 보니 일진 군시 묘문 밧긔 에워 셧고 한 쟝쉬 의복을 빗나게 ᄒᆞ며 보검을 들고 등불 아리 셔시니 범이 바ᄅᆞᆷ의 셧ᄂᆞᆫ듯 뇽이 바다히 업디엿ᄂᆞᆫ 듯ᄒᆞᆫ지라 취ᄒᆞᆫ듯 어린듯ᄒᆞ여 아모리 홀 줄 모로더니 겨요 졍신을 찰혀 보니 졍동쟝군(征東將軍) 뇌기어ᄂᆞᆯ ᄭᅮ러 왈,

"원컨디 쟝군은 니 명을 살오라."

뇌기 ᄯ라히 나려 왈,

"공지 엇지 이디도록 먼니 오시니잇고? 쇼쟝이 텬ᄌ 명을 밧ᄌ와 공ᄌ를 뫼시라 왓ᄂᆞ이다."

은홍이 마지 못ᄒᆞ여 말을 타고 뇌기를 조ᄎᆞ 나오다.

은파퓌 ᄯ오 오십 졍병을 거ᄂᆞ려 동노로 ᄒᆡᆼᄒᆞ여 슈일을 가더니 팔ᄌ(八字) 분쟝(粉墻) 아리 다ᄃᆞ라 승상 상용의 집이 잇ᄂᆞᆫ 줄 듯고 즉시 말을 나려 안흐로 드러가니 승상이 바야흐로 티ᄌ

---

1) 【미조ᄎᆞ】 뮈 뒤이어. 뒤따라. ¶ 그디ᄂᆞᆫ 오십 졍병을 거ᄂᆞ려 남노로 가 쥬야로 가고 그 남은 노약군은 미조ᄎᆞ 오라 ᄒᆞ미 엇더ᄒᆞ뇨? (你領五十名精壯士卒, 我領五十名精壯士卒, 分頭追赶; 你往東魯, 我往南都.) <西周 2:42>

은교로 더브러 밥먹거늘 다라드러 결ᄒ고 왈,

"쇼장이 황명을 밧ᄌ와 【44】 틔ᄌ롤 쳥ᄒ여 가려 ᄒᄂ이다."

상용 왈,

"장군이 뎐하롤 다리라 왓거니와 그디네 조졍의 이셔 녹을 먹고 텬ᄌ의 그른 일을 간치 아니코 벼술을 ᄉ랑ᄒ며 일홈을 탐ᄒ고 텬ᄌ의 ᄯᅳᆺ을 아당ᄒ며 마음을 조ᄎ 국졍을 어즈러이니 이 엇지 신ᄌ의 도리리오?"

은ᄑᆡ 나아와 갈오디,

"승상은 노치 마로쇼셔. 은장군이 쥬상 조셔롤 밧ᄌ와 날을 잡으라 와시니 엇지 감히 명을 도망ᄒ리잇고?"

ᄒ고 눈믈이 비오듯ᄒ니 상용이 ᄯᅳᆯ의 ᄂᆞ려 결ᄒ여 왈,

"젼하는 방심ᄒ쇼셔.2) 노신이 흠긔 경ᄉ의 드러가 텬ᄌ긔 쥬ᄒ여 뎐하의 죄롤 ᄉᄒ시게 ᄒ리이다."

ᄒ고 즉시 좌우롤 분부ᄒ여 인마롤 슈습ᄒ라 ᄒ거늘 은ᄑᆡ 상용이 경ᄉ의 가려 ᄒᄆᆯ 보고 마음의 ᄉᆡᆼ각ᄒ디 '니 틔ᄌ롤 보고 네롤 힝치 아니ᄒ고 ᄯᅩ 블공ᄒᆫ 말이 만ᄒ니 승상이 셔울 드러가면 반ᄃᆞ시 니게 큰 죄 이시리라' ᄒ고 승상 【45】 다려 왈,

"쇼장이 몬져 뎐하롤 다리고 경ᄉ의 드러갈 거시니 승상은 미조ᄎ3) 오쇼셔."

상용이 쇼왈,

"장군은 겁니지 말나. 이졔 경ᄉ의 드러가 다만 틔ᄌ의 죄만 벗길 ᄯᆞ롬이오 다른 말은 아니려니와 장군이 엇지 뎐하롤 보고 네롤 힝치 아니며 핍박ᄒ여 다려가고져 ᄒᄂ뇨?"

ᄑᆡ 돈슈 왈,

"쇼장이 그릇 츌호지 못ᄒ니 쳥컨디 죄롤 ᄉᄒ쇼셔."

상용이 웃고 즉시 인마롤 지쵹ᄒ여 셔울노 올나오더니 슈일이 못ᄒ여셔 압히 엇던 군ᄉᆡ 보ᄒ디,

"뎌 건넌편 길희 한 군ᄉᆡ 오ᄂ이다."

ᄒ거늘 나아가 보니 이는 뇌기 공ᄌ 은홍을 다려가미라. 은ᄑᆡ 은홍을 보고 셔로 붓들고 통곡 왈,

"우리 이리 다시 만날 줄 엇지 알니오? 이졔 비록 셔울노 드러가나 각각 동남으로 다라낫다가 장슈의게 잡혀가ᄂ지라 엇지 살기롤 바라리오? 비록 사라난들 어니 낫ᄎ로 부군을 뵈오며 엇지 ᄎᆞᆷ아 모친긔 뵈오리 【46】 오?"

ᄒ더니 날이 졈은 후 마을의 드러 밤을 지니고 이튿날 셔울 드러오다.

황비회 마을의 잇다가 은ᄑᆡ 등이 두 공ᄌ롤 다려오ᄂᆫ 양을 듯고 크게 ᄭᅮ지져 왈,

"이 필부 등이 엇지 셩탕 후ᄉ롤 도라보지 아니ᄒ고 두 공ᄌ롤 잡아와 공을 일우려 ᄒᄂ뇨?"

ᄒ고 슈하 부장을 녕ᄒ여 각부 관원을 쳥ᄒ여 오문 밧긔 모드니 승상 비간과 미ᄌ・긔ᄌ와 미ᄌ계(微子啓)와 미ᄌ연(微子衍)과 상틔우 교격4)(膠鬲)과 조계(趙啓)와 양임과 손인(孫寅)과 방텬작(方天爵)과 니렵5)(李燁)과 니슈(李燧) 등 모든 사롬이 다 오문 밧긔 모닷거늘 황비회 왈,

"공 등이 오늘날 조회의 쥬상이 뎌 공ᄌ의 쳐치ᄒ믈 므ᄅ시면 무어시라 디답ᄒ려 ᄒ시ᄂ뇨?"

모다 셔로 보고 아모말도 못ᄒ더니 이윽고 두 공ᄌ 드러오거늘 모든 관원이 다 녜ᄒᆫ디 은ᄑᆡ 울며 왈,

"원컨디 졔공은 우리 인ᄉᆼ을 구ᄒ여 종ᄉ롤 도라보고 경ᄉ롤 살피쇼셔."

ᄒ거늘 미ᄌ계 나아와 니ᄅᆞ디,

"뎐하는 【47】 근심치 마로쇼셔. 우리 일시의 쥬상긔 간ᄒ면 벅벅이6) 화롤 면ᄒ시리이다."

---

2) 【방심ᄒ다】 園 【방심(放心)하다】. 안심하다. ¶ 放心 ‖ 젼하는 방심ᄒ쇼셔. 노신이 흠긔 경ᄉ의 드러가 텬ᄌ긔 쥬ᄒ여 뎐하의 죄롤 ᄉᄒ시게 ᄒ리이다 (殿下放心! 我老臣本尙未完, 若見天子, 自有說話.) <西周 2:44>

3) 【미조ᄎ】 ⏄ 뒤이어. ¶ [略後]. ‖ 쇼장이 몬져 뎐하롤 다리고 경ᄉ의 드러갈 거시니 승상은 미조ᄎ 오쇼셔 (卑職奉旨來請殿下, 可同殿下先回, 在朝歌等候, 丞相略後一步.) <西周 2:45>

4) 교격: 원래는 '조격'으로 되어 있으니 오기이므로 고침.

5) 니렵: 원래는 '미렵'으로 되어 있으나 오기이므로 고침.

6) 【벅벅이】 ⏄ 틀림없이. ¶ 應 ‖ 뎐하는 근심치 마로쇼셔. 우리 일시의 쥬상긔 간ᄒ면 벅벅

은긔 담고져 ᄒ더니 은파퓌 등이 발셔 쥬의게 드러가 잡아왓는 쥴 고ᄒᆫᄃ디 쥐 낭장의게 젼지ᄒ여 티즈 은교 등을 오문 밧긔 가 버혀 법을 졍히 ᄒ라 ᄒᆫᄃ디 두 장슈 젼지를 가져 밧긔 오니 모든 관원이 황황ᄒ여 아모리 ᄒᆯ 줄 모로ᄃ디 오직 황비회 디로ᄒ여 눈을 브릅쓰고 파퓌 등을 쑤지져 왈,

"너희 이졔 티즈를 잡아오니 무슴 공이 잇ᄂ뇨? 너 너희를 죽여 졍수를 묽게 ᄒ리라."

두 장슈 졍히 답고져 ᄒ더니 상티우 조계 쇼리ᄒ여 왈,

"졔공은 잠간 이시라."

ᄒ고 은파퓌 등의 가졋는 젼지를 아ᄉ 찌여바리고7) 쑤지져 왈,

"혼군이 무도ᄒᆫᄃ들 너희 등 필뷔 감히 그론 거술 도와 젼지를 맛다 티즈를 죽이려 ᄒᆫ뇨? 이졔 조졍 법되 문허지고 삼강오상지되 폐ᄒ여시니 텬하 디변이 오러지 아니ᄒᆯ지라 너희 목슘인【48】들 오러 살니오?"

두 장슈 즁관의 분ᄒ여 ᄒᆯ믈 보고 아모라 ᄒᆯ 줄 몰나 한갓 텬즈의게 믜일가 두려ᄒ더니 황비회 쇼리ᄒ여 휘하 장슈 네흘 블너 티즈와 공즈를 보호ᄒ여 이시라 ᄒ고 빅관을 쳥ᄒ여 구간뎐의 드러가 조회를 쳥ᄒᆫ디 쥐 달긔다려 문왈,

"이졔 조뎡이 날을 쳥ᄒ여 일졍 티즈를 구코져 ᄒ니 이졔 나가 무어시라 디답ᄒ리오?"

달긔 쥬왈,

"폐히 엇지 굿ᄒ여 친히 나가시리잇고? 이졔 은파퓌의게 복명ᄒᆷ믈 지촉ᄒ시고 일변으로 조졍의 티즈 죽일 ᄯ슬 젼지ᄒ쇼셔."

쥐 올히 너겨 즉시 젼지를 조뎡의 나리오니 ᄒ여시ᄃ디,

짐은 드르니 부즈지간과 군신지분은 그 ᄉ이 텬디 갓거늘 이졔 역즈 은교 등이 텬눈을 멸ᄒ며 법도를 일코 방즈무엄ᄒ여

칼홀 집고 궁즁의 드러와 사름을 죽이며 아뷔를 핍박ᄒ니 이 엇지 신하와 아들의 도리리오? 짐이 이졔 은파【49】퓌 등을 명ᄒ여 은교의 형뎨를 오문 밧긔 가 버혀 국법을 졍코져 ᄒᆫ니 조뎡 디신은 괴이히 너기지 말나.

ᄒ엿더라. 모든 관원이 조셔를 드르미 황황ᄒ여 셔로 보고 눈믈을 흘니며 탄식ᄒᆯ 쑨이어늘 은파퓌 등이 디희ᄒ여 두 공즈를 잡아 밧그로 가다.

이격의 티화산(太華山) 운쇼동(雲霄洞)의 한 신션이 이시니 일홈은 광셩지(廣成子)라 일쳔 년 슈도ᄒᆫ 신션이러라. 일일은 원시텬존(元始天尊)긔 도를 드르라 가다가 믄득 보니 조가의 살긔 년텬(連天)ᄒ고 슈운(愁雲)이 삭막ᄒ엿ᄂ디 두 녁시 각각 한 사름식 쓰어 큰 길노 가거늘 광셩지 혜오디 '져 잡혀가는 두 사름이 일졍 쥬의 두 아들이라 쥐 무도ᄒ여 아들을 죽이니 셩탕 긔업이 슈이 망ᄒ고 기산(岐山) 아릭 셩쥐 나리니 우리 이졔 곤뉸산(崑崙山)의 가 강즈아(姜子牙)를 도아 텬하를 평안이 ᄒ리라. 그러나 져 두 공지 무죄히 죽게 되여시니 아ᄉ다가 명을 구ᄒ리라' ᄒ【50】고 황건 녁ᄉ를 보니여 잡아가는 두 사름을 ᄯ히 것구르치고 두 공즈를 아ᄉ오라 ᄒ다.

은파퓌 등이 두 공즈를 잡아 오문 밧긔 가 죽이려 ᄒ더니 믄득 검은 구롬이 네 녁흐로 ᄭ이며 미친 바롬이 이러나 모리 날니며 집이 문허지며 벽녁 갓흔 쇼리 공즁으로셔 나니 티산이 문허지며 ᄯᅡ히 뒤눕는듯ᄒᆫ지라 상하 군신이 다 놀나 각각 문을 닷고 드러가 슘엇더니 이윽고 쇼리 긋치고 검은 구롬이 훗허지거늘 보니 두 공즈는 간디 업고 은파퓌 등이 ᄯᅡ히 것구러져 졍신을 찰히지 못ᄒ거늘 비간 등이 셔로 니ᄃ디,

"황텬이 두 공즈의 이미히 죽는 쥴을 보고 아ᄉ가시도다."

ᄒ고 깃거 사름을 식여 파퓌 등을 구ᄒ라 ᄒ니 반일은 ᄒ여 두 장슈 겨요 인ᄉ를 찰혀 바로 슈션궁의 드러와 울며 쥬왈,

"신 등이 두 공즈를 오문 밧긔 가 죽이려 ᄒ옵더니 믄득 광풍이 이【51】러나고 텬긔 아득ᄒ며 열아문 귀신이 공즁으로셔 나려와 신 등

---

7) 【찌여바리다】圖 찢어버리다. ¶ 抯‖ 은파퓌 등의 가졋는 젼지를 아ᄉ 찌여바리고 쑤지져 (將殷破敗捧的行刑旨抯得紛紛粉碎, 厲聲大叫.) <西周 2:47>

이 화룰 면ᄒ시리이다 (殿下, 不妨. 多官俱有本章保奏, 料應無事.) <西周 2:47>

을 것구ᄅ치고 두 공ᄌᄅ 아ᄉ가니 이 국가의
큰 변이라 감히 긔이지 못ᄒᆞ여 드러와 보ᄒᆞᄂᆞ이
다."

쥬 바야흐로 뎐긔 아득ᄒᆞ고 광풍이 디작ᄒᆞ
ᄂᆞᆫ 줄을 보고 홀노 달긔로 더브러 난간의 의지
ᄒᆞ여 근심ᄒᆞ더니 이 말을 듯고 디경ᄒᆞ여 고기ᄅᆞᆯ
슉이고 아모말도 못ᄒᆞ더라. 상용이 은파픠 등으
로 몬져 두 공ᄌᄅ 보호ᄒᆞ여 드려보너고 이튼날
두어 사ᄅᆞᆷ을 다리고 셩 안희 드러오니 빅셩이
분분ᄒᆞ며 셔로 니ᄅᆞ디 '뎐긔 아득ᄒᆞ고 광풍이
ᄉᆞ변으로 니러나더니 바ᄅᆞᆷ이 긋치거ᄂᆞᆯ 보니 두
공지 간디 업다' ᄒᆞ거ᄂᆞᆯ 상용이 괴이히 너겨 바
로 디궐노 드러오니 문무빅관이 다 오문 밧긔
모닷다가 상용이 오믈 보고 일시의 ᄯᆞ흐 나려
녜ᄅᆞᆯ 맛촌 후 비간이 나아와 눈물을 흘니며 참
아 말을 못ᄒᆞ거 【52】 ᄂᆞᆯ 상용이 답녜 왈,

"여러날 셔울 ᄯᅥ나시니 아지 못게라 상휘
엇더ᄒᆞ시뇨? 나는 죄ᄅᆞᆯ 어더 고향의 도라갓더니
할는 밤의 틱ᄌᆞ 은긔 단긔로 달녀왓거ᄂᆞᆯ 연고ᄅᆞᆯ
므ᄅᆞᆫ즉 울며 조뎡 일을 니ᄅᆞ니 국가의 참혹ᄒᆞᆫ
일이라 니 참아 믈너잇지 못ᄒᆞ여 쳔ᄌᆞ긔 뵈와
한 말을 드리고져 ᄒᆞ노라."

ᄯᅩ 무셩왕 황비회 나아와 갈오디,

"뎐지 여러날 조회ᄅᆞᆯ 아니바다 겨시고 달
긔로 더브러 궁즁의 쥬야로 연낙ᄒᆞ시ᄂᆞ니 승상
이 엇지 뎐ᄌᆞ긔 뵈여 간언을 드리려 ᄒᆞ시ᄂᆞ니잇
고?"

ᄒᆞ고 조뎡의셔 ᄒᆞ던 일과 두 공ᄌᆞ의 간 곳 업ᄉ
믈 니ᄅᆞ거ᄂᆞᆯ 상용이 눈물을 흘니고 답고져 ᄒᆞ더
니 은파픠 등이 압희 나아와 지비고두ᄒᆞ거ᄂᆞᆯ 상
용이 ᄭᅮ지져 왈,

"너희 두 공ᄌᄅ 어디 갓다 두뇨?"

두 강쉬 ᄯᅩ 황비호의 니ᄅᆞ던디로 니로디
다만 뎐ᄌᆞ긔 젼지ᄅᆞᆯ 맛다 두 공ᄌᄅ 잡아니여
갓던 일을 알 【53】 외거ᄂᆞᆯ 상용 왈,

"그디 두 공ᄉᆞᄅ 잡아와 뎐ᄌᆞ긔 공을 어더
시니 오릭지 아녀 놉흔 봉작을 바드리로다."

두 장쉬 믁연부답ᄒᆞ고 믈너가거ᄂᆞᆯ 상용이
빅관다려 왈,

"노뷔 오늘 셔울 드러오기ᄂᆞᆫ 텬ᄌᆞ긔 뵈옵
고 간언을 드려 션왕 은혜ᄅᆞᆯ 져바리지 아니려
ᄒᆞ미러니 뎐지 여러 달 조회ᄅᆞᆯ 아니바다 겨시면

엇지ᄒᆞ여야 텬ᄌᆞ긔 뵈오리오?"

비간·황비회 왈,

"이졔 승상이 부러 먼니 드러와 겨시니 비
록 텬지신들 엇지 아니보시리잇고?"
ᄒᆞ고 즉시 구간뎐의 올나 북을 쳐 빅관을 모ᄒᆞ
니 쥬 듯고 디로 왈,

"이놈들이 ᄯᅩ 날을 쳥ᄒᆞ여 무슴 말을 ᄒᆞ랴
ᄒᆞᄂᆞᆫ고? 니 이졔 나가 져놈들을 ᄭᅮ지져 믈니치
고 드러오리라."
ᄒᆞ고 즉시 뎐의 나와 보좌의 안즌디 빅관이 조
회ᄅᆞᆯ 맛ᄎᆞ미 한 늙은 사ᄅᆞᆷ이 쇼복을 닙고 계하
의 업디엿거ᄂᆞᆯ 쥬 문왈,

"져 업디엿ᄂᆞ니ᄂᆞᆫ 엇던 사ᄅᆞᆷ이뇨?"

좌위 디코져 ᄒᆞ더니 긔인이 지비 쥬왈,

【54】 "노신 상용이 폐하긔 한 말을 드리
고져 ᄒᆞᄂᆞ이다."

쥬 디경 문왈,

"젼의 벼술을 바리고 고향의 도라갓더니
이졔 짐의 조셔 업시 엇지 금즁의 돌연이 드러
오뇨?"

상용이 나아와 지비ᄒᆞ고 울며 쥬왈,

"신이 져즈음긔 노병ᄒᆞ여 졍ᄉᆞᄅ 드리고
고향의 도라갓ᅀᆞᆸ더니 듯ᄌᆞ오니 폐히 황음쥬식ᄒᆞ
샤 현냥을 죽이시며 요얼을 밋으시고 텬눈을 문
허바리시며 부도ᄅᆞᆯ 힝ᄒᆞ시니 신이 죽기ᄅᆞᆯ 피치
아니ᄒᆞ고 폐하ᄅᆞᆯ 위ᄒᆞ여 인의ᄅᆞᆯ 힝ᄒᆞ시게 ᄒᆞ고
져 ᄒᆞᄂᆞ이다."
ᄒᆞ고 한 표ᄅᆞᆯ 올니거ᄂᆞᆯ 쥬 바다보니 ᄒᆞ여시디,

초야 노신 상용은 돈슈빅비ᄒᆞ고 표ᄅᆞᆯ
올니ᄂᆞᆫ이다. 폐히 처음으로 보위의 오르시
미 인을 닷그시며 의ᄅᆞᆯ 힝ᄒᆞ시고 계후ᄅᆞᆯ
디졉ᄒᆞ시며 디신을 공경ᄒᆞ시니 만민이 낙
업ᄒᆞ고 팔방이 항복ᄒᆞ고 텬긔 응ᄒᆞ샤 우순
풍조ᄒᆞ고 오곡이 풍등ᄒᆞ니 텬히 다 셩쥐라
일ᄏᆞᆺ더니 요ᄉᆞ이ᄂᆞᆫ 【55】 폐히 간ᄉᆞᄅ 신임
ᄒᆞ시며 현냥을 방츅ᄒᆞ시고 졍ᄉᆞᄅ 닥지 아
니ᄒᆞ시며 종ᄉᆞᄅ 도라보지 아니ᄒᆞ샤 가무
ᄅᆞᆯ 일솜으시며 쥬식의 침혹ᄒᆞ시고 졍궁을
형벌ᄒᆞ시며 틱ᄌᆞᄅ 죽이려 ᄒᆞ시니 이 엇지
인군의 도리리잇고? 신은 듯ᄌᆞ오니 '님군
이 인ᄒᆞ면 나라흘 엇고 인군이 ᄉᆞ오나오면

나라흘 일는다' ᄒ니 원컨더 폐하는 그론
일을 바리시고 덕의 나아가샤 달긔로 ᄒ여
곰 궁중의셔 즈진케 ᄒ시고 황후와 티즈의
이미히 죽은 일을 텬하의 표ᄒ시고 형벌을
더르시며 츙냥을 쓰시면 인민이 항복ᄒ고
조뎡이 무스ᄒ여 너외 슉청ᄒ며 종시 평안
ᄒ리니 폐히 만민으로 더브러 티평을 누리
시리이다. 초야 노신 상용이 죽기룰 피치
아니코 종스룰 위ᄒ여 돈슈빅비ᄒ고 삼가
표룰 올리ᄂ이다.

쥬 글을 보고 디로ᄒ여 좌우룰 명ᄒ여 상
용을 오문 밧긔 너여다가 법 【56】 을 힝ᄒ라 ᄒ
거늘 상용이 웨여 왈,
"뉘 감히 날을 죽이리오? 삼디 노신이오
션데 의탁ᄒ신 비라."
ᄒ고 쥬룰 가르치며 크게 ᄭ지져 왈,
"혼군이 달긔의게 침혹ᄒ여 졍스룰 살피지
아니ᄒ고 디신을 쥬륙ᄒ며 쳐즈룰 형벌ᄒ니 이
엇지 인군의 도리리오? 셩탕 뉵빅년 긔업이 혼
군의 손의 망ᄒ리니 하 면목으로 구쳔의 도라가
션데긔 뵈오리오?"
ᄒ디 쥬 상을 박츠며 ᄭ지져 왈,
"엇지 져 도젹을 죽이지 아니ᄒ고 날노 ᄒ
여곰 욕을 먹게 ᄒᄂ뇨?"
상용이 ᄯᅩ 쇼리ᄒ여 왈,
"죽기는 앗갑지 아니커니와 혼군이 덕을
일허 셩탕 종스룰 남의 손의 도라보니믈 슬허ᄒ
노라."
ᄒ고 난간의 머리룰 브더지며 우니 머리 ᄭ여져
피 쇼스나 명이 진ᄒ니 쥬 상용의 죽으믈 보고
노ᄒ 마음이 그져 이셔 ᄭ지져 왈,
"필뷔 엇지 감히 니 압히셔 죽어 국졍을
어즈러이ᄂ뇨?"
ᄒ고 좌우 【57】 룰 명ᄒ여 죽엄을 셩 밧긔 니치
라 ᄒ다.

10
셔빅연산슈뇌진(西伯燕山收雷震)

간의티우(諫議大夫) 조계(趙啓) 출반 쥬왈,

"신이 셩탕(成湯) 은혜롤 닙스와 이졔 니르히 삼십 여년이러니 승상 상용(商容)이 나라흘 위ᄒ여 몸이 죽으니 그 일홈이 후셰의 빗날지라 신이 원컨디 폐하 압히셔 죽스와 승상으로 더브러 한가지로 디하의 가 놀고져 ᄒᆞᄂᆞ이다."

쥬(紂) 디로 왈,

"네 엇지 감히 날을 비방ᄒᆞᄂᆞ뇨?"

ᄒᆞ고 노식이 만안(滿顔)ᄒᆞ엿거늘 조계 쥬의 거동을 보고 일쩌셔며 쥬롤 기르쳐 무시셔 왈,

"무도ᄒᆞᆫ 혼군이 요얼을 쓰며 현냥을 살히ᄒᆞ고 쳐즈롤 죽이며 쥬식의 침닉ᄒᆞ여 디신의 경스롤 듯지 아니ᄒᆞ며 조뎡의 간언을 쓰시 아니ᄒᆞ니 만민이 함원(含寃)ᄒᆞ며 종시 믄허져 가는지라 비록 죽은들 어니 낫츠로 션데긔 뵈오려ᄂᆞ뇨?"

【58】 ᄒᆞᆫ디 쥬 니롤 갈며 디로 왈,

"필뷔 엇지 감히 님군을 슈욕ᄒᆞᄂᆞ뇨?"

ᄒᆞ고 즉시 젼지ᄒᆞ여 포락ᄒᆞᆫ 형벌을 가져오라

ᄒᆞ거늘 조계 쏘 쇼리ᄒᆞ여 왈,

"니 죽기는 관겨치 아니나 뉵빅년 셩탕 덕업이 일조의 혼군의 숀의 망ᄒᆞᆷ믈 셜워ᄒᆞ노라."

쥬 비즁(費仲)을 명ᄒᆞ여 슈이 포락지형을 힝ᄒᆞ라 ᄒᆞ니 비즁이 쏘 젼쳐로 구리 기동 스믈을 가져다가 노코 조계롤 벗겨 미고 그 아러 블을 지르니 반시 못ᄒᆞ여셔 조계 한 쇼리롤 크게 지르고 몸이 타 지 되니 군신이 다 혼빅이 몸의 븟지 아니터라. 쥬 조계의 죽으믈 보고 즉시 슈션궁으로 도라와 달긔(妲己)의 숀목을 잡고 왈,

"오늘 상용이 즈스ᄒᆞ고 조계롤 포락ᄒᆞ니 짐의 위엄이 거의 밋츠리로다. 필부 등이 엇지 감히 슈욕ᄒᆞ리오? 이졔야 니 원을 씨셔시니 무슴 한이 이시리오?"

달긔 쑤러 왈,

"그 두 신하는 폐히 임의 죽여 원을 씨
【59】 셔 겨시거니와 이졔 강황휘(姜皇后) 임의 죽어시니 눌홀 셰워 황후롤 삼으려 ᄒᆞ시ᄂᆞ니잇고?"

쥬 왈,

"니 이졔 너롤 셰워 황후롤 삼으리라."

ᄒᆞ고 즉시 조뎡의 젼지롤 나리오니 달긔 스은ᄒᆞ거늘 쥬 쏘 문왈,

"짐이 조뎡의 스오나온 신하와 궁즁의 간스ᄒᆞᆫ 후비롤 다 업시ᄒᆞ여시디 동빅후(東伯侯) 강환최(姜桓楚) 짜히 너르고 군시 만흔지라 쌀의 형벌 닙어 죽은 줄을 드르면 반드시 병을 거느려 다른 졔후로 더부러 경스롤 치리니 요스이 티스 문즁(聞仲)이 븍히의 가 도라오지 아니ᄒᆞ엿는지라 눌노 ᄒᆞ여곰 져 군스롤 막으라 ᄒᆞ리오?"

달긔 디왈,

"쳡은 한갓 궁즁 일만 다스릴지라 엇지 감히 조정 일을 알니잇고? 비즁을 블너 의논ᄒᆞ시면 텬하롤 평안이 ᄒᆞ기 쉬오리이다."

쥬 왈,

"어쳐(御妻)의 말이 올타."

ᄒᆞ고 즉시 젼지ᄒᆞ여 비즁을 브르디 이윽고 드러와 녜롤 힝ᄒᆞ거늘 쥬 문왈,

【60】 "강시(姜氏) 임의 형벌노 죽엇는지라 동빅 강환최 드르면 반드시 병을 거느려 날을 치리니 엇지 막으리오? 경이 날을 위ᄒᆞ여 계교

롤 싱각ᄒ라."

　　비즁이 쥬왈,

　　"강휘(姜后) 임의 죽고 폐히 ᄯ 조계와 미빅(梅伯)을 포락지형으로 죽이시고 두원션을 버히시고 상용이 ᄌᄉᄒ여시니 텬히 다 원을 품엇ᄂᆫ지라 폐히 이제 강환초의 난을 근심ᄒ실진ᄃ 조셔롤 계후의게 ᄂᆞ리오ᄉ 경ᄉ의 드러오라 ᄒ시면 감히 명을 거ᄉ지 못ᄒ여 다 드러오리니 죄롤 얽어 네홀 다 죽여 텬하의 호령ᄒ시면 그 남은 계후ᄂᆫ 다 교룡이 머리롤 일혼듯ᄒ며 모진 범이 니롤 일혼듯ᄒ여 감히 난을 짓지 못ᄒ리이다."

　　쥐 왈,

　　"그ᄃ 쬐ᄂᆫ 만고의 밋츠리 업다."

ᄒ고 즉시 ᄉ명(使命)을 부려 조셔롤 맛뎌 계후의게 보니고 ᄯ 달긔다려 왈,

　　"그ᄃ 비즁을 쳔거ᄒ여 계교롤 너니 일이 일우면 그ᄃ 공이 젹지【61】 아니리로다."

ᄒ더라.

　　각셜 네 ᄉ명이 조셔롤 맛다 각각 나갈시 하나히 몬뎌 셔호로 힝ᄒ여 셔빅(西伯)의 도읍 ᄒᆫ 셩 밧긔 니르러 셩즁을 탐쳥ᄒ니 군시 드러와 고ᄒᄃ,

　　"셔빅이 인졍을 닷그니 만민이 즐겨ᄒ고 조얘(朝野) 그 덕을 항복ᄒᆫ다."

ᄒ거놀 밋지 아니ᄒ고 셩안의 드니 과연 빅셩이 즐겨 집이 가음열고[1] 마을이 평안ᄒ며 밧ᄀᆞᄂᆫ 이 ᄀᆞ을 ᄉ양ᄒ며 ᄃᆞ니ᄂᆫ 이 길홀 ᄉ양ᄒ거놀 ᄉ명이 탄왈,

　　"니 드ᄅᆞ니 셔빅이 덕을 닷가 만민이 다 요슌갓다 일ᄏᆞᆯ더니 과연 헛말이 아니로다."

ᄒ고 역관의 니ᄅᆞ니 셔빅이 듯고 즉시 상ᄃᆡ우 산의싱(散宜生)을 보니어 진치롤 비셜ᄒ여 먼 길의 슈고로이 옴을 위로ᄒ더라.

　　이튼날 셔빅이 문무즁관으로 더브러 ᄉ명을 마ᄌ 뎐의 올니고 ᄯ러 조셔롤 드ᄅᆞ니 왈,

---

1) 【가음열다】〔형〕부유하다. 넉넉하다. ¶豊
　Ⅱ 셩안의 드니 과연 빅셩이 즐겨 집이 가음열
　고 마을이 평안ᄒ며 밧ᄀᆞᄂᆫ 이 ᄀᆞ을 ᄉ양ᄒ며
　ᄃᆞ니ᄂᆫ 이 길홀 ᄉ양ᄒ거놀 (使命觀看城內光景:
　民豐物阜, 市井安閑, 做買做賣, 和容悅色, 來王行
　人, 謙讓尊卑.) <西周 2:61>

이제 븍히 요란ᄒ고 싱민이 도탄ᄒ니 문무빅관이 비록 만ᄒ나 계교롤 싱각【62】지 못ᄒᄂᆫ지라 짐이 근심ᄒᄂᆞ니 경 등 ᄉᄃ 졔휘 다 셔울 드러와 졍ᄉ롤 한가지로 살피면 빅셩이 평안ᄒ고 홰 긋츠리니 ᄲᆞᆯ니 경셩의 드러와 계교롤 드려 텬하롤 평안히 ᄒ면 후ᄒ 벼슬을 더 봉ᄒ고 ᄯ홀 버혀 쥬리니 경은 ᄲᆞᆯ니 드러와 근심을 덜나.

ᄒ엿더라. 셔빅이 간파(看羆)의 ᄃ연을 비셜ᄒ여 텬ᄉ(天使)롤 관ᄃᄒ고 녜단을 만히 쥬며 왈,

　　"존관은 몬뎌 드러가 나의 가려 ᄒᄂᆫ 뜻을 고ᄒ라. 니 명일 발힝ᄒ리라."

텬시 비ᄉᄒ고 가거놀 셔빅이 ᄯ 이튼날 문무빅관을 모ᄒ고 산의싱을 블너 왈,

　　"조뎡 졍ᄉ란 다 셰ᄌ 빅읍고(伯邑考)로 더브러 한가지로 술피라."

ᄒ고 ᄃ장군 남궁괄(南宮适)과 신갑(辛甲)을 블너 왈,

　　"군병 츌입ᄒ며 진법 니기기ᄂᆫ 경 등이 셰ᄌ 빅읍고로 더브러 의논ᄒ라."

ᄒ고 빅읍고롤 블너 왈,

　　"너희 여러 형뎨 셔로 화목ᄒ여 국가 졍ᄉ란 ᄐᆞ우 산의싱과 의논ᄒ고 군긔 장졸은 남궁【63】괄·신갑 등과 의논ᄒ라. 니 싱각ᄒ니 텬ᄌ의 브르시미 일졍 길ᄒ 일이 아니라 니 슈이 도라오지 못ᄒ나 그러나 칠년 화란을 지니면 벅벅이 도라올 거시니 너희 날을 위ᄒ여 셔울 드러오지 말고 나라홀 직희여 빅셩을 무휼ᄒᄃ 환과고독(鰥寡孤獨) 네가지롤 ᄌ셰히 살펴 의련(□□)과 돈을 만히 쥬어 인심을 일치 말나."

　　빅읍괴 ᄯ러 왈,

　　"부왕이 이졔 가시미 칠년 화란이 이실진ᄃ 엇지 굿ᄒ여 친히 가시리잇가? 쇼지 맛당이 ᄃ힝ᄒ리이다."

　　셔빅 왈,

　　"네 말이 비록 효의 말이나 이제 텬쉬 임의 졍ᄒ엿ᄂᆫ지라 칠년 화란을 도모치 못ᄒ리라."

ᄒ고 즉시 ᄂᆡ실의 드러가 모친긔 뵈옵고 ᄯ러 졍ᄉ의 마지 못ᄒ여 가ᄂᆫ 뜻을 고ᄒᄃ 티임이

답왈,

"너 드르니 네 경스의 가미 칠년 화란이 이시리라 흐니 올흐냐?"

셔빅이 꾸러 고왈,

"모친 니르시는 말숨이 올하이다. 텬지 조셔흐여 브르시는 일이 일정 길흔 일이 【64】 아니니 쇼지 이졔 가미 칠년 화란을 지니리이다. 국가 너외스는 다 빅읍고와 산의싱·남궁괄의게 분부흐엿느이다."

티임 왈,

"네 이졔 가미 칠년 화란을 지닐진디 삼가 텬즈롤 셤기옵고 슈이 도라오라."

셔빅이 하직을 고왈,

"삼가 가르치신디로 흐리이다."

흐고 비 티희(太姬)로 더브러 니별흐고 나라흘 떠나 경스로 드러올시 종인 오십 명을 다리고 단긔로 츌힝흐디 세지 산의싱·남궁괄·모공슈(毛公遂)·쥬공조2)(周公朝)·쇼공셕(召公奭)·필공3)(畢公)·영공(榮公)·신갑(辛甲)·신면4)(辛免)·티뎐(太顚) 등과 어린 아오 발(發)을 다리고 십니 밧긔 와 각각 잔을 드려 비별흐거놀 셔빅이 중인을 디흐여,

"그디들은 조히 이시라. 니 칠년 후면 반드시 도라오리라."

흐고 두어 잔을 마시고 눈물을 흘녀 셔로 니별흐고 셔빅이 동다히로 향흐여 슈리롤 오더니 연산(燕山) 짜히 니르러 믄득 흔 졈괴롤 어드미 좌우다려 왈,

"오늘 디위(大雨) 올 거시니 너희 압히 몬져 나아가 무을 【65】 을 어드라."

좌위 디왈,

"오늘 하늘이 한 졈 구름도 입스니 엇지 디위 오리잇고?"

셔빅이 우겨 슈플을 어더 쌀니 드러가니 겨유 피흐여 구룸이 네녁흐로 못고 큰 비 붓드시 오니 좌위 다 괴이히 너기더라. 비 크게 오며 한 쇼리 벽력이 뒤 뫼흐셔 나니 산이 믄허지

---

2) 쥬공조: 원문에는 '쥬공단'으로 되어 있음.
3) 필공: 원래 '필공만'으로 되어 있으나 '만'은 衍字이므로 삭제했음.
4) 신면: 원래는 '신명'으로 되어 있으나 오기이므로 고침. 이하 같음.

는 듯흐지라 그 쇼리 긋치고 비 기며 구룸이 훗허지거놀 셔빅이 종인을 거느리고 다시 힝코져 흐더니 마상의셔 한 졈괴롤 엇고 탄왈,

"그 벽녁 지나는 곳의 한 장셩(將星)이 써러져시니 후일은 나라의 해 젹지 아니리로다."

흐고 좌우다려 왈,

"너희 아모커나 츠즈오라."

졔인이 감히 명을 어긔지 못흐여 그 벽녁 지난곳의 가 장셩을 츳더니 믄득 드르니 고총(古塚) 가의셔 한 어린 아히 쇼리 나거놀 모다 나아가 보니 과연 한 젹은 아히 이시디 얼골이 곱고 눈빗치 긔특흐거놀 괴이히 너겨 안아다가 셔빅을 뵌디 셔빅이 디희 왈,

"이 아히 【66】 후일의 반드시 큰 장쉬 되리로다. 하늘이 너 아들을 일빅을 졈지흐디 이졔 아흔 아홉이오 하나히 못찻더니 이 아히롤 다려다가 치와 빅을 민들니라."

흐고 좌우롤 명흐여 이 압 마을의 두며 왈,

"이 아히롤 길넛다가 니 셔울 가 칠년을 지니고 단녀올 거시니 도라올졔 다려오라 니르라."

흐고 압흐로 이십오 리롤 오더니 한 도시 찰건을 쓰고 학창의롤 닙고 압히 와 졀흐며 왈,

"빈되(貧道) 뵈느이다."

흐거놀 셔빅이 보니 용뫼 비범흐거놀 쌜니 말긔 나려 답녜 왈,

"희창(姬昌)이 실녜흐여이다. 원컨디 션싱은 어디 겨시관디 슈고로이 날을 츠즈시느니잇가? 존호롤 듯고져 흐느이다."

그 도시 답왈,

"빈도는 종남산 옥슈동외 잇는 도스 운중지(雲中子)러니 앗가 우뢰할졔 한 장셩이 써러지거놀 빈되 블원쳔니흐고 츠즈왓느이다."

셔빅이 괴이히 너겨 좌우롤 명흐여 그 아【67】 희롤 도로 다려오라 흐여 운중즈롤 쥬니 운중지 안고 왈,

"이 아히 후일의 반드시 큰 사롬이 되리니 빈되 다려다가 길너 현후(賢侯)의 도라오시는 날 도로 드리리이다."

셔빅이 허락흐고 문왈,

"션싱이 아히 일홈을 므어시라 흐느뇨?"

운즁지 왈,

"우뢰 곳히 이 아히 나시니 일홈을 뇌진지(雷震子)라 ᄒᆞᄂᆞ이다."

ᄒᆞ고 그 아히롤 품의 품고 가거놀 셔빅이 ᄯᅩ 운즁ᄌᆞ롤 니별ᄒᆞ고 셔울노 향ᄒᆞᆯᄉᆡ 면지현(澠池縣)·황하·밍진(孟津)을 지나 조가(朝歌)의 드러와 역관의 니르니 발셔 삼노(三魯) 졔휘 다 모닷거늘 셔로 녜흔 후 셔빅 왈,

"창(昌)은 ᄯᅡ히 멀미 늣게야 오니 쳥컨디 졔공은 죄롤 ᄉᆞᄒᆞ라."

ᄒᆞ고 인ᄒᆞ여 디연을 비셜ᄒᆞ고 죵일 셔로 즐기더니 셔빅이 문왈,

"무셩왕 황비회 군ᄉᆞ롤 잘 다ᄉᆞ리며 쟝슈롤 잘 디졉ᄒᆞ고 승상 비간이 졍ᄉᆞ롤 잘 다ᄉᆞ리ᄂᆞᆫ지라 텬히 편안ᄒᆞ니 조뎡의 근심ᄒᆞᆯ비 업ᄉᆞ디 텬지 무【68】 엇ᄒᆞ랴 브르시ᄂᆞ뇨?"

ᄒᆞ니 다 우을만ᄒᆞ고 믁연부답ᄒᆞ더라.

이튼날 ᄯᅩ 네히 모다 슐먹더니 남빅(南伯) 악슝위(鄂崇禹) 슝후회(崇侯虎) 비즁·우혼으로 더브러 미양 셔로 통ᄒᆞ여 텬ᄌᆞ롤 속여 꾀롤 베플며 빅셩을 보치ᄂᆞᆫ 줄을 드럿ᄂᆞᆫ지라 발연 노왈,

"강현빅(姜賢伯)과 희현빅(姬賢伯)은 져 슝현빅(崇賢伯)의 그론 일을 모로시ᄂᆞᆫ니잇가?"

슝후회 우어 왈,

"현빅이 엇지 날노 ᄒᆞ여곰 블의의 너ᄒᆞ려 ᄒᆞ시ᄂᆞ니잇고?"

악슝휘 왈,

"이졔 텬지 우리 네홀 블너 조뎡 졍ᄉᆞ롤 참예ᄒᆞ라 ᄒᆞ시거놀 우리 드러왓더니 드르니 그디 디신 쳬면을 일허 그론 일을 ᄒᆡᆼᄒᆞ며 니롤 탐ᄒᆞ고 비즁 등으로 더브러 셔로 꾀롤 의논ᄒᆞ여 텬ᄌᆞ롤 속이며 인민을 살ᄒᆡᆼᄒᆞ니 만민이 다 니롤 갈며 원을 먹음어시니 이 엇지 신하의 도리리오? 원컨디 현빅은 그론 일을 곳쳐 어진 일을 ᄒᆡᆼᄒᆞ라."

슝후회 눈을 브릅ᄯᅳ고 크게 웨여【69】 왈,

"우리 다 한가지 디신이어놀 네 엇지 날을 슈욕ᄒᆞ여 디역부도의 너ᄒᆞ려 ᄒᆞᆫ다? 이졔 비즁·우혼은 텬ᄌᆞ긔 득의혼 신ᄒᆡ어놀 네 엇지 거즛말을 ᄭᅮ미며 이러틋 무례히 ᄒᆞᄂᆞ뇨?"

ᄒᆞ고 둘히 셔로 ᄊᆞ호거놀 셔빅이 후호롤 가르치며 왈,

"이 악현빅(鄂賢伯)의 니르ᄂᆞᆫ 말이 다 그디롤 ᄉᆞ랑ᄒᆞ여 츙냥의 나아가게 ᄒᆞᄂᆞᆫ 말이어놀 그디 엇지 허믈을 잇고 이러트시 무례히 구ᄂᆞ뇨?"

후회 감히 아모말도 못ᄒᆞ거놀 악슝휘 슐병을 드러 후호롤 친디 후회 몸을 기우려 피ᄒᆞ거놀 동빅후 강환최(姜桓楚) ᄯᅩ ᄭᅮ지져 왈,

"엇지 이리 잡도이 셔로 ᄊᆞ호ᄂᆞ뇨?"

ᄒᆞ고 인ᄒᆞ여 파코져 ᄒᆞ디 후회 몬져 썰치고 가거놀 셰히 ᄯᅩ 다시 모다 셔로 잔을 잡아 먼 길의 슈고로이 오믈 치하ᄒᆞ더니 믄득 한 사롬이 나아와 삼위 디신을 보고 탄식 왈,

"오날 밤의 쇼인이 슐을 가져올 거시니 원컨디 졔공은 즐기고 가지 마【70】 ᄅ쇼셔."

ᄒᆞ거놀 셰히 기다리더니 밤이 깁도록 인젹이 업거놀 괴이히 너기더니 믄득 드르니 여라믄 사롬이 문 밧긔 와 일시의 짓괴며 셔로 말ᄒᆞ거놀 셔빅이 쇼리ᄒᆞ여 문왈,

"너희 엇던 사롬이완디 감히 이밤의 예 와 잡되이 구ᄂᆞ뇨?"

기인이 일시의 디답ᄒᆞ디,

"우리 이졔 드러가 한 말을 고코져 ᄒᆞ디 존공이 혼ᄌᆞ 아니겨시니 드러가지 못ᄒᆞᄂᆞ이다."

셔빅이 거즛 쇼리ᄒᆞ여 왈,

"너희 ᄒᆞ던 말을 우리 다 드럿거든 너희 엇지 감히 긔이려 ᄒᆞᄂᆞᆫ다?"

졔인이 일시의 드러와 ᄉᆞ죄ᄒᆞ고 슐을 가져와 삼후(三侯)의게 잔잡아 드리고 셔로 조뎡 일을 의논ᄒᆞ더니 이윽고 모든 사롬이 다 가고 그 즁의 한 역졸이 머믈너 왈,

"쇼인은 앗가 졔공으로 더브러 언약ᄒᆞ던 군ᄉᆞ 조복(姚福)이로쇼이다."

졔공이 문왈,

"네 무슴 말을 ᄒᆞ려 ᄒᆞᄂᆞᆫ다?"

조복이 울며 왈,

"쇼인이 졔공【71】긔 한 말을 고ᄒᆞ리이다."

ᄒᆞ고 이의 쥬 달긔로 더브러 조뎡 졍ᄉᆞ롤 이즈러이고 사오나온 형벌을 ᄒᆡᆼᄒᆞ여 황후의 참형과 두 공ᄌᆞ의 일을 다 ᄌᆞ셰히 니르거놀 강환최 ᄲᅤ 바아지ᄂᆞᆫ듯ᄒᆞ며 살이 녹ᄂᆞᆫ듯ᄒᆞ여 한 쇼리롤 지

르고 따히 것구러졋다가 이윽고 정신을 찰혀
왈,

"니 쑬이 엇지 이런 참혹혼 형벌을 닙어
죽은고?"

ᄒ고 방셩통곡ᄒ거늘 셔빅이 위로 왈,

"이졔 죽으니는 발셔 홀일 업거니와 너일
우리 드러가 죽도록 간ᄒ여 이후나 니런 환이
업게 ᄒ리라."

강환최 올히 너겨 셜우믈 참고 이밤을 겨
유 지니다.

비즁이 네 졔후의 오믈 듯고 쥬의게 보ᄒ
디 쥐 디희 왈,

"니 니일 젼지ᄒ여 모도 오문 밧긔 머리롤
버히리라."

ᄒ고 이튼날 조회롤 구간뎐의 비셜ᄒ니 문무빅
관과 네 졔휘 다 녜롤 맛츠미 동빅후 강환최 나
아와 고왈,

"신 【72】 이 동방의 진ᄒ여 일즉 그론 일
이 업고 신의 쑬이 궁즁의 드런지 이십 여년이
로디 쏘혼 스오나온 일이 업더니 이졔 쏘 폐히
신의 쑬을 춤혹혼 형벌노 죽이시고 쏘 달긔의
말을 드르샤 디신을 죽이며 두 공즈롤 버히려
ᄒ시니 엇지 남군의 ᄒ실 비리오? 신이 죽기롤
피치 아니ᄒ고 종스롤 위ᄒ여 그윽이 근심ᄒᄂ
이다."

ᄒ고 통곡ᄒ거늘 쥐 디로 즐왈,

"늙은 도젹이 엇지 쑬과 동심ᄒ여 님군을
님군을 죽이고 위(位)롤 찬탈ᄒ랴 ᄒ다가 이졔
일이 발각혼 후 엇지 잡말ᄒᄂ뇨?"

ᄒ고 무스롤 명ᄒ여 ᄭᅳ어니여 버히라 혼디 셔빅
과 악승위 일시의 나아가 쥬왈,

"이졔 강환최 국가 즁신이어놀 폐히 엇지
죽이려 ᄒ시ᄂ니잇고?"

ᄒ고 글을 올니거늘 슘후회 쏘 마지 못ᄒ여 한
가지로 간ᄒ니 쥐 아모말도 아니코 글을 바다
상 우히 놋터라.

[셔쥬연의西周演義 권지삼]

11
유리셩1)슈셔빅후(羑里城囚西伯侯)

【1】쥬(紂) 그 글을 바다 상(床) 우희 노코 보지 아니ᄒᆞ거늘 셔빅(西伯) 등이 꾸러 쥬왈,
"원컨디 폐하는 표를 보신 후 동빅후(東伯侯)를 참ᄒᆞ쇼셔."
쥬 비간(比干)을 명ᄒᆞ여 표를 읽히니 ᄒᆞ여시디,

신 남빅후(南伯侯) 악슝우(鄂崇禹) 셔빅후(西伯侯) 희창(姬昌) 북빅후(北伯侯) 슝후호(崇侯虎) 등은 빅비돈슈(百拜頓首)ᄒᆞ고 삼가 표를 쥬상 폐하긔 올리ᄂᆞ이다. 신 등은 드르니 셩쥬는 텬하를 다스리미 경스를 힘써 ᄒᆞ고 요얼을 믈니치며 어지니를 친히 ᄒᆞ고 뎐녑(畋獵)을 일숨지 아니ᄒᆞ고 쥬식의 침곤치 아니ᄒᆞ며 텬하를 잘 다스리ᄂᆞ니 이러므로 만민이 낙업(樂業)ᄒᆞ며 스히 열복ᄒᆞᄂᆞ니 이러므로 셩탕이 경스를 잘 다스

----

1) 셩(城): 원래는 없으나 원문에 의거하여 첨기함.

리샤 텬하 사름이 다 셩쥬라 일캇더니 이제 폐히 디위의 나아가샤 큰 경스를 바드시미 인정을 힝치 【2】 아니ᄒᆞ시며 현냥(賢良)을 쓰지 아니시고 요얼을 밋으시며 디신을 천살ᄒᆞ시며 두 공주를 무스로 ᄒᆞ여곰 참ᄒᆞ라 ᄒᆞ시고 황후를 참혹ᄒᆞᆫ 형벌노 죽이시니 국가의 블힝ᄒᆞ믈 살피지 못ᄒᆞ시며 종스의 기우러지믈 도라보지 못ᄒᆞ시니 이 엇지 인군의 도리리잇고? 원컨디 폐하는 비즁(費仲)·우혼(尤渾)을 폐ᄒᆞ시며 달긔를 업시ᄒᆞ시고 간언을 바드시며 현냥을 쓰시면 텬히 티평ᄒᆞ여 히니(海內) 다 덕을 숑(頌)ᄒᆞ리이다. 신 등이 부월(斧鉞)을 피치 아니ᄒᆞ고 감히 표를 올리ᄂᆞ이다.

ᄒᆞ엿더라. 쥬 쳥파의 디로ᄒᆞ여 찌여바리고 상을 박츠며 왈,
"이놈들이 강환초(姜桓楚)를 도와 날을 비방ᄒᆞ니 이 엇지 신하의 도리리오?"
ᄒᆞ고 무스를 블너 스인을 ᄭ어니여 버히라 ᄒᆞ고 노웅(魯雄)을 젼지를 쥬며 왈,
"네 맛다 가 썰니 힝형ᄒᆞ고 도라와 보ᄒᆞ라."
간의티우 비즁과 우혼이 나아와 쥬왈,
"신이 보 【3】 니 네 졔휘 다 죄 이시디 각각 등분이 이시니 원컨디 폐하는 술피쇼셔."
쥬 문왈,
"경 등의 쇼견은 엇더ᄒᆞ뇨?"
비즁 등이 쥬왈,
"강환초는 님군을 히ᄒᆞ고 블의로 찬탈ᄒᆞ랴 ᄒᆞ던 죄오 악슝우도 쥬상긔 면칙ᄒᆞᆫ 죄오 희창은 말을 ᄭᆞ며 폐하를 업슈이 너기던 죄니 이졔 세 흔 가치 형벌을 바드려니와 북빅후 슝후호는 이졔 비록 남의 다리오믈 쓸오며 폐하긔 간을 드리나 본디 튱냥ᄒᆞᆫ 뜻이 이시니 젼의 젹셩누와 슈션궁을 보와 지을졔 힘을 다ᄒᆞ여 셜달니의 맛츠니 공이 젹지 아니ᄒᆞ니이다. 오늘 폐히 노를 참지 아니샤 옥셕을 갈히지 아니시면 텬하 인심이 반ᄃᆞ시 반ᄒᆞ리니 원컨디 폐하는 슝후호의 죄를 사ᄒᆞ샤 젼일 튱ᄒᆞᆫ 공을 싱각ᄒᆞ쇼셔."
쥬 답왈,
"경 등의 말이 올ᄒᆞ니 이졔 슝후호의 죄를

스ᄒ여 젼일 공을 져바리지 아니리라."
ᄒ고 즉 【4】시 젼지ᄒ거늘 비중 등이 스은ᄒ고
믈너나니 이 냥인의 슝후호 구ᄒ는 뜻은 후호로
더브러 은혜 잇고 ᄯᅩ 요ᄉ이 뫼롤 한가지로 ᄒ
고 계교롤 셔로 의논ᄒ여 텬ᄌ의 뜻을 아당ᄒ니
이번의 구ᄒ여 져의 당뉴롤 일치 아니코져 ᄒ미
러라.

무셩왕 황비회(黃飛虎) 승상 비간(比干)과
미ᄌ(微子)·긔ᄌ(箕子) 등 일곱 현인을 다리고
일시의 나아와 고두지빅ᄒ고 인ᄒ여 비간이 쇼
리롤 미이ᄒ여 왈,

"신 등은 드르니 텬ᄌ의 슈족이 더신이어
늘 이제 폐히 엇지 무죄ᄒᆫ 졔후들을 죽이려 ᄒ
시ᄂᆞ니잇고? 강환초는 동노(東魯)롤 진졍ᄒ여
자조 큰 공이 잇는지라 오늘 폐하의 니르시는
말숨이 다 간신의 다러오믈 드르시고 죄롤 쓰시
니 분명이 낫하날 일 업고 악승우는 한 병을 맛
다 쥬야로 졍스롤 브즈런이 ᄒ미 빅셩을 무휼ᄒ
니 신 등의 쇼견의는 다 한 죄도 업고 ᄯᅩ 셔빅
후 희창은 스로 졔후【5】 중의 도덕과 인의 웃
듬이라 익민션졍(愛民善政)ᄒ고 위국진튱(爲國盡
忠)ᄒ며 어진 사름을 보미 중히 쓰고 간과(干戈)
롤 일숩지 아니며 살벌(殺伐)을 힝치 아니니 힝
인이 길을 스양ᄒ고 밧가는 가을 스양ᄒ고 야블
폐문(夜不閉門)ᄒ고 조블습유(朝不拾遺)ᄒ여 삼
강오상지되 가존지라. 스방이 다 덕을 스모ᄒ여
일홈을 셔방 셩인이라 ᄒᄂᆞ니 이제 폐하는 ᄌ시
싱각ᄒ샤 형벌을 힝치 마로쇼셔."

쥐 쇼리ᄒ여 왈,

"강환초는 반국ᄒᆫ 신해오 희창과 악승우는
다 간스ᄒᆫ 말을 ᄭᅮ며 님군을 속이며 뫼롤 베퍼
격신을 노으니 다 중ᄒᆫ 죄롤 닙을지라 이제 엇
지 스홀 니 이시리오?"

ᄒ거늘 황비회 쥬왈,

"강환초와 악승우는 다 나라히 큰 신하오
ᄉ지의 공이 만코 희창은 인의군지라 도덕을 힝
ᄒ여 만민을 무휼ᄒ며 튱셩을 베퍼 폐하롤 셤기
고 음 【6】 양지슐을 비화 사름의 존망길흉을 미
리 아ᄂᆞ니 무슴 허믈이 이시리잇고? 이제 폐히
죽이시면 본국의 디갑(大甲)이 빅만이오 밍장이
만ᄒᆫ지라. 졔 님군이 죽으믈 드르면 신하들이
반드시 병을 모라 경스롤 침노ᄒ리니 이제 터시
북졍ᄒ엿고 국중의 명장과 현시 업손지라 큰 홰

나리니 원컨디 폐하는 스ᄒ여 나라히 각각 도라
보니쇼셔."

쥐 답왈,

"공 등이 힘써 간ᄒ니 니 죄롤 스코져 ᄒ
디 국법이 그러치 못ᄒ거니와 그러나 짐은 드르
니 희창은 본디 튱냥ᄒᆫ 군지라 그 덕이 천하의
ᄀᆞ득ᄒ니 짐이 아직 희창만 스ᄒ고 강환초와 악
승우는 샬니 죽여 위엄을 빗너리라."
ᄒ고 치관을 보너여 노웅의게 지촉ᄒ거늘 상티
우 교격(膠鬲)·양임(楊任) 등이 일시의 나와 쥬
왈,

"폐히 희창을 스ᄒ여 나라히 도라보너시니
폐하의 덕틱이 셔방의 밋츠려니와 강환초는 본
디 덕 【7】 이 만코 공이 놉고 모역(謀逆)이라
니르나 증험이 업스니 죽이미 가치 아니ᄒ고 악
승우는 간언을 드려 셩심을 두로혀게 ᄒ니 이
ᄯᅩ 죽이미 가치 아니ᄒ니이다. 신 등은 드르니
님군이 붉으면 신히 직(直)ᄒ고 님군이 그르면
신히 그르다 ᄒ니 이제 져 사름들이 큰 죄롤 어
드미 다 폐하의 어지지 못ᄒᆫ 일이로쇼이다. 원
컨디 폐하는 두 사름을 마ᄌ 노화 나라히 도라
보니샤 인덕을 힝ᄒ시면 군신이 즐기며 만셩이
다 깃거ᄒ리이다."

쥐 이 말을 듯고 디로 왈,

"강환초는 님군을 히코져 ᄒᆫ 죄 젹지 아니
ᄒᆫ지라 이제 비록 그 죽엄을 젓담아도 그 죄롤
다 쇽지 못홀 거시오 악승우도 ᄯᅩ한 짐을 비방
ᄒ며 졍스롤 어즈러이니 그 죄 맛당이 죽을지라
경 등이 엇지 격신을 도으며 짐을 비방ᄒᄂᆞ뇨?
이제 다시 니롤 죄 이시면 맛당이 참ᄒ리라."

양임 등이 탄식고 믈너나다.

쥐 노웅의게 젼지ᄒ 【8】 여 악승우란 참ᄒ
고 강환초는 오형을 갓초와 법을 붉히라 ᄒ니
이윽고 웅이 형벌을 다 힝ᄒ고 복명ᄒᆫ디 쥐 즉
시 궁으로 도라오니 셔빅이 비간·미ᄌ 등 십여
인의게 결ᄒ여 스례ᄒ고 울며 왈,

"오늘 동빅후와 남빅휘 다 죄 업시 죽으니
슬프다. 은덕(殷德)이 일노조ᄎ 쇠ᄒ리로다."

중인이 다 참연ᄒ여 눈믈을 흘닐 ᄲᅮᆫ이어늘
셔빅이 역관의 나와 동남 두 졔후의 가졍(家丁)
을 시겨 본국의 가 보호라 ᄒ다.

이튼날 쥐 조회롤 현경뎐(顯慶殿)의 나와

바들시 빅관이 녜필 후 비간이 나아와 쥬왈,

"이졔 폐히 희창을 노화 죄룰 스ᄒ시니 원컨디 ᄯᅩ 젼지룰 나리오셔 나라히 도라가라 ᄒ쇼셔."

쥐 허락ᄒ거눌 비중이 나아와 쥬왈,

"희창이 겻ᄎ로 거즛 츙심이 잇ᄂᆫ 체ᄒ나 실은 간ᄉᆞᄒᆫ 말을 ᄭᅮ며 폐하롤 속엿ᄂᆫ지라 이졔 나라히 도라보니시면 두리건디 강환초의 아들 문환(文煥)과 악슝 【9】 우의 아들 순²⁾(順)으로 더브러 흠긔 병을 모라 경스의 드러와 난을 지으면 만민이 도탄ᄒ며 ᄉᆞ졸이 그릇 죽을가 ᄒ느니 비컨디 범을 노화 뫼히 도라보니며 농을 노화 바다의 보님 갓ᄒ니 원컨디 폐하는 ᄌᆞ시 슬피쇼셔."

쥐 답왈,

"발셔 죄룰 ᄉᆞᄒ엿ᄂᆞ니 엇지 다시 죄룰 ᄡᅥ 국법을 경히 ᄒ리오?"

비중이 ᄯᅩ 쥬왈,

"신이 일계 이시니 가히 희창을 업시ᄒ리이다."

쥐 열왈,

"경이 무슴 계괴 잇ᄂᆦ뇨?"

비중이 디왈,

"희창을 ᄉᆞᄒ여 도라보니시면 일졍 너일 단봉의 하직ᄒ고 고국의 도라가리니 신 등이 셩문 밧긔 가 젼숑ᄒ고 그 허실을 아라오리니 폐히 그른 일을 술피샤 죄룰 쥬시면 후환이 업ᄉ리이다."

쥐 그 말이 올타 ᄒ고 즉시 파조(罷朝)ᄒ니 비간이 바로 역관의 나와 셔빅다려 왈,

"오늘 니 텬ᄌᆞ긔 쥬ᄒ여 이 빅후의 시체룰 영장ᄒ고 공을 보니여 나라히 도라가게 ᄒ엿 【10】 노라."

셔빅이 스례 왈,

"승샹의 후은을 괴 엇지 니긔여 갑흐리오?"

비간 왈,

"이졔 조뎡의 긔강이 업고 경시 어즈러워 텬지 디신을 무죄히 죽이시니 이 다 올흔 일이

아니니 현후는 너일 힝장을 찰혀 ᄲᆞᆯ니 힝ᄒ고 머므지 말나. 더디면 변이 이실가 ᄒ노라."

셔빅이 고두 왈,

"승샹이 고룰 ᄉᆞ랑ᄒ시니 죽은들 엇지 은혜룰 니즈리오?"

ᄒ고 이튼날 미명(未明)의 궁궐의 드러가 ᄉᆞ은ᄒᆫ디 쥐왈,

"도라가 졍ᄉᆞ룰 잘 다ᄉᆞ리라."

ᄒ더라. 셔빅이 하직ᄒ고 셔문을 나오니 문무빅관이 십니 밧긔 나와 니별ᄒ고 왈,

"원컨디 현후는 슈이³⁾ 도라가 졍ᄉᆞ룰 잘 다ᄉᆞ리고 션왕의 덕을 싱각ᄒᄉᆞ 신졀(臣節)을 일치 마로쇼셔."

셔빅이 돈슈 ᄉᆞ왈,

"오늘 황뎨 죄룰 ᄉᆞᄒ신 은혜와 공(公) 등의 ᄌᆡᄉᆡᆼ지덕(再生之德)은 비록 몸이 바아져 갈니⁴⁾ 된들 엇지 이즈리오?"

즁관이 각각 잔을 잡아 권ᄒ니 셔빅은 슐 먹 【11】 기룰 잘ᄒᄂᆫ지라 빅여 잔을 마시고 경히 ᄶᅥ나지 못ᄒ더니 믄득 비중·우혼이 각각 슐을 가져와 젼숑ᄒ려 ᄒ거눌 빅관이 다 깃거 아녀 셔빅을 니별ᄒ고 각각 훗허지니 셔빅이 ᄯᅩᄒᆫ 눈물 흘녀 니별ᄒ고 비중 등을 마자 문왈,

"창이 무슴 착흔 일이 잇관디 이디도록⁵⁾ 먼니 와 젼숑ᄒᄂᆞ뇨?"

비중이 디왈,

"드르니 현휘 고국의 도라가신다 ᄒ니 쇼관이 작은 비쥬로 니별코져 ᄒᄂᆞ니 원컨디 현후는 늣게야 온 줄을 괴이히 너기지 마로쇼셔. 마을의 일이 만ᄒᆷ이 이졔야 왓ᄂᆞ이다."

셔빅은 본디 인의군지라 사롬 디졉을 은근이 ᄒ더니 즁관은 비중의 오믈 보고 피ᄒ더 홀

<hr>

2) 순: 원래는 '슝'으로 되어 있으나 오기이므로 고침.

3) 【슈이】 閲 빨리. 얼른. ¶ 원컨디 현후는 슈이 도라가 졍ᄉᆞ룰 잘 다ᄉᆞ리고 션왕의 덕을 싱각ᄒᄉᆞ 신졀을 일치 마로쇼셔 (雖然天子負賢侯, 望乞念先君之德, 不可有失臣節.) <西周 3:10>

4) 【갈니】 閲 가루. ¶ 오늘 황뎨 죄룰 ᄉᆞᄒ신 은혜와 공 등의 ᄌᆡᄉᆡᆼ지덕은 비록 몸이 바아져 갈니 된들 엇지 이즈리오? (感天子赦罪之恩, 蒙列位再生之德, 昌雖沒齒, 不能報天子之德, 豈敢有他念哉!) <西周 3:10>

5) 【이디도록】 閲 이토록. ¶ 창이 무슴 착흔 일이 잇관디 이디도록 먼니 와 젼숑ᄒᄂᆞ뇨?" (二位大人, 昌有何能, 荷蒙遠餞!) <西周 3:11>

노 셔빅은 냥인을 관디ᄒ여 두어 슌 지나미 비
즁 등이 좌우룰 명ᄒ여 큰 잔을 가져오라 ᄒ여
셔로 잡아 권ᄒ거눌 셔빅이 쏘 두어 잔을 먹으
니 젼후 합ᄒ여 일빅 삼십 여비라 비즁이 문왈,

"드ᄅ니 현휘 만믈 【12】 의 슈룰 잘 알으
신다 ᄒ니 올흐니잇가?"

셔빅 왈,

"블과 음양지니(陰陽之理)로 ᄌ연이 졍ᄒ미
잇ᄂ니 무슴 긔특ᄒ미 이시리오? 사ᄅᆷ이 어진
일을 힝ᄒ여 덕의 나아가면 텬슈 ᄌ연 슌ᄒ니이
다."

비즁이 쏘 문왈,

"이졔 텬지 황음무도ᄒ여 졍ᄉ룰 착난(錯
亂)ᄒ다 ᄒ니 이 말이 올흐니잇가?"

이 셔빅이 취기 미란ᄒ엿ᄂ지라 샹의 히ᄌ
려6) 눈셥을 씽긔고 탄왈,

"나ᄂ 드ᄅ니 국가 운슈 다 사ᄅᆷ의 힝ᄒ눈
바룰 조ᄎ 가ᄂ지라 이러므로 나라히 ᄉ오나온
님군이 이시면 그 졍ᄉ룰 슈이 일코 일가의 그
룬 사ᄅᆷ이 이시면 그 집이 슈이 망ᄒᄂ니 이졔
텬ᄌ의 ᄒ시ᄂ 일 이 갓흔지라 우리 엇지 참아
망ᄒ믈 보리오?"

비즁 등이 쏘 문왈,

"그리면 셩탕 덕업이 언졔 쇠ᄒ리오?"

셔빅이 답왈,

"블과 ᄉ칠 년 후 무인년(戊寅年) 갑ᄌ일
(甲子日)이라."

흔디 비즁 등이 탄식고 한 슌비 지닌 후의 쏘
문왈,

"현휘 텬졍 긔슈 【13】 룰 잘 아ᄅ시니 진
짓 셩인이로다. 우리 등 죵신(終身)ᄒ기ᄂ 어니
히의 졍ᄒ엿ᄂ뇨?"

---

6) 【히ᄌ리다】 图 [드러]눕다. ¶ 이 ᄶ 셔빅이 취
기 미란ᄒ엿ᄂ지라 샹의 히ᄌ려 눈셥을 씽긔고
탄왈, "나ᄂ 드ᄅ니 국가 운슈 다 사ᄅᆷ의 힝ᄒ
ᄂ 바룰 조ᄎ 가ᄂ지라 이러므로 나라히 ᄉ오나
온 님군이 이시면 그 졍ᄉ룰 슈이 일코 일가의
그룬 사ᄅᆷ이 이시면 그 집이 슈이 망ᄒᄂ니 이
졔 텬ᄌ의 ᄒ시ᄂ 일 이 갓흔지라 우리 엇지 참
아 망ᄒ믈 보리오?" (此時姬伯酒已半酣, 却忘記
此二人來意, 一聽得問天子休咎, 便蹙額欷歔, 歎
曰: "國家氣數黯然, 只此一傳而絶, 不能善其終.
今天子所爲如此, 是速其敗也. 臣子安忍言之哉!)
<西周 3:12>

셔빅이 침음 왈,

"이 일이 괴이ᄒ니 니ᄅ기 어렵도다."

비즁이 쇼왈,

"엇지 괴이타 ᄒᄂ뇨? 현후ᄂ 긔이지 말고
ᄌ시 니ᄅ라."

셔빅 왈,

"쟝니 아모 일이 이실 줄 모로거니와 그디
네 디강 즁의 쎠져 몸이 어러 죽은 후 한 긔특
흔 사ᄅᆷ이 그디네룰 가져다가 신디(神臺)의 졔
ᄒ리라."

비즁 등이 웃고 쏘 문왈,

"아지 못게라 현후ᄂ 텬명이 어니 히의 진
ᄒ리오?"

셔빅이 답왈,

"창은 구십 세 후의 졍당(正堂)의셔 명이
진ᄒ리라."

비즁 등이 거즛 니로디,

"현후ᄂ 슈복이 다 가ᄌ니 진짓 긔특흔 군
지로다."

셔빅 왈,

"창이 엇지 슈복이 다 가ᄌ리오?"

ᄒ고 셰히 쏘 두어 잔을 먹은 후 비즁 등 왈,

"조졍의 흘 일이 이셔 이졔 드러가ᄂ니 현
후ᄂ 먼 길히 무ᄉ이 가쇼셔."

셔빅이 비즁 등의 간ᄉ흔 계교룰 모로고
심즁의 먹은 말 【14】 을 다 니ᄅ고 관곡히 디졉
ᄒ여 드려보니고 셔흐로 힝ᄒ다.

비즁이 셔빅을 니별ᄒ고 셩즁으로 도라오
며 셔로 니ᄅ디,

"우리 이졔야 셔빅의 명을 히ᄒ리로다."

바로 궁즁의 드러와 셔빅의 니ᄅ던 말을
ᄌ셰히 고흔디 쥐 디로 즐왈,

"이 필부ᄂ 엇지 감히 님군을 슈욕ᄒ더
뇨?"

ᄒ고 니룰 갈며 ᄭ짓기룰 마지 아니커눌 비즁
등이 쏘 쥬왈,

"셔빅이 디의룰 니져바리고 부도룰 힝ᄒ여
죵시 ᄉ칠 년을 지나지 못ᄒ리라 ᄒ고 신 등을
쏘 디강 즁의 어러죽으리라 ᄒ니 원컨디 폐하ᄂ
ᄉᆯ니 참ᄒ쇼셔."

쥐 즉시 젼지ᄒ여 셔빅을 잡아다가 오문

밧긔 버히라 ᄒ다.

셔빅이 비중 등을 보니고 종ᄌ를 거ᄂ려 셔로 힝ᄒ더니 믄득 비중의 계교의 ᄲᅢ진 줄 ᄭᅢ닷고 탄왈,

"일졍 변이 이시려니와 그러나 이번의 도라가미 괴이ᄒ도다."

ᄒ고 졍히 침음ᄒ더니 뒤흐로셔 한 말탄 사【15】람이 압히 와 니ᄅ디,

"나는 조뎐(晁田)이러니 이졔 텬지 날을 명ᄒ여 공을 브르라 ᄒ시더라."

ᄒ거ᄂ늘 셔빅 왈,

"니 발셔 니런 변이 날 줄 아랏노라."

도라 종ᄌ다려 왈,

"너 이졔 드러가면 ᄌ연 칠 년 후의야 도라갈 거시니 너희 몬져 셔기(西岐)의 가 모친과 셰ᄌ의게 니ᄅ라."

종지 눈믈을 흘녀 셔빅을 니별ᄒ고 가거ᄂ늘 셔빅이 조뎐(晁田)을 ᄯᅡ와 오문 밧긔 니ᄅ니 황비회 듯고 더경 왈,

"이 사람이 노ᄒ여 나라히 도라가게 ᄒ엿더니 이졔 ᄯᅩ 엇지 드러왓ᄂ뇨?"

ᄒ고 침음ᄒ다가 왈,

"이 일이 일졍 비중이 텬ᄌ를 다리여 이 사람을 히ᄒ려 ᄒ미라."

ᄒ고 즉시 쥬긔를 블너 각 부의 가 졔왕을 쳥ᄒ여 오문 밧긔 모다 셔빅의 오믈 기다리더니 이윽고 셔빅이 드러오거ᄂ늘 모다 문왈,

"현휘 나라히 도라가시더니 이졔 엇지 ᄯᅩ 드러오시니잇고?"

셔빅 왈,

"쥬상이 조뎐으로 ᄒ여곰 날을 셩 밧 십니의【16】 가 도로 블너오시니 아모 일이 잇는 줄 모롤쇼이다."

졍히 셔로 문답ᄒ더니 쥐 왓단 말을 듯고 더로ᄒ여 ᄲᆞᆯ니 브르라 ᄒ거ᄂ늘 셔빅이 뎐 알픠 드러가 녜를 맛춘 후 쥐 더즐 왈,

"짐이 필부를 노화 나라히 도라보ᄂ거ᄂ늘 네 엇지 텬은을 닛고 짐을 슈욕ᄒᄂ뇨?"

셔빅이 쥬왈,

"신이 비록 착지 못ᄒ오나 우흐로 하늘이 잇고 아리로 ᄯᅡ히 잇고 가온더로 님군이 이심과

부뫼 나하 스승이 가ᄅ치믈 다 아ᄂ니 엇지 감히 텬리를 니ᄌ며 폐하를 슈욕ᄒ리잇고?"

쥐 더로 왈,

"네 엇지 거즛 텬슈를 아노라 ᄒ고 짐을 슈욕ᄒᄂ뇨? 이 죄 스치 못ᄒ리로다."

셔빅이 ᄯᅮ러 왈,

"신이 엇지 감히 거즛 텬슈를 아는 쳬ᄒ여 폐하를 욕ᄒ리잇고? 텬슈는 복희시(伏羲氏) 팔괘(八卦)를 그으샤 인수의 길흉을 졍ᄒ신 일이니이다."

쥐 문왈,

"네 텬슈를 아는 쳬ᄒ니 짐이 텬하 다스리기를 이졔 몃【17】 히나 ᄒ고?"

셔빅이 쥬왈,

"신이 발셔 텬슈를 비중 등의게 일넛ᄂ이다."

쥐 일써셔며 ᄭᅮ지져 왈,

"네 발셔 비중 등의게 말ᄒ엿다 ᄒ니 나는 엇지 텬하를 일코 너는 엇지 경침의셔 죽으리라 ᄒᄂ뇨?"

좌우를 명ᄒ여 ᄭᅳ어ᄂ여 오문 밧긔 가 버히라 ᄒ더니 믄득 보니 황비회 모든 디신으로 더브러 일시의 나아와 쥬왈,

"이졔 폐히 창의 죄를 스ᄒ여 나라히 도라보니시니 만민이 그 덕을 항복ᄒ거ᄂ늘 폐히 창의 텬슈 아는 줄을 ᄭᅥ려 죽이랴 ᄒ시니 엇지 올흔 도리리잇고? 셔빅은 본더 인후ᄒ 군지어ᄂ늘 이졔 폐히 작은 일을 인ᄒ여 종스를 도라보지 아니ᄒ시니 신 등은 그윽이 폐하를 위ᄒ여 취치 아니ᄒᄂ이다."

쥐 디신의 힘써 간ᄒ믈 보고 셔빅다려 왈,

"네 텬슈를 아는 쳬ᄒ니 요ᄉ이 국가의 무슴 조흔 일이나 즁흔 지변이 이시랴?"

셔빅이 이윽이 싱각다가 한【18】 졈괘를 엇고 더경 쥬왈,

"명일 오시(午時)의 종묘의 화지 날 거시니 원컨더 폐하는 모든 신하를 시겨 신위(神位)를 급히 치우쇼셔."

쥐 좌우다려 왈,

"희창을 스치 말고 겸니 맛거든 스ᄒ리라."

ᄒ디 황비회 셔빅을 나오라 ᄒ여 왈,

"현휘 오놀 죵묘의 화지 날 즄을 미리 아라 쥬샹긔 고ᄒᆞ여시니 이 졈이 힝혀 맛지 아니면 현휘 엇지려 ᄒᆞᄂᆞ뇨?"

셔빅 왈,

"텬쉬 그러ᄒᆞ니 비록 졈니 맛지 아니ᄒᆞᆫ들 무삼 한홀 일이 이시리오?"

ᄒᆞ더라.

이튼날 황비호 등이 마을의 모다 음양관(陰陽官)으로 ᄒᆞ여곰 시긔을 ᄌᆞ시 보ᄒᆞ라 ᄒᆞ고 ᄯᅩ 티묘(太廟) 직흰 관원으로 ᄒᆞ여곰 티묘의 변이 잇거든 즉시 보ᄒᆞ라 ᄒᆞ엿더니 이윽고 음양관이 보ᄒᆞ되,

"오시 삼긱이라."

ᄒᆞ되 ᄌᆞ시 보니 죵묘의 블 긔쳑이 업ᄂᆞᆫ지라 황비호 등이 겁ᄒᆞ여 앙텬 탄식 ᄲᅮᆫ이러니 믄득 드르니 공즁으로셔 벽녁쇼리 되흘 움죽이 【19】 며 모든 사롬이 보ᄒᆞ되,

"티묘의 블이 닛ᄂᆞ이다."

ᄒᆞ거늘 비간 왈,

"셔빅은 진짓 셩인이로다. 사롬이 엇지 히ᄒᆞ리오?"

ᄒᆞ고 ᄯᅩ 니르되

"이졔 티묘의 블이 나시니 셩탕 긔업이 반ᄃᆞ시 오러지 아니리로다."

ᄒᆞ고 샏니 드러와 쥬의게 보ᄒᆞ되 쥬 더경 왈,

"이 사롬이 엇지 이러틋 신긔로오뇨?"

비즁 등 다려 문왈,

"셔빅이 텬슈룰 알아 졈을 맛쳐시니 이졔 무슴 계교룰 ᄒᆞ여 져룰 히ᄒᆞ리오?"

비즁 등이 ᄯᅩ 간담이 쯰억지ᄂᆞᆫ 듯ᄒᆞ여 아모리 홀 줄 모로더니 황비호 등이 일시익 쥬왈,

"티묘의 블이 나 희창의 졈이 마져시니 원컨디 폐하ᄂᆞᆫ 샏니 노화 나라히 도라보니소셔."

쥬 반일을 침음ᄒᆞ다가 왈,

"이졔 셔빅의 일이 비록 긔특ᄒᆞ나 짐을 슈욕흔 죄 젹지 아니ᄒᆞ니 잠간 유리셩(羑里城)의 가도왓다가 나라히 평안흔 후 노ᄒᆞ리라."

비간 등이 슈은ᄒᆞ고 믈너나와 셔빅을 보고 왈,

"우리 힘 【20】 을 한가지로 ᄒᆞ여 쥬샹긔 간ᄒᆞ여 현후의 죄룰 스ᄒᆞ시고 잠간 유리셩의 가

도라 ᄒᆞ시니 블과 슈삭의 황뎨 일졍 스ᄒᆞ여 보니시리이다."

셔빅이 비스ᄒᆞ고 즉시 디궐의 드러가 고두 슈은ᄒᆞ고 명관을 ᄯᅡ라 유리의 니르니 군민부뢰(軍民父老) 다 쥬찬을 갓초와 셩밧긔 와 결ᄒᆞ며 왈,

"셩인이 오시니 우리 이졔야 즐거오믈 바다 편히 쉬리라."

ᄒᆞ고 잔을 드러 권ᄒᆞ니 명관이 탄왈,

"셔빅은 덕이 아니 밋츤디 업스니 진짓 셩인이로다."

ᄒᆞ고 가거늘 셔빅의 셩의 드러가 빅셩을 무휼ᄒᆞ며 인의룰 베프니 교홰(敎化) 디치(大致)ᄒᆞ여 군민이 다 즐겨ᄒᆞ고 셔빅은 한가히 이셔 홀 닐이 업슨지라 복희 팔과룰 그려 뉵십 스괘룰 믄드라 국가 형셰룰 졈복ᄒᆞ더라. 황비호 등이 셔빅을 니별ᄒᆞ고 셔로 의논ᄒᆞ되,

"셔빅이 유리셩의 갓쳐시니 슈월만 지나거든 우리 구완ᄒᆞ여 노히게 ᄒᆞ리 【21】 라."

ᄒᆞ더니 믄득 쇼졸이 보ᄒᆞ되,

"동빅후 강환초의 아들 강문환이 군스 스십 만을 거ᄂᆞ려 유혼관(遊魂關)을 치고 남빅후의 아들 악순이 군스 이십 만을 거ᄂᆞ려 삼산관(三山關)을 치고 텬하 작은 계휘 각각 군스룰 거ᄂᆞ려 반ᄒᆞ엿다."

ᄒᆞ거늘 황비회 듯고 탄왈,

"이졔 져 두 곳 군미 반ᄒᆞ여시니 디환이 나리로다."

ᄒᆞ고 드러가 쥬의게 고ᄒᆞ려 ᄒᆞ더니 싱각ᄒᆞ되 '니졔 비록 만혼 군시라도 니긔기룰 긔필치 못홀 거시오 도로혀 빅셩을 요란케 ᄒᆞ리니 아직 경이히 군을 발치 말고 본관 장슈로 ᄒᆞ여곰 각각 직희여 도젹을 방비ᄒᆞ리라' ᄒᆞ고 즉시 두 관이 분부ᄒᆞ다.

이젹의 진당관(陳塘關)의 총병 하나히 이시니 일홈은 니졍(李靖)이라. 쳐음의 도룰 닷그며 녜룰 힝ᄒᆞ여 곤눈산(崑崙山) 도익진인(度厄眞人)의 뎨지 되여 산즁의 숨엇더니 쥬룰 도으라 인간의 나와 총병이 되여 두 아들이 이시니 하나흔 금탁(金吒)이오 하나흔 목탁(木吒)이라 다 장슈의 ᄲᅢ혀 한 【22】 가지로 관을 직희엿더니 홀는 니졍의 쭘의 티을진인(太乙眞人)이 나려와

니르디 '강즈아(姜子牙)의 션봉 나탁(哪吒)이 네
아들이 되여 인간의 나려가리라' 흐거눌 놀나
찌니 한 꿈이러라.

12
진당관나탁출셰(陳塘關哪吒出世)[1]

니졍(李靖)이 꿈을 꾸고 괴이히 너기더니 인ᄒ여 부인 은시(殷氏) 잉티ᄒ여 삼 년이 지나디 나지 아니커늘 니졍 왈,

"그디 빈 거시 일졍 사ᄅᆞᆷ이 아니라 요괴읫 거시니 나하든 즉시 업시 ᄒ리라."

ᄒ더니 ᄒᆞᆯ는 사ᄅᆞᆷ이 보ᄒ되,

"부인이 아기ᄅᆞᆯ 나핫다."

ᄒ거늘 니졍이 ᄶᆞᆯ니 보검을 들고 드러와 보니 그 아히 상뫼 비범ᄒ며 긔질이 유화(柔和)ᄒᆞᆯ고 한 손의 건곤권(乾坤圈)을 들고 비의 혼텬단(混天綾)[비단이라] 을 언고 나시니 이 두가지는 건원산(乾元山) 금강동(金光洞)의 잇는 긔특ᄒᆞᆫ 보비라. 빗치 사ᄅᆞᆷ의 눈의 바이고[2] 향취 사ᄅᆞᆷ의 코

1) 12회 번역문은 원문 제12회와 제13회가 포함되어 있음.
2) 【바이다】 匢 빛나다. 부시다. ¶ 射∥니졍이 ᄶᆞᆯ니 보검을 들고 드러와 보니 그 아히 상뫼 비범ᄒ며 긔질이 유화ᄒ고 한 손의 건곤권을 들고 비의 혼텬단[비단이라] 을 언고 나시니 이 두가지는 건원산 금강동의 잇는 긔특ᄒᆞᆫ 보비라. 빗치 사ᄅᆞᆷ의 눈의 바이고 향취 사ᄅᆞᆷ의 코의 거스리나 부뫼 이 두 보비의 긔특ᄒᆞᆷ믈 아지 못ᄒ더라 (李靖大驚, ……, 跳出一個小孩兒來, 滿地紅光, 面如

의 거스리나 부뫼 【23】 이 두 보비의 긔특ᄒᆞᆷ믈 아지 못ᄒ더라. 니졍이 아들을 나ᄒ미 근심도 ᄒ며 깃거도 ᄒ여 마음의 혜오디 '이 아히 쟝ᄂᆡ 자라 잘되면 긔특ᄒᆞᆫ 사ᄅᆞᆷ이 되고 그러치 못ᄒ면 일가의 화룰 지으리라' ᄒ고 홀노 쇼당의 안져 조으더니 믄득 한 사ᄅᆞᆷ이 보ᄒ되,

"엇더ᄒᆞᆫ 도시 밧긔 와 뵈야지라 ᄒᆞ다."

ᄒ거늘 ᄶᆞᆯ니 쳥ᄒ여 녜룰 맛츠미 도시 왈,

"나는 젼의 와 뵈던 금강동 티을진인(太乙眞人)이러니 드ᄅᆞ니 쟝군이 긔특ᄒᆞᆫ 공ᄌᆞ롤 나ᄒ시다 ᄒ미 치하ᄒ라 왓ᄂᆞ이다."

니졍은 예ᄉ 사ᄅᆞᆷ이 아니라 젼의 도익진인(度厄眞人)의 뎨지 되엿다가 인간의 나온 후로도 잇다감 남모로게 상통ᄒ고 몬져 나흔 두 아들도 ᄯᅩ 녜ᄉ 사ᄅᆞᆷ이 아니라 각각 도ᄉ룰 ᄉᆡ괴여 신션의 도룰 뵈화 셔로 의논ᄒ더니 이날 니졍이 티을진인을 보고 디열ᄒ여 즉시 사ᄅᆞᆷ으로 ᄒ여곰 아히룰 다려오라 ᄒ여 【24】 티을진인을 뵌디 진인이 보고 왈,

"이 아히 비록 긔특ᄒ나 타일의 큰 쟝슈 되여 텬하의 큰 변을 지으리니 쟝군은 살펴 졔어ᄒ라."

ᄒ고 ᄯᅩ 니로디,

"이 아히로 니 뎨ᄌ룰 숨고져 ᄒᆞᄂᆞ니 쟝군의게 ᄯᅩ 다른 공지 잇ᄂᆞ니잇가?"

니졍이 답왈,

"과연 세 아들이 이시니 맛아들 금탁(金吒)은 구룡산[3](九龍山) 운쇼동[4](雲霄洞) 문슈광법텬존(文殊廣法天尊)의 뎨지 되엿고 둘지 아들 목탁(木吒)은 구궁산(九宮山) 빅학동(白鶴洞) 보현진인(普賢眞人)의 뎨지 되여 혹 달 붉은 밤과 하늘 흐린 ᄯᆡ면 남모로게 셔로 통ᄒ여 다니ᄂᆞ니 션싱이 니 아들을 다려가랴 ᄒ시면 일홈을 무어시라 ᄒ리오?"

진인 왈,

"일홈을 나탁(哪吒)이라 ᄒᆞᄉᆞ이다."

ᄒ고 하직고 가거늘 놀나 ᄭᆡ니 한 꿈이라. 니졍

傳粉, 右手套一金鐲, 肚腹上圈着一塊紅綾, 金光射目. ……金鐲是乾坤圈, 紅綾名曰混天綾, 此物乃是乾元山鎭金光洞之寶.) <西周 3:22>
3) 구룡산: 원문은 '五龍山'으로 되어 있음.
4) 운쇼동: 원래는 '운슈동'으로 되어 있으나 오기이므로 고침. 이하 같음.

이 싱각ᄒ디 '우리 부지 다 예스 사름이 아니로다. 나는 곤눈산 도익진인의 뎨즈오 두 아들이 ᄯ 각각 승시(乘時)ᄒ여 긔특ᄒ 스싱을 어【25】더 셔로 통ᄒ여 단이디 세상 사름은 아지 못ᄒ더니 이졔 ᄯ 셋지 아들을 틱을진인이 뎨즈를 삼으려 ᄒ니 우리 더옥 도를 직희여 녜를 비호디 세상 사름으로 ᄒ여곰 아지 못ᄒ게 ᄒ리라' ᄒ더라.

나탁이 나히 칠세 되니 긔질이 더옥 긔특ᄒ고 무예 미츠리 업더라. 부모와 두 형이 셔로 스양ᄒ여 한가지로 병셔를 외오며 진법을 익히더니 ᄒ로는 니졍이 관 밧긔 나가 삼군을 년습ᄒ여 강문환(姜文煥)의 와 치믈 방비ᄒ려 ᄒ더니 나탁이 아뷔 업손 ᄯᅵ를 타 어뮈다려 왈,

"쇼지 잠간 관 밧긔 가 부친 계신 곳의 다녀오리이다."

흔디 은부인이 아들을 스랑ᄒ는지라 답왈,

"슈이 다녀오라."

나탁이 하직ᄒ고 종즈를 다리고 슈리는 나오니 ᄯᅢ 졍히 오월이라 텬긔 심히 더우니 힝ᄒ기 어렵거늘 종즈(從者)를 분부ᄒ여 이 압 나모 그늘을 어드라 흔디 종지 가더니 이윽ᄒ여 도라와 보왈,

"이 압히 【26】 큰 나모 그늘이 잇고 풍경이 가장 조타."

ᄒ거늘 나탁이 크게 깃거 종즈를 ᄯᅡ라 그 곳의 오니 과연 뉴슈쳥파(流水淸波)와 챵송녹님(蒼松綠林)이 덥혓ᄂᆞᆫ디 니풍〔楊風〕이 습습ᄒ니 동ᄒ로 흘너 드러가는 믈이니 일홈을 구만ᄒ(九灣海)라. 나탁이 옷술 벗고 나모 그늘의 안즈 풍경을 보더니 종즈다려 왈,

"네 나의 긔특ᄒ 보비를 보라."

ᄒ고 쥬머니 안흐로셔 일곱 즈 붉은 비단을 ᄂᆡ니 이는 갓 날졔 비의 언졋던 거시라. 나탁이 그 능(綾)을 펴 구만하 가온디 너코 닙으로 진언을 념ᄒ니 텬디 움죽이며 그 비단 빗치 왼 믈의 두로 펴졋더라.

이젹의 동ᄒ 뇽왕 오광(敖光)이 야치(夜叉)를 녕ᄒ여 슈변(水邊)의 순힝ᄒ더니 한 아히 붉은 비단을 믈 가온디 펴 긔특ᄒ 빗츨 지어ᄂᆡ믈 보고 믈 밧긔 쇼스며 쇼리ᄒ여 왈,

"그디 엇던 아히완디 당돌이 여긔 와 괴이

ᄒ 빗츨 지어ᄂᆡ여 우리 뇽궁을 어즈러이ᄂᆞ뇨?"

ᄒ거늘 나탁이 머리를 드러보니 한 귀신【27】이 낫치 퍼러ᄒ고5) 머리는 붉으며 눈은 등잔만ᄒ고 니빠리는6) 창검 갓혼 거시 큰 도치를 들고 셧거늘 나탁이 쇼리ᄒ여 왈,

"업츅은 어디로셔 왓ᄂᆞ뇨?"

야치 더로 왈,

"나는 동ᄒ 뇽왕의 슌검야치(巡檢夜叉)러니 네 엇지 날을 보고 무례히 구는다?"

ᄒ고 도치를 들고 닙을 버리고 다라들거늘 나탁은 아모 군긔도 업는지라 다라나고져 ᄒ다가 다시 싱각ᄒ디 '이졔 건곤권으로 져놈을 쇽이리라' ᄒ고 허리로셔 고리 갓혼 거술 ᄂᆡ여 바로 야치의 머리를 치니 야치 되오 마즌지라 도치를 바리고 언덕의 것구러져 죽거늘 나탁이 쇼왈,

"이 업츅이 니 숀의 죽거다."

ᄒ고 다시 믈가의 안즈 피셔ᄒ더라.

오광이 야치를 보니고 쇼식을 몰나ᄒ더니 믄득 뇽병(龍兵)이 도라와 보ᄒ디,

"야치 니은(李艮)이 한 어린 아히의게 마즈 죽엇ᄂᆞ이다."

ᄒ거늘 오광이 디경 왈,

"니은은 뇽궁의 다른 야치 아니라 녕쇼보뎐(靈霄寶殿)의 어필졈(御筆點)【28】 야치러니 뉘 감히 죽이뇨?"

ᄒ고 즉시 뇽병을 거느려 가 치고져 ᄒ더니 셋지 아들 오병(敖丙)이 나아와 갈오디,

"부왕은 노치 마로쇼셔. 쇼지 나가 잡아오리이다."

ᄒ고 즉시 믈즘승을 타고 화간극(畵杆戟)을 들고 뇽병을 거느려 믈 밧긔 나오니 믈결이 하늘의 다핫고 금괴(金鼓) 졔명ᄒ더라. 나탁이 야치

---

5)【퍼러ᄒ다】⬚ 퍼렇다. ¶ 藍靛‖ 나탁이 머리를 드러보니 한 귀신이 낫치 퍼러ᄒ고 머리는 붉으며 눈은 등잔만ᄒ고 니빠리는 창검 갓혼 거시 큰 도치를 들고 셧거늘 (哪吒回頭一看, 見水底一物, 面如藍靛, 髮似朱砂, 巨口獠牙, 手持大斧.) <西周 3:27>

6)【니빨】⬚ 이빨. 치아.¶ 牙‖ 나탁이 머리를 드러보니 한 귀신이 낫치 퍼러ᄒ고 머리는 붉으며 눈은 등잔만ᄒ고 니빠리는 창검 갓혼 거시 큰 도치를 들고 셧거늘 (哪吒回頭一看, 見水底一物, 面如藍靛, 髮似朱砂, 巨口獠牙, 手持大斧.) <西周 3:27>

롤 죽이고 믈가의 안줏더니 믈결이 뒤치며 믄득
한 사룸이 믈즘싱을 타고 믈 밧긔 나와 창을 두
루며 쇼리ᄒᆞ여 왈,

"뉘 감히 슌검야치롤 죽이뇨?"
ᄒᆞ거늘 나탁이 답왈,

"니 과연 죽엿노라."
오병 왈,

"너는 엇던 사룸이완ᄃᆡ 당돌이 다라나지
아니ᄒᆞ느뇨?"
나탁 왈,

"나는 진당관(陳塘關) 총병의 아들이러니
맛춤 더위롤 피ᄒᆞ여 이 믈가의 왓더니 네 엇지
날을 슈욕ᄒᆞ느뇨?"
오병이 디로ᄒᆞ여 화극을 두루며 다라들거
늘 나탁이 문왈,

"네 엇던 놈이완ᄃᆡ 감히 날을 히ᄒᆞ려 ᄒᆞ느
뇨?"
오병이 잠간 셩을 긋치고 왈,

"나는 동ᄒᆡ 농왕【29】의 졔 삼ᄌ 오병이
로라."
나탁이 쇼왈,

"네 일졍 오광의 ᄋ들이로다. 엇지 감히
망녕도이 날을 히코져 ᄒᆞ느뇨? 이졔 너롤 죽여
뼈롤 바으리라."
오병이 블승분노ᄒᆞ여 눈을 브릅쓰고 창을
들고 다라드러 나탁을 지르려 ᄒᆞ거늘 나탁이 쥬
머니로셔 혼텬단을 니여 진언을 념ᄒᆞ며 공즁의
치치니 그 비단이 화ᄒᆞ여 큰 블덩이 되여 오병
을 쏜 ᄯᆞ히 나리치니 오병이 한 쇼리롤 지르고
죽거늘 나탁이 한 발노 머리롤 드더고[7] 그 농
의 쌸을 ᄲᅡ혀가지고 즉시 옷술 거두어 닙고 바
로 진당관의 드러가 모친긔 뵌ᄃᆡ 부인 왈,

"네 엇지 늣게 도라오뇨?"
나탁 왈,

"관 밧긔 풍경이 하[8] 조커늘 구경ᄒᆞ다가

―――――――――

7) 【드더다】 등 디디다. ¶ 踏 ‖ 나탁이 한 발노
    머리롤 드더고 그 농의 쌸을 ᄲᅡ혀가지고 즉시
    옷술 거두어 닙고 바로 진당관의 드러가 모친긔
    뵌ᄃᆡ (哪吒搶一步赶上去,　一脚踏住敖丙的頸項,
    提起乾坤圈,　照頂門一下.) <西周 3:29>
8) 【하】 등 정말. 몹시. ¶ 관 밧긔 풍경이 하 조커
    늘 구경ᄒᆞ다가 이졔야 왓느이다 (關外閑行,　不
    覺來遲.) <西周 3:29>

이졔야 왓느이다."
ᄒᆞ고 후당의 믈너왓더니 니졍이 군ᄉᆞ롤 파ᄒᆞ고
믈너와 상 우희 안ᄌᆞ며 왈,

"이졔 쥬상이 실졍(失政)ᄒᆞ니 텬하 ᄉᆞ빅 졔
휘 다 반ᄒᆞ여 경ᄉᆞ롤 침노ᄒᆞᄆᆡ 싱민이 도탄ᄒᆞᆫ지
라 엇지ᄒᆞ여야 져【30】군ᄉᆞ롤 믈니치리오?"
ᄒᆞ니 삼ᄌ 답왈,

"부친은 근심 마로쇼셔. 쇼ᄌ 등이 힘을
다ᄒᆞ여 죽도록 막으리이다."
ᄒᆞ더라.

이젹의 동ᄒᆡ 농왕이 슈졍궁(水晶宮)의 이
셔 승부롤 기다리더니 믄득 쇼졸이 보ᄒᆞᄃᆡ,

"진당관 총병의 아들 셋지 나탁이 쏘 터ᄌᆞ
롤 쳐죽이고 그 두 쌸을 ᄲᅡ혓다."
ᄒᆞ거늘 오광이 디경 왈,

"니졍은 젼의 곤뉸산 도읙진인의게 도롤
비홀졔 날노 더브러 친ᄒᆞ더니 이졔 엇지 ᄌᆞ식을
노화 니 아들을 죽이뇨? 니 그 보슈롤 ᄒᆞ리라."
ᄒᆞ고 즉시 변ᄒᆞ여 션비 되여 진당관의 드러와
사룸으로 ᄒᆞ여곰 니졍의게 보ᄒᆞᄃᆡ,

"고인 오광이 와 보려 ᄒᆞᄂᆞ이다."
니졍이 듯고 왈,

"우리 니별ᄒᆞ연지 여러 ᄒᆡ러니 오날 셔로
맛나기는 의외라."
ᄒᆞ고 의관을 졍졔ᄒᆞ고 마ᄌ 쳥상의 올녀 셔로
녜롤 맛춘 후 니졍이 오광의 낫빗치 블평ᄒᆞᆷ믈
보고 그 연고롤 뭇고져 ᄒᆞ더니 오광이 몬져 니
로ᄃᆡ,

"현뎨 엇지【31】아들을 노화 니 궁의 와
작난ᄒᆞ게 ᄒᆞ느뇨?"
니졍이 웃고 답왈,

"우리 니별ᄒᆞ연지 여러 ᄒᆡ러니 오날 맛나
미 진실노 다힝ᄒᆞᆫ 일이어늘 엇지 이리 괴이ᄒᆞᆫ
말솜을 ᄒᆞ시ᄂᆞ니잇가? 쇼뎨의게 아들이 세히 이
시니 맛은 금탁이오 버거는 목탁이오 말지는 나
탁이나 다 명산 신션의 뎨ᄌᆞ 되여 도롤 닷그니
엇지 귀부의 가 작난ᄒᆞ리잇고?"
오광이 우왈,

"현뎨 엇지 날을 긔이ᄂᆞ뇨? 그ᄃᆡ 셋지 아
들 나탁이 구만하 가의 와 괴이ᄒᆞᆫ 법슐을 ᄒᆞ여
슌검야치와 쏘 니 아들을 죽이니 이 엇진 일이

뇨?"

ᄒ고 노긔디발ᄒ거늘 니졍이 디쇼 왈,

"형이 그르다. 니 셋지 아들이 나히 어리니 그론 일을 아직 아니홀 거시오 ᄯ오 문밧글 나지 아니ᄒ엿ᄂ니 엇지 구만하 가의 혼ᄌ 가리오?"

오광이 우왈,

"져리 발명ᄒ거니와 발셔 현뎨의 셰지 아들인 줄을 우리 슈족이 다 아랏ᄂ니라."

니졍이 답왈,

"이 진실노 괴이ᄒ 일이로다. 【32】 형장은 노롤 긋치고 잠간 기다리라. 내 안히 가 다녀오리라."

ᄒ고 후당으로 드러오니 부인이 문왈,

"앗가 엇던 사롬이 문밧긔 왓더뇨?"

니졍이 오광의 말을 ᄌ셰히 니르고 나탁을 브르라 ᄒ니 부인이 싱각ᄒ디 '나탁이 관 밧긔 다녀오더니 일졍 일을 짓고 오도다' ᄒ고 졍히 답고져 ᄒ더니 니졍이 바로 뒤동산의 오니 이는 나탁이 잇ᄂ 곳이러라. 니졍이 쇼리ᄒ여 나탁을 브론디 나탁이 문외의 나와 녜ᄒ거늘 니졍이 문왈,

"네 엇지 오늘 문밧긔 나가 큰 변을 짓고 오뇨?"

나탁이 디왈,

"쇼지 오늘 가즁이 무ᄉᄒ지라 관 밧긔 나가 풍경을 구경ᄒ다가 구만하 가의 니르니 야치 니은이 도치롤 가지고 와 쇼ᄌ롤 히코져 ᄒ거늘 쇼지 건곤권으로 쳐죽이고 동히 뇽왕의 아들 오병이 화극을 가지고 와 쇼ᄌ롤 지르려 ᄒ거늘 쇼지 ᄯ오 혼텬단으로 오병을 ᄡ ᄯ히 것구르치고 왓ᄂ이다."

니졍 【33】 이 ᄭ우지져 왈,

"우리 집이 무ᄉᄒ더니 엇지 네 이런 화롤 지으뇨? 네 ᄲᆯ니 나가 슉부긔 뵈라."

ᄒ디 나탁이 디왈,

"부친은 방심ᄒ쇼셔. 그 뇽의 ᄡᆯ이 이의 이시니 이제 너여다가 슉부긔 드리고 죄롤 쳥ᄒ리이다."

ᄒ고 밧비 나가 오광의게 쳥죄 왈,

"쇼질이 앗가 큰 죄롤 지으니 원컨디 슉부

눈 죄롤 ᄉᄒ쇼셔."

ᄒ고 뇽의 ᄡᆯ을 드리니 오광이 밧고 니졍다려 왈,

"네 아들이 엇지 이리 무례ᄒ뇨? 앗가 니 궁의 와 작난ᄒ고 이졔 거즛 그릇ᄒ엿노라 ᄒ니 이 죄 젹지 아니토다. ᄒ믈며 오병은 니 아들이오 야치 니은은 녕쇼보뎐의 어필졈 야치라 감히 그론 마음을 니여 쳐죽이니 이 엇지 젼의 ᄉ괴던 보람이리오? 너일 옥뎨긔 쥬ᄒ여 네 죄롤 붉히리라."

ᄒ며 가거늘 니졍이 발구르며 방셩통곡 왈,

"우리 큰 화롤 닙을낫다."

ᄒ니 부인이 듯고 좌우다려 문왈,

"이 곡셩이 어듸셔 나ᄂ뇨?"

좌위 그 연고롤 ᄌ시 고ᄒ디 부 【34】 인이 급히 즁당의 나와 문왈,

"디인이 엇지 이리 우르시ᄂ니잇가?"

니졍이 부인을 보고 울기롤 긋치고 탄왈,

"니 ᄉ오나온 ᄌ식을 두엇다가 동히 뇽왕의게 큰 죄롤 어더시니 오러지 아녀 우리 일긔 큰 화롤 맛나리라."

ᄒ고 인ᄒ여 통곡ᄒ디 부인이 ᄯ오ᄒᆫ 눈믈을 흘니며 나탁을 가르쳐 탄왈,

"니 너롤 비연지 삼년의 나하 ᄯ오 ᄉ랑ᄒ미 다론 아들의게셔 더ᄒ여 ᄒ더니 이런 멸문지화롤 지어ᄂᄂ뇨?"

나탁이 부모의 우ᄂ 양을 보고 ᄭ우러 왈,

"모친은 근심마르쇼셔. 쇼ᄌᄂ 예ᄉ 사롬이 아니라 건원산 금강동 퇴을진인의 뎨지니 이졔 진인이 아르시면 반ᄃ시 우리 화롤 구ᄒ리이다."

ᄒ고 즉시 관 밧긔 나가 슐 한 잔을 먹고 인ᄒ여 몸을 근두쳐 동녁흐로 닷더니 간 곳이 업ᄂ지라 부뫼 괴이히 너기더라.

나탁이 건원산의 니르니 퇴을진인이 알고 금화동ᄌ(金霞童子)로 ᄒ여곰 블너 드러오라 ᄒ디 나탁이 【35】 상 아리 나르러 고두지비ᄒ거늘 진인이 문왈,

"네 진당관의 잇지 아녀 엇지ᄒ여 이더도록 먼니 온다?"

나탁이 울며 고왈,

"뎨지 노스(老師)의 은혜롤 닙스와 진당관 총병 니졍의 아들이 되연지 이졔 칠년이로디 한 일도 그론 일이 업습더니 동히 농왕으로 더브러 결원ᄒ여 큰 화롤 닙게 ᄒ엿ᄂ이다."
ᄒ고 구만하 가의 가 니은과 오병을 죽인 연고롤 ᄌ셰히 고ᄒ더 진인이 싱각ᄒ더 '나탁이 무지과인ᄒ여 이런 일을 져ᄌ러시나 졔 엇지 작은 일을 인ᄒ여 텬궁의 가 송ᄉᄒ리오' ᄒ고 나탁을 블너 꼭뒤히 한 부작을 쓰고 인ᄒ여 귀의 다혀 왈,

"이리이리ᄒ면 너희 일기 다 화롤 면ᄒ리라."

나탁이 비스ᄒ고 건원산을 써나 즉시 보덕문(寶德門)으로 나오니 이는 텬궁 녕쇼뎐 밧 졔일문이러라. 나탁이 몸을 감초와 보덕문을 지나 취션문 엽히 셧더니 동히 농왕 오광이 복을 갓초고 남텬【36】문(南天門)으로 드러오다가 쎤졍히 붉지 아니ᄒ엿ᄂ지라 오광이 문밧긔 안ᄌ시디 오히려 나탁을 아라보지 못ᄒ니 이는 터을진인의 부작이 몸을 감촌 연괴러라. 오광이 오믈 나탁이 보고 심중의 디로ᄒ여 허리로셔 건곤권을 너여 들고 바로 오광의게 다라드니 오광이 비로쇼 나탁인 줄 알고 디경ᄒ여 크게 ᄭ지져 왈,

13. 太乙眞人收石磯

"너는 구싱유취(口生乳臭)어눌 엇지 삼히 어필흠졍야치와 니 삼아(三兒)롤 쳐죽이고 쏘 엇지 감히 이의 와 이리 무례히 구ᄂ뇨? 네 죄 일만 번 죽엄즉ᄒ도다."
ᄒ고 ᄭ짓기롤 긋치지 아니니 나탁이 쏘 ᄭ지져 왈,

"이 늙은 놈이 감히 녜롤 모로ᄂ뇨? 나도 건원산 금강동의 터을진인의 뎨ᄌ 녕슈지[나탁이 별회] 러니 요ᄉ이 진당관 총병 니가(李家)의 아들이 되여 강ᄌ아(姜子牙)롤 도아 공을 일우려 ᄒ더니 엇지 마춤 구만하 가의 더위롤 피ᄒ라

갓다가 네 아들이 감히 와 날을 히ᄒ려 ᄒ거눌 너 쳐죽여시니 네 엇【37】지 녜의롤 모로고 날을 ᄭ짓ᄂ뇨? 너 이졔 너롤 마ᄌ 죽이리라."

오광이 ᄭ지져 왈,

"이 어린 아희 녜롤 모로고 너 압히셔 이러틋 방ᄌᄒ뇨?"

나탁이 디로ᄒ여 건곤권을 드러 오광을 바라고 스무나믄 번을 치니 오광이 격슈(赤手)로 왓ᄂ지라 어이 감히 당ᄒ리오? 몸을 기우려 피ᄒ여 다라나다가 머리롤 마ᄌ 짜히 것구러지니 나탁이 녀셩 왈,

"이 업츅이 이졔도 날을 업슈이 너길다?"

조복을 벗기고 왼녑히 비눌 쉰아문을 쌘히니 오광이 알프믈 견디지 못ᄒ여 살거지라 빌거눌 탁이 쇼리ᄒ여 왈,

"네 이졔 날을 쓸와 진당관의 ᄂ려갈다? 아니 간 즉 이 건곤권으로 쏘 쳐 네 명을 맛ᄎ리라."

오광이 비록 용밍ᄒ고 지혜 만ᄒ나 엇지 이 ᄭ 화롤 버셔나리오? 이의 응셩 왈,

"조ᄎ 가리이다."
ᄒ거눌 나탁이 오광을 노화 홈긔 진당관으로 오더니 마음의 싱각【38】ᄒ더 '오광이 변해 측낭 업셔 사롬의 아지 못ᄒᄂ 변화ᄒ기롤 잘ᄒ다 ᄒ니 작은 비얌이 되여 져 슈플노 드러가면 너 너롤 노화 보니리라' ᄒ더 오광이 나탁의 계교롤 모로고 즉시 몸을 혼드러 프론 비얌이 되여 다라나거눌 나탁이 한 부작을 넑고 비얌을 스미의 너흐니 이 부작은 진군의 가르친 비라. 오광이 감히 도망치 못ᄒ거눌 나탁이 비얌을 스미의 녀코 보덕문을 써나 바로 진당관9)으로 ᄂ려오니 니졍이 홀노 듕낭의 안ᄌ 울기롤 긋치지 아니커눌 나탁이 압히 와 졀ᄒ고 왈,

"쇼지 남텬문의 가 슉부롤 뫼시고 왓ᄂ이다."

니졍이 나탁이 아모더로셔 온 줄을 아지 못ᄒ여 이의 문왈,

"네 이졔 구만하 가의 가 농왕으로 더브러 결원ᄒ여 일가의 화롤 ᄭ치고 이셰 쏘 어더 가 작난ᄒ여 화롤 지으뇨?"

---

9) 진당관: 원래는 '진관'으로 되어 있으나 오기이므로 고침.

나탁이 꾸러 왈,

"부친【39】은 식노(息怒)ᄒ시고 슉부를 보쇼셔."

언필의 ᄉ민로셔 프론 비얌을 너여노ᄒ니 이윽고 그 비얌이 몸을 흔드러 변ᄒ여 사름이 되니 오광이러라. 니졍이 디경 문왈,

"형장이 엇지 져 아희게 잡혀와 겨시니잇고?"

오광이 디로 왈,

"니 스히 농왕으로 더브러 녕쇼뎐 가 조회ᄒ려 ᄒ더니 네 아들이 건원산 틱을진인의 간ᄉᄒ 계교를 비화 몸을 감초와 남텬문의 올나와 건곤권을 가지고 날을 쳐 닌갑(鱗甲)을 다 쌘히고 인ᄒ여 속여 여긔 잡혀 와시니 젼후의 이러틋ᄒ 한을 어이 씨ᄉ리오?"

ᄒ고 언파의 변ᄒ여 일진 쳥풍이 되여 간곳이 업거놀 니졍이 발을 구르며 나탁을 디칙 왈,

"네 가지록[10] 농왕을 결워 종니의 이 화를 엇지려 ᄒ는다?"

나탁이 안연이 디왈,

"부친은 근심치 마로쇼셔. 쇼지 ᄉ부긔 가 구완ᄒ 계교를 쳥ᄒ리이다. ᄉ부의 지혜 죡히 스히 농왕을 다 【40】 졔어ᄒ리니 한 오광이리잇가?"

니졍이 ᄯ오ᄒ 예ᄉ 사름이 아니라 션가 법슐을 아는고로 ᄎ언을 듯고 잠간 분을 긋치나 오히려 노긔 가득ᄒ거놀 은부인이 나탁다려 왈,

"네 잠간 후당의 가 쉬라."

탁이 승명(承命)ᄒ여 믈너 후당의 갓더니 심즁의 싱각ᄒ디 '이 씨 텬긔 ᄉ오납고 바름이 업ᄉ니 니 엇지 여긔 고요히 이시리오' ᄒ고 뒤문으로 나 진당관 셩누의 올나 더위를 피ᄒ더니 믄득 머리를 드러보니 들보 우희 궁시(弓矢)이 시디 졔작이 공교ᄒ며 광치 기이ᄒ거놀 친히 두 가지 보비를 나리와 보니 한낫 활과 세낫 술이라 그 우희 삭여시디 "'건곤궁(乾坤弓)'과 '진텬시(震天矢)'. 황졔(黃帝) 헌원시(軒轅氏) 치우(蚩尤)를 치실졔 민든 거시라" ᄒ엿거놀 심니(心裏)의 싱각ᄒ디 '틱을진인이 날을 인간의 너여보니

시고 니르ᄉ디 "네 강ᄌ아의 션봉이 되리니 강ᄌ아를 기다려 은을 멸ᄒ고 쥬를 셰우라" ᄒ엿【41】더니 이졔 이 궁젼(弓箭)이 이시니 필년(必然) 하늘이 날노 ᄒ여곰 가지게 ᄒ시미로다' ᄒ고 즉시 살을 먹여 셔남다히를 바라며 한 번 쏘니 살 가는 쇼리 텬디 진동ᄒ고 긔이ᄒ 광치 일식의 바이더라.

ᄎ셜 곤뉸산 빅골동(白骨洞)의 한 신션이 이시니 일홈은 셕긔낭낭(石磯娘娘)이오 문하의 두 동ᄌ 이시니 하나흔 벽운동ᄌ(碧雲童子)오 하나흔 치운동ᄌ(彩雲童子)라. 둘이 화방〔花籃〕을 ᄎ고 고ᄉ리를 키려 문밧긔 나왓더니 홀연 동다히로셔 한 살이 와 벽운동ᄌ의 목을 맛치니 치운동ᄌ 졔 형의 죽으믈 보고 쌀니 드러와 낭낭긔 보ᄒ디 낭낭이 급히 동외의 나가보니 과연 벽운동ᄌ 살을 빗겨 업더졋거놀 그 살흘 보니 쎠시디 '진당관의 잇는 살이라' ᄒ엿거놀 셕긔 디로 즐왈,

"진당관 춍병 니졍은 곤뉸산 도익진인의 뎨지러니 니 진인의게 쳥ᄒ여 인간의 나려보니여 이졔 벼슬이 공후의 잇거놀 졔 【42】 엇지 은혜를 닛고 도로혀 니 뎨ᄌ를 쏘아 죽이뇨? 니 이 보슈를 ᄒ리라."

ᄒ고 치운동ᄌ를 블너 왈,

"네 동즁을 직희여시라 니 잠간 진당관의 가 니졍을 잡아오리라."

ᄒ고 쳥난(靑鸞)을 타고 녁ᄉ를 다리고 바로 진당관의 와 공즁의셔 웨여 왈,

"춍병 니졍은 날을 나와 보라."

니졍이 괴이히 너겨 쌀니 나와 공즁을 바라보니 한 낭낭이 쳥난을 타고 구룸 속의 셧거놀 니졍이 아뭔 줄 몰나 냥구(良久)히 침음ᄒ다가 믄득 싱각ᄒ디 '이 필연 젼일 곤뉸산이 이실 졔 보던 셕긔낭낭이로다' ᄒ고 즉시 고두지비 왈,

"뎨지 녜를 베프ᄂ이다."

ᄒ디 낭낭이 녀셩 왈,

"네 엇지 간ᄉᄒ 말을 쑴여 날을 다리ᄂ뇨?"

언필의 황건 녁ᄉ를 명ᄒ여 니졍을 잡아가니 셕긔 니졍을 잡아 빅골동의 도라와 압히 꿀니고 쇼리를 놉혀 왈,

<hr>

10)【가지록】囤 갈수록. ¶ 愈∥ 네 가지록 농왕을 결워 종니의 이 화를 엇지려 ᄒ는다? (此事愈反加重, 如何是好?) <西周 3:39>

"네 곤뉸산의 이실졔 너【43】 진인긔 쳥ᄒ
여 너롤 인간의 너여보ᄂᆡ여 부귀 졀우리 업거ᄂᆞᆯ
은혜롤 ᄉᆡᆼ각지 아니코 나의 뎨ᄌᆞ 벽운동ᄌᆞ롤 쏘
아 죽인다?"

니졍이 블의의 화롤 맛나 홍황이 업셔 황
망이 ᄃᆡ왈,

"뎨ᄌᆞ는 요ᄉᆞ이 활쏘기롤 아니ᄒᆞ여시니 엇
지 니런 일이 이시리잇고? 원컨대 낭낭은 살홀
ᄂᆡ여 뎨ᄌᆞ롤 뵈쇼셔."

셕긔 좌우로 그 살홀 ᄂᆡ여 니졍을 쥰대 졍
이 보고 대경 왈,

"이 진텬젼과 건곤궁은 황뎨 헌원시 ᄆᆡᆫ든
보비로셔 진당관 들보 우희 녜븟허 두어시대 아
모도 감히 ᄂᆞ리오지 못ᄒᆞ엿더니 이졔 뉘라셔 이
곳의 쏘앗ᄂᆞ니잇고? 원컨대 낭낭은 뎨ᄌᆞ롤 노화
보ᄂᆡ셔든 살 쏜 사롬을 ᄎᆞᄌᆞ오리이다."

셕긔 왈,

"너 너롤 노화보ᄂᆡ여 이 살 쏘니롤 못어더
오면 어이ᄒᆞ리오?"

니졍이 대왈,

"이졔 가 만일 못어드면 뎨지 당당이 죄롤
당ᄒᆞ리이다."

셕긔 왈,

"너 너롤 노화보ᄂᆡᄂᆞ【44】 니 날을 속인
즉 네 ᄉᆞ부의게 고ᄒᆞ고 죄롤 붉히리라."
ᄒᆞ고 황건 녁ᄉᆞ롤 분부ᄒᆞ여 이 사롬을 ᄃᆞ려가
두라 ᄒᆞ니 니졍이 몸을 감초와 구름을 타고 진
당관의 ᄂᆞ르러 녁ᄉᆞ롤 비별ᄒᆞ고 즁당의 ᄂᆞ르니
은부인이 졍히 쳥상의 이셔 아모리 홀 줄 모로
더니 니졍을 보고 왈,

"장군이 앗가 구름 속으로 잡혀가더니 이
졔 ᄯᅩ 어디로셔조ᄎᆞ 오신고?"

니졍이 발 굴너 왈,

"니 벼슬의 이션지 이십 오년의 ᄒᆞᆫ 일도
근심ᄒᆞᄂᆞᆫ 일이 업더니 이졔 환난이 이러틋 홀
쥴 엇지 알니오?"

진당관 우희 잇던 살 일과 낭낭긔 잡히여
가 문답ᄒᆞ던 일을 ᄌᆞ시 니르고 우왈,

"이 일이 일졍 삼ᄌᆞ 나탁의 작술(作術)이
라."
ᄒᆞᆫ대 부인이 비왈,

"우리 오광과 결원ᄒᆞᆫ 일도 지금 환난을 피
치 못ᄒᆞ엿더니 ᄯᅩ 이런 변이 이실 쥴 엇지 뜻ᄒᆞ
여시리오?"

좌우롤 명ᄒᆞ여 나탁을 브르니 탁이 와 뵈
거ᄂᆞᆯ【45】 니졍이 ᄭᅮ지ᄌᆞ대,

"네 앗가 날다려 니로대 ᄉᆞ부ᄭᅴ 가 구완을
쳥ᄒᆞ려노라 ᄒᆞ더니 엇지 가지 아니코 활쏘기롤
비화 후환을 브르ᄂᆞ뇨?"

탁이 ᄭᅮ러 왈,

"쇼지 과연 후당의 잇습더니 날이 하 덥습
거ᄂᆞᆯ 더위롤 피ᄒᆞ려 모쳐 관 셩누의 올나가니
들보 우희 긔특ᄒᆞᆫ 궁시 잇습거ᄂᆞᆯ 쇼지 시험ᄒᆞ여
셔남다히로 한 살홀 쏘고 ᄂᆞ려왓습더니 앗가 운
뮈 ᄉᆞ식ᄒᆞᆫ 가온대 부친이 구름 속으로 잡혀가시
거ᄂᆞᆯ 쇼지 졍히 몸을 감초와 쏠와 가고져 ᄒᆞ엿
ᄂᆞ이다."

니졍이 대로 왈,

"네 이졔 농왕과 결원ᄒᆞ여 일이 치 졍치
못ᄒᆞ엿거ᄂᆞᆯ ᄯᅩ 엇지 오ᄂᆞᆯ날 이런 화롤 엇게 ᄒᆞ
ᄂᆞ뇨?"
ᄒᆞ고 부인은 아모말도 못ᄒᆞ거ᄂᆞᆯ 나탁이 모친ᄭᅴ
문왈,

"모친은 어이 잠잠ᄒᆞ시ᄂᆞ니잇고?"

부인이 답고져 홀 ᄎᆞ 니졍이 쇼ᄅᆡ롤 마이
ᄒᆞ여 왈,

"네 헛말 말고 ᄲᅡᆯ니 곤뉸산의 가 낭낭긔
뵈고 쳥죄ᄒᆞ라."

나탁【46】이 쇼왈,

"부친은 식노ᄒᆞ쇼셔. 쇼지 이졔 가리니 곤
뉸산이 어디니잇고?"

졍 왈,

"셕긔낭낭이 곤뉸산 빅골동의 잇거니와 네
이졔 져의 뎨ᄌᆞ롤 쏘아 죽여시니 ᄯᅩ 엇지 감히
져롤 보려ᄒᆞᄂᆞ뇨?"

탁 왈,

"부친 말ᄉᆞᆷ이 올ᄒᆞ시니 이졔 브대 가 계교
로셔 져롤 속여 우리롤 히치 못ᄒᆞ게 ᄒᆞ리이다."

니졍이 올히 너겨 나탁과 홈긔 진언을 념
ᄒᆞ고 몸을 감초와 곤뉸산의 오니 니졍이 나탁다
려 왈,

"네 아직 이의 이셔 기ᄃᆞ리라. 니 몬져 드

러가 낭낭긔 뵈리라."

나탁 왈,

"쇼지 맛당이 이의 이셔 부친을 기다리리이다."

니졍이 드러가 낭낭긔 녜흔디 셕긔 왈,

"네 벽운동ᄌ 죽인 놈을 잡아온다?"

니졍이 응셩 디왈,

"뎨ᄌ의 ᄉ오나온 아들 나탁이 낭낭 위엄을 모로고 죄롤 범ᄒ엿거늘 뎨지 잡아 골 밧긔 왓ᄂ이다."

낭낭이 치운동ᄌ롤 명ᄒ여 나탁을 브르라 ᄒ니【47】치운동지 승명ᄒ여 밧긔 와 나탁을 브른디 탁이 가만이 혜오디 '니 쏘 이놈을 죽여 위엄을 빗니리라' ᄒ고 건곤권을 너여 동ᄌ롤 향ᄒ여 더지니 치운동지 쇼리지르고 것구러지거늘 나탁이 다시 치고져 ᄒ더니 셕긔 골 밧긔셔 사름의 쇼리 나믈 듯고 ᄭᅮ지져 왈,

"격지 쏘 엇지 니 뎨ᄌ롤 죽이려 ᄒᄂ뇨?"

나탁이 쇼리롤 듯고 건곤권을 들고 바로 안흐로 드러와 셕긔롤 보니 금관을 쓰고 다홍팔과의(大紅八卦衣)롤 닙고 쥬리〔麻履〕롤 신고 손의 티아검(太阿劍)을 들고 상의 안졋다가 나탁을 보고 왈,

"네 니졍의 아들인다?"

나탁이 바로 쳥상의 올나 답고져 훌시 낭낭이 나탁의 건곤권을 아ᄉ 사미의 녀커늘 탁이 디경ᄒ여 ᄯᅥᆯ니 칠쳑 혼텬단을 너여 진언을 넘ᄒ며 낭낭을 바라고 날니니 셕긔 디쇼ᄒ고 두 ᄉ미11)로 너여 막으니 그 비단이 쏘 ᄉ미의 다라들거늘 나탁【48】이 졍히 겁너여 다라나고져 ᄒ더니 셕긔 더미 왈,

"이 두가지 보비롤 다 너게 아여시니 니 도술이 엇더ᄒ뇨?"

나탁이 손의 병긔 업ᄉ지라 몸을 두로혀 다라난디 셕긔 니졍다려 왈,

"너는 도라가라. 니 이졔 군ᄉ롤 발ᄒ여 츠젹을 잡으리라."

ᄒ고 풍운뇌뎐을 모라 나탁을 ᄶᅡ로니 구롬 속으

로셔 바로 건원산 금강동의 와 [당초의 신인이 나탁을 부작을 가ᄅ치며 급흔 일이 잇거든 오라 ᄒ엿ᄂ지라 ᄲᆞᆯ니 부작을 염ᄒ며 구롬 타 가니라] ᄉ부롤 뵐시 계하의 업디여 울며 왈,

"뎨지 ᄉ화롤 당ᄒ와 ᄉ부긔 구완을 쳥ᄒ라 오이다."

진인이 연고롤 무론디 나탁이 젼후슈말을 고ᄒ고 셕긔의게 두 보비 아인 연고롤 ᄌ시 고흔디 진인 왈,

"네 아직 뒤동산의 숨어시라. 니 이졔 가 져롤 속이리라."

ᄒ고 도복을 닙고 골 밧긔 나와 보니 과연 셕긔 만면 노식으로 신병(神兵)을 거ᄂ리고 손의 티아검을 들고 오다가 진인을 보고 몸을 굽혀 녜흔거늘 진인【49】이 답녜흔디 셕긔 왈,

"도형의 문인 나탁이 요슐을 힝ᄒ여 빈도의 빅운동ᄌ롤 쳐죽이고 치운동ᄌ롤 쏘 쳐 거의 죽게 되엿거늘 빈되 그 나탁의 가졋던 두 보비롤 다 아ᄉ시니 원컨더 도형긔 쳥ᄒᄂ니 나탁을 너여 빈도의게 뵈쇼셔. 만일 뵈지 아니ᄒ면 타일 나탁의 명을 보젼치 못ᄒ리이다."

진인 왈,

"이졔 나탁을 브르려니와 낭낭은 노롤 긋치쇼셔. 나탁은 옥뎨 어칙을 밧ᄌ와 인간의 나가 강ᄌ아롤 도와 은을 멸ᄒ고 셔쥬(西周)롤 어더 셰우려 ᄒᄂ이다."

셕긔 쇼왈,

"도형이 그르다. 문하 뎨ᄌ로 ᄒ여곰 방외의 노화 작난ᄒ게 ᄒ고 엇지 쏘 이러틋 말을 ᄒᄂ뇨?"

진인이 답왈,

"낭낭은 쳥결흔 도ᄉ로셔 오늘날 이러틋 무지흔 말을 ᄒᄂ뇨? 우리 다 일쳔 오빅 년 도롤 닷그디 한 번도 그릇흔 일이 업더니 이 나탁은 인간의 나려가 강ᄌ아로 더브러【50】셩쥬롤 도와 혼군을 멸ᄒ고 만민의 도탄을 업시ᄒ려 ᄒᄂ니 이졔 날노써 그르다 ᄒ며 낭낭이 스스로 쳔년 도덕을 상희오ᄂ뇨?"

셕긔 불승분노(不勝憤怒)ᄒ여 보검을 빗기고 바로 진인의게 다라들거늘 진인이 몸을 두로혀 동즁의 드러가 보검을 나리와 들고 곤눈산을 바라며 졀ᄒ여 왈,

---

11)【ᄉ미】图 소매. ¶ 袖‖ 셕긔 디쇼ᄒ고 두 ᄉ미로 너여 막으니 그 비단이 쏘 ᄉ미의 다라들거늘 (娘娘大笑, 把袍袖望上一迎, 只見混天綾輕輕的落在娘娘袖裏.) <西周 3:47>

"뎨지 이 산중의 이시미 일즉 한 번도 병긔롤 너여 쓰지 아니ᄒᆞ엿더니 져 도젹이 와 뎨즈롤 침범ᄒᆞ민 뎨지 마지 못ᄒᆞ여 병긔롤 쓰ᄂᆞ이다."

언필의 바로 골 밧긔 나와 셕긔롤 꾸지져 왈,

"이 쳔녜(賤女) 감히 니게 와 무례히 구ᄂᆞ냐?"

ᄒᆞ고 둘이 셔로 골 압히셔 크게 쏘호더니 셕긔 스미로셔 팔괘농슈박(八卦龍鬚拍)을 너여 동즁의셔 날여 진인을 히코져 ᄒᆞ거놀 진인이 우어 왈,

"이 스믈이 엇지 날을 히ᄒᆞ려 ᄒᆞᄂᆞ뇨?"

ᄒᆞ고 진언을 넘ᄒᆞ며 손으로 그 농슈박을 막아 ᄯᅵ히 나리치고 ᄯᅩ 구룡신화탁(九龍神火罩)을 너여 눌니니 [구룡신화탁은 잘니니[12] 요괴롤 속의 【51】 너코 진언을 넘ᄒᆞ면 도망치 못ᄒᆞ여 본상을 드러ᄂᆞ니라.] 셕긔 몸을 기우려 피ᄒᆞ다가 도망치 못ᄒᆞ여 그 잘오[13] 속의 들거놀 진인이 그 잘오롤 가지고 골의 드러가 나탁을 보아 왈,

"니 이 요괴롤 잡아시니 네 니졔 편히 도라가라."

ᄒᆞ디 나탁이 비스 왈,

"뎨지 이졔 가려니와 동히 농왕과 결원ᄒᆞ여 일가의 해 밋게 되여시니 스부는 구ᄒᆞ쇼셔."

진인 왈,

"네 아직 잇다가 셕긔의 본샹을 보라."

언필의 진언을 넘ᄒᆞ며 그 잘오롤 흔드니 그 잘오 속으로셔 블곳치 니러나며 아홉 화룡이 그 압히셔 날쒸니 셕긔 한 쇼리롤 지르고 블의 타 본상을 드러니니 한 큰 돌이러라. 진인이 셕긔롤 쳐치ᄒᆞ고 나탁다려 왈,

"여ᄎᆞ여ᄎᆞᄒᆞ 즉 네 일가의 화롤 면ᄒᆞ리라."

나탁이 하직ᄒᆞ고 근두쳐 진당관의 도라오니 집안이 분분ᄒᆞ고 살긔 츙텬ᄒᆞ엿거놀 바로 안흐로 드러가니 스히 농왕이 다 모혀시디 오광(敖光)·오슌[14](敖順)·오명[15](敖明)·오길(敖吉)

이 니졍 부쳐롤 결박 【52】 ᄒᆞ엿거놀 나탁이 디즐 왈,

"뉘 감히 우리 냥친을 잡아가ᄂᆞ뇨? 너 오병과 니은을 죽일졔 니 용밍을 보지 못ᄒᆞ엿ᄂᆞ냐?"

ᄯᅩ 오광다려 왈,

"나는 예스 사룸이 아니라 건원산 금강동 ᄐᆡ을진인의 뎨즈 녕슈지러니 옥뎨 칙지롤 밧즈와 인간의 나려와 은을 멸ᄒᆞ고 쥬롤 셰오려 ᄒᆞᄂᆞ니 네 어이 이러틋 무례히 구ᄂᆞ뇨? 오늘 너 너롤 죽여 이 한을 씨스리라. 네 날을 두려 아니커든 녕쇼뎐의 올나가 옥뎨긔 숑스ᄒᆞ리라."

오광이 두려 왈,

"네 이리 장ᄒᆞ 쳬ᄒᆞ니 네 부모롤 잡아가지 아니ᄒᆞ리라."

ᄒᆞ고 니졍 부쳐롤 노코 가려ᄒᆞ거놀 나탁이 ᄯᅩ 눈을 브릅쓰고 칼홀 샌혀 스스로 목질너 창즈롤 ᄭᅳ어너여 죽으니 이는 ᄐᆡ을진인이 가른친 도슐이라. 스히 농왕이 나탁 죽으믈 보고 디경ᄒᆞ여 다 각각 홋허져 가거놀 은부인이 탁의 시쳬롤 어로만지며 하눌을 우러러 통곡ᄒᆞ기【53】롤 여러날 ᄒᆞ다가 관곽을 갓초와 셩 밧긔 너여다가 므드니 나탁의 녕혼이 건원산으로 가니라.

---

12) 잘ㄴ : 자루.

13) 【잘오】 ⑲ 자루. ¶ 罩‖ 셕긔 몸을 기우려 피ᄒᆞ다가 도망치 못ᄒᆞ여 그 잘오 속의 들거놀 (石磯見罩, 欲逃不出, 已罩在裏面.) <西周 3:51>

14) 오슌: 원래 '오신'으로 되어 있으나 오기이므로 고침.

15) 오명: 원래 '오병'으로 되어 있으나 오기이므로 고침.

14

나탁현년화화신(哪吒現蓮花化身)

나탁(哪吒)의 녕혼이 묘묘망망(杳杳茫茫)ᄒ
며 표표탕탕(飄飄蕩蕩)ᄒ여 바로 건원산으로 올
나가니 틱을진인(太乙眞人)이 임의 알고 골 밧
긔 나와 기다리거눌 나탁이 다라드러 녜ᄒ고
왈,

"스부의 명디로 ᄒ고 녕혼이 도라왓ᄂ이
다."

진인 왈,

"네 아직 진당관(陳塘關)의 드러가 부모의
쑴의 뵈고 니로디 '관 밧 스십 니의 취병산(翠
屛山)이 잇고 그 뫼 우희 평디 이시니 그곳의
한 묘당을 지어 일홈을 "비힝궁"(卑行宮)이라
ᄒ여 달나' ᄒ즉 네 어뮈 일졍 네 말을 조ᄎ 묘
당을 지을 거시니 네 녕혼이 아직 그 힝궁의셔
만민의 향연을 바다 텬하 사롬으로 ᄒ여곰 기리
게 ᄒ라."

나탁이 하 【54】 직고 바로 진당관으로 ᄂ
려오니 ᄯᅢ 졍히 삼경이오 은부인이 바야흐로 잠
드럿거눌 쑴의 드러가 니르디,

"쇼지 죽으미 외로온 넉시 표표탕탕ᄒ여
갈 곳이 업스니 원컨디 모친은 니 녕혼을 어엿
비 너겨 관 밧 스십 니의 취병산이 이시니 그
뫼 후봉 우희 힝궁을 짓고 쇼즈로 ᄒ여곰 만민
의 향젼을 바다 조혼디 가 잇게 ᄒ면 모친의 덕
을 엇지 다 갑흐리잇고?"

은부인이 놀나 씨다르니 한 쑴이라 인ᄒ여
통곡ᄒ고 니졍(李靖)다려 쑴 말을 니르니 졍이
디로 왈,

"제 스라실졔 일가의 화롤 씨치고 이졔 죽
어셔 엇지 ᄯᅩ 우리롤 보치려 ᄒᄂ뇨?"
ᄒ고 힝궁짓기룰 허치 아니ᄒᄂ지라 부인이 감
히 다시 니르지 못ᄒ더니 나탁이 ᄯᅩ 부인의 쑴
의 세 번을 년ᄒ여 뵌디 부인이 나탁을 위ᄒ여
감히 니졍다려 그 말을 니르지 못ᄒ고 가만이
사롬을 시겨 취병산 【55】 상의 힝궁을 짓고 금
으로 나탁을 믄드라 안치고 귀판(鬼判) 둘흘 믄
드라 좌우의 안치니 나탁이 디희ᄒ여 미양 인간
의 이셔 세상으로 ᄒ여 신긔로오믈 알게 ᄒ니
텬하 만민이 다 집안의 부족혼 일이 이시면 즉
시 이 뫼희 와 빈 즉 쇼원을 일우니 쳔 번을 비
러도 다 드르며 만 번을 비러도 다 듯ᄂ지라 그
뫼 기슭의 사롬이 하로도 ᄭᅳᆫ칠 날이 업고 한 ᄯᅢ
도 뷘 격이 업셔 이러틋ᄒ기룰 거의 반년이나
ᄒ더니 이젹의 니졍이 강문환(姜文煥)의 병마(兵
馬) 오믈 막아 관을 굿이 직희고 셩 외의 가 군
스룰 조련ᄒ다가 일일은 도라오ᄂ 길의 믄득 취
병산을 지나니 남녀노약이 분분이 산상의 가득
ᄒ엿거눌 니졍이 휘하 사롬다려 문왈,

"여긔 엇지 사롬이 이리 분분ᄒ뇨?"

군졍관(軍政官)이 니다라 디왈,

"반년 젼붓허 이 뫼 우희 한 힝궁이 잇고
그 집 속의 한 신령이 이 【56】 셔 녕(靈)흠이
긔특ᄒ여 복을 빌면 복이 오고 슈룰 빌면 명이
기ᄂ니 여ᄎ고로 스방 남녜 닷호아1) 진향ᄒᄂ
이다."

---

1) 【닷호다】 圖 다투다 ¶ 반년 젼붓허 이 뫼 우
희 한 힝궁이 잇고 그 집 속의 한 신령이 이셔
녕흠이 긔특ᄒ여 복을 빌면 복이 오고 슈룰 빌
면 명이 기ᄂ니 여ᄎ고로 스방 남녜 닷호아 진
향ᄒᄂ이다 (半年前有一神道在此感應顯聖, 千請
千靈, 萬請萬應, 祈福福至, 禳患患除, 故此驚動四
方男女進香.) <西周 3:56>

니졍이 쏘 문왈,

"그 신녕의 셩명을 므어시라 ㅎ더뇨?"

디왈,

"이 묘당은 나탁의 힝궁이니이다."

졍이 디로ㅎ여 군젼관다려 분부ㅎ디,

"너희 아직 이 뫼 아리 진ㅎ여시라. 니 잠간 다녀오리라."

ㅎ고 말을 모라 뫼히 올나가니 진향ㅎ던 남녜 다 놀나 다라나거늘 묘당의 나아가 보니 써시디 '나탁힝궁(哪吒行宮)'이라 ㅎ엿고 당 안히 금으로 민든 나탁을 안쳐시니 그 얼골이 술앗는 듯ㅎ고 좌우의 귀판 둘흘 셰웟거늘 니졍이 가르쳐 쑤지져 왈,

"이 업츅이 술아셔 부모의게 히룰 씨치고 죽어셔 쏘 빅셩을 무혹ㅎ니 엇지 너의 홀 비리오?"

ㅎ고 뉵진편(六陳鞭)[뉵진편은 최 일홈]을 드러 한 번 치니 금블이 다 바아지거눌 쏘 귀판 둘흘 박츠 잣바리치고2) 좌우로 ㅎ【57】여곰 그 묘당을 블지르고 진향ㅎ라 온 빅셩다려 왈,

"이거시 신녕이 아니라 산간의 다니는 요졍이니 너희 속지 말나."

언필의 노긔디발ㅎ여 관의 도라와 바로 즁당의 니르니 부인이 나와 맛거늘 니졍이 고셩디즐 왈,

"스오나온 즈식이 이실졔 우리 미양 화룰 엇더니 이졔 죽은 후 쏘 엇지 힝궁을 지어 빅셩을 속이느뇨? 이졔 비즁(費仲)·우혼(尤渾) 등이 님군을 다리여 그른 일을 만히 ㅎ는지라 져 묘당의 신긔ㅎ믈 드르면 인졍 긔특이 너거 님군긔 가 고ㅎ고 져 묘당의 진향ㅎ리라. 황쳔후퇴 엇지 우리로 ㅎ여곰 큰 벌을 밧긔 ㅎ지 아니ㅎ리오? 그디 쏘 이런 일을 ㅎ면 밍셰코 부부지의룰 쓴츠리라."

부인이 믁믁브답ㅎ더라.

이격의 나탁이 힝궁 지은 후로 미양 묘당의 쳐ㅎ여 빅셩의 진향을 밧다가 일일은 건원산

의 가 스싱을 보고 오더니 믄【58】득 보니 묘당이 다 타 업고 뷘 터만 잇는지라 두 귀졸이 압히 와 니르디,

"앗가 진당관 니총병이 올나와 장군의 금신(金身)을 쳐 바아치고 우리 귀판을 다 것구르치고 힝궁을 블지르고 갓느이다."

ㅎ고 울거눌 나탁 왈,

"니 니총병과 결원흔 일이 업고 도로혀 젼일 부즈의 은이 잇거눌 엇지 니 금신을 바아치고 힝궁을 블질너 날노 ㅎ여곰 의탁홀 곳이 업게 ㅎ뇨?"

냥구히 싱각다가 믄득 씨다라 왈,

"스부의게 고ㅎ리라."

ㅎ고 즉시 건원산 금강동으로 오니 진인이 문왈,

"네 힝궁의 이셔 향화룰 밧지 아니ㅎ고 어이 오뇨?"

나탁이 쑤러 고왈,

"뎨지 취병산의 가 만민의 향화룰 밧더니 앗가 인간 아뷔 니졍이 연고업시 와 뎨즈의 금신을 바아치고 힝궁을 블지르니 이졔 뎨즈의 거홀 곳이 업손지라 스부는 즈비지심을 발ㅎ샤 졔도【59】ㅎ쇼셔."

진인이 답왈,

"니졍이 널노 더부러 옛날 부즈의 은이 잇고 원숴 업거눌 네 금신을 바아쳐 인간 사롬으로 네 얼골을 모로게 ㅎ느뇨? 니졍이 비록 네 금신을 업시ㅎ여시나 다시 인간의 나려가 셩쥬룰 도을 텬쉬니 니 널노 ㅎ여곰 인간의 나려가게 ㅎ리라."

나탁이 읍 고왈,

"스뷔 엇지 뎨즈로 ㅎ여곰 인간의 니별케 ㅎ시니잇고?"

진인이 쇼왈,

"네 아지 못ㅎ는도다. 네 인간의 이셔는 동히 뇽왕이 일졍 네 죄룰 옥뎨긔 살와 만분디 옥의 너흔 즉 네 다시 인도의 가기 어려온고로 이러므로 니 널노 ㅎ여곰 즈스ㅎ여 부즈의 의룰 아조 쓴쳐 화룰 피ㅎ며 오광의 분을 씃게 ㅎ미라. 니게 한 묘계 이시니 너룰 보니여 니졍으로 부지 지합(再合)게 ㅎ리라."

언파의 금화동즈(金霞童子)룰 블너 오련(五

---

2) 【잣바리치다】囹 쓰러뜨리다, 넘어뜨리다. ¶ 倒‖ 뉵진편[뉵진편은 최 일홈]을 드러 한 번 치니 금블이 다 바아지거눌 쏘 귀판 둘흘 박츠 잣바리치고 좌우로 ㅎ여곰 그 묘당을 블지르고 (提六陳鞭, 一鞭把哪吒金身打的粉碎. 李靖怒發, 復一脚蹬倒鬼判, 傳令放火燒了廟宇.)<西周 3:56>

蓮)의 가 년쫏 두 가지롤 ᄯᅳ며 년닙 세홀 썻거
【60】 오라 ᄒᆞ니 이윽고 썻거왓거놀 진인이 두 쫏ᄎᆞ로 사롬의 션악 두 마음을 ᄆᆡᆫᄃᆞᆯ고 년닙 세 호로 그 몸을 ᄆᆡᆫᄃᆞᆯ고 년더롤 썻거 삼빅 골졀을 ᄆᆡᆫᄃᆞ니 그 상이 흡ᄉᆞ이 사롬 갓거놀 진인이 ᄯᅩ 금단 하ᄂᆞ홀노 년닙 속의 너허 아홉 번 구을녀 사롬의 오장뉵부롤 다 화ᄒᆞ게 ᄒᆞ고 나탁의 녕혼 을 블너 왈,

　　"네 져거슬 보라. 사롬의 얼골 갓ᄒᆞ냐?"

　　나탁이 그거슬 보며 졍히 답고져 ᄒᆞ더니 진인이 크게 쇼리ᄒᆞ여 왈,

　　"네 엇지 감히 져롤 보ᄂᆞ뇨?"

하거놀 나탁이 놀나 넓더셔려 홀 즈음의 발셔 혼빅이 다 그 년닙 속의 드럿거놀 진인이 ᄯᅩ 금 단 하나홀 먹이니 탁의 넉시 그 년닙과 화ᄒᆞ여 ᄉᆞ지롤 움죽이며 닙으로 말을 능히 ᄒᆞ니 신장이 십쳑이 남더라. 나탁이 사롬이 되여 졀ᄒᆞ여 왈,

　　"ᄉᆞ뷔 이졔 뎨ᄌᆞ로 ᄒᆞ여곰 사롬의 얼골이 되게 ᄒᆞ시【61】니 이 은혜롤 어이 다 갑ᄒᆞ리잇 고?"

　　진인이 쇼이답왈,

　　"이졔는 네 니졍으로 더부러 부즈지의 뜻 쳐져시니 이졔 나려가 원슈롤 갑흐라."

　　나탁이 비ᄉᆞᄒᆞ고 나려오려 ᄒᆞ더니 진인이 나탁을 다리고 뒤동산의 드러가 한 표피(豹皮) 줌치[3]의 금단 하나와 젼의 가졋던 건곤권·혼 텬번을 다 너허쥬고 ᄯᅩ 화쳠창(火尖槍)을 쥬며 왈,

　　"네 아직 이의 이시라. 안히 가 잠간 단녀 오리라."

ᄒᆞ고 드러가더니 이윽고 풍화륜(風火輪) 둘흘 니여다가 쥬고 한 부작을 써 쥬며 왈,

　　"이 풍화륜 박회 우희 셔셔 이 부작 곳 닑 으면 비록 깁흔 믈과 놉흔 뫼히라도 가고 시분 ᄃᆡ로 가리라."

ᄒᆞ거놀 나탁이 고두비ᄉᆞᄒᆞ고 줌치롤 차고 창을 들고 풍화륜을 타 바로 진당관의 나려오니 이

ᄯᅢ 니졍이 강문환의 군시 올가 ᄒᆞ여 졔장군을 분부ᄒᆞ여 셩을 직희웟더니 나【62】탁을 보고 드리지 아니커놀 나탁이 군ᄉᆞ다려 왈,

　　"안히 드러가니 장군긔 보ᄒᆞ라."

　　군젼관이 나탁의 도로 술와시믈 보고 샐니 드러가 보ᄒᆞᆫ디 니졍이 ᄭᅮ지져 왈,

　　"나탁이 죽언지 반년이 지낫거놀 이졔 ᄯᅩ 엇지 술아오리오?"

ᄒᆞ고 곳이 듯지 아니ᄒᆞ더니 이윽고 사롬이 일시 의 드러와 고ᄒᆞᆫ디,

　　"삼공지 다시 술아 셩문으로 드러오랴 ᄒᆞ ᄂᆞ이다."

　　니졍이 디로ᄒᆞ여 쳥총마롤 타고 화극을 두 루고 셩밧긔 나가 보니 과연 나탁이 풍화륜을 타고 화쳠창을 들고 셔시니 얼골이 예와 갓ᄒᆞᆫ지 라 니졍이 놀나 문왈,

　　"네 엇지 다시 술아왓ᄂᆞ뇨? 일졍 녕혼이 날을 속이는다."

ᄒᆞ거놀 탁이 답왈,

　　"너 너와 결원ᄒᆞᆫ 일이 업거놀 네 엇지 취 병산의 와 너 금신을 바아치고 힝궁을 블지론 다? 너 오늘 너롤 죽여 한을 씨스리라."

ᄒᆞ고【63】 창을 두루고 다라드니 니졍이 ᄯᅩ 화 극을 드러 셔로 ᄊᆞ화 두어 합이 못ᄒᆞ여셔 니졍 이 디픽ᄒᆞ여 동남으로 닷거놀 나탁이 웨여 왈,

　　"도젹은 슈이 말고 나려 항복ᄒᆞ라."

ᄒᆞ고 풍화륜을 모라 쏠오니 니졍이 겁ᄂᆞ여 말을 바리고 닷거놀 나탁이 디쇼 왈,

　　"이 도젹이 오늘이야 날을 알거다."

ᄒᆞ고 급히 쏠올시 뇌졍벽녁이 산을 울니는 듯ᄒᆞ 더라 니졍이 싱각ᄒᆞ디 '너 십여 년 관을 직희여 시디 한 번도 남의게 픽ᄒᆞᆫ 젹이 업더니 이졔 이 놈의 손의 죽으리로다' ᄒᆞ고 겨유 다라나 한 뫼 골의 다ᄃᆞ르니 믄득 한 도시 격건을 쓰고 도복 을 닙고 마리롤 신고 오며 왈,

　　"쇼지 각별이 와 부친을 구ᄒᆞᄂᆞ이다."

　　니졍이 다시 보니 ᄎᆞᄌᆞ 목탁이어놀 마음의 잠간 프러 헤오디 '너 이졔야 살니로다' ᄒᆞ더니 나탁이 목탁의 오믈 보고 풍화륜의 나려 녜롤 힝【64】코져 ᄒᆞ더니 목탁이 녀셩 디미 왈,

　　"네 엇지 ᄯᅩ 술아와 부친을 히ᄒᆞ려 ᄒᆞᄂᆞ 뇨? 너 손의 죽기롤 면ᄒᆞ려 ᄒᆞ거든 샐니 도라가

---

3) 【줌치】 명 주머니. ¶ 囊 ‖ 진인이 나탁을 다 리고 뒤동산의 드러가 한 표피 줌치의 금단 하 나와 젼의 가졋던 건곤권·혼텬번을 다 너허쥬 고 (眞人又付豹皮囊, 囊中放乾坤圈·混天綾·金 磚一塊.) <西周 3:61>

라."

　　나탁이 답왈,

"너는 오늘 날과 ᄊᆞ화 이러툿ᄒ믈 알지 못ᄒ리라. 네 일즉 취병산 일을 모로고 날을 그ᄅ다 ᄒᄂ냐?"

　　목탁이 ᄯᅩ ᄭᆞ지져 왈,

"비록 여ᄎ 곡졀이 이신들 네 춤아 젼일 부ᄌ지의롤 니졋ᄂ다?"

　　나탁이 답왈,

"너는 날노 더브러 원슈 업스니 ᄲᆞᆯ니 도라가라. 너 맛당이 니졍을 잡아 젼일 원슈롤 갑흐리라."

　　목탁이 더로 왈,

"이 도젹이 엇지 감히 인눈을 어ᄌ러여 형을 슈욕ᄒ며 아븨롤 히ᄒ려 ᄒᄂ뇨?"

　　나탁 왈,

"젼일 비록 부ᄌ 형뎨지의 이시나 이졔는 티을진인의 삼겨ᄂ신 년화화신(蓮花化身)이니 너희와 남이라 엇지 취병산 원슈롤 갑지 아니리오?"

ᄒ고 셔로 병긔롤 너여 크게 ᄊᆞ호니 목탁이 엇지 나탁의 화첨【65】창 쓰ᄂ 법을 당ᄒ리오? 졍히 다라나고져 ᄒ거늘 나탁이 나 못가온ᄃ 금단을 너여 공즁의 날여 목탁의 ᄭᆞᆨ뒤롤 맛치니 목탁이 쇼리ᄒ고 ᄯᆞ히 것구러지거늘 나탁이 급히 풍화륜을 달녀 니졍을 ᄶᆞ오니 이젹의 니졍이 목탁으로 뒤홀 막으라 ᄒ고 동남으로 십여 리ᄂ 닷더니 뒤흐로셔 뇌졍벽녁쇼리 뫼홀 울니거늘 나탁의 풍화륜 모라오ᄂ 줄 알고 시 슈플을 일ᄒ며 고기 그믈을 맛난 ᄃᆞᆺ4) 동셔롤 분변치 못ᄒ고 화극을 ᄶᅳ으고 다라나더니 희변의 다다라 두로 보니 ᄶᅵ홀 ᄀᆞᆺ이 업거늘 마옴의 혜오ᄃ '니 젼싱의 도익진인의 뎨지 되엿다가 ᄉᆞ부ᄭᅴ 죄롤 짓고 인간의 잠간 나려왓ᄂ지라 이졔 비록 죽어도 다시 진인의 녜시 되리니 죽은들 무어시 셜우리오' ᄒ고 화극을 드러 ᄌᆞ문코져 ᄒ더니 믄득 공즁의셔 웨여 왈,

"나는 오【66】룡산 문슈광법텬존(文殊廣法天尊)이러니 너롤 구ᄒ라 왓노라."

ᄒ고 오운을 타고 산상으로셔 나려오거늘 니졍이 디경 왈,

"노ᄉᆞᄂ 뎨ᄌ의 명을 구ᄒ쇼셔."

　　텬존 왈,

"너ᄂ 근심말나. 니 져놈을 속일 거시니 슈이 운쇼동의 가 화롤 파ᄒ라."

ᄒ거늘 니졍이 비ᄉᆞᄒ고 운쇼동으로 오니라.

　　나탁이 니졍을 ᄶᆞ오더니 니졍은 업고 모로ᄂ 도시 숀의 블젼을 쥐고 산상의 셧거늘 쇼리질너 왈,

"너ᄂ 엇던 거시완ᄃ 니졍을 감초고 ᄂ지 아니ᄒᄂ다?"

　　텬존 왈,

"네 엇던 요괴완ᄃ 이리 무례ᄒ뇨?"

　　나탁이 쇼리질너 왈,

"나는 건원산 금강동 티을진인의 뎨ᄌ어늘 엇지 슈욕ᄒᄂ뇨?"

ᄒ고 창을 두루며 텬존의게 다라드니 텬존이 몸을 두로혀 다라난ᄃ 나탁이 창을 들고 ᄶᆞ오더니 골 압히 다ᄃᆞ라 텬존이 ᄉᆞ미 안흐로셔 한 괴이ᄒ 거술 너니 일홈은 둔뇽용(遁龍椿)이며 ᄯᅩ 한 일홈은 칠보금년(七寶金蓮)이라. 텬존이 진언을 외오며 둔뇽【67】용을 너여 더지니 운뮈 디작ᄒ고 텬디 아득ᄒ며 나탁을 ᄯᅡ히 ᄶᅥᄅ치니 나탁이 디경ᄒ여 ᄲᆞᆯ니 니러나고져 ᄒᄃ 감히 움죽이지 못ᄒᄂ지라. 나탁이 하ᄂᆞᆯ을 우러러 탄식ᄒ더니 텬존이 ᄯᅩ 한 부작을 가져다가 그 뇽용의 부치니 블곳치 크게 니러나 탁의 몸의 븟허 오니 탁의 몸이 육신이 아니오 년화 년녑(蓮葉)으로 ᄆᆡᆫ든 회신이라 죠곰도 두리 이니ᄒ여 눈을 브릅ᄯᅳ고 니롤 갈며 ᄭᅮ짓기롤 굿치지 아니ᄒ더니 빅운동지 드러와 보ᄒᄃ,

"밧긔 티을진인이 와 계시이다."

　　텬존이 듯고 ᄲᆞᆯ니 곧 밧긔 니기 진인을 마ᄌ 셔로 녜롤 맛촌 후 진인이 우어 왈,

"져놈이 엇지 텬존ᄭᅴ 죄롤 어덧ᄂ뇨? 빈도롤 보아 용셔ᄒ쇼셔." [진인이 산즁의 이셔 이 긔별을 듯고 이의 니ᄅᆞᆷ믄 텬존을 다리여 나탁을 노화 부ᄌ 화친케 ᄒ려 ᄒ미라.]

　　텬존이 웃고 뎨ᄌ 금탁으로 노ᄒ라 ᄒ니 금탁이 쳥녕ᄒ고 부작을 가져 뇽용의 브치니 뇽용이 간 곳이 업ᄂ【68】지라 나탁이 노혀 와

---

4) 시 슈플을 일흐며 고기 그믈을 맛난 듯: 似失林飛鳥, 漏網游魚.

진인긔 졀ᄒ여 왈,

"스뷔 엇지 이졔야 와 구ᄒ시ᄂᆞ니잇고?"

진인 왈,

"이 텬존은 날과 형뎨지의 이시니 네게 스숙이라 ᄉᆞᆯ니 나려 녜ᄒᆞ라."

나탁이 감히 거역지 못ᄒ여 ᄉᆞᆯ니 나려 고두 왈,

"쳥컨디 스숙은 뎨ᄌᆞ의 죄를 스ᄒ쇼셔."

진인이 디희ᄒ여 텬존으로 더브러 니졍을 블너 한가지로 니로디,

"너희 부ᄌᆞ지의를 다시 니어 셔로 히치 말나."

나탁이 니졍을 보고 디로ᄒ여 항복홀 뜻이 업더니 진인 왈,

"너희 이졔ᄂᆞᆫ 부ᄌᆞ의 도를 니어시니 ᄉᆞᆯ니 관의 도라가 변을 짓지 말나."

탁이 분을 먹음어 하직고 풍화륜을 타고 니졍으로 흠긔 골 밧긔 나오다가 가마니 혜오디 '스뷔 비록 부ᄌᆞ지의를 다시 찰히라 ᄒᆞ시나 니 옛날 육신이 업고 블과 년화신(蓮花身)이라 이졔 젼 한을 프러 어이 굴ᄒ리오' 경긱의 반심이 이러나니 능히 쥬리지 못ᄒ여 창을 두루【69】고 니졍의게 다라드니 니졍이 디경실식ᄒ여 압흘 바라고 다라나려 ᄒᆞ다가 밋쳐 슈족을 놀니지 못ᄒ여 장ᄎᆞᆺ 히를 닙게 되엿더니 믄득 머리를 드러보니 한 도인이 눕흔 뫼 우희 창숑을 의지ᄒ여 셧거늘 니졍이 쇼리ᄒ여 왈,

"원컨디 스부는 말장 니졍의 명을 구ᄒ쇼셔."

그 도인 왈,

"네 어이 져리 황망이 구ᄂᆞ뇨?"

졍 왈,

"나탁이 조ᄎᆞ오니 스부는 잔명을 구ᄒ쇼셔."

도인 왈,

"너는 ᄉᆞᆯ니 뫼히 올나 니 뒤히 숨어시라."

니졍이 급히 도ᄉᆞ의 뒤히 가 몸을 감초왓더니 이윽고 나탁이 다ᄃᆞᆯ 니졍은 보지 못ᄒ고 도인만 잇거늘 ᄉᆞᆯ니 뫼히 올나 박장디쇼ᄒᆞ더디 도인이 문왈,

"네 엇던 놈이완디 날을 웃ᄂᆞ뇨?"

나탁 왈,

"네 셧ᄂᆞᆫ 양이 하 위엄이 업스니 웃노라."

ᄒᆞ고 창을 드러 지ᄅᆞ고져 ᄒᆞ다가 니졍을 보고 디로ᄒ여 눈을 브릅쓰고 건곤권으로 치려 ᄒᆞ더니 도【70】시 문왈,

"네 무슴 연고로 이 사름을 히ᄒ려 ᄒᆞ뇨?"

나탁이 건곤권을 노코 젼의 취병산 일을 니론디 도인 왈,

"비록 그 원슈ᄂᆞᆫ 깁거니와 네 앗가 오룡산 텬존의게 다시 부ᄌᆞ지의를 곳쳐 졍ᄒ여 두고 이의 와셔 실신실의(失信失義)를 ᄒᆞᄂᆞ뇨?"

탁이 블쳥ᄒᆞ고 도라 니졍을 ᄭᅮ지져 왈,

"니 오늘 너를 죽여 취병산 원슈를 갑흐리라."

도인이 니졍다려 왈,

"져놈의 화를 면치 못ᄒ게 되여시니 네 나가 ᄡᆞ호라. 니 ᄯᅩ 구ᄒ리라."

ᄒᆞ더 니졍이 비슈ᄒᆞ고 나탁으로 더부러 십여 합을 ᄡᆞ호더니 도인이 닙으로 한 긔운을 니거늘 나탁이 알아보고 쇼리질너 왈,

"니 져 도인을 몬져 죽이고 니졍을 죽이리라."

ᄒᆞ고 창을 들고 도인을 지ᄅᆞ려 ᄒᆞ니 도인이 닙으로 빅년(白蓮) 한 줄기를 토ᄒ여 화쳠창을 믈니치고 나탁다려 왈,

"이 년곳츨 네 몬져 업시ᄒᆞ고 날을 지ᄅᆞ면 니 즉시 항복【71】ᄒ리라."

나탁이 건곤권으로 아모리 그 년곳츨 치디 곳치 화쳠창 ᄎᆞᆺ히 붓고 ᄶᅥ러지지 아니ᄒ거늘 탁이 디로ᄒ여 도인을 바리고 니졍을 향ᄒ여 지ᄅᆞ려 ᄒᆞ디 도인이 ᄯᅩ 스미 안히셔 녕농탑(玲瓏塔)을 니여 탁의게 더지니 탁이 피치 못ᄒ여 그 탑 속의 다라들거늘 도인이 ᄯᅩ 탑 우희 부작을 붓치니 탑 속의셔 블곳치 크게 니러나 나탁이 졈졈 타오ᄂᆞᆫ지라 비록 년닙 몸이나 엇지 이 블을 벙으리와드리오?5) 드듸여 니졍을 향ᄒ여 비러

---

5) 【벙으리왇다】 图 막다. 거스르다. ¶ 도인이 ᄯᅩ 탑 우희 부작을 붓치니 탑 속의셔 블곳치 크게 니러나 나탁이 졈졈 타오ᄂᆞᆫ지라 비록 년닙 몸이나 엇지 이 블을 벙으리와드리오? (道人雙手在塔上一拍, 塔裏火發, 把哪吒燒的大叫饒命.)

왈,

　"부친아 쇼즈롤 노히게 혼 즉 쇼지 다시 그르미 업스리이다."

　도인 왈,

　"네 이졔는 다시 반치 아닐다?"

　나탁이 년호여 웨여 왈,

　"뎨지 엇지 쏘 그르미 이시리잇고?"

　도인이 비로쇼 탑을 앗고 왈,

　"네 맛당이 니졍의게 결호여 부즈지도롤 일우라."

　탁이 즐겨 아니혼더 도인 왈,

　"네 만일 순종치 아닌 즉 쏘 가도리라."

　나탁이 비【72】록 분심이 통입골슈호나 브득이 창을 바리고 고두지비호여 사죄호거놀 도인이 디희호여 드디여 그 녕농탑을 니졍을 쥬며 왈,

　"탁이 쏘 반심이 잇거든 이 탑의 너허 항복 바드라."

　나탁이 디경 왈,

　"이졔 발셔 일이 졍호엿거놀 엇지 다시 반 호리잇고?"

　도인 왈,

　"네 비록 항복호나 타일의 반드시 반호리라."

　탁이 크게 블쾌호여 니졍끠 하직 왈,

　"이졔 다시 부즈지의롤 미즈시니 이 뜻을 스부끠 고호려 호ᄂ이다."

호고 풍화륜을 타고 건원산으로 가거놀 니졍이 도인다려 문왈,

　"원컨더 스부의 존명을 드러지이다."

　도인 왈,

　"빈도는 녕쥬산(靈鷲山) 원각동(元覺洞)의 잇는 연등도인(燃燈道人)이러니 티을진인이 날다려 니르더 '요스이 은왕이 실덕호여 텬히 디란호지라 장군으로써 공즈 나탁과 화친호여 셩명을 피호고 산즁의 숨엇다가 셩쥬롤【73】어더 공업을 셰우라' 호시더이다."

　졍 왈,

　"뎨지 스부의 명디로 호리이다."

───────────────────

<西周 3:71>

호고 빅비고두호고 관의 도라와 셩명을 감초고 산즁의 숨으니라.

[셔주연의西周演義 권지ᄉ卷之四]

15
강ᄌᆡ기산귀인간(姜子牙岐山歸人間)[1]

【1】 이젹의 니졍(李靖)이 연등(燃燈)의게 ᄉ례ᄒ고 몸을 감초와 진당관(陳塘關)의 나려와 부인다려 나탁(哪吒)과 ᄊᆞ혼 ᄉ셜과 운쇼동(雲霄洞)의 가 ᄒ던 일과 연등의 니ᄅ던 말을 ᄌᆞ시 니ᄅ온디 부인이 디회ᄒ여 즉시 일개 벼술을 바리고 산즁의 가 숨으려 ᄒ더라.

차셜 이 ᄯᅥ 동히 허쥬인(許州人) 강상(姜尙)의 ᄌᆞᄂᆞᆫ 자아(子牙)오 별호ᄂᆞᆫ 비웅(飛熊)이니 졈어셔붓허 인간 싱업을 우이[2] 너겨 산즁의 가 도ᄅᆞᆯ 비호려 ᄒ더라.

일일은 두로 노더니 믄득 한 도ᄉᆡ 압히 와 니로디,

"나는 다ᄅᆞ니 아니라 곤눈산 옥허궁(玉虛宮) 교도법(敎道法) 원시텬존(元始天尊)이러니 네 인간을 바리고 여러 히ᄅᆞᆯ 숨어 도ᄅᆞᆯ 닷그니 블구의 큰 사ᄅᆞᆷ이 될지라. 니런 연고로 니 너ᄅᆞᆯ

1) 원래 回目은 '崑崙山子牙下山'이다.
2) 【우이】㊌ 우습게. ¶ 이 ᄯᅥ 동히 허쥬인 강상의 ᄌᆞᄂᆞᆫ 자아오 별호ᄂᆞᆫ 비웅이니 졈어셔붓허 인간 싱업을 우이 너겨 산즁의 가 도ᄅᆞᆯ 비호려 ᄒ더라 () <西周 4:1>

다 【2】 려다가 뎨ᄌᆞᄅᆞᆯ 삼아 도ᄅᆞᆯ 비호게 ᄒ리라."

ᄌᆞ인 디회ᄒ여 고두비ᄉᆞᄒ니 텬존이 닙으로 긔운을 블어니여 한 ᄯᅦ 구롬을 민ᄃᆞ라 강상과 한가지로 곤눈산의 도라오니 이젹의 강상의 년이 삼십 이셰라. ᄌᆞ인 텬존의 뎨ᄌᆞ됨으로붓허 도ᄅᆞᆯ 닷그며 녜ᄅᆞᆯ 힝ᄒ여 한 일을 드러 열 닐을 알고 열 닐을 드러 빅 닐을 ᄭᅢ드ᄅᆞ니 오리지 아녀 큰 뎨ᄌᆞ 되니라.

일월이 여류ᄒ여 ᄌᆞ인 텬존의게 도라완지 ᄉ십 셰라 가지록 조심 공경ᄒ기ᄅᆞᆯ 남과 달니ᄒ더니 나히 칠십 이셰의 다ᄃᆞᆫ지라 ᄉ십 년의 되 크게 일윗ᄂᆞᆫ고로,

"이졔 다시 인간의 나려가 부귀ᄅᆞᆯ 누리미 엇더ᄒ뇨?"

ᄌᆞ인 울며 왈,

"뎨ᄌᆞ ᄉ부의 문하의 이션지 ᄉ십 년이 되여시디 일즉 한 일도 그른 일이 업거ᄂᆞᆯ 이졔 엇지 인간의 나려가라 ᄒ시ᄂᆞ니잇고?"

텬존이 쇼왈,

"네 아지 못ᄒᄂᆞᆫ도다. 니 쳐음의 너ᄅᆞᆯ 【3】 다려온 ᄯᅳᆺ은 도ᄅᆞᆯ 가ᄅᆞ쳐 덕이 인 후 인간의 나려가 셩쥬ᄅᆞᆯ 도와 부귀ᄅᆞᆯ 누리게 ᄒ고져 ᄒ더니 이졔 드ᄅᆞ니 쥬왕(紂王)이 빅셩을 보치며 셩탕 긔업을 문허바리고 만민의 원망을 싱각지 아니ᄒᄂᆞᆫ지라 이러므로 너ᄅᆞᆯ 인간의 보니여 셩쥬ᄅᆞᆯ 도와 은을 치게 ᄒ노라."

ᄌᆞ인 울며 고왈,

"이졔 셩쥐 어디 잇ᄂᆞ니잇고?"

텬존이 디왈,

"기산(岐山) 하의 셔빅후(西伯侯) 희창(姬昌)이 졍ᄉᆞᄅᆞᆯ 닷그며 덕을 힝ᄒ여 빅셩을 ᄉᆞ랑ᄒ며 현ᄉᆞᄅᆞᆯ 디졉ᄒᄂᆞᆫ지라 ᄉ칠년 후의 텬하ᄅᆞᆯ 어드리니 네 이졔 나려가 희창을 도아 공을 일우면 다시 모드미 쉬오리라."

ᄌᆞ인 울며 춤아 ᄯᅥ나지 못ᄒ더니 남극션옹(南極仙翁)이 나아와 니ᄅᆞ디,

"그디ᄂᆞᆫ 셜워말나. 텬쉬 발셔 졍ᄒ엿ᄂᆞ니라."

ᄒ거ᄂᆞᆯ ᄌᆞ인 마지 못ᄒ여 텬존긔 졀ᄒ여 하직고 울며 왈,

"뎨ᄌᆞ ᄉ부의 명을 밧ᄌᆞ와 나려가ᄂᆞ이다."

ᄯᅩ 모든 도ᄉᆞ긔 졀 【4】 ᄒᆞ여 니별ᄒᆞ고 옥
허궁을 ᄯᅥ나오더니 남극션옹이 길히 나와 니별
ᄒᆞ거ᄂᆞᆯ ᄌᆞ이 ᄯᅩ 울며 왈,

"뎨지 비록 ᄉᆞ부의 명을 바다 인간의 나려
가나 인간을 ᄯᅥ난지 ᄉᆞ십 년이 지나시니 부모
형뎨와 쳐ᄌᆞ노비 업ᄉᆞᆫ지라 어디 가 의지ᄒᆞ리잇
고?"

울며 니별ᄒᆞ고 반일이 못ᄒᆞ여 조가(朝歌)
남문 밧긔 다ᄃᆞ라 ᄉᆡᆼ각ᄒᆞ디 '니 이졔 비록 인간
의 나려와시나 세상을 ᄯᅥ난지 여러 ᄒᆡ라 어디
가 의지ᄒᆞ리오' 탄식ᄒᆞ다가 믄득 ᄉᆡᆼ각ᄒᆞ디 '이
마을의 송이인(宋異人)의 집이 젼의 잇더니 ᄎᆞ
ᄌᆞ리라' ᄒᆞ고 즉시 도로 남다히로 이십여 리ᄅᆞᆯ
오더니 길히 한 큰 집이 잇고 녹슈쳥산이 좌우
로 둘넛거ᄂᆞᆯ 치미러보니 문의 '송가장(宋家莊)'
이라 ᄒᆞ엿더라. ᄌᆞ이 탄왈,

"니 인간을 ᄯᅥ난지 오란지라 세상 일을 다
니졋더니 오늘 하마3) 이 사ᄅᆞᆷ의 집을 지날 번
ᄒᆞ엿다."

ᄒᆞ고 문을 【5】 두다리니 안흐로셔 한 동ᄌᆞ 나와
ᄌᆞ아의 의복이 다ᄅᆞᆫ 냥을 보고 문왈,

"존공이 어디로셔 와 겨시니잇고?"

ᄌᆞ이 답왈,

"나는 원외(員外)의 옛벗이러니 이졔 원외
ᄅᆞᆯ 보고져 ᄒᆞ노라."

동ᄌᆞ 드러가더니 이윽고 송이인이 의복을
졍졔ᄒᆞ고 황망이 문밧긔 나와 마ᄌᆞ 즁당의 드러
가 녜ᄅᆞᆯ 맛고 문왈,

"현뎨 셔울 오지 아년지 ᄉᆞ십 년이라 산즁
의 가 도ᄅᆞᆯ 닷그시니잇가?"

ᄌᆞ이 원시텬존의 뎨지 되엿다가 셔빅을 도
와 은왕을 치라 나려온 연고ᄅᆞᆯ 니ᄅᆞ니 이인이
탄왈,

"아ᄅᆞᆷ답다. 현뎨 신션의 뎨지 되여 ᄉᆞ십
년의 부ᄉᆞᆷ 도ᄅᆞᆯ 비홧ᄂᆞ뇨?"

ᄌᆞ이 답왈,

"쇼뎨 텬존의 뎨지 된지 ᄉᆞ십 년의 한갓
블을 픠워 단약을 달히며 ᄉᆞ부 좌우의 이셔 도

<hr>

3) 【하마】㊓ 하마터면. ¶ 니 인간을 ᄯᅥ난지 오
란지라 세상 일을 다 니졋더니 오늘 하마 이 사
ᄅᆞᆷ의 집을 지날 번ᄒᆞ엿다 (我離此四十載, 不覺
風光依舊, 人面不同.) <西周 4:4>

ᄅᆞᆯ 드ᄅᆞ나 무ᄉᆞᆷ 긔특ᄒᆞᆫ 일이 이시리잇가?"

이인 왈,

"현뎨ᄂᆞᆫ 날을 속이지 말나. 다만 형이 인
간을 ᄯᅥ난지 【6】 오라니 의지ᄒᆞᆯ더 업ᄉᆞᆫ지라 니
집의 이시라."

ᄒᆞ거ᄂᆞᆯ ᄌᆞ이 ᄉᆞ례ᄒᆞ더니 이인 왈,

"현뎨 도법을 여러 ᄒᆡ 비홧ᄂᆞᆫ지라 산즁과
인간시 비록 다ᄅᆞ나 일졍 녁디 셩현의 일을 드
러실 거시니 블효 삼쳔의 무휘 웃듬이라 ᄒᆞ엿ᄂᆞ
니 이 마을의 우리 슉부의게 한 쳐지 이시니 니
현뎨ᄅᆞᆯ 위ᄒᆞ여 혼인을 일우게 ᄒᆞ리라."

ᄌᆞ이 졀ᄒᆞ고 졍식 답왈,

"후ᄉᆞ 업ᄉᆞ미 큰 블회나 이졔 니 나히 칠
십이 지난지라 다시 취쳐(娶妻)ᄒᆞᆯ ᄯᅳᆺ이 이시리
잇고?"

이인이 답 쇼왈,

"그더 그ᄅᆞ다. 비록 나히 만흐나 ᄌᆞ손이
업스면 강시의 졔ᄉᆞᄅᆞᆯ 반드시 ᄆᆞᆺ출지라 엇지 무
식ᄒᆞᆫ 말을 ᄒᆞᄂᆞ뇨?"

이튼날 이인이 스스로 건녀ᄅᆞᆯ 타고 슉부
마원외(馬員外)ᄅᆞᆯ ᄎᆞᄌᆞ 셔로 죵용이 말ᄒᆞ더니
이인이 몬져 말을 펴 왈,

"이러이러ᄒᆞᆫ 사ᄅᆞᆷ이 이셔 혼인을 구ᄒᆞ려
오 【7】 ᄂᆞ이다."

원외 디희ᄒᆞ여 허혼ᄒᆞ고 슐을 부어 즐기다
가 파ᄒᆞ여 도라와 ᄌᆞᄋᆞ더러 왈,

"현뎨ᄅᆞᆯ 위ᄒᆞ여 혼인을 졍ᄒᆞ엿노라."

ᄌᆞ이 즐겨 아닛ᄂᆞᆫ 빗치 낫치 가득ᄒᆞ엿거ᄂᆞᆯ
이인이 졍식 왈,

"그더 엇지 이더도록 고집ᄒᆞ뇨? 슉부 마홍
(馬洪)의 ᄯᅡᆯ이 용뫼 긔특ᄒᆞ고 효졀이 ᄯᅩ 남의게
지난지라 현뎨 마시(馬氏)ᄅᆞᆯ 취ᄒᆞ여 후ᄉᆞᄅᆞᆯ 니
ᄋᆞ미 이 덧덧ᄒᆞᆫ지라 다시 고집지 말나."

ᄒᆞ고 드디여 마홍의 집의 황금 ᄉᆞ십 냥을 보ᄂᆡ
고 길일을 갈히여 혼인ᄒᆞᆯ시 죵족이 슈빅여 인이
러라. 마홍과 송이인이 다 각각 삼일 디연ᄒᆞ고
ᄌᆞ이 마시ᄅᆞᆯ 친영ᄒᆞ니 자아의 년은 칠십 이셰오
마시의 년은 십팔 셰라 이 ᄯᅢ ᄌᆞ이 마시ᄅᆞᆯ 어든
후로 하로도 깃거 아니ᄒᆞ고 미양 난간을 의지ᄒᆞ
여 탄식ᄒᆞ거ᄂᆞᆯ 마시 나아가 문왈,

"디인이 엇지 져리 근심ᄒᆞ시ᄂᆞ니잇고?"

자 【8】 이 졍식 왈,

"니 엇지 근심홀 일이 이시리오만은 남의 집의 이셔 한 일도 돕는 일이 업고 한갓 쥬인으로 ᄒ여곰 의식을 근심케 ᄒ니 일노 즐겨 아니 ᄒ노라."

마시 왈,

"디인이 엇지 흥니(興理)를 아니시느뇨?"

쥬인 답왈,

"니 곤뉸산의 이실졔 다만 디광쥬리 민들 줄만 비홧고 다른 일은 아지 못ᄒ니 무슴 흥니를 ᄒ리오?"

마시 왈,

"나는 드르니 흥니를 잘ᄒ느니는 비록 초리라도 일삭 니의 슈십 냥을 모든다 ᄒ니 ᄒ믈며 디인은 디광쥬리 민들기를 비화겨시니 져 뒤동산의 가 잔디4)를 버혀다가 광쥬리를 결어5) 셔울 가 팔면 한 달 니의 빅여 냥을 어드리이다."

쥬인 허락ᄒ고 즉시 동산의 가 준디를 만히 버혀 광쥬리를 결어 지고 아젹붓허 낫가지 돌며 팔오디 사룸이 다 쥬아의 옷시 더러오믈 보고 아모도 사지 아니ᄒ거늘 쥬인 혜【9】오디 '니 이 광쥬리를 지고 종일토록 단이디 엇게만 알프고 아모도 사리 업스니 니 엇지 구ᄎ히 돌니오?' 도로 지고 쥬인의 도라와 마시다려 왈,

"그디 날을 속여 광쥬리를 팔나 셔울 가니 한 사룸도 아니살쑨 아녀 오직 내 엇게와 허리만 알픈지라 니 이졔는 그디 말을 듯지 아니리라."

마시 왈,

"이 디광쥬리는 사룸마다 요긴이 쓸 거시어눌 디인이 팔기를 잘 못ᄒ고 엇지 날을 꾸짓느뇨?"

ᄒ고 둘이 ᄯ호니 이인이 듯고 문왈,

"부톄 엇지 셔로 닷호느뇨? 연고를 날다려 니르라."

쥬인 ᄌ시 니른디 이인 왈,

"니게 한 계괴 이시니 현뎨는 드르라."

쥬인 응셩 답왈,

"형장은 무슴 일을 가르치려 ᄒ느니잇고?"

이인 왈,

"져 광쥬리는 막 파라도 갑시 만치 아니리니 헛노룻 말고 너게 모밀이 만히 이시니 면을 민드라 셔울 드러가 환미ᄒ면 반드시 니 이시리라."

쥬【10】인 즉시 모밀을 너여 마른 면을 만히 민드라 등의 지고 ᄯ 셔울노 드러와 팔녀 ᄒ여도 아모도 스지 아니ᄒ고 사룸마다 나므라니 쥬인 싱각ᄒ디 '니 ᄯ 엇지 헛슈고를 ᄒ리오' ᄒ고 도로 남문으로 나오더니 희는 졈을고 엇게와 등이 알픈지라 면을 부리워 노코 길가의 안ᄌ 쉬며 한 글을 읇ᄒ니 왈,

> 스팔곤뉸방도형(四八崑崙訪道玄)
> 긔지연쳔블능젼(豈知緣淺不能全)
> 홍진암암난평안(紅塵黯黯難睜眼)
> 부셰분분징통견(浮世紛紛怎脫肩)
> 차득일지셔지쳐(借得一枝棲止處)
> 츈심녀항우니젼6)(春深閭巷又來纏)
> 하시득슈평싱지(何時得遂平生志)
> 졍좌계두학노션(靜坐溪頭學老仙)

이 글 뜻은

> 스팔의 곤뉸산의 와 도형을 ᄎ즈더니
> 엇지 인연이 여러 능히 오리지 못홀 줄을
알니오?
> 홍진이 암암ᄒ니【11】 눈을 ᄯ기 어렵고
> 부세 분분ᄒ니 다시 엇게 알프도다
> 비러 한 가지를 어더 깃드려 긋치는 곳의
> 봄이 녀항의 깁헛는디 ᄯ 와 반젼을 ᄒ는

느뇨?"

4) 【잔디】똉 대껍질. ¶ 篾子 ‖ ᄒ믈며 디인은 디광쥬리 민들기를 비화겨시니 져 뒤동산의 가 잔디를 버혀다가 광쥬리를 결어 셔울 가 팔면 한 달 니의 빅여 냥을 어드리이다. (況後園又有竹子, 砍些來, 劈些篾, 編成笊籬, 往朝歌城賣些錢鈔, 大小都是生意.) <西周 4:8>

5) 【결다】똉 얽다. ¶ 編成 ‖ ᄒ믈며 디인은 디광쥬리 민들기를 비화겨시니 져 뒤동산의 가 잔디를 버혀다가 광쥬리를 결어 셔울 가 팔면 한 달 니의 빅여 냥을 어드리이다 (況後園又有竹子, 砍些來, 劈些篾, 編成笊籬, 往朝歌城賣些錢鈔, 大小都是生意.) <西周 4:8>

6) 제6구의 원문은 '金枷玉鎖又來纏'으로 되어 있다.

도다
<blockquote>
어니 씨의 시러곰 평성 뜻을 일워
고요히 시니 머리의 안즈 노션을 비홀고?
</blockquote>

ᄒᆞ엿더라. 즈인 읇기롤 맛고 면을 지고 가고져 ᄒᆞ더니 믄득 한 사롬이 니른디,
"져 면 진 사롬은 아직 가지 말고 내게 돈 한 관의 팔나."
ᄒᆞ거눌 즈인 더희ᄒᆞ여 그룻술 나리와 노코 면을 팔녀ᄒᆞ니 이젹의 동남 계휘 반ᄒᆞ여 경성을 치미 무셩왕이 군소롤 조련ᄒᆞ고 날이 졈을미 습진(習陣)을 파ᄒᆞ고 도라오ᄂᆞᆫ 군소 여닐곱이 남문으로 드러오다가 길가의 면장ᄉᆞ롤 보고 일시의 니로디,
"우리 졈으도록 습진ᄒᆞ다가 비골프니 한 그룻식 달나."
ᄒᆞ니 즈인 져의 형셰 어려오믈 보고 마지 못ᄒᆞ【12】여 더러쥬니 믄득 바롬이 니러나며 몬지7) 공즁의 가득ᄒᆞ거눌 즈인 왈,
"이 음식의 몬지 드니 원컨디 장군네는 그만 먹고 도라가라."
그 즁의 한 놈이 더로ᄒᆞ여 면 그룻술 즌 ᄯᅡᆼ의 다 업지른니 즈인 져의 셩니믈 보고 무셔워 겨유 그룻술 거두어 가지고 쥬인의 도라오니 마시 더희 왈,
"홍니롤 언마나 ᄒᆞ여 오시니잇고?"
즈인 ᄭᅮ지져 왈,
"엇지 ᄯᅩ 날을 쇽여 헛슈고롤 ᄒᆞ게 ᄒᆞ시뇨?"
마시 답왈,
"이 마론 면 팔기는 더옥 쉬온 일이어눌 더인이 ᄯᅩ 엇지 홍니롤 못ᄒᆞ고 와 나롤 ᄭᅮ짓ᄂᆞ니잇고?"
즈인 왈,
"셩즁의 드러가 아젹붓혀 나죄 되도록 다니디 아모도 사리 업스니 엇지 헛슈괴 아니리오?"
인ᄒᆞ여 셩밧긔 나오다가 군소와 ᄊᆞ호던 일을 다 니론디 마시 쇼러질너 왈,
"엇지 오늘 면을 다 일코 와 날을 ᄭᅮ짓ᄂᆞ뇨? 그디 밥먹을 줄만 알고 아모일도 못ᄒᆞ니 이【13】 진실노 밥쥼치8)오 옷닙힌 남기로다."
즈인 디로 즐왈,
"쳔인이 엇지 감히 날을 슈욕ᄒᆞᄂᆞ뇨?"
ᄒᆞ고 셔로 ᄊᆞ호더니 숑이인이 안히 손시로 더부러 일시의 나와 말니며 연고롤 무른디 즈ᄋ 즈시 니른니 이인 왈,
"임의 그룻 되여시니 ᄊᆞ호지 말고 날을 ᄯᅶ와 후당의 드러가 슐먹ᄌᆞ."
ᄒᆞ거눌 즈인 이인을 ᄯᅶ와 즁당의 드러가 졀ᄒᆞ고 왈,
"쇼뎨 형장의 어엿비 너기믈 닙어 문하의 이션지 여러 달이로디 한 번도 홍니롤 못ᄒᆞ니 엇지 붓그럽지 아니리오? 원컨디 쇼뎨로 홍니홀 일을 가른치쇼셔."
이인 왈,
"현뎨는 이디도록9) 말나. 녯말의 일너시디 '황화도 묽을 날이 잇다 ᄒᆞ니 엇지 사롬이 한 ᄯᅢ 업스리오?'10) 이졔 현뎨 이러틋 궁곤ᄒᆞ나 후일의 반드시 길시롤 맛나리라."
즈인 졀ᄒᆞ고 왈,
"형장은 홍니홀 도리롤 가른치쇼셔."
이인 왈,
"요ᄉᆞ이 죠가(朝歌) 셩안【14】 히 쥬방졈11) 이 여러 곳이니 날을 조ᄎᆞ 한가지로 슐과 밥을 팔니라."

---

7)【몬지】㊇ 먼지. ¶ 즈인 져의 형셰 어려오믈 보고 마지 못ᄒᆞ여 더러쥬니 믄득 바롬이 니러나며 몬지 공즁의 가득ᄒᆞ거눌 <西周 4:12>

8)【밥쥼치】㊇ 밥주머니 ¶ 飯囊 ‖ 엇지 오늘 면을 다 일코 와 날을 ᄭᅮ짓ᄂᆞ뇨? 그디 밥먹을 줄만 알고 아모일도 못ᄒᆞ니 이 진실노 밥쥼치오 옷닙힌 남기로다 (不是你無用, 反來怨我? 眞是飯囊衣架.) <西周 4:13>

9)【이디도록】㊇ 이토록 ¶ 如此 ‖ 현뎨는 이디도록 말나. 녯 말의 일너시디 '황화도 묽을 날이 잇다 ᄒᆞ니 엇지 사롬이 한 ᄯᅢ 업스리오?' (古語有云: "黃河尙有澄淸日, 豈可人無得運時?" 賢弟不必如此.) <西周 4:13>

10) 황화도 묽을 날이 잇다 ᄒᆞ니 엇지 사롬이 한 ᄯᅢ 업스리오: 黃河尙有澄淸日, 豈可人無得運時?

11)【쥬방졈】㊇ 주막. 주방점{酒飯店} ¶ 酒飯店 ‖ 요ᄉᆞ이 죠가 셩 안히 쥬방졈이 여러 곳이니 날을 조ᄎᆞ 한가지로 슐과 밥을 팔니라 (我有許多伙計, 朝歌城有三五十座酒飯店, 俱是我的. 待我邀衆朋友來, 你會他們一會.) <西周 4:14>

혼디 ᄌ이 스레 왈,

"여러번 형의 은혜롤 닙스와 홍니홀 일을 니르시더 한번도 일운 일을 보지 못ᄒ엿습더니 이졔 ᄯᅩ 쇼데로 더브러 홍니롤 한가지로 ᄒ려 ᄒ시니 은혜 갑기 어렵도쇼이다."

둘이 셔울 드러가 겸을 베플고 쥬식을 장만ᄒ여 스라오기롤 기다리더니 이인 왈,

"사룸들이 다 져 건넌편의 쥬식을 스고 여긔는 깁다 ᄒ고 드러오지 아니니 네 쥬식을 장만ᄒ여 가지고 져 길가의 가 힝인의게 팔나."

ᄌ이 녕을 듯고 쥬식을 여러 그룻시 담아 길가의 와 힝인을 기다리더니 이 ᄯᅵ 황비호(黃飛虎)의 군이 셩밧긔 나가 조련ᄒ고 비의 ᄶᅩ치여 밧비 드러오다가 헌 옷 닙은 사룸이 쥬식을 만히 버리고 팔믈 보고 셔로 니르디,

"우리 아젹붓허 셩【15】밧긔 나가 이졔 비 심히 골픈지라 져놈의 음식을 아스 먹으리라."

ᄒ고 일시의 다라드러 아스가니 낙심ᄒ여 도라와 이인을 보고 이 말을 ᄌ시 니르고 울기롤 마지 아니니 이인이 탄왈,

"현데는 과연 홍니롤 못ᄒ리로다. 슈년이나 엇지 한 일도 못 일우고 도라가리오?"

ᄒ고 셩밧긔 도라와 은ᄌ 오십 냥을 ᄌ아롤 쥬며 왈,

"현데는 이 은을 가져 우마장(牛馬場)의 가 우마와 졔양(猪羊)을 스오라."

ᄒ거늘 ᄌ이 은자롤 가지고 셩즁의 와 우마졔양을 만히 스 가지고 오더니 이젹의 쥬왕이 무도ᄒ여 만민이 원을 품어시미 텬심이 슌치 아녀 비 아니온지 반년이라 쥐 관원으로 병을 거느려 텬디긔 비롤 빌나 ᄒ던디 큰 길거리의 단을 비셜ᄒ여 비롤 빌며 힝인의 셩명을 다 치부ᄒ고 내ᄂᆞᆫ지라 힝인이 다 그겨 못지나【16】가더 ᄌ아는 묘리롤 모로고 즘싱을 모라 그리로 지나가니 단 우희셔 쇼리질너 왈,

"져 즘싱 모라가는 사룸이 그겨 지나가니 쌸니 가 잡아오라."

ᄒ거늘 ᄌ이 놀나 즘싱을 바리고 골 안흐로 다라나 숨엇더니 나와 보니 군스들이 발셔 일시의 와 즘싱을 다 모라갓ᄂᆞᆫ지라 ᄌ이 감히 ᄎᆞ지 못ᄒ여 븬 손으로 도라오니 이인이 ᄌ아의 아연이

도라오믈 보고 쌸니 문왈,

"현데 ᄯᅩ 엇지 그겨 도라오ᄂᆞ뇨?"

ᄌ이 울며 즘싱 일혼 연고롤 다 니르고 왈,

"쇼데 여러번 형장의 가르치신 일을 일우지 못ᄒ니 붓그러오믈 엇지 다 측냥ᄒ리잇고?"

이인이 쇼왈,

"오십 냥 은ᄌ롤 쇽졀업시 구의12)의 드리도다 이졔 그러나 다 닐너 유익혼 일이 업스리니 우리 홈긔 후당의 드러가 술잔으로 회포롤 풀ᄌ."

ᄒ고 ᄌ아의 손을 잡고 후【17】당으로 드러가니라.

---

12)【구의】圏 관청. 관가. ¶ 官‖ 오십 냥 은ᄌ롤 쇽졀업시 구의의 드리도다 이졔 그러나 다 닐너 유익혼 일이 업스리니 우리 홈긔 후당의 드러가 술잔으로 회포롤 풀ᄌ (幾兩銀子入了官罷了, 何必惱他. 賢弟, 我携一壺與你散散悶懷, 到我後花園去.) <西周 4:16>

16
ᄌᆞᄋᆡ화쇼비파졍(子牙火燒琵琶精)

송이인(宋異人)이 강ᄌᆞ아(姜子牙)로 더브러 후원의 드러가 셔로 술을 권ᄒᆞ여 근심을 위로ᄒᆞ며 풍경을 보더니 ᄌᆞᄋᆡ 믄득 바라보니 셔편 언덕 우희 한 평디 잇고 디리(地理) 가장 조커ᄂᆞᆯ 마옴의 혜오ᄃᆡ '져 언덕 우희 두어간 누를 지으면 일졍 쥬인의 집의 화지(禍災)를 막으며 복이 만흐리라' ᄒᆞ여 즉시 이인다려 왈,

"쇼뎨 형장 은혜를 여러 달 닙고 촌공(寸功)도 업시 도로혀 형의 지믈을 일호시게 ᄒᆞᆫ지라 엇지 븟그럽지 아니리잇고? 쇼뎨 형장을 위ᄒᆞ여 져 셔편 언덕 우희 오륙간 누를 지어 풍슈를 진졍코져 ᄒᆞᄂᆞ이다."

이인이 문왈,

"현뎨 풍슈를 아ᄂᆞᆫ다?"

ᄌᆞᄋᆡ 답왈,

"쇼뎨 풍슈【18】를 엇지 잘 아라보리잇고? 져 터이 하도 조화 뵈이니 오륙간 누를 지으면 형장의 가ᄂᆡ의 복이 더 조흐리이다."

이인이 답왈,

"언덕의 사ᄅᆞᆷ이 간지 오란지라 요괴의 기운이 미양 플슈히 잇ᄂᆞ니 이졔 현뎨 엇지 져 요괴를 졔어ᄒᆞ고 집을 지으려 ᄒᆞᄂᆞ뇨?"

ᄌᆞᄋᆡ 왈,

"비록 젹은 요괴 이시나 엇지 족히 두려오리오? 쇼뎨 한 보검을 들고 가면 져히 두려 다라나리이다."

ᄒᆞ고 즉시 턱일ᄒᆞ여 집을 지으려 ᄒᆞ더니 상냥ᄒᆞᄂᆞᆫ ᄯᅢ 삼경이 길ᄒᆞᆫ지라 ᄌᆞᄋᆡ 역군을 다리고 언덕 우희 니ᄅᆞ니 믄득 슈플 쇽으로셔 광풍이 ᄃᆡ작ᄒᆞ여 모리 날니고 돌이 다ᄅᆞ며 다ᄉᆞᆺ 요괴 일시의 쇼ᄅᆡᄒᆞ고 ᄂᆡ다ᄅᆞ니 역군들은 다 놀나 다라나ᄃᆡ ᄌᆞᄋᆡ 요동치 아니ᄒᆞ고 혜오ᄃᆡ '이 요괴를 다 업시ᄒᆞ고 집을 지어 쥬인의 은혜를 갑흐【19】리라' ᄒᆞ고 머리 플고 발 벗고 칼 집고 ᄃᆡ상의 올나셔셔 쇼ᄅᆡᄒᆞ여 ᄭᅮ지져 왈,

"이 업츅이 엇지 감히 남의 동산의 드렷ᄂᆞ뇨?"

ᄒᆞ고 칼흘 드러 한 번 두루니 믄득 공즁으로셔 뇌졍벽녁이 와 그 요졍을 히코져 ᄒᆞ거ᄂᆞᆯ 다ᄉᆞᆺ 요괴 ᄭᅮ러 고왈,

"션싱이 와 계시ᄃᆡ 우리 작은 즘싱이 이 위엄을 아지 못ᄒᆞ고 죄를 범ᄒᆞ여ᄉᆞ오니 원컨ᄃᆡ 션싱은 죄를 ᄉᆞᄒᆞ쇼셔."

ᄌᆞᄋᆡ 칼흘 들고 압히 나와 쇼ᄅᆡᄒᆞ여 왈,

"너희 남의 동산의 드러 숨엇다가 ᄯᅩ 날을 놀ᄂᆡ니 이 죄 사치 못ᄒᆞ리라."

ᄒᆞ고 칼흘 드러 버히려 ᄒᆞᄃᆡ 다ᄉᆞᆺ 요괴 울며 고왈,

"우리 다 여러 ᄒᆡ 도를 닷가 공을 일웟더니 션싱이 우리를 죽이시면 우리 젼년 닷근 공도 문허질 거시오 션싱의 곤눈산의 가 닷근 공도 ᄯᅩᄒᆞᆫ 쇠ᄒᆞ리이다."

ᄌᆞᄋᆡ 왈,

"너희 하 슬허ᄒᆞᄆᆡ ᄂᆡ【20】이졔 노화 보ᄂᆡᄂᆞ니 ᄲᆞᆯ니 동산을 ᄯᅥ나 산즁의 숨엇다가 후일의 ᄂᆡ 셩쥬를 어더 텬하를 졍ᄒᆞᆯ졔 너희 와 ᄃᆡ후ᄒᆞ라."

다ᄉᆞᆺ 요괴 고두ᄒᆞ고 가거ᄂᆞᆯ ᄌᆞᄋᆡ 도로 역군을 블너 일을 식이고져 ᄒᆞ더니 마시와 숀시 역군들은 다 나려오ᄃᆡ 오직 ᄌᆞᄋᆡ 긔쳑이 업거ᄂᆞᆯ 괴이히 너겨 둘이 ᄎᆞᄌᆞ라 오다가 ᄌᆞ아의 헛것과

말ᄒᄆᆯ 보고 샐니 나아가 문왈,

"더인이 엇지 아모도 업손 동산의셔 혼자 눌과 말ᄒ시ᄂ니잇고?"

ᄌ의 답왈,

"그더네 이 동산의 요괴 잇던 줄을 아지 못ᄒ닷다?"

ᄒ고 다ᄉᆺ 요괴 ᄯᅮ지져 보닌 일을 ᄌ시 니론더 마시 왈,

"우리 더인의 신긔ᄒ시믈 아지 못ᄒ엿더니 오늘 엇지 귀것슬 졔어ᄒ시니잇고?"

"일졍 곤눈산의 이실졔 음양 도슐을 잠간 ᄉ부의게 비홧더니 오늘 몬져 져 귀신을 졔어ᄒ엿노라."

숑이인이 역 【21】 군을 모라 동산으로 오다가 ᄌ의 두 사룸으로 더브러 셔로 문답ᄒᄆᆯ 보고 문왈,

"현데 앗가 빈 동산의 혼ᄌ 엇지 잇더뇨?"

ᄌ의 우으며 마시의게 니ᄅ던더로 더ᄒ더 이인이 졀ᄒ여 왈,

"우리 그더의 이런 신긔로온 도덕을 아지 못ᄒ엿더니 원컨더 현데ᄂᆫ 날을 가ᄅ쳐 도의믈 알게 ᄒ쇼셔."

숀시 나아와 니로더,

"슉슉의 도덕이 이러틋 신긔로온지라 셔울 드러가 한 집을 어더 일홈을 명관이라 ᄒ고 사룸의 길흉을 갈희면 일졍 유여(裕餘)ᄒ리라."

ᄌ의 쇼왈,

"니 비록 앗가 한 일을 맛쳐시나 엇지 일마다 긔특ᄒ리오? ᄒ믈며 셔울 사룸이 음양 텬슈 뭇기를 즐겨 아니ᄒ리이다."

숑시 우왈,

"이졔 셩즁 사룸드리 좀 상 보는 사룸과 의약복셔의 무리 곳 보면 닷호와 길흉을 뭇고 갑 【22】 슬 쥬ᄂ니 ᄒ믈며 슉슉의 도덕으로 사룸의 길흉존망을 다 니ᄅ시면 뉘 아니 항복ᄒ리잇고?"

이인이 더희 왈,

"그더의 말이 올타."

ᄒ고 도라 ᄌ아다려 왈,

"현데 이 집을 맛촌 후의 맛당이 날노 더부러 셔울 드러가 만민의 길흉을 니ᄅ고 홍니ᄒ리라."

ᄒ더 ᄌ의 비스 왈,

"이졔 형장이 쇼데롤 니러틋 기리시니 쇼데 한 공도 일운 일이 업고 오늘 이 말을 드르미 엇지 붓그럽지 아니리오?"

ᄒ더라. ᄌ의 슈십 일이 못ᄒ여셔 다ᄉᆺ 간 다락을 다 맛츠니 이 집 지은 후로ᄂᆫ 가즁이 무스ᄒ여 ᄌ홰 오지 아니ᄒ니 경상(慶祥)이 만혼지라 이인이 ᄌ아의게 스례ᄒ여 왈,

"현데 져 누롤 지은 후로ᄂᆫ 경시 날노 더ᄒ지라 엇지 스례치 아니리오?"

ᄒ고 슐을 가져오라 ᄒ여 친히 잔을 드러 ᄌ아롤 권ᄒ거놀 ᄌ의 졀ᄒ 【23】 고 왈,

"쇼데 여긔 온 후 한 일도 일운 일이 업고 도로혀 쥬인으로 ᄒ여곰 슈고롤 더으게 ᄒᄂ니 엇지 이더도록 관곡히 ᄒ시ᄂ니잇고?"

ᄒ고 둘히 죵일토록 즐기더니 이인 왈,

"니 젼의 현데로 더브러 셔울 가 한 집을 짓고 사룸을 쳥ᄒ여 현데로 ᄒ여곰 음양도덕을 베퍼 홍니롤 ᄒ려 ᄒ더니 이졔 엇지 고초히 이의 이시리오?"

ᄒ고 둘히 힝장을 찰혀가지고 셔울 올나와 한 집을 지어 일홈을 명관(命館)이라 ᄒ고 집 좌우의 숑죽과 난초롤 만히 심어 유벽ᄒᆫ 곳을 민드니 사룸들이 다 니ᄅ더,

"이 집이 젼의ᄂᆫ 업더니 근너[1] 긔특ᄒᆫ 도시 왓다."

ᄒ더라. ᄌ의 이 집의 드러온 후로ᄂᆫ 미양 음양 텬슈롤 졈부(占符)ᄒ여 사룸의 길흉을 니ᄅ더니 하로ᄂᆫ 한 초뷔 남글 지고 지나다가 이 집이 졍쇄ᄒ며 뎐원이 유벽ᄒ거놀 긔특이 너겨 드러가 보니 한 사 【24】 룸이 상의 의지ᄒ여 조을고 바룸[2] 우희 족ᄌ 하나홀 거러시니 그 족ᄌ의 쎠시더,

슈리건곤디오

---

1) 【근너】 뷘 근래. 요즈음. ¶ 이 집이 젼의ᄂᆫ 업더니 근너 긔특ᄒᆫ 도시 왓다 <西周 4:23>

2) 【바룸】 몡 벽(壁). ¶ 한 초뷔 남글 지고 지나다가 이 집이 졍쇄ᄒ며 뎐원이 유벽ᄒ거놀 긔특이 너겨 드러가 보니 한 사룸이 상의 의지ᄒ여 조을고 바룸 우희 족ᄌ 하나홀 거러시니 () <西周 4:24>

호즁일월장이라

袖裏乾坤大,
壺中日月長.

숀 속의는 건곤이 크고
병 가온디는 일월이 기도다.

그 초뷔 이 글을 보고 마음의 혜오디 '이 사름이 일졍 한가ᄒᆞ고 도덕이 놉흔 사름이로다' ᄒᆞ고 창을 두다려 잠을 ᄭᅵ오니 ᄌ익 놀나 니러 안ᄌᆞ며 문왈,

"네 엇던 사름이완디 감히 닉 잠을 ᄭᅵ오ᄂᆞ뇨?"

기인이 디왈,

"나는 초부 뉴건(劉乾)이러니 앗가 션싱의 뎐원이 쇼쇄ᄒᆞ고 죡ᄌ의 쓰인 말이 긔특ᄒᆞ믈 보미 셩명을 알고져 ᄒᆞ여 감히 션싱의 잠을 ᄭᅵ왓ᄂᆞ이다."

ᄌ익 쇼왈,

"나는 허쥬 사름 강상이러니라."

뉴건 왈,

"션싱이 일졍 음양을 잘ᄒᆞ시ᄂᆞᆫ가 시브니 닉 싱니롤 【25】 졈복ᄒᆞ여 쥬쇼셔."

ᄌ익 왈,

"닉 너롤 위ᄒᆞ여 오늘 져 남기 갑술 언마나 바들고 졈복ᄒᆞ리라."

뉴건이 쇼이 디왈,

"션싱이 아모리 긔특ᄒᆞᆫ들 오늘 나의 흥니롤 잘 아르시리잇고?"

ᄌ익 디쇼 왈,

"오늘 닉 네 흥니롤 졈복ᄒᆞ여 네 못니긔거든 돈 이십 문을 날을 쥬고 닉 못니긔면 너 ᄒᆞ라ᄂᆞᆫ디로 ᄒᆞ리라."

ᄒᆞ고 즉시 단졍이 안ᄌᆞ 뉴건의 흥니롤 졈복ᄒᆞ더니 믄득 졈과롤 엇고 글 하나흘 쓰니 그 글의 ᄒᆞ여시디,

일직왕남쥬(一直往南走)

뉴음일노슈(柳陰一老叟)

쳥젼일빅이십문(靑蚨一百二十文)

스긔졈심냥완쥬(四個點心兩碗酒)

한 번 바로 남다히로 가니
버들그늘의 한 늙은 한아뷔로다
돈 일빅 이십 문이오
네 그릇 졈심과 두 잔 술이로다

【26】 ᄌ익 다 쓰고 왈,

"네 닉일 다시 와 언약을 시ᇰ험ᄒᆞ라."

뉴건이 마음의 싱각ᄒᆞ디 '닉 남다히로 갈 일을 이 사름이 엇지 아ᄂᆞᆫ고? 비록 그러나 닉 이십 젼붓허 남글 파라 먹어도 하로도 졈심 먹은 젹이 업ᄉᆞ니 이 말은 일졍 긔특지 아니토다' ᄒᆞ고 하직고 도로 남글 지고 남다히 오더니 버드나모 아리 한 늘근 사름이 셔셔 웨여 왈,

"져 나모 파는 사름은 닉게 팔나."

뉴건이 압히 나아와 녜ᄒᆞᆫ디 그 노인 왈,

"오늘 닉 남글 두로 가 술펴디 한 곳도 엇지 못ᄒᆞ엿더니 이계 그디롤 맛나니 진실노 다힝ᄒᆞ도다."

ᄒᆞ고 계 집의 드러가 갑술 쥬고져 ᄒᆞ거늘 뉴건이 그 노인을 ᄯᅩᆯ와 골 안히 드러가 남글 브리오고 왈,

"쥬인은 갑술 슈이 쥬쇼셔."

그 노인 왈,

"그디 잠간 안ᄌᆞ시라. 닉 안히 가 갑술 혜여오리라."

ᄒᆞ거늘 문 밋히 안ᄌᆞ 기다리더니 한 동지 네 그릇 음시과 【27】 두 잔 술을 닉여와 니ᄅᆞ티,

"우리 쥬인이 그디로 ᄒᆞ여곰 이 음식을 요긔ᄒᆞ고 잠간 기다리라 ᄒᆞ더라."

ᄒᆞ거늘 뉴건이 탄왈,

"강션싱은 진짓 긔특ᄒᆞᆫ 신션이로다. 엇지 닉 네 와셔 이 음식 먹을 쥴 아던고?"

ᄒᆞ고 슐과 음식을 다 먹고 ᄯᅩ 쥬인 나오기롤 기다리더니 이윽고 노인이 돈 일빅 이십문을 닉여다가 쥬며,

"이 갑시 비록 젹으나 그디는 가져가라."

뉴건이 스레ᄒᆞ고 나오며 마음의 혜오디 '강상은 엇던 사름이완디 오늘 나모갑 바들 수롤 아던고? 닉 이계 가 언약을 시ᇰ험ᄒᆞ리라' ᄒᆞ

고 바로 강ᄌ아의 명관으로 오니 ᄌ의 쇼왈,

　"오늘 니 졈이 엇더ᄒ더뇨?"

　뉴건이 고두지비 뒤왈,

　"션셩은 진실노 긔특ᄒ 신션이로다. 원컨 뒤 뎨ᄌᄂ 놉혼 지조ᄅ 드러지이다."

　나모갑 바든 일빅 이십 문을 다 드리니 ᄌ 의 밧지 아냐 왈,

　"니 엇지 언약을 넘 【28】 구리오?"

ᄒ고 다만 이십 문을 바든뒤 경셩 만민이 다 ᄌ 아의 긔특ᄒ단 말을 듯고 각각 돈을 차고 와 텬 슈ᄅ 뭇거늘 ᄌ의 다 졈복ᄒ여 쥬니 여합부졀 (如合符節)이라 모든 사ᄅᆷ이 다 긔특이 너겨 혹 돈을 다슷 쎄엄3)도 가져오며 혹 쎄엄도 가져오 거늘 ᄌ의 쇼왈,

　"니 엇지 이 돈을 바드리오?"

ᄒ고 하나희게 다슷 쎄엄식 바드니 국중 사ᄅᆷ이 다 듯고 각각 돈을 ᄎ고 와 텬슈ᄅ 뭇거늘 ᄌ의 낫낫치 니ᄅ니 반년이 못ᄒ여 돈이 거의 수빅 관이라 이인의 부쳐와 마시 듯고 다 깃거 왈,

　"이 사ᄅᆷ은 긔특ᄒ 사ᄅᆷ이로다."

ᄒ더라.

　이젹의 헌원묘 직희엿던 옥셕비파졍녕(玉 石琵琶精靈)이 다룬 두 요졍으로 더부러 녀와시 명을 바다 쥬왕 궁중의 드러가 일을 탐쳥ᄒ고 오ᄂ 길히 두 요졍은 두고 옥셕비파졍녕이 홀노 나오다가 남문 안히 사ᄅᆷ이 만히 지져괴믈 보고 【29】 몸을 흔드러 변ᄒ여 계집이 되여 ᄌ아의 압히 오니 ᄌ의 졍히 팔과ᄅ 펴 노코 사ᄅᆷ의 텬 슈ᄅ 졈복ᄒ거늘 비파졍이 나아가 니로뒤,

　"원컨뒤 션셩은 쳡의 텬슈ᄅ 졈복ᄒ여 쥬 쇼셔."

　ᄌ의 그 계집의 상을 보니 용모와 셩음이 예ᄉ 사ᄅᆷ과 갓지 아니커늘 마음의 혜오뒤 '이 일졍 요괴 졍녕이 날을 속이려 ᄒ여 텬슈ᄅ 므 ᄅ니 니 져 요괴ᄅ 업시ᄒ여 사ᄅᆷ의 화ᄅ 업시 ᄒ리라' ᄒ고 비파졍녕다려 왈,

　"낭ᄌ의 한 손을 주어든 손바닥의 상을 몬 져 보리라."

　비파졍녕이 ᄌ아의 계교ᄅ 모로고 손을 니 미니 ᄌ의 손을 잡고 왈,

　"네 날을 속여 텬슈ᄅ 갈희여 달나 ᄒᄂ 뇨?"

　비파졍녕이 ᄌ아의 계교의 쎤진 쥴 알고 겁너여 왈,

　"나ᄂ 계집이어눌 션셩이 엇지 손을 잡고 아니 노ᄒ시ᄂ니잇고?"

　좌우의 잇던 모든 사ᄅᆷ이 일시의 쇼리ᄒ여 왈,

　"강션셩은 나히 만흔 노 【30】 인이어눌 엇 지 빅쥬의 져 계집을 겁칙ᄒ려 ᄒᄂ뇨?"

　ᄌ의 모든 사ᄅᆷ을 블너 왈,

　"이ᄂ 사ᄅᆷ이 아니라 요졍이니 니 죽여 만 민의 화ᄅ 업시코져 ᄒ노라."

　모든 사ᄅᆷ이 또 일시의 쇼리ᄒ여 왈,

　"이 계집이 사ᄅᆷ일시 분명ᄒ거늘 션셩이 엇지 우리ᄅ 속여 요졍이라 ᄒ고 무례ᄒ 일을 ᄒ시ᄂ니잇고?"

　ᄌ의 ᄉᆼ각ᄒ되 '니 이졔 요괴ᄅ 노ᄒ면 후 의 반ᄃ시 큰 홰 날지라 맛당이 이 요괴ᄅ 업시 ᄒ여 니 일홈을 빗ᄂ리라' ᄒ고 눈을 드러보니 셔안 우희 벼로 하나히 노혓거늘 한 손으로 그 요괴ᄅ 잡고 한 손으로 벼로ᄅ 드러 그 요괴의 뒤골을 치니 붉은피 쇼ᄉ나며 그 요괴 죽으뒤 ᄌ의 오히려 그 손을 노치 아니ᄒ고 마음의 혜 오뒤 '이 요괴 거줏 죽은 쳬ᄒ나 이졔 노ᄒ면 반ᄃ시 화ᄒ여 다라날지라 니 요괴의 근본을 아 조 업시ᄒ리라' ᄒ고 모든 사ᄅᆷ다려 【31】 왈,

　"원컨뒤 졔공은 괴이히 너기지 말나."

　졔인이 일시의 니ᄅ뒤,

　"강션셩이 사ᄅᆷ의 상 보ᄂ 쳬ᄒ다가 계집 사ᄅᆷ을 쳐죽엿다."

ᄒ고 한 시킥의 만여인이 모닷더니 승상 비간 (比干)이 지나다가 사ᄅᆷ이 만히 모혀 지져괴믈 보고 연고ᄅ 무ᄅᆫ뒤 졔인 왈,

　"상 보ᄂ 사ᄅᆷ 강상이 앗가 연고업시 계집 을 쳐죽여시니 국법의 뒤죄라 이졔 와 고ᄒᄂ이 다."

　비간이 쇼리ᄒ여 왈,

---

3) 【쎄엄】 <量> 꿰미. ¶ 경셩 만민이 다 ᄌ아의 긔특ᄒ단 말을 듯고 각각 돈을 차고 와 텬슈ᄅ 뭇거늘 ᄌ의 다 졈복ᄒ여 쥬니 여합부졀이라 모 든 사ᄅᆷ이 다 긔특이 너겨 혹 돈을 다슷 쎄엄도 가져오며 (子牙從此時來, 轟動一朝歌. 軍民人等, 俱來算命看課, 五錢一命.) <西周 4:28>

"살인흔 놈을 이제 밧비 잡아오라."

즈이 그 죽은 요괴롤 한 손의 잡고 모든 사롬의게 쓰이여 말 압히 가 뵈니 비간 왈,

"늙은 놈이 엇지 국법을 아지 못흐고 계집을 통간흐려 흐다가 좃지 아니커눌 엇지 벼로돌노 쳐죽이뇨? 니 이제 국법을 졍히 흐리라."

즈이 졀흐여 왈,

"강상이 엇지 국법을 어그롯치리잇고? 어려셔붓허 글을 비화 녜롤 직희미 사롬을 히흔 젹이 업더니 앗가 이 계집이【32】 날다려 텬슈롤 졈복흐라 흐거눌 니 그 계집이 요괸 줄 아라보고 벼로돌노 쳐죽이니 엇지 그르리잇고? 요스이 보니 요괴 긔운이 가득흐엿더니 이 요괴롤 맛나미 엇지 죽이지 아니흐고 후환을 씨치리잇고? 원컨더 승상은 즈시 살피쇼셔."

계인이 일시의 니로더,

"겨의 말이 다 발명흐는 말이오니 원컨더 승상은 곳이 듯지 마로쇼셔."

비간이 유예흐다가 즈아다려 문왈,

"네 겨 사롬을 쳐죽어시더 그 손을 노치 아니흐믄 무솜 연괴뇨?"

즈이 더왈,

"이 요경을 노흐면 변흐여 도로 스라날 거시오 법스의 가 증험홀 거시 업스미 이러므로 노치 아니흐느이다."

비간이 즈아와 모든 사롬을 다리고 오문의 드러와 조회롤 쳥흐더 쥐 드러오라 흐거눌 비간이 조복을 갓초고 젹셩누 압히셔 쑤러 쥬왈,

"신이 앗가 남문으로 드러오더니 사롬이 만히 모혀 지져괴거눌 연고【33】롤 뭇즈오니 한 슐시 녀즈롤 통간흐다가 그 녀지 좃지 아니흐니 그 슐시 쳐죽이다 흐와눌 신이 국법을 붉히고져 흐여 오문 밧긔 잡아왓느이다."

쥐 답고져 흐더니 달긔(妲己) 나와 쥬왈,

"이 승상의 말이 올흘 뿐 아니라 죽은 사롬의 츙분을 알아 법을 붉히리이다." [달긔 비파정으로 더브러 미양 밤이면 더궐 밧고 나와 사롬의 피롤 샌라 먹고 낫이면 횻허지더니 즈아의 요괴 죽엿단 말을 듯고 일졍 비파졍녕이 즈아의게 히롤 닙도다 흐여 블너다가 보려 흐미라.]

쥐 답왈,

"어쳐의 말이 올타."

흐고 젼지흐여 살인흔 사롬을 브르라 흐니 즈이 한 손의 요괴롤 잡고 젹셩누 압히 가 지비흔더 쥐 문왈,

"네 엇던 사롬을 죽인다?"

즈이 다시 졀흐고 고왈,

"나는 동히 허쥬 사롬 강상이러니 어려셔 붓허 인간을 바리고 산간의 숨어 도스롤 어더 음양을 잠간 비홧더니 앗가 남문 안 쥬인의 집의 이셔 빅셩이 텬슈롤 뭇거눌 졈복흐다가 믄득 한 계집【34】 사롬이 날다려 텬슈롤 뭇거눌 니 요괸 줄 아라보고 벼로돌노 머리롤 쳐죽여시니 쥬상이 무엇흐려 부르시니잇고?"

쥐 왈,

"짐이 그 죽은 겨집을 보니 얼골이 졍녕흔 사롬이어눌 엇지 요괴라 흐느뇨? 만일 요괼진더 날노 흐여 본상을 보게 흐라."

즈이 디왈,

"니 이제 이 요괴 본상을 뵐 거시니 좌우로 흐여곰 싀초(柴草)롤 가져오라 흐쇼셔."

쥐 좌우롤 명흐여 싀초 수빅 동을 누하의 싼흐니 즈이 그 요괴의 옷슬 벗겨 나모 우희 미고 가슴의 부작을 븟치고 남긔 블을 지르니 블꼿치 니러나 연긔 공중의 가득흐더니 남글 무수히 가져다가 그 우희 더 싼하 블을 만히 지르니 두 시긱이 지나더 그 요괴 몸이 타지 아니흐고 살빗치 조곰도 다르지 아니커눌 쥐 비간다려 문왈,

"블꼿치 겨리 니러나더 살이 타지 아【35】니흐니 일졍 요괼시 올토다."

비간이 쥬왈,

"강상이 이 요괴롤 아라보아시니 이 쏘흔 긔특흔 사롬이로쇼이다."

쥐 왈,

"경이 나려가 겨 요괴 본상을 슈이 니셰 흐라 니르라."

비간이 명을 듯고 누하의 나려와 즈아다려 왈,

"겨 요괴 본상을 슈이 니라."

즈이 스미로셔 붉은 구술 세흘 너여 남긔 흠긔 너허 블긔운을 도도니 구술의셔 난 블이 예스블이 아니라 일월졍화로 된 거시라 그 요괴 왼 몸이 졈졈 타오니 블가온더로셔 그 요괴 스

라 닙더나 니로디,

"네 날과 원쉬 업거든 엇지 날을 블의 터
와 죽이려 ᄒᆞᄂᆞ뇨?"

벽녁 갓흔 쇼리롤 지르고 본상을 드러니니
한 옥셕비퍼라. 쥬는 깃거ᄒᆞ디 달긔 마옴이 칼
노 쎠흐는듯ᄒᆞ여 싱각ᄒᆞ디 '강상이 옥셕비파롤
블의 살와 본상을 니니 겨놈이 오리 조졍의 이
시면 날을 쏘흔 히【36】홀 뜻을 둘 거시니 니
겨놈을 몬져 졔어ᄒᆞ리라' ᄒᆞ더라.

17
쥬왕무도조만분(紂王無道造蠆盆)

달긔(妲己) 마음의 싱각ᄒᆞᄃᆡ '니 몬져 져놈을 죽여 후환을 업시ᄒᆞ리라' ᄒᆞ고 쥬(紂)의 압희 나아와 쥬왈,

"폐히 좌우로 져 옥셕비파(玉石琵琶)룰 올녀오라 ᄒᆞ여 첩으로 ᄒᆞ여곰 폐하 좌우의 이셔 곡조룰 맛초와 폐하의 ᄯᅳᆺ을 즐기시게 ᄒᆞ고 강상(姜尙)을 봉ᄒᆞ여 즁훈 쇼임을 맛져 그 공을 표ᄒᆞ쇼셔." [달긔 옥셕비파룰 올녀오라 ᄒᆞᆫ 궁즁의 두엇다가 변회룰 흘기 ᄒᆞ미오 강상을 즁훈 쇼임을 밋지라 ᄒᆞᆫ 아모 일이나 어더 히코져 ᄒᆞ미라]

쥬 답왈,

"이쳐의 말이 올흐니 그리ᄒᆞ라."

ᄒᆞ고 좌우룰 명ᄒᆞ여 옥셕비파룰 올녀오라 ᄒᆞ고 조뎡의 젼지ᄒᆞ여 강상으로 하ᄐᆡ우(下大夫)룰 봉ᄒᆞ여 스텬감을 ᄒᆞ이니 ᄌᆡ인 비소ᄒᆞ고 숑이인(宋異人)의 집의 도라와 닌니(隣里)로 더부러 삼일 더연ᄒᆞ니라.

쥬 옥셕비파룰 올녀다가 달긔룰 쥬니 달긔 마음의 혜 【37】 오ᄃᆡ '니 후일의 이 비파로 ᄒᆞ여곰 다시 변화케 ᄒᆞ리라' ᄒᆞ고 깁히 감초와 두니라.

홀는 쥬 달긔로 더브러 젹셩누의셔 잔치ᄒᆞ더니 슐이 반감(半酣)의 삼궁비빈(三宮妃嬪)과 뉵원궁인(六院宮人)이 다 즐겨ᄒᆞ더 오직 궁녀 칠십여 인이 즐겨 아니ᄒᆞ고 눈믈을 흘니거놀 달긔 문왈,

"져 궁녀들은 어니 곳의 잇ᄂᆞ뇨?"

좌위 ᄃᆡ왈,

"이 궁인들은 강낭낭(姜娘娘) 궁즁의 잇는 사롬이니이다."

달긔 ᄃᆡ로 왈,

"강시(姜氏) 힝실이 그ᄅᆞ며 형벌을 바닷거든 져히 엇지 감히 이 압희셔 셜워ᄒᆞᄂᆞ뇨?"

ᄒᆞ고 쥬의게 쥬ᄒᆞᆫᄃᆡ 쥬 ᄯᅩᄒᆞᆫ ᄃᆡ로ᄒᆞ여 칠십여 인을 다 오문 밧긔 ᄂᆡ여 버히라 ᄒᆞ니 달긔 쥬왈,

"한갓 버힐만 ᄒᆞ여는 다른 궁인들이 두려 아니ᄒᆞ여 이 후의 ᄯᅩ 이러틋ᄒᆞᆫ 일이 이시리니 즁훈 형벌을 주어 다른 궁녀들노 ᄒᆞ여곰 증계ᄒᆞ게 ᄒᆞ쇼셔."

쥬 문왈,

"어졔 무슴 계교룰 싱각 【38】 ᄒᆞ여 짐의 위엄을 붉히려 ᄒᆞᄂᆞ뇨?"

달긔 졍식 쥬왈,

"이 누 아러 ᄯᅳᆯ이 너르고 사롬이 단이는 큰 길이라 폐히 져 ᄯᅳᆯ히 큰 굴형1)을 파고 그 속의 비얌을 만히 모라 녀코 강황후 위ᄒᆞ여 셜워ᄒᆞ는 궁인을 다 옷슬 벗겨 잡아녀흐면 다른 사롬이 뉘 폐하의 위엄을 두려 아니리잇고?"

쥬 ᄃᆡ희ᄒᆞ여 즉시 비즁(費仲)을 명ᄒᆞ여 누하의 굴형을 파ᄃᆡ 쥬회2) 이십 ᄉᆞ장이오 깁기 다ᄉᆞᆺ 길을 파 십일 ᄂᆡ의 맛게 ᄒᆞ고 일변으로 각 문의 방 븟쳐 한 집의 비얌 넷식 밧치ᄃᆡ 녕을

─────────────────

1) 【굴형】 囘 구덩이. ¶ ‖ 이 누 아러 ᄯᅳᆯ이 너르고 사롬이 단이는 큰 길이라 폐히 져 ᄯᅳᆯ히 큰 굴형을 파고 그 속의 비얌을 만히 모라 녀코 강황후 위ᄒᆞ여 셜워ᄒᆞ는 궁인을 다 옷슬 벗겨 잡아녀흐면 다른 사롬이 뉘 폐하의 위엄을 두려 아니리잇고? () <西周 4:38>

2) 【쥬회】 囘 주위. 둘레. ¶ 쥬 ᄃᆡ희ᄒᆞ여 즉시 비즁을 명ᄒᆞ여 누하의 굴형을 파ᄃᆡ 쥬회 이십 ᄉᆞ장이오 깁기 다ᄉᆞᆺ 길을 파 십일 ᄂᆡ의 맛게 ᄒᆞ고 () <西周 4:38>

어긔면 법을 졍ᄒ리라 ᄒ니 빅셩들이 명을 보전
코져 ᄒ여 각각 비얌을 어더 오문 밧긔 와 밧치
더니 홀는 샹티우 교격(膠鬲)이 마을의 잇다가
부하 작은 관원이 각 문의 방 븟쳐 비얌 밧는
연고롤 고ᄒᆫ디 교격이 괴이히 너겨 문셔롤 바리
고 구간뎐의 드러 【39】 가 집젼관(執殿官)다려
문왈,

"요ᄉᆞ이 텬지 비얌을 바다 무어시 쓰려 ᄒ
시ᄂᆞ뇨?"

집젼관이 디왈,

"쇼관이 비록 밧기롤 가음안들3) 텬즈 쓰려
ᄒ시ᄂᆞᆫ 곳을 엇지 알니잇고?"

교격이 다시 보니 빅셩이 셔넛식 혹 다엿
식 나모 그룻술 들고 밧그로셔 드러오거놀 교격
이 문왈,

"너희 무슴 그룻술 들고 일시의 드러오ᄂᆞ
뇨?"

모든 빅셩이 디왈,

"텬지 방 븟쳐 한 집의 비얌 넷식 밧치라
ᄒ시니 아지 못ᄒ여 수빅 니 밧긔 가 비얌을 어
더 오ᄂᆞ이다."

교격 왈,

"너희 아직 밧긔 이시라. 니 마을의 가 디
신을 모화 의논ᄒ리라."

ᄒ고 마을의 도라와 졔왕을 쳥ᄒᆫ디 황비호(黃飛
虎)·비간(比干)·미ᄌ(微子)·긔ᄌ(箕子)·양임(
楊任)·양슈4)(楊修) 등이 일시의 와 녜필의 교
격 왈,

"드ᄅ니 텬지 각 문의 방 븟쳐 집마다 비
얌 넷식 바드신다 ᄒ니 무어시 쓰려 ᄒ시ᄂᆞ니잇
고?"

황비회 왈,

"나도 과연 【40】 밧그로셔 드러오더니 빅
셩이 분분ᄒ여 원억(怨抑)이 긋치지 아니ᄒ고
각각 비얌을 어더 밧치니 블구(不久)의 디변이
날지라 우리 이 연고롤 알아 텬ᄌ긔 고코져 ᄒ
ᄂᆞ이다."

비간 등이 ᄯ 니로디,

"우리 다 일시의 니뎐의 드러가 간ᄒ면 텬
지 엇지 듯지 아니시리오?"

황비회 왈,

"우리 간ᄒ여도 텬지 일졍 듯지 아니시리
니 수일만 다시 보와 의논ᄒ리라."

오륙일이 지난 후 집젼관이 보ᄒᆫ디,

"비얌을 다 바닷ᄂᆞ이다."

쥐 달긔다려 왈,

"이졔 비즁의 일고 다 일윗고 비얌도 다
모혓시니 좌우롤 명ᄒ여 형벌을 힝ᄒ라."

달긔 왈,

"폐히 좌우롤 명ᄒ여 시기쇼셔."

쥐 디희ᄒ여 비얌을 몬져 그 굴헝의 너ᄒ
라 ᄒ고 강후 궁즁의 잇던 궁녀 칠십여 인을 잡
아다가 옷슬 벗기고 ᄉ지롤 동혀 비얌 녀흔 굴
헝의 더지니 일시의 쇼리ᄒ여 쥬와 달긔롤 ᄭ우지
ᄌ 【41】 디,

"너희 엇지 빅셩의 님지 되여 졍ᄉᆞ롤 힝치
아니ᄒ고 그론 일을 만히 ᄒ더니 오놀 ᄯ 엇지
이런 악형을 힝ᄒ여 우리롤 죽이ᄂᆞ뇨?"
ᄒ고 하놀을 브르지져 울며 왼 몸을 부디이져5)
알프믈 견디지 못ᄒ여 ᄒ니 슬픈 쇼리 텬디 진
동ᄒᄂᆞᆫ지라. 샹티우 교격이 마을의 잇다가 쇼리
롤 듯고 디경ᄒ여 바로 안흐로 드러오더니 집뎐
관이 마조 다라와 고ᄒᆫ디,

"텬지 젹셩누 아리 굴헝을 파고 모호던 비
얌을 다 모라 녀코 궁녀 칠십여인을 잡아 녀허
뭇 즘싱의 히ᄒ믈 보시니 원컨디 티우ᄂᆞᆫ 샐니
드러가 간ᄒ쇼셔."

교격이 이 말을 드르미 심혼이 산난ᄒ며
간담이 ᄶ여지ᄂᆞᆫ 듯ᄒ여 바로 젹셩누의 드러오
니 모든 궁녜 굴헝의 드러 하놀을 우러러 슬피
울며 목슘이 ᄆ즛촌듯ᄒ거놀 쇼리ᄒ여 쥬왈,

"폐히 엇지 【42】 이런 참혹ᄒᆫ 일을 힝ᄒ시
ᄂᆞ니잇고? 신이 한 고홀 말이 이시니 원컨디 폐
하ᄂᆞᆫ 슬피쇼셔."

---

3) 【가음알다】 圖 관장(管掌)하다 ¶ 쇼관이 비
록 밧기롤 가음안들 텬즈 쓰려 ᄒ시ᄂᆞᆫ 곳을 엇
지 알니잇고? (卑職不知.) <西周 4:39>

4) 양슈: 원래는 '양슌'으로 되어 있으나 오기이므
로 고침.

5) 【부디잇다】 圖 부딪치다. 부딪다. ¶ 하놀을
브르지져 울며 왼 몸을 부디이져 알프믈 견디지
못ᄒ여 ᄒ니 슬픈 쇼리 텬디 진동ᄒᄂᆞᆫ지라 (那
宮人一見蛇蝎爭獰, 揚頭吐舌, 惡相難看, 七十二
名宮人一齊叫苦.) <西周 4:41>

쥐 문왈,

"무슴 일이뇨?"

교격이 쥬왈,

"다른 일이 아니라 폐히 무죄흔 궁인을 굴형의 녀허 즘싱의게 히히믈 닙게 흐시니 엇지 인군의 힝홀 비리잇고? 신이 어졔 마을의 잇더니 만민이 각각 수빅 니 밧긔 가 비얌을 잡아가지고 오다가 신을 보고 니르는 말이 다 폐하를 원망흐니 이 엇지 빅셩이 평안이 이시리잇고? 신은 드르니 '빅셩이 원흐면 도적이 되고 도적이 모도면 난을 짓는다6)' 흐니 요사이 히너 요란흐고 졔휘 반흐여 만민이 도탄흐며 스이(四夷) 다 침노흐느니 폐히 엇지 인졍을 힝치 아니흐시고 이런 스오나온 일을 힝흐시느니잇고? 신이 옛 글을 여러 곳의 보와시더 요사이 갓흔 시졀은 업더이다. 이 형벌 일홈을 무어시 【43】 라 흐시느니잇고?"

쥐 답왈,

"궁인이 작폐흐여 님군을 능멸흐며 슈욕흐미 짐이 다른 형벌노는 졔어키 어려워 이 형벌을 지어너여 다른 사름을 징계흐니 일홈을 만분지형(蠆盆之刑)이라 흐노라."

교격이 쇼리흐여 왈,

"사름의 몸은 다 가족과 고기니 귀쳔 상히 다 한가지어늘 이졔 폐히 텬의를 싱각지 아니시고 져 사름들을 굴형의 모라 녀허 독스의 히흐믈 닙게 흐시니 신 등의 마음이 다 참혹흐거늘 엇지 폐하는 홀노 즐겨흐시느니잇고? 흐믈며 이 궁인들은 폐하 좌우의 이셔 즁흔 죄 업거늘 폐히 엇지 이런 형벌을 흐시느니잇고? 원컨너 폐하는 인민흐믈 슬피스 져 궁인들의 죄를 스흐시면 인군의 덕틱이시니이다."

쥐 답왈,

"경의 말이 비록 올흐나 져 게집들이 궁즁의셔 짐을 비방흐며 부도의 일이 만흔지라 이 형 【44】 벌 곳 아니면 다른 사름으로 흐여곰 엇지 징계흐리오?"

교격이 또 쇼리흐여 왈,

"신은 드르니 '님군은 신하의 쥬인이오 신하는 님군의 고굉(股肱)이라7) 님군이 어질면 신

히 츔셩을 다흐고 님군이 스오나오면 신히 반심을 픔는다' 흐느니 이졔 폐히 그론 일을 힝흐사 인졍을 일흐시며 젼의 동빅후를 죄업시 오형을 갓초와 죽이시고 남빅후를 쏘흔 죄업시 버히시고 간관을 포락지형으로 죽이시고 황후를 참혹흔 형벌노 죽여겨시더니 이졔 쏘 이런 일을 힝흐샤 텬하 신민을 일흐샤 반셕 갓흔 종스를 문허바리시니 이 엇지 폐하의 흐실 일이니잇고? 슬프다. 션왕이 인의공검흐샤 하늘을 공경흐며 빅셩을 무휼흐시며 어진 신하를 쓰시고 사오나온 신하를 너치시니 졔휘 다 귀슌흐며 종시 티평흐더니 【45】 이다. 이졔 폐하도 그론 일을 바리시고 인의를 힝흐샤 빅셩을 스랑흐며 츙냥을 갓가이 쓰시면 만민이 즐겨흐며 종시 진졍흐여 반흐엿던 졔휘 즈연 항복흐며 텬디 쏘흔 슌흐리니 원컨더 폐하는 조종의 텬하를 위흐샤 간신의 다리오믈 곳이 듯지 마로쇼셔."

쥐 더로 즐왈,

"무지흔 필뷔 님군을 슈욕흐고 졍스를 어즈러이니 이 죄 스치 못흐리라."

흐고 무스를 블너 교격을 쓰어다가 만분의 너흐라 흐니 무시 일시의 너다라 교격을 잡아가려 흐거늘 교격이 쑤지져 왈,

"혼군이 무도흐여 간신(諫臣)을 죽이려 흐니 이 엇지 국가의 올흔 일이리오? 니 죽기는 관겨치 아니커니와 셩탕 뉵빅년 긔업이 혼군의 숀의 망흐믈 슬허흐노라. 니 죽기는 죽으려니와 오늘날 엇지 져 만분의 드러 참혹흔 형벌을 바드리오?"

흐고 하늘 【46】 을 우러러 탄식흐며 통곡흐기를 긋치지 아니흐다가 다락 아리 쩌러져 몸이 바아져 죽으니 쥐 노심이 그져 이셔 좌우를 쑤지져 죽엄을 쓰어너라 흐다.

궁녀 칠십여 인이 만분의 드러 괴로오믈 이긔지 못흐여 호텬통곡 왈,

"우리 한 일도 그론 일이 업시 달긔의게 이런 형벌을 닙으니 우리 스라셔 달긔의 고기를 먹지 못흐여도 죽은 후의는 반드시 달긔의 녕혼을 너흘지라."

흐고 명이 진흐니 달긔 크게 깃거흐거늘 쥐 달

---

6) 빅셩이 원흐면 도적이 되고 도적이 모도면 난을 짓는다: 民貧則爲盜, 盜聚則生亂.

7) 님군은 신하의 쥬인이오 신하는 님군의 고굉이라: 君乃臣之元首, 臣是君之股肱.

긔의 등을 두다리며 왈,

"오늘 어쳐의 긔특흔 일노 사오나온 겨집을 다 죽이니 그 공덕이 만고의 무쌍이로다."

달긔 왈,

"폐히 오늘 ᄉ오나온 궁녀룰 다 쳐치ᄒ여 겨시니 삼궁뉵원과 슈쳔 궁녜 일졍 치ᄉ홀지라 술을 가져오라 ᄒ여도 쥰이 모ᄌ라고 고기룰 가져오라 ᄒ여도 그릇시 모ᄌ라【47】니 폐히 분부ᄒ여 져 만분 좌편의 조강(糟糠)으로 산을 무으고 그 우희 남글 심어 가지마다 고기룰 달아 일홈을 뉵님(肉林)이라 ᄒ고 우편의 못슬 파고 그 안히 술을 만히 부어 일홈을 쥬지(酒池)라 ᄒ고 궁중의 경시 잇거든 누의 와 노르시면 엇지 아롬답지 아니리잇고?"

쥬 왈,

"어쳐의 계괴 심히 올흐니 엇지 미양 긔특흔 일을 싱각ᄒᄂ뇨?"

ᄒ고 즉시 분부ᄒ여 뉵님쥬지룰 ᄆ든나 ᄒ니 하로 ᄉ이의 다 일웟거눌 쥬 젹셩누의 잔치룰 비셜ᄒ고 삼쳔 궁녀룰 모도와 술과 고기룰 닷호아 먹으라 ᄒ고 달긔로 더부러 누의셔 보더니 달긔 쥬ᄒ디,

"져 궁녀만 먹으라 ᄒ시면 우리 보기의 장관이 아니니 밧긔 잇는 환관을 다 블너드려 셔로 닷호와 쥬육을 먹고 누하의셔 궁녀와 환관【48】을 각각 반식 난화 두 편의 ᄆ든라 셔로 ᄊ홈을 시겨 이긔는 이란 술을 상ᄒ고 못이긔는 이란 형벌을 쥬쇼셔."

쥬 더희ᄒ여 즉시 그더로 시힝ᄒ니 달긔 더옥 방ᄌ교종ᄒ여 마음의 믜온 궁인이 이시면 쳐 쥬지의 너허 죽이고 혹 오형을 갓초와 죽이니 궁녀와 환관이 다 죄업시 죽으니라.

달긔 밤마다 본상을 너여 지변의 와 죽은 궁녀의 피룰 샌라 먹으니 얼골이 졈졈 고아가는지라 쥬 더옥 침혹ᄒ여 달긔의 말인 즉 다 곳이 드르니 달긔 쥬의 마음을 다리며 뜻을 아당ᄒ여 미양 젹셩누의셔 잔치ᄒ며 믜온 사ᄅᆷ 곳 이시면 만분의 너허니 달긔 쥬왈,

"쳡의게 한 긔특흔 그림이 이시니 폐히 한 번 보쇼셔."

쥬 왈,

"그 그림이 일졍 긔특ᄒ면 슈이 가져오라."

달긔 궁인을 명【49】ᄒ여 큰 족ᄌ 하나흘 가져와 쥬의게 드리니 쥬 그림을 펴본 즉 한 더(臺)룰 그려시더 놉히 네 길 아홉 자이오 그 더 우희 한 뎐각을 지어시니 경누고와(瓊樓高瓦)의 조란취영이 광치 빗나고 긔특ᄒ더라. 달긔 인ᄒ여 쥬왈,

"폐히 귀ᄒ미 텬지 되시고 가음열미 ᄉ히룰 두시니 한 번도 긔특흔 장관이 업손지라 이 더룰 지으시고 긔화요초(奇花耀草)룰 만히 심어 일홈을 녹더(鹿臺)라 ᄒ시고 이 더 우희셔 날마다 노르시면 션인과 션녜 미양 나려오리니 이는 폐히 만고의 업손 복을 누리시리이다."

쥬 문왈,

"연즉 누룰 명ᄒ여 지으라 ᄒ리오?"

달긔 더왈,

"총명준예ᄒ고 음양지니룰 아는 사ᄅᆷ이야 잘 보와 지으리니 하티우 강상 곳 아니면 가ᄒ니 업스리이다." [ᄌ아로 보아 시기다가 만일 일우지 못ᄒ면 ᄌ아룰 히코져 ᄒ미라.]

쥬 더희ᄒ여 하티우 강상을 브르라 ᄒ니 뎐지 가진 사ᄅᆷ이 비간의 마을의 와 ᄌ아룰 브른더 ᄌ이 즉시 비간의게 ᄉ례 왈,

【50】"복이 계공의 덕을 닙어 벼슬이 티우의 잇더니 오늘 계공을 니별ᄒ게 되여시니 비록 아모더 간들 은혜룰 엇지 니ᄌ리잇고?"

비간 왈,

"션싱이 엇지 이런 말을 ᄒᄂ뇨?"

ᄌ이 왈,

"니 음양을 잠간 아는지라 앗가 한가히 이셔 텬슈룰 겸복ᄒ니 오늘 텬ᄌ의 브르시미 길ᄒ믄 업고 흉ᄒ미 만흐니 이러므로 계공으로 더부러 니별홀 쥴 아ᄂ이다."

비간 왈,

"션싱의 벼슬이 간관(諫官)이 아니오 쏘 벼슬ᄒ연지 오리지 아닌지라 오날 무ᄉ 히로오미 이시리오?"

ᄌ이 답왈,

"승상이 아지 못ᄒᄂ도다. 전의 옥셕비파 졍녕을 살와 본상을 뵐졔 달긔의 ᄉ싁이 블안ᄒ 빗치 만흐니 오늘 브르시미 일졍 달긔의 일이로쇼이다. 오늘 셔로 니별ᄒ면 어니날 셔로 만나리잇고?"

　　비간이 정식 왈,
　　"오늘 션싱이 환난을 만나실진디 니 맛당
이 흠긔 드【51】러가 션싱을 보젼케 ᄒ리라."
　　ᄌ이 스례 왈,
　　"텬쉬 니러ᄒ니 승상은 굿ᄒ여 드러가지
마ᄅ쇼셔."
ᄒ고 조복을 갓초고 젹셩누의 드러가 조회를 맛
추미 쥐 왈,
　　"짐이 녹디를 지어 복을 누리고져 ᄒᄂ니
경이 만일 짐을 위ᄒ여 공을 일우면 복녹이 더
으리라."
ᄒ고 한 그림 족ᄌ를 너여뵈거눌 ᄌ이 펴보니
치식쥬란이 일광을 바이며 경누옥왜 빗나미 가
업거눌 ᄌ이 마음의 혜오디 '니 혼군을 위ᄒ여
이 디를 지으면 니 공덕이 믄허질 거시오 좃지
아니면 홰 젹지 아니리니 벼술을 바리고 산간의
가 숨엇다가 셩쥬를 어더 만민의 화를 업시홈만
갓지 못ᄒ다' ᄒ더라.

18
ᄌᆞ아간쥬은반계(子牙諫主隱磻溪)

ᄌᆞ아(子牙) 그림을 보고 마음의 온가지로 싱각ᄒᆞ디 '니 쥬(紂)를 쇽여 녹【52】 디룰 일우지 못ᄒᆞ리라 ᄒᆞ여 니 도룰 문허바려 져의 마음을 좃지 말고 졔 만일 히ᄒᆞ려 ᄒᆞ거든 몸을 감초와 다라나 숨엇다가 셩군을 어더 도을만 갓지 못ᄒᆞ다' ᄒᆞ고 쥬왈,

"이 디 짓기의 믈역(物役)이 젹지 아닐 거시오 빅셩이 슈고룰 만히 ᄒᆞ리니 삼십 오년 니의ᄂᆞᆫ 다 못지으리이다."

쥬 달긔(妲己)다려 왈,

"강상(姜尙)의 말노 보건디 니 나히 만코 쏘 병이 깁흔지라 인ᄉᆞ룰 밋지 못ᄒᆞ리니 도로혀 디룰 짓지 마라 빅셩의 폐룰 덜만 갓지 못ᄒᆞ다."

ᄒᆞ디 달긔 왈,

"강상은 외방 슐ᄉᆞ로 중임을 맛다시디 폐하의 은덕을 혜아리지 아니ᄒᆞ고 거즛말을 꿈여 폐하룰 쇽이니 그 죄 맛당이 포락(炮烙)ᄒᆞ미 맛당ᄒᆞ니이다."

쥬 답왈,

"어쳐의 말이 가장 올타."

ᄒᆞ고 즉시 젼지ᄒᆞ여,

"강상을 잡아 나리와 포락ᄒᆞ여 국법을 졍히 ᄒᆞ라."

ᄌᆞ이 졍식 왈,

"신이 이졔는 폐하의 중임을 맛다ᄂᆞᆫ지라 【53】 엇지 바로 말을 고ᄒᆞ여 신의 뜻을 베프지 아니리잇고? 요ᄉᆞ이 ᄉᆞ방의 간패(干戈) 니러나고 히ᄂᆡ의 만민이 도탄ᄒᆞ여 텬디 슌치 아니ᄒᆞ며 부괴(府庫) 다 뷔엿ᄂᆞᆫ디 녹디룰 지어 빅셩을 슈고ᄒᆞ며 국지룰 허비ᄒᆞ려 ᄒᆞ시니 신의 뜻의ᄂᆞᆫ 그 윽이 가치 아니ᄒᆞ이다."

쥬 쇼리ᄒᆞ여 좌우룰 ᄭᅮ지져 슈이 잡아 나리오라 ᄒᆞ거놀 ᄌᆞ이 쇼리ᄒᆞ여 왈,

"폐히 이졔 신을 죽이려 ᄒᆞ시거니와 폐하의 악명이 젹지 아니리이다. 요ᄉᆞ이 신이 보오니 폐히 인졍을 힝치 아니ᄒᆞ고 달긔의 말을 조ᄎᆞ샤 쥬식을 일슴으며 츙냥을 살히ᄒᆞ시고 요얼을 일슴으샤 빅셩의 폐룰 도라보지 아니시니 폐하의 종신ᄒᆞ실 바룰 아지 못ᄒᆞ리로쇼이다. 신이 폐하의 은덕을 바든지 여러 달이 되여시니 폐히 신의 말을 듯지 아니시고 이 디룰 지으려 ᄒᆞ시니 엇지 하걸젹 시졀과 다ᄅᆞ리잇고?"

쥬 이 말을 듯고 무ᄉᆞ룰 【54】 ᄭᅮ지져 슈이 잡아 나리와 니여다 죽여 졋담으라 ᄒᆞ니 모든 사롬이 졍히 잡아가고져 ᄒᆞ더니 ᄌᆞ이 몸을 ᄲᅮ리쳐 바로 밧그로 나 닷더니 구룡교(九龍橋)의 다ᄃᆞ라 졍히 아모디로 갈 줄을 모로다가 믄득 사롬이 급히 ᄶᅩᆯ와오거놀 ᄌᆞ이 혜오디 '니 곤눈산 원시텬존(元始天尊)의게 도슐을 비화시디 한 번도 사롬의게 알게 못ᄒᆞ엿더니 이졔 이 믈의 ᄲᅡ져 죽다 무어시 관겨ᄒᆞ리오? 형벌을 밧지 아니ᄒᆞ미 니 원이라' ᄒᆞ고 몸을 ᄶᅱ우쳐 믈 속의 ᄲᅡ져 밧그로 다라나니라.

ᄌᆞ아 잡으라 오던 사롬들이 ᄌᆞ이 믈의 ᄲᅡ지믈 보고 탄왈,

"긔특ᄒᆞ다 이 사롬이 형벌을 밧지 아니려 ᄒᆞ여 믈의 ᄲᅡ져 죽으니 일홈이 후셰의 빗나리로다."

ᄒᆞ고 다리 우희 셔셔 죽엄이 믈의 ᄯᅳ기룰 기다리더니 반일이 남으디 긔쳑이 업거놀 괴이 너겨

샬니 도라와 쥬의게 보흔디 쥬 왈,

"졔 발셔 죄롤 알고 사룸 【55】 들 만히 잇
눈디 나가기롤 붓그려 믈의 쩐져 죽도다."

흐고 달긔다려 문왈,

"이졔 강상이 죽어시니 눌노 흐여곰 녹디
롤 감역(監役)흐리오?"

달긔 마음의 헤오디 '이졔는 이놈을 죽여
시니 후환이 업스리로다' 흐고 쥬왈,

"슝후호(崇侯虎) 곳 아니면 공을 일우지 못
흐리이다."

쥬 올히 너겨 즉시 전지흐여 슝후호롤 브
룬디 전지 바든 관원이 밧그로 나가다가 상티우
양임(楊任)을 맛나 전지 스연을 니룬디 양임이
문왈,

"하티우 강즈아(姜子牙) 무슴 일노 믈의 쩐
져 죽고 쏘 슝후호롤 브르라 가느뇨?"

그 관원이 답왈,

"텬지 강상을 명흐여 녹디롤 지으라 흐시
니 강상이 명을 밧지 아니흐고 간언을 드려 텬
즈의 마음을 도로혀게 흐다가 텬지 디로흐여 형
벌을 갓초라 흐시니 강상이 몸을 쩌리쳐1) 밧그
로 다라나다가 문직휜 사룸이 만흔지라 구룡교
아리 쩐져 죽 【56】 으니 이졔 슝후호롤 브르샤
녹디롤 감역하라 흐시느이다."

양임 왈,

"강즈아 죽은 연고는 알거니와 이 녹디 지
을 일이 뉘게셔 낫느뇨?"

그 관원이 답왈,

"쇼낭낭의 싱각흔 일이어니와 쇼관이 요스
이 텬즈의 쇼힝을 보니 다 하걸격 디라 종시 엇
시 오리리오? 티위 엇지 니뎡(內殿)의 드러가
죽도록 간흐여 빅셩의 볘롤 더지 아니흐느니잇
고? 티위 만일 공을 일우시면 일홈이 빗나리이
다."

양임 왈,

"그디 말이 올흐니 그디 아직 조셔롤 가지
고 여긔 이시라. 니 안히 드러가 폐하긔 쥬흐리
라."

흐고 바로 젹셩누의 드러가 조회롤 쳥흔디 쥬
명흐여 드러오라 흐거늘 양임이 드러와 예롤 힝
흔 후 쥬왈,

"신은 드르니 텬하 다스리는 도는 님군이
붉으시면 신히 직흐여 춤냥을 쓰며 요얼을 먼니
흐고 외국을 화친흐 【57】 며 민심을 순히 흐고
공 잇느니롤 상흐며 죄 잇느니롤 쳐치흐여 덕졍
을 붉히면 스히 순종흐며 팔방 낙업흐느니 이는
녜 요·순·우·탕의 흐신 일이니이다. 이졔 폐
하는 후비의 말을 밋비 너겨 춤냥을 살히흐시고
요얼을 신쳥(信聽)흐시더니 이졔 쏘 녹디롤 지
어 여년을 즐기려 흐시니 이는 한 몸의 즐기믈
위흐여 만민의 원(冤)을 일위미라. 신이 두리건
디 폐히 이 디의셔 즐기지 못흐시고 쇼장의 환
을 맛나실가 흐느이다. 폐하롤 위흐여 조뎡의
셰가지 일을 쥬흐리니 하나흔 동빅후 강문환(姜
文煥)의 나라의 웅병이 빅만이오 장슈 쳔원(千
員)이러니 이졔 아뷔 보슈롤 흐려 일즉 병마롤
다 거느려 유혼관(遊魂關)을 치니 동노(東魯) 빅
셩이 삼년을 괴로이 쏘화 죽엄이 들히 쓰혀시니
이 한가지 히로오미오 남빅 【58】 후 악슌(鄂順)
이 폐하의 무고히 졔 아뷔 죽인 보슈롤 흐라 흐
여 일즉 병마롤 다 거느려 쥬야로 삼산관(三山
關)을 치니 등구공(鄧九公)이 군스롤 거느려 여
러번 쏘호디 즈조 니긔지 못흐여 경스의 해 급
흐여시니 이 두가지 히로오미오 티스 문즁(聞
仲)이 북졍흐언지 십 년이 지나디 승픿롤 졍치
못흐여시니 부괴 공허흐며 군민이 실망흐여 각
각 반심을 두어시니 이 셰가지 히로오니라. 신
이 종스롤 위흐여 그윽이 근심흐느니이다. 폐히
만일 달긔의 말을 드르시고 춤냥을 밋비 너기지
아니흐시면 텬히 엇지 평안흐리잇고? 옛 글의
흐여시디 '만민이 황난흐면 나라히 픠흐고 나라
히 픠흐면 님군이 망흐고2) 님군이 망흐면 종시
기우러진다' 흐엿느니 원컨디 폐하는 신의 말을
술피사 종스롤 도 【59】 라보쇼셔."

쥬 쳥필의 디즐 왈,

---

1) 【쩌리치다】 통 뿌리치다. ¶ 텬지 강상을 명
흐여 녹디롤 지으라 흐시니 강상이 명을 밧지
아니흐고 간언을 드려 텬즈의 마음을 도로혀게
흐다가 텬지 디로흐여 형벌을 갓초라 흐시니 강
상이 몸을 쩌리쳐 밧그로 다라나다가 문식휜 사
룸이 만흔지라 구룡교 아리 쩐져 죽으니 이졔
슝후호롤 브르샤 녹디롤 감역흐라 흐시느이다
(天子命姜尙造鹿臺, 姜尙奏事忤旨, 因命承奉拿他,
他跑至此役水而死. 今詔崇侯虎督工.)<西周 4:55>

2) 만민이 황난흐면 나라히 픠흐고 나라히 픠흐면
님군이 망흐다: 民亂則國破, 國破主君亡.

"필뷔 엇지 무지흔 말을 쑴여 짐을 욕ᄒᄂ
뇨?"
ᄒ고 좌우롤 블너,
"양임의 두 눈을 샌혀 위엄을 졍ᄒ라."
양임이 ᄭ지져 왈,
"니 죽기는 관계치 아니ᄒᄃ 텬하 현신의
벼술을 바리고 셩쥬롤 ᄎᄌ려 ᄒ니 폐하의 졍시
엇지 오리리오?"
쥐 ᄃ로 즐왈,
"짐이 네 젼일 공을 셩각ᄒ여 아직 두 눈
을 샌히니 네 엇지 짐을 원망ᄒᄂ뇨?"
ᄒ고 좌우롤 ᄭ지져 슈이 형벌을 힝ᄒ라 ᄒ니
무시 양임을 잡아 나리와 냥목(兩目)을 샌히니
양임이 ᄯ히 업더여 반일을 통곡ᄒ다가 명이 진
ᄒ니라.
이젹의 쳥봉산(青峰山) 즈양동(紫陽洞) 쳥
허도덕진군(清虛道德眞君)이 동즁의셔 일을 의
논ᄒ더니 양임의 이미히 죽으믈 알고 황건 녁ᄉ
롤 보너여 양임의 죽엄을 아ᄉ오라 ᄒ니 황건
녁시 명을 듯고 조【60】 가의 드러와 삼진광풍
(三陣狂風)을 지어너여 모리롤 날니며 돌이 닷
고 운뮈 딕작ᄒ며 텬디 아득ᄒ여 지쳑을 분변치
못ᄒᄂ지라 군신상히 다 눈을 감초고 각각 다라
나거늘 황건 녁시 양임의 죽엄을 아ᄉ 즈양동의
도라오니 진군이 죽엄을 청상의 노코 빅운동즈
롤 블너,
"호로의 두 션단(仙丹)을 너여오라."
동지 인ᄒ여 션단 둘흘 가져왓거늘 진군이
그 션단 둘흘 두 눈의 너코 닙으로 김을 너여
진언을 닑으니 이윽ᄒ여 양임의 두 눈이 셩ᄒ여
겨유 니러 안ᄌ 두로 보니 젼의 잇던 곳이 아니
어늘 반일을 침음ᄒ다가 머리롤 드러 다시 보니
한 도인이 셧거늘 양임이 문왈,
"이곳이 인간이 아닌가 시브니 원컨ᄃ 션
싱은 뎨ᄌ롤 가르치쇼셔."
진군이 답왈,
"이곳은 쳥봉산 즈양동이오 빈도는 연긔
(煉氣)ᄒᄂ 도인이니 다른 사롬이 니로【61】 더
쳥허도덕진군이라 ᄒᄂ이다. 앗가 틴우의 이미
이 죽으시믈 듯고 뎨ᄌ롤 보너여 뫼셔오라 ᄒ여
다시 살아나시게 ᄒ니 틴우의 슈명이 무궁ᄒ실
지라. 혼군을 바리고 셩쥬롤 어더 공업을 일우

쇼셔."
양임이 비ᄉ 왈,
"뎨지 진군의 어엿비 너기시믈 닙어 다시
살아 인간을 보게 ᄒ여시니 이 은혜롤 어이 다
갑흐리잇고? 원컨ᄃ 진군은 뎨ᄌ롤 바리지 마르
시고 도덕을 가르치쇼셔. 이졔 셩쥐 어더 계시
니잇고?"
진군이 답왈,
"셩쥐 기산 아리 이시니 틴위 힘을 다ᄒ여
덕을 도으라. 타일의 복녹이 젹지 아니리라."
양임이 고두지비ᄒ여,
"ᄉ부의 교명(教命)을 조츠리이다."
ᄒ고 뎨지 되여 즈양동의 잇더라.
이 ᄶ 쥐 젹셩누의 올나보니 관원이 보ᄒ
더,
"앗가 양임의 죽엄을 오문 가온ᄃ 일헛ᄂ
이다."
쥐 탄왈,
"텬되 무심치 아니토【62】 다. 젼의 두 아
들을 공즁의셔 잡아가고 오놀 ᄯ 양임의 죽엄을
운무 즁의 일허시니 그놈의 죄들이 젹지 아니
타."
ᄒ고 승후호롤 다시 블너 녹디롤 감역ᄒ니 긔믈
과 젼냥의 드는 슈롤 니긔여 혜기 어렵고 군민
의 괴로오미 비홀ᄃ 업셔 각 문의 방 붓쳐 한
집의 사롬 솃시 너여 역ᄉ롤 ᄒ더 녕을 듯지 아
니ᄒᄂ니란 머리롤 버히고 즁흔 연고 잇ᄂ니란
돈을 밧치고 돈 아니 밧치ᄂ니란 비록 즁흔 연
괴 이시나 머리롤 버히라 ᄒ니 만민이 황황ᄒ고
ᄉ히 진동ᄒ여 혹 도망ᄒ며 혹 뉴롤 모도와 고
을을 치니 조뎡이 다 승후호롤 ᄭ지ᄌ더,
"텬ᄌ의 ᄯᅳᆺ을 아당ᄒ여 빅셩을 이더도록
보치ᄂ뇨?"
ᄒ더 승후호는 한갓 텬ᄌ의 ᄯᅳᆺ을 일흘가 두려
빅셩의 폐롤 도라보지 아니터라.
각셜 ᄌ의 구룡교【63】 믈속으로조츠 숑이
인의 집의 나오니 마시 마조나와 마져 왈,
"디인이 오놀 엇지 이리 황망이 오시ᄂ니
잇고?"
ᄌ의 왈,
"니 벼슬을 아조 바리고 왓노라."

마시 디경ᄒᆞ여 왈,

"디인이 엇지 이런 말을 ᄒᆞ시ᄂᆞ니잇고?"

ᄌᆞ이 졍식고 쥬의 ᄒᆞ던 일을 ᄌᆞ시 니ᄅᆞ고 왈,

"쥬왕은 우리 님군이 아니라 이졔 셔기(西岐)의 가고져 ᄒᆞᄂᆞ니 그디 날을 조ᄎᆞ 셩쥬롤 도으면 타일 복녹이 젹지 아니ᄒᆞ리라."

마시 왈,

"디인이 외방의 슐ᄉᆞ로셔 벼슬이 틔우의 잇고 복녹이 젹지 아니ᄒᆞ거늘 엇지 텬ᄌᆞ의 덕을 닛고 일조의 한 일을 위ᄒᆞ여 님군을 반ᄒᆞ려 ᄒᆞᄂᆞ뇨?"

ᄌᆞ이 왈,

"그디ᄂᆞᆫ 방심ᄒᆞ라. 니 쳐음붓허 셔기의 가 셩쥬롤 돕고져 ᄒᆞ엿ᄂᆞ니 엇지 져 혼군의 벼슬을 바다 니 도덕을 문허바리리오? 그디 날을 조ᄎᆞ 셔기의 가면 슈일이 【64】 못ᄒᆞ여 벼슬이 일픔의 잇고 위(位) 공경(公卿)의 다ᄃᆞ라 머리의 쥬관(珠冠)을 쓰며 몸의 치의(彩衣)롤 닙으리니 엇지 아롬답지 아니리오?"

마시 쇼왈,

"디인이 그ᄅᆞᆮ다. 이졔 텬ᄌᆞ의 은혜롤 니ᄌᆞ며 조뎡의 복녹을 바리고 셔기의 가고져 ᄒᆞ니 셔빅(西伯)이 디인을 보고 엇지 구ᄒᆞ여 놉흔 벼슬을 쥬리오?"

ᄌᆞ이 왈,

"그디ᄂᆞᆫ 녀인이라 디도롤 아지 못ᄒᆞᄂᆞᆫ도다. 사름이 다 텬쉬 잇ᄂᆞ니 니 은왕(殷王)을 바리고 셔기의 도라가미 ᄯᅩᄒᆞᆫ 텬쉬라 엇지 디의롤 일코 혼군을 도으리오?"

마시 왈,

"니 비록 디인으로 더부러 부쳬 되여시나 조가의셔 ᄌᆞ라난 사름이라 엇지 본국을 바리고 타향의 가리오?"

ᄌᆞ이 왈,

"그디 날노 더브러 부쳬 되엿ᄂᆞᆫ지라 엇지 날을 좃지 아니ᄒᆞ고 혼ᄌᆞ 이시리오? 그디 ᄯᆞ라가지 아니ᄒᆞ고 후일의 뉘웃지 말나."

마시 왈,

"쳡은 본디 조가(朝歌) 빅셩이라 엇지 【65】 즐겨 디인을 ᄯᆞ라가리오? 디인이 비록 가도 나ᄂᆞᆫ 부모롤 조ᄎᆞ 본국의 이시리니 엇지 다시

뉘웃치미 이시리오?"

ᄌᆞ이 탄왈,

"그디 날노 더브러 부쳬 되엿ᄂᆞᆫ지라 셔기의 날을 ᄯᅩ와 가고져 아니ᄒᆞ미 다른 ᄯᅳᆺ이 잇도다."

마시 디쇼 왈,

"그디 엇지 이런 말을 ᄒᆞᄂᆞ뇨? 니 이졔 텬ᄌᆞ긔 쥬ᄒᆞ여 셔기로 가라 ᄒᆞ시면 가리라."

ᄒᆞ며 셔로 ᄊᆞ호더니 송이인(宋異人)이 부인으로 더브러 나와 ᄌᆞ아ᄃᆞ려 왈,

"마시 발셔 ᄯᆞ라가지 아니려 ᄒᆞ니 현데 엇지 한 장 글을 쥬어 표롤 삼고 셔기로 도라가 아롬다온 비필을 어더 셩쥬롤 셤기지 아니ᄒᆞ고 이디도록 뉴련ᄒᆞ여 ᄯᅥ나지 못ᄒᆞ여 ᄒᆞᄂᆞ뇨?"

ᄌᆞ이 왈,

"형장과 현쉬 날을 셔기로 가라 ᄒᆞ시니 이졔 한 장 글을 보람ᄒᆞ여³⁾ 마시롤 쥬고 셔기로 가ᄂᆞ이다."

ᄒᆞ고 마시로 필믁을 가져오라 ᄒᆞ여 셔로 닛지 못ᄒᆞ 【66】 ᄂᆞᆫ 졍을 표ᄒᆞ니 마시ᄂᆞᆫ 오히려 츄호도 권연(眷戀)ᄒᆞᄂᆞᆫ ᄯᅳᆺ이 업ᄂᆞᆫ지라 ᄌᆞ이 탄왈,

"그디 ᄯᅳᆺ은 니 졍만 갓지 못ᄒᆞ도다."

ᄒᆞ고 송이인을 니별ᄒᆞ고 셔기로 갈시 이인이 슐을 두어 니별ᄒᆞ여 왈,

"현데 오늘 조가롤 바리고 셩쥬롤 ᄎᆞᆺᄌᆞ라 가니 이 진실노 아롬답도다."

ᄒᆞ고 셔로 눈믈을 흘니고 훗허지니 마시ᄂᆞᆫ 본집의 도라와 기가ᄒᆞ니라.

ᄌᆞ이 송가장을 ᄯᅥ나 황화롤 지나 님동관(臨潼關)의 니ᄅᆞ니 길히 빅셩 칠팔 빅이 셔로 붓들고 통곡ᄒᆞ거늘 ᄌᆞ이 문왈,

"너희 엇지 이디도록 셜워ᄒᆞᄂᆞ뇨?"

빅셩들이 일시의 답왈,

"텬지 슈후호롤 명ᄒᆞ여 녹디롤 지을시 돈 드리ᄂᆞ니란 역ᄉᆞ롤 면ᄒᆞ고 돈 업ᄉᆞ니란 형벌을 쥬니 우리 견디지 못ᄒᆞ여 도망ᄒᆞ여 이 ᄯᅡ희 와

---

3) 【보람ᄒᆞ다】 圄 표식(標識)을 하다. 승거를 삼다. ¶ 형장과 현쉬 날을 셔기로 가라 ᄒᆞ시니 이졔 한 장 글을 보람ᄒᆞ여 마시롤 쥬고 셔기로 가ᄂᆞ이다 (長兄嫂在上: 馬氏隨我一場, 不曾受用一些, 我心不忍離他, 他倒有離我之心. 長兄分付, 我就寫休書與他.) <西周 4:65>

시디 장총병(張總兵)이 우리를 너여보니지 아니
호고 도로혀 잡아 고호려 호느이다."

【67】 즈이 왈,

"슬허 말고 아직 이의 이시라."
호고 관의 와 사름으로 호여곰 장총병의게 보호
니 총병 장봉4)(張鳳)이 싱각호디 '져는 문관이
오 나는 무관이라 니 관을 직희여 빅시(百事)
다 마음으로 호거늘 졔 언졔 날을 보앗노라 호
고 이리 왓는고?' 좌우를 명호여 브르라 호니
즈이 도복을 닙고 중당의 드러온디 봉이 즈아의
평복으로 오믈 보고 가르쳐 왈,

"너는 엇던 사름이완디 무슴 일노 온다?"

즈이 네호고 왈,

"나는 하퇴우 강상이로쇼이다."

장봉이 답네 왈,

"퇴위 엇지 도복으로 와 계시뇨?"

즈이 왈,

"쇼관이 오기는 다름이 아니라 빅셩의 괴
로오믈 위호여 왓느이다."

장봉 왈,

"무슴 일을 무르랴 이리 먼니 오시뇨?"

즈이 답왈,

"오늘 장군을 위호여 니 마음을 다 고호리
이다. 이졔 텬지 달긔의게 침혹호여 디신을 죽
이며 요얼을 밋비 너겨 빅셩 【68】 의 폐롤 도라
보지 아니시고 또 날을 명호여 녹디롤 지으라
호거늘 니 빅셩을 위호여 직간호니 텬지 니 말
을 듯지 아니호고 형벌노 죽이려 호니 니 엇지
슈욕을 바다 도덕을 문허바리리오? 쳐음은 니
죽기로써 은혜롤 갑흐려 호더니 텬지 날 디졉호
믈 이러툿호니 니 님군을 바리고 산중의 도라가
고져 호느니 원컨디 장군은 날을 위호여 한 쳥
을 드르쇼셔."

장봉이 경식 왈,

"그 말은 다 드럿거니와 또 무슴 쳥을 호
·려 호느뇨?"

즈이 졀호고 왈,

"쇼관이 앗가 관 밧고 오니 빅셩 칠팔빅여
인이 님군의 보치믈 원망호여 나라흘 바리고 셔

호로 가고져 호디 장군이 너여보니지 아니시니
날노 호여곰 장군긔 고호여 관을 지나고져 호니
원컨디 장군은 만민의 바라믈 조초 오관을 지나
게 호시면 장군의 은덕을 【69】 빅셩들이 어이
니즈리오?"

장봉이 디로 즐왈,

"너는 강호 술스로 일조의 부귀롤 누리다
가 오늘 쏘 님군을 반호고 날을 속이느뇨? 니
네 말을 드르면 쏘호 블의의 쌘진 작시니 이 신
즈의 졀이 아니오 쏘 간스호 말을 너여 빅셩을
다리려 날을 속이니 이졔 너롤 잡아 빅셩과 한
가지로 조가의 드려보니리라."

즈이 왈,

"장군은 식노호쇼셔. 쇼관의 말이 그르지
아니호니 즈셰히 술펴 빅셩의 원을 드르쇼셔."

장봉 왈,

"니 너롤 잡아 경스의 보니고져 호디 젼의
네 착호믈 드런지 오란지라 이러므로 네 죄롤
스호여 도라보니느니 다시 이런 말을 말고 슈이
도라가라."
호고 군스롤 명호여 쓰어 니치라 호디 즈이 븟
그려 바로 빅셩 잇는디로 나오니 모든 빅셩이
일시의 통곡 왈,

"퇴위 드러가시더니 일을 일우고 오시니잇
가?"

즈이 왈,

"장봉이 쥬 【70】 롤 도와 너희 원망을 도
라보지 아니호니 니 너의롤 위호여 관을 지나게
호리라."

모든 빅셩이 졀호여 왈,

"퇴위 만일 우리로 호여곰 이 관을 지나게
호시면 은혜롤 닛지 아니리이다."

즈이 왈,

"황혼 찌의 너희로 호여곰 관을 지나게 호
리라."
호고 마을을 어더 쉬더니 텬식이 졈졈 졈을거늘
즈이 모든 사름을 압히 셰오고 곤눈산을 바라며
닙으로 진언을 념호고 지비고두호니 믄득 한 쎄
구름이 나려와 즈아와 모든 빅셩을 퇴와 셔다히
로 가니 다마 귀의 바롬쇼리만 들니더라.

님동관 · 동관(潼關) · 쳥운관(穿雲關) · 개피
관5)(界牌關) · 스슈관(汜水關)을 한 시긱의 지나

금계령(金鷄嶺)의 다ᄃᆞᄅᆞ니 ᄌᆞ인 중인다려 왈,

"너희 이곳을 아는다?"

모다 일시의 졀ᄒᆞ고 왈,

"티우의 신긔로온 도슐노 이 다슷 관을 지나니 원컨디 의지홀 곳을 가ᄅᆞ치쇼셔."

ᄌᆞ인 왈,

"이 【71】 곳은 금계령이니 셔기 디방이라 너희 셔기의 가 의탁ᄒᆞ믈 구ᄒᆞ면 셔ᄇᆡᆨ의 아들 ᄇᆡᆨ읍괴(伯邑考) 일졍 너희롤 용납게 ᄒᆞ리라. 나는 셔기로 가고져 ᄒᆞ디 날을 쳔거홀 사롬도 업고 니 가도 즁히 쓸 줄을 긔필(期必)치 못ᄒᆞ니 아직 산즁의 드러가 셩명을 피ᄒᆞ리라."

ᄒᆞ고 모든 사롬을 니별ᄒᆞ고 반계(磻溪)로 가니라.

즁인이 금계령을 ᄯᅥ나 슈양산(首陽山) 연산(燕山) ᄇᆡᆨ노촌(白柳村)을 지나 셔기의 이르니 ᄇᆡᆨ셩이 가음열며 풍속이 슌ᄒᆞ여 힝인이 길홀 ᄉᆞ양ᄒᆞ며 밧 가ᄂᆞ니 가을 ᄉᆞ양ᄒᆞ고 교ᄒᆡ(敎化) 디힝(大行)ᄒᆞ여 ᄇᆡᆨ셩이 다 덕업을 즐겨ᄒᆞ니 요슌 지셰나 다롬이 업거ᄂᆞᆯ 마음의 혜오디 '우리 이졔야 편히 살니라' ᄒᆞ고 승상부의 가 왓는 뜻을 고ᄒᆞ니 상티우 산의싱(散宜生)이 ᄇᆡᆨ읍고의게 쥬ᄒᆞ디,

"ᄇᆡᆨ셩 칠팔ᄇᆡᆨ이 텬ᄌᆞ의 실졍ᄒᆞ믈 원망ᄒᆞ여 왓ᄂᆞ이다."

ᄇᆡᆨ읍괴 ᄇᆡᆨ셩을 【72】 블너 왈,

"너희 화롤 피ᄒᆞ여 너 ᄯᅡᄒᆡ 도망ᄒᆞ여 와시니 엇지 무휼치 아니ᄒᆞ리오?"

ᄒᆞ고 산의싱다려,

"ᄇᆡᆨ셩들을 삼졔창(三濟倉) 곡식을 훗허쥬어 편히 잇게 ᄒᆞ디 ㄱ 즁의 환과고독(鰥寡孤獨)으란 남의셔 더 쥬어 우리롤 원망치 아니케 ᄒᆞ라."

모든 ᄇᆡᆨ셩이 스은ᄒᆞ고 믈너나다. 산의싱이 삼졔창 곡식을 훗허 ᄇᆡᆨ셩을 난화 쥬고 드리와 복명ᄒᆞ디 ᄇᆡᆨ읍고 울며 탄왈거ᄂᆞᆯ 산의싱이 문왈,

"공ᄌᆞ 엇지 이리 슬허ᄒᆞ시ᄂᆞ니잇고?"

읍괴 왈,

"ᄇᆡᆨ셩들이 님군을 비반ᄒᆞ고 셔기의 도라오

믄 우리 ᄇᆡᆨ셩 무휼ᄒᆞ믈 듯고 왓거니와 우리는 이리 평안이 잇고 부왕은 유리셩(羑里城)의 갓쳐션지 이졔 칠년이로디 쇼식이 업스니 엇지 마음이 평안ᄒᆞ리오? 니 조가의 드러가 부왕을 디(代)ᄒᆞ여 죄롤 닙고져 ᄒᆞᄂᆞ니 경 등의 뜻의 엇더ᄒᆞ뇨?"

산의싱이 쥬왈,

"쥬공이 조가의 가실 【73】 졔 언약ᄒᆞ시디 칠년 잇 곳 지나면 ᄌᆞ연 도라올 거시니 경히 나라홀 ᄯᅥ나지 말나 ᄒᆞ여겨시니 공지 엇지 쥬공의 언약을 싱각지 아니시ᄂᆞ뇨? 공지 만일 조가 쇼식을 알고져 ᄒᆞ실진디 한 관원을 보니여 단녀오라 ᄒᆞ시미 공즈의 홀 비니 원컨디 공ᄌᆞ는 나라홀 ᄯᅥ나 ᄇᆡᆨ셩으로 ᄒᆞ여곰 님즈롤 일케 마로쇼셔."

ᄇᆡᆨ읍괴 탄왈,

"부왕이 타국의 가치션지 이졔 칠년이 다 ᄃᆞᄅᆞ시디 쇼식을 듯지 못ᄒᆞ니 인ᄌᆞ의 마음이 엇지 평안ᄒᆞ리오? 우리 아흔 아홉 형뎨 다 이시디 하나도 ᄯᅩ라가니 업시니 이 엇지 인ᄌᆞ의 도리리오? 니 이졔 조가의 드러가 부왕의 죄롤 디ᄒᆞ고져 ᄒᆞ노라."

ᄒᆞ더라.

[셔쥬연의西周演義 권지오]

19
빅읍고진공속죄(伯邑考進貢贖罪)

【1】 이격의 빅읍괴(伯邑考) 왈,

"니 이졔 조가(朝歌)의 드러가 부왕의 죄롤 디(代)ᄒ고져 ᄒ노라."

언파의 방셩통곡ᄒ니 산의성(散宜生)이 쥬왈,

"공ᄌ(公子)의 말씀이 가치 아니ᄒ니 공지 한번 셔기(西岐)롤 바리시면 인심이 곳쳐 되리이다."

빅읍괴 듯지 아니코 후당의 드러가 모친긔 고ᄒ디,

"쇼지 조가의 드러가 부왕의 죄롤 디코져 ᄒᄂ니 엇더ᄒ니잇고?"

퇴시 답왈,

"쥬공이 조가의 가실졔 국즁 너외ᄉ롤 뉘게 맛지고 가시뇨?"

빅읍괴 왈,

"안 일은 쇼ᄌ와 아오 발(發)의게 맛지시고 밧 일은 상ᄐᆡ우(上大夫) 산의성의게 맛지시고 군무는 장군 남궁괄(南宮适)의게 맛져계시니 우리 다 힘을 갓치ᄒ여 나라홀 다스리더니 칠년이 거의 다드ᄅ시더 쇼식을 듯 【2】 지 못ᄒ니 인ᄌ의 마음이 엇지 평안ᄒ리잇고? 쇼지 너일 조가의 드러가 표롤 올녀 부왕의 죄롤 디코져 ᄒᄂ이다."

티시 빅읍고의 굿ᄒ여 가려 ᄒ믈 보고 왈,

"네 가기란 가디 조심ᄒ여 일을 힝ᄒ고 일가의 화롤 ᄭᅵ치지 말나."

빅읍괴 졀ᄒ여 하직고 밧긔 나와 아오 무왕을 블너 왈,

"네 모든 아오롤 거느려 나라홀 직희디 형뎨 화동ᄒ고 조뎡이 평안케 ᄒ여 부왕의 졍ᄒ신 규구(規矩)롤 일치 말나. 니 이번의 가미 슈이 오면 두 달이오 더디 오면 셕 달이라. 힘을 다ᄒ여 나라홀 직희라."

ᄒ고 보믈을 슈습ᄒ여 진공(進貢)홀 거슬 찰히고 퇴일 발힝홀시 모든 아오와 문무빅관이 십니 장졍(長亭)의 나와 젼송ᄒ거늘 빅읍괴 모든 사름으로 더브러 잔을 드러 니별ᄒ고 동으로 힝ᄒ여 슈슈관(氾水關)의 다드ᄅ니 관 직흰 군시 진공ᄒ라 오는 계훤 【3】 쥴 알고 셜니 드러가 총병 한영(韓榮)의게 고과ᄒ디 영이 군ᄉ롤 명ᄒ여 관을 열고 진공ᄒ라 오는 계후롤 드리라 ᄒ니 빅읍괴 관의 드러 한영으로 더브러 녜필 후

"빅읍괴 갈 길히 밧부니 가ᄂ이다."

하직ᄒ고 슈슈관(氾水關)·개피관(界牌關)·쳥운관(穿雲關)·동관(潼關)·님동관(臨潼關)으로 드러 황하롤 건너 조가의 드러와 황화관의 다드ᄅ니 쥐(紂) 좌우롤 명ᄒ여 빅읍고롤 드러오라 ᄒ거늘 빅읍괴 조복을 갓초고 문의 다드라 감히 드러가지 못ᄒ여 셧더니 승상 비간(比干)이 나와 문왈,

"그디는 엇던 사름이뇨?"

빅읍괴 디왈,

"나는 번신〔犯臣〕 희창(姬昌)의 장ᄌ 빅읍괴로쇼이다."

비간이 압히 나아와 ᄭᅮ러 왈,

"현공지 무슴 일노 먼니 오시니잇고?"

빅읍괴 답왈,

"부친이 텬즤 죄롤 어더 거의 형벌의 나아갓더니 승상의 구ᄒ시믈 닙어 명을 보젼ᄒ여 유리(羑里)의 갓쳐시니 후일 반ᄃ시 노힐지라

【4】 승상의 후은을 우리 부즈 형뎨 쎼롤 바아친들1) 엇지 니즈리잇고? 이러므로 나라흘 직희여 감히 움즉이지 아니ᄒ더니 부친이 가치션지 칠년이로더 쇼식이 망연ᄒ지라 마ᄋᆷ이 엇지 평안ᄒ리잇고?"

좌우롤 명ᄒ여 진공홀 거슬 가져오라 ᄒ여 드리며 왈,

"니 이 젹은 거스로 공을 드려 부친의 죄롤 속(贖)고져 ᄒᄂ이다. 승상이 날을 위ᄒ여 텬즈긔 엿즈와 우리 부친을 노히시게 ᄒ면 틱산 갓흔 은혜롤 엇지 다 갑흐리잇고? 요스이 셔기 빅셩이 승상의 공덕을 감격ᄒ여 ᄒᄂ니 원컨더 승상은 부친을 노히게 ᄒ여 은덕을 더 베플게 ᄒ쇼셔."

비간 왈,

"공즈의 진공 밧치ᄂ 거시 엇던 거시니잇고?"

빅읍괴 왈,

"다론 거시 아니라 시조 단보(亶父)의 씨치신 바 칠향거(七香車)와 셩쥬젼(醒酒氈)과 [담이라.] 빅면원후(白面猿猴)와 미녀 십명이니 이롤 드려 부친의 죄 【5】 롤 속ᄒ려 ᄒᄂ이다."

비간이 쏘 문왈,

"이 보비ᄂ 어더로셔 난 거시뇨?"

빅읍괴 답왈,

"칠향거ᄂ 황뎨 헌원시(軒轅氏) 치우(蚩尤)롤 치실졔 민돈 슐위니 동남북을 임의로 가ᄂ니 이ᄂ 전국 보비오 셩쥬젼은 사롬이 슐을 만히 먹어실졔 이 담 우희 누으면 즉시 찌고 빅면원후ᄂ 비록 즘싱이나 삼쳔 쇼곡과 팔빅 더곡을 다 아라 사롬이 연나흘졔 노리롤 브르라 ᄒ면 브르고 츔을 츄라 ᄒ면 츔을 츄니 진짓 녁녁흔 황잉(黃鶯)이 양뉴(楊柳)의 우ᄂ듯ᄒᄂ이다."

비간 왈,

"이 보비 비록 긔특ᄒ나 이졔 텬지 덕을 일코 졍스롤 술피지 아니ᄒᄂ더 쏘 이 보비롤

진공ᄒ면 이ᄂ 걸을 도아 그론 일을 ᄒ미라. 조뎡의 의논이 엇지 젹으며 텬지 쏘 굿ᄒ여 셔빅후(西伯侯)롤 노흐려 ᄒ시리오? 이졔 니 뎐의 드러가 공즈롤 위ᄒ여 셔빅을 노흐시게 ᄒ리라."

ᄒ고 바로 젹셩누의 드러가 【6】 조회롤 쳥흔더 쥐 명ᄒ여 드러오라 ᄒ거놀 비간이 드러와 녜롤 맛춘 후 쥬왈,

"셔빅후 희창의 아들 빅읍괴 공(貢)을 드려 아뷔 죄롤 속ᄒ려 ᄒᄂ이다."

쥐 문왈,

"진공ᄒᄂ 거시 무어시뇨?"

비간 왈,

"칠향거와 셩쥬젼과 빅면원후와 미녀 십명이러이다."

쥐 명ᄒ여 빅읍고롤 드러오라 ᄒ니 빅읍괴 진공홀 거슬 가지고 드러와 쥬왈,

"번신 희창의 아들 빅읍괴 조공을 드려 아뷔 죄롤 속ᄒ려 ᄒᄂ이다."

쥐 왈,

"희창의 님군 속인 죄 비록 젹지 아니ᄒ나 졔 아들이 조공ᄒ여 아뷔 죄롤 속ᄒ려 ᄒ니 가히 효되라 ᄒ리로다."

빅읍괴 우 쥬왈,

"신의 아뷔 희창이 죽을 죄의 범ᄒ엿습더니 폐히 죄롤 스ᄒ시고 유리의 가도시니 신기다 감격ᄒ옵더니 아뷔 유리의 갓쳐지 칠년이 지나더 쇼식이 업손지라 신이 죽으믈 닛고 아뷔 죄롤 【7】 더ᄒ라 왓ᄂ니 폐히 신의 아뷔롤 노화 보니시면 신 등 일긔 쎼 바아지며 살이 슬허진들 엇지 그 은덕을 니즈리잇고?"

쥐 빅읍괴 아뷔롤 위ᄒ여 슬피 고ᄒ믈 보고 마ᄋᆷ의 혜오더 '이 사롬이 튱회 겸ᄒ니 세상의 쉽지 아니토다' ᄒ고 왈,

"네 나아와 말을 드르라."

빅읍괴 난간 아리 나아와 업더니 달긔(妲己) 발 안의셔 보다가 발을 들치고 나오거놀 쥐 왈,

"셔빅후의 아들 빅읍괴 공을 드려 아뷔 죄롤 더ᄒ려 ᄒ니 졍상(情狀)이 가히 아롬답도다."

달긔 왈,

---

1) 【바아치다】 혱 부서지다/ 등 부수다. ¶ 부친이 텬즈긔 죄롤 어더 거의 형벌의 나아갓더니 승상의 구ᄒ시믈 닙어 명을 보젼ᄒ여 유리(羑里)의 갓쳐시니 후일 반드시 노힐지라 승상의 후은을 우리 부즈 형뎨 쎼롤 바아친들 엇지 니즈리잇고? (父親得罪於天子, 蒙丞相保奏得全性命, 此恩眞天高地厚, 愚父子弟兄銘刻難忘!) <西周 5:4>

"첩이 드르니 빅읍괴 거문고롤 잘 탄다 ᄒᆞ니 원컨더 폐하ᄂᆞᆫ 한 번 드르쇼셔." [달긔 쥬롤 다리여 거문고롤 타라 ᄒᆞ여 그릇ᄒᆞ면 히코져 ᄒᆞ미라.]

쥬 답왈,

"어쳬 엇지 아ᄂᆞ뇨?"

달긔 왈,

"첩은 계집이라 어려셔븟허 규중의셔 길녓ᄂᆞᆫ지라 첩의 부뫼 니르거눌 드럿ᄂᆞ이다. 원 폐하ᄂᆞᆫ 빅읍고롤 블너 두어 곡죠롤 타 【8】라 ᄒᆞ쇼셔."

쥬ᄂᆞᆫ 본디 쥬식의 쥬린 귀ᄯᅥ시라 엇지 달긔의 말을 듯지 아니ᄒᆞ리오? 즉시 빅읍고롤 블너 왈,

"네 황후롤 보고 엇지 녜롤 아니ᄒᆞᄂᆞ뇨?"

빅읍괴 고두비ᄉᆞᄒᆞ고 왈,

"텬위롤 범ᄒᆞ엿ᄉᆞ오니 죄 일만 번 죽엄즉 ᄒᆞᆫ지라 원컨더 낭낭은 신의 죄롤 ᄉᆞᄒᆞ쇼셔."

달긔 왈,

"드르니 네 거문고롤 잘 탄다 ᄒᆞ니 이졔 시험ᄒᆞ여 한 곡조롤 타미 엇더ᄒᆞ뇨?"

빅읍괴 쥬왈,

"신은 드르니 부뫼 병이 계시면 아들이 감히 침식을 평안이 못ᄒᆞᄂᆞ니 신의 아뷔 죄롤 범ᄒᆞ여 일곱 히롤 갓치미 고초ᄒᆞ미 비ᄒᆞᆯ더 업ᄉᆞᆫ지라 신의 마음의 간담이 믜여지ᄂᆞᆫ지라 엇지 즐겨 거문고롤 타리잇고?"

쥬 왈,

"네 오ᄂᆞᆯ 경을 맛초와 두어 곡조롤 잘 타면 부즈롤 다 ᄉᆞᄒᆞ여 나라히 도라보너리라."

빅읍괴 이 말을 듯고 디희 ᄉᆞ은ᄒᆞᆫ디 쥬 좌우롤 명ᄒᆞ【9】여 거문고롤 가져다 쥬며 타라 ᄒᆞ거눌 빅읍괴 바다 '풍입숑(風入松)'이란 가ᄉᆞ롤 타니 음운과 뉼녜(律呂) 법되 마즈 싱황을 울니며 쇼관(簫管)을 쥬(奏)ᄒᆞᄂᆞᆫ 듯ᄒᆞ여 긔운이 쇼아ᄒᆞ며 몸이 요지봉궐(瑤池鳳闕)의 잇ᄂᆞᆫ 듯ᄒᆞᆫ지라 쥬 이 곡조롤 드르미 심중의 디희ᄒᆞ여 달긔다려 왈,

"어쳐의 니른 말이 올토다."

달긔 왈,

"빅읍고 거문고 잘 타ᄂᆞᆫ 줄은 텬히 다 드럿ᄂᆞ니 조졍 디신을 다 모호고 ᄯᅩ 두어 곡조롤 타라 ᄒᆞ여 션악을 졍ᄒᆞ쇼셔."

쥬 올히 너겨 젹셩누의 잔치롤 비셜ᄒᆞ고 다시 빅읍고롤 명ᄒᆞ여 타이려 ᄒᆞ거눌 달긔 빅읍고롤 보니 얼골이 달 갓ᄒᆞ며 긔질이 쇼아ᄒᆞ여 풍치 사ᄅᆞᆷ을 동ᄒᆞ이고 쥬롤 보니 용뫼 초췌ᄒᆞ며 ᄒᆞᄂᆞᆫ 일이 다 빅읍고만 못ᄒᆞᆫ지라 ᄆᆞ음의 혜오디 '니 져 사ᄅᆞᆷ을 후당의 두고 잇다감 거문고롤 드르면 근 【10】 심을 플지라 졔 비록 아뷔롤 구ᄒᆞ려 와시나 날을 보고 엇지 마음을 동치 아니ᄒᆞ며 ᄯᅩ 엇지 늙은 님군의게 이시리오' ᄒᆞ고 즉시 쥬ᄒᆞ디,

"폐히 셔빅후의 부ᄌᆞ롤 노화 나라히 도라보너시면 폐하의 은덕이 텬하의 미츠리이다."

쥬 문왈,

"어쳬 쾌히 노화 보너라 ᄒᆞᄂᆞᆫ ᄯᅳᆺ은 엇진 일이뇨?"

달긔 왈,

"폐히 셔빅후의 부ᄌᆞ롤 노ᄒᆞ시면 셰가지 묘ᄒᆞᆫ 일이 이시니 하나혼 희창을 노화 보니고 빅읍고롤 머믈워두어 첩으로 ᄒᆞ여곰 져희 곡조롤 비화 폐하의 긔운을 쇼창케 ᄒᆞᆯ 거시오 둘흔 져희 거문고 곡죄 명중의 이시면 만민이 다 근심을 플 거시오 셰흔 셔빅의 부지 폐하 은덕을 감격ᄒᆞ여 ᄒᆞ리이다."

쥬 디희ᄒᆞ여 등을 두다려,

"엇지 다 니ᄅᆞᄂᆞᆫ 말이 하나토 그ᄅᆞ미 업ᄂᆞ뇨?"

ᄒᆞ고 젼지ᄒᆞ여 젹셩누의 잔치롤 비셜ᄒᆞ고 빅읍 【11】 고롤 명ᄒᆞ여 거문고롤 타라 ᄒᆞ니 가셩은 녈녈ᄒᆞ고 무슈ᄂᆞᆫ 분분ᄒᆞᆫ디 달긔 잔을 부어 쥬의게 드려 왈,

"이ᄂᆞᆫ 폐하의 슈비로소이다."

쥬 깃거 바다먹고 종일토록 잔치ᄒᆞ더니 날이 졈을고 좌위 다 훗허지미 쥬 디취ᄒᆞ여 상의 히즈리거눌 빅읍괴 나오려ᄒᆞ더니 달긔 왈,

"니 현공의 거문고롤 비호려 ᄒᆞᄂᆞ니 날을 위ᄒᆞ여 두어 곡조롤 가ᄅᆞ치라."

빅읍괴 감히 나아오지 못ᄒᆞ여 난간 밋히 셧더니 달긔 궁인을 명ᄒᆞ여 쥬롤 붓드러 너젼의 드러가 편히 ᄌᆞ시게 ᄒᆞ라 ᄒᆞ고 ᄯᅩ 좌우롤 명ᄒᆞ여 거문고 둘흘 가져오라 ᄒᆞ여 빅읍고롤 쥬며 왈,

"현공이 날을 위ᄒᆞ여 한 곡조를 가르치미
엇더ᄒᆞ뇨?"

빅읍괴 디왈,

"신의 거문고 타는 법이 졍치 못ᄒᆞ지라 엇
지 감히 낭낭을 가르치리잇고?"

달긔 왈,

"풍뉴(風流)란 거슨 너외 상희 업ᄂᆞ니 스양
말 【12】 고 긔특ᄒᆞᆫ 곡조를 가르치라."

빅읍괴 디왈,

"거문고 곡죄 오음뉵뉼(五音六律)이 다 이
시니 ᄯᅩ 뉵긔칠블탄(六忌七不彈)이 [여ᄉᆞᆺ가지 금긔
와 일곱가지 타지 못ᄒᆞᆯ 일이라.] 잇ᄂᆞ이다."

달긔 문왈,

"뉵긔는 엇던 일이며 칠블탄은 엇던 일이
뇨?"

빅읍괴 디왈,

"뉵긔는 슬픈 일을 드르면 졍치 못ᄒᆞ고 졍
회(情懷) 이시면 졍치 못ᄒᆞ고 욕심이 이시면 졍
치 못ᄒᆞ고 놀나온 일이 이시면 졍치 못ᄒᆞ고 칠
블탄은 질풍님우(疾風淋雨)의 타지 못ᄒᆞ고 디비
디이(大悲大哀)와 의관이 졍치 못ᄒᆞᆷ과 슐이 취
ᄒᆞᆫ ᄢᅢ와 향ᄂᆡ 만커나 풍쇽을 아지 못ᄒᆞ거나 더
러온 일이 이시면 타지 못ᄒᆞ니 이 거문고는 티
고젹 뉴젼ᄒᆞ신 거문괴니이다."

달긔 왈,

"이 ᄢᅢ 니런 일이 업ᄉᆞ니 엇지 방희로오미
이시리오?"

빅읍괴 마지 못ᄒᆞ여 쥬왈,

"거문고 곡죄 팔십일 디곡(大曲)과 오십일
쇼곡(小曲)과 삼십 뉵음이 이시니 낭낭을 위ᄒᆞ
여 한 곡조를 타고 나가리 【13】 이다."

ᄒᆞ고 거문고를 잡아 그 곡조를 마치니 그 쇼리
요량(嘹亮)ᄒᆞ여 묘ᄒᆞᆷ믈 니르지 못ᄒᆞᆯ너라. 이 ᄢᅢ
밤이 깁고 인젹이 업ᄉᆞᆫ디 달긔 본뜻이 거문고
를 듯고져 ᄒᆞ미 아니라 빅읍고의 용모를 흠모ᄒᆞ
미러니 음심이 졈졈 발ᄒᆞ여 쳔티만상으로 져의
마음을 동코져 ᄒᆞ디 빅읍고는 셩인의 아들이라
아븨를 위ᄒᆞ여 죄를 디코져 ᄒᆞ더니 달긔 비록
요괴로온 말노 졔 마음을 어즈러이나 뜻이 고강
ᄒᆞ고 마음이 쳘셕 갓ᄒᆞ여 져의 뜻을 응치 아니
ᄒᆞ니 달긔 왈,

"이 거문고를 한 ᄢᅢ로셔 비호기 어려오니

니일 다시 비호리라."

ᄒᆞ고 심복을 브려 빅읍고다려 쳥상의 오르라 ᄒᆞ
니 빅읍괴 졍신이 몸의 븟지 아니ᄒᆞ여 ᄭᅮ러 왈,

"신은 번신 희챵지지라 낭낭의 죽이지 아
니신 은혜를 닙ᄉᆞ와 나라히 도라가게 ᄒᆞ여시니
이 【14】 은혜 여산양히ᄒᆞ온지라 다 갑지 못ᄒᆞᆯ가
두려ᄒᆞ더니 이졔 낭낭이 신을 블너 쳥상의 오르
라 ᄒᆞ시니 낭낭은 인간 국뫼시고 텬ᄌᆞ의 비필이
시니 신이 엇지 감히 갓가이 가리잇고? 신이 비
록 예셔 죽어도 낭낭의 뜻을 좃지 못ᄒᆞ리로쇼이
다."

달긔 왈,

"현공의 말이 그르다. 군신은 의로 쇽ᄒᆞᆫ지
라 감히 못오르려니와 이졔 현공의게 거문고 곡
조를 비호려 ᄒᆞ니 이는 스승 뎨ᄌᆞ의 도리라 니
마음이 엇지 평안ᄒᆞ리오? 현공은 스양치 말고
쳥상의 올나 한 잔 슐을 먹으라."

빅읍괴 달긔의 말을 듯고 니를 갈며 ᄆᆞᄋᆞᆷ
의 ᄭᅮ지ᄌᆞ디 '이 쳔녜 블츙부덕(不忠不德)·블인
블효(不仁不孝)·부지블냥(不智不良)·비례비의(
非禮非義)의 일을 ᄒᆞ나 니 시조 단부(亶父)는 요
의 신하오 벼슬이 스롱(司農)의 잇더니 이졔 누
십 셰 지나디 츙냥이 오히려 그져 잇더니 오늘
부왕을 인ᄒᆞ여 조가의 드 【15】 러왓다가 그릇
함졍의 ᄲᅡ져시나 니 엇지 져의 음심을 조ᄎᆞ 삼
강오상지도를 문허바리며 국가 풍쇽을 상히오리
오? ᄯᅩ 텬지 드르면 그 히 젹지 아니ᄒᆞ고 디하
의 간들 하 면목으로 시조를 뵈오리오? 비 비록
만인의 쥬ᄒᆞᆯ 바다도 히문(姬門) 졀기를 일치
아니리라' ᄒᆞ고 업더여 쥬왈,

"밤이 깁허시니 원 낭낭은 수이 너여 보니
쇼셔."

달긔 져의 듯지 아니믈 보고 왈,

"현공이 니 슐을 아니먹으니 편히 안ᄌᆞ 거
문고를 타 니 마음을 위로ᄒᆞ라."

빅읍괴 니러 안ᄌᆞ 거문고를 다시 ᄐᆞ더니
달긔 왈,

"현공은 아리 잇고 나는 우희 이셔 스이
머니 곡조를 분명이 듯지 못ᄒᆞᄂᆞᆫ지라 함긔 올나
안ᄌᆞ 날을 가르치미 엇더ᄒᆞ뇨? 너게 한 계괴 이
시니 네 마음을 편안케 ᄒᆞ리라."

빅읍괴 왈,

"낭낭은 신을 수이 노하 나가게 ᄒᆞ쇼셔."

달긔 왈,

"너일 쥬상이 비혼 곡조롤 타【16】라 ᄒᆞ시면 무어시라 ᄃᆡ답ᄒᆞ리오? 둘이 다 큰 일이 나리니 원컨ᄃᆡ 현공은 잠간 올나와 니 손을 잡아 곡조롤 가르치라."

빅읍괴 싱각ᄒᆞᄃᆡ '졔 음심을 너겨시니 이 환을 버셔나기 어려온지라 조츠면 부친의 가르친 도리롤 니즈미니 니 비록 죽어도 한 말을 ᄒᆞ여 졔롤 칙ᄒᆞ리라' ᄒᆞ고 정식 왈,

"낭낭의 니르시ᄂᆞᆫ 말이 신으로 ᄒᆞ여곰 후셰의 악명을 짓게 ᄒᆞ시고 ᄯᅩ 스긔의 그 죄 적지 아니ᄒᆞ리니 낭낭인들 후셰 사롬의게 엇지 붓그럽지 아니리잇고? 낭낭은 만셩 국모오 텬즈의 비필노 초방지친(椒房至親)의 귀히 무치여 뉵궁 금궐(六宮金闕)의 권(權)을 잡아 계신지라 오늘 엇지 거문고롤 인ᄒᆞ여 이런 말을 ᄒᆞ시ᄂᆞ닛고? 이 말이 밧긔 한 번 들니면 낭낭이 마음이 비록 빙쳥옥결(氷淸玉潔) 갓ᄒᆞ여도 텬하 만민이 다 밋비 아니너기리이다."

달긔 낫치 붓그러온 빗치 가득ᄒᆞ여【17】 빅읍고롤 너겨보너라 ᄒᆞ니 빅읍괴 비스ᄒᆞ고 나가거눌 달긔 즐왈,

"필뷔 날을 업슈이 너겨 수욕ᄒᆞ니 니 ᄲᅧ롤 갈며 몸을 바아 이 한을 씨스리라."

ᄒᆞ고 너뎐의 드러왓더니 이튼날 쥐 달긔다려 문왈,

"어졔 밤의 빅읍고의게 거문고롤 비호더니 언마나 비홧ᄂᆞ뇨?"

달긔 ᄃᆡ왈,

"쳡이 어졔 밤의 빅읍고의게 거문고롤 비호고져 ᄒᆞ더니 필뷔 거문고의ᄂᆞᆫ 마음이 업고 도로혀 용치 아닌 ᄯᅳᆺ을 너겨 쳡을 희롱ᄒᆞ니 이 인신지녜 아니라 쳡이 마지 못ᄒᆞ여 쥬ᄒᆞᄂᆞ이다."

쥐 ᄃᆡ로 왈,

"필뷔 엇지 감히 니러트시 무례ᄒᆞ리오? 즉시 젼지ᄒᆞ여 잡아오라."

ᄒᆞ니 빅읍괴 관역의 잇더니 아모란 줄 몰나 바로 젹셩누의 잡혀와 고두지비ᄒᆞᆫ더 쥐 문왈,

"어졔 너롤 명ᄒᆞ여 어쳐롤 거문고 곡조롤 가르치라 ᄒᆞ엿더니 엇지 극진이 가르치지 아니뇨?"

【18】 달긔 겻히 잇다가 왈,

"거문고 곡조 비호ᄂᆞᆫ 법은 분명ᄒᆞ며 주셔 ᄒᆞ미 잇거눌 엇지 정밀ᄒᆞᆫ 거술 가르치지 아니ᄒᆞ고 한갓 더지만 가르치뇨?"

쥐 달긔의 말을 듯다가 왈,

"둘희 말이 다 주셔치 아니ᄒᆞ니 오늘 다시 거문고롤 가져오라 ᄒᆞ여 한 곡조롤 타 짐으로 ᄒᆞ여곰 친히 듯게 ᄒᆞ라."

빅읍괴 거문고롤 밧고 싱각ᄒᆞᄃᆡ '이 거문 고 가온ᄃᆡ 니 츙직ᄒᆞ믈 낫하너리라' ᄒᆞ고 한 곡 조롤 타니 그 곡조의 왈,

一點忠心達上蒼,
祝君壽算永無疆.
風和雨順當今福,
一統山河國祚長.

일겸 츙심이 상텬의 달ᄒᆞ여시니
님군의 슈산이 기리 무궁ᄒᆞ믈 비ᄂᆞᆫ도
다

바롬이 화ᄒᆞ며 비 순ᄒᆞᆫ 당금복이
산하롤 일통ᄒᆞ미 국죄 기도다

쥐 이 곡조롤 드르니 다 위국츙심이오 츄호도 불공ᄒᆞᆫ ᄯᅳᆺ이 업거눌 도【19】라 달긔다려 왈,

"이 사롬이 거문고롤 잘 타니 어쳬 어졔 엇지 비호지 못ᄒᆞ뇨?"

달긔 쥬의 희ᄒᆞ려 ᄒᆞ미 업스믈 보고 왈,

"쳡은 드르니 빅읍괴 어졔 드린 빅원후롤 잘 놀닌다 ᄒᆞ니 원 폐ᄒᆞᄂᆞᆫ 빅읍고롤 명ᄒᆞ여 그 빅원을 노리롤 블니라 ᄒᆞ쇼셔."

쥐 빅읍고다려 왈,

"거문고란 아직 그만 두고 빅후롤 가져와 노리롤 블녀 니 마음을 쇼창케 ᄒᆞ라."

빅읍괴 붉은 능(綾)을 가져 빅후롤 너여 노리롤 블니니 그 쇼릐 뇨량ᄒᆞ여 봉황이 우ᄂᆞᆫ 듯ᄒᆞ며 싱황을 쥬ᄂᆞᆫ 듯ᄒᆞ여 근심ᄒᆞᄂᆞᆫ 사롬으로 ᄒᆞ여곰 도로혀 즐기게 ᄒᆞ며 즐겨ᄒᆞᄂᆞᆫ 사롬으로 ᄒᆞ여곰 도로혀 근심ᄒᆞ게 ᄒᆞᄂᆞᆫ지라. 쥐 드르미 심회(心懷) 젼도(顚倒)ᄒᆞ여 아모란 줄 몰나ᄒᆞ며 달긔 ᄯᅩᄒᆞᆫ 취ᄒᆞᆫ 듯ᄒᆞ더니 달긔 쥬져ᄒᆞ여 싱

각ᄒᆞ디 '너 오늘 계교ᄅᆞᆯ 드려 져놈을 히ᄒᆞ리라'
ᄒᆞ고 쥬왈,

"져 노리 쇼리 【20】 즐겨ᄒᆞᄂᆞᆫ 사ᄅᆞᆷ으로 근
심ᄒᆞ게 ᄒᆞ니 세상의 이만 요괴로오미 업고 앗가
폐ᄒᆞ기 쥬ᄒᆞᆫ 말이 ᄯᅩ 죄 젹지 아니ᄒᆞ니 스ᄒᆞ여
보니지 못ᄒᆞ리이다."

쥐 왈,

"어쳐의 말이 올타."

ᄒᆞ고 스ᄒᆞᆯ ᄯᅳᆺ이 업거늘 빅읍괴 혜오디,

"너 이졔ᄂᆞᆫ 환란을 버셔나기 오려오니 오
늘 죽기ᄅᆞᆯ 바려 한 곡조ᄅᆞᆯ 타 츙냥지심을 표ᄒᆞ
리라."

ᄒᆞ고 거문고ᄅᆞᆯ 타니 기 곡의 왈,

明君作兮布德行仁, 未聞忍心兮重斂煩刑.
炮烙熾兮筋骨粉, 蠆盆慘兮肺腑驚.
萬姓精血, 竟入酒海;
四方膏脂, 盡懸肉林.
機杼空兮鹿臺才滿, 犁鋤折兮巨粟盈.
我願明君兮去讒逐淫, 振刷綱紀兮天下太平!

　　명군(明君)이 작(作)ᄒᆞ미여 덕을 펴며
인을 힝ᄒᆞ더니

　　인심을 좇지 못ᄒᆞ미여 번거로온 형벌
을 힝ᄒᆞᄂᆞᆫ도다.

　　포락이 작ᄒᆞ미여 골육이 낫하나고
　　만분의 참혹ᄒᆞ미여 폐뷔 놀나ᄂᆞᆫ도다.
　　만셩의 셩혈은 다 쥬지의 들고
　　ᄉᆞ방의 고기ᄂᆞᆫ 다 옥님의 달녓도나.
　　긔예(機杼) 뷔미여 녹디의 지믈이 가
득ᄒᆞ엿고
　　보십[2]히 썻거지미여 거교(巨轎)의 곡
식이 츳도다.

　　너 명군을 원ᄒᆞ미여 참쇼ᄒᆞᄂᆞᆫ 일을 바
리고 음난ᄒᆞᆫ 일을 너 【21】 치려 ᄒᆞ미로다.
　　긔강이 졍직ᄒᆞ면 텬히 티평ᄒᆞ리로다.

빅읍괴 이 곡조ᄅᆞᆯ 타미 쥬ᄂᆞᆫ 아지 못ᄒᆞ디 달긔
ᄂᆞᆫ 님군 비방ᄒᆞᄂᆞᆫ 곡죈 쥴 아라 숀을 빅읍고ᄅᆞᆯ
가ᄅᆞ쳐 ᄭᅮ지져 왈,

"필뷔 엇지 감히 거문고 곡조ᄅᆞᆯ 인ᄒᆞ여 쥬
상을 슈욕ᄒᆞᄂᆞ뇨? 이 죄 죽기ᄅᆞᆯ 면치 못ᄒᆞ리로
다."

쥐 달긔다려 문왈,

"이 거문고 곡죄 짐을 비방ᄒᆞ미냐?"

달긔 그 ᄯᅳᆺ을 ᄌᆞ시 고ᄒᆞᆫ디 쥐 디로ᄒᆞ여 좌
우ᄅᆞᆯ 블너 잡아 나리오라 ᄒᆞ거늘 빅읍괴 쥬왈,

"신이 원컨디 폐하ᄅᆞᆯ 위ᄒᆞ여 ᄯᅩ 한 곡조ᄅᆞᆯ
타리이다."

ᄒᆞ니 그 곡조의 왈,

願王遠色兮再正綱常, 天下太平兮速廢娘娘.
妖氛滅兮諸侯悅服, 却邪淫兮社稷寧康.
陷邑考兮不怕萬死, 絶妲己兮史氏傳揚!

　　님군이 식을 먼니 ᄒᆞᄆᆞᆯ 원ᄒᆞ미여 강
상(綱常)이 두 번 졍(正)ᄒᆞ리로다.

　　텬히 티평ᄒᆞ미여 낭낭을 ᄲᆞᆯ니 폐ᄒᆞ리
로다.

　　요얼을 업시ᄒᆞ미여 텬히 열복ᄒᆞ고
　　사음(邪淫)을 믈니치미여 ᄉᆞ직이 평안
ᄒᆞ리로다.

이 곡조ᄅᆞᆯ 타미 빅후ᄂᆞᆫ 곡조ᄅᆞᆯ 맛초와 노리ᄅᆞᆯ
브르더니 이 빅후ᄂᆞᆫ 천년 묵은 【22】 즘싱이라
도ᄅᆞᆯ 비화 일워시미 달긔의 사ᄅᆞᆷ 아닌 쥴 알고
다라드러 거러당긔려 ᄒᆞ니 달긔 겨유 피ᄒᆞ여 뒤
ᄒᆞ로 다라나거늘 쥐 발노 그 진납을 ᄎᆞ 난간 아
리 나리치니 모든 궁인이 달긔ᄅᆞᆯ 붓드러 누의
올나오니 달긔 쥬왈,

"빅읍괴 진납이ᄅᆞᆯ 드려 쳡을 히ᄒᆞ려 ᄒᆞ더
니 폐하의 은혜ᄅᆞᆯ 닙ᄉᆞ와 쳡의 명이 보젼ᄒᆞ엿ᄂᆞ
이다."

쥐 디로ᄒᆞ여 좌우ᄅᆞᆯ 명ᄒᆞ여 빅읍고ᄅᆞᆯ 잡아
만분의 녀ᄒᆞ라 ᄒᆞ니 무ᄉᆞ 일시의 다라드러 잡아
만분의 녀ᄒᆞ려 ᄒᆞ니 빅읍괴 웨여 왈,

"엇지 나런 원민ᄒᆞᆫ 일을 ᄒᆞᄂᆞ뇨?"

쥐 이 말을 듯고 도로 잡아오라 ᄒᆞ여 문

---

2) 【보십】 명 보습. 쟁기. ¶ 犁鋤. ‖ 긔예 뷔
미여 녹디의 지믈이 가득ᄒᆞ엿고 보십히 썻거지
미여 거교의 곡식이 츳도다 (機杼空兮鹿臺才滿,
犁鋤折兮巨粟盈.) <西周 5:20>

왈,

"네 빅후롤 들여 어쳐롤 히ᄒ려 ᄒᄆᆯ 모든 사롬이 다 보왓ᄂ니 엇지 원민ᄒ요라 ᄒᄂ뇨?"

빅읍괴 울며 왈,

"이 진납은 산즁 즘싱이라 비록 사롬의 말을 비화시나 사롬의 도리롤 아지 못ᄒᄂᆫ지라 이러므로 앗가 폐하의 【23】 압히 음식이 만히 노혓시믈 보고 급히 다라드러 먹으려 ᄒᄆ오 ᄯ 진납이 춘잉도 업거놀 신이 진납으로 ᄒ여곰 낭낭을 히ᄒ려 ᄒ리잇고? 신이 누뎌 폐하의 은덕을 닙엇ᄂᆫ지라 엇지 감히 폐하롤 져바리리잇고? 원 폐하ᄂᆫ 즈셰히 슬피시면 신이 ᄉ무여한(事無餘恨)이로쇼이다."

쥬 이 말을 듯고 노롤 도로혀 깃거 왈,

"네 말이 경히 올ᄒ니 이졔 ᄉᄒ리라."

달긔 왈,

"이졔 빅읍고롤 ᄉᄒ여 나라히 도라보니시면 ᄯ 거문고 한 곡조롤 곳쳐 타라 ᄒ쇼셔."

쥬 즉시 빅읍고롤 명ᄒ여 거문고롤 타라 ᄒ니 읍괴 거문고 두어 곡조롤 타민 거문고롤 두루 치다가 쥬의 압히 노혓ᄂᆫ 상이 닷쳐 ᄯ자히 나려지니 쥬 디로 왈,

"필뷔 엇지 진납을 노화 어쳐롤 히ᄒ려 ᄒ고 이졔 거문고롤 드러 짐의 상을 치ᄂ뇨? 이 죄 죽어 맛당타."

ᄒ고 좌우롤 블너 빅읍고롤 잡 【24】 아 만분의 너ᄒ라 ᄒ니 좌위 다라드러 잡아나리워 가거놀 달긔 왈,

"져놈을 져리 경이히 쳐치치 못홀 거시니 첩이 한 계교롤 너여 즁히 다ᄉ리리이다."

ᄒ고 심복을 블너 못 네홀 가져오라 ᄒ여 빅읍고의 두 엄지발가락과 두 엄지손가락의 박아 만분의 너ᄒ니 빅읍괴 고셩 즐왈,

"천인이 엇지 감히 셩탕 강산을 그릇 민드ᄂ뇨? 니 이졔 죽기ᄂᆫ 앗갑지 아니커니와 살아셔 네 고기롤 먹지 못ᄒ고 죽은 후 녕혼이 너롤 평안이 아니두리라."

ᄒ고 ᄭ짓기롤 마지 아니ᄒ다가 반시 못ᄒ여 뭇 즘싱의게 ᄯᅳ기여 죽으니 쥬 좌우롤 명ᄒ여 너여다가 바리라 ᄒ거놀 달긔 왈,

"텬하 사롬이 다 회창을 셩인이라 ᄒ고 ᄯ 회창이 음양을 알며 화복을 분변ᄒ다 ᄒ니 첩이

드르니 셩인은 아들의 고기롤 먹지 아닛ᄂᆫ다 ᄒ 【25】 니 이 죽엄으로 ᄯᅥᆨ을 민드라 회창을 먹으라 ᄒ여 만일 먹으면 텬하 사롬이 다 헛되이 기리미오 음양화복을 다 안다 ᄒ미 ᄯ 거즛말이오 만일 먹지 아니커든 샐니 죽여 후환을 업시ᄒ쇼셔."

쥬 왈,

"어쳐의 말이 경히 니 ᄯᅳᆺ과 갓다."

ᄒ고 좌우롤 명ᄒ여 고기로 ᄯᅥᆨ을 민드라 셔빅의게 보니라 ᄒ니라.

ᄒ고 마음이 칼노 버히ᄂ 듯ᄒ여 슬프믈 먹음고
글 하나흘 지으니 기 시의 왈[2],

고신포츙의[3] (孤身抱忠義)

만니탐친지[4] (萬里探親災)

미입유리셩 (未入羑里城)

션등은쥬[5]디 (先登殷紂臺)

무금졔요부[6] (撫琴除妖婦)

경긱노심퇴 (頃刻怒心推)

가셕쳥년긱 (可惜靑年客)

혼유겁운회[7] (魂遊劫運灰)

외로온 몸이 츙지를 픔어

만니의 어버이 지화를 구ᄒ려 ᄒᄂ도
다.

유리셩의 드지 못ᄒ여

몬져 은조디의 올낫도다.

거문고를 타 일부를 덜녀 ᄒ니

경긱의 노심이 최ᄒᄂ도다.

가히 앗갑다 쳥년긱이

녕혼이 운디를 조츠 겁ᄒᄂ도다.

셔빅이 글을 다 지으미 눈믈이 흘너 옷시 가득
ᄒ엿ᄂ지라 좌위 다 그 연고를 【27】 아지 못ᄒ
여 나아와 뭇고져 ᄒ더니 사름이 드러와 보왈,

"텬즈 수명(使命)이 왓다."

ᄒ거늘 셔빅이 마즈 즁당의 올나 조셔를 드른
후 사명이 한 그릇 음식을 가져다가 압히 노하
왈,

"쥬상이 쳔ᄒᄋᆡ 갓쳐시믈 불상이 너기시더

20

산의싱스통비우(散宜生私通費尤)

좌위 쥬(紂)의 명을 듯고 고기로 썩을 민
ᄃ라 관원을 명ᄒ여 유리(羑里)의 보니다.

이젹의 셔빅(西伯)이 유리의 한가히 이셔
복희 팔과(八卦)를 버려[1] 뉵십 스괘를 민ᄃ라
텬디 음양지니(陰陽之理)를 졈복ᄒ고 혹 거문고
를 타 시롬을 플더니 홀는 당상의 안즈 거문고
를 타니 살셩(殺聲)이 그 극도의 잇거늘 놀나
거문고를 바리고 금젼을 가져 길흉을 졈복ᄒ더
【26】니 한 괘를 엇고 더경ᄒ여 눈믈을 흘녀
왈,

"닉 아희 닉 말을 듯지 아니ᄒ고 엇지 니
린 화를 맛닛ᄂ뇨? 닉 만일 고기를 믹지 아니면
지화 닉 몸의 밋츨 거시오 먹을진디 엇지 츤아
부즈지의를 일흐리오?"

---

1) 【버리다】 图 벌이다. 벌여놓다. ¶ 셔빅이 유리
의 한가히 이셔 복희 팔과를 버려 뉵십 스괘를
민ᄃ라 텬디 음양지니를 졈복ᄒ고 혹 거문고를
타 시롬을 플더니 (每日閉門待罪, 將伏義八卦變
爲八八六十四卦, 重爲三百八十四爻. 内按陰陽消
息之機, 周天剗度之妙.) <西周 5:25>

2) 시의 원문과 번역문 사이에 다소 글자의 출입이
있다. 번역 원문은 원문에 따라 고치되 번역 시
는 고치지 않고 그대로 두었다.

3) 의(義): 원래는 '지'로 되어 있으나 원문에 의거
하여 고침.

4) 만니탐친지: 원래 '만니의구친지'로 되어 있으나
원문에 의거하여 고침.

5) 쥬: 원래 '조'로 되어 있으나 오기이므로 원문에
의거하여 고침. 아래 번역문도 같음.

6) 무금졔요부: 원래 '탄금졔일부'로 되어 있으나
원문에 의거하여 고침.

7) 혼유겁운회: 원래 '혼신겁운디'로 되어 있으나
원문에 의거하여 고침.

니 이제 동교의 산힝ᄒ시다가8) 장녹(獐鹿)을 만히 가져와 겨신지라 각별이 쩍을 민ᄃ라 현후의게 보니시더이다.”

셔빅이 싱각ᄒ더 ‘니 이롤 아니먹으면 희시(姬氏) 일기 다 화롤 맛나 종묘롤 긋칠 거시오 셕지(惜哉)라 니 빅셩이 다 덕을 일홀 거시니 니 찰하리 이 고기롤 먹어 튱신과 만민의 바라는 거슬 일치 아니ᄒ고 종묘졔ᄉ롤 긋치지 아니ᄒ리라’ ᄒ고 슬프믈 먹음고 눈믈을 감초와 ᄲ러 그 쩍 세 덩이롤 다 먹고 비ᄉ 왈,

“셩상이 브러9) 번신〔犯臣〕의게 보니여 계시니 엇지 감히 아니먹으리잇고?”

ᄉ명이 가만이 싱각ᄒ【28】더 사ᄅᆷ이 다 니ᄅᆞ더 ‘셔빅이 음양텬슈롤 안다 ᄒ더니 오늘노 보건더 그 말이 다 허명(虛名)이랏다’ ᄒ고 하직ᄒ더 셔빅 왈,

“원컨더 ᄉ명은 ᄲᆞ니 도라가 이 은덕을 고ᄒ라.”

ᄒ고 빅비고두ᄒ더라. ᄉ명이 도라가거놀 셔빅이 슬프믈 니긔지 못ᄒ여 상의 의지 글 하나흘 읊ᄒ니 그 글의 왈10),

일별셔기도ᄎ간 (一別西岐到此間)

증언블필도강관 (曾言不必渡江關)

지지진공조혼쥬 (只知進貢朝昏主)

막히영군유범안 (莫解迎君有犯顔)

년쇼튱냥공참졀 (年少忠良空慘節)

루다시우지산산11) (涙多時雨只潺潺)

【29】유혼일졈귀12)하쳐 (遊魂一點歸何處)

청ᄉ명표비13)등한 (靑史名標非等閑)

한 번 셔기롤 니별ᄒ고 이 ᄉ이의 니ᄅᆞ니

일즉 반ᄃ시 강관을 건너지 못ᄒ믈 일넛도다.

다만 공을 나아와 혼쥬믜 조회ᄒᆞᆯ 줄만 알고

영군의 범안이 이시믈 히치 못ᄒ엿도다.

년쇼ᄒᆫ 튱냥이 쇽졀업시 참졀ᄒ니

이 ᄲᅵ의 흐ᄅᆞᆫ 눈믈이 다시 잔잔ᄒ도다.

유혼 일졈이 어니 곳의 잇ᄂᆞᆫ고?

청ᄉ의 명푀 이 한가롭도다.

셔빅이 글을 읊ᄒ미 슬프믈 니긔지 못ᄒ여 하놀을 우러러 탄식홀 ᄯᆞ름이러라.

쥬 현경뎐의셔 비즁(費仲)·우혼(尤渾)으로 더브러 바독 두더니 좌위 보ᄒ더,

“유리의 갓던 ᄉ명이 왓ᄂᆞ이다.”

쥬 브르라 ᄒ니 ᄉ명이 드러와 보ᄒ더,

“신이 젼지와 육병(肉餠)을 가지고 유리의 가니 희창이 그 쩍을 다 먹고 고두비ᄉ 왈 ‘폐하의 은혜롤 닙ᄉ와 목슘이 다시 ᄉ니 이 은혜롤 다 갑지 못홀가 져허ᄒ더니 ᄯᅩ 쩍을 보니샤 마음을 위로ᄒ시니 이 은혜는 만 번 죽어도 갑흘 길이 업ᄂᆞ이다’ ᄒ고 신다려 니로더 ‘슈이 도라가 이 ᄠᅳᆺ을 쥬ᄒ라’ ᄒ더이다.”

쥬 이 말을 듯고 비즁다려 왈,

“희창의 명예 텬하의 가득ᄒ고 텬슈롤 능히 안다 ᄒ더니 이 일노 보건더 다【30】거즛말이로다. 셔빅을 노화 나라히 도라가게 ᄒ미 엇더ᄒ뇨?”

비즁이 쥬왈,

“희창이 이 고기롤 먹은 일이 다른 일이 아니라 부즈지의롤 닛고 화롤 버셔나랴 ᄒ여 마지 못ᄒ여 먹어시니 원컨더 폐하는 슬피샤 간ᄉᄒᆫ 계교의 ᄲᆞ지지 마로쇼셔.”

---

8) 【산힝ᄒ다】 동 {산행(山行)하다.} 사냥하다. ¶ 幸獵‖ 쥬상이 현후의 갓쳐시믈 블상이 너기시더니 이제 동교의 산힝ᄒ시다가 장녹을 만히 가져와 겨신지라 각별이 쩍을 민ᄃ라 현후의게 보니시더이다 (主上見賢侯在羑里久羈, 聖心不忍. 昨日聖駕幸獵, 打得鹿獐之物, 做成肉餠, 特賜賢侯, 故有是命.) <西周 5:27>

9) 【브러】 부 일부러. ¶ 셩상이 브러 번신〔犯臣〕의게 보니여 계시니 엇지 감히 아니먹으리잇고? <西周 5:27>

10) 이 시 역시 원문과 번역문 사이에 약간의 차이가 있다. 번역 원문은 원문에 맞게 고치고 번역시는 고치지 않고 그대로 두었다.

11) 이 부분은 원래 ‘ᄎ시뉴루깅잔잔(此時流涙更潺潺)’으로 되어 있다.

12) 귀: 원래는 ‘지’(在)로 되어 있다.

13) 비: 원래는 ‘시’(是)로 되어 있다.

쥐 왈,

"희창이 비록 텬슈롤 아지 못ᄒ나 텬히 다 디현이라 일ᄏᄂ니 이번은 아들의 고기롤 아지 못ᄒ여 먹은지라 만일 알진디 ᄎᆞᆷ아 먹으리오?"

비중이 ᄯᅩ 쥬왈,

"희창이 밧그로 츙셩이 잇는 체ᄒ나 안흐로 간ᄉᆞᆫ 마음을 픔어 텬하 사롬을 다 쇽이ᄂ니 유리의 그져 가도와 두시면 범이 함졍의 ᄲᅡᆫ지며 시 농의 갓치인 듯ᄒ여 후의 비록 노혀도 예긔 최찰ᄒ리이다.14) 하믈며 이계 동남 졔회 반ᄒ여 경ᄉᆞ롤 침노ᄒᄂ디 ᄯᅩ 셔빅을 노화보니면 희창이 아들을 죽인 보슈롤 ᄒ고져 하여 반ᄃᆞ시 병을 거느 【31】려 두 졔후로 더브러 뫼롤 한가지로 ᄒ여 경ᄉᆞ롤 치리니 원컨디 폐하는 살피쇼셔."

쥐 왈,

"경의 말이 올타."

ᄒ고 셔빅을 ᄉᆞ치 아니ᄒ니 이젹의 인간의 한 글이 이시니 그 글의 왈,

유리셩즁지미만 (羑里城中災未滿)

비우지측헌참언 (費尤在側獻讒言)

약무셔디의싱계 (若無西地宜生計)

언득희문왕고원 (焉得文王返故園)

유리셩 가온디 지홰 미만ᄒ여시니

비와 위 겻히 이셔 참언을 드리ᄂ도다.

만일 셔디의 의성의 계괴 업스면

엇지 희창이 고원의 노라가믈 어드리오?

민간 남녜 이 글을 읊흐니 조뎡 디신이 다 ᄯᅳᆺ을 아지 못ᄒ더라. 빅읍고(伯邑考)의 종인(從人)이

쥬야로 셔기의 가 셔빅의 계이 공지 희발(姬發)을 보고 방셩통곡ᄒᆫ디 발이 황망이 그 년고롤 무르니 종인이 고왈,

"일공지 조가의 드러가샤 유리의 니르지 못ᄒ여 텬즈의 히흐믈 닙어 육장이 【32】 되엿ᄂ이다."

ᄒ고 그 연고롤 고ᄒᆫ디 발이 이 말을 듯고 방셩통곡ᄒ며 긔운이 막힐 듯ᄒ더니 겨유 인ᄉᆞ롤 출혀 니러 안ᄌᆞ 눈물이 비오듯 ᄒ며 하놀을 우러러 탄식ᄒᄂ지라 산의싱(散宜生)과 남궁괄(南宮适)이 말녀 왈,

"죽으신 일공ᄌᆞ는 셔기 유쥐러니 혼군의 참혹흔 형벌을 밧고 쥬공이 유리의 갓치션지 여러히로디 쇼식이 업손지라 우리 다 션왕젹 신히로디 죽기롤 두리고 살기롤 탐ᄒ여 쥬공을 구완ᄒ여 오지 못ᄒ니 이 엇지 신ᄌᆞ의 도리리오? 신이 공ᄌᆞ의 명을 바다 군ᄉᆞ롤 발ᄒ여 오관을 취ᄒ고 조가의 드러가 혼군을 업시ᄒ고 명쥬롤 셰우며 환관(宦官)을 졍ᄒ고 텬하롤 평안이 ᄒ여 신졀을 일치 아니ᄒ미 신의 원이로쇼이다."

좌우의 잇던 무장들이 이 말을 듯고 다 남궁괄을 올타 ᄒ니 ᄉᆞ현팔쥰(四賢八俊)·신갑(辛甲)·신면(辛免)·티젼(太顚)·굉요15)(閎夭)·긔공(祁公)·윤젹(尹積)과 셔빅의 아들 희슉도(姬叔度) 등 삼 【33】 십 뉵인이 일시의 왈,

"남궁괄의 말이 올흐니 우리 다 좃ᄎ가리라."

ᄒ고 니롤 갈며 눈을 브롭쓰고 흥병홀 일을 의논ᄒ더니 믄득 좌상의 한 사롬이 갈오디,

"공ᄌᆞᄂ 아직 긋치고 니 말을 드르쇼셔."

ᄒ거늘 모다 보니 이ᄂ 상티우 산의싱이라 공ᄌᆞ와 문뮈 다 문왈,

"티우ᄂ 무ᄉᆞᆷ 말을 ᄒ려 ᄒᄂ뇨?"

의싱 왈,

"공ᄌᆞᄂ 원컨디 도부슈(刀斧手)롤 명ᄒ여 남궁괄의 머리롤 몬져 버혀 디ᄉᆞ롤 졍ᄒ쇼셔."

발이 문왈,

"션싱이 엇지 남장군을 버혀 졔장으로 ᄒ

---

14) 【최찰ᄒ다】 圖 {최절(摧折)하다.} 꺾다. 위축시키다. ¶ 磨 ‖ 희창이 밧그로 츙셩이 잇는 체ᄒ나 안흐로 간ᄉᆞᆫ 마음을 픔어 텬하 사롬을 다 쇽이ᄂ니 유리의 그져 가도와 두시면 범이 함졍의 ᄲᅡᆫ지며 시 농의 갓치인 듯ᄒ여 후의 비록 노혀도 예긔 최찰ᄒ리이다 (姬昌外有忠誠, 內懷奸詐, 人皆爲彼瞞過, 不如且禁羑里. 似虎投陷井, 鳥困雕籠, 雖不殺戮, 也磨其銳氣.) <西周 5:30>

15) 굉요: 권지오(卷之五)에 원래는 '요옥'으로 되어 있으나 오기이므로 고침. 이하 같음. 그러나 권지뉵(卷之六) 이하에는 '굉요'로 바르게 되어 있음.

109

여곰 항복지 못하게 하느뇨?"

의싱이 졔장다려 왈,

"공 등은 다 난신젹지(亂臣賊子)라 님군으로 하여곰 블의의 샌지게 하느뇨? 엇지 머리롤 버혀 법을 셰우지 아닛느니잇가? 쥬공이 신졀을 직회여 유리의 여러 히롤 갓치여 계시던 조곰도 원하는 마음이 업논지라 니러므로 텬즈의 히하믈 면하엿느니 이졔 우리 발병【34】하믈 드르면 오관의 니르지 못하여 쥬공이 블의지환을 닙을 거시니 공 등의 말이 엇지 올하리오? 남궁괄을 버혀 국법을 졍하미 니의 맛당하리로다."

발이 이 말을 듯고 믁믁히 답지 못하고 남궁괄이 쏘한 머리롤 숙이고 아모말도 못하거눌 의싱 왈,

"공지 의싱의 말을 듯지 아니시면 후일의 큰 홰 이시리이다. 젼일의 쥬공이 조가의 가실 졔 니르스디 '칠년지화 곳 지나면 즈연이 도라올 거시니 아모도 다시 와 찻지 말나 하여 계시니 공진들 아니드러계시니잇가? 이졔도 텬즈의 춍신 비즁·우흔이 조뎡의 이셔 권을 잡아 녜단 곳 업스면 사롬을 히하느니 치단을 보니여 두 사롬의게 몬져 스통하고 니외상응하여 계교롤 베플면 쥬공이 즈연 도라오시리니 도라오신 후의 덕을 닷그며 인을 힝하여 졔후의 고하고 텬하 병을 모도와 무【35】도한 거술 치면 스히 즈연 향응하여 혼군을 폐하고 명쥬롤 셰우리니 인심이 열복하리이다. 엇지 일시지분을 참지 못하여 픠망을 취하고 후셰 사롬의 위엄이 되리잇가?"

발이 희왈,

"션싱의 말이 심히 올하니 누롤 명하여 무슴 녜믈을 보니리오? 션싱이 맛당이 나롤 가르치라."

의싱 왈,

"명쥬빅벽(明珠白璧)과 황금옥디와 치단을 둘히 난화 꾕요란 우흔의게 보니고 티젼으란 비즁의게 보니디 쥬야로 경스의 드러가 냥인의게 드려 인졍을 표하리니 냥인이 녜믈을 바드면 쥬공이 즉시 도라오리이다."

발이 디희하여 즉시 산의싱을 명하여 녜믈을 찰히며 문셔롤 닷가 냥장을 명하여 조가의 보니니 이장이 녕을 듯고 녜믈을 감초와 오관으

로 드러가 조가의 드러 녜믈을 슈습하여 드리라 가다.

비즁이 조【36】 회롤 맛고 마을의 도라와 한가히 잇더니 사롬이 보하디,

"셔기 산의싱의 치관(差官)이 한 봉 글을 드리려 하느이다."

비즁이 쇼왈,

"이놈이 쏘 무엇하라 오뇨?"

티젼이 답왈,

"말장은 셔기 신무장군(神武將軍) 티젼이러니 상태우 산의싱의 명을 바다 각별이 녜단을 드리려 하느이다."

비즁이 문왈,

"네 무슴 쳥으로 날을 다리라 왓느뇨?"

티젼이 쑤러 왈,

"티우의 은덕을 닙어 우리 쥬공이 명이 보젼하여 유리의 이시니 이는 지싱(再生)하신 작시라 셔기 인민이 다 티우의 은덕을 감격하디 갑홀 거시 업논지라 산의싱이 쇼장을 명하여 젹은 녜믈을 드리라 하더이다."

하고 한 봉 글을 드리거눌 비즁이 티젼으로 낡히니 기 셔의 왈,

셔기 비직16)(卑職) 산의싱은 돈슈빅비하고 감히 한 장 글을 비공부(費公府) 하의 올나이다. 셔빅후 희창이 감히 말을 방즈이 하여 텬【37】즈롤 욕하니 그 죄 죽기롤 면치 못하리러니 티우의 구하시믈 닙어 명이 보젼하여 아직 유리의 갓쳐시니 이는 티우의 지싱하신 은혜라 셔기 인민이 다 그 덕을 감격하여 티우의 슈복을 빌 쓰롬이러니 이졔 특별이 쇼장 티젼을 보니여 녜믈을 갓초와 빅벽 이쌍과 황금 빅일(百鎰)과 녜단 수십 필을 드려 갑고져 하느이다. 우리 쥬공이 본디 년노다 병하샤 본국의 이실 젹도 졍스롤 잘다스리지 못하더니 이졔 유리의 오리 머므러 쇼식이 셔기의 끗쳐논지라 노모 유즈와 군신 만민이 한 찐들 엇지 니즈리오? 한 장 글을 인하여 티우 문하의 간졀이 쳥하느니

---

16) 비직: 원레 '비질'로 되어 있으나 오기이므로 고침. 아래도 같음.

110

원컨디 티우는 인덕을 시힝ᄒ여 텬ᄌ긔 쥬
ᄒ샤 우리 쥬공을 아조 샤ᄒ여 나라히 도
라오시게 ᄒ시면 텬디 산희갓혼 은덕을 셔
토 즁민이 세세로 일ᄏᄅ리이다. 셔기 【3
8】 비직 산의싱은 돈슈빅비ᄒ고 삼가 티우
비공부 하의 올니ᄂ이다.

ᄒ엿더라. 비즁이 쳥파의 싱각ᄒ디 '이 녜단이
만금이 쏜지라 너 이 믈을 밧고 져룰 도라보니
면 텬히 다 날을 지믈을 탐흔다 우을 거시니 이
어려온 일이오 이 믈을 밧고 도라보니지 아니면
셔기 군민이 다 날을 원망ᄒ리니 엇지ᄒ여야 올
홀고' ᄒ고 반향(半晌)이나 침음ᄒ다가 티젼ᄃ려
왈,

　　"그디 도라가 산티우의게 ᄉ례ᄒ라. 너 티
우의 긔탁ᄒ신 쳥을 인ᄒ여 그디 쥬공으로 ᄒ여
곰 나라히 도라가시게 ᄒ리라."
ᄒ거놀 티젼이 비ᄉᄒ고 긱관의 도라오니 굉회
쏘 우흔의 허락을 밧고 왓거놀 이쟝이 디희ᄒ여
셔기로 도라가다.

　　비즁이 산의싱의 녜믈을 밧고 혜오디 '계
일졍 니게만 녜믈을 드려 쥬공을 구ᄒ여 가려
ᄒ고 우티우란 너 아리 관원이라 ᄒ여 녜믈을
【39】 아니드려시리라' ᄒ고 우흔ᄃ려 니ᄅ지
아니ᄒ니 우흔도 계게만 왓ᄂ니라 ᄒ여 셔로 긔
이더니 일일은 쥐 젹셩누의셔 비즁 등으로 더부
러 바독을 두어 쥐 년ᄒ여 두 판을 니긔고 디희
ᄒ여 잔치롤 비셜ᄒ여 이인으로 더브러 셔로 즐
기며 셔빅이 아들의 고기 먹은 일과 빅읍고의
진공흔 것시 묘ᄒ믈 의논ᄒ거놀 비즁 등이 이
쩌롤 타 쥬왈,

　　"신 등이 젼일의 희창을 반역불츙지신으로
아랏더니 요ᄉ이 심복을 시겨 유리의 보니여 허
실을 탐쳥흔 즉 군민이 다 니로디 '셔빅이 실노
츙의지심이 이셔 미일 삭망의 분향츅텬ᄒ여 폐
하의 슈복을 빌고 조곰도 원망치 업다 ᄒ니 이
말을 듯건디 희창은 진실노 츙냥지신이러이다."

　　쥐 문왈,

　　"경이 젼일의 니ᄅ디 '희창이 밧그로 츙냥
이 이시나 인호로 간ᄉ흔 마음이 이시니 노화보
니면 후환이 이시리라' ᄒ더 【40】 니 오늘은 엇
지 다ᄅ게 이ᄅᄂ뇨?"

비즁이 쏘 쥬왈,

　　"젼의는 희창이 조가의 드러온지 오라지
아닌지라 더러는 츙신으로 알고 더러는 간ᄉ흔
사롬으로 아랏더니 요ᄉ이는 유리 군민과 조졍
디신이 다 그 덕을 기리ᄂ이다."

　　쥐 우흔ᄃ려 무ᄅ디,

　　"경은 엇지 아모말도 아니ᄒᄂ뇨?"
　　우흔이 싱각ᄒ디 '산의싱이 져사롬의게도
녜믈을 보니여 인졍을 통ᄒ엿ᄂ지라 비즁도 져
의 녜믈을 밧고 날ᄃ려 니ᄅ도 아니ᄒ니 너 비
즁과 산의싱을 믜워 노화보니지 말고져 ᄒ디 져
의 녜단을 바닷ᄂ지라 다시 엇지 허치 아니리
오' ᄒ고 쥬왈,

　　"비즁의 쥬ᄒᄂ 말과 갓ᄒ여 만민이 다 희
창을 셩인이라 ᄒᄂ이다."

　　쥐 우문 왈,

　　"경 등의 말을 드ᄅ니 진실노 그러홀진디
희창을 노화보니고져 ᄒ니 엇더ᄒ뇨?"

　　비즁 왈,

　　"희창을 ᄉ흐며 아니시미 신 등이 졍치 못
ᄒ려니와 폐히 【41】 만일 노화보니시면 희창이
일졍 폐하의 지싱지은을 감격ᄒ리이다."

　　우흔이 비즁의 힘써 쥬ᄒ믈 보고 마음의
혜오디 '비즁이 일졍 셔기 녜믈을 더 바다 져리
힘써 구ᄒ거니와 너 쏘 텬ᄌ긔 쥬ᄒ여 희창을
노화 왕을 봉ᄒ여 나라히 도라보니면 너 공이
져의게셔 더ᄒ리라' ᄒ고 쥬왈,

　　"폐히 셔빅을 노화보니시면 셔기 빅셩이
감격ᄒ여 홀 쑨 아니라 텬하 만민이 다 폐하의
은덕을 일ᄏᄅ리이다. 이제 니샹 두뉴(竇融)이
유흔관을 직희여 강문환(姜文煥)을 막고 디쟝
등구공(鄧九公)이 삼산관을 직희여 셔로 쏜환지
칠년이로디 승퓌롤 졍치 못ᄒ엿ᄂ지라 신의 쇼
견의는 희창을 노화보니실계 왕을 봉ᄒ샤 비모
황월(白旄黃鉞)을 쥬어 셔기롤 진졍ᄒ면 동남
병민 ᄌ연 믈너나리이다."

　　쥐 디희 왈,

　　"우티우는 지롱(才能)이 겸젼(兼全)ᄒ니 가
위 츙신이로다."
ᄒ고 즉시 【42】 젼지ᄒ여 셔빅을 노화보니라 ᄒ
거놀 비즁 등이 비ᄉᄒ고 나와 디신들의게 통ᄒ
니 문무빅관이 아니깃거ᄒ리 업더라. 셔빅이 탄

왈,

"니 아희 니 말을 듯지 아니ᄒ고 조가의 드러왓다가 명이 맛츠니 니 그 고기를 먹지 말고져 시브디 회시 종스를 위ᄒ여 마지 못ᄒ 일이니 군신부즈지의 상ᄒ리로다."
ᄒ고 눈물을 흘니더니 믄득 일진광풍이 쳠하 긔 와를 날녀 ᄭ치거눌 셔빅이 놀나 왈,

"이 일이 괴이토다."
ᄒ고 분향ᄒ고 금젼을 더져 한 괘를 엇고 탄왈,

"오늘이야 텬지 날을 노ᄒ시리로다."
ᄒ고 좌우를 블너 왈,

"텬지 오늘 날을 노흘 거시니 힝니를 다스리라."

모든 사름이 다 밋지 아니터니 쇼졸이 보ᄒ디,

"스신이 왓다."
ᄒ거눌 셔빅이 마즈 녜필의 스신 왈,

"셩지를 맛다 디인을 스ᄒ여 조가로 뫼셔 가려 ᄒᄂ이다."

셔빅이 【43】 조가를 향ᄒ여 스비ᄒ고 스신을 ᄯ라 조가로 갈시 유리 부뢰(父老) 다 양을 닛글며 술을 매고 길흘 막아 ᄯ우러 왈,

"칠년을 셩쥬의 가르치시믈 닙어 장유노쇠다 삼강오상지도를 비화 교홰 디힝ᄒ더니 오늘 셩쥬를 다시 뵈옵지 못ᄒ게 되여시니 이는 뇽이 바다희 들며 봉이 구룸의 날고 범이 황산의 놀며 학이 쳥숑의 깃드림 갓다."[17]
ᄒ고 일시의 통곡ᄒ거눌 셔빅이 ᄯ 읍왈,

"니 칠년을 이의 이시디 쳑촌도 너희를 위ᄒ 일이 업거눌 너희 쥬식을 갓초와 날을 니별ᄒ니 엇지 붓그럽지 아니리오? 다만 원컨디 너희 니 가르친 녜의를 져바리지 아니면 무강ᄒ 복을 누리리라."

모든 빅셩이 다 슬프믈 먹음고 눈물을 흘니며 십니 밧긔 와 니별ᄒ거눌 셔빅이 ᄯ 눈물 ᄲ려 니별ᄒ고 조가의 드러오니 오문 밧긔 미즈(微子) · 비간 · 미즈계(微子啓) · 미즈연(微子衍) · 믹운[18](麥雲) 【44】 · 믹디(麥智) · 황비호 등 졔

왕이 빅관을 거느리고 셔빅을 맛거눌 셔빅이 황망이 녜를 맛고 왈,

"범관(犯官)이 칠년을 유리의 가쳣더니 오눌 졔공 은덕을 닙어 다시 텬일을 보니 이 은혜를 엇지 다 갑흐리오?"
ᄒ고 즁관으로 더브러 인스ᄒ더니 쥐 좌우를 명ᄒ여 드러오라 ᄒ거눌 셔빅이 쇼복 닙고 즁관을 ᄶᆞ와 뇽덕뎐의 드러가 지비 쥬왈,

"번신(犯臣) 희창이 죄 쥬(誅)ᄒ믈 닙을 거시어눌 폐하의 은덕을 닙어 노히니 이 은혜ᄂᆞᆫ 뼈 바아진들 엇지 다 갑흐리잇고?"

쥐 왈,

"경이 유리의 칠년을 이시미 츄호도 원심이 업고 도로혀 국조 무강ᄒ믈 빌더라 ᄒ니 경의 츙셩은 만고의 비ᄒ올디 업손지라. 짐이 경을 노화 나라히 도라보너고 인ᄒ여 빅공의 웃듬을 삼아 쥬왕(周王)이라 ᄒ고 빅모황월을 쥬어 셔기를 진졍ᄒ며 미월의 녹미 일쳔셕 식을 쥬ᄂᆞ니 고국의 도라가 빅셩 【45】 을 무휼ᄒ라."
ᄒ고 뇽덕뎐의 디연을 비셜ᄒ여 삼일을 관디ᄒ며 문무관을 명ᄒ여 다려가라 ᄒ거눌 문왕(文王)이 비스ᄒ고 밧그로 나오니 미즈 · 비간 등 모든 왕이 문왕을 ᄶᆞ와 오문 밧긔 나와 눈물을 흘니며 니별ᄒ거눌 문왕이 비스ᄒ고 오문을 나셔기로 오니 셩즁 빅셩 남녜 길히 나와 왈,

"오늘 현휘 가시니 우리 현후를 어디 가 다시 어더보리오?"
ᄒ거눌 셔빅이 ᄯ 권연(眷然)ᄒ여 ᄯ나지 못ᄒ더니 믄득 보니 검극이 삼나ᄒ여 일지(一枝) 인미 나ᄂ다시 오거눌 문왕이 좌우다려 문왈,

"져 압히 오는 거시 엇던 군미뇨?"

좌위 디왈,

"무셩왕(武成王)이로쇼이다."

문왕이 급히 말긔 나려셔 몸을 굽혀 기다리더니 이윽고 무셩왕이 압히 니르러 말긔 나려 녜ᄒ고 왈,

"쇼장이 이계야 오니 원컨디 디왕은 죄를 스ᄒ쇼셔. 디왕이 유리를 ᄯ나 고국의 도라가시 【46】 니 쇼장 등이 그 깃브믈 엇지 다 고ᄒ리잇고? 쇼장이 한 말을 디왕긔 고코져 ᄒᄂ니 원

---

17) 뇽이 바다희 들며 봉이 구룸의 날고 범이 황산의 놀며 학이 쳥숑의 깃드림 갓다: 龍逢雲彩, 鳳落梧桐, 虎上高山, 鶴栖松柏.

18) 믹운: 원래 '미군'으로 되어 있으나 오기이므로

고침.

컨디 디왕은 드러 쓰쇼셔."

문왕이 답녜 왈,

"원컨디 왕은 가ᄅ치쇼셔. 삼가 바드리이다."

무셩왕 왈,

"예셔 쇼장의 마을이 머지 아니ᄒ니 디왕은 쇼장을 조ᄎ 가시면 한 잔 슐노 졍을 표ᄒ고져 ᄒᄂ이다."

믄왕이 허락ᄒᄃ 황비회 문왕으로 더브러 마을의 드러와 좌우를 명ᄒ여 잔치를 비셜ᄒ고 이왕이 셔로 잔을 잡아 졍을 표ᄒ니 날이 져믄 줄 ᄭᅵ닷지 못ᄒ더라. 날이 져믈미 등촉을 혀 둘히 셔로 권ᄒ여 반춰ᄒ미 황비회 왈,

"오늘 디왕의 즐기시믄 무강ᄒ 복이로쇼이다. 슬프다 텬ᄌᄂ 요얼을 춍신ᄒ여 츙언을 드리지 아니ᄒ시고 포락과 만분을 지어 군신을 죽이며 만민을 보치더니 요ᄉ이 병잉(兵刃)이 네 녁ᄒ로 니러나고 동남 졔휘 반ᄒ여 텬히 황【47】황ᄒ며 만민이 도탄ᄒ여 셩탕 ᄉ직이 오러지 아니ᄒ리니 우리 마음이 엇지 평안ᄒ리잇고? 오늘 유리를 쩌나 고국의 가시니 이ᄂ 뇽이 디히의 도라가며 범이 심산의 드러가고 고기 낙시를 버셔나며 시 그믈을 버셔남 갓ᄒ니 원컨디 디왕은 ᄲᆞᆯ니 도라가고 더디지 말나."

ᄒ더라.

21
문왕과관도오관(文王夸官逃五關)

문왕(文王)이 조가(朝歌)룰 쩌나 황하(黃河)
룰 건너 이틀을 나아가더니 셩즁 관 직흰 관원
이 문왕이 황황ㅎ고 속속ㅎ여 밤의 셩문을 열고
나가믈 보고 샬니 비즁(費仲)의게 보ㅎ디,

"앗가 셔빅(西伯)이 힝니(行李) 속속ㅎ고
거동이 황난ㅎ여 밤의 셩문을 열고 무슴 즁디흔
일이 잇눈지 이경(二更)의 나가니 각별이 고ㅎ
ㄴ이다."

비즁 왈,

"네 아직 믈너시라. 니 다시 니릭리라."
ㅎ고 즁당의 안ㅈ 싱각ㅎ다가 왈,

"혼ㅈ눈 결치 못ㅎ리라."
ㅎ고 【48】 우흔(尤渾)을 쳥흔디 이윽고 우흔이
와 녜필의 비즁 왈,

"현데 쥬샹끠 쥬ㅎ여 희창의 죄룰 스ㅎ고
쥬왕을 봉ㅎ여 보닉엿거눌 반젹 희창이 텬명을
기다리지 못ㅎ여 우리게 스례도 아니ㅎ고 텬지
명ㅎ여 삼일을 머무러 셔기로 가라 ㅎ여 계시거
눌 오날 이틀이 못밋쳐 이경의 셩문을 열고 도

망ㅎ니 이 일이 반드시 큰 마음을 먹고 다라나
눈도다. 요스이 동남 계휘 반ㅎ엿눈디 쏘 희창
을 노화 후환을 돕게 ㅎ여시니 우리 엇지ㅎ여야
져 길흘 막으리오?"

우흔 왈,

"형은 근심치 말나. 우리 둘히 말ㅎ면 텬
지 드릭실지라 쥬샹끠 쥬ㅎ고 장슈룰 보닉여 잡
아오리니 우리 엇지 근심ㅎ리오?"
ㅎ고 둘히 조복을 갓초고 니뎐의 드러가니 쥐
바야흐로 젹셩누의셔 풍경을 구경ㅎ거눌 비즁
등이 【49】 쥬왈,

"이졔 폐히 희창을 스ㅎ여 왕을 봉ㅎ시고
삼일을 머무러 본국으로 도라가라 ㅎ여 계시거
눌 희창이 폐하의 은덕을 니ᄌ며 명을 기다리지
아니ㅎ고 스홀이 못ㅎ여셔 밤의 셩문을 열고 다
라나니 반드시 반홀 뜻이 잇눈가 시브니 감히
긔이지 못ㅎ여 고ㅎㄴ이다."

쥐 디로 왈,

"경 등이 젼의 니릭디 희창이 진실노 츙의
지심이 이셔 삭망으로 국긔 평안ㅎ기룰 분향축
텬흔다 ㅎ거눌 짐이 스ㅎ엿더니 오날 엇지 이런
일이 쏘 잇눈뇨? 경 등의 죄도 쏘흔 젹지 아니
ㅎ리라."

우흔이 쥬왈,

"ᄌ고로 사름의 마음이 측냥키 어려워 압
히셔눈 슌종ㅎ다가 밧긔 나면 즉시 다른 마음을
닉여 남으로 ㅎ여곰 그 밧글 알고 안흘 아지 못
ㅎ며 그 안흘 알오디 그 밧글 아지 못ㅎ게 ㅎ니
셩인 곳 아니면 바다히 말나야 그 밋츨 보 【5
0】 며 사름이 죽어도 그 마음을 맛츔닉 아지 못
ㅎㄴ니 희창이 폐하와 신 등을 속이고 다라나시
나 일졍 먼니 아니갓슬 거시니 은파픽(殷破敗)
와 뇌기(雷開)룰 분부ㅎ여 삼쳔 비긔(飛騎)룰 쥬
어 쏠오라 ㅎ쇼셔."

쥐 디희ㅎ여 냥장을 블너 분부ㅎ디,

"너희 삼쳔 비긔룰 거느려 샬니 나아가 희
창을 잡아오디 잠간이나 더듸면 죄 젹지 아니리
라."

이장이 녕을 듯고 군스룰 거느려 셔로 힝
ㅎ니 그 셰 구룸이 일며 바롬이 닷눈 듯흔지라.
문왕이 황하룰 건너 님동관(臨潼關)을 향ㅎ다가
믄득 드릭니 뒤흐로셔 진퇴(塵土) 디작ㅎ며 함

셩이 진동ᄒ고 일지 인민 나ᄂᆞ드시 다라오거늘
문왕이 디경ᄒᆞ여 하늘을 우러러 탄왈,

"셔울셔 나올졔 무셩왕이 날다려 니로디
'샐니 도라가고 지완치 말나' ᄒ거늘 니 밋지
아니ᄒ고 날호여1) 힝ᄒ더니 져 【51】 뒤히 ᄯᅩ로
는 군시 일졍 텬ᄌ 명을 바다 날을 잡으라 오니
이 환을 엇지 버셔나리오?"
ᄒ고 치롤 바야 압흐로 다ᄅᆞ니 마음이 살갓ᄒ여
몸의 날이 업스며 말이 더디 가믈 한ᄒᆞ더니 님
동관 십니롤 못밋쳐 츄병이 더옥 급ᄒᆞ지라. 압
길이 아오라ᄒᆞ여2) 졍이 망극ᄒᆞ여 하눌긔 고ᄒᆞ
디 명텬이 도라보지 아니시고 고기롤 슉여 ᄯᅡ히
고ᄒᆞ디 ᄯᅡ히 응치 아니ᄒᆞᄂᆞᆫ지라 시 슈플을 일흐
며 고기 그믈을 맛난 듯ᄒᆞ여 거의 츄병의 히홀
비 될너라.

이젹의 종남산 연긔ᄉ 운즁ᄌ(雲中子) 뇌
진ᄌ(雷震子)롤 길너 뎨ᄌ롤 삼안지 칠년이러니
운즁지 당상의 안ᄌ 도셔롤 닑다가 놀나 왈,

"셔빅이 ᄯᅩ 엇지 이런 환을 맛ᄂᆞ뇨? 니 젼
의 셔빅으로 더부러 연산(燕山)의셔 언약ᄒ 일
이 잇더니 엇지 져바리리오?"
ᄒ고 금화동ᄌ(金霞童子)롤 블너,

"네 도원의 드러가 ᄉ형 뇌진ᄌ롤 블너오
라."

금화동지 명을 바 【52】 다 드러가더니 이
윽고 뇌진지 즁당의 드러와 졀ᄒᆞ여 왈,

"ᄉ뷔 뎨ᄌ롤 블너 무엇ᄒᆞ려 ᄒᆞ시ᄂᆞ니잇
고?"

운즁지 왈,

"이졔 네 부친이 이 환란을 당ᄒᆞ여시니 샐
니 가 구ᄒᆞ라."

뇌진지 ᄯᅥ러 왈,

"뎨ᄌ의 아뷔 어디 잇ᄂᆞ니잇가?"

운즁지 왈,

"네 부친 셔빅후 희창이 셔기로 가다가 환
난을 맛나시니 가 구ᄒᆞ라."
ᄒ고 연산 일을 디강 니ᄅᆞ디 뇌진지 우 문왈,

"뎨ᄌ의게 긔특ᄒ 병긔 업손지라 뷘 숀으
로 엇지 져 군ᄉ롤 당ᄒᆞ리잇고?"

운즁지 왈,

"이리로셔 바로 님동관 남편 호아이(虎兒
崖)로 가면 병긔 잇고 그곳의 가면 네 힘이 ᄌ
연 녜의셔 더으리라. 병긔와 용밍을 엇거든 도
라와 너 병법을 비호고 가라."

뇌진지 ᄉ례ᄒ고 바로 호아이로 오니 슈셩
은 잔잔ᄒ고 녹쥭은 창송과 긔화요최 좌우의 둘
넛고 빅학황녹은 쌍쌍이 단이거늘 뇌진지 두로
풍경을 구경ᄒ다가 머리롤 드러보니 바회3) 압
【53】 히 한 남기 잇고 미화닙 속의 홍힝(紅杏)
둘히 열넛거늘 싱각ᄒᆞ디 '니 져 여롬4)을 ᄯᅡ 먹
으리라' ᄒ고 바회롤 긔여 올나 하나홀 ᄯᅡ 먹으
니 향니 코의 거스리며5) 단맛시 닙의 가득 평
싱의 처음으로 본 실과여늘 마음의 싱각ᄒᆞ디
'이 홍힝 하나홀 ᄯᅡ다가 ᄉ부ᄭᅴ 드리리라' ᄒ고
하나홀 마ᄌ ᄯᅡ ᄂᆞ려오다가 ᄎᆞᆷ지 못ᄒᆞ여 마ᄌ
먹으니 졍신이 싀훤ᄒ고 마음이 훤츨ᄒ거늘 뇌
진지 혜오디 'ᄉ뷔 날을 보너실졔 니로샤디 "이
곳의 오면 졍신이 녜도곤6) 비히 나으리라" ᄒ

---

1) 【날호여】⑰ 천천히. ¶ 셔울셔 나올졔 무셩
왕이 날다려 니로디 '샐니 도라가고 지완치 말
나' ᄒ거늘 니 밋지 아니ᄒ고 날호여 힝ᄒᆞ더니
져 뒤히 ᄯᅩ로는 군시 일졍 텬ᄌ 명을 바다 날을
잡으라 오니 이 환을 엇지 버셔나리오? (武成王
雖是爲我, 我一時失於打點, 黃夜逃歸; 想必當今
知道, 傍人奏聞, 怪我私自逃回必有追兵赶逐.) <
西周 5:50>

2) 【아오라ᄒ다】⑲ 아스라하다. 아득하다. ¶
압길이 아오라ᄒᆞ여 졍이 망극ᄒᆞ여 하눌긔 고ᄒᆞ
디 명텬이 도라보지 아니시고 고기롤 슉여 ᄯᅡ히
고ᄒᆞ디 ᄯᅡ히 응치 아니ᄒᆞᄂᆞᆫ지라 시 슈플을 일흐
며 고기 그믈을 맛난 듯ᄒᆞ여 거의 츄병의 히홀
비 될너라 (文王這一回似失林之鳥, 漏網驚魚,
那分南北, 孰辨東西? 文王心忙似箭, 意急如
雲, 正是仰面告天天不語, 低頭訴地地無言.) <
西周 5:51>

3) 【바회】⑲ 바위. ¶ 뇌진지 두로 풍경을 구경
ᄒ다가 머리롤 드러보니 바회 압히 한 남기 잇
고 미화닙 속의 홍힝 둘히 열넛거늘 싱각ᄒᆞ디
'니 져 여롬을 ᄯᅡ 먹으리라' <西周 5:52>

4) 【여롬】⑲ 열매. ¶ 뇌진지 두로 풍경을 구경
ᄒ다가 머리롤 드러보니 바회 압히 한 남기 잇
고 미화닙 속의 홍힝 둘히 열넛거늘 싱각ᄒᆞ디
'니 져 여롬을 ᄯᅡ 먹으리라' <西周 5:53>

5) 【거스리다】⑧ 거스르다. 거슬리다. ¶ 撲
∥ 향니 코의 거스리며 단맛시 닙의 가득 평싱
의 처음으로 본 실과여늘 마음의 싱각ᄒᆞ디 '이
홍힝 하나홀 ᄯᅡ다가 ᄉ부ᄭᅴ 드리리라' (聞一聞,
撲鼻馨香, 如甘露沁心, 愈加甘美. 雷震子暗思:
'此二枚紅杏, 我吃一個, 留一個帶與師父.') <西周
5:53>

시더니 그는 과연 그러ᄒ거니와 이졔 병긔는 어 더 잇느뇨' ᄒ고 빙이 가으로 두로 다니더니 그 홍힝 긔운이 속의 터지며 왼편 겨드랑 아리 한 날기 나니 뇌진지 마음이 황홀ᄒ고 졍신이 몸의 붓지 아녀 샐니 두 손으로 그 날기를 쩌히려 ᄒ 더니 경긔의 올혼 녑히 ᄯ 날기 난지라 아모리 홀【54】줄 몰나 종남산으로 도라오고져 ᄒ더니 ᄯ 코히셔 쇼리 나며 코히 녀의셔 열 비나 크고 두 쌤의셔 쇼리 나며 왼낫치 퍼러ᄒ니 뇌진지 더옥 겁너여 눈을 브릅쓰고 아모리 홀 줄 몰나 ᄒ더니 ᄯ 두 눈이 등잔만치 커지는지라 동셔로 분쥬ᄒ며 혜오디 '이 ᄯ히 무슴 귀신이 잇는가' ᄒ여 사름을 ᄎᄌ 못고져 ᄒ더니 ᄯ 두 편 닙아 귀의셔 엄니[7] 브로도다 닙 밧긔 나며 왼 머리 털이 벌거ᄒ고 킈 졈졈 즈라 두 길이나 ᄒ 사름 이 되엿는지라 방셩통곡ᄒ고 반일을 긔졀ᄒ엿다 가 겨유 씌여 눈을 드러보니 금화동지 압히 와 셧거늘 뇌진지 ᄭ지져 왈,

"네 여긔 와시디 엇지 날을 구완치 아니ᄒ 고 이리 셧는다?"

금화동지 졀ᄒ고 왈,

"도형은 쇼뎨를 ᄭ짓지 마로쇼셔. 스뷔 쇼 뎨를 명ᄒ여 형을 브르라 ᄒ시거늘 앗가 갓 왓 느이다."

뇌진지 울【55】며 홍힝 먹던 일과 왼 몸 이 흉악히 된 연고를 ᄌ시 니르고 우왈,

"스뷔 날을 속여 이 ᄯ히 병긔 잇다 ᄒ시 거늘 ᄎᄌ라 왓더니 병긔는 업고 귀신을 맛나 이 얼골이 되여시니 너 이 낫출 들고 엇지 다시 스부ᄭ 뵈오리오?"

금화동지 디왈,

"도형은 잡말 말고 샐니 종남산의 도라가 스부ᄭ 뵈쇼셔."

뇌진지 즉시 두 활기를 치고 종남산으로 오노라 ᄒ니 겨드랑 아리 난 날기 결노 붓치여

몸이 반공즁의 ᄯ올나 경긔의 종남산으로 도라 오니 운즁지 골 밧긔 셔셔 보다가 손벽치고 왈,

"긔특ᄒ다. 네 얼골이 엇지 져리 되엿느 뇨?"

뇌진지 졀ᄒ고 울며 고왈 호아이의 가 ᄒ 던 일을 다 고ᄒᆫ디 운즁지 쇼왈,

"너는 괴이히 너기지 말나. 후일의 큰 장 쉬 될 거시니 너 이졔야 병긔를 쥬리라."

ᄒ고 황금곤(黃金棍)을 너여다가 쥬며 왈,

"네 이 막더를【56】들고 너 압히셔 무예 를 비호라."

뇌진지 졀ᄒ고 즉시 황금곤을 겨어 무예를 익이니 ᄯ 날기 결노 붓치여 공즁의 오르나리며 막더 쓰는 법이 즈연 규구의 마즈니 밍회 머리 를 흔들며 교룡이 바다히셔 뇹뛰는 듯ᄒ지라.[8] 뇌진지 혜오디 '너 젼의는 젹은 칼 쓰기도 잘 못ᄒ엿더니 이런 큰 막더를 잘쓰고 너 젼의는 동ᄌ의 얼골이러니 오늘은 이런 장ᄒ 사름이 되 여시니 이 일이 일졍 스부의 도슐이로다' ᄒ고 막더 쓰기를 긋치미 고두비ᄉᄒᆫ디 운즁지 우왈,

"네 그져 이시면 날기를 마음디로 쓰지 못 홀 거시니 너 널노 ᄒ여곰 날기를 임의로 쓰게 ᄒ리라."

ᄒ고 필묵을 가져다가 왼편 날기의 '픙(風)'자를 쓰고 올흔편 날기의 '뇌(雷)'자를 쎠 왈,

"네 이졔 날기를 다시 쎠 보라."

뇌진지 날기를 붓쳐 공즁의 단이니 그 날 기의셔 바름【57】과 우뢰 쇼리 나며 동즁이 진 동ᄒ더라. 뇌진지 동즁의셔 두로 단이다가 나려 와 고두지비 왈,

"스부의 후은을 뎨지 다 갑흘 길이 업거니 와 스뷔 뎨ᄌ의 두 날기 니신 일을 알고져 ᄒ느 이다."

운즁지 왈,

"네 셔빅후의 양지(養子)나 처음은 뇌진 가 온디셔 난지라 니러므로 네 일홈을 뇌진지라 ᄒ 고 ᄯ 뇌진은 날기 잇는 귀신이라 니러므로 너 를 셰상 사름이 뇌진진 줄 알게 ᄒ미니 괴이히 너기지 말고 샐니 님동관의 나려가 네 부친을

---

6) 【-도곤】 國 -보다. ¶ 스뷔 날을 보너실졔 니 로샤디 '이곳의 오면 졍신이 녜도곤 비히 나으 리라' ᄒ시더니 그는 과연 그러ᄒ거니와 이졔 병긔는 어디 잇느뇨? <西周 5:53>

7) 【엄니】 國 어금니. ¶ 牙齒 ‖ 두 편 닙아귀의 셔 엄니 브로도다 닙 밧긔 나며 왼 머리털이 벌 거ᄒ고 킈 졈졈 즈라 두 길이나 ᄒ 사름이 되엿 는지라 (髮似朱砂, 眼睛暴湛, 牙齒橫生出於脣外, 身軀長有二丈.) <西周 5:54>

8) 밍회 머리를 흔들며 교룡이 바다히셔 뇹뛰는 듯ᄒ다: 轉身似猛虎搖頭, 起落像蛟龍出海.

구하려 오관의 니여보니고 셔빅휘 혹 너롤 셔기
로 다려가려 ᄒ여도 슈이 산중으로 도라오고 은
병을 막으디 살히치 말나."

뇌진지 하직고 종남산을 써나 경긱의 님동
관의 나려와 싱각ᄒ디 '부친이 비록 오신들 니
엇지 얼골을 알아 뫼셔가리오' ᄒ고 한 뫼 봉
우희 셔셔 두로 보더니 믄득 한 사롬이 동다히
로셔 전닙(氈笠)【58】을 쓰고 평복을 닙고 빅
마롤 타고 나ᄂᄃ시 다라오거눌 뇌진지 혜오디
'져 사롬이 일졍 우리 부친이라' ᄒ고 쇼리ᄒ여
왈,

"부왕은 어디 가시ᄂ니잇고?"

문왕이 쇼리롤 듯고 두로 보디 인젹이 업
손지라 탄왈,

"황텬후퇴 일졍 나의 쏘치여 가믈 블상이
너겨 귀신으로 ᄒ여곰 날을 브ᄅ시ᄂ도다."

뇌진ᄌ 잇ᄂ 곳을 아라보지 못ᄒ더니 뇌진
지 문왕의 괴이히 너기ᄂ 쥴을 보고 쏘 쇼리ᄒ
여 왈,

"졔 가ᄂ 져 사롬은 뉘완디 엇지 져리 샐
니 가ᄂ뇨?"

문왕이 디경ᄒ여 말을 잡고 머리롤 드러
ᄌ셰히 보니 한 사롬이 뫼 우희 셔시디 낫빗치
퍼러ᄒ고 눈이 풍방울 갓흐며 머리털이 벌거ᄒ
고 두 닙어귀의 엄니 도다시며 두 녑히 붉은 날
기 잇ᄂ지라 황금막디롤 들고 셧거눌 문왕이 졍
신이 몸의 븟지 아냐 싱각ᄒ디 '져【59】귀신이
일졍 사롬의 말을 비화 나 가ᄂ 길을 뭇ᄂ가 시
브니 져 귀신의게 가 니 임의ᄒ 졍상을 니ᄅ리
라' ᄒ시고 말치롤 바아 뫼 우희 올나가 왈,

"그디ᄂ 엇던 사롬이완디 나 가ᄂ 길을 뭇
ᄂ뇨?"

뇌진지 샐니 졀ᄒ고 왈,

"부왕은 원컨디 쇼ᄌ의 죄롤 ᄉᄒ쇼셔"

문왕이 괴이히 너겨 왈,

"그디 엇던 사롬이완디 무식혼 회창을 부
친이라 일ᄏᄂ뇨?"

뇌진지 왈,

"쇼ᄌᄂ 연산의셔 난 뇌진지러니 부친을
구ᄒ라 왓ᄂ이다."

문왕이 디경ᄒ여 문왈,

"너롤 종남산 운중지 다려가더니 날을 엇
지 ᄎᄌ 오뇨?"

뇌진지 왈,

"쇼지 ᄉ부의 교졍을 바다 츄병을 믈니치
고 부친을 구ᄒ여 이 다ᄉ 관(關)을 나가시게
ᄒᄂ이다."

문왕이 디희ᄒ여 경ᄉ의 가 ᄒ던 일을 ᄌ
셰히 니ᄅ더 뇌진지 눈을 브릅쓰고 분혼 마음이
속의 가득ᄒ엿거눌 문왕이 싱각ᄒ디 '이【60】
놈의 거동이 ᄉ오나와 뵈니 일졍 ᄯ라오ᄂ 군ᄉ
롤 다 즛쳐9) 죄롤 더으리라' ᄒ고 쇼리ᄒ여 왈,

"니 이졔 비록 은왕을 바리고 셔흐로 도라
가나 네 츄병을 살히ᄒ면 텬지 일졍 디로ᄒ여
군ᄉ롤 니ᄅ혀 셔기롤 토멸ᄒ리니 니ᄂ 네 날을
구ᄒᄂ 작시 아니라 도로혀 내게 화롤 끼치ᄂ
작시니 네 살펴 니게 화롤 끼치지 말나."

뇌진지 디왈,

"쇼지 발셔 ᄉ부의 명을 드러 츄병으로 ᄒ
여곰 ᄌ연이 도라가게 ᄒ고 부친을 구ᄒ여 셔기
로 도라가시게 ᄒ려 ᄒᄂ이다."

ᄒ고 둘히 셔로 말ᄒ더니 믄득 보니 동다히로셔
일지 인민 나ᄂᄃ시 다라오니 졍긔(旌旗) 히롤
가리오며 함셩이 텬디 진동ᄒ거눌 뇌진지 왈,

"부친은 이의 잠간 계시쇼셔. 쇼지 나려가
져 군ᄉ롤 믈니치고 오리이다."

ᄒ고 쇠막디롤 두로고 날기롤 붓쳐 뫼히 나려
젹병을 막아 왈,

"너ᄂ 엇【61】더혼 군시완디 감히 우리
부친을 쏘로ᄂ다?"

은병이 뇌진ᄌ의 흉악혼 상을 보고 즁군의
드러가 보ᄒ디,

"압히 흉악혼 귀신이 길흘 막앗ᄂ이다."

은·뇌 이장이 장쎠 왈,

"엇던 놈이 감히 우리 길을 막ᄂ뇨?"

ᄒ고 진젼의 나와 디호 왈,

---

9)【즛치다】통 짓치다. ¶ 去退‖ 문왕이 디희
ᄒ여 경ᄉ의 가 ᄒ던 일을 ᄌ셰히 니ᄅ더 뇌진
지 눈을 브릅쓰고 분혼 마음이 속의 가득ᄒ엿거
눌 문왕이 싱각ᄒ디 '이놈의 거농이 ᄉ오나와
뵈니 일졍 ᄯ라오ᄂ 군ᄉ롤 다 즛쳐 죄롤 더으
리라' (文王聽罷吃了一驚, 自思: "吾乃逃官, 已自
得罪朝廷; 此子看他面色, 也不是個善人, 他若去
退追兵, 兵將都被他打死了, 與我更加罪惡.) <西
周 5:60>

10)“네 엇던 놈이완더 감히 길을 막는다?”

뇌진지 왈,

“나는 셔빅 문왕의 제 빅즈 뇌진지러니 우리 부왕이 인의군지라 님군을 셤기미 츙셩을 다ᄒ고 어버이롤 셤기미 효롤 다ᄒ며 벗을 스괴미 밋브게 ᄒ고 신하롤 브리더 덕으로써 ᄒ고 빅셩을 무휼ᄒ며 현ᄉ롤 디졉ᄒ더니 죄업시 유리의 칠년을 갓쳣다가 노혀 도라오시거놀 엇지 ᄊ 로기롤 이러트시 ᄒᄂ뇨? 텬디 다 부왕의 인미 ᄒ믈 도라보샤 우리 스뵈 날을 명ᄒ여 부왕으로 ᄒ여곰 군ᄉ롤 믈니게 ᄒ라 ᄒ시미 니【62】왓 노라.”

은파퍼 ᄭ지져 왈,

“필뷔 엇지 큰 말을 너여 삼군을 놀나게 ᄒᄂ뇨?”

ᄒ고 말을 달녀 칼춤 츄며 다라들거놀 뇌진지 쇠막더롤 둘너 두어 합은 ᄊ호더니 뇌진지 셩각 ᄒ더 ‘니 우ᄒ로 부왕과 스부의 명을 어그릇지 아니ᄒ리라’ ᄒ고 은파퍼롤 바리고 공즁의 쮜여 올나 구룸 속으로 왕니ᄒ니 그 날기 쇼리 텬디 진동ᄒ여 산악이 움죽이는 듯ᄒ더라. 뇌진지 두 로 도다가 셔녁히 한 뫼히 잇거놀 쇠막더롤 둘 너 그 뫼 ᄲ리롤 ᄶ쳐 나리치고 도로 ᄯ히 나려 이장다려 왈,

“냥장이 니 용을 능히 디젹홀가 시부냐?”

냥장이 썰며 왈,

“장군은 도라가라. 우리 군ᄉ롤 파ᄒ고 장군의 부왕을 다시 쏠오지 아니ᄒ리라.”

ᄒ고 군ᄉ롤 두로혀 동으로 가거놀 뇌진지 산의 올나와 문왕을 보고 왈,

“쇼지 져 군ᄉ롤 믈니쳣【63】거니와 두 장슈의 일홈이 무어시라 ᄒᄂ니잇고?”

문왕 왈,

“이장의 일홈은 은파퍼와 뇌기어니와 오늘 만일 너 곳 아니런들 니 엇지 이 환을 버셔나리 오?”

뇌진지 왈,

“부친이 화란은 버셔나 계시거니와 이 압 길이 어려오니 쇼지 부왕으로 ᄒ여곰 이 오관을 지나시게 ᄒ리이다.”

문왕 왈,

“니 황비호의 문셔롤 맛다왓시니 이 관 지나기롤 엇지 근심ᄒ리오?”

뇌진지 고왈,

“부왕은 그 문셔롤 밋지 마로쇼셔. 오관 직흰 장쉬 힝혀 문셔롤 위조로 아라 너여보너지 아니ᄒ고 셔로 힐난홀졔 ᄯᅩ 츄병이 오면 이 환 을 다시 버셔ᄂ기 어려오리이다.”

문왕이 문왈,

“니 비록 이 관을 지나가나 탄 말이 일졍 이 관을 지나지 못ᄒ리니 이롤 엇지ᄒ리오?”

뇌진지 디왈,

“부왕이 엇지 이 말을 인ᄒ여 디ᄉ롤 그릇 민들녀 ᄒ시ᄂ니잇고?”

문왕【64】왈,

“이 말이 날을 조ᄎ 칠년 환난을 지니엿는 지라 오늘 엇지 참아 바리고 가리오?”

뇌진지 왈,

“일이 급ᄒ엿는디 부왕이 엇지 쇼즈롤 위 ᄒ여 디ᄉ롤 도라보지 아니시ᄂ니잇고?”

숀으로 말을 쳐 믈니치니 문왕이 말을 보 며 탄왈,

“니 어지지 못ᄒ여 오늘날 너롤 바리고 셔 기로 도라가ᄂ니 너는 어진 님즈롤 어더 조히 지너라.”

ᄒ고 눈믈을 흘니거놀 뇌진지 왈,

“부왕은 니 등의 올나 이 관을 지나게 ᄒ 쇼셔.”

문왕이 뇌진즈의 등의 올나 셔기로 가니 반시 못ᄒ여셔 다ᄉᆺ관을 지나 금계령(金鷄嶺)의 니르럿거놀 문왕이 디희 왈,

“오늘날 니 고향의 도라오믄 다 네 공이 라.”

ᄒ더라.

---

10) 이 부분부터 원문 제22회가 시작됨.

[셔주연의西周演義 권지뉵]

22
문왕토ㅈ육(文王吐子肉)[1]

【1】 화셜 문왕(文王)이 다숫 관을 무스히 지나 금계령(金鷄嶺)의 니르러 뇌진ㅈ(雷震子)의게 스례 왈,

"오늘 너 곳 아니면 이 환을 엇지 버셔나리오?"

뇌진지 졀ᄒ여 하직 왈,

"부왕은 평안이 가쇼셔. 쇼ㅈ는 이리로셔 종남산(終南山)으로 가ᄂ이다."

문왕이 놀나 문왈,

"네 날을 중노(中路)이 두고 기ㅁ 엇지뇨?"

뇌진지 왈,

"스뷔 분부ᄒ시더 부친을 구완ᄒ여 관의 지난 후 즉시 도라오라 ᄒ여 계시니 감히 스부의 명을 거역지 못ᄒ여 이졔 도라가ᄂ니 원컨더 부왕은 쇼ㅈ의 죄롤 스ᄒ시고 평안히 가쇼셔. 쇼ㅈ는 도라가 스부의 도롤 비온 후 즉시 나려오리이다."

ᄒ고 고두지비ᄒ여 눈믈을 흘녀 니별ᄒ고 도라가거눌 문왕이 【2】 뇌진ㅈ롤 니별ᄒ고 혼ㅈ 거

___

1) 원래 회목은 '西伯侯文王吐子'이다.

러 셔ᄒ로 힝ᄒ여 한 집의 다ᄃ르니 날이 졈을고 힝낭이 핍졀ᄒ엿더니[2) 졈쥐 진왈,

"존관은 역졈(驛店)의 잠간 쉬쇼셔."

ᄒ고 드러가더니 쥬찬을 갓초 왓거눌 문왕이 사례 왈,

"복이 이 ᄯᅡ히 다ᄃ르미 날은 졈을고 힝니 진ᄒ엿ᄂ지라 쥬인의게 한 그롯 밥을 빌녀 ᄒ더니 쥬인이 몬져 음식을 너여다가 쥬시니 셔기의 도라가 은혜롤 갑흐리라."

졈쥐 노왈,

"이곳은 다론 졈과 다르니 엇지 이러트시 좁은 말을 ᄒᄂ뇨? 우리 드르니 문왕이 인의로써 만민을 가르쳐 힝인이 길을 스양ᄒ며 길희 ᄃ론 거술 줍지 아니ᄒ고 밤의 기 줏지 아니ᄒ여 셔토 인민이 다 요텬슌일(堯天舜日)이라 ᄒ다 ᄒ더니 져적의 셔기 상티우 산의싱(散宜生)의 부린 티장군이 이 ᄯ히 드러 지나실시 우리롤 가르쳐 【3】 인의롤 힝ᄒ라 ᄒ니 우리 다 문왕을 감격ᄒ여 그론 일을 아니ᄒ고 간난ᄒ 사롬 곳 지나가면 무휼ᄒᄂ지라 우리 엇지 존관의 갑흐시믈 싱각ᄒ리오? 아ㅈ 드르니 존관이 셔기의 계신 사롬인가 시브니 우리 문왕의 덕을 감격ᄒ여 ᄒᄂ 줄을 나라히 고ᄒ라."

ᄒ고 드디여 은ㅈ 슈십 냥을 너여 드리거눌 문왕이 답왈,

"복이 쥬인의 니론 바롤 져바리지 아니리라."

ᄒ고 녜모롤 극진이 ᄒ시니 쥬인이 문왕의 인후ᄒ시믈 보고 혜오더 '이 사롬이 나히 늙으더 엇지 이러틋 긔이ᄒ뇨' ᄒ고 인ᄒ여 문왈,

"원컨더 존관의 존셩터명을 드러지이다."

ᄒ거눌 문왕이 졍식 답왈,

"나는 다론 사롬이 아니라 셔빅(西伯)이러니 유리셩의 칠년을 갓첫다가 셤은을 닙어 도라오노라."

ᄒ고

"말지 아들 뇌진ㅈ의 공을 인ᄒ여 【4】 다

___

2) 【힝낭】 图 주머니. ¶ 囊 ‖ 문왕이 뇌진ㅈ롤 니별ᄒ고 혼ㅈ 거러 셔ᄒ로 힝ᄒ여 한 집의 다ᄃ르니 날이 졈을고 힝낭이 핍졀ᄒ엿더니 (文王年紀高邁, 跋涉艱難, 抵暮見一客舍, 文王投店歇宿. 次日起程, 囊乏無資.) <西周 6:2>

119

슛 관을 지나 이 짜히 니르러 힝니 진흐엿더니 너희 날을 후디흐니 타일의 은혜롤 닛지 아니흐리라."

졈쥐 이 말슴을 듯고 황망이 나려 고두빅비 왈,

"원컨디 디왕은 쇼인의 죄롤 스흐쇼셔. 여긔 잠간 머므셔든 신이 촌인을 모화 디왕을 평안이 도라가시게 흐리이다."

문왕 왈,

"네 일홈을 무엇시라 흐느뇨?"

졈쥐 디왈,

"쇼인의 일홈은 신걸(申杰)이오 다숫 디룰 예셔 스느이다."

문왕이 디희 왈,

"네 날을 말티와 보니면 그 공을 타일의 중히 갑흐리라."

신걸 왈,

"쇼신의 집의 엇지 말이 이시리잇가? 다만 나귀 하나만 이시니 디왕으로 흐여곰 타고 가시게 흐고 쏘흔 신이 뫼셔 가리이다."

문왕이 디열흐여 금계령을 쩌나 슈양산(首陽山)을 지나 시비 길을 힝흐더니 츠시 졍히 가을이 깁헛논지라 금풍(金風)이 삽삽흐고 오엽(梧葉)은 표표흐【5】고 단풍황국(丹楓黃菊)은 좌우의 난만(爛漫)흐여 경긔 비홀디 업스미 춤셩〔蠻聲〕은 참졀(慘切)흐고 나위 젹막흐거놀 문왕이 오리 고향을 쩌난 졍과 빅읍고(伯邑考)의 죽은 일을 싱각흐고 슬프믈 니긔지 못흐여 눈믈을 흘니고 앙텬 탄왈,

"니 빅셩으로 흐여곰 원망을 끼친 일이 업더니 엇지 니런 일이 이실 쥴 알니오?"

흐시고 쳬읍흐믈 마지 아니시더라.

이젹의 티강(太姜)이 문왕이 오리 오지 아니시믈 괴이히 너겨 티젼(太顚)·굉요(閎夭)롤 블너 왈,

"너희 올제 텬지 셔빅을 언졔 보니려 흐시더뇨?"

티젼 등이 쥬왈,

"낭낭은 근심 마로쇼셔. 슈월이 못흐여셔 쥬공이 도라오시리이다."

티강 왈,

"너희 올제 텬지 비록 죄롤 스흐여시나 어이 슈이 도라오기롤 바라리오?"

흐시고 눈믈을 흘녀 슬프믈 니긔【6】지 못흐시더니 믄득 일진 쳥풍이 뎐 압흐로 지나거놀 티강이 즉시 금젼을 더져 분향흐고 셔빅 올 날을 졈복흐더니 한 패롤 엇고 디희흐여 중관다려 니르샤디,

"셔빅이 올 날이 아모날 아모 찌의 오리니 너희 쌜니 나가 마즈라."

문무빅관과 모든 공지 아니깃거흐리 업셔 즉시 셩즁의 문왕 오실 날을 니르니 셩즁 인민이 아니깃거흐리 업셔 집마다 향을 픠오고 만민이 문무빅관으로 더브러 슐을 지며 양을 닛그러 셩밧 십니 외의 나와 마즈려 흐더라. 문왕이 신걸노 더브러 셔긔 셩밧 슈십 니의 니르니 쳥산의 빗촌 의구흐디 인스는 달낫논지라. 앙텬 탄식흐더니 믄득 일셩 포향의 무슈흔 인민 압흘 향흐여 오거놀 문왕이 디경흐시더니 졈【7】졈 나아오거놀 보니 이는 디장군 남궁괄(南宮适) 상티우 산의싱(散宜生)과 츠즈 희발(姬發)이 일국 빅셩과 문무즁관을 다 거느려 와 녜롤 맞고 발이 나가 통곡흐고 쥬왈,

"부왕이 여러 히롤 유리의 갓쳐 계시고 형이 쏘 텬즈의 히흐믈 닙어 고국의 도라오지 못흐니 신 등이 앙텬 탄식홀 쑨이러니 오늘날 부왕이 노혀 오실 쥴을 엇지 알니잇가? 원컨디 부왕은 먼니 맛지 못흔 죄롤 스흐쇼셔."

문무빅과 모든 공지 머리롤 조아 아니울니 업더라. 문왕이 눈믈을 흘니시며 크게 슬허 왈,

"니 여러 히롤 갓쳐 명이 조셕의 잇더니 오늘날 너희롤 다시 보니 이는 텬힝이라. 네 형의 죽으믈 싱각흐니 엇지 슬프지 아니리오?"

흐시고 통곡흐시니 산의싱이 읍왈,

"셕즈(昔者)의 셩탕이 하디(夏臺)의 갓쳐 계시더니 후의 나라히 도라와 【8】 텬하롤 위흐여 디스롤 경흐신지라 이졔 쥬공이 유리의 화롤 버셔나겨시니 다시 덕졍을 닷가 만민을 무휼흐시면 엇지 셩탕젹과 다르리잇가?"

문왕이 탄왈,

"티우의 말은 과인을 위흔 말이나 이 쏘 신즈의 도리는 그른지라. 니 텬즈긔 득죄흐여 칠년을 가쳣다가 셩은을 닙어 오늘날 고국의 도

라오디 왕작을 바드며 빅모황월을 바다 졔후의 웃듬이 되엿ᄂ니 이 은혜는 일만 번 죽어도 갑기 어려온지라 티우는 다시 이런 말을 ᄒ지 말나.”

발이 좌우를 명ᄒ여 농포옥디와 농봉치녜를 가져다가 문왕을 뫼셔 셩즁으로 도라오니 좌우 길가의 분향ᄒ고 셩황을 쥬ᄒ며 만민이 쇼리ᄒ여 왈,

“칠년을 쥬공을 ᄡ여낫다가 금일 다시 뵈오니 엇지 즐겁지 아니리잇고?”

ᄒ거눌 문 【9】 왕이 위로ᄒ시고 오히려 슬프믈 머음고 셩즁으로 드러오더니 쇼농산(小龍山)의 다ᄃᄅ니 ᄡ러졋던 공ᄌ들과 빅셩들이 마ᄌ 아니즐겨ᄒ리 업더라.

문왕이 구십 팔ᄌ를 압히 버려 세우고 드러오시더니 젼의셔 하나히 업손 줄을 싱각ᄒ시고 슬프믈 니긔지 못ᄒ여 눈믈이 비오듯ᄒ미 노리를 지으시니 기 가(歌)의 왈,

> 신하의 졀을 나오미여 표를 밧드러 상의 조회ᄒ도다.
>
> 님군긔 직간ᄒ미여 강기를 졍히 ᄒ고져 ᄒ는도다.
>
> 간쟝의 ᄒ를 닙으미여 칠년을 유리의 가치미로다.
>
> 그 죄 만ᄒ미여 하늘이 앙얼을 나리오시도다.
>
> 빅읍고의 효도로오미여 아븨를 위ᄒ여 죄를 쇽ᄒ려 ᄒ는도다.
>
> 요금[3]을 타미여 흉냥이 쇽졀업시 스러지도다.
>
> 아들의 고기를 머으미여 셜음이 골슈의 박혓도다.
>
> 셩 【10】 은을 감겨ᄒ미여 위문왕외 니르도다.
>
> 벼슬을 바드미여 난을 도망ᄒ미로다.
>
> 길히 뇌진을 맛나 명을 ᄆᆞᆺ치 아니ᄒ미여 힝혀 나의 디경의 니르도다.
>
> 셔토의 도라오미여 모지 완젼ᄒ도다.
>
> 홀노 빅읍고를 보지 못ᄒ미여 간쟝이

무여지는 듯ᄒ도다.

문왕이 노리를 다 지으시미 한 쇼리를 크게 ᄒ고 뎐아리 것구러지시거눌 문무즁신이 급히 붓드러 방의 드러가 구완ᄒ더니 이윽고 ᄯᅩ 쇼리ᄒ시며 목으로셔 한 덩이 고기를 토ᄒ시니 그 고기 거동이 작은 토끼 갓ᄒ여 아리 네 발이 잇고 우희 두 귀 잇거눌 모다 괴이히 너기더니 ᄯᅩ 년ᄒ여 셰홀 토ᄒ시니 셰히 다 의연히 터력이 업손 톳기러라. 즁인이 일시의 와 보더니 그 톳기 셰히 다 뫼 우ᄒ로 다라나더니 아모더로 간 줄 모를너라. 【11】 공ᄌ 희발 등과 문무즁신이 문왕을 겨유 구ᄒ여 붓드러 셩즁의 드러와 궁금(宮禁)의 드르샤 치료ᄒ시니 슈월이 못ᄒ여 ᄒ리시니라.4)

일일은 문왕이 상티우 산의싱다려 왈,

“니 조가의 드러갈졔 칠년 익은 이실 줄은 알아시더 장ᄌ 빅읍고의 참혹ᄒ 형벌을 바들 줄은 싱각지 못ᄒ여시니 이 다 텬쉬라. 한훌 비 업거니와 셩은을 닙어 나라히 도라오미 위왕작을 더으고 경슈를 ᄡ여날졔 무셩왕 황비호의 은덕을 닙어 길히 무ᄉ히 오고 ᄯᅩ 은파픽(殷破敗)·뇌기(雷開) 등의 츄병을 맛나 화를 겨유 면ᄒ고 오관(五關)을 무ᄉ히 지나니 이 은혜를 갑기 어렵도다.”

ᄒ고 인ᄒ여 뇌진ᄌ의 연고를 니르신더 산의싱이 디왈,

“오관이 다 직희여실 거 【12】 시니 비록 뇌진ᄌ의 용녁인들 그 다셧 관 빅니를 엇지 다 지나시니잇고?”

문왕이 뇌진ᄌ의 긔이ᄒ 거동을 니르시고 ᄯᅩ 신걸을 맛나 나귀 어더 타고 온 일을 니르신더 산의싱이 하례 왈,

“디왕의 공덕이 텬하의 가득ᄒ며 인의 스히의 퍼져 만민이 일ᄏ지 아니리 업셔 텬히 삼분의 그 둘히 디왕긔 도라왓ᄂ지라 뉘 디왕으로 ᄒ여곰 평안ᄒ시믈 원치 아니리잇고? 녯 글의 닐너시더 ‘젹션ᄒ는 집은 빅복이 ᄌ연 못고5) 젹

---

3) 원문은 ‘鼓琴’으로 되어 있다.

4) 【ᄒ리다】 圖 (병이) 낫다. ¶ 愈 ‖ 공ᄌ 희발 등과 문무즁신이 문왕을 겨유 구ᄒ여 붓드러 셩 즁의 드러와 궁금의 드르샤 치료ᄒ시니 슈월이 못ᄒ여 ᄒ리시니라 (公子姬發扶文王入後宮調理湯藥, 也非一日, 文王其恙已愈.) <西周 6:11>

악ᄒᄂᆫ ᄌᆞᄂᆫ 지홰 ᄌᆞ연 못ᄂᆫ다' ᄒᄋᆝᆺᄂᆞ니 쥬공이 셔토의 도라와 다시 빅셩을 무휼ᄒᆞ시니 뇽이 디희의 들며 범이 심산의 듬 갓흔지라 쥬공이 맛당이 인졍을 힝ᄒᆞ샤 텬명을 기다릴 거시니이다. ᄒᆞ믈며 텬하 졔휘 다 반ᄒᆞ여 병인이 ᄉᆞ방의 니러나거늘 쥬왕이 빅셩을 근심치 【13】 아니ᄒᆞ고 달긔의게 침혹ᄒᆞ여 방ᄌᆞ무도ᄒᆞ고 황음쥬식ᄒᆞ여 포락만분을 지어닉고 쥬지육님을 민들고 디신을 졋담으며 현냥을 쥬살ᄒᆞ고 황후롤 형벌ᄒᆞ며 아들을 죽이려 ᄒᆞ니 텬뉸이 문허지고 디의 일헛ᄂᆞ지라 신의 ᄯᆞᆺ의ᄂᆞᆫ 은국 졍시 오릭지 아닐 홀가 ᄒᆞᄂᆞ이다."

말을 맛지 못ᄒᆞ여셔 뎐 압ᄒᆡ 일인이 츌반 쥬왈,

"디왕이 임의 고국의 도라와겨시니 맛당히 일공ᄌᆞ롤 위ᄒᆞ여 보슈롤 홀 거시니이다. ᄒᆞ믈며 셔기의 웅병이 ᄉᆞ십 만이오 명장이 뉵십여 인이니 한 번 나아가면 오관을 ᄌᆞ연이 멸홀 거시오. 인ᄒᆞ여 조가의 드러가 비쥼·우혼을 죽이며 달긔롤 만단의 바아 업시ᄒᆞ고 혼군을 폐ᄒᆞ며 명쥬롤 셰워 텬하의 분을 씨스미 신의 원이로쇼이다."

ᄒᆞ거늘 모 【14】 다 보니 이는 디장군 남궁괄이러라. 문왕이 이 말을 드르시고 블열 왈,

"경 등의 튱심이 니러ᄒᆞ미 셔토 군민이 평안치 아니리로다. 텬지 날을 노화 보니엿거늘 엇지 다시 보슈홀 마음을 니리오? ᄒᆞ믈며 텬ᄌᆞᄂᆞᆫ 만국의 웃듬이오 만민의 님ᄌᆞ어늘 닉 엇지 ᄌᆞ식의 죽으믈 인ᄒᆞ여 신하로 블의롤 힝ᄒᆞ리오? 녜 글의 왈 '신히 님군을 죽이며 아들이 아뷔롤 죽이며 겨집이 지아뷔롤 죽이미 이 웃듬 블의라' ᄒᆞᄋᆝᆺᄂᆞ니 닉 엇지 텬리와 인ᄉᆞ와 녜졀을 참아 버리리오? 닉 비록 칠년을 고초히 가쳐시나 다시 텬ᄌᆞ의 은덕을 감격ᄒᆞ여 셔방 빅셩으로 ᄒᆞ여곰 원을 프러 싱각지 아니케 ᄒᆞ미 이 신ᄌᆞ의 도리라. 경 등이 텬리와 인뉸을 거스려 날노 ᄒᆞ

여곰 블튱블의의 ᄱᆡ지게 ᄒᆞᄂᆞ다?"

【15】 남궁괄이 우 쥬왈,

"일공ᄌᆞ 부왕의 죄롤 쇽ᄒᆞ시려 공(貢)을 드리니 그 일이 그룬거시 아니어놀 쥬왕이 무도ᄒᆞ여 참혹ᄒᆞᆫ 형벌을 힝ᄒᆞ니 이는 쥬공의 큰 원쉬라. 군ᄉᆞ롤 조련ᄒᆞ며 장ᄉᆞ롤 초모(招募)ᄒᆞ여 포악을 업시ᄒᆞ고 텬하롤 졍히 ᄒᆞ미 만민의 원이로쇼이다."

문왕이 즐왈,

"경이 한 일을 인ᄒᆞ여 블의의 말을 ᄒᆞ니 이는 군신 스스로 화롤 취ᄒᆞ미로다. 닉 당초의 조가의 드러갈졔 니ᄅᆞ디 '칠년 익 곳 지나면 ᄌᆞ연 도라오리라' ᄒᆞᄋᆝᆺ더니 빅읍괴 닉 말을 듯지 아니ᄒᆞ고 한갓 츙효디졀을 싱각ᄒᆞ여 날을 구ᄒᆞ여 퓌덕무례롤 힝치 아니ᄒᆞ고 신졀을 직희엿ᄂᆞ니 텬하 졔후의 공논이 이실지라. 공 등이 엇지 몬져 니런 말을 닉여 화롤 ᄌᆞ취 【16】 ᄒᆞᄂᆞ뇨? 녯 글의 닐너시디 '오륜 즁의 군신지의 즁타' ᄒᆞᄋᆝᆺᄂᆞ니 닉 나라홀 직희여 교화롤 힝ᄒᆞ고 빅셩과 한가지로 티평을 누려 귀의 간괘 쇼릭롤 듯지 아니ᄒᆞ며 눈의 경벌ᄒᆞᄂᆞ 빗출 보지 아니ᄒᆞ고 몸이 안마의 슈고로오믈 밧지 아니ᄒᆞ며 마음의 승픽의 분을 근심치 아니ᄒᆞ고 삼군으로 ᄒᆞ여곰 갑쥬의 슈고로오믈 업게 ᄒᆞ며 빅셩으로 ᄒᆞ여곰 경황ᄒᆞᆫ 지화롤 밧지 아니ᄒᆞ미 이 나의 원이니 경은 다시 블의의 말과 블의의 일을 니ᄅᆞ지 말나."

ᄒᆞ시더라.

셔빅후건디착쇼[6]

화셜 산의싱(散宜生)이 문답을 듯고 고두 지비ᄒᆞᆫ디 문왕(文王)이 더옥 어진 졍ᄉᆞ롤 넙이 힝ᄒᆞ샤 빅셩을 사랑ᄒᆞ시며 부셰(賦稅)롤 열히 하나홀 밧 【17】 고 벼술ᄒᆞᄂᆞ로 ᄒᆞ여곰 셰디(世代)로 녹을 먹게 ᄒᆞ고 ᄯᅡ홀 그어 옥(獄)을 삼고 남글 삭여 관원을 민ᄃᆞ라 빅셩이 죄 이시면

---

5) 【못다】 圖 모이다. ¶ 生∥ 녯 글의 닐너시디 '젹션ᄒᆞᄂᆞ 집은 빅복이 ᄌᆞ연 못고 젹악ᄒᆞᄂᆞ ᄌᆞᄂᆞ 지홰 ᄌᆞ연 못ᄂᆞ다' ᄒᆞᄋᆝᆺᄂᆞ니 쥬공이 셔토의 도라와 다시 빅셩을 무휼ᄒᆞ시니 뇽이 디희의 들며 범이 심산의 듬 갓흔지라 (自古有云: "克念者, 自生百福; 作念者, 自生百殃." 主公已歸西土, 眞如龍歸大海, 虎復深山, 自宜養時待動.) <西周 6:12>

6) 원문에는 원래 이 回目이 없다.

그 옥의 가두어두나 감히 다라나지 못흐고 빅셩의 농상을 권흐며 남지 빈곤흐고 고독흐여 취쳐치 못흐니와 녀지 간난흐여 가취(嫁娶)치 못흐니룰 구의⁷⁾의셔 포빅(布帛)을 쥬어 혼취룰 권흐시고 환과고독을 각별 무휼흐시니 니러므로 셔토 빅셩이 집이 가음열고⁸⁾ 미인이 풍족흐여 가무로 쇼일흐니 티평을 가히 알니러라. 셔빅이 산의싱다려 왈,

"니 싱각흐디 셔북 남졍(南正)의 한 디(臺)룰 짓고 일홈을 '녕디(靈臺)'라 흐여 이 디 우희이셔 텬하 만민의 음양을 졈복흐고져 흐디 다른 졔후로 더브러 의논흐여 한가지로 짓지 아니면 셔토 군민이 만히 상흘가 두려흐노라."

산의싱이 쥬왈,

"디왕이 녕디룰 지어 텬【18】하 군민의 음양을 졈복흐려 흐시면 이는 만민을 위흐미오 유관의 즐거오믈 위흠이 아니니 빅셩이 엇지 슈고룰 앗겨흐리잇고? 흐믈며 디왕이 인의흐샤 공덕이 초목곤츙의 밋츠니 쟝인을 갑슬 만히 쥬고 분부흐디 연고 잇느니란 역스(役事)의 참녜치 말나 흐시면 만민이 다 즐겨 닷호아 역스룰 흐리이다."

문왕이 디희 왈,

"티우의 말이 올타."

흐시고 즉시 방을 쎠 각 문의 붓치니 그 글의 흐여시디,

셔빅 문왕이 인민의 바라는 거슬 조츠니 셔기 빅셩이 다 도덕이 잇는 마을이라 벙과기치이 요란흐미 업스며 마을이 한가흐니 창(昌)이 유리(羑里)의 갓쳐실졔 괴로오믈 싱각흐여 이졔 도셩 셔문 밧긔 한 디룰 지어 일홈을 '녕디'라 흐고 그 우희이셔 빅셩의 길흉을 졈복흐여 후일【19】의 근심을 방비코져 흐디 군민의 역스와 쟝인의 슈고로오미 이실가 두려 갑슬 비히

쥬디 지완을 의논치 말며 빅셩의 연고 잇느니란 시기지 말나. 니 니러므로 이 디룰 일우고져 흐느니 만민의 뜻이 엇더흐뇨?

흐엿더라. 셔기 만민이 다 이 글을 보고 다 깃거 쇼리룰 나죽이 흐여 왈,

"디왕의 은덕이 하늘 갓흐여 우리 괴로온 일이 업셔 히 도드면 마을의 가 놀고 히 지면 집의 도라와 편히 자 무궁흔 복을 누리니 이는 다 디왕의 홍은이라. 이졔 디왕이 녕디룰 지어 우리 길흉을 졈복흐려 흐시는디 갑슬 비히 쥬며 쏘 슈고로이쳐럼 싱각흐시니 역스룰 뉘 아니흐고져 흐리오?"

셔토 군민이 다 디룰 짓고져 흐거늘 산의싱이 민심이 이러트시 귀슌흔 쥴 알고 드러와 쥬흔디 문왕 왈,

"군민【20】이 니러틋 즐겨흐니 쓸니 공젼을 흣허쥬어 민심을 깃거흐게 흐고 조초 길일을 갈희여 역스흐디 슈이 흐믈 취치 말고 빅셩의 슈고로오믈 도라보와 경이 감역흐여 지으라." 흐신디 산의싱이 명을 듯고 나와 공젼을 몬져 흣허쥬고 빅셩의게 역스흘 날을 분부흐니 셔토 군민이 아니 즐겨흐리 업더라. 모든 빅셩이 셔로 닷호아 역스의 다르니 슌월이 못흐여셔 녕디룰 다 뭇치니라.

---

7) 【구의】 囤 관쳥. 관가. ¶ 남지 빈곤흐고 고독흐여 취쳐치 못흐니와 녀지 간난흐여 가취치 못흐니룰 구의의셔 포빅을 쥬어 혼취룰 권흐시고 환과고독을 각별 무휼흐시니 <西周 6:17>

8) 【가음열다】 囫 부유하다. ¶ 니러므로 셔토 빅셩이 집이 가음열고 미인이 풍족흐여 가무로 쇼일흐니 티평을 가히 알니러라 <西周 6:17>

23
문왕야몽비웅(文王夜夢飛熊)[1]

산의싱(散宜生)이 뎌 짓기를 다ᄒ고 드러와 보ᄒᆞ더 문왕(文王)이 문왈,

"그리 큰 디룰 엇지 순월(旬月)이 못ᄒᆞ여 다 맛ᄎᆞᆻ뇨?"

산의싱이 디왈,

"셔토 군민이 다 더왕의 은덕을 갑흐믈 싱각ᄒᆞ더니 이 뎌 지으【21】려 ᄒᆞ시믈 듯고 일시의 닷호아 역스룰 ᄒᆞ미 이런고로 슈이 일읫ᄂᆞ이다."

문왕이 즉시 문무즁관을 거ᄂᆞ려 녕더의 오시니 뎌 놉픠 이장이오 뎌상의 한 뎐각을 지어시니 우흐로 팔괘룰 응ᄒᆞ여 음양을 상(像)ᄒᆞ엿고 아리로 구궁(九宮)을 쇽(屬)ᄒᆞ여 뇽호(龍虎)룰 졍ᄒᆞ여시며 좌우로 건곤을 향ᄒᆞ여 세윗고 젼후로 군신위(君臣位)룰 비ᄒᆞ엿거늘 문왕이 뎌상의 올나 두로 보시고 탄식ᄒᆞ신더 산의싱이 쥬왈,

"오늘 이 녕더룰 다 맛쳣거늘 엇지 깃거 아니시ᄂᆞ니잇고?"

왕이 탄왈,

"다룬 일이 아니라 민역을 허비ᄒᆞ여 이 더룰 지어시믈 탄ᄒᆞ노라."

산의싱이 우 쥬왈,

"더왕이 엇지 이더도록 민녁 허비ᄒᆞ믈 근심ᄒᆞ시ᄂᆞ니잇고?"

왕 왈,

"니 근심ᄒᆞᄂᆞᆫ 비 이 더 짓기의 민녁 허비ᄒᆞ믈 깃거 아니ᄒᆞ고 ᄯᅩᄒᆞᆫ 싱각ᄒᆞᄂᆞᆫ 일이 이시더 빅【22】셩의게 인졍을 힝치 아니ᄒᆞ고 ᄯᅩ 역스 시기믈 붓그려ᄒᆞ노라."

산의싱이 쥬왈,

"원컨더 더왕은 싱각ᄒᆞ신 바룰 니ᄅᆞ샤 빅셩으로 ᄒᆞ여곰 즐기믈 더으게 ᄒᆞ쇼셔."

왕이 눈셥을 ᄶᅵᇰ기샤 왈,

"니 마음은 이 더 압히 한 못슬 파 슈화(水火)룰 응ᄒᆞ고 음양길흉지도룰 붉히고져 ᄒᆞ더 빅셩으로 ᄒᆞ여곰 ᄯᅩ 엇지 역스룰 ᄯᅩ ᄒᆞ게 ᄒᆞ리오?"

산의싱 왈,

"더왕은 이더도록 민폐룰 싱각지 마로쇼셔. 신이 녕을 밧ᄌᆞ와 이 못슬 일우리이다."

ᄒᆞ고 즉시 나와 만민의게 이 말을 니ᄅᆞ니 빅셩이 일시의 응셩 왈,

"우리 다 셩은을 닙어시더 한 일도 갑흐미 업더니 엇지 작은 못 파기룰 면코져 ᄒᆞ리오?"

ᄒᆞ고 일시의 도치와 잠기[2]룰 가져다가 못슬 파더니 문왕이 뎌상의셔 보시다가 문왈,

"너희 엇지 셔로 지져괴ᄂᆞ뇨?"

즁인이 디왈,

"앗가 못【23】슬 파다가 사룸의 히골이 ᄶᅱ여나미[3] 이런고로 지져괴ᄂᆞ이다."

문왕이 샐니 좌우룰 명ᄒᆞ여 관곽을 갓초와 그 히골을 놉흔 언덕의 무드라 ᄒᆞ시고 믄득 사룸을 브ᄅᆞ샤 왈,

---

1) 원래 회목은 끝에 '조(兆)'자가 더 있다.

2) 【잠기】圈 연장. ¶ 鍬鋤 ∥ 일시의 도치와 잠기룰 가져다가 못슬 파더니 (衆人隨將帶來鍬鋤, 一時挑挖.) <西周 6:22>

3) 【ᄶᅱ여나다】圈 발굴되다.(발견되다) ¶ 掘起 ∥ 앗가 못슬 파다가 사룸의 히골이 ᄶᅱ여나미 이런고로 지져괴ᄂᆞ이다 (此地掘起一副人骨, 衆人故此抛擲.) <西周 6:23>

"창(昌)이 인정을 힝치 못ᄒᆞ여 빅셩으로 ᄒᆞ
여곰 못슬 파다가 사롬의 ᄒᆡ골을 드러너니이다.
나의 죄라."
ᄒᆞ신디 즁인이 응셩 왈,

"디왕의 은덕이 셕은 뼈의 밋츠시니 우리
엇지 역스룰 게얼니 ᄒᆞ리잇고?"
ᄒᆞ며 닷호아 역스ᄒᆞ거눌 문왕이 디상의셔 보시
다가 텬긔 졈졈 어두어 밋쳐 궁의 도라오지 못
ᄒᆞ여 즁관으로 더브러 디상의 잔치룰 비셜ᄒᆞ고
군신이 한가지로 즐기다가 빅관은 훗허지고 왕
은 디상의셔 자시더니 믄득 동남으로셔 빅익회
(白額虎) 두 날기룰 붓쳐4) 장즁(帳中)으로 다라
들거눌 문왕이 셜니 좌우룰 브ᄅ고져 ᄒᆞ더니 디
뒤흐로셔 화광(火光)이 【24】 츙텬ᄒᆞ며 벽녁 갓
흔 쇼리 산을 울니는 듯ᄒᆞ거눌 왕이 놀나 ᄭᅢ다
ᄅᆞ시니 침상일몽이라. 좌우다려 문왈,

"지금이 어니 ᄯᆡ나 되엿ᄂᆞ뇨?"
좌위 디왈,
"삼경은 ᄒᆞ엿ᄂᆞ이다."
문왕이 다시 장즁의 드러가 자시더니 명일
산의싱을 블너 왈,

"괴(孤) 오늘 밤의 이 디의셔 자더니 삼경
은 ᄒᆞ여셔 ᄭᅮᆷ의 한 빅익회 날기룰 붓쳐 장즁으
로 드러오거눌 괴 놀나 좌우룰 블너 뭇고져 ᄒᆞ
더니 디 뒤히셔 한 쇼리 포향이 나며 화광이 츙
텬ᄒᆞ거눌 놀나 ᄭᅢ치니 한 ᄭᅮᆷ이라. 이 일이 일졍
길죄 아니로다."
산의싱이 하례 왈,

"몽죄 가장 길ᄒᆞ니 디왕이 반ᄃᆞ시 디현을
어더 녜 풍후(風后)와 이윤(伊尹)의 일을 힝ᄒᆞ리
로쇼이다."
왕 왈,

"경이 엇지 이 ᄭᅮᆷ을 길죄라 ᄒᆞ여 헌원과
셩탕의게 비ᄒᆞᄂᆞ뇨?"
산의싱이 쥬왈,
"상(商)나라 고죵이 ᄭᅮᆷ의 나는 금을 보고

부 【25】 열(說)을 어덧더니 오늘 디왕이 ᄭᅮᆷ의
날기 잇는 범을 보와계시니 그 일졍 금이로쇼이
다. 뒤히 화광이 니러나믄 다른 일이 아니라 셔
방은 금이미 블노 금을 살와 그릇슬 민들나라
ᄒᆞ미니 이 반ᄃᆞ시 쥬(周) 흥홀 일이로쇼이다."

5)▶즁관이 일시의 하례ᄒᆞ니 문왕이 블열
ᄒᆞ여 궁의 도라와 금빅(金帛)을 훗허 빅셩을 상
ᄒᆞ시니 즁인이 크게 깃거 디와 못슬 가ᄅ쳐 왈,

"이 우리 왕의 못과 녕더라."
ᄒᆞ더라. 문왕이 그 ᄒᆡ골 장(葬)ᄒᆞ신 후로붓허 어
진 졍시 텬하의 진동ᄒᆞ더라.

이 우·예 두나라히 밧 디경을 닷호아 여
러 ᄒᆡ로 디결치 못ᄒᆞ여 우휘 이의 예후의게 글
월을 보니여 왈,

"두 나라히 한 디경 밧홀 셔로 닷호와 결
치 못ᄒᆞ여 일노써 오리 근노ᄒᆞ더니 요스이 드르
니 셔빅휘 진실노 인인군지라 어진 덕틱이 ᄒᆡ골
【26】 의 밋츠며 환과고독을 ᄉᆞ랑ᄒᆞ신다 ᄒᆞ니
우리 냥국이 만일 셔빅의게 가지 아니ᄒᆞ면 붉히
결치 못ᄒᆞ리니 셔로 언약ᄒᆞ여 셔빅의 디하의 나
아가 결단ᄒᆞ미 엇더ᄒᆞ뇨?"
ᄒᆞ거눌 예휘 글월을 보고 가장 깃고 올히 너겨
우후로 더부러 셔로 언약ᄒᆞ고 이휘 효산의 모다
셔로 드러갈시 기쥬 디경의 니ᄅᆞ러는 농부의 밧
가는 양을 보니 두던을 셔로 ᄉᆞ양ᄒᆞ여 스이스이
이랑을 남기거눌 이휘 그 연고룰 무ᄅᆞ니 농뷔
왈,

"셔빅휘 어지사 빅셩의게 교화룰 베프시니
아등이 엇지 밧이랑을 닷호리잇고?"

이휘 참연ᄒᆞ여 거마룰 모리 두로 단이며
보니 삼산궁곡 즁이라도 법졔 가죽ᄒᆞ여 남녜 셔
로 길을 ᄉᆞ양ᄒᆞ고 도셩의 니ᄅᆞ러는 빅셩이 왕니
ᄒᆞ는 지 남ᄌᆞ는 우로 가고 녀ᄌᆞ는 좌로 가며 남
【27】 ᄌᆞ 오십 이상 진 엇게의 무거온 거슬 지
지 아니ᄒᆞ며 손의 가진 거시 업스니 이휘 향민
다려 므론디 향민이 디왈,

"이는 오로 셔빅후의 교홰라."
ᄒᆞ여눌 이휘 크게 붓그러 관역의 쉬고 이튼날
셔빅후룰 보려 ᄒᆞ더니 텬식이 붉지 아냐셔 궁문
의 다ᄃᆞ르니 빅관이 조회ᄒᆞ려 드러올시 티우는

---

4) 【붓치다】 圖 나부끼다. 퍼득이다. ¶ 養生 ∥
빅관은 훗허지고 왕은 디상의셔 자시더니 믄득
동남으로셔 빅익회 두 날기룰 붓쳐 장즁으로 다
라들거눌 (席散之後, 文武在臺下安歇. 文王臺上
設繡榻而寢. 時至三更, 正置夢中, 忽見東南一隻
白額猛虎, 養生雙翼, 望帳中撲來.) <西周 6:23>

5) 여기서부터 끝까지(▶ ◀ 표시 부분)는 원문에
없는 내용임.

경상의게 ᄉ양ᄒ고 경상은 ᄉ상의게 ᄉ양ᄒ여 서로 밀우며 벼슬 ᄎ례로 드러가거놀 우휘 예후 다려 왈,

"우리 등이 몸쇼 능히 교화롤 ᄒᆡᆼ치 못ᄒ여 밧 ᄂᆞ랑을 격년(積年) 닷호니 이ᄂᆞᆫ 진실노 쇼인 의 일이라. 이의 보니 조졍으로붓허 산야 촌민 의 ᄂᆞᄅᆞ히 교홰 밋지 아니ᄒᆞᆫᄃᆡ 업ᄉ니 쇼인의 도 리로쎠 군ᄌᆞᄭᅴ 뵈리오?"

ᄒ고 스스로 본국의 도라와 닷호던 밧츨 셔로 ᄉ양ᄒ여 한 뎐이 되니라. 이후 【28】 의 텬하 빅셩이 그 덕을 우러러 항복ᄒ며 졔휘 셔로 닷 호와 조회롤 ᄒᆞᆯ 지 ᄉ십여 국이러라.

어시(於時)의 치봉(彩鳳)이 기산의 와 ᄌᆞ로 우니 셔토 빅셩들이 보고 왈,

"이ᄂᆞᆫ 우리 왕의 어진 덕졍을 상텬이 나타 ᄂᆡᄂᆡ미라."

ᄒᆞ더라.

이 ᄯᆡ 문왕이 날노 어진 졍ᄉᆞ롤 ᄒᆡᆼᄒᆞ시니 상나라 빅셩 즁의 한 빈민이 이시ᄃᆡ 셩은 강 (姜)이오 명은 상(尙)이오 ᄌᆞᄂᆞᆫ ᄌᆞ아(子牙)니 년 이 칠십의 니ᄅᆞᄃᆡ 가되 젹막ᄒ지라. 심즁의 경 텬위디지슐(經天緯地之術)과 용병ᄃᆡ진(勇兵大進) ᄒᆞᆯ 슈단이 이시ᄃᆡ 다만 시졀을 맛나지 못ᄒ여 빈곤ᄒᄆᆞᆯ 감슈ᄒ고 벼슬을 구치 아니ᄒ더라.

이 ᄯᆡ 상왕(商王) 쥐(紂) 강포롤 ᄌᆞᄒᆡᆼᄒ며 ᄉᆡᆼ민을 잔히ᄒ니 ᄌᆞ아 탄왈,

"ᄂᆡ 드ᄅᆞ니 군ᄌᆞᄂᆞᆫ 난방블게라 ᄒᆞ니 이졔 상왕이 인뉸을 문허바리거놀 ᄂᆡ 엇지 이 ᄯᅡ히 거ᄒ리오?"

ᄒ고 가속을 거ᄂᆞ리 【29】 고 동ᄒᆡ변의 올마 살 며 고기 낙기로쎠 위업ᄒ더니 그 쳐 마시(馬氏) 늙도록 간군(艱窘)ᄒ고 조졍의 쓰이지 못ᄒᄆᆞᆯ 미일 한탄ᄒ며 나히 칠십이 넘도록 맛춤ᄂᆡ 현달 ᄒᆞ미 업ᄂᆞᆫ지라.

일일은 마시 ᄌᆞ아다려 왈,

"쳥컨ᄃᆡ 낭군으로 더브러 니별코져 ᄒ노 라."

ᄌᆞ아 왈,

"ᄂᆡ 나히 팔십이야 벼슬이 봉후(封侯)의 거 ᄒᆞ리니 부인은 빈곤ᄒᄆᆞᆯ 잠간 감슈ᄒ라. 빈곤을 견ᄃᆡ면 ᄌᆞ연 부귀코 즐거오리라."

마시 앙앙블열ᄒ더라.

일일은 ᄌᆞ아 낙시롤 ᄒᆡ빈(海濱)의 드리오 고 고기 낙더니 마시 ᄌᆞ아의 조반을 가져오거놀 ᄌᆞ아 마ᄌᆞ 밥을 먹을졔 마시 가만이 광쥬리롤 보니 고기비눌도 업거놀 마시 이의 조ᄃᆡ의 나아 가 낙시롤 보니 곳은 바늘이오 미늘이 업거놀 마시 보고 심즁의 가이업셔 믄득 노롤 발ᄒ여 ᄌᆞ아다려 【30】 왈,

"ᄂᆡ 낭군으로 더브러 간곤(艱困)을 한가지 로 ᄒᆞ더니 오늘날 낭군의 쳐ᄉᆞ롤 보니 진실노 어린[6] 션비라 엇지 빈곤ᄒᄆᆞᆯ 한탄ᄒ리오?"

ᄌᆞ아 왈,

"엇지 니ᄅᆞ미뇨?"

마시 얼골을 씽기고 더왈,

"오늘 낭군의 낙시롤 보니 낙시의 곡구(曲 鉤)롤 아녀시며 실의 밥을 달지 아녀시니 쳔만 년 드리워신들 엇지 고기비늘을 어더보리오? 이 러틋 아모 의ᄉᆞ 업스므로 쎠 엇지 봉후롤 능히 바라리오?"

ᄌᆞ아 쇼왈,

"ᄂᆡ 실노 니ᄅᆞ노라. 낙시의 곡구 아니ᄒ며 밥 아니믈니믄 어별(魚鼈)을 낙지 아녀 왕후롤 낙그미라. 이ᄂᆞᆫ 실노 부인의 알비 아니니라."

마시 ᄃᆡ쇼 왈,

"비록 왕후롤 낙그나 낙시의 반ᄃᆞ시 곡구 롤 ᄒᆞ여야 어들거시어놀 엇지 곳은 낙시로 취ᄒᆞ 미 이시리잇고?"

ᄌᆞ아 우 쇼왈,

"ᄂᆡ 바론 낙시로 취ᄒᆞᆯ지언졍 구븐 【31】 거 스로쎠 취치 아닐 거시니 부인은 도라가 곳쳐 텬슈롤 디ᄒ여 슈년을 기다리라. ᄂᆡ 반ᄃᆞ시 명 군을 맛나 부귀롤 취ᄒ리라. 진실노 니러치 못 ᄒᆞᆫ 즉 ᄂᆡ 밍셰코 셰상의 쳐치 아니리라."

마시 부답ᄒ고 앙앙이 도라오니라.

각셜 이젹의 상도로 일만 삼쳔 뉴인이 드 러와 셔빅ᄭᅴ 고왈,

"슝후회(崇侯虎) 날마다 달긔로 더부러 상 왕을 다리여 ᄉᆡᆼ민을 잔히ᄒ고 빅셩으로 ᄒᆞ여곰 실업ᄒᆞ여 쥬리게 ᄒ니 빅셩 등이 텬일을 일흔고

---

6) 【어리다】 匧 어리석다. ¶ ᄂᆡ 낭군으로 더브 러 간곤을 한가지로 ᄒᆞ더니 오늘날 낭군의 쳐ᄉᆞ 롤 보니 진실노 어린 션비라 엇지 빈곤ᄒᄆᆞᆯ 한 탄ᄒ리오? <西周 6:30>

로 현후 디하의 왓습더니 원컨더 디왕은 병을 드러 요마롤 업시ᄒ쇼셔."

문왕이 이 말ᄉᆞᆷ을 드르시고 즐겨 아니ᄒᆞ시거눌 굉외(閎夭) 쥬왈,

"쥬공이 어진 정ᄉᆞ롤 힝ᄒᆞ시니 텬하 인민이 젹지 부모 바르듯ᄒᆞ여 도라오ᄂᆞ이다. 이졔 관 남녁 요산 아리 한 짜히 이시더 가장 비 【32】 요(肥饒)ᄒᆞ고 인민이 드므니 가히 뉴민 등을 그 짜히 가 살게 ᄒᆞ시고 인ᄒᆞ여 뎐토롤 쥬샤 밧가라 먹게 ᄒᆞ시면 빅셩 등이 덕틱을 감동ᄒᆞ리이다."

왕이 그 말을 올히 너기샤 즉시 전녕ᄒᆞ여 요산으로 가라 ᄒᆞ시다.

굉외 우 쥬왈,

"상왕이 실덕ᄒᆞᆷ은 다 승후호의 간악ᄒᆞ미니 쥬공은 맛당이 정병을 벌ᄒᆞ샤 승후호롤 쳐 빅셩의 희롤 덜게 ᄒᆞ쇼셔."

왕이 올히 너기샤 드디여 신갑(辛甲)으로 디도독(大都督)을 ᄒᆞ이고 굉요로 부원슈로 ᄒᆞ이샤 각각 정병 오쳔을 인ᄒᆞ여 길흘 난화 가라 ᄒᆞ시고 스스로 정병 팔만을 인ᄒᆞ여 뫼흘 조츠 기쥬롤 쩌나 힝ᄒᆞ신지 두어 날이 못ᄒᆞ여 요산의 니르러 하치(下寨)ᄒᆞ고 격셔롤 승셩(崇城)의 보니시다.

이젹의 승후회 조가의 잇고 그 아들 승응피(崇應彪) 나라홀 직희엿더니 문왕의 젼셔롤 보고 디로ᄒᆞ 【33】 여 부장 손죵으로 정병 이쳔을 거느려 가라 ᄒᆞ고 ᄯᅩ 강호로 삼쳔 쳘긔롤 인ᄒᆞ여 손죵을 도와 한가지로 셔병을 믈니치라 ᄒᆞ더 이장이 녕을 듯고 군병을 인ᄒᆞ여 셕뉴산 아리 니르러 셔병을 디ᄒᆞ여 진치고 이튼날 냥진이 믄긔롤 열며 셔진으로셔 한 장슈 나오니 신치 늠늠ᄒᆞ여 위풍이 응호 갓흐며 갑쥐 빗나더라. 크게 웨여 왈,

"나라홀 그릇 민ᄃᆞᄂᆞᆫ 역젹은 엇지 슈이 말기 나려 죽으믈 밧지 아니ᄒᆞᄂᆞ뇨?"

ᄒᆞ거눌 승병이 보니 이ᄂᆞᆫ 정동장군 신갑이러라. 손죵이 ᄯᅩ 말을 쒸여 바로 신갑을 취ᄒᆞ여 싸호기롤 십여 합의 승부롤 결치 못ᄒᆞ더니 티젼이 한 살노 손죵을 쏘아 말긔 나리치니 신갑이 믄득 버혀 도라오고져 ᄒᆞ더니 강회 다라들거눌 마ᄌ 슈합이 못ᄒᆞ여셔 진상의셔 【34】 고각(鼓角)

을 울니며 일시의 두 장쉬 니다르니 좌ᄂᆞᆫ 굉요오 우ᄂᆞᆫ 티젼이라. 냥장이 쩌 치니 강회 능히 디젹지 못ᄒᆞ여 본진으로 다라나니 셔병이 승셰ᄒᆞ여 진을 쎄쳐 셩문의 다드롣디 강회 피ᄒᆞ여 셩의 드러 문을 굿이 닷고 나지 아니ᄒᆞ거눌 셔병이 둘너ᄊᆞᆼ고 조셕으로 치니 강회 피군을 인ᄒᆞ여 승응표롤 뵌디 응피 디로ᄒᆞ여 일변으로 ᄉᆞᄌ롤 조가의 보니여 그 아뷔게 알외고 스스로 장졸을 거ᄂᆞ려 셩디롤 직희니라.

셔병이 조셕으로 치기롤 급히 ᄒᆞ니 셩이 장ᄎᆞᆺ 퍼케 되엿ᄂᆞᆫ지라 승셩이 ᄊᆞ현지 삼순의 다드라ᄂᆞᆫ 셩즁 빅셩이 냥식이 업셔 졍히 황황급급ᄒᆞ더니 강회 왈,

"이졔 셩즁 빅셩이 쥬려 죽ᄂᆞᆫ지 만코 셔빅은 어진 군지라 셩즁 군민이 쥬려 죽으믈 드르면 병을 파ᄒᆞ 【35】 여 도라가리니 군후ᄂᆞᆫ 이의 죽은 빅셩의 시신을 셩하의 나리쳐 뵈라."

ᄒᆞᆫ디 응피 이 말을 올히 너겨 즉시 죽은 빅셩의 시신을 거두어 셩하의 나리쳐 써곰 셔빅을 보게 ᄒᆞᆫ디 문왕이 이롤 보시고 급히 전녕 왈,

"이ᄂᆞᆫ 니 덕졍이 힝치 못ᄒᆞ미니 니 이졔 승셩을 치지 못ᄒᆞᆯ지라. 엇지 가히 병을 베퍼 써곰 빅셩을 죽게 ᄒᆞ리오?"

ᄒᆞ시고 즉일의 각진 군ᄉᆞ롤 조발ᄒᆞ여 반ᄉᆞ하라 ᄒᆞ시니 졔장이 긔왈,

"이졔 승셩 파ᄒᆞ미 눈압히 잇거눌 쥬공이 군을 도로혀 텬하 빅셩으로 ᄒᆞ여곰 그 희롤 닙게 ᄒᆞ시니잇고?"

왕 왈,

"니 이졔 승셩을 이드나 빅셩이 잔희ᄒᆞ믈 니 참아 보지 못ᄒᆞᆯ지라 슈이 도라가 다시 더을 닷가 이후 다시 홀만 갓지 못ᄒᆞ다."

ᄒᆞ신디 졔장이 즐겨 듯지 아니커눌 문왕이 다시 녕을 나리와 갈오디,

"군 【36】 ᄉᆞ 믈너가지 아닛ᄂᆞᆫ ᄌ롤 반ᄃᆞ시 버히리라."

ᄒᆞ시니 즁장이 두려 병을 프러 셔로 도라가니라. ◀

1)션시(先是)의 강상(姜尙)이 마시(馬氏)롤 니별ᄒ고 조가롤 써나 반계(磻溪)의 숨어 위슈(渭水)의 낙시질ᄒᄆᆡ 경기 졀승ᄒ며 마음이 한가ᄒ여 거리씬 ᄃᆡ 업셔 속졀업시 셰월을 보ᄂᆡ더니 믄득 한 사ᄅᆞᆷ이 셔다히로셔 남글 지고 오며 노ᄅᆡ롤 브르니 그 노ᄅᆡ의 왈,

뫼흘 오르며 녕을 지나ᄆᆡ 벌목(伐木)이 졍졍(丁丁)ᄒ도다.

숀의 도치롤 잡아 옛 등나(藤蘿)롤 버히려 ᄒ니 빙이 압히는 톳기 다ᄅᆞ며 뫼 뒤히는 스슴이 우는도다.

나모 우희는 긔이한 시오 버들가지의는 고흔 ᄭᅬᄭᅩ리로다.

도리는 난만ᄒ고 숑죽은 챵챵ᄒ엿는ᄃᆡ 근심업슨 초부는 황금씌 ᄭᅴ기롤 블워 아 【37】 니ᄒ는도다.

남글 지며 도치롤 메여 두어 되 쑬흘 밧고져 ᄒ니 흐린 슐 한 병과 쇼치 한 그릇슬 달을 ᄃᆡ하여 흥을 도드며 바람을 ᄃᆡ하여 글을 읇는도다.

쳔산은 유벽ᄒ고 만학은 뇨젹흔ᄃᆡ 긔 화요최 속졀업시 셰월을 보ᄂᆡ니 광ᄃᆡ흔 텬디의 임의로 죵횡ᄒ는도다.

그 초뷔 노ᄅᆡ롤 다 읇고 시ᄂᆡ가의 남글 부리오고 쉬다가 ᄌᆞ아롤 보고 문왈,

"ᄃᆡ인은 엇던 사ᄅᆞᆷ이완ᄃᆡ 한가히 낙시질ᄒᄂᆞ뇨? 원컨ᄃᆡ 셩명을 드러지이다."

ᄌᆞ의 답왈,

"나는 동히 허쥬(許州) 사ᄅᆞᆷ이니 셩은 강이오 명을 샹이오 ᄌᆞ는 ᄌᆞ아(子牙)오 별호는 비웅(飛熊)이라. 몸이 한가ᄒ여 거리씬ᄃᆡ 업슨지라 이의 낙시질ᄒ노라."

초뷔 이 말을 듯고 ᄃᆡ쇼ᄒ거늘 ᄌᆞ의 문왈,

"너는 엇던 사ᄅᆞᆷ이완ᄃᆡ ᄂᆡ 말을 웃는다?"

초뷔 답왈,

"나는 셔기 ᄇᆡᆨ셩 무길(武吉)이러니 별회(別

號) 비 【38】 웅이라 ᄒ니 이러므로 웃노라."

ᄌᆞ의 왈,

"사ᄅᆞᆷ이 다 별회 잇거늘 엇지 웃ᄂᆞ뇨?"

초뷔 ᄃᆡ왈,

"네 풍후(風后)・부열(傅說)・노평(老彭)・공샹2)(空桑)・이윤(伊尹)의 무리는 다 인의현셩으로 별호롤 지엇거니와 ᄃᆡ인은 한가히 녹슈쳥파의 낙시롤 드리워 희롱ᄒ며 별호롤 비웅이라 ᄒᄂᆞ뇨?"

ᄒ고 낙시ᄃᆡ롤 드러보니 낙시의 밋기 업슨지라 그 초뷔 박장ᄃᆡ쇼 왈,

"ᄃᆡ인이 엇지 낙시롤 허쇼이 ᄒ엿ᄂᆞ뇨? ᄃᆡ인을 위ᄒ여 계교롤 가ᄅᆞ치리이다. ᄃᆡ인의 별회 비웅이라 명실이 다ᄅᆞ도다."

ᄌᆞ의 답왈,

"네 그 하나흘 알고 둘을 아지 못ᄒ는도다. ᄂᆡ 낙시 고기롤 낙지 아니ᄒ고 공후(公侯)롤 낙그ᄃᆡ 벼술을 요구ᄒ여 쳥운을 어드려 ᄒᄆᆡ 아니라 반공 운무롤 헷치고 쳥쇼의 올나가고져 ᄒ노라."

무길이 ᄯᅩ ᄃᆡ쇼 왈,

"ᄃᆡ인이 이리 한가히 이 【39】 셔 좌우의 일인도 친흐니 업슨지라 엇지 공후롤 엇고져 ᄒᄂᆞ뇨?"

ᄌᆞ의 답왈,

"ᄂᆡ 말을 밋지 아니커든 ᄂᆡ 너롤 위ᄒ여 텬슈롤 니르리라."

무길 왈,

"ᄃᆡ인이 ᄂᆡ 텬슈롤 맛치면 ᄃᆡ인으로써 스싱을 삼으리라."

ᄌᆞ의 무길의 낫츨 니윽히 보다가 왈,

"네 왼눈이 프르고 올흔 눈이 블그니 오늘 셔빅의 셩밋히 다ᄃᆞ라 사ᄅᆞᆷ을 쳐죽이고 큰 화롤 어드리로다."

무길이 ᄃᆡ로 즐왈,

"이 엇지 블길흔 말을 ᄒ여 날을 희롱ᄒᄂᆞ뇨?"

ᄒ고 즉시 남글 지고 도셩의 드러가 팔녀ᄒ더니 남문 밧긔 다ᄃᆞᆮ는 이 ᄯᅢ 문왕(文王)이 녕ᄃᆡ(靈

128

臺)로 가시는 길이라 문무빅관과 어림군미(御林
軍馬) 좌우의 가득ᄒ엿거늘 마음의 혜오디 '이
병미 다 지난 후의는 도라갈 길이 밧부니 이 셩
문을 들고져 ᄒᄂ니 원컨디 장군은 드리라 ᄒ쇼
셔'.

　　【40】이젹의 문왕이 국중의 젼교ᄒ여 빅
셩의 원억(冤抑)ᄒ니롤 도라보며 곤궁ᄒ니롤 무
휼ᄒ라 ᄒ엿ᄂ지라. 그 초관이 즉시 허락ᄒ거늘
무길이 남글 지고 셩중으로 드러오더니 길이 좁
아 압히 잇ᄂ 군시 밀쳐오거늘 무길이 남글 두
로혀 다ᄅᆫ 곳으로 닷고져 ᄒ더니 문직흰 군ᄉ
왕상(王相)이 그 남게 다쳐 죽은지라. 좌우의 셧
던 군병이 일시의 웨여 왈,

　　"초븨 문직흰 군ᄉ롤 쳐죽이다."
ᄒ고 바로 문왕긔 고ᄒᆫ디 문왕이 문왈,

　　"이ᄂ 엇던 사ᄅᆷ이뇨?"

　　군시 디왈,

　　"이 초븨 앗가 셩문의 드러오다가 문직이
왕상을 쳐죽엿ᄂ이다."

　　문왕이 좌우다려 ᄌ시 무ᄅᆞ라 ᄒ신디 시신
(侍臣)이 문왈,

　　"네 엇던 초븨완디 감히 왕상을 쳐죽이
뇨?"

　　무길이 디왈,

　　"쇼민은 셔긔 빅셩 무길이러니 앗가 초관
의게 길홀 비러오다가 길히 좁【41】아 진 남긔
문직흰 군시 다쳐 죽엇ᄂ이다."

　　문왕 왈,

　　"무길이 살인ᄒ니 국법의 즁죄라 사치 못
홀 기시니 가도라."
ᄒ신디 무길이 옥의 나아가ᄂᆞ 삼홀 그이 옥을
ᄒ고 남글 삭여 관원이라 ᄒ거늘 무길이 그 연
고롤 므ᄅᆫ디 옥졸 왈,

　　"문왕의 덕홰 감동ᄒ지라 죄쉬 김히 거역
지 못ᄒᄂ니라."
ᄒ더라. 무길이 갓치연지 삼일의 싱각ᄒ디 '집
의 칠십 편뫼 날만 밋더니 니 가친지 삼일이라
뉘 어뮈롤 봉양ᄒ리오' ᄒ고 통곡ᄒ더니 산의싱
(散宜生)이 지나다가 무길의 울믈 듯고 문왈,

　　"네 죄 국법의 죽을 거시어눌 이졔 울믄
엇지뇨?"

　　길이 빈례 왈,

　　"쇼민이 블힝ᄒ여 문직흰 군ᄉ 닷쳐 죽으
니 이ᄂ ᄉ죄어눌 죽기롤 ᄉᄒ여 여긔 두어 계
시니 엇지 감히 원망ᄒ리잇고만은 다만 노모의
나히 칠십여셰라 무타형뎨ᄒ고 ᄯᅩ 쳐지 업ᄉ
【42】니 어미 봉양ᄒ리 업ᄉ미 존망을 아지 못
ᄒᄂ지라. 이런고로 우ᄂ니 원컨디 티우ᄂ 쇼민
의 졍상을 어엿비 너기쇼셔."

　　의싱이 듯고 혜오디 '무길이 비록 사ᄅᆷ을
죽여시나 졔 죽이미 아니오 ᄯᅩ 늙은 어믜 잇다
ᄒ니 니 엇지 구치 아니ᄒ리오' ᄒ고 왈,

　　"너ᄂ 관회ᄒ라.3) 니 쥬공긔 쥬ᄒ여 널노
ᄒ여곰 어믜롤 보고 두어 달 봉양ᄒ게 ᄒ리라."
ᄒᆫ디 무길이 고두비ᄉ 왈,

　　"티위 〔大夫〕쇼민을 노하보니시면 은혜롤
어이 다 갑ᄒ리잇고?"

　　산의싱이 드러가 쥬왈,

　　"젼일 초부 무길이 왕상을 죽이고 옥의 갓
쳣더니 신이 앗가 지나오다가 무길이 잇ᄂ 디롤
보니 길이 이곡ᄒ며 신다려 니로디 '칠십 노뫼
집의 이시미 형뎨 쳐지 업고 졔 홀노 치다가 ᄉ
홀을 가쳐시미 노모의 존망을 아지 못ᄒ리로다'
ᄒ고【43】통곡ᄒ니 이ᄂ 인뉸의 맛당ᄒᆫ 일이오
신이 ᄯᅩ 싱각ᄒ니 왕상이 비록 죽어시나 졔 부
러 죽인거시 아니오니 디왕이 맛당히 말미롤 쥬
샤 졔 노모롤 의지ᄒ고 도라오라 하쇼셔."

　　문왕이 말미롤 허ᄒ시니 무길이 고두비ᄉ
ᄒ고 경ᄉ롤 ᄯᅥ나 집의 도라온디 어믜 문을 지
혀 바라다가 무길을 보고 ᄲᆞ니 문왈,

　　"네 나모 팔나 간지 삼일이로디 도라오지
아니ᄒ기눌 니 혜오디 '집혼 뫼히 드러갓다가
호표의 히ᄒᆞ미 된가' 쥬야 념녀ᄒ여 음식을 젼
폐ᄒ고 조셕으로 이통ᄒ더니 오늘 올 줄을 어이
알니오?"

　　무길이 울며 디왈,

　　"쇼지 젼일의 남글 팔나 도셩의 드러갓더
니 문직흰 군시 진 남게 다쳐 죽으니 문왕이 잡
아 옥즁의 가도왓ᄂ지라 모친의 존망을 아지 못

---

3)【관회ᄒ다】圖 ｛관회(寬懷)하다｝마음을 놓
다. 마음을 편안히 하다. ¶ 너는 관회ᄒ라
니 쥬공긔 쥬ᄒ여 널노 ᄒ여곰 어믜롤 보고 두
어 달 봉양ᄒ게 ᄒ리라 (武吉不必哭. 我往見千
歲啓一本, 放你回去, 辦你母親衣衾棺木·柴米養
身之貲, 你再等秋後以正國法.) ＜西周 6:42＞

ᄒᆞ여 앙텬통곡ᄒᆞ【44】더니 상텬우 산의싱의 덕으로 슈월 말미ᄅᆞᆯ 바다 노모ᄅᆞᆯ 봉양ᄒᆞ라 왓ᄂᆞ이다.”

기뫼 울며 왈,

“네 엇지 이런 화ᄅᆞᆯ 맛나뇨? ᄂᆡ 이졔 너ᄅᆞᆯ 다시 보니 죽어도 한이 업ᄉᆞ리로다.”

길이 고왈,

“모친은 근심 마로쇼셔. 젼일 남글 지고 반계의 니ᄅᆞ니 동히 사ᄅᆞᆷ 강상이 위슈 가의셔 낙시질ᄒᆞ거ᄂᆞᆯ 쇼ᄌᆡ 나아가 녜ᄅᆞᆯ ᄒᆡᆼᄒᆞᆫ 후 그 낙시ᄅᆞᆯ 보니 낙시 곳아 밋기 업거ᄂᆞᆯ 쇼ᄌᆡ 괴이히 너겨 그 연고ᄅᆞᆯ 므ᄅᆞ니 그 노인 왈 ‘고기ᄅᆞᆯ 낙지 아녀 공후ᄅᆞᆯ 낙노라’ ᄒᆞ고 ᄯᅩ 니로ᄃᆡ ‘밋지 아니커든 네 상을 보와 일을 맛치면 알니라’ ᄒᆞ거ᄂᆞᆯ 쇼ᄌᆡ 우이 너겨 왈 ‘상을 보아 일을 맛치면 졀ᄒᆞ여 스싱을 삼으리라’ ᄒᆞ니 그 노인이 쇼ᄌᆞᄅᆞᆯ 닉이 보다가 왈 ‘왼편 눈이 프ᄅᆞ고 올흔 눈이 븕으니 오ᄂᆞᆯ 사ᄅᆞᆷ을 쳐죽이【45】고 화ᄅᆞᆯ 맛나리라’ ᄒᆞ여ᄂᆞᆯ ᄂᆡ 노ᄒᆞ여 ᄭᅮ짓고 왓더니 이 환을 맛나시니 다시 반계의 가 강션싱을 조ᄎᆞ 계교ᄅᆞᆯ 뭇고져 ᄒᆞᄂᆞ이다.”

뫼 답왈,

“강션싱은 긔특ᄒᆞᆫ 사ᄅᆞᆷ이로다. 엇지 네 환난 일을 미리 아뇨? 네 ᄲᆞᆯ니 가 계교ᄅᆞᆯ 구ᄒᆞ라.”

[4]길이 하직고 반계로 오니 ᄌᆞ익 한가히 안ᄌᆞ 녹슈쳥파의 낙시ᄅᆞᆯ 희롱ᄒᆞ며 스ᄉᆞ로 노릐 지어 흘을 니긔지 못ᄒᆞ거ᄂᆞᆯ 무길이 다라드러 고두비ᄉᆞᄒᆞᆫᄃᆡ ᄌᆞ익 모로ᄂᆞᆫ 쳬ᄒᆞ고 다ᄅᆞᆫ ᄃᆡᄅᆞᆯ 보거ᄂᆞᆯ 길왈,

“뎨지 왓ᄂᆞ이다.”

ᄌᆞ익 졍식 문왈,

“네 엇던 사ᄅᆞᆷ이완ᄃᆡ ᄂᆡ 즐거오믈 희짓ᄂᆞ뇨?”[5]

무길이 읍왈,

“뎨ᄌᆞᄂᆞᆫ 산중 무식ᄒᆞᆫ 사ᄅᆞᆷ이라 엇지 감히 ᄃᆡ인의 놉흔 덕을 알니잇고? 젼일의 뎨지 ᄃᆡ인을 슈욕ᄒᆞ여 죽을 죄ᄅᆞᆯ 어덧거니와 과연 그 ᄶᅥ 남문의 니ᄅᆞ니 문왕이 녕ᄃᆡ의【46】가시ᄂᆞᆫ지라. 길히 좁거ᄂᆞᆯ 초관의게 니ᄅᆞ고 넙흘 최여[6] 가더니 문직흰 군ᄉᆞ 왕상이 뎨ᄌᆞ의 진 남게 다쳐 죽은지라 문왕이 법을 졍히 ᄒᆞ려ᄒᆞ샤 ᄯᅡᄒᆞᆯ 그어 옥을 ᄒᆞ고 졔ᄌᆞᄅᆞᆯ 그 쇽의 가도왓더니 상텬우 산의싱의 구ᄒᆞ믈 닙어 아직 도라왓시나 오ᄅᆡ지 아녀 구의의셔 ᄎᆞᄌᆞ라 오면 모ᄌᆞ의 명이 다 보젼키 어려오니 원컨ᄃᆡ ᄃᆡ인은 모ᄌᆞ의 명을 구완ᄒᆞ여 다시 잡혀가믈 면케 ᄒᆞ시면 ᄇᆡᆨ골이 진퇴된들 이 은혜ᄅᆞᆯ 엇지 다 갑흐리잇가?”

ᄌᆞ익 왈,

“젼일 화ᄂᆞᆫ 텬쉬라 면키 어렵거니와 이졔 ᄂᆡ 계교ᄅᆞᆯ ᄡᅧ 너ᄅᆞᆯ 구ᄒᆞ리라.”

길이 읍 고왈,

“ᄃᆡ인이 우리 모ᄌᆞ의 명을 구ᄒᆞ시면 텬디 갓흔 은혜ᄅᆞᆯ 셰셰싱싱의 감격ᄒᆞ리이다.”

ᄌᆞ익 혜오ᄃᆡ ‘이 사ᄅᆞᆷ을 보건ᄃᆡ 타일의 큰 장슈 될 거시니 구ᄒᆞ리라’ ᄒᆞ고 왈,

“네 이졔【47】ᄂᆞᆫ ᄂᆡ 뎨지 되여시니 너ᄅᆞᆯ 구ᄒᆞ여 화ᄅᆞᆯ 버기리라. 네 집의 ᄲᆞᆯ니 도라가 집 압히 한 굴헝을 파ᄃᆡ 깁히 넉 ᄌᆞ흘 파고 네 그 굴헝 쇽의 드러누어 눈을 감고 오ᄂᆞᆯ 낫과 밤을 지나ᄃᆡ 네 어믜다려 등잔 하나히 블을 혀 굴헝 가의 노코 ᄯᅩ ᄊᆞᆯ 셔 되ᄅᆞᆯ 네 몸 우희 ᄲᅮ리고 그 우희 잡플을 만히 덥허 오ᄂᆞᆯ밤을 지ᄂᆡ면 ᄌᆞ연 화ᄅᆞᆯ 버셔나리라.”

무길이 비ᄉᆞᄒᆞ고 도라와 어믜다려 ᄌᆞ아의 가ᄅᆞ친 말을 다 니ᄅᆞᆫᄃᆡ 어믜 ᄃᆡ희ᄒᆞ여 그 슐법을 ᄒᆡᆼᄒᆞ다.

ᄌᆞ익 무길을 보ᄂᆡ고 이날 삼경의 머리 플고 발 벗고 인검을 집고 ᄃᆡ상의 올나 븍향 ᄉᆞ비 왈,

“무길이 죽엇다.”

ᄒᆞ니 무길의 직흰 별이 ᄯᅥ러지거ᄂᆞᆯ ᄃᆡ의 나려와 이밤을 지ᄂᆡ고 한가히 위슈 가의 안ᄌᆞ시니 무길이 와 고두비ᄉᆞᄒᆞ거ᄂᆞᆯ ᄌᆞ익 왈,

---

4) 여기서부터는 원문 제24회 ‘渭水文王聘子牙’의 내용에 들어감.

5)【희짓다】동 훼방하다. 방해하다. ¶ 네 엇던 사ᄅᆞᆷ이완ᄃᆡ ᄂᆡ 즐거오믈 희짓ᄂᆞ뇨? <西周 6:45>

6)【최다】동 비키다. 피하다. ¶ 과연 그 ᄶᅥ 남문의 니ᄅᆞ니 문왕이 녕ᄃᆡ의 가시ᄂᆞᆫ지라. 길히 좁거ᄂᆞᆯ 초관의게 니ᄅᆞ고 넙흘 최여 가더니 문직흰 군ᄉᆞ 왕상이 뎨ᄌᆞ의 진 남게 다쳐 죽은지라 (那日別了老爺, 行至南門, 正遇文王駕至, 挑柴閃躱, 不知塌了尖擔, 果然打死門軍王相.) <西周 6:46>

　　"이졔는 화룰 면케 ᄒ여시니 【48】 니 병법
을 비화 무예룰 익이면 나모팔기도곤 니 만흐리
라. 요ᄉ이 은왕이 무도ᄒ여 그룰 일을 힝ᄒ미
졍ᄉ 황난ᄒ여. 졔휘 다 반ᄒ니 동빅후 강문환
(姜文煥)은 군ᄉ 스십 만을 거ᄂ려 유혼관(遊魂
關)을 치고 남빅후 악슌(鄂順)은 군ᄉ 삼만을 거
ᄂ려 삼산관(三山關)을 치니 병인(兵刃)이 ᄉ긔
(四起)ᄒ여 만민이 도탄ᄒ지라 은왕의 죵ᄉ 오
리지 아닐지라. 녯 글의 일너시ᄃ '왕후장샹이
엇지 씨 이시리오' ᄒ니 남이 맛당히 스스로 구
홀 거시라 ᄒ엿ᄂ니 너는 니 말을 그ᄅ다 말
나."
　　무길이 듯기룰 다ᄒ미 고두비ᄉᄒ더라.

24
문왕위슈초빙강상(文王渭水招聘姜尙)[1]

무길(武吉)이 즈아(子牙)의 말을 듯고 고두 비스 왈,

"숨가 스부의 교졍을 드르리이다."

ᄒ고 반계의셔 무예롤 닉디더라.

이젹의 산의싱(散宜生)이 무길 【49】을 노화보니고 한이 지나 반년이로더 도라오지 아니ᄒ거눌 마옴의 혜오더 '이놈이 오지 아녀 법녕을 좃지 아니ᄒ니 니 디왕긔 쥬ᄒ여 이놈의 죄롤 다스리리라' ᄒ고 드듸여 뎐의 드러와 쥬왈,

"젼의 무길이 왕상(王相)을 죽이고 옥의 갓쳣거눌 신이 길의 노모롤 위ᄒ여 이통ᄒ믈 블상이 너겨 디왕긔 쥬ᄒ고 노화 보니엿더니 반년이 지나더 다시 오지 아니ᄒ니 이논 국법을 속이미니 원컨더 디왕은 금젼(金錢)을 가져 무길의 존망을 졈복ᄒ신 후 무고이 집의 잇거든 치관(差官)을 보니여 잡아오라 ᄒ쇼셔."

문왕이 올히 너겨 좌우롤 명ᄒ여 금젼을 가져오라 ᄒ여 분향ᄒ시고 무길의 존망을 졈복

ᄒ시더니 한 괘롤 엇고 인ᄒ여 탄왈,

"무길이 나라홀 속인 줄이 아니라 형벌을 두려 굴헝의 ᄲ녀 죽 【50】 으니 엇지 블상치 아니리오? 이 니 무길을 죽인 작시로다."

ᄒ시고 탄식ᄒ믈 마지 아니시더라.

일일은 문왕이 문무즁관으로 더브러 뎐의 안즈 풍경을 구경ᄒ시며 민간 질고롤 의논ᄒ시니 ᄣᅢ 맛춤 삼월이라 빅장 뉴스(柳舒)눈 시니의 덥혀시며 만타(萬朶) 도리눈 동산의 붉어시니 동풍쇼광(東風韶光)이 졍히 아롬다와 만믈이 다 번화ᄒ엿거눌 문왕이 즁관다려 왈,

"이 ᄣᅢ 츈식이 번화ᄒ여 만믈이 교티롤 닷호눈지라. 괴(孤) 경 등으로 더브러 남교(南郊)의 가 츈식을 답쳥(踏靑)ᄒ며 군신이 한가지로 즐기고져 ᄒᄂ니 엇더ᄒ뇨?"

산의싱이 쥬왈,

"쥬공이 젼일 녕디의셔 자실계 한 ᄭᅮᆷ을 어드셧더니 이졔 쥬공이 맛당이 어진 사롬을 어드리로쇼이다."

문왕 왈,

"엇지 ᄡᅥ 아ᄂ뇨?"

산의싱 왈,

"범은 본더 장슈요 쏘 【51】 날기 이시니 그 어질믈 가히 알 거시오. 좌측의 뫼셔시니 이눈 반드시 군신을 표ᄒ여 님군의 좌우롤 도을지오 동남으로붓허 뎐의 나라드러 오믄 현지 맛당이 동남으로붓허 올 증죄라. 쥬공이 이졔 동남으로 산힝ᄒ샤 슈이 현ᄌ롤 구ᄒ쇼셔."

문왕 왈,

"몽믜(夢寐)간 일을 엇지 족히 밋으리오?"

산의싱이 쥬왈,

"셕ᄌ(昔者)의 상(商)나라 고종이 ᄭᅮᆷ의 냥 필을 어드시고 인ᄒ여 ᄶᅵ신 후 그 상을 그려 스ᄌ롤 부려 텬하의 두로 어드라 ᄒ시니 과연 부열(傅說)을 담싼는더 가 어든지라. 고종이 명ᄒ여 졍승을 숨으시니 군신이 임의 샹득ᄒ미 어진 졍스롤 닷가 상(商)을 즁흥ᄒ니 쥬공이 몽스롤 엇지 가비야이 너기샤 디현을 바리시ᄂ니잇고? 이눈 국가의 현신이 날 몽죄라. ᄒ믈며 이 ᄣᅢ 쇼광이 영일ᄒ고 화취 츈식을 다토니 디왕 【52】 이 맛당이 남교 녕샹의 작은 단을 무으고[2] 군신으로 더부러 츈식을 구경ᄒ시고 쏘 산쳔으

로 두로 순힝ᄒ샤 만민 질고롤 무르시며 현냥을
ᄎᄌ시면 신이 남궁괄(南宮适)·신갑(辛甲)으로
더브러 디왕을 보호ᄒ여 평안이 단여오시게 ᄒ
리이다. 이ᄂ 졍히 요슌이 빅셩으로 더브러 한
가지로 즐기시던 일이니이다."

문왕이 디희ᄒ샤 이 뜻으로 조졍의 반포ᄒ
고 디장군 남궁괄을 명ᄒ여 남교 통방(通方)ᄒ
곳의 한 단을 쓰라 ᄒ고 문무즁관을 거ᄂ려 남
교의 나가 한 뫼히 다드르니 한 단을 쓰핫고 오
빅 장졸이 갑쥬롤 졍졔ᄒ고 단을 에워쓰거놀 문
왕이 샐니 졈복ᄒ시다가 한 괘롤 엇고 디희ᄒ샤
산의싱다려 왈,

"오늘 산힝의 어들 즈ᄂ 농도 아니오 범도
아니오 웅도 아니오 표도 아니오 닌도 아니로디
어들 밧즈ᄂ【53】왕실을 도을 지라."
ᄒ시고 즉시 오빅 군스롤 인ᄒ여 문무롤 다리고
구룡거롤 모라 동남으로 산힝ᄒ실시 거미(車馬)
한 곳의 니르니 ᄯᅩ 한 큰 단이 잇거놀 문왕이
문왈,

"엇진 단이뇨?"

산의싱이 쥬왈,

"디왕이 오늘 츈식을 구경ᄒ며 군신으로
더부러 즐기려ᄒ샤 명ᄒ여 통방ᄒ 곳의 단을 쓰
라 ᄒ여계시니 남궁괄이 군스롤 거ᄂ려 단을 쓰
고 창응녑구(蒼鷹獵狗)롤 만히 모라 디왕으로
ᄒ여곰 츈식을 구경ᄒ시며 젼녑ᄒ샤3) 군신이
한가지로 즐기게 ᄒᄂ이다."

문왕이 졍식 왈,

"티우의 말이 그르다. 셕의 복희시(伏羲氏)
ᄂ 홍황(洪荒)ᄒ ᄯᅡ의 거ᄒ여 오곡의 아름다온
거시 업스디 인졍을 베프며 덕틱을 힝ᄒ니 승상
픙휘(風后) 말을 드려 그 고기란 빅셩이 먹고

---

2) 【무으다】⑧ 쌓다. ¶ 디왕이 맛당이 남교 녕
   상의 작은 단을 무으고 군신으로 더부리 츈식을
   구경ᄒ시고 ᄯᅩ 산쳔으로 두로 순힝ᄒ샤 만민 질
   고롤 무르시며 <西周 6:52>
3) 【젼녑ᄒ다】⑧ {젼렵(畋獵)하다.} 사냥하다.
   ¶ 打獵 ‖ 디왕이 오늘 츈식을 구경ᄒ며 군신
   으로 더부러 즐기려ᄒ샤 명ᄒ여 통방ᄒ 곳의 단
   을 쓰라 ᄒ여계시니 남궁괄이 군스롤 거ᄂ려 단
   을 쓰고 창응녑구롤 만히 모라 디왕으로 ᄒ여곰
   츈식을 구경ᄒ시며 젼녑ᄒ샤 군신이 한가지로
   즐기게 ᄒᄂ이다 (今日千歲遊春行樂, 共幸春光.
   南將軍已設此圍場, 侯主公打獵行幸以暢心情, 亦
   不枉行樂一番君臣共樂.) <西周 6:53>

그 피란 만민 목마른디 먹게 ᄒ니 텬히 티평ᄒ
며 스히 안낙ᄒ엿더니 이【54】졔ᄂ 오곡의 아
름다온 거시 이셔 만민으로 ᄒ여곰 쥬리지 아니
ᄒ고 고(孤)의 졍식 붉지 아니ᄒ여 빅셩이 슈고
ᄒ며 군졸이 괴로와ᄒᄂ지라. 경 등이 날을 위
ᄒ여 한 시긱도 쉴 스이 업거놀 괴 츈식을 답쳥
ᄒ여 즁관으로 더브러 한가지로 즐기면 이ᄂ 민
폐롤 위ᄒ미 아니라. 니 마음의 즐거오미 업슬
거시어놀 오늘 남장군이 긔와 미롤 만히 거ᄂ리
고 오빅 무스롤 ᄯᅩ 거ᄂ려 이 ᄯᅡ히 나와 미록
(麋鹿)을 조ᄎ며 무예롤 빗너려ᄒ니 셔기의 잇
ᄂ 금슈 므슨 죄로 이런 참혹한 화롤 맛나리오?
이 ᄯᅢ 방 츈삼월이라 만믈이 비로쇼 날 ᄯᅵ니 이
런 블인지졍을 힝ᄒ면 이ᄂ 군즈의 글니 너길비
라. 만고 현셩은 초목을 히치 아니며 금슈롤 상
히오지 아니ᄒ여 텬디 삼긴 셩을 힝ᄒ더니 고ᄂ
경 등으로 더브러 이런 블【55】인ᄒ 일의 ᄯᅢᆫ지
니 후셰 사름으로 ᄒ여곰 가히 우으리로다. 샐
니 남궁괄을 명ᄒ여 이 단을 헐나."
ᄒ시고 군신이 마상(馬上)의 츈식을 구경ᄒ며
셔로 즐기더니 믄득 건넌편 뫼 아리 큰 길히 잇
고 그 길가의 남녀노쇠 분분ᄒ여 혹 슐병을 닛
그러 계변(溪邊)을 ᄎᄌ며 혹 노릭 블너 츈광을
즐기거놀 군신이 셔로 탄왈,

"녯 글의 일너시디 '님군이 그른 일을 아
니면 빅셩이 즐긴다' ᄒ니 이 졍히 그 글과 갓
도다."

산의싱이 쥬왈,

"셔퇴 쥬공의 덕을 닙엇ᄂ지라 빅셩이 져
러트시 셔로 즐겨ᄒ니 이ᄂ 요텬슌일이나 다르
지 아니토쇼이다."

문왕이 답왈,

"괴 비록 그른 일을 ᄒ지 아냐 민간의 원
억이 업스나 엇지 요슌격 시졀을 바라리오?"
ᄒ시더라. 군신이 셔로 슐을 권ᄒ여 츈풍을 즐
기더니 믄득 바라보니 건넌【56】편 시너가의
어부 다엿시 이셔 혹 낙시질도 ᄒ며 혹 그믈질
도 ᄒ며 반셕 우희셔 쉴시 혹 낙시디로 돌홀 치
며 서로 글을 읇흐니 왈4),

---

4) 이 노래 역시 원문과 번역문 사이에 글자의 차
   이가 있다. 한글 원문과 이 시의 원문은 서로
   고치지 않고 그대로 옮겨 대조할 수 있게 했다.
   다음 시도 마찬가지이다.

억석셩탕쇼걸시 (憶昔成湯掃桀時)
즁일졍혜ᄌ갈시 (十一征兮自葛始)
당당졍디응텬연 (堂堂正大應天人)
일거쇼향뎡무젹 (義旗一擧民安止)
금경뉵ᄇᆡ유여년 (今經六百有餘年)
츌망은파장흘식 (祝網恩波將歇息)
현육위림쥬작지 (懸肉爲林酒作池)
녹디젹혈고쳔쳑 (鹿臺積血高千尺)

슬프다 옛 셩탕이 하걸을 쓰리칠시의
한 번 치믈 즁히 ᄒ미여 갈노븟허 비
롯도다.
당당졍디ᄒᄆᆫ 텬연을 응ᄒ여시니
한 번 들미 향ᄒᆫ 바의 디젹ᄒ리 업도
다.
이 뉵ᄇᆡ 여년을 지나시니
나가 은파롤 ᄇᆞ리고 기리 쉬ᄂᆫ도다.
고기롤 다라 슈플을 ᄒ고 슐노 못슬
ᄒ니
녹디의 쓰히 피 놉히 일쳔 쳑이로다.

【57】 ᄂᆡ작셩황외금황 (內荒於色外荒
禽)

죄악관영ᄉ희비 (嘈嘈四海沉呻吟)
지아본시창ᄇᆡ긱 (我曹本是滄海客)
셰이블문망국셩 (洗耳不聽亡國音)
여아상견경무가 (日逐洪濤歌浩浩)
야견명셩슈고간 (夜觀星斗垂孤釣)
광디텬디일간고 (孤釣不如天地寬)
ᄇᆡ슈앙여텬디로 (白頭俯仰天地老)

안ᄒ로 셩황을 짓고 밧그로 금황을
지으니
죄악이 관영(貫盈)ᄒ여 ᄉ희 ᄭᅳᆯᄂᆫ도
다.
알ᄑᆡ라 ᄂᆡ 본디 창ᄇᆡ긱이라
귀롤 씻고 망국셩을 듯지 아니리라.
날노 더브러 셔로 보미 졍히 결을 업
ᄉ니
밤의 명셩을 보고 외로온 낙시롤 드

리도다.
광디ᄒᆫ 텬디의 일간이 외로오니
흰머리 우러러 텬디로 더브러 늙ᄂᆫ도
다.

쇼리롤 파ᄒ미 숀벽쳐 디쇼ᄒ다가 믄득 보니 한
쎄 인미 두던으로 나아오거놀 신갑이 그 노ᄅᆡ
셰상의 샌혀나믈 듯고 문왈,
"너희 등은 엇던 사롬이완디 이러틋 한가
ᄒ뇨?"
어부 등이 비왈,
"우리 【58】 등은 산야 촌ᄇᆡ라 장군은 어디
로셔 오시ᄂᆞ니잇고?"
신갑 왈,
"문왕이 이의 니르러 계시거놀 여 등은 엇
지 감히 피ᄒᄂᆞ뇨?"
모든 어부 등이 이 말을 듯고 황망이 낙
디5)며 그믈을 ᄇᆞ리고 밧비 문왕 가하(駕下)의
나아와 돈슈ᄇᆡ비 왈,
"촌민 등이 무지ᄒ와 부모롤 아옵지 못ᄒ
고 피ᄒ오니 만번 빌건디 죄롤 ᄉᄒ쇼셔."
문왕이 문왈,
"여 등이 고기 낙ᄂᆞᆫ 사롬으로셔 엇지 이
노ᄅᆡ 셰쇽의 샌혀ᄂᆞ뇨?"
어부 등이 돈슈 왈,
"이 노ᄅᆡᄂᆞᆫ 쇼민 등이 짓지 아니ᄒ와 이
압 위빈(渭濱) 셔녁히 한 ᄇᆡ발 노옹이 잇셔 스
스로 유셰시로라 ᄒ며 반계의 슈년을 은거ᄒ여
이 노ᄅᆡ롤 지어 쇼민 등을 가르쳣ᄂᆞ이다."
셔ᄇᆡᆨ이 이 말을 드르시고 군신을 도라보샤
왈,
"현지 진실노 이의 잇도다."
군신이 쥬왈,
"쥬공이 엇지 아르시ᄂᆞ니잇고?"
문왕 왈,
"고인 왈 '마을의 군지 이시면 풍 【59】 속
이 인ᄒ여 되 잇다' ᄒ엿ᄂᆞ니 이졔 여긔 어부의
집이 다 졍낭ᄒ여 긔상이 아롬다온지라 현지 업
스면 엇지 이러ᄒ리오?"
ᄒ시고 거마롤 인ᄒ여 반계롤 ᄇᆞ라며 가시더니

---

5) 낙디: 낚시대.

두어 니는 힝ᄒᆞ여 보니 쏘 한 농뷔 이셔 호믜롤
두로며 셔로 노리브르거늘 문왕이 슐위 우희셔
드르시고 탄왈,

"이 중의 반드시 잇도다. 급히 브르라."
ᄒᆞ시니 신갑이 나아가 농부 등을 브른디 중인이
다 문왕 가하의 니르거늘 문왕이 황망이 슐위의
나려 왈,

"원컨디 현셩 군ᄌᆞᄂᆞᆫ 셩명을 니르라."
촌민 등이 놀나 짜히 업디여 돈슈빅비 왈,
"쇼민 등은 다 벽곡의 밧가는 야민이오 현
시 아니로쇼이다."

문왕 왈,
"이러ᄒᆞ면 엇지 쳥졀ᄒᆞᆫ 가운과 현명ᄒᆞᆫ 긔
상이 잇ᄂᆞ뇨?"

즁민이 쥬왈,
"이 노리는 쇼민 등의 노리 아니라 이 압
위 【60】 슈 가의 한 노옹이 이셔 이 노리롤 지
어 쇼민 등을 가르치니이다."

문왕 왈,
"그 사롬이 어디 잇ᄂᆞ뇨?"

즁민이 쥬왈,
"이 노인이 반계 셕실의 이셔 상히 낙시질
ᄒᆞ기로 위업ᄒᆞ오나 일즉 낙시 끗히 미늘을 믿드
지 아니ᄒᆞ며 쏘흔 낙시롤 굽히지 아니ᄒᆞ고 상히
스스로 니로디 '니 어별을 낙지 아녀 다만 공후
롤 낙노라' ᄒᆞ고 날이 맛도록 낙디롤 어구의 드
리윗ᄂᆞ이다. 디왕이 고현(高賢)을 보려ᄒᆞ시거든
바로 이 반계로 조ᄎᆞ 가쇼셔."

문왕이 슐위롤 모라 반계의 니르디 고기
낙는 노인을 보지 못ᄒᆞ시고 드디여 거가롤 머믈
워 빈계 산천을 두로 유람ᄒᆞ시며 홀연 탄왈,
"진실노 경기 졀승ᄒᆞ다."

ᄒᆞ고 비회ᄒᆞ시더니 믄득 보니 층암(層巖) 뒤ᄒᆞ
로셔 한 초뷔 도치롤 두로며 나오거늘 문왕이
보시니 이는 향ᄌᆞ의 다라 【61】 난 무길이어늘
문왕이 좌우롤 명ᄒᆞ여 미야 가하의 니르니 군신
이 다 괴이히 너기더니 문왕이 디로 즐왈,
"니 너롤 죽다 ᄒᆞ여 다시 ᄎᆞᆺ지 아녓더니
네 엇지 우홀 긔망ᄒᆞ여 도망ᄒᆞ여 형벌을 면ᄒᆞ려
ᄒᆞ던다?"

무길이 돈슈비ᄉᆞ 왈,

"쇼인이 감히 우홀 긔망ᄒᆞ와 형벌을 도망
ᄒᆞ려 ᄒᆞᆫ 거시 아니라 이 스이의 한 어옹이 이
셔 일즉 음양을 잘 ᄒᆞ옵ᄂᆞᆫ고로 쇼민으로 더브러
어초의 교도롤 미ᄌᆞᆸ더니 쇼인의 몸을 가리온
고로 쇼인이 오눌날 이의 니르럿ᄂᆞ이다. 바라옵
건디 쇼인의 죄롤 용셔ᄒᆞ쇼셔."

문왕이 이 말을 듯고 디경 문왈,
"그 어옹이 어디 잇ᄂᆞ뇨?"

무길 왈,
"이 사롬이 반계 셕실의 숨엇ᄂᆞ이다. 쇼민
이 어제 와 밤을 한가지로 지니고 갓더니 디왕
이 만일 보고져 ᄒᆞ실진디 쇼인이 원컨디 거가롤
인ᄒᆞ여 가리이다."

문왕이 【62】 디희ᄒᆞ샤 드디여 무길의 죄롤
스ᄒᆞ시고 무길노 길홀 인도ᄒᆞ라 ᄒᆞ샤 바로 반계
로 가시니라.

이젹의 ᄌᆞ인 삼일 젼의 상셔의 구롬이 졈
졈 위슈 가의 갓갑거늘 문왕이 거민 일졍 니르
실 줄 알고 이의 특별이 낙디롤 거두어 암구(巖
口)의 두고 숨어 즐겨 나지 아니ᄒᆞ더라. 무길이
문왕을 인ᄒᆞ여 셕실의 니르러 쏘 ᄌᆞ아롤 보지
못ᄒᆞ고 쏘 조디의 가 맛나지 못ᄒᆞ니 아모리 홀
줄 몰나 무길을 인ᄒᆞ여 조디(釣臺)의 와 셕실을
ᄌᆞ셰히 살피니 과연 인간과 달나 님목이 셔로
교집ᄒᆞ고 구롬과 안기 쏘흔 슈목의 빗최엿더라.
문왕이 슐위의 나려 나아가 친히 싁비롤 두다리
시니 동지 나와 뭇거늘 문왕 왈,
"션싱이 계시냐?"

동지 디왈,
"우리 스싱이 평싱의 상호의도 가 노르시
며 오락 【63】 가락ᄒᆞ시니 그 가신 바롤 아지 못
ᄒᆞ리로쇼이다."

문왕이 우 문왈,
"션싱이 언제 오시리오?"

동지 왈,
"혹 삼ᄉᆞ일 오륙일 만의 도라오시ᄂᆞ이다."

문왕이 장탄 왈,
"괴 현ᄌᆞ롤 ᄎᆞᄌᆞ와 맛나지 못ᄒᆞ니 이 쏘흔
텬의라."

ᄒᆞ시며 지필을 구ᄒᆞ여 글을 써 동ᄌᆞ롤 맛지시며
은근흔 뜻을 두셰번 니르시더니 산의싱이 쥬왈,
"셕ᄌᆞ의 셩탕이 이윤을 신야의 가 마ᄌᆞ오

실졔 셰 번 폐빅을 가져가 마즈오시니 이졔 쥬공이 현즈롤 보고져 호실진디 지셩으로 마즈시면 능히 보시리니 이졔 쥬공이 잠간 도라가샤 군신으로 더브러 각각 삼일지계 호신 후 다시 니르신 즉 반드시 디현을 맛나시리이다."

문왕이 올타 호시고 드디여 슐위롤 타려 호시더니 믄득 보니 빅발 노인이 프론 신을 신고 스립【64】을 쓰고 엇게의 낙디롤 메고 손의 고기 담은 광쥬리롤 들고 나아오거눌 문왕이 혜오디 '이 일졍 현시라' 호시고 급히 나려 졀호여 왈,

"션싱이 아니 이 집 쥬인이시니잇가?"

그 노옹이 급히 답비 왈,

"쇼민은 이 집 쥬인이 아니로쇼이다."

문왕 왈,

"그러면 노인이 이 집 쥬인을 보냐?"

노옹 왈,

"보지 못호여이다."

문왕이 슐위롤 모라 도라오시더니 뇌양 야 안구의 니르러는 산쉬 샌혀나믈 보시고 묽은 경기롤 칭찬호시더니 믄득 한 낙디 암구의 잇거눌 나아가 보시니 과연 낙시롤 굽히지 아니호고 다만 곳은 바늘 뜨름이어눌 문왕이 탄왈,

"이 진짓 현즈의 일이로다. 괴 니르믈 알고 일졍 피호여시니 이 고현을 엇지 써 보리오?"

호시고 쏘흔 필믁을 가져오라 호여 글 두어 귀롤 써 셕상의 붓치고 거마롤 모라 기쥬로 도【65】 라오시다.

문왕이 나라히 도라와 목욕지계호시고 군신의게 명을 나리오시니 신갑이 쥬왈,

"쥬공이 천승(千乘)의 존으로 써 벼술이 셔방의 후빅으로 셔토롤 총진호샤 현명이 텬하의 가득호시고 쏘흔 텬하롤 셰히 난화 그 둘흘 두어 계시거눌 이졔 엇지 한 어옹을 이디도록 공경호시느니잇고? 만일 쥬공이 보고져 호실진디 한 군스롤 보니여 브르실 거시어눌 이리 공경호시며 쏘 한 봉 셔찰을 보니시면 이졔 반드시 올 거시어눌 엇지 지계호며 존경호시믈 신명 갓치 호시느니잇고?"

문왕이 졍식 왈,

"경이 아지 못호는도다. 녯 사롬이 군즈롤 보미 슐위의 나리지 아니리 업느니 엇지 사롬 공경키롤 이러트시 무례이 호리오? 경이 잇브믈6) 넘녀호거든 쏘흔 괴로이 오지 말나."

호시니 신갑이 붓그려 【66】 믈너나거눌 산의싱이 쇼리호여 왈,

"엇지 이런 말을 호느뇨? 요스이 텬히 황황호고 스히 도탄호지라 현인과 군지 세상을 바리고 산간의 슙엇느니 이졔 쥬공이 꿈의 비웅을 보시니 이는 하눌이 현즈롤 쥬시미라. 셔토 빅셩의 복이니 엇지 이런 말을 호여 인심을 프러 바리느뇨?"

문왕이 디희 왈,

"티우의 말이 올타."

호시고 삼일지계 후의 복을 가라닙고 폐빅을 갓초와 반계로 올시 무길을 봉호여 무덕장군(武德將軍)을 삼아 션봉을 호이고 산의싱으로 문관을 총녕호니 긔치검극이 좌우의 나렬호고 싱황소관이 전후의 진동호엿는지라 셩즁 인민이 다 문왕의 현즈 마즈라 가는 쥴 알고 쇼리롤 가죽이 호여 왈,

"우리 디왕이 착흔 사롬을 어더오시면 셔토 빅셩의 복을 엇지 다 니르리오?"

호더라. 문왕이 문무 【67】 즁관을 거느리고 반계 삼십니의 니르러 스졸을 다 쩔치고 분부호시디,

"아모나 지져괴리 이시면 군법을 힝호리라."

호시고 산의싱 무길노 더브러 말을 나려 날호여 삼십니롤 힝호여 계변의 니르니 즈이 등도라 안즈 낙디롤 희롱호며 도라보지 아니호거눌 문왕이 감히 브르지 못호여 즈아의 뒤히 이윽이 셧더니 즈이 풍경을 바라며 한 글을 읇흐니 기 시의 왈,

셔풍긔혜빅운비 (西風起兮白雲飛)

셰이모혜장언위 (歲已暮兮將焉爲)

봉황명혜진쥬현 (五鳳鳴兮眞主現)

슈간죠혜지아희 (垂絲釣兮知我稀)

---

6)【잇브다】혱 피곤하다. ¶ 녯 사롬이 군즈롤 보미 슐위의 나리지 아니리 업느니 엇지 사롬 공경키롤 이러트시 무례이 호리오? 경이 잇브믈 넘녀호거든 쏘흔 괴로이 오지 말나 <西周 6:65>

셔풍이 니러나미여 빅운이 느니
세 임의 졈은지라 장촛 엇지리오?
봉황이 울미여 진쥐 낫하나고
낙디롤 드리미여 날 알니 드므도다?

즈이 글을 읇혼 후의 또 낙디롤 드리워 고기롤
낙거놀 문왕이 【68】 나아가 졀ᄒ고 왈,

"창(昌)이 부러 현스롤 츠즈라 왓느이다."

즈이 또 모로는 체ᄒ고 다른디롤 보거놀
문왕이 반일을 셔 계시디 조곰도 퇴만ᄒ 마음이
업더니 또 졀ᄒ고 왈,

"원컨디 션싱은 희창을 도라보쇼셔."

즈이 문왕을 도라보고 낙디롤 바리고 ᄯᆞ히
업디여 쥬왈,

"쇼민이 디왕의 오시를 아지 못ᄒ여 맛기
롤 더디ᄒ여시니 원컨디 디은은 상의 죄롤 스ᄒ
쇼셔."

문왕이 샐니 붓드러 니로혀 왈,

"창이 오러 션싱을 스모ᄒ여 젼일 뵈오라
오니 션싱이 창의 블민ᄒ믈 미안이 너기시거놀
창이 셩즁이 도라가 목욕지계ᄒ고 오눌이야 와
션싱을 맛나니 이는 창의 텬힝이로쇼이다."

즈아로 더브러 모스(茅舍)의 니르러 왕이
또 니르디,

"창이 션싱을 스모ᄒ연지 오러더니 오눌이
야 션싱을 맛나니 이는 만고의 업순 힝이로 【6
9】 쇼이다."

즈이 지비 왈,

"상은 문(文)이 나라홀 평안이 홀 지죄 업
고 뮈(武) 스이(四夷)롤 진졍홀 용이 업순 산즁
노뷔어놀 디왕이 부러 와 마즈시니 이는 도로혀
디왕의게 욕이로쇼이다."

산의싱 왈,

"션싱은 스양치 마르시고 셔토 빅셩으로
ᄒ여곰 션싱의 덕을 스모ᄒ여 즐기게 ᄒ쇼셔."
ᄒ더라.

[셔쥬연의西周演義 권지칠]

25
쇼달긔쳥요부연(蘇妲己請妖赴宴)

【1】 산의싱(散宜生)이 ᄌᆞ아(子牙)의게 나아와 갈오ᄃᆡ,

"션싱은 엇지 이ᄃᆡ도록 고집히 구ᄂᆞ뇨? 션싱의 덕을 ᄉᆞ모ᄒᆞ여 우리 군신이 목욕ᄌᆡ계ᄒᆞ고 션싱을 쳥ᄒᆞ여 나라 졍ᄉᆞ를 한가지로 다ᄉᆞ려 셔토 빅셩으로 ᄒᆞ여곰 평안코져 ᄒᆞᄂᆞ니 원컨ᄃᆡ 션싱은 과도히 ᄉᆞ양말나. 당금의 상왕(商王)이 무도ᄒᆞ여 졍ᄉᆞ를 일헛ᄂᆞᆫ지라. 텬히 분분ᄒᆞ며 만민이 슈화(水火) 가온ᄃᆡ ᄲᅡ져 팔방이 황황ᄒᆞ니 요얼은 시졀을 어드며 현냥은 참혹ᄒᆞᆫ 형벌을 바드니 빅셩이 은(殷)을 바리고 닌국(隣國)으로 도망ᄒᆞᆫ 지 슈를 아지 못ᄒᆞᄂᆞᆫ지라. 우리 쥬공이 만민의 도탄홈과 텬히 황황ᄒᆞᆷ을 졍코져 ᄒᆞ여 션싱의 덕을 ᄉᆞ모ᄒᆞ연지 오런 【2】 지라 오날날 작은 폐빅으로 이 ᄯᅡ히 와 맛나니 이는 셔토 군민의 복이라 엇지 긔특ᄒᆞᆫ ᄌᆡ를 감초고 산간의 괴로이 슘어 셩명을 후셰의 빗너지 아니시ᄂᆞ뇨?"

ᄒᆞ고 녜단을 가져 압히 ᄌᆞ이 비ᄉᆞᄒᆞ고 밧지 아녀 왈,

"이ᄃᆡ도록 극진히 아니시다. 노신이 엇지

山關)을 치니 만민이 도탄ᄒ며 스히 황황ᄒ디
쏘 부괴 공허ᄒ엿고 티스 문중(聞仲)이 복졍ᄒ
연지 거의 십년의 도라오지 아니ᄒ니 국가의 냥
쟝현시 업슨디 회창이 만일 변을 지으면 이ᄂ
눈섭의 블이라. 원컨디 술피쇼셔."

쥐 왈,

"강상이 구룡교 아리 쎈져 죽엇거늘 엇지
다시 술아시리오? 짐이 후일의 즁관으로 더브러
각별 의논을 졍ᄒ리니 경은 과히 넘녀 말나."

비 【5】 간이 탄식고 나오다가 이윽고 좌위
쥬ᄒ디,

"븍빅후 슝후회(崇侯虎) 조회롤 쳥ᄒᄂ이
다."

쥐 드러오라 ᄒ니 후회 드러와 녜ᄒ고 왈,
"녹디(鹿臺)롤 감역ᄒ여 이졔야 맛추시디
쟝춧 삼 년이 되여시니 원컨디 신의 죄롤 스ᄒ
쇼셔."

쥐 디회 왈,
"경이 엇지 이리 슈이 맛쳣ᄂ뇨?"

슝후회 왈,
"신이 쥬야로 역스(役事)롤 지쵹ᄒ여 시겨
시디 이졔야 맛쳐시 엇지 슈이 ᄒ미 이시리잇
고?"

쥐 눈쏠을 씽긔고 후호다려 왈,
"강상이 짐을 속이고 도망ᄒ여 쥬의 도라
가 승상이 되엿다 ᄒ니 그 뜻이 블쇼ᄒ지라. 경
의게 무삼 계괴 이셔 져롤 졔어ᄒ리오?"

후회 쥬왈,
"희창은 본디 무지ᄒ 필뷔오 강상은 쏘흔
우믈 밋 긔고리라. 이졔 비록 쥬의 졍승이 되여
시나 이ᄂ 한션[미암이라.] 이 나모가지의 브틈 갓
ᄒ니 족히 두렵지 아니ᄒ오니 원컨디 폐하ᄂ 두
려 마 【6】 로쇼셔."

쥐 디회 왈,
"그리면 희창은 족히 두렵지 아니토다. 짐
이 이졔 녹디의 가 근심을 프러바리고져 ᄒ니
엇더ᄒ뇨?"

후회 쥬왈,
"폐히 이졔 힝힝ᄒ샤 녹디롤 보시면 이ᄂ
만민의 복이로쇼이다."

쥐 깃거 왈,

"경 등은 믈너 디 아리 가 기다리라. 짐이
황후로 더부러 한가지로 가리라."

ᄒ고 쥐 달긔(妲己)로 더브러 칠향거(七香車)롤
타고 녹디의 니ᄅ니 과연 긔특ᄒ여 옥궐쥬루(玉
闕珠樓)와 퓌각금뎐(珮閣金殿)이 즁즁쳡쳡ᄒ엿고
쥬란분장의 공교ᄒ미 쳔고의 드문지라. 뎐 가온
디 큰 구술을 다라시니 낫시면 광치 빗나 사름
의 눈이 바이고 밤이면 명광이 조요ᄒ여 십니의
빗최니 비간이 이 디롤 보고 탄왈,

"슬프다 셩탕 스직이 오라지 아녀 망ᄒ리
로다. 민녁을 만히 허비ᄒ여 이 디롤 지어시니
반드시 은국 졍시 이 디의셔 망ᄒ리로다."
ᄒ더라. 쥐 【7】 비간과 슝후호롤 블너 왈,

"이 디 일우기ᄂ 경 등의 공이니 [비간은 오
로 비록 이 디롤 보와 시긔지 아녀시나 승샹으로 이시나 만
민을 잘 총녕ᄒ라 ᄒ미라.] 엇지 치샤치 아니리오?"
ᄒ고 인ᄒ여 디연을 비셜하고 쥐 친히 잔을 잡
아 두 사름의게 권ᄒ니 슝후호ᄂ 혼연이 두어
잔을 바다 먹으디 비간은 병들와 스양ᄒ고 마춤
니 먹지 아니ᄒ니라. 쥐 슐이 반춰ᄒ미 달긔다
려 왈,

"어쳬 젼의 녹디 곳 지으면 션녀션동이 나
려오리라 ᄒ더니 녹디 맛쳔지 두어 달이로디 엇
지 긔쳑이 업ᄂ뇨?"

달긔 쳐음의 쥬롤 권ᄒ여 녹디 지으라 ᄒ
믄 옥셕비파졍을 위ᄒ여 강즈아롤 보슈ᄒ려 ᄒ
미오 신션이 나려오리라 ᄒ믄 밋비 너겨 짓게
ᄒ미러니 쥬의 말을 듯고 쥬왈,

"신션이란 거슨 쳥허유덕ᄒ 사름이니 만니
쟝공이 한 졈 구름도 업고 월식이 파스ᄒ며
【8】 건곤이 조요ᄒ여 야흥(夜興)을 인ᄒ여 인
간 긔특ᄒ디 나려오니 이 쎄ᄂ 망일이 못ᄒ여
초십일이오 쏘 하늘의 흑운이 덥혓ᄂ지라 엇지
신션이 오리잇고?"

쥐 올히 너겨 미양 이 디의셔 연낙ᄒ여 디
옥 졍스롤 도라보지 아니니 방죵교일ᄒ미 젼의
셔 비나 ᄒ더라.

이 쎄 구월 십삼일 삼경의 달긔 쥬의 자기
롤 기다려 본샹을 니여 바름을 타고 헌원묘의
오니 모든 요믈이 나와 영졉ᄒ더니 그 즁의 머
리 아홉 가진 꿩의 졍녕이 니와 문왈,

"낭낭이 엇지 심궁의셔 무궁ᄒ 복을 누리

지 아니시고 이 쏜히 오시니잇가?"

달긔 답왈,

"니 미양 쥬루픠각의 이셔 텬즈로 더브러 부귀롤 누리더니 니 텬즈롤 권ᄒᆞ여 녹디롤 지어시디 텬지 날노 ᄒᆞ여곰 션동션녀롤 어더니라 ᄒᆞ니 니 비록 젹은 지조롤 비 【9】 화시나 엇지 텬궁의 잇ᄂᆞᆫ 신션을 어더보리오? 각별이 와 너희롤 쳥ᄒᆞᄂᆞ니 너희 몸을 변ᄒᆞ여 션녀션동이 되야 녹디의 오면 텬즈로 더브러 연낙을 누리리니 엇지 즐겁지 아니리오?"

구두치(九頭雉) 디왈,

"나ᄂᆞᆫ 여긔 직희엿ᄂᆞᆫ 웃듬 신령이니 엇지 경히 쩌나리오? 우리 거ᄂᆞ렷ᄂᆞᆫ 작은 신녕 즁의 변화 잘ᄒᆞᄂᆞ니 삼십 구명을 쩐 보너리이다."

달긔 ᄉᆞ례ᄒᆞ고 도로 바롬을 타고 궁의 도라오니 쥐 취ᄒᆞᆫ 즁의 오히려 잠을 ᄭᆡ지 아냣거ᄂᆞᆯ 달긔 예ᄉᆞ로이 ᄌᆞ니라.

잇흔날 쥐 달긔다려 문왈,

"니일이 망일이라 호월이 파ᄉᆞᄒᆞ고 야식이 명낭ᄒᆞ리니 모든 신션이 일졍 나려오리로다."

달긔 쥬왈,

"니일 이 디의 디연을 비셜ᄒᆞ시고 신션을 기다리시면 반ᄃᆞ시 신션 삼십 구명이 나려오리이다."

쥐 디희 왈,

"군신 즁의 슐 잘먹ᄂᆞ니 하나ᄒᆞ로 【10】 잔 진지ᄒᆞ여 한가지로 신션을 디졉ᄒᆞ리니 뉘 가합(可合)ᄒᆞ뇨?"

달긔 왈,

"승상 비간의 쥬량이 크니 가히 춤예(參與)ᄒᆞ염죽ᄒᆞ니 이다."

쥐 올히 너겨 비간을 블너 왈,

"짐이 니일 잔치롤 비셜ᄒᆞ여 모든 신션을 쳥ᄒᆞ려 ᄒᆞ니 황슉이 맛당이 잔치의 참녜ᄒᆞ라."

비간이 마지 못ᄒᆞ여 명을 밧고 밧그로 나오며 앙텬 탄왈,

"혼군이 졍ᄉᆞ롤 바려 ᄉᆞ직을 도라보지 아니터니 오날 쏘 요언을 곳이1) 드러 신션을 모

호렷노라 ᄒᆞ니 엇지 국가의 길죄리오?"
ᄒᆞ더라.

이튼날 쥐 젼지ᄒᆞ여 디상의 잔치롤 비셜ᄒᆞᆯ ᄉᆡ 셔흐로 비간의 ᄌᆞ리롤 노코 동으로 신션 안즐 방셕 셜흔 아홉을 노코 쏘 계하 좌우의 탁ᄌᆞ 하나식 노코 셔편 졔 일층의ᄂᆞᆫ 쥬의 먹을 슐을 노코 졔 이층의ᄂᆞᆫ 달긔 먹을 슐을 노코 【11】 졔 삼층의ᄂᆞᆫ 비간의 먹을 슐을 노코 신션 먹을 슐 셜흔 아홉 병을 노코 셔편 탁ᄌᆞ의 슐 셰 병식 노코 쥐 비간과 달긔로 더브러 의관을 졍졔ᄒᆞ고 디상의셔 히지기롤 기다리더니 히 셔산의 지며 츄월이 동녕(東嶺)의 난만ᄒᆞ엿거ᄂᆞᆯ 쥐 디희ᄒᆞ여 달긔다려 왈,

"오늘은 일졍 신션이 나려오리로다."

달긔 쥬왈,

"신션이 나려와 한 번 노호온 마음이 나면 후일은 즐겨 다시 나려오지 아니리니 원컨디 폐하ᄂᆞᆫ 쥬육을 만히 장만ᄒᆞ고 녜단을 만히 ᄒᆞᆯ 거시오 폐하ᄂᆞᆫ 안히 슘어계시다가 쳡의 고ᄒᆞᄂᆞᆫ 디로 ᄒᆞ쇼셔."

쥐 올히 너겨 후당의 슘어 신션 오기롤 기다리더니 초경은 ᄒᆞ여 믄득 공즁으로셔 풍셰 디작ᄒᆞ며 무슈ᄒᆞᆫ 신션이 션금을 타고 나려오니 이ᄂᆞᆫ 헌원묘의 잇던 요괴 졍녕들이 구두 【12】 치 분부롤 듯고 몸을 변ᄒᆞ여 신션의 얼골을 도젹ᄒᆞ여 왓더라. 쥐 발 안히셔 보니 셜흔 아홉 신션이 나려와 셔로 쥬의 공덕을 일ᄏᆞᆮ더니 달긔 비간을 명ᄒᆞ여 디상의 올나오라 ᄒᆞ니 비간이 조복을 갓초고 디의 올나보니 과연 신션이 나려왓거ᄂᆞᆯ 스스로 싱각ᄒᆞ디 '괴이ᄒᆞ다 여긔 신션이 어이 오리오' ᄒᆞ고 아모커나 죵을 보리라 ᄒᆞ고 나아가 녜롤 맛촌 후 그 즁의 하나히 문왈,

"션싱은 엇던 사롬이요?"

비간 왈,

"나ᄂᆞᆫ 승상 비간이러니 젼지롤 바다 잔치의 참예ᄒᆞ려 ᄒᆞᄂᆞ이다."

달긔 쥬로 더브러 나와 모든 신션다려 녜롤 맛촌 후 비간다려 문왈,

"인간 사롬이 만히 이시면 졔공이 일졍 슬희여 ᄒᆞᆯ 거시니 우리ᄂᆞᆫ 드러가니 경이 존공을

---

1) 【곳이】 閉 곧이. ¶ 혼군이 졍ᄉᆞ롤 바려 ᄉᆞ직을 도라보지 아니터니 오날 쏘 요언을 곳이 드러 신션을 모호렷노라 ᄒᆞ니 엇지 국가의 길죄리오? (昏君! 社稷這等狼狽, 國事日見顚危, 今又癡心逆

想要會神仙; 似此又是妖言, 豈是國家吉兆!) <西周 7:10>

되셔 디졉ㅎ라."

비간이 녕을 듯고 슐을 가져오라 ㅎ여 모든 요괴의게 각각 잔【13】을 먹이더니 요괴 알 핀 나아가니 요괴의 몸의셔 괴이흔 너음이 나는지라. 탄왈,

"텬지 무도ㅎ여 그릇 일을 만히 ㅎ민 요믈이 나려와 졍스롤 어즈러이니 죵시 엇지 오리리오?"

ㅎ고 탄식ㅎ더니 달긔 쏘 비간을 명ㅎ여 한 잔식 권ㅎ라 ㅎ니 비간의 양은 빅두쥬(百斗酒)롤 용납ㅎ는 양이라 쏘 요괴의게 한 잔식 권ㅎ니 달긔 우왈,

"졔공의 양이 크니도 잇고 젹으니도 이실지라 보와가며 슐을 권ㅎ라."

비간이 믄득 보니 모든 요괴 뒤히 여의2) 쏘리 달빗치 비최거늘 디경ㅎ여 니롤 갈며 왈,

"니 엇지 져 여의들과 슐을 한 잔인들 슈작ㅎ리오?"

ㅎ고 즉시 잔을 바리고 바로 디하로 나려오고져 ㅎ더니 달긔 믄득 요괴 취흔 줄 보고 명ㅎ여 각각 도라가라 ㅎ【14】니 비간이 쏘 디의 나려오므로 나오더니 무셩왕 황비회 군스롤 거느려 디궐을 슌슈ㅎ다가 비간의 밧비 나오믈 보고 디경ㅎ여 말긔 나려 문왈,

"승상이 엇지 이리 황망이 나오느뇨?"

비간이 발구르며 왈,

"장군아 은나라히 이졔는 망ㅎ리로다. 이졔 텬지 날다려 신션을 슐권ㅎ라 ㅎ거늘 쇼관이 괴이히 너겻더니 믄득 보니 신션은 아니오 달빗히 요괴 쏘리 비최는지라 쇼관이 잔을 바리고 바로 나왓느이다."

황비회 디경 왈,

"승상은 마을노 도라가라. 니계 즈연 한 계괴 잇노라."

ㅎ고 황명(黃明)·쥬긔(周紀)·뇽환(龍環)·오건(吳乾) 스인을 블너 왈,

"너희 각각 건졸 이십 명식 거느려 셩문밧 동셔남북의 흣허졋다가 무슈흔 요졍이 굴혈노 갈 거시니 너희 죵젹을 탐쳥(探聽)ㅎ라."

스인이 분부롤 듯고 나가다.

모든 여【15】이 신션의 도술을 비화 녹디의 나려왓다가 슐을 만히 먹은지라 다시 도술을 힝치 못ㅎ여 일시의 남문으로 거러나가니 이 씨 오경이로디 문을 여럿거늘 모든 요괴 디희ㅎ여 일시의 나가다.

쥬긔 장졸 이십 명을 거느리고 남문 밧긔 허여져 기다리더니 오경 씨의 모든 도인이 셩문으로 나오거늘 죵젹을 쓰라가니 셩 남문 밧 삼십 오리의 헌원묘 겻히 한 돌굼기3) 잇고 그 돌 우희 슈목이 총잡(叢雜)ㅎ엿는디로 드러가거늘 쥬긔 즉시 드러와 무셩왕긔 보ㅎ디 황비회 쥬긔롤 명ㅎ여,

"삼십 가졍을 거느려 그 돌굼게 남글 만히 쓰코 블질너 요졍을 업시ㅎ라."

쥬긔 명을 듯고 가거늘 황비회 비간을 쳥ㅎ여 쥬긔의게 분부흔 말을 니른디 비간이 디희ㅎ여 비스ㅎ고 슐을 가져【16】셔로 치스ㅎ더니 황비회 왈,

"우리 남문 밧긔 가 쥬긔의 요졍 졔어ㅎ는 양을 보리라."

ㅎ고 냥인이 본부군을 거느려 헌원묘의 오니 쥬긔 시방 돌굼게 남글 쓰코 블지르니 터럭타는 누린니 창텬ㅎ엿거늘 냥인이 디희ㅎ여 블을 쓰고 여의 가족4) 오십 여녕을 어더가지고 바로 마을노 도라와 슐을 권ㅎ며 치스ㅎ더라.

---

2) 【여의】圄 여우. ¶ 狐狸 ‖ 비간이 믄득 보니 모든 요괴 뒤히 여의 쏘리 달빗치 비최거늘 디경ㅎ여 니롤 갈며 왈, "니 엇지 져 여의들과 슐을 한 잔인들 슈작ㅎ리오?" (比干奉第二層酒, 頭一層都卦下尾巴, 都是狐狸尾. 此時月照正中.) <西周 7:13>

3) 【돌굼】圄 돌구멍. 바위동굴. ¶ 石洞 ‖ 셩 남문 밧 삼십 오리의 헌원묘 겻히 한 돌굼기 잇고 그 돌 우희 슈목이 총잡ㅎ엿는디로 드러가거늘 (離城三十五里, 軒轅墳傍有一石洞, 那些道人·仙子都爬進去了.) <西周 7:15>

4) 【가족】圄 가죽. ¶ 냥인이 디희ㅎ여 블을 쓰고 여의 가족 오십 여녕을 어더가지고 바로 마을노 도라와 슐을 권ㅎ며 치스ㅎ더라 <西周 7:16>

26
달긔셜계히비간(妲己設計害比干)

비간(比干) 등이 여의 가족 오십 여녕을 어더 셩즁의 드러와 셔로 치하 왈,

"이 가족으로 옷슬 민드라 텬즈긔 드리리라."

ᄒ고 장인을 명ᄒ여 옷슬 민드랏더니 ᄶ 맛춤 즁동(中冬)의 니른지라 쥐(紂) 달긔(妲己)로 더브러 녹더의 가 셜경을 구경ᄒ더니 비간이 드러와 조회【17】롤 쳥ᄒ거ᄂ 쥐 명ᄒ여 드러오라 ᄒ디 비간이 더의 올나 녜롤 맛촌 후의 쥐 문왈,

"셜풍이 삭막ᄒ고 납셜(臘雪)이 분분ᄒ니 텬긔 심히 치운지라 황슉이 무슴 긴급ᄒ 일을 쥬ᄒ라 왓ᄂ뇨?"

비간이 쥬왈,

"폐히 셜풍의 조셕으로 녹더의 단이시니 셩휘 일졍 샹ᄒ실지라 신 등이 엇지 근심이 젹으리잇고? 신이 호구피(狐裘皮) 옷슬 어더 폐하긔 드리ᄂ니 맛당이 닙으셔 치위롤 피ᄒ쇼셔."
[비간이 브러 이 여의 가족 옷슬 드려 달긔로 ᄒ여곰 뎨 지혜롤 알게 ᄒ미라.]

쥐 왈,

"황슉이 짐의 치위롤 근심ᄒ여 호피옷슬 드리려ᄒ니 이ᄂ 만고의 비ᄒ더 업순 츙셩이라. 슈이 가져와 짐의 치위롤 피ᄒ게 ᄒ라."

비간이 더의 나려 여의 가족 옷슬 함의 담아 드리니 쥐 더희 왈,

"짐이 텬지 되여 복이 스히의 웃듬이로디 니런 보비의 옷슬 보지 못ᄒ엿거든 황슉이【18】 날을 어더쥬니 가히 츙셩이라 ᄒ리로다."
ᄒ고 좌우롤 명ᄒ여 슐을 가져다가 친히 비간을 권ᄒ니 달긔 발 안히셔 비간의 드리ᄂ 옷슬 보고 마음이 쩰니며 간이 타ᄂ듯ᄒ여 스스로 싱각ᄒ디 '져 가족이 일졍 헌원묘 모든 신녕(神靈)의 가족이니 니 엇지 이 원슈롤 갑지 아니ᄒ리오? 니 젼의도 요인(妖人) 강샹(姜尙)의게 옥셕비파 졍녕이 히롤 닙게 ᄒ고 원슈롤 갑흐려 ᄒ다가 맛춤니 일을 일우지 못ᄒ여시니 이번은 반드시 이 원슈롤 갑흐리라' ᄒ고 눈믈 나믈 찌닷지 못ᄒ더니 쥐 비간으로 더브러 셔로 슐먹다가 날이 져믈미 비간이 하직고 나가거ᄂ 달긔 쥬왈,

"폐하의 닙으신 옷시 엇지 젼의 보지 못ᄒ던 옷시니잇고?"

쥐 답왈,

"이ᄂ 황슉 비간이 짐이 녹더의 단이며 바롬의 샹홀가 ᄒ여 이 가족옷슬【19】 드려시니 니 엇지 닙지 아니리오?"

달긔 쑤러 쥬왈,

"폐히 만승의 존으로써 부귀롤 누리시거ᄂ 비간이 져 여의 가족옷슬 드려 폐하롤 업슈이 너기니 원컨디 폐하ᄂ 쌀니 버스쇼셔."

쥐 답왈,

"어쳐의 말이 올타."
ᄒ고 그 옷슬 버셔 좌우롤 쥬어 니뎐의 갓다두라 ᄒ다.

비간이 여의 가족 가져온 후로ᄂ 달긔 슬프믈 니긔지 못ᄒ여 원슈롤 갑고져 ᄒ디 쯰롤 싱각지 못ᄒ여 ᄒ더니 홀ᄂ 한 일을 싱각ᄒ고 얼골을 변ᄒ여 젼의셔 비나 고흔 계집이 되여 쥬의게 드러와 녜롤 힝ᄒ거ᄂ 쥐 달긔 얼골이 예도곤 더 고은 줄을 괴이히 너겨 문왈,

"이경(愛卿)의 얼골이 엇지 나날 더으미[1]

---

1)【더으다】동 더하다.¶ 이경의 얼골이 엇지 나날 더으미 잇ᄂ뇨? (朕看愛卿容貌, 眞如嬌花美

잇느뇨?"

달긔 왈,

"첩의 얼골이 엇지 더으미 이시리잇고? 폐하 좌우의 이셔 눈의 화려훈 빗출 보며 귀의 긔특훈 쇼리룰 드루며 닙의 【20】 조훈 음식을 먹눈지라 몸의 근심이 업스미 얼골이 쇠치 아니미로쇼이다. 폐히 첩을 곱다 흐시나 첩이 긔쥬의 이실졔 스괴여 단이던 션녜 나히 겨유 이팔은 흐고 얼골이 고음이 짝이 업더니 첩이 조가의 드러온 후눈 즈로 궁중의 와 잇느이다."

쥬눈 본디 쥬식의 무리라 이 말을 드루미 깃브믈 니긔지 못흐여 왈,

"인경이 날노 흐여곰 한 번 보게 훌다?"

달긔 쥬왈,

"그 션녀의 일홈은 호희미(胡喜媚)니 요스이눈 도궁(道宮)의 올나가 도룰 비호눈지라 엇지 일시의 블너오리잇고?"

쥐 왈,

"인경이 만일 그 션녀로 흐여곰 날을 보게 흐면 이 은혜룰 엇지 니즈리오?"

달긔 쥬왈,

"첩이 호희미룰 니별흐여 도궁의 보닐졔 호희미 첩다려 왈 '스승긔 도룰 비화 오힝의 슐을 어든 후 신향을 보닐 거시니 쳥흐여 보고 시분 씨의 이 향을 피워든 【21】 너룰 맛고 나려가리라' 흐엿더니 그 후의 과연 신향(神香)을 보닛거눌 첩이 쳥흐여 보려흐더니 셩은을 닙어 조가의 올나오니 그 향을 피워보지 못흐엿눈지라. 폐히 이졔 보고져 흐실진디 첩이 향을 피여 쳥흐여 오리이다." [이 말이 다 거춧말노 쥬룰 속여 밤의 힌원묘의 가 구두치(九頭雉)의 졍녕을 쳥흐녀 오려 흐비라.]

쥐 디희 왈,

"인경이 쏄니 신향을 피여 쳥흐여 오라."

달긔 왈,

"이 션녀눈 세상 사롬과 다룬지라 너일 달아리 잔치흐고 첩이 목욕흐고 향을 피오면 션녜 오리이다."

쥐 왈,

"인경은 날을 속이지 말나."

흐고 이날 밤이 깁도록 달긔로 더브러 잔치흐더

니 쥐 슐을 디취흐여 상의 누어 즈거눌 달긔 삼경은 흐여 본상을 너여 풍운을 타고 헌원묘의 오니 구두치 울며 왈,

"젼일 녹디 잔치룰 인흐여 우리 즈손이 다 멸흐고 무슈훈 군병이 와 가족을 벗겨가니 너 홀노 남아잇노 【22】 라."

달긔 울며 답왈,

"모든 신녕이 다 날노 인흐여 화룰 맛나니 너 오날 신녕을 위흐여 보슈코져 흐여 그디의 살아이시믈 알녀 왓노라."

흐고 우왈,

"텬즈룰 속여 도궁의 한 션녜 이시더 일홈은 호희미오 얼골이 세상의 짝이 업다 흐엿느니 그디 너일 삼경의 묘룰 바리고 몸을 변흐여 긔특훈 사롬이 되여 궁중의 드러오면 무궁훈 부귀룰 누릴 거시오 쏘 모든 신녕의 원슈룰 갑흐리라."

구두치 스례 왈,

"낭낭이 우리 즈손을 위흐여 원슈룰 갑흐려 흐니 엇지 감히 아니가리오?"

달긔 디희흐여 몸을 감초와 궁중의 드러와 의구히 즈더니 이튼날 쥐 달긔로 더부러 디상의셔 풍경을 보며 왈,

"어쳐(御妻) 오날 맛당이 목욕분향흐여 션녀룰 나려오게 흐라."

달긔 디왈,

"첩이 엇지 폐하 녕을 어그룻치리잇고?"

흐고 날 【23】 이 졈은 후 목욕지계흐고 분향지비흐더니 공중으로셔 비린 바람이 오거눌 달긔 왈,

"디왕은 발 안히 숨엇다가 첩이 쥬흐눈디로 흐쇼셔."

쥐 올히 너겨 발 안히 숨어 보니 공중의셔 져쇼리 나며 과연 션녜 나려오니 그 얼골이 히당화(海棠花) 반만 피엿눈 듯흐며 월궁 항이(嫦娥) 세상의 나린 듯흐여 사롬의 마음이 즈연이 동흐눈지라 달긔 네흐고 왈,

"첩이 헌데룰 기디런지 오린지라 거의 잔치룰 파흐고 궁의 도라가려 흐더이다."

희미 답왈,

"빈되 스싱의게 도룰 듯노라 늦게야 와시니 원컨디 낭낭은 죄룰 스흐쇼셔."

흐고 이날 밤이 깁도록 달긔로 더브러 잔치흐더

玉, 令人把玩不忍釋手.) <西周 7:19>

ᄒ고 녜룰 파ᄒ 후 달긔 우왈,

"쳡이 젼일의 보니신 신향을 앗가 픠오며 현뎨 오기룰 기다리더니 과연 언약ᄒᆫ 말을 일치 아니ᄒ시니 이ᄂᆞᆫ 젼일 ᄉ긔던 졍이로다."

희미 왈,

"빈되 젼일 언약을 져바리지 아【24】니ᄒ여 감히 궁즁의 드러와시니 낭낭은 무엇ᄒ려 브ᄅ시니잇고?"

쥬 발 안히셔 희미 얼골과 달긔 얼골을 보니 그 ᄉᆞ이 텬디 ᄀᆞᆺ흔지라 마음의 싱각ᄒ디 '너 쇼시(蘇氏)와 한가지로 이션지 십년이 남으디 다른 긔특흔 사름을 보지 못ᄒ엿더니 오날 이 션녀ᄂᆞᆫ 월궁 항인들 엇지 밋ᄎ리오' ᄒ고 즉시 나와 셔로 말ᄒ지 못ᄒᆷ믈 한ᄒ여 달긔룰 눈쥬어 왈,

"희미룰 쳥ᄒ여 궁즁의 이실 ᄯᅳᆺ을 니ᄅ라."

ᄒᆫ디 달긔 그 ᄯᅳᆺ을 알고 희미다려 문왈,

"쳡이 한 말을 듯고져 ᄒ니 원컨디 현뎨ᄂᆞᆫ 용납ᄒ여 드ᄅ라."

희미 답왈,

"낭낭이 분부ᄒᆞᄂᆞᆫ 일을 엇지 감히 듯지 아니ᄒ리오?"

달긔 진왈,

"쳡이 현뎨의 인덕을 텬ᄌᆞ긔 쥬ᄒ니 텬ᄌᆞ 현뎨룰 ᄉᆞ모ᄒ여 한 번 보고져 ᄒ시ᄂᆞᆫ지라 현뎨ᄂᆞᆫ 쳡을 보와 텬ᄌᆞ의 바라시ᄂᆞᆫ【25】일을 좃ᄎ라."

희미 디왈,

"빈도ᄂᆞᆫ 츌가흔 사름일 ᄲᅮᆫ 아니라 녯 글의 일너시디 '남녜 연고업시 갓가이 안지 말나' ᄒ여시니 엇지 오날 텬ᄌᆞ로 더브러 연낙을 한가지로 ᄒ리오?"

달긔 우왈,

"현뎨ᄂᆞᆫ 그런 말 말나. 비록 츌가ᄒ여시나 이ᄂᆞᆫ 셰상을 더러이 너겨 신션의 도룰 비호려 ᄒ미오 오힝지음을 닷그려 ᄒ미 아니니 엇지 이디도록 녯말노 인ᄒ여 남녜 갓가이 못홀 쥴 이ᄅᆞᄂᆞ뇨? ᄒᆞ믈며 텬ᄌᆞᄂᆞᆫ 만승지군이 되여 ᄉᆞ히룰 통녕ᄒ시니 엇지 이디도록 ᄉᆞ양ᄒ시ᄂᆞ뇨? 쳡이 어려셔붓허 현뎨와 침식을 한가지로 ᄒ여 졍의 깁헛ᄂᆞᆫ지라 쳡의 쳥ᄒᆞᆷ믈 도라보와 한 번 텬ᄌᆞ의 쇼원을 일우미 엇더ᄒ뇨?"

희미 디왈,

"빈되 낭낭으로 더브러 ᄉ긔연지 오린지라 오날 낭낭의 니ᄅᆫ 바룰 아니드ᄅ리오? 원【26】컨디 텬ᄌᆞ긔 한 번 뵈고져 ᄒᄂᆞ이다."

쥬 발 안히셔 여어보다가 호희미의 말을 듯고 깃브믈 니긔지 못ᄒ여 즉시 발을 들치고 너다라 좌의 안ᄌᆞᆫ디 희미 고두 왈,

"빈도ᄂᆞᆫ 감히 폐하긔 뵈ᄂᆞ이다."

쥬 디희ᄒ여 달긔다려 왈,

"오날 날이 더워 왼몸의 ᄯᆞᆷ이 나시니 너뎡의 드러가 다른 옷슬 가져오라."

달긔 쥬의 음심(淫心)이 낫ᄂᆞᆫ 쥴을 알아보고 고왈,

"명디로 ᄒ리이다."

ᄒ고 숨어셔 보니 쥬 희미로 더브러 슐을 권ᄒ다가 반만 취ᄒ미 쥬 희미의 손을 잡고 왈,

"날노 더브러 디변(臺邊)의 나가 완월ᄒ미 엇더ᄒ뇨?"

희미 디왈,

"폐하의 녕ᄒ시ᄂᆞᆫ디로 ᄒ리이다."

쥬 희미로 더브러 디변의 나와 달을 보며 셔로 말ᄒ더니 쥬 왈,

"짐이 션녀로 더브러 한가지로 부귀룰 누려 평싱을 즐기미 엇더ᄒ뇨?"

희미 졍식고 답지 아니【27】ᄒ거눌 쥬 희미의 손을 만지며 왈,

"현체 엇지 답지 아니ᄒᄂᆞ뇨?"

희미 거즛 눈을 씽긔고 왈,

"쳡이 임의 폐하의 궁즁의 왓ᄂᆞᆫ지라 엇지 감히 폐하의 명을 듯지 아니리잇고?"

쥬 이 말을 듯고 희미의 손을 잡고 궁즁의 드러와 셔로 즐기더니 창 밧긔셔 기춤 쇼리 나거눌 쥬 샐니 옷슬 닙고 나오니 달긔 희미다려 문왈,

"현뎨의 의복과 오운(五雲)이[머리 일홈이라.] 엇지 잡되엿ᄂᆞ뇨?"

쥬 쇼왈,

"ᄋᆞ경은 엇지 괴이히 너기ᄂᆞ뇨?"

ᄒ고 인ᄒ여 달긔다려 왈,

"ᄋᆞ경이 션녀룰 어더드리니 이 은덕을 엇지 다 갑흐리오?"

ᄒ고 이후브터 쥐 두 요괴로 더브러 더 우희셔
즐기더니 훌는 달긔 한 쇼리롤 지르고 짜히 업
더져 낫치 흙 갓고 닙으로 피롤 토ᄒ거놀 쥐 디
경ᄒ여 희미다려 왈,

"어체 궁중의 드러완지 여러히로디 이런
병이 【28】 업더니 오늘 이 병이 엇진 일이뇨?"
ᄒ고 눈믈을 흘니거놀 희미 탄왈,

"낭낭이 젼증(前症)이 복발(復發)ᄒ여시니
이번은 엇지 구ᄒ리오?"

쥐 희미다려 문왈,

"어체 젼의 이 병을 어드면 엇지 구완ᄒ더
뇨?"

희미 왈,

"우리 긔쥐 이실졔 낭낭이 미양 이 병 곳
어드면 장원이란 의관이 약 가온디 긔특ᄒ 사룸
의 넘통을 녀허 한디 달혀 먹으면 즉시 낫더이
다."

쥐 즉시 젼지ᄒ여 장원을 브르려 ᄒ더니 희
미 쥬왈,

"예셔 긔쥐 멀기 쳔나라 엇지 밋쳐 쳥ᄒ리
잇고? 첩이 음양을 잠간 비홧ᄂ니 조뎡 즁관 즁
의 긔특ᄒ 사룸을 졈복ᄒ여 그 녕통을 니여 낭
낭의 병을 구ᄒ게 ᄒ리이다."

쥐 디희ᄒ여 좌우롤 명ᄒ여 금젼을 가져와
희미롤 쥬니 희미 돈을 바다 거즛 조뎡 디신의
션악을 졈복ᄒ다가 쥬왈,

"조뎡의 긔특ᄒ 셩인이 이시니 이 【29】 사
룸 곳 아니면 져 병을 구완키 어려오리이다."

쥐 왈,

"미인은 슈히 일녀 현쳐의 병을 구완ᄒ라."

희미 왈,

"승상 비간은 진짓 셩인이라 속의 녕통 칠
규의 마옴이 이시니 원컨디 폐하는 샐니 비간의
녕통을 니여 낭낭을 구완ᄒ쇼셔." [처음의 달긔 비
간을 히코져 ᄒ디 계교롤 싱각지 못ᄒ더니 쥬롤 속여 이 요
괴롤 궁중의 드려오니 이 뜻은 졔 급ᄒ 병을 어든 쳬ᄒ고 이
요괴로 ᄒ여곰 거즛 졈복ᄒ여 비간의 녕통을 니여 보슈ᄒ려
ᄒ미라.]

쥐 답왈,

"비간은 조뎡 디신이오 짐의 슉뷔어놀 엇
지 그 녕통을 니리오?"

희미 쥬왈,

"폐히 황후롤 구ᄒ려 ᄒ시거든 비간을 죽
이시고 황후의 명을 구치 아니려 ᄒ시거든 비간
을 히치 마로쇼셔."

쥐 즉시 지필을 가져오라 ᄒ여 어찰노 비
간을 브르니 비간이 바야흐로 뎡수롤 다스리다
가 텬즈의 수명(使命)이 와시믈 듯고 마즈 녜필
의 어츨을 보고 스스로 싱각ᄒ디 '궁중의 쏘 무
슴 일이 잇관디 텬지 어필을 보니여 브르 【30】
시뇨' ᄒ고 수명다려 다시 말을 뭇고져 ᄒ더니
어찰이 년ᄒ여 다숫 번이 오거놀 비간이 더옥
괴이히 너겨 조복을 갓초고 궁중으로 드러가려
ᄒ더니 쏘 진쳥(陳靑)이 어찰을 가지고 와 니로
디,

"쇼낭낭이 명지 경긱ᄒ니 원컨디 샐니 드
러가쇼셔."

비간이 놀나 문왈,

"낭낭의 병이 즁ᄒ시면 긔특ᄒ 의관을 브
르지 아니ᄒ고 엇지 날을 쳥ᄒ시ᄂ뇨?"

쳥이 디왈,

"텬지 요스이 호희미란 미인을 어더 쇼낭
낭으로 더브러 미일 녹디의셔 노시더니 앗가 쇼
낭낭이 급한 병을 어더 명지 조셕이라 호희미
거즛 음양을 아는 쳬ᄒ여 조뎡 빅관 즁의 착ᄒ
사룸을 겸ᄒ여 텬즈긔 고ᄒ디 승상 비간의 속의
녕통 칠규지심이 이시니 이 녕통을 니여 약의
타 낭낭의 병을 구ᄒ라 ᄒ니 텬지 니러므로 승
상을 급히 【31】 쳥ᄒᄂ니 원컨디 승상은 슈이
드러가쇼셔."

비간이 이 말을 듯고 디경ᄒ여 싱각ᄒ디
'니 비록 오늘 죽으나 민긴의 폭졍을 힝치 아니
ᄒ엿ᄂ지라 후셰 사룸으로 ᄒ여곰 엇지 붓그러
오미 이시리오' ᄒ고 진쳥다려 왈,

"그디는 몬져 드러가라. 니 조초 가리라."

진쳥이 하직고 가거놀 비간이 후졍의 드러
가 부인 밍시(孟氏)와 아들 미즈(微子)롤 보고
왈,

"모지 마음을 극진이 ᄒ여 가법을 그릇 민
드지 말나."

ᄒ고 눈믈이 비오듯ᄒ니 부인이 디경 문왈,

"디왕이 엇지 니런 말을 ᄒ시ᄂ니잇고?"

비간 왈,

"혼군이 달긔와 쏘 시로 어든 호희미의 간

스흔 계교의 샌져 니 녕통을 니여 약의 너흐려
흐니 이제 드러가미 엇지 다시 스라오리오?"

부인이 울며 더왈,

"더왕이 우흐로 텬자끠 득죄흐미 업고 아
리로 군민의게 포학흔 일이 업셔 텬하 만민【3
2】이 다 츙의군지라 일ㅋ더니 엇지 니런 츰혹
흔 형벌을 맛나리오?"

미지 울며 왈,

"텬쉬 발셔 니러흐니 화롤 면치 못흐실지
라. 몸의 혹형을 바다 집의 도라오시지 못흐리
니 원컨더 부왕은 젼의 강즈아(姜子牙)의 가ᄅ
치던 계교롤 힝흐여 집의 도라와 명이 진흐게
흐쇼셔."

비간이 올히 너겨 급히 부작 흔 장을 니여
블의 술와 믈의 타먹고 즉시 조복을 닙고 오문
으로 드러오더니 빅관이 밧비 문왈,

"승상이 엇지 니리 황망이 드러오ᄂᆞ뇨?"

비간이 진청의 니ᄅ던 말을 다 니ᄅ고 바
로 녹더의 올나 녜흔디 쥐 왈,

"어체 블의의 즁병을 어더 명지 조셕이라.
의관 왈 '긔특흔 사ᄅᆞᆷ의 녕통을 니여 약의 쓰
라' 흐니 짐이 황슉의 녕통 칠규지심을 비러 병
을 곳치고져 흐ᄂᆞ니 병이 하리면2) 황슉의 공이
젹지 아【33】니흐리라."

비간이 쥬왈,

"녕통 칠귀 어더 잇ᄂᆞ니잇고?"

쥐 쇼왈,

"황슉의 비 안히 잇ᄂᆞ니라."

비간이 노왈,

"마음이란 거슨 폐부의 이시니 일신의 쥐
라. 마음이 졍흐면 일신이 졍흐고 ᄆᆞ음이 부졍
흐면 일신이 부졍흐고 사ᄅᆞᆷ이 날졔는 마음이 몬
져 나고 사ᄅᆞᆷ이 죽을졔는 ᄆᆞ음이 몬져 상흐는지
라. 이졔 신이 ᄆᆞ음 곳 너면 신의 몸이 죽으리
니 신이 죽기는 앗갑지 아니커니와 신이 죽은
후의 죵묘ᄉᆞ직이 슈이 망흐리이다. 엇지 요괴의

말을 듯고 죵ᄉᆞ롤 도라보지 아니흐ᄂᆞ뇨?"

쥐 왈,

"황슉의 말이 그ᄅ다. 짐이 한 조각 녕통
만 비러 쓰고져 흐ᄂᆞ니 무슴 히로오미 이시리
오?"

비간이 쇼리질너 왈,

"혼군이 황음쥬식흐여 더신을 참혹흔 형벌
노 죽이더니 엇지 니 녕통을 니【34】려흐ᄂᆞ
뇨?"

쥐 노왈,

"님군이 죽으라 흐면 신히 명을 어그릇지
아니흐미 녜의 올흔 일이어늘 엇지 감히 짐을
니리 슈욕흐ᄂᆞ뇨?"

흐고 무ᄉᆞ롤 명흐여 잡아나리와 녕통을 샌히라
흔더 비간이 쇼리질너 왈,

"달긔 엇지 감히 텬즈롤 쇽여 날을 죽이려
흐ᄂᆞ뇨?"

흐고 칼홀 가져오라 흔더 좌위 보검을 가져왓거
늘 비간이 보검을 들고 티묘롤 바라며 머리롤
두다려 비례흐고 울며 왈,

"신이 암쥬(暗主)롤 셤겨 죵ᄉᆞ롤 보젼코져
흐더니 오늘날의 죽으니 이ᄂᆞᆫ 신의 블츙과 남군
의 혼암흐미라."

흐고 이의 보검을 드러 가슴을 헤치고 숀조3)
비롤 질너 오장뉵부롤 ᄭᅳ어니여 녕통이란 쥬의
게 드리고 오장을 도로 녀허 비롤 실노 감치고
바로 밧그로 니다라 오니 황비호 등이 디희 문
왈,

"승상이 엇지【35】사라 오ᄂᆞ뇨?"

비간이 말을 아니흐고 안식이 누러흐여4)
집으로 도라가 한 쇼리롤 크게 지르고 죽으니
[처음의 쥬의 비간의 이 화롤 만날 쥴 알고 부작을 쎠 쥬엇더

---

2) 【하리다】圐 낫다. ¶ 愈∥ 어체 블의의 즁병을
어더 명지 조셕이라 의관 왈 '긔특흔 사ᄅᆞᆷ의 녕
통을 니여 약의 쓰라' 흐니 짐이 황슉의 녕통
칠규지심을 비러 병을 곳치고져 흐ᄂᆞ니 병이 하
리면 황슉의 공이 젹지 아니흐리라 (御妻偶發沉
疴心痛之疾, 惟玲瓏心可愈. 皇叔有玲瓏心, 乞借
一片作湯, 治疾若愈, 此功莫大焉.) <西周 7:32>

3) 【숀조】圐 손수. 직접. ¶ 이의 보검을 드러
가슴을 헤치고 숀조 비롤 질너 오장뉵부롤 ᄭᅳ어
니여 녕통이란 쥬의게 드리고 오장을 도로 녀허
비롤 실노 감치고 바로 밧그로 니다라 오니 (將
劍往臍中刺入, 將腹剖開, 其血不流. 比干將手入
腹內摘心而出, 望下一擲, 掩袍不語, 面似淡金, 徑
下臺去了.) <西周 7:34>

4) 【누러흐다】圐 누렇다. ¶ 金∥ 비간이 말을
아니흐고 안식이 누러흐여 집으로 도라가 한 쇼
리롤 크게 지르고 죽으니 (比干不語, 百官迎上
前來. 比干低首速行, 面如金紙, 徑過九龍橋去, 出
午門.) <西周 7:35>

니 비간이 이 부작을 술와 먹으니 오장뉵부롤 너엿다가 도로
녀허도 죽지 아니ᄒ고 바로 집의 도라와 죽으니 이는 강ᄌ아
의 슐이러라 황비호 등이 비간의 죽으믈 듯고 더
경 왈,

　"이졔는 승상이 죽어시니 셩탕 긔업이 반
ᄃ시 오러지 아니리라."
ᄒ더니 믄득 한 사룸이 쇼러질너 왈,

　"혼군이 무죄흔 슉부롤 죽이니 이 엇지 인
눈디의리오? 너 이졔 드러가 텬ᄌ롤 보와 승상
죽인 줄을 므르리라."
ᄒ거눌 모다 보니 이는 티우 하쇠(夏招)러라.

27
문중회병진십칙(聞仲回兵陳十策)[1]

하쇼(夏招) 쇼리질너 왈,

"엇지 니런 일이 이시리오?"

ᄒ고 보검을 녑히 끼고 명을 기다리지 아니코 바로 녹디(鹿臺)의 올나오니 쥐(紂) 바야흐로 비간(比干)의 【36】 녕통을 약의 녀허 달히다가 하쇼의 오믈 보고 문왈,

"티위(大夫) 연고업시 엇지 궁중의 드러오뇨?"

하쇼 고셩 왈,

"니 드러오믄 다른 일이 아니라 혼군을 죽이라 오노라."

쥐 쇼왈,

"ᄌ고이리로 신히 엇지 님군을 무고히 죽이리오?"

쇠 디왈,

"신히 님군을 죽이지 못ᄒᄂ 쥴을 알고 족히 아ᄌ뷔[2] 죽이지 못ᄒᄂ 쥴은 엇지 모로ᄂ

뇨? 비간이 혼군의 슉뷔오 션군의 아이[3]오 벼슬이 왕위의 잇고 위인이 현셩군ᄌ이어눌 혼군이 무도픠악ᄒ여 족하로 슉부롤 죽여 셩탕의 법도롤 니러트시 문허바리ᄂ뇨?"

ᄒ고 보검을 들고 다라드니 쥐 ᄯᅩ혼 문뮈 가존 사롬이라 엇지 환을 피치 못ᄒ리오? 기동을 도라 다ᄅ며 발노 쇼롤 박츠 나리치고 좌우롤 블너 잡아니라 ᄒᆫ디 무시 일시의 다라들거눌 하쇠 디즐 왈,

"혼군이 슉부롤 죽 【37】이니 이ᄂ 디역블의라 엇지 죽이지 아니리오?"

쥐 디로ᄒ여 무스롤 ᄭᅮ지져 ᄲᆡ니 잡아나리오라 ᄒ거눌 쇠 쥬롤 디ᄒ여 ᄭᅮ짓기롤 마지 아니타가 디 아리 나려져 죽으니 황비호(黃飛虎) 등이 하쇼의 죽으믈 듯고 탄왈,

"셩탕 긔업이 다시 보젼치 못ᄒ리로다."

ᄒ고 계왕이 비간의 집의 니ᄅ러 관곽의금을 갓초와 븍믄 밧긔 장ᄒ더니 쇼졸이 보ᄒ디,

"티시(太師) 공을 일워 도라온다!"

ᄒ거눌 빅관이 조복을 갓초고 십니 밧긔 나와 마ᄌ니 문티시(聞太師) 좌우롤 식여 왈,

"예셔ᄂ 셔로 보기 비텬ᄒ니 계왕은 몬져 오문의 드러가 기다리라."

ᄒ거눌 황비호 등이 관원을 명ᄒ여 비간의 상구(喪柩)롤 머므러 직희여시라 ᄒ고 문무중관이 오문 밧긔 포진을 비셜ᄒ고 문티시롤 기다리더니 티시 흑긔린을 타고 군스롤 녕ᄒ여 븍문으로 드러 【38】오다가 길가의 상귀 노혀시믈 보고 좌우다려 문왈,

"져 상귀 범인과 다ᄅ니 엇던 지상이 죽엇ᄂ뇨?"

좌위 디왈,

"승상 비간의 상귀로쇼이다."

---

1) 원문의 회목은 '太師回兵陳十策'이다.

2) 【아ᄌ뷔】 圄 아자비. 숙부. ¶ 叔父‖ 신히 님군을 죽이지 못ᄒᄂ 쥴을 알고 족히 아ᄌ뷔 죽이지 못ᄒᄂ 쥴은 엇지 모로ᄂ뇨? (你也知道無弑君之理! 世上那有無故侄殺叔父之情!)<西周 7:36>

3) 【아이】 圄 동생. ¶ 弟‖ 비간이 혼군의 슉뷔오 션군의 아이오 벼슬이 왕위의 잇고 위인이 현셩군ᄌ이어눌 혼군이 무도픠악ᄒ여 족하로 슉부롤 죽여 셩탕의 법도롤 니러트시 문허바리ᄂ뇨? (比干乃昏君之嫡叔, 帝乙之弟. 今聽妖婦妲己之謀, 取比干心作羹, 誠爲弑父! 臣弑昏君, 以盡成湯之法.) <西周 7:36>

틔시 디경ᄒ여 ᄲᆞᆯ니 오문의 니ᄅ니 궁중의
한 긔특흔 디(臺) 잇고 디 우희 전각을 지어 오
치 찬난ᄒ거ᄂᆞᆯ 탄왈,

"텬지 일경 간신의 말을 듯고 정ᄉᆞᄅᆞᆯ 어즈
러이ᄂᆞᆫ도다."

ᄒ고 닌(麟)을 ᄂᆞ려 오문의 드러와 중관의게 녜
ᄒ고 왈,

"즁(仲)이 여러 ᄒᆡ 경셩을 ᄯᅥ낫더니 그ᄉᆞ이
셩중 경믈이 엇지 달낫ᄂᆞ뇨?"

황비회 답왈,

"틔시 비록 북ᄒᆡ의 계시나 텬히 니란(離亂)
ᄒ며 국경이 블명(不明)ᄒᄆᆞᆯ 드러시리니 오늘
거즛 므ᄅᆞ시믄 엇지뇨?"

틔시 왈,

"과연 년년이 경셩 쇼식을 드ᄅᆞ디 즁임을
맛다 먼니 갓다가 이졔야 드러오니 엇지 알니
오?"

ᄒ고 중관을 조ᄎ 구간뎐(九間殿)의 니ᄅᆞ니 셔
안의 틔ᄭᅳᆯ4)이 ᄊᆞ혀 뫼히 되엿고 계변(階邊)의
【39】 플이 무셩ᄒ엿거ᄂᆞᆯ 탄왈,

"슈십 년 ᄉᆞ이의 나라 졍시 엇지 이리 글
넛ᄂᆞ뇨?"

ᄒ고 좌우ᄃᆞ려 문왈,

"텬지 이거술 무어시 ᄡᅳ려 믿ᄃᆞ시뇨?"

무셩왕(武成王)이 답왈,

"이 형벌은 포락지형(炮烙之刑)이니 텬지
간관(諫官)과 츙신을 이 긔동의 믹고 아리 블을
지ᄅᆞ면 다 타 지 되여 나라나ᄂᆞᆫ지라. 니러므로
츙신현시 혹 위(位)ᄅᆞᆯ ᄉᆞ양ᄒ며 나라흘 바리고
혹 졀(節)의 죽어 일홈을 후셰의 빗ᄂᆞ고져 ᄒᄂᆞ
이다."

틔시 이 말을 듯고 심즁의 디로ᄒ여 중관
을 디ᄒ여 텬ᄌᆞᄭᅴ 슈이 조회ᄒᄆᆞᆯ 쳥ᄒ라 모다
니ᄅᆞ디,

"오날이야 텬안(天顔)을 보리로다."

ᄒ고 뎐의 올나 종고ᄅᆞᆯ 울니니 이 ᄶᅥ 비간의 마
음을 니여 달긔 병을 하리게 ᄒ고 [달긔 비간의 녕

<hr>

4)【틔ᄭᅳᆯ】圀 티끌. 먼지. ¶ 塵∥ 중관을 조ᄎ 구
간뎐의 니ᄅᆞ니 셔안의 틔ᄭᅳᆯ이 ᄊᆞ혀 뫼히 되엿고
계변의 플이 무셩ᄒ엿거ᄂᆞᆯ (太師見龍書案何以生
塵, 寂靜凄凉, 又見殿東邊黃鄧鄧大圓柱子.) <西
周 7:38>

통 먹은 후의 즉시 하린 체ᄒ니라.] 디희ᄒ여 두 요괴로
더브러 디상의셔 즐기더니 빅관의【40】조회 쳥
ᄒᄆᆞᆯ 듯고 디로ᄒ여 좌우ᄃᆞ려 문왈,

"이놈들이 날을 블너 무ᄉᆞᆷ 말을 ᄒ려ᄒᄂᆞ
뇨?"

좌위 디왈,

"틔ᄉᆞ 문중이 ᄊᆞ홈을 니긔고 도라왓다 ᄒ
ᄂᆞ이다."

쥐 이 말을 듯고 믁연부답ᄒ고 구간뎐이
나와 조회ᄅᆞᆯ 바드니 문무빅관이 조회ᄅᆞᆯ 맛츤 후
쥐 틔ᄉᆞᄃᆞ려 문왈,

"경이 북졍ᄒ여 요얼을 믈니치고 빅셩을
평안이 ᄒ니 그 공이 젹지 아니토다."

틔시 졀ᄒ고 쥬왈,

"신이 북방의 이셔 ᄌᆞᄌᆞ 드ᄅᆞ니 궁중이 황
난ᄒ며 만민이 도탄ᄒ여 디신이 참혹흔 형벌을
바드며 졔휘 다 반흔다 ᄒ더니 오늘 셩중의 드
러와 조뎡 졍ᄉᆞᄅᆞᆯ 보오니 과연 듯던 말과 갓트
이다."

쥐 답왈,

"동빅후 강환최(姜桓楚) ᄯᆞᆯ노 더브러 꾀ᄅᆞᆯ
한가지로 ᄒ여 짐을 히ᄒ려 ᄒ고 남빅후 악슝위
(鄂崇禹) 방종교일ᄒ여 짐을 슈욕ᄒ며 졍ᄉᆞᄅᆞᆯ
어【41】ᄌᆞ러이거ᄂᆞᆯ 짐이 국법을 졍히 ᄒ여 두
도적을 죽이고 그 아들은 짐이 참아 명을 히치
못ᄒ여 아뷔 벼슬을 닛게 ᄒ엿더니 그 두 놈이
짐의 은혜란 져바리고 아뷔 원슈ᄅᆞᆯ 갑흐려 엇지
인신의 도리리오?"

틔시 쥬왈,

"강환초의 찬위(簒位)ᄒ던 죄와 악슝우의
방종교일ᄒ여 조뎡 졍ᄉᆞᄅᆞᆯ 어ᄌᆞ러이던 일을 뉘
라셔 ᄒ더니잇고? 신은 이 두 사ᄅᆞᆷ으로 더브러
겸어실젹붓허 셔로 아ᄂᆞ니 이 마음을 닐 비 업
ᄉᆞ이다."

쥐 고기ᄅᆞᆯ 슉여 답지 아니ᄒ거ᄂᆞᆯ 틔시 ᄯᅩ
쥬왈,

"신이 북방의 이셔 경셩 쇼식을 여러번 드
ᄅᆞ니 폐히 인졍을 닥지 아니시고 황음쥬식ᄒ여
간ᄌᆞ(諫者)ᄅᆞᆯ 쥬ᄒ며 츙냥을 죽여 텬하 졔후로
ᄒ여곰 반심을 두게 ᄒ신다 ᄒ더니 앗가 드러오
며 보니 뎐 아리 동쥬(銅柱) 이십 긔 노혀시니
무어시 ᄡᅳ려 믿ᄃᆞ라계시【42】 니잇가?"

쥐 왈,

"조뎡의 스오나온 신히 만하 짐을 비방ᄒ
며 졍스를 황난케 ᄒ거눌 이 형벌을 민ᄃ라 일
홈을 포락이라 ᄒ노라."

틴시 우 쥬왈,

"신이 오문 밧긔 나ᄅ니 젼의 못보던 디
잇고 뎌 우희 쥬루픠각이 이시니 이ᄂᆞ 엇던 디
니잇고?"

쥐 왈,

"이 디 일홈은 녹디니 짐이 능동셩열(隆冬
盛熱)의 이 디의 올나 더위와 치위룰 피ᄒ여 니
마음을 즐기노라."

틴시 고셩 왈,

"바야흐로 스히 황황ᄒ며 졔휘 니반(離叛)
ᄒᄆᆡ 다 폐하의 탓시라. 드ᄅ니 폐히 인졍을 힝
치 아니ᄒ며 덕틱을 베프지 아니ᄒ고 현냥을 쓰
지 아니ᄒ며 요얼을 갓가이 ᄒ며 빅셩을 보치며
종스를 도라보지 아니ᄒ시니 이 엇지 님군의 도
리리잇고? 녯 글의 ᄒ여시ᄃᆡ '빅셩은 님군의 스
지라. 스지 슌ᄒ면 그 몸이 평안ᄒ고 스지 슌치
아니면 그 몸이 픠망ᄒᄂᆞ니 님군이 녜로써 신하
룰 디졉【43】ᄒ면 신하ᄂᆞ 츙셩으로 님군을 셤
기미 졍리라' ᄒ엿ᄂᆞ니 이러므로 션왕이 텬눈디
의룰 조ᄎᆞ스 현냥을 진용(進用)ᄒ며 요얼을 니
치시미 스이(四夷) 귀슌ᄒ며 팔방이 열복ᄒ며
군신이 상합ᄒ더니 이졔 폐하ᄂᆞ 션왕의 법을 져
바리시고 종스의 즁ᄒ믈 도라보지 아니샤 슈십
년 간의 조뎡 긔강이 퇴이ᄒ며 국가 졍시 황난
ᄒ여 텬하 민심이 다 반ᄒ여시니 엇지 폐하의
ᄒᆞ실 비리잇고? 이졔 신이 어린 쇼견을 다ᄒ여
졍스를 다스려 나라 평안ᄒᆞᆯ 모칙을 드리고져 ᄒ
ᄂᆞ니 폐히 잠간 궁의 도라가셔 기다리쇼셔."

쥐 믁연부답ᄒ고 안ᄒ로 드러가거눌 틴시
즁관다려 왈,

"졔공은 각 부의 도라가지 말고 노부의 마
을의 한가지로 가 국졍을 의논ᄒ미 엇더ᄒ뇨?"

즁관이 틴스를 ᄯᅡ라 은안뎐(銀安殿)의 니
ᄅ러 각각 좌룰 졍ᄒᆞ【44】 후 틴시 왈,

"노뷔 여러히 나갓다가 이졔 도라오미 국
시 엇지 이러ᄒ엿ᄂᆞ니잇고? 노부ᄂᆞ 션왕의 부탁
ᄒ신 말을 지금 닛지 아녓ᄂᆞ니 텬지 비록 무도
ᄒ나 신히 엇지 져바리리오? 니 이졔 공 등으로

더브러 나라흘 밧드러 종스룰 보젼코져 ᄒ니 졔
공의 쇼견이 하여(何如)오?"

황비회 나와 안즈 왈,

"텬지 쇼획(蘇護)의 ᄯᆞᆯ 달긔룰 드리샤 졍스
룰 도라보지 아니ᄒ시고 민원을 싱각지 아니샤
황후 강시룰 눈을 ᄲᅢ히고 손을 지지며 두 공즈
룰 죽이려ᄒ다가 풍운 가온디 일코 틴스 두원션
(杜元銑)을 참ᄒ며 상티우 믜빅(梅栢)과 조계(趙
啓)룰 포락지형으로 죽이시고 셔빅후 희창(姬昌)
을 죄업시 칠년을 유리(羑里)의 가도시며 그 아
들 빅읍고(伯邑考)룰 참혹ᄒᆞᆫ 형벌노 죽여 그 고
기룰 졋담아 그 아뷔룰 먹이며 만분(蠆盆)을 민
ᄃ라 궁녀 칠십여 인을 죽이며 녹디룰 지어【4
5】만민을 보치고 쥬지육님을 민ᄃ니 상티우 교
격(膠鬲)이 이 일을 간ᄒ다가 젹셩누의 ᄶᅥ러져
죽으며 좌승상 상용(商容)이 구간뎐의셔 스졀(死
節)ᄒ고 ᄯᅩ 양임(楊任)의 두 눈을 ᄲᅢ히니 홀연
음풍이 니러나며 그 시쳬룰 일헛고 ᄯᅩ 져젹의
달긔 요슐노 인ᄒ여 여오5) 삼스십을 녹디의 쳥
ᄒ여 밤이 깁도록 잔치ᄒ니 승상 비간이 여인
쥴 아라 쇼혈(巢穴)을 ᄎᆞ즈 그 가족을 벗겨 텬
즈긔 드리니 달긔 졔 동뉴의 보슈룰 ᄒ려ᄒ여
한 요괴룰 쳥ᄒ여 후궁을 삼아 둘히 계교룰 한
가지로 ᄒ며 텬즈룰 속여 비간의 영통을 니니
요ᄉᆞ이 국가 졍시 이런 형벌 밧근 업ᄂᆞ이다. 녯
글의 일너시ᄃᆡ '국긔 흥ᄒᆞᆯ 젹은 졍상(禎祥)이 잇
고 망ᄒᆞᆯ 젹은 요얼이 잇다6)' ᄒ엿ᄂᆞ니 요ᄉᆞ이
텬지 이 두 미인 어든 후ᄂᆞ 츙냥을 원슈 갓치
너기며 요얼을 슈족 갓치 너기ᄂᆞᆫ지라. 히 우리
게 밋게 되엿더니【46】맛초와 틴시 븍방을 진
졍ᄒ고 경스의 도라오시니 이ᄂᆞ 만민의 복이로
쇼이다."

틴시 왈,

---

5) 【여오/ 여이】 몡 여우. ¶ 狐狸∥ 져젹의 달긔
   요슐노 인ᄒ여 여오 삼스십을 녹디의 쳥ᄒ여 밤
   이 깁도록 잔치ᄒ니 승상 비간이 여인 쥴 아라
   쇼혈을 ᄎᆞ즈 그 가족을 벗겨 텬즈긔 드리니 달
   긔 졔 동뉴의 보슈룰 ᄒ려ᄒ여 한 요괴룰 쳥ᄒ
   여 후궁을 삼아 둘히 계교룰 한가지로 ᄒ며 (前
   者鹿臺上有四・五十狐狸化作仙人赴宴, 被比干看
   破, 妲己懷恨. 今不明不白, 內庭私納一女, 不知來
   歷.) <西周 7:45>
6) 국긔 흥ᄒᆞᆯ 젹은 졍상(禎祥)이 잇고 망ᄒᆞᆯ 젹은
   요얼이 잇다: 國家將興, 禎祥自現; 國家將亡, 妖
   蘖頻出.

"노뷔 션왕의 의탁ᄒᆞᆷ믈 바다 조졍 디스롤 맛닷더니 나라 졍시 글너시니 이는 노부의 죄라. 졔공은 각각 마을의 갓다가 삼일 후의 다시 모다 국졍을 의논ᄒᆞ리라."

즁관이 하직고 가거늘 틱시 좌우롤 분부ᄒᆞ디,

"삼일을 마을 문을 닷고 비록 나라 즁ᄒᆞᆫ 일이 이셔도 다른 마을의 가 의논ᄒᆞ라."
ᄒᆞ고

"졔 ᄉᆞ일의 조뎡 빅관이 올 거시니 네 문을 여러 마즈드리라."

좌위 명을 듯고 믈너나거늘 틱시 평상의 고요히 안즈 국가 다스릴 모칙 십조와 표 하나흘 짓고 졔 ᄉᆞ일 평명의 문무빅관을 쳥ᄒᆞ여 구간뎐의 드러와 조회롤 맛츤 후 쥐 문왈,

"경 등의 쥬홀 말이 잇거든 짐의게 일너 졍ᄉᆞ롤 평안히 ᄒᆞ라."

틱ᄉᆞ 문즁이 나아와 쥬왈,

"신이 표롤 올녀 국가롤 평【47】안이 ᄒᆞ고져 ᄒᆞᄂᆞ이다."
ᄒᆞ고 한 글을 올닌디 쥐 바다 쩌혀보니 ᄒᆞ여시디,

틱ᄉᆞ 신 문즁은 돈슈빅비ᄒᆞ고 삼가 글월을 올니ᄂᆞ이다. 신은 드르니 외(堯) 삼황을 니어 만민의 웃듬이 되미 텬하 다스리기로써 근심을 삼고 귀ᄒᆞᆷ므로써 즐거오믈 삼지 아니ᄒᆞ여 난신을 방축ᄒᆞ며 현냥을 힘쎠 구ᄒᆞ니 슌과 우(禹)와 직(稷)과 셜(契)이 조뎡의 버리 잇셔 덕을 도으며 졍ᄉᆞ롤 붉혀 교화 더힘ᄒᆞ니 텬히 흡연(洽然)ᄒᆞ더니 외 봉ᄒᆞ실시 그 아들 단쥬(丹朱)롤 어지지 아니타 ᄒᆞ여 슌의게 텬하롤 도라보니시니 이는 슌이 비록 남이라도 만민을 평안이 ᄒᆞ며 텬하롤 화열케 ᄒᆞ미라. 니러므로 만민을 평안이 ᄒᆞ시니 슌이 요의 텬하롤 바다 우로써 승【48】상을 삼고 ᄉᆞ흉(四)을 피ᄒᆞ며 팔원팔기롤 쓰시니 텬히 디치ᄒᆞ여 ᄉᆞ히 낙업ᄒᆞ니니 슌이 붕ᄒᆞ실졔 그 아들 상균(商均)을 어지지 아니타 ᄒᆞ야 우의게 도라보너시니 이는 ᄯᅩᄒᆞᆫ 만민을 위ᄒᆞ미라. 니러므로 위(禹) 그 텬하롤 가져 만

민을 다스리니 ᄉᆞ히 평안이 너기며 의롤 즐겨 각각 그 도롤 닷갓더니 하걸 이후로 우의 덕을 져바리며 법을 일허 졍시 밝지 못ᄒᆞ며 만민이 도탄ᄒᆞᄂᆞᆫ지라. 니러므로 우리 셩탕이 더의롤 이으며 혼군을 업시ᄒᆞ며 만민의 바라는 거슬 조츠며 인의 업셔가는 거슬 다시 니르혀시니 이는 텬니롤 슌종ᄒᆞ여 구토롤 진졍ᄒᆞ려 ᄒᆞ미라. 뉵빅 년 도덕 공업을 일우시니 ᄌᆞᄌᆞ손손이 그 덕을 니어 인의롤 힝ᄒᆞ더니 이졔 폐하는 간신을 밋비 너기며 춤냥을 살히【49】ᄒᆞ고 황후롤 폐ᄒᆞ여 스스로 그 후사롤 ᄯᅳᆫᄎᆞ시고 포락과 만분을 지어 디신을 쳔살(擅殺)ᄒᆞ시니 이 다 더역블의라 스스로 명망(命亡)을 취ᄒᆞ니 원컨디 폐하는 인을 힝ᄒᆞ며 의롤 베플고 쇼인을 먼니ᄒᆞ며 군즈롤 갓가이 ᄒᆞ면 ᄉᆞ직의 구드미 틱산 갓고 만민이 열복ᄒᆞ여 우슌풍조(雨順風調)ᄒᆞ며 국죄 무궁ᄒᆞ리니 신이 폐하롤 위ᄒᆞ여 십칙을 드리ᄂᆞ니 원컨디 폐하는 술펴 쓰쇼셔.

졔 일은 녹디롤 허러 민심을 어즈럽지 아니케 ᄒᆞ며

졔 이는 포락을 폐ᄒᆞ여 간관으로 ᄒᆞ여곰 충셩을 다ᄒᆞ게 ᄒᆞ미오

졔 삼은 만분을 메워 군신으로 ᄒᆞ여곰 스스로 마음을 즐기게 ᄒᆞ미오

【50】졔 ᄉᆞ는 쥬디와 육님을 업시ᄒᆞ여 졔후의 비방ᄒᆞᆷ믈 졔어ᄒᆞ미오

졔 오는 달긔롤 니쳐 궁즁으로 ᄒᆞ여곰 무혹ᄒᆞᆫ 일이 업게 ᄒᆞ미오

졔 뉵은 비즁과 우혼을 참ᄒᆞ여 요얼노 ᄒᆞ여곰 스스로 피ᄒᆞ게 ᄒᆞ미오

졔 칠은 조뎡의 분부ᄒᆞ여 창늠(倉廩)을 여러 빅셩의 쥬림을 무휼ᄒᆞ고

졔 팔은 ᄉᆞ명을 보너여 동남 졔후로 ᄒᆞ여곰 ᄌᆞ연히 귀슌ᄒᆞ게 ᄒᆞ미오

졔 구는 현냥을 블너 텬하 군즈로 ᄒᆞ여곰 조뎡 위의 잇세 ᄒᆞ미오

【51】졔 십은 간언을 드려 텬하로 ᄒᆞ여곰 옹식(壅塞)ᄒᆞᆫ 폐 업게 ᄒᆞ쇼셔.

폐히 이 십칙을 힝ᄒ여 조뎡 졍ᄉᄅ룰 붉히며 만민의 도탄을 업시ᄒ시면 신이 비록 부월(斧鉞)의 히ᄅ룰 닙어도 한이 업스리니 원컨더 폐하ᄂ는 셩탕 종ᄉᄅ룰 도라보쇼셔. 신 문즁은 죽으믈 무릅써 빅비돈슈ᄒ고 표ᄅ룰 올니ᄂ이다.

ᄒ엿더라.

쥐 표ᄅ룰 다 보고 믁연부답ᄒ거ᄂᆯ 티시 우쥬왈,

"원컨더 폐하ᄂ는 이 십칙을 슈이 힝ᄒ여 텬하 만민으로 ᄒ여곰 폐하의 은덕을 기리게 ᄒ쇼셔."

쥐 답왈,

"녹디ᄂ는 젼냥을 허비ᄒ여 민녁을 슈고ᄒ엿ᄂ니 엇지 일조의 헐며 황후ᄂ는 만민의 국뫼라 덕셩유한(德性幽閑)ᄒ여 녜ᄅᆯ 일흔 일이 업고 쏘 여러 히ᄅ룰 다리고 잇다가 일조의 너치며 비즁·우흔은 공이 만코 국가 즁신이라 일즉 그론 일이 업ᄉ니 엇지 일조의 죽【52】이리오? 이 세가지 일을 비록 좃지 못ᄒ다 ᄒ나 그 남은 일곱 가지 일은 다 경의 쥬ᄒᄂ더로 ᄒ리라."

티시 우 쥬왈,

"녹디 민들기의 공이 즁ᄒ나 민녁을 허비ᄒ여시니 텬히 원을 먹음엇ᄂ지라. 조뎡의 분부ᄒ여 이 디ᄅᆯ 헐워 만민을 난화쥬시면 텬하 빅셩이 한이 업슬 거시오. 황후ᄂ는 비록 텬즈의 비필이오 텬하의 국뫼나 폐하ᄅ룰 쇽이며 만민을 보치여 참혹ᄒᆫ 형벌을 지어 츙냥을 히ᄒ고 간스ᄒᆫ 계교ᄅ룰 힝ᄒᄂ지라 폐ᄒ여 너치시면 조뎡이 즈연 평안홀 거시오. 비즁·우흔을 참ᄒ여 졍ᄉᄅ룰 붉히고 츙냥을 용납게 ᄒ면 조뎡이 무ᄉᄒ리니 원컨더 폐하ᄂ는 ᄲᆯ니 힝ᄒ여 국졍을 도라보시면 이 신의 원이로쇼이다."

쥐 답왈,

"이 칠ᄉᄂ는 경의 말이 그른다 못ᄒ여 힝ᄒ디 세가지 일【53】은 다시 싱각ᄒ여 ᄒ리라."

티시 우 쥬왈,

"폐히 엇지 이 세가지 일을 힝키ᄅ룰 어려워ᄒ여 종ᄉᄅ룰 그릇 믄ᄃ시ᄂ니잇고? 이 세가지 일을 힝ᄒ며 아니 힝ᄒ기의 국가 치란이 달녓ᄂ니 폐하ᄂ는 살피쇼셔."

즁티우 비즁이 티스의 진녁ᄒ여 간ᄒᆯ을 보고 나아와 문왈,

"공은 엇던 사ᄅ롬이뇨?"

티시 왈,

"나ᄂ는 티스 문즁이어니와 너ᄂ는 엇던 놈이완디 감히 잡말을 ᄒᄂ뇨?"

비즁 왈,

"쇼관은 즁티우 비즁이로쇼이다."

티시 왈,

"그디 엇지 연고업시 폐하의 압히 나아와 국법을 어즈러이ᄂ뇨?"

비즁 왈,

"티스ᄂ는 벼슬이 비록 황시오 비록 일품이나 엇지 감히 간스ᄒᆫ 말을 ᄭ음여 텬즈ᄅ룰 쇽이ᄂ뇨? 황후ᄅ룰 폐하려 ᄒ니 신하의 녜 아니오 무죄ᄒᆫ 사ᄅ롬을 죽이려ᄒ미 국법이 아니라 벼슬을 밋어 님군을 비방ᄒ며 위엄을 젼쥬ᄒ여 디신을 죽이려ᄒ니 이ᄂ는 블츙블의【54】옛 사ᄅ롬이로다."

티시 이 말을 듯고 눈을 브릅쓰고 디즐왈,

"비즁이 엇지 감히 말을 ᄭ음여 님군을 무혹ᄒ고 날을 블츙블의라 ᄒᄂ뇨?"

ᄒ고 쥬머괴[7]로 비즁의 가슴을 쳐 상ᄒ이니 우흔 왈,

"이ᄂ는 비즁을 치미 아니라 텬즈ᄅ룰 치고져 ᄒ미로다."

티시 고셩 왈,

"너ᄂ는 엇던 놈이뇨?"

우흔 왈,

"나ᄂ는 즁티우 우흔이로라."

티시 디로 왈,

"니 드ᄅ니 네 비즁으로 더부러 꾀ᄅ룰 한가지로 ᄒ여 졍ᄉᄅ룰 희롱ᄒ며 쳔즈(擅自)ᄒ다 ᄒ니 니 너ᄅ룰 죽여 국법을 졍히 ᄒ랴 ᄒ엿더니 네 오날 스스로 죄ᄅ룰 쳥ᄒ라 왓노라."

ᄒ고 쏘 쥬머괴로 밀쳐 셤 아리 나리치고 좌우

---

7) 【쥬머괴】명 주먹. ¶ 拳 ‖ "비즁이 엇지 감히 말을 ᄭ음여 님군을 무혹ᄒ고 날을 블츙블의라 ᄒᄂ뇨?" ᄒ고 쥬머괴로 비즁의 가슴을 쳐 상ᄒ이니 ("費仲巧言惑主, 氣殺我也!" 將手一拳, 把費仲打下丹墀, 面門靑腫.) <西周 7:54>

롤 블너 왈,

"이 두 도격을 오문 밧긔 너여다가 버히라."

이격의 좌우의 잇는 무시 다 이 냥인을 두려ᄒ는지라 ᄯ히 나려지믈 보고 비록 구코져 ᄒ나 틱시의 위엄을 엇지 거슬니오? 냥인을 잡아 【55】 오문 밧그로 너여가니 틱시 노긔 디발ᄒ여 쥬의게 쥬왈,

"슈이 젼지롤 나리와 버히라 ᄒ쇼셔."

쥐 답왈,

"이 냥인의 죄 증험이 업스니 엇지 경히 죽이리오? 법ᄉ의 나리와 그 허실을 므르라."

틱시 싱각ᄒ디 '텬지 비록 여러히롤 요언을 밋어 그론 일을 힝ᄒ엿셔도 오날 니 츙언을 병으리왓지 아니ᄒ니 일노좇ᄎ ᄌ로 간ᄒ면 종시 거의 보젼ᄒ리로다' ᄒ고 다시 쥬왈,

"폐히 일곱 일을 므르려 ᄒ시니 그론 일을 두로혀 올혼 일을 힝ᄒ며 블인을 도로혀 인덕을 힝ᄒ시미니 원컨디 폐하는 두가지 일을 다시 싱각ᄒ여 ᄉ직을 위ᄒ쇼셔."

쥐 허락ᄒ고 인ᄒ여 조회롤 파ᄒ니 빅관이 밧긔 나와 틱ᄉ긔 스레 왈,

"녯 말의 일너시디 '텬히 흥홀 격은 인덕을 힝ᄒ고 망홀 젹은 지혜 만타8) ᄒ엿ᄂ니 오놀 틱시 십칙을 베퍼 텬ᄌ의 【56】 마음을 도로혀게 ᄒ니 이는 만민의 복이로쇼이다."

ᄒ고 각각 훗허졋더니 쇼졸이 디장부의 와 보ᄒ디,

"동히 평녕왕(平靈王)이 군ᄉ롤 거ᄂ려 반ᄒ엿다 ᄒᄂ이다."

부셩왕이 탄왈,

"병인(兵刃)이 네녁흐로 니러나고 팔방이 평안치 못ᄒ더니 이제 ᄯ 엇지 평녕왕이 반ᄒ여 민심을 더옥 요란케 ᄒᄂ뇨?"

ᄒ고 장슈롤 명ᄒ여 문틱ᄉ의게 이 ᄯ을 보ᄒ디 틱시 디경ᄒ여 그 사롬을 조ᄎ 황원슈(黃元帥)의 마을의 오니 황비회 마ᄌ 녜필의 틱시 왈,

"동히 평녕왕이 반ᄒ여 동방을 어ᄌ러인다 ᄒ니 노뷔 장군으로 더브러 의논ᄒ여 둘 즁의

하나히 디병을 거ᄂ려 가 져 도젹을 막으리로다."

무셩왕이 답왈,

"쇼장이 가 도젹을 치리이다."

틱시 왈,

"장군은 나라홀 직희여 다른 병마롤 막ᄌ르라.9) 노뷔 맛당이 이십만 군을 거ᄂ려 가 동히 【57】 롤 평졍ᄒ고 도라와 다시 국졍을 의논ᄒ리라."

ᄒ고 의논을 졍ᄒ엿더니 이튼날 틱시 조회롤 쳥ᄒᄃ 쥐 드러오라 ᄒ거늘 틱시 뎐상의 올나와 네필 후 동히 평녕왕의 반혼 ᄯ을 쥬혼디 쥐 디경ᄒ여 문왈,

"평녕왕이 ᄯ 반ᄒ여시니 이롤 엇지ᄒ리오?"

틱시 쥬왈,

"신의 젹심단츙(赤心丹忠)은 빅셩을 위ᄒ려 ᄒ미니 맛당이 이십만 병을 거ᄂ려 동히롤 평졍ᄒ고 도라오리니 폐하는 ᄉ직을 위ᄒ여 젼일 쥬ᄒ던 일을 마ᄌ 조ᄎ쇼셔."

쥐 답왈,

"경은 근심말고 군ᄉ롤 녕ᄒ여 도젹을 평졍ᄒ라."

ᄒ고 황모(黃旄)와 빅월(白鉞)을 쥬니 문틱시 명을 듯고 군ᄉ롤 녕ᄒ여 갈시 쥐 동문 밧긔 나와 친히 잔을 드러 틱ᄉ롤 쥬어 왈,

"힘을 다ᄒ여 도젹을 평졍ᄒ고 도라오라."

틱시 잔을 바다 황비호롤 쥬며 왈,

"장군이 몬져 먹으미 녜의 맛당ᄒ니라."

【58】 황비회 몸을 굽혀 디왈,

"틱시 디병을 거ᄂ려 먼니 힝ᄒ시미 셩상이 친히 권ᄒ시는 잔이니 쇼장이 엇지 감히 몬져 먹으리오?"

틱시 쇼왈,

"장군이 슐을 몬져 먹으면 노뷔 맛당이 고ᄒ롤 말이 잇노라."

---

8) 텬히 흥홀 젹은 인덕을 힝ᄒ고 망홀 젹은 지혜 만타: 天下興, 好事行; 天下亡, 禍胎降.

9) 【막ᄌ르다】 圖 막다. 거절(拒絶)하다. ¶ 장군은 나라홀 직희여 다른 병마롤 막ᄌ르라. 노뷔 맛당이 이십만 군을 거ᄂ려 가 동히롤 평졍ᄒ고 도라와 다시 국졍을 의논ᄒ리라 (黃將軍, 你還隨朝. 老夫領二十萬人馬前往東海剿平反叛, 歸國再商政事.) <西周 7:56>

황비회 잔을 밧고 왈,

"티시 무슴 말을 니르려 ᄒᆞ시ᄂᆞ뇨?"

티시 왈,

"노뷔 이 잔을 장군끠 권ᄒᆞᆫ 뜻은 다른 일이 아니라. 텬지 날노 ᄒᆞ여곰 나라흘 평안케 ᄒᆞ고져 ᄒᆞ여 쥬신 잔이니 노뷔 동히 평졍ᄒᆞ기ᄂᆞᆫ 어렵지 아니커니와 장군이 문무빅관을 거ᄂᆞ려 경ᄉᆞ롤 평안케 ᄒᆞ기 진실노 어려온지라 장군이 맛당이 이 잔을 먹고 국졍을 평안이 ᄒᆞ라. 요ᄉᆞ 이 조졍의 착ᄒᆞᆫ 사롬이 업ᄉᆞᆫ지라 국가 디ᄉᆞ롤 장군의게 밋ᄂᆞ니 현냥을 진ᄒᆞ며 간인을 퇴ᄒᆞ여 나라흘 평안이 ᄒᆞ미 다 장군의 홀 비라."

ᄒᆞ고 쥬의게 쥬왈,

"폐히 이 잔을 신을 쥬시믄 다른 뜻【59】이 아니라 나라흘 평안코져 ᄒᆞ시미니 신의 동방 치기ᄂᆞᆫ 근심치 마르시고 장군 황비회 국가 디ᄉᆞ 롤 맛닷ᄂᆞᆫ지라. 니러므로 신이 폐하의 잔을 황장군끠 건네엿ᄂᆞ이다. 폐히 맛당이 실신(失信)을 마르시고 황장군의 간언을 드르쇼셔."

쥐 답왈,

"실신이란 말이 엇진 말고?"

티시 디왈,

"폐하의 이 잔 쥬신 뜻이 신으로 ᄒᆞ여곰 요얼을 업시ᄒᆞ고 빅셩의 원을 덜고져 ᄒᆞ시미니 신이 황비호로 ᄒᆞ여곰 폐하긔 간ᄒᆞ여 비중 등을 참ᄒᆞ며 쇼낭낭을 폐ᄒᆞ여 요얼을 업시ᄒᆞ며 민원을 덜고져 ᄒᆞ오미니 원컨디 폐하ᄂᆞᆫ 신의 드린 십칙을 다 힝ᄒᆞ쇼셔. 폐히 오늘 황비호의 져 술 먹ᄂᆞᆫ 거슬 보시고 후의 황비호의 간언을 듯지 아니시면 이 니른바 실신이니이다."

쥐 왈,

"경은 국즁으란 근심말고 도젹을 슈이 평 졍ᄒᆞ고 도라오라."

티시 하직 왈,

"신이 이【60】 번 가미 오리면 일년이오 쉬오면 반년이니 원컨디 폐하ᄂᆞᆫ 신으란 당부 마르시고 경ᄉᆞ롤 붉히쇼셔."

ᄒᆞ고 일셩 포향의 군ᄉᆞ롤 모라가니 쥐 티ᄉᆞ롤 니별ᄒᆞ고 셩즁으로 도라오니라.

28
문왕녕병벌슝후호(文王領兵伐崇侯虎)1)

쥬(紂) 틱스(太師)롤 니별ᄒ고 셩즁의 도라와 마음의 싱각ᄒ디 '어졔 틱스의 말을 두려 비즁을 가도왓더니 이졔ᄂ 틱시 갓ᄂ지라 엇지 그져 가도와두리오' ᄒ고 즉시 냥인을 노ᄒ니 미지(微子) 나아와 쥬왈,

"비즁(費仲) 등을 틱시 국졍을 붉히고져 ᄒ여 가도왓ᄂ니 폐히 오늘 무고히 노ᄒ시미 블가ᄒ니이다."

쉬 납왈,

"비즁 등이 본디 죄 업ᄉ니 틱스의 십칙(十策)을 인(因)ᄒ여 비록 가도와시나 엇지 오리 가노와두리오? 경은 나시 심을 속여 슝냥을 희치 말나."

미지 탄식고 나오다 쥬 냥인 【61】을 샤ᄒ여 도로 녯 벼슬을 ᄒ이고 싱각ᄒ디 '틱시 쏘 디병을 거ᄂ려 동방의 갓ᄂ지라 무어시 두려오미 이시리오' ᄒ고 도로 방심교일ᄒ여 그론 일을 힝ᄒ니 달긔(妲己) 등이 쏘 젼쳐로2) 텬즈롤

---

1) 원래 회목은 '子牙兵伐崇侯虎'이다.

도와 블인을 힝ᄒ더니 홀ᄂ 쥬 녹더의 올나 풍경을 구경ᄒ니 이 ᄯᆡᄂ 츈삼월 망간이라 풍경이 무궁ᄒ고 화최 난만ᄒ엿거놀 즉시 젼지ᄒ디 이ᄯᆡ 츈식이 아롬다온지라

"짐이 후원의 가 모란을 보려ᄒᄂ니 경 등은 이의셔 죵일토록 놀나."

ᄒ고 쥬ᄂ 달긔와 호희미(胡喜媚)로 더브러 어셔각(御書閣)의 와 셔로 즐기고 빅관은 모란뎡의 이셔 셔로 슐을 권ᄒ더니 무셩왕이 미즈·긔ᄌ(箕子)다려 왈,

"요ᄉ이 ᄉ미(土馬) 죵횡ᄒ며 병인(兵刃)이 ᄉ긔(四起)ᄒ디 텬지 허믈을 곳치지 아니ᄒ고 거즛 모란을 보와 군신이 한가지로 즐기라 니ᄅ나 타일의 다시 기리 놀날이 업술가 두리노【62】라."

긔ᄌ 등이 이 말을 듯고 하놀을 우러러 기리 탄식홀 ᄲᅮᆫ이러라. 빅관이 셔로 잔을 드러 마음을 위로ᄒ다가 날이 느존 후 어셔각의 드러ᄉ은ᄒ디 쥬 왈,

"츈식이 만원ᄒ여 화최 바야흐로 죠홧거놀 경이 엇지 잔치롤 발셔 파ᄒ고 왓ᄂ뇨?"

ᄒ고 도로 빅관을 거ᄂ리고 모란뎡의 와 다시 잔치롤 비셜ᄒ여 군신이 셔로 즐기니 가셩은 널널ᄒ고 무슈ᄂ 분분ᄒ여 밤이 깁도록 노더니 이적의 달긔 호희미로 더브러 어셔각의셔 쥬롤 기다리디 아니오ᄂ지라. 달긔 괴이히 너겨 본상을 너여 풍운을 타고 모란뎡의 오니 즁관들이 셔로 지져괴디,

"요괴의 긔운이 우리 잔치롤 희짓ᄂ다."3)
ᄒ고 다라나고져 ᄒ더니 황비회(黃飛虎) 더로ᄒ여 쇼리질너 왈,

"엇던 요졍이 감히 이의 드러와 작난ᄒᄂ뇨?"

그 요괴 다라드러 황비호롤 히코【63】 져ᄒ거놀 황비회 더로ᄒ여 모란병 난간 하나흘 ᄲᅢ혀 요졍을 향ᄒ여 셔너 번 치디 요졍이 다라나

---

2) 【-쳐로】 조 -처럼. ¶ 달긔 등이 쏘 젼쳐로 텬즈롤 도와 블인을 힝ᄒ더니 홀ᄂ 쥬 녹더의 올나 풍경을 구경ᄒ니 이 ᄯᆡᄂ 츈삼월 망간이라 풍경이 무궁ᄒ고 화최 난만ᄒ엿거놀 <西周 7:61>

3) 【희짓다】 동 방해하다. ¶ 요괴의 긔운이 우리 잔치롤 희짓ᄂ다 (妖精來了.) <西周 7:62>

지 아니ᄒ거늘 황비회 좌우를 분부ᄒ여 븍히셔 온 금안신잉(金眼神鸎)을 가져오라 ᄒ여 요경을 향ᄒ여 드리치니 신잉이 다라드러 통으로 그 요괴를 거러당긔니 요괴 한 쇼리를 지르고 동다히로 다라나거늘 쥐 싱각ᄒ디 '젼의 운즁지(雲中子) 왈 "궁즁의 요졍이 잇다" ᄒ더니 헷말이 아니로다' ᄒ고 인ᄒ여 잔치를 파ᄒ고 어셔각의 도라와 ᄌ더니 이튼날 쥐 달긔를 보니 낫치 샹ᄒ엿거늘 문왈,

"어쳐의 낫치 엇지 져리 샹ᄒ엿ᄂ뇨?"

달긔 디왈,

"쳡이 어졔 져녁의 후원의 가 폐히 빅관으로 더부러 셔로 즐기시믈 보고 도라오다가 히당화 가지의 닷쳐 샹ᄒ엿ᄂ이다."

쥐 왈,

"짐이 요ᄉ이 드론즉 후원의 요졍이 잇다 ᄒ니 어쳬 이후란 밤의 후【64】원의 단이지 말나. 어졔 밤의 한 여이 모란뎡의 와 작난ᄒ거늘 황비회 난간을 쌘혀 치더 그 요괴 조곰도 두려 아니ᄒᄂ지라 황비회 젼의 븍히의셔 신잉을 니여다가 공즁의 더지니 그 꾀꼬리 여의 녑흘 거러당긔ᄂ지라. 여이 져당(抵當)치 못ᄒ여 동다히로 다라나니 졔신이 후원의 요괴잇다 ᄒ던 말이 과연 올토다."

달긔 싱각ᄒ디 '황비회 꾀꼬리를 노화 날을 히ᄒ니 반드시 이 원슈를 갑흐리라' ᄒ더라.

황비호 등이 잔치를 파ᄒ고 마을의 와 셔로 의논ᄒ디,

"앗가 그 요괴 일졍 달긔 본샹을 니여 후원의 와 작난ᄒ여시니 이후란 우리 그 요괴를 보와든 진녁ᄒ여 잡으리라."

ᄒ더라.

이격의 셔긔 강ᄌ아(姜子牙)의 탐쳥ᄒᄂ 군시 조가의 잇다가 이 긔별을 셔긔의 보ᄒ더 ᄌ이 문왈,

"네 엇지 여러히를 쇼식을 통치 아니ᄒ엿더뇨?"

그 군시 디왈,

【65】"조가 쇼식을 듯고 여러 번 오려 ᄒ더 오관(五關) 직흰 총병이 보니지 아니ᄒ미 이졔야 왓ᄂ이다."

ᄒ고 조가 쇼식을 ᄌ셰히 고ᄒ더 텬지 달긔의

말을 곳이 드러 민심을 산난ᄒ고 슝후회(崇侯虎) 텬즈의 뜻을 아당ᄒ여 빅셩을 보치며 국가 젼냥을 허비ᄒ여 녹디를 다 맛고 ᄯ 비즁·우혼이 조뎡의 이셔 현냥을 히ᄒ며 요얼을 ᄉ괴여 졍ᄉ를 그릇 민들며 국권을 희롱ᄒ고 문틱시 븍방을 평졍ᄒ고 도라온지 오러지 아녀셔 ᄯ 동방으로 츌ᄉᄒ 뜻이며 달긔 궁즁의셔 작난ᄒᄂ 일을 ᄌ셰히 고ᄒ더 ᄌ이 디로ᄒ여 니를 갈며 스스로 싱각ᄒ디 '경ᄉ는 침범치 못ᄒ려니와 슝후호론 몬져 업시ᄒ여 후환을 덜니라' ᄒ고 이튼날 ᄌ이 조회의 드러와 변보(邊報)를 ᄌ셰히 고ᄒ고 우 쥬왈,

"븍빅후 슝후회 조뎡을 어즈러이며 디신을 업슈【66】히 너겨 텬즈를 쇽이며 만민을 살히ᄒ니 후호의 스오나오미 만고의 무쌍이라. 수히 다 니를 갈며 그 고기를 먹고져 ᄒᄂ니 디왕이 인의로쎠 덕을 베퍼 몬져 이 격신을 쳐 조뎡 졍스를 평안이 ᄒ면 텬히 다 디왕의 덕을 항복ᄒ고 그론 일 ᄒᄂ 지 ᄯ혼 어진디 나아가리니 이는 쥬공이 텬즈의 빅모황월을 맛다오신 보람이니이다."

문왕 왈,

"경의 말이 비록 올흐나 슝후호로 더브러 작위 한가지라 엇지 졍벌ᄒ믈 쳔즈이 ᄒ리오?"

ᄌ이 쥬왈,

"신은 드르니 텬히 분분ᄒ거든 계휘 군ᄉ를 니르혀 격신을 쇼멸ᄒ고 스히를 진졍ᄒ면 이는 국가 츙신이라 ᄒᄂ니 허믈며 쥬공은 텬즈의 빅모황월을 바다 졍벌을 임의로 ᄒ며 난신을 치며 스히를 평졍ᄒ라 ᄒ여겨시니 엇지 ᄉ양ᄒ시리잇고? 슝후회 비즁 등으로 더브러【67】꾀를 의논ᄒ며 계규를 한가지로 ᄒ여 니외 셔로 응ᄒ여 싱민을 잔학ᄒ며 츙현을 도륙(屠戮)ᄒ니 디왕이 인의지심을 베퍼 만민을 슈화 즁 건져닉시면 텬지 ᄯ 그론 일을 곳쳐 어진 일을 힝ᄒ여 요슌의 법을 바드며 수히 ᄯ 디왕의 덕을 감격ᄒ여 그론일 ᄒ던 지 ᄌ연히 어지러 디왕의 위엄이 후셰의 뉴젼ᄒ리이다."

문왕이 ᄌ아의 말을 듯고 쥬왕을 권ᄒ여 요슌격 일을 힝ᄒ라 ᄒ믈 깃거 ᄌ아다려 왈,

"만일 그럴작시면 뉘 군ᄉ를 거느려 슝후호를 칠고?"

ㅈ의 디왈,

"신이 디왕으로 더브러 군스롤 인ㅎ여 적신을 쇼멸ㅎ고 만민을 평안케 ㅎ리이다."

문왕이 싱각ㅎ디 '승상이 혼ㅈ 가면 살(殺)을 과히 ㅎ려니와 니 친히 가면 ㅈ아의 ㅎ는 일을 ㅈ연 진정ㅎ리라' ㅎ시고 ㅈ아다려 왈,

"승상이 틱일ㅎ여 고(孤)로 더브러 한가지로 【68】 군스롤 힝ㅎ게 ㅎ라."

ㅈ의 디희ㅎ여 길일을 갈희여4) 보독(寶纛)의 졔(祭)ㅎ고 십만 군을 조발ㅎ여 남궁괄노 션봉을 삼고 신갑으로 부장을 ㅎ이고 문왕과 ㅈ의 스현팔쥰(四賢八俊)으로 더브러 일성 포향의 셔기롤 쎠나 북으로 힝ㅎ니 계견(鷄犬)이 놀나지 아니ㅎ며 인민이 다 즐기더라.

이적의 슝후호는 조정의 드러가고 아들 응퓌(應彪) 셩을 직희엿더니 셔기 병마 오믈 듯고 디경ㅎ여 북 쳐 중장을 모화 왈,

"회창은 포학ㅎ여 본국을 직희지 아니ㅎ고 오관을 도망ㅎ여 셩상(聖上)을 소겻더니5) 이졔 쏘 일홈 업슨 군스롤 니르혀 우리롤 치니 이 엇지 신하의 도리리오? 쏘 우리 북방을 직희연지 여러히로디 츄호도 그른 일이 업거놀 졔 엇지 감히 군스롤 니르혀 우리롤 치느뇨? 너희 인마롤 졈고ㅎ여 적병을 믈니치라."

디장 황원졔(黃元濟) · 진계졍(陳繼貞) · 미덕(梅德) · 김 【69】 셩(金成) 등이 응셩 왈,

"쇼장 등이 장군 휘하의 이션지 여러히로디 촌공도 일운 일이 업슨지라 엇지 감히 장군의 근심을 더지 아니리오?"

ㅎ고 셩문을 그게 열고 군스롤 모라 셩 맛기 진 치니 쥬 진중의셔 디장군 남궁괄이 본부규을 거느려 진전의 나아와 꾸지져 왈,

"역젹 슝후호는 슈이 나와 항복ㅎ여 죽기롤 면ㅎ라."

언미필의 북진중으로셔 디장 황원졔 진전의 니다라 쇼리질너 왈,

"엇던 도적이 감히 우리 디계(地界)롤 침노ㅎ느뇨?"

남궁괄이 우 즐왈,

"너는 도로 믈너가고 슝후회 샐니 나와 죄롤 바드라."

원졔 디로ㅎ여 칼홀 두로고 말을 쒸여 바로 남궁괄을 취ㅎ니 괄이 쏘 칼홀 두로고 말을 달녀 다라드러 삼십여 합을 쏘호미 황원졔 비록 북방 명장이나 엇지 감히 남궁괄을 당ㅎ리오? 칼홀 쓰으고 다라나거놀 남궁괄이 말을 노화 쏘라 【70】 원졔의 머리롤 버혀 마하의 나리치니 중군이 다라드러 원졔의 머리롤 가져 진의 도라와 공을 드리니 ㅈ의 디희ㅎ여 중군을 상스ㅎ다.

원졔의 픽군이 셩의 드러와 원졔의 죽은 연고롤 보ㅎ디 슝응퓌 상을 박츠고 왈,

"회창 역젹이 엇지 조뎡 명관을 죽여 텬니롤 어그릇느뇨? 니 이 도적을 죽이지 아니면 밍셰코 도라오지 아니리라."

ㅎ고 이튼날 평명의 디디 인마롤 거느리고 바로 쥬진으로 다드르니 군시 ㅈ아의게 보ㅎ디 ㅈ의 쌜니 문왕을 쳥ㅎ여 스현팔쥰을 거느려 원문의 나와 디호 왈,

"도적이 엇지 감히 우리 영진을 겁칙ㅎ려 ㅎ느뇨?"

북진 중의셔 한 장쉬 반뇽관(盤龍冠)6)을 쓰고 황금갑의 홍포롤 쩌닙고 원문의 나와 즐왈,

"엇던 놈이 감히 우리 디계롤 침범ㅎ느뇨?"

ㅈ의 즐왈,

"역젹 슝응퓌 법도롤 모로고 우 【71】 리 위엄을 두려 아니ㅎ니 이 죄 가히 죽엄즉ㅎ도다. 나는 문왕의 승상 강ㅈ이러니 너희 부지 텬ㅈ롤 무혹ㅎ며 빅셩을 살히ㅎ여 현냥을 침노ㅎ며 지믈을 탐ㅎ니 이 엇지 신ㅈ의 도리리오? 요스이 텬하의 삼쳑 동지라도 다 너희 부ㅈ의 고

기롤 너흘고져7) ᄒᄂᆫ지라. 니러므로 우리 쥬공이 인의의 군ᄉᆞ롤 니르혀 조뎡 역젹을 쇼멸ᄒᆞ고 텬하 근심을 더러 텬ᄌᆞ의 빅모황월 쥬신 ᄯᅳᆺ을 져바리지 아니ᄒᆞ리라."

승응픠 우 즐왈,

"승상은 블과 반계의 잇던 한 노부로셔 텬명을 아지 못ᄒᆞ고 엇지 졔장을 모화 우리롤 침노ᄒᆞ려 ᄒᆞ니 이 죄 죽기롤 면치 못ᄒᆞ리라."

ᄒᆞ고 졔장을 분부ᄒᆞ여 ᄡᆞ호려 ᄒᆞ더니 믄득 보니 ᄌᆞ아의 녑히 문왕이 쇼요마롤 타고 셧거늘 응픠 뎌로ᄒᆞ여 손으로 가르쳐 즐왈,

"희창이 조뎡의 【72】 득죄ᄒᆞᄆᆞᆯ 싱각지 아니ᄒᆞ고 도로혀 군ᄉᆞ롤 거ᄂᆞ려 우리롤 침노ᄒᆞ니 니 오늘 너희롤 죽여 공을 일우리라."

문왕이 뎌로 즐왈,

"너희 부ᄌᆞ의 죄악이 관영(貫盈)ᄒᆞ여 졍ᄉᆞ롤 어ᄌᆞ러이며 텬하롤 요란케 ᄒᆞ니 니 너희 부ᄌᆞ롤 잡아 단을 세우고 하늘끠 고ᄒᆞ여 민심을 진졍케 ᄒᆞ리라."

승응픠 고위 좌우 왈,

"뉘 날을 위ᄒᆞ여 져 도젹을 잡을고?"

언미필의 뎌장 진계경이 니다라 고왈,

"쇼장이 이 도젹을 잡으리이다."

ᄒᆞ고 창을 두로고 말을 ᄶᅱ여 바로 쥬진으로 다라드니 쥬진의셔 뎌장 신갑이 도치롤 들고 니다라 진계경으로 더브러 이십여 합을 ᄡᅡ호미 계경의 창ᄡᅳᄂᆞᆫ 법이 졈졈 어지러워가거늘 응픠 김셩과 미덕을 니여 계경을 도으니 ᄌᆞ아 ᄯᅩ 모공슈(毛公遂)와 쥬공죠(周公朝)와 쇼공셕(召公奭)과 녀공망(呂公望)과 신면(辛免)·남궁괄을 명ᄒᆞ여 일시의 니다라 신 【73】 갑을 도으니 함셩이 진동ᄒᆞ며 금괴(金鼓) 졔명ᄒᆞ더라. ᄌᆞ아와 응픠 각각 진즁의 이셔 ᄡᅥ홈을 도도더니 십여 합이 못ᄒᆞ여셔 녀공망이 한 창으로 미덕을 질너 마하의 나리치고 신면이 그 도치롤 둘너 김셩을 두 조각의 니니 븍병이 디픽ᄒᆞ여 ᄉᆞ문을 닷고 나지 아니ᄒᆞ거늘 ᄌᆞ아 징을 쳐 군을 거두어 다시 셩을 치고져 ᄒᆞ더 문왕 왈,

"이졔 승후호의 부지 비록 ᄉᆞ오나오나 승상이 군ᄉᆞ롤 거ᄂᆞ려 셩을 치려 ᄒᆞ니 두리건디 셩을 치미 옥셕을 분변치 못ᄒᆞ며 무죄ᄒᆞᆫ 빅셩이 만히 상ᄒᆞᆯ가 두리노라. ᄒᆞ믈며 괴 이번 오기ᄂᆞᆫ 빅셩을 구ᄒᆞ려 ᄒᆞ미니 엇지 도로혀 셩을 믓질너8) 텬하의 악명을 시르리오?"

ᄌᆞ이 문왕의 인의지언을 듯고 마음의 싱각ᄒᆞ더 '우리 쥬공의 덕이 요슌과 갓ᄒᆞ니 엇지 명을 거슬니오' ᄒᆞ고 쥬왈,

"후호의 아오 【74】 흑회 조쥬(曹州)롤 직희여 영명이 텬하의 가득ᄒᆞ엿ᄂᆞ니 장슈롤 명ᄒᆞ여 한 장 글을 흑호의게 보니여 인의로ᄡᅥ 달니면 디시 거의 일니이다."

문왕이 디희ᄒᆞ여 즉시 ᄌᆞ아롤 명ᄒᆞ여 문셔롤 닷가 디장 남궁괄을 명ᄒᆞ여 조쥬로 보니여 남궁괄이 하직고 쥬영(周營)을 ᄯᅥ나 쥬야로 ᄒᆡᆼ ᄒᆞ여 조쥬의 니르니 흑회 듯고 계의 나려 남궁괄을 마ᄌᆞ 뎐상의 올나 녜필 후 승흑회 몸을 굽혀 왈,

"장군이 이의 니르믄 반ᄃᆞ시 국가롤 위ᄒᆞ여 오시미니 원컨디 디장군은 슈이 니르라."

남궁괄 왈,

"다른 일이 아니라 쥬공 문왕과 승상 강ᄌᆞ이 각별이 디왕의게 한 장 글월을 드리라 ᄒᆞ더이다."

ᄒᆞ고 글월을 올니거늘 흑회 왈,

"디왕이 무슴 일을 쇼장끠 쳥ᄒᆞ시ᄂᆞ뇨? 일즉 드르니 문왕은 인의군지라 영명이 텬하의 가득ᄒᆞ엿다 ᄒᆞ 【75】 니 비록 죽을 일인들 엇지 감히 듯지 아니리오?"

ᄒᆞ고 그 글을 ᄶᅥ혀보니 ᄒᆞ여시더,

기쥬 승상 강상은 돈슈빅비ᄒᆞ고 삼가 한 장 글을 승장군 휘하의 올니ᄂᆞ이다. 상은 드르니 인신의 님군 셤기기ᄂᆞᆫ 다른 일이 아니라 그 님군으로 ᄒᆞ여곰 인의롤 ᄒᆡᆼᄒᆞ며 간언을 드러 빅셩으로 ᄒᆞ여곰 업을 즐기게 홈이어늘 장군의 형이 그 아들노

---

7) 【너흘다】 圖 물다. 씹다. 물어뜯다. ¶ ᄯᆹ∥ 요ᄉᆞ이 텬하의 삼쳑 동ᄌᆞ라도 다 너희 부ᄌᆞ의 고기롤 너흘고져 ᄒᆞᄂᆞᆫ지라 (普天之下, 雖三尺之童, 恨不能生啖你父子之肉.) <西周 7:71>

8) 【믓지르다】 圖 무찌르다. ¶ ᄒᆞ믈며 괴 이번 오기ᄂᆞᆫ 빅셩을 구ᄒᆞ려 ᄒᆞ미니 엇지 도로혀 셩을 믓질너 텬하의 악명을 시르리오? (況孤此來, 不過救民, 豈有反可之以不仁哉?) <西周 7:73>

더브러 텬즈롤 무혹ᄒ며 만민을 잔학ᄒ여
님군으로 ᄒ여곰 블의의 ᄯᅥ지게 ᄒ니 요ᄉ
이 텬하 인민이 다 니롤 갈며 장군의 형을
원망ᄒ니 블구의 환이 장군 일문의 밋츨지
라 장군은 술펴보라. 우리 쥬공이 텬즈의
빅모황월을 바다 북방을 진졍코져 ᄒ는지
라 드르니 장군은 본디 인덕이 겸젼(兼全)
【76】ᄒ며 현냥을 쓴다 ᄒᆯ시 이러므로 장
군으로 ᄒ여곰 일문의 화롤 도라보게 ᄒ는
지라 장군이 텬니와 일문의 화롤 싱각ᄒ여
장군의 형으로 ᄒ여곰 쥬영의 도라오게 ᄒ
면 텬히 다 장군의 튱의롤 일ᄏ르려니와
그러치 아니면 텬하 졔휘 병을 모라 북방
을 향ᄒ여 슴시 일문을 즛치리니 두리건디
곤눈화렴(崑崙火焰)의 옥셕을 분변치 못ᄒᆯ
가 ᄒᄂ이다. 쥬 승상 강상은 빅비돈슈ᄒ
고 삼가 한 장 글을 슝장군 휘하의 올니ᄂ
이다.

ᄒ엿더라. 혹회 글을 보고 싱각ᄒ디 '강즈아의
말이 올흐니 니 엇지 한 형을 위ᄒ여 조종졔ᄉ
롤 ᄭᅳᆫᄎ며 텬하의 득죄ᄒ여 튱의지명을 일흐리
오? 니 텬하롤 위ᄒ여 ᄉ오나온 형을 잡아 쥬영
의 보니고 슴시 종묘롤 ᄭᅳᆫ치 아니ᄒ리라' ᄒ고
남궁괄다려 왈,

"쇼장【77】이 엇지 감히 승상의 녕을 듯
지 아니ᄒ리오? 장군은 몬져 도라가라. 쇼장이
조초 승상의 녕을 ᄒᆡᆼᄒ리라."

남궁괄이 비ᄉ 왈,

"상군이 한 형을 앗기지 아니ᄒ며 텬하 근
신을 덜녀ᄒ니 이 일홈이 후셰의 빗나리로다."
ᄒ더라. 혹회 좌우롤 분부ᄒ여 잔치롤 비셜ᄒ고
남궁괄노 더브러 종일토록 술먹다가 이튼날 몬
져 남궁괄을 니별ᄒ여 보니고 규ᄉ롤 녕ᄒ여 후
호의 셩으로 오니라.

[셔쥬연의西周演義 권지팔]

29
문왕탁고닙무왕(文王托孤立武王)[1]

【1】 슝흑회(崇黑虎) 남궁괄(南宮适)을 니별ᄒ고 아들 응난(應鸞)을 분부 왈,

"네 셩을 직희여 경히 움즉이지 말나."

ᄒ고 부장 고뎡(高定)·심강(沈岡)으로 더브러 삼쳔 비호병(飛虎兵)을 거느려 슝셩(崇城)의 오니 응표(應彪) 듯고 디희ᄒ여 졔장을 거느려 셩 외의 나와 몸을 굽혀 왈,

"쇼질이 몸의 갑쥐 이시니 녜롤 힝치 못ᄒᄂ이다."

흑회 거즛 답왈,

"희챵(姬昌)이 슝셩을 와 친다 ᄒ미 니 특별이 와 도으려ᄒ노라."

응표 스례ᄒ고 셩의 드러와 녜롤 맛츤 후 흑회 문왈,

"희챵이 엇진 연고로 우리 셩을 치ᄂ뇨?"

응표 디왈,

"그 연고는 아지 못ᄒ거니와 블의의 일홈 업손 병을 니르혀 와 장슈롤 죽이며 셩을 치니 쇼질이 당치 못ᄒ여 셩문 【2】을 닷고 병으리와

다[2] ᄊ호지 아니ᄒ더니 오늘 슉뷔 오시니 이는 슝문의 복이로쇼이다."

ᄒ고 인ᄒ여 잔치롤 비셜ᄒ고 슉질이 셔로 위로ᄒ더니 이튼날 슝흑회 구운관(九雲冠)을 쓰고 황금갑의 홍포롤 ᄊ녑고 난뇽디(鸞龍帶)롤 씌고 화안금졍슈(火眼金睛獸)롤 타고 삼쳔 비호병을 거느려 쥬영(周營)의 니르러 ᄊ홈을 도도와 왈,

"희챵이 엇지 무고히 우리 디계롤 침노ᄒᄂ뇨?"

남궁괄이 칼홀 두로며 진의 니다라 거즛 ᄭ지져 왈,

"네 형이 무도ᄒ여 만민의 근심을 ᄭ치니 이 엇지 인신의 도리리오? 니 몬져 너롤 죽여 네 형으로 ᄒ여곰 셔로 구완ᄒ미 업게 ᄒ리라."

ᄒ고 말을 ᄭ여 바로 흑호의게 다라드니 흑회 도치롤 두로며 ᄊ화 이십여 합의 흑회 가마니 니르디,

"장군은 방심ᄒ여 도라가라. 쇼장이 도라가 ᄌ연이 형을 잡아 쥬영의 보니고 후일의 다 【3】 시 셔로 보리라."

남궁괄이 스례 왈,

"장군이 니르ᄐ시 텬하 근심을 덜녀ᄒ시니 영명(英名)이 후셰의 빗나리로다."

ᄒ고 칼홀 ᄭ으고 본진으로 다라나니 흑회 더호 왈,

"젹장은 닷지 말나!"

ᄒ고 ᄶ로와 진 압히 니르러 도로 군ᄉ롤 거느려 도라오니 슝응표 젹(敵) 누상(樓上)의 올나 승피롤 보다가 흑호의 니긔여 도라오믈 보고 샐니 ᄂ려 마ᄌ 왈,

"슉뷔 오늘 젹장과 디ᄒ시미 엇지 젼의 비호신 도슐을 힝ᄒ여 남궁괄을 잡지 아니시니잇고?"

흑회 왈,

"현질(賢侄)이 나히 격어 ᄉ쳬(事體)롤 아

지 못하는도다. 강즈아(姜子牙)는 곤뉸산 진군(眞君)의 뎨즈라 니 비록 도슐을 힝하나 니긔믈 긔필(期必)치 못하리니 니 니긔지 못하면 반드시 적장의 우음이 될지라.”

하고 낭인이 한가지로 뎐의 니르러 적병 믈니칠 계교를 의논하더니 흑회 왈,

“니 한 글월을 조가의 보니여 네 【4】 부친끠 드려 하여곰 뎌병을 거느려 오면 계규를 한가지로 하여 적장을 잡고 디스를 졍하리라.”

응피 디희하여 즉시 한 장 문셔를 닷가 숀영(孫榮)으로 하여곰 경스의 드려보니니 숀영이 명을 듯고 셩을 쩌나 슈일을 힝하여 조가의 드러와 바로 슝후호(崇侯虎)를 추즈 본디 후회 문왈,

“네 무슴 긴급한 일이 잇관디 이디도록 밧비 왓느뇨?”

숀영이 글을 드려 왈,

“쇼장이 밧분 글월을 맛다왓느이다.”

후회 괴이히 너겨 글을 쩌혀 보니 하여시디,

스뎨 흑호는 빅비돈슈하고 삼가 한 장 글월을 닷가 황형 〔王兄〕 휘하의 올니느이다. 뎨는 드르니 텬하 졔휘 다 셔로 디졉하미 다 형뎨 갓다 하더니 블의의 셔빅후 희창이 요인 강상(姜尙)으로 더브러 우리 셩을 치며 왈, “황형이 죄 크며 허믈이 【5】 깁흐니 텬하를 위하여 근심을 덜니라.” 하고 장슈 셰흘 년하여 죽이고 셩을 급히 치미 쇼뎨 이 말을 듯고 슈야로 군스를 거느려 와 여러번 쓰호디 니긔지 못하엿느니 원컨디 황형은 텬즈끠 쥬하고 군스를 발하여 요얼을 업시하야 셔븍을 진졍하쇼셔. 쇼뎨 황형의 오기를 기다려 한가지로 계규를 의논하여 도적을 파하려 하느이다. 뎨 흑호는 빅비돈슈하고 삼가 한 장 글월을 황형 휘하의 올니느이다.

하엿더라. 후회 남필(覽畢)의 상을 박츠며 디즐 왈,

“희창이 나라흘 도망하며 님군을 쇽이니 그 죄 만 번 죽을 거시어눌 텬지 옛 공을 싱각

하샤 죄를 뭇지 아니시니 졔 텬은을 감격하여 본분을 직희지 【6】 아니하고 엇지 니 셩을 치느뇨? 니 오눌 병을 거느려 가 이 도적을 죽이지 못하면 밍셰코 도라오지 아니리라.”

하고 조복을 갓초고 니뎐의 드러가 조회를 쳥한디 쥐 드러오라 하거눌 후회 뎐의 드러가 녜하고 쥬왈,

“역적 희창이 본토를 직희지 아니하고 군스를 인하여 신의 셩을 치며 빅셩을 쇼동하니 원컨디 폐하는 병을 발하여 빅셩의 근심을 더러쇼셔.”

쥐 답왈,

“희창이 본디 큰 죄 이시디 짐이 짐작하여 군스를 발치 아니하엿거눌 엇지 감히 임의로 군스를 거느려 셩을 치며 민심을 요동하고 님군을 업슈이 너기며 디신을 슈욕하느뇨? 경이 몬져 본부 병을 거느려 셩의 도라가 흑호로 더브러 적병을 믈니치라. 짐이 조초 장슈를 시겨 병을 거느려 노적을 치며 빅셩을 【7】 안무하리라.”

후회 비스하고 본부 인마 삼쳔을 거느려 쥬야로 달녀 슝셩의 오니 흑회 형의 오믈 듯고 스스로 싱각하디 ‘이졔 형이 오니 슝시 일문의 화를 면하여 니 근심을 덜니로다’ 하고 부장 고뎡을 블너 분부 왈,

“네 도부슈(刀斧手) 이십 명을 거느려 셩문 안 미복하엿다가 니 허리 아리 칼 쌘히는 쇼리를 듯고 일시의 니다라 노장군을 잡아 쥬영의 보니라.”

하고 또 심강을 블너 분부 왈,

“네 우리 셩의 간 스이를 인하여 노장군의 가쇽을 거느려 쥬영으로 오라. 니 다시 분부하리라.”

하고 흑회 융포로 더브러 셩의 나와 후호를 마즌디 후회 스례 왈,

“현뎨 각별이 와 니 셩을 구완하니 우형이 깃브믈 니긔지 못하리로다.”

셰히 셩으로 드러오다가 흑회 칼흘 쌘히며 한 쇼리를 지르니 좌우로셔 이십 명 【8】 도부쉬 니다라 후호의 부즈를 미거눌 후회 웨여 왈,

“아이[3] 형을 미니 이 엇지 사름의 도리리

____

3) 【아이】 圐 동생. ¶ 兄弟 ‖ 아이 형을 미니 이 엇지 사름의 도리리오? (好兄弟, 反將長兄拿

오?"

혹회 디왈,

"형은 괴이히 너기지 마로쇼셔. 형이 위계후의 잇고 위엄이 제국의 진동ᄒ거늘 인덕으란 힝치 아니ᄒ고 조뎡을 혹난(惑亂)ᄒ며 만민을 잔히ᄒ고 혹형을 민들며 녹디롤 지으니 엇지 인신의 도리리오? 텬하 계휘 다 병을 모호며 계규롤 한가지로 ᄒ여 슝시롤 토멸ᄒ고 만민의 희롤 덜냐 ᄒ디 오직 쥬문왕이 우리 슝시 토멸ᄒ믈 블샹이 너겨 쇼뎨로 ᄒ여곰 형장을 잡아 보니라 ᄒ여시니 쇼뎨 비록 조뎡의 죄롤 어드며 형장으로 더브러 졍의롤 긏츠나 만민의 도탄을 지으며 스스로 멸문지화롤 도라보지 아니리오? 니러므로 쇼뎨 형장을 잡아 쥬영의 보니ᄂᆞ이다."

ᄒ고 눈믈을 흘니거늘 후회 하늘【9】을 우러러 한 번 탄식ᄒ고 다시 답지 아니ᄒ니 혹회 후호의 부ᄌᆞ롤 거ᄂᆞ려 쥬영의 오니 후호의 부인 니시(李氏) 발셔 심강의게 잡혀왓다가 보고 울며 왈,

"우리 일가의 이런 환이 이실 줄을 엇지 알니오?"

ᄒ더라. 슝혹회 사ᄅᆞᆷ으로 ᄒ여곰 즁군의 보ᄒᆞᆫ디 ᄌᆞ이 디희ᄒ여 혹호롤 마ᄌ 셔로 녜필의 ᄌᆞ이 왈,

"현군이 한 형을 앗기지 아니ᄒ여 일문의 화롤 도라보며 만민의 도탄을 긏츠니 이ᄂᆞᆫ 텬하의 긔특ᄒᆞᆫ 장뷔라 ᄒ리로다."

혹회 몸을 굽혀 ᄉᆞ례 왈,

"승샹이 슈찰을 나리오셔 쇼장으로 ᄒ여곰 일문의 화롤 면케 ᄒ시니 쇼장이 엇지 승샹의 녕을 듯지 아니리잇고? 니러므로 쇼장이 악ᄒᆞᆫ 형을 잡아와 만민의 도탄을 덜냐 ᄒᆞᄂᆞ이다."

ᄌᆞ이 문왕을 쳥ᄒ여 장의 나오니 혹회 고두지비 왈,

"쇼장이 늣게야 왓시【10】니 원컨디 디왕은 죄롤 ᄉᆞ하쇼셔."

문왕 왈,

"현휘 무ᄉᆞᆷ 연고로 고(孤)의게 와 계시니잇고?"

혹회 왈,

"가형이 어지지 못ᄒ여 텬니롤 어그릇치며 만민의 화롤 짓고 졍ᄉᆞ롤 어ᄌᆞ러이며 현냥을 히ᄒᆞᄂᆞᆫ지라 쇼장이 형을 잡아와 뵈ᄂᆞ이다."

문왕이 이 말을 드르시미 오히려 깃거아녀 스스로 니르디,

"아이 형을 잡아 죽이믈 쳥ᄒ니 이 ᄯᅩᄒᆞᆫ 블의라."

ᄒ고 다시 답고져 ᄒ시더니 ᄌᆞ이 겻히 잇다가 왈,

"쥬공은 엇지 블안ᄒ여 ᄒ시ᄂᆞ니잇고? 슝후회 어지지 못ᄒ여 민심을 요란케 ᄒ거늘 혹회 형뎨지졍을 싱각지 아니ᄒ고 만민의 도탄을 업시ᄒ며 일문의 화롤 면ᄒ려ᄒ니 이ᄂᆞᆫ 츙냥군ᄌᆞ오 강기 장뷔로쇼이다. 녯 글의 ᄒ여시디 '어진 사ᄅᆞᆷ은 복이 잇고 사오나온 사ᄅᆞᆷ은 복이 업다4)' ᄒ엿ᄂᆞ니 이제 텬하【11】 계휘 다 후호의 ᄉᆞ오나오믈 니르며 만민이 다 그 고기롤 먹지 못ᄒᆞᆷ믈 한ᄒᆞ고 삼쳑동지라도 다 니롤 가ᄂᆞ니 혹호ᄂᆞᆫ 본디 인의지인이라 엇지 한 형을 앗겨 일문의 화롤 도라보지 아니리잇고?"

ᄒ고 좌우롤 분부ᄒ여 후호 부ᄌᆞ롤 잡아오라 ᄒ니 모든 군시 후호의 부ᄌᆞ롤 잡아 계하의 꿀니거늘 ᄌᆞ이 즐왈,

"너희 죄악이 관영(貫盈)ᄒ니 니 오늘 너롤 죽여 빅셩의 도탄을 업시ᄒ리라."

문왕이 ᄌᆞ아다려 왈,

"슝후호의 죄 비록 크나 엇지 참아 죽이리오?"

ᄌᆞ이 디왈,

"이 도젹을 노ᄒ면 범이 뫼히 도라가며 뇽이 바다히 드러감 갓혼지라 엇지 후환이 업스리잇고?"

ᄒ고 좌우롤 명ᄒ여 후호의 부ᄌᆞ롤 잡아니여 버히라 ᄒ니 이윽고 냥인의 슈급(首級)을 드리거늘 문왕이 혼블부신ᄒ여 ᄉᆞ미로 낫출 가리고 왈,

"님군의 신히 되여 님군【12】의 디신을 엇지 쳐살ᄒ리오? 니 ᄎᆞᆷ아 보지 못ᄒ리로다."

下者, 何也?) <西周 8:8>

---

4) 어진 사ᄅᆞᆷ은 복이 잇고 사오나온 사ᄅᆞᆷ은 복이 업다: 善者福, 惡者禍.

즈이 디왈,

"쥬공은 고집지 마로쇼셔."

슝흑회 즈아다려 왈,

"형의 부인과 쑬이 밧긔 이시니 원컨디 장군은 마즈 쳐치ᄒ쇼셔."

즈이 왈,

"장군의 형이 비록 죄악이 관영ᄒ나 그 안ᄒ히와 쑬이 엇지 알니오? 현후는 형슈와 질녀를 다려다가 별원(別院)의 두어 의식을 공졔ᄒ여 장군을 원망치 말게 ᄒ고 조쥬란 장슈로 ᄒ여곰 직희오고 현휘 친히 슝셩을 진무ᄒ여 만민을 무휼ᄒ라."

슝흑회 비스ᄒ고 문왕을 쳥ᄒ여,

"셩의 드러가쇼셔."

ᄒ거늘 문왕이 답왈,

"현후의 형이 임의 죽어시니 슝셩이란 현휘 맛다 부고(府庫)를 츙실케 ᄒ고 만민을 무휼ᄒ라."

ᄒ고 인ᄒ여 셔기로 올시 문왕이 슝후호 죽인 후로 심혼이 산난ᄒ여 심신이 블평ᄒ더니 한 졈의 다드르니 더옥 【13】 몸이 편치 아니ᄒ여 미양 슝후회 압히 셧눈듯ᄒ니 침식이 블안ᄒ고 긔거(起居)를 임의로 못ᄒ는지라 즁쟝이 겨유 붓드러 셩의 니르니 병세 더옥 즁ᄒ여 의약이 효험이 업눈지라. 문무빅관이 하늘을 우러러 탄식ᄒ을 뿐이러라.

일일은 문왕이 좌우를 명ᄒ여 즈아를 브르라 ᄒ더 즈이 니뎐의 드러와 꾸러 쥬왈,

"디왕의 귀체 엇더ᄒ시니잇고?"

문왕 왈,

"오날 경을 브른 뜻은 다른 일이 아니라 괴(孤) 셔토의 거ᄒ여 이빅 졔후를 총녕(總領)ᄒ니 셩은이 젹지 아니커늘 군스를 녕ᄒ여 졍벌을 쳔즈히 ᄒ니 이 엇지 신하의 도리리오? 슝후회 비록 스오나와 텬히 다 죽염즉ᄒ다 ᄒ나 우흐로 텬지 잇고 아리로 조졍이 잇거늘 쥬륙을 방즈이 ᄒ니 이 일은 신즈의 ᄒ을 비 아니로다. ᄒ믈며 고눈 후호로 더브러 【14】 작위 한가지라 엇지 니 군스를 인ᄒ여 져의 웃듬을 죽이리오? 괴 후호를 죽이미 그른지라 니러므로 밤마다 후호의 얼골이 눈의 현연ᄒ고 잇다감 후호의 쇼리 귀의 슬피 들니니 세상의 오러 잇지 못ᄒ을지라. 너 비

록 죽어도 승샹이 희발을 도와 셔토를 진졍ᄒ고 졔후의 다리오믈 드러 경셩을 침범치 말나. 신히 님군을 치미 사름의 ᄒ을 비리오? 승샹이 너 말을 듯지 아니면 승샹이 비록 디하의 와도 날을 다시 보지 말나."

ᄒ고 눈믈이 흘너 옷시 져즈니 즈이 울며 쥬왈,

"신이 디왕의 은총을 닙어 벼슬이 승상위의 잇눈지라 엇지 감히 명을 좃지 아니리잇고? 신이 디왕의 유촉을 져바리면 이눈 블츙이로쇼이다."

ᄒ고 졍히 셔로 국졍을 니르더니 믄득 셰즈 희발(姬發)이 나아와 녜를 힝훈 후 인ᄒ여 문왈,

【15】 "귀체 엇더ᄒ시니잇고?"

문왕이 디희 왈,

"너 아희 오기는 진실노 나의 원이라."

ᄒ고 인ᄒ여 셰즈다려 왈,

"너 죽은 후의 네 나히 어린지라 졔후의 다리오믈 듯고 방즈히 졍벌을 힝치 말나. 텬지 비록 덕이 업스나 신히 님군을 져바리미 사름의 ᄒ을 비 아니라. 네 오날 너 압히셔 즈아로 아부(亞父)를 삼아 그 간ᄒ믈 드르면 이 나의 원이로다."

희발이 즉시 즈아의게 졀ᄒ여 아부를 삼은 더 즈이 고두ᄒ고 울며 쥬왈,

"신이 디왕의 즁한 은혜를 바다 벼슬이 상위(相位)의 잇눈지라 비록 쎄 바아져도 은혜를 갑지 못ᄒ리니 디왕이 신으란 넘녀 마르시고 귀체를 잘 조리ᄒ시면 즈연 쇼복ᄒ시리이다."[5]

문왕이 쏘 셰즈다려 왈,

"은이 비록 무도ᄒ나 우리는 신히라 맛당이 신졀을 직희여 잘 셤기미 너희 ᄒ을 비 【16】 라. 너 죽은 후라도 승상을 아뷔 갓치 셤기고 졔뎨를 우이ᄒ며 빅셩을 스랑ᄒ고 어진 이를 경히 너기지 말며 그른 일을 보고 의심말고 믈너쳐 인을 상히오지 말오미 이 몸을 닷그며 나라

---

5) 【쇼복ᄒ다】 圖 {소복(蘇復)하다.} 회복하다. 낫다.¶ 愈‖ 신이 디왕의 즁한 은혜를 바다 벼슬이 상위의 잇눈지라 비록 쎄 바아져도 은혜를 갑지 못ᄒ리니 디왕이 신으란 넘녀 마르시고 귀체를 잘 조리ᄒ시면 즈연 쇼복ᄒ시리이다 (臣受大王重恩, 雖肝腦塗地, 碎骨捐軀, 不足以酬國恩之萬一! 大王切莫以臣爲慮, 當宜保重龍體, 不日自愈矣.) <西周 8:15>

홀 다스리는 디략(大略)이니 즈셰히 슬퍼 후세
의 우음이 되게 말나.”

셰지 지비(再拜) 슈명(受命)ㅎ더 문왕이 쏘
탄왈,

“니 유리의 갓치엿다가 노혀온 후로 다시
경스의 드러가지 못ㅎ니 엇지 슬프지 아니리
오?”

ㅎ고 인ㅎ여 졸ㅎ시니 년이 구십 칠셰시라. [후
의 무왕이 텬하 어든 후의 츄존ㅎ여 문왕이라 ㅎ니라.] 쥬왕
(紂王) 이십년 즁동(仲冬)이러라. 빅관이 셰즈롤
셰워 즉위ㅎ니 이 무왕(武王)이라. 무왕이 문왕
을 장ㅎ미 즈아롤 존ㅎ여 상부(尙父)롤 숨고 그
밧 빅관은 다 각각 일층을 더ㅎ니라. 디샤텬하
ㅎ고 션왕의 경스롤 니어 다스리니 군【17】신
이 흡연(洽然)ㅎ여 조애 다 니로더,

“디왕이 션왕의 경스롤 니어 나라홀 다스
리니 조애 티평ㅎ지라. 우리 맛당이 은혜롤 갑
흐리라.”

ㅎ고 스방 부용지국(附庸之國)이 다 공(貢)을 드
려 덕을 기리더라.

▶이적의 슝후호의 피군이 스슈관 직휜 총
병 한영(韓榮)의게 니른더 영이 슝후호 죽으믈
듯고 즉시 조가의 보ㅎ더 미즈(微子) 등이 듯고
디경 왈,

“슝후회 비록 죄 죽엄즉ㅎ나 희창이 졍벌
을 방즈히 ㅎ니 엇지 쥬치 아니리오?”

ㅎ고 조복을 갓초고 니뎐의 드러와 쥬의게 고흔
더 쥬 더로 왈,

“후회 여러번 큰 공을 일웟더니 일조의 젹
신의 히롤 닙으니 엇지 이 한을 갑지 아니리오?
니 맛당이 군스롤 니로혀 몬져 셔기롤 치고 쏘
혹호롤 죽여 조뎡 위엄을 붉히리라.”

즁티우 니인이 나아와 쥬왈,

“슝후회 비【18】록 디공이 이시나 실노
만민을 보치며 텬하의 원을 끼치니 인민이 다
니롤 갈며 그 고기롤 먹고져 ㅎ더니 셔빅휘 군
스롤 인ㅎ여 후호롤 죽여 북방을 진졍ㅎ니 텬히
다 그 덕을 스모ㅎ는지라. 후호의 죽으미 진실
노 국가의 다힝흔 일이어늘 폐히 텬니롤 슬피지
아니시고 후호롤 위ㅎ여 셔기롤 치시면 셔빅휘
나라홀 반ㅎ여 셔토롤 웅거홀 뿐 아니라 동남
졔휘 다 폐하롤 원ㅎ여 경스롤 침노ㅎ리니 원컨

더 폐하는 술피쇼셔.” ◀[6]

쥬 침음미결이러니 쏘 스슈관 총병 한영이
보ㅎ더,

“셔빅휘 죽고 강상이 셰즈 발(發)을 셰워
왕을 숨앗다.”

ㅎ더 상티우 조즁(姚中)이 미즈다려 왈,

“희발이 스스로 셔왕(西王)이 되니 그 뜻이
젹지 아니ㅎ니 텬즈긔 쥬ㅎ여야 신하의 도리리
라.”

ㅎ더 미【19】 지 왈,

“이졔 텬하 졔휘 다 텬즈의 실뎡ㅎ믈 원망
ㅎ여 각각 그 나라홀 웅거ㅎ더니 희발이 쏘 스
스로 셔왕이 되니 일졍 오라지 아냐 텬하롤 졍
벌ㅎ며 건곤을 우란(擾亂)홀 찌 이시려니와 비
록 텬즈긔 쥬ㅎ여도 반드시 일노쎠 근심을 숨아
경스롤 다스리지 아니리니 텬즈긔 쥬ㅎ미 유익
흔 비 아니로다.”

조즁 왈,

“디왕의 말이 그르다. 텬지 비록 우리 말
을 듯지 아니ㅎ나 우리 엇지 신하의 도리롤 닥
지 아니리오?”

ㅎ고 즉시 조복을 갓초고 젹셩누의 드러와 쥬
왈,

“셔빅이 죽고 그 아들 희발이 셔왕이 되니
스방이 다 셔기의 공을 드려 마옴을 도라보니는
지 만타 ㅎ니 후환이 젹지 아닐지라. 원컨더 폐
하는 군스롤 인ㅎ여 죄롤 무러 국법을 졍히 ㅎ
쇼셔. 만일 지완ㅎ면 후환이 젹지 아니【20】 리
이다.”

쥬 왈,

“젼의 희창이 군스롤 방즈히 니르혀 북방
을 요란케 ㅎ고 슝후호롤 죽이거늘 짐이 군스롤
니로혀 그 죄롤 뭇고져 ㅎ더니 니인의 간ㅎ믈
인ㅎ여 군스롤 발치 아니ㅎ엿는지라. 이졔 엇지
다시 군스롤 발ㅎ여 인심을 요란케 ㅎ리오? 쏘
희발은 작은 아희라 족히 두렵지 아니토다.” 조
즁이 쏘 쥬왈,

“희발이 비록 나히 젹으나 강상이 꾀 만코
남궁괄·산의싱(散宜生) 등은 영웅의 무리라 지
용이 당금의 비ㅎ리 업스니 미리 방비ㅎ시미 올

흐니이다.”

쥐 왈,

“경의 말이 비록 올흐나 강상은 외방 술스
오 남궁괄·산의싱의 므리는 쏘흔 초야 필뷔라
무슴 도으미 이시리오?”

조즁이 텬즈의 듯지 아니흐믈 보고 탄식고
나오니라.

30

쥬긔격반무셩왕(周紀激反武成王)

[21] 조중(姚中)이 쥬(紂)의 듯지 아닐 줄 알고 하직고 믈너와 탄왈,

"은을 망흘 즈는 반드시 희발(姬發)이라."

흐더라. 이십 일년 츈정월 삭조의 문무빅관의 부인이 다 궁의 드러와 조회롤 파흐고 각각 훗허져 갈시 황비호(黃飛虎)의 부인 가시(賈氏)는 다른 부인과 다른지라 궁의 와 반일을 머므다가 다시 달긔(妲己)의게 뵈믈 쳥흔디 달긔 싱각흐디 '황비회 젼의 신잉(神鶯)을 노화 니 낫출 상흐엿더니 오늘 졔 부인이 국쳑을 인흐여 니게 다시 뵈려 흐니 니 엇지 그져 노화보니리오' 흐고 좌우롤 명흐여 드러오라 흐니 가시 궁인을 쏠와 드러가 녜흔디 달긔 왈,

"앗가는 죵용(從容)치1) 못흐여 셔로 말을 못흐엿더니 부인의 쳥츈이 언마나 흐뇨?"

가시 디왈,

[22] "신쳡의 나히 삼십 뉵셰로쇼이다."

---

1) 【죵용흐다】圈 조용하다. ¶ 앗가는 죵용치 못흐여 셔로 말을 못흐엿더니 부인의 쳥츈이 언마나 흐뇨? (夫人靑春幾何?) <西周 8:21>

달긔 왈,

"니게 여덟 히 맛이니 이는 니 형이라. 우리 셔로 결흐여 형뎨 되미 엇더흐뇨?"

가시 왈,

"낭낭은 만승의 비(妃)오 신쳡은 초긔 갓흔 계집이라 치봉(彩鳳)과 산계(山鷄) 엇지 형뎨 되리잇고?"

달긔 우왈,

"부인은 엇지 과도히 겸숀흐느뇨? 나는 비록 초방(椒房)의 귀흐미 이시나 블과 쇼후(蘇侯)의 한 쏠이오 그디는 무셩왕(武成王)의 부인이오 쏘 국쳑이라 엇지 스양흐미 이시리오?"

흐고 좌우롤 분부흐여 잔치롤 비셜흐고 가시로 더브러 슐이 두어 슌비 지나미 궁인이 보흐디,

"어긔(御駕) 밧긔 오시느이다."

가시 황망이 달긔다려 왈,

"어긔 오시니 쳡은 엇지흐리잇고?"

달긔 왈,

"형은 겁너지 말고 후당의 숨어시라."

흐고 쥬롤 마즈 뎐의 오르미 쥐 잔치 비셜흐여시믈 보고 문왈,

"익경(愛卿)이 눌 [23] 노 더브러 슐먹더뇨?"

달긔 왈,

"쳡이 무셩왕의 부인 가시로 더부러 시롬을 프더니이다."

쥐 왈,

"어지다. 그디 신하의 부인으로 더브러 셔로 친흐미 황후의 홀 비라."

흐고 인흐여 슐을 나와 두어 슌 지나미 달긔 왈,

"폐히 가시의 용모롤 보와계시니잇가?"

쥐 왈,

"익경의 말이 그르다. 님군이 신하의 안히롤 보지 아닛느니라."

달긔 왈,

"폐하의 니르시는 말슴이 비록 올흐나 가시는 무셩왕의 부인이오 셔궁 황귀비의 형이라 폐하의 국쳑이니 무슴 흐로오미 이시리잇고? 폐히 가시로 더브러 한가지로 잔치흐시미 쏘흔 상시니이다."

쥐 가시를 명ᄒᆞ여,

"드러오라 ᄒᆞ라."

가시 마지 못ᄒᆞ여 명을 바다 드러가 쥬의게 녜ᄒᆞᆫ디 쥐 가시의 얼골이 국식인 줄을 보고 마음이 깃거ᄒᆞ더라.

이튼날 달긔 가시다려 왈,

【24】"형으로 더브러 셔로 맛나미 일년의 ᄒᆞᆫ 번이라 형이 날노 더브러 젹셩누(摘星樓)의 가 풍경을 보리라."

ᄒᆞ고 가시를 닛글고 누의 오르니 다ᄉᆞᆺ 길 만분(蠱盆) 안히ᄂᆞᆫ 스갈(蛇蝎)이 졍녕(猙獰)ᄒᆞ여 빅골이 퇴젹ᄒᆞ엿고 만분 좌편의ᄂᆞᆫ 쥬지를 민ᄃᆞ라 비풍(悲風)이 늠늠ᄒᆞ며 우편의ᄂᆞᆫ 육님을 민ᄃᆞ라 한긔(寒氣) 침침(侵侵)ᄒᆞᆫ지라 가시 더경 문왈,

"누 아리 이 못과 굴형2)이 엇진 거시니잇고?"

달그 답왈,

"져 굴형 일홈은 만분이니 궁인이 죄의 범ᄒᆞ면 져 굴형의 동혀너허 스갈의 희를 닙게 ᄒᆞ고 져 좌우의 잇ᄂᆞᆫ 쥬지와 육님은 궁중의 경ᄉᆞ이실졔 쓰ᄂᆞ니라."

가시 이 말을 듯고 졍신이 몸의 붓지 아녀 믁연브답ᄒᆞᆫ디 달긔 우왈,

"이ᄂᆞᆫ 궁중의 마지 못ᄒᆞᆯ 일이니 경은 괴이히 너기지 말나."

ᄒᆞ고 궁녀로 쥬찬을 가져오라 ᄒᆞ여 가시로 더브러 셔 【25】로 잔을 드러 권ᄒᆞ더니 궁인이 쏘고ᄒᆞᆯ디,

"어긔 오시ᄂᆞ이다."

가시 황망이 나려오고져 ᄒᆞᆫ디 달긔 왈,

"형은 구ᄎᆞ히 피치 말고 난간 뒤히 셔시라."

ᄒᆞ고 쥬를 마ᄌᆞ 녜를 마ᄎᆞ미 쥐 문왈,

"난간 밧긔 셧ᄂᆞ니 엇던 사름이뇨?"

달긔 디왈,

"폐히 어졔 보시던 황비호의 부인 가시로소이다."

쥐 명ᄒᆞ여 드러오라 ᄒᆞᆫ디 가시 쳥상의 올

나 녜ᄒᆞ니 쥐 마음의 가시 용뫼 긔특ᄒᆞᄆᆞᆯ 보고 왈,

"경이 나아와 짐의 잔을 먹으라."

가시 쥬왈,

"폐하ᄂᆞᆫ 텬하의 쥐라 신쳡이 엇지 감히 안즈 폐하의 잔을 바드리잇고?"

달긔 쇼왈,

"형은 ᄉᆞ양말고 잠간 안즈라."

쥐 괴이히 너겨 문왈,

"어쳬 엇지 가시를 형이라 일ᄏᆞᄂᆞ뇨?"

달긔 쥬왈,

"가시ᄂᆞᆫ 쳡의게 여덟 히 맛이라 셔로 결의 형뎨ᄒᆞ엿ᄂᆞ니 폐하의 잔을 바드미 엇지 혐의로오리잇고?"

가시 싱각ᄒᆞ디 '오ᄂᆞᆯ 달긔 숀의 히를 면키 【26】 어려오리로다' ᄒᆞ고 업디여 쥬왈,

"신쳡이 궁의 드러와 조하(朝賀)ᄒᆞ미 이 님군을 공경ᄒᆞ미오 폐히 즉시 녀여보너시미 이 ᄯᅩ ᄒᆞᆫ 녜니이다. 녯 글의 일너시디 '님군이 무고히 신하의 안히를 보지 말나' ᄒᆞ엿ᄂᆞ니 원컨디 폐하ᄂᆞᆫ 신쳡을 녀여보너쇼셔."

쥐 왈,

"황이(皇姨)ᄂᆞᆫ[황후의 형이란 말] 혐의로이 너기지 말고 ᄒᆞᆫ 잔 슐을 바드라."

ᄒᆞ고 잔을 들어 권ᄒᆞ니 가시 낫치 벌거ᄒᆞ고3) 노긔 더발ᄒᆞ여 ᄆᆞ음의 싱각ᄒᆞ디 '니 무셩왕의 부인으로 엇지 져 욕을 바드리오' ᄒᆞ고 잔을 드러 쥬를 치며 ᄭᅮ지져 왈,

"우리 장뷔 은나라 신히 되여 공을 만히 일워시디 그 은혜란 싱각지 아니ᄒᆞ고 오ᄂᆞᆯ 달긔의 말을 밋어 신하의 안히를 욕ᄒᆞ니 이 엇지 님군의 도리리오? 혼군이 반ᄃᆞ시 은나라 졍ᄉᆞ를 오리 보젼치 못ᄒᆞ리로다."

쥐 디로ᄒᆞ 【27】여 좌우를 명ᄒᆞ여 ᄯᅳ어 나리오라 ᄒᆞᆫ디 가시 웨여 왈,

"뉘 감히 날을 잡으리오?"

ᄒᆞ고 누 아리 ᄯᅥ러져 죽으니 궁인이 셔궁의 와

---

2)【굴형】圏 구덩이. ¶ 坑穴 ‖ 누 아리 이 못과 굴형이 엇진 거시니잇고? (此樓下設此池沼·坑穴, 爲何?) <西周 8:24>

3)【벌거ᄒᆞ다】圈 벌겋다. ¶ 紅赤紫 ‖ 가시 낫치 벌거ᄒᆞ고 노긔 더발ᄒᆞ여 ᄆᆞ음의 싱각ᄒᆞ디 '니 무셩왕의 부인으로 엇지 져 욕을 바드리오?' (賈氏面紅赤紫, 怒髮衝霄, 自思: '我的丈夫何等之人! 我怎肯今日受辱!') <西周 8:26>

가부인의 죽으믈 고ᄒᆞᆫ디 황귀비 디곡 왈,

"달긔 엇지 무죄ᄒᆞᆫ 니 형을 죽이뇨? 니 반ᄃᆞ시 이 보슈를 ᄒᆞ리라."

ᄒᆞ고 샬니 젹셩누의 올나가 쥬를 가ᄅᆞ쳐 ᄭᅮ지져 왈,

"혼군이 니 형을 죽이니 이 엇지 인군의 홀 비리오? 니 형이 병권을 잡아 동으로 히구(海寇)를 병으리와드며4) 남으로 만이(蠻夷)를 쳐 공이 만코 니 아뷔 황원(黃滾)이 개픠관(界牌關)의 이셔 ᄉᆞ졸을 훈련ᄒᆞ여 나라홀 힘ᄡᅥ 돕고 쏘 이형(伊兄)이 국가 녜의를 직희여 궁중이 드러와 조회ᄒᆞ거ᄂᆞᆯ 군이 인뉸을 술피지 아니ᄒᆞ며 황음쥬식ᄒᆞ니 은국 졍시 오라지 아니리로다."

쥬 믁연브답이어ᄂᆞᆯ 귀비 달긔를 가ᄅᆞ쳐 ᄭᅮ지져 왈,

"쳔인이 심궁을 음난ᄒᆞ며 텬ᄌᆞ를 【28】 무혹ᄒᆞ여 니 이형을 죽이니 이 원슈를 엇지 갑지 아니리오?"

달긔 쥬다려 왈,

"황비 폐하를 슈욕ᄒᆞ며 죄업ᄉᆞᆫ 첩을 ᄭᅮ지ᄌᆞ니 원컨디 폐하ᄂᆞᆫ 국법을 붉혀 황비를 쳐치ᄒᆞ쇼셔."

쥬 달긔의 말을 인ᄒᆞ여 황비다려 왈,

"네 이형(伊兄)이 짐을 슈욕ᄒᆞᆫ 죄 만고의 비홀디 업손지라 니러므로 스스로 붓그려5) 누 아리 ᄭᅥ러져 죽엇거ᄂᆞᆯ 네 엇지 져를 도와 짐을 슈욕ᄒᆞᄂᆞ뇨?"

황귀비 디로ᄒᆞ여 셔안(書案)을 드러 쥬를 치며 ᄭᅮ지져 왈,

"혼군이 엇지 니러트시 무례ᄒᆞ뇨?"

쥐 몸을 기우려 피ᄒᆞ고 황귀비를 잡아 다락 아리 나리치니 ᄲᅦ 바아져 죽거ᄂᆞᆯ 쥐 홀노 안져 ᄉᆡᆼ각ᄒᆞ디 '니 황시를 너모 박졀이 죽이괘라' ᄒᆞ고 뉘웃더니6) 이젹의 가부인의 죵이 가시 젹셩누의 오리 이셔 나려오지 아니ᄒᆞ믈 괴이히 너겨 샬니 젹셩누 아 【29】 리 와 문왈,

"우리 부인이 엇지 지금 나려오지 아니ᄒᆞᄂᆞ뇨?"

궁녜 답왈,

"네 엇던 사ᄅᆞᆷ이완디 감히 이의 드러와 니리 잡되이 구ᄂᆞ뇨?"

가시의 시비 왈,

"나ᄂᆞᆫ 무셩왕의 부하 사ᄅᆞᆷ이러니 부인을 조ᄎᆞ 궁의 드러왓다가 부인이 누의 올나가션지 반일이 지나디 긔쳑이 업ᄂᆞᆫ지라 엇지 괴이치 아니리오?"

궁인 왈,

"네 부인이 텬ᄌᆞ의 욕을 밧지 아니려ᄒᆞ여 누의 ᄯᅥ러져 죽으니 황낭낭이 쏘 네 부인을 위ᄒᆞ여 텬ᄌᆞᄭᅴ 간ᄒᆞ려ᄒᆞ다가 텬지 누하의 나리쳐 왼 몸이 바아졋ᄂᆞ니 너ᄂᆞᆫ 샬니 나가 환을 피ᄒᆞ라."

시비(侍婢) 디경ᄒᆞ여 밧그로 나오니 무셩왕이 아ᄋᆞ7) 황비퓨(黃飛彪)와 황비표(黃飛豹)와 아들 황텬녹(黃天祿)·황텬작(黃天爵)·황텬상(黃天祥)과 부장 황명(黃明)·주긔(周紀)·농환(龍環)·오겸(吳謙)으로 더부러 슐을 권ᄒᆞ거ᄂᆞᆯ 가시의 시비 황망이 드러가 부인과 낭낭의 죽은 ᄯᅳᆺ을 고ᄒᆞᆫ디 이 【30】 젹의 ᄎᆞᄌᆞ 황텬녹의 나흔 열 네히오 삼ᄌᆞ 텬작의 나흔 열 둘히오 ᄉᆞᄌᆞ 텬상의 나흔 닐곱 살이라 어믜 죽으믈 듯고 하ᄂᆞᆯ을 브ᄅᆞ지져 방셩통곡ᄒᆞ고 무셩왕도 쏘한 눈믈을 흘녀 아모말도 아니ᄒᆞ거ᄂᆞᆯ 황명이 무셩왕다려 왈,

---

4) 【병으리와다】图 막다. 항거하다. ¶ 拒∥ 니 형이 병권을 잡아 동으로 히구를 병으리와드며 남으로 만이를 쳐 공이 만코 니 아뷔 황원이 개픠관의 이셔 ᄉᆞ졸을 훈련ᄒᆞ여 나라홀 힘ᄡᅥ 돕고 (我兄與你東拒海寇, 南戰蠻夷. 掌兵權一點丹心, 助國家未敢安枕. 我父黃滾鎭守界牌關, 訓練士卒, 日夕勞苦. 一門忠烈, 報國憂民.) <西周 8:27>

5) 【붓그리다】图 부끄러워하다. ¶ 愧∥ 네 이형이 짐을 슈욕ᄒᆞᆫ 죄 만고의 비홀디 업손지라 니러므로 스스로 붓그려 누 아리 ᄭᅥ러져 죽엇거ᄂᆞᆯ 네 엇지 져를 도와 짐을 슈욕ᄒᆞᄂᆞ뇨? (不管妲己事. 你嫂嫂觸朕自愧, 故投樓下, 與妲己無干.) <西周 8:28>

6) 【뉘웃다】图 뉘우치다. ¶ 懊惱∥ 쥐 홀노 안져 ᄉᆡᆼ각ᄒᆞ디 '니 황시를 너모 박졀이 죽이괘라' ᄒᆞ고 뉘웃더니 (獨坐無言, 心下甚是懊惱.) <西周 8:28>

7) 【아ᄋᆞ】图 동생. ¶ 弟∥ 무셩왕이 아ᄋᆞ 황비퓨와 황비표와 아들 황텬녹·황텬작·황텬상과 부장 황명·주긔·농환·오겸으로 더부러 슐을 권ᄒᆞ거ᄂᆞᆯ (武成王在內殿同弟黃飛彪·飛豹·黃明·周紀·龍環·吳謙, 黃天祿·天爵·天祥三子, 元旦良辰歡吟.) <西周 8:29>

"형장이 엇지 쾌치 못ᄒ시니잇고? 텬지 실
졍ᄒ여 인눈을 슬피지 못ᄒ시고 형슈의 ᄌ식을
ᄉ모ᄒ여늘 슈쉬 졍졀을 직희여 욕을 밧지 아니
려ᄒ고 누의 쩌러져 죽으니 황낭낭이 형슈의 이
미히 죽으믈 불상이 너겨 텬ᄌ끠 그 연고롤 뭇
고져 ᄒ다가 쏘 텬지 나커쳐 죽이니 이 ᄒ 우리
게 밋출지라. 녯 글의 일너시디 '님군이 졍치
아니ᄒ면 신히 외국으로 가라8)' ᄒ여시니 ᄒ믈
며 남졍북벌ᄒ여 공이 만커놀 텬지 우리 공을
져바리고 그런 일을 힝ᄒ니 우리 엇지 은 【31】
나라 벼슬을 ᄒ리오?"

황비회 답왈,

"엇지 한 부인을 위ᄒ여 나라 은혜롤 니즈
리오? 참아 나라흘 반치 못ᄒ리로다."

황명·쥬긔 등 ᄉ인이 각각 병긔롤 들고
말긔 올나 셔문을 바라며 닷거놀 황비회 급히
웨여 왈,

"장군 등은 이졔 어디로 가랴 ᄒᄂ뇨? 우
리로 더브러 다시 의논ᄒ여 힝장(行裝)을 출혀
한가지로 가미 늣지 아니토다."

ᄉ장이 말을 두로혀 계하의 와 니로디,

"원컨디 장군은 다시 분부ᄒ쇼셔."

황비회 칼흘 샌혀 셔안을 치며 ᄭᅮ지져 왈,

"너희 엇지 나라 은혜롤 닛고 조가롤 반ᄒ
여 일문의 화롤 ᄭᅵ치려ᄒᄂ뇨? 우리 황시 일문
이 칠셰 츙냥으로 이빅 년 나라 은혜롤 닙어 한
일도 일운 공이 업더니 엇지 한 겨집을 인ᄒ여
일조의 나라흘 반ᄒ리오? 니 오놀 너희롤 버혀
츙냥을 일치 아니ᄒ리라?"

황명 등이 디쇼 왈,

【32】 "형장이 그르다. 엇지 한 츙냥을 위
ᄒ여 일문의 화롤 ᄭᅵ치려 ᄒᄂ뇨?"

황비회 문왈,

"너희 엇지 니 말을 웃ᄂ뇨?"

ᄉ장이 디왈,

"우리 우으미 다른 일이 아니라 형장이 다
만 벼슬이 왕작(王爵)이시며 위(位) 인신(人臣)의
극ᄒ여 몸의 홍포롤 닙으며 허리의 옥디롤 ᄭᅴ여
ᄉ오나온 님군의 휘하의 이셔 빅셩의 원을 드롤

줄만 알고 ᄉ오나온 님군을 바리고 셩쥬롤 어더
빅셩을 평안이 홀 줄을 아지 못ᄒ믈 웃ᄂ이다."

황비회 올히 너겨 즉시 힝장을 출혀 두 아
ᄋ와 세 아들과 일쳔 가졍(家丁)을 더브러 조가
롤 반ᄒᆯ시 황비회 ᄉ장다려 문왈,

"우리 이졔 어디로 가야 셩쥬롤 맛나리
오?"

황명이 디왈,

"형장은 아지 못ᄒᄂ도다. 어진 신히 셩쥬
롤 갈히여 벼슬을 ᄒ면 후셰의 일홈이 빗나리니
셔긔 무왕이 인졍을 베퍼 만민을 무휼ᄒ 【33】
다 ᄒ니 삼분 텬하의 그 둘히 쥬의 도라갓ᄂ지
라. 우리 셔긔의 가 무왕을 조츠 공을 일우면
엇지 아름답지 아니리오?"

쥬긔 스스로 싱각ᄒ디 '황비회 이졔 비록
반ᄒ나 후일의 다시 은나라 벼슬을 도로 ᄒ리니
니 한 계규롤 힝ᄒ여 후일을 ᄭᅳᆺ츠리라' ᄒ고 황
비호다려 왈,

"우리 다라나도 오관을 지나기 어려오리니
장군이 맛당이 본부군을 거느려 오문의 가 은왕
으로 더브러 한 번 ᄌ웅을 결ᄒ여 우리 위엄을
뵈면 은왕이 다시 군ᄉ롤 보너여 ᄶᅩ오지 아니리
니 다시 계규롤 싱각ᄒ여 오관을 지니면 셔긔롤
득달ᄒ리이다."

황비회 마지 못ᄒ여 일쳔 군을 거느려 오
문의 결진ᄒ고 쥬긔 웨여 왈,

"무도ᄒ 혼군은 슈히 나와 ᄌ웅을 결ᄒ라."

쥐 디로 즐왈,

"필뷔 엇지 감히 님군을 니러트시 업슈이
너기ᄂ뇨?"

ᄒ고 즉시 븍 쳐 문무빅관 【34】 을 모ᄒ니 이젹
의 문무빅관이 다 오문의 못밋츠고 다만 팔빅
어림군만 뎐하의 모혓거놀 쥐 왈,

"니 친히 이 도젹을 집으리라."

ᄒ고 쇄금갑의 년황농포롤 ᄶᅥ닙고 머리의 즁텬
투고롤 쓰고 허리의 홍졍디(紅挺帶)롤 ᄭᅴ고 가
슴의 호신경(護身鏡)을 븟치고 손의 참장도(斬將
刀)롤 들고 쇼요마(逍遙馬)롤 타고 팔빅 어림군
을 거느려 오문의 니르니 황비회 쥬롤 보고 감
히 아모말도 못ᄒ고 낫치 븟그러온 빗치 잇거놀
쥬긔 고셩 왈,

"혼군이 엇지 실졍ᄒ여 신하의 안희롤 슈

---

8) 님군이 졍치 아니ᄒ면 신히 외국으로 가라: 君
不正, 臣投外國.

욕ᄒᆞ여 살히ᄒᆞ며 광픿무도ᄒᆞ여 종ᄉᆞ롤 도라보지
아니ᄒᆞᄂᆞ뇨?"
ᄒᆞ고 도치롤 두로고 드라드러 두어 합을 ᄊᆞ호더
니 황비회 싱각ᄒᆞ더 '형셰 발셔 글넛ᄂᆞᆫ지라 내
엇지 홀노 춤의롤 직희리오' ᄒᆞ고 황명으로 더
브러 각각 병긔롤 들고 다라드러 엄격(嚴擊)ᄒᆞ
니 쥐 홀노 삼 【35】 장으로 더브러 삼십여 합을
ᄊᆞ호다가 오문 안흐로 다라나거늘 황비회 징 쳐
군을 거두어 셔문으로 나 기산으로 향ᄒᆞ니 쥐
피ᄒᆞ여 드러와 황비호 등이 드러올가 두려 오문
을 닷고 군ᄉᆞ로 ᄒᆞ여곰 직희엿더니 이윽ᄒᆞ여 빅
관이 다 드러와 녜롤 맛고 황비호 등 반ᄒᆞᆫ 뜻을
뭇거늘 쥐 답왈,

　　"황비호 반젹의 안히 가시 궁의 드러와 조
하롤 맛춘 후 위엄을 밋고 황후롤 슈욕ᄒᆞ다가
계 죄롤 싱각ᄒᆞ고 누 아리 ᄶᅥ러져 죽으니 황비
쏘 계 형을 위ᄒᆞ여 짐을 핍박ᄒᆞ며 황후롤 슈욕
ᄒᆞ다가 쏘 누의 ᄶᅥ러져 죽엇더니 황비호 역젹이
블의의 군ᄉᆞ롤 거ᄂᆞ리고 오문으로 드러오거늘
짐이 군ᄉᆞ롤 거ᄂᆞ려 막다가 거의 도젹의 히ᄒᆞ미
되엿더니 힝혀 공 등의 도으믈 인ᄒᆞ여 명이 다
시 ᄉᆞ라나니 노젹의 반ᄒᆞᆫ 연고롤 아지 못ᄒᆞ리로
다."

　　군신이 다 믁 【36】 연브답ᄒᆞ더니 좌위 보
ᄒᆞ더,

　　"문틔시 동히롤 평졍ᄒᆞ고 도라오ᄂᆞ이다."
ᄒᆞ거늘 빅관이 더희ᄒᆞ여 조복을 갓초고 셩밧긔
나가 마즌더 틔시 왈,

　　"공 등은 몸져 오문 안히 가 기다리라."
ᄒᆞ고 틔시 군ᄉᆞ롤 녕ᄒᆞ여 셩의 드러와 텬ᄌᆞ끠
녜롤 맛춘 후 좌우롤 보니 문무빅관이 다 이시
더 오직 무셩왕이 업거늘 괴이히 너겨 쥬왈,

　　"황비회 엇지 조회의 참녜치 아니ᄒᆞ엿ᄂᆞ니
잇고?"

　　쥐 답왈,

　　"황비회 역젹이 나라흘 반ᄒᆞ고 군ᄉᆞ롤 거
ᄂᆞ려 오문으로 나가니 아모더로 간 쥴을 모로리
로다."

　　틔시 더경 문왈,
　　"황비회 무슴 연고로 반ᄒᆞ니잇고?"
　　쥐 왈,
　　"노젹의 안히 가시 궁중의 드러와 계 위엄

을 밋고 방ᄌᆞ교종ᄒᆞ여 방탕이 황후롤 슈욕ᄒᆞ고
계 죄롤 두려 누 아리 ᄶᅥ러져 죽으니 셔궁 황비
계 형의 보슈ᄒᆞ려 ᄒᆞ여 방ᄌᆞ히 누상 【37】 의 올
나 셔안을 드러 짐을 치거놀 짐이 노ᄒᆞ여 누하
의 잡아 나리쳣더니 황비호 노젹이 블의의 군을
거ᄂᆞ려 오문으로 드러오거놀 짐이 어림군을 거
ᄂᆞ려 막다가 힝혀 독슈의 히ᄒᆞ믈 면ᄒᆞ여 오문
안흐로 드러왓더니 역젹이 군ᄉᆞ롤 거ᄂᆞ려 셔문
으로 다라나거놀 짐이 군신으로 더브러 계규롤
싱각ᄒᆞ더니 맛춤 틔시 오니 져 도젹을 잡아 국
법을 졍ᄒᆞ리로다."

　　틔시 왈,

　　"이 일이 다 폐하의 신하롤 져바리신 연괴
로쇼이다. 황비호는 본더 츙냥지신이오 가시 쏘
궁중의 드러와 조하롤 힝ᄒᆞ여 신녜롤 일치 아니
ᄒᆞ여시니 무슴 연고로 다락의 나려져 죽으리오?
ᄒᆞ믈며 젹셩누는 폐하 계신 깁흔 궁이어놀 가시
연고업시 이 누의 올나가리잇고? 반ᄃᆞ시 ᄉᆞ오나
온 사람이 폐하로 ᄒᆞ여곰 【38】 블의의 ᄲᅢᆫ지오니
폐히 그 다리오믈 인ᄒᆞ여 져롤 핍박ᄒᆞ려 ᄒᆞ시다
가 계 졍졀을 직희여 좃지 아니ᄒᆞ도쇼이다. 황
낭낭은 그 형의 ᄋᆡ미히 죽으믈 보고 직간ᄒᆞ다가
폐하의 히ᄒᆞ믈 닙엇ᄂᆞ니 폐히 이러트시 신하의
공을 져바리시니 황비회 엇지 맛춤너 츙셩을 직
희리잇고? 녯 글의 닐너시더 '님군이 졍치 아니
커든 신히 외국으로 가라' ᄒᆞ엿ᄂᆞ니 황비회 종
ᄉᆞ롤 위ᄒᆞ여 공이 만커눌 폐히 한 번도 그 공은
싱각지 아니ᄒᆞ시고 이번의 쏘 인눈을 히ᄒᆞ시니
계 폐하롤 져바리고 셩쥬롤 좃고져 ᄒᆞ여 도망ᄒᆞ
여 갓ᄂᆞ니 원컨더 황비호의 죄롤 ᄉᆞᄒᆞ시고 브ᄅᆞ
시면 반ᄃᆞ시 도라오리이다."

　　빅관이 쇼리롤 가죽이 ᄒᆞ여 고왈,

　　"틔스의 말이 심히 올ᄒᆞ니 원컨더 폐하는
황비호의 죄롤 ᄉᆞᄒᆞ쇼셔."

　　틔시 다시 【39】 쥬ᄒᆞ고져 ᄒᆞ더니 하틔우
셔영(徐榮)이 진왈,

　　"틔스의 말이 비록 올ᄒᆞ나 그 하나흘 알고
둘은 모로ᄂᆞᆫ도다. 텬지 비록 실졍ᄒᆞ여 신하의
공을 져바려 인눈을 일흔들 황비회 엇지 감히
텬ᄌᆞ로 더브러 ᄌᆞ웅을 결우고 인ᄒᆞ여 나라흘 반
ᄒᆞ리오?"

　　틔시 왈,

"황비회 죄 비록 업스나 그디 말이 올타."
ᄒᆞ고 셔영을 명ᄒᆞ여 님동관(臨潼關)·가몽관(佳
夢關)·쳥뇽관(靑龍關) 세 곳의 분부ᄒᆞ여 황비호
의 군을 막으라 ᄒᆞ고 일변으로 티시 군을 발ᄒᆞ
여 ᄯᅡ로려 ᄒᆞ더라.

31

문티시구병츄습(聞太師驅兵追襲)

티시(太師) 셔영(徐榮)을 명ᄒ여 문셔롤 닷가 셰 관(關)의 분부ᄒ여 황비호(黃飛虎)의 길흘 막으라 ᄒ고 쥬(紂)의게 쥬왈,

"신이 군스롤 거느려 잡아오리이다."

쥬 허락ᄒ거놀 티시 군을 인ᄒ여 빅잉님(白鷺林)의 다ᄃ라 황비호의 【40】 일힝이 티스의 쏠와오믈 보고 앙텬 탄왈,

"우리 즁노의 속졀업시 죽으리로다."

ᄒ더니 군시 보ᄒ더,

"청농관 총병 장계방(張桂芳)이 일지(一枝) 군을 거느려 우편으로 줏쳐오고 남동관 총병 장봉(張鳳)이 일지 군을 거느려 압흐로 줏쳐오고 문티시 일지 군을 거느려 뒤길노 줏쳐오느이다."

황비회 디경ᄒ여 머리롤 드러보니 과연 스면 팔방의 검극(劍戟)이 삼나(森羅)ᄒ며 졍긔(旌旗) 폐일(蔽日)ᄒ고 무슈흔 군미 오는지라 스스로 환을 피치 못홀 줄 알고 쇼리ᄒ여 왈,

"우리 일기(一家) 칠셰 츙냥으로 국녹을 바다 촌공도 갑흔 일이 업더니 오늘날 엇지 휘하

장관의 말을 듯고 이런 화롤 취ᄒ뇨?"

ᄒ고 탄식ᄒ믈 마지 아니ᄒ더니 이젹의 청봉산(靑峰山) ᄌ양동(紫陽洞) 청허도덕진군(淸虛道德眞君)이 곤눈산의 도롤 드ᄅ라 갈시 이 쏘홀 지나다가 황비 등의 셰 궁ᄒ여시믈 보【41】고 성각ᄒ디 '져 사롬들이 일졍 은을 반ᄒ고 쥬로 가다가 이 화롤 맛나도다. 엇지 구치 아니리오' ᄒ고 황건 녁스롤 분부 왈,

"녀희 빅잉님의 곤(困)ᄒ엿는 군마롤 거느려 피졍산(僻淨山)의 숨겻다가 니 져 네녁흐로 쏘로는 군을 믈니친 후의 노화 관을 지나게 ᄒ라."

황건 녁시 명을 듯고 혼원번(混元幡) [ᄌ로 갓흔 것이라] 의 황비호 군마롤 다 녀허다가 피졍산 깁흔 곳의 숨겻더니 티시 군마롤 모라 빅잉님의 다ᄃᄅ니 황비호 군마는 간 곳이 업고 청농관 총병 장계방이 졍별을 거느려 왓거놀 티시 문왈,

"황비회 나라흘 반ᄒ고 이곳의 다ᄃ라 갈 곳이 업스니 장군이 보지 못ᄒ엿는다?"

계방이 몸을 굽혀 녜필의 답왈,

"쇼장이 쏘흔 티스의 우격을 인ᄒ여 이곳의 와 기다련지 오리디 긔쳑이 업느이다."

티시 왈,

"장군이 슈이[1] 군【42】스롤 거느려 황비호의 종젹을 추ᄌ라."

계방이 명을 듯고 가거놀 티시 날호여[2] 군스롤 모라 압흐로 오더니 쇼졸이 보ᄒ더,

"가몽관 마가(魔家) 스장(四將)이 군스롤 인ᄒ여 오느이다."

티시 명ᄒ여 즁군의 드러오라 ᄒ니 스장이 진젼 녜필의 티시 문왈,

"황비호 인미 이곳의 오더니 종젹이 업스니 장군이 보왓는다?"

스장이 디왈,

"쇼장이 티스의 우격을 인ᄒ여 이곳의 완

---

1) 【슈이】 固 얼른. 빨리. ¶ 速‖ 장군이 슈이 군스롤 거느려 황비호의 종젹을 추ᄌ라 (速回謹防關隘, 不得遲誤.) <西周 8:41>

2) 【날호여】 固 천천히. ¶ 계방이 명을 듯고 가거놀 티시 날호여 군스롤 모라 압흐로 오더니 <西周 8:42>

지 오러더 긔척이 업느이다."

틱시 왈,

"장군 등이 샐니 관 어구롤 직희라."

소장이 명을 듯고 가거놀 틱시 군소롤 모라 압흐로 오더니 쇼졸이 쏘 보흐더,

"님동관 총병 장봉이 군소롤 거느려 왓느이다."

틱시 마즈 셔로 녜흐고 문왈,

"황비회 관을 지나더냐?"

장봉이 디왈,

"쇼장이 관으로셔 바로 오더 황비호의 쇼식을 모로느이다."

틱시 괴이히 너겨 왈,

"장군은 샐니 【43】 군소롤 도로혀 관을 직희라."

장봉이 명을 듯고 가거놀 틱시 군소롤 머므러 영치롤 베플고 중군의셔 싱각흐더 '괴이흐다. 이 역적이 어더로 다라나고 긔척이 업는고' 흐고 총관을 분부흐여 진문을 굿이 직희오고 군소롤 잡되이 츌입지 말나 흐니 도덕진군이 공중의셔 틱스의 안병부동(安兵不動)흐믈 보고 마음의 싱각흐더 '니 몬져 져 군소롤 믈니치리라' 흐고 좌우롤 블너 홍호로롤 가져오라 흐여 신소(神砂) 한 줌을 너여 동남을 향흐여 한 번 쑤리니 무슈흔 군시 조가로 가던 의복과 긔치 황비호의 군마와 갓혼지라. 틱시 괴이히 너겨 왈,

"이 도적이 어더 슘엇다가 도로 경셩으로 가느뇨?"

흐고 즉시 군소롤 두루혀 쏠오니 진군이 디희흐여 황건 녁소롤 명흐여 황비호의 군소롤 다 노화 보니라 흐더니 황비호의 일지 군마롤 님동관 큰 길희 【44】 노흐니 비호 등이 취흐엿다가 씬 듯흐여 눈을 드러보니 소로(四路) 인미 다 간 곳이 업는지라. 황명 왈,

"우리 명주롤 도으미 반드시 텬도의 맛당흐도다. 황텬후퇴 다 우리 명을 앗겨 츄병을 다 쏫고 우리로 흐여곰 화롤 면케 흐니 우리 반드시 이 관을 무소히 지나리라."

흐고 군소롤 모라 압흐로 나가더니 님동관 슈리의 니르러 쇼졸이 보흐더,

"일지(一枝) 군미 길흘 막느이다."

황비회 디경흐여 진을 베플고 원문의 나와 보니 과연 남다히로셔 검극이 삼나흐며 긔치 빗느고 금괴(金鼓) 디작흐며 일더 졍병이 나는드시 다라오거놀 황비회 졔장으로 더브러 원문 밧긔 셔셔 보더니 그 가온더 총병 장봉이 봉시(鳳翅) 투고롤 쓰고 황금뉴엽갑(黃金柳葉甲)의 홍포롤 쪄닙고 허리의 팔보즈금더(八寶紫金帶)롤 씌고 가슴의 미화경(梅花鏡)을 븟치고 숀의 참장도(斬將刀)롤 들고 츄상마(秋霜馬)롤 타고 군소롤 【45】 녕흐여 오거놀 황비회 몸을 굽혀 녜흐고 왈,

"쇼질이 몸의 갑쥐 이셔 녜롤 다 못흐느이다."

장봉이 웨여 왈,

"네 아뷔 긔퓌관의 이셔 병권을 잡아 날노 더브러 소괴미 친절흐고 너도 벼술이 왕작의 잇고 위(位) 국쳑의 이셔 텬즈의 고굉지신이러니 엇지 일조의 한 계집을 인흐여 님군을 져바리고 나라흘 반흐느뇨? 네 비록 조가롤 쩌나도 이 다셧 관을 지나기 어렵고 비록 이 다슷 관을 지나 외국으로 다라나도 블과 셔졀구튀 〔鼠投陷阱〕니 이 노슉의 말을 드러 샐니 나려 항복흐면 니 엇지 녯 졍을 니즈리오? 텬즈끠 표롤 올녀 네 젼일 공노롤 다 나토며 당금 영웅인 쥴을 쥬흐여 네 죄롤 수흐시게 흐려니와 니 말을 듯지 아니면 니 네 쎠롤 바아 만단이 니리니 다시 뉘웃지 말나."

황비회 고왈,

"노슉이 소체(事體)롤 모로는도다. 텬지 황음쥬식흐여 졍소 【46】 롤 살피지 아니흐고 어진 이롤 믈니치고 소오난이롤 쓰니 만민이 도탄흐고 소히 분분흐연지 오러더니 쏘 신하의 안히롤 슈욕흐여 인눈을 상히오며 텬니롤 거스리니 엇지 반치 아니리잇고? 흐믈며 나는 조가 셩중 무슈흔 군마롤 총녕흐여 젹공이 만터니 텬지 그롤 싱각지 아니흐고 한갓 혼암흐여 비중의 다리오믈 드러 공잇는 사롬을 히흐며 현인을 퇴흐니 니 엇지 그 환을 닙으리오? 황시 일기 칠셰 츙냥으로 나라히 공덕이 만혼지라 니 쏘흔 츙졀을 직희여 국은을 갑흐려흐더니 님군이 신하롤 져바리니 신하의 마음인들 엇지 미양 갓흐리잇고? 니러므로 쇼질이 셔토의 가 셩쥬롤 춧고져 흐느니 원컨더 노슉은 즈비지덕을 발흐샤 쇼질을 노화 관의 너여보너쇼셔."

장봉이 디로 즐왈,

"역적이 엇지 감히 니런 말을 ᄒᆞᄂᆞ뇨?"

칼 【47】 홀 두로며 말을 쮜여 다라들거늘 황비회 창을 드러 칼홀 막으며 왈,

"노슉은 노롤 긋치쇼셔. 우리 다 한가지 신하로셔 셔로 원쉬 업거늘 엇지 쇼질을 히코져 ᄒᆞ시ᄂᆞ니잇고? 녯 글의 닐너시디 '님군이 덕이 업거든 신히 외국으로 가미 텬니의 맛당타' ᄒᆞ엿ᄂᆞ니 노슉이 엇지 이디도록 고집ᄒᆞ시ᄂᆞ니잇고?"

장봉이 우 즐왈,

"반적이 엇지 간샤ᄒᆞ 말을 꿈여 날을 다리려 ᄒᆞᄂᆞ뇨?"

ᄒᆞ고 칼홀 드러 바로 황비호롤 취ᄒᆞ니 비회 디로ᄒᆞ여 창을 둘너 삼십여 합을 쏘호더니 장봉의 칼 쓰는 법이 졈졈 어즈러워 말을 두로혀 다라나거늘 비회 창을 바리고 허리의 칼홀 샌혀 두로며 슈빅 보롤 쏠와 닷더니 장봉이 비호의 칼 샌히믈 보고 허리로셔 즈용승(紫絨繩)을 니여 황비호롤 바라며 더지거늘 비회 보검을 니여 그 노홀 두 도막의 니고 군스롤 【48】 지촉ᄒᆞ여 급히 ᄯ로니 장봉이 디픠ᄒᆞ여 관의 다라드러 군스로 ᄒᆞ여곰 문을 단단이 직희라 ᄒᆞ고 싱각ᄒᆞ디 '황비호의 지용이 당금의 무쌍이라 니 비록 싼화도 니긔기 어려오니 계규롤 힝ᄒᆞ여 필부롤 속임만 갓지 못ᄒᆞ다' ᄒᆞ고 부장 쇼은(蕭銀)을 블너 왈,

"황비회 만부부당지용이 이셔 니 무슈ᄒᆞ 군마롤 다 죽이고 ᄯᅩ 보검으로 즈용승을 끈ᄒᆞ니 지용으로ᄂᆞ 디적기 어려온지라 네 황혼 씨의 예 스슈(羿射手) 삼쳔을 거느려 관 밧긔 잇다가 즁군의 녕ᄒᆞᄂᆞ디로 격진을 바라며 일시의 활을 쏘면 도적을 잡으리니 공이 엇지 만치 아니리오?"

쇼은이 명을 듯고 밧긔 나와 싱각ᄒᆞ디 '젼의 니 황장군 휘하의 이실제 은의롤 만히 닙으디 한 일도 갑지 못ᄒᆞ고 장총병을 조ᄎᆞ 이 관을 직희엿더니 오늘 황장군을 보니 상뫼 비범【49】ᄒᆞ며 무예 출즁ᄒᆞ지라 엇지 ᄎᆞᆷ아 히ᄒᆞ리오' ᄒᆞ고 가만이 관을 써나 황비호의 영의 오니 슌경 군시 문왈,

"네 엇던 사롬이완디 감히 남의 진의 왓ᄂᆞ뇨?"

쇼은 왈,

"나는 다른 사롬이 아니라 황장군의 친히 아는 쇼은이러니 각별이 장군을 보와 비밀ᄒᆞ 일을 통ᄒᆞ려 ᄒᆞ노라."

군지 즁군의 드러가 보ᄒᆞ디 황비회 디희ᄒᆞ여 즉시 좌우롤 명ᄒᆞ여 브론디 쇼은이 사롬을 조ᄎᆞ 즁군의 드러가 녜롤 힝ᄒᆞ고 왈,

"쇼장은 젼의 장군 휘하의 잇던 쇼은이러니 장군의 은혜롤 닙언지 오러디 일즉 촌공도 갑지 못ᄒᆞ고 장총병을 조ᄎᆞ 이 관을 직희엿더니 장총병이 쇼장을 명ᄒᆞ여 황혼 씨의 삼쳔 스슈롤 거느려 관의 나아와 일시의 장군을 쏘와 공을 일우라 ᄒᆞ니 쇼장이 엇지 젼일 은혜롤 닛고 져의 녕을 조ᄎᆞ 장군을 히ᄒᆞ리잇고? 【50】 니러므로 쇼장이 각별이 와 알외ᄂᆞ이다."

황비회 디경 왈,

"만일 장군의 은혜 곳 아니런들 황시 일기 다 비명의 죽을낫다. 장군의 지싱ᄒᆞ 은혜ᄂᆞ 비록 디하의 가도 갑기 어렵거니와 장군이 무슴 계규로 우리롤 구완ᄒᆞ려 ᄒᆞᄂᆞ뇨?"

쇼은이 고왈,

"디왕은 ᄲᆞᆯ니 군스롤 거느려 셔흐로 힝ᄒᆞ쇼셔. 쇼장이 관을 여러 디왕으로 ᄒᆞ여곰 지나시게 ᄒᆞ리이다."

황비호 등이 디희ᄒᆞ여 쇼은으로 더브러 각각 병긔롤 들고 군스롤 모라 관을 지나니 셰 바롬이 닷는듯ᄒᆞ며 구롬이 나는듯ᄒᆞ니 뉘 감히 막으리오? 쇼은이 압길을 여러 황비호의 군을 니여보ᄂᆞ니 장봉이 즁당의 잇다가 황비호 등의 지나간 줄 알고 디경 왈,

"쇼은은 황비호의 녯 장쉬러니 일졍 이놈이 져 도젹을 니여보니도다. 니 엇지 미리 술피지 못ᄒᆞ요?"

ᄒᆞ고 ᄲᆞᆯ니 말긔 올나 군스롤 지 【51】 촉ᄒᆞ여 황비호롤 ᄲᅩ로니 이젹의 쇼은이 황비호 등을 니여보니고 싱각ᄒᆞ디 '장봉이 일졍 군스롤 거느려 ᄲᅩ로리니 니 계규롤 힝ᄒᆞ여 이놈을 죽여 황장군의 후환을 ᄭᅳᆺ츠리라' ᄒᆞ고 창을 들고 관문 밧긔 슘엇더니 장봉의 나오믈 보고 한 쇼리롤 지르고 장봉을 질너 마하의 나리치니 조ᄎᆞ 군시 다 허여지거늘 쇼은이 말을 달녀 황비호의게 고ᄒᆞ디,

"쇼장이 장봉을 죽여시니 디왕은 방심ᄒᆞ여

셔로 힝ᄒ쇼셔. 쇼장이 관을 직희여 츄병을 막
으리니 디왕의 존안을 엇지 다시 어더뵈오리잇
고? 원컨디 디왕은 셩쥬롤 ᄎᆞᄌ 공을 일우시고
쇼장을 다시 ᄎᆞᄌ 쓰쇼셔.”

황비회 ᄉ례 왈,

“오늘날 장군의 은혜는 만 번 죽어도 갑기
어렵도다. 만일 셩쥬롤 맛나 만민을 진졍ᄒᆞᆯ진디
다시 이 관을 지나리니 엇지 장군의 【52】 은혜
롤 니즈리오?”
ᄒ고 눈믈을 ᄲᅥ려 니별ᄒ고 님동관을 ᄯ며 팔십
니롤 힝ᄒ여 동관(潼關)의 니ᄅ니 관 직흰 군식
중당의 드러와 보ᄒ디,

“황비회 슈쳔 군을 거ᄂ려 관 아리 왓ᄂ이
다.”

총병 진동(陳桐)이 디로 왈,

“반격이 엇지 님동관을 지나 ᄯᅩ 날을 침노
ᄒᆞᄂ뇨?”
ᄒ고 군ᄉ롤 졈고ᄒ여 관 밧긔 나와 진을 베프
니 이격의 황비회 관 밧 슈리의 진치고 졔장으
로 더브러 의논ᄒ디,

“동관 직흰 총병은 젼일 니 휘하의 잇던
장쉬라 군녕을 범ᄒ여ᄂᆞᆯ 무스롤 명ᄒ여 군법을
힝ᄒ려 ᄒ니 즁장이 슬피 너겨 져의 죄롤 ᄉᆞᄒ
엿더니 후일의 ᄯᅩ 나라홀 위ᄒ여 공을 일우고
이 ᄯᅡ흘 직희여 즁임을 맛닷ᄂ지라 일졍 죽도록
ᄊᆞ화 우리롤 노화 보니지 아니리니 무ᄉᆞᆷ 계교로
이 관을 지나리오?”
ᄒ고 졍히 침음ᄒ더니 믄득 드ᄅ니 진 밧긔 함
【53】 셩이 진동ᄒ며 살긔 년텬ᄒ거ᄂᆞᆯ 황비회
디겨ᄒ여 ᄉᆞᆯ니 신우(神牛)롤 타고 창을 들고 원
문의 나오니 진동이 창을 드러 ᄭᅮ지져 왈,

“네 왕작을 바다 벼슬이 인신의 극ᄒ엿거
ᄂᆞᆯ 오ᄂᆞᆯ 엇지 스스로이 군ᄉ롤 거ᄂ려 관을 지
나려 ᄒᆞᄂ뇨? 니 텨스의 우격을 바다 너롤 기다
런지 오린지라. ᄉᆞᆯ니 말긔 ᄂ려 항복ᄒ면 죽기
롤 면ᄒ려니와 만일 니 말을 듯지 아니면 네 몸
이 만 조각의 ᄂ리니 다시 뉘웃지 말나.”

황비회 네ᄒ고 왈,

“진장군이 그ᄅ다. 젼일 장군이 니 휘하의
이실졔 장군은 날을 부모 갓치 너기고 나는 장
군을 슈족 갓치 너기더니 후의 장군이 녕을 범
ᄒ디 니 ᄎᆞᆷ아 히치 못ᄒ여 장군을 ᄉᆞᄒ엿ᄂ니

장군이 그 일을 엇지 원ᄒ여 날을 히코져 ᄒᆞᄂ
뇨?”

진동이 디로ᄒ여 ᄭᅮ지져 왈,

“네 엇지 감히 간ᄉᆞᆫ 말을 ᄭᅮ며 날을 불
의의 ᄲᅡ지게 ᄒ려 【54】 ᄒᆞᄂ뇨?”

황비회 우왈,

“모든 가마괴 비록 봉을 딕조으나3) 엇지
용을 결우리오? 니 너과 ᄊᆞ화 삼합 니의 니긔지
못ᄒ거든 ᄯᅡ히 ᄂ려 네게 미이믈 바드리라.”
ᄒ고 창을 두로고 다라드니 진동이 ᄯᅩ 화극을
두로며 셔로 마즈 ᄊᆞ호니 음운(陰雲)이 참참(慘
慘)ᄒ며 살긔 등등ᄒ고 연염이 창텬ᄒ며 금괴
디작ᄒ더라. 냥장이 셔로 이십여 합을 ᄊᆞ호더니
진동이 지죄 밋지 못ᄒᆞᆯ 줄 헤아리고 화극을 ᄭᅳ
을고 다라나거ᄂᆞᆯ 황비회 노긔 츙텬ᄒ여 디즐
왈,

“오늘 이 도격을 잡아 한을 씨스리라.”
ᄒ고 ᄶᅩ오기롤 급히 ᄒ더니 진동이 싱각ᄒ디
‘니 젼일 이인(異人)의게 비혼 지조롤 오늘 쓰리
라’ ᄒ고 허리로셔 화룡표(火龍標)롤 니여 황비
호롤 바라며 치니 황비회 블의의 이 환을 만난
지라. 몸을 기우려 피ᄒ다가 밋지 못ᄒ여 신우
의 녑히 마즈니 맛는 곳의 연염이 니러나며 황
비회 【55】 ᄯᅡ히 ᄶᅥ러지거ᄂᆞᆯ 황명·쥬긔 냥장이
비호의 ᄶᅥ러지믈 보고 웨여 왈,

“작은 도격이 엇지 감히 우리 장군을 히코
져 ᄒᆞᄂ뇨?”
ᄒ고 각각 도치롤 들고 ᄂ다라 ᄭᅮ지져 왈,

“오늘 우리 네 몸을 만단(萬段)의 바아 황
장군의 보슈롤 ᄒ리라.”
ᄒ고 진동으로 더부러 십여 합을 ᄊᆞ호더니 진동
이 ᄯᅩ 거즛 피ᄒ여 다라나며 화룡표롤 날녀 쥬
긔의 목을 맛쳐 말긔 ᄶᅥ러지니 황명이 익노(益
怒)ᄒ여 말을 모라 진동으로 누어 합을 ᄊᆞ호더
니 진동이 싱각ᄒ디 ‘니 이졔 두 사람을 맛쳐
말긔 ᄂ리쳐시니 이졔 ᄯᅩ ᄊᆞ호다가는 반ᄃᆞ시 픠
ᄒ리라. 녯 글의 왈 “장쉬 교만ᄒ면 군식 픠ᄒ
다” ᄒ엿ᄂ니 져 도격놈들이 비록 지죄 이시나

---

3) 【딕조으다】 圖 찍고 쪼다. ¶ 모든 가마괴 비
  록 봉을 딕조으나 엇지 용을 결우리오? 니 너과
  ᄊᆞ화 삼합 니의 니긔지 못ᄒ거든 ᄯᅡ히 ᄂ려 네
  게 미이믈 바드리라 <西周 8:54>

현마4) 어이ᄒ리오’ ᄒ고 말을 두로혀 관으로 드러오니 모든 장쉬 진동의 도라가믈 보고 황비호와 쥬긔를 븟드러 진의 도라오니 발셔 혼빅 【56】 이 표산ᄒ여 인ᄉ를 바렷ᄂ지라 황텬녹 등 삼지 아뷔 죽으믈 보고 방셩통곡 왈,

“우리 반ᄃ시 진동을 죽여 보슈ᄒ리라.”

황명이 울며 ᄯᅩ흔 위로 왈,

“장군 등은 한갓 부왕을 위ᄒ여 근심만 마로쇼셔. 쥬긔ᄂᆞᆫ 비록 살기 어려워도 뎌왕은 상흔 곳이 업고 마음이 놀나 졍신을 일헛ᄂ니 오리지 아녀 인ᄉ를 찰히시리이다.”

즁장이 위로ᄒ나 엇지 속마음들이야 평안ᄒ리오? 군심이 프러질가 두려 눈믈을 감초고 놉흔 언덕의 올나 영을 셰우고 황비호와 쥬긔를 구완ᄒ며 진퇴를 졍치 못ᄒ여 텬명(天明)을 기다리더라.

각셜 션시(先是)의 쳥허도덕진군이 황비호 등을 구ᄒ여 셔호로 보니고 산의 도라와 도셔를 외오더니 믄득 놀나 왈,

“황비회 ᄯᅩ 엇지 동관 익을 맛낫ᄂ뇨?”

빅운동ᄌ다려 【57】 왈,

“네 ᄉ형을 쳥ᄒ여 오라.”

이윽고 한 도동이 오니 신장이 구쳑이오 의복이 괴이ᄒ니 이ᄂᆞᆫ 황비호의 장ᄌ 황텬홰(黃天化)러라. 그 도동이 나아와 녜를 힝ᄒ고 왈,

“뎨ᄌ를 블너 무슴 분부를 ᄒ려ᄒ시ᄂ니잇고?”

진군 왈,

“네 부친이 환을 맛나시니 ᄲᆞᆯ니 나려가 구완ᄒ라.”

황텬홰 디경 문왈,

“뎨ᄌ의 부친이 뉘니잇고?”

진군 왈,

“네 아뷔ᄂᆞᆫ 무셩왕 황비회니 시방 동관의셔 총병 진동의 화룡표를 마즈 긔졀ᄒ여시니 잠간 더듸면 아조5) 셰상을 바릴지라. 네 ᄲᆞᆯ니 나려가 아뷔를 구ᄒ고 다시 부ᄌ지졍을 표ᄒ라. 네 아뷔 살면 후일의 셩쥬를 어더 부귀를 누리리라.”

황텬홰 문왈,

“뎨지 무슴 연고로 이곳의 왓ᄂ니잇고?”

진군 왈,

“니 오날이야 네 이곳의 온 연고를 니르리라. 젼의 니 곤뉸산의 갓다가 믄득 인간을 보니 일도 상운(祥雲)이 츙텬ᄒ엿 【58】 거늘 니 괴이히 너겨 가만이 인간의 가 보니 그 긔운이 네 니마의셔 낫고 네 나히 겨유 셰살이로디 샹뫼 쳥졀ᄒ며 긔질이 츌즁ᄒ니 후일의 반ᄃ시 부귀를 바들지라. 니로므로 니 너를 다려와 뎨ᄌ 삼은지 열히 남더니 앗가 니 한 졈괘를 어드니 네 아뷔 동관의셔 명이 경긱의 잇ᄂ지라 네 ᄲᆞᆯ니 나려가 구완ᄒ라.”

ᄯᅩ 한 보검을 쥬며 왈,

“네 니리니리ᄒ면 네 아뷔를 구완ᄒ고 일진 군마를 무스이 관의 니여보니라. 네 아뷔 관을 지나 셔호로 갈졔 너를 더부러 한가지로 가고져 ᄒ여도 듯지 말고 아뷔를 구ᄒ여 보니고 바로 산의 도라오면 후의 다시 아뷔로 더브러 셔로 맛나 큰 공을 일우고 부귀를 누리리니 ᄌ셰히 슬펴 ᄒ라.”

텬홰 우 문왈,

“동관이 예셔 어드며 진동이 힝혀 지용이 과인ᄒ고 도슐이 비범ᄒ면 뎨 【59】 지 엇지 당ᄒ리잇고?”

진군이 쇼이 답왈(笑而答曰),

“너ᄂᆞᆫ 근심치 말고 ᄲᆞᆯ니 나려가라. 진동이 비록 작은 도슐을 비화시나 능히 엇지 너를 당ᄒ리오? ᄲᆞᆯ니 나려가 나의 ᄒ던 말을 싱각ᄒ여 아뷔를 구완ᄒ고 이 보검으로 진동을 디젹ᄒ면 디시 일우리라.”

황텬홰 하직ᄒ고 ᄌ양동을 ᄯ려나 동관으로 오니라.

---

4) 【현마】㋹ 셜마. ¶ 녯 글의 왈 ‘장쉬 교만ᄒ면 군시 픽흔다’ ᄒ엿ᄂ니 져 도젹놈들이 비록 지죄 이시나 현마 어이ᄒ리오 ᄒ고 말을 두로혀 관으로 드러오니 <西周 8:55>

5) 【아조】㋹ 아주. ¶ 네 아뷔ᄂᆞᆫ 무셩왕 황비회니 시방 동관의셔 총병 진동의 화룡표를 마즈 긔졀ᄒ여시니 잠간 더듸면 아조 셰상을 바릴지라 네 ᄲᆞᆯ니 나려가 아뷔를 구ᄒ고 다시 부ᄌ지졍을 표ᄒ라 (你父乃武成王黃飛虎是也. 今在潼關, 被火龍標打死. 着你下山, 一則救父, 二則你子父相逢.) <西周 8:57>

32
동관황텬홰하산(潼關黃天化下山)[1]

황텬홰(黃天化) ㅈ양동(紫陽洞)을 쩌나 가만이 동관(潼關)의 나려오니 이ㅼ 오경(五更)이라 만뇌 구격ᄒ고 츄식이 쇼조흔디 녕상의 한 군믹 진을 베펏고 진 안의셔 슬피 우는 쇼릭 나거늘 황텬홰 문을 츠즈오니 문직흰 군시 문왈,

"네 엇던 사롬이완디 당돌이 들고져 ᄒᄂ뇨?"

텬홰 답왈,

"비도ᄂ 청봉산(靑峰山) ㅈ양동 연긔(煉氣)ᄒᄂ 도시러니 드르니 더 【60】 왕이 환을 만나 계시다 ᄒᄆᆡ 각별이 와 구완코져 ᄒ노라."

문직흰 군시 즁군의 드러와 보흔디 황비호(黃飛虎)의 아오 비퓨(飛彪) 밧비 영문의 나와 보니 한 도시 상뫼 비범ᄒ며 의복이 고이ᄒ고 등의 한 보검을 메엿거늘 비퓨 도동을 마ᄌ 즁군의 드러와 ㅈ셰히 보니 그 도동의 얼골이 황비호 갓거늘 괴이히 너겨 므ᄂ디,

"션싱은 어디로셔 온 도시완디 우리 가형을 구완ᄒ려 ᄒ시ᄂ니잇고? 이ᄂ 진실노 지셩지인이로다."

황텬홰 디왈,

"다룬 말은 날호여 ᄒ려니와 디왕을 슈이 보와 병을 구완코져 ᄒ나이다."

황비퓨 황텬화롤 인ᄒ여 형이 잇는 곳의 니ᄅ니 황비회 인ᄉ롤 긋쳔지 오릳지라 낫치 프르고 왼 몸이 츠거눌 황텬홰 탄왈,

"우리 부친이 엇지 이곳의 와 니런 화롤 만낫ᄂ뇨?"

ᄒ고 다시 보려ᄒ더니 【61】 녑히 ᄯ 한 사롬의 시체 잇거늘 황텬홰 문왈,

"이ᄂ 엇던 사롬이니잇고?"

황비퓨 왈,

"이ᄂ 우리 결의흔 형뎨러니 ᄯ 진동(陳桐)의 화룡표(火龍標)롤 만나 죽엇ᄂ이다."

텬홰 닝슈롤 가져오라 ᄒ여 쥼치[2]의 한 션약을 너여 [이 약은 진군의 쥰 약이라] 믈의 타 황비호의 닙을 버리고 흘녀 드려보너니 이윽고 겨유 인ᄉ롤 출혀 니러 안ᄌ 눈을 쩌보니 한 도동이 압히 잇거늘 즁장다려 문왈,

"이 엇진 도동이완디 닉 압히 안ᄌᆺᄂ뇨?"

황비퓨 디왈,

"이 도동은 청봉산 ㅈ양동 년긔ᄒ는 도시니 형장을 구완ᄒ려 원근을 혜지 아니ᄒ고 와셔 한 션단으로 형장의 병을 구완ᄒ니 만일 이 도동 곳 아니면 형장이 엇지 다시 ᄉᄅᆞ시리잇고?"

비회 붓들녀 니러 안ᄌ ᄉ례 왈,

"션싱은 어디로셔 오신 도시완디 닉 명을 구ᄒ시니잇고?"

텬홰 눈믈을 흘니며 ᄯ우러 고왈,

"쇼지 나히 셰살의 【62】 뒤동산의 가 노더니 청봉산 ㅈ양동 도덕진군이 쇼ᄌ롤 다려다가 문하의 두고 도법을 가ᄅ쳐 미양 산즁 모든 신션으로 더브러 셔로 단이며 놀게 ᄒ연지 이졔 열 셰히니 나히 십뉵셰의 다ᄃᆞ랏는지라 엇지 다시 부왕의 존안을 다시 뵈올 줄 알니잇고?"

---

1) 원래 회목은 '黃天化潼關會父'이다.

2) 【쥼치】 명 주머니. ¶ 花籃 ∥ 텬홰 닝슈롤 가져오라 ᄒ여 쥼치의 한 션약을 너여 [이 약은 진군의 쥰 약이라] 믈의 타 황비호의 닙을 버리고 흘녀 드려보너니 (天化命: "澗下取水來!" 不一時水到, 天花在花籃中取出仙藥, 用水硏開, 把劍撬開上下牙關, 灌入口內.) <西周 8:61>

황비회 디경ᄒ여 숀을 잡고 방셩통곡 왈,

"니 너ᄅ룰 일코 미양 셜워 텬디신명긔 제ᄒ고 너ᄅ룰 다시 보믈 비더니 오늘 셔로 볼 쥴 알니오? 니 명은 임의 구ᄒ엿거니와 져 상의 누엇ᄂ는 시쳬ᄂ는 나의 뎨 쥬긔(周紀)니 네 나아가 보와 살올가 시브거든 구완ᄒ라."

텬홰 쥬긔의 화룡표 마즌 디ᄅ룰 보고 왈,

"이 사ᄅ롬이 비록 즁히 상ᄒ여시나 목이 쇽을 상치 아냐시니 엇지 아조 죽으리잇고? 니 약 곳 쓰면 반ᄃ시 살니이다."

ᄒ고 션약 하나흘 너여 믈의 타 목의 흘니니 이윽ᄒ여 몸이 졈졈 더우며 스【63】지ᄅ룰 움죽이거늘 모다 구완ᄒ여 쥬긔ᄅ룰 븟드러 안치니 쥬긔 황텬화의 션약을 먹고 다시 술믈 듯고 돈슈비스 왈,

"션싱의 은혜 곳 아니면 쇼쟝이 엇지 술아 나리잇고?"

ᄒ더라. 황텬홰 임의 제 아뷔와 쥬긔ᄅ룰 구완ᄒ여ᄂ니고 마음을 출혀 두로 보니 두 아ᄌ뷔와 셰아은 다 이시ᄃ터 오직 어믜 가시 업ᄂ는지라 디경ᄒ여 황비호다려 왈,

"부친이 임의 조가ᄅ룰 반ᄒ여 일가ᄅ룰 거ᄂ리고 셔흐로 힝ᄒ며 엇지 모친을 홀노 셔울 두고 아니 다려와 겨시니잇고? 반ᄃ시 텬ᄌ의 히ᄒ믈 닙도쇼이다."

ᄒ고 노긔디발ᄒ여 니ᄅ룰 갈며 왈,

"부왕이 모친을 바리고 와 겨시니 엇지 인뉸 쳬면이 니러ᄒ니잇고?"

황비회 이 말을 듯고 발을 구ᄅ르며 눈믈을 흘녀 왈,

"네 비록 션가 법도ᄅ룰 비화시나 어려셔 인간을 ᄯ써나시니 우리 일가 일을 모로ᄂ는도다. 니 조가ᄅ룰 반ᄒ미【64】 다른 일이 아니라 네 모친이 졍월 삭조(朔朝)의 궁즁의 조하(朝賀)ᄒ라 드러갓다가 텬지 황음무도ᄒ여 텬니ᄅ룰 술피지 아니ᄒ며 인뉸을 싱각지 아니ᄒ여 네 모친을 핍박ᄒ고져 ᄒ니 엇지 져의 음욕을 바드리오? 졍졀을 일치 아니려 젹셩누의 ᄯ써러져 죽으니 네 슉뫼 이형(伊兄)이 죽으믈 보고 텬ᄌ씌 직간ᄒ다가 텬지 디로ᄒ여 네 슉모ᄅ룰 다락 아리 나리쳐 분골쇄신ᄒ니 다 비명의 죽엇ᄂ는지라. 우리게 ᄯ또 환난이 밋츠리니 니러므로 조가ᄅ룰 바리고 셔흐

로 가 셩쥬ᄅ룰 찻고져 ᄒ노라."

황텬홰 이 말을 듯고 한 쇼리ᄅ룰 지ᄅ르고 ᄯ씨히 것구러졋다가 이윽고 졍신을 출혀 눈을 브릅쓰고 니ᄅ룰 갈며 왈,

"니 반ᄃ시 후일의 은왕을 죽여 모친의 원슈ᄅ룰 갑흐리라."

ᄒ고 부지 셔로 졍회ᄅ룰 니ᄅ더니 믄득 쇼졸이 보ᄒ디,

"진동이 ᄯ또 군ᄉ룰【65】 거ᄂ려 ᄊ호랴 ᄒᄂ느이다."

황비회 디경ᄒ여 낫치 퍼러ᄒ고[3] 아모말도 못ᄒ거늘 텬홰 왈,

"부친은 근심 마로쇼셔. 쇼지 이의 이시니 진동이 엇지 감히 부친을 히ᄒ리잇고?"

황비회 마음을 잠간 눅여 갑쥬ᄅ룰 졍졔ᄒ고 오식 신우ᄅ룰 타고 원문 밧긔 나와 웨여 왈,

"쇼젹이 엇지 감히 요슐을 부려 날을 히ᄒ려 ᄒᄂ뇨?"

진동이 황비호의 완연이 술아왓ᄂ는 쥴 보고 디경 왈,

"졔 엇지 니 도슐을 피ᄒ여 사랏ᄂ뇨?"

ᄒ고 ᄭ무지져 왈,

"쇼젹이 슈이 ᄂ려 항복ᄒ여 화룡표의 마즈믈 면ᄒ라."

황비회 디로 왈,

"필뷔 어졔ᄂ는 비록 화룡표ᄅ룰 날녀 날을 상ᄒ여시나 오날은 요슐을 다시 힝치 못ᄒ리라."

ᄒ고 창을 두로고 다라드니 진동이 ᄯ또 거줏 피ᄒ여 다라나거늘 황비회 분을 참지 못ᄒ여 쫄오더니 진동이 ᄯ또 화룡표ᄅ룰 너여 날니거늘 황텬홰 디경ᄒ【66】여 ᄲ샐니 화람(花籃)[이ᄂ는 진군의 쥼 거시래] 을 드러 화룡표ᄅ룰 막으니 화룡퓌 화람의 다라들거늘 텬홰 화람을 녑히 츠고 보검을 ᄲ샌혀 들고 다라드니 진동이 황텬화의 오믈 보고 디호 왈,

"죽은 아히 엇지 감히 니 용을 디젹ᄒ려 ᄒᄂ뇨?"

ᄒ고 창을 두로며 다라들거늘 텬홰 마즈 오륙

---

3) 【퍼러ᄒ다】[혱] 퍼렇다. ¶ 土色‖ 황비회 디경ᄒ여 낫치 퍼러ᄒ고 아모말도 못ᄒ거늘 (飛虎 聽報, 面如土色.) <西周 8:65>

합을 싸호더니 황텬홰 보검을 드러 진동을 가르치니 보검 끗호로셔 두 줄 긔운이 니다라 진동의 머리를 버혀 나리치거눌 황명·쥬긔 각각 군을 거느려 좌우로 다라드러 일진을 더살호고 황비호 등이 군수를 모라 동관을 지나니 황텬홰 하직호고 왈,

"쇼지 임의 부친을 구호여시니 산으로 올나가오니 부친은 먼 길의 무수히 가쇼셔."

황비회 디경 문왈,

"네 날을 바리고 어디로 가려 호느뇨?"

텬홰 눈물을 흘녀 왈,

"쇼지 감히 수부의 명을 거역지 못호여 부친을 써나 산으로 【67】 도라가오니 후일의 다시 산의 나려와 부친으로 더브러 조가의 드러와 모친의 보슈를 호리이다."

황비회 탄왈,

"우리 부지 셔로 만난지 이틀이 못호여 쏘 다시 써나느뇨? 네 비록 수부의 명을 어그릇지 못호여 도라가도 후일 다시 날을 츠즈보라."

황텬홰 하직고 가거눌 비회 눈물을 흘녀 니별호고 동관을 써나 팔십여 리를 힝호여 쳥운관(穿雲關)의 다드르니 총병 진오(陳梧)는 진동의 형이라 제 아이 황비호의게 죽으믈 듯고 쎄 바아지며 살히 녹는듯호여 호더니 황비호의 왓단 말을 듯고 디로호여 즉시 븍 쳐 장슈를 모화 왈,

"뉘 오늘 션봉이 되여 니 아의 보슈를 홀고?"

한 장슈 신왈,

"장군은 겨룬 업슈이 너기지 마로쇼셔. 무셩왕 황비호는 여러히 국가 병권을 잡아 진법을 닉이며 군수를 훈련호여 쏘 만부부 【68】 당지용이 이셔 젼의 동희를 평정호미 위엄이 텬하의 진동호니 니러므로 우리 동관 총병이 디젹지 못호여 죽엇느니 힘으로 쏘화는 니긔지 못홀지라 지혜를 부림만 갓지 못호니이다."

호거눌 모다 보니 이는 편장군(偏將軍) 하신[4](賀申)이러라. 진외 왈,

"하장군의 말이 비록 올흐나 무슴 계규로

져룰 잡으리오?"

하신 왈,

"니리니리호면 계귀 거의 일니이다."

진외 디희호여 갑쥬를 바리고 창두 이십여 명을 거느려 관 밧긔 나와 황비회를 보고 몸을 굽혀 녜호고 왈,

"디왕이 무삼 연고로 작은 관의 와 계시니잇고? 쇼장이 맛기를 늣게 호여시니 원컨디 죄를 스호쇼셔."

황비회 진오의 갑쥬와 긔치를 바리고 스무나믄 창두로 더브러 나와 관곡히 디졉호믈 보고 즉시 몸을 굽혀 답녜 왈,

"쇼장 황비회 조졍의 죄를 어더 일가를 거느 【69】 리고 셔호로 가려호더니 오늘 장군이 긱녜(客禮)로써 관곡히 디졉호시니 이 산히 갓흔 은혜를 엇지 다 갑흐리잇고? 어졔 쇼장이 동관의 다드르니 장군의 현뎨 관을 직희여 쇼장의 길흘 막거눌 쇼장이 츄병이 밋츨가 두려 장군의 현뎨를 히호엿느니 장군이 죄를 사치 아니면 비회 맛당이 굴호믈 바드리이다."

진외 왈,

"디왕이 칠셰 츙냥으로 나라히 공덕이 만터니 텬지 황음무도호여 장군의 공을 져바리니 장군인들 엇지 츙냥지심을 직희리잇고? 니 아오 진동이 텬니를 헤지 아니코 장군의 길흘 막으니 죄 맛당이 쥬호믈 바들지라 쇼장이 엇지 보슈홀 쯧들 두리잇고? 원컨디 디왕은 쇼장으로 더브러 관의 흠씌 드러가 군수를 쉬오며 힝니(行李)를 다시 츌혀 셔로 가쇼셔."

황명이 이 【70】 말을 듯고 탄왈,

"녯 글의 닐너시디 '한 어미 한 아들도 어질며 스오나온 이 잇고 한 나모 여름도 달며 쓴 거시 잇다' 호니 과연 올타. 졔 아은 스오나와 우리 디왕을 히코져 호더니 진오는 직죄 졔 아오도곤[5] 나으니 엇지 의심호리오?"

호고 모다 진오를 싸라 관으로 드러가 녜를 맛

---

4) 하신: 원래는 '항신'으로 되어 있으나 오기
   이므로 고침.

5) 【-도곤】 죄 -보다. ¶ 녯 글의 닐너시디 '한
   어믜 한 아들도 어질며 스오나온 이 잇고 한 나
   모 여름도 달며 쓴 거시 잇다' 호니 과연 올타.
   졔 아은 스오나와 우리 디왕을 히코져 호더니
   진오는 직죄 졔 아오도곤 나으니 엇지 의심호리
   오? (一母之子, 有愚賢分; 一樹之果, 有酸甛之別.
   似這等觀之, 陳將軍勝其弟多矣!) <西周 8:70>

츳미 황비회 스레 왈,

"장군이 인의지심을 발ᄒ여 우리 일힝을 노화 너여보너려 ᄒ니 이 은덕을 엇지 다 갑흐리오? 쇼장이 만일 셩쥬롤 어더 공을 일우면 반ᄃ시 장군의 은혜롤 져바리지 아니리이다."

진외 몸을 굽혀 왈,

"쇼장이 발셔 디왕이 셔기로 가 셩쥬롤 츳고져 ᄒ시ᄂ 줄 아ᄂ니 한 잔 술노 졍을 표ᄒ고져 ᄒᄂ이다."

황비회 싱각ᄒ디 '이졔 발셔 관의 드러와시니 졔 비록 스오나온 마음을 너여도 화롤 피키 어렵고 쏘 관곡【71】 히 우리롤 디졉ᄒ니 그 가온디 무슴 계괴 이시리오' ᄒ고 스레 왈,

"장군이 만일 술을 나와 우리롤 먹이려 ᄒ시면 우리 엇지 녕을 좃지 아니리잇고?"

진외 좌우롤 분부ᄒ여 쥬찬을 가져와 빈쥐셔로 권ᄒ여 다엿 순비 지나니 날이 임의 황혼이 되엿ᄂ지라 황비회 하직 왈,

"우리 장군의 은혜롤 닙어 쥬찬을 만히 먹고 쏘 관을 지나게 ᄒ여시니 후일 반ᄃ시 이 은혜롤 갑흐리이다. 날이 발셔 졈으러시니 관을 ᄶ나가고져 ᄒᄂ이다."

진외 왈,

"디왕은 엇지 우리롤 의심ᄒ시ᄂ니잇고? 디왕이 여러날 힝ᄒ여 인민 다 피로ᄒ엿ᄂ지라 긱관이 비록 젹으나 디왕이 쇼장으로 더부러 죵용이 슐먹으며 월식을 보다가 너일 가시미 늣지 아니니이다."

황비회 싱각ᄒ디 '이곳의셔 ᄌ면 반ᄃ시 환이 이시리라' ᄒ【72】고 즐겨 답지 아니ᄒᆫ디 황명 왈,

"형은 엇지 허락지 아니ᄒ시ᄂ니잇고? 진장군의 쳥디로 오늘 예셔 ᄌ고 너일 가스이다."

황비회 마지 못ᄒ여 허락ᄒᆫ디 진외 디희ᄒ여 황비호로 더브러 다시 슐을 권ᄒ며 월식을 보더니 밤이 깁흔 후 황비회 즁장으로 더브러 긱관의 나오다.

진외 가경을 보니여 여어보고[6] 오라 ᄒᆫ디 가정이 월앙 아리 가보니 모든 사롬은 여러날 길을 힝ᄒ엿ᄂ지라 각각 훗허져 ᄌ디 오직 황비호ᄂ 젼후 일을 싱각ᄒ고 탄왈,

"우리 황시 일문이 칠세 츙냥으로 위국인신이라 오늘 여긔 와 고초 격글 줄을 엇지 알니오? 텬지 무도ᄒ여 너 공을 져바리며 쏘 너 부인과 누의롤 죽이니 엇지 노홉지 아니리오? 만일 무왕을 만나 용납ᄒᆷ을 어드면 반ᄃ시 군스롤 비러【73】 무도ᄒᆫ 님군을 치리라."

ᄒ고 인ᄒ여 글 하나홀 읇흐니 왈,

> 칠세츙냥셩화병 (七歲忠良成畵餠)
> 슈지금일입셔기 (誰知今日入西岐)
> 오관유로진뎐익 (五關有路眞顚厄)
> 삼젼무군긔랑스 (三戰無君豈浪思)
> 비조실님가이파 (飛鳥失林家已破)
> 의인득의념션의 (依人得意念先疑)
> 노텬약슈평싱지 (老天若遂平生志)
> 셰각죵젼빅스긔 (洗却從前百事奇)

> 칠세 츙냥이 그린 쩍이 되여시니
> 뉘 오늘날 셔기로 갈 줄 알니오?
> 오관의 길이 이시디 진실노 뎐익ᄒ니
> 셰 번 ᄊ호미 님군이 업스니 엇지 낭스ᄒ리오?
> 나ᄂ 시 슈플을 일ᄒ니 집이 임의 파ᄒ엿고
> 의지ᄒᆫ 사롬이 뜻을 어드디 념이 몬져 의심ᄒ도다.
> 노텬의 만일 평싱 뜻을 일우면
> 죵젼의 일빅일 긔험ᄒᆷ을 씨스리로다.

황비회 음파(吟罷)의 뎐상을 두로 보니 촉블은 반만 어드엇고 포진은 난만ᄒᆫ디 야식이 뇨젹(聊寂)ᄒ거늘 상의 의지ᄒ여 조으더니[7] 믄득 일

一路上辛苦, 跋涉勤勞, 一箇箇酣睡如雷, 各有鼻息之聲.) <西周 8:72>

6) 【여어보다】 圐 엿보다. ¶ 진외 가경을 보니여 여어보고 오라 ᄒᆫ디 가정이 월앙 아리 가보니 모든 사롬은 여러날 길을 힝ᄒ엿ᄂ지라 각각 훗허져 ᄌ디 (家將掌上畵燭, 衆人安歇去訖. 都是

7) 【조으다】 圐 졸다. ¶ 황비회 음파(吟罷)의 뎐상을 두로 보니 촉블은 반만 어드엇고 포진은 난만ᄒᆫ디 야식이 뇨젹ᄒ거늘 상의 의지ᄒ여 조으더니 믄득 일진 괴풍이 밧그로셔 드러오거늘 (飛虎坐在殿上, 三更時候只聽得一陣風響, 從丹墀

【74】 진 괴풍(怪風)이 밧그로셔 드러오거눌 모골이 송연ᄒ여 일신의 찬 ᄯᆞᆷ이 나니 아모리 ᄒᆞᆯ 줄 모로더니 바람의 촉블이 ᄭᅥ지며 한 사롬이 니ᄅᆞ디,

"첩이 무죄히 텬즈의 희ᄒᆞ믈 닙어 장군을 ᄯᆞᆯ와 이곳의 니ᄅᆞ럿더니 장군이 목젼의 디홰(大禍) 니ᄅᆞᆫ 줄 모로시믹 첩이 부러 고ᄒᆞ여 장군으로 ᄒᆞ여곰 화룰 면케 ᄒᆞ누니 ᄲᆞᆯ니 군ᄉᆞ룰 거ᄂᆞ려 다라나쇼셔."

ᄒᆞ고 간 곳이 업거눌 놀나 ᄭᅢ치니 한 ᄭᅮᆷ이라. 황비회 ᄲᆞᆯ니 좌우룰 브ᄅᆞ니 졔장이 잠결의 비호의 웨는 쇼리룰 듯고 일시의 와 문왈,

"심야의 무ᄉᆞᆷ 일노 우리룰 브ᄅᆞ시ᄂᆞ니잇고?"

황비회 ᄭᅮᆷ말을 ᄌᆞ셰히 니ᄅᆞᆫ디 비폐 디왈,

"그 말을 밋비 너기지 아니면 환난이 이실 거시오 그 말을 밋비 너겨 가만이 다라나면 희로오미 업다."

ᄒᆞ고 일시의 힝장을 출혀 문밧긔 니ᄅᆞ니 문이 밧그로 잠 【75】 겻거눌 황명 왈,

"이 일이 반ᄃᆞ시 간졔 잇도다."

ᄒᆞ고 농환(龍環)·오겸(吳謙)이 도치로 문을 쳐 ᄭᅢ이고 밧긔 나오니 담을 눌너 셥과 시〔柴薪〕룰 만히 ᄡᅡ핫거눌 그 남글 치워 길흘 열고 나오더니 진외 듯고 디경ᄒᆞ여 군ᄉᆞ룰 거ᄂᆞ려 와 갈오디,

"장군이 어디로 가시ᄂᆞ니잇고?"

황비회 디로 왈,

"이졔 간시ᄒᆞᆫ 말노 우리룰 다리여 직관의 가도고 남글 ᄡᅡ하 우리 일힝을 다 블지ᄅᆞ려 ᄒᆞ니 우리 무ᄉᆞᆷ 원쉬 잇관디 니런 ᄉᆞ오나온 일을 ᄒᆞ려ᄒᆞᄂᆞ뇨?"

진외 계괴 누셜ᄒᆞᆫ 줄 알고 디즐 왈,

"반젹이 날을 다리여8) 관을 지나가려 ᄒᆞᄂᆞ뇨? 니 너희 일힝을 다 죽여 국가 후환을 ᄭᅳᆺ ᄎᆞ

리라. 네 비록 다라나려 ᄒᆞ여도 니 텬나디망의 드럿ᄂᆞᆫ지라 화룰 면치 못ᄒᆞ리라."

ᄒᆞ고 창을 두로고 다라들거눌 황명이 도치룰 드러 십여 합을 ᄡᅡᄒᆞ니 황비회 ᄯᅩ 창을 【76】 들고 다라드러 십여 합을 ᄡᅡᄒᆞ니 진외 디픠ᄒᆞ여 다라나려 ᄒᆞ거눌 비회 한 쇼리룰 지ᄅᆞ고 진오룰 질너 마하의 나리치니 즁장이 일시의 다라드러 픠군을 즛지ᄅᆞ니 텬디 진동ᄒᆞᄂᆞᆫ 듯ᄒᆞ더라. 황비회 진오룰 죽이고 셔흐로 오더니 관문이 닷쳣거눌 디로ᄒᆞ여 도치로 문을 ᄭᅢ치고 쳥운관을 ᄯᅥ나 군ᄉᆞ룰 모라 팔십여 리룰 힝ᄒᆞ니 압희 큰 관이 잇고 군시 셩히 직희여시니 이 관 일홈은 긔픠관(界牌關)이오 관 직흰 총병은 황비호의 아뷔 황원(黃滾)이러라. 황원이 황비호의 오믈 듯고 디로 왈,

"역지 엇지 나라흘 바리고 군ᄉᆞ룰 거ᄂᆞ려 니 관을 지나려 ᄒᆞᄂᆞ뇨? 니 반ᄃᆞ시 이놈을 잡아 죽여 츙냥을 일치 아니리라."

9)ᄒᆞ고 삼쳔 군을 거ᄂᆞ려 관 밧긔 와 진셰룰 베프니 황비회 아뷔룰 보고 말 우희셔 몸을 굽혀 녜ᄒᆞ 【77】 고 왈,

"블효즈 비회 몸의 갑쥐 이셔 녜룰 힝치 못ᄒᆞᄂᆞ이다."

황원이 즐왈,

"네 엇던 놈이완디 감히 간ᄉᆞᄒᆞ 말노 날을 다리여 관을 지니고져 ᄒᆞᄂᆞ뇨?"

비회 디왈,

"부친은 노치 마로쇼셔. 쇼지 부친으로 더브러 텬하 형셰룰 의논코져 ᄒᆞᄂᆞ이다."

황원이 디로 즐왈,

"우리 일기 질셰 츙냥으로 텬즈의 고굉지신(股肱之臣)이 되여 벼술이 인신의 극ᄒᆞ고 네 졀이 남의게10) 달나 하나토 그릇 죽으니 업셔 영병을 엇시 아니리 업고 공덕이 디른 신하들과 다ᄅᆞ더니 네 엇지 한 부인과 한 누의룰 인연ᄒᆞ

下直旋到殿裏來.) <西周 8:73>

8) 【나리나】⑱ 꾀다. 유혹하다. ¶ 반젹이 날을 다리여 관을 지나가려 ᄒᆞᄂᆞ뇨? 니 너희 일힝을 다 죽여 국가 후환을 ᄭᅳᆺ츠리라. 네 비록 다라나려 ᄒᆞ여도 니 텬나디망의 드럿ᄂᆞᆫ지라 화룰 면치 못ᄒᆞ리라 (反賊! 實指望斬草除根, 絶你黃氏一脈, 孰知你狡猾之徒終多苟且, 雖然如此, 諒你也難出地網天羅!) <西周 8:75>

9) 여기서부터는 원문 제33회 '黃飛虎氾水大戰'에 들어감.

10) 【-의게】㉿ -과. ¶ 우리 일기 질셰 츙냥으로 텬즈의 고굉지신이 되여 벼술이 인신의 극ᄒᆞ고 네졀이 남의게 달나 하나토 그릇 죽으니 업셔 영병을 엇지 아니리 업고 (我家受天子七世恩榮, 爲商湯之股肱, 忠孝賢良者有, 叛逆奸佞者無.) <西周 8:77>

여 군신디의롤 져바리며 인눈의 체면을 일코 칠세 츙냥을 쇽졀업시 쇼멸ㅎ며 작녹의 부귀ㅎ믈 도라보지 아니ㅎ고 황시 일문의 화롤 끼치며 후세의 악명을 어드려ㅎᄂ뇨? 네 텬즈의 은덕을 져바리고 나라홀 반ㅎ려 ㅎ더니 어【78】 너 낫 ᄎ로 디하의 가 조종끠 뵈며 이 ᄯᅩᆺ히 와 너게 얼골을 보이ᄂ뇨? 블튱블효의 반젹이로다.”

비회 이 말을 듯고 고기롤 슉여 아모말도 못ㅎ더니 황원이 우 즐 왈,

“츅성이 엇지 이리 무례ㅎ뇨? 네 츙신효지 면 님군을 반ㅎ고 아븨롤 항거ㅎ니 이는 만고의 비홀디 업도다.”

비회 디왈,

“부친이 쇼즈롤 엇지 불튱블회라 ㅎ시ᄂ니잇고?”

황원 왈,

“네 튱신효지로라 홀작시면 썰니 ᄯᅩᆺ히 나려 너게 미이여 텬즈끠 드러가면 텬지 녯 공을 싱각ㅎ여 너롤 노화 젼 벼슬을 ㅎ이고 날을 ᄯᅩ 공이 잇다 ㅎ여 벼슬을 더 봉ㅎ실지라. 황시 일문이 스오나온 일홈을 두로혀 다시 츙졀지명을 어드면 이는 네 츙회어니와 한 부인을 위ㅎ여 국은을 져바리고 나라홀 반ㅎ여 고을을 치며 장 슈롤 죽이면 이 엇지 블튱이 아니 【79】 며 군긔 롤 셩히 ㅎ여 날노 더브러 진을 디ㅎ여 인눈을 져바리니 엇지 블회 아니리오? 네 오늘 날을 죽 이고 관을 지나 셔토의 가 다른 님군을 셤기고 져 ㅎ니 네 만일 관을 도망ㅎ여 셔기로 가고져 홀진디 날을 슈이 죽이고 지나가라.”

비회 이 말을 듯고 정신이 산난ㅎ여 웨여 왈,

“부친은 쇼즈의 죄롤 스ㅎ쇼셔. 오늘 나라 홀 반ㅎ미 다른 일이 아니라 텬지 신하의 공을 져바리고 도로혀 히코져 ㅎ니 엇지 혼군을 도아 악명을 어드리잇고? 니러므로 조가롤 써나 셔기 의 셩쥬롤 돕고져 ㅎ더니 부친이 최ㅎ시니 엇지 감히 명을 좃지 아니리잇고?”

ㅎ고 ᄯᅩᆺ히 나려 항복ㅎ려 ㅎ더니 황명이 겻히 잇다가 너다라 말녀 왈,

“형장은 아직 항복기롤 날희고 쇼장의 지 조롤 보쇼셔.”

ㅎ고 웨여 왈,

“노장군은 엇지 텬니롤 모로시고 니런 말을 ㅎ시ᄂ니잇고? 텬지 무도ㅎ여 졍 【80】 ᄉ롤 일흐며 종ᄉ롤 도라보지 아니ㅎ여 공 잇는 신하 롤 히코져 엇지 반치 아니리잇고? 녯 글의 일너 시더 ‘님군이 녜로ᄡᅥ 신하롤 디졉ㅎ거든 신히 츙셩으로ᄡᅥ 님군을 셤기고 님군이 브도로ᄡᅥ 신 하롤 브리거든 신히 ᄯᅩ 님군을 바리고 셩쥬롤 ᄎᄌ라’ ㅎ엿ᄂ니 니러므로 우리 은왕을 바리고 셔기로 가 셩쥬롤 ᄎᄌ 만민의 도탄을 긋치며 텬하의 분분ㅎᄆᆯ 졍ㅎ려 ㅎ여 작은 군ᄉ롤 죽도 록 ᄡᅡ화 이곳의 니르럿더니 장군이 엇지 혼군을 도와 민심을 조촐 ᄯᅳᆺ이 업ᄉ며 인눈을 싱각지 아녀 골육을 히ㅎ려 ㅎ시ᄂ니잇고? 우리 디왕이 비록 장군의 듀(誅)ㅎᄆᆯ 바다도 장군의게 유익 ㅎ미 업고 도로혀 후셰의 악명을 어드리이다.”

황원이 디즐 왈,

“역젹이 니 아들을 다리여 삼강오륜지도롤 끗츠며 군신부자 【81】 지의롤 일흐려 ㅎᄂ뇨? 니 오늘 너롤 죽여 나라 위엄을 붉히며 인눈디 의롤 낫하나게 ㅎ리라.”

ㅎ고 칼홀 두루고 다라들거늘 황명이 도치롤 드 러 막으며 왈,

“장군은 노롤 긋치고 쇼장의 말을 드르쇼 셔.”

ㅎ더라.

[셔쥬연의西周演義 권지구]

33
황비호ᄉ슈디젼(黃飛虎汜水大戰)

【1】 황명(黃明)이 도치롤 드러 칼홀 막아 왈,

"니 말을 드르시고 블가ᄒ거든 죄롤 쥬쇼셔."

황원(黃滾)이 칼홀 머므르고 왈,

"네 무슴 말을 ᄒ여 날을 다리려 ᄒᄂ뇨?"

황명이 쇼이 디왈,

"요스이 조뎡이 황난ᄒ여 셩탕 도덕이 문허지고 간괘(干戈) 네녁흐로 니러나며 만민이 외국으로 다라나ᄂ지라. 텬지 장군의 ᄯᆯ과 춍부(寵婦)롤 무고히 죽엿거늘 장군이 엇지 골육지경을 닛고 도로혀 아들을 잡아 공을 일우려ᄒ시ᄂ뇨? 쇼장의 쇼견의ᄂ 그윽이 블가ᄒ니 장군은 ᄌ셰히 술펴 후일 뉘웃지 마로쇼셔."

황원이 디로 왈,

"반젹이 엇지 간ᄉᄒ 말을 ᄭᅮ며 날을 다리ᄂ뇨?"

ᄒ고 칼홀 드러 ᄊᆞ호고져 ᄒ거늘 황명이 칼홀 드러 막으며 왈,

"쟝 【2】 군이 쇽졀업시 츙졀을 직희여 우리롤 히코져 ᄒ시니 우리 죽기ᄂ 관계치 아니커니와 쟝군의 일뎌 은명이 쇽졀업시 슬허지리로다."

쥬긔(周紀) ᄯᅩ 니다라 왈,

"노쟝은 노롤 긋치고 우리의 말을 ᄌ셰히 술펴 후의 뉘웃지 마로쇼셔."

황원이 듯지 아니코 칼홀 드러 냥장을 디젹고져 ᄒ거늘 황명·쥬긔·농환(龍環)·오겸(吳謙)이 일시의 니다라 황원을 에워ᄊᆞ고 치니 황원이 엇지 ᄉ장을 디젹ᄒ리오? 칼홀 ᄭᅳ으고 말을 두로혀 다라나더니 황비회(黃飛虎) ᄉ장의 분녁ᄒ여 ᄊᆞ호믈 보고 ᄭᅮ지져 왈,

"너희 엇지 감히 니 명을 듯지 아니코 니 부친을 히코져 ᄒᄂ뇨?"

황명이 웨여 왈,

"쇼장이 엇지 노쟝군을 히ᄒ리잇고? 쇼장 등이 길홀 막아 ᄊᆞ홀 거시니 디왕은 ᄲᆞᆯ니 군ᄉ롤 모라 관을 지나쇼셔."

황비회 군ᄉ롤 모라 일시의 관을 지나니 함셩이 진동ᄒ 【3】 며 살긔 츙텬ᄒ엿ᄂ지라 황원이 ᄉ장의게 ᄶᅩ치여 거의 히롤 닙게 되엿더니 황비호 등이 관의 지나믈 듯고 싱각ᄒ디 '네 비록 환난을 면ᄒᆫ들 져 도젹을 노화보니고 어너 낫츠로 관을 다시 직희리오' ᄒ고 말긔 나려 ᄌ문코져 ᄒ더니 황명이 ᄲᆞᆯ니 칼홀 아ᄉ며 왈,

"노쟝군이 엇지 니러트시 담긔(膽氣) 업ᄉ니잇고?"

황원이 노긔디발ᄒ여 진목 즐왈,

"네 엇지 반젹을 노화 날노 ᄒ여곰 블츙지명을 엇게 ᄒᄂ뇨?'"

황명이 디왈,

"쟝군은 니 말을 술펴 ᄡᅳ시고 후의 뉘웃지 마로쇼셔. 쟝군이 니 말을 드르시면 유익홀 법이 이시려니와 니 말을 듯지 아니시면 오늘 환을 버셔나지 못ᄒ시리이다."

황원이 문왈,

"네 ᄯᅩ 므슨 말을 ᄒ여 날을 다리고져 ᄒᄂ뇨?"

황명이 디왈,

"쟝군이 비록 오늘 화롤 버셔나도 후의 반ᄃ시 【4】 텬지 관을 잘못 직희엿다 ᄒ고 큰 죄

롤 쓰리니 장군이 우리롤 조츠 셔기의 가 무왕(武王)을 도으면 공덕이 젹지 아니리이다."

황원이 디로 왈,

"츅싱이 엇지 니런 말을 니여 날을 다리려1) ᄒᄂ뇨?"

황명이 디왈,

"장군이 만일 나라홀 바리지 말고져 ᄒ실진디 져 관 아리 군마롤 다리여 관의 드러와 셔로 슐을 권ᄒ실졔 우리 일시의 삼군을 다 미여 함거(陷車)의 너허 경ᄉ의 드려보니여 공을 쳥ᄒ면 장군의 작녹이 반ᄃ시 무궁ᄒ리이다."

ᄒ디 황원이 황명의 계규롤 아지 못ᄒ고 왈,

"장군이 반젹을 잡아 공을 일우려 홀진디 무슴 거스로 셔로 응ᄒ리오?"

황명 왈,

"져 사룸들노 더브러 셔로 슐을 권ᄒ시다가 븍 세 번을 치거든 우리 맛당이 응ᄒ리이다."

황원이 디희ᄒ여 말긔 올나 관의 【5】 나와 웨여 왈,

"니 너희와 함끠 셔기로 가고져 ᄒᄂ니 너희 도로 와 인마롤 다시 출혀 날노 더브러 홈끠 가라."

황비회 즁장다려 왈,

"부친이 우리롤 브르시니 반ᄃ시 유익ᄒ미 업술지라 우리 드러가면 히롤 닙을 거시오 듯지 아니코 셔기로 가면 부명(父命)을 거스리미니 엇지ᄒ여야 맛당ᄒ리오?"

비퓨 왈,

"이 일이 일졍 황명의 계괴니 엇지 의심ᄒ리오?"

ᄒ고 일시의 관의 드러와 졀ᄒ여 왈,

"부친은 원컨디 쇼ᄌ의 죄롤 ᄉᄒ쇼셔."

황원 왈,

"우리 즁당의 드러가 편히 쉬고 니일 인마롤 출혀 셔기로 가지 늣지 아니ᄒ니라."

황비호 등이 황원을 뜰와 즁당의 드러와 녜롤 맛촌 후 황명 등이 눈 쥬어 계교 힝혼 줄

을 통ᄒ디 비회 마음의 깃거 혜오디 '부친이 이계야 우리 계교의 샌지도다' ᄒ고 슐을 나와 【6】 셔로 권ᄒ더니 황원이 븍을 세 번 치더 황명 등이 손을 놀니지 아니ᄒ거눌 황원이 쇼리질너 왈,

"네 엇지 니 호령을 듯지 아니ᄒᄂ뇨?"

황명·쥬긔 디왈,

"장군이 엇지 혼군을 도와 죄업슨 사룸을 잡아미라 ᄒ시ᄂᄂ니잇고?"

황원이 디로ᄒ여 꾸짓고져 ᄒ더니 믄득 큰 블이 뒤동산의셔 니러나니 바람은 블을 돕고 블은 바람을 인ᄒ여 니러나 슈업는 냥최 다 븟허 블꽃치 즁당의 니르럿ᄂ지라. 황원이 디경ᄒ여 관 밧긔 니다르니 블꽃치 하늘의 다하 무수훈 냥최 다 타 가거눌 황원이 발을 구르며 왈,

"여러히 모혼 냥최 일조의 화지롤 맛나시니 무어스로 군민을 위로ᄒ리오?"

ᄒ고 방셩통곡ᄒ더니 믄득 도라보니 황비호 부ᄌ와 쥬긔·농환·오겸 등이 다 업거눌 황명다려 왈,

"네 엇지 직희지 아 【7】 녀 도젹을 일ᄒ뇨?"

황명이 디왈,

"군시 다 블을 쓰라 가고 쇼장도 쏘혼 블을 구ᄒ다가 오니 모든 사룸이 다 간 곳이 업ᄂ이다."

황원이 아모리 홀 줄 몰나ᄒ더니 믄득 바라보니 비호 등 구인이 건넌편 길노 다라나거눌 황원이 디호 왈,

"도젹읠 계교의 샌지도다. 너히 엇지 날을 속이고 도망ᄒᄂ뇨?"

황명이 졀ᄒ고 왈,

"장군은 엇지 이디도록 츙졀을 직희려 ᄒ시ᄂ니잇고? 쇼장이 장군을 위ᄒ여 한 계교롤 드릴 거시니 원컨디 살펴 쓰쇼셔."

황원이 밧비 문왈,

"장군이 무슴 계교로 니 환을 면케ᄒ려 ᄒᄂ뇨?"

황명이 디왈,

"요ᄉ이 텬지 무도ᄒ여 경ᄉ롤 일혼지라 텬하 졔휘 다 은을 바리고 쥬(周)의 도라가니 무왕이 인졍을 베퍼 졔후롤 디졉ᄒ며 만민을 의

---

1) 【다리다】 圄 꾀다. 유혹하다. ¶ 誘∥ 축싱이 엇지 니런 말을 니여 날을 다리려 ᄒᄂ뇨? (這畜生好言語, 反來誘我!) <西周 9:4>

로 가ᄅ치미 우리 ᄯ 셔기의 가 셩쥬롤 도으려
ᄒ더니 노장 【8】 군이 츙졀을 위ᄒ여 빅쳬롤 다
니즈시니 쇼장이 그윽이 장군을 위ᄒ여 취치 아
니ᄒᄂ이다. 장군이 비록 아들과 손즈롤 잡아
나라히 드리셔도 텬지 그 공을 쓰지 아닐ᄲᆫ 아
니라 텬하 만민이 다 장군으로 ᄒ여곰 인눈을
아지 못ᄒ다 ᄒ여 일졍 군ᄉ롤 모화 장군을 칠
거시오. ᄯ 노장군이 허다ᄒᆫ 냥초롤 다 일헛ᄂ
지라 관즁 빅셩이 쥬리믈 견듸지 못ᄒ여 다른
곳으로 다라나고 츌입ᄒᄂ 힝인이라도 다 장군
을 블의의 사ᄅ이라 홀 ᄲᆫ 아니라 텬지 드르시
면 반ᄃ시 장군을 즁히 쳐치ᄒ시리니 한 츙졀을
인ᄒ여 빅년 인싱을 일조의 ᄯᅵᆺ쳐바리미 엇지 앗
갑지 아니리오? 노장군이 우리롤 도와 셔기의
도라가 무왕을 도와 공명을 듁빅(竹帛)의 드리
오미 이 상칙이니이다."

　황원이 믁연브답ᄒ다가 앙텬 탄 【9】 왈,
　"텬쉬 발셔 쥬(周)의 도라가시니 니 엇지
홀노 은왕을 도와 텬니롤 좃지 아니ᄒ고 후셰의
우음이 되게 ᄒ리오?"
ᄒ고 조복을 갓초고 조가(朝歌)롤 향ᄒ여 졀ᄒ
고 왈,
　"신이 쥬의 도라가믄 신이 은을 반ᄒ미 아
니라 하ᄂᆯ이 신으로 ᄒ여곰 반케 ᄒ시미로쇼이
다."
ᄒ고 좌우롤 명ᄒ여 인슈(印綬)롤 가져오라 ᄒ
여 뎐상의 걸고 황명으로 더브러 삼쳔 본부군을
거ᄂ려 관을 바리고 셔기로 향홀ᄉ 황비회 졔
아뷔 쥬의 가려ᄒᄆᆯ 보고 디희ᄒ여 군ᄉ롤 합ᄒ
여 팔십 니롤 힝ᄒ여 ᄉ슈관(氾水關)의 니ᄅ니
관 직흰 총병은 한영(韓榮)이오 휘하의 한 도인
이 이시니 일홈은 녀화(余化)오 방텬극(方天戟)
쓰기롤 잘ᄒ며 신통이 비홀디 업셔 셩 곳 치면
반ᄃ시 니긔며 ᄊᅠ홈 곳 ᄒ면 반ᄃ시 니긔ᄂ지라
사ᄅ이 별호롤 비슈장군(匕首2)將軍)이라 ᄒ더니
황원이 이 말을 듯고 앙텬 탄왈,
　"니 【10】 엇지 은을 바리고 다른 님군을
ᄎᄌ가다가 니런 환을 맛나뇨? 우리 지용이 반
ᄃ시 녀화의게 밋지 못ᄒ리니 진실노 형산실화
(荊山失火)의 옥셕을 분변치 못ᄒ미라. 이 환을
엇지 도망ᄒ리오?"

---

2) 匕首: 원문은 ‘七首’로 되어 있음.

ᄒ고 군ᄉ롤 날희여 모라 ᄉ슈관의 니ᄅ러 영치
롤 비셜ᄒ고 사ᄅ으로 ᄒ여곰 젼셔(戰書)롤 드
려보닌디 한영이 젼셔롤 보고 싱각ᄒ디 ‘황장군
이 벼슬이 총병의 잇고 위 인신의 극ᄒ거늘 아
들을 조츠 은을 반ᄒ고 두 님군을 셤기려 ᄒ니
진실노 후셰의 우음이 되리로다’ ᄒ고 모든 군
ᄉ롤 블너 왈,
　"긔피관 총병 황원이 군을 거ᄂ려 나라홀
반ᄒ고 우리롤 침노ᄒ니 뉘 션봉이 되여 역젹을
잡으리오?"
　말이 맛지 못ᄒ여 한 장쉬 진왈,
　"쇼장이 비록 지죄 업스나 장군을 위ᄒ여
도젹을 잡아오리이다."
ᄒ고 나셔니 이는 녀홰라. 이튼날 더터 【11】 인
마롤 거ᄂ려 한 북쇼리의 관문을 크게 열고 셩
밧긔 나와 진셰롤 베프니 황비회 디경ᄒ여 오식
신우롤 타고 창을 들고 원문 밧긔 나와 젹진을
바라보니 긔의 ᄡᅥ시디 ‘비슈장군 녀홰’라 ᄒ고
그 아리 한 장쉬 몸의 호피옷슬 닙고 허리의 옥
ᄯᅵ롤 ᄯᅵ고 손의 방쳔극을 들고 화안금졍슈(火眼
金睛獸)롤 타고 원문의 셔시니 얼골이 괴이ᄒ여
두 ᄲᅣᆷ이 누러ᄒ고 나롯시 벌거ᄒ며 눈빗치 히롤
바이거늘 황비회 웨여 왈,
　"네 엇던 놈이완디 당돌이 군ᄉ롤 거ᄂ려
우리롤 디젹고져 ᄒᄂ뇨?"
　녀홰 답왈,
　"너는 엇던 사ᄅ이완디 나라홀 바리고 도
망ᄒ여 가려ᄒᄂ뇨?"
　비회 왈,
　"나는 무셩왕 황비회러니 텬지 무도ᄒ여
졍ᄉ롤 ᄉᆯ피지 아니ᄒ며 ᄉ직을 도리보지 이니
ᄒ미 우리 혼군을 바리고 쥬왕(周王)을 도와 텬
하롤 진졍코져 ᄒ노라."
　녀홰 답왈,
　"쇼장은 비슈 【12】 장군 녀홰러니 디왕이
칠셰 츙냥으로 벼슬이 왕작의 니ᄅ고 위 인신의
극ᄒ고 황시 일문이 조졍의 버러 부귀롤 누리ᄂ
지라 무어시 부족ᄒ여 나라홀 바리고 두 님군을
셤기려ᄒ여 몸의 갑쥬롤 벗지 아니ᄒ고 손의 병
긔롤 노치 아니ᄒ여 슈고로이 군ᄉ롤 졔어ᄒ며
지용을 부리다가 블힝ᄒ여 군즁의셔 텬명을 맛
치면 엇지 인싱이 앗갑지 아니리오?"

황비회 왈,

"장군이 비록 그 하나혼 아나 그 둘혼 모로는도다. 녯 글의 일너시더 '님군이 녜로써 신하를 디졉ᄒ거든 신해 츙셩으로써 셤겨 텬하를 평안이 ᄒ고 님군이 도를 일허 신하를 디졉지 아니ᄒ고 의를 져바리거든 신히 그 나라흘 바리고 셩쥬를 ᄎᄌ 공덕을 일우라' ᄒ엿ᄂ니 요ᄉ이 은왕이 포악무도ᄒ며 황음쥬식【13】ᄒ고 인눈을 어즈러이며 텬니를 좃지 아니ᄒ고 어진 사름을 ᄢ리며 요얼을 밋비 너겨 빅셩을 무휼지 아니ᄒ며 ᄉ직을 도라보지 아니ᄒ니 니러므로 ᄉ히 만민이 도탄ᄒ며 텬히 다 반ᄒ고 쥬왕은 요슌의 도를 니어 빅셩을 다스리며 졍ᄉ를 평안이 ᄒ며 현ᄉ를 디졉ᄒ며 인의를 일솜으니 니러므로 만민이 은을 바리고 쥬의 도라가며 계휘 공을 드려 신하로 일ᄏ르니 삼분 텬하의 쥐 그 둘흘 두엇ᄂ지라. 우리 텬도를 좃지 아니ᄒ며 만민의 도탄을 편히 보리오? 장군이 만일 우리를 너여보닉여 텬도를 조츠면 장군의 일홈이 텬하의 진동홀 ᄲᆞᆫ 아니라 우리 ᄯᅩ혼 장군의 은혜를 닛지 아니ᄒ리라."

녀홰 답 쇼왈,

"디왕의 말이 그르다. 쇼장이 관익을 직희여 젹병을 막ᄂ니 만일 텬ᄌ의 명을 바다 이 ᄯᅡ흘 지나려ᄒ면 쇼장이 맛당이 먼니【14】나 마ᄌ려니와 디왕이 임의 신하의 녜를 일코 다른 님군을 셤기려ᄒ니 쇼장이 엇지 즐겨 디왕을 너여보니리오? 젼의 비록 한가지 신히나 오늘은 젹국이 되엿ᄂ니 디왕이 쇼장으로 더브러 ᄊᆞᆷ을 결울진더 디왕이 슈급이 슈합이 못ᄒ여셔 너 숀의 오리니 쳥컨더 군ᄉ를 파ᄒ고 쇼장으로 더브러 조가의 드러가 죄를 쳥ᄒ시면 텬지 디왕의 죄를 ᄉ흘법 ᄒ려니와 디왕이 니 말을 듯지 아니ᄒ고 종니[3] 반홀 ᄯᅳᆺ을 두어 이 관을 지나려ᄒ면 이ᄂ 남글 연ᄒ여 고기를 구ᄒ미니 유익지 아닐 ᄲᆞᆫ 아니라 도로혀 히ᄒ미니 디왕은 ᄌ셰히 술피쇼셔."

황비회 디로 왈,

"니 혼군을 바리고 셩쥬를 츳고져ᄒ여 괴로오믈 싱각지 아니ᄒ고 죽도록 ᄊᆞ화 네 관을 지나왓거놀 엇지 큰 말을 니여 날노 ᄒ여곰 이 관을 지나지 못ᄒ게 ᄒᄂ뇨?"

ᄒ고 창을 두로【15】고 다라드니 녀홰 ᄯᅩ 방쳔극을 두루며 셔로 마즌 ᄊᆞ호더니 긔린이 뫼희셔 날뛰며 농이 바다흘 흔드는 듯ᄒ더라. 두 장쉬 십여 합을 ᄊᆞ호더니 녀홰 거즛 픽ᄒ여 방텬극을 ᄭᅳᆯ고 다라나거놀 황비회 져의 계교를 젼혀 모로고 수빅 보는 ᄯᆞ라가더니 녀홰 싱각ᄒ더 '이 놈이 이졔야 니 계교의 ᄲᅡᆫ지도다' ᄒ고 쥬머니로셔 한 ᄌ로[4] 갓혼 거슬 ᄂᆡ니 이 일홈은 '뉵혼번(戮魂幡)'이라. 뉵혼번은 봉닉도[5](蓬萊島) 일긔션인(一氣仙人)ᄭᅴ 어든 거시러라. 녀홰 뉵혼번을 더지며 진언을 넘ᄒ더니 그 속으로셔 두어 줄 검은 긔운이 니다라 황비호를 잡아 뉵혼번의 녀허 은진 원문 압히 나리치니 모든 군시 다라드러 황비호를 잡아가거놀 녀홰 진의 도라와 사롬으로 ᄒ여곰 한영의게 보ᄒ더 한영이 더희ᄒ여 잡아오라 ᄒ니 모든 군시 비호를 잡아 압히 니ᄅ거놀【16】비회 디로 왈,

"족히 비록 텬ᄌ의 명을 바다 관을 직희여시나 방ᄌ존더ᄒ여 더인을 업슈이 너기니 이 블과 한 호리의 무리며 싀랑의 위엄이로다. 족히 한갓 관을 직희여 텬ᄌ의 ᄯᅳᆺ을 아당ᄒ며 요얼을 스긜 줄만 알고 조뎡 득실과 국가 화란을 술펴 만민을 무휼ᄒ며 텬하를 진졍홀 줄은 아지 못ᄒ니 니 엇지 구ᄎ히 굴ᄒ여 더의를 바리리오? 임의 잡되여시니 죽이려거든 슈히 죽이라."

한영 왈,

"임의 나라 벼술을 바다 관을 직희엿더니 반역을 잡아 님군의 은혜를 갑흐니 이 신하의 극진혼 알이라. 여당(餘黨)을 마ᄌ[6] 잡아야 경

---

3) 【종니】㈜ 끝내. ¶ 디왕이 니 말을 듯지 아니ᄒ고 종니 반홀 ᄯᅳᆺ을 두어 이 관을 지나려ᄒ면 이ᄂ 남글 연ᄒ여 고기를 구ᄒ미니 유익지 아닐 ᄲᆞᆫ 아니라 도로혀 히ᄒ미니 디왕은 ᄌ셰히 술피쇼셔 (若想善出此關, 大王乃緣木求魚, 非徒無益, 而又害之也!) <西周 9:14>

4) 【ᄌ로】㈜ 자루. ¶ 幡‖ 쥬머니로셔 한 ᄌ로 갓혼 거슬 너니 이 일홈은 '뉵혼번'이라 뉵혼번은 봉닉도 일긔션인ᄭᅴ 어든 거시러라 (囊中取出一幡, 名曰'戮魂幡'. 此物是蓬萊島一氣仙人傳授.) <西周 9:15>

5) 봉닉도: 원래 '봉닉동'으로 되어 있으나 원문에 의거ᄒ여 고침.

6) 【마ᄌ】㈜ 다. 모두. ¶ 盡‖ 임의 나라 벼술을 바다 관을 직희엿더니 반역을 잡아 님군의 은혜를 갑흐니 이 신하의 극진혼 알이라. 여당

스의 보ᄂᆡ여 공을 쳥ᄒᆞ리라."

ᄒᆞ고 좌우롤 명ᄒᆞ여 '뒤동산의 가도라' ᄒᆞ니 탐쳥군이 이 ᄯᅳᆺ을 황원의게 보ᄒᆞᆫ디 황원이 졍히 비호의 쇼식을 몰나 졔장으로 더브러 셔로 의논ᄒᆞ더니 이 말을 듯고 【17】 탄왈,

"츅ᄉᆡᆼ이 ᄂᆡ 말을 듯지 아니ᄒᆞ고 다룬 님군을 셤기려ᄒᆞ더니 삼십년 공뷔 일조의 한영의 손의 맛ᄎᆞ리로다."

ᄒᆞ고 밤이 깁도록 졔장으로 더브러 계교롤 의논ᄒᆞ며 진을 굿이 직희여 젹병의 겁칙ᄒᆞᆷ을 방비ᄒᆞ더니 이튼날 아젹7)의 녀홰 군ᄉᆞ롤 거ᄂᆞ려 나와 ᄊᆞᆼ홈을 도도거눌 황원이 좌우롤 도라보아 왈,

"뉘 나가 젹장을 디젹ᄒᆞ리오?"

언미필의 두 장쉬 응셩 왈,

"쇼장 등이 젹장을 잡아오리이다."

ᄒᆞ거눌 모다 보니 이는 황명·쥬긔러라. 두 장쉬 각각 도치롤 들고 영 밧긔 나와 웨여 왈,

"녀홰 필뷔 엇지 감히 우리 디왕을 잡아가도뇨? 오늘 너롤 죽여 우리 한을 씨스리라."

ᄒᆞ고 도치롤 두루고 다라들거눌 녀홰 방텬극을 드러 십여 합을 ᄊᆞᆼ호더니 녀홰 짐짓 픽ᄒᆞ여 다라나니 이장이 간ᄉᆞ한 계교롤 ᄉᆡᆼ각지 아니ᄒᆞ고 분연이 ᄯᆞ로거 【18】 눌 녀홰 ᄯᅩ 뉵혼번을 더져 냥장을 잡아가니 황원이 디경ᄒᆞ여 군ᄉᆞ롤 도로혀 ᄲᅡᆯ니 다라나니 녀홰 방텬극을 두로고 군ᄉᆞ롤 지쵹ᄒᆞ여 ᄯᆞ로거눌 황원이 녀화의 급히 ᄯᆞ로믈 보고 각각 셩명(性命)을 도망ᄒᆞ여 다라나니 녀홰 ᄯᅩ 뉵혼번을 더져 황텬샹(黃天祥)을 잡아가거눌 부장 농환·오겸이 디로ᄒᆞ여 각각 병긔롤 들고 녀화의게 나라드니 녀홰 겁ᄂᆡ여 다라나는 쳬ᄒᆞ거눌 두 장쉬 비록 뉵혼번의 두려오믈 아나 잡히기롤 혜지 아니코 수빅 보롤 ᄯᆞ로더니 녀홰 ᄯᅩ 뉵혼번을 공즁의 더지니 냥장이 엇지 환을 피ᄒᆞ리오? 다 그 속의 다라들거눌 녀홰 승승ᄒᆞ

여 도라오니 황원이 냥장의 잡혀가믈 보고 슬프믈 니긔지 못ᄒᆞ거눌 황비퓨(黃飛彪)와 황비표(黃飛豹) 니다라 왈,

"부친은 근심 마로쇼셔. 쇼ᄌᆞ 등이 져 도젹을 【19】 잡아오리이다."

ᄒᆞ고 냥장이 각각 병긔롤 들고 녀화롤 ᄯᆞ라오며 웨여 왈,

"녀화 도젹이 엇지 감히 우리 장슈롤 잡아가ᄂᆞ뇨? ᄲᆞᆯ니 ᄯᆞ히 나려 죽기롤 면ᄒᆞ라."

녀홰 디로ᄒᆞ여 금졍슈롤 두루혀 방텬극을 들고 다라들거눌 황비푀 마ᄌ 오륙 합을 ᄊᆞ호더니 녀홰 방텬극을 드러 비표롤 질너 말 아ᄅᆡ 나리치니 모든 군시 다라드러 잡아가거눌 황비퓨 비표의 잡혀가믈 보고 말을 두로혀 다라나거눌 녀홰 ᄯᅩ 뉵혼번을 더져 비퓨롤 마ᄌ 잡아가니 황원이 먼니셔 승부롤 보다가 냥ᄌ(兩子)의 마ᄌ 잡혀가믈 보고 방셩통곡 왈,

"니 본디 츙냥지신으로 벼슬이 춍병의 니ᄅᆞ럿더니 엇지 일조의 니런 환이 이실 줄 알니오? 다룬 계교로는 이 환을 면키 어려오니 져의게 비러 명을 보젼홈만 갓지 못ᄒᆞ다."

ᄒᆞ고 삼 【20】 쳔 군마와 군즁 긔물을 다 몬져 드려보ᄂᆡ고 조초 가 빌고져 ᄒᆞ니 모든 군시 ᄯᅡ러 고왈,

"장군이 엇지 우리로 ᄒᆞ여곰 호구(虎口)의 드러가라 ᄒᆞ시ᄂᆞ니잇고?"

황원 왈,

"녀희 ᄉᆞ쳬(事體)롤 모로ᄂᆞᆫ도다. 녀화는 텬하 요인이라 그 도슐이 비록 쳔ᄒᆞ나 비길디 업ᄉᆞ니 니러므로 황시 일문과 군즁 졔장이 다 잡혀가지라. 우리 이졔 ᄊᆞᆼ홈을 결우면 반ᄃᆞ시 명을 보젼키 어려오려니와 지믈을 드려 간졀이 빌면 한영은 본디 인의지인이라 엇지 우리롤 슬오지 아니리오? 녀희 몬져 가 우리롤 기다리라."

모든 군시 울며 하직고 가거눌 텬작과 텬샹이 울며 고왈,

"우리는 엇지 쳐치ᄒᆞ려 ᄒᆞ시ᄂᆞ니잇고?"

황원이 통곡 왈,

"녀희는 나히 어린지라 다 ᄉᆞ쳬롤 아지 못ᄒᆞᄂᆞᆫ도다. 우리 관의 드러가 슬피 울고 빌면 한영이 반ᄃᆞ시 히치 아니ᄒᆞ리라."

ᄒᆞ고 갑쥬와 【21】 군긔롤 다 ᄇᆞ리고 몸의 쇼복

을 마ᄌ 잡아야 경ᄉᆞ의 보ᄂᆡ여 공을 쳥ᄒᆞ리라 (吾旣守此關隘, 擒拿叛逆不過盡吾職守, 吾亦不與你辯. 且送下囹圄監候, 候餘黨盡獲起解.) <西周 9:16>

7) 【아젹】 명 아침. ¶ 밤이 깁도록 졔장으로 더브러 계교롤 의논ᄒᆞ며 진을 굿이 직희여 젹병의 겁칙ᄒᆞᆷ을 방비ᄒᆞ더니 이튼날 아젹의 녀홰 군ᄉᆞ롤 거ᄂᆞ려 나와 ᄊᆞᆼ홈을 도도거눌 (一宿已過, 次日來報: "余化請戰.") <西周 9:17>

을 닙고 숀의 항긔롤 들고 냥숀(兩孫)으로 더브
러 관의 니르니 관직횐 군시 문왈,

"너희는 엇던 사롬이완더 방즈히 드러오느
뇨?"

황원이 울며 왈,

"나는 다룬 사롬이 아니라 개피관 총병 황
원이러니 스오나온 즈식의 말을 듯고 나라홀 반
호여 도망코져 호더니 오눌 휘하 장스와 즈숀이
다 비슈장군의게 잡히엿는지라 군스와 보믈을
몬져 드려보니고 장군긔 비러 셩명()을 보젼코
져 흔호라."

군시 우왈,

"너희 아니 탐쳥호는 군스로셔 우리롤 쇽
이려 흐느냐?"

황원이 슬피 울며 왈,

"그더 만일 밋지 아니커든 쓰라드러와 허
실을 보라."

그 군시 허락흐거눌 황원이 냥숀으로 더브
러 그 군스롤 쓰라 드러가니라.

34
비호귀쥬견ᄌᆞ아(飛虎歸周見子牙)

【22】 황원(黃滾)이 그 군ᄉᆞ를 ᄯᅳ라 계하의 드러와 갈오ᄃᆡ,

"범관(犯官) 황원이 각별이 와 뵈ᄂᆞ이다."

한영(韓榮)이 밧비 답네 왈,

"쇼장이 나라 즁임을 맛다 장군의 ᄌᆞ숀을 다 잡아와시니 이ᄂᆞᆫ 쇼장이 장군을 ᄃᆡ졉지 아니미 아니라 나라홀 위ᄒᆞ미로쇼이다."

황원이 고두 왈,

"쇼관이 임의 반젹이 되여 장군의게 잡혀시니 죽기ᄂᆞᆫ ᄉᆞ양치 아니커니와 장군이 힝혀 인의지심을 여러 쇼관의 한 말을 드ᄅᆞ시면 비록 죽어 지하의 가도 은혜를 다 갑지 못ᄒᆞ리로쇼이다."

한영이 븟드러 니ᄅᆞ혀 왈,

"노장군의 분부ᄒᆞ시ᄂᆞᆫ 말숨이 텬니의 그ᄅᆞ지 아니면 쇼장이 맛당이 ᄌᆞᄎᆞ리이다."

황원이 답왈,

"우리 황시 일문이 칠셰 츙냥으로 벼술이 인신의 극ᄒᆞ거놀 한 ᄉᆞ오나온 아들의 말을 듯고 나라홀 반ᄒᆞ여 외국의 가려ᄒᆞ더니 장군이 용냑(勇略)을 부려 우리를 다 잡으시【23】니 우리 죽기ᄂᆞᆫ ᄉᆞ양치 못ᄒᆞ려니와 다만 말ᄌᆡ(末子) 숀ᄌᆞ 텬상(天祥)의 나히 닐곱살이라 어믜를 여희고[1] 우리를 ᄯᅳ라 군즁의 단이더니 오놀 장군의게 잡혀시니 져 어린 아ᄒᆡ 무숨 일을 알니잇고? 원컨ᄃᆡ 장군은 어엿비 너기샤 텬상을 노화 황시의 졔ᄉᆞ를 긋지 아니케 ᄒᆞ쇼셔."

한영이 쇼왈,

"노장군의 말이 그ᄅᆞ다. 영(榮)이 나라 즁임을 맛다 이 ᄯᅡ흘 직희엿더니 오놀 노장군의 일기 벼술을 바리고 나라흘 반ᄒᆞ여 이 관을 지나려ᄒᆞ다가 힝혀 영의 숀의 잡혀시니 영이 엇지 ᄉᆞ경을 도라보와 국은을 니ᄌᆞ리잇고? 노장군의 니ᄅᆞ시ᄂᆞᆫ 바ᄂᆞᆫ 영이 촘아 좃지 못ᄒᆞ리니 한영의 ᄒᆞᆯ 바ᄂᆞᆫ 노장군의 일가를 ᄆᆡ여 경ᄉᆞ의 드려보ᄂᆡ여든 다만 조뎡 공논을 기다리쇼셔."

황원 왈,

"장군이 관을 맛다 군즁 상벌을 임의로 ᄒᆞ시니 엇지 촘아 이 아ᄒᆡ【24】마ᄌᆞ 죽여 황시 종ᄉᆞ를 긋ᄎᆞ려 ᄒᆞ시ᄂᆞ니잇고? 이 아ᄒᆡ 비록 노혀가나 무숨 일이 이실거시완ᄃᆡ 장군이 이ᄃᆡ도록 무졍ᄒᆞ시니잇가? 측은지심은 사ᄅᆞᆷ마다 다 두엇ᄂᆞ니 바라건ᄃᆡ 장군은 쇼관을 보와 한 아ᄒᆡ를 노화보ᄂᆡ쇼셔. 장군이 만일 ᄉᆞ경을 술피시면 져 아ᄒᆡ 살아나 후일의 반ᄃᆞ시 장군의 은혜를 닛지 아니ᄒᆞ리이다."

한영 왈,

"쇼장이 비록 노장군의 녯 경을 싱각ᄒᆞ여 텬상의 명을 보젼케 ᄒᆞ여도 텬상이 일졍 셰기의가 군ᄉᆞ를 비러 일가 보슈를 ᄒᆞ려 ᄒᆞ리니 쇼장이 죽어도 이 말은 듯지 못ᄒᆞ리로쇼이다. 장군은 일가 졍니를 술펴 나라 은혜를 도라보지 아니셔도 쇼장은 촘아 나라 은혜를 져바리지 못ᄒᆞ리로쇼이다."

황원이 한영의 죵ᄂᆡ[2] 듯지 아니믈 보고

1) 【여희다】 동 여의다. ¶ 텬상의 나히 닐곱살이라 어믜를 여희고 우리를 ᄯᅳ라 군즁의 단이더니 오놀 장군의게 잡혀시니 져 어린 아ᄒᆡ 무숨 일을 알니잇고? 원컨ᄃᆡ 장군은 어엿비 너기샤 텬상을 노화 황시의 졔ᄉᆞ를 긋지 아니케 ᄒᆞ쇼셔(可憐念無知稚子罪在可宥,) <西周 9:23>

2) 【죵ᄂᆡ】 부 끝내. ¶ 황원이 한영의 죵ᄂᆡ 듯지 아니믈 보고 ᄃᆡ로ᄒᆞ여 두 숀ᄌᆞ를 무지져 () <西

디로ᄒ여 두 손즈롤 쑤지져 왈,

"니 벼슬 【25】이 총병의 이셔 나라히 젹 공이 잇더니 네 아븨 ᄉ오나온 말을 듯고 오늘이 화롤 맛나시니 니 엇지 굿ᄒ여 너히 명을 구ᄒ리오? 조가의 가 죄롤 쳥ᄒ여 공명을 일치 아니리라."

한영이 황원의 츔심이 업지 아닌들 보고 혜오디 '져 사롬이 쳐음의는 졔 아들의 ᄉ오나온 말을 듯고 나라홀 반ᄒ여시나 오늘 졔 말을 드르니 츔심이 오히려 잇ᄂ지라 졔 부즈롤 다시 보와 죄롤 밧게 ᄒ리라' ᄒ고 좌우롤 명ᄒ여 비호롤 블너오라 ᄒ니 황비회(黃飛虎) 그 사롬을 ᄯᆞ라와 아븨롤 보고 방셩통곡ᄒ며 쑤러 고왈,

"블효즈 비회 부친으로 ᄒ여곰 니런 익을 만나시게 ᄒ니 원컨디 부친은 쇼즈롤 수이3) 죽여 인눈을 붉히쇼셔."

황원 왈,

"일이 임의 글너시니 뉘웃촌들 엇지 밋츠리오?"

ᄒ고 부지 븟들고 우더라.

한영이 녀화(余化)로 더브러 잔을 들 【26】어 셔로 치하ᄒ더니 슐이 반감(半酣)의 한영이 녀화다려 문왈,

"뉘 져 반격을 잡아 조가로 드러가리오?"

녀홰 디왈,

"쇼장이 맛당이 거ᄂ려 가리이다."

ᄒ고 이튼날 황원·황비호 등 열 한 사롬을 다 함거의 녀허 삼쳔 군으로 더부러 한가지로 힝ᄒ여 쳥운관의 니르니 쇼졸이 보ᄒ디,

"한 도동이 두 슐위박회4)롤 타고 손의 화쳠창(火尖槍)을 들고 가는 길을 막ᄂ이다."

녀홰 디로ᄒ여 화안금졍슈(火眼金睛獸)롤 타고 원문의 나와 디호 왈,

"너는 엇던 놈이완디 길흘 막는다?"

도동 왈,

"나는 이 ᄯᅡ히 잇는 사롬이러니 귀쳔노쇼 업시 디계5)롤 밧더니 너희 엇던 사롬이완디 디계롤 쥬지 아니코 당돌이 지나가려 ᄒᄂ뇨?"

녀홰 디로 왈,

"나는 ᄉ슈관 총병 한영의 젼부 비슈장군 녀홰러니 반신 황비호 등을 잡아 조가의 가 공을 쳥ᄒ려 ᄒ거늘 네 엇지 【27】길흘 막ᄂ뇨? 샐니 피ᄒ여 명을 보젼ᄒ라."

도동 왈,

"나는 황비호의 일가롤 구ᄒ려ᄒᄂ니 네 만일 노화보니지 아니면 니 창의 네 명이 진ᄒ리라."

녀홰 디로ᄒ여 방텬극을 두로고 다라들거늘 도동이 ᄯᅩ 화쳠창을 드러 셔로 십여 합을 ᄊᆞ호더니 녀홰 거즛 피ᄒ여 닷거늘 도동이 풍화륜(風火輪)을 모라 ᄯᆞ로니 그 쇼리 텬디 진동ᄒ며 산이 문허지는 듯ᄒ지라 녀홰 믄득 뉵혼번을 니여 공즁의 더지니 도동이 디쇼 왈,

"니 엇지 뉵혼번을 두려워ᄒ리오?"

ᄒ고 손으로 바다 허리의 지르고 쥬머니로셔 금젼(金磚) 하나흘 니여 녀화롤 바라고 더지니 녀홰 디경ᄒ여 다라나거늘 도동이 디호 왈,

"나는 건원산 금강동 티을진인(太乙眞人)의 웃듬 뎨즈 나탁(哪吒)이러니 ᄉ부의 명을 바다 황시 일가롤 구ᄒ려ᄒ노라."

ᄒ고 금젼을 ᄯᅩ 더지니 오치 상광(祥光)이 히롤 【28】바이더라. 녀홰 밋쳐 피치 못ᄒ여 금젼 둘흘 년ᄒ여 맛고 칠규로 피롤 흘니며 다라나거늘 나탁이 싱각ᄒ디 '니 ᄉ부의 명을 바다 올졔 다만 이 사롬들만 구완ᄒ여 보니라 ᄒ엿고 ᄯᅩ 져놈들을 엇지 일시의 다 잡으리오' ᄒ고 금젼을 거두어 가지고 녀화의 남은 군ᄉ롤 쪼츠니 별이 흐르며 구롬이 닷는 듯ᄒ더라. 길가온디 함거 열아문이 노혓거늘 나탁이 웨여 왈,

"황장군이 어디 잇ᄂ뇨?"

周 9:24>

3) 【수이】 튄 얼른. ¶ 블효즈 비회 부친으로 ᄒ여곰 니런 익을 만나시게 ᄒ니 원컨디 부친은 쇼즈롤 수이 죽여 인눈을 붉히쇼셔 (豈料今日如老爺之言, 使不肖子爲萬世大逆之人也!) <西周 9:25>

4) 【슐위박회】 명 수레바퀴. ¶ 車‖ 한 도동이 두 슐위박회롤 타고 손의 화쳠창을 들고 가는 길을 막ᄂ이다 (啓老爺, 有一人脚立車上作歌.) <西周 9:26>

5) 【디계】 명 길값. 통행료. ¶ 路錢‖나는 이 ᄯᅡ히 잇는 사롬이러니 귀쳔노쇼 업시 디계롤 밧더니 너희 엇던 사롬이완디 디계롤 쥬지 아니코 당돌이 지나가려 ᄒᄂ뇨? (吾久居此地, 如有過往之人, 不論官員皇帝, 都要留些買路錢. 你如今往哪裏去? 乞速送上買路錢讓你好赶路.) <西周 9:26>

황비회 함거 속의 잇다가 쇼리ᄒᆞ여 고왈,

"우리는 예 잇거니와 엇던 장군이완디 이디도록 슈고로이 구ᄒᆞ느뇨?"

나탁이 진왈,

"나는 건원산 금강동 티을진인의 데즈 나탁이러니 스뷔 장군의 즁ᄒᆞᆫ 익 만나시믈 아르시고 날을 명ᄒᆞ여 인간의 나려와 구ᄒᆞ라 ᄒᆞ시더이다."

황비회 디회ᄒᆞ여 모든 장슈로 더브러 함거 의셔 비스 왈,

"장군【29】의 은혜는 ᄲᅧ 바아져도 갑기 어렵도다."

나탁 왈,

"장군은 아직 인스란 날희고 군스를 모화 스슈관을 치라. 니 ᄯᅩᄒᆞᆫ 조츠가리라."

계인이 이 말을 듯고 니를 갈며 눈을 브릅ᄯᅳ고 왈,

"우리 오늘이야 보슈ᄒᆞ리로다."

ᄒᆞ고 군스를 다시 모화 스슈관을 치니 녀홰 디피ᄒᆞ여 단긔로 스슈관의 니르ᄃᆡ 한영이 부즁의셔 즁장으로 더부러 셔로 슐을 권ᄒᆞ며 즐겨 왈,

"황비호 등이 비록 아모 계교를 베픈들 녀화의 도슐과 지용을 엇지 맛츠리오?"

ᄒᆞ고 디취ᄒᆞ고 상의 히즈려6) 왈,

"니 공이 요스이로셔는 비홀디 업도다."

ᄒᆞ고 심히 즐겨ᄒᆞ더니 쇼졸이 보ᄒᆞᄃᆡ,

"젼부 비슈장군이 단긔로 달녀오느이다."

한영이 디경 왈,

"무스히 갈진디 단긔로 달녀올 길히 업거늘 엇지 촉망이 달녀오느뇨? 반ᄃᆞ시 큰 홰 잇도나."

ᄒᆞ고 좌우를 명ᄒᆞ여 녀화를 브【30】르라 ᄒᆞᄃᆡ 녀홰 계하의 니르러 고두 쳥죄 왈,

"쇼장이 도젹을 거느려 쳥운관(穿雲關)의 니르니 괴이ᄒᆞᆫ 작은 아히 두 화륜을 타고 가는 길흘 막거늘 쇼장이 노를 니긔지 못ᄒᆞ여 그 아히로 더브러 싸호더니 그 아히 창법이 긔특ᄒᆞ고 무예 비홀디 업순지라 쇼장이 당치 못ᄒᆞ여 다라

나더니 그 아히 쥬머니로셔 괴이ᄒᆞᆫ 보비를 너여 공즁을 바라고 더지니 그 보비 가온디로셔 셔긔(瑞氣) 찬난ᄒᆞ여 상광이 츔텬ᄒᆞ며 쇼장의 목을 맛치니 쇼장이 니긔지 못ᄒᆞ여 함거를 바리고 다라오니 쇼식을 아지 못ᄒᆞ리로쇼이다."

한영이 발을 구르고 왈,

"힘을 허비ᄒᆞ여 반젹을 잡앗더니 도젹이 엇지 니 공을 문허바리뇨? 텬지 알면 니 죄 젹지 아니리로다."

즁장이 디왈,

"장군은 근심 마로쇼셔. 황비회 비록 함거를 버셔나 믈너가나 나가면 셰 관이 막혓고 나아오려 ᄒᆞ여도 우리【31】를 두려 감히 다시 베프지 못ᄒᆞ리니 장군이 맛당이 군스를 분부ᄒᆞ여 관을 단단이 직희라 ᄒᆞ시면 엇지 감히 이 관을 지나리잇고?"

한영 왈,

"공 등이 말이 유리ᄒᆞ나 제 무슴 계교를 닐 줄 알니오?"

ᄒᆞ고 셔로 의논ᄒᆞ더니 군시 보ᄒᆞᄃᆡ,

"한 도동이 슐위를 타고 관 밧긔 와 비슈장군을 보와 즈웅을 결ᄒᆞ즈 ᄒᆞ느이다."

녀홰 왈,

"이놈이 앗가 쇼장과 싸호던 아히로쇼이다."

한영이 디로ᄒᆞ여 삼군을 거느리고 문 밧긔 가 웨여 왈,

"엇던 도젹이 감히 니 디경을 침노ᄒᆞ느뇨?"

나탁이 진 압희셔 보니 관 밧긔 일더 졍병이 진셰를 베플고 긔의 셔시디 '스슈관 춍병 한영'이라 ᄒᆞ엿고 그 아리 한 장쉬 쇄금갑의 홍포를 ᄭᅦ닙고 머리의 속발 금관을 쓰고 허리의 옥ᄃᆡ를 ᄯᅴ고 손의 졈깅창(點鋼槍)을 들고 은합마(銀合馬)를 타고 셧거늘 나탁이 디호 왈,

"녀화 필부는 수이 나와 니 창의 위엄을【32】 보라."

한영이 웨여 왈,

"너는 엇던 놈이완디 니리 담큰 쳬ᄒᆞ느뇨?"

나탁이 답왈,

---

6) 【히즈리다】 [통] 눕다. ¶ 상의 히즈려 왈 "니 공이 요스이로셔는 비홀디 업도다." ○ <西周 9:29>

"나는 다룬 사룸이 아니라 건원산 금강동 티을진인의 데즈 셩은 니(李)오 일홈은 나탁(哪吒)이러니 스부의 명을 바다 황가 부즈룰 구완호여 관의 너여보너려 호고 너 녀화룰 쏠와 잡지 못호여시니 녀화 펼뷔 슈이 나와 미이룰 바드라."

훈디 한영이 쏘 웨여 왈,

"네 한 창의 지조룰 밋고 조뎡 범관(犯官)을 아스니 이 죄 엇지 격으리오? 슈이 느려 명을 보젼호라."

나탁 왈,

"네 말이 비록 국가룰 위호미나 스쳬(事體)룰 모로는도다. 셩탕 긔쉬(氣數) 임의 진호고 셔기의 셩쥐 나 만민을 무휼호니 황시 일기 셔기의 가 쥬왕을 도와 공을 일우미 다 텬슈룰 응호엿느니 너희 텬명을 거역호여 블측훈 화룰 만나려 호느뇨?"

한영이 디로호여 창을 두로며 말을 쮜여 다라드니 【33】 나탁이 쏘 풍화륜을 모라 셔로 쏘호더니 나탁의 창쓰는 법이 번기 번득이며 별이 닷는 듯호고 풍화륜의 쇼리 텬디 진동호여 뫼히 문허지는 듯호더라. 은진 장졸이 각각 낫출 쏘고 도망호디 오직 한영이 분노호여 진녁호여 쏘호더니 황명(黃明)·쥬긔(周紀)·농환(龍環)·오겸＊(吳謙)·황비퓨(黃飛豹)·황비표(黃飛彪) 등이 병긔룰 두로고 일시의 다라드러 한영을 에워쓰더니 은 진듕으로셔 비슈장군 녀해 분을 참지 못호여 방텬극을 두로고 너다라 한영을 도와 슈십여 합을 쏘호더니 나탁이 금박을 너여 한영을 바라며 치니 호심경(護心鏡)이 마즈 낫낫치 바아진지라. 한영이 말을 두로혀 닷거늘 녀해 웨여 왈,

"나탁은 우리 쥬장을 히치 말나."

호고 평싱 힘을 다호여 두어 합을 쏘호더니 나탁이 건곤권(乾坤圈)을 너여 녀화룰 바라고 더지 【34】 니 녀해 몸을 기우려 피호다가 밋지 못호여 엇게룰 마즈 창을 바리고 다라나거늘 나탁 등이 남은 군수룰 즛지르고 관의 다라드러 삼군을 경계호여 인마룰 쉬으며 일변으로 부즁의 잇는 보믈과 긔계룰 다 아스 셔로 힝호더니 금계령(金鷄嶺)의 니르러 나탁이 하직 왈,

"션간 사룸이 셰상의 나오기는 만고의 드믄 일이라 비록 그러나 우리 스뷔 션간과 셰상의 다룸믈 싱각지 아니호고 장군 등으로 호여곰 쥬왕을 도와 공을 일우과져 호여 빈도룰 보니엿느니 빈되 비록 머니 쏠와가고져 호나 스부의 명이 즁홀 쑨 아니라 쥬왕의 텬하 어들 운쉬 못 밋쳣는지라 니러므로 도라가느이다."

황원·황비호 등이 스례 왈,

"공즈의 구완호시믈 닙어 다숫 관을 버셔나니 공즈의 공을 쥬왕긔 고호여 즁히 쓰려 호더 【35】 니 오놀 우리룰 바리고 도라가려 호시니 공즈의 존안을 언졔 다시 보리잇고?"

나탁이 디왈,

"장군 등은 원노(遠路)의 무스히 가쇼셔. 빈되 쏘훈 오라지 아냐 셔기로 가리이다."

황비호 등이 나탁을 니별호고 금계령을 쩌나 삼쳔 인마로 더브러 기산 칠십 니 밧긔 니르러 영치룰 비셜호고 황비회 아뷔다려 왈,

"부친은 졔장으로 더부러 치칙(寨柵)을 직희여 계쇼셔. 쇼지 셩즁의 가 쇼식을 알고 오리이다."

호고 소복을 닙고 신우룰 타고 셔기 디경의 니르니 산쳔이 슈려호며 풍속이 슌후호여 힝인이 길흘 스양호며 밧가는 이 가흘 스양호고 인믈이 번화호며 뉵츅(肉畜)이 번식호거늘 비회 탄왈,

"사룸마다 쥬왕을 셩인이라 일쿳더니 과연 거즛말이 아니로다. 만일 셩즁이 다 니러홀진디 요텬슌일의 다르리오?"

호고 날호여 힝호여 셩즁 【36】 의 니르니 풍속이 더옥 긔특호거늘 비회 디희 왈,

"쥬왕이 만일 날을 쓸진디 너 복이 엇지 격으리오?"

호고 빅셩다려 왈,

"강상(姜尙)의 마을이 어디뇨?"

민인이 디왈,

"쇼금교(小金橋) 가의 이시디 승상이 보아지라 호는 사룸은 노쇼귀쳔업시 디답호디 긔질과 셩품이 스오나온 사룸은 법으로 그룰믈 칙호니 비록 젼의 스오나오니도 승상의 말을 드르면 그룬 일을 곳치지 아니리 업다."

호거늘 황비회 승상부의 니르러 뵈옴을 쳥훈디 즈아(子牙) 바야흐로 뎐상의셔 국스룰 의논호더니 황비회 왓단 말을 듯고 디경 왈,

"무셩왕 황비호는 국가 디신이오 쏘 귀쳑

이러니 오늘 엇지 이디도록 먼니 왓느뇨? 아모커나 청ᄒ여 연고롤 므르리라.”
ᄒ고 의복을 졍졔ᄒ고 친히 문밧긔 나가 마즈드러오니 황비회 계하의 니르러 졀ᄒ고 【37】 왈,

　“쇼쟝 황비회 은을 비반ᄒ고 쥬의 도라오니 이는 나는 시 슈플을 일코 한 가지롤 의지ᄒ려 ᄒ미니 원컨디 승샹은 의심치 말고 용납ᄒ여 쓰쇼셔.”

　즈이 밧비 답녜ᄒ고 붓드러 니르혀 뎐샹의 올나 좌롤 졍혼 후 즈이 문왈,

　“디왕이 엇지 은을 바리고 쇼국의 오시니잇고? 쇼관 강샹이 먼니 가 맛지 못ᄒ니 원컨디 디왕은 죄롤 스ᄒ쇼셔.”

　비회 몸을 굽혀 왈,

　“쇼쟝은 은나라 반신이라 엇지 감히 승샹으로 더브러 디좌ᄒ리잇고?”
ᄒ고 니러나고져 ᄒ거늘 즈이 쇼이 답왈(笑而答曰),

　“디왕의 말이 너모 과ᄒ도쇼이다. 디왕이 조가의 계실적 벼술이 빅관의 웃듬이라 엇지 이디도록 스양ᄒ시ᄂᆞ니잇고? 임의 좌롤 졍ᄒ여시니 원컨디 디왕은 쇼관으로 ᄒ여곰 마음을 펴게 ᄒ쇼셔.”

　황비회 마지 못ᄒ여 좌의 안즌디 즈이 몸을 굽혀 문왈,

　“디왕이 므슴 【38】 연고로 은을 바리고 쇼국의 와 계시니잇고?”

　비회 디왈,

　“쇼쟝이 임의 승샹부 하의 와시니 엇지 긔이리잇고?[7] 텬지 무도ᄒ여 츙냥을 쓰시 아니ᄒ며 쇼인을 밋비 너기며 식을 탐ᄒ여 졍스롤 바려 스직을 싱각지 아니ᄒ며 만민을 살히ᄒ더니 츈뎡월 삭조의 쇼쟝의 원비(元妃) 가시(賈氏) 국법을 폐치 못ᄒ여 궁즁의 드러가 조회롤 힝ᄒ고 나오고져 ᄒ더니 달긔(妲己) 텬즈롤 다리여 가

---

7) 【긔이다】 동 속이다. ¶ 쇼쟝이 임의 승샹부 하의 와시니 엇지 긔이리잇고? 텬지 무도ᄒ여 츙냥을 쓰지 아니ᄒ며 쇼인을 밋비 너기며 식을 탐ᄒ여 졍스롤 바려 스직을 싱각지 아니ᄒ며 만민을 살히ᄒ더니 (紂王荒淫, 權臣當道, 不納忠良, 專近小人, 貪色不分晝夜, 不以社稷爲重, 殘殺忠良, 全無忌憚, 施土木陷害萬民.) <西周 9:38>

시롤 다락 아리 나리쳐 죽이니 쇼쟝의 누의 셔궁비(西宮妃) 블승비분(不勝悲憤)ᄒ여 텬즈끠 다라드러 간코져 ᄒ다가 ᄯᅩ 텬지 쇼쟝의 누이롤 나리쳐 분골쇄신ᄒ니 쇼쟝이 엇지 분심이 업스리오? 녯 글의 닐너시디 ‘님군이 그른 일을 힝ᄒ거든 신히 외국의 가 셩쥬롤 ᄎᆞ즈미 텬니의 맛당타’ ᄒ엿느니 니러므로 은을 바리고 오관을 도망ᄒ여 귀국의 왓느니 승샹이 만일 쇼쟝의 부즈롤 용납ᄒ여 【39】 쓰시면 이 은혜롤 니즈리잇고?”

　즈이 디희 왈,

　“디왕이 임의 혼군을 바리고 셩쥬롤 ᄎᆞ즈오시니 쇼관이 엇지 텬도롤 어그릇치리잇고? 디왕이 잠간 쉬시면 쇼관이 뎐의 드러가 쥬왕긔 고ᄒ리이다.”

　황비회 비스 왈,

　“승샹이 임의 우리 부즈롤 용납게 ᄒ시니 이는 고기 그믈을 버스며 시 슈플을 만나미로쇼이다.”
ᄒ고 긱관으로 나가거늘 즈이 샐니 궐즁의 드러가 조회롤 청혼디 무왕(武王)이 좌우롤 명ᄒ여 드러오라 ᄒ거늘 즈이 뎐의 드러와 녜롤 맛촌 후 왕이 문왈,

　“국즁의 경시 잇관디 샹뷔 고(孤)롤 보고져 ᄒᆞ느뇨?”

　즈이 쥬왈,

　“국즁의 큰 경시 이시미 밧비 디왕긔 보ᄒᆞ느이다. 무셩왕 황비회 은을 바리고 디왕긔 와 용납ᄒ믈 쳥ᄒᆞ느니 엇지 셔토 흥국홀 길죄 아니리잇고?”

　왕이 우 문왈,

　“이 아니 텬즈의 셔궁 귀비의 오 【40】 라 뷔오 조뎡 디신이니 젼의 션왕이 조가롤 도망ᄒ여 오실적의 이 사름의 은혜 젹지 아니ᄒ니 쳥ᄒ여 보미 맛당타.”
ᄒ고 관원을 명ᄒ여 황비호롤 브르라 혼디 비회 그 관원을 조ᄎ 계하의 니르러 지비 왈,

　“은나라 바리인 신하 황비호는 각별이 와 디왕끠 뵈ᄂᆞ이다.”

　무왕이 좌우롤 명ᄒ여 붓드러 니르혀라 ᄒ고 뇽상의 나려 답녜 왈,

　“션왕이 쟝군의 은혜롤 닙어 덕튁을 미양

스모ᄒᆞ여 츙냥군지라 일ᄏᆞᆺ더니 오늘 셔로 맛나
보미 이ᄂᆞᆫ 진실노 삼싱연분(三生緣分)이로다."

비회 고두 쥬왈,

"디왕이 쇼장을 바리지 아니ᄒᆞ시니 이ᄂᆞᆫ
함정을 버셔나며 그믈을 쩌남 갓혼지라 힘을 극
진이 ᄒᆞ여 갑흐리이다."

무왕 왈,

"괴(孤) 오늘 장군으로 ᄒᆞ여곰 녯 벼슬을
ᄒᆞ이리라."

ᄒᆞ고 도라 ᄌᆞ아다려 문왈,

"황장군이 은의 이실졔 무슴 벼슬을 ᄒᆞ엿
더뇨?"

ᄌᆞ이 디왈,

"진국무셩왕(鎭國武成王)을 비ᄒᆞ여 【41】 국
즁 군마롤 총녕ᄒᆞ더이다."

무왕 왈,

"연즉 한 ᄌᆞ롤 곳쳐 기국무셩왕(開國武成
王)이라 ᄒᆞ라."

황비회 비ᄉᆞᄒᆞᆫ디 무왕이 좌우롤 명ᄒᆞ여 잔
치롤 비셜ᄒᆞ고 군신이 셔로 은왕의 실졍ᄒᆞᆷ믈 니
ᄅᆞ더니 날이 졈은 후 잔치롤 파ᄒᆞ고 이튼날 무
왕이 황비호롤 명ᄒᆞ여 브ᄅᆞ라 ᄒᆞ니 황비회 조복
을 갓초고 뎐의 드러와 ᄉᆞ은ᄒᆞᆫ디 무왕이 쇼왈,

"발(發)이 비록 용치 못ᄒᆞ나 경이 맛당이
신하의 도리롤 극진이 ᄒᆞ여 녜롤 일치 말나."

ᄒᆞ고 ᄌᆞ아롤 명ᄒᆞ여 퇵일ᄒᆞ여 무셩왕의 마을을
지으라 ᄒᆞ니 황비회 고두비ᄉᆞᄒᆞ고 인ᄒᆞ여 쥬왈,

"신은 임의 디왕의 은혜롤 닙어 즁ᄒᆞᆫ 쇼임
을 맛닷거니와 신의 일가와 부하 졔장과 ᄉᆞ쳔
인민 감히 방ᄌᆞ히 드러오지 못ᄒᆞ여 디경 밧긔셔
디왕의 명을 기다리ᄂᆞ이다."

무왕 왈,

"노장군이 임의 고(孤)의 벼슬을 바다시니
장군 휘하 졔장군과 일긴들 엇 【42】 지 아니드
리리잇고?"

ᄒᆞ고젼지ᄒᆞ여 다 브ᄅᆞ다.

35

조젼병탐셔기亽(晁田兵探西岐事)

무왕(武王)이 관원을 명ᄒᆞ여 황원(黃滾) 등의게 조셔롤 나리온디 명관이 조셔롤 바다 디경 밧긔 나오니 황원 등이 바야흐로 진즁의 이셔 황비호(黃飛虎)의 쇼식을 몰나ᄒᆞ더니 조셰 왓단 말을 듯고 즁장이 밧긔 나와 명관을 마즈 조셔롤 드ᄅᆞ니 ᄒᆞ여시디,

괴(孤) 디위롤 니으므로븟허 쥬야로 공 등의 녁을 ᄉ모ᄒᆞ너니 오늘 공 등이 은 나라 ᄉ오나온 님군을 바리고 더러온 ᄯᅵ히와 고롤 도으려ᄒᆞ니 이는 한 시 모든 션금을 맛나며 작은 고기 슈즁 긔특ᄒᆞᆫ 보비롤 만난 듯ᄒᆞᆫ지라. 괴 작은 녜로 디졉기 어려오나 공 등이 고롤 돕고져 ᄒᆞᄂᆞᆫ지라 니러므로 무셩왕으로 【43】 도로 긔국무셩왕(開國武成王)을 봉ᄒᆞ엿ᄂᆞ니 노장군이 맛당이 모든 장졸을 거ᄂᆞ리고 셩의 드러와 나라 졍亽롤 도으미 고의 원이라. 공 등이 샐니 드러와 벼술을 바드라.

ᄒᆞ엿더라. 황원 등이 조셔롤 듯고 亽명(使命)을 쓸와 셩의 드러오니 무왕이 디희ᄒᆞ여 각각 녯 벼술을 쥬고 장졸이 다 무셩왕의 마을의 잇게 ᄒᆞ라 ᄒᆞ다.

츠셜 문티亽(聞太師) 즈양동(紫陽洞) 도덕진군(道德眞君)의 계교의 ᄲᅥ져 거즛 군亽롤 쓸와 밍진(孟津)을 건너오니 티亽도 본디 도닷근 사롬이라 승핀롤 알며 군영을 졍ᄒᆞ엿더니 계교의 ᄲᅡ진 쥴 알고 앙텬 탄왈,

"텬쉬 임의 쥬의 도라갓ᄂᆞᆫ지라 황비횐들 엇지 졔 죄리오? 하눌이 반ᄃᆞ시 인마롤 믈니치고 황비호롤 구완ᄒᆞ여 보니도다. 너 비록 다시 ᄶᅥ나나 잡으믈 긔필(期必)치 못ᄒᆞᆯ 거시오 【44】 비록 잡아도 텬명을 거슬면 너게 반ᄃᆞ시 텬벌이 이시리라."

ᄒᆞ고 군亽롤 모라 조가의 드러오니 빅관이 다 녜필 후 문왈,

"반젹을 잡아오니잇가?"

티亽시 탄식고 황비호 일흔 연고롤 즈셰히 니론디 즁관이 다 묵연탄식 ᄲᅮᆫ이어눌 티亽시 싱각ᄒᆞ디 '하눌이 은을 망케 ᄒᆞ시미 젹실ᄒᆞ도다. 좌편은 쳥뇽관(靑龍關) 총병 장계방(張桂芳)이오 우편은 마가 亽장(魔家四將)이오 압흔 님동관(臨潼關) 총병 장봉(張鳳)이오 뒤흔 니 디병을 거ᄂᆞ려 도젹을 거의 잡게 되엿더니 반젹이 무솜 계교롤 베퍼 날을 속이뇨' ᄒᆞ고 텬즈끠 고코져 ᄒᆞ더니 믄득 보ᄒᆞ디,

"님동관 총병 장봉의 휘하 쇼은(蕭銀)이 졔 장슈롤 죽이고 황비호 등을 너여보니엿다."

ᄒᆞ거눌 티亽시 이 말을 듯고 아모리 ᄒᆞᆯ 쥴 모로더니 ᄯᅩ 보ᄒᆞ디,

"황비호 등이 동관 총병 잔당과 쳥 【45】 운관(穿雲關) 총병 진오(陳梧)롤 죽이고 다라나다 ᄒᆞᄂᆞ이다."

티亽시 발 굴너 왈,

"이놈이 엇지 이디도록 무례ᄒᆞ뇨? 니 반ᄃᆞ시 이놈을 죽여 이 한을 씨스리라."

ᄒᆞ고 사롬을 보니여 허실을 알고져 ᄒᆞ더니 좌위 보ᄒᆞ디,

"긔픠관(界牌關) 총병 황원이 아달1)을 조

---

1) 【아달】 몡 아들. ¶ 子 ‖ 긔픠관 총병 황원이
　　아달을 조츠 관을 바리고 다라낫다 ᄒᆞᄂᆞ이다

츳 관을 바리고 다라낫다 ᄒᄂ이다."

티시 디로 왈,

"황원이 엇지 감히 나라흘 바리고 아들을 조츳 다라나뇨?"

ᄒ고 군ᄉ를 거ᄂ려 ᄯ로고져 ᄒ더니 ᄯ ᄉ슈관 총병 한영이 황비호의 다라난 연고를 고ᄒ엿거늘 티시 오관의 비보를 보고 탄왈,

"니 션군의 은혜를 바다 텬즈를 돕더니 요ᄉ이 히니 요란ᄒ여 병인(兵刃)이 네녁흐로 니러나 동남 졔휘 변방을 침노ᄒ니 이ᄂ 나라히 블힝ᄒᆫ 일이러니 ᄯ 황비회 날을 속이고 오관을 도망ᄒ니 텬쉬 발셔 은을 망코져 ᄒ미라. 그러나 니 엇지 션왕의 은【46】혜를 니즈리오? 이 놈을 잡아 니 위엄을 븕히리라."

ᄒ고 졔장다려 왈,

"황비회 은을 반ᄒ고 셔기의 도망ᄒ여 회발을 도으려 ᄒ니 니 져의 계괴 이지 못ᄒᆫ ᄉ이를 타 그 죄를 븕히고져 ᄒᄂ니 장군 등의 ᄯᆺ은 엇더ᄒ뇨?"

졔장이 다 고기를 슉여 아모말도 못ᄒ더니 총병관 노웅(魯雄)이 진왈,

"티시의 말이 맛당치 아녀이다. 요ᄉ이 동빅후 강문환(姜文煥)이 유혼관(遊魂關)을 치고 남빅후 악슌(鄂順)이 삼산관(三山關)을 쳐 해 경ᄉ의 밋게 된지라. 디장 등구공(鄧九公)이 손조 판삽(□□)을 잡아 군ᄉ를 무휼ᄒ여 침식이 블편ᄒ고 나라 은혜를 갑흐랴 병으리와다 ᄡᆞ화 십년이 남앗시디 승픠를 졍치 못ᄒ엿더니 황비회 ᄯ 군ᄉ를 거ᄂ려 셔로 도망ᄒ니 오리지 아녀 국가의 큰 환이 이실지라 그러나 셔토ᄂ 동남 갓치 긴급지 아닌지라. 가온디 오관이 잇고 좌우로 쳥【47】 농관·가몽관(佳夢關)이 이셔 셔로 구완ᄒᄂ니 티시 이 일 급관의 분부ᄒ여 굿이 직희여 격병을 병으리와드라 ᄒ시면 황비회 비록 날기 돗친들 엇지 감히 군ᄉ를 거ᄂ려 조가의 드러오리잇고? ᄒ믈며 국즁의 부괴(府庫) 뷔여시며 젼냥이 부족ᄒ디 티시 엇지 일시지노(一時之怒)를 인ᄒ여 국가의 폐를 싱각지 아니ᄒ시ᄂ니잇고?"

티시 왈,

"노장군의 말이 비록 올흐나 셔토 군민이

본분을 직희여 후환을 싱각지 아닐쑨 아니라 디 장군 남궁괄(南宮适)의 용이 텬하의 밋츠리 업고 상티우 산의싱(散宜生)의 쾨 히니의 비홀디 업ᄂ디 강상(姜尙)이 션가 법도를 비화 님군을 다리여 군신이 희락을 한가지로 ᄒ더니 ᄯ 황비회 일가를 거ᄂ리고 도망ᄒ여시니 슈이 쳐치치 아니면 후환이 반ᄃ시 젹지 아닐지라. 녯 글의 닐너시디 '비골픈 ᄢᅴ의 밧갈며 목마를 ᄢᅴ의【48】 우믈을 파면 밋쳐 긔갈을 구치 못ᄒ다' ᄒ엿ᄂ니 이졔 쥬왕을 노하 평안이 잇게 ᄒ엿다가 타일의 해 군즁의 밋촌 후의 창졸의 군ᄉ를 모화 젹병을 막으미 이 졍히 님갈굴졍(臨渴掘井) 홈 갓흐니 뉘웃츤들 엇지 미츠리오?"

노웅 왈,

"티시 만일 후환을 두려ᄒ실진디 몬져 장슈를 보ᄂ여 셔기 일을 탐청ᄒ면 제 블의의 마음을 두엇거든 맛당이 티시 군ᄉ를 거ᄂ려 져의 죄를 븕히시고 졔 반역홀 ᄯᆺ을 먹지 아니ᄒ거든 조츠 의논ᄒ여 쳐치ᄒ셔도 늣지 아니리이다."

티시 올히 너겨 좌우를 도라보아 왈,

"뉘 나라흘 위ᄒ여 셔기 일을 탐청ᄒ려 오리오?"

언미필의 한 장쉬 응셩 왈,

"쇼장이 아오로 더브러 티ᄉ의 명을 바다 셔기의 나아가 일을 탐쳥ᄒ여 오리이다."

모다 보니 이ᄂ 조젼(晁田)·조뢰(晁雷)러라. 티【49】시 디희 왈,

"장군이 조심ᄒ여 셔기 일을 탐청ᄒ여 오면 그 공이 엇지 젹으리오?"

조젼이 졀ᄒ고 왈,

"쇼장이 비록 지죄 업스나 아오로 더브러 군ᄉ를 비러 셔기의 가 세가지 계교로 쥬왕의 일을 아라오리이다."

티시 문왈,

"무슴 일고?"

조젼이 디왈,

"그 하나흔 쥬왕의 반ᄒ며 아니 반ᄒ믈 알고 그 둘흔 반홀 마음을 두어 셔토 병긔를 예비ᄒ엿거든 쇼장이 맛당이 한번 ᄡᆞ화 즛질너 빅셩을 안무ᄒ미오 그 세흔 디국을 참아 반치 못ᄒ여 ᄒ거든 쇼장이 삼촌 혀를 놀녀 져를 다리여 종니 나라흘 반치 못ᄒ게 ᄒ리이다."

티시 디회ᄒ여 조복을 갓초고 니뎐의 드러가 황비호의 반ᄒ 일과 조전 등의 가려ᄒᄂ 뜻을 고ᄒᆫ디 쥐 허락ᄒ 왈,

"조전이 임의 나라홀 위ᄒ여 셔기 일을 탐쳥ᄒ려 홀진디 이만 졍병을 거ᄂ려 가 공을 【50】 일우고 오라."

조전·조뢰 명을 듯고 일셩 포향의 이만 졍병을 거ᄂ려 셩의 나니 밍회(猛虎) 산을 ᄶᅥ나 들히 나리며 교룡이 바다홀 ᄶᅥ나 구름 속의 오ᄅᄂ 듯ᄒ여2) 검극이 삼나ᄒ며 긔치 찬난ᄒ여 오식 구름이 공즁의 어려엿ᄂ 듯ᄒ더라. 인민 나ᄂᄃ시 셔기의 니ᄅ니 인젹이 고요ᄒ며 녀항(閭巷)이 무ᄉᄒ거눌 조전 왈,

"우리 틱ᄉ의 명을 바다 셔기의 왓더니 디경의 드러오디 인젹이 고요ᄒ여 군ᄉ를 조련ᄒᄂ 긔젹이 업ᄉ니 우리 이 ᄉ이를 타 셩을 츙돌ᄒ고 황비호를 잡아 공을 일우미 엇더ᄒ뇨?"

조뢰 디왈,

"형쟝의 말ᄉᆷ이 올흐니 쇼데 맛당이 군ᄉ를 거ᄂ려 셩하의 가 ᄊᆞᆷ을 도도아 져로 ᄒ여곰 쇼동ᄒ게 ᄒ고 인ᄒ여 셩을 ᄶᅦ쳐 드러가 도젹을 잡아오리이다."

ᄒ고 칼홀 들고 말긔 올나 셩하의 니ᄅ러 ᄊᆞᆷ 【51】 을 도도디 쥐 조뢰의 군ᄉ 거ᄂ려 왓시믈 듯고 디경 왈,

"우리 디국을 져바린 일이 업거눌 은왕이 엇지 군ᄉ를 보ᄂ여 치려ᄒᄂ뇨? 졔 임의 일홈 업ᄉ 군ᄉ를 발ᄒ여 죄업ᄉ 우리를 치니 우린들 엇지 쇽슈ᄒ고3) 텬명을 기다리리오? 군ᄉ를 발ᄒ여 젹병을 믈니치고져 ᄒ니 뉘 나라홀 위ᄒ여 군ᄉ를 거ᄂ려 셔토 위엄을 빗ᄂ리오?"

말이 맛시 못ᄒ여 디쟝군 남궁괄이 응셩 왈,

"쇼쟝이 비록 지죄 업ᄉ나 쳥컨디 군ᄉ를 거ᄂ려 가리이다."

쥐 허락ᄒ거눌 남궁괄이 군을 거ᄂ려 한

북쇼리의 셩문을 크게 열고 셩밧긔 나와 진셰를 베플고 웨여 왈,

"조쟝군이 엇지 텬ᄌ의 명을 드러 죄업ᄉ 우리를 치려 ᄒᄂ뇨?"

조뢰 답왈,

"우리 텬ᄌ의 칙명을 밧고 문틱ᄉ의 군령을 드러 너희 님군이 연고업시 왕 【52】 이 되여 디국을 셤기지 아닛ᄂ 죄를 뭇고 버거4) 반신 황비호를 잡으려 왓ᄂ니 반젹을 미여 우리게 도라보니고 너희 쥬공(周公)이 셩상의 항긔(降旗)를 셰워 츙심 잇ᄂ 줄을 붉히면 우리 군ᄉ를 믈니려니와 만일 텬병을 항거ᄒ고 반젹을 보닌지 아니면 셔토 일국을 즛질너 위엄을 빗ᄂ리니 뉘 웃ᄎᆫ들 엇지 밋ᄎ리오?"

남궁괄이 쇼왈,

"쟝군 등이 그ᄅ다. 텬지 무도ᄒ여 포학을 일ᄉᆷ으며 간언을 용납지 못ᄒ게 ᄒ며 만분을 다ᄉ려 홰 궁즁의 밋게 ᄒ고 디신을 악형으로 죽이며 슉부의 녕통을 니며 녹디를 지어 만민을 보치며 신하의 안히를 슈욕ᄒ여 인뉸을 일흐니 이 엇지 텬ᄌ의 도리리오? 우리 쥬왕은 셔기를 직희여 인의를 힝ᄒ며 덕틱을 베퍼 군신이 셔로 공경ᄒ며 상히 화락ᄒ니 삼분 텬 【53】 하의 그 둘히 쥬의 도라와 텬하 졔휘 닷호아 공(貢)을 드리며 ᄉ히 호걸이 홈긔 향응ᄒᄂ니 너희 엇지 텬니를 아지 못ᄒ고 한갓 혼군을 위ᄒ여 스스로 화를 취ᄒᄂ뇨?"

조뢰 디로ᄒ여 칼춤 츄어 바로 쥬진의 다라들거눌 남궁괄이 ᄯ 칼홀 드러 셔로 마ᄌ 삼십여 합을 ᄊᆞ호더니 조뢰의 칼쓰ᄂ 법이 졈졈 글너가거눌 남궁괄이 팔을 늘희여 조뢰의 엇게를 쳐 밧씌 나리쳐 잡아 승상부의 드리와 공을 쳥ᄒᆫ디 쥐 디희ᄒ여 좌우를 명ᄒ여 조뢰를 잡아오라 ᄒ니 좌위 조뢰를 잡아 계하의 ᄭᅮᆯ닌디 조뢰 셔셔 눈을 브릅쓰고 굴치 아니커눌 쥐 왈,

---

2) 밍회 산을 ᄶᅥ나 들히 나리며 교룡이 바다홀 ᄶᅥ나 구름 속의 오ᄅᄂ 듯: 人如猛虎離山, 馬似蛟龍出水.

3) 【쇽슈ᄒ다】 휑 {쇽수(束手)하다.} 수수방관하다. ¶ 졔 임의 일홈 업ᄉ 군ᄉ를 발ᄒ여 죄업ᄉ 우리를 치니 우린들 엇지 쇽슈ᄒ고 텬명을 기다리리오? <西周 9:51>

4) 【버거】 뷔 다음. 둘째. 또. ¶ 우리 텬ᄌ의 칙명을 빗고 문틱ᄉ의 군령을 드러 너희 님군이 연고업시 왕이 되여 디국을 셤기지 아닛ᄂ 죄를 뭇고 버거 반신 황비호를 잡으려 왓ᄂ니 (吾奉天子勅命, 聞太師軍令, 問不道姬發自立武王, 不遵天子之諭, 收叛臣黃飛虎, 情殊可恨!) <西周 9:52>

"네 임의 우리게 잡히미 되여 엇지 슬기롤 도모치 아니ᄒᆞ고 이디도록 무례히 구ᄂᆞ뇨?"

조뢰 즐왈,

"네 블과 면파던 한 빅셩으로셔 텬명을 항거ᄒᆞ며 상국 신하롤 핍박ᄒᆞ니 이 엇지【54】인신의 도리리오? 니 임의 네게 잡혀시니 슈히 죽을 ᄯᆞ롬이라 엇지 네게 항복ᄒᆞ리오?"

ᄌᆞ이 쇼왈,

"네 날을 면 파던 사롬이라 ᄒᆞ미 욕이 아니라. 녯젹 이윤도 산야의 밧갈던 필부로 셩탕을 도와 텬하롤 졍ᄒᆞ엿더니 나도 처음은 궁ᄒᆞ다가 나종의 공을 일우고져 ᄒᆞᄂᆞ니 니롤 니르미라."

ᄒᆞ고 좌우롤 명ᄒᆞ여 ᄭᅳ어ᄂᆡ여 버히라 흔디 황비회 왈,

"조뢰 은나라 신히 되여 셔기롤 치려 ᄒᆞ니 이는 인신의 츙졀이라. 쇼장이 이 사롬을 다리여 셔기의 한 힘이 되게 ᄒᆞ리이다."

ᄌᆞ이 허락ᄒᆞ거늘 황비회 조뢰롤 ᄭᅳ라나와 녜ᄒᆞ고 왈,

"장군이 엇지 텬시·지리·인화(天時地理人和)롤 아지 못ᄒᆞᄂᆞ뇨? 삼분 텬하의 쥐(周) 그 둘흘 어덧고 그 하나ᄒᆞ로셔도 은이 다 가지지 못ᄒᆞ여 동남 졔휘 더러 아ᄉᆞ시니 은나라 힘이 니러트시 약ᄒᆞ엿ᄂᆞᆫ지라. 비록 셩【55】탕 공덕을 인ᄒᆞ여 위엄이 이시나 이 엇지 족히 두려오리오? 쥬왕이 만민을 무휼ᄒᆞ며 현ᄉᆞ롤 블너 나라흘 돕게 ᄒᆞ고 ᄯᅩ 날을 녯 벼술의셔 한 ᄌᆞ롤 곳쳐 기국무셩왕이라 ᄒᆞ니 이 '개(開)'ᄯ 뜻이 젹지 아니ᄒᆞ고 텬히 다 쥬의 항복ᄒᆞ여 신히라 일ᄏᆞ르니 쥬왕의 덕틱이 요슌우탕의셔5) 다ᄅᆞ지 아니ᄒᆞᆫ지라. 니 승상을 권ᄒᆞ여 장군을 즁히 쓰고져 ᄒᆞᄂᆞ니 장군이 오늘날 이 형벌을 면ᄒᆞ고 셩쥬롤 도와 공을 일우미 엇지 맛당치 아니리오?"

조뢰 이윽히 싱각다가 고두 왈,

"황장군의 은혜롤 닙어 형벌을 면ᄒᆞ며 셩쥬롤 돕게 ᄒᆞ시니 승상이 용납ᄒᆞᆷ을 엇지 바라리오?"

비회 답왈,

"장군이 임의 항홀 마옴을 두어시면 니 맛당이 승상끠 힘써 쳥ᄒᆞ리라."

조뢰 ᄉᆞ례 왈,

"장군이 만일 쇼장을 용납ᄒᆞ시면 쇼장이 엇지 감히 좃지【56】아니ᄒᆞ리오?"

황비회 무ᄉᆞ다려 왈,

"너희 아직 이 사롬을 히치 말고 승상의 명을 기다리라."

ᄒᆞ고 ᄲᆞ리 드러와 조뢰의 항복ᄒᆞ려 ᄒᆞᆷ을 ᄌᆞ아의게 보ᄒᆞᆫ디 ᄌᆞ이 디희 왈,

"항ᄌᆞ(降者)롤 죽이미 일온 블의니 니 엇지 용납지 아니리오?"

ᄒᆞ고 좌우롤 명ᄒᆞ여 브르라 흔디 조뢰 계하의 와 고두 지비 왈,

"쇼장이 승상의 위엄을 범ᄒᆞ니 법의 맛당이 죄롤 다ᄉᆞ려 졍히 홀 거시어늘 승상이 명을 ᄉᆞ하시고 ᄯᅩ 용납ᄒᆞ여 쓰려 ᄒᆞ시니 이 은혜롤 엇지 니ᄌᆞ리잇고?"

ᄌᆞ이 답녜 왈,

"장군이 임의 인의롤 힝ᄒᆞ며 우리 님군을 도으려 ᄒᆞ니 이는 진실노 드믄 일이라. 셩밧긔 남은 인마롤 엇지 쳐치ᄒᆞ려 ᄒᆞᄂᆞ뇨?"

조뢰 디왈,

"쇼장이 셩밧긔 나가 형장을 블너 승상긔 항복게 ᄒᆞ리이다."

ᄒᆞ고 셩을 ᄯᅥ나 형의 진으로 오니 조젼이【57】조뢰의 잡혀가믈 듯고 디경ᄒᆞ여 바야흐로 졔군으로 더브러 계교롤 의논ᄒᆞ더니 쇼졸이 보ᄒᆞ되,

"둘지 장군이 오시ᄂᆞ이다."

조젼이 디희ᄒᆞ여 마ᄌᆞ 조젼이 문왈,

"현뎨 엇지 능히 왓ᄂᆞ뇨?"

조뢰 디왈,

"쇼뎨 남궁괄의게 잡혀가 강승상을 보니 승상이 쇼뎨롤 참ᄒᆞ여 국법을 졍히 ᄒᆞ려ᄒᆞ더니 무셩왕의 구완ᄒᆞᆷ을 닙어 명이 보젼ᄒᆞ엿ᄂᆞ이다."

ᄒᆞ고 황비호와 ᄌᆞ아의 ᄒᆞ던 말을 니ᄅᆞᆫ디 조젼이 디로 즐왈,

---

5)【-의셔】 ᄌᆒ -과. ¶ ᄯᅩ 날을 녯 벼술의셔 한 ᄌᆞ롤 곳쳐 기국무셩왕이라 ᄒᆞ니 이 '개'ᄯ 뜻이 젹지 아니ᄒᆞ고 텬히 다 쥬의 항복ᄒᆞ여 신히라 일ᄏᆞ르니 쥬왕의 덕틱이 요슌우탕의셔 다ᄅᆞ지 아니ᄒᆞᆫ지라 (想吾在紂官拜鎭國武成王. 到此只改一字, 開國武成. 天下歸心, 悅而從周. 武王之德, 乃堯舜之德不是過耳.) ＜西周 9:55＞

"필부 황비호의 간 흔 말을 밋어 반젹의 동뉘(同類) 되려 니 후일 하6) 면목으로 문틱 의 뵈려 느뇨?"

조뢰 왈,

"형장이 아지 못 는도다. 우리 만일 홀노 쥬의 항복 미 아니라 텬하 계휘 다 신희로라 칭 니 무슴 붓그러오미 이시리오?"

조젼 왈,

"텬히 쥬왕을 셩쥐라 니 믈 나도 쏘흔 【58】드러시나 오늘 우리 항목 면 부모 쳐 는 경 의 이시니 텬지 드 면 일졍 우리 일가 쥬륙 리니 우리 마음이 엇지 편 리오?"

조뢰 고기 숙이고 침음 다가 왈,

"그리면 엇지 리잇고?"

조젼이 귀의 다혀 왈,

"네 도셩의 드러가 니리니리 면 더 . 거의 일리라."

조뢰 명을 듯고 승상부의 와   아다려 왈,

"쇼장의 형 조젼이 비록 쥬 도와 공명을 일우고져 나 군 롤 거 려 셩의 연고업시 드러오면 졔장이 일졍 의심 리니 승상이 맛당이 다 장 롤 보니여 브 시면 형이 반 시 오리이다."

  이 디희 여 좌우 롤 도라보와 왈,

"뉘 셩밧긔 나가 조장군을 쳥홀고?"

황비회 진왈,

"쇼장이 조뢰로 더브러 가리이다."

  이 문왈,

"엇지 장군이 ㅅ 혀여 가려 느뇨?"

조뢰 왈,

"무셩왕 곳 아【59】 니면 계괴 이지 못 리이다."

  이 허탁 거늘 냥인이 하직고 가다.

  이 마음의 혜오 '조젼이 일졍 슌종치 아니 고 날을 속이려 니 니 쏘 져 롤 속이리라' 고 신갑(辛甲)·신면(辛免)·남궁괄을 블

6) 【하】㊌ 무슨. ¶ 何‖ 필부 황비호의 간 흔 말을 밋어 반젹의 동뉘 되려 니 후일 하 면목으로 문틱 의 뵈려 느뇨? (該死匹夫! 你信黃飛虎一片巧言降了西土, 你與反賊同黨, 有何面見聞太師也!) <西周 9:57>

너 귀의 다혀 왈,

"너희 니리니리 면 도젹의 계교의 쌘지지 아니 리라."

삼장이 명을 듯고 군 롤 거 려 나가다.

황비회 조뢰로 더브러 은군 영치의 니 니 조젼이 진밧긔 나와 황비호 롤 마즈 중군의 드러와 녜필의 조젼이 북을 세 번 치니 좌우로셔 도부쉬 일시의 니다라 황비호 롤 잡아민니 비회 즐 왈,

"의 롤 져바리 도젹이 엇지 날을 핍박 느뇨?"

조젼이 손벽치고 왈,

"반젹이 오늘 니 계교의 쌘지도다."

 고 인마 롤 지촉 여 군 롤 도로혀 삼십오 리 롤 힝 여 뇽산(龍山) 어구의 니 니 믄득 산 뒤흐 【60】로셔 방포쇼리 나며 두 장쉬 일지 군마 롤 거 려 니다라 왈,

"쇼젹은 쌜니 무셩왕을 노 라. 니 승상의 명을 바다 예 와 기다 넌지 오 더니 너희 만일 무셩왕을 노화보너지 아니면 너희 롤 죽이리라."

조젼 등이 디경 여 다시 보니 긔의 쎠시 '셔기디장군 신갑·신면'이라 엿거놀 조젼이 꾸지져 왈,

"니 텬 의 명을 바다 반젹을 잡아가거늘 너희 엇지 감히 길흘 막 뇨?"

 고 칼흘 두로고 다라들거늘 신갑이 쏘 도치 롤 두로고 니다 니 조뢰 디로 여 말을 노화 다라드러 신면을 마즈 오륙 합을 쏘 더니 조뢰 니긔지 못 여 칼흘 들고 다라나거늘 신면이 승승 여 일진을 디살 고 황비호 롤 구 니 비회 분을 참지 못 여 다라드리 꾸지져 왈,

"조젼 필뷔 엇지 감히 날을 핍박【61】 고져 느뇨?"

 고 창을 느로 조젼을 지 니 조젼이 몸을 기우려 피 다가 말 뒤다리 마즈   히 쩌러지니 모든 군시 일시의 니다라 잡아 도라오다.

조뢰 피 여 슈빅 보 롤 닷더니 도라보니 형이 임의 쥬진의 잡혀간지라 도로 다라와 남은 군 롤 거두어 다라나더니 기산 동편의 니 니 쩌 졍히 이경이라 만뇌 구젹 고 쥬병이 업거늘 잠간 군 롤 쉬오려 더니 뫼뒤흐로셔 포셩이 니러나며 남궁괄이 일지 군을 거 려 니닷거늘

조뢰 웨여 왈,

"남장군이 쇼장을 노하 명을 보젼케 호시면 이 은혜롤 엇지 니즈리잇고?"

남궁괄이 답왈,

"승상의 명을 바다 예 와 기다련지 오린지라 쇼장은 샏니 말긔 나려 미이믈 바드라."

조뢰 디로호여 칼춤 츄어 다라들거놀 남궁괄이 칼홀 드러 셔로 쏫화 슈합이 못호여셔【62】 남궁괄이 한 쇼리롤 지르고 조뢰롤 잡아 말긔 나리치니 좌우 군시 일시의 니다라 조뢰롤 미여 도셩으로 도라오니 텬식이 반명(半明)호엿더라. 남궁괄이 승상부의 니르니 황비호·신갑 등이 완지 오리지 아니호엿더라. 승상의 브르믈 기다리더니 즈이 밧비 드러오라 호거놀 황비호 등이 냥인을 미여 뎐 알픠 니르러 비회 빗스 왈,

"만일 승상의 구완호심 곳 아니런들 명이 보젼키 어려올번 호니이다."

즈이 쇼이 답왈,

"니 발셔 조젼 등의 간스호 계교롤 알고 삼장을 두 곳의 보니여 도로혀 져희롤 속이려호더니 니 꾀의 샌지거라."

호고 냥젹을 잡아드려 즐왈,

"필뷔 엇지 감히 날을 속이려호던다? 너희 날을 속이려호여도 나는 네 꾀의 샌지지 아니호리라."

호고 둘홀 다 미러니여 버히라 호다.

[셔쥬연의西周演義 권지십]

36

장계방봉조뎡셔(張桂芳奉詔征西)1)

【1】 츠시 조뢰(晁雷) 웨여 왈,

"쇼장은 이미ᄒᆞ니2) 다시 쳐치ᄒᆞ쇼셔."

ᄌᆞ아(子牙) 왈,

"필부 형뎨 충냥을 모히ᄒᆞ여 혼군의 뜻을 아당ᄒᆞ더니 오늘 너게 잡히니 이는 버히미 맛당ᄒᆞ거눌 네 엇지 이미ᄒᆞ여라 ᄒᆞᄂᆞ뇨?"

죠뢰 왈,

"쇼장이 임의 텬히 쥬의 도라간 줄을 아는지라 엇지 감히 셩쥬를 돕고져 아니ᄒᆞ리오만은 쇼장의 형이 부모 일가의 환난이 밋츨가 두려 작은 계교를 베펏더니 오늘 승상긔 잡혀시니 승상은 다시 슬펴 우리 명을 빌니시면 몸이 죽도록 셩쥬를 도으리이다."

ᄌᆞ이 왈,

"네 말이 가련ᄒᆞ니 너 계교를 베퍼 네 일가를 다려오고져 ᄒᆞ노라."

조뢰 비스 왈,

"승상이 우리 일가를 술오 【2】 고져3) ᄒᆞ시니 쇼장이 죽도록 셩쥬를 도와 은혜를 져바리지 아니리이다."

ᄒᆞ고 눈믈이 비오듯ᄒᆞ거눌 ᄌᆞ이 황비호(黃飛虎) 다려 문왈,

"장군이 조가의 이실졔 져 사름을 ᄌᆞ로4) 보와시니 그 가속(家屬)이 잇ᄂᆞ니잇가?"

비호 답왈,

"과연 이 사름의 가속이 조가의 이시니 승상이 만일 다려오시면 져 사름들이 일졍 승상의 은혜를 닛지 아니ᄒᆞ리이다."

ᄌᆞ이 이 뜻을 무왕(武王)긔 쥬ᄒᆞ고 낭인의 죄를 스ᄒᆞ니 조젼(晁田) 형뎨 비스ᄒᆞ거눌 ᄌᆞ이 조젼이란 볼모로 두고 조뢰를 블너 가만이 니로디,

"네 니리니리ᄒᆞ면 가속을 다려와 보젼ᄒᆞ리라."

5)조뢰 하직고 셔기를 ᄲᅥ나 동으로 오다.

조뢰 쥬야로 달녀 오관을 지나 도셩의 드러와 몬져 문ᄐᆡᄉᆞ(聞太師)의 마을을 ᄎᆞ즈오니 ᄐᆡᄉᆡ 밧비 문왈,

"셔기 일을 언마나 탐쳥ᄒᆞ여 왓ᄂᆞ뇨?"

조뢰 디왈,

"쇼장 【3】 의 형뎨 셔기의 니르니 디장군 남궁괄(南宮适)이 미리 알고 군ᄉᆞ를 거느려 와 싸홈을 도도거눌 쇼장이 마ᄌᆞ 삼십여 합을 ᄊᆞ호디 승부를 결치 못ᄒᆞ여 각각 진의 도라왓디니 이튼날 쇼장의 형뎨 신갑(辛甲) 등으로 싸호디 년ᄒᆞ여 승부를 결치 못ᄒᆞ고 한영(韓榮)이 ᄯᅩ 냥초를 일일히 진비치6) 못ᄒᆞᄂᆞᆫ지라 삼군이 산난

---

1) 征西: 원문은 '西征'으로 되어 있다.(원문 제 36회)

2) 【이미ᄒᆞ다】 圀 억울하다. ¶ 冤枉∥ 쇼장은 이미ᄒᆞ니 다시 쳐치ᄒᆞ쇼셔 (冤枉!) <西周 10:1> ᄌᆞ이 왈 "필부 형뎨 충냥을 모히ᄒᆞ여 혼군의 뜻을 아당ᄒᆞ더니 오늘 너게 잡히니 이는 버히미 맛당ᄒᆞ거눌 네 엇지 이미ᄒᆞ여라 ᄒᆞᄂᆞ뇨?" (匹夫! 弟兄謀害忠良, 指望功高歸國, 不知老夫豫已知之. 今旣被擒, 理當斬首, 何爲冤枉?) <西周 10:1>

3) 【술오다】 圀 살리다. 구하다. ¶ 승상이 우리 일가를 술오고져 ᄒᆞ시니 쇼장이 죽도록 셩쥬를 도와 은혜를 져바리지 아니리이다 <西周 10:1>

4) 【ᄌᆞ로】 圀 자주. ¶ 장군이 조기의 이실졔 져 사름을 ᄌᆞ로 보와시니 그 가속이 잇ᄂᆞ니잇가? (黃將軍, 晁雷可有父母?) <西周 10:2>

5) 여기서부터 본 회목의 내용에 들어감.

6) 【진비ᄒᆞ다】 圀 {진배(進配)하다.} 대쳐(대응)하다. ¶ 應付∥ 한영이 ᄯᅩ 냥초를 일일히 진

201

ᄒᆞ여 각각 도망홀 마음을 두어시미 쇼장이 밧비 와 고ᄒᆞᄂᆞ니 원컨디 티ᄉᆞᄂᆞᆫ 냥초와 군병을 더 보니쇼셔."

티시 침음 왈,

"한영이 엇지 냥초롤 진비치 아니ᄒᆞ더뇨? 네 다시 삼쳔 인마와 냥초 일쳔 셕을 거ᄂᆞ려 쌜니 가라. 노뷔 조초 장슈롤 명ᄒᆞ여 디병을 보니리라."

조뢰 하직고 집의 도라와 부모쳐ᄌᆞ롤 슐위의 싯고 한가지로 군ᄉᆞ롤 모라 쥬야로 셔기의 오다.

티시 조뢰롤 보니고 ᄉᆞ오일은 ᄒᆞ여 믄득 싱각ᄒᆞ디 '일졍 【4】 한영이 냥초롤 일일히 진비홀 거시어눌 조뢰 엇지 밧비 와 냥초롤 비러가뇨? 그 가온디 반ᄃᆞ시 간ᄉᆞ혼 계괴 잇도다' ᄒᆞ고 좌우롤 명ᄒᆞ여 금젼을 가져오라 ᄒᆞ여 졈복ᄒᆞ더니 믄득 한 괘롤 엇고 상을 박츠고 디셩 왈,

"니 간ᄉᆞ혼 계교의 쌘져 도젹의 가쇽을 일ᄒᆞ니 엇지ᄒᆞ여야 이 한을 씨스리오?"

길닙(吉立)과 여경(余慶)이 진왈,

"티시 도젹을 잡을진디 디병을 발ᄒᆞ여 셔기롤 쳐야 공이 일니이다."

티시 문왈,

"눌홀 보니여야 공이 일니오?"

길닙 왈,

"쳥농관(靑龍關) 총병 장계방(張桂芳) 곳 아니면 가치 아니니이다."

티시 올히 너겨 디장군 신위(神威)롤 명ᄒᆞ여 관익(關隘)을 교디ᄒᆞ여 직희라 ᄒᆞ고 일변으로 치관(差官)을 장계방의게 보니여 디병을 모라 셔기롤 치라 ᄒᆞ다.

조뢰 조가롤 쩌나 삼쳔 군마로 더브러 가쇽을 보호ᄒᆞ여 셔기 【5】 셩의 드러와 ᄌᆞ아롤 보고 고두 비ᄉᆞ 왈,

"승상의 묘계롤 인ᄒᆞ여 가쇽을 보젼ᄒᆞ여 오니 엇지 쏘 반심이 이시리잇고? 형으로 더브

러 밍셰ᄒᆞ여 셔기롤 도으려 ᄒᆞᄂᆞ이다."

ᄌᆞ아 왈,

"장군 등은 임의 셔기의 와 셩쥬롤 도으려 ᄒᆞ거니와 문티시 일졍 다시 싱각ᄒᆞ고 디병을 보니여 우리롤 치리라."

ᄒᆞ고 셩즁의 젼녕ᄒᆞ여 미리 예비ᄒᆞ라 ᄒᆞ엿더니 슈일이 못ᄒᆞ여셔 쇼졸이 보ᄒᆞ디,

"쳥농관 총병 장계방이 디병을 거ᄂᆞ려 남문 밧 오리의 와 진ᄒᆞ엿ᄂᆞ이다."

ᄌᆞ아 쌜니 뎐의 드러와 즁장을 모호고 젹병 믈니칠 계교롤 의논ᄒᆞ더니 ᄌᆞ아 황비호다려 문왈,

"장군이 은의 이실졔 장계방을 누ᄎᆞ 보아실 거시니 농병이 엇더ᄒᆞ더뇨?"

비회 디왈,

"이 사롬이 다른 용병은 그디도록지 아니커니와 도슐이 비홀디 업ᄂᆞ이다."

ᄌᆞ 【6】 이 우문 왈,

"무슴 도슐이 잇더뇨?"

비회 왈,

"이 도슐이 긔특ᄒᆞ니 젹병과 싸홀졔 다른 베프ᄂᆞᆫ 계괴 업ᄉᆞ디 젹장이 졀노 ᄯᅳ히 나려 항복ᄒᆞ며 혹 말을 두로혀 다라나니 미양 이쳐로[7] ᄒᆞ여 싸홈을 니긔ᄂᆞᆫ지라. 승상이 군즁의 분부ᄒᆞ여 경젹(輕敵)지 말나 ᄒᆞ고 쏘 졔장의 일홈을 통치 말나 ᄒᆞ쇼셔. 만일 장슈의 일홈을 브ᄅᆞ며 네 엇지 말긔 나려 항복지 아니ᄒᆞᄂᆞ뇨 ᄒᆞ면 ᄌᆞ연이 나아가 항복ᄒᆞᄂᆞ니이다."

ᄌᆞ아 실식ᄒᆞ고 아모말도 아니ᄒᆞ더니 쇼졸이 보ᄒᆞ디,

"장계방의 션봉 풍님(風林)이 셩밧긔 와 싸홈을 도도ᄂᆞ이다."

ᄌᆞ아 좌우롤 도라보아 왈,

"뉘 나가 져 도젹을 잡으리오?"

비치 못ᄒᆞᄂᆞᆫ지라 삼군이 산난ᄒᆞ여 각각 도망홀 마음을 두어시미 쇼장이 밧비 와 고ᄒᆞᄂᆞ니 원컨디 티ᄉᆞᄂᆞᆫ 냥초와 군병을 더 보니쇼셔 (奈因汜水關韓榮不肯應付糧草, 三軍慌亂. 大抵糧草乃三軍之性命, 末將不得已, 故此星夜來見太師. 望乞速發糧草, 再加添兵卒, 以作應授.) <西周 10:3>

7) 【이쳐로】 围 이처럼. ¶ 이 도슐이 긔특ᄒᆞ니 젹병과 싸홀졔 다른 베프ᄂᆞᆫ 계괴 업ᄉᆞ디 젹장이 졀노 ᄯᅳ히 나려 항복ᄒᆞ며 혹 말을 두로혀 다라나니 미양 이쳐로 ᄒᆞ여 싸홈을 니긔ᄂᆞᆫ지라 (此術異常. 但凡與人交兵會戰, 必先通名報姓. 如末將叫黃某, 正戰之間, 他就叫'黃飛虎不下馬更待何時!' 末將自然下馬. 故有此術, 似難對戰.) <西周 10:6>

언미이의 한 장쉬 응셩 왈,

"쇼장이 나가 젹병을 믈니치리이다."

ᄒ니 이 사름은 문왕(文王)의 열둘지 아들 슉건 (叔乾)이니 셩이 블 갓흐여 노흔 마음【7】 곳 이시면 참지 못ᄒ는지라. 황비호의 말을 듯고 분을 니기지 못ᄒ여 ᄒ더니 이 ᄯᅵ룰 타 젹병을 믈니치믈 ᄌ원ᄒ디 무왕이 허락ᄒ거ᄂᆯ 슉건이 창을 들고 말긔 올나 군ᄉ룰 모라 셩의 나와 바라보니 프론 긔 아리 한 장쉬 머리의 황금화관 (黃金花冠)을 쓰고 몸의 쇄금갑의 홍포룰 쪄닙 고 허리의 옥ᄯᅵ룰 ᄯᅴ고 두 손의 낭아방(狼牙棒) 을 들고 쳥뇽마룰 타고 셧시니 낫치 퍼러ᄒ며 나롯시 벌거ᄒ고 엄니 브르도닷거ᄂᆯ 희슉건(姬 叔乾)이 웨여 왈,

"네 엇던 도젹놈이완디 우리 디경을 침노 ᄒ는뇨?"

픙님 왈,

"나는 장총병의 션봉 픙님이러니 조셔룰 바다 반젹을 치려ᄒ노라. 너희 님군이 연고업시 나라홀 져바려 스스로 셔왕(西王)이 되고 황비 회 ᄯᅩ 오관을 도망ᄒ여 텬명을 항거ᄒ려ᄒ니 이 엇지 반젹이 아니리오? 네 ᄲᆞᆯ니 드러가 네 님 【8】 군을 친히 나와 항복ᄒ게 ᄒ라."

슉건이 디로 왈,

"텬히 쥬룰 도와 신히로라 칭ᄒ니 텬쉬 임 의 졍ᄒ엿ᄂᆞᆫ지라 엇지 젹은 계교로 우리 병을 침노ᄒᄂᆞᆫ뇨? 너는 ᄂᆡ 젹쉬 아니니 네 웃듬 장슈 계방이 나오거든 한번 ᄊᆞ화 ᄌᆞ웅을 결ᄒ리라."

픙님이 즐왈,

"반젹이 엇지 날을 업슈이 너기ᄂᆞᆫ뇨?"

ᄒ고 낭아방을 두로고 다라들거ᄂᆞᆯ 슉건이 마ᄌ 삼십여 합을 ᄊᆞ호더니 픙님의 낭아방 ᄊᆞᄂᆞᆫ 법은 졈졈 어즈럽고 슉건의 창ᄊᆞ는 법은 졈졈 긔특ᄒ 며 신긔로온지라 픙님이 엇지 당ᄒ리오? 말을 두로혀 다라나고져 ᄒ거ᄂᆞᆯ 슉건이 창을 드러 외 다리룰 지르고 인ᄒ여 ᄊᆞ로니 픙님이 디퓌ᄒ여 십여 리룰 다라나더니 뒤히 슉건이 ᄯᅡ라오ᄂᆞᆫ 줄 모로고 마음의 싱각ᄒ디 '닉 비록 져 도젹의게 한번 퓌ᄒ여시나 【9】 엇지 닉 도슐을 베프지 아 니리오' ᄒ고 머리룰 도로혀 진언을 넘ᄒ니 닙 으로셔 검은 긔운이 나며 그 긔운 속으로 붉은 구술 하나히 니다라 슉건의 낫출 맛ᄎ ᄯᅩ히 나

리치고 픙님이 말을 두로혀 와 슉건의 머리룰 버혀 승승ᄒ여 도라와 군즁의 호령ᄒ다.

슉건의 퓌군이 도라와 보ᄒᆫ디 졔장이 니룰 갈며 왈,

"우리 맛당이 이 한을 갑흐리라."

ᄒ더니 이튼날 장계방의 디더 인미 셩밧긔 와 ᄌᆞ아로 더브러 셔로 말ᄒᆞᄌ ᄒ거ᄂᆞᆯ ᄌᆞ이 왈,

"범의 궁긔 드지 아니면 엇지 범의 숫기[8] 룰 어드리오?"

ᄒ고 오방디오(五方隊伍)룰 졍졔ᄒ여 셩밧긔 나 와 진치고 젹군을 바라보니 슈업ᄉ 인미 버러시 니 검극이 삼나ᄒ며 긔치 폐일ᄒ고 원문 아리 긔의 ᄡᅥ시디 '봉칙 셔졍 쳥뇽관총병 장계방'이 라 ᄒ엿고 긔 아리 한 장쉬 머리의 봉시(鳳翅) 투고【10】룰 쓰며 몸의 년화갑(蓮花甲)의 빅뇽 포(白龍袍)룰 쪄닙고 허리의 팔보디(八寶帶)룰 ᄯᅴ고 가슴의 호심경(護心鏡)을 붓치고 손의 빅 져창(白杵槍)[9]을 들고 은합마(銀合馬)룰 타고 셧 거ᄂᆞᆯ ᄌᆞ이 웨여 왈,

"네 엇던 도젹이완디 감히 우리 디경을 침 노ᄒᄂᆞᆫ뇨?"

장계방이 ᄯᅩ 머리룰 드러 쥬진을 바라보니 디외 졍졔ᄒ며 긔치 삼나ᄒ고 좌우의 긔운이 웅 장ᄒ며 젼후의 진퇴법이 잇고 의복이 빗나며 졍 긔 찬난흔 가온디 ᄌᆞ이 머리의 금관을 쓰고 몸 의 팔괘션의(八卦仙衣)룰 닙어시며 숀의 ᄌᆞ웅보 검(雌雄寶劍)을 들고 쳥총마(靑鬃馬)룰 타고 셧 ᄂᆞᆫ디 좌편의ᄂᆞᆫ 긔국무셩왕 황비회 숀의 장창을 들고 오식 신우(神牛)룰 타고 셧시니 영풍(英風) 이 규규(赳赳)ᄒ며 긔기(氣槪) 앙앙(昂昂)ᄒ거ᄂᆞᆯ 계방이 디로 즐왈,

"강샹(姜尙)은 본디 은나라 신하로 작녹이 젹지 아니ᄒ더니 엇지 조졍을 비반ᄒ고 희발을 도와 반신 황비【11】호룰 용납ᄒ며 조젼·조뢰 룰 다리여 항복밧고 민간의 거즛 녕명(令命)을 발ᄒ여 텬하로 다 쥬의 도라오라 ᄒᄂᆞᆫ뇨? 그 죄 젹지 아닌지라. 니러므로 너 조셔룰 바다 치ᄂᆞ 니 ᄲᆞᆯ니 말긔 나려 미이믈 바다 긔군반국(起軍

---

8)【숫기】圆 새끼. ¶ 子‖ 범의 궁긔 드지 아
　니면 엇지 범의 숫기룰 어드리오? (不入虎穴, 焉
　得虎子!) <西周 10:9>
9) 원문은 '백간창(白杆槍)'이다.

反國)혼 죄롤 졍히 ᄒ라. 만일 텬명을 항거ᄒ면 셔토롤 못질너 빅골화쇼롤 ᄆᆞᆫ들니라. 뉘읏ᄎᆞᆫ들 엇지 미ᄎᆞ라오?"

즈이 디쇼 왈,

"공의 말이 그르다. 현신이 어진 님군을 갈히여 셤기며 냥금이 조ᄒᆞᆫ 남글 갈히여 깃드리ᄆᆞᆯ[10] 듯지 못ᄒᆞ엿ᄂᆞ냐? 니러므로 텬히 다 은을 반ᄒ고 셔기의 항복ᄒᆞ나 우리 군신이 법을 직회며 녜롤 힝ᄒ여 신졀을 일치 아니ᄒ엿더니 오ᄂᆞᆯ 장군이 일홈업손 군을 거느려 와 셔토롤 범ᄒ나 공이 만일 ᄊᆞ호려 홀진디 녕명츙졀이 일조의 맛ᄎᆞ리니 앗갑지 아니리오? 쇽졀업시 우일 ᄯᆞ롬 【12】이니 니 말을 드러 ᄲᆞᆯ니 병을 두로혀 스스로 화롤 취치 말나."

계방이 디즐 왈,

"네 늙도록 곤뉸산의 이셔 인간을 ᄯᅥ난지 오리니 텬디간 무궁ᄒᆞᆫ 변홰 잇ᄂᆞᆫ 줄을 아지 못ᄒᆞᄂᆞᆫ도다. 네 말을 드르니 스체(事體) 경중을 모로ᄂᆞᆫ도다."

ᄒᆞ고 도라 픙님을 보고 왈,

"네 어졔 슉건을 잡ᄒᆞ여 마음을 프러바리지 말고 졍신을 가다듬아 요인 강상을 잡아 우리 위엄을 붉히라."

픙님이 명을 듯고 말을 치쳐 진젼의 니다ᄅᆞ니 ᄯᅩ 쥬진문 긔 아리 디장군 남궁괄이 칼을 춤추며 말을 니모라 픙님을 마즈 ᄊᆞ호니 남궁괄의 칼은 츄상(秋霜)이 번득이ᄂᆞᆫ 듯ᄒᆞ고 픙님의 냥아방은 번기 나ᄂᆞᆫ듯ᄒᆞ여 셔로 십여 합을 ᄊᆞ호더니 계방이 원문의셔 ᄊᆞ홈을 보다가 노롤 니긔지 못ᄒᆞ여 빅져창을 들고 진의 니다ᄅᆞ니 황비회 계방의 나오ᄆᆞᆯ 보고 디로ᄒᆞ여 【13】 창을 들고 신우롤 달녀 다라드러 계장을 마즈 ᄊᆞ호더니 이십여 합이 못ᄒᆞ여셔 계방이 년ᄒᆞ여 웨디,

"황비회 엇지 감히 ᄊᆞ히 나려 미이ᄆᆞᆯ 밧지 아니ᄒᆞᄂᆈ?"

황비회 즈연 몸이 것구러져 ᄊᆞ히 나려지니 모든 군시 일시의 니다라 비호롤 잡아가려 ᄒᆞ더니 비퓨(飛豹)·비표(飛彪) 등이 함긔 니다라 황비호롤 구ᄒᆞ여 도라오고 쥬긔(周紀) ᄯᅩ 도치롤

들고 니다라 장계방을 취코져 ᄒᆞ더니 두어 합이 못ᄒᆞ여셔 계방이 거즛 픽ᄒᆞ여 다라나니 쥬긔 그 계교롤 아지 못ᄒᆞ고 더옥 분노ᄒᆞ여 슈빅 보롤 ᄯᆞ라갓더니 진 압히 니르러 계방이 말을 두로혀며 웨여 왈,

"쥬긔롤 오ᄂᆞᆯ 잡지 못ᄒᆞ면 다시 어디 ᄯᅢ롤 기다리리오? ᄲᆞᆯ니 말긔 나려 미이라."

쥬긔 이 말을 드ᄅᆞ미 마음이 어즐ᄒᆞ여 도치롤 바리고 ᄯᅡ히 것구러지니 좌우 군시 잡아가거ᄂᆞᆯ 남궁괄이 쥬긔의 잡 【14】 혀가ᄆᆞᆯ 보고 디로ᄒᆞ여 픙님을 급히 치더니 픙님이 ᄯᅩ 거즛 픠ᄒᆞ여 말을 두로혀 다라나니 남궁괄이 비록 져의 도술을 아나 엇지 이 ᄯᅢ롤 당ᄒᆞ여 그만두고 도라오리오? 말을 달녀 급히 ᄯᆞ로더니 픙님이 ᄯᅩ 고기롤 두로혀 진언을 념ᄒᆞ며 닙으로셔 검은 긔운을 토ᄒᆞ니 그 긔운이 남궁괄의 길을 막으며 붉은 구술 하나히 니다라 남궁괄을 맛쳐 말긔 나리치니 모든 군시 니다라 잡아가거ᄂᆞᆯ 즈이 두 장슈의 잡혀가ᄆᆞᆯ 보고 징쳐 군을 거두니 계방이 진의 도라와 장(帳)의 안고 남궁괄·쥬긔롤 잡아드려 계하의 ᄭᅮᆯ니고 문왈,

"이졔도 네 날을 업슈이 너길다?"

남궁괄이 고셩 디즐 왈,

"니 이의 쥬롤 도와 은혜롤 만히 닙엇더니 비록 일조의 네 요괴로온 슐의 ᄲᆞ져시나 엇지 한번 죽기롤 앗기리오?"

계방이 픙님을 명ᄒᆞ여 냥인을 함거(陷車)의 가도왓다가 셔 【15】 긔롤 파ᄒᆞᆫ 후 조가의 드러가 쳐치ᄒᆞ리라 ᄒᆞ고 이튼날 계방이 ᄯᅩ 셩하의 와 ᄊᆞ홈을 도도니 즈이 디경ᄒᆞ여 사롬을 계방의게 부려 왈,

"두 편 군시 다 피로ᄒᆞ엿ᄂᆞᆫ지라 슈일을 쉬여 다시 승부롤 결ᄒᆞ리라."

ᄒᆞ고 군ᄉᆞ롤 니지 아니ᄒᆞᆫ디 계방이 디쇼 왈,

"강상이 니게 한번 픠ᄒᆞ고 두려 다시 ᄊᆞ호지 아니ᄒᆞ니 니 이 ᄯᅢ롤 타 이놈을 잡으리라."

ᄒᆞ고 셩을 급히 치니 즈이 아모리 홀 줄 몰나 계장으로 더부러 계교롤 의논ᄒᆞ더니 쇼졸이 보ᄒᆞ디,

"문밧긔 한 도동이 두 슐위박회롤 타고 화쳠창을 들고 뵈ᄆᆞᆯ 쳥ᄒᆞᄂᆞ이다."

즈이 괴이히 너겨 드러오라 ᄒᆞ니 도동이

계하의 와 결ᄒ여 왈,

"뎨지 각별이 와 뵈ᄂ이다."

ᄌ이 문왈,

"션싱은 어디로셔 오시뇨?"

도동 왈,

"뎨ᄌ는 건원산(乾元山) 금강동(金光洞) 티을진인(太乙眞人)의 문인 니나탁(李哪吒)이러니 인간과 션간이 비록 다르나 쥬왕(紂王)이 인【16】졍을 힝치 아니ᄒ여 황음무도ᄒ고 무왕은 덕틱이 스히의 미츠니 오라지 아녀 텬하롤 졍ᄒ올지라. 니러므로 우리 스뷔 쇼질(小侄)을 보닉여 셔기롤 도으라 ᄒ시더이다."

ᄌ이 디희ᄒ여 니뎐의 다리고 드러와 군신 지녜롤 베픈 후 황비회 밧그로셔 드러오다가 나탁을 보고 젼일 구완ᄒ 일을 비스ᄒ디 탁이 문왈,

"드르니 젹병이 셩을 침노ᄒ다 ᄒ니 엇던 장쉬 군ᄉ롤 언마나 거ᄂ려왓ᄂ뇨?"

황비회 답왈,

"청농관 총병 장계방이 션봉 풍님으로 더브러 십만 군을 거ᄂ려 와시더 그 용밍과 도슐이 비홀디 업셔 두 장슈롤 년ᄒ여 잡아갓ᄂ지라 니러므로 우리 승상이 군ᄉ롤 거두어 셩을 직희고 ᄊ호지 아니ᄒ더니 오늘 션싱이 와 ᄊ홈을 도으려 ᄒ니 이는 셔기의 복이로다."

나탁 왈,

"니 임의 스부의 명을 바다 쥬왕【17】을 도으려 ᄒᄂ니 엇지 공슈ᄒ고11) 이시리오?"

ᄒ고 ᄌ아다려 왈,

"승상이 약긴 군ᄉ롤 쥬어든 뎨지 셩의 나가 젹장을 잡아오리이다."

ᄌ이 디희ᄒ여 허락ᄒ디 나탁이 명을 바다 셩의 나오고져 ᄒ더니 쇼졸이 보ᄒ디,

"장계방의 션봉 풍님이 ᄶ 셩하외 외 ᄊ홈을 도도나이다."

나탁이 디로ᄒ여 화쳠창을 들고 풍화류을 모라 셩의 나오니 한 장쉬 오츄마(烏騅馬)롤 타

---

11)【공슈ᄒ다】園 {공수(空手)하다.} 손을 놀리다. 수수방관하다. ¶ 袖手傍觀 ‖ 니 임의 스부의 명을 바다 쥬왕을 도으려 ᄒᄂ니 엇지 공슈ᄒ고 이시리오? (吾既下山來佐師叔, 豈有袖手傍觀之理!) <西周 10:17>

고 낭아봉을 들고 셔시디 낫치 퍼러ᄒ고 나롯시 벌거ᄒ며 엄니 브ᄅ도닷더라. 나탁이 웨여 왈,

"네 엇던 도젹놈이완디 감히 셔기롤 침노ᄒ여 셩쥬롤 히코져ᄒᄂ뇨?"

그 장쉬 나탁을 보고 디셩 왈,

"너는 엇던 아히완디 반젹을 도와 텬병을 항거ᄒᄂ뇨?"

나탁이 답왈,

"나는 강승상 스질(師侄) 나탁이어니와 너는 총병 장계방인다? 한 번 ᄊ화 ᄌ웅을 결ᄒ리라."

풍님 왈,

"나는 션봉장 풍님이러니 네 엇지 우【18】리 쥬장의 일홈을 아ᄂ다?"

나탁 왈,

"너 일홈 아란지 오린지라 너는 너 젹쉬 아니니 너란 드러가고 네 장슈 장계방이 나오나든 한 번 ᄊ홈을 결ᄒ리라."

풍님이 디로ᄒ여 낭아봉을 들고 다라들거늘 나탁이 창을 드러 셔로 이십여 합을 ᄊ호더니 풍님이 거즛 피ᄒ여 다라나거늘 나탁이 풍화류을 모라 ᄶ로더니 풍님이 머리 도로혀 진언을 념ᄒ며 닙으로셔 붉은 구술 하나히 검은 긔운으로조츠 니다라 바로 나탁의 낫츠로 오거늘 나탁이 숀으로 구술을 쳐 믈니치고 쇼왈,

"네 엇지 젹은 계규롤 베퍼 날을 히코져ᄒᄂ뇨?"

풍님이 나탁의 화슈 믈니치는 양을 보고 웨여 왈,

"네 엇지 감히 니 법슐을 파ᄒᄂ뇨?"

ᄒ고 말을 두로혀 다시 ᄊ호고져 ᄒ셔늘 나탁이 표피(豹皮) 쥬머니로셔 건곤권(乾坤圈)을 너여 풍님을 바라며 치니 풍님이 왼편 엇게롤 마즌 말기【19】 업디여 다라나거늘 나닥이 원문의 조츠와 니로디,

"풍님이 임의 피ᄒ여 다라나시니 장계방이 ᄶ 나와 너 지조롤 보라."

계방이 군중의셔 승부롤 기다리더니 풍님이 피ᄒ여 오믈 보고 갑쥬롤 갓초고 진 밧긔 나와 웨여 왈,

"네 엇던 도젹이완디 너 션봉을 히ᄒᄂ뇨?"

나탁 왈,

"드르니 네 도슐을 베퍼 젹장을 싱금(生擒)
ᄒ기를 잘ᄒᆞᆫ다 ᄒᆞ니 오늘 날을 니긔면 너 항복
ᄒᆞ여 네 슈하 쟝쉬 되리라."
ᄒᆞ고 화쳠창을 두로고 다라드니 계방이 ᄯ ᄒᆞᆮ 빗겨
창을 둘너 셔로 ᄡᅡ호니 번개 쟝공을 두루며 묽
은 셔리 달아리 빗쵠 듯ᄒᆞ더라.12) 두 쟝쉬 삼ᄉ
십합을 ᄡᅡ호더니 나탁은 졈졈 창ᄡᅳᄂᆞᆫ 법이 더ᄒᆞ
디 계방은 졈졈 글너가ᄂᆞᆫ지라 니긔지 못ᄒᆞᆯ 줄
헤아리고 왈,

"네 오늘날 슐위의 나려 항복지 아니ᄒᆞ면
일졍 너를 죽이리라."
ᄒᆞ고 진녁ᄒᆞ여 【20】 ᄡᅡ호거눌 나탁이 조곰도 겁
니지 아니ᄒᆞ고 더옥 졍신을 가다듬아 치니 계방
이 디경ᄒᆞ여 ᄉᆡᆼ각ᄒᆞ디 '니 긔특ᄒᆞᆫ 도슐 곳 베프
면 아모 쟝쉬라도 날을 니긔지 못ᄒᆞ더니 오늘
이놈은 엇던 요괴완디 니 도슐을 피ᄒᆞᄂᆞᆫ뇨' ᄒᆞ
고 년ᄒᆞ여 셰번을 브르니 나탁이 ᄭᅮ지져 왈,

"필뷔 엇지 간ᄉᆞᄒᆞᆫ 계교를 너여 날을 속이
려ᄒᆞᄂᆞᆫ뇨?"
ᄒᆞ고 급히 치니 창ᄡᅳᄂᆞᆫ 법이 뇽이 벽히의 번득
이며 샹셜이 바람의 날니는 듯ᄒᆞᆫ지라13) 계방이
엇지 당ᄒᆞ리오? 14)창을 바리고 왼 몸의 피를 흘
니고 다라나거눌 나탁이 건곤권을 드러 계방의
좌비(左臂)를 맛치니 계방이 겨유 몸을 보젼ᄒᆞ
여 진의 도라와 급히 치관을 브려 경ᄉᆞ의 보ᄒᆞ
다.

나탁이 긔가를 울니고 도라오니 즈인 즁장
을 거ᄂᆞ리고 문밧긔 나와 마ᄌᆞ 왈,

"장군의 승뷔 엇더ᄒᆞ뇨?"
나탁이 냥장의 년ᄒᆞ여 픠ᄒᆞᆫ 줄 【21】 을 고
ᄒᆞᆫ디 즈인 우문 왈,

"도젹이 네 일홈을 뭇더냐?"
나탁이 디왈,

"도젹이 비록 쇼장의 일홈을 열 번을 브른
들 무슴 두려오미 이시리잇가?"

즁장이 일시의 나아와 왈,

"장군이 ᄡᅡ홈을 니긔여 셔긔의 위엄을 븕
히니 이후는 감히 우리를 업슈이 너기지 못ᄒᆞ리
로다."

즈인 ᄯᅩ ᄉᆞ례 왈,

"장군이 ᄡᅡ홈을 니긔여 우리 위엄을 븕히
니 은혜를 엇지 갑흐리오?"

무왕이 몸을 굽혀 왈,

"셔긔 군민이 다 지략이 갓지 못ᄒᆞ여 ᄡᅡ홈
을 년ᄒᆞ여 픠ᄒᆞ고 장슈를 여러홀 일헛더니 장군
이 각별이 와 우리를 도와 ᄡᅡ홈을 니긔고 젹병
으로 ᄒᆞ여곰 우리를 다시 업슈이 너기지 못ᄒᆞ게
ᄒᆞ니 이 은혜 젹지 아니ᄒᆞᆫ지라. 텬쉬 힝혀 쥬의
도라와 텬하를 졍홀진디 장군을 즁히 봉ᄒᆞ여 은
혜를 갑흐리라."

나탁이 ᄉᆞ례 왈,

"쇼장이 비록 한 【22】 ᄡᅡ홈을 니긔여시나
엇지 미양 바라리잇고?"
ᄒᆞ더라. 인ᄒᆞ여 조회를 파ᄒᆞ니 즈인 마을의 도
라와 한가히 안ᄌᆞ 왈,

"나탁이 비록 한 ᄡᅡ홈을 니긔여시나 은왕
이 다시 디병을 보니여 치면 한 나탁을 밋어 엇
지 ᄯᅩ 니긔믈 어드리오?"
ᄒᆞ더라.

---

12) 번개 쟝공을 두루며 묽은 셔리 달아리 빗쵠
    듯: 如飛電繞長空, 似風聲吼玉樹.
13) 뇽이 벽히의 번득이며 샹셜이 바람의 날니는
    듯: 似銀龍翻海底, 如瑞雪滿空飛.
14) 여기서부터는 원문 제37회 '姜子牙一上崑崙'의
    내용에 들어감.

37

강즈아일상곤뉸(姜子牙一上崑崙)

즈아(子牙) 빅가지로 싱각다가 왈,

"니 곤뉸산의 가 스부롤 보고 계규롤 뭇고져 ᄒ디 인간의 나려완지 오린지라 엇지 임의로 션간(仙間)의 올나가리오?"

ᄒ고 상을 의지ᄒ여 조으더니 믄득 원시텬존(元始天尊)이 압히 와 니로디,

"니 네게 와 ᄊ홈 니길 계교롤 뭇고져 홀진디 니일 삼경의 몸을 감초와 올나오라. 네 쥬왕을 도와 공을 일우면 일홈이 죽빅의 드리오리니 무슴 히로오미 이시리오?"

즈아 【23】 놀나 ᄭ치니 한 쑴이라. 티희ᄒ여 이튼날 아침의 조복을 갓초고 뎐의 드러오니 무왕(武王)이 문왈,

"무슴 급흔 일이 잇관디 상뷔(相父) 이디도록 일즉 드러오뇨?"

즈아 디왈,

"신이 쥬공(周公)을 하직고 곤뉸산의 올나가 스싱을 보와 ᄊ홈 니길 계교롤 뭇고져 ᄒᄂ이다."

무왕이 디경 왈,

"곤뉸산이 길히 멀고 스이(四夷)의 은나라 장쉬 만히 잇ᄂ지라 엇지 경히 가고져 ᄒᄂ뇨? ᄒ믈며 젹병이 셩하의 잇ᄂ지라 상뷔 나가면 그 스이 계교롤 눌노 더브러 의논ᄒ리오?"

즈아 디왈,

"신이 이번 가오미 오리면 삼일이오 슈이 오면 이일 니의 도라오리이다."

무왕 왈,

"상뷔 슈히 도라와 고(孤)로 ᄒ여곰 기다리게 말나."

즈아 하직고 마을의 나와 나탁(哪吒)과 무길(武吉)을 블너 왈,

"니 젹으덧[1] 단여 올거시니 너희 냥인이 셩을 직희여 젹병과 ᄊ호지 말고 니 도라오기롤 기다리라."

냥장 【24】 슈명(受命)ᄒ고 나가거놀 즈아 이날 밤의 목욕ᄒ고 옷슬 밧고와 닙고 몸을 감초와 곤뉸산을 향ᄒ여 긔린이(麒麟崖)의 니르니 쳔쥬(千株) 노빅(老柏)은 연하(煙霞)롤 ᄯ쓰여 몸을 반만 감초왓고 긔화요초는 춘식을 닷호며 골문의는 일쵸취록(茸草翠綠)이 가득ᄒ고 션학난봉(仙鶴鸞鳳)은 쌍쌍이 나라들고 빅녹현원(白鹿玄猿)은 임의로 단이니 경기 무궁ᄒ지라. 탄왈,

"십년 스이의 풍경이 더옥 빗ᄂ도다."

ᄒ고 힝ᄒ여 옥허궁(玉虛宮)의 니르니 텬존이 빅학동즈(白鶴童子)롤 명ᄒ여 드러오라 ᄒ거놀 즈아 디하의 니르러 졀ᄒ고 왈,

"뎨지 쥬왕을 도와 만민을 무휼ᄒ더니 쳥농관 종병 장계방(張桂芳)이 니병을 거느러 와 요슐을 베퍼 셔기롤 급히 치니 뎨즈의 지죄 약ᄒ고 계괴 진(盡)ᄒ여 각별이 와 스부긔 구완ᄒ시믈 쳥ᄒᄂ이다."

텬존이 답왈,

"네 인간 지상이 되여 쥬나라 복녹을 바드니 가 【25】 히 아롬답도다. 셔기는 셩쥬의 ᄯ히라 작은 도젹이 엇지 침노ᄒ리오? 일이 급흔 쩌

---

1) 【젹으덧】 閉 잠깐(사이). ¶ 니 젹으덧 단여 올거시니 너희 냥인이 셩을 직희여 젹병과 ᄊ호지 말고 니 도라오기롤 기다리라 (你與武吉好生守成, 不必與張桂芳廝殺, 待我回來再作凶晝.) < 西周 10:23>

다드르면 즈연 긔특혼 사롬이 셔기롤 도으리니 샐니 나려가 격병을 막으라.”

즈이 감히 다시 뭇지 못ᄒ고 밧그로 나오더니 빅학동지 ᄯ라와 니로디,

“스뷔 브르신다.”

ᄒ거놀 즈이 급히 드러가니 텬존 왈,

“네 만일 급혼 ᄲ 다드르면 동희로셔 긔특혼 장쉬 와 도을 거시니 잘 디졉ᄒ라. ᄯ 쥬나라 운쉬 머러시니 셜혼 여슷 번 ᄭ혼 후 즈연히 텬하롤 어드리라.”

ᄒ고 구술 갓혼 거술 쥬며 왈,

“네 길히 신령 곳 만나거든 이롤 더져 원을 일우라.”

즈이 하직고 오더니 남극션옹(南極仙翁)이 와 뵈거놀 즈이 왈,

“니 부러[2] 와 스부끠 격병 믈니칠 계교롤 뭇즈오디 스뷔 치 니르지 아니시니 엇지ᄒ리오?”

션옹 왈,

“즈아ᄂᆫ 근심치 말나. 즈연 환을 버셔나리라.”

ᄒ거놀 【26】 즈이 하직고 몸을 감초와 나려오더니 믄득 뒤히셔 한 사롬이 웨여 왈,

“승상은 어디 가ᄂ뇨?”

즈이 밧비 오노라 디답지 아니혼디 그 사롬이 압히 ᄯ라와 갈오디,

“승상이 엇지 인간 부귀롤 탐ᄒ여 옛 졍을 니졋ᄂ뇨?”

즈이 도라보니 한 도인이 머리의 쳥건(靑巾)을 쓰고 몸의 학창의(鶴氅衣)롤 닙고 호로롤 츠고 ᄯ라오니 이ᄂᆫ 녜 스괴던 신공표(申公豹)어놀 즈이 녜ᄒ고 왈,

“니 밧비 인간의 나려가노라 현뎨의 브르ᄂᆫ 쇼리롤 듯지 못ᄒ여시니 원컨더 현뎨ᄂᆫ 죄롤 스ᄒ라.”

신공표 문왈,

“드르니 스형이 쥬의 벼슬ᄒ여 복녹이 극

ᄒ엿다 ᄒ더니 오날 무슴 연고로 밧비 단여가ᄂ뇨?”

즈이 답왈,

“니 문왕(文王)을 도와 벼술이 승상의 잇더니 문왕이 죨ᄒ시미 그 아들 무왕을 너게 의탁ᄒ여시미 무왕을 두어 히롤 도와 션왕의 덕업을 니으니 삼분 텬하의 그 둘 【27】 홀 두엇고 팔빅 졔휘 다 공을 드려 신하롤 일ᄏ고 도라오니 쥬의 텬하 어드미 엇지 어려오리오? ᄒ믈며 봉이 기산의셔 우니 이ᄂᆫ 요슌젹 시졀이라 은왕이 졍스롤 일허 셩탕귀쉬 진ᄒ여시니 니러므로 니 무왕을 도와 은을 멸ᄒ고 만민을 평안코져 ᄒ노라.”

신공표 왈,

“그디ᄂᆫ 무왕을 도와 셩탕 텬하롤 아스려 ᄒ거니와 나ᄂᆫ 은 텬즈롤 셤겨 셩탕 사직을 직희고 일홈을 후셰의 빗니고져 ᄒ노라.”

즈이 디로 왈,

“젼의 현뎨 날노 더부러 스부의 엄녕(嚴令)을 드럿ᄂ지라 오날 엇지 언약을 져바리려 ᄒᄂ뇨?”

신공표 왈,

“쥬ᄂᆫ 비록 덕이 이시나 죨연이 니러난 사롬이오 은 텬즈ᄂᆫ 셩탕 덕업을 니어 뉴빅년 텬하롤 다스렷ᄂ니 스형이 날노 더부러 은을 도와 셔기롤 멸ᄒ미 엇더ᄒ뇨?”

즈이 졍식 왈,

“현뎨의 말이 그르다. 현뎨 젼의 【28】 스부의 명을 바들졔 날노 더브러 언약을 졍녕이 ᄒ엿더니 오날 엇지 마음이 변ᄒ엿ᄂ뇨?”

신공표 노식이 낫치 가득ᄒ여 답왈,

“그디 임의 쥬롤 도으려 ᄒ거니와 나ᄂᆫ 그디롤 좃지 아니ᄒ리로다. 그디 블과 스십년 공부롤 닷갓ᄂ니 무슴 두려오미 이시리오?”

즈이 왈,

“니 비록 쥬롤 도와 혼군을 치려 ᄒ나 지죄 블민ᄒ니 현뎨ᄂᆫ 날을 조츠 쥬롤 도으면 일홈이 후셰의 빗나리라.”

신공표 왈,

“그디 지죄 젹은 줄을 스스로 아ᄂ도다. 그디ᄂᆫ 막 도슐을 베퍼야 오힝의 슐을 힝홀 ᄯ롬이어니와 나ᄂᆫ 사롬이 니 머리롤 버혀 공중의

신공표 문왈,

“드르니 스형이 쥬의 벼술ᄒ여 복녹이 극

---

2) 【부러】⊞ 일부러. ¶ 니 부러 와 스부끠 격병 믈니칠 계교롤 뭇즈오디 스뷔 치 니르지 아니시니 엇지ᄒ리오? (師兄, 我上山參謁老師, 懇求指點, 以退張桂芳, 老師不肯慈悲, 奈何, 奈何!) <西周 10:25>

더지면 쳔만니나 갓다가 닙으로 진언을 넘흐면
다시 와 예수로온 사룸이 되느니 엇지 그디롤
두려흐리오? 니 도슐을 힝흐여 그디롤 뵈여든
그디 마음을 도로혀 은왕을 도으려 흐느냐?"

즈이 싱각 【29】 흐디 '이 사람이 비록 신
통흐미 무궁흐나 엇지 사람의 스성을 마음디로
흐리오?' 신공표다려 왈,

"현뎨 만일 신통을 브려 앗가 니른던 말과
갓치 흐면 맛당이 그디롤 조츠 은을 도으리라."

신공푀 왈,

"형이 진실노 실신(失信)을 아니흐랴?"

즈이 허락흐디 신공푀 도건(道巾)을 버셔
바리고 보검을 샌혀 제 목을 버혀 공즁의 더지
니 몸이 구러지눈지라 즈이 괴이히 너겨 공즁을
치미러 보니 공표의 목이 바로 구룸 속으로 가
거눌 즈이 아모리 홀 줄 몰나 셔기로 오고져 흐
더니 이젹의 남극션옹이 즈아롤 쓰라 긔린이(麒
麟崖)의 니른럿더니 믄득 공즁을 보니 신공표의
머리 구룸 속의 잇거눌 싱각흐디 '신공푀 일졍
즈아롤 쇽이미로다' 흐고 빅학동즈롤 블너 왈,

"네 공즁의 뜬 져 사룸의 머리롤 믈고 운
즁(雲中)의 숨엇다가 한시만 지나거든 나 잇눈
디로 나려오라."

동 【30】 지 명을 듯고 본상을 니여 공즁의
치다라 신공표의 머리롤 믈고 남다히3)로 다라
나거눌 즈이 디경흐여 아모리 홀 줄 모로더니
믄득 한 사룸이 녑흘 잡아당긔거눌 즈이 도라보
니 이는 옥허궁의셔 니별흐고 온 남극션옹이어
눌 즈이 문왈,

"도형(道兄)이 엇지 날을 츠즈왓느뇨?"

션옹이 즈아다려 왈,

"너는 인간육신이미 신공표의 도슐을 모로
눈도다. 한시만 지나면 그 목이 다시 나려오리
니 근심 말나. 니 그디 신공표의 계교의 샌진
줄 알고 빅학동즈롤 명흐여 목을 감초와 신공표
롤 쇽이려 흐노라."

즈이 왈,

"도형이 그른다. 빅학이 힝혀 그 머리롤
다른 곳의 샌지오면 엇지흐리오? 니 슈이 도라
가 셔기롤 구완코져 흐느니 도형이 섈니 져 사
룸을 살와 니 마음의 거릿기미4) 업게 흐라."

션옹 왈,

"그디는 근심치 말나. 텬쉬 발셔 셔기로
흐여곰 삼십 뉴번을 싼 【31】 혼 후 공을 일우라
흐엿느니 엇지 속졀업시 근심흐리오?"

즈이 쏘 션옹긔 쳥흐여 신공표롤 살오고져
흐더니 빅학동지 남다히로 나려와 신공표의 머
리롤 나리치니 공푀 즉시 바다 제 몸의 언고 진
언을 넘흐니 예수로온 사룸이 되거눌 션옹이 쑤
지져 왈,

"업츅이 엇지 픠두지슐을 힝흐여 즈아롤
혹게 흐여 쥬롤 멸흐려 흐느뇨? 니 텬존긔 고흐
여 죄롤 붉히리라."

신공푀 참괴흐여 도라가려 흐더니 즈이 위
로 왈,

"현뎨 날노 흐여곰 거의 반일을 슈고흐니
원컨디 죄롤 스흐라."

신공푀 즈아롤 쑤지져 왈,

"네 셔기로 도라가 오러지 아냐 빅골젹산
(白骨積山)이 되리라."

흐고 빅익호(白額虎)롤 타고 가거눌 즈이 션옹
을 니별흐고 몸을 감초와 도라오더니 즈연이 동
히의 니른니 히되(海濤) 파랑(波浪)흐며 운뮈 상
년(相連)흐엿거눌 즈이 디경 왈,

"니 셔기로 가더니 엇지 이곳의 왓느뇨?"

[이는 텬존이 즈아로 【32】 흐여곰 즈연 이곳의 오게 흐미러
라]

흐고 다시 셔기로 도루 오고져 흐더니 믄득 믈
결 속으로셔 한 흉악흔 사룸이 나오며 웨여 왈,

"니 이곳의 이션지 오러디 사룸의 얼골을
엇지 못흐엿더니 오눌 디인을 맛나니 이는 지성
흔 부뫼로다. 디인이 만일 니 녕혼이 바다흘 쩌
나 사룸의 얼골을 엇게 흐면 이 은혜롤 엇지 니
즈리잇고?"

즈이 문왈,

---

3) 【남다히】 ⑲ 남쪽. ¶ 南海 ‖ 동지 명을 듯
고 본상을 니여 공중의 치다라 신공표의 머리롤
믈고 남다히로 다라나거눌 (童子得法旨, 便化鶴
飛起, 把申公豹的頭銜着往南海去了.) <西周
10:30>

4) 【거릿기다】 ⑧ 거리끼다. ¶ 니 슈이 도라가
셔기롤 구완코져 흐느니 도형이 섈니 져 사룸을
살와 니 마음의 거릿기미 업게 흐라 <西周
10:30>

"너는 엇던 신녕인다?"

그거시 왈,

"나는 황뎨 헌원시(軒轅氏)의 총병 관빅감(官柏鑒)이러니 헌원시 치우(蚩尤)롤 치실졔 군중의 상ᄒ여 희즁의 샌젼지 슈쳔 년이 지나시디 이곳을 쩌나지 못ᄒ엿ᄂ이다."

즈이 혜오디 '스부의 니르시던 말솜이 일졍 이 신령을 맛나든 구완ᄒ라 ᄒ시미니 너 엇지 이 신령을 구완치 아니리오' ᄒ고 쥬머니로셔 구술 갓흔 거술 너여 빅감을 바라며 더지니 뇌졍 갓흔 쇼리 진동ᄒ며 빅감이 놀나 믓희 【33】 니다르니 홀연 사롬의 도리 일윗거놀 즈이 더희 왈,

"네 아직 이곳의 잇다가 다시 너 녕을 듯고 쥬왕을 도으라."

빅감이 고두비스ᄒ고 가거놀 즈이 몸을 감초와 셔긔의 오니 무길·나탁 등이 셩을 굿이 직희여 쌋호지 아니ᄒ엿거놀 즈이 문왈,

"장계방이 우리 셩을 침노ᄒ더냐?"

이장이 디왈,

"젹병이 안병부동ᄒ더이다."

즈이 조복을 갓초고 너뎐의 드러가니 무왕이 마즈 문왈,

"상뷔 곤뉸산의 가더니 무슴 계교롤 비화 오뇨?"

즈이 디왈,

"스승이 션간 일을 누셜치 아니려ᄒ여 즈셰히 니르지 아니터이다."

무왕 왈,

"날을 위ᄒ여 슈고로오믈 피치 아니ᄒ고 먼 길의 단여오니 고의 마음이 편치 아니토다."

즈이 스례 왈,

"노신이 나라홀 위ᄒ미 엇지 죽기롤 피ᄒ리잇고? 다만 션간 긔특ᄒ 계교롤 비호지 못ᄒ믈 뉘웃ᄂ이다."5)

무왕이 좌우롤 명 【34】 ᄒ여 진치롤 비셜ᄒ고 친히 잔을 드러 즈아롤 권ᄒ여 왈,

"상뷔 고롤 위ᄒ여 먼 길의 단여오니 고의

---

5) 【뉘웃다】 圖 뉘우치다. ¶ 노신이 나라홀 위ᄒ미 엇지 죽기롤 피ᄒ리잇고? 다만 션간 긔특ᄒ 계교롤 비호지 못ᄒ믈 뉘웃ᄂ이다 <西周 10:33>

마음이 엇지 평안ᄒ리오?"

즈이 잔을 바다 마실시 술이 두어 슌 지나미 잔치롤 파ᄒ고 마을의 나와 졔장을 블너 왈,

"장계방이 일졍 경스의 구완을 쳥ᄒ고 진을 직희여 군스롤 쉬오니 너 이 스이롤 타 져놈을 속이리라."

ᄒ고 황비호·나탁·신갑·신면을 블너 귀의 다혀 왈,

"너희 니리니리ᄒ면 공이 일니라."

스장이 명을 듯고 나가니라.

장계방이 나탁의게 피ᄒ 후 영을 직희고 구완병을 기다리더니 이경은 ᄒ여 믄득 포셩이 스면으로 니러나거놀 장계방이 쌜니 말긔 올나 창을 두로고 니다르니 나탁이 픙화륜을 모라 압홀 즛쳐오며 황비회 오식 신우롤 달녀 뒤흐로 즛쳐오고 신갑·신면이 좌우로 모라 오는지라 화광이 【35】 조요ᄒ고 진셰 엄졍ᄒ거놀 계방은 나탁을 마즈 쌋호고 픙님은 황비호롤 마즈 쌋호니 좌우 영은 직흰 장쉬 업셔 군시 쇼동ᄒ더니 신갑·신면이 츙살(衝殺)ᄒ여 즁군(中軍)의 니르니 쥬긔와 남궁괄이 함거의 드럿거놀 씨치고 냥인을 너여 스장이 합녁ᄒ여 동츙셔돌ᄒ여 맛나는 족족 죽이니 죽엄이 뫼 갓고 피흘너 너히 되엿더라. 모든 군시 각각 셩명을 보젼ᄒ여 다 나거놀 계방 등이 겨유 슈십 긔롤 거느려 동으로 닷더니 동방이 붉거놀 보니 기산 동녁 언덕이어놀 머므러 영치롤 셰우고 계방이 통곡 왈,

"너 장쉬 되여 여러번 쌋호디 이더도록 피ᄒ 젹이 업더니 오늘 셔기의 와 허다 군졸을 다 죽이고 명이 겨유 보젼홀 쥴을 엇지 알니오?"

ᄒ고 문셔롤 닷가 사롬을 경스의 보니니 틱시 글을 보고 디경 왈,

"져젹의 사롬을 보니 【36】 여 구병을 쳥ᄒ여시디 마을의 홀 일이 만흔지라 병을 발치 못ᄒ엿더니 니러트시 피ᄒ여신 쥴 엇지 알니오? 노뷔 친히 디병을 거느려 가고져 ᄒ디 요스이 바야흐로 동남이 진졍치 못ᄒ여 홰 경스의 미출지라 이롤 장ᄎ 엇지ᄒ리오?"

ᄒ고 아모롤 보닐 쥴 아지 못ᄒ여 ᄒ거놀 길닙(吉立)이 진왈,

"틱시 엇지 사롬을 못어더ᄒ시ᄂ니잇고? 삼산오악 즁의 두어 장쉬롤 명ᄒ여 셔긔롤 치라

ᄒ면 더시 닐니이다.”

6)티시 박장디쇼 왈,

“만일 네 계괴 아니런들 젹병을 못 파ᄒ홀낫다.”

ᄒ고 여경(余慶)·길닙을 블너 왈,

“너희 니 마을을 직희여 날을 기다리고 남이 나 간 곳을 뭇거든 병드러 누엇다 ᄒ라. 슈일이 못ᄒ여 도라오리라”

ᄒ고 흑긔린을 모라 뫼흐로 오니 이ᄂ 산즁 신긔로온 즘싱이오 션가 도슐을 잠간 아ᄂ지라 반시 못ᄒ여 구룡도(九龍島)의 니ᄅ니 【37】 긔화요초와 창숑녹죽이 츈식을 닷ᄒ논디 가온디 한 션긔 잇거눌 깁히 드러가지 못ᄒ여 두로 단이며 풍경을 구경ᄒ더니 동지 안흐로셔 나오거눌 티시 문왈,

“네 스승이 무스 일을 ᄒ시ᄂ뇨?”」

동지 디왈,

“숑하의셔 바독두시ᄂ이다.”

티시 왈,

“네 드러가 보ᄒ디 은 티스 문즁이 각별이 와 뵈와지라 ᄒᄂ이다 ᄒ거라.”

티시 젼의 스괴여 단이던 비라 동지 드러가더니 이득고 네 도시 나오니 일홈은 왕마(王魔)·양삼(楊森)·고우건(高友乾)·니흥피(李興霸)라. 잇다감 산간으로 돌며 신션을 스괴여 노니 별호ᄂ ‘녕쇼뎐 스장’(靈霄殿四將)이라 ᄒ더라. 네 도인이 티스ᄅ 마즈 골의 드러와 녜ᄅ 맛춘 후 니로디,

“형이 무슴 급ᄒ 일이 잇관디 이디도록 먼니 왓ᄂ뇨?”

티시 답왈,

“니 나라 은혜ᄅ 바다 벼슬이 상위(相位)의 잇더니 요스이 요인(妖人) 강상(姜尙)이 셔기 쥬왕을 도와 나라흘 반ᄒ거눌 장계방 【38】 을 보니여 죄ᄅ 뭇고져 ᄒ더니 니긔지 못ᄒ여 군스ᄅ 다 일흐니 니 친히 가 치고져 ᄒ디 국가의 직희장쉬 업술 분 아니라 동남 계휘 반ᄒ여 홰 경수의 밋쳣ᄂ지라 니리므로 각별이 와 한 판 힘을 빌고져 ᄒᄂ이다.”

왕미 왈,

“티시 먼니 와 쳥ᄒ시니 우리 가 구완ᄒ리이다.”

티시 디회 왈,

“공 등이 은을 도으려 ᄒ니 이 은혜ᄅ 엇지 니즈리오?”

왕매 왈,

“티시 도라가든 우리 조초 가리이다.”

티시 비스ᄒ고 몬져 도라오니 스인이 조초 ᄒᆞᆼᄒ여 은으로 오니라. 스인이 조가의 가 승상부ᄅ 츠즈 오니 티시 마즈 녜필의 슐을 나와 셔로 권ᄒ더니 이튼날 티시 조복을 갓초고 니뎐의 드러가 쥬왈,

“신이 구룡도의 잇ᄂ 네 도인을 쳥ᄒ여 왓ᄂ니 폐히 쳥ᄒ여 보시고 장계방 구완ᄒᆞ믈 쳥ᄒ쇼셔.”

쥐 디회ᄒ여 좌우ᄅ 명ᄒ여 스인을 블너오 【39】 라 ᄒ디 이윽고 스인이 명을 바다 드러오니 왕마ᄂ 일즈건(一字巾)을 쓰고 슈합복(水合服)을 닙어시니 얼골이 망월 갓고, 양삼은 도복을 닙어시니 낫치 검고 나롯시 븕으며 눈셥이 누르고, 고우건은 쌍상토ᄅ 쓰고 홍포ᄅ 닙어시니 낫치 퍼러ᄒ며 머리털이 벌거ᄒ고, 니흥피ᄂ 금관을 쓰고 담황포ᄅ 닙어시니 얼골이 므른 디 초빗 갓흐며 슈염이 길고 킈 다엿 즈이나 흔지라. 쥐 한번 보미 넉시 몸의 븟지 아녀 아모말도 못ᄒ더니 스인이 고두 왈,

“우리 각별이 와 폐하ᄅ 도와 도적을 치려 ᄒᄂ이다.”

쥐 디회ᄒ여 티스ᄅ 명ᄒ여 스인을 현경년의 기 잔치ᄒᆞ어 디졉ᄒ라 ᄒ고 이튼날 쥐 스인다려 왈,

“션싱네 짐을 도와 도적을 치려 ᄒ거든 샐니 빌힝ᄒ고 지완치 말나.”

스인이 하직고 셔기로 ᄒᆞᆼᄒ다.

---

6) 여기서부터는 원문 제38회 ‘四聖西岐會子牙’의 내용에 들어감.

38
亽셩셔기회즈아(四聖西岐會子牙)

【40】 네 도인이 명을 듯고 조가롤 쩌나 슈둔법(水遁法)을 힝ᄒ여 기산 아리 니ᄅ니 장계방(張桂芳)·픙님(風林)이 듯고 디희ᄒ여 진 밧긔 나 마즈 드러와 녜필 후 왕매 문왈,

"문틱시(聞太師) 우리롤 쳥ᄒ여 공을 도으라 ᄒ니 승픠 엇더ᄒ뇨?"

픙님이 나탁(哪吒)과 싸혼 연고롤 즈시 고ᄒ더 왕매 왈,

"니 장군의 상흔 디롤 곳치리라."

ᄒ고 션단 하나홀 너여 상흔 곳의 붓치고 닙으로 블며 진언을 념ᄒ니 반일이 못ᄒ여 상흔 곳이 하리거눌1) 왕매 왈,

"이제는 상흔 곳도 하리고 우리 다 모다시니 엇지 보슈롤 아니ᄒ리오?"

계방이 디희ᄒ여 일셩 포향의 삼군이 납함

---

1) 【하리다】 阌 낫다. ¶ 愈 ‖ 션단 하나홀 너여 상흔 곳의 붓치고 닙으로 블며 진언을 념ᄒ니 반일이 못ᄒ여 상흔 곳이 하리거눌 (葫蘆中取一粒丹, 口嚼碎了搽上, 卽時全愈.) <西周 10:40>

(吶喊)ᄒ고 동문의 니ᄅ 즈아(子牙) 계방의 오믈 듯고 졔장다려 왈,

"이놈이 반ᄃ시 구병을 ᄎᄌ 와시니 너희 각각 졍신을 가다듬아 젹병을 믈니치게 ᄒ라."

즁장이 녕을 듯고 가더니 이튼날 쇼교(小校) 보ᄒ디,

"계방이 승상을 쳥ᄒ여 말ᄒ자 ᄒᄂ이【41】다."

즈아 모든 군ᄉ롤 거ᄂ리고 셩 밧긔 나와 웨여 왈,

"픠군흔 장쉬 어니 낫츠로 왓ᄂ뇨?"

계방 왈,

"승픠는 병가(兵家)의 상시니 무슴 붓그러오미 이시리오?"

즈아 답고져 ᄒ더니 은 진즁으로셔 네 흉악흔 장쉬 너다ᄅ니 하나흔 일즈건을 쓰고 슈합복을 닙고 폐간(狴犴)을 [긔도 갓고 여오도 갓흔 것]타시며 하나흔 도복 닙고 산예(狻猊)롤[ᄉ지라] 타시며 하나흔 금관 쓰고 담황포 닙고 징녕(猙獰)을 탓시며 하나흔 쌍상토 쓰고 호표 닙고 화반표(花斑豹)[큰 범이라]롤 타시니 폐간 타니는 왕마(王魔)오 산예 타니는 양슴(楊森)이오 징녕 타니는 니흥픠(李興霸)오 화반표 타니는 고우건(高友乾)이라. 쥬진 장슈들이 다 놀나 말긔 나려지더 오직 나탁과 황비회(黃飛虎) 조곰도 마음을 동치 아니터니 네 도인이 웨여 왈,

"요인 강상(姜尙)은 샐니 나려 미이믈 바드라."

즈아 겨유 니러 고두 왈,

"亽위 도형은 어니곳 신션이시니잇고?"

왕매 왈,

"나는 구룡도 년긔ᄒ는 도시오 이 세 사롬은 다【42】문하의 잇는 도시러니 문틱亽의 쳥ᄒ믈 인ᄒ여 네 죄롤 뭇고져 ᄒ노라. 너희 나니ᄅ는 세마디 말을 드ᄅ면 너희롤 침노치 아니ᄒ리라."

즈아 왈,

"도형이 분부ᄒ시면 조츠리이다."

왕매 왈,

"하나흔 네 님군이 친히 나와 항복ᄒ미오 둘지는 부고롤 난화 우리 삼군을 쥬미오 셋지는 황비호롤 잡아 은진의 도라가미니 너희 만일 니

말을 듯지 아니면 셔기롤 줏질너 황〈빅골을 민
들니라."

주이 답왈,

"도형이 그른다. 쥬공(周公)이 은나라 신하
로셔 본토롤 직희여 한 일도 그르미 업거눌 엇
지 반흔다 호리오? 두가지 일은 다 도형의 분부
디로 조츠리니 삼일 말미롤 쥬셔든 네로 도형의
게 보니리니 도형은 잠간 셩을 굿치고 기다리쇼
셔."

호고 군〈롤 파호여 셩의 도라오니 황비회 진
왈,

"승상이 우리 부즈롤 잡아 슈이 은진의 보
니시고 쥬공의 【43】게 히 밋지 아니케 호쇼
셔."

주이 왈,

"장군은 의심말나. 니 앗가 비록 져의 흉
악흐믈 보고 겁니여 그리 닐너시나 엇지 장군을
미여 젹진의 보니리오? 니 즈연 베플 계괴 이시
리니 장군은 도라가 편히 쉬라."

모든 장쉬 즐겨 아니호는 빗치 낫치 가득
호여 믈너나다.

이날밤 삼경의 주이 무길(武吉)·나탁을
블너 왈,

"너희 젼쳐로2) 셩을 직희여 경젹지 말고
니 녕을 기다리라."

호고 후당의 드러가 목욕호고 옷술 가라닙고 토
둔법(土遁法)을 힝호여 옥허궁(玉虛宮)의 니르러
문밧긔 셧더니 이윽고 동지 나와 문왈,

"〈숙이 무슴 일노 밧비 오시니잇고?"

주이 왈,

"셔기의 급흔 일이 이시니 〈부믜 뵈와 계
교롤 급히 뭇고져 호노라."

동지 안흐로 드러가더니 이윽고 나와 니르
니,

"〈뷔 드러오라 호신다."

호거눌 주이 칠보디 아리 니르러 네필의 쑤러
고왈3),

"뎨지 여러히 쥬왕을 도 【44】와 한번도
환난을 만난 젹이 업더니 어졔 구룡도의 잇는
네 도인이 각각 흉악흔 즘싱을 타고 와 셔기롤
치려 호미 감히 여러번 계교롤 뭇고져 호느이
다."

텬존이 쇼이 답왈,

"즘싱이란 거슨 쳔틱만상이니 엇지 괴이호
미 이시리오? 나도 긔특흔 즘싱을 너롤 쥬어 졀
노 호여곰 괴이히 너기게 호리라."

호고 동즈롤 명호여 도원의 가 〈블상(四不相)
을 가져오라 호여 주아롤 쥬며 왈,

"네 인간육신으로 이 즘싱 타기 블가호나
네 니 문하의셔 〈십년 도롤 닷가시미 너롤 쥬
어 인간 사롬으로 호여곰 긔특이 너기게 호리
라."

호고 남극션옹을 명호여 신편(神鞭)을 가져오라
호니 길희 삼쳑 뉵촌 오분이오 스믈 한마디 이
시니 마디마다 긔특흔 부작을 쎳더라. 주아롤
쥬며 왈,

"네 이 치롤 가져다가 젹병을 졔어호면 무
삼 두리미 이시리오?"

주이 비〈호고 나오고져 【45】 호더니 텬존
이 쏘 힝황긔(杏黃旗)롤 너여오니 빗치 긔특호
고 오치 어릯엿더라. 주아롤 쥬어 왈,

"네 이 긔롤 가지고 인간의 나려가 젹병을
졔어호면 당호리 업〈리라."

호고 우왈,

"북희의 긔특흔 장쉬 이시디 씨롤 못어더
호느니 네 북희의 가 이 사롬을 다려가디 만일
슌죵치 아니호거든 힝황긔롤 ᄲᅡ히 잇고 진언을
념호면 즈연 슌죵호리라."

호고 한 언진을 가르치거눌 주이 비〈고두 왈,

"〈뷔 뎨즈롤 위호여 쥬왕을 도으려호시니
〈히 평졍호미 근심이 업도쇼이다."

호고 〈블상을 타고 북희로 오니 〈블의 발닷는
디마다 블긔운이 니러나며 벽녁 갓흔 쇼리 진동
호더라. 반시 못호여 북희의 니르니 파되 흉용
(洶湧)호며 운뮈 즈옥호엿는디 슈즁 교룡이 히
변의 둘넛거눌 주이 두로 단이며 풍경을 ᄀᆞ경호
더 【46】 니 믄득 뫼아리로셔 광풍이 디작호며
한 흉악흔 거시 니다르니 머리는 비얌 갓고 흉
호기는 징녕 갓고 목은 거유4) 갓고 나롯슨 시

<hr>

2) 【젼쳐로】 ⑭ [이]젼쳐럼. ¶ 너희 젼쳐로 셩
    을 직희여 경젹지 말고 니 녕을 기다리라 (子牙
    乃香湯沐浴, 分付武吉·哪吒防守.) <西周 10:43>
3) 원문에는 이 대목이 원시천존의 말로 되어
    있다.

오5) 갓고 귀는 쇼 갓고 몸은 고기 갓고 빗치 찬난ᄒ며 발은 범의 발 갓흐며 숀은 코기리 발 갓흐니 거동이 흉악ᄒ거늘 즈이 일신의 똠을 흘니며 다라나고져 ᄒ더니 그거시 웨여 왈,

"강상 육신은 엇지 날을 보고 녜롤 힝치 아니ᄒᄂ뇨?"

즈이 문왈,

"너는 엇던 업츅이완디 감히 날을 보고 히ᄒ려 ᄒᄂ뇨?"

그거시 답왈,

"네 오늘은 환을 면치 못ᄒ리라."

ᄒ고 거동이 흉악ᄒ거늘 즈이 즉시 힝황긔룰 언덕의 쏫고 진언을 넘ᄒ니 그 요괴 감히 흉흔 마옴을 니지 못ᄒ거늘 즈이 꾸지져 왈,

"니 엇지 네게 환을 버셔나지 못ᄒ리오? 네 이 긔롤 샌히면 니 즉시 항복ᄒ리라."

그 요괴 즉 다라드러 두 손으로 긔롤 샌히고 【47】 져 ᄒ니 예스 인간의 잇는 긔와 다른지라 엇지 감히 제어ᄒ리오? 반일을 붓들고 닙뛰디 츄호도 움죽이지 못ᄒ거늘 즈이 왈,

"너는 샌히지 못ᄒ여시니 니 이 긔롤 샌혀든 네 날을 조초 갈다?"

그거시 디쇼 왈,

"나도 샌히지 못ᄒ엿거든 네 엇지 감히 샌히리오? 만일 져 긔롤 샌히면 네게 졀ᄒ여 스승을 슴으리라."

즈이 싱각ᄒ디 '니 이졔야 이놈을 항복바

드리라' ᄒ고 한 쇼리롤 지르고 그 긔롤 샌히니 긔 숀을 응ᄒ여 뇌졍 갓흔 쇼리 나며 그 긔 공즁의 나지니 즈이 즐왈,

"네 이졔도 날을 업슈이 너길다?"

그거시 웨여 왈,

"원컨디 승상은 목슘을 술오쇼셔. 오늘 상션(上仙)을 범흔믄 니 죄 아니라 신공표(申公豹) 날다려 왈 '상션이 일졍 너롤 츠즈라 이곳의 올 거시니 상션의 명을 히ᄒ여 원슈롤 갑흐라' ᄒ거늘 신공표의 말을 듯고 감히 상션을 히ᄒ려 ᄒ엿【48】ᄂ이다."

즈이 문왈,

"너는 어디로셔 난 거시며 일홈은 무어시라 ᄒᄂ뇨?"

그거시 디왈,

"쇼호(少昊) 시젹붓허 이곳의 이셔 장싱블스ᄒ는 법을 비화 도롤 닷가시니 별호는 뇽슈회(龍鬚虎)라 ᄒᄂ이다."

즈이 우문 왈,

"네 부모는 엇던 사롬이뇨?"

뇽슈회 디왈,

"나는 부뫼 업셔 텬디 녕긔(靈氣)와 일월졍화롤 화흔 몸이니 나히 겨유 만년이 지나시디 한번도 병드러 본 일이 업스니 스싱을 어더 도롤 닷근 후 그 스승이 날을 흉악다 ᄒ여 바리고 가니 이곳의 이셔 고초롤 격고 잇ᄂ이다. 원컨디 디션(大仙)은 날을 다려다가 아모 쇼임이나 맛지쇼셔."

즈이 디희 왈,

"네 임의 날을 조추가려 ᄒ면 졀ᄒ여 데즈의 녜도롤 힝ᄒ라."

뇽슈회 즉시 ᄯᅡ히 업디여 데즈의 녜롤 힝ᄒ거늘 즈이 뇽슈호로 더브러 스블상을 한가지로 타고 힝ᄒ여 셔기 셩밧긔 니르니 뇽슈회 셩【49】 드러가 무왕긔 뵈믈 쳥ᄒ거늘 즈이 문왈,

"너롤 다려오미 다른 일이 아니라 격병을 믈니치고져 ᄒ미니 무슨 도슐을 잘ᄒᄂ뇨?"

뇽슈회 왈,

"데즈의 도슐은 팔미질을 잘ᄒᄂ니 돌을 드러 공즁을 향ᄒ여 더지면 그 쇼리롤 응ᄒ여 아모거시라도 찌여지ᄂ이다."

---

4) 【거유】⑲ 거위. ¶ 鵝‖ 믄득 뫼아리로셔 광풍이 디작ᄒ며 한 흉악흔 거시 너다ᄅ니 머리는 비얌 갓고 흉ᄒ기는 징녕 갓고 목은 거유 갓고 나롯손 시오 갓고 귀는 쇼 갓고 몸은 고기 갓고 빗치 찬난ᄒ며 발은 범의 발 갓흐며 숀은 코기리 발 갓흐니 (頭似駝, 猙獰凶惡; 項似鵝, 挺折梟雄. 鬚似蝦, 或上或下; 耳似牛, 凸暴雙睛. 身似魚, 光輝燦爛; 手似鶯, 電灼鋼鉤, 足似虎.) <西周 10:46>

5) 【시오】⑲ 새우. ¶ 蝦‖ 믄득 뫼아리로셔 광풍이 디작ᄒ며 한 흉악흔 거시 너다ᄅ니 머리는 비얌 갓고 흉ᄒ기는 징녕 갓고 목은 거유 갓고 나롯손 시오 갓고 귀는 쇼 갓고 몸은 고기 갓고 빗치 찬난ᄒ며 발은 범의 발 갓흐며 숀은 코기리 발 갓흐니 (頭似駝, 猙獰凶惡; 項似鵝, 挺折梟雄. 鬚似蝦, 或上或下; 耳似牛, 凸暴雙睛. 身似魚, 光輝燦爛; 手似鶯, 電灼鋼鉤, 足似虎.) <西周 10:46>

즈이 디회ᄒ여 농슈호로 더브러 셩의 드러
오니 모든 장쉬 쇼리ᄒ여 왈,

"승상의 뒤히 스긔(邪氣)의 거시 붓허 오ᄂ
이다."

즈이 쇼왈,

"이는 스긔 아니라 북히 명장 농슈회니 니
뎌즈 되여 적병을 믈니치려 ᄒᄂ니라."

ᄒ고 나탁·무길다려 문왈,

"요사이 셩외 쇼식이 엇더ᄒ뇨?"6)

무길이 디왈,

"적병이 한번도 싼홈을 쳥치 아니터이다."

이적의 장계방이 영의 이셔 황비호롤 기다
리더 쇼식이 업ᄂ지라 왕매 왈,

"강상이 날을 속여 반신을 잡아보너지 아
니ᄒ니 셔기롤 못지르리라."

양삼(楊森) 왈,

"강상이 우 【50】 리롤 여러날을 속여시니
군사롤 니로혀 죄롤 뭇고져 ᄒ노라."

장계방 왈,

"냥장군의 말이 올ᄒ니 우리 군사롤 니로
혀 셔기 군신을 다 항복바드미 엇더ᄒ니잇고?"

네 도인이 디회ᄒ여 퓽님으로 션봉을 삼고
일셩 포향의 셔기 셩하의 니르니 즈이 즉시 나
탁·농슈호·무셩왕으로 더브러 스블상을 타고
셩밧긔 나와 진을 베프니 왕매 디로 즐왈,

"젼의 말믜 쩌러진 강상이 엇지 우리롤 속
이고 스블상을 곤뉸산의 가 비러와 우리롤 결우
려 ᄒᄂ뇨?"

ᄒ고 보셤을 두로고 다라들거눌 즈아의 뒤ᄒ로
셔 나탁이 화쳠창을 두로고 픙화륜을 달녀 웨여
왈,

"왕매 엇지 감히 우리 승상을 히코져 ᄒᄂ
뇨?"

ᄒ고 셔로 마즈 싼호니 냥진 고각(鼓角)이 텬디
진동ᄒ더니 양삼이 원문의셔 승핀롤 보미 나탁
의 창쓰는 법이 졈졈 긔특ᄒ지라 왕매 피홀가
두려 표피 쥬머니 속 【51】 으로셔 쳔쥬(天珠)
[구슬이라] 롤 너여 나탁을 향ᄒ여 더지니 나탁이
밋쳐 피치 못ᄒ여 엇게롤 마즈 싼히 나려지거눌
왕매 다라드러 잡고져ᄒ더니 황비회 창을 두로

고 다라드러 나탁을 구ᄒ고 왕마로 마즈 싼호더
니 왕매 쏘 쳔쥬롤 더져 비호롤 맛쳐 말의 나리
치거눌 농슈회 웨여 왈,

"쇼젹이 엇지 감히 우리 장슈롤 히ᄒ려 ᄒ
ᄂ뇨?"

ᄒ고 너다르니 왕매 디경ᄒ여 다라나고져 ᄒ더
니 고우건이 농슈호의 흉악ᄒ믈 보고 헌원보쥬
(混元寶珠)로 농슈호의 가슴을 맛치니 농슈회
겨유 황비호롤 구ᄒ여 도라오니 왕마·양삼이
일시의 쥬진으로 다라들거눌 즈이 좌우롤 도라
보니 세 장쉬 다 피ᄒ여 뒤진으로 다라나고 중
군이 다 븨엿ᄂ지라 겁너여 다라나고져 ᄒ더니
니홍퓌 쏘 디쥬(地珠)롤 날녀 즈아의 가슴을 맛
치니 즈이 피롤 토ᄒ고 스블상의 업더여 셔북을
바라고 다라나니 왕매 쏘르며 【52】 디호 왈,

"강상은 섈니 싼히 나려 죽기롤 면ᄒ라."

ᄒ고 싼로기롤 급히 ᄒ니 즈이 졍신이 몸의 붓
지 아녀 죽기롤 바리고 다라나더니 왕매 디쇼
왈,

"네 비록 오늘 다라나고져 ᄒ나 엇지 감히
우리롤 도망ᄒ리오?"

ᄒ고 쳔쥬롤 날녀 쯕뒤롤 맛치니 즈이 쇼리롤
지르고 싼히 나려지거눌 왕매 쇼리ᄒ고 다라드
러 즈아롤 잡으려ᄒ더니 믄득 드르니 동다히로
셔 한 노리쇼리 나니 그 쇼리의 왈,

야슈쳥풍불류(野水淸風拂柳)

디즁슈면표화(池中水面飄花)

차문안거하쳐(借問安居何處)7)

빅운심쳐위기(白雲深處爲家)

야슈쳥풍이 버들을 움죽이니

비러 뭇ᄂ니 안거 어니 곳이뇨

니즁 슈면의 꼿과 풀의

빅운 깁흔 곳의 집을 믿드럿도다.

왕매 괴이히 너겨 도라보니 스무인젹ᄒ더 동편
언덕 우희 구룡산 【53】 운쇼동 문슈광법텬존(文
殊廣法天尊)이 한 도동을 다리고 셧거눌 왕매

---

6) ᄒ뇨: 원래는 없으나 문맥상 첨기함.

7) 원래는 제2구와 제3구가 바뀌어 있으나 원문에
   의거하여 운(韻)에 맞게 다시 바꾸어 놓았고, 번
   역문은 흐름상 그대로 두었음.

215

문왈,

"도형이 엇지 이곳의 와 계시니잇고?"

텬존이 답왈,

"니 오늘 오문 주아룰 구코져 ᄒᆞ미로다. 주아는 예수 사름이 아니라 옥허궁 원시텬존의 명을 바다 인간의 나려와 쥬왕을 도와 공을 일우려 ᄒᆞᄂᆞ니 네 만일 곳이 듯지 아니커든 니 너 룰 위ᄒᆞ여 세가지 텬슈룰 니르리라. 하나흔 셩 탕 긔쉬 진ᄒᆞ엿고 둘흔 셔기의 진쥬(眞主) 낫고 세흔 강주이 셔기 복녹을 바다 만민을 진졍ᄒᆞ라 ᄒᆞ엿ᄂᆞ니 도위 엇지 원슈업슨 주아룰 죽이려 ᄒᆞ 뇨? 주이 오늘 비록 네 손의 죽을지라도 다시 살와닐 지 이시니 도우는 슈고말고 도라가라."

왕매 왈,

"도형이 엇지 날을 속이ᄂᆞ뇨? 사름이 한번 죽으면 다시 살기 어려오니 도형의 말을 듯지 아닛노라."

ᄒᆞ고 보검을 들고 다라드니 텬존의 뒤흐로셔 한 도 【54】 동이 더호 왈,

"나는 텬존의 뎨주 금탁(金吒)이러니 오늘 너룰 죽여 강승상의 원슈룰 갑흐리라."

ᄒᆞ고 뫼 아리셔 왕마로 더브러 싼호더니 텬존이 둔뇽츈(遁龍椿)을 니여 왕마룰 향ᄒᆞ여 더지니 그 속으로셔 금권(金圈) 셰히 니다라 하나흔 목 을 맛치고 하나흔 허리룰 맛치고 하나흔 발을 맛쳐 싸히 것구러지거눌 8)금탁이 칼홀 드러 왕 마룰 버힌디 텬존이 들의 나려와 주아룰 보니 발셔 긔졀ᄒᆞ여 인스룰 일헛거눌 텬존이 단약을 니여 믈의 타 주아의 닙의 브으니 이윽고 주이 니러 안주 문왈,

"션싱은 어디 계시관디 날을 술와니여계시 니잇고?"

텬존이 답왈,

"나는 구룡산 운슈동 문슈광법텬존이러니 각별이 와 그디룰 구ᄒᆞ엿노라."

주이 비스 왈,

"니 비록 션가 법도룰 비화시나 인간의 나 려완지 오린지라 도형의 얼골을 밋쳐 싱각지 못 ᄒᆞ여 【55】 녜룰 일허시니 원컨디 죄룰 스ᄒᆞ라."

ᄒᆞ고 금탁을 가르쳐 문왈,

"이는 엇던 도동이니잇고?"

텬존 왈,

"이는 니 뎨주 금탁이러니 도뎨 다려가 한 가지로 공을 일우디 셩즁의 가 니 말을 누셜치 말나."

ᄒᆞ고 도라 금탁다려 왈,

"네 스숙을 조츠 쥬룰 도와 공을 일우라."

주이 디희ᄒᆞ여 금탁을 다리고 셩의 드러오 니 무왕이 주아의 쇼식을 몰나ᄒᆞ더니 주아룰 보 고 썰니 ᄯᅳ히 나려 마져 왈,

"상뷔 피ᄒᆞ여 어니 곳의 갓다가 도라오 뇨?"

주이 금탁을 가르쳐 왈,

"이 도동 곳 아니런들 노신의 명이 보젼키 어렵더이다."

ᄒᆞ고 금탁을 마주온 말만 고ᄒᆞ고 텬존의 말은 고치 아니ᄒᆞ니라. 주이 하직고 마을의 도라왓더 니 이튼날 평명의 쇼괴 보ᄒᆞ디,

"세 도인이 노긔더발ᄒᆞ여 셩밧긔 와 싼홈 을 도도ᄂᆞ이다."

주아는 상ᄒᆞ디 치 하리지 못ᄒᆞ엿는지라 쟝 슈룰 보니고져 ᄒᆞ더 【56】 니 금탁 왈,

"뎨지 나가 젹병을 믈니치고 오리이다."

주이 왈,

"네 혼즈 나가셔는 공을 일우지 못ᄒᆞ리라."

ᄒᆞ고 나탁을 명ᄒᆞ여 한가지로 나가라 ᄒᆞ더 금 탁·나탁이 세 도인으로 더브러 셩밧긔 디진ᄒᆞ 미 세 도인이 니룰 갈며 ᄭᅮ지져 왈,

"역젹 강상이 니 도형을 죽이뇨?"

ᄒᆞ고 일시의 다라들거눌 금·나 냥탁이 쏘 각각 병긔룰 들고 니드라 마주 싼호니 홍운이 외외ᄒᆞ 며 살긔 등등ᄒᆞ더니 주이 싱각ᄒᆞ디 '니 노스의 쥬시던 신편으로 도젹을 졔어ᄒᆞ리라' ᄒᆞ고 즉시 치룰 드러 공즁의 더지고 진언을 넘ᄒᆞ니 치 싯 흐로셔 블꼿치 니다라 고우건의 니마룰 맛쳐 나 리치니 양삼이 고우건의 죽으믈 보고 디로ᄒᆞ여 바로 주아의게 다라들거눌 나탁이 건곤권을 날 녀 양삼을 치니 양삼이 몸을 기우려 피ᄒᆞ며 ᄭᅮ 지져 왈,

"오늘 너희룰 죽이지 아니 【57】 면 밍셰코

---

8) 여기서부터는 원문 제39회 '姜子牙氷凍岐山'의 내용에 들어감.

고향의 도라가지 아니ᄒ리라."

금탁이 디로ᄒ여 둔뇽츈을 드러 양삼을 치니 양삼이 밋쳐 피치 못ᄒ여 마ᄌ 짜히 나려지거늘 금탁이 보검을 드러 두 조각의 ᄂ너고 군ᄉ롤 모라 은병을 즛치니 장계방이 픙님으로 고건과 양삼의 죽ᄂ 양을 보고 분을 참지 못ᄒ여 일시의 죽으믈 바리고 다라들거늘 나탁이 마ᄌ 쌋호더니 믄득 셩듕으로셔 포셩이 나며 한 장쉬 금갑 은투고의 빅마롤 타고 장창을 들고 나오니 이ᄂᄂ 황비호의 말지 텬상(天祥)이러라. 텬상이 군마롤 모라 젹병을 씨치니 계방 등이 픠ᄒ여 다라나거늘 텬상이 창을 드러 픙님을 죽여 말긔 나리치니 은병이 디픠ᄒ여 진의 도라와 샬니 믄셔롤 닷가 경亽의 구병을 쳥ᄒ라 보ᄂ다.

ᄌ아 크게 니긔여 셩의 도라오니 금탁 왈,

"亽슉이 오날 비록 한 쌋홈을 니긔여시나 마음을 프러바 【58】 리지 말고 ᄂ너일 다시 쌋화 장계방을 잡으쇼셔."

ᄌ아 올히 너겨 이튼날 평명의 셩문을 크게 열고 삼군이 납함ᄒ여 나아오니 계방이 디로ᄒ여 원문의 나와 웨여 왈,

"역젹이 엇지 텬조 원슈롤 업슈이 너기ᄂ뇨?"

ᄒ고 말을 노화 다라들거늘 ᄌ아의 뒤ᄒ로셔 황텬상이 창을 들고 ᄂ너다라 이십여 합을 쌋호더니 ᄌ아 젼녕ᄒ여 금탁만 진을 직희오고 모든 장쉬 다 나가 도으라 ᄒ니 빅달(伯達)·빅괄(伯适)·즁돌(仲突)·즁홀(仲忽)·슉야(叔夜)·슉화(叔夏)·계슈(季隨수)·계화(季騧)·모공슈(毛公遂)·쥬공단(周公旦)·쇼공셕(召公奭)·녀공망(呂公望)·남궁괄(南宮适)·신갑(辛甲)·신면(辛免)·티젼(太顚)·굉요(閎夭)·황명(黃明)·쥬긔(周紀) 등이 ᄂ너다라 장계방을 에워 치디 오히려 계방이 진녁ᄒ여 이십 장슈롤 디젹ᄒ더니 은 진듕으로셔 쏘 니홍픠 병긔롤 두로고 ᄂ너닷거늘 ᄌ아 금탁다려 왈,

"네 샬니 나아가 홍픠와 쌋호라. 너 쏘 진듕의셔 쌋홈을 도으리라."

금탁이 명을 듯고 보검을 두로고 홍픠롤 마 【59】 ᄌ 쌋호더니 장계방·홍픠 비록 용밍ᄒ고 도슐이 만ᄒ나 셔쥬 무슈흔 장슈롤 엇지 디젹ᄒ리오? 각각 병긔롤 바리고 다라나거늘 나탁이 창을 드러 홍픠롤 지르니 홍픠 픠ᄒ여 다라

나거늘 나탁이 픙화륜을 모라 ᄯ로며 ᄌ인 ᄯ로 진듕의셔 신편을 두ᄅ니 홍픠 셰 어려오믈 보고 징녕을 급히 모라 다라나거늘 나탁이 장계방의게 다라드러 줏치니 계방이 ᄯ 다라나거늘 조젼(晁田)·조뢰(晁雷) ᄯ 진듕으로셔 ᄂ너다라 웨여 왈,

"계방은 샬니 말긔 나려 항복ᄒ라. 만일 항복지 아니면 오날 너롤 죽여 육장을 민들니라."

계방이 조젼 등의 ᄯ로믈 보고 고긔롤 두로혀 ᄉ우지져 왈,

"반젹이 엇지 국은을 져바리고 날을 핍박고져 ᄒᄂ뇨? 너희 무리ᄂ 진실노 살기롤 탐ᄒ여 츙졀을 앗기지 아니ᄒᄂ 무리로다."

금탁·나탁이 쏘 웨여 왈,

"네 엇지 큰 말을 ᄂ너 【60】 여 우리롤 슈욕ᄒᄂ뇨? 우리 오날 너롤 죽여 빅셩의 한을 씨스리라."

ᄒ고 좌우로 다라드니 계방이 픠치 못홀 쥴 알고 조가롤 향ᄒ여 웨여 왈,

"신이 능히 공을 셰워 은혜롤 갑지 못ᄒ고 오늘날 예셔 죽어 신하의 졀을 다ᄒᄂ이다."

ᄒ고 창으로 먹질너 죽으니 은 군시 반남아 항복ᄒ거늘 ᄌ인 크게 니긔여 긔가(凱歌)롤 울니고 셩의 도라오니라.

홍픠 겨유 환을 버셔 동다히로 다라나니 그 탄 즘싱은 션간 긔특흔 즘싱이라 亽족(四足)이 ᄯ히 붓지 아냐 슈빅여 리롤 닷더니 믄득 한 곳의 다ᄃᄅ니 한 도인이 송암의 의지ᄒ여 셧거늘 홍픠 헤오디 '이기시 일졍 ᄂ니 눈의 헛거시 뵈ᄂ두다' ᄒ고 바회의 나려 쉬며 왈,

"너 어ᄂ 낫츠로 히도의 도라가 도즁 붕우롤 보리오? ᄂ니 다시 문틔亽긔 구병을 쳥ᄒ여 이 한을 씨스리라."

ᄒ더라.

39
강즈아빙동기산(姜子牙氷凍岐山)

【61】 니흥픠(李興霸) 바회 아리 안즈 반일을 쉬고 니러 가고져ᄒᆞ거늘 그 남긔 의지ᄒᆞ엿던 도인이 몸을 움죽여 나려오며 노릭를 브르거늘 니흥픠 디경 왈,

"니 앗가 헛거시 뵈는가 ᄒᆞ엿더니 과연 졍 도인이랏다."

ᄒᆞ고 블너 왈,

"도인은 어디로셔 오는 도인인다?"

그 도인이 언덕 아리 나려 네ᄒᆞ고 왈,

"노스는 어디곳의 계신 도인이완더 앗가 그리 밧비 오시니잇고?"

흥픠 답녜 왈,

"나는 구룡도 년긔(煉氣)ᄒᆞ는 도스 니흥픠러니 장계방(張桂芳)을 도와 셔기를 치다가 군시 픠ᄒᆞ고 동뢰 다 죽으며 명을 도망ᄒᆞ여 다라나더니 도동은 어디로셔 오는 사름이뇨?"

도동이 답왈,

"나는 구궁산(九宮山) 빅학동(白鶴洞) 보현

진인(寶賢眞人)의 뎨즈 목탁(木吒)이러니 스부의 명을 바다 강즈아(姜子牙)를 도와 쥬를 멸ᄒᆞ여 공을 세우려ᄒᆞ더니 네 일졍 도망ᄒᆞ여 가는 장 【62】 쉰가 시부니 잡아 셔기의 가 즈아를 뵈리라."

니흥픠 디로 왈,

"업축이 감히 날을 업슈이 너기느뇨?"

ᄒᆞ고 쌍검을 들고 다라드니 목탁이 ᄯᅩ 보검을 들어 셔로 ᄊᆞ호니 이 보검은 예스 보검이 아니라 흥픠 엇지 당ᄒᆞ리오? 목탁이 거즛 픠ᄒᆞ여 다라나며 보검을 공중의 나리쳐 흥픠를 바아쳐 죽이고 토둔법을 ᄒᆡᆼᄒᆞ여 셔기의 오니 즈인 마즈드려 녜필 후의 문왈,

"너는 어디로셔 오는 도동이뇨?"

금탁(金吒)이 겻히 잇다가 디왈,

"이는 뎨즈의 아오 목탁이니 구궁산 빅학동 보현진인의 뎨지니이다."

즈인 디희 왈,

"형뎨 삼인이 셔쥬를 도으려ᄒᆞ니 일홈이 스긔(史記)의 빗날 뿐 아니라 셔기 일졍 텬하의 쥐 되리로다."

ᄒᆞ고 즐겨ᄒᆞ더라. 장계방의 고급(高急) 문세 조가의 니르니 틱시 장슈를 갈히여 보너려ᄒᆞ더니 믄득 스슈관 총병 한영(韓榮)이 고급ᄒᆞ여시더 '여슷 사름 【63】 이 다 공을 일우지 못ᄒᆞ고 다 죽으니 남은 군시 다 쥬의 항복ᄒᆞ다' ᄒᆞ여늘 틱시 상을 박츠며 쇼릭질너 왈,

"여섯 사름이 다 엇지 도적의 숀의 죽은고? 너 위 인신의 극ᄒᆞ여 나라 은혜 틱산 갓흐디 감히 경스를 뷔오지 못ᄒᆞ여 도형을 쳥ᄒᆞ여 보너엿더니 오늘 이 긔별이 이실 쥴 엇지 알니오?"

ᄒᆞ고 급히 북을 울녀 졔장을 모화 왈,

"너 젼의 구룡동의 잇는 네 도인을 쳥ᄒᆞ여 장계방을 도으라 ᄒᆞ엿더니 고급이 왓시더 세 도형은 죽고 하나흔 간 곳이 업고 장계방·풍님(風林)이 ᄯᅩ 젼망(全亡)ᄒᆞ엿다 ᄒᆞ니 뉘 나라흘 위ᄒᆞ여 셔기를 쳐 이 한을 씨스리오?"

언미필의 좌장군 노웅(魯雄)이 응성 왈,

"쇼장이 원컨디 군스를 거느려 가 젹을 파ᄒᆞ리이다."

틱시 왈,

"노장군이 나히 늙고 지죄 젹은지라 공을 일우지 못ᄒᆞᆯ가 두리노라."

노옹이 디쇼 왈,

"장계방은 쇼년 용지오 풍님【64】은 젹은 필뷔라 니러므로 군시 픠ᄒᆞ고 몸이 죽엇거니와 쇼장은 용병ᄒᆞᄂᆞᆫ 법슐이 타인과 달나 몬져 텬시ᄅᆞᆯ 살피며 후의 디리ᄅᆞᆯ 보고 가온디로 인ᄉᆞ롤 아라 문으로 쓰며 무로 직희고 직희기ᄅᆞᆯ 고요히 ᄒᆞ고 발ᄒᆞ기ᄅᆞᆯ 법으로 ᄒᆞ니 망ᄒᆞᆯ디 다ᄃᆞ라도 존ᄒᆞ며 죽을데 다ᄃᆞ라도 살고 약ᄒᆞ여도 능히 강ᄒᆞ니ᄅᆞᆯ 니긔며 작아도 능히 만흐니ᄅᆞᆯ 졔어ᄒᆞ여 변홰 무궁ᄒᆞ고 도슐이 블측ᄒᆞ니 엇지 져 만셔기 셔졀구투의 무리ᄅᆞᆯ 두려ᄒᆞ리잇고? 티시 두어 부장과 슈쳔 병을 쥬셔든 한번 힝ᄒᆞ미 공을 일우리이다."

티시 왈,

"노장군이 비록 나히 늙으나 츙졀을 직희여 도젹을 치려ᄒᆞ니 이 일홈이 후셰의 빗나리로다."

ᄒᆞ고 비즁(費仲)·우혼(尤渾)으로 부장을 삼고 티시 왈,

"장계방·풍님이 쌋홈을 니긔지 못ᄒᆞ여 진의셔 죽엇다 ᄒᆞ니 너 노옹으【65】로 상장군을 삼고 티우(大夫) 두 사람으로 참군을 삼아 셔기ᄅᆞᆯ 치려ᄒᆞ니 만일 공을 일우면 작녹이 엇지 젹으리오?"

비즁 등 왈,

"우리ᄂᆞᆫ 다 지조 업손 문관이라 엇지 참군이 되여 도젹을 능히 치리잇고?"

티시 왈,

"공 등이 다 응변ᄒᆞᆯ 지죄 이시니 엇지 무장의게 지리오? 니러므로 노뷔 친히 길일이로디 국가의 착ᄒᆞᆫ 장쉬 업셔 동남 병마ᄅᆞᆯ 막ᄌᆞ른지 못ᄒᆞᆯ지라 공 등으로 참군을 삼아 상장군 노옹을 조ᄎᆞ가게 ᄒᆞ노라."

좌우ᄅᆞᆯ 명ᄒᆞ여 참군 인슈(印綬)ᄅᆞᆯ 가져다가 쥬고 이날 잔치ᄅᆞᆯ 비셜ᄒᆞ고 셰사롬의게 친히 잔을 드러 권ᄒᆞ여 왈,

"공 등이 만일 공을 일우면 텬ᄌᆞ긔 쥬ᄒᆞ여 토디ᄅᆞᆯ 만히 봉ᄒᆞ게 ᄒᆞ리라."

ᄒᆞ고 오만 졍병을 샌 쥬니 노옹이 틱일ᄒᆞ여 우마ᄅᆞᆯ 죽여 보독(寶纛)의 졔(祭)ᄒᆞ고 조가ᄅᆞᆯ 쩌나

셔기로 향ᄒᆞ니 이 ᄣᅢᄂᆞᆫ 계하 밍츄 스이라. 텬긔 심히 더【66】우니 삼군이 홋옷시 갑쥬ᄅᆞᆯ 갓초고 날호여 힝ᄒᆞ니 ᄉᆞ면의 일졈 미풍이 업고 하늘의 흑긔 ᄭᅵ여시니 장졸이 다 ᄯᆞᆷ을 흘녀 하로 겨요 오십 니는 힝ᄒᆞ더니 노옹이 군ᄉᆞᄅᆞᆯ 모라 오관의 나오니 쇼괴 보ᄒᆞ디,

"ᄌᆞ아 텬병을 파ᄒᆞᆫ 후로 마음이 더옥 교죵ᄒᆞ여 나라흘 셤길 ᄯᅳᆺ이 업다."

ᄒᆞ거늘 노옹이 급히 군ᄉᆞᄅᆞᆯ 모라 깁흔 나모 슈플의 진치니 ᄌᆞ아 듯고 왈,

"이놈들을 죽여 위엄을 빗ᄂᆞ리라."

ᄒᆞ고 남궁괄(南宮适)·무길(武吉)을 명ᄒᆞ여 오쳔 인마ᄅᆞᆯ 거ᄂᆞ려 기산 우희 진쳐 젹병을 벙으리와드라1) ᄒᆞ니 두 장쉬 슈명(受命)ᄒᆞ여 가거늘 이튼날 ᄌᆞ아 즁장을 모화 왈,

"이 ᄣᅢ 텬긔 염열ᄒᆞᆫ디 군ᄉᆞᄅᆞᆯ 산상의 진치라 ᄒᆞ여시니 너희 그 ᄯᅳᆺ을 아ᄂᆞ냐?"

신갑이 진왈,

"승상의 녕을 거ᄉᆞ지 못ᄒᆞ여 두 장쉬 군ᄉᆞᄅᆞᆯ 거ᄂᆞ려 어졔 나죄2) 발힝ᄒᆞ엿거니와 승상이 엇지 삼군으로 ᄒᆞ여【67】곰 한 나모그늘도 업손 산상의 진치라 ᄒᆞ여 고초ᄒᆞᆫ 더위ᄅᆞᆯ 겻게 ᄒᆞᄂᆞ뇨?"

ᄒᆞ거늘 ᄌᆞ아 왈,

"삼군이 어졔 져녁의 ᄯᅥ나 오늘이 붉지 못ᄒᆞ여시니 무삼 고초ᄒᆞᆫ 더위ᄅᆞᆯ 겻그리오? 니 이졔 가 한 계교ᄅᆞᆯ 베플니라."

ᄒᆞ고 신면을 명ᄒᆞ여 모의(毛衣)와 핫옷을 만히 시러 오라 ᄒᆞ니 졔인이 디쇼 왈,

"니런 더위의 영상(嶺上)의 신치니 군시 왼 몸이 더여 쌋홈을 잘 못ᄒᆞ게 되엿거늘 ᄯᅩ 부졀

---

1) 【벙으리왇다】 동 막다. 항거하다. ¶ 阻塞 ‖ 남궁괄·무길을 명ᄒᆞ어 오쳔 인마ᄅᆞᆯ 거ᄂᆞ려 기산 우희 진쳐 젹병을 벙으리와드라 ᄒᆞ니 두 장쉬 슈명ᄒᆞ여 가거늘 (命南宮适·武吉點五千人馬, 往岐山安營, 阻塞路口, 不放他人馬過來.) <西周 10:66>

2) 【나죄】 명부 낮(에)/저녁(에). ¶ 승상의 녕을 거ᄉᆞ지 못ᄒᆞ어 두 장쉬 군ᄉᆞᄅᆞᆯ 거ᄂᆞ려 어졔 나죄 발힝ᄒᆞ엿거니와 승상이 엇지 삼군으로 ᄒᆞ여곰 한 나모그늘도 업손 산상의 진치라 ᄒᆞ여 고초ᄒᆞᆫ 더위ᄅᆞᆯ 겻게 ᄒᆞᄂᆞ뇨? (吾師令我二人出城, 此處安營, 難爲三軍枯渴, 又無樹木遮蓋, 恐三軍心有怨言.) <西周 10:66>

업슨 모의와 핫옷술 무어시 쓰려ᄒᆞ느뇨?"

ᄒᆞ거눌 ᄌᆞ이 쇼왈,

"너희 엇지 니 계교룰 알니오?"

ᄒᆞ고 삼쳔 인마룰 거느려 기산의 올나 무길다려 왈,

"오늘은 날이 흐리고 바람이 이시니 군시 괴롭지 아닐지라 네 밧비 영치 뒤히 토더룰 무으디3) 놉히 셕즈홀 ᄒᆞ고 너븨 슈십인이 용납게 ᄒᆞ라."

ᄒᆞ고 ᄯᅩ 신갑을 명ᄒᆞ여,

"핫것4)과 모의로 군스룰 난화 쥬라."

ᄒᆞ니 삼군이 졔셩 왈,

"오늘은 날이 비록 흐리나 니【68】일은 일졍 바람이 업스리니 더위룰 견디지 못홀 거시어눌 ᄯᅩ 이 모의룰 쥬어 죽기룰 지촉ᄒᆞ느뇨?"

ᄒᆞ더라. 이튼날 아침의 무길이 토더 역스룰 맛고 오니 이 ᄯᅵ 조양(朝陽)이 뫼 우히 빗최니 군시 다 몸의 ᄯᆞᆷ을 흘니거눌 ᄌᆞ이 왈,

"너희 한 시긱만 디나 니 계교룰 보라."

ᄒᆞ고 머리 플고 발 벗고 칼 집고 디상의 올나 곤뉸산을 바라며 네 번 졀ᄒᆞ고 한 부작을 닑으니 이윽고 광풍이 디작ᄒᆞ며 음운이 네녁흐로 ᄶᅵ이거눌 노웅이 나모 쇽의 드러 더위룰 피ᄒᆞ더니 바람이 니러나믈 보고 이 ᄯᆞ 능텬셩열의 초목이 다 마룰 거시어눌 바람이 니러 더위룰 업시ᄒᆞ니 이는 하늘이 우리 군스로 ᄒᆞ여곰 득공ᄒᆞ게 ᄒᆞ미라 ᄒᆞ더니 ᄌᆞ이 ᄯᅩ 네 번 졀ᄒᆞ고 진언을 넘ᄒᆞ니 바람이 졈졈 일며 빅셜이 표양(飄揚)ᄒᆞ여 ᄯᆞ히 써히니 ᄌᆞ이 모든 군스다려 왈,

"이졔야 가족 옷【69】술 닙어 치위룰 견디라."

ᄒᆞ니 모든 군시 일시의 니로디,

"승상의 신긔묘산(神奇妙算)은 밋츠리 업도쇼이다."

ᄒᆞ더라. ᄌᆞ이 무길을 명ᄒᆞ여 눈 깁히룰 ᄌᆞ혀오라5) ᄒᆞᆫ디 무길이 승명ᄒᆞ여 가더니 이윽고 도라

와 고ᄒᆞ디,

"녕상(嶺上)의 한 깁히 두 ᄌᆞ히오 녕하(嶺下)의 는 스오 쳑이 남더이다."

ᄌᆞ이 디회ᄒᆞ여 다시 디상의 올나 스비ᄒᆞ고 진언을 넘ᄒᆞ니 이윽고 운뮈 네녁흐로 거드며6) 눈이 긔이고 텬긔 도로 덥거눌 ᄌᆞ이 즉시 남궁괄·무길을 명ᄒᆞ여 도부슈 이십 명을 거느려 은 군중의 가 세 장슈룰 잡아오라 ᄒᆞ니 이장이 명을 듯고 은영의 나려오니 이젹의 은군시 다 홋옷시 철갑을 닙엇는지라 엇지 능히 치위룰 견디리오? 군시 더러는 죽고 더러는 눈조ᄎᆞ 어러붓헛고 삼장을 보니 어름 밧긔 목만 니고 죽어가거눌 7) 남궁괄 등이 도ᄎᆞ로 어름을 ᄭᅵ치고 삼장을 잡아 진의 도라오니 삼장이【70】몸이 어러 스지룰 움죽이지 못ᄒᆞ다가 양긔룰 쏘이니 인스룰 출혀 니러안ᄌᆞ 보미 은군은 하나토 업고 스면의 셔긔 병미 즁즁쳡쳡ᄒᆞ엿거눌 삼인이 괴이히 너겨 아모리 홀 쥴 몰나ᄒᆞ더니 ᄌᆞ이 쇼리룰 놉혀 왈,

"너희 엇지 작은 군스룰 거느려 셔토 무슈ᄒᆞᆫ 장졸을 디젹ᄒᆞ려 ᄒᆞ더뇨?"

비즁·우혼은 아모말도 못ᄒᆞ디 오직 노웅이 잃쩌나 눈을 브릅쓰고 니룰 갈거눌 ᄌᆞ이 왈,

"요스이 쥬왕이 인졍을 힝ᄒᆞ여 만민을 무휼ᄒᆞ시니 스방이 다 은을 바리고 쥬의 도라왓는지라 니러므로 삼분 텬하의 그 둘을 두어시니 우리 쥬왕이 요얼을 쓰러바리고 텬하 평졍홀 쥴을 스히 다 아랏거눌 너희 엇지 텬니룰 아지 못ᄒᆞ고 스스로 죽기룰 취ᄒᆞᆫ다? 오늘 임의 니게 잡혀왓시니 너희 이졔도 항복지 아니홀다?"

노웅이【71】ᄭᅮ지져 왈,

"강상 필뮈 은나라 신히 되여 님군을 비반ᄒᆞ고 반젹을 도와 간스ᄒᆞᆫ 계교로 우리룰 속이느뇨? 니 임의 잡혀와시니 은왕을 위ᄒᆞ여 졀(節)

---

3)【무으다】图 쌓다. ¶ 築∥ 네 밧비 영치 뒤히 토더룰 무으디 놉히 셕즈홀 ᄒᆞ고 너븨 슈십인이 용납게 ᄒᆞ라 (營後築一土臺, 高三尺. 速去築來!) <西周 10:67>

4)【핫것】명 핫옷. 솜옷. 두루마기.¶ 棉襖∥ 핫것 과 모의로 군스룰 난화쥬라 (子牙點名給散, 一名一個棉襖, 一個斗笠, 領將下去.) <西周 10:67>

5)【ᄌᆞ히다】图 재다. 측량하다. ¶ ᄌᆞ이 무길을 명ᄒᆞ여 눈 깁히룰 ᄌᆞ혀오라 ᄒᆞᆫ디 무길이 승명ᄒᆞ여 가더니 이윽고 도라와 고ᄒᆞ더 (子牙問: "雪深幾尺?") <西周 10:69>

6)【거드다】图 걷히다. 흩어지다. ¶ 散去∥ ᄌᆞ이 디회ᄒᆞ여 다시 디상의 올나 스비ᄒᆞ고 진언을 넘ᄒᆞ니 이윽고 운뮈 네녁흐로 거드며 눈이 긔이고 텬긔 도로 덥거눌 (子牙復上土臺, 披髮仗劍, 口中念念有詞, 把空中形雲散去, 現出紅日當空.) <西周 10:69>

7) 여기서부터는 원문 제40회 '四天王遇炳靈公'의 내용에 들어감.

의 죽을 ᄯᆞ롬이라 무슴 두려오미 이시리오?”

즈이 군스롤 명ᄒᆞ여 삼장을 후군의 두라 ᄒᆞ고 남궁괄을 명ᄒᆞ여 도셩의 드러가 무왕을 쳥ᄒᆞ여 오라 ᄒᆞ니 무왕이 문무중관을 거느려 남궁괄을 조ᄎᆞ 기산으로 오시더니 이십 니는 힝ᄒᆞ여 굴형8)의 빙셜이 가득ᄒᆞ엿거놀 마음의 혜오디 ‘이 일졍 승상의 신통이로다’ ᄒᆞ고 ᄯᅩ 오륙십 니는 힝ᄒᆞ여 기산의 니ᄅᆞ니 즈이 졔장을 거느리고 무왕을 마ᄌ ᄂᆡ필의 무왕 왈,

“상뵈 고롤 쳥ᄒᆞ여 무스 일을 뵈려 ᄒᆞᄂᆞ뇨?”

즈이 디왈,

“노신이 오늘 세 도젹을 잡아시니 디왕을 쳥ᄒᆞ여 쳐치ᄒᆞ시게 ᄒᆞ려 ᄒᆞᄂᆞ이다.”

ᄒᆞ고 무길을 명ᄒᆞ여 삼인【72】을 잡아오라 ᄒᆞ여 계하의 ᄭᅮᆯ니고 무스롤 블너 분부ᄒᆞ여 군법을 힝ᄒᆞ라 ᄒᆞ니 무왕이 디경 문왈,

“승상이 이 사롬들의 션악을 모로고 일시의 분을 인ᄒᆞ여 명을 희ᄒᆞ려 ᄒᆞᄂᆞ뇨?”

즈이 디왈,

“노웅은 님군을 위ᄒᆞ여 젹군을 치려ᄒᆞ니 가히 어질거니와 비중·우흔은 텬즈롤 도와 만민을 보치니 그 죄 엇지 젹으리잇고?”

무왕 왈,

“두 도젹은 법의 죽으려니와 노웅은 한갓 우리 젹병 ᄲᅮᆫ이라 죄업시 엇지 명을 희ᄒᆞ리오?”

ᄒᆞ고 비중·우흔으란 버히고 노웅으란 노ᄒᆞ라 ᄒᆞᄃᆡ 즈이 쥬왈,

“비록 그러나 삼인이 다 어지지 못ᄒᆞ여 혼군을 도와 셔토 인민을 잔학ᄒᆞ려 ᄒᆞ다가 오늘 우리 숀의 잡혀시니 엇지 그 죄롤 스ᄒᆞ리잇고?”

ᄒᆞ고 셰흘 다 버히니 눈의 뭇쳣던 군스 스무 나믄이 겨오 술아 조가의 도라와 문틱스긔 보ᄒᆞ니 틱스 바야흐로 등구【73】 공 승쳡ᄒᆞᆫ 긔별을 듯고 문셔 가져온 관원을 디졉ᄒᆞ더니 노웅의 픽군을 보고 발굴너 왈,

“강상이 요괴로온 슐을 힝ᄒᆞ여 조젼·조뢰

롤 항복밧고 ᄯᅩ 계방·픙님을 죽이고 구룡도 도형을 죽이고 이졔는 노웅 등을 죽이뇨? 니 친히 군스롤 거느려가고져 ᄒᆞ디 동남이 치 졍치 못ᄒᆞ여시니 나 곳 움죽이면 경수의 디변(大變)이 나리라.”

ᄒᆞ고 길닙과 여경을 브론더 길닙 왈9),

“강상이 꾀 만코 남궁괄·황비호 등이 무예 츌중ᄒᆞ여 텬병을 여러번 픽ᄒᆞ고 반심이 졈졈 더ᄒᆞ니 가몽관 마가 스장 곳 아니면 공을 일우지 못ᄒᆞ리이다.”

틱시 디희ᄒᆞ여 호승(胡升)·호뢰(胡雷)로 가몽관을 직희라 ᄒᆞ고 마가 스장의게 분부ᄒᆞ여 셔기롤 치라 ᄒᆞ니 스장이 문셔롤 보고 디쇼 왈,

“강상·황비호 등은 블과 계견(鷄犬)의 무리라 무슴 두려오미 이시리오?”

ᄒᆞ고 호승·호뢰로 관을 직희라 ᄒᆞ니 이【74】 인이 슈명ᄒᆞ고 왈,

“공 등이 비록 셔기롤 업슈이 너기나 강상이 꾀 만코 덕의 비홀디 업고 남궁괄·황비호 등은 일디 명장이라 공 등이 이졔 가 니긔지 못ᄒᆞ면 어니 낫츠로 은나라 사롬을 다시 보려ᄒᆞᄂᆞ뇨?”

스장이 답왈,

“장군이 비록 우리롤 용널이 너기나 강상·황비호 등은 블과 일시 지죄라 엇지 우리롤 당ᄒᆞ리오? 장군 등은 관을 직희여 승쳡ᄒᆞᆫ 긔별을 기다리라.”

이날 십만 경병을 조발ᄒᆞ여 일셩 포향의 가몽관을 ᄯᅥ나 셔기로 나아가니라.

---

8)【굴형】명 도랑. 구덩이. ¶ 沟渠 ‖ 무왕이 문무중관을 거느려 남궁괄을 조ᄎᆞ 기산으로 오시더니 이십 니는 힝ᄒᆞ여 굴형의 빙셜이 가득ᄒᆞ엿거놀 (武王同文武往西岐山來,　行未及二十里,　只見兩邊沟渠之中冰塊飄浮來往.)

9) 브론더 길닙 왈: 원래는 ‘블너 왈’로 되어 있으나 문맥상 어울리지 못하므로 원문에 의거하여 고침.

40
스텬왕우병녕공(四天王遇炳靈公)

【1】 마가(魔家) 스장이 가몽관(佳夢關)을 써나 셔기(西岐) 셩하의 니르러 진치고 사룸을 보니여 쓰홈을 청ᄒ니 즈아(子牙) 면의 올나 즁장다려 문왈,

"뉘 모칙을 싱각ᄒ여 젹병을 믈니치리오?"

무셩왕 황비회(黃飛虎) 왈,

"마가 스장은 용밍과 신통이 비홀디 업셔 긔특ᄒ 도술을 픔어시니 그 형의 일홈은 마례쳥(魔禮靑)이니 신장이 이장 스쳑이오 낫치 산 게 갓흐며 나롯시 구리실 갓고 한 장창을 쓰니 이 창 일홈은 빅화창이오 쏘 긔특ᄒ 보검이 이시니 일홈은 쳥운검(靑雲劍)이오 칼 우희 한 부작을 븟쳐시니 지(地)·슈(水)·화(火)·풍(風) 네 지라. 이 보검을 두로며 진언을 넘ᄒ면 흑풍이 칼 긋츠로셔 나고 바룸 속의 쳔만 간괘(干戈) 너다라 사룸을 히ᄒ니 아모도 능히 막기 어렵고 쏘 블을 니려ᄒ 【2】 면 진언을 넘ᄒ여 블을 너니 일도(一朵) 흑운이 젹진의 다라드러 사룸을 팀노ᄒ니1) 화지롤 면키 어렵고, 둘지 놈의 일홈은 마례홍(魔禮紅)이니 쓰는 보픠(寶貝) 군긔(軍器)는 혼원산(混元傘)이오 산(傘) 우희 조모록(祖母祿)·조모인(祖母印)·조모벽(祖母碧)이 잇고 쏘 야명쥬(夜明珠)·벽진쥬(碧塵珠)·벽화쥬(碧火珠)·벽슈쥬(碧水珠)·쇼양쥬(消凉珠)·구회쥬(九回珠)·졍안쥬(定顔珠)·졍풍쥐(定風珠) 이시니 진언을 넘ᄒ며 이 혼원산을 혼들면 텬혼디암(天昏地暗)ᄒ고 일월이 무광ᄒ며 풍우슈화룰 마음디로 너고, 셋지 놈의 일홈은 마례히(魔禮海)니 한 창을 쓰고 한 비퍼 이시니 이 비파는 예스 비퍼 아니라 우희 네 오리 줄이 잇셔 디·슈·화·풍 네 즈롤 안(按)ᄒ여시니 줄을 움죽여 쇼리롤 너면 풍홰 디작ᄒ여 당키 어렵고, 넷지 놈의 일홈은 마례슈(魔禮壽)니 치 둘흘 쓰고 쥬머니 속의 작은 흰 쥐 갓흔 거시 이시니 일홈은 화호픠(花狐貂)라 공즁의 더지면 졈졈 커 두 녑히 날기 가진 코기리2) 되여 사룸을 잡아먹으니 이 스장의 【3】 도슐은 만고의 디젹ᄒ리 업더니 오날 기산하의 군을 인ᄒ여 왓시니 두리건디 니긔지 못홀가 ᄒᄂ이다."

즈아 문왈,

"장군이 엇지 아ᄂ뇨?"

황비회 답왈,

"이 네 장쉬 젼일 쇼장 휘하의 이셔 동히롤 진졍홀 찌의 져의 신통이 비상ᄒ 줄을 보왓ᄂ이다."

즈아 말을 듯고 눈셥을 찡기여 계교롤 싱각지 못ᄒ여 ᄒ더니 스오 일이 못ᄒ여 쇼괴(小校) 보ᄒ디,

"흉악ᄒ 네 장쉬 군스롤 거느려 셩밧긔 와 승상을 쳥ᄒ여 말ᄒ즈 ᄒᄂ이다."

즈아 군스롤 발치 못ᄒ여 유예(猶豫)ᄒ더니 금탁(金吒)·목탁(木吒)·나탁(哪吒)이 진왈,

"승상은 근심 마로쇼셔. 황장군의 말이 일

---

1) 【팀노ᄒ다】 동 침노하다. ¶ 掩∥ 쏘 블을 니려ᄒ면 진언을 넘ᄒ여 블을 너니 일도 흑운이 젹진의 다라드러 사룸을 팀노ᄒ니 화지롤 면키 어렵고 (若論火, 空中金蛇攪繞, 遍地一塊黑煙, 煙掩人目, 烈焰燒人, 幷無遮擋.) <西周 11:2>

2) 【코기리】 명 코끼리. ¶ 象∥ 쥬머니 속의 작은 흰 쥐 갓흔 거시 이시니 일홈은 화호픠라 공즁의 더지면 졈졈 커 두 녑히 날기 가진 코기리 되여 사룸을 잡아먹으니 (囊裏有一物形如白鼠, 名曰'花狐貂', 放起空中現身似白象, 脅生飛翅, 食盡世人.) <西周 11:2>

경 허실을 야지 못ㅎ니 엇지 져의 한 말을 인ㅎ여 군ㅅ의 마음을 프러바리게 ㅎ리오? 승상은 섈니 군ㅅ룰 발ㅎ여 젹병을 막으쇼셔."

ㅈ이 즉시 남궁괄(南宮适)·ㅅ현팔쥰(四賢八俊)·금탁·목탁·나탁·용슈호(龍鬚虎)·무셩왕(武成王) 등으로 더브러 일셩 포향의 남문밧긔 진셰룰 【4】 일우니 살긔 등등ㅎ며 슈운이 막막ㅎ고 긔치와 갑쥐 희의 바이고3) 가온디 힝황긔(杏黃旗)룰 셰워시니 인간의논 긔특ㅎ여 다시 베프미 어려온 진셰러라. ㅈ이 진젼의 나와 몸을 굽혀 녜ㅎ고 왈,

"ㅅ위 마원쉬 엇지 군ㅅ룰 인ㅎ여 이디도록 슈고로이 와 계시니잇고?"

마례쳥이 고셩 즐왈,

"너희 본분을 직희지 아니ㅎ고 ㅅ오나온 마음을 발ㅎ여 조뎡 법강을 문허바리며 상국 디신을 죽이니 이 닐온 스스로 멸망을 취ㅎ미라. 오늘 텬병이 님ㅎ여시니 너희 목을 늘히여 우리 명을 듯지 아니ㅎ면 셔긔 일국이 혈쳔(血川)이 되리라."

ㅈ이 왈,

"원슈의 말이 그르다. 우리 은나라 신히 되여 셔토룰 진졍ㅎ니 일국 군민이 다 덕을 즐겨ㅎ눈지라 엇지 반ㅎ미 이시리오? 요ㅅ이 조뎡 디신의 의논이 달나 여러번 셔긔룰 치다가 픠ㅎ니 이는 디신이 스스로 화룰 취ㅎ미라. 만민이 도탄ㅎ여 즁국이 요란ㅎ니 우리 빅셩 【5】 을 위ㅎ여 츙심을 더ㅎ니 이는 신하의 졀의 맛당ㅎ 일이어늘 공 등이 엇지 와 죄업슨 우리룰 치려ㅎ 느뇨? 만일 그론 일이 이시면 공 등의게 항복ㅎ려니와 조곰도 신졀의 그릇지 아니ㅎ니 엇지 즐겨 항복ㅎ리오?"

마례쳥이 디로 즐왈,

"네 엇지 간ㅅ흔 말을 꿈여 텬병을 슈욕ㅎ 느뇨?"

ㅎ고 창을 두로고 다라들거늘 좌초상(左哨上)의 남궁괄이 말을 니여 디즐 왈,

"네 엇지 자근4) 용을 밋어 우리 진을 츙돌ㅎ려 ㅎ 는다?"

ㅎ고 칼홀 츔츄어 말을 뛰여 니다라 싸호니 례쳥은 비록 탄거시 업셔 거러 싸호나 조곰도 두리지 아녀 셔로 싸호더니 마례홍이 쏘 방쳔극(方天戟)을 두로고 츙살ㅎ여 오거늘 신갑(辛甲)이 도치룰 둘너 마즈 싸호더니 쏘 마례힝·마례슈 각각 병긔룰 둘너 니다라 돕고져 ㅎ거늘 나탁·무길(武吉)이 일시의 창을 두로고 다라드러 마즈 여덟 장쉬 싸호니 두 편 진상의 삼군이 납함ㅎ며 만졸이 승북 〔勝鼓〕을 울 【6】 녀 싸홈을 도으니 나탁이 건곤권(乾坤圈)을 니여 마례힝룰 바라며 치니 례홍이 제 아이 상홀가 두려 급히 혼원산을 둘너 건곤권을 아ㅅ 가거늘 금탁이 진상의셔 아의 보비 아이믈5) 보고 디로ㅎ여 둔농츈(遁龍椿)을 더져 례홍을 치더니 례홍이 쏘 혼원산을 둘너 둔농츈을 아ㅅ가니 ㅈ이 싱각ㅎ디 '니 신편으로 이 도젹을 졔어치 아니면 싸홈을 니긔지 못ㅎ리라' ㅎ고 급히 신편을 드러 공즁을 바라며 치니 례홍이 쏘 혼원산을 둘너 아ㅅ간지라. 모든 장쉬 디경ㅎ여 각각 말을 두로혀 다라나고져 ㅎ더니 례쳥이 진언을 념ㅎ며 쳥운검을 두어 번 두로니 쳔만 간괘(干戈) 일도 흑풍을 조ᄎ 니다라 쇼리 뇨량ㅎ며 빗치 찬난ㅎ거늘 례홍이 형의 신통 부리믈 보고 쏘 진언을 념ㅎ며 원산을 두로고 례힝눈 디슈화풍 비파룰 발ㅎ고 례슈눈 화호표룰 노ㅎ니 텬디 아득ㅎ여 지쳑을 분변치 【7】 못ㅎ고 흑무녈염(黑霧烈炎)이 금ㅅ빅상(金蛇白象)을 조ᄎ 쥬진으로 다라드니 셔긔 장졸이 견디지 못ㅎ여 혹 블의 타 죽으며 혹 즘승의게 믈녀 죽으며 혹 쳥운검 멋히셔논 쳔만 간괘의 질녀 죽으니 무슈흔 셔긔 군병이 열의 팔구인이 업손지라. ㅈ이 ㅅ블상(四不相)을 달녀 겨유 도망ㅎ여 셩의 도라와 군ㅅ룰 졈고ㅎ니 젼망흔 장쉬 아홉이오 문왕의 여섯지 아들과 부장 셰히 죽엇고 군시 겨유 슈쳔이 남

---

3) 【바이다】 형 빛나다. 눈부시다. ¶ 일셩 포향의 남문밧긔 진셰룰 일우니 살긔 등등ㅎ며 슈운이 막막ㅎ고 긔치와 갑쥐 희의 바이고 가온디 힝황긔룰 셰워시니 인간의논 긔특ㅎ여 다시 베프미 어려온 진셰러라 <西周 11:4>

4) 【작다】 형 하찮다. ¶ 네 엇지 자근 용을 밋어 우리 진을 츙돌ㅎ려 ㅎ 는다? (不要衝吾陣脚!) <西周 11:5>

5) 【아이다】 동 빼앗기다. ¶ 收‖ 금탁이 진상의셔 아의 보비 아이믈 보고 디로ㅎ여 둔농츈을 더져 례홍을 치더니 례홍이 쏘 혼원산을 둘너 둔농츈을 아ㅅ가니 (金吒見收兄弟之寶, 忙使遁龍椿, 又被收將去了.) <西周 11:6>

아시더 도망흔 장슈와 군시 또흔 반남아 상ᄒᆞ엿고 오직 황비호와 금탁·목탁·나탁·농슈회 화를 면ᄒᆞ엿거눌 셩즁 인민을 조발ᄒᆞ여 셩을 굿이 직희고 나지 아니ᄒᆞ니 마례쳥 등이 군ᄉᆞ롤 모화 셩을 ᄊᆞ고 ᄊᆞ홈을 쳥ᄒᆞ거눌 ᄌᆞ이 젼녕ᄒᆞ여 면젼피(免戰牌)롤 셩우희 걸고 슈일을 빈ᄃᆞ 례쳥 등이 듯지 아니코 화포와 화젼을 노화 ᄉᆞ문을 일시의 치니 ᄌᆞ이 진녁ᄒᆞ여 슈홀을 항복지 아니ᄒᆞ더 【8】니 네 장슈ㅣ 셔기 셩을 슈이 파치 못홀 줄 알고 군ᄉᆞ롤 잠간 믈녀 영치롤 셰우고 례홍 왈,

"강상(姜尙)은 곤눈산 웃듬 뎨지라 비록 한 ᄊᆞ홈을 퓌ᄒᆞ나 힘으로 뎌격지 못홀지라 군ᄉᆞ롤 홋허 ᄉᆞ면 요ᄒᆡ쳐롤 직희오고 뎌병으로 기산 큰 길을 막아 셩즁의 냥식이 진ᄒᆞ고 밧긔 구병이 업ᄉᆞ면 셩을 치지 아냐도 ᄌᆞ연 파ᄒᆞ리이다."

례쳥 왈,

"현뎨의 말이 올타."

ᄒᆞ고 셩을 ᄊᆞᆫ지 두어 달이러니 례쳥 왈,

"우리 슈만 뎌병을 거느려 셔기의 완지 슈월이로ᄃᆡ 승부롤 결치 못ᄒᆞ니 군즁 젼냥만 허비홀 ᄲᅮᆫ 아니라 문퇴시 일졍 승쳡흔 긔별을 기다리지 못ᄒᆞ여 우리롤 의심ᄒᆞ리니 엇지 부졀업시 셩만 ᄊᆞ 일월을 지니리오? 오늘밤 삼경의 병긔롤 다 평상의 노화 공즁의 졔ᄒᆞ고 셔기셩을 겹칙ᄒᆞ여6) 뎌희롤 믿들고 일즉이 긔가롤 울녀 도라가미 엇 【9】 더ᄒᆞ뇨?"

례쉬 뎌왈,

"형장의 말이 올타."

ᄒᆞ고 각각 보비엣 병긔롤 들고 졔믈을 갓초와 황쳔후토의 졔ᄒᆞ고 삼군을 호령ᄒᆞ여 셔기셩으로 오니 이젹의 ᄌᆞ이 마을의 이셔 병셔롤 보더니 믄득 광풍이 이러나 보둑(寶纛)이 부러지거눌 ᄌᆞ이 뎌경ᄒᆞ여 분향ᄒᆞ고 좌우롤 명ᄒᆞ여 금젼을 니여오라 ᄒᆞ여 길흉을 졈복ᄒᆞ더니 한 졈과7)롤

엇고 뎌경ᄒᆞ여 돈을 더지고 낫빗치 흙 갓ᄒᆞ여 ᄯᅡ히 것구러졋더니 이윽고 졍신을 출ᄒᆞ 왈,

"너 도슐을 힝치 아니면 이 환을 구치 못ᄒᆞ리라."

ᄒᆞ고 즉시 목욕ᄒᆞ고 옷슬 밧고와 닙고 후원의 드러가 머리 플고 발 벗고 칼 집고 곤눈산을 향ᄒᆞ여 네 번 졀ᄒᆞ고 진언을 념ᄒᆞ니 믄득 동다히로셔 모진 바람이 니러나며 믈결쇼리 나더니 공즁의 프른 믈이 셩을 덥허 믈결이 흉흉ᄒᆞ더 셩즁의는 한 졈 믈이 나리지 아니ᄒᆞ니 이는 곤 【10】 눈산 원시텬존이 ᄌᆞ이 구완ᄒᆞ믈 비는 줄 알고 뉴리병 속의 믈을 셔기롤 바라며 ᄲᅮ리니 무슈흔 바다믈이 됨이러라. 마례쳥이 군을 인ᄒᆞ여 셩아리 오니 이 ᄡᆡ 삼경이오 텬식이 흐리며 인젹이 고요ᄒᆞ거눌 각각 이만군식 거느리고 ᄉᆞ문을 난화 치며 각각 보픠롤 여러 노ᄒᆞ니 금픠(金鼓) 졔명ᄒᆞ고 살기 년텬ᄒᆞ며 쳔인만검(千刃萬劍)과 금사빅상(金蛇白象)이 무슈흔 풍화로 조ᄎᆞ 셩즁으로 드러오니 ᄉᆞ장이 뎌희ᄒᆞ여 왈,

"오늘이야 셔기 군민을 다 죽여 공을 일우리라."

ᄒᆞ고 붉은 후의 군ᄉᆞ롤 명ᄒᆞ여 일시의 셩의 오르라 ᄒᆞ더니 셩상(城上)의 모든 군시 의구히 셩을 직희여 납함ᄒᆞ여 병으리왓거눌 ᄉᆞ장이 뎌경ᄒᆞ여 군ᄉᆞ롤 식여 탐쳥ᄒᆞ니 셩즁만 믈이 츄호도 상치 아냣다 ᄒᆞ거눌 ᄉᆞ장이 셔로 니로ᄃᆡ,

"우리 도슐은 아모도 면키 어렵거눌 ᄌᆞ이 무슴 계교롤 너여 이 환을 버셔난고?"

ᄒ 【11】 고 다시 셩 칠 계교롤 싱각지 못ᄒᆞ여 또 두어 달을 ᄊᆞ고 치니 ᄌᆞ이 즁장을 모화 의논ᄒᆞᄃᆡ,

"거번8)은 비록 우리 ᄉᆞ부의 뉴리병 믈을 비러와 도젹의 풍화롤 막앗거니와 여러 달을 곤히 ᄊᆞ혓고 밧긔 구병이 올ᄃᆡ 업ᄉᆞ니 엇지ᄒᆞ여야 젹병을 믈니치리오?"

---

6) 【겹칙ᄒᆞ다】 통 겹칙하다. 습격하다. ¶ 旋 ‖ 오늘밤 삼경의 병긔롤 다 평상의 노화 공즁의 졔ᄒᆞ고 셔기셩을 겹칙ᄒᆞ여 뎌희롤 믿들고 일즉이 긔가롤 울녀 도라가미 엇더ᄒᆞ뇨? (今晚初更, 各將異寶祭於空中, 就把西岐旋成渤海, 早早奏凱歌還朝.) <西周 11:8>

7) 【졈과】 명 졈괘(占卦). ¶ ᄌᆞ이 뎌경ᄒᆞ여 분향ᄒᆞ고 좌우롤 명ᄒᆞ여 금젼을 니여오라 ᄒᆞ여 길흉을 졈복ᄒᆞ더니 한 졈과롤 엇고 뎌경ᄒᆞ여 돈을 더지고 낫빗치 흙 갓ᄒᆞ여 ᄯᅡ히 것구러졋더니 (子牙大驚, 忙焚香, 把金錢搜救八卦, 只嚇得面如土色.) <西周 11:9>

8) 【거번】 명 지난번. ¶ 거번은 비록 우리 ᄉᆞ부의 뉴리병 믈을 비러와 도젹의 풍화롤 막앗거와 여러 달을 곤히 ᄊᆞ혓고 밧긔 구병이 올ᄃᆡ 업ᄉᆞ니 엇지ᄒᆞ여야 젹병을 믈니치리오? (子牙倒海救了此危, 點將上城看守. 非一日烏飛免走, 不覺又困兩月, 子牙被困, 無法退兵.) <西周 11:11>

ᄒ고 졍히 근심ᄒ더니 독냥관(督糧官)이 쥬ᄒ디,
"삼졔창(三濟倉) 곡식이 겨유 열흘은 견디
게 ᄒ여시니 원컨디 승상은 쇼쟝을 그르다 마로
쇼셔."
ᄌ의 디경 왈,
"비록 셩의 ᄊᆞ이미 괴로오나 모든 군시 진
녁ᄒ여 직희엿더니 이졔 냥최 업ᄉ니 엇지ᄒ여
야 이 난을 구ᄒ리오?"
황비회 왈,
"이졔 일이 급ᄒ여시니 민폐롤 도라보지
못ᄒᆞᆯ지라 셩즁의 거민이 부호ᄒᆞᆫ지 만흐니 쟝슈
롤 명ᄒ여 져츅ᄒᆞᆫ 곡식을 비러오라 ᄒ여 군ᄉᆞ롤
먹이고 조초 갑ᄒ면 디시 그릇되지 아닐가 ᄒᆞᄂ
이다."
ᄌ【12】이 왈,
"블가ᄒ다. 여러 달을 ᄊᆞ이여 만민이 다
곤궁ᄒᆞᆷ을 닙엇거늘 ᄯᅩ 곡식을 믈녀니면 반ᄃᆞ시
니변이 나리니 엇지 ᄎᆞᆷ아 ᄒ리오? 허믈며 십일
냥식이 이시니 다시 의논ᄒ여 쳐치ᄒ리라."
ᄒ더니 ᄯᅩ 칠팔이 지니미 독냥관이 드러와 고ᄒ
디,
"이졔 일이일 냥식이 남아시니 ᄉᆞ세 가장
급ᄒ엿ᄂ이다."
ᄌ의 발굴너 왈,
"무죄ᄒᆞᆫ 빅셩을 일조의 다 죽이리로다."
ᄒ고 아모리 홀 줄 모로더니 쇼졸이 보ᄒ디,
"문밧긔 두 도동이 와 승상긔 뵈옴을 쳥ᄒ
ᄂ이다."
ᄌ의 명ᄒ여 드러오라 ᄒ니 두 도동이 계
하의 와 녜ᄒ거늘 ᄌ의 답녜 왈,
"그디너는 어디로셔 온 도동인다?"
두 도동이 디왈,
"데ᄌᆞ는 금뎡산(金庭山) 옥옥동(玉屋洞) 도
ᄒᆡᆼ텬존(道行天尊)의 문하데ᄌᆞ 한득뇽(韓毒龍)과
셜악회(薛惡虎)러니 ᄉᆞ부의 명을 바다 냥식을
가져와 쥬왕과 ᄉᆞ슉(師叔)을 위ᄒ여 만민을 구
【13】ᄒ라 왓ᄂ이다."
ᄒ고 문셔롤 드리거늘 ᄌ의 디희 왈,
"ᄉᆞ존이 셩즁의 위급ᄒᆞᆷ을 구ᄒ시니 우리
쥬왕의 복이로다."
ᄒ고 곡식을 가져오라 ᄒ니 도동이 표피쥬머니

쇽으로셔 큰 그릇 하나흘 너니 즁쟝이 셔로 니
로디,
"져 그릇 쇽의 블과 쌀 한 말즘 드러시리
니 엇지 능히 만셩 싱녕을 구ᄒ리오?"
도동 왈,
"뎨지 이 그릇스로 곡식을 되여닐 거시니
창괴 어디 잇ᄂ니잇고?"
ᄌ의 군ᄉᆞ롤 명ᄒ여 삼졔창을 가르치니 도
동이 군ᄉᆞ롤 ᄯᅡ라 밧그로 나가더니 반일이 못ᄒ
여 독냥관이 드러와 보ᄒ디,
"삼졔창의 슈업슨 쌀을 ᄊᆞ코 간 곳이 업ᄂ
이다."
ᄌ의 디희 왈,
"이ᄂᆞᆫ 우리 도형이 무왕(武王)으로 ᄒ여곰
만민을 구완케 ᄒᆞ미로다."
ᄒ고 즉시 그 곡식을 훗허 군ᄉᆞ롤 난화 쥬니 모
든 군시 쇼리ᄒ여 왈,
"하늘이 셔토 빅셩을 구완ᄒ샤 무슈ᄒᆞᆫ 곡
식을 ᄂ【14】리오시니 이ᄂᆞᆫ 우리 디왕의 덕틱
이라."
ᄒ더라. ᄌ의 비록 만흔 냥식을 어더시나 칠팔
삭을 곤히 ᄊᆞ혓ᄂᆞᆫ지라 제쟝으로 더브러 젹병 믈
니칠 계교롤 의논ᄒ더니 쇼졸이 보ᄒ디,
"문밧긔 한 도인이 와 승상긔 뵈오믈 쳥ᄒ
ᄂ이다."
ᄌ의 즉시 블너 드러오라 ᄒ니 한 도동이
션운관(扇雲冠)을 쓰고 슈합복(水合服)을 닙고
실씌롤 ᄯᅴ고 초리롤 신고 드러와 녜롤 힝ᄒ거늘
ᄌ의 문왈,
"너는 어디로셔 온 도인인다?"
그 도인 왈,
"데ᄌᆞ는 옥텬산(玉泉山) 금화동(金霞洞) 옥
뎡진인(玉鼎眞人)의 문인 양젼(楊戩)이러니 우리
ᄉᆞ뷔 션간과 인셰 다ᄅᆞᆷ믈 싱각지 아니시고 특별
이 데ᄌᆞ로 ᄒ여곰 ᄉᆞ슉의 좌우의 잇셔 ᄉᆞ후(伺
候)ᄒ라9) ᄒ시더이다."
ᄌ의 디희ᄒ여 양젼을 다리고 니뎐의 드러

---

9)【ᄉᆞ후ᄒᆞ다】圖 {사후(伺候)하다.} 모시다. ¶
聽用‖ 우리 ᄉᆞ뷔 션간과 인셰다ᄅᆞᆷ믈 싱각지
아니시고 특별이 데ᄌᆞ로 ᄒ여곰 ᄉᆞ슉의 좌우의
잇셔 ᄉᆞ후ᄒ라 ᄒ시더이다 (奉師命, 特來師叔左
右聽用.) <西周 11:14>

와 무왕긔 뵈온디 무왕이 문왈,

"져 도인은 엇던 사룸고?"

양뎐이 쏘 젼쳐로 고ᄒ니 무왕이 디열 【15】ᄒ여 ᄌ아다려 문왈,

"장쉬 언마나 용밍ᄒ관디 여러 달을 니긔지 못ᄒᄂ뇨?"

ᄌ이 디왈,

"가몽관 마가 ᄉ장은 만고의 비홀디 업ᄉ 도슐을 흉즁의 품엇ᄂ지라 니러므로 여러 달을 니긔지 못ᄒᄂ이다."

양뎐 왈,

"ᄉ슉은 근심 마로쇼셔. ᄉ장이 비록 도슐이 긔특ᄒ나 엇지 뎨ᄌ를 당ᄒ리잇고?"

ᄌ이 디희ᄒ여 양뎐을 명ᄒ여 셩의 나와 젹병과 ᄊ호고 나탁을 명ᄒ여 젹진을 겁칙ᄒ라 ᄒ니 양뎐·나탁이 명을 듯고 셩의 나오니 위풍이 늠늠ᄒ며 살긔등등ᄒ지라 ᄉ장이 디경ᄒ여 쇼리질너 왈,

"너는 엇던 사룸이뇨?"

양뎐 왈,

"나는 강승상의 ᄉ질 양뎐이러니 너희는 엇던 도젹이완디 감히 셔토 인민을 히ᄒ려ᄒᄂ다?"

ᄒ고 창을 두로고 다라드니 ᄉ장이 마ᄌ ᄊ호더니 동다히로셔 한 장쉬 젹토마를 타고 냥구도(兩口刀)를 들고 다라오며 왈,

"나는 초쥬(楚州)【16】 히농관(海糧官) 마셩농(馬成龍)이러니 너희 ᄉ장은 엇던 놈이완디 감히 셔토를 히코져ᄒᄂ냐?"

ᄒ고 다라드러 뉵장이 ᄊ호더니 십여 합이 못ᄒ여 마례쉬 화호표를 드러 공즁을 바라며 더지니 흰 코기리 니다라 한 쇼리 지르고 마셩농을 무러가ᄂ지라. 양뎐이 가만이 혜오디 '마셩농은 동방으로셔 온 장쉬라 무슨 용밍이 이셔 ᄊ홈을 잘ᄒ리오? 니러므로 져희게 잡혀갓거니와 나는 족히 두렵지 아니타' ᄒ고 진녁ᄒ여 ᄊ호더니 례쉬 쏘 화호표를 날니거늘 나탁은 젼의 어려오믈 보앗ᄂ지라 겁니여 다라나고 양뎐은 더옥 분노ᄒ여 ᄊ호려ᄒ더니 믄득 코기리게 잡혀가니 ᄉ장이 디희ᄒ여 영의 도라와 슐을 드러 권ᄒ여 왈,

"이번은 우리 큰 공을 일워시니 쏘 화호표

를 노화 셩의 드러가 강상과 쥬왕을 잡아 디공을 일우리라."

ᄒ고 즉시 화 【17】 호표를 공즁의 노흐며 왈,

"강상이 엇지 이 환을 버셔나리오?"

ᄒ니 코기리 닙을 버리고 셩즁으로 다라나거늘 양뎐이 코기리 비쇽의 잇다가 쇼리ᄒ여 왈,

"업츅이 엇지 감히 우리 ᄉ슉을 히코져ᄒᄂ뇨?"

ᄒ고 비쇽의셔 오장뉵부를 잡아 흔드니 코기리 짜히 나려져 두로 헤지르며10) 알프믈 견디지 못ᄒ여ᄒ거늘 양뎐이 ᄲ여 니다라 화호표를 쳐 두 조각의 니고 셩의 도라오니 모든 군시 ᄌ아의게 보ᄒ디 ᄌ이 디경 왈,

"사룸이 한번 죽으면 다시 ᄉ지 못ᄒ거늘 ᄒ믈며 져 도젹의 손의 드러 엇지 이 환을 버셔나리오?"

ᄒ고 나탁을 명ᄒ여 허실을 아라오라 ᄒ니 나탁이 명을 듯고 문밧긔 나오니 과연 양뎐이 도라왓거늘 탁이 디경 문왈,

"양도형이 엇지 ᄉ라 도라오뇨?"

양뎐이 답왈,

"사룸의 도슐은 무궁ᄒ믈 측 【18】 냥치 못ᄒᄂ니 엇지 이 환을 면치 못ᄒ리오?"

ᄒ고 드러가 ᄌ아긔 뵌디 ᄌ이 놀나 왈,

"네 임의 도젹의게 잡혀가시니 일졍 ᄉ지 못ᄒᆯ가 너겻더니 무슨 도슐노 도라오뇨?"

양뎐이 젹진의셔 화호표를 죽이고 도망ᄒ여 온 연고를 ᄌ시 고ᄒ디 ᄌ이 디희 왈,

"네 도슐은 고금의 비홀디 업ᄉ지라 우리 무슨 두리오미 이시리오?"

양뎐이 고왈,

"뎨지 다시 셩밧긔 나가 승부를 결ᄒ리이다."

나탁 왈,

"도형이 비록 한 번 화를 버셔나시나 도형

---

10) 【헤지르다】 图 허둥대다. 헤매다. ¶ 비쇽의셔 오장뉵부를 잡아 흔드니 코기리 짜히 나려져 두로 헤지르며 알프믈 견디지 못ᄒ여ᄒ거늘 양뎐이 ᄲ여 니다라 화호표를 쳐 두 조각의 니고 셩의 도라오니 (把花狐貂的心一捏, 那東西叫一聲跌將下來, 楊戩現身把花狐貂一撑兩段.) <西周 11:17>

의 앗가 니르든 화호표 죽이단 말은 반드시 거
줏말이니 이제 또 갓다가 이 즘싱의게 잡히면
엇지 다시 도망ᄒ여 오리오?"

양뎐이 답왈,

"밋지 아니커든 너 그 즘싱의 죽엄을 가져
오리라."

ᄒ고 셩밧긔 나가 화호표의 죽엄을 가져와 셤아
리 노ᄒ니 나탁이 디희 왈,

"우리 도형을 어더시니 젼일 보슈롤 이제
야 ᄒ리【19】로다."

즈인 양뎐을 명ᄒ여 다시 젹진의 가 스장
의 보비롤 아스오라 ᄒ디 양뎐 왈,

"뎨지 거줏 화호표롤 믿드라 져놈을 다시
속이고 다른 보비롤 아스오리이다."

ᄒ고 거줏 화호표롤 믿드라 가지고 셩을 쩌나
은진의 오니 무슈ᄒ 군시 다 잠을 닉이11) 드러
인젹이 고요ᄒ거눌 거줏 화호표롤 장 안의 드리
치고 즉시 혼원진쥬산을 몬져 아슬시 그릇 다른
보비롤 나리치니 스장이 잠결의 보비 나려지는
쇼리롤 듯고 디경ᄒ여 니닷거눌 양뎐이 급히 혼
원산만 가지고 쒸여나와 셩의 도라오니 스장이
바야흐로 자다가 닓더 니다르니 보비 다 장 밧
긔 나려졋거눌 도로 가져다가 감초디 오히려 씨
닷지 못ᄒ여 혼원산 업손 줄을 몰낫더니 이튼날
스장이 네 보비롤 ᄒᆡᆼ혀 닐혼가 ᄒ여 두엇던 곳
의 가 보니 일헛던 화호표ᄂ 의구히 이시디 잇
던 혼원진쥬산은 간디【20】업ᄂᆫ지라 디경ᄒ여
니외 영을 다 뒤여12) 어드디 간디 업ᄂᆫ지라. 례
홍 왈,

"니 이번 군수 거느려 오믄 젼혀 이 부비
만 밋엇더니 쳔만 뜻밧긔 일허시니 이제ᄂ 결단
코 니긔지 못ᄒ리로다."

---

11)【닉이】㊝ 익히. 깊이. ¶ 거줏 회호표롤 믿
　　드라 가지고 셩을 쩌나 은진의 오니 무슈ᄒ 군
　　시 다 잠을 닉이 드러 인젹이 고요ᄒ거눌 (將近
　　四鼓時分, 兄弟同進帳中睡去. 正是酒酣睡倒, 鼻
　　息如雷, 莫知高下.) <西周 11:19>

12)【뒤이다】㊈ 뒤지다. ¶ 巡‖이튼날 스장이 네
　　보비롤 ᄒᆡᆼ혀 닐혼가 ᄒ여 두엇던 곳의 가 보니
　　일헛던 화호표ᄂ 의구히 이시디 잇던 혼원진쥬
　　산은 간디 업ᄂᆫ지라 디경ᄒ여 니외 영을 다 뒤
　　여 어드디 간디 업ᄂᆫ지라 (次早中軍帳鼓響, 兄
　　弟四人各取寶貝. 魔禮紅不見混元傘, 大驚: "爲何
　　不見了此傘!" 急問巡內營將校.) <西周 11:20>

ᄒ더라. 즈인 례홍의 혼원산을 앗고 심히 깃거
계장으로 더브러 셔로 치하ᄒ더니 쇼졸이 보ᄒ
디,

"문밧긔 한 도동이 와 뵈오믈 쳥ᄒᄂ이다."

즈인 드러오라 ᄒ니 한 도동이 계하의 니
르러 졀ᄒ여 왈,

"뎨즈 황텬홰(黃天化) 각별이 스부의 명을
바다 스슉의 좌우의 스후ᄒ려 ᄒᄂ이다."

즈인 문왈,

"너ᄂ 어ᄂ 산 도형의 뎨진뇨?"

황비회 디희 왈,

"황텬화ᄂ 쳥봉산 즈양동 쳥허도덕진군(靑
虛道德眞君)의 뎨즈요 쇼즈의 장지로쇼이다."

즈인 디희 왈,

"장군의 부지 다 셔긔의 모다 우리 쥬공을
도으니 반드시 텬하롤 어드리로다."

ᄒ고 비호다려 왈,

"장군의 부지 즁봉(重逢)ᄒ여시니 마을의
도라가 편히 쉬【21】라."

비회 텬화롤 다리고 왕부(王府)의 도라와
슐을 두어 크게 즐기더라.

이튼날 황텬홰 도복을 벗고 쇽발금관을 쓰
고 쇄즈갑의 홍포13)롤 쩌닙고 옥디롤 씌여 승
상부의 나ᄋ오니 즈인 보고 문왈,

"네 본디 도문이라 일조의 복식을 변ᄒᄂ
뇨? 나ᄂ 몸이 장상의 이시나 감히 곤뉸산 은덕
을 닛지 못ᄒᄂ니 네 이제 산의 나려와 옷슬 변
ᄒ여 본14)을 엇지 잇ᄂ다?"

텬홰 디왈,

"뎨지 산의 나려오미 마가 스장을 믈니칠
지라 니러므로 장가 장속을 ᄒ미언졍 엇지 삼히
본을 니즈리잇고?"

즈인 왈,

"마가 스장은 이곳 좌도(左道) 요슐이라 삼
가 조심ᄒ여 방비ᄒ라."

텬홰 왈,

---

13) 홍포: 원래 '호포'로 되어 있으나 원문이 '紅
　　服'임에 따라 '홍포'로 고쳤음.

14)【본】㊈ 본분. 근본. ¶ 네 본디 도문이라
　　일조의 복식을 변ᄒᄂ뇨? 나ᄂ 몸이 장상의 이
　　시나 감히 곤뉸산 은덕을 닛지 못ᄒᄂ니 네 이
　　졔 산의 나려와 옷슬 변ᄒ여 본을 엇지 잇ᄂ다?

"우리 스부의 가르치미 붉으시니 엇지 족
히 두리리잇고?"
　　　　주이 허락ᄒᆞᄃᆡ 텬홰 디희ᄒᆞ여 옥긔린을 타
고 쌍쳘퇴롤 둘너 셩으로 나오더라.

41
문틱시병벌셔기(聞太師兵伐西岐)

[22] 마례홍(魔禮紅)이 진쥬산(珍珠傘)을 일코 군졍(軍情)을 다스릴 마음이 업셔ᄒ더니 믄득 보ᄒ더,

"한 장쉬 와 싸홈을 쳥ᄒ다."

ᄒ여놀 ᄉ장이 즉시 나와 싸홀시 황텬홰(黃天化) 옥긔린을 타고 쌍퇴롤 두로고 진의 니다르니 마례쳥(魔禮靑)이 문왈,

"너는 엇던 놈인다?"

텬홰 왈,

"나는 다른 사람이 아니라 긔국무셩왕(開國武成王)의 장남 황텬홰러니 강승상(姜丞相)의 명을 바다 너희롤 잡으려 ᄒ노라."

례쳥이 디로ᄒ여 창을 두로고 다라들거놀 텬홰 쏘 쌍퇴롤 들어 마즈 싸화 이십여 합의 블분승뷔러니 례쳥이 쥬머니로셔 빅옥금강촉(白玉金剛鐲)을 너여 텬화롤 바라며 더지니 일도(一道) 상광(霜光)이 텬화의 머리롤 맛쳐 따히 것구러지거놀 례쳥이 다라드러 버히려ᄒ더니 진상의셔 나탁(哪吒)이 보고 급히 ᄭ우지져 왈,

"작은 도적이 엇지 감히 우리 도형을 상ᄒ오ᄂ뇨?"

ᄒ고 니다라 텬화롤 구ᄒ여 도라오니 례쳥이 디로ᄒ여 나 **[23]** 탁의게 다라들거놀 나탁이 텬화ᄂ 구ᄒ여 보니고 화쳠창(火尖槍)을 들어 마즈 싸호더니 례쳥이 쏘 금강촉을 너여 치거놀 나탁이 급히 건곤권(乾坤圈)을 너여 금강촉을 막으니 금강촉은 옥이오 건곤권은 쇠라 옥이 엇지 쇠롤 당ᄒ리오? 산산이 바아져 나려지거놀 례쳥이 디로 즐왈,

"네 엇지 감히 간ᄉ흔 쇠롤 베퍼 니 보비롤 ᄭ치ᄂ다?"

ᄒ고 ᄉ장이 일시의 다라들거놀 나탁이 건곤권을 거두어 가지고 셩의 도라오니 황텬홰 중히 상ᄒ여 인ᄉ롤 아지 못ᄒ거놀 황비회(黃飛虎) 울며 죽엄을 상 우희 노코 살올[1] 계교롤 싱각지 못ᄒ더니 사롬이 보ᄒ더,

"문밧긔 한 도동이 와 뵈오믈 쳥ᄒᄂ이다."

즈의 드러오라 ᄒ니 그 도동이 계하의 와 녜필의 고왈,

"뎨즈ᄂ 쳥봉산 즈양동 도덕진군의 문하 뎨지러니 ᄉ뷔 뎨즈롤 명ᄒ여 수형을 다려오라 ᄒ여 상흔디롤 곳치려 **[24]** ᄒ시니 ᄉ슉은 수형이 죽엇ᄂ가 근심 마로쇼셔. 수형이 비록 중히 상ᄒ여 잠간 긔졀ᄒ여시나 엇지 아조 죽을니 이시리잇고? 뎨지 수형을 맛하 가 상흔디롤 낫게 ᄒ여 도라보니리이다."

즈의 디희ᄒ여 황텬화의 죽엄을 너여 쥬니 빅운동ᄌ 텬화롤 지고 산의 도라와 스승긔 뵈ᄂ디 진군 왈,

"아직 죽지 아니ᄒ여시니 희로옴이 업다."

ᄒ고 단약을 너여 믈의 타 남그로 이롤 버리고 흘니니 이윽고 텬홰 상흔디 하려[2] 니러 안즈니

---

1) 【살오다】 (동) 살리다. ¶ 황텬홰 중히 상ᄒ여 인ᄉ롤 아지 못ᄒ거놀 황비회 울며 죽엄을 상 우희 노코 살올 계교롤 싱각지 못ᄒ더니 (黃天化被金剛鐲已自打死了. 黃飛虎痛哭曰: "豈知才進西岐, 未安枕席, 竟被打死!" 甚是傷情. 只得把天化尸骸停在相府門前.) <西周 11:23>

2) 【하리다】 (동) 낫다. ¶ 回生‖ 단약을 너여 믈의 타 남그로 이롤 버리고 흘니니 이윽고 텬홰 상흔디 하려 니러 안즈니 진군이 겻히 잇거놀 (眞君命童子取水來, 將丹藥化開, 用劍撬開口, 將藥灌入, 隨入中黃. 不一個時辰, 黃天化已是回生, 二

진군이 겻히 잇거늘 텬홰 문왈,

"뎨지 엇지 여긔 왓느니잇고?"

진군 왈,

"이 츅싱아 네 산의 나려 마늘 파룰 먹으니 죄 하나히오 복식을 곳쳐 근본을 니즈니 죄 둘히라 만일 즈아(子牙)의 낫출 보지 아니면 결연히 너룰 구치 아닐너니라."

텬홰 업디여 스레호거늘 진군이 한 보비롤 너여오니 일홈은 찬신뎡(攢心釘)이오 기리 칠촌오 【25】 분이라 텬홰롤 쥬어 왈,

"네 샐니 셔긔의 가 마가 스장을 잡아 큰 공을 일우라."

황텬홰 하직호고 토둔법(土遁法)을 힝호여 격은덧3) 셔긔의 니르러 승상긔 알외라 혼디 쇼졸이 드러와 보호거늘 즈이 드러오라 호니 텬홰 드러와 졀호고 스부의 말을 일일히 젼혼디 황비회 크게 깃거호더라.

이튼날 황텬홰 옥긔린을 타고 셩의 나가 마가 스장을 블너 쏘호자 호니 군졍시(軍政司) 드러가 보혼디 스장이 샐니 진의 나와 황텬화롤 보고 디호 왈,

"오늘 결단코 즈웅을 졍호리라."

호고 마례쳥이 창을 두루며 다라들거늘 텬홰 쌍퇴롤 드러 마즈 쏘화 슈합이 못호여 텬홰 거즛 피호여 다라나니 례쳥이 쏘로더니 텬홰 쌍퇴롤 노코 비단 쥬머니로셔 찬심뎡을 너여 마례쳥을 바라며 더지니 이 못손 도덕진군의 긔특혼 보비라 일도 샹광이 찬난호여 눈의 바이더니 졍히 마례쳥 【26】 의 가슴을 맛촌지라. 크게 한 쇼리 지르고 짜히 것구러지거늘 례홍이 형의 죽으믈 보고 디로호여 방쳔극(方天戟)을 두로고 다라들거늘 텬홰 찬심뎡을 거두어 쏘 마례홍을 바라며 더지니 례홍이 미쳐 피치 못호여 쏘혼 가슴이 마즈 한 쇼리 지르고 틧글4)의 것구러지거늘 마

례히(魔禮海) 디호 왈,

"젹은 츅싱이 무슴 요믈을 가져 우리 두 형을 상히오느뇨?"

호고 급히 다라들 찌의 쏘호 텬화의 찬심경을 마즈 죽으니 이 졍히 스텬왕이 병녕공(炳靈公)을 만나 명졀(命絶)홀 텬쉬러라. 마례쉬(魔禮壽) 세 형의 비명의 죽는 양을 보고 디로호여 표피 쥬머니의 손을 너허 화호표(花狐貂)롤 너려호니 원니 양뎐(楊戩)이 화호표롤 죽이고 제 변호여 화호피 되여 나못5) 가온디 슘엇더니 이의 드립더6) 마례슈의 손을 무니 례쉬 알프믈 견디지 못호더니 황텬홰 쏘 찬심경을 날녀 마례슈롤 맛쳐 짜히 것구러 【27】 치니 가련혼 녕혼이 봉신디로 가니라. 황텬홰 마가 스장을 죽이고 졍히 다라와 슈급을 버히려호더니 믄득 보니 표피 쥬머니 가온디 일진 바룸이 지나는 곳의 화호피 쒸여나 화호여 한 사룸이 되니 이 곳 양뎐이라.

텬홰 양뎐을 아지 못호여 문왈,

"너는 엇던 사룸고?"

양뎐 왈,

"나는 양뎐이라. 강스슉의 명을 바다 이의 와 니응(內應)이 되엿더니 도형이 년호여 스장을 니긔니 졍히 샹텬의 길조롤 응호미로다."

호고 셔로 말홀시 이의 나탁이 풍화륜을 모라와 낭인을 디호여 왈,

"오늘날 두 형이 큰 공을 일우니 깃부믈7) 이긔지 못호리로다."

호고 삼인이 함긔 셩의 니르러 상부(相府)의 드

目睜開, 見師父在傍.) <西周 11:24>

3) 【격은덧】부 잠간(사이에). 잠시. ¶ 須臾 ‖ 황텬홰 하직호고 토둔법을 힝호여 격은덧 셔긔의 니르러 승상긔 알외라 혼디 쇼졸이 드러와 보호거늘 즈이 드러오라 호니 (黃天化辭了師父, 借土遁前來, 須臾便至西岐, 落下遁光, 來至相府. 門官通報, 子牙命至殿前.) <西周 11:25>

4) 【틧글】명 티끌. 흙먼지. ¶ 塵埃 ‖ 텬홰 찬심뎡을 거두어 쏘 마례홍을 바라며 더지니 례홍이 미쳐 피치 못호여 쏘혼 가슴이 마즈 한 쇼리 지르고 틧글의 것구러지거늘 (黃天化收回釘, 便復打來. 魔禮紅躱不及, 又中前心. 此釘見心才過, 響一聲, 跌在塵埃.) <西周 11:26>

5) 【나못】명 주머니. 자루. ¶ 囊 ‖ 원니 양뎐이 화호표롤 죽이고 제 변호여 화호피 되여 나못 가온디 슘엇더니 (此花狐貂乃是楊戩變化的, 隱在囊裏.) <西周 11:26>

6) 【드립더】부 드립다. 냅다. ¶ 원니 양뎐이 화호표롤 죽이고 제 변호여 화호피 되여 나못 가온디 슘엇더니 이의 드립더 마례슈의 손을 무니 례쉬 알프믈 견디지 못호더니 (此花狐貂乃是楊戩變化的, 隱在囊裏. 禮壽把手來拿此物, 不知楊戩把口張着, 等魔禮壽的手往花狐貂嘴裏來, 被花狐貂一口, 把魔禮壽的手咬將下來. 只得一個骨頭, 怎熬得這般痛疼!) <西周 11:26>

7) 【깃부다】형 기쁘다. ¶ 喜悅 ‖ 오늘날 두 형이 큰 공을 일우니 깃부믈 이긔지 못호리로다 (二兄今立大功, 不勝喜悅!) <西周 11:27>

러와 즈아룰 보고 마가 스장 잡은 말을 즈시니
론디 즈이 디희ᄒᆞ여 스장의 머리룰 버혀 셩상의
다라 호령ᄒᆞ니라. 픠군이 도망ᄒᆞ여 도라가 스슈
관(汜水關) 총병 한영(韓榮)의게 보ᄒᆞ디 한영이
듯고 디 【28】 경 왈,

"강상(姜尙)이 셔주의 잇셔 용병의 니ᄒᆡ(利
害) 엇지 니러홀 줄 알니오?"
ᄒᆞ고 셜니 표룰 써 셩야(星夜)로 조가(朝歌)의
보ᄂᆞ니라.

초셜 문티시(聞太師) 상부의 한가히 잇더
니 믄득 보ᄒᆞ디,

"유혼관(遊魂關) 총병 두륭(竇融)이 ᄌᆞ조
동빅후(東伯侯) 강문환(姜文煥)을 니긔고 ᄯᅩ 삼
산관(三山關) 총병 등구공(鄧九公)이 ᄯᆞᆯ 등션옥
(鄧嬋玉)으로 더브러 남빅후(南伯侯) 악슌(鄂順)
을 여러번 니긔여 군ᄉᆞ룰 임의 믈니쳣다."
ᄒᆞ여ᄂᆞᆯ 티시 듯고 심히 깃거ᄒᆞ더니 ᄯᅩ 스슈관
총병 한영의게셔 보장(報章)이 왓다 ᄒᆞ여ᄂᆞᆯ 티
시 문셔룰 바다 펴 보니 마가 스장이 다 쥬륙ᄒᆞ
여 머리룰 셩상의 다라 호령ᄒᆞ다 ᄒᆞ여ᄂᆞᆯ 티시
박안디규(拍案大叫) 왈,

"강상이 엇지 여러번 텬병을 파ᄒᆞ여 무례
ᄒᆞ미 니러틋 ᄒᆞ뇨?"
ᄒᆞ고 노긔 두우의 쎄쳐 익즁일목(額中一目) [니마
가온디 한 눈이라] 의 일도 빅광이 원근의 쏘이더라
이윽고 졍신을 진졍ᄒᆞ여 탄왈,

"텬병이 여러번 픠ᄒᆞ고 인 【29】 심이 쥬
(周)의 도라가니 은국 종시 반ᄃᆞ시 망ᄒᆞ리로다.
비록 그러나 요ᄉᆞ이 동남이 잠간 졍(定)ᄒᆞ여 경
ᄉᆞ(京師)의 근심이 업ᄉᆞ니 너 친히 디병을 거ᄂᆞ
려 이 도젹을 파ᄒᆞ리라."
ᄒᆞ고 이튼날 조복을 갓초고 너뎐의 드러와 츌ᄉᆞ
표룰 올니니 쥬(紂) 표룰 보고 왈,

"티시 친히 셔기룰 치면 도젹 파키ᄂᆞᆫ 근심
치 아니리로다."
ᄒᆞ고 좌우룰 명ᄒᆞ여 빅모황월(白旄黃鉞)을 쥬어
졍벌을 임의로 ᄒᆞ게 ᄒᆞ니 티시 비스ᄒᆞ고 틱일
발힝홀시 쥬 친히 잔을 드러 젼송ᄒᆞ거ᄂᆞᆯ 티시
몸을 굽혀 쥬왈,

"노신이 이번 가미 도젹을 반ᄃᆞ시 파ᄒᆞ리
니 원컨디 폐하는 신의 승픠ᄂᆞᆫ 분변치 마ᄅᆞ시고
만ᄉᆞ룰 상찰(詳察)ᄒᆞ여 군신 상ᄒᆡ(上下) 인의룰

돕게 ᄒᆞ쇼셔. 신이 이번 가미 반년이 못ᄒᆞ여 셔
토룰 평졍ᄒᆞ고 도라오리이다."
ᄒᆞ고 슐이 두어 슌 지나미 하직고 슈빅 보룰 힝
ᄒᆞ더니 믄득 흑긔린이 한 쇼리 지ᄅᆞ고 【30】 몸
을 쇼쇼쳐[8] 티스룰 ᄯᅡ히 나리치니 좌위 디경ᄒᆞ
여 붓드러 니ᄅᆞ혀 다시 긔린을 타려ᄒᆞ더니 하티
우(下大夫) 왕변(王變)이 진왈,

"티시 오늘 ᄯᅡ히 쎠러져 만군의 우음이 되
니 반ᄃᆞ시 길죄 아니라 슈일을 머물워 흥사(興
事)ᄒᆞ미 가홀가 ᄒᆞᄂᆞ이다."
티시 답왈,

"티우의 말이 그ᄅᆞ다. 인신(人臣)이 몸을
바려 나라히 허ᄒᆞ면 그 ᄉᆞᄉᆞ(私事)룰 도라보지
못ᄒᆞᄂᆞ니 한번 ᄯᅡ히 나려지미 무ᄉᆞᆫ 관계 이시리
오? 장쉬 말긔 나려지문 군즁의 상시라 ᄒᆞᆯ믈며
너 몸이 상ᄒᆞᆫ디 업ᄉᆞ니 엇지 무고히 군ᄉᆞ룰 다
시 발ᄒᆞ리오? 티우는 다시 념녀말나."
ᄒᆞ고 일셩 포향의 삼십만 디병을 발ᄒᆞ여 조가룰
쩌나 면지현(澠池縣)의 니ᄅᆞ니 총병장 댱귀(張
奎) 마즈 녜ᄒᆞ거ᄂᆞᆯ 티시 문왈,

"너 즐에[9] 쳥뇽관(靑龍關)을 나 셔기로 가
고져ᄒᆞᄂᆞ니 예셔 언마나 ᄒᆞ뇨?"

댱귀 디왈,

"이빅 니니이다."

티시 면지현을 쩌나 쳥뇽관의 다ᄃᆞ 【31】
ᄅᆞ니 길이 험조(險阻)ᄒᆞ여 힝ᄒᆞ미 가장 어려온
지라. 그러나 군ᄉᆞ룰 도로 믈니기 어려워 이의
쳥뇽관을 쩌나 알프로 나아가더니 황화산(黃花
山)의 다ᄃᆞ라 경긔 쇼쇄ᄒᆞ며 산쳔이 긔특ᄒᆞ여
취쥭교숑(翠竹喬松)은 바회룰 의지ᄒᆞ여시며 긔
화이쵸는 시너룰 둘너 츈식을 ᄌᆞ랑ᄒᆞᄂᆞᆫ디 누른
꾀꼬리와 프른 시ᄂᆞᆫ 남글 둘너 셔로 노닐며 흰
코기리와 검은 진납은 무리지어 바회 아리로 단
이거ᄂᆞᆯ 티시 군마룰 머므ᄅᆞ고 풍경을 구경ᄒᆞ더

---

8) 【쇼쇼치다】 통 솟구치다. ¶ 跳‖ 슐이 두어 슌
지나미 하직고 슈빅 보룰 힝ᄒᆞ더니 믄득 흑긔린
이 한 쇼리 지ᄅᆞ고 몸을 쇼쇼쳐 티스룰 ᄯᅡ히 나
리치니 (太師飮過數杯. 紂王看聞太師上騎. 那墨
麒麟久不曾出戰, 今日聞太師方欲騎卜, 被黑麒麟
叫一聲, 跳將起來, 把聞太師跌將下來.) <西周
11:30>

9) 【즐에】 튄 질러. 지름길로. ¶ 너 즐에 쳥뇽
관을 나 셔기로 가고져ᄒᆞᄂᆞ니 예셔 언마나 ᄒᆞ
뇨? (往西岐那一條路近?) <西周 11:30>

니 두로 힝ᄒᆞ여 산상의 니르니 산상이 심히 널
너10) 능히 슈십만 즁을 용납ᄒᆞᆯ너라 틱시 보고
탄왈,

　　"니 만일 도젹을 평정ᄒᆞ여 셔긔롤 졍ᄒᆞ거
든 다시 이곳의 와 암ᄌᆞ롤 짓고 남은 나홀11)
지니리라."

ᄒᆞ더니 믄득 드르니 뫼 뒤흐로셔 방포쇼리 나거
놀 틱시 놀나 급히 긔린을 두로혀 ᄂᆞ려오더니
ᄯᅩ 보니 산하의 장사【32】 진을 치고 산을 에윗
더라. 틱시 경긔롤 탐완ᄒᆞ노라 아득히 모로고
잇ᄂᆞᆫ디 한 쇼졸이 문틱스롤 바라보니 몸의 홍포
롤 닙고 긔이ᄒᆞᆫ 즘ᄉᆡᆼ을 타고 두ᄌᆞ로 금치롤 들
고 진치는 형셰롤 보거놀 그 쇼졸이 틱스의 완
경ᄒᆞᄂᆞᆫ 쥴난 모로고 져의 진법을 보는가 ᄒᆞ여
졔장슈의게 고ᄒᆞ디,

　　"쳔셰 디왕아 한 사ᄅᆞᆷ이 산상의셔 우리 쇼
혈(巢穴)을 엿보ᄂᆞ이다."

　　그 장슈 듯고 디로ᄒᆞ여 즉시 말을 치쳐 산
상으로 올나오거놀 보니 낫치 남빗 갓고 머리털
은 쥬ᄉᆞ(朱砂) 갓고 엄니 브르돗고 금갑홍포의
흑총마롤 타시며 슈하(手下)의 한 ᄌᆞ로12) 괴산
부(開山斧)롤 드러시니 위풍이 늠늠ᄒᆞ며 용밍이
졀눈ᄒᆞ여 뵈더라. 틱시 심즁의 디희 왈,

　　"이 사ᄅᆞᆷ을 어더 셔긔롤 한가지로 치면 반
ᄃᆞ시 공을 셰울노다."

ᄒᆞ고 졍히 머뭇거려 싱각ᄒᆞᆯᄉᆡ 이의 그 장슈 압
히 다ᄃᆞ라 디경 왈,

　　"너는 엇던 거시완디【33】 감히 담디(膽大)
ᄒᆞᆫ 쳬ᄒᆞ고 우리 산치롤 탐지(探知)ᄒᆞᄂᆞᆫ다?"

　　틱시 왈,

"빈되 이 뫼홀 보니 가장 졍쇄ᄒᆞᆫ지라 드러
와 한 쮜롤13) 버혀 암ᄌᆞ롤 짓고 두어 권『황졍
경(黃庭經)』을 닑고져 ᄒᆞᄂᆞ니 아지 못게라 장
군이 허락ᄒᆞᆯ쇼냐?"

　　그 장슈 이 말을 듯고 익노 왈,

　　"이 가장 요괴로온 도시로다."

ᄒᆞ고 도치롤 들고 바로 다라들거놀 틱시 금치로
막아 셔로 ᄊᆞᆺ호니 도치와 금편(金鞭)이 셔로 어
우러 산상의셔 일장 디젼ᄒᆞ니 틱시 여러 히 졍
벌의 허다 호걸을 지니엿ᄂᆞᆫ지라 엇지 조곰이나
안하(眼下)의 두리리오? 그러나 '스로잡아 셔긔
의 ᄃᆞ려가 한가지로 공을 일우리라' ᄒᆞ고 거즛
픠ᄒᆞ여 동다히로 다라나니 그 장슈 ᄯᅩ라오는지
라 틱시 등 뒤히 방울쇼리 나믈 듯고 즉시 금편
으로 ᄯᅩ홀 한번 가르치니 쇠담〔金墻〕이 화ᄒᆞ
여 ᄉᆞ면으로 그 장슈롤 둘너ᄊᆞ고 인ᄒᆞ여 금둔
(金遁)으로써 둔(遁)ᄒᆞ고 틱시 도【34】로 산의
올나가 긔린의 ᄂᆞ려 쇼남긔14) 의지ᄒᆞ여 쉬며
보니 무슈ᄒᆞᆫ 살긔 산즁으로셔 니러나더라. 쇼누
퍼(小嘍羅) 산즁의 두 쳔셰 디왕긔 고ᄒᆞ디,

　　"한 홍포 닙은 도시 우리 디쳔셰롤 잡아
진즁의 드러가더니 아모디로 간 쥴 모로ᄂᆞ이
다."

　　이장이 이 말을 듯고 디로ᄒᆞ여 밧비 나올
ᄉᆡ 모든 누파들이 일시의 납함ᄒᆞ고 산상으로 싀
살(廝殺)ᄒᆞ여 오거놀 틱시 이롤 보고 날호여 니
러나 긔린을 타고 금치로 가르쳐 디호 왈,

　　"이장은 하15) 밧비 오지 말나."

　　이장이 눈을 드러 보니 한 도인이 눈이 셰
히오 얼골은 금빗 갓고 오류(五柳) 장염(長髥)이
바람의 나붓기더라. 이장이 보고 가장 놀나고
의심ᄒᆞ여 문왈,

---

10)【널ᄂᆞ다】휑 너르다. 넓다. ¶ 틱시 군마롤 머
　　므르고 풍경을 구경ᄒᆞ더니 두로 힝ᄒᆞ여 산상의
　　니르니 산상이 심히 널너 능히 슈십만 즁을 용
　　납ᄒᆞᆯ너라 (聞太師看此山險惡, 傳令安下人馬, 催
　　開墨麒麟, 自上山來觀看. 見有一程平坦之地, 好
　　似一個戰場.) <西周 11:31>

11)【나ㅎ】圐 나이. 세월. ¶ 니 만일 도젹을 평졍
　　ᄒᆞ여 셔긔롤 졍ᄒᆞ거든 다시 이곳의 와 암ᄌᆞ롤
　　짓고 남은 나홀 지니리라 (若是朝歌寧靜, 老夫
　　來黃花山避靜消閑, 多少快樂!) <西周 11:31>

12)【ᄌᆞ로】圐 자루. ¶ 柄∥ 낫치 남빗 갓고 머리
　　털은 쥬ᄉᆞ 갓고·엄니 브르돗고 금갑홍포의 흑총
　　마롤 타시며 슈하의 한 ᄌᆞ로 괴산부롤 드러시니
　　(面如藍靛, 髮似朱砂, 上下獠牙, 金甲紅袍, 坐下
　　黑馬, 手使一柄開山斧.) <西周 11:32>

13)【쮜】圀 띠(풀). ¶ 茅∥ 빈되 이 뫼홀 보니 가
　　장 졍쇄ᄒᆞᆫ지라 드러와 한 쮜롤 버혀 암ᄌᆞ롤 짓
　　고 두어 권『황졍경』을 닑고져 ᄒᆞᄂᆞ니 아지 못
　　게라 장군이 허락ᄒᆞᆯ쇼냐? (貧道看此山幽靜, 欲化
　　此結一茅庵, 早晚誦一二卷『黃庭』, 不識將軍肯
　　否?) <西周 11:33>

14)【쇼낡】圀 소나무. ¶ 松∥ 틱시 도로 산의 올
　　나가 긔린의 ᄂᆞ려 쇼남긔 의지ᄒᆞ여 쉬며 보니
　　무슈ᄒᆞᆫ 살긔 산즁으로셔 니러나더라 (太師依舊
　　還往這山上, 下了戰騎, 倚松靠石坐下. 太師看有
　　幾道殺氣隱在山中.) <西周 11:34>

15)【하】圂 너무. 몹시. ¶ 이장은 하 밧비 오지
　　말나 (二將慢來!) <西周 11:34>

"너눈 엇던 도시완디 감히 이 산의 드러와 우리 형장을 잡아 어디 두엇눈다? 슈이[16] 도라 보니여 너의 목슘을 보젼ᄒ라."

티시 왈,

"앗가 낫 프른 놈이 날을 범ᄒ다가 한【35】 치롤 마즈 죽엇ᄂ니 너희도 쏘 와 죽고져 ᄒᄂ냐? 나는 다른 ᄯᆺ이 업셔 다만 황화산의 드러 도롤 닷고져 ᄒᄂ니 너희 냥인이 허홀쇼냐?"

이장이 디로ᄒ여 다ᄅᆮ니 하나혼 창을 쓰고 하나혼 쌍간(雙鐧)을 쓰더라. 이장이 병녁(並力)ᄒ여 치니 티시 긔린을 두로혀 남다히로 다라나거눌 이장이 함긔 조츠오더니 티시 금치로 가ᄅ쳐 슈둔(水遁)으로 댱천군(張天君)을 둔ᄒ여 가도고 목둔(木遁)으로 도쳔군(陶天君)을 둔ᄒ여 가도니 이ᄂ 문티시 등(鄧)·신(辛)·댱(張)·도(陶)시 위편군을 거두어 한디 모드밀너라.[17] 티시 도로 뫼언덕의 나려 쉬더니 모든 쇼누퍼 보고 디경ᄒ여 드러가 신텬군(辛天君)긔 보ᄒ니 신텬군이 졍히 산뒤히셔 군냥을 슈습ᄒ다가 세 쳔세 잡히단 말을 듯고 급 문왈,

"셰 디왕이 어디 잇ᄂ뇨?"

쇼괴 왈,

"그 도인의게 죽어계시이다."

신환(辛環)이 이 말을 듯고 크게 한 쇼리롤 지ᄅ고 쳘퇴롤 들고 두 겨【36】 드랑 아리 육시(肉翅)롤 붓쳐 공즁으로 나라오ᄅ니 바람이 진동ᄒ며 쇼리 우뢰 갓더라. 바로 나라 산상으로 오며 디호 왈,

"엇던 요괴로온 도시 우리 산즁의 드러와 감히 우리 형데롤 죽이뇨?"

티시 당즁(當中) 목을 크게 써 보니 두 날기 돗친 흉악한 놈이 오거눌 티시 크게 깃거 스스로 헤오디 '이야 진짓 긔이한 호걸이로다' ᄒ더라.

---

16)【슈이】㉮ 얼른. 빨리. ¶ 好好‖ 너는 엇던 도시완디 감히 이 산의 드러와 우리 형장을 잡아 어디 두엇눈다? 슈이 도라보니여 너의 목슘을 보젼ᄒ라 (你是何人, 敢在此行凶? 將吾兄將攝在 那裏去了? 好好送還, 饒你一命!) <西周 11:34>

17)【몯다】㉧ 모으다. ¶ 收‖ 이ᄂ 문티시 등·신·댱·도시 위편군을 거두어 한디 모드밀너라 (此一回乃聞太師收鄧·辛·張·陶四天君.) <西周 11:35>

42
황화산슈등신장도(黃花山收鄧辛張陶)

신환(辛環)이 철퇴로 티스(太師)의 니마롤 향ᄒᆞ여 치니 티시 급히 금편을 드러 막아 셔로 쏘ᄒᆞ니 그 효용(驍勇)이 비홀디 업더라. 티시 긔특이 너겨 금치로 몸을 가리오고 거줏 픠ᄒᆞ여 동다히롤 바라고 다라나니 신환이 디호 왈,

"요괴로온 도시 어디로 다라나ᄂᆞᆫ다?"

ᄒᆞ고 티스의 도슐 만흔 줄난 모로고 날긔롤 버려 방심ᄒᆞ여[1] 쓰로더니 티【37】시 금치롤 한번 둘너 길가의 한 뫼흘 믠들고 두어 손가락으로 가ᄅᆞ치니 쇼리 우뢰 갓더라. 이의 황건녁ᄉᆞ롤 명ᄒᆞ여 그 뫼흘 들고 신환을 잡아 너허 누르라 ᄒᆞ니 녁시 명을 듯고 공즁으로 나라와 신환을 잡아 허리롤 그 뫼희 지지ᄅᆞ거놀[2] 티시 혹

긔린을 두로혀 금치로 신환의 머리롤 치니 신환이 크게 웨여 왈,

"뎨지 눈이 어두어 노스의 고명ᄒᆞ시믈 아지 못ᄒᆞ고 텬위(天威)롤 범ᄒᆞ엿ᄂᆞ니 원컨더 노스는 죄롤 스ᄒᆞ쇼셔. 만일 다시 살믈 어드면 치롤 잡아 은혜롤 갑흐리이다."

티시 금편을 신환의 니마의 노코 왈,

"니 맛춤 니리 지나더니 낫 프론 놈이 연고업시 날을 범ᄒᆞ여시니 네 살고져ᄒᆞᄂᆞᆫ다 죽고져ᄒᆞᄂᆞᆫ다?"

신환이 울며 왈,

"쇼젹(小的)의 죄 맛당이 죽엄즉ᄒᆞ거니와 알면 엇지 산의 나가 맛지 아니ᄒᆞ리잇고?"

티시 왈,

"네 실노 살고져ᄒᆞ면 살녀쥬려니【38】 와 나는 다른 사롬이 아니라 조가 문티시라. 셔기 정벌을 인ᄒᆞ여 이곳의 지나더니 너희 이제 날을 조ᄎᆞ 셔기의 가 큰 공을 일우면 요옥(腰玉)의 복(福)을 일치 아니리라."

신환 왈,

"만일 귀인이 즐겨 졔발(提拔)ᄒᆞ실진더 휘하의 말장(末將)이 되여 지휘롤 조ᄎᆞ리이다."

티시 치롤 드러 한번 가ᄅᆞ치니 황건녁시 뫼흘 들치고 쌘혀ᄂᆞ니 신환이 니러셔지 못ᄒᆞ여 반향(半晌)이나 진졍ᄒᆞ여 겨유 니러나 졀ᄒᆞ고 따히 업더엿거눌 티시 친히 붓드러 니ᄅᆞ혀 위로ᄒᆞ여 더브러 쇼나모 아리 쉬니 신환이 겸히 뫼셧더라. 티시 문왈,

"황화산의 인민 언마나 ᄒᆞ뇨?"

신환이 디왈,

"이 뫼 쥬회[3] 뉵십 니오 산님의 쇼취(嘯聚)흔 누퓌 일만여 명이오 냥최 가장 만흐니이다."

티시 크게 깃거ᄒᆞ거눌 신환이 ᄭᅮ러 업더여 비러 왈,

"바라건더 노스는 ᄌᆞ비롤 발ᄒᆞ샤 삼장의

---

1) 【방심ᄒᆞ다】 图 마음을 놓다. 안심하다. ¶ 티스의 도슐 만흔 줄난 모로고 날긔롤 버려 방심ᄒᆞ여 쓰로더니 티시 금치롤 한번 둘너 길가의 한 뫼흘 믠들고 (他不知聞太師有多本領, 任意行凶. 聞太師自忖: '五遁之中, 遁不得此人.' 且將金鞭照路傍一塊山.) <西周 11:36>

2) 【지지ᄅᆞ다】 图 지지르다. 짓누르다. ¶ 壓下 ‖ 녁시 명을 듯고 공즁으로 나라와 신환을 잡

아 허리롤 그 뫼희 지지ᄅᆞ거놀 (力士得法旨, 忙將此山石平空飛起, 把辛環挾腰壓下來.) <西周 11:37>

3) 【쥬회】 图 주위. 둘레. ¶ 方圓 ‖ 이 뫼 쥬회 뉵십 니오 산님의 쇼취흔 누퓌 일만여 명이오 냥최 가장 만흐니이다 (此山方圓有六十里, 嘯聚嘍羅一萬有餘, 糧草頗多.) <西周 11:38>

죄롤 사【39】호여 한가지로 살와쥬시면 노력을
다호여 큰 은혜롤 갑흐리이다."

티시 왈,

"네 브디4) 져롤 술오고져 호니 엇지미뇨?"

환이 디왈,

"셩명은 비록 다르나 그 졍은 실노 슈족이
나 다르지 아니호여이다."

"과연 진실노 의긔 잇는 사롬이로다."
호고 손으로 한 우뤼 쇼릭롤 지어너니 산천이
진동호더라. 이윽고 둔(遁)의 잠겻던 세 장쉬 일
시의 니러나 눈을 씻고 졍신을 찰혀보니 등천군
은 그 둘넛던 쇠담이 업고 댱천군은 그 잠겻던
바다히 업고 도천군은 그 눌넛던 나모슈플이 업
손지라. 삼장이 말을 타고 산하로 달녀오더니
신환이 홍포 닙은 도스의 겻히 쑤러 이시믈 보
고 등튱(鄧忠)이 디로호여 번기 갓흔 눈을 브릅
쓰고 디호 왈,

"우리 현뎨는 엇지 이의 이셔 요괴로온 도
스롤 잡지 아니호느뇨?"

말이 맛지 못호여 장・도 이장이 함긔 니
다라 웨여 왈,

"오【40】눌날 반드시 요괴로온 도스롤 잡
으리라."
5)호고 다라들거놀 신환이 급히 압히 나아가 왈,
"형뎨문6)아 너희 망녕되이 구지 말고 나아와
뵈오라 이는 경소 문티시 노야니라."
흔디 삼장이 이 말을 듯고 급히 말긔 나려 싸히
업더여 닙으로 티스 노야롤 일크라 왈,

"오릭 디명(大名)을 우러러 스모호나 일즉
존안을 뵈옵지 못호엿더니 오늘날 텬힝으로 닉
개(大駕) 이의 님호시디 말장 등이 먼니 맛지
못호고 도로혀 죽을 죄롤 지어시니 바라건더 노
야는 죄롤 스호쇼셔."
호고 티스롤 쳥호여 산치의 오르쇼셔 흔디 티시
듯고 쏘흔 깃거 즁장을 쓰라 한가지로 산치의

---

4)【브디】띰 부디. 반드시. ¶ 還∥ 네 브디 져
롤 술오고져 호니 엇지미뇨? (你還要他來?) <西
周 11:39>

5) 여기서부터 본 回目의 내용에 들어감.

6)【형뎨문】団 형제들. ¶ 兄弟們∥ 형뎨문아
너희 망녕되이 구지 말고 나아와 뵈오라. 이는
경소 문티시 노야니라 (兄弟們不得妄爲, 快下馬
來參謁. 此是朝歌聞太師老爺.) <西周 11:40>

니르니 스장이 티스롤 쳥호여 상좌의 안치고 다
시 참비호여 뵈거놀 티시 쏘흔 조흔 말노 위로
호고 인호여 스장의 셩명을 무른디 등튱이 왈,

"이 황화산의 우리 형뎨 스인이 결의호연
【41】 지 여러 히라 쇼장은 셩명이 등튱이오 버
거는 신환・장졀(張節)・도영(陶榮)이라. 스방이
황난(荒亂)호믈 인호여 잠간 이 뫼홀 비러 아직
안신(安身)홀 짜홀 삼으나 기실은 쇼장 등의 본
뜻이 아니로쇼이다."

티시 쳥파의 왈,

"너희 날을 조츠 셔기롤 졍벌호여 큰 공을
일우면 다 이 한가지 조졍 신지라 엇지 괴로이
녹님을 일삼아 영웅을 미몰케 호여 평싱 큰 지
조롤 져바리리오?"

신환 왈,

"만일 티시 바리지 아니실진더 쇼장 등이
졍원(情願)으로 티스의 편등(鞭鐙)을 조츠리이
다."

티시 왈,

"공 등이 임의 왕실을 위호여 날을 조출진
더 슈하의 잇는 즁인을 효유(曉諭)호여 원종즈
(願從者)는 함긔 가고 블원즈는 즈급을 후히 쥬
어 져의 고향으로 훗허 보니게 호라."

신환이 명을 드러 그디로 젼호니 오히려
군시 칠쳔여 인이오 냥곡이 삼만여 셕이러라.
다 함긔 타졈(打點)호여7)【42】 산치롤 블지르고
즉일의 긔병호여 쩌나미 쏘 스장을 어든지라 심
즁의 디희호여 황화산을 지나 즈레8) 앏흐로 호
호탕탕이 나아가니 군위 심히 웅장호더라. 문티

---

7)【타졈호다】 图 旅裝을 꾸리다 준비하다 ¶
打點∥ 다 함긔 타졈호여 산치롤 블지르고 즉
일의 긔병호여 쩌나미 쏘 스장을 어든지라 심즁
의 디희호여 황화산을 지나 즈레 앏흐로 호호탕
탕이 나아가니 군위 심히 웅장호더라 (俱打點停
當, 燒了牛皮寶帳. 聞太師卽日起兵, 又得四將, 不
覺大喜. 把人馬了黃花山, 徑往前進, 浩浩蕩蕩, 甚
是軍威雄猛.) <西周 11:41>

8)【즈레】图 질러. 지름길로. ¶ 徑∥ 다 함긔
타졈호여 산치롤 블지르고 즉일의 긔병호여 쩌
나미 쏘 스장을 어든지라 심즁익 디희호여 황화
산을 지나 즈레 앏흐로 호호탕탕이 나아가니 군
위 심히 웅장호더라 (俱打點停當, 燒了牛皮寶帳.
聞太師卽日起兵, 又得四將, 不覺大喜. 把人馬了
黃花山, 徑往前進, 浩浩蕩蕩, 甚是軍威雄猛.) <西
周 11:42>

시 인마롤 거느려 졍히 힝호더니 믄득 머리롤 드러보니 한 셕갈(石碣)이 잇고 그 우회 '졀용녕(絶龍嶺)' 셰 즈롤 크게 쎳거눌 티시 흑긔린 우희 안즈 묵묵 반향(半晌)의 말을 아니호거눌 등츔이 티스의 긔린을 머므르고 면상의 공경호는 빗치 이시믈 보고 나아가 문왈,

"티시 무슨 일노 긔린을 머므르고 말숨치 아니믄 엇지니잇고?"

티시 왈,

"니 당년의 벽유궁(碧遊宮)의 이셔 금녕셩모(金靈聖母)끠 졀호여 오십 년을 도롤 비호더니 우리 스뷔 날을 명호여 산의 나려가 셩탕을 도으라 호실시 님힝의 스부끠 젼졍을 뭇즈온더 스뷔 왈 '네 일싱의 졀(絶)즈롤 맛나지 말나' 호더니 금일 힝병의 흡흡(恰恰)히 이 셕갈상의 【43】 졀즈롤 보니 니러므로 심중의 지의블결(遲疑不決)호노라."

등츔 등 스장이 쇼왈,

"티시 그르도쇼이다. 더장뷔 엇지 가히 한 글즈로쎠 죵신 화복을 졍호리잇고? 호믈며 쏘 길흔 사롬은 하눌이 돕느니 티시 지덕으로쎠 엇지 셔긔롤 니긔지 못호니 이시리잇고?"

티시 쏘흔 더쇼호고 군마롤 지촉호여 셔기 남문 밧긔 와 하치(下寨)호니 즈인(子牙) 듯고 즁장을 거느려 젹누의 올나 은진(殷陣)을 바라보니 진법이 거록호며 군미 장녀(壯麗)호고 도창검극이 히롤 바이며 쳥홍흑빅이 셔로 졍졍졔졔호엿거눌 즈인 탄왈,

"평일의 문티스의 장냑(將略)과 지용이 다 밋츠리 업다 호더니 과연 그 말이 헛되지 아니토다."

호고 마을의 도라와 젹병 믈니칠 계교롤 의논호더니 황비회 왈,

"승상은 근심 마로쇼셔. 마가 스장의 지용도 우리게 밋지 못호엿거든 문중이 엇지 감히 당호리잇고?"

즈인 왈,

"비록 그러 【44】 나 셔토 군병이 여러 히롤 년호여 싸호미 인미 피곤호고 젼냥(戰糧)이 브죡호니 엇지 티평이라 니르리오?"

호고 셔로 의논호더니 쇼졸이 보호디,

"문티시 장슈롤 보니여 격셔롤 가져왓느이다."

즈인 그 장슈롤 블너 드러오라 호니 한 장쉬 계하의 니르러 녜호고 왈,

"쇼장은 문티스의 휘하장 등츔이러니 티스의 격셔롤 바다왓느이다."

호고 글월을 올니거눌 바다 쎠혀 보니 호여시디,

성탕 티스 겸 졍셔디원슈(征西大元帥) 문중은 셔기 승상 강즈아(姜子牙)의 휘하의 한 장 글월을 올니느니 즁은 드르니 신히 님군을 반호면 이 곳 디역부라. 이졔 텬왕이 우희 계스 혁혁흔 위령(威靈)이어눌 너희 셔퇴 감히 부도롤 힝호여 국법을 쥰봉(遵奉)치 아니호고 즈립위왕(自立爲王)호여 국체롤 상히오며 다시 반신을 바다 붊히 왕법을 업슈이 너기는 【45】 지라 텬지 여러번 문죄지스(問罪之師)롤 니로혀미 머리롤 숙여 죄의 복치 아니호고 감히 크게 방즈창궐(放恣猖獗)호여 텬병을 항거호며 군스와 장슈롤 무슈히 죽이고 감히 호령과 위복을 쥬장호니 왕법이 어디 잇느뇨? 비록 식육침피(食肉寢皮)호여도 족히 쎠 그 죄롤 다치 못홀지라 이졔 조셔롤 밧즈와 디병을 거느려 이의 니르러 너의 셔토롤 줏질너 죄롤 므르리니 너희 만일 일셩 셩녕(生靈)을 앗기거든9) 섈니 원문의 니르러 죄롤 기다리고 만일 항거호면 진실노 화염곤강(火焰昆岡)의 옥셕이 구분(俱焚)호리니 뉘웃츤들 엇지 밋츠리오? 셔도일(書到日)의 속의즈지(速爲自裁)호라.

호엿더라. 즈인 남필의 왈,

"등장군은 도라가 티스긔 다스다스호라. 삼일 후의 셩하의 회병호리라."

등츔이 하직고 셩의 도라왓더니 스홀이로

---

9) 【앗기다】통 아끼다. ¶ 惜∥ 너희 만일 일셩 셩녕을 앗기거든 섈니 원문의 니르러 죄롤 기다리고 만일 항거호면 진실노 화염곤강의 옥셕이 구분호리니 뉘웃츤들 엇지 밋츠리오? (你等若惜一城之生靈, 速至轅門授首, 候歸期以正國典; 如若拒抗, 眞火焰昆岡, 俱爲齏粉, 噬臍何及?) <西周 11:45>

ᄃᆡ ᄌᆞ아【46】의 쇼식이 업거ᄂᆞᆯ ᄐᆡᄉᆞ ᄃᆡ로ᄒᆞ여 군ᄉᆞ롤 거ᄂᆞ려 셩하의 와 ᄡᆞ홈을 도도더니 믄득 셩 남문을 크게 열고 일셩 포향의 네 장쉬 일ᄃᆡ 군마롤 거ᄂᆞ려 아와 동방을 안(按)ᄒᆞ여 진ᄒᆞ니 쳥갑 쳥포 쳥긔 쳥마요, ᄯᅩ 방포 쇼ᄅᆡ 나며 네 장쉬 군마롤 거ᄂᆞ려 나와 남방을 안ᄒᆞ여 진ᄒᆞ니 홍갑 홍포 홍긔 홍마요, ᄯᅩ 방포 쇼ᄅᆡ 나며 네 장쉬 군마롤 거ᄂᆞ려 나와 셔방을 안ᄒᆞ여 진ᄒᆞ니 ᄇᆡᆨ갑 ᄇᆡᆨ포 ᄇᆡᆨ긔 ᄇᆡᆨ마요, ᄯᅩ 방포 쇼ᄅᆡ 나며 네 장쉬 군마롤 거ᄂᆞ려 나와 븍방을 안ᄒᆞ여 진ᄒᆞ니 흑갑 흑포 흑긔 흑마요, ᄯᅩ 방포 쇼ᄅᆡ 나며 네 장쉬 군마롤 거ᄂᆞ려 나와 즁앙을 안ᄒᆞ여 진ᄒᆞ니 황갑 황포 황긔 황마요, ᄯᅩ 방포 쇼ᄅᆡ 나며 강ᄌᆞᄋᆡ 좌우의 황비호(黃飛虎)·나탁(哪吒)·양뎐(楊戩)·금탁(金吒)·목탁(木吒)·한득뇽(韓毒龍)·셜악호(薛惡虎)·황텬화(黃天化)·무길(武吉) 등이 ᄃᆡᄃᆡ 인마롤 거ᄂᆞ려 나와 즁군을 진졍ᄒᆞ니 좌편의 보둑【47】을 셰우고 우편의 ᄒᆡᆼ황긔(杏黃旗)롤 셰웟더라. 문ᄐᆡᄉᆞ 농봉긔 아ᄅᆡ 등츙 등 ᄉᆞ장을 거ᄂᆞ리고 셧시니 얼골은 금빗 갓고 오류(五柳) 장염(長髥)이 표양(飄揚)이 나붓기니 위풍이 늠늠ᄒᆞ고 살긔등등ᄒᆞ더라. 강ᄌᆞᄋᆡ ᄉᆞ블상(四不相)을 모라 알ᄑᆡ 나아가 몸을 굽혀 왈,

"ᄐᆡᄉᆞ야 비직(卑職) 강상이 몸의 갑쥐 잇셔 능히 녜롤 다 못ᄒᆞᄂᆞ이다."

ᄐᆡᄉᆞ 왈,

"강승상아 너ᄂᆞᆫ 곤눈산 일홈난 션비라 엇지 ᄉᆞ톄(事體)롤 아지 못ᄒᆞᄂᆞ뇨?"

ᄌᆞᄋᆡ 왈,

"상(尙)이 일즉 옥허(玉虛) 문하의 쳠(忝)ᄒᆞ여 잠간 도리롤 아ᄂᆞ니 우흐로 왕명을 존ᄒᆞ고 아리로 군민을 슌(順)ᄒᆞ며 봉법슈공(奉法守公)을 한갈갓치[10] 도리롤 조ᄎᆞ ᄒᆞᄂᆞ니 텬계(天戒)의 근(謹)ᄒᆞ고 현우(賢愚)롤 별(別)ᄒᆞ여 본도롤 직희여 감히 츄호도 학민난졍(虐民亂政)치 아니코 물부민안(物阜民安)ᄒᆞ여 만셩이 환오(歡娛)ᄒᆞᄂᆞᆫ지라 엇지 사톄롤 아지 못ᄒᆞᆫ다 ᄒᆞᄂᆞ뇨?"

문ᄐᆡᄉᆞ 즐왈,

"네 다만 공교ᄒᆞᆫ 말 ᄒᆞᆯ 쥴【48】만 알고 스ᄉᆞ로 졔 죄ᄂᆞᆫ 아지 못ᄒᆞᄂᆞᆫ도다. 이졔 텬왕이 우희 계시거ᄂᆞᆯ 군명을 밧드지 아니코 스ᄉᆞ로 셔무왕이 되니 긔군지죄(欺君之罪) 엇지 이의셔 크며 반신 황비호롤 바다드려 님군을 업슈이 너기며 텬병을 항거 쥬륙ᄒᆞ니 ᄃᆡ역지죄 엇지 이의셔 더으미 이시리오? 이졔 ᄂᆡ 이의 니ᄅᆞ러시ᄃᆡ 오히려 갑ᄒᆞ믈 밋어 항복지 아니ᄒᆞ고 흥병거젹(興兵拒敵)ᄒᆞ며 교언식비(巧言飾非)ᄒᆞ니 진실노 녕인통한(令人痛恨)이로다."

ᄌᆞᄋᆡ 우어 왈,

"ᄐᆡᄉᆞ 그ᄅᆞ다. 스ᄉᆞ로 셔무왕이 되믄 이 진실노 우리나라희 ᄌᆞ습부음(子襲父蔭)ᄒᆞ미니 무숨 블가ᄒᆞ미 이시며 ᄒᆞ믈며 텬하 졔휘 다 은을 반ᄒᆞᄂᆞ니 다만 이 님군이 몬져 긔강을 멸ᄒᆞ여 족히 만셩의 쥐 되지 못ᄒᆞᆯ지라. 니러므로 다 반ᄒᆞ여 신하치 아니ᄒᆞ니 그 허믈이 엇지 신하의게만 이시며 무셩왕을 드려 바드믄 졍히 니ᄅᆞᆫ바 '군부졍(君不正)이면【49】신투외국(臣投外國)'이니 이 ᄯᅩᄒᆞᆫ 녜의 당연ᄒᆞᆫ 일이라. 이졔 인군이 되여 오히려 ᄌᆞ반(自反)ᄒᆞᆯ 쥴난 모로고 도로혀 신하게만 칙망을 후히 ᄒᆞ미 ᄯᅩᄒᆞᆫ 븟그럽지 아니ᄒᆞ랴? 조뎡 명관과 ᄉᆞ졸을 죽엿다 닐너도 이ᄂᆞᆫ 스ᄉᆞ로 이의 니ᄅᆞ러 죽으믈 취홈일지언졍 상 등이 일즉 한 장슈와 한 군ᄉᆞ롤 ᄂᆡ여 혹 졔후롤 도으며 혹 관ᄋᆡᆨ을 침노ᄒᆞ미 조곰도 업ᄂᆞᆫ지라 ᄐᆡᄉᆞ의 일홈이 ᄉᆞ방의 진동ᄒᆞ더니 이졔 ᄯᅩ 망녕된 군ᄉᆞ롤 몬져 니로혀미니 우리야 엇지 항거홈이리오? ᄐᆡᄉᆞᄂᆞᆫ 섈니 군ᄉᆞ롤 도로혀 조가의 도라가 다ᄅᆞᆫ 군마나 방비ᄒᆞ고 우리란 의심치 마로쇼셔. 만일 ᄂᆡ 말을 듯지 아니면 병기 승ᄑᆡᄂᆞᆫ 미리 아지 못ᄒᆞᄂᆞ니이다."

ᄐᆡᄉᆞ 이 말을 듯고 낫치 벌거ᄒᆞ여 감히 답지 못ᄒᆞ더니 ᄌᆞ아의 겻ᄐᆡ 황비호의 이시믈 보고 ᄉᆞ【50】지져 왈,

"역적 황비호ᄂᆞᆫ 섈니 말긔 나려 미이믈 밧으라."

황비회 몸을 굽혀 녜ᄒᆞ고 왈,

"쇼장이 ᄐᆡᄉᆞ롤 니별ᄒᆞ연지 여러 ᄒᆡ의 존안을 보지 못ᄒᆞ엿더니 오ᄂᆞᆯ날 셔로 만나미 쳔ᄒᆡᆼ이로쇼이다."

---

10)【한갈갓치】뮈 한결같이. ¶ 一∥ 상이 일즉 옥허 문하의 쳠ᄒᆞ여 잠간 도리롤 아ᄂᆞ니 우흐로 왕명을 존ᄒᆞ고 아리로 군민을 슌ᄒᆞ며 봉법슈공을 한갈갓치 도리롤 조ᄎᆞ ᄒᆞᄂᆞ니 (尙忝玉虛門下, 周旋道德, 何敢違背天常? 上遵王命, 下順軍民, 奉法守公, 一循於道.) <西周 11:47>

티시 우 즐왈,

"너희 일문이 다 조뎡의 버러 이셔 복녹이
비길더 업거놀 네 엇지 나라흘 반ᄒᆞ고 반젹을
도와 텬병을 항거ᄒᆞᄂᆞ뇨?"
ᄒᆞ고 좌우롤 도라보아 왈,

"뉘 반젹 황비호롤 잡아 공을 일우리오?"

언미필의 좌쵸진(左哨陣)으로 등츙이 응셩
답왈,

"쇼쟝이 원컨더 이 도젹을 잡으리이다."
ᄒᆞ고 도치롤 두루고 니닷거놀 황비회 ᄯᅩ 신우
(神牛)롤 달녀 창을 두루고 ᄯᅡᆺ호니 냥회(兩虎)
뫼히셔 닯뒤며 뇽이 바다히셔 ᄯᅡᆺ호ᄂᆞ 듯ᄒᆞ더라.

43

문틱스셔기디젼(聞太師西岐大戰)

즈이 힘써 싸호는 줄 보고 진언을 념ᄒᆞ며 치롤 열아문 번 져으니 한 치 화ᄒᆞ여 두 치 되여 즈아의게 다라드니 즈이 밋쳐 피치 못ᄒᆞ여 엇게롤 마즈 짜히 것구러지거놀 틱시 다라드러 경히 버히려ᄒᆞ더니 나탁(哪吒)이 디호 왈,

"네 엇지 우리 ᄉᆞ슉을 잡아가려 ᄒᆞᄂᆞ뇨?"

ᄒᆞ고 쮜여니다라 틱스롤 마즈며 신갑(辛甲)이 즈아롤 구ᄒᆞ여 가니 틱시 디로ᄒᆞ여 나탁을 마즈 두어 합을 싸호더니 틱시 쏘 금편을 둘너 나탁을 맛쳐 것구러치고 쏘 금탁(金吒)·목탁(木吒)·한득뇽(韓毒龍)을 쳐 나리치거놀 양뎐(楊戩)이 디로ᄒᆞ여 쮜여 니다르니 틱시 양뎐의 상뫼 긔특ᄒᆞ믈 보고 헤오디 '셔기의 니러트시 긔특ᄒᆞᆫ 장쉬 만커든 엇지 반치 아니ᄒᆞ리오' 【53】 ᄒᆞ고 양뎐을 마즈 두어 합을 싸호더니 틱시 쏘 치롤 날녀 양뎐의 니마롤 맛치미 조곰도 두려 아니ᄒᆞ거놀 틱시 디경 왈,

"고이ᄒᆞ다 니 금편은 아모도 면치 못ᄒᆞ더니 이놈이 엇지 당돌이 두리지 아니ᄒᆞᄂᆞ뇨?"

ᄒᆞ더라. 도영이 무길을 마즈 싸화 이십여 합의 불분승부(不分勝負)ᄒᆞ여 즉시 취풍번(聚風幡)을 드러 공즁을 바라며 두어 번 흔드니 믄득 광풍이 디작ᄒᆞ며 비ᄉᆞ쥬셕(飛砂走石)ᄒᆞ고 텬디 아득ᄒᆞ니 쥬병(周兵)이 디픽ᄒᆞ여 동셔로 훗허 다라나는지라 태시 크게 니긔여 영으로 도라와 중장으로 더브러 하례ᄒᆞ더라.

즈이 디픽ᄒᆞ여 셩의 드러와 군ᄉᆞ롤 졈고ᄒᆞ니 장쉬 네히 상ᄒᆞ엿고 죽고 상ᄒᆞᆫ 군시 무슈ᄒᆞ거놀 즈이 크게 근심ᄒᆞ여 제장다려 계교롤 므른디 양뎐 왈,

"승상은 근심치 마로쇼셔 두어 날 지난 후의 문즁(聞仲)을 가히 파ᄒᆞ리이다."

즈이 문왈,

"무슨 계교로 파ᄒᆞ리오?"

양뎐이 디왈,

"쳐음 【54】 의 진을 디ᄒᆞ미 두 장쉬 마즈 싸호면 져의 도슐을 당키 어려오려니와 군ᄉᆞ롤 블의의 니여 영치롤 겁칙ᄒᆞ면 문즁 파ᄒᆞ기는 손바닥 뒤힘 갓ᄒᆞ리이다."

즈이 디희ᄒᆞ여 슈흘이 지난 후의 군ᄉᆞ롤 발ᄒᆞ여 격진을 겁칙홀ᄉᆡ 삼군이 납함ᄒᆞ며 금괴 졔명ᄒᆞ니 틱시 디경ᄒᆞ여 겨유 긔린을 ᄎᆞᄌ 타고

【51】 두 장쉬 셔로 마즈 두어 합을 싸호더니 은진(殷陣) 즁으로셔 당졀(張節)·도영(陶榮)이 일시의 나와 싸홈을 돕거놀 즈이 쏘 남궁괄(南宮适)·무길(武吉)을 명ᄒᆞ여 쎠치라 ᄒᆞ니 냥장이 각각 병긔롤 들고 쮜여니다라 황비호(黃飛虎)롤 도와 싸호니 일월이 무광ᄒᆞ고 살긔등등ᄒᆞ더니 신환(辛環)이 삼장의 니긔지 못홀 줄 헤아리고 육시(肉翅)롤 붓쳐 공즁의 쮜여올나 정괴 쳘퇴롤 가지고 즈아(子牙)의게 다라들거놀 황텬홰(黃天化) 디로ᄒᆞ여 옥긔린을 달녀 쌍퇴롤 두루고 니다라 신환을 마즈 싸호니 틱시(太師) 황텬화의 옥긔린 타시믈 보고 마음의 싱각ᄒᆞ디 '일졍 심상(尋常)ᄒᆞᆫ 사롬이 아니로다' ᄒᆞ고 금편(金鞭)을 들고 니닷거놀 즈이 쏘 신편(神鞭)을 드러 셔로 싸호더니 이 ᄢᅵ 두 편 장졸이 납함ᄒᆞ며 일시의 다라드러 싸호니 하늘이 문허지며 짜히 뒤눕는 듯ᄒᆞ더라. 두 변 상쉬 셔로 위엄을 【52】 니여 용밍을 쓰더니 틱스의 치 쓰는 법이 심히 공교로온지라 공즁을 바라며 더지미 즉시 화ᄒᆞ여 두 치 되여 하나히 격진으로 다라드니

장의 니다르니 즈아는 양뎐·나탁으로 더브러 티스롤 디젹ᄒ고 황비호는 등츙(鄧忠)을 디젹ᄒ고 남궁괄·무길은 장졀·도영을 디젹ᄒ고 황텬화는 신환을 디젹ᄒ더니 티시 금편을 드러 즈아롤 바라며 날니거놀 즈이 승셰ᄒ여 신편을 드러 티스의 치롤 쳐 두 죠각의 니니 티시 쇼리질너 왈,

"강상(姜尙)이 엇지 너 보비롤 상히오노뇨?"

ᄒ고 디로ᄒ여 금편 한 쪽을 두로고 다라들거놀 즈이 쏘 신편을 드러 티스롤 치니 티시 임의 공즁의 날니는 치롤 일헛는지라 감히 도슐[55]을 힝치 못ᄒ여 거의 짜히 써러지게 되엿거놀 길닙(吉立)과 여경(余慶)이 겨유 구완ᄒ여 다라나거놀 즈이 즁장을 거느려 일진을 더살ᄒ고 검극과 긔치와 갑쥬롤 무슈히 아스 도라오니 즈이 디희ᄒ여 삼군을 상스ᄒ고 즁장을 훗허 보니엿더니 오후의 군스롤 모호고 즈이 왈,

"이 씌롤 인ᄒ여 도젹을 다시 치면 크게 니긔리라."

ᄒ고 졔장을 분부ᄒ실시 황비호·황비표(黃飛彪)·황비퓨(黃飛豹)·황명(黃明)으로 좌영을 치게 ᄒ고 남궁괄·신갑·신면(辛免)·스현(四賢)으로 우영을 치게 ᄒ고 나탁·황텬화로 졔 일디(一對)롤 삼고 목탁·금탁·한득농·셜악호로 졔 이디(二對)롤 삼고 즈이 친히 농슈호(龍鬚虎)·무길을 거느려 디디 인마로 졔 삼디(三對) 되고 양뎐으로 은영(殷營)의 냥초롤 블지르라 ᄒ고 노장군 황원(黃滾)으로 유도하라 ᄒ니 졔 장이 각각 녕을 듯고 믈너낫더니 이밤 초경의 삼군이 납함ᄒ며 셩문을 크게 열고 격진을 겁칙ᄒ실시 나탁·황[56] 텬화 몬져 즁군의 다라드니 [1]이젹의 티시 쥬병의 겁칙홀 줄을 미리 아라 쥰비ᄒ여시나 엇지 큰 셰롤 당ᄒ리오? 이의 급히 혹긔린을 츠즈 타고 이장을 마즈 쏘호더니 금탁·목탁·한득농·셜악호 스장이 쏘한 다라드러 에워 치니 티시 겨유 뉵장을 디젹ᄒ더니 이윽고 즈아의 디디 인미 다라오며 황비호 등이 좌영을 치고 남궁괄·신갑 등은 우영을 급히 치니 티스는 즈아의 세 쩨 군마롤 막고 등츙·장졀은 좌영을 막으며 신환·도영은 우영을 막아

쏘호니 슈운(愁雲)이 곤곤(滾滾)ᄒ며 비풍(悲風)이 참참(慘慘)ᄒ더 좌우편 군미 셔로 납함ᄒ며 고셩이 진동ᄒ더니 믄득 냥초의 블이 니러나 연염이 텬디의 아득ᄒ며 양뎐이 쏘 블꼿츨 조츠 뒤흐로 다라드니 티시 디경ᄒ여 말을 두로혀 다라나고져 ᄒ더니 즈이 신편을 드러 티스의 엇게롤 치니 티시 혹 쏘호며 혹 다라나거놀 모든 장쉬[57] 진녁ᄒ여 쏘로니 이 씌 냥초의 블이 즁군의 니러나 사룸의 칠규(七竅)롤 침노ᄒ는지라. 모든 군시 각각 살기롤 도모ᄒ여 다라나거놀 즈이 승승ᄒ여 군스롤 급히 모라 은진을 줏치니 죽은 거시 십상팔귀러라. 등츙·장졀 등 여셧 장쉬 티스롤 보호ᄒ여 다라나더니 긔산 아러 니르니 공즁의 한 사룸이 낫촌 퍼러ᄒ고 머리는 벌거ᄒ며 두 편의 육시롤 날녀 바로 티스의게로 다라들거놀 신환이 쏘 공즁의 쒸여올나 마즈 쏘호더니 그 장쉬 웨여 왈,

"나는 죵남산 옥쥬동(玉柱洞) 운즁즈의 뎨즈 뇌진즈(雷震子)러니 쥬왕(周王)을 도와 공을 일우리라."

ᄒ고 쇠막디롤 드러 신환의 엇게롤 치니 신환이 디펴ᄒ여 다라나거놀 뇌진즈 싱각ᄒ더 '너 스슉과 황형(皇兄)을 보와 다시 녕을 들어 도젹을 치리라' ᄒ고 티스롤 바리고 셔기셩의 드러오니 이젹[58] 의 즈이 쏘홈을 크게 니긔고 즁장으로 더부러 다시 도젹 파홀 계교롤 의논ᄒ더니 쇼졸이 보ᄒ디,

"밧긔 한 도동이 와 승상긔 뵈오믈 쳥ᄒ나이다."

즈이 브르라 ᄒ니 뇌진즈 드러와 녜필의 고왈,

"뎨즈는 죵남산 옥쥬동 운즁즈의 뎨즈 뇌진즈러니 스부의 명을 드러 세가지 일을 일우고져 ᄒ나니 하나흔 스슉을 보와 공을 일우고 둘흔 황형으로 더브러 셔로 만나보고 셰훈 쥬(紂)롤 멸ᄒ고 일홈을 후셰의 젼ᄒ려 ᄒ나이다."

즈이 문왈,

"네 황형이 어디 잇느뇨?"

뇌진즈 디왈,

"황형은 이곳 무왕(武王)이니이다."

즈이 괴이히 너겨 밋지 아니커놀 뇌진즈 왈,

"뎨즈의 나히 일곱 살의 부친 문왕(文王)을 오관(五關)의 구완ᄒ여 니여보니고 산의 드러갓더니이다."

즈이 우 문왈,

"네 엇지 우리 쥬공(周公)의 아이2)라 ᄒᄂ냐?"

뇌진지 문왕을 연산의셔 만나 결ᄒ여 부즈 된 연고롤 【59】 즈시 고ᄒ디 즈이 씨다라 계장 다려 왈,

"과연 션왕의 일빅지 아들 뇌진지 이졔 와 셔기롤 구완ᄒ려 ᄒ니 쥬공의 복이로다."

ᄒ고 즉시 뇌진즈롤 다리고 니뎐의 드러와 녜롤 ᄒ힝흔 후 무왕긔 쥬왈,

"디왕의 의뎨 뇌진지 뵈옴을 청ᄒᄂ이다."

무왕이 디경 왈,

"아이 ᄯ 어디로셔 왓ᄂ뇨? 이 반ᄃ시 거줏말이로다."

즈이 뇌진즈의 연산의셔 나 문왕 만난 일 과 오관의 문왕 구흔 일을 고흔디 무왕이 디희 ᄒ여 드러오라 ᄒ시니 뇌진지 계하의 와 녜롤 ᄒ힝ᄒ거늘 무왕이 디열 왈,

"현뎨의 공을 드런지 오러더니 오늘날 셔 로 만나기는 진실노 천힝이로다."

ᄒ고 즈아롤 명ᄒ여 잔치ᄒ여 디졉ᄒ라 ᄒ다.

틱시 디픠ᄒ여 기산 동녁 언덕의 다ᄃ르니 날이 쳐음으로 붉고 ᄉ면의 인젹이 업거늘 즉시 군ᄉ롤 졈고ᄒ니 겨유 이십여 만이 잇 【60】 더 라. 틱시 탄왈,

"니 졍벌ᄒ연지 여러 ᄒ의 일즉 오늘갓치 픠흔 젹이 업더니 강상의 요괴로온 슐의 쳐다 인마롤 죽이고 니 보비롤 일흐니 이 한을 씻지 못ᄒ면 밍셰코 도라가지 못ᄒ리라."

길닙이 진왈,

"틱ᄉ는 근심치 마로쇼셔. 삼산오악 중의 놉흔 도위 만히 잇고 져즈음긔 구룡도 ᄉ장이 비록 강상의 요슐을 모로고 그릇 픠ᄒ여시나 엇 지 미양 니긔지 못ᄒ리잇고?"

틱시 디희 왈,

"니 싱각ᄒ니 셰괴 잇다."

ᄒ고 계장으로 영치롤 굿이 직희라 ᄒ고 혹긔린 을 타고 풍운을 모라 쳔여 리롤 힝ᄒ여 동히 금 오도(金鰲島)의 니르니 오히려 날이 늦지 아녓 더라. 틱시 금오도의 니르러 다시 도우(道友)의 동부(洞府)롤 ᄎ즈 드러가니 골 문이 의연이 이 시디 인젹이 고요ᄒ거늘 틱시 탄왈,

"니 부졀업시 뷘 곳의 왓도다. 다시 도라 가 계교롤 졍흠만 갓지 【61】 못ᄒ다."

ᄒ고 졍히 도라오고져 ᄒ더니 뒤ᄒ로셔 한 사롬 이 웨여 왈,

"도형은 어디로 가ᄂ뇨?"

틱시 놀나 도라보니 이는 젼의 ᄉ괴던 함 지션(菡芝仙)이러라. 틱시 ᄯ히 나려 졀ᄒ고 왈,

"도위 어디로 가ᄂ뇨?"

함지션 왈,

"우리 특별이 금오도 도우들과 모다 그디 롤 위ᄒ여 빅녹도(白鹿島)의 가 진법을 년습ᄒ ᄂ니 젼일 신공퓌(申公豹) 와 날을 쳥ᄒ여 왈 '즈아와 결원ᄒ미 잇더니 치운션즈(彩雲仙子)와 한가지로 셔기의 가 틱ᄉ롤 도와 강상을 죽여 원슈롤 갑흐리라' ᄒ디 니 이졔 팔괘화로(八卦 火爐) 가온디 한약을 달혀 공이 아직 이지 못ᄒ 여시니 만일 이롤 일우면 즉시 치운션즈로 더브 러 빅녹도 모든 도우 잇ᄂ디 나아가리니 도형은 ᄲᆯ니 갈지어다."

문틱시 듯고 크게 깃거 드디여 함지션을 하직고 빅녹도의 가 모든 도형을 보니 혹 일즈 건(一字巾)·구양건(九揚巾)을 쓰고 혹 어미금관 (魚尾金冠) 【62】 이며 벽옥관(碧玉冠)을 쓰고 혹 쌍환(雙鬟)을 씌우며 ᄯ 혹 분도 발나 다 뫼아 리 안즈 한가로이 말ᄒ거늘 틱시 크게 블너 왈,

"널위 도우는 가장 한가ᄒ도다."

모든 도인이 머리롤 두로혀 보니 이 문틱 시라 한가지로 몸을 니러 셔로 마줄시 진텬군 (秦天君) 왈,

"드르니 도형이 셔기롤 졍벌ᄒ려 흔다 ᄒ 고 젼일 신공퓌 이의 와 셔로 마즈 도형을 도으 라 ᄒ시 우리 이곳의셔 십진도(十陣圖)롤 년졍 (練精)ᄒ여 바야흐로 원비흠을 어딧더니 맛춤 도형이 니르니 이는 진실노 만힝이로다."

틱시 문왈,

"형이 무ᄉ 십진을 년습ᄒᄂ뇨?"

<hr>

2) 【아이】囦 동생. ¶ 네 엇지 우리 쥬공의 아 이라 ᄒᄂ냐? <西周 11:58>

진쳔군 왈,

"우리 등이 십진이 다 각각 묘용(妙用)이 이시니 명일 셔기의 가 보면 그 가온디 변화 무궁ᄒ리라."

티시 익이 보와 왈,

"엇지ᄒ여 십도인의 다만 구우만 잇고 일우는 업ᄂ뇨?"

진텬군 왈,

"금강셩뫼(金光聖母) 빅운도의 가 금광진(金光陣)을 년습ᄒ니 그 현【63】묘ᄒ미 크게 구진(九陣)과 갓지 아니ᄒ지라 니러므로 일우는 업ᄂ니라."

동텬군(董天君) 왈,

"녈위 진도는 임의 완젼ᄒ여시니 우리 몬져 셔기로 가리니 문형은 이의 잇다가 금광셩모와 ᄒᆢᆷ긔 오라."

티시 왈,

"임의 녈위 도형의 ᄉ랑ᄒ믈 닙으니 영광이 거록ᄒ도다."

구위 도인이 문티ᄉᆞᆯ 하직ᄒ고 슈둔법(水遁法)을 ᄒᆡᆼᄒ여 몬져 기산으로 오니라.

ᄎ셜 문티시 뫼기슭의 안ᄌ 송암(松巖)을 의지ᄒ엿더니 이윽고 남다히로셔 한 사름이 오식 표범을 타고 머리의 어미금관을 쓰고 몸의 다홍팔과의(大紅八卦衣)롤 닙고 허리의 보검을 ᄎ고 발의 운니(雲履)롤 신고 구름을 날니며 번기롤 쳐 빅녹도 압히 와 모든 사름을 보지 못ᄒ고 다만 문티시 세 눈을 두려시 쓰고 누론 뺨의 긴 나롯시 진짓 도시러라. 금광셩뫼 급히 나려 왈,

"문형이 엇지 이의 왓시며 구위 도우는 어니 곳의 잇ᄂ뇨?"

티시 왈,

"여러 도형【64】은 몬져 기산으로 가고 나는 이곳의 머므러 존ᄉᆞᆯ 기다려 함긔 ᄒᆡᆼᄒ려 ᄒ더니라."

이인이 크게 깃거 한가지로 구름을 타고 기산의 가 ᄒᆡᆼ영(行營)의 니ᄅ니 길님이 모든 장슈롤 거ᄂ려 마ᄌ 즁군장(中軍帳)의 드러와 모든 도인으로 더브러 셔로 볼시 진텬군 왈,

"셔기셩이 몃 니나 ᄒ뇨?"

티시 왈,

"너 젼의 퓌ᄒᆞ미 칠십 니룰 믈너와 진을 치니 이 곳 기산이니라."

졔인 왈,

"우리 밤을 년ᄒ여 병을 니ᄅ혀 알프로 가미 올토다."

ᄒ거눌 티시 등츔으로 션봉을 삼아 군ᄉᆞ룰 니로혀 인마룰 겸고ᄒ여 일셩 방포의 셔기셩을 즛치려ᄒ여 셩 밧게 진셰롤 일우고 군ᄉᆞ룰 노화 방포ᄒ며 납함ᄒ고 순경을 젼ᄒ더라.

이 ᄭᅥ ᄌᆞ이 상부(相府)의 잇셔 스스로 니긔믈 타 졔장으로 더브러 텬하 디ᄉᆞ룰 의논ᄒ더니 믄득 함셩을 듯고 ᄌᆞ이 왈,

"문티시 반ᄃ시 완【65】병을 어더왓는도다."

양뎐 왈,

"티시 갓 퓌ᄒ여 간지 반월이라 뎨지 듯ᄉ오니 이 사름은 이의 졀교(截敎) 문하 사름이라 반ᄃ시 좌도(左道)윗 무리룰 쳥ᄒ여 왓실 거시니 디젹홀 모칙을 ᄌ세히 싱각ᄒ쇼셔."

ᄌᆞ이 듯고 심하(心下)의 의혹ᄒ여 이의 나탁과 양뎐 등으로 더브러 셩상의 올나 젹진을 바라보니 검극도창이 젼의셔 더 크게 빗나며 진법이 긔특ᄒ고 영즁의 슈운이 참담ᄒ며 찬 안긔 ᄭᅵ이고 살긔 셤셤(閃閃)ᄒ고 비풍이 니러나며 ᄯᅩ 열아문 곳의 검은 긔운이 하눌의 ᄭᅢ쳐 은진을 덥허시니 ᄌᆞ이 보고 디경 왈,

"져 가온디 일졍 고이ᄒ 도시 왓도다."

ᄒ고 졔장은 묵묵히 말이 업셔 셩을 나려 마을의 드러가 한가지로 파젹홀 계교롤 의논ᄒ디 진실노 모칙이 업셔ᄒ더라. 문티시 진즁의 잇셔 십위 현군으로 더브러 셔기 파홀 모칙을 의논홀시【66】원텬군(袁天君) 왈,

"드ᄅ니 강ᄌᆞ아는 곤눈산 문하인이라 곤눈과 졀괴 비록 이교(異敎)나 니는 한가지라. 홍진의 살벌(殺伐)을 우리는 아니려ᄒ여 십진을 년습ᄒ여 두어시니 우리 몬져 졀노 더브러 지혜로 ᄊᆞ화야 바야흐로 냥젼(兩全)ᄒ고 가온디 현묘ᄒ 거슬 낫하닐 거시오 만일 용밍을 ᄌᆞ랑ᄒ고 힘으로 ᄊᆞ호기는 우리 도문의 홀 비 아니라."

문티시 왈,

"도형의 말이 가장 올타."

ᄒ고 이튼날 진쇽의 방포 일셩의 진셰롤 펴고

문틱시 흑긔린을 타고 원문의 나와 크게 웨여 왈,

"강상 필부는 슈이 나와 미이믈 밧으라."

ᄌᆞ이 삼군을 조습ᄒᆞ여 셩밧긔 나와 오싴 긔치를 각각 버리고 모든 장슈 가온디 ᄌᆞ이 ᄉᆞ 블상 우희 잇셔 셩탕 진셰를 보니 문틱시 흑긔 린을 타고 금편을 잡고 셧는 곳의 좌우로 십위 도인이 헌앙(軒昻)ᄒᆞᆫ 얼골의 각각 오싴 ᄉᆞᆷ을 【67】 탓더라. 진텬군이 나아가 ᄌᆞ아를 보고 머리조아 왈,

"강ᄌᆞ아끠 쳥ᄒᆞ노라."

ᄌᆞ이 몸을 두로혀 왈,

"아지 못게라 녈위 도형은 이 엇던 존위며 어니 곳 명산 동부의 잇ᄂᆞ뇨?"

진텬군 왈,

"나는 금오도 년긔ᄉᆞ(煉氣士) 진완(秦完)이 어니와 너는 엇지ᄒᆞ므로 도슐을 의지ᄒᆞ여 우리 도우를 속이고 업슈이 너기니 이 도가의 쳬면이 아니로다."

ᄌᆞ이 왈,

"도우는 엇지 써 나의 귀교를 속이며 업슈이 너기믈 보왓는다?"

진완 왈,

"네 져즈음끠 구룡도 마가 ᄉᆞ장을 죽이니 이 깁히 우리 도교를 업슈이 너기미라 니러므로 우리 니졔3) 산의 나려와 널노 더브러 ᄌᆞ웅을 결ᄒᆞ려 ᄒᆞ미나 ᄯᅩᄒᆞᆫ 용을 브리지 아니코 우리 각각 그윽ᄒᆞᆫ 도슐노 잠간 공부(功夫)를 뵈고져 ᄒᆞ미라. 우리 등이 범인 속긱의 한갓 강ᄒᆞᆫ 거술 가져 용을 의지ᄒᆞᆫ 이도 아니오 ᄯᅩᄒᆞᆫ 신션도 아니로라."

셜파의 ᄌᆞ이 왈,

"도형의 총명ᄒᆞᆫ 말솜과 【68】 달현ᄒᆞᆫ 의논 이 널니 ᄉᆞ방의 딥히여 본디 두가지 ᄯᅳ디 업ᄉᆞᆫ 줄을 알니로다. 은왕이 되(道) 업셔 긔강이 ᄭᅥᆨ쳐 지고 왕긔(王氣) 아득ᄒᆞ여 셔토의 어진 님군이 낫하나시니4) 맛당이 텬시를 슌히 ᄒᆞ고 셩도를

희미케 말지어다. ᄒᆞ믈며 봉황이 기산의셔 우러 셩현이 나신 징조를 응ᄒᆞ엿고 녜로븟허 유도(有 道)ᄒᆞᆫ 지 무도ᄌᆞ를 니긔고 유복ᄒᆞᆫ 지 무복ᄌᆞ를 지축ᄒᆞ며 졍(正)이 ᄉᆞ(邪)를 니긔고 시 경을 범 치 못ᄒᆞᄂᆞ니 도형이 졈어셔 일홈난 스승을 어더 깁히 큰 도를 ᄭᅢ다라실 거시니 엇지 가히 도리 의 붉지 못ᄒᆞ리오?"

진완 왈,

"네말 갓ᄒᆞᆯ진디 쥬는 진짓 하늘이 명ᄒᆞ신 님군이오 은왕은 이의 무도ᄒᆞᆫ 님군이어늘 우리 등이 이의 와 은을 도와 쥬를 멸ᄒᆞ려 ᄒᆞ미 이 텬시를 응치 아니미로다. 그러나 다시 닙으로 일을 비 아니로다. 우리 도즁의 잇셔 일즉 십진 을 년습ᄒᆞᆫ 【69】 여 ᄌᆞ아로 더브러 눈의 지니여 보게 ᄒᆞ미오 반ᄃᆞ시 강포ᄒᆞᆫ 거술 가져 상뎨의 호싱지덕(好生之德)을 상히와 무죄ᄒᆞᆫ 여셔(黎庶) 의게는 년누(連累)치 아니ᄒᆞ고 용한아랑(勇悍兒 郞)과 지밍장ᄉᆞ(智猛將士)는 이 겁운(劫運)을 당 ᄒᆞ여 그 긔부(肌膚)를 미란(糜爛)케 ᄒᆞ미니 아지 못게라 ᄌᆞ아의 ᄯᅳ시 엇더ᄒᆞ뇨?"

ᄌᆞ이 왈,

"도형이 님의 이 ᄯᅳ슬 두어시니 강상이 엇 지 감히 어그릇치리오?"

십도인이 한가지로 진즁의 나아와 잠간 ᄉᆞ 이의 십진을 버리고 각각 진장이 모닷더라. 진 완이 진 알픠 니ᄅᆞ러 왈,

"ᄌᆞ아야 빈도의 진이 임의 완젼ᄒᆞ여시니 쳥컨디 ᄌᆞ시 보라."

ᄌᆞ이 나탁과 황텬화와 뇌진ᄌᆞ・양뎐 네 사 롬을 거ᄂᆞ려 와 진을 볼시 문틱시 원문의셔 십 도인으로 더브러 ᄌᆞ아의 거ᄂᆞ린 네 사름을 보니 한 사롬은 풍화륜 우희 안ᄌᆞ 화첨창을 잡아시니 이는 나탁이오 옥긔린 타니는 황텬화오 뇌진ᄌᆞ 는 영악ᄒᆞᆫ 상이오 양뎐은 도긔(道氣)【70】 헌앙 ᄒᆞ더라. 양뎐이 나아가 진완을 디ᄒᆞ여 왈,

"우리 등이 이 진을 볼젹의 너희 감히 가 만ᄒᆞᆫ5) 병긔와 가만ᄒᆞᆫ 보비로써 우리 ᄉᆞ슉을 간

---

3) 【니졔】❒ 이졔. ¶ 今‖ 니러므로 우리 니졔 산의 나려와 널노 더브러 ᄌᆞ웅을 결ᄒᆞ려 ᄒᆞ미나 ᄯᅩᄒᆞᆫ 용을 브리지 아니코 우리 각각 그윽ᄒᆞᆫ 도 슐노 잠간 공부를 뵈고져 ᄒᆞ미라 (我等今下山與 你見個雌雄! 非是倚勇, 吾等各以秘授略見功夫.) <西周 11:67>

4) 【낫하나다】❒ 나타나다. 나오다. ¶ 現‖ 은왕이 되 업셔 긔강이 ᄭᅥᆨ쳐지고 왕긔 아득ᄒᆞ여 셔토의 어진 님군이 낫하나시니 맛당이 텬시를 슌히 ᄒᆞ고 셩도를 희미케 말지어다 (紂王無道, 絶滅紀綱, 王氣黯然. 西土仁君已現, 當順天時, 莫 迷己性.) <西周 11:68>

243

범(奸犯)치 못홀 거시니 만일 니러틋흔 즉 디장
부의 일이 아니니라."

진완이 디쇼 왈,

"너희롤 보니 진시(辰時)의 죽을 거시니 엇
지 오시의 도망흐믈 어드리오? 니러므로 너희롤
엇지 암병(暗兵) 암보(暗寶)로 상히올 니 이시리
오?"

나탁 왈,

"아직 구셜(口說)을 의지홀더 업스니 손
씨6)롤 장니의 볼 거시니 도즈는 즈랑을 날횔지
어다."7)

즈이 진을 즈셰히 보니 진마다 각각 퓌롤
다라시니 하나흔 텬졀진(天絶陣)이오 둘지 디럴
진(地烈陣)이오 셋지 풍후진(風吼陣)이오 넷지
한빙진(寒氷陣)이오 다섯지 금광진(金光陣)이오
여섯지 화혈진(化血陣)이오 닐곱지 열염진(烈焰
陣)이오 여덟지 낙혼진(落魂陣)이오 아홉지 홍슈
진(紅水陣)이오 열지 홍스진(紅砂陣)이라. 즈이
보기롤 맛고 다시 진 압히 니 【71】 르니 진텬군
왈,

"즈아야 이 진을 알쇼냐?"

즈이 왈,

"열 진이 분명흐니 엇지 아지 못흐리오?"

원텬군 왈,

"네 능히 이 진을 파홀쇼냐?"

즈이 왈,

"임의 도교 가온디 이시니 파키 므어시 어
려오리오?"

원텬군이 우왈,

"네 어디 씨의 와셔 파흐려흐는다?"

즈이 왈,

"이 진이 오히려 완전치 못흐여시니 네 진
이 완전흐는 날을 기다려 글즈로쎠 알게 흔 후
의 파흐리라."

▶8)흐더니 믄득 티스의 뒤흐로셔 한 션녜 보검
을 두루고 니다라 왈,

"나는 동히 금오도의 잇는 함지션이러니
네 엇지 희발(姬發)을 도와 텬병을 항거흐느뇨?"

즈이 몸을 굽혀 왈,

"도형을 오리 보지 못흐엿더니 오늘날 셔
로 만나니 이는 진실노 쳔힝이로다. 도형은 티
스롤 도와 우리롤 반격이라 흐거니와 우리 쥬공
이 인을 힝흐며 의롤 베퍼 만민을 무휼흐며 님
군을 극진이 셤기거늘 도【72】형이 엇지 반젹
이라 흐느뇨?"

함지션이 드론 체 아니흐고 보검을 두루고
다라들거늘 나탁이 퓽화륜을 달녀 셔로 마즈 십
여 합을 쓰호더니 함지션이 거즛 퓌흐여 다라나
며 쥬머니로셔 한 구술을 니여 나탁을 바라며
치니 나탁이 미쳐 피치 못흐여 짜히 것구러지거
늘 금탁·목탁이 일시의 나와 구완흐여 도라오
니 치운션지 쏘 코흐로셔 검은 긔운을 쥬진의
쑴으니 화렴(火焰)이 크게 니러나 텬디 아득흔
지라 쥬병(周兵)이 디퓌흐여 네녁흐로 훗허지니
티시 군스롤 모다 일진을 디살흐더니 믄득 일진
광풍이 니러나 티스의 보둑(寶纛)이 것구러져
두 조각의 나거눌 티시 디경 왈,

"이긔믈 타 도격을 치면 반드시 도로 퓌흐
리라."◀
흐고 증 쳐 군스롤 거두어 셩의 도라와 모든 도
우로 더브러 함긔 도라오니 즈이 잔병을 거두어
셩의 도라와 즁장【73】으로 더브러 십진 파홀
계교롤 의논흐디 한 모칙도 엇지 못흐여 졍히
시름흐더니 양뎐 왈,

"스슉이 앗가 문티스다려 십진을 파흐리라
니르시니 진실노 파흐시리잇가?"

즈이 왈,

"이 진은 이의 결교(截敎)의 젼흐여오는 희
한코 긔이흔 환슐(幻術)의 법이오 진 일홈도 보
지 못흔 거시니 엇지 능히 파흐리오?"

---

5) 【가만흐다】휑 은밀하다. 비밀스럽다. ¶ 暗
‖ 우리 둥이 이 진을 볼격의 너희 감히 가만
흔 병긔와 가만흔 보비로쎠 우리 스슉을 간범치
못홀 거시니 만일 니러틋흔 즉 디장부의 일이
아니니라 (吾等看陣, 不可以暗兵·暗寶暗算吾師
叔, 非大丈夫之所爲也.) <西周 11:70>
6) 【손씨】휑 솜씨. ¶ 發手‖아직 구셜을 의지
홀더 업스니 손씨롤 장니의 볼 거시니 도즈는
즈랑을 날횔지어다 (口說無憑, 發手可見. 道者休
得誇口!) <西周 11:70>
7) 【날희다】휑 천천히 하다. ¶ 休‖아직 구셜
을 의지홀더 업스니 손씨롤 장니의 볼 거시니
도즈는 즈랑을 날횔지어다 (口說無憑, 發手可見.
道者休得誇口!) <西周 11:70>

8) ▶~◀ 부분은 원문에는 없는 내용임.

ᄒ고 가장 번뇌ᄒ여 ᄒ더라. 틱시 열 도인을 거
느려 영의 드러가 쥬찬으로 관더홀시 문틱시
왈,

　　"도우의 이 십진이 무슨 묘법이 이셔 능히
셔기롤 파ᄒ랴 ᄒ느뇨?"
ᄒ더라.

[셔쥬연의西周演義 권지십이]

44
ㅈ아혼유곤뉸산(子牙魂遊崑崙山)

【1】 티싀(太師) 진법의 묘ᄒᆞᆯ 므르니 진텬군(秦天君) 왈,

"이 진은 우리 스승이 일즉 션텬슈(先天數)ᄅᆞᆯ 블워ᄂᆞ여1) 션텬의 ᄆᆞᆰ은 긔운을 어더시니 안흐로 혼돈디긔(混沌之機)ᄅᆞᆯ 장(藏)ᄒᆞ고 가온ᄃᆡ로 삼슈번(三首幡)을 두어시니 텬·디·인 삼지ᄅᆞᆯ 안(按)ᄒᆞ여 한가지로 합ᄒᆞ여 한 긔운을 민ᄃᆞ라시니 만일 사ᄅᆞᆷ이 이 진의 들면 안흐로 우뢰 우ᄂᆞᆫ 곳의 화ᄒᆞ여 지와 틋글2)이 되고 ᄯᅩ혼 신션

과 도시라도 이곳을 맛나면 일신이 바아져 갈니3) 되ᄂᆞᆫ고로 갈온 '텬졀진(天絶陣)'이라 ᄒᆞᄂᆞ니라."

티싀 이 말을 듯고 크게 깃거 ᄯᅩ 문왈,
"디렬진(地烈陣)은 엇더ᄒᆞ니잇고?"

조텬군(趙天君)이 [일홈은 강이라] 왈,

"우리 디렬진은 ᄯᅩ혼 디도(地道)의 슈(數)ᄅᆞᆯ 안ᄒᆞ여 가온ᄃᆡ로 응후(凝厚)호 체계ᄅᆞᆯ 장ᄒᆞ여시며 밧그로는 은약(隱躍)호 현묘ᄅᆞᆯ 뵈【2】야 변홰 다단ᄒᆞ여 속의 일슈(一首) 홍번(紅幡)을 감초와 동ᄒᆞᄂᆞᆫ 곳의 우희ᄂᆞᆫ 우뢰 울미 잇고 아릭ᄂᆞᆫ 블이 니러나미 이시니 무릇 사ᄅᆞᆷ이나 신션이나 이 진의 나아가면 다시 술아날 니 업ᄂᆞ니 비록 오힝의 묘슐이 이시나 엇지 이 익을 도망ᄒᆞ리오?"

티싀4) ᄯᅩ 문왈,
"풍후진(風吼陣)은 엇더ᄒᆞ니잇고?"

동텬군(董天君) 왈,

"우리 풍후진은 가온ᄃᆡ 현묘ᄒᆞᆷ믈 장ᄒᆞ여시니 디·슈·화·풍의 슐을 안ᄒᆞ여 안희 풍홰(風火) 이시니 이 풍화ᄂᆞᆫ 이의 션텬(先天) 긔운이라. 삼미진화(三昧眞火)와 빅만 병잉(兵刃)이 가온ᄃᆡ로조ᄎᆞ 나ᄂᆞ니 만일 사ᄅᆞᆷ이나 신션이나 다 이 진의 들면 풍홰 함긔 니러나며 일만 칼이 함긔 발ᄒᆞ여 일신이 잠간 스이의 갈니 되ᄂᆞ니 비록 도희이산(倒海移山)ᄒᆞᄂᆞᆫ 슐이 이시나 신체 무릇녹는 익을 도망키 어려오리라."

티싀 우 문왈,
"한빙진(寒氷陣)은 무슨 묘용이 잇ᄂᆞ니잇가?"

원텬군(袁天君)이 왈,
"이 진은 홀ᄂᆞ로5) 공을 【3】 힝ᄒᆞ여 이의

---

1) 【블워ᄂᆞ다】 圖 연습하다. 훈련하다. ¶ 演‖ 이 진은 우리 스승이 일즉 션텬슈ᄅᆞᆯ 블워ᄂᆞ여 션텬의 ᄆᆞᆰ은 긔운을 어더시니 안흐로 혼돈디긔ᄅᆞᆯ 장ᄒᆞ고 가온ᄃᆡ로 삼슈번을 두어시니 (此陣乃吾師曾演先天之數, 得先天淸氣, 內藏混沌之機, 中有三首幡.) <西周 12:1>

2) 【틋글】 圀 티끌. ¶ 塵‖ 만일 사ᄅᆞᆷ이 이 진의 들면 안흐로 우뢰 우ᄂᆞᆫ 곳의 화ᄒᆞ여 지와 틋글이 되고 ᄯᅩ혼 신션과 도시라도 이곳을 맛나면 일신이 바아져 갈니 되ᄂᆞᆫ고로 갈온 '텬졀진'이라 ᄒᆞᄂᆞ니라 (若人入此陣內, 有雷鳴之處, 化作灰塵; 仙道若逢此處, 肢體震爲粉碎. 故曰'天絶陣'也.) <西周 12:1>

3) 【갈ㄴ】 圀 《가ᄅᆞ》 가루. ¶ 粉碎‖ 만일 사ᄅᆞᆷ이 이 진의 들면 안흐로 우뢰 우ᄂᆞᆫ 곳의 화ᄒᆞ여 지와 틋글이 되고 ᄯᅩ혼 신션과 도시라도 이곳을 맛나면 일신이 바아져 갈니 되ᄂᆞᆫ고로 갈온 '텬졀진'이라 ᄒᆞᄂᆞ니라 (若人入此陣內, 有雷鳴之處, 化作灰塵; 仙道若逢此處, 肢體震爲粉碎. 故曰'天絶陣'也.) <西周 12:1>

4) 티싀: 원래는 '터'로만 되어 있으나 바로잡음.

5) 【홀ᄂᆞ】 圀 하루. 일일. ¶ 一日‖ 이 진은 홀ᄂᆞ로 공을 힝ᄒᆞ여 이의 능히 년취홀 비 아니라 일홈은 비록 한빙이라 ᄒᆞ나 실노 칼산이니 안희

능히 년취(煉就)홀 비 아니라 일홈은 비록 한빙
이라 ᄒ나 실노 칼산이니 안히 현묘롤 장ᄒ고
가온디 풍뇌(風雷)롤 두고 우흐로 빙산이 이셔
일희6) 엄니 갓고 아리로 빙괴(氷塊) 잇셔 도검
(刀劍) 갓ᄒ니 만일 사롬이나 신션이나 이 진의
들면 풍뇌 동ᄒᄂ 곳의 일신이 즉직(卽刻)의 바
아져 갈니 되ᄂ니 비록 긔이ᄒ 슐이 이시나 이
난을 면치 못ᄒᄂ니라."

티시 우 문왈,

"금광진(金光陣)은 묘슐이 엇더ᄒ니잇고?"

금광셩뫼(金光聖母) 왈,

"빈도의 금광진은 안흐로 일월졍긔롤 아ᄉ
텬디의 긔운을 장ᄒ고 가온더로 이십일면(二十
一面) 보경(寶鏡)이 잇고 ᄯ 이십일근(二十一根)
긋디7) 우희 거울 하나식 달고 거울 우희 한 튀
(套) 이시니 만일 사롬이나 신션이나 이 진의
들면 이 투롤 가져 우뢰롤 니르혀 거울을 움죽
여 한두 번 구을미 금광이 쏘이여 나셔 그 몸의
빗최면 닙직(立刻)의8) 화ᄒ여 농혈(膿血)이 되ᄂ

현묘롤 장ᄒ고 가온디 풍뇌롤 두고 우흐로 빙산
이 이셔 일희 엄니 갓고 아리로 빙괴 잇셔 도검
갓ᄒ니 (此陣非一日功行乃能煉就, 名爲'寒氷', 實
爲刀山. 內藏玄妙, 中有風雷, 上有氷山如狼牙, 下
有氷塊如刀劍.) <西周 12:2>

6)【일희】圖 이리. ¶ 狼∥ 이 진은 홀ᄂ로 공
을 힝ᄒ여 이의 능히 년취홀 비 아니라 일홈은
비록 한빙이라 ᄒ나 실노 칼산이니 안히 현묘롤
장ᄒ고 가온디 풍뇌롤 두고 우흐로 빙산이 이셔
일희 엄니 갓고 아리로 빙괴 잇셔 도검 갓ᄒ니
(此陣非一日功行乃能煉就, 名爲'寒氷', 實爲刀山.
內藏玄妙, 中有風雷, 上有氷山如狼牙, 下有氷塊
如刀劍.) <西周 12:2>

7)【긋디】圖 깃대. ¶ 高杆∥ 빈도의 금광진은
안흐로 일월졍긔롤 아ᄉ 텬디의 긔운을 장ᄒ고
가온더로 이십일면 보경이 잇고 ᄯ 이십일근 긋
디 우희 거울 하나식 달고 거울 우희 한 튀 이
시니 (貧道'金光陣', 內奪日月之精, 藏天地之氣,
中有二十一面寶鏡, 用二十一根高杆, 每一面懸在
高杆頂上, 一鏡上有一套.) <西周 12:3>

8)【닙직의】圖 즉시. 곧바로. ¶ 立刻∥ 만일
사롬이나 신션이나 이 진의 들면 이 투롤 가져
우뢰롤 니르혀 거울을 움죽여 한두 번 구을미
금광이 쏘이여 나셔 그 몸의 빗최면 닙직의 화
ᄒ여 농혈이 되ᄂ니 비록 비등ᄒᄂ 슐이 이시나
능히 이 진의 버셔나지 못ᄒᄂ니라 (若人·仙入
陣, 將此套拽起, 雷聲震動鏡子, 只一二轉, 金光射
出照住其身, 立刻化爲膿血. 縱會飛騰, 難越此陣.)
<西周 12:3>

니 비록 비등(飛騰)ᄒ【4】ᄂ 슐이 이시나 능히
이 진의 버셔나지 못ᄒᄂ니라."

티시 우 문왈,

"화혈진(化血陣)은 엇더ᄒ니잇고?"

숀텬군(孫天君)이 갈오디,

"우리 진은 션텬령 긔롤 쓰미니 가온디 풍
뇌 잇고 안히 두어 편 모리롤 장ᄒ여시니 다만
사롬과 신션이 이 진의 들면 우뢰 쇼리 나는 곳
의 바람이 그 모리롤 거두쳐9) 뿌리ᄂ니 조곰이
나 그 모리 다닷친10) 곳의 닙직의 피믈이 되ᄂ
니 비록 신션이나 이 화롤 도망치 못ᄒᄂ니라."

티시 우 문왈,

"렬염진(烈焰陣)은 ᄯ 엇더ᄒ니잇고?"

빅텬군(白天君) 왈,

"우리 렬염진은 묘용이 무궁ᄒ여 범픔(凡
品)과 갓지 아니ᄒ지라 안히 삼화(三火)롤 장ᄒ
여시니 삼미화(三昧火)·공즁화(空中火)·셕즁홰
(石中火)니 삼홰 아올나11) 한 긔운이 되고 가온
디 삼슈 홍번(紅幡)이 이시니 만일 사롬이나 신
션이나 이 진의 들면 세 번 움죽이ᄂ 곳의 셰가
지 블이 함긔 날아 잠간 ᄉ이의 지 되ᄂ니 블
피ᄒᄂ 진【5】언이 이시나 이 삼미진화ᄂ 피키
어려오니라."

티시 우 문왈,

---

9)【거두치다】圖 걷다(걷어올리다). 말다(말아
올리다). 휩쓸다. ¶ 卷∥ 다만 사롬과 신션이
이 진의 들면 우뢰 쇼리 나는 곳의 바람이 그
모리롤 거두쳐 뿌리ᄂ니 조곰이나 그 모리 다닷
친 곳의 닙직의 피믈이 되ᄂ니 비록 신션이나
이 화롤 도망치 못ᄒᄂ니라 (但人·仙入陣, 雷
響處風卷黑砂, 些須着處, 立化血水, 縱是神仙, 難
逃利害.) <西周 12:4>

10)【다닷치다】圖 닿다. 접촉하다. ¶ 着∥ 다
만 사롬과 신션이 이 진의 들면 우뢰 쇼리 나ᄂ
곳의 바람이 그 모리롤 거두쳐 뿌리ᄂ니 조곰이
나 그 모리 다닷친 곳의 닙직의 피믈이 되ᄂ니
비록 신션이나 이 화롤 도망치 못ᄒᄂ니라 (但
人·仙入陣, 雷響處風卷黑砂, 些須着處, 立化血
水, 縱是神仙, 難逃利害.) <西周 12:4>

11)【아올나】圖 아울러. 함께. ¶ 幷∥ 우리 렬
염진은 묘용이 무궁ᄒ여 범픔과 갓지 아니ᄒ지
라 안히 삼화롤 장ᄒ여시니 삼미화·공즁화·셕
즁홰니 삼홰 아올나 한 긔운이 되고 가온더 삼
슈 홍번이 이시니 (吾'烈焰陣'妙用無窮, 非同凡
品. 內藏三火, 有三昧火·空中火·石中火. 三火
幷爲一氣, 中有三首紅幡.) <西周 12:4>

"낙혼진(落魂陣)은 엇더ᄒ니잇고?"

요텬군(姚天君) 왈,

"우리 이 진은 범상ᄒᆫ 거시 아니라 싱문(生門)을 막고 ᄉ문(死門)을 여러시니 가온ᄃᆡ로 텬디 졍긔롤 장ᄒ여 결츄(結聚)ᄒ여 일워시며 속의 흰 조희 번〔白紙幡〕 하나히 이시ᄃᆡ 우희 부작(符籍)과 인(印)이 이시니 만일 사롬이나 신션이나 이 진의 들면 흰 번이 젼동ᄒᆞᄂᆞᆫ 곳의 빅쇼혼산(魄消魂散)ᄒ여 경긱의 신션이나 진의 드ᄂᆞ 족족 멸ᄒᆞᄂᆞ니라."

틴시 문왈,

"홍슈진(紅水陣)은 묘용이 엇더ᄒ니잇고?"

왕텬군(王天君) 왈,

"우리 홍슈진은 안흐로 임계(壬癸)의 졍긔롤 아스며 텬을(天乙)의 묘홈을 장ᄒ여시니 변홰 측냥치 못ᄒᆯ지라. 가온ᄃᆡ 팔과ᄃᆡ(八卦臺) 하나히 잇고 더 우희 셰낫 호뢰(葫蘆) 잇셔 사롬이나 신션이나 이 진의 들면 호로롤 가져 나리쳐 한 번 더져 홍슈롤 기우려 쏘드면 왕양(汪洋)ᄒ여 가이 업ᄂᆞᆫ지라. 만일 그 믈이 찬츌(濺出)ᄒ【6】여 한 졈이나 몸의 므드면 경긱의 화ᄒ여 피믈이 되ᄂᆞ니 비록 신션이라도 가히 도망ᄒᆞᆯ 술이 업ᄂᆞ이라."

틴시 우 문왈,

"홍ᄉ진(紅砂陣)은 엇더ᄒ니잇고?"

댱텬군(張天君) 왈,

"우리 홍ᄉ진은 과연 긔특고 묘ᄒ며 착ᄒᆫ 법이 쏘ᄒᆫ 졍미ᄒ여 안흐로 텬·디·인 삼지롤 안ᄒ고 가온ᄃᆡ로 삼긔(三氣)롤 분ᄒ며 속의 홍ᄉ 셔 말을 장ᄒ여시니 보기의 븕은 단ᄉ 갓ᄒ여 사롬의 몸의 믓으면 날난[12] 칼긋 갓ᄒ여 우흐로 하놀을 아지 못ᄒ며 아리로 ᄯ롤 아지 못ᄒ며 가온ᄃᆡ로 사롬을 아지 못ᄒᆞᄂᆞ니 사롬이나 신션이나 이 진의 들면 풍뢰 운동ᄒᆞᄂᆞᆫ 곳의 단시 날니여 사롬을 상ᄒᆡ와 뇝긱의 희골이 화ᄒ여 갈니 되ᄂᆞ니 비록 신션과 블되라도 이 난을 도망치 못ᄒᆞᄂᆞ니라."

틴시 쳥필의 디열 왈,

"이졔 여러 도우롤 어더 이의 니르러시니 셔기롤 날을 가르쳐 가히 파ᄒᆯ지라. 비록 빅만 갑【7】병과 쳔원 밍장이 이시나 능히 ᄒ요미 업술지니 진실노 이 ᄉ직의 복이로다."

ᄒᆫ디 요텬군 왈,

"열위 도형아 빈도의 쇼견을 빙거ᄒ여[13] 의논ᄒᆯ진디 셔기셩이 블과 탄ᄌ만ᄒ 짜히오 강ᄌ이 쏘ᄒᆫ 도힝이 쳔박ᄒᆫ 사롬이라 엇지 능히 십졀진(十絶陣)토록 지나리오? 다만 쇼뎨의게 죽은 슐을 디강 베퍼 강ᄌ아로 ᄒ여곰 스스로 죽게 ᄒ여 군중의 쥬장이 업ᄉ면 셔기 ᄌ연 와히ᄒ리니 상담의 왈 '비얌이 머리 업ᄉ면 닷지 못ᄒ고 군중의 장쉬 업ᄉ면 어즈럽다'[14] ᄒ니 엇지 반드시 승부롤 구구히 의논ᄒ리오?"

틴시 왈,

"도형이 만일 긔공(奇功) 묘슐이 잇셔 강상(姜尙)으로 ᄒ여곰 스스로 죽게 ᄒ면 쏘ᄒᆫ 궁시(弓矢)롤 베프지 아니며 군ᄉ롤 도탄치 아닐지라. 이만 다힝이 업술지니 감히 뭇ᄂᆞ니 엇던 법을 쓰려ᄒᆞᄂᆈ?"

요텬군 왈,

"셩식(聲色)을 브동(不動)ᄒ고 이십 일일만 지나면 ᄌ【8】연 명졀(命絶)ᄒ리니 ᄌ이 비록 탈골ᄒᆫ 신션과 쵸범(超凡)ᄒᆫ 블죄(佛祖)라도 이 난은 도망치 못ᄒ리라."

틴시 디희ᄒ여 다시 그 ᄌ셰ᄒᆯ 므론디 요빈이 틴ᄉ의 귀의 다혀 왈,

"모로미[15] 니리니리ᄒ면 ᄌ연 명이 졀ᄒ리니 엇지 슈고로이 여러 도형의 마음을 허비케 ᄒ리오?"

---

12) 【날나다】휑 날카롭다. 예리하다. ¶ 利 ‖ 보기의 븕은 단ᄉ 갓ᄒ여 사롬의 몸의 믓으면 날난 칼긋 갓ᄒ여 우흐로 하놀을 아지 못ᄒ며 아리로 ᄯ홀 아지 못ᄒ며 가온ᄃᆡ로 사롬을 아지 못ᄒᆞᄂᆞ (看似紅砂, 着身利刀, 上不知天, 下不知地, 中不知人) <西周 12:6>

13) 【빙거하다】圐 {빙거(憑據)하다.} 의거하다. ¶ 據 ‖ 열위 도형아 빈도의 쇼견을 빙거ᄒ여 의논ᄒᆯ진디 셔기셩이 블과 탄ᄌ만ᄒ 짜히오 강ᄌ이 쏘ᄒᆫ 도힝이 쳔박ᄒᆫ 사롬이라 엇지 능히 십졀진토록 지나리오? (列位道兄, 據貧道論起來, 西岐城不過彈丸之地, 姜子牙不過淺行之夫, 怎經得十絶陣起!) <西周 12:7>

14) 비얌이 머리 업ᄉ면 닷지 못ᄒ고 군중의 장쉬 업ᄉ면 어즈럽다: 蛇無頭而不行, 軍無主而則亂.

15) 【모로미】卬 모름지기. ¶ 須 ‖ 모로미 니리니리ᄒ면 ᄌ연 명이 졀ᄒ리니 엇지 슈고로이 여러 도형의 마음을 허비케 ᄒ리오? (須如此如此, 自然命絶, 又何勞衆道兄費心!) <西周 12:8>

문티시 깃브믈 니긔지 못ᄒ여 즁도인을 디ᄒ여 왈,

"오늘날 요도형이 큰 법녁을 베퍼 날을 위ᄒ여 강상을 죽게 ᄒ니 강상이 죽으면 ᄌ연 와히ᄒ여 셩공이 지극히 쉬오리니 진실노 니론바 쥰조졀츙(樽組折衝)의 [술잔과 도마] 담쇼ᄒ여 셔기롤 항복바드리니 디뎌 우리 황상이 홍복이 졔텬(齊天)ᄒ샤 널위 도형을 감동케 ᄒ여 이 도음을 일위미로다."

즁인 왈,

"이 공은 요현뎨의게 ᄉ양ᄒ여 힝홀지라 도모지 문형을 위ᄒ여 홈이니 엇지 슈고롤 말ᄒ리오?"

요텬군이 즁인의게 ᄉ양ᄒ여 ᄉ【9】 례ᄒ고 드디여 낙혼진 안히 드러가 한 토더(土臺)롤 ᄊ고 일좌 향안을 베플고 더 우희 초인(草人) 하나흘 민들고 초인 신상의 '강상' 명ᄌ롤 쓰고 초인 두상의 등잔블 셰홀 혀고 족하(足下)의 등잔블 닐곱을 혀니 우희 세 등잔은 일홈이 최혼등(催魂燈)이오 아리 등잔 닐곱은 일홈이 촉혼등(促魂燈)이라. 요텬군이 그 가온더 잇셔 머리 플고 칼 집고 븍두강셩을 브르며 더 알픠셔 진언을 닑고 부작을 발ᄒ여 공즁의 인(印) 티고 하로 졀 세 ᄎ례식 ᄒ기롤 년ᄒ여 삼ᄉ일을 ᄒ고 플노 민든 강ᄌ아롤 잡아너여 졀을 식이디 세 번 업치며 네 번 것구르쳐 좌와(坐臥)롤 편안치 아니케 ᄒ더라.

ᄎ셜 강ᄌ이 상부(相府)의 잇셔 졔장으로 더브러 파진홀 모칙을 싱각홀시 묵묵히 말이 업셔 반가지 모칙도 못ᄒ거놀 양뎐(楊戩)이 겻히 잇다가 승상의 혹 놀나며 혹 고이히 굴믈 보고 ᄯ호 얼골【10】이 크게 젼과 다른지라 심하의 극히 의혹ᄒ여 왈,

"승상이 일즉 옥허(玉虛) 문하로 츌신ᄒᆫ 사롬이라 이졔 즁ᄒᆫ 쇼임을 당ᄒ엿고 ᄒ믈며 상텬이 슈상(垂象)ᄒ샤 운을 응ᄒ여 너신 사롬이니 엇지 이 젹은 일이리오? 이졔 ᄯ호ᄒᆫ 이 십졀진을 당ᄒ여 파홀 모칙이 업고 믄득 스스로 젼도(顚倒)ᄒ미 이 잇ᄒ니 그 실을 이지 못ᄒ리로다."
ᄒ고 심히 우려ᄒ더라. 또 칠팔일을 지나니 요텬군이 진즁의 이셔 ᄌ아롤 잡아너여 졀을 식여 그 혼 하나와 빅 둘을 졀노 비숑ᄒ고 조문ᄒ더 ᄌ이 상부의 잇셔 마음이 번민ᄒ고 ᄯᆺ이 조갈ᄒ

여 〔心煩意躁〕 진퇴 극히 평안치 못ᄒ여 군졍(軍情)을 다스릴 ᄯᆺ이 업고 날노 심히 게을너 미양 조으니 즁장과 문되 다 이 연고롤 아지 못ᄒ여ᄒ더니 ᄯ 십ᄉ오일이 지너니 요텬군이 ᄯ ᄌ아의 이혼ᄉ빅(二魂四魄)을 졀ᄒ여 보너니 ᄌ이【11】 마을의 잇셔 ᄶ업시 감슈(酣睡)만 ᄒ여 비식(鼻息)이 여뢰(如雷)ᄒ지라. 양뎐·나탁(哪吒)이 즁장으로 더브러 상의 왈,

"이졔 바야흐로 병님셩하(兵臨城下)ᄒ여 셔로 진ᄒ연지 오러디 승상이 젼혀 군졍 즁ᄒᆫ 줄을 모로고 다만 잠ᄌ기만 달게 ᄒ시니 이 가온더 무슴 연괴 잇ᄂᆫ고 아지 못홀노라."

양뎐 왈,

"나의 우견으로 보건더 승상의 ᄒᄂᆫ 비 니러트시 젼도감슈(顚倒酣睡)ᄒ여 취몽즁의 이심 갓ᄒ여 동작이 크게 젼과 갓지 아니니 반ᄃ시 사롬이 가만ᄒ[16] 곳의 산(算)ᄒ미 잇ᄂᆫ 듯ᄒ도다. 그러치 아니면 승상이 도롤 곤눈산의셔 비화 오힝의 슐을 능히 알며 음양화복의 조각을 살피시ᄂᆞ니 엇지 혼미ᄒ미 니러틋ᄒ여 디ᄉ롤 다ᄉ리지 아니시니 기즁의 일졍 연괴 잇도다."

즁인이 디왈,

"우리 등이 한가지로 드러가 승상을 쳥ᄒ여 뎐상의 나오셔든 격진 파홀 일을 상의ᄒ여 엇【12】지ᄒ시ᄂᆫ고 보리라."
ᄒ고 모다 너실의 드러가 뫼신 사롬다려 승상이 어더 계시뇨 므른더 디왈,

"승상이 바야흐로 잠을 깁히 드러 ᄭᅵ지 아녓다."
ᄒ거놀 즁인이 시ᄌ(侍者)다려 왈,

"승상이 뎐상의 나오셔든 군졍을 의논ᄒ여지라 ᄒ라."

시ᄌ 드러가 ᄌ아의게 술온디[17] ᄌ이 너실 문 밧긔 나오거놀 무깈(武吉)이 진젼 고왈,

---

16) 【가만ᄒ다】형 은밀하다. ¶ 暗 ‖ 나의 우견으로 보건더 승상의 ᄒᄂᆫ 비 니러트시 젼도감슈ᄒ여 취몽즁의 이심 갓ᄒ여 동작이 크게 젼과 갓지 아니니 반ᄃ시 사롬이 가만ᄒ 곳의 산ᄒ미 잇ᄂᆫ 듯ᄒ도다 (據愚下觀丞相所爲忠般顚倒, 連日如在醉夢之間. 似此動作不像前番, 似有人暗算之意.) <西周12:11>

17) 【슐오다】동 사뢰다. ¶ 請 ‖ 시ᄌ 드러가 ᄌ아의게 술온디 ᄌ이 너실 문 밧긔 나오거놀 (侍兒忙入室請子牙, 出得內室.) <西周 12:12>

"노시 미일 평안이 잠즈시고 군국 중무룰 도라보지 아니ㅎ시니 장ᄉ의 마음이 황황우민ㅎ여 ㅎᄂ니 빌건디 노ᄉᄂ 섈니 군졍을 다스려 써 셔토룰 평안케 ㅎ쇼셔."

즈ᅵ 마지 못ㅎ여 나와 텬상의 올나 안즈니 즁장이 알핀 나아와 군졍을 의논ㅎ디 즈ᅵ 말을 아니코 어린 듯 취흔 듯ㅎ더니 홀연 일진 향풍이 지나거ᄂ 나탁이 즈아룰 시험ㅎ려 ㅎ여 알핀 와 문왈,

"이 바람이 심이 흉악흔 무ᄉᆷ 길흉의 쥬(主)흔 【13】 니잇고?"

즈ᅵ 손으로 산 두어 왈,

"오늘 바람이 졍히 괄풍(刮風)이니 각별 다ᄅᆫ 일이 업ᄂ니라."

즁인이 감히 다시 말을 못ㅎ더라.

디져 이 ᄶᅵ 즈아의 혼빅이 요텬군의게 잡혀간 비 되여 심즁이 모호ㅎ고 음양이 착난ㅎ니 엇지 화복을 알니오? 이날 모든 사롬이 계괴 업셔 각각 훗허졋더니 ᄯᅩ 이십일이 지나미 요텬군이 즈아의 이혼뉵빅(二魂六魄)을 다 잡아가고 일혼일빅을 남겻더니 그날 ᄯᅩ 니완궁(泥丸宮)의 잡아니니 즈ᅵ 임의 죽어 시체만 상부의 잇ᄂ지라. 시즈와 졔장이 급히 무왕(武王)긔 알외여 뫼셔 상부의 니르러 무왕이 뉴체(流涕) 왈,

"상뷔 나라홀 위ㅎ여 근노ㅎ다가18) 평안흔 복을 누리지 못ㅎ고 일조의 이의 니르니 통심흔 회포룰 엇지 춤아 니르리오?"
ㅎ신디 즁장이 무왕의 말ᄉᆷ을 듯줍고 크게 셜워 ㅎ기룰 니긔지 못ㅎ더라. 양뎐이 눈믈을 【14】 먹음고 즈아의 시체룰 만져보니 가슴과 닙의 온긔 잇거ᄂ 밧비 무왕긔 알외디,

"가슴의 온긔 이시니 혜건디 치 죽든 아냐시니 아직 경동치 마르쇼셔."
ㅎ고 탑의 올녀 고이 누이고 졔장이 써나지 아니ㅎ더라.

이 ᄶᅵ 즈아의 일혼일빅이 묘묘명명ㅎ며 표표탕탕ㅎ여 봉신디(封神臺)로 가니 쳥복신(淸福

神) 빅감(柏鑒)이 즈아의 혼빅인 줄 알고 공경ㅎ여 마즈 봉신디의 미러니여 곤뉸산으로 보니니 즈아ᄂ 본디 근힝(根行)이 잇ᄂ 사롬이라 일심이 곤뉸산을 잇지 못ㅎ여 봉신디의 나와 바롬을 조추 표표탕탕이 즈레 곤뉸산의 니르니 맛춤 남극션옹(南極仙翁)이 한가히 산의 나려 약을 키다가 홀연 즈아의 혼빅이 묘묘히 오ᄂ 줄을 보고 디경 왈,

"일졍 즈ᅵ 죽도다."
ㅎ고 급히 나아가 호로병 속의 혼빅을 드린 후의 호로 부리룰 단단이 막아가지고 옥허 【15】 궁으로 가 장교노ᄉ(掌敎老師)긔 이 말을 고ㅎ려ㅎ더니 믄득 뒤히 한 사롬이 블너 왈,

"남극션옹은 아직 나아가지 말나."
ㅎ거ᄂ 션옹이 도라보니 이ᄂ 티화산(太華山) 운쇼동(雲霄洞) 젹졍지(赤精子)러라. 션옹 왈,

"도우ᄂ 어디로셔 오ᄂ다?"
젹졍지 왈,

"일이 업고 한가ㅎ미 각별이 한가지로 히도산악(海島山嶽)의 고명흔 션경을 찻고져ㅎ노라."

션옹 왈,

"도우의 말이 가장 조커니와 아직 긴급흔 일이 잇셔 형과 한가지로 노지 못ㅎ니 가탄이로다."

젹졍지 왈,

"도형이 일을 일으지 아냐도 니 아ᄂ니 강즈아의 혼빅이 시체의 드지 못흔 연괴라."

션옹이 괴이히 너겨 왈,

"어이 아ᄂ뇨?"
젹졍지 왈,

"쳐음 말은 희담(戱談)이어니와 ᄯᅩ흔 나ᄂ 강즈아의 혼빅을 ᄯᅡ라왓노라 니 앗가 셔기산 봉신디상의 가 쳥복신 빅감을 맛나니 이리 보니엿다커ᄂ 니 조추왓더니 과연 어디 잇ᄂ뇨?"

션옹 왈,

【16】 "맛춤 산간의셔 한유(閑遊)ㅎ다가 즈아의 혼빅이 표표탕탕ㅎ여 오거ᄂ 니 가진 호로 속의 너허 노ᄉ긔 알외려ㅎ더니 도형이 이의 니르믈 ᄯᅳᆺㅎ지 아니미라."

젹졍지 왈,

---

18) 【근노ㅎ다】 圖 수고하다. 애쓰다. ¶ 勤勞 ‖ 상 뷔 나라홀 위ㅎ여 근노ㅎ다가 평안흔 복을 누리 지 못ㅎ고 일조의 이의 니르니 통심흔 회포룰 엇지 춤아 니르리오? (相父爲國勤勞, 不曾受享安 康, 一旦致此, 於心何忍, 言之痛心!) <西周 12:13>

"일졍 무왕이 경동ᄒ실 거시니 네 가진 호로를 날을 맛져19) ᄌ아 구ᄒ믈 보라."

ᄒ디 션옹이 호로를 즉시 쥰디 젹졍지 바다가지고 황망이 곤눈산을 ᄯ어나 셔기 승상부의 니르니 양뎐이 마ᄌ 졀ᄒ고 왈,

"ᄉ빅(師伯)이 금일 가림(駕臨)ᄒ시믄 졍히 우리 ᄉ슉을 위ᄒ신 일이니잇가?"

젹졍지 답왈,

"졍히 그러ᄒ니 급히 무왕ᄭᅵ 통ᄒ라."」

양뎐이 즉시 드러가 알외니 무왕이 썔니 마ᄌ 은안뎐(銀安殿)의 올녀 ᄉ싱 녜로 디졉ᄒ신디 젹졍지 왈,

"빈되 이번 오기는 특별이 ᄌ아를 위ᄒ여 왓ᄂ니 이졔 ᄌ아의 시쳬 어디 잇ᄂ니잇고?"

무왕이 즉시 모든 장ᄉ를 다리고 젹졍지를 인ᄒ여 너탑(內榻)【17】의 나아가 보니 ᄌ아 눈을 감고 말을 아냐 앙면(仰面)ᄒ여 누엇거ᄂᆞᆯ 젹졍지 왈,

"현왕(賢王)은 각별 경동치 마로쇼셔. 져의 혼빅으로 ᄒ여곰 시쳬의 도라가게 ᄒ면 ᄌ연 무ᄉ하리이다."

무왕이 문왈,

"도장(道長)이 상부의게 무ᄉᆷ 약을 쓰려 ᄒᄂ뇨?"

젹졍지 왈,

"굿ᄒ여20) 약 쓸 닐이 업고 스스로 묘법이 잇ᄂ니이다."

양뎐(楊戩)이 겻히 잇다가 문왈,

"어니 ᄯᅢ의 十ᄒ시리잇가?"

젹졍지 왈,

"블과 삼경이면 ᄌ이 ᄌ연 회ᄉ이ᄒ리라."

ᄒ니 듯ᄂ 지 다 깃거ᄒ더라. 삼경이 니르미 양뎐이 와 쳥ᄒ거ᄂᆞᆯ 젹졍지 의관을 졍돈ᄒ고 몸을 니러 셩의 나가보니 십진 안히 흑긔 하늘의 ᄌ옥ᄒ며 음운이 ᄉ면의 아득ᄒ고 비풍이 삽삽ᄒ

며 닝뮈(冷霧) 표표ᄒ고 모든 귀신의 우룸만 들니더라. 젹졍지 이 진의 십분 험악ᄒ믈 보고 숀으로 한 번 가르쳐 발아리 몬져 빅년화 한 쌍을 믿드【18】라 몸 보호ᄒᆯ 근본을 삼고 마혜(麻鞋)를 신어 년화를 넓고 경경(輕輕)히 공중의 니러나니 이 졍히 션가의 묘ᄒᆫ 법이러라. 젹졍지 공중의 잇셔 십진을 굽어보니 긔셰 흉악ᄒ고 살긔 하늘의 ᄶ오이고21) 검은 안긔 기산을 덥허시며 ᄯᅩ 낙혼진 안흘 보니 요빈(姚賓)이 그 속의셔 머리 플고 칼 집고 강을 보ᄒ고 두를 답ᄒ며 〔步罡踏斗〕 ᄯᅩ 보니 초인 두상의 ᄒᆫ 잔 등홰 혼혼참참(昏昏慘慘)ᄒ고 족하의 한 잔 등홰 반멸반명(半滅半明)ᄒ지라. 요빈이 녕픠(令牌)를 드러 등잔을 치디 ᄌ아의 일혼일빅이 오히려 호로 가온디 단단이 막혓ᄂ지라 엇지 나오리오? 요텬군이 년ᄒ여 졀ᄒ고 녕픠로 치디 그 등이 멸치 아니ᄒ니 디져 등이 멸치 아니면 혼이 ᄯᅩᆺ지 아닛ᄂ지라. 요빈이 심즁의 초조ᄒ여 녕픠를 잡아 한 번 쳐 크게 블너 왈,

"이혼뉵빅이 임의 니러러시디 일혼일빅이 엇지 도라【19】오지 아니ᄒᄂ뇨?"

ᄒ고 노를 발ᄒ여 년ᄒ여 졀ᄒ더라. 젹졍지 공중의 잇다가 요빈이 바야흐로 졀ᄒᆯ ᄶᅵ를 타 한 쌍 년화를 신고 가만이 나려와 초인을 거두쳐 가려ᄒ더니 요빈이 디경 왈,

"젹졍지 어이 감히 니 진즁의 드러오리오?"

ᄒ고 급히 검은 모리를 우러러 ᄲ리니 젹졍지 황망히 다라날졔 발아리 두 숑이 년홰 임의 낙혼진 즁의 ᄶ러지니 하마 잡힐 번ᄒ여 겨유 다라나 셔기로 오니 안식이 황망ᄒ고 쳔식(喘息)이 졍치 못ᄒ거ᄂᆞᆯ 양뎐이 문왈,

"노ᄉᆡ 일즉 승상의 혼빅을 구ᄒ여 오시니잇가?"

젹졍지 머리를 흔들며 왈,

"다시 니르지 말나 가장 어려워 낙혼진 속

---

19) 【맛지다】 동 맡기다. 주다. ¶ 與 ‖ 일졍 무왕이 경동ᄒ실 거시니 네 가진 호로를 날을 맛져 ᄌ아 구ᄒ믈 보라 (多大事情, 驚動敎主? 你將葫蘆拿來與我, 待吾去救子牙走一番.) <西周 12:16>

20) 【굿ᄒ여】 부 구태여. 굳이. ¶ 必 ‖ 굿ᄒ여 약 쓸 닐이 업고 스스로 묘법이 잇ᄂ니이다 (不必用藥, 自有妙用.) <西周 12:17>

21) 【ᄶ오이다】 동 뚫다. 관통하다. ¶ 貫 ‖ 젹졍지 공중의 잇셔 십진을 굽어보니 긔셰 흉악ᄒ고 살긔 하늘의 ᄶ오이고 검은 안긔 기산을 덥허시며 ᄯᅩ 낙혼진 안흘 보니 요빈이 그 속의셔 머리 플고 칼 집고 강을 보ᄒ고 두를 답ᄒ며 (赤精子站在空中, 見十陣好生凶惡, 殺氣貫於天界, 黑霧罩於岐山. 赤精子正看, 只見'落魂陣'內姚賓在那裏披髮仗劍, 步罡踏斗於雷門.) <西周 12:18>

의 니 거의 샌질 번ᄒ니 닐 셰 빅년 쏜 아이
고22) 겨유 도망ᄒ여 살기롤 어덧노라."
흔디 무왕이 디곡 왈,
  "그러면 상부는 능히 회싱치 못ᄒ노라."
  젹졍지 왈,
  【20】"현왕은 넘녀 마로쇼셔. 블과 ㅈ아
의 지앙으로 지쳬ᄒ나 빈되 이졔 잇는 곳의 가
다시 보리이다."
  무왕 왈,
  "노시 이졔 어디로 향ᄒ려ᄒ느뇨?"
  젹졍지 왈,
  "빈되 이번은 가 다려올 거시니 요동치 마
ᄅ시고 ㅈ아의 혼이 오는 양을 보쇼셔."
ᄒ고 말을 맛츠며 셔기롤 쩌나 상광(祥光)을 넓
고 쏘 속으로 가만이 힝ᄒ여 곤눈산의 가니 남
극션옹이 옥허궁으로 나오다가 보고 밧비 문왈,
  "ㅈ아의 혼빅을 다려온다?"
  젹졍지 젼일을 ㅈ시 니ᄅ고 왈,
  "쏘 도형의게 다시 쳥ᄒ느니 스존끠 알외
여 승상 구흘 모칙을 가ᄅ치라."
  션옹이 이 말을 듯고 즉시 드러가 보좌(寶
座) 아리 니ᄅ러 힝녜필(行禮畢)의 ㅈ아의 일을
셰셰히 알외니 원시텬존 왈,
  "니 비록 니런 일을 가음아나23) 스체(事
體) 오히려 어려오니 네 젹졍ㅈ로 ᄒ여곰 팔경
궁(八景宮)의 가 디노 【21】 야(大老爺)끠 뵈고
이 말을 알외게 ᄒ라."
  션옹이 명을 녕ᄒ여 젹졍ㅈ롤 보고 노스의
말을 일일히 니ᄅ니 젹졍지 션옹을 하직고 향운
(香雲)을 타 현도동(玄都洞)으로 가니 이곳은 이
의 디라궁(大羅宮) 현도동이라. 노스의 잇는 짜
히니 안히 팔경궁이 잇고 션경이 이상ᄒ더라.

---

22)【아이다】图 뻬앗기다. ¶ 다시 니ᄅ지 말나
   가장 어려워 낙혼진 속의 니 거의 샌질 번ᄒ니
   닐 셰 빅년 쏜 아이고 겨유 도망ᄒ여 살기롤 어
   덧노라 (好利害! 好利害! '落魂陣'幾乎連我陷於
   裏面! 饒我走得快, 猶把我足下二朵白蓮花打落在
   陣中.) <西周 12:19>
23)【가암알다】图 관장하다. 다스리다. ¶ 掌
   ‖ 니 비록 니런 일을 가음아나 스체 오히려
   어려오니 네 젹졍ㅈ로 ᄒ여곰 팔경궁의 가 디노
   야끠 뵈고 이 말을 알외게 ᄒ라 (吾雖掌此大敎,
   事體尙有疑難. 你叫赤精子可去八景宮見大老爺,
   便知始末.) <西周 12:20>

격졍지 동구의 가 감히 드러가지 못ᄒ고 등후
(等候)ᄒ더니 이윽고 현도디법시(玄都大法師) 궁
의 나아오다가 젹졍ㅈ롤 보고 문왈,
  "도위 이의 오미 무슴 디시 잇느뇨?"
  젹졍지 머리조아 녜ᄒ고 왈,
  "다ᄅ 일이 아니라 다만 강ㅈ아의 혼빅이
표탕ᄒ기로 옥허궁 존스의 명을 밧드러 노야(老
爺)끠 뵈옵고 살올 도리롤 가ᄅ치시믈 바라느이
다."
ᄒ고 스연을 ㅈ셰히 고흔디 현도디법시 이 말을
듯고 급히 궁의 드러가 포단(蒲團) 알퓌 니ᄅ러
녜ᄒ고 왈,
  "젹졍지 문밧긔 와 법지 듯줍기롤 기다리
느이다."
  노시 블너 【22】 오라 ᄒ디 젹졍지 드러가
졀ᄒ고 왈,
  "노스는 만슈무강ᄒ쇼셔."
  노시 왈,
  "너희 등이 낙혼진을 범ᄒ여 이 익을 만나
믄 다 텬쉬라. 너희 등이 삼가 이 법계롤 바드
라."
ᄒ고 현도디법스롤 명ᄒ여 틱극도(太極圖)롤 가
져와 젹졍ㅈ롤 쥬어 왈,
  "여ᄎ여ᄎᄒ면 ㅈ연 강ㅈ아롤 구ᄒ리라."
  젹졍지 틱극도롤 가지고 디라궁을 쩌나 셔
기로 오니 무왕이 젹졍ㅈ의 왓시믈 보고 즁장으
로 더브러 마ㅈ 뎐젼의 니ᄅ러 샬니 문왈,
  "노시 어디로셔 오시뇨?"
  젹졍지 왈,
  "금일이야 승상 구흘 슐을 어더왓느이다."
  즁장이 듯고 크게 깃거ᄒ더라. 양뎐 왈,
  "노시 어니 쩌의 가히 구ᄒ시리잇가?"
  젹졍지 왈,
  "금야 삼경 쩌의 구ᄒ리라."
  즁장이 삼경을 기다려 쳥ᄒ니 젹졍지 몸을
니러 셩의 나가 힝ᄒ여 십진 알퓌 니ᄅ러 토둔
법(土遁法)을 힝ᄒ여 공즁의 【23】 올나 굽어보
니 요텬군이 향안 알퓌 비복(拜伏)ᄒ엿거늘 젹
졍지 노군(老君)의 틱극도롤 펼치니 이 그림은
ᄯ흘 쩨치고 하늘을 헷치며 청탁을 분ᄒ고 디·
슈·화·풍을 졍ᄒ며 삼나만상을 포괄ᄒ 보비

라. 화ᄒᆞ여 일좌 금다리 되니 오식 호광(毫光)이 산하의 조요(照耀)ᄒᆞ여 젹졍ᄌᆞ를 호위ᄒᆞᄂᆞᆫ지라. 그 긔운을 타 드러가 한 손으로 졍히 초인을 거두쳐 가지고 공즁을 바라며 다라나니 요텬군이 홀연 젹졍지 두 번 낙혼진의 와 초인을 아ᄉᆞ가믈 보고 크게 놀나 브르지즈며 흑사(黑砂) 한 말을 가져 공즁을 바라며 ᄲᅮ리니 젹졍지 황망이 쇼리지르고 왼손의 쥐엿던 틱극도를 낙혼진 안히 노화 바리니 요텬군의게 아인 비 되엿더라. 젹졍지 비록 초인을 어더오나 도로혀 틱극도를 일혼지라 혼블부체ᄒᆞ고 면식이 여토(如土)【24】ᄒᆞ여 쳔식(喘息)을 졍치 못ᄒᆞ거늘 즁장이 바야흐로 젹졍ᄌᆞ를 기드리다가 마ᄌᆞ 양뎐 왈,

"노시 이번이나 어더오시니잇가?"

젹졍지 왈,

"ᄌᆞ아의 일은 비록 일우나 장교 더노야의 보비를 일코 너 ᄯᅩ한 함신지화(陷身之禍)를 면치 못ᄒᆞᆯ번 ᄒᆞ엿노라."

즁장이 이 말을 무왕긔 알윈디 왕이 크게 깃그샤 ᄌᆞ아의 와탑(臥榻)으로 가시니 젹졍지 ᄌᆞ아의 두발(頭髮)을 헤치고 호로 부리를 ᄌᆞ아의 졍박이의24) 다히고 셔너 번을 두다리니 삼혼과 칠빅이 구교(九竅) 즁으로 들며 ᄌᆞ이 눈을 ᄯᅳ고 기지게 ᄒᆞ며 왈,

"한 잠을 조히25) ᄌᆞ거다."

ᄒᆞ니 모든 문인이 용약(踊躍)ᄒᆞ여 깃거ᄒᆞ며 무왕은 칭ᄉᆞ 왈,

"만일 노ᄉᆞ의 졍신을 허비ᄒᆞ여 극녁 구활ᄒᆞᆷ 곳 아니면 상부의 지셩을 어이 바라리오?"

ᄌᆞ이 바야흐로 죽엇던 쥴 알고 젹졍ᄌᆞ다려 문왈,

"도형이 므슴 법슐노 이 브지(不才)한 몸을 구완ᄒᆞ여니뇨?"

젹졍지 왈,

"십진 즁의【25】 요빈의 낙혼진이란 거시 잇셔 승상의 이혼뉵빅을 아ᄉᆞ 초인의 복즁의 너코 일혼일빅이 남아시디 하늘이 ᄶᅵ지 아니신지라 승상의 넉시 곤눈산의 와 노는 쥴 보고 너 옥허궁의 가 혼빅을 거두어 호로의 너허가지고 더라궁의 가 장교(掌敎) 더노야 알외고 틱극도 쥬시믈 힘닙어 그디를 구ᄒᆞ엿거니와 이 그림을 낙혼진즁의 일헛노라."

ᄌᆞ이 듯고 스스로 뉘웃쳐 왈,

"너 근힝(根行)이 심히 쳔박ᄒᆞ여 능히 그 시말을 ᄌᆞ셰히 아지 못ᄒᆞ엿거니와 틱극도는 현묘한 보비라 이졔 일허시니 어늬졔 ᄎᆞᄌᆞ리오?"

젹졍지 왈,

"그디 몸을 조양(調養)ᄒᆞ여 쾌히 평복(平復)한 후의 이 진 파ᄒᆞᆯ 모칙을 다시 의논ᄒᆞ리라."

ᄒᆞ더라. ᄌᆞ이 슈일 후 젹졍ᄌᆞ를 쳥ᄒᆞ여 파진ᄒᆞᆯ 모칙을 의논ᄒᆞᆫ디 젹졍지 왈,

"이 진은 이의 좌도방문(左道傍門)이라 심오한 곳을 아지 못【26】ᄒᆞ거니와 임의 진명이 이시니 ᄌᆞ연 평안ᄒᆞ리라."

언미필의 양뎐이 ᄌᆞ아의게 알외디,

"이션산(二仙山) 마고동(麻姑洞) 황농진인(黃龍眞人)이 이의 니르럿ᄂᆞ이다."

ᄌᆞ이 마ᄌᆞ 은안뎐의 올나 녜를 힝한 후 ᄌᆞ이 왈,

"도형이 이졔 니르러시니 무슴 가르칠 일이 잇ᄂᆞ뇨?"

진인 왈,

"특별이 와 한가지로 십졀진을 파ᄒᆞ려ᄒᆞ노라. 이졔 우리 등이 살계(殺戒)를 범혼지라 모든 도위 지쳑의 올지니 빈되 몬져 와시나 범속 가온디 못기 블안ᄒᆞ니 셔문 외의 갈26)과 다북쑥으로 셕션(席殿)을 ᄆᆡᆫ들고 결치현화(結彩懸花)ᄒᆞ

---

24)【졍박이】圐 졍수리. ¶ 泥丸宮 ‖ 즁장이 이 말을 무왕긔 알윈디 왕이 크게 깃그샤 ᄌᆞ아의 와탑으로 가시니 젹졍지 ᄌᆞ아의 두발을 헤치고 호로 부리를 ᄌᆞ아의 졍박이의 다히고 셔너 번을 두다리니 (衆將同進相府. 武王聞得取子牙魂魄已至, 不覺大喜. 赤精子至子牙臥榻, 將子牙頭髮分開, 用胡蘆口合住子牙泥丸宮, 連把胡蘆敲了三四下.) <西周 12:24>

25)【조히】團 잘. ¶ 好 ‖ 한 잠을 조히 ᄌᆞ거다 (好睡.) <西周 12:24>

26)【갈】圐 갈대. ¶ 蘆 ‖ 이졔 우리 등이 살계를 범혼지라 모든 도위 지쳑의 올지니 빈되 몬져 와시나 범속 가온디 못기 블안ᄒᆞ니 셔문 외의 갈과 다북쑥으로 셕젼을 ᄆᆡᆫ들고 결치현화ᄒᆞ여 삼산오악의 오는 도우로 ᄒᆞ여곰 편히 쉬게 ᄒᆞ라 (方今吾等犯了殺戒, 輕重有分, 衆道友咫尺卽來. 此處凡俗不便, 貧道先至與子牙議論, 可在西門外搭一蘆篷席殿, 結彩懸花, 以便三山五岳道友齊來可以安歇.) <西周 12:26>

여 삼산오악의 오는 도우로 ᄒ여곰 편히 쉬게
ᄒ라. 그러치 아니면 즁셩(衆聖)으로 셜만ᄒ여27)
존현(尊賢)ᄒᄂ 되 아니니라.”

ᄌ아 즉시 남궁괄(南宮适)·무길을 명ᄒ여
노봉(蘆篷)을 민들나 ᄒ고 양뎐을 명ᄒ여 상부
의 잇다가 모든 노시 오거든 즉시 고ᄒ라. 격졍
지 ᄌ아다려 왈,

“우【27】 리 등이 이의 이실 거시 아니라
노봉이 완필ᄒ거든 게 가 일을 의논ᄒ리라.”
ᄒ더니 슈일 후 무길이 와 공역 다 되믈 알왼디
ᄌ아 이위 도우와 모든 문인으로 함픠 셩의 나
와 노봉의 올나 꼿과 치식을 다라 모든 도우를
기다리더라. 디져 무왕이 응텬슌인(應天順人)ᄒ
신 님군이라 모든 션셩이 꼿지 아녀 오니 ᄌ아
마ᄌ 노봉의 올닐시 몬져 오니ᄂ 이

구션산(九仙山) 도원동(桃園洞) 광셩ᄌ(廣
成子)요

티화산 운쇼동 격졍ᄌ요

이션산 마고동 황농진인이요

협농산(夾龍山) 비룡동(飛龍洞) 구류손(衢
留孫)이요 [후입격셩블]

건원산 금강동 티을진인이요

공동산(崆峒山) 원양동(元陽洞) 녕보디법ᄉ
(靈寶大法師)요

오룡산 운쇼동 문슈광법텬존이요 [후셩문슈
보살]

구궁산 빅학동 보현진인(寶賢眞人)이요 [후
셩보현보살]

보타산(普陀山) 낙가동(落伽洞) ᄌ항도인
(慈航道人)이요 [후셩관셰음보살]

옥쳔산(玉泉山) 금하동(金霞洞) 옥졍진인
(玉鼎眞人)이요

금졍산(金庭山) 옥옥동(玉屋洞) 도힝텬존
(道行天尊)이요

쳥봉산(靑峰山) ᄌ양동(紫陽洞) 쳥허도덕진

군(淸虛道德眞君)이러라.

【28】 ᄌ아 왕왕(往往)히 마ᄌ 노봉의 올나 좌
ᄅ 졍ᄒ믹 긔즁의 광셩지 왈,

“즁위 도위 오ᄂᆯ날 이의 오믹 흥픠(興廢)를
가히 알며 진가(眞假)를 스스로 분별홀지니 ᄌ
아공이 어늬 씨의 십졀진을 파ᄒ리오? 우리 등
이 지교(指敎)를 조츳 드르리라.”

ᄌ아 이 말을 듯고 혼블부쳬ᄒ여 몸을 굽
혀 왈,

“녈위 도형아 이 강상은 블과 슈십년 호말
지공(毫末之功)이라 엇지 능히 이 십졀진을 파
ᄒ리오? 빌건디 녈위 도형이 이 강상의 지쇼학
쳔(才疏學淺)ᄒ믈 어엿비 너겨 싱민의 도탄과
장ᄉ의 슈화(水火)를 넘ᄒ여 일위 도형이 날을
디신ᄒ여 쇼임을 맛하 우리 군신과 녀셔의 도현
(倒懸)ᄒ믈 구ᄒ시면 진실노 ᄉ직싱민의 복일가
ᄒᄂ이다.”

광셩지 왈,

“우리 등이 ᄌ신도 난보무위(難保無虞)라
비록 비혼 비 이시나 능히 이 좌도지슐(左道之
術)을 니긔지 못홀노라.”
ᄒ고 피치 ᄉ양ᄒ여 졍히 말ᄒ더라.

---

27) 【셜만ᄒ다】 혱 방자하다. 무례하다. ¶ 褻
‖ 셔문 외의 갈과 다북쑥으로 셕젼을 민들고
결치현화ᄒ여 삼산오악의 오는 도우로 ᄒ여곰
편히 쉬게 ᄒ라 그러치 아니면 즁셩으로 셜만ᄒ
여 존현ᄒᄂ 되 아니니라 (可在西門外搭一蘆篷
席殿, 結彩懸花, 以便三山五岳道友齊來可以安歇.
不然有褻衆聖, 甚非尊賢之理.) <西周 12:26>

45

연등의파십졀진(燃燈議破十絶陣)

[29] 이젹의 계인이 십졀진(十絶陣) 파홀
모칙을 의논ᄒᆞ여 셔로 쥬장되기를 ᄉᆞ양ᄒᆞ더니
홀연 공즁으로셔 사ᄅᆞᆷ의 쇼리 나며 긔이ᄒᆞᆫ 향니
가득ᄒᆞ더니 한 도인이 ᄉᆞ슴을 타고 구름을 멍에
ᄒᆞ여1) 습습히 오니 상뫼 희긔ᄒᆞ고 형용이 고괴
(古怪)ᄒᆞ니 진실노 이 션인반슈(仙人班首)오 블
조(佛祖) 원쉬러라. 모든 션인이 이 녕츄산(靈鷲
山) 원각동(元覺洞) 연등도인(燃燈道人)인 쥴 알
고 모다 붕뎐의 ᄂᆞ려 미ᄌᆞ 상죄의 안치고 네펀
의 연등 왈,

"모든 도위 몬져 왓시디 빈도는 못밋쳐 와
시니 모로미2) 허믈치 마로쇼셔. 이제 십졀진이

___

1) 【멍에ᄒᆞ다】圖 몰다. 타다. ¶ 乘 ∥ 한 도인
   이 ᄉᆞ슴을 타고 구름을 멍에ᄒᆞ여 습습히 오니
   상뫼 희긔ᄒᆞ고 형용이 고괴ᄒᆞ니 진실노 이 션인
   반슈오 블조 원쉬러라 (只見空中來了一位道人,
   跨鹿乘雲, 香風襲襲. 怎見得他相貌稀奇, 形容古
   怪? 眞是仙人班首, 佛祖源流.) <西周 12:29>
2) 【모로미】閉 모름지기. ¶ 幸 ∥ 모든 도위
   몬져 왓시디 빈도는 못밋쳐 와시니 모로미 허믈
   치 마로쇼셔 (衆道友先至, 貧道來遲, 幸勿以此介
   意.) <西周 12:29>

흉악ᄒᆞ니 어느 사ᄅᆞᆷ이 쥬장이 되여야 가홀고?"

ᄌᆞ의(子牙) 몸을 굽혀 왈,

"젼혀 노스의 지교(指敎)를 기다리ᄂᆞ이다."

연등 왈,

"니 이리 오믄 ᄌᆞ아를 위ᄒᆞ여 슈고【30】
를 디신ᄒᆞ려 ᄒᆞ미니 청컨디 ᄌᆞ아공은 병부(兵
符)와 인(印)을 니게 빌나라."

ᄌᆞ아와 졔인이 디희 왈,

"도장(道長)의 말이 심히 올타."

ᄒᆞ고 즉시 인부(印符)를 글너 연등을 맛기니 연
등이 바다 ᄉᆞ례ᄒᆞ고 십진 파홀 모칙을 의논홀ᄉᆞ
심상의 ᄌᆞ츠(咨嗟)ᄒᆞᆷ를 마지 아녀 왈,

"이번 이 한 거조의3) 열 벗을 희ᄒᆞ미 되리
로다." [열 벗은 십진 장슈라]
ᄒᆞ더라.

문퇴시(聞太師) 영즁(營中)의 잇셔 십위 텬
군을 청ᄒᆞ여 문왈,

"십진이 어디도록 완젼ᄒᆞ엿ᄂᆞ뇨?"

진완(秦完) 왈,

"거의 다 쥰비ᄒᆞ여시니 젼셔(戰書)를 닷
가4) 셔기의 보니고 군ᄉᆞ를 발ᄒᆞᄉᆞ이다."

퇴시 젼셔를 써 등츙을 맛져 ᄌᆞ아의게 보
닌디 등츙(鄧忠)이 셔기의 니른니 나탁(哪吒)이
보고 문왈,

"무슴 일노 왓ᄂᆞ뇨?"

등츙 왈,

"젼셔를 가져왓노라."

ᄒᆞ고 글월을 ᄌᆞ아의게 올닌디 ᄌᆞ이 바다보니 ᄒᆞ
엿시디,

[31] 졍셔디원융(征西大元戎) 퇴ᄉᆞ
문즁(聞仲)은 승상 강ᄌᆞ아(姜子牙)의 휘하
의 붓치ᄂᆞ니 녯 사ᄅᆞᆷ이 니로디 '솔토지빈
(率土之濱)이 막비왕신(莫非王臣)'이라 ᄒᆞ
니 이제 무고히 조반(造反)ᄒᆞ니 이는 텬하

___

3) 【거조】圈 겁칙. ¶ 劫 ∥ 이번 이 한 거조의
   열 벗을 희ᄒᆞ미 되리로나 (此一劫必損吾十友.)
   <西周 12:30>
4) 【닷다】圖 쓰다. 작성하다. ¶ 下 ∥ 거의 다
   쥰비ᄒᆞ여시니 젼셔를 닷가 셔기의 보니고 군ᄉᆞ
   를 발ᄒᆞᄉᆞ이다 (完已多時. 可着人下戰書, 知會早
   早成功, 以便班師.) <西周 12:30>

의 죄롤 어드미오 텬하인이 한가지로 바리
논 비라. 여러번 텬조롤 밧드러 죄롤 므르
디 뉘웃치미 업고 도로혀 방즈강포ᄒᆞ여 왕
ᄉᆞ(王師)롤 살히ᄒᆞ며 조뎡을 치욕ᄒᆞ니 죄
가히 ᄉᆞ치 못ᄒᆞᆯ지라. 이제 십졀진을 베퍼
승부롤 결ᄒᆞ려 ᄒᆞᆯᄉᆡ 특별이 등츙으로 젼셔
롤 보니노라.

ᄒᆞ엿더라. 즈인 남파의 삼일 後 회젼(回戰)이라
일너 보니니 등츙이 도라와 틴ᄉᆞᄭᅴ 보ᄒᆞᆫ디 열즁
의셔 십텬군을 쳥ᄒᆞ여 군악을 갓초고 슐을 먹더
니 밤이 삼경의 니ᄅᆞ미 영즁의 나와 쥬가 노봉
(蘆篷)을 보【32】니 모든 도인의 머리 우희 경
운셔치(慶雲瑞彩)며 금등픽엽(金燈貝葉)이 진쥬
갓치 드리웟거늘 십도인이 보고 놀나 왈,

　　"곤뉸산 모든 도위 다 왓다."
ᄒᆞ고 즁인이 다 히이(駭異)ᄒᆞ여 각각 진으로 도
라가더라.

　　졔 삼일 조신(朝晨)의 셩탕 영즁의 한 쇼
리 방포의 문틴시 영의 나와 좌우 디오롤 분ᄒᆞ
여 셰우니 등(鄧)ㆍ신(辛)ㆍ장(張)ㆍ도(陶) 네 장
쉬 나셔고 십진 도인은 각각 방위롤 안ᄒᆞ여 셧
더라. 이 ᄶᅥ 셔기 노봉의셔 은은(隱隱)ᄒᆞᆫ 긧발이
붓치이고 이이(靄靄)ᄒᆞᆫ 셔긔(瑞氣) 쏘이는 곳의
셔편의는 삼산오악 문인이 버러셔시니 졔 일디
는 나탁ㆍ황텬화(黃天化)요 졔 이디는 양뎐(楊
戩)ㆍ뇌진즈(雷震子)요 졔 삼디는 한득뇽(韓毒
龍)ㆍ셜악호(薛惡虎)요 졔 ᄉᆞ디는 금탁(金吒)ㆍ
목탁(木吒)이러라. 연등이 원융(元戎)의 권(權)을
잡아 즁션(衆仙)을 거ᄂᆞ려 노봉의 나려 거러 힝
ᄒᆞ여 반녈을 버려 완완(緩緩)이 오니 젹졍즈(赤
精子)는 광셩즈(廣成子)【33】롤 디ᄒᆞ고 터을진
인(太乙眞人)은 녕보디법ᄉᆞ(靈寶大法師)롤 디ᄒᆞ
고 도덕진군(道德眞君)은 구류손(衢留孫)을 디ᄒᆞ
고 문슈광법텬존(文殊光法天尊)은 보현진인(普賢
眞人)을 디ᄒᆞ고 즈항도인(慈航道人)은 황뇽진인
(黃龍眞人)을 디ᄒᆞ고 옥졍진인(玉鼎眞人)은 도힝
텬존(道行天尊)을 디ᄒᆞ여 십이디 상션(上仙)이
졍졍졔졔히 버러 나오고 당즁(當中)ᄒᆞ여는 연등
도인이 미화녹(梅花鹿) 우희 안즈시며 젹졍즈는
금죵(金鐘)을 치고 광셩즈는 옥경(玉磬)을 치더
라. 텬졀진 안희 한 죵쇼리 나며 진문을 여는
곳의 두 긔롤 셰오며 한 도인이 나오니 냥지(樣

子) 남빗 갓고 머리털이 쥬ᄉᆞ(朱砂) 갓ᄒᆞ며 황반
녹(黃斑鹿)을 타시니 이는 진텬군(秦天君)이라.
나는ᄃᆞ시 진으로 나오니 연등이 좌우롤 도라보
아 디젹ᄒᆞᆯ 사롬을 싱각ᄒᆞ더니 홀연 공즁의 일진
풍셩이 나며 표표이 한 션인이 나려오니 이는
옥허궁 졔 오위 문인 등홰(鄧華)라. 방쳔화극을
들고 모든 도인의 알픠 졀ᄒᆞ여 왈,

　　"니 ᄉᆞ부【34】의 명을 바다 특별이 텬졀
진을 파ᄒᆞ라 왓ᄂᆞ이다."

　　연등이 머리 조으며 혜오디 '이는 텬슈라
몬져 졍ᄒᆞ미 이시니 엇지 이 익을 도망ᄒᆞ리오'
ᄒᆞ더니 믄득 진텬군이 크게 블너 왈,

　　"옥허 교하의 뉘 와 니 진을 보리오?"

　　등홰 알픠 나아가 즐왈,

　　"진완은 브졀업시[5] 강홈을 밋어 스스로 방
즈히 창궐치 말나."

　　진완 왈,

　　"너는 엇던 사롬이완디 감히 큰 말을 니는
다?"

　　등홰 왈,

　　"업츅아 네 날을 아지 못ᄒᆞᆫ다? 나는 이
의 옥허 문하 등홰라."

　　진완 왈,

　　"네 감히 니 진을 볼쇼냐?"

　　등홰 왈,

　　"임의 명을 바다 왓시니 엇지 속졀업시 도
라가리오?"
ᄒᆞ고 화극(畵戟)을 들어 진완을 지ᄅᆞ려ᄒᆞ니 진
완이 ᄉᆞ슴을 치쳐[6] 셔로 삼오합을 ᄡᅡ호다가 진
완이 거즛 픠ᄒᆞ여 진 안흐로 다라난디 등홰 ᄯᅡ
로더니 진완이 등화의 급히 ᄯᆞ로믈 보고 판디
(板臺)의 올나 안상(案上)의 삼슈번(三首幡)을 잡
아 좌우【35】로 두어 번을 년ᄒᆞ여 두루니 뇌셩
이 진동ᄒᆞ며 등홰 졍신이 어즐ᄒᆞ여 ᄯᅡ히 것구러
지니 진완이 판디의 나려 등화의 슈급을 버혀

256

들고 진의 나와 크게 블너 왈,

"곤뉸 문하의 뉘 감히 쏘 와 니 텬졀진을 볼쇼냐?"

연등이 등화의 슈급을 보고 차탄ᄒ믈 마지 아녀 왈,

"가히 어엿브다7) 두어 ᄒ히 비혼 도ᄒᆡᆼ이 오ᄂᆞᆯ날 맛도다."8)

ᄒ고 슬허ᄒ더라. 진완이 다시 와 브ᄅᆞᆷ믈 보고 이의 문슈광법텬존을 명ᄒ여 이 진을 파ᄒ라 ᄒ고 조심ᄒ믈 니ᄅᆞᆫᄃᆡ 문쉬 디답ᄒ고 나와 진완을 블너 왈,

"너의 졀교(截敎)의 구쇽ᄒ미 업시 스스로 쾌락홀 거시어ᄂᆞᆯ 무슴 일노 이 텬졀진을 베퍼 ᄉᆡᆼ녕(生靈)을 함ᄒᆡᄒᆞᄂᆈ? 니 이졔 살계를 범ᄒ여 임의 이의 와 진을 파홀지니 나의 ᄌᆞ비홈이 업ᄂᆞᆫ 쥴이 아니라 네 곳 ᄌᆞ취(自取)ᄒᆞ미니 뉘읏지 말나."

진완이 디쇼 왈,

"너희는 이 환낙(閑樂)혼【36】 신션이어ᄂᆞᆯ 므슴 일노 이의 와 괴로오믈 밧ᄂᆞᆫ다? 네 나의 진즁의 무궁혼 묘법이 잇ᄂᆞᆫ 쥴 아지 못ᄒ니 니 너를 핍박ᄒ미 아니라 너희 스스로 익을 취ᄒ미라."

ᄒᆞᄃᆡ 텬존이 디쇼 왈,

"네 스스로 졀명홀 익을 취ᄒ믈 아지 못ᄒᆞᄂᆞᆫ도다."

진완이 디로ᄒᆞ여 강도(鋼刀)를 두루고 다라들거ᄂᆞᆯ 텬존이 쏘혼 칼홀 드러 셔로 ᄊᆞ화 슈합이 못ᄒ여 진완이 픠ᄒ여 다라나거ᄂᆞᆯ 텬존이 ᄯᆞ라 텬졀진 분의 다ᄃᆞᄅᆞ니 진 쇽의 비풍(悲風)이 슯슯(颯颯)ᄒᆞ며 넝뮈 쇼쇼(蕭蕭)ᄒ지라 스스로 의심ᄒ여 감히 드러가지 못ᄒ더니 후면의 금종을 울녀 진의 들믈 지쵹ᄒᆞᄂᆞᆫ지라 텬존이 손을 드러 한 번 ᄯᆞ홈 가ᄅᆞ치니 평디의 두 숑이 빅녀이 나거ᄂᆞᆯ 텬존이 즉시 두 년화를 신고 표표이 나아가니 진완이 디호 왈,

"광법텬존아 네 비록 닙을 열미【37】 금년

(金蓮)이 이시며 숀을 들미 빅광이 이시나 니 텬졀진은 면ᄒᆞ여 나지 못ᄒᆞ리라."

텬존이 쇼왈,

"무어시 어려오리오?"

ᄒ고 즉시 닙을 여러 말만혼 일타(一朶) 금년을 ᄲᅥᆷ어ᄂᆡ고 좌슈 다ᄉᆞᆺ 숀가락의 오도(五道) 빅광이 이셔 ᄯᆞᆺ히 드리워 우흐로 오ᄅᆞ니 빅광 졍상의 오지 금년이 잇고 년화 우희 오잔(五盞) 금등(金燈)이 잇셔 길홀 인도ᄒ여 드러가니 진완이 삼슈번을 가져 젼갓치 두루더 텬존이 머리 우희 경운(慶雲)이 니러나고 오ᄉᆡᆨ 호광(毫光)이 진쥬 갓치 어리여시니9) 긔롤 아모리 둘너도 움죽이지 아니ᄒ고 텬존이 오ᄉᆡᆨ 구롬의 셔셔 진완을 블너 왈,

"금일의 너를 노화 나의 살계를 완젼치 못ᄒ게 ᄒ엿다."

ᄒ고 둔뇽츈(遁龍樁)을 가져 공즁을 바라며 더지니 이 둔뇽츈은 삼지(三才)를 안(按)ᄒ여 상하의 세 권(圈)이 잇ᄂᆞᆫ지라 진완이 밋쳐 피치 못ᄒ여 마ᄌ 것구러지니 텬존이 곤뉸【38】 산을 향ᄒ여 졀ᄒ고 왈,

"뎨지 오ᄂᆞᆯ날 살계를 여럿ᄂᆞ이다."

ᄒ고 보검을 드러 진완의 슈급을 버혀가지고 진 밧긔 나오니 문틱시 흑긔린 우희셔 진완의 죽으믈 보고 크게 쇼ᄅᆞ질너 왈,

"이 늙은 필부를 죽여 원슈를 갑흐리라."

ᄒ고 긔린을 치쳐 ᄯᆞ로며 크게 웨여 왈,

"문슈는 닷지 말나 니 오노라."

ᄒ고 급히 ᄯᆞ로더니 연등의 후면의 황뇽진인이 학을 타고 나라와 틱스를 막아 왈,

"진완이 텬졀진을 쳐 우리 등화 ᄉᆞ뎨를 죽여시니 이졔 진완이 죽으미 죡히 상격(相敵)ᄒ고 십진의 바야흐로 겨유 일진이 파ᄒ고 구진이 잇셔 ᄌᆞ웅을 졍치 못ᄒ여시니 너희 녀모 강ᄒᆞ믈 밋지 말고 아직 믈너가라."

ᄒ더니 다만 드ᄅᆞ니 디렬진(地烈陣) 속의 일셩 종향(鐘響)의 조강(趙江)이 미화녹을 타고 ᄂᆡ다

---

7) 【어엿브다】閔 불쌍하다. ¶憐∥가히 어엿브다 두어 ᄒ히 비혼 도ᄒᆡᆼ이 오ᄂᆞᆯ날 맛도다 (可憐數年道行, 今日結果!) <西周 12:35>

8) 【맛다】閔 끝나다. 마치다. ¶結果∥가히 어엿브다 두어 ᄒ히 비혼 도ᄒᆡᆼ이 오ᄂᆞᆯ날 맛도다 (可憐數年道行, 今日結果!) <西周 12:35>

9) 【어리나】봉 어리다. 드리우다. ¶垂∥텬존이 머리 우희 경운이 니러나고 오ᄉᆡᆨ 호광이 진쥬 갓치 어리여시니 긔롤 아모리 둘너도 움죽이지 아니ᄒ고 (只見文殊廣法天尊頂上有慶雲升起, 五色毫光內有纓絡垂珠卦將下來, ……秦天君把幡搖了數十搖, 也搖不動廣法天尊.) <西周 12:37>

라 디호 왈,

"광법텬존아 네 비록 텬졀【39】진을 파ᄒ
여시나 엇지 나의 디렬진을 당ᄒ리오?"
ᄒ고 줏쳐오거늘 연등이 한득뇽으로 나가 디젹
ᄒ라 ᄒ더 득뇽이 나가 디호 왈,

"조강은 어즈러이 구지 말나. 너 오노라."

조강 왈,

"네 엇던 사ᄅᆷ이완더 감히 날을 당ᄒ려ᄒ
는다?"

득뇽 왈,

"나는 도힝텬존의 문해러니 연등 스부의
법지ᄅᆯ 바다 특별이 너의 디렬진을 파ᄒ려ᄒ노
라."

조강이 쇼왈,

"네 블과 호말10)(毫末) 갓흔 놈이 엇지 감
히 니 진의 드러와 쇽졀업시 셩명을 맛추려ᄒ는
다?"
ᄒ고 칼흘 드러 나는드시 나아오거늘 득뇽이 ᄯ
흔 칼흘 쌘혀 마ᄌ 오륙합을 쓰호더니 조강이
칼흘 바리고 진중으로 다라든더 득뇽이 뒤흘 조
ᄎ 급히 ᄯ로니 조강이 판더의 올나 오방긔(五
方旗)ᄅᆯ 두루니 스면으로 괴이ᄒᆫ 구롬과 우뢰
쇼리 일시의 니러 진동ᄒ며 상하의 블이【40】
니러나니 가련ᄒᆫ 한득뇽의 신쳬 회분(灰粉)이
되고 일도(一道) 녕혼이 봉신더(封神臺)로 가니
쳥복신이 잇다가 인ᄒ여 가니라. 조강이 다시
미화녹을 타고 진의 나와 크게 웨여 왈,

"너희 각별이 도 놉흔 즈ᄅᆯ 보니여 너 진
을 보게 ᄒ고 도힝이 쳔박ᄒᆫ 즈로 ᄒ여곰 쇽졀
업시 셩명을 맛게 말나."

연등이 구류손을 명ᄒ여 나가 싸호라 ᄒᆫ더
구류손이 즉시 나가 보니 조강이 미화녹을 타고
벽옥관의 비취포(翡翠袍)ᄅᆯ 닙고 틱아검(太阿劍)
을 잡아시니 칠셩문(七星紋)이 상하의 빗쵀더라.
구류손 왈,

"너는 이졔 졀교지션(截敎之仙)으로 닙심
(立心)이 험악ᄒ여 이 악진(惡陣)을 베퍼 역텬힝
ᄉ(逆天行事)ᄅᆯ ᄒᆫ다? 너의 흉중의 도슐을 즈
랑치 말나. 두리건더 봉신더 닉이 목하의 이실
가 ᄒ노라."

---

10) 호말: 원래 '호발'로 되어 있으나 오기이므로
    고침.

조강이 디로ᄒ여 칼흘 두루고 다라들거늘
구류손이 ᄯᅩ흔 칼흘 드러 쏴화 슈합이 못ᄒ【4
1】여 조강이 젼 갓치 진 속으로 다라드니 구류
손이 ᄯᅡ라 진 밧긔 니르러 감히 드러가지 못ᄒ
더니 뒤히셔 종을 울녀 지촉ᄒᆫ지라 구류손이
진의 다라드니 조강이 판더의 올나 젼갓치 오방
긔ᄅᆯ 두루는지라. 구류손이 형셰 조치 아니믈
보고 텬문을 열어 경운(慶雲)을 현츌(現出)ᄒ여
그 몸을 보호ᄒᆫ 후의 황건 녁ᄉᆯ 명ᄒ여 곤션
승(捆仙繩)으로 조강을 미야 잡아가 노봉 아리
업지르니 삼미화(三昧火)란 블이 칠규로 쏨겨나
더라. 구류손이 디렬진을 파ᄒ고 셔셔히 도라오
니 문틱시 ᄯᅩ 디렬진이 파ᄒ고 조강이 잡히믈
보고 흑긔린 우희셔 쇼리ᄅᆯ 우뢰 갓치 ᄒ여 디
호 왈,

"구류손은 닷지 말나 니 오노라."
ᄒ니 옥졍진인이 말녀 왈,

"문형은 니러틋 과도이 구지 말나. 우리
등이 옥허궁 부명을 바다 셰간의 나려와 십졀진
으로【42】파ᄒ려ᄒ더니 이졔 겨유 두 진을 파
ᄒ고 오히려 팔진이 잇셔 승부ᄅᆯ 결치 못ᄒ엿거
늘 엇지 셩식을 동ᄒ여 과도이 구느뇨? 이거시
도법의 고명ᄒᆫ 일이 아니로다."

문틱시 이 말을 듯고 묵묵무언이러라. 연
등이 도라오미 문틱시 ᄯᅩ흔 영으로 도라와 팔진
도인을 쳥ᄒ여 의논ᄒ더,

"이졔 두 진이 파ᄒ미 두 도우ᄅᆯ 죽이니
문중의 마옴이 춤지 못ᄒ리로다."

동텬군 왈

"일이 졍ᄒᆫ 쉬 이시니 지난 일은 일너 무
익ᄒ거니와 이졔 풍후진(風吼陣)이 이시니 졍히
큰 공을 일우리라."
ᄒ더라. 연등이 노봉(蘆篷)으로 도라오니 구류손
이 죠강을 잡아 디령ᄒ엿거늘 연등이 명ᄒ여 조
강을 노봉 아리 달고 슈죄ᄒ더니 즁션이 연등의
게 픔ᄒ더,

"명일 동텬군이 풍후진을 쳐 우리ᄅᆯ 디젹
ᄒ려 ᄒᆫ다 하니 파홀 모칙을 졍ᄒ쇼셔."

【43】연등 왈,

"이 바람은 셰상 바람이 아니라 지·슈·
화·풍이 겸ᄒ여스니 만일 한 번 운동ᄒ미 바람
속의 일만 병(兵)이 함의 니러나니 엇지 당ᄒ리

오? 모로미 몬져 정풍쥬(定風珠)롤 어더 바람을 다스린 후의 능히 이 진을 파ᄒ리라.”

중인 왈,

“어디 가 정풍쥬롤 어드리오?”

그 중의 녕보더법시 왈,

“니 한 벗이 팔보운광동(八寶雲光洞)의 잇셔 별호롤 도익진인(度厄眞人)이라 ᄒᄂ니 이 사롬의게 이 보비 이시니 니 글월 곳 보ᄂ면 가히 비러올 거시니 비러오면 주연 이 진을 파ᄒ리라.”

주이 듯고 즉시 산의싱(散宜生)과 조뎐(晁田)을 보ᄂ여 급히 팔보운광동의 가 글월을 드리고 정풍쥬롤 어더오라 ᄒ니 냥인이 셔기롤 쩌나 셩야로 운광동으로 갈시 디로로 힝ᄒ여 황하롤 건너 여러날 만의 구정(九鼎) 텰치산(鐵叉山) 운광동의 니르니 차아촉촉(嵯峨矗矗)ᄒ 뫼히 하늘의 다핫시며 괴셕창【44】 송이 뫼히 주옥ᄒ고 신금이슈(神禽異獸)는 무리지어 노니니 어디 가 신션의 주최롤 츳주리오? 냥인이 말을 바리고 산의 올나 동부롤 춧더니 홀연 한 도동을 맛나 산의싱 왈,

“청컨디 수형은 셔쥬 치관 산의싱이 노스ᄭ 뵈오라 온 줄을 통ᄒ라.”

ᄒᄂ디 동지 들어가더니 이윽고 나와 드러오라 ᄒ거눌 이인이 동부의 들어가 보니 한 도인이 포단 우희 안잣거눌 의싱이 녜롤 힝ᄒ고 글월을 올닌디 도인이 간필의 의싱다려 왈,

“션싱이 이의 오믄 정풍쥬 빌믈 위ᄒ미라. 이제 여러 신션이 모다 십결진을 파ᄒ미 다 텬슈라. ᄒᄆᆯ며 녕보 수형의 화찰이 이시니 시러곰 아니쥬지 못ᄒ나 일노(一路)의 조심ᄒ여 그릇ᄒ지 말나.”

ᄒ고 즉시 한낫 뎡풍쥬롤 ᄂ여 의싱을 쥰디 의싱이 ᄉ례ᄒ고 황망이 산외 ᄂ려 이인이 셸【45】니 말을 치쳐 황하로 오니 젼의 건너던 도구(渡口)의 다ᄃ라ᄂᆫ 비 업ᄉ지라 냥인이 셔로 보고 괴이히 너기더니 한 힝인을 만나 비 간 곳을 므론디 힝인이 답왈,

“요ᄉ이 힘 셰고 ᄉ오나온 놈들이 와 황하 도구의 잇ᄂ 비롤 다 ᄯ어가 션가(船價)롤 만히 바드니 이 아러 오리 남죽이[11] 가면 가히 건너

리라.”

ᄒ거눌 의싱이 몬져 말을 치쳐 물가의 가니 과연 냥 디한(大漢)이 잇셔 쥴 둘흘 강으로 건너믜고 큰 쩨 둘흘 부리며 한 손으로 ᄯ어 쥴을 인연ᄒ여 단이기롤 나ᄂᄃ시 ᄒ거눌 의싱이 이롤 보고 마음의 괴이히 너겨 조뎐이 오거든 흠긔 건너려ᄒ더니 이윽고 조뎐이 와 보니 젼의 아던 방필(方弼)·방상(方相) 형뎨 냥인이라. 방필 왈,

“조형이 어디로셔 오ᄂᆫ다?”

조뎐 왈,

“너롤 쳥ᄒ여 이 황하슈롤 건너랴 ᄒ노라.”

방필이 즉시 쩨롤 가져와 녯 일을 셔【46】로 말ᄒ며 건너더니 방필 이인 문왈,

“도형이 어디 갓다가 오ᄂ뇨?”

조뎐이 정풍쥬 어드라 갓던 말을 니론디 방필 왈,

“이 동힝인은 엇던 사롬고?”

조뎐 왈,

“이ᄂ 셔기 상티우 산의싱이라.”

ᄒᄂ디 방필 왈,

“너ᄂ 은나라 신하로셔 무ᄉ 일노 한가지로 단이ᄂᆫ다?”

조뎐 왈,

“은왕이 무도ᄒ여 졍ᄉ롤 일흐미 니 임의 무왕긔 귀슌ᄒ엿더니 이제 문티시 셔기롤 치려ᄒ여 십결진을 베퍼ᄉ미 그 중의 풍후진은 정풍쥬 곳 아니면 치기 어려운고로 어더오더니 오늘날 다힝이 너롤 만나괘라.”

방필이 가만이 싱각ᄒ디 ‘니 옛날 쥬(紂)의게 죄롤 어더 이리 뉴락(流落)ᄒ여시니 오늘날 정풍쥬롤 어더 공을 일우고 죄롤 속(贖)ᄒ면 우리 형뎨 가히 복직홀노라’ ᄒ고 인ᄒ여 왈,

“산티우이 가진 구술이 모양이 엇더ᄒ뇨? 잠간 ᄂ여 날을 구【47】 경케 ᄒ라.”

의싱이 져의 물 건너믈 보고 ᄯᅩ 조뎐의 벗이라 ᄒ여 ᄂ여 뵈니 방필이 아ᄉ가지고 황하롤

나온 놈들이 와 황하 도구의 잇ᄂ 비롤 다 ᄯ어가 션가롤 만히 바드니 이 아러 오리 남죽이 가면 가히 건너리라 (近日新來兩個惡人, 力大無窮, 把黃河渡口俱被他赶個罄盡.　離此五里留個渡口, 都要從他那裏過, 盡他揢勒渡河錢.) <西周 12:45>

---

11) 【남죽이】 閉 남짓. ¶ 요ᄉ이 힘 셰고 ᄉ오

건너 바로 남으로 다라나니 방상 형데는 몸이
셰 길이나 ᄒᆞ고 힘이 무궁이 센지라 엇지 감히
당ᄒᆞ리오? 의싱이 졍풍쥬롤 아이오고 혼비빅산
ᄒᆞ여 디곡 왈,

　"우리 슈쳔 니롤 발셥(跋涉)ᄒᆞ여12) 이 구
슬을 어더오다가 이졔 일조의 아인 비 되니 어
니 낫츠로 강승상을 보리오?"

ᄒᆞ고 하슈의 ᄲᅢᆫ져 죽으려ᄒᆞ니 조젼이 붓드러 말
녀 왈,

　"티우는 모로미 셩급히 마로쇼셔. 우리 등
이 죽으미 족히 앗갑지 아니나 승상이 우리로
이 구슬을 어드라 보니고 쥬야 기다리거놀 블힝
ᄒᆞ여 이졔 일코 ᄯᅩ 우리조츠 돌아가지 못ᄒᆞ면
승상이 쇼식도 모로고 디스롤 그릇 믄들거시니
이는 블튬부지(不忠不智)라. 이졔 우리가 승상을
보고 곡졀을 고ᄒᆞᆫ 후 각【48】 별이 다른 모칙을
쓰게 ᄒᆞ고 그 ᄣᅢ의 칼 아리 죽ᄂᆞᆫ거시 블튬지죄
롤 면ᄒᆞ려니와 이졔 일을 명빅히 못ᄒᆞ고 죽어
국가 디스롤 그릇되게 ᄒᆞ면 그 죄 더옥 즁ᄒᆞ
다."

ᄒᆞ디 의싱이 탄왈,

　"뉘 이곳의 와 니런 지앙을 만난 줄을 알
니오?"

ᄒᆞ고 이인이 말긔 올나 ᄲᅢᆯ니 가더니 홀연 산 어
구로셔 한 ᄶᅡᆼ 긔발이 뵈며 냥식 시론 술위 쇼리
나거놀 의싱이 나아가 보니 이는 무셩왕(武成
王) 황비회(黃飛虎) 군냥을 지촉ᄒᆞ여 이의 지나
ᄂᆞᆫ지라. 의싱이 말긔 나리니 무셩왕이 ᄯᅩᄒᆞᆫ 신
우의 나려 문왈,

　"티위 어디 갓다가 오ᄂᆞ뇨?"

　의싱이 울며 ᄯᅡᄒᆡ 업디고 이지 아니ᄒᆞ거놀
황비회 조젼다려 문왈,

　"산티위 무슴 일노 져리 슬허ᄒᆞᄂᆞᆫ다?"

　조젼이 졍풍쥬롤 어더오다가 황하 도구의
니르러 방필을 만나 아인 젼후슈말을 ᄌᆞ셰히 니
론디 비회 왈,

"일헌지 멋 ᄶᅵ나【49】ᄒᆞ뇨?"

의싱 왈,

"간지 머지 아니니이다."

비회 왈,

"관겨치 아니ᄒᆞ니 티우롤 위ᄒᆞ여 ᄎᆞᄌᆞ오리
니 그디 등은 이의 잇셔 잠간 기다리라."

ᄒᆞ고 신우롤 타고 급히 ᄯᅩ로니 이 쇼는 하로 팔
빅 니롤 닷ᄂᆞᆫ지라 격은덧13) 스이의 ᄯᅡ라 밋츠
니 방필 형뎨 그 구슬을 엇고 달근달근ᄒᆞ여14)
가더니 의외의 황비호롤 보고 돌쳐 셔거놀 비회
크게 웨여 왈,

"방필·방상아 너희 어이 산티우의 졍풍쥬
롤 아ᄉᆞ가ᄂᆞᆫ다? 닷지 말고 도로 쥬고 가라."

이인이 보니 이 곳 무셩왕 황비회라. 여러
히롤 보지 못ᄒᆞ엿더니 이의 ᄲᅢᆯ니 도방(道傍)의
ᄭᅮ러 문왈,

"무셩왕 쳔셰야 어디로 가시ᄂᆞ닛고?"

비회 구슬 아ᄉᆞᆫ 일을 ᄭᅮ지즌디 방필 왈,

"졔 믈 건넨 갑시라 ᄒᆞ고 쥬거놀 가져오미
오 각별 아ᄉᆞ오미 아니라."

ᄒᆞ고 즉시 두 숀으로 ᄭᅮ러 드리니 비회 밧고
왈,

"너희 뉴락ᄒᆞ여 어디 잇던다?"

방필 왈,

"우리 등이【50】 디왕을 니별ᄒᆞᆫ 후로 일향
반하(盤河)의 이셔 비 건네기로 ᄌᆞ싱ᄒᆞ니 그 괴
롭기롤 어이 다 니ᄅᆞ리잇가?"

비회 왈,

"닉 이졔 셩탕을 바리고 쥬의 도라오니 무
왕은 진짓 셩쥐라 인덕이 요슌 갓ᄒᆞ시고 삼분

---

12) 【발셥ᄒᆞ다】 图 【발셥(跋涉)하다.】 산을 넘
　고 물을 건너 길을 가다. 여러 곳을 두루 돌
　아다니다. ¶ 跋涉 ‖ 우리 슈쳔 니롤 발셥ᄒᆞ
　여 이 구슬을 어더오다가 이졔 일조의 아인 비
　되니 어너 낫츠로 강승상을 보리오? (此來跋涉
　數千里途程, 今一旦被他搶去, 怎生是好? 將何面
　見姜丞相諸人!) <西周 12:47>

13) 【격은덧】 图 잠간. ¶ 不多時 ‖ 신우롤 타
　고 급히 ᄯᅩ로니 이 쇼는 하로 팔빅 니롤 닷ᄂᆞᆫ지
　라 격은덧 스이의 ᄯᅡ라 밋츠니 방필 형뎨 그 구
　슬을 엇고 달근달근ᄒᆞ여 가더니 (飛虎上了神牛,
　此騎兩頭見日, 走八百里, 撤開轡頭赶不多時, 已
　自赶上, 只見兄弟二人在前面晃晃蕩蕩而行.) <西
　周 12:49>

14) 【달근달근ᄒᆞ다】 图 빈둥거리다. 빈들거리다. ¶
　晃晃蕩蕩 ‖ 신우롤 타고 급히 ᄯᅩ로니 이 쇼는
　하로 팔빅 니롤 닷ᄂᆞᆫ지라 격은덧 스이의 ᄯᅡ라
　밋츠니 방필 형뎨 그 구슬을 엇고 달근달근ᄒᆞ여
　가더니 (飛虎上了神牛, 此騎兩頭見日, 走八百里,
　撤開轡頭赶不多時, 已自赶上, 只見兄弟二人在前
　面晃晃蕩蕩而行.) <西周 12:49>

텬하의 임의 그 둘을 두엇ᄂᆞ지라. 이제 문틱시
셔기의 잇셔 ᄌᆞ조 정벌ᄒᆞ디 능히 니긔지 못ᄒᆞᄂ
니 너희 갈디 업거든 날을 조차 무왕끠 가 뵈면
봉후의 위ᄅᆞᆯ 일치 아니리라.”

방필 왈,

“디왕이 만일 우리 형데ᄅᆞᆯ 졔발(提拔)ᄒᆞ시
면 이ᄂᆞᆫ 지싱지은(再生之恩)이라 그 덕을 어이
다 갑흐리잇고?”

“임의 니럴진디 날을 조초오라.”
ᄒᆞ고 이인을 다리고 삽시간의 산의싱 잇ᄂᆞᆫ디 와
졍풍쥬ᄅᆞᆯ 니여 의싱을 맛지고 왈,

“그디 등은 몬져 가라. 나ᄂᆞᆫ 방필 형데ᄅᆞᆯ
다리고 조초가리라.”

의싱이 즉시 셔기로 가 ᄌᆞ아ᄅᆞᆯ 보고 구술
아엿던 ᄉᆞ셜을 일일히 니ᄅᆞᆫ디 ᄌᆞ이 놀나 ᄭᅮ지져
왈,

【51】 “너희 등이 일을 숨가지 아녀 하
마15) 일홀번 ᄒᆞ여시니 아직 믈너 죄ᄅᆞᆯ 기다리
라.”
ᄒᆞ고 봉하로 가 연등도인ᄃᆞ려 니ᄅᆞ니 졔션이 깃
거 왈,

“명일 풍후진을 가히 파ᄒᆞ리라.”
ᄒᆞ더라.

---

15) 【하마】㊗ 하마터면. ¶ 너희 등이 일을 숨가
지 아녀 하마 일홀번 ᄒᆞ여시니 아직 믈너 죄ᄅᆞᆯ
기다리라 (倘然定風珠若是國璽, 也被中途搶去!
且待罪暫退!) <西周 12:51>

종니의 분분흔 난을 파흐믈 볼지니

일졈 녕디 다만 스스로 말미암는도
다.

46
광셩조파금광진(廣成子破金光陣)

연등도인(燃燈道人)이 이튼날 십이 졔조와
한가지로 봉의 나려 금종과 옥경을 울니며 반녈
을 베퍼 진의 나아가 보니 은 진중의 한 쇼리
방포의 문틱시(聞太師) 혹긔린을 타고 원문(轅
門)의 니르러 조아(子牙)의 풍후진(風吼陣) 파흐
믈 보더니 동텬군(董天君)이 팔츠녹(八叉鹿)을
타고 손의 냥구 틱아검(太阿劍)을 들고 노러 브
르며 나오니 기가(其歌)의 왈,

득도청평유삼우(得到淸平有心憂)
단로건마비곤우(丹爐乾馬配神牛)
【52】 죵니간파분분난(從來看破紛紛
亂)
일졈녕디지조유(一點靈臺只自由)

실어곰 청평흔 시졀의 니르러 무슴
근심이 이시리오?
단스 화로의 건미 곤우를 비흐엿도
다.

동텬군이 스숨을 치쳐 진젼의 나는드시 오거늘
연등이 좌우롤 도라보디 가히 몬져 풍후진의 드
러갈 사롬을 못어더흐더니 믄득 황비회(黃飛虎)
방필(方弼)·방상(方相) 냥인을 다리고 드러와
조아의게 픔왈,

"쇼장이 군냥을 지쵹흐다가 이 냥인을 어
드니 이는 젼일 쥬왕의 가젼디장군(駕殿大將軍)
방필·방상이로쇼이다."

조인 듯고 디희흐더라. 연등이 보고 조아
다려 므론디 조인 답왈,

"이는 황비회 시로 어더온 이쟝 방필·방
상 형뎨로쇼이다."

연등이 탄왈,

"텬슈 임의 졍흐미 만믈이 도망키 어렵도
다."

흐고 인흐여 조아다려 방필을 명흐여 풍후진을
치라 흐니 가히 어엿부다1) 방필은 한 범부 속
지라 풍후진의 무궁흔 【53】 도슐 잇는 줄을 어
이 알니오? 방필이 응셩흐여 창을 들고 거롬이
비호 갓흐여 진젼의 나오거늘 동텬군이 보니 한
쟝쉬 킈 셰 길이 남고 낫빗치 무른 디초 갓고
두 귀밋츠로 긴 나롯술 붓치이고 좌우의 눈이
네히오 형상이 심히 흉악흐거늘 동텬군이 가쟝
놀나더니 방필이 디호 왈,

"요괴로온 도스는 샐니 나오라."

흐고 창을 두루고 다라들거늘 동텬군이 감히 디
젹지 못흐여 다만 한 합(合)의 믄득 진 속으로
다라나니 조인 좌우롤 명흐여 북을 울니는지라.
방필이 북쇼리롤 듯고 창을 쓰을고 풍후진의 드
러가 즐에2) 쎄쳐 깁히 드러가니 엇지 이 진중

---

1) 【어엿부다】 〔형〕 불쌍하다. ¶ 憐∥ 가히 어엿부
다 방필은 한 범부 속지라 풍후진의 무궁흔 도
슐 잇는 줄을 어이 알니오? (可憐! 方弼不過是
俗子凡夫, 哪裏知道其中幻術?) <西周 12:52>

2) 【즐에】 〔부〕 곧쟝. 바로. ¶ 徑∥ 방필이 북쇼리롤
듯고 창을 쓰을고 풍후진의 드러가 즐에 쎄쳐
깁히 드러가니 엇지 이 진중의 무궁흔 묘법을
알니오? (方弼耳聞鼓聲響, 拖戟赶來, 至'風吼陣'
門前, 徑衝將進去, 他哪裏知道陣內無窮奧妙?)
<西周 12:53>

의 무궁혼 묘법을 알니오? 동텬군이 판디(板臺)
우희 올나 검은 긔롤 두루니 흑풍이 크게 니러
나며 쳔만 병인(兵刃)이 믓거 지론드시 나리니
방필이 크게 한 쇼리 지르고 스지 발셔 여러 조
각의 나 짜 【54】 히 것구러지니 일도 녕혼이 봉
신디로 가니라. 동텬군이 스졸을 명호여 방필의
시신을 진문 밧긔 쓰어너치고 동젼(董全)이 [동텬
군의 일홈이라] 스슴을 타고 다시 진젼의 나와 크
게 블너 왈,

"옥허 도우야 너희 등이 한 범부롤 보너여
그릇 셩명을 죽게 호니 너의 마옴이 평안호냐?
진실노 고명도덕지스여든 니 진의 드러와 옥셕
을 갈희게 호라."

연등이 이의 즈항도인(慈航道人)을 명호여,
"그디 졍풍쥬(定風珠)롤 가지고 나가 이 풍
후진을 파호라."

즈항도인이 녕을 듯고 이의 노러호며 나오
니 기가(其歌)의 갈와시디,

즈은현도블긔츈(自隱玄都不記春)
긔회창히변셩진(幾回滄海變成塵)
옥경금궐조원시(玉京金闕朝元始)
【55】 즈부단쇼오묘진(紫府丹霄悟妙眞)
희집화셩쳔셰학(喜集化成千歲鶴)
한니고와만년신(閑來高臥萬年身)
오금이득장싱슐(吾今已得長生術)
미긍경뎐여셰인(未肯輕傳與世人)

현도의 슘으로붓허 몸을 긔록지 못호
여시니
몃 번이나 창히 변호여 뒷글을 일윗는
고?
옥경금궐의 원시끠 조회호고
즈부단쇼의 묘진을 씨다랏도다.
깃부미 모도이미 화호여 된 쳔셰학이
오
한가호미 오미 놉히 누은 만년신이로
다.
니 이졔 임의 장싱슐을 어더시니

즐겨 가비야이 셰상 사롬의게 젼호여
쥬지 못호리로다.

즈항도인이 동젼다려 왈,
"도우와 우리 등이 다 가장 쇼요혼 사롬이
어늘 엇지 괴로이 이 진을 버려 스스로 멸망을
취호는다? 당초의 봉신방(封神榜)을 검압(僉押)
홀졔 그디 쏘혼 벽유궁(碧遊宮)의 잇셔 장교 스
존의 말솜을 우리와 한가지로 듯즈왓는지라. 일
즉 냥구(兩句) 게언(偈言)이 오히려 궁문의 붓쳐
시니 갈와시디,

졍숑황졍긴폐동(淨誦黃庭緊閉洞)
【56】 여염셔토슈지앙(如染西土受災殃)

졍히 『황졍경』을 외오며 긴히 동문을
다드라
만일 셔토의 믈들면 지앙을 밧으리라.

그디 이 글을 니졋는다?"
동젼 왈,
"그디는 쳔교(闡敎) 문하인으로 스스로 도
슐을 밋어 여러번 우리 등을 업슈이너기니 니
이졔 바야흐로 산의 나려왓느니 그디는 이 본디
션과 낙을 조화호는 긱이니 샐니 도라가고 다론
사롬을 보너여 니러틋 고뇌(苦惱)호믈 니르혀지
말나."
즈항 왈,
"니 너롤 말니거늘 도로혀 날을 도라가라
호는냐?"

동젼이 디로호여 보검을 들고 즈항을 취호
거눌 즈항이 마즈 쏘화 스오합은 호여 동젼이
신즁으로 다라나거눌 즈항이 쓰라 진문 알픠 니
르러 감히 드러가지 못호더니 후면의셔 종을 년
호여 울니니 즈항이 종셩을 듯고 날호여3) 드러
가 보니 동텬군이 판디 우희 올나 검은 긔롤 두

---

3) 【날호여】 뭐 쳔쳔히. 서서히. ¶ 徐徐‖ 즈항이
쏘라 진문 알픠 니르러 감히 드러가지 못호더니
후면의셔 종을 년호여 울니니 즈항이 종셩을 듯
고 날호여 드러가 보니 (慈航道人隨後赶來, 到
得陣門前, 亦不敢擅入裏面去, 只聽得腦後鐘聲頻
催, 乃徐徐而入.) <西周 12:56>

루며 흑풍이 크게, 니러나 방필이 죽을적 갓더라. 주항이 머리 우【57】희 경풍쥐 이시니 바람이 엇지 능히 니르리오? 쳔만 병인이 감히 동치 못하는지라. 주항이 스미 안히 뉴리병(琉璃瓶)을 너여 황건 녁스를 명하여 병을 거우르더니4) 병 속으로셔 일도 흑긔 소스나며 한 쇼리의 병부리로 동젼을 숨키니 동젼이 병 쇽의 든지라 주항이 녁스를 명하여 병을 굴녀 풍후진 밧그로 나오니 문틱시 흑긔린 우희셔 진즁 쇼식을 듯보더니 주항이 나와 틱스를 디하여 왈,

"너 임의 풍후진을 파하엿노라."

하고 황건 녁스를 명하여 병을 기우리니 동젼의 일도 녕혼이 봉신디로 가니라. 틱시 니룰 보고 디호 왈,

"긔살오얘(氣殺吾也)로다."

하고 금편(金鞭)을 들고 긔린을 치쳐 츙살하거늘 황늉진인(黃龍眞人)이 학을 타고 나라와 급히 말녀 왈,

"문틱스야 너희 십진의 바야흐로 셰흘 파하고 오히려 칠진이 잇셔 주웅을 졍치 못하엿【58】거늘 엇지 또 무명(無明) 업화룰 동하여 우리 반츠(班次)룰 어즈럽게 하느뇨?"

하더니 믄득 드르니 한빙진쥬(寒氷陣主) 원각(袁角)이 [원텬군의 일홈이라] 크게 웨여 왈,

"문틱스는 아직 다토지 말나 너 여긔 잇노라."

하고 신구작가이츌(信口作歌而出)하니 왈,

현즁우묘쇼인지(玄中奧妙少人知)
변화슈긔사스긔(變化隨機事事奇)
구젼공셩노너보(九轉功成爐內寶)
종너응쇼셰인지(從來應笑世人癡)

현흔 가온디 깁고 묘흘믈 사룸이 알니 젹으니

<hr>

4)【거우르다】图 거우르다. 기울이다. 따르다. ¶ 주항이 스미 안히 뉴리병을 너여 황건 녁스룰 명하여 병을 거우르더니 병 속으로셔 일도 흑긔 소스나며 한 쇼리의 병부리로 동젼을 숨키니 동젼이 병 속의 든지라 (慈航將淸淨琉璃瓶祭於空中, 命黃巾力士將瓶底朝天, 瓶口朝地. 只見瓶中一道黑氣, 一聲響, 將董全吸在瓶中去了.) <西周 12:57>

변해 긔틀을 조추 일마다 긔특하도다.

아홉 번 구을녀 화로 쇽의셔 보비룰 공드려 일워시니

조추오미 벅벅이5) 셰상 사룸이 어린6) 줄을 우으리로다.

원각이 노리룰 파하미 디호 왈,

"텬교 문하의 뉘 감히 와 너 진을 볼쇼냐?"

연등이 도힝텬존의 데주 셜악호(薛惡虎)룰 명하여 한빙진을 파하라 하니 셜악회 명을 듯고 칼흘 드러 나는드시 나오니 원각이 보고 왈,

"너 도동은 쌀니 믈너가고 네 스부룰 오라 하라."

셜악회 디로 왈,

"너 명【59】을 바다 왓스니 엇지 그져 도라갈니 이스리오?"

하고 보검을 드러 친디 원각이 디로하여 마주 쓰화 슈합이 못하여 믄득 진으로 다라나거늘 셜악회 급히 쏘라 진의 드러가니 원각이 판디의 올나 검은 긔룰 드러 흔드니 우희 빙산이 잇셔 도검 갓고 아리 빙괴 잇셔 일희7) 엄니8) 갓흐여 우흐로 향하여 지르니 만일 사룸이 드러가 이룰 당하면 경긱의 바아져 회분이 되는지라 셜악회 그 가온디 드리다라 크게 한 쇼리룰 지르고 육

<hr>

5)【벅벅이】图 반드시. 틀림없이. ¶ 應‖ 조추오미 벅벅이 셰상 사룸이 어린 줄을 우으리로다 (從來應笑世人癡.) <西周 12:58>

6)【어리다】혱 어리석다. ¶ 癡‖ 조추오미 벅벅이 셰상 사룸이 어린 줄을 우으리로다 (從來應笑世人癡.) <西周 12:58>

7)【일희】몡 이리. ¶ 狼‖ 우희 빙산이 잇셔 도검 갓고 아리 빙괴 잇셔 일희 엄니 갓흐여 우흐로 향하여 지르니 만일 사룸이 드러가 이룰 당하면 경긱의 바아져 회분이 되는지라 (上有氷山, 卽似刀山一樣, 往下磕來; 下有氷塊, 如狼牙一般, 往上湊合. 任你是甚麽人, 擋之卽爲齏粉.) <西周 12:59>

8)【엄니】몡 어금니. ¶ 牙‖ 우희 빙산이 잇셔 도검 갓고 아리 빙괴 잇셔 일희 엄니 갓흐여 우흐로 향하여 지르니 만일 사룸이 드러가 이룰 당하면 경긱의 바아져 회분이 되는지라 (上有氷山, 卽似刀山一樣, 往下磕來; 下有氷塊, 如狼牙一般, 往上湊合. 任你是甚麽人, 擋之卽爲齏粉.) <西周 12:59>

장이 되니 가련ᄒᆞᆫ 녕혼이 봉신디로 가니라. 진 중의 검은 긔운이 니러나거ᄂᆞᆯ 도ᄒᆡᆼ텬존(道行天尊)이 탄왈,

"냥긔 문인이 이의 두 진 가온더 ᄯᅥᆺ도다." ᄒᆞ고 가장 슬허ᄒᆞ더라. 원각이 ᄉᆞ슴을 타고 진의 나와 크게 웨여 왈,

"너희 십이 도우ᄂᆞᆫ 이의 이 상션명ᄉᆡ(上仙名師)라 뉘 능히 와 너 진을 칠쇼냐?"

연등이 보현진인(普賢眞人)을 명ᄒᆞ여 치라 ᄒᆞ니 보【60】현이 녕을 듯고 나오며 노리ᄒᆞ여 왈,

> 도덕근원블금망(道德根源不敢忘)
> 한빙간파화쇼샹(寒氷看破火消霜)
> 진심블히조마장(塵心不解遭魔障)
> 감샹안젼실텬당(堪傷眼前失天堂)9)

> 도덕의 근원을 감히 닛지 못ᄒᆞ니
> 한빙 파ᄒᆞ기ᄅᆞᆯ 블노 셔리 슬오듯ᄒᆞ리로다.
> 틋글 마음을 프지 못ᄒᆞ여
> 눈 알픠 텬당 일ᄒᆞᄆᆞᆯ 견디여 슬허ᄒᆞ노라.

보현진인이 노리ᄅᆞᆯ 맛츠미 원각이 디로ᄒᆞ여 칼흘 들고 다라들거ᄂᆞᆯ 보현 왈,

"원각아 네 엇지 니디도록10) 괴로이 작얼(作孼)ᄒᆞ여 이 악진을 베펏ᄂᆞ뇨? 너 이졔 진의 드러가리니 하나흔 너 살계ᄅᆞᆯ 열미오 둘흔 네 도ᄒᆡᆼ 공뷔 일조의 일ᄒᆞ리니 후회ᄒᆞ나 엇지 밋ᄎᆞ리오?"

원각이 디로ᄒᆞ여 다라들거ᄂᆞᆯ 진인이 ᄯᅩ흔 마ᄌ ᄊᆞ화 셰합은 ᄒᆞ여 원각이 진으로 다라들거ᄂᆞᆯ 보현진인이 인ᄒᆞ여 조ᄎᆞ 드러가니 【61】원각이 판터의 올나 검은 긔ᄅᆞᆯ 잡아 흔드니 우흐로셔 빙산이 나리쳐오거ᄂᆞᆯ 보현이 손가락으로 가ᄅᆞ쳐 일도 빅광을 녀여 실 ᄀᆞᆺ치 길게 나 한 송

이 경운이 되니 놉기 두어 기러오11) 우희 여덟 ᄲᅮᆯ이 잇고 ᄲᅮᆯ마다 금등잔과 영낙슈쥐(纓絡垂珠) 우희 둘너 호위ᄒᆞ니 그 어룸이 금등 곳 보면 ᄌᆞ연 녹아 슬허져 호발(毫髮)도 능히 샹히오지 못ᄒᆞ더라. 일긔 시진(時辰)은 ᄒᆞ여 원각이 그 진이 임의 파ᄒᆞᄆᆞᆯ 보고 바야흐로 몸을 두로혀 도망코져 ᄒᆞ더니 보현이 오구검(吳鈎劍)을 드러 원각을 버혀 나리치니 일도 녕혼이 쳥복신(淸福神)의게 혀이여12) 봉신디로 가니라. 보현진인이 운광을 거두고 ᄉᆞ미ᄅᆞᆯ 떨쳐 바름을 마ᄌ 표표히 나오니 문터시 ᄯᅩ 한빙진이 파ᄒᆞᄆᆞᆯ 보고 크게 노ᄒᆞ여 졍히 원각을 위ᄒᆞ여 보슈코져 ᄒᆞ더니 금광진쥬 금강셩뫼(金光聖母) 오졈반표(五點斑豹)ᄅᆞᆯ 타고 【62】녀셩작가이너(厲聲作歌而來)ᄒᆞ니 왈,

> 진디도블다언(眞大道不多言)
> 운용지간항각찰(運用之間恒覺察)13)
> 방기이목견텬원(放開二目見天源)14)
> ᄎᆞ즉시신션(此則是神仙)

> 춤 디되라 다언치 말나
> 운용ᄒᆞᄂᆞᆫ ᄉᆞ이의 덧덧시 ᄭᆡ다라 슬피ᄂᆞᆫ도다.
> 두 눈을 방긔ᄒᆞ여 하ᄂᆞᆯ 근원을 보면
> 이야 곳 이 신션이로다.

금광셩뫼 반표ᄅᆞᆯ 타고 금검(金劍)을 날녀 크게 블너 왈,

"텬교 문인 즁의 뉘 감히 와 너 진을 파ᄒᆞ다?"

---

9) 원문은 '前'자 뒤에 '咫尺' 두 자가 더 있다.

10) 【니디도록】 图 이토록. ¶ 원각아 네 엇지 니디도록 괴로이 작얼ᄒᆞ여 이 악진을 베펏ᄂᆞ뇨? (袁角, 你何苦作孼, 擺此惡陣!) <西周 12:60>

11) 【기러】 图 길이. ¶ 丈∥ 보현이 손가락으로 가ᄅᆞ쳐 일도 빅광을 녀여 실 ᄀᆞᆺ치 길게 나 한 송이 경운이 되니 놉기 두어 기러오 우희 여덟 ᄲᅮᆯ이 잇고 ᄲᅮᆯ마다 금등잔과 영낙슈쥐 우희 둘너 호위ᄒᆞ니 (普賢眞人用指上放一道白光如線, 長出一朵慶雲, 高有數丈, 上有八角, 角上乃金燈, 纓絡垂珠護持頂上.) <西周 12:61>

12) 【혀이다】 图 끌리다. ¶ 引∥ 원각을 버혀 나리치니 일도 녕혼이 쳥복신의게 혀이여 봉신디로 가니라 (袁角一道靈魂被淸福神引進封神去了.) <西周 12:61>

13) 覺察: 원문은 '自然'으로 되어 있다.

14) 源: 원문은 '光'으로 되어 있다.

연등도인이 좌우롤 도라보아 이 진 파홀
사룜이 업셔 경히 근심ᄒ더니 홀연 공즁으로셔
일위 도인이 표연이 나려오니 일골은 분바룬 듯
ᄒ고 닙시욹은 단스롤 찍은 듯ᄒ더라. 모다 보
니 이는 옥허궁 쇼진(蕭臻)이라. 즁션을 더ᄒ여
머리조아 왈,

"닌 스부의 명을 바다 특별이 와 금광진을
파【63】ᄒ려 ᄒᆞᄂᆞ이다."
ᄒ더니 다만 보니 금광셩뫼 더호 왈,

"텬교 문하의 뉘 와 닌 진의 들고?"
언미필의 쇼진이 몸을 두로혀 왈,

"닌 오노라."
금광셩뫼 문왈,

"너는 엇더ᄒ 사룜인다?"
쇼진이 쇼왈,

"네 날을 아지 못ᄒᄂ다? 나는 이 옥허 문
하 쇼진이로라."
금광셩뫼 왈,

"네 무슴 도슐이 잇관더 감히 와 닌 진의
모들다?"
ᄒ고 칼홀 드러 와 취ᄒ거눌 쇼진이 ᄯᅩ흔 마ᄌ
ᄊᆞ화 삼합이 못ᄒ여 금광셩뫼 진으로 다라나거
눌 쇼진이 크게 웨여 왈,

"금광셩모는 다라나지 말나 닌 오노라."
ᄒ고 ᄉᆈ니 ᄊᆞᆯ와 금광진 안희 드러 한 더 아리
니ᄅ니 더상의 스믈 한낫 긋더 잇고 긋더 우희
거울 하나식 달고 거울마다 우희 집15)을 씨워
시니 쥴을 미야 다리면16) 그 거울이 두로 빗최
여 그 빗츌 쏘이면 사룜이 죽는지라. 금광셩뫼
발셔 더상의 올나 그 쥴을 다리【64】여 동ᄒ니
거울 빗치 ᄉ면의 쏘이며 ᄯᅩ 숀으로 우뢰롤 지
어 거울을 두어 번 젼동ᄒ니 금광이 방츌ᄒ여
쇼진의게 쏘이니 더규 일셩의 쇼진의 일도 녕혼
이 봉신더로 가니라. 금광셩뫼 다시 반표구(斑
豹駒)롤 타고 진젼의 나와 니로더,

"쇼진이 발셔 죽어시니 뉘 감히 ᄯᅩ 올다?"
연등이 광셩ᄌ롤 명ᄒ여 치라 ᄒ니 광셩지
녕을 듯고 노리ᄒ며 나오니 기가의 왈,

유연득오본닌진(有緣得悟本來眞)
증지죵남우셩인(曾在終南遇聖人)
지츌장싱쳔고슈(指出長生千古秀)
싱셩옥예만년신(生成玉蕊萬年新)
혼신시구난위도(渾身是口難爲道)
【65】 더지비진별유츈(大地飛塵別有春)

오도뇨연셩일관(吾道了然成一貫)
블명일ᄌ최간신(不明一字最艱辛)

인연이 잇셔 시러곰 본진을 ᄭᅢ다ᄅ니
일즉 죵남삼의 이실졔 셩인을 만나도
다.

장싱ᄒ믈 가ᄅ쳐닌니 쳔고의 샌혀나고
옥예롤 싱ᄒ여 일우니 만년의 시롭도
다.

혼신을 이 닙으로 니ᄅ기 어려오니
더지의 틋글이 날니나 별노이 봄이 잇
도다.

우리 도롤 맛츰닌 일워 한갈갓치 ᄭᅦ여
시니

한 글ᄌ롤 붉히 못ᄒ미 가장 간신ᄒ도
다.

금광셩뫼 광셩ᄌ의 표연이 나오믈 보고 더
호 왈,

"광셩ᄌ야 네 감히 닌 진을 파홀다?"
광셩지 답왈,

---

15) 【집】 명 덮개. 틀. ¶ 套‖ ᄉᆈ니 ᄊᆞᆯ와 금광
진 안희 드러 한 더 아리 니ᄅ니 더상의 더
상의 스믈 한낫 긋더 잇고 긋더 우희 거울 하나
식 달고 거울마다 우희 집을 씨워시니 (徑赶入
金光陣內, 至一臺下. 金光聖母下駒上臺, 將二十
一根杆上吊着鏡子, 鏡子上每面有一套, 套住鏡子.)
<西周 12:63>
16) 【다리다】 동 당기다. ¶ 拽起‖ 쥴을 미야
다리면 그 거울이 두로 빗최여 그 빗츌 쏘이면
사룜이 죽는지라 금광셩뫼 발셔 더상의 올나 그
쥴을 다리여 동ᄒ니 거울 빗치 ᄉ면의 쏘이며
ᄯᅩ 숀으로 우뢰롤 지어 거울을 두어 번 젼동ᄒ
니 금광이 방츌ᄒ여 쇼진의게 쏘이니 더규 일셩
의 쇼진의 일도 녕혼이 봉신더로 가니라 (聖母
將繩子拽起, 其鏡現出, 把手一放, 明雷響處振動
鏡子, 連轉數次放出金光, 射着蕭臻, 大叫一聲. 可
憐! 蕭臻一道靈魂, 淸福神柏鑒引進封神臺去.)

<西周 12:63>

"이 진 파ᄒ미 무어시 어려오리오? 모로미 아히 희롱이로다."

ᄒ더 금광셩뢰 디로ᄒ여 칼흘 잡고 다라들거눌 광셩지 쏘ᄒᆫ 마ᄌ 쓰화 삼오합이 못ᄒ여 금광셩뢰 쏘 몸을 두로혀 진 안흐로 다라나거눌 광셩지 ᄯᆞ라 금광진 안히 드러가 보니 더 아리 큰 긔 스믈 하나흘 셰우고 긔디 우희 거울을 다랏더라. 금광셩뢰 디상의 올나 거울 민 줄을 당긔여 동ᄒ고 쏘 우뢰롤 발ᄒ여 진동ᄒ니 금광이 찬난ᄒ여 왼 몸의 쏘이 【66】 눈지라 광셩지 셜니 팔과ᄌ슈션의(八卦紫壽仙衣)롤 너여 머리로 붓허 발가지 쓰 몸을 감초니 금광이 비록 졍긔오묘ᄒ나 능히 팔과션의롤 침범ᄒ여 그 몸의 투입지 못ᄒ고 우뢰 비록 동ᄒ나 능히 그 몸을 움죽이지 못ᄒᆫ지라. 광셩지 가만이 팔과션의 속으로셔 번쳔인(番天印)을 너여 치니 거울 십구 면이 바아지ᄂᆫ지라 금광셩뢰 급히 남은 거울 둘흘 손의 쥐여 흔드러 금광을 발ᄒ여 광셩ᄌ의게 쏘이려 ᄒ더니 광셩지 다시 번쳔인으로 치니 금광셩뢰 피치 못ᄒ여 머리룰 마ᄌ 뇌쟝(腦漿)이 병츌(迸出)ᄒ니 일도 녕혼이 봉신디로 가니라. 광셩지 금광진을 파ᄒ고 나오더니 문틱시 쏘 금광셩모의 죽으믈 보고 디호 왈,

"광셩ᄌ는 닷지 말나 니 이계 금광셩모의 원슈룰 갑흐리라."

ᄒ고 흑긔린을 치쳐 나는ᄃ시 나오더니 【67】 화혈진(化血陣)으로셔 손텬군(孫天君)이 니다라 블너 왈,

"문형은 각별 노치 말나. 니 져룰 술오잡아 금광셩모의 원슈 갑흐믈 보리."

ᄒ니 이 손텬군은 얼골이 무론 디초빗 갓고 나롯시 져룩고 호두관(虎頭冠)을 쓰고 황반녹(黃斑鹿)을 탓더라. 연등도인이 좌우룰 도라보디 가히 쓰홉죽ᄒᆫ 사룸이 업셔ᄒ더니 믄득 한 도인이 공듕으로셔 황망이 니르러 중인의게 계슈(稽首) 왈,

"즁위 도형긔 뵈ᄂ이다."

연등이 문왈,

"고셩딕명을 뉘라 ᄒ시ᄂ뇨?"

도인 왈,

"빈도논 이의 오이산(五夷山) 빅운동(白雲洞) 산인(散人) 교곤(喬坤)이러니 십졀진 니의 화혈진이 이시믈 듯고 특별이 와 ᄌ아룰 돕고져 ᄒᄂ이다."

말이 맛지 못ᄒ여 손텬군이 웨여 왈,

"뉘 감히 우리 진을 칠다? 슈이 와 승부룰 결ᄒ라."

ᄒ여눌 교곤이 졍신을 가다듬아 칼흘 잡고 알퓌 나아가 문왈,

"너희 등이 다 졀교 문ᄒ라 무슴 일노 【68】 블양ᄒᆫ 마ᄋᆞᆷ을 너여 이 악진을 베펏ᄂ뇨?"

손텬군 왈,

"너는 엇더ᄒᆫ 사룸이완디 감히 잡말을 ᄒᄂ뇨? 쾌히 도라가 죽기롤 면ᄒ라."

교곤이 디로 즐왈,

"손냥(孫良)아 [손텬군의 일홈이라] 너희 큰 말을 너지 말나. 니 졍히 네 진을 파ᄒ고 너롤 버혀 셔기의 호령ᄒ리라."

손냥이 디로ᄒ여 스슴을 모라 칼흘 두로고 다라드니 교곤이 마ᄌ 크게 쓰화 슈합이 못ᄒ여 손냥이 픠ᄒ여 진으로 드러가거눌 교곤이 뒤흘 조츠 ᄯᆞ라 진듕의 드러가니 손냥이 디상의 올나 검은 모리룰 쥐여 나리치니 교곤이 피치 못ᄒ여 마ᄌ 죽은지라. 일도 녕혼이 봉신디로 가니라. 손냥이 다시 진문의 나와 디호 왈,

"연등도인아 네 속졀업시 무명 하ᄉ(下土)룰 보니여 그릇 그 몸을 죽게 ᄒᄂ다?"

연등이 티을진인을 명ᄒ여 치라 ᄒ니 티을이 쟉가이니(作歌而來)ᄒ니 왈,

【69】 당년유지학쟝싱(當年有志學長生)

금일방지도힝졍(今日方知道行精)
운동건곤젼도리(運動乾坤顚倒理)
젼이일월호위명(轉移日月互爲明)[17]
창뇽유의귀리와(蒼龍有意歸离臥)
빅호다졍멱감힝(白虎多情覓坎行)
욕연구환하쳐시(欲煉九還何處是)
진궁뇌동ᄌ셔셩(震宮雷動自西成)[18]

당년의 ᄯᅳᆺ을 두어 쟝싱을 학ᄒ더니

---

17) 日月: 원문은 '月日'로 되어 있다.
18) 自: 원문은 '望'으로 되어 있다.

오놀날의 바야흐로 도힝의 졍미흐믈 알니로다.

건곤을 운동흐여 젼도흔 거술 다스리고

일월을 젼이흐여 셔로 붉으미 되엿더라.

창농은 뜻이 이셔 리방의 도라가 누엇거늘

빅호는 졍이 만하 감방을 츠져 힝흐는도다.

단스롤 아홉 번 굽고져 흐니 어니 곳이 이뇨?

진궁의 우뢰 동흐니 즈방셔의 일윗도다.

티을진인이 노러롤 파흐미 손낭 왈,

"네 아니 우리 진을 파흘 사롬인다?"

티을진인이 쇼왈,

"니 이 진의 드러가기롤 무인디경(無人之境) 갓치 흐리라."

손낭이 디로흐여 스슴을 지촉흐여 칼을 드러 바로 취흐니 【70】 진인이 마즈 쏘화 삼오합이 못흐여 손낭이 믄득 진즁으로 다라나거늘 티을진인이 뇌후(腦後)의 금죵을 울니며 지촉흐믈 듯고 바로 진문의 니르러 숀으로 한 번 가르치니 쏘흐로 두 숑이 쳥년(靑蓮)이 현출(現出)흐거늘 진인이 두 꼿출 신고 다라드러가 쏘 왼숀가락 우희 일도 빅광을 현출흐니 놉희 두어 기리나 흐고 머리 우희 한 숑이 경운이 현출흐여 공즁의 반션(蟠旋)흐여 몸을 호위흐더라. 손낭이 디상의 올나 검은 모리롤 쥐여 아리로 나리 쑤리니 그 모리 바야흐로 머리 우 경운의 니론즉 홍노의 졈셜(點雪) 갓흐여 스스로 멸흐여 즈최 업는지라. 손낭이 디로흐여 검은 모리 한 말을 드러 나리 쑤리니 그 모리 비양흐여 즈쇼즈멸(自消自滅)흐거늘 손낭이 슐법이 응치 아니믈 보고 졍히 몸을 삐쳐 도망코져 흐더니 진인이 급히 구룡신화 【71】 탁(九龍神火罩)을 너여 공즁의 치치니 그 속으로셔 아홉 조(條) 화룡(火龍)이 니다라 손낭을 둘너쏜 경긱의 지 되여 나라나니 일도 녕혼이 봉신디의 가니라. 문티시

노영 밧긔셔 티을진인이 쏘 화혈진 파흐믈 보고 크게 웨여 왈,

"티을진인은 닷지 말나 니 오노라."

흐고 니닷더니 황농진인이 니르러 길흘 막아 왈,

"디인의 말이 엇지 시러곰[19] 실신흐리오? 십진의 바야흐로 뉵진을 파흐여시니 그디는 잠간 도라가 명일 다시 모다 즈웅을 결흐라."

티시 노긔 두우의 쎄쳐 익즁(額中) 신목(神目)의 빗치 쏘이고 슈발(鬚髮)이 다 거슬너 우흘 가르치더라. 이의 노영(老營)의 도라와 스텬군(四天君)을 디흐여 울며 왈,

"나는 나라히 즁흔 은혜롤 바다 벼술이 극픔의 이시니 몸으로써 나라홀 갑흐미 이의 올커니와 이제 여섯 도우롤 무단이 죽여시니 나의 마음이 엇지 춤으리오? 청컨디 스위 【72】 는 히도(海島)로 도라가라. 나는 강상(姜尚)으로 더부러 죽기로 쏘화 밍셰코 흠긔 스지 못흐리라."

흐고 말을 맛츠미 눈믈이 비 갓거놀 스텬군 왈,

"문형은 관심(寬心)흐라. 이 다 텬쉬니 우리 각각 쥬장이 잇노라."

흐고 다 본진으로 도라가더라.

연등이 티을진인으로 더브러 노봉으로 도라가 고요히 안즈 말이 업고 즈아는 군무롤 다스리더라. 문티시 홀노 안즈 스스로 싱각흐디 가히 베풀 계괴 업더니 홀연 아미산(峨嵋山) 나부동(羅浮洞) 조공명(趙公明)을 싱각고 심하의 헤오디 '만일 이 사롬을 어더오면 디시 거의 일니로다' 흐고 급히 길닙(吉立)·여경(余慶)을 블너 영을 굿이 직희라 흐고 흑긔린을 타고 금편을 팔의 걸고 풍운을 비러 삽시간의 아미산 나부동의 니르러 흑긔린을 나려 산쳔을 술펴보니 가장 쳥유졍벽(淸幽淨僻)흐고 학녹(鶴鹿)과 원휘(猿猴) 분분왕니흐는디 동문 알픠는 등니(藤蘿) 가득흐더라. 티시 동구 【73】 의 거러드러가 사롬을 츳더니 이윽고 작은 동지 나와 티스의 삼쳑(三隻) 안(眼)을 보고 문왈,

"노야는 어디셔 오시느니잇고?"

---

19) 【시러곰】 뿐 능히. ¶ 得 ‖ 디인의 말이 엇지 시러곰 실신흐리오? 십진의 바야흐로 뉵진을 파흐여시니 그디는 잠간 도라가 명일 다시 모다 즈웅을 결흐라 (大人之語, 豈得失信? 十陣方才破六, 爾且暫回, 明日再會.) <西周 12:71>

틱시 왈,

"네 스뷔 계시냐?"

동지 디왈,

"동부의 계셔이다."

틱시 왈,

"네 드러가 상도(商都) 문틱시 츳즈라 왓시믈 고ᄒᆞ라."

동지 드러가더니 이윽고 조공명이 쌜니 동부의 마즈 디쇼 왈,

"문도형아 무슴 바람이 너를 블너 이의 왓는다? 네 인간 부귀번화를 누리니 젼혀 도문의 쳥담(淸淡)혼 가풍을 싱각지 아니터냐?"

ᄒᆞ고 손을 닛그러 동부의 드러가 녜필의 틱시 장탄ᄒᆞ거늘 조공명 왈,

"도형이 무슴 일노 탄식ᄒᆞᄂᆞ뇨?"

틱시 왈,

"문중이 조셔를 밧드러 셔기를 치더니 뜻아닌 곤뉸 교하 강상이 션능용모(善能勇謀)ᄒᆞ고 ᄒᆞ믈며 조악(助惡)ᄒᆞᄂᆞᆫ 지 만하 여러번 실긔ᄒᆞ여 무계가시(無計可施)혼지라 부득이ᄒᆞ여 금오도의 진완 등 십위 도우를【74】 쳥ᄒᆞ여 도으믈 어더 십졀진을 베퍼 강상을 술오잡을가 ᄒᆞ엿더니 뉘 도로혀 이제 여셧 진을 파ᄒᆞ고 여셧 도우를 일홀 줄 알니오? 진실노 한이 깁허 스스로 싱각ᄒᆞ디 투탁(投托)홀[20] 곳이 업ᄂᆞᆫ지라 붓그리믈 므롭쓰고 이의 니르러 도형이 한 번 산의 나리믈 쳥ᄒᆞᄂᆞ니 아지 못게라 존의 엇더ᄒᆞ뇨?"

공명 왈,

"네 엇지 당시의 일즉 니게 오지 아녓ᄂᆞ뇨? 금일지픽(今日之敗)ᄂᆞᆫ 이의 즈취ᄒᆞ미로다. 이의 이러나 형은 몬져 도라가라. 너 뒤조츠 가리라."

틱시 디희ᄒᆞ여 공명을 하직고 흑긔린을 타고 풍운을 모라 영의 도라오니라.

초셜 조공명이 문도 진구공(陳九公)과 요쇼ᄉᆞ(姚少司)를 블너 동부를 잘 직희라 ᄒᆞ고 냥

기 문도를 다리고 토둔법을 힝ᄒᆞ여 셔기로 오다가 한 뫼희 다드라 나려 쉬니 그 뫼【75】히 가장 경치 조흔지라 한가히 구경ᄒᆞ더니 홀연 뫼모롱이로셔 일진 광풍이 니러나 진퇴 날니며 한 밍회 쒸여오거늘 공명이 쇼왈,

"이번 길의 탈 거시 업더니 이 즘싱을 타고 가미 졍히 조타."

ᄒᆞ고 즉시 손가락으로 한 번 가르치니 그 범이 쏘리를 치고 귀를 지고 ᄯᅡᆻ히 업더거늘 노흐로 목을 미여 손의 쥐고 등의 올나 안즈 부작과 인을 범의 목의 그리고 한 번 치를 치니 그 범이 ᄉᆞ족의 풍운이 니러나 경긱의 셩탕 영중의 니르러 원문의 나리니 모든 군시 밍회 온다 ᄒᆞ여 놀나 지져괴거늘 진구공 왈,

"이 범은 집의셔 기르던 범이라 관겨치 아니니 슈이 드러가 틱스끠 보ᄒᆞ라."

군시 즉시 고ᄒᆞ디 틱시 영의 나와 마즈 중군의 드러가 좌졍ᄒᆞ니 ᄉᆞ텬군이 함긔 나와 셔로 보고 한가지로 군무를 말ᄒᆞ더니 조공명 왈,

"ᄉᆞ위 도형【76】이 엇지 십졀진을 베퍗다가 뉵위 도우를 일ᄒᆞ뇨? 이 진실노 가히 한흡도다."

ᄒᆞ고 졍히 말ᄒᆞ더니 홀연 보니 셔기 노봉 우희 조강(趙江)을 미야다랏거늘 공명이 문왈,

"져 노봉 우희 달닌 사름이 뉘뇨?"

빅텬군 왈,

"이ᄂᆞᆫ 디렬진쥬 조강이라."

공명이 디로 왈,

"엇지 이럴니 이시리오? 삼괴 본디 한가지라 조강을 잡아 니러트시 욕ᄒᆞ니 우리의 졔면이 어디 잇ᄂᆞ뇨? 니 이제 가 져를 잡아다가 미야다른든 져희 뜻은 엇더ᄒᆞ야 ᄒᆞ는고 보리라."

ᄒᆞ고 즉시 범을 타고 치를 들고 나오니 문틱시 ᄉᆞ텬군으로 디브러 한긔지로 진문의 나와 조공명의 승부를 보더라.

---

20)【투탁ᄒᆞ다】圖 【투탁(投托)하다.】 기대다. 의지하다. ¶ 投 ‖ 진실노 한이 깁허 스스로 싱각ᄒᆞ디 투탁홀 곳이 업ᄂᆞᆫ지라 붓그리믈 므롭쓰고 이의 니르러 도형이 한 번 산의 나리믈 쳥ᄒᆞᄂᆞ니 아지 못게라 존의 엇더ᄒᆞ뇨? (實爲可恨. 今日自思無門可托, 忝愧到此, 煩兄一往. 不知道兄尊意如何?) <西周 12:74>

[셔주연의西周演義 권지십삼]

47
공명보좌문틱스(公明輔佐文太師)

【1】 조공명(趙公明)이 범을 타고 치룰 쳐 영의 나와 디호 왈,
"강상(姜尙)은 쾌히 나와 날을 보라."
나탁이 듯고 노봉으로 올나가,
"한 범 탄 도지 와 스슉을 쳥호여 쏜화지라 호ᄂ이다."
연등(燃燈)이 듯고 ᄌ아(子牙)다려 왈,
"왓는 ᄌ는 아미산 나부동 조공명이니 네 나가 보라."
흔디 ᄌ이 명을 듯고 나갈시 나탁(哪吒)·뇌진 ᄌ(雷震子)·황텬화(黃天化)·양뎐(楊戩)·금탁(金吒)·목탁(木吒)이 옹위호엿더라. ᄌ이 공명을 보고 네호여 왈,
"도우는 어니 산 무슴 동부의 잇ᄂ다?"
공명 왈,
"나는 아미산 나부동 조공명이러라. 네 나의 도우의 뉵진을 파호고 좀도슐을 밋어 니 뉴우롤 히호니 실노 통졀흔 마음을 니긔지 못호더니 쏘 조강(趙江)을 잡아 노봉 【2】 의 미야다라시니 쏘흔 노호온지라. 니 오늘날 산의 나려오

이튿날 죠공명이 범을 타고 치롤 두루며 노봉으로 와 연등을 블너 말ᄒ자 ᄒ더 연등이 모든 도우롤 다리고 반녈을 셰워 나가보니 공명의 위풍이 늠늠ᄒ고 눈의 흉녕ᄒ 빗치 〔凶光〕 비최니 도스의 긔상(氣象)이 아니러라. 연등이 머리조아 졀ᄒ여 왈,

"도형이 무ᄉ 일노 하림(下臨)ᄒ여 계시니잇가?"

공명 왈,

"도형아 너히 등이 날 속이기롤 터심(太甚)히 ᄒ니 이졔 니 도롤 너희 알고 네 도롤 니 보왓ᄂ니 너희 니 말을 드르라. 너 【5】 와 너가 옥허 션셩 문하의 션비로 한 스셩을 셤겨 도롤 일워 다 교쥐 되엿거ᄂᆯ 네 무삼 일노 니 조강을 잡아가 봉상(蓬上)의 미여달고 니 도롤 업슈이 너기ᄂᆫ다?"

연등이 답왈,

"도형은 견일의 봉신방(封神榜)을 검찰ᄒ여[1) 벽유궁의 잇던 쥴을 아ᄂ다?"

공명 왈,

"니 엇지 모로리오?"

연등 왈,

"네 임의 아니 네 스셩이 일즉 니ᄅ더 '범스롤 하늘을 거스려 힝치 말나' ᄒ더니 이졔 네 니리 오기는 스스로 익을 취홈이로다."

공명이 디로 왈,

"니 도슐이 너만 못ᄒ다 ᄒᄂ냐?"

ᄒ더니 황뇽진인(黃龍眞人)이 학을 타고 압히 니ᄅ러 디호 왈,

"조공명이 오늘날 이의 왓ᄂ냐? 네 일홈이 발셔 봉신빙 우희 쓰여시니 이곳의셔 녕이 싲ᄌ리로다."

ᄒ더 공명이 디로ᄒ여 치롤 드러 치니 진인이 보검을 ᄡᅥ 서로 ᄡᅪ 슈합이 못ᄒ여셔 공명이 박뇽삭(縛龍索) 【6】 이란 노홀 가지고 진인을 미여 공중으로 잡아가니 젹졍지 이롤 보고 크게 블너 왈,

"조공명아 네 어이 니리 무례ᄒ다? 너 오

니 기다려 승피롤 결우ᄌ."

ᄒ더 공명이 치 쓰ᄂᆫ 법이 나ᄂ듯ᄒ여 왕니ᄒ기롤 셔너 슌 ᄒ더니 구술 스무 남은 미이롤 갓다가 공중의 헤치니 이 구술 일홈은 졍히쥐(定海珠)라 오식이 텬디의 찬난ᄒ니 눈이 바이여[2) 참아 보지 못ᄒᄂ지라. 젹졍ᄌ롤 잡아 한 번 치고 미여가려 ᄒ더니 젹졍ᄌ의 머리 우흐로셔 광셩지 나려오며 크게 블너 왈,

"니 나려오ᄂ니 니 도우롤 상히오지 말나."

공명이 돌쳐보니 광셩ᄌ의 형상이 극히 흉악ᄒ지라 급히 광셩ᄌ롤 디ᄒ여 ᄡᅩ호다가 ᄯᅩ 이 구술을 헷쳐 광셩ᄌ롤 잡아 진이 가온디 나리친디 도힝텬존(道行天尊)이 급히 나려와 공명을 디 【7】 격ᄒ니 공명이 이 구술을 연ᄒ여 헤쳐 다셧 도 놉흔 도인을 상히오고 파ᄒ여 각각 도라오다.

문틱시 공명의 승쳡ᄒ여 도라오믈 보고 크게 깃거 치하ᄒ며 황뇽진인을 잡아다가 긔디의 미여달고 인(印)과 병부(兵符)롤 니환궁(泥丸宮)〔더끌이라〕 우희 미여 감히 움죽이지 못ᄒ게 ᄒ여 조강의 디롤 삼고 문틱시 일변 잔치롤 베퍼 스진 쥬장을 다리고 크게 즐겨ᄒ더라.

연등이 노봉으로 도라오니 오위 상션이 다 낫츌 상히오며 죽을번 ᄒ 쥴을 차탄ᄒ고 묵묵ᄒ여 말이 업더니 연등이 문왈,

"공명이 무어슬 가져 모든 도우롤 상히오더뇨?"

녕보디법시(靈寶大法師) 왈,

"극히 밍연(猛然)ᄒ여 정신이 황홀ᄒ니 아모거스로 치는 쥴 모롤너라."

ᄒ고 오인은 왈,

"그 ᄣᅵ의 붉은 빗치 번기 갓ᄒ니 아모란 쥴 모롤너이다."

연등이 이 말을 듯고 계피 망연혼 【8】 즁 홀연 머리롤 드러보니 황뇽진인이 건넌편 긔디의 달녀시니 좌즁이 더옥 낙담ᄒ여 셔로 의논ᄒ디,

"우리 이 익을 만나 곤욕을 면치 못ᄒ고 ᄯᅩ 황뇽진인이 져런 익난의 ᄲᅡ져시니 엇지ᄒ여

---

1) 【검찰ᄒ다】 圖 서명하다. 수결하다. ¶ 僉押. ‖ 도형은 견일의 봉신방을 검찰ᄒ여 벽유궁의 잇던 쥴을 아ᄂ다? (趙道兄, 當時僉押'封神榜', 你可曾在碧遊宮?) <西周 13:5>

2) 【바이다】 圈 부시다. ¶ 오식이 텬디의 찬난ᄒ니 눈이 바이여 참아 보지 못ᄒᄂ지라 (五色毫光, 縱然神仙觀之不明, 瞧之不見.) <西周 13:6>

야 이 붓그러오믈 면ᄒ리오?"

옥졍진인(玉鼎眞人)이 왈,

"관겨치 아니ᄒ다. 날이 졈을 ᄣᅵ의 니르러 한 도리를 싱각ᄒ리라."

ᄒ더니 날이 느즈미 옥졍진인이 양뎐을 블너 왈,

"네 오ᄂᆞᆯ 밤의 너게 도법을 비화 황뇽진인을 ᄃᆞ려오라."

양뎐이 명을 듯고 밤즁이 못ᄒ여 나뷔 되여 가셔 황뇽진인의 귀의 안ᄌ 가만이 일너 왈,

"스숙 뎨ᄌ 양뎐이 명을 바다 노야를 구ᄒ라 왓ᄂᆞ니 엇지ᄒ면 다라날 꾀를 어드리오?"

진인 왈,

"네 머리 우회 인과 병부를 그르면3) 가히 도망ᄒ노라."

ᄒ거ᄂᆞᆯ 양뎐이 가만이 가만이 글너바리니 진인이 몸을 ᄲᅱ여 다라나 노봉의 【9】 와 옥졍진인긔 ᄉ례ᄒᆞᆫ디 졔 도인이 디열ᄒ더라. 조공명이 슐이 반감(半酣)의 졍히 즐겨 노더니 믄득 등튱(鄧忠)이 와 니로디,

"긔디 우회 ᄃᆞ랏던 도인을 보지 못ᄒᆞᆯ쇼이다."

공명이 손으로 산 두어4) 양뎐의 구ᄒ여 간 줄을 알고 쇼왈,

"아직 믈너시라. 붉는 날이면 졔 어이 도망ᄒ리오?"

ᄒ더라.

이튼날 공명이 범을 타고 치를 드러 일즉 봉하로 가 연등을 브른디 연등이 공명의 오믈 보고 모든 도우ᄃᆞ려 닐너 왈,

"너희란 하나5) 오지 말고 니 가 디젹ᄒᆞ믈 보라."

ᄒ고 ᄉᆞ슴을 타고 두어 문인만 다리고 진젼의 니른디 공명 왈,

"양뎐이 황뇽진인을 구ᄒ여 가시니 일졍 변화ᄒᄂᆞᆫ 슐이 잇ᄂᆞᆫ지라 ᄲᆞᆯ니 블너 날을 뵈게 ᄒ라."

연등이 쇼왈,

"네 진짓 두츤〔斗筲〕 그릇시로다. 이 능ᄒ여 ᄒᆞᆫ 줄이 아니라 무왕의 너른 복과 강상의 덕을 힘닙어 ᄒᆞᆫ 일이라."

공명이 더로 왈,

【10】 "네 엇지 니런 말을 ᄒ여 군심(軍心)을 의혹게 ᄒᄂᆞᆫ다?"

ᄒ고 치를 드러 연등의게 다라들거ᄂᆞᆯ 연등이 급히 칼노 디젹ᄒ더니 공명이 졍희쥬(定海珠)를 가져 ᄯᅩ 헤치거ᄂᆞᆯ 연등이 도안(道眼)을 ᄣᅥ 겨유 찰혀보니 ᄒᆞᆫ 줄기 오식 빗치 쏘이며 눈을 ᄎᆞᆷ아 ᄯᅳ지 못ᄒ니 무어스로 ᄒᄂᆞᆫ 도슐인 줄 알니오? 연등이 ᄉᆞ슴을 치쳐 다라나나 노봉으로는 가지 못ᄒ고 셔남으로 닷더니 ᄒᆞᆫ 산의 니르니 솔 아리 ᄒᆞᆫ 모롱이6)의 두 사ᄅᆞᆷ이 잇셔 하나흔 프른 옷을 닙엇고 하나흔 붉은 옷을 닙어 바독두다가 홀연 사ᄅᆞᆷ의 발쇼리를 듯고 이인이 ᄲᆞᆯ니 오는 연고를 무른디 연등이 비록 아지 못ᄒ나 ᄌᆞ세히 연고를 니르니 이인 왈,

"관겨치 아니타. 노스는 날을 ᄯᅡ라 단이며 니 ᄒᄂᆞᆫ 양을 보라."

ᄒ더라. 공명이 졍히 연등을 ᄯᆞ로다가 홀연 두 사ᄅᆞᆷ이 각각 쳥홍 냥식을 닙고 낫 【11】 빗치 빅셜 갓ᄒᆞ믈 보고 문왈,

"네 엇던 사ᄅᆞᆷ인다?"

이인이 쇼왈,

"네 우리 형뎨의 일홈을 모르면 엇지 신션이라 ᄒ리오? 우리는 오이산 쇼ᄉᆡᆼ(蕭升)·조뵈(曹寶)니 우리 형뎨 ᄒᆞᆫ 바독판을 디ᄒ여 일월을 보ᄂᆞ더니 이졔 연등 노시 너의 간ᄉᆞᄒᆞᆫ 슐의 곤ᄒᆞᆫ 비 되니 네 어이 텬도를 거스려 거줏거술 붓

---

3) 【그르다】 图 풀다. ¶ 니 머리 우회 인과 병부를 그르면 가히 도망ᄒᆞᆯ노라 (你將吾頂上符印去了, 吾自得脫.) <西周 13:8>

4) 【산 두다】 图 졈복하다. 졈치다. ¶ 算 ∥ 공명이 손으로 산 두어 양뎐의 구ᄒᆞ여 간 줄을 알고 쇼왈, "아직 믈너시라. 붉는 날이면 졔 어이 도망ᄒᆞ리오?" (趙公明掐指一算, 知道是楊戩救去了. 公明笑曰: "你今日去了, 明日怎逃?") <西周 13:9>

5) 【하나】 图 하나도. ¶ 너희란 하나 오지 말고 니 가 디젹ᄒᆞ믈 보라 (你們不必出去, 待吾出去會他.) <西周 13:9>

6) 【모롱이】 图 모퉁이. ¶ 솔 아리 ᄒᆞᆫ 모롱이의 두 사ᄅᆞᆷ이 잇셔 하나흔 프른 옷을 닙엇고 하나흔 붉은 옷을 닙어 바독두다가 홀연 사ᄅᆞᆷ의 발쇼리를 듯고 이인이 ᄲᆞᆯ니 오는 연고를 무른디 (松下有二人下棋, 一位穿靑, 一位穿紅. 正在分局之時, 忽聽鹿蹄響亮, 二人間顧見是燃燈道人, 二人忙問其故.) <西周 13:10>

들고 진짓거술 멸ᄒ여 죄롤 ᄇ르고 한갓 강ᄒ믈 밋어 곤히 봇치는다? 니 이 연고롤 ᄆ르려 왓노라."

공명이 디로 왈,

"네 가장 담이 크도다 엇지 감히 니런 말을 니는다?"

ᄒ고 치롤 들어 다라드니 이인이 급히 보검으로써 디젹ᄒ니 치와 칼이 어우러져 슈합이 못ᄒ여셔 공명이 박뇽삭을 가지고 이인을 미려 ᄒ디 쇼송이 웃고 급히 표피 낭즁으로셔 금돈 하나흘 ᄂ녀 공즁의 더지니 박뇽삭이 돈을 ᄯ라 ᄶ러지거늘 조뵈 그 노흘 아슨디 공명이 【12】 크게 웨여 왈,

"요얼의 놈이 니 보비롤 아셧다."

ᄒ고 ᄯ 경희쥬롤 공즁의 더지니 일쳔 졈이나 ᄒ 오식 빗치 분분이 ᄶ러지거늘 쇼송이 ᄯ 금돈을 가져 더진디 경희쥐 즉시 금돈을 조ᄎ 함긔 ᄶ러지니 조뵈 ᄉ녀 거두쳐 아슨지라 공명이 이롤 보고 졍신과 긔운이 쵹급ᄒ여 신편을 더지니 쇼송이 ᄯ 금돈을 더진디 이 치는 본디 병잠기오[7] 보비 아니니 엇지 돈과 함긔 ᄶ러지리오? 그 치 졍히 쇼송의 머리의 나려지니 뇌골이 허여져 봉신디로 가니라. 조뵈 스싱의 죽으믈 보고 원슈롤 갑고져ᄒ더니 연등이 조보롤 보고 탄왈,

"두 사ᄅ이 바독을 디ᄒ여 셔로 즐겨ᄒ다가 날을 위ᄒ여 이 익을 맛날 쥴 어이 알니오? 니 아모조록 한 팔 힘을 도으리라."

ᄒ고 ᄉ녀 건곤척(乾坤尺)을 [자히라] 가져 공즁의 더지니 공명이 ᄌ홀[8] 싱각지 아 【13】 녓다가 블의의 한 번 마ᄌ미 거의 나려지게 되엿더니 겨유 범을 달녀 남으로 다라나니라. 연등이 ᄉ

슴의 나려 도보의 슐법 고명ᄒ 쥴을 ᄉ례ᄒ고 쇼송의 죽으믈 위로ᄒ여 왈,

"도우의 이 익 만나믄 니 마옴도 참통ᄒ믈 니긔지 못ᄒ노라."

인(因) 문왈,

"이위 도우는 어너산 무슴 동부의 계시며 고셩디명을 뉘라 ᄒ느뇨?"

도지 디왈,

"빈도는 오이산 산인(散人) 쇼송·조뵈라. 한가ᄒ고 무슨ᄒ기로 한 바독판을 비러 흥을 보ᄂ더니 ᄒ혀 노스의 지나믈 만나미 블평ᄒ 분을 위ᄒ여 갑흐려ᄒ더니 공명의 독슈(毒手)롤 만나 셩명을 바리니 통셕ᄒ믈 어이 다 니ᄅ리오?"

연등 왈,

"공명이 두가지 거술 더져 도우롤 상히오려 ᄒ던 거시 무어시며 빈되 보니 한 돈이 올나 가다가 두가지 거술 함긔 가지고 ᄶ러지니 이 돈은 엇진 보빈고 한 번 보기롤 쳥ᄒ노【14】라."

조뵈 즉시 ᄂ녀 뵌디 연등이 손벽치고 깃거 왈,

"오늘날 이 보비롤 보니 너 되 일니로다."

조뵈 그 연고롤 ᄆ른디 연등 왈,

"이 구슬 일홈은 경희쥐니 원시적붓허 이 구슬이 잇셔 광치 현도(玄都)의 조요(照耀)ᄒ더니 그 후의 묘연이 간 곳을 모로다가 오늘날 도우롤 만나 다시 어더보니 심신이 상쾌ᄒ믈 ᄭ닷지 못ᄒ노다."

조뵈 왈,

"노싱 이 보비롤 보와시니 쓸 곳이 잇거든 가지쇼셔."

연등 왈,

"빈되 공이 업스니 엇지 감히 니런 보비롤 가지리오?"

조뵈 왈,

"범믈(凡物)이 각각 임진 잇느니 노싱 임의 셩군을 만나 빅셩을 건지려ᄒ시니 데ᄌ의게 주기는 무익ᄒ이다."

ᄒ고 즉시 쥰디 연등이 고두ᄉ례ᄒ고 조보롤 다리고 노봉으로 가 모든 도인을 뵈고 쇼송·조보 만나던 말을 ᄌ시 니ᄅ며 조공명의게 마ᄌ 상ᄒ

---

7) 【병잠기】 똉 병장기(兵仗器). ¶ 兵器‖ 쇼송이 ᄯ 금돈을 더진디 이 치는 본디 병짐기오 보비 아니니 엇지 돈과 함긔 ᄶ러지리오? 그 치 졍히 쇼송의 머리의 나려지니 뇌골이 허여져 봉신디로 가니라 (蕭升又發金錢, 不知鞭是兵器, 不是玉, 如何落得! 正中蕭升頂護, 打得腦漿迸出, 做一場散淡閑人, 只落得封神臺上去了.) <西周 13:12>

8) 【ᄌ호】 똉 자. ¶ 尺‖ ᄉ녀 건곤척을 [자히라] 가져 공즁의 더지니 공명이 ᄌ홀 싱각지 아녓다가 블의의 한 번 마ᄌ미 거의 나려지게 되엿더니 겨유 범을 달녀 남으로 다라나니라 (公明不曾堤防, 被一尺打得公明幾乎墜虎, 大呼一聲, 拔虎往南去了.) <西周 13:12>

던 거시 다 이거시 조홰라 【15】 흔디 졔인이 ㅈ
셰히 보고 과연 긔로다 ᄒ고 츠탄ᄒ더라.

조공명이 연등의 건곤격을 한 번 마ᄌ미
졍희쥬와 박농삭을 일코 영의 도라가니 문틱시
연등 ᄮ로던 말을 무론디 공명이 크게 기리 탄
식ᄒ거놀 틱시 왈,

"도형의 탄식ᄒᄆ 엇진 일고?"

공명 왈,

"니 도 닷그므로붓허 오늘날갓치 픠ᄒ믈
보지 아녓도다. 졍히 연등을 ᄮ로더니 쇼숭·조
뵈라 ᄒᄂ니롤 만나 니 평싱 가졋던 보비롤 일
조의 이 무명ᄒ 쇼아(小兒)의게 아이니 마옴이
썩거지ᄂ9) 듯ᄒ여라."

인ᄒ여 갈오디,

"진구공(陳九公)과 요쇼ᄉ(姚少司)ᄂ 예 잇
셔 기다리라 니 삼션도(三仙島)의 가 단여오마."
흔디 틱시 왈,

"도형은 부디 쌜니 도라와 기다리미 업게
ᄒ라."

공명 왈,

"니 가셔 즉시 오마."
ᄒ고 풍운을 타 순식간의 삼션도의 가 동문의
니르러 한 쇼리 기춤ᄒ니 한 쳥의동지 나와 보
고 왈,

"노야ᄂ 어디로셔 【16】 오시니잇고?"
ᄒ고 드러가 삼위 낭낭긔 보ᄒ니 삼위 낭낭이
일시의 도문 외의 나와 마ᄌ 드러가 안치고 운
쇼낭낭(雲霄娘娘)이 몬져 문왈,

"디형이 어디 계시다 오시니잇가?"

공명 왈,

"문틱시 셔기롤 쳐 니긔지 못ᄒ고 날을 쳥
ᄒ여 산의 나려갓더니 니 년ᄒ여 니귄 후의 연
등도인이 날을 향ᄒ여 큰 말을 ᄒ거놀 졍희쥬롤
가지고 연등을 ᄮ로니 연등이 도망ᄒ다가 즁노

의셔 쇼숭·조보란 두 사롬을 만나 니 두가지
보비롤 아스니 니 스스로 싱각건디 텬디기벽ᄒ
므로붓허 이 두 보비로 니 도롤 일윗더니 이졔
아희놈의 숀의 아인 비 되니 마옴이 심히 블평
ᄒ지라. 특별이 여긔 니르러 금교젼(金蛟剪)이나
혹 혼원금두(混元金斗)나 어더다가 이 두 보비
롤 도로 아스오려 ᄒ노라."

운쇼낭낭이 요두(搖頭) 왈,

"이 일이 가히 힝치 못홀 일이로다. 니 젼
일의 봉신디방(封神臺榜)을 보니 션인의 일홈
【17】 이 만히 쓰엿ᄂ지라 일노ᄒ여 니런 보비
롤 동문 밧긔 니지 아닐 쑨 아니라 봉이 기산의
셔 우니 이ᄂ 셩쥐 낫ᄂ지라 가히 졀노 더부러
닷호지 못홀 거시니 디형은 무슴 일노 쇽졀업손
슈고롤 ᄒ여 혼빅이 봉신디의 들냐 ᄒᄂ다? 아
직 아미산(峨嵋山)의 도라가 평졍ᄒ기롤 기다려
니 녕취산(靈鷲山)의 가 이 보비롤 ᄎᄌ다가 쥴
거시니 금교젼과 혼원금두ᄂ 감히 빌니지 못ᄒ
노라."

공명 왈,

"빌니지 못ᄒ다 ᄒ믄 앗겨10) 못ᄒ단 말
가?"

낭낭 왈,

"앗겨 니론 말이 아니라 한 번 실슈ᄒ면
뉘웃쳐도 밋지 못홀 거시오 블구의 봉신디의 이
실 거시니 엇지 니리 급히 구ᄂ다?"

공명이 탄왈,

"일가 ᄉ이의 니러틋ᄒ니 남이야 일너 무
슴ᄒ리오?"
ᄒ고 노긔발발ᄒ여 니러나니 벽쇼낭낭(碧霄娘
娘)이 빌니라 권ᄒ디 운쇼낭낭이 죵시 듯지 아
니ᄒ다. 공명이 동 【18】 문을 쩌나 희상으로 오
더니 뒤히 한 사롬이 브르거놀 공명이 도라보니
이ᄂ 함지션(菡芝仙)이라. 공명 왈,

"도괴(道姑) 무슴 일노 브르ᄂ다?"

도괴 왈,

"도형은 어디 갓다가 오ᄂ다?"

공명 왈,

"셔기롤 치다가 졍희쥬롤 일코 미ᄌ낭낭의

---

9) 【썩거지다】 图 꺾어지다. 꺾이다. ¶ 碎 ‖ 니 도
닷그므로붓허 오늘날갓치 픠ᄒ믈 보지 아녓도
다. 졍히 연등을 ᄮ로더니 쇼숭·조뵈라 ᄒᄂ니
롤 만나 니 평싱 가졋던 보비롤 일조의 이 무명
ᄒ 쇼아의게 아이니 마옴이 썩거지ᄂ 듯ᄒ여라
(吾自修行以來, 今日失利. 正赶燃燈, 偶遇二子,
名曰蕭升·曹寶, 將吾縛龍索·定海珠收去. 吾自
得道, 仗此奇珠. 今被無名小輩收去, 吾心碎矣!) <
西周 13:15>

10) 【앗기다】 图 아끼다. ¶ 빌니지 못ᄒ다 ᄒ믄
앗겨 못ᄒ단 말가? (難道我來借你不肯?) <西周
13:17>

게 청ᄒᆞ여 금교젼을 비러 졍히쥬롤 아ᄉᆞ려ᄒᆞ더니 쥬지 아니ᄒᆞ기로 다른ᄃᆡ로 가 보빅롤 어드려ᄒᆞ더니라."

함지 도괴 왈,

"엇지 니럴니 이시리오? 일가 남믹간의 아니 빌니니 다른 사롬은 일을 말이 업도다. 닉 너롤 다려가 다시 청ᄒᆞ리라."

ᄒᆞ고 삼동문 밧긔 가 도동을 블너 통ᄒᆞ라 ᄒᆞ니 삼위 낭낭이 다시 나와 마조 드러가 좌졍 후 함지션 왈,

"삼위 져져(姐姐)는 닉 말을 드ᄅᆞ쇼셔. 도형은 삼위 져져의 일믹 형뎨라 두가지 보빅롤 일흔 후 져졔 동녁ᄒᆞ여 ᄎᆞᄌᆞ쥬엄즉ᄒᆞ거놀 므ᄉᆞᆷ 연고로 금교젼【19】을 아니 빌니ᄂᆞ뇨? 혹 다른 ᄃᆡ 가 긔특ᄒᆞᆫ 보빅롤 어더 졍히쥬롤 다시 어들작시면 형뎨간 무ᄉᆞᆷ 낫출 보려ᄒᆞᄂᆞᆫ다? 슈히 금교젼을 빌니라."

운쇼낭낭이 이 말을 듯고 이윽이 ᄉᆡᆼ각ᄒᆞ더니 칭탁ᄒᆞᆯ 길이 업셔 닉여쥬며 왈,

"ᄃᆡ형이 이롤 가지고 연등을 ᄃᆡᄒᆞ여 졍히쥬롤 ᄎᆞ존 후 도로 가져오라. 부ᄃᆡ 조심ᄒᆞ여 가져가고 허슈이 말나."

공명이 허락고 삼션도롤 ᄯᅥ날ᄉᆡ 함지션이 일너 왈,

"닉 화로 가온ᄃᆡ 긔특ᄒᆞᆫ 보빅롤 블구의 보닉마."

ᄒᆞ니 공명이 ᄉᆞ례ᄒᆞ고 도라가다.

문틱ᄉᆡ 공명의 오믈 보고 문왈,

"가셔 무어ᄉᆞᆯ 어더온다?"

공명 왈,

"삼위의 가 비ᄌᆞ롤 보고 금교젼을 어더왓ᄂᆞ니 명일의 닉 졍히쥬롤 분명이 아ᄉᆞ오리라."

ᄒᆞᆫᄃᆡ 틱ᄉᆡ 크게 깃거 ᄉᆞ진 쥬장을 블너 잔치ᄒᆞ더라. 이튼날 ᄃᆡ영즁의셔 토셩이 나며 문틱【20】ᄉᆡ 흑긔린을 타고 좌우의는 등(鄧)·신(辛)·장(張)·되(陶)요 조공명은 범을 타고 진을 님ᄒᆞ여 연등을 청ᄒᆞᆫᄃᆡ 나탁이 봉의 와 이 말을 니ᄅᆞ니 연등이 발셔 공명의 금교젼 비러 온 쥴 알고 모든 도우다려 닐너 왈,

"공명이 임의 금교젼을 두어시니 너희 등은 가히 ᄃᆡ젹지 못ᄒᆞᆯ 거시니 닉 ᄉᆞᄉᆞ로 가마."

ᄒᆞ고 ᄉᆞᄉᆞᆷ을 타고 진젼의 님ᄒᆞ니 공명이 ᄃᆡ호왈,

"닉 졍히쥬롤 도로 보닉면 ᄌᆞ연 무ᄉᆞᄒᆞ려니와 아니보닉면 ᄌᆞ웅을 오놀날 결ᄒᆞ리라."

연등 왈,

"이 구술은 블과 보빅니 이졔 임ᄌᆞ롤 보고 왓거놀 엇지 좌도오술ᄒᆞᄂᆞᆫ ᄌᆞ의게 가리오? 부졀업시 망녕져온 의ᄉᆞ롤 닉지 말나."

공명이 ᄃᆡ로ᄒᆞ여 범을 달녀 다라드니 연등도 ᄉᆞᄉᆞᆷ을 모라 셔로 ᄊᆞ화 슈합의 공명이 금교젼을 공즁의 더지니 11)이 가익는12) 교룡으로 밍그라 어우럿고 텬디 영긔(靈氣)롤 타【21】며 일월정화롤 바닷ᄂᆞᆫ지라 공즁의 이시믹 텬디 터지ᄂᆞᆫ듯ᄒᆞ며 상셔의 구룸이 몸을 덥허 놓이 셔로 머리롤 트러시며 ᄯᅩ리롤 셔로 믹ᄌᆞᆺᄂᆞᆫ듯ᄒᆞ니 신션의 도술을 엇지 가히 발뵈리오?13) 연등이 황겁ᄒᆞ여 물 아리로 다라난ᄃᆡ 공명이 믹화녹을 잡아 두 조각의 닉고 노긔발발ᄒᆞ여 영으로 도라오니라.

---

11) 여기시부터는 원문 제48회 '陸壓獻計射公明'의 내용에 들어감.

12) 【가익】 명 가위. ¶ 剪 ‖ 이 가익는 교룡으로 밍그라 어우럿고 텬디 영긔롤 타며 일월정화롤 바닷ᄂᆞᆫ지라 (此剪乃是兩條蛟龍, 采天地靈氣, 受日月精華.) <西周 13:21>

13) 【발뵈다】 동 드러내보이다. ¶ 공즁의 이시믹 텬디 터지ᄂᆞᆫ듯ᄒᆞ며 상셔의 구룸이 몸을 덥허 놓이 셔로 머리롤 트러시며 ᄯᅩ리롤 셔로 믹ᄌᆞᆺᄂᆞᆫ듯ᄒᆞ니 신션의 도술을 엇지 가히 발뵈리오? (起在空中挺折上下, 祥雲護體, 頭交頭如剪, 尾交尾如股, 不怕你得道神仙.) <西周 13:21>

48
늑압헌계ᄉ공명(陸壓獻計射公明)

연등(燃燈)이 도망ᄒᆞ여 노봉(蘆篷)으로 도
라오니 졔션(諸仙)이 금교젼(金蛟剪) 형상을 뭇
거늘 연등이 머리ᄅᆞᆯ 가로져으며 왈,

"가장 어렵더라 그거시 공즁의 이실졔ᄂᆞᆫ
두 놉이 트러졋ᄂᆞᆫ 듯ᄒᆞ다가 ᄶᅥ러질졔ᄂᆞᆫ 드는 칼
과 한가지니 형셰 조치 아니믈 보고 믈속으로
도망ᄒᆞ여 ᄉᆞ라왓거니와 앗가올ᄉ 니 미화녹(梅
花鹿)이 두 조각의 나미로다."

즁인이 듯고 다 한심ᄒᆞ여[1] 졍 【22】 히 묘
계ᄅᆞᆯ 의논ᄒᆞ더니 나탁(哪吒)이 드러와 닐오더,

"한 도인이 드러와 뵈기ᄅᆞᆯ 쳥ᄒᆞᄂᆞ이다."

연등이 쳥ᄒᆞ여 좌ᄅᆞᆯ 졍ᄒᆞ고 녜필의 문왈,

"도형이 어ᄂᆞ산 무슴 동부(洞府)의 계시니
잇가?"

도인 왈,

"빈도는 오악(五岳)의 한유(閑遊)ᄒᆞ며 ᄉᆞ히

롤 희롱ᄒᆞᄂᆞᆫ 들사롭이니 셩명은 늑압(陸壓)이오
별호는 곤뉸한인(崑崙閑人)이라. 조공명(趙公明)
의 거즛거술 도와 진짓거술 멸ᄒᆞ랴 ᄒᆞ고 금교젼
을 어더 도우ᄅᆞᆯ 상희오믈 드르니 졔 도슐을 비
록 아나 엇지 조화 즁 현묘ᄅᆞᆯ 알니오? 빈되 특
별이 오믄 금교젼을 졔어ᄒᆞ여 쓰지 못ᄒᆞ게 ᄒᆞ리
니 그런즉 졔 ᄌᆞ연이 죽으리라."

졔인이 더희러라.

이튼날 공명이 범을 타고 봉하의 와 더호
왈,

"연등아 네 임의 묘슐이 잇다 ᄒᆞ더니 어졔
ᄂᆞᆫ 엇지ᄒᆞ여 다라난다? 이졔 ᄲᆞᆯ니 와 ᄌᆞ웅을 결
ᄒᆞ라."

나탁이 듯고 【23】 ᄒᆞ더 늑압 왈,

"빈되 나가리이다."

ᄒᆞ고 진젼의 나셔니 한 난장의 형상의 큰 홍포
ᄅᆞᆯ 닙고 상이 괴이ᄒᆞ니 공명이 문왈,

"오ᄂᆞᆫ ᄌᆞᄂᆞᆫ 엇던 사롬인다?"

늑압 왈,

"나는 일홈잇는 사롬이어놀 네 아지 못ᄒᆞ
ᄂᆞᆫ다? 나는 신션도 아니오 셩인도 아니오 곤뉸
산 한인 늑압이로다."

공명 왈,

"조곰안[2] 요도(妖道)읫 놈이 엇지 감히 닙
을 여러 날을 속이ᄂᆞ냐?"

ᄒᆞ고 범을 치쳐 다라드니 늑압이 칼홀 ᄲᅢ혀 ᄊᆞ
화 삼오합이 못ᄒᆞ여셔 공명이 금교젼을 공즁의
더진더 늑압이 보고 긴 무지게 한 ᄶᅦᄅᆞᆯ 니여 다
라나니 공명이 잡지 못ᄒᆞ고 더로ᄒᆞ여 니ᄅᆞᆯ 갈며
도라가니라. 늑압은 ᄊᆞ호려ᄒᆞ미 아니라 조공명
의 얼골을 ᄌᆞ시보려 ᄒᆞ미러라. 늑압이 노봉으로
도라오니 연등이 무ᄅᆞᆫ더 늑압 왈,

"빈되 스스로 쳐치 이시니 ᄌᆞ아공을 쳥ᄒᆞ
여 니 말 【24】 을 드러 힝ᄒᆞ라 ᄒᆞ쇼셔."

ᄒᆞ고 화람(花籃) 한 복(幅)을 명빅히 쓰고 우희
인치고 부작 써쥬어 왈,

"가히 기산(岐山)의 가 한 영(營)을 민들고
영니의 한 더ᄅᆞᆯ ᄊᆞ고[3] 초인(草人) 하나흘 민ᄃᆞ

---

1) 【한심ᄒᆞ다】 圖 낙심(落心)하다. /오싹하다. ¶ 心
寒‖ 즁인이 듯고 다 한심ᄒᆞ여 졍히 묘계ᄅᆞᆯ 의
논ᄒᆞ더니 나탁이 드러와 닐오더 (衆道人聽說俱
各心寒, 共議將何法可施.) <西周 13:21>

2) 【조곰안】 圈 조그만. 하챦은. ¶ 好‖ 조곰안 요
도읫 놈이 엇지 감히 닙을 여러 날을 속이ᄂᆞ냐?
(好妖道! 焉敢如此出口傷人. 欺吾太甚!) <西周
13:23>

라 몸의 '조공명' 숨즈롤 쓰고 두상의 한 잔(盞) 등화와 족하(足下)의 한 잔 등화롤 혀4) 곡셩을 발ᄒ고 부작을 외오며 초인 블지르기롤 하로 세 번식 이십 일일 곳 ᄒ면 빈되 도라와 볼 거시니 그 ᄢᅥ의 공명이 ᄌᆞ연 명이 졀ᄒ리라."

ᄌᆞ이(子牙) 명을 듯고 그더로 ᄒ기롤 삼오일을 ᄒ니 공명이 몸의 블이 니러나는 듯ᄒ며 속이 ᄭᅳᆯ는 기롬 갓ᄒ여5) 힝븨 젼도(顚倒)ᄒ니 문틱시 공명의 니러ᄒ믈 보고 심즁이 블안ᄒ여 ᄯᅩ흔 군졍을 다스리지 아니ᄒ더라. 널염진쥬(烈焰陣主) 빅텬군(柏天君)이 문틱스롤 보고 왈,

"조도형이 심졍이 황홀ᄒ여 군졍을 의논치 못ᄒ게 되여시니 영즁의 머므러 두【25】고 니 널염진을 가지고 가고져 ᄒ노라."

틱시 말니고져 ᄒ더 빅텬군 왈,

"십진 너의 하나토 공을 일우니 업스니 이계 안겨 보다가 어너날 공을 일우리오?"

틱스의 말을 듯지 아니코 널염진으로 드러 스슘을 타고 봉하로 가 크게 연등을 블너 왈,

"옥허궁 교하의 뉘 감히 니 진을 당ᄒ리오?"

연등이 모든 도우롤 다리고 반녈을 셰워 나오더 일즉 빅텬군이 올 줄은 싱각지 아냣다가 의외의 이롤 당ᄒ여 좌우롤 도라보더 응답ᄒ리 업더니 뇩압이 웃고 왈,

"니 가리라."

말을 맛츠며 진젼의 나오니 빅텬군 왈,

"너는 엇던 사롬인다?"

뇩압 왈,

"네 이 진 베플계 반ᄃᆞ시 현묘흔 곳올 어

더두어실 거시니 나 곳 아니면 파치 못홀 거시라. 특별이 왓노라."

빅텬군이 이 말을 듯고 더로ᄒ여 칼홀 ᄲᅡ혀들거늘 뇩압이 ᄯᅩ흔 칼홀 드【26】러 셔로 ᄊᆞ호다가 텬군이 진 안으로 다라드니 뇩압이 ᄯᆞ라 든더 텬군이 더상의 올나 홍긔 세홀 두루니 공즁화(空中火)·지하화(地下火)·삼미화(三昧火) 이 세 블이 일시의 니러나 뇩압을 에워 널염이 탕텬(撑天)ᄒ나 뇩압은 본더 이 세가지 블 졍긔로 타 난 신션이니 블이 어이 슬와바리리오?6) 뇩압이 블 속의 드러 졍신이 빅비나 ᄉᆞᆨᄉᆞᆨᄒ니7) 호로롤 너여 한 긔운을 지어 반공의 세 길이나 ᄶᅥᆻ더니 홀연 한 긔운이 나려 빅텬군의 머리의 덥히며 쇠못슬 박으니 텬군이 심혼이 아득ᄒ여 좌우롤 아지 못ᄒ더라. 뇩압이 블 속의 잇셔 흰 긔운을 거두니 빅텬군이 머리는 ᄯᆞ히 ᄶᅥ러지고 녕혼은 봉신더로 가니라. 뇩압이 널염진을 파ᄒ고 호로롤 거두어 오더니 뒤히 한 사롬이 더호 왈,

"뇩압은 닷지 말나 니 오노라."

ᄒ니 낙혼진쥬(落魂陣主) 요텬【27】군(姚天君) 이라. 스슘을 타고 칼홀 안앗시니 낫치 황금 갓ᄒ며 붉은 슈염과 큰 닙의 쇼리 벽녁 갓흔더 달녀오기롤 번기 갓치 ᄒ거늘 연등이 ᄌᆞ아더려 왈,

"방상(方相)을 블너 급히 이 진을 파ᄒ라."

방상이 응셩ᄒ여 방텬극(方天戟)을 가지고 나는ᄃᆞ시 진의 나가 갈오더,

"너는 엇던 거신다? 니 장녕(將令)을 바다 낙혼진을 파ᄒ라 왓노라."

요텬군이 칼홀 가지고 다라드러 방상을 지르려ᄒ더 방상이 몸이 크고 힘이 세니 제어치 못ᄒ여 진 안으로 드러가니 방상이 고셩을 듯고

---

3)【ᄊᆞ다】동 쌓다. ¶ 築‖ 가히 기산의 가 한 영을 민들고 영너의 한 더롤 ᄊᆞ고 초인 하나홀 민ᄃᆞ라 몸의 '조공명' 숨즈롤 쓰고 (可往岐山立一營, 營內築 臺. 扎 草人, 人身上書'趙公明'三字.) <西周 13:24>

4)【혀다】동 켜다. ¶ 두상의 한 잔 등화와 족하의 한 잔 등화롤 혀 곡셩을 발ᄒ고 부작을 외오며 초인 블지르기롤 하로 세 번식 이십 일일 곳 ᄒ면 빈되 도라와 볼 거시니 그 ᄢᅥ의 공명이 ᄌᆞ연 명이 졀ᄒ리라 (頭上 一盞燈, 足下一盞燈. 白步罡斗, 書符結印焚化, 一日三次拜禮, 至二十一日之時, 貧道自來午時助你, 公明自然絶也.) <西周 13:24>

5) 몸의 블이 니러나는 듯ᄒ며 속이 ᄭᅳᆯ는 기롬 갓ᄒ여: 心如火發, 意似油煎.

6)【슬오다】동 사르다. 태우다. ¶ 燒‖ 세 블이 일시의 니러나 뇩압을 에워 널염이 탕텬ᄒ나 뇩압은 본더 이 세가지 블 졍긔로 타 난 신션이니 블이 어이 슬와바리리오? (三火將陸壓圍裹居中. 他不知陸壓乃火內之珍, 離地之精, 三昧之靈, 三火攅繞共在 一家, 焉能壞得此人?) <西周 13:26>

7)【ᄉᆞᆨᄉᆞᆨᄒ다】형 씩씩하다. ¶ 뇩압이 블 속의 드러 졍신이 빅비나 ᄉᆞᆨᄉᆞᆨᄒ니 호로롤 너여 한 긔운을 지어 반공의 세 길이나 ᄶᅥᆻ더니 (見陸壓精神百倍, 手中托着一個葫蘆, 葫蘆內有一線毫光, 高三丈有餘.) <西周 13:26>

쓰라 진 안히 드니 텬군이 디상의 올나 검은 모
리롤 한 번 뿌리니 방상이 가온더 모리 잇는 줄
을 모르고 드러왓다가 의외지변(意外之變)을 만
나 한 쇼리롤 크게 지르고 경긱(頃刻)의 죽으니
가련한 녕혼이 봉신더로 가니라. 요텬군이 스슴
을 타고 진의 나와 크게 블너 왈,

"연등아 네 일【28】흠난 도스로써 싸호지
아니코 범상한 쇽즈롤 보니여 쇽절업시 죽여바
리는다? 각별이 쳥고도덕즈(淸高道德者)롤 보니
여 승뷔롤 겨우라."

젹졍지(赤精子) 연등의 명을 바다 혜검을
싼혀들고 진의 나 갈오디,

"요빈(姚賓)아 네 젼의 강즈아(姜子牙)의
혼빅을 잡아갓거놀 너 두 번 네 진의 가 구하여
왓더니 오눌날 쏘 방상을 죽이니 이 원을 갑흐
리라."

요빈 왈,

"네 티극도롤 현묘타 하디 너 낭즁의 들기
롤 면치 못하여시니 너희 옥허문하의 하나토 신
통한 지 업거놀 네 엇지 쟝한 말을 하는다?"

젹졍지 왈,

"이는 젼의 혹 그런 씨롤 만나 그러하거니
와 너는 이졔 목슘 끗칠 씨롤 만나 셩명을 도망
키 어려오니 뉘웃쳐도 밋지 못하리라."

요빈이 디로하여 간도(鐗刀)롤 들고 다라
드니 젹졍지 마즈 싸호다가 요빈이 낙혼진의 드
러가【29】니 젹졍지 이 진의 이번 조츠 셰 번
드러가미 진즁 니히롤 알므로 몬져 경운을 니여
그 몸을 호위하고 팔과즈슈션의(八卦紫壽仙衣)
롤 닙어 광치 조요(照耀)케 하여 검은 모리로
몸의 드지 아니케 하고 쓰라 드러가니 요빈이
디의 올나 검은 모리 한 말을 니여 뿌린디 젹졍
지 우흐로 경운이 잇고 아리로 션의롤 닙엇는지
라 혹시 엇지 침범하리오? 요빈이 슐법이 힝치
못하믈 보고 디로하여 디의 나려 다시 싸호고져
하더니 젹졍지 가만이 음양경(陰陽鏡)을 니여
빗쵀니 요빈이 디의 나려지거놀 젹졍지 곤눈을
향하여 졀하여 왈,

"뎨지 오눌날 살계롤 범하엿느이다."

하고 칼홀 가져 요빈의 머리롤 버히니 녕혼이
봉신더로 가니라. 젹졍지 티극도롤 츠즈 현도동
으로 보니니라. 문티시 조공명의 병들믈 보고

심즁의【30】블낙하여 군졍을 다스리지 아니하
더니 쏘 이(二) 진쥬(陣主) 죽어 두 시쳬롤 압히
노흐니 다만 칠규로셔 니만8) 나거놀 티시 발을
구르며 탄왈,

"오눌날 니 도우로 하여곰 이 익을 만나게
홀 줄을 어이 알니오?"

하고 인하여 남은 이 진쥬 댱 · 왕 냥위 텬군을
블너 울며 왈,

"블힝하여 명을 밧드러 졍토하다가 모든
도형의게 지앙을 끼치니 다 니 탓시로다."

하고 쏘 조공명을 보니 졍신이 더옥 황홀하여
즁무롤 다스리지 아니하고 코 고으는 쇼리 우뢰
갓하여 잠만 즈고 닐을 슬퍼지 아니하니 상히
황황하여 영즁의 한 일도 결단하미 업더라. 조
공명의 원신(元神)을 잡아다가 팔극으로 두로
손케 하니 공명은 더옥 혼혼하여 잠만 탐하고
씰 줄 모르니 티시 심신이 울민하여 너댱으로
드러가 공명을 흔드러 씨와 왈,

"도【31】형아 어이 조으롬만9) 탐하여 씰
줄을 모르는다?"

공명이 눈을 멀거이 써보며 왈,

"니 굿하여10) 즈는 비 아니로쇼이다."

진쥬 공명의 형상을 보고 티스다려 닐너
왈,

"우리 등이 조도형의 형상을 보니 광경이
조치 아닌지라 한 졈 잘하는 사룸이 이시니 금
젼을 가져 길흉을 무러보미 엇더하니잇고?"

티시 왈,

"유리타."

하고 즉시 향안을 비셜하고 졈복하니 갈와시디,

"슐스 뇩압이 두젼(頭釘)과 칠젼셔(七箭書)
롤 조도형을 셔기의 가 쏘아 잡으려 하느니라."

---

8)【니】圏 내. 연기. ¶ 煙∥ 문티시 조공명의 병
　들믈 보고 심즁의 블낙하여 군졍을 다스리지 아
　니하더니 쏘 이 진쥬 죽어 두 시쳬롤 압히 노흐
　니 다만 칠규로셔 니만 나거놀 (聞太師因趙公明
　如此, 心下不樂, 懶理軍情, 不知二陣主又失了機.
　太師聞報破了兩陣, 只急得三尸神暴跳, 七竅內生
　煙.) <西周 13:30>
9)【조으롬】圏 졸음. 잠. ¶ 睡∥ 도형아 어이 조
　으롬만 탐하여 씰 줄을 모르는다? (道兄, 你乃仙
　體, 爲何只是酣睡?) <西周 13:31>
10)【굿하여】㊾ 구태여. 결코. ¶ 幷∥ 니 굿하여
　즈는 비 아니로쇼이다(我幷不曾睡.)<西周 13:31>

티시 디경 왈,

"장찻 어이ᄒᆞ리오?"

왕텬군 왈,

"우리 등이 셔기의 가 그 글을 아스오면 이 익을 능히 면ᄒᆞ리이다."

티시 왈,

"블가ᄒᆞ다. 제 반드시 방비ᄒᆞᄂ 일이 이실 거시니 가만ᄒᆞ 계교로 칠 거시오 보ᄂ디 앗다가ᄂ 도로혀 히롤 닙으리라."

ᄒᆞ고 후영의 드러가 공명다려 왈,

【32】"도형의 병이 슐ᄉ 늒압이 두젼과 칠젼셔롤 가지고 너롤 쏘아 죽이려ᄒᆞᄂ 쥴을 아ᄂ다?"

공명이 디경 왈,

"도형아 니 너롤 위ᄒᆞ여 산의 나려왓다가 이 익을 만나니 무슴 도로 날을 구ᄒᆞ려 ᄒᆞᄂ뇨?"

티시 무언ᄒᆞ여 한갓 졍신이 표탕ᄒᆞ고 마음이 어즈러온 사롬 갓ᄒᆞ여 ᄒᆞ거눌 장텬군 왈,

"티ᄉᄂ 넘녀 마로쇼셔. 오늘 느즌 후 진구공·요쇼ᄉ롤 보ᄂ여 ᄯ 속으로 가만이 드러가 이 글을 아스오리이다."

티시 디희ᄒᆞ더라.

연등이 모든 문인을 다리고 고요히 안ᄌ 원신을 운동ᄒᆞ더니 늒압이 홀연 심혈이 나며 말을 못ᄒᆞ거눌 연등이 무른디 늒압 왈,

"도형은 아지 못ᄒᆞᄂ냐? 문즁이 우리 ᄒᆞᄂ 일을 알고 두 사롬을 기산으로 보ᄂ여 칠젼셔롤 이스가랴 ᄒᆞ니 이 곳 아이면 우리 죽ᄂ 날이라. 급히 능간(能幹)ᄒᆞ 사롬을 ᄌ아의게 보ᄂ여 방비ᄒᆞ여【33】야 근심이 업스리라."

ᄒᆞ디 연등이 놀나 즉시 양젼(楊戩)·나탁(哪吒) 두 사롬을 기산으로 보ᄂ여 ᄌ아의게 보ᄒᆞ라 ᄒᆞ디 나탁은 풍화륜을 타시니 가ᄂ 형상이 바람과 블 갓고 양젼은 말을 타시미 미양 ᄯ러지더라. 진구공(陳九公)·요쇼시(姚少司) 기산의 가 공즁의 ᄯ ᄌ아의 거동을 보니 머리 플고 칼 집고 칠셩을 봛고 젼시롤 외오며 젼ᄒᆞ기눌 두 시롬이 ᄌ아 졀홀 ᄯ의 가만이 그 글을 더위쳐11) 가지

고 풍운 갓치 가니 ᄌ아 머리롤 드러보니 상 우희 젼셰 업ᄂ지라 디경황홀ᄒᆞ여 바야흐로 우려ᄒᆞ더니 홀연 남궁괄(南宮适)이 나탁을 다리고 드러와 보왈,

"문즁이 사롬을 보ᄂ여 젼셔롤 아스가려 ᄒᆞᄂ고로 늒도소의 명을 밧드러 ᄉ슉긔 알외고 미리 방비ᄒᆞ라 ᄒᆞ더이다."

ᄌ아 디경 왈,

"니 바야흐로 법슐을 힝홀졔 공즁의 한 쇼리 잇더니 믄득 젼셔롤 보지 못ᄒᆞ니【34】네 썰니 가 아스오라."

나탁이 도로 풍화륜을 타고 ᄯ라 다르니라. 양젼은 ᄉ오리나 ᄯ러졋더니 홀연 괴이ᄒᆞ 바람이 오ᄂ 양을 보고 반다시 젼셔 오ᄂ 쇼식이로다 ᄒᆞ고 말을 나려 흙과 플을 더위쳐 공즁의 ᄲ리고 한 쇼리롤 지르니 이ᄂ 션텬비슐(先天秘術)이라 도묘(道妙) 무궁ᄒᆞ고 진쥬롤 도아 온갓 일이 응ᄒᆞ게 ᄒᆞᄂ 일이러라. 진구공·요쇼시 이 글을 앗고 디희ᄒᆞ여 문티스롤 본디 티시 문왈,

"그 일을 어이ᄒᆞ뇨?"

이인이 디왈,

"명을 밧드러 가니 강ᄌ이 바야흐로 법슐을 ᄒᆞ노라 굽어기며 졀ᄒᆞ거눌 뎨ᄌ 등이 공즁으로셔 아스왓ᄂ이다."

티시 디희 왈,

"너희 등이 이 글을 가지고 후영의 가 ᄉ부끠 뵈오라."

이인이 몸을 두로혀 가더니 홀연 뒤흐로셔 벽녁갓흔 쇼리 나거눌 머리롤 두로혀 보니 디명은 보지 못ᄒᆞ고 져희 이인은 졀노 ᄯᅳ히 업더져【35】어린듯 취흔듯ᄒᆞ여 졍히 의심ᄒᆞᄂ 가온디 한 사롬이 빅마장창으로 크게 블너 왈,

"니 글을 어서 보너라."

---

11)【더위치다】囹 움켜잡다. ¶ 抓‖ 두 사롬이 ᄌ아 졀홀 ᄯ의 가만이 그 글을 더위쳐 가지고 풍운 갓치 가니 ᄌ아 머리롤 드러보니 상 우희

젼셰 업ᄂ지라 (正一拜下去, 早被二人往下一坐, 抓了箭書似風雲而去. 子牙聽見響, 急擡頭看時, 案上早不見了箭書.) <西周 13:33> 양젼은 ᄉ오리나 ᄯ러졋더니 홀연 괴이ᄒᆞ 바람이 오ᄂ 양을 보고 반다시 젼셔 오ᄂ 쇼식이로다 ᄒᆞ고 밀을 나려 흙과 플을 더위쳐 공즁의 ᄲ리고 한 쇼리롤 지르니 이ᄂ 션텬비슐이라 (楊戩見其風來得異怪, 想必是搶了箭書來. 楊戩下馬, 忙將土草抓一把望空中一灑, 喝一聲: "疾!" 坐在一邊. 正是先天秘術.) <西周 13:34>

진구공·요쇼시 디로ㅎ여 칼흘 들고 나아오니 양젼의 창은 디망(大蟒) 갓흐여 흑야의 셔로 쏘호니 하늘이 슈참ㅎ고 짜히 혼미ㅎ더니 〔天慘地昏〕 홀연 공즁으로셔 풍화륜 쇼리 나며 나탁이 슐위의 나려 창을 들고 도오니 진구공·요쇼시 본디 양젼의 격슈도 아닌디 ㅎ믈며 나탁을 어이 당ㅎ리오? 나탁이 용을 써 한 창으로 요쇼스롤 질너죽이고 양젼은 진구공을 질너죽이니 이인의 혼빅의 봉신디로 가니라. 양젼이 나탁다려 문왈,

"기산 일이 엇더ㅎ더뇨?"

나탁 왈,

"스슉이 임의 글을 아이고 날노 ㅎ여곰 쓰라가 아스오라 ㅎ더라."

양젼 왈,

"니 쩌러졋다가 두 사롬이 바람을 조〔36〕 초 오더 쇼리 심히 고괴(古怪)ㅎ거늘 니 응당 글을 아스오는가 ㅎ여 한 모칙을 베프고 무왕 큰 복을 힘닙어 글을 도로 아스려ㅎ더니 쏘 도형의 도으믈 보니 가장 깃부다."

ㅎ고 글을 가져 도라오니 텬식이 임의 붉앗더라. 즈이 글 앗던 곡졀을 뭇고 디회ㅎ여 양젼을 기려 왈,

"지용이 쌍젼ㅎ고 만고의 긔특흔 공이로다."

ㅎ고 나탁을 기리디 영웅을 조츠 젹심(赤心)으로 나라홀 돕는다 ㅎ더라. 즈이 이후로는 일야의 용심ㅎ여 방비ㅎ더라.

문티시 쳐음 글 아스온 일을 보고 깃거ㅎ다가 두 번지 후영으로 보니던 사롬이 날이 늣도록 아니오니 신환(辛環)으로 ㅎ여곰 쇼식을 알나 ㅎ디 신환이 급히 도라와 보왈,

"이인의 죽엄이 도즁의 잇더이다."

티시 박안디규(拍案大叫) 왈,

"이인이 임의 죽어시니 그 글이 반〔37〕 드시 도라오지 못홀노다."

ㅎ고 가슴을 두다리며 발굴너 군즁의셔 크게 우더라. 이 진쥐 드러와 티스의 비통ㅎ는 연고롤 무론디 티시 다 니르니 이 텬군이 말을 못ㅎ고 후영으로 가 조공명을 보니 코 고으는 쇼리 우뢰 갓거늘 티시 압히 나아가 눈믈을 흘니고 크게 블너 찌온디 공명이 눈을 쩌보고 글 가져온

말을 뭇거늘 티시 그 곡졀을 다 니르니 공명이 눈을 브릅쓰고 일쩌 안즈며 왈,

"진구공·요쇼시 맛춤니 죽어시니 이졔는 홀 길이 업도다. 니 미즈(妹子)의 말을 듯지 아니ㅎ엿다가 과연이로다. 츄회흔들 엇지리오?"

이달와 혀츠며 만신의 쏨이 흘너 계교롤 싱각지 못ㅎ며 우왈,

"니 텬황시격붓허 도롤 닷가 옥 갓흔 선쳬(仙體)롤 일웟더니 오늘날 뉵압의 손의 죽이믈 보니 진실노 가련ㅎ도다. 문형아 니 지싱홀 길이 업〔38〕 스니 니 죽은 후 금교젼과 검은 도복을 조조히 쏘 봉ㅎ여 두엇다가 운쇼 뎨미(諸妹) 니 히골을 거두라 오거든 이롤 쥬쇼셔. 삼미 니 옷슬 보면 친형 본듯 ㅎ리라."

말을 맛츠며 디셩통곡ㅎ니 눈믈이 비오듯 ㅎ여 왈,

"운쇼 미즈야 니 네 말을 쓰지 아니코 오늘날 이 화롤 보노라."

ㅎ고 목이 메여 능히 말을 못ㅎ니 티시 이 형상을 보고 마음이 칼노 헤치는 듯ㅎ며 노발(怒髮)이 관을 쑤러지르고 니롤 두다려 바아바리더라.

홍슈진쥬(紅水陣主) 왕변(王變)이 티스의 상심ㅎ믈 보고 일변 홍슈진을 치며 봉하의 와 크게 블너 왈,

"옥허 문하 사롬들아 뉘 감히 홍슈진을 파ㅎ리 이시리오?"

흔디 양젼·나탁이 셔기로셔 갓 오고 연등·뉵압이 셔로 말ㅎ다가 이 말을 듯고 모든 뎨즈롤 다리고 나가 보니 왕변이 스슴을 타고 셧시디 긔셰 가장 〔39〕 흉악ㅎ더라. 연등이 조보(曹寶)롤 명ㅎ여 쏘호라 흔디 조뵈 왈,

"임의 진쥬롤 위ㅎ여 나와시니 엇지 감히 스양ㅎ리잇고?"

ㅎ고 보검을 가지고 진의 나 크게 블너 왈,

"왕변은 오지 말나."

왕변이 조뵌 줄 알고 왈,

"네 한가흔 사롬이어놀 무솜 연고로 죽으려ㅎ는다?"

조뵈 왈,

"너희 등이 거즛거술 붓드러 텬의롤 모로고 고집만 ㅎ기로 조공명이 스스로 죽는디 나아가고 너희 십진의 팔구롤 임의 파ㅎ여시니 어이

텬의룰 모로느뇨?"

왕변이 디로ㅎ여 다라들거늘 조뫼 칼홀 썬
혀 셔로 쓰호다가 왕변이 진즁으로 급히 드러가
거늘 조뫼 쌴라 드러가니 왕변이 디의 올나 호
로의 믈을 가져 한 번 쑤리니 호뫼 씨여지며 붉
은 믈이 쪄 오니 한 졈이나 몸의 무드면 일신이
화ㅎ여 【40】 피믈이 되더니 조뫼 이 믈을 만나
몸이 화ㅎ여 피믈이 되니 가련흔 넉시 봉신디로
가니라. 왕변이 다시 ㅅ슘을 타고 진의 나와 크
게 블너 왈,

"연등아 옥허 문하의 일홈 놉흔 지 만커늘
엇지 이런 무고흔 한인(閑人)을 보니여 쇽졀업
시 죽게 ㅎ는다? 감히 올 지 잇거든 니 진의 오
라."

연등이 이 말을 듯고 즉시 도덕진군(道德
眞君)을 명ㅎ여 가라 ㅎ니라.

49
무왕실함홍ᄉ진(武王失陷紅砂陣)

도덕진군(道德眞君)이 칼흘 들고 나가 왕변(王變)을 블너 왈,

"네 텬시(天時)롤 아지 못ᄒ고 건곤(乾坤)을 두로혀며 하늘을 거스려 일을 힝ᄒ려ᄒ여 〔逆天行事〕 몸을 상멸(喪滅)ᄒ려 ᄒ니 뉘웃촌들 엇지 밋츠리오? 네 열 진의 팔구롤 파ᄒ더 오히려 강ᄒ믈 밋어 마옴만 퍼려(悖戾)ᄒᄂ【41】도다."

왕변이 디로ᄒ여 칼흘 들고 다라드니 진군도 칼흘 썬혀 ᄊ화 슈합이 못ᄒ여 왕변이 본진으로 다라드니 도덕진군이 금종 쇼리롤 듯고 진 중으로 ᄯ라든디 왕변이 디의 올나 호로롤 가지고 믈을 뿌리니 붉은 믈이 ᄯᄒ히 가득ᄒ거늘 진군이 ᄉ미롤 썰쳐 년곳 한 송이롤 니여 타고 믈 우희 씌워 상하ᄒ며 번등(飜騰)ᄒ여 단이더니 왕변이 ᄯ 한 호로롤 니여 뿌린디 이는 방비치 아녓다가 즉시 경운을 니여 우흐로 몸을 덥허시니 나려오는 믈이 드지 못ᄒ더라. 진군이 년곳 출 타고 비 갓치 단이니 왕변이 공을 일우지 못ᄒ 줄 알고 다라나고져 ᄒ거늘 진군이 오화(五

火)와 칠금션(七禽扇)을 가져 블을 한 번 붓치니 왕변이 크게 한 쇼리롤 지르고 일신이 화ᄒ【42】여 붉은 지 되여 녕혼이 봉신디로 가니라. 오화ᄂ 공중화(空中火)·셕중화(石中火)·목중화(木中火)·삼미화(三昧火)·인간화(人間火)요 칠금션은 봉황시(鳳凰翅) 〔시ᄂ 날개〕·청난시(靑鸞翅)·디붕시(大鵬翅)·공작시(孔雀翅)·빅학시(白鶴翅)·홍곡시(鴻鵠翅)·효조시(梟鳥翅)니 우희 인부(印符)와 긔이ᄒ 부작이 잇더라. 진군이 홍슈진(紅水陣)을 파ᄒ미 연등(燃燈)이 노봉(蘆篷)으로 도라오다.

댱텬군(張天君)이 급히 문티ᄉ다려 왈,

"홍슈진이 ᄯ 파ᄒ비 되거이다."

티시 조공명(趙公明)의 칠젼셔(七箭書)일노 울울블낙(鬱鬱不樂)ᄒ여 군졍(軍情)을 다ᄉ리지 아니터니 ᄯ 이 말을 듯고 더옥 슈민(愁悶)ᄒ믈 니긔지 못ᄒ더라.

ᄌ아(子牙) 기산의 잇셔 이십일을 부작ᄒ니 칠젼셔 방법이 거의 되엿더니,

"명일은 졔 이십 일일이니 조공명의 명이 응당 멸ᄒ리로다."

ᄒ고 심히 깃거ᄒ더라. 문티시 공명의 탑 압히 잇더니 공명 왈,

【43】"문형아 명일 오시(午時)의 ᄂ 명이 ᄆᆞᆽ출 거시니 셔로 보미 오늘 ᄲᅮᆫ이로다."

티시 눈믈을 흘녀 왈,

"ᄂ 도형을 다려와 블측ᄒ 앙화롤 닙게 ᄒ니 ᄂ 마옴이 칼노 버히ᄂ 듯ᄒ여라."

댱텬군이 와 보니 조공명이 머리의 못시 박혓고 칠젼셔의 혼빅이 다 업셔시니 일기 디좌 신션이 다만 셰속 병든 사롬과 갓혼지라 가히 어엿부다. 오형둔갑지슐(五行遁甲之術)을 엇지 다시 베플며 바다흘 두르며 것구르치고 산을 옴기는 〔倒海移山〕 슐이 일장(一場) 헛말이 되여시니 셔로 보며 눈믈만 흘니더라.

ᄌ아 기산의 잇션지 이십 일일 ᄉ이 〔巳牌〕의 무길(武吉) 왈,

"뉵압(陸壓) 노애 오시ᄂ이다."

ᄌ아 마ᄌ 좌졍ᄒ고 녜필의 왈,

"깃브고 깃부다 조공명이 응당 오늘 명이 ᄆᆞᆽ출 거시오 ᄯ 홍슈진을 파ᄒ니 가히 십분지희(十分之喜)라 니ᄅ리로다."

ᄌ의 스례 왈,

"만일 도형의 법녁(法力) 곳【44】 아니면 공명의 결명홈을 어드리잇가?"

뉵압이 웃고 기화람(開花籃)을 읇흐며 작은 뽕나모 가지 활 하나와 복성화1) 가지 살 셋슬 쥬며 왈,

"오늘 오시(午時)만 ᄒ여든 이 화살노 쏘라."

ᄒ니 ᄌ의 명을 듯고 뉵압으로 더부러 장 가온더 잇더니 음양관(陰陽官)이 보ᄒ더,

"오시픠(午時牌)롤 꼿ᄂ이다."

ᄌ의 화술을 먹여2) 드니 뉵압 왈,

"몬져 초인의 왼눈을 쏘라."

흔더 ᄌ의 그더로 ᄒ니 조공명이 영중의 잇다가 홀연 크게 한 쇼리롤 지르고 왼눈을 감고 눈믈이 낫치 가득ᄒ여 곡셩이 심히 참혹ᄒ니 티시 드립써 붓들고 마음이 칼노 꼿는듯ᄒ여 ᄒ더라. ᄌ의 둘지 살노 초인의 올흔 눈을 쏘고 셋지 살노 심중을 쏘니 공명이 인ᄒ여 죽으니 티시 공명이 맛춤니 비명의 죽으믈 보고 더옥 셜워 관곽을 갓초와 후영의 빙쇼ᄒ니 등(鄧)·신(辛)·장(張)·도(陶) 네 장슈는 마음【45】이 놀납고 담이 썰니니 더옥 쥬영의 도 놉흔 사름을 엇지 더젹ᄒ리오? 일노붓허 마음이 경난(驚亂)ᄒ여 항오(行伍)도 졍졔치 못ᄒ더라. 자의 뉵압을 다리고 노봉의 도라가 모든 도우롤 보고 하례 왈,

"뉵형 곳 아니면 공명으로 ᄒ여곰 엇지 죽게 ᄒ리오?"

연등이 가장 칭찬ᄒ더라.

장텬군이 홍스진을 치고 그 가온더셔 즁쇼리롤 발ᄒ니 연등이 ᄌ아다려 왈,

"진셰롤 짐작건더 이 진이 극히 흉악흔 진이니 복 잇는 사름을 보너여야 근심이 업스려니와 만일 무복흔 사름이 가면 크게 손히ᄒ미 이

─────────────────

시리라."

ᄌ의 왈,

"노시 눌을 복인(福人)이라 ᄒ시ᄂ니잇가?"

연등 왈,

"만일 이 진을 파ᄒ려ᄒ면 당금(當今) 셩쥬 친히 가셔야 파ᄒ려니와 다른 사름은 흉ᄒ믄 만코 길ᄒ믄 젹으리라."

ᄌ의 경왈,

"우리 텬ᄌ는 션왕의 인덕을 법바드시고 무스의 닉지3) 못ᄒ시【46】니 엇지 이 진을 파ᄒ시리오?"

연등 왈,

"즁흔 일을 지완(遲緩)이 못흘 거시니 샐니 가시기롤 청ᄒ라 니 ᄌ연 쳐치ᄒ미 이시리라."

ᄌ의 무길(武吉)노 ᄒ여곰 무왕(武王)긔 알왼더 무왕이 봉하(篷下)로 오시거늘 ᄌ의 마ᄌ 봉상의 올니고 모든 도인이 비하(拜下)흔더 무왕이 답녜ᄒ시고 왈,

"녈위 도시 날을 청ᄒ여 무엇ᄒ랴 ᄒᄂ니잇가?"

연등이 디왈,

"이졔 열 진의 아홉을 파ᄒ고 한 홍스진이 이시더 지존이 친남(親覽)ᄒ셔야 근심치 아니코 파홀 거시미 청ᄒ엿더니 아지 못게라 현왕(賢王)은 가히 즐겨 가시리잇가?"

무왕 왈,

"녈위 도장(道長)이 다 이의 오심도 셔토 화란을 측은이 너기미니 과인이 어이 가기롤 ᄉ양ᄒ리잇가?"

연등이 디희ᄒ여 왕긔 청ᄒ여

"너론 의더(衣帶)롤 버스쇼셔."

흔더 무왕이 버스시니 연등이 가온더 손가락으로 무왕 몸 젼후의 부작ᄒ【47】고,

"옷술 곳쳐 닙으쇼셔."

ᄒ고 쏘 부작을 가져 쓰신 반뇽관(蟠龍冠) 속의 녀코 나탁(哪吒)·뇌진ᄌ(雷震子)롤 명ᄒ여 뫼셔 나갈시 홍스진쥬 댱쇼(張紹) 어미관(魚尾冠)을

─────────────────

1) 【복셩화】 閩 복숭아. ¶ 桃∥ 뉵압이 웃고 기화람을 읇흐며 작은 뽕나모 가지 활 하나와 복셩화 가지 살 셋슬 쥬며 (陸壓笑吟吟揭開花籃, 取出小小一張桑枝弓, 三只桃枝箭, 遞與子牙.) <西周 13:44>

2) 【먹이다】 圐 꼿다. 장젼하다. /집(어들)다. ¶ 拈搭∥ ᄌ의 화술을 먹여 드니 뉵압 왈, "몬져 초인의 왼눈을 쏘라." (子牙淨手, 拈弓搭箭, 陸壓曰: "先中左目.") <西周 13:44>

3) 【닉다】 翢 익숙하다. 능하다. ¶ 善∥ 우리 텬ᄌ는 션왕의 인덕을 법바드시고 무스의 닉지 못ᄒ시니 엇지 이 진을 파ᄒ시리오? (當今天子體先王人德, 不善武事, 怎破得此陣?) <西周13:45>

쓰고 프론 낫치 붉은 슈염을 거스리고 창검을 집고 크게 블너 왈,

"옥허 문하는 뉘 니 진의 와 쌋호리 이시리오?"

흔디 나탁이 화쳠창을 들고 풍화륜(風火輪)을 달녀 니닷고 뇌진즈는 무왕을 뫼시고 잇더니 장쇠 왈,

"오는 즈는 뉘뇨?"

나탁이 답왈,

"이는 우리 진쥬 무왕이시라."

무왕이 장쇼의 흉악흔 형상을 보시고 마음의 놀나와 편치 아녀ᄒᆞ시더라. 장쇠 미화녹(梅花鹿)을 타고 칼흘 두로며 다라드니 나탁이 풍화륜의 올나 마즈 슈합이 못ᄒᆞ여 장쇠 급히 본진으로 다라들거늘 나탁·뇌진지 무왕을 뫼셔 홍ᄉᆞ진의 함긔 다라드니 장쇠 삼인의 오믈 보고 급히 디의 올나 일편(一片) 홍ᄉᆞ(紅沙)【48】롤 쑤려 사롬의 낫츨 갈기니4) 무왕이 몬져 마즈 사롬과 말이 굴헝의 너머지거늘 나탁이 풍화륜을 타고 공중으로 니러나니 장쇠 또 삼쳔 모리롤 홋허 나탁과 탄 슐위롤 굴헝 가온더 나리치니 뇌진지 일이 길치 아니믈 보고 풍뇌 날기롤 펴고져 ᄒᆞ더니 또 슈쳔 홍ᄉᆞ롤 마져 굴헝의 나려지니 삼인이 일시의 홍ᄉᆞ진 가온디 곤ᄒᆞ미 되니라. 연등이 즈아롤 다리고 홍ᄉᆞ진 안흘 바라보니 한 줄기 검은 긔운이 하늘의 올나오거늘 연등 왈,

"이거시 무왕의 익운이어니와 빅시 졀노 프러질 거시니 근심업ᄉᆞ리라."

흔디 즈이 연고롤 즈셰히 무르니 연등 왈,

"무왕·뇌진즈·나탁이 져 진중의셔 곤욕을 만낫ᄂᆞ니라."

즈이 황겁ᄒᆞ여 급 문왈,

"노시 어니 ᄭᆡ의 도라오시게 ᄒᆞ려ᄒᆞᄂᆞ뇨?"

연등 왈,

【49】"빅일이 지나야 바야흐로 이 익을 면ᄒᆞ시리라."

즈이 발을 굴너 왈,

"무왕은 인덕지군이라 엇지 빅일 곤고롤 바드시게 ᄒᆞ며 그 ᄉᆞ이의 만일 추오(差誤)흔 일이 이시면 엇지ᄒᆞ리오?"

연등 왈,

"히롭지 아니니라 텬명이 쥬(周)의 잇고 큰 복을 가져 계시니 즈연이 일이 업술 거시어늘 즈아는 어이 황망이 구는다? 잠간 노봉으로 도라가면 스스로 홀 도리 이시리라."

즈이 셔긔의 드러가 티희(太姬)와 티임(太妊)의게 알왼디 이휘 샐니 모든 형뎨롤 보니셔 상부의 나아가 므르라 ᄒᆞ시니 즈이 왈,

"아직 관겨치5) 아니시고 비록 빅일지란(百日災難)이 계셔도 죵니 근심이 업ᄉᆞ리라 ᄒᆞ더이다."

ᄒᆞ고 셩의 나와 봉의 올나 모든 도우다려 도법을 의논ᄒᆞ더라. 장쇠 영의 나가 문티ᄉᆞ다려 닐너 왈,

"뇌진즈·나탁을 무왕과 함긔 잡아 홍ᄉᆞ진의 녀헛노라."

ᄒᆞ니 티시 닙으로 비록 깃거【50】ᄒᆞ나 마음의는 공명의 죽으므로 즐겨 아니ᄒᆞ더라. 장쇠 미일 진중의 잇셔 홍ᄉᆞ로 무왕 신상의 쑤리니 칼갓치 알프디 젼후의 부작을 붓쳣고 그 몸이 진명(眞命)의 복이니 어이 히롤 닙으리오? 장쇠 무왕을 곤히 보치더니 신공표(申公豹) 범을 타고 삼션도(三仙島)의 가 동문의 니르러 사롬을 브르니 이윽고 한 녀동이 나와 보고 문왈,

"노시 어디로셔 오시ᄂᆞ니잇고?"

공표 왈,

"드러가 스부끠 니가 왓는 쥴을 알외라."

녀동이 드러가 보ᄒᆞ니 낭낭이 쳥ᄒᆞ여 네롤 맛고 운소(雲霄娘娘)낭낭이 문왈,

"도형이 무슴 일노 와계시니잇고?"

공표 왈,

"특별이 녕형(令兄)의 일노 왓ᄂᆞ이다."

---

4) 【갈기다】 图 후려치다. 때리다. ¶ 打 ‖ 장쇠 삼인의 오믈 보고 급히 디의 올나 일편 홍ᄉᆞ롤 쑤려 사롬의 낫츨 갈기니 무왕이 몬져 마즈 사롬과 말이 굴헝의 너머지거늘 (張天君見三人赶來, 忙上臺抓一片紅沙往下劈面打來, 武王被紅沙打中前胸, 連人帶馬撞下坑去.) <西周 13:48>

5) 【관겨ᄒᆞ다】 圈 {관계(關係)하다.} 중요하다. 대단하다. ¶ 아직 관겨치 아니시고 비록 빅일지란이 계셔도 죵니 근심이 업ᄉᆞ리라 ᄒᆞ더이다 (當今不妨, 只有百日災難, 自保無憂.) <西周 13:49>

낭낭 왈,

"우리 형이 무슴 일노 형을 청ᄒᆞ여 보니더
니잇가?"

공피 쇼왈,

"녕형이 금교젼(金蛟剪)을 비러다가 공을
일우지 못ᄒᆞ고 강상(姜尙)의게 칠젼셔롤 맛나
죽으믈 듯지 못ᄒᆞ엿 【51】 ᄂᆞᆫ다?"

경쇼(瓊霄)·벽쇼(碧霄) 낭낭이 더셩통곡
왈,

"우리 형이 엇지 강상의 손의 죽을 줄 알
니오?"

공피 우왈,

"녕형이 죽을 ᄢᅴ의 문틱ᄉᆞ다려 니로디 '니
죽은 후의 누의 반ᄃᆞ시 금교젼을 츠줄 거시니
가졋다가 쥬라. 니 운쇼의 말을 듯지 아니코 나
망(羅網)의 ᄲᅢᆫ지니 나의 도복 곳 보면 응당 날
본듯 셜워ᄒᆞ리라' ᄒᆞ더라."

ᄒᆞᆫ디 낭낭 왈,

"우리 스셩이 니로디 '뎨지 일졀 이 산의
ᄂᆞ리지 말나. 만일 ᄂᆞ려 곳 가면 봉신더의 일홈
이 이시리라' ᄒᆞ더니 이ᄂᆞᆫ 텬쉬니 형이 듯지 아
니키로 이 익을 면치 못하니라."

경쇠 왈,

"져져ᄂᆞᆫ 엇지 힘을 니여 원을 갑잔 말은
아니코 니런 무졍ᄒᆞᆫ 말을 ᄒᆞᄂᆞ뇨? 우리 ᄌᆞ미 봉
신더 우희 일홈이 들지라. 도형의 히골을 가셔
거두어 동포지졍(同胞之情)을 져바리지 아니리
라."

냥 낭낭이 노긔더발ᄒᆞ여 경쇼ᄂᆞᆫ 홍곡을 타
고 벽쇼ᄂᆞᆫ 화룡조(花翎鳥)롤 타 【52】 고 동부로
ᄂᆞ다르니 운쇠 가만이 싱각ᄒᆞ디 '우리 두 비미
이의 가면 반ᄃᆞ시 혼원금두(混元金斗)로쎠 옥허
문인을 어즈러이 즛칠 거시니 니 맛당이 가 ᄉᆞᆫ
을 잡아 일 나지 아니케 ᄒᆞ리라' ᄒᆞ고 한 녀동
을 분부ᄒᆞ여 동부롤 잘 직희라 ᄒᆞ고 이의 쳥난
을 타고 ᄯᆞ라가니 벽쇼 등이 긔이ᄒᆞᆫ 시롤 타고
반공의 표표이 가거놀 운쇠 크게 블너 왈,

"미미ᄂᆞᆫ 어디로 가ᄂᆞᆫ다? 너희 스체롤 모로
고 일을 닐가 ᄒᆞ여 오ᄂᆞ니 너희 긔미롤 보아가
며 ᄒᆞ고 과도히 구지 말나."

ᄒᆞ고 삼낭낭이 동힝ᄒᆞ더니 뒤히 한 사람이 블너
왈,

"삼위 져져ᄂᆞᆫ 어디로 가ᄂᆞᆫ다?"

운쇠 도라보니 이 함지션미(菡芝仙妹)라
문왈,

"어디로 가ᄂᆞ뇨?"

함지션 왈,

"너롤 다리고 셔기로 가려ᄒᆞ노라."

낭낭이 디희ᄒᆞ여 머므러 기다리더니 ᄯᅩ 한
사름이 블너 왈,

"날을 잠간 기다 【53】 리라."

ᄒᆞ니 이ᄂᆞᆫ 치운션ᄌᆡ(彩雲仙子)라. 머리조아 왈,

"ᄉᆞ위 져져ᄂᆞᆫ 셔기로 가ᄂᆞᆫ다? 니 바야흐로
신공표롤 만나 언약ᄒᆞ여 문도형을 보라 가더니
더가(大家)롤 만나 동힝ᄒᆞ게 되니 깃부다."

ᄒᆞ고 오위 녀션이 광경을 타 경긱의 은영(殷營)
의 니르러 긔문관(旗門官)을 블너 통ᄒᆞ라 ᄒᆞ니
틱시 듯고 나와 마ᄌ 장중의 드러가 녜필 후 운
쇼낭낭 왈,

"젼일 형이 틱ᄉᆞ의 쳥ᄒᆞ믈 닙어 나부동(羅
浮洞)의 ᄂᆞ려왓더니 강상의게 쏘여 죽을 쥴 어
이 알니오? 우리 ᄌᆞ미 특별이 와 형의 히골을
거두려ᄒᆞᄂᆞ니 어더 잇ᄂᆞ뇨? 틱ᄉᆞᄂᆞᆫ 가ᄅᆞ치라."

틱시 이 말을 듯고 목이 메고 눈믈이 비오
듯ᄒᆞ여 왈,

"도형 조공명이 블힝ᄒᆞ여 쇼승(蕭升)·조보
(曹寶)롤 만나 졍힝쥬(定海珠)롤 아이고 도우의
게 가 금교젼을 어더 연등과 ᄡᅡ호더니 연등이
겨유 도망ᄒᆞ여 가미 탓던 ᄉᆞ슴 【54】 은 두 조각
의 ᄂᆞ고 이튼날 야인 뇨압을 만나미 뇨압이 ᄡᅡ
호지 아니ᄒᆞ고 긴 무지게 되여 다라난 후 슈일
니의 강상이 기산의셔 단을 ᄡᅳ고 화을 힝ᄒᆞ여
녕형을 져쥬(詛呪)거놀 니 그 꾀롤 알고 녕형의
문인 진구공과 요쇼스롤 보닉여 졍두칠젼셔(釘
頭七箭書)롤 아ᅀᅡ왓더니 ᄯᅩ 나탁의 죽인 비 되
니 녕형이 날을 디ᄒᆞ여 니로디 '운쇼의 말을 쓰
지 이니코 파연 오날 익이 잇노라' ᄒᆞ고 금교젼
과 도복을 봉ᄒᆞ여 맛지며 '삼위 도우ᄭᅴ 드리라.
이 옷슬 보면 응당 날 본듯 ᄒᆞ리라' ᄒᆞ더라."

ᄒᆞ고 언흘(言訖)의 방셩통곡ᄒᆞ니 오위 도괴 한
가지로 우더라. 틱시 금교젼과 옷슬 갓다가 상
우희 노ᄒᆞ니 삼낭지 여러 보미 마음이 슬픔과
눈믈이 흐ᄅᆞ믈 어이 금ᄒᆞ리오? 경쇼ᄂᆞᆫ 니롤 갈
며 가슴을 두다리고 벽쇼ᄂᆞᆫ 긔운이 【55】 올나

붉은 빗치 되엿더라. 벽쇠 왈,

"형의 관곽이 어디 잇느뇨?"

틱시 왈,

"후영의 잇느리라."

경쇠 왈,

"니 가 보리라."

운쇠 말녀 왈,

"오형(吾兄)이 임의 죽어시니 보와 무엇ᄒ리오?"

벽쇠 왈,

"임이 왓스니 보는 거시 무어시 방히로오리오?"

ᄒ고 이낭지 나아가니 운쇼도 한가지로 가셔 관을 열고 공명의 시쳬롤 보니 두 눈과 가슴 가온디 피흘넛는지라 엇지 통절ᄒ미 업스리오? 경쇠 한 쇼리롤 크게 지르고 거의 긔졀ᄒ게 되니 벽쇠 왈,

"져졔 엇지 이리 조급히 구는다? 셰 술노 우리 형을 쏘아죽인 원슈롤 아니갑흐려ᄒ는다?"

운쇠 왈,

"이는 강상의 일이 아니라 야인 뉵압이 스슐(邪術)을 힝ᄒ엿고 ᄯ 오형의 쉬 진흔 씨니 우리 등이 뉵압을 잡아 셰 살노 쏘면 이 한을 갑흐리라."

ᄒ니 홍ᄉ진쥬 장텬군이 영의 나와 오위 션고(仙姑)롤 만나 틱시 한가지로 【56】 잔치ᄒ다. 오위 션괴 이날 진의 나아가니 틱시 진을 베플고 ᄯ 등·신·장·도롤 명ᄒ여 젼후의 호위ᄒ라 ᄒ고 운쇠 난을 타고 봉하의 니르러 디호 왈,

"뉵압은 나와 날을 보라."

좌위 샬니 보ᄒ니 뉵압이 칼홀 들며 영풍디슈(迎風大袖)롤 붓치며 나가니 비록 야인이나 진짓 션풍도골이라 운쇠 이믜다려 일너 왈,

"이 사롬이 일홈은 비록 한인(閑人)이나 비쇽의 든거시 반ᄃ시 잇는가 시브니 압히 나아오기롤 기다려 졔 말을 드르면 혹 슐(術)의 심쳔(深淺)을 알니라."

ᄒ고 의논ᄒ더니 뉵압이 셔셔히 나아오니 운쇼는 머리조아 졀ᄒ더 경쇠 왈,

"네 산인(散人) 뉵압인다?"

답왈,

"긔로다."

경쇠 왈,

"네 어이 니 형 조공명을 쏘아죽인다?"

뉵압 왈,

"삼도위 니 말을 용납ᄒ여 드르려ᄒ면 니 맛당이 니르려니와 그러치 아니커든 홀 【57】 디로 ᄒ라."

운쇠 왈,

"아모커나 니르라."

뉵압 왈,

"도 닥는 션비는 니(理)롤 조ᄎ 씨닷느니 니런고로 졍(正)흔 ᄌ는 신션이 되고 ᄉ(邪)흔 ᄌ는 쩌러지느니 니 텬황시(天皇時)ᄌ븟허 달역슌지니(達逆順之理)롤 알아 녁디 이리로 어진 일을 말늘6) 삼아 도롤 일윗더니 조공명이 슌흔 일을 직희지 아니코 역흔 일을 젼혀 힝ᄒ여 강긔(綱紀) 멸ᄒ는 님군을 도와 무고흔 빅셩을 죽일 줄 어이 알니오? 니러므로 텬노민원(天怒民怨)ᄒ거눌 오히려 졔 도슐을 밋어 사롬을 혜아리지 아니니 이는 역텬ᄒ는 일이라. 녜븟허 역텬지망(逆天者亡)이라 ᄒ니 이 말을 듯지 못ᄒ엿는다? 나는 이 하눌이 보닌 사롬으로 역ᄉ롤 죽엿느니 엇지 날을 원망ᄒ느뇨? 도우들이 이ᄯᆫ히 오리 이실 거시 아니라 이곳은 병산(兵山)이오 화희(火海)라 엇지 여긔 몸이 오리 잇셔 장싱의 길흘 일흐리오? 니 【58】 도우롤 위ᄒ여 긔휘(忌諱)롤 피치 아니코 홀 말을 다 니르노라."

운쇠 냥구침음ᄒ여 답지 아니코 경쇠 디즐 왈,

"요얼읫 놈이 감히 허망흔 말을 ᄒ여 모든 사롬이 듯고 의혹게 ᄒ는다? 임의 니 형을 쏘아죽이고 니구(利口)롤 가져 강변ᄒ려 ᄒ니 호말(毫末) 갓흔 놈이 어이 스라나리오?"

ᄒ고 노긔츙텬ᄒ여 칼홀 집고 뉵압을 잡으라 드

---

6) 【말ᄂ】㊑ 마루. 일의 근원. ¶ 宗∥ 도 닥는 션비는 니롤 조ᄎ 씨닷느니 니런고로 졍흔 ᄌ는 신션이 되고 ᄉ흔 ᄌ는 쩌러지느니 니 텬황시젹븟허 달역슌지니롤 알아 녁디 이리로 어진 일을 말늘 삼아 도롤 일윗더니 (修道之士皆從理悟, 豈伏逆行? 故正者成仙, 邪者墮落. 吾自從天皇悟道, 見過了多少逆順. 歷代以來, 從善歸宗, 自成正果.) ＜西周 13:57＞

니 뉵압도 칼흘 쎈혀 마즈 쓰호더니 벽쇠 혼원
금두롤 공중의 치친더 뉵압이 몸을 버셔 도라
다르려ᄒ더니 창졸의 이 보비 니히(利害) 니러
툿ᄒᄆᆯ 어이 알니오? 한 쇼리의 뉵압이 잡혀 그
영으로 가니 뉵압이 본더 현묘흔 슐이 잇는지라
잡히이미 혼혼한 쳬ᄒ여 말을 아니커늘 벽쇠 친
히 동여미고 뉵압의 니환궁(泥丸宮)의 인부(印
符)롤 미야 다라나지 못ᄒ게 ᄒ여 긔디 우희 달
고 문틱스【59】다려 닐너 왈,

"져놈이 니 형을 쏘아시니 니 이졔 져롤
쏘미 가치 아니랴? 장젼슈(長箭手) 오빅을 명ᄒ
여 긴 살노 쏘기롤 비오드시 ᄒ니 오빅 명의 살
이 뉵압의 신상의 박히디 살이 지며 지 되는지
라 모든 군시 크게 놀나고 문틱시 쏘흔 히이히
너기며 운쇼는 셔셔 볼만 ᄒ더라. 벽쇠 왈,

"이 요괴읫 놈이 무슴 요슐노 우리롤 혹게
ᄒ느뇨?"
ᄒ고 쎨니 금교젼을 치치니 뉵압이 보고 쇼리질
너 왈,

"니 가노라."
ᄒ고 긴 무지게 되여 봉하로 온더 연등 왈,

"졔 혼원금두로 도우롤 잡아가더니 엇지ᄒ
여 도라오뇨?"

뉵압 왈,

"졔 살을 가져 형의 원슈롤 갑고져ᄒ므로
니 짐짓 마즛거니와 졔 엇지 니 근간을 알니오?
살이 올졔 즉시 지롤 민들고 금교젼을 치칠졔
니 도슐노 왓노라."
ᄒ니 연등 왈,

"공의 도슐이 긔묘ᄒ니 진【60】실노 가히
블웝도다."7)

뉵압 왈,

"빈되 오늘날 잠산 니별ᄒ여 날이 못ᄒ여
다시 못즈."8)
ᄒ더라. 닉일의 운쇠 스위 도고롤 다리고 즈아
롤 보아지라 ᄒ니 즈이 모든 뎨즈롤 좌우의 셰

우고 나가 볼시 머리조아 왈,

"오위 도고는 가르치시믈 쳥ᄒᄂ이다."

운쇠 왈,

"즈아야 나는 삼션도의 잇ᄂ니 쳥한(淸閑)
흔 사롬이라 인간 시비롤 모르더니 네 니 형을
졍두칠젼셔로 쏘아죽이니 무삼 죄 잇관더 네 니
런 인졍업손 일을 ᄒ엿는다? 네 비록 뉵압의 부
린 비 되여시나 다만 사롬의 형을 죽인 즈는 사
롬이 쏘흔 그 형을 죽이ᄂ니 네 죄롤 우리 등이
뭇지 아니치 못홀노라. ᄒ믈며 너는 호말 갓흔
놈이라 엇지 슈의 드러 의논ᄒ리오? 연등도인은
우리 삼인을 감히 속이지 못홀 거시니 나와 보
게 ᄒ라."

즈이 왈,

"도우【61】의 이 말이 그르다. 우리 등이
그르미 아니라 이는 녕형이 스스로 일을 너미니
이 쏘 텬쉬라. 엇지 앙화롤 면ᄒ리오? ᄒ믈며
녕형이 스싱의 명을 좃지 아니코 스디(死地)롤
즈취(自取)ᄒ니 엇지 우리 타시리오?"

경쇠 디로 왈,

"이졔 니 형을 죽이고 텬슈라 일너 공교로
온 말노 꿈여 니르는다? 다라나지 말고 니 한
칼을 밧으라."
ᄒ고 홍곡의 날기롤 펴 보검을 가지고 즈아롤
향ᄒ여 날아드니 즈이 쏘 한 칼흘 쎈혀 셔로 쓰
호더니 황텬홰(黃天化) 즈아롤 구ᄒ려 옥긔린을
타고 은퇴롤 둘너 즛쳐오고 양젼이 말을 달녀
창을 두로고 나는드시 오니 벽쇠 노긔 우뢰 갓
ᄒ여 홍곡의 날기롤 펴 나라가더니 운쇠 쳥난을
타 쓰홈을 돕고 치운션이 호로 가온디 뉵목쥬
(戮目珠)롤 지지고 황텬화롤 쳐 긔린의 나리치
니라.

---

7) 【블웝다】뎡 부럽다. ¶ 羨‖ 공의 도슐이 긔묘
　ᄒ니 진실노 가히 블웝도다 (公道術精奇, 眞個
　可羨!) <西周 13:60>
8) 【못다】동 모이다. ¶ 會‖ 빈되 오늘날 잠간
　니별ᄒ여 날이 못ᄒ여 다시 못즈 (貧道今日暫別,
　不日再會.) <西周 13:60>

50
삼고계포황화진(三姑計擺黃河陣)

【62】 치운션지(彩雲仙子) 뉵목쥬(戮目珠)
롤 가지고 황텬화(黃天化)롤 향ᄒ여 낫출 치니
이 구술은 사롬의 눈을 상히오ᄂᆞᆫ지라 황텬홰 밋
쳐 방비치 못ᄒ여 두 눈이 상ᄒ고 옥긔린의 나
려지거놀 금탁(金吒)이 ᄲᆞᆯ니 구ᄒ여 가니 즈아
(子牙) 니다라 신편(神鞭)을 공즁의 치쳐 졍히
운쇼(雲霄)의 쳥난(青鸞)을 나리치니 벽쇼(碧霄)
급히 구홀 ᄯᅢ의 양젼(楊戩)이 한 텬견(天犬)을
노하 벽쇼의 엇게롤 무러 옷술 ᄯᅳᆺ져 나리친ᄃᆡ
함지션(菡芝仙)이 형셰 조치 아니믈 보고 풍ᄃᆡ
(風袋)롤 여러 흑풍을 지어니거놀 즈아 눈을 ᄯᅥ
볼 ᄯᅢ의 치운션이 뉵목쥬롤 더져 눈을 상히와
말긔 ᄯᅥ러질 번ᄒ고 경쇼(瓊霄) 칼홀 드러 츙살
ᄒ더니 양젼이 구ᄒ믈 힘닙어 겨유 노봉으로 도
라온ᄃᆡ 눈을 감고 쓰지 못ᄒ거놀 연등(燃燈)이
보 【63】 고 뉵목쥬의 상흔 비라 ᄒ여 급히 단약
을 가져 곳치니 즈아와 황텬화의 눈이 즉시 나
ᄒ니라. 황텬홰 일노븟허 더옥 니롤 갈고 원을
갑흐려ᄒ더라.

운쇼ᄂᆞᆫ 즈아의 신편의 즁히 맛고 벽쇼ᄂᆞᆫ

양젼의 기게 미오[1) 믈니니 삼위 낭낭 왈,

"미ᄌᆞᄂᆞᆫ 옥허 문인들을 경헐이[2) 너기지 말
나. 다 우리 ᄉᆞ빅(師伯)이라."

ᄒ더라. 운쇠 단약을 먹어 일변 조병(調病)ᄒ며
티ᄉᆞ다려 왈,

"너 쓸ᄃᆡ 이시니 장ᄉᆞ 뉵빅 명을 ᄲᅢ[3) 달
나."

ᄒ더 티시 즉시 길닙(吉立)으로 ᄒ여곰 뉵빅 명
을 ᄲᅢ 보니니 운쇼 등이 두 도고(道姑)롤 다리
고 빅토(白土)로 진(陣) 형상을 그려 안흐로 션
텬비밀(先天秘密)ᄒ 슐과 ᄉᆞ성지관(死生之關)을
감초고 밧그로 구궁팔괘(九宮八卦)와 츌입문호
(出入門戶)와 년환진퇴(連環進退)롤 베프디 졍히
조렬(條列)이 이시니 사롬이 비록 뉵빅의 남지
못ᄒ나 그 가온디 현묘ᄒ 슐은 빅만 병이나 다
【64】 ᄅᆞ지 아니ᄒ여 비록 신션이라도 이 진의
들면 졍신이 슬아지고[4) 혼빅이 훗허지지 아니
리 업더라. 모든 군시 이 진을 반월을 년습ᄒ니
바야흐로 닉거놀 운쇠 티ᄉᆞ다려 왈,

"너 진이 임의 일워시니 쳥컨디 도형은 너
가 옥허 문하들과 승부 결ᄒᆞᄂᆞᆫ 양을 보라."

티시 왈,

"아지 못게라 이 진이 무슴 텬푀 잇ᄂᆞ뇨?"

운쇠 왈,

"이 진이 안흐로 삼지(三才)의 묘롤 안(按)
ᄒ엿고 텬디의 묘롤 감초와시며 가온디ᄂᆞᆫ 혹션
단(惑仙丹)과 폐션결(閉仙訣)이 이시니 능히 신
션의 졍신을 일케 ᄒ며 혼빅을 슬오고[5) 신션의

---

1) 【미오】 북 매우. ¶ 운쇼ᄂᆞᆫ 즈아의 신편의 즁
히 맛고 벽쇼ᄂᆞᆫ 양젼의 기게 미오 믈니니 (雲霄
被打神鞭打重了,　碧霄被哮天犬咬了.)　<西周
13:63>

2) 【경헐이】 북 함부로. 가벼이. ¶ 미ᄌᆞᄂᆞᆫ 옥허
문인들을 경헐이 너기지 말나 다 우리 ᄉᆞ빅이라
(妹子莫言他玉虛門下人, 你就是我師伯, 也顧不得
了!) <西周 13:63>

3) 【ᄲᅢ】 북 뽑아. 가려. ¶ 選 ‖ 너 쓸ᄃᆡ 이시니 장
ᄉᆞ 뉵빅 명을 ᄲᅢ 달나 (把你營中大漢子選六百名
來與吾, 有用處.) <西周 13:63>

4) 【슬아지다】 国 사라지다. 스러지다. 약해지다.
¶ 消 ‖ 사롬이 비록 뉵빅의 남지 못ᄒ나 그 가
온디 현묘ᄒ 슐은 빅만 병이나 다ᄅᆞ지 아니ᄒ여
비록 신션이라도 이 진의 들면 졍신이 슬아지고
혼빅이 훗허지지 아니리 업더라 (人雖不過六百,
其中玄妙不啻百萬之師. 縱是神仙, 入此則神消魂
散.) <西周 13:64>

형체를 함몰ᄒᆞ고 긔운을 손히ᄒᆞ며 신션의 도법을 상망(喪亡)ᄒᆞ고 지톄(肢體)를 초산ᄒᆞᄂᆞ니 션슐이 아모리 놉하도 이 진의 들면 범인(凡人)이 되고 범인은 셩명을 보젼치 못ᄒᆞ며 구곡(九曲)이 잇ᄂᆞᆫᄃᆡ 가온디마다 곳은ᄃᆡ 업셔 조화의 긔특ᄒᆞ믈 곡진이【65】ᄒᆞ여스며 션슐이 비밀ᄒᆞ믈 다 녀허시니 아모리 삼교 션인이라도 능히 도탈(逃脫)ᄒᆞ리 업술지라."

틱시 깃거 좌우를 젼녕ᄒᆞ여 군ᄉᆞ를 지쵹ᄒᆞ고 틱ᄉᆞᄂᆞᆫ 흑긔린을 타고 네 장슈를 세우며 오위 도고를 압히 인도ᄒᆞ여 봉젼이 나아가 디호 왈,

"좌우 탐ᄉᆞᄌᆞᄂᆞᆫ 급히 강ᄌᆞ아(姜子牙)의게 젼ᄒᆞ여 친히 나와 디젹ᄒᆞ라."

ᄌᆞ아 듯고 모든 문인을 다리고 나오니 운쇼 왈,

"강상(姜尙)아 네 문하 사롬이 다 오ᄒᆡᆼ의 법과 도히이산(倒海移山)ᄒᆞᄂᆞᆫ 줄을 알거든 날노 더부러 디젹ᄒᆞ라. 이졔 니 한 진을 일워시니 네 친히 와 보디 능히 파ᄒᆞ면 우리 등이 다 셔기의 가 복종ᄒᆞ려니와 파치 못ᄒᆞ면 니 벅벅이[6] 우리 형의 원슈를 갑흐리라."

양젼이 니다라 답왈,

"도형아 우리 등이 ᄉᆞ슉을 뫼셔 네 진을 가보려니와 네 그 ᄶᆡ를 타 가만이 긔보(奇寶)를 가져 우리를 상히오든 말나."

운쇼 왈,

"너ᄂᆞᆫ 엇던 사롬인다?"

양젼 왈,

"나ᄂᆞᆫ 옥【66】 텬산(玉泉山) 금회동(金霞洞) 옥정진인(玉鼎眞人) 문하 양젼(楊戩)이로라."

운쇼 왈[7],

"나ᄂᆞᆫ 드르니 네 나라히 팔구(八九) 원공(元功)을 두어 변홰막측다 ᄒᆞ니 나ᄂᆞᆫ 다만 너의 변화를 너여 이 진 파ᄒᆞᄂᆞᆫ 양을 보고 너히 갓치 한 텬견(天犬)을 가만이 노화 사롬을 상히오든 아니홀 거시니 ᄲᆞᆯ니 와 보라."

양젼 등이 각각 노긔를 참고 ᄌᆞ아를 ᄯᆞ라 진도(陣圖)를 가 볼식 한 진문(陣門)의 드니 우희 한 현판이 이시디 '구곡황하진(九曲黃河陣)'이라 ᄒᆞ고 ᄉᆞ졸이 오류빅 명은 ᄒᆞ고 오식 긔치를 세윗거늘 ᄌᆞ아 보기를 다ᄒᆞ믹 운쇼(雲霄) 왈,

"ᄌᆞ아는 이 진 일홈을 아ᄂᆞᆫ다?"

ᄌᆞ아 왈,

"네 임의 진 일홈을 ᄡᅥ 버려두고 엇지 다시 뭇ᄂᆞᆫ다?"

벽쇼 겻히 잇다가 양젼을 ᄭᅮ지져 왈,

"네 오늘날 다시 한 텬견을 노ᄒᆞ라."

양젼이 흉즁의 무궁한 도슐을 의지ᄒᆞ고 창을 들고 말을 달녀 다라드니 경쇼(瓊霄) 홍곡을 타고 칼흘 드러 구ᄒᆞ더니 운쇼 혼원금두(混元金斗)를 치【67】치니 양젼이 이 보비의 니히(利害)를 모로ᄂᆞᆫ지라 홀연 일도(一道) 금광이 니러나며 양젼을 잡아 황하진 속으로 드러가니 금탁이 디즐 왈,

"네 어이 좌도요슐(左道妖術)노 우리 도형을 잡아가ᄂᆞᆫ다?"

ᄒᆞ고 칼흘 섇혀 다라드니 경쇼 보검을 가져 디젹ᄒᆞ디 금탁이 곤농츈(捆龍椿)이란 막디룰 치치니 운쇼 디쇼 왈,

"이 조고만 거시 어이 니 금두룰 딩ᄒᆞ리오?"

ᄒᆞ고 손을 드러 가온디 가락[8]을 움죽이더니 곤농츈이 금두 가온디 나려지거늘 ᄯᅩ 금탁을 잡아 진즁으로 드러가니 목탁이 크게 웨여 왈,

"엇던 요뷔(妖婦) 요슐을 가져 우리 형을 잡아가ᄂᆞᆫ다?"

---

5) 【술오다】튄 사르다. 사라지게 하다. ¶消‖능히 신션이 경신을 일케 ᄒᆞ며 흔빅을 술오고 션의 형체를 함몰ᄒᆞ고 긔운을 손히ᄒᆞ며 신션의 도법을 상망ᄒᆞ고 지톄를 초산ᄒᆞᄂᆞ니 (能失仙之神, 消仙魄, 陷仙之形, 損仙之氣, 喪神仙原本, 損神仙之肢體.) <西周 13:64>

6) 【벅벅이】뮌 반드시. 꼭. ¶定‖이졔 니 한 진을 일워시니 네 친히 와 보디 능히 파ᄒᆞ면 우리 등이 다 셔기의 가 복종ᄒᆞ려니와 파치 못ᄒᆞ면 니 벅벅이 우리 형의 원슈를 갑흐리라 (今我有一陣請你看, 你若破得此陣, 我等盡歸西岐, 不敢與你拒敵. 你若破不得此陣, 吾定爲我兄報仇.) <西周 13:65>

7) 운쇼 왈: 원래는 없으나 문맥상 원문에 의거하여 침기함.

8) 【가락】튄 손가락. ¶指‖손을 드러 가온디 가락을 움죽이더니 곤농츈이 금두 가온디 나려지거늘 ᄯᅩ 금탁을 잡아 진즁으로 드러가니 (托金斗在手, 用中指一指, 捆龍椿落在斗中. 二起金斗, 把金吒拿去, 摔入'黃河陣'中.) <西周 13:67>

ㅎ고 일희 거름의 범의 쒸움으로 칼홀 집고 다
라드는 형상이 극히 흉녕ㅎ니 경쇠 한 칼노 더
젹다가 목탁이 엇게의 집헛던 오구검(吳鉤劍)을
더지니 경쇠 쇼왈,

"오구검이 보비란 말을 니르지 말나 날을
상ㅎ오기 어려오리라."
ㅎ더니 【68】 운쇠 금두롤 더진더 목탁이 도망치
못ㅎ여 일도 금광의 쓰히여 황화진으로 가다.
운쇠 즈아롤 보고 더쇼ㅎ여 쳥난을 노화 바로
즈아의게 다라드니 즈이 삼위 문인이 년ㅎ여 잡
히믈 보고 임의 마음이 경동(驚動)ㅎ엿더니 운
쇼의 오믈 보고 급히 칼홀 드러 쓰호다가 운쇠
금두롤 더져 즈아롤 잡으려 ㅎ더 즈이 샐니 힝
황긔(杏黃旗)롤 둘너 금화(金花)롤 너여 금두롤
더젹ㅎ야 공중의셔 번난(翻亂)ㅎ기로 잡아가지
못ㅎ니라. 즈이 피ㅎ여 도라와 연등을 보고 슈
말(首末)을 니르니 연등 왈,

"이 보비는 일홈이 혼원금뒤라 이번 쓰홈
의 모든 도형이 다 겁슈(劫數)롤 만나시니 근본
이 깁흔 즈는 히롭지 아니커니와 근본이 여튼
즈는 지앙이 이실가 져허ㅎ노라."
ㅎ더라. 운쇠 즁군으로 도라가니 문틱시 한 쓰
홈의 셰 사롬을 잡은 거슬 【69】 보고 깃거 왈,

"옥허 문인을 잡은 후 쳐치롤 어이ㅎ리
오?"

운쇠 왈,

"연등의 낫출 더흔 후의 즈연 도리 잇스리
라."
ㅎ더라. 문틱시 황화진의 젼후 뉴인을 잡아 곤
히 보치며 마음의 쾌락ㅎ여 영즁의셔 잔치롤 베
플고 즐겨ㅎ더니 이튼날 오위 도긔 봉젼(蓬前)
으로 나아가 연등을 브른더 연등이 모든 도인을
다리고 나가니 운쇠 왈,

"연등도인아 오늘날 너과9) 결단홀 거시니
니 진을 즈셰히 와 보라. 너희 문하인이 니 도
롤 업슈이 너기미 심흔고로 이 원을 갑흐려ㅎ느
니 네 문하의 고명흔 션비 잇거든 보니여 더젹
ㅎ라."

연등이 쇼왈,

"도우의 말이 그르다. 봉신더방(封神臺榜)
을 보니 네 형의 일홈이 쓰여실 분 아녀 조공명
(趙公明)이 본더 션연(仙緣)이 업손 지라 엇지
이 익을 면ㅎ리오? 너희 브디10) 원슈롤 갑흐
【70】 려 ㅎ미 조화의 일을 모로미로다."

경쇠 왈,

"우리 져졔 이 진을 베퍼 승부롤 결ㅎ려ㅎ
니 너와 엇지 부졀업손 도덕을 의논ㅎ리오?"
ㅎ고 홍곡을 타고 칼홀 드러 나라드니 젹졍지
(赤精子) 더호 왈,

"경쇼는 큰 말을 니지 말나 오늘날 네 여
긔 니르믄 봉신방상(封神榜上)의 일홈 쓰기롤
면치 못ㅎ리라."
ㅎ고 가비야이 표(表)의 거룸을 옴겨 칼홀 들고
다라드니 경쇠 이 말을 듯고 두 보조기 우희 두
송이 년해 변ㅎ여 나며 시 날기롤 비등ㅎ여 슈
합을 쓰호더니 운쇠 혼원금두롤 치치니 일도 금
광이 번기 갓ㅎ여 젹졍지 황하진 안흐로 잡혀
드러가니 취흔듯 어린듯ㅎ미 가히 어엿브다 일
쳔 오빅년 공뷔 일조의 이 더겁슈(大劫數)롤 만
난지라. 광셩지(廣成子) 보고 불승분노ㅎ여 더호
왈,

"네 벽유궁(碧遊宮) 좌도요슐을 밋어 우리
롤 업슈이 너기지 말 【71】 나."

운쇠 왈,

"광셩 도형아 너는 이 옥허궁 졔일위 금종
치는 슈션11)(首仙)이로라. 즈랑치 말나. 만일 니
보비롤 만나면 겁익을 면키 어려오니라."

광셩지 쇼왈,

"니 텬명을 밧드러 살계(殺戒)롤 범ㅎ여 와
시니 익의 유무롤 엇지 혜아려시리오?"
ㅎ고 칼홀 샌혀 나아드니 운쇼도 칼홀 들고 셔
로 쓰호더니 벽쇠 쏘 금두롤 치쳐 광셩즈롤 잡
아 황화진 쇽으로 가니라. 이 혼원금두는 옥허

---

9) 【-과】 图 -와. ¶ 연등도인아 오늘날 너과 결
　단홀 거시니 니 진을 즈셰히 와 보라 (燃燈道人,
　今日你我會戰, 決定是非. 吾擺此陣, 請你來看陣.)
　<西周 13:69>

10) 【브디】 图 부디. ¶ 봉신더방을 보니 네 형
　의 일홈이 쓰여실 분 아녀 조공명이 본더 션연
　이 업손 지라 엇지 이 익을 면ㅎ리오? 너희 브
　디 원슈롤 갑흐려 ㅎ미 조화의 일을 모로미로다
　(斂押'封神榜', 你親自在宮中, 豈不知循環之理?
　從來造化復始周流, 趙公明定就如此, 本無仙體之
　緣, 該有如此之劫.) <西周 13:69>

11) 션: 원래 '셔'로 되어 있으나 오기이므로 고침.

문하 모든 신션의 머리 삼화(三花)를 업시ᄒ고
황화진 쇽의 가도와 텬문을 닷고 도과(道果)를
일케 ᄒᆞᆫ 즈이 다시 졍연(正練)을 닷가 반분한
원(返本還元)케 ᄒᆞ미니 이 텬쉬러라. 운쇠 혼원
금두를 가져 문슈광법텬존(文殊廣法天尊)과 보
현진인(普賢眞人)과 즈항진인(慈航眞人) · 도덕진
군(道德眞君) · 쳥미교쥬티을진인(淸微敎主太乙眞
人) · 녕보디법ᄉ(靈寶大法師)와   구류숀(衢留
孫) · 황농진인(黃龍眞人)의 열두 데즈를 금두의
공으로 다 잡아가도고 연등과 즈이 남앗ᄂᆞᆫ지라.
또 금두를 【72】 가져 연등을 잡으려ᄒ니 연등이
형셰 조치 아니믈 보고 몸을 화ᄒ여 쳥풍이 되
여 다라나니 삼낭지 영으로 도라간디 문틱시 보
고 십분 희열ᄒ여 잔지를 베플고 공을 하례ᄒᆞ더
니 운쇠 비록 슐을 먹으나 가만이 싱각ᄒ니 옥
하 문인을 이리 만히 잡아 진즁의 녀허 곤욕을
보게 ᄒ니 이 또 조치 아닌 일이라 오늘날 진퇴
극히 어렵다 ᄒ더라.

연등이 봉상으로 도라가 즈아를 본디 즈이
왈,

"우리 모든 도형이 일시의 황하진 가온디
곤욕을 볼 줄 ᄯᅳᆺᄒ지 아녓더니 아지 못게라 길
흉이 엇더ᄒ뇨?"

연등 왈,

"죵시 희롭든 아니려니와 우리 ᄒᆞ던 공뷔
헛거시 되니 인둛도다 빈되 옥허궁의 가 잠간
단여올 거시니 즈아는 잘 직희여시라. 모든 도
위 몸을 숀히치 아녀셔 밋쳐 오마."
ᄒ고 순식간의 【73】 곤눈산의 니르러 옥허궁 압
히 가 빅학동즈를 만나니 구룡침향년(九龍沈香
輦)을 직희여 안줏거늘 연등이 문왈,

"장교(掌敎) ᄉ존(師尊)은 어디로 가시뇨?"

동지 왈,

"노애 셔기로 갓 가셔시니 노ᄉᆞ는 ᄲᆞᆯ니 도
라가 고요이 잇셔 졍흔 집의셔 분향ᄒ고 난가
(鸞駕)를 디후(待候)ᄒ라."

연등이 ᄲᆞᆯ니 도라오니 즈이 혼즈 안줏거늘
연등 왈,

"즈이공은 어셔 분향길치(焚香結彩)ᄒ고 노
야(老爺) 가림(駕臨)ᄒ시믈 기다리라."

즈인 목욕ᄒ고 도방(道傍)의셔 향을 밧들
며 난예(鸞輿) 오시기를 기다리더니 공즁의셔

향연이 이이(靄靄)ᄒ고 션악이 표표ᄒ거늘 연등
이 향을 밧들고 길가의 부복(俯伏) 왈,

"뎨지 디기 니림ᄒ시믈 아지 못ᄒ여 먼니
가 지영ᄒᆞᆫ 도리를 일허시니 빌건디 죄를 용셔
ᄒ쇼셔."

원시텬존(元始天尊)이 침향년의 나리니 남
극션옹(南極仙翁)이 우션(羽扇)을 잡고 뒤히 ᄯ
라오더라. 연 【74】 등과 즈이 텬존을 마즈 국궁
비하(躬躬拜下)ᄒ디 텬존 왈,

"이등(爾等)은 평신(平身)ᄒ라."

즈이 다시 부복 왈,

"삼션되(三仙島) 황화진을 베프러 모든 데
지 함신지익(陷身之厄)을 면치 못ᄒ오니 원(願)
노ᄉᆞ(老師)는 디발즈비(大發慈悲)ᄒᆞᄉ 건져닉시
믈 바라ᄂᆞ이다."

원시 왈,

"텬쉬 이 졍ᄒ여시니 져희ᄂᆞᆫ 능히 버셔나
지 못홀 거시니 엇지 네 말을 기다린 후의 구ᄒ
리오?"
ᄒ고 묵연졍좌ᄒ니 연등 · 즈이 좌우로 시립ᄒ엿
더니 즈시(子時)ᄂᆞᆫ ᄒᆞ여 텬존의 머리 우흐로셔
일도 경운이 니러니 오식 빗치 찬난ᄒ여 만잔
금등이 졈졈이 ᄯᅥ러지기 쳠하의[12] 물 갓더라.

운쇠 진즁의 잇다가 경운이 현츌ᄒᆞᄂᆞᆫ 양을
보고 이미(二妹)다려 왈,

"바라보니 이 긔운은 응당 ᄉ빅이 와 계시
도다. 너 당초의 산의 나려오지 아니려 ᄒ엿더
니 미미 견집(堅執)ᄒ거늘 마 【75】 지 못ᄒ여
나려와 우연이 이 진을 베퍼 옥하 문하 사름을
만히 가도와 노즈 흠도 아니오 죽임도 가치 아
니터니 이제 ᄉ빅이 오시니 무슴 낯츠로 셔로
보리오?"

경쇠 왈,

"져져의 말이 그르다. 졔 우리 ᄉ존이 이
니라 블과 우리 ᄉ존의 양즈나 보라 왓슬 거시
니 엇지 져를 두리리오?"

---

12) 【쳠하】 뎽 처마. ¶ 檐‖ 즈시ᄂᆞᆫ ᄒᆞ여 텬존의
머리 우흐로셔 일도 경운이 니러니 오식 빗치
찬난ᄒ여 만잔 금등이 졈졈이 ᄯᅥ러지기 쳠하의
물 갓더라 (至子時分, 天尊頂上現慶雲, 有一畝田
大, 上放五色毫光, 金燈萬盞點點落下, 如檐前滴
水不斷.) ＜西周 13:74＞

벽쇠 왈,

"우리 져룰 보고 존경ᄒ여 제 셩식이 업스면 셔로 녜로 디졉ᄒ려니와 제 만일 ᄌ존ᄒᄂ 념을 두면 블과 스싱 녜로 디졉홀 거시니 ᄌ존 무ᄉ일 숀슌(遜順)ᄒᆫ 일이 이시리오? 이제 임의 진을 쳐시니 허다ᄒᆫ 념녀룰 말나."

ᄒ더라. 원시텬존이 이튼날 쳥신(淸晨)의 남극션옹을 명ᄒ여,

"침향뎐을 가져오라 닉 임의 이의 와시니 황화진을 한 번 쳐 헤치리라."

연등이 인도ᄒ고 ᄌ이 슈후(隨後)ᄒ여 진젼의 나아가니 빅학동이 크【76】게 블너 왈,

"삼션도 운쇼ᄂ 샐니 와 디가(大駕)룰 인졉(引接)ᄒ라."

운쇼 등 삼인이 도방(道傍)의 나와 몸을 굽혀 왈,

"뎨지 가장 무례ᄒ니 원컨더 스빅은 죄룰 용셔ᄒ쇼셔."

텬존 왈,

"삼낭이 이 진을 베프니 닉 문하 뎨지 니리되기 맛당ᄒ거니와 다만 네 스싱도 오히려 망녕된 일을 아니ᄒ거눌 너희 등은 엇지 묽은 법을 지니지 아니코 하눌을 거스려 일을 힝ᄒ려 ᄒᄂᆫ다? 너희 등은 너희 진으로 도라가라. 닉 스스로 나아가 보리라."

ᄒ더 삼낭이 몬져 진의 나아가 팔과더(八卦臺) 우희 올나 원시의 오ᄂ 양을 보더라. 텬존이 침향뎐을 타고 상운이 옹위ᄒ며 셔치(瑞彩) 비등ᄒ여 ᄯᅡ히 두어 ᄌ 허이나 ᄯᅥ 나ᄂᆫᄃᆺ시 진으로 다라드러 혜안을 ᄯᅥ 빗출 두로니 십이 뎨지 동인ᄃᆺ시 구러져 눈을 감고 한 죽엄이 되엿거눌 텬【77】존이 탄왈,

"눅긔(六氣)룰 업시치 못ᄒ기의 쳥졍공부룰 헛도이 ᄒ도다."

ᄒ고 텬존의 도심이 ᄌ비ᄒ여 진의 나오려ᄒ더니 팔과더상의 치운션지 텬존을 보고 눅목쥬(戮目珠)룰 헤치니 이 구술이 텬존의 눈 압히 오며 화ᄒ여 지와 틋글이13) 되여 다라ᄂ니 운쇠 보

고 실식ᄒ더라. 텬존이 진의 나와 연등을 본더 연등 왈,

"노시 진의 드러가시니 모든 도위 엇더ᄒ엿더니잇고?"

텬존 왈,

"삼화(三花)룰 갓가바리고14) 텬문을 다다시니 임의 속체(俗體) 범상ᄒᆫ 죽엄이 되엿더라."

연등이 우왈,

"노시 임의 진의 드러갓시면 엇지 이 진을 파ᄒ고 모든 도우룰 다려오지 못ᄒ시ᄂ뇨?"

텬존이 쇼왈,

"이 일이 비록 빈도의 가음안15) 비나 오히려 스장(師長)이 계시니 반ᄃ시 쳥ᄒ여 므론 후 가히 힝ᄒ리라."

언미필의 공즁의셔 스슴의 쇼【78】리 나니 원시 왈,

"팔경궁(八景宮) 도형이 오신다."

ᄒ고 샐니 노봉의 나려 맛더니 노지(老子) 쳥우(靑牛)룰 타고 나려온더 원시 먼니 마ᄌ 더쇼 왈,

"쥬가(周家) 팔빅 년 긔업(紀業)을 위ᄒ여 도형이 가림(駕臨)ᄒ기룰 슈고로이 ᄒ셔이다."

노지 왈,

"빈도도 마지 못ᄒ여 왓ᄂ이다."

연등이 향을 혀고 길을 인ᄒ여 노봉으로 올닌더 현도더법시(玄都大法師) 뫼셧고 연등·ᄌ이 비례ᄒ더라. 이위 텬존이 상더ᄒ여 안젓더니 노지 왈,

"삼션동지(三仙童子) 이 황하진을 민ᄃ라 우리 문하룰 곤익(困厄)게 ᄒ니 도형이 일즉 진 즁의 갓실계 엇지 이 진을 파치 아니코 부더 날을 기다리시ᄂᆫ니잇가?"

ᄒ고 셔로 문답ᄒ더라. 삼위 낭낭이 진의 잇다가 노ᄌ의 머리 우희 셔룡(瑞龍)의 긔운이 ᄯᅥ오

---

13) 【틋글】⑱ 티끌. ¶ 塵 ‖ 이 구술이 텬존의 눈 압히 오며 화ᄒ여 지와 틋글이 되여 다라ᄂ니 운쇠 보고 실식ᄒ더라 (那珠未到天尊跟前, 已化作灰塵飛去. 雲霄見了失色.) <西周 13:77>

14) 【ᄌ다】⑤ 깎다. 없애다. ¶ 削 ‖ 삼화룰 갓가바리고 텬문을 다다시니 임의 속체 범상ᄒᆫ 죽엄이 되엿더라 (三花削去, 閉了天門, 已成俗體, 卽是凡夫.) <西周 13:77>

15) 【가음알다】⑤ 관장하다. 다스리다. ¶ 掌 ‖ 이 일이 비록 빈도의 가음안 비나 오히려 스장이 계시니 반ᄃ시 쳥ᄒ여 므론 후 가히 힝ᄒ리라 (此敎雖是貧道掌, 尙有師長, 必當請問過道兄方才可行.) <西周 13:77>

루는 양을 보고 운쇠 이미다려 왈,

"현도 디노애 와 계시니 엇지ᄒ여야 조흐리오?"

【79】 벽쇠 왈,

"져져는 니 일만 출힐 거시니 져의 오며 아니오기의 무슴 관계ᄒ미 이시리오? 오늘날 나는 제 올지라도 우리는 블과 어졔쳐로16) 디졉ᄒ면 무어시 두려오리오?"

운쇠 요두(搖頭) 왈,

"가장 ᄉ세(事勢) 죠치 아니타."

경쇠 왈,

"졔 쳐음으로 오거든 금교젼을 더지고 두번지 혼원금두롤 치치면 엇지 두릴 거시 이시리오?"

ᄒ더라.

이튼날 노지 원시다려 닐너 왈,

"오리 홍진의 머믈 거시 아니니 오늘날 황하진을 파ᄒ고 일즉 도라오리이다."

원시 왈,

"도형의 말이 올타."

ᄒ고 쌜니 남극선옹을 명ᄒ여 향년(香輦)을 슈습ᄒ라 ᄒ고 노지 판각쳥우(板角靑牛)롤 타고 연등이 향도ᄒ니 이 향이 인온(氤氳)ᄒ미 홍홰난만ᄒ더라. 황하진 압히 나아가 현도더법시 크게 블너 왈,

"삼션고는 쌜니 와 디가(大駕)롤 인졉ᄒ라."

진 속의셔 종소리 나더 【80】 니 삼위 낭낭이 진의 나셔고 졀 아니커눌 노지 왈,

"너희 등이 쳥규(淸規)롤 직희지 아니코 오만혼 거동을 ᄒ는다? 네 ᄉ싱도 날을 보면 몸을 굽히고 머리롤 좃거든 네 감히 니러툿 무상ᄒ뇨?"

벽쇠 왈,

"나는 현도의 도시 잇는 쥴 아지 못ᄒ니 웃사롬이 존치 아니면 아러 사롬이 경치 아니키 응당혼 녜라."

연등이 ᄭᅮ지져 왈,

"이 츅싱이 감히 담디혼 말을 ᄒ는다?"

ᄒ고 노지 쳥우롤 모라 일시의 나아가니라.

---

16)【ㅡ쳐로】〔조〕ㅡ처럼. ¶ 那樣‖ 오늘날 나는 졔 올지라도 우리는 블과 어졔쳐로 디졉ᄒ면 무어시 두려오리오? (今日他再來，吾不是昨日那樣待他，哪裏怕他?) <西周 13:79>

[셔주연의西周演義 권지십ᄉ]

51
ᄌ아겁영파문즁(子牙劫營破聞仲)

[1] 이위(二位) 텬존(天尊)이 진(陣)으로 나아가 노지(老子) 보니 문인이 취흔 듯 어린 듯 씨닷지 못ᄒ여 침침(沉沉)히 잠을 깁게 드러코 고으는 쇼리 잇고 팔괘디상(八卦臺上)의 오체(五體) 완젼치 못흔 사롬 ᄉ오인이 잇거늘 노지 탄왈,

"가히 앗갑다 쳔지(千載) 공명이 일조의 다 그림의 쩍이 되도다."

ᄒ더라. 노지 진으로 나아와 관망ᄒ믈 **경쇠**(瓊霄) 보고 믄득 금교젼(金蛟剪)을 날니니 공중의 쮜여올나 셔로 가리는듯 머리와 머리롤 한디 교ᄒ며 ᄭ오리와 ᄭ오리롤 한디 교(交)ᄒ여 장ᄎᆺ 쩌러지거늘 노지 쳥우(靑牛) 우히셔 금교젼을 보고 옷ᄉ미롤 드러 밧더니 금교젼이 계ᄌ(鷄子)만치 작으며 디히 가온디 쩌러지니 호발(毫髮)도 동정이 업더라. 벽쇠(碧霄) ᄯ또 혼원금두로 친디 노지 풍 **[2]** 화포단(風火蒲團)으로 공중의 더져 맛쳐 황건 녁ᄉ롤 블너 금두(金斗)롤 아ᄉ가지고 옥허궁(玉虛宮)으로 가니 삼위 낭낭이 디호왈,

"일판 좌ᄒ고 미보롤 쓰면 엇지 즐겨 간휴(幹休)ᄒ리오?"1)

ᄒ고 삼위 졔졔히 디의 나려와 칼홀 집고 바로 난도 현포롤 취홀시 손을 움죽이니 노지 건곤도(乾坤圖)롤 가져 황건 녁ᄉ롤 쥬며 왈,

"운쇼(雲霄)롤 잡아다가 긔린이(麒麟崖)2) 아리 눌너두라."

ᄒ디 녁시 녕을 듯고 즉시 건곤도로 ᄊ 가니라. 경쇠 칼홀 집고 오거늘 원시 빅학동ᄌ(白鶴童子)롤 명ᄒ여 삼보옥여의(三寶玉如意)로 공중의 졔긔(祭起)ᄒ여 졍히 경쇼의 졍빅이3)롤 맛쳐 디골을 씨치니 일도 녕혼이 봉신디(封神臺)로 가니라. 벽쇠 디호 왈,

"쳔년 도덕이 일조의 너희 등의게 상ᄒ믈 닙으니 진실노 공을 그룻 닷갓도다."

ᄒ고 한 비검을 가지고 바로 원시텬존을 취ᄒ더니 빅학동ᄌ의 한 여의롤 마ᄌ 비검이 **[3]** 진의(塵埃)의 쩌러진디 원시 ᄉ미로셔 한 합(盒)을 니여 ᄯ우에4)롤 여러 공중의 더져 벽쇼롤 잡아 합 속의 녀흐니 한시눈 ᄒ여 화ᄒ여 피믈이 되니 일도 녕혼이 봉신디로 가니라. 삼낭이 임의5) 다 잡히미 함지션(菡芝仙)이 치운션ᄌ(彩雲仙子)

---

1) 【간휴ᄒ다】 동 {간휴(幹休)하다.} 그만두다. 중지하다. ¶ 幹休∥ 일판 좌ᄒ고 미보롤 쓰면 엇지 즐겨 간휴ᄒ리오? (收吾之寶, 豈肯幹休?) <西周 14:2>

2) 긔린이: 원래 '긔린'으로 되어있으나 원문에 의거하여 고침.

3) 【졍빅이】 명 졍수리. ¶ 頂上∥ 원시 빅학동ᄌ롤 명ᄒ여 삼보옥여의로 공중의 졔긔ᄒ여 졍히 경쇼의 졍빅이롤 맛쳐 디골을 씨치니 일도 녕혼이 봉신디로 가니라 (元始命白鶴童子把三寶玉如意祭在空中, 正中瓊霄頂上, 打開天靈, 一道靈魂往封神臺去了.) <西周 14:2>

4) 【ᄯ우에】 명 뚜껑. 덮개. ¶ 蓋∥ 원시 ᄉ미로셔 한 합을 니여 ᄯ우에롤 여러 공중의 더져 벽쇼롤 잡아 합 속의 녀흐니 한시눈 ᄒ여 화ᄒ여 피믈이 되니 일도 녕혼이 봉신디로 가니라 (元始袖中取一盒, 揭開蓋丟起空中, 把碧霄連人帶鳥裝在盒內, 不一會化爲血水. 一道靈魂也往封神臺去了.) <西周 14:3>

5) 【임의】 부 이미. 벌써. ¶ 已∥ 삼낭이 임의 다 잡히미 함지션이 치운션ᄌ와 한가지로 도라와 팔과 디상의셔 이위 텬존을 보니 원시 임의 황하진을 파ᄒ미 모든 뎨ᄌ들이 다 ᄊᆞ히셔 조을거놀 (三位娘娘已絶, 菡芝仙同彩雲仙子還在八卦臺上看二位天尊. 元始旣破'黃河陣', 衆弟子都睡在地上.) <西周 14:3>

와 한가지로 도라와 팔과 더상의셔 이위 텬존을
보니 원시 임의 황하진(黃河陣)을 파ᄒᆞ미 모든
뎨ᄌᆞ들이 다 ᄯᅳ히셔 조을거ᄂᆞᆯ 노지 가온더 손가
락으로 한 번 가ᄅᆞ치니 ᄯᅡ 아리로셔 한 우뢰 쇼
리 나며 모든 뎨ᄌᆞ들이 밍연(猛然)이 놀나 ᄭᅢ다
ᄅᆞ니 양젼(楊戩)·금탁(金吒)·목탁(木吒)6)이 제
졔히 니러나 졀ᄒᆞ고 ᄯᅡ히 업더엿거ᄂᆞᆯ 노지 인ᄒᆞ
여 쳥우롤 타고 봉상으로 도라가니 모든 문인들
이 졀을 맛ᄎᆞ미 원시텬존이 갈오더,

　　"오늘날 모든 뎨ᄌᆞ들 졍상(頂上)의 삼화(三
花)롤 삭(削)ᄒᆞ며 흉즁의 오긔(五氣)롤 쇼(消)ᄒᆞ
니 겁슈(劫數)롤 만나 스스로 이의 도망키 어려
온지라. 【4】ᄒᆞ믈며 이졔 강상(姜尙)이 넷 아홉
날나미 이시리니 너희 등이 왕ᄂᆞᆨᄒᆞ여 셔로 도으
라. ᄯᅩ 너희롤 위ᄒᆞ여 죵지금광법(縱地金光法)을
다시 쥬ᄂᆞ니 하로 가히 슈쳔 니롤 ᄒᆡᆼᄒᆞ니라."
ᄒᆞ고 우왈,

　　"진즁지뵈(陣中之寶) 다 혼원금두(混元金
斗) 안히 장(藏)ᄒᆞ여 두어시니 갓다가 너희게 도
라보니고 이졔 남극션옹(南極仙翁)을 명ᄒᆞ여 치
라 ᄒᆞ노라. 나는 도형과 한가지로 잠간 옥허궁
으로 도라가니 빅학동ᄌᆞ는 네 스부와 한가지로
도라가라."
ᄒᆞ고 드더여 가거ᄂᆞᆯ 도로혈시 모든 문인들이 졀
ᄒᆞ여 보니니라. 치운션지 노긔 ᄯᅳᆺ지 아니ᄒᆞ고
함지션이 황하진 파ᄒᆞᆷ믈 보고 노ᄌᆞ의 영의 나아
가 다시 치랴 ᄒᆞ다가 텨스롤 가보니 텨시 임의
진이 파ᄒᆞ고 옥허궁 문인들이 다 구ᄒᆞᆷ믈 닙어
도라간 쥴 알고 마음의 십분 초조ᄒᆞ여 밧비 표
롤 닷가 죠가(朝歌)의 보니여 구완을 쳥ᄒᆞ고 ᄯᅩ
【5】화픠(火牌)롤 발ᄒᆞ여 삼산관(三山關) 총병
등구공(鄧九公)을 쳥ᄒᆞ니라.

　　연등(燃燈)이 봉상의 잇셔 모든 도ᄌᆞ(道子)
로 더브러 묵묵히 안줏더니 남극션옹이 군마롤
타졈(打點)ᄒᆞ여 홍ᄉᆞ진(紅沙陣)을 치려 ᄒᆞᆫ더 ᄌᆞ
의(子牙) 구십 구일의 니ᄅᆞ러 연등을 와 보고
왈,

　　"노시 명일의 진을 졍히 쳠죽ᄒᆞᆫ이다."
ᄒᆞᆫ더 이튼날 모든 신션이 보ᄒᆡᆼᄒᆞ여 반외 버러잇
더니 남극션옹이 빅학동ᄌᆞ로 더브러 한가지로

진젼의 니ᄅᆞ러 동지 크게 블너 왈,

　　"우리 스싱이 와 계시니 ᄲᆞᆯ니 나오라."

홍ᄉᆞ진쥬 장텬군(張天君)이 진 속으로조ᄎᆞ
나오니 그 형뫼 가장 흉악ᄒᆞᆫ더 스슴을 타고 큰
칼홀 쥐고 즛쳐 달녀나와 머리롤 드러보니 이의
남극션옹이 왓ᄂᆞᆫ지라. 장쇼(張紹) 왈,

　　"도형아 그더는 본더 어진 일을 즐기는 사
롬이니 ᄯᅩ한 진 파ᄒᆞᆯ 뉘 아니어ᄂᆞᆯ 어이 왓ᄂᆞ
뇨?"

남극션옹 왈,

　　"너는 반ᄃᆞ시 여러말 마라. 금일의 너 졍
히 진【6】을 파ᄒᆞ고 너롤 능히 양계(陽界)의
오리 셔지 못ᄒᆞ게 ᄒᆞ리라."

장쇼 디로ᄒᆞ여 스슴을 노화 드라드러 큰
칼노 션옹의 머리롤 쳐 ᄭᅢ치더니 겻히 빅학동지
잇다가 삼보옥여의 더져 장쇼의 낫츨 낫가 왕ᄂᆞ
ᄒᆞ기 두 합이 못ᄒᆞ여 장쇼 환도로 낫츨 가리오
고 진으로 다라나거ᄂᆞᆯ 빅학동지 다조ᄎᆞ 남극션
옹과 함긔 진즁의 드리다ᄅᆞ니 발셔 더상의 올나
홍ᄉᆞ 슈편(數片)을 쥐여 션옹의게 ᄭᅵ친더 션옹
이 오화칠녕션(五火七翎扇)으로 홍ᄉᆞ롤 붓쳐바
리니 홍시 졀노 업셔지거ᄂᆞᆯ 장쇼 ᄯᅩ 홍ᄉᆞ 한 말
을 쥐여 더진더 션옹이 ᄯᅩ 션ᄌᆞ(扇子)로 년ᄒᆞ여
붓쳐바리니 홍시 간 곳이 업더라. 남극션옹 왈,

　　"장쇼야 네 이번의 이 익은 도망치 못ᄒᆞ리
라."
ᄒᆞ니 장쇼 겁너여 피코져 ᄒᆞ더니 홀연 빅학동지
옥여의(玉如意)로 장쇼의 등을 치니 장쇼 더하
(臺下)의 나려지거ᄂᆞᆯ 동지 손【7】을 드러 칼노
치니 피 옷시 ᄲᆞ리더라. 남극션옹이 홍ᄉᆞ진을
파ᄒᆞᆯ시 빅학동지 보니 삼혈(三穴) 속의셔 사람
들이 구러졋거ᄂᆞᆯ 남극션옹과 한가지로 우뢰 쇼
리롤 지어 경동ᄒᆞᆫ더 나탁(哪吒)과 뇌진지(雷震
子) 놀나 ᄭᅢ다라 넓더나 눈을 ᄯᅥ보니 남극션옹
이 셔시니 이는 곤뉸산 스존이 와셔 구완ᄒᆞᆫ 쥴
알고 나탁이 급히 니러나 무왕(武王)을 붓드러
니ᄅᆞ혀더 무왕이 발셔 셰상을 바련지 빅일이 다
드랏더라. 연등이 외면의 잇셔 홍ᄉᆞ진 파ᄒᆞᆷ믈
보더니 ᄌᆞ의 군ᄉᆞ롤 직촉ᄒᆞ여 진의 드러와 무왕
을 보니 임의 숨이 업ᄉᆞ시니 ᄌᆞ의 울기롤 긋지
아니ᄒᆞᆫ더 연등 왈,

　　"히롭지 아니ᄒᆞᆫ지라 젼일 진의 들 ᄯᅢ의 삼

---

6) 금탁·목탁: 원래는 없으나 원문에 의거하여 첨
　기함.

두부작(三道符籍)이 잇셔 그 젼후 신체를 보호
하여시니 이졔 무왕이 빅날 지익이 이시나 니
스스로 쳐치홀 도리 잇다.”
하고 뇌진즈로 하여곰 무왕의 신체를 업 【8】 어
봉하의 누이고 블노 목욕하이고 연등이 한 닙
단약으로 믈의 갈아 무왕의 닙 안의 바르니 두
어시는 하여 무왕이 바야흐로 끼여 눈을 써보니
즈아와 모든 문인들이 좌우의 셧는지라. 무왕
왈,
　“괴(孤) 금일의 쏘 다시 상부(相父)를 보괘
라.”
하더라. 즈이 좌우의 쳥뇽관(聽用官)을 졍하여
무왕을 뫼와 궁으로 도라보니니라.
　연등이 즁도즈(衆道子)로 더브러 닐오디,
　“빈되 이졔 십진을 파하미 즈아로 더브러
슈고를 임의 완필하여시니 녈위 도우들은 다 각
각 부로 도라가쇼셔. 다만 광셩즈(廣成子)를 머
므르느니 그디는 도화녕(桃花嶺)으로 가 문즁(聞
仲)을 막아 오관(五關)으로 가지 못하게 하라.”
하고 쏘 닐오디,
　“즈항도인(慈航道人)은 여긔 머므러 잇고
그 이하는 다 가라.”
흔디 즁도인이 바야흐로 봉의 나려 가고져하더
니 믄득 운즁즈(雲中子) 왓거늘 연등이 쳥 【9】
하여 봉의 올녀 안치고 머리조아 왈,
　“운즁즈는 이의 복덕(福德)의 신션이라 금
번 황하진을 범치 아니하니 진짓 디복지식(大福
之士)라.”
흔디 운즁즈 왈,
　“틱지(勅旨)를 밧즈와 통텬신화쥬(通天神火
柱)를 굽노라 졀룡녕(絶龍嶺)의셔 문틱스를 등후
(等候)하더니라.”
　연등 왈,
　“그디 썰니 도라가 가히 더디지 말나.”
하니 운즁즈 즉시 도라가니라. 연등이 인과 칼
흘 즈아의게 맛지며 왈,
　“나는 빈되라 이졔 졀룡녕(絶龍嶺)으로 가
운즁즈의 한 팔 힘을 돕고져 하느니 즈항을 머
므러 즈아와 한가지로 봉상의 이시라.”
하고 가니라. 즈이 젼녕하여 휘하의 잇는 남궁
괄(南宮适) 등을 싼 썰니 봉상으로 오라 하니
괄 등이 와 즈아의게 녜를 필하고 좌우의 셧더

니 즈이 젼녕하여 명일의 더를 여러 문틱스로
더브러 한가지로 즈웅을 결하리라 하다.
　문틱시 십진이 파하믈 보고 다만 조가 【1
0】 구병을 기다리고 쏘 삼산관 등구공이 와 도
으믈 바라며 치운션즈와 함지션으로 더브러 한
가지로 의논홀시 이션 왈,
　“싱각밧긔 삼션이 익을 만나고 냥위 스빅
이 하산혼 연고로 오늘날 픽하믈 보니 우리 졀
괴(截教) 지와 플만 갓지 못하도다.”
　문틱시 기리 탄식하더니 믄득 쥬영(周營)
의셔 포향이 나고 함셩이 디진흔디[7] 군시 급히
보하디,
　“강즈이 쏘홈을 쳥하느이다.”
　틱시 디로 왈,
　“니 이졔 쌀니 강상을 잡아 원슈를 갑지
못하면 밍셰코 한가지로 셔지 아니리라.”
하고 드드여 등(鄧)·신(辛)·장(張)·도(陶)를
보니여 좌우의 분하고 혹긔린을 타고 원문 밧긔
나와 쥬진을 바라보니 진법이 심히 긔특하고 엄
슉하미 젼의 보지 못하던 진이어늘 틱시 디경
왈,
　“강상의 진법이 엇지 니리 긔특하뇨? 니
여러 히를 도젹을 치디 니런 【11】 진을 보지 못
하엿더니 오늘 강상이 날을 속이려 하니 니 반
드시 져의 계규의 샌지리로다 비록 그러나 엇지
그져 죽으리오?”
하고 금편(金鞭)을 들고 다라드니 즈이 왈,
　“틱스야 네 졍젼(征戰)혼지 삼 년이 남으디
오히려 즈웅을 보지 못하니 네 이졔 다시 십졀
진을 베플가 시부냐?”
하고 젼녕하여 조강(趙江)을 버히라 흔디 무길
이 니다라 조강을 잡아 진젼의셔 버히니 틱시
크게 한 쇼리를 지르고 치를 놉히 드러 압흐로
살분(殺奔)하니 즈이 좌우를 도라보아 왈,
　“뉘 날을 위하여 이 도젹을 잡을고?”
　언미필의 한 장쉬 옥긔린을 타고 쌍퇴를
두로며 니다르니 이는 황텬홰(黃天化)라. 틱스를
마즈 쏘호더니 함지션이 원문의셔 보다가 분하
믈 춤지 못하여 보검을 들고 거러 니다라 틱스
를 돕거늘 쥬 【12】 진 뒤흐로셔 한 장쉬 쟝창을

---

7) 흔디: 원래 없으나 문맥상 쳠긔함.

빗기고 나오니 이는 양젼이라. 양젼이 창을 흔들고 다라드러 함지션을 마ᄌ 싸호더니 상(商)진즁의셔 치운션지 양젼의 싸홈 도으믈 보고 ᄯᅩ흔 칼홀 ᄭᅳ을고 다라드러 진을 헷치거놀 쥬(周)진즁의셔 나탁이 크게 쇼리지르고 니다라 왈,

"치운션ᄌᆞ는 우리 진의 츔돌치 말나."

ᄒᆞ고 픙화륜(風火輪)을 타고 치운션을 마ᄌ 싸호니 ᄯᅩ 상 진즁의셔 등·신·쟝·도 ᄉᆞ쟝이 ᄯᅩ나와 도으니 쥬병이 잠간 믈너나거놀 무셩왕 황비호(黃飛虎)·남궁괄·무길(武吉)·신갑(辛甲) ᄉᆞ쟝이 ᄯᅩ흔 진녁ᄒᆞ여 도으니 냥편 십ᄉᆞ쟝이 어우러져 싸호니 금괴(金鼓) 졔명(齊鳴)ᄒᆞ고 살긔 년텬ᄒᆞ더라. 바야흐로 싸호더니 함지션이 풍ᄃᆡ구(風袋口)를 드러 한 번 흔드니 일진 광풍이 셔븍으로조ᄎ 니러나 모리 날니며 남긔 부러

【13】져 지쳑을 분변치 못ᄒᆞ더니 즁항도인이 졍픙쥬(停風珠)를 너여 흔드니 이윽고 바람이 긋치거놀 ᄌᆞ이 급히 신편(神鞭)을 너여 함지션을 향ᄒᆞ여 한 번 치니 함지션이 쏙뒤를 마ᄌ 피를 흘니고 ᄯᅡ히 것구러져 죽으니 일도 녕혼이 봉신ᄃᆡ로 가니라. 치운션지 함지션 죽으믈 보고 졍히 다라나고져 ᄒᆞ거놀 나탁이 창을 드러 견갑(肩甲)을 지르니 ᄯᅡ히 업더지거놀 다시 지르니 인ᄒᆞ여 죽으니라. 댱졀(張節)이 황비호와 싸호다가 두 녀션의 죽으믈 보고 크게 쇼리질너왈,

"니 황비호 젹은 도젹을 죽여 이 한을 갑흐리라."

ᄒᆞ고 비호와 죽도록 싸호나 비호의 창쓰는 법이 귀신 갓흔지라 엇지 능히 당ᄒᆞ리오? 말을 두로혀 다라나거놀 비회 ᄯᅡ라가 한 창으로 녑흘 질너 말긔 나리치니 【14】문틱시 황텬화와 힘써 싸호더니 진상의 여러 장슈 죽으믈 보고 감히 싸홀 마음이 업셔 등편(鐙鞭)을 바리고 후군으로 다라나거놀 ᄌᆞ이 ᄯᅩ흔 징 쳐 군을 거두어 셩으로 도라오다.

틱시 뒤진의 다라나 잔병을 졈고ᄒᆞ니 다만 등츙(鄧忠)·도영(陶榮)·신환(辛環) 삼장만 잇고 군ᄉᆞ는 반남아 죽엇더라. ᄌᆞ이 크게 니긔고 영으로 도라오니 즁항도인이 하직고 산으로 가니라. ᄌᆞ이 셩의 드러와 은안뎐의 안고 즁장을 모화 왈,

"오늘 문틱시 크게 픽ᄒᆞ여시니 일졍 믈너 안영ᄒᆞ고 나지 아니리니 오늘 밤의 가히 겁칙홀

거시라."

ᄒᆞ고 황텬화·나탁·뇌진ᄌᆞ롤 블너 귀의 다혀 왈,

"너희 삼노로 가 이리이리ᄒᆞ라."

ᄒᆞ고 ᄯᅩ 녕ᄒᆞ되,

"황비호는 오쳔 인마롤 거느려 좌영을 겁칙ᄒᆞ고 금탁·목탁·농슈호(龍鬚虎) 삼장은 원 【15】문을 츙살ᄒᆞ고 신갑·신면(辛免)·태젼(太顚)·굉요(閎夭)·긔공(祁恭)·윤격(尹籍) 등으로 삼쳔 인마롤 거느려 구응(救應)이 되고 그 남은 장슈는 날을 조ᄎ 오고 양젼은 인마롤 거느려 냥초롤 블지르고 결농녕으로 나아가 도젹을 잡으라."

ᄒᆞ디 졔장이 녕을 듯고 각각 인마롤 거느려 가다.

문틱시 병(兵)이 여러번 픽ᄒᆞ고 장쉬 만히 죽으미 졍히 장즁(帳中)의 혼ᄌᆞ 안ᄌ 근심ᄒᆞ더니 홀연 셔긔로 검은 긔운이 니러나 진을 ᄶᅦ쳐 드러오거놀 틱시 왈,

"오늘 밤의 일졍 강상이 우리 치롤 겁칙ᄒᆞ리로다."

ᄒᆞ고 즉시 졔장을 블너 젼녕ᄒᆞ되,

"등츙·도영 두 장슈는 쳔여 인마롤 거느려 좌초(左哨)의 잇셔 겁칙ᄒᆞ믈 방비ᄒᆞ고 신환은 우영의 잇셔 구응(救應)이 되고 길닙(吉立)·여경(余慶) 냥장은 삼쳔 인마롤 거느려 후군의 잇셔 냥초(糧草) 블지르믈 방비ᄒᆞ라."

ᄒᆞ디 졔장이 녕을 【16】듯고 믈너가다. 틱시 야젼(夜戰)홀 긔구롤 다 쥰비ᄒᆞ니 이 ᄯᆡ 발셔 히 셔산의 ᄯᅥ러지고 샹춧 초경의 갓가왓더니 이날 밤의 ᄌᆞ이 군마롤 인ᄒᆞ여 각각 함미ᄒᆞ고 샹진(商陣) 밧긔 니르니 좌우의 등블을 다라 호령ᄒᆞ고 한 쇼리 신포(信炮)로 응ᄒᆞ여 삼군이 납함ᄒᆞ니 븍쇼리 크게 들네거놀[8] ᄌᆞ이 일곱 별 쏜ᄃᆡ롤 헷치고 일시의 다라드니 틱시 흑긔린을 타고 금편을 둘너 마조나오며 우어 왈,

---

8) 【들네다】 图 들레다. 시끄럽다. ¶ 振 ∥ 이날 밤의 ᄌᆞ이 군마롤 인ᄒᆞ여 각각 함미ᄒᆞ고 샹진 밧긔 니르니 좌우의 등블을 다라 호령ᄒᆞ고 한 쇼리 신포로 응ᄒᆞ여 삼군이 납함ᄒᆞ니 븍쇼리 크게 들네거놀 (子牙把衆將調出, 四面攻營, 人馬暗暗到了成湯大轅門, 左右有燈籠爲號, 一聲信炮, 三軍吶喊, 鼓聲大振, 殺聲齊起.) <西周 14:16>

"강상아 오늘날 니 계규의 쓴져시니 말긔 나려 항복ᄒ여 죽기롤 면ᄒ라."

ᄒ고 바로 즈아의게 다라들거놀 즈이 칼홀 둘너 마줄시 금탁·목탁 냥장이 좌우의 잇다가 각각 병긔롤 드러 쏘호고 농슈호논 본ᄃ 팔미질ᄒ기롤 잘ᄒ논지라 다만 돌노 어즈러이 치니 돌이 비오듯ᄒ여 은군이 다 마져 샹ᄒ여 업더지니 티시 졍히 【17】 믈너나고져 ᄒ더니 황비회 오쳔 인마롤 거느려 좌영을 혜쳐 드러오거놀 등튱·도영 냥장이 황비호롤 마즈 쏘호더니 등튱은 기판뷔(開板斧)란 도치롤 잘쓰고 도영은 쌍간망눈(雙鐧忙輪)을 잘쓰논지라 이날 크게 쏘호니 남궁괄이 쏘 우영으로 즛쳐 드러오니 신환이 졍히 우진을 구ᄒ라 오다가 남궁괄을 만나 두 장쉬 어우러져 쏘호미 등블이 조요(照耀)ᄒ여 빅쥬 갓고 황혼붓허 야심토록 교젼ᄒ니 음풍(陰風)이 참참(慘慘)ᄒ며 젼고(戰鼓)논 동동(冬冬)ᄒ더라. 신환이 엇지 감히 남궁괄을 디젹ᄒ리오? 남다히롤 바라며 다라나니라. 문티시 졍히 목탁과 쏘호더니 즈이 신편을 너여 문티스롤 치니 밋쳐 피치 못ᄒ여 왼편 엇게롤 마져 셔다히롤 바라고 다라나거놀 농슈회 쏘로며 돌노 치니 샹병(商兵)이 마즌디 다 다라나더 【18】 라. 티시 졍히 닷더니 황비호롤 만나 쏘홀 마음이 업셔 긔린을 두로혀 다라나고져 ᄒ더 비호의 네 아들이 이시니 나히 비록 졈으나 용녁(勇力)이 과인(過人)ᄒ지라 에워 치니 능히 버셔나지 못ᄒ여 졍히 세위 급ᄒ더니 도영이 일지 인마롤 거느려 혜쳐 드러오다가 비호의 ᄉᄌ(四子) 황텬상(黃天祥)을 만나 쏘호더니 텬상의 창법은 제장의 웃듬이라 한 창으로 도영을 질너 말게 나리치니 등튱이 피ᄒ여 다라나니라. 문티시 이 씨롤 인ᄒ여 진을 쎄쳐 겨유 쏜디롤 버셔나니 쥬병이 즁즁쳡쳡 ᄒ엿논지라 비록 안진을 버셔나나 밧진을 버셔 날 길이 업손지라 신환으로 더부러 셔다히롤 바라며 닷더니 믄득 도라보니 후영 냥초 쏜디 셔 블이 니러나니 이는 양젼의 지른 비라. 샹병이 졍히 어즈 【19】 러온 가온디 쏘 화광이 텬디의 가득ᄒ여시믈 보고 더옥 어즈러워 셔로 죽이논지 쉬 업더라. 티시 다시 잔병을 인ᄒ여 다라나더니 믄득 드르니 쥬병이 일시의 웨여 왈,

"쥬왕이 무도ᄒ여 만민을 함ᄒ(陷害)ᄒ논지라 이졔 우리 셔쥐 만민의 히롤 더르시ᄂ니 너 희논 샐니 항복ᄒ여 스스로 멸망지화롤 취치 말고 부귀롤 한가지로 누리미 엇더ᄒ뇨?"

샹병이 오러 젼장의 잇논지라 괴로오믈 니긔지 못ᄒ다가 이 말을 듯고 쏘 팔빅 계휘 쥬의 도라가믈 알고 일시의 쇼리ᄒ고 허여져 나라나며 혹 쏘호니 신환은 티스롤 옹후(擁護)ᄒ여 나가고 등튱은 잔병을 독쵹ᄒ여 하로밤으로셔 칠십여 리롤 다라나 기산 아리 니르니 날이 임의 붉앗논지라 즈이 징 쳐 군을 거두어 도라가다.

티시 기산 아리 니르러 군 【20】 스롤 졈고ᄒ니 겨유 삼쳔여 인이오 장수 도영이 쏘 죽엇거놀 심즁의 민민(悶悶)ᄒ더니 등튱이 나아와 티스다려 왈,

"우리 병이 이졔 파ᄒ고 장쉬 여러히 죽으니 셰 약ᄒ지라 예셔 가몽관(佳夢關)이 머지 아니ᄒ니 그리로 갈만 갓지 못ᄒ이다."

ᄒ니 티시 군마롤 지쵹ᄒ여 나아가니 가히 어엿부다 병이 피ᄒ고 장쉬 망ᄒ여 위의 바히 업스니 일노의 인인이 다 추탄ᄒ더라. 졍히 길을 힝ᄒ더니 믄득 도화녕(桃花嶺) 아리 니르러 우러러보니 녕 우희 황번(黃幡) 하나히 셧고 그 아리 광셩지 안줏거놀 문티시 괴이히 너겨 나아가 문왈,

"그디 엇지 예 와 잇ᄂ뇨?"

광셩지 왈,

"너 강승상의 명을 바다 예롤 직희연지 여러 날이러라. 그디 이졔 텬명을 거스려 싱녕(生靈)을 도탄ᄒ고 악을 도와 인을 멸ᄒ니 너 특별이 와 너롤 막아니여 보니지 못ᄒ리라."

ᄒ더 티시 디로 왈,

"너 비록 블힝ᄒ 【21】 여 한 번 픠ᄒ나 네 엇지 감히 날을 업슈이 너기는다?"

ᄒ고 긔린을 모라 올나오거놀 광셩지 보검을 들고 나아오니 티시 금편을 드러 쏘호더니 스오합이 못ᄒ여 광셩지 번쳔인(番天印)을 공즁의 더지거놀 티시 본디 이 보비 어려온 줄 아논지라 즉시 달녀 다라나거놀 등튱이 쏘라와 보호ᄒ니라. 신환이 나아와 티스다려 왈,

"티시 쏘화 바야흐로 니긔게 되엿거놀 믄득 다라나믄 엇지미뇨?"

티시 왈,

"너 엇지 니긔게 되여셔 다라나리오? 광셩

ᄌᆞ의 번턴인은 가장 어려온 거시라 한 번 마ᄌ
면 살기 어려오미 니러ᄆᆞ로 다라나미라.”

신환 왈,

“이졔 이 녕을 넘지 못ᄒᆞ면 어디로 다라나
리오?”

등츙 왈,

“연산(燕山)을 말미암아 오관으로 갈만 갓
지 못ᄒᆞ다.”

ᄒᆞ니 티시 즉시 인마ᄅᆞᆯ 두로혀 연산으로 갈시
밤낫 이틀만의 티화산(太華山) 아리 니르러 인
미 다 피 【22】 곤ᄒᆞ지라 잠간 쉬더니 홀연 드르
니 뫼 우희 사ᄅᆞᆷ의 쇼리 나거늘 우러러보니 뫼
우희 한 황번을 꼿고 젹졍지 그 아리 셔셔 웨여
왈,

“문즁(聞仲)이 어디로 다라ᄂᆞᄂᆡ뇨?”

티시 즉시 흑긔린을 타고 문왈,

“너는 뉘 녕을 바다 이의 왓ᄂᆞ뇨?”

젹졍지(赤精子) 왈,

“니 강승상(姜丞相)의 명을 바다 예롤 직희
엿스니 너는 다른 길노 가라.”

티시 노롤 참지 못ᄒᆞ여 크게 블너 왈,

“젹졍ᄌᆞ야 나도 졀교(截敎) 문인이니 다 한
가지어눌 엇진 연고로 이디도록 업슈이 너기는
다? 비록 피병잔졸이나 이졔 죽기롤 바려 ᄌᆞ웅
을 결ᄒᆞ리라.”

ᄒᆞ고 금편을 두루며 달녀 올나오니 긔린의 굽이
반공의 ᄯᅳ고 금편의 금광이 찬난ᄒᆞ더라. 젹졍지
종용이 니러나 마혜(麻鞋)롤 쳔쳔이 빗기고 보
검을 둘너 마ᄌ ᄊᆞ화 칠팔합이 못ᄒᆞ여 가만이
음양경(陰陽鏡)을 니여 드니 흑긔린이 놀나 ᄲᅱ
여 다 【23】 라나니라.

52
졀뇽녕문즁귀쳔(絶龍嶺聞仲歸天)

젹졍지(赤精子) 음양경(陰陽鏡)을 니여 드니 흑긔린이 놀나 쒸여 나니 틱시(太師) 능히 쏘호지 못ᄒ고 도로 나려왓거늘 신환(辛環) 왈,

"이 두 길이 다 막혀시니 어디로 가리오?"

등츙(鄧忠) 왈,

"길히 막혀시니 도로 황하산(黃花山)으로 가 쳥뇽관(靑龍關)으로 감만 갓지 못ᄒ다."

ᄒᆞᆫ디 틱시 왈,

"조가(朝歌)로 도라가 텬즈롤 뵈옵고 더병을 다시 일위여 이 원슈롤 갑흘만 갓지 못ᄒ다."

ᄒ고 군마롤 두루혀 쳥뇽관으로 가더니 반일이 못ᄒ여 ᄒᆞᆫ 뫼 아리 다다라 젼군이 나아가지 못ᄒ거늘 틱시 연고롤 므론디 쇼졸이 보ᄒᆞ디,

"일지 인민 가는 길을 막나이다."

틱시 이 말을 듯고 즉시 젼녕ᄒ여 진 치고 틱시 진 밧긔 나 크게 웨더,

"압희 오는 장슈는 엇더니 【24】 완디 감히 가는 길을 막ᄂ뇨?"

진즁의셔 ᄒᆞᆫ 장쉬 나서니 이는 나탁(哪吒)이러라. 풍화륜(風火輪)을 타고 화쳠창(火尖槍)을 드러 크게 웨더,

"나는 쥬장 나탁이러니 승상의 명을 바다 이의 와 기다련지 오리로라."

틱시 더로 즐왈,

"강상(姜尚)은 엇던 거시완디 감히 텬조(天朝) 더신 속이기롤 어린 아히 속이듯 ᄒᄂ뇨?"

ᄒ고 흑긔린을 달려 금편(金鞭)을 두로고 다라들거늘 나탁이 화쳠창을 드러 마조 니다라 쏘호더니 길닙(吉立)·신환·등츙·여경(余慶) 네 장쉬 문티스롤 돕거늘 나탁이 네 장쉬 도으믈 보고 힘쎠 쏘호니 졍신이 빈나 ᄒ고 힘이 더은지라 풍화륜을 달려 진즁의 횡힝ᄒ니 오장이 능히 지당치 못ᄒ여 졍히 다라나고져 ᄒ더니 나탁이 ᄒᆞᆫ 창으로 길닙을 질너 말아리 나리치니 틱스와 등츙이 길닙 죽는 양을 보고 각각 군긔롤 바리고 다라나거늘 나 【25】 탁이 ᄯᆞ라가 ᄯᅩ 등츙을 질너 말아리 나리치니 문티스 두 장쉬 죽는 양을 보고 쏘홈홀 마음이 업셔 다라나니 나탁이 급히 군마롤 지휘ᄒ여 일진을 혼살(混殺)ᄒ고 쳔여 인을 항복바다 셔기로 도라가다.

문티스 신환으로 더브러 잔병을 거두어 십니롤 믈너와 진 치고 군마롤 졈고ᄒ니 겨유 일쳔이 잇거늘 틱시 졍히 근심ᄒ더니 신환이 겻히 잇다가 왈,

"승부는 병가의 상시라 엇지 근심ᄒ리오? 샐니 조졍의 드러가 다시 병을 발ᄒ여 이 원슈롤 갑흘만 갓지 못ᄒ니이다."

틱시 왈,

"니 셔졍(西征)ᄒᆞᆫ 후로붓허 ᄒᆞᆫ 번도 니러틋 픠치 아니ᄒ엿더니 오늘날 편갑(片甲)도 남지 못ᄒ게 되니 어니 면목으로 텬즈롤 뵈오리오?"

ᄒ고 이튼날 인마롤 녕ᄒ여 황하산을 바라며 나아가더니 홀연 보니 붉은 긔치 번득이며 ᄒᆞᆫ 장쉬 【26】 금갑홍포(金甲紅袍)의 슈은 투고롤 쓰고 옥씌롤 씌고 옥긔린을 타고 쌍병(雙柄) 은도치롤 빗기고 달려나오며 크게 웨여 왈,

"나는 쥬장 황텬홰(黃天化)러니 강승상 명을 바다 너롤 기다련지 오러더니라. 이졔 텬명이 우리 셩쥬의게 도라왓스니 픠궁(敗窮)ᄒᆞᆫ 도젹은 샐니 항(降)ᄒ여 죽기롤 면ᄒ라."

티시 황턴화의 길 막으믈 보고 디로 즐왈,
"반국 역적이 엇지 감히 텬조 딕신 핍박기롤 니러트시 ᄒᆞᄂᆞ뇨?"
ᄒᆞ고 흑긔린을 달녀드러 두 장쉬 어우러져 ᄡᆞ화 이삼십 합이나 ᄒᆞᄃᆡ 승부롤 결치 못ᄒᆞ거눌 신환·여경 두 장쉬 문티ᄉᆞ롤 도와 ᄡᆞ호니 황턴홰 이장의 돕는 양을 보고 거줏 옥긔린을 두로혀 다라난ᄃᆡ 여경이 ᄯᆞ라가더니 황턴홰 쌍도치롤 노코 화룡포(火龍標)롤 드러 여경을 치니 여경이 말긔 나려 죽거눌 신환이 여경의 죽으믈 보고 【27】 다라드러 황턴화와 ᄡᆞ호거눌 턴홰 ᄯᅩ 거줏 피ᄒᆞ여 다라나니 신환이 ᄯᆞ라오거눌 턴홰 다시 도라셔 급히 치니 신환이 칼쓰는 법이 어주러워 졍히 디젹지 못ᄒᆞ여 동남을 바라며 다라나거눌 턴홰 쌍퇴롤 노코 화룡표롤 드러 치니 신환이 급히 피ᄒᆞ딕 밋쳐 방비치 못ᄒᆞ여 왼편 엇게롤 마즈 말긔 업더여 다라나거눌 턴홰 군을 거두어 셔기로 도라가다.

티시 잔병을 거두어 날호여1) 나아가더니 알픠 큰 뫼히 이시딕 그림지 쳐연ᄒᆞ고 비풍이 삽삽ᄒᆞ거눌 티시 슬프믈 니긔지 못ᄒᆞ여 길가의 안져 글 하나흘 지으니 ᄒᆞ여시딕,

회슈쳥산냥누슈(回首靑山兩淚垂)
삼군쳐참깅감비(三軍悽慘更堪悲)
【28】 당시지도졍ᄉᆞ반(當時只道旋師返)
금일방지픠졸피(今日方知敗卒疲)
가한텬시난여뇨(可恨天時難豫料)
감ᄎᆞ인ᄉᆞ경하지(堪嗟人事竟何之)
안젼뎐도혼여몽(眼前顚倒渾如夢)
위국단심총블이(為國丹心總不移)

---

1) 【날호여】 🈁 쳔쳔히. 서서히. ¶ 徐徐 ‖ 티시 잔병을 거두어 날호여 나아가더니 알픠 큰 뫼히 이시딕 그림지 쳐연ᄒᆞ고 비풍이 삽삽ᄒᆞ거눌 티시 슬프믈 니긔지 못ᄒᆞ여 길가의 안져 글 하나흘 지으니 (聞太師見後無襲兵, 領人馬徐徐而行. 又見折了余慶·辛環帶傷, 太師十分不樂, 一路上思前想後. 人馬行至晚間, 有一座高山在前, 但見山景淒凉,太師坐下, 不覺兜底上心, 自己吟詩嗟歎.) <西周 14:27> 緩 ‖ 군시 도라와 티ᄉᆞ다려 이 말을 니론딕 티시 날호여 거러 촌ᄉᆞ의 니르니 (衆軍士回去, 稟太師曰: "前有一老人, 專請老爺." 太師只得緩步行至莊前.) <西周 14:31>

머리롤 두로혀 쳥산을 보믹 두 눈믈이 드리워시니
삼군이 쳐참ᄒᆞ고 다시 슬프믈 견디는도다.
당시의 다만 졍ᄉᆞ 도라옴을 니르더니
오늘날 바야흐로 픽ᄒᆞᆫ 군시 피폐ᄒᆞ믈 알니로다.
가히 한ᄒᆞᄂᆞ니 텬시롤 참예ᄒᆞ여 혜아리기 어려오니
슬프다 인시 맛춤닉 어딕로 가리오?
눈알픠 다 뎐도ᄒᆞ여 ᄭᅮᆷ 갓ᄒᆞ니
나라 위ᄒᆞᆫ 단심은 가장 옴지 아니ᄒᆞ리로다.

문티시 글짓기롤 다ᄒᆞ고 삼군을 젼녕ᄒᆞ여 군ᄉᆞ롤 진치고 쉬더니 믄득 뫼 우희셔 포향이 니러나거눌 티시 장의 나와 보니 뫼 우희 강ᄌᆞ아(姜子牙) 무왕으로 더브러 슐먹고 말ᄒᆞ거눌 티시 이롤 보믹 셩이 더옥 뇌졍 갓ᄒᆞ여 긔린을 타고 뫼 우희 줏쳐 오르딕 뫼히 험ᄒᆞᆫ지라 능히 오르지 못ᄒᆞ여 니롤 갈며 깁히 한 【29】 ᄒᆞ더니 ᄯᅩ 뫼 아리셔 포향이 니러나 일지 인믹 나오니 셰 ᄲᆞᄅᆞ기 구름 갓더라. 티시 이롤 보고 더옥 노ᄒᆞ여 흑긔린을 ᄲᅵᆯ니 모라 뫼 아리로 나려오니 한 군ᄉᆞ도 감히 밋츠리 업더라. 티시 졍히 ᄡᆞ호고져 ᄒᆞ다가 믄득 우러러보니 뫼 우희 ᄌᆞ아 ᄯᅩ 무왕으로 더부러 크게 우어 왈,
"문티시 오늘날 픽ᄒᆞ믹 어닉 면목으로 조가의 가리오?"
티시 이 말을 듯고 더옥 노ᄒᆞ여 크게 ᄭᅮ지ᄌᆞ딕,
"강상 필뷔 엇지 감히 니리 방ᄌᆞᄒᆞ뇨?"
ᄒᆞ고 다시 뫼흐로 올나가더니 뫼 속으로셔 뇌진ᄌᆞ(雷震子) ᄲᅱ여나오니 티시 뫼 우희만 바라며 올나가다가 블의의 만낫ᄂᆞᆫ지라 ᄡᅡ홀 마음이 업셔 다라나고져 ᄒᆞ더니 뇌진ᄌᆞ 흑긔린 뒤다리롤 쇠막디로 치니 긔린이 것구러지거눌 문티시 거러 다라나니 신환이 크게 외【30】 딕,
"뇌진ᄌᆞ는 우리 티ᄉᆞ롤 상히오지 말나."
ᄒᆞ고 다라드러 뇌진ᄌᆞ와 ᄡᆞ호더니 양젼이 가만이 한 텬견(天犬)을 노흐니 그 긔 다라가 신환의 가졋는 병긔롤 므러 앗거눌 뇌진ᄌᆞ 쇠막디로

신환의 머리롤 쳐 죽이니 틱시 ᄯ 신환의 죽으믈 보고 잔병을 인(引)ᄒ여 다라나다. 강ᄌ이 ᄯ흔 징 쳐 군을 거두어 도라가니라. 틱시 졀농녕(絶龍嶺)을 바라며 나아가다가 길가의 안ᄌ 쉬더니 믄득 앙텬장탄(仰天長歎) 왈,

"하늘이 상(商)을 망ᄒ랴 ᄒ시ᄂ냐? 군왕이 졍ᄉ롤 힝치 아니ᄒ고 텬심이 슌치 아니ᄒ여 싱민이 도탄ᄒ니 니 쇽졀업시 젹담츙심(赤膽忠心)을 두엇ᄉ디 능히 회복지 못ᄒ니 신하의 죄리오?"

ᄒ고 ᄯ 슈리ᄂ 나아가니 냥최 업ᄉ지라 ᄉ졸이 쥬리려 능히 겻지 못ᄒ더니 알픠 한 촌ᄉ(村舍) 잇거ᄂ 틱시 군ᄉ로 ᄒ여곰 밥을 【31】 어더오라 ᄒ니 모든 군시 그 촌ᄉ로 드러오니 그 마을 사룸이 놀나 다라나고 다만 한 늙으니 잇셔 왈,

"엇더니완디 이의 니ᄅ뇨?"

군시 왈,

"우리ᄂ 텬조 문틱ᄉ 슈하 쇼졸이러니 틱ᄉ 노애 조셔롤 바다 쥬롤 치다가 그릇 픠ᄒ여 냥최 진ᄒ엿ᄂ지라 한 그릇 밥을 비러 노야긔 드리고져 ᄒ노라."

그 노인 왈,

"샐니 노야롤 쳥ᄒ여 오라."

군시 도라와 틱ᄉ다려 이 말을 니ᄅᄃ디 틱시 날호여 거러 촌ᄉ의 니ᄅ니 노인이 나려 졀ᄒ고 왈,

"쇼민이 먼니 맛지²⁾ 못ᄒ니 쳥컨디 죄롤 ᄉᄒ쇼셔."

틱시 ᄯ흔 답녜ᄒ고 안ᄌᆺ더니 노인이 밥을 졍히 ᄒ여 틱ᄉ긔 드린디 틱시 그 밥을 먹고 군ᄉ들도 ᄯ흔 밥을 어더먹고 이날 그 노인의 집의셔 ᄌ다.

이튼날 틱시 노인다려 문왈,

"그디 셩명은 무어시라 ᄒᄂ뇨?"

노인 【32】 왈,

"쇼인의 셩은 니(李)요 일홈은 길(吉)이로쇼이다."

틱시 좌우롤 분부ᄒ여 셩명을 긔록ᄒ라 ᄒ다.

촌ᄉ롤 쩌나 쳥농관으로 향ᄒ여 가더니 길흘 일코 군ᄉ로 ᄒ여곰 ᄎᄌ라 흔디 쇼졸이 동셔로 바라보더니 믄득 드ᄅ니 슈플 속의셔 나모 버히ᄂ 쇼리 나거ᄂ ᄎᄌ가 보니 한 초뷔 잇거ᄂ 군시 문왈,

"니리로셔 쳥농관을 가려ᄒ면 어니길노 말미암아 가리오?"

초뷔 도치롤 바리고 졀ᄒ여 왈,

"널위ᄂ 무슴 일노 쳥농관으로 가ᄂ뇨?"

군시 왈,

"우리ᄂ 조셔롤 바다 쥬(周)롤 치다가 니긔지 못ᄒ여 쳥농관으로 가노라."

초뷔 왈,

"셔남으로 십오 리ᄂ 가면 이 쳥농관 큰 길이라."

흔디 군시 도라와 틱ᄉ다려 니ᄅ니 틱시 셔흐로 나아가더라. 이 초부ᄂ 양젼(楊戩)이 초뷔 되여 문틱ᄉ롤 속여 졀농녕으로 보니다.

틱시 셔남으로 이십 니 【33】ᄂ 나아가더니 한 놉흔 녕이 이시디 가장 험쥰ᄒ여 비록 날기 잇셔도 넘기 어렵더라. 틱시 가장 의심ᄒ여 왈,

"이곳의 만일 복병이 이시면 니 반ᄃ시 살기 어렵도다."

ᄒ고 ᄯ 이십 니ᄂ 나아가다가 틱시 앙텬 디쇼 왈,

"강ᄌ이 지혜 업도다 만일 이곳의 복병 곳 이시면 진실노 니다라 가기 어려오리로다."

언미필의 시니 가흐로셔 한 도인이 나오거ᄂ 틱시 괴이히 너겨 나아가 문왈,

"그디ᄂ 어디 도시완디 니리로 지나가ᄂ뇨?"

그 도인 왈,

"나ᄂ 운즁ᄌ(雲中子)러니 강승상의 명을 바다 이의 와 너롤 기다린지 오러더니라."

틱시 디쇼 왈,

"앗가 초뷔 되여 날을 속여 이의 니ᄅ게 ᄒ고 ᄯ 엇지 나롤 업슈이 너겨 긔롱ᄒᄂ뇨?"³⁾

---

2) 【맛다】圖 맞이하다. 마중하다. ¶ 迎迓‖ 쇼민이 먼니 맛지 못ᄒ니 쳥컨디 죄롤 ᄉᄒ쇼셔 (小民有失迎迓, 望乞恕罪.) <西周 14:31>

3) 【긔롱ᄒ다】圖 기롱(譏弄)하다. 조롱하다. 희롱하다. ¶ 戲‖ 앗가 초뷔 되여 날을 속여 이의 니ᄅ게 ᄒ고 ᄯ 엇지 나롤 업슈이 너겨 긔롱ᄒ

운즁지 왈,

"니 엇지 초뷔 되여 너롤 속이리오?"

ᄒ고 통텬신화쥬(通天神火柱) 여덟흘 너여 셰우니 놉희 셕ᄌ 남죽ᄒ【34】고 몸은 한아롬은 흔디 팔과(八卦)롤 그렷더라. 틱시 크게 쇼리질너 왈,

"어디 가 괴이ᄒ 기동을 어더 날을 ᄯ 속이려ᄒᄂᆫ다?"

운즁지 답지 아니코 한 기동을 치니 여덟 기동의셔 블이 니러나 블 셰 가장 어려온지라 틱시 급히 블을 피ᄒ여 다라나며 ᄭᅮ지ᄌᆞ디,

"반국 역젹이 엇지 감히 날을 곤케 ᄒᄂ뇨?"

ᄒ고 관을 버셔바리고 머리롤 플고 좌츙우돌ᄒ디 화셰 밍녈흔지라 버셔지지 못ᄒ여 블의 타 죽으니 틱시 본디 쥬(紂)롤 위ᄒ여 츙심이 잇ᄂ지라 비록 죽을지언졍 엇지 쥬롤 니ᄌ리오?

할논[4] 쥐 달긔(妲己)로 더브러 녹디 우희셔 잔치ᄒ더니 홀연 쥐 긔운이 혼곤ᄒ여 궤의 의지ᄒ여 조으더니 믄득 보니 문틱시 알퓌 나아와 간왈,

"노신이 조셔롤 밧ᄌ와 쥬롤 치라 가 여러 번 ᄯᅡ화 니(利)치 못ᄒ여 절농녕의셔 명을 맛ᄎ니【35】신이 비록 죽으나 엇지 폐하롤 니ᄌ리오? 이졔 폐히 인졍을 힝치 아니시니 싱민이 도탄ᄒ여 도젹이 벌 니러나듯 ᄒ니 원컨디 폐하는 인졍을 힝ᄒ샤 황음무도롤 일삼지 마로쇼셔."

ᄒ거늘 놀나 ᄭᅢ치니 한 ᄭᅮᆷ이러라. ᄭᅮᆷ말을 달긔ᄃ려 니ᄅ니 달긔 왈,

"폐히 상히[5] 문틱ᄉ롤 싱각ᄒ시ᄂᆫ지라 ᄭᅮᆷ이 니러토쇼이다."

누뇨? (你把我聞仲當作稚子嬰兒, 怎言吾逢絕地, 以此欺吾? 你我昊非五行之術, 任道通知. 你今如此戲我, 看你有何法治我!) <西周 14:33> 네 엇지 이 말노써 긔롱ᄒᄂ뇨? (你爲何還我此言!) <西周 14:53>

4)【할ㄴ】 몡 하루. ¶ 할논 쥐 달긔로 더브러 녹디 우희셔 잔치ᄒ더니 홀연 쥐 긔운이 혼곤ᄒ여 궤의 의지ᄒ여 조으더니 (此時紂土止在鹿臺與妲己飮酒, 不覺一陣昏沉, 伏几而臥.) <西周 14:34>

5)【상히】 閨 늘. 항상. ¶ 常‖ 폐히 상히 문틱ᄉ롤 싱각ᄒ시ᄂᆫ지라 ᄭᅮᆷ이 니러토쇼이다 (賤妾常聞陛下憂慮聞太師西征, 故此有這個警兆.) <西周 14:35>

쥐 왈,

"이 말이 가장 올타."

ᄒ더라.

ᄌᆡ이 병을 거두어 셩으로 드러가거놀 운즁지 ᄯ 흔 신화쥬(神火柱)롤 거두어 연등(燃燈)으로 더브러 뫼흐로 드러가니 죵젹을 모롤너라.

신공퓌(申公豹) 문틱ᄉ 죽으믈 듯고 마음의 강ᄌ아롤 가장 원망ᄒ여 왈,

"니 맛당이 션ᄌ(仙子)롤 어더 문틱ᄉ의 원슈롤 갑흐리라."

ᄒ고 즉시 오악삼산(五岳三山)의 드러가 도인을 찻더니 협농산(夾龍山) 비룡동(飛龍洞)의 니ᄅ러 믄득 보니 한 아히 오디 신장이 ᄉ오 쳑의 지나지 못ᄒ고 낫【36】치 흙빗 갓더라. 신공퓌 나아가 문왈,

"그디 엇던 사름이완디 이 뫼히셔 단이ᄂᆫ다?"

그 아히 졀ᄒ고 왈,

"나는 구류숀(衢留孫) 션싱의 뎨ᄌ 토힝숀(土行孫)이러니 앗가 ᄉ뷔 브르시미 갓더니라."

신공퓌 왈,

"그디 도롤 언마나 비홧ᄂ뇨?"

토힝숀 왈,

"도 비환지 빅년이라."

신공퓌 왈,

"그디 나히 아직 어렷고 킈 젹으니 엇지 빅년이리오?"

토힝숀 왈,

"너 비록 킈 젹으나 싥노 나흔 만호니이다."

신공퓌 왈,

"그디 날을 위ᄒ여 삼산관(三山關) 등구공(鄧九公)의게 가 협녁ᄒ여 쥬롤 치미 엇더ᄒ뇨?"

토힝숀 왈,

"우리 ᄉ부의게 곤션승(捆仙繩)이 이시니 니 가 도젹ᄒ여 오면 가히 공을 닐우리라."

ᄒ고 즉시 닷더니 이윽ᄒ여 구류숀의 곤션승과 오호단약(五壺丹藥)을 도젹ᄒ여 왓거놀 신공퓌 토힝숀과 한가지로 도라와 토힝숀을 쳔거ᄒ여 삼산관 등구공긔 보닉다.

53
등구공봉칙셔졍(鄧九公奉勅西征)

【37】 졀뇽녕(絕龍嶺)의셔 도망ᄒ 군ᄉ ᄉ슈롤 건너 문티ᄉ(聞太師) 죽은 긔별을 한영(韓榮)의게 보ᄒ니 한영이 표롤 지어 조가로 보니니 표 가진 사룸이 조가의 니르러 표롤 올닌디 미지(微子) 몬져 보고 그 표롤 가지고 편뎐으로 드러가니 쥐(紂) 미ᄌ의 옴을 보고 문왈,

"황빅(皇伯)이 무삼 말을 ᄒ려ᄒ느뇨?"

미지 ᄯ러 표롤 올니니 쥐 ᄦ혀보고 디경왈,

"져격의 짐이 녹디(鹿臺)의 잇다가 한 ᄭ움을 ᄭ우니 문티시 와 니르디 '졀뇽녕의셔 명이 진ᄒ엿노라' ᄒ더니 과연 헛말이 아니로다."

ᄒ고 가장 슬허ᄒ더라. 쥐 좌우롤 도라보와 왈,

"이졔 티시 죽엇시니 뉘 가히 가 강상(姜尙)을 줍아오리오?"

상티우(上大夫) 김승(金勝)이 출반(出班) 쥬왈,

"삼산관(三山關) 총병 등구공(鄧九公)이 젼일의 남빅후(南伯侯)롤 파ᄒ여 ᄌ로1) 디공을 세윗느니 만일 이 사룸 곳 아니면 공을 【38】 일우지 못ᄒ리이다."

쥐 이 말을 듯고 올히 너겨 즉시 명관(命官) 왕졍(王貞)으로 조셔롤 가져 삼산관의 가 등구공으로 ᄒ여곰 군ᄉ롤 발ᄒ여 쥬롤 치게 ᄒ디 왕졍이 조셔롤 가져 쥬야로 달녀 삼산관으로 가다.

등구공이 삼산관의셔 졍히 군무(軍務)롤 의논ᄒ더니 쇼졸이 급히 보ᄒ디,

"조셰 오시니 ᄲᆞ니 나와 마ᄌ쇼셔."

등구공이 급히 졔장을 거느리고 나와 마져 쳥상의 올나 향안을 비셜ᄒ고 조셔롤 닑으니 ᄒ엿시디,

텬지 졍벌ᄒᄆᆞᆫ 반젹을 참ᄒ여 텬하 빅셩으로 ᄒ여곰 안무ᄒᆞ믈 위ᄒᆞ미라. 니러므로 쟝슈는 곤외(閫外)롤 맛다 ᄉ이롤 평졍ᄒᄂ니 이졔 경이 삼산관을 직희미 남빅후롤 쳐 큰 공을 일우니 가히 곤외롤 맛담 죽ᄒ지라 이졔 희발(姬發)이 나라흘 반ᄒ 【39】 여 변방을 어ᄌ러이미 짐이 죄롤 므ᄅᆞ디 희발이 왕ᄉ(王師)롤 누욕(累辱)ᄒ고 티ᄉ롤 죽이니 짐이 심히 두려 근심ᄒᄂ 비라 경으로 ᄒ여곰 삼군을 거느려 나가 쳐 큰 공을 일우고 국법을 졍히 ᄒ라. 짐이 이졔 큰 일노ᄡᅥ 맛지ᄂ니 져바리지 말나.

ᄒ엿더라. 조셔 닑기롤 맛ᄎᄆᆡ 왕졍 왈,

"쟝군은 ᄲᆞ니 군마롤 니로혀 셔기로 가라. 삼산관 직흴 시 총병 공션(孔宣)이 이졔 오리라."

ᄒ더니 이윽고 공션이 오거눌 등구공이 션을 교디ᄒ여 삼산관을 직희오고 군마롤 졈고ᄒ여 졍히 발힝코져 ᄒ더니 쇼졸이 보ᄒ디,

"원문 밧긔 한 아히 와셔 원슈롤 보와지라 ᄒᄂ이다."

---

1)【ᄌ로】 屢 자주. ¶ 屢‖ 삼산관 총병 등구공이 젼일의 남빅후롤 파ᄒ여 ᄌ로 디공을 세윗느니 만일 이 사룸 곳 아니면 공을 【38】 일우지 못ᄒ리이다 (三山關總兵官鄧九公, 前日大破南伯侯鄂順, 屢建大功. 若破西岐, 非此人不克成功.) <西周 14:37>

ㅎ거눌 구공2)이 드러오라 ㅎ딕 이윽고 조고만 아ᄒᆡ 드러오니 신장이 스쳑이 못ㅎ고 낫치 검으딕 담딕(膽大)ㅎ여 뵈더라. 그 아ᄒᆡ 장하(帳下)의 나아와 한 글월을 드리거눌 펴보니 그【40】 신공표의 보닌 글월이라 토ᄒᆡᆼ손3)을 쳔거ㅎ엿거눌 구공이 그 아ᄒᆡᄅᆞᆯ 보니 킈 젹고 얼골이 더러워 뵈미 비록 쓰지 말고져 ㅎ나 신공표의 쳔거ᄅᆞᆯ 어그룻지 못ㅎ여 토ᄒᆡᆼ손을 블너 왈,

"너ᄅᆞᆯ 오군독냥스(五軍督糧使)ᄅᆞᆯ ㅎ이ᄂᆞ니 후군의 잇셔 냥초ᄅᆞᆯ 가음알나."4)

ㅎ고 티란(太鸞)으로 션봉을 삼고 ᄌᆞ등슈(子鄧秀)로 부션봉을 삼고 조승(趙升)·손염홍(孫焰紅)으로 구응스(救應使)ᄅᆞᆯ 삼다. 녀장 등션옥(鄧嬋玉)이 ᄯᅩ흔 군듕의 가게 ㅎ니라. 등원쉬 삼군을 거ᄂᆞ려 삼산관을 ᄶᅥ나가니 졍긔(旌旗) 탕탕(蕩蕩)ㅎ고 살긔(殺氣) 등등(騰騰)ㅎ더라. 힝ㅎ여 여러 날만의 셔기 동문 밧 삼십 니의 진 치다.

ᄌᆞ이(子牙) 졀농녕의 문틔스ᄅᆞᆯ 파ㅎ미 위엄이 스히의 들니ᄂᆞᆫ지라 텬하 계휘 듯고 향응(響應)ㅎ니 쉬(數)업더라. ᄌᆞ이 승상부의 잇셔 졔장으로 더브러 진군훌 일을 의논ㅎ더니 쇼졸이 보ㅎ딕,

"삼산관 총병【41】 등구공이 군스ᄅᆞᆯ 거ᄂᆞ려 동문 밧 삼십 니의 하치(下寨)ㅎ엿다."

ㅎ거눌 ᄌᆞ이 졔장다려 왈,

"등구공은 엇던 사롬고?"

황비회(黃飛虎) 겻히 잇다가 왈,

"등구공은 큰 장쉬니이다."

ᄌᆞ이 쇼왈,

"비록 큰 장쉬나 너 엇지 두려ㅎ리오? 삼군을 젼녕ㅎ여 예비ㅎ라."

ㅎ더라. 이튼날 등구공이 장의 올나 졔장을 도라보아 왈,

"뉘 가히 몬져 나아가 셔기ᄅᆞᆯ 칠고?"

졍션봉 티란이 응셩 왈,

---

2) 구공: 원래 '궁공'으로 되어 있으나 오기이므로 고침.

3) 토ᄒᆡᆼ손: 원래 '등ᄒᆡᆼ손'으로 되어 있으나 오기이므로 고침.

4) 【가음알다】囷 관장하다. 다스리다. ¶ 너ᄅᆞᆯ 오군 독냥스ᄅᆞᆯ ㅎ이ᄂᆞ니 후군의 잇셔 냥초ᄅᆞᆯ 가음알나 (後軍糧草缺少, 用你爲五軍督糧使.) <西周 14:40>

"쇼장이 비록 지죄 업스나 셔기ᄅᆞᆯ 쳐 파ㅎ리이다."

ㅎ고 본부 인마ᄅᆞᆯ 거ᄂᆞ려 셔기 셩하의 진치고 군스로 ㅎ여곰 블너 왈,

"강상 격즈는 ᄲᆞᆯ니 나오라 니 한 번 ᄊᆞ화 ᄌᆞ웅을 결ㅎ리라."

셩 직희엿던 쇼졸이 급히 보ㅎ딕 ᄌᆞ이 좌우ᄅᆞᆯ 도라보와 왈,

"뉘 능히 셩의 나가 등구공을 잡으리오?"

남궁괄(南宮适)이 응셩 왈,

"쇼장이 원컨딕 나가 잡으리이다."

ᄌᆞ이 디희ㅎ여 즉시 삼쳔 군을 쥬어 보니다. 남【42】궁괄이 인마ᄅᆞᆯ 거ᄂᆞ려 셩외의 진치고 니다라 크게 웨여 왈,

"티란 쇼장은 목을 씻고 ᄲᆞᆯ니 나오라."

ㅎ딕 티란이 딕로ㅎ여 황금갑의 쳥포ᄅᆞᆯ 쎠닙고 빅은 투고의 딕도ᄅᆞᆯ 들고 ᄌᆞ류마(紫騮馬)ᄅᆞᆯ 타고 진 밧긔 나와 크게 쇼릭질너 왈,

"나는 삼산관 등원슈 휘하 졍션봉 티란장군이러니 조셔ᄅᆞᆯ 밧ᄌᆞ와 너희ᄅᆞᆯ 치ᄂᆞ니 너히 등이 신졀(臣節)을 직희지 아녀 연고업시 반ㅎ여 텬조 디신을 죽이고 왕스(王使)ᄅᆞᆯ 능욕ㅎ니 그 죄ᄅᆞᆯ 므람즉ㅎ지라. 이졔 군마ᄅᆞᆯ 니로혀 반국 역젹을 치ᄂᆞ니 ᄲᆞᆯ니 말긔 ᄂᆞ려 죽으믈 면ㅎ라."

남궁괄이 딕쇼 왈,

"젹은 도젹은 문틔스의 억만 웅병이 일조의 졀농녕 아릭 가 편갑(片甲)도 도라가지 못ᄒᆞᆯ 보지 아녓ᄂᆞᆫ다?"

티란이 딕로ㅎ여 합션도(合扇刀)ᄅᆞᆯ 두로고 ᄲᅱ여 두 상쉬 어우러져 ᄊᆞᆫ호니 금괴(金鼓) 졔명(齊鳴)ㅎ고 함셩이 진동ㅎ더라. 셔【43】로 ᄊᆞ화 삼십여 합의 남궁괄이 졍신이 빈나 ㅎ고 힘이 더ㅎ여 칼쓰기ᄅᆞᆯ 번기 갓치 ㅎ거눌 티란이 눈을 브릅ᄯᅳ고 합션도 쓰기ᄅᆞᆯ 급히 ㅎᄂᆞᆫ지라 남궁괄이 밋쳐 방비치 못ㅎ여 왼편 엇게ᄅᆞᆯ 마즈미 졍신이 몸의 븟지 아냐 말을 돌쳐 달으니 쥬병이 스스로 어즈러워 셔로 즛바라 죽ᄂᆞᆫ지 쉬업더라. 티란이 승셰ㅎ여 즛질너 일진을 혼살ㅎ고 군을 거두워 도라와 등구공을 보고 이긘 인고ᄅᆞᆯ 다 니른딕 구공 왈,

"만일 션봉의 큰 직조 곳 아니면 엇지 능히 남궁괄을 이긔리오?"

ᄒᆞ더라. 남궁괄이 한 진을 피ᄒᆞ고 셩의 드러가 ᄌᆞ아를 보고 쳥죄ᄒᆞ거눌 ᄌᆞ이 왈,

"승피ᄂᆞᆫ 병가의 샹시라 엇지 근심ᄒᆞ리오? 나아가미 가히 ᄡᅥ 공을 일월 거시오 믈너와 가히 ᄡᅥ 셩을 직희미 쟝슈의 힘쓸 비라." ᄒᆞ더라.

이튼날 등구공이 군ᄉᆞ를 젼녕ᄒᆞ여 오방ᄃᆡ오(五方隊伍) 【44】 를 졍졔ᄒᆞ여 나아오니 포향이 진동ᄒᆞ고 삼군이 용약(踊躍)ᄒᆞ여 그 셰 뫼히 문허질 듯ᄒᆞ더라. ᄌᆞ이 승샹부의셔 졔쟝으로 더브러 계교를 의논ᄒᆞ더니 쇼졸이 보ᄒᆞᄃᆡ,

"등구공이 셩밧긔 와 말ᄒᆞᄌᆞ ᄒᆞᄂᆞ이다."

ᄌᆞ이 이 말을 듯고 즉시 신갑(辛甲)을 분부ᄒᆞ여,

"ᄃᆡᄃᆡ 인마를 거ᄂᆞ려 몬져 나가라 나ᄂᆞᆫ 조초 가리라."

구공이 졍히 진샹의셔 셔기셩을 바라보니 셩샹의셔 년쥬포(連珠炮) 쇼리 나며 셩문을 크게 열고 일지 인미 나오니 가온ᄃᆡ 븕은 큰 긔 둘히 잇고 긔하의 한 쟝슈 홍갑홍포의 홍마를 타고 ᄯᅩ 방포쇼리 나며 일지 인미 우편으로 나오니 가온ᄃᆡ 빅긔 둘히 잇고 긔하의 한 쟝슈 빅갑빅포의 빅마를 탓더라. 군 【45】 미 엄슉ᄒᆞ고 ᄃᆡ외(隊伍) 졍졔ᄒᆞ여 그 셰 산ᄒᆡ(山海) 갓혼지라. 등구공이 졔쟝으로 더브러 칭찬 왈,

"강샹이 용병ᄒᆞ기를 잘ᄒᆞᆫ다 ᄒᆞ더니 과연 허언이 아니로다." ᄒᆞ더니 ᄯᅩ 방포쇼리 나며 일지 인미 뒤ᄒᆞ로조ᄎᆞ 나오니 가온ᄃᆡ 흑긔 둘히 나오고 긔하의 한 쟝슈 흑갑흑포의 흑마를 타고 ᄯᅩ 방포쇼리 세 번 나며 ᄃᆡᄃᆡ 인미 나오니 오방팔과(五方八卦)를 샹ᄒᆞ엿더라. 가온ᄃᆡ 큰 황긔하의 강ᄌᆞ이 잇고 좌우의 명쟝 이십 ᄉᆞ원이 둘너 셔시니 다 금갑홍포의 슈은 투고를 ᄡᅥᆻ더라. 등구공이 ᄌᆞ아의 병이 오방팔과를 샹ᄒᆞ엿고 좌우젼후의 군미 각각 방슈를 직희여 위의 엄슉ᄒᆞ고 긔치 졍졔ᄒᆞᄆᆞᆯ 보고 ᄎᆞᆫ탄ᄒᆞᄆᆞᆯ 마지 아냐 왈,

"앗가 남궁괄의 피ᄒᆞᆷ믄 진실노 경젹(勁敵) ᄒᆞ미로다."

션봉 ᄐᆞ란이 진왈,

"원슈 엇지 젹병을 기려 우리 예긔(銳氣)를 최찰케5) ᄒᆞ 【46】 시ᄂᆞ뇨?"

ᄒᆞ더라. ᄌᆞ이 진 밧긔 나와 등구공다려 왈,

"그ᄃᆡ와 우리 원슈 업거눌 엇지 군마를 니ᄅᆞ혀 와 치ᄂᆞ뇨?"

등구공이 즐왈,

"반국역젹이 엇지 감히 변경을 요란케 ᄒᆞ여 인신의 녜를 출히지 아니ᄒᆞ고 텬조 ᄃᆡ신을 죽이니 텬지 진노ᄒᆞ샤 우리를 보ᄂᆞ여 죄를 므ᄅᆞ라 ᄒᆞ시니 강샹 쇼젹은 ᄲᆞᆯ니 나려 항복ᄒᆞ여 죽으믈 면ᄒᆞ라. 만일 항복지 아녓다가 다른 날 셩이 파ᄒᆞ미 옥셕을 갈히치 못ᄒᆞ리니 뉘웃쳐도 밋지 못ᄒᆞ리라."

ᄌᆞ이 ᄃᆡ쇼 왈,

"등쟝군의 니ᄅᆞᄂᆞᆫ 말이 실노 벙어리 ᄭᅮᆷ말 니롬갓도다. 이졔 텬하 인심이 쥬(周)의 도라왓ᄂᆞ니 쟝군이 쟝슈 열히 넘지 못ᄒᆞ고 군시 이십 만의 ᄎᆞ지 못ᄒᆞ니 진실노 양이 범과 ᄡᅡ호고 알노 돌흘 치미로다.6) 그ᄃᆡᄂᆞᆫ ᄲᆞᆯ니 도라가 쥬왕긔 고ᄒᆞ여 각각 변경을 직희미 샹칙이라. 만일 너 말을 듯 【47】 지 아니면 뉘웃츠미 이시리라. 져 즈음끠 문ᄐᆡᄉᆞ의 억만 군병이 편갑도 도라가지 못ᄒᆞ믈7) 보지 못ᄒᆞ엿ᄂᆞᆫ다?"

등구공이 이 말을 듯고 ᄃᆡ로ᄒᆞ여 졔쟝을 도라보와 왈,

"강샹 필뷔 텬조 ᄃᆡ원슈를 업슈이 너기니 만일 이 촌부를 죽이지 아니면 밍셰코 병을 두로혀지 아니리라." ᄒᆞ고 칼흘 두로고 말을 달녀 다라들거눌 ᄌᆞ아의 좌편의 황비회 잇다가 구공의 다라들믈 보고 오식 신우를 달녀 구공과 ᄡᆞ호니 황비호의 창ᄡᅳᄂᆞᆫ 법은 농 갓고 등구공의 칼ᄡᅳᄂᆞᆫ 법은 범 갓더라. 삼십여 합을 ᄡᆞ호ᄃᆡ 승부를 결치 못ᄒᆞ거눌 나탁(哪吒)이 좌우의 잇다가 비호(飛虎)의 니긔지 못ᄒᆞ믈 보고 풍화륜(風火輪)을 모라 창을 두로고 다라드러 황비호를 도으니 구공의 쟝ᄌᆞ 등슈(鄧秀) 나탁의 도으믈 보고 말을 노화 ᄲᅢ쳐 드러오

---

5) 【최찰ᄒᆞ다】 통 {최찰(摧折)하다.} 꺾다. ¶ 원슈 엇지 젹병을 기려 우리 예긔를 최찰케 ᄒᆞ시ᄂᆞ뇨? <西周 14:45>

6) 양이 범과 ᄡᅡ호고 알노 돌흘 치미로다: 群羊鬪虎, 以卵擊石.

7) 도라가지 못ᄒᆞ믈: 원래 '도라가믈'로 되어 있으나 문맥상 어울리지 않으므로 앞글(【25】 참조)에 의거하여 고침.

거눌 쥬(周) 진상 【48】 의셔 황텬해 옥긔린을
달녀 다라들믹 상(商) 진상의셔 틱란·숀염홍·
조승 셰 장쉬 다라드러 돕거눌 쥬 진상의셔 무
길(武吉)·틱젼(太顛)·황텬녹(黃天祿) 셰 장쉬
쎄쳐 드러와 열한 장쉬 어우러져 쓰호니 함셩이
쌴홀 흔들며 살긔 하늘의 쎄쳣더라. 나탁이 화
쳠창(火尖槍)을 들어 황비호롤 도와 둥구공과
쓰호딕 구공은 본딕 용밍한 장쉬라 나탁의 마음
의 황비회 일졍 이긔지 못홀 쥴 알고 가만이 건
곤권(乾坤圈)을 너여 둥구공을 치니 구공이 왼
편 엇게롤 마즈 거의 말긔 나려려 가다가 다시
니러 안즈 다라나니 쥬병이 구공의 다라나믈 보
고 일시의 승셰ᄒ여 즛질너 다라드니 태젼이 조
승의 쇠치롤 방비치 못ᄒ여 엇게롤 마즈 말긔
나려지거눌 쥬병이 다라드러 구ᄒ고 즈인 징 쳐
군을 거두어 셩의 드러가 승상부의 【49】 안즈니
졔장이 다 드러와 뵈딕 오즉 태젼이 업거눌 즈
인 므른딕 졔 왈,
　　"태젼이 조승의 한 치롤 마즈 상ᄒ여시믹
승상긔 뵈지 못ᄒᄂ이다."
　　즈인 즉시 의관을 명ᄒ여 곳치라 ᄒ다.
　　둥구공이 픽ᄒ여 진의 도라와 장 우희 누
어 알커눌 구공의 ᄯᆯ 션옥(嬋玉)이 ᄯᅩ한 군즁의
왓눈지라 나아가 구공다려 왈,
　　"쇼녜 지죄 업스나 쳥컨딕 부친을 위ᄒ여
한 번 ᄊᆞ화 보슈(報仇)ᄒ리이다."
ᄒ고 본부 인마롤 졈고ᄒ여 셩 아릭 니르러 ᄊᆞ
호즈 ᄒᆞᆫ딕 쇼졸이 ᄲᆞᆯ니 들어가 알외니 즈인 이
말을 듯고 반향(半晌)이나 침음ᄒ거눌 황비회
졋히 셧다가 왈,
　　"승상이 여러 번 딕젼(大戰)을 지니딕 일즉
근심ᄒ여 두려ᄒ믈 보지 못ᄒ엿더니 이졔 한 녀
장의 오믈 듯고 침음ᄒ여 결치 못ᄒᆞᆷᆫ 엇지니잇
고?"
　　즈인 왈,
　　"용병의 셰 금긔(禁忌) 이시니 도인과 파두
〔頭陀〕와 부녜니 이 【50】 셰히 이시면 반ᄃᆞ시
요술이 잇눈지라 이졔 녀장이 와시니 장시 상홀
가 두려ᄒ노라."
　　나탁이 응셩 왈,
　　"쇼장이 비록 지죄 업스나 나가 이 요녀
(妖女)롤 잡아오리이다."

즈인 나탁을 당부 왈,
　　"삼가 ᄊᆞ호라."
　　나탁이 명을 바다 본부 군마롤 졈고ᄒ여
풍화륜을 타고 셩의 나와 진치고 크게 웨딕,
　　"녀장은 어딕 잇ᄂ뇨?"
　　둥션옥이 말을 달녀 진의 나오니 즈식이
고금의 읏듬이러라 딕호 왈,
　　"엇던 장쉬완딕 당돌이 담 큰쳬ᄒ고 날을
딕젹고져 ᄒᄂ뇨?"
　　나탁 왈,
　　"나는 강승상 휘하 나탁 장군이러니 너는
오쳬(五體) 갓지8) 못한 부녜라 엇지 감히 진젼
의 조롱ᄒᄂ뇨? ᄒᆞ믈며 깁흔 도장 〔深閨〕 의셔
졍졀을 직희지 아니ᄒ고 낫츨 드러니여 붓그러
오믈 아지 못ᄒ고 진의 님ᄒ여 장부롤 딕젹고져
ᄒ니 니 엇지 명장으로 아녀즈와 쓰호리오? 너
【51】 눈 믈너나고 구공을 보니면 니 승부롤 결
ᄒ리라."
　　둥션옥이 딕로 즐왈,
　　"네 엇지 감히 우리 부친을 상히오고 ᄯᅩ
날을 슈욕ᄒᄂ뇨?"
ᄒ고 쌍검을 두로고 말을 달녀 다라드니 나탁이
ᄯᅩ한 화쳠창을 두로고 풍화륜을 달녀 두 장쉬
어우러져 쓰호니 졍히 원앙이 녹슈의셔 희롱ᄒ
며 봉황이 무산의셔 춤츄는 듯ᄒ더라. 셔로 ᄊᆞ
화 두어 합이 못ᄒ여 둥션옥이 거즛 픽ᄒ여 다
라난딕 나탁이 ᄯᅩ로더니 션옥이 션옥이 칼홀 노
코 오광셕(五光石)을 드러 나탁을 바라고 한 번
치니 졍히 나탁의 낫츨 맛촌지라 나탁이 낫츨
ᄊᆞ고 다라나 셩의 드러와 즈아롤 보와 픽한 연
고롤 니른딕 황텬화 졋히 셧다가 쇼왈,
　　"장슈 몸이 젼장의 니르러 네녁흐로 보고
팔방으로 들어 픽홀 거시어눌 엇지 한 녀즈의
돌의 마즈 졈즉이9) 도라오리오?"
　　나탁이 돌 【52】 히 낫츨 마져 픽ᄒ엿눈지
라 졍히 붓그려ᄒ더니 ᄯᅩ 황텬화의 긔롱ᄒ여 우
으믈 보고 노ᄒ믈 참지 못ᄒ더라. 션옥이 영의

____

8) 【깃다】圖 갓추다. 온젼하다. ¶ 全‖ 나눈
강승상 휘하 나탁 장군이러니 너눈 오쳬 갓지
못한 부녜라 엇지 감히 진젼의 조롱ᄒᄂ뇨? (吾
乃是姜丞相麾下哪吒是也. 你乃五體不全婦女, 焉
敢陣前使勇!) <西周 14:50>
9) 졈즉이: 未詳.

도라가 구공다려 이건 연유롤 니ᄅᆫ디 구공이 비록 깃거ᄒᆞ나 마즌디롤 쥬야의 긋치지 아니코 알터니 이튼날 등션옥이 셩밧긔 와 ᄡᅡ호ᄌ 웨거눌 셩직흰 군시 승상부의 보ᄒᆞ니 황텬홰 이 말을 듯고 ᄌᆞ아다려 왈,

"이졔 ᄯᅩ 녀장이 왓다 ᄒᆞ니 쇼장이 쳥컨디 나가 잡아오리이다."

ᄒᆞ고 옥긔린을 타고 본부 인마롤 졈고ᄒᆞ여 셩의 나 진을 친디 등션옥이 말을 너여 크게 웨디,

"오는 장슈는 일홈이 무어시뇨?"

황텬홰 왈,

"나는 긔국무셩왕 황비호의 장ᄌ 텬화 장군이러니 쳔흔 계집이 어졔 나탁을 치고 ᄯᅩ 오늘 날을 치고져 ᄒᆞᄂᆞ냐?"

ᄒᆞ고 쌍쳘퇴롤 둘너 다라들거눌 션옥이 쌍검으로 마져 ᄡᅡ호더니 두어 합이 못 【53】 ᄒᆞ여 황텬홰 피쥬ᄒᆞ거눌 션옥이 ᄯᆞ라가며 크게 웨디,

"텬화 쇼장은 어디로 다라나ᄂᆞ뇨?"

ᄒᆞ거눌 텬홰 혜오디 '만일 피ᄒᆞ여 드러가면 나탁의게 도로혀 긔롱을10) 바드리로다' ᄒᆞ고 긔린을 두로혀 다시 ᄡᅡ호더니 션옥이 쌍검을 한 손의 들고 한 손으로 오광셕을 너여 텬화롤 치거눌 텬홰 급히 피ᄒᆞ디 밋지 못ᄒᆞ여 낫츨 마즈니 텬홰 머리롤 ᄡᅳ고 피ᄒᆞ여 다라나 승상부의 드러가 피흔 일을 니ᄅᆫ디 ᄌᆞ인 왈,

"후치(後寨)의 드러가 상흔 디롤 조리ᄒᆞ라."

텬홰 졍히 드러가고져 ᄒᆞ더니 나탁이 뒤히 잇다가 텬화의 피ᄒᆞ믈 듯고 니다라 왈,

"장슈 되여 진의 님ᄒᆞ미 네녁ᄒᆞ로 보고 팔방으로 듯는다 ᄒᆞ더니 이졔 녀장의게 마즈믄 엇지뇨?"

텬홰 디로 왈,

"네 엇지 이 말노ᄡᅥ 긔롱ᄒᆞᄂᆞ뇨?"

나탁이 역노 왈,

"네 날을 욕ᄒᆞ더니 오늘 피ᄒᆞ여시니 엇지 니ᄅᆞ지 아니ᄒᆞ리 【54】 오?"

두 장쉬 결우거눌11) ᄌᆞ인 쇼러질너 왈,

"이 일이 다 국시니 엇지 닷호리오?"

ᄒᆞ니 냥장이 다 붓그려 각각 믈너나다. 등션옥이 영의 도라가 구공을 보와 이건 ᄉᆞ연을 니ᄅᆫ디 구공이 비록 년일 이긔믈 어드나 팔 알프믈 이긔지 못ᄒᆞ여 하로 지니믈 삼츄 갓치 너기더라.

이튼날 션옥이 ᄯᅩ 셩하의 가 ᄡᅡ호ᄌ 웬디 군시 승상부의 고ᄒᆞ니 ᄌᆞ인 좌우롤 도라보와 왈,

"뉘 이 요녀롤 잡으리오?"

양젼이 농슈호(龍鬚虎)다려 왈,

"이 녀장이 팔미질ᄒᆞ기롤 잘ᄒᆞ니 엇지 형이 가 ᄡᅡ호지 아니ᄒᆞᄂᆞ뇨? 만일 형이 ᄡᅡ호면 니 당당이 진을 도으리라."

ᄒᆞᆫ디 농슈회 ᄌᆞ아다려 왈,

"쇼장이 비록 지죄 업스나 양젼으로 더브러 나아가 공을 일우리이다."

ᄌᆞ인 허락ᄒᆞ거눌 두 장쉬 군마롤 인ᄒᆞ여 셩의 나아가 진치고 농슈회 크게 웨디,

"쳔흔 녀젹(女敵)은 어디 잇ᄂᆞ뇨?"

녀장 왈,

"오는 장슈는 일홈이 무어시뇨?"

농슈회 왈,

"나는 강승상 휘하 농 【55】 슈호 장군이로라."

션옥이 우왈,

"네 나와 죽고져ᄒᆞᄂᆞ다?"

슈회 쇼러질너 왈,

"니 승상의 명을 바다 요괴로온 녀젹을 잡으라 왓노라."

ᄒᆞᆫ디 션옥이 쌍검을 두로고 다라들거눌 농슈회 마즈 ᄡᅡ화 삼합이 못ᄒᆞ여 농슈회 돌을 너여 어즈러이 치니 돌이 비오듯 ᄒᆞᄂᆞᆫ지라 션옥이 농슈호의 팔미질ᄒᆞᄂᆞᆫ 쥴 몰낫다가 블의의 돌노치니 마줄가 두려 말을 도로혀 다라나니 농슈회 ᄯᆞ로거눌 션옥이 가마니 돌 하나흘 너여 농슈호롤 바라고 치니 농슈회 피ᄒᆞ다가 밋지 못ᄒᆞ여 올흔

---

10) 【긔롱】 圏 기롱(譏弄). 조롱. 희롱. ¶ 笑話 ‖ 텬홰 혜오디 '만일 피ᄒᆞ여 드러가면 나탁의게 도로혀 긔롱을 바드리로다.' (天化在坐騎上思想: '吾若不赶他, 恐哪吒笑話我.') <西周 14:53>

11) 【결우다】 圄 겨루다. 다투다. ¶ 爭論 ‖ 두 장쉬 결우거눌 ᄌᆞ인 쇼러질너 왈, "이 일이 다 국시니 엇지 닷호리오?" (彼此爭論, 被子牙一聲喝: "你兩個爲國, 何必如此?") <西周 14:54>

편 발목을 마져 업더지게 되엿더라.

54

토힝숀닙공현요(土行孫立功顯耀)

농슈회(龍鬚虎) 한 발노 셔지 못ᄒᆞ여 거의 업더지게 되엿더니 졍신을 다시 찰혀 다라나고져 ᄒᆞ더 션옥(嬋玉)이 농슈호의 다라나고져 ᄒᆞ믈 【56】 보고 쌍검을 들고 달아들거늘 양젼(楊戩)이 션옥의 다라들믈 보고 농슈회 상홀가 두려 쇼리질너 왈,

"요괴로온 계집이 엇지 감히 우리 농장군을 니러트시 곤케 ᄒᆞᄂᆞ뇨?"

ᄒᆞ고 창을 두로고 다라드러 농슈호를 구ᄒᆞ더니 션옥이 ᄯᅩ 한 돌을 더져 양젼의 낫출 맛치니 양젼이 알프믈 춤고 말을 나ᄂᆞᆫ드시 달녀 바로 션옥의게 다라드니 션옥이 다라들며 한 돌을 드러 양젼의 낫출 맛치니 양젼이 두 번을 마즛ᄂᆞᆫ지라 쇼리ᄒᆞ고 다라나며 한 텬견(天犬)을 노흐니 그 긔 다라가 션옥의 다리를 무러 ᄯᅦ치니[1] 션옥이

---

1) 【ᄯᅦ치다】 圖 ᄯᅦ어놓다. 떨치다. ¶ 그 긔 다라가 션옥의 다리를 무러 ᄯᅦ치니 션옥이 알프믈 견디지 못ᄒᆞ여 군亽를 거두어 본영으로 도라가니 (把鄧嬋玉頸子上一口, 連皮帶肉咬去了一塊. 嬋玉負痛難忍, 幾乎落馬, 大敗進營, 叫喊不止.) <西周 14:56>

알프믈 견디지 못ᄒᆞ여 군亽를 거두어 본영으로 도라가니 양젼·농슈호도 ᄯᅩ흔 군亽를 거ᄂᆞ려 도라가다.

등구공(鄧九公)이 션옥의 상흐믈 보고 더옥 근심ᄒᆞ더니 독냥관(督糧官) 토힝숀(土行孫)이 장 밧긔 나와 뵈믈 쳥ᄒᆞ 【57】 거늘 구공이 드러오라 ᄒᆞ더 토힝숀이 드러가 구공을 보고 왈,

"원슈의 상흔디 이졔ᄂᆞᆫ 엇더ᄒᆞ뇨?"

구공 왈,

"니 상흔디 ᄲᅧ 부러져 여러날이로디 지금 낫지 못ᄒᆞ엿노라."

토힝숀 왈,

"만일 원슈 낫지 못ᄒᆞ여시면 쇼장의게 한 약이 이시니 드리리이다."

ᄒᆞ고 약을 니여 플어드리거늘 구공이 바다 마시미 상흔디 즉시 낫거늘 구공이 상의 나려 亽례 왈,

"장군이 어디 가 이런 긔특흔 약을 어덧ᄂᆞ뇨?"

토힝숀 왈,

"쇼장이 맛춤 이 약을 어덧더니 엇지 이러트시 신회(神效) 잇실 줄 알니오?"

ᄒᆞ더라. 장 뒤히셔 알는 쇼리 나거늘 토힝숀이 문왈,

"이 알는 사람은 뉘니잇고?"

구공 왈,

"이는 쇼녀 션옥이라 양젼의 한 텬견의게 믈녀 알ᄂᆞ니라."

토힝숀 왈,

"쇼장의게 ᄯᅩ 한약이 이시니 다만 한 환(丸)이나 드리리이다."

ᄒᆞ고 약을 니여 쥬거늘 【58】 구공이 그 약을 프러 션옥을 먹이니 즉시 낫ᄂᆞᆫ지라. 구공이 크게 깃거 즉시 잔치를 비셜ᄒᆞ여 토힝숀과 졔장이 모다 슐먹더니 토힝숀 왈,

"원슈 강ᄌᆞ아(姜子牙)로 ᄊᆞ호미 병세(兵勢) 엇더ᄒᆞ더뇨?"

구공 왈,

"그 병세 가장 셩ᄒᆞ여 디젹기 어렵더라."

ᄒᆞ니 토힝숀이 쇼왈,

"이를 어렵다 ᄒᆞ면 엇지 장슈 되여 진의

310

님ᄒ리오? 쇼장이 원컨디 본부 인마를 거ᄂ려 공을 일우리이다.”

구공이 이 말을 듯고 마음의 혜오디 ‘이 사ᄅ이 반ᄃ시 큰 지죄 잇도다 만일 쓸디 업ᄂ 거시면 신공푀(申公豹) 엇지 쳔거ᄒ여시리오’ ᄒ고 토힝숀다려 왈,

“그디 만일 몬져 ᄊ호고져 ᄒ면 경션봉을 삼으리니 만일 공을 일우면 듕히 봉ᄒ미 이시리라.”

토힝숀이 디희 왈,

“만일 션봉을 봉ᄒ시면 죽을 힘을 다ᄒ여 갑ᄒ리이다.”

구공이 ᄯ호 깃거 즉시 티란(太鸞)을 블너 【59】 왈,

“장군은 임의 공을 일워ᄂ지라 션봉닌(先鋒印)을 토힝숀을 쥬미 엇더ᄒ뇨?”

티란 왈,

“원쉬 만일 쥬고져 ᄒ진디 쇼장이 엇지 감히 거슬니잇고?”

ᄒ고 즉시 션봉닌을 글너 토힝숀을 쥬니 힝숀이 구공끠 ᄉ례ᄒ고 즉시 나와 본부 인마를 거ᄂ려 셔기 셩하의 오니 셩문을 굿이 다닷거ᄂ 토힝숀이 크게 쇼리질너 왈,

“나탁 쇼장은 샬니 너 쇠막디를 마ᄌ라.”

ᄒ디 쇼졸이 급히 승상긔 고ᄒ니 나탁이 군ᄉ를 거ᄂ려 셩의 나와 바라보니 샹(商) 진샹의 한 조고만 아히 셧거ᄂ 나탁이 크게 웨여 왈,

“조고만 아희 무셥도 아녀 감히 날을 디젹고져 ᄒᄂ다?”

토힝숀이 쇼리질너 왈,

“나ᄂ 등원슈ᄉ 휘하 경션봉 토힝숀이러니 원슈의 명을 바다 너와 ᄌ아를 술오잡아 큰 공을 일우랴 ᄒ노라.”

니탁이 티로 즐왈,

“져 조고만 아희 담큰 체ᄒ고 큰 말을 ᄒᄂ다?”

힝숀 【60】 이 답지 아니코 쇠막디를 두로고 다라들거ᄂ 나탁이 ᄯ호 마ᄌ ᄊ화 두어 합이 못ᄒ여 토힝숀이 ᄲ여가며 크게 웨여 왈,

“너ᄂ 킈 큰디 화룡을 타고 나ᄂ 킈 젹은 디 아모것도 타지 아녀시니 셔로 ᄊ호기 맛지 아니ᄒ미 네 화룡을 나려 ᄌ웅을 결ᄒᄌ.”

ᄒ디 나탁 왈,

“니 엇지 너 한 조고만 아희를 두려ᄒ리오?”

ᄒ고 화룡을 나려 창을 들고 셔거ᄂ 토힝숀이 쇠막디를 들고 다라드러 ᄊ화 오륙 합은 ᄒ여 힝숀이 탁의 다리 아리로 니다라 쇠막디를 드러 나탁의 등을 두 번 거푸 치니 나탁이 ᄊ히 것구러지거ᄂ 토힝숀이 ᄯ 뒤흐로 니다라 등을 ᄯ 한 번을 친디 나탁이 졍히 위급ᄒ여 급히 건곤권(乾坤圈)을 너여 토힝숀을 치려ᄒ거ᄂ 힝숀이 곤션승(捆仙繩)을 너여 나탁의게 더지니 그 노히[2] 나탁의 몸의 다ᄒ미 나탁이 능히 버셔나지 못ᄒ여 졀노 동히 【61】 여 구러지거ᄂ 토힝숀이 나탁을 싱금(生擒)ᄒ여 도라가 구공을 뵌디 구공이 디희 왈,

“오늘날 이 도젹을 잡앗ᄉ니 당당이 조가의 보니여 만분(蠆盆) 굴헝의 녀케 ᄒ리라.”

ᄒ고 아직 후궁의 동여 지워두라 ᄒ고 군듕의 잔치를 비셜ᄒ여 토힝숀의 공을 하례ᄒ더라. 나탁의 피ᄒ 군ᄉ ᄌ아의게 고ᄒ디 ᄌ이 디경 왈,

“토힝숀은 진실노 일디 명장이로다.”

ᄒ더라.

이튼날 토힝숀이 ᄯ 와 ᄊ호ᄌ ᄒ거ᄂ ᄌ이 좌우를 도라보와 왈,

“뉘 능히 도젹을 잡으고?”

황텬홰 응셩 왈,

“쇼장이 원컨디 가리이다.”

ᄒ거ᄂ ᄌ이 허ᄒ디 황텬홰 옥긔린을 타고 달녀나가 니를 왈,

“젹은 츅싱은 감히 우리 ᄉ형을 잡아가고 ᄯ 와 ᄊ호ᄌ ᄒᄂ냐?”

ᄒ고 쌍도치를 들고 다라드니 토힝숀이 ᄯ호 쇠막디를 두루며 다라드러 ᄊ호더니 오륙합은 ᄒ여 토힝숀이 ᄯ 곤션 【62】 승을 너여 더져 황텬홰를 동혀지우고 쇼졸노 ᄒ여곰 잡아 본진의 도

---

2) 【노ᄒ】⑩ 노. 밧줄. ¶ 힝숀이 곤션승을 너여 나탁의게 더지니 그 노히 나탁의 몸의 다ᄒ미 나탁이 능히 버셔나지 못ᄒ여 졀노 동히여 구러지거ᄂ (不防土行孫祭起捆仙繩, 一聲響, 把哪吒憑空拿了去, 望轅門下一擲, 把哪吒縛定, 怎能得脫此厄!) <西周 14:60>

라오니 구공이 쏘 힝손의 여러 번 공 일우믈 보고 크게 깃거 후영의 나탁과 황텬화를 한디 두라 ᄒ고 쏘 잔치를 비셜ᄒ여 졔장으로 더브러 즐기더니 슐이 두어 슌비 지나미 토힝손이 취ᄒ여 넓뛰며 왈,

"원쉬 만일 쇼장을 발셔 션봉을 ᄒ이시던들 무왕(武王)과 강상(姜尙)을 임의 슬오잡아실가 ᄒᄂ이다."

구공 왈,

"니 그디의 큰 지조를 일즉이 아지 못ᄒ니 가히 이닯다."

ᄒ더라. 밤이 임의 깁흐미 졔장이 다 훗허지디 오직 토힝손이 이셔 구공으로 더브러 슐먹더니 등구공 왈,

"토장군이 만일 셔기를 아스면 니 쇼녀로 써 안히를 삼게 ᄒ리라."

힝손이 이 말을 듯고 깃브믈 이긔지 못ᄒ여 ᄒ더라.

셔기셩 직희엿던 군시 승상부의 드러와 황텬화 잡혀간 줄 고ᄒ디 즈이 쏘 텬화【63】의 잡혀가믈 듯고 발을 굴너 왈,

"가히 앗갑다 우리 두 디장을 격슈의 잡혀스니 엇지ᄒ여 도라오게 훌고?"

ᄒ고 근심ᄒ더라.

이튼날 토힝손이 쏘 셩밧긔 니르러 웨여 왈,

"강즈아는 샐니 나와 즈웅을 결ᄒ즈."

ᄒ디 쇼교(小校) 드러가 고ᄒ니 즈이 즉시 셩의 나와 진치니 힝손이 디호 왈,

"강상 쇼젹은 어디 잇ᄂ뇨?"

즈이 원문의 나셔니 좌우의 무슈흔 장쉬 옹호ᄒ엿더라. 토힝손 왈,

"너희 등이 샐니 항복ᄒ여 죽으믈 면ᄒ라."

즈이 왈,

"네 얼골을 보니 블과 졋먹는 아희오 킈를 보니 니 므릅히 넘지 못ᄒ거늘 엇지 감히 큰 말을 ᄒᄂ뇨? 네 착ᄒ거든3) 나아와 날을 슬오잡

으라."

힝손이 이 말을 듯고 쇠막디를 두로고 다라드러 치거늘 즈이 보검을 드러 막은디 힝손이 곤션승을 너여 어즈러이 더지니 가의 셧던 군스며 장관(將官)이 무슈히 잡혀가도 쏘한【64】노히 즈아의 몸을 다리니 즈이 졍히 동히여 ᄯ히 것구러지니 졔장이 일시의 다라드러 구ᄒ여 셩으로 도라가니 그 노히 살의 박히고 쩌러지지 아니ᄒ거늘 좌위(左右) 민망ᄒ여 무왕긔 알왼디 무왕이 디경ᄒ여 친히 승상부의 강즈아를 보고 눈물을 흘녀 왈,

"괴(孤) 무삼 죄 잇관디 여러 히를 졍벌ᄒ여시디 마춤니 수히 평안치 아니ᄒ고 쏘 승상이 이런 환을 만나니 이를 엇지ᄒ리오?"

ᄒ고 졍히 근심ᄒ더니 쇼졸이 보ᄒ디,

"문밧긔 빅학동지(白鶴童子) 와 승상을 뵈와지라 ᄒᄂ이다."

즈이 디희ᄒ여 드라오라 ᄒ디 동지 드러와 녜ᄒ고 왈,

"우리 스뷔 이 법쳡(法牒)과 부작을 승상긔 드리라 ᄒ더이다."

즈이 문왈,

"이 법쳡을 ᄒ여 무어시 쓰리오?"

동지 왈,

"만일 민망흔 일이 잇거든 쓰쇼셔."

즈이 왈,

"니 바야흐로 곤션승을 미이여 버셔나지 못ᄒ니 동지【65】능히 플쇼냐?"

동지 왈,

"힘뼈 ᄒ여 보리이다."

ᄒ고 법쳡과 부작을 즈아의 머리 우희 노코 한 번 치니 곤션승이 졀노 프러지거늘 동지 하직고 도라가다. 양젼이 즈아다려 왈,

"곤션승을 일졍 난도(難道) 구류손(衢留孫) 도인의 거시라."

즈이 왈,

"구류손이 엇지 도로혀 날을 히ᄒᄂ뇨?"

ᄒ고 토힝손 항복바들 계교를 의논ᄒ더니 이튼날 힝손이 쏘 셩밧긔 와 쏘호즈 ᄒ거늘 양젼이 나가믈 쳥ᄒ디 즈이 왈,

---

3)【착ᄒ다】劂 유능하다. ¶ 能‖ 네 얼골을 보니 블과 졋먹는 아희오 킈를 보니 니 므릅히 넘지 못ᄒ거늘 엇지 감히 큰 말을 ᄒᄂ뇨? 네 착ᄒ거든 나아와 날을 슬오잡으라 (觀你形貌, 不入衣冠之內, 你有何能, 敢來擒吾?) <西周

“슘가 쏘호라.”

양전이 녕을 듯고 인마롤 거느려 셩의 나아가니 토힝숀이 니로터,

“네 쏘 마져 잡히라 왓는다?”

양전이 즐왈,

“네 우리 승상을 곤히 ᄒ여시니 너 그 죄롤 므르라 왓노라.”

ᄒ고 창을 두로고 다라든터 힝숀이 쏘한 鎚맛터롤 둘너 두 장쉬 쏘화 오륙합은 ᄒ여 토힝숀이 곤션승을 너여 양전의게 더지니 양전이 미이믈 면치 못ᄒ여 잡혀 【66】 가더니 원문의 니르러 한 쇼리 지르고 곤션승을 버셔바리고 쮜여난터 토힝숀이 터경ᄒ여 양전의게 다라들거늘 양전이 한 텬견을 노ᄒ니 그 기 다라드러 토힝숀을 믈녀ᄒ거늘 힝숀이 본니 하로 쳔니롤 가는지라 한 번 쮜여 다라나니 간터 업거늘 양전이 한 텬견을 거두어 가지고 도라가 즈아다려 니르니 즈익 놀나 왈,

“토힝숀이 만일 니런 도슐 곳 이시면 일경 가만이 우리 셩즁의 드러올 거시니 이는 셔기의 웃듬 근심이로다.”

양전 왈,

“전일의 승상이 잡혓던 거시 과연 곤션승이라 쇼장이 원컨터 협농산(夾龍山) 비룡동(飛龍洞)의 가 토힝숀의 근본을 아라오리이다.”

즈익 왈,

“냥국이 바야흐로 교견ᄒ눈 쩌의 먼니 가미 가치 아니타.”

ᄒ터 양전이 가지 못ᄒ니라. 토힝숀이 양전을 잡앗다 일코 가장 무류ᄒ여 진의 도라오 【67】 니 등구공이 문왈,

“오늘날 쏘홈의 무슴 공을 일우뇨?”

토힝숀이 양전을 잡앗다가 니른 쥴 니른터 구공 왈,

“장군이 다만 셔기롤 파ᄒ고 터공을 일윔만 바라노라.”

힝숀이 혜오터 ‘너 당당이 큰 공을 일우고 일즉이 등구공의 쏠을 취흠만 갓지 못ᄒ다’ ᄒ고 왈,

“쇼장이 오늘밤의 셔기셩의 가만이 드러가 무왕과 강상을 죽이면 그 남으니는 족히 두렵지 아니ᄒ리이다.”

구공 왈,

“셩이 놉고 직희기롤 엄히 ᄒ니 비록 날기롤 돗쳐도 드러가지 어려온지라 그터 엇지 능히 드러가리오?”

토힝숀 왈,

“쇼장이 어려셔 도롤 닷가 하로 쳔니롤 가니 엇지 이 한 셩을 못들니잇고?”

흔터 구공이 더희 왈,

“장군은 삼가 일을 힝ᄒ라.”

ᄒ더라. 즈익 은안전(銀安殿) 상의 잇셔 졍히 토힝숀을 근심ᄒ더니 홀연 일진 광풍이 니러나더니 블어지거늘 【68】 즈익 더경ᄒ여 즉시 향안(香案)을 비셜ᄒ고 상 우희 팔과롤 버리고4) 금돈을 더져 길흉을 졈복ᄒ더니 즈익 셔안(書案)을 치고 크게 놀나 좌우롤 명ᄒ여 무왕을 쳥ᄒ여 승상부로 오쇼셔 ᄒ니 졔장이 다 괴이히 너겨 나아와 연고롤 뭇거늘 즈익 왈,

“앗가 일진 광풍이 심히 블길ᄒ니 일졍 오늘밤의 토힝숀이 가만이 셩즁의 드러와 우리 쥬공(周公)을 히ᄒ리라.”

ᄒ고 원문의 삼면경(三面鏡)을 달고 은안던 우희 오면경(五面鏡)을 달고 졔장을 분부ᄒ여 군장을 졍졔ᄒ고 은안던의 쩌나지 말나 ᄒ고 쏘 슌초관(巡哨官)을 명ᄒ여 슌초롤 가장 엄히 ᄒ라 ᄒ다. 이윽고 무왕이 승상부의 니르러 은안던의 올나 안즌터 즈익 졔장을 녕ᄒ여 츠례로 드러 뵈거늘 무왕이 즈아다려 문왈,

“군즁의 무삼 의논홀 일이 잇관터 쳥ᄒ뇨?”

즈익 바론더로 못ᄒ여 쇽여 월,

“이 【69】 졔 더왕을 쳥ᄒ믄 다룬 일이 아녀 군즁의 잔치롤 비셜ᄒ여 즐기시게 ᄒ려 ᄒ눈이다.”

무왕이 더희 왈,

“승상이 국스롤 힘써 ᄒ니 스히롤 평졍ᄒ면 맛당이 부귀롤 한가지로 ᄒ리라.”

ᄒ시더라. 초경은 ᄒ여 토힝숀이 등구공다려 왈,

---

4) 【버리다】 됭 벌이다. 펼치다. ¶ 즈익 더경ᄒ여 즉시 향안을 비셜ᄒ고 상 우희 팔과롤 버리고 금돈을 더져 길흉을 졈복ᄒ더니 (子牙大驚, 忙取香案, 焚香爐內, 將八卦搜求吉凶. 子牙鋪下金錢便知就裏.) <西周 14:68>

"이졔 쇼쟝이 셔기로 드러가\u200b\u200b니 원슈\u200b\u200b는
한 번 님\u200b\u200b여 쇼쟝의 지조롤 보쇼셔."

구공이 즉시 즁쟝으로 더브러 원문의 셔셔
보니 토힝숀이 한 번 뛰여 공즁의 오르니 종적
을 아지 못\u200b\u200b너라. 구공이 박쟝\u200b\u200b쇼 왈,

"우리 니런 긔특\u200b\u200b 쟝슈롤 두어시니 당당
이 은을 회복\u200b\u200b고 쥬롤 파\u200b\u200b리로다."

\u200b\u200b더라. 토힝숀이 셔기셩 안히 드러가니 가가호
호마다 창검(槍劍)이 삼나(森羅)\u200b\u200b엿\u200b\u200b는지라 감히
발뵈지5) 못\u200b\u200b여 승상부로 가니 군미 블을 둘너
즁즁쳡쳡\u200b\u200b엿거놀 부 안히 드러가니 졔쟝이 각
각 군쟝을 졍졔\u200b\u200b고 좌우 【70】 의 옹호\u200b\u200b엿거놀
무왕궁으로 드러가니라. 양젼이 즈아다려 가만
이 한 말을 니른디 즈이 왈,

"그디 말이 졍히 니 뜻과 갓다."

\u200b\u200b고 양젼을 가라 \u200b\u200b니 양젼이 궁으로 드러가니
라. 토힝숀이 궁의 드러가니 무왕이 졍히 모든
비빙(妃嬪)으로 더부러 슐먹고 즐기거놀 토힝숀
이 가만이 쟝 밧긔 숨엇더니 이윽고 무왕이 비
빙다려 왈,

"이졔 적병이 셩하의 님\u200b\u200b엿시니 풍뉴\u200b\u200b고
즐기미 가치 아니타."

\u200b\u200b고 가관을 파\u200b\u200b고 상의 올나 누으니 궁인(宮
人)이 다 각각 훗허가고 궁비(宮妃) 하나히 무왕
을 뫼셔 즈더니 이 씨 홍등(紅燈)이 미멸(未滅)
\u200b\u200b여 고요나죽\u200b\u200b거놀 토힝숀이 칼홀 들고 농상
의 뛰여올나 니블을6) 들치고 한 칼의 무왕을
버혀 상 아리 나리치니 궁비 졍히 씨여 쇼리질
너 왈,

"엇던 사룸이완디 감히 농상의 오르\u200b\u200b는다?"

토 【71】 힝숀이 한 번 궁비롤 보미 욕심을
이긔지 못\u200b\u200b여 왈,

"나\u200b\u200b는 등구공의 휘하 졍션봉 토힝숀이러니
니 임의 무왕을 죽엿\u200b\u200b느니 네 살고져\u200b\u200b는다 죽고

-----

5) 【발뵈다】 圖 드러내보이다. ¶ 토힝숀이 셔기셩
안히 드러가니 가가호호마다 창검이 삼나\u200b\u200b엿\u200b\u200b는
지라 감히 발뵈지 못\u200b\u200b여 승상부로 가니 군미
블을 둘너 즁즁쳡쳡\u200b\u200b엿거놀 <西周 14:69>
6) 【니블】 圖 이불. ¶ 帳幔‖ 토힝숀이 칼홀 들
고 농상의 뛰여올나 니블을 들치고 한 칼의 무
왕을 버혀 상 아리 나리치니 (土行孫提刀在手,
上了龍床, 揭起帳幔, 搭上金鉤, 武王合眼朦朧, 酣
然熟睡. 土行孫只一刀, 把武王割下頭來, 往床下
一擲.) <西周 14:70>

져\u200b\u200b는다?"

궁비 왈,

"쟝군이 만일 쳔쳡을 죽이지 아니시면 쟝
군을 뫼와 귀체롤 밧들니이다."

토힝숀이 이 말을 듯고 심즁의 디희\u200b\u200b여
졍히 범코져 \u200b\u200b거놀 궁비 크게 쇼리지르고 넓더
나 꾸지져 왈,

"필뷔 엇지 감히 무례\u200b\u200b미 심\u200b\u200b뇨?"

\u200b\u200b고 북 한 번을 치니 삼군이 일시의 쇼리\u200b\u200b고
다라드러 토힝숀을 동혀지우니라. 궁비 되엿던
거\u200b\u200b슨 양젼이오 무왕 되엿던 거\u200b\u200b슨 플사룸이러라.
즈이 은안젼 우희 잇셔 금괴 디작\u200b\u200b믈 듯고 즉
시 사룸으로 \u200b\u200b여곰 나아가 보라 \u200b\u200b니 이윽고
양젼이 토힝숀을 미여왓거놀 즈이 디희\u200b\u200b여 양
젼으로 \u200b\u200b여곰 토힝숀을 잡아 원문의 나아가 버
히라 \u200b\u200b 【72】 디 양젼이 토힝숀을 잡아 나가 졍
히 버히려\u200b\u200b더니 토힝숀이 죽을 힘을 다\u200b\u200b여 믠
거\u200b\u200b슬 끈허바리고 공즁의 뛰여 다라나니 양젼이
토힝숀을 일코 익달와 갈오디,

"토힝숀을 일허시니 맛춤니 셔기의 큰 환
이 되리로다."

\u200b\u200b고 드러와 즈아다려 니른디 즈이 묵연\u200b\u200b여 말
을 아니\u200b\u200b더라. 토힝숀이 죽을 곳을 버셔나 본
영의 도라오니 날이 임의 붉앗더라. 등구공이
토힝숀의 도라오믈 보고 문왈,

"쟝군이 셩의 드러가 공을 일운다?"

토힝숀이 붓그려 감히 바로 니른지 못\u200b\u200b고
속여 왈,

"즈이 방비\u200b\u200b미 엄\u200b\u200b니 능히 드지 못\u200b\u200b여
그져 도라오니이다."

구공이 토힝숀을 위로 왈,

"비록 오날 공을 일우지 못\u200b\u200b나 니일 셩을
진녁\u200b\u200b여 치리라."

\u200b\u200b더라. 양젼이 즈아다려 왈,

"쇼쟝이 원컨디 협농산의 가 구류숀을 보
와 토힝숀의 근본을 【73】 뭇고 곤션승 츌쳐롤
무러오리이다."

즈이 왈,

"길이 머니 삼가 단여오고 더디지 말나."

양젼이 명을 바다 셔기롤 써나 협농산으로
나아가니라.

55

토힝손귀복셔기(土行孫歸伏西岐)

양젼(楊戩)이 셔기룰 쩌나 여러날 만의 협농산(夾龍山)의 니르러 뫼호로 드러가니 표표탕탕(飄飄蕩蕩)ᄒ여 몸이 션간(仙間)의 오른듯ᄒ더라. 양젼이 풍경을 구경ᄒ며 슈십 보는 나아가니 놉흔 나모다리 잇거늘 그 다리룰 지나 쏘 십여 보는 드러가니 쥬문픠각(朱門貝閣)이 한 골의 즉옥ᄒ거늘 나아가 보니 문 우희 현판을 달고 네 즈롤 쎠시되 '쳥난두궐(靑鸞斗闕)'이라 썻더라. 양젼이 졍히 구경ᄒ더니 문 안흐로셔 녀동 오륙인이 긔번(旗幡)과 우션(羽扇)을 들고 나오고 그 뒤히 녀랑(女娘)이 나오니 빅학강【74】초의(白鶴絳綃衣)룰 닙고 나오다가 그 녀랑이 양젼을 보고 동즈다려 왈,

"엇더흔 사룸이 이의 와 단이느뇨?"

도동이 나아와 양젼다려 문왈,

"잇넌 사룸이원티 이의 왓느뇨?"

양젼이 녜ᄒ고 왈,

"나는 옥쳔산(玉泉山) 금화동(金霞洞) 옥졍진인(玉鼎眞人)의 문하 뎨지러니 강즈아(姜子牙)의 명을 바다 협농산으로 가더니 그룻 이의 니

르럿느이다."

동지 도라와 녀랑다려 니른디 녀랑 왈,

"만일 옥졍진인의 뎨지면 쳥ᄒ라 한 번 보리라."

동지 나아와 브르거늘 양젼의 여랑의게 와 뵌디 녀랑 왈,

"그디 무슴 연고로 이 뫼희 왓느뇨?"

양젼 왈,

"이졔 구류손(衢留孫)의 뎨즈 토힝손(土行孫)이 등구공(鄧九公)을 도와 셔기(西岐)룰 치민 무왕(武王)과 강즈이 즈로 픠ᄒᄂ지라 구류손 도인을 보와 토힝손의 근본을 뭇고져 ᄒᄂ이다."

녀랑 왈,

"만일 토힝손을 잡으려 ᄒᆯ진디 구류손 스부룰 쳥ᄒ여야 가히 잡으리【75】라."

양젼이 문왈,

"낭낭의 놉흔 셩명을 드러 셔기의 가 셩덕을 젼코져 ᄒᄂ이다."

녀랑 왈,

"나는 상뎨 친녀 요지금모(瑤池金母) 쇼싱 용길공쥐(龍吉公主)러니 반도회(蟠桃會)의 그룻 규긔(規矩)룰 일코 봉황산(鳳凰山) 쳥난두궐의 귀향왓노라."

ᄒ더라. 양젼이 공쥬긔 하직ᄒ고 나가더니 오리 못ᄒ여 한 굴헝의 쌘지니 광풍이 디작ᄒ고 안기 즈옥ᄒ엿더라. 굴헝 속의 셰 굼기 이시니 그 굼그로셔 한 괴이흔 거시[1] 나오니 닙은 큰 그룻만ᄒ고 니는 날난 칼긋 갓더라. 크게 쇼리ᄒ고 양젼의게 다라들거늘 양젼이 쇼왈,

"업츅이 감히 날을 히코져 ᄒᄂ냐?"

ᄒ고 창을 들고 다라드러 쓰호다가 양젼이 창을 노코 오뢰결(五雷訣)을 드러 한 번 치니 그거시 도로쳐 다라나거늘 양젼이 쓰라가너니 한 뫼 아리 니르러 큰 돌굼기 이셔 그거시 굼그로 드러가거늘 양젼이 쇼왈,

"요졍이 굼그로【76】드러가니 니 보리라."

ᄒ고 구밍가외 다드라 보니 굼기 어득ᄒ여 보기 어렵거늘 양젼이 화안쥬(火眼珠)룰 너여 드니 그 안히 붉아 낫 갓거늘 구멍 속의 쮜여드니 한

---

1) 거시: 원래는 없으나 문맥상 첨기함.

길이 잇고 아모것도 업거늘 더 드러가보니 삼쳡냥인되(三尖兩刃刀) 잇고 쏘 담힝푀(淡黃袍) 잇거눌 칼은난 차고 옷슬난 닙고 도로 구멍 밧긔 나와 졍히 가고져ᄒ더니 뒤히 두 아히 ᄯᆞ라오며 크게 외디,

"너는 엇던 거시완디 감히 우리 옷과 칼흘 도젹ᄒ여 가ᄂᆞ뇨?"

ᄒ거눌 양젼이 답왈,

"니 엇지 네거슬 도젹ᄒ리오?"

동지 왈,

"너는 옷슬 두고 가라."

양젼이 크게 쇼리질너 왈,

"도 닷간지 여러 희의 엇지 도젹의 범ᄒ리오?"

동지 왈,

"너는 엇던 사ᄅᆞᆷ인다?"

양젼 왈,

"나는 옥쳔산 금화동 옥졍진인의 문하인이로라."

두 동지 이 말을 듯고 ᄯᅳ히 업디여 졀ᄒ여 왈,

"뎨지 그릇 존위롤 범ᄒ 【77】 여시니 죄롤 스ᄒ쇼셔."

양젼이 문왈,

"동ᄌᆞ는 어디 사ᄅᆞᆷ인다?"

동지 디왈,

"졔ᄌᆞ는 오이산(五夷山) 금모동ᄌᆞ(金毛童子)로쇼이다."

양젼 왈,

"그디 날을 임의 스싱이라 ᄒ면 날을 위ᄒ여 셔기의 나려가 강승상(姜丞相)을 보와 날을 협농산으로 가더라 니ᄅᆞ미 엇더ᄒ뇨?"

동지 왈,

"승상이 만일 밋지 아니면 엇지ᄒ리오?"

양젼이 담힝포와 냥인도(兩刃刀)롤 쥬며 왈,

"이거슬 가져가면 ᄌᆞ연 무스ᄒ리라."

두 동지 옷과 칼흘 가지고 셔기의 니ᄅᆞ러 ᄌᆞ아의게 보ᄒ디 ᄌᆞ이 드러오라 ᄒ니 동지 옷과 칼흘 드리며 졀ᄒ고 왈,

"뎨ᄌᆞ 등은 금모동지러니 길히셔 양젼을

만나 스부롤 삼으니 스뷔 이 칼과 옷슬 어더 몬져 뎨ᄌᆞ로 ᄒ여곰 보니고 협농산으로 가더이다."

ᄌᆞ이 왈,

"양젼이 쏘 뎨ᄌᆞ롤 어드니 가히 깃부도다."

ᄒ고 동ᄌᆞ란 승상부의 잇스라 ᄒ 【78】 다.

양젼이 금모동ᄌᆞ롤 니별ᄒ고 협농산 비룡동의 가 구류숀을 뵈디 구류숀이 놀나 문왈,

"그디 무슴 일노 이 깁흔 뫼히 드러와 빈도롤 찻ᄂᆞ뇨?"

양젼 왈,

"토힝숀이 등구공을 도와 셔기롤 치며 곤션승(捆仙繩)으로써 졔장을 무슈히 잡아가는지라 뎨지 와 스부롤 쳥ᄒ여 토힝숀을 치고져 ᄒᄂᆞ이다."

구류숀이 이 말을 듯고 디로 왈,

"츅싱이 엇지 감히 니 보비롤 도젹ᄒ여 산의 나려가 난을 지으리오? 그디 몬져 가라 니 맛당이 나려가 토힝숀을 잡으리라."

양젼이 구류숀을 니별ᄒ고 셔기로 도라와 ᄌᆞ아의게 뵌디 ᄌᆞ이 왈,

"그디 구류숀을 ᄎᆞᄌᆞ 본다?"

양젼이 그릇 쳥난두궐의 드러갓던 일과 구류숀이 오마 ᄒ던 일을 다 니ᄅᆞᆫ디 ᄌᆞ이 디희 왈,

"그디 쏘 뎨ᄌᆞ롤 어드니 가히 하례ᄒ리로다."

양젼 왈,

"이 동ᄌᆞ 어드미 【79】 쏘ᄒᆞᆫ 쥬상의 홍복이오 승상의 셩ᄒᆞᆫ 덕이로쇼이다."

ᄒ더라.

구류숀이 양젼을 몬져 보니고 동ᄌᆞ롤 당부ᄒ여 골문을 굿이 직희라 ᄒ고 뫼히 나려와 금광법(金光法)을 힝ᄒ여 순식간의 셔기의 니ᄅᆞ러 승상부의 통ᄒ디 ᄌᆞ이 즁장을 거ᄂᆞ리고 나와 마ᄌᆞ 뎐의 올나 좌롤 졍ᄒ미 ᄌᆞ이 왈,

"도형의 놉흔 도롤 드런지 오러디 맛나지 못ᄒ엿더니 군즁의 급ᄒᆞᆫ 일이 잇셔 양젼을 보니여 도형의 한 번 도라보믈 쳥ᄒ여시니 원컨디 도형은 토힝숀을 잡아 날노 ᄒ여곰 공을 일우게 ᄒ쇼셔."

구류숀 왈,

"엇지 이 축성이 니 보비룰 도적ᄒ여 변을 지을 줄 알니잇고?"

ᄒ고 나아와 ᄌ아의 귀의 다혀 왈,

"니리니리ᄒ면 토힝숀을 경긱(頃刻)의 잡으리이다."

ᄌ이 디희ᄒ여 잔치룰 비셜ᄒ고 구류숀을 관디ᄒ여 왈,

"만일 도 【80】 형 곳 아니면 엇지 능히 이 계규룰 니리오?"

ᄒ고 이튼날 ᄌ이 홀노 ᄉ블상(四不相)을 타고 셩의 나 은영(殷營)의 니ᄅ러 동셔로 돌며 여어보니2) 쇼졸이 ᄌ아의 홀노 왓스믈 보고 급히 즁군의 보ᄒ디 구공 왈,

"강ᄌ이 용병을 잘ᄒ니 각 영의 분부ᄒ여 단단이 직희라."

ᄒ거늘 토힝숀이 겻히 셧다가 왈,

"원슈는 방심ᄒ쇼셔 쇼장이 오늘날 강상을 잡아 큰 공을 셰우리이다."

ᄒ고 쇠막디룰 메고 원문의 나가 크게 웨디,

"강상 필뷔 엇지 감히 우리 영을 여어보와 스스로 죽고져ᄒ느뇨?"

ᄒ고 다라들거늘 ᄌ이 보검을 드러 마ᄌ ᄊ화 삼합이 못ᄒ여 ᄌ이 ᄉ블상을 도로혀 다라난디 힝숀이 ᄶ초오더니 믄득 우러러보니 구류숀이 반공의셔 가ᄅ쳐 ᄭ지져 왈,

"이 축성은 어디로 다라나느뇨?"

ᄒ고 곤션승을 더져 토힝 【81】 숀을 동혀 ᄯᅡ히 지우니 모든 군시 일시의 다라드러 잡아 도라와 ᄌ이 구류숀으로 더브러 당 우희 안고 토힝숀을 잡아드려 ᄭ지져,

"이 업축이 니 곤션승을 도적ᄒ여 뉘 말을 듯고 셔기룰 치더뇨?"

토힝숀 왈,

"뎨지 깁흔 뫼희 한가히 단이더니 신공표

룰 맛나니 공푀 날을 등구공 휘하의 쳔거ᄒ여 졍션봉을 삼으니 니러므로 졔지 ᄉ부의 곤션승을 도적ᄒ고 호로단약을 가지고 뫼희 나려왓스니 빌건디 ᄉ부는 어엿비 너겨 죄룰 용셔ᄒ쇼셔."

ᄌ이 왈,

"도형은 ᄲᅡᆯ니 축성을 버혀 후환을 업시ᄒ라."

구류숀 왈,

"이놈의 죄 맛당이 쥬(誅)ᄒ염즉ᄒ거니와 아직 살와 셔기의 한 팔 힘을 돕고져 ᄒ느이다."

ᄌ이 왈,

"이놈이 지힝슐(地行術)을 ᄡᅥ 가만이 셩의 드러와 무왕을 히ᄒ려ᄒ다가 너게 들녀3) 일을 일우지 못ᄒ고 다라낫시니 이졔 엇지 【82】 아니 죽이리오?"

구류숀이 이 말을 듯고 디로ᄒ여 토힝숀을 가ᄅ쳐 ᄭ지져 왈,

"네 엇지 감히 무왕을 히ᄒ려ᄒ던다?"

토힝숀 왈,

"뎨지 등구공을 조ᄎ 셔기룰 치미 여러번 큰 공을 일우니 구공이 ᄲᅳᆯ노셔 너게 허ᄒ민 니러므로 가만이 셩의 드러왓더니이다."

구류숀이 머리룰 슉이고 오리 싱각다가 ᄌ아다려 왈,

"등구공이 업츅의게 혼인을 허ᄒ미 우연혼 인연이 아니라 반ᄃ시 쳔싱연분이니 승상이 엇지 말 졸ᄒ는 사룸을 보니여 구공을 달녀여 냥 젼홀 계규룰 아니ᄒ느뇨?"

ᄌ이 왈,

"만일 산의싱(散宜生) 곳 아니면 일을 힝치 못ᄒ리라."

ᄒ고 좌우룰 명ᄒ여 상티우 산의싱을 쳥ᄒ라 ᄒ디 이윽고 산의싱이 왓거늘 ᄌ이 왈,

---

2) 【여어보다】 圐 엿보다. ¶ 觀看 ‖ 이튼날 ᄌ이 홀노 ᄉ블상을 타고 셩의 나 은영의 니ᄅ러 동셔로 돌며 여어보니 (次日, 子牙獨自乘四不相往成湯轅門前後, 觀看鄧九公的大營, 若探視之狀.) <西周 14:80> 私探 ‖ 강상 필뷔 엇지 감히 우리 영을 여어보와 스스로 죽고져ᄒ느뇨? (姜尙! 你私探吾營, 是自送死期, 不要走.) <西周 14:80>

3) 【들니다】 圐 들키다. 발각되다. ¶ 驚覺 ‖ 이놈이 지힝슐을 ᄡᅥ 가만이 셩의 드러와 무왕을 히ᄒ려ᄒ다가 너게 들녀 일을 일우지 못ᄒ고 다라낫시니 이졔 엇지 아니 죽이리오? (道兄傳他地行之術, 他心毒惡, 暗進城垣, 行刺武王與我賴皇天庇佑, 風折旗幡, 把吾驚覺, 算有吉凶, 着實防備, 方使我君臣無虞.) <西周 14:81>

"이제 구공이 쌀노써 토ᄒᆡᆼ손의게 허ᄒᆞ니 토ᄒᆡᆼ손이 비록 쥬의 잡혀왓 【83】ᄾ나 반드시 도로 은영의 다라나리니 티우ᄂᆞᆫ 은영의 가 구공을 냥젼(兩全)ᄒᆞᆯ 계규로써 달니미 엇더ᄒᆞ뇨?"

산의싱 왈,

"의싱이 비록 지죄 업ᄉᆞ나 원컨더 한 번 가리이다."

ᄌᆞ이 귀의 다혀

"니리이리 ᄒᆞ라."

의싱이 녕을 듯고 은영으로 가다.

등구공이 영의 잇서 토ᄒᆡᆼ손의 공 일우믈 기다리더니 쇼괴 급히 드러와 보ᄒᆞ더,

"토션봉이 ᄌᆞ아의게 잡혀가거이다."

구공이 디경 왈,

"이 사롬이 만일 셔기의 항복ᄒᆞ면 엇지 능히 디젹ᄒᆞ리오?"

즁장으로 더브러 졍히 의논ᄒᆞ더니 쇼괴 쏘 보ᄒᆞ더,

4)"셔쥬 상티우 산의싱이 와 원슈롤 보와 말ᄒᆞᄌ ᄒᆞᄂᆞ이다."

구공 왈,

"이제 냥국이 셔로 싸호미 엇지 ᄉᆞᄉᆞ로이 보미 이시리오? 이 사롬이 일졍 날을 달니라 왓ᄂᆞ니 니 보지 못ᄒᆞ리로다."

쇼괴 나가 산의싱다려 니ᄅᆞᆫ더 의싱 왈,

"냥국이 셔로 싸호미 엇지 ᄉᆞ신을 막으리오? 니 강 【84】 승상의 명을 바다 왓ᄉᆞ니 다시 알외라."

쇼괴 쏘 드러가 산의싱의 말노써 알왼더 구공이 침음ᄒᆞ믈 마지 아니커ᄂᆞᆯ 졍션봉 티란(太鸞)이 진왈,

"원슈 긔회롤 어더 긔특ᄒᆞᆫ 계규로써 응ᄒᆞ면 엇지 가치 아니미 이시리오?"

구공 왈,

"이 말이 쏘ᄒᆞᆫ 유리타."

ᄒᆞ고 산의싱을 드러오라 ᄒᆞᆫ더 의싱이 말긔 나려 즁영의 드러오니 구공이 밧비 계(階)의 나려 마ᄌ 좌롤 졍ᄒᆞ고 구공 왈,

"티우 오시더 쇼쟝이 먼니 맛지 못ᄒᆞ니 쳥

컨더 죄롤 ᄾ하쇼셔. 이제 쥬와 은이 셔로 싸호미 ᄌᆞ웅을 결치 못ᄒᆞ여시니 엇지 셔로 보와 의논ᄒᆞ미 이시리오? 니 마음이 쳘셕(鐵石) 갓ᄒᆞ니 엇지 능히 변ᄒᆞ리오?"

산의싱이 쇼왈,

"원슈 임의 나라홀 위ᄒᆞ여 쥬롤 치니 엇지 ᄉᆞᄉᆞ로이 의논ᄒᆞᆯ 일이 이시리오만은 이제 한 큰 일이 이시니 알외고져 ᄒᆞᄂᆞ이다. 어졔 한 쟝슈 롤 【85】 잡으니 이ᄂᆞᆫ 원슈의 ᄾ회라5) 강승상이 ᄎᆞ마 죽이지 못ᄒᆞ여 죄롤 ᄾ하고 의싱을 보니여 혼인을 쳥ᄒᆞ시더이다."

구공이 디경 왈,

"뉘셔 토ᄒᆡᆼ손을 니 ᄾ회라 ᄒᆞ더뇨? 니게 한 쌀이 이시니 일홈은 션옥(嬋玉)이라. 어려셔 어뮈 죽으미 니 ᄉᆞ랑ᄒᆞ여 무예롤 가르쳐 군즁의 더브러 왓고 비록 혼인을 구ᄒᆞ리 구롬못듯ᄒᆞ나 한 곳도 응ᄒᆞᆫ 비 업거놀 엇지 토ᄒᆡᆼ손의게 허ᄒᆞᆯ 니 이시리오?"

산의싱이 갈오더,

"토ᄒᆡᆼ손은 협농산 구류손의 뎨지라. 신공 표로 인ᄒᆞ여 뫼히 나려와 원슈롤 도와 셔기롤 치니 능히 디젹ᄒᆞ리 업ᄉᆞᆫ지라 어졔 ᄉᆞ부 구류손을 쳥ᄒᆞ여 토ᄒᆡᆼ손을 잡으니 졔 니로더 '원슈 잔 치롤 비셜ᄒᆞ고 졔쟝의 공을 의논ᄒᆞᆯ졔 원슈 쌀노 써 허ᄒᆞᆯᄉᆡ ᄒᆡᆼ손이 이롤 인ᄒᆞ여 죽을 힘을 다ᄒᆞ여 가만이 셔기셩의 드러가 【86】 무왕을 히ᄒᆞ려 ᄒᆞ니 이 엇지 거즛말이리오?"

구공이 이 말을 듯고 디답ᄒᆞᆯ 말이 업서 머리롤 슉이고 말을 아니커놀 티란이 나아와 구공 의 귀의 다혀 왈,

"이리이리ᄒᆞ면 쏘ᄒᆞᆫ 졔일 묘계니이다."

구공이 디희ᄒᆞ여 산의싱다려 왈,

"티우의 말이 진실노 텬니롤 ᄶᆡ 보는쏘다. 토ᄒᆡᆼ손이 쳐음의 니 휘하의 잇셔 독냥ᄾ 되엿더 니 티란이 피ᄒᆞᆷ을 인ᄒᆞ여 졍션봉이 되여 쳣 진 의 나탁을 슬오잡고 둘지 진의 황텬화롤 슬오잡 고 셋지 진의 ᄌᆞ아롤 쏘츠니 니러므로 슬을 군

<hr>

4) 여기서부터는 원문 제56회 '子牙設計收九公'의 내용에 들어감.

<hr>

5) 【ᄾ회】 圈 사위. ¶ 婿∥ 어졔 한 쟝슈롤 잡 으니 이ᄂᆞᆫ 원슈의 ᄾ회라 강승상이 ᄎᆞ마 죽이지 못ᄒᆞ여 죄롤 ᄾ하고 의싱을 보니여 혼인을 쳥ᄒᆞ 시더이다 (昨因拿有一將, 系是元帥門婿, 於盤問 中道及斯. 吾丞相不忍驟加極刑, 以割人間恩愛, 故命宜生親至轅門, 特請尊裁.) <西周 14:85>

즁의 두고 공을 하례ᄒ더니 슐이 취ᄒ미 그릇 ᄶᆞᆯ노쎠 허ᄒ엿더니 엇지 진짓 일이 될 줄 싱각ᄒ리오?"

산의싱 왈,

"원슈의 말이 쾌치 못ᄒ다 니ᄅ리로다. 뎌 장뷔 말을 한 번 니믹 다시 거두지 못ᄒᄂ니 허믈며 혼인은 인눈의 큰 일이라 엇지 희롱의 말을 삼으리오?"

구 【87】 공 왈,

"티위 붉게 니ᄅ니 니 엇지 명을 거슬니오?"

산의싱이 이 말을 듯고 디희ᄒ여 구공을 하직ᄒ고 영의 도라와 ᄌ아롤 보고 구공의 허ᄒ던 일을 ᄌ셰히 니른디 ᄌ이 쇼왈,

"구공은 가히 계규 업ᄉᆞᆫ 필뷔라 니ᄅ리로다."

ᄒ더라.

[셔주연의西周演義 권지십오]

56
주아셜계슈구공(子牙設計收九公)

【1】 등구공(鄧九公) 산의싱(散宜生)을 보니고 티란(太鸞)다려 왈,

"이 계규롤 비록 힝ᄒᆞ나 나종의 쳐치ᄒᆞ기 어려올가 ᄒᆞ노라."

티란 왈,

"원슈 니일 말 잘ᄒᆞ는 사롬을 후영(後營)의 보니여 져져(姐姐)롤 달니여 이 계규롤 니르면 져졔 반ᄃᆞ시 드르리라. 사롬을 보니여 강주아(姜子牙)롤 달니여 우리 영의 니르거든 몬져 장슈롤 명ᄒᆞ여 좌우의 미복ᄒᆞ엿다가 주아로 더부러 슐먹다가 잔을 더져든6) 블의의 니다라 주아

[우측단]

롤 잡으미 쥬머니의 것 닙 갓흐리니 만일 주아 곳 잡으면 셔기(西岐)롤 치지 아냐셔 파ᄒᆞ리이다."

구공(九公)이 이 말을 듯고 디희 왈,

"장군이 니일 셔기의 드러가 주아(子牙)롤 달니미 엇더ᄒᆞ뇨?"

티란 왈,

"쇼장 【2】 이 비록 지죄 업스나 원컨디 가리이다."

이튼날 티란이 셩하의 니르러 웨여 왈,

"나는 등원슈 휘하 션봉 티란이러니 원슈의 명을 바다 강승상(姜丞相)을 보고져 ᄒᆞ노라."

슈셩관(守城官)이 승상부의 드러가 주아의게 고ᄒᆞᆫ디 주이 구류손(衢留孫)으로 더브러 졍히 의논ᄒᆞ더니 이 말을 듯고 디희 왈,

"디시(大事) 과연 일니로다."

구류손이 역희(亦喜) 왈,

"승상은 삼가 디답ᄒᆞ라."

주이 티란을 드러오라 ᄒᆞᆫ디 티란이 말긔 나려 드러오거늘 주아와 구류손이 당의 나려 마주 올나 좌졍ᄒᆞ미 티란 왈,

"쇼장은 한 휘하 션봉이오 승상은 일국디 신이라 엇지 감히 빈쥬의 녜롤 힝ᄒᆞ리잇고?"

주이 왈,

"이졔 냥국이 샹젼(相全)ᄒᆞ미 스신이 왓거든 엇지 빈쥬의 녜롤 힝치 아니리오? 장군은 스양말나."

티란이 지삼 겸양ᄒᆞ다가 좌의 안다.

주이 말노쎠 【3】 도도와 왈,

"져젹의 구도형(衢道兄)의 도으믈 닙어 토힝손(土行孫)을 잡으니 졔 닐오디,

"등원슈로 더부러 언약이 잇다 ᄒᆞ미 춤아 죽이지 못ᄒᆞ여 노하 후영의 두고 산티우(散大夫)롤 보니여 등원슈롤 보고 그 허실을 므르니 원슈 과연 언약이 잇ᄂᆞᆫ지라 토힝손을 보니여 혼인을 일우고져 ᄒᆞ더니 이졔 장군이 왓시니 반ᄃᆞ시 의논ᄒᆞ미 잇도다."

티란 왈,

"쇼장이 원슈의 명을 바다 왓ᄂᆞ니 감히 알외리이다. 원슈 슐이 취ᄒᆞᆫ 후의 그릇 토힝손의게 허락ᄒᆞ미러니 엇지 실시 될 줄·알니오? 원슈

---

6) 【더지다】 囹 던지다. ¶ ‖ 사롬을 보니여 강주아롤 달니여 우리 영의 니르거든 몬져 장슈롤 명ᄒᆞ여 좌우의 미복ᄒᆞ엿다가 주아로 더부러 슐먹다가 잔을 더져든 블의의 니다라 주아롤 잡으미 쥬머니의 것 닙 갓흐리니 만일 주아 곳 잡으면 셔기롤 치지 아냐셔 파ᄒᆞ리이다 (若是他肯親自來納聘, 彼必無帶重兵自衛之理, 如此, 只一匹夫可擒耳. 若是他帶有將佐, 元帥可出轅門迎接, 至中軍用筵賺開他手下衆將, 預先埋伏下驍勇將士, 侯酒席中擊杯爲號, 擒之如囊中之物. 西岐若無子牙, 則不攻自破矣.) <西周 15:1></p>

다만 한 ᄯᆞᆯ이 이시니 ᄉᆞ랑ᄒᆞ미 비홀ᄃᆡ 업스ᄃᆡ
이졔 발셔 일이 그릇되여시니 널너도 홀일 업슨
지라 녜롤 힝코져 ᄒᆞ시니 승상이 산ᄐᆡ우로 더브
러 토힝손을 거ᄂᆞ려 우리 영의 와 혼인을 졍ᄒᆞᆫ
후의 다시 ᄌᆞ웅을 결ᄒᆞ미 【4】 희롭지 아니ᄒᆞ니
이다."

ᄌᆞ이 왈,

"니 보니 등원슈는 츙신지지(忠信之者)라
텬ᄌᆞ의 명을 바다 셔기롤 치니 비록 젹국이 되
여시나 한 번 셔로 모다 혼인을 졍ᄒᆞ미 무어시
ᄒᆞ로오리오? 이 일노써 텬ᄌᆞ긔 표빅(表白)ᄒᆞ여
텬하로 ᄒᆞ여곰 다른 ᄯᅳᆺ이 업스믈 뵌 후 토힝손
을 거ᄂᆞ려 가리이다."

ᄐᆡ란이 ᄌᆞ아롤 하직ᄒᆞ고 영의 도라와 구공
을 뵌ᄃᆡ 구공 왈,

"장군이 쥬영의 드러가미 ᄌᆞ이 무어시라
ᄒᆞ더뇨?"

ᄐᆡ란이 일일히 니ᄅᆞᆫᄃᆡ 구공이 ᄃᆡ희 왈,

"이는 강상(姜尙)이 스스로 와 죽으려 ᄒᆞ미
로다."

ᄐᆡ란 왈,

"비록 ᄃᆡ시 임의 일워시나 가히 삼가지 아
니치 못ᄒᆞ리이다."

구공이 건장ᄒᆞᆫ 군ᄉᆞ 삼빅을 분부ᄒᆞ여 각각
병긔롤 감초와 장(帳) ᄉᆞ이의 슘엇다가 잔 ᄃᆞ지
롤 보고 일시의 니다라 ᄌᆞ아롤 잡으라 ᄒᆞ고 조
승(趙升)과 손염홍(孫焰紅)으로 ᄒᆞ여곰 각 【5】
각 일지 인마롤 거ᄂᆞ려 영 좌우의 미복ᄒᆞ엿다가
즁군 포향을 듯고 ᄌᆞᆺ쳐나오라1) ᄒᆞ고 ᄯᅩ 아들
등슈(鄧秀)와 션봉 ᄐᆡ란으로 ᄒᆞ여곰 원문의 잇
다가 쥬장을 ᄃᆡ젹ᄒᆞ고 ᄯᆞᆯ 션옥(嬋玉)은 일지 인
마롤 거ᄂᆞ려 후영의 잇다가 삼노구응ᄉᆞ(三路救
應使) 되라 ᄒᆞ니 졔장이 각각 녕을 듯고 믈너가
다.

ᄌᆞ이 구류손으로 더브러 계규롤 졍ᄒᆞ고 졔
장을 모화 녕을 드르라 ᄒᆞᆫᄃᆡ 졔장이 다 계하(階
下)의 못거눌2) ᄌᆞ이 양젼다려 왈,

"그ᄃᆡ 변화롤 잘ᄒᆞ니 몸을 감초와 날을 밋
쳐 오고 각부 신갑(辛甲)·신면(辛免)·ᄐᆡ젼(太
顚)·굉요(閎夭)·ᄉᆞ현팔쥰(四賢八俊)은 졍장군
(精將軍) 오십 명을 거ᄂᆞ려 가만이 군긔(軍器)롤
몸의 감초고 날을 밋바다3) 와 좌우의 잇다가
응졉ᄒᆞ라."

ᄒᆞ고 ᄯᅩ 뇌진ᄌᆞ(雷震子)와 황텬화(黃天化)로 ᄒᆞ
여곰 일지 인마롤 거ᄂᆞ려 영 좌의 미복ᄒᆞ엿다가
응졉ᄒᆞ라 ᄒᆞ고 ᄯᅩ 나탁(哪吒)·남궁괄(南宮适)노
일지 인마 【6】 롤 거ᄂᆞ려 영 우의 미복ᄒᆞ엿다가
응졉ᄒᆞ라 ᄒᆞ고 금탁(金吒)·목탁(木吒)·뇽슈호
(龍鬚虎)로 ᄒᆞ여곰 ᄃᆡᄃᆡ 인마롤 거ᄂᆞ려 후영 밧
긔 미복ᄒᆞ엿다가 즁영을 치라 ᄒᆞ고 토힝손을 블
너 왈,

"장군은 날노 더브러 은영(殷營)의 드러가
방포 쇼리롤 기다려 후영으로 드러가 등션옥을
잡으라."

ᄒᆞᆫᄃᆡ 졔장이 각각 녕을 듯고 이튼날 져녁의 셩
으로 나가니라. ᄌᆞ이 이튼날 셩의 나가 산의ᄉᆡᆼ
이 몬져 은영의 니ᄅᆞ니 ᄐᆡ란이 마ᄌᆞ 즁영의 드
러가 구공을 본ᄃᆡ 구공 왈,

"ᄐᆡ위 여러 번 오니 이번은 반ᄃᆞ시 ᄃᆡ스롤
졍ᄒᆞ리라."

산의ᄉᆡᆼ 왈,

"이졔 강승상이 친히 오시미 쇼ᄉᆡᆼ이 몬져
와 알외ᄂᆞᅵ다."

구공이 산의ᄉᆡᆼ으로 더부리 원문의 잇셔 ᄌᆞ
이롤 기다리더니 먼니 바라보니 ᄌᆞ이 ᄉᆞ블상을
타고 오니 거ᄂᆞ린 사ᄅᆞᆷ이 오륙십은 ᄒᆞᆫᄃᆡ 다 갑
투고롤 아니ᄒᆞ고 【7】 오거눌 구공이 가만이 긴

---

1) 【즛치다】 툉 짓치다. 시살(厮殺)하다. ¶
殺 ‖ 조승과 손염홍으로 ᄒᆞ여곰 각각 일지 인
마롤 거ᄂᆞ려 영 좌우의 미복ᄒᆞ엿다가 즁군 포향
을 듯고 즛쳐나오라 ᄒᆞ고 ᄯᅩ 아들 등슈와 션봉
ᄐᆡ란으로 ᄒᆞ여곰 원문의 잇다가 쥬장을 ᄃᆡ젹ᄒᆞ
고 (命趙升領一枝人馬埋伏營左, 候中軍炮響, 殺
出接應. 又命孫焰紅領一枝人馬埋伏營右, 候中軍
炮響, 殺出接應. 又命太鸞與子鄧秀在轅門賺住衆
裝. 又分付後營小姐鄧嬋玉領一枝人馬, 爲三路救
應使.) <西周 15:5>

2) 【못다】 툉 모이다. ¶ ‖ ᄌᆞ이 구류손으로 더
브러 계규롤 졍ᄒᆞ고 졔장을 모화 녕을 드르라
ᄒᆞᆫᄃᆡ 졔장이 다 계하의 못거눌 <西周 15:5>

3) 【밋받다】 툉 뒤잇다. 뒤받치다. ¶ 그ᄃᆡ 변화
롤 잘ᄒᆞ니 몸을 감초와 날을 밋쳐 오고 각부 신
갑·신면·ᄐᆡ젼·굉요·ᄉᆞ현팔슌은 졍장군 오십
명을 거ᄂᆞ려 가만이 군긔롤 몸의 감초고 날을
밋바다 와 좌우의 잇다가 응졉ᄒᆞ라 (楊戩變化,
暗隨吾身. 楊戩得令. 子牙命選精力壯卒五十名,
裝作擡禮脚夫; 辛甲·辛免·太顚·閎夭四賢八俊
等充作左右應接之人.) <西周 15:5>

거 왈,

　　"오늘 즈이 니 계규의 쏀지거다."

ㅎ더니 이윽고 즈아 일힝이 원문의 니르러 스블
상(四不相)을 나려 드러간디 구공이 나와 마즈
즁군의 니르러 좌졍ㅎ미 구공 왈,

　　"승상이 님강(臨降)ㅎ시디 쇼장이 먼니 나
맛지 못ㅎ니 원컨디 승상은 죄를 샤ㅎ쇼셔."

　　즈이 황망이 답왈,

　　"강상이 원슈의 셩덕을 드런지 오리더 냥
국이 바야흐로 텬하롤 닷호미 비록 한 번 존안
을 보고져 ㅎ나 엇지 능히 어드리오?"

　　졍히 셔로 말ㅎ더니 구류숀이 토힝숀으로
더브러 당의 올나오거눌 구공이 즈아다려 문왈,

　　"이는 엇던 사룸이니잇고?"

　　즈이 왈,

　　"이는 토힝숀의 스부 구류숀이니이다."

　　구공이 황망이 녜ㅎ여 왈,

　　"쇼장이 신도의 일홈을 드런지 오리더 한
번도 보지 못ㅎ엿더니 오늘날 셔로 만날 줄 어
이 싱각ㅎ리오?"

　　구류숀이 【8】 피셕(避席) 왈,

　　"빈되 비록 션싱을 보고져 ㅎ나 능히 엇지
못ㅎ더니 오늘 강즈아롤 인ㅎ여 맛나미 의외로
쇼이다."

　　즈이 토힝숀을 블너 왈,

　　"신낭(新郞)은 어셔 나와 빙부(聘父)끠 뵈
오라."

　　토힝숀이 나아와 등구공긔 졀ㅎ려ㅎ더니
신갑이 가만이 더포롤 가져 당아리 노ㅎ니 쇼리
텬디 진동ㅎ눈지라 구공이 디경ㅎ여 졍히 다라
나고져 ㅎ더니 각부 등 오십여 인이 감초왓던
병긔롤 각각 너여 다라드러 즛치니 구공이 밋쳐
숀을 놀니지 못ㅎ여 뒤진으로 다라나니라. 스면
복병이 포향을 듯고 일시의 니러나니 함셩이 ㅼ
홀 흔들고 살긔 하눌의 연ㅎ엿더라. 토힝숀이
쇠막디롤 들고 등션옥을 잡으라 후영으로 드러
가니라. 즈이 즁인으로 더브러 각각 말을 타 동
셔로 즛지르니 삼빅 명 도부쉬(刀斧手) 능히 저
당(抵當)치 못ㅎ여ㅎ더라. 등구공이 급히 후영
【9】 의 다라가 급히 갑 넙고 말긔 달녀나오니
영즁이 임의 어즈러윗눈지라 조승과 숀염홍이
포향을 듯고 각각 일지 인마롤 거느려 즁영을

구ㅎ라 드러오더니 신갑 · 신면이 막으니 드러와
구치 못ㅎ다. 등션옥이 졍히 즁영을 구코져 ㅎ
더니 토힝숀이 블의의 다라들고 뇌진즈 · 황텬
화 · 나탁 · 남궁괄 스장이 두 길노 즛쳐오고 금
탁 · 목탁 · 농슈호 숨장이 더더 인마롤 거느려
후영을 치눈지라 은병이 능히 셔로 구치 못ㅎ여
각각 동셔롤 바라고 다라나니 셔로 즛바라4) 죽
눈지 무슈ㅎ더라. 구공이 능히 디격지 못홀 줄
알고 남녁흘 바라고 다라나니 션옥이 구공의 다
라나믈 보고 싸홀 마음이 업셔 쏘흔 다라나니
토힝숀이 본디 팔미질을 잘ㅎ눈 줄 아눈지라 급
히 곤션승(捆仙繩)을 너여 더져 션옥을 동혀 ㅼ
히 나리치거눌 모든 군시 다라드러 【10】 션옥을
잡아 셔기로 가다.

　　즈이 구공을 ㅼ초 기산 아러 니르러 징 쳐
군을 거두어 도라오니라. 구공이 등슈 · 티란 ·
조승 등을 더블고 잔병을 거두어 졈고ㅎ더니 등
션옥이 업스믈 보고 디경ㅎ여 찻고져 ㅎ더니 등
쉬 왈,

　　"누의가 토힝숀의게 잡힌 비 되다."

ㅎ디 구공이 탄왈,

　　"니 그릇 져의 간계롤 맛출 줄 엇지 알니
오?"

ㅎ고 기산 아리 진치다.

　　즈이 셩의 도라오니 졔장이 각각 공을 드
릴시 토힝숀이 등션옥 잡은 줄을 알왼디 즈이
구류숀다려 왈,

　　"이졔 등션옥을 잡아시니 토힝숀으로 혼인
을 일우미 엇더ㅎ뇨?"

　　구류숀 왈,

　　"니 쏘흔 이 마음이 잇느이다."

　　즈이 토힝숀을 명ㅎ여 등션옥으로 더부러
동뇌연(□□□)ㅎ는 녜롤 맛고 뒤방으로 드려보
니고 즈이 잔치롤 비셜ㅎ여 졔장의 공을 하례ㅎ
더라. 토힝숀이 뒷방의 안져 졍히 등션옥을 【1
1】 기다리더니 이윽ㅎ여 등션옥이 방의 드러와

---

4) 【즛발-】 图 《즛밟다》 짓밟다. ¶ 踐踏∥ 금
탁 · 목탁 · 농슈호 숨장이 더더 인마롤 거느려
후영을 치눈지라 은병이 능히 셔로 구치 못ㅎ여
각각 동셔롤 바라고 다라나니 셔로 즛바라 죽눈
지 무슈ㅎ더라 (後面金吒 · 木吒等大隊人馬掩殺
相來. 鄧九公見勢不好, 敗陣而走, 軍卒自相踐踏,
死者不計其數.) <西周 15:9>

안즈 묵묵ᄒ여 말을 아니ᄒ고 눈믈을 흘니거놀 토힝숀 왈,

　"져계 이졔 울믄 엇지뇨?"

　등션옥이 노ᄅᆞᆯ 참지 못ᄒ여 닓더나5) 쑤지져 왈,

　"무지흔 필뷔 엇지 감히 살기ᄅᆞᆯ 도모ᄒ여 젹국의 항복ᄒ고 쏘 날을 잡아와 곤케 ᄒ는다?"

　토힝숀이 쇼왈,

　"쇼졔 비록 등공의 ᄉᆞ랑ᄒ는 ᄯᆯ이나 너 쏘흔 일홈 업순 쇼장뷔 아니여든 엇지 니러트시 욕을 ᄒᆞ뇨? ᄒᆞᆯ며 쇼졔 한 텬견의게 물녀 상ᄒ여실졔 만일 너 약 곳 아니면 엇지 능히 하려나리오? 등원쉬 쇼졔로써 너게 허ᄒ니 너 진녁ᄒ여 공을 일워 져져ᄅᆞᆯ 슈이 보고져ᄒ는지라 니러므로 가만이 셔기의 드러와 무왕(武王)과 강주아ᄅᆞᆯ 죽이려ᄒ다가 일을 일우지 못ᄒ니 강주아 이 이ᄅᆞᆯ 알고 너 ᄉᆞ부ᄅᆞᆯ 쳥ᄒ여 와 날을 잡아 죽이려ᄒ거놀 너 등원쉬 쇼졔로써 허락ᄒ【12】ᄆᆞᆯ 니ᄅᆞᆫ디 강승상이 춤아 ᄒᆡ치 못ᄒ여 산티우ᄅᆞᆯ 보너여 등원슈긔 혼인을 쳥ᄒ니 원쉬 강주아의 계규ᄅᆞᆯ 아지 못ᄒ고 허ᄒ니 승상이 이 ᄶᆡᄅᆞᆯ 인ᄒ여 원슈ᄅᆞᆯ 파ᄒ고 쇼져ᄅᆞᆯ 잡아오니 엇지 우연흔 인연이리오? ᄒᆞᆯ며 이졔 쥬왕이 무도ᄒ여 텬히 반ᄒ니 져즈음긔 문티ᄉᆞ의 억만 군병이 일조의 졀농녕(絶龍嶺) 아리셔 맛ᄎᆞ니 이 엇지 텬명이 아니리오? 이졔 등원슈의 구구(區區)흔 군ᄉᆞ로 강주아 계규ᄅᆞᆯ 어이 능히 이긔리오? 녯 사ᄅᆞᆷ이 니ᄅᆞ되 '어진 시는 남글 갈희여 깃드리고 어진 신하는 님군을 갈희여 셤긴다' ᄒᆞ니 쇼졔 임의 쥬의 잡혓고 토힝숀의 혼인 일우믄 삼군이 다 아ᄂᆞ니 쇼져는 ᄉᆡᆼ각ᄒ라."

　등션옥이 머리ᄅᆞᆯ 슉이고 말을 아니ᄒ더라.

　이튼날 등션옥이 토힝숀다려 왈,

　"이졔 부친이 은의 잇고 나는 쥬의 이시니 부지 두 나라의 이시미 맛당치 아【13】니ᄒ니 빌건디 장군은 강승상긔 고ᄒ여 계규ᄅᆞᆯ 힝ᄒ라."

　토힝숀 왈,

　"그디 말이 올타."

ᄒ고 등션옥으로 더부러 은안뎐(銀安殿)의 오니 즁장이 다 모닷더라. 한가지로 강승상긔 뵈니 주의 왈,

　"등션옥이 비록 쥬의 와시나 구공이 항거ᄒ여 항복지 아니ᄒ니 너 병을 발ᄒ여 나아가 술오잡고져 ᄒᆞ느니 엇더ᄒ뇨?"

　토힝숀 왈,

　"션옥이 쏘흔 이 마음이 잇는지라 쇼장으로 더브러 의논ᄒ더니 이졔 승상이 쏘흔 이 마옴이 계시니 엇지 냥젼(兩全)홀 계규ᄅᆞᆯ 베프지 아니ᄒ시는잇가?"

　주의 왈,

　"이 일이 어렵지 아니토다. 션옥이 이 말을 듯고 만일 나라 위흔 마음이 이시면 엇지 능히 가 부친을 달너여 쥬의 도라오지 못ᄒ느뇨? 다만 션옥이 즐겨 가지 아닐가 ᄒ노라."

　션옥이 진왈,

　"쳔쳡이 임의 쥬의 도라왓시니 엇지 두 ᄯᅳᆺ이 이시리잇고? 만【14】일 승상이 쳡을 의심치 아녀 보너시면 군마ᄅᆞᆯ 니ᄅᆞ혀지 아녀셔 스스로 도라오게 ᄒ리이다."

　주의 왈,

　"너 엇지 쇼져ᄅᆞᆯ 의심ᄒ리오? 다만 두리건디 그디 부친이 즐겨 귀슌치 아닐가 ᄒ노라. 쇼졔 이졔 가려ᄒ니 너 맛당이 군을 거ᄂᆞ려 밋바다 가리라."

ᄒ고 등션옥을 본져 보너고 주의 미조ᄎᆞ 나아가니라. 등구공이 기산 아리셔 아들 등슈와 션봉 티란과 조승·손염홍으로 너브러 일을 의논ᄒ더니 구공 왈,

　"너 긔병흔 후로붓허 일즉 니러틋 픠치 아녓고 쏘 나의 ᄉᆞ랑ᄒ는 ᄯᆯ을 일허 ᄉᆞ성을 아지 못ᄒ니 이ᄅᆞᆯ 엇지ᄒ리오?"

　티란 왈,

　"원쉬 급히 표ᄅᆞᆯ 지어 치관(差官)을 명ᄒ여 조졍의 고급(告急)ᄒ고 져져 간 곳을 신실흔 사ᄅᆞᆷ을 보너여 탐쳥홈만 갓지 못ᄒ니이다."

　믄득 슈문군(水門軍)이 급히 드러와 보ᄒ디,

　"져계 일지 쥬병(周兵)을 【15】 거ᄂᆞ려 원문

<hr>

5)【닓더나다】圖 일어나다. ¶ 起‖ 등션옥이 노ᄅᆞᆯ 참지 못ᄒ여 닓더나 쑤지져 왈 "무지흔 필뷔 엇지 감히 살기ᄅᆞᆯ 도모ᄒ여 젹국의 항복ᄒ고 쏘 날을 잡아와 곤케 ᄒ는다?" (嬋玉不覺怒起, 罵曰: "無知匹夫, 賣主來榮! 你是何等之人, 敢妄自如此?")〈西周 15:11〉

의 왓나이다.”

등구공이 이 말을 듯고 디경ㅎ여 좌우룰 명ㅎ여 드러오라 ㅎ니 션옥이 말긔 나려 중군의 드러가니 구공이 황망이 션옥다려 문왈,

“니 아희 어디 갓다가 이제야 오뇨?”

션옥이 뉴체 왈,

“쇼녜 심규(深閨)의 이셔 일즉 니런 일을 보지 못ㅎ더니 부친이 그릇 쇼녀로써 토힝손의게 허ㅎ시니 강즈이 쇼녀룰 잡아 셔기의 도라가 핍박ㅎ여 힝손의 안히룰 삼으니 뉘웃촌들 엇지 밋츠리오?”

구공이 이 말을 듯고 디경ㅎ여 반향(半晌)이나 침음ㅎ거늘 션옥이 우왈,

“쇼녜 임의 쥬 신히 되엿ㄴ니 쥬왕이 무도ㅎ여 텬히 셰히 난화 쥐 그 둘을 두엇ㄴ니 텬의와 인심이 도라가믈 가히 알지라. ㅎ믈며 부친이 군시 퓌ㅎ고 쏘 조뎡이 강즈이 우리 【16】 영의 왓던 쥴 알면 반ㄷ시 의심ㅎ리니 어두온 디룰 바리고 붉은더로 도라가미 엇지 아롬답지 아니리오?”

구공이 이 말을 듯고 머리룰 슉이고 오리 싱각다가 왈,

“텬의와 인심이 쥬의 도라갓시니 비록 항복고져 ㅎ나 엇지 춤아 즈아의게 무릅홀 꿀니오?”

션옥 왈,

“부친이 만일 항(降)코져 ㅎ시면 원컨디 쇼녜 몬져 가 강승상으로 ㅎ여곰 셩의 나와 맛게 ㅎ리이다.”

구공이 쇼녀의 말을 듯고 올히 너겨 션옥을 몬져 보너고 중장을 거느려 셔기로 나아오다.

등션옥이 몬져 셩이 드러와 즈아룰 보고 등공의 귀슌ㅎ는 뜻을 니룬디 즈이 디희ㅎ여 중장을 거느리고 셩의 나와 등공을 기다리더니 먼니 바라보니 일디 인미 오더니 이윽고 등공이 즈아 알픠 와 말우희 업디여 왈,

“지조 업슨 말장이 항키룰 늣게 ㅎ야 ㅎ니 【17】 원컨디 승상은 죄룰 ᄉ ㅎ쇼셔.”

즈이 답왈,

“장군이 임의 슌역(順逆)을 알아 어두온 디룰 바리고 붉은 디 도라오니 엇지 감격지 아니

리오?”6)

구공이 즈아의 극진이 ㅎ믈 보고 깃브믈 이긔지 못ㅎ여 ㅎ더라. 냥인이 승상부의 니르러 잔치룰 비셜ㅎ여 졔장의 공을 하례ㅎ고 이튼날 즈아 등 모든 사름이 무왕긔 조회ㅎ디 무왕이 구공의 항복ㅎ믈 보고 즈아다려 왈,

“만일 승상의 큰 지조 곳 아니면 엇지 니런 디공을 셰오리오?”

ㅎ고 깁 빅 필을 상쥰디 즈이 밧지 아니ㅎ다.

탐쳥군이 ᄉ슈관(氾水關)의 가 구공의 항복혼 일을 한영(韓榮)의게 알왼디 한영이 급히 표룰 지어 조가(朝歌)의 보너니 상터우(上大夫) 장겸(張謙)이 표룰 보고 디경ㅎ여 편뎐으로 드러가니 쥐(紂) 젹셩누(摘星樓)의셔 달긔(妲己)로 더브러 잔치ㅎ거늘 장겸이 좌우로 ㅎ여곰 황뎨긔 알왼디 쥐 장겸을 명ㅎ여 누의 올나오 【18】 라 ㅎ거늘 장겸이 올나가 네필의 쥐왈,

“니 경을 브르미 업거늘 므슴 일노 오뇨?”

장겸이 업디여 고왈,

“이졔 ᄉ슈관 한영의게셔 표룰 올녀시미 신이 감히 숨기지 못ㅎ여 알외ㄴ이다.”

쥐 왈,

“푀 어디 잇ㄴ뇨?”

장겸이 표룰 드러 뇽상의 노흐니 쥐 보고 디로 왈,

“등구공이 짐의 큰 은혜룰 바다 벼슬을 디 원슈의 니르럿거늘 일조의 반격의게 항복ㅎ니 엇지 니러툿 ᄉ오나온 놈인 쥴 알니오? 경은 아직 믈너가라. 짐이 텬의 올나 군신으로 더브러 한가지로 의논ㅎ리라.”

ㅎ디 장겸이 누의 나려와 중관을 모호고 쥐 나오믈 기다리더니 이윽고 공작병(孔雀屛)을 열고 쥐 나와 텬의 안즈니 군신이 츠례로 드러와 네룰 맛츠미 쥐 왈,

“이졔 등구공이 조셔룰 바다 셔기룰 치더니 ᄉᄉ 혼인으로써 역젹의게 항복ㅎ니 죄룰 ᄉ

---

6) 【棄暗投明】 qì àn tóu míng <成> 어두은 디 룰 바리고 붉은 디 도라오다: 악인이 올바른 길로 전향하다. ¶ 장군이 임의 슌역을 알아 어두 은 디룰 바리고 붉은 디 도라오니 엇지 감격지 아니리오? (今將軍旣知順逆, 棄暗投明, 俱是一殿 之臣, 何得又分彼此.) <西周 15:17>

치 못ᄒᆞᆯ지라. 쌜니 역신의 가쇽을 잡【19】아 죽여 군법을 졍히 ᄒᆞ라. 경 등이 무슴 냥칙이 잇ᄂᆞ뇨?"

말이 맛지 못ᄒᆞ여 간의티우 비렴(飛廉)이 쥬왈,

"신이 셔기롤 보오니 왕ᄉᆞ(王使)롤 항거ᄒᆞᆫ 죄롤 가히 ᄉᆞ치 못ᄒᆞ려니와 졍벌ᄒᆞᄂᆞᆫ 쟝쉬 만일 이긘 즉 쳡셔롤 보ᄒᆞ고 이긔지 못ᄒᆞᆫ즉 죄롤 두려 쥬의 항복ᄒᆞᄂᆞ니 원컨디 폐하ᄂᆞᆫ 골육지친(骨肉之親)을 보니여 쥬롤 치면 반ᄃᆞ시 이긔리이다."

쥬 왈,

"눌훌 가히 보닐고?"

비렴 왈,

"신이 한 사롬을 쳔거ᄒᆞᄂᆞ니 가히 강상을 슬오잡아 디공을 일우리이다."

쥬 문왈,

"경의 니ᄅᆞᄂᆞᆫ 바ᄂᆞᆫ 엇던 사롬고?"

비렴 왈,

"만일 셔기롤 치고져 ᄒᆞᆯ진디 긔쥬후(冀州侯) 쇼획(蘇護) 곳 아니면 가치 아니ᄒᆞ니 하나흔 폐하의 국쳑을 위ᄒᆞ미오 둘흔 졔후의 읏듬을 위ᄒᆞ미니이다."

쥬 이 말을 듯고 디희 왈,

"경의 말이 가쟝 올타."

ᄒᆞ고 즉시 조셔롤 나리와 쇼획으로 ᄒᆞ여곰 셔【20】기롤 치라 ᄒᆞ다.

57
긔쥬후쇼획벌셔기(冀州侯蘇護伐西岐)

텬시(天使) 조셔롤 가지고 긔쥬(冀州)의 니
르러 쇼획(蘇護)게 알왼디 쇼획이 향안을 비셜
ᄒ고 조셔롤 바다 ᄶᅥ혀보니 ᄒ여시디,

짐은 드르니 졍벌ᄒᄂ 명은 다 텬ᄌ
긔셔 나고 곤외(閫外) 맛지믄¹⁾ 다 원융(元
戎)을 위ᄒ미오 공을 셰우며 ᄉ희롤 진무
ᄒᆞᆫ 신ᄌ(臣子)의 직분이라. 이졔 셔기(西
岐) 희발(姬發)이 부도(不道)롤 힝ᄒ여 왕
ᄉᆞ롤 누욕(累辱)ᄒ니 죄롤 가히 ᄉᆞ치 못ᄒ
리라. 이졔 긔쥬후 쇼획으로 ᄒ여곰 큰 일
을 맛지ᄂ니 삼군을 니로혀 나아가 셔기롤
쳐 강상(姜尙)을 술오잡고 변방을 진무ᄒ
라.

---

1) 【맛지다】圍 맡기다. ¶ 寄‖ 짐은 드르니 졍벌
ᄒᄂ 명은 다 텬ᄌ긔셔 나고 곤외 맛지믄 다 원
융을 위ᄒ미오 공을 셰우며 ᄉ희롤 진무ᄒᆞᆫ 신
ᄌ의 직분이라 (朕聞征討之命皆出於天子, 閫外
之寄實出於元戎. 建立功勳, 威鎭海內, 皆臣子分
內事也.) <西周 15:20>

ᄒ엿더라. 쇼획이 조셔롤 보고 심즁의 디희ᄒ여
텬디긔 ᄉᆞ례ᄒ고 왈,

"오늘날 【21】 니 바야흐로 일신의 원을 씨
ᄉ리로다."
ᄒ고 텬ᄉᆞ롤 관디ᄒ여 보ᄂ다. 쇼획이 슐을 두
고 아들 젼츙(全忠)과 부인 양시(楊氏)로 더브러
한가지로 먹으며 왈,

"니 블힝ᄒ여 달긔(妲己)롤 나하 텬ᄌ긔 드
리니 쳔ᄒᆞᆫ ᄌᆞ식이 부모 가르치믈 밧지 아니ᄒ고
쥬왕을 혹게 ᄒ여 부도의 일을 ᄒ지 아닐 비 업
ᄉ니 텬히 한가지로 날을 원ᄒᄂ니 이졔 무왕이
인졍을 힝ᄒ미 텬히 삼분의 둘히 도라갓ᄂ지라
쥐 날노 ᄒ여곰 셔기롤 치라 ᄒ니 니 이 ᄶᅵ롤
인ᄒ여 평싱의 원ᄒ던 바롤 일우고져 ᄒᄂ니 군
마롤 니로혀 셔기의 니르러 쥬의 항복ᄒ여 한가
지로 틱평을 누리고 졔후롤 모도와 무도ᄒᆞᆫ 쥬롤
쳐 텬하로 ᄒ여곰 날을 웃지 아니코 후셰의 긔
롱(譏弄)을 면코져 ᄒᄂ니 이 ᄯᅩᄒᆞᆫ 디장부의 홀
비라."

양시 디희 왈,
"장군의 말이 졍히 니 【22】 ᄯᅳᆺ과 갓다."
ᄒ더라.

이튼날 쇼획이 뎐의 올나 북쳐 졔장을 모
화 왈,
"텬지 날노 ᄒ여곰 셔기롤 치라 ᄒ시니 너
희는 샐니 군장을 졍졔ᄒ라."

즁장이 녕을 듯고 나와 십만 인마롤 졈고
ᄒ여 셔기로 나아갈시 조병(趙丙)·숀ᄌᆞ우(孫子
羽)·진꽝(陳光)으로 더브러 션봉을 ᄒ이고 뎡눈
(鄭倫)으로 오군구응사(五軍救應使)롤 ᄒ여 이날
긔쥬롤 ᄶᅥ나 셔기로 나아가니 군위 심히 웅장ᄒ
여 셔기 오십 니의 니르러 ᄒᆞ치ᄒ다.

강ᄌᆞ아(姜子牙) 졍히 승상부의 잇셔 무왕
을 쳥ᄒ여 ᄉᆞ방 졔후의 항복지 아니ᄒᆞᆫ 거술 혜
아리더니 쇼졸이 급히 보ᄒᄃᆡ,

"긔쥬후 쇼획이 십만 졍병을 거ᄂ려 셩아
리 하치ᄒᄂ이다."

ᄌᆞ이 황비호(黃飛虎)다려 왈,
"니 드르니 이 사롬이 용병ᄒ기롤 잘ᄒ다
ᄒ더니 황장군이 아ᄂᆫ다?"

비회 왈,
"쇼획은 셩(性)이 강직ᄒ고 비록 쥬(紂)의

국척이라 니르나 쥬로 더브러 【23】 혐극(嫌隙)
이 잇느니 한 번 달니면 쥬의 도라오리이다. 쏘
쇼획이 쇼장의게 글월노 오는 뜻을 미리 긔별ᄒ
여시니 일정 항복홀 뜻이 잇느니 승상은 근심
마로쇼셔."

즈인 디희ᄒ더라. 황비회 즈아다려 왈,

"쇼획이 완지 스흘이로디 싼홈을 쳥치 아
니ᄒ니 쇼장이 쳥컨디 셩의 나가 탐지ᄒ여 오리
이다."

즈인 허ᄒᆫ디 황비회 오식신우(五色神牛)롤
타고 일지 인마롤 거느려 셩의 나가 크게 블너
왈,

"쇼후롤 쳥ᄒ여 말ᄒ즈."
ᄒᆫ디 쇼졸이 즁군의 보ᄒᆫ디 쇼획이 션봉 조병으
로 ᄒ여곰 나가 싼호라 ᄒᆫ디 조병이 원문의 나
가 크게 웨여 왈,

"왓는 장슈는 엇더니완디 엇지 감히 우리
영을 침노ᄒᆞ느뇨?"

황비회 답왈,

"나는 긔국무셩왕(開國武成王) 황비호로
다."

조병 왈,

"네 몸이 국척이 되여 나라 갑흘 줄 아지
못ᄒ고 도로혀 반ᄒ여 왕ᄉ(王使)롤 누욕ᄒ니
이졔 텬지 날노 ᄒ 【24】 여곰 너롤 잡아오라 ᄒ
시미 우리 십만 졍병을 니로혀 너희롤 잡으라
왓ᄂ니 샐니 말고 나려 항복ᄒ여 죽기롤 면ᄒ
라."

황비회 왈,

"너는 샐니 도라가고 쇼획을 쳥ᄒ라."

조병이 디로ᄒ여 왈,

"니 임의 원슈 명을 바다 너롤 잡으라 왓
ᄂ라 잡말 말고 니 한 창을 밧으라."

황비회 디로 즐왈,

"일홈 업손 필뷔 엇지 감히 날을 당ᄒ리
오?"

ᄒ고 오식신우롤 모라 창을 들고 다라든디 조병
이 쏘ᄒᆫ 방텬극(方天戟)을 들고 발을 노화 다라
드러 어우러져 싼화 이십여 합의 황비회 크게
쇼리질너 창을 노코 긴 팔을 늘히여[2] 조병을

술오잡오니 잔병이 다라나거놀 비회 셩의 도라
와 즈아롤 보고 이런 연유롤 니른디 즈인 디희
ᄒ여 좌우롤 명ᄒ여 조병을 블너 민 거술 그르
니 조병이 셔셔 꾸지 아니커놀 즈인 왈,

"네 임의 술오잡히여 와시니 당 【25】 당이
버힐 거시어놀 민 거술 그르디 오히려 녜롤 항
거ᄒ니 엇지미뇨?"

조병 왈,

"우리 조셔롤 바다 치다가 블힝ᄒ여 잡히
믈 닙으니 죽을 싸롬이라 엇지 굴복ᄒ리오?"

즈인 좌우롤 명ᄒ여 조병을 아직 군즁의
가도라 ᄒ다.

조병의 피ᄒᆫ 군시 도라가 쇼획을 보고 조
병 잡힌 줄을 니른디 획이 머리롤 숙이고 말을
아니ᄒ거놀 오군구웅ᄉ 뎡뉸이 겻히 잇다가 갈
오디,

"황비회 스스로 강ᄒ믈 밋고 용을 즈랑ᄂ
니 쇼장이 원컨디 니일 황비호롤 잡아오리이
다."

ᄒ고 이튼날 뎡뉸이 화안금졍슈(火眼金睛獸)롤
타고 요괴 항복밧는 졀구꾜롤 들고 셩밋히 와
싼호즈 ᄒᆫ디 군시 드러가 상부의 알외니 즈인
황비호다려 왈,

"황장군이 나아가 뎡뉸을 잡으미 엇더ᄒ
뇨?"

비회 왈,

"쇼장이 쳥컨디 나아가리이다."

ᄒ고 군마롤 인ᄒ여 셩의 나가니 한 장쉬 진 알
피 셧거 【26】 놀 보니 낫빗치 므른[3] 디초빗 갓
고 범의 나롯술 거스리오 화안금졍슈롤 탓더리.
황비회 크게 웨어 왈,

---

2) 【늘히다】 國 늘이다. ¶ 오식신우롤 모라 창을

<hr>

들고 다라든디 조병이 쏘ᄒᆫ 방텬극을 들고 말을
노화 나라드러 어우리져 싼회 이십여 합의 황비
회 크게 쇼리질너 창을 노코 긴 팔을 늘히여 조
병을 술오잡오니 잔병이 다라나거놀 비회 셩의
도라와 즈아롤 보고 이런 연유롤 니른디 (催開
神牛, 手中槍赴面交還. 牛馬相交, 槍戟幷擧. 黃飛
虎大戰趙丙二十回合, 被飛虎生擒活捉, 拿解相府,
來見子牙.) <西周 15:24>

3) 【므르다】 형 무르다. 검붉다. ¶ 紫∥ 한 장
쉬 진 알피 셧거놀 보니 낫빗치 므른 디초빗 갓
고 범의 나롯술 거스리오 화안금졍슈롤 탓더라
(見一員戰將面如紫棗, 十分梟惡, 騎着火眼金睛
獸.) <西周 15:26>

"왓는 장슈는 엇던 인다?"

뎡뉸이 왈,

"나는 쇼원슈 휘하 오군구응스 뎡뉸(鄭倫)이러니 쇼원슈(蘇元帥)의 명을 바다 너룰 잡으라 왓노라."

비회 왈,

"너는 믈너가고 쇼원슈룰 쳥ᄒ여 오라."

뎡뉸이 일즉 조병의 픤ᄒᄆᆯ 보지 아냣는다 ᄒ니 뎡뉸이 더로ᄒ여 졀구쏘룰 들고 다라들거ᄂᆞᆯ 황비회 쏘ᄒᆫ 창을 두로고 어우러져 ᄊᆞ화 삼십여 합은 ᄒ여 뎡뉸이 졀구쏘룰 드러 공즁을 바라며 더지니 삼쳔 오아병(烏鴉兵)이 일시의 다라드러 진을 돕거ᄂᆞᆯ 뎡뉸이 쏘 신통을 너여 코호로[4] 두 줄 흰 긔운을 너니 그 긔운이 쥬병의 쏘이여 각각 낫츨 ᄊᆞ고 다라나고 황비회 쏘 신우의 나려지거ᄂᆞᆯ 오아병이 일시의 요구창(撓鉤槍)을 너여 비호룰 잡아드려 가니 뎡뉸이 【27】 이긔고 도라와 공을 알왼디 쇼획이 좌우로 ᄒ여곰 황비호룰 블너 드리니 황비회 더호 왈,

"니 요괴로온 슐의 잡혀 이의 왓시니 원컨디 한 번 죽어 나라 은혜룰 갑고져 ᄒ노라."

쇼획 왈,

"이 도격을 맛당이 버힐 거시로더 아직 후영의 두라 강상을 잡아 함긔[5] 조가로 보너리라."

ᄒ더라. 황비호의 픤군이 도라와 즈아의게 알왼디 즈이 디경 왈,

"이졔 쏘 요괴로온 놈이 이시니 뉘 능히 이놈을 잡으리오?"

황텬홰(黃天化) 겻히 셧다가 제 아븨 잡히믈 듯고 뎡뉸을 깁히 한ᄒ여 이튼날 즈아의게 알외더,

"쇼장이 원컨디 셩의 나가 부친 쇼식을 알아오리이다."

즈이 허ᄒᆫ디 텬홰 옥긔린(玉麒麟)을 타고 삼쳔 인마룰 거ᄂᆞ려 셩의 나가 크게 웨더,

"뎡뉸 쇼장은 샐니 나오라."

ᄒᆫ디 쇼졸이 급히 드러가 보ᄒ니 쇼획이 좌우룰 도라 【28】 보아 왈,

"뉘 능히 쇼격을 잡을고?"

뎡뉸이 응셩 왈,

"쇼장이 원컨디 가리이다."

ᄒ고 금졍슈(金睛獸)룰 타고 달녀나오거ᄂᆞᆯ 황텬홰 왈,

"네 아니 뎡뉸인다?"

뎡뉸이 답왈,

"긔로다."

텬홰 쌍쳘퇴룰 들고 다라들거ᄂᆞᆯ 뎡뉸이 쏘 ᄒᆫ 졀구쏘룰 들고 두 장쉬 어우러져 ᄊᆞ호더니 십여 합이 못ᄒ여 황텬화의 허리의 노홀[6] 씌여시믈 보고 헤아리되 '이놈이 일졍 무슴 도슐이 잇도다' ᄒ고 졀구쏘룰 공즁을 바라고 더지니 ᄒᆞᆫ 진 오아병이 일시의 다라드러 장ᄉᆞ진을 치거ᄂᆞᆯ 뎡뉸이 쏘 코호로셔 흰 긔운을 토ᄒ니 쥬병이 일시의 훗허지고 황텬홰 몸을 뒤쳐 ᄊᆞ히 나려지거ᄂᆞᆯ 오아병이 일시의 다라드러 잡아드려 가니라. 뎡뉸이 쏘 ᄒᆞᆫ 진을 이긔고 도라와 이런 일을 니ᄅᆞ고 황텬화룰 잡아 장 아리 드리니 텬홰 【29】 ᄭᅮ지 아니코 셔셔 왈,

"니 비록 블힝ᄒ여 도슐의 잡혀시나 엇지 네게 굴ᄒ리오?"

쇼획이 텬화의 나히 비록 졈으나 위풍이 늠늠ᄒ고 효용(驍勇)ᄒᆫ 장ᄒᆫ 줄 보고 차탄ᄒ기룰 마지 아니ᄒ고 아직 후영의 두라 ᄒ다. 황텬홰 후영의 드러가 제 아븨룰 보고 뎡뉸을 ᄭᅮ지져 왈,

"요괴로온 도젹이 엇지 감히 우리 부즈룰 잡아 곤케 ᄒᄂᆞ뇨?"

황비회 왈,

"일이 비록 니러ᄒ나 살기룰 도모ᄒ여 나

---

4) 【코ᄒ】 圀 코. ¶ 鼻子‖ 뎡뉸이 쏘 신통을 너여 코호로 두 줄 흰 긔운을 너니 그 긔운이 쥬병의 쏘이여 각각 낫츨 ᄊᆞ고 다라나고 (鄭倫竅中兩道白光往鼻子裏出來.) <西周 15:26>

5) 【함긔】 囝 함께. ¶ 이 도격을 맛당이 버힐 거시로더 아직 후영의 두라 강상을 잡아 함긔 조가로 보너리라 (本當斬首, 且監候, 留解朝歌請天子定罪.) <西周 15:27>

6) 【노ᄒ】 圀 노끈. 밧줄. ¶ 絲條‖ 두 장쉬 어우러져 ᄊᆞ호더니 십여 합이 못ᄒ여 황텬화의 허리의 노홀 씌여시믈 보고 헤아리되 '이놈이 일졍 무슴 도슐이 잇도다' ᄒ고 졀구쏘룰 공즁을 바라고 더지니 (二將交兵未及十合, 鄭倫見天化腰束着絲條, 是個道家之士: "若不先下手, 恐反遭其害." 把杵望空中一擺.) <西周 15:28>

라홀 갑흐리니 엇지 그리 젼도히[7] 구ᄂ뇨?"
ᄒ더라. 쇼졸이 드러가 즈아의게 황장군이 쏘
잡혀가시믈 고ᄒ니 즈인 더경 왈,

"황장군이 닐오더 쇼획이 쥬의 도라올 뜻
이 잇다 ᄒ더니 엇지 황장군의 부즈롤 잡아가
뇨?"
ᄒ고 즁쟝을 모화 의논ᄒ더라. 뎡눈이 두 쟝슈
롤 년ᄒ여 잡고 의긔양양ᄒ여 이튼날 쏘 와 쏘
호즈 ᄒ거 【30】 눌 즈인 좌우롤 도라보와 왈,

"뉘 나가 큰 공을 일울고?"

토힝손(土行孫)이 응셩 왈,

"쇼쟝이 쥬의 도라온 후의 촌공도 일우지
못ᄒ여시니 원컨더 나가 큰 공을 일우리이다."

즈인 허ᄒ더 힝손이 졍히 가고져 ᄒ더니
등션옥(鄧嬋玉) 왈,

"쇼쟝의 부지 승상의 큰 은혜롤 닙어시더
일즉 갑지 못ᄒ여시니 원컨더 일지(一枝) 병을
쥬셔든 셩의 나가 뎡눈을 잡아오리이다."
ᄒ더 냥쟝이 삼쳔 인마롤 졈고(點考)ᄒ여 셩의
나가다.

뎡눈이 졍히 진상의셔 쏘홈을 바야더니[8]
이윽고 셩문을 크게 열고 한 녀쟝이 달녀나오거
놀 뎡눈이 쏘호고져 ᄒ더니 쏘 보니 조고만 아
희 쇠막더롤 메고 나오며 더호 왈,

"뎡눈 필부는 어더 잇ᄂ뇨?"

뎡눈이 더쇼 왈,

"이 조고만 아희 무셥도 아냐 날을 더젹고
져 ᄒᄂ냐?"

힝손 왈,

"너 승상의 명을 바다 너롤 잡으라 【31】
왓노라."

뎡눈이 우 쇼왈,

"내 볼긔 졋먹는 아희로셔 엇지 감히 큰
말을 ᄒᄂ뇨? 스스로 와 죽고져 ᄒᄂ냐?"

힝손 왈,

"네 엇지 감히 날을 욕ᄒᄂ뇨?"
ᄒ고 쇠막더롤 두로고 다라들거눌 뎡눈이 긔 큰
더 놉흔 즘싱을 탓고 토힝손은 긔 젹은더 거러
쏘호는지라 뎡눈이 굽혀 쏘호니 긔력이 진ᄒ여
왼몸의 쏨을 흘니고 급히 졀구쏘롤 드러 공즁을
바라며 더지니 오아병이 일시의 다라들거눌 뎡
눈이 쏘 코흐로셔 흰 긔운을 토ᄒ니 주병이 다
흣허지고 토힝손이 쏘 것구러지거눌 오아병이
힝손을 미야 진으로 드러가니 등션옥이 힝손의
잡히믈 보고 쌍검을 두로고 다라들거눌 뎡눈이
마즈 쏘화 삼합이 못ᄒ여 션옥(嬋玉)이 말을 두
로혀 다라나거눌 뎡눈 【32】 이 쓰로지 아니ᄒ더
션옥이 칼홀 노코 돌을 너여 뎡눈을 바라고 치
니 졍히 낫출 맛츤지라. 뎡눈이 픠ᄒ여 영의 도
라가 쇼획을 보아 토힝손 잡은 일과 션옥의게
마즌 일을 니르고 토힝손을 잡아드리니 쇼획이
힝손을 보고 쇼왈,

"요 아희롤 잡아 무어시 쓰리오? 썰니 니
여 버히라."

힝손이 쇼리질너 왈,

"뉘 감히 날을 버히리오?"

좌위 힝손을 쓰어 원문의 나가 버히려ᄒ더
니 토힝손이 홀연 간더 업거눌 졔인이 더경ᄒ여
급히 드러와 쇼후의게 알왼더 쇼휘 탄왈,

"셔기의 니런 긔이ᄒ 사롬이 만ᄒ니 엇지
여러번 졍벌ᄒᆫ들 능히 이긔리오?"
ᄒ더라.

이튼날 뎡눈이 셩밋히 와 녀쟝을 보와 말
ᄒ즈 ᄒ거눌 션옥이 나아가 더젹고져 ᄒ더니 즈
인 왈,

"가치 아니타 졔 어졔 돌을 마잣는지라 그
보슈롤 ᄒ고져 ᄒ 【33】 ᄂ니 쟝군은 가지 말
니."

나탁(哪吒)이 겻히 잇다가 왈,

"쇼쟝이 원컨더 가리이다."

즈인 허ᄒ니 나탁이 풍화륜(風火輪)을 타
고 일지 인마롤 거ᄂ려 셩의 나와 크게 블너
왈,

"뎡눈은 어더 잇ᄂ뇨?"

뎡눈이 답왈,

"예 잇노라."

---

7) 【젼도히】 團 젼도(顚倒)히. ¶ 일이 비록 니러ᄒ
나 살기롤 도모ᄒ여 나라홀 갑흐리니 엇지 그리
젼도히 구ᄂ뇨? (雖昻如此, 當思報國.) <西周
15:29>

8) 【바야다】 團 재촉하다. 보채다. ¶ 뎡눈이 졍
히 진상의셔 쏘홈을 바야더니 이윽고 셩문을 크
게 열고 한 녀쟝이 달녀나오거눌 (鄭倫聽得城內
砲響, 見兩扇門開, 旗幡磨動, 見一女將飛來.) <西
周 15:30>

ᄒ고 화안금졍슈롤 타고 달녀나오거늘 나탁이
말을 아니ᄒ고 다라든디 뎡눈이 ᄯ로흔 항마져(降
魔杵)롤 두로고 마ᄌ 쏘화 십여 합은 ᄒᄆᆡ 뎡눈
이 항마져롤 드러 공듕의 더지니 오아병이 요구
창을 가지고 다라오거늘 뎡눈이 코ᄒ로셔 흰 긔
운을 토ᄒ니 긔운이 나지 아니ᄒ거늘 뎡눈이 디
경 왈,

"니 묘슐이 맛지 아닐 젹이 업더니 오늘날
이럴 줄 어이 싱각ᄒ리오?"
ᄒ고 ᄯᅩ 다시 토ᄒ니 ᄯᅩ 나지 아니커늘 뎡눈이
더옥 놀나 셰 번을 토ᄒ디 종시(終是) 나지 아
니커늘 나탁이 디쇼 왈,

"이 필뷔 무슴 도슐이 잇ᄂᆫ 쳬ᄒ고 감히
날과 디젹고져 ᄒᄂᆢ?"

뎡눈이 디로ᄒ【34】여 항마져롤 드러 다
시 ᄊᆞ호더니 삼십여 합은 ᄒ여 나탁이 건곤권
(乾坤圈)을 드러 뎡눈의 등을 맛치니 뎡눈이 픽
ᄒ여 다라나거늘 나탁이 도라와 ᄌ아의게 니건
줄을 알왼디 ᄌ이 디희ᄒ여 공 일우믈 하례ᄒ더
라. 뎡눈이 픽ᄒ여 진의 도라가 쇼후롤 보고 픽
흔 줄을 알왼디 쇼휘 이롤 인ᄒ여 뎡눈을 다리
여 왈,

"드르니 텬하 졔휘 은을 반ᄒ고 쥬의 도라
가ᄂᆫ지 쉬 업슨지라 니러므로 문틱시 무슈흔 군
병으로 편갑도 도라가지 못ᄒ고 등구공(鄧九公)
이 셔기롤 치다가 일시의 항복ᄒ엿ᄂᆞ니 이졔 우
리 조셔롤 바다 쥬롤 치니 비록 요힝흔 공을 일
우나 장군이 즁히 상ᄒ여시니 다시 하리기 쉽지
아닌지라 이졔 장군이 날노 더브러 비록 샹장
(上將)과 부장(副將)이 되여시나 실은 슈족의 졍
이 잇ᄂᆫ지라 무삼 말을 긔이리오? 텬히 분분ᄒ
여 병믜 니러【35】나니 인심과 텬명이 간디 잇
ᄂᆫ지라. 녯젹의 요의 아들 단쥬(丹朱) 어지지 못
ᄒ더니 외 봉ᄒ시ᄆᆡ 텬하 인심이 순(舜)의게 도
라가고 순의 아들 샹균(商均)이 어지지 못ᄒ더
니 순이 봉ᄒ시ᄆᆡ 텬하 인심이 우(禹)의게 도라
갓ᄂᆞ니 이졔 쥬샹이 덕을 닷지 아니ᄒ시ᄆᆡ 텬히
어즈러워 ᄉᆞ면의 도젹이 니러나니 텬명이 간디
이시믈 가히 알지라. 나는 드르니 '슌텬ᄌᆞᄂᆫ 창
ᄒ고 역텬ᄌᆞᄂᆫ 망흔다'⁹⁾ ᄒ니 우리 쥬의 항복ᄒ

여 한가지로 틱평을 누리미 엇지 아롬답지 아니
리오?"

뎡눈이 이 말을 듯고 졍식 왈,

"원슈의 말이 그르다. 텬하 졔휘 비록 쥬
의 도라갓시나 원슈ᄂᆫ 국젹이라 여니 졔후로 더
브러 다르니 나라히 망ᄒ면 나라ᄒ로 더브러 망
ᄒ고 나라히 편안ᄒ면 나라ᄒ로 더브러 평안홀
지라. 원쉬 쥬왕의 즁흔 은혜롤 바다 벼술이 극
픔(極品)의 니르고 낭낭【36】이 궁궐의 드러
춍이롤 닙으니 원쉬 나라홀 갑홀 ᄯᅳᆺ은 싱각지
아니ᄒ고 반ᄒ여 블인(不仁)의 일을 힝코져 ᄒ
니 쇼장이 그윽이 원슈롤 위ᄒ여 취치 아니ᄒᄂᆞ
이다. 뎡눈은 다만 몸을 도라보지 아니ᄒ고 님
군의 은혜 갑홀 줄만 알고 반홀 줄은 아지 못ᄒ
ᄂᆞ이다."

쇼휘 왈,

"장군의 말이 비록 올흐나 녯 사름이 니르
디 '냥금(良禽)은 틱목(擇木)ᄒ고 현신틱군(賢臣
擇君)'이라 ᄒᄂᆞ니 황비회 벼술이 극픔의 이시
디 쥬샹의 실덕(失德)ᄒ시믈 보고 쥬의 도라오
고 등구공이 무왕의 인졍 힝ᄒ시믈 보고 쥬의
항복ᄒ니 착흔 사름은 ᄯᅢ롤 인ᄒ여 힝ᄒᄂᆞ니 장
군은 견집(堅執)지 말나 후의 뉘웃츠미 잇셔도
밋지 못ᄒ리라."

뎡눈 왈,

"원쉬 만일 이 마음이 잇셔도 쇼장은 결연
(決然)이 좃지 못ᄒ리로다."
ᄒ고 믈너가니라. 쇼휘 장의 잇셔 침음ᄒ기롤
오ᄅᆡᄒ다가【37】쇼젼츙(蘇全忠)으로 ᄒ여곰 장
듕의 슐을 두고 후영의 가 황비호 부ᄌ롤 다려
오라 흔디 젼츙이 후영의 가 황비호 부ᄌ롤 글
너 더브러 왓거늘 쇼휘 마ᄌ 졀ᄒ고 왈,

"쇼장이 그릇 장군긔 죄롤 범ᄒ여시니 쳥
컨디 ᄉᆞᄒ쇼셔."

황비회 답녜 왈,

"쇼장이 원슈의 셩덕을 닙어 지싱ᄒ믈 어
드니 은혜롤 갑지 못홀가 ᄒᄂᆞ이다."

쇼휘 왈,

"쇼장이 이졔 조셔롤 바다 이의 니르럿더
니 이 ᄯᅢ롤 인ᄒ여 항복고져 ᄒ나 부장 뎡눈이
견집ᄒ고 허치 아닛ᄂᆞ지라. 이졔 특별이 디왕
부ᄌ롤 쳥ᄒ여 이 ᄯᅳᆺ을 알외노라."

황비회 왈,

"원슈 만일 즐겨 귀슌코져 ᄒ면 샐니 힝ᄒ고 더디지 말나. 엇지 한 뎡늄 필부의게 거릿겨10) 큰 의를 보지 아니리오?"

밤이 삼경이 지나미 쇼획 왈,

"디왕 부ᄌᄂᆫ 뒤문으로 나가 셩의 도라가 강승상긔 이 【38】 뜻을 알외라."

황비회 부지 셩밋히 니ᄅ러 문을 열나 ᄒᆞᆫ디 밤이 임의 깁흔지라 셩 직흰 관원이 감히 마음으로 문을 여지 못ᄒ여 ᄌᆞ아의게 알외니 ᄌᆞ이 디희ᄒ여 청ᄒ여 드러오라 ᄒᆞᆫ디 황비호 부지 드러왓거늘 ᄌᆞ이 왈,

"황장군이 도젹의게 잡혀갓더니 엇지 능히 도라오뇨?"

황비회 노혀 온 일과 쇼획이 항복ᄒ려 ᄒ던 일을 일일히 니ᄅᆫ디 ᄌᆞ이 왈,

"뎡늄이 비록 좃지 아니나 니 맛당이 쳐치ᄒᆞᆯ 일이 이시리라."

쇼획·젼츙이 쥬의 항복ᄒᆞᆯ 일을 의논ᄒᆞᆯ시 젼츙 왈,

"뎡늄이 즁히 상ᄒ 씨를 인ᄒ여 한 봉 글월을 닷가 셩즁의 보니여 ᄌᆞ아로 ᄒ여곰 우리 영을 겁칙ᄒ라 ᄒ고 우리 니응ᄒ여 뎡늄을 술오잡게 ᄒ여 가히 큰 공을 일우리라."

ᄒᆞᆫ디 쇼획이 디희 왈,

"니일 맛당이 계규를 힝ᄒ리라."

ᄒ고 각각 훗허져 잇다. 뎡늄이 나탁 【39】 의게 마져 즁히 상ᄒ엿ᄂᆞᆫ지라 비록 단약으로 곳치나 능히 하리지11) 못ᄒ고 ᄯᅩ 쥬장이 쥬의 도라갈 뜻을 두어시니 나라 은혜를 갑지 못ᄒᆞᆯ가 한ᄒ더

---

10) 【거릿기다】 ⑧ 거리끼다. ¶ 원슈 만일 즐겨 귀슌코져 ᄒ면 샐니 힝ᄒ고 더디지 말나. 엇지 한 뎡늄 필부의게 거릿겨 큰 의를 보지 아니리오? (君侯旣肯歸順, 宜當速行 雖然鄭倫執拗, 只可用計除之. 大丈夫先立功業, 共扶明主, 垂名竹帛, 豈得區區效匹夫匹婦之小忠小諒哉!) <西周 15:37>

11) 【하리다】 ⑧ 낫다. ¶ 好 ‖ 뎡늄이 나탁의게 마져 즁히 상ᄒ엿ᄂᆞᆫ지라 비록 단약으로 곳치나 능히 하리지 못ᄒ고 ᄯᅩ 쥬장이 쥬의 도라갈 뜻을 두어시니 나라 은혜를 갑지 못ᄒᆞᆯ가 한ᄒ더라 (鄭倫被哪吒打傷肩背, 雖有丹藥, 只是不好, 一夜聲喚, 睡臥不寧. 又思: "主將心意歸周, 恨不能卽報國恩, 以遂其忠悃. 其如凡事不能就緒, 如之奈何!") <西周 15:39>

라.

이튼날 쇼획이 쟝의 올나 계규를 힝코져 ᄒ더니 쇼졸이 드러와 보ᄒ더,

"원문 밧긔 한 도인이 와시더 눈이 셰히오 붉은 옷슬 닙고 와 원슈를 보와지라 ᄒᄂᆞ이다."

쇼획이 드러오라 ᄒᆞᆫ디 군시 나가 도인을 쳥ᄒ니 도인이 브르믈 보고 마음의 울울ᄒ여 드러가지 말고져 ᄒ디 신공표(申公豹)의 명을 져바릴가 ᄒ여 날호여 거러 영의 드러가 쇼획을 보고 졀ᄒ여 왈,

"빈되 뵈ᄂᆞ이다."

쇼획이 답녜 왈,

"신되 어디로조차 오며 무슴 말을 니르고져 ᄒᄂᆞ뇨?"

도인 왈,

"빈되 특별이 오문 원슈를 도와 셔기를 파ᄒ고 반격을 술오잡고져 ᄒᄂᆞ이다."

쇼획 왈,

"도인은 어디 사름이며 어디셔 ᄉᄂᆞ뇨?"

도인이 답왈,

"나는 구룡 【40】 도(九龍島) 셩명산(聲名山) 년긔ᄉ(煉氣士) 녀악(呂岳)이러니 신공푀 빈도를 쳥ᄒ여 원슈를 도으라 ᄒ미 왓ᄂᆞ이다."

쇼획이 녀악을 쳥ᄒ여 승상 녜로 디졉ᄒ고 졍히 말ᄒ더니 녀악이 쟝 뒤히셔 알는 쇼리를 듯고 문왈,

"이 알ᄂᆞ니는 뉘니잇고?"

쇼획이 답왈,

"이ᄂᆞ 오군구응ᄉ 뎡늄이러니 셔기 장슈의게 마즈 상ᄒ여시미 알ᄂᆞ니이다."

녀악 왈,

"붓들녀 나오라 ᄒ쇼셔."

쇼획이 좌우를 명ᄒ여 뎡늄을 나오라 ᄒᆞᆫ디 뎡늄이 붓들녀 나왓거늘 녀악이 한 번 보고 쇼 왈,

"이는 건곤권의 상ᄒ 거시니 곳치기 무어시 어려오리오?"

ᄒ고 표피 쥬머니로셔 한 호로를 너니 그 호로 가온디 단약이 잇더라. 단약 하나흘 너여 믈의 기여 낫치 바르니 즉시 하리거늘 뎡늄이 녀악을 졀ᄒ여 스싱을 삼으니 녀악 왈,

“그디 임의 빈도를 스싱이라 ᄒ니 니 맛당이 그디를 도와 공을 일우 【41】 리라.”

ᄒ고 장즁의 졍히 안ᄌ 슈흘을 말 아니ᄒ더라. 쇼획이 탄왈,

“계규를 힝ᄒ려 홀 ᄶᅵ의 ᄯᅩ 도인을 만나 쥬의 도라가지 못ᄒ니 어니 ᄶᅵ의 원을 일우리오?”

ᄒ고 젼츙으로 더부러 계규를 쥬야 의논ᄒ더라.

뎡눈이 녀악다려 왈,

“도인이 임의 스싱이 되여 계시니 원컨디 졔ᄌ로 더브러 셔기의 나아가 ᄌ아를 잡스이다.”

녀악 왈,

“니 문인 네히 올 거시니 함긔 나가 침만 갓지 못ᄒ다.”

ᄒ더니 ᄯᅩ 두어만의 쇼졸이 보ᄒ디,

“진문 밧긔 네 도인이 와 노야를 보와지라 ᄒᄂ이다.”

녀악 왈,

“이 니 문인이라.”

뎡눈이 원문의 나가 보니 과연 네 도인이 셔시니 하나흔 낫치 붉고 하나흔 낫치 검고 하나흔 낫치 누르고 하나흔 낫치 프르고 다 신장이 뉴칠 쳑은 ᄒ고 얼골이 범 갓ᄒ여 극히 흉악ᄒ더라. 뎡눈이 알픠 나아가 녜ᄒ여 왈,

“노스뷔 청ᄒ 【42】 시더이다.”

네 도인이 답녜ᄒ고 뎡눈을 ᄶᅡ라 즁군의 드러가 녀악을 보고 녜를 맛츠미 녀악 왈,

“너희 엇지 오기를 더디 ᄒ뇨?”

프른 옷 닙은 도인이 디왈,

“병긔를 찰혀오노라 ᄒ니 ᄌ연 더디니이다.”

녀악이 네 도인다려 뎡눈을 가르쳐 왈,

“이 장군이 날을 스싱 삼아시니 너희 등이 셔로 녜ᄒ여 뎨형이 되라.”

뎡눈이 네 도인으로 더브러 녜를 맛고 문왈,

“네 도형의 셩명을 무어시라 ᄒᄂ뇨?”

녀악 왈,

“하나흔 쥬신(周信)이오 하나흔 니긔(李奇)오 하나흔 쥬텬인(朱天麟)이오 하나흔 양문휘(楊文輝)라.”

ᄒ니 뎡눈이 슐을 두고 관디ᄒ더라.

이튼날 쇼획이 장의 올나 졔장을 볼시 녀악 왈,

“빈도의 뎨ᄌ 네히 와시니 원슈긔 뵈ᄂ이다.”

쇼획이 ᄯᅩ 이 네 도인이 와시믈 보고 더옥 깃거 아니ᄒ더라. 녀악이 뎨ᄌ를 도라보와 왈,

“너희 네 사롬이 왓시니 뉘 몬져 나가 공을 일울고?”

ᄒ디 뎨ᄌ 응셩 【43】 왈,

“뎨ᄌ 비록 지죄 업스나 가리이다.”

ᄒ더라.

58
조아셔기봉녀악(子牙西岐逢呂岳)

이 데조는 쥬신(周信)이러라. 스스로 도슐을 밋고 혼조 거러 셔기로 나아가 쏘호조 흐더 조아(子牙) 고위 좌우 왈,

"뉘 능히 나가 이 도스롤 잡을고?"

금탁(金吒)이 응셩 왈,

"쇼장이 지죄 업스나 원컨더 가리이다."

스의 허흐더 금탁이 셩의 나가 보니 한 도인이 혼조 셔시니 형상이 흉악흐더라. 더호 왈,

"요괴로온 도인은 어더 잇느뇨?"

도인이 너나라 왈,

"구룡도(九龍島) 년긔스(煉氣士) 녀악(呂岳) 신도의 데조 쥬신이 이의 잇노라. 너희 등이 곤눈산(崑崙山) 스부의 슐을 쎠 우리 데조롤 친다 흐미 우리 뫼히 나려와 조응을 정코조 흐노라."

흐고 칼흘 두르고 다라드러 어우러져 쏘화 삼합이 못흐여 쥬신이 돌쳐 다라나거눌 금탁이 짜라가더니 쥬신이 옷슬 글 【44】 너 헛치고 한 돌을 너여 금탁을 바라며 더지니 탁이 더골을 마즈 도라와 조아롤 보고 돌노 마즌 말을 니른더 조

인 말을 아니흐더라. 금탁이 승상부의 잇셔 쥬야로 머리롤 알더니 이튼날 쇼졸이 보흐더,

"한 도인이 쏘 와 쏘호조 흐느이다."

조이 좌우롤 도라보아 왈,

"뉘 나가 이 도스롤 잡을고?"

목탁(木吒)이 응셩 왈,

"쇼장이 가리이다."

흐고 셩의 나가 바라보니 한 도인이 쌍상토 쓰코 담황포(淡黃袍)롤 닙고 셔시니 낫치 달갓고 눈이 구슬 갓더라. 목탁이 디호 왈,

"요고로온 놈이 엇지 감히 우리 형을 상히오뇨?"

도인이 답왈,

"나는 니긔(李奇)오. 네 형 상흐니는 우리 도형 쥬신이라."

목탁이 디로흐여 환도롤 두로고 날흐여 나아오거눌 니긔 쏘흔 보검을 들고 다라드러 쏘화 오륙 합은 흐여 니긔 피흐여 다라나거눌 목탁이 짜라가더니 니긔 한 치번(彩幡)을 너여 목【45】탁을 디흐여 흔드니 목탁이 낫치 흰 조희 갓고 더오믈 견디지 못흐여 옷슬 다 버셔바리고 다라나 조아롤 보고 다 니른더 말을 맛고 짜히 것구러져 흰 믈을 토흐며 왼몸이 블 갓거눌 조이 좌우롤 명흐여 구완흐라 흐고 셩 직희엿던 관원을 블너 목탁의 피흔 연유롤 므른더 그 관원이 니긔의 치번 두로던 일을 조시 알왼더 조이 왈,

"이 쏘흔 도스의 요괴로온 슐이라 엇지 능히 집으리오?"

흐고 졔장을 블너 의논흐더라. 니긔 영의 도라와 목탁을 치번으로 쏘촌 일을 니른더 녀악이 디희 왈,

"만일 우리 문인 곳 아니면 엇지 능히 공을 일우리오?"

뎡눈(鄭倫)이 겻히 잇다가 왈,

"두 도형이 이틀을 년흐여 공을 일우디 한 장슈도 잡지 못흐믄 엇지뇨?"

녀악 왈,

"그디 우리 문인의 쓰는 병긔롤 아지 못흐리라. 도적이 한 번 피흐미 스스로 죽느니 엇지 슈고 【46】 로이 창검으로 쳐죽이리오?"

뎡눈이 이 말을 듯고 칭찬ᄒᆞ믈 마지 아니
터라.

이튼날 녀악이 쥬텬인(朱天麟)다려 왈,

"두 문인이 임의 공을 일워시니 네 ᄯᅩ 나
가 큰 공을 일우라."

쥬텬인이 녕을 듯고 셩의 나가 ᄡᆞ호즈 ᄒᆞ
디 뇌진지 가기를 쳥ᄒᆞ거늘 ᄌᆞ이 허ᄒᆞ니 뇌진지
셩의 나가 먼니 바라보니 한 도인이 셧시디 붉
은 옷 닙고 머리의 ᄡᅡᆼ상토 ᄶᅩ코 낫츤 무른 디초
빗 갓고 눈이 방울 갓더라.[1] 뇌진지 쇼러질너
왈,

"요괴로온 도적이 감히 우리 두 형을 상ᄒᆞ
고 ᄯᅩ 와 ᄡᆞ호즈 ᄒᆞᆫ다?"

쥬텬인이 쇼왈,

"네 요괴 졍녕으로 감히 큰 말을 ᄒᆞᆫ다?"

뇌진지 디쇼 왈,

"너는 한 플 속의 필뷔라 엇지 감히 도슐
이 이시리오?"

ᄒᆞ고 바람과 우뢰를 타고 공즁의 올나 황금철퇴
로 어즈러이 치거늘 쥬텬인이 보검을 들고 마즈
ᄡᆞ호더니 두어 합이 못ᄒᆞ여 쥬텬인이 피ᄒᆞ여
【47】 다라난디 뇌진지(雷震子) ᄯᆞ라오더니 텬
인이 보검을 드러 뇌진즈롤 바라며 한 번 가ᄅᆞ
치니 뇌진지 ᄯᅡ히 ᄶᅥ러져 쇠막디롤 ᄭᅳᆯ고 겨유
승상부의 도라와 ᄯᅡ히 것구러져 인ᄉᆞ롤 모ᄅᆞ거
늘 ᄌᆞ이 밧비 문왈,

"그디 ᄯᅩ 어디롤 상ᄒᆞᆫ다?"

뇌진지 말을 못ᄒᆞ고 머리롤 흔들거늘 ᄌᆞ이
뇌진즈롤 후영의 보너여 구완ᄒᆞ라 ᄒᆞ다. 쥬텬인
이 도라가 녀악을 보고 뇌진즈 이긘 쥴을 니ᄅᆞᆫ
디 녀악이 디희 왈,

"ᄂᆡ일은 양문휘(楊文輝) 공을 일우라."

ᄒᆞᆫ디 이튼날 양문휘 셩밋히 가 ᄡᆞ호즈 ᄒᆞ니 군
시 드러가 알왼디 ᄌᆞ이 이 말을 듯고 반향(半
晌)이나 침음ᄒᆞ다가 좌우롤 도라보아 왈,

"뉘 나가 이 요괴롤 잡을고?"

농슈회(龍鬚虎) 웅셩 왈,

"쇼장이 가리이다."

___

ᄒᆞ고 셩의 나가 바라보니 한 도인이 셧시디 검
은 옷 닙고 금관 쓰고 다라오거늘 농슈회 디호
왈,

"오는 ᄌᆞ는 엇던 【48】 인다?"

양문회 농슈호의 사름 갓지 아닌 형상을
보고 크게 놀나 감히 나아오지 못ᄒᆞ고 웨여 왈,

"나는 구룡도(九龍島) 도ᄉᆞ 양문회러니 네
일홈은 무어시뇨?"

농슈회 왈,

"나는 강승상(姜丞相) 휘하 농슈호 장군이
로라."

양문회 마음을 진졍ᄒᆞ여 칼홀 두로고 다라
들거늘 농슈회 돌을 너여 어즈러이 치더니 양문
회 감히 ᄡᆞ호지 못ᄒᆞ여 다라나거늘 농슈회 졍히
ᄡᅩ로더니 양문회 한 쳐롤 너여 농슈호롤 가르치
니 농슈회 홀연이 셔기(西岐)롤 바라고 도로 어
즈러이 쳐 드러오니 군시 능히 막지 못ᄒᆞ거늘
바로 ᄶᅦ쳐 승상부로 드러오니 ᄌᆞ아와 모든 장쉬
디경ᄒᆞ여 일시의 요구창(撓鉤槍)을 드러 농슈호
롤 거러 ᄡᅵ히 구ᄅᆞ치니 농슈회 ᄡᅵ히 것구려져
말을 못ᄒᆞ거늘 ᄌᆞ이 좌우롤 분부ᄒᆞ여 농슈호롤
후영의 가 구완ᄒᆞ라 ᄒᆞ다.

ᄌᆞ이 졍히 민망ᄒᆞ여 제 【49】 장으로 더부
러 의논ᄒᆞ더니 쇼졸이 보ᄒᆞ디,

"셩밧긔 세 눈 가진 도인이 와 승상을 보
와 말ᄒᆞ즈 ᄒᆞᄂᆞ이다."

나탁(哪吒)과 양젼(楊戩)이 겻히 셧다가 왈,

"닷시롤 년ᄒᆞ여 ᄡᆞ호디 하로도 이긔지 못
ᄒᆞ니 오늘난 승상이 나가실제 계장을 일시의 거
느려 나가 병위(兵威)롤 셩히 ᄒᆞ고 요괴로온 도
ᄉᆞ롤 잡으쇼셔."

ᄌᆞ이 좌우롤 분부ᄒᆞ여 군마롤 졍졔ᄒᆞ고 디
오롤 법도잇게 ᄒᆞ여 나아가라 ᄒᆞ다.

녀악이 문인을 거ᄂᆞ려 셩밧긔 잇셔 졍히
ᄌᆞ아롤 기다리더니 이윽고 한 포향의 셩문을 크
게 열고 무슈흔 군병이 나오며 가온디 ᄌᆞ이 ᄉᆞ
블상을 타고 나오니 좌우의 명장 쳔원(千員)이
옹위ᄒᆞ엿더라. ᄌᆞ이 먼니 바라보니 황번(黃幡)
아리 한 도인이 붉은 옷슬 닙고 셧시니 낫치 프
르고 머리털이 붉으며 세 눈을 둥그러케 쓰고
금안타(金眼駝)롤 탓더라. 숀의 보검을 들고 디
호 왈,

___

1) 【무ᄅᆞ다】圈 무르다. 검붉다. ¶ 紫 ‖ 붉은 옷
   닙고 머리의 ᄡᅡᆼ상토 ᄶᅩ코 낫츤 무른 디초빗 갓
   고 눈이 방울 갓더라 (巾上斜飄百合纓, 面如紫
   棗眼如鈴.) <西周 15:46>

"강ㅈ아(姜子牙)는 어디 잇【50】ㄴ뇨?"

ㅈ이 답왈,

"도형이 어디곳 도시완티 우리 졔장을 상ㅎ뇨? 이졔 쥬왕(紂王)이 무도ㅎ여 텬히 한가지로 반ㅎ니 쥬실(周室)의 흥ㅎ믈 뉘 모로리오? 나는 드르니 슌텬ㅈ는 창ㅎ고 역텬ㅈ는 망흔다 ㅎᄂ니 이졔 우리 쥬의 봉(鳳)이 기산 아러셔우니 영웅이 구롬 못듯ㅎ고 텬하 인심이 임의 도라왓ᄂ니 도형이 엇지 홀노 하눌을 역ㅎᄂ뇨? 이졔 니 옥허 부명을 바다 진쥬를 도으니 형이 비록 한 번 이긔나 이는 일시 요힝이라 엇지 장구ㅎ리오?"

녀악 왈,

"나는 구룡도 년긔스 녀악이러니 요스이 드르니 너희 변방을 요란케 흔다 ㅎ미 니 네 뎨ㅈ를 거느려 뫼히 나려왓ᄂ니 널노 더브러 한 번 ㅈ웅을 결코ㅈ ㅎ노라."

ㅈ이 쇼왈,

"그디 니르는 비 아미산(峨嵋山) 조공명(趙公明)의 삼션도(三仙島) 운쇼(雲霄)·경쇼(瓊霄)·벽쇼(碧霄)의게 지나니라도 그림의 썩 갓ㅎ니 형이 오눌날 스스로 와 죽고져【51】ㅎᄂ냐?"

녀악이 디로ㅎ여 디즐 왈,

"강상 쇼젹이 엇지 감히 큰 말을 ㅎᄂ뇨?" ㅎ고 약디롤[2] 모라 보검을 두로고 ㅈ아의게 다라들거늘 양젼이 ㅈ아의 겻히 셧다가 칼홀 두로고 말을 노화 다라드니 녀악이 마ㅈ 쏘호더니 나탁이 풍화륜(風火輪)을 모라 화첨창(火尖槍)을 두로고 다르든티 황텬화(黃天化) 문긔(門旗) 아러 셧다가 싱각ㅎ디 '쇼휘(蘇侯) 우리 부ㅈ롤 가만이 노화보니엿시니 비록 쏘호지 말고져 ㅎ나 엇지 능히 춤으리오' ㅎ고 옥긔린을 달녀 셰 장슈 녀익을 에워 즛치더니 뎡눈이 원문의 셧다가 황텬화의 다라들믈 보고 디경ㅎ여 기리 탄왈,

"니 쥬왕을 위ㅎ여 장슈롤 술오잡아 공을 셰윗더니 이졔 쥬장이 반홀 뜻을 두어 황가 부ㅈ롤 노화쥬의 도라보니엿시니 니 이졔 도젹을

죽여 훗 근심을 업게 ㅎ리라."

ㅎ고 금졍슈롤 달녀 다라들며 디호 왈,

"황텬화 쇼젹아 뎡눈 장군이【52】오노라."

ㅎ거늘 황텬화 원슈의 놈이 오는 줄 보고 분ㅎ믈 참지 못ㅎ여 녀악을 바리고 뎡눈의게 다라들거늘 나탁이 황텬화 뎡눈과 쏘호믈 보고 힝혀 그릇ㅎ미 이실가 ㅎ여 풍화륜을 두로혀 뎡눈의게 다라들며 왈,

"황공ㅈ는 녀악을 잡으라 니 이 필부롤 잡으리라."

ㅎ고 뎡눈과 쏘호니 뎡눈이 젼의 나탁의 건곤권을 마ㅈᄂ지라 나탁이 다라들믈 보고 마음의 십분 황겁ㅎ여 나탁의 숀 움즉이는 양을 보와 방비ㅎ더라. 양젼과 텬화 녀악을 에워두고 즛치더니 토힝숀이 쇠막디롤 메고 다라드러 싸홈을 돕거늘 등션옥이 원문의 잇다가 쏘흔 창검을 두로고 다라드니 녀악이 쥬장의 용밍ㅎ여 가히 디젹지 못홀 쥴 알고 몸을 흔드러 삼빅 뉵십 골졀을 낫낫치 드러니여 셰 머리 여섯 팔 가진 사름이 되여 한 숀의【53】형텬인(形天印)을 잡고 한 숀의 온역종(瘟疫鐘)을 들고 한 숀의 졍형온번(定形瘟幡)을 쥐고 한 숀의 지온검(止瘟劍)을 들고 두 숀의 보검을 들어 스면팔방으로 어즈러이 치니 ㅈ이 녀악의 괴이히 변ㅎ믈 보고 경히 겁니여 다라나고져 ㅎ거늘 양젼이 ㅈ아의 겁니믈 보고 말을 두로혀 달녀와 금모동ㅈ(金毛童子)롤 명ㅎ여 나아가 금환(金丸)으로 치라 흔디 금모동지 다라드러 금환을 더져 녀악의 엇게롤 맛치니 황텬화 양젼의 공 일우믈 보고 화룡표(火龍標)롤 니여 녀악의 쏙뒤롤 치거늘 ㅈ이 쏘 신편을 니여 녀악의 가슴을 치니 녀악이 악디의 쩌러져 거러 다라나거늘 뎡눈이 녀악의 픠ㅎ믈 보고 쏘홀 마음이 업셔 졍히 다라나고져 ㅎ더니 나탁이 화첨창을 드러 엇게롤 지르니 뎡눈이 디픠ㅎ여 영으로 다라나니 ㅈ이 쏘흔 싱 쳐 군을 거두어 도라오다.

쇼후 부지 원문의 잇셔 녀악의 픠ㅎ믈【54】보고 심즁의 디희 왈,

"만일 이 필부 곳 죽으면 우리 일이 일니로다."

ㅎ더라. 녀악이 영의 도라와 군즁의 니르러 좌롤 졍ㅎ미 네 문인이 나아와 닐오디,

---

2) 【약디】 图 낙타.¶ (金眼)駝‖ "강상 쇼젹이 엇지 감히 큰 말을 ㅎᄂ뇨?" ㅎ고 약디롤 모라 보검을 두로고 ㅈ아의게 다라들거눌 (姜尙! 你有何能, 敢發如此惡言? 縱開金眼駝, 執手中劍飛來直取.) <西周 15:51>

"ᄉ붜 오날 강상의 독슈(毒手)룰 바다 상ᄒ신 디룰 엇지 호로(葫蘆)의 약을 바르지 아니시ᄂ느닛가?"

녀악이 즉시 호로의 약을 너여 스스로 먹고 쇼왈,

"강상이 비록 한 진을 이긔나 엇지 만셩 싱녕이 화 닙으믈 면ᄒ리오?"

ᄒ고 호로의 약 하나흘 너여 뎡눈을 쥰디 뎡눈이 바다 먹으니 상흔디 즉시 하리다. 녀악이 네 문인을 거느려 각각 호로온단(葫蘆瘟丹) 하나식 가져 오형둔법(五形遁法)으로써 몸을 감초와 셔기 셩문의 드러가 다섯 호로온단을 너여 셩안 우믈과 긔쳔의 플고 오다. 셔기 셩안 사름이 믈을 먹은즉 어즐ᄒ여 것구러지니 하로 이틀이 못ᄒ여 왼 셩안 사름이 무왕으로붓허 쇼민의 니르히 다 어즐ᄒ여 것구려져 인ᄉ룰 모로디 오직 나탁【55】·양젼은 잠간 도슐을 아는지라 비록 믈을 먹으나 상치 아니ᄒ여 나탁은 더궐노 드러가 무왕을 직희고 양젼은 승상과 계장을 직희니 왼 셩안의 다만 두 사름만 잇ᄂ는지라 나탁 왈,

"만일 이 쎄룰 인ᄒ여 녀악이 군을 거느려 온즉 엇지ᄒ리오?"

양젼 왈,

"관겨치3) 아니타. 무왕은 셩명혼 님군이라 그 복이 젹지 아니ᄒ고 승상은 고명혼 션비라 황텬이 부림ᄒ시니 비록 녀악인들 엇지 감히 텬명을 항거ᄒ리오?"

ᄒ고 냥인이 졍히 셩 우희셔 의논ᄒ더라.

녀악이 온단을 홋ᄒ고 쇼후룰 더ᄒ여 왈,

"이졔 병을 발ᄒ미 장ᄉ룰 슈고로오미 업게 ᄒ여 온단을 왼 셩중의 쎠허시니4) 뉵칠일이

못ᄒ여 셩중 싱녕이 다 죽으리라. 장군은 긔가(凱歌)룰 브르고 조가의 도라가 놉흔 벼슬을 밧고 빈도의 한 번 나려와 도으믈 잇지 말나."

뎡【56】눈 왈,

"년일 셩우희 사름을 보지 못ᄒ니 이 강ᄌ아의 계권가 ᄒᄂ이다."

녀악 왈,

"일국 싱녕이 다 더겁(大劫)을 만나시니 오리지 아냐셔 다 죽으리라."

뎡눈 왈,

"만일 셔기 인민이 이 익을 만나시면 일디 인마룰 거느려 셩의 드러가 쏼희룰5) 업시ᄒ미 엇더ᄒ니잇고?"

녀악 왈,

"그디 말이 올타."

뎡눈이 즉시 군마룰 졈고ᄒ여 나아오더라.

나탁·양젼이 셩우희 잇셔 뎡눈이 인마 거느려 나오믈 보고 나탁이 황망이 양젼다려 왈,

"이졔 무슈흔 인민 오니 우리 냥인이 엇지 능히 당ᄒ리오?"

양젼 왈,

"니 퇴병홀 모칙이 스스로 잇노라."

ᄒ고 셩우희 플과 흙을 한디 브븨여6) 공중을 바라며 쎠ᄒ니 셔기셩 우희 업디엿던 군ᄉ 일시의 니러나 셩을 직희거눌 뎡눈이 군마룰 인ᄒ여 나아오더니 셩우희 군마의 구ᄒ믈 보고 도로 군마룰【57】 믈너 영의 도라가 녀악을 보고 왈,

"셩상의 군민 의구히 이시니 감히 나아가지 못ᄒᄂ이다."

ᄒ더라. 양젼이 비록 이 슐을 쎠 눈알퓌 급ᄒ믈 구ᄒ여시나 능히 오리지 못ᄒ여 셩직희엿던 군

---

3) 【관겨ᄒ다】團 {관계(關係)하다} 대단하다. 중요하다. ¶ 妨∥ 관겨치 아니타. 무왕은 셩명혼 님군이라 그 복이 젹지 아니ᄒ고 승상은 고명혼 션비라 황텬이 부림ᄒ시니 비록 녀악인들 엇지 감히 텬명을 항거ᄒ리오? (不妨. 武王乃聖明之君, 其福不小. 師叔該有這場苦楚, 定有高明之士來佐.) <西周 15:55>

4) 【쎄다】團 뿌리다. ¶ 이졔 병을 발ᄒ미 장ᄉ룰 슈고로오미 업게 ᄒ여 온단을 왼 셩중의 쎠허시니 뉵칠일이 못ᄒ여 셩중 싱녕이 다 죽으리라 (我今一日與汝等成功, 不用張弓隻箭, 六七日之內, 西岐一群生靈皆死絶.) <西周 15:55> ¶ 灑∥ 셩우희 플과 흙을 한디 독븨여 공중을 바라며 쎠ᄒ니 셔기셩 우희 업디엿던 군ᄉ 일시의 니러나

셩을 직희거눌 (楊戩連忙把土與草抓了兩把望空中一灑, 喝聲: "疾!" 西岐城上盡是彪軀大漢, 往來耀武) <西周 15:56>

5) 【쏼희】團 뿌리. ¶ 根∥ 만일 셔기 인민이 이 익을 만나시면 일디 인마룰 거느려 셩의 드러가 쏼희룰 업시ᄒ미 엇더ᄒ니잇고? (旣西岐城人民俱遭困厄, 何不調一枝人馬殺進城中, 剪草除根?) <西周 15:56>

6) 【브븨다】團 쉮다. ¶ 셩우희 플과 흙을 한디 브븨여 공중을 바라며 쎠ᄒ니 셔기셩 우희 업디엿던 군ᄉ 일시의 니러나 셩을 직희거눌 (楊戩連忙把土與草抓了兩把望空中一灑, 喝聲: "疾!" 西岐城上盡是彪軀大漢, 往來耀武.) <西周 15:56>

시 견쳐로7) 도로 짜히 것구러지거눌 나탁·양
젼이 졍히 셩우희셔 계규롤 의논ᄒ더니 홀연 드
르니 공즁의셔 학의 쇼리 나거눌 치미러보니 황
뇽진인(黃龍眞人)이 학을 모라와 셩우희 왓거눌
나탁·양젼이 나아가 졀ᄒ디 진인이 양젼다려
문왈,

  "네 스뷔 와 계시냐?"

  양젼이 디왈,

  "아직 아니 와 겨셔이다."

  황뇽진인이 디궐노 드러가 무왕을 보니 뇽
상의 것구러졋거눌 ᄯᅩ 승상부의 나아오니 ᄌ아
와 모든 장쉬 일시의 것구러졋고 왼 셩안 가가
호호이 어즐ᄒ여 아니 구러지니 업더라. 황뇽진
인이 홀연 다시 셩우희 올나 안줏더니 옥졍진인
(玉鼎眞人)이 셩 【58】 우흐로셔 오거눌 황뇽진
인 왈,

  "도형이 엇지 오기롤 더디ᄒ뇨?"

  옥졍진인 왈,

  "니 금광법(金光法)을 힝ᄒ여 오미 더디이
다. 이졔 녀악이 괴이ᄒ 슐을 힝ᄒ니 일국 싱녕
이 다 큰 익을 만낫는지라 양젼을 보니여 화운
동(火雲洞)의 가 삼셩(三聖) 디스(大師)롤 보와
단약을 어더오면 즁싱을 구ᄒᆯ가 ᄒᄂ이다."

  황뇽진인 왈,

  "졍히 니 ᄯᅳᆺ과 갓다."

ᄒ고 즉시 양젼을 명ᄒ여 가라 ᄒ디 양젼이 명
을 바다 화운동의 가니 운뮈 네녁흐로 잠겻고
숑빅이 창창ᄒ여 부용봉(芙蓉峰)이 반공의 ᄲᅱ여
잇고 ᄌ합녕(紫盖嶺)은 운간의 위아(巍峨)ᄒ니
이 진실노 신션의 ᄯᅡ히러라. 양젼이 감히 드러
가지 못ᄒ여 동부 밧긔 안셧너니 한 동지 인ᄒ
로셔 나오거눌 양젼이 나아가 녜ᄒ여 왈,

  "뎨ᄌ는 옥텬산 금화동 옥졍진인의 문하
양젼이러니 스부의 명을 바다 이의 와시니 삼셩
(三聖) 노야롤 보옵 【59】 고져 ᄒᄂ이다."

  동지 왈,

  "이는 삼황(三皇)이시니라."

---

7) 【견쳐로】 또 이젼처럼. ¶ 양젼이 비록 이 슐을
 ᄡᅥ 눈알픠 급ᄒᆞ믈 구ᄒ여시나 능히 오러지 못ᄒ
 여 셩직희엿던 군시 젼쳐로 도로 ᄯᅡ히 것구러지
 거눌 (楊戩雖用此術, 只過一時三刻, 只救眼下之
 急, 不能常久.) <西周 15:57>

  양젼 왈,

  "스형은 밧비 드러가 삼황긔 알외라."

  동지 동부로 드러가더니 이윽고 나와 닐오
디,

  "삼위 노애 스형을 드러오라 ᄒᄂ이다."

  양젼이 드러가 계하의 업디여 우러러보니
하나흔 니마의 두 ᄲᅳᆯ이 잇고 좌편의 안ᄌ니는
엇게의 한 닙이 잇고 허리의 호피롤 둘넛고 우
편의 안ᄌ니는 군왕의 옷슬 닙엇더라. 양젼 왈,

  "뎨지 옥졍진인의 명을 바다 셔기롤 돕더
니 이졔 녀악이 쇼획을 도와 셔기롤 치미 요슐
을 힝ᄒ니 왼 셩즁 인민이 다 상의 누어 알키롤
긋치지 아니ᄒ니 무왕의 명은 조셕의 잇고 강ᄌ
아의 죽으믄 편시(片時)의 급ᄒ엿는지라 뎨지
스싱의 명을 바다 삼위 셩인긔 약을 비러 무죄
ᄒ 싱녕을 구코져 ᄒᄂ이다."

  원간8) 셰 신션은 가온디 【60】 는 복희시
(伏羲氏)오 좌편은 신롱시(神農氏)오 우편은 헌
원시(軒轅氏)라. 복희 신롱다려 왈,

  "우리 등이 님군이 되여 팔과(八卦)롤 화
(和)ᄒ며 녜악(禮樂)을 졍ᄒ여 환난을 업시코져
ᄒ엿더니 이졔 상운(祥雲)이 쇠ᄒ여 간괘(干戈)
네녁흐로 니러나 무왕의 덕이 날노 셩ᄒ고 쥬왕
의 죄악이 날노 더ᄒ니 쥐 쥬롤 치니 이 ᄯᅩᄒᆫ
텬쉬어눌 신공푀 망녕도이 텬심을 항거ᄒ고 잡
요인(雜妖人)을 쳥ᄒ여 ᄡᅡ홈을 도으니 가히 쓰
러바릴지라. 어녜는 슈고로오믈 ᄉ양치 말고 쥬
롤 도와 덕잇는 님군을 져바리지 말나."

  신롱이 답왈,

  "황형의 말이 가장 유리다."

ᄒ고 니러 안흐로 드러가 단약 셰 닙흘 너여와
양젼을 쥬며 왈,

  "이 단약 하나흘난 무왕과 궁권(宮眷)을 구
ᄒ고 하나흔 ᄌ아와 졔장을 구ᄒ고 하나흔 믈의
기야 버들가지의 무쳐 셩안히 ᄲᅮ리라. 이 병이
젼염ᄒ는 병이라."

  양젼이 약을 가지고 오고져 ᄒ더니 신롱
왈,

  "나 【61】 롤 밋바다 오라."

---

8) 【원간】 또 원래. ¶ 원간 셰 신션은 가온디는
 복희시오 좌편은 신롱시오 우편은 헌원시라 (當
 中一位聖人乃伏羲皇帝.) <西周 15:59>

ᄒ고 동부의 나 ᄌ지이(紫芝崖)의 니ᄅ러 한 플
을 키야 양전을 쥬며 왈,

"이 플을 가져 인간의 도라가 젼염ᄒᄂ 병
을 다스리라. 이계 염병의 시호든 약 먹이기 이
격븟허 비로스니라. 이 플을 달혀먹으면 그 병
의 신효ᄒ니라."

양전이 ᄭ러 문왈,

"이 플 일홈이 무어시라 ᄒᄂ니잇가?"

신룡 왈,

"일홈은 시호초(柴胡草)라 ᄒᄂ니라."

양전이 하직고 단약과 시호초ᄅ 가지고 화
운동을 ᄯ나 셔기의 도라와 옥졍진인을 뵌디 진
인이 문왈,

"단약을 어더온다?"

양전이 단약과 시호초ᄅ 진인긔 드리며 신
룡의 분부ᄒ든 말을 다 니ᄅ든디 옥졍진인이 단약
세흘 다 그ᄃ로 프러 쓰니 무왕 이해(以下) 다
하리니라. 녀악이 녕즁의 잇셔 문인다려 니ᄅ든,

"셔기 인민이 거의 다 죽어시리라."

쇼휘 이 말을 듯고 가장 근심ᄒ여 가만이
젼츙(全忠)으로 더브러 영의 나 바라보니 【62】
인민의 구ᄒ여 조곰도 다롬이 업거놀 크게 깃거
군즁의 도라와 녀악다려 왈,

"노시 니ᄅ든디 셔기 인민이 다 죽어시리라
ᄒ더니 이졔 도로혀 예의셔 더ᄒ믄 엇지미뇨?
노스의 말이 과연 긔롱(譏弄)되도다."

녀악이 이 말을 듯고 왈,

"엇지 그럴 니 잇시리오?"

쇼휘 왈,

"못쓸 거시 엇지 감히 난어(亂語)ᄅ 지어
장슈ᄅ 혹게 ᄒᄂ뇨?"

녀악이 괴이히 너겨 영의 나가 보니 과연
셩상의 인민 의구ᄒ더라. 크게 쇼리질너 왈,

"이 일졍 옥졍진인의 화운동의 가 단약을
비러 일셩(一城) 싱녕(生靈)의 익(厄)을 구ᄒ도
다."

ᄒ고 네 졔ᄌ와 뎡뉸을 블너 왈,

"셩즁 사롬이 비록 다시 ᄭ여시나 몸이 약
ᄒ고 힘이 업슬 거시니 이 ᄯᆡ롤 인ᄒ여 각각 삼
쳔 인마ᄅ 거ᄂ려 나아가 셩을 즛지ᄅ라."9)

뎡뉸이 녕을 듯고 나아와 쇼후다려 왈,

【63】 "이 ᄯᆡ롤 인ᄒ여 군마ᄅ 나오면 반
ᄃ시 공을 일우리라."

ᄒ든 쇼휘 혜오든 '녀악이 능히 ᄌ아ᄅ 파치 못
ᄒ리라' ᄒ여 일만 이쳔 인마ᄅ 쥰디 쥬신(周信)
은 삼쳔 인마ᄅ 녕(領)ᄒ여 동문을 치고 니긔(李
奇)ᄂ 삼쳔 인마ᄅ 녕ᄒ여 남문을 치고 녀악은
양문호로 더브러 삼쳔 인마ᄅ 녕ᄒ여 북문을 치
고 뎡뉸은 삼쳔 인마ᄅ 녕ᄒ여 구응시(救應使)
되라 ᄒ다. 나탁이 셩우희 잇다가 은영의셔 군
민 슈업시 나오믈 보고 황망이 황농진인긔 고ᄒ
든,

"셩안 사롬이 비록 만ᄒ나 다 병이 갓 하
려 능히 싼호지 못ᄒ 거시오 다만 우리 네 사롬
이 이시니 엇지 디젹ᄒ리잇고?"

황농진인 왈,

"비록 군민 만히 오나 무어시 두려오리
오?"

ᄒ고 양전을 명ᄒ여 동문을 막으라 ᄒ고 나탁으
로 셔문을 막으라 ᄒ고 옥졍진인으로 남 【64】
문을 막으라. 빈도ᄂ 북문을 막으리라 ᄒ더라.

중 사롬이 비록 다시 ᄭ여시나 몸이 약ᄒ고 힘
이 업슬 거시니 이 ᄯᆡ롤 인ᄒ여 각각 삼쳔 인마
ᄅ 거ᄂ려 나아가 셩을 즛지ᄅ라 (你可每門調三
千人馬, 乘他身弱無力支持, 殺進城中, 盡行屠戮.)
<西周 15:62>

59
은홍하산슈ᄉ장(殷洪下山收四將)

쥬신(周信)이 몬져 삼쳔 인마롤 거느려 동
문의 니르러 싼호ᄌ 흔디 양젼(楊戬)이 셩의 나
쇼리질너 왈,

"오ᄂ 장슈ᄂ 엇던 인다?"

쥬신이 답지 아니코 다라드러 싼호니 함셩
이 디진흐더라. ᄯᄂ 니긔(李奇) 삼쳔 인마롤 거ᄂ
리고 셔문을 치거놀 나탁(哪吒)이 막아 싼호고
쥬쳔인(朱天麟)이 삼쳔 인마롤 거ᄂ려 남문을
치거놀 옥정진인(玉鼎眞人)이 막아 싼호고 녀아
(呂岳)은 양문호(楊文輝)로 더브러 삼쳔 인마롤
거ᄂ려 븍문을 치거놀 황뇽진인(黃龍眞人)이 나
막을시 진인이 황학을 타고 크게 블너 왈,

"녀악은 쇽졀업시 와 죽고져 흐ᄂ다?"

녀악이 황뇽진인을 보고 쇼왈,

"젹은 도젹이 감히 뫼흘 나려와 큰 말을
ᄒᄂ 【65】 다?"

흐고 보검을 들고 다르들거놀 진인이 ᄯᄯ흔 보검
을 들고 어우러져 싼호더니 녀악이 몸을 흔드러
변ᄒ여 삼두뉵비(三頭六臂) 가진 사롬이 되여
어즈러이 치거놀 도인이 ᄯᄯ흔 신통을 너여 죽도

록 싼호더라. 양젼이 동문 밧긔셔 쥬신으로 더
브러 싼호더니 슈합이 못ᄒ여 양젼이 한 텬견
(天犬)을 니여 노화 그 긔 다라드러 쥬신의 발
목을 므러 업지론디 양젼이 삼쳡냥인도(三尖兩
刃刀)로 쥬신을 두 조각의 너니라. 나탁이 셔문
밧긔셔 니긔로 더브러 싼호더니 니긔 엇지 능히
나탁을 당ᄒ리오? 나탁의 건곤권(乾坤圈)을 마
ᄌ 것구러지거놀 나탁이 화쳠창(火尖槍)을 드러
가슴을 질너죽이다. 옥정진인이 쥬텬인과 남문
밧긔셔 싼호더니 양젼과 나탁이 도 도인을 죽이
고 남문으로 다라와 옥정진인을 도으니 셰 모진
범 갓흔지라 쥬텬 【66】 인이 능히 디젹지 못ᄒ
여 다라나고져 ᄒ더니 옥정진인이 참션검(斬仙
劍)을 드러 쥬텬인을 두 조각의 너니라. 황뇽진
인이 녀악을 능히 디젹지 못ᄒ여 셩을 바라며
다라나더니 옥정진인과 양젼·나탁이 급히 다라
와 황뇽진인을 도으니 함셩이 뫼흘 흔드ᄂ 듯ᄒ
고 창검이 번긔 갓더라.

ᄌ이(子牙) 즁장으로 더부러 은안뎐(殷安
殿) 우희셔 알텬 쇼리롤 긋치고 니러 안즈시나
치 하리지 아녓ᄂ지라 졍히 장(帳) 우희 누엇더
니 믄득 드르니 함셩이 진동흐고 금괴(金鼓) 졔
명흐거놀 ᄌ이 디경흐여 좌우다려 문왈,

"이 쇼리 어디셔 나ᄂ뇨?"

뇌진ᄌ(雷震子) 겻히 잇다가 쇼리롤 응ᄒ
여 왈,

"쇼장이 나아가 보고 오리이다."

흐고 셩으로 나아가더니 이윽고 도라와 고왈,

"녀악이 셩으로 즛쳐 드러오ᄂ이다."

흔디 ᄌ이 왈,

"이롤 엇지 막으리오?"

뇌진ᄌ·금탁(金吒)·목 【67】 탁(木吒)·뇽
슈호(龍鬚虎)·황텬화(黃天化) 오인이 녀악의게
한이 깁혼지라 일시의 쇼리흐고 셩으로 즛쳐나
가며 크게 웨디,

"오늘날 녀악을 아니죽이면 밍셰코 도라가
지 아니리라."

흐고 녀악의게 다라드러 싼홈을 돕더니 금탁이
둔뇽츈(遁龍樁)을 드러 녀악을 바라고 더지니
녀악이 보비 나려오믈 보고 약디롤[1] 두로혀 졍

<hr>

1) 【약디】 圈 낙타. ¶ (金眼)駝 ‖ 금탁이 둔뇽츈을
　드러 녀악을 바라고 더지니 녀악이 보비 나려오

히 풍운을 타고 니러나고져 ᄒᆞ더니 목탁이 오구검(吳鉤劍)으로 녀악의 한 팔흘 쳐 ᄯᅩ히 나리치니 녀악이 디픠ᄒᆞ여 다라나거늘 두 진인과 모든 쟝쉬 인마를 거두어 셩의 도라오니 ᄌᆞ이 나와 맛거늘 두 진인 왈,

"녀악이 한 번 크게 픠ᄒᆞ여 갓시니 감히 다시 오지 못ᄒᆞ리라. 우리 두 사ᄅᆞᆷ은 뫼히 도라가ᄂᆞ이다."

ᄒᆞ고 각각 도라가니라.

뎡뉸(鄭倫)이 녀악의 픠ᄒᆞᆷ을 보고 머리 【68】 말을 아니ᄒᆞ더라. 녀악이 픠ᄒᆞ여 영의 도라와 쇼후(蘇侯)를 뵌디 쇼휘 가만이 깃거 모든 사ᄅᆞᆷ다려 왈,

"오ᄂᆞᆯ날 바야흐로 텬명(天命)이 쥬(周)의 도라가시믈 보리로다."

ᄒᆞᆫ디 졔인이 감히 말을 못ᄒᆞ더라. 녀악이 양문호로 더브러 은영(殷營)을 ᄯᅥ나 뫼흐로 갈ᄉᆡ 한 뫼아리 니ᄅᆞ러 녀악이 솔을 의지ᄒᆞ고 돌 우희 안ᄌᆞ 쉬더니 양문회 왈,

"우리 오ᄂᆞᆯ날 픠ᄒᆞ미 우리 구룡도(九龍島)를 욕ᄒᆞ미로쇼이다. 뫼히 나려와 셰 도형을 죽이고 어ᄂᆞ 낫ᄎᆞ로 도라가리잇가?"

녀악이 이 말을 듯고 경히 답고져 ᄒᆞ더니 믄득 보니 뫼아리 한 사ᄅᆞᆷ이 오디 도ᄉᆞ도 아니오 신션도 아니오 즁도 아니오 쟝슈도 아니로디 항마져(降魔杵)를 들고 날호여[2] 거러 나오거늘 녀악이 문왈,

"그디ᄂᆞᆫ 엇던 사ᄅᆞᆷ이완디 니리로 지나가ᄂᆞ뇨?"

기인이 답왈,

"나ᄂᆞᆫ 금졍산(金庭山) 옥옥동(玉屋洞) 도ᄒᆡᆼ텬존(道行天尊)의 【69】 문인 위회(韋護)러니 ᄉᆞ부의 명을 바다 뫼히 나려와 ᄉᆞ슉 강ᄌᆞ아(姜子

牙)를 도와 동으로 오관(五關)의 나아가 쥬(紂)를 멸ᄒᆞ려 ᄒᆞ거니와 아직 몬져 셔기의 가 녀악을 술오잡아 큰 공을 셰우려 ᄒᆞ노라."

양문회 이 말을 듯고 디로ᄒᆞ여 ᄭᅮ지져 왈,

"네 엇지 감히 우리 ᄉᆞ부를 욕ᄒᆞᄂᆞ뇨?"

ᄒᆞ고 칼흘 들고 다라들거늘 위회 쇼왈,

"예 와셔 녀악을 만날 줄 어이 싱각ᄒᆞ여시리오?"

둘이 ᄊᆞ화 삼ᄉᆞ 합이 못ᄒᆞ여 항마져를 드러 양문호를 치니 문회 능히 버셔나지 못ᄒᆞ여 디골이 ᄭᅢ여져 죽으니 녀악이 보고 디로ᄒᆞ여 보검을 두로고 나아들거늘 위회 ᄯᅩᄒᆞᆫ 칼을 드러 어우러져 ᄊᆞᄒᆞ더니 오륙 합이 못ᄒᆞ여 녀악이 디젹지 못ᄒᆞ미 누른 긔운이 되여 구룡도로 다라나다.

위회 셔기의 니ᄅᆞ러 강ᄌᆞ아를 본디 ᄌᆞ이 왈,

"도ᄉᆞ의 셩명은 무어시라 ᄒᆞᄂᆞ뇨?"

위회 왈,

"나ᄂᆞᆫ 금졍산 옥 【70】 옥동 도ᄒᆡᆼ텬존의 문인 위회러니 ᄉᆞ부의 명을 바다 ᄉᆞ슉을 도으라 오더니 길히셔 녀악을 만나 ᄊᆞ화 녀악의 뎨ᄌᆞ를 죽이니 녀악이 픠ᄒᆞ여 다라나거늘 이리로 오니이다."

ᄌᆞ이 이 말을 듯고 디열ᄒᆞ여 잔치를 비셜ᄒᆞ여 관디ᄒᆞ더라. 쇼휘 뎡뉸의게 긔리쪄[3] 쥬의 항복지 못ᄒᆞ니 마음의 십분 즐겨 아니ᄒᆞ더라.

티화산(太華山) 운쇼동(雲宵洞) 젹졍ᄌᆞ(赤精子) 문티ᄉᆞ(門太師)를 파ᄒᆞ고 산의 도라가 한가히 잇더니 빅학동ᄌᆞ(白鶴童子)와 젹졍ᄌᆞ를 보고 왈,

"이졔 강ᄌᆞ이 금디(金臺)의셔 비쟝(拜將)ᄒᆞᄂᆞ니 원컨디 ᄉᆞ슉은 셔기로 나아가 보쇼셔."

젹졍ᄌᆞ 왈,

"그디 말디로 ᄒᆞ리라."

ᄒᆞᆫ디 빅학동ᄌᆞ 도라가다. 젹졍ᄌᆞ 뎨ᄌᆞ 은홍(殷洪)다려 왈,

"나ᄂᆞᆫ 셔기로 나려가ᄂᆞ니 그디ᄂᆞᆫ 동부(洞

믈 보고 약디를 두로혀 졍히 풍운을 타고 니러 나고져 ᄒᆞ더니 (忙把遁龍樁祭在空中, 呂岳見此 寶落將下來, 忙將金眼駝拍一下, 那駝四足就起風 雲, 方欲起去.) <西周 15:67>

2) 【날호여】 图 천천히. ¶ 徐徐‖ 녀악이 이 말을 듯고 졍히 답고져 ᄒᆞ더니 믄득 보니 뫼아리 한 사ᄅᆞᆷ이 오디 도ᄉᆞ도 아니오 신션도 아니오 즁도 아니오 쟝슈도 아니로디 항마져를 들고 날호여 거러 나오거늘 (呂岳聽罷, 回頭一看, 見一人非俗 非道, 頭戴一頂盔, 身穿道服, 手執降魔杵徐徐而 來.) <西周 15:68>

3) 【긔리ᄭᅵ다】 图 막히다. 저지당하다. ¶ 拒住‖ 쇼 휘 뎡뉸의게 긔리쪄 쥬의 항복지 못ᄒᆞ니 마음의 십분 즐겨 아니ᄒᆞ더라 (蘇侯被鄭倫拒住不肯歸周, 心下十分不樂.) <西周 15:70>

府)롤 직회라."

은홍 왈,

"ᄉ붜 엇지 데ᄌ란 더부러 가지 아니ᄒ고 뫼홀 직회라 ᄒ시ᄂ니잇고?"

젹졍지 왈,

"니 비【71】록 너롤 더브러 가고져 ᄒ나 너는 듀왕(紂王)의 친아들이라 즐겨 듀(周)롤 돕지 아니리니 니러므로 못 더브러 가노라."

은홍 왈,

"데지 비록 듀왕의 친아들이나 부왕이 달긔(妲己)의 말을 드러 무죄ᄒ 니 어믜롤 셔궁(西宮)의셔 죽이고 날을 ᄉ랑치 아니ᄒ니 원이 골슈의 박혓ᄂ지라 이제 이 긔회롤 어더 달긔롤 죽여 어믜 원슈롤 갑흐면 죽어도 한이 업ᄉᆯ가 ᄒᄂ이다."

젹졍지 디희ᄒ여 ᄌ슈션의(紫綬仙衣)와 음양경(陰陽鏡)과 슈화봉(水火鋒)을 니여 은홍을 듀며 왈,

"이 옷ᄉ란 길히 가다가 만일 어려온 일이 잇거든 닙어 창검의 지화롤 면ᄒ고 이 음양경은 반은 붉고 반은 희니 흰 편을 니여 들면 사름이 어즐ᄒ여 ᄯᅡ히 것구러졋다가 붉은 편을 니여 들면 도로 ᄉᄂ니라. ᄯᅩ 슈화봉은 만일 도적을 만나거든 일노 치라."

은홍이 녕을 듯고 셰 보비롤 바다 가지고 뫼흐로【72】 나려가거놀 젹졍지 ᄉᆼ각ᄒ디 '니 ᄌ아롤 위ᄒ여 동중 보비롤 다 니여 은홍을 듀어시니 은홍은 듀의 아들이라 만일 즁도의 가반ᄒ여 마음을 변ᄒ면 니 보비롤 다 일흐리라' ᄒ여 다시 은홍을 브른디 은홍이 뫼히 올나와 갈오디,

"데지 임의 나려갓거놀 ᄉ붜 무슨 일노 도로 브르시ᄂ니잇고?"

젹졍지 왈,

"네 니 보비롤 가져가니 만일 즁노의 가 마음을 변ᄒ여 듀(紂)롤 도와 듀롤 칠진디 엇지 ᄒ리오?"

은홍 왈,

"데지 만일 니런 뜻 곳 이시면 몸이 지 되리이다."

젹졍지 왈,

"네 반ᄒᆯ 뜻 곳 업거든 샐니 셔기로 나려

가라."

은홍이 명을 바다 뫼히 나려 셔기롤 바라고 나아가더니 한 뫼 밋히 니르러 바라보니 뫼히 극히 흉악ᄒ여 하늘의 다핫거놀 은홍이 말을 모라 지나가더니 믄득 드르니 슈플 쇽으로셔 한 장슈 크게 쇼리지르고 나오거【73】놀 보니 낫치 먹칠ᄒ 듯ᄒ고 두 눈셥이 누르고 나룻시 븕고 눈이 금빗 갓더라. 쇄ᄌ갑(鎖子甲)의 흑포(黑袍)롤 쎠닙고 오총마롤 탓더라. 달녀오며 크게 웨디,

"너는 엇던 거시완디 감히 우리 쇼혈(巢穴)을 여어보ᄂ뇨?"

ᄒ고 창을 두로고 다라들거놀 은홍이 ᄯᅩᄒ 슈화봉을 두로고 다라드러 어우러져 싸호더니 뫼아리로셔 ᄯᅩ 한 장슈 달녀오며 크게 블너 왈,

"형장아 니 ᄯᅩ 오노라."

ᄒ고 다라드니 머리의 범의 가족을 쓰고 낫치 므른4) 디초빗 갓고 나룻시 길고 타룡창(駝龍槍)을 쓰고 황표마(黃驃馬)롤 탓더라. 다라들어 싸홈을 돕거놀 은홍이 디젹지 못ᄒ여 급히 음양경을 니여 흰 편으로 드니 두 장슈 말긔 나려져 인ᄉ롤 모로거놀 은홍이 디희ᄒ여 졍히 나아가 창으로 지르고져 ᄒ더니 뫼아리로셔 한 장슈 달녀오니 낫치 황금 갓고 나룻시 겨르고5) 은갑의 홍포롤 쎠닙고 빅마롤 타고【74】 디도롤 둘너 다라드니 셰 극히 용밍흔지라 은홍이 급히 음양경을 니여 드니 그 장슈 말긔 나려지거놀 은홍이 음양경을 감초고 말을 두로혀 셔너 거름을 못가셔 ᄯᅩ 한 장슈 뫼아리로셔 달녀오더니 알픠 니르러 말긔 나려 ᄭ러 왈,

"션장(仙長)은 바라건디 이 셰 장슈의 죄롤 ᄉ흐쇼셔."

은홍 왈,

---

4) 【므르다】혱 무르다. 검붉다. ¶ 赤∥ 머리의 범의 가죡을 쓰고 낫치 므른 디초빗 갓고 나룻시 길고 타룡창을 쓰고 황표마롤 탓더라 (那人戴虎磕腦, 面如赤棗, 海下長鬚, 用駝龍槍, 騎黃驃馬.) <西周 15:73>

5) 【겨르다】혱 짧다. ¶ 短∥ 한 장슈 달녀오니 낫치 황금 갓고 나룻시 겨르고 은갑의 홍포롤 쎠닙고 빅마롤 타고 디도롤 둘너 다라드니 셰 극히 용밍흔지라 (一人面如黃金, 短髮虯鬚, 穿大紅, 披銀甲, 坐白馬, 用大刀, 眞是勇猛.) <西周 15:73>

"나는 션장이 아니라 쥬왕(紂王)의 친즈 은
홍이러니라."

그 장쉬 이 말을 듯고 복디고두(伏地叩頭)
왈,

"쇼장이 엇지 뎐히 이의 오신 줄 알니오?
세 형이 쏘흔 아지 못ᄒ여 뎐하(殿下)룰 범ᄒ니
원컨디 뎐하는 죄룰 스ᄒ쇼셔."

은홍이 음양경 붉은 편을 너여 드니 세 장
쉬 일시의 니러나 쑤지져 왈,

"엇지 감히 요괴로온 슐노 우리롤 곤케 ᄒ
ᄂ뇨?"

ᄒ고 다시 은홍과 쏘호고져 ᄒ거눌 쏘히 업더엿
던 장쉬 니러나 삼인을 말녀 왈,

"형장(兄丈)은 아지 못 【75】 ᄒᄂᆫ다? 이ᄂᆫ
은 뎐히라."

흔디 삼인이 이 말을 듯고 디경ᄒ여 각각 군긔
롤 바리고 복디ᄒ여 블감앙시(不敢仰視)어눌 은
홍이 문왈,

"네 장슈의 셩명이 무어시뇨?"

기인이 답왈,

"우리는 이룡산(二龍山) 황봉녕(黃峰嶺) 쇼
취녹님(嘯聚綠林)의 이시니 쇼장은 방홍(龐弘)이
오 하나흔 뉴뵈(劉甫)오 하나흔 슌쟝6)(荀章)이오
하나흔 필환(畢環)이로쇼이다."

은홍 왈,

"니 보니 네 장군이 다 당셰 영웅이라 엇
지 날을 조츠 셔기의 가 무왕을 도와 쥬롤 치지
아니ᄒᄂ뇨?"

뉴뵈 왈,

"뎐하는 나라 셰즈시어눌 엇지 은을 돕지
아니ᄒ고 도로혀 쥬롤 도으려 ᄒ시ᄂᆫ닛가?"

은홍 왈,

"쥬왕이 비록 니 부친이나 달긔(妲己)게 혹
ᄒ여 니 어믜롤 무고히 죽이고 군도(君道)롤 일
허 졍스롤 힝치 아니ᄒᄂᆫ지라 니 격졍즈롤 스싱
을 삼아 뫼히 드러 도롤 닥더니 스부의 명을 바
다 셔기로 나아가니 이 뫼히 일졍 인민 【76】 이
실 거시니 함긔 가미 엇더ᄒ뇨?"

네 장쉬 일시의 디왈,

---

6) 슌쟝: 원래 '구장'으로 되어 있으나 오기이므로
고침. 이하 같음.

"이 뫼히 삼쳔 인민 잇고 쏘 산치 이시니
원컨디 뎐하는 뫼히 올나가 쉬여 니일 가소이
다."

은홍이 올이 너겨 스장을 다리고 산치의
올나가니 뫼히 가장 그윽히 험ᄒ고 셩이 놉더
라. 셩 안히 드러가니 큰 집이 잇거눌 은홍이
그 집의 올나 안즌디 스장이 추례로 뵈고 잔치
롤 비셜ᄒ여 은홍을 디졉ᄒ고 이튼날 스장이 산
치롤 블지르고 삼군을 거느려 나아가더니 이십
니롤 못가 믄득 보니 길가의 한 도인이 범을 타
고 나오거눌 모든 사룸이 놀나 쇼리질너 왈,

"범 탄 사룸이 온다."

ᄒ고 다 피ᄒ거눌 도인 왈,

"이 범은 집의셔 길너시니 사룸을 상ᄒ지
아니ᄒᄂᆫ니 졔공은 놀나지 말나."

ᄒ고 뎐하긔 뵈오믈 쳥ᄒ거눌 군시 즁군의 드러
가 은홍의게 알왼디 은홍이 드 【77】 러오라 ᄒ
니 그 도시 드러와 업디여 졀ᄒ거눌 은홍이 쏘
흔 스싱 녜로 디졉ᄒ고 문왈,

"도장의 셩명을 무어시라 ᄒᄂ뇨?"

그 도인 왈,

"나는 옥허궁(玉虛宮) 문인 신공표(申公豹)
러니 이졔 뎐하는 어디로 가시ᄂᆫ니잇가?"

은홍이 답왈,

"니 스부의 명을 바다 셔기의 가 무왕(武
王)을 도와 쥬롤 치려 ᄒᄂ이다."

신공표 졍식 고왈,

"뎐히 쥬왕의 친즈로셔 엇지 도로혀 쥬롤
치리잇고?"

은홍 왈,

"쥬왕이 무도ᄒ여 텬히 한가지로 반ᄒᄂ니
니 비록 아들이나 부친이 니 모후(母后)롤 죽이
고 날을 스랑치 아니ᄒ니 니 니러므로 치고져
ᄒ노라."

신공표 쇼왈,

"나는 너롤 용흔가 너겻더니 엇지 부즈의
의롤 모로는 거신 줄 알니오? 너는 쥬왕의 아들
이라 비록 쥬왕이 무도흔들 즈식이 아뷔 칠디
어더 이시리오? ᄒᄆᆯ며 쥬왕 빅년 후면 뎐히 맛
당이 종스롤 맛흐리니 【78】 뎐히 뉘 말을 드러
무도흔 일을 힝ᄒ여 만셰의 블측지즈(不測之子)
되려 ᄒᄂ뇨? 이졔 무왕을 도와 쥬왕을 치면 하

나혼 종스룰 남의게 보너미오 둘혼 아뷔룰 치미
니 그디 죽은 휘들 디하의 가 어니 낫츠로 조종
을 뵈려 ᄒᆞᄂᆞ뇨?"

은홍이 이 말을 듯고 머리룰 슉이고 말을
반향(半晌)이나 아니ᄒᆞ다가 왈,

"노스의 말이 비록 맛당ᄒᆞ나 니 일즉 적졍
즈의게 큰 밍셰룰 ᄒᆞ엿ᄂᆞ니 엇지 비반ᄒᆞ리오?"

신공표 문왈,

"밍셰룰 무어시라 ᄒᆞ뇨?"

은홍 왈,

"니 만일 무왕을 돕지 아니면 몸이 지 되
야 나라나리라7) ᄒᆞ엿노라."

신공표 왈,

"이ᄂᆞᆫ 한 젹은 말이라. 엇지 사름의 몸이
지 되야 나라날니 이시리오? 그디 만일 니 말을
드러 마ᄋᆞᆷ을 기과ᄒᆞ여 쥬룰 도으면 반ᄃᆞ시 디업
을 일우고 거의 조종 종스룰 일치 아니리이다.
이제 긔쥬후 쇼획【79】이 조셔룰 바다 셔기룰
치ᄂᆞ니 그디 만일 쇼후와 합병ᄒᆞ면 반ᄃᆞ시 공을
일우리이다."

은홍 왈,

"쇼획의 ᄯᅩᆯ 달긔 날노 더브러 큰 원쉬니
니 엇지 원슈의 아뷔로쎠 합병ᄒᆞ리오?"

공표 쇼왈,

"비록 원슈의 아뷔로쎠 한디 이시나 무어
시 히로오리오? 큰 공을 일워 텬하룰 합혼 후의
어믜 보슈(報仇)ᄒᆞ미 더디지 아니타."

은홍이 니러 졀ᄒᆞ여 왈,

"만일 션싱의 가ᄅᆞ침 곳 아니면 엇지 능히
ᄭᆡ치리오?"

공피 은홍의 ᄭᆡ다ᄅᆞᄆᆞᆯ 보고 하지고 가거놀
은홍이 군마룰 인ᄒᆞ여 할니8) 못ᄒᆞ여 셔기의 니

르니 과연 셩 아릭 쇼후의 큰 영이 잇거놀 방홍
을 명ᄒᆞ여 몬져 가 알외라 혼디 방홍이 영 밧긔
니ᄅᆞ러 크게 블너 왈,

"은 뎐히 와 계시니 쇼후는 ᄲᆞᆯ니 나와 마
즈라."

쇼졸이 드러가 알왼디 쇼휘 이윽고 싱각다
가 왈,

"은 텬즈는 조가(朝歌)의 계시고 뎐【80】
ᄒᆞᄂᆞᆫ 죄룰 어덧거든 ᄯᅩ 엇지 뎐히 이시리오? ᄒᆞ
믈며 니 조셔룰 바다 쥬룰 치미 몸이 디쟝이 되
여 군즁의 깁히 잇거든 뉘 감히 날을 나오라 ᄒᆞ
ᄂᆞ뇨? 그 쟝슈룰 브르라."

군시 나가 방홍을 브론디 방홍이 드러가
쇼후룰 뵈니 쇼휘 방홍의 흉악ᄒᆞᄆᆞᆯ 보고 문왈,

"네 일홈이 무어시며 뎐하ᄂᆞᆫ 뉘뇨?"

방홍이 디왈,

"쇼쟝은 방홍이라 뎐하의 명을 바다 몬져
쟝군긔 알외ᄂᆞ이다."

쇼휘 이 말을 듯고 침음ᄒᆞ다가 왈,

"비록 은교(殷郊)·은홍 두 뎐히 계시나 다
죄룰 닙엇ᄂᆞ니 엇지 올니 이시리오?"

뎡눈(鄭倫)이 겻히 셧다가 왈,

"쳐음의 비록 두 뎐히 화룰 만나시나 이제
텬히 분분ᄒᆞᄆᆞᆯ 보고 특별이 와 도으려 ᄒᆞ시ᄂᆞᆫ가
ᄒᆞᄂᆞ니 원쉬 아직 영의 나가 진가룰 분변ᄒᆞ미
엇더ᄒᆞ니잇고?"

쇼휘 그 말을 올히 너겨 영의 나 은홍을
마즈 즁군의 니ᄅᆞ러 읍【81】 왈,

"몸의 갑쥐(甲胄) 이시니 녜룰 힝치 못ᄒᆞᄂᆞ
이다. 뭇ᄌᆞᆸᄂᆞ니 뎐하ᄂᆞᆫ 쥬왕의 뉘시니잇고?"

은홍이 답왈,

"나ᄂᆞᆫ 쥬왕의 ᄎᆞ즈 은홍이러니 쥬왕이 졍
스룰 힝치 아니ᄒᆞ시고 우리 형뎨룰 교두용욕(絞
頭舂欲)의 두어 계시더니 하ᄂᆞᆯ이 우리 형뎨룰
어엿비 너기샤 살나ᄂᆞᆫᄉᆞ시니 젹졍즈(赤精子)긔 도
룰 비호다가 이제 뫼히 나려와 너희룰 도와 공
을 일우고져 ᄒᆞ노라."

뎡눈이 크게 깃거 닯뮈며 왈,

"오ᄂᆞᆯ날 뎐하룰 만나시니 반ᄃᆞ시 셔기룰
파ᄒᆞ고 강상을 술오잡으리로다."

---

7) 【나라나다】圖 닐다. 닐아가다. ¶ 飛‖ 니 만일
무왕을 돕지 아니면 몸이 지 되야 나라나리라
ᄒᆞ엿노라 (我發誓說, 如不助武王伐紂, 四肢俱成
飛灰.) <西周 15:78> 이ᄂᆞᆫ 한 격은 말이라 엇지
사름의 몸이 지 되야 나라날니 이시리오? (此乃
牙疼咒耳! 世間豈有血肉成爲飛灰之理?) <西周
15:78>

8) 【할ㄴ】圖 하루. ¶ 一日‖ 은홍이 군마룰 인ᄒᆞ
여 할니 못ᄒᆞ여 셔기의 니ᄅᆞ니 과연 셩 아릭 쇼
후의 큰 영이 잇거놀 방홍을 명ᄒᆞ여 몬져 가 알
외라 혼디 (殷洪改了西周號色, 打着成湯字號, 一
日到了西岐, 果見蘇侯大營扎在城下, 殷洪命龐弘

去令蘇侯來見.) <西周 15:79>

호고 군스롤 한디 모호라 호다.

　　이튼날 은홍이 왕복을 닙고 중장을 거느려 셩 밋히 가 웨여 싼호즈 흔디 즈의 좌우다려 문 왈,

　　"은 뎐히라 호니 뉘뇨?"

　　황비회(黃飛虎) 디왈,

　　"이는 일졍 은홍이니 쇼장이 원컨디 나가리이다."

호고　황텬화(黃天化)·황텬녹(黃天祿)·황텬작(黃天爵)·황텬상(黃天祥) 네 아들을 더블고 셩의 나가 바라보【82】니 은홍이 속발 금관(金冠)을 쓰고 년환갑(連環甲)의 단뇽흉비(團龍胸背)롤 붓치고 슈션의(綏仙衣)롤 쪄닙어시며 숀의 방쳔극(方天戟)을 쥐여시니 좌편은 방홍·뉴뵈오 우편은 슌장·필환이러라. 황비회 말을 니여 왈,

　　"오는 즈는 엇던 인다?"

　　은홍이 황비호 쩌난지 십년 남은지라 비회 셔기의 도라왓는 쥴을 아지 못호고 왈,

　　"나는 당금 뎐하 은홍이로라."

　　비회 왈,

　　"나는 기국무셩왕(開國武成王) 황비회러니 뎐히 싱각지 못호시느니잇가?"

　　은홍이 디로호여 방쳔극을 두로고 쇼요마(逍遙馬)롤 타고 다라들거눌 비회 쏘흔 신우롤 모라 창을 두로고 싼호더라.

60
마원하산조은홍(馬元下山助殷洪)

【1】 은홍(殷洪)이 황비호(黃飛虎)와 ㅄ호니 비호의 ㅄ는 법이 바람과 우뢰 갓흔지라 이십여 합을 ㅄ호미 은홍이 능히 디격지 못ᄒᆞ여 다라나고져 ᄒᆞ더니 방홍(龐弘)이 은홍이 픠ᄒᆞᆯ가 두려 다라드러 돕거늘 황텬녹(黃天祿)이 ᄯ또ᄒᆞᆫ 창을 들고 다라드러 방홍을 마ᄌ 쏘호니 뉴뵈(劉甫) 칼을 들고 다라들거늘 황텬상(黃天祥)이 크게 쇼리지르고 창을 빗기고 다라오니 나히 겨유 십ㅅ 셰는 ᄒᆞ디라. 순쟝(筍章)이 급히 텬상을 마ᄌ 쏘호고 필환(畢環)이 여러 장슈의 도으믈 보고 다라들거늘 황텬홰(黃天化) 쌍퇴롤 두로고 비슥이 달녀드니 두 진상의 여러 장쉬 ㅄ호는지라. 셔로 횡힝ᄒᆞ여 ᄉᆡ살(厮殺)ᄒᆞ니 뇽이 바다히셔 낡뛰는 듯ᄒᆞ며 범이 뫼히셔 ᄡᅡ【2】호는 듯ᄒᆞ더라. 은홍이 황비호롤 디격지 못ᄒᆞ여 방천극(方天戟)을 것구로 ᄭᅳ을고 다라나거늘 황비회 졍히 ᄯᆞ라 닷더니 은홍이 가만이 음양경(陰陽鏡)을 너여 흰 편을 드니 황비회 어즐ᄒᆞ여 ᄯᅡᅙᅵ 나려지거늘 뎡뉸(鄭倫)이 일디 인마롤 거ᄂᆞ려 즛쳐 나와 황비호롤 술오잡아 드러가거늘 황텬

홰 부친 잡히믈 보고 필환을 바리고 다라드러 황비호롤 구ᄒᆞ더니 은홍이 황텬화의 옥긔린(玉麒麟) 타시믈 보고 도슐이 잇는가 두려 즉시 음양경을 너여 드니 텬홰 어즐ᄒᆞ여 ᄯᅡᅙᅵ 나려져 잡히믈 닙다. 순쟝이 황텬상이 아횐 줄 업슈이 너겨 ㅄ호나 텬상의 창ᄡᅳ는 법이 ㅄᄃᆞᆯ기 빗발치듯 ᄒᆞ는지라 순쟝이 졍히 한 창을 마ᄌ 픠ᄒᆞ여 다라나거늘 은홍이 ᄯᆞ또ᄒᆞᆫ 징 쳐 군을 거두어 영의 도라와 두 장슈롤 잡아드리니 은홍이 도슐을 자랑ᄂᆞ고 음양경 붉은 편을 너여 드【3】니 황비호 부지 어즐ᄒᆞᆫ 거시 업셔 출혀보니 미여 은영(殷營) 쟝(帳) 아리 지웟거늘 황비회 디호 왈,

"은 뎐히 엇지 무셩왕(武成王) 황비호의 십니 졍젼(亭前) 은혜롤 니ᄌ시고 이러트시 곤케 ᄒᆞ시ᄂᆞ니잇고?"

은홍이 이 말을 듯고 놀나 왈,

"디인이 황장군인 줄 엇지 알니잇고?"

ᄒᆞ고 친히 장의 나려 황비호 부ᄌ의 믹 거술 그르고 붓드러 쟝 우희 안치고 문왈,

"쟝군이 무슴 일노 쥬의 항복ᄒᆞ엿ᄂᆞ뇨?"

비회 왈,

"쥬왕이 무도ᄒᆞ미 어두은 디롤 바리고 붉은 디로 도라오미오. 이졔 텬히 셰히 난화 둘이 쥬의 도라왓고 졔휘 긔약지 아냐 올 지 쉬 업스니 쥬 반드시 흥홀 줄을 텬히 한가지로 아는지라 쥬왕이 열 큰 죄 이시니 하나흔 디신을 겻담으미오 둘흔 간ᄒᆞ는 신하롤 포락지형(炮烙之刑)을 힝ᄒᆞ미오 셰흔 어진 사롬의 비 속을 보미오 네흔 안히롤 죽이고 ᄌᆞ식을 니치【4】미오 다셧슨 황음무도ᄒᆞ미오 여섯슨 쥬싁의 침곤ᄒᆞ미오 닐곱은 은 궁궐을 셩(盛)이 ᄒᆞ미오 여덟은 달긔(妲己)게 혹ᄒᆞ여 졍ᄉᆞ롤 도라보지 아니ᄒᆞ미오 아홉은 하늘이 근심ᄒᆞ며 빅셩이 도탄ᄒᆞ미오 열지는 텬히 한가지로 반ᄒᆞ미라. 이는 텬하의 아ᄅᆞ시는 비라 이졔 뎐히 우리 부ᄌ롤 노ᄒᆞ시니 이 은혜는 죽어도 갑지 못홀가 ᄒᆞᄂᆞ이다."

뎡뉸이 졋히 잇다가 급히 니로디,

"뎐하는 황가 부ᄌ롤 가비야이 노치 마로쇼셔. 한 번 범을 노화 뫼히 보니면 다시 잡기 어려울가 ᄒᆞᄂᆞ이다."

은홍이 쇼왈,

"황장군이 옛날 우리 형뎨 명을 구ᄒᆞ여시

니 엇지 은혜룰 갑지 아니리오? 오늘은 비록 녯 은혜룰 갑하시나 후일 잡으면 당당이 국법을 졍히 흐리라."

흐고 좌우룰 명흐여 의갑(衣甲)을 츌혀쥰디 황비호 부지 스례흐고 영의 나와 셔기(西岐)의 도라와 【5】 즈아(子牙)끠 뵌디 즈이 디희흐여 문 왈,

"장군이 독슈(毒手)의 잡혓다 흐더니 엇지 능히 도라오뇨?"

황비회 은홍이 옛날 은혜룰 싱각흐여 노화 보너던 일을 즈시 니르니 즈이 디희흐더라.

뎡눈이 황가 부즈 노흐믈 보고 심즁의 깃거아냐 은홍다려 왈,

"젼의 쇼장이 황가 부즈룰 잡앗더니 쥬장이 스스로이 노하보너고 쏘 오늘날 뎐히 잡앗다가 노흐시니 어너날 다시 잡으리잇고?"

은홍 왈,

"너일 맛당이 다시 잡으리라."

이튼날 졔장을 거느려 셩 밋히 가 즈아룰 보와 말흐즈 흐더 쇼졸이 승상부의 드러가 즈아의게 알왼디 즈이 졔장을 분부흐여 왈,

"오놀 은홍과 쓰호디 은홍의 음양경을 잘 방비흐라."

흐고 군스룰 다섯 쩨의 분흐여 일셩 포향의 셩문을 크게 열고 나아가니 졍긔 히룰 가리오고 디외 엄졍흐여 착난(錯亂)치 아닌 【6】 가온디 강즈아(姜子牙) 스블상(四不相)을 타고 셔시며 모든 명장이 좌우의 옹위흐엿거눌 은홍이 말우회셔 방쳔극을 드러 즈아룰 가르치며 쑤지져 왈,

"강상(姜尙) 필뷔 엇지 감히 무고이 반흐여 변경을 뇨란케 흐느뇨?"

즈이 몸을 굽혀 디왈,

"뎐하의 말이 그르셔이다. 나는 드르니 님군이 몸을 졍히 흐면 녕흐미 좃지 아닐 빈 업고 그 몸을 졍히 아니흐면 비록 녕흐나 좃지 아니흐느니[1] 빅셩이 뉘 즐겨 밋으리잇고? 이졔 쥬왕이 무도흐여 텬히 한가지로 반흐니 엇지 셔쥬

(西周) 홀노 텬명을 거스리리잇고? 텬하 인심이 쥬의 도라와시믈 뉘 모로리오? 뎐히 굿흐여[2] 하눌을 역흐샤 셔기룰 치시니 후의 뉘우치시미 이실가 두려흐느이다."

은홍이 디로흐여 좌우룰 도라보아 왈,

"뉘 능히 강상을 술오잡을고?"

좌군 진상의 한 장쉬 응셩(應聲)흐여 은【7】장간(銀裝鐧)을 두로고 나오니 이는 방홍이라. 쇼리질너 왈,

"뉘 능히 나룰 당흐고?"

흐디 쥬 진상의셔 나탁(哪吒)이 화첨창(火尖槍)을 두로고 풍화륜(風火輪)을 달녀 나오니 우진상의셔 뉴뵈·필환 냥장이 달녀나오거눌 쏘 쥬 진상의 양젼(楊戩)·황텬화(黃天化) 냥장이 니다라 나탁을 도와 쓰혼디 은홍이 방쳔극(方天戟)을 두로고 즈아의게 다라드니 즈이 보검을 들어 마즈 쏘화 삼합이 못흐여 즈이 신편을 드러 은홍을 치니 은홍이 즈슈션의(紫綬仙衣)룰 닙엇눈지라 비록 신편을 마즈나 상치 아니터라. 나탁이 방홍과 쓰호더니 건곤권(乾坤圈)을 너여 방홍을 치니 방홍이 말긔 나려지거눌 나탁이 다시 창을 드러 가슴을 질너죽이니 은홍이 방홍의 죽눈 양을 보고 크게 쇼리질너 왈,

"필뷔 엇지 너 디장을 상흐뇨?"

흐고 즈아룰 바리고 나탁의게 다라드니 나탁 【8】 이 화첨창을 둘너 마즈 쓰호더니 삼합이 못흐여 은홍이 가만이 음양경 너는 양을 보고 변흐여 년화(蓮花) 화신(化身)이 되니 은홍이 비록 음양경을 드나 상치 아닛눈지라 은홍이 졍히 겁너여 즈아룰 향들고져 흐거눌[3] 양젼이 황망이 즈아다려 왈,

"은홍이 음양경을 너니 승상은 급히 피흐쇼셔. 은홍이 비록 신편을 마즈나 상치 아니흐니 가마니 감춘 보비 잇느니이다."

즈이 스블상을 달녀 나라나며 등션옥(鄧嬋玉)을 블너 왈,

---

1) 님군이 몸을 졍히 흐면 녕흐미 좃지 아닐 빈 업고 그 몸을 졍히 아니흐면 비록 녕흐나 좃지 아니흐느니: 爲君者上行而下效, 其身正, 不令而行; 其身不正, 雖令不從.

2) 【굿흐여】 圄 구태여. 굳이. ¶ 何必‖ 뎐히 굿흐여 하눌을 역흐샤 셔기룰 치시니 후의 뉘우치시미 이실가 두려흐느이다 (殿下又何必逆天强爲, 恐有後悔!) <西周 16:6>

3) 향들고져 흐거눌: 아마 '향흐여 다라들고져 흐거눌'의 오기인 듯함.

"네 가 나탁으로 더브러 은홍을 막으라."
흔디 션옥(嬋玉)이 손의 오광셕(五光石)을 들고
불의의 다라들어 은홍의 눈을 맛치니 은홍이 불
의의 이 난을 만낫는지라 크게 쇼러지르고 말긔
나려지거늘 나탁이 화첨창을 드러 은홍을 질으
니 은홍이 즈슈션의롤 닙엇는지라 비록 화첨창
이나 엇 【9】 지 능히 들니오? 나탁이 디경흐여
쓰로지 못흐니 은홍이 거러 다라나거늘 필환이
디로흐여 양젼의게 다라들거늘 양젼이 마즈 쓰
호더니 삼합이 못흐여 가만이 한 천견(天犬)을
노흐니 그 긔 다라드러 필환을 문디 필환이 졍
히 위급흐여 다라나고져 흐더니 양젼이 삼첩냥
인도(三尖兩刃刀)롤 드러 필환을 버혀 마하의
나리치니 은홍이 쏘 필환의 죽는 양을 보고 더
옥 황망이 다라나 본영의 도라와 니롤 갈고 강
상을 쑤지져 왈,

"만일 강상을 죽이지 아니면 밍셰코 도라
가지 아니리라."
흐고 기리 한흐더라. 즈이 징 쳐 군을 거두어
셩의 도라오니 양젼이 즈아다려 왈,

"은홍의 음양경이 일졍 격졍즈(赤精子)의
거신가 시부니 쇼쟝이 원컨디 티화산(太華山)의
가 격졍즈롤 보와 음양경을 뭇고져 흐느이다."
즈이 허흐디 양젼이 셔기롤 쩌나 티화산
운쇼 【10】 동(雲宵洞)의 니르러 격졍즈롤 본디
격졍지 왈,

"그디 무슨 일노 오뇨?"
양젼 왈,

"뎨지 이의 오믄 스빅(師伯)을 보와 음양경
을 두어 세신가 알고져 흐느이다."
격졍지 왈,

"젼일 은홍이 이 보비롤 가지고 강즈아롤
도으라 뫼히 나려가니라."
양젼 욀,

"은홍이 쥬의 도라오지 아니흐고 도로혀
이 보비롤 가져 셔기롤 치미 졔쟝이 여러히 상
흐니 니러므로 와 알외느이다."
흔디 격졍지 발을 구르고 탄왈,

"니 동즁 보비롤 다 너여 은홍을 쥬엇더니
이 츅싱이 도로혀 난을 지을 쥴 엇지 알니오?
그디는 아직 도라가라. 니 조초가리라."
양젼이 격졍즈롤 하직흐고 셔기의 도라와

즈아롤 본디 즈이 문왈,

"그디 티화산의 가 격졍즈롤 본다?"
양젼이 격졍즈의 말노써 일일히 고흔디 즈
이 디희흐여 격졍즈롤 기다리더니 스홀이 지나
미 쇼졸이 보흐디,

"문 【11】 밧긔 격졍지 와 계시다."
흐거늘 즈이 급히 원문의 나가 격졍즈롤 마즈
쟝의 니르러 좌졍흐미 격졍지 왈,

"빈되 뎨즈 은홍으로 흐여곰 뫼히 나려와
승상을 도으라 흐엿더니 도로혀 이의 와 난을
지을 쥴 어이 알니오?"
즈이 왈,

"은홍이 음양경으로 졔쟝을 잡아가니 이는
엇진 거시니잇고?"
격졍지 왈,

"빈되 동즁 보비롤 다 너여 은홍을 쥬고
쏘 즈슈션의롤 쥬어 조병슈화(刀兵水火)의 환을
면흐라 흐엿더니 이 업츅이 즁노(中路)의셔 뉘
말을 듯고 마음을 변흐여 도로혀 화롤 지으니
빈되 너일 셩의 나가 이 도젹을 잡으리이다."
흐고 이튼날 격졍지 셩의 나가 은영의 니르러
쓰호즈 흔디 은홍이 영즁의셔 강즈아롤 기리 원
흐여 보슈코져 흐더니 군시 믄득 보흐디,

"한 도인이 진 밧긔 와 쓰호즈 흐느이다."
은홍이 이 말을 듯고 즉시 뉴보와 슌쟝을
더블고 영의 나 【12】 아가니 격졍지 손의 보검
을 들고 셧거늘 은홍이 격졍즈롤 보고 디경흐여
급히 굽어 읍왈,

"뎨즈 은홍이 몸의 갑쥐 잇셔 능히 녜롤
힝치 못흐느이다."
격졍지 왈,

"네 동즁의 이실졔 날다려 셔기롤 도으라
가노라 흐고 니 보비롤 다 가지고 뫼히 나려와
도로혀 은을 도와 슈롤 치니 이 어인 일고? 네
몸이 지 되여 날아나리니 쏠니 말긔 나려 항복
흐여 죽으믈 면흐라. 만일 니 말을 듯지 아니면
반드시 후의 뉘웃츠미 이시리라."
은홍 왈,

"뎨지 감히 알외느니 은홍은 쥬왕의 친아
들이라 엇지 도로혀 무왕을 도으리오? 녯말의
일너시디 '즈식이 아뷔 허믈을 니르지 못흔다'
흐니 허믈며 엇지 감히 반격을 도와 아뷔롤 죽

이리오?"

격경지 쇼왈,

"쥬왕이 황음무도ᄒ여 츙냥을 살히ᄒ니 텬의와 인심이 다 쥬의 도라왓ᄂ니 네 【13】 쥬룰 도으면 은가(殷家)의 일뮉(一脈)을 보젼ᄒ리니 엇지 아롬답지 아니리오?"

은홍이 마상의셔 정쉭 왈,

"원컨더 노ᄉᄂᆫ 도라가쇼셔. 노시 엇지 뎨ᄌ룰 어진 일노 가ᄅ치지 아니ᄒ고 도로혀 블츙블효룰 ᄒ라 ᄒ시ᄂ니잇고? 뎨지 실노 명을 좃기 어려오니 셔기룰 파ᄒ고 다시 가 쳥죄ᄒ리이다."

격경지 디로 즐왈,

"이 츅싱이 스싱의 말을 좃지 아니ᄒ고 감히 횡힝ᄒᄂ뇨?"

ᄒ고 칼홀 두로고 다라든더 은홍이 급히 방텬극으로 막으며 왈,

"노ᄉᄂᆫ 엇지 ᄌ아룰 위ᄒ여 문인을 히코ᄌ ᄒ시ᄂ니잇고?"

격경지 왈,

"무왕은 인덕ᄒ 님군이오 ᄌ아ᄂᆫ 고명ᄒ 션비라 내 엇지 하늘을 역ᄒ여 돕지 아니리오?"

ᄒ고 다시 칼을 두로고 다라드니 은홍이 ᄯ 창으로 막으며 왈,

"노시 엇지 뎨ᄌ룰 ᄉ랑치 아니ᄒ여 골육 갓혼 졍을 샹코져 ᄒ시ᄂ닛가? 가히 앗갑다. 젼의 【14】 가ᄅ치던 졍이 일조의 헛거시 될 줄 엇지 알니오?"

격경지 왈,

"의룰 져바린 필뷔 엇지 감히 공교로온 말을 ᄭᅮ미ᄂ뇨?"

ᄒ고 다시 칼홀 들고 다라드니 은홍이 우왈,

"니 셰 번을 알외디 노시 듯지 아니시니 원컨더 노ᄉᄂᆫ 이 한 창을 ᄉ양치 마로쇼셔."

격경지 칼홀 드러 어ᄌ러이 친더 은홍이 칼홀 들고 마ᄌ 쏴화 삼합이 못ᄒ여 은홍이 음양경을 니거늘 격경지 잡힐가 두려 다라나 셔기의 도라오니 ᄌ의 문왈,

"은홍과 쓰호니 셰 엇더ᄒ더니잇고?"

격경지 젼후곡졀을 다 니ᄅ니 졔장이 쇼왈,

"노ᄉᄂᆫ 약ᄒ고 뎨ᄌᄂᆫ 강ᄒ니 엇지 스싱 디졉ᄒᄂᆫ 녜 그러ᄒ리오?"

격경지 감히 답홀 말이 업셔 울울ᄒ여 뎐상의 안ᄌ ᄌ아로 더브러 의논ᄒ더라.

은홍이 졔 스부룰 니긔고 영의 도라와 쇼후로 더브러 셔기 파홀 모칙을 의논ᄒ더니 쇼 【15】 졸이 보ᄒ디,

"한 도인이 원문의 와 은 뎐하룰 보와지라 ᄒᄂ이다."

은홍이 드러오라 ᄒᆫ디 그 도인이 드러오니 신장이 팔쳑이오 얼골이 늙은 외껍질 갓고 닙이 크며 니 날ᄂ고[4] 목의 념쥬룰 거러시니 그 사롬의 니마ᄂᆫ ᄲᅧ로 민드랏고 붉은 옷술 닙엇ᄉ며 눈과 귀와 코ᄒ로셔 긔운이 나니 덥기 블 갓ᄒ여 극히 흉악ᄒ거늘 은홍이 문왈,

"노ᄉᄂᆫ 어디 이시며 셩명은 무어시라 ᄒᄂ뇨?"

그 도인이 디왈,

"나ᄂᆫ 고루산[5](骷髏山) 빅골동(白骨洞) 일긔션(一氣仙) 마원(馬元)이러니 신공픠(申公豹) 빈도룰 쳥ᄒ여 뎐하룰 도으라 ᄒᄆ 히 왓ᄂ이다."

은홍이 디희ᄒ여 마원을 마ᄌ드려 안치고 잔치룰 비셜ᄒ여 마원을 관디ᄒᆫ디 마원 왈,

"오늘이 임의 느졌시니 니일 당당이 강상을 잡으리라."

ᄒ고 이튼날 셩의 나아가 강ᄌ아룰 보와 말ᄒᄌ ᄒᆫ디 쇼졸이 드러가 보ᄒ니 ᄌ의 왈,

"니 삼십 뉵노 졍 【16】 벌ᄒᄂᆫ 익이 이시니 맛당이 한 번 나아가리라."

ᄒ고 졔장을 분부ᄒ여 군ᄉ룰 다셧 쪠의 난화 셩의 나아가니 한 도인이 셔시더 극히 흉악ᄒ더라. ᄌ의 블너 왈,

---

4) 【날ᄂ다】 [형] 날카룹다. 흉(악)하다. ¶ 獠∥ 그 도인이 드러오니 신장이 팔쳑이오 얼골이 늙은 외껍질 갓고 닙이 크며 니 날ᄂ고 목의 념쥬룰 거러시니 그 사롬의 니마ᄂᆫ ᄲᅧ로 민드랏고 붉은 옷술 닙엇ᄉ며 눈과 귀와 코ᄒ로셔 긔운이 나니 덥기 블 갓ᄒ여 극히 흉악ᄒ거늘 (只見營外來一道人, 身不滿八尺, 面如瓜皮, 獠牙巨口, 身穿大紅, 頸上帶一串念珠, 乃是人之頂骨; 又掛一金鑲瓢, 是人半個腦袋. 眼·耳·鼻中冒出火焰, 如頑蛇吐信一般.) <西周 16:15>

5) 고루산: 원래 '곤눈산'으로 되어 있으나 오기이므로 원문에 의거하여 고침.

"왓논 도인은 엇던 인다?"

마원이 답왈,

"나논 일긔셔 마원이러니 신공표 나롤 쳥
ᄒᆞ여 뫼히 나려가 은홍을 도와 역텬ᄒᆞ는 도적을
치라 ᄒᆞ미 특별이 와 너롤 잡으랴 ᄒᆞ노라."

ᄌᆞ이 왈,

"신공표 날노 더브러 혐극(嫌隙)이 잇는지
라 은홍을 다리여 스싱의 가ᄅᆞ치믈 듯지 아니케
ᄒᆞ고 텬심을 역ᄒᆞ여 죄악이 관영(貫盈)ᄒᆞᆫ 님군
을 도와 도로혀 도 잇는 님군을 치니 그ᄃᆡ는 놉
흔 도ᄉᆡ라 엇지 텬심을 슌치 아니ᄒᆞᄂᆞ뇨?"

마원이 쇼왈,

"은홍은 쥬왕의 친아들이라 아뷔롤 도으니
도로혀 텬심을 역ᄒᆞ다 니ᄅᆞ는다? 너희는 님군과
아뷔롤 비반ᄒᆞ면 하늘을 슌ᄒᆞ다 니ᄅᆞ느냐? 강상
이【17】 스스로 도덕의 션비로라 일ᄏᆞᆺ고 무도ᄒᆞᆫ
일을 ᄒᆡᆼᄒᆞ니 아뷔 업고 님군 업손 무리라 너 너
롤 죽이지 아니면 도라가지 아니리라."

ᄒᆞ고 칼홀 집고 ᄌᆞ아의게 다라들거늘 ᄌᆞ이 마ᄌᆞ
ᄡᅩ화 삼합이 못ᄒᆞ여 가만이 신편을 ᄂᆡ여 마원을
치려 ᄒᆞᆫᄃᆡ 마원이 손으로 신편을 바다 표피 쥼
치의6) 녀커늘 ᄌᆞ이 디경ᄒᆞ여 졍히 다라나고져
ᄒᆞ더니 믄득 보니 군즁으로셔 한 쟝쉬 달녀나오
니 부금쇄ᄌᆞ갑(附金鎖子甲)을 닙고 홍포의 옥ᄃᆡ
롤 ᄯᅴ고 ᄌᆞ류마(紫騮馬)롤 탓더라. 모다 보니 이
논 진쥬(秦州) 운냥관(運糧官) 밍호ᄃᆡ쟝군(猛虎
大將軍) 무영7)(武榮)이라. 셩 안히 와 냥식을 지
쵹ᄒᆞ다가 셩 밧긔셔 쇠살(廝殺)ᄒᆞ믈 보고 필마
다도로 달녀와 마원과 ᄡᅩ호더니 마원이 진언을
념ᄒᆞ며 한 쇼릭롤 지ᄅᆞ더니 ᄭᅩᆨ뒤8) 뒤ᄒᆞ로셔 두
숀이 나니 손가락 크기 큰 동과(冬瓜)만 ᄒᆞ더라.

무영을 잡아 공즁의 치치니 영이 ᄯᅥ히 나려져
인ᄉᆞ롤 모로거늘【18】 마원이 두 큰 숀으로 비
롤 ᄶᅵ치고9) 녕통을10) 너여 먹으니 피 흐르거늘
모든 쥬쟝이 이롤 보고 디경ᄒᆞ여 혼빅이 몸의
붓지 아냐 다라나고져 ᄒᆞ더니 마원이 ᄯᅩ 칼홀
집고 나아오며 ᄡᅡ호ᄌᆞ ᄒᆞ거늘 졔쟝은 감히 ᄡᅡ호
리 업스디 토힝숀이 쇠막ᄃᆡ롤 두로고 니다라
왈,

"네 비록 착ᄒᆞᆫ 쳬ᄒᆞ나 감히 날은 당치 못
ᄒᆞ리라."

ᄒᆞ고 쇠막ᄃᆡ로 마원을 치니 마원이 쇼왈,

"요 조고만 아희 엇지 감히 담큰 쳬ᄒᆞᄂ
뇨?"

힝숀 왈,

"너 특별이 와 너롤 잡으려 ᄒᆞ노라."

마원이 ᄃᆡ로ᄒᆞ여 웃술 거두들고11) 날호여
나아오거늘 힝숀이 몸이 젹은지라 쇠막ᄃᆡ를 들
고 뒤ᄒᆞ로 니다라 등을 예닐곱 번 치거늘 마원
이 졍히 겁ᄂᆡ여 진언을 념ᄒᆞ니 ᄯᅩ ᄭᅩᆨ뒤의 두 숀
이 잇거늘 힝숀을 잡아 공즁의 치치니 힝숀이
본디 디힝슐이 잇는지라 공즁의 치치며 간ᄃᆡ 업
거늘 등션옥이 마원의【19】 신통ᄒᆞ믈 보고 ᄃᆡ로
ᄒᆞ여 오광셕을 들고 다라드러 마원의 낫출 맛치
니 마원이 낫출 붓들고 디즐 왈,

---

6) 【쥼치】 圐 주머니. ¶ 囊 ‖ ᄌᆞ이 마ᄌᆞ ᄡᅩ화 삼
합이 못ᄒᆞ여 가만이 신편을 ᄂᆡ여 마원을 치려
ᄒᆞᆫᄃᆡ 마원이 숀으로 신편을 바다 표피 쥼치의
녀커늘 ᄌᆞ이 디경ᄒᆞ여 졍히 다라나고져 ᄒᆞ더니
(未及數合, 子牙祭打神鞭打將來. 馬元不是'封神
榜'上人, 被馬元看見, 伸手接住鞭收在豹皮囊裏,
子牙大驚) <西周 16:17>

7) 무영: 원래 '무영인'으로 되어 있으나 오기이므
로 고침. 이히 같음.

8) 【ᄭᅩᆨ뒤】 圐 꼭뒤. 뒤통수. ¶ 腦後 ‖ 마원이 진언
을 념ᄒᆞ며 한 쇼릭롤 지ᄅᆞ더니 ᄭᅩᆨ뒤 뒤ᄒᆞ로셔
두 숀이 나니 손가락 크기 큰 동과만 ᄒᆞ더라
(馬元默念咒, 道聲: "疾!" 忽腦後伸出一隻手來,
五個指頭好似五個大大冬瓜.) <西周 16:17>

9) 【ᄶᅵ다】 圐 찢다. ¶ 무영을 잡아 공즁의 치치니
영이 ᄯᅥ히 나려져 인ᄉᆞ롤 모로거늘 마원이 두
큰 숀으로 비롤 ᄶᅵ치고 녕통을 너여 먹으니 피
흐르거늘 (把武榮抓在空中, 望下一摔, 一脚踏住
大腿, 兩隻手端定一隻腿, 一撕兩塊, 血滴滴取出
心來.) <西周 16:18> 오늘 마원을 보니 극히 흉
악ᄒᆞ여 사름의 비롤 ᄶᅵ치고 비 속을 너여먹으니
너 일싱 이런 괴이ᄒᆞᆫ 사름을 부지 아녓노라 (今
日見馬元這等凶惡, 把人心活活的吃了, 從來未曾
見此等異人.) <西周 16:19>

10) 【녕통】 圐 염통. 심장. ¶ 心 ‖ 무영을 잡아 공
즁의 치치니 영이 ᄯᅥ히 나려져 인ᄉᆞ롤 모로거늘
마원이 두 큰 숀으로 비롤 ᄶᅵ치고 녕통을 너여
먹으니 피 흐르거늘 (把武榮抓在空中, 望下一摔,
一脚踏住大腿, 兩隻手端定一隻腿, 一撕兩塊, 血
滴滴取出心來.) <西周 16:18>

11) 【거두들다】 圐 걷어들다. 치켜들다. ¶ 撩 ‖ 마
원이 ᄃᆡ로ᄒᆞ여 웃술 거두들고 날호여 나아오ᄉᆡ
눌 힝숀이 몸이 젹은지라 쇠막ᄃᆡ를 들고 뒤ᄒᆞ로
니다라 등을 예닐곱 번 치거늘 (馬元大怒: "好孽
障!" 綽步撩衣, 把劍往下就劈. 土行孫身子伶俐,
展動棍就勢已鑽在馬元身後, 拾着鐵棍把馬元的大
腿連腰打了七八棍.) <西周 16:18>

"요괴로온 도적이 엇지 감히 날을 치리
오?"
ᄒ고 다시 다라들거늘 양젼이 말을 노하 칼춤을
츄고 바로 마원의게 다라드니 마원이 보검을 드
러 마즈 ᄊᆞ호니 양젼의 칼쓰는 법이 귀신 갓혼
지라 마원이 딕젹지 못ᄒ여 급히 진언을 넘ᄒ니
ᄭᅩ뒤의 쏘 두 손이 나거늘 양젼의 목을 잡아 공
즁의 치치니 양젼이 ᄲᆞ히 나려지거늘 쏘 비롤
ᄶᅵ치고 양젼의 간을 니여먹으며 ᄌᆞ아롤 가르쳐
왈,

"오늘날 둘을 잡아먹으니 비부론지라 도라
가나니 너일 다시 너와 말ᄒ리라."
ᄒ고 도라가거늘 ᄌᆞ이 승상부의 도라와 졔장으
로 더브러 의논ᄒᆞᄃᆡ

"오늘 마원을 보니 극히 흉악ᄒ여 사롬의
비롤 ᄶᅵ치고 비 속을 니여먹으니 너 일싱 이
【20】런 괴이ᄒᆞᆫ 사롬을 보지 아녓노라. 양젼이
비록 도슐이 이시나 오늘 큰 환을 맛나 길흉을
아지 못ᄒ니 엇지ᄒ리오?"

즁장(衆將)이 묵연무어에(默然無語)라. 마원이
영의 도라와 은홍(殷洪)을 보고 이런 말을 ᄌᆞ셰
히 니론ᄃᆡ 은홍이 디열ᄒ여 잔치롤 비셜ᄒ고 즁
장을 모화 밤드도록12) 슐먹더니 마원이 두 눈
섭을 ᄶᅵᆼ긔고13) ᄯᆞᆷ을 흘니거늘 은홍 왈,

"노시 엇지 ᄯᆞᆷ을 흘니ᄂᆞ뇨?"
마원 왈,
"비 속이 잇다감 알푸미 그러ᄒ이다."
뎡눈 왈,
"노시 산 사롬의 간을 먹어시니 일졍 비
속이 알프도다. 더온 슐을 먹으면 반드시 하리
리이다."

마원이 더온 슐을 조곰 먹더니 크게 한 쇼

리롤 지르고 ᄯᅡ히 것구러지거늘 뎡눈 왈,

"노시 복즁의셔 쇼리 가장 미오 나니 후영
의 가 조리ᄒ쇼셔."

마원이 후영의 가 조리ᄒ니라. 양젼이 팔
구원공(八九元功) 변화롤 ᄒᆡᆼᄒ니 엇【21】지 능
히 죽으리오? 일닙(一粒) 긔단(奇丹)을 가져 마
원으로 ᄒᆞ여곰 슈홀을 년ᄒ여 즈칙게14) ᄒ니
마원이 슈홀 니로셔 여외여15) ᄲᅧ만 걸녓더라.
양젼이 셔긔의 도라와 ᄌᆞ아롤 본ᄃᆡ ᄌᆞ이 디희
왈,

"장군이 다시 술아올 쥴 엇지 싱각ᄒ리
오?"

양젼 왈,

"쇼장이 팔구원공 변화롤 ᄒᆡᆼᄒ여 큰 환을
면ᄒ고 마원으로 ᄒᆞ여곰 그 얼골을 일코 원긔
싀펴ᄒ여16)시니 능히 나 ᄊᆞ호지 못ᄒ리니 다시
쳐치ᄒᆞᆷ이 잇스리이다."

졍히 의논ᄒᆞᆯ시 나탁이 급히 드러와 보ᄒᆞ
ᄃᆡ,

"광법텬존(光法天尊)이 오시ᄂᆞ이다."

ᄌᆞ이 급히 문의 나가 마즈 은안뎐(銀安殿)
의 니르러 녜롤 맛ᄎᆞ미 광법텬존 왈,

"ᄌᆞ아의 금ᄃᆡ(金臺) 비장(拜將)ᄒᆞᆯ 날이 갓
가와시니 빈되 ᄌᆞ아롤 보고 가고져 ᄒ노라."

ᄌᆞ이 왈,

"이졔 은홍이 스싱의 말을 듯지 아니ᄒ고
쇼후롤 도와 셔긔롤 치니 빅셩이 편치 아니ᄒᆞᄃᆡ
ᄯᅩ 마원이 은홍을 도으니 셰 바늘 우희 안즘 갓
혼지라 원컨디 텬【22】존은 한 번 구완ᄒᆞ시믈

---

12) 【밤드도록】㊌ 밤늦도록. 밤새도록. ¶ 마원이
  영의 도라와 은홍을 보고 이런 말을 ᄌᆞ셰히 니
  론ᄃᆡ 은홍이 디열ᄒ여 잔치롤 비셜ᄒ고 즁장을
  모화 밤드도록 슐먹더니 마원이 두 눈섭을 ᄶᅵᆼ긔
  고 ᄯᆞᆷ을 흘니거늘 (馬元同殷殷下飮酒, 至三更時
  分, 只見馬元雙眉緊皺, 汗流鼻尖.) <西周 16:20>
13) 【ᄶᅵᆼ긔다】㊌ 찡그리다. ¶ 緊皺‖ 마원이 영의
  도라와 은홍을 보고 이런 말을 ᄌᆞ셰히 니론ᄃᆡ
  은홍이 디열ᄒ여 잔치롤 비셜ᄒ고 즁장을 모화
  밤드도록 슐먹더니 마원이 두 눈섭을 ᄶᅵᆼ긔고 ᄯᆞᆷ
  을 흘니거늘 (馬元同殷殷下飮酒, 至三更時分, 只
  見馬元雙眉緊皺, 汗流鼻尖.) <西周 16:20>

14) 【즈칙다】㊌ 지치다. 설사하다. ¶ 瀉‖ 일닙
  긔단을 가져 마원으로 ᄒᆞ여곰 슈홀을 년ᄒ여 즈
  칙게 ᄒ니 마원이 슈홀 니로셔 여외여 ᄲᅧ만 걸
  녓더라 (將一粒奇丹使馬元瀉了三日, 瀉的馬元瘦
  了一半.) <西周 16:21>
15) 【여외다】㊌ 야위다. ¶ 瘦‖ 일닙 긔단을 가
  져 마원으로 ᄒᆞ여곰 슈홀을 년ᄒ여 즈칙게 ᄒ니
  마원이 슈홀 니로셔 여외여 ᄲᅧ만 걸녓더라 (將
  一粒奇丹使馬元瀉了三日, 瀉的馬元瘦了一半.) <
  西周 16:21>
16) 【싀퍼ᄒ다】㊌ 잃다. 사라지다. ¶ 喪‖ 쇼장이
  팔구원공 변화롤 ᄒᆡᆼᄒ여 큰 환을 면ᄒ고 마원으
  로 ᄒᆞ여곰 그 얼골을 일코 원긔 싀펴ᄒ여시니
  능히 나 ᄊᆞ호지 못ᄒ리니 다시 쳐치ᄒᆞᆷ이 잇스리
  이다 (弟子權將一粒丹使馬元失其形神, 喪其元氣,
  然後再做治處.) <西周 16:21>

바라느이다."

텬존 왈,

"니 드르니 마원이 셔기롤 친다 ㅎ미 삼월 십오일이 비장홀 날이라 그롯홀가 두려 이의 와 마원을 잡으려 ㅎ노라."

즈의 더희 왈,

"도형이 이의 도으려 ㅎ시니 무삼 계규롤 힝ㅎ리오?"

텬존이 즈아의 귀의 다혀 왈,

"이리이리ㅎ면 가히 공을 일우리라."

즈의 즉시 양젼을 블너 가만이 분부ㅎ디 양젼이 녕을 듯고 믈너가다.

이날 저녁의 즈의 홀노 스블상을 타고 은영 밧긔 가 동셔로 단이며 영을 여어보거놀[17] 슌초군이 드러가 알왼디 은홍이 마원다려 문왈,

"이졔 즈의 홀노 와 우리 영을 여어보니 무슴 간계 잇느뇨?"

마원 왈,

"젼일의 니 그롯 양젼의 계규롤 맛쳣더니 니 나가 강상을 잡아 한을 씨스리라."

ㅎ고 영의 나가 크게 웨디,

"강상은 다라나지 말나."

ㅎ고 칼홀 두로고 다라들거놀 즈의 쏘흔 보검을 드러 마 【23】 즈 쏜화 삼합이 못ㅎ여 즈의 스블상을 모라 다라난디 마원이 뜨라오더라.

---

17) 【여어보다】 엿보다. ¶ 探望 ∥ 이날 저녁의 즈의 홀노 스블상을 타고 은영 밧긔 가 동셔로 단이며 영을 여어보거놀 슌초군이 드러가 알왼디 (了牙當日中牌時分, 騎四不相單人獨騎在成湯轅門外若探望樣子, 用劍指東劃西. 只見巡哨探馬報入中軍曰.) <西周 16:22> 探 ∥ 이졔 즈의 홀노 와 우리 영을 여어보니 무슴 간계 잇느뇨? (老師, 此人今日如此模樣探我行營, 有何奸計?) <西周 16:22>

61
틱극도은홍졀명(太極圖殷洪絕命)

마원(馬元)이 ᄌ아(子牙)를 ᄯᅡ라 닷더니 마음의 혜오디 '오늘은 날이 졈으러시니 너일 다시 ᄡᅡ홀만 갓지 못ᄒᆞ다' ᄒᆞ고 ᄯᅡ로지 아니ᄒᆞᆫ디 ᄌ이 다시 ᄯᅡ라와 쇼리질너 왈,

"네 다시 날과 ᄡᅡ홀쇼냐?"

마원이 쇼왈,

"지혜업슨 도적이 엇지 감히 다시 ᄡᅡ호고져 ᄒᆞᄂᆞ뇨?"

ᄒᆞ고 날호여 거러 나아드러 삼합이 못ᄒᆞ여 ᄌ이 ᄯᅩ ᄉ불상(四不相)을 두로혀 다라난디 마원이 디로 왈,

"너 오늘 너를 잡지 아니ᄒᆞ면 결연이 도라가지 아니리라."

ᄒᆞ고 ᄶᅩᆺ차 한 뫼히 니르니 ᄌ아는 보지 못ᄒᆞ고 놉흔 뫼히 극히 험악ᄒᆞᆫ디 히 임의 지고 날이 어두어가거눌 마원이 쇼남글 의지【24】ᄒᆞ여 쉬며 왈,

"날이 졈으러시니 영의 도라가지 못ᄒᆞ리니 오늘난 예셔 ᄌᆞ고 너일 다시 구쳐ᄒᆞ리라."

ᄒᆞ고 뫼아러 누엇더니 밤이 이경은 ᄒᆞ미 믄득 드르니 뫼 우희셔 방포쇼리 나거눌 마원이 우러러보니 강ᄌ이(姜子牙) 무왕(武王)으로 더브러 슐먹으며 쇼리질너 왈,

"마원이 오늘날 죽으면 뭇칠 ᄯᅡᄒᆡ 업스리로다."

마원이 이 말을 듯고 디로ᄒᆞ여 넓쩌나 칼홀 집고 뫼흐로 올나가더니 다시 보니 무왕과 ᄌ이 간디 업거눌 도로 나려오고져 ᄒᆞ더니 ᄯᅩ 뫼아리셔 함성이 디진ᄒᆞ며 일시의 쇼리질너 왈,

"마원은 다라나지 말나!"

마원이 이 쇼리를 듯고 칼홀 메고 뫼흐로셔 나려오니 한 사름도 업거눌 다시 뫼흐로 올나가니 날이 임의 붉앗ᄂᆞᆫ지라 하로밤을 시도록 헤지르니[1] 비골프고 일신이 뇌곤ᄒᆞ여 영으로 도라오더니 갓 뫼히 나리며 뫼【25】안히셔 사름의 쇼리 나거눌 슈플 쇽으로 처져 드러가니 한 녀지(女子) 블너 왈,

"노ᄉᆞᆫ 날을 구ᄒᆞ라."

마원이 나아가 문왈,

"엇던 사름이완디 무ᄉᆞᆷ 일노 이 깁흔 산즁의 잇ᄂᆞ뇨?"

녀지 답왈,

"나는 마을 ᄇᆡᆨ셩의 녀지러니 이 뫼홀 지나다가 블의의 모진 병을 어더 명이 조셕의 이시니 바라건디 노ᄉᆞᆫ 갓가온 촌가의 가 더운 믈을 어더 먹이시면 즁ᄒᆞᆫ 은혜를 갑홀가 ᄒᆞᄂᆞ이다."

마원 왈,

"강ᄌ아를 조ᄎᆞ 이 뫼히 왓더니 그릇 계규의 ᄲᅡ져 하로밤을 시도록 헤지르미 비 하 골프

---

1) 【헤지르다】동 헤매다. 허둥대다. ¶ 跑‖ 마원이 이 쇼리를 듯고 칼홀 메고 뫼흐로셔 나려오니 한 사름도 업거눌 다시 뫼흐로 올나가니 날이 임의 붉앗ᄂᆞᆫ지라 하로밤을 시도록 헤지르니 비골프고 일신이 뇌곤ᄒᆞ여 영으로 도라오더니 (馬元大怒, 又赶下山來, 又不見了. 把馬元往來跑上跑下兩頭赶, 只赶到天明, 把馬元跑了一夜, 甚是艱難辛苦, 肚中又餓了.) <西周 16:24> 殺‖ 강ᄌ아를 조ᄎᆞ 이 뫼히 왓더니 그릇 계규의 ᄲᅡ져 하로밤을 시도록 헤지르미 비 하 골프니 너 너를 먹으리로다 (我因赶姜子牙, 殺了一夜, 肚中其實餓了. 量你也難活, 不若做個人情, 化你與我貧道吃了罷.) <西周 16:25>

니 니 너롤 먹으리로다.”

그 녀지 왈,

“노스는 희롱의 말 말나. 사롬이 엇지 사롬을 먹으리오?”

마원이 비곱프기 급ᄒ여 한 발노 가슴을 드디고[2] 환도롤 샌혀 살을 졈혀먹으니 피흐륵거놀 쏘 비롤 쯰치니 더운 피 쇼스나디 오장이 업거놀 마원이 졍히 의심ᄒ여 먹기롤 긋치고 【26】 믈너 안잣더니 믄득 남다히로셔[3] 한 도인이 칼홀 집고 나오니 이는 문슈광법텬존(文殊廣法天尊)이라. 마원이 급히 환도롤 들고 싸호고져 ᄒ더니 쏘 한 도인이 뫼아리로셔 오며 블너 왈,

“광법텬존은 아직 싸호기롤 긋치고 닉 말을 드륵라.”

ᄒ거놀 텬존이 도라보니 그 도인이 쌍상토의 도복을 닙고 낫치 누륵며 슈염이 격더라. 나아와 녜ᄒ거놀 광법텬존이 답녜ᄒ고 문왈,

“도형의 셩명이 무어시며 무슴 일노 오ᄂᆞ뇨?”

도인이 답왈,

“셔방도인(西方道人) 쥰졔(準提)러니 빈되 마원으로 더부러 셔방의 가 다시 도롤 닥고져 ᄒᆞᄂᆞ이다.”

광법텬존이 깃거 왈,

“닉 오릭 도형의 셩명을 드러시더 보지 못ᄒ엿더니 오늘날 만날 쥴 어이 싱각ᄒ리오? 빈되 삼가 존명을 바드리이다.”

쥰졔도인이 마원다려 닐너 왈,

“그디 나롤 조추 셔방 칠보님하(七寶林下)의 가 삼승[4]더법(三乘人法)을 【27】 깅논ᄒᆞ미 엇

더ᄒ뇨?”

마원이 응셩 왈,

“명디로 ᄒ리이다.”

쥬아의 신편을 너여 광법텬존을 쥬고 쥰졔로 더부러 셔방으로 가니라.

광법텬존이 셔기의 도라와 마원의 말을 니륵고 신편을 너여 쥬아롤 쥬니 쥬의 디희ᄒ여 공을 하례ᄒ거놀 젹졍지(赤精子) 겻히 잇다가 눈셥을 찡긔고[5] 텬존다려 왈,

“은홍(殷洪)이 셔기롤 치니 쥬아의 비장(拜將)홀 긔약을 그롯홀가 두려ᄒᆞᄂᆞ이다.”

ᄒ고 졍히 의논ᄒ더니 양젼(楊戩)이 급히 드러와 보ᄒ되,

“쥬항도인(慈航道人)이 오시ᄂᆞ이다.”

쥬아 등 삼인이 문의 나가 마즈 뎐의 드러와 좌롤 졍ᄒ미 쥬의 문왈,

“도형이 무슴 일노 오시ᄂᆞ뇨?”

쥬항도인 왈,

“은홍을 잡으라 왓ᄂᆞ니 은홍이 이졔 어니 곳의 진쳣ᄂᆞ뇨?”

젹졍지 이 말을 듯고 디희ᄒ여 문왈,

“도형이 무슴 슐노 은홍을 잡으리오?”

쥬항도인이 ᄉ미로셔 틱극도(太極圖)롤 너【28】 여 젹졍즈롤 쥬며 왈,

“만일 은홍을 잡으려홀진디 니리니리ᄒ라.”

젹졍지 녕을 듯고 계규롤 힝ᄒ다.

은홍이 디진의 잇셔 마원의 쇼식을 몰나 심야토록 안쥬시디 마원이 도라오지 아니ᄒ거놀 뉴보(劉甫)・슌쟝(荀章)다려 왈,

“지금 마도쟝이 도라오지 아니ᄒ니 일졍 쥬아의 히롤 닙엇ᄂᆞ지라 니일 강상(姜尙)으로 더브러 한 번 싸홈을 결ᄒ미 엇더ᄒ뇨?”

뎡뉴 왈,

“만일 한 번 크게 싸호지 아니ᄒ면 공을 일우지 못ᄒ리라.”

ᄒ고 이튼날 방포 일셩의 은홍이 디디인마롤 거

---

2) 【드디다】 동 디디다. 밟다. ¶ 踏住∥ 마원이 비곱프기 급ᄒ여 한 말노 가슴을 드디고 환도롤 샌혀 살을 졈혀먹으니 피 흐륵거놀 (馬元餓急了, 哪裏有分說, 赶上去一脚踏住女人胸膛, 一脚踏住女人大腿, 把劍割開衣服, 現出肚皮. 馬元忙將劍從肚臍內刺將進去, 一腔熱血滾將出來.) <西周 16:25>

3) 【남다히】 명 남쪽. ¶ 南上∥ 믄득 남다히로셔 한 도인이 칼홀 집고 나오니 이는 문슈광법텬존이라 (只見正南上梅花鹿上坐一道人仗劍而來.) <西周 16:26>

4) 삼승: 원래 ‘삼슈’로 되어 있으나 원문에 의거하여 고침.

5) 【찡긔다】 동 찡그리나. ¶ 緊皺∥ 젹졍지 겻히 잇다가 눈셥을 찡긔고 텬존다려 왈: “은홍이 셔기롤 치니 쥬아의 비장홀 긔약을 그롯홀가 두려ᄒᆞᄂᆞ이다.” (赤精子在傍雙眉緊皺, 對文殊廣法天尊曰: “如今殷洪阻撓逆法, 恐誤子牙拜將之期, 如之何如?”) <西周 16:27>

느려 영을 써나 셩하의 니르러 즈아롤 보와 말
ᄒ즈 ᄒᆞᆫ더 졔 도인이 즈아다려 왈,

"그디 몬져 나가라 우리 맛당이 도으리라."

즈이 홀노 ᄉᆞ블상을 타고 일지 인마롤 거
느려 셩의 나가니 은홍이 갈오디,

"강상은 샐니 항복ᄒ라."

즈이 왈,

"네 스싱의 명을 좃지 아【29】니ᄒ고 감
히 셔기롤 침노ᄒ니 오늘날 익은 버셔나지 못ᄒ
리라."

은홍이 디로ᄒ여 창을 두로고 말을 쮜여
다라들거놀 즈이 보검을 드러 ᄡᅪ화 삼합이 못ᄒ
여 즈이 픠ᄒ여 감히 셩문으로 드지 못ᄒ고 셩
을 둘너 다라나거놀 은홍이 뉴보·슌장을 명ᄒ
여 후군을 거느리라 ᄒ고 친히 경긔(輕騎)롤 거
느려 ᄯᅡ라가더니 젹졍지 셩 우회셔 은홍이 ᄯᅡ라
오믈 보고 탄왈,

"뎌지 오늘날 이 익은 면치 못ᄒ리니 죽은
후 날을 원치 말나."

ᄒ고 티극도롤 너여 셩 밧긔 펼치니 이는 만더
의 보비라 화ᄒ여 한 금다리〔金橋〕되거놀 즈
이 ᄉᆞ블상을 모라 다리로 올나가며 은홍을 가ᄅ
쳐 왈,

"네 착ᄒ거든6) 이 다리로 올나오라."

은홍이 쇼왈,

"니 젹졍즈의 좀도슐을 니 엇지 두리리
오?"

ᄒ고 말을 쮜여 다리의 오ᄅ며 홀연 심신이 어
득ᄒ여 몸이 조가(朝歌)【30】의 니러러 오문(午
門)을 지나 셔궁의 드러가 황낭낭(黃娘娘)을 보
고 ᄯᅩ 형경궁(馨慶宮)의 드러가 양낭낭(楊娘娘)
을 보니 이는 티극도상 무궁ᄒᆫ 보비니 마음이
어즐ᄒ여 티극도의 올낫ᄂᆞᆫ 줄은 싱각지 못ᄒ고
꿈갓흔지라 은홍이 말 우회셔 춤츄거놀 젹졍지
뎨즈의 괴이히 굴믈 보고 눈믈을 흘니며 왈,

"두어 히롤 힘써 가ᄅ쳐 오늘날 엇지 니럴
줄 알니오?"

ᄒ더라. 은홍이 다리 우회셔 낡쮜다가 다시 보
니 모후 강황휘(姜皇后) 크게 블너 왈,

"은홍아 네 날을 아는다?"

은홍이 강후(姜后)의 왓시믈 보고 쇼리질
너 왈,

"오늘날 모친을 다시 꿈가온디 볼 쥴을 엇
지 알니오?"

강휘 왈,

"네 스싱의 말을 아니듯고 무도ᄒᆫ 님군을
도아 덕잇는 님군을 치더니 이졔 네 티극도의
올나시니 지 되여 날아나믈 면치 못ᄒ리로다."

은홍이 이 말을 듯고 급히 블너 왈,

"모친은 날【31】을 구ᄒ쇼셔."

강후ᄂᆞᆫ 믄득 간더 업고 젹졍지 쇼리질너
왈,

"은홍아 네 날을 아는다?"

은홍이 우러러보니 졔 ᄉᆞ뷔여놀 눈믈을 흘
니고 고왈,

"뎨지 원칸디 무왕을 도아 쥬롤 칠 거시니
니 죄롤 ᄉᆞᄒᆞ쇼셔."

젹졍지 왈,

"이 ᄶᅵᄂᆞᆫ 잠간 네 죄롤 ᄉᆞᄒᆞ려니와 텬쉬
임의 졍ᄒ여시니 니 엇지 너롤 노ᄒ리오?"

은홍 왈,

"뎨지 신공표(申公豹)의 말을 곳이 드러 ᄉᆞ
부 교령(敎令)을 어그릇쳐시니 바라건디 ᄉᆞ부ᄂᆞᆫ
어엿비 너기ᄉᆞ 목슘을 술오쇼셔."

젹졍지 춤아 죽이지 못ᄒ여 뉴련(留戀)ᄒ
ᄂᆞᆫ 뜻이 이시믈 보고 즈항도인이 반공중의셔 쇼
리질너 왈,

"텬명이 발셔 니러ᄒ니 젹졍즈ᄂᆞᆫ 샐니 티
극도롤 거두라."

젹졍지 슬프믈 먹음고 티극도롤 드러 한
번 펄치니 은홍이 지 되여 나라나거놀 젹졍지
은홍의 죽으믈 보고 방셩디곡 왈,

"니 티화산(太華山)의 도라간들 뉘 날을 셤
기리오?"

즈항도인 왈,

"형이 그ᄅ다. 은홍이 비록 뎨지나 졔【3
2】ᄉᆞ오나오니 비록 죽은들 무어시 앗가오리
오?"

ᄒ고 승상부의 도라와 세 도인이 즈아의게 하직
ᄒ고 각각 뫼호로 도라가다.

---

6) 【착ᄒ다】혱 유능하다. 재주있다. ¶ 네 착ᄒ거
든 이 다리로 올나오라 (你敢上橋來, 與我見三
合不?) <西周 16:29>

뎡뉸(鄭倫)이 뉴보·순장으로 더브러 은홍의 죽으믈 보고 아모리 홀 쥴 아지 못ᄒ여 급히 영의 도라와 쇼후(蘇侯)의게 알왼디 쇼휘 심중의 디희ᄒ여 가만이 아들 젼튱(全忠)으로 더브러 의논ᄒ디,

"이제 은홍이 죽어시니 우리 부지 가만이 글월을 닷가 셔기의 보니여 강승상이 우리 영을 겁칙ᄒ믈 쳥ᄒ고 가쇽을 몬져 셔문으로 드려보니고 뎡뉸 등을 술오잡아 승상긔 드리면 큰 공을 일우미라."

젼튱 왈,

"부친 말슴이 올ᄒ셔이다."

쇼휘이 글월 한 봉을 닷가 젼튱을 쥰디 젼튱이 이날 밤의 가만이 셩 밋히 가 살의 미야 쏘아 드려보니니 이튼날 아젹의7) 남궁괄(南宮适)이 셩을 순힝ᄒ다가 살히 민 글월을 어더 강승상긔 드린디 ᄌ이 ᄶ혀보니 ᄒ여시디,

【33】 졍셔원융(征西元戎) 긔쥬후(冀州侯) 쇼휘(蘇護)은 빅비돈슈(百拜頓首)ᄒ고 글월을 강승상 휘하의 올니ᄂ니 휘이 비록 조셔를 바다 왓시나 실은 쥬의 항복고져 ᄒ디 은홍·마원이 하늘을 역ᄒ여 존위를 범ᄒ고 뎡뉸이 쇼장의 말을 듯지 아니ᄒ더니 이제 은홍과 마원이 업셔시니 이 ᄶᅵ를 인ᄒ여 오날 밤의 디병을 니로혀 영을 겁칙ᄒ시면 휘의 부지 뎡뉸을 술오잡아 일즉 셩쥬의게 도라가면 비록 간담이 ᄯᅳ히 바리나 원이 업슬가 ᄒᄂ이다.

ᄒ엿더라. ᄌ이 글월을 보고 디희ᄒ여 이날 져녁의 졔장을 블너 젼녕ᄒ디,

"황비호 부ᄌ 오인은 오쳔 인마를 거느려 젼군(前軍)을 치고 등구공(鄧九公)은 삼쳔 인마를 거느려 좌영(左營)을 치고 남궁괄은 삼쳔 인마를 거느려 우영(右營)을 치고 나탁(哪吒)은 오쳔 인마를 거느려 삼군구응시(三軍救應使) 되

라."

ᄒ니 졔장【34】이 녕을 듯고 각각 믈너가다.

뎡뉸이 쇼휘을 보와 왈,

"이졔 블힝ᄒ여 은 뎐히 독슈의 히를 닙어시니 원슈는 샐니 표를 지어 조졍의 구완을 쳥ᄒ쇼셔."

쇼휘 왈,

"니일 맛당이 사롬을 보니리라."

ᄒ고 젼튱으로 더브러 ᄌ아의 은영 겁칙ᄒ믈 기다리더니 밤이 이경(二更)은 ᄒ여 함셩이 디진ᄒ며 황비호 부ᄌ 오인은 알프로 다라들고 등구공은 좌영을 튱살(衝殺)ᄒ고 남궁괄은 우영을 줏질너 세 길 군미 일시의 다닷거늘 뎡뉸이 급히 화안금졍슈(火眼金睛獸)를 타고 원문으로 달녀나가 황가 부ᄌ를 마ᄌ 쓰호고 뉴보는 등구공을 막아 쓰호고 순장은 남궁괄을 마ᄌ 쓰호더니 ᄯᅩ 셩문을 크게 열고 디디 인미 나와 졉응ᄒ니 쥬병이 하나히 빅을 당치 아니리 업더라. 뉴뵈 등구공을 마ᄌ 쓰호더니 등구공이 한 칼노 뉴보를 버혀 마하의 마리치니 순장이 뉴보의 죽으믈 보고【35】 쓰홀 마음이 업셔 남궁괄을 바리고 다라나거늘 황텬상(黃天祥)이 마조 다라드러 한 창으로 가슴을 질너 마하(馬下)의 나리치니 은병이 스면으로 허여져 다라나거늘 뎡뉸이 분노ᄒ여 결구쏘를 드러 황비호를 디젹ᄒ더니 등구공이 뉴보를 죽이고 쪄쳐 드러와 뎡뉸의 뒤흐로 니다ᄅ며 뎡뉸을 잡아 마하의 나리치니 모든 군시 다라드러 눈을 미야 셔기로 도라가고 졔장은 날이 붉도록 쓰호니 죽엄이 들히 가득ᄒ엿더라. ᄌ이 징 처 군을 거두이 셩의 도라오니 졔장이 각각 공을 밧칠시 등구공은 뉴보를 버히고 뎡뉸을 술오잡고 황텬상은 순장을 죽엿거늘 ᄌ이 디희ᄒ여 쇼후 부ᄌ를 쳥ᄒ니 쇼휘이 아들 젼튱으로 더브러 밧문의 디후(待候)ᄒ엿다가 드러오거늘 ᄌ이 마ᄌ 왈,

"장군은 진실노 디덕(大德)의 군【36】 지로다. 어두은 디를 바리고 붉은 디 도라와 〔棄暗投明〕 만셰의 더러온 일홈을 면ᄒ니 이는 진실노 디장부의 일이로다."

쇼휘 왈,

"휘의 부지 ᄌ로 텬의를 범ᄒ엿거늘 승상이 죄를 샤ᄒ시니 은혜는 비록 죽으나 갑지 못

---

7) 【아젹】 图 아침. ¶ 이튼날 아젹의 남궁괄이 셩을 순힝ᄒ다가 살히 민 글월을 어더 강승상긔 드린디 ᄌ이 ᄶ혀보니 ᄒ여시디 (那日是南宮适巡城, 看見箭上有書, 知是蘇侯的, 忙下城進相府來, 將書呈與姜子牙. 子牙拆開觀看, 書曰.) <西周 16:32>

홀가 ᄒᆞᄂᆞ이다."

즈이 좌우를 분부ᄒᆞ여 뎡눈을 잡아드리니 뎡눈이 ᄭᅮ지 아니ᄒᆞ고 ᄯᅩ 말을 아니ᄒᆞ거ᄂᆞᆯ 즈이 왈,

"네 여러번 항거ᄒᆞ다가 오ᄂᆞᆯ날 잡히더 므릅흘 ᄭᅮ지 아니ᄒᆞ여 녜를 항거ᄒᆞᄂᆞᆫ다?"

뎡눈이 쇼리질너 왈,

"무지ᄒᆞᆫ 필뷔 나라흘 반ᄒᆞ여 변방을 요란케 ᄒᆞ니 니 너를 잡아 경ᄉᆞ의 보ᄂᆡ여 국법을 졍히 ᄒᆞ려ᄒᆞ더니 이제 그릇 네게 잡혀시니 죽을 ᄯᆞ롬이라 무슴 말을 ᄒᆞ리오?"

즈이 좌우를 ᄭᅮ지져 ᄭᅳ어ᄂᆡ여 버히라 ᄒᆞ더 무ᄉᆡ 뎡눈을 ᄭᅳ어ᄂᆡ여 가거ᄂᆞᆯ 쇼획이 알ᄑᆡ 나아가 ᄭᅮ러 왈,

"뎡눈이 여 【37】 러번 텬위를 항거ᄒᆞ니 죄 맛당이 버혐즉ᄒᆞ거니와 이 사ᄅᆞᆷ이 실노 츙의ᄲᅮᆫ 아니라 흉즁의 괴특ᄒᆞᆫ 슐을 품엇ᄂᆞᆫ지라 바라건디 승상은 죄를 ᄉᆞᄒᆞ시고 군즁의 두어 한 쇼졸을 삼으쇼셔."

즈이 쇼왈,

"쇼획을 븟드러 니ᄅᆞ혀라."

ᄒᆞ고 왈,

"니 본디 뎡장군의 츙의를 알거니와 한 번 시험ᄒᆞ여 그 ᄯᅳᆺ을 보고져 ᄒᆞ미러니 이제 장군이 ᄯᅩᄒᆞᆫ 이 마음이 이시니 노ᄇᆡ 엇지 감히 명을 밧지 아니리오?"

쇼획이 디희ᄒᆞ여 급히 문밧긔 나가니 모든 군시 졍히 뎡눈을 참ᄒᆞ려ᄒᆞ거ᄂᆞᆯ 쇼획이 쇼리질너 왈,

"아직 날회라."

ᄒᆞ고 나아가 뎡눈다려 왈,

"장군이 오히려 ᄭᆡ닷지 못ᄒᆞ엿ᄂᆞ냐? 녯사ᄅᆞᆷ이 닐오디 '씨를 아라 응ᄒᆞᄂᆞᆫ 즈ᄂᆞᆫ 쥰걸이라'8) ᄒᆞᄂᆞ니 이제 님군이 무도ᄒᆞ여 셩민을 도탄ᄒᆞ거ᄂᆞᆯ 무왕(武王)이 덕힝을 일위여 군민을 디졉ᄒᆞ니 텬히 셰히셔 둘이 도라왓고 ᄒᆞ믈며 강즈아ᄂᆞᆫ 고명ᄒᆞᆫ 션비라 오리지 【38】 아냐셔 군마를 니로혀 동으로 나아가리니 뉘 능히 막으리오? 장군은 ᄲᆞᆯ니 항복ᄒᆞ여 죽으믈 면ᄒᆞ라. 만일 항

---

8) 씨를 아라 응ᄒᆞᄂᆞᆫ 즈ᄂᆞᆫ 쥰걸이라: 時務者呼爲俊傑.

복지 아니면 즈이 반ᄃᆞ시 죽이리니 속졀업시 죽으미 무어시 유익ᄒᆞ리오?"

뎡눈이 기리 한슘지고 말을 아니ᄒᆞ거ᄂᆞᆯ 쇼획이 우왈,

"니 그디를 괴로이 권ᄒᆞ여 항ᄒᆞ라 ᄒᆞᆷ은 장군이 디장의 지죄 이시미 앗기미라. 이제 텬히 한가지로 반ᄒᆞ니 쥬왕이 비록 일디 명장을 보ᄂᆡ여 치라 ᄒᆞ나 만일 셔기의 니론즉 가마괴 날기 ᄭᅥᆺ금 갓ᄒᆞ니 엇지 인녁이리오? 장군은 익이 ᄉᆡᆼ각ᄒᆞ여 젹은 츙셩으로ᄡᅥ 디의를 일치 말나."

뎡윤이 이 말을 듯고 ᄭᅮᆷ이 처음으로 ᄭᅢᆫ듯ᄒᆞ여 ᄉᆞ례 왈,

"쇼장이 만일 원슈의 말 곳 아니면 엇지 능히 ᄭᅢ다ᄅᆞ리오? 니 여러번 승상긔 죄를 범ᄒᆞ얏시니 두리건디 승상과 졔장이 용납지 아닐가 ᄒᆞ노라."

쇼획 왈,

"강승상은 지혜 창히 갓ᄒᆞ니 엇지 셰류(細流)를 밧지 아니 【39】 ᄒᆞ며 문하 졔장은 다 일디 영웅이라 엇지 셔로 용납지 아니미 이시리오?"

ᄒᆞ고 년젼의 드러와 즈아의게 알외디,

"뎡눈이 쇼장의 말을 듯고 즐겨 항복ᄒᆞ랴 ᄒᆞ더 승상과 졔장이 용납지 아닐가 두려ᄒᆞ더이다."

즈이 쇼왈,

"뎡장군이 날노 더브러 젹국이 되여 각각 그 님즈를 위ᄒᆞ더니 이제 즐겨 귀슌ᄒᆞ니 엇지 혐극(嫌隙)이 이시리오?"

ᄲᆞᆯ니 좌우를 명ᄒᆞ여 뎡눈을 블너 드러오니 뎡눈이 계하의 업디여 왈,

"쇼장이 텬시(天時)를 아지 못ᄒᆞ고 여러번 항거ᄒᆞ더니 이제 슬오잡히여 승상이 죄를 ᄉᆞᄒᆞ시니 이 은혜ᄂᆞᆫ 비록 죽어도 잇지 못홀 쇼이다."

즈이 황망이 계(階)의 나려 븟드러 니로혀 위로 왈,

"장군의 츙의지심(忠義之心)을 뉘 모로리오? 다만 쥬왕(紂王)이 무도ᄒᆞ여 텬히 한가지로 뮈워ᄒᆞ니 엇지 신즈의 블츙ᄒᆞᆫ 마음이리오? 우리 뎐히 어진 사ᄅᆞᆷ 【40】 을 녜로 디졉ᄒᆞ시니 장군은 안심ᄒᆞ여 나라흘 돕고 스스로 의심치 말나."

ᄒ고 ᄌ의 쇼획 등을 거ᄂ려 니뎐의 드러가 무
왕긔 뵌디 무왕 왈,

"승상이 무슴 일노 드러오뇨?"

ᄌ의 왈,

"긔쥬후 쇼획이 군마ᄅᆞᆯ 거ᄂ려 와 항ᄒᆞ미
쥬ᄒᆞᄂ이다."

무왕이 듯고 디희ᄒᆞ여 쇼획을 블너 드러오
라 ᄒᆞ여 위로 왈,

"괴(孤) 셔토ᄅᆞᆯ 직희여 빅셩을 무휼ᄒᆞ더니
이졔 경 등이 쥬ᄅᆞᆯ 바리고 고의게 도라오니 괴
뎐ᄌ의 덕을 닺그시믈 기다려 신졀을 힝코져 ᄒᆞ
노라."

ᄒᆞ시고 잔치ᄅᆞᆯ 비셜ᄒᆞ여 디졉ᄒᆞ더라.

62

댱산니금벌셔기(張山李錦伐西岐)

청탐(聽探) 군시 스슈관(氾水關) 총병 한영(韓榮)의게 가 이 긔별을 알왼더 한영이 더경ᄒ여 표룔 지어 조가(朝歌)의 보너니 치관(差官)이 표룔 가지고 조가【41】의 니르러 바로 드러가니 즁티우(中大夫) 방경츈(方景春)이 표룔 바다 보고 쇼획(蘇護)을 더즐 왈,

"무지ᄒᆫ 필뷔 일문(一門)이 텬즈 총이ᄒ시믈 바다 나라흘 갑흘 줄난 싱각지 아니ᄒ고 반젹의게 항복ᄒ니 이 엇지 개즘싱과 다르리오?"
ᄒ고 표룔 가지고 편뎐으로 드러가니 텬지 젹셩누(摘星樓)의셔 달긔(妲己)로 더브러 잔치ᄒ신다 ᄒ거늘 경츈이 누 아리 니르러 좌우로 ᄒ여곰 쥬(紂)의게 알왼더 쥐 경츈을 드러오라 ᄒ거늘 경츈이 누의 올나가 녜롤 맛츠미 쥐 문왈,

"티위 무슴 일노 드러오뇨?"

경츈이 표룔 올넌디 쥐 표룔 보고 더경 왈,

"쇼획은 심복의 신희러니 엇지 일조의 반ᄒ여 쥬(周)롤 도을 줄 알니오? 경은 아직 믈너 가라 니 다시 싱각ᄒ리라."

방경츈이 믈너가거늘 달긔 병풍 뒤히 잇다가 이 말을 듯고 압히 나아와 ᄲ러【42】울며 왈,

"첩이 깁흔 궁의 잇셔 셩상 은총을 닙으니 비록 죽어도 갑지 못흘가 ᄒ더니 이졔 첩의 아뷔 폐하롤 반ᄒ고 쥬의 도라가니 죄 맛당이 종족이 죽엄즉ᄒ지라. 원컨디 폐하ᄂᆫ 첩의 머리룔 버혀 법을 졍히 ᄒ쇼셔."
ᄒ고 눈물이 비오듯ᄒ니 졍히 니홰(梨花) 비룔 씌엿ᄂᆫ디 봄시가 교티ᄒ여 우ᄂᆫ듯ᄒ니 쥐 이 티도롤 보고 숀을 쥐고 왈,

"어쳐(御妻)ᄂᆫ 깁흔 궁중의 이시니 비록 쇼획이 반ᄒ나 어쳐의게 무슴 죄 이시리오? 속졀업시 근심ᄒ여 화용(花容)을 상히치 말나. 짐이 비록 텬하 강산을 다 일흐나 엇지 어쳐룔 히ᄒ미 이시리오?"

달긔 ᄉ은ᄒ고 믈너나다.

이튼날 쥐 구간뎐(九間殿)의 올나 문무빅관을 모호고 왈,

"쇼획이 짐을 져바리고 쥬의 도라가니 뉘 짐을 위ᄒ여 이 도젹을 잡으리오?"

상티우 니졍(李定)이 나아와【43】쥬왈,

"강상(姜尙)이 지뫼 과인ᄒ미 비록 장슈롤 보니여 죄롤 므르나 만일 퓌ᄒᆫ즉 반ᄃᆞ시 쥬의 항복ᄒ리니 신이 한 장슈롤 쳔거ᄒᄂ니 이ᄂᆫ 더 원융 댱산(張山)이라. 용병ᄒ기룔 잘ᄒ며 츙냥ᄒᆫ 장쉬니 만일 이 사ᄅᆞᆷ을 보니면 거의 군명(君命)을 욕(辱)지 아니리이다."

쥐 이 말을 듯고 디희ᄒ여 즉시 장산으로 ᄒ여곰 조셔ᄒ여 셔기룔 치라 ᄒᆫ디 치관이 조셔롤 가지고 삼산관의 니르니 댱산이 조셔왓시믈 보고 급히 조셔롤 마ᄌ 향안(香案)을 비셜ᄒ고 ᄲ혀보니 왈,

정벌ᄒᄂᆫ 명이 비록 텬즈의게 이시나 공 일우믄 곤외(閫外) 원융의게 잇ᄂᆞ니 이졔 희발(姬發)이 반ᄒ여 변경을 요란(擾亂)ᄒ거늘 즈로[1] 장슈롤 보니여 죄롤 므르더

---

1) 【즈로】뮌 자주. ¶ 이졔 희발이 반ᄒ여 변경을 요란ᄒ거늘 즈로 장슈롤 보니여 죄롤 므르더 이긔지 못ᄒᄂᆫ지라 (姬發猖獗, 大惡難驅, 屢戰失機, 情殊痛恨!) <西周 16:43>

358

이긔지 못ᄒᆞᄂᆞᆫ지라 짐이 친히 가 치고져 ᄒᆞ더 디신의 간ᄒᆞᆷ으로 나아가지 못ᄒᆞ니 삼산관 댱산【44】은 지망(才望)이 조졍의 웃듬이라 널노ᄡᅥ 뎌원슈ᄅᆞᆯ 슴아 셔기ᄅᆞᆯ 치라 ᄒᆞᄂᆞ니 짐의 의탁을 져바리지 말나.

ᄒᆞ엿더라. 댱산이 간파의 ᄉᆞ신을 관ᄃᆡᄒᆞ여 도라보니고 이튼날 홍금(洪錦)을 교ᄃᆡᄒᆞ여 삼산관을 직희오고 십만 인마ᄅᆞᆯ 니ᄅᆞ혀 젼보(錢保)·니금(李錦)으로 좌우 션봉을 삼고 마덕(馬德)·상원(桑元)으로 좌우익을 삼아 이날 삼산관을 ᄯᅥ나 셔기로 나아가니 졍히 오월 망휘라 날이 극히 더우미 군미 하로 삼십 니식 가더니 할ᄂᆞᆫ2) 셔기 북문의 니ᄅᆞ러 안영(安營)ᄒᆞ고 댱산이 젼보·니금으로 의논 왈,

"무삼 계규로 이 셩을 파ᄒᆞ리오?"

니금 왈,

"군시 더위의 먼니 왓ᄂᆞᆫ지라 ᄡᅡ호지 아냐셔 스스로 피곤ᄒᆞ니 만일 여러날 묵으면 군시 더옥 히완(解緩)ᄒᆞᆯ 거시니 이긔미 밧비 ᄡᅡ홈의 잇ᄂᆞ이다."

댱산 왈,

"강상은 지뢰 거록ᄒᆞᆫ 장쉬라 가히 경젹(輕敵)지【45】 못ᄒᆞ리니 두 장군은 아직 믈너가라. ᄂᆡ 다시 싱각ᄒᆞ리라."

두 장쉬 각각 장의 도라가다.

ᄌᆞ아(子牙) 셔기의 잇셔 날마다 졔장을 모화 장슈 비홀 일을 의논ᄒᆞ더니 ᄌᆞ아 황비호ᄅᆞᆯ 명ᄒᆞ여 긔치ᄅᆞᆯ 가 븕으니로 곳치라 ᄒᆞ더 황비회 왈,

"긔치ᄂᆞᆫ 삼군의 눈 갓ᄒᆞ니 긔ᄅᆞᆯ 다셧 빗치 난화 삼군으로 ᄒᆞ여곰 진퇴ᄒᆞ며 공격ᄒᆞ미 법되 잇ᄂᆞ니 만일 긔치 곳 어즈러오면 군시 ᄯᅩᄒᆞᆫ 졍졔치 못ᄒᆞᄂᆞ니 이졔 승상이 다 븕은 긔ᄅᆞᆯ ᄒᆞ라 ᄒᆞ시니 군미 방슈(防守)ᄅᆞᆯ 아지 못ᄒᆞ어 젹국과 ᄡᅡ호미 반ᄃᆞ시 픠홀가 ᄒᆞᄂᆞ이다."

ᄌᆞ아 쇼왈,

"장군이 아지 못ᄒᆞᆫ다. 븕은 거슨 남방을

쥬ᄒᆞ니 이ᄂᆞᆫ 블이오 이졔 쥬상의 계신 곳은 셔방이니 이ᄂᆞᆫ 금(金)이라 블은 덥고 쇠ᄂᆞᆫ ᄎᆞ니 이 쥬의 홍홀 밍죄(盟)니 각각 뎌오ᄅᆞᆯ 난화 긔우희 오식을 작게 ᄒᆞ여 달면 삼군이 스스로 아라 ᄌᆞ연 착난(錯亂)치【46】 아니리니 이 엇지 맛당치 아니리오?"

황비호 업더여 왈,

"승상의 묘산(妙算)은 진실노 귀신 갓흔지라 쇼장이 엇지 능히 알니잇고?"

ᄒᆞ고 믈너나거늘 ᄌᆞ이 ᄯᅩ 신갑(辛甲)으로 ᄒᆞ여곰 군긔ᄅᆞᆯ 밍글다. 텬하 팔빅 졔휘 셔기의 표ᄅᆞᆯ 올녀 무왕(武王)을 쳥ᄒᆞ여 쥬(紂)ᄅᆞᆯ 치쇼셔 ᄒᆞ거늘 졔장으로 더브러 의논ᄒᆞ더 '무왕이 즐겨 힝치 아니ᄒᆞ실가 두려ᄒᆞ노라' ᄒᆞ고 반일이나 셔로 의논ᄒᆞ더니 믄득 쇼졸이 보ᄒᆞ더,

"셩 북문 밧긔 은병(殷兵)이 무슈히 와 진 치고 쥬장은 삼산관 총병 장산이라."

ᄒᆞ거늘 ᄌᆞ이 등구공(鄧九公)다려 문왈,

"댱산의 용병ᄒᆞ미 엇더ᄒᆞ뇨?"

구공 왈,

"댱산은 쇼장의 교ᄃᆡ(交代)니 이 사롬이 한 용장이니 엇지 용병을 잘ᄒᆞ리오?"

쇼졸이 ᄯᅩ 드러와 보ᄒᆞ더,

"ᄡᅡ호ᄌᆞ ᄒᆞᄂᆞ이다."

ᄌᆞ이 고위 좌우 왈,

"뉘 나가 이 도젹을 잡으리오?"

등구공이 응셩 왈,

"쇼장이 비록 지죄 업스나【47】 원컨더 가리이다."

ᄒᆞ고 일지 인마ᄅᆞᆯ 거느려 셩의 나가 바라보니 진 알픠 한 징쉬 셔시니 이ᄂᆞᆫ 뎐뵈(錢保)라. 등구공이 쇼리질너 왈,

"너ᄂᆞᆫ 믈너가고 댱산을 브르라."

뎐뵈 구공을 가ᄅᆞ쳐 ᄭᅮ지져 왈,

"쥬왕이 네게 무슴 져바린 일이 잇관더 일조의 반젹의게 항복ᄒᆞ니 죽은들 어너 면목으로 텬하의 셔리오?"

구공이 이 말을 듯고 감히 티답홀 밀이 입셔 낫츨 븕히고 오러 말을 아니ᄒᆞ다가 왈,

"초야 필뷔 엇지 감히 큰 말을 ᄒᆞᄂᆞ뇨? 샐니 나아와 ᄂᆡ 칼을 바드라."

---

2) 【할ᄂᆞ】 명 하루. ¶ 一日 ‖ 졍히 오월 망휘라 날이 극히 더우미 군미 하로 삼십 니식 가더니 할ᄂᆞᆫ 셔기 북문의 니ᄅᆞ러 안영ᄒᆞ고 (正値初夏天氣, 風和日暖, 梅雨霏霏, …… 不一日, 來到西岐北門, 左右報入行營.) <西周 16:44>

호고 칼을 두로고 다라들거놀 뎐뵈 구공을 더격
지 못호여 말을 두로혀 다라나거놀 구공이 조츠
가 한 칼노 버혀 마하의 나리치니 뎐보의 픽군
이 댱산의게 알왼디 댱산이 디로호여 이튿날 친
히 셩 밋히 와 등구공과 말호주 호여놀 쇼졸이
급히 주아의게 알왼디 구공이 가믈 쳥 【48】 호
거놀 주이 허호디 등션옥(鄧嬋玉)이 겻히 잇다
가 조츠가믈 쳥호거놀 주이 쏘 허호니 등구공이
쏠노 더브러 셩의 나가니 댱산이 디즐 왈,

"네 벼슬이 극픔(極品)이오 나라히 너롤 장
슈롤 삼아 쥬(周)롤 치라 호니 네 은혜롤 져바
리고 의롤 이져 젹국의 항복호니 텬지 우리로
호여곰 너희 죄롤 므르라 호시니 이졔 십만 군
병이 셩하의 니르러시디 오히려 항복지 아니호
니 너롤 잡아 국법을 졍히 흐리라."

구공 왈,

"네 디장이 되여 우흐로 텬시(天時)롤 아지
못호고 아리로 인ᄉ롤 츌히지 못호니 한 즘싱이
라 욧닙히기 앗갑도다. 이졔 쥬왕이 무도호여
인졍을 힝치 아니혼즉 텬하 인심이 임의 쥬의
도라왓눈지라 너는 져즈음긔 문티시(聞太師) 픽
흐믈 보지 아냣눈다? 샐니 말긔 나려 항복호면
봉후(封侯)롤 일치 아니호고 만일 항거호면 후
회호여 【49】 도 밋지 못흐리라."

댱산이 이 말을 듯고 디로 즐왈,

"필뷔 감히 요괴로온 말을 쑴여 군민을 혹
게 호니 오놀날 너롤 죽여 나라 은혜롤 갑흐리
라."

호고 창을 두로고 다라들거놀 구공이 칼흘 드러
두 장쉬 어우러져 쓰화 삼십여 합은 호여 구공
의 칼쓰는 법이 졈졈 어즈럽거놀 등션옥이 원문
의 잇다가 부친이 능히 이긔지 못흐믈 보고 쌍
검을 두로고 다라드러 쓰호더니 칼을 노코 오광
셕(五光石)을 너여 댱산을 바라고 한 번 쳐 졍
히 댱산의 낫출 맛치니 산(山)이 디픠호여 영의
도라와 니롤 갈고 구공을 한 시긱의 죽이지 못
흐믈 한호더니 믄득 쇼졸이 보호디,

"영 밧긔 한 도인이 와 장군긔 뵈와지라
흐느이다."

댱산이 드러오라 흐더니 이윽고 한 도인이
드러오니 머리의 쌍상토 쓰코 등의 한 보검을
지고 드러오거놀 댱산이 장의 나려 【50】 마즈
좌롤 졍흐미 도인이 댱산의 낫치 상흐여시믈 보

고 문왈,

"장군의 낫치 상흐여시니 무삼 일노 그러
흐니잇가?"

댱산 왈,

"어졔 진상의셔 쓰호다가 한 녀주 간ᄉ흔
계규의 상흐엿노라."

도인이 쥬머니로셔 약을 너여드린디 댱산
이 그 약을 바다 낫치 바르니 즉시 하리거놀 댱
산이 황망이 문왈,

"노시 어디로셔조츠 오뇨?"

도인이 갈오디,

"빈도는 봉닉도(蓬萊島) 우익션(羽翼仙)이
러니 특별이 와 장군을 돕ᄂ이다."

댱산이 ᄉ례흐거놀 도인이 이튿날 셩 밋히
와 쓰호주 흐니 쇼졸이 드러와 알왼디 주이 왈,

"삼십뉵노 셔긔 칠 환이 잇슬 디 이졔 삼
십뉵 왓시니 닌 맛당이 나가리라."

군ᄉ롤 다섯 디의 난화 셩으로 나가니 졍
긔(旌旗) 폐일(蔽日)호고 검극(劍戟)이 삼나(森
羅)흔 가온디 주이 ᄉ블상을 타고 셔시니 알픠
는 나탁(哪吒)·황텬화(黃天化)오 그 버거눈[3] 금
탁(金吒)·목탁(木吒)이오 【51】 쏘 버거눈 위후
(衛護)·뇌진주(雷震子)오 주아의 뒤히 양젼(楊
戩)이 졔장을 거ᄂ리고 좌우의 옹호흐엿고 무셩
왕(武成王) 황비호(黃飛虎)는 디디 인마롤 녕흐
엿거놀 우익션이 문왈,

"주아는 어디 잇ᄂ뇨?"

주이 진 알픠 나셔 쇼리질너 문왈,

"도우의 셩명이 무어시며 무슴 일노 날과
말흐주 흐는다?"

우익션이 답왈,

"빈도는 봉닉도인 우익션이러니 그디롤 보
와 한 번 주웅을 결흐고주 흐노라."[4]

주이 왈,

"도형이 일즉 날노 더브러 안면의 ᄉ괴미

---

3) 【버거】둘째. 다음. ¶ 알픠는 나탁·황텬화오
그 버거는 금탁·목탁이오 쏘 버거는 위후·뇌
진주오 주아의 뒤히 양젼이 졔장을 거ᄂ리고 좌
우의 옹호흐엿고 (哪吒對黃天化, 金吒對木吒, 衛
護對雷震子, 楊戩與衆門人左右排列保護.) <西周
16:50·51>

4) 이 문장은 원래 '주웅을 결흐고'까지만 잇으나
문맥에 맞게 添記함.

업거눌 무슴 일노 와 침노ㅎㄴ뇨?"

우익션이 왈,

"네 말이 비록 유리ㅎ나 니 오늘날 너롤 잡고져 ㅎ노라."

나탁이 이 말을 듯고 디로ㅎ여 풍화륜(風火輪)을 달녀 화첨창(火尖槍)을 두로고 다라든디 우익션이 쇼왈,

"네 비록 착ㅎ 쳬ㅎ나 엇지 감히 날을 당ㅎ리오?"

ㅎ고 보검을 들고 날ㅎ여 나아들거눌 마조 싸호더니 황텬홰 쌍퇴롤 들고 옥긔【52】린을 모라 다라들고 뇌진지 풍뇌(風雷) 날기롤 붓쳐 반공 중의 올나 황금막디로 나리미러 즛지르고 토힝손(土行孫)이 쇠막디롤 메고 싸홈을 돕고 양젼이 삼쳡냥인도(三尖兩刃刀)롤 두르고 다라드러 싸호니 한 도인이 엇지 능히 오쟝을 당ㅎ리오? 졍히 다라나고져 ㅎ더니 나탁이 건곤권(乾坤圈)을 니여 우익션의 견갑(肩甲)을 맛치고 황텬홰 쳘퇴롤 드러 올흔 팔흘 치고 토힝손이 쇠막디롤 드러 디골을 치고 양젼이 한 텬견을 노하 발목을 믈고 뇌진지 황금막디롤 드러 낫출 치니 우익션이 다셧 곳이 상ㅎ여 크게 쇼리ㅎ고 다라나거눌 즈아 군스롤 거두어 도라오다.

우익션이 피ㅎ여 영의 도라와 댱산을 본디 댱산이 문왈,

"노시 오늘날 그릇 간계(奸計)의 싸져 즁히 상ㅎ믈 닙으니 엇지 단약을 니여 곳치지 아니시ㄴ뇨?"

우익션 왈,

"상군의 말이 올타."

ㅎ고 단【53】약을 둘흘 니여 믈의 프러 먹으니 상흔디 즉시 하리거눌 우익션이 댱산다려 왈,

"원쉬 만일 빈도롤 슐 곳 먹이면 셔기 한 고을이 발회(渤海)믈이 되리이다."

댱산이 디희ㅎ여 즉시 슐을 나와 셔로 먹다.

즈아 한 진을 니긔고 셩의 도라와 졔쟝으로 더브러 공을 하례ㅎ더니 믄득 일진 광풍이 디애5) 날니고 더긔 부러지거눌 즈아 디경ㅎ여

급히 향을 픠오고 금돈을 더져 한 과(卦)롤 어드니 극히 흉ㅎ거눌 즈이 머리 플고 발 벗고 보검을 집고 곤눈산을 향ㅎ여 졀ㅎ고 비더,

"원컨더 원시텬존은 븍히슈(北海水)롤 옴겨 셔기롤 구ㅎ쇼셔."

흔디 원시텬존(元始天尊)이 뫼히 잇더니 즈아의 비는 줄을 스게(四偈)[귀신 일홈] 듯고 와 텬존긔 알왼디 텬존이 즉시 스게롤 명ㅎ여 삼광신슈(三光神水)롤 가져 븍히 우회 뿌리고 셔기로 나아가 구완ㅎ라 흔디 스게 녕을 듯고 셔기로 가니라.

우익【54】션이 은영의 잇셔 댱산 등으로 더브러 슐먹다가 초경은 ㅎ여 댱산다려 왈,

"쟝군은 영의 잇셔 니 도라오믈 기다리라."

ㅎ고 원문의 나아가 몸을 흔드러 본상을 니니 한 디붕시라. 날아 반공중의 올나 셔기롤 굽어 보며 디쇼 왈,

"강상이 오늘날 니 계규의 싼지리라."

ㅎ고 두 날기롤 닐흔 아믄 번을 붓치나 스게 삼광신쥬롤 븍히의 뿌렷눈지라 우익션이 도슐을 엇지 능히 밋츠리오? 초경붓허 오경가지 붓치디 조곰도 응변ㅎ미 업스니 디붕이 혜오디 '니 댱산다려 큰 말을 닐넛더니 오늘날 공을 일우지 못ㅎ니 엇지 니 낫츠로 댱산을 보리오' ㅎ고 반공의 올나 무궁히 나라가다가 한 뫼히 나려 안즈니 그 뫼히 극히 험쥰ㅎ고 한 도인이 시니가의 안졋거눌 디붕이 시도록 날다가 비골【55】프믈 견디지 못ㅎ여 다라드러 그 도인을 잡아먹으려 흔디 그 도인이 한 손으로 디붕을 쳐 나리치고 꾸지져 왈,

"네 녜롤 아지 못ㅎ고 감히 날을 상히오려 ㅎ던다?"

디붕이 도로 변ㅎ여 우익션이 되여 스레 왈,

"빈되 셔기롤 치다가 공을 일우지 못ㅎ고 비골프믈 견디지 못ㅎ여 그릇 존위롤 범ㅎ니 쳥컨디 죄롤 스ㅎ쇼셔."

도인 왈,

"네 만일 비골푸면 니 한 곳을 가ᄅ치리라. 예셔 동으로 이빅 니만 가면 한 뫼히 이시

---

5) 【디애】團 기와. ¶ 檐瓦∥ 즈이 한 진을 니긔고 셩의 도라와 졔쟝으로 더브러 공을 하례ㅎ더니 믄득 일진 광풍이 디애 날니고 더긔 부러지

거눌 (子牙得勝進府, 與諸門人將佐商議. 忽一陣風把檐瓦刮下數片來.) <西周 16:53>

니 일홈은 ᄌ운이(紫雲崖)라. 그 뫼 가온터 삼산
오악이 잇고 ᄉᆞ회 도인이 다 거긔 모닷ᄂᆞ니라."

터붕이 ᄉᆞ례ᄒᆞ고 날아 ᄌ운이의 니르러 도
로 우익션이 되야 나아가 보니 한 동ᄌᆞ 슐을 브
으며 모든 도인이 셔로 먹거늘 우익션이 동ᄌᆞ롤
블너 왈,

"빈되 비골프니 져 도인들 안ᄌᆞᆺᄂᆞᆫ더 반ᄃᆞ
시 슐이 잇슬 거시니 나롤 먹이라."

동ᄌᆞ 왈,

"도시 엇지 오기롤 더디ᄒᆞ【56】뇨? 슐이
임의 업셧ᄂᆞ이다."

우익션 왈,

"도동은 거즛말 말나. 져긔 도인이 만히
안ᄌᆞ시니 엇지 슐이 업ᄉᆞ리오?"

동ᄌᆞ 왈,

"모든 ᄉᆞ뷔 임의 다 먹어시니 엇지 ᄯᅩ 이
시리오? 노ᄉᆞᄂᆞᆫ 너일 오라. 너 맛당이 슐을 어
더 먹이리라."

우익션 왈,

"그더 엇지 져 도인은 먹이고 나ᄂᆞᆫ 아니쥬
ᄂᆞ뇨?"

ᄒᆞ고 이인이 졍히 셔로 힐난ᄒᆞ더니 황의도인(黃
衣道人)이 나아와 닐오더,

"너희 무슴 일노 힐난ᄒᆞᄂᆞ뇨?"

동ᄌᆞ 왈,

"이 노시 업ᄉᆞᆫ 슐을 너라고 보치ᄂᆞ이다."

도인 왈,

"비록 슐이 업ᄉᆞ나 면을 엇지 먹이지 아니
ᄒᆞᄂᆞ뇨?"

동ᄌᆞ 우익션ᄃᆞ려 왈,

"명이 잇시니 노시 먹을다?"

우익션 왈,

"비록 면이나 너 엇지 ᄉᆞ양ᄒᆞ리오? 도동은
ᄲᆞᆯ니 가져오라."

동ᄌᆞ 드러가더니 이윽고 면 일흔 그릇슬
너여왓거늘 우익션이 다 먹고 동ᄌᆞᄃᆞ려,

"면이 잇거든 ᄯᅩ 가져오라."

동ᄌᆞ ᄯᅩ 열 그릇슬 가져왓거늘 우익션이
다 먹고 본상을 너여 다【57】시 도인 잇ᄂᆞᆫ더로
가니 그 도인이 터붕(大鵬)의 오믈 보고 손으로
터붕을 나리치니 터붕이 ᄯᅩ히 나려져 크게 쇼리

질너 왈,

"너 비쇽을 무어시 그러닌다."6)

ᄒᆞ고 쇼리롤 긋치지 아니ᄒᆞ거늘 도인이 나아가
문왈,

"네 ᄌ운더의 가 음식을 어더먹은다?"

터붕이 더왈,

"ᄌ운이의 가니 슐은 업고 면이 잇거늘 여
든 아믄 그릇슬 먹엇더니 비쇽을 그러닌ᄂᆞᆫ 듯ᄒᆞ
여이다."

도인 왈,

"네 ᄲᆞᆯ니 토ᄒᆞ라."

ᄒᆞ더라.

---

6) 【그러닌다】 圖 끌어내다. 허비다. ¶ 跌斷∥ 너
비쇽을 무어시 그러닌다 (跌斷肚腸了!) <西周
16:57>

63
신공표격반은교(申公豹激反殷郊)[1]

우익션(羽翼仙)이 한 번 토ᄒᆞ니 면(麵)이 알 흰ᄌᆞ 갓흐여 질긔기 털 갓거ᄂᆞᆯ 우익션이 더 경ᄒᆞ여 뛰여 다라나고져 ᄒᆞ거ᄂᆞᆯ 도인이 우익션의 발을 잡고 왈,

"이 업축아 네 나ᄅᆞᆯ 아는다? 나ᄂᆞᆫ 녕취산(靈鷲山) 원각동(元覺洞) 연등도인(燃燈道人)이러니 강ᄌᆞ아(姜子牙) 옥허궁(玉虛宮) 부명(符命)을 바다 셩쥬(聖主)ᄅᆞᆯ 도와 쥬(紂)ᄅᆞᆯ 지 【58】 니 텬하 인심이 임의 쥬(周)의 도라왓거ᄂᆞᆯ 네 무삼 일노 흉악ᄒᆞᆫ 마ᄋᆞᆷ을 ᄂᆡ여 셔기(西岐)ᄅᆞᆯ 치다가 공을 일우지 못ᄒᆞ고 ᄯᅩ 와 나ᄅᆞᆯ 히ᄒᆞ려 ᄒᆞ믄 엇지뇨?"

ᄒᆞ고 황건녁ᄉᆞ(黃巾力士)ᄅᆞᆯ 명ᄒᆞ여,

"이 업축을 큰 쇼남긔 ᄆᆡ여두라. ᄌᆞᄋᆡ 쥬ᄅᆞᆯ 친 후의 너ᄅᆞᆯ 노흐미 늣지 아니ᄒᆞ리라."

우익션이 ᄋᆡ걸 왈,

"뎨ᄌᆡ 그릇 남의 말을 듯고 감히 셔기ᄅᆞᆯ 침노ᄒᆞ고 ᄯᅩ 노ᄉᆞ(老師)ᄅᆞᆯ 히ᄒᆞ려 ᄒᆞ미 비록 큰 죄나 원컨ᄃᆡ 노ᄉᆞᄂᆞᆫ 뎨ᄌᆞ의 죄ᄅᆞᆯ ᄉᆞᄒᆞ쇼셔."

연등 왈,

"네 텬황시(天皇時)젹븟허 도ᄅᆞᆯ 닷가 이졔 니ᄅᆞ니 맛당이 텬의와 인심을 알 거시어ᄂᆞᆯ 망녕되이 남의 말을 그ᄅᆞᆺ 듯고 셩쥬ᄅᆞᆯ 침노ᄒᆞ니 죄ᄅᆞᆯ ᄉᆞ치 못ᄒᆞ리라."

우익션이 지삼 ᄋᆡ고(哀告) 왈,

"뎨ᄌᆡ 비록 큰 죄ᄅᆞᆯ 지어시나 쳔만년 닷근 공부ᄅᆞᆯ 보와 어엿비[2] 너기쇼셔!"

연등 왈,

"네 즐겨 ᄉᆞ긔로온 마ᄋᆞᆷ을 곳쳐 뎡ᄒᆞᆫᄃᆡ 도라와 나ᄅᆞᆯ 졀ᄒᆞ여 스싱 【59】 을 삼으면 ᄂᆡ 너ᄅᆞᆯ 노흐리라."

우익션이 황망이 ᄃᆡ왈,

"뎨ᄌᆡ 감히 니ᄅᆞ신 말ᄃᆡ로 ᄒᆞ리이다."

연등이 글너노흐니 우익션이 졀ᄒᆞ여 하직ᄒᆞ고 뫼흐로 도라가다.

구션산(九仙山) 도원동(桃園洞) 광셩ᄌᆞ(廣成子) 동부(洞府)의 한가히 잇셔 모든 뎨ᄌᆞ로 더브러 도ᄅᆞᆯ 의논ᄒᆞ더니 ᄇᆡᆨ학동ᄌᆞ(白鶴童子) 옥허부명을 맛하 도원동의 와 광셩ᄌᆞᄅᆞᆯ 보와 왈,

"강ᄌᆞᄋᆡ 금ᄃᆡ(金臺)의셔 장슈ᄅᆞᆯ ᄇᆡ(拜)ᄒᆞ여 동졍(東征)ᄒᆞᆯ 날이 갓가와시니 ᄲᆞᆯ니 셔기로 나려가 ᄌᆞ아ᄅᆞᆯ 젼별ᄒᆞ쇼셔."

광셩ᄌᆞ 왈,

"그ᄃᆡ 말ᄃᆡ로 ᄒᆞ리라."

ᄇᆡᆨ학동ᄌᆞ 광셩ᄌᆞᄅᆞᆯ 하직ᄒᆞ고 옥허궁으로 도라가거ᄂᆞᆯ 광셩ᄌᆞ 마ᄋᆞᆷ의 혜아리ᄃᆡ '뎨ᄌᆞ 은교(殷郊)ᄅᆞᆯ 만일 더브러 가면 하나흔 졔 고토ᄅᆞᆯ 보미오 둘은 달긔(妲己)ᄅᆞᆯ 죽여 어믜 원슈ᄅᆞᆯ 갑흐리니 맛당이 한긔 더부러 가리라' ᄒᆞ고 은교ᄅᆞᆯ 블너 왈,

"이졔 무왕(武王)이 동졍ᄒᆞ시니 텬하 졔후(諸侯) ᄆᆡᆼ진(孟津)의 모다 한가지로 쥬ᄅᆞᆯ 치니 ᄂᆡ ᄯᅩᄒᆞᆫ 나아가 졉응(接應)코져 ᄒᆞ 【60】 ᄂᆞ니 네 이졔 날노 더브러 한가지로 셔기의 나려가 션봉이 되여 어믜 원슈ᄅᆞᆯ 갑흐미 엇더ᄒᆞ뇨?"

은교 왈,

---

1) 激: 원문은 '說'로 되어 있다.

2) 【어엿비】 🅟 불쌍히. ¶ 憐憫‖ 뎨ᄌᆡ 비록 큰 죄ᄅᆞᆯ 지어시나 쳔만년 닷근 공부ᄅᆞᆯ 보와 어엿비 너기쇼셔 (可憐我千年功夫, 望老師憐憫!) <西周 16:58>

"뎨지 비록 쥬왕의 아들이나 달긔로 더브러 원쉬 되엿느니 부왕이 간언(奸言)을 밋어 니 어뮈롤 무고이 죽이고 나롤 죽이려 ᄒ다가 스븨 더브러 오시니 은혜 틴산 갓혼지라 오눌날 스븨 만일 나려가시면 뎨지 쏘혼 스부롤 뫼셔 한가지로 원슈롤 갑고져 ᄒᆞᆫ이다."

광셩지 왈,

"네 만일 나롤 조차 가고져 ᄒᆞᆯ진디 도원동의 나가 스ᄌ애(獅子崖)의 가면 거긔 병긔 이시니 ᄎᆞᄌ오라. 니 맛당이 너롤 도슐노 가르치리라."

은피 녕을 듯고 스ᄌ이의 니르니 한 돌다리 잇거눌 그 다리롤 지나 남다히로 슈십 보는 가니 한 동븨 이시니 돌문이 가장 크거눌 그 문으로 드러가니 긔화요초(奇花瑤草)는 좌우의 가득ᄒ엿고 쳥난빅학(靑鸞白鶴)은 골골이 단이거눌 은피 풍경을 구경ᄒ며 스스로 니로디,

"니 【61】 일즉 이런 긔특혼 곳은 보지 못ᄒ엿도다."

ᄒ고 쏘 슈십 보는 나아가니 한 돌궤〔石几〕 잇고 궤 우희 두아(豆兒) 〔션과(仙果) 일홈〕 열닐곱이 잇거눌 하나홀 집어 먹으니 맛시 심히 달고 향긔로와 인간 음식이 아니어눌 다 먹고 스스로 싱각ᄒ디 '니 스부의 명을 맛타 병긔롤 가질나 왓다가 이제 와 한가히 단이니 맛일 스븨 아르시면 큰 죄롤 어드리라' ᄒ고 도로 동부로 나와 다리롤 건너 슈십 보는 가다가 도라보니 동부는 업고 심산이 쳡쳡ᄒ거눌 은피 괴이히 너겨 졍히 의심ᄒ더니 믄득 졔 머리 둘히 더 나거눌 더경ᄒ여 아모리 홀 줄 몰나ᄒ더니 쏘 엇게 우희 두 팔이 나고 겨드랑의 쏘 두 팔이 나고 눈 하나히 더 나니 셰 머리 여섯 팔 셰 눈 가진 사람이 되엿눈지라 마음의 혜오디 '니 두아롤 먹더니 괴이혼 상이 되여시니 어니 낯츠로 동부의 드러가 스부롤 보리오' ᄒ고 반향(半晌)이나 【62】 말을 아니ᄒ더니 믄득 보니 반공중의 빅운동지(白雲童子) 블너 왈,

"스븨 스형을 쳥ᄒ시더이다."

은피 명을 바다 동부의 드러가니 광셩지 은교의 줏술 보고 쇼왈,

"인군(仁君)이 덕이 이시미 하눌이 괴이혼 사롬을 너여 도으라 ᄒ시눈도다."

방텬화극(方天畵戟)과 번텬인(番天印)과 낙혼종(落魂鐘)과 ᄌ웅검(雌雄劍)을 쥬며 왈,

"네 몬져 뫼희 나려 셔기로 가라."

은피 하직ᄒ고 가고져 ᄒ더니 광셩지 왈,

"니 동중 보비롤 다 너여 너롤 맛지니[3] 네 오관으로 나아가 쥬 무왕을 도으되 만일 중노의 가 마음을 변ᄒ면 니 친이 나려가 너롤 죽이리니 싱신도 망녕된 마음을 너지 말나."

은피 왈,

"노스의 말이 그르셔이다. 뎨지 스부의 명을 바다 스ᄌ이의 병긔롤 가질나 갓다가 그릇 두아롤 먹고 이 얼골이 되여 셔기로 나려가니 쥬 무왕은 덕이 붉은 셩쥬오 우리 부왕은 황음무도ᄒ니 뎨지 만일 스 【63】 부의 교령을 어그릇치면 맛당이 보십 아리 화롤 바다도 원치 아니리이다."

광셩지 디희 왈,

"니 쏘혼 조초가리라."

은피 다시 하직ᄒ고 구션산을 쩌나 졍히 힝ᄒ더니 알픠 한 큰 뫼히 이시니 극히 험쥰ᄒ여 고봉은 반공의 빗겻눈디 창숑은 울울ᄒ고 산슈는 잔잔흔디 미록(麋鹿)은 무리지어 헤지ᄅ거눌 은피 치쳐 지나가더니 믄득 플숩 스이로셔 한 쟝쉬 달녀나오니 낯치 프르고 눈이 셰히오 머리털이 붉으며 은투고롤 쓰고 황금갑의 홍포롤 쪄닙고 홍스마(紅砂馬)롤 탓더라. 크게 쇼리질너 왈,

"셰 머리 가진 도적은 엇던 거시완디 감히 우리 산치롤 여어보느뇨?"[4]

은피 왈,

"나는 쥬왕의 티ᄌ 은피로라."

그 쟝쉬 이 말을 듯고 말게 나려 업더여

---

3) 【맛지다】 圄 맡기다. 주다. ¶ 付‖ 니 동중 보비롤 다 너여 너롤 맛지니 네 오관으로 나아가 쥬 무왕을 도으되 만일 중노의 가 마음을 변ᄒ면 니 친이 나려가 너롤 죽이리니 싱신도 망녕된 마음을 너지 말나 (吾將此寶盡付與你, 須是順天應人, 東進五關, 輔周武興弔民伐罪之師, 不可改了念頭, 心下狐疑, 有犯天譴, 那時悔之晚矣.) <西周 16:62>

4) 【여어보다】 圄 엿보다. ¶ 探望‖ 셰 머리 가진 도적은 엇던 거시완디 감히 우리 산치롤 여어보느뇨? (三首者乃是何人, 敢來我山前探望?) <西周 16:63>

결ᄒᆞ여 왈,

"뎐히 무ᄉᆞᆷ 일노 단긔로 빅뇽산(白龍山)을 지나가시ᄂᆞ니잇고?"

은교 답왈,

"니 ᄉᆞ부의 명을 바다 셔기의 나 【64】 가 강ᄌᆞ아ᄅᆞᆯ 도으려 ᄒᆞ노라."

ᄒᆞ고 졍히 말ᄒᆞ더니 ᄯᅩ 한 쟝쉬 뫼 속으로셔 달녀나오니 황금투고의 담황포(淡黃袍)ᄅᆞᆯ 닙고 졈강창(點鋼槍)을 들고 빅뇽마(白龍馬)ᄅᆞᆯ 타시니 낫치 분바른 듯ᄒᆞ고 눈이 세히오 세 가리 나롯시러라. 쇼리질너 왈,

"형은 눌너 더브러 말ᄒᆞᄂᆞ뇨?"

세 눈 가진 사ᄅᆞᆷ이 왈,

"은 뎐히 계시니 ᄲᆞᆯ니 와 뵈오라."

그 쟝쉬 ᄲᆞᆯ니 달녀와 말게 나려 녜ᄒᆞ고 두 사ᄅᆞᆷ이 은교ᄅᆞᆯ 쳥ᄒᆞ여 산치의 올나가니 뫼히 가쟝 깁고 험ᄒᆞᆫ디 세 겹 셩이 잇거늘 드러가니 즁당이 잇고 좌우의 병미 버렷거늘 은교 즁당(中堂)의 안즌디 두 쟝쉬 알픠 나아와 고두 왈,

"쇼쟝이 그릇 뎐위ᄅᆞᆯ 범ᄒᆞ엿시니 쳥컨디 뎐하ᄂᆞᆫ 죄ᄅᆞᆯ 용셔ᄒᆞ쇼셔."

은교 황망이 붓드러 니로혀 왈,

"두 쟝군의 셩명을 무어시라 ᄒᆞᄂᆞ뇨?"

세 눈 가진 사ᄅᆞᆷ 왈,

"쇼쟝의 셩명은 은냥(溫良)이오 낫 흰 쟝슈ᄂᆞᆫ 마션(馬善)이니이다."

은교 왈

【65】 "니 보니 두 쟝군이 다 의표(儀表) 비상ᄒᆞ니 당셰의 영웅이라 엇지 날노 더브러 한가지로 셔기의 나려가 무왕을 도와 쥬ᄅᆞᆯ 치지 아닛ᄂᆞ뇨?"

이쟝 왈,

"뎐히 도로혀 쥬ᄅᆞᆯ 도와 은을 치려 ᄒᆞᆷ믄 엇지니잇고?"

은교 왈,

"우리 부왕은 죄 십악(十惡)의 범ᄒᆞ여시니 텬하 인심이 임의 쥬의 도라가 도 잇ᄂᆞᆫ 거스로 ᄡᅥ 무도ᄒᆞ니ᄅᆞᆯ 치려 ᄒᆞ니 니 나아가 쥬ᄅᆞᆯ 돕고져 ᄒᆞᆷ믄 다른 일이 아니라 부왕이 달긔의 말을 듯고 무고히 니 모후(母后)ᄅᆞᆯ 죽이니 이러므로 달긔ᄅᆞᆯ 죽여 모친 원슈ᄅᆞᆯ 갑흐려 ᄒᆞ노라."

은양·마션 왈,

"뎐하의 힝ᄒᆞ실 일이 진실노 디장부의 홀 비라 쇼장 등이 ᄯᅩ흔 군ᄉᆞᄅᆞᆯ 거ᄂᆞ려 뎐하ᄅᆞᆯ 뫼시리이다."

ᄒᆞ고 잔치ᄅᆞᆯ 비셜ᄒᆞ여 은교ᄅᆞᆯ 디졉ᄒᆞ니 은교 밤드도록 슐먹고 이튼날 부장 누라(嘍羅)ᄅᆞᆯ 명ᄒᆞ여 군ᄉᆞ의 의복과 긔치ᄅᆞᆯ 곳쳐 쥬병과 갓치 ᄒᆞ고 이장으로 더브러 산치ᄅᆞᆯ 블지르고 빅뇽산을 ᄯᅥ나 큰 길노 힝 【66】 ᄒᆞ더니 쇼졸이 보ᄒᆞ디,

"한 도인이 범을 타고 와 뎐하ᄅᆞᆯ 뵈와지라 ᄒᆞᄂᆞ이다."

은교 군ᄉᆞᄅᆞᆯ 녕ᄒᆞ여 진치고 말긔 나려 도인을 드러오라 ᄒᆞ니 도인이 범을 나려 드러오거늘 은교 황망이 마ᄌᆞ 왈,

"노시 어디로셔 오ᄂᆞ뇨?"

도인 왈,

"나ᄂᆞᆫ 곤뉸산 문하 신공표(申公豹)러니 뎐하ᄂᆞᆫ 어디로 가시ᄂᆞ닛고?"

은교 왈,

"니 ᄉᆞ부의 명을 바다 셔기의 가 쥬 무왕을 도와 모친의 원슈ᄅᆞᆯ 갑고져 ᄒᆞ노라."

신공표 쇼왈,

"뎐하ᄂᆞᆫ 쥬왕과 남이니잇가?"

은교 쇼왈,

"노ᄉᆞᄂᆞᆫ 괴이흔 말 말나 쥬(紂)ᄂᆞᆫ 니 부왕이라."

신공표 왈,

"아들이 도젹을 도와 아뷔ᄅᆞᆯ 치니 이ᄂᆞᆫ 인뉸 모로ᄂᆞᆫ 즘성의 일이라. 뎐히 동궁위(東宮位)의 이시니 쥬왕 빅셰 후면 맛당이 셩탕(成湯) 긔업을 니으리니 엇지 도젹을 도와 스스로 종ᄉᆞ(宗祠)ᄅᆞᆯ 남의게 도라보니리오? 이ᄂᆞᆫ 녜붓허 듯지 못흔 비로쇼이다. 타일의 뎐히 빅셰 후면 어니 면목으로 셩탕 조종을 뵈 【67】 리오? 뎐하의 가졋ᄂᆞᆫ 보비 족히 ᄡᅥ 텬하ᄅᆞᆯ 평안이 홀 거시오 뎐하의 얼골이 족히 ᄡᅥ 조종 긔업을 니으리니 쥬ᄅᆞᆯ 치고 ᄉᆞ히ᄅᆞᆯ 진압ᄒᆞᆷ미 이 상칙인가 ᄒᆞᄂᆞ이다."

은교 답왈,

"노ᄉᆞ의 말이 비록 올흐나 우리 부왕이 무도ᄒᆞ여 덕을 닷지 아니니 텬심이 임의 쥬의 도라갓고 허믈며 강ᄌᆞ아ᄂᆞᆫ 장상(將相)의 지죄 이

시니 텬하 계휘 향응치 아니리 업는지라. 우리 노스 광셩지 날을 분부ᄒᆞ여 뫼히 나려가 강ᄌᆞ아ᄅᆞᆯ 도으라 ᄒᆞ여시니 엇지 감히 스부의 명을 져ᄇᆞ리리오?"

신공표 이윽이 싱각다가 왈,

"뎐하 강상을 장상의 지죄 잇다 ᄒᆞ니 무슴 일이 큰 지죄니잇고?"

은쾨 왈,

"강ᄌᆞ아는 공평ᄒᆞ고 졍직ᄒᆞ여 어진 사ᄅᆞᆷ을 디졉ᄒᆞ며 스오나오니ᄅᆞᆯ 믈니치니 이 도덕의 군지오 당셰의 영웅이라 텬히 일ᄏᆞᆺ지 아니리 업스니 이 엇지 장부의 지죄 아니리오?"

신공표 왈,

"뎐하는 아지 못ᄒᆞ시는 【68】 도다. 나는 드ᄅᆞ니 덕 잇는 군ᄌᆞ는 인눈을 어ᄌᆞ러이지 아닛는다 ᄒᆞ니 이졔 뎐하의 아오 은홍(殷洪)은 쥬왕의 친지라 쥬ᄅᆞᆯ 위ᄒᆞ여 스싱 젹졍ᄌᆞ(赤精子)ᄅᆞᆯ 비반ᄒᆞ고 쥬ᄅᆞᆯ 치니 ᄌᆞ식이 아뷔ᄅᆞᆯ 도으미 엇지 못ᄒᆞᆯ 일이리오만은 강상이 젹졍ᄌᆞᄅᆞᆯ 부쵹(附囑)ᄒᆞ여 티극도(太極圖)ᄅᆞᆯ 드러 은홍을 죽이니 이 엇지 도덕군지라 니ᄅᆞ리오? 뎐히 원슈ᄅᆞᆯ 아지 못ᄒᆞ고 젹국을 돕고져 ᄒᆞ시니 빈되 그윽이 뎐하ᄅᆞᆯ 위ᄒᆞ여 취치 아니ᄒᆞᄂᆞ이다?"

은쾨 이 말을 듯고 디경 문왈,

"노스의 말이 진실노 올ᄒᆞ나 스부의 녕을 져ᄇᆞ릴가 ᄒᆞᄂᆞ이다."

도인 왈,

"뎐히 빈도ᄅᆞᆯ 밋지 아니시니 이는 뎐히 다 아는 비라. 엇지 감히 거즛말이리잇고? 이졔 장산이 십만 군을 거ᄂᆞ려 셔긔ᄅᆞᆯ 치고 도인 우익션이 ᄯᅩᄒᆞᆫ 도으니 뎐히 장산의게 나아가 무어 아ᄋᆞ의 보슈ᄅᆞᆯ ᄒᆞ시면 텬히 한가지로 긔특이 너겨 도라오리니 빈되 ᄯᅩᄒᆞᆫ 놉흔 도인을 보니여 뎐하의 한 【69】 팔 힘을 도으리이다."

은쾨 왈,

"삼가 명디로 ᄒᆞ리이다."

신공표 하직고 가거늘 은쾨 싱각ᄒᆞ디 '강상이 만일 너 아ᄋᆞᄅᆞᆯ 죽엿스면 엇지 도젹을 도으리오? 반드시 강상을 죽여 아ᄋᆞ의 원슈ᄅᆞᆯ 갑흐리라' ᄒᆞ고 군스ᄅᆞᆯ 거ᄂᆞ려 나아가더니 믄득 보니 일지 인미 영치ᄅᆞᆯ 비셜ᄒᆞ고 잇거늘 은쾨 은냥을 블너 왈,

"그디 몬져 나아가 져 영치가 댱산(張山)의 영친가 보라."

ᄒᆞᆫ디 은양이 녕을 듯고 몬져 나아가다.

댱산이 영의 잇셔 우익션을 보닌 후의 이틀이로디 도라오지 아니믈 보고 졍히 근심ᄒᆞ여 쇼졸을 보니여 우익션을 ᄎᆞᄌᆞ라 ᄒᆞ고 홀노 안졋더니 믄득 쇼졸이 보ᄒᆞ디,

"영 밧긔 한 장쉬 와셔 은 뎐히 오시니 원슈ᄅᆞᆯ 쳥ᄒᆞ여 마ᄌᆞ라 ᄒᆞ니 원슈는 ᄲᆞᆯ니 나가 보쇼셔."

댱산이 이 말을 듯고 괴이히 너겨 스스로 싱각ᄒᆞ디 '쥬왕의 ᄎᆞᄌᆞ 은홍이 임의 죽엇고 티ᄌᆞ 은교는 간디를 모르니 엇지 ᄯᅩ 뎐히 잇【70】 시리오' ᄒᆞ고 군스ᄅᆞᆯ 명ᄒᆞ여 그 장슈ᄅᆞᆯ 드러오라 ᄒᆞ니 은양이 영으로 드러오니 댱산이 문 왈,

"장군은 어디로셔 오며 뎐하는 뉘시뇨?"

은양 왈,

"쇼장이 티ᄌᆞ 은교 뎐하의 명을 바다 와시니 장군은 ᄲᆞᆯ니 영의 나가 마ᄌᆞ쇼셔."

댱산이 니금ᄃᆞ려 왈,

"두 뎐히 다 업셔시니 엇지 ᄯᅩ 뎐히 이시리오?"

니금(李錦) 왈,

"원슈는 ᄲᆞᆯ니 영의 나가 진가(眞假)ᄅᆞᆯ 분변ᄒᆞ쇼셔."

댱산이 그 말을 올히 너겨 니금으로 더브러 영의 나가니 은양이 몬져 나아가 은교의게 알외디,

"댱산이 영의 나와 디후(待候)ᄒᆞ엿ᄂᆞ이다."

은쾨 나아가니 댱산이 졍히 영문(營門)의셔 은교ᄅᆞᆯ 기다리더니 믄득 보니 은쾨 일디 인마ᄅᆞᆯ 거ᄂᆞ려 오니 은교의 셰 머리 여섯 팔과 은양·마션의 셰 눈 가졋시믈 보고 아뫼 은권 줄 몰나 댱산이 나아가 문왈,

"뎐히 어디 계시뇨?"

은쾨 왈,

"티ᄌᆞ 은교는 예 잇노라."

댱산이 디희ᄒᆞ여 황망이 녜ᄅᆞᆯ ᄒᆡᆼᄒᆞ고 은교ᄅᆞᆯ 【71】 마져 즁군의 드러가 좌ᄅᆞᆯ 졍ᄒᆞ미 은쾨 문왈,

"장군이 니 아ㅇ 은홍의 쇼식을 아는다?"

댱산 왈,

"이 뎐ㅎ 셔기롤 치다가 강상의 틱극도롤 만나 몸이 지 되여 날아간지 임의 오리이다."

은괴 이 말을 듯고 크게 쇼리지르고 싸히 것구러지거놀 좌위 붓드러 니르혀니 은괴 방셩 디곡 왈,

"니 아이 과연 독슈의 희롤 닙어시니 니 반드시 원슈롤 갑흐리라."

ㅎ고 뛰여 니러나 살 하나흘 쩌거 왈,

"니 만일 강상을 죽이지 못ㅎ면 밍셰코 도라가지 아니리라."

ㅎ고 이튼날 은괴 즁쟝을 거느리고 셩 밋히 가 강상을 보아 말ㅎㅈ ㅎ더 쇼졸이 급히 구ㅎ니 즈이롤 군스롤 졍녕ㅎ여 다셧 디의 난화 셩의 나가니 즈이 스블샹(四不相)을 타고 즁쟝을 거느려 나가며 먼니 바라보니 한 사롬이 셔시더 삼두뉵비오 낫치 푸르고 엄니 브르돗고 좌우의 두 쟝쉬 셔시더 극히 흉악ㅎ지라. 즈이 쇼리질너 왈,

"너 【72】 는 엇던 거시완더 감히 와 우리 롤 침노ㅎ는다?"

은괴 쇼리질너 꾸지즈더,

"나는 틱ㅈ 은괴러니 네 니 아ㅇ롤 틱극도의 올녀 죽여시니 원슈롤 갑고져 ㅎ노라."

즈이 왈,

"은홍이 졔 스스로 틱극도의 올나 화롤 바다시니 니 엇지 알니오?"

은괴 더로 왈,

"네 죽여두고 모르는 체ㅎ니 니 너롤 죽여 원슈롤 깁흐리라."

ㅎ고 방쳔화극을 들고 다라들거놀 나탁이 풍화 륜을 타고 화쳠창을 두르고 싸호더니 삼합이 못 ㅎ여 빈쳔인을 니여 나탁을 치니 니탁이 풍회륜 의 나려지거놀 황텬홰 나탁의 픽ㅎ믈 보고 쳘퇴 롤 두로고 옥긔린을 달녀 다라들거놀 은괴 낙혼 종을 니여 드니 황텬홰 졍신이 어즐ㅎ여 싸히 나려지거놀 은괴 군스롤 녕ㅎ여 황텬화롤 미여 드러가니 황비회 아들의 잡히믈 보고 오식 신우 (神牛)롤 모라 드라드러 싸화 슈합이 못ㅎ여 은 괴 쏘 낙혼 【73】 종을 니여 드니 비회 쏘히 나 려지거놀 은양·마션이 일시의 니다라 잡아 드

러가니 양젼이 은교의 괴이흔 두 병긔롤 보고 즈이 상홀가 두려 급히 군스롤 거두어 셩의 드 러가니 즈이 양젼을 블너 왈,

"이졔 쏘 은교롤 맛나 나탁이 상ㅎ고 황비 호의 부지 잡히니 무슴 계규로 이 격도롤 잡으 리오?"

양젼 왈,

"쇼쟝이 은교의 두 병긔롤 보니 일졍 하나 흔 번쳔인이오 하나흔 낙혼종이니 이는 광셩즈 의 보비니이다."

즈이 왈,

"광셩지 엇지 은교의 스싱이리오?"

양젼 왈,

"은교의 형졔 졍히 위급ㅎ여실 쩌의 광셩 즈와 젹졍지 목슘을 각각 구ㅎ여 다려다가 뎨즈 롤 삼앗느니 승상이 엇지 니져 계시니잇고?"

즈이 바야흐로 씨닷더라.

은괴 황비호 부즈롤 잡아 영의 도라와 댱 산 등으로 더브러 쟝의 안고 군스로 ㅎ여곰 두 쟝슈롤 잡아 【74】 드리니 은괴 문왈,

"너희 일홈을 무어시라 ㅎ느뇨?"

황비회 답왈,

"나는 무셩왕 황비회로라."

은괴 댱산다려 문왈,

"셔기의 쏘 엇지 무셩왕 황비회 잇느뇨?"

댱산 왈,

"이는 텬ㅈ 뎐젼디쟝군(殿前大將軍) 황비회 니 반ㅎ여 쥬의 도라가 반격을 돕더니 이졔 잡 혀시니 샐니 죽여 국법을 졍히 ㅎ쇼셔."

은괴 이 말을 듯고 디경ㅎ여 황망이 댱의 나려 황비호의 민 거술 그르며 왈,

"니 엇지 은인인 쥴 아랏시리오?"

ㅎ고 황텬화롤 가르쳐 문왈,

"이는 엇던 니뇨?"

황비회 왈,

"이는 쟝ㅈ 텬홰로쇼이다."

은괴 급히 군스로 ㅎ여곰 황텬화롤 글너 부즈롤 올녀 안치고 왈,

"쟝군이 우리 형뎨 냥인을 노치 아냐시면 니 엇지 오놀날 다시 쟝군을 만나리오?"

황비회 스례ㅎ고 문왈,

"뎐히 한 번 바롬의 붓치여 가신 후의 쇼식을 듯지 못ᄒᆞ더니 이졔 어늬 곳으로 말미암아 오시뇨?"

은픠 즐겨 니ᄅᆞ지 아 【75】 니ᄒᆞ고 몽농(朦朧)이 답왈,

"바다 신션이 나ᄅᆞᆯ 구ᄒᆞ여 뫼히 더브러 가도ᄅᆞᆯ 가ᄅᆞ치더니 니 아ᄋᆞ의 죽으믈 듯고 뫼히 나려와 보슈코져 ᄒᆞᄂᆞ니 오늘날 장군의 부ᄌᆞᄅᆞᆯ 노ᄒᆞ믄 전일 은혜롤 갑ᄒᆞ미어니와 만일 다시 잡히면 반ᄃᆞ시 국법을 졍히 ᄒᆞ리이다."

황가 부ᄌᆞ 은교롤 하직ᄒᆞ고 셩의 도라와 ᄌᆞ아의게 뵌더 ᄌᆞ이 디희 문왈,

"장군이 엇지 능히 도라오뇨?"

황비회 노혀온 일을 ᄌᆞ시 니ᄅᆞ다.

이튼날 쇼졸이 보ᄒᆞ더,

"셩 밧긔 한 장쉬 와 ᄴᆞ호ᄌᆞ ᄒᆞᄂᆞ이다."

ᄌᆞ이 좌우룰 도라보와 왈,

"뉘 능히 나가 이 도격을 잡을고?"

등구공(鄧九公)이 응셩 왈,

"쇼장이 원컨더 가리이다."

ᄌᆞ이 허락ᄒᆞ더 구공이 삼쳔 인마롤 졈고ᄒᆞ여 셩의 나가 바라보니 한 장쉬 빅마장창(白馬長槍)의 담황포롤 닙엇거늘 구공이 디호 왈,

"오는 ᄌᆞᄂᆞᆫ 엇던 인다?"

그 장쉬 왈,

"나는 은 뎐하의 디장군 마션이 【76】 로라."

구공이 답지 아니코 칼홀 두로고 바로 마션의게 다라드니 마션이 ᄯᅩᄒᆞᆫ 창을 드러 ᄴᆞ화 십여 합은 ᄒᆞ여 구공이 졍신이 빈나 더ᄒᆞ고 힘이 더ᄒᆞ여 칼쓰기 귀신 갓ᄒᆞ니 마션이 능히 디격지 못ᄒᆞ여 말을 두로혀 다라나거늘 구공이 칼을 노코 팔을 늘희여 마션을 잡아 마하의 나리치니 모든 군시 일시의 다라드러 마션을 미야 셩의 도라와 ᄌᆞ아롤 본더 ᄌᆞ이 군ᄉᆞ롤 명ᄒᆞ여 마션을 잡아드리니 마션이 안식이 ᄌᆞ약(自若)ᄒᆞ여 두려ᄒᆞ미 업고 셔셔 ᄭᅮ지 아니ᄒᆞ거늘 ᄌᆞ이 왈,

"네 임의 술오잡혀시더 ᄭᅮ러 항복지 아니믄 엇지뇨?"

마션이 디쇼ᄒᆞ고 ᄭᅮ지져 왈,

"늙은 필뷔 감히 나라홀 반ᄒᆞ여 변경을 요란케 ᄒᆞ니 우리 조셔롤 밧ᄌᆞ와 너희롤 치다가 그릇 잡혀ᄉᆞ니 죽을 ᄯᆞ롬이러라. 엇지 네게 굴슬ᄒᆞ여 항복ᄒᆞ리오?"

ᄌᆞ이 디로ᄒᆞ여 남궁괄(南宮适)을 블너 왈,

"이 도 【77】 격을 ᄉᆞᆯ니 너여 버히라."

남궁괄이 마션을 잡아 원문의 나가 칼홀 드러 머리롤 버히니 환되 지나치며 머리 도로 붓헛거늘 남궁괄이 디경ᄒᆞ여 급히 드러와 ᄌᆞ아의게 알왼더 ᄌᆞ이 ᄯᅩ 괴이히 너겨 제장을 거ᄂᆞ리고 원문의 나가니 위회(韋護) 항마져(降魔杵)롤 드러 마션의 디골을 치니 마션이 금빗치 되여 ᄯᆞ히 퍼지거늘 ᄌᆞ이 아모리 홀 줄 몰나 급히 계장을 명ᄒᆞ여,

"삼미진화쥬(三昧眞火珠)[블나는 구술] 롤 가져오라 이 요괴롤 티오리라."

금탁·목탁·나탁·뇌진ᄌᆞ·황텬화·위회 일시의 응셩ᄒᆞ여 드러가 삼미진화쥬롤 너여오니 ᄌᆞ이 그 구술을 마션의게 더진더 마션이 디쇼 왈,

"네 나롤 죽이려 ᄒᆞ니 니 가노라."

ᄒᆞ고 화광을 타고 반공의 오ᄅᆞ니 그 간 바롤 아지 못ᄒᆞ너라. ᄌᆞ이 승상부의 도라와 제장으로 더브러 의논ᄒᆞ더니 양젼이 진왈,

"쇼장이 원컨더 구션산의 가 광셩ᄌᆞ롤 보아 은교 【78】 허실을 탐쳥ᄒᆞ고 종남산(終南山)의 가 운즁ᄌᆞ(雲中子)롤 보아 조마경(照魔鏡) 비러 마션을 쳐치ᄒᆞ미 엇더ᄒᆞ니잇고?"

ᄌᆞ이 디희ᄒᆞ여 허락ᄒᆞ더 양젼이 셔기롤 ᄯᅥ나 구션산 도원동의 니ᄅᆞ러 광셩ᄌᆞ긔 뵌더 광셩지 왈,

"니 은교롤 삼두뉵비롤 밍그라 셔기로 보니여 ᄌᆞ아롤 도으라 ᄒᆞ엿더니 그더 만나본다?"

양젼 왈,

"은픠 쥬는 돕지 아니ᄒᆞ고 도로혀 은을 도와 번텬인과 낙혼종으로써 쥬진 장슈롤 무슈히 상ᄒᆞ고 작난ᄒᆞᄂᆞ지라 뎌지 특별이 강승상 명을 바다 허실을 알고져 왓ᄂᆞ이다."

광셩지 이 말을 듯고 크게 쇼리질너 왈,

"이 츅싱을 니 동즁 보비롤 다 너여 쥬어 강ᄌᆞ아롤 도으라 ᄒᆞ엿더니 스싱의 녕을 듯지 아니코 블측(不測)ᄒᆞᆫ 화(禍)롤 지으니 니 맛당이

나려가 업축을 잡으리니 그디는 몬져 가라."

양전이 광셩즈롤 니별ᄒᆞ고 구션산을 쩌나 종남산의 니르러 운즁즈롤 보고 왈,

"이졔 셔기【79】롤 한 장쉬 와 치니 일홈은 마션이라. 버혀도 상치 아니ᄒᆞ고 블의 티와도 타지 아니ᄒᆞ니 아모 괴믈인 쥴 모로니 쳥컨디 노스는 조마경을 빌니시면 이 요괴롤 잡은 후의 머무지 말고 즉시 가져오리이다."

운즁지 조마경을 즉시 니여 쥬거눌 양전이 운즁즈의게 하직ᄒᆞ고 셔기로 도라와 즈아의 뵌디 즈이 문왈,

"그디 광셩즈와 운즁즈롤 본다?"

양전이 두 도인 본 일을 즈시 니르고 조마경을 니여 뵌디 즈이 디희 왈,

"장군이 너일 셩의 나가 마션을 잡으라."

이튼날 양전이 은영 밧긔 가 쏜호즈 ᄒᆞ디 은괴 마션을 명ᄒᆞ여 쏜호라 ᄒᆞ니 마션이 진의 나셔거눌 양전이 가만이 조마경을 니여 빗최니 마션이 본상을 니미 한 등블이어눌 양전이 조마경을 감초고 칼홀 두로고 다라드니 마션이 쏘ᄒᆞᆫ 창을 드러 어우러져 쏜화 삼십여 합은 ᄒᆞ여 양전이 픠쥬(敗走)여눌 마션이 쏜로지【80】아니ᄒᆞ고 영의 도라와 은교롤 보고 왈,

"쇼장이 양전으로 더부러 쏜호더니 양전이 다라나거눌 쇼장이 쏜로지 아니ᄒᆞ고 오니이다."

은괴 왈,

"병가의 일녀시디 궁구롤 믈박(□□)이라 ᄒᆞ니 장군은 가히 병법을 안다 니르리로다." ᄒᆞ더라. 양전이 승상부의 드러가 즈아긔 뵌디 즈이 문왈,

"마션이 무산 졍녕이러뇨?"

양전이 디왈,

"마션을 비최니 한 등블의 졍녕이러이다."

위회 겻히 잇다가 왈,

"이졔 등 잇ᄂᆞᆫ디 셰히니 한 곳은 현도동(玄都洞) 팔경궁(八景宮)이오 쏘 한 곳은 옥허궁(玉虛宮)이오 쏘 한 곳은 녕취산(靈鷲山)이니 이 셰 곳 등이라. 디 도인이 법을 강논ᄒᆞᆯ졔 도롤 만히 드럿ᄂᆞ니 양장군은 샐니 셰 곳의 가 아라오라."

양전이 가고져 ᄒᆞ거눌 즈이 허ᄒᆞ니 양전이 셔기롤 쩌나 몬져 옥허궁으로 갈시 곤눈산의 니

르니 창송은 낙낙(落落)ᄒᆞ고 취죽(翠竹)은 의의(依稀)ᄒᆞ며 간슈(澗水)는 잔잔(潺潺)ᄒᆞ고 고봉은 쳡【81】쳡ᄒᆞ거눌 풍경을 구경ᄒᆞ며 긔린이(麒麟崖)롤 지나 옥허궁 밧긔 가니 빅학동지 양전을 보고 녜ᄒᆞ여 왈,

"스형이 무슴 일노 오뇨?"

양전 왈,

"노야 압히 다랏던 유리등(琉璃燈)이 잇ᄂᆞ냐?"

동지 왈,

"스형은 드러가 보라."

양전이 혜오디 '옥허궁은 다른디와 다르니 가비야이 드러가지 못ᄒᆞ리니 녕취산의 가 몬져 단여오리라' ᄒᆞ고 옥허궁을 쩌나 녕취산 원각동의 니르러 연등도인긔 뵈니 연등이 문왈,

"그디 무슴 일노 오뇨?"

양전이 디왈,

"노야 알픠 다랏던 유리등이 어디 가니잇고?"

연등이 우러러보다가 과연 업스믈 보고 쇼리ᄒᆞ여 왈,

"이 업축이 너 졔즈로 더브러 도롤 강논ᄒᆞᆯ졔 만히 드러시니 일졍 인간의 가 큰 화롤 지어 너는도다."

양전이 마션의 일을 즈시 니른디 연등 왈,

"그디 몬져 가라 너 조초 가 이 업축을 잡으리라."

ᄒᆞ거눌 양전이 연등을 니별ᄒᆞ고 셔기의 니르러 즈아의【82】게 일일히 알왼디 즈이 디희ᄒᆞ여 셔로 의논ᄒᆞ더니 군졍관(軍政官)이 급히 고ᄒᆞ디,

"문밧긔 광셩지 와 계시니이다."

즈이 샐니 나가 광셩즈롤 마즈 즁당의 니르러 녜롤 맛츠미 광셩지 왈,

"빈되 빈되 졔즈 은교롤 식여 승상을 도으라 ᄒᆞ엿더니 이의 와 디변을 지으니 빈도의 죄로쇼이다."

ᄒᆞ고 즉시 영의 나 은영의 니르러 쇼리질너 왈,

"은교는 샐니 나오라."

ᄒᆞ더라.

64

나션화분셔기셩(羅宣火焚西岐城)

쇼졸이 급히 드러가 알외디,

"영 밧긔 한 도인이 와셔 뎐하(殿下)롤 보와지라 ㅎㄴ이다."

은괴(殷郊) 혜오디 '이 아니 니 스붠가? 만일 스뷔여든 맛당이 강상(姜尙)이 은홍(殷洪)을 죽인 줄을 니르리라' ㅎ고 영의 나가 보니 과연 광셩지(廣成子)여놀 은괴 마상(馬上)의셔 몸을 굽혀 왈,

"뎨지 몸의 갑쥬(甲胄) 이시니 감히 네 【83】 롤 힝치 못ㅎㄴ이다."

광셩지 은교의 왕복(王服)을 닙고 잇스믈 보고 디로 즐왈,

"이 업츅이 엇지 감히 스싱의 말을 듯지 아니ㅎ고 큰 변을 짓ㄴ뇨?"

은괴 울며 왈,

"뎨지 감히 알외리이다. 뎨지 스부의 명을 바다 산의 나려오다가 길의셔 은양(溫良)·마션(馬善)을 엇고 쥬로 오더니 쏘 신공표(申公豹)롤 만나니 공푀 뎨즈롤 달니여 쥬(周)롤 치라 ㅎ니

뎨지 임의 스부의 명을 바닷ㄴ지라 우리 부왕이 포학무도ㅎ여 텬히 한가지로 뮈워ㅎ니 뎨지 비록 신공표의 말을 드르나 엇지 감히 스부의 명을 어그롯치리오만은 강상이 니 아ㅇ 은홍을 틱극도(太極圖)의 올녀 죽여시니 이 원슈롤 갑고져 ㅎㄴ니 엇지 스뷔 뎨즈로 ㅎ여곰 원슈롤 셤기라 ㅎ셧ㄴ니잇고?"

말을 맛츠며 방셩디곡ㅎ거놀 광셩지 왈,

"신공표ㄴ 즈아로 더브러 슈원(愁怨)이 잇ㄴ니 엇지 신공표의 말을 밋으리오? 네 아ㅇ 은홍이 스스로 틱극도 화롤 바 【84】 드니 이 쏘흔 텬쉬라."

은괴 왈,

"신공표의 말이 비록 밋브지 아니나 강상이 틱극도롤 드니 니 아이 스스로 틱극도 우희 올나 참혹ㅎㄴ 형벌을 바다시니 실은 강상이 죽인 비라 스부는 청컨디 뫼흐로 가쇼셔. 뎨지 강상을 죽여 아의 원슈롤 갑고 다시 동졍(東征) [졍은 동의 이시니 쥬롤 치단 말이라] 을 의논ㅎ미 쏘흔 늣지 아니ㅎㄴ이다."

광셩지 왈,

"네 만일 줏지 아니면 반드시 큰 환을 바드리라."

은괴 왈,

"니 아이 임의 죽어시니 니 엇지 혼즈 살니오?"

ㅎ니 광셩지 디로ㅎ여 보검을 드러 다라들거놀 은괴 화극(畵戟)을 드러 칼홀 막으며 왈,

"노시 엇지 괴로이 강상을 위ㅎ여 뎨즈롤 죽이려 ㅎ시ㄴ뇨?"

광셩지 쏘 쇼리롤 지르고 다라들거놀 은괴 쏘 막으며 왈,

"이 화극은 노스롤 아지 못ㅎㄴ니 노스ㄴ 믈너가쇼셔."

광셩지 왈,

"네 니말을 종시(終是) 듯지 아니ㅎ니 반드시 후의 뉘웃츠미 잇스리라."

은괴 왈,

"스뷔 임의 【85】 뎨즈롤 죽이려 ㅎ시니 뎨지 쏘흔 마지 못ㅎ여 한 번 스부와 쏘호미 되여시니 노스ㄴ 허믈치 마로쇼셔."

ㅎ고 화극을 드러 쏘화 스오합이 못ㅎ여 은괴

370

가만이 번텬인(番天印)을 너거눌 광셩지 알아보고 상홀가 두려 급히 금광법(金光法)을 힝ᄒ여 셔기로 도라와 즈아룰 본디 즈이(子牙) 왈,

"도형이 은교와 ᄊᆞ호미 승뷔 엇더ᄒ뇨?"

광셩지 왈,

"은교 신공표의 말을 듯고 변을 짓거눌 니 지삼 권ᄒᆞ디 맛춤니 니말을 듯지 아니ᄒ고 날과 ᄊᆞ호더니 업츅이 가마니 번텬인을 너거눌 빈되 상홀가 두려 급히 다라오니이다."

즈이 광셩즈로 더브러 의논ᄒᆞ더니 쇼졸이 보ᄒᆞ디,

"문 밧긔 연등(煙燈) 노애(老爺) 오시니이다."

즈이 즁장으로 더브러 밧긔 나와 연등을 마즈 뎐의 올나 녜필의 연등 왈,

"니 압히 다랏던 등이 도롤 만히 드럿더니 졔 예 와 작난ᄒ니 니 이 업츅을 잡으라 오니이다."

즈이 ᄯᅩ 은 【86】 교의 일을 즈셰히 니룬디 연등 왈,

"은교는 쳐치키 어렵고 마션은 쉬오니 몬져 마션을 잡은 후의 다시 의논ᄒ리라."

ᄒ고 즈아의 귀의 다혀 왈,

"니리니리ᄒ면 가히 마션을 업시ᄒ리라."

ᄒᆞ디 즈이 디희ᄒᆞ여 이튼날 홀노 ᄉᆞ블상(四不相)을 타고 셩의 나 은영(殷營)의 니룬러 마션을 보와 말ᄒ즈 ᄒᆞ디 쇼졸이 급히 드러가 보ᄒᆞ디,

"영 밧긔 강즈이 홀노 와 마장군(馬將軍)을 보와 말ᄒ즈 ᄒᆞᄂ이다."

은교 이 말을 듯고 스스로 싱각ᄒᆞ디 '어졔 ᄉᆞ뷔 왓다가 픠ᄒᆞ여 가더니 오눌 ᄯᅩ 즈이 단긔로 왓스니 일졍 무슴 계괴 잇도다' ᄒᆞ고 즉시 마션을 명ᄒᆞ여 나가 ᄊᆞ호라 ᄒ니 마션이 녕을 듯고 즉시 원문의 나아가 아모말도 아니ᄒ고 창을 두로고 바로 즈아의게 다라들거눌 즈이 보검을 둘너 마즈 ᄊᆞ화 삼합이 못ᄒᆞ여 즈이 픠ᄒᆞ여 셩으로 드지 아니코 바로 동남을 바라고 다라나니 마션이 ᄯᅡ라 닷더니 한 뫼흘 지나 삼니ᄂᆞᆫ 가더니 믄 【87】 득 보니 큰 버드나모 아러 한 도인이 안졋거눌 즈이 도인의 뒤흐로 다라들며 쇼리질너 왈,

"마션이 오눌날 니 계규의 ᄲᅢ졋시니 어더

ᄒ고 다시 ᄊᆞ호더니 나탁이 금젼을 너여 은양의 쏙뒤롤 맛치니 은양이 말긔 써러지거ᄂᆞᆯ 양젼이 한 탄ᄌ(彈子)ᄅᆞᆯ 너여 은양을 바라며 한 번 쏘니 은양이 엇게ᄅᆞᆯ 마자 ᄯᆞᆫ히 것구러져 죽거ᄂᆞᆯ 은피 은양의 죽으믈 보고 급히 번쳔인을 너거ᄂᆞᆯ ᄌᆞ이 누른 긔ᄅᆞᆯ 너여 한 번 드니 금광이 가득ᄒ며 그 긔 화ᄒ여 무슈ᄒ 빅년(白蓮)이 되야 ᄌᆞ아의 몸의 둘너시니 비록 번쳔인이나 엇지 능히 이 변화ᄅᆞᆯ 당ᄒ리오? ᄌᆞ이 급히 신편(神鞭)을 너여 은교의 등을 치니 은피 몸을 번듸쳐[1] 말긔 나려지거ᄂᆞᆯ 양젼이 다라드러 삼쳡냥인도(三尖兩刃刀)ᄅᆞᆯ 드러 은【90】교ᄅᆞᆯ 버히고져 ᄒ더니 댱산(張山)·니금(李錦)이 일시의 달녀나와 은교ᄅᆞᆯ 구ᄒ여 가거ᄂᆞᆯ ᄌᆞ이 일진을 크게 니긔고 셩의 도라와 연등과 광셩ᄌᆞ로 더부러 계규ᄅᆞᆯ 의논ᄒ더라.

은피 피ᄒ여 영의 도라와 홀노 안ᄌᆞ 근심ᄒ더니 쇼졸이 보ᄒ더,

"영 밧긔 한 도인이 왓시니 낫치 므른[2] 디 초빗 갓고 머리털과 나롯시 다 붉고 눈이 셰히오 다홍팔과복(大紅八卦服)을 닙고 젹연구(赤煙駒) [말이라] ᄅᆞᆯ 타고 뎐하ᄅᆞᆯ 보와지라 ᄒᆞᄂᆞ이다."

은피 이 말을 듯고 혜오디 '니 뫼히셔 나려올제 신공피 니로디 도인을 어더 도으마 ᄒ더니 이 일졍 긔로다' ᄒ고 드러오라 ᄒᆞ더 이윽고 한 도인이 드러오니 그 얼골이 심히 흉악ᄒ거ᄂᆞᆯ 은피 황망이 계의 나려 마ᄌᆞ 장의 올나 녜필의 은피 문왈,

"노ᄉᆞ의 셩명이 무어시며 어ᄂᆞ 뫼히 잇ᄂᆞ뇨?"

도인 왈,

"빈도ᄂᆞᆫ 화룡도(火龍島) 염즁션[3](焰中仙) 나션(羅宣)이러니 신공피 특별이 빈도ᄅᆞᆯ 쳥ᄒ여 뎐하ᄅᆞᆯ 도으라 ᄒᆞ미 【91】 왓ᄂᆞ이다."

은피 디열ᄒ여 슐을 두어 관디ᄒ더라. 나션이 군즁의 잇션지 스홀이로디 ᄊᆞ홀 계규ᄅᆞᆯ 아니ᄒ거ᄂᆞᆯ 은피 문왈,

"노시 임의 날을 도와 공을 일우려 ᄒ면 엇지 두어 날이로디 ᄊᆞ호지 아닛ᄂᆞ뇨?"

나션 왈,

"니 한 도우(道友)ᄅᆞᆯ 쳥ᄒ여시니 오거든 함긔 공을 일우미 ᄯᅩᄒ 늣지 아니니이다."
ᄒ고 은교로 더브러 졍히 장의 잇셔 의논ᄒ더니 믄득 쇼졸이 보ᄒ더,

"원문 밧긔 한 도인이 와 뎐하긔 뵈와지라 ᄒᆞᄂᆞ이다."

은피 드러오라 ᄒ니 이윽고 한 도인이 드러오디 낫치 누르고 검은 거슬 닙고 날호여[4] 거러 드러오거ᄂᆞᆯ 은피 황망이 장의 나려 마ᄌᆞ 녜필의 나션이 도인다려 문왈,

"현뎨 엇지 오기ᄅᆞᆯ 더디ᄒᆞ뇨?"

도인 왈,

"병긔ᄅᆞᆯ 츌혀오노라 ᄒ니 ᄌᆞ연 더디더이다."

은피 문왈,

"도인의 셩명은 무어시라 ᄒᆞᄂᆞ뇨?"

그 도인 왈,

"나ᄂᆞᆫ 구룡도(九龍島) 년긔ᄉᆞ(煉氣士) 뉴환(劉環)이로쇼이다."

은피 디희ᄒ여 두 도 【92】 인으로 더브러 밤시도록 슐먹고 이튼날 두 도인이 셩의 나 셩 밋히 니ᄅᆞ러 ᄌᆞ아ᄅᆞᆯ 쳥ᄒ여 말ᄒᆞᄌᆞ ᄒᆞ더 군시 드러가 알외니 ᄌᆞ이 즁장으로 더브러 군ᄉᆞᄅᆞᆯ 다셧 디의 분ᄒ여 셩의 나가니 한 도인이 셧시디 왼몸의 말조ᄎᆞ 븕더라. 즁장 왈,

"ᄯᅩ 괴이ᄒᆞᆫ 도인을 만나시니 엇지 능히 당ᄒ리오?"

---

1) 【번듸치다/ 번뒤치다】 圏 뒤집다. ¶ 翻‖ ᄌᆞ이 급히 신편을 너여 은교의 등을 치니 은피 몸을 번듸쳐 말긔 나려지거ᄂᆞᆯ 양젼이 다라드러 삼쳡 냥인도ᄅᆞᆯ 드러 은교ᄅᆞᆯ 버히고져 ᄒ더니 (子牙隨祭打神鞭, 正中殷郊後背, 翻斤斗落下馬去. 楊戬急上前欲斬他首級.) <西周 16:89> ᄌᆞ이 신편을 드러 나션을 치니 나션이 몸을 번뒤쳐 ᄯᆞᆫ히 나려지고 (不意子牙早祭起打神鞭望空中打來, 把羅宣打得幾乎翻下赤煙駒來.) <西周 16:93>

2) 【므르다】 阌 무르다. 검붉다. ¶ 重‖ 영 밧긔 한 도인이 왓시니 낫치 므른 디초빗 갓고 머리털과 나롯시 다 붉고 눈이 셰히오 (轅門外來一道人, 戴魚尾冠, 面如重棗, 海下赤鬐, 紅髮三目.) <西周 16:89>

3) 염즁션: 원래 '승엽션'으로 되어 있으나 오기이므로 원문에 따라 고침. 이하 같음.

4) 【날호여】 𮗚 천천히. ¶ 徐‖ 이윽고 한 도인이 드러오디 낫치 누르고 검은 거슬 닙고 날호여 거러 드러오거ᄂᆞᆯ (少時, 見一道者黃臉虯鬚, 身穿皂服, 徐步而來.) <西周 16:91>

언미필의 나션이 쇼리질너 왈,

"강상은 어디 잇느뇨?"

주인 답왈,

"도형은 어니 곳의 이시며 셩명이 무어시뇨?"

나션 왈,

"나는 화룡도 염즁션 나션이러니 너 이제 오믄 네 우리 도형 여럿슬 샹히왓시니 니러므로 너 널노 더브러 즈웅을 결코즈 ᄒ노라."

ᄒ고 언필의 격연구룰 모라 구비영검(口飛煙劍)을 두로고 주아의게 다라들거늘 주인 급히 보검을 드러 마즈 쓰호더니 쥬 진상의셔 나탁이 화쳠창(火尖槍)을 들고 다라든디 은 진상의셔 뉴환이 날호여 거러와 나탁을 당ᄒ거늘 양젼(楊戩)이 삼쳡냥【93】인도롤 두로고 쎄쳐 드러오고 황텬홰(黃天化) 쌍퇴롤 두로고 다라들고 뇌진즈(雷震子) 두 날기롤 붓쳐 공즁의 올나 황금막디로 나리치고 토힝숀(土行孫)이 쇠막디롤 두로고 비슥이 다라들고 위호(韋護)는 항마져(降魔杵)롤 들고 다라드러 일곱 장쉬 스면팔방으로 어즈러이 즛치니 두 도인이 엇지 능히 당ᄒ리오? 나션이 급히 몸을 흔드러 삼두뉵비(三頭六臂) 가진 사롬이 되여 한 손의 죠텬인(照天印)을 들고 한 손의 오눙눈(五龍輪)을 들고 한 손의 만아호(萬鴉壺)롤 들고 한 손의 만니긔운연(萬里起雲煙)을 들고 두 손의 비영검(飛煙劍)[다셧가지다 병긔래] 을 드러 어즈러이 치니 황텬홰 오눙눈을 마즈 쓰히 나려지거늘 금탁(金吒)·목탁(木吒)이 급히 나와 텬화(天化)롤 구ᄒ여 가고 양젼이 졍히 한 텬견(天犬)을 노코져 ᄒ더니 주인 신편을 드러 나션을 치니 나션이 몸을 번뒤쳐 쓰히 나려지고 나탁이 뉴환과 쓰호다가 건곤권(乾坤圈)을 드러 뉴환을 치니 뉴환이 급히 삼미화쥬(三昧火珠)롤 너여 건곤권을 막으며【94】영으로 다라나거늘 나션이 쏘흔 경신을 가다듬아 겨유 니러나 영으로 도라오니 주인 쏘흔 믈너가거늘 나션이 댱산(張山) 등으로 더부러 장의 드러오니 댱산 왈,

"오늘 노시 강셩의 신편의 즁히 샹흔디 이계는 엇더ᄒ니잇고?"

나션이 쇼왈,

"관겨치 아니타."

ᄒ고 한 호로 속의 단약 하나흘 너여 물의 프러 마시니 샹흔디 즉시 하리거늘 나션이 뉴환다려 왈,

"오늘밤의 셔기셩의 나아가 일군 싱녕(生靈)을 다 죽이리라."

뉴환 왈,

"이 일은 가히 더디지 못ᄒ리니 오늘날 주인 일진을 크게 니긔고 도라가 반드시 방비치 아냣시리니 도형은 삼가 힝ᄒ라."

나션이 이날 밤의 뉴환으로 더브러 셩밧긔 오니 밤이 임의 이경이어늘 나션이 몸을 흔드러 삼두뉵비 되여 만니긔운연을 한 번 쏘니 이거시 맛치 화젼(火箭) 갓흔지라. 셩 안의 나려지며 곳곳이 블이 니러나 편시(片時)의 디궐과 승상부의 블이 달이니 즁외 쇼【95】요(騷擾)ᄒ여 혹 니르디 '하늘 블이라'도 ᄒ며 혹 '도젹의 블이라'도 ᄒ여 쇼리 드러치거늘 주인 연등과 광셩즈로 더브러 문의 나와 보니 검은 연긔 막막ᄒ여 화광이 창텬ᄒ여 아니붓는 곳이 업고 빅셩의 우룸쇼리 텬디진동ᄒ거늘 주인 급히 사롬으로 ᄒ여곰 무왕(武王)긔 알외니 무왕이 이 말을 듯고 디경ᄒ여 급히 궁의 나와 보고 아모리 홀 줄 몰나 밧비 꾸러 텬디긔 빌디,

"희발(姬發)이 무도ᄒ여 텬디긔 큰 죄롤 어드니 희발이 죽기는 관겨치 아니ᄒ디 무죄흔 빅셩을 죽지 아니케 ᄒ쇼셔."

ᄒ고 빌기롤 맛츠미 쓰히 업더져 방셩디곡ᄒ시더라.

나션이 만니긔운연을 셩 안히 쏘니 블니 니러나믈 보고 쏘 만아호롤 드니 그 속의셔 무슈흔 가마괴 다 닙의 블을 믈고 날기 우희 블덩이롤【96】언고 셩 우흐로 나라가니 블이 더옥 니러나거늘 나션이 뉴환으로 더브러 공즁의 올나 비영보검을 드러 화셰롤 도으니 셩안 민가가 반이나 타 셩이 위급ᄒ엿더니 반공즁의 한 낭낭이 일진 샹운을 타고 오니 이는 봉황산(鳳凰山) 쳥난두궐(靑鸞斗闕) 농길공쥬(龍吉公主) 나션이 셔기롤 친단 말을 듯고 급히 구ᄒ라 오다가 셔기롤 나리 미러보니 연염이 창텬흔 가온디 나션과 뉴환이 무슈흔 가마괴롤 인ᄒ여 곳곳이 블을 놋커눌 농길공쥬 황망 벽운동즈(碧雲童子)롤 명ᄒ여 무노건곤망(霧露乾坤網)을 쥬어 블을 ᄯ라 ᄒ니 동지 명을 바다 무노건곤망을 한 번 펼치

며 뭇가마괴 일시의 블을 믈고 다라나니 이 보
비는 이슬과 안기로 어리여 된 긔믈 갓혼지라
이슬과 안기는 믈이오 그 가마괴는 블노 된 거
시니 엇지 능히 이 보비롤 당ᄒ리오? 그 블이
일시의 업셔지거늘 나션이 졍히 【97】 힘을 다ᄒ
여 블을 노타가 홀연 블이 업셔지니 나션이 더
경ᄒ여 우러러보니 한 낭낭이 쳥난을 타고 오거
늘 나션이 더셩 왈,

　　"이 요괴로온 거슨 엇지 감히 니 블을 업
시ᄒ뇨?"

　　공쥬 쇼왈,

　　"나는 농길공쥬러니 네 스오나온 님군을
도와 붉은 님군을 치니 너 특별이 와 돕ᄂ니 너
는 섈니 믈너가라. 만일 너 말을 듯지 아니면
반ᄃ시 큰 화롤 바드리라."

　　나션이 더로ᄒ여 오농눈을 더져 치거늘 공
쥬 또 웃고 스히병(四海瓶)을 너여 오농눈을 막
으니 오농눈이 병속의 들거늘 나션이 크게 쇼리
지르고 만니긔운연을 드러 쏘거늘 공쥬 또 스히
병을 너여 드니 그거시 또 병속의 들거늘 뉴환
이 나션의 능히 이긔지 못ᄒ믈 보고 칼홀 도로
고 다들거늘 공쥬 농검을 드러 뉴환을 버혀
ᄯᅥ히 나리치니 나션이 뉴환의 죽으믈 보고 몸을
흔드러 변ᄒ여 삼두뉵비 되여 죠텬인을 드러 치
거늘 공쥬 또 【98】 보검을 드러 한 번 가ᄅ치니
죠텬인이 ᄯᅥ히 나려지거늘 나션이 능히 더격지
못홀 쥴 알고 격연구롤 두로혀 다라나거늘 공쥬
급히 ᄯᆞ라가 격연구 뒤다리롤 버히니 나션이 변
ᄒ여 일진 쳥풍이 되여 다라나거늘 농길공쥬 셔
기 큰 익을 구ᄒ고 즈아롤 보려 ᄒ여 셩으로 나
려오니라.

　　무왕이 빅관으로 더부러 뎐상의 잇셔 졍히
하늘긔 비더니 믄득 비 붓드시 와 셩 안히 블을
ᄭᅳ니 이 비 오문 농길공쥬의 무노건곤망을 흔들
미 안기와 이슬이 모화 비 되여 블을 ᄭᆞᆫ지라.
만셩 인민이 일시의 쇼리ᄒ여 왈,

　　"우리 왕이 덕을 닷그시니 황텬이 부림ᄒ
샤 빅셩의 명을 구ᄒ시도다."

ᄒ는 쇼리 뫼홀 움족이는 듯ᄒ더라. 즈이 승상
부의 잇셔 혼빅이 몸의 붓지 아냐 아모리 홀 쥴
모로다가 믄득 일진 디우의 블이 다 죽고 빅셩
의 즐겨ᄒ는 쇼리 들니 【99】 거늘 연등(煙燈)다
려 문왈,

　　"이 므슴 쇼리뇨?"

　　연등 왈,

　　"즈이 근심ᄒ더니 도로혀 즐거오믈 어덧도
다."

　　즈이 우문 왈,

　　"이 엇진 말고?"

　　연등 왈,

　　"반ᄃ시 긔특흔 사롬이 와 이 블을 ᄭᅳ고
만셩 싱녕을 구ᄒ엿ᄂ니라."

ᄒ고 졍히 셔로 말ᄒ더니 양젼이 급히 드러와
보ᄒ더,

　　"문밧긔 농길공쥬 와 계시이다."

　　즈이 황망이 두 도인으로 더브러 공쥬롤
마즈 네롤 맛고 좌롤 졍ᄒ미 공쥬 연등과 광셩
즈 이시믈 보고 문왈,

　　"도형이 므슴 일노 여긔 계시뇨?"

　　연등이 답왈,

　　"빈도 등이 강즈아롤 도와 은교롤 잡으려
ᄒᄂ이다."

　　즈이 연등다려 왈,

　　"이 공쥬 뉘시뇨?"

　　공쥬 왈,

　　"나는 옥데 친녀 농길공쥬로셔 반도회(蟠
桃會)의 일을 그릇ᄒ고 봉황산의 귀향왓더니 나
션이 셔긔롤 치믈 듯고 특별이 와 승상을 도와
쥬롤 멸ᄒ고 다시 요지(瑤池)의 도라가 놀고져
ᄒ노라."

　　즈이 디희ᄒ여 계장을 【100】 분부ᄒ여 잔
지롤 비셜ᄒ여 공쥬롤 관디ᄒ고 궁궐을 다시 슈
보ᄒ다.

　　나션이 피ᄒ여 다라나 한 뫼히 니ᄅ러 쇼
남글 의지ᄒ고 돌히 안즈 스스로 싱각ᄒ디 '니
오날 셔긔롤 치다가 그릇 농길공쥬의게 피ᄒ여
보비롤 일흐니 어니 낫츠로 뫼히 도라가리오'
ᄒ고 졍히 홀노 안즈 탄식ᄒ더니 믄득 등 뒤흐
로셔 한 사롬이 오며 크게 쇼리ᄒ여 왈,

　　"나션의 명이 오늘날 맛츠리로다."

　　나션이 도라보니 한 디한이 션운(扇雲) 투
고롤 쓰고 도복을 닙고 화극(畵戟)을 ᄭᅳ을고 날
ᄒ여 오거늘 나션이 문왈,

　　"너는 엇던 사롬이완디 큰 말을 ᄒ는다?"

그 사롬이 답왈,

"나는 니졍(李靖)이러니 오늘날 너롤 잡아 셔기의 나아가 강즈아롤 보아 공을 드리고 동으로 나아가 쥬롤 치고져 ㅎ노라."

나션이 디로ㅎ여 보검을 두로고 다라들거눌 니졍이 쏘흔 화극을 들고 마즈 싸호더라.

[셔주연의西周演義 권지십칠]

65
은교기산슈니셔(殷郊岐山受犁鋤)

【1】 두 사롬이 셔로 쏜호더니 삼십 합은 호여 니졍(李靖)이 삼십삼텬황금보탑(三十三天黃金寶塔)을 너여들고 쇼리질너 왈,

"나션(羅宣)아 이 익을 버셔나지 못호리라."

호고 가만이 진언을 념호니 나션이 한 번 쇼리지르고 보탑의 올나 더골이 씨여져 죽거눌 니졍이 황금탑을 거두어 가지고 셔기(西岐)로 오니 목탁(木吒)이 승상부(丞相府) 밧긔 잇다가 부친의 오믈 보고 황망이 드러가 즈아의게 알외디,

"쇼장의 아븨 니졍이 왓느이다."

연등(燃燈)이 즈아다려 왈,

"니졍은 니 뎨지라 젼의 쥬(紂)의 총병(總兵)이 되엿더니 이졔 와시니 일졍 승상을 도으랴 호눈도다."

즈아(子牙) 디희호여 드러오라 호니 니졍이 드러와 즈아긔 뵈고 왈,

"쇼장이 발셔 와 승상긔 뵈고져 호디 쳐음의 쥬의게 벼술을 【2】 바다 진당관(陳塘關) 총

병이 되엿더니 연등 스부의 교령으로 산중의 슘엇다가 이졔야 와 뵈니 쳥컨디 승상은 죄롤 스호쇼셔."

즈이 왈,

"장군이 혼암지쥬(昏暗之主)롤 바리고 붉은 디롤 츠즈오니 가히 현시라 니르리로다."

호더라. 광셩지(廣成子) 연등다려 문왈,

"이졔 은교(殷郊) 큰 난(亂)을 짓고 즈아의 비장(拜將)홀 긔약이 쏘혼 갓가왓는지라 엇지 능히 이 도젹을 파호리오?"

연등 왈,

"은교 번쳔인(番天印)을 쓰니 극히 졔어호기 어려온지라 만일 현도동(玄都洞) 팔경궁(八景宮)의 잇눈 니디염광긔(離地焰光旗)와 셔방의 잇눈 쳥년보식긔(靑蓮寶色旗)와 옥허궁 힝황긔(杏黃旗) 곳 아니면 엇지 능히 잡으리오? 다만 힝황긔만 여긔 잇시니 뉘 가히 이 긔롤 어더오리오?"

광셩지 응셩 왈,

"뎨지 원컨디 가리이다."

연등 왈,

"셜니 가 더디지 말나."

광셩지 즉시 연등을 하직호고 금광법(金光法)을 힝호여 할니 못호여 현도동 팔경궁의 가니 쳥난빅학(靑鸞白鶴) 【3】 은 반공의 썻고 빅녹쳥스(白鹿靑蛇)눈 무리지어 헤지르니 진짓 신션의 곳이러라. 동부의 드러가 바라보니 누디눈 은은호여 구롬 스이의 빗기엿고 뎐각(殿閣)은 영농호여 안긔의 잠겻거눌 광셩지 감히 드러가지 못호여 이윽이 셧더니 믄득 보니 현도디법시(玄都大法師) 나오거눌 광셩지 나아가 결호디 법시 답녜호고 문왈,

"그디 무숨 일노 오뇨?"

광셩지 답왈,

"뎨지 특별이 와 노스끠 뵈고져 호느이다."

법시 셜니 드러가 알외디,

"광셩지 와 노스끠 뵈고져 호느이다."

노시 쇼왈,

"광셩지 오믄 반두시 니디염광긔롤 가질나 왓느니 네 그 긔롤 가져다가 쥬라."

현도디법시 그 긔롤 너여다가 광셩즈롤 쥬

며 왈,

　"노시 니르시디 광셩지 일졍 니디염광긔롤 가질나 왓다 ᄒ여 이 긔롤 쥬라 ᄒ신다."

ᄒ디 광셩지 긔롤 바다가지고 법스긔 하직ᄒ고 셔로 도라와 연등과 ᄌ아롤 보고 염광긔롤 드린디 연등 【4】 왈,

　"그디 임의 염광긔는 어더왓거니와 샐니 셔방으로 가라."

　광셩지 ᄯ오 금광법(金光法)을 힝ᄒ여 셔방의 니르러 동부(洞府) 밧긔 오려 셧더니 한 동지 나오거눌 광셩지 왈,

　"도동은 샐니 드러가 광셩지 와 도인을 뵈와지라 ᄒ다 ᄒ라."

　동지 드러가더니 이윽고 도인이 나오니 이는 졉인도인(接人道人)이라. 낫치 누르고 쌍상토 썻더라. 광셩ᄌ롤 마ᄌ 드러가 즁당의 올나 녜롤 맛고 좌졍ᄒ미 도인 왈,

　"빈되 도형의 놉흔 셩명을 드런지 오러디 셔로 만날 길이 업더니 오늘날 셔로 만나니 이 진실노 텬힝이로다."

　광셩지 ᄉ례 왈,

　"빈되 비록 이 ᄯ히 와 도형을 보고져 ᄒ나 엇지 못ᄒ엿더니 이졔 와 도형을 ᄎᄌ믄 마지 못ᄒ여 한 빌거시 잇셔 왓느니 빈도의 데ᄌ 은긔 스싱의 말을 듯지 아니ᄒ고 반ᄒ여 셔기롤 치니 홰(禍) 조셕(朝夕)의 급ᄒ엿는지라 도형의게 쳥년보식긔롤 비러 은 【5】 교롤 파ᄒ고 무왕(武王)을 도와 쥬(紂)롤 멸ᄒ 후의 도로 드리리이다."

　도인이 즐겨 아녀 왈,

　"빈도는 셔방 한가(閑暇)의 잇셔 도형과 깃지 아니ᄒ니 이 긔는 션가의 지극ᄒ 보비라 엇지 인간의 너여 가리오? 도형의 명을 듯지 못ᄒ니 쳥컨디 죄롤 ᄉᄒ쇼셔. 빈도롤 셔방 도롤 비홧고 형은 남방 도롤 비홧시니 더옥 가치 아니ᄒ이다."

　광셩지 쇼왈,

　"이졔 쥬 무왕이 옥허 부명을 바다 텬운을 응ᄒ고 인심을 슌ᄒ니 팔경궁 노시 ᄯ한 와 도으시니 이 긔 비록 션간 보비나 잠간 인간의 너여가미 무어시 히로오리오?"

　도인 왈,

　"도형의 말이 유리ᄒ나 보식긔는 극ᄒ 보비라 두리건디 홍진의 나가면 변홰 업슬가 ᄒ노라."

ᄒ고 냥인이 졍히 셔로 힐난ᄒ더니 한 도인이 뒤흐로셔 나오니 이는 쥰졔도인(準提道人)이라. 셔로 녜필(禮畢)의 쥰졔도인이 졉인도인ᄃ려 왈,

　"이 보비 비 【6】 록 즁ᄒ나 잠간 인간의 너여가미 관겨치 아니ᄒ고 ᄒ믈며 노시 ᄯ 와 도으시니 엇지 아니 빌니리오? 도형은 벙으리왓지 말고 샐니 너여쥬라."

　졉인도인이 홀 말이 업셔 즉시 보식긔롤 너여다가 쥬거눌 두 도인을 하직ᄒ고 셔기로 도라와 연등을 보고 왈,

　"졉인도인이 즐겨 쥬지 아니터니 쥰졔도인이 권ᄒ여 이 긔롤 쥬더이다."

　연등이 ᄌ아로 더부러 의논ᄒ디,

　"남방의는 니디념광긔롤 쓰고 동방의는 쳥년보식긔롤 쓰고 가온디는 힝황긔롤 쓰고 셔방의는 운계긔(雲界旗)롤 쓰고 다만 북방을 남겨 은교롤 다라나게 ᄒ고 잡으려니와 다만 운계긔가 업스니 이 긔 어니 곳의 잇느뇨?"

　즁장이 다 믁연무어(默然無語)ᄒ고 각각 믈너가거눌 토힝숀(土行孫)이 방의 도라와 등션옥(鄧仙玉)ᄃ려 왈,

　"이졔 은긔 셩 치기롤 급히 ᄒ니 모든 도인이 각식 긔롤 다 모화시더 다만 운계긔 업스니 【7】 어디 잇느뇨?"

　농길공쥬(龍吉公主) 졍실의 잇다가 이 말을 듯고 밧비 나와 토힝숀ᄃ려 왈,

　"이 긔는 우리 모친긔 이시니 일병은 운셰긔오 일명은 취션긔(聚仙旗)라. 모친이 이 긔롤 한 번 두로면 모든 신션이 다 오느니 니러므로 일홈을 취션긔라 ᄒ여시니 만일 남극션인(南極仙人) 곳 아니면 능히 비러오지 못ᄒ리라."

　토힝숀이 이 말을 듯고 디희ᄒ여 디쳥의 와 연등을 보고 왈,

　"뎨지 방의 도라와 등션옥으로 더브러 의논ᄒ더니 농길공쥬 듯고 니로디 이 긔 셔왕모(西王母)의게 이시니 일명은 취션긔라. 만일 남극션옹(南極仙翁) 곳 아니면 능히 비지 못ᄒ리라 ᄒ더이다."

　연등이 이 말을 듯고 바야흐로 ᄭᆡ다라 광

셩즈다려 왈,

　"그디 곤눈산(崑崙山)의 가미 엇더호뇨?"

　광셩지 답왈,

　"뎨지 맛당이 가리이다."

호고 셔기로 쩌나 금광법(金光法)을 힝호여 편시의 옥허궁의 니르러 감히 마음으로 드러가지 못호여 오리 셧더니 믄득 보니 남극션 【8】 옹(南極仙翁)이 나오거눌 광셩지 나아가 졀호니 션옹 왈,

　"무솜 일노 오뇨?"

　광셩지 운계긔 못어더호는 스셜을 일일히 고호디 션옹 왈,

　"니 이졔 옥경의 올나가 셔왕모롤 뵈와 빌니라."

　광셩지 션옹을 하직호고 셔기로 도라가거눌 남극션옹이 조복을 닙고 퓌옥을 울니며 상아홀(象牙笏)을 들고 머리의 금관을 쓰고 상운(祥雲)을 타고 옥허궁을 쩌나 반공으로 올나가니 표표탕탕(飄飄蕩蕩)호여 아모디로 간 줄 모롤너라. 남극션옹이 요지(瑤池)의 니르러 궁 밧긔 셔셔 풍경을 구경호더니 긔화요초(琪花瑤草)는 좌우의 버럿고 쥬문퓌각(朱門貝閣)은 반공의 빗겻더라. 션옹이 문으로 드러가 금계(金階)의 업디여 동즈로 호여곰 셔왕모 낭낭긔 알외디,

　"쇼신 남극션옹은 감히 알외느이다. 인간의 쥐 무도호여 텬하 인민이 도탄호더니 기산 아리 봉이 울며 셩쥐(聖主) 나 하눌을 응호며 인심을 슌호더니 이졔 옥허궁 부 【9】 션 광셩즈의 뎨즈 은교 스싱의 명을 듯지 아니호고 텬심을 역호여 셔기롤 치니 홰 조셕의 잇는지라 신이 옥허궁 명을 바다 특별이 셩모긔 알외느니 쳥컨디 취션긔롤 빌니시면 셔기의 나려가 은교롤 파호고 도로 드리리이다."

　동지 드러가더니 이윽고 금문을 크게 열고 풍뉴 쇼리 은은이 들니더니 일디 션녜 셔왕모롤 옹위호여 나와 왕뫼 뎐의 안고 션녀로 호여곰 취션긔롤 쥬며 칙지롤 나리와 왈,

　"쥐 당당이 흥홀 거시오 은이 맛당이 망홀 거시니 이 긔롤 쥬느니 네 썔니 도라가 쥬롤 도와 은교롤 잡은 후의 즉시 가져오라."

　션옹이 슈비슈은호고 요지롤 쩌나 셔기의 니르러 양젼(楊戩)이 급히 드러가 보호디,

"남극션옹이 오시느이다."

　즈이 즁관으로 더브러 나가 션옹을 마즈 즁당의 드러와 향을 픠오고 긔롤 바든 후의 션옹 왈,

　"즈아의 장슈 비흘 【10】 날이 임의 갓가와시니 썔니 은교롤 잡으라. 빈도는 아직 도라가노라."

호고 옥허궁으로 가거눌 연등이 즈아다려 왈,

　"이졔 취션긔롤 마즈 어더시니 가히 은교롤 잡으리로다."

호고 셔로 의논호더니 나탁(哪吒)이 드러와 보호디,

　"젹졍지(赤精子) 오시느이다."

　즈이 젹졍즈롤 나가 마즈 좌롤 졍호니 광셩지 왈,

　"니 도형으로 더브러 한가지로 스오나온 뎨즈롤 두엇다가 이런 환을 만나니 엇지 능히 잡으리오?"

　나탁이 쏘 드러와 보호디,

　"문슈광법텬존(文殊廣法天尊)이 오시느이다."

　즈이 텬존을 마즈 좌졍호미 즈이 왈,

　"힝마다 쏘호고 날마다 병괘(兵戈)롤 긋칠 젹이 업스니 어니날 쥬롤 멸호고 쥬실(周室)을 흥호리오?"

　연등 왈,

　"즈아는 근심말나."

호고 네 긔롤 너여 모든 도인을 각각 분부호여 보니고 쏘 무왕(武王)을 쳥호여 왈, 인마롤 거느려 즈아와 한가지로 기산(岐山)을 나가고 쏘 졔장을 분부호여 각각 【11】 계규롤 니르니 졔장이 쏘흔 녕을 드러 셩을 나아가니라.

　댱산(張山)과 니금(李錦)이 은교다려 왈,

　"우리 군스롤 머므런지 임의 여러 달이로디 촌공(寸功)도 일우지 못호니 군스롤 도로혀 조졍의 드러가 다시 구완병을 쳥홈만 갓지 못호니이다."

　은교 왈,

　"니 일즉 조셔롤 바다 긔병흔 거시 아니라 뫼흐로셔 나려와 장군을 구호미라. 몬져 표롤 지어 조가(朝歌)의 보니여 구완을 쳥홈만 갓지

못ㅎ니라."

ㅎ디 댱산 왈,

"강상이 용병ㅎ미 귀신 갓고 겸ㅎ여 옥허 문인이 만ㅎ니 디젹기 어려울가 ㅎ느이다."

은교 왈,

"관겨치 아니타. 니 스싱이 번쳔인을 무셔워 감히 갓가이 오지 못ㅎ니 그 남으니야 무어시 어려오리오?"

ㅎ고 셰 댱슈 셔로 의논ㅎ다가 밤들게야 훗허졋더니 밤이 삼경은 ㅎ여 믄득 함셩이 디진ㅎ며 황비회(黃飛虎) 네 아들을 거느리고 일시의 원문을 헷쳐 드러오오니 셰 디쓰림 갓흔지 【12】 라. 즈던 군시 엇지 능히 당ㅎ리오? 바로 댱 안히 줏쳐 드러오거놀 은교 잠결의 납함(吶喊) 쇼리롤 듯고 급히 니러나 갑 닙고 말긔 올나 화극을 두로고 니다르니 황가 부즈 오인이 임의 즁군의 니르럿거놀 은교 쇼리질너 왈,

"황비호 필뷔 엇지 감히 니 영을 겁칙ㅎ여 스스로 죽으믈 밧고져 ㅎ느뇨?"

황비회 왈,

"쇼장이 승상 명을 바다 뎐하롤 잡으라 왓스니 뎐하는 허믈치 마로쇼셔."

ㅎ고 창을 두로고 바로 은교의게 다라드러 쏘화 삼합이 못ㅎ여 황텬화 등 스형뎨 일시의 다라드러 쏘홈을 돕더니 쏘 등구공(鄧九公)이 부장 티란(太鸞)·등슈(鄧秀)·조승(趙升)·손염홍(孫焰紅) 스장을 거느려 좌영을 줏쳐 드러오거놀 댱산이 급히 구공을 마즈 쏘호고 남궁괄(南宮适)·신갑(辛甲)·신면(辛免)·티젼(太顚)·굉요(閎夭) 등 오장이 우영으로 줏쳐 드리오오니 니금이 마즈 쏘호고 나탁·양젼 두 댱슈 쏘 다라드러 황비호롤 도 【13】 와 쏘호더니 은교 나탁의 화륜(火輪) 타시믈 보고 낙혼종(落魂鐘)을 니여 나탁을 바라며 들거놀 나탁은 년화(蓮花) 화신(化身)이라 엇지 능히 상ㅎ리오? 크게 쇼리지르고 화쳠창을 드러 은교의 등을 지르니 은교 알프믈 견디고 번쳔인을 니여 양젼을 치니 양젼은 팔구원공(八九元功)변홰 잇는지라 엇지 능히 상ㅎ리오? 양젼이 쇼리ㅎ고 삼쳠냥인도(三尖兩刀刀)롤 드러 은교의 상토롤 버혀 쏘히 나리치니 은교 혼빅이 몸의 붓지 아냐 아모리 훌 쥴 몰나 졍히 위급ㅎ더니 나탁이 금박을 니여 은교의 낙

혼종 든 숀을 맛치니 은교 더옥 황겁ㅎ여 다라나고져 ㅎ더니 남궁괄이 니금을 버히고 즁영으로 드러와 황비호롤 도와 쏘호고 등구공이 댱산과 쏘호더니 숀염홍이 닙으로 블을 토ㅎ여 댱산의 낫치 끼치니 댱산이 블의의 환을 만 【14】 나 창을 바리고 말을 두로혀 다라나거놀 등구공이 쏘라가 그 머리롤 버혀 말아리 나리치고 바로 즁군으로 드러와 황비호롤 도와 은교롤 치니 창되(槍刀) 밀밀(密密)ㅎ고 검극(劍戟)이 삼나(森羅)ㅎ여 즁즁쳡쳡이 에워쏘 빗발치듯 줏치니 은교 비록 삼두뉵비(三頭六臂)나 엇지 능히 막으리오? 쏘 공즁을 바라보니 뇌진지(雷震子) 황금퇴로 나리미러 친디 은교 디진이 픠하고 댱산·니금이 죽엇슨즉 셰 니치 아니믈 보고 낙혼종을 드러 황텬화롤 바라며 한 번 흔드니 텬홰 졍신이 어즐ㅎ여 쏘히 것구러지거놀 은교 이 씨롤 인ㅎ여 겹겹이 쏜디롤 버셔나 븍다히롤[1) 바라며 다라나니 졔장이 군스롤 지촉ㅎ여 삼십 니롤 쏘로고 기셩(岐城)으로 도라가니 은교 밤시도록 쏘호미 졍신이 피곤ㅎ여 한 뫼아리 니르러 잔병을 졈고ㅎ니 겨유 팔빅여 명은 【15】 ㅎ거놀 은교 탄왈,

"오늘날 댱슈 죽고 병이 픠ㅎ미 도라갈디 업스니 비록 부왕긔 죄롤 어더시나 아직 조가로 도라가 부왕긔 죄롤 쳥ㅎ고 다시 군스롤 니로혀 원슈롤 갑흐리라."

ㅎ고 말을 모라 나아가더니 믄득 보니 압히 문슈광법텬존이 나오며 왈,

"은교야 네 오늘날 큰 화롤 면치 못ㅎ리라."

은교 왈,

"스슉은 뎨스의 가는 길을 막시 마로쇼셔."

광법텬존 왈,

"네 임의 그믈 가온디 드러시니 샐니 말긔 나려 죽으믈 면ㅎ라."

은교 디로ㅎ여 화극(畵戟)을 두로고 바로 텬존의게 다라들거놀 텬존이 급히 보검을 드러 마즈 쏘호더니 은교 번쳔인을 니여 텬존을 치거

---

1) 【븍다히】 圖 북쪽. ¶ 텬홰 졍신이 어즐ㅎ여 쏘히 것구러지거놀 은교 이 씨롤 인ㅎ여 겹겹이 쏜디롤 버셔나 븍다히롤 바라며 다라나니 (黃天化翻下玉麒麟來, 殷郊乘此走出陣來, 往岐山逃遁.) <西周 17:14>

눌 텬존이 청년보싴긔룰 너여 두르니 금광이 조
요(照耀)ᄒ고 번쳔인이 능히 드지 못ᄒ거놀 은
긔 번텬인을 거두어가지고 남다히룰 향ᄒ여 다
라나더니 믄득 보니 젹졍 【16】 지 쇼리질너 왈,

"네 스승의 말을 듯지 아니ᄒ고 감히 난을
짓더니 오놀날 큰 환을 버셔나지 못ᄒ리라."

은긔 눈을 브릅쓰고 화극을 둘너 다라들거
눌 젹졍지 꾸지져 왈,

"이 업츅이 형뎨 한 씨니 엇지 다ᄅ리오?"
ᄒ고 보검을 드러 쓰호더니 은긔 ᄯᅩ 번텬인을
너거놀 젹졍지 급히 염광긔룰 너여 두로니 상셔
의 긔운이 윈 뫼히 ᄌ옥ᄒ고 번텬인이 ᄯᅳ히 나
려지거놀 은긔 번텬인을 거두어가지고 뫼기슭으
로 닷더니 믄득 보니 연등도인이 쇼리질너 왈,

"네 스승이 너룰 잡으려 ᄒ고 무궁ᄒ 형벌
을 비셜ᄒ고 너룰 기다리ᄂᆞ니라."

은긔 이 말을 듯고 쇼리질너 왈,

"노스는 청컨디 뎨ᄌ의 잔명을 술오쇼셔.
뎨지 모든 스슉의게 득죄ᄒ미 업거눌 엇지 곳곳
마다 즐너 나룰 핍박ᄒᆞᄂᆈ?"

연등 왈,

"이 업츅아 네 샐니 말긔 나려 죽으믈 면
ᄒ라."

【17】 은긔 쇼리지ᄅ고 연등의게 다라들거
눌 연등이 마ᄌ 쓰화 삼합이 못ᄒ여 은긔 가만
이 번텬인을 너거눌 연등이 급히 힝황긔룰 너니
이ᄂ 옥허궁 지극ᄒ 보비라. 무궁ᄒ 금년꼿치
일신을 둘너시니 상셔의 긔운이 하놀의 연ᄒ엿
ᄂ지라 은긔 급히 셔다히룰 바라며 다라나더니
믄득 바라보니 농봉번(龍鳳幡) 아리 ᄌ의 무왕
으로 더부러 셧거눌 은긔 쇼리질너 왈,

"오늘 이 도젹을 잡아 원슈룰 갑흐리라."
ᄒ고 화극을 두로고 다라오거놀 무왕이 한 사름
이 삼두뉵비믈 보고 ᄌ아다려 왈,

"오ᄂ ᄌᄂ 엇던 이뇨?"

ᄌ의 디왈,

"이ᄂ 은긔니이다."

무왕 왈,

"이 티지라 너 맛당이 말긔 나려 뵈리라."

ᄌ의 왈,

"이졔 젹국이 되여시니 엇지 가비야이 셔

로 보리잇고? 노신이 스스로 막으리이다."
ᄒ고 보검을 두로고 마ᄌ 쓰호더니 ᄌ의 췌션긔
룰 너여 두로니 은긔 황망이 다라나거눌 ᄌ의
신 【18】 편을 드러 은교의 엇게룰 치니 은긔 븍
다히룰 바라며 다라나더니 뫼히 험ᄒ여 능히 나
아가지 못ᄒ여 말을 바리고 거러 다라나며 하놀
긔 비러 왈,

"우리 부왕이 만일 스직을 일치 아닐 복이
이시면 번텬인을 뫼흘 쳐 길이 나리라."
ᄒ고 말을 맛치며 번텬인을 드러 뫼흘 치니 길
이 갈나지거눌 은긔 디희 왈,

"셩탕 긔업이 진실노 긋치지 아니리로다."
ᄒ고 길을 나아가더니 믄득 한 쇼리의 두 편 뫼
히 문허져 목만 남고 치이니 뫼 우희 쥬병(周
兵)이 쳡쳡ᄒ여 에워쏘고 연등도인이 뒤흐로 ᄯ
로더니 은긔 뫼 스이의 ᄭᅵ여 목만 남앗거눌 연
등이 군스룰 모라 에워쏘고 졍히 죽이고져 ᄒ더
니 무왕이 은교의 죽어가믈 보고 말긔 나려 ᄯ
히 꾸러 쇼리질너 왈,

[2]▶"쇼신 희발(姬發)이 신하의 졀을 직희
여 셔방을 통녕ᄒ엿더니 이졔 승상 강상이 오놀
날 뎐하로 ᄒ여곰 이런 【19】 괴로오믈 바드시게
ᄒ니 희발이 만셰의 더러온 일홈을 면치 못ᄒ리
로쇼이다."

ᄌ의 급히 무왕을 붓드러 니ᄅ혀 왈,

"은긔 텬명을 역ᄒ니 큰 쉬 임의 졍ᄒ엿ᄂ
지라 능히 놋치 못ᄒ리니 디왕이 비록 인신의
녜룰 힝코져 ᄒ시나 엇지 감히 큰 슈룰 어그롯
ᄎ리잇고?"

무왕 왈,

"상뷔 오늘날 계군으로 더부러 뎐하룰 상
히오려 ᄒ니 큰 죄 발(發)의게 이실가 ᄒᄂ이다.
빌건디 널위 노스는 측은지심(惻隱之心)을 두어
뎐하룰 노ᄒ쇼셔."
ᄒ디 연등도인이 쇼왈,

"쥬공은 텬슈(天壽)룰 아지 못ᄒ시니 은긔
하놀긔 죄 잇ᄂ지라 엇지 젹은 의룰 인ᄒ여 디
스룰 그릇 밍글니오?"

무왕이 지슘 의걸ᄒ거눌 ᄌ의 졍식 왈,

"노신이 텬의롤 응ᄒᆞ여 무도ᄒᆞᆫ 이롤 치니
엇지 이 쎠롤 인ᄒᆞ여 신하의 녜롤 힝ᄒᆞ리오?"

무왕이 눈믈을 흘니시고 꿀어 왈,

"신이 비록 뎐하롤 구ᄒᆞ고져 【20】 ᄒᆞ나 모
든 노시 텬명을 슌ᄒᆞ여 뎐하롤 히ᄒᆞ려 ᄒᆞ니 실
노 신의 죄 아니로쇼이다."

연등이 무왕을 붓드러 니로혀 셔기로 보니
고 광셩즈로 ᄒᆞ여곰 썰니 일을 힝ᄒᆞ라 ᄒᆞ니 광
셩지 녕을 듯고 보습 메온 쇼롤 모라 뫼흘 나려
은교 잇ᄂᆞᆫ디 나아오다가 춤아 죽이지 못ᄒᆞ여 눈
믈을 흘니고 왈,

"가히 앗갑다 여러 히 가ᄅᆞ친 공이 오늘날
이러툿 홀 줄 엇지 알니오?"

방셩디곡ᄒᆞ거놀 은긔 광셩즈의 보습 모라
오믈 보고 마음의 혜오디 '스뷔 일졍 니 명을
히ᄒᆞ려 ᄒᆞᄂᆞᆫ도다' ᄒᆞ고 광셩즈롤 향ᄒᆞ여 쇼리질
너 왈,

"뎨지 그릇 스부의 명을 듯지 아니ᄒᆞ여시
니 죄 맛당이 죽엄즉ᄒᆞ나 쳥컨디 스부는 뎨즈의
명을 슬오시면 힘쎠 쥬롤 도와 은을 치리이다."

광셩지 이 말을 듯고 춤아 히치 못ᄒᆞ여 유
련(留戀)ᄒᆞᄂᆞᆫ 뜻이 잇거놀 무길이 뒤히 잇다가
쇼 【21】 리질너 왈,

"텬쉬 임의 졍ᄒᆞ여시니 썰니 은교롤 죽여
후환을 업시ᄒᆞ쇼셔."
ᄒᆞ고 쇼롤 모라 은교의 머리 우흘 지나가니 은
교의 목이 보습 ᄆᆞ즈히 ᄆᆞ쳐져 쎠히 구을거놀 광
셩지 쎠히 업더져 크게 울며 왈,

"스싱의 말을 듯지 아니ᄒᆞ고 셩쥬롤 치다
가 오늘 니런 화롤 맛난들 엇지 남을 원ᄒᆞ리
오?"
ᄒᆞ고 모든 도인으로 더브러 셔기로 도라오다.

66
홍금디젼셔기셩(洪錦大戰西岐城)[1]

은교(殷郊)의 녕혼이 바룸을 타 조가(朝歌)의 니른니 쥬(紂) 달긔(妲己)와 호희미(胡喜媚)와 왕귀인(王貴人)으로 더부러 녹디(綠臺) 우희셔 슐먹더니 믄득 비풍(悲風)이 참담(慘憺)ᄒ고 슈운(愁雲)이 삭막ᄒ거눌 쥬 슐잔을 잡고 탄왈,

"오눌 일긔(日氣) 편안치 아니ᄒ니 잔치롤 파ᄒ리라."

ᄒ고 잔을 노코 상을 의지ᄒ여 조으더니[2] 믄득 세 머리 여섯 팔 가진 사룸이 상 알퓌 셔셔 왈,

"신은 티즈 은교러니 나라 【22】 홀 위ᄒ여 댱산(張山)을 도와 셔기(西岐)롤 치다가 피ᄒ여 쇼지 기산 우희 가 참혹ᄒᆫ 형벌을 바드니 부왕은 인졍을 닷가 셩탕(成湯) 긔업을 일치 말고 어진 신하로 더브러 국가롤 다스리고 착ᄒᆫ 쟝슈로 ᄒ여곰 곤외(閫外)롤 맛지시고 간신(奸臣)을

믈니치쇼셔. 만일 그러치 아니면 강샹(姜尙)이 블구(不久)의 군ᄉ롤 니로혀 뎨긔롤 침노ᄒ리니 뉘웃쳐도 밋지 못ᄒ리이다. 쇼즈는 한 번 간ᄒ고 믈너가ᄂ니 부왕은 쇼즈의 말을 잇지 말으쇼셔."

ᄒ거눌 놀나 씨치니 한 꿈이러라. 뉘 디경ᄒ여 니러 안거눌 달긔 등 세 계집이 일시의 므르디,

"폐히 엇지 조으시다가 놀나시ᄂ니잇고?"

쥐 꿈말을 다 니른디 달긔 왈,

"꿈이 비록 흉ᄒ나 녯사룸이 니른디 '꿈이 흉ᄒ면 디길ᄒ다' ᄒ니 폐하는 의심치 마로쇼셔."

쥬는 쥬식의 침혹ᄒᆫ 님군이라 세 요믈의 교티ᄒᆷ믈 보고 쇼왈,

"어쳐의 말이 올타."

【23】 ᄒ고 다시 잔치롤 비셜ᄒ여 즐기더라.

ᄉ슈관(汜水關) 총병 한영(韓榮)이 은교와 댱산이 죽으믈 듯고 디경ᄒ여 급히 표롤 올녀 조졍의 쥬문ᄒ니 표 가진 사룸이 바로 문셔방으로 드러가 미즈의게 드린디 미지(微子) 표롤 가지고 바로 편뎐(便殿)으로 오니 쥐 현경뎐(顯慶殿)의 잇거눌 미지 표롤 쥬의게 올닌디 쥐 ᄶ려 보고 디로ᄒ여 즉시 조회롤 구간뎐(九間殿)의 비셜ᄒ고 문무즁신으로 더브러 셔로 의논ᄒ디,

"희발(姬發)이 무도ᄒ여 스스로셔 왕이 되야 왕ᄉ(王使)롤 능욕ᄒ니 비록 ᄌ조[3] 졍벌ᄒ나 쟝쉬 죽고 병이 퓌ᄒ더니 이졔 댱산이 ᄯ 죽어시니 무슴 계규로 이 도젹을 파ᄒ리오? 만일 일즉 치지 아니면 맛춤니 큰 환이 될가 ᄒ노라."

즁티우(中大夫) 니등(李登)이 쥬왈,

"이졔 텬히 요란ᄒ여 병민 ᄉ방의 니러나니 졍벌ᄒ연지 임의 십여 년이로디 촌공도 일우지 못ᄒ니 동빅 【24】 후(東伯侯) 강문환(姜文煥)과 남빅후(南伯侯) 악슌(鄂順)과 븍빅후(北伯侯) 슝후호(崇侯虎)[4] 이 셰 도젹이 조고만 버러지

---

1) 원문의 回目은 '洪錦西岐城大戰'으로 되어 있다.
2) 【조으다】 圖 졸다. ¶ 잔을 노코 상을 의지ᄒ여 조으더니 믄득 세 머리 여섯 팔 가진 사룸이 상 알퓌 셔셔 (紂王不覺沉混, 就席而臥, 見一人三首六臂立於御前.) <西周 17:21>
3) 【ᄌ조】 圖 자주. ¶ 屢屢‖ 희발이 무도ᄒ여 스스로셔 왕이 되야 왕ᄉ롤 능욕ᄒ니 비록 ᄌ조 졍벌ᄒ나 쟝쉬 죽고 병이 퓌ᄒ더니 이졔 댱산이 ᄯ 죽어시니 무슴 계규로 이 도젹을 파ᄒ리오? (不道姬發自立武王, 竟成大逆, 屢屢征伐, 損將折兵, 不見成功. 爲今之計, 可用何卿爲將?) <西周 17:23>
4) 원문은 '崇黑虎'로 되어 있다.

갓흐디 홀노 셔기 강상이 회발을 도와 변경을
침노ᄒᆞ니 그 뜻이 젹지 아닌지라. ᄯᅩ 강상은 지
뫼 과인ᄒᆞ고 큰 지죄 이시니 조졍의논 강상의
젹쉬 업고 삼산관 총병 홍금(洪錦)이 지죄 죡히
강상을 잡으리니 만일 이 사롬 곳 아니면 능히
큰 공을 일우지 못ᄒᆞ리이다."

쥐 이 말을 듯고 디희ᄒᆞ여 즉시 조셔롤 나
리와 홍금으로 디원슈롤 삼아 셔기롤 치라 ᄒᆞ디
치관이 조셔롤 가지고 삼산관의 니르러 홍금의
게 알왼디 홍금이 급히 향안(香案)을 비셜ᄒᆞ고
조셔롤 마즈 써혀보니 ᄒᆞ여시디,

> 짐은 드르니 텬ᄌᆞ논 텬하의 웃듬이라
> ᄉᆞ히롤 진무(鎭撫)ᄒᆞ거늘 이졔 셔기 회발
> 이 강상으로 더브러 부도롤 힝ᄒᆞ여 ᄌᆞ로
> 왕ᄉᆞ롤 거역ᄒᆞ【25】니 짐이 싱각ᄒᆞ미 가
> 히 보니염즉ᄒᆞᆫ 사롬이 업논지라. 경이 지
> 죄 과인ᄒᆞ니 당셰의 영웅이라 경으로 ᄒᆞ여
> 곰 디원슈롤 ᄒᆞ여 셔기롤 치게 ᄒᆞ논이 ᄲᆞᆯ
> 니 나아가 회발을 잡아 큰 공을 셰우라.

ᄒᆞ엿더라. 닑기롤 맛ᄎᆞᄆᆡ 홍금이 텬ᄉᆞ롤 관디ᄒᆞ
여 보니고 교디관(交代官) 공션(孔宣)을 기다려
삼산관을 직희오고 십만 웅병(雄兵)을 일오혀
셔기로 나아갈ᄉᆡ 계강(季康)과 빅현츙(柏顯忠)으
로 션봉을 ᄒᆞ이여 ᄯᅥ나니 졍긔(旌旗) 폐일(蔽日)
ᄒᆞ고 검극이 삼나ᄒᆞ더라. 할니5) 못ᄒᆞ여 셔기의
니르러 하치ᄒᆞ니 션봉 계강과 빅현츙이 쟝의 올
나 홍금의게 사롬을 브린디 홍금 왈,

"우리 이졔 틱명을 바다 도젹을 치니 쟝군
등이 마음을 다ᄒᆞ여 나라홀 갑흐라. 상상은 지
혜 죡ᄒᆞ고 꾀 만ᄒᆞ며 ᄯᅩ 휘하 계쟝이 가쟝 용밍
ᄒᆞ니 져 【26】 근 도젹이 아니라. 조심ᄒᆞ여 ᄡᆞ호
고 지완이 말나."

이쟝이 녕을 듯고 이튼날 계강이 군ᄉᆞ롤
거ᄂᆞ려 셩아리 가 ᄡᆞ호ᄌᆞ ᄒᆞᆫ디 쇼졸이 급히 보
ᄒᆞ니 ᄌᆞ이 디희 왈,

"삼십 뉵노(三十六路) 졍벌ᄒᆞᆫ 군시 마즈
막 왓ᄉᆞ니 이 도젹을 파ᄒᆞᆫ 후의 맛당이 군ᄉᆞ롤

거ᄂᆞ려 동으로 나아가리로다."
ᄒᆞ고 좌우롤 도라보와 왈,

"뉘 능히 나아가 이 도젹을 잡으리오?"
남궁괄(南宮适)이 응셩ᄒᆞ여 왈,
"쇼쟝이 원컨디 가리이다."
ᄒᆞ고 삼쳔 인마롤 졈고ᄒᆞ여 셩의 나가 디호 왈,
"왓논 ᄌᆞ논 엇던 인다?"
계강이 답왈,
"나논 홍원슈의 휘하 졍션봉 계강이러니
조셔롤 밧ᄌᆞ와 너희롤 잡으라 왓시니 ᄲᆞᆯ니 말긔
나려 항복ᄒᆞ여 죽기롤 면ᄒᆞ라."
남궁괄 왈,
"이 조고만 필뷔 엇지 나롤 욕ᄒᆞ고 어디로
가고져 ᄒᆞᆫ다? ᄲᆞᆯ니 나와 니 한 칼을 바드라."
계강이 디로ᄒᆞ여 칼을 두로고 말을 ᄶᅯ여
다라들거놀【27】 남궁괄이 ᄯᅩᄒᆞᆫ 칼을 드러 마즈
ᄡᆞ화 삼십여 합을 ᄒᆞ여 계강이 닙으로 진언을
넘ᄒᆞ미 계강의 머리 우희 검은 구롬이 씨이며
구롬 속으로셔 한 긔 니다라 남궁괄의 발목을
무니 남궁괄이 말게 나려지거놀 계강이 칼을 드
러 남궁괄의 머리롤 치디 몸의 갑을 여러 벌 닙
엇논지라 상치 아니ᄒᆞ여 겨유 졍신을 출혀 셩으
로 드러가거놀 계강이 영의 드러와 홍금을 보고
이런 말을 일일히 니른디 홍금이 디희 왈,

"첫 진을 이긔여시니 반ᄃᆞ시 진마다 이긔
리로다."

빅현츙이 계강의 공 일우믈 보고 홍금다려
왈,

"쇼쟝이 원컨디 셩의 나가 큰 공을 일우리
이다."
ᄒᆞ고 이튼날 빅현츙이 말게 올나 삼쳔 인마롤
거ᄂᆞ려 셩밋히 가 ᄡᆞ호ᄌᆞ ᄒᆞᆫ디 군시 급히 드러
가 고ᄒᆞ니 ᄌᆞ이 문왈,

"뉘 능히 가리오?"
등구공(鄧九公)이 응셩 왈,
"쇼쟝이 원컨디 가리이다."
ᄒᆞ고 일지 인마롤 거ᄂᆞ려 셩의 【28】 나가 디호
왈,

"텬히 다 명쥬(明主)의게 도라오거늘 네 홀
노 항복지 아니ᄒᆞ니 니 맛당이 이 필부롤 버혀
위엄을 빗니리라."

---

5) 【할니】 명 하루. ¶ 할니 못ᄒᆞ여 셔기의 니르러
하치ᄒᆞ니 션봉 계강과 빅현츙이 쟝의 올나 홍금
의게 사롬을 브린디 (洪錦傳令安營立下寨柵, 先
行官季康·柏顯忠上帳參見.) <西周 17:25>

빅현츙 왈,

"네 나라 큰 은혜롤 져바리고 춤의롤 도라보지 아니ᄒ니 개 갓흔 무리라. 엇지 족히 널노 더브러 ᄌ웅을 결ᄒ리오? 샐니 믈너가고 강승상을 브르라. 니 말을 ᄒ리라."

구공이 쇼리질너 왈,

"어두온 디롤 바리고 붉은 디로 도라오니 이는 디장부의 홀 비라. 엇지 너갓치 구구히 젹은 벼슬을 탐ᄒ여 암군(暗君)을 도으리오? 만일 일즉 쥬의 도라오면 한가지로 봉후의 귀ᄒ믈 일치 아니ᄒ리라."

현츙이 답지 아니코 창을 두로며 다라들거놀 구공이 합션도(合扇刀)롤 드러 마즈 ᄊ호니 그 셰 모진 범이 고기롤 닷호는 듯ᄒ며 뇽이 믈의셔 쒸노는 듯ᄒ더라. 두 장쉬 진퇴ᄒ여 ᄊ호더니 삼십여 합은 ᄒ미 등구공은 당셰 영웅이라 빅현츙이 능히 디젹지 못ᄒ여 말을 두로혀 【29】 다라나고져 ᄒ거놀 구공이 합션도롤 들고 현츙을 버혀 두 조각의 ᄂ니 픽군이 동셔로 헤여지거놀 구공이 한 진을 크게 이기고 셩의 도라가 빅현츙의 슈급(首級)을 드린디 ᄌ의 디희ᄒ여 빅현츙의 머리롤 셩 우희 단디 홍금이 영의 잇셔 빅현츙의 머리 셩 우희 달녀시믈 보고 심중의 디로ᄒ여 니롤 갈고 ᄭ지ᄌ디,

"강상 필뷔 엇지 니 션봉을 죽이리오?" ᄒ고 이튼날 디디 인마롤 거느려 셩밋히 가 ᄌ아롤 보와 말ᄒᄌ ᄒ디 쇼졸이 드러가 보ᄒ니 ᄌ의 즉시 군ᄉ롤 다셧 디의 난화 한 쇼리 납함의 셩문을 크게 열고 다셧 디 인민 나오니 디외 졍졔ᄒ고 긔률(紀律)이 엄슉ᄒ며 좌우의 분ᄒ여시디 가온디 부독(賷纛) 아리 ᄌ의 ᄉ블상(四不相)을 타고 셧는디 일디 호걸이 좌우의 웅위ᄒ여시니 진짓 션풍도골(仙風道骨)이오 기국무셩왕(開國武成王) 황비회(黃飛虎) 디디 인마롤 총녕ᄒ여시 【30】 니 비록 슈빅만 군병이 와도 능히 당키 어렵더라. 홍금이 크게 웨디,

"강상은 어디 잇ᄂ뇨?"

ᄌ의 답왈,

"나는 승상 강상이러니 장군의 셩명은 무어신다?"

홍금 왈,

"나는 봉텬졍벌디원슈(奉天征伐大元帥) 홍

금이로라. 너희 등이 신졀(臣節)을 직희지 아니ᄒ고 무고이 반ᄒ여 텬병을 항거ᄒ니 맛당이 구족을 멸홀지라. 이졔 우리 조셔롤 밧ᄌ와 회발과 너롤 잡아 조가의 보ᄂ여 국법을 졍히 ᄒ리니 샐니 말긔 나려 항복ᄒ여 일국 싱녕의 도탄을 면케 ᄒ라."

ᄌ의 디쇼 왈,

"네 몸이 디원쉬 되여 텬슈롤 아지 못ᄒ는도다. 텬하 인심이 다 쥬의 도라오고 현시 다 독부(獨夫)[쥬왜]롤 비반ᄒ니 너는 한 조고만 아희라 무어시 족히 두려오리오? 이졔 팔빅 졔휘 한가지로 쥬롤 치려 ᄒ니 니 오리지 아냐 병을 밍진으로 모도와 무도한 님군을 죽이고 싱민의 도탄을 구ᄒ여 ᄉ희롤 진졍ᄒ 【31】 리니 너희 등은 일즉 항복ᄒ여 명쥬의게 도라오면 봉후의 위롤 일치 아니리라. 만일 니말을 듯지 아니면 스스로 칼아리 참혹한 화롤 바드리라."

홍금이 디로 즐왈,

"이 필뷔 죽고져 ᄒ여 감히 큰 말을 ᄒ는다?"

언필의 칼을 두로고 다라들거놀 ᄌ의 좌우롤 도라보아 왈,

"뉘 능히 이 도젹을 잡을고?"

문왕(文王)의 닐혼 둘지 아들 희슉명(姬叔明)이 본디 셩이 조급ᄒ지라 쇼리롤 응ᄒ여 칼을 두로고 ᄂ다라 크게 쇼리질너 왈,

"한 촌뷔 엇지 감히 창궐ᄒ여 셔긔롤 침노ᄒᄂ뇨?" ᄒ고 다라드러 두 말이 셧거 ᄊ호더니 삼ᄉ합은 ᄒ여셔 홍금이 검은 긔 하나흘 ᄂ여 진언을 념ᄒ며 ᄯ히 박으니 화ᄒ여 한 문이 되거놀 홍금이 문 안히 드러셔셔 칼을 빗기고 쇼리질너 왈,

"네 착ᄒ거든 이 문아리로 나아오라."

슉명이 디로ᄒ여 창을 두로고 문아리 다라드러 홍금을 지르려 ᄒ 【32】 거놀 홍금이 가슴의 화경(火鏡)을 ᄂ여 바드니 창이 빗그러져 겨드랑 아리로 나며 슉명이 알프로 쓰러져 말긔 나려지거놀 홍금이 칼을 드러 희슉명의 머리롤 버히고 크게 쇼리질너 왈,

"뉘 감히 나롤 당ᄒ리오?"

쥬 진상의셔 한 녀장이 나오니 이는 등션옥이라. 쇼리질너 왈,

"이 필뷔 엇지 감히 스스로 강ㅎ믈 밋고 우리 뎐하롤 희ㅎ는다?"

홍금이 녀장의 나오믈 보고 마음의 업슈이 너겨 답지 아니코 바로 다라드러 쓰호더니 홍금이 혜오더 '이 녀장이 이제 무슴 변홰 잇시리오? 니 맛당이 샐니 버히리라' ㅎ고 검은 긔롤 너여 젼쳐로 짜히 박고 그 아리로 들거놀 션옥이 쓰로지 아니ㅎ고 말을 도로혀 다라난디 홍금이 급히 쓰로더니 션옥이 가만이 오광셕(五光石)을 너여 홍금을 바라고 쳐 낫출 맛치니 홍금이 크게 쇼리지르고 말긔 나려지거놀 졔장이 일시의 홍금을 구ㅎ여 영【33】의 도라가다. 즈인 또 징쳐 군을 거두어 셩의 도라와 졔장으로 더부러 의논ㅎ디,

"이제 쏘흔 홍금이 요괴로온 슐을 너여 뎐하롤 희ㅎ여시니 엇지 능히 져 도젹을 잡으리오?"

졔장이 다 묵묵무언이러라. 홍금이 영의 도라가 단약을 너여 상흔디롤 바르니 즉시 하리거놀6) 이튼날 셩하의 니르러 어졔 쓰호던 녀장을 보와 말ㅎ즈 흔디 군시 급히 보ㅎ니 토힝손(土行孫)이 등션옥다려 왈,

"홍금이 그디과 쏘 쓰호즈 ㅎ니 홍금의 요괴로온 슐의 쎈지지 말나."

ㅎ고 졍히 말ㅎ더니 농길공쥬(龍吉公主) 후당의 잇다가 이 말을 듯고 나와 문왈,

"너희 무슴 말을 ㅎ는다?"

토힝손 왈,

"이제 은의 한 장쉬 이시니 일홈은 홍금이라. 피이흔 슐을 힝ㅎ여 김은 긔 하나흘 짜히 쏘즈 문을 믿드니 뎐하 희슉명이 그릇 요괴로온 슐의 쎈져 홍금의 한 칼의 마즈 죽으니 홍금이 스스로 챡흔【34】 쳬ㅎ여 쓰홈을 도도다가 등션옥의 한 돌을 마즈 피ㅎ여 갓더니 오늘 쏘 와 션옥을 보와 쓰호즈 ㅎ미 뎨지 등션옥을 분부ㅎ여 조심ㅎ여 쓰호라 ㅎ고 쏘 셔기의 인믈 업수믈 한ㅎㄴ이다."

농길공쥬 쇼왈,

"이 조고만 슐을 엇지 족히 두리리오? 니 맛당이 도젹을 잡아 큰 공을 셰우리라."

토힝손 왈,

"뎨지 드러가 승상긔 알외여 공쥬로 ㅎ여곰 공을 일우시게 ㅎ리이다."

ㅎ고 은안뎐(銀安殿)의 올나가 즈아롤 보와 농길공쥬의 말을 즈셰히 알왼디 즈이 디희ㅎ여 황망이 공쥬롤 쳥ㅎ여 뎐의 니르니 공쥬 즈아다려 왈,

"승상이 한 탈 거슬 빌니시면 홍금을 잡으리이다."

즈이 즉시 졔장을 분부ㅎ여 오졈도화구(五點桃花駒)롤[말이라] 공쥬의게 드린디 공쥬 그 말을 타고 셩으로 나아가니 홍금이 녀장의 오믈 보고 쇼리질너 왈,

"오는 지 아니 등션옥인다?"

공쥬 답왈,

"네 무슴 일노 니 일홈을 뭇【35】는다? 너는 샐니 말긔 나려 항복ㅎ여 작녹을 바드라."

홍금이 디로ㅎ여 쇼리지르고 다라드러 꾸지즈디,

"이 쳔흔 계집이 엇지 감히 나롤 슈욕ㅎ고 죽고져 ㅎ는다?"

ㅎ고 칼을 두로고 다라들거놀 공쥬 급히 난비검(鸞飛劍)을 드러 마즈 쓰화 삼합이 못ㅎ여셔 홍금이 가만이 검은 긔롤 너여 쓰히 박거놀 공쥬 홍금의 긔 너믈 보고 임의 홍금의 요슐을 아는지라 쏘흔 흰 긔롤 너여 짜히 박고 보검을 드러 한 번 가르치니 화ㅎ여 한 문이 되거놀 공쥬 문 아리로 다라드러 일진 졍풍이 되여 홍금의 뒤ㅎ로 너다르니 홍금이 녀장의 변화ㅎ믈 보고 디경ㅎ여 졍히 다라나고져 ㅎ더니 공쥬 본상을 너여 난비검으로 홍금의 목을 치더니 공쥬 비록 션녜나 힘이 능히 셰지 못ㅎ여 밋쳐 목을 버히지 못ㅎ고 견갑을 치니 홍금이 크게 쇼리지르고 말을 노화 다라나거놀 공쥬 급히 쓰라가며【36】 블너 왈,

"홍금아 네 샐니 말긔 나려 오늘 큰 화롤 면ㅎ라. 나는 상뎨(上帝) 친녀 농길공쥬러니 인간의 나려와 무왕을 도와 쥬롤 치니 이졔 네 머리롤 버혀 삼군을 호령ㅎ리라."

홍금이 졍히 다라나다가 이 말을 듯고 졍

---

6) 【하리다】 圖 낫다. ¶ 愈 ‖ 홍금이 영의 도라가 단약을 너여 상흔디롤 바르니 즉시 하리거놀 (洪錦被五光石打得面上眼腫鼻靑, 激得只是咬牙, 忙用丹藥敷帖, 一夜全愈.) <西周 17:33>

신이 더옥 몸의 붓지 아녀 투고롤 버셔바리고
머리롤 플고 다라나거눌 공쥐 또 쇼리질너 왈,

　"니 오늘 강승상 알픠셔 임의 너롤 잡으믈
허락ᄒ여시니 니 만일 이 필부롤 죽이지 아니면
밍셰코 도라가지 아니리라."

　홍금이 혜오디 '이 녀쟝이 그져 쟝쉬 아니
라 상뎨 친ᄯᆞᆯ이니 능히 디젹지 못홀 거시오 또
몸의 환도롤 마즈시니 다라나기 어렵도다' ᄒ고
말을 바리고 일진 쳥풍이 되여 다라나거눌 공쥐
쇼왈,

　"이 필뷔 엇지 감히 젹은 슐노 나롤 속이
려 ᄒᄂ뇨?"
ᄒ고 ᄯᅩᄒᆫ 말을 바리고 일진 광풍이 되여 ᄯᆞ라
가더니 북희의 다드라 홍금이 ᄉᆞ미 안ᄒ 【37】
로셔 한 조고만 농 갓ᄒᆫ 거술 너여 바다히 드리
치니 화ᄒ여 큰 경뇽(鯨龍)이 되거눌 홍금이 급
히 경뇽을 타고 바다흐로 드러가니 은픠 흉용
(洶湧)ᄒ여 뫼 갓ᄒᆫ 믈결이 하눌의 다핫거눌 공
쥐 쇼왈,

　"요지(瑤池)롤 ᄯᅥ나 인간의 오므로붓허 일
즉 니 보비롤 쓰지 못ᄒ엿더니 오늘날 이 보비
롤 타고 젹은 도젹을 잡으리라."
ᄒ고 ᄉᆞ미 안흐로셔 한 노 갓ᄒᆫ 거술 너여 공즁
의 치치고 진언을 넘ᄒ며 보검으로 한 번 가ᄅ
치니 화ᄒ여 큰 혜회 〔神鱶〕 되거눌 급히 타고
공즁의 올나 허리로셔 곤뇽승(捆龍繩)을 너여
황건 녁ᄉ로 ᄒ여곰 홍금을 미야 오라 ᄒ더 녁
시 명을 바다 일편 ᄒᆡᆼ운(行雲)을 타고 바로 홍
금의게 다라드러 홍금을 미니 홍금이 감히 거ᄉ
지 못ᄒ여 공쥬의게 잡혀 셔기로 도라오니 ᄌᆞ이
즁관으로 더브러 일을 의논ᄒ더니 믄득 보니 농
길공쥐 홍금을 잡아 구룸을 타고 오거눌 ᄌᆞ애
【38】 즁관을 거느려 쟝의 나려 공쥬롤 마즈 녜
필의 ᄉ례 왈,

　7)"공쥐 큰 공을 일우시니 ᄉᆞ직과 싱민의
복이로쇼이다."

　공쥐 왈,

　"니 뫼희 나려오므로붓허 일즉 쳑촌지공
(尺寸之功)을 일우지 못ᄒ엿더니 이졔 홍금을
잡으니 이는 쥬샹의 홍복(洪福)이오 승상의 큰

---

7) 여기부터는 원문 제67회 '姜子牙金臺拜將'의 내
　용에 들어감.

덕이라 엇지 니 공이리오?"

　말을 맛치며 즉시 니러나 후당으로 드러가
거눌 ᄌᆞ이 좌우롤 명ᄒ여 홍금을 뎐 알픠 드려
ᄭ우지져 왈,

　"이 무도ᄒᆫ 필뷔 감히 우리 셩을 침노ᄒ다
가 이졔 잡혀시니 엇지 편갑(片甲)인들 도라보
니리오? 샐니 머리롤 버혀 삼군을 호령ᄒ라."

　남궁괄이 홍금을 잡아 원문의 나가 졍히
칼을 드러 머리롤 버히려 ᄒ더니 믄득 한 도인
이 급히 다라오며 쇼리질너 왈,

　"쟝군은 아직 칼아리 도젹을 머므르라."

　남궁괄이 감히 하슈(下手)치 못ᄒ여 승샹
부의 드러와 ᄌᆞ아의게 알외디,

　"쇼쟝이 졍 【39】 히 홍금을 버히려 ᄒ더니
믄득 한 도인이 오며 왈 '아직 도젹의 명을 머
믈나' ᄒ믹 쇼쟝이 감히 죽이지 못ᄒ고 드러와
알외ᄂ이다."

　ᄌᆞ이 황망이 니러나 문의 나 도인을 마즈
뎐의 올나 녜롤 맛고 좌졍ᄒ믹 ᄌᆞ이 문왈,

　"도형의 셩명이 무어시며 어늬 곳으로조ᄎ
오ᄂ뇨?"

　도인이 답왈,

　"빈도는 월합도인(月合道人)이러니 부원션
옹(符元仙翁) 명을 바다 왓ᄂ이다. 농길공쥬는
홍금으로 더브러 쇽셰 인연이 이시니 가히 혼인
을 일워 션옹의 명을 어그릇지 마로쇼셔. 만일
혼인을 일우면 홍금은 당셰 영웅이라 ᄌᆞ아롤 도
와 동으로 오관(五關)의 나아가 일비지녁(一臂之
力)을 도으미 엇지 아롬답지 아니리오? 승샹은
싱각ᄒ라. 이 일은 감히 지완이 못ᄒ리라."

　ᄌᆞ이 답왈,

　"만일 인연 곳 이시면 엇지 감히 명을 어
그릇치리오?"
ᄒ고 등션옥을 블너 왈,

　"그디 농길공쥬 계신디 나아가 월합도인의
말노 공 【40】 쥬롤 달니라."

　션옥이 명을 바다 니뎐의 드러가니 공쥐
션옥의 오믈 보고 황망이 문왈,

　"그디 무슴 일노 오뇨?"

　션옥 왈,

　"앗가 홍금을 잡아 원문의 너여 버히려 ᄒ

더니 월합도인이 부원션옹의 녕을 바다 와 닐오
디 낭낭이 홍금으로 더브러 쇽세 인연이 이시니
가히 홍수의 언약을 일우라 ㅎ미 승상이 쳡으로
ㅎ여곰 몬져 가 낭낭긔 알외고 이졔 승상과 월
합도인이 드러와 공쥬로 더브러 의논ㅎ려 ㅎ시
더이다.”

공쥬 졍식 왈,

“니 요지의 묽은 규구(規矩)롤 범ㅎ고 인간
의 나려와시니 만일 홍금으로 더브러 혼인을 일
우면 반드시 다시 요지의 올나가지 못ㅎ 거시
오. 니 비록 쳔ㅎ나 상뎨의 친녀오 졔 비록 영
웅이나 인간의 조고만 장쉬라 엇지 이런 일을
ㅎ리오?”

ㅎ더라.

67

강ᄌ아금디비장(姜子牙金臺拜將)

【41】 두 사룸이 졍히 말ᄒ더니 ᄌ아(子牙) 월합도인(月合道人)으로 더브러 드러오거늘 공쥬 마ᄌ 당의 올나가니 도인 왈,

"빈되 이졔 오믄 큰 일을 일우고져 ᄒᄂ니 낭낭이 홍금(洪錦)으로 더브러 쇽셰 인연이 이시니 혼인을 일우미 ᄯᅩ흔 어렵지 아니ᄒ고 ᄒᄆ며 ᄌ이 동졍(東征)홀 날이 갓가와시니 낭낭이 홍금으로 더부러 오관의 나아가 큰 공을 일우면 기국원훈(開國元勳)이 되고 일홈을 죽빅(竹帛)의 드리오리니 만일 공을 일우는 날이면 요지(瑤池) 금궁(禁宮)의셔 긔번(旗幡)과 보독(寶纛)이 나려와 낭낭을 마ᄌ 궁으로 도라가리니 이 엇지 아룸답지 아니리오? 낭낭이 비록 거슬고져 ᄒ나 빈되 부원션옹(符元仙翁)의 명을 바다 이의 와 낭낭의 아룸다온 언약을 일우고져 ᄒᄂ니 낭낭이 빈도의 말을 듯지 아니시면 두리건디 요지의 올나가실 날이 더딜가 ᄒᄂ이다."

공쥬 이 말을 듯고 기리 한슘지고 왈,

"인연이 **【42】** 만일 니러ᄒ고 부원션옹이 도형으로 ᄒ여곰 슈로고이 이 ᄯᅡ희 왓시니 엇지

감히 명을 밧지 아니리오?"

ᄌ아와 도인이 디희ᄒ여 은안뎐(銀安殿)의 나와 홍금의 믹 거슬 글너 뎐의 올녀 안치고 이 연고롤 ᄌ셰히 니른디 홍금이 디희ᄒ여 스례ᄒ고 단약을 ᄂ여 칼의 상흔디 바른니 즉시 하리거늘 홍금이 셩의 나 계강(季康)을 블너 인마롤 다 셩의 드리라 ᄒ다.

쥬왕(紂王) 삼십 오년 삼월 초삼일의 농길공쥬(龍吉公主) 혼인을 일울시 ᄌ아는 공쥬편 쥬혼이 되고 월합도인은 홍금의 쥬혼이 되여 은안뎐 우희 동노연을 비셜ᄒ고 신낭 신뷔 녜롤 맛ᄎ미 ᄌ이 등션옥(鄧嬋玉)을 명ᄒ여 홍금과 공쥬롤 인도ᄒ여 후당으로 보니고 ᄌ이 즁장으로 더부러 츌ᄉ표(出師表)롤 지어 이튼날 조회의 드리니 무왕(武王)이 문왈,

"홍금을 엇지 쳐치ᄒ뇨?"

ᄌ이 복지 왈,

"어졔 홍금을 잡아 졍히 죽이고져 ᄒ더니 부원션옹의 명을 인ᄒ여 농길공쥬의 **【43】** 혼인을 일윗ᄂ이다."

ᄒ고 말을 맛치며 표롤 올니거늘 무왕이 봉어관(奉御官)으로 ᄒ여곰 닑히시니 왈,

승상 신 강샹(姜尙)은 빅비돈슈(百拜頓首)ᄒ고 표롤 올니ᄂ니 신은 드르니 하눌이 사룸을 ᄂ여 님군과 신하롤 삼기시니 님군이라 홈은 빅셩의 부뫼 되여 인졍을 힝홀 거시어늘 이졔 은왕(殷王)이 샹텬(上天)을 공경치 아니ᄒ니 지홰 빅셩의게 나려 독이 방국(邦國)의 펴져시니 싱녕이 도탄ᄒ며 ᄯᅩ 쥐 오샹(五常)을 어ᄌ러이고 쥬식의 침익(沈溺)ᄒ여 졍ᄉ롤 도라보지 아니ᄒ고 궁실과 누디롤 ᄉ치ᄒ여 히 텬하의 ᄌ옥ᄒ며 조종 긔업을 닥지 아니ᄒ고 녯 신하롤 니치며 튱냥(忠良)의게 포락지형(炮烙之刑)을 힝ᄒ고 궁녀롤 만분(蠆盆) 굴형의 녀흐며 쳐ᄌ롤 슐육ᄒ고 졍ᄉ롤 닥지 아니ᄒ니 죄 텬하의 관녕(貫盈)흔지라. 황텬이 한가지로 노ᄒᄉ 쥬롤 도으 **【44】** 시니 텬하 졔휘 한가지로 밍진(孟津)의 모다 무도흔 님군을 죽이며 싱민이 슈화(水火)의 급흔 거슬 구코져 ᄒᄂ니 빌건디 디왕은 슈히 졔후의 한가지로 붓조ᄎ믈[1] 도라

388

보시고 텬하 려셔(黎庶)의 괴로옴을 싱각
ᄒ쇼셔. 날을 갈히여2) 긔병ᄒ여 동으로 나
아가 ᄉ직의 큰 복을 니로혀시고 신민의
마음을 어들 거시니 바람을 조ᄎ쇼셔.

ᄒ엿더라. 무왕 남필(覽畢)의 반향(半晌)이나 침
음ᄒ시다가 왈,

"상부(相父)의 이 픠 쥬왕의 무도홈을 일너
시니 텬히 한가지로 바린 비니 독부를 이의 쳠
즉ᄒ나 녯날 션왕이 과인ᄃ려 니로시더 '가히
써 신히 님군을 치지 못ᄒ리라' ᄒ시니 이ᄂ 군
신의 한가지로 아ᄂ 비라. 만일 션왕의 말을 좃
지 아니면 가히 블회라 니롤 거시오 쥬 비록 무
도ᄒ나 군왕이어눌 과인이 만일 치면 블츙이라
니르리니 블츙블효를 힝ᄒ고 어ᄂ 낫츠로 【45】
텬하의 셔리오? 과인이 이졔 상부로 더브러 한
가지로 신졀을 직희여 쥬(紂)의 기과(改過)ᄒᄆᆯ
기다려 다시 셤기미 엇지 맛당치 아니리오?"

즈이 왈,

"노신이 엇지 감히 션왕의 명을 좃지 아니
리잇가만은 다만 텬하 졔휘 쥬 ᄉ오나와 족히
만민의 부뫼되지 못ᄒ리라 ᄒ여 즁외의 반포ᄒ
니 졔휘 밍진의 모다 왕ᄉ(王使)롤 기다려 한가
지로 쥬롤 치려 ᄒ니 동빅후(東伯侯) 강문환(姜
文煥)과 남빅후(南伯侯) 악슌(鄂順)과 븍빅후(北
伯侯) 슝후호(崇侯虎)3)와 한가지로 밍진의 모다
시미 노신이 국가 디ᄉ롤 그릇게 홀가 두려 이
표롤 올녀 긔병ᄒᄆᆯ 쳥ᄒᄂ니 원컨디 디왕은 싱
각ᄒ쇼셔."

무왕 왈,

"이졔 삼노병(三路兵)이 한가지로 은을 치
니 과인은 본토롤 직희여 신졀을 다ᄒ고져 ᄒᄂ
니 우흐로 인신의 녜롤 일치 아니ᄒ고 아리로

션왕의 유명(遺命)을 져바리지 아니미 엇지 맛
당치 아니리오?"

즈이 왈,

"하눌이 님군을 삼겨 만민의 부 【46】 모롤
삼으시거눌 이졔 쥬 무도ᄒ여 빅셩이 슈화 가온
디 안즘 갓흐니 황텬이 우리 션왕으로 ᄒ여곰
인졍을 힝ᄒ샤 텬하 인심을 도라오게 ᄒ고 디왕
으로 ᄒ여곰 조민벌죄(吊民伐罪)ᄒᆫ 군ᄉ롤 니로
혀 나아가 싱민의 도탄을 구ᄒ게 ᄒ시미니이
다."

무왕이 졍히 답고져 ᄒ시더니 상티우(相大
夫) 산의싱(散宜生)이 진왈,

"승상의 말은 국가의 츙셩된 말이라 디왕
이 감히 듯지 아니치 못ᄒ시리니 이졔 텬하 졔
휘 한가지로 밍진의 모다시니 디왕이 만일 병을
니로혀 응졉지 아니시면 졔휘 밋지 아니ᄒ리니
졔휘 밋지 아닌즉 반ᄃ시 우리 셔쥬롤 그르다
ᄒ여 쥬롤 도와 병을 움죽여 셔기롤 침노ᄒ면
엇지 능히 당ᄒ리오? ᄒ믈며 쥬 간언을 미더 즈
로 셔토롤 졍벌ᄒ니 여셰 평안치 못ᄒ고 군신이
한마지뇌(汗馬之勞) 잇더니 셔퇴 갓 평안ᄒ엿거
눌 이졔 ᄯ 텬하 병을 움죽이면 이ᄂ 스스로
【47】 화롤 바드미니 원컨디 디왕은 상부의 말
을 조ᄎ 병을 밍진의 모도와 텬즈의 기과ᄒ시ᄆᆯ
기다리면 졔후의게 신을 일치 아니ᄒ며 우흐로
군왕의 츙셩을 다ᄒ고 아리로 션왕의 의탁ᄒ시
ᄆᆯ 져바리지 아니ᄒ미 만젼지칙(萬全之策)이니
빌건디 디왕은 다시 싱각ᄒ쇼셔."

무왕 왈,

"티우의 말이 맛당ᄒ니 군마롤 니르혀 나
아가리라."

산의싱 왈,

"디왕이 병을 니로혀랴 ᄒ시면 상부롤 비
ᄒ여 디장군을 삼아 곤외(閫外)의 졍ᄉ롤 맛지
미 ᄉ리의 당연홀가 ᄒᄂ이다."

무왕 왈,

"티위 쥬장ᄒ여 ᄒ라 과인이 상부롤 비ᄒ
여 디장을 삼으리라."

산의싱 왈,

"디장을 비(拜)ᄒ미 맛당이 디롤 무으고4)

---

1) 【븟좇다】 图 따르다. 아부하다. ¶ 孚‖ 빌건디
디왕은 ᄉ히 졔후의 한가지로 븟조ᄎᄆᆯ 도라보
시고 텬하 려셔의 괴로옴을 싱각ᄒ쇼셔 (乞大王
體上天好生之心, 孚四海諸侯之念, 思天下黎庶之
苦.) <西周 17:44>
2) 【갈히다】 图 가리다. 택하다. ¶ 擇‖ 날을 갈히
여 긔병ᄒ여 동으로 나아가 ᄉ직의 큰 복을 니
로혀시고 신민의 마음을 어들 거시니 바람을 조
ᄎ쇼셔 (擇日出師, 恭行天罰, 則社稷幸甚, 臣民
幸甚! 乞賜詳示施行.) <西周 17:44>
3) 원문은 '崇黑虎'로 되어 있음.
4) 【무으다】 图 쌓다. ¶ 築‖ 디장을 비ᄒ미 맛당
이 디롤 무으고 황텬후토 산천하독의 고ᄒ고 디

황텬후토 산천하독의 고ᄒ고 디왕이 친히 승상
의 탄 슐위롤5) 미러 장슈 비ᄒᄂ 녜롤 극진이
ᄒ시리이다."

무왕 왈,

"범ᄉ(凡事)롤 다 티우(大夫)롤 맛졋ᄂ니
삼가 힝ᄒ라."

ᄒ더라. 조회롤 파ᄒ미 산의싱이 승상부의 나와
【48】 ᄌ아의게 하례ᄒ니 졔장이 각각 ᄎ례로
드러와 하례ᄒ더라. 산의싱이 이튼날 승상부의
와 남궁괄(南宮适)·신갑(辛甲)을 명ᄒ여 일방
장병을 명ᄒ여 기산 아리 가 삼일 너의 디롤 무
으라 ᄒ더 두 장쉬 녕을 드러 뫼 아러 삼일 너
의 디롤 다 무으고 도라와 알왼디 산의싱이 편
뎐의 드러와 무왕긔 알외디,

"신이 젼지롤 바다 디롤 임의 완필(完畢)ᄒ
엿고 삼월 십오일이 조흔 날이니 디왕이 친히
금디(金臺)의 니ᄅ샤 상부(相父)롤 비ᄒ쇼셔."

무왕 왈,

"님시(臨時)ᄒ여 다시 알외라."

산의싱이 믈너나다.

삼월 십삼일의 ᄌ이 신갑을 비ᄒ여 군졍ᄉ
(軍政司)롤 삼아,

"군즁의 긔롤 조련ᄒ더 열닐곱 조목을 픠
의 써 승상부 문의 달아 모든 군ᄉ로 ᄒ여곰 알
게 ᄒ라."

신갑이 픠롤 너여 문의 다니 ᄒ여시디,

　　　텬부디원슈(天寶大元帥) 강상은 군즁
긔롤 열닙곱 조목(條目)을 밍그라 디쇼 즁
장 【49】 으로 ᄒ여곰 알게 ᄒ노라.

제 일 조목은 븍쇼리롤 듯고 나아가
지 아니며 징쇼리롤 듯고 믈너가지 아니며
긔롤 드디 너닷지 아니며 긔롤 누이디 슙
지 아니면 이ᄂ 티만ᄒ 군시니 범ᄒᄂ ᄌ

롤 참ᄒ고,

제 이ᄂ 일홈을 브르디 디답지 아니
며 졈고홀졔 뵈지 아니며 긔약을 어그릇고
나아오지 아니며 긔롤 어즈러이면 이ᄂ 쇽
이ᄂ 군시니 범ᄒᄂ ᄌ롤 참ᄒ고,

제 삼은 밤든디 군긔롤 노ᄒ며 보ᄒ
기롤 샬니 아니ᄒ며 잡인 금ᄒ믈 엄히 아
니ᄒ며 군호(軍號)롤 ᄌ시 웅치 아니면 이
ᄂ 푸러진 군시니 범ᄒᄂ ᄌ롤 참ᄒ고,

제 ᄉᄂ 원(怨)ᄒᄂ 말을 만히 ᄒ며
쥬장(主將)을 훼방ᄒ면 이ᄂ 완악ᄒ 군시
니 범ᄒᄂ ᄌ롤 참ᄒ고,

제 오ᄂ 우음쇼리롤 방ᄌ이 ᄒ며 잡
되게 날뛰며 군문(軍門)의셔 요란ᄒ면 이
ᄂ 경박ᄒ 군시니 범ᄒᄂ ᄌ롤 【50】 참ᄒ
고,

제 뉵은 쓰ᄂ 바 병긔롤 젼냥과 밧고
며6) 활시욹을 굿게 아니ᄒ며 살히 깃슬
업시ᄒ며 창검이 날너지7) 아니ᄒ며 긔치
고로지 아니ᄒ면 이ᄂ 탐ᄒᄂ 군시니 범ᄒ
ᄂ ᄌ롤 참ᄒ고,

제 칠은 음난ᄒ 말과 괴이ᄒ 즛술 ᄒ
며 귀신을 밋으며 스긔로온 말을 방ᄌ히
ᄒ여 장ᄉ(將士)롤 혹게 ᄒ면 이ᄂ 요괴로
온 군시니 범ᄒᄂ ᄌ롤 참ᄒ고,

제 팔은 거즛말을 쑴이며 망녕되이
시비ᄒ며 ᄉ졸을 조롱ᄒ며 셔로 싼호며 횡
군ᄒ미 항오(行伍)롤 찰히지 아닛ᄂ ᄌ롤
참ᄒ고,

제 구ᄂ 니ᄅᄂ 바의 빅셩을 봇치며
부녀롤 교통ᄒ면 이ᄂ ᄉ오나온 군시니 범
ᄒᄂ ᄌ롤 참ᄒ고,

제 십은 사롬의 지믈을 도젹ᄒ며 남
의 일운 공을 아ᄉ 너 공을 삼으면 이ᄂ

왕이 친히 승상의 탄 슐위롤 미러 장슈 비ᄒᄂ
녜롤 극진이 ᄒ시리이다 (昔黃帝拜風后, 須當築
臺, 拜告皇天后土, 山川河瀆之神, 捧轂推輪, 方成
拜將之禮.) <西周 17:47>

5) 【슐위】图 수레. ¶ 輪‖ 디장을 비ᄒ미 맛당
이 디롤 무으고 황텬후토 산천하독의 고ᄒ고 디
왕이 친히 승상의 탄 슐위롤 미러 장슈 비ᄒᄂ
녜롤 극진이 ᄒ시리이다 (昔黃帝拜風后, 須當築
臺, 拜告皇天后土, 山川河瀆之神, 捧轂推輪, 方成
拜將之禮.) <西周 17:47>

6) 【밧고다】图 바꾸다. ¶ 쓰ᄂ 바 병긔롤 젼냥과
밧고며 활시욹을 굿게 아니ᄒ며 살히 깃슬 업시
ᄒ며 창검이 날너지 아니ᄒ며 (所用兵器, 克削
錢糧, 致使弓弩絶絃, 箭無羽鏃, 劍戟不利.) <西周
17:50>

7) 【날너다】图 날카롭다. ¶ 利‖ 쓰ᄂ 바 병긔롤
젼냥과 밧고며 활시욹을 굿게 아니ᄒ며 살히 깃
슬 업시ᄒ며 창검이 날너지 아니ᄒ며 (所用兵器,
克削錢糧, 致使弓弩絶絃, 箭無羽鏃, 劍戟不利.) <
西周 17:50>

도적군시니 범ᄌᆞᄅᆞᆯ 참ᄒᆞ고,

　　제 십일은 군중의 ᄉᆞᄉᆞ로이 모다 일을 의논ᄒᆞ며 가【51】만이 즁군의 드러와 ᄃᆡ장의 ᄒᆞᄂᆞᆫ 일을 탐지ᄒᆞ면 이ᄂᆞᆫ 탐졍군시니 범ᄌᆞᄅᆞᆯ 참ᄒᆞ고,

　　제 십이ᄂᆞᆫ 장슈의 ᄭᅬᄒᆞᄂᆞᆫ 바ᄅᆞᆯ 가만이 아랏다가 호령을 듯고 즁외의 누통(漏通)ᄒᆞ며 젹국으로 ᄒᆞ여곰 알게 ᄒᆞ면 이ᄂᆞᆫ 범법ᄒᆞᄂᆞᆫ 군시니 범ᄌᆞᄅᆞᆯ 참ᄒᆞ고,

　　제 십삼은 녕을 나리오ᄂᆞᆫ ᄶᆡ의 닙을 담을고8) ᄃᆡ답지 아니ᄒᆞ며 머리ᄅᆞᆯ 슉이고 눈셥을 ᄶᅥᆼ긔여 낫치 어려온 빗치 이시면 이ᄂᆞᆫ 겁ᄒᆞᄂᆞᆫ 군시니 범ᄌᆞᄅᆞᆯ 참ᄒᆞ고,

　　제 십ᄉᆞᄂᆞᆫ ᄒᆡᆼ군ᄒᆞᆯ ᄶᆡ의 남의 ᄃᆡ의 군시 다ᄅᆞᆫ ᄃᆡ의 가며 노상의셔 셔로 훤화(喧嘩)ᄒᆞ며 셔로 금단(禁斷)치 아니면 이ᄂᆞᆫ 어ᄌᆞ러온 군시니 범ᄌᆞᄅᆞᆯ 참ᄒᆞ고,

　　제 십오ᄂᆞᆫ 몸이 조곰 상ᄒᆞᄆᆡ 거즛 병을 삼아 ᄊᆞ호라 나가 피ᄒᆞ며 거즛 죽엇ᄂᆞᆫ 체ᄒᆞ고 인ᄒᆞ여 도망ᄒᆞ면 이ᄂᆞᆫ 간ᄉᆞᄒᆞᆫ 군시니 범ᄌᆞᄅᆞᆯ 참ᄒᆞ고,

　　제 십뉵은 손의【52】 젼냥을 잡아 상급(賞給)ᄒᆞᆯ ᄶᆡ의 ᄉᆞᄉᆞ로이 친ᄒᆞᆫᄃᆡ 아당ᄒᆞ여9) ᄉᆞ졸노 ᄒᆞ여곰 원망ᄒᆞ게 ᄒᆞ면 이ᄂᆞᆫ ᄉᆞᄉᆞ로온 군시니 범ᄌᆞᄅᆞᆯ 참ᄒᆞ고,

　　제 십칠은 도젹을 보고 슬피지 아니ᄒᆞ며 도젹이 니ᄅᆞᄃᆡ 알외지 아니ᄒᆞ며 만히 ᄒᆞᆯ 말을 젹게 ᄒᆞ며 젹게 ᄒᆞᆯ 말을 만히 ᄒᆞ면 이ᄂᆞᆫ 그른 군시니 범ᄒᆞᄂᆞᆫ ᄌᆞᄅᆞᆯ 참ᄒᆞ라.

ᄒᆞ엿더라. 즁장과 삼군이 간필(看畢)의 칭찬치 아니리 업더라. 삼월 십오일 평명(平明)의 산의

싱이 편뎐의 드러가 무왕긔 알외ᄃᆡ,

　　"ᄃᆡ왕이 친히 승상부의 가샤 승상을 쳥ᄒᆞ여 단의 올나가 ᄃᆡ장을 비(拜)ᄒᆞ쇼셔."

　　무왕 왈,

　　"ᄃᆡ장 비ᄒᆞᄂᆞᆫ 도리ᄅᆞᆯ 엇지ᄒᆞ리오?"

　　산의싱 왈,

　　"황뎨(黃帝) 풍후(風后)ᄅᆞᆯ 비ᄒᆞ여 장슈ᄅᆞᆯ 삼을졔 녜ᄅᆞᆯ 극진이 ᄒᆞ여시니 그ᄃᆡ로 ᄒᆞ시면 가ᄒᆞ니이다."

　　무왕 왈,

　　"경의 말이 졍합짐(正合朕)이라."

ᄒᆞ고 이튼날 무왕이 문무즁신으로 더브러 승상부의 오【53】시니 삼군이 부(府)ᄅᆞᆯ 옹위ᄒᆞ여 문을 엄히 직희여 무왕을 드리지 아니ᄒᆞ고 군졍ᄉᆞ(軍政司)의게 알외니 군졍시 급히 드러가 ᄌᆞ아의게 알외ᄃᆡ,

　　"무왕이 문밧긔 와 계시니 문을 여ᄂᆞ이다."

ᄒᆞ고 원문(轅門)의 나와 방포 삼셩(三聲)의 원문을 여니 산의싱이 무왕을 인도ᄒᆞ여 은안뎐의 니ᄅᆞ러 보좌의 안ᄌᆞᄆᆡ 군졍시 후뎐의 드러가 ᄌᆞ아의게 픔ᄒᆞᄃᆡ,

　　"쳥컨ᄃᆡ 원슈ᄂᆞᆫ 은안뎐의 오ᄅᆞ쇼셔. 쥬상이 친히 원슈ᄅᆞᆯ 쳥ᄒᆞ여 슐위ᄅᆞᆯ 티오랴 ᄒᆞ시ᄂᆞ이다."

　　ᄌᆞ이 황망이 장슈의 옷슬 닙고 은안뎐 압흐로 나아오니 무왕이 계의 나려 몸을 굽혀 왈,

　　"쳥컨ᄃᆡ 원슈ᄂᆞᆫ 슐위의 오ᄅᆞ쇼셔."

　　ᄌᆞ이 ᄉᆈ니 거러 문으로 나오니 무왕이 좌우ᄅᆞᆯ 거ᄂᆞ리고 ᄌᆞ아ᄅᆞᆯ ᄯᆞ라 문의 나오시ᄆᆡ 위의 거룩ᄒᆞ더라. 무왕이 슐위 압히 나아와 몸을 굽혀 팔을 미러 왈,

　　"원슈ᄂᆞᆫ 슐위ᄅᆞᆯ 타쇼셔."

　　ᄌᆞ이 슐위의 올나 안거늘【54】 무왕이 슐위박회ᄅᆞᆯ 미러 두어 거룸은 나가 ᄌᆞ아ᄅᆞᆯ 압셰우고 무왕이 ᄯᅩᄒᆞᆫ 슐위ᄅᆞᆯ 타고 셩으로 나가시니 졍긔 ᄒᆡᄅᆞᆯ 가리오고 검극이 삼나ᄒᆞᆫᄃᆡ 셔긔 모든 빅셩이 부로휴유(扶老携幼)ᄒᆞ여 굿보더라.10) 무

---

8) 【담을다】 圖 다물다. ¶ 結‖ 녕을 나리오ᄂᆞᆫ ᄶᆡ의 닙을 담을고 ᄃᆡ답지 아니ᄒᆞ며 머리ᄅᆞᆯ 슉이고 눈셥을 ᄶᅥᆼ긔여 낫치 어려온 빗치 이시면 이ᄂᆞᆫ 겁ᄒᆞᄂᆞᆫ 군시니 범ᄌᆞᄅᆞᆯ 참ᄒᆞ고 (調用之際, 結舌不應, 低眉俯首, 面有難色, 此爲怯軍, 犯者斬.) <西周 17:51>

9) 【아당ᄒᆞ다】 圖 {아당(阿黨)하다}. 아무하다. ¶ 阿‖ 손의 젼냥을 잡아 상급ᄒᆞᆯ ᄶᆡ의 ᄉᆞᄉᆞ로이 친ᄒᆞᆫᄃᆡ 아당ᄒᆞ여 ᄉᆞ졸노 ᄒᆞ여곰 원망ᄒᆞ게 ᄒᆞ면 이ᄂᆞᆫ ᄉᆞᄉᆞ로온 군시니 범ᄌᆞᄅᆞᆯ 참ᄒᆞ고 (主掌錢糧, 給賞之時, 阿私所親, 使士卒結怨, 此爲弊軍, 犯者斬.) <西周 17:52>

10) 【굿보다】 圖 구경하다. ¶ 觀看‖ 졍긔 ᄒᆡᄅᆞᆯ 가리오고 검극이 삼나ᄒᆞᆫᄃᆡ 셔긔 모든 빅셩이 부로휴유ᄒᆞ여 굿보더라 (只見前面七十里俱是大紅旗, 直擺到西岐山. 西岐百姓扶老携幼, 俱來觀看.) <西周 17:54>

왕이 몬겨 디 아리 니르러 우러러보니 삼층 디
극히 최외호디11) 졔 일층 가온디 이십 오인을
각각 누른 옷슬 닙히고 누른 긔롤 들녀 중앙무
긔토(中央戊己土)롤 상호여 세윗고 디 동편의
이십 오인을 각각 쳥의롤 닙히고 쳥긔롤 들녀
동방갑을목(東方甲乙木)을 상호여 세윗고 디 셔
편의 이십 오인을 각각 빅의롤 닙히고 빅긔롤
들녀 셔방경신금(西方庚辛金)을 상호여 세윗고
디 남편의 이십 오인을 각각 홍의롤 닙히고 홍
긔롤 들녀 남방병졍화(南方丙丁火)롤 상호여 세
윗고 디 북편의 이십 오인을 각각 흑의롤 닙히
고 흑긔롤 들녀 북방임계슈(北方壬癸水)롤 상호
여 세윗고 둘지 층의 삼빅 뉵【55】십 오인을
각각 홍긔롤 들녀 세윗시니 쥬텬삼빅뉵십오도
(周天三百六十五度)롤 상호엿고 셋지 층의 아장
일혼 둘을 각각 병긔롤 들녀 세윗시니 칠십 이
후(七十二候)롤 상호엿고 세 층이 다 졔긔와 축
문을 버럿더라. 산의싱이 무왕 압히 나아와 알
외디,

"디왕은 원슈 압히 나아가 슐위의 나리롤
쳥호쇼셔."

무왕이 즈아 압히 나아가 몸을 굽혀 왈,
"원슈는 슐위의 나리쇼셔."

즈이 황망이 슐위의 나리니 산의싱이 축문
을 닑으니 왈,

유(維) 디쥬(大周) 십삼년 밍츈(孟春)
졍묘(丁卯) 삭십오일(朔十五日) 병즈(丙子)
의 셔쥬 무왕 희발(姬發)은 상티우 산의싱
을 보니여 감히 오악수독(五嶽四瀆) 명산
디쳔 신령긔 고호느니 슬프다 하늘이 사름
을 니샤 님군을 삼으며 신하롤 숨으시니
님군은 빅셩을 무휼호거늘 이졔 은왕이 상
텬을 공경치 아니호고 하민(下民)을 스랑
치 아니호며 쥬식의 침혹호고 졍스롤 도라
보【56】지 아니호니 텬히 한가지로 바린
비라. 오늘날 특별이 강상을 비호여 디쟝
을 삼아 조민벌죄(吊民伐罪)호는 군스롤

니로혀 스히롤 진졍코져 호느니 바라건디
신령은 만민을 구호쇼셔.

호엿더라. 산의싱이 독필의 쥬공이 즈아롤 인호
여 졔 이층의 올녀 동면(東面)호여 세우고 쥬공
이 축문을 닑으니 왈,

유 디쥬 십삼년 밍츈 졍묘(丁卯) 삭십
오일 병즈(丙子)의 셔쥬 무왕 희발은 쥬공
묘(周公廟)롤 보니여 감히 일월셩신 풍운
뇌우 녁디(歷代) 뎨왕(帝王) 신령긔 알외느
니 슬푸다 군왕은 만민의 부뫼어늘 이졔
은왕이 어지지 못호여 조종신령(祖宗神靈)
을 공경치 아니호고 음황무도(淫荒無道)호
여 궁실과 누디롤 셩(盛)히 호여 빅셩을
보치니 황텬이 진노호샤 희발노 호여곰 치
라 호시나 발이 엇지 감히 쳔즈(擅恣)이
호리오? 황상의 긔과【57】호시믈 기다리
더니 군왕이 더옥 무도호여 싱민을 잔학호
니 이졔 특별이 강상을 비호여 디쟝을 삼
아 무도호니롤 쇼멸호고 히니(海內)롤 쳥
졀케 호고져 호느니 바라건디 신령은 어엿
비 너겨 슈화의 급호믈 구호쇼셔.

호엿더라. 쥬공이 독필의 쇼공(召公)이 즈아롤
인호여 디 삼층의 올녀 세우고 쇼공이 황월빅모
(黃鉞白旄)롤 드리며 왈,

"무왕이 이거슬 원슈긔 드려 독부(獨夫)롤
쇼멸호고 싱민의 화롤 더쇼셔 호시느이다."

즈이 쑤러 빅모황월을 바다 좌우로 호여곰
드려 세우니 쇼공이 쏘 즈아롤 북면(北面)호여
세우고 뇽쟝(龍章)과 봉젼(鳳篆)을 즈아의게 드
린디 즈이 쑤러 바다 좌우로 호여곰 중화(中和)
의 곡과 팔음(八音)의 쟝(章)을 쥬(奏)호니 쇼리
구쇼(九霄)의 스못더라.12) 풍뉴롤 맛츠미 쇼공이
축문을 닑으니 왈,

【58】유 디쥬 십삼년 밍츈 졍묘 삭

---

11)【최외호다】휑 [최외(崔嵬)하다]. 우뚝하다. 높
고 크다. ¶ 嵬峨‖ 무왕이 몬겨 디 아리 니르
러 우러러보니 삼층 디 극히 최외호디 (武王至
將臺邊一看, 只見將臺高聳, 甚是嵬峨軒昻.) <西
周 17:54>

12)【스못-】圄 《스못다》 사무치다. 통(通)하다.
¶ 徹‖ 즈이 쑤러 바다 좌우로 호여곰 중화의
곡과 팔음의 쟝을 쥬호니 쇼리 구쇼의 스못더라
(子牙跪拜. 左右歌中和之曲, 奏八音之章, 樂聲嘹
亮, 動徹上下.) <西周 17:57>

십오일 병즈의 셔쥬 무왕 희발은 쇼공셕
(召公奭)을 보니여 황텬후토(皇天后土)긔
알외느니 슬푸다 빅셩의 바라는 바는 군왕
이 어질미어눌 이졔 은왕이 쥬식의 침곤ㅎ
여 현인을 죽이며 쳐즈롤 살육ㅎ며 졍스롤
폐ㅎ고 종묘의 단이지 아니ㅎ고 황텬을 공
경치 아니ㅎ니 텬하 독뷔(獨夫)라. 발이 상
뎨 명을 밧즈와 부도(不道)롤 치라 할시
이졔 특별이 강상을 비ㅎ여 디장을 삼아
병을 밍진(孟津)의 모도와 스희롤 진무(鎭
撫)ㅎ고 싱민의 도탄을 구ㅎ고져 ㅎ느니
바라건디 신령은 도라보와 큰 공을 일우게
ㅎ쇼셔.

ㅎ엿더라. 쇼공이 독필의 즈이 디 가온디 졍히
셔시니 군졍시 압히 나아와 쳥ㅎ디,
　　"원슈의 투고롤 몬져 드리느이다."
ㅎ고 붉은 보의 황금투고롤 쓰 드리니 즈이 바
다 머리의 쓰거눌 군졍시 쏘 나아와 품ㅎ디,
　　"원슈의 닙을 【59】 갑옷술 드리느이다."
ㅎ고 황금갑의 홍포롤 쪄 드린디 즈이 바다 닙
거눌 군졍시 나아와 보검을 드리고 쏘 뉴리반
(琉璃盤)의 세가지 것술 가져오니 하나혼 텬즈
롤 녕ㅎ는 긔오 하나혼 텬즈롤 녕ㅎ는 보검이오
하나혼 텬즈롤 녕ㅎ는 살이러라. 즈이 바다 압
히 노커눌 산의싱이 무왕 막츠의 드러가 알외
디,
　　"쳥컨디 디왕은 장의 나 디장을 비ㅎ쇼셔."
무왕이 디하의 니르러 여덟 번 졀ㅎ고 한
가의 셔거눌 즈이 신갑(辛甲)으로 ㅎ여곰 텬스
녕홀 긔롤 가져 무왕을 쳥ㅎ여 장디(將臺)로 올
나오쇼셔 ㅎ니 산의싱이 듯고 긔롤 가져 디의
나려 쇼리질너 왈,
　　"원슈 부왕을 쳥ㅎ나이다."
무왕이 긔롤 조차 디의 올나가니 즈이 무
왕을 마즈 남면(南面)ㅎ여 안치고 즈이 스비ㅎ
기롤 맛츠미 꾸러 왈,
　　"노신은 드르니 나라홀 다스리미 가히 밧
그로셔 못홀 거시오 군스롤 일우혀미 가히 외로
이 못홀 거시오 의 【60】 심된 뜻으로 가히 젹국
을 디젹지 못ㅎ리니 이졔 신이 임의 명을 밧즈
와 디장이 되여시니 쥬상의 지우(知遇)ㅎ신 은

혜롤 죽으믈 다ㅎ여 갑흐리이다."
　　무왕 왈,
　　"상뷔(相父) 이졔 디장이 되여 동으로 졍벌
ㅎ니 일즉이 밍진의 모다 텬즈의 긔과ㅎ시믈 기
다려 다시 셔토로 도라오미 고(孤)의 원이로라."
　　즈이 스은ㅎ고 믈너나거눌 무왕이 쏘혼 장
막으로 드러가니 군졍시 나아와 즈아의게 알외
디,
　　"삼산오악 모든 션인이 기산 아리 와 원슈
롤 젼별ㅎ려 ㅎ느이다."
　　즈이 중장을 거느리고 기산 남녁ㅎ로 오니
모든 션인이 뫼 아리셔 보거눌 즈이 갑쥬롤 갓
초고 날호여 나오니 위의 십분 장녀(壯麗)ㅎ더
라. 일시의 쇼왈,
　　"원슈의 위의 심히 웅장ㅎ니 진실노 사롬
가온디 뇽이로다."
　　즈이 답왈,
　　"힝혀 열위 도형의 가르치믈 닙어 오눌날
몸이 디장이 되여 숀의 병권(兵權)을 잡앗시니
이는 열 【61】 위 도형의 덕인가 ㅎ느이다."
　　모든 션인이 니로디,
　　"원슈 이졔 동으로 나아갈 거시니 우리 약
간 술을 가져와 니별ㅎ노라."
ㅎ고 졍히 셔로 말ㅎ더니 믄득 드르니 공중으로
셔 션악(仙樂) 쇼리 나며 원시텬존(元始天尊)이
오거눌 즈이 션인으로 더브러 나와 텬존을 마즈
좌롤 졍ㅎ미 텬존 왈,
　　"그디 여러 히 공부롤 닷가 오눌날 졔왕의
스싱이 되여 인간 복녹을 바드니 쥬롤 멸ㅎ고
큰 공을 세워 즈숀이 기리 평안홀지라. 빈되 오
눌날 특별이 와 그디롤 젼별ㅎ노라."
ㅎ고 빅학동즈(白鶴童子)롤 명ㅎ여 술을 가져다
가 몬져 한 잔을 먹고 쏘혼 잔을 부어 즈아롤
쥬며 왈,
　　"그디 셩쥬롤 붓드러 무도ㅎ니롤 치니 당
당이 일홈이 쥭빅의 드리오리라."
　　즈이 꾸러 술 셰 잔을 먹고 압히 나아와
갈오디,
　　"뎌지 노스의 후은을 힘닙어 디장이 되야
동으로 나아가니 이번 힝ㅎ미 길흉이 엇더ㅎ니
잇고?"
　　텬존이 스 【62】 미 안흐로셔 한 졈괘(占

卦)룰 어드니 ᄒ여시뎌,

"긔ᄑᆡ관(界牌關)의 가 션진(仙陣)을 엇고 쳔운관(穿雲關)의 가 온황(瘟瘟)을 거두리로다. 맛당이 큰 공을 셰워 일홈을 만셰의 젼ᄒᆞᆯ 거시니 비록 일만 번 싸홈을 지너나 몸이 샹치 아니ᄒᆞ리라."

ᄌᆞ이 나아가 ᄉᆞ례ᄒᆞᆫ디 원시텬존이 갈오뎌,

"나는 궁으로 도라가ᄂᆞ니 그ᄃᆡ는 모든 뎨ᄌᆞ로 더브러 젼별ᄒᆞ라."

ᄒᆞ고 옥허궁으로 도라가거ᄂᆞᆯ 남극션옹(南極仙翁)이 ᄌᆞ아로 더브러 슐먹으며 왈,

"나는 도라가ᄂᆞ니 그ᄃᆡ는 조심ᄒᆞ여 무왕을 뫼셔 동으로 나아가라."

ᄒᆞ고 뫼ᄒᆞ로 도라가다. 졔장이 ᄌᆞ아의 길흉을 뭇는 양을 보고 금탁(金吒)이 문슈광법텬존(文殊廣法天尊)의 압히 나아가 문왈,

"뎨지 이번 가미 길흉이 엇더ᄒᆞ니잇고?"

텬존 왈,

"너는 몸을 닷가 신션의 무리의 ᄶᅵ여나니 오관의 무어시 두리리오?"

나탁(哪吒)이 ᄯᅩ 텨을진인(太乙眞人) 압히 나아가 문왈,

"뎨지 이번 가미 길흉이 엇더ᄒᆞ니잇고?"

【63】진인 왈,

"너는 ᄉᆔ슈관(氾水關) 압히 가 도슐을 힝ᄒᆞ여 바야흐로 년화(蓮花) 화신(化身) 줄 알니로다."

목탁(木吒)이 보현진인(普賢眞人)의게 나아가 문왈,

"뎨지 ᄉᆞ부의 법지(法旨)룰[13] 인ᄒᆞ여 뫼히 ᄂᆞ려왓시니 마ᄎᆞᆷ닉 어디로 도라가리잇고?"

진인 왈,

"네 오구검(吳鉤劍)을 집고 오관의 나아가 마ᄎᆞᆷ 신션뉴의 ᄶᅥ나지 아니ᄒᆞ리라."

위회(韋護) 도힝텬존(道行天尊)의게 나아가 문왈,

"뎨지 강원슈(姜元帥)룰 조ᄎᆞ 뫼진의 나아가미 무ᄉᆞᆷ 두려오미 잇시리잇가?"

텬존 왈,

"너는 다른 사롬과 다르니 네붓허 도인의 뉴의 네 홀노 졔일이 되리로다."

뇌진지(雷震子) 운즁ᄌᆞ(雲中子)의게 문왈,

"뎨지 이번 가미 길흉이 엇더ᄒᆞ니잇고?"

운즁지 왈,

"너는 두 날긴고로 텬하룰 평안케 ᄒᆞ여 가히 쥬가(周家) 팔빅년 긔업을 일우리로다."

양젼(楊戩)이 옥졍진인(玉鼎眞人)다려 문왈,

"뎨지 이번 가미 길흉이 엇더ᄒᆞ니잇고?"

진인 왈,

"너는 녀너 사롬과 갓지 아니ᄒᆞ니 팔구원공(八九元功) 도슐을 힝ᄒᆞ여 임의로 셰상【64】의 횡힝ᄒᆞ리로다."

니졍이 나아와 연등도인다려 문왈,

"뎨지 이번 가미 길흉이 엇더ᄒᆞ니잇고?"

도인 왈,

"너는 인간 사롬의 뉘 아니라 육신으로 신션이 되여 옥경의 ᄶᅱ여나리니 오뤼 후의 녕산의 가 법뎌의 셔리로다."

황텬홰 쳥허도덕진군다려 문왈,

"뎨지 이번 가미 길흉이 엇더ᄒᆞ니잇고?"

도덕진군 왈 황텬화의 장슈치 아니믈 보고 머리룰 슉이고 말을 아니ᄒᆞ다가 왈,

"네 젼졍 일을 무ᄅᆞ니 너게 한 갈(偈)이 글 일홈. 잇스미 너다려 일너든 그 갈디로 힝ᄒᆞ면 거의 무ᄉᆞᄒᆞ리라."

ᄒᆞ더라.

---

13) 법지룰: 원래 '법진을'로 되어 있으나 오기이므로 원문에 따라 고침.

68

슈양산이졔조병(首陽山夷齊阻兵)

청허도덕진군(淸虛道德眞君)이 황텬화(黃天化)의 무른믈 보고 한 갈(偈)을 읇흐니 왈,

> 놉흔 더롤 만나든 가히 쏘호지 말고,
> 능ᄒ니롤 만나든 쏠니 도 【65】 라오라.
> 금계(金鷄) 머리 우흘 보라,
> 벌이 쪄오미 믄득 플 갓흐리라.
> 공을 어더 웃듬이 되기의 굿치면,
> 일쳔 희의 셩명을 쓰리라.
> 만일 당시의 힘쓰믈 아지 못ᄒ면,
> 몸의 어려움과 위퇴ᄒ믈 막으라.

도인이 갈 읇흐믈 맛츠미 황텬화다려 왈,
"네 나히 졈고 일더의 영웅이라 일졍 이

갈을 마음의 두지 아니ᄒ리니 삼가 힝ᄒ고 뉘웃지 말나."

토힝손(土行孫)이 구류손(衢留孫)다려 문왈,
"뎨지 이번 가미 길흉이 엇더ᄒ니잇고?"

구류손 왈,
"반드시 장슈의 손의 죽으리로다."

토힝손이 이 말을 듯고 마음의 즐겨아녀 믈너나다. 모든 션인이 ᄌ아(子牙)롤 니별ᄒ고 각각 뫼흐로 도라가거놀 ᄌ이 무왕(武王)을 청ᄒ여 셩의 도라오니라.

이튼날 ᄌ이 티쇼 즁장을 거느리고 편뎐의 드러가 무왕긔 한 표롤 올니거놀 산의싱(散宜生)이 표롤 바다 무왕긔 드리니 ᄌ【66】이 짜히 업더여 왈,

"강상(姜尙)이 디왕의 지우(知遇)ᄒ신 은혜롤 닙어 몸이 디장이 되여 손의 큰 권(權)을 잡아시니 엇지 한마의 슈고로오믈 ᄉ양ᄒ리잇고? 이졔 군뮈 임의 출ᄒ시니 거기(車駕) 친졍ᄒ샤 싱민의 도탄을 구ᄒ쇼셔."

무왕 왈,
"상부(相父)의 이번 긔군(起軍)ᄒ미 졍히 텬심의 합ᄒ도다."

표롤 쩌혀보니 왈,

> 디쥬(大周) 십삼년 밍츈(孟春)의 텬보
> 더원슈(天寶大元帥) 강상은 감히 표롤 올
> 니ᄂᆞ니 신은 드르니 명쥬ᄂᆞ 쩌롤 인ᄒ여
> 응변ᄒᄂᆞ니 이졔 은왕(殷王)이 상텬을 공
> 경치 아니ᄒ고 쥬식의 침혹ᄒ여 졍ᄉ롤 도
> 라보지 아니ᄒ여 살육ᄒ기롤 위엄숨으니
> 텬하 인민이 도탄ᄒ믈 면치 못ᄒ엿ᄂᆞ니 이
> 졔 쥬상이 신을 비(拜)ᄒ여 장슈롤 숨으샤
> 동졍ᄒ믈 허ᄒ신지라 이졔 텬하 졔휘 한가
> 지로 밍진(孟津)의 모닷고 【67】 만셩이 즐
> 겨ᄒ며 장시 용약(勇躍)ᄒ여 흥병(興兵)ᄒ
> 시믈 날노 기다리ᄂᆞ니 쥬상이 친졍ᄒ샤 오
> 관의 나아가 독부(獨夫)롤 쇼멸ᄒ고 싱민
> 의 도탄을 구ᄒ샤 텬시(天時)롤 응ᄒ여 ᄉ
> 희롤 진졍ᄒ쇼셔.

ᄒ엿더라. 무왕이 남파(覽罷)의 ᄌ아다려 문왈,
"상뷔 어ᄂᆞ날 힝군ᄒ려 ᄒᄂᆞ뇨?"

즈이 왈,

"노신이 다시 틱일호여 거가롤 쳥호리이다."

무왕이 디회호여 잔치롤 비셜호여 군신으로 더부러 즐기시더라.

즈이 이튼날 교장(敎場)의 나가 댱더(將臺)의 안고 군스롤 훈련홀시 즈이 마음의 싱각호더 '뉵십만 인민 잇스니 맛당이 네 장슈롤 갈희여 션봉을 삼으리라' 호고 군경스롤 명호여 남궁괄(南宮适)·무길(武吉)·나탁(哪吒)·황텬화 스장을 블너 왈,

"니 이졔 동병(動兵)호미 너희 스장으로 션봉을 삼고져 호느니 엇더호뇨?"

스장이 디왈,

"명디로 호리이다."

즈이 황텬화로 졍션봉을 호이고 남궁【68】괄노 좌션봉을 호이고 무길노 우션봉을 호이고 나탁으로 부션봉을 호여 각각 인(印)을 쥬니 스장이 스례호고 믈너난더 즈이 쏘 양젼(楊戩)·토힝손·뎡뉸(鄭倫)을 블너 양젼으로 졔일운(第一運) 독냥관(督糧官)을 호이고 토힝손으로 졔이운 독냥관을 호이고 뎡뉸을 졔삼운 독냥관을 호이여 각각 인을 쥰더 삼장이 스례호고 믈너나니 군졍관(軍政官)을 명호여 졔장 치부롤 가져오라 호여 펴보니

황비호(黃飛虎)·황비퓨(黃飛彪)·황비표(黃飛豹)·황명(黃明)·쥬긔(周紀)·농환(龍環)·오겸(吳謙)·황텬녹(黃天祿)·황텬작(黃天爵)·황텬상(黃天祥)·신면(辛免)·틱젼(太顚)·굉요(閎夭)[1]·긔공(祁恭)·윤훈[2](尹勛)와

문왕(文王)의 아들

모공슈(毛公遂)·쥬공조(周公朝)·쇼공셕(召公奭)·필공고(畢公高)·빅달(伯達)·빅괄(伯适)·즁돌(仲突)·즁홀(仲忽)·숙야(叔夜)·숙하(叔夏)·계슈(季隨)·계과(季騧)·희숙건(姬叔乾)·희숙곤(姬叔坤)·희숙강(姬叔康)·희숙졍(姬叔正)·희숙계(姬叔啓)·희숙빅(姬叔伯)·희숙원(姬叔元)·희숙츙(姬叔忠)·희숙렴(姬叔廉)·희숙덕(姬叔德)·희숙미(姬叔美)·희숙긔(姬叔奇)·희숙순(姬叔順)·희숙평(姬叔平)·【69】희숙광(姬叔廣)·희숙지(姬叔智)·희숙용(姬叔勇)·희숙경(姬叔敬)·희숙숭(姬叔崇)·희숙안(姬叔安)이오

항복호 장슈

등구공(鄧九公)·틱란(太鸞)·등슈(鄧秀)·조승(趙升)·손염홍(孫焰紅)·조젼(晁田)·조뢰(晁雷)·홍금(洪錦)·계강(季康)·쇼획(蘇護)·쇼젼츙(蘇全忠)·조병(趙丙)·손자위(孫子羽) 등이오

녀장

뇽길공쥬(龍吉公主)·등션옥(鄧嬋玉)이러라.

즈이 장슈 졈고(點考)호기롤 맛고 황비호롤 블너 왈,

"은나라 긔쉬(氣數) 임의 쇠호여시나 오관 안히 반드시 착훈[3] 장쉬 이시리니 가히 삼가지 아니치 못홀지라. 진치는 법을 익혀 바야흐로 진퇴홀 법을 안 후의 도젹을 파흐리니 이졔 열두 진법이 이시니

졔 일진은 일즈장스진(一字長蛇陣)이오 졔이는 니[4]룡츌슈진(二龍出水陣)이오 졔 삼은 삼산월오진(三山月兒陣)이오 졔 스는 스문두뎌진(四門斗底陣)이오 졔 오는 오호파산진(五虎巴山陣)이오 졔 뉵은 뉵갑미혼진(六甲迷魂陣)이오 졔 칠은 칠종칠금진(七縱七擒陣)이오 졔 팔은 팔과[5]음양즈모진(八卦陰陽子母陣)이오 졔 구는 구궁팔과진(九宮八卦陣)이오 졔 십은 십디명왕진(十代明王陣)이오 졔 십일은【70】텬지인삼지진(天地人[6]三才陣)이오 졔 십이는 포라만상진(包羅萬象陣)이라.

---

1) 굉요: 원래 '공요'로 되어 있으나 오기이므로 고침.

2) 윤훈: 원래 '윤조'로 되어 있으나 오기이므로 고침.

3) 【착ᄒ다】 휑 유능(有能)하다. ¶ 精奇‖ 은나라 긔쉬 임의 쇠ᄒ여시나 오관 안히 반ᄃ시 장쉬 이시리니 가히 삼가지 아니치 못홀 (成湯雖是氣數已盡, 五關之內必有精奇之士, 不防備.) <西周 17:69>

4) 니: 원래 없으나 원문에 의거하여 넣음.

5) 과: 원래 없으나 원문에 의거하여 넣음.

6) 원문에는 '人'이 없다.

황장군 등이 군마롤 거느려 일ㅈ장ㅅ진을 쳣다가 방포쇼리롤 듯고 각각 방포더로 변ㅎ여 진을 치라.”

삼장이 녕을 듯고 더의 나려가 일ㅈ장ㅅ진을 치거놀 ㅈ이 년ㅎ여 더포 여섯슬 노ㅎ니 셰 장쉬 급히 군ㅅ롤 프러 졔 뉵갑미혼진을 치더 맛춤니 능히 일우지 못ㅎ거놀 ㅈ이 삼장을 블너 왈,

“장군 등이 녕을 드러 진을 일우지 못ㅎ니 훈련치 아닌 군ㅅ| 엇지 능히 젹국을 더젹ㅎ리오? 너 일즉 쥬상을 청ㅎ여 힝병홀 거시니 장군 등이 밤시도록 익여7) 터만이 말나. 만일 녕을 어그릇치면 맛당이 군법을 힝ㅎ리라.”

삼장이 녕을 듯고 나려가거놀 ㅈ이 셩의 도라가 무왕긔 조회ㅎ고 쥬왈,

“군미 임의 졍졔ㅎ여시니 쳥컨더 더왕은 너일노 힝군ㅎ소이다.”

무왕이 문왈,

“상뷔 눌노 안 일 [內事] 을 맛지느뇨?”8)

ㅈ이 더왈,

【71】“상티우 산의싱이 족히 국ㅅ롤 맛지리이다.”

무왕 왈,

“밧 일은 눌노 맛지느뇨?”

ㅈ이 왈,

“노장군 황원(黃滾)이 가히 군국즁무롤 맛흐리이다.”

무왕이 더희ㅎ여 조회롤 파ㅎ고 너궁의 드러가 티희(太姬)롤 보와 왈,

“이졔 상부 강상이 졔후롤 밍진의 모도고 쇼ㅈ롤 쳥ㅎ여 한가지로 오관의 드러가 텬ㅈ 긔과ㅎ시믈 기다려 즉시 도라오리이다.”

티희 왈,

“강승상은 당셰 영웅이라 네 승상의 지휘

더로 ㅎ고 슈히 단여오라.”

ㅎ고 잔치롤 비셜ㅎ여 무왕을 젼별ㅎ더라. 이튼 날 무왕이 ㅈ아로 더부러 뉵십만 더병을 거느려 셩의 나가니 이 써 졍히 삼월 이십 ㅅ일이라. 날이 온화ㅎ고 화풍이 졍긔롤 움즉이니 삼군이 용약ㅎ여 나아가더라. 졍히 힝ㅎ여 십니는 가 산의싱 등이 무왕긔 하직ㅎ고 써러질ㅅ| 무왕 왈,

“경이 국졍을 잘 다ㅅ려 빅셩으 【72】로 ㅎ여곰 근심케 말나.”

산의싱이 졀ㅎ여 니별ㅎ고 ㅈ아와 졔장으로 더부러 잔잡아 니별ㅎ고 셩으로 도라오다.

ㅈ이 삼군을 지촉ㅎ여 연산(燕山)을 지나 슈양산(首陽山) 밋히 다드르니 쇼졸이 급히 보ㅎ더,

“압히 두 사롬이 길을 막으며 쇼리질너 니르더 ‘더병은 어더로 가느뇨? 텬하와 원슈롤 보와 말ㅎㅈ’ ㅎ느이다.”

ㅈ이 무왕을 쳥ㅎ여 말을 모라 압히 나아가니 이는 빅이(伯夷)·슉졔(叔齊)러라. 이(夷)·졔(齊) 졀ㅎ고 왈,

“텬하와 원슈긔 뵈느이다.”

무왕과 ㅈ이 말 우희셔 몸을 굽혀 왈,

“갑쥐 몸의 이시니 나리지 못ㅎ느니 냥위 고ㅅ(高士)는 무슴 의논홀 일이 잇관더 보와지라 ㅎ느뇨?”

이·졔 답왈,

“원쉬 쥬공으로 더브러 더병을 니로혀 어더로 가느뇨?”

ㅈ이 답왈,

“이졔 쥬왕이 무도ㅎ여 만셩을 진학ㅎ고 졍ㅅ롤 폐ㅎ며 츙냥(忠良)을 블지르고 황음실덕(荒淫失德)ㅎ니 이졔 우리 쥬상이 텬명을 【73】 밧ㅈ와 셰후로 더브러 밍진의 모다 텬ㅈ 긔과ㅎ시믈 기다려 다시 도라오려 ㅎ시니 브득이ㅎ여 ㅎ미라.”

이·졔 왈,

“나는 드르니 ㅈ식이 아뷔 허믈을 니르지 못ㅎ고 신히 님군의 그룬 일을 낫하니게 못ㅎ느니 그런고로 아뷔게 간ㅎ는 ㅈ식이 이시며 님군긔 간ㅎ는 신히 이시니 덕으로써 님군 셤기믈 듯고 아리로 우흘 치믄 듯지 못ㅎ엿느니 쥬왕은

---

7) 【익이다】 图 익히다. 연습하다. ¶ 操練 ‖ 너 일즉 쥬상을 청ㅎ여 힝병홀 거시니 장군 등이 밤시도록 익여 터만이 말나 (三位須是日夜操練, 毋得怠玩, 有乖軍政.) <西周 17:70>

8) 【맛지다】 图 맡기다. ¶ 托 ‖ 상뷔 눌노 안 일을 맛지느뇨?” (相父將內事托與何人?) <西周 17:70> 任 ‖ 상티우 산의싱이 족히 국ㅅ롤 맛지리이다 (上大夫散宜生可任國事, 似乎可托.) <西周 17:71>

비록 무도ㅎ나 군왕이오 쥬공이 비록 인의ㅎ나 신히라 극진이 간ㅎ여 신졀을 일치 아니면 이ᄂ는 츙신이오 ㅎ믈며 션왕이 은을 셤겨 계시거든 쥬공이 고토ᄅ롤 직희시면 이ᄂ는 효지라. 쥬공이 본토의 믈너가 군신의 분을 출히미 엇지 아롬답지 아니ㅎ리오?"

무왕이 이 말을 듯고 말을 다잡고 침음ㅎ여 말을 아니ㅎ시거눌 ᄌ인 왈,

"그디 말이 비록 올ㅎ나 그 하나흘 알고 그 둘흘 아지 못ㅎᄂ는도다. 【74】 이제 텬하 싱민이 슈화(水火) 즁의 안줌 갓ㅎ며 삼강(三綱)이 임의 긋쳐졋고 ᄉ위(四維) 프러져시니 황텬이 진노ㅎ샤 우리로 ㅎ여곰 치라 ㅎ시니 만일 텬명을 밧지 아니면 일국이 큰 화ᄅ롤 닙을 거시오 ㅎ믈며 쥐 무도ㅎ니 엇지 졍벌ㅎ여 싱민의 급흔 거슬 구치 아니리오? 그디너는 믈너가라."

좌우 쟝ᄉ 이 · 졔 말을 긋치지 아니ㅎ믈 보고 다 히홀 뜻을 두엇더니 이 · 졔 말 알피 나아가 무왕의 말혁을9) 잡고 ᄭ러 간왈,

"신이 션왕의 ᄭ치신 은혜ᄅ롤 바다 맛춤ᄂ 신졀(臣節)을 직희려 ㅎᄂ니 엇지 오늘날 두려오믈 피ㅎ리오? 이제 디왕이 비록 어지러 텬하ᄅ롤 통일ㅎ나 엇지 신하로써 님군을 치시리오? 신은 두리건디 후셰의 우음이 될가 ㅎᄂ이다. 디왕이 ᄲᆡ니 믈너가 삼군의 슈고로오믈 면케 ㅎ쇼셔."

좌우 츙냥이 이 · 졔의 극진이 간ㅎ믈 보 【75】 고 심즁의 디로ㅎ여 일시의 병긔ᄅ롤 드러 죽이려ㅎ거눌 ᄌ인 황망이 말녀 왈,

"가치 아니타. 이 두 사롬은 텬하 의ᄉ라." ㅎ고 좌우로 ㅎ여곰 이인을 붓드러 뫼흐로 도라보니니 이인이 슈양산(首陽山)의 드러가 셔로 니로디,

"블의(不義) 쥬(周)나라 곡식을 먹지 아니리라."

ㅎ고 고스리ᄅ롤 키여 먹고 치미가(採薇歌)ᄅ롤 지어 부르고 인ㅎ여 쥬려 죽으니 이제 그 어질믈

---

9) 【말혁】⑲ 말고삐. ¶ 轡‖ 좌우 쟝ᄉ 이 · 졔 말을 긋치지 아니ㅎ믈 보고 다 히홀 뜻을 두엇더니 이 · 졔 말 알피 나아가 무왕의 말혁을 잡고 ᄭ러 (夷 · 齊見左右俱有不豫之色, 衆人挾武王 · 子牙欲行, 二人知其必往, 乃跪於馬前, 攬其轡諫.) <西周 17:74>

일컷더라.

ᄌ인 빅이 · 슉졔ᄅ롤 뫼흐로 도라보니고 군ᄉ를 모라 슈양산을 지나 금계령(金鷄嶺) 아리 니ᄅ르니 젼군(前軍)이 나아가지 아니ㅎ거눌 ᄌ인 문왈,

"엇지 군ᄉ 힝치 아니ㅎᄂ뇨?"

말이 맛지 못ㅎ여 쇼졸이 급히 보ㅎ디,

"녕 후희 일지 인민 가ᄂ는 길을 막으니 능히 나아가지 못ㅎᄂ이다."

ᄌ인 젼녕ㅎ여 ᄉ문두졔진(四門斗底陣)을 치고 쟝막의 나려 안ᄌ니 쇼졸이 ᄯ또 보ㅎ디,

"녕 우희 한 쟝쉬 ᄊᆞ홈을 쳥ㅎᄂ이다."

ᄌ인 혜오디 '일졍 긔특ᄒ 사롬이 와 쥬ᄅ롤 【76】 ᄋ려 ㅎᄂ는도다' ㅎ고 ᄉ미 안히셔 한 졈과ᄅ롤 어드니 ㅎ여시디 '길 우희셔 범을 잡아 타라' ㅎ엿거눌 ᄌ인 디희ㅎ여 좌우ᄅ롤 도라보아 왈,

"뉘 능히 나아가 이 도젹을 잡으리오?"

좌션봉 남궁괄이 쟝의 올나와 응셩 왈,

"쇼쟝이 비록 지죄 업ᄉ나 이 필부ᄅ롤 잡으리이다."

ᄌ인 당부 왈,

"쟝군이 조심ㅎ여 디젹ㅎ고 싱심도 경젹(輕敵)지 말나.

남궁괄이 디왈,

"삼가 명디로 ㅎ리이다."

ㅎ고 일지 인마ᄅ롤 거느려 영의 나아가니 한 쟝쉬 머리의 황금투고ᄅ롤 쓰고 몸의 쳘갑을 닙으며 손의 쟝창을 들고 오츄마(烏騅馬)ᄅ롤 탓더라. 남궁괄이 문왈,

"너ᄂ는 엇던 것시완디 감히 셔기 디병을 막ᄂ는다?"

그 쟝쉬 답왈,

"나ᄂ는 위분(魏賁)이러니 너ᄂ는 어디로 가ᄂ는다?"

남궁괄이 쇼리질너 왈,

"나ᄂ는 텬보디원슈 휘하 좌션봉 남궁괄이라. 쥬ᄅ롤 치고 ᄉ희ᄅ롤 진졍ㅎ려 ㅎ거눌 무셥도 아녀 날을 디젹ㅎ려 ㅎᄂ는다?"

ㅎ고 말을 맛츠며 【77】 칼을 두로고 다라들거눌 위분이 창을 둘너 마ᄌ ᄊᆞ화 삼십여 합은 ㅎ미

위분이 졍신이 비ᄒᆞ고 힘이 더ᄒᆞ여 창쓰기를 더옥 급히 ᄒᆞ니 남궁괄이 능히 디젹지 못ᄒᆞ여 왼몸의 ᄯᆞᆷ을 흘니고 마음의 혜오디 '원쉬 츌병ᄒᆞ여 이의 니르러 쳣 ᄊᆞ홈의 피ᄒᆞ여 영의 도라가면 반드시 큰 칙(責)을 닙으리라' ᄒᆞ고 졍신을 가다듬아 ᄊᆞ호더니 위분이 크게 쇼리지르고 남궁괄을 마상의셔 술오잡아 ᄯᅥ히 나리치며 왈,

"너를 죽이지 아닛ᄂᆞ니 ᄲᆞᆯ니 영의 도라가 강원슈(姜元帥)를 쳥ᄒᆞ여 오라."

남궁괄이 진의 도라와 ᄌᆞ아를 보고 피ᄒᆞ여 술오잡혓던 연유를 ᄌᆞ셰히 알왼디 ᄌᆞ이 디로 즐 왈,

"니 뉵십만 병의 네 좌션봉이 되야 쳣 ᄊᆞ홈의 피ᄒᆞ니 죄 맛당이 버혀 삼군을 호령ᄒᆞ리라."

ᄒᆞ고 죄우를 ᄭᅮ지져,

"이 도젹을 원문의 미러니여 머리를 버혀 삼군을 호령ᄒ【78】고 군법을 졍히 ᄒᆞ라."

좌위 일시의 간왈,

"이졔 쳐음으로 츌ᄉᆞᄒᆞ미 디장을 버히미 가치 아니ᄒᆞ이다."

ᄌᆞ이 왈,

"만일 남궁괄을 죽이지 아니면 감히 삼군을 진졍치 못ᄒᆞ리라."

ᄒᆞ고 쇼리질너,

"ᄲᆞᆯ니 버히라."

좌위 남궁괄을 ᄭᅳ어 원문의 나가 머리를 버히려ᄒᆞ더니 위분이 말 우희셔 남궁괄을 죽이려ᄒᆞᄆᆞᆯ 보고 크게 쇼리질너 왈,

"칼 아리 사ᄅᆞᆷ의 목슘을 머무러 이시라. 니 강원슈를 보와 스스로 의논ᄒᆞᆯ 일이 이시리라."

ᄒᆞᆫ디 쇼졸이 감히 버히지 못ᄒᆞ여 급히 즁군의 드러가 알외디,

"앗가 남장군과 ᄊᆞ호던 장쉬 진 밧긔셔 남장군을 죽이려ᄒᆞᄆᆞᆯ 보고 쇼리질너 왈 '아직 죽이지 말나' ᄒᆞ고 원슈를 쳥ᄒᆞ여 의논ᄒᆞᆯ 일이 잇다 ᄒᆞᄂᆞ이다."

ᄌᆞ이 크게 ᄭᅮ지져 왈,

"필뷔 감히 니 장슈를 술오잡고 죽이지 아니ᄒᆞ여 보니고 ᄯᅩ 나를 보와지라 ᄒᆞᆫ 엇지뇨?"

ᄒᆞ고 션봉 황텬화와 부션봉 나탁과 【79】 뇌진ᄌᆞ와 위호를 거ᄂᆞ려 원문의 나가 ᄌᆞ이 ᄉᆞ블상 우희셔 쇼리질너 왈,

"너는 엇던 사ᄅᆞᆷ이완디 무슴 일노 나를 보와지라 ᄒᆞᄂᆞ뇨?"

ᄒᆞ고 황텬홰 쌍퇴를 두로고 옥긔린을 달녀 니닷고 나탁은 화쳠창(火尖槍)을 두로고 풍화륜(風火輪)을 달녀 니닷고 뇌진ᄌᆞ는 황금 쇠막디를 메우고 두 날기를 펴 다라들고 위호는 요괴 항복 밧는 졀구ᄭᅩ를 메고 날호여 거러 나아드러 일시의 쇼리질너 왈,

"너는 엇던 놈이완디 감히 우리 형을 술오잡아 죽이지 아니ᄒᆞ고 도라보니믄 무슴 ᄯᅳᆺ이뇨?"

위분이 ᄌᆞ아의 위의 졍졔ᄒᆞ며 졔장의 용밍ᄒᆞᆷ을 보고 쥐 반드시 홍ᄒᆞ여 은을 멸ᄒᆞᆯ 쥴 알고 말긔 나려 길가의 업디여 왈,

"원쉬 디병을 니로혀 쥬를 치시믈 듯고 특별이 와 휘하의 쇼졸이 되야 일홈을 쥭빅의 드리오고져 ᄒᆞ여 왓더니 원슈를 보지 못ᄒᆞ와 【80】 감히 쳔ᄌᆞ이 드러가지 못ᄒᆞ더니 이졔 원슈를 보오니 ᄉᆞ미(士馬) 졍(精)ᄒᆞ고 위의(威儀) 엄슉ᄒᆞ니 반드시 쥬를 멸ᄒᆞ고 텬하를 통일ᄒᆞᆯ 거시니 감히 항복ᄒᆞ여 원슈의 한 쇼졸이 되여지이다."

ᄌᆞ이 위분으로 더부러 장의 드러와 안ᄌᆞ니 위분이 ᄯᅥ히 업디여 왈,

"말장이 어려셔 창쓰는 법을 익여시더 그 님ᄌᆞ를 엇지 못ᄒᆞ엿더니 이졔 명군과 원슈를 만낫시니 위분의 두어 히 공뷔 헛거시 되지 아닐가 ᄒᆞᆫ이다."

ᄌᆞ이 디희 왈,

"장군이 명쥬를 ᄎᆞᄌᆞ오니 가히 당셰의 영웅이라 니ᄅᆞ리로다."

위분이 다시 ᄭᅮ러 왈,

"남궁장군이 일시 그릇ᄒᆞ여 쇼장의게 잡혓더니 이졔 쇼장이 임의 항복ᄒᆞ여시니 바라건디 원슈는 어엿비 너겨 남궁장군의 목슘을 ᄉᆞᄒᆞ쇼셔."

ᄌᆞ이 왈,

"남궁괄이 비록 피ᄒᆞ여시나 이졔 위장군을 어더시니 도로 【81】 혀 길죄 되엿ᄂᆞ니 엇지 ᄉᆞ치 아니리오?"

ᄒ고 좌우를 분부ᄒ여 남궁괄을 블너오라 ᄒᄃᆞ 남궁괄이 드러와 스죄ᄒ거늘 쥬인 왈,

"너는 쥬나라 원훈(元勳)이라 몸이 션봉이 되여 첫 진의 픠ᄒ니 이의 맛당이 버혐즉ᄒ나 위분이 쥬의 항복ᄒ여시니 몬져 흉ᄒ고 후의 길ᄒ미라. 아직 네 죄를 스ᄒ거니와 그러나 네 좌 션봉의 이시미 맛당치 아니ᄒ니 인(印)을 ᄲᆡ니 위분을 쥬라."

남궁괄이 참과(慚過)ᄒ여 인을 글너 위분을 쥰ᄃᆞ 위분이 스례ᄒ고 믈너나거늘 쥬인 삼군을 지촉ᄒ여 나아가니라.

스슈관 총병 한영(韓榮)이 댱산(張山)이 픠ᄒ고 홍금(洪錦)이 항복ᄒ며 쥬인 삼월 십오일의 금ᄃᆡ(金臺)의 비쟝(拜將)ᄒᆫ 줄 쥬시 알고 표를 지어 조가(朝歌)의 올니니 치관(差官)이 표를 가지고 바로 문셔방으로 드러가니 미지(微子) 표를 바다 ᄲᅥ혀보고 ᄃᆡ경ᄒ여 가지고 바로 편뎐으로 드러가니 쥬(紂) 달긔(妲己)로 더브러 【82】 젹셩누(摘星樓)의셔 잔치ᄒ거늘 미지 바로 올나가 표를 드리니 쥬 표를 보고 ᄃᆡ로 즐왈,

"희발(姬發)이 엇지 감히 이러틋 무례ᄒ리오?"

ᄒ고 즉시 구간뎐(九間殿)의 올나 북을 치니 빅관이 다 모다 조하ᄒ거늘 쥬 왈,

"이졔 희발이 창궐(猖獗)ᄒ여 왕스(王使)를 누욕(累辱)ᄒ고 ᄯᅩ 장슈를 비ᄒ여 흥병ᄒ려 ᄒ니 경 등이 무슴 모칙으로 셔토의 큰 환을 덜니오?"

언미필의 간의ᄐᆡ우(諫議大夫) 비렴(飛廉)이 쥬왈,

"강상은 곤눈산(崑崙山) 한 도시라 족히 두렵지 아니ᄒ니 이졔 삼산관(三山關) 총병 공션(孔宣)이 오ᄒᆡᆼ도술(五行道術)을 능히 ᄒᆡᆼᄒ니 가히 강상을 술오잡고 셔토를 진졍ᄒ리이다."

쥬 ᄃᆡ희ᄒ여 즉시 명관으로 ᄒ여곰 조셔를 지어 공션의게 보니니 치관이 조셔를 가지고 삼산관의 니르러 공션의게 알왼ᄃᆡ 공션이 향안을 비셜ᄒ고 죠셔를 바다 ᄲᅥ혀보니 ᄒ여시ᄃᆡ,

【83】 텬지 비록 졍벌ᄒᄂᆞᆫ 권을 잡앗시나 공 일우믄 곤외(閫外) 원융(元戎)의게 잇ᄂᆞ니 이졔 셔기 희발이 창궐ᄒ여 쥬로

왕스를 항거ᄒ고 이졔 장슈를 비ᄒ여 조졍을 침노ᄒᄅᆞ ᄒ니 죄 가히 스치 못ᄒᆞᆯ지라. 이졔 경으로 ᄒ여곰 지뫼 과인ᄒ다 ᄒ여 졍셔ᄃᆡ원슈(征西大元帥)를 ᄒ이여 셔기로 나아가게 ᄒᄂᆞ니 요인(妖人)을 쇼멸ᄒ고 셔토를 진졍ᄒ면 만셰의 드리워 짐의 바라는 바를 져바리지 말나.

ᄒ엿더라. 공션이 텬스를 관ᄃᆡᄒ여 조가로 보니고 십만인마를 졈고ᄒ여 삼산관을 ᄯᅥ나 밤이면 ᄒᆡᆼᄒ고 낫이면 슘어 이틀을 ᄒᆡᆼᄒ더니 쇼졸이 급히 보ᄒᄃᆡ,

"스슈관 총병 한영이 원슈를 보와지라 ᄒᄂᆞ이다."

공션이 쳥ᄒ여 드러오라 ᄒ니 한영이 드러와 녜필의 왈,

"원슈 엇지 군스 니르혀기【84】를 더디ᄒ뇨?"

공션이 답왈,

"니 십만 인마를 거ᄂᆞ려 강상이 알가 두려 밤이면 ᄒᆡᆼᄒ고 낫이면 슘으니 ᄒᆡᆼ군ᄒ기 ᄌᆞ연이 더디도다."

한영 왈,

"강상이 삼월 십오일의 금ᄃᆡ의셔 장슈를 비ᄒ여시니 이졔 발셔 삼월 그믐이라. 인민 발셔 셔기를 ᄯᅥ나시니 원슈는 ᄲᆞᆯ니 금계령으로 나아가 쥬병의 오ᄂᆞᆫ 길을 막으라."

공션 왈,

"강상이 무어시 두려오리오? 니 맛당이 술오잡아 국법을 졍히 ᄒ리라."

ᄒ고 군마를 지촉ᄒ여 금계령으로 나아갈ᄉᆡ 하로 빅니식 ᄒᆡᆼᄒ여 이틀만의 금계령 우희 니르러 쇼졸이 보ᄒᄃᆡ,

"쥬병이 임의 녕 아리 왓ᄂᆞ이다."

공션이 젼녕ᄒ여 녕 우희 영을 셰우니라.

[셔주연의西周演義　권지십팔]

69
공션병조금계령(孔宣兵阻金鷄嶺)

【1】 공션(孔宣)의 인민(人馬) 금계령(金鷄嶺)의 니르니 쇼졸이 드러와 보흐디,

"녕 아리 무슈흔 쥬병(周兵)이 나왓느이다."

공션이 젼녕(傳令)흐여 녕 우희 안영(安營)흐고 나아가지 아니흐니 쥬병이 능히 올아오지 못흐여 중군의 드러가 알외디,

"녕 우희 은병(殷兵)이 가는 길을 막느이다."

즈아(子牙) 군스롤 머므러 진치고 스블상(四不相)을 나려 쟝 우희 안고 졔쟝으로 더부러 의논흐더니 즈아 스스로 싱각흐디 '삼십 뉵노 인민 임의 셔기롤 침노흐엿더니 쏘 엇지 막는 군시 이시리오' 흐고 좌우다려 문왈,

"왓는 쟝슈의 셩명을 무어시라 흐더뇨?"

황비회(黃飛虎) 답왈,

"삼산관 총병 공션이 십만 인마롤 거느려 녕을 막아시니 【2】 젼군(前軍)이 감히 나아가지 못흐느이다."

즈이 씨쳐 왈,

"이 인마는 삼십 뉵노의 드지 아니흐니 맛당이 샐니 파흐리라."

흐고 졔쟝을 녕흐여,

"영을 직희여 움죽이지 아니흐면 반드시 젹군이 쏘홈을 쳥흐리니 너희 씨롤 아라 응변흐라."

졔쟝이 녕을 듯고 가다.

공션이 녕 우희셔 삼일을 유(留)흐디 쥬병이 움죽이지 아니믈 보고 좌우롤 도라보아 왈,

"뉘 능히 나아가 쥬병을 파흐리오?"

졍션봉 진경(陳庚)이 응셩 왈,

"쇼쟝이 원컨디 가리이다."

흐고 말게 올나 인마롤 거느리고 녕의 나려가 쏘흐즈 흐디 쇼졸이 급히 고흐니 졍션봉 황텬홰(黃天化) 이 말을 듯고 즈아의게 알외디,

"진 밧긔 젹병이 와 쏘흐즈 흐니 쇼쟝이 원컨디 가리이다."

즈이 당부 왈,

"조심흐여 쏘흐고 스부의 말을 잇지 말나."

황텬홰 왈,

"삼가 명디로 【3】 흐리이다."

흐고 옥긔린을 타고 영의 나가니 진경이 손의 방쳔극(方天戟)을 들고 쇼리질너 왈,

"오는 즈는 엇던 반젹인다?"

황텬홰 왈,

"나는 반젹이 아니라 봉텬졍벌(奉天征伐) 텬보디원슈(天寶大元帥) 휘하 졍션봉 황텬홰여니와 니는 셩명이 무어신다?"

진경이 답왈,

"나는 공원슈(孔元帥) 휘하 졍션봉 진경이러니 너희 텬조 지상을 여러번 술희흐고 쏘 감히 군을 니로혀 변경을 침노흐니 우리 조셔롤 바다 너희롤 치느니 샐니 말긔 나려 항복흐여 죽기롤 면흐라."

흐고 말을 맛츠며 방텬극을 두로고 다라들거늘 텬홰 쌍퇴롤 둘너 마즈 쏘화 삼십여 합은 흐여 텬홰 옥긔린(玉麒麟)을 두로혀 다라난디 진경이 텬화(天化)의 쇠롤 아지 못흐고 쏜라오더니 텬홰 쌍퇴롤 팔의 걸고 화룡표(火龍鏢)롤 들어 진경의 디골을 쳐 말 아리 나리치니 진경이 디골

이 씨여져 죽거늘 텬홰 영【4】의 도라와 주아롤 보니 주이 문왈,

"장군이 진경을 엇지 디젹ᄒᄂ뇨?"

황텬홰 왈,

"쇼장이 원슈의 홍복(洪福)을 닙어 진경을 화룡표로 쳐죽엿ᄂ이다."

주이 디희ᄒ여 군졍ᄉ롤 블너 황텬화의 치부ᄒ니라. 진경의 픽군이 영의 드러가 공션의게 알외디,

"진장군이 황텬화의게 마ᄌ 죽엇ᄂ이다."

공션이 쇼왈,

"진경이 비록 죽으나 족히 앗갑지 아니ᄒ니 무어시 두려오리오?"

이튼날 손합(孫合)이 공션의게 알외디,

"어제 진장군이 그릇 픽ᄒ여 우리 예긔(銳氣)롤 최찰케[1] ᄒ여시니 쇼장이 오날 영의 나가 강상을 술오잡아 오리이다."

공션 왈,

"장군이 ᄲᆞ니 나려가 삼가 ᄊᆞ호라."

손합이 말게 올나 쥬영의 니르러 ᄊᆞ호즈ᄒᆞ디 쇼졸이 드러가 알외니 좌션봉 무길(武吉) 왈,

"쇼장이 원컨디 가리이다."

ᄒ고 영의 나가 보니 한 장쉬 진 알픠 셧시니 금갑홍포의 황마롤【5】 타고 큰 칼을 드럿더라. 무길이 나아가 문왈,

"네 셩명이 무어시뇨? 니 맛당이 네 머리롤 버혀 큰 공을 셰우리라."

손합 왈,

"나는 공원슈 휘하 손합이어니와 네 셩명은 무어시뇨?"

무길 왈,

"나는 강원슈 문하 좌션봉 무길이로라."

손합이 쇼왈,

"강상이 한 어부오 너는 한 초뷔라 족히

두렵지 아니ᄒ니 ᄲᆞ니 나아와 한 칼을 마즈라."

무길이 디로 왈,

"필뷔 감히 무지한 말을 ᄒ여 나롤 슈욕ᄒᄂ뇨?"

ᄒ고 창을 두로고 바로 손합의게 다라드니 손합이 칼을 둘너 마ᄌ ᄊᆞ화 삼십여 합이나 ᄒ더 승부롤 결치 못ᄒ더니 무길이 한 창으로 헛거슬 지르고 말을 두로혀 다라나니 손합이 혜오디 '무길은 한 초뷔라 엇지 능ᄒ미 이시리오' ᄒ고 말을 달녀 ᄯᆞ로더니 무길이 비록 초뷔나 주이 반계(磻溪)의 이실제 창법을 가르치니 무길이 창쓰기롤【6】 익여 극히 잘ᄒᄂᆫ지라 엇지 손합을 디젹지 못ᄒ리오? 급히 말을 두로치니 손합이 진녁(盡力)ᄒ여 ᄯᆞ라오다가 능히 머므르지 못ᄒ여 지나닷거늘 무길이 창을 드러 손합의 손을 지르니 손합이 말긔 나려지거늘 무길이 손합의 머리롤 버혀 영의 드러가 주아의게 공을 드리니 주이 디희ᄒ여 무길의 공을 치부ᄒ거늘 나탁(哪吒)이 두 장슈의 공 일우믈 보고 마음의 싱각ᄒ디 '이졔 두 션봉이 공을 일워시디 니 홀노 공을 셰우지 못ᄒ여시니 이후는 니 맛당이 영의 나아가 도젹을 잡으리라' ᄒ더라. 손합의 픽군이 영의 도라와 공션의게 알왼디 공션이 좌우다려 왈,

"니 조셔롤 밧ᄌᆞ와 강상을 치더니 이졔 공은 셰우지 못ᄒ고 두 진을 년ᄒ여 픽ᄒ여시니 뉘 능히 강상을 잡아 나라홀 위ᄒ여 공을 셰울고?"

오군구응ᄉ(五軍救應使) 고계릉(高繼能)이 응셩 왈,

"쇼장이 원【7】컨디 가리이다."

공션이 분부 왈,

"강상의 졔장이 다 용밍ᄒ니 삼가 디젹ᄒ라."

고계릉이 답왈,

"원슈의 녕디로 ᄒ리이다."

ᄒ고 창을 들어 말게 올나 쥬영의 니르러 ᄊᆞ호ᄌ ᄒᆞ더 쇼졸이 드러가 보ᄒᆞᆫ더 부션봉 나탁 왈,

"쇼장이 원컨디 이 도젹을 잡으리이다."

주이 허ᄒ니 나탁이 풍화륜(風火輪)을 타고 일더 븕은 긔 든 군ᄉ롤 거느려 영의 나오니 바롬이 븕은 구롬을 거두치는 듯ᄒ더라. 계릉이

---

[1] 【최찰ᄒ다】	[園] {최졀(挫折)하다.} 꺾다. 위축시키다. ¶ 어제 진장군이 그릇 픽ᄒ여 우리 예긔롤 최찰케 ᄒ여시니 쇼장이 오날 영의 나가 강상을 술오잡아 오리이다 <西周 18:4> 이놈이 오군구응시 되여 능히 촌공도 일우지 못ᄒ고 ᄯᅩ 픽ᄒ여 예긔롤 최찰케 ᄒ니 ᄲᆞ니 원문 밧긔 가 머리롤 버혀 군법을 졍히 ᄒ라 <西周 18:9>

쇼리질너 왈,

"오는 지 나탁인다?"

나탁 왈,

"네 임의 니 일홈을 알며 엇지 썰니 말긔 나려 항복지 아니ᄒᆞᄂᆞ뇨?"

계룡이 디쇼 왈,

"네 도슐을 힝혼다 ᄒᆞ니 오늘날 너로 더브러 ᄌᆞ웅을 결ᄒᆞ리라."

나탁이 왈,

"네 일홈을 썰니 통ᄒᆞ라. 니 너롤 죽인 후 공을 치부홀졔 쓰려ᄒᆞ노라."

계룡이 디로ᄒᆞ여 창을 두로고 다라들거놀 나탁이 화쳠창을 [8] 두로고 풍화륜을 달녀 마ᄌᆞ 싼호더니 계룡이 헤오디 '나탁이 도슐을 잘 ᄒᆞ니 니 맛당이 몬져 ᄒᆞ슈(下手)ᄒᆞ리라' ᄒᆞ고 거줏 말을 두로혀 다라가거놀 나탁이 쇼리질너 왈,

"니 오늘 맛당이 큰 공을 일우리라."

ᄒᆞ고 ᄉᆞ미 안흐로셔 건곤권(乾坤圈)을 너여 고계룡을 바라며 한 번 쳐 졍히 계룡의 엇게롤 맛치니 계룡이 마상의 업디여 나라나거놀 나탁이 화쳠창을 두로고 계룡을 ᄯᅡ라 녕을 반을 올나가다가 마음의 혜오디 '이놈이 일졍 도슐이 잇ᄂᆞ니 니 맛당이 도라가리라' ᄒᆞ고 영의 도라와 ᄌᆞ아의게 알외디,

"쇼장이 건곤권으로 도젹의 엇게롤 맛치니 도젹이 다라나거놀 비록 한 진을 니긔여 도라왓시나 능히 공을 일우지 못ᄒᆞ여시니 쳥컨디 다시 가 도젹을 잡으리이다."

ᄌᆞ이 쇼왈,

"한 진을 니긔미 한 공이라 엇지 슈고로이 다시 [9] 싼호리오?"

ᄒᆞ고 웃듬공의 치부ᄒᆞ다.

고계룡이 픽ᄒᆞ여 진의 도라가 공션을 보와 픽혼 연유롤 니르니 공션이 디로ᄒᆞ여 좌우롤 ᄭᅮ지져 왈,

"이놈이 오군구응시 되여 능히 촌공도 일우지 못ᄒᆞ고 쏘 픽ᄒᆞ여 예긔롤 ᄭᅥᆨ찰케 ᄒᆞ니 썰니 원문 밧긔 가 머리롤 버혀 군법을 졍히 ᄒᆞ라."

좌위 간왈,

"이졔 쳐음으로 츌ᄉᆞᄒᆞ여 디장을 버히미 가치 아니ᄒᆞ니 쳥컨디 원슈는 고계룡의 죄롤 ᄉᆞᄒᆞ여 공을 일우거든 죄롤 속ᄒᆞ쇼셔."

공션이 쇼리질너 왈,

"니 이 도젹을 죽여 법을 졍히 ᄒᆞ려ᄒᆞ더니 이졔 즁장이 다 말니니 아직 네 죄롤 ᄉᆞᄒᆞ노라."

고계룡이 ᄉᆞ례ᄒᆞ고 믈너나다.

이튼날 공션이 디디 인마롤 거ᄂᆞ려 쥬영 알픠 가 싼호ᄌᆞ ᄒᆞ더 쇼졸이 급히 드러가 보ᄒᆞ디,

"영 밧긔 무슈혼 인민 와 원슈롤 보와 말 [10] ᄒᆞᄌᆞ ᄒᆞᄂᆞ이다."

ᄌᆞ이 군ᄉᆞ롤 다셧 디의 난화 네 션봉과 졔장을 거ᄂᆞ려 영의 나갈시 ᄌᆞ이 ᄉᆞ블상을 타고 숀의 보검을 들고 나와 보니 공션의 등의 오식 젹은 긔롤 ᄭᅩ잣거놀 ᄌᆞ이 마음의 의심ᄒᆞ여 졔장을 분부ᄒᆞ여 조심ᄒᆞ라 ᄒᆞ더라.

공션이 ᄌᆞ아의 나오믈 보니 위의 엄슉ᄒᆞ더라. 쇼리질너 문왈,

"오는 지 아니 강상인다?"

ᄌᆞ이 왈,

"긔로라."

공션 왈,

"네 은나라 신하로셔 무고히 반ᄒᆞ여 졔후롤 도와 텬명을 항거ᄒᆞ니 이졔 니 조셔롤 밧ᄌᆞ와 너롤 치ᄂᆞ니 썰니 믈너가 신졀을 삼가 직회여 국가롤 보젼ᄒᆞ라. 만일 니 말을 듯지 아니면 맛당이 너롤 버혀 국법을 졍히 ᄒᆞ리라."

ᄌᆞ이 왈,

"텬명이 엇지 한 곳의 이시리오? 덕 잇ᄂᆞ 디 도라가ᄂᆞ니 네 요(堯)의 아들 단쥬(丹朱) 어지지 아니ᄒᆞ더니 외 붕ᄒᆞ시니 텬하 인심이 순(舜)의게 도 [11] 라오고 순의 아들 상균(商均)이 블초(不肖)ᄒᆞ더니 순이 붕ᄒᆞ시미 텬하 인심이 다 우(禹)의게 도라가고 우의 아들 계(啓) 어지러 능히 조상 긔업을 니어오더니 걸(桀)의게 니르러 걸이 무도ᄒᆞ거놀 셩탕(成湯)이 하(夏)롤 치고 텬하롤 진졍ᄒᆞ엿더니 이졔 쥬(紂)의게 니르러 음학무도(淫虐無道)ᄒᆞ고 쥬식의 침혹ᄒᆞ여 졍ᄉᆞ롤 도라보지 아니ᄒᆞ니 텬하 만민이 슈화(水火) 가온디 잇슴 갓흔지라. 황텬이 진노ᄒᆞ샤 우

리 쥬로 ㅎ여곰 텬하를 진정ㅎ라 ㅎ시니 우리 텬명을 밧즈와 무도ㅎ니를 경벌ㅎ느니 장군은 엇지 텬명을 슌ㅎ여 쥬의 도라와 한가지로 독부(獨夫)를 쳐 큰 공을 셰우지 아니ㅎ느뇨?"

공션이 디로ㅎ여 칼을 두로고 디즐 왈,

"네 몸이 신히 되여 님군을 치며 도로혀 텬명을 슌흔다 ㅎ여 간스흔 말노써 군민의 마음을 혹 【12】게 ㅎ고 감히 텬명을 항거ㅎ니 죄 맛당이 스치 못ㅎ리라."

ㅎ고 칼을 두로며 말을 달녀 다라들거눌 홍금(洪錦)이 쇼리질너 왈,

"무도흔 도격이 엇지 감히 이러틋 무례ㅎ뇨?"

공션이 홍금의 오믈 보고 쇼리질너 꾸지즈디,

"반국 역젹을 도으며 감히 큰 말을 ㅎ는다?"

홍금 왈,

"텬하 팔빅 계휘 임의 쥬의 도라왓거든 네 홀노 항복지 아니ㅎ니 뉘 너를 츙신이라 ㅎ더뇨? 섈니 말긔 나려 죽으믈 면ㅎ라."

공션이 답지 아니코 다라들거눌 홍금이 마즈 쏘화 슈합이 못ㅎ여 홈금이 검은 긔를 니여 짜히 박으니 화ㅎ여 한 문이 되거눌 공션이 디로 왈,

"이 조고만 도슐을 니 엇지 두리리오?"

ㅎ고 말을 두로혀 다르며 등 뒤히 누른 긔를 니여 한 번 두로니 홍금이 맛치 디풍의 플닙 날님 갓ㅎ여 아모디로 간 줄 모로고 다만 말만 닷거【13】눌 공션이 누른 긔를 거두어 도로 등의 쏘즈니 홍금이 쓰히 것구러졋거눌 즈이 즁장을 명ㅎ여 급히 구ㅎ라 흔디 공션이 군스를 분부ㅎ여 홍금을 잡아 영으로 도라보너고 다시 칼홀 두로고 즈아의게 다라들거눌 등구공(鄧九公)이 칼을 두로고 다라드러 공션을 마즈 쏘호더니 즈이 쏘 스블상을 모라 다라드러 등구공을 도와 십여 합은 ㅎ여 즈이 신편(神鞭)을 니여 공션을 친디 공션이 신편을 손으로 바다 허리의 츠거눌 즈이 디경ㅎ여 즉시 징쳐 군스를 거두어 영의 드러와 즁장으로 더부러 의논 왈,

"이졔 공션이 요슐을 힝ㅎ여 홍금을 잡아 가미 길흉을 아지 못ㅎ니 공션이 오늘 한 진을

이긔여시미 반드시 영을 직희지 아냐실지라. 이 씨를 인ㅎ여 밤의 영을 겁칙ㅎ리라."

ㅎ고 나탁을 블너 왈,

"네 오늘 밤의 일지 인【14】마를 거느려 공션의 디영 압흘 치라."

ㅎ고 황텬화를 블너 왈,

"너는 일지 인마를 거느려 좌영을 겁칙ㅎ고"

뇌진즈(雷震子)를 블너 왈,

"너는 일지 인마를 거느려 우영을 치라. 몬져 영을 겁칙흔 후의 니 맛당이 다시 쳐치ㅎ미 이시리라."

흔디 삼인이 녕을 듯고 믈너나다.

공션이 한 진을 크게 이긔고 영의 도라가 홍금이란 후영의 두고 즈아의 신편이란 즁군의 감초고 잔치를 비셜ㅎ여 졔장의 공 일우믈 하례ㅎ더니 믄득 일진 광풍이 디장긔를 썩거눌 공션이 디경ㅎ여 스미 안흐로셔 한 졈괘(占卦)를 어드니 극히 흉ㅎ거눌 즉시 고계릉을 블너 왈,

"금야의 반드시 쥬병이 우리 영을 겁칙ㅎ리니 네 좌영의 미복ㅎ엿다가 쥬병을 막고

쥬신(周信)을 분부 왈,

"너는 우영의 미복ㅎ엿다가 쥬병을 막으라."

냥장이 녕을 듯고 믈너가다.

나 【15】탁 등 삼장이 즈아의 녕을 바다 각각 일지 군마를 거느려 가만이 녕의 올나와 미복ㅎ엿더니 밤이 이경은 ㅎ미 즈이 즁군의셔 디포 하나흘 노흐니 삼노 인미 일시의 응포(應砲)ㅎ고 한 쇼리 납함의 나탁이 풍화륜을 달녀 화쳠창을 두로고 바로 원문을 즛쳐 드러오거눌 공션이 말긔 올나 마조나오며 디쇼 왈,

"나탁이 오늘날 니 영을 겁칙ㅎ니 반드시 니게 술오잡히리라."

나탁이 디로 즐왈,

"오늘 네 머리를 버혀 큰 공을 셰우리라."

ㅎ고 화쳠창을 두로고 다라드러 공션과 쏘호더니 믄득 쏘 한 포향의 뇌진지 두 날기를 붓쳐 우영을 즛쳐 드러오니 쥬신이 즉시 마즈 쏘호미 뇌진지 공즁의 올나 황금막디를 둘너 꼭뒤를 치니 디골이 씨여져 죽거눌 뇌진지 쇠막디를 메고 바로 즁영의 즛쳐 드러와 나탁을 도와 공션과

쓰호더니 공 【16】 션이 뇌진즈의 도으믈 보고 등 뒤히 누른 긔롤 너여 한 번 두로니 뇌진지 쓰히 업더지거늘 군시 급히 다라드러 뇌진즈롤 미니 나탁이 뇌진즈의 잡히믈 보고 급히 풍화륜을 두로혀 다라나거늘 공션이 쏘 흰 긔롤 너여 한 번 두로니 나탁이 쏘 쓰히 쩌러지거늘 군시 다라들어 나탁을 미여 중영으로 드러가니라. 황텬화는 군즁 허실을 아지 못ᄒ고 옥긔린을 모라 좌영으로 도라오니 고계릉이 급히 니다라 황텬화롤 마즈 쓰호더니 밤이 어두으나 황텬화의 쌍퇴 쓰는 법이 별이 흐르는 듯ᄒ지라. 고계릉이 더젹지 못ᄒ여 다라나다가 가만이 오봉권(蜈蜂卷)을 너여 한 번 드니 황텬화의 탄 옥긔린이 놀나 니러셔니 황텬홰 능히 안짓지 못ᄒ여 쓰히 나려지거늘 고계릉이 창을 드러 텬화의 등을 질녀죽이니 텬화의 나히 스믈은 ᄒ고 일더 영웅이라 스싱의 경계 【17】 롤 잇고 공을 일우랴 ᄒ다가 비명의 죽으니 가히 앗갑도다. 공션이 밤시도록 쓰호고 군을 거두어 안영ᄒ고 황텬화의 머리롤 원문의 달이 호령ᄒ니라.

즈이 영의셔 삼장의 공 일우믈 기다리더니 하늘이 붉은 후 쇼졸이 급히 보ᄒ디,

"삼장이 영을 겁칙ᄒ더니 두 장군은 간 곳을 아지 못ᄒ고 다만 황장군의 머리롤 원문의 다라 호령ᄒᄂ이다."

즈이 디경ᄒ여 즉시 황비호(黃飛虎)롤 블녀 니른디 비회 이 말을 듯고 방셩디곡ᄒ다가 쓰히 것구러져 긔졀ᄒ거늘 즈이 급히 구ᄒ니 비회 손으로 가슴을 두다려 왈,

"우리 일곱 사롬이 원슈롤 조츠 이의 니러 텬홰 죽을 쥴 어이 알니오?"

즁장이 황비호롤 보고 눈믈 아니 흘니리 업더라. 황비회 어린듯 취흔듯 짜히 것러지거늘 남궁괄(南宮适) 왈,

"황장군은 속졀업시 셜워말나. 황텬 【18】 홰 비록 죽어시나 나라홀 위ᄒ여 진상(陣上)의 죽어시니 일홈을 죽빅(竹帛)의 드리워 만셰의 아롬다오려니와 이졔 고계릉이 요괴로온 슐을 힝ᄒ니 장군이 엇지 슝셩(崇城)의 가 슝흑호(崇黑虎)롤 쳥ᄒ여 이 도젹을 죽이지 아니ᄒᄂ뇨?"

황비회 이 말을 듯고 썰니 장의 올나가 즈아롤 보와 왈,

"쇼장이 슝셩의 가 슝흑호롤 쳥ᄒ여 이 도

젹을 잡아 니 아히 원슈롤 갑흐려 ᄒᄂ이다."

즈이 황비호의 참혹흔 형상을 보고 블상이 너겨 즉시 허흔디 황비회 영을 쩌나 슝셩 큰 길노 가더니 한 큰 뫼아리 니르니 뫼 기슭의 큰 비 셧고 비 우희 셰 즈롤 쎠시디 '비봉산(飛鳳山)'이라 ᄒ엿더라. 황비회 졍히 지나가더니 믄득 드르니 뫼 속의 납함쇼리 나거늘 오식 신우(神牛)롤 모라 바로 뫼흐로 올나가 보니 셰 장쉬 군수롤 조련ᄒ거늘 황비회 달녀 압흐로 나아 【19】 문왈,

"너희는 엇던 사롬이완디 예셔 군수롤 조련ᄒᄂ뇨?"

삼장이 놀나 도라보니 황비회 누에 눈셥〔蠶眉〕의 단봉(丹鳳)의 눈이오 왕복(王服)을 닙고 오식 신우롤 타시믈 보고 쇼리질너 왈,

"오는 지 아니 무셩왕 황비회냐?"

비회 답왈,

"장군이 엇지 니 일홈을 아ᄂ뇨? 쇼장이 그릇 장군의 위엄을 범ᄒ니 쳥컨더 죄롤 스ᄒ쇼셔."

삼장이 이 말을 듯고 급히 말긔 나려 쓰히 업더여 왈,

"디왕의 셩명을 드런지 오러디 만나지 못ᄒ엿더니 오늘날 이의 와 만날 쥴 어이 알니오?"

비회 신우롤 나려 왈,

"장군니는 어더 이시며 무슴 일을 ᄒᄂ뇨?"

삼장이 답왈,

"이졔 텬히 요란ᄒ니 우리 등 삼인이 피셰(避世)ᄒ여 도망ᄒᄂ 사름을 모도와 비봉산 우희 산치롤 비셜ᄒ고 이의 잇ᄂ니 쳥컨더 디왕은 산치의 올나가 쉬쇼셔."

ᄒ고 황비호롤 인ᄒ여 산치로 올나가니 뫼 극히 험쥰ᄒ고 셰겹 【20】 셩이 잇거늘 셩 안히 드러가니 삼장이 황비호롤 쳥ᄒ여 즁당의 올나 좌롤 졍ᄒ미 황비회 왈,

"장군 등이 뫼히 잇셔 무슴 일을 ᄒ더뇨?"

삼장 왈,

"쇼장 등이 뫼히셔 힝인을 겁칙ᄒ여 싱의(生意)롤 삼는지라. 니러므로 앗가 군수롤 조련ᄒ다가 디왕의 오시믈 모로고 일즉 나아가 맛지

못ᄒ니 죄ᄅᆞᆯ 스ᄒᆞ쇼셔.”

비회 왈,

“삼장군의 셩명을 무어시라 ᄒᆞᄂᆞ뇨?”

더왈,

“문빙(文聘)과 최영(崔英)과 댱웅(蔣雄)이로쇼이다.”

황비회 우문 왈,

“장군의 별호ᄂᆞᆫ 무어시라 ᄒᆞᄂᆞ뇨?”

문빙이 더왈,

“쇼장의 별호ᄂᆞᆫ 셔악(西岳)이오 최영의 별호ᄂᆞᆫ 즁악(中岳)이오 댱웅의 별호ᄂᆞᆫ 븍악(北岳)이라 ᄒᆞᄂᆞ이다.”

비회 디쇼 왈,

“니 별호ᄂᆞᆫ 동악(東岳)이니 가히 형뎨 되리로다.”

삼장이 잔치ᄅᆞᆯ 비셜ᄒᆞ여 디졉ᄒᆞ며 왈,

“디왕이 이졔 어ᄃᆡ로 가시ᄂᆞ니잇고?”

비회 왈,

“셔기 쥬(周) 무왕(武王)이 강ᄌᆞ아(姜子牙)ᄅᆞᆯ 봉ᄒᆞ여 텬보디원슈(天寶大元帥)ᄅᆞᆯ ᄒᆞ【21】여 뉵십만 인마ᄅᆞᆯ 니로혀 밍진(孟津)으로 나아가더니 금계령 아러 니ᄅᆞ러 니 장ᄌᆞ 텬홰 나히 졈고 효용(驍勇)ᄒᆞ지라 션봉이 되엿더니 삼산관 총병 공션이 군ᄉᆞᄅᆞᆯ 거ᄂᆞ려 녕을 막으니 텬홰 공션의 영을 겁칙ᄒᆞ다가 공션의 부장 고계룡의 요괴로온 슐의 히ᄒᆞᆷ믈 닙엇시니 니 이졔 슝셩의 나아가 슝흑호ᄅᆞᆯ 쳥ᄒᆞ여 니 아들의 원슈ᄅᆞᆯ 갑고져 ᄒᆞ노라.”

문빙 왈,

“다만 두리건디 슝장군이 즐겨 오지 아닐가 ᄒᆞᄂᆞ이다.”

비회 왈,

“장군이 엇지 오지 아닐 줄 아ᄂᆞ뇨?”

문빙 왈,

“슝흑회 이졔 인마ᄅᆞᆯ 조련ᄒᆞ여 진당관(陳塘關)을 지나 텬하 졔후로 더부러 밍진의 모드려 ᄒᆞ니 그 긔약을 어글가 두려 결연이 오지 아닐가 ᄒᆞᄂᆞ이다.”

비회 왈,

“셰 장군이 나ᄅᆞᆯ 조ᄎᆞ 함긔 가미 엇더ᄒᆞ뇨?”

최영 왈,

“문장군의 말이 그ᄅᆞ다. 슝흑회 군ᄉᆞᄅᆞᆯ 조련ᄒᆞ여 밍진을 나아가려 ᄒᆞ【22】ᄆᆞᆫ 무왕을 위ᄒᆞ여 군ᄉᆞᄅᆞᆯ 니ᄅᆞ혀미라. 오ᄂᆞᆯ밤의 디왕이 산치의셔 ᄌᆞ고 함긔 가면 슝흑회 반ᄃᆞ시 도ᄋᆞ리이다.”

비회 스례ᄒᆞ고 이날 밤의 산치의셔 ᄉᆞ인이 한ᄃᆡ셔 ᄌᆞ고 이튼날 ᄉᆞ인이 산치ᄅᆞᆯ ᄯᅥ나 할니[2] 못ᄒᆞ여셔 슝셩의 니ᄅᆞ러 황비호ᄂᆞᆫ 밧긔 두고 삼장이 몬져 부문의 나아가 문직흰 관원으로 ᄒᆞ여곰 알외라 ᄒᆞᄃᆡ 그 관원이 드러가 슝흑호의게 알외ᄃᆡ,

“비봉산 셰 디왕이 와 계셔이다.”

흑회 삼장을 마ᄌᆞ 뎐의 올나 죄ᄅᆞᆯ 뎡ᄒᆞ미 슝흑회왈,

“장군니 무ᄉᆞᆷ 일노 오뇨?”

최영 왈,

“우리 긔국무셩왕(開國武成王) 황비호로 더부러 현공(賢公)긔 뵈오라 왓스디 무셩왕은 밧긔 잇ᄂᆞ이다.”

흑회 이 말을 듯고 밧비 계의 ᄂᆞ려 문의 나가 황비호ᄅᆞᆯ 마ᄌᆞ 뎐의 올나 녜ᄅᆞᆯ 맛고 빈쥬의 좌ᄅᆞᆯ 졍ᄒᆞ미 흑회 왈,

“디왕이 오시ᄃᆡ 미리 아지 못ᄒᆞ여 먼니 맛지 못ᄒᆞ니 쳥【23】컨디 디왕은 죄ᄅᆞᆯ 스ᄒᆞ쇼셔.”

황비회 디왈,

“쇼장이 귀가의 드러와 한 번 존안을 뵈오니 다ᄒᆡᆼᄒᆞ이다.”

문빙이 황비호의 온 연고ᄅᆞᆯ ᄌᆞ셔이 니ᄅᆞᆫᄃᆡ 흑회 ᄎᆞ탄ᄒᆞ기ᄅᆞᆯ 마지 아니ᄒᆞ거늘 최영 왈,

“큰 형이 이졔 군ᄉᆞᄅᆞᆯ 니로혀 진당관으로 나아가 무왕을 위ᄒᆞ여 쥬ᄅᆞᆯ 치려 ᄒᆞ미라. 이졔 강원슈 금계령의 막히여 나아가지 못ᄒᆞ니 형장이 만일 강ᄌᆞ아ᄅᆞᆯ 구치 아니ᄒᆞ고 몬져 진당관으로 나아가면 무왕이 능히 밍진으로 드러가지 못

---

2) 【할니】圀 하루. ¶ 一日 ‖ 이튼날 ᄉᆞ인이 산치ᄅᆞᆯ ᄯᅥ나 할니 못ᄒᆞ여셔 슝셩의 니ᄅᆞ러 황비호ᄂᆞᆫ 밧긔 두고 삼장이 몬져 부문의 나아가 문직흰 관원으로 ᄒᆞ여곰 알외라 ᄒᆞᄃᆡ 그 관원이 드러가 슝흑호의게 알외ᄃᆡ (次日, 四將用罷飯一同起行. 在路無詞. 一日來至崇城. 文聘至帥府. 門官來見 黑虎, 報曰.) <西周 18:22>

ᄒ리니 형장이 몬져 가셔 무슴 일을 ᄒ리오? 몬
져 금계령으로 가 쥬병을 구ᄒ 후의 다시 계후
로 더부러 밍진의 모드미 무어시 더더리오?"

승흑회 이 말을 듯고 반향(半晌)이나 침음
ᄒ다가 왈,

"니 맛당이 군스룰 니로혀 공션을 파ᄒ리
라."

ᄒ고 아들 승응난(崇應鸞)을 블너 왈,

"네 샐니 가 삼군을 【24】 조련ᄒ라."

ᄒ고 잔치룰 비셜ᄒ여 황비호 등 스인을 관디ᄒ
다.

이튼날 승흑회 인마룰 니로혀 스장으로 더
부러 금계령 큰 길노 나아가 할니 못ᄒ여 셔쥬
영의 니르러 즈아의게 알외디,

"무성왕 황비회 원문의 왓ᄂ이다."

즈인 드러오라 ᄒ니 비회 즈아의게 뵈거눌
즈인 문왈,

"그디 일을 일운다?"

비회 답왈,

"븍빅후(北伯侯)룰 다려오고 또 세 디장을
어더왓시니 다 원문(轅門) 밧긔 잇ᄂ이다."

즈인 군스로 ᄒ여곰 드러오라 ᄒᆫ디 군시
나가 왈,

"원쉬 장군니룰 쳥ᄒ시ᄂ이다."

승흑회 삼장으로 더부러 영의 드러와 장의
올나 읍ᄒ여 왈,

"갑쥐 몸의 이시니 능히 녜룰 힝치 못ᄒᄂ
이다."

즈인 황망이 장의 나려 녜룰 맛고 빈쥬의
좌룰 정ᄒ미 스인 왈,

"이계 공션이 창궐ᄒ여 디병을 막으니 능
히 나아가 못ᄒ여 현후(賢侯)로 ᄒ여곰 슈고
【25】 롭게 ᄒ니 쳥컨니 죄룰 ᄉᄒ쇼셔."

흑회 스례 왈,

"쇼장이 무왕긔 뵈고져 ᄒᄂ이다."

ᄒ고 즉시 스장이 후당의 드러가 무왕긔 뵈고
녜룰 맛츠미 흑회 왈,

"이계 디왕이 디병을 니르혀 싱민의 슈화
즁 급ᄒ 거슬 구ᄒ여 독부(獨夫)룰 치시거눌 공
션이 감히 텬명을 항거ᄒ여 스스로 죽고져 ᄒ니
쇼장이 너일 맛당이 잡으리이다."

무왕 왈,

"괴(孤) 힘이 약ᄒ고 덕이 박(薄)ᄒ더니 이
계 모든 디왕이 힘쓰믈 닙어 한가지로 병을 니
로혀 쳐음으로 셔기룰 쩌나미 이러틋 막히여 나
아가지 못ᄒ니 반드시 황텬이 벌을 나리오시미
라. 괴 병을 두로혀 본토룰 직희여 덕을 닷고져
ᄒᄂ이다."

흑회 왈,

"디왕의 말이 그ᄅ셔이다. 쥐 죄역(罪逆)이
관영(貫盈)ᄒ여 텬히 한가지로 뮈워ᄒᄂ 비어눌
엇지 한 도적을 인ᄒ여 디병을 두로혀 텬하 인
심으로 ᄒ여곰 바라 【26】 ᄂ 바룰 일케 ᄒ리잇
고?"

말을 맛츠미 즈아 승흑호로 더부러 즁군의
나와 한디셔 즈고 이튼날 승흑회 화안금졍슈(火
眼金睛獸)룰 타고 문빙·최영·댱웅으로 더부러
녕의 올나가 쏘호즈 ᄒᆫ디 고계롱이 공션의게 알
외고 영의 나와 승흑호의 셧시믈 보고 쇼러질너
왈,

"븍노 반격이 엇지 감히 희발을 돕ᄂ다?"

흑회 왈,

"이 필뷔 텬명을 아지 못ᄒᄂ도다. 이계
스방이 한가지로 쥬룰 뮈워ᄒ거눌 네 홀노 텬명
을 항거ᄒ여 엇지 황공즈룰 죽이뇨?"

고계롱이 쇼왈,

"나탁·뇌진즈·홍금이 도슐 잇ᄂ 체ᄒ다
가 다 잡혀왓거눌 또 네 죽고져 ᄒᄂ다?"

ᄒ고 창을 두로고 다라들거눌 흑회 도치룰 둘너
마즈 쏘호더니 문빙·최영·댱웅 삼장이 일시의
다라드러 쏘홈을 돕고 황비회 녕의 잇다가 분을
참지 못ᄒ여 오식 신우룰 모 【27】 라 바로 다라
드러 다숫 장쉬 고계롱을 아희 치듯 즛치니 고
계롱이 한 창으로 능히 다숫 장슈룰 막지 못ᄒ
여 셰 졍히 위급ᄒ엿더라.

70
쥰뎨도인슈공션(準提道人收孔宣)

고계릉(高繼能)이 다숫 장슈로 더부러 쓰
호미 창쓰는 법이 졈졈 어즈러워가는지라 졍히
아모리 홀 줄 모로더니 댱웅(蔣雄)의 말편의 한
틈이 뵈거늘 계릉이 그 틈을 인ᄒᆞ여 다라나니
오장이 ᄯᅡ라오거늘 계릉이 오봉권(蜈蜂卷)을 니
여 드니 무슈한 벌이 나와 쥬병(周兵)을 쏘니
쥬병이 벌의 쏘이여 능히 나아가지 못ᄒᆞ여 각각
낫출 쓰고 동셔로 허여지거늘 슝흑회(崇黑虎)
쇼리질너 왈,

"니 엇지 네 슐을 두리리오?"
ᄒᆞ고 등 뒤흐로셔 한 호로(葫蘆)를 니여 드니
호로 속으로셔 검은 니 무슈히 나며 니 속의 무
슈흔 미 일시의 니다라 벌을 날【28】기로 치며
부리로 다 쩍어먹고 쏘 계릉의게 다라드러 머리
도 츠며 혹 활과 살을 아스니 계릉이 디로ᄒᆞ여
쇼리질너 왈,

"엇지 감히 요괴로온 슐노 니 큰 법을 상
ᄒᆞ느뇨?"
ᄒᆞ고 창을 두로고 다라들거늘 오장이 쏘 각각
병긔를 드러 마즈 쓰호더니 군졍시 급히 드러가
공션(孔宣)의게 알외디,

"다숫 장쉬 고장군(高將軍)을 에워쓰고 치
니 졍히 위급ᄒᆞ엿ᄂᆞ이다."

공션이 디경ᄒᆞ여 즉시 말긔 올나 원문의
나가보니 고계릉이 오장(五將)의게 쓰혀 창쓰는
법이 어즈럽거늘 황비회(黃飛虎) 쇼리질너 왈,

"니 너를 죽여 즈식의 원슈를 갑흐리라."
ᄒᆞ고 창을 드러 고계릉의 가슴을 지르니 계릉이
한 번 쇼리지르고 말긔 나려져 죽거늘 공션이
계릉의 죽으믈 보고 디로 즐왈,

"이 필뷔 엇지 감히 니 디장을 죽이고 어
디로 가는다?"

황비회 즐왈,

"공션아 네 텬시를 아지 못ᄒᆞ고 오【29】
히려 텬명을 항거ᄒᆞ니 맛당이 네 머리를 버혀
삼군을 호령ᄒᆞ리라."

공션이 답지 아니코 칼을 두로고 바로 문
빙(文聘)의게 다라들거늘 슝흑호 등 ᄉᆞ장이 일
시의 다라드러 다숫 장쉬 디젹ᄒᆞ니 공션이 능히
이긔지 못ᄒᆞ여 혜오디 '니 몬져 하슈(下手)치 아
니면 도로혀 져놈의게 히를 닙으리라' ᄒᆞ고 등
뒤흐로셔 블근 긔를 니여 한 번 두르니 오장이
일시의 ᄯᅡ히 것구러지거늘 공션이 오장을 잡아
영으로 도라가니 화안금졍슈(火眼金睛獸)와 오
식 신우(神牛)와 세 말이 뷘 길마1)만 등의 언고
영으로 도라오거늘 쇼졸이 급히 드러가 즈아(子
牙)의게 알외디,

"다숫 장군이 다 공션의게 잡히고 뷘 말만
도라왓ᄂᆞ이다."

즈이 디경 왈,

"비록 고계릉을 죽이나 쏘 다숫 장슈를 일
허시니 영을 단단이 직희고 쓰호지 말게 ᄒᆞ라."
ᄒᆞ더라. 공【30】션이 오장을 잡아 영의 도라와
동혀 후영의 두고 홀노 장의 안즈 싱각ᄒᆞ디 '도
젹을 만히 잡아시나 졔장이 하나토 업스니 쓰호
지 말고 영을 굿이 직희여시면 도젹이 엇지 능
히 지나리오' ᄒᆞ고 군ᄉᆞ를 젼녕ᄒᆞ여 영 우홀 굿

---

1)【길마】몡 안장(鞍裝). ¶ 공션이 오장을 잡아
영으로 도라가니 화안금졍슈와 오식 신우와 셰
말이 뷘 길마만 등의 언고 영으로 도라오거늘
(五員戰將一去毫無踪影, 只剩得五騎歸營.) <西周
18:29>

이 직회라 ᄒᆞ다.

즈아의 일운냥초관(一運糧草官) 양전(楊戩)이 냥식을 거ᄂᆞ려 오다가 즈아의 그져 녕 아리이시믈 보고 디경ᄒᆞ여 군ᄉᆞ로 ᄒᆞ여곰 즈아의게 알윈디 즈이 드러오라 ᄒᆞ거놀 양전이 드러가 녜를 맛고 왈,

"냥식 삼빅 셕을 임의 다 가져왓ᄂᆞ이다."

즈이 왈,

"만일 장군 곳 아니면 엇지 능히 이 냥식을 운전ᄒᆞ리오? 맛당이 큰 공이 이시리로다."

양전 왈,

"녕 우희 막은 즈는 뉘니잇고?"

즈이 왈,

"이는 삼산관 총병 공션이니 요슐을 힝ᄒᆞ여 황텬화(黃天化)를 죽이고 졔장을 무슈히 잡아갓ᄂᆞ니라."

양전 왈,

【31】 "너일 원슈 친히 진의 님ᄒᆞ여 쇼장의 공션 잡는 양을 보쇼셔."

즈이 왈,

"말디로 ᄒᆞ리라."

양전이 장의 ᄂᆞ려오더니 남궁괄(南宮适)·무길(武吉)이 양전다려 왈,

"공션이 이졔 황비호·나탁(哪吒)·뇌진즈(雷震子)·홍금(洪錦)·슝흑호·문빙·최영(崔英)·장웅(蔣雄)을 슬오잡고 황텬화를 죽이니 만뷔부당지용(萬夫不當之勇)이 잇ᄂᆞᆫ지라 장군은 삼가 디젹ᄒᆞ라."

양전 왈,

"니게 죵남산(終南山) 운즁즈(雲中子)의 조마경(照魔鏡)이 잇ᄉᆞ니 엇지 능히 이놈을 두리리오?"

ᄒᆞ고 이튼날 즈아를 쳥ᄒᆞ여 졔장으로 더브러 영의 나가 ᄊᆞ호즈 ᄒᆞ디 쇼졸이 급히 보ᄒᆞ니 공션이 일지 군마를 거ᄂᆞ리고 녕의 ᄂᆞ려와 디즐 왈,

"네 무고이 반ᄒᆞ여 요괴로온 말노 텬하 졔후를 다리고 망영되이 병을 니로혀 반격으로 더부러 한가지로 밍진(孟津)의 모도려 ᄒᆞ니 너 엇지 너를 노화보ᄂᆞ리오?"

양전이 가만이 조마경을 ᄂᆞ여 공션을 비최니 공션이 양전의 【32】 조마경 들믈 보고 디쇼

왈,

"양전아 네 조마경을 드러 나를 비최니 먼니셔는 즈셔치 아닐 거시니 만일 측훈 사나희여든 너 압히 비최라."

양전이 이 말을 듯고 말을 달녀 공션의 압히 와 거울을 들거놀 공션이 디로ᄒᆞ여 칼을 두로고 바로 양전의게로 다라드니 그 셰 모진 범 갓훈지라. 양전이 ᄯᅩ훈 삼쳡냥인도(三尖兩刃刀)를 드러 두 말이 셧거 ᄊᆞ화 삼십여 합은 ᄒᆞ디 승부를 결치 못ᄒᆞ여 마음의 혜오디 '니 조마경을 드러 미쳐 져놈의 본상을 보지 못ᄒᆞ고 ᄯᅩ 이긔지 못ᄒᆞ니 니 당당이 져놈을 죽이리라' ᄒᆞ고 한 텬견(天犬)을 노ᄒᆞ니 그 기 다라드러 공션을 믈녀ᄒᆞ더니 공션이 셰 급ᄒᆞ믈 보고 샐니 등 뒤흐로셔 흰 긔를 ᄂᆞ여 기를 가ᄅᆞ치니 기 능히 믈지 못ᄒᆞ여 다라나니 위회(衛護) 항마져(降魔杵)를 들고 다라드러 양전을 돕더니 공션이 등 【33】 뒤흐로셔 붉은 긔를 ᄂᆞ여 한 번 두로니 양전이 셰 니치 아니믈 보고 팔구원공슐(八九元功術)을 힝ᄒᆞ여 일도 금광이 되여 다라나거놀 위회 ᄯᅩ훈 졀구꼬를 바리고 본영으로 다라나니 니졍이 즈아의 뒤히 잇다가 디즐 왈,

"이 필뷔 엇지 감히 창궐ᄒᆞ여 도슐을 힝ᄒᆞᄂᆞ뇨?"

ᄒᆞ고 말을 맛츠며 화극(畫戟)을 들고 바로 공션의게 다라드러 ᄊᆞ화 십여 합은 ᄒᆞ여 니졍(李靖)이 삼십삼텬녕농금탑(三十三天玲瓏金塔)을 ᄂᆞ거놀 공션이 니졍의 금탑 ᄂᆞ믈 보고 혜오디 '이놈이 일졍 법슐이 잇도다' ᄒᆞ고 누른 긔를 ᄂᆞ여 한 번 두로니 금탑이 아모디로 간지 볼 슈 업고 니졍이 ᄯᅩ히 것구러지거놀 쇼졸노 ᄒᆞ여곰 미여 영으로 보ᄂᆞ니 금탁(金吒)·목탁(木吒)이 졔 부친 잡히믈 보고 디로ᄒᆞ여 크게 ᄭᅮ지즈디,

"이 필뷔 엇지 감히 니 부친을 샹히오뇨?"

ᄒᆞ고 각각 쌍검을 누로고 다라들거놀 공션이 칼 【34】을 드러 마즈 ᄊᆞ호더니 삼합이 못ᄒᆞ여 금탁이 둔뇽츈(遁龍椿)을 ᄂᆞ여 공션을 바라며 더지고 목탁은 오구검(吳鉤劍)을 ᄂᆞ여 공션을 치니 공션이 급히 붉은 긔를 ᄂᆞ여 한 번 두로니 두 보비 간디 업거놀 금탁·목탁이 샐니 돌쳐 다라나거놀 공션이 붉은 긔를 다시 두로니 두 장쉬 ᄯᅩ히 것구러져 잡힌 비 되니 즈이 여러 장쉬 잡히믈 보고 디로 즐왈,

"너 곤눈산의 이셔 도슐을 비화시니 엇지 조고만 공션을 두리리오?"

ᄒᆞ고 말을 맛츠며 보검을 두로고 ᄉᆞ불상(四不相)을 모라 다라드니 공션이 마ᄌ ᄊᆞ화 삼ᄉ 합이 못ᄒᆞ여 공션이 등 뒤흐로셔 프른 긔를 ᄂᆡ여 두로거늘 ᄌᆞ이 황망이 ᄒᆡᆼ황긔(杏黃旗)를 ᄂᆡ여 세 번을 년ᄒᆞ여 두르니 그 긔 화ᄒᆞ여 무슈ᄒᆞᆫ 년곳 퍼기²⁾ 되어 ᄌᆞ아의 몸을 다 둘너시니 이는 옥허궁(玉虛宮) 긔특ᄒᆞᆫ 보빈라. 공션의 프른 긔 엇지 능히 당ᄒᆞ리오? 공션이 더로【35】ᄒᆞ여 말을 노화 다라들거늘 ᄌᆞ아의 등 뒤희 등션옥(鄧嬋玉)이 잇다가 혜오디 '만일 이 ᄡᅵ의 공을 일우지 못ᄒᆞ면 어디 ᄡᅵ를 기다리리오' ᄒᆞ고 손의 오광셕(五光石)을 들고 가만이 달녀나와 공션을 바라며 한 번 쳐 졍히 낫출 맛치니 공션이 블의의 이 환을 만난지라 졍신이 황홀ᄒᆞ여 말을 두로혀 다라나고져 ᄒᆞ더니 뇽길공쥬(龍吉公主) 난비보검(鸞飛劍)을 두로고 다라드러 공션의 왼편 엇게를 치니 공션이 말긔 ᄹᅥ러지거늘 황텬상(黃天祥)이 크게 쇼리지르고 ᄂᆡ다르며 ᄭᅮ지져 왈,

"너 오늘날 이 필부를 죽여 형의 원슈를 갑흐리라."

ᄒᆞ고 다라들거늘 공션이 조고만 아희 오믈 보고 마음의 업슈이 너겨 날호여 믈너 거러가더니 황텬상이 압히 다ᄃᆞ라 한 창으로 공션의 올흔편 엇게를 지르니 공션이 ᄯᅩ 한 창을 맛고 겨유 다라나 영의 도라와 단약을 ᄂᆡ여 바르니 즉시 하리【36】니라.³⁾ 니졍·목탁·금탁 삼장을 동혀 후영의 두다.

ᄌᆞ이 징쳐 군을 거두어 영의 도라오니 양젼이 즁군의 잇거늘 ᄌᆞ이 디경ᄒᆞ여 황망이 문왈,

"졔장이 잡혀가디 장군이 혼ᄌ 다라나시니 무슴 슐을 쓰뇨?"

양젼 왈,

"뎨지 팔구원공변화를 ᄒᆡᆼᄒᆞ여 금광이 되여 다라나니이다."

ᄌᆞ이 졔장으로 더부러 졍히 의논ᄒᆞ더니 군졍시 드러와 보ᄒᆞ디,

"무왕(武王)이 후영의셔 원슈를 쳥ᄒᆞ여 일을 의논ᄒᆞ려 ᄒᆞ시ᄂᆞ이다."

ᄌᆞ이 후영의 드러가니 무왕 왈,

"니 드르니 원슈 년일 ᄊᆞ호디 능히 이긔지 못ᄒᆞ고 장슈를 만히 잡히다 ᄒᆞ니 원슈 졔장의 읏듬이 되여 뉵십만 ᄉᆡᆼ녕(生靈)이 다 원슈의 손의 달녓ᄂᆞ니 원슈 텬하 졔후의 광픽(狂悖)ᄒᆞᆫ 계규를 조ᄎ 한가지로 밍진의 모드려 ᄒᆞ더니 오늘날 이의 니르러 능히 나아가지 못ᄒᆞ고 즁장이 참혹ᄒᆞᆫ 익을 바드며 뉵십만【37】군ᄉᆡ 부모 쳐ᄌᆞ를 ᄯᅥ나 쥬야로 ᄊᆞ호니 근심ᄒᆞ미 극홀 거시오. 고(孤)로 ᄒᆞ여곰 먼니 슬하를 ᄯᆞ나 인ᄌᆞ의 일을 다ᄒᆞ지 못ᄒᆞ고 ᄯᅩ 션왕의 말을 져바려 군ᄉᆞ를 일오혀시니 이 ᄯᅩᄒᆞᆫ 못홀 일이라. 원슈 셜니 군을 도로혀 본토를 직희여 텬시를 가디리미 엇지 아롬답지 아니리오?"

ᄌᆞ이 왈,

"디왕의 말이 비록 올흐나 노신은 텬명을 어그릇칠가 두려ᄒᆞᄂᆞ이다."

무왕 왈,

"만일 텬명이라 니르면 이의 와셔 여러날 장슈를 만히 잡히고 군ᄉᆞ를 만히 죽이니 이 엇지 텬명이 순ᄒᆞ미리오?"

ᄌᆞ이 무왕의 말을 듯고 감히 디답지 못ᄒᆞ여 왈,

"삼가 명디로 ᄒᆞ리이다."

ᄒᆞ고 영의 나와 졔장을 분부 왈,

"오늘밤 삼경의 군ᄉᆞ를 믈닐 거시니 힝장(行裝)을 슈습ᄒᆞ라."

졔장이 녕을 듯고 믈너나다. ᄌᆞ이 홀노 장즁의 안ᄌ 삼경을 기다리더니 이경 ᄡᅵᄂᆞᆫ ᄒᆞ여 쇼졸【38】이 급히 드러와 보ᄒᆞ디,

"원문 밧긔 뉵압도인(陸壓道人)이 와 밧비 강원슈를 보와지라 ᄒᆞᄂᆞ이다."

ᄌᆞ이 원문의 나가 도인을 마ᄌ 장의 드러와 좌를 졍ᄒᆞ미 뉵압의 갓바ᄒᆞᄂᆞᆫ⁴⁾ 줄을 보고

---

2) 년곳 퍼기: 연꽃 포기.

3)【하리다】圖 낫다. ¶ 愈 ‖ 공션이 ᄯᅩ 한 창을 맛고 겨유 다라나 영의 도라와 단약을 ᄂᆡ여 바르니 즉시 하리니라 (孔宣不知, 左臂上中了一劍, 大叫一聲, 幾乎墮馬, 負痛敗進營來, 坐在帳中, 忙取丹藥敷之, 立時全愈.) <西周 18:35>

4)【갓바ᄒᆞ다】圖 가빠하다. 힘들어하다. ¶ ᄌᆞ이 원문의 나가 도인을 마ᄌ 장의 드러와 좌를 졍ᄒᆞ미 뉵압의 갓바ᄒᆞᄂᆞᆫ 줄을 보고 () <西周 18:38>

문왈,

"도형이 무슴 일노 이리 갓바ᄒᆞᄂᆞ뇨?"

늇압 왈,

"니 드르니 원쉬 군을 도로혀련다 ᄒᆞ니 빈
되 급히 와 말니노라. 병을 도로혀미 가치 아닌
일이 두가지니 하나흔 텬쉬 졍ᄒᆞ엿거늘 이졔 군
을 프러 도라가면 반듯시 텬앙(天殃)을 바들 거
시오 둘흔 졔장이 만히 잡혓거늘 바리고 도라가
면 횡ᄉᆞ(橫死)의 익을 바드리니 엇지 잔잉(殘忍)
치 아니리오?"

즈인 이 말을 듯고 즉시 삼군을 젼녕(傳
令)ᄒᆞ여 도로 영을 셰오고 회병(回兵)치 아니ᄒᆞ
니 무왕이 이 말을 듯고 황망이 장의 나와 그
연고롤 뭇거눌 늇압 왈,

"디왕이 텬의롤 아지 못ᄒᆞ시ᄂᆞᆫ도다. 텬명
이 임의 졍ᄒᆞ엿거늘 만일 병을 믈니면 【39】 텬
화(天禍)롤 바들 ᄲᅮᆫ 아니라 술오잡힌 장슈롤 다
시 살올 길이 업ᄉᆞ니 엇지 가ᄒᆞ리오?"

무왕이 이 말을 듯고 감히 답ᄒᆞᆯ 말이 업셔
후영으로 드러가거놀 이튼날 즈인 늇압으로 더
브러 장의 잇셔 공션 잡을 계규롤 의논ᄒᆞ더니
쇼졸이 보ᄒᆞ디,

"공션이 원문의 와 ᄊᆞ호즈 ᄒᆞᄂᆡ이다."

늇압이 나아와 갈오디,

"빈되 한 번 가 공션을 잡아오리이다."

ᄒᆞ고 원문의 나가 공션을 보고 문왈,

"장군이 아니 공션인다?"

션이 답왈,

"니 긔로라."

늇압 왈,

"족히 님의 디장이 되여 엇지 텬시와 인ᄉᆞ
롤 아지 못ᄒᆞᄂᆞ뇨? 이졔 쥬왕이 무도ᄒᆞ여 텬히
한가지로 독부롤 치니 족히 엇지 홀노 텬명을
슌치 아니ᄒᆞᄂᆞ뇨? 쥐 멸ᄒᆞᄂᆞᆫ 날이면 옥셕을 분
변치 못ᄒᆞ리니 엇지 홀노 장군을 남기리오? 만
일 니 말을 듯지 아니면 반듯시 후회ᄒᆞ미 잇시
리라."

공션이 쇼왈,

"필뷔 무슴 텬시 【40】 와 인ᄉᆞ롤 아는 체
ᄒᆞ고 감히 큰 말을 니ᄂᆞ뇨?"

ᄒᆞ고 말을 맛츠며 칼을 두로고 다라들거놀 늇압

이 보검을 드러 ᄊᆞ화 오류합이 못ᄒᆞ여 늇압이
등 뒤흐로셔 호로 하나흘 너여 도슐을 힝코져
ᄒᆞ더니 공션이 누론 긔롤 너여 세 번을 년ᄒᆞ여
두로니 누론 긔운이 ᄉᆞ면의 즈옥이 펴지거눌 늇
압히 상홀가 두려 무지게 되여 다라나 영의 도
라와 즈아다려 왈,

"과연 그놈의 도슐이 극히 디젹이 어려오
니 겨유 도라왓ᄂᆞ이다."

즈인 민망히 너겨 졍히 근심ᄒᆞ더니 공션이
늇압을 니긔고 쇼리질너 왈,

"강상(姜尙)과 말ᄒᆞ즈."

ᄒᆞ니 쇼졸이 드러와 보ᄒᆞ디 즈인 감히 나가지
못ᄒᆞ여 졔장을 모도고 의논ᄒᆞ더니 공션이 ᄯᅩ 쇼
리질너 ᄭᅮ지즈디,

"강상이 비록 원슈의 일홈이 이시나 원슈
의 도리롤 힝치 못ᄒᆞᄂᆞᆫ도다. 창검을 무셔워 감
히 여허보도 못ᄒᆞ니 엇 【41】 지 디장부의 홀 비
리오?"

ᄒᆞ고 원문의 셔셔 슈욕을 무슈히 ᄒᆞ거눌 즈인
디젹고즈 ᄒᆞ더니 졔이운 독냥관 토힝손(土行孫)
이 냥식을 거느려오다가 공션의 슈욕ᄒᆞᆷ을 보고
디로ᄒᆞ여 디즐 왈,

"이 필뷔 감히 우리 원슈 욕ᄒᆞᄂᆞ뇨?"

ᄒᆞ고 다라들거눌 공션이 토힝손을 보니 킈 삼척
이 못ᄒᆞ고 조고만 아희라 디쇼 왈,

"이 아희 엇지 졋도 아니먹고 예 와 날과
ᄊᆞ호고져 ᄒᆞᄂᆞ뇨?"

힝손이 답지 아니코 쇠막디롤 메고 다라드
러 말 발아리로 니다르며 ᄊᆞ호니 공션이 황망이
굽어 ᄊᆞ호너니 ᄉᆞ오합은 ᄒᆞ미 힝손이 몸이 작은
지라 말 삿츠로[5] 니다라 쇠막디로 어즈러이 치
니 공션이 킈 큰 말을 탓고 힝손은 킈 작은디
거럿시니 굽어 ᄊᆞ호기 졍신이 빈나 ᄒᆞ더라. 공
션이 왼몸의 ᄯᆞᆷ이 흘너 헤지ᄅᆞ거눌 토힝손이 ᄲᅱ
여 니다라 왈,

"네가 말을 타시니 둘이 다 ᄊᆞ홈이 편당

---

5) 【삿츠】 圐 사타구니. ¶ 힝손이 몸이 작은지라
말 삿츳로 니다라 쇠막디로 어ᄉᆞ니이 치니 공션
이 킈 큰 말을 탓고 힝손은 킈 작은디 거럿시니
굽어 ᄊᆞ호기 졍신이 빈나 ᄒᆞ더라 (土行孫也不答
話, 滾到孔宣的馬足下來擧棍就打, 孔宣輪刀來架.
土行孫身子伶俐, 左右竄跳三五合, 孔宣甚是費力.)
<西周 18:41>

치6) 아 【42】 니ᄒ니 네 말고 나리라."

공션이 이 말을 듯고 마음의 혜오디 '이 필뷔 조고만 아희라 무어시 두려오리오?' 말긔 나려 칼을 두로고 다라들거늘 토힝손이 쇠막디롤 드러 마즈 싼호니 그 셰 범이 뫼히셔 낡쒸는 듯ᄒ더라. 원문 직희엿던 관원이 급히 드러가 보ᄒ디,

"졔이운(第二運) 독냥관(督糧官) 토힝손이 냥식을 거느려오다가 공션을 만나 싼호ᄂ이다."

즈이 냥식을 일흘가 두려 즉시 등션옥(鄧嬋玉)을 블너 왈,

"네 원문의 나가 토힝손을 도와 공션을 잡으라."

션옥이 녕을 듯고 원문의 나가 보니 토힝손은 거러 싼호미 본디 익고7) 공션은 말타 싼호기의 익거늘 거러 싼호니 손을 밋쳐 놀니지 못ᄒ여 것치쳐 ᄯᅡ히 업더지거늘 힝손이 쇠막디로 등을 치니 공션이 알프믈 견디지 못ᄒ여 밧비 니러나 등 뒤히 누른 긔롤 너거늘 토힝손이 혜오디 '이놈이 일졍 괴이ᄒ 도슐 【43】 이 잇도다' ᄒ고 디힝슐(地行術)을 써 남모로게 반공의 오르니 공션이 힝손을 일코 어즐ᄒ여 ᄯᅡ히 셧거늘 등션옥이 손의 돌을 들고 다라오며 쇼리질너 왈,

"이 도젹놈아 너게 한 돌을 마즈보라." ᄒ고 공션을 바라며 쳐 졍히 니ᄲᅵ룰 맛치니 니 둘히 부러지거늘 공션이 두 손으로 낫츨 싸고 거러 다라나거늘 션옥이 쏘 이 ᄶᅵ룰 인ᄒ여 한 돌을 더져 꼭뒤롤8) 맛치니 공션이 쇼리지르

---

6) 【편당ᄒ다】 톙 {편당(便當)하다.} 편리하다. ¶ 네가 말을 타시니 둘이 다 싼홈이 편당치 아니 ᄒ니 네 말긔 나리라 (你在馬上不好交兵, 你下 馬來, 與你見個彼此, 吾定要拿你, 方知吾的手段!) <西周 18:41>

7) 【익다】 톙 익숙하다. ¶ 慣∥ 토힝손은 거러 싼 호미 본디 익고 공션은 말타 싼호기의 익거늘 거러 싼호니 손을 밋쳐 놀니지 못ᄒ여 것치쳐 ᄯᅡ히 업더지거늘 (土行孫與孔宣步戰, 大抵土行 孫是步戰慣了的. 孔宣原是馬上將官, 下來步戰, 斬折甚是不疾, 反被土行孫打了幾下.) <西周 18:42>

8) 【꼭뒤】 톙 꼭뒤. 뒤통수. ¶ 後頸∥ 션옥이 쏘 이 ᄶᅵ룰 인ᄒ여 한 돌을 더져 꼭뒤롤 맛치니 공 션이 쇼리지르고 겨유 영으로 다라들거늘 (嬋玉 乘機又是一石, 正中後頸, 着實帶了重傷, 逃回行 營.) <西周 18:43>

고 겨유 영으로 다라들거늘 토힝손의 부쳬(夫 妻) 영의 도라와 즈아롤 보고 이런 일을 알왼디 즈이 디희ᄒ여 공을 하례ᄒ더라.

공션이 영의 도라와 단약을 너여 샹ᄒ디 바르니 하로밤 스이의 하리거늘 말게 올나 쥬영의 와 싼호즈ᄒ거늘 등션옥이 나가믈 쳥ᄒ디 즈 이 왈,

"가치 아니타. 그디 어졔 공션을 쳐 맛쳐 시니 반ᄃ시 이 보슈(報仇)롤 ᄒ려 홀 거시니 가면 니치 아니리라."

ᄒ고 쇼졸노 ᄒ 【44】 여곰 공션다려 왈,

"오늘은 연괴(緣故) 이시니 너와 싼호지 못 ᄒ노라."

공션이 져무도록 싼홈을 도도다가 어둡게 야 도라가거늘 즈이 계쟝으로 더브러 영의 나가 두로 형셰롤 보더니 쇼졸이 보ᄒ디,

"연등도인(燃燈道人)이 오신다." ᄒ거늘 즈이 황망이 마즈 쟝의 올나 녜필(禮畢) 좌졍ᄒ미 즈이 공션의 일을 즈시 니론디 연등 왈,

"니 오늘 오믄 공션을 파ᄒ려 ᄒ미라."

즈이 연등으로 더부러 한디셔 즈고 이튼날 치 붉지 아냐 공션이 쏘 와 싼호즈 ᄒ거늘 연등 이 즈아다려 왈,

"니 오늘날 이 도젹을 잡을 거시니 원슈는 근심말나."

ᄒ고 영의 나아가니 공션이 연등도인인 줄 아라 보고 디로 왈,

"니 드르니 너는 쳥졍ᄒ 도인이라 ᄒ더니 엇지 홍진의 와 병잉(兵刃)의 화롤 밧고져 ᄒᄂ뇨?"

연등 왈,

"네 임의 나의 쳥졍ᄒ 도신 줄 알면 일즉 항복ᄒ여 명쥬롤 도와 오관의 나아가 독부 【4 5】 롤 치지 아니ᄒᄂ뇨?"

공션이 쏘 우어 왈,

"너는 한 조고만 도인이라 므슴 긔특ᄒ 도 슐이 잇스리오?"

연등 왈,

"너는 텬명을 모로는 도젹이라 엇지 능히 나롤 업슈이 너기ᄂ뇨?"

공션 왈,

"네 요괴로온 말을 ᄒ여 스희롤 요란케 ᄒ며 감히 큰 말을 ᄒᄂᆫ다?"

연등이 쇼왈,

"이 업츅아 나아와 니 보검을 한 번 마즈라."

공션이 디로ᄒ여 칼을 두로고 다라들거눌 연등이 보검을 둘너 마즈 ᄡ화 이삼합이 못ᄒ여 연등이 졍희쥬(定海珠)[구슬 일홈] 스믈 네홀 너여 공션을 치니 공션이 황망이 누론 긔롤 너여 한 번 두로니 뎡희쥐 아모디로 간 줄을 모롤지라. 연등이 디경ᄒ여 즈금(紫金) 바리롤 너여 더지니 ᄯ 간디 업거눌 연등이 크게 쇼리질너 왈,

"뎨즈는 어디 잇ᄂᆫ뇨?"

언미필의 디풍이 니러나며 디봉시 하나히 공즁으로셔 나라오거눌 공션이 디봉의 오믈 보고 【46】 붉은 긔롤 너여 두르니 디봉이 ᄯ히 나려지거눌 연등이 상ᄒᆯ가 두려 즉시 일도 금광이 되여 다라나 영의 도라와 즈아롤 보고 피ᄒᆫ 연유롤 일일히 니르디 즈인 졍히 근심ᄒ더니 디봉이 조ᄎ와 뵈거눌 연등 왈,

"공션이 무어시 졍녕이러뇨?"

디봉이 디왈,

"졔지 공즁의셔 보니 공션이 두 겨드랑 아리 날기 이시니 필연 즘셩의 졍녕이러이다."

연등이 즈아로 더브러 의논ᄒ더니 쇼졸이 보ᄒ디,

"원문의 한 도인이 와셔 원슈롤 보와지라 ᄒᄂᆫ이다."

즈인 연등으로 더부러 원문의 나와 도인을 마즈니 그 도인이 ᄡ상토 우희 두 ᄭᅩᆾ사시롤 ᄭᅩᆺ고 낫치 누르고 몸이 여외더라. 마즈 드러와 녜필의 연등이 문왈,

"도형이 어니 곳으로조ᄎ 오뇨?"

도인 왈,

"빈되 셔방의 잇더니 공션이 텬명을 항거ᄒ믈 듯고 특별이 와 【47】 도으려 ᄒᄂᆫ이다."

연등이 문왈,

"빈되 드르니 셔방 극낙셰계의 긔특ᄒᆫ 도시 만타 ᄒ더 한 번도 만나지 못ᄒ엿더니 오늘날 도형을 만나니 셩명을 무어시라 ᄒᄂᆫ뇨?"

도인이 답왈,

"빈도는 쥰졔도인(準提道人)이라. 젼의 광셩즈(廣成子)의게 쳥년보ᄉᆨ긔(靑蓮寶色旗)롤 빌녀 은교(殷郊)롤 잡앗더니 이졔 ᄯ 공션이 우리 셔방의 인연이 잇스니 잡아가 도롤 가르치고져 ᄒᄂᆫ이다."

연등이 디희ᄒ여 왈,

"만일 공션을 잡으면 무왕이 동으로 나아가기 더디지 아닐가 ᄒᄂᆫ이다."

쥰졔도인 왈,

"공션 잡는 양을 보라."

ᄒ고 영의 나가 ᄡ호즈 ᄒ디 공션이 갑쥬롤 갓초고 영의 나와 보니 한 도인이 숀의 ᄭᅩᆾ가지롤 들고 셧거눌 쇼리질너 왈,

"도인의 셩명을 무어시라 ᄒᄂᆫ뇨?"

9)▶쥰졔도인 왈,

"나는 셔방도인이러니 너과 인연이 잇ᄂᆫ지라 이졔 널노 더브러 셔방 극낙셰계 칠보님하(七寶林下)의 가 큰 법을 강논코 【48】 져 ᄒᄂ니 엇지 괴로이 이의셔 ᄡ호리오?"

공션이 쇼왈,

"이 좀도인이 망녕된 말을 ᄒ여 나롤 달니려ᄒᄂᆫ다?"

ᄒ고 칼홀 두로고 다라들거눌 쥰졔도인이 칠보 ᄭᅩᆾ가지롤 드러 한 번 두로니 그 칼이 간디 업거눌 공션이 디경ᄒ여 금편(金鞭)을 너여 도인을 치거눌 도인이 ᄯ ᄭᅩᆾ가지롤 드러 한 번 두로니 ᄯ 금편이 간디 업거눌 공션이 황망이 등 뒤히 붉은 긔롤 너여 두로거눌 연등이 원문의 잇다가 공션의 긔 너믈 보고 쇼리질너 왈,

"도형은 공션의 간ᄉᆞᄒᆫ 도슐을 슬펴 방비ᄒ라."

쥰졔도인이 붉은 긔운이 펴져 오믈 보고 몸을 흔드러 번ᄒ여 마흔 여덟 팔의 스믈 네 머리 가진 사롬이 되여 ᄆᆺ숀으로 허리 아리로셔 한 노홀 너여 공션을 미야 ᄯᅡ히 지우고 쇼리질너 왈,

"도우는 ᄲᆞᆯ니 본상을 니라."

말이 맛지 못ᄒ여 공 【49】 션이 큰 공작

---

9) ▶: 여기서부터는 원문 제71회 '姜子牙三路分兵'의 내용에 들어감.

(孔雀)이 되거눌 쥰졔도인이 그 공작을 타고 녕
의 나려와 즈아다려 왈,

"빈되 이졔 공션을 잡아시니 하직고 도라
가ᄂ이다."

즈이 왈,

"도형이 큰 법을 힝ᄒ여 공션을 잡아시나
우리 졔장을 구치 아니려 ᄒ시ᄂ닛고?"

쥰졔도인이 공션다려 왈,

"도위 오늘 임의 졍과(正果)의 도라오니 맛
당이 즈아의 졔장을 다 노ᄒ라."

공작 왈,

"즈아의 졔장이 다 니 큰 영의 잇ᄂ지라
가 구ᄒ라."

쥰졔 즈아다려 왈,

"원슈의 졔장이 다 영의 잇다 ᄒ니 가 구
ᄒ라."

ᄒ고 공작을 타고 셔방으로 가니라.

71

강즈아삼노분병(姜子牙三路分兵)

쥰졔도인(準提道人)이 공작을 타고 셔방으로 가거눌 즈이(子牙) 졔장을 거느리고 공션(孔宣)의 큰 영의 올나가니 은병(殷兵)이 일시의 항복ᄒ거눌 즈이 후영의 드러가 졔장을 글너 노하 영의 도라오니 슝흑희(崇黑虎) 즈아의게 하직고 【50】 본부 인마롤 거느리고 슝셩(崇城)으로 도라가니 연등(燃燈)과 뉵압(陸壓)이 쏘ᄒ 즈아의게 하직ᄒ고 가각 뵈ᄒ로 도라가다.

양젼(楊戩)이 즈아의게 알외디,

"냥식이 밋지 못ᄒ게 ᄒ엿스니 지쵹ᄒ라 가ᄂ이다."

ᄒ고 셔기로 가거눌 즈이 나탁(哪吒)으로 졍션봉을 ᄒ이고 남궁괄(南宮适)노 후초롤 구응ᄒ여 나아갈시 디병이 금계령(金鷄嶺)을 넘어 여러날 만의 ᄉ슈관(氾水關)의 니르러 영치롤 셰우니 ᄉ슈관 총병 한영(韓榮)이 공션의 피ᄒ믈 듯고 즈아의 션봉 왓시믈 보고 즁장을 거느려 영의 나가 쥬영(周營)을 보니 창검이 밀밀(密密)ᄒ고 살긔등등ᄒ디 구궁팔과진(九宮八卦陣)을 비셜ᄒ엿시니 긔치 다 홍긔(紅旗)러라. 한영이 마을의

도라와 급히 치관(差官)을 졍ᄒ여 조가의 고급(告急)ᄒ고 일변으로 즁장을 명ᄒ여 슈셩홀 긔구롤 찰혀 예비ᄒ라 ᄒ다.

졍션봉 나탁이 나아와 즈【51】아의게 픔왈,

"우리 병이 먼니셔 왓시니 이긔미 샌ᄅ미 잇거눌 이졔 군시 머므런지 이틀이로디 ᄊ호지 아니믄 엇지니잇고?"

즈이 왈,

"가치 아니타. 군시 먼니셔 왓거눌 쉬지 아니ᄒ고 섈니 ᄊ화ᄂᆫ 반ᄃ시 니긔지 못홀 거시오. 비록 이긔나 능히 나아가지 못ᄒ리니 가히 셔 군스롤 셰히 난화 삼노로 치미 맛당타."

ᄒ고 황비호(黃飛虎)와 홍금(洪錦)을 블너 왈,

"두 장군이 군스롤 난화 하나흔 가몽관(佳夢關)을 치고 하나흔 쳥뇽관(靑龍關)을 치라."

냥장 왈,

"삼가 명디로 ᄒ리이다."

즈이 져비 둘홀 민ᄃ라 탁즈 우희 노코 황비호·홍금이 하나식 잡으니 황비호ᄂᆫ 쳥뇽관을 잡고 홍금은 가몽관을 잡거눌 즈이 장슈롤 잡아 셔로 난화 가니 황비호ᄂᆫ 등구공(鄧九公)·황명(黃明)·쥬긔(周紀)·뇽환(龍環)·오겸(吳謙)·황비표(黃飛豹)·황비퓨(黃飛彪)·황텬작(黃天爵)·황텬상(黃天祥)·티란(太鸞)·등슈(鄧秀)·조승(趙升)·손 【52】 염홍(孫焰紅)과 십만 인마롤 거느려 쳥뇽관으로 나아가고 홍금은 계강(季康)·남궁괄·쇼획(蘇護)·쇼젼츙(蘇全忠)·신면(辛免)·티젼(太顚)·굉요(閎夭)·긔공(祁恭)·윤젹(尹籍)과 십만 인마롤 거느려 가몽관으로 나아가게 ᄒ니 두 장쉬 즈아의게 하직ᄒ고 각가 군스롤 거느려 길시 홍금이 인마롤 휘동(揮動)ᄒ여 즁슈(重水)·현부쥬(縣府州)롤 지나더니 가몽관의 니르러 군시 드러와 보ᄒ디,

"젼군(前軍)이 관 앞픠 니르럿ᄂ이다."

홍금이 젼녕(傳令)ᄒ여 영치롤 셰우고 졔장다려 왈,

"군법의 ᄒ여시디 '군시 빅니롤 힝ᄒ면 ᄊ호지 아냐셔 스스로 피폐ᄒ다'[1] ᄒ니 오늘은 가히 ᄊ호지 못홀 거시니 뉘일 뉘가 본져 나아가 이 관을 파홀고?"

---

1) 군시 빅니롤 힝ᄒ면 ᄊ호지 아냐셔 스스로 피폐ᄒ다: 兵行百里, 不成自疲.

계강이 응셩 왈,

"쇼장이 원컨더 가리이다."

ᄒ고 이튼날 말게 올나 관 아러 니르러 ᄊᆞ호ᄌ ᄒᆞ더 가몽관 쥬장(主將) 호승(胡升)이 아ᄋ2) 호뢰(胡雷)와 졔장으로 더부러 일을 【53】 의논ᄒ더니 쇼졸이 보ᄒᆞ더,

"셩 밧긔 한 장쉬 와 ᄊᆞ호ᄌ ᄒᆞᄂ이다."

호승이 좌우를 도라보와 왈,

"뉘 능히 이 도젹을 잡으리오?"

셔곤(徐坤)이 응셩 왈,

"쇼장이 원컨더 가리이다."

ᄒ고 갑쥬를 장속(裝束)ᄒ고 셩의 나가니 계강이 셔곤의 나오믈 보고 쇼리질너 왈,

"이졔 텬히 다 쥬(周)의 도라왓거늘 네 홀노 항복지 아니ᄒ고 감히 텬명을 항거ᄒᆞᄂᆞᆫ다? 샐니 항복ᄒᆞ여 죽으믈 면ᄒ라."

셔곤이 디로 즐왈,

"반젹(反賊)이 나라 갑홀 줄을 싱각지 아니코 반젹의게 항복ᄒᆞ여 살기를 구ᄒ니 엇지 더럽지 아니리오?"

말을 맛츠며 창을 두로고 다라들거늘 계강이 칼을 드러 마ᄌ ᄊᆞ화 오십여 합은 ᄒᆞ여 계강이 거즛 다라난디 셔곤이 ᄯᆞ라오거늘 계강이 가만이 진언을 넘ᄒ니 쓱뒤 우흐로셔 검은 긔운이 니러나고 긔운 속의 큰 긔 하나히 【54】 니다라 셔곤을 무러 말긔 나리치니 계강이 칼을 드러 셔곤의 머리를 버히고 영으로 도라가거늘 셔곤의 퓌군이 관의 드러가 호승의게 알외더,

"셔장군이 젹군 간ᄉᆞ흔 계규의 ᄲᅥ져 히를 닙거이다."

호승이 디경ᄒ여 졍히 즁장으로 더부러 계규를 의논ᄒ더니 쇼졸이 ᄯᅩ 보ᄒᆞ더,

"셩 밧긔 장쉬 ᄯᅩ 와 ᄊᆞ호ᄌ ᄒᆞᄂ이다."

호운붕(胡雲鵬)이 니다라 왈,

"쇼장이 원컨더 이 도젹을 잡아오리이다."

ᄒ고 도치를 메고 말긔 올나 셩의 나가 왓ᄂᆞᆫ 장쉬를 보니 이ᄂᆞᆫ 쇼젼츙이라. 호운붕이 즐왈,

"이 반젹이 나라 은혜란 싱각지 아니ᄒ고 도젹의게 항복ᄒᆞ여 작녹을 바드니 이졔 네 누의3) 깁혼 궁의 잇셔 황후의 위(位)를 누리니 비록 텬하 졔휘 다 반ᄒᆞ나 너ᄂᆞᆫ 국쳑이라 엇지 조ᄎᆞ 반ᄒ리오? 샐니 믈너가고 네 아뷔를 브르라."

【55】 젼츙이 디로ᄒᆞ여 창을 두로고 다라들거늘 호운붕이 도치를 두로고 마ᄌ ᄊᆞ화 삼ᄉᆞ십 합의 호운붕이 엇지 능히 젼츙을 디젹ᄒ리오? 말을 두로혀 다라나거늘 젼츙이 ᄯᆞ라가며 크게 쇼리질너 왈,

"호운붕은 닷지 말나."

ᄒ고 말을 맛츠며 창을 드러 운붕을 질너 말긔 나리치고 머리를 버혀 영의 도라와 홍금을 본디 홍금이 디희 왈,

"만일 장군의 큰 지조 곳 아니면 엇지 이 도젹을 죽이리오?"

ᄒ고 공을 하례ᄒ더라. 호운붕의 퓌군이 도라가 호승의게 알외더,

"호장군이 퓌ᄒᆞ여 진(陣)의셔 죽거이다."

승(升)이 이 말을 듯고 더옥 즐겨 아냐 그 아ᄋ 호뢰다려 왈,

"이졔 두 진이 년ᄒᆞ여 퓌ᄒ고 두 장쉬 큰 환을 닙어시니 텬명을 가히 알지라. ᄒᆞ믈며 텬히 다 쥬의 도라갓시니 우리 쥬의 항복ᄒᆞ여 텬시를 슌ᄒ고 ᄯᅩ 호걸의 일홈을 일치 아니리【56】라."

호뢰 왈,

"형장의 말이 그르다. 우리 나라 은혜를 밧ᄌᆞ와 벼슬이 총병의 니르니 종샤(宗社) 바야흐로 위티흔 쩌의 은혜란 갑지 아니ᄒ고 도로혀 도젹의게 항복ᄒᆞ여 살기를 구ᄒ려ᄒ니 이 엇지 인신의 도리리오? 형장이 굿ᄒᆞ여4) 항복고져 ᄒ

---

2) 【아ᄋ /아이】 團 아우. 동생. ¶ 이튼날 말게 올나 관 아러 니르러 ᄊᆞ호ᄌ ᄒᆞ더 가몽관 쥬장 호승이 아ᄋ 호뢰와 졔장으로 더부러 일을 의논ᄒ더니 (季康次日上馬提刀至關下搦戰. 佳夢關主將 胡升・胡雷・徐坤・胡雲鵬正議退兵.)＜西周 18:52＞ 弟∥ 아이 니 말을 듯지 아니ᄒ고 나가더니 니런 참혹흔 화를 만나시니 니 외로온 병이 엇지 쥬병을 당ᄒ리오? 일즉 쥬의 항복ᄒᆞ여 일군 셩녕의 도탄을 구ᄒ리라 (吾弟不聽吾言, 故有喪身之危. 料成湯文武不足鎭服天下諸侯.)＜西周 18:60＞

3) 【누의】 團 누이. ¶ 姐姐∥ 이졔 네 누의 깁혼 궁의 잇셔 황후의 위를 누리니 비록 텬하 졔휘 다 반ᄒᆞ나 너ᄂᆞᆫ 국쳑이라 엇지 조ᄎᆞ 반ᄒ리오? (你姐姐是朝陽寵後, 這等忘本!)＜西周 18:55＞

면 쇼뎨ᄂᆞᆫ 결연이 좃지 못ᄒᆞ리로다!"

호승이 답ᄒᆞᆯ 말이 업셔 묵연무에(默然無語)어ᄂᆞᆯ 호뢰 우왈,

"쇼뎨 ᄂᆡ일 맛당이 이 도젹을 잡아 큰 공을 일우리이다."

ᄒᆞ고 이튼날 말긔 올나 큰 칼을 빗기고 관의 나쥬영 알픠 니르러 ᄊᆞ호ᄌᆞ ᄒᆞᆫ더 쇼졸이 드러가 보ᄒᆞ니 남궁괄이 나가믈 쳥ᄒᆞ거ᄂᆞᆯ 홍금이 허ᄒᆞ니 남궁괄이 진의 나오거ᄂᆞᆯ 호뢰 남궁괄의 오믈 보고 쇼리질너 왈,

"이 도젹이 오늘날 ᄂᆡ 손의 죽고져 ᄒᆞᄂᆞᆫ다?"

남궁괄 왈,

"너ᄂᆞᆫ 엇던 필뷔완더 감히 나ᄅᆞᆯ 슈욕ᄒᆞᄂᆞᆫ다?"

호뢰 왈,

"네 만일 【57】 디장부여든 네 칼을 나아와 마ᄌᆞ라."

괄이 디로ᄒᆞ여 칼을 두로고 다라드러 두 말이 셧거 ᄊᆞ화 삼십여 합은 ᄒᆞ여 호뢰 칼을 노코 도슐을 힝코져 ᄒᆞ거ᄂᆞᆯ 괄이 말을 두로혀 다라나니 호뢰 ᄯᆞ로거ᄂᆞᆯ 괄이 블의의 돌쳐 호뢰의 목을 베 치니 두 조각의 나 ᄯᅡ히 나려지거ᄂᆞᆯ 남궁괄이 졍히 도라오고져 ᄒᆞ더니 호뢰의 목이 도로 몸의 니어 넓더나 쇼리지르더,

"네 너 긔특ᄒᆞᆫ 슐을 아지 못ᄒᆞ고 감히 나ᄅᆞᆯ 히ᄒᆞᄂᆞᆫ다?"

괄이 디경ᄒᆞ여 다시 ᄊᆞ화 삼합이 못ᄒᆞ여 괄이 칼을 노코 말 우희셔 팔을 늘히여 호뢰ᄅᆞᆯ 슬오잡아 온더 잔병이 다 다라나거ᄂᆞᆯ 괄이 일진을 크게 니긔고 영의 도라와 홍금을 보고 호뢰 잡은 일을 일일이 니ᄅᆞᆫ더 홍금이 디희ᄒᆞ여 호뢰ᄅᆞᆯ 미러 장 알픠 니ᄅᆞ니 호뢰 셔셔 ᄭᅮ지 아니커ᄂᆞᆯ 홍금 왈,

"네 임의 잡혓거ᄂᆞᆯ 【58】 엇지 항거ᄒᆞᄂᆞ뇨?"

호뢰 디즐 왈,

"반국 역젹은 나라 큰 은혜롤 닛고 도젹을 도으니 진짓 긔 무리라. 너 네 고기ᄅᆞᆯ 먹지 못

ᄒᆞ믈 한ᄒᆞ거든 엇지 필부의게 무릅흘 ᄭᅮ러 만셰의 더러온 일홈을 바드리오? 너 그룻 네게 잡혀시나 츙심은 곳치지 아니ᄒᆞ리니 ᄲᆞᆯ니 죽을 ᄯᆞᄅᆞᆷ이라 무ᄉᆞᆷ 말을 ᄒᆞ리오?"

홍금이 디로ᄒᆞ여 좌우롤 ᄭᅮ지져 ᄭᅳ어ᄂᆡ여 버히라 ᄒᆞ니 졔장이 녕을 듯고 일시의 니다라 호뢰롤 ᄭᅳ어ᄂᆡ여 머리롤 버혀 삼군을 호령ᄒᆞ니라. 홍금과 남궁괄이 졔장으로 더부러 슐을 먹으며 공을 하례ᄒᆞ더니 쇼졸이 보ᄒᆞ더,

"호뢰 ᄯᅩ 와 ᄊᆞ호ᄌᆞ ᄒᆞᄂᆞ이다."

홍금이 디로 즐왈,

"쇼졸이 엇지 감히 거즛말노 장슈롤 긔롱(譏弄)ᄒᆞᄂᆞ뇨?"

ᄒᆞ고 좌우롤 ᄭᅮ지져 왈,

"이 쇼졸이 군법을 범ᄒᆞ여시니 ᄲᆞᆯ니 버혀 군법을 졍히 ᄒᆞ라."

군시 쇼졸을 ᄭᅳ어ᄂᆡ 【59】 여 가니 그 쇼졸이 크게 웨여 왈,

"원민(冤悶)ᄒᆞ여이다."

ᄒᆞ거ᄂᆞᆯ 홍금이 도로 블너 왈,

"네 임의 군법을 범ᄒᆞ여시니 법의 맛당이 쥬ᄒᆞᆯ 거시라 엇지 원민ᄒᆞ여라 ᄒᆞᄂᆞᆫ다?"

쇼졸 왈,

"노얘 만일 쇼졸을 밋지 아니시거든 장슈로 ᄒᆞ여곰 나가보라 ᄒᆞ쇼셔. 엇지 감히 거즛말노 노야롤 속이리잇고?"

남궁괄이 갈오더,

"져 쇼졸이 일졍 거즛말인 쥴 아지 못ᄒᆞᆯ지라. 호뢰 도슐을 잘ᄒᆞ니 쇼장이 영의 나가 허실을 알아오거든 죽이미 늦지 아니니이다."

홍금이 허ᄒᆞ거ᄂᆞᆯ 남궁괄이 말긔 올나 나아가 보니 과연 호뢰 칼을 두로고 영 밧긔 셧거ᄂᆞᆯ 남궁괄이 디즐 왈,

"요괴로온 노젹이 엇지 삼히 요슐을 힝ᄒᆞ여 나ᄅᆞᆯ 속이뇨?"

말을 맛츠며 칼을 두로고 다라드니 호뢰 마ᄌᆞ ᄊᆞ화 삼십합은 ᄒᆞ여 남궁괄이 마상의셔 호뢰롤 슬오 【60】 잡아 영의 도라와 홍금을 뵌더 홍금이 디경ᄒᆞ여 즉시 그 쇼졸을 노코 호뢰롤 잡아 즁군의 드려오고 후영의 가 농길공쥬롤 쳥ᄒᆞ니 공쥐 장의 나와 홍금다려 문왈,

<hr>

4) 【굿ᄒᆞ여】 ㊀ 구태여. 굳이. ¶ 형장이 굿ᄒᆞ여 항복고져 ᄒᆞ면 쇼뎨ᄂᆞᆫ 결연이 좃지 못ᄒᆞ리로다 (長兄切不可提此傷風敗俗之言!) <西周 18:56>

"무슴 일노 쳡을 쳥ᄒ시ᄂ뇨?"

홍금이 니로ᄃ,

"호뢰 요슐을 힝ᄒ여 죽엇다가 술기롤 두 번을 ᄒ니 능히 죽일 길이 업ᄂ지라. 니러므로 공쥬롤 쳥ᄒ여 계규롤 의논ᄒ려 ᄒᄂ이다."

공쥬 쇼왈,

"이 조고만 슐이 무어시 어려오리오?"

ᄒ고 계의 나려가 호뢰의 머리털을 헤치고 공쥬 옷 안으로셔 삼촌 오분 건곤침(乾坤針)[긔특ᄒ 바 늘]을 ᄂ여 호뢰의 꼭뒤의 박으니 호뢰 즉시 죽 거놀 힝혀 다시 살가 두려 즉시 몸을 블질너 업 시ᄒ고 홍금이 공쥬의게 공을 하례ᄒ더라.

쳥탐 군시 관의 드러와 호승의게 알왼ᄃ 호승이 디경 왈,

"아이 니 말을 듯지 아니 【61】 ᄒ고 나가 더니 니런 참혹ᄒ 화롤 만나시니 니 외로온 병 이 엇지 쥬병을 당ᄒ리오? 일즉 쥬의 항복ᄒ여 일군 싱녕의 도탄을 구ᄒ리라."

ᄒ고 중군을 명ᄒ여 항복홀 글을 닷가 치관을 명ᄒ여 쥬영의 보너니 치관이 글을 가지고 원문 의 니ᄅ러 홍금의게 알왼ᄃ 홍금이 즉시 드러오 라 ᄒ여 글을 바다 ᄯ혀보니 ᄒ여시ᄃ,

진슈(鎭守) 가몽관 총병 호승은 감히 항셔(降書)롤 봉텬토역원슈(奉天討逆元帥) 휘하의 올니ᄂ니 쇼장이 디디로 은의 벼술 ᄒ여 쥬의 니ᄅ러 벼술이 총병의 이시ᄃ 이졔 쥐 스오나 텬하의 부도롤 힝ᄒ니 스방의 바린 독뷔(獨夫)라. 황텬이 도라보 지 아니ᄒ시고 쥬(周) 무왕(武王)을 명ᄒ여 힉니롤 진졍케 ᄒ시니 이졔 디병이 셩하의 님 【62】 ᄒ얏ᄂ지라 일즉 항복ᄒ여 텬명을 순코져 ᄒ나 쇼장의 아우 호뢰 말을 듯지 아니ᄒ고 망녕되이 텬명을 항거ᄒ니 죄 맛 당이 죽엄즉ᄒ나 이졔 뉘웃쳐 항셔롤 닷가 보너ᄂ니 쳥컨디 원슈는 죄롤 스ᄒ시고 항 ᄒ믈 허ᄒ쇼셔.

ᄒ엿더라. 홍금이 글 보기롤 맛고 디희ᄒ여 치 관다려 왈,

"니 닐일 관의 들어가리니 아직 도라가 총 병긔 알외라 ᄒ시더이다."5)

호승이 좌우롤 도라보아 관 우회 은 긔치 롤 ᄲ히고 쥬 긔치롤 ᄭᄌ며 부고(府庫)롤 봉ᄒ 며 호구(戶口)롤 혜아려 디령ᄒ엿더니 쇼졸이 보ᄒᄃ,

"마을 밧긔 붉은 옷 닙은 도괴(道姑) 와 노야롤 보와지라 ᄒᄂ이다."

호승이 도고롤 쳥ᄒ여 중당의 드러오니 얼 골이 심히 흉악ᄒ더라. 녜필 좌졍의 호승이 문 왈,

"도고의 셩명이 무어시라 ᄒ며 무슴 일노 와 【63】 쇼장을 보고져 ᄒᄂ뇨?"

도괴 답왈,

"나는 구명산(丘鳴山) 화령셩뫼(火靈聖母) 러니 그ᄃ 아우 호뢰 니 뎨지라. 법술을 바다 도적을 치더니 홍금이 호뢰롤 죽이니 빈되 니러 므로 뫼히 나려와 뎨즈의 원슈롤 갑고져 ᄒ거놀 그ᄃ는 형뎨의 졍을 닛고 군신의 의롤 져바리고 도적의게 항복ᄒ여 인신(人臣)과 동긔(同氣)의 졀을 도라보지 아니ᄒ려ᄒᄂ뇨?"

호승이 이 말을 듯고 황망이 계의 나려 졀 ᄒ여 왈,

"뎨지 노스의 오시믈 몰나 먼니 맛지 못ᄒ 니 쳥컨디 죄롤 스ᄒ쇼셔. 뎨지 항복ᄒ려 ᄒ믄 장슈와 군시 젹으니 능히 이 관을 직희지 못홀 거시오 ᄒ믈며 텬히 분분ᄒ여 다 쥬의 도라가믈 싱각ᄒ니 뎨지 마지 못ᄒ여 항ᄒ여 일군 싱녕의 급ᄒ 거술 구ᄒ고져 ᄒ미니 엇지 살기롤 탐ᄒ여 군신과 형뎨의 의롤 니즈리오?"

화령셩뫼 왈,

【64】 "그ᄃ 만일 아우의 원슈롤 갑고져 홀진ᄃ 셩 우회 쥬긔(周旗)롤 ᄲ히고6) 도로 은 긔치롤 ᄭᄌ면 니 즈연 쳐치ᄒ리라."

호승이 홀일 업셔 셩상의 긔치롤 곳쳐 ᄭ 즈니 이튼날 홍금이 군스롤 거ᄂ려 관으로 드러 올시 쇼졸이 보ᄒᄃ,

"셩상의 쥬긔롤 ᄭᄌᆺ더니 도로 은 긔치롤

---

5) 말이 섞여 있는 것으로 보아 번역상 한 줄 정도 가 빠진 듯함.

6) 【ᄲ히다】 툉 뽑다. 제거하다. ¶ 그ᄃ 만일 아우 의 원슈롤 갑고져 홀진ᄃ 셩 우회 쥬긔롤 ᄲ히 고 도로 은 긔치롤 ᄭᄌ면 니 즈연 쳐치ᄒ리라 (只我下山, 定復此仇, 你可將城上還立起成湯旗號, 我自有處.) <西周 18:64>

쏘즛느이다."

홍금이 디로디즐 왈,

"이 필뷔 엇지 니러트시 반복ᄒ여 나롤 업
슈이 너기느뇨. 너 너일 이 도젹을 잡아 죽엄을
만단의 너여 한을 씨스리라."

ᄒ고 도로 영치롤 세우다.

화령셩뫼 호승다려 문왈,

"관즁의 군미 언마나 잇느뇨?"

호승이 답왈,

"마보 군미 합ᄒ여 이만 명은 ᄒ이다."

셩뫼 왈,

"너 맛당이 삼쳔 병으로 이 도젹을 파ᄒ리
라."

ᄒ고 교장의 나와 삼쳔 날닌 군스롤 싼 몸의 븕
은 옷술 닙히고 머리의 븕은 믈을 드리고 등의
븕은 조희로[7] 호로롤 【65】 밍그라 지고 븕은
조희의 풍화 부작을 써 다리의 븟치고 각각 한
손의 칼을 들니고 한 손의 븕은 작은 긔롤 들녀
일홈을 화룡병(火龍兵)이라 ᄒ여 싸홈을 예비ᄒ
다.

이튼날 홍금이 쇼젼츙을 명ᄒ여 관 아리
가 싸홈을 도도라 ᄒ니 젼츙이 녕을 듯고 삼쳔
인마롤 거느려 셩 아리 가 싸호즈 ᄒ디 호승이
답왈,

"오늘은 연괴 잇셔 너일 맛당이 싸호리라."
ᄒ디 젼츙이 영의 도라와 홍금의게 알왼디 홍금
이 디로ᄒ여 니롤 갈며 호승의 고기롤 한 시긔
의 먹지 못ᄒ믈 한ᄒ더라. 이튼날 화령셩뫼 금
안타(金眼駝)롤 타고 화룡병을 거느려 뒤 진의
잇고 호승은 삼쳔 군마롤 거느려 압히 잇셔 셩
의 나오니 남졍군이 영의 드러가 홍금의게 알외
니 홍금이 디로ᄒ여 말게 올나 졔장을 거 【66】
느리고 영의 나와 호승을 보고 꾸지즈디,

"이 반복ᄒ는 노젹이 엇지 감히 나롤 긔롱

ᄒ여 쇼기느뇨?"

ᄒ고 말을 맛츠며 칼을 두로고 바로 호승의게
다라든디 승이 싸호지 아니ᄒ고 피ᄒ여 다라나
거늘 홍금이 ᄯ라가더니 화령셩뫼 티아검(太阿
劍)을 두로고 약디롤 모라오며 쇼리질너 왈,

"홍금은 다라나지 말나."

홍금이 한 도고의 오는 양을 보고 문왈,

"오느니는 엇던 사롬인다?"

셩뫼 답왈,

"나는 구명산 화령셩뫼러니 네 너 뎨ᄌ 호
뢰롤 죽여시니 너 특별이 와 원슈롤 갑흐려 ᄒ
느니 네 썰니 말긔 나려 너 한 칼을 밧고 십만
싱녕의 무죄히 죽으믈 면케 ᄒ라."

홍금이 디로ᄒ여 칼을 두로고 나오니 셩뫼
티아검을 들고 마ᄌ 싸화 슈합은 ᄒ미 셩모의
머리의 쓴 금화관(金霞冠) 우희셔 금광이 나 펴
지니 쥬 【67】 병이 각각 낫출 ᄯ고 동셔로 허여
지거늘 홍금이 셰 니치 아니믈 보고 급히 말을
두로혀 다라나더니 셩뫼 티아검을 드러 홍금의
엇게롤 치니 홍금이 크게 쇼리지ᄅ고 다라나거
늘 셩뫼 삼쳔 화룡병을 지휘ᄒ여 일시의 다라들
거늘 셩뫼 진언을 념ᄒ니 삼쳔 화룡병이 부작
븟친 다리로셔 블이 무슈히 니러나더 군스는 상
치 아니ᄒ고 젹군을 ᄎ쳐오니 셰 디ᄯ림 갓혼지
라. 하나히 빅을 당치 아니리 업더라. 홍금이 알
프믈 견디고 다라는디 셩뫼 군스롤 모라 바로
즁영을 ᄎ쳐 드러오니 쥬병이 셔로 즛바라[8] 죽
는 지 쉬 업고 블의 타 죽은 지 무지ᄒ더라.

---

7) 【조희 /조희】⑲ 종이. ¶ 紙‖ 삼쳔 날닌 군스
롤 싼 몸의 븕은 옷술 닙히고 머리의 븕은 믈을
드리고 등의 븕은 조희로 호로롤 밍그라 지고
븕은 조희의 풍화 부삭을 써 다리의 븟치고 각
각 한 손의 칼을 들니고 한 손의 븕은 작은 긔
롤 들녀 일홈을 화룡병이라 ᄒ여 싸홈을 예비ᄒ
다 (聖母命三千人俱穿大紅, 赤足披髮, 背上帖一
紅紙胡蘆, 脚心裏俱書寫'風火'符印, 一隻手執刀,
一隻手執幡, 下敎場操演.) <西周 18:64·65>

8) 【즛밟ㅡ】⑧ 《즛밟다》 짓밟다. ¶ 踐踏‖ 쥬병
이 셔로 즛바라 죽는 지 쉬 업고 블의 타 죽은
지 무지ᄒ더라 (三軍叫苦, 自相踐踏, 死者不計其
數.) <西周 18:67>

72

광셩ᄌ삼알벽유궁(廣成子三謁碧遊宮)

농길공쥬(龍吉公主) 후영(後營)의 잇다가 삼군이 납함(吶喊)ᄒᆞ믈 듯고 급히 말긔 올나 【68】 칼을 들고 즁군의 나오니 연염(煙焰)이 창텬ᄒᆞ고 누린ᄂᆡ 가득ᄒᆞ엿ᄂᆞᄃᆡ 홍금(洪錦)이 온 몸의 피를 흘니고 마상(馬上)의 업ᄃᆡ여 다라나거늘 공쥬 바로 다라드러 블을 구ᄒᆞ고 화령셩모(火靈聖母)와 ᄊᆞ호더니 삼합이 못ᄒᆞ여 셩모의 금화관(金霞冠) 우흐로셔 금광이 펴지거늘 농길공쥬 피ᄒᆞ여 다라나더니 셩뫼 틱아검(太阿劍)을 들어 공쥬의 가슴을 치니 공쥬 크게 쇼릭지르고 다라나거늘 셩뫼 화룡병(火龍兵)을 모라 뉵칠십 니를 쭛지르고 도라가거늘 홍금이 잔병을 거두어 졈고ᄒᆞ니 만여 인이 죽엇고 부쳬(夫妻) 다 상ᄒᆞ여시니 능히 나아가지 못ᄒᆞ여 영치를 셰우고 단약을 니여 칼의 상ᄒᆞᆫᄃᆡ 바르니 즉시 하리거늘 홍금이 문셔를 밍그라 치관(差官)을 식여 ᄉᆞ슈관(汜水關)의 보니여 구완병을 쳥ᄒᆞ니 치관이 글을 가져 ᄒᆞ니¹⁾ 못ᄒᆞ여셔 ᄉᆞ슈관 아리 니

---

1) 【ᄒᆞᆯ니 /홀니】 圐 하루. ¶ 一日‖ 치관이 글을 가져 ᄒᆞ니 못ᄒᆞ여셔 ᄉᆞ슈관 아리 니르러 ᄌ아의

르러 ᄌ아(子牙)의게 【69】 알왼ᄃᆡ ᄌ인 드러오라 ᄒᆞ니 치관이 영의 드러가 글을 올니거늘 쩌혀보니 ᄒᆞ여시ᄃᆡ,

봉명(奉命) 동졍가몽관(東征佳夢關) 부장 홍금은 돈슈빅비ᄒᆞ고 글을 더원슈 휘하의 올니ᄂᆞ니 말장(末將)이 원슈의 명을 바다 쥬야로 공구(恐懼)ᄒᆞ여 관을 치더니 관 직흰 비장(裨將) 호뢰(胡雷) 요슐을 힝 ᄒᆞ거늘 겨유 잡아 죽엿더니 호뢰의 ᄉᆞ부 화령셩뫼 스스로 도슐을 밋고 뎨ᄌ의 원슈 를 갑흐렷노라 ᄒᆞ고 화룡병을 모라 뎌진을 쭛지르니 셰 능히 디젹지 못ᄒᆞ여 일진을 크게 피ᄒᆞ니 쳥컨ᄃᆡ 원슈는 완병을 보니여 급ᄒᆞᆫ 거슬 구ᄒᆞ쇼셔.

ᄒᆞ엿더라. ᄌ인 글보기를 맛고 디경 왈,
"니 만일 친히 가지 아니면 가히 니긔지 못ᄒᆞ리라."
ᄒᆞ고 니졍(李靖)을 블너 왈,
"니 한 번 가 홍금을 구ᄒᆞ리니 장 【70】 군 이 디영을 힘쎠 슬펴 ᄉᆞ슈관으로 더부러 ᄊᆞ호지 말나. 만일 법을 어그릇치면 맛당이 군법을 힝 ᄒᆞ리라."
니졍이 디왈,
"쇼장이 비록 지죄 업스나 삼가 큰 영을 직희리이다."
ᄌ인 나탁(哪吒)과 위호(韋護)로 더부러 삼 쳔 마군을 거느려 ᄉᆞ슈관을 쩌나 가몽관으로 나 아올시 ᄒᆞᆯ니 못ᄒᆞ여 홍금의 영 삼십 니는 흔ᄃᆡ 영치를 셰우고 두 장슈로 더브러 의논ᄒᆞ더니 홍 금이 ᄌ아의 영치 셰워시믈 보고 농길공쥬(龍吉 公主)로 더브러 단긔로 ᄌ아의 영의 와 알왼ᄃᆡ 즉시 드러오라 ᄒᆞ거늘 홍금의 부쳬 장 알픠 드 러가 업디니 ᄌ인 왈,

---

게 알왼ᄃᆡ (差官非一日至子牙大營.)<西周 18:68>
ᄌ인 나탁과 위호로 더부러 삼쳔 마군을 거느려
ᄉᆞ슈관을 쩌나 가몽관으로 나아올시 ᄒᆞᆯ니 못ᄒᆞ
여 홍금의 영 삼십 니는 흔ᄃᆡ 영치를 셰우고 두
장슈로 더브러 의논ᄒᆞ더니 (子牙隨帶韋護·哪吒,
調三千人馬, 離了汜水關, 一路上滾滾征塵, 重重
殺氣. 非止一日, 來到佳夢關安營, 不見洪錦的行
營.) <西周 18:70>

“그디 디장이 되여 한 관(關)을 치다가 첫 진의 니러트시 픠ᄒᆞ여시니 법의 맛당이 죽엄즉ᄒᆞ나 아직 샤ᄒᆞ노라.”

홍금이 디왈,

“쇼장이 첫 진의 호뢰롤 죽이고 다시 ᄊᆞ호미 화령셩뫼라 ᄒᆞᄂᆞᆫ 도괴 요괴로온 슐을 힝ᄒᆞ여 【71】 일괴(一塊) 금하2)(金霞)란 거시 잇스니 방원(方圓)은 십여 장이나 ᄒᆞ고 그거스로 사롬을 덥ᄒᆞ면 나ᄂᆞᆫ 겨롤 못보와도 겨ᄂᆞᆫ 나롤 보고 ᄯᅩ 삼천 화룡병을 모라 일시의 다라드니 블셰〔火勢〕 밍녈ᄒᆞ여 능히 당ᄒᆞ기 어려온지라. 군시 보ᄂᆞᆫ 지 몬져 다라나고 ᄊᆞ호ᄂᆞᆫ 지 상ᄒᆞ니 니러므로 한 진을 크게 픠ᄒᆞ니이다.”

ᄌᆞ이 이 말을 듯고 반향(半晌)이나 침음ᄒᆞ다가 왈,

“이ᄂᆞᆫ 반ᄃᆞ시 도ᄉᆞ의 뉘니 니 맛당이 파ᄒᆞᆯ 계귀 이시리라.”

ᄒᆞᆫᄃᆡ 홍금의 부체 영으로 도라오다.

화령셩뫼 관의 잇셔 여러 날이로ᄃᆡ 홍금이 관의 와 ᄊᆞ호ᄌ 아니ᄒᆞ고 ᄯᅩ 쇼식이 업더니 홀ᄂᆞᆫ 쇼졸이 드러와 보ᄒᆞᄃᆡ,

“강ᄌᆞ이(姜子牙) 친히 군을 거ᄂᆞ려 영치롤 셰윗다.”

ᄒᆞ여놀 셩뫼 왈,

“오ᄂᆞᆯ날 강상(姜尙)이 친히 왓시니 니 맛당이 이 도젹을 잡아 큰 공을 셰우리라.”

ᄒᆞ고 금안타(金眼駝)롤 타고 화룡병을 【72】 거ᄂᆞ려 관의 나와 쥬영의 니르러 강ᄌᆞ아롤 보와 말ᄒᆞᄌ ᄒᆞᆫᄃᆡ 군시 드러가 보ᄒᆞ니 ᄌᆞ이 즁장을 거ᄂᆞ려 영의 나온ᄃᆡ 셩뫼 쇼리질너 왈,

“오ᄂᆞᆫ 지 아니 강상인냐?”

ᄌᆞ이 답왈,

“니 긔여니와 도위 임의 도롤 닷가 텬명을 알지라. 이졔 쥐(紂) 죄악이 관영(貫盈)ᄒᆞ니 텬하 졔휘 한가지로 밍진(孟津)의 모다 쥬롤 치려 ᄒᆞ거든 이졔 그ᄃᆡ 텬명을 항거ᄒᆞ여 쥬롤 도으니 엇지 텬앙(天殃)이 이실 줄 싱각지 못ᄒᆞᄂᆞᆫ다? ᄒᆞ믈며 니 무왕(武王)을 쳥ᄒᆞ여 쥬롤 치믄 ᄉᆞᄉ 욕심이 아니라 옥허(玉虛) 부명(符命)을 바다 졍벌ᄒᆞᄂᆞ니 그ᄃᆡ 니 말을 듯지 아니면 후의 반ᄃᆞ시 뉘웃ᄎᆞ미 이시리라.”

화령셩뫼 쇼왈,

“너ᄂᆞᆫ 한 고기 낙ᄂᆞᆫ 한아뷔라. 무슴 텬명을 아ᄂᆞᆫ 체ᄒᆞ고 감히 망녕된 말노 민심을 혹게ᄒᆞ여 공을 탐ᄒᆞ며 니롤 구ᄒᆞ여 죽을 줄을 싱각지 못ᄒᆞ니 【73】 엇지 즘셩과 다르리오?”

ᄒᆞ고 말을 맛ᄎᆞ며 약ᄃᆡ롤3) 모라 다라들거ᄂᆞᆯ 나탁·위호 등이 다라드러 셰 사롬이 어우러져 ᄊᆞ호더니 삼합이 못ᄒᆞ여 금화관으로셔 금광이 십여 장이나 원근의 펴지니 졔장이 각각 낫출 ᄊᆞ고 다라나거ᄂᆞᆯ 셩뫼 칼을 드러 ᄌᆞ아의 가슴을 치니 ᄌᆞ인 갑을 아니 닙엇ᄂᆞᆫ지라 살이 허여져 피흐르거ᄂᆞᆯ ᄌᆞ인 황망이 ᄉᆞ블상(四不相)을 두로혀 다라나니 셩뫼 크게 쇼리질너 왈,

“강상이 오ᄂᆞᆯ날 이 환은 버셔나지 못ᄒᆞ리라.”

ᄒᆞ고 삼쳔 화룡병을 모라 일시의 납함(吶喊)ᄒᆞ고 쥬영(周營)을 즛지르니4) 블이 왼 영즁의 퍼져 연염이 창텬ᄒᆞ니 졔장이 눈을 ᄯᅳ지 못ᄒᆞ여 각각 동셔로 다라나니 사롬이 블의 타 누린ᄂᆞ 십니의 가더라. 화령셩뫼 ᄌᆞ아롤 ᄶᅩᄎ ᄯᆞᄅᆞ니 약ᄃᆡ 닷기롤 살갓치 ᄒᆞ니 ᄌᆞ인 나히 늙고 가슴의 칼을 【74】 마졋ᄂᆞᆫ지라 ᄲᆞᆯ니 다라나지 못ᄒᆞ여 졍히 위급ᄒᆞ엿더니 화령셩뫼 ᄯᅩᄒᆞᆫ 원퇴롤[원퇴ᄂᆞᆫ 쳘퇴 일홈] 니여 ᄌᆞ아의 꼭뒤롤 치니 ᄌᆞ인 ᄯᅡ히 나려지미 셩뫼 틱아검(太阿劍)을 드러 ᄌᆞ아의

---

2) 원래 ‘방하’로 되어 있으나 뜻이 불명하여 원문에 따라 ‘금하(金霞)’로 고침.

3) 【약ᄃᆡ】圕 낙타. ¶ (金眼)駝‖ 말을 맛ᄎᆞ며 약ᄃᆡ롤 모라 다라들거ᄂᆞᆯ 나탁·위호 등이 다라드러 셰 사롬이 어우러져 ᄊᆞ호더니 (催開金眼駝, 仗劍來取. 子牙手中劍火速忙迎. 左右哪吒, 登開風火輪, 使開火尖槍, 劈胸就刺; 韋護持降魔杵, 掉步飛騰; 三人戰住聖母.) <西周 18:73> 회령셩뫼 ᄌᆞ아롤 ᄶᅩᄎ ᄯᆞᄅᆞ니 약ᄃᆡ 닷기롤 살갓치 ᄒᆞ니 ᄌᆞ인 나히 늙고 가슴의 칼을 마졋ᄂᆞᆫ지라 ᄲᆞᆯ니 다라나지 못ᄒᆞ여 졍히 위급ᄒᆞ엿더니 (子牙一來年紀高大, 劍傷又疼, 被火靈聖母把金眼駝赶到至緊至急之處, 不得相離. 子牙正在危迫之間.) <西周 18:73>

4) 【즛지ᄅᆞ다】圖 짓찌르다. 무찌르다. ¶ 삼쳔 화룡병을 모라 일시의 납함ᄒᆞ고 쥬영을 즛지르니 블이 왼 영즁의 퍼져 연염이 창텬ᄒᆞ니 졔장이 눈을 ᄯᅳ지 못ᄒᆞ여 각각 동셔로 다라나니 사롬이 블의 타 누린니 십니의 가더라 (三千火龍兵一齊在火光中吶喊. 只見大轅門金蛇亂攪, 圍子內個個遭殃, 火焰衝於霄寒, 赤光燒盡旌旗, 一會, 衆副將不能顧主將. 正是: 刀砍屍體滿地, 火燒人臭難聞.) <西周 18:73>

머리롤 버히려ᄒᆞ더니 한 도인이 노래롤 브르며
오니 그 노래의 ᄒᆞ엿시디,

　　　　　한 번 심산의 『황졍경(黃庭經)』을 닑
으니 도슐이 낫하나도다. 송쥭(松竹)닙흘
니별ᄒᆞ고 홍진의 나려와 셩쥬롤 도으니 일
홈이 맛당이 쥭빅의 드리오리로다. 오ᄂᆞᆯ날
큰 일을 맛나시니 만일 도인의 법슐 곳 아
니면 능히 버셔나지 못ᄒᆞ리로다.

화령셩뫼 ᄌᆞ아롤 죽이고져 ᄒᆞ다가 노래 브르는
쇼리롤 듯고 도라보니 이는 광셩지(廣成子)라.
셩뫼 광셩ᄌᆞ롤 불너 왈,

"광셩ᄌᆞ는 부졀업시5) 오지 말나."

광셩지 쇼리질너 왈,

"니 옥허 부명을 바다 이의 잇【75】셔 너
롤 기다린지 오리더니라."

셩뫼 디로ᄒᆞ여 칼을 두로고 다라들거놀 광
셩지 보검을 들어 마ᄌᆞ 싼화 삼스 합이 못ᄒᆞ여
셩뫼 진언을 념ᄒᆞ니 금하관으로셔 금광이 펴지
디 광셩지 다라나지 아니ᄒᆞ고 금빗과 블이 다
업셔지니 이는 광셩지 속의 소하의(掃霞衣)롤[안
기 쓰러바리는 웃] 닙엇는지라 금광이 엇지 침노ᄒᆞ
리오? 화령셩뫼 디로 왈,

"네 엇지 니 법슐을 상ᄒᆞᄂᆞ뇨?"

ᄒᆞ고 다라들거놀 광셩지 마ᄌᆞ 싼화 삼스 합이
못ᄒᆞ여 광셩지 번텬인(番天印)을 너여 셩모롤
향ᄒᆞ여 더지니 그 인이 졍히 셩모의 디골의 나
려지니 뇌골이 허여져6) 죽으니 녕혼이 봉신디
(封神臺)로 가니라. 광셩지 번쳔인을 거두고 셩
모의 금하관을 벗겨 몸의 감초고 산의 나려와
간슈(澗水)롤 호로의 녀코 단약을 가져 ᄌᆞ아의
죽엄을 붓들고 약을 너여 ᄌᆞ아의 닙이 브으【7
6】니 ᄌᆞ이 즉시 졍신을 출혀 두 눈을 써 광셩
ᄌᆞ 이시믈 보고 스례 왈,

"만일 도형의 구흠 곳 아니런들 강상이 엇
지 지싱(再生)ᄒᆞ믈 어드리오?"

광셩지 왈,

"니 스부의 명을 밧ᄌᆞ와 이의 와 원슈 큰
일을 면케 ᄒᆞ엿노라."

ᄒᆞ고 ᄌᆞ아롤 붓들어 스블상을 틱오고 왈,

"삼가 영의 나아가라. 나는 이졔 벽유궁(碧
遊宮)의 가 화령셩모의 금하관을 밧치려 ᄒᆞ노
라."

ᄒᆞ고 셔로 니별ᄒᆞ니 ᄌᆞ이 디왈,

"도형의 이번 구흔 은혜는 쎠가 갈니7) 되
여도 다 갑지 못ᄒᆞ리로다."

ᄒᆞ고 스블상을 타고 가몽관으로 가더니 홀연 디
풍이 니러나 남글 쩍고 돌을 날리거놀 ᄌᆞ이 왈,

"이 바람이 극히 괴이ᄒᆞ니 일졍 범이 오리
로다."

ᄒᆞ고 스믜 안히 한 졈과롤 어드니 극히 흉ᄒᆞ거
놀 ᄌᆞ이 가장 근심ᄒᆞ여 날호여 오더니 믄득 보
니 신공표(申公豹) 범을 타고 슈플 속으로셔 나
오거놀 ᄌᆞ이 마음의【77】혜오디 '이졔 니 몸이
상ᄒᆞ엿고 쏘 좁은 길히셔 원슈롤 맛나시니 엇지
능히 막으리오' ᄒᆞ고 밧비 스블상을 모라 슈플
속으로 드러가 환난을 피ᄒᆞ려 ᄒᆞ더니 스블상이
나모 쌜희의 것쳐8) 업더지니 ᄌᆞ이 니믈의9) 싼
져 왼몸을 젹시고 황망이 니러나 스블상을 타고
나모 스이로 다라드더니 신공표 ᄌᆞ아롤 보고 밧
비 범을 모라 다라오며 쇼리질너 왈,

"강상이 엇지 나롤 보고 숨ᄂᆞ뇨?"

ᄌᆞ이 홀일 업셔 도로 길노 나와 녜ᄒᆞ고
왈,

---

5)【부졀업시】䛑 부질없이. ¶ 광셩ᄌᆞ는 부졀업시
　오지 말나 (廣成子, 你不該來!) <西周 18:74>
6)【허여지다】동 터지다. 흩어지다. ¶ 迸 ‖ 광셩
　지 번텬인을 너여 셩모롤 향ᄒᆞ여 더지니 그 인
　이 졍히 셩모의 디골의 나려지니 뇌골이 허여져
　죽으니 녕혼이 봉신디로 가니라 (廣成子將番天
　印祭起在空中, 落將下來, 火靈聖母那裏躱得及,
　正中頂門, 可憐打的腦漿迸出, 一靈也往封神臺去
　了.) <西周 18:75>

7)【갈니】䛑 가루. ¶ 도형의 이번 구흔 은혜는
　쎠가 갈니 되여도 다 갑지 못ᄒᆞ리로다 (難爲道
　兄救吾殘喘, 銘刻難忘!) <西周 18:76>
8)【것치다】동 걸리다. ¶ 밧비 스블상을 모라 슈
　플 속으로 드러가 환난을 피ᄒᆞ려 ᄒᆞ더니 스블상
　이 나모 쌜희의 것쳐 업더지니 ᄌᆞ이 니믈의 싼
　져 왼몸을 젹시고 황망이 니러나 스블상을 타고
　나모 스이로 다라드더니 (子牙把四不相一兜, 欲
　隱於茂林之中.) <西周 18:77>
9)【니믈】명 냇물. ¶ 밧비 스블상을 모라 슈플
　속으로 드러가 환난을 피ᄒᆞ려 ᄒᆞ더니 스블상이
　나모 쌜희의 것쳐 업더지니 ᄌᆞ이 니믈의 싼져
　왼몸을 젹시고 황망이 니러나 스블상을 타고 나
　모 스이로 다라드더니 (子牙把四不相一兜, 欲隱
　於茂林之中.) <西周 18:77>

“현데 어디로 가느뇨?”

신공표 쇼왈,

“네 나롤 엇지 현데라 ᄒ느뇨? 나는 너와 원쉬라 특별이 너롤 잡으라 오더니 남극션옹(南極仙翁)을 쪄나 단신으로 왓시니 경히 오늘날 니 너롤 죽여 한을 씨스리라.”

ᄌ이 왈,

“네 날노 더브러 무숨 원쉬 잇관디 원쉬라 ᄒ느뇨?”

신공표 왈,

“네 곤뉸산의 이실졔는 남극션옹의 셰롤 쓰고 빅학동ᄌ(白鶴童子)로 ᄒ여곰 【78】 나롤 욕ᄒ니 엇지 원쉬 아니리오? 네 금디(金臺)의셔 장쉬 되여 오관(五關)의 가 쥬왕(紂王)을 치려 ᄒ거니와 네 오관의는 밋쳐 가지 못ᄒ고 이 ᄯ히셔 즈레10) 죽을가 ᄒ노라.”

말을 맛추며 칼을 두로고 다라들거눌 ᄌ이 칼노 막으며 왈,

“그디 날노 더브러 한 스싱의게 도롤 비화시디 한 졈 졍(情)도 업스니 이 엇지 사롬의 일이리오?”

신공표 디로 즐왈,

“이 못쓸 거시 엇지 나롤 슈욕ᄒ느뇨?”

ᄌ이 왈,

“네 날과 ᄊ호고져 ᄒ니 니 만일 ᄊ호면 인의군ᄌ(仁義君子) 아니라.”

신공표 답지 아니코 칼을 들고 다라들거눌 ᄌ이 상훈디 겨유 하렷는지라 엇지 공표롤 당ᄒ리오? 즉시 스블상을 도로혀 다라나니 공표 ᄯ라오다가 기텬쥬도(開天珠刀)로 ᄌ아의 등을 치니 ᄌ이 ᄯ히 나려지거눌 공표 범을 나려 ᄌ아의 머리롤 버히고져 ᄒ더니 한 도인이 노리롤 브르고 오니 기가(其歌)의 왈,

【79】 오늘날 강상이 텬나(天羅)롤 겨유 버셔낫더니 ᄯ 디망(地網)을 만나시니 만일 놉흔 도스 곳 아니면 가히 이 난을

---

10) 【즈레】⬚ 지레. 미리. ¶ 先‖ 네 금디의셔 장쉬 되여 오관의 가 쥬왕을 치려 ᄒ거니와 네 오관의는 밋쳐 가지 못ᄒ고 이 ᄯ히셔 즈레 죽을가 ᄒ노라 (你今日金臺拜將, 要伐罪吊民, 只怕你不能兵進五關, 先當死於此地也!) <西周 18:78>

버셔나지 못ᄒ리라.

신공표 ᄌ아롤 죽이려ᄒ다가 도인을 보고 넓더나 칼을 들고 쇼리질너 왈,

“너는 엇던 도인이완디 감히 잡말을 ᄒ느뇨?”

그 도인이 답왈,

“나는 협농산(夾龍山) 비룡동(飛龍洞) 구류손(衢留孫)이러니 옥허궁 명을 바다 이의 잇셔 너롤 기다련지 오러더니라.”

신공표 디로ᄒ여 칼을 두로고 다라들거눌 구류손이 보검을 들어 마즈 ᄊ화 삼합이 못ᄒ여 구류손이 두로쳐 다라난디 공표 ᄯ라오거눌 구류손이 구롬을 타고 니러느니 공표 훌일 업셔 도로 도라오더니 구류손이 곤션승(捆仙繩)을 니여 공표롤 바라고 더져 공표롤 미야 ᄯ히 지우고 황건 녁스롤 명ᄒ여 왈,

“네 신공표롤 잡아 긔린이(麒麟崖)로 가라.”

녁시 명을 바다 【80】 공표롤 잡아 긔린이로 가거눌 구류손이 구롬의 나려 ᄌ아롤 붓드러 니ᄅ혀고 단약 하나홀 프러 먹이니 ᄌ이 니러나 눈을 ᄯ 보니 구류손이 왓거눌 스례 왈,

“앗가 신공표롤 만나 졍히 위급ᄒ엿더니 도형의 구ᄒ시믈 닙으니 은혜롤 다 갑지 못홀가 ᄒ느이다.”

구류손 왈,

“빈도는 신공표롤 잡아 옥허궁으로 가니 원슈는 영으로 도라가쇼셔.”

ᄌ이 구류손을 니별ᄒ고 스블상을 보라 가 몽관으로 도라오다.

구류손이 금광법(金光法)을 ᄒ ᄒ여 옥허궁 긔린이의 오니 황건녁시(黃巾力士) 신공표롤 미야 디렁ᄒ엿거눌 구류손 왈,

“너희 이 도젹을 단단이 직희여시라. 니 궁의 드러가 고ᄒ리라.”

ᄒ고 옥허궁 밧긔 니ᄅ니 한 동ᄌ도 업거눌 밧긔 셔셔 기다리더니 이윽고 안ᄒ로셔 모든 두스와 문인이 원시텬존(元始天尊)을 옹호ᄒ여 나오거눌 구류손이 【81】 디왈,

“뎨지 스부의 명을 밧즈와 뫼히 나려가니 신공표 ᄌ아로 더브러 ᄊ화 ᄌ아롤 ᄯ히 졋구ᄅ

치고 죽이고져 ᄒ거늘 뎨지 잡아 긔린이의 뎌령
ᄒ엿ᄂ이다."

텬존이 동즈와 구류숀을 다리고 긔린이의
니르니 구류숀이 신공표를 잡아 언덕 아리 왓거
늘 텬존이 즐왈,

"네 강상과 무슴 원쉬 잇관디 항거ᄒ여 삼
산오악(三山五嶽) 모든 도스를 부쵹(咐囑)ᄒ여
셔기를 침노ᄒ고 은교(殷郊)·은홍(殷洪)을 달니
여 참혹ᄒ 형벌을 밧긔 ᄒ며 ᄯ 강즈이 군스를
니로혀 가몽관을 치거늘 네 감히 텬슈를 항거ᄒ
여 강즈아를 히ᄒ려 ᄒ다가 구류숀의게 잡혀왓
스니 오늘날 너를 단단이 쳐치ᄒ여 후환을 업시
ᄒ리라."

구류숀이 진왈,

"오늘 신공표를 죽여도 의의 가치 아니ᄒ
니 스부는 다시 【82】 싱각ᄒ쇼셔."

텬존 왈,

"그디 말이 올타."

ᄒ고 황건녁스를 분부ᄒ여,

"신공표를 긔린이 아리 흙의 무더두엇다가
강즈이 쥬(紂)를 멸ᄒ 후의 노ᄒ라."

황건녁시 녕을 듯고 신공표를 ᄭ어 언덕
아리로 나려가거늘 공표 쇼리질너 왈,

"원민(冤悶)ᄒ여이다."

ᄒ거늘 텬존이 도로 신공표를 잡아 알픠 나아와
ᄭ지져 왈,

"네 분명이 강상을 죽이려ᄒ다가 잡혀왓거
든 엇지 이민ᄒ여라 ᄒᄂ뇨?"

공표 왈,

"뎨지 과연 강상과 큰 원쉬 이시니 죽이려
ᄒ다가 잡혀왓스니 바라건디 노스는 뎨즈를 어
엿비 너기스 죄를 스ᄒ시면 이후란 맛당이 강즈
아를 침노치 아니리이다."

텬존 왈,

"네 만일 강즈아를 침노치 아니려 ᄒ면 다
짐을 두라."

ᄒ고 지필묵을 너여 노ᄒ니 신공픠 조희의 쓰
디,

뎨지 스부의 명을 어그릇고 강상을
다시 침노ᄒ면 몸이 북히(北海)를 【83】 의

샌져 죽으리라.

ᄒ엿거늘 원시텬존이 공표다려 왈,

"네 ᄯ 강상을 거우면[11] 몸이 북히의 샌질
ᄲ 아녀 그 ᄶ의 벽녁을 마즈 몸이 갈니 되여
죽으리라."

ᄒ고 신공표를 글너노ᄒ니 공픠 큰 익을 버셔나
도라가거늘 구류숀이 텬존을 하직ᄒ고 비룡동으
로 도라가다.

광셩지 화령셩모를 죽인 후 금하관을 가지
고 벽유궁의 가 문밧긔 이윽이 셧시니 안흐로셔
도덕옥문(道德玉文) 닑는 쇼리 들니거늘 이윽고
한 동지 나오니 광셩지 왈,

"니 왓는 쥴 알외라."

동지 드러가더니 나와 드러오라 ᄒ거늘 광
셩지 몸을 굽혀 구룡침향년(九龍沉香輦) 아리
가 비례 왈,

"만슈무강ᄒ쇼셔."

통텬교쥬(通天敎主) 왈,

"무슴 일이 잇관디 이의 니르럿ᄂ뇨?"

광셩지 금하관을 ᄭ러 드리며 왈,

"이제 강상이 정벌ᄒ여 가몽관의 니르니
이는 무왕의 응 【84】 텬슌인(應天順人)ᄒ고 조
민벌죄(吊民罰罪)ᄒᄆᆯ 위ᄒ 일이라. 쥬의 죄악이
관영(貫盈)ᄒ니 맛당이 토멸ᄒ 거시어늘 스슉의
교하 문인 화령셩뫼 이 금하관을 가지고 디병을
막즈르며[12] 싱녕을 살히ᄒ고 스졸을 미란(糜爛)
ᄒ고 홍금(洪錦)의 부쳬(夫妻) 죽으며 강상의 명
을 히ᄒ 번 ᄒ거늘 뎨지 스존의 명을 바다 산의
나려가니 이 보비를 밋고 힝흉(行凶)을 마지 아
냐 뎨즈를 상ᄒ려ᄒ거늘 뎨지 마지 못ᄒ여 번쳔

---

11) 【거우다】 圖 거스르다. 대적하다. ¶ 네 ᄯ 강
상을 거우면 몸이 북히의 샌질 ᄲ 아녀 그 ᄶ의
벽녁을 마즈 몸이 갈니 되여 죽으리라 <西周
18:83>

12) 【막즈르다】 圖 막지르다. 막다. 거절(拒絶)하다.
¶ 阻逆‖ 스슉의 교하 문인 화령셩뫼 이 금하
관을 가지고 디병을 막즈르며 싱녕을 살히ᄒ고
스졸을 미란ᄒ고 (不意師叔敎下門人火靈聖母仗
此金霞冠, 前來阻逆大兵, 擅行殺害生靈, 糜爛士
卒.) <西周 18:84> 阻住‖ 네 개패관의 가 쥬나
라 병마를 막즈르고 졔 너와 디격기를 엇지 ᄒ
는고 보라 (你往界牌關去阻住周兵, 看他怎樣對
你.) <西周 18:95>

인을 더지니 머리 마즈 죽은지라 뎨지 특별이
금하관을 가지고 스슉긔 와 법지(法旨)롤 기다
리느이다."

통텬교쥐 왈,

"우리 삼괴(三敎) 한가지로 봉신(封神)을
의논홀 시 츙신의스(忠臣義士)도 잇눈지라. 니러
므로 방(榜)의 드눈 지 션도(仙道)롤 일우지 못
흐면 신되(神道) 되눈지라. 각각 심쳔후박(深淺
厚薄)이 잇셔 귀신이 존비(尊卑) 잇고 죽엄이 션
휘(先後) 이시미 니 교하 이 쇽의 든 지 만흐니
이거시 다 텬쉬라. 니러므로 니 교하 문인【8
5】을 신칙흐여13) 각각 쳥규(淸規)롤 직희고 이
시라 흐고 방을 궁 밧긔 써 부쳐시니 네 가셔
강상다려 일너 이졔 니 뎨지 또 가느니 잇거든
신편으로 쳐죽여도 다 져의 즈취지익이니 임의
로 흐라 니르라."

광셩지 이 말을 듯고 하직고 믈너나니 벽
유궁 모든 뎨지 스존의 이 분부흐믈 듯고 다 심
중의 항복지 아니흐더니 기중의 금녕셩모(金靈
聖母)와 무당셩뫼(無當聖母) 모든 사롬을 디흐여
왈,

"화령셩모는 다보도인(多寶道人)의 뎨지어
눌 광셩지 쳐죽이니 이는 우리롤 일양(一樣) 업
슈이 너기미오. 금하관을 당돌이 갓다드리니 이
눈 우리 스존을 공경치 아니미어눌 스존이 샤졍
을 술피지 아니흐시고 도로혀 져리 분부흐시니
졔 반드시 우리 문하의 사롬이 업다 니롤 거시
니 엇지 이닯지 아니리오?"

귀령셩뫼(龜靈聖母) 디흐 왈,

"엇지 니럴니 이시리오? 니 광셩즈롤 잡아
다가 분을 프눈【86】 양을 보라."
흐고 칼을 들고 다라오며 크게 웨니,

"광셩즈눈 닷지 말나!"

광셩지 도라보니 형셰 조치 아니커눌 우으
머 답왈,

---

13)【신칙흐다】⑧ 신칙(申飭)하다. 단단히 타일러
경계하다. ¶ 니 교하 문인을 신칙흐여 각각 쳥
규롤 직희고 이시라 흐고 방을 궁 밧긔 써 부쳐
시니 네 가셔 강상다려 일너 이졔 니 뎨지 또
가느니 잇거든 신편으로 쳐죽여도 다 져의 즈취
지익이니 임의로 흐라 니르라 (你與姜尙說, 他
有打神鞭, 如有我敎下門人阻他者, 任憑他打. 前
日我諭帖在宮外, 諸弟子各宜緊守, 他若不聽敎訓
的, 是自取咎, 與姜尙無干.) <西周 18:85>

"도괴(道姑) 무슴 말을 흐려흐느뇨?"

귀령 왈,

"네 우리 교하 문인을 쳐죽이고 감히 여긔
와 담디(膽大)히 금하관을 드리니 이눈 네 호강
(豪强)을 밋고 우리롤 업슈이 너기미라. 가장 통
한흐니 니 화령셩모롤 위흐여 원슈롤 갑흐리
라."

광셩지 왈,

"도우의 이 말이 그르다. 너희 스존이 니
르시디 '우리 삼괴 한가지로 봉신디롤 셰워 이
런 즈취지익즈(自取之厄者)롤 들기롤 면치 못흐
게 흐야시니 우리 무삼 허믈이 잇관디 도위 원
슈롤 갑흐랴 흐눈다? 진실노 스쳬(事體)롤 아지
못흐눈 말이로다."

귀령셩뫼 디로 왈,

"네 감히 말노써 나롤 디젹흐려 흐눈다?"
흐고 칼을 드러 치랴 흐거눌 광셩지 왈,

"니 녜로써 너롤 기유(開諭)흐거눌 니 말을
올【87】 케 아니 너기니 네 비록 니 스장(師長)
이라도 니 칼은 공슌이 아니바들노다."

귀령이 칼을 두로고 나아온디 광셩지 디로
흐여 번텬인을 한 번 더지니 귀령이 본상이 드
러나 큰 검은 거북이 되니라. 녯날 창힐(蒼頡)이
글즈 지을졔 귀문우익(龜文羽翼) 형상이 잇더라.
도롤 어더 인형(人形)이 되엿눈고로 귀령셩뫼
흐더니 이 쩌 금녕셩모 와 다보도인이 귀령의
본쳬 현츌흐믈 보고 져희 다 일쳬라 붓그러움을
니끼지 못흐여 흐거눌 규슈션(虯首仙)·오운션
(烏雲仙)·금광션(金光仙)·금아션(金牙仙)이 일
시의 디로 왈,

"네 감히 우리 교롤 업슈이 너긴다?"
흐고 각각 칼을 쌘혀 치랴 드니 광셩지 스스로
싱각흐디 '니 외로이 남의 쁘히 와 져와 쓰호미
올치 아니흐고 형셰도 디젹지 못홀 거시니 출하
리 도로 벽유궁의 가 스존을 뵈오면 즈연 히셕
흐리라' 흐고 바로 디하의 가 업딘디 통【88】
텬도인 왈,

"광셩즈눈 무슴 일노 또 왓눈다?"

디왈,

"뎨지 스슉 교령을 듯고 도라가더니 귀령
셩뫼 허다 문인을 다리고 화령셩모롤 위흐여 원
슈롤 갑흐랴 흐미 뎨지 술아날 길이 업셔 스슉

긔 뵈옵고 히셕홀 도리룰 구ᄒᆞᄂᆞ이다.”

통텬도인이 슈화동아(水火童兒)룰 명ᄒᆞ여 귀령셩모룰 블너오라 ᄒᆞ니 귀령이 이윽고 드러왓거놀 통텬교쥬 왈,

“네 무슴 일노 광셩ᄌᆞ룰 쓰로ᄂᆞᆫ다?”

귀령 왈,

“광셩지 우리 문인을 죽이고 금하관을 갓다드리니 이ᄂᆞᆫ 우리 교룰 업슈이 너기미라. 니러므로 죽이려ᄒᆞ더니이다.”

교쥬 왈,

“니 교쥬 되여 너희 념만 못ᄒᆞ랴? 화령이 니 말을 듯지 아니코 스스로 화룰 닙으니 이거시 텬쉬오 광셩지 니 보비룰 감히 쓰지 아니코 갓다드리니 이ᄂᆞᆫ 나룰 공경홈이어놀 너희 등이 시랑의 마음을 가져 니 쳥규룰 직희지 【89】 아니코 사름을 히ᄒᆞ랴 ᄒᆞ니 이ᄂᆞᆫ 가장 통분혼지라. 급히 귀령셩모룰 혁직츌궁(革職出宮)ᄒᆞ여 다시 강셕(講席)의 춤예(參預)치 못ᄒᆞ게 ᄒᆞ라.”

혼디 좌우의 듯ᄂᆞᆫ 뎨지 셔로 원망 왈,

“스존이 도로혀 광셩ᄌᆞ룰 위ᄒᆞ여 뎨ᄌᆞ룰 경히 너기시니 스존이 엇지 이러릇 일편(一偏)되게 ᄒᆞ시ᄂᆞ뇨?”

ᄒᆞ고 디디 분한(忿恨)ᄒᆞ여 나오더라. 교쥬 광셩ᄌᆞ룰 분부ᄒᆞ여 나가라 ᄒᆞ니 광셩지 하직고 나오더니 쏘 궁문 밧긔 다ᄃᆞ라 뒤히셔 모든 문인이 웨여 왈,

“광셩ᄌᆞᄂᆞᆫ 가지 말고 우리 모든 사름의 한을 플게 ᄒᆞ라.”

광셩지 졍신이 황홀ᄒᆞ여 압흐로 가려혼 즉 길이 막혓고 쏘호려 혼즉 혼ᄌᆞ 더젹홀 길이 업셔 부득이 ᄒᆞ여 도로 벽유궁으로 드러가니 젼휘 셰슌지 니ᄅᆞ러 통텬교쥬룰 보고 두 무룝흘 쓸거놀 교쥬 문왈,

14)“광셩ᄌᆞ야 네 엇지 규구(規矩)업시 궁의 네 마음더로 【90】 단이ᄂᆞᆫ다?”

광셩지 왈,

“스숙의 분부룰 듯고 뎨지 가려 ᄒᆞ디 모든 문인이 노하보너지 아니ᄒᆞ고 다만 뎨ᄌᆞ로 더부러 쏘호려 ᄒᆞ니 뎨ᄌᆞ의 오미 우흘 공경ᄒᆞ미어놀

만일 니러릇 홀작시면 뎨지 도로혀 욕된지라. 바라ᄂᆞ니 노스는 ᄌᆞ비ᄒᆞ샤 뎨ᄌᆞ룰 발부(發付)케 ᄒᆞ시면 스숙의 녯날 삼교의 한가지로 봉신방(封神榜) 세운 쳬면을 허러바리지 아니리이다.”

통텬교쥬 이 말을 듯고 노왈,

“슈화동ᄌᆞᄂᆞᆫ 밧비 져 무지혼 츅싱을 잡아오라.”

슈화동지 법지룰 가지고 나와 모든 문인을 보고 왈,

“널위 스형아 노애 노룰 발ᄒᆞ여 너희들을 블너오라 ᄒᆞ시더라.”

ᄒᆞ니 모든 문인이 스존의 블으믈 듯고 다른 의논 업시 다만 궁으로 와 교쥬의 뵌더 교쥬 즐왈,

“너희 규구룰 직희지 아닛ᄂᆞᆫ 츅싱이 엇지 스싱의 명을 좃지 아니ᄒᆞ고 강호ᄒᆞ기룰 【91】 밋어 일을 니려ᄒᆞ니 이 엇진 일고? 광셩ᄌᆞᄂᆞᆫ 나의 삼교 법지로 쥬 무왕을 도와 하늘 운슈룰 응ᄒᆞ여 니러나고 다른 이ᄂᆞᆫ 텬의룰 거스려 일을 힝ᄒᆞ니 세 맛당이 니러ᄒᆞ거놀 너희 엇지 도로혀 져러릇시 구ᄂᆞ뇨? 졍실(情實)이 가히 한홉도다.”

친히 ᄭᅮ지ᄌᆞ미 모든 문인이 각각 셔로 도라보며 머리룰 슉이고 말을 아니ᄒᆞ거놀 통텬교쥬 광셩ᄌᆞ다려 왈,

“너ᄂᆞᆫ 명을 봉힝(奉行)ᄒᆞ여 져사름들과 결오지 말고 조히 가라.”

광셩지 스은ᄒᆞ고 믈너나와 즐에15) 구션산(九仙山)으로 도라오니 통텬교쥬 모든 문인다려 왈,

“강상은 나의 법지룰 바다 운슈룰 응혼 데왕을 붓드러 돕ᄂᆞ니 삼교 즁 봉신방상의 잇던 광셩ᄌᆞᄂᆞᆫ 법교룰 범혼 신션이라 화령셩모룰 쳐 죽이미 졔 와셔 일을 닌 거시 아니라 너희가 져룰 츠즌 연괴니 이 다 하늘 뜻이라. 【92】 너희 등이 엇지 괴로이 져와 디거(對拒)ᄒᆞ여 나의 훈유(訓諭)룰 좃지 아니ᄒᆞ니 이 무슴 쳬면을 일운작고?”

---

14) 여기서부터는 원문 제73회 ‘青龍關飛虎折兵’의 내용에 들어감.

15) 【즐에 /즈레】 튀 질러. 지레. ¶ 徑 ‖ 광셩지 스은ᄒᆞ고 믈너나와 즐에 구션산으로 도라오니 (廣成子謝過恩, 出了宮徑回九仙山去了.) <西周 18:91> 다보도인이 고산을 쩌나 즈레 개패관으로 가니라 (多寶道人離了高山, 徑往界牌關去.) <西周 18:95>

모든 문인이 미쳐 말을 여지 못ᄒ여셔 다
보도인이 쑤러 왈,

"노ᄉ의 셩유(聖諭)ᄅ롤 엇지 감히 좃지 아니
리잇가? 다만 광셩지 너모 우리 법교ᄅ롤 긔롱(譏
弄)ᄒ고 망녕되이 옥허 교법을 존ᄃᆡᄒ여 우리ᄅ롤
ᄊᆞ지져 욕ᄒ기ᄅ롤 심히 ᄒᆞ니 노시 엇지 져의 한
편 헛된 말을 밋어 진짓말을 삼으시니 져의 속
이믈 보시도쇼이다."

통텬교쥐 왈,

"붉은 곳과 흰 년곳과 푸른 화엽(荷葉) 세
가지 법푀 원간16) 다 한가지라. 졔 엇지 모ᄅ고
감히 어즈러온 말을 ᄒ여 너희ᄅ롤 긔롱ᄒ리오?
싱심(生心)도 ᄉ단(事端)을 너지 말나."

다보도인 왈,

"노시 우희 계시니 뎨지 감히 말을 못ᄒᆞᆸ
거니와 이졔 노시 ᄌ셰히 아지 못ᄒ여 일이 임
의 여긔 니ᄅ러시니 시러곰 올흔ᄃᆡ로 곳치 아니
치 못ᄒ【93】ᄂ이다. 졔가 우리 법을 ᄊᆞ지ᄌᄃᆡ
좌도방문(左道傍門)이라 ᄒ고 ᄃᆡ모ᄃᆡ각(帶毛帶
角)ᄒ 사롬들과 즌ᄃᆡ 나며 알노 화ᄒ17) 무리ᄅ롤
분변치 아니ᄒ여 다 한가지로 무리지어 쳐흔다
ᄒ여 우리 보기ᄅ롤 업손 것 갓치 ᄒ고 홀노 옥허
도법으란 일ᄏᆞ라 무상지존(無上至尊)이라 ᄒ니
니러므로 뎨ᄌ 등이 심복(心服)지 아니ᄒᄂᆞ이
다."

통텬교쥐 왈,

"니 광셩ᄌ롤 보니 쏘흔 진실군지라. 결단
코 이 말을 아니리니 너희는 그릇 듯지 말나."

다보도시 왈,

"뎨지 엇지 감히 노ᄉ롤 쇽이리잇가?"

모든 문인이 일시의 왈,

"실노 이 말이 올ᄉ오니 가히 뻐 면질(面
質)ᄒ염즉ᄒ이다."

교쥐 쇼왈,

"니 깃도 든 뉴와 털도 든 무리로 셔로 병
닙(並立)ᄒ여시면 다른 ᄉ부는 이 엇던 사롬이

며 니 우뫼(羽毛) 니러시면 다른 ᄉ부도 우모의
뉴라. 져 츅싱이 져러트시 경박ᄒ뇨?"

금녕셩모ᄅ롤 분부ᄒ여,

"뒤히 가 네가지 보검을 가【94】져오라."

져근덧18) ᄉ이의 셩푀 한 ᄊᆞ 거슬 가져오
니 보 안히 네가지 보검이 잇ᄂᆞ지라 셔안(書案)
우희 노커ᄂᆞᆯ 교쥐 왈,

"다보도인아 니 분부ᄅ롤 드ᄅ라. 졔 임의
우리 교법을 갓지 못ᄒᆞ다 우으니 가히 이 보검
네흘 가지고 개패관(界牌關)으로 가셔 한 쥬션
진(誅仙陣)을 버리고 쳔교문(闡敎門) 아리 한낫
문인이 감히 니 진으로 나아오리 잇는가 보라.
만일 일이 이실진ᄃᆡ 니 스스로 와 져와 강논ᄒ
리라."

다보도인이 다시 문왈,

"이 보검이 므슴 요용(要用)이 잇ᄂᆞ뇨?"

통텬교쥐 왈,

"이 보검이 네가지 일홈이 이시니 하나흔
쥬션검(誅仙劍)이오 둘흔 뉵션검(戮仙劍)이오 세
흔 함션검(陷仙劍)이오 네흔 졀션검(絶仙劍)이
라. 이 검을 문 우희 것구러 다라두면 뇌졍(雷
霆)이 진동ᄒ며 검광(劍光)이 한 번 니러나면 만
겁(萬劫)이나 지난 신션이라도 이 난을 도망키
어려오니라. 일즉 찬이 잇셔 이 보검을 기려시
니 왈,

【95】 구리도 아니오 쳘도 아니오 강
도 아니로ᄃᆡ 일즉 슈미산(須彌山) 아리 장
ᄒ여 쓰지 아닛ᄂᆞᆫ도다. 음양을 젼도(顚倒)
ᄒ야 련(煉)치 아니ᄒ여시나 엇지 슈화의
날 담으미 업ᄉ리오? 신션을 득ᄒ면 니ᄒ
고 뉵ᄒ면 망ᄒ고 신션을 함(陷)ᄒ는 곳마
다 붉은 빗치 니ᄂᆞᆫ도다. 신션을 긋쳐바리
는 변홰 무궁ᄒ니 대라션(大羅仙)의 피빗
치 의상의 모드리로다.

통텬교쥐 이 검을 가져 다보도인을 쥬고 쏘흔
쥬션진 도형을 쥬며 왈,

---

16) 【원간】 📖 원래. ¶ 原來 ‖ 붉은 곳과 흰 년곳
과 푸른 화엽 세가지 법푀 원간 다 한가지라.
졔 엇지 모ᄅ고 감히 어즈러온 말을 ᄒ여 너희
ᄅ롤 긔롱ᄒ리오? (紅花白藕青荷葉, 三教原來總一
般. 他豈不知, 怎敢亂說譏弄?) <西周 18:92>

17) 즌ᄃᆡ 나며 알노 화ᄒ다: 濕生卵化.

18) 【져근덧】 📖 잠간. 잠시. ¶ 少時 ‖ 져근덧 ᄉ
이의 셩푀 한 ᄊᆞ 거슬 가져오니 보 안히 네가지
보검이 잇ᄂᆞ지라 셔안 우희 노커ᄂᆞᆯ (少時, 金靈
聖母取一包袱, 內有四口寶劍, 放在案上.) <西周
18:94>

"네 개패관의 가 쥬나라 병마롤 막즈르고
제 너와 디젹기롤 엇지 ㅎㄴ고 보라."

다보도인이 고산을 써나 즈레 개패관으로
가니라.

강즈이 신공표 조츠믈부터 버셔나믈 어더
가몽관으로 도라올시 쥬 영치 안히셔 치인(差
人)이 네녁흐로 홋허져 즈아의 쇼식을 탐쳥ㅎ더
니 다만 보니 나탁(哪吒)이 풍화륜(風火輪)의 올
나 네녁흐로 츠즈니 즈이 졍히 **(이하 누락)**

[셔쥬연의西周演義 권지십구]

73
쳥뇽관비호졀병(靑龍關飛虎折兵)

【1】 즈아(子牙) 구류손(衢留孫)을 니별ᄒ고 영으로 도라오더니 나탁(哪吒) 등 졔장이 즈아를 일코 아모더로 간 줄 몰나 ᄉ면팔방(四面八方)을 어드더 맛춤ᄂᆡ 엇지 못ᄒ여 위회(韋護) 뫼 ᄉ이 젹은 길노 ᄎᆞ즈가더니 즈아 ᄉ불상(四不相)을 타고 나아오거놀 위회 즈아의 오믈 보고 더희ᄒ여 황망이 졀ᄒ고 왈,

"화룡병(火龍兵)이 ᄒ번 큰 진을 헤치미 군ᄉᆡ 각각 다라나니 능히 동셔를 츌히지 못ᄒ여 흣터졋더니 불긔운이 진흔 후의 겨유 군ᄉ를 긔두니 원슈 아니 와 계신지라 졔장이 네 녁흘 어드더 원슈 가신 곳을 아지 못ᄒ여 ᄒ더니, 이의 와 만날쥴 엇지 일니잇고?"

ᄒ고 즈아를 옹호ᄒ여 영의 니르니 홍금(洪錦)이 즁장(衆將)을 거 【2】ᄂ리고 나와 마ᄌ 좌를 졍ᄒ고 군ᄉ를 졈고ᄒ니 ᄯᅩ ᄉ오쳔이나 죽엇더라. 즈아 화령셩모(火靈聖母)의 일과 신공표(申公豹) 광셩즈(廣成子) 구류손 만난 일을 즈셰히 니르니 즁장이 하례(賀禮)ᄒ거놀 즈아 분부ᄒ여 가몽관(佳夢關) 오십 니의 영치(營寨)를 비셜ᄒ고 ᄉ흘을 머므러 졔장으로 더브러 의논ᄒ더,

"이졔 화령셩뫼 임의 죽엇고 말과 장쉬 업ᄉ니 우리 맛당이 나아가 ᄡᅡ화 큰 공을 일우리라."

ᄒ고 군ᄉ를 졈고ᄒ여 관을 나아가다.

호승(胡升)이 관의 잇셔 화령셩모의 긔별을 ᄉ흘이로더 듯지 못ᄒ니 졍히 울울ᄒ여 즁당의 홀노 안즛더니 부장(副將) 왕신(王信)이 급히 드러와 보ᄒ더,

"강즈아(姜子牙)의 더병이 셩 아러 와 진친다 ᄒᄂᆞ이다."

호승이 더경 왈,

"화령셩묘의 ᄉ싱(死生)을 아지 못ᄒ고 ᄯᅩ 강상(姜尙)이 더병을 모라 셩 아러 니르러시니 엇지 능히 막으리오. 니 쳐음의 항셔(降書)를 닷가 쥬(周)의 보 【3】 너엿더니 화령셩모의 다리믈 드러 강즈아의 무슈흔 군ᄉ를 죽여시니 이졔 비록 다시 항코즈 ᄒ나 두리건더 강즈이 용납지 아닐가 ᄒ노라."

왕신 왈,

"그러치 아니ᄒ이다. 장군이 비록 마음을 변ᄒ여 강즈아의 두 진을 니긔나 이ᄂᆞ 화령셩모의 흔 비라 우리ᄂᆞ 죄 업술가 ᄒᄂᆞ니 일즉이 항복ᄒ여 작녹(爵祿)을 바드미 엇지 아름답지 아니리오?"

흔더 호승 왈,

"그더 말이 유리타."

ᄒ고 즉시 항셔를 닷가 왕신을 쥬어 가라 흔더 왕신이 명을 바다 쥬영의 와 쇼졸노 ᄒ여곰 알외라 ᄒ니 즈이 드러오라 흔더 왕신이 즁군의 드러와 장 아러 입더여 글을 올니거놀 즈이 바다 ᄯᅥ혀보니 ᄒ여시더,

납항슈관쥬장(納降守關主將) 호승은 더쇼 장관을 거ᄂ려 돈슈(頓首)ᄒ고 글을 셔쥬더원슈(西周大元帥) 휘하의 올니ᄂᆞ이다. 쇼장이 관을 직희여 국은을 갑고 【4】 져 ᄒ더니 황텬(皇天)이 은(殷)을 돕지 아니샤 텬히 한가지로 반ᄒ니 원슈 병을 거ᄂ려 관의 님ᄒ여 셰시니 쳐음의 항복ᄒ려 ᄒ여 글을 올녓더니 아으1) 호뢰(胡雷)의

---

1) 【아으】뎽 아우. 동생. ¶ 弟∥ 원슈 병을 거ᄂ려 관의 님ᄒ여 계시니 쳐음의 항복ᄒ려 ᄒ여

429

스싱 화령셩뫼 뫼흐로셔 나려와 데ᄌ(弟
子)의 원슈롤 갑흐렷노라 ᄒ고 쇼장을 달
니여2) 항거ᄒ더니 화령셩뫼 죽어시니 이
졔는 홀일 업손지라 다시 항복고져 ᄒ니
쇼장의 죄 만번 죽엄즉 ᄒ나 원슈는 하늘
갓흔 마음을 너여 쇼장의 죄롤 사ᄒ시고
한 쇼졸(小卒)을 삼으쇼셔. 삼가 글을 닷가
비장(裨將) 왕신으로 ᄒ여곰 올니나이다.

ᄒᄋᆺ더라.

ᄌ이 남필(覽畢)의 왕신다려 왈,

"네 쥬장이 항복ᄒ려 홀진디 너일 친히 나
와 디병을 마ᄌ라."

ᄒᆫ디 홍금이 겻히 잇다가 왈,

"호승은 반복(反復) 쇼인이라 젼의 항복ᄒ
랴 ᄒ다가 도로 비반ᄒ고 ᄯᅩ 다시 항복ᄒ랴
【5】ᄒ니 그릇 간계롤 맛출가 두려ᄒᄂ이다."

ᄌ이 왈,

"호승이 젼일의 항ᄒ려 ᄒ다가 도로 비반
흠은 화령셩모의 도슐을 밋고 다시 회복고져 ᄒ
다가 ᄯᅩ 화령셩뫼 죽어시니 이번은 진실노 항ᄒ
미라. 공은 헛말 말나. 사롬을 항복 바드미 의심
을 니면 엇지 디ᄉ롤 일우리오?"

왕신이 ᄌ아롤 하직고 관의 도라와 호승의
게 ᄌ시 니른디 호승이 디희ᄒ여 셩 우희 항번

글을 올녓더니 아ᄋ 호뢰의 스싱 화령셩뫼 뫼흐
로셔 나려와 데ᄌ의 원슈롤 갑흐렷노라 ᄒ고 쇼
장을 달니여 항거ᄒ더니 화령셩뫼 죽어시니 이
졔는 홀일 업손지라 (日者元帥率兵抵關, 升弟胡
雷與火靈聖母不知天命, 致逆王師, 自罹於禍, 悔
亦無及.) <西周 19:4>

2) 【달니다】[圉] 꾀다. 유혹하다. ¶ 원슈 병을 거느
려 관의 님ᄒ여 계시니 쳐음의 항복ᄒ려 ᄒ여
글을 올녓더니 아ᄋ 호뢰의 스싱 화령셩뫼 뫼흐
로셔 나려와 데ᄌ의 원슈롤 갑흐렷노라 ᄒ고 쇼
장을 달니여 항거ᄒ더니 화령셩뫼 죽어시니 이
졔는 홀일 업손지라 (日者元帥率兵抵關, 升弟胡
雷與火靈聖母不知天命, 致逆王師, 自罹於禍, 悔
亦無及.) <西周 19:4> 쇼장이 항셔롤 홍장군긔
보니엿더니 화령셩모의 달니믈 듯고 마지 못ᄒ
여 감히 원슈와 ᄊ호더니 이졔 화령셩뫼 죽어시
니 쇼장이 도라갈 디 업손지라 이졔 원슈긔 항
복ᄒᄂ니 바라건디 원슈는 죄롤 사ᄒ쇼셔 (末將
先曾具納降文表與洪將軍, 不期火靈聖母要阻天兵,
末將再三阻擋不住, 致有得罪於元帥麾下, 望元帥
恕末將之罪.) <西周 19:6>

(降幡)을 곳고 이튼날 디쇼 즁장을 거느리고 관
의 나가 ᄌ아롤 기다리더니 ᄌ이 병을 거느리고
관으로 나아오니 호승이 길가의 업디여 ᄌ아롤
마ᄌ 관의 드러가니 ᄌ이 마을의 안고 호승을
드러오라 ᄒ니 호승이 계하의 업디여 왈,

"쇼장 호승이 미일 쥬의 도라갈 ᄯᅳᆺ을 두어
시디 아ᄋ 호뢰 텬시(天時)롤 아지 못ᄒ고 디병
을 항거ᄒ다가 참혹ᄒᆫ 화롤 바드니 쇼장이 【6】
항셔롤 홍장군긔 보니엿더니 화령셩모의 달니믈
듯고 마지 못ᄒ여 감히 원슈와 ᄊ호더니 이졔
화령셩뫼 죽어시니 쇼장이 도라갈 디 업손지라
이졔 원슈긔 항복ᄒᄂ니 바라건디 원슈는 죄롤
사ᄒ쇼셔."

ᄌ이 즐왈(叱曰),

"반복ᄒᄂ는 도젹이 엇지 감히 잡말을 ᄒᄂ
뇨? 네 쳣번의 항복ᄒᆷ은 본심이 아니라 슈하의
장쉬 업ᄉ미 항복ᄒ여 살기롤 도모코져 ᄒ다가
ᄯᅩ 화령셩모롤 만나 마음을 변ᄒ니 이는 한 쇼
인이라. 만일 너롤 술오면 반드시 후환이 이시
리라."

ᄒ고 좌우롤 ᄭᅮ지져 너여 버히라 ᄒ니 호승이
홀 말이 업셔 머리롤 슉이고 칼을 바드니라.

ᄌ이 가몽관을 평정ᄒ여 긔공(祁恭)으로
직희오고 ᄉ슈관(汜水關)으로 도라오니 니졍(李
靖)이 졔장을 거느려 나와 맛거날 ᄌ이 후영의
드러가 무왕(武王)의게 뵈고 가몽관ᄉ(佳夢關事)
롤 ᄌ셰 【7】히 알왼디 무왕이 디희ᄒ여 잔치롤
비셜ᄒ고 ᄌ아의 공 일우믈 하례ᄒ더라.

황비회 십만 웅병을 거느려 ᄉ슈관을 ᄯᅥ나
쳥농관(靑龍關)의 니르니 쳥농관 진슈디장군(鎭
守大將軍) 구인(丘引)이 부장 마방(馬方)·고귀
(高貴)·여셩(余成)·숀보(孫寶) 등으로 더브러
셔로 의논 왈,

"오늘 쥬병이 무고이 범셩(犯城)ᄒ니 그디
등이 맛당이 진녁ᄒ여 나라홀 갑홀지라."

졔장이 일시의 디왈,

"쇼장 등이 맛당이 진녁ᄒ여 셩을 직희리
이다."

ᄒ고 셩상(城上)의 슈셩홀 긔구롤 비셜ᄒ니라.

황비회 장의 올나 졔장을 도라보아 왈,

"뉘 몬져 가 이 셩을 아스리오?"

등구공(鄧九公)이 응셩 왈,

“쇼장이 원컨디 가리이다.”

황비회(黃飛虎) 왈,

“장군이 한번 가민 반드시 큰 공을 일우리라.”

등구공이 말긔 올나 관 아리 다드라 쏜호즈 흔디 쇼졸이 드러가 보흐니 구인이 마방다려 왈,

“장군이 가 이 도젹을 잡으라.”

마 【8】 방이 녕을 듯고 셩의 나오니 등구공이 금갑홍포(金甲紅袍)의 디검을 빗기고 쑤지져 왈,

“마방 필뷔 텬시롤 아지 못ㅎ고 디병이 셩하의 님ㅎ여시디 오히려 항복지 아니ㅎ고 감히 항거코져 ㅎ는다?”

마방이 즐왈,

“역젹이 감히 망녕된 말을 ㅎ여 죽고즈 ㅎ는다?”

말을 맛츠며 칼을 두르고 다라들거눌 등구공이 칼을 드러 마즈 쏘화 삼십 합의 구공이 일디 영웅이라 마방이 엇지 능히 당ㅎ리오? 말을 두르혀 다라나거눌 등구공이 크게 쇼리지르고 마방을 버혀 말 아리 나리치니 픠군이 다 항복ㅎ거눌 등구공이 영의 도라가 공을 드린디 황비회 디희ㅎ여 잔치롤 비셜ㅎ고 공을 하례ㅎ더라.

쳥탐군이 관의 드러가 구인의게 알외디,

“마장군의 머리롤 영의 다라 호령ㅎ느이다.”

구인이 이 말을 듯고 혼불부(魂不附) 【9】 ㅎ여 이롤 쓰며 계장다려 왈,

“이졔 마장군이 황비호의게 죽엇고 황비호는 큰 장쉬라 지용(智勇)이 가지니 엇지 능히 당ㅎ리오?”

녀셩 왈,

“황비회 비록 어려오나 장군이 닐일 친히 관의 나아가 승피롤 보쇼셔.”

구인 왈,

“장군의 말이 올타.”

ㅎ고 이튿날 친히 디병을 거느려 관의 나오니 황비회 디장 긔구(器具)롤 버리고 디병을 거느려 영의 나왓거눌 구인이 즐왈,

“나라홀 져바리고 은혜롤 닛는 필뷔 감히

반젹을 도와 조졍 명관을 살히ㅎ고 쥬왕(紂王) 부고(府庫)롤 겁칙ㅎ더니 오늘날 도로혀 텬즈 관익을 침노ㅎ니 죄악이 관영(貫盈)ㅎ지라 반드시 텬앙을 바드리라.”

황비회 쇼왈(笑曰),

“이졔 텬하 졔휘 한가지로 밍진(孟津)의 모도이리니 쥐(周) 홀일 업시 망ㅎ미 조셕의 잇는지라. 너는 한 조고만 장쉬어눌 감히 텬명을 항거ㅎ여 스스로 죽고져 ㅎ느냐?”

ㅎ고 좌우롤 【10】 도라보아 왈,

“뉘 가히 이 도젹을 잡으리오?”

비호의 졔스즈(第四子) 황텬샹(黃天祥)이 응셩 왈,

“쇼지 공을 일우리이다.”

ㅎ고 창을 두르고 니다르니 나히 겨유 십칠이러라. 은(殷) 진상(陣上)의셔 고귀 도치[3]롤 두르며 니다라 왈

“이 조고만 아희 감히 디젹고져 ㅎ느냐?”

텬샹이 부답(不答)ㅎ고 바로 다라드러 십여 합의 고귀 텬샹의 아횐 줄을 보고 업슈이 너겨 다라드러 버히려ㅎ거눌 텬샹이 크게 쇼리지르고 한 창을 고귀의 가슴을 질너 마하(馬下)의 나리치니 구인이 고귀의 죽으믈 보고 쇼리 질너 왈,

“이 아희 엇지 감히 닉 디장을 죽이느뇨?”

ㅎ고 창을 두르고 다라들거눌 텬샹이 가만이 깃거 왈,

“오늘날 맛당이 큰 공을 일우리라.”

ㅎ고 마즈 쏘화 삼십여 합은 ㅎ니 텬샹이 졍신이 비나 ㅎ고 힘이 더흔지라 창 쓰기롤 빗발치 듯 ㅎ니 구인이 능히 낭치 못ㅎ여 【11】 말을 두르혀 다라나거눌 텬샹이 쓰라 닷더니 구인의 부장 손보·녀셩이 일시의 쇼리ㅎ고 니다라 텬샹을 디젹ㅎ거눌 등구공이 칼을 두르고 다라드리 녀셩을 버혀 마하의 나리치니 손뵈 디로(大怒) 즐왈,

“이 필뷔 죽고져 ㅎ여 우리 디장을 상히오는다?”

---

3) 【도치】圐 도끼. ¶ 斧∥ 은 진상의셔 고귀 도치롤 두르며 니다라 왈 “이 조고만 아희 감히 디젹고져 ㅎ느냐?” (這壁廂有高貴搖斧接住.) <西周 19:10>

구공이 부답ᄒ고 다라드러 ᄊ호거눌 텬상이 구인 ᄊ르기롤 긴급히 ᄒ니 구인이 비록 도슐이 이시나 밋쳐 힝치 못ᄒ여 머리롤 프러 바리고 다라나더니 텬상이 창을 드러 구인의 왼편 다리롤 질으니[4] 구인이 크게 쇼리지ᄅ고 말긔 업더여 다라나거눌 텬상이 창을 노코 살을 ᄲ혀 조궁(操弓)의 먹여 한번 쏘아 졍히 구인의 엇게롤 맛치니 손뵈 쥬장의 피ᄒ여 다라나믈 보고 마음이 어즐ᄒ여 칼 쓰는 법을 일헛ᄂᆞᆫ지라 구공이 합션도(合扇刀)롤 드러 손보롤 버혀 마하의 나리치니 【12】 구인니 ᄯᅩ 손보의 죽으믈 보고 겨유 다라나 관의 도라와 싱각ᄒ디 '네 부장이 다 죽엇고 니 ᄯᅩ 창과 살을 마졋시니 맛당이 니 일 이 도적을 죽여 한을 씨스리라' ᄒ고 즉시 단약을 너여 상쳐의 바ᄅ니 스홀 만의 하리거눌[5] 더병을 거ᄂ려 관의 나와 황텬상을 보와 ᄊ호ᄌ ᄒ더 텬상이 가고져 ᄒ거눌 비회 왈,

"불가ᄒ다. 졔 네게 창과 살을 마ᄌ시니 반ᄃ시 원슈롤 갑고져 ᄒ리라."

등구공 왈,

"졔 비록 보슈(報讎)롤 ᄒ려 ᄒ나 공ᄌᄂᆞᆫ 영웅이라 엇지 져롤 당치 못ᄒ리오? 공지 ᄊ호거든 쇼장이 진을 도으리이다."

비회 허락ᄒ디 황텬상이 등구공으로 더브러 영의 나가니 구인이 황텬상의 오믈 보고 바로 다라들거눌 텬상이 마ᄌ ᄊ화 이십여 합은 ᄒ여 텬상이 구인의 투고 우희 머리털이 조곰 낫시믈 보고 혜오디 '이 도젹이 【13】 일졍 도슐을 힝ᄒᄂᆞᆫ가 시부니 니 몬져 ᄒᆞ슈(下手)ᄒ리라' ᄒ고 거즛 한 창을 지ᄅ고 다라나니 구인이 쇼리질너 왈,

"오눌날 이 도젹을 죽여 니 한을 씨스리라."

ᄒ고 창을 두르고 ᄯᅡ라오거눌 텬상이 닷다가 한가의 치여 셔니 구인이 지니쳐 닷거눌 텬상이 창을 노코 은장간(銀裝鐧)을 니여 구인의 가슴을 치니 구인이 닙으로 피롤 토ᄒ고 관(關)으로 다라나 문을 닷고 나지 아니커눌 텬상이 구공으로 더브러 영의 도라와 황비호롤 보고 왈,

"쇼지 구인을 은장간으로 치니 피ᄒ여 다라나 관의 들거눌 이긔고 도라오니이다."

황비회 디회ᄒ여 등구공으로 더브러 관 아슬 일을 의논ᄒ더라.

구인이 피ᄒ여 관의 드러가 닙으로 피 토ᄒ기롤 긋치지 아니ᄒ거눌 단약을 너여 먹으디 ᄒᆞᆫ 써도 낫는 일이 젼혀 업스니 황텬상을 깁히 한ᄒ더라.

이튼날 쇼【14】졸이 보ᄒ되,

"셩밧긔 쥬병이 무슈히 와 관을 치ᄂᆞ이다."

구인이 알프믈 견디고 셩의 올나 군스롤 독촉ᄒ여 셩 직희기롤 엄히 ᄒ니 스홀이로디 쥬병이 관을 능히 앗지 못ᄒ여 믈너가니 디긔 이 관은 조가(朝歌)의 갓가온 ᄯᅡ히오 요졀ᄒᆞᆫ 길이라 셩을 놉게 ᄒ고 힌ᄌ(垓子)롤[6] 깁게 ᄒ여 젹군을 방비ᄒ니 만일 가몽관 갓ᄒ면 하로 너로 파홀 거시로디 구인이 셩 직희기롤 굿게 ᄒ니 능히 앗지 못ᄒ다.

구인이 쥬병의 믈너가믈 보고 부의 나려와 홀노 안져 근심ᄒ더니 군시 드러와 보ᄒ디,

"독냥관(督糧官) 진긔(陳奇) 냥식을 거ᄂ려 왓ᄂᆞ이다."

구인이 드러오라 ᄒ니 진긔 드러와 졀ᄒ고 왈,

"쇼장이 냥식을 의슈히[7] 출혀 밧긔 디령ᄒ엿ᄂᆞ이다."

구인 왈,

"장군이 군냥을 긔약의 밋쳐 왓시니 맛당

---

4) 【질으다】 동 찌르다. ¶ 引∥ 텬상이 창을 드러 구인의 왼편 다리롤 질으니 구인이 크게 쇼리지ᄅ고 말긔 업더여 다라나거눌 (黃天祥賣了個破綻, 一槍正中丘引左腿. 丘引大叫一聲, 撥轉馬就走.) <西周 19:11>

5) 【하리다】 동 (병이) 낫다. ¶ 愈∥ 즉시 단약을 너여 상쳐의 바ᄅ니 스홀 만의 하리거눌 더병을 거ᄂ려 관의 나와 황텬상을 보와 ᄊ호ᄌ ᄒ더 (此人自用丹藥敷搽, 卽時全愈. 到三日後, 上馬提槍, 至周營前只叫: "黃天祥來見我!")<西周 19:12>

6) 【힌ᄌ】 명 해자(垓子). 호수(연못)처럼 깊게 놓은 곳. ¶ 濠∥ 디긔 이 관은 조가의 갓가온 ᄯᅡ히오 요졀ᄒᆞᆫ 길이라 셩을 놉게 ᄒ고 힌ᄌ롤 깁게 ᄒ여 젹군을 방비ᄒ니 만일 가몽관 갓ᄒ면 하로 너로 파홀 거시로디 구인이 셩 직희기롤 굿게 ᄒ니 능히 앗지 못ᄒ다 (大抵此關乃朝歌保障之地, 西北藩屏, 最是緊要. 城高濠深, 急切難以攻打, 周兵一連攻打三日, 不能得下.) <西周 19:14>

7) 【의슈히】 의수(依隨)히? 미상.

이 조뎡(朝廷)의 보흐여 큰 벼술을 밧긔 흐리
라.”

진긔 문왈,

“쥬병이 셩하의 님흐여시니 년일 쓰호미
【15】 승픠 엇더흐니잇고?”

구인이 답왈,

“강상(姜尙)이 병을 난화 한 길은 사슈관을
치고 한 길은 가몽관을 치고 한 길은 이 가몽관
을 치니 장쉬 용밍흐고 군시 모지라 능히 뎌젹
지 못흐여 등구공이 니 여러 장슈룰 죽이고 황
텬상이 쏘 나룰 창으로 지르고 활노 쏘고 은장
간으로 쳐시니 시방 상흐여 능히 승부룰 결치
못흐노라.”

진긔 왈,

“원슈는 근심 마르쇼셔. 쇼장이 나아가 이
도젹을 잡으리이다.”

흐고 이튼날 화안금졍슈(火眼金睛獸)룰 타고 숀
의 탕마뎌8)(蕩魔杵)룰 들고 슈히 비호병(飛虎兵)
을 거느려 쥬영(周營)의 니르러 쓰호조 흐디 쇼
졸이 드러가 보흐니 황비회 왈,

“뉘 능히 이 도젹을 잡을고?”

등구공이 응셩 왈,

“쇼장이 원컨더 가리이다.”

흐고 영의 나와 문왈,

“왓는 장슈는 셩명을 통흐라.”

진긔 답왈,

“나는 독냥관 진긔여니와 너는 엇던 장쉰
다?”

등구공 왈,

“나 【16】 는 셔쥬(西周) 동졍부장9)(東征副
將) 등구공이러니 네 상장 구인이 픠흐여 다라
낫더니 네 쏘 죽고져 흐는다.”

진긔 디쇼 왈,

“너는 한 조고만 아희 갓흔 것시라 무어시
두리오리오?”

흐고 화안금졍슈룰 모라 탕마뎌룰 들고 다라들
거눌 등구공이 칼을 드러 마조 쓰화 삼십 합은

---

8) 탕마뎌: 원래 ‘항마뎌’로 되어 있으나 원문에 의
   거하여 ‘탕마뎌’로 고침. 이하 같음.

9) 동졍부장: 원래 ‘동장’이라 되어 있으나 원문에
   따라 고침.

흐여 등구공의 칼쓰는 법이 귀신 갓흔지라 진긔
엇지 능히 당흐리오? 금졍슈룰 모라 다라나거눌
구공이 쓰라오더니 진긔 탕마뎌룰 공중을 바라
며 더지니 삼쳔 비호병이 각각 요구창(撓鉤槍)
을 들고 다라들거눌 진긔 닙으로 누른 긔운을
토흐니 이는 진긔 샹히 도슐을 힝흐여 비 속의
긔운이 엉긔여 조식 빈 듯흐엿다가 토흐면 사룸
이 누른 긔운의 쏘여 졍신을 출히지 못흐는지
라. 등구공이 졍신이 어즐흐여 말긔 나려지거눌
비호병이 미여 관으로 도라오니 구인이 홀노 안
조 진 【17】 긔의 공 일우믈 기다리다가 진긔 등
구공 잡아오믈 보고 디희흐여 구공을 미러 계하
(階下)의 드리니 구공이 쑤지 아니코 쇼리 질너
쑤지져 왈,

“이 도젹이 요괴로온 슐노 나룰 잡아와시
니 너 네 고기룰 먹지 못흐믈 한흐느니 죽을 쓰
룸이라 무슴 말을 흐리오? 너 죽은 후의 모진
귀신이 되여 네 고기룰 너흘니라10).”

구인이 디로흐여 좌우룰 쑤지져 쓰어니여
버히라 흐니 모든 군시 구공을 문밧긔 쓰어니여
머리룰 버히니 구공이 쥬의 도라 간 후의 여러
번 큰 공을 일우고 맛춤니 쥬룰 위흐여 칼 아리
목숨을 맛츠니 엇지 앗갑지 아니리오? 구공의
머리룰 셩 우희 다라 호령흐니 황비회 이룰 보
고 디경 왈,

“등구공이 디장의 지죄(才操) 잇더니 오늘
날 불힝이 요괴로온 슐의 죽어시니 엇지 앗갑지
아니리 【18】 오?”

흐더라.

이튼날 진긔 쥬영의 와 쓰호조 흐디 등구
공의 부장 티란(太鸞)이 디로흐여 말긔 올나 영
의 나와 쑤지즈디,

“이 요괴로온 도젹이 감히 니 쥬장을 히흐

---

10)【너흘다】圖 물다. 물어뜯다. 씹다. ¶殺∥이
   도젹이 요괴로온 슐노 나룰 잡아와시니 너 네
   고기룰 먹지 못흐믈 한흐느니 죽을 쓰룸이라 무
   슴 말을 흐리오? 너 죽은 후의 모진 귀신이 되
   여 네 고기룰 너흘니라 (匹夫以左道之術擒吾,
   我就死也不服! 今旣失機, 有死而已. 吾生不能啖
   汝血肉, 死後必爲厲鬼以殺叛賊!) <西周 19:17>
   네 요술노 나룰 잡아와시니 디장부의 일이 아니
   라. 너 임의 잡혀시니 한번 쾌히 죽어 모진 귀
   신이 되여 네 고기룰 너흐러 나라홀 갑흐리라
   (你這逆賊, 敢以妖術成功, 非大丈夫也! 我死不足
   惜, 當報國恩.) <西周 19:22>

여시니 이 원슈를 갑하 분을 풀니라.”
ᄒ고 다라드러 이십 합이 못ᄒ여 진긔 탕마쳐롤
공즁의 더지니 삼쳔 비호병이 일시의 다라들거
늘 진긔 닙으로 누론 긔운을 토ᄒ니 티란이 말
게 나려지거놀 쏘 티란을 잡아 도라와 구인을
보고 왈,

　　　“이 티란은 조고만 도적이라. 쏘 나가 황
비호롤 잡아 오리이다.”
ᄒ고 관으로 나가거놀 구인이 티란을 함거(檻
車)의 녀허 후영(後營)의 두다.

　　　진긔 관의 나와 쓰홈을 쳥ᄒ거놀 황텬녹
(黃天祿) 등 삼인이 진왈,

　　　“쇼즈 등이 비록 무지ᄒ오나 원컨디 가리
이다.”
ᄒ고 말게 올나 영의 나오니 진긔 문 왈,

　　　“오는 즈는 엇던 사롬인다?”

　　　황텬녹 왈,

　　　“우리는 【19】 긔국(開國) 무셩왕의 아들 황
텬녹(黃天祿) 황텬작(黃天爵) 황텬상(黃天祥)이로
라.”

　　　진긔 가만이 싱각ᄒ디 ‘니 오날 이 도적을
잡아 큰 공을 셰우리라’ ᄒ고 다라들거놀 삼장
(三將)이 각각 창을 드러 쓰호더라.

74
형합[1]이장현신통(哼哈二將顯神通)

세 장쉬 각각 진긔(陳奇)룰 에워 ᄊ고 줏치
더니 삼스 합이 못ᄒ여 황텬상(黃天祥)이 한 창
으로 진긔의 올흔편 다리룰 지ᄅ니 진긔 알프믈
견디고 금졍슈(金睛獸)룰 두르혀 다라나거눌 황
텬녹(黃天祿)이 ᄯ라가더니 진긔 비록 상ᄒ여시
나 비혼 도슐을 엇지 아니 힝ᄒ리오? 탕마져(蕩
魔杵)룰 들어 공즁의 더지니 삼쳔 비호병(三千
飛虎兵)이 일시의 요구창(撓鉤槍)을 들고 다라들
서눌 신긔 닙으로 누른 긔운을 도ᄒ니 횡텬녹이
말긔 나려지ᄂᆞᆫ지라 비호병이 텬녹을 잡아 관의
도라가 구인(丘引)을 뵌디 구인이 디희 [20] ᄒ
여 황뎐녹을 디런(太鷲)과 한기지로 후영의 두
다.

황텬쟉(黃天爵)·황텬상이 피ᄒ여 영의 도
라와 황비호(黃飛虎)룰 보고 형 잡혀 간 연유룰
ᄌ시 니ᄅ니 비회 가쟝 근심ᄒ여 쇼졸노 ᄒ여곰
셩 밋히 가 텬녹의 머리룰 호령(號令)ᄒᆞᆫ가 보
라 ᄒ니 쇼졸이 나가 이윽이 도라와 보ᄒᆞ디,

"공ᄌ의 머리 호령ᄒᆞᄂᆞᆫ 냥을 보지 못ᄒᆞᆯ너
이다."

비회 즁쟝을 더브러 의논ᄒ더니 쇼졸이 드
러와 보ᄒᆞ디,

"구인이 와 ᄊᆞ호ᄌ ᄒᆞᄂᆞ이다."

비회 좌우룰 도라보아 왈,

"뉘 감히 이 도젹을 잡으리오?"

황텬상이 응셩 왈,

"쇼지 원컨디 가리이다."

비회 왈,

"네 형이 갓 잡혀 갓시니 네 ᄯ 가미 불가
ᄒ다."

텬상 왈,

"쇼지 이 도젹을 잡아오는 양을 보쇼셔."

ᄒ고 영의 나가 보니 구인이 투고룰 아니 ᄊᆞ고
약디[2] 머리 갓흔 거술 금으로 믿드러 ᄡᅥ거눌
텬상이 쇼리질너 왈,

"니 [21] 오늘 이 도젹을 잡아 큰 공을 일
우리라!"

ᄒ고 구인의게 다라드러 어우러져 ᄊᆞ호더니 텬
상의 창ᄊᆞ기룰 바람 이듯ᄒ며 구롬이 나듯 ᄒ니
구인이 디젹지 못ᄒ여 말을 두르혀 다라나거눌
텬상이 간스흔 계규룰 아지 못ᄒ고 ᄯᅡ라 닷더니
구인이 진언을 염ᄒ니 머리 우회 ᄡᅥᆺ던 약디 머
리갓흔 거시셔 흰 긔운이 펴지니 긔운 속의셔
붉은 구술 하나히 바로 황텬상의게로 오거눌 구
인이 쇼리 질너 왈,

"황텬상아, 이 보비룰 보라!"

ᄒ니 텬상이 우러러 보다가 졍신이 어즐ᄒ여 말
긔 나려지니 모든 군시 텬상을 잡아 관의 도라
오니 구인이 쟝(帳)의 안고 텬상을 잡아드리니
텬상이 긔운이 두우(斗牛)의 쎄쳣ᄂᆞᆫ지라 디즐(大
叱) 왈,

"구인아! 네 요슐노 나룰 잡아와시니 디쟝
부의 일이 아니라. 니 임의 잡혀시니 한번 쾌히

---

2) 【약디】 圖 낙타. ¶ 陀[駝] ‖ 구인이 투고룰 아
니 ᄊᆞ고 약디 머리 갓흔 거술 금으로 믿드러 ᄡᅥᆺ
거눌 (不戴頭盔, 頂上戴一金箍, 似陀頭樣, 貫甲
披袍.) <西周 19:20> 구인이 디로ᄒ여 머리의 약
디 머리 갓흔 거술 ᄊ고 관 밧긔 나와 (丘引聽
報, 自恃己能, 依舊是陀頭打扮, 竟出關門.) <西周
19:25>

죽어 모진 귀신이 되여 네【22】고기를 너흐러
나라흘 갑흐리라. 만일 강원슈(姜元帥) 딕병을
모라 관 아릭 님ᄒ면 반ᄃ시 네 쎠를 바ᄋ3) 닉
원슈를 갑흐리라."

구인이 디로 즐왈,

"닉 네게 창과 살과 은장간(銀裝鐗)의 마젓
더니 오늘날 너를 잡아시니 맛당이 네 머리를
버혀 닉 한을 씨스리라."

텬상이 진목(瞋目) 즐왈,

"닉 창으로 네 폐부를 쎼지르지4) 못ᄒ고
은장간으로 네 딕골을 씨치지 못ᄒ고 살노 네
영통을5) 쏘지 못ᄒ믈 한ᄒᄂ니 오늘날 불ᄒᆡᆼᄒ
여 네게 잡혀시니 샐니 나를 죽이라."

구인이 디로ᄒ여 좌우를 꾸지져,

"닉여 머리를 버히고 몸을 셩 우ᄒᆡ 다라
두라."

군시 명을 바다 텬상을 미러 원문(轅門)의
가 머리를 버히고 몸을 셩 우ᄒᆡ 다라두니 탐졍
군시 급히 영의 드러와 알외딕,

"졔ᄉ공ᄌ(第四公子)의 몸과 머리를 셩 우
ᄒᆡ 다라 삼군을 호령ᄒᄂ이다."

비회 이 말을 듯고 크게 쇼릭지르고 ᄯᅡ히
것구러【23】져 긔졀ᄒ니 좌위 붓드러 구ᄒ딕
비회 방셩딕곡(放聲大哭) 왈,

"닉가 ᄉ형뎨(四兄弟) 아들을 나하 무예를
가릭쳐 무왕(武王)을 도와 텬하를 졍ᄒ려 ᄒ더

니 첫 관의 니릭러 두 아들을 죽이고 한 아들을
잡혀 보닉여시니 엇지 참혹지 아니리오?"

ᄒ고 즉시 고급(告急)ᄒᄂ는 글을 닷가 치관(差官)
으로 ᄒ여곰 밤낫 ᄉ슈관(汜水關)의 가 ᄌ아(子
牙)의게 알외니 ᄌ이 드러오라 ᄒ거놀 치관이
글을 가지고 ᄉ슈관의 가 글을 올니니 ᄌ이 쩌
혀보니 ᄒ여시딕,

　　동졍쳥뇽관부장(東征靑龍關副將) 황비
회ᄂ는 돈슈빅비(頓首百拜)ᄒ고 글을 딕원슈
휘하의 올ᄂᄂ니 쇼장이 원슈의 명을 바다
십만 웅ᄉ(雄士)를 거ᄂ려 쳥뇽관(靑龍關)
을 치더니 첫 진의 쳥뇽관 장슈 네흘 죽이
고 둘지 진의 부장 진긔 등구공(鄧九公)과
쇼장의 뎨ᄉᄌ 황텬상을 죽이고 틱란과 쇼
장의 뎨이ᄌ 텬녹을 잡아가니 능히 딕격지
못ᄒ여 군시 만히 픠ᄒ니 바라【24】건딕
원슈는 장슈를 보닉여 긴급ᄒ 거술 구ᄒ쇼
셔.

ᄒ엿더라.

ᄌ이 글을 보고 딕경 왈,

"가히 앗갑다. 등구공 황텬상이 비명의 죽
으니 엇지 불상치 아니리오?"

등션옥(鄧嬋玉)이 장하(帳下)의 잇다가 이
말을 듯고 딕경ᄒ여 황망이 올나와 울며 왈,

"쇼장의 아뷔 나라흘 위ᄒ여 도젹의 손의
죽어시니 원컨딕 원슈는 쇼장을 보닉여 아뷔 원
슈를 갑게 ᄒ쇼셔."

ᄌ이 왈,

"그딕 가려니와 나탁(哪吒)으로 더브러 한
가지로 가라."

나탁이 딕희ᄒ여 등션옥으로 더부러 ᄉ슈
관을 쩌나 쳥뇽관으로 올시 나탁의 탄 풍화륜
(風火輪)은 하로 쳔니를 가ᄂ지라 경긱(頃刻)의
몬져 쳥뇽관의 니릭니 황비회 영의 나 마ᄌ 장
의 드러가 좌를 졍ᄒᄆᆡ 황비회 왈,

"닉 원슈의 명을 바다 군ᄉ를 난화 이의
왓더니 불ᄒᆡᆼᄒ여 장쉬 죽고 군시 픠ᄒ니 원슈긔
구완을 쳥ᄒ엿더니 이졔 션봉이 와 계시니 맛당
이 큰【25】공을 일우리로다."

나탁 왈,

---

3)【바아】⑪ 빻아. ¶ 粉碎 ‖ 만일 강원슈 딕병을
　　모라 관 아릭 님ᄒ면 반ᄃ시 네 쎠를 바ᄋ 닉
　　원슈를 갑흐리라 (若姜元帥兵臨, 你這匹夫有粉
　　骨碎身之禍!) <西周 19:22>
4)【쎼지르다】⑫ 꿰뚫다. 관통하다. ¶ 穿 ‖
　　닉 창으로 네 폐부를 쎼지르지 못ᄒ고 은장간으
　　로 네 딕골을 씨치지 못ᄒ고 살노 네 영통을 쏘
　　지 못ᄒ믈 한ᄒᄂ니 오늘날 불ᄒᆡᆼᄒ여 네게 잡혀
　　시니 샐니 나를 죽이라 (我恨不得槍穿你肺腑,
　　鐗打碎你天靈, 箭射透你心窩, 方稱我報國忠心!
　　今不幸被擒, 自分一死, 何必多言, 做出那等的模
　　樣!) <西周 19:22>
5)【영통】⑬ 염통. 심장. ¶ 心窩 ‖ 닉 창으로
　　네 폐부를 쎼지르지 못ᄒ고 은장간으로 네 딕골
　　을 씨치지 못ᄒ고 살노 네 영통을 쏘지 못ᄒ믈
　　한ᄒᄂ니 오늘날 불ᄒᆡᆼᄒ여 네게 잡혀시니 샐니
　　나를 죽이라 (我恨不得槍穿你肺腑, 鐗打碎你天
　　靈, 箭射透你心窩, 方稱我報國忠心! 今不幸被擒,
　　自分一死, 何必多言, 做出那等的模樣!) <西周
　　19:22>

"황공지 단심츙의(丹心忠義)로 나라홀 위ㅎ
여 전장(戰場)의 죽으니 묽은 일홈을 만셰의 드
리오리로쇼이다."
ㅎ더라.

이튼날 나탁이 풍화륜을 타고 셩하(城下)
의 가 황텬상의 죽엄을 셩상(城上)의 다라시믈
보고 디로ㅎ여 크게 쑤지즈디,

"구인 필뷔 엇지 감히 우리 디장을 히ㅎ고
숨고 나지 아닛는뇨? 니 오늘날 왓느니 샐니 목
을 늘희여 니 칼을 바드라."

쇼졸이 급히 드러가 보ㅎ디,

"셩 밧긔 한 디장이 와 쏘호즈 ㅎ느이다."

구인이 디로ㅎ여 머리의 약디 머리 갓흔
거슬 쓰고 관 밧긔 나와 쇼리질너 왈,

"슐위박회 탄 거시 아니 나탁인다?"

나탁이 디즐 왈,

"황텬상이 너와 불과 적국이어눌 만일 슐
오잡은즉 머리롤 버힐 짜롬이라 이졔 몸을 셩
우희 다라두니 이 엇지 디장부의 홀 비리오? 니
오늘 【26】 날 너롤 잡아 쎠롤 갈늘6) 민드라 황
텬상의 원슈롤 갑흐리라."

말을 맛츠며 화쳠창(火尖槍)을 두르고 다
라들거눌 구인이 창을 드러 마즈 쏘화 삼십여
합은 ㅎ여 구인이 진언(眞言)을 넘흐니 머리 우
흐로셔 흰 긔운이 펴지며 붉은 구슬이 나탁의게
로 나려지거눌 구인이 쇼리질너 왈,

"나탁아! 네 니 보비롤 보라!"

나탁은 연화화신(蓮花化身)이라 비록 이
구술을 보나 엇지 능히 상ㅎ리오? 나탁이 디쇼
왈,

"이 무지흔 필뷔 엇지 능히 좀도슐을 힝ㅎ
여 나롤 속이려 ㅎ느뇨?"

구인이 디경ㅎ여 혜오디 '니 도슐을 비흔
후로 장슈롤 잡으며 군스롤 죽이미 당ㅎ리 업더
니 오늘날 나탁이 니 보비롤 보더 상치 아니ㅎ
니 진실노 괴이ㅎ도다' ㅎ고 말을 두르혀 다시
다라드러 쏘호더니 삼합이 못ㅎ여 나탁이 건곤
권(乾坤圈)을 너여 구인 【27】을 치니 구인이

엇게 마즈 쎼 바아지니 구인이 쇼리지르고 다
나거눌 나탁이 영의 도라와 황비호의게 공을 보
ㅎ고 원문의 나오니 등션옥이 발셔 왓더라.

이운독냥관(二運督糧官) 토힝손(土行孫)이
냥식을 지측ㅎ여 즈아의 디영(大營)의 니르러
즈아롤 보고 장의 나려와 등션옥 업스믈 보고
무길(武吉)다려 므른디 무길 왈,

"쳥뇽관의셔 황비회 피ㅎ여 등구공과 황텬
상이 죽으니 니러므로 그디의 부인이 황비호롤
구ㅎ라 쳥뇽관으로 나아가니라."

토힝손이 디경ㅎ여 장의 올나와 즈아롤 보
와 왈,

"앗가 무길의 말을 드르니 등구공이 쳥뇽
관의셔 죽다 ㅎ니 쇼장이 쳥컨디 냥식을 가져
쳥뇽관의 가 구공의 원슈롤 갑고져 ㅎ느이다."

즈인 허락흔디 토힝손이 하직ㅎ고 스슈관
을 쩌나 쳥뇽관의 니르러 황비호 【28】 의 알윈
디 비회 마즈 좌(座)롤 졍ㅎ미 황비회 왈,

"등구공과 황텬상이 요괴로온 도슐의 죽고
황텬녹과 티란이 잡혀갓더니 션봉 나탁이 어졔
구인을 건곤권으로 치니 구인이 피ㅎ여 다라낫
느니라."

토힝손이 문왈,

"셩 우희 사롬의 죽엄을 다라시니 이는 뉘
죽엄이니잇가?"

비회 곡왈,

"니 아들 텬상의 죽엄을 다랏느니라."

토힝손 왈,

"쇼장이 오늘밤의 가만이 셩의 드러가 이
죽엄을 도격ㅎ여 오리이다."

ㅎ고 길이 어눕기롤 기다려 쥬긔(周紀)로 너부
러 셩 아리 가 쥬긔는 셩 밋히 두고 디힝슐(地
行術)을 힝ㅎ여 월셩(越城)ㅎ여 후영으로 드러가
니 슈셩군시(守城軍士) 잠을 익이 드럿거눌 토
힝손이 가만이 마을 뒤히 드러가니 황텬녹과 티
란을 동혀지윗거눌 토힝손 왈,

"황텬녹아, 니 왓노라!"

텬녹 등 이인(二人)이 힝손의 쇼리롤 듯고
【29】 디희 왈,

"힝손아 나롤 구ㅎ라."

힝손이 답왈,

<hr>

6) 【갈ㄴ】⑱ 가루. ¶ 碎醢‖ 니 오늘날 너롤
잡아 쎠롤 갈늘 민드라 황텬상의 원슈롤 갑흐리
라 (我今拿住你, 定碎醢汝尸, 爲天祥泄恨!) <西周
19:26>

"장군은 근심말나. 니 오리지 아냐 관을
앗고 장군 등을 구ㅎ리라."
ㅎ고 가만이 셩 우흐로 올나오니 황텬상의 죽엄
을 남긔 벗겨 미엿거놀 토힝숀이 디로ㅎ여 칼을
샌혀 민 거슬 끈코 죽엄을 나리와 노히 미여 셩
의 드리오니 쥬긔 죽엄을 바다 가지고 영으로
도라가거놀 토힝숀이 쇠막디롤 두르고 바로 마
을노 드러가 군스롤 무슈히 쳐 죽이니 밧긔셔
지져괴는지라 구인이 디경ㅎ여 황망이 창을 들
고 마을노 나아오니 토힝숀이 구인의 나오믈 보
고 잡힐가 두려 셩의 쒸여 나려 쥬긔로 더브러
황텬상의 죽엄을 가지고 도라와 황비호롤 본디
비회 아들의 죽엄을 보고 어루만지며 크게 우러
왈,

"네 나히 어리디 나라흘 위ㅎ여 칼 아리
형벌을 바드니 엇지 참혹지 아니리오?"
ㅎ고 관곽(棺槨)을 갓초 【30】 와 텬작으로 ㅎ여
곰 텬상의 상구(喪具)롤 압녕(押領)ㅎ여 셔기(西
岐)로 보니다.

구인이 진긔로 더브러 밤의 토힝숀의 난을
맛나 아모란 줄 몰나 군스롤 불너 무르니 그 군
시 디왈(對曰),

"밤의 와 작난ㅎ든 사롬은 조고만 아희로
디 군스롤 만이 쳐 죽이고 셩 우희 다랏던 죽엄
을 가져갓느이다."

진긔 디로 왈,

"니 쥬장(主將)을 위ㅎ여 이 도젹을 겨유
잡앗더니 쏘 엇던 도젹이 감히 셩의 드러와 작
난ㅎ뇨?"
ㅎ고 삼쳔 비호병을 거느려 쥬영의 와 쏘호즈
ㅎ니 황비회 좌우롤 도라보와 왈,

"뉘 능히 이 도젹을 잡아 여러 장슈의 보
슈롤 ㅎ리오?"

토힝숀의 부체(夫妻) 가기롤 원ㅎ거놀 황
비회 허ㅎ디 힝숀이 션옥으로 더브러 영의 나가
쇼러질너 왈,

"이 요괴로온 도젹이 감히 우리 장슈롤 죽
이고 텬병을 항거ㅎ여 항복지 아니ㅎ니 니 오늘
너롤 술오잡아 큰 원 【31】 슈롤 갑흐리라."

진긔 쇼왈,

"이 조고만 아희 감히 날을 디젹고져 ㅎ느
냐?"

ㅎ고 탕마져롤 들고 다라들거놀 토힝숀이 쇠막
디롤 들고 마즈 쓰화 삼합이 못ㅎ여 진긔 탕마
져롤 더지니 비호병이 일시의 다라들거놀 진긔
닙으로 누론 긔운을 토ㅎ니 힝숀이 짜히 것구러
지거놀 비호병이 힝숀을 잡아가니 등션옥이 힝
숀이 잡히믈 보고 디로ㅎ여 손의 오광셕(五光
石)을 들고 니다라 진긔 닙을 치니 마즈 부러진
지라. 진긔 쇼러지르고 낫츨 쓰고 다라나거놀
등션옥이 쏘 돌을 너여 꼭뒤롤 치니 진긔 겨유
졍신을 출혀 셩으로 드러가 토힝숀을 잡아드리
니 힝숀이 디쇼ㅎ거놀 군시 힝숀의 부리롤 지르
니 힝숀이 꾸지져 왈,

"쇼졸이 엇지 감히 나롤 치느뇨?"
ㅎ고 발노 츠니 군시 즉시 죽거놀 구인이 【32】
디로ㅎ여 쓰어드려 꿀니고 진긔다려 왈,

"조 아히롤 잡아다가 무어시 쓰리오? 쓰어
너여 버히라."

모든 군시 토힝숀을 쓰어너여 원문의 나가
머리롤 버히려 ㅎ더니 힝숀이 디힝슐을 힝ㅎ여
다라나니 뭇 군시 힝숀을 버히려 ㅎ다가 일허바
리고 급히 드러와 구인의게 알왼디 구인이 디경
왈,

"셔쥬(西周)의 니런 긔특ㅎ 사롬이 이시니
비록 여러번 졍벌ㅎ나 엇지 능히 니긔리오? 간
밤의 셩의 드러와 작난ㅎ고 황텬상의 죽엄을 도
젹ㅎ여 간 거시 일졍 이놈이로다."
ㅎ고 졔장을 분부ㅎ여 셩을 엄히 직희라 ㅎ더
라.

토힝숀이 영의 도라와 황비호의게 뵌디 비
회 디희ㅎ여 졔장으로 더브러 의논ㅎ더니 쇼졸
이 드러와 보ㅎ디,

"삼운독냥관(三運督糧官) 뎡뉸(鄭倫)이 냥
식을 거느려 왓느이다."

황비회 왈,

"밧비 드러오라."

【33】 ㅎ니 뎡뉸이 장(帳) 알픠 니르러 졀
ㅎ고 왈,

"쇼장이 강원수 명을 바다 냥식을 거느려
왓느이다."

비회 왈,

"군중의 냥식이 업셔 군시 졍히 굼게 되엿
더니 장군이 냥식을 거느려 왓시니 군시 보젼흘

가 ᄒ노라."

명눈이 토힝숀 잇시믈 보고 황망이 문왈,

"족히(足下) 엇지 냥식은 지측지 아니코 예와 한가이 잇ᄂᆞ뇨?"

힝숀 왈,

"쳥능관의 한 장쉬 이시니 일홈은 진긔라. 괴이ᄒᆞᆫ 도슐 쎠 장슈롤 만히 죽이니 니러므로 쎠 원쉬 나롤 특별이 보너여 구ᄒᆞ라 ᄒᆞ시미 왓노라."

명눈이 문왈,

"진긔 무슴 도슐을 힝ᄒᆞ더뇨?"

힝숀 왈,

"그 놈의 도슐이 맛치 장군과 갓더라."

명눈 왈,

"니 니일 나가 그놈과 한번 쓰화 반ᄃᆞ시 큰 공을 일우리라."

ᄒᆞ고 황비호로 더브러 슐 먹더라.

진긔 퓌ᄒᆞ여 셩의 드러가 단약(丹藥)을 너여 상ᄒᆞᆫ디 바ᄅᆞ니 일야지간(一夜之間)의 다 【34】 하리거눌 진긔 비호병을 거느려 셩의 나가 등션옥을 보와 ᄌᆞ웅을 결ᄒᆞᄌ ᄒᆞᆫ디 쇼졸이 드러가 보ᄒᆞ니 명눈이 응셩(應聲) 왈,

"쇼장이 원컨디 가리이다."

황비회 왈,

"불가ᄒᆞ다. 장군은 냥식 지측ᄒᆞᄂᆞᆫ 장쉬라 만일 히롤 닙으면 두리건디 원슈긔 큰 칙(責)을 닙을가 ᄒᆞ노라."

명눈 왈,

"냥식 지측ᄒᆞ기도 나라 일이오, 쓰흠ᄒᆞ기도 나라 일이니 엇지 다ᄅᆞ리오?"

ᄒᆞ고 숀의 항마져(降魔杵)롤 들고 본부의 삼쳔 오아병(烏鴉兵)을 거느려 영의 나가니 진긔 화안금졍슈(火眼金睛獸)롤 타고 슌의 탕마져롤 들고 슈하의 삼쳔 비호병을 거느려 각각 요구창을 들고 셧거눌 명눈이 쇼리질너 문왈,

"왓ᄂᆞᆫ 장슈ᄂᆞᆫ 몬져 셩명을 통ᄒᆞ라."

진긔 답왈,

"나ᄂᆞᆫ 독냥상장군(督糧上將軍) 진긔로라."

명눈 왈,

"나ᄂᆞᆫ 삼운독냥관 명눈이러니 너 드ᄅᆞ니 네가 도슐이 잇다 ᄒᆞ【35】니 오ᄂᆞᆯ날 너와 ᄌᆞ웅을 결ᄒᆞ리라."

ᄒᆞ고 말을 맛츠며 금졍슈(金睛獸)롤 모라 다라든디 진긔 ᄯᅩᄒᆞᆫ 금졍슈롤 모라 쓰호니 두 금졍슈ᄂᆞᆫ 신긔ᄒᆞᆫ 즘셩이라 크게 쇼리ᄒᆞ고 바로 ᄯᅥ홀 허위니[7] 틋글이 ᄌᆞ옥ᄒᆞ여 지쳑을 분변치 못ᄒᆞᆯ너라.

명눈이 싱각ᄒᆞ디 '이놈이 몬져 도슐을 힝ᄒᆞ면 졔어키 어려오니 니 몬져 햐슈(下手)홈만 갓지 못ᄒᆞ다' ᄒᆞ고 항마져롤 드러 공중의 더지니 오아병이 장ᄉᆞ진(長蛇陣)을 쳐 손의 각각 요구창을 들고 다라들거눌 진긔 ᄯᅩᄒᆞᆫ 탕마져롤 더지니 비호병이 ᄯᅩ 각각 요구창을 들고 다라드러 쓰호거눌 명눈이 코ᄒᆞ로셔 흰 긔운을 닌디 진긔 ᄯᅩᄒᆞᆫ 닙으로셔 누른 긔운을 토ᄒᆞ니 두 장쉬 다 ᄯᆞ히 나려지거눌 좌우편 군시 각각 구ᄒᆞ여 도라가니 황비호 등이 셔로 우어 왈,

"셰상의 과연 괴이히 갓혼 사롬도 【36】 잇도다."

ᄒᆞ고 영의 도라가니 명눈 왈,

"니일 맛당이 이 도젹을 잡으리라."

ᄒᆞ고 이튿날 명눈이 셩하의 가 쓰호ᄌ ᄒᆞᆫ디 진긔 금졍슈롤 타고 셩의 나와 갈오디,

"오ᄂᆞᆯ은 우리 셔로 도슐을 쓰지 말고 힘디로 쓰호ᄌ."

ᄒᆞ고 하로 겸으도록 쓰호디 승부롤 결(決)치 못ᄒᆞ여 각각 물너가니 나탁이 황비호다려 왈,

"이졔 뎡장군이 능히 진긔롤 니긔지 못ᄒᆞ니 엇지 토힝숀으로 ᄒᆞ여곰 밤의 가만이 관의 드러가 셩문을 열고 디병이 관의 모다 빅셩을 신무(鎭撫)치 아니ᄒᆞᄂᆞ뇨?"

황비회 올히 너겨 어두은 후의 토힝숀을 몬져 보너고 황비회 디병을 거느려 관문 밧긔 슘엇더니 토힝숀이 가만이 셩을 넘어 마을의 드러가 퇴란과 황텬녹을 글너 더브러 셩문의 나오니 문 직흰 군시 잠을 익이 드럿거눌 그 군ᄉᆞ롤 쳐 죽이고 셩문을 크 【37】 게 여니 황비회 즁장을 거느리고 한 쇼리 납함(吶喊)의 일시의 다라드니 구인이 부의 잇다가 황망이 계장을 거느리

---

7) 【허위다】 圖 허비다. 긁어 파다. ¶ 두 금졍슈ᄂᆞᆫ 신긔ᄒᆞᆫ 즘셩이라 크게 쇼리ᄒᆞ고 바로 ᄯᅥ홀 허위니 틋글이 ᄌᆞ옥ᄒᆞ여 지쳑을 분변치 못ᄒᆞᆯ너라 <西周 19:35>

고 급히 나오니 불빗치 ᄌ옥ᄒ엿ᄂ디 황비회 달려 오거늘 쇼리 지르고 바로 황비호의게 다라드니 황비호(黃飛虎)·나탁(哪吒)·등슈(鄧秀)·조승(趙升)·손염홍(孫焰紅)·황명(黃明)·쥬긔(周紀)·황텬녹(黃天祿)·토힝손(土行孫)이 에워싸고 싸호더니 뎡눈이 쏘 진긔로 더부러 각각 병긔를 들어 셔로 싀살(厮殺)ᄒ니 함셩이 텬디 진동ᄒ고 불빗치 셩 안히 ᄌ옥ᄒ엿ᄂ지라 빅셩이 각각 집을 바리고 뫼흐로 다라나거늘 황비회 민심을 일흘가 두려 쥬긔를 명ᄒ여 빅셩을 진무ᄒ라 ᄒ고 황비호는 중장을 거ᄂ려 구인을 마ᄌ 싸호더니 토힝손이 쇠막디를 들어 구인의 더골을 치니 구인이 말긔 나려지거늘 황비회 창을 드러 구인의 등을 지르니 구인은 본디 도슐을 힝ᄒᄂ지 【38】 라 도망ᄒ여 다라난디 황비회 중장을 거ᄂ리고 뎡눈을 도와 진긔를 치더니 나탁이 건곤권을 너여 진긔의 엇게를 맛치니 진긔 금정슈를 달녀 다라나고져 ᄒ거늘 황비회 창을 드러 진긔의 가슴을 질너 죽이니 은병(殷兵)이 다 허여지거늘 군ᄉ를 거두어 빅셩을 진무ᄒ라 ᄒ고 장슈를 졍ᄒ여 관을 직희오고 군ᄉ를 거ᄂ려 슈슈관으로 도라올시 나탁이 몬져 이런 긔별을 보ᄒ라 가고 토힝손은 냥식을 지촉ᄒ라 가니라.

나탁이 반일이 못ᄒ여 슈슈관의 다드라 ᄌ아의게 알왼디 ᄌ인 드러오라 ᄒ니 나탁이 중군의 이르러 쳥농관 아손 일을 ᄌ셰히 고ᄒᆫ디 ᄌ인 디희ᄒ여 졔장다려 왈,

"너 이 두 관을 몬져 취ᄒᆫ 군냥길을 통ᄒ미니 만일 이 관을 엇지 아냣던들 은병이 나와 군냥길을 끗츠면 압흘 능히 나아가지 못ᄒ고 뒤흘 능히 【39】 물녀가지 못ᄒ여 슈미슈젹(首尾受敵)ᄒ면 냥젼지칙(兩全之策)이 아니라. 니러무로 두 장슈를 보니여 두 관을 아ᄉ니 비록 근심이 업스나 등구공 황텬상이 죽어시니 엇지 앗갑지 아니리오?"

졔장 왈,

"원슈의 신긔로오믄 옛사룸의 밋츨 비 아니로쇼이다."

ᄌ인 졔장으로 더부러 말ᄒ더니 군졍시 드러와 보ᄒ디,

"무셩왕이 밧긔 왓ᄂ이다."

ᄌ인 드러오라 ᄒ니 황비회 졔장을 거ᄂ리고 중군의 드러와 졀ᄒ거늘 ᄌ인 등구공 황텬상 업스믈 보고 눈믈을 흘녀 왈,

"가히 앗갑다. 츙효읫 장슈 나라흘 위ᄒ여 죽으니 엇지 참혹지 아니리오?"

ᄒ고 슐을 쥬어 황비호를 위로ᄒ고 이튼날 ᄌ인 군졍ᄉ 신갑(辛甲)을 불너 왈,

"네 젼셔(戰書)를 닷가 슈슈관 한영(韓榮)의게 싸홈을 쳥ᄒ라."

신갑(辛甲)이 녕(令)을 듯고 물너가다.

한영이 ᄌ아의 여러 날 싸호지 아니믈 보고 졍히 의심ᄒ더 【40】 니 쳥탐군시 드러와 보ᄒ디,

"ᄌ인 군사를 셰히 난화 가몽관(佳夢關)·쳥농관(靑龍關)을 쳐 임의 항복 바다 장슈를 명ᄒ여 직희엿다."

ᄒᆫ디 한영이 디경ᄒ여 중장다려 왈,

"이졔 셔쥬(西周) 이 두 관을 어덧고 군위(軍威) 거록ᄒ니 우리 등이 가온디 관의 잇셔 맛당이 힘뼈 직희여 나라 은혜를 져바리지 말나."

졔장이 일시의 디 왈,

"원컨디 한 번 죽도록 싸화 도젹을 파ᄒ리이다."

ᄒ고 졍히 의논ᄒ더니 쇼졸이 보ᄒ디,

"강원슈 젼셔를 보니엿다."

ᄒ거늘 한영이 드러오라 ᄒ니 신갑이 뎐(殿) 알픠 드러와 젼셔를 올니거늘 한영이 쩌혀보니 왈,

서쥬봉텬졍벌텬보디원슈(西周奉天征伐天寶大元帥) 강상(姜尙)은 글을 슈슈관 쥬장 휘하의 보ᄂᄂ니 나는 드르니 텬명(天命)은 한곳의 잇지 아냐 덕 잇ᄂ디 도라가ᄂ니 이졔 은왕슈 음악무도(淫惡無道)ᄒ여 싱민(生民)을 보치니 텬하 졔휘 한가지 【41】 로 반ᄒ니 ᄉ방이 요란ᄒ여 도젹이 벌 니러나듯 ᄒ거늘 우리 쥬무왕(周武王)이 텬명을 바다 은을 치시니 가몽관과 쳥농관이 텬병을 항거ᄒ다가 장슈 죽으며 셩이 피ᄒ니 만민이 귀슌ᄒ엿ᄂ지라. 이졔 디병이 님ᄒ여시니 싸호거든 샐니 싸호고 항복거든 샐니 항복ᄒ라.

호엿더라.

한영이 글 보기를 맛고 신갑다려 왈,

"닉 닉일 쓰흘 거시니 아직 물너가라."

신갑이 영의 도라와 주아를 보고 주시 니
론디 주이 이튼날 제장을 거느려 관 아리 와 쓰
호즈 흔디 쇼졸이 드러와 보흐니 한영이 디쇼
쟝관을 거느리고 셩의 나와 보니 주아의 군시
디외착난(對外錯亂)치 아니흐며 장쉬 범갓흐여
좌우로 분흐여 셧거놀 한영이 마상의셔 왈,

"원쉬 엇지 일홈 업슨 군스를 니르혀 아
【42】리로써 우흘 업슈이 너겨 만디의 반신(叛
臣)이 되려 흐니 그윽이 원슈를 위흐여 취치 아
니흐느이다."

주이 쇼왈,

"장군의 말이 그르다. 나는 드르니 텬히
도라가면 텬즈(天子)요, 스히 니반(離叛)흐면 독
뷔(獨夫)라. 녯 하걸(夏桀)이 포학(暴虐)흐거놀
셩탕(成湯)이 멸흐고 텬하롤 주엇더니 이제 쥐
죄악이 걸의게 지나고 텬하 계휘 한가지로 반흐
거놀 우리 무왕이 텬명을 밧즈와 쥬롤 치시니
엇지 감히 아리로써 우흘 치리오?"

한영이 디로 즐왈,

"강즈아롤 나는 고명흔 션비로 아랏더니
엇지 요괴로온 놈인 줄 알니오?"

흐고 좌우롤 도라보아 왈,

"뉘 능히 이 필부롤 잡아 군법을 졍히 흐
리오?"

졍션봉(征先鋒) 왕회(王虎) 응셩 왈,

"쇼쟝이 원컨더 잡으리이다."

흐고 바로 주아의게 다라들거놀 나탁이 화쳠창
(火尖槍)을 들고 풍화륜을 모라 닉다라 어우러
져 쓰화 삼【43】 합이 못흐여 나탁이 창을 들
어 왕호롤 질너 마하의 나리치니 위분(魏賁)이
나탁의 공 일우믈 보고 마음의 혜오니 '나도 맛
당이 공을 일우리라' 흐고 창을 두르고 바로 한
영의게 다라드니 한영이 화극(畵戟)을 들어 마
즈 쓰호더니 위분이 창쓰기롤 범갓치 흐니 한영
이 능히 디격지 못흐여 말을 두르혀 다라나거놀
주이 디병을 모라 한 진을 크게 즛지르고 징쳐
군을 거두어 영으로 도라오니 한영이 관의 도라
가 급히 표(表)롤 지어 조졍의 고급(告急)흐고
졔장으로 더브러 관을 직희믈 의논흐더니 믄득

쇼졸이 보흐디,

"비슈장군(比首將軍) 녀홰장군(余化將軍)긔
뵈와지라 흐느이다."

한영이 녀화의 왓시믈 듯고 디희흐여 황망
이 쟝의 나려 녀화롤 마즈 쟝의 올나 녜롤 맛
민 한영 왈,

"한 번 쟝군이 피흐여 간 후의 황비회 이
관으로 다라나니 힘【44】쎠 셩을 직희여 도적
을 방비흐더니 이졔 강상이 병을 세 길노 난화
홍금(洪錦)은 가몽관을 쳐 앗고 황비호는 쳥농
관을 쳐 앗고 강상은 스슈관을 치니 세 디 쓰
림8)갓흔지라. 이제 겨와 쓰호더 이긔지 못흐여
관을 직희여시니 계궤(計巧) 어디 잇느뇨?"

녀홰 왈,

"쇼쟝이 나탁의게 마즈 상흐엿는지라 뫼희
도라가 병을 조리흐여 와 다시 원슈롤 갑고져
흐느니 쥬의 비록 천만 쟝군이 잇셔도 너 편갑
(片甲)도 도라 보니지 아니리이다."

한영이 디희흐여 잔치롤 비셜흐고 디졉흐
더라.

이튼날 녀홰(余化) 쥬영(周營)의 가 쓰호즈
흔디 주이 좌우다려 문왈,

"뉘 능히 이 도적을 잡으리오?"

나탁이 응셩 왈,

"쇼쟝이 가리이다."

흐고 풍화륜을 타고 영의 나가 녀화롤 보고 쇼
리 질너 왈,

"이 필뷔 와 죽고즈 흐는다?"

녀홰 답지 아니코 금졍슈롤 모라 화극(畵
戟)을 【45】 두르고 다라들거놀 나탁이 화쳠창을
둘너 마즈 쓰화 삼십여 합은 흐미 녀홰 능히 디
격지 못흐여 다라나거놀 나탁이 쏘츠 닷더니 녀
홰 나탁의 조츠오믈 보고 화혈신도(化血神刀)롤
니니 이 칼은 사롬의 몸의 다치면 즉시 죽는 칼
이라. 녀홰 이 칼을 니여 나탁의게 더지니 나탁

---

8) 【쓰리다】 图 부수다. 쪼개다. ¶ 이졔 강상이 병
을 세 길노 난화 홍금은 가몽관을 쳐 앗고 황비
호는 쳥농관을 쳐 앗고 강상은 스슈관을 치니
세 디 쓰림갓흔지라. 이졔 겨와 쓰호더 이긔지
못흐여 관을 직희여시니 계궤 어디 잇느뇨? (今
反夥同那姜尙三路分兵, 取了佳夢關·靑龍關盡爲
周有. 昨日會兵不能取勝, 如之奈何?) <西周
19:44>

이 밋쳐 피치 못ᄒ여 엇게를 마즈나 나탁은 예
스 사롬이 아니라 년화화신이니 겨유 영의 도라
와 쇼리를 아니ᄒ고 ᄯ히 것구러지거눌 즈인 즁
장을 분부ᄒ여 구완ᄒ라 ᄒ다.

9)▶녀홰 나탁을 이긔고 셩의 도라와 한영
으로 더부러 밤시도록 잔치ᄒ고 이튼날 녀홰 ᄯ
쥬영의 와 ᄊ호즈 ᄒ거눌 즈인 좌우다려 문왈,

"뉘 나아가 이 도젹을 잡아 오리오?"

뇌진지(雷震子) 응셩 왈,

"쇼장이 원컨디 가리이다."

ᄒ고 영의 나가 쇼리 질너 문왈,

"왓는 지 아니 녀홴다?"

녀홰 즐왈,

"반젹이 엇지 감히 니【46】일홈을 브르는
다?"

뇌진지 디로ᄒ여 두 날기를 붓쳐 공즁의
올나 황금막디를 드러 나리 미러 치거눌 녀홰
화극을 드러 마즈 ᄊ호더니 녀홰 화혈신도를 니
여 뇌진즈의 날기를 치니 이 날기는 신션의 술
노 된 날기라 비록 칼을 마즈나 죽든 아니ᄒ고
날기 상ᄒ여 ᄯ히 것구러지거눌 군시 급히 구ᄒ
여 영의 도라오니 즈인 뇌진즈의 상ᄒ믈 보고
마음의 가장 근심ᄒ더니 이튼날 쇼졸이 드러와
보ᄒ디,

"녀홰 ᄯ 와 ᄊ호즈 ᄒᄂ이다."

즈인 왈,

"이틀을 연ᄒ여 두 장쉬 상ᄒ여시니 오늘
은 가히 ᄊ호지 못ᄒ리라."

ᄒ고 군졍관을 명ᄒ여 면젼픽(免戰牌)[ᄊ홈을 아니
ᄒᄂ 픽라]를 니여 걸나 ᄒ니 군졍관이 면젼픽를
원문의 단디 녀홰 면젼픽 거는 양을 보고 관으
로 도라가니라.

졔일운독냥관(第一運督糧官) 양젼(楊戩)이
냥식을 거ᄂ려 원문(轅門)의 왓다가 면젼픽 달
니믈 보고 가만이 니르디,

"원【47】쉬 삼월 십오일의 장슈를 비ᄒ여
긔군(起軍)ᄒ엿더니 이졔 발셔 십월이로디 쳑촌
지공(尺寸之功)도 일우지 못ᄒ고 ᄯ 죠고만 도
젹을 두려 면젼픽를 거니 원쉬 엇지 이러트시

지혜업스뇨?"

ᄒ고 군스로 ᄒ여곰 즈아의게 알왼디 즈인 드러
오라 ᄒ거눌 양젼이 장의 올나 즈아를 보고 녜
필의 양젼 왈,

"쇼장이 냥식을 긔약의 밋쳐 츌혀 왓ᄂ이
다."

즈인 왈,

"군냥은 족ᄒ거니와 ᄊ홀 장쉬 업스니 군
냥ᄒ여 무어시 쓰리오?"

양젼 왈,

"원쉬 엇지 이런 말을 ᄒ시ᄂ뇨? 원문의
면젼픽를 다라 계시니 셜니 아스라 ᄒ쇼셔. 쇼
장이 너일 나가 이 도젹을 잡으리이다."

즈인 디희ᄒ여 즉시 군스를 영ᄒ여 면젼픽
를 아스니라.

---

9) 여기서부터는 원문 제75회 '土行孫盜騎陷身'에
들어감.

75
토힝숀도긔함신(土行孫盜騎陷身)

【48】 즈아(子牙) 졍히 즁장으로 더브러 관 아술 모칙을 의논ᄒ더니 쇼졸이 보ᄒ디,

"원문 밧긔 한 도동(道童)이 와 원슈긔 뵈와 지라 ᄒᄂ이다."

즈아 드러오라 ᄒᆞ디 동ᄌᆞ 장 알퓌 드러와 계하의 업디여 졀ᄒ고 왈,

"뎨ᄌᄂ 건원산(乾元山) 금광동(金光洞) 팃을진인(太乙眞人)의 뎨ᄌ 금화동ᄌᆞ(金霞童子)러니 ᄉ형 나탁(哪吒)이 예셔 상ᄒ엿다 ᄒᆞ미 ᄉ뷔 더부러 오라 ᄒ시더이다."

즈아 왈,

"나탁이 뒤잔의1) 더브러 가라."

금화동ᄌᆞ 후영의 드러가 나탁을 더브러 건원산으로 가니라.

이튼날 관 우희 탐졍ᄒ던 군시 마을의 드러가 알외디,

"쥬영(周營)의 면젼픾(免戰牌)를 아ᄉ나이다."

녀홰(余化) 이 말을 듯고 즉시 금졍슈(金睛

獸)를 타고 쥬영의 니르러 쓰호ᄌ ᄒ거늘 양젼 (楊戩)이 말긔 올나 삼쳡냥인도(三尖兩刃刀)를 들고 영의 나와 쇼릭질너 문왈,

"오는 장쉬 아니 녀홴다?"

녀홰 답왈,

"나는 긔여니와 네 셩명은 【49】 무어시라 하ᄂ뇨?"

양젼이 답왈,

"나는 강원슈(姜元帥) 휘하 졔일운독냥관 (第一運督糧官) 양젼이로라."

ᄒ고 말을 맛츠며 삼쳡냥인도를 두르고 다라들거늘 녀홰 화극(畵戟)을 드러 마ᄌ 쓰화 이십여 합은 ᄒᆞ여 녀홰 화혈도(化血刀)를 너여 양젼을 치니 양젼이 팔구원공(八九元功) 변화를 ᄒᆡᆼᄒᆞ여 왼편 엇게를 비록 마ᄌ 상ᄒ나 도술을 ᄒᆡᆼᄒᆞ엿ᄂᆞ지라 미오 상치 아녓더라. 양젼이 크게 한 쇼릭를 지르고 픠ᄒ여 영의 도라와 즈아를 보고 ᄌᆞ셰히 니르고 우왈,

"쇼장이 (玉泉山) 금화동(金霞洞) ᄉ부(師父)씌 가 이 도젹의 근본이 무어신고 알아오리이다."

즈아 허락ᄒ디 양젼이 옥쳔산 금화동의 가 옥졍진인(玉鼎眞人)을 보고 녜필(禮畢)의 진인이 문왈,

"네 무슴 일노 온다?"

양젼이 디왈,

"뎨지 강ᄉ슉(姜師叔)을 조ᄎ ᄉ슈관(氾水關)을 치더니 관 직흰 장슈 녀홰 한 칼을 쓰디 그 칼이 극히 당ᄒ기 어려워 나탁 【50】 의 년화화신(蓮花化身)이 그 칼의 마ᄌ 상ᄒ고 뇌신ᄉ(雷震子)의 술골2) 셔린 날긔도 마ᄌ 상ᄒ엿거늘 뎨지 나가 디젹ᄒ다가 ᄯᅩ 엇게를 상ᄒ여시니 아지 못거이다. 이 칼이 무슴 칼이니잇가?"

진인이 양젼의 상ᄒᆞ 디를 보고 왈,

"이 칼은 일졍 화혈도(化血刀)이니 이 칼이 사ᄅᆞᆷ의게 다치면 즉시 죽ᄂᆞ니라."

양젼이 디경 왈,

"이 칼을 엇지 능히 업시ᄒ리잇고?"

진인 왈,

"이ᄂ 나도 능히 쳐치치 못ᄒ리니 이 칼은

---

1) 뒤잔: 미상.

2) 술골: 미상.

봉닉도(蓬萊島) 일긔션(一氣仙) 녀원(余元)의 칼
이라. 이 칼 민들졔 단약 셰 닙홀 녀허 한가지
로 고와 밍그라시니 이 칼의 상흔디 그 단약 곳
아니면 능히 하리지3) 못흐리라."
흐고 싱각다가 왈,
    "이 일 일우기 만일 너 곳 아니면 힝치 못
흐리라."
흐고 귀의 다혀 왈,
    "이리이리 흐면 가히 큰 일을 일우리라."
    양젼이 디희흐여 옥졍진인을 하직흐고 토
둔(土遁)을 【51】 힝흐여 현시의 봉닉도의 니르
니 동히 물결이 하날의 다하시니 만일 도슐 곳
못흐면 능히 드러오기 어렵더라. 양젼이 봉닉도
의 니르러 팔구원공(八九元功) 도슐을 힝흐여
몸을 흔드러 비슈장군(匕首將軍) 녀홰(余化) 되
어 봉닉산 안흐로 드러가 일긔션 녀원의게 결흐
여 뷘디 녀원이 문왈,
    "네 무슴 일노 온다?"
    녀홰 답왈,
    "뎨지 스부의 명을 밧즈와 스슈관 한총병
(韓總兵)을 도와 관익(關隘)을 직희엿더니 강상
(姜尙)이 디병을 모라 관을 치거놀 뎨지 화혈도
롤 니여 첫 진의 나탁(哪吒)을 치고 둘지 진의
뇌진즈롤 치고 셋지 진의 옥졍진인의 뎨즈 양젼
과 쏘호더니 뎨지 그릇 칼을 노화 바리니 양젼
이 그 칼을 아스 뎨즈롤 치민 뎨지 엇게롤 마즈
상흐여시니 바라건디 노스(老師)논 구흐쇼셔."
    일긔션 녀원 왈,
    "이 칼을 쳐음의 고을졔 단약 셰닙홀 여러
고왓더니 【52】 이졔 그 단약이 더러 이시니 만
일 이 약 곳 아니면 능히 하리지 못흐리라."
흐고 단약을 다 니여 쥬거놀 양젼이 그 약을 바
다 가지고 녀원을 하직흐고 본상(本像)을 니여
봉닉도롤 써나 쥬영으로 도라오다.
    일긔션 녀원이 단약을 다 양젼을 쥬고 마
옴의 싱각흐디 '양젼이 팔구원공 변화롤 능히
잘흐니 만일 화혈도롤 아스 녀화롤 쳐시면 녀홰

일졍 즁히 상흐여실 거시니 엇지 능히 먼니 오
리오? 일졍 양젼이 변흐여 녀홰되여 나롤 속이
고 단약을 가져가도다' 흐고 황망이 금안타(金
眼駝)롤 타고 쪼츠오니라.
    양젼이 단약을 가지고 날호여 쥬영의 도라
오더니 믄득 드르니 뒤히 바람쇼리 나거놀 도라
보니 녀원이 금안타롤 타고 쪼츠오며 쇼리 질너
왈,
    "양젼아 네 감히 나롤 속이고 단약을 도젹
흐여 가는다?"
    양젼이 녀원의 쏘라오믈 【53】 보고 약을
아일가 두려 황망이 쥬머니의 녀코 한 텬견(天
犬)을 노흐니 그 긔 나는 드시 다라가 녀원의
발목을 웃조츠 무러 쩌히니 녀원이 디경흐여 한
번 쇼리질으고 봉닉산으로 도라가거놀 양젼이
쥬영의 도라와 쇼졸노 흐여곰 즈아의게 알외니
즈이 드러오라 흐거놀 양젼이 장즁의 드러가 녀
원을 속이고 단약을 도젹흐여 온 일을 즈셰히
니른디 즈이 디희흐여 하나흐란 뇌진즈롤 먹여
구흐고 하나흐란 양젼을 먹이고 하나흐란 목탁
(木吒)을 맛져 건원산(乾元山)의 가 나탁을 구흐
라 흐다.
    이튼날 양젼이 관하(關下)의 가 쏘호즈 흐
디 한영(韓榮)이 녀화로 흐여곰 쏘호라 흐니 녀
홰 금졍슈롤 타고 관의 나가니 양젼이 쇼리질너
왈,
    "니 젼일의 네게 화혈도롤 마즈 상흐엿더
니 만일 단약 곳 아니면 거의 네 간계(奸計)롤
맛칠너니라."
    녀 【54】 홰 가만이 싱각흐디 '이 단약은
한 화로(火爐)의셔 고은 거시니 스부끠 잇거놀
엇지 쏘 쥬영의 잇던고? 도젹이 만일 단약 곳
두엇스면 이 화혈도 흐여 무어시 쓰리오?' 흐고
화극을 두르고 바로 양젼의게 다라드러 어우러
져 쏘화 삼십여 합은 흐더니 뇌진지 단약을 먹
고 즉시 하렷는지라 심즁의 디로흐여 바로 나라
나오며 왈,
    "녀화야! 니 네 모진 칼의 마즈 상흐엿더
니 단약을 먹어 즉시 하렷느니 니 오늘날 한 쇠
막디로 니 한을 씨스리라."
흐고 다라드러 쇠막디로 금졍슈롤 치니 녀홰 쏘
히 나려지거놀 양젼이 냥인도롤 드러 녀화롤 두
조각의 니니 잔병(殘兵)이 다 다라나거놀 양젼

---

3) 【하리다】 图 낫다. 구제하다. ¶ 濟∥ 이 칼 민
   들졔 단약 셰 닙홀 녀허 한가지로 고와 밍그라
   시니 이 칼의 상흔디 그 단약 곳 아니면 능히
   하리지 못흐리라 (當時修煉時, 此刀在爐中, 有三
   粒神丹同煉的. 要解此毒, 非此丹藥不能得濟.) <
   西周 19:50>

뇌진지 영의 도라가 ᄌ아롤 보고 공을 드리다.

한영이 녀화의 죽으믈 듯고 디경ᄒ여 혜오디 '젼일의 표(表)롤 지어 조가(朝歌)의 보ᄂ엿【55】더니 구완은 오지 아니ᄒ고 ᄯ 졔장이 다 죽어시니 눌노 더부러 관익을 직흴고?' ᄒ고 졔장으로 더브러 셔로 의논ᄒ더니 쇼졸이 급히 보ᄒ디,

"문 밧긔 한 흉악ᄒᆫ 사롬이 큰 약디롤 타고 와셔 장군을 보와지라 ᄒᄂ이다."

한영이,

"쳥ᄒ여 드러오라."

ᄒ니 그 도인이 드러오거ᄂ 킈 칠팔쳑이오 낫치 프르며 머리털이 붉고 엄니 브ᄅ도드며4) 두 눈이 극히 흉악ᄒ여 예스 사롬과 갓지 아니커ᄂ 한영이 황망이 계(階)의 ᄂ려 그 도인을 마즈 좌롤 졍ᄒ고 문왈,

"노스의 셩명이 무어시며 어ᄂ 뫼히 계시ᄂ잇고?"

그 도인 왈,

"나ᄂ 봉ᄂ도 일긔션 녀원이러니 강상의 부하장 양젼이 나롤 속여 단약을 도젹ᄒ여 니뎨ᄌ 녀화롤 죽이니 빈되(貧道) 특별이 뫼히 ᄂ려와 원슈롤 갑고져 ᄒᄂ이다."

한영이 이【56】 말을 듯고 디희ᄒ여 잔치롤 비셜ᄒ여 디졉ᄒ다.

이튼날 녀원이 금안타롤 타고 쥬영의 니ᄅ러 쏘호ᄌ ᄒ더 쇼졸이 드러와 보ᄒ디,

"진 밧긔 한 도인이 와 원슈롤 보와 말ᄒᄌ ᄒᄂ이다."

ᄌ아 군스롤 다셧 디(隊)의 난화 신 밧ᄂ 나오니 녀원이 쇼리질너 왈,

"강상은 도로 물너 가고 양젼을 브ᄅ라."

ᄌ아 왈,

"양젼은 군냥을 가질나 가시니 영의 업거니와 너ᄂ 임의 봉ᄂ산의 잇셔 도롤 닷가 텬의 롤 알면 이졔 셩탕(成湯) 긔업(基業)이 뉴빅 년

이 남앗고 ᄯᅩ 쥬(紂) 무도ᄒ여 싱민을 잔학ᄒ니 죄악이 관영(貫盈)ᄒᆫ지라 텬히 한가지로 반ᄒ거ᄂ 우리 쥬무왕(周武王)이 텬의롤 응ᄒ여 인심을 슌ᄒ며 군스롤 니르혀 무도ᄒᆫ 거술 치시거ᄂ 녀화 등 모진 슐시 텬병을 항거ᄒ다가 비명의 죽어시니 너ᄂ 샐니 항복ᄒ여 죽으믈 면【57】ᄒ라."

녀원이 디로 왈,

"네 요괴로온 말을 꿈여 민심을 혹(惑)게 ᄒ니 만일 너롤 죽이지 아니면 화란 근본을 긋지 못ᄒ리라."

ᄒ고 약디롤 모라 보검을 두르고 다라들거ᄂ ᄌ아 스불상(四不相)을 모라 마즈 싸호니 좌편은 니졍(李靖)이 우편은 위회(韋護) 잇셔 각각 병긔롤 드러 ᄌ아롤 도와 싸화 삼 합이 못ᄒ여 녀원이 보검을 드러 ᄌ아롤 치거ᄂ ᄌ아 황망이 힝황긔(杏黃旗)롤 너여 두르니 긔 화(化)ᄒ여 무슈ᄒᆫ 년곳 퍼기5) ᄌ아의 몸의 둘너시니 녀원이 능히 보검으로 치지 못ᄒ여 니졍을 치려 ᄒ거ᄂ ᄌ아 신편(神鞭)을 너여 녀원의 등을 치니 녀원이 피ᄒ여 다라나거ᄂ 니졍이 ᄯᅩ 화극을 드러 녀원의 왼편 다리롤 지ᄅ니 녀원이 디피ᄒ여 약디롤 모라 구롬을 타고 다라나니 ᄌ아 징 쳐 군을 거두어 영으로 도【58】라오니라.

토힝숀(土行孫)이 냥식을 거ᄂ려 오다가 녀원이 약디롤 타고 공즁으로 가믈 보고 심즁의 디희 왈 '만일 이 약디 곳 아스면 냥식 지쵹ᄒ기 쉬오리라' ᄒ고 영의 드러와 ᄌ아롤 보고 왈,

"쇼장이 군냥을 긔약의 밋쳐 출혀 왓ᄂ이다."

ᄌ아 왈,

"장군이 군냥을 긔약의 밋쳐 왓시니 맛당이 큰 공이 이시리라."

ᄒ거ᄂ 힝숀이 장의 ᄂ려와 등션옥(鄧嬋玉)다려 왈,

"니 올졔 먼니셔 녀원의 탄 약디롤 보니 구롬을 타고 단이ᄂ지라 니 오늘밤의 이 즘승을 도젹ᄒ여 냥식 지쵹홀 졔 타면 엇지 맛당치 아니리오?"

---

4) 【브ᄅ돋다】 🈺 부르돋다. ¶ 獠 ‖ 그 도인이 드러오거ᄂ 킈 칠팔쳑이오 낫치 프르며 머리털이 붉고 엄니 브ᄅ도드며 두 눈이 극히 흉악ᄒ여 예스 사롬과 갓지 아니커ᄂ (只見他生得面如藍靛, 赤髮獠牙, 身高一丈七八, 凜凜威風, 二目凶光冒出.) <西周 19:55>

5) 퍼기: 포기. 원래 '퍼지'라고 되어 있으나 오기이므로 고침.

션옥 왈,

"만일 장군이 가려 ㅎ거든 원슈끠 알외고 가라."

힝손 왈,

"요만 젹은 일의 엇지 원슈긔 다 알외리오?"

밤이 이경(二更)은 ㅎ여 힝손이 디힝슐(地行術)을 뼈 슈슈관의 드러가니 녀원이 당 우희 안ㅈ 즈지 아니ㅎ거눌 토힝 【59】 손이 셤 아리 업더여 녀원의 잠들기를 기다리더니 녀원의 뼛든 관이 ᄯ히 나려지거눌 녀원이 디경ㅎ여 슈미 안히셔 한 졈과(占卦)를 어드니 극히 흉ㅎ거눌 녀원이 반드시 약디 일홀 줄 알고 거즛 즈는 체ㅎ고 코 고으는 쇼리 진동ㅎ거눌 힝손이 녀원의 코 고으믈 보고 디희ㅎ여 혜오디 '오눌밤의 일졍 공을 일우리로다' ㅎ고 쇠막디룰 메고 힝낭(行廊) 기슭의 드러가니 큰 약디룰 구유의 미엿거눌 힝손이 약디룰 글너 셤아리로 잇그러 오니 녀원이 토힝손의 약디 도젹ㅎ여 가믈 보고 모르는 체ㅎ고 가만이 안즛더니 힝손이 마음의 혜오디 '이 놈을 죽여 공을 마져 일우리라' ㅎ고 쇠막디룰 ᄯ을고 당으로 올나오니 녀원이 단졍이 안즛거눌 힝손이 쇠막디로 녀원을 한번 치니 움죽이지 아니커눌 힝손 【60】 이 ᄯ 다시 치더 조곰도 요동치 아니ㅎ니 힝손 왈,

"이놈이 완(頑)한 가족(皮)이니 너 아직 도라가 다시 쳐치ㅎ리라."

ㅎ고 당의 나려와 약디룰 타니 그 약디 네발의 구룸을 넓고 공중으로 니러 나거눌 토힝손이 디희ㅎ여 영으로 도라오려 ㅎ더니 믄득 약디 ᄯ히 나려지거눌 힝손이 졍히 나려 다라나고져 ㅎ더니 녀원이 다라드러 토힝손의 머리룰 잡고 쇼리룰 질너 왈,

"약디 도젹을 잡으라."

ㅎ니 모든 군시 디경ㅎ여 일시의 불을 혀고 나오니 한영이 ᄯ호 놀나 급히 뎐의 나려와 쇼리 질너 문왈,

"노시 엇지 조 아히룰 잡아가지고 약디 도젹이라 ㅎ느뇨?"

녀원 왈,

"요 아히 디힝슐을 뼈 니 약디룰 도젹ㅎ여 가다가 들켜시니 니 잡앗노라."

한영 왈,

"져 놈이 만일 디힝슐을 쓰면 엇지 쳐치ㅎ리오?"

녀원 왈,

"니 안졋던 당의 여의건곤디(如意乾坤袋) [ᄌ로 일홈] 【61】 잇시니 가져오라. 이 놈을 그 ᄌ로의 녀허 불질너 죽이리라."

한영이 황망이 여의건곤디룰 가져오니 녀원이 토힝손을 그 ᄌ로의 녀코 남글 만히 ᄊ코 불지르니 화셰(火勢) ᄌ옥ㅎ미 명(命)이 장춧 진케 되엿더니 텬쉬 임의 졍ㅎ엿는지라 원시텬존(元始天尊)이 옥허궁(玉虛宮)의 잇다가 토힝손의 환 만나믈 알고 빅학동ᄌ(白鶴童子)룰 명ㅎ여 구류손(衢留孫)의게 니르라 ㅎ디 빅학동지 명을 바다 협농산(夾龍山) 비룡동(飛龍洞)의 가 구류손다려 니르디,

"우리 슈부계셔 토힝손이 슈슈관의셔 큰 익(厄)을 만나시니 ᄲᆞ니 가 구ᄒ라 ㅎ시더이다."

구류손이 빅학동ᄌ룰 니별ㅎ고 금광법(金光法)을 힝ㅎ여 편시(片時)의 슈슈관으로 오니 녀원이 졍히 토힝손을 건곤디의 녀허 블지르거눌 구류손이 일진 광풍을 지어 불을 쓸어바리고 건곤디룰 아스가지고 구룸을 타 니 【62】 러나거눌 녀원이 바람이 긋치며 잘니 업슨 줄 보고 마음의 혜오디 '일졍 구류손이 토힝손을 아스 갓느니라' ㅎ고 쇼리질너 왈,

"구류손아! 네 비록 토힝손을 아스가나 여의건곤디룰 쥬고 가라!"

구류손이 답지 아니코 바로 쥬영으로 오니 졍히 삼경이라 남궁괄(南宮适)이 영 밧글 슌초(巡哨)ㅎ다가 사롬의 오믈 보고 쇼리 질너 문왈,

"너는 엇던 사롬이완디 이 밤의 와 영을 여러 보는다?"

구류손 왈,

"니 왓느니 장군은 ᄲᆞ니 원슈긔 알외라."

남궁괄이 구류손의 왓시믈 보고 황망이 영의 드러가 ᄌ아의게 알왼디 ᄌ이 황망이 영의 나와 구류손을 마즈 장의 드러가 좌룰 졍ㅎ미 ᄌ이 문왈,

"도형(道兄)이 이 밤의 무슴 일노 오뇨?"

구류손 왈,

"토힝손이 슈슈관의 드러가 큰 환을 만나

시미 비되(卑道) 뫼히 나려와 구ㅎ엿ㄴ이다."

즈인 디경【63】왈,

"토힝손이 어제 냥식 지쵹ㅎ라 갓시니 엇지 나런 난이 이시리오?"

구류손이 건곤디롤 가져다가 열고 토힝손을 너니 힝손이 ㅆㅎ이 업디여 죽으믈 청ㅎ거눌 즈인 문왈,

"네 무슴 일노 젹군의 드러가 이런 환을 만낫는다?"

토힝손이 약디 도젹ㅎ려 ㅎ던 일을 즈시 고ㅎ디 즈인 디로 즐왈,

"네 쟝슈의 녕을 드러 냥식을 지쵹지 아니ㅎ고 가만이 젹국의 드러가 나라홀 욕되게 ㅎ니 오늘날 너롤 죽여 군법을 졍히 아니면 졔쟝이 다 이롤 인ㅎ여 닉 녕을 좃지 아니ㅎ리라."

ㅎ고 도부슈(刀斧手)롤 ㅆ우지져 ㅆ어 닉여 버히라 ㅎ니 구류손이 말녀 왈,

"토힝손이 비록 원슈의 녕을 어그릇쳐시나 아직 살와 공을 셰워 든 죄롤 속ㅎ미 무어시 히로오리오?"

즈인 왈,

"만일 도형 곳 아니런들 거의 너롤 버힐ㄴ니라."

ㅎ고 힝손을 【64】 글너 노ㅎ니 힝손이 스례ㅎ고 물너나다.

이튼날 녀원이 쥬영의 와 구류손을 보와 ㅆㅎ호ᄌ ㅎ디 구류손이 즈아의 귀의 다혀 왈,

"니리니리 ㅎ면 가히 큰 공을 일우리라."

즈인 디희ㅎ여 졔쟝을 거ㄴ리고 영의 나가니 녀원이 쇼리질너 왈,

"구류손을 불너 오라! 니 한 번 ㅆㅎ화 승부롤 결ㅎ리라!"

즈인 왈,

"도형이 텬명을 아지 못ㅎ고 토힝손을 잡아 불지르려 ㅎ다가 졔 스싱 구류손이 구ㅎ여 왓스니 녯 사름이 니르디 유복(有福)ㅎ 사름은 쳔방빅계(千方百計)로 죽이려 ㅎ나 죽이지 못ㅎ고 무복(無福)ㅎ 사름은 비록 쳔방빅세로 살오려 ㅎ나 능히 살오지 못ㅎㄴ니 이 엇지 인녁(人力)의 밋츨 비리오?"

녀원이 디로ㅎ여 보검을 들고 다라들거눌

즈인 ㅆ불상을 모라 마ᄌ ㅆ화 십여 합이 못ㅎ여 구류손이 반공즁의셔 곤션승(捆仙繩)을 더져 녀【65】 원을 미여 지우고 즈아로 더부러 녀원을 잡아 영으로 도라오니 녀원의 탓던 약디 셩으로 도라가다.

즈인 쟝의 안고 녀원을 미러 쟝 알픠 니ㄹ니 녀원이 쇼리질너 왈,

"강상아 네 비록 나롤 잡아시나 무슴 법으로 나롤 죽일다?"

즈인 니졍을 분부ㅎ여 녀원을 원문 밧긔 가 버히라 ㅎ니 니졍이 녕을 듯고 녀원을 잡아 원문의 니르러 보검을 들어 녀원의 목을 치니 목이 쇠갓ㅎ여 버혀지지 아니ㅎ거눌 니졍이 급히 쟝의 드러와 즈아의게 알왼디 즈인 구류손으로 더브러 영의 나와 위호로 ㅎ여곰 항마져(降魔杵)로 치라 ㅎ니 위회(韋護) 졀구꼬롤 드러 녀원의 디골을 치니 맛치 즐 치눈 쇼리 갓고 디골이 ㅆ여지지 아니ㅎ거눌 녀원이 디쇼 왈,

"조고만 병긔로 감히 나롤 상히올다?"

즈인 구류손다려 왈,

"이 도젹을 쳐도 능히 죽이지 못【66】ㅎ니 아직 후영의 가도왓다가 관을 아손 후의 다시 쳐치ㅎ미 엇더ㅎ뇨?"

구류손 왈,

"비록 원슈의 말이 올ㅎ나 만일 가도와 두면 일졍 다라날 거시니 샐니 쟝인(匠人)을 명ㅎ여 무쇠 궤(櫃) 하나홀 믠들고 녀원을 그 궤 속의 녀허 북희슈(北海水)의 잠가 후환을 업시ㅎ쇼셔."

즈인 올히 녀겨 쟝인을 녕ㅎ여 궤롤 믠ㄹ나 ㅎ니 홀니6) 못ㅎ여 다 맛쳣거눌 구류손이 녀원을 잡아 궤 속의 녀허 황건녁ㅅ(黃巾力士)롤 명ㅎ여 북희의 잠으라 ㅎ니 녁시 명을 바다 궤롤 가지고 북희로 가 궤롤 물의 드리치니 궤 물의 가라 안거눌 녁시 도라오니 녀원이 슈둔법(水遁法)을 힝ㅎ여 궤의 나 벽유궁(碧遊宮) ᄌ지의(紫芝崖)의 와 안ᄌ시나 곤션승이 단단이 믜

---

6)【홀ㄴ】圖 하루. ¶ 즈인 올히 녀겨 쟝인을 명ㅎ여 궤롤 믠들나 ㅎ니 홀니 못ㅎ여 다 맛쳣거눌 구류손이 녀원을 잡아 궤 속의 녀허 황건녁ㅅ롤 명ㅎ여 북희의 잠으라 ㅎ니 (子牙命鐵匠急造, 鐵櫃已成, 將余元放在櫃內. 衢留孫命黃巾力士擡定了, 往北海中一丟, 沉於海底.)<西周 19:66>

엿는지라 능히 버셔나지 못ᄒᆞ여 ᄌᆞ지이 아리 구
러졋더니 믄득 보니 ᄒᆞᆫ 도동(道童)이 언【67】
덕 아리로 오니 이ᄂᆞᆫ 슈화동지(水火童子)러라.
녀원이 쇼리 질너 왈,

　"ᄉᆞ형은 나를 구ᄒᆞ라."

　슈화동지 나아와 문왈,

　"너ᄂᆞᆫ 엇던 사롬이완ᄃᆡ 이 익을 만낫는
다?"

　녀원 왈,

　"나ᄂᆞᆫ 금녕셩모(金靈聖母)의 뎨ᄌᆞ 봉녀도
일긔션 녀원이러니 강ᄌᆞ이 나를 쇠궤의 녀허 북
희의 녀ᄒᆞ디 하늘이 ᄂᆡ 명을 ᄆᆞᆺ지 아니ᄒᆞᆫ지라
겨유 슈둔법을 ᄒᆡᆼᄒᆞ여 이의 니르럿ᄂᆞ니 바라건
디 ᄉᆞ형은 나를 위ᄒᆞ여 ᄉᆞ부ᄭᅴ 알외라."

　　슈화동지 드러가 금녕셩모다려 니ᄅᆞᆫ디 셩
뫼 이 말을 듯고 디로ᄒᆞ여 ᄌᆞ지이의 가 녀원을
보고 연고를 ᄌᆞ시 므른 후의 바로 궁으로 드러
가 통텬교쥬(通天敎主)긔 알외디,

　　"뎨ᄌᆞ 듯ᄌᆞ오니 곤눈산(崑崙山) 문인들이
우리를 업슈이 너긴다 ᄒᆞ더니 이제 일긔션 녀원
이 무슴 죄 잇관디 쇠궤의 녀허 북희의 줌가 죽
이려 ᄒᆞ다가 녀원이 겨유 슈【68】둔법(水遁法)
을 ᄡᅥ 다라나 ᄌᆞ지이 아리 왓ᄉᆞ디 몸이 곤션슝
의 ᄆᆡ이여시니 쳥컨디 존ᄉᆞ(尊師)ᄂᆞᆫ 어엿비 너
겨 구ᄒᆞ쇼셔."

　　통텬교쥐 왈,

　"더부러 오라."

　금녕셩뫼 녕을 바다 녀원을 불너 궁의 드
러오니 통텬교쥐 즉시 한 부작을 ᄡᅥ 녀원의 몸
의 붓치니 곤션슝이 프러지거ᄂᆞᆯ 교쥐 한 보검을
쥬며 왈,

　"네 이제 보검을 가져가 구류숀을 잡아오
라."

　녀원이 보검을 가지고 벽유궁을 ᄯᅥ나 토둔
법(土遁法)을 ᄒᆡᆼᄒᆞ여 ᄉᆞ슈관의 니르러 한영을
본디 한영이 디경 문왈,

　"앗가 노시 강상의게 잡히단 말을 드럿더
니 이제 엇지 도라오시니잇가?"

　녀원 왈,

　"강상이 쇠궤룰 믄드라 나를 녀허 북희의
줌으니 거의 죽게 되엿더니 조고만 슐을 ᄒᆡᆼᄒᆞ여
겨유 도라왓노라."

ᄒᆞ고 즉시 금안타(金眼駝)룰 타고 쥬영의 니르
러 구류숀을 보와 말ᄒᆞᄌᆞ ᄒᆞ거ᄂᆞᆯ ᄌᆞ이 디경ᄒᆞ여
구류숀다려 왈,

　"이놈【69】이 임의 죽어실 거시어ᄂᆞᆯ 이제
ᄯᅩ 와 ᄡᅡ호ᄌᆞ ᄒᆞᄂᆞ뇨?"

　구류숀 왈,

　"녀원이 일졍 슈둔법을 ᄒᆡᆼᄒᆞ여 벽유궁의
가 졔 스승을 보고 긔특ᄒᆞᆫ 보비룰 어더 왓ᄂᆞ니
원쉬 몬져 나가 ᄡᅡ호거든 ᄂᆡ ᄉᆞ이의셔 술오잡으
리라."

　ᄌᆞ이 즉시 군마룰 거ᄂᆞ려 영의 나가니 녀
원 왈,

　"강상아, 네 나룰 죽이려 ᄒᆞ여 북희의 녀
헛더니 네 도슐을 ᄒᆡᆼᄒᆞ여 도라왓시니 다시 날과
ᄌᆞ웅을 결ᄒᆞᄌᆞ."

ᄒᆞ고 다라들거ᄂᆞᆯ ᄌᆞ이 마ᄌᆞ ᄡᅡ호더니 삼ᄉᆞ 합이
못ᄒᆞ여 구류숀이 곤션슝을 더져 녀원을 동혀 ᄯᅡ
히 지우니 ᄌᆞ이 녀원을 잡아 영의 도라와 구류
숀다려 왈,

　"이놈을 잡아 왓거니와 이번의 ᄯᅩ 일흐면
엇지 다시 쳐치ᄒᆞ리오?"

　구류숀이 졍히 ᄌᆞ아로 더부러 의논ᄒᆞ더니
쇼졸이 보ᄒᆞ디,

　"영 밧긔 뉵압도인(陸壓道人)이 왓ᄂᆞ이다."

　ᄌᆞ이 구류숀으로 더브러 영의 나가 마ᄌᆞ
즁군의 니【70】ᄅᆞ니 녀원이 뉵압도인의 오믈
보고 왈,

　"뉵도형은 ᄂᆡ 쳔년 닷근 공부룰 어엿비 너
겨 명을 구ᄒᆞ시면 다시 셔쥬(西周)룰 침노치 아
니리이다."

　뉵압도인 왈,

　"네 임의 텬병(天兵)을 항거ᄒᆞ여시니 만일
너룰 죽이지 아니면 반ᄃᆞ시 후환이 이시리라."
ᄒᆞ고 향안을 비셜ᄒᆞ고 곤눈산을 향ᄒᆞ여 결ᄒᆞ고
ᄉᆞ미 안흐로셔 호로(葫蘆)룰 ᄂᆡ여 막은 거슬 여
니 호로 속으로셔 흰 긔운이 나며 비검(飛劍)
하나히 녀원의게 나려지니 녀원의 목이 ᄯᅳ히 ᄯᅥ
러지거ᄂᆞᆯ ᄌᆞ이 삼군을 호령(號令)코져 ᄒᆞ더니
뉵압 왈,

　"가치 아니타. 녀원은 신션의 무리라 비록
죽어시나 호령ᄒᆞ미 맛당치 아니ᄒᆞ니 ᄯᅳ히 무더
종적을 업시ᄒᆞ쇼셔."

ᄒ고 구류숀으로 더브러 하직고 뫼흐로 도라가
니라.

한영이 녀원의 죽으믈 보고 디경ᄒ여 은안
뎐(銀安殿)의 올나 즁장으로 더부러 의논 왈,

"이졔 녀도【71】장(余道長)이 임의 죽어시
니 다시 쥬병을 디젹기 어렵고 ᄒ물며 쥐(周)
가몽관(佳夢關) 쳥뇽관(靑龍關)을 아ᄉ고 ᄌ아의
휘하 졔장이 다 용밍ᄒ고 도슐을 능히 힝ᄒ니
항복고져 ᄒ나 ᄎ마 은나라 은혜룰 져바리지 못
홀 거시오 만일 항복지 아니면 결연(決然)이 관
을 직희지 못ᄒ리니 엇지ᄒ리오?"

편장군(偏將軍) 셔튱(徐忠) 왈,

"쥬장(主將)이 임의 ᄎ마 나라홀 져바리지
못ᄒ시면 엇지 인(印)을 글너 뎐의 걸고 문셔와
부고(府庫)룰 잠으고 조가(朝歌)룰 향ᄒ여 황은
(皇恩)을 비ᄉ(拜謝)ᄒ 후의 벼슬을 바리고 심산
의 슘어 인신(人臣)의 도룰 다 ᄒ지 아니시ᄂᆞᆺ
가?"

한영이 이 말을 듯고 올히 너겨 모든 군ᄉ
룰 분부ᄒ여 부고룰 잠으고 쏘 창두(蒼頭)룰 분
부ᄒ여 집 안히 경보(瓊寶)룰 슐위의 싯고 관을
바리고 다라나려 ᄒ더니 한영의 두 아들이 후원
의셔 긔특ᄒ 병긔룰 믿드러 강ᄌ아룰 막으려 홀
ᄉᆡ 원집 사룸이【72】셔로 분분(紛紛)ᄒ여 힝장
출히믈 보고 황망이 니졍(內庭)의 드러와 므ᄅ
니 창두 등 왈,

"상공이 관을 바리고 뫼흐로 도라가시랴
ᄒᄂ이다."

형뎨 셔로 이 말을 듯고 부친을 보라 후당
(後堂)으로 드러가니라.

76
뎡눈착장취ᄉ슈(鄭倫捉將取氾水)

한영(韓榮)이 후당의 잇셔 장ᄉ(將士)를 분부ᄒ여 힝장을 출히더니 장ᄌ 승(升)과 ᄎᄌ 변(變)이 바로 후당으로 드러와 한영을 보고 왈,

"부친이 무슴 연고로 이 관익(關隘)을 바리고 어디로 가고져 ᄒ시ᄂ닛고?"

한영 왈,

"너희는 나히 어려 시ᄉ(時事)를 아지 못ᄒ는도다. 이졔 쥬병이 관하(關下)의 님(臨)ᄒ여시니 능히 직희기 어려온지라 이 관을 바리고 뫼히 도라가 병화(兵禍)를 피코ᄌ ᄒᄂ니 너희 등은 ᄲᆞ리 힝장을 찰혀 날노 더부러 뫼흐로 가리라."

한승(韓升)이 이 말을 듯고 디쇼 왈,

"부친의 말씀이 그룻셔【73】이다. 부친이 국가 후은을 바다 벼슬이 총병의 니ᄅ고 위(位) 일품의 다다라 허리의 옥디 씌고 몸의 홍포(紅袍)를 닙어 이 관익을 직희엿거늘 나라 갑흘쥴은 싱각지 아니ᄒ고 살기를 탐ᄒ여 죽기를 두려 ᄒ니 이 엇지 디장부의 홀 비리오? 우리 형뎨 어려셔 궁마지지(弓馬之才)를 익히더니 ᄯᅩ 긔특

흔 사름을 만나 신긔로온 도슐을 비화 날마다 익혀 강상(姜尙)을 잡으려 ᄒ더니 부친이 이 관을 바리고 갈 ᄯᅳᆺ을 두시니 쇼ᄌ 등은 원컨디 한 번 죽도록 ᄊᆞ화 나라흘 갑고져 ᄒᄂ이다."

한영이 이 말을 듯고 머리를 슉이고 탄왈,

"니 엇지 츙의를 모르리오만은 쥬상이 혼암(昏闇)ᄒ여 졍ᄉ를 도라보지 아니시고 텬명이 간디 잇ᄂ지라. 니 쥬의 항복고져 ᄒ디 ᄎᆞ마 나라 은혜를 져바리지 못ᄒ고 이 관을 직희고져 ᄒ나 한갓 싱민(生民)의 도탄(塗炭)을 더홀 ᄲᅮᆫ이【74】라 벼슬을 바리고 뫼히 도라가 조고만 빅셩이 되고져 ᄒ노라. ᄒᆞ믈며 강상 휘하의 긔이흔 사름이 만ᄒ니 녀화(余化) 녀원(余元)은 신견(☐☐)의 무리로디 불측흔 화를 만나시니 이졔 츙의지심(忠義之心)을 먹어 젹국을 항거코져 ᄒ나 다만 두리건디 범을 그리다가 일우지 못ᄒ면 기 될가 ᄒ노라."

한승 왈,

"부친이 사름의 녹을 먹으며 맛당이 사름의 근심을 한가지로 홀 거시어늘 관을 바리고 다라나랴 ᄒ시니 이러틋 ᄒ면 조졍의 장ᄉ를 두어 무어시 쓰리오? 부친이 쇼ᄌ의 병긔를 보쇼셔."

ᄒ거늘 한영이 가만이 깃거 왈,

"네 ᄲᆞᆯ니 가져오라."

승이 후원으로 드러가더니 이윽고 한 괴이흔 슐위를1) 미러너여 오니 가온디 조희로 민든 아히 방울을 밧들고 셧고 젼후 좌우의 잔 칼을 무슈히 꼿고 ᄯᅩ 번(幡) 네흘 민드라 네 모히 꼿고 번 우희 각각 지(地)·【75】슈(水)·화(火)·풍(風) 네 ᄌᆞ를 뼈시니 일홈은 만잉게(萬刃車)라. 한영이 이를 보고 쇼왈(笑曰),

"이 조고만 아히 노름 갓흔 슐위를 ᄒ여 무어시 쓰리오?"

한승 왈,

"부친이 밋지 아니시거든 교장(敎場)의 나

---

1) 【슐위】 圖 수레. ¶ 車‖ 승이 후원으로 드러가더니 이윽고 한 괴이흔 슐위를 미러너여 오니 가온디 조희로 민든 아히 방울을 밧들고 셧고 (韓升到書房中取出一物, 乃是紙做的風車兒: 當中有一轉盤, 一隻手執定中間一杆.) <西周 19:74> 군ᄉ를 언마나 쓰며 슐위를 언마나 만들니오? (我兒還可用人馬? 你此車約有多少?)<西周 19:76>

려 우리 등의 도슐을 보쇼셔."

한영이 냥ㅈ롤 더불고 교장의 나려와 볼시 한승의 형뎨 각각 말고 올나 머리롤 풀고 숀의 칼을 잡고 진언을 념ㅎ니 구롬과 안기 ㅈ옥ㅎ며 만잉거 우흐로셔 븕은 긔운이 니러나 공즁의 아 득ㅎ고 쏘 만잉거 우희 쏘줏던 무슈흔 잔 칼이 날녀 공즁의 올나 쓰히 나려지거눌 거두어 뎐의 올나오니 한영이 문왈,

"너희 어디 가 이런 슐을 비홧눈다?"

한승 왈,

"부친이 경수의 조회(朝會) 가신 수이의 한 약디2) 머리 가진 동지 와 우리롤 가르치거눌 쇼ㅈ 등이 결ㅎ여 스싱을 삼아 긔특흔 슐을 비 오니 스싱 왈 '후일의 강상이 이 관을 【76】 치 리니 이 슐을 힝ㅎ면 맛당이 쥬병(周兵)을 파ㅎ 고 관을 보전ㅎ리라' ㅎ더니 오늘날 졍히 스싱 의 말이 마졋시니 반드시 한 슐위의 공을 일우 고 강상을 술오잡으리이다."

한영이 디희ㅎ여 문왈,

"군수롤 언마나 쓰며 슐위롤 언마나 만들 니오?"

한승 왈,

"이 슐위 삼쳔을 민들고 군수도 삼쳔을 쓰 리이다."

한영이 즉시 장인(匠人)을 모화 만잉거 삼 쳔을 민들고 졍예흔 군수 삼쳔을 샌 한승을 쥰 디 한승 형뎨 삼쳔 군수롤 다 검은 옷술 닙히고 한 숀의 칼 들고 한 숀으로 슐위롤 미러 조련ㅎ 기롤 열홀을 ㅎ미 군시 다 졍슉ㅎ거눌 한영이 냥ㅈ롤 다리고 관의 나아가 쓰호ㅈ 흔디 쇼졸이 드러가 보ㅎ디,

"수슈관(氾水關) 총병(總兵) 한영이 군을 거느려 와 쓰호ㅈ ㅎ느이다."

ㅈ익(子牙) 졔장을 거느리고 영의 나와 한 영다려 왈,

"한장군이 시셰(時勢)롤 아지 못ㅎ고 【77】

텬명을 슌치 아니ㅎ니 쌜니 항복ㅎ여 죽으믈 면 ㅎ라."

한영이 쇼왈,

"강샹아, 네 군시 강ㅎ고 장쉬 날니믈 밋 어 우리 관익을 침노ㅎ거니와 너 죽일 거시 지 쳑의 잇눈 줄 아지 못ㅎ고 감히 큰 말을 ㅎ눈 다?"

ㅈ익 디로ㅎ여 좌우롤 도라보아 왈,

"뉘 능히 이 도젹을 잡을고?"

위분(魏賁)이 응셩(應聲)ㅎ여 창을 들고 말 을 달녀 니닷거눌 한승·한변(韓變)이 각각 창 을 두르고 달녀나오니 나히 겨유 십칠 십뉵은 ㅎ더라. 위분이 쇼리질너 문왈,

"오눈 장슈눈 쌜니 일홈을 니르라."

한승 왈,

"나는 한총병의 장ㅈ 한승이오 뒤ㅎ눈 니 아으3) 한변이라. 너희 등이 무고이 반ㅎ여 우리 관익을 침노ㅎ니 우리 너희롤 죽여 삼군을 호령 코져 ㅎ노라."

위분이 디로ㅎ여 창을 두르며 다라드러 쓰 화 삼합이 못ㅎ여 한승 형뎨 거줏 말을 두르혀 다라나거눌 위분이 꾀 【78】 롤 아지 못ㅎ고 쓰 르더니 한승이 위분의 쓰르믈 보고 머리의 뼛던 투고롤 버셔 바리고 머리롤 풀고 보검을 두르며 삼쳔 군시 일시의 만잉거롤 모라 즁군으로 다라 드니 바람과 불이 반공즁의 ㅈ옥ㅎ고 삼쳔 만잉 거의 무슈흔 잔 칼이 반공즁의 날니니 쥬병이 디픽ㅎ여 셔로 밟아 죽눈 지 쉬업거눌 한영이 스스로 니르디 '궁흔 도젹을 쓰르지 말나 ㅎ니 오눌날 쥬병이 셰 궁ㅎ니 맛당이 다시 치지 못 ㅎ리라' ㅎ고 징 쳐 군을 거두니 한승 형뎨 만 잉거롤 거두어 관으로 들어가다.

ㅈ익 잔병을 거두어 졈고ㅎ니 칠팔쳔이나 죽엇거눌 자익 장의 올나 졔장다려 왈,

"젹인의 슐위의 불과 칼이 어즈러이 날니 니 아모 병권줄 아지 못ㅎ니 졔장 즁의 알니 잇 느냐?"

---

2) 【약디】 圐 낙타. ¶ 陀∥ 부친이 경수의 조회 가신 수이의 한 약디 머리 기진 동지 와 우리롤 가르치거눌 쇼ㅈ 등이 결ㅎ여 스싱을 삼아 긔특 흔 슐을 비오니 (那年父親朝覲之時, 俺弟兄閑居 無事, 在府前頑耍. 來了一個陀頭, 叫做法戒, 在我 府前化齋. 俺弟兄就與了他一齋, 他就叫我們他爲 師.) <西周 19:75>

3) 【아으】 圐 아우. 동싱. ¶ 弟∥ 나는 한총병의 장ㅈ 한승이오 뒤ㅎ눈 니 아으 한변이라. 너희 등이 무고이 반ㅎ여 우리 관익을 침노ㅎ니 우리 너희롤 죽여 삼군을 호령코져 ㅎ노라 (吾乃韓總 兵長子韓升, 吾弟韓變是也. 你等恃强欺君罔上, 罪惡滔天, 今日乃爾等絕命之地矣!) <西周 19:77>

즁장이 일시의 왈,

"그 슐위 다라들며 잔 칼이 비오듯 ᄒᆞᄂᆞᆫ 가온디 바람과 불이 【79】 위엄을 도으니 셰 가히 디젹지 못ᄒᆞᄂᆞᆫ지라 아모거신 줄 아지 못ᄒᆞᆯ녀이다."

즈ᄋᆡ 가장 민망ᄒᆞ여 졔장으로 더브러 죵일토록 의논ᄒᆞ더라.

한영 부지 관의 도라와 승이 한영다려 왈,

"오늘 우리 쥬병을 파ᄒᆞ고 강상을 잡게 되엿거늘 부친이 엇지 군을 거두시니잇고?"

한영 왈,

"오늘은 비록 도슐을 힝ᄒᆞ나 쳥텬빅일(靑天白日)이라 쥬병이 각각 다라나니 능히 이긔기 어렵고 오늘밤의 영을 졉칙ᄒᆞ면 반드시 큰 공을 일우리니 엇지 맛당치 아니리오?"

한승·한변 왈,

"부친의 신긔묘산(神奇妙算)은 사롬의 밋츨 비 아니로쇼이다."

ᄒᆞ고 군을 슈습ᄒᆞ여 어둡기ᄅᆞᆯ 기다리더라.

즈ᄋᆡ 영의셔 은병이 졉칙ᄒᆞᆯ 줄 싱각지 못ᄒᆞ고 졔장을 각각 쉬라 ᄒᆞ니 졔장이 녕을 듯고 장의 드러와 쉬더라.

한영의 부지 삼쳔 만잉거ᄅᆞᆯ 거ᄂᆞ려 관의 나 쥬영의 다 【80】 다르니 밤이 졍히 삼경이러라. 한 쇼리 포향(砲響)의 삼쳔 만잉거ᄅᆞᆯ 모라 일시의 다라드니 만잉거 우희 잔 칼이 비오듯 ᄒᆞ며 바람과 불이 위엄을 도으니 셰 쓰리ᄂᆞᆫ디 갓혼지라. 즈ᄋᆡ 즁군의 잇다가 졉칙ᄒᆞᄂᆞᆫ 쇼리ᄅᆞᆯ 듯고 황망이 장의 나오니 검은 구롬이 하늘의 즈옥ᄒᆞ고 칼이 비오듯 ᄒᆞ니 능히 나오기 어렵더라. 쏘 삼쳔 화거병(火車兵)이 즛쳐4) 드러오니 조슈(潮水) 미러드러 오듯 ᄒᆞ여 당치 못ᄒᆞ더니 무왕(武王)이 후영의 잇다가 듯고 디경ᄒᆞ여 급히 쇼요마(逍遙馬)ᄅᆞᆯ 타고 모공슈(毛公遂)와 쥬공조(周公朝)ᄅᆞᆯ 다리고 다라나니 즈ᄋᆡ 쏘혼 힝 황긔(杏黃旗)ᄅᆞᆯ 너여 두르고 ᄉᆞ불상(四不相)을 타 진을 쎄쳐 나오니 신히 능히 님군을 도라보지 못ᄒᆞ고 아들이 능히 아븨ᄅᆞᆯ 도라보지 못ᄒᆞ여

계장이 낫츨 쏘고 혹 거르며 혹 길마5) 업손 말을 타 다라나니 칼히 맛지 아니 리 업더라.

【81】 한승 형뎨 만잉거ᄅᆞᆯ 모라 즈아 쓰ᄅᆞ기ᄅᆞᆯ 급히 ᄒᆞ니 죽엄이 들히 ᄡᆞ이고 피 흘너 니히 되엿더라. 즈ᄋᆡ ᄉᆞ불상을 모라 날이 붉도록 다라나니 한승 형뎨 크게 쇼리질너 왈,

"오늘날 강상을 잡지 아니면 밍셰코 병을 도로혀지 아니리라."

ᄒᆞ고 삼쳔 화거병다려 왈,

"범의 굼게6) 드지 아니면 엇지 범의 삿기ᄅᆞᆯ7) 어드리오?"

ᄒᆞ더라.

화거병이 쓰ᄅᆞ기ᄅᆞᆯ 급히 ᄒᆞ니 즈ᄋᆡ 능히 피치 못ᄒᆞ여 금계령(金鷄嶺) 아리 니르러 앏히 븕은 큰 긔 오거늘 즈ᄋᆡ 혜오디 '일졍 독냥관(督糧官)이 오ᄂᆞᆫ도다' ᄒᆞ더니 이윽고 뎡눈(鄭倫)이 뫼 기슭으로 나오다가 즈아ᄅᆞᆯ 만나 황망이 문왈,

"원쉬 엇지 니리 픿ᄒᆞ여 오시ᄂᆞ니잇가?"

즈ᄋᆡ 답왈,

"뒤히 쓰ᄅᆞᄂᆞᆫ 군시 만잉거ᄅᆞᆯ 모라 오니 셰 능히 디젹기 어려온지라 이리 픿ᄒᆞ여 오니 장군은 나ᄅᆞᆯ 구ᄒᆞ라."

뎡눈이 이 말을 【82】 듯고 급히 금졍슈ᄅᆞᆯ 모라 삼쳔 오아병(烏鴉兵)을 거ᄂᆞ리고 나오더니 두어 니 못 와셔 한승 형뎨ᄅᆞᆯ 만나니 뎡눈이 쇼리질너 왈,

"필뷔 엇지 감히 우리 쥬장(主將)을 쓰ᄅᆞᄂᆞ뇨?"

ᄒᆞ고 항마져(降魔杵)ᄅᆞᆯ 두르고 다라드니 한승이 창을 둘너 마즈 ᄡᆞ호더니 뒤히 화거병이 만잉거ᄅᆞᆯ 모라 오거늘 뎡눈이 만잉거 모라오믈 보고 픿ᄒᆞᆯ가 두려 코ᄒᆞ로셔 흰 긔운을 니니 쇼리 우

---

4) 【즛치다】圖 짓치다. ¶ 衝‖ 쏘 삼쳔 화車兵이 즛쳐 드러오니 조슈 미러드러 오듯 ᄒᆞ여 당치 못ᄒᆞ더니 (三千火車兵衝進轅門, 如潮奔浪滾, 如何抵當.) <西周 19:80>

5) 【길마】閱 길마. 안장(鞍裝). ¶ 신히 능히 님군을 도라보지 못ᄒᆞ고 아들이 능히 아븨ᄅᆞᆯ 도라보지 못ᄒᆞ여 계장이 낫츨 쏘고 혹 거르며 혹 길마 업손 말을 타 다라나니 칼히 맛지 아니 리 업더라 (君不能顧臣, 父不能顧子.) <西周 19:80>

6) 【굼】閱 구멍. ¶ 穴‖ 범의 굼게 드지 아니면 엇지 범의 삿기ᄅᆞᆯ 어드리오? (不入虎穴, 安得虎子?) <西周 19:81>

7) 【삿기】閱 새끼. ¶ 子‖ 범의 굼게 드지 아니면 엇지 범의 삿기ᄅᆞᆯ 어드리오? (不入虎穴, 安得虎子?) <西周 19:81>

452

뢰 갓흔지라 한승 형뎨 어즐ㅎ여 말긔 나려지거
늘 삼천 오아병이 일시의 다라드러 한승 형뎨를
잡아 미니 한승이 탄왈,

"하눌이 나를 죽게 ㅎ시도다."
ㅎ고 잡히믈 닙으미 삼천 화거병의 만잉거를 모
라 오다가 쥬장의 잡히믈 보고 각각 만잉거를
바리고 다라나거늘 한영이 뒤 진의 오다가 군시
만잉거를 바리고 픠ㅎ여 오믈 보고 황망이 문
왈,

"두 쇼장이 어디 잇ᄂ뇨?"

군시 【83】 디왈,

"두 장군이 ᄌ아를 ᄯᅩ츠 한 뫼 아러 니르
미 뫼 속으로셔 흉악한 장쉬 나와 두 장군을 술
오잡아 가거이다."

한영이 디경ㅎ여 ᄊᆞᆯ흘 마음이 업셔 군수를
거두어 관으로 도라가거늘 뎡눈이 두 장슈를 잡
고 ᄌ아의게 알왼디 ᄌ인 디희ㅎ여 한승 형뎨를
미여 냥식 슐위의 언져 잔병을 거두어 도라오더
니 믄득 보니 길 아러 두 사름 풀 속의 업더엿
거늘 ᄌ인 친히 나아가 보니 이는 무왕과 모공
쉬어늘 ᄌ인 ᄉᆞ불상을 급히 나려 무왕을 붓드러
쇼요마를 틔와 영으로 도라오니 졔장이 다 모닷
거늘 ᄌ인 무왕ᄭᅴ 문안ㅎ온디 왕 왈,

"괴(孤) 만일 모공슈 곳 아니런들 능히 오
눌날 익을 버셔나지 못ㅎ너니라."

ᄌ인 왈,

"이ᄂᆞᆫ 다 강상의 죄로쇼이다. 슬피지 못ㅎ
엿스오니 쳥컨디 죄를 ᄉᆞㅎ쇼셔."
ㅎ고 잔치를 비셜ㅎ여 무왕을 위로 【84】 ㅎ더
라.

이튼닐 군ᄉᆞ를 졈고ㅎ여 다시 관 아러 니
르러 영치(營寨)를 셰우니 쇼졸이 드러와 한영
의게 고왈(告曰),

"쥬병이 관 아러 ᄯᅩ 와 영치를 셰우ᄂᆞ이
다."

한영이 디경 왈,

"쥬병이 ᄯᅩ 와 진치니 닉 아들이 죽도다."
ㅎ고 친히 셩의 올나 바라보니 이윽고 ᄌ인 계
장을 거느려 관 아러 니르러 한영을 보와 말ㅎ
ᄌ ᄒᆞᆫ디 영이 젹누(積樓) 우희셔 쇼리질너 왈,

"강상 필뷔(匹夫) 픽군한 장슈로셔 엇지 감
히 ᄯᅩ 왓ᄂᆞ뇨?"

ᄌ인 쇼왈,

"늬 그릇 간ᄉᆞ한 계규를 맛쳐시나 나죵의
반ᄃᆞ시 이 관을 아ᄉᆞ려니와 네 아들을 너게 잡
혀 보닉여시니 엇지 이긔다 니ᄅᆞ지 아니ㅎ리
오?"
ㅎ고 한승 형뎨를 미야 마하의 ᄭᅮᆯ니니 한영이
두 아들의 미이여 말 알픠 ᄭᅮᆯ엇ᄂᆞᆫ 양을 보고 눈
물을 흘니고 쇼리질너 왈,

"두 ᄌᆞ식이 무지ㅎ여 그릇 존위(尊威)를 범
ㅎ여시니 죄 맛당이 죽엄즉 ㅎ거니 【85】 와 바
라건디 원슈ᄂᆞᆫ ᄌᆞ식의 목슘을 ᄉᆞㅎ시면 쇼장이
ᄉᆞ슈관을 드려 은혜를 갑흐리이다."

한승이 이 말을 듯고 쇼리질너 왈,

"부친은 관을 드리지 말고 은왕(殷王)의 즁
한 녹을 먹어 고굉(股肱) 갓흐니 엇지 한 ᄌᆞ식
의 목슘을 앗겨 신졀(臣節)을 일흐리오? 관익을
단단이 직희여 텬ᄌᆞ의 구병이 오거든 합녁ㅎ여
강상을 술오잡아 죽엄을 만단(萬段)의 닉여 우
리 원슈를 갑흐미 늣지 아니ㅎ니 쇼ᄌᆞ 등은 일
만 번 죽어도 한이 업셔이다."

ᄌ인 디로ㅎ여 남궁괄(南宮适)을 명ㅎ여
두 도젹의 머리를 버히라 ㅎ니 괄이 명을 바다
한승 한변을 관 아러셔 버히니 한영이 두 아들
의 죽ᄂᆞᆫ 양을 보고 애 칼노 ᄶᅵᆺ는 듯ㅎ여 한 번
쇼리지르고 셩의 ᄲᅥ러져 죽거늘 셩즁 부로(父
老)들이 관을 열고 ᄌ아의 디병을 마ᄌ 관의 드
러가니 무왕이 유ᄉᆞ(有司)를 명ㅎ여 한영의 부
ᄌ를 관 【86】 곽(棺槨)을 갓초와 뭇고 잔치를
비셜ㅎ여 졔장의 공 일우믈 하례(賀禮)ㅎ더라.

나타(哪吒)이 건원산(乾元山)의 와 병이 하
련지 오러더니 틱을진인(太乙眞人)이 나타을 불
너 왈,

"네 상홀디 하려시니 몬져 ᄉᆞ슈관(氾水關)
으로 나려가라."

나타이 명을 바다 장ᄎᆞᆺ 나려가고ᄌ ㅎ더니
진인이 나타을 다시 불너 왈,

"네 뫼희 나려가니 맛당이 닉 슐 셰 잔을
먹고 가라."

나타이 ᄉᆞ례ㅎ거늘 진인이 금화동ᄌ(金霞
童子)를 불너 슐 셰 잔을 나타을 먹이고 진인이
ᄉᆞ미 안ㅎ로셔 디초8) 셰흘 닉여 쥬거늘 나타이

---

8) 【디초】 圀 대추. ¶ 棗‖ 진인이 금화동ᄌ를 불

바다 먹고 진인을 하직ㅎ고 동부의 나와 풍화륜
(風火輪)을 타고 숀의 화첨창(火尖槍)을 들고 오
리 못 와셔 겨드랑 아러셔 한 쇼리 나며 팔이
나거늘 나탁이 디경ㅎ여 아모란 줄 몰나 동부
(洞府)로 도라오더니 귀 뒤흐로셔 쇼리 나며 목
둘히 나니 나탁이 세 머리 여듧 팔 가진 사람이
되여 오니 티을진인이 【87】 나탁의 도라오믈 보
고 박장디쇼(拍掌大笑) 왈,

　　"고이타 이놈의 얼골이여!"

　　나탁 왈,

　　"졔지 겨유 동부의 나며 이 얼골이 되여시
니 쳥컨디 스부는 어엿비 너겨 구ㅎ쇼셔."

　　진인 왈,

　　"주아의 영의 비록 긔특한 사람이 만흐나
네 낫 갓흐니난 업스니 너 너롤 이 얼골을 민드
라 이 관의 나아가 금광동(金光洞) 긔특한 법을
젼코져 ㅎ노라."

　　쏘 본상(本像)을 니는 도슐을 가르치고 세
머리 여듧 팔 가진 사람되는 부작을 가르치니
나탁이 디회ㅎ여 한 숀의 건곤권(乾坤圈)을 들
고 한 숀의 혼텬단(混天緞)을 들고 두 숀의 화
첨창을 들고 가려ㅎ거늘 진인이 음양검9)(陰陽
劍)과 구룡신화탁(九龍神火罩)을 쥬니 나탁이 쏘
두 병긔롤 엇고 심즁의 디회ㅎ여 나아오니라.

　　강원쉬(姜元帥) 스슈관의 잇셔 군스와 장
슈롤 졈고ㅎ여 개픠관(界牌關)을 치려ㅎ더니 홀
연 스존(師尊)의 진언을 싱각ㅎ더 '개픠관 하의
쥬션진(誅仙陣)을 만나리라 ㅎ더니 무슨 길 【8
8】 흉(吉凶)이 잇는고 아지 못게라 가히 망녕되
이 움죽이지 못ㅎ리라' ㅎ더니 쏘 다시 싱각ㅎ
더 '만일 병을 나오지 아니면 긔한(期限)을 그릇
홀가' 근심ㅎ더니, 믄득 보ㅎ더,

　　"황농진인(黃龍眞人)이 왓다."
ㅎ거늘 주이 마즈 즁당(中堂)의 드러가 녜필 좌
졍 후의 황농진인 왈,

　　"이 압히 곳 쥬션진이니 가히 초솔(草率)
이10) 나아가지 못홀지라. 그디는 문인을 분부ㅎ

　　여 갈씀으로 디롤 무어11) 각쳐 진인과 잇셔 장
교스존(掌敎師尊)을 마즈 의논ㅎ여야 가히 바야
흐로 나아가리라."
ㅎ거늘 주이 듯고 급히 남궁괄(南宮适) 무길(武
吉)노 ㅎ여곰 노봉(蘆篷)을 무으라 ㅎ다.

　　이젹의 나탁이 삼두팔비(三頭八臂)되여 풍
화륜의 오니 낫치 프르고 머리 쥬스(朱砂) 갓흐
여 관으로 향ㅎ여 오거늘 군뢰(軍校) 나탁의 니
리 되엿는 줄을 모르고 급히 주아의게 품ㅎ디,

　　"밧긔 세 머리 여듧 팔 가진 장쉬 관의 드
러와지라 ㅎ느이다."

　　주이 니졍(李靖)으로 ㅎ여 【89】 곰 탐졍(探
情)ㅎ라 ㅎ니 니졍이 나가 본디 과연 삼두팔비
가진 사람이 심히 흉악ㅎ거늘 니졍이 문왈,

　　"오는 즈는 엇더한 사람인다?"

　　나탁이 니졍을 보고 왈,

　　"부친이 히아(孩兒) 나탁을 모르시느닛가?"

　　니졍이 이말을 듯고 디경 문왈,

　　"네 어디 가 니런 긔특한 슐을 어덧는다?"

　　나탁이 디초 먹던 일을 일일히 니른디 니
졍이 드러가 주아의게 고ㅎ니 주이 디회ㅎ여 젼
녕(傳令)ㅎ여 드러오라 ㅎ니 나탁이 나아가 원
슈긔 뵌디 모든 장쉬 아니 깃거ㅎ리 업셔 다 와
칭하(稱賀)ㅎ더라.

　　이튼날 남궁괄이 와 회보(回報)ㅎ디,

　　"노봉이 다 일웟느이다."

　　황농진인 왈,

　　"이졔 다만 동부(洞府) 문하(門下) 사람만
가고 다른 장관 이하는 하나토 가지 못ㅎ리라."

　　　　너 슐 세 잔을 나탁을 먹이고 진인이 스미 안흐
　　　　로셔 디초 세홀 너여 쥬거늘 (眞人命金霞童兒斟
　　　　酒過來, 贈哪吒頭一杯酒, 哪吒謝過, 一飮而盡. 眞
　　　　人袖內取了一枚棗兒.) <西周 19:86>

9) 음양검: 원래 '음양경'으로 되어 있으나 원문에
　　따라 고침.

10) 【초솔이】 閉 초솔(草率)히. 경솔히. ¶ 草率 ‖
　　이 압히 곳 쥬션진이니 가히 초솔이 나아가지
　　못홀지라. 그디는 문인을 분부ㅎ여 갈씀으로 디
　　롤 무어 각쳐 진인과 잇셔 장교스존을 마즈 의
　　논ㅎ여야 가히 바야흐로 나아가리라 (前邊就是
　　誅仙陣, 非可草率前進. 子牙可分付門人, 搭起蘆
　　篷席殿, 迎接各處眞人異士, 伺候掌敎師尊, 方可
　　前進.) <西周 19:88>

11) 【무으다】 동 쌓다. ¶ 이 압히 곳 쥬션진이니
　　가히 초솔이 나아가지 못홀지라. 그디는 문인을
　　분부ㅎ여 갈씀으로 디롤 무어 각쳐 진인과 잇셔
　　장교스존을 마즈 의논ㅎ여야 가히 바야흐로 나
　　아가리라 (前邊就是誅仙陣, 非可草率前進. 子牙
　　可分付門人, 搭起蘆篷席殿, 迎接各處眞人異士,
　　伺候掌敎師尊, 方可前進.) <西周 19:88>

ᄒ거눌 ᄌ이 젼녕ᄒ더,

"모든 장관은 무왕을 보호ᄒ여 관을 직희고 쳔ᄌ히 쩌나지 말나. 니 모든 문인과 진인을 더브러 한가지로 노봉의 【90】 나아가 장교ᄉ존과 녈위(列位) 션장(仙長)을 기다려 쥬션진의 나아갈 거시니 만일 움죽일 지 이시면 군법을 쓰리라."

즁장(衆將)이 녕을 듯고 가거눌 ᄌ이 후뎐(後殿)의 나아가 무왕을 보아 왈,

"신이 몬져 관을 취ᄒ리니 디왕은 즁장으로 더브러 이곳의 계시다가 관을 취흔 후의 셩가(聖駕)롤 영후(令後)ᄒ기롤 기다리쇼셔."

왕이 답왈,

"상부(相父)는 보즁(保重)ᄒ라."

ᄒ거눌 ᄌ이 ᄉ은ᄒ고 물너와 진인으로 더브러 모든 문인 뎨ᄌ로 ᄉ슈관을 쩌나 ᄉ십 니는 힝ᄒ여 노봉의 니르니 곳츨 달며 치싁으로 얽고 비단을 쓰시며 담을[12] 폇더라. 황뇽진인이 노봉의 올나 ᄌ아와 한가지로 안졋더니 이윽고 광셩ᄌ(廣成子) 버거 오고 젹졍ᄌ(赤精子) 왓더니 이튼날 구류손(衢留孫)과 문슈광법텬존(文殊廣法天尊)과 보현진인(普賢眞人)과 ᄌ항도인(慈航道人)과 옥졍진인(玉鼎眞人)이 ᄯ라 니르고 그 뒤히 운즁ᄌ(雲中子)와 틱을진인과 쳥허도덕 【91】 진인(淸虛道德眞人)과 도힝텬존(道行天尊)과 녕보더법ᄉ(靈寶大法師) 육속(陸續)ᄒ여 니르거눌 ᄌ이 마ᄌ 노봉의 올나 안졋더니 이윽고 ᄯ 뉴압도인(陸壓道人)이 오거눌 마ᄌ 안존더 뉴압 왈,

"이졔 쥬션진셔 모도이고 ᄯ 만션진(萬仙陣)의 가 다시 모들 거시니 우리의 졉쉬(劫數) 임의 찻ᄂᆞ지라 그 후ᄂᆞ 산즁의 도라가 도롤 닷가 졍과(正果)롤 일우리라."

모든 도인 왈,

"ᄉ형의 말이 올타."

ᄒ고 모다 잠잠코 장교ᄉ존을 기다리더니 한시

못ᄒ여 공즁의셔 픠옥(佩玉) 쇼리 나거눌 즁션(衆仙)이 연등도인(燃燈道人) 옴을 보고 니러 셤의 나려 마ᄌ올녀 녜필(禮畢)의 연등 왈,

"쥬션진이 목젼(目前)의 이시니 모든 벗들은 보왓ᄂᆞ다?"

모다 왈,

"젼면의 광경을 보지 못ᄒ엿나이다."

연등 왈,

"져 한 줄 붉은 긔운 펴져 덥힌 거시 긔니라."

ᄒ거눌 모다 눈을 졍ᄒ여 보더니 다보도인(多寶道人)이 임의 텬교문인(闡敎門人)이 왓ᄂᆞ 줄 알고 손으로셔 한 쇼리 우뢰롤 너여 붉은 긔운을 헛치고 진을 드러 너거눌 【92】 모든 션인이 노봉 우희셔 보니 홍광(紅光)이 번득이ᄂᆞ 안히 진(陣)이 드러낫시더 음운(陰雲)이 참참(慘慘)ᄒ여 극히 무셔오며 닝풍(冷風)이 습습(習習)ᄒ여 혹 뵈며 혹 숨으며 혹 오르며 혹 나려 반복ᄒ여 졍치 못ᄒ거눌 황뇽진인 왈,

"우리 이졔 살계(殺戒)롤 범ᄒ여 홍진(紅塵)을 만낫ᄂᆞ지라. 임의 이 진의 와 모다시니 마지 못ᄒ여 져와 ᄊᆞ호리로다."

연등 왈,

"녯 셩인이 니르ᄉ더 다못[13] 조흔 곳을 쳔쳔번을 보나 인간 살벌ᄒᄂᆞ 더ᄂᆞ 보지 말나 ᄒ엿ᄂᆞ니라."

ᄒ더 십이 뎨ᄌ 즁의 팔구인이 가기롤 원ᄒ거눌 연등이 막지 못ᄒ여 일시의 노봉의 나려 모든 문인이 한가지로 진 알퓌 니르러 보니 과연 마음이 놀납고 눈의 무셔워 괴이흔 긔운이 사롬의게 쏘이ᄂᆞ지라 즁션이 모다 보고 보기롤 탐ᄒ여 도라올 줄 모르더라.

---

12) 【담】圏 담(毯). 짐승의 털을 물에 빨아 짓이겨 평평하고 두툼하게 만든 조각. 담요 따위의 재료로 쓰는 것. ¶ 毹‖ ᄌ이 ᄉ은ᄒ고 물너와 진인으로 더브러 모든 문인 뎨ᄌ로 ᄉ슈관을 쩌나 ᄉ십 니는 힝ᄒ여 노봉의 니르니 곳츨 달며 치싁으로 얽고 비단을 쓰시며 담을 폇더라 (子牙感謝畢, 復至前殿, 與黃龍眞人同衆門弟子離了汜水關, 行有四十里, 來至蘆篷. 只見懸花結彩, 疊錦鋪毹.) <西周 19:90>

13) 【다못】图 다만. ¶ 只‖ 녯 셩인이 니르ᄉ더 다못 조흔 곳을 쳔쳔번을 보나 인간 살벌ᄒᄂᆞ 더ᄂᆞ 보지 말나 ᄒ엿ᄂᆞ니라 (自古聖人云: "只觀善地千千次, 莫看人間殺伐臨.") <西周 19:92>

[셔쥬연의西周演義 권지이십]

77
노ᄌ일긔화삼쳥(老子一氣化三淸)

모든 문인(門人)이 와 쥬션진(誅仙陣)을 보니 정동(正東)의 쥬션검(誅仙劍)이란 칼 하나히 걸녓고 정남(正南)의 뉵션검(戮仙劍)이란 칼 하나히 걸녓고 정셔(正西)의 함션검(陷仙劍)이란 칼 하나히 걸녓고 정북(正北)의 졀션검(絶仙劍)이란 칼 하나흘 거러시며 전후 창호(窓戶)의 살긔(殺氣) 삼삼(森森)ᄒ며 음풍이 삽삽(颯颯)ᄒ거늘 모든 사ᄅᆞᆷ이 드ᄅᆞ니 다보도인(多寶道人)이 진 안히셔 훙훙 노ᄅᆡ를 브ᄅᆞ거늘 연등(燃燈) 왈,

"모든 도인은 드러보라. 져 노ᄅᆡ 브ᄅᆞᆫ 사ᄅᆞᆷ이 엇지 어진 무리리오? 우리 아직 노봉(蘆篷)의 도라가 장교ᄉᆞ존(掌敎師尊) 오시기를 기다려 스스로 쳐치ᄒᆞ미 잇시리라."

ᄒ고 바야흐로 몸을 두르혀고져 ᄒᆞ더니 믄득 진 즁으로 다보도인이 칼을 들고 ᄠᅱ여나오며 왈,

"광셩ᄌ(廣成子)는 닷지 말나. 니【2】 오노라."

ᄒ거늘 광셩지 디로 왈,

"네 벽유궁(碧遊宮)의 이실 졔 사ᄅᆞᆷ 만흐믈 밋어 두세 번 나를 능모(陵侮)ᄒᆞ더니 장교ᄉᆞ존

이 분부ᄒᆞ시ᄃᆡ 네 듯지 아니ᄒᆞ다가 ᄯᅩ 이 쥬션진 버려시니1) 우리 임의 살계(殺戒)를 범ᄒᆞ엿ᄂᆞᆫ지라 나죵은 너희 다 겁슈(劫數) 안히 들 거시어늘 니런 죄업을 지으니 정히 니ᄅᆞᆫ바 염나왕(閻羅王)이 삼경의 죽으리라 졍ᄒᆞ여시니 엇지 즐겨 머믈워 오경(五更)의 니ᄅᆞ리오 ᄒᆞ미로다."

ᄒᆞ고 칼을 들고 나아와 다보도인을 취ᄒᆞ니 다보도인이 ᄯᅩᄒᆞᆫ 칼을 드러 마ᄌᆞ ᄡᅡ호더니 광셩지 번텬인(番天印)을 날녀 친ᄃᆡ 다보도인이 밋쳐 피치 못ᄒᆞ여 졍히 등을 맛치니 다보도인이 한 번 업더졋다가 진즁으로 다라나거늘 연등 왈,

"아직 각각 도라갓다가 다시 의논ᄒᆞᄌ."

ᄒᆞ니 즁인이 다 노봉으로 도라가 안졋더니 드ᄅᆞ니 반공즁(半空中)【3】의셔 션악(仙樂) 쇼ᄅᆡ 일시의 나며 긔이ᄒᆞᆫ 향ᄂᆡ 표묘(縹緲)히 나려오거늘 즁션(衆仙)이 노봉의 나려 장교ᄉᆞ존을 마ᄌᆞ니 원시텬존(元始天尊)이 구룡침향연(九龍沈香輦)의 안ᄌᆞ 오시ᄂᆞᆫᄃᆡ 향뇌(香爐) ᄲᅡᆼᄲᅡᆼ이 연무(煙霧)를 ᄲᅳᆷ으며 우션(羽扇)은 ᄶᅡᆨᄶᅡᆨ이 좌우의 둘넛더라. 연등도인이 즁션을 더부러 향을 픠오고 마ᄌᆞ 노봉의 오ᄅᆞ니 원시 안존 후의 모든 졔지ᄂᆡ를 맛ᄎᆞ미 원시 왈,

"오늘날 쥬션진 우희 가 보와야 피ᄎᆞ를 분변ᄒᆞ리라."

ᄒᆞ더니 ᄌᆞ시(子時)의 니ᄅᆞ러 원시 머리 우흐로셔 오식 구름이 니러나며 진쥬영낙(珍珠瓔珞)과 만타금홰(萬朶金花) 낙역(絡繹)ᄒᆞ여 ᄭᅳᆽ지 아니ᄒᆞ니 원근의 조요(照耀)ᄒᆞ엿ᄂᆞᆫ지라 다보도인이 진즁의셔 이 긔운을 보고 원시텬존의 강님ᄒᆞᄆᆞᆯ 알미 스스로 싱각ᄒᆞᄃᆡ '이 진은 반ᄃᆞ시 우리 ᄉᆞ존이 니ᄅᆞ러야 바야흐로 가히 알 거시니 그러치 아니면 어이 능히 져를 당【4】 ᄒᆞ리오?' ᄒᆞ더라.

이튼날 과연 벽유궁으로셔 통텬교쥬(通天敎主) 오니 반공즁의 션악이 향냥(響亮)ᄒᆞ고 이향(異香)이 습습(襲襲)ᄒᆞ며 더쇼 즁션이 조ᄎᆞ오니 이ᄂᆞᆫ 다 졀교문(截敎門) 가온ᄃᆡ ᄉᆞ존이러라.

---

1) 【버리다】 图 벌이다. 펼치다. ¶ 擺∥ 장교ᄉᆞ존이 분부ᄒᆞ시ᄃᆡ 네 듯지 아니ᄒᆞ다가 ᄯᅩ 이 쥬션진 버려시니 우리 임의 살계를 범ᄒᆞ엿ᄂᆞᆫ지라 나죵은 너희 다 겁슈 안히 들 거시어늘 니런 죄업을 지으니 (你掌敎師尊吩咐過, 你等全不遵依, 又擺此誅仙陣. 我等旣犯了殺戒, 畢竟你等俱入劫數之內, 故造此業障耳.) <西周 20:2>

다보도인이 공중의 션악 쇼리롤 드르미 제 스존이 오는 쥴 알고 섈니 나아가 졀ᄒ고 마즈 진중의 나아가 팔괘디(八卦臺)의 좌졍ᄒ거늘 모든 문인이 좌우의 뫼셔시니 우회는 스디뎨즈(四代弟子) 다보도인·금녕셩모(金靈聖母)·무당셩모(無當聖母)·귀령셩모(龜靈聖母) 잇고 또 금광션(金光仙)·오운션(烏雲仙)·비노션(毘盧仙)·녕아션(靈牙仙)·규슈션(虯首仙)·금잡션(金箍仙)·댱이션(長耳仙)·뎡광션(定光仙)이 셔로 조츠 왓더라. 통텬교쥬는 이의 졀교(截敎)롤 가음아는[2] 읏듬 도시라 도롤 닷가 오긔조[3]원(五氣朝元)과 삼화취졍(三花聚頂)ᄒ믈 일우니 또ᄒ 만겁이라도 히여지지 아닐 몸이러라.

즈시의 니르러 다셧 긔운이 공중의 오거늘 연등이 발셔 졀교스존이 니르러시믈 알고 이튼날 텬명(天明)의 【5】 원시텬존긔 고왈,

"노시 오늘날 가히 쥬션진의 가 모드시리잇가?"

원시 왈,

"이곳이 엇지 우리 오러 이실 곳이리오?"

ᄒ고 뎨즈롤 분부ᄒ여 반녈을 버리라 ᄒ니 젹졍즈(赤精子)와 광셩즈와 틱을진인(太乙眞人)은 녕보디법스(靈寶大法師)롤 더ᄒ고 쳥허도덕진군(淸虛道德眞君)은 구류손(衢留孫)을 더ᄒ고 문슈광법텬존(文殊廣法天尊)은 보현진인(普賢眞人)을 더ᄒ고 운중즈(雲中子)는 즈항도인(慈航道人)을 더ᄒ고 옥졍진인(玉鼎眞人)은 도힝텬존(道行天尊)을 더ᄒ고 황뇽진인(黃龍眞人)은 뉵압(陸壓)을 더ᄒ고 연등(燃燈)은 즈아(子牙)와 한가지로 뒤히 잇고 금탁(金吒)·목탁(木吒)은 향노(香爐)롤 잡앗고 위호(韋護)는 뇌진즈(雷震子)로 더브러 갋셔고[4] 니졍(李靖)은 그 뒤히 잇고 나탁(哪吒)은 압셔 가더니 쥬션진 안히셔 금종(金鐘) 쇼리 나며 한 쌍 문긔(門旗) 열니더니 통텬교쥬 규우(奎牛)[쇼 일홈]롤 타고 나오는디 좌우의 졔디문인(諸代門人)이 버러 츠례로 셧더라.

교쥬 원시텬존을 보고 머리 조아 왈,

"도형(道兄)긔 뵈노라."

ᄒ거늘 【6】 원시 왈,

"현뎨(賢弟) 무슴일노 이런 모진 진을 베펏느뇨? 당초의 그디 벽유궁의셔 한가지로 봉신방(封神榜)을 의논ᄒᆯ시 당면ᄒ여 봉ᄒ 거술 버리고 세 등(等)을 셰오니[5] 불희와[6] 힝실이 깁흔 즈는 션도(仙道)롤 일우고 그 버금은 신도(神道)롤 일우고 불희와 힝실이 여튼 즈는 인도(人道)롤 일워 눈회(輪回)ᄒ는 겁슈의 섇지게 ᄒ니 이는 텬디 조화라. 은쥬(殷紂) 무도ᄒ여 긔 슈 맛당이 맛게[7] ᄒ엿고 쥬실(周室)이 인명(仁明)ᄒ여 운슈 니러날 거시니 그디도 아지 못ᄒ노라 니르지 못ᄒᆯ 거시어늘 엇지 도로혀 강상(姜尙)을 막아 하놀 뜻을 어긔오느뇨? 또 쳐음의 봉신방 안히 삼빅뉵십오도롤 분(分)ᄒ여 여덟 부(部)롤 졍ᄒ니 모든 셩신(星辰)과 삼산오악(三山五岳)의 사롬이 각각 그 쉬(數) 잇거늘 현뎨 엇지 스스로 니고 스스로 도로혀 실신(失信)ᄒ 허믈을 취ᄒ느뇨? ᄒ믈며 이 진 셰운 거시 가히 아쳐로오니[8] 【7】 '쥬션(誅仙)'이란 두 지(字) 엇지 그디

---

2) 【가음알다】⑧ 관장하다. 다스리다. ¶ 掌∥ 통텬교쥬는 이의 졀교롤 가음아는 읏듬 도시라 도롤 닷가 오긔조원과 삼화취졍ᄒ믈 일우니 또ᄒ 만겁이라도 히여지지 아닐 몸이러라 (通天敎主乃是掌截敎之鼻祖, 修成五氣朝元, 三花聚頂, 也是萬劫不壞之身.) <西周 20:4>

3) 조: 원래 '죤'으로 되어 있으나 오기이므로 고침.

4) 【갋셔다】 나란히 서다. ¶ 幷列∥ 금탁·목낙은 향노롤 잡앗고 위호는 뇌진즈로 더브러 갋셔고 니졍은 그 뒤히 잇고 나탁은 압셔 가더니 (金·木二吒提爐, 韋護與雷震子幷列, 李靖在後, 哪吒先行.) <西周 20:5>

5) 【셰오다】 세우다. 정하다. 수립하다. ¶ 立∥ 당초의 그디 벽유궁의셔 한가지로 봉신방을 의논ᄒᆯ시 당면ᄒ여 봉ᄒ 거술 버리고 세 등을 셰오니 (當時在你碧遊宮共議'封神榜', 當面彌封, 立有三等.) <西周 20:6>

6) 【블희】⑲ 뿌리. 근본. ¶ 根∥ 불희와 힝실이 깁흔 즈는 션도롤 일우고 그 버금은 신도롤 일우고 불희와 힝실이 여튼 즈는 인도롤 일워 눈회ᄒ는 겁슈의 섇지게 ᄒ니 이는 텬디 조화라 (根行深者成其仙道, 根行稍次成其神道, 根行淺薄成其人道, 仍隨輪回之劫. 此乃天地之生化也.) <西周 20:6>

7) 【맛다】⑧ 마치다. 끝나다. ¶ 終∥ 은쥬 무도ᄒ여 긔 슈 맛당이 맛게 ᄒ엿고 쥬실이 인명ᄒ여 운슈 니러날 거시니 그디도 아지 못ᄒ노라 니르지 못ᄒᆯ 거시어늘 엇지 도로혀 강상을 막아 하놀 뜻을 어긔오느뇨? (成湯無道, 氣數當終, 周室仁明, 應運當興. 難道不知? 反來阻逆姜尙, 有背上天垂象.) <西周 20:6>

8) 【아쳐롭다】⑲ 밉다. 싫다. ¶ 惡∥ ᄒ믈며 이 진 셰운 거시 가히 아쳐로오니 '쥬션'이란 두 지 엇지 그디와 우리 도가의셔 ᄒᆯ 일이며 또

와 우리 도가의셔 홀 일이며 쏘 '쥬(誅)'·'륙(戮)'·'함(陷)'·'졀(絶)'이란 일홈이 우리 도가의 쓸 거시 아니어놀 그디 무슴 연고로 니런 죄과의 더ᄒᆞᄂᆈ?"

통텬교쥬 왈,

"도형은 날다려 뭇지 말고 광셩즈다려 무러보면 너 마ᄋᆞᆷ을 알니라."

원시 광셩즈다려 므른디 광셩지 벽유궁의 가 셰 번 뵈던 말을 다 알외니 교쥬 왈,

"광셩즈야! 네 일즉 나롤 쑤지즈디 너 가라치는 거시 시비롤 의논치 아니ᄒᆞ며 호부(好否)롤 갈희지9) 아니ᄒᆞ며 비록 깃 도드며 털 도든 금쉬라도 다 가르쳐 한가지로 본다 ᄒᆞ니 싱각건디 우리 스뷔 우리 셰 벗을 가르쳐 계시니니 만일 모우금슈(毛羽禽獸)로 더브러 셔로 갓홀 젹이면 도형인들 날과 한가지라 아니하랴?"

원시 왈,

"현뎨야, 그디 광셩즈롤 괴이 너기지 말나. 그 실은 그디 문하(門下)의셔 잡부리ᄒᆞ여10) 슌역(順逆)을 아지 못ᄒᆞ【8】고 젼혀 강악을 밋으니 사롬이 니르디 즘싱의 힝실이라 ᄒᆞᄂᆞ니라. ᄒᆞ물며 현뎨 아모란 불회와 힝실을 혜아리지 아니코 한갈갓치 거두어 머므르니 피츠의 시비롤 일위혀 싱녕(生靈)을 상희오기의 니르는지라 그디 마ᄋᆞᆷ의 엇지 춤아 ᄒᆞᄂᆈ?"

교쥬 왈,

'쥬'·'륙'·'함'·'졀'이란 일홈이 우리 도가의 쏠 거시 아니어놀 그디 무슴 연고로 니런 죄과와의 더ᄒᆞᄂᆈ? (況此惡陣, 立名便自可惡. 只'誅仙'二字, 可是你我道家所爲的事? 且此劍立有'誅'·'戮'·'陷'·'絶'之名, 亦非是我你道家所用之物. 這是何說, 你作此過端?) <西周 20:6>

9) 【갈희다】 가리다. 나누다. ¶ 分 ‖ 광셩즈야, 네 일즉 나롤 쑤지즈디 너 가라치는 거시 시비롤 의논치 아니ᄒᆞ며 호부롤 갈희지 아니ᄒᆞ며 비록 깃 도드며 털 도든 금쉬라도 다 가르쳐 한가지로 본다 ᄒᆞ니 (廣成子, 你曾罵我的敎下不論是非, 不分好歹, 縱羽毛禽獸亦不擇而敎, 一體同觀.) <西周 20:7>

10) 【잡부리ᄒᆞ다】 혱 함부로(제멋대로) 행동하다. ¶ 胡爲亂做 ‖ 현뎨야, 그디 광셩즈롤 괴이 너기지 말나. 그 실은 그디 문하의셔 잡부리ᄒᆞ여 슌역을 아지 못ᄒᆞ고 젼혀 강악을 밋으니 사롬이 니르디 즘싱의 힝실이라 ᄒᆞᄂᆞ니라 (賢弟, 你也莫怪廣成子. 其實, 你門下胡爲亂做, 不知順逆, 一味恃强, 人言獸行.) <西周 20:7>

"도형의 말디로 니롤진디 그디 문인이 도리의 올코 날 쑤짓는 것도 응당ᄒᆞᆫ 일이라 ᄒᆞ여 우리 한 문하의셔 슈족(手足)갓혼 일을 싱각지 아니미로다. 그러나 너 발셔 이 진을 일워시니 도형이 이 진을 파ᄒᆞ면 고하(高下)롤 알니라."

원시 왈,

"너 이 진 알기는 어렵지 아냐 ᄒᆞ니 너 스스로 드러가 보기롤 기다리라."

교쥬 규우(奎牛)롤 도로혀 뉴션문(戮仙門)을 드러가니 원시 구룡침향연 우희 안즈 비리긔(飛來椅)롤 들고 날호여11) 힝ᄒᆞ여 졍동진방(正東震方)의 니르니 이 쥬션문이라. 문 우희 한 보검을 다라시니 일 【9】홈이 쥬션검이어놀 원시 년(輦)을 타고 네 게체신(揭諦神)을 명ᄒᆞ여 년을 들나 ᄒᆞ니 네편 발의 네 가지 금년홰(金蓮花) 나고 꼿닙마다 빗치 나며 빗마다 쏘 꼿치 나니 일시의 만 줄기나 ᄒᆞᆫ 금년홰(金蓮花) 공중의 비최거놀 원시 그 가온디 안즈 바로 쥬션문으로 드러가니 교쥬 장심(掌心)으로셔 우뢰 한 쇼리롤 닌디 그 칼이 움즉여 흔들니니 가장 무셔온지라. 비록 원시 머리 우히라도 오히려 한 줄기 년화롤 버혀 나리치거놀 원시 쥬션문의 드러가니 쏘 한층 문이 이시디 일홈이 쥬션궐(誅仙闕)이라. 졍남(正南)다히로12) 가보고 도라 졍북 감지(坎地)로 가 한번 본 후의 의구히 동문으로 나오거놀 모든 문인이 마즈 노봉의 올니고 연등이 문왈,

"노시 임의 진중의 가시더니 엇지 슈히 파ᄒᆞ고 강즈아로 더브러 동힝치 아니시ᄂᆞ니잇가?"

원시 왈,

"녯말의 일 【10】 너시더 '몬져는 스싱이오 버거는 어룬이라'13) ᄒᆞ니 비록 너 이 교롤 가음아나 ᄒᆞ물며 스쟝(師長)이 우희 계시니 엇지 가

---

11) 【날호여】 円 천천히. ¶ 徐徐 ‖ 원시 구룡침향연 우희 안즈 비리긔롤 들고 날호여 힝ᄒᆞ여 졍동진방의 니르니 이 쥬션문이라 (元始在九龍枕香輦上, 扶住飛來椅徐徐行至正東震地, 乃誅仙門.) <西周 20:8>

12) 【-다히】 죕 쪽. 편 ¶ 上 ‖ 졍남 다히로 가보고 도라 졍북 감지로 가 한번 본 후의 의구히 동문으로 나오거놀 (元始從正南上往里走, 至正西, 又在正北坎地上看了一遍. …… 話說元始依舊還出東門而去.) <西周 20:9>

13) 몬져는 스싱이오 버거는 어룬이라: 先師次長.

히 젼혀ᄒ리오?14) 큰 ᄉ형이 오시기롤 기다려 즈연 도리 잇ᄉ리라."

ᄒ더니 믄득 드르니 공듕으로셔 한 쥴 션악(仙樂) 쇼리 나며 긔이ᄒ 향니 표묘(縹緲)ᄒ고 쎨넙은 프론 쇼 우희 한 션인이 안즈 계시니 현도디법시(玄都大法師) 표연(飄然)이 ᄂ려오ᄂ지라. 원시 모든 문인을 거ᄂ리고 나와 마즈 두 사람이 손을 닛쓸고 노봉의 안거늘 모든 문인이 ᄂ려 졀ᄒ고 좌우의 뫼셧더니 노지(老子) 왈,

"통텬현뎨(通天賢弟) 이 쥬션진을 베퍼 도로혀 쥬병을 막아 강상으로 ᄒ여곰 동으로 가지 못ᄒ게 ᄒ니 이 무슴 뜻이뇨? 일노 인ᄒ여 니와셔 져다려 무르려 ᄒ니 졔 무삼 말을 ᄒ리오?"

원시 왈,

"오늘 빈되 한번 그 진의 드러가 보고 오디 일즉 결오든 아니ᄒ 【11】 니이다."

노지 왈,

"그디 져 진을 파ᄒ 후의 졔 긋치면 말녀니와 아니 긋치면 즈쇼궁(紫霄宮)의 잡아올녀 노스끠 뵈면 졔 무어시라 ᄒᄂ고 보리라."

ᄒ고 두 교쥬 노봉의 안즈 말ᄒ미 긔운과 치긔(彩氣) 잇셔 하눌의 다하시니 개픠관(界牌關)을 둘너 조요(照耀)이 붉앗더라.

이튼날 통텬교쥬 법지롤 ᄂ리와 즁인으로 ᄒ여곰 반녈을 버리라 ᄒ고 왈,

"큰 ᄉ형이 왓시니 졔 무어시라 ᄒᄂ고 보리라."

ᄒ니 다보도인이 쥬션진의 나와 노즈롤 쳥ᄒ여 말ᄒ여지라 ᄒ거눌 나탁이 노봉의 올나가 보ᄒ니 이윽고 노봉 우희 향연이 이이(靄靄)ᄒ고 셔치(瑞彩) 편편(翩翩)ᄒ며 노지 쳥우롤 타고 진젼의 니르니 교쥬 머리조아 왈,

"도형아, 뵈ᄂ이다."

노지 왈,

"니 그디 셰 사람으로 더브러 한가지로 봉신방을 셰우니 이졔 하눌 뜻을 바다 겁슈롤 응

히어눌 그디 엇지 도로혀 쥬병을 곤케 ᄒ 【12】여 강상으로 ᄒ여곰 텬명을 어기오려 ᄒᄂ뇨?"

교쥬 왈,

"도형아, 그디 일편된 쇼견으로뼈 고집지 말나. 광셩지 셰 번 벽유궁의 가 니 가르치는 거술 욕ᄒ고 스오나온 말노 우흘 범ᄒ여 규구(規矩)롤 직희지 아니ᄒ거눌 어졔 둘지 형이 굿이 져의 문인을 둣덥고15) 우리 슈족(手足)을 히ᄒ니 이 엇진 도리며 형장(兄長)이 ᄯᅩᄒ 뎨ᄌ란 칙(責)지 아니ᄒ고 도로혀 나롤 괴이히 너기니 이 어인 뜻고? 만일 날노 ᄒ여곰 원슈롤 풀고져 ᄒ거든 가히 광셩즈롤 우리 벽유궁의 보니여 바로 발낙(發落)ᄒ믈16) 기다리게 ᄒ면 니 감심(甘心)ᄒ여 긋치려니와 만일 반지(半字)나 즐겨 아니ᄒ면 형장(兄長)의 마음디로 ᄒ여 이 교의 즈웅을 결ᄒ리라."

노지 왈,

"그디 이 말은 일편져이17) 두호ᄒ미18) 아

---

15) 【둣덥-】⑧ 《둣덯다》 두둔하다. 감싸다. 비호하다. ¶ 어졔 둘지 형이 굿이 져의 문인을 둣덥고 우리 슈족을 히ᄒ니 이 엇진 도리며 형장이 ᄯᅩᄒ 뎨ᄌ란 칙지 아니ᄒ고 도로혀 나롤 괴이히 너기니 이 어인 뜻고? (昨日二兄堅意只向自己門徒, 反滅我等手足, 是何道理. 今兄長不責自己弟子反來怪我, 此是何意?) <西周 20:12> 護 ∥ 널노 더브러 한가지 사람으로셔 이교롤 난화 맛핫거눌 네 엇지 니러트시 업슈이 너기고 일편져이 그론 거슬 둣덥허 거즛말을 ᄭᅮ미고 나롤 무류케 ᄒᄂ뇨? (我和你一體同人, 總掌二敎, 你如何這等欺滅我, 偏心護短, 一意遮飾, 將我搶白, 難道我不如你!) <西周 20:13>

16) 【발낙ᄒ다】⑧ {발낙(發落)하다.} 처리하다. 처분하다. ¶ 發落 ∥ 만일 날노 ᄒ여곰 원슈롤 풀고져 ᄒ거든 가히 광셩즈롤 우리 벽유궁의 보니여 바로 발낙ᄒ믈 기다리게 ᄒ면 니 감심ᄒ여 긋치려니와 (如若要我釋怨, 可將廣成子送至我碧遊宮等我發落, 我便甘休.) <西周 20:12>

17) 【일편져이】⑨ 일편(一偏)되게. 치우쳐서. ¶ 偏 ∥ 그디 이 말은 일편져이 두호ᄒ미 아니냐? (似你這等說話, 反是不偏向的?) <西周 20:12> ∥ 널노 더브러 한가지 사람으로셔 이교롤 난화 맛핫거눌 네 엇지 니러트시 업슈이 너기고 일편져이 그론 거슬 둣덥허 거즛말을 ᄭᅮ미고 나롤 무류케 ᄒᄂ뇨? (我和你一體同人, 總掌二敎, 你如何這等欺滅我, 偏心護短, 一意遮飾, 將我搶白, 難道我不如你!) <西周 20:13>

18) 【두호ᄒ다】⑧ {두호(斗護)하다.} 돌보다. ¶ 그디 이 말은 일편져이 두호ᄒ미 아니냐? (似你這

---

14) 【젼혀ᄒ다】⑧ 제멋대로 하다. 독단적으로 행동하다. ¶ 專擅 ∥ 비록 니 이 교롤 가음아나 ᄒ믈며 스장이 우희 계시니 엇지 가히 젼혀ᄒ리오? 큰 ᄉ형이 오시기롤 기다려 즈연 도리 잇ᄉ리라 (雖然吾掌此敎, 尙有師長在前, 豈可獨自專擅? 候大師兄來, 自有道理.) <西周 20:10>

니냐? 그디 문인의 말을 듯고 불갓흔 셩을 니여
스오나온 진을 베퍼 싱녕을 잔【13】히(殘害)ᄒ
니 광셩지 이 말을 아니타 니르지 말고 비록 이
말을 ᄒ엿셔도 오히려 죄 그디도록 즁치 아니커
니와 그디 못쓸 넘여롤 말고 쳣 언약을 비반ᄒ
여 텬도롤 거스리고 쳥규(淸規)롤 직희지 아니
ᄒ니 셩너고 미혹흔 경계롤 범ᄒ엿눈지라. 그디
일즉 니 말을 들어 급급히 이 진을 풀고 벽유궁
의 도라가 허물을 곳치고 뜻을 두로 펴면 결교
가음알기롤 용납ᄒ려니와 만일 니 말을 듯지 아
니면 그디롤 잡아 즈쇼궁의 가 스존끠 뵈옵고
그디롤 나리쳐 윤회의 드리면 다시 벽유궁의 가
지 못홀 거시니 그 ᄯ의 뉘웃쳐도 밋지 못ᄒ리
라."

　　교쥐 쳥파(聽罷)의 낫츨 붉히고 디로 왈,
"니담(李聃)아! 널노 더브러 한가지 사롬으로셔
이교(二敎)롤 난화 맛핫거늘 네 엇지 니러트시
업슈이 너기고 일편져이 그른 거술 둣덥허 거즛
말을 쑴이고 나롤 무류케 ᄒᄂ【14】뇨? 니 발
셔 이 진을 베퍼시니 결단코 긋치지 아닐지라.
네 감히 니 진을 파흘쇼냐?"

　　노지 쇼왈,
"파키 무어시 어려오리오. 그디 후의 뉘웃
지 말나."

ᄒ고 ᄯ 니르디,
"그디 날노 ᄒ여곰 진을 파ᄒ라 ᄒ니 그디
몬져 드러가 지조롤 운용ᄒ여 출혀든 니 드러갈
거시니 손발이 밧바 어즈럽게 말나."

　　교쥐 디로 왈,
"네 니 진의 오라. 니 스스로 너 술오잡을
곳이 이시리라."

ᄒ고 통텬도인(通天道人)이 규우롤 도로혀 함션
문(陷仙門)으로 드러가 함션관으로 가셔 기다리
거눌 노지 쳥우롤 지쵹ᄒ여 셔방 틴지(兌地)로
가 함션문으로 드러가니 네 발의 샹광(祥光)과
즈긔(紫氣) 니러나 홍운빅뮈(紅雲白霧) 쇼스나거
눌 노지 ᄯ 틱극도(太極圖)롤 헷쳐 변ᄒ여 한
금다리〔金橋〕롤 민들고 안연(昂然)이 나아가
니 교쥐 노즈의 오믈 보고 손 가온디 우뢰롤 노
ᄒ니 한 쇼리 진동ᄒ며 함션문 우희 달닌 보검
이 움죽이【15】 니 본디 이 칼이 한번 움죽이면

<hr>

等說話, 反是不偏向的?) <西周 20:12>

아모 신션의 머리라도 나려지눈지라 노지 디쇼
왈,
　　"통텬 현뎨눈 무례치 날고 니 막디로 흔번
마즈라."
ᄒ고 낫츨 치니 교쥐 노즈의 진의 드러오기롤
무인지경갓치 ᄒ믈 보고 왼 낫치 벌거ᄒ며[19]
숀 가온디 칼을 가져 쎨니 맛더니 졍히 싸홀 스
이의 노지 쇼왈,
　　"그디 지극흔 도롤 아지 못ᄒ고 엇지 뼈
교종[20](敎宗)을 가음알니오?"[21]
ᄒ며 ᄯ 한 막디로 친디 교쥐 디로 왈,
　　"네 무슴 도술이 잇관디 감히 니러툿 ᄒ
뇨? 이 한을 풀기 어렵도다."
ᄒ고 칼노 막디롤 막아 두 션인이 쥬션문 안희
셔 싸홀시 각각 위엄이 빗나 셔로 결우더니 함
션문 아리 허다흔 결교문인이 버러 셧다가 모다
눈을 드러보니 스면 팔방의 번개 번득이며 안기
즈옥ᄒ거눌 노즈의 머리 우희셔 영농(玲瓏)흔
보탑(寶塔)이 쇼스나 공즁의 버러시니 엇지【1
6】 우뢰와 바람을 두리리오? 노지 싱각ᄒ디
'졔 다만 져 지조만 밋고 도 닷글 쥴은 모르니
니 현도(玄都)와 즈부(紫府)의셔 ᄒ던 슈단을 한
번 너여 져의 문인을 보게 ᄒ리라' ᄒ고 한번
쳥우롤 쇼쇼쳐 에운 밧게 니다라 뼛던 어린 관
을 한번 밀치니 머리 우희셔 셰 쥴 긔운이 니러
나 화ᄒ여 삼쳥(三淸)이 되거눌 노지 다시 교쥬
로 더브러 싸호더니 믄득 졍동(正東)으로셔 한
풍경쇼리 나며 한 도인이 오니 구은관(九雲關)
을 쓰고 다홍빅학강초의(大紅白鶴降綃衣)롤 닙
어시며 빅틱(白澤)[22] 신긔흔 즘싱을 타고 숀의
보검을 쥐엿더라. 크게 불너 왈,
　　"니도형아, 니 와 한 팔 힘을 돕노라."
　　교쥐 아지 못ᄒ여 문왈,
　　"져 도즈(道者)눈 엇던 사롬인다?"
　　도지 왈,

<hr>

19) 滿面通紅.
20) 교종: 원래 '교존'으로 되어 있으나 원문에 따
　　라 고침.
21) 【가음알다】圖 관장하다. 다스리다. ¶ 管‖ 그
　　디 지극흔 도롤 아지 못ᄒ고 엇지 뼈 교종을 가
　　음알니오? (你不明聖道, 何以管立敎宗?) <西周
　　20:15>
22) 白澤과 같음.

"나는 상쳥도인(上淸道人)이로라."
ᄒ고 칼을 들고 다라드니 교쥬 상쳥도인이 아모
디로좃츠 온 줄 몰나 황망이 막더니 쏘 정남으
로셔 한 도지 오디 여의관(如意冠)을 쓰고 담황
【17】 팔괘의(淡黃八卦衣)룰 닙으며 텬마(天馬)
룰 타고 손의 녕지여의(靈芝如意)룰 잡고 크게
불너 왈,

　"니도형아,　니 와 그디룰 도와 통텬교쥬
룰 한가지로 항복 바드리라."
ᄒ고 텬마룰 달니며 여의룰 들고 쳐드러 오니
교쥬 문왈,

　"그디는 엇던 사롬인다?"

　그 도시 왈,

　"네 나룰 모르며 엇지 졀교의 웃듬이로라
ᄒ는다? 나는 옥쳥도인(玉淸道人)이로라."
ᄒ니 통텬교쥬 아지 못ᄒ여 혜오디 '네로붓터
이졔 니르히 한 도로뻐 세 벗의게 젼ᄒ거눌 상
쳥(上淸) 옥쳥(玉淸)은 어니 곳으로셔 왓는고?'
ᄒ며 손으로 여의룰 막고 의혹ᄒ더니 졍북으로
셔 쏘 한 도인이 구쇼관(九霄冠)을 쓰고 팔보만
슈ᄌ하의(八寶萬壽紫霞衣)룰 닙으며 한 손의 농
슈션(龍須扇)을 잡으며 한 손의논 옥여의(玉如
意)룰 잡으며 디후(地吼)[즘성 일홈] 룰 타고 크게
불너 왈,

　"니도형아, 너 와 도와 함션진을 파ᄒ리
라."
ᄒ니 교쥬 쏘 도인이 도으믈 보고 마음의 더옥
불안ᄒ여 문왈,

　"오느 니는 뉜다?"

　그 도 【18】 인(道人) 왈,

　"나는 태쳥도인(太淸道人)이로라."
ᄒ고 네 텬존이 통텬교쥬룰 둘너치니 혹 오르며
혹 나리며 혹 좌로 가며 혹 우로 가니 교쥬 겨
유 막을 ᄯ롬이러니 졀교문인이 세 노인의 몸
우희 운하빗치 만쥴이오 상셔의 긔운이 쳔지나
ᄒ여 광치 찬난ᄒ믈 보고 그 즁의 장이뎡광션
(長耳定光仙)이 가만이 기리디 '마춤니 쳔교(闡
敎)야 졍긔운이로다' ᄒ고 부러워ᄒ더라.

78

삼교합파쥬선진(三敎合[1]破誅仙陣)

노지(老子) 한 긔운으로 변호여 삼청(三淸)을 믠들믄 불과 원긔(元氣) 또롬이라. 비록 얼골이 잇고 식이 잇시나 다만 통텬교쥬(通天敎主)를 에워 쓸 분이오 능히 상케는 못호니 이는 노즈의 몸을 난호는 묘법이라 교쥬 의혹호여 능히 아지 못호더니 노즈의 긔운이 장ㅊ 거두믈 보고 【19】 고시(古詩) 하나흘 음영(吟詠)호니 풍경 쇼리의 믄득 세 도인을 보지 못호는지라 교쥬 더욱 괴이히 너겨 졍신이 어즈러오믈 씨닷지 못호거늘 노지 두세 번을 년호여 치니 다보도인(多寶道人)이 ㅅ부의 픠호믈 보고 크게 브르디,

"ㅅ빅(師伯)아, 너 오느이다."

호고 칼을 들고 바로 노즈를 취호거늘 노지 쇼왈,

"쌀낫만흔[2] 진쥬(眞珠) 또흔 빗출 너느냐?"

호고 막디를 가져 막으며 일변 바람과 불 나는

창포 방셕을 가져 공즁의 날니고 황건녁ㅅ(黃巾力士)를 명호여 왈,

"이 도인을 잡아다가 텬도원(天桃園)의 가도고 나의 발낙(發落)을[3] 기다리라."

녁ㅅ 풍화포단(風火蒲團)을 가져 다보도인을 거두쳐 가니라. 노지 다보의 잡혀가믈 보고 싼흠을 긋치고 함션문(陷仙門)으로 나와 노봉(蘆篷)으로 도라오니 모든 문인이 원시(元始)로 더부러 마즈 좌졍호믜 원시 문왈,

"오늘 도형이 진의 드러가 그 거동을 보니 엇더호더뇨?"

노지 쇼왈,

【20】 "졔 비록 ㅅ오나온 진을 버려 급히 치기 어려오나 니 막디의 두어 번 맛고 풍화포단의 다보를 잡아 텬도원의 갓느니라."

원시 왈,

"이 진(陣)이 네 문이 이시니 부디 녁냥(力量) 잇는 ㅅ인(四人)을 어더야 치리라."

노지 왈,

"나와 그디는 그 칼을 두리지 아니호니 두 곳을 치려니와 다른 문인은 당키 어려오니 엇지 호리오?"

호고 경히 의논호더니 믄득 광셩지(廣成子) 왈,

"두 노ㅅ야, 밧긔 셔방교문(西方敎門)의 [부쳐의 되라] 쥰졔도인(準提道人)이 왓느이다."

노즈와 원시 노봉의 나려 쥰졔를 마즈 올녀 녜호고 좌졍 후 노지 쇼왈,

"형의 이번 오믜 일졍 쥬선진(誅仙陣)을 파호고 셔방의 연분(緣分)잇는 사롬을 거두어 가랴 홈이어니와 다만 빈되(貧道) 경히 쳥코져 호더니 몬져 오시니 이는 텬슈의 합호미라 묘호믈 가히 니르지 못호리로다."

쥰졔 왈,

"형을 속여 니른지 아니리니 우리 셔방의 꼿치 픠【21】여 연분잇는 사롬을 보려 호여 구호더니 쏘 동남방의 슈빅 줄기 붉은 빗치 공즁의 쎼쳐시믈 보고 일노 인호여 이리 와 셔방 법교(法敎)를 일위고져 홀시 발셥호믈[4] ㅅ양치 아

---

1) 合: 원문은 '會'로 되어 있다.

2) 【쌀낫】園 쌀알. ¶ 米粒‖ 쌀낫만흔 진쥬 쏘흔 빗츨 너느냐? (米粒之珠, 也放光華!) <西周 20:19>

3) 【발낙】圖 {발낙(發落)} 처분. 처치. ¶ 發落‖ 도인을 잡아다가 텬도원의 가도고 나의 발낙을 기다리라 (將此道人拿去, 放在桃園, 俟吾發落!) <西周 20:19>

462

니ᄒ고 먼니 와 결교문하(截教門下) 모든 벗을 보려 ᄒ노라."

노지 왈,

"오늘 도우(道友)의 니리오미 졍히 상텬의 뵈신 증조(徵兆)ᄅᆞᆯ 응ᄒ엿도다."

쥰졔 문왈,

"이 진즁의 칼 네히 이시ᄃᆡ 다 션현의 묘ᄒᆞᆫ 녯 보비라 아지 못게라 처음의 이 칼이 엇지 졀교문하로 갓던고?"

노지 왈,

"처음의 한 보암(寶巖)이란 바회 잇더니 우리 스뷔 보비ᄅᆞᆯ 난화 각 방을 진압홀시 이 칼 네흘 우리 스뎨 통텬교쥬 가져가니 발셔 오늘이 칼노뼈 작난홀 쥴 아랏거니와 즁션(衆仙)의 익 만남도 ᄯᅩ흔 텬쉬라 이졔 도형이 오기ᄅᆞᆯ 잘ᄒ엿거니와 ᄯᅩ 하나흘 어더야 바야흐로 이 진을 파ᄒ리라."

쥰졔도인이 갈오ᄃᆡ,

"임의 연 【22】 분 잇ᄂᆞ 니ᄅᆞᆯ 졔도ᄒ려5) ᄒ미니 너 도라가 우리 교쥬ᄅᆞᆯ 쳥ᄒ여 오면 졍히 삼교회쥬션(三教會誅仙)이라 ᄒᄂᆞᆫ 말과 합ᄒ니 가히 옥셕을 분변(分辨)ᄒ리로다."

노지 디희ᄒ더라.

쥰졔도인이 노즈ᄅᆞᆯ 하직ᄒ고 셔방의 가 졉인도인(接引道人)을 보고 네흔ᄃᆡ 졉인 왈,

"도위(道友) 동남으로 갓더니 엇지 슈이 도라오뇨?"

쥰졔 왈,

"홍광 슈빅 쥴이 다 쳔·졀(闡·截) 두 교문의셔 나는 양을 보왓더니 이졔 통텬교쥬 쥬션진을 베퍼시ᄃᆡ 그 진의 네 문이 이시니 네 사ᄅᆞᆷ

---

4) 【발셥ᄒ다】圖 {발셥(跋涉)하다.} 산을 넘고 물을 건너 길을 가다. 여러 곳을 두루 놀아다니다. ¶ 跋涉∥ 일노 인ᄒ여 이리 와 셔방 법교ᄅᆞᆯ 일위고져 홀시 발셥ᄒᆞᆷ을 스양치 아니ᄒ고 먼니 와 결교문하 모든 벗을 보려 ᄒ노라 (知是有緣, 貧道借此而來, 渡得有緣以興西法, 故不辭跋涉, 會一會截教門下諸友也.) <西周 20:21>
5) 【졔도ᄒ다】圖 졔도(濟度)하다. ¶ 渡∥ 임의 연분 잇ᄂᆞ 니ᄅᆞᆯ 졔도ᄒ려 ᄒ미니 너 도라가 우리 교쥬ᄅᆞᆯ 쳥ᄒ여 오면 졍히 삼교회쥬션이라 ᄒᄂᆞᆫ 말과 합ᄒ니 가히 옥셕을 분변ᄒ리로다 (旣然如此, 總來爲渡有緣, 待我去請我教主來. 正應三教 '誅仙', 分辨玉石.) <西周 20:22>

이 아니면 능히 파치 못홀 거시로ᄃᆡ 이졔 셰히 잇고 하나히 업스니 각별이 와 도형의 한 번 가기ᄅᆞᆯ 쳥ᄒ여 뼈 셔방 어진 연과(緣果)ᄅᆞᆯ 일우려 ᄒ노라."

셔방교쥬(西方教主) 왈,

"너 일즉 쳥졍훈 ᄯᅡ흘 써나지 아냐시니 두리건디 홍진의 일을 아지 못ᄒ여 도로혀 맛진 일을 그릇쳐 아름답지 못홀가 ᄒ노라."

쥰졔 왈,

"도형아! 나 【23】 와 그디 엇지 능히 져 얼굴 잇는 진을 파치 못ᄒ리오? 형은 스양치 말고 날과 한가지로 가즈."

흔디 졉인이 쥰졔의 말디로 한가지로 동토(東土)로 갈시 발이 상광을 밟아 텬시의 노봉의 니ᄅᆞ니 광셩지 노즈와 원시끠 품 왈,

"셔방 두 존시 니ᄅᆞ럿ᄂᆞ이다."

노지 원시로 더부러 모든 문하ᄅᆞᆯ 거ᄂᆞ려 노봉의 나려 마즈니 그 도인이 신장(身長)이 일장(一丈)이러라. 노지 원시로 더부러 졉인과 쥰졔ᄅᆞᆯ 마즈 노봉의 올니고 각각 좌졍 후 노지 문왈,

"오늘날 감히 쳥ᄒᆞᆫ 이 삼교 회밍(會盟)ᄒ여 한가지로 겁운(劫運)을 완젼케 ᄒ미오. 우리 브러 그른 노릇ᄒ미 아니라."

졉인이 답왈,

"빈되 이번 오미 연분 잇ᄂᆞ니ᄅᆞᆯ 모드려 ᄒ미니 이는 텬슈의 맛츠미라."

ᄒ거ᄂᆞᆯ 원시 왈,

"오늘날 네 벗이 완젼ᄒ여시니 맛당이 일즉이 【24】 이 진을 파홀거시니 엇지 오러 홍진 즁의 잇스리오?"

노지 왈,

"그디 모든 졔즈ᄅᆞᆯ 분부ᄒ여 너일 파지케 ᄒ라."

원시 옥졍진인(玉鼎眞人)과 도ᄒᆡᆼ텬존(道行天尊)과 광셩즈와 젹졍즈(赤精子)ᄅᆞᆯ 명ᄒ여 숀바닥의 각각 한 부작(符籍)을 쓰고 왈,

"너희 너일 진 안히 우뢰와 화광을 보고 일시의 칼을 다 글너오라. 너 스스로 묘히 쓸 곳이 잇노라."

흔디 스인이 쳥녕(聽令)ᄒ고 물너나거ᄂᆞᆯ ᄯᅩ 연등(燃燈)을 불너 왈,

"너는 공중의 잇다가 통텬교쥬의 다라나믈 보와든 가히 졍히쥬(定海珠)롤 가져 나리미러 치면 즈연 상홀 거시니 우리 텬교 도법의 가업 손 줄 알게 ᄒ리라."

원시 분부ᄒ기롤 파ᄒ미 각각 쉬더니 이튼 날 모든 문인이 반녈을 버리고 금종(金鐘)과 옥 경(玉磬)을 울니니 녜 교쥬 각각 쥬션진 알퓌 니르러 통텬교쥬의게 니르디,

"우리 오늘 이 진【25】을 파ᄒ리라."

통텬교쥬 샐니 문인을 거느리고 뉵션문(戮 仙門)으로 나오다가 네 교쥬롤 만나니 통텬교쥬 졉인과 쥰졔다려 왈,

"그디 이인(二人)은 셔방 교문의 쳥졍ᄒ 쓴 히 잇거놀 이 싸히 니르믄 엇지뇨?"

쥰졔 답왈,

"우리 셔방 교쥬 나 각별이 예와 연분이 잇는 도우롤 마즈 가랴 ᄒ노라."

통텬교쥬 왈,

"너는 셔방을 두고 나는 동방을 두어시니 슈홰 한디 잇지 못홈과 갓거늘 네 엇지 이곳의 와 번뇌ᄒ믈 니러둣 ᄒ뇨? 네 연화화신(蓮花化 身) 쳥졍무위(淸淨無爲)ᄒ다 ᄒ나 오힝(五行) 변 화롤 엇지 홀다?"

쥰졔 왈,

"통텬 도우는 지조롤 즈랑치 말나. 큰 되 (道) 바다갓ᄒ니 엇지 닙으로 니르기의 잇스리 오? 이졔 우리 이의 니르러시니 그디롤 권ᄒᄂ 니 이 진을 거두고 막지 말미 엇더ᄒ뇨?"

교쥬 답왈,

"임의 네 위(位) 교쥬 이곳의 니르러시니 맞춤니 고하롤 보리라."

ᄒ고 진중으로 드러가거놀 원시 셔방교쥬롤 【26】 디하여 왈,

"형아 이졔 우리 ᄉ인이 한 방(方)식 난화 가셔 일시의 치미 편ᄒ니라."

졉인 왈,

"나는 졍남(正南) 니궁(離宮)으로 가리라."

노지 왈,

"나는 셔방(西方) 틱궁(兌宮)으로 가리라."

쥰졔 왈,

"나는 북방(北方) 감방(坎方)으로 가리라."

원시 왈,

"나난 졍동(正東) 진방(震方)으로 가리라."

ᄉ위 교쥬 각각 방위롤 난화 나아가더니 원시 몬져 진방으로 나아갈시 ᄉ불상(四不相)을 타고 쥬션문의 드러가니 팔과디(八卦臺) 상의 통텬교쥬 숀 가온디로셔 우뢰롤 너여 쥬션검을 움죽이나 원시텬존(元始天尊)이 니마 우희 오운 (烏雲)이 막앗는디 금년화 일쳔 줄기와 일만 가 지 영낙(瓔珞)이 드리워 낙역(絡繹)ᄒ여 긋지 아 냐시니 그 칼이 엇지 나려오리오? 원시 쥬션문 의 드러가 쥬션궐의 셧더라.

셔방교쥬 니궁(離宮)의 나아가니 이는 곳 뉵션문이라. 통텬교쥬 쏘 우뢰롤 너여 뉵션검을 움죽이거놀 졉인이 니마 우희 세낫 술이(舍利) 빗출 너여 뉵션검의 쏘【27】이니 그 칼이 못스 로 박은둣시 움죽이지 못ᄒᄂ지라 엇지 나려오 리오“ 셔방교쥬 뉵션문으로 드러 뉵션궐의 가 셧더라.

노지 셔방 함션문으로 드러가 함션궐의 셔 고 쥰졔는 졀션문으로 드러가니 통텬교쥬 한 쇼 리 우뢰의 졀션검(絶仙劍)을 움죽이거놀 쥰졔 숀의 칠보묘슈(七寶妙樹)롤 잡고 우희 일쳔 줄 기 쳥년홰(靑蓮花) 빗출 노화 졀션검의 쏘야 막 고 졀션궐의 가 셧거놀 노지 왈,

"통텬교쥬야, 우리 다 그디 쥬션진의 드러 와시니 그디 엇지려 ᄒ는다?"

노지 숀의셔 우리롤 너여 네 녁흐로 움죽 이니 쥬션진 안희셔 한 줄기 안기 니러나 아득 게 ᄒ니 통텬교쥬 칼을 들고 바로 졉인을 취ᄒ 거놀 졉인은 숀의 촌쳘이 업는지라 다만 한 치 로 칼을 막으니 치 우희 오식 년화 두 줄이나 칼을 둘넛더라. 노지 쥬령(珠拐) 막디롤 드러 【28】 어즈러이 치고 원시는 삼보옥여의(三寶玉 如意)롤 가져 칼을 방비ᄒ며 쥰졔는 몸을 흔들 고 디ᄒ 왈,

"도우는 쾌히 오라."

ᄒ니 반공중의셔 공작명왕(孔雀明王)이 오거놀 쥰졔 법신(法身)을 너니 스물 네 머리와 열여둛 숀이 잇셔 영낙(瓔珞) 산기(傘蓋)와 화관(花貫) 어댱(魚腸)과 금궁은극(金弓銀戟)이 잇고 신긔로 온 방아쑈와 보비의 작도와 금병(金瓶)을 가져 통텬교쥬롤 둘너 가온디 녀헛거놀 노지 쥬령을 들어 통텬교쥬의 등을 치니 삼미진홰(三昧眞火)

니러나거눌 원시 삼보옥여의롤 드러 통텬교쥬롤 치니 통텬교쥬 바야흐로 옥여의롤 막을시 쥰졔의 방아쏘의 마존 비 되니 통텬교쥬 규우(奎牛) 아리 나려진지라 토둔법(土遁法)을 흐여 공즁의 오르다가 연등의 뎡희쥬(定海珠)로 치믈 만나고 쏘 진 안히 우뢰 쇼리 급흐며 밧게 네 션인이 각각 부작과 인을 가지고 진으로 다라드러 광 【29】 셩즈는 쥬션검을 앗고 젹졍즈는 뉵션검을 앗고 도힝텬존은 졀션검을 아스니 보검을 일시의 일흐미 비로쇼 그 진이 파흔지라 통텬교쥬 혼즈 스스로 도망흐여 도라가고 모든 문인은 각각 흣터지니라.

네 교쥬 쥬션진을 파흐고 노봉의 도라와 셔방교쥬의게 칭스(稱謝) 왈,

"우리 문인을 위흐여 슈고로이 도와 이 겁슈롤 완젼(完全)흐니 엇지 감스치 아니리오?"

노즈 왈,

"통텬교쥬 하놀을 거스려 일을 힝흐니 즈연 픠흐미 잇고 이긔미 업스니 우리는 하놀을 슌흐여 일을 힝흐니 하놀이 어진 이롤 복을 쥬고 사오나오니롤 화롤 나리와 터럭 끗도 그르미 업스니 등잔의 그림즈롤 취흠 갓흔지라. 이졔 진이 픠흐고 겁쉬 장촛 완젼흐여시니 각각 죠흔 곳이 이실지라. 강상(姜尙)은 가셔 관을 취흐고 우리는 뫼흐로 도라가노 【30】 라."

흐거눌 즈아(子牙) 스존(師尊)을 니별흐고 스슈관(汜水關)으로 도라와 무왕(武王)게로 오니 모든 장쉬 원슈롤 마즈 부의 니르러 무왕긔 뵈온 디 무왕 왈,

"상뷔(相父) 먼니 스오나온 진을 파흐디 싱각건디 놉흔 사람이 이실 듯흐미 괴(孤) 감히 사룸을 보니여 뭇시 못흐엿노라."

즈아 스은 왈,

"셩은을 닙습고 텬위롤 의지흐여 삼교 션인이 친히 오믈 어드니 일노 인흐여 한가지로 진을 파흐고 긔퍠관(界牌關)의 나아가니 쳥컨디 디왕은 너일노 힝흐쇼셔."

무왕이 젼지(傳旨)흐여 술을 주어 공을 하례(賀禮)흐더라.

통텬교쥬 노즈의 막디와 쥰졔의 방아쏘롤 맛고 디픠흐여 다라나고 쏘 보검 네흘 일흐니 어너 낫츠로 모든 뎨즈롤 보리오? 스스로 싱각

흐디 '즈지이(紫芝崖)의 가 한 단(壇)을 셰우고 스오나온 번(幡)을 민드라 일홈을 뉵혼번(六魂幡)이라' 흐니 이 번(幡)의 여셧 쏘리 이시니 그 쏘리의 졉인도 【31】 인과 쥰졔도인과 노즈와 원시와 무왕과 강상의 여셧 일홈을 쓰고 조셕의 부작과 인을 부텨 축원흐다가 축원이 찬 후의 이 번을 움족이면 여셧 사름의 셩명을 상흐려 흐더라. 이젹의 긔퍠관 셔기(徐蓋) 은안뎐(銀安殿)의 올나 의논 왈,

"이졔 쥬병(周兵)이 스슈관을 취흐고 병을 머므러 나아오지 아니터니 젼일 다보도인이 쥬션진을 베펏다 흐디 승부롤 아지 못흐니 이졔 조가(朝歌)의 구병(救兵)을 쳥흐여 한가지로 이 관을 직휘만 갓지 못흐리라."

흐고 치관(差官)을 식여 조가로 보닌디 치관이 조가의 니르러 문셔방(文書房)의 니르니 그날이 긔즈(箕子)의 공스흐는[6] 날이라 쥬문을 보고 디경 왈,

"강상의 군시 스슈관의 나아와 좌우 쳥농관(靑龍關)과 가몽관(佳夢關)을 취흐고 긔퍠관의 니르러시니 일이 급흐미 잇도다."

흐고 쥬문을 안고 녹디(鹿臺)의 간디 댱가관(當駕關)이 알 【32】 외니 쥬왕(紂王)이 브르거눌 긔지 디의 올나 비례롤 맛고 셔긔의 쥬문을 드리니 쥬 보고 놀나 문왈,

"강상이 반흐여 나의 관익 아술 쥴을 싱각지 아니흐엿도다 반드시 장슈와 군스롤 겸고흐여 바야흐로 그디 익을 막으리라."

흐거눌 긔지 쥬왈,

"이졔 스방이 평안치 아니흐고 강상이 무왕 셰우므로붓허 그 뜻이 젹지 아닌지라 이졔 뉵십만 병을 거느리고 와 오관(五關)의 도젹질 흐니 이 심복(心腹)의 디환(大患)이라 가히 초초히[7] 못흘 거시니 원컨디 황상은 아직 잔치롤

---

6) 【공스흐다】 동 공사(公事)하다. 지키다. 맡(아보)다. ¶ 看 ∥ 치관을 식여 조가로 보닌디 치관이 조가의 니르러 문셔방의 니르니 그날이 긔즈의 공스흐는 날이라 (只見差官領了本章往朝歌來, ……至午門下馬, 到文書房. 那日是箕子看本.) < 西周 20:31>

7) 【초초히】 부 초초(草草)히. 대충. ¶ 草草 ∥ 이졔 뉵십만 병을 거느리고 와 오관의 도젹질흐니 이 심복의 디환이라 가히 초초히 못흘 거시니 (今率兵六十萬來寇五關, 此心腹大患, 不得草草而

굿치시고 나라흘 본을 삼으며 소직을 중히 너기쇼셔."

쥬왕 왈,

"황빅(黃伯)의 말이 올흔지라. 공경들노 더브러 의논ᄒᆞ여 장슈와 군소롤 보니여 직희게 ᄒᆞ리라."

긔지 디의 나려오니 쥐 민민(悶悶)ᄒᆞ여 즐겨 아니커놀 믄득 달긔(妲己)와 호희미(胡喜媚) 뎐의 나와 뵐시 달긔 쥬왈,

"오늘날 셩샹(聖上)이 두 눈을 씽【33】고 울울ᄒᆞ여 즐겨 아니ᄒᆞ시니 무슴일이 잇ᄂᆞ니잇가?"

쥐 왈,

"어쳐(御妻)는 아지 못ᄒᆞᄂᆞᆫ도다. 이졔 강샹이 군소롤 니르혀 관익(關隘)을 침노ᄒᆞ여 임의 삼관을 침노ᄒᆞ여 아숫시니 실노 심복의 디환이오, ᄒᆞ믈며 소방의 군시 벌 니러나듯 ᄒᆞ니 짐으로 ᄒᆞ여곰 마음이 평안치 못ᄒᆞ여 사직과 종묘롤 근심ᄒᆞ니 일노 인ᄒᆞ여 울울ᄒᆞ야 ᄒᆞ노라."

달긔 쇼왈,

"폐히 하졍(下情)을 모르시ᄂᆞᆫ도다. 이거시 다 변방 장쉬 거즛말을 지어 쥬병 뉵십만이 왓다 ᄒᆞ고 금은을 디신의게 회뢰(賄賂)ᄒᆞ여[8] 폐하긔 엿ᄌᆞ오면 폐히 반ᄃᆞ시 냥식을 니여 쥬실지라 관익 직흰 장쉬 졔 다 도젹ᄒᆞ여 조뎡 젼냥을 가지미니 이는 다 소졍(私情)이라 엇지 군병이 잇스리잇가? 니외의셔 니응ᄒᆞᆸᄒᆞ여 속이니 실노 통한(痛恨)ᄒᆞ도쇼이다."

쥐 왈,

"그 말이 유리(有理)ᄒᆞ다."

ᄒᆞ고 다시 문왈,

"ᄯᅩ 다【34】시 이런 일 곳 잇스면 엇지 ᄒᆞ리오?"

달긔 디왈,

"비답(批答)을 말으시고 치관을 버히시면 다시 오리 업스리이다."

쥐 디희ᄒᆞ여 긔푀관 치인을 버히라 ᄒᆞ니 긔지 알고 급히 드러가 쥬왕을 보고 왈,

"황샹이 엇지 소명(使命)을 죽이시ᄂᆞ닛고?"

쥐 디왈,

"황빅이 아지 못ᄒᆞᄂᆞᆫ도다. 변장이 거즛말노 쥬병 뉵십만이 온다 니ᄅᆞ니 이는 다 속여 젼냥을 도젹ᄒᆞ려 ᄒᆞᄂᆞᆫ 계귀(計巧)니 맛당이 머리롤 버혀 호령ᄒᆞ리라."

긔지 디왈,

"강샹이 뉵십만 병을 니ᄅᆞ혀 삼월 십오일의 금디(金臺) 비장(拜將)ᄒᆞ므로붓허 텬히 다 아라시니 오늘날 쥬문ᄒᆞ미 거즛 거시 아니어놀 샹이 치관을 죽이시면 텬하 쟝소의 마음이 다 프러지리이다."

쥐 왈,

"강샹은 불과 한 슐시(術士)라 무슴 큰 ᄯᅳᆺ이 잇스며 ᄒᆞ믈며 네 관의 험홈과 황하(黃河)의 가림과 밍진(孟津)의 막히미 잇스니 엇지 일조(一朝)의 작은 무리의게 의혹ᄒᆞᆫ 비 되리오? 황【35】빅은 근심치 말나."

긔지 기리 탄식고 나와 조가 궁뎐을 슬허ᄒᆞ더라.

이젹의 강원쉬 소슈관의 잇셔 인마롤 졍졔ᄒᆞ여 나아갈시 무왕긔 하직 왈,

"노신이 모져 가 긔푀관을 취ᄒᆞ고 어가롤 뫼셔 가리이다."

왕 왈,

"다만 샹뷔 일즉이 졔후롤 모도미 고(孤)의 힝(幸)이로다."

ᄒᆞ더라.

ᄌᆞ이 무왕긔 하직ᄒᆞ고 한 쇼리 방포(放砲)의 군미 긔푀관으로 오니 그 소이 팔십여 리라. 힝ᄒᆞ미 심히 샌른지라 젹은덧[9] 소이의 다ᄃᆞᄅᆞ니 ᄌᆞ이 젼녕ᄒᆞ여 영치(營寨)롤 셰우고 방포ᄒᆞ며 고조 납함ᄒᆞ니 셔기(徐蓋) 관 밧긔 쥬병 니

---

8) 【회뢰ᄒᆞ다】⑧ 회뢰(賄賂)하다. 뇌물을 주다. ¶ 賄賂 ‖ 이거시 다 변방 쟝쉬 거즛말을 지어 쥬병 뉵십만이 왓다 ᄒᆞ고 금은을 디신의게 회뢰ᄒᆞ여 폐하긔 엿ᄌᆞ오면 폐히 반ᄃᆞ시 냥식을 니여 쥬실지라 (此俱是邊庭武將鑚刺網利; 架言周兵六十萬來犯關庭, 用金賄賂大臣誣奏陛下, 陛下必發錢糧支應.) <西周 20:33>

9) 【젹은덧】⑨ 잠간 사이에. 금방. ¶ ᄌᆞ이 무왕긔 하직ᄒᆞ고 한 쇼리 방포의 군미 긔푀관으로 오니 그 소이 팔십여 리라. 힝ᄒᆞ미 심히 샌른지라 젹은덧 소이의 다ᄃᆞᄅᆞ니 (子牙別了武王, 一聲砲響, 人馬往界牌關進發. 只離八十里, 來之甚快. 正行間, 只見探馬報入中軍: "已至界牌關下.") <西周 20:35>

르믈 알고 즁장(衆將)을 거느려 성상의 올나보니 쥬병이 다 홍긔(紅旗)라. 녹각(鹿角)이 삼엄ᄒᆞ고 병세(兵勢) 싁싁ᄒᆞ거늘[10] 셔긔 왈,

"ᄌᆞ아는 이 곤눈산(崑崙山) 우시(羽士)라 병 쓰미 ᄌᆞ연 법되 이시니 남의 진법과 크게 갓지 아니토다."

겻틴 션힝관(先行官) 왕표(王豹)·핑쥰(彭遵)이 잇다가 답왈,

"쥬장(主將)은 남의 지조를 기리지 말고 말장(末將)의 셩공ᄒᆞ믈【36】 보쇼셔. 니 강상을 잡아 조가의 보니여 국법을 졍히 ᄒᆞ리이다."

각각 셩의 나려 ᄊᆞ호기를 쥰비ᄒᆞ더니 이튼날 ᄌᆞ인 장하(帳下)다려 왈,

"어니 장쉬 관하의 가 웃듬 공을 일울고?"

위분(魏賁)이 니다라 왈,

"쇼장이 가리이다."

ᄒᆞ고 말긔 올나 창을 잡고 진의 나 관하의 니러 ᄊᆞ홈을 도돈디 탐마(探馬) 드러가 보ᄒᆞ니 셔긔 왈,

"모든 장관이 이의 잇ᄉᆞ니 우리 몬져 의논ᄒᆞ고 일을 힝ᄒᆞ리리 쥬왕이 참쇼를 밋어 치관을 버히니 이는 멸망ᄒᆞ믈 ᄌᆞ취ᄒᆞ미오 신하의 불츙ᄒᆞ미 아니니 이졔 텬히 임의 속ᄒᆞ엿는지라 이 관을 직희기 어려오니 가히 아지 아니치 못ᄒᆞ리라."

핑쥰 왈,

"쥬장의 말이 그르다. 우리 다 쥬왕의 신히라 도리의 맛당이 츙셩을 다ᄒᆞ여 나라흘 갑흘 거시어늘 엇지 가히 일조의 님군을 잇고 ᄉᆞ졍을 소츠리오. 녜붓허 니르디, '님군의 녹을 먹고 그【37】 ᄯᆞ흘 ᄃᆞ리면 이는 큰 불츙이라'[11] ᄒᆞ니 쇼장이 찰하리 죽을지언졍 아니ᄒᆞ리니 원컨디 견마의 힘을 다ᄒᆞ여 님군의 은혜를 갑흐리라."

ᄒᆞ고 언필의 말긔 올나 관의 나오니 위분의 인민(人馬) 다 검은지라 마치 한 ᄶᅦ 흑운(黑雲)갓더라. 핑쥰이 디호 왈,

"쥬장은 셩명을 통ᄒᆞ라."

위분 왈,

"나는 이의 셔쥬텬보강원슈(西周天寶姜元帥)의 휘하 좌초션봉(左哨先鋒) 위분이어니와 너는 엇던 사름인다? 만일 일을 알거든 일즉이 이 관을 드려 한가지로 쥬실을 붓듬만 갓지 못ᄒᆞ니 만일 창을 도로혀지 아니타가 셩이 함흔 ᄶᅦ의 뉘웃촌들 엇지 밋츠리오?"

핑쥰이 디로(大怒) 즐왈(叱曰),

"네 불과 말 알픠 한 필부여늘 엇지 감히 큰 말을 니는다?"

ᄒᆞ고 창을 두르고 말을 노화 바로 위분을 취ᄒᆞ거늘 위분이 창을 드러 셔로 맛더니 분이 용밍ᄒᆞᆫ지라 삼십여 합의 쥰이 위분을 이긔【38】지 못ᄒᆞ여 남으로 다라나니 위분이 말을 노화 급히 ᄯᅩ르거늘 핑쥰이 위분의 ᄯᅩ르믈 보고 창을 팔의 걸고 쥬머니의셔 한 거슬 너야 ᄯᅥ히 더지니 이 거시 일홈은 함염진(菡萏陣)이라. 삼지(三才)와 팔괘(八卦)를 상ᄒᆞ여 한 진을 일윗거늘 위분이 아지 못ᄒᆞ고 말을 노하 ᄯᅩ르더니 핑쥰이 마상의셔 손의 우뢰를 노화 함염진을 움죽이니 한 ᄶᅦ 검은 너 쇼스나며 위분의 인민 다 갈니[12]된지라. 핑쥰이 득승고(得勝鼓)를 치고 관으로 드러 가거늘 탐마 ᄌᆞ아의게 고ᄒᆞ니 ᄌᆞ인 듯고 탄왈,

"위분은 츙직ᄒᆞᆫ 션비러니 비명의 죽으니 가히 불상타."

ᄒᆞ고 슬허ᄒᆞ믈 마지 아니터라. 핑쥰이 셔긔를 보와 위분 죽인 일을 니ᄅᆞ니 웃듬 공을 치부ᄒᆞ다.

이튼날 셔긔 즁장다려 왈,

"관즁 냥쵸(糧草) 부족ᄒᆞ고 조졍이 장슈를 보니지 아니ᄒᆞ니 이졔 비록 일진을 이긔여시【39】나 두리건디 이 관을 맛춤니 직희기 어려올가 ᄒᆞ노라."

졍히 의논ᄒᆞ더니 이의 쥬장이 ᄊᆞ홈을 도돈다 ᄒᆞ니 왕표 왈,

"쇼장이 가기를 원ᄒᆞᄂᆞ이다."

---

10) 【싁싁ᄒᆞ다】〔혱〕씩씩하다. 엄숙하다. ¶ 肅∥셔긔 ᄭᅡᆫ 밧긔 쥬병 니ᄅᆞ믈 알고 즁상을 거느려 셩상의 올나보니 쥬병이 다 홍긔라. 녹각이 삼엄ᄒᆞ고 병셰 싁싁ᄒᆞ거늘 (徐蓋已知關外周兵安營, 隨同衆將上城來看, 周兵一派盡是紅旗, 鹿角森嚴, 兵威甚肅.) <西周 20:35>

11) 食君祿而獻其地, 是不忠也.

12) 【갈ㄴ】〔명〕가루. ¶ 粉碎∥핑쥰이 마상의셔 손의 우뢰를 노화 함염진을 움죽이니 한 ᄶᅦ 검은 너 쇼스나며 위분의 인민 다 갈니된지라 (彭遵在馬上發手一個雷聲, 把菡莒陣震動, 只見一陣黑煙迸出, 一聲響, 魏賁連人帶馬震得粉碎.) <西周 20:38>

ᄒᆞ고 창을 들고 말긔 올나 나아가니 쥬(周) 진상(陣上)의 일인이 셧시디 사름과 말이 다 한조각 푸른 빗치여놀 왕피 문왈,

"너는 엇던 사롬인다?"

답왈,

"니는 긔쥬후(冀州侯) 쇼호(蘇護)이로라."

왕피 문왈,

"쇼호아, 너는 텬하의 지극히 무졍무의(無情無義)ᄒᆞᆫ 놈이라. 네 쭐이 초방(椒房)의 괴이믈13) 밧고 몸이 국쳑(國戚)이 되여 일문이 다 황가(皇家) 영총(榮寵)을 바닷거놀 근본 갑기를 싱각지 아니ᄒᆞ고 도로혀 쥬를 도와 고쥬의 짜흘 침노ᄒᆞ니 네 어니 면목으로 텬디간의 셔리오?"

ᄒᆞ고 급히 말을 지쵹ᄒᆞ여 창을 빗겨 쇼호을 취ᄒᆞ거놀 호이 급히 막아 ᄊᆞ호더니 졋히 쇼젼츙(蘇全忠)과 조병(趙丙)ㆍ숀ᄌᆞ우(孫子羽) 등 삼장이 일시의 다라드러 왕표 【40】 를 에워치니 피 스스로 디젹지 못할 줄 알고 말을 쎄쳐 다라나거놀 조병이 ᄯᆞᆯ으더니 피 숀을 두르혀 한 쇼리 우뢰로 바로 낫출 향ᄒᆞ여 노ᄒᆞ니 조병이 말긔 쩌러지거놀 숀ᄌᆞ위 급히 구ᄒᆞ더 왕피 ᄯᅩ 우뢰를 노ᄒᆞ니 본디 이 우뢰 가장 무셔온지라 뇌졍(雷霆)이 이시면 불이 나미 숀ᄌᆞ위 뇌화(雷火)의 상ᄒᆞ여 말긔 나려지거놀 왕피 창을 드러 하나식 질너죽이더 쇼가 부지 감히 나아가지 못ᄒᆞ니 피 득승고를 치고 관의 도라가 셔긔다려 이장 버히믈 니르더라.

이 ᄯᅢ 쇼호의 부지 도라가 이장의 죽으믈 ᄌᆞ아다려 니른디 ᄌᆞ이 왈,

"그디 부지 오리 젼장의 이시니 엇지 승피의 진퇴를 아지 못ᄒᆞ여 이장을 히ᄒᆞ이뇨?"

쇼젼츙이 디왈,

"만일 마상의 ᄊᆞ호면 ᄌᆞ연 방비키 쉬오려니와 왕피 환슐을 뻐 뇌화를 너니 낫 【41】 치 상ᄒᆞᆫ지라 범인이 어이 견디리오? 그러므로 이

장이 연퍼ᄒᆞ니이다."

ᄌᆞ이 탄왈,

"그릇 츙냥(忠良)을 죽이미라."

ᄒᆞ고 못니 슬허ᄒᆞ더라.

이튼날 ᄌᆞ이 왈,

"모든 문인 즁의 뉘 가히 나아갈고?"

뇌진지(雷震子) 왈,

"쇼장이 가리이다."

ᄒᆞ거놀, ᄌᆞ이 허락ᄒᆞ더 뇌진지 영의 나 관하의 니르니 셔긔 왈,

"뉘 나가 ᄊᆞ홀고?"

핑쥰이 응셩ᄒᆞ여 관의 나가 뇌진ᄌᆞ를 보니 낫치 프르고 닙이 크고 머리 븕으며 엄니 브르도다14) 상하의 드러낫는지라. 핑쥰이 크게 불너 왈,

"오느니는 엇던 사룸인다?"

디 왈,

"나는 무왕의 아오 뇌진지로라."

쥰이 뇌진ᄌᆞ의 두 녑히 날기 잇는 줄 모르고 말을 달녀 다라들거놀 뇌진지 황금곤(黃金棍)을 드러 바로 쥰의 낫츨 치니 쥰이 엇지 막으리오? 말을 도로혀 다라나거놀 뇌진지 져의 피ᄒᆞ믈 보고 급히 두 날기를 붓쳐 ᄯᆞ라가며 【42】 한 막디로 디골을 치니 핑쥰이 밋쳐 피치 못ᄒᆞ여 엇게를 마즈 말긔 나려지거놀 뇌진지 머리를 버혀 도라와 ᄌᆞ아를 뵈니 ᄌᆞ이 뇌진ᄌᆞ의 공을 올니다.

탐미 이 긔별을 관즁의 보ᄒᆞ더 핑쥰이 젼망ᄒᆞ고 머리를 원문(轅門)의 다라 호령혼다 ᄒᆞ거놀 셔긔 왈,

"이 관이 맛춤니 직희기 어려오니 나는 순역을 알거놀 너희 굿ᄒᆞ여 상지(尙持)코져 ᄒᆞ느냐?"

왕피 왈,

"쥬장은 급히 마르쇼셔. 너일 나가 ᄊᆞ홈을 이긔지 못ᄒᆞ거든 쥬장의 쳐치더로 ᄒᆞ리이다."

ᄒᆞ니 셔긔 묵연ᄒᆞ여 말을 아니ᄒᆞ거놀 왕피 제

---

13) 【괴이다】 图 사랑받다. ¶ 寵‖ 네 ᄯᆞᆯ이 초방의 괴이믈 밧고 몸이 국쳑이 되여 일문이 다 황가 영총을 바닷거놀 근본 갑기를 싱각지 아니ᄒᆞ고 도로혀 쥬를 도와 고쥬의 짜흘 침노ᄒᆞ니 네 어니 면목으로 텬디간의 셔리오? (你女受椒房之寵, 身爲國戚, 滿門俱受皇家富貴, 不思報本, 反助武王逆叛, 侵故主之關隘, 你有何面目立於天地之間!) <西周 20:39>

14) 【브르돋다】 图 부르돋다. ¶ 獠‖ 핑쥰이 응셩ᄒᆞ여 관의 나가 뇌진ᄌᆞ를 보니 낫치 프르고 닙이 크고 머리 븕으며 엄니 브르도다 상하의 드러낫는지라 (彭遵領令出關, 見雷震子十分凶惡, 面如藍靛, 巨口赤髮, 獠牙上下橫生.) <西周 20:41>

집으로 도라가니라.

79

청운관ᄉ장피금(穿雲關四將被擒)

셔기(徐蓋) 후당의 홀노 안ᄌ 근심ᄒ더니 왕푀(王豹) 드러와 니르ᄃᆡ,

"쇼장이 ᄊᆞ호라 가ᄂᆞ이다."

ᄒ고 일지(一枝) 군마ᄅᆞᆯ 거ᄂᆞ려 관의 나가 ᄊᆞ호ᄌ 【43】 ᄒ니 쇼졸이 드러가 알왼ᄃᆡ ᄌ이(子牙) 문왈,

"뉘 응젼ᄒᆞ여 이 도젹을 잡을고?"

나탁(哪吒) 왈,

"쇼장이 가리이다."

ᄒ고 풍화륜(風火輪)을 타고 화쳠창(火尖槍)을 들고 나오니 왕푀 나탁의 오믈 보고 황망이 문왈,

"오는 지 아니 탁인다?"

탁이 답왈,

"니 긔로라."

ᄒ고 창을 둘너 ᄊᆞ화 삼합이 못ᄒ여 왕푀 뇌화(雷火)ᄅᆞᆯ 니야 탁을 치거ᄂᆞᆯ 탁이 몸을 흔드러 변ᄒ여 삼두팔비(三頭八臂) 가진 사롭이 되여 공중의 오ᄅᆞ니 왕푀 디경ᄒᆞ여 말을 두르혀 다라

나거ᄂᆞᆯ 탁이 건곤권(乾坤圈)을 니야 왕표ᄅᆞᆯ 쳐 쑥뒤롤1) 맛치니 왕푀 말게 나려지거ᄂᆞᆯ 탁이 화쳠창을 니여 엇게ᄅᆞᆯ 질너죽이고 영의 도라와 ᄌ아ᄋᆡ 뵌ᄃᆡ ᄌ이 문왈,

"장군이 왕표ᄅᆞᆯ 엇지 죽이뇨?"

탁이 표ᄅᆞᆯ 디젹던 일을 ᄌ시 니르니 ᄌ이 디희ᄒᆞ여 잔치ᄅᆞᆯ 비셜ᄒᆞ야 공을 하례ᄒ더라.

셔【44】 기 관의셔 왕표 죽으믈 보고 가만이 싱각ᄒᆞᄃᆡ '펑쥰(彭遵)·왕푀 니 말을 듯지 아니ᄒᆞ고 쥬병을 항거ᄒ다가 스스로 살신흔 화ᄅᆞᆯ 바드니 니 맛당이 쥬의 항셔ᄅᆞᆯ 올녀 싱민의 도탄을 구ᄒ리라' ᄒ고 후당의셔 항셔(降書)ᄅᆞᆯ 짓더니 쇼졸이 보ᄒᆞᄃᆡ,

"약ᄃᆡ2) 머리 가진 도인이 와 장군을 보와지라 ᄒᆞᄂᆞ이다."

셔기 드러오라 ᄒ니 그 도인이 드러오ᄃᆡ 얼골이 심히 흉악ᄒ거ᄂᆞᆯ 황망이 장의 나려 도인을 마ᄌ 좌ᄅᆞᆯ 졍ᄒᆞ민 셔기 왈,

"도인은 어ᄃᆡ 사롬이며 무슴 일노 나ᄅᆞᆯ 와 보ᄂᆞ뇨?"

도인 왈,

"장군은 아지 못ᄒᆞᄂᆞᆫ도다. 션봉 펑쥰은 니 데지러니 뇌진ᄌ(雷震子)의 손의 죽으니 빈되 특별이 와 보슈(報讎)코져 ᄒᆞᄂᆞ이다."

셔기 왈,

"도인의 셩명은 무어시라 ᄒᆞᄂᆞ뇨?"

도인 왈,

"빈도의 셩은 법(法)이오, 명은 계(戒)니 봉ᄂᆡ도(蓬萊島) 년긔시(煉氣士)로쇼이다."

셔기 법계 【45】 의 션풍도골(仙風道骨)이오 위풍이 늠늠ᄒᆞ믈 보고 황망이 곳쳐 니러나 법계ᄅᆞᆯ 스싱 녜로 디졉ᄒᆞ니 법계 혼연이 우희 안거ᄂᆞᆯ 셔기 왈,

"강ᄌ아(姜子牙)는 곤눈산(崑崙山) 도덕(道

---

1) 【쑥뒤】圀 정수리/뒤통수. ¶ 頂門∥ 탁이 건곤권을 니야 왕표ᄅᆞᆯ 쳐 쑥뒤롤 맛치니 왕푀 말게 나려지거ᄂᆞᆯ 탁이 화쳠창을 니여 엇게ᄅᆞᆯ 질너죽이고 영의 도라와 ᄌ아ᄋᆡ 뵌ᄃᆡ (哪吒祭起乾坤圈來, 正中王豹頂門, 打昏落馬. 哪吒復一槍刺死, 梟了首級, 號令回營, 來見子牙.) <西周 20:43>

2) 【약ᄃᆡ】圀 낙타. ¶ 陀∥ 약ᄃᆡ 머리 가진 도인이 와 장군을 보와지라 ᄒᆞᄂᆞ이다 (有一陀頭來見.) <西周 20:44>

470

德)의 션비오 휘하의 삼산오악(三山五嶽)의 긔특
ᄒ 신션의 데지 만ᄒ니 두리건디 맛춤니 이긔지
못ᄒᆯ가 ᄒ노라."

법계 왈,

"쟝군은 근심말나. 빈되 강상을 잡아 쟝군
의 큰 공을 셰우리라."

개 왈,

"만일 노ᄉ의 말 갓흐면 이ᄂ 읏듬 공이
되리라."

ᄒ고 인ᄒ여 문왈,

"노ᄉ 강상으로 더브러 ᄊ호미 군ᄉᄅ 언
마나 쓰리오?"

법계 왈,

"빈도ᄂ 군ᄉᄅ 하나토 쓰지 아냐 스스로
강상을 잡으리라."

ᄒ고 이튼날 법계 보검을 들고 홀노 거러 쥬영
(周營)의 니ᄅ러 ᄌ아ᄅ 보와 말ᄒᄌ ᄒ더 쇼졸
이 드러가 알외니 ᄌ이 졔장을 거ᄂ리고 나와
법계다려 왈,

"도인은 무슴 일노 와 나ᄅ 보고 ᄊ호고ᄌ
【46】 ᄒᄂ뇨?"

법계 답왈,

"니 강상의 일홈을 드런지 오러더 한번도
만나지 못ᄒ엿더니 어졔 니 데ᄌ 펑균이 뇌진ᄌ
의 손의 죽으니 니 특별이 와 보슈코ᄌ ᄒ노
라."

ᄌ이 문왈,

"도인의 셩명이 무어신다?"

법계 왈,

"나ᄂ 봉니도 년긔ᄉ 법계로라."

뇌진지 ᄌ아의 뒤히 잇다가 이 말을 듯고
디로 즐왈,

"이 업츅(業畜)은 엇지 감히 나ᄅ 업슈이
니거 슈욕ᄒᄂ뇨?"

ᄒ고 두 날기ᄅ 붓쳐 공중의 ᄲ여 올나 황금막
디로 나리미러 치니 법계 급히 보검을 드러 ᄊ
호다가 ᄉ오 합이 못ᄒ여 법계 다라나거ᄂ 뇌진
지 법계의 간ᄉᄒ 계규ᄅ 아지 못하고 ᄯᆯ오더니
법계 등 뒤흐로셔 한 번(幡)을 니야 뇌진ᄌᄅ
바라며 흔드니 뇌진지 어즐ᄒ여 ᄯ히 구러지거
ᄂ 법계 허리 아러로셔 한 노흘 니여 미야 지우

더 오히려 눈을 감고 인ᄉᄅ【47】 아지 못ᄒ거
ᄂ 나탁이 뇌진ᄌ의 잡히믈 보고 디로 디즐 왈,

"요괴로온 도젹이 감히 니 ᄉ형을 잡ᄂ다."
ᄒ고 풍화륜을 달녀 화쳠창을 두르고 법계와 ᄊ
화 삼합이 못ᄒ여 법계 ᄯ 번(幡)을 니야 흔드
니 나탁은 본디 년화화신(蓮花化身)이라 조곰도
졍신이 흐리지 아냐 바로 법계의게 달녀들거ᄂ
법계 나탁의 안연(晏然)이 풍화륜의 셧ᄂ 양을
보고 디로ᄒ여 다시 보검을 드러 마ᄌ ᄊ화 삼
합이 못ᄒ여 나탁이 건곤권을 니야 법계ᄅ 바라
고 엇게ᄅ 맛치니 법계 ᄯ히 것구러지거ᄂ 나탁
이 화쳠창을 둘너 지ᄅ고져 ᄒ더니 법계 토둔법
(土遁法)을 힝ᄒ여 뇌진ᄌᄅ 거두쳐 가지고 관
의 가 셔긔ᄅ 본디 개 법계의 상ᄒᄅ 보고 디경
왈,

"노ᄉ 오날 쳣 진의 이러틋 피ᄒ니 엇지
능히 강상을 잡으리오?"

법계 쇼왈,

"비록 한 진을 피 【48】 ᄒ나 뇌진ᄌᄅ 잡
아시니 무어시 두려오리오?"
ᄒ고 쥬머니로셔 약 하나흘 니여 먹으니 상ᄒ더
즉시 하리거ᄂ 좌우ᄅ 분부ᄒ여 뇌진ᄌᄅ 더 아
러 미러드리더 오히려 인ᄉᄅ 출히지 못ᄒ더 법
계 번을 니여 한번 흔드니 뇌진지 졍신을 출혀
눈을 ᄲ 보거ᄂ 법계 디로 즐왈,

"니 나탁의게 마ᄌ 상ᄒ여시니 너ᄅ 죽여
원슈ᄅ 갑흐리라."
ᄒ고 좌우ᄅ ᄭ지져 니여 버히라 흔더 셔긔 본
디 쥬의 항(降)ᄒᆯ 뜻이 잇ᄂ지라 말녀 왈,

"뇌진ᄌᄅ 주이미 일이 불기ᄒ다. 이ᄂ믈
미야 두엇다가 무왕과 강상을 잡아든 함끠 조가
(朝歌)의 보니여 노ᄉ의 공을 텬ᄌ긔 알게 ᄒ미
맛당타."
ᄒ니 법계 쇼왈,

"쟝군의 말이 그르다. 뇌진ᄌᄂ 도슐 잇ᄂ
놈이라 만일 미여 지워두면 반ᄃ시 다라날 거시
니 ᄲᆯ니 머리ᄅ 버혀 조가의 보니여 공을【49】
치부ᄒ미 무어시 히로오리오?"

셔긔 왈,

"불연(不然)ᄒ다. 뇌진지 비록 도슐이 이시
나 단단이 미야 함거(檻車)의 녀허두면 엇지 졔
다라나리오?"

법계 왈,

"장군의 말이 올타."

ᄒᆞ고 뇌진ᄌᆞ를 동혀 뒤동산의 두다.

이튼날 법계 쥬영(周營)의 와 ᄊᆞ호ᄌᆞ ᄒᆞᆫᄃᆡ ᄌᆞᄋᆡ 졔장을 거ᄂᆞ리고 영의 나와 ᄭᅮ지져 왈,

"뇌진ᄌᆞ를 잡아갓ᄉᆞ니 오ᄂᆞᆯ날 너로 더브러 ᄌᆞ웅을 결ᄒᆞ리라."

ᄒᆞ고 ᄉᆞ불상을 모라 다라드니 법계 보검을 드러 마ᄌᆞ ᄊᆞ호더니 니졍(李靖)이 ᄌᆞᄋᆡ 이긔지 못ᄒᆞ믈 보고 화극(畵戟)을 두르고 다라드러 ᄊᆞ홈을 돕더니 ᄌᆞᄋᆡ 신편(神鞭)을 ᄂᆡ여 법계를 치니 법계 ᄌᆞᄋᆡ 신편으로 치믈 보고 몸을 굽혀 피ᄒᆞ니 ᄌᆞᄋᆡ 법계ᄂᆞᆫ 치지 못ᄒᆞ고 ᄯᅡ흘 치니 법계 크게 쇼ᄅᆡ지ᄅᆞ고 신편을 아ᄉᆞ가거ᄂᆞᆯ ᄌᆞᄋᆡ 황망ᄒᆞ여 다라나고ᄌᆞ ᄒᆞ더니 독냥관(督糧官) 토ᄒᆡᆼ숀(土行孫)이 냥식을 거ᄂᆞ려 오다가 ᄌᆞᄋᆡ 법계의게 【50】 신편 아이ᄂᆞᆫ 양을 보고 심즁의 ᄃᆡ로ᄒᆞ여 쇠막ᄃᆡ를 메고 다라드니 법계 토ᄒᆡᆼ숀이 조고만 아ᄒᆡ 갓흐믈 보고 ᄭᅮ지져 왈,

"요 조고만 아ᄒᆡ 엇지 감히 나를 ᄃᆡ적고져 ᄒᆞᄂᆞᆫ다?"

ᄒᆞ고 셰 사ᄅᆞᆷ을 ᄃᆡ적ᄒᆞ더니 일운독냥관(一運督糧官) 양젼(楊戩)이 ᄯᅩᄒᆞᆫ 냥식을 거ᄂᆞ려 오다가 ᄌᆞᄋᆡ 약ᄃᆡ 머리 가진 도인으로 더브러 ᄊᆞ호믈 보고 삼쳠냥인도(三尖兩刃刀)를 두르고 말을 ᄂᆡ여 바로 다라드러 셰 장슈를 도와 법계와 ᄊᆞ호더니 ᄯᅩ 삼운독냥관(三運督糧官) 뎡뉸(鄭倫)이 냥식을 거ᄂᆞ려 오다가 네 장쉬 ᄒᆞᆫ 도인과 ᄊᆞ호믈 보고 ᄉᆞᄉᆞ로 ᄉᆡᆼ각ᄒᆞᄃᆡ 'ᄂᆡ 오ᄂᆞᆯ날 이 도적을 잡으면 반ᄃᆞ시 큰 공을 일우리로다' ᄒᆞ고 금졍슈(金睛獸)를 모ᄅᆞ 바로 다라드니 ᄌᆞᄋᆡ ᄯᅩ 뎡뉸의 돕ᄂᆞᆫ 양을 보고 ᄃᆡ희ᄒᆞ여 ᄉᆞ불상(四不相)을 두르혀 진의 도라와 군ᄉᆞ를 호령ᄒᆞ여 북 쳐 ᄊᆞ홈을 도으니 북쇼ᄅᆡ 텬디 진동ᄒᆞ【51】고 함셩이 뫼흘 흔드러 요란ᄒᆞ더라.

네 장쉬 법계를 가온ᄃᆡ 에워두고 빗발치듯 치니 법계 비록 도슐이 이시나 능히 베프지 못ᄒᆞ여 힘ᄡᅧ ᄉᆞ장을 ᄃᆡ적ᄒᆞ더니 토ᄒᆡᆼ숀이 쇠막ᄃᆡ를 드러 법계의 등을 거푸 셰 번을 치니 뎡뉸이 토ᄒᆡᆼ숀의 공 일우믈 보고 마ᄋᆞᆷ의 혜오ᄃᆡ '법계 만일 도라가면 ᄂᆡ 공을 일우지 못ᄒᆞ리라' ᄒᆞ고 코흐로셔 두 쥴 흰 긔운을 ᄂᆡ니 쇼ᄅᆡ 우뢰갓흔지라. 법계 졍신이 어즐ᄒᆞ여 ᄯᅡ히 것구러지거ᄂᆞᆯ 삼쳔 오아병(烏鴉兵)이 일시의 다라드러 법계를 ᄆᆡ여 영의 도라오니 ᄌᆞᄋᆡ 군ᄉᆞ로 ᄒᆞ여곰 법계를 미러드린ᄃᆡ 계(戒) 쇼ᄅᆡ질너 왈,

"네 임의 나를 잡아시니 슈이 죽여 군법을 졍히 ᄒᆞ라."

ᄌᆞᄋᆡ 좌우를 ᄭᅮ지져 ᄭᅳ어ᄂᆡ여 버히라 ᄒᆞ니 믄득 도부슈(刀斧手) 일시의 다라드러 법계 【52】를 ᄭᅳ어 영문 밧긔 나와 머리를 버히려 ᄒᆞ더니 믄득 ᄒᆞᆫ 도인이 구름을 타고 오며 웨ᄃᆡ,

"칼 아ᄅᆡ 사ᄅᆞᆷ을 머므ᄅᆞ라!"

ᄒᆞ니 이ᄂᆞᆫ 쥰졔도인(準提道人)이러라. 쥰졔도인이 ᄯᅡ히 나려 ᄌᆞ아의게 보ᄒᆞ라 ᄒᆞᆫᄃᆡ 양젼이 드러가 알외ᄃᆡ,

"문 밧긔 쥰졔도인이 와 계셔이다."

ᄌᆞᄋᆡ 영 밧긔 나와 도인을 마ᄌᆞ 장의 올나 좌를 졍ᄒᆞ미 ᄌᆞᄋᆡ 왈,

"노ᄉᆡ 무슴 일노 오시뇨?"

도인 왈,

"이제 법계 텬위를 범ᄒᆞ여 원슈를 항거ᄒᆞ니 죄 맛당이 머리를 버혀 삼군을 호령ᄒᆞ염즉ᄒᆞ나 법계 셔방의 인연이 이시니 바라건ᄃᆡ 원슈ᄂᆞᆫ 어엿비 너겨 법계 노흐시면 빈되 더브러 셔방의 가고져 ᄒᆞᄂᆞ이다."

ᄌᆞᄋᆡ 왈,

"ᄂᆡ 엇지 노ᄉᆞ의 말을 어그릇치리오?"

즉시 젼녕ᄒᆞ여 법계를 노흐니 쥰졔 법계를 다리고 셔방으로 가니 법계 쥰졔를 조ᄎᆞ 셔방 【53】의 가 졍도(正道)를 닷가 여러 ᄒᆡ 지난 후의 사위국(舍衛國) 화긔타ᄐᆡᄌᆞ(化祁它太子)를 긔특ᄒᆞᆫ 도를 가ᄅᆞ치고 ᄯᅩ 후의 한명뎨(漢明帝) 시졀의 니ᄅᆞ러 즁국의 불법을 젼ᄒᆞ고 맛ᄎᆞᆷᄂᆡ 부쳐의 졍과(正果) 도라가니라.

개픽관(界牌關) 총병(總兵) 셔긔(徐蓋) 법계 잡히믈 듯고 ᄃᆡ희ᄒᆞ여 뇌진ᄌᆞ를 글너 마ᄌᆞ 당의 안치고 왈,

"쇼장이 비록 항복고져 ᄒᆞ나 졔장이 듯지 아니ᄒᆞ니 니러므로 그릇 장군의 위엄을 범ᄒᆞ니 쳥컨ᄃᆡ 죄를 ᄉᆞᄒᆞ쇼셔."

뇌진ᄌᆞ 왈,

"장군이 만일 항코져 ᄒᆞ면 엇지 나를 조ᄎᆞ 쥬영의 가지 아니ᄒᆞᄂᆞ뇨?"

긔 왈,

"장군의 말이 올타."

ᄒ고 두 사롬이 관의 나가 쥬영의 니르러 뇌진지 몬져 영의 드러가 즈아롤 보고 왈,

"셔기 항코져 ᄒ여 원문의 왓스디 감히 마옴으로 드러오지 못ᄒᄂ이다."

즈이 이 말을 듯고 디희ᄒ여 즉시 셔기롤 드러오라 【54】 ᄒ니 개(蓋) 장하(帳下)의 업디여 졀ᄒ고 왈,

"쇼장이 쥬의 올 ᄯ시 이시디 좌우 계장이 듯지 아니ᄒ고 텬병을 항거ᄒ다가 멸신지화(滅身之禍)롤 바다시니 쇼장이 관을 드러 항복ᄒᄂ니 쳥컨디 원슈ᄂ 죄롤 ᄉᄒ쇼셔."

즈이 왈,

"셔장군이 임의 텬명을 알아 쥬의 도라왓시니 무삼 죄 잇스리오?"

ᄒ고 군ᄉ롤 휘동(麾動)ᄒ여 관의 드러와 방 붓쳐 빅셩을 안무ᄒ고 남궁괄(南宮适)노 ᄉ슈관(氾水關)의 가 무왕을 쳥ᄒ니 왕이 계장을 거ᄂ리고 기피관의 니르러 셩의 드러오니 즈이 중장을 거ᄂ려 마즈 은안뎐(銀安殿)의 좌졍ᄒ미 무왕 왈,

"상부ᄂ 괴로이 졍벌을 ᄒ디 고(孤)ᄂ 평안이 이셔 승평을 한가지로 즐기지 못ᄒᄂ 듯ᄒ도다."

즈이 왈,

"싱민(生民)이 슈화(水火) 가온디 곤고(困苦)ᄒ니 노신이 싱녕을 구코져 ᄒ미 엇지 평안ᄒ믈 구ᄒ리 잇고?"

ᄒ고 셔기롤 불너 무왕긔 뵈니 왕왈,

"셔장 【55】 군이 관을 드러 큰 공을 일워시니 후의 맛당이 ᄯ홀 버혀 갑흐리라."

ᄒ고 잔치롤 비셜ᄒ여 삼군을 상ᄉ(賞賜)ᄒ다.

이튼날 즈이 삼군을 휘동ᄒ여 기피관을 ᄯ나 팔십 니ᄂ 가 쳔운관(穿雲關)의 니르니 쳔운관 총병 셔방(徐芳)이 그 형 셔기 쥬의 항ᄒᄆᆞ 듯고 디로ᄒ여 크게 ᄭ지즈디,

"무지ᄒ 필뷔 부모 쳐즈롤 도라보지 아니ᄒ고 살기롤 도모ᄒ여 더러온 일홈을 만셰의 드리오니 이 엇지 인신(人臣)의 ᄒᆯ 비리오?"

ᄒ고 은안뎐의 올나 계장을 모흐고 셔로 의논 왈,

"이계 니 형이 불힝ᄒ여 어버이롤 잇고 님군을 져바려 관익(關隘)을 드러 도젹의게 항복ᄒ여 부귀롤 도모ᄒ니 이ᄂ 우리 일문이 멸족ᄒᆯ 죄롤 면치 못ᄒ리니 이제 젹신을 다 잡아 조가로 보니면 죄롤 속(贖)ᄒᆯ가 ᄒ노라."

션봉 농안길(龍安吉) 왈,

"장군은 방심(放心)ᄒ쇼셔.3) 쇼장이 도젹을 잡아 【56】 국법을 졍히 ᄒ면 거의 장군긔 죄 업슬가 ᄒ노라."

셔방 왈,

"그디 말이 졍히 니 ᄯ슷과 갓거니와 다만 계장은 힘뼈 관익을 직희여 도젹을 방비ᄒ고 죽으믈 다ᄒ여 나라 은혜롤 갑흐미 니 원이라."

계장이 기왈,

"우리 등이 맛당이 힘뼈 나라흘 갑흐리이다."

ᄒ고 졍히 의논ᄒ더라.

이튼날 즈이 장의 올나 계장다려 왈,

"뉘 몬져 가 쳔운관을 아슬고?"

셔기 응셩 왈,

"원슈ᄂ 근심마르쇼셔. 쳔운관 총병은 쇼장의 아이(弟)라 궁시와 창검을 베프지 아녀 셔쥬의 도라오게 ᄒ리이다."

즈이 디희 왈,

"진실노 장군의 말 갓흐면 맛당이 중히 갑흐리라."

개 말게 올나 필마단창(匹馬短槍)으로 관 아리 니르러 쇼리질너 관문을 샐니 열나 ᄒ더 직휜 군시 감히 마음으로 여지 못ᄒ여 급히 셔방의게 고ᄒ더,

"관 밧긔 큰 노애 와 계셔 관문 【57】 을 열나 ᄒᄂ이다."

방이 이 말을 듯고 디희ᄒ여 마음의 싱각ᄒ더 '이졔야 니 계귀 일니로다' ᄒ고

"즉시 문을 열고 드러오게 ᄒ라."

군시 명을 듯고 가거늘 셔방이 도부슈 오십 명을 분부ᄒ여 담 두 녁히 미복ᄒ엿다가 셔

---

3) 【방심ᄒ다】 ⑧ 안심하다. ¶ 放心∥장군은 방심ᄒ쇼셔. 쇼장이 도젹을 잡아 국법을 졍히 ᄒ면 거의 장군긔 죄 업슬가 ᄒ노라 (主張放心. 待末將先拿他幾員賊將解往朝歌請罪, 然後俟擒渠魁, 以贖前愆, 以顯忠藎, 則主將滿門良眷自然無事矣.) <西周 20:55>

기롤 잡으라 ᄒ니 도부쉬 녕을 듯고 믈너가다.

셔기 관의 드러 부의 드러오니 셔방이 교위(交椅) 우희 엄연이 안즈 쇼러질너 왈,

"오논 즈논 엇던 인다?"

긔 디쇼 왈,

"현데 엇지 나롤 몰나 보논 체ᄒ고 교위의 나리지 아니ᄒᄂ뇨?"

셔방이 크게 쇼러지ᄅ디,

"좌우논 이 도젹을 잡으라!"

좌우의 미복ᄒ엿던 도뷔쉬 일시의 니다라 셔기롤 미야 ᄯ히 지우니 방이 디즐 왈,

"조종(祖宗)을 욕ᄒ논 필뷔 도젹의게 항복ᄒ여 종족을 도라보지 아니ᄒ더니 오날날 스스로 와 잡히니 반드시 조종 신녕이 도라보와 일문의 큰 화롤 덜으시 【58】 미로다."

긔 디로ᄒ여 쇼러질너 왈,

"형도 모ᄅ논 도젹이 텬시롤 엇지 알다? 이졔 텬히 다 쥬(周)의 도라오니 쥬(紂)의 망ᄒ미 조석의 잇거놀 네 이 조고만 관익을 직희여 엇지 능히 뉵십만 디군을 막으리오? ᄒ믈며 황비호(黃飛虎)·쇼획(蘇護)·등구공(鄧九公)·홍금(洪錦)이 다 쥬의 항복ᄒ여 작녹을 바드니 엇지 아롬답지 아니리오? 니 임의 네 간계의 속아시니 섈니 죽이라. 강원쉬 반드시 너롤 죽여 니 원슈롤 갑흐리라."

방이 좌우롤 분부ᄒ여,

"셔기롤 잡아 동산의 두라. 니 희발(姬發)과 강상(姜尙)을 잡아 함긔 조가로 보니여 국법을 졍히 ᄒ리라."

좌위 셔기롤 잡아 뒤흐로 드러가거놀 방이 좌우롤 도라보아 왈,

"뉘 능히 관의 나가 쥬병을 막으리오?"

션봉 신연장군(神烟將軍) 마튬(馬忠)이 응셩 왈,

"쇼장이 비록 지죄 업스나 원컨디 강상을 잡으리이다."

방이 허 【59】 ᄒ니 마튬이 말게 올나 일지(一枝) 인마롤 거ᄂ려 쥬영의 니ᄅ러 ᄊ호즈 ᄒ니 쇼졸이 즈아의게 알왼디 즈이 왈,

"셔기논 임의 죽도다."

ᄒ고 나탁을 명ᄒ여 나가 개의 쇼식을 알아오라 ᄒ니 나탁이 풍화륜을 타고 나아와 보니 마튬이 금갑홍포(金甲紅袍)의 위풍(威風)이 능늠ᄒ거놀 나탁이 문왈,

"왓논 장쉬 셩명이 무어시뇨?"

튬이 답왈,

"나는 션봉 신연장군 마튬이어니와 너는 아니 나탁인다?"

나탁 왈,

"네 엇지 너 일홈을 임의 알며 엇지 말게 나려 항복지 아니ᄒᄂ뇨?"

튬이 디로 왈,

"무지ᄒ 필뷔 신졀을 직희지 아니ᄒ고 무고이 반ᄒ여 관익을 침노ᄒ니 너롤 잡아 분골쇄신(粉骨碎身)ᄒ올 거시어놀 오히려 죽을 줄 아지 못ᄒ고 감히 날과 디젹고져 ᄒᄂ다?"

나탁이 쇼왈,

"너논 한 우믈 밋 기고리라.[4] 무어시 두려오리오?"

튬이 디로ᄒ여 창을 두르고 말을 쮜여 다라 【60】 들거놀 나탁이 풍화륜을 모라 마즈 ᄊ호더니 튬이 혜오디 '나탁은 도덕이 놉흔 장쉬라 니 만일 몬져 햐슈치 아니면 반드시 큰 화롤 만나리라' ᄒ고 닙으로 검은 니롤[5] 토ᄒ니 편시의 왼 들의 즈옥ᄒ엿논지라 나탁이 풍화륜을 바리고 공중의 쮜여올나 몸을 흔드러 변ᄒ여 삼두팔비 가진 사름이 되야 다라드니 튬이 니 속의셔 나탁의 변ᄒᄆᆯ 보고 급히 니롤 거두고 말을 두르혀 다라나고져 ᄒ거놀 나탁이 다시 풍화륜을 타고 ᄯ라오며 왈,

"마튬은 다라나지 말나!"

튬이 더옥 급히 다라나거놀 나탁이 ᄯᆞ르다가 구룡신화탁(九龍神火罩)을 니여 마튬을 바라고 한번 흔드니 그 속으로셔 화룡(火龍) 아홉이 니다라 마튬의게 다라드러 튬의 가슴의 감기니 말조츠 지되여 나라나거놀 나탁이 화룡을 거두

---

4) 【기고리】 ⑲ 개구리. ¶ 蛙‖ 너논 한 우물 밋 기고리라. 무어시 두려오리오? (吾看你等好一似 土蛙·腐鼠, 頃刻便爲齏粉, 何足與言!) <西周 20:59>

5) 【니】 ⑲ 연기. 안개. ¶ 煙‖ 닙으로 검은 니롤 토ᄒ니 편시의 왼 들의 즈옥ᄒ엿논지라 (馬忠把口一張, 只見一道黑煙噴出, 連人帶馬都不見了.) <西周 20:60>

고 영의 도라와 ᄌ아롤 보고 이런 일을 【61】 알왼디 ᄌ이 디희ᄒ여 공을 하례ᄒ더라.

마춤의 픽군이 셔방의게 알외니 방이 디로ᄒ여 니롤 갈며 ᄭ짓기롤 마지 아니ᄒ거늘 션봉 농안길 왈,

"마춤이 쳔심(淺深)을 아지 못ᄒ고 스스로 도슐을 밋어 나탁을 디젹다가 그롯 독슈(毒手)의 죽엇시니 너일 쇼장이 도젹을 잡아 큰 공을 셰우리라."

ᄒ고 이튼날 농안길이 말긔 올나 관의 나가 ᄊ호ᄌ ᄒ더 쇼졸이 보ᄒ니 ᄌ이 문왈,

"뉘 이 도젹을 잡을고?"

무셩왕(武成王) 황비회(黃飛虎) 응셩 왈,

"쇼장이 가리이다."

ᄒ고 오식 신우(神牛)롤 타고 영의 나오니 농안길이 크게 쇼리질너 문왈,

"오는 장슈는 엇던 인다?"

황비회 왈,

"나는 무셩왕 황비회로라."

안길이 즐왈,

"역젹이 엇지 감히 텬ᄌ의 관익을 침노ᄒ느뇨? 너 오늘날 너롤 잡아 큰 공을 셰우리라." ᄒ고 도치롤 두르고 말을 모라 다라들거늘 비회 신우롤 모라 ᄊ화 오십여 합이나 ᄒ디 승부【62】롤 결치 못ᄒ니 진짓 젹쉬라. ᄯ 오십여 합을 ᄊ호디 ᄯ 능히 승부롤 결치 못ᄒ니 안길이 싱각ᄒ디 '이놈을 ᄊ화는 이기지 못ᄒ리니 지혜로 치리라' ᄒ고 말을 두르혀 다라나거늘 황비회 ᄯ르더니 안길이 ᄉ미 안흐로셔 한 골회롤6) 너니 이 골회 일홈은 미혼권(迷魂圈)이라 안길이 미혼권으로 비호롤 치며 왈,

"비호는 너 보비롤 보라."

비회 우러러 보니 홀연 졍신이 어즐ᄒ여 ᄯ히 나려지거늘 모두 군시 싱금(生擒)하여 관으로 도라가니 픽군이 도라와 ᄌ아의게 알외디,

"황장군이 농안길의 간ᄉ흔 계규의 ᄲ녀 잡혀 가거이다."

ᄌ이 디경ᄒ여 졔장으로 더부러 의논ᄒ더

라.

안길이 황비호롤 잡아 쳔운관의 도라가 셔방을 뵌디 황비호롤 미러 뎐 아러 드리니 비회 셔셔 ᄭ을지 아니ᄒ고 왈,

"니 그롯 ᄉ슐(邪術)의 잡혀시니 한 번【63】 죽어 나라홀 갑고져 ᄒ노라."

방이 즐왈,

"이 필뷔 나라홀 비반ᄒ여 도젹의게 항복ᄒ여 두고 도로혀 니ᄅ디 나라홀 갑흐렷노라 ᄒ니 이 엇지 디장부의 홀 비리오? 아직 도젹을 미여 뒤동산의 갓다 두라."

ᄒ니 좌위(左右) 영을 듯고 황비호롤 미야 뒤동산의 드러가니 셔긔 ᄯ흔 미이여셔 황비호다려 왈,

"너 아이7) 텬시롤 아지 못ᄒ고 텬병을 항거ᄒ여 날을 잡아 여러 날을 동혀 지웟더니 ᄯ 장군을 잡아 곤케ᄒ니 이는 쇼장의 죄로쇼이다."

비회 머리롤 슉이고 말을 아니ᄒ고 탄식홀 ᄲ이러라.

이튼날 안길이 ᄯ 쥬영의 니ᄅ러 ᄊ호ᄌ ᄒ더 쇼졸이 드러가 보ᄒ니 홍금 왈,

"쇼장이 가 황장군의 쇼식을 아라 오리이다."

ᄌ이 허락ᄒ니 홍금이 말긔 올나 영의 나오니 농안길은 젼의 홍금의 부하 장쉬 되엿던지라 홍금이 쇼【64】 리질너 왈,

"안길아, 네 옛 님ᄌ롤 보고 엇지 말긔 나려 항복지 아니ᄒ느뇨?"

안실이 쇼왈,

"반국 여겨은 무ᄉ 잡말을 ᄒ는다? 너 너롤 잡아 조가의 보니여 국법을 졍히 ᄒ고 너 큰 공을 셰우리라."

홍금이 더로ᄒ여 칼을 두르고 다라드니 안길이 도치롤 두르고 마ᄌ ᄊ화 삼합이 못ᄒ여 안길이 미혼권을 너여 홍금을 치니 쇼리 우뢰 갓흐며 홍금이 말긔 나려지거늘 안길이 홍금을

---

6) 【골회】 閔 고리. ¶ 안길이 ᄉ미 안흐로셔 한 골희롤 너니 이 골희 일홈은 미혼권이라 <西周 20:62>

7) 【아이】 閔 아우. 동생. ¶ 弟 ‖ 너 아이 텬시롤 아지 못ᄒ고 텬병을 항거ᄒ여 날을 잡아 여러 날을 동혀 지웟더니 ᄯ 장군을 잡아 곤케ᄒ니 이는 쇼장의 죄로쇼이다 (不才惡弟不識天時, 恃倚邪術, 不意將軍亦遭此羅網之厄.) <西周 20:63>

잡아 관의 도라가니 홍금이 스스로 싱각ᄒ되
'이 도격이 니 장하(帳下)의 이실 졔논 이 도슐
을 아지 못ᄒ더니 이졔 엇지 간스흔 계귀 잇는
쥴 알니오?' ᄒ고 미이여 관의 드러가니 셔방이
홍금을 미러 뎐 아릭 드려 ᄭ지ᄌ되,

　　"네 조셔롤 밧ᄌ와 셔기롤 치다가 도로혀
도격의게 항복ᄒ여 엇지 텬ᄌ의 관익을 침노ᄒ
는다?"

　　금 왈,

　　"텬의 임의 니러ᄒ니 무슴 말을 【65】 ᄒ리
오? 니 비록 네게 잡혀시나 맛춤니 네게 굴치
아니ᄒ리니 죽을 ᄯ롬이라."

　　방이 좌우롤 분부ᄒ여,

　　"이 도격을 미여 뒤동산의 두 도격과 한되
두라. 희발과 강상을 잡아 함긔 조가로 보닉리
라."

　　좌위 홍금을 잡아 동산으로 드러가니 홍금
이 황비호·셔기롤 보고 셔로 탄식홀 분이러라.

　　이튼날 안길이 쥬영의 와 ᄊ호ᄌ ᄒ니 ᄌ
의 문왈,

　　"이 도격을 뉘가 잡을고?"

　　남궁괄 왈,

　　"쇼장이 가리이다."

ᄒ고 말긔 올나 영의 나오니 안길이 괄의 오믈
보고 도치롤 두르고 마ᄌ ᄊ화 삼합이 못ᄒ여
안길이 픠ᄒ여 다라나거놀 남궁괄이 ᄯ르더니
안길이 미혼권을 니여 괄을 향ᄒ여 더지니 괄이
어즐ᄒ여 말긔 나려지거놀 안길이 괄을 잡아 관
의 도라오니 셔방이 젼녕ᄒ여 남궁괄을 뒤동산
의 두라 ᄒ다.

　　ᄌ이 남궁괄의 잡히믈 듯 【66】 고 디경ᄒ
여 근심ᄒ더니 졍션봉 나탁 왈,

　　"쇼장이 도격을 잡아 큰 공을 셰우리라."
ᄒ더라.

80

양임디파온황진(楊任大破瘟瘟陣)

이튼날 나탁(哪吒)이 풍화륜(風火輪)을 타고 관 아리 니르러 쏘호즈 흔디 쇼졸이 셔방(徐芳)의게 알외니 방이 농안길(龍安吉)을 명흐여 나가 디젹흐라 흐니 안길이 나탁을 보고 헤오디 '이 놈이 반드시 요괴로온 슐이 잇느니 니 몬져 햐슈흐여 이 도젹을 잡으리라' 흐고 나와 문왈,

"오는 장슈 나탁인다?"

나탁이 답지 아니코 다라드러 쏘화 삼합이 못흐여 안길이 허리 아리로서 미혼권(迷魂圈)을 니여 나탁을 치며 쇼리질너 왈,

"나탁은 니 보비롤 보라."

니탁이 우리리 보니 맛치 졔 건곤권(乾坤圈) 갓흔 거시 나려오거늘 나탁이 디쇼흐고 화첨창(火尖槍)을 드러 쳐 나리【67】치니 안길이 나탁의 년화화신(蓮花化身)인쥴 아지 못흐고 디경흐여 다라나고져 흐거늘 나탁이 몸을 흔드러 삼두팔비(三頭八臂) 가진 사롬이 되여 다라드니 안길이 더옥 졍신이 업셔 말을 두르혀 다라나거늘 나탁이 건곤권을 드러 치며 왈,

"네 미혼권이 니 건곤권과 엇더흐뇨?"

안길이 우러러 보다가 디골을 마즈 말긔 나려지거늘 나탁이 화첨창을 드러 안길을 질너 죽이고 머리롤 버혀 가지고 영의 도라와 즈아롤 뵌디 즈아(子牙) 디희 왈,

"만일 장군 곳 아니면 엇지 이 요괴로온 도젹을 잡으리오?"

나탁이 스례흐고 물너나다.

셔방이 관의 잇셔 안길의 죽으믈 듯고 스스로 니르디 '황상이 요괴로온 말을 밋어 관익(關隘)의 장슈롤 보니여 합녁흐여 직희지 아니흐고 이제 장슈 다만 방의진(方義眞)뿐이라 엇지 능히 이 관을 직희리오?' 흐고 즉시 표롤【68】지어 조가(朝歌)로 보니고 홀노 즁당의 안줏더니 믄득 쇼졸이 보흐디,

"문 밧긔 한 도인이 와 노야긔 뵈와지라 흐느이다."

셔방이 드러오라 흐니 이윽고 한 도인이 드러오디 눈이 셰히오 낫치 프르고 두발이 븕으며 엄니 브르도닷거놀1) 셔방이 당의 나려 마즈 녜필의 그 도인을 스싱 녜로 디졉흐며 다시 졀흐여 문왈,

"도시 어니곳 명산 동부(洞府)의 계시니잇가?"

도인 왈,

"빈도는 구룡도(九龍島) 년긔스(烟氣士) 녀악(呂岳)이니 강상(姜尙)으로 더브러 큰 원슈 잇는지라 이제 특별이 와 장군의 군스롤 비러 녯날 한을 갑고져 흐느이다."

셔방이 디희 왈,

"이제 노시 와 도으니 이는 은나라 홍복(洪福)인가 흐노라."

흐고 잔치롤 비셜흐여 디졉흐더라.

2)▶치관(差官)이 표(表)롤 가지고 조가의 니르러 문셔방(文書房)으로 드러기니 긔직(箕了) 표롤 바다 바로 니뎐으로 드러오니 쥬(紂) 젹셩누(摘星樓) 우희셔 취흐여 달긔(姐己)의 무릅흘 베이고【69】 누엇는디 호희미(胡喜媚)는 알퓌

---

1) 【브르돋다】 圖 부르돋다. ¶ 獠∥ 이윽고 한 도인이 드러오디 눈이 셰히오 낫치 프르고 두발이 븕으며 엄니 브르도닷거놀 (少時, 見一道人三隻眼, 面如藍靛, 赤髮獠牙.) <西周 20:68>
2) ▶～◀ 사이는 원문에 없는 내용임.

477

셔 솟가지를 들고 희롱ᄒ거눌 긔지 표를 올니고
탄식고 밧그로 나오니 쥐 이윽ᄒ여 씨야 표를
쩌혀보고 디로 즐왈,

"셔방이 짐을 속이고 ᄯᅩ 부고(府庫) 지물을
도젹고져 ᄒᆞ느냐?"

달고 왈,

"젼의 왓던 치관을 머리 버혀 후스를 징계
ᄒ엿거눌 셔방이 ᄯᅩ 표를 올녀 폐하를 속이니
죄 맛당이 죽엄즉 ᄒ거니와 아직 셔방의 죄란
사ᄒ고 이 표 가져온 치관을 포락지형(炮烙之
刑)을 힝ᄒ쇼셔. 만일 그러치 아니면 능히 국법
을 졍케 못ᄒ고 폐하의 위엄을 스히의 펴지 못
ᄒ리이다."

쥐 이 말을 듯고 디희ᄒ여 즉시 구간뎐(九
間殿)의 나와 북을 치니 빅관이 다 뭇거눌 즉시
포락형을 베풀고 치관을 자아 구리 기동의 미고
좌우 무시 일시의 다라드러 기동 아리 불을 픠
우거눌 하티우(下大夫) 셔겸(徐□)이 디 아리 업
디여 왈,

"폐히 무슴 일노 이 치관을 죽이려 ᄒ시ᄂ
닛가?"

쥐 【70】 디로ᄒ여 셔안을 박츠고 디즐
왈,

"이 필뷔 엇지 감히 니 위엄을 범ᄒ느뇨?"
ᄒ고 좌우를 명ᄒ여 구리기동 ᄯᅩ 하나흘 셰오고
셔겸을 올녀 미니 긔지 두 사롬의 무죄히 형벌
을 바드믈 보고 나아가 업디여 왈,

"폐히 무슴 죄로 이 두 사롬을 죽이시ᄂᆞᆫ닛
가?"

쥐 익노(益怒)ᄒ여 무스를 ᄯᅡ지져 두 사롬
의 형벌을 힝ᄒ라 ᄒ니 믄득 무시 두 기동 아리
불을 일시의 픠오니 냥인이 큰 쇼리로 웨디,

"혼군(昏君)이 무도ᄒ여 무죄흔 신하를 죽
이니 니 맛당이 디하의 가 모진 귀신이 되여 혼
군을 잡아먹으리라."

쥐 익노ᄒ여 불 픠오기를 지촉ᄒ니 누린디
공중의 ᄌᆞ옥ᄒ고 검은 닉 뎐상의 펴지니 음운
(陰雲)이 참참(慘慘)ᄒ고 비풍(悲風)이 슬슬(瑟
瑟)ᄒ거눌 긔지 머리를 보탑의 부디츠며 간ᄒ디
쥐 셩닉여 넙더 안흐로 드러가니 긔ᄌ 등이 탄
왈,

"셩탕 뉵빅 년 긔업이 혼군의 니르러 망ᄒ

리 【71】 로다."

ᄒ고 각각 부로 도라오니라.

녀악이 셔방다려 왈,

"빈되 오늘 가 강상을 잡으리라."◀

ᄒ고 관의 나가 쥬영의 니르러 싼호ᄌ ᄒ니 쇼
졸이 보ᄒ디,

"영 밧긔 도인이 와 싼호ᄌ ᄒᆞᄂ이다."

ᄌᆞ아 즁장을 거느리고 나와 보니 이 녀악
이라. 지이 왈,

"녀도우(呂道友)가 진퇴흘 쥴 아지 못ᄒ고
젼일 픠ᄒ여 다라낫더니 ᄯᅩ 어닉 낫츠로 붓그럽
지 아녀 다시 와 싼호고져 ᄒᆞᄂ뇨?"

녀악이 답왈,

"니 젼일 그릇 픠ᄒ여시니 오늘 특별이 와
원슈를 갑고져 ᄒ노라."

뇌진지(雷震子) 쇼리질너 ᄯᅮ지즈디,

"무지흔 필뷔 니 손의 죽고져 ᄒ여 다시
왓는다?"

ᄒ고 두 날기를 붓쳐 공즁의 올나 황금막디로
나리미러 치거눌 녀악이 보검을 드러 셔로 마즈
싼호더니 금탁(金吒)·목탁(木吒)이 일시의 ᄲᅡᆼ검
을 두르고 다라드러 뇌진ᄌ를 돕더니 ᄯᅩ 쇼획
(蘇護)·쇼젼츙(蘇全忠)·니졍(李靖)·위호(韋護)
·나 【72】 탁·무길(武吉)·신갑(辛甲)·신면(辛
免)·티젼(太顚)·굉요(閎夭)·황텬녹(黃天祿)·
황텬작(黃天爵)·등션옥(鄧嬋玉)·농길공쥬(龍吉
公主) 모든 장쉬 일시의 다라드러 싼호고 ᄌᆞ이
스불상(四不相)을 모라 싼홈을 돕더니 녀악이
모든 장슈의 싼홈 돕는 양을 보고 몸을 흔드러
변ᄒ여 삼두뉵비 가진 사롬이 되여 손마다 병긔
를 들고 모든 장슈를 디젹ᄒ더니 녀악이 보검을
드러 뇌진ᄌ를 치니 뇌진지 마즈 ᄯᅳ히 것구러지
거눌 즁장(衆將)이 구ᄒ여 진으로 도라 보니고
다시 다라드러 싼호더니 ᄌᆞ이 신편(神鞭)을 니
여 녀악의 등을 치니 녀악이 픠ᄒ여 관의 도라
가 셔방을 본디 방이 디경 왈,

"니러트시 픠하니 언제 쥬병을 파ᄒ고 강
상과 무왕을 잡으리오?"

녀악 왈,

"비록 한 진을 픠ᄒ나 ᄯᅩ한 도위(道友) 오
리니 당당이 큰 공을 일우리라."

ᄒ고 스홀이 지나디 싼호지 아니 ᄒ고 도인 오

기롤 기다리더 【73】 니 믄득 쇼졸이 보ㅎ더,

　"문밧긔 한 도인이 왓ㄴ이다."

　녀악이 셔방으로 더브러 도인을 쳥ㅎ여 좌롤 졍ㅎ미 방이 녀악다려 문왈,

　"이 노스의 셩명이 무어시뇨?"

　악이 답왈,

　"이ㄴ 니 아ㅇ 진경(陳庚)이니 뫼히 나려와 장군을 도와 쥬병을 파ㅎ고 무왕을 술오잡으려 ㅎㄴ이다."

　방이 디희ㅎ여 잔치롤 비셜ㅎ여 진경을 관디(款待)ㅎ더니 녀악이 진경다려 문왈,

　"그디 고으던3) 보비롤 다 일워 온다?"

　진경이 답왈,

　"보비롤 고으노라 더디 오니이다."

ㅎ고 이튼날 녀악과 진경이 삼쳔 인마롤 샌 법슐을 조련ㅎ더라.

　ㅈ인 장의 올나 즁장으로 더부러 셔로 의논ㅎ더니 쇼졸이 보ㅎ더,

　"독냥관 양젼(楊戩)이 원문(轅門)의 왓ㄴ이다."

　ㅈ인 명ㅎ여 드러오라 ㅎ니 양젼이 장 알퍼 니르러 녜필의 왈,

　"군냥(軍糧)을 한(限)의 밋쳐 왓ㄴ이다."

　ㅈ인 왈,

　"이졔 녀악이 쳔운관 총병 【74】 셔방을 도와 우리 군ㅅ롤 막으니 능히 나아가지 못ㅎ노라."

　양젼 왈,

　"녀악은 픠군흔 도시라. 엇지 감히 쏘 와 우리 군ㅅ롤 막으리오?"

　언미필의 쇼졸이 보ㅎ더,

　"녀악이 쏘 와 쏘ㅎ즈 ㅎㄴ이다."

　ㅈ인 즁장을 거ㄴ리고 영의 나오니 녀악 왈,

　"니 널노 더브러 큰 원쉬 이시니 맛당이 원슈롤 갑흐리라. 네 원시텬존(元始天尊) 도덕을 밋고 나롤 업슈이 너기거니와 니 한 진을 비셜ㅎ여 너롤 잡으리라."

즈인 왈,

　"쳥졍흔 도덕을 닥지 아니ㅎ고 쏘 요괴로온 진을 베퍼 나롤 속이고져 ㅎㄴ냐?"

　녀악이 진경으로 더브러 진의 드러가 장우희 올나 긔롤 둘너 진을 곳치고 다시 원문의 니르러 쇼리질너 왈,

　"강상은 나와 니 진을 보라."

　즈인 나탁·양젼·위호·니졍으로 더브러 나와 보더니 양젼이 쇼리질너 왈,

　"녀도장(呂道長)은 우리 진을 보ㄴ디 가만흔4) 병긔롤 너여 사롬을 상 【75】 케 말나."

　녀악 왈,

　"너희ㄴ 조고마흔 무리라 니 당당이 한 진으로 족히 잡을 거시어눌 엇지 가만흔 병긔롤 너야 상히오리오?"

　즈인 네 장슈로 더브러 두르 돌며 진 거동을 보더니 믄득 그 진 안히 요괴로온 곳이 만커눌 즈인 디경ㅎ여 원문의 도라와 양젼다려 왈,

　"이 진은 요괴로온 도슐이라 가히 피치 못홀 거시니 엇지ㅎ리오?"

ㅎ고 머리롤 슉이고 이윽이 싱각다가 찌쳐 왈,

　"니 스뷔 니르시더 쳔운관 아리 온황진(瘟瘟陣)을 맛나리라 ㅎ더니 이 아니 온황진인가 ㅎ노라."

　양젼 왈,

　"원슈의 말이 졍히 쇼장의 뜻의 마즈이다."

ㅎ고 졍히 의논ㅎ더니 녀악이 나아와 갈오디,

　"즈아ㄴ 니 진을 본다?"

　양젼 왈,

　"이ㄴ 조고만 슐(術)이라 므어시 두리리오?"

　녀악 왈,

　"만일 니 진을 쉽다 홀진더 이 진 일홈을 알쇼냐?"

---

3) 【고으다】⑧ 고다. 졍련(精煉)하다. ¶ 煉∥ 그디 고으던 보비롤 다 일워 온다? (賢弟前日所煉的那件寶貝可曾完否?) <西周 20:73>

4) 【가만ㅎ다】⑱ 은밀하다. 비밀스럽다. ¶ 暗∥ 녀도장은 우리 진을 보ㄴ디 가만 흔 병긔롤 너여 사롬을 상케 말나 (呂道長, 吾等看陣, 不可發暗器傷人.) <西周 20:74> 너희ㄴ 조고마흔 무리라 니 당당이 한 진으로 족히 잡을 거시어눌 엇지 가만흔 병긔롤 너야 상히오리오? (爾乃小輩之言. 我自用堂堂之陣, 正正之旗, 豈有用暗器傷你之理!) <西周 20:75>

양젼이 쇼왈,

"이는 온황진이라 네 만일 이 진을 프러 가지 아니면 니 당당【76】이 파ㅎ고 너롤 잡아 쎠롤 바이리라."

녀악이 양젼의 말을 듯고 디경ㅎ여 황망이 군ㅅ롤 거두어 관의 도라 가거놀 즈이 또혼 군을 거두어 영의 도라와 졔장다려 왈,

"이 진 일홈은 비록 아나 이 진 가온디 묘혼 슐을 아지 못ㅎ니 엇지 능히 파ㅎ리오?"

나탁 왈,

"원슈는 근심 마르쇼셔. 조고만 진이 무어시 두려오리오?"

즈이 왈,

"비록 그러나 가히 삼가ㅎ리라. 고인이 왈 '사롬이 먼 근심이 업스면 반다시 갓가온 히 잇다'[5] ㅎ니 이 진이 비록 젹으나 엇지 업슈이 너기리오?"

ㅎ고 졍히 의논ㅎ더니 군졍시 드러와 보ㅎ디,

"밧긔 죵남산(終南山) 운즁지(雲中子) 와 계시이다."

즈이 즁장으로 더브러 마즈 장즁의 니르러 좌졍ㅎ미 즈이 왈,

"도형이 이번 오미 반드시 온황진을 파ㅎ라 ㅎ미로다."

운즁지 쇼왈,

"즈아의 말이 올토다."

즈이 스례 왈,

"강상이 미양 큰 익 곳 맛나면 녈위(列位) 도형(道兄)으로 ㅎ여곰 슈고롭게 ㅎ더【77】니 이제 또 도형이 와 계시니 이 진 가온디 므슴 요괴로온 슐이 이시며 엇던 사롬을 쎠야 가히 파ㅎ리오."

운즁지 왈,

"이 진은 아모 사롬도 파치 못ㅎ고 즈이 빅일지화(百日之禍)롤 만날 슈(數) 추면 즈연 긔 이혼 사롬이 와 온황진을 파ㅎ고 즈아롤 구ㅎ리라."

즈이 왈,

"강상이 죽으믄 앗갑지 아니커니와 힝혀 도형의 말 갓지 못ㅎ면 엇지ㅎ리오?"

운즁지 왈,

"즈아는 근심말나. 즈연 쳐치ㅎ미 이시리라."

좌위 무왕긔 알외디,

"운즁지 즈아롤 빅일지홰 이시리라 ㅎ더이다."

무왕이 이 말을 듯고 디경ㅎ여 황망이 즁군의 나오니 즈이 운즁즈로 더브러 당의 나려 마즈 녜필의 무왕 왈,

"괴(孤) 드르니 상뷔(相父) 모진 진을 파ㅎ라 혼다 ㅎ니 괴 심즁의 평안치 아녀 ㅎ느니 셜니 군을 도로혀 셔기(西岐)로 도라가 신졀(臣節)을 직희여 셩민의 괴로오믈 면케 ㅎ고져 ㅎ노라."

운즁지 왈,

"디왕이 아지 못ㅎ시느이다.【78】 텬운이 슌환ㅎ여 긔 쉬 임의 졍ㅎ엿시니 인녁으로 홀 비 아니라. 디왕은 젹은 결노뼈 디의롤 일치 말으쇼셔."

무왕이 묵연이 말이 업더라.

녀악이 진경으로 더브러 온황산(瘟瘟傘) [우산갓흔 것] 스물 하나흘 진 안히 구궁팔과[괘](九宮八卦)롤 상ㅎ여 세우고 진 가온디 디롤 무으고[6] 그 가온디 비 하나흘 셰우고 크게 쓰디 '팔과디(八卦臺)'라 ㅎ고 또 디상(臺上)의 부작(符籍)과 긔번(旗幡)을 셰우고 또 디 아리 장슈 잡아 밀 긔구롤 찰히고 진경으로 더브러 군ㅅ롤 조련ㅎ더니 쇼졸이 보ㅎ디,

"진 밧긔 도인이 와셔 노야롤 보아지라 ㅎ느이다."

녀악이 드러오라 ㅎ니 이윽고 한 도인이 드러오디 위풍이 늠늠ㅎ고 션풍도골(仙風道骨)이 표연(飄然)이 드러오거놀 녀악이 보니 이는 니평(李平)이러라. 녀악이 니평을 보고 디희ㅎ여 마즈 왈,

"형이 오니 반드시 한 팔 힘을 엇도다."

<hr>

5) 人無遠慮, 必有近憂.

6) 【무으다】圖 쌓다. 세우다. ¶ 立∥ 녀악이 진경으로 더브러 온황산[우산갓흔 것] 스물 하나흘 진 안히 구궁팔과롤 상ㅎ여 세우고 진 가온디 디롤 무으고 (呂岳進關, 同陳庚將二十一把瘟瘟傘安放在陣內, 按九宮八卦方位擺列停當; 中立一土臺.) <西周 20:78>

니펑 왈,

"그러치 아니타. 니 드르니 그디 온황진을 【79】 쳐 쥬병을 막는다 ᄒᆞ미 특별이 와 그디룰 권ᄒᆞ여 이 진을 물니게 ᄒᆞ리라. 이졔 쥐(紂) 무도ᄒᆞ여 죄악이 관영(貫盈)ᄒᆞ미 ᄉᆞ희(四海) 한가지로 반ᄒᆞ니 이는 하눌이 은을 망ᄒᆞ려 ᄒᆞ미라. ᄒᆞ물며 무왕은 당셰의 유덕ᄒᆞᆫ 님군이라 우흐로 요슌(堯舜)의 짝ᄒᆞ고 아리로 인심(人心)의 합ᄒᆞ니 이는 조고만 도젹의 뉘 아니오 ᄯᅩ 봉(鳳)이 기산(岐山) 아리셔 우니 텬슈(天數) 임의 졍ᄒᆞ엿시미 이졔 ᄌᆞ이 텬명을 밧ᄌᆞ와 조민벌죄(弔民伐罪)ᄒᆞᄂᆞᆫ 군ᄉᆞ롤 니르혀 텬하 졔후로 더브러 한가지로 밍진(孟津)의 모도려 ᄒᆞ니 이는 쥐 멸ᄒᆞ미 조셕의 잇ᄂᆞᆫ지라. 니펑은 무왕을 도와 쥬룰 치려ᄒᆞᄂᆞᆫ 뉘오 도형을 도와 셩쥬룰 치려ᄒᆞᄂᆞᆫ 뉘 아니라. 도형이 만일 니 말을 듯지 아니면 반드시 큰 홰 잇스리라."

녀악이 쇼왈,

"니펑의 말이 그르다. 나는 진짓 님군을 도와 반젹을 치니 이 졍히 텬의롤 응ᄒᆞ고 인심을 슌 【80】 ᄒᆞ미라. 니 강상과 무왕을 잡아 편갑(片甲)도 도라가지 못ᄒᆞ게 ᄒᆞ리라."

니펑이 답왈,

"강상이 여러 번 지화롤 만날 익이 잇스니 녯말의 일너시디 '압 슐위 업더지면 뒤 슐위 허러진다'7) ᄒᆞ니 도형은 엇지 괴로이 니 말을 듯지 아니ᄒᆞᄂᆞ뇨?"

녀악이 맛춤니 펑의 말을 듯지 아니코 젼셔(戰書)룰 지어 치관을 시겨 쥬영의 보니니 치관이 젼셔롤 가지고 쥬영의 니르러 ᄌᆞ아의게 알왼디 ᄌᆞ이 바다 ᄯᅥ혀보니 왈,

> 구룡도 년긔ᄉᆞ 녀악은 글을 강원슈(姜元帥) 휘하의 붓치ᄂᆞ니 나는 드르니 텬 녕을 역ᄒᆞ면 벌이 잇다 ᄒᆞ니 이졔 너희 신졀(臣節)을 직희지 아니ᄒᆞ고 아리로ᄡᅥ 우흘 업슈이 너기고 신하로ᄡᅥ 님군을 치니 엇지 인뉸(人倫)과 오상(五常)을 찰히는 사롬이리오? ᄒᆞ물며 네 일홈 업손 군ᄉᆞ롤 니르혀 텬병을 항거ᄒᆞ고 옥허궁(玉虛宮) 조고만 슐을 밋어 셩을 믓지르며 죄업손

성녕을 믓지르니 죄악이 관영ᄒᆞᆫ지라 하눌이 노ᄒᆞ여 니 숀을 빌어 너롤 죽이라 ᄒᆞ시미 니 이 온황진을 베퍼 너롤 잡으려 ᄒᆞᄂᆞ니 네 만일 ᄡᅡ호려 ᄒᆞ거든 ᄲᆞᆯ니 승부롤 결ᄒᆞ고 만일 ᄡᅡ호지 아니ᄒᆞ거든 ᄲᆞᆯ니 갑을 벗고 항ᄒᆞ여 죽으믈 면ᄒᆞ라. 이졔 특별이 치관을 보니여 젼셔롤 붓치ᄂᆞ니 ᄡᅡ호나 항ᄒᆞ나 한 일을 졍ᄒᆞ라.

ᄒᆞ엿더라.

ᄌᆞ이 글을 보고 군졍ᄉᆞ롤 명ᄒᆞ여 회보ᄒᆞ디,

"니일 ᄡᅡ화 ᄌᆞ웅을 결ᄒᆞ리라."

치관이 글월을 가지고 가다. 이날 운즁지 부작 삼장을 ᄡᅥ 하나흔 ᄌᆞ아의 가슴의 붓치고 하나흔 등의 붓치고 하나흔 쓴 관 속의 녀코 ᄯᅩ 단약(丹藥) 하나흘 ᄌᆞ아의 틈의 녀흐니 ᄌᆞ이 융복(戎服)을 졍졔ᄒᆞ고 영의 나와 진을 곳쳐 팔음양ᄌᆞ묘진을 치고 운즁ᄌᆞ로 더브러 계규롤 의논ᄒᆞ더 【82】 니 이윽고 쇼졸이 보ᄒᆞ디,

"녀악이 영 밧긔 와 ᄡᅡ호ᄌᆞ ᄒᆞ나이다."

ᄌᆞ이 ᄉᆞ불상을 타고 무왕을 쳥ᄒᆞ여 즁장으로 더브러 원문의 나오다 ᄌᆞ이 녀악다려 왈,

"네 이 독ᄒᆞᆫ 진을 베퍼 니 갈 길을 막으니 널노 더브러 ᄌᆞ웅을 결ᄒᆞ려니와 다만 두리건디 네 환난을 버셔나지 못ᄒᆞ여 후회홀가 ᄒᆞ노라."

녀악이 금안타(金眼駝)롤 모라 보검을 두르고 다라들거늘 ᄌᆞ이 마ᄌᆞ ᄡᅡ화 삼합이 못ᄒᆞ여 녀악이 디픠ᄒᆞ여 진으로 다라들거늘 ᄌᆞ이 ᄯᅡ라 단긔(單騎)로 온황진 속이 드ᄂᆞ니 녀악이 급히 팔과더 우희 올나 긔롤 둘너 ᄌᆞ아롤 에워ᄡᅡ고 온황산을 드러 디 아리 나리치니 텬디 아득ᄒᆞ며 붉은 모리와 검은 안긔 공즁의 ᄌᆞ옥ᄒᆞ니 ᄌᆞ이 졍히 위급ᄒᆞ여 힝황긔(杏黄旗)롤 니야 두르니 무슈ᄒᆞᆫ 년쏫 퍼귀 되여 ᄌᆞ아의 몸을 둘너시니 검은 안긔 능히 몸을 침노치 못ᄒᆞ거늘 녀악이 온 【83】 황산을 거두고 진의 나와 쇼리질너 왈,

"강상이 임의 진의셔 죽어시니 희발(姬發)은 ᄲᆞᆯ니 말긔 나려 죽으믈 면ᄒᆞ라."

무왕이 원문의 잇다가 이 말을 듯고 디경ᄒᆞ여 눈물을 흘니며 운즁ᄌᆞ다려 문왈,

"상뷔 만일 명이 독슈의 맛쳐시면 엇지ᄒᆞ

---

7) 前車已覆, 後車當鑒.

리오?"

운즁지 쇼왈,

"관겨치 아니ᄒ이다. 이ᄂ 녀악의 거줏말이라. 즈이 빅일지홰 잇스니 죽든 아냣ᄂ이다."

니졍·위호·양젼·나탁·금탁·목탁·뇌진지 일시의 쇼리지르고 니다라 웨터,

"요괴로온 도젹은 다라나지 말나! 우리 너롤 잡아 죽엄을 만단(萬段)의 바아 한을 씨스리라."

ᄒ고 각각 병긔롤 들고 다라드니 녀악과 진경이 마즈 ᄊᆞ화 삼합이 못ᄒ여 나탁이 몸을 흔드러 변ᄒ여 삼두팔비되여 건곤권을 드러 진경의 쏙 뒤롤 맛치고 양젼이 한 텬견(哮天犬)을 노화 녀악의 머리롤 무니 두 도인이 픠ᄒ여 온황진으로 드러가거늘 즁장이 무왕을 【84】 옹호ᄒ여 영의 도라오니 무왕이 즈아의 업스믈 보고 심즁의 울울ᄒ여 운즁즈다려 문왈,

"상뷔 온황진의 곤ᄒ믈 바드니 언졔나 도라오리오?"

운즁지 왈,

"뎐하ᄂ 근심 말으쇼셔. 빅일이 지나면 반ᄃ시 무ᄉ히리이다."

왕이 디경 왈,

"굴므면 엇지 능히 살니오?"

운즁지 왈,

"녯말의 일너시디, '유복ᄒ 사롬은 쳔방빅계(千方百計)로 죽이려 ᄒ여도 맛춤ᄂ 죽이기 어렵고 무복ᄒ 사롬은 억만군병(億萬軍兵)이 옹호ᄒ여도 시러곰 셩명을 보젼치 못ᄒ다'8) ᄒ엿ᄂ니 디왕은 괴로이 근심 말으쇼셔."

무왕이 하로 지니기롤 한 ᄒᆡ 지남갓치 너겨 두 눈섭을 씽긔고9) 식음을 젼폐ᄒ엿더라.

녀악이 즈아롤 ᄊᆞ두고 디희ᄒ여 하로 세번식 진의 드러가 온황산을 드러 즈아롤 침노ᄒ니 즈이 다만 힝황긔롤 둘너 눈섭의 불갓치 급ᄒ 거술 구ᄒ더라. 녀악이 진경으로 더브러 진을

직희오다가 【85】 관의 드러 가니 셔방이 문왈,

"노시 이졔 강상을 진 쇽의 너허 두고 엇지 잡지 아니ᄒᆞᄂ뇨?"

녀악 왈,

"니 스스로 쳐치ᄒᆞᆯ 계귀 잇스리라."

셔방 왈,

"젼의 잡은 쥬나라 장슈롤 조가의 보너여 황샹이 알으시게 ᄒ면 반ᄃ시 큰 샹이 잇스리라."

녀악 왈,

"장군이 쥬장을 조가의 보닐 졔 표롤 지어 공을 쳥ᄒ나 나롤난 거드지 말나. 나ᄂ 도인이라 작녹(爵祿)을 바다 무어시 쓰리오? 니 다만 반젹을 잡고 강상을 죽여 원슈롤 갑고져 ᄒ노라."

셔방이 즉시 방의진(方義眞)을 불너 왈,

"네 황비호(黃飛虎)·남궁괄(南宮适)·홍금(紅錦)·셔긔(徐蓋)롤 함거의 녀허 조가의 가 공을 쳥ᄒ라."

방의진이 녕을 듯고 동산의 드러가 ᄉ장을 잡아민여 함거의 녀허 삼쳔 보군으로 더부러 조가로 가다.

쳥봉산(靑峰山) 즈양동(紫陽洞) 쳥허도덕진군(淸虛道德眞君)이 한가히 잇셔 뎨즈 양임(陽任)으로 더브러 도원의셔 풍경을 구경ᄒ더니 믄득 빅학동지(白鶴童子) 와 【86】 졀ᄒ거늘 도덕진군이 문왈,

"조동이 무슴 일노 오뇨?"

동지 왈,

"스싱의 명을 바다 왓ᄂ이다. 이졔 강상이 쳔운관 온황진의 곤ᄒ엿고 쏘 황비호 등 ᄉ장이 큰 익을 만나시니 ᄲᆞᆯ니 양임을 보너여 급ᄒ 거술 구ᄒ라 ᄒ시더이다."

진군이 ᄭᅮ러 디답ᄒ디,

"삼가 명디로 ᄒ리이다."

ᄒ고 옥허궁을 향ᄒ여 ᄉ비ᄒ기롤 맛츠미 빅학동지 하직고 가거늘 진군이 양임다려 왈,

"네 ᄲᆞᆯ니 힝장을 찰허 쳔운관으로 가라."

양임 왈,

"뎨즈ᄂ 문신이라 호반(虎班)의 일을 아지 못ᄒ니 엇지 ᄒ리잇고?"

---

8) 有福之人，千方百計莫能害他; 無福之人，遇泃壑也喪性命.

9) 【씽긔다】 图 씽그리다. ¶ 嚬鎖‖ 무왕이 하로 지니기롤 한 ᄒᆡ 지남갓치 너겨 두 눈섭을 씽긔고 식음을 젼폐ᄒ엿더라 (武王納悶在帳內, 度日如年, 雙眉嚬鎖.) <西周 20:84>

진군이 쇼왈,

"긔 무어시 어려오리오?"

호고 후당으로 드러가 한 창을 니야 양임을 쥬며 왈,

"이 창 일홈은 비뢰창(飛雷槍)이니 네 도원(桃園)의셔 익이면 족히 온황진을 쓸허바리리라."

호고 한 노리롤 지어 브르니 기 가(歌)의 왈,

【87】 그더 이 창 일홈을 비뢰라 호얏는 줄 아지 못호는지라. 범을 지르고 농을 항복 바드미 진실노 아롬답도다. 이 창이 텬디 기벽 전의 불의 고아 즈응을 짝호여시니 날녀 호면 능히 날고 쓰호려 호면 능히 쓰화 변화와 신통이 거록호도다. 오늘날 너룰 쥬어 온황진을 파케 호느니 녀악이 이 창을 만나미 옷셰 피 져 즈리로다.

호엿더라.

양임이 창을 바다 도원 안희셔 삼일을 익히니 지죄 일거놀 진군 왈,

"너는 한 질약(質弱)한 션비라 능히 거러 힝치 못호리니 니 운화슈(雲霞獸)룰 쥬느니 이 즘싱은 타면 임의로 종횡호리라."

호고 쏘 오화신염션(五火神焰扇)[부치 일홈] 을 쥬며 왈,

"이리이리 호면 가히 온황진을 파호려니와 네 아직 몬져 동관(潼關)으로 가 동관 밧긔 황비호 등 사장(四將)을 구호라."

호고 션 【88】 단(仙丹) 둘흘 쥬며 왈,

"이룰 먹고 가라."

양임이 바다 먹으니 두 눈으로셔 팔히 나 두 손바닥의 두 눈이 나니 양임이 더경호더니 눈 써 보기는 여상(如常)호거놀 황망이 문왈,

"눈의 두 팔이 낫시니 이룰 엇지호리잇가?"

진군이 쇼왈,

"셔기의 비록 용밍호 장슈 만코 긔이호 사롬이 만흐나 오직 너갓치 눈의 손 난 사롬이 업스니 네 뫼히 나려가 무왕을 도으면 큰 공을 일우리라."

양임이 하직고 비뢰창을 들고 오화신염션을 허리의 꼿고 운화슈룰 타니 그 즘싱이 구룸을 넓고 순식의 동관의 니르니 먼니 긔치 잇셔 붓치이며 일지(一枝) 군미 오거놀 양임이 나모 스이의 숨어셔 보니 방의진이 네 함거룰 거느려 오더 첫 함거의 픠룰 꼿고 뼈시더 '반장황비호(叛將黃飛虎)'라 호엿고 둘지는 '홍금'이라 쓰고 셋지는 '남궁괄'이라 호얏고 넷지는 '셔긔'라 호엿더라. 양임이 【89】 운화슈룰 모라 큰 길노 니다라 쇼리질너 왈,

"너희는 어더로 가느뇨?"

모든 군시 양임의 흉악호 거동을 보고 황망이 방의진의게 고호더,

"흉악호 사룸이 가는 길을 막나이다."

방의진이 말을 모라 나와보니 과연 흉악호 사롬이 길을 막아 가로셧거놀 방의진이 쇼리질너 문왈,

"오는 즈는 엇던 인(人)다?"

양임 왈,

"나는 상터우(上大夫) 양임이로라. 장군은 텬도롤 아지 못호는도다. 텬히 임의 쥬의 도라 갓거놀 장군이 엇지 항복지 아니호고 스스로 멸망홀 화롤 취호느뇨?"

방의진 왈,

"너 쥬장 명을 바다 잡은 네 도적을 압녕(押領)호여 조가의 가 공을 청호려 호거든 엇지 니 가는 길을 막는다?"

양임 왈,

"니 스부의 명을 바다 온황진을 파호라 가더니 이계 장군을 만나니 맛당이 쥬나라 장슈롤 구호여 디려가고져 호노리."

방의진이 더로호여 쇼리질너 왈,

"역적은 다 【90】 라나지 말나!"

호고 창을 두르고 나라틀서늘 양임이 쏘흔 비뢰창을 드러 마즈 쓰화 두어 합이 못호여 양임이 창을 노코 오화신염션을 니야 한번 붓치니 쇼리우뢰 갓흐며 부치 끗츠로셔 무슈흔 불꼿치 나 공중의 즈옥호니 방의진이 말조츠 지 되여 나니 모든 군시 방의진의 불타 죽는 양을 보고 각각 머리룰 쓰고 쥐 숨듯 쳔운관으로 다라나니 황비호 등 스장이 함거의셔 양임의 상뫼(相貌) 흉악호믈 보고 급히 문왈,

“도인은 엇던 인다?”

양임이 운화슈롤 나려 황비호롤 더ᄒᆞ여 젼 스셜(辭說)을 다 니르고 네 장슈롤 너여 노흐니 네 장쉬 스례 왈,

“우리 비록 노혀시나 탈 거시 업손지라 엇지 능히 관의 나아가리오?”

양임 왈,

“장군니논 쳔운관 빅셩의 집의 숨어 잇다가 니 온황진을 파ᄒᆞ고 관을 칠 거시니 관 안희셔 니응(內應)ᄒᆞ면 반ᄃᆞ시 큰 공을 일우리라.”

스장이 스례 【91】 ᄒᆞ고 관으로 드러가다.

양임이 운화슈롤 타고 쥬영의 오니 모든 군시 양임의 거동을 보고 더경ᄒᆞ여 무왕긔 알외니 운즁지 드러오라 흔디 양임이 드러와 무왕과 운즁즈긔 뵈니 왕이 더경ᄒᆞ여 운즁즈다려 문왈,

“이 엇던 도인인고?”

양임이 쥐게 눈 쌘혓던 스셜과 길희셔 스장을 구ᄒᆞ여 닌 일을 ᄌᆞ셰히 니르니 무왕이 더희ᄒᆞ여 잔치롤 비셜ᄒᆞ여 양임을 관디ᄒᆞ더라.

운즁지 왈,

“이졔 스흘이 지나면 빅일이 ᄎᆞ시니 맛당이 ᄌᆞ아롤 구ᄒᆞ리이다.”

ᄒᆞ고 삼일 후의 운즁지 무왕과 양임과 졔장을 거ᄂᆞ리고 원문의 나가 쇼리질너 왈,

“녀악은 ᄲᆞᆯ니 나오라. 한번 ᄌᆞ웅을 결ᄒᆞ리라.”

녀악이 몸을 흔드러 삼두뉵비되여 손의 보검을 들고 진의 나와 양임의 상뫼 비상ᄒᆞ믈 보고 마옴의 가장 의심ᄒᆞ여 문왈,

“왓논 도인은 셩명을 니르라.”

양임 왈,

“나논 쳥허도 【92】 덕진군의 뎨ᄌ 양임이러니 스뷔 니르시더 ‘온황진을 파ᄒᆞ라’ ᄒᆞ시민 왓노라.”

녀악이 쇼왈,

“녀논 한 조고만 즘싱 갓흔 거시 무슴 큰 말을 ᄒᆞᄂᆞ뇨?”

ᄒᆞ고 보검을 들고 다라들거놀 양임이 비뢰창을 드러 마즈 ᄊᆞ화 두어 합이 못ᄒᆞ여 녀악이 보검을 들고 진으로 다라들거놀 양임이 ᄯᆞ라 온황진으로 드러가니라.

[셔쥬연의西周演義 권지이십일]

81
즈이동관우두신(子牙潼關遇痘神)

【1】 녀악(呂岳)이 양임(陽任)으로 더부러 온황진(瘟瘟陣) 알픠셔 싼호더니 녀악이 거즛 픠ᄒ여 진으로 다라들거늘 양임이 녀악을 싼라 온황진 안흐로 드러가니 녀악이 팔과디(八卦臺) 우희 올나 온황산(瘟瘟傘) 하나흘 드러 공즁의 더지니 붉은 모리와 검은 니 즈옥ᄒ거늘 양임이 허리 아리로셔 오화신염션(五火神焰扇)을 니여 한번 붓치니 불이 왼 진 안히 가득ᄒ며 그 온황 산이 불의 ᄇᆞ시 되여 ᄂᆞ리니거늘 ᄯᅩ 두어 번을 거듭 붓치니 불이 더옥 ᄂᆞ러나며 디 우희 버럿 던 스물넷 온황산이 다 지 되여 날아나거늘 니평(李平)이 뒷진으로 조츠 나오며 쇼리질너 왈, "녀악은 섈니 말게 ᄂᆞ려 항복ᄒ여 죽으믈 면ᄒ라."

【2】 녀악이 이 말을 듯고 황망이 디 뒤흐 로 다라들거늘 양임이 니평의 슐노 돕는 줄을 모르고 니평을 바라며 한번 붓치니 니평이 불의 타 죽거늘 진경(陳庚)이 칼흘 두르고 나아오며 쇼리질너 왈, "요괴로온 도적이 엇지 감히 니 진을 어즈 러이ᄂᆞ뇨?"

ᄒ고 다라들거늘 양임이 ᄯᅩ 붓치로 붓치니 진경 이 능히 버셔나지 못ᄒ여 지 되야 ᄂᆞ라나거늘 녀악이 진경의 죽는 양을 보고 급히 디의 ᄂᆞ려 다라나고져 ᄒ거늘 양임이 쇼리질너 왈, "녀악은 닷지 말나!"

ᄒ고 붓치롤 드러 붓치니 녀악과 팔과디 일시의 지 되여 ᄂᆞ라나니 졔장이 두 도인의 죽으믈 보 고 승셰(乘勢)ᄒ여 다라드러 진을 즛지르며 즈 아(子牙)롤 찻더니 믄득 보니 즈이 스불상 우희 업더여 한 손의 ᄒᆡᆼ황긔(杏黃旗)롤 들고 낫빗치 누러ᄒ며 눈을 ᄭᅦ여 쓰고 능히 말을 못ᄒ거놀 양임 **【3】** 이 무길(武吉)노 ᄒ여곰 즈아롤 업혀 영으로 도라오니 무왕이 즈아롤 보고 눈물을 흘 녀 왈, "상뷔 나라흘 위ᄒ여 니런 괴로온 환을 만 나시니 이는 다 고(孤)의 죄로쇼이다."

ᄒ고 즈아로 더브러 즁군의 드러가 장 우희 누 이고 운즁지(雲中子) 단약 셰흘 ᄂᆞ여 물의 프러 즈아의 닙의 흘니니 이윽고 즈이 눈을 드러 좌 우의 즁장 셧시믈 보고 스례 왈, "만일 모든 장군 곳 아니면 강상(姜尙)이 엇지 지싱ᄒ믈 어드리오?"

무왕이 즈아의 말ᄒ믈 듯고 더희 왈, "상부의 니러틋 괴로오믈 밧게 ᄒᆞᆫ 다 고 의 죄로다."

ᄒ고 즈아롤 즁군의셔 조리ᄒ게 ᄒᆞ니라.

두어 날이 지난 후 운즁지 왈, "빈되(貧道) 되ᄒ로 도라가ᄂᆞ니 원슈는 잘 조리ᄒ라. 이 압픠 만션진(萬仙陣)의 가 다시 모 드리라."

ᄒ고 종남산(終南山)으로 가거늘 즈이 즁장으로 더브러 관 아슬 계규롤 의논ᄒ더니 양임이 진왈 (秦曰), "빈되 **【4】** 견일의 가만이 황비호(黃飛虎) 등 ᄉᆞ장을 구ᄒ여 관 안히 숨겨시니 원슈 섈니 나아가 니외 협공ᄒ면 가히 관을 아스리이다."

즈이 더희ᄒ여 즁장을 거ᄂᆞ리고 관으로 나 아오다.

셔방(徐芳)이 관즁의 잇셔 온황진이 픠ᄒ 믈 듯고 졍히 홀노 즁당의 안즈 근심ᄒ더니 쇼 졸이 급히 보ᄒ디, "방의진(方義眞)이 네 함거(檻車)롤 거ᄂᆞ려 조가(朝歌)로 가더니 동관(潼關) 아리 니르러 한 도인을 만나 방의진은 쓰화 죽고 네 함거의 녀흔 도젹은 다 도라가다 ᄒᆞᄂᆞ이다."

셔방이 디경ᄒᆞ여 스스로 니르디 '비록 표롤 닷가 경스의 보니여 고급(告急)ᄒᆞ고ᄌᆞ ᄒᆞ나 황상이 간亽흔 말을 밋어 치관을 극형으로 죽이시니 이롤 엇지ᄒᆞ리오?' ᄒᆞ고 은안뎐(銀安殿)의 올나 졔장을 모도고 관 직횔 의논을 ᄒᆞ더니 믄득 드르니 셩 밧긔 함셩이 ᄯᅡ홀 흔들고 금괴(金鼓) 뫼홀 움족이ᄂᆞᆫ 듯ᄒᆞ니 졔장과 셔방이 이 쇼리롤 듯고 혼 【5】 불부체(魂不附體)ᄒᆞ여 급히 관 우회 올나 보니 쥬병이 스면으로 바롬이 니ᄃᆞᆺᄒᆞ며 구롬이 못ᄂᆞᆫ 듯ᄒᆞ여 셩 치기롤 급히 ᄒᆞ거눌 셔방이 모든 군스롤 호령ᄒᆞ여,

"진녁ᄒᆞ여 도젹을 막으라!"

ᄒᆞ고 셩누 우회 올나 교의(交椅)의 안줏더니 뇌진ᄌᆞ(雷震子) 셔방이 교의의 안ᄌᆞ시믈 보고 심중의 디로ᄒᆞ여 두 날기롤 붓쳐 셩누의 올나 황금 막디로 기동을 치니 셩뉘 문허지거눌 셔방이 급히 교의의 나려 다라나니 셩 직희엿던 군시 뇌진ᄌᆞ의 흉악ᄒᆞᆷ믈 보고 각각 낫출 ᄡᅡ고 동셔로 허여지거눌 나탁(哪吒)이 몸을 흔드러 변ᄒᆞ여 셰 머리 여덟 팔 가진 사롬이 되여 관의 ᄯᅱ여 올나 문 직흰 장슈롤 쳐 죽이고 관문을 여니 ᄌᆞ이 뉵십만 디병을 거느려 일시의 다라드러 동셔로 줏지르더니1) 셔방이 말긔 올나 창을 두르고 니다라 쇼리질너 왈,

"질요인(妖人) 강샹이 감히 관의 드러 【6】 와 작난ᄒᆞᄂᆞᆫ다?"

ᄒᆞ고 다라들거눌 디쇼 즁장이 셔방을 마ᄌᆞ ᄡᅡ호더니 황비호·남궁괄(南宮适)·홍금(洪錦)·셔기(徐蓋) 관 안히 빅셩의 집의 숨엇다가 함셩을 듯고 셔로 니르디,

"반ᄃᆞ시 쥬병이 관을 치ᄂᆞᆫ도다."

ᄒᆞ고 각각 보검을 집고 큰 길노 나아오더니 믄득 장쉬 셔방을 에워ᄡᅡ고 ᄡᅡ호믈 보고 황비회 쇼리질너 왈,

"셔방은 닷지 말나! 비회 오노라!"

ᄒᆞ디 셔방이 졍히 위급흔 가온디 ᄯᅩ 황비호 등 亽장을 보고 디경ᄒᆞ여 창을 ᄭᅳ을고 다라나거눌 황비회 쇼리지르고 셔방의 탄 말을 치니 셔방이 ᄯᅥ히 나려지거눌 군시 일시의 다라드러 셔방을 활착(活捉)ᄒᆞ여 ᄌᆞ아의게 뵌디 ᄌᆞ이 징 쳐 군스롤 거두어 무왕을 마ᄌᆞ 은안뎐의 드러가 방 붓쳐 빅셩을 안무ᄒᆞ고 삼군을 샹亽(賞賜)ᄒᆞ니 황비호 등 亽장이 계하의 드러와 졀ᄒᆞ여 뵈거눌 ᄌᆞ이 왈,

"장군 등이 국가롤 위ᄒᆞ여 몸이 스디(死地)의 ᄲᅡ젓 【7】 더니 황텬(皇天)이 장군 등 츙심을 도라보샤 구ᄒᆞ여 니시도다."

ᄒᆞ고 군스롤 분부ᄒᆞ여 셔방을 미러 계 아리 니ᄅᆞ니 셔방이 셔셔 ᄭᅮ지 아니커눌 ᄌᆞ이 즐왈,

"네 슈족의 졍을 아지 못ᄒᆞ고 형을 술오잡아 죽을 ᄯᅡ히 드리랴?"

ᄒᆞ고

"변방을 직희여 맛춤니 남의 숀의 아이고2) 어니 면목으로 ᄯᅩ 능히 녜롤 항거ᄒᆞᄂᆞᆫ다? 이ᄂᆞᆫ 사롬 가온디 금쉬라."

ᄒᆞ고 좌우롤 ᄭᅮ지져 ᄭᅳ어니야 버히라 ᄒᆞ니 좌위 녕을 듯고 셔방을 미러 니여다가 머리롤 버혀 삼군을 호령ᄒᆞ다.

이튼날 ᄌᆞ이 삼군을 호령ᄒᆞ여 쳔운관(穿雲關)을 ᄯᅥ나 팔십 니ᄂᆞᆫ 힝ᄒᆞ여 동관의 니르러 안녕(安營)ᄒᆞ니라.

동관 직흰 장슈 녀화룡(余化龍)이 아들 다솟시 이시니 장ᄌᆞᄂᆞᆫ 녀달(余達)이오 ᄎᆞᄌᆞᄂᆞᆫ 조(兆)오 삼ᄌᆞᄂᆞᆫ 광(光)이오 ᄉᆞᄌᆞᄂᆞᆫ 션(先)이오 오ᄌᆞᄂᆞᆫ 덕(德)이로디 오직 녀덕(余德)은 츌가ᄒᆞ여 바다 밧게 가 도롤 비호더라.

녀화룡이 네 아들을 더 【8】 브러 관익을 직희엿더니 쇼졸이 드러와 보ᄒᆞ디,

"관 밧게 쥬병이 와 진치ᄂᆞ이다."

녀화룡이 네 아들다려 왈,

"쥬병이 다솟 관을 앗고 승승장구ᄒᆞ니 그

---

1) 【줏지르다】 圖 짓찌르다. 무찌르다. ¶ 나탁이 몸을 흔드러 변ᄒᆞ여 셰 머리 여덟 팔 가진 사롬이 되여 관의 ᄯᅱ여 올나 문 직흰 장슈롤 쳐 죽이고 관문을 여니 ᄌᆞ이 뉵십만 디병을 거느려 일시의 다라드러 동셔로 줏지르더니 <西周 21:5>

2) 【아이다】 圖 빼앗기다. ¶ 失‖ 변방을 직희여 맛춤니 남의 숀의 아이고 어니 면목으로 ᄯᅩ 능히 녜롤 항거ᄒᆞᄂᆞᆫ다? 이ᄂᆞᆫ 사롬 가온디 금쉬라 (爲臣有失邊疆之責, 你有何顔尙敢抗禮? 那乃人中之禽獸也.) <西周 21:7>

봉예(鋒銳)롤 가히 경적(輕敵)지 못ᄒ리니 너히
등이 맛당이 진녁(盡力)ᄒ여 나라홀 도으라."
　ᄉ지 일시의 왈,
　"부친은 방심ᄒ쇼셔.3) 혜아리건디 강상은
불과 한 요인이라 비록 우연이 셔너 관을 아ᄉ
나 무어시 두려오리오?"
　녀화룡이 ᄉ즈롤 거ᄂ리고 교장의 나려가
군ᄉ롤 조련ᄒ더라.
　이튼날 즈아 장의 올나 좌우다려 왈,
　"뉘 이 관을 아ᄉ리오?"
　티란(太鸞)이 응셩 왈,
　"쇼장이 비록 지죄 업스나 원컨디 당ᄒ리
이다."
　즈아 허ᄒ더 티란이 일지(一枝) 군을 거ᄂ
려 나가 ᄊ호즈 ᄒ니 쇼졸이 드러가 보ᄒ더 장
즈 녀달이 왈,
　"쇼지 원컨디 가리이다."
ᄒ고 일지 군마롤 거ᄂ려 금갑홍포(金甲紅袍)의
쇽발(束髮) 금관(金冠)을 쓰고 장창을 드럿거늘
티란이 쇼 【9】 리질너 왈,
　"오ᄂ 즈ᄂ 엇던 진디?"
　녀달 왈,
　"나ᄂ 녀원슈 장즈 녀달이로라. 강상이 긔
병ᄒ여 신졀을 직희지 아니ᄒ고 조뎡 관익을 침
노ᄒ여 멸망을 즈취ᄒᄂ냐?"
　티란 왈,
　"우리 강원슈 텬명을 밧즈와 조민벌죄(弔
民伐罪)ᄒᄂ 군ᄉ롤 드러 오관의 나아오니 모든
군현이 망풍귀슌(望風歸順)ᄒᄂ지라 임의 세 관
을 앗거늘 너희 오히려 텬명을 항거ᄒ여 스스
로 죽으믈 취ᄒ니 네 ᄲᆯ니 밀게 나려 항복ᄒ면
죽기롤 면ᄒ려니와 만일 니 말을 듯지 아니면
관의 드ᄂ 날 옥셕을 불분ᄒ리니 뉘웃쳐도 밋지
못ᄒ리라."
　녀달이 디로ᄒ여 창을 두르고 다라들거늘
티란이 마즈 ᄊ화 이십여 합이 못ᄒ여 녀달이
피쥬어늘 티란이 ᄰᆯ와 닷더니 녀달이 티란의 ᄯ

르믈 보고 창을 노코 항마져(降魔杵)롤 드러 티
란의 꼭뒤롤 치니 티란이 말긔 나려지거늘 녀달
이 다시 창을 드러 티란을 질너 【10】 죽이고 관
의 도라와 화룡을 보고 티란 죽인 일을 일일히
니르니 화룡이 디희ᄒ여 티란의 머리롤 관 우희
다라 삼군을 호령ᄒ니라.
　티란의 픠군이 영의 도라가 즈아의게 알왼
디 즈아 티경ᄒ여 중장으로 더브러 셔로 의논ᄒ
더니 쇼획(蘇護) 왈,
　"원컨디 쇼장이 이 관을 아ᄉ 큰 공을 세
우리이다."
ᄒ고 이튼날 본부 군마롤 거ᄂ려 관 아리 와 ᄊ
호즈 ᄒ니 녀화룡의 ᄎᄌ(次子) 녀죠(余兆) 일지
군을 거ᄂ려 관의 나아가니 쇼획이 문왈,
　"오ᄂ 즈ᄂ 셩명을 통ᄒ라."
　녀죠 왈,
　"나ᄂ 녀원슈의 ᄎᄌ 녀죠어니와 너ᄂ 엇
던 장쉰다?"
　쇼획 왈,
　"나ᄂ 긔쥬후 쇼획이로라."
　녀죠 왈,
　"장군이 몸이 국쳑(國戚)이 되야 국은을 중
히 밧고 장군의 ᄯᆯ이 초방(椒房)의 춍(寵)을 밧
으니 맛당이 죽기로ᄡᅥ 나라홀 갑흘 거시여늘 일
조의 무고히 반ᄒ여 텬즈의 관 【11】 익을 침노
ᄒ니 스스로 죽으믈 취ᄒ미라. 이 엇지 장부의
홀 비리오. ᄲᆯ니 말긔 나려 항ᄒ여 죽으믈 면ᄒ
라. 만일 니 말을 듯지 아니면 너롤 잡아 ᄶᆯ롤
바아 국법을 정히 ᄒ리라."
　쇼획이 디로 즐왈,
　"텬히 십분의셔 팔구가 쥬의 도라왓시니
엇지 한 동관을 두리리오?"
ᄒ고 창을 두르고 말을 모라 다라들거늘 녀죠
창을 드러 마즈 ᄊ화 십여 합이 못ᄒ여 녀죠 힝
황번(杏黃幡)을 니여 셔너 번을 져으니 금빗치
네 녁히 즈옥ᄒ며 녀지 간디 업거늘 쇼획이 말
을 도로혀 도라가고져 ᄒ더니 믄득 등 뒤히 한
사롬이 쇼리ᄒ고 다라들거늘 쇼획이 급히 도라
보니 이ᄂ 녀죠라. 녀죠 창을 드러 쇼획의 허리
롤 질너죽이고 관으로 도라가니 쇼획의 픠군이
영의 도라가 즈아의게 알왼디 쇼젼츙(蘇全忠)이
졔 아븨 죽으믈 듯고 통곡ᄒ고 장(帳) 【12】 의

올나 즈아다려 왈,

　　"도젹이 쇼장의 아뷔롤 죽여시니 쇼장이 나가 원슈롤 갑고져 ᄒᆞᄂᆞ이다."

　　즈이 마지 못ᄒᆞ여 허ᄒᆞ니 쇼젼튱이 말긔 올나 관의 니르러 쓰호즈 ᄒᆞ니 쇼졸이 드러가 보ᄒᆞ디 녀화룡이 녀광(余光)으로 나가 막으라 ᄒᆞ니 녀광이 일지 군을 거ᄂᆞ려 관의 나오니 쇼젼튱이 녀광의 나오믈 보고 니롤 갈며 쇼리질너 왈,

　　"네 아니 녀쥔다?"

　　녀광 왈,

　　"나는 여원슈 졔 삼즈 녀광이로라."

　　쇼젼튱이 고셩 디즐 왈,

　　"네 녀조의 아이니 니 맛당이 너롤 죽여 원슈롤 갑흐리라."

ᄒᆞ고 창을 두르고 말을 뛰여 다라드러 쓰화 이십여 합은 ᄒᆞ미 녀광이 말을 두르혀 다라나거놀 쇼젼튱이 아뷔 원슈롤 갑흐려 ᄒᆞᄂᆞᆫ지라 엇지 녀광의 간스ᄒᆞᆫ 계규롤 혜아리리오? 크게 쇼리지르고 쏘츠오며 꾸지즈디,

　　"니 이 도젹을 죽이지 아니면 밍셰코 【13】 도라가지 아니리라."

ᄒᆞ고 졍히 쏘츠가더니 녀광이 말을 두르혀 다시 쓰화 삼합이 못ᄒᆞ여 녀광이 창을 드러 쇼젼튱의 엇게롤 질으니 젼튱이 픠ᄒᆞ여 영으로 다라나거놀 녀광이 일진을 크게 니긔고 관의 드러가 아뷔롤 보고 니긘 말을 즈셰히 니르니 녀화룡 왈,

　　"니 친히 강상과 쓰화 반듯시 니긔믈 어드리라."

ᄒᆞ고 이튼날 스즈롤 거ᄂᆞ리고 관의 나가 쓰호즈 ᄒᆞ니 즈이 쏘ᄒᆞᆫ 즁장을 거ᄂᆞ리고 영의 나오니 녀화룡이 즈아의 나오믈 보고 탄왈,

　　"사롬이 니르디 즈이 용병ᄒᆞ기롤 잘ᄒᆞ다 ᄒᆞ더니 과연이로다."

ᄒᆞ고 말을 모라 알픠 나아와 녜ᄒᆞᆫ디 즈이 답녜 왈,

　　"갑쥬(甲胄) 몸의 잇스니 능히 녜롤 못다 ᄒᆞᄂᆞ이다. 니 텬명을 밧즈와 독부(獨夫)롤 졍벌ᄒᆞ여 부도(不道)롤 더러 싱민을 구ᄒᆞ려 ᄒᆞ니 니르는 바의 바롬을 바라고 항ᄒᆞ여 죽으 【14】 믈 면ᄒᆞ라. 어졔 셰 진을 니긔문 한 요힝ᄒᆞᆫ 일이라 엇지 능히 미양 공을 일우리오? 만일 니 말을

듯지 아니면 관이 파ᄒᆞᄂᆞᆫ 날의 옥셕을 불분ᄒᆞ리니 뉘웃쳐도 밋지 못ᄒᆞ리라."

　　녀화룡이 쇼왈,

　　"이 한 낙시질ᄒᆞ던 어뷔 텬고디후(天高地厚)ᄒᆞᆷ믈 아지 못ᄒᆞ고 무고히 반ᄒᆞ여 텬즈의 관 익을 아스며 요괴로온 말을 지어 인심을 혹게 ᄒᆞ니 니 너롤 쳐 편갑도 도라가지 못ᄒᆞ게 ᄒᆞ리라."

ᄒᆞ고 좌우롤 도라보아 왈,

　　"뉘 강상을 잡아 큰 공을 셰우리오?"

　　네 아들이 일시의 응셩 왈,

　　"쇼즈 등이 원컨디 강상을 잡으리이다."

ᄒᆞ고 일시의 다라들거놀 쥬 진상의셔 쇼젼튱·등슈(鄧秀)·무길(武吉)·황비회 일시의 니드라 쇼젼튱은 녀달을 디젹ᄒᆞ고 무길은 녀조롤 막고 등슈는 녀광을 디젹ᄒᆞ고 황비호는 녀션을 막아 쓰호더니 녀달이 말 【15】 을 달녀 다라나거놀 쇼젼튱이 ᄯᆞ라오더니 녀달이 졀구쯔롤 드러 쇼젼튱을 쳐 말 아리 나리치니 쥬진 상의셔 뇌진즈·긔공(祁恭)이 니다라 뇌진즈는 녀달을 디젹ᄒᆞ고 긔공은 쇼젼튱을 구ᄒᆞ여 영으로 도라가니 화룡이 쇼젼튱을 구ᄒᆞ여 가믈 보고 칼을 두르고 말을 뛰여 바로 즈아의게 다라드니 나탁이 즈아의 뒤히 셧다가 풍화륜(風火輪)을 달녀 화쳠창(火尖槍)을 두르고 다라드러 마즈 쓰호더니 함셩이 텬디 진동ᄒᆞ고 창검이 빗발치듯 ᄒᆞ여 십장이 셔로 쇅살(廝殺)ᄒᆞ더니 독냥관(督糧官) 양젼(楊戩)이 양식을 거ᄂᆞ려 영으로 오다가 모든 장쉬 쓰호믈 보고 칼을 빗기고 말을 잡고 셔셔 승픠롤 보더니 한시 남으디 승부롤 결치 못ᄒᆞ거놀 양젼이 스스로 싱각ᄒᆞ디 '니 가만이 도와 한 진을 니긔리라' ᄒᆞ고 한 텬견(天犬)을 노ᄒᆞ니 먼셔 【16】 노핫는지라 그 긔 구롬 속으로 닷다가 불의의 니다라 녀화룡의 목을 무니 화룡이 급히 다라나거놀 나탁이 화룡 다라나믈 보고 건곤권(乾坤圈)을 니여 녀션을 바라고 엇게롤 맛치니 녀션이 알프믈 견디지 못ᄒᆞ여 말을 두르혀 다라나니 녀달 등이 냥장의 다라나믈 보고 쓰홀 마음이 업셔 각각 병긔롤 ᄭᅳ을고 녀화룡과 녀션을 구ᄒᆞ여 도라오니 두 장쉬 알키롤 긋치지 아니ᄒᆞ여 부즁의 잇셔 빅 가지로 약을 쓰나 능히 하리지 못ᄒᆞ엿더니 쇼졸이 드러와 보ᄒᆞ디,

"밧게 오공ᄌᆞ(五公子) 와 계시이다."

녀화룡이 이 말을 듯고 디희ᄒᆞ여 즉시 드러오라 ᄒᆞ디 녀덕이 즁당의 드러오니 녀화룡이 녀션으로 더브러 상 우희 누어 알커ᄂᆞᆯ 녀덕이 문왈,

"부친과 형장(兄長)이 엇지 이의 알ᄒᆞ시ᄂᆞ니잇고?"

화룡이 한 텬견(天犬)의 【17】 물닌 일과 녀션이 건곤권의 마즌 말을 ᄌᆞ셰히 니ᄅᆞ니 녀덕 왈,

"관겨치 아니ᄒᆞ이다."

ᄒᆞ고 단약 둘흘 너여 하나흔 프러 화룡을 먹이고 하나흔 프러 녀션을 먹이니 즉시 하리거날 이튼날 녀덕이 관의 나가 쥬영의 니ᄅᆞ러 ᄊᆞ호ᄌᆞ ᄒᆞ디 쇼졸이 드러가 보ᄒᆞ니 ᄌᆞ애 즁장을 거ᄂᆞ리고 영의 나와보니 한 도동이 ᄡᅡᆼ(雙) 상토 ᄡᅳ고 도복을 닙어시며 발의 삼신⁴⁾ 신고 손의 보검을 들고 셧시니 나히 겨오 십오셰ᄂᆞᆫ ᄒᆞ고 킈ᄂᆞᆫ 셕 ᄌᆞ히 못ᄒᆞ더라. ᄌᆞ이 왈,

"요 조고만 아희ᄂᆞᆫ 어디셔 조ᄎᆞ 온다?"

녀덕 왈,

"나ᄂᆞᆫ 여원슈의 졔 오ᄌᆞ 녀덕이로라. 양젼이 한 텬견을 노하 니 부친을 상ᄒᆡ오고 나탁이 건곤권을 더져 니 형을 상ᄒᆡ오니 오늘 뫼히 나려와 특별이 부형을 위ᄒᆞ여 원슈를 갑ᄒᆞ려 ᄒᆞᄂᆞ니 니 날노 더브러 흉즁의 슐을 베프러 ᄌᆞ웅을 결ᄒᆞ리라."

【18】 ᄒᆞ고 칼흘 두르고 날ᄒᆞ여 나아들거ᄂᆞᆯ 양젼이 칼을 두르고 말을 ᄲᅱ여 너닷고 나탁이 몸을 흔드러 변ᄒᆞ여 삼두팔비 되여 창을 두르고 너닷고 뇌진ᄌᆞ(雷震子)·위호(韋護)·금탁(金吒)·목탁(木吒)·니졍(李靖)·무길(武吉)·신갑(辛甲)·신면(辛免)·틱젼(太顚)·공요(閎夭)·등션옥(鄧嬋玉)·홍금(洪錦)·황비호(黃飛虎)·황비퓨(黃飛彪)·황텬녹(黃天祿)·황텬작(黃天爵)·등슈(鄧秀)·손염홍(孫焰紅) 등 모든 장쉬 일시의 너다라 녀덕을 에워두고 치니 뭇미 ᄲᅵᆼ을 ᄯᅳ르는 듯ᄒᆞ며 여러 범이 노로를 닷ᄒᆞᄂᆞᆫ 듯ᄒᆞ니 녀덕이

비록 긔특ᄒᆞᆫ 도슐을 비화시나 여러 장슈를 디젹ᄒᆞᄆᆡ 능히 힝슐치 못ᄒᆞ여 동셔로 분쥬ᄒᆞ며 디젹ᄒᆞ더니 양젼이 삼쳠냥인도(三尖兩刃刀)를 노코 탄ᄌᆞ활〔彈弓〕을 너여 금환 하나흘 먹여 쏘와 녀덕의 낫츨 맛치니 녀덕이 크게 쇼리지르고 토둔법(土遁法)을 힝ᄒᆞ여 다라나거ᄂᆞᆯ ᄌᆞ애 징쳐 군을 거두어 영의 도라오니 양젼이 【19】 ᄌᆞ아다려 왈,

"녀덕은 한 도시라. ᄉᆞ긔(邪氣)로온 긔운이 쏙뒤롤 조ᄎᆞ 니러나거늘 요슐을 브릴가 두려 금환(金丸)을 쏘니 녀덕이 픠ᄒᆞ여 다라나거이다."

ᄌᆞ이 왈,

"젼의 니 스뷔 날다려 니르디 삼가 달(達) 조(兆) 광(光) 션(先) 덕(德)을 방비ᄒᆞ라 ᄒᆞ시더니 이 도인이 녀덕이라 ᄒᆞ니 거긔 응ᄒᆞ엿ᄂᆞᆫ가 ᄒᆞ노라."

황비회 왈,

"젼일의 년ᄒᆞ여 나와 ᄊᆞ호던 장슈ᄂᆞᆫ 녀달 녀조 녀광 녀션이오, 오늘 ᄊᆞ호던 도동은 녀덕이니 삼가 방비ᄒᆞ여 ᄊᆞ홀 거시이다."

ᄌᆞ이 이 말을 듯고 디경ᄒᆞ여 냥미(兩眉)를 찡긔고 종일토록 안ᄌᆞ 계규를 싱각ᄒᆞ디 능히 일우지 못ᄒᆞ여 졔장을 분부ᄒᆞ여 영칙를 엄히 직희여 겁치ᄒᆞᆷ믈 방비ᄒᆞ라 ᄒᆞ다.

녀덕이 픠ᄒᆞ여 도라가 즉시 단약을 너여 먹으니 한시 못ᄒᆞ여 하리거늘 녀덕이 니를 갈며 한ᄒᆞ여 왈,

"니 만일 양젼 필부를 죽이지 아니면 밍셰코 【20】 뫼히 도라가지 아니ᄒᆞ리라."

ᄒᆞ고 네 형디려 왈,

"니 오늘 밤의 형으로 더부러 한 슐을 힝ᄒᆞ면 칠일 니의 뉵십만 쥬병이 머리를 알아 ᄌᆞ멸케 ᄒᆞ리라."

ᄒᆞ고 오인(五人)이 각각 목욕ᄌᆡ계ᄒᆞ고 도복을 닙고 초경 ᄣᆡ의 녀덕이 쥬머니 속으로셔 오식 비단 조각을 너여 ᄯᆞ히 ᄭᅡᆯ고 하로 하나식 너여 진언을 염ᄒᆞ며 큰 그릇시 거후ᄅᆞ니⁵⁾ 독ᄒᆞᆫ 긔운

---

4) 【삼신】 명 삼(으로 ᄶᅡ 만든)신. ¶ 麻鞋∥ ᄌᆞ애 즁장을 거ᄂᆞ리고 영의 나와보니 한 도동이 ᄡᅡᆼ 상토 ᄡᅳ고 도복을 닙어시며 발의 삼신 신고 손의 보검을 들고 셧시니 (子牙隨出大營, 見一道童頭挽抓髻, 麻鞋道服, 仗劍而來.) <西周 21:17>

5) 【거후ᄅᆞ다】 동 기울이다. 따르다. ¶ 오인이 각각 목욕ᄌᆡ계ᄒᆞ고 도복을 닙고 초경 ᄣᆡ의 녀덕이 쥬머니 속으로셔 오식 비단 조각을 너여 ᄯᆞ히 ᄭᅡᆯ고 하로 하나식 너여 진언을 염ᄒᆞ며 큰 그릇시 거후ᄅᆞ니 독ᄒᆞᆫ 긔운이 사ᄅᆞᆷ의게 쏘이며 검은 물이 무슈히 나니 이 물 일홈은 독관쉬라 (四人

이 사룸의게 쏘이며 검은 물이 무슈히 나니 이 물 일홈은 독관슈(□□□)라. 녀덕이 독관슈 닷 말을 각각 한 말식 들고 오식 비단 우희 하나식 올나션 후의 녀덕이 머리를 플고 발벗고 보검을 두르며 진언을 염ᄒᆞ니 오식 비단이 구룸이 되여 공즁으로 니러나거늘 녀덕이 네 형을 다리고 구룸을 타 쥬영(周營)의 오니 밤이 졍히 삼경(三更)이오 모든 군시 창검을 의지ᄒᆞ여 조을거늘 녀덕 등 오인이 반공즁의 나셔 닷말 독관슈 【21】 룰 쥬영 ᄲᅳ면 팔방의 낫낫치 ᄲᅳ리고 ᄉᆞ경 ᄰᅴ의 관으로 도라오니 쥬영 뉵십만 인미 ᄉᆞ흘이 못ᄒᆞ여 일시의 머리를 미오 알코 녈긔 만하 인ᄉᆞ룰 출히지 못ᄒᆞ거늘 ᄌᆞ의 졍히 근심ᄒᆞ더니 ᄲᅩ슈일이 못ᄒᆞ여 무왕과 ᄌᆞ아 등 모든 장쉬 알키룰 시작ᄒᆞ니 이ᄂᆞᆫ 인간 념병(染病)이라. 뉵십만 병이 머리룰 알아 죽은 지 빅여인이오, 장쉬 알키룰 더옥 극히 ᄒᆞ니 불셩인ᄉᆞ(不省人事)ᄒᆞ여 ᄯᅡ히 것구러져시디 양젼은 되(道) 놉흔지라 악환을 버셔나고 나탁은 년화화신이라 ᄯᅩ흔 이 환을 버셔낫더라.

ᄉᆞ나흘이 지나미 연홰(煙火) 멸졀(滅絶)ᄒᆞ고 인젹이 업ᄉᆞ니 양젼 나탁이 민망ᄒᆞ여 셔로 의논ᄒᆞ더니 나탁 왈,

"이번 이 환이 셔기(西岐)의 잇슬계 진실노 녀악의 슐의 다ᄅᆞ지 아니ᄒᆞ니 엇지ᄒᆞ리오?"

양젼 왈,

"셔기의 잇슬 계ᄂᆞᆫ 비록 큰 환을 맛나나 셩곽을 의지ᄒᆞ여 도젹을 방비ᄒᆞ엿거니 【22】 와 이번은 한 영치라. 이 ᄰᅵ룰 인ᄒᆞ여 녀화룡의 부지 군ᄉᆞ룰 거ᄂᆞ려 나와 치면 엇지ᄒᆞ리오?"

ᄒᆞ고 냥인이 장 안희 안ᄌᆞ 셔로 의논ᄒᆞ더라.

녀화룡의 부지 셩누 우희셔 보니 쥬영의 연홰 ᄭᅳᆫ엿고 븬 치의 헛 긔치만 붓치거늘 녀달 왈,

"쥬영이 곤흔 ᄰᅵ룰 인ᄒᆞ여 일지군을 거ᄂᆞ려 즛지ᄅᆞ면 큰 공을 일우리라."

녀덕 왈,

"형장(兄長)은 근심 마르쇼셔. 칠일만 지나면 쥬병이 스스로 진ᄒᆞ리니 엇지 슈고로이 긔병

ᄒᆞ여 ᄊᆞ호리오? 만이 ᄊᆞ호지 아니ᄒᆞ고 쥬병이 스스로 죽으면 관즁 사룸으로 ᄒᆞ여곰 우리 묘흔 계규룰 알게 ᄒᆞ미 엇지 아름답지 아니ᄒᆞ리오?"

녀화룡 등 모든 사룸이 일시의 니ᄅᆞ더 묘ᄒᆞ다 ᄒᆞ고 도로 관으로 나려와 칠일을 기다리더라. 이ᄂᆞᆫ 진실노 무왕의 홍복이니 만일 녀덕 등이 녀달의 말을 둣던들 뉵십만 쥬병이 엇지 하나힌들 【23】 살니오? 이ᄂᆞᆫ 무왕이 인졍을 힝ᄒᆞ여 인민을 구ᄒᆞ미 황텬이 도라보ᄉᆞ 무왕을 구ᄒᆞ시미라.

무왕과 ᄌᆞ애 병이 극즁(極重)ᄒᆞ여 명이 조셕의 잇거늘 양젼이 나탁다려 왈,

"무왕과 ᄉᆞ슉이 니러트시 낭픠ᄒᆞ믈 만나니 엇지ᄒᆞ리오?"

언미필의 공즁의 황뇽진인(黃龍眞人)이 학을 타고 오거늘 양젼·나탁이 영의 나와 마ᄌᆞ 즁군의 드러오니 진인이 양젼다려 왈,

"네 스뷔 와 계시냐?"

양젼 왈,

"아니 와 계시이다."

언미이(言未已)의 옥졍진인(玉鼎眞人)이 오거늘 양젼이 마ᄌᆞ 즁군의 드러오니 옥졍진인이 ᄌᆞ아와 무왕의 병세 위급ᄒᆞ믈 보고 양젼다려 왈,

"네 화운동(火雲洞)의 가 구원홈을 쳥ᄒᆞ라."

양젼이 녕을 듯고 토둔(土遁)을 힝ᄒᆞ여 화운동의 니ᄅᆞ러 감히 마음으로 드러가지 못ᄒᆞ여 문 밧긔 안ᄌᆞᆺ더니 이윽고 슈하동ᄌᆞ(水火童子) 나오거늘 양젼이 졀ᄒᆞ고 왈,

"ᄉᆞ형은 드러가 양젼이 왓더이다 【24】 ᄒᆞ라."

동ᄌᆞ 부의 드러가 알외디,

"밧게 양젼이 와 노야룰 뵈와지라 ᄒᆞᄂᆞ이다."

복희(伏羲) 왈,

"불너오라."

동ᄌᆞ 나가 명을 젼ᄒᆞ니 양젼이 동ᄌᆞ룰 ᄯᅡ라 뎐의 드러가 계하의 업더여 졀ᄒᆞ고 한 글을 올니니 복희 글을 바라보니 ᄒᆞ여시디,

뎨ᄌᆞ 황뇽진인 옥졍진인은 목욕ᄌᆞ계

依其言, 各自沐浴更衣. 至一更時分, 余德取出五個帕來, 按靑·黃·赤·白·黑顔色鋪在地下.) <西周 21:20>

흐고 삼가 글을 올니나이다. 뎨즈 등이 도
롤 비화 산중의셔 신선의 법을 다릿더니
텬명을 밧즈와 무왕을 도와 쥬션진(誅仙
陣)을 파흐고 뫼히 도라가니 무왕이 강상
을 더브러 군시 동관(潼關)의 니릇미 녀덕
의 요괴로온 도슐의 쌘겨 뉵십만 싱영의
명이 조셕이 이시니 뎨즈 등이 도로 가 아
모리 구코져 흐나 홀일 업눈지라 감히 뎨
즈 양젼을 보니여 알외느니 바라건더 티상
은 도라보샤 크【25】게 측은지심을 니스
성군을 구흐며 무고흔 싱녕을 보존케 흐여
젓구로 달닌 명을 구흐여 쥬쇼셔.

흐엿더라.

복희 글 보기롤 맛츠미 신농(神農)다려 왈,

"이졔 무왕이 싱민을 위흐여 니런 큰 환을
만나시니 우리도 이졔 한 팔 힘을 도으리라."

신룡 왈,

"황형(皇兄)의 말이 올타."

흐고 단약 셰닙홀 니여 쥬거눌 양젼이 바다 가
지고 쑤러 고왈,

"이 단약을 엇지 뼈야 가히 명을 구흐리잇
가?"

복희 왈,

"이 단약을 한 닙흔 프러 무왕을 먹이고
쏘 흔 닙흔 즈아롤 구흐고 쏘 한 닙흔 물의 프
러 영(營) 스면의 쑤리면 가히 구흐리라."

양젼이 우문(又問) 왈,

"그 병 일홈이 무어시니잇고?"

복희 왈,

"이 병은 젼염흐는 병이니 일홈은 염길(染
疾)이라. 널(熱)이 극흐여 더골이 터져 죽느니
만일 한시나 지완(遲緩)흐면 능히 구(救)치 못흐
느니 【26】 라."

양젼이 우문 왈,

"이 병이 만일 인간의 젼흐면 무슴 약으로
다스리리잇가?"

신룡 왈,

"날을 조츠 오라."

흐고 골노 가거눌 양젼이 신룡을 쏘라 즈운이
(紫雲崖)의 오니 신룡이 한 풀을 쌘혀 뵈며 왈,

"이 약이 능히 염질을 곳치리라."

양젼이 쑤러 문왈,

"이 풀 일홈을 무어시라 흐느니잇고?"

신룡 왈,

"이 풀 일홈은 승미(升麻)니 한갓 염질쑨
아니라 녈흔 병을 쏘흔 곳치느니라."

양젼이 단약을 가지고 신룡을 하직흐고 화
운동을 쩌나 쥬영의 니릇러 옥졍진인을 보고 두
가지 약을 드리니 진인이 디희흐여 단약과 승마
롤 한더 타 옥졍진인은 즈아롤 구흐고 황뇽진인
은 무왕을 구흐고 양젼은 나탁과 버들가지의
단약 픈 물을 뭇쳐 스면으로 두르 돌며 쑤리니
할니 못흐여 무왕과 즈아와 즁장과 뉵십 【27】
만 인미 일시의 하리니 젼도곤6) 졍신이 비흐고
힘이 더흐여 니롤 갈며 녀덕을 원흐더라.

즈아 이튼날 즁장으로 더브러 계규롤 의논
홀시 모든 장쉬 일시의 쇼러질너 왈,

"오늘날 동관을 앗고 녀덕을 죽여 죽엄을
만단의 바아 쥬장의 한을 씻고 만일 잡아 죽이
지 못흐면 밍셰코 다시 스라 셰상의 셔지 아니
리라."

흐더라.

이 염질이 젼의는 업더니 이의 니릇러 녀
덕이 요괴로온 슐을 힝흐여 무왕을 곤케 흐고
일노 말미암아 이졔가지 젼흐니라.

---

6) 【—도곤】 国 —보다. ¶ 무왕과 즈아와 즁장과
뉵십만 인미 일시의 하리니 젼도곤 졍신이 비흐
고 힘이 더흐여 니롤 갈며 녀덕을 원흐더라 <西
周 21:27>

82

삼교디회만션진(三敎大會萬仙陣)

녀화룡(余化龍)이 오즈(五子)로 더부러 날마다 술 먹고 군무(軍務)를 도라보지 아냐 스스로 니르디,

"일헤1) 곳 지나면 쥬병이 졀노 진홀 거시니 우리논 관즁의 잇셔 술 먹고 즐기다가 칠일이 넘은 후의 셩의 나가 【28】 무왕(武王)과 강상(姜尙)의 머리를 버혀 조가(朝歌)의 보니면 큰 공을 어드리라."

ᄒ고 칠일 후의 녀화룡이 즁장을 거느려 셩의 올나보니 쥬영(周營)의 긔치 졍졔ᄒ고 금괴(金鼓) 분명ᄒ며 모든 군시 셔로 무리지어 영 밧긔셔 무예를 익히거놀 녀화룡이 디경ᄒ여 녀덕(余德)다려 왈,

"젼일 니르기를 칠일 후면 쥬병이 스스로 죽으리라 ᄒ더니 오늘날 엇지 쥬병의 용밍ᄒ기

전의셔2) 더ᄒ니 이 엇진 연괴뇨?"

녀달(余達)이 녀덕을 원(怨)ᄒ여 왈,

"네 니 말을 드러 쥬영을 치던들 엇지 오늘 니런 환을 만나리오?"

녀덕이 묵연ᄒ여 말을 아니ᄒ고 스스로 싱각ᄒ디 '니 스뷔 가르친 술이 응치 아닐 젹이 업더니 오늘날 엇지 니러홀 쥴 알니오?' ᄒ고 녀화룡다려 왈,

"부친은 근심 마르쇼셔. 니 술이 맛지 아닐 젹이 업더니 오늘날 임의 그릇 되여시니 반드시 쥬 【29】 영의 요괴로온 사름이 잇셔 니 도를 프러지게 ᄒ엿ᄂ니 졔 비록 병이 하려시나 몸이 치 츙실치 못ᄒ엿ᄂ니 이 ᄡᆡ를 인ᄒ여 한 번 ᄡᅡ호면 반드시 공을 일우리이다."

화룡이 그 말을 올히 너겨 다숫 아들을 거느리고 셩의 나가 ᄡᅡ호즈 ᄒ니 즈아(子牙) 디로ᄒ여 왈,

"이 필뷔 우리를 속이다가 일을 일오지 못ᄒ고 이졔 스스로 와 죽으믈 바드려 ᄒᄂ다?" ᄒ고 즈아 스불상(四不相)을 타고 즁장을 거느려 나가 디즐 왈,

"녀화룡아, 네 일문이 오늘날 멸족ᄒ리로다."

말이 맛지 못ᄒ여 니졍(李靖)·금탁(金吒)·목탁(木吒)·나탁(哪吒)·뇌진즈(雷震子)·위호(韋護)·양임(陽任)·뇽슈호(龍鬚虎) 모든 장쉬 분긔 디발ᄒ여 각각 병긔를 들고 다라드러 에워 ᄡᅡ호니 삼스 합이 못ᄒ여 나탁이 몸을 흔드러 변ᄒ여 삼두팔비(三頭八臂) 되야 풍화륜(風火輪)을 타 동관(潼關) 셩 우희 ᄮᅱ여 오르니 셩 직희엿던 군시 나탁의 흉악ᄒ믈 【30】 보고 동셔로 허여져 다라나니 녀화룡의 부지 비록 나탁의 셩의 오르믈 보나 즁장의게 ᄡᅡ힌 비 되여 능히 버셔나지 못ᄒ고 즁장을 디젹ᄒ더니 뇌진지 크게 쇼리지르고 황금 막디를 둘너 녀광(余光)의 디골을 쳐 말긔 나리치니 녀달이 녀광의 죽ᄂ 양을 보고 크게 쇼리질너 왈,

"필뷔 엇지 감히 니 아아를3) 히ᄒᄂ다?"

---

1) 【일헤】 圈 이레. 칠일. ¶ 일헤 곳 지나면 쥬병이 졀노 진홀 거시니 우리논 관즁의 잇셔 술 먹고 즐기다가 칠일이 넘은 후의 셩의 나가 무왕과 강상의 머리를 버혀 조가의 보니면 큰 공을 어드리라 <西周 21:27>

2) 【-의셔】 조 -보다. ¶ 젼일 니르기를 칠일 후면 쥬병이 스스로 죽으리라 ᄒ더니 오늘날 엇지 쥬병의 용밍ᄒ기 젼의셔 더ᄒ니 이 엇진 연괴뇨? (這幾日周營中已有復舊光景, 此事如何?) <西周 21:28>

흐고 뇌진즈의게 다라들거눌 위회 항마져(降魔杵)를 드러 녀달의 디골을 씨쳐 죽이니 양임은 오화신염션(五火神焰扇)을 너여 한번 붓치니 불이 니러나며 녀션(余先) 녀죄(余兆) 불의 타 죽으니 녀덕이 디로흐여 보검을 두르고 바로 즈아의게 다라들거눌 즈이 황망이 신편(神鞭)을 너여 녀덕을 치니 녀덕이 쓰히 것구러지거눌 니졍이 화극(畫戟)을 드러 녀덕을 질너죽이고 뇌진지 두 나리를 붓쳐 셩의 쒸여오르니 녀화룡이 다【31】셧 아들을 다 죽이고 동관을 임의 아인 줄 보고 크게 쇼리질너 왈,

"츙셩을 다흐여 뎨업(帝業)을 붓드더니 능히 나라흘 갑지 못흐고 다셧 아들이 죽으니 관을 아엿시미 신지(臣子)되여 한 번 죽어 국은을 갑흐리라."

흐고 칼을 쌘혀 즈문이스(自刎而死)흐니 즈이 인마를 모라 관의 들어와 방 붓쳐 빅셩을 안무흐고 부고(府庫)를 여러 장졸을 상스흐고 녀화룡의 부지 츙녈의 죽으믈 어엿비 너겨 좌우를 명흐여 뉵인의 죽엄을 거두어 후장(厚葬)흐라 흐다.

모든 군시 두 녁을 지닌 후의 긔운이 치셩치 못한 뉴(類)를 다 동관의 머므러 조리케 흐고 즈이 분부를 다흐미 황농진인(黃龍眞人)과 옥졍진인(玉鼎眞人)이 즈아다려 왈,

"젼두(前頭)의 만션진(萬仙陣)이란 진이 이실 거시니 무왕을 쳥흐여 아직 이 관의 머므러 계시게 흐고 우리는 인마를 거느려 압흐로 나아갈 거시니 몬져 사름을 보너여 씀4)으로【32】덕을5) 믿드러야 모든 신션이 뫼힐 거시니 급히 분부흐라. 이 만션진 한 거조의 모든 신션의 겁슈를 쩌이고 쥬가 긔업을 일울 거시니라."

즈이 디회흐여 샐니 양젼(楊戩) 니졍 냥인

---

3)【아아】명 아우. 동생. ¶ 弟‖ 필뷔 엇지 감히 너 아아를 히흐는다? (匹夫! 傷吾之弟, 勢不兩立!) <西周 21:30>
4)【씀】명 뜸. 띠나 부들 같은 것의 풀로 거적처럼 엮어 만든 물건. ¶ 蘆篷‖ 우리는 인마를 거느려 압흐로 나아갈 거시니 몬져 사름을 보너여 씀으로 덕을 믿드러야 모든 신션이 뫼힐 거시니 급히 분부흐라 (我等領人馬往前面, 要路上 先命人造起蘆篷席殿, 迎迓三敎師尊.) <西周 21:31>
5) 덕: 언덕? 미상.

을 불너 나아가 덕을 민들나 흐다. 두어 날이 지난 후 양젼 니졍이 덕을 다 민들고 도라와 고흐디, 황농진인 왈,

"덕을 임의 미야시니 우리 모든 뎨즈를 거느려 갈 거시니 다른 군스들은 덕의셔 스십 니 못흐게 진을 쳐 우리 만션진을 파흔 후 나아가라."

즁장이 녕을 듯고 다 물너나 진을 치다.

즈이 황농·옥졍 두 진인과 모든 뎨즈와 한가지로 덕 우희 올나가 두르6) 바라보더니 치운(彩雲)과 향취(香臭) 공즁의 가득흐며 모든 신션이 숀벽치며 웃고 덕의 오니 광셩즈(廣成子)·젹졍즈(赤精子)·문슈광법텬존(文殊廣法天尊)·보현진인(普賢眞人)·즈항도인(慈航道人) 쳥허도덕진인(淸虛道德眞人)·치을진인(太乙眞人)·녕보더법스(靈寶大法師)·도힝텬존(道行天尊)·구류숀(衢留孫)·운즁즈(雲中子)·연등도【33】인(燃燈道人)이러라.

모든 도인이 셔로 만나보고 왈,

"오늘 못고지7) 졍히 모든 신션의 일쳔오빅년 겁슈(劫數)를 쩌리로다."

즈이 마즈 덕의 안고 몬져 만션진 파흘 계규를 의논흔디 연등 왈,

"원시텬존이 오시면 즈연이 진 파흘 계귀 잇스리라."

흐고 기다리더라.

이 때 금녕셩뫼(金靈聖母) 만션진 가온디 잇셔 연등도인의 년꼿 셰히 공즁의 빗치 쏘엿시믈 보고 임의 원시텬존의 모든 뎨지 왓는 줄 알고 숀바다으로 한 쇼리 우뢰롤 너여 만션진을 여러니니 한 쪄 연운(煙雲)이 열니며 일만8)(一萬) 신션이 나오거눌 즈이 모든 신션과 덕 우희셔 바라보니 여러 쪄 모뒨9) 사름이 다 삼산오

---

6)【두르】부 두루. ¶ 즈이 황농·옥졍 두 진인과 모든 뎨즈와 한가지로 덕 우희 올나가 두르 바라보더니 치운과 향취 공즁의 가득흐며 (子牙同二位眞人與諸門人弟子, 前至蘆篷上. 但見懸花結彩, 香氣氤氳.) <西周 21:32>
7)【못고지】명 모임. ¶ 會‖ 오늘 못고지 졍히 모든 신션의 일쳔 오빅년 겁슈를 쩌리로다 (今日之會, 正完其一千五百年之劫數.) <西周 21:33>
8) 일만: 원래 '일민'으로 되어 있으나 오기이므로 고침.
9)【모듸다】동 모이다. ¶ 즈이 모든 신션과 덕

악의 잇는 긔긔괴괴(奇奇怪怪)흔 사룸이러라. 연등이 ㅈ아다려 왈,

"오늘날이야 절교(截敎)의 무리 만흔 줄 알괘라. 우리 텬교(闡敎)의 사룸은 가히 숀가락을 곱아 헬 거시어눌 져희 므리눈 괴이히 만토다."

황뇽진인 왈,

"우리 무리【34】눈 원시텬존으로붓허 도룰 젼ㅎ여 웃듬이 되엿거니와 아지 못게라. 졀문 즁은 도룰 두르혀 괴이흔 뉴의 젼ㅎ여 속졀업시 힘녁과 졍신을 허비ㅎ고 능히 ㅅ셩의 괴로오믈 면치 못ㅎ여 이 겁슈룰 맛나시니 진실노 슬프도다."

도힝텬존 왈,

"이 긔회룰 만나기 어려오니 우리 몬져 덕의 나려가 만션진 친 거동을 볼 거시니라."

연등 왈,

"우리 굿ㅎ여[10] 보지 말고 텬존이 오시기룰 기다려야 올ㅎ니라."

광셩지 왈,

"우리 져과 다토지 말고 쏘 져과 진쳐 ㅆ호도 말고 먼니 바라보기 무어시 히로오리오?"

모든 도인 왈,

"광셩ㅈ의 말씀이 맛당ㅎ다."

ㅎ고 모다 나려 가거눌 연등이 쏘흔 막지 못ㅎ여 한가지로 나아가 만션진을 보니 음운(陰雲)이 쳡쳡ㅎ고 살긔등등흔 가온디 모든 사룸의 거동이 괴이ㅎ고 얼골이 흉녕ㅎ여 도닷는 긔상이 업고 살벌의 ㅅ오나온 마옴이 잇더라. 연등【35】이 모든 신션으로 더브러 보기룰 다ㅎ고 덕으로 도라오고져 ㅎ더니 만션진 가온디로셔 한 쇠북 쇼리의 한 도인이 노리 브르고 오니 [이는 마쉬(馬遂)란 사룸] 그 노러의 왈,

사룸이 마슈(馬遂)룰 어린[11] 신션이라 웃거니와 어린 신션의 비 속의 진짓 되(道) 잇느니라. 진짓 되 길히 잇도다 길이 갈 줄을 아지 못ㅎ니 너 반도(蟠桃) 곳치 여러 쳔년이 지낫느니라.

ㅎ더라.

마쉬 노리룰 맛치미 웨여 왈,

"너희 모든 사룸이 임의 너 진의 와 여어보니[12] 감히 날노 더브러 ㅈ웅을 결할다?"

황뇽진인이 나아가 니르디,

"마슈 조고만 즘싱 놈은 망녕되이 몸 큰 체 말나! 너 아직 너와 ㅈ웅을 결치 아니ㅎ거니와 텬존이 오시기룰 기다려 ㅈ연이 네 진을 파ㅎ룰 써 잇스리라."

마쉬 디로ㅎ여 칼을 츕츄고 다라드러 바로 황뇽진인을 취ㅎ거눌 황뇽진인이 급히 칼홀 샌혀 ㅆ화 한 합이 못ㅎ여 마쉬 금잡파[13](金籍把)룰 공즁의 더지【36】니 진인의 머리의 쓰인디 진인이 버리 ㅆ른는 듯ㅎ여 퓌ㅎ엿거눌 모든 신션이 진인을 구ㅎ여 덕 우흐로 도라오다.

진인이 급히 금슈파룰 버스려 ㅎ니 머리의 박혀 벗지 못ㅎ고 알프믈 견디지 못ㅎ더니 이 써 원시텬존이 만션진을 파ㅎ라 오실시 남극션옹(南極仙翁)으로 옥부(玉符)룰 들녀 몬져 힝ㅎ여 학을 멍에ㅎ고[14] 오더니 마쉬 구롬 가온디 남극션옹이 오믈 보고 급히 구롬의 올나 남극션옹의 가는 길을 막은디 션옹이 쇼왈,

---

우희셔 바라보니 여러 쩨 모든 사룸이 다 삼산오악의 잇는 긔긔괴괴흔 사룸이러라 (蘆篷上衆仙一見, 睜目細看數番, 見截敎中高高下下, 攢攢簇簇, 俱是五嶽三山四海之中雲遊道客, 奇奇怪怪之人.) <西周 21:33>

10)【굿ㅎ여】🖰 구태여. 굳이. ¶ 必‖ 우리 굿ㅎ여 보지 말고 텬존이 오시기룰 기다려야 올ㅎ니라 (吾等不必去看, 只等師尊來至, 自有會期.) <西周 21:34> 너희 굿ㅎ여 말노 결오지 말고 네 임의 이 진을 쳐시니 흉즁의 품은 도슐을 너야 ㅈ웅을 결ㅎ리라 (你也不必口講, 只你旣擺此陣, 就把你胸中學識舒展一二, 我與你共決雌雄.) <西周 21:39>

11)【어리다】🖲 어리석다. ¶ 痴‖ 사룸이 마슈룰 어린 신션이라 웃거니와 어린 신션의 비 속의 진짓 되 잇느니라 (人笑馬遂是痴仙, 痴仙腹內有眞玄) <西周 21:35>

12)【여어보다】🖳 엿보다. 훔쳐보다. ¶ 偸看‖ 너희 모든 사룸이 임의 너 진의 와 여어보니 감히 날노 더브러 ㅈ웅을 결할다? (玉虛門下, 旣來偸看吾陣, 敢與我見高低?) <西周 21:35>

13) 금잡파: 원래 '금슈파'로 되어 있으나 오기이므로 원문에 따라 고침. 이하 같음.

14)【멍에ㅎ다】🖳 (걸터)타다. ¶ 跨‖ 이 써 원시텬존이 만션진을 파ㅎ라 오실시 남극션옹으로 옥부룰 들녀 몬져 힝ㅎ여 학을 멍에ㅎ고 오더니 (元始天尊來會萬仙陣, 先着南極仙翁持玉符先行, 南極仙翁跨鶴而來.) <西周 21:36>

"마쉬 밋치게15) 구지 말나. 텬존이 오시ᄂ
니라."

마쉬 바야흐로 남극션옹과 길을 다토더니
뒤흐로 한 곡조 션악(仙樂)과 긔이ᄒᆞᆫ 향니 ᄯᅼ희
가득ᄒᆞ며 텬존이 오거ᄂᆞᆯ 마쉬 결오지 못ᄒᆞᆯ 쥴
알고 구룸의 나려 제 진으로 도라가다.

남극션옹이 몬져 딕의 니ᄅᆞ러 즁션을 거ᄂᆞ
리고 텬존을 마ᄌᆞ 딕의 오르고 모든 문인이 녜
필의 텬존 왈,

"황【37】 농진인이 금잡파의 익이 잇다 ᄒᆞ
니 ᄲᆞᆯ니 오라."

진인이 나아간딕 텬존이 손으로 머리ᄅᆞᆯ 가
ᄅᆞ치니 금잡피 버셔지더라. 텬존 왈,

"너희 이 졉슈ᄅᆞᆯ 지닌 후의 각각 동부(洞
府)의 도라가 도ᄅᆞᆯ 직희고 마음을 닷가 다시 셰
상 환난의 참예치 말나."

모든 문인이 다 ᄉᆞ례ᄒᆞ더라.

홀연 공즁으로셔 긔이ᄒᆞᆫ 향니 나고 션악이
표표이 오거ᄂᆞᆯ 텬존이 노ᄌᆞ(老子) 오ᄂᆞ 쥴 알고
모든 문인을 거ᄂᆞ려 마ᄌᆞᆫ딕 노ᄌᆞ 쳥우(靑牛)희
나려 텬존의 손을 닛글고 딕의 올나 왈,

"쥬가 팔빅년 긔업을 위ᄒᆞ여 빈되 셰상의
오기ᄅᆞᆯ 여러 번 ᄒᆞ니 사름의 졉슈ᄅᆞᆯ 도망키 어
려온 쥴 가히 알니로다."

텬존 왈,

"셰상 사름 외의 물외(物外)의 잇는 신션이
죽기ᄅᆞᆯ 면치 못ᄒᆞ니 다 도 잇는지라. 이졔 우리
도 한번 이리와 졉슈ᄅᆞᆯ 지니고 도라가기 무어시
ᄒᆡ로오리오?"
ᄒᆞ더라.

금령성뫼 만션진의 잇서 딕 우히 상셔【3
8】읫 구룸과 보비의 빗츨 바라보고 노ᄌᆞ와 원
시 두 사름이 왓ᄂᆞᆫ 쥴 알고 스스로 니ᄅᆞ디 '우
리 ᄉᆞ성을 슈히 쳥ᄒᆞ여 져 두 사름과 ᄌᆞ웅을 결
ᄒᆞ리라' ᄒᆞ더니 하늘이 붉으며 공즁의 픾옥(佩
玉) 쇼리 나며 모든 신션이 통텬교쥬(通天敎主)
ᄅᆞᆯ ᄯᆞ라 벽유궁(碧遊宮)을 쩌나 만션진으로 오
거ᄂᆞᆯ 금녕성뫼 모든 신션을 거ᄂᆞ려 나와 마ᄌᆞ
팔괘디(八卦臺)의 올나 왈,

"노ᄌᆞ 원시 두 ᄉᆞ빅(師伯)이 임의 왓ᄉᆞ니
쳥컨딕 ᄌᆞ웅을 결ᄒᆞ쇼셔."

통텬교쥬 ᄲᆞᆯ니 댱이뎡광션(長耳定光仙)이
ᄅᆞᆯ 명ᄒᆞ여 젼셔ᄅᆞᆯ 쥬어 노ᄌᆞ 원시의게 보니다.

댱이뎡광션이 젼셔ᄅᆞᆯ 가지고 딕 아릭 니ᄅᆞᆫ
딕 양젼·나탁이 인도ᄒᆞ여 노ᄌᆞ씌 글월을 올니
니 노지 보기ᄅᆞᆯ 다ᄒᆞ고 왈,

"니 임의 알앗시니 너일 만션진을 파ᄒᆞ리
라."

뎡광션이 도라와 통텬교쥬긔 회보ᄒᆞ다.

이튼날 노지 원시로 더브러 만션진의 나아
가 보더니 진문을 열며 통텬교쥬 규우(奎牛)ᄅᆞᆯ
타고 다홍빅학강【39】초의(大紅白鶴絳綃衣)ᄅᆞᆯ
입고 손의 보검을 잡고 나와 노ᄌᆞ·원시 두 사
룸을 보고 읍ᄒᆞ거ᄂᆞᆯ, 노지 왈,

"현데 기과(改過)ᄒᆞ기ᄅᆞᆯ 싱각지 아니ᄒᆞ고
졀교의 ᄉᆞ오나온 무리ᄅᆞᆯ 거ᄂᆞ려 미치게 구ᄂᆞᄯᅩ
다. 젼일 쥬션진의셔 임의 ᄌᆞ웅을 결ᄒᆞ여시니
현데 당당이 종젹을 숨겨 허물을 닷글 거시어ᄂᆞᆯ
이졔 모든 신션과 이 진을 쳐 옥셕이 구분케 ᄒᆞ
ᄂᆞᆫ도다."

통텬교쥬 듯고 디로 왈,

"너희 거즛 거ᄉᆞ로 텬교ᄅᆞᆯ 쥬장ᄒᆞ여 스스
로 큰 쳬ᄒᆞ여 공교로온 말노 사름을 미혹게 ᄒᆞ
ᄂᆞ뇨? 네 젼일의 셔방(西方) 쥰졔도인(準提道人)
을 쳥ᄒᆞ여 날을 쳣더니 오늘날 너희ᄅᆞᆯ 잡아 한
을 갑ᄒᆞ리라."

원시 쇼왈,

"너희 굿ᄒᆞ여 말노 결오지 말고 네 임의
이 진을 쳐시니 흉즁의 품은 도슐을 니야 ᄌᆞ웅
을 결ᄒᆞ리라."

통텬교쥬 만션진으로 드러가더니 젹은덧16)
ᄒᆞ여 한 진을 베퍼 치니 가온디 셰 단을 무엇더
라.17) 통텬교쥬 진(陣) 압픠 나아가 노ᄌᆞ 원시

---

15) 【밋치다】 동 미치다. ¶ 猖獗‖ 마쉬 밋치게
　　구지 말나. 텬존이 오시ᄂᆞ니라 (馬遂, 你休要猖
　　獗, 掌敎師尊來了.) <西周 21:36>

16) 【젹은덧】 부 잠깐 사이. 금새. ¶ 少時‖ 통텬
　　교쥬 만션진으로 드러가더니 젹은덧 ᄒᆞ여 한 진
　　을 베퍼 치니 가온디 셰 단을 무엇더라 (通天敎
　　主道罷走進陣去, 少時布成一個陣勢, 乃是一個陣
　　結三個營壘, 攢簇而立.) <西周 21:39>

17) 【무으다】 동 쌓다. ¶ 結‖ 통텬교쥬 만션진으
　　로 드러가더니 젹은덧 ᄒᆞ여 한 진을 베퍼 치니
　　가온디 셰 단을 무엇더라 (通天敎主道罷走進陣
　　去, 少時布成一個陣勢, 乃是一個陣結三個營壘,
　　攢簇而立.) <西周 21:39>

【40】 냥인다려 왈,

　　"너희 가히 니 이 진을 알쇼냐?"

　　노지 디쇼 왈,

　　"이 진이 본디 니 장즁(掌中)으로셔 민드라 닌 거시니 일홈은 틱극진(太極陣)이라 니 엇지 모르리오."

　　통텬교쥐 왈,

　　"니러홀진디 너희 가히 파홀다?"

　　노지 즁션다려 문왈,

　　"뉘 나아가 이 진을 파ᄒ리오?"

　　젹졍지 나와 크게 웨여 왈,

　　"뎨지 원컨디 파ᄒ리이다."

ᄒ고 틱극진으로 나아가니 진 가온디로셔 한 도인이 나오니 나룻시 길고 낫치 검고 몸의 검은 옷슬 닙고 허리의 실씌롤 씌여시니 이 사롬의 일홈은 오운션(烏雲仙)이라. 진전의 나와 쇼리ᄒ여 왈,

　　"젹졍ᄌ야. 네 감히 니 진을 여어볼다?"

　　젹졍지 왈,

　　"네 강ᄒ 쳬 말나. 이 ᄯ짜히 너 죽을 곳이라."

　　오운션이 디로ᄒ여 칼을 두르고 다라들거늘 젹졍지 ᄯ혼 칼을 잡고 마ᄌ 쓰화 두어 합이 못ᄒ여 오운션이 허리로셔 혼원퇴(混元鎚)롤 니여 더지니 한 쇼리 나며 젹졍지 맛게 되엿【41】더니 광셩지 크게 웨여 왈,

　　"네 감히 우리 도형을 상홀다?"

ᄒ고 칼을 잡아 막은디 오운션이 광셩ᄌ의게 다라드러 크게 쓰화 두어 합이 못ᄒ여 오윤션이 혼원퇴로 친디 광셩지 마ᄌ 급히 다라나거늘 통텬교쥐 오운션으로 ᄒ여곰 ᄯ르라 ᄒ더 오운션이 급히 ᄯ르니 광셩지 도망홀 길이 업더니 산협(山峽)으로셔 쥰졔도인이 오며 광셩ᄌ롤 지나 보니고 오운션의 ᄯ르는 길을 막은디 오운션이 쥰졔도인인 줄 알고 디즐 왈,

　　"네 젼일의 쥬션진의셔 우리 스싱을 상히오고 ᄯ 오늘 니 가는 길을 막으니 이 한을 풀니라."

ᄒ고 칼을 드러 쥰졔의 머리롤 치거늘 쥰졔 닙을 버리니 한 송이 쳥년홰(靑蓮花) 나 칼을 막으며 왈,

　　"니 너와 본디 인연이 이시니 니 너롤 졔도(濟度)ᄒ라 왓스미 날을 ᄯ라 셔방의 도라가 극낙을 누리미 아니 조흐랴?"

　　오운션이 크게 쇼리ᄒ【42】여 왈,

　　"밋친 도인아 네 감히 날을 속일다?"

ᄒ고 칼노 ᄯ 친디 쥰졔 손장가락으로 가르치니 한 송이 빅년홰 나 칼을 막거눌 오운션이 ᄯ 즐 왈,

　　"네 ᄯ 날을 감히 쇼길다?"

ᄒ고 칼노 ᄯ 친디 쥰졔 ᄯ 무명지로 가르치니 한 송이 금년홰 나 칼을 막아 왈,

　　"네 본상(本像)을 닐 거시로디 니 ᄌ비지심(慈悲之心)으로 춤아 아니ᄒ거놀 네 어이 니리 밋치게 구느뇨?"

　　오운션이 디로ᄒ여 칼노 ᄯ 친디 쥰졔 파리치 ᄌ로로 바드니 파리치 변ᄒ여 칼 갑홀이 되여 칼을 녀허 가거놀 오운션이 더욱 노ᄒ여 혼원퇴롤 더진디 쥰졔 다라나니 오운션이 ᄯ르더니 쥰졔 왈,

　　"뎨지 어디 잇는다?"

ᄒ니 한 동지 몸의 슈합의(水合衣)롤 닙고 손의 디로 만든 낙시디롤 쥐고 나오더라.

왈,

"오늘 널노 더브러 이 진의 모다시니 너 결단코 즈웅을 결ᄒ리라."

쥰졔 왈,

"오운션이 날과 인연이 잇스미 너 낙시디의 낙겨 팔덕지물의 가 조히 잇스니 무어시 히로오리오?"

통텬교쥬 익노(益怒)ᄒ여 졍히 ᄊ호고져 ᄒ더니 티극진(太極陣) 속으로셔 한 사름이 노릐룰 브르고 나오니 왈,

【44】 디도비범도(大道非凡道)
현즁현깅현(玄中玄更玄)
슈[3]능참오투(誰能參悟透)
지쳑견션텬(咫尺見先天)

이 뜻은 "큰 되 범되 아니라 현훈 가온디 현훔이 ᄯ 현ᄒ도다 능히 ᄭ다라 한가지로 알고 지쳑의셔 션텬을 보리로다" ᄒ엿더라.

이 사름의 일홈은 규슈션(虯首仙)이니 칼을 들고 진 밧긔 나와 닐오디,

"뉘 감히 우리 진즁의 드러와 한가지로 즈웅을 결ᄒ고?"

쥰졔 문슈광법텬존(文殊廣法天尊)다려 왈,

"너와 규슈션이 인연이 이시니 가 잡으라." ᄒ더 원시(元始) 반고번(盤古幡)이란 긔 하나흘 문슈룰 쥬며 왈,

"일노 가히 티극진을 파하리라."

문슈 긔룰 잡고 노릐룰 브르고 나오니 왈,

혼원일긔ᄎ위션(混元一氣此爲先)
만겁슈디합티현(萬劫修持合太玄)
막도ᄎ즁다변화(莫道此中多變化)
영연[4]쇼진복무변(永鉛消盡福無邊)

【45】 이 뜻은 "혼원훈 긔운이 몬져 될지라 만겁이나 닷가 티현을 합ᄒ엿도다. 이 가온디 변화 만흐믈 니르지 말나 길이 스라져 진ᄒ

83

삼디스슈스상후(三大師收獅象兒)

【43】 쥰졔(準提) 동ᄌ룰 명ᄒ여 눆근쳥죽(六根清竹)으로 오운션(烏雲仙)을 낙그라 ᄒ더 동지 공즁의 올나 낙시디룰 드리오니 셔긔의 빗치 오운션을 둘너 ᄊ거늘 쥰졔 불너 왈,

"오운션아, 네 이졔도 본상(本像)을 아니 닐다?"

오운션이 머리룰 흔드러 화ᄒ여 금나룻 가진 ᄌ러[1] 되여 ᄭ리룰 흔들고 낙시룰 물고 올나가거늘 놓지 ᄌ라능의 올나 바로 셔방으로 가 팔덕(八德) 못 물의 녀허 기르니라.

쥰졔 오운션을 니긔고 만션진(萬仙陣)의 니론더 통텬교쥬(通天敎主) 쥰졔[2]룰 보고 더로

---

1) 【ᄌ라】 몡 자라. ¶ 鱉魚 ‖ 오운션이 머리룰 흔드러 화ᄒ여 금나룻 가진 ᄌ러 되여 ᄭ리룰 흔들고 낙시룰 물고 올나가거눌 동지 ᄌ라등의 올나 바로 셔방으로 가 팔덕 못 물의 녀허 기르니라 (烏雲仙把頭搖了一搖, 化作一個金鬚鱉魚, 擺尾搖頭, 上了釣竿. 童子上前按住了烏雲仙的頭, 將身騎上鱉魚背上, 徑往西方八德池中受享極樂之福去了.) <西周 21:43>
2) 쥰졔: 원래 '쥬졔'로 되어 있으나 오기이므로 고

침.
3) 슈: 원래 '슌'으로 되어 있으나 오기이므로 고침.
4) 연: 원래 '영'으로 되어 있으나 오기이므로 고침.

니 복이 가업도다" ᄒᆞ엿더라.

문쉬 노ᄅᆡ롤 맛고 나아간ᄃᆡ 규슈션이 칼을 들고 다라들거ᄂᆞᆯ 문쉬 ᄯᅩᄒᆞᆫ 칼을 잡고 ᄡᅡ화 두어 합이 못ᄒᆞ여 규슈션이 ᄑᆡᄒᆞ여 진으로 다라나거ᄂᆞᆯ 문쉬 ᄯᆞ르더니 규슈션이 부작을 공즁의 더지니 진즁으로셔 병장기[5] 뫼갓치 나려오거ᄂᆞᆯ 문쉬 급히 반고번을 ᄂᆡ야 막으며 변ᄒᆞ여 법신(法身)을 ᄂᆡ니 향긔로온 ᄇᆞ롬이 표표(縹緲)ᄒᆞ며 진쥬영낙(珍珠瓔珞)이 만신(滿身)의 가득ᄒᆞ고 년홰(蓮花) ᄉᆞ모흘 둘넛고 낫치 남빗갓고 두 발이 븕고 일신의 금광이 옹호ᄒᆞ여시니 병잠기[6] 둘 길히 업거ᄂᆞᆯ 규슈션이 경히 피코져 ᄒᆞ더니 문쉬 셰요승[7](細妖繩)이란 바흘 더져 규슈션을 ᄆᆡ고 황건녁ᄉᆞ(黃巾力士)롤 명ᄒᆞ여 덕으로 잡아가 원시롤 보고 왈,

"뎨ᄌᆡ【46】 임의 ᄐᆡ극진을 파ᄒᆞ엿ᄂᆞ이다."

원시 남극션옹(南極仙翁)을 명ᄒᆞ여 덕 아리 나려가 규슈션의 본상을 ᄂᆡ라 ᄒᆞᆫᄃᆡ 션옹이 덕 아리 ᄂᆞ려 규슈션 ᄆᆡᆫᄃᆡ롤 향ᄒᆞ여 진언ᄒᆞ니 규슈션이 머리롤 흔들고 변ᄒᆞ여 쳥ᄉᆞ지(靑獅子) 되거ᄂᆞᆯ 원시 문슈롤 쥬어 타라 ᄒᆞ고 목의 픠롤 달아 규슈션의 일홈을 쓰다.

이튼날 노ᄌᆞ(老子) 원시(元始) 이인(二人)이 진젼의 나간ᄃᆡ 통텬교쥐 ᄯᅩᄒᆞᆫ 마조 나왓거ᄂᆞᆯ 노직 문슈의 탄 쳥ᄉᆞ지롤 가ᄅᆞ쳐 통텬교쥬다려 닐너 왈,

"네 뎨ᄌᆞ의 얼골이 엇더ᄒᆞ뇨? 네 져런 즘싱을 모화 거ᄂᆞ리고 단이니 우읍도다."[8]

통텬교쥐 듯고 ᄃᆡ로 왈,

"네 감히 ᄂᆡ 양의진(兩儀陣)을 파ᄒᆞᆯ쇼냐?"

노지 밋쳐 답지 못ᄒᆞ여 양의진 속으로셔 영아션(靈牙仙)이란 신션이 나오며 왈,

"뉘 감히 ᄂᆡ 진을 보ᄂᆞᆫ다?"

ᄒᆞ고 달녀오거ᄂᆞᆯ 원시 보현진인(普賢眞人)으로 ᄡᅡ호라 ᄒᆞ고 ᄐᆡ극 다ᄉᆞ리ᄂᆞᆫ 부작을 쥰ᄃᆡ 보현이 양의진의【47】 ᄂᆞ러 왈,

"녕아션아! 네 분을 직희고 종젹을 감초와 잇ᄉᆞᆯ 거시어ᄂᆞᆯ 이졔 와 밋치게 구니 지쳑 ᄉᆞ이의 네 본상을 ᄂᆡᆯ 거시니 후회 말나."

녕아션이 ᄃᆡ로ᄒᆞ여 빵검을 들고 다라들거ᄂᆞᆯ 보현이 칼흘 잡고 마ᄌᆞ ᄡᅡ호더니 일합이 못ᄒᆞ여 녕아션이 양의진즁으로 다라나거ᄂᆞᆯ 보현이 ᄯᆞ라 진 속의 드니 녕아션이 냥의묘용(兩儀妙用)이란 보픠롤 더지니 한 쇼ᄅᆡ 우ᄅᆡ의 보현이 맛게 되엿더니 보현이 변ᄒᆞ여 법신을 ᄂᆡ니 낫치 ᄃᆡ초빗 갓고 닙의 엄니 창검 갓고 븕은 구롬이 일신을 덥허시니 녕아션의 보픠 치지 못ᄒᆞ거ᄂᆞᆯ 보현이 장홍삭(長虹索)이란 노흘 ᄂᆡ여 들고 녁ᄉᆞ롤 쥬어 녕아션을 ᄆᆡ여 덕 아리로 보ᄂᆡ고 보현이 냥의진을 파ᄒᆞᆫ 후 즐에[9] 덕의 와 노ᄌᆞ긔 뵈고 녕아션 잡은 쥴을 알왼ᄃᆡ 노지 남극션옹으로 ᄒᆞ여곰 녕아션의 본상을 ᄂᆡ라 ᄒᆞᆫᄃᆡ 션옹이 ᄇᆡᆨ옥여의(白玉如意)로 녕아션을 연【48】ᄒᆞ여 치니 녕아션이 변ᄒᆞ여 흰코끼리 되거ᄂᆞᆯ 목의 픠롤 달아 녕아션의 일홈을 ᄡᅧ 보현을 타라 ᄒᆞ고 쥬다.

다시 진젼의 나아간ᄃᆡ 통텬교쥐 문쉬 쳥ᄉᆞ지 타고 좌(左)의 잇고 보현이 흰코끼리롤 타고 우(右)의 잇ᄂᆞᆫ 양을 보고 ᄃᆡ로ᄒᆞ여 ᄉᆞ상진(四象陣)이란 진을 치니 진 속으로셔 금광션(金光仙)이란 신션이 나오며 왈,

"너희 감히 날을 ᄃᆡ젹ᄒᆞᆯ다?"

ᄒᆞ고 노ᄅᆡ롤 브ᄅᆞ니 왈,

묘법광무변(妙法廣無邊)

---

5) 【병장기】 명 병장기(兵仗器). 병기(兵器). ¶ 兵刃 ‖ 두어 합이 못ᄒᆞ여 규슈션이 ᄑᆡᄒᆞ여 진으로 다라나거ᄂᆞᆯ 문쉬 ᄯᆞ르더니 규슈션이 부작을 공즁의 더지니 진즁으로셔 병장기 뫼갓치 나려오거ᄂᆞᆯ (未及數合, 虬首仙便往陣中而去, 文殊廣法天尊縱步赶來. 虬首仙進陣便祭起符印, 只見陣中如鐵壁銅壁一般, 兵刃如山.) <西周 21:45>

6) 【병잠기】 명 병장기. 병기(兵器). ¶ 향긔로온 바롬이 표표ᄒᆞ며 진쥬영낙이 만신의 가득ᄒᆞ고 년홰 ᄉᆞ모흘 둘넛고 낫치 남빗갓고 두 발이 븕고 일신의 금광이 옹호ᄒᆞ여시니 병잠기 둘 길히 업거ᄂᆞᆯ (只見香風縹緲, 瓔珞纏身, 蓮花托足. 虬首仙無法可治.) <西周 21:45>

7) 셰요승: 원래 '월오승'으로 되어 있으나 원문에 따라 고침.

8) 【우읍다】 형 우습다. ¶ 笑 ‖ 네 뎨ᄌᆞ의 얼골이 엇더ᄒᆞ뇨? 네 져런 즘싱을 모화 거ᄂᆞ리고 단이니 우읍도다 (你的門下, 長有此等之物, 你還要自逞道德淸高, 眞是可笑!) <西周 21:46>

9) 【즐에】 부 지레. 질러. 곧장. ¶ 徑 ‖ 보현이 냥의진을 파ᄒᆞᆫ 후 즐에 덕의 와 노ᄌᆞ긔 뵈고 녕아션 잡은 쥴을 알왼ᄃᆡ (普賢眞人破了兩儀陣, 徑至蘆篷上參見老子.) <西周 21:47>

신심합영연(身心合永鉛)

금영스상진(今領四象陣)

도슐긔다언(道術豈多言)

이지항농호(二指降龍虎)

쌍모운티현(雙眸運大玄)

슈인리회아(誰人來會我)

방시디라션(方是大羅仙)

이 뜻은 "묘흔 법이 너르기 가업스니 몸과 마음이 오리 닷근디 합흐엿도다. 이졔 스상진을 거느렷스니 도와 슐이 엇지 여러 말을 흐리오? 【49】 두 손가락으로 농호롤 항복 바드니 두 눈으로 티현을 운동흐는도다. 엇던 사룸이 우리 알픠 드러 올고 바야흐로 이 디라션(大羅仙)이라" 흐엿더라.

금광션이 진으로 나오미 그 날녀고 밍녈흐미 쒸여나거눌 원시 즈항도인(慈航道人)으로 흐여곰 디젹흐라 흐고 보옥여의(寶玉如意)롤 쥬어 보니며,

"진의 니르러 니리니리 흐면 무궁흔 변홰 잇슬 거시니 진 파흐기롤 엇지 근심흐리오? 네 인연이 잇는 탈 거슬 어드리라."

즈항이 명을 듯고 노리롤 부르고 나가니 왈,

보타애하유명셩(普陀崖下有名聲)

뇨겁귀근반옥경(了劫歸根返玉京)

금일이완슈스상(今日已完收四象)

몽혼유즈파님병(夢魂猶自怕臨兵)

이 뜻은 "보타 두던 아리 일홈과 쇼리 잇스니 겁이 맛츠미 블희로 도라갈식 옥경을 향흐는도다. 오늘 임의 스상진을 파흐리니 꿈과 혼이라 【50】 도 오히려 병의 님흐기 두려오리라" 흐엿더라.

금광션이 칼을 잡고 쒸여나와 크게 쇼리질너 왈,

"스항아 내 김히 너 신을 파흐려 흐기니와 네 쥭기롤 지촉흐여 오늘날 목숨을 긋츠려 흐는다?"

흐고 셔로 싼화 두어 합이 못흐여 금광션이 픠

흐여 진으로 다라들거눌 즈항이 급히 싼라간디 금광션이 스상진 부작을 열고 무궁흔 보픠롤 니여 즈항을 치고져 흐거눌 즈항이 머리 우흐로셔 한 조각 상셔(祥瑞)의 긔이흔 구롬을 니여 보픠롤 막고 한 쇼리 우뢰흐여 변흐여 법신을 니니 낫치 분바론 듯흐고 두 눈의 불빗치 나며 세 머리 여섯 팔이오 병의 버들가지롤 쏘즈 손의 쥐고 다라든디 금광션이 쳔교문인(闡敎門人)의 변홰 무궁흔 냥을 보고 탄왈,

"원시의 문히 과연 긔이흔 사룸이 만토다." 흐고 다라나 피코즈 흐더니 즈항이 녁스로 흐여곰 보옥여의롤 가 【51】 져 금광션을 잡아 덕 아리로 가니 노지 금광션을 보고 남극션웅으로 흐여곰 금광션의 목을 치며 왈,

"업츅(業畜)이 이졔 본상을 니지 아니흐고 다시 어니 쩌롤 기다릴다?"

금광션이 먼치 못홀 줄 알고 변흐여 금 터럭 돗친 스지(獅子) 되거눌 목 우희 픠롤 다라 금광션의 일홈을 쓰고 즈항을 쥬어 타라 흐다.

다시 진 알픠 나아간디 통텬교쥬 이 경상(景狀)을 보고 디로흐여 칼을 잡고 나오더니 뒤히셔 한 사룸이 불너 왈,

"노스는 굿흐여[10] 노흐여 마르쇼셔. 뎨지 쳥컨디 싼호리이다."
흐거눌 통텬교쥬 도라보니 귀령셩뫼(龜靈聖母)러라. 몸의 디홍팔과의(大紅八卦衣)롤 닙고 손의 보검을 잡고 노리롤 부르고 나오니 왈,

염뎨슈셩디도통(炎帝修成大道通)

흉장만상묘무궁(胸藏萬象妙無窮)

벽유궁너젼진결(碧遊宮內傳眞訣)

특향홍진셔파융(特向紅塵西破戎)

【52】 이 뜻은 "염뎨시 닷가 큰 도롤 일워 통흐니 가슴 속의 만상을 장흐여 묘흐미 무궁흐도다. 벽유궁 안희셔 진결을 젼흐니 특별이 홍진을 향흐여 셧녁 늉(戎)을 파하리로다" 흐엿더라.

귀령셩뫼 바로 광셩즈(廣成子)의게 다라든

---

10) 【굿흐여】 🈯 굳이. 구태여. ¶ 노스는 굿흐여 노흐여 마르쇼셔. 뎨지 쳥컨디 싼호리이다 (老師不要動怒, 吾來也.) <西周 21:51>

더 구류숀(虯留孫)이 마즈 쏘화 셔녀 합이 못ㅎ
여 귀령셩뫼 일월쥬(日月珠)롤 드러 친디 피ㅎ
여 다라나니 통텬교쥐 크게 웨여 왈,

　　　"구류숀을 슈히 잡아 오라."

　　귀령셩뫼 급히 쓰르니 구류숀이 버셔나기
어려웟더니 압히 한 사롬이 쌍(雙) 상토ㅎ고 몸
의 슈합의(水合衣)롤 닙고 쳔쳔이 오며 구류숀
을 구ㅎ여 도라보니고 귀령셩모롤 막아 왈,

　　　"우리 도우(道友)롤 쓰르지 말나! 네 변ㅎ
여 사롬의 얼골이 되어시니 맛당이 분을 직희고
숨어실 거시어눌 감히 밋치게 구눈다? 만일 니
말을 듯지 아니면 후회 막급홀 거시니 급히 도
라가라. 나눈 셔방의 잇눈 졉인도인(接引道人)이
【53】러니 본디 너와 인연이 이시니 헛말이 아
니라."

　　귀령셩뫼 왈,

　　　"네 셔방의셔 맛당이 평안이 잇술 거시어
눌 감히 예 와 요괴로온 말ㅎ여 날을 속이눈
다?"

ㅎ고 급히 일월쥬로 졉인의 머리롤 친디 졉인이
숀가락 우흐로셔 흰 빗출 니며 빗 가온디 쳥년
홰(靑蓮花) 나 일월쥬롤 막으니 귀령셩뫼 니긔
지 못홀 줄 알고 도망코져 ㅎ더니 졉인이 손의
흰 염쥬로 치니 귀령셩뫼 밋쳐 피치 못ㅎ여 등
이 마즈 싸히 것구러져 본상을 니니 한 큰 거복
이러라. 구류숀이 칼홀 샌혀 버히고즈 ㅎ거눌
졉인이 말녀 왈,

　　　"도우눈 결을 죽이지 말나! 살싱 곳 ㅎ면
후의 보응이 잇ᄂ니라."

ㅎ고 쌀니 빅년동즈(白蓮童子)롤 불너 왈,

　　　"네 이 거복을 거두어 가라."

ㅎ니 동지 작은 잘눌11) 열고 귀령셩모롤 녀흐
려 ㅎ더니 잘누로셔 한 쎄 큰 모긔 나라 나와
거복의 피 니롤 맛고 귀령셩모의 비 우희 올나
한 찌로셔 술을 다 샌라 먹거 【54】눌 빅년동지
급히 날니니 발셔 다 먹고 뷘 겁질만 남앗더라.

　　삼위 디시 스상후롤 항복밧고 졉인이 구류

숀을 다리고 만션진의 니르니 쥰졔와 노즈와 원
시 한가지로 마즈 진 알픠 나아간디 통텬교쥐
졉인을 보고 즐왈,

　　　"네 젼일의 니 쥬션진(誅仙陣)을 파ㅎ고 쏘
오눌 이의 니르니 니 널노 더브러 즈웅을 결ㅎ
리라."

ㅎ고 규우(奎牛)롤 모라 칼을 잡고 다라들거눌
졉인이 손을 움즉이지 아니ㅎ고 머리 우흐로셔
살이 셰히 공즁의 올나 승강ㅎ여 통텬교쥬의 칼
을 막으니 통텬교쥐 디로ㅎ여 어고(漁鼓)란 보
픠롤 더진디 쥰졔 손으로 가르치니 한 퍼귀 금
년홰(金蓮花) 화ㅎ여 가로막으니 쓰히 써러지거
눌 노즈와 원시 쥰졔(準提)·졉인(接引) 이인(二
人)다려 왈,

　　　"오눌은 느져시니 도라가 너일 즈웅을 결
우즈."

ㅎ거눌 젹졍지 급히 금죵(金鐘)을 울니고 광셩
지 옥결(玉磬)을 치며 【55】 니러나니 통텬교쥐
심즁의 디로 왈 '금일은 노하 보니거니와 명일
은 결단코 고하롤 졍ㅎ리라' 노지 왈,

　　　"과도히 노치 말고 도라가라."

ㅎ고 덕으로 다 도라와 노지 쥰졔 졉인 낭인다
려 왈,

　　　"두 도형은 한가지로 쥬실(周室)을 도와 만
션진을 파ㅎ고 도롤 닺가 더홀지니라."

　　졉인 왈,

　　　"빈되 이번 오미 실노 인연 잇눈 사롬을
졔도(濟度)ㅎ라12) 왓더니 지금 보니 만션진 즁
의 스슐(邪術)ㅎᄂ 니 만코 뎡되(正道) 젹으니
그리 ㅎ리이다."

　　노지 왈,

　　　"너일 진을 파ㅎ고 일즉 사롬을 졔도ㅎ 후
각각 도라가리라."

　　원시 즈아(子牙)롤 불너 왈,

　　　"젼일의 쥬션진을 파ㅎ던 네 보검이 어디

---

11) 【잘ㄴ】圈 자루. ¶ 包裹∥ 지 작은 잘눌 열고
　　귀령셩모롤 녀흐려 ㅎ더니 잘누로셔 한 쎄 큰
　　모긔 나라 나와 거복의 피 니롤 맛고 귀령셩모
　　의 비 우희 올나 한 찌로셔 술을 다 샌라 먹거
　　눌 (白蓮童子打開包裹放出蚊蟲, 那蚊蟲聞得血腥
　　氣, 俱來叮在龜靈聖母頭足之上.) <西周 21:53>

12) 【졔도ㅎ다】圖 {제도(濟度)하다.} 모든 즁생을
　　부처의 도로써 생사 번뇌의 고해에서 건져 극락
　　세계로 인도해 줌. ¶ 渡∥ 빈되 이번 오미 실
　　노 인연 잇눈 사롬을 졔도ㅎ라 왓더니 지금 보
　　니 만션진 즁의 스슐ㅎᄂ 니 만코 뎡되 젹으니
　　그리 ㅎ리이다 (貧道此來, 單只爲渡有緣之客, 據
　　吾觀, 萬仙陣中邪者多而正者少, 沒奈何只得隨緣
　　相得, 不敢勉强耳.) <西周 21:55>

잇ᄂᆞ뇨?"

ᄌᆡ 왈,

"다 뎨ᄌᆞ의게 잇ᄂᆞ이다."

원시 왈,

"가져오라."

ᄌᆡ 가져다가 드린ᄃᆡ 원시 왈,

"이 칼이 쥬션검(誅仙劍)·뉵션검(戮仙劍)·함션검(陷仙劍)·졀션검(絶仙劍)이니 광셩ᄌᆞ(廣成子)·젹졍ᄌᆞ(赤精子)·옥졍진인(玉鼎眞人)·도힝텬존(道行天尊) 네 사롬이 하나식 가져 니일 우리 만션【56】진의 나갈졔 진 속의 드러가 팔과ᄃᆡ(八卦臺) 션검 압ᄒᆡ 보탑(寶塔) 한 좌(座) 잇슬 거시니 너희 탑의 나아가 이 칼을 졔긔(祭起)ᄒᆞ라. 이 칼이 본ᄃᆡ 통텬교쥬의 거시니 도로 그 뎨ᄌᆞ롤 죽이기 맛당ᄒᆞ니라."

ᄯᅩ ᄌᆞ아ᄃᆞ려 닐너 왈,

"니일 만션진의 나아갈 ᄶᆡ 우리 문해(門下) 다 나아가 졉슈롤 지닐 거시니라."

ᄌᆞ이 명을 바다 봉하(篷下)의 ᄂᆞ려가 모든 문인ᄃᆞ려 닐너 왈,

"니일 만션진을 파홀 거시니 너희 다 진 가온ᄃᆡ 드러 ᄌᆞ웅을 졍ᄒᆞ고 졉슈롤 지닐지니라."

모든 문인이 듯고 깃브믈 니긔지 못ᄒᆞ더라. 이 ᄶᆡ 쥬쟝이 동관(潼關)의 잇셔 즁션(衆仙)이 만션진 파ᄒᆞᆫ다 말을 듯고 다 나아가 보지 못ᄒᆞᆯ믈 한ᄒᆞ더라. 홍금(洪錦)이 ᄯᅩ한 즁쟝과 한가지로 동관의 잇더니 뇽길공쥬(龍吉公主)ᄃᆞ려 왈,

"나는 본ᄃᆡ 졀교문인(截敎門人)이오 그ᄃᆡ는 요지션지(瑤池仙子)니 맛당이 만션진의 가 졉슈롤 치올 거시【57】 어놀 이졔 에 잇셔 힝치 아니ᄒᆞᄂᆞ뇨?"

뇽길공쥬 왈,

"니일노 힝홀지라."

부체(夫妻) 계규롤 졍ᄒᆞ고 이튼날 무왕을 하직 왈,

"신이 만션진의 가 졉슈롤 치오려 ᄒᆞᄂᆞ이다."

무왕 왈,

"경이 쇌니 가 상부(相父)롤 도와 젹국을 파ᄒᆞ라."

ᄒᆞ시고 잔을 잡아 젼송ᄒᆞ시니 홍금 부체 하직ᄒᆞ고 만션진으로 가다.

원시 이튼날 노ᄌᆞ와 졉인 쥰졔와 모든 문인을 거ᄂᆞ리고 만션진을 파ᄒᆞ라 올시 통텬교쥬 댱이뎡광션(長耳定光仙)을 분부 왈,

"명일 이위도인(二位道人)을 칠 거시니 너 너롤 뉵혼번(六魂幡)을 줄 거시니 니 나가 원시텬존(元始天尊) 네 사롬과 ᄊᆞ홀졔 너롤 불너 뉵혼번을 두르라 홀 거시니 그ᄅᆞ미 잇게 말나."

댱이뎡광션 왈,

"그리ᄒᆞ리이다."

ᄒᆞ고 믈너나 스스로 싱각ᄒᆞᄃᆡ '니 젼일의 원시 문하인을 보니 다 도덕이 잇고 ᄯᅩ 졉인의 머리의셔 난 스리(舍利)롤 보니 진실노 법슐이【58】잇는지라 져과 결오기 극히 어려오니 몬져 투항홈만 갓지 못ᄒᆞ다' ᄒᆞ고 임의 도망홀 마음이 잇더라.

통텬교쥬 진 알ᄑᆡ 나와 원시 노ᄌᆞ 네 사롬ᄃᆞ려 왈,

"오늘 고하롤 결홀 거시니 그져 긋치지 못ᄒᆞ리라."

ᄒᆞ고 말 홀시 이의 홀연 홍금이 뇽길공쥬로 더부러 말을 달녀 진젼의 니ᄅᆞ러 약쇽을 듯지 아니ᄒᆞ고 칼을 드러 일진 진을 싀살(厮殺)ᄒᆞ여 만션진으로 드러가미 별갓치 ᄲᆞᄅᆞ니 즁션이 막ᄌᆞᄅᆞ지[13] 못ᄒᆞ여 뇽길공쥬의 빅광검(白光劍)의 두어 사롬이 상ᄒᆞ여 죽으니라. 공쥬 부체 졍히 충돌ᄒᆞ더니 검은 안기와 모진 바롬이 니러나며 금녕셩뫼 칠져거(七猪車)롤 타고 진을 치다가 뇽길공쥬 싀살ᄒᆞ여 오믈 보고 금검(金劍)을 드러 마ᄌᆞ ᄊᆞ화 두어 합이 못ᄒᆞ여 ᄉᆞ상탑(四象塔)을 드러치니 공쥬 밋쳐 피치 못ᄒᆞ여 머리롤 마ᄌᆞ ᄂᆞ려져 죽거놀 홍【59】금이 공쥬 죽는 양을 보고 크게 쇼리지ᄅᆞ고 칼을 들고 금녕셩모의게 다

---

13)【막ᄌᆞᄅᆞ다】圐 막다. 항거하다. ¶ 堤防∥ 홍금이 뇽길공쥬로 더부러 말을 달녀 진젼의 니ᄅᆞ러 약쇽을 듯지 아니ᄒᆞ고 칼을 드러 일진 진을 싀살ᄒᆞ여 만션진으로 드러가미 별갓치 ᄲᆞᄅᆞ니 즁션이 막ᄌᆞᄅᆞ지 못ᄒᆞ어 뇽길공쥬의 빅광검의 두어 사롬이 상ᄒᆞ여 죽으니라 (洪錦走馬至陣前, 與龍吉公主也不聽約束, 擧刀刃直衝殺過去. …… 洪錦把刀一擺, 兩騎馬衝陣陣中. 萬仙陣不曾堤防有此衝突之患, 被龍吉公主祭起瑤池內白光劍, 傷了數位仙家.) <西周 21:58>

라든디 금녕셩뫼 농호여의(龍虎如意)롤 치치니
졍히 홍금의 디골을 맛쳐 죽이니 이인의 녕혼이
봉신디(封神臺)로 가니라. 원시 홍금 부쳐의 죽
으믈 보고 졉인다려 왈,

　　"공쥬는 본디 셔왕모(西王母)의 쏠이러니
텬슈(天數)롤 도망치 못ᄒ여 이의 니르러 가련
ᄒ도다."

ᄒ고 츠탄ᄒ더니 만션진 문을 크게 열며 쳥긔
(靑旗) 움죽이며 네 도인이 프른 옷 닙고 나오
고 쏘 쇠북 한 쇼리의 홍긔(紅旗) 움죽이며 디
홍강초의(大紅絳綃衣)롤 닙고 극히 흉악ᄒ 네
도인이 나오고 쏘 빅긔(白旗) 움죽이며 네 도인
이 흰옷슬 닙고 나오고 쏘 통텬교쥐 손의 잡앗
는 칼노 동셔남북을 바라며 지휘ᄒ더라. 쏘 종
쇼리 나며 진문(陣門)으로셔 쏘 네 도인이 나오
미 진실노 회괴(稀奇)ᄒ니 원시 왈,

　　"다 복업손 사롬이니 어이 졉슈롤 바드
【60】 리오?"

ᄒ더니 쏘 흑긔(黑旗) 움죽이며 네 도인이 나오
며 년ᄒ여 진문으로셔 도인이 나오더니 통텬교
쥐 진중의 드러 흰 번을 두르고 졔칠디(第七隊)
롤 마즈 미니 네 도인이 손의 방능간(方楞鐗)이
란 병긔롤 드럿더라. 이는 이십팔슈(二十八宿)라
이십팔 도인이 젼후의 옹위ᄒ엿는디 쏘 무슈ᄒ
도인이 중중 쳡쳡히 나오니 살긔(殺氣) 사롬의
게 쏘이고 슈운이 하늘을 덥헛더라.

84
ᄌ애병취님동관(子牙兵取臨潼關)

통텬교쥐(通天敎主) 모든 신션을 거ᄂ리고 진젼의 ᄂ ᄅ럿거ᄂᆯ 노ᄌ(老子) 왈,

"오ᄂᆯ 이 진을 파ᄒ리라."

ᄒᆫ디 통텬교쥐 규우(奎牛)ᄅᆯ 타고 칼을 잡고 다라오거ᄂᆯ 노ᄌ ᄯ흔 쳥우(靑牛)ᄅᆯ 모라 마ᄌ ᄊ호더니 원시(元始) 모든 문인다려 닐너 왈,

"너희 오ᄂᆯ 진의 ᄒ가지로 드러가 졀교(截敎)ᄅᆯ 파홀지니라."

【61】 모든 문인이 일시의 납함(吶喊)ᄒ고 만션진(萬仙陣)으로 드러갈ᄉᆡ 문슈(文殊)ᄂᆫ 쳥ᄉ지(靑獅子)ᄅᆯ 타고 보현(普賢)은 흰 코기리ᄅᆯ 타고 ᄌ항(慈航)은 금ᄉ지(金獅子)ᄅᆯ 타고 녕보더법ᄉ(靈寶大法師)와 티을진인(太乙眞人)과 구류손(懼留孫)과 황뇽진인(黃龍眞人)과 운즁ᄌ(雲中子)와 연등도인(燃燈道人)이 일시의 나아가고 뒤ᄯᅵᆨ의ᄂᆫ 강ᄌ의(姜子牙) 모든 문인을 거ᄂ리고 ᄊ호믈 바야더니 뉵압도인(陸壓道人)이 ᄯ흔 공즁으로셔 ᄂ려와 만션진의 드러 원시텬존(元始天尊)을 돕더라.

노ᄌ 원시 통텬교쥬와 졍히 ᄊ호더니 금녕 성뫼(金靈聖母) ᄯᅩ 진을 나와 ᄊ홈을 돕다가 문슈 보현 ᄌ항 삼인의게 ᄊ이여 위급ᄒ여 삼인을 옥여의로 막더니 삼인이 둘너 치니 금녕성모의 머리 우희 쓴 금관이 ᄯᆞ히 ᄶ러지니 셩뫼 머리ᄅᆯ 풀고 크게 ᄊ혼디 연등이 졍히쥬(定海珠)로 치니 금녕셩뫼 업더져 죽으니라.

광셩지(廣成子) 쥬션검(誅仙劍)을 두르고 젹졍지(赤精子) 뉵션검(戮仙劍)을 두르고 도ᄒ텬존(道行天尊)은 함션검(陷仙劍)을 두【62】르고 옥졍진인(玉鼎眞人)은 졀션검(絶仙劍)을 드러 만션진 속의 드러 모든 신션을 ᄯ리며 잔ᄌ리ᄅᆯ[1] 치ᄃ시 무슈히 죽이고 ᄌ이 신편(神鞭)을 더져 임의로 치고 양임(陽任)이 오화션(五火扇)을 드러 붓치니 만션진 가온디 모진 불이 ᄯ홀 덥헛고 검은 니 하ᄂᆯ의 미만(彌滿)ᄒ고 나탁이 셰 머리 여덟 팔을 ᄂ 여 ᄉ방으로 츙돌ᄒ니 뫼히 문허지고 ᄯᅡ히 ᄶ져지ᄂᆫ 듯ᄒ니 일만 신션이 죽기ᄅᆯ 면홀 지 젹더라.

통텬교쥐 만션진이 파ᄒ믈 보고 디로ᄒ여 댱이뎡광션(長耳定光仙)다려 뉵혼번(六魂幡)을 가져오라 ᄒ며 크게 웨니 이 ᄺ 뎡광션이 만션진이 픠ᄒ 줄 알고 가만이 뉵혼번을 가지고 원시 잇던 덕 아리 가 숨엇ᄂᆫ지라 통텬교쥐 여러 번 부ᄅᆞᆮ디 디답이 업ᄉ니 임의 도망ᄒ 줄 알고 크게 분ᄒ여 ᄊ홀 ᄯᅳᆺ이 업셔 다라나고져 ᄒ더니 ᄯᅩ 노ᄌ의 막디의 한 번(幡)을 맛고 급히 ᄌ젼퇴(紫電錘)【63】ᄅᆯ 더져 노ᄌᆯ 친디 노지 쇼 왈,

"이거시 엇지 나ᄅᆯ 치리오?"

ᄒ며 머리 우희 영농보탑(靈籠寶塔)이 나니 ᄌ젼최 졀노 ᄯ히 ᄶ러지거ᄂᆯ 통텬교쥐 ᄯᅩ 원시의 여의의 마ᄌ 셔의 규우의 ᄶ러실 번 ᄒᆞ고 디로ᄒ여 이십 팔슈ᄅᆯ 부ᄅᆞ니 다 죽고 구인(丘引) 한 사ᄅᆷ만 남아 형셰(形勢) 조치 아니믈 보고 도둔(土遁)을 ᄡᅧ 다라나다가 뉵압의게 들킨디 뉵압이 호로(葫蘆)ᄅᆯ 여니 한 줄 흰 긔운이 나

----

1) 【잔ᄌ리】 圀 잠자리. ¶ 광셩지 쥬션검을 두르고 젹졍지 뉵션검을 두르고 도ᄒ텬존은 함션검을 두르고 옥졍진인은 졀션검을 드러 만션진 속의 드러 모든 신션을 ᄯ리며 잔ᄌ리ᄅᆯ 치ᄃ시 무슈히 죽이고 (廣成子祭起誅仙劍, 赤精子祭起戮仙劍, 道行天尊祭起陷仙劍, 玉鼎眞人祭起絶仙劍, 數道黑氣衝空將萬仙陣罩住, 凡封神臺上有名者, 就如砍瓜切菜一般俱遭殺戮.) <西周 21:62>

와 구인의 몸의 두르더니 머리 쓰히 쩌러지더
라.

　이 쩌 졉인이 만션진 가온더 드러가니 픠
흔 신션이 오히려 슈쳔이 잇거눌 건곤더(乾坤
袋)란 잘눌[2] 너여 슈쳔 신션을 녀허 나오니라.

　쥰졔(準提) 공작명왕(孔雀明王)으로 더브러
한가지로 만션진의 드러가 스믈 네 머리의 여덟
팔을 너여 손마다 보패롤 드러 통텬교쥬롤 친더
교쥬 쏘흔 규우롤 모라 보검을 드러 쥰졔롤 치
더니 쥰졔 칠보묘슈(七寶妙樹)롤 드러 교【64】
쥬의 칼을 치니 쓰히 나려져 바아지거눌[3] 교쥬
픠흐여 규우롤 달녀 진의 나 다라나다. 쥰졔 법
신을 거두고 노ᄌ 원시 졉인 삼인으로 더브러
만션진을 파흐고 덕의 도라 간더 댱이명광션이
덕 아리 잇다가 쓰히 업더여 결흐여 왈,

　"우리 스싱 통텬교쥬 두 스빅(師伯)을 힉코
ᄌ 흐여 뉵혼번을 뎨ᄌ롤 쥬어 두르라 흐거눌
뎨ᄌ 두 스빅의 도슐과 결오지 못홀 줄 알고 뉵
혼번을 가지고 예 와 명을 기다리ᄂ이다."

　노지 뉵혼번을 가져오라 흔더 명광션이 드
리거눌 모다 보니 번 우희 노ᄌ·원시·쥰졔·
졉인 이하 모든 신션의 일홈을 쓰고 쏘 무왕 ᄌ
아의 일홈가지 뼈거눌 졉인이 명광션다려 왈,

　"무왕 ᄌ아의 일홈을 업시 흐고 네 잡아
흔드러 변화롤 보라."

　명광션이 두 일홈을 업시흐고 흔든더 원시
ᄂ 머리의 경운(慶雲)을 너고 노ᄌ【65】ᄂ 보
탑을 너고 졉인 쥰졔 이인은 각각 스리(舍利)롤
너여 몸을 옹호흐니 번이 여러번을 흔드터 조곰
도 상치 아니흐거눌 명광션이 번을 바리고 쓰히
쑬어 왈,

　"우리 스싱이 속졀업시 스오나온 마음을

니여 이 번을 믿ᄃ랏도쇼이다."

　졉인 왈,

　"뎡광션이 날노 더부러 인연이 이시니 날
과 한가지로 셔방의 도라가리라."
흐더라.

　만션진이 픠흐미 모닷던 신션이 거의 다
죽으더 무당셩모(無當聖母)와 신공표(申公豹)ᄂ
즐에[4] 다라나고 비로션(毘蘆仙)은 졉인의게 항
복흐여 조츠가니라.

　이 쩌 통텬교쥬 픠흐여 다라나다가 한 뫼
앗퓌 가 쉬며 스스로 니르더 '뎡광션이 니 뉵혼
번을 도젹흐여 다라나기로 니러틋 픠흐여시니
무슴 낫츠로 벽유궁(碧遊宮) 큰 도롤 다시 잡으
리오?' 탄식기롤 이윽이 흐다가 쏘 니르더 '뫼
히 도라가 다시 도롤 닥고 뎨ᄌ롤 모화 이 한을
갑흐리라' 흐고 쏘 니르더 '몬져 ᄌ쇼궁(紫霄宮)
의 가 우리 【66】 노스롤 뵈옵고 픠흔 곡졀을 알
외고 벽유궁으로 도라가리라' 흐더라. [노스ᄂ 홍
균도인(鴻鈞道人)이니 노ᄌ·원시 통텬교쥬 삼인의 스싱이라]
홀연 보니 남녁히 샹셔(祥瑞)의 구롬과 붉은 긔
운이 하눌을 덥흐며 홍균도인(鴻鈞道人)이 디
막터롤 집고 오거눌 통텬교쥬 급히 나려 졀흔더
홍균도인 왈,

　"네 만션진을 쳐 무죄흔 싱녕을 도탄흐니
긔 엇진 일고?"

　통텬교쥬 왈,

　"두 스형이 [노ᄌ·원시] 나의 도롤 업슈이
너겨 니 문인을 만히 살육흐여 젼혀 형뎨지분
(兄弟之分)을 싱각지 아니흐니 원컨더 노스ᄂ
자비지심을 너여 어엿비 너기쇼셔."

　홍균 왈,

　"네 마옴을 속여 스오나온 일을 흐여 이
살육을 일위니 다 네 죄어눌 ᄌ칙(自責)홀 줄
모르고 남을 원흐ᄂ다? 노흐여 흐기ᄂ 녀ᄌ의
일이어눌 너희 삼인이 본더 혼원금션(混元金仙)

---

2) 【잘ㄴ】 圏 자루. ¶ 袋‖ 이 쩌 졉인이 만션진
　가온더 드러가니 픠흔 신션이 오히려 슈쳔이 잇
　거눌 건곤더란 잘눌 너여 슈쳔 신션을 녀허 나
　오니라 (接引道人在萬仙陣內將乾坤袋打開, 盡收
　那三千紅氣之客,　有緣在極樂之鄉者俱收入此袋
　內.) <西周 21:63>

3) 【바아지다】 固 부수어지다. ¶ 粉碎‖ 쥰졔 칠
　보묘슈롤 드러 교쥬의 칼을 치니 쓰히 나려져
　바아지거눌 교쥬 픠흐여 규우롤 달녀 진의 나
　다라나다 (準提將七寶妙樹一刷, 把通天教主手中
　劍打得粉碎.　通天教主把奎牛一拎,　跳出陣去了.)
　<西周 21:64>

4) 【즐에】 圏 지레. 질러. 미리. ¶ 만션진이 픠흐
　미 모닷던 신션이 거의 다 죽으더 무당셩모와
　신공표ᄂ 즐에 다라나고 비로션은 졉인의게 항
　복흐여 조츠가니라 (通天教主被四位教主破了萬
　仙陣,　內中有成神者, 有歸西方教主者, 有逃去者,
　有無辜受戮者.　彼時無當聖母見陣勢難支,　先自去
　了; 申公豹也走了; 毘蘆仙已歸西方教主, 後成爲
　毘蘆佛.) <西周 21:65>

으로 만겁이 지나디 죽지 아니ᄒᆞ여 삼교의 웃듬이 되엿더니 네 니졔 젹은 일을 인ᄒᆞ여 노홈을 니긔지 못ᄒᆞ니 극히 어리도다. 니 크게 ᄌ비를 너여 너희【67】삼인이 젼 원슈를 플고 각각 도를 닷가 셔로 일을 너지 아니케 ᄒᆞ리라."

ᄒᆞ고 인ᄒᆞ여 통텬교쥬를 알퓌 셰우고 덕의 가오는 줄을 보ᄒᆞ라 ᄒᆞ니 통텬교쥐 스성의 명을 어긔지 못ᄒᆞ여 붓그럼을 참고 나아가 덕 아릭 니르러 나탁(哪吒)을 보고 웨여 왈,

"홍균도인이 오신다!"

ᄒᆞ니 노ᄌ와 원시 급히 길가의 나와 업디여 왈,

"노시 하림ᄒᆞ시는 줄 몰나 먼니 맛지 못ᄒᆞ니 쳥컨디 죄를 슈ᄒᆞ쇼셔."

홍균 왈,

"너희 겁슈(劫數)를 만나 셔로 살벌ᄒᆞ기를 면치 못ᄒᆞ엿거니와 이졔로붓허 각각 한을 프러 도라가 도를 닷고 셔로 비반치 말나."

ᄒᆞ고 덕 우희 올나가 졉인·쥰졔 이인과 셔로 보와 녜필 후 노ᄌ 원시 통텬 삼인을 불너 왈,

"쳐음의 쥬나라 운쉬 장춧 니러나고 쥬왕(紂王)이 무도ᄒᆞ여 망케 되어시니 모든 신션이 각각 졔 운슈를 인ᄒᆞ여 살육을 면치 못ᄒᆞ엿거니와 통텬교쥬의 문인이 스오나온【68】무리 만하 밍셰ᄒᆞᆫ 말을 직희지 아니ᄒᆞ다가 만션진의 니르러 죽으믈 보미 실노 졔 죄라. 네 삼인의게 단약 셰흘 쥬ᄂᆞ니 이 약이 병을 물니쳐 죽지 아니ᄒᆞᄂᆞᆫ 약이 아니라 이 약을 먹으면 ᄌ연 젼일을 뉘웃고 도를 씨치리라."

ᄒᆞ고 호로의셔 약 세 환(丸)을 너여 삼인을 먹이고 통텬교쥬ᄂᆞ려 왈,

"너는 날을 조ᄎ오라."

ᄒᆞ고 노ᄌ 원시ᄃᆞ려 왈,

"너희도 각각 도라가 도를 닷그라."

ᄒᆞ고 졉인 쥰졔 이인을 니별ᄒᆞ고 통텬교쥬를 더블고 상운(祥雲)을 명에 메여[5] 가니라.

졉인 쥰졔 두 도인이 ᄯᅩᄒᆞᆫ 즁션을 니별ᄒᆞ고 셔방으로 도라가다.

노ᄌ 원시 즁션을 거ᄂᆞ려 동부(洞府)로 도라갈시 ᄌ아ᄃᆞ려 왈,

"우리 이 ᄯᅡ히셔 한번 니별ᄒᆞᆫ 후 다시 만나보지 못ᄒᆞ리라."

ᄒᆞ고 스미를 썰쳐 표연(飄然)이 가니 ᄌ인 연연(戀戀)ᄒᆞ여 ᄎᆞ마 손을 노치 못ᄒᆞ더라. 뉵압이 ᄯᅩᄒᆞᆫ ᄌ아를 니별ᄒᆞ고 갈시 ᄌ아ᄃᆞ려 왈,

"이후 다시 만나 볼 길【69】이 업ᄂᆞᆫ지라 젼두(前頭)의 어려온 일이 잇거든 이 보비를 쓰라."

ᄒᆞ고 호로의 녀흔 비도(飛刀)를 쥬고 가다.

이 ᄯᅢ 원시 옥허궁(玉虛宮)으로 도라가더니 신공표(申公豹) 만션진 파ᄒᆞ기를 인ᄒᆞ여 다른 뫼흐로 도망코져 ᄒᆞ여 범을 모라 닷다가 원시 알퓌 빅학동지 신공표를 보고 급히 원시긔 알외니 원시 황건녁스를 명ᄒᆞ여 보옥여의(寶玉如意)를 가져 신공표를 잡아오라 ᄒᆞᆫ디 녁시 명을 바다 신공표를 ᄯᅡ라 보옥여의로 쳐 잡아 긔린이(麒麟崖)의 머므럿더니 텬존이 긔린이 알퓌 니르러 구룡침향년(九龍沈香輦)의 나려 신공표를 ᄭᅮ지져 왈,

"네 젼일의 밍셰ᄒᆞᆫ디 다시 그르미 이시면 북히(北海)의 녀허도 뉘웃ᄎᆞ미 업스리라 ᄒᆞ더니 네 오늘날 감히 원망ᄒᆞᆯ다?"

ᄒᆞ고 녁스를 명ᄒᆞ여 신공표를 잡아 북히의 너흐라 ᄒᆞ니 녁시 명디로 ᄒᆞ고 회보ᄒᆞ니라.

ᄌ인 군병을 거두어 님동관(臨潼關)으로 나아와 하치(下寨)ᄒᆞ다. 님동관 총병 구양슌[6](歐陽淳)이 부장 변금뇽(卞金龍)과 션봉 계텬녹(桂天祿)과【70】즁군 공손탁(公孫鐸)으로 더브러 셔로 의논 왈,

"강상이 뉵십만 디병을 니르혀 임의 네 관을 앗고 이졔 다만 이 님동관만 남아시니 엇지 능히 막으리오?"[7]

변금뇽 왈,

"니일 쥬병(周兵)으로 ᄊᆞ화 니긔거든 승세ᄒᆞ여 쥬병을 물니치고 만일 니긔지 못ᄒᆞ거든 물너와 관을 직희고 표를 닷가 조가(朝歌)의 보니야 고급(告急)ᄒᆞᆷ만 갓지 못ᄒᆞ니이다."

---

5)【명에 메다】图 타다. 몰다. ¶ 駕‖졉인 쥰졔 이인을 니별ᄒᆞ고 통텬교쥬를 더블고 상운을 명에 메여 가니라 (鴻鈞與通天敎主駕祥雲冉冉而去.) <西周 21:68>

6) 구양슌: 원래 '구양존'으로 되어 있으나 오기인 듯하여 고침. 이하 같음.

7) 막으리오: 원래는 '막으' 두 자만 있으나 문맥이 완전치 못하므로 添記함.

구양슌 왈,

"장군의 말이 올타."

ᄒ고 교장의 나려와 군ᄉᆞᆯ 조련ᄒᆞ니라.

이튼날 즈이 장의 올나 즁장ᄃᆞ려 왈,

"뉘 몬져 가 이 관을 아ᄉᆞ리오?"

무셩왕(武成王) 황비회(黃飛虎) 쇼리ᄅᆞᆯ 응ᄒᆞ여 왈,

"쇼쟝이 원컨ᄃᆡ 가리이다."

즈이 허ᄒᆞ니 황비회 본부 인마ᄅᆞᆯ 거ᄂᆞ려 관 아ᄅᆡ 가 ᄡᅡ호ᄌᆞ ᄒᆞᆫᄃᆡ 쇼졸이 드러와 보ᄒᆞ니 변금뇽 왈,

"쇼쟝이 가리이다."

ᄒ고 군을 거ᄂᆞ려 관의 나와 쇼리질너 왈,

"오ᄂᆞᆫ 즈ᄂᆞᆫ 엇던 인다?"

황비회 답왈,

"나ᄂᆞᆫ 긔국 무셩왕 황비회로라."

변금뇽이 즐왈,

"이 반국 역적이 엇지 감히 님동【71】관 부장 변금뇽을 디적고져 ᄒᆞᄂᆞᆫ다?"

황비회 디로ᄒᆞ여 오쇡 신우(神牛)ᄅᆞᆯ 모라 장창을 두르고 다라드니 변금뇽이 도치ᄅᆞᆯ 두르고 마ᄌᆞ ᄡᅡ호 삼십여 합은 ᄒᆞ미 변금뇽이 디적지 못ᄒᆞ여 말을 두르혀 다라나거ᄂᆞᆯ 비회 크게 쇼리지ᄅᆞ고 장을 드러 변금뇽의 목을 질너죽이니 변금뇽의 픠군이 관의 도라가 보ᄒᆞ니 변금뇽의 안히 셔시(胥氏) 이 말을 듯고 방셩디곡ᄒᆞ니 쟝ᄌᆞ 변길(卞吉)이 동산의셔 무예ᄅᆞᆯ 익혀 시험ᄒᆞ다가 우룸 쇼리ᄅᆞᆯ 듯고 디경ᄒᆞ여 황망이 나와 무ᄅᆞᆫᄃᆡ 좌위(左右) 변금뇽의 죽으믈 니ᄅᆞ니 변길이 ᄯᅡᄒᆡ 업더여 크게 울다가 나와 셔시ᄃᆞ려 왈,

"모친은 우지 마르쇼셔. 쇼지 부친을 위ᄒᆞ여 원슈ᄅᆞᆯ 갑흐리이다."

ᄒ고 큰 븕은 궤 하나흘 가동(家僮)을 들니고 일지 인마ᄅᆞᆯ 거ᄂᆞ려 관의 나가 쥬영의 니ᄅᆞ러 그 궤ᄅᆞᆯ 열고 한 번(幡)을 ᄂᆡ니 기리 스오쟝은 ᄒᆞ고 사ᄅᆞᆷ의 더골쎠로 그 번을 민ᄃᆞ랏더라. 변길이 그 번을 ᄯᆞ히 곳고【72】영 알픠 니ᄅᆞ러 ᄡᅡ홈을 도드니 남궁괄(南宮适)이 가믈 쳥하거ᄂᆞᆯ 즈애 허ᄒᆞ니 남궁괄이 일지 군마ᄅᆞᆯ 거ᄂᆞ려 영의 나오니 변길이 손의 방텬화극(方天畵戟)을 들고 쇼리질너 왈,

"오ᄂᆞᆫ 쟝슈ᄂᆞᆫ 엇던 인다?"

남궁괄 왈,

"나ᄂᆞᆫ 셔긔 디쟝 남궁괄이로라."

변길이 방텬화극을 들고 쇼리질너 왈,

"너ᄂᆞᆫ 도라가고 황비호ᄅᆞᆯ ᄲᆞᆯ니 불너오라 원슈ᄅᆞᆯ 갑흐리라."

남궁괄이 보답ᄒᆞ고 칼을 두르고 다라드니 변길이 화극을 드러 마ᄌᆞ ᄡᅡ화 삼합의 불결승뷔(不決勝負)러니 변길이 거즛 픠ᄒᆞ여 말을 두르혀 번 아ᄅᆡ로 다라드니 남궁괄이 변길의 간ᄉᆞᄒᆞᆫ 꾀ᄅᆞᆯ 아지 못ᄒᆞ고 말을 모라 번 아ᄅᆡ로 좃ᄎᆞ 드러가더니 믄득 졍신이 황홀ᄒᆞ여 말긔 나려지니 변길이 군ᄉᆞᄅᆞᆯ 호령ᄒᆞ여 남궁괄을 미야 관의 도라와 구양슌을 보고 니긘 긔별을 니ᄅᆞ니 구양슌이 디희ᄒᆞ여 남궁괄을 계하의 미러 드리니 남궁괄이 셔셔 ᄭᅮ지 아니ᄒᆞ거ᄂᆞᆯ 구양슌이 즐왈,

"네 【73】임의 술오잡혀 네ᄅᆞᆯ 항거ᄒᆞ니 너ᄅᆞᆯ 버혀 삼군을 호령ᄒᆞ리라."

하고 좌우ᄅᆞᆯ ᄭᅮ지져 ᄶᅳ어ᄂᆡ여 버히라 ᄒᆞᆫᄃᆡ 공손탁(公孫鐸)이 말녀 왈,

"불가ᄒᆞ다. 아직 남궁괄을 죽이지 말고 뒤동산의 두엇다가 강샹을 잡아 함긔 조가의 보ᄂᆡ여 우리 공을 쳥홈만 갓지 못ᄒᆞ다."

ᄒᆞ니 구양슌 왈,

"장군의 말이 ᄂᆡ 뜻과 갓다."

ᄒ고 남궁괄을 뒤동산의 두다.

즈이 남궁괄의 잡히믈 보고 심즁의 울울ᄒᆞ여 쟝즁(帳中)의 안ᄌᆞ 근심ᄒᆞ더니 이튼날 쇼졸이 드러와 보ᄒᆞ디,

"변길이 ᄯᅩ 와 ᄡᅡ호ᄌᆞ ᄒᆞᄂᆞ이다."

황비회 왈,

"쇼쟝이 원컨ᄃᆡ 가리이다."

ᄒ고 황명(黃明) 쥬긔(周紀)ᄅᆞᆯ 더불고 영의 나가니 변길이 화극을 빗기고 쇼리질너 문 왈,

"오ᄂᆞᆫ 즈ᄂᆞᆫ 엇던 인다?"

황비회 왈,

"나ᄂᆞᆫ 무셩왕 황비회로라."

변길이 디로 즐왈,

"오늘 너ᄅᆞᆯ 죽여 니 부친의 원슈ᄅᆞᆯ 갑흐리라."

ᄒ고 화극을 들고 다라들거ᄂᆞᆯ 비회 창을 둘너

싸화 삼십여 합은 후미 변길이 거즛 픠후여 다라나니 비회 쓰라 【74】 번 아리 니르러 믄득 졍신이 어즐후여 쓰히 나려지거눌 변길이 군스롤 호령후여 황비호롤 미야 도라가고져 후더니 황명이 비호의 잡히믈 보고 디로후여 도치롤 두르고 다라드러 비호롤 구코져 후더니 번 아리 니르러 쏘 어즐후여 말긔 나려지거눌 변길이 두 장슈롤 잡아 관의 도라가 공을 보후고 황비호롤 죽여 아뷔 원슈롤 갑고져 후거눌 구양슌 왈,

"장군이 비록 아뷔 원슈롤 갑고져 후나 아직 살녀 두엇다가 강상을 잡아 함긔 조가의 보니여 국법을 졍히 후리라."

변길이 눈물을 흘니고 믈너나다.

쥬긔 디픠후여 영의 도라가 즈아롤 보고 황비호와 황명의 잡힌 일을 고훈디 즈애 디경 왈,

"니 니일 친히 진의 님후여 승픠롤 보리라."

후고 이튼날 즁장을 거느리고 영의 나가 보니 스장(四將) 가온디 한 번(幡)을 셰웟시니 살긔 등등후고 황운이 막막후거눌 즈애 즁장을 거느리고 알픠 나아가 보더니 나탁이 즈아다려 왈,

"져 【75】 번 우희 쥬스(朱砂)로 부작을 뼈시니 원슈(元帥) 보시느닛가?"

즈이 왈,

"니 임의 보앗노라. 이후의 싸홀 졔란 져 번 아리로 지나지 말나."

즁장 왈,

"원슈의 말디로 후리이다."

후고 좌우의 분후여 셧더니 이윽고 구양슌이 즁장을 거느리고 관으로셔 나오거눌 즈애 왈,

"오는 지 아니 님동관 총병 구양슌인다?"

존 왈,

"니 긔로라."

즈이 왈,

"장군은 진실노 텬명을 아지 못후는도다. 네 관이 임의 쥬의 도라갓고 홀노 이 한 관이 남앗거눌 오히려 텬명을 항거코져 후는다?"

구양슌이 디로후여 좌우롤 도라보와 왈,

"뉘 능히 이 도젹을 잡을고?"

변길이 응셩후여 화극을 두르고 말을 쒸여

니닷거눌 뇌진지(雷震子) 두 날기롤 붓쳐 황금 막디롤 두르고 다라들거눌 변길이 마즈 싸화 삼합이 못후여 변길이 픠후여 말을 두르혀 번을 지나 다라나거눌 뇌진지 임의 변길의 요괴로온 슐을 아는지라 스스로 혜오디 '몬져 이 번을 쳐 바아친 후 【76】 변길을 죽이리라' 후고 황금퇴롤 두르고 다라드러 번을 치고져 후더니 홀연 졍신이 어즐후여 쓰히 것구러지니 변길이 군스로 후여곰 뇌진즈롤 미야 지우거눌 나탁이 디로후여 풍화륜(風火輪)을 모라 화쳠창(火尖槍)을 두르고 다라든디 변길이 화극을 드러 마즈 싸호더니 나탁이 변후여 삼두팔비 되여 크게 쇼리지르니 변길이 디경후여 말을 두르혀 다라나거눌 나탁이 건곤권(乾坤圈)을 너여 변길의 엇게롤 치니 변길이 디픠후여 관으로 다라나거눌 니졍(李靖)이 승셰후여 니다라 구양슌의게 다라드니 계텬녹이 뒤히 잇다가 니다라 니졍을 마즈 싸화 삼합이 못후여 니졍이 크게 쇼리지르고 화극을 드러 계텬녹을 질너 말긔 나리치니 구양슌이 디로후여 도치롤 두르고 다라들거눌 즈애 즁장을 모화 일시의 다라드러 구양슌을 에워 두고 싸호더라.

[셔쥬연의西周演義 권지이십이]

85
등예이후긔쥬쥬(鄧芮二侯歸周主)

【1】 구양슌(歐陽淳)이 능히 ᄃᆡ적지 못ᄒᆞ여 말을 두르혀 관으로 다라나 변길(卞吉)으란 집의 도라가 조리(調理)ᄒᆞ라 ᄒᆞ고 뇌진ᄌᆞ(雷震子)란 뒤동산의 동혀 지우고 즉시 표ᄅᆞᆯ 닷가 ᄎᆡ관(差官)을 명ᄒᆞ여 조가(朝歌)로 보ᄂᆡ니 이 ᄯᆡ 졍히 봄이 진(盡)ᄒᆞ고 여ᄅᆞᆷ이 쳐음이라 날 긔운이 더우니 ᄎᆡ관이 ᄉᆡ비와[1] 졔녁으로 ᄒᆡᆼᄒᆞ여 조가의 니ᄅᆞ러 바로 문셔방(文書房)으로 드러가니 미ᄌᆞ(微子) 계표(啓表)ᄅᆞᆯ 바다보고 ᄃᆡ경 왈,

"강상(姜尙)의 군ᄉᆡ(軍士) 님동관(臨潼關)의 니ᄅᆞ러시니 적병이 임의 지쳑의 니ᄅᆞ럿ᄉᆞᄃᆡ 텬ᄌᆞ(天子)ᄂᆞᆫ 아지 못ᄒᆞ고 요괴로 더브러 놉히 누어 안낙(安樂)을 바드니 셩탕(成湯) 뉵ᄇᆡᆨ년 긔업(基業)이 일조의 맛ᄎᆞ리로다."

ᄒᆞ고 표ᄅᆞᆯ 가지고 ᄂᆡ뎐으로 드러오니 ᄌᆔ(紂) 셰 요괴로 더브러 녹ᄃᆡ(鹿臺) 우 【2】 희셔 잔ᄎᆡᄒᆞ거ᄂᆞᆯ 미ᄌᆡ ᄃᆡ 우희 올나가 녜ᄒᆞᆫᄃᆡ ᄌᆔ 문왈,

"황형(皇兄)이 무ᄉᆞᆷ일노 오뇨?"

미ᄌᆡ 쥬왈,

"강상이 희발(姬發)을 세워 무왕(武王)을 삼고 ᄃᆡ병을 일우혀 네 관을 앗고 군ᄉᆡ 임의 님동관의 니ᄅᆞ러시니 이ᄂᆞᆫ 심복지ᄃᆡ환(心腹之大患)이라 님동관 춍병 구양존이 표ᄅᆞᆯ 올녀 고급(告急)ᄒᆞ여시니 바라건ᄃᆡ 폐하ᄂᆞᆫ 잔ᄎᆡᄅᆞᆯ 파ᄒᆞ고 ᄉᆞ직을 위ᄒᆞ여 인졍을 닷그쇼셔."

ᄒᆞ고 표ᄅᆞᆯ 올니니 ᄌᆔ 바라보고 왈,

"짐이 구간뎐(九間殿)의 나가 조회ᄒᆞ리니 경은 아직 물너가라."

미ᄌᆡ 나와 북 쳐 ᄇᆡᆨ관(百官)을 모드니 ᄌᆔ 조회(朝會) 아년지 임의 한 ᄒᆡ라 ᄇᆡᆨ관이 북치ᄂᆞᆫ 쇼ᄅᆡᄅᆞᆯ 듯고 구간뎐의 모다 셔로 니르ᄃᆡ,

"텬ᄌᆡ 오ᄅᆡ 조회ᄅᆞᆯ 아니ᄒᆞ시다가 오ᄂᆞᆯ날 불의의 조회ᄒᆞ시니 일졍 누ᄅᆞᆯ 죽이려 ᄒᆞ시ᄂᆞᆫ고?"

ᄒᆞ고 각각 두려 뎐 우희 잇더니 니윽고 ᄌᆔ 뎐의 올나 보탑의 안ᄌᆞᄆᆡ ᄇᆡᆨ관이 녜ᄅᆞᆯ 맛거ᄂᆞᆯ 【3】 ᄌᆔ 왈,

"강상이 긔병ᄒᆞ여 임의 네 관을 아ᄉᆞ니 홰(禍) 조셕의 잇ᄂᆞ니 경 등이 무ᄉᆞᆷ 계규로 적병을 물니치리오?"

상ᄐᆡ우(上大夫) 니통(李通)이 나아와 쥬왈,

"신은 드ᄅᆞ니 텬ᄌᆞᄂᆞᆫ 사ᄅᆞᆷ의 머리갓고 신하ᄂᆞᆫ 고굉(股肱)갓거ᄂᆞᆯ 폐ᄒᆡ 나라일을 즁히 아니 너기샤 츙냥(忠良)을 먼니ᄒᆞ시고 간신을 갓가이 ᄒᆞ시며 쥬ᄉᆡᆨ(酒色)의 침혹ᄒᆞ샤 졍ᄉᆞᄅᆞᆯ 도라보지 아니ᄒᆞ시니 만민이 어ᄌᆞ러오믈 ᄉᆡᆼ각ᄒᆞ고 ᄉᆞᄒᆡ 분분ᄒᆞ엿거ᄂᆞᆯ 폐ᄒᆡ 이제야 도적 막을 일을 의논ᄒᆞ시니 엇지 늣지 아니리오? ᄒᆞ믈며 이졔 조가의 능ᄒᆞᆫ 션ᄇᆡ와 어진 사ᄅᆞᆷ이 업ᄉᆞ리오만은 평일의 폐ᄒᆡ 츙냥을 즁히 너기지 아니시ᄆᆡ 오ᄂᆞᆯ날 츙냥이 ᄯᅩᄒᆞᆫ 폐하ᄅᆞᆯ 즁히 아니 너기ᄂᆞ니 동ᄇᆡᆨ후(東伯侯) 강문환(姜文煥)이 뉴혼관(遊魂關)을 치니 쥬야로 평안치 아니코 남ᄇᆡᆨ후(南伯侯) 악슌[2](鄂順)이 삼산관(三山關)을 치니 능히 ᄃᆡ적기 어렵고 북ᄇᆡᆨ후(北伯侯) 슝흑회(崇黑虎) 진당관

1) 【ᄉᆡ비】 명 새벽. ¶ 曉 ‖ ᄎᆡ관이 ᄉᆡ비와 졔녁으로 ᄒᆡᆼᄒᆞ여 조가의 니ᄅᆞ러 바로 문셔방으로 드러가니 (差官在路, 不分曉夜, 不一日進了朝歌, 在館驛安歇. 次日, 將本賫進午門, 至文書房投遞.) <西周 22:1>

2) 악슌: 원래 '악슝'으로 되어 있으나 원문에 따라 고침.

(陳塘關)을 치니 해 조셕의 잇고 셔빅후(西伯侯) 희발이 스스로 셔무왕(西武王)이 되여 임의 네 관을 앗고 군시 님동관의 니【4】르러시니 날을 혜아려 젹병이 경소룰 침노ᄒ리니 바라건디 폐하ᄂ 신의 말을 드러 세 요괴룰 물니치시고 인졍을 닷그시면 거의 셩탕 긔업을 보젼ᄒ리니 신이 포락(炮烙) 만분(蠆盆)의 형벌을 두리지 아니ᄒ고 감히 쥬ᄒᄂ이다. 이졔 두 사ᄅᆷ이 이시니 만일 이 냥인을 보ᄂ여 님동관을 협녁ᄒ여 직희면 당당이 쥬병을 물니치리이다."

쥬 문왈,

"경의 거쳔(擧薦)ᄒᄂ 사ᄅᆷ이 엇던인고?"

니통이 디왈,

"등곤3)(鄧昆)과 예길(芮吉)이 본디 츙냥지심(忠良之心)이 잇셔 나라홀 위ᄒ여 죽을 뜻을 두엇ᄂ니 만일 이 냥인을 어드면 능히 젹병을 파ᄒ리이다."

쥬 즉시 젼지(傳旨)ᄒ여 등곤과 예길을 브르니 냥인이 뎐상(殿上)의 올나 녜룰 맛츠미 쥬 왈,

"상틴우 니통이 경 등을 쳔거ᄒ여 츙셩이 잇다 ᄒ미 특별이 경 등을 님동관의 보ᄂ여 도젹을 막게 ᄒᄂ니 강상을 잡아 나라의 큰 공을 셰우라."

등곤과 예길이 머리룰 두다려 ᄉ례 왈,

"폐히 즁ᄒ 쇼임으로ᄡ 신 등을 맛【5】지시니 신 등이 엇지 진심ᄒ여 셩은을 갑지 아니리잇가?"

쥬 디희ᄒ여 젼지룰 나리와 잔치룰 비셜ᄒ여 등곤과 예길을 션숑ᄒ라 ᄒ니 유시(有司) 잔치룰 비셜ᄒ여 등곤과 예길을 먹이니 냥인이 잔치룰 먹고 셩 밧긔 나와 빅관을 니별홀시 미ᄌ(微子)와 긔ᄌ(箕子) 왈,

"ᄉ직(社稷) 안위(安危)가 이 한 거ᄌ(擧措)의 잇스니 두 쟝군은 힘뼈 나라홀 갑흐라."

등곤과 예길 왈,

"뎐하ᄂ 금심 말으쇼셔."

ᄒ고 두 쟝쉬 조가(朝歌)룰 ᄯ나 님동관으로 오니라.

---

3) 등곤: 원래 '등공'으로 되어 있으나 오기이므로 고침. 이하 같음.

독냥관(督糧官) 토힝손(土行孫)이 군냥을 거ᄂ려 쥬영의 니르러 바라보니 관 밋히 한 번(幡)을 셰웟거눌 힝손이 괴이히 너겨 즁군의 드러와 녜룰 맛츠미 ᄌ애 왈,

"네 군냥을 다 츌혀 온다?"

토힝손 왈,

"냥식을 다 츌혀 왓거니와 쇼쟝이 원문(轅門)의 니르러 보니 ᄉ쟝 가온디 한 번(幡)을 셰웟시니 그 어인 번이니 잇고?"

ᄌ의(子牙) 황비호(黃飛虎) 등 잡힌 일과 변길의 요괴로온 슐을 니ᄅᆫ디 토힝손이 밋지 아녀 왈,

"엇지 니러홀 니 잇스리오? 니가【6】 그 번을 아ᄉ오리이다."

나탁(哪吒)이 말녀 왈,

"ᄉ형은 가지 말나. 그 번이 극히 요괴로오니 가쟝 어려오니라."

토힝손이 그 말을 듯지 아니ᄒ고 쇠 막디룰 메고 영의 번 아리 니ᄅᆞ니 졍신이 어즐ᄒ여 ᄯᅡ히 것구러지거눌 관 우희 잇던 군시 번 아리 한 아희 것구러져시믈 보고 황망이 드러가 구양죤의게 알외니 구양슌이 오륙인을 졍ᄒ여 잡아오라 ᄒ니 오륙인 도부쉬(刀斧手) 칼을 메고 관의 나 토힝손을 잡으라 번 아리 다라드니 믄득 졍신이 어즐ᄒ여 ᄯᅡ히 것구러지거눌 관 우희 잇던 군시 디경ᄒ여 부의 도라가 구양죤의게 알외니 구양슌이 ᄯᅩ흔 의심ᄒ여 황망이 변길을 브르니 변길이 드러오거눌 구양슌이 토힝손이 번 아리 구러졋ᄂ 일을 니ᄅᆫ디 변길 왈,

"관겨지 아니타."

ᄒ고 오륙인을 거ᄂ리 번 아리 니르러 사ᄅᆷ을 구ᄒ여 너고 토힝손은 미여 관의 드러오니 구양죤 왈,

"조 아희룰 잡아 무어시 ᄡ리오? 섈니 ᄯ【7】어 ᄂ여 버히라."

ᄒ디 도부쉬 토힝손을 미러 원문의 나와 머리룰 버히고져 ᄒ더니 믄득 토힝손이 간디 업거눌 도부쉬 디경ᄒ여 도라와 구양슌의게 알외니 구양슌이 ᄯᅩ흔 괴히 너겨 변길노 더브러 의논ᄒ더니 토힝손이 디힝슐(地行術)을 뼈 영의 도라와 ᄌ아룰 보고 왈,

"그 번이 과연 어려오니 능히 앗기 어렵더

이다. 쇼쟝이 만일 디힝슐 곳 아니면 능히 버셔
나지 못ㅎ너이다."
ㅎ고 졍히 의논ㅎ더니 쇼졸이 드러와 보ㅎ더,
  "변길이 영 밧긔 와 쏜호즈 ㅎ너이다."
  나탁 왈,
  "쇼쟝이 가리이다."
ㅎ고 풍화륜(風火輪)을 타고 영의 나오니 변길
이 나탁을 보고 더로ㅎ여 화극(畫戟)을 두르고
다라들거늘 나탁이 화쳠챵을 둘너 마즈 쏜화 삼
합이 못ㅎ여 변길이 말을 두르혀 다라나거늘 나
탁이 쏜라 번 아리로 지나가더 나탁이 년화화신
(蓮花化身)이라 조곰도 번을 두려 아니ㅎ고 쏜
츠오니 변길이 디픠ㅎ여 관의 도라와 구양슌다
려 왈,
    【8】"나탁은 쇠로 삼긴 사름 갓ㅎ여 니
번을 두리지 아니ㅎ니 쇼쟝이 픠ㅎ여 도라오니
이다."
ㅎ고 셔로 의논ㅎ더니 쇼졸이 보ㅎ더,
  "등·예(鄧·芮) 이휘(二侯) 조셔(詔書)롤
바다 쏜홈을 도으라 오ㄴ이다."
  구양슌이 즁쟝을 거느리고 부의 나와 등·
예 이인(二人)을 마즈 은안뎐(銀安殿)의 드러와
녜필의 등곤 왈,
  "쟝군이 고급(告急)ㅎ는 표롤 올니미 텬지
우리 냥인을 보너여 쟝군과 한가지로 이 관을
직희라 ㅎ시미 왓ㄴ니 쟝군이 년일 쥬병으로 쏜
호미 승뷔 ㅎ여(何如)오?"
  구양슌 왈,
  "쳐음의 부쟝 변금농(卞金龍)이 픠ㅎ여 진
상의셔 죽고 변금농의 아들 변길(卞吉)이 번 ㅎ
나흘 두어시니 그 번 일홈은 유혼빅골번(幽魂白
骨幡)이니 사름이 그 번 아리로 지나면 졍신이
어즐ㅎ여 스로잡히미 니러므로 남궁괄(南宮
适)·황비호(黃飛虎)·황명(黃明)·뇌진즈(雷震子
)롤 잡앗ㄴ이다."
  등곤 왈,
  "황비호는 나라히 큰 도젹이라. 쟝군이 잡
아시니 공이 만고의 웃듬이 되리로다."
ㅎ고 구양슌으로 더브러 셔로 의논ㅎ더니 구양
슌이 【9】 잔치롤 비셜ㅎ여 냥인을 디졉ㅎ고 야
심토록 슐먹다가 각각 파ㅎ여 쟝막(帳幕)으로
도라가니 등곤이 쟝막의 도라와 스스로 니르더

'황비호는 너 쳐남이라 황비회 이졔 잡혀시니
니 엇지 구치 아니리오? ㅎ믈며 텬하 팔빅 졔휘
다 쥬의 도라와시니 너 예길을 달너여 너일 셔
로 진의 님ㅎ여 일을 일위리라' ㅎ고 이튼날 뎐
의 올나 즁쟝으로 더부러 일을 의논ㅎ더니 예길
왈,
  "우리 조셔롤 바다 쥬영(周營)을 물니치라
와시니 쌀니 군스롤 거느려 관의 나가 강상으로
더부러 즈웅을 결ㅎ리라."
  구양슌 왈,
  "쟝군의 말이 올타."
ㅎ고 군스롤 거느려 관의 나아가니 변길이 나아
와 등곤다려 왈,
  "쟝군은 져 번 아리로 가지 말고 왼편으로
나아가쇼셔."
  등곤 예길이 좌편 길노 조츠 쥬영 압히 가
쏜호즈 ㅎ니 쇼졸이 보ㅎ더,
  "관즁(關中) 디디(大隊) 인민(人馬) 영 알픠
와 무왕과 원슈롤 보아 말ㅎ즈 ㅎㄴ이다."
  즈애 무왕을 쳥ㅎ여 즁쟝을 거느리고 영
【10】의 나오니 등곤과 예길이 마상의셔 즈아
의 나오믈 보니 위풍이 늠늠ㅎ고 살긔 등등ㅎ더
붉은 양산 아리 무왕이 쇼요마(逍遙馬)롤 타고
좌우의 즁쟝이 옹위ㅎ여시니 위의(威儀) 엄슉ㅎ
거늘 등곤 예길이 문왈,
  "오는 지 아니 무왕과 강상인다?"
  즈애 왈,
  "우리는 긔로라. 그디는 엇던인다?"
  등곤 예길 왈,
  "우리는 등곤 예길이어니와 네 셔기의 졍
승이 되야 인의녜지(仁義禮智)로 나라흘 돕지
아니ㅎ고 희발을 도와 거즛 쥬왕이로라 칭ㅎ고
반ㅎ여 도망ㅎ는 놈을 모도와 셩을 함몰ㅎ며 싱
민을 살육ㅎ니 이 엇지 홀 비리오?"
  예길이 쏘 무왕을 가르쳐 즐왈,
  "네 션왕이 유리셩(羑里城)의 갓친 지 일곱
히의 텬지 어엿비 너기샤 노하 나라히 도라보너
고 황월빅모(黃鉞白旄)롤 쥬어 변방을 진졍케
ㅎ시니 홍은(洪恩)과 덕틱(德澤)이 지극ㅎ거늘
네 아뷔 죽언지 오러지 아냐셔 강상의 요괴로온
말을 듯고 일홈 업슨 군스롤 니르혀 텬즈 【11】
의 관익(關隘)을 침노ㅎ여 스스로 멸문(滅門)홀

화롤 바드려 ᄒᄂᆫ다? 네 섈니 말긔 나려 항복ᄒ여 죽으믈 면ᄒ고 텬ᄌ의 관익을 도로 드려 신하의 졀을 극진히 ᄒ라. 만일 불연즉(不然則) 텬ᄌ 친히 빅만지즁(百萬之衆)을 모라 너희롤 치시리니 너희 죽을 ᄯᆞ히 업슬가 ᄒ노라."

ᄌ애 쇼왈,

"현후(賢侯)는 다만 말홀 쥴만 알고 시셰(時勢)롤 아지 못ᄒᄂᆫ도다. 옛말의 일너시디 '텬명은 미양 한 곳의 잇지 아녀 덕 잇는 디 도라간다4)'ᄒ니 이졔 쥐 잔학무도(殘虐無道)ᄒ여 디신을 쥬륙(誅戮)ᄒ고 쥬식의 침혹ᄒ여 안ᄒᆡ롤 죽이며 ᄌ식을 바리고 종ᄉ롤 도라보지 아니ᄒ야 졍ᄉ롤 닷지 아니며 만셩(萬姓)을 잔학ᄒ여 죄악이 관영(貫盈)ᄒ니 황텬이 진노ᄒ샤 우리 셔쥬(西周)로 ᄒ여곰 치라 ᄒ시니 니러므로 텬하 졔후로 더부러 한가지로 밍진(孟津)의 모도여 독부(獨夫)롤 쇼멸코ᄌ ᄒᄂᆞ니 현후(賢侯) 맛당이 갑을 벗고 말긔 나려 항복ᄒ여 어두은 디롤 【12】 바리고 붉은 디로 도라오면5) ᄯᅩᄒᆫ 봉후(封侯)의 위(位)롤 일치 아니리라."

예길이 디로ᄒ여 변길다려 왈,

"네 져 셕웅을 잡아오라."

변길이 화극을 들고 말을 달녀 다라들거ᄂᆞᆯ 조승(趙升)이 쌍검을 두르고 말을 노화 나와 변길을 마ᄌ ᄊᆞ호더니 예길이 변길의 능히 니긔지 못ᄒ믈 보고 칼을 두르고 다라드러 변길을 도와 ᄊᆞ호거ᄂᆞᆯ 손염홍(孫焰紅)·무길(武吉)이 일시의 말을 노화 예길을 마ᄌ ᄊᆞ호더니 나탁이 몸을 흔드리 변ᄒ여 삼두팔비(三頭八臂) 되여 풍화륜을 달녀 다라들거ᄂᆞᆯ 등곤이 나탁의 변화ᄒ믈 보고 급히 징쳐 군ᄉ롤 거두어 관의 도라가니 구양슌 왈,

"우리 바야흐로 ᄊᆞ홈을 니긔게 되엿거ᄂᆞᆯ

현휘 징쳐 군을 거두시니 엇진 일이니잇고?"

등곤 왈,

"쥬병이 법되 잇고 장쉬 용밍ᄒ니 니러므로 징쳐 군을 거두어 도라오노라."

ᄒ고 장막의 도라와 홀노 누어 싱각ᄒ디 '텬명이 임의 쥬의 도라 갓고 쥐 【13】 황음무도(荒淫無道)ᄒ여 만민을 잔학ᄒ니 반ᄃ시 망홀 거시오. 무왕은 공덕이 날노 셩ᄒ여 뇽봉지ᄌ(龍鳳之姿)와 텬일지픾(天日之表) 이시니 진짓 하늘이 아ᄅᆞ시ᄂᆞᆫ 임군이오 ᄌ애 ᄯᅩ 용병을 잘ᄒ고 문하의 도슐ᄒᄂᆞᆫ 사ᄅᆞᆷ이 만흐니 니 엇지 이 관을 직희리오? 쥬의 항복홀만 갓지 못ᄒ다' ᄒ고 홀노 안자 근심ᄒ더라.

예길이 ᄯᅩᄒᆫ 장막의 도라와 싱각ᄒ디 '무왕은 진짓 유덕지군(有德之君)이라 니 니일 등후(鄧侯)롤 달녀 한가지로 쥬의 항복ᄒ리라' ᄒ고 계규롤 졍ᄒ니라.

이튼날 등·예 이휘(二侯) 뎐의 올나 즁장으로 더부러 일을 졍ᄒᄆᆡ 등곤 왈,

"관즁의 장쉬 젹으며 군시 강치 못ᄒ고 강상은 용병ᄒ기롤 잘ᄒ고 ᄯᅩ 문하의 도슐ᄒᄂᆞᆫ 사ᄅᆞᆷ이 만흐니 엇지 아관(我關)을 직희리오?"

변길 왈,

"국가 흥홀 ᄶᆡ의ᄂᆞᆫ 반ᄃ시 호걸(豪傑)이 와 돕ᄂᆞ니 엇지 사ᄅᆞᆷ이 젹으며 만흐미 이시리오? 이졔 관 밧긔 유혼빅골번을 셰워시니 쥬병이 능히 이 번을 지나지 못ᄒ리 【14】 이다."

예길이 등곤의 말을 듯고 싱각ᄒ디 '등휘 일졍 쥬의 도라갈 ᄯᅳᆺ이 잇도다' ᄒ고 셔로 슐먹다가 밤든 후 파ᄒ니 등곤이 장막의 도라가 심복 사ᄅᆞᆷ을 무려 예후(芮侯)롤 쳥ᄒ니 예길이 이 말을 듯고 흔연이 등후의 장막의 와 셔로 슐먹으며 일을 의논ᄒ니라.

ᄌ애 영즁의 잇셔 싱각ᄒ디 '번이 막아시니 능히 나아가지 못ᄒ고 ᄯᅩ 황비호 등 여러 사ᄅᆞᆷ이 잡혀시니 엇지ᄒ여 구ᄒ리오?' ᄒ고 반향(半晌)이나 침음(沈吟)ᄒ다가 믄득 한 계규롤 싱각고 토ᄒᆡᆼ손을 브르니 ᄒᆡᆼ손이 장의 올나 왓거ᄂᆞᆯ ᄌᆞᆯ이 왈,

"네 오늘밤의 가만이 관의 드러가 황비호 등 여러 사ᄅᆞᆷ의 쇼식을 듯보와 오라."

ᄒᆡᆼ손 왈,

"삼가 명디로 ᄒ리이다."

ᄒ고 초경은 ᄒ여 디ᄒᆡᆼ슐을 ᄡᅥ 가만이 관의 드러가 몬져 부(府) 뒤동산으로 드러가니 황비호 등 여러 사ᄅᆷ이 미여 지워 잇고 모든 초병(哨兵)이 자지 아니ᄒ거늘 토ᄒᆡᆼ손이 감히 햐슈치[6] 못ᄒ여 등후 장막으로 나와 【15】 장 아리 업디여 냥인의 말을 드ᄅ니 등곤이 좌우ᄅᆞᆯ 믈니고 예길다려 웃고 왈,

"이졔 쥬상이 실덕(失德)ᄒ여 텬히(天下) 분분ᄒ니 도젹이 봉긔ᄒ거늘 쥬무왕이 긔병ᄒ여 무도(無道)ᄅᆞᆯ 치니 뇽이 들히셔 ᄡᅩ호며 범이 뫼히셔 ᄡᅩ호ᄂᆫ 듯ᄒ여 영웅이 구름 뭇 듯ᄒ니 우리 이 긔회ᄅᆞᆯ 어더 쥬의 항복고ᄌ ᄒᄂ니 현뎨(賢弟)의 ᄯᅳᆺ이 엇더ᄒ뇨?"

예길이 쇼왈,

"형장(兄長)이 임의 쥬의 항복고져 ᄒ면 쇼뎨 엇지 감히 녕을 밧지 아니ᄒ리오?"

토ᄒᆡᆼ손이 장 아리 업디여 이 말을 듯고 디희ᄒ여 스스로 싱각ᄒ디 '이 ᄯᆡᄅᆞᆯ 인ᄒ여 뵈지 아니면 어ᄂ ᄯᆡᄅᆞᆯ 어드리오?' ᄒ고 장을 들치고 드러가 졀ᄒ니 등·예 이휘 디경ᄒ여 말을 못ᄒ거늘 토ᄒᆡᆼ손 왈,

"현후는 놀나지 마르쇼셔. 나ᄂᆫ 강원슈 휘하 독냥관 토ᄒᆡᆼ손이로쇼이다."

등·예 이휘 이 말을 듯고 바야흐로 정신을 경ᄒ여 문왈,

"장군이 엇지 이 밤의 드러오뇨?"

토ᄒᆡᆼ손 왈,

"쇼장이 원슈의 명을 바다 디 【16】 ᄒᆡᆼ슐노 ᄡᅥ 관의 드러와 일을 탐쳥(探聽)ᄒ더니 이위(二位) 현휘(賢侯) 쥬의 도라오고져 ᄒ시ᄂᆫ ᄯᅳᆺ을 알고 특별이 뵈ᄂᆞ이다."

등·예 이휘 이 말을 듯고 졀ᄒ여 왈,

---

6) 【햐슈ᄒ다】 圖 {하수(下手)하다.} 손을 쓰다. ¶ 초경은 ᄒ여 디ᄒᆡᆼ슐을 ᄡᅥ 가만이 관의 드러가 몬져 부 뒤동산으로 드러가니 황비호 등 여러 사ᄅᆷ이 미여 지워 잇고 모든 초병이 자지 아니 ᄒ거늘 토ᄒᆡᆼ손이 감히 햐슈치 못ᄒ여 등후 장막 으로 나와 장 아리 업디여 냥인의 말을 드ᄅ니 <西周 22:14> 下手 ‖ 쇼장이 원슈의 명을 바다 관의 드러가니 황비호 등 ᄉ장은 금즁의 잇ᄉ디 방비ᄅᆞᆯ 엄히 하여시니 감히 햐슈치 못ᄒ고 (弟子奉命進關, 四將還在禁宮, 因看守人不曾睡, 不敢下手.) <西周 22:16>

"장군의 오시ᄂᆫ 줄 아지 못ᄒ여 먼니 맛지 못ᄒ니 죄ᄅᆞᆯ 스ᄒ쇼셔. 이졔 우리 냥인이 진상의셔 강원슈의 용병ᄒᄆᆞᆯ 보니 진짓 텬신이러라. 우리 항복고져 ᄒ디 긔회ᄅᆞᆯ 엇지 못ᄒ엿더니 오ᄂᆞᆯ날 장군을 만날 줄 엇지 알니오?"

ᄒᆡᆼ손 왈,

"만일 항복고져 ᄒᆞᆯ진디 한 봉 글을 닷가 쇼장을 맛지시면 영의 도라가 원슈긔 알외리이다."

등곤이 올히 너겨 한 봉 글월을 닷가 ᄒᆡᆼ손을 쥰디 ᄒᆡᆼ손이 하직ᄒ고 영의 도라와 ᄌᆞ아ᄅᆞᆯ 뵌디 ᄌᆞ애 장즁의 안ᄌ 토ᄒᆡᆼ손을 고디ᄒ다가 ᄒᆡᆼ손의 오믈 보고 급문 왈,

"관의 드러가 쇼식을 탐쳥ᄒ다?"

ᄒᆡᆼ손 왈,

"쇼장이 원슈의 명을 바다 관의 드러가니 황비호 등 ᄉ장은 금즁의 잇ᄉ디 방비ᄅᆞᆯ 엄히 하여시니 감히 햐슈치 못ᄒ【17】고 등·예 이후의 장막의 가니 두 사ᄅᆷ이 한가지로 쥬의 도라올 ᄯᅳᆺ을 의논ᄒ거늘 쇼장이 가만이 장막의 드러가 등·예 이후ᄅᆞᆯ 보니 이휘 디희ᄒ여 항셔(降書)ᄅᆞᆯ 보너더이다."

ᄒ고 글월을 올니니 ᄌᆞ애 바다 보고 디희 왈,

"이ᄂᆫ 진실노 텬ᄌᆞ의 복이로다."

ᄒ고

"아직 믈너시라. 니 다시 의논ᄒᄂᆫ 일이 이시리라."

ᄒᆡᆼ손이 믈너오다.

이튼날 등·예 이휘 뎐의 올나 즁장을 모도고 왈,

"어졔 ᄡᅡ홈의 ᄌᆞ웅을 결치 못ᄒ엿시니 이 엇지 디장부의 ᄒᆞᆯ 비리오? 우리 ᄂᆡ일 ᄡᅡ화 도젹을 파ᄒ리라."

ᄒ고 이튼날 즁장을 더부러 관의 나가 빅골번(白骨幡) 아리 니ᄅᆞ러 변길을 불너 왈,

"ᄲᆞᆯ니 이 번을 아스라."

변길이 디경 왈,

"이 빅골번은 갑 업손 번이라〔無價之寶〕. 쥬병을 방비ᄒ거늘 아스라 하시니 만일 업시ᄒ면 남동관을 아이리로쇼이다."

예길 왈,

"나는 조정 흠치(欽差)여눌 엇지 격은 길노 가리오? 섈니 빅골번을 아스 우리로 흐여곰 큰 길노 나아가게 흐라."

변길이 싱각흐디 【18】 '만일 이 번을 아스면 반드시 도젹을 치지 못홀 거시오 만일 앗지 아니면 반드시 히룰 닙을 거시니 엇지 이 흔 부작을 앗기리오?' 흐고 말 우희셔 쥬스(朱砂)룰 니여 부작 셕 장을 뼈 하나흐란 등곤의 투고 속의 녀고 하나흔 예길의 투고 속의 녀코 쏘 하나흔 구양슌의 투고 속의 녀코 번 아리로 지나가니 조곰도 관겨치 아니흐거눌 쥬영의 니르러 싼호즈 흐니 즈인 즁장을 거느려 영의 나오미 황비표(黃飛豹)·황비뮈(黃飛彪) 말긔 올나 니닷거눌 등·예 이휘 각각 병긔룰 드러 마즈 싼호더니 무길이 창을 두르고 말을 달녀 나와 싼홈을 도드거눌 변길이 쏘흔 니다라 셧거 싼호니 즈인 징쳐 군을 거두어 영의 도라오니 등·예 쏘흔 군을 거두어 관으로 도라가거눌 즈인 토힝쏜다려 왈,

"네 오날밤의 관의 드러가 다시 등·예룰 보고 계규룰 의논흐라."

토힝쏜이 일 삼경의 관의 드러가 등후 장막의 가니 등후(鄧侯)·예휘(芮侯) 셔로 모다 일을 의논흐다가 토힝 【19】 쏜을 보고 디희 왈,

"바야흐로 공을 보고즈 흐더니 장군이 오니 진실노 일이 일니로다."

흐고 왈,

"관 밧긔 셰윗는 번 일홈은 유혼빅골번이라 그져 사룸은 능히 단이지 못흐미 우리 계규룰 니여 변길을 속여 한 부작을 바닷느니 이 부작 곳 가져시면 비록 그 번 아리로 단이나 관겨치 아니흐니라."

흐고 부작 한 장을 쥬며 왈,

"이 부작을 가져다가 강원슈긔 드려 섈니 병을 나오쇼셔 흐라. 우리 스스로 관 아술 계규 잇스리라."

토힝쏜이 부작을 바다 가지고 영의 도라와 즈아룰 보고 즈셰히 고흔디 즈인 디희흐여 그 부작을 바다 그디로 여러 장을 뼈 즁쟝을 난화 맛지니라.

86
면디현오악귀텬(澠地縣五岳歸天)

즈이 부작을 뼈 즁장(衆將)을 불너 각각 한 장식 쥬며 왈,

"너희 이 부작 한 장식 투고 속의 녀코 변길(卞吉)과 쓰호다가 변길이 만일 다라나거든 쏘츠 빅골번(白骨幡) 아【20】리 가 그 번을 앗고 다시 관을 파ᄒ리라."

즁장이 디희ᄒ여 각각 물너나다.

이튼날 즈이 즁장을 거느려 관 아리 니르러 쓰홈을 도도니 등·예(鄧·芮) 변길노 ᄒ여곰 나가 쓰호라 하니 변길이 일지(一枝) 군(軍)을 거느려 관의 나와 쇼리질너 왈,

"오늘날 너희롤 죽여 니 아뷔 원슈롤 갑ᄒ리라."

ᄒ고 창을 들고 말을 쮜여 즈아의게 다라드니 디쇼 즁장이 일시의 너다라 마즈 쓰화 변길을 에워쓰고 급히 즛치니[1] 변길이 졍히 위급ᄒ여

다라나고져 ᄒ디 능히 버셔나지 못ᄒ여 동셔로 분쥬ᄒ다가 화극(畵戟)을 드러 조병(趙丙)의 엇게롤 질으니 조병이 피쥬ᄒ거놀 변길이 이 쩌롤 타 화극을 끄을고 진을 쎄쳐 나 번 아리로 다라나거놀 즁장이 일시의 쓰르니 변길이 가만이 깃거 왈 '이놈들을 잡으리라" ᄒ고 번 아리로 지나 닷거놀 즁장이 일시의 쇼리ᄒ고 번 아리로 지나가니 변길이 즁장의 빅골번을 무ᄉ이 지나믈 보고 디경 왈,

"하놀【21】이 셩탕ᄉ직(成湯社稷)을 망ᄒ려 ᄒ시ᄂᆫ도다. 이 보비 엇지 효험이 업ᄂᆞ뇨?"

감히 쓰호지 못ᄒ여 관으로 다라드러 문을 닷고 나지 아니ᄒ거놀 즈이 즁장을 명ᄒ여 빅골번을 거두어 가지고 영으로 도라오니라.

번길이 피ᄒ여 관의 드러가 등·예 이후롤 뵌디 예길(芮吉) 왈,

"장군이 오늘 쓰호믹 쥬장을 몃치나 잡으뇨?"

변길 왈,

"쇼장이 여러 쥬장(主將)의게 쓰이여 능히 버셔나지 못ᄒ더니 화극을 한 장슈롤 질으고 번 쩌롤 타 즁장을 인ᄒ여 빅골번 아러 니르니 모든 사름이 그 번 아리로 지나디 조곰도 두리지 아니ᄒ니 이ᄂᆫ 반ᄃᆞ시 하놀이 셩탕 긔업을 망ᄒ려 ᄒ시민가 ᄒᄂᆞ이다."

예길이 쇼왈,

"젼일 여러 장슈롤 잡앗더니 오늘은 한 장슈도 못잡으믄 엇지뇨?"

등곤(鄧昆)이 쇼리ᄒ여 왈,

"변길아 네 관즁 장시 젹고 군시 미ᄒ믈 보고 거즛 못니긘 체ᄒ고 빅골번을 아이고[2] 이 관을 드리고져 ᄒᄂᆫ다? 오늘날 너롤 죽【22】이지 아니면 군법을 졍히 못ᄒ리라."

ᄒ고 좌우롤 꾸지져 변길을 ᄭᅳ어니여 버히라 ᄒ니 좌우 도부쉬(刀斧手) 일시의 너다라 변길을 잡아 부의 나가 머리롤 버혀 군ᄉ롤 호령ᄒ니

---

1) 【즛치다】 동 짓치다. ¶ 창을 들고 말을 쮜여 즈아의게 다라드니 디쇼 즁장이 일시의 너다라 마즈 쓰화 변길을 에워쓰고 급히 즛치니 (縱馬搖戟, 直奔子牙. 只見子牙左右一干大小將官衝殺過來, 把卞吉圍在垓心.) <西周 22:20>

2) 【아이다】 동 빼앗기다. ¶ 변길아 네 관즁 장시 젹고 군시 미ᄒ믈 보고 거즛 못니긘 체ᄒ고 빅골번을 아이고 이 관을 드리고져 ᄒᄂᆫ다? (卞吉見關內兵微將寡, 周兵勢大, 此關難以久守, 故與周營私通, 假輸一陣, 使衆將一擁而入, 以獻此關耳.) <西周 22:21>

구양슌(歐陽淳)이 변길의 죽으믈 보고 디경ㅎ여 급히 드러가 등·예 이후다려 문왈,

　"장군이 므슴 죄로 변길을 죽이시뇨?"

　등곤 왈,

　"변길이 텬명을 아지 못ㅎ고 군법을 범ㅎ니 너 이러므로 죽엿거니와 이졔 셩탕긔쉬(成湯氣數) 임의 진ㅎ여 황상이 황음무도(荒淫無道)ㅎ여 뎡ᄉ(政事)롤 닷지 아니ㅎ니 텬하 인심이 임의 쥬의 도라갓고 이졔 네 관을 아이고 다만 이 관이 남앗ᄂᆞᆫ디 관즁의 디장이 업고 군시 젹으니 능히 이 관을 직희지 못ㅎ리니 우리 등이 장군과 한가지로 쥬왕긔 항복ㅎ여 무도ᄒᆞᆫ 거슬 치미 이 일은 어두은 디롤 바리고 붉은 디로 도라가미라. ᄒᆞᆯ며 쥬영의 도슐 잘ㅎᄂᆞ 니 만ᄒᆞ니 우리 등이 엇지 능히 디젹ㅎ리오?"

　구양슌【23】이 디즐 왈,

　"너희 님군의 녹을 먹고 나라 갑흐믈 싱각지 아니코 도로혀 관을 드려 항복고져 ㅎ니 이ᄂᆞᆫ 진실노 돈견지심(豚犬之心)이라. 엇지 디장뷔ᄒᆞᆯ 비리오? 니 머리룰 버히고 니 몸을 바으나 니 츙셩된 마음을 곳치지 아니ㅎ리니 엇지 의룰 져바리ᄂᆞᆫ 도젹을 본바드리오?"

　등휘 쇼리질너 왈,

　"이졔 텬히 다 쥬(周)의 도라갓시니 쥬(紂)ᄂᆞᆫ 한 독뷔(獨夫)라 싱민(生民)을 잔학(殘虐)하니 만민이 도탄(塗炭)ㅎ거늘 쥬무왕(周武王)이 군ᄉ룰 거ᄂᆞ려 독부룰 치시니 진짓 셩군이라. 구양슌이 진실노 텬시(天時)룰 아지 못ㅎ고 니러틋 ㅎᄂᆞᆫ도다."

　구양슌이 디로ㅎ여 쇼리질너 왈,

　"폐히 그릇 간ᄉᄒᆞᆫ 두젹을 뻐 니러 화을 일위시니 오늘 니 이 도젹을 죽여 님군의 은혜룰 갑흐리라."

ㅎ고 칼을 집고 다라들거늘 등·예 이휘 각각 칼을 드러 뎐상의셔 ᄊᆞ호더니 예길이 칼을 드러 구양슌을 두 조각의 니고 사롭을 식여 뒤동산의 황비호 등 ᄉ【24】장(四將)을 노화 진의 도라 보니니 ᄉ장이 뎐의 올나 등·예 이후의게 ᄉ례ㅎ고 영의 도라와 ᄌ아룰 보고 긔별을 니ᄅᆞ니 ᄌ이 디희ㅎ여 졍히 셔로 술을 두고 경하(慶賀)ㅎ더니 쇼졸이 보ㅎ더,

　"등곤 예길이 원문의 왓ᄂᆞ이다."

ᄌ이 드러오라 ㅎ니 등·예 이인이 드러오거늘 ᄌ이 장의 나려 마즈 좌롤 졍ㅎ미 ᄌ이 위로 왈,

　"오늘날 이위 현휘 쥬의 도라오니 진실 어진 신히 님군을 갈희여 셤기미로다."

　이휘 왈,

　"쳥컨더 원슈ᄂᆞᆫ 관의 드러가 빅셩을 안무(按撫)ㅎ쇼셔."

　ᄌ이 무왕을 쳥ㅎ여 디병을 모라 관의 드러가 방 붓쳐 빅셩을 안무ㅎ니 관즁(關中) 부뢰(父老) 쥬양(酒羊)을 가지고 와 무왕을 맛거늘 무왕이 밧지 아니ㅎ고 도로 너여 쥬니 모든 부뢰 디희 왈,

　"오늘날 바야흐로 어진 님군을 엇괘라."

ㅎ고 각각 물너 가니라.

　이튿날 ᄌ이 디병을 휘동(麾動)ㅎ여 면디현(澠池縣)으로 나아갈식 홀니[3] 못ㅎ여 면디현 ᄉ십 니의 니ᄅᆞ러 하치(下寨)ㅎ【25】니라.

　면디현 춍병 댱귀(張奎) 쥬병이 왓단 말을 듯고 뎐의 올나 션봉 왕좌(王佐)와 뎡츈(鄭椿)으로 더부러 셔로 니ᄅᆞ디,

　"오늘날 쥬병이 오관(五關)을 앗고 ᄶᅩ 니 싸흘 침노ㅎ니 장군니 맛당이 힘을 다ㅎ여 나라 흘 갑흐라."

ㅎ고 즁장을 분부ㅎ여 슈셩(守成)ᄒᆞᆯ 긔구롤 찰히라 ㅎ더라.

　이튿날 ᄌ이 즁장으로 더부러 셩 아술 일을 의논ㅎ더니 쇼졸이 보ㅎ더,

　"동빅후(東伯侯) 강문환(姜文煥)이 글을 올니ᄂᆞ이다."

　ᄌ이 녕ㅎ여 드리오라 ㅎ니 치관이 장 압히 니ᄅᆞ러 녜롤 맛고 글을 올니거늘 ᄌ이 ᄶᅥ혀 보니 좌우다려 왈,

　"이졔 동빅후 깅문환이 구병(救兵)을 쳥ㅎ여시니 비록 쥬고져 ㅎ나 병을 난호면 면디현을 앗지 못ᄒᆞᆯ가 ㅎ노라."

　황비회(黃飛虎) 왈,

―――――――――――――――――――――

3)【홀ㄴ】圀 하루. ¶ 一日‖ 이튼날 ᄌ이 디병을 휘동ㅎ여 면디현으로 나아갈식 홀니 못ㅎ여 면디현 ᄉ십 니의 니ᄅᆞ러 하치ㅎ니라 (子牙人馬在路前行, 不一日, 探馬報曰: "啓元帥: 前至澠池縣了, 請令定奪." 子牙傳令安營.) <西周 22:24>

"텬하 졔휘 다 쥬(紂)롤 바리고 독부롤 치
눈디 위티ᄒ믈 보고 안ᄌ셔 구치 아니ᄒᄆ믄 이눈
아녀ᄌ의 일이라 원쉬 맛당이 장슈롤 보니여 강
문환의 급ᄒ믈 구ᄒ고 텬하 제후로 ᄒ여곰 한가
지【26】로 쥬롤 치게 ᄒ쇼셔."

ᄌ이 올히 너겨 좌우롤 도라보와 왈,

"뉘 가히 강문환을 구ᄒ리오?"

금탁(金吒)·목탁(木吒)이 응셩 왈,

"쇼쟝이 원컨디 가리이다."

ᄌ이 일지(一枝) 인마롤 난화 이장(二將)을
쥬니 냥인이 녕을 듯고 군마롤 인ᄒ여 유혼관
(遊魂關)으로 가니라.

ᄌ이 좌우롤 도라보와 왈,

"뉘 몬져 가 면디현을 아스리오?"

남궁괄(南宮适)이 응셩 왈,

"원컨디 쇼쟝이 가리이다."

ᄒ고 일지 인마롤 거ᄂ려 셩 아리 가 ᄊ호ᄌ ᄒ
니 셩 직흰 군시 드러가 보ᄒ니 댱규(張奎) 좌
우다려 왈,

"뉘 몬져 가 이 도젹을 잡으리오?"

왕좨(王佐) 왈,

"쇼쟝이 가리이다."

ᄒ고 삼쳔 인마롤 거ᄂ려 셩의 나가니 남궁괄이
쇼리질너 왈,

"오관이 다 쥬의 도라왓거늘 조고만 탄ᄌ
(彈子)만ᄒ ᄯ흐로 엇지 감히 텬병을 막으리오?
ᄲ니 말긔 나려 항복ᄒ여 죽으믈 면ᄒ라."

왕좨 즐왈,

"무지ᄒ 필뷔 무고히 반ᄒ여 감히 텬조(天
朝)롤 범ᄒ눈다?"

ᄒ고 칼을 두르【27】고 다라들거늘 남궁괄이
칼을 드러 마ᄌ ᄊ화 삼십여 합이 못ᄒ여 남궁
괄이 칼을 드러 왕좌의 머리롤 버혀 마하(馬下)
의 나리치니 남은 군시 셩의 드러가 댱규의게
알왼디 댱규 졍히 근심ᄒ더니 이튼날 쇼졸이 보
ᄒ디,

"쥬장 황비회 ᄊ홈을 쳥ᄒ누이다."

댱규 좌우롤 도라보와 왈,

"뉘 가히 이 도젹을 잡을고?"

뎡츈이 응셩 왈,

"쇼쟝이 가리이다."

ᄒ고 일지군을 거ᄂ려 셩의 나가니 황비회 창을
두르고 말을 뾔여 다라들거늘 뎡츈이 마ᄌ ᄊ화
슈합(數合)이 못ᄒ여 비회 창으로 뎡츈을 질너
마하의 나리치니 픠군이 다 허여지거늘 비회 영
의 도라와 ᄌ아롤 보고 이런 말을 니른디 ᄌ이
더회ᄒ여 이튼날 즁장을 거ᄂ리고 셩 밋히 나아
가 셩을 급히 치니 쇼졸이 급히 보ᄒ디 댱규 후
당(後堂)의 잇다가 부인 고난영(高蘭英)으로 더
브러 의논 왈,

"이졔 의로온 셩을 직희기 어렵고 년ᄒ여
두 장쉬 죽어시니 엇지【28】ᄒ리오?"

난영 왈,

"장군이 긔특ᄒ 도슐이 이시니 엇지 젹병
을 두리리오?"

댱규 왈,

"부인은 아지 못ᄒ눈도다. 오관의 영웅이
만흐디 다 화롤 맛나시니 텬의(天意)롤 가히 알
지라. 하믈며 쥬상이 황음(荒淫)ᄒ여 텬히 다 반
ᄒ니 회복기 어렵도다."

ᄒ고 졍히 의논홀ᄉ 쇼졸이 보ᄒ디,

"쥬병이 셩 치기롤 더옥 급히 ᄒ누이다."

댱규 즉시 일지 군마롤 거ᄂ려 셩의 나가
니 ᄌ이 쇼리질너 왈,

"장군은 가히 텬의롤 알지니 ᄲ니 항복ᄒ
여 봉후위(封侯位)롤 일치 말나."

댱규 쇼왈,

"이 요괴로온 도젹이 감히 간스ᄒ 말을 꿈
여 날을 달니고ᄌ ᄒ누냐?"

ᄌ이 왈,

"텬시(天時)와 인ᄉ(人事)롤 가히 뭇지 아
녀 알 거시어늘 족히(足下) ᄭᅢ닷지 못ᄒ눈도다.
예셔 조개(朝歌) 슈빅 니 못ᄒ디 ᄉ방 팔빅(八
百) 졔휘(諸侯) 구롬 못듯ᄒ니 이 조고만 ᄯ흘
가지고 감히 항거코져 ᄒ눈다?"

댱규 더로ᄒ여 칼홀 들고 다라들거늘 문왕
의 아들 희슉명(姬叔明)과 희슉승(姬叔升)이 말
을 노하 창을 두【29】르고 니다라 댱규롤 마ᄌ
ᄊ호더니 삼십 합이 못ᄒ여 슉명·슉승이 픠쥬
ᄒ거늘 댱규 쏫ᄎ가기롤 급히 ᄒ니 댱규의 탄
말은 독각오연쉬(獨角烏烟獸)니 말머리의 한 ᄲᅳᆯ
이 잇고 ᄲᅳᆯ 끗흐로셔 검은 니 니러나눈지라. 니
러므로 그 말이 심히 긔특ᄒ여 닷기롤 구롬이

뭇듯 ᄒ며 번기 번득이는 듯ᄒ니 두 공ᄌ 능히
디젹지 못ᄒ여 다라나더니 댱규 크게 쇼리 지르
고 칼을 드러 희슉명을 버혀 말 아리 나리치니
슉승이 형의 죽으믈 보고 즉시 다라나고ᄌ ᄒ더
니 댱규 ᄯᅩ 쇼리 질으고 슉승을 두 조각의 너니
ᄌ이 디경ᄒ여 징쳐 군ᄉ를 거두어 영의 도라오
니 무왕이 두 아이⁴⁾ 죽으믈 듯고 ᄯ히 업더져
통곡ᄒ거늘 즁장이 급히 붓드러 니르혀 구ᄒ니
무왕 왈,

"니 이졔 두 아으를 죽여시니 ᄲᆞᆯ니 군ᄉ를
두르혀 본토를 직휘만 갓지 못하다."

ᄒ니, ᄌ이 왈,

"뎐하의 말슴이 그르셔이다. 비록 한 진을
【30】 픠ᄒ나 엇지 군ᄉ를 도로혀 큰 일을 그릇
밍글니잇고?"

무왕이 홀노 후당의 안ᄌ 눈물을 흘니시더
라.

댱규 두 공ᄌ를 죽이고 관의 도라와 표를
지어 조가로 보ᄂᆞ니라.

ᄌ이 장즁의 잇셔 졔장다려 왈,

"면디현은 조고만 고을이어놀 도로혀 뎐희
히ᄒ믈 닙으니 엇지 이 고을을 능히 아스리오?"

즁장 왈,

"댱규의 탄 말이 한 ᄲᆞᆯ이 잇고 ᄲᆞᆯ 꼿히 검
은 너 니러나며 닷기를 우뢰갓치 하니 두 공ᄌ
밋쳐 방비치 못ᄒ여 히를 닙으시니이다."

ᄒ고 셔로 의논ᄒ더니 쇼졸이 보ᄒ되,

"북빅후(北伯侯) 슝흑회(崇黑虎) 왓ᄂ이다."

ᄌ이 쳥ᄒ여 드러오라 ᄒ니 흑회 문빙(文
聘)과 최영(崔英)과 댱웅(將雄)을 다리고 드러오
거놀 ᄌ이 장의 ᄂᆞ려 마ᄌ 좌를 졍ᄒ민 ᄌ이
왈,

"군휘(君侯) 밍진(孟津)의 완지 몃츨이나
ᄒᆞ뇨?"

흑회 왈,

"쇼장(小將)이 솔군(率軍)ᄒ여 진당관(陳塘
關)을 앗고 인미 밍진의 니르러 쥬치(駐箚)ᄒ연
지 임의 두 달이러니 【31】 원슈의 디병이 면지

현의 니르럿다 ᄒᄆᆡ 쇼장이 특별이 와 뵈ᄂ이
다."

무셩왕이 슝흑호를 보고 녜ᄒ되 흑회 답녜
왈,

"져즈음ᄭᅴ⁵⁾ 장군이 고계릉(高繼能)을 죽이
고 쇼장을 구ᄒ니 지싱(再生)ᄒᆫ 은혜를 어니 날
갑흐리오?"

ᄒ더라. ᄌ이 잔치를 비셜ᄒ여 관디(款待)ᄒ고
이튼날 장의 올나 즁장으로 더부러 군무(軍務)
를 의논ᄒ더니 쇼졸이 보ᄒ되,

"댱규 ᄡᅡ홈을 쳥ᄒ나이다."

ᄌ이 좌우다려 문왈,

"뉘 나가 이 도젹을 잡을고?"

흑회 왈,

"쇼장이 가리이다."

ᄌ이 허ᄒ니 문빙·최영·댱웅이 ᄯᅩᄒᆞᆫ 가
기를 쳥ᄒ거늘 ᄌ이 허ᄒ되 ᄉ장이 즉시 진의
나가 쇼리질너 왈,

"텬병이 임의 니르럿거놀 오히려 항복지
아니ᄒ고 감히 ᄡᅡ호려 ᄒ는다?"

댱규 디로 즐왈,

"의를 모르는 필부는 형을 죽이고 도젹을
도으니 텬하의 불인불의(不仁不義)ᄒᆫ 역젹이라.
엇지 감히 큰 말을 니ᄂᆞ뇨?"

칼을 두르며 말을 ᄲᅱ여 다라들거늘 슝흑회
ᄲᅡᆼ(雙)도치 【32】 를 두르고 말을 ᄲᅱ여 다라드니
문빙이 ᄯᅩᄒᆞᆫ 삼지창을 두르고 말을 모라 댱규를
에워 ᄡᅡ호더니 ᄌ이 황비호다려 왈,

"황장군은 ᄲᆞᆯ니 나가 슝흑호를 도으라."

비회 오싀(五色) 신우(神牛)를 타고 영의
나가 보니 ᄉ상이 댱규를 에워 ᄡᅡ화 삼십 합의
불결승뷔(不決勝負)러니 슝흑회 한 계규를 싱각
고 금졍슈(金睛獸)를 도로혀 다라나며 신잉(神
鷹)을 노ᄒ니 ᄉ장이 흑호의 계규를 알고 일시
의 말을 두르혀 다라나거늘 댱규 오장의 다라나
믈 보고 독각오연슈를 노화 ᄯᅳ르기를 급히 ᄒ니
문빙이 말을 두르혀 다시 ᄡᅡ호고져 ᄒ더니 댱규

---

4) 【아이】 동생. ¶ 弟∥ ᄌ이 디경ᄒ여 징쳐 군ᄉ
　　를 거두어 영의 도라오니 무왕이 두 아이 죽으
　　믈 듯고 ᄯ히 업더져 통곡ᄒ거늘 ◯ <西周
　　22:29>

5) 【져즈음ᄭᅴ】 ⊞ 저즈음께. 전일(前日)에. ¶ 昔
　　日∥ 져즈음ᄭᅴ 장군이 고계릉을 죽이고 쇼장을
　　구ᄒ니 지싱ᄒᆫ 은혜를 어너 날 갑흐리오? (昔日
　　蒙君侯相助擒斬高繼能, 此德尙未圖報, 時刻不敢
　　有忘, 銘刻五內.) <西周 22:31>

칼을 드러 문빙을 버혀 마하의 나리치니 승혹회 황망이 호로(胡蘆)롤 너고져 ᄒ더니 댱귀 쏘흔 흑호롤 두 조각의 너니 세 장쉬 다라드러 ᄊ호더니 믄득 도라보니 한 녀장(女將)이 도화마(桃花馬)롤 타고 쌍검을 두르고 다라드니 이는 댱귀의 안히 고난영이라. ᄉ미 안흐로셔 한 호로롤 너여 드니 마흔 아홉 틴양금(太陽金) 바늘이 【33】 일시의 니다라 세 장슈의 눈과 낫치 박히니 세 장쉬 급히 다라나고져 ᄒ거늘 댱귀 칼을 들어 황비호롤 버혀 나리치니 최영 댱웅이 급히 다라나더니 댱귀 쏘흔 두 장슈롤 죽이고 관으로 도라가니 즈이 오장의 죽으믈 듯고 디경 왈,

"가셕(可惜)다! 오장(五將)이여! 나라홀 위ᄒ여 진상의셔 죽으니 엇지 불상치 아니리오?"

더욱 황비호롤 싱각고 눈물을 흘니더니 쇼졸이 보ᄒ디,

"일운독냥관(一運督糧官) 양전(楊戩)이 냥식을 거느려 왓ᄂ이다."

즈이 드러오라 ᄒ니 양전이 드러와 녜ᄒ고 왈,

"쇼장이 임의 냥식을 오관의 가져와시니 원컨디 독냥인(督糧印)을 거두어 군졍(軍征)을 조ᄎ 공을 일워지이다."

즈이 왈,

"이졔 장ᄎᆺ 밍진의 모듸리니6) 장군이 군중의 잇셔 ᄊ홈을 도오라."

양전이 독냥인을 드리고 겻히 셧더니 황비호의 죽으믈 듯고 눈물을 흘녀 탄왈,

"황시(黃氏) 일문(一門)이 나라홀 위ᄒ여 츔녈(忠烈)의 죽으니 엇지 불상치 아니리오?"

ᄒ고 졍히 말ᄒ더니 쇼 【34】 졸이 보ᄒ디,

"댱귀 ᄊ호믈 쳥ᄒᄂ이다."

황비퓌(黃飛彪) 왈,

"원컨디 쇼장이 형의 원슈롤 갑하지이다."

즈이 왈,

"양전과 한가지로 가라."

양전이 황비퓨로 더브러 진의 나아가니 비

퓌 댱규롤 보고 셩이 불 니듯ᄒ여 창을 두르고 다라드러 어우러져 ᄊ화 이삼십 합은 ᄒ여 황비퓌 엇지 댱규롤 당ᄒ리오? 말을 두르혀 다라나거늘 댱귀 디갈일셩(大喝一聲)의 황비퓨롤 버히니 양전이 비퓨의 죽으믈 보고 삼쳡냥인도(三尖兩刃刀)롤 두르고 니다라 왈,

"댱규는 닷지 말나!"

댱귀 왈,

"오는 장슈는 엇던 인다?"

양전 왈,

"나는 양전이어니와 너는 요괴로온 슐노뻐 우리 졔장을 만히 히ᄒ니 너 오늘날 너롤 잡아 죽엄을 만단의 너여 쥬장의 한을 씨스리라."

ᄒ고 다라드러 어우러져 ᄊ화 삼십여 합은 ᄒ민 양전이 한 계규롤 싱각고 짐짓 슐오잡히니 댱귀 양전을 잡아 셩의 드러와 뎐의 안고 양전을 미러 계 아리 드리니 양전이 셔셔 ᄭᅮ지 【35】 아니 ᄒ거늘 댱귀 쇼리질너 왈,

"네 임의 너게 슐오잡히고 ᄭᅮ지 아니ᄒᄂ다?"

양전이 쇼리질너 왈,

"무지혼 필뷔 임의 나롤 잡아시니 죽일 ᄯᅡ름이라. 무슴 말을 ᄒᄂ뇨?"

댱귀 디로ᄒ여 좌우롤 ᄭᅮ지져 너여 버히라 ᄒ니 도부쉬 양전을 ᄭᅳ어니여 머리롤 버히니 댱귀 양전을 죽이고 디희ᄒ여 잔치롤 비셜ᄒ여 스스로 공을 하례ᄒ더니 오연마(烏煙馬) 직희엿던 쇼졸이 드러와 보ᄒ디,

"큰일이 낫나이다."

댱귀 디경 문왈,

"무슴 큰일이 낫ᄂ뇨?"

쇼졸 왈,

"타시던 오연미 구유의 조히 셧더니 결노 목이 버혀 죽엇ᄂ이다."

댱귀 이 말을 듯고 발 굴너 왈,

"니 큰 공이 잇스믄 이 말을 힘 닙으미러니 오늘날 무고(無故)히 주거시니 엇지ᄒ리오?"

ᄒ고 뎐상의셔 홀노 근심ᄒ더니 쇼졸이 보ᄒ디,

"쥬병이 ᄯᅩ 와 ᄊ호즈 ᄒᄂ이다."

댱귀 군마롤 거ᄂ리고 셩의 나가 쥬장을 보니 양전이어늘 댱귀 디경 문왈,

---

6) 【모듸다】 鲁 모이다. ¶ 會 ‖ 이졔 장ᄎᆺ 밍진의 모듸리니 장군이 군중의 잇셔 ᄊ홈을 도오라 (此時將會孟津, 也要你等在中軍協助.) <西周 22:33>

"너 너롤 【36】 죽엿더니 쏘 엇지 슬앗는
다?"

양젼이 쇼왈,

"너 본디 도슐을 잘ᄒ더니 네 비록 날을
죽이나 니 엇지 죽으리오? 네 오연마롤 밋어 우
리 즁장을 만히 히ᄒ니 니 니러므로 게규롤 힝
ᄒ여 네 말을 죽엿노라."

댱귀 디로ᄒ여 칼을 두르고 다라들거눌 양
젼이 마조 쏘화 슈십 합이 못ᄒ여 양젼이 짐짓
슬오잡히니 댱귀 양젼을 잡아 셩의 드러오니 부
인 고난영이 나아와 댱규롤 본디 댱귀 탄왈,

"니 여러번 디공을 일위문 오연마의 덕이
러니 쥬장 양젼이 ᄉ슐을 힝ᄒ여 니 뇽구(龍駒)
롤 죽이고 다라나거눌 쏘 잡아왓시니 무슴 법으
로 다스리리오?"

부인이 좌우롤 명ᄒ여 양젼을 미러 뎐 알
픠 드리고 댱규다려 왈,

"검은 돗과 검은 기 피롤 너여 쏭믈을 타
양젼의 비파골7)(琵琶骨)을 뜻고 드리 흔들어 흘
니고 부작 한 장을 뼈 두상의 붓친 후의 버히면
양젼이 능히 다라나지 못ᄒ리라."
ᄒ디 댱귀 그 말을 올히 【37】 너겨 그디로 ᄒ여
양젼을 잡아 부의 나가 양젼의 머리롤 버히고
도라와 잔치롤 비셜ᄒ여 부체(夫妻) 셔로 하례
ᄒ더니 믄득 ᄎ환(差換)이 안흐로셔 나와 울며
술오디,

"노부인이 불의의 목이 싸히 나려져 업시
셔이다."

댱귀 이 말을 듯고 크게 쇼리질너 왈,

"니 그릇 양젼의 긴ᄉ흔 졔규의 ᄊᆡ지패라."
ᄒ고 급히 안흐로 드러가 보니 졔 어뮈 목이 버
혀 상 아리 나려졋고 피 방안히 가득ᄒ엿거눌
댱귀 방셩디곡(放聲大哭) 왈,

"니 노모(老母)의 치신 은혜롤 갑지 못ᄒ여
셔 나라흘 위ᄒ여 도로혀 니 어뮈롤 죽게 ᄒ니
니 양젼을 잡아 쎠롤 만단의 너여 원슈롤 갑흐
리라."
ᄒ고 방셩통곡ᄒ다가 바람벽을8) 우러러 보니

분벽 우희 피로 크게 뼈시디 '살인ᄌᆞ는 지싱 양
젼이라' ᄒ엿거눌 댱귀 더욱 디로ᄒ여 관곽(棺
槨)을 찰혀 어뮈롤 뭇고 갑 닙고 말긔 올나 일
지 군마롤 거느려 쥬영(周營)으로 오니 양젼이
팔구원공(八九元功) 변화 【38】 롤 힝ᄒ여 거즛
죽은 체 ᄒ여 후당(後堂)의 드러가 댱규의 어믜
롤 죽이고 영의 도라와 ᄌᆞ아롤 보고 젼일을 다
니ᄅ니 ᄌᆞ애 디희 왈,

"만일 장군의 지조 곳 아니면 엇지 이 공
을 닐우리오?"
ᄒ더라.

---

7) 비파골: 원래 '피파골'로 되어 있으나 오기이므
로 고침.

8) 【바람벽】 명 벽(壁). ¶ 방셩통곡ᄒ다가 바람벽
을 우러러 보니 분벽 우희 피로 크게 뼈시디

'살인ᄌᆞ는 지싱 양젼이라' ᄒ엿거눌<西周 22:37>

87

토힝숀부쳐진망(土行孫夫妻陣亡)

즈애(子牙) 양젼(楊戩)으로 더부러 진병(進兵)홀 일을 의논ᄒ더니 쇼졸이 보ᄒ되,

"댱귀(張奎) 와 싸홈을 도도ᄂ이다."

나탁(哪吒)이 가고져 ᄒ니 즈애 허ᄒ더 나탁이 변ᄒ여 삼두팔비(三頭八臂) 가진 사름이 되야 화쳠창(火尖槍)을 두르고 영의 나와 쇼리질너 왈,

"댱규ᄂ 샐니 나와 항복ᄒ여 죽으믈 면ᄒ라."

댱규 디로ᄒ여 칼을 두르고 다라들거ᄂ 나탁이 마즈 싸화 삼십 합이 못ᄒ여 구룡신화탁(九龍神火罩)을 ᄂ여 댱규를 바라고 더지니 댱귀 셰(勢) 니(利)치 못ᄒ믈 보고 디힝슐(地行述)을 ᄡᅥ 다라나니 댱규 탓던 말이 신화탁 속의 드러 타 죽으니라.

나【39】탁이 댱규의 다라나ᄂ 줄 아지 못ᄒ여 영의 도라와 즈아를 보고 왈,

"댱규를 불질너 죽엿ᄂ이다."

즈애 디희ᄒ여 잔치를 비셜ᄒ고 하례ᄒ더

라.

댱귀 피ᄒ여 셩의 도라와 안희다려 왈,

"오늘날 나탁으로 더브러 싸호미 나탁의 신화탁이 진실노 어려온지라. 만일 디힝슐 곳 아니며 능히 버셔나지 못ᄒ너라."

고난영(高蘭英) 왈,

"장군이 오늘밤의 가만이 쥬영(周營)의 드러가 무왕과 즈아를 죽이면 싸호지 아니코 큰 공을 일우리라."

댱귀 이 말을 듯고 디희 왈,

"부인의 말이 올커니와 양젼이 요괴로온 일이 만흐니 삼가 방비ᄒ라."

ᄒ고 이날 져녁의 칼을 몸의 감초고 쥬영으로 오니라.

즈애 장즁의셔 댱규의 죽으믈 듯고 즁장(衆將)을 블너 왈,

"오늘밤 삼경의 조반ᄒ고 ᄉ경의 셩 밋ᄒ가 오경의 셩을 치면 한 북의 가히 아스리라."

졔장이 녕을 듯고 물너가다.

이경 쎠의 양임(陽任)이 외영1)(外營)을 슌초(巡哨)ᄒ【40】다가 믄득 보니 댱귀 보검을 ᄭᅵ고 ᄯ 아리로 오니 만일 그져 사름의 눈이면 엇지 능히 ᄯ 아리로 오ᄂ 줄 알니오만은 양임의 눈은 눈으로셔 난 팔히셔 숀바닥의 난 눈이라 우ᄒ로 쳔졍2)(天庭)을 ᄶᅦ 보고 아리로 디하(地下)를 나리미러 보고 가온더로 쳔니(千里)를 ᄶᅦ 보니 니러므로 댱규의 디힝슐을 힝ᄒ여 ᄯ 속으로 오ᄂ 양을 보고 쇼리질너 왈,

"댱귀 누를 속이려 ᄒ여 ᄯ 아리로 가ᄂ다?"

댱귀 디경ᄒ여 스스로 싱각ᄒ더 '쥬영의 니런 긔특ᄒ 사름이 잇스니 니 급히 드러가 강상(姜尙)을 죽인 후 다시 이놈을 죽여 한을 씨스리라' ᄒ고 칼을 메고 급히 원문(轅門) 아리로 다라들거ᄂ 양임이 셰 위급ᄒ믈 보고 운환슈(雲霞獸)를 모라 원문으로 ᄶᅦ쳐 드러가 쇼리질너 왈,

"즈긱(刺客)이 드러가니 잘 방비ᄒ쇼셔!"

---

1) 외영: 원래 '오영'으로 되어 있으나 오기이므로 고침.

2) 쳔졍: 원래 '옥경'으로 되어 있으나 오기이므로 원문에 의거하여 고침.

520

즁인이 이 말을 듯고 디경ᄒ여 일시의 ᄉ
면팔방의 불을 혀고 창검을 너여 방비ᄒ니【4
1】밤이 붉기 빅쥬(白晝)갓거눌 즈애 황망이 문
왈,

"즈긱이 어디 잇ᄂ뇨?"

양임이 고왈,

"댱궤 칼을 들고 ᄯ 아리로셔 오ᄂ이다."

즈애 디경 문왈,

"어졔 나탁이 댱규롤 불질너 죽엿거눌 오
눌날 ᄯ 엇지 댱궤 잇스리오?"

양임 왈,

"댱규ᄂ 요슐을 잘ᄒ니 반ᄃ시 다시 살아
다라낫나이다."

즈애 황황(遑遑)ᄒ여 감히 말을 못ᄒ거눌
양젼 왈,

"원슈ᄂ 겁니지 마르쇼셔. 니일 이놈을 다
시 잡아 죽이리이다."

ᄒ고 ᄉ면으로 방비ᄒ기롤 엄히 ᄒ니 댱궤 공을
일우지 못홀 쥴 알고 도로 셩으로 도라와 고난
영을 본디 난영 왈,

"장군이 공을 일우시니잇가?"

댱궤 머리롤 흔드러 왈,

"쥬영의 놉흔 사롬이 만흐니 능히 공을 일
우지 못ᄒ엿노라."

ᄒ고 양임의 일과 방비ᄒ던 일을 니르니 고난영
왈,

"임의 일을 일우지 못ᄒ여시니 ᄲᆞ니 표(表)
롤 지어 조가(朝歌)의 보니여 구완병을 쳥ᄒ라.
만일 불연즉 이 외로온 셩으로 엇지 능히 쥬병
【42】을 막으리오?"

댱궤 그 말을 올히 너겨 즉시 표롤 지어
조가로 보니다.

이튼날 양젼이 셩 밋히 와 ᄊᆞ홈을 쳥ᄒ디
댱궤 디로ᄒ여 말긔 올나 셩의 나가 쇼리질너
왈,

"필뷔(匹夫) 가만이 모친을 히ᄒ고 ᄯ 니
말을 히ᄒ여시니 니 너롤 잡아 ᄶᅢ롤 바으고[3]

살을 ᄡ져[4] 큰 원슈롤 갑흐리라."

양젼 왈,

"니 만일 네 어믜롤 죽이지 아니면 엇지
큰 일홈을 어드리오?"

댱궤 디규(大叫)왈,

"니 너롤 죽이지 아니면 밍셰코 도라가지
아니리라."

ᄒ고 칼을 두르고 다라들거눌 양젼이 마ᄌ ᄊᆞ화
삼십 합이 못ᄒ여 흔 텬견(天犬)을 노화 댱규의
낫츨 무니 댱궤 한 손으로 기롤 쳐 물니치고 말
긔 나려 디힝슐을 ᄶᅥ 셩으로 다라나거눌 양젼이
영의 도라와 즈아긔 뵌디 즈애 문왈,

"금일 승뷔(勝負) 하여(何如)오?"

양젼이 댱궤 디힝슐을 ᄶᅥ 다라나믈 니르고
ᄯ 오눌밤의 만일 양임의 공 곳 아니면 엇지 밤
난을 버셔 나리오?"

즈애 즉시 양임을 불너 왈,

"그【43】 디 이후란 영 니외(內外)롤 날마
다 슌초ᄒ라."

양임이 녕을 듯고 물너나다.

댱궤 픽ᄒ여 부의 도라가 부인다려 왈,

"쥬영의 무슈흔 장쉬 요슐을 힝ᄒ니 니 허
다흔 군병을 다 죽이고 오눌날 ᄯ 양젼과 ᄊᆞ호
미 픽ᄒ여시니 우리 부쳬(夫妻) 이 고을을 바리
고 조가의 드러가 다시 구완을 쳥홈만 갓지 못
ᄒ다."

고시(高氏) 답왈,

"장군의 말이 그르다. 우리 부쳬(夫妻) 이
셩을 직희연 지 여러 히의 쳔히 모르리 업거눌
일조(一朝)의 셩을 바리고 조가의 도라가면 반
ᄃ시 큰 죄롤 닙을 거시오. ᄒ믈며 이 면디현
(澠池縣)은 조가의 보장(保障)이어눌 한 번 바리
면 쥬병이 황하(黃河)롤 건너 조가롤 침노ᄒ리
니 엇지 어렵지 아니리오? 니일 도젹을 잡아 오
리라."

ᄒ고 이튼날 도화마(桃花馬)롤 타고 쥬영의 니
르러 ᄊᆞ홈을 쳥ᄒ니 쇼졸이 드러가 보ᄒ디,

"영 밧긔 한 녀장(女將)이 외 ᄊᆞ호ᄌ ᄒ나

---

3)【바으다】圖 부수다. ¶ 필뷔 가만이 모친을 히
    ᄒ고 ᄯ 니 말을 히ᄒ여시니 니 너롤 잡아 ᄶᅢ롤
    바으고 살을 ᄡ져 큰 원슈롤 갑흐리라 (好匹夫!
    暗害吾母, 與你不共戴天!) <西周 22:42>

4)【ᄡ다】圖 찢다. ¶ 필뷔 가만이 모친을 히ᄒ고
    ᄯ 니 말을 히ᄒ여시니 니 너롤 잡아 ᄶᅢ롤 바으
    고 살을 ᄡ져 큰 원슈롤 갑흐리라 (好匹夫! 暗
    害吾母, 與你不共戴天!) <西周 22:42>

이다."

즈애 좌우다려 왈,

"뉘 나가 이 도적을 잡으리오?"

등션옥(鄧嬋玉)이 응셩 왈,

【44】"쇼장이 가리이다."

즈애 왈,

"삼가 경적(輕敵)지 말나."

등션옥이 영의 나와 쇼리질너 왈,

"오는 장슈는 엇던 인다?"

고난영이 녀장의 오믈 보고 황망이 답왈,

"나는 면디현 총병 댱장군(張將軍)의 부인 고난영이어니와 너는 엇던 인다?"

등션옥 왈,

"나는 독낭관(督糧官) 토장군(土將軍)의 부인 등션옥이로라."

고난영이 녀셩(厲聲) 더미(大罵) 왈,

"젹인(賊人)의 부지(父子) 조셔롤 바다 도적을 치다가 혼인(婚姻)을 인ᄒ여 도적의게 항복ᄒ고 오늘날 어느 낫츠로 날과 쏘호고져 ᄒ는다?"

등션옥이 디로ᄒ여 쌍검을 두르고 다라드러 두 녀장이 셩 알피셔 셔로 왕니ᄒ여 쏘호니 고난영은 황금투고와 빅은회즈갑(白銀灰子甲)을 영호포의 쩌 닙고 도화마롤 타시니 홍힝(紅杏)이 비롤 먹음은 듯ᄒ고 오월 뉴화(榴花)가 쳐음으로 버러지는 듯ᄒ며 허리는 버들이 바룸의 흔득이는 듯ᄒ여 마상(馬上)의 비슥이 안즈 쌍검을 두르니 광한뎐(廣寒殿) 션지(仙子) 나려온 듯ᄒ며 등션옥은 속발 금관을 쓰고 쳔엽뇽닌【45】갑(千葉龍鱗甲)의 슈빅포롤 쩌 닙고 빅셜마(白雪馬)롤 타시니 달 아리 니화(梨花)가 이슬을 씌엿는 듯ᄒ며 눈 쇽의 미화(梅花)가 쳐음으로 픤 듯ᄒ며 두 손의 쌍검을 드러 어즈러이 즛치니 월궁항이(月宮姮娥) 하계(下界)의 나려온 듯ᄒ더라.

두 장슈 셔로 쏘화 이십여 합은 ᄒ여 등션옥이 거즛 픠ᄒ여 말을 두르혀 다라난디 고난영이 등션옥의 간스ᄒ 계규롤 아지 못ᄒ고 말을 노화 쏘라오거눌 션옥이 가만이 오광셕(五光石)을 ᄲ녀 난영을 바라고 쳐 니마롤 맛치니 난영이 낫츨 ᄲ고 다라나거눌 션옥이 일진을 디살(大殺)ᄒ고 영의 도라와 즈아롤 보고 이런 연유

롤 니ᄅ던디 즈애 디회ᄒ여 슐을 주고 공을 하례ᄒ더니 쇼졸이 보ᄒ더,

"이운독낭관(二運督糧官) 토힝손(土行孫)이 왓느이다."

즈애 드러오라 ᄒ니 힝손이 장의 드러와 녜롤 맛고 왈,

"졔지 임의 냥식을 가져와시니 바라건디 인(印)을 드리고 군즁의 잇셔 공을 일워지이다."

즈【46】애 왈,

"이졔 오관의 나아와 군냥이 족ᄒ니 인을 드리라."

힝손이 인을 드리고 장의 나려와 즁장을 보니 오직 황비회(黃飛虎) 업거눌 나탁다려 무론디 나탁 왈,

"이 면디현은 조고만 고을이어눌 댱규 간스ᄒ 슐노 뼈 황장군과 북빅후와 쏘 북후의 부장 셰홀 함긔 죽이고 댱규 쏘 디힝슐을 잘ᄒ여 거번(去番)의 가만이 영의 드러와 뎐하와 원슈롤 히ᄒ려 ᄒ다가 양임의게 들켜 다라나니라."

힝손이 이 말을 듯고 왈,

"우리 스싱이 이 슐을 날을 가ᄅ치니 셰상의 다시 업는가 ᄒ엿더니 엇지 이곳의 댱규 잇슬 줄 알니오? 니 니일 공 일우믈 보라."

ᄒ고 이튼날 즈아롤 보와 왈,

"쇼장이 원컨디 댱규롤 잡아 오리이다."

즈이 허ᄒ니 양젼 나탁 등션옥이 다 가믈 쳥ᄒ거눌 즈애 다 허ᄒ니 스장이 일지(一枝) 군을 거느려 셩하의 가 쏘홈을 쳥ᄒ니 댱규 디병을 거느려 나와 보니 조고만 아히 진 알【47】 픠 셧거눌 댱규 문왈,

"조 아히는 엇던 아히완디 당돌이 진젼(陣前)의 왓느뇨?"

힝손 왈,

"나는 독낭관 토힝손이로라."

ᄒ고 언필(言畢)의 쇠막디롤 들고 다라들거눌 댱규 칼을 둘너 마즈 쏘화 두어 합이 못ᄒ여 나탁 양젼 등션옥이 일시의 다라드러 쏘홈을 돕더니 나탁이 건곤권(乾坤圈)을 드러 댱규롤 치니 댱규 셰(勢) 니(利)치 아니믈 보고 급히 말긔 나려 디힝슐노 뼈 ᄯ 아리 다라들거눌 힝손이 쏘 토힝슐(土行術)을 힝ᄒ여 ᄯ라 쏘츠니 댱규 토힝손의 ᄯᄅ믈 보고 디경 왈,

"쥬영의 니런 긔특흔 사룸이 엇지 잇느뇨?"

흐고 다시 도라셔 힝숀과 ㅼ 아러셔 ㅼ호더니 댱규는 킈 큰지라 ㅼ 아러 드러시미 능히 두르혀 ㅼ호지 못흐고 힝숀은 ㅼ 아러 드러시나 몸이 젹은지라 쇠막디롤 둘너 ㅼ호니 댱규 픠쥬(敗走)여눌 토힝숀 등이 영의 도라와 ㅈ아롤 보고 이긘 긔별을 니론더 ㅈ애 왈,

"옛날 네 스뷔(師父) 너롤 【48】 잡을 졔 곤션승(捆仙繩)을 뼈시니 만일 곤션승 곳 아니면 능히 잡지 못흐리라."

힝숀 왈,

"원쉬 한 번 글월을 닷가 쥬시면 협농산(夾龍山)의 가 스부롤 보고 곤션승을 비러 댱규롤 잡고 면디현을 아ᄉ면 거의 무ᄉ훌가 흐느이다."

ㅈ애 디희흐여 한 봉 글월을 닷가 토힝숀을 쥰디 힝숀이 하직흐고 협농산으로 가니라.

댱규 힝숀의게 픠흐여 셩의 도라가 난영을 보고 왈,

"쥬영의 허다흔 장쉬 긔특지 아니리 업ᄉ니 디젹기 어렵더라."

난영이 문왈,

"어니 사룸이 어렵더뇨?"

댱규 왈,

"토힝숀이 디힝슐을 잘흐니 디젹기 어렵더라."

난영 왈,

"다시 표롤 지어 조가의 보너야 고급(告急)흐고 부쳬 죽을 힘을 다흐여 직희리라."

흐고 셔로 의논흐더니 일진(一陣) 광풍이 니러나 디긔(大旗) 부러지거눌 냥규 부쳬 디경 왈,

"이 반ᄃ시 흉죄(凶兆)로다."

흐고 즉시 향안(香案)을 비셜흐고 금즌(金錢)을 더져 한 졈과(占卦)롤 어드 【49】 니 디흉흐거눌 난영이 그 괘롤 희(解)흐고 댱규ᄂ려 왈,

"토힝숀이 협농산의 가 졔 스싱을 보와 우리 파홀 계규롤 의논흐라 갓ᄂ니 장군이 샐니 가 죽여 후환을 긋치라."

댱규 이 말을 듯고 디경흐여 즉시 디힝슐을 뼈 협농산으로 가니 토힝숀의 디힝슐은 하로

천니롤 가고 댱규의 디힝슐은 하로 일천 오빅니롤 가는지라 댱규 몬져 협농산의 니르러 칼을 들고 언덕 아리 숨엇더니 힝숀이 쇠막디롤 메고 날호여[5] 올나오거눌 댱규 크게 쇼리흐여 왈,

"토힝숀은 닷지 말나!"

힝숀이 디경흐여 두로 칠시 이의 댱규 힝숀을 두 조각의 너여 머리롤 가지고 면디현의 도라와 고시(高氏)롤 보고 토힝숀 죽인 ᄉ연을 ㅈ셰히 니르니 고시 디희흐여 그 머리롤 셩의 다라 호령흐니 쳥탐군시(聽探軍士) 급히 영의 드러가 보흐디,

"토장군의 머리롤 셩상의 달앗느이다."

ㅈ애 왈,

"토힝숀이 협농산의 갓시니 엇지 죽을 니 잇ᄉ 【50】 리오?"

흐고 졈과롤 어더 셔안(書案)을 쳐 탄왈,

"토힝숀이 나라흘 위흐여 진심흐더니 엇지 오늘날 죽을 줄 알니오?"

등션옥이 장 뒤히셔 방셩디곡 왈,

"쇼장이 댱규롤 죽여 원슈롤 갑하지이다."

ㅈ애 허흔디 션옥이 눈물을 흘니고 말게 올나 셩 밋히 가 ᄊ홈을 쳥흔디 쇼졸이 보흐디,

"녀장(女將) 하나히 와 ᄊ홈을 쳥흐나이다."

고시 즉시 말긔 올나 셩의 나가니 등션옥이 ㅼ검을 두르고 다라들거눌 난영이 호로(葫蘆)롤 너여 션옥을 바라고 드니 호로 속으로셔 마흔 아홉 틴양금침(太陽金針)이 일시의 너다라 션옥의 낫치 박히니 션옥이 낫출 ᄊ고 말을 두르혀 다라나거눌 난영이 칼을 드러 션옥을 두 조각의 너니 픽군(敗軍)이 영의 드러가 ㅈ아의게 알왼디 ㅈ애 불상이 너겨 즁장ᄃ려 왈,

"고난영의 틴양침은 디젹기 어려오니 언졔나 이 셩을 아ᄉ리오?"

남궁괄(南宮适)이 일오디,

"이는 조고만 고을이라 장쉬 업고 【51】 군시 젹으니 맛당이 군ᄉ롤 난화 ᄉ면을 쪄 ᄊ고

---

5) 【날호여】 貝 천천히. ¶ 댱규 몬져 협농산의 니르러 칼을 들고 언덕 아리 숨엇더니 힝숀이 쇠막디롤 메고 날호여 올나오거눌 (張奎先到夾龍山, 到個崖畔潛等土行孫, 等了一日, 土行孫來至猛獸崖.) <西周 22:49>

쥬야 ᄊᆞ호면 거의 셩을 어드리라.”
ᄒᆞᆫ디 ᄌᆞ애 이 말을 조ᄎᆞ 슈일을 치디 능히 이긔
지 못ᄒᆞ니 ᄌᆞ애 스스로 싱각ᄒᆞ디 ‘이리 ᄊᆞ화도
이긔지 못ᄒᆞ고 속결업시 슈고로올 ᄯᆞ롬이라.’
징 쳐 군을 거두어 영의 도라가니 댱귀 ᄌᆞ아의
군 물니믈 보고 디회ᄒᆞ여 즉시 표롤 닷가 조가
의 보닐ᄉᆡ 황하롤 건너 밍진(孟津)의 니ᄅᆞ니 팔
빅 졔후의 영(營)이 스빅 니의 년(連)ᄒᆞ엿ᄂᆞᆫ지라
치관(差官)이 감히 지나지 못ᄒᆞ여 먼니 길을 에
워 오리게야 조가의 니ᄅᆞ러 바로 문셔방(文書
房)으로 드러가니 미지(微子) 표롤 바다보고 디
경ᄒᆞ여 황망이 너뎐(內殿)의 드러가니 쥬(紂) 달
긔(妲己) 등 여러 요괴로 더브러 녹디(鹿臺) 우
희셔 잔치ᄒᆞ거놀 미지 디 우희 올나 녜롤 맛ᄎᆞ
미 쥬 문왈,

　　“그디 무슴 일노 드러오뇨?”

　　미지 왈,

　　“무왕 희발(姬發)이 이졔 뉵십만 즁쟝을 거
ᄂᆞ려 오관을 지나 면디현의 니ᄅᆞ러 쟝슈롤 죽
【52】이며 군ᄉᆞ롤 살육ᄒᆞ니 홰(禍) 조셕(朝夕)
의 잇ᄂᆞᆫ지라. 면디현은 도셩(都城)의셔 샹게(相
距) 스오빅 니 못ᄒᆞ거놀 폐히(陛下) 오히려 녹디
의 잔치롤 베퍼 ᄉᆞ직을 도라보지 아니ᄒᆞ시니 팔
빅 졔휘 바야흐로 밍진의 모다 강샹을 기다리니
이ᄂᆞᆫ 눈셥의 불 붓ᄂᆞᆫ 홰라. 바라건디 폐하ᄂᆞᆫ 잔
치롤 긋치시고 현ᄉᆞ(賢士)롤 구ᄒᆞ여 디쟝을 삼
아 도젹을 물니치면 거의 셩탕(成湯) ᄉᆞ직(社稷)
을 일치 아니리이다.”

　　쥬 디경 왈,

　　“희발이 니러트시 무도ᄒᆞ여 감히 셩디(城
地)롤 침노ᄒᆞ고 인마롤 살히ᄒᆞ니 짐이 친히 디
병을 모라 역젹을 파ᄒᆞ리라.”

　　즁티우(中大夫) 비렴(飛廉)이 나아가 쥬왈,

　　“불가ᄒᆞ이다. 이졔 텬하 졔휘 밍진의 모다
진쳣ᄂᆞ니 만일 폐하의 나시믈 듯고 군ᄉᆞ롤 난화
뒤길노 막아 치면 슈미(首尾)로 슈젹(受敵)ᄒᆞ리
니 이ᄂᆞᆫ 만젼지계(萬全之計) 아니니 폐히 만일
도젹을 치고ᄌᆞ 홀진디 맛당이 방(榜)을 오문(午
門)의 붓쳐 고명(高名)ᄒᆞᆫ 지조롤 구ᄒᆞ【53】시면
반ᄃᆞ시 긔특ᄒᆞᆫ 사롬이 와 쓰이믈 구ᄒᆞ리니 엇지
굿ᄒᆞ여 슈고로이 친졍(親征)ᄒᆞ시리잇고?”

　　쥬 올히 너겨 ᄲᆞ니 조셔(詔書)롤 나리오고

오문의 방 붓쳐 착ᄒᆞᆫ[6] 사롬을 구ᄒᆞ더니 비렴이
조셔롤 바다 나와 방을 오문의 붓치니 믄득 세
사롬이 방 붓친 밋히 와 ᄲᆞ히믈 쳥ᄒᆞ거놀 군식
삼인을 다려 비렴의 부(府)의 오니 삼인이 녜롤
맛고 왈,

　　“텬지 인지롤 구ᄒᆞ신다 ᄒᆞ미 이의 오니이
다.”

　　비렴이 삼인의 상뫼(相貌) 비범ᄒᆞᆫ 줄을 보
고 오르라 ᄒᆞ니 스양 왈,

　　“우리ᄂᆞᆫ 녀염(閭閻) 조고만 빅셩이어놀 터
우씨 엇지 녜롤 번거히 ᄒᆞ리잇고?”

　　비렴 왈,

　　“나라히 현ᄉᆞ롤 구ᄒᆞ여 ᄉᆞ방을 진졍코져
ᄒᆞ시ᄂᆞ니 엇지 작위(爵位) 놉흐믈 의논ᄒᆞ리오?
ᄲᆞ니 올나 안ᄌᆞ라.”

　　삼인이 올나 안거놀 비렴 왈,

　　“삼쟝군(三將軍)의 셩명이 무어시라 ᄒᆞᄂᆞ
뇨?”

　　삼인 왈,

　　“미산(梅山) 칠형뎨(七兄弟)로셔 셰히 나려
왓시니 나ᄂᆞᆫ 원홍(袁洪)이오, 이ᄂᆞᆫ 오룡(吳龍)이
오, 져ᄂᆞᆫ 샹회(常昊)니이다.” 【54】[원홍은 흰 준납
이 졍녕(精靈)이오 오룡은 오공(蜈蚣)의 졍녕이오 샹호ᄂᆞᆫ 쟝ᄉᆞ
(長蛇)의 졍녕으로 화ᄒᆞ여 왓ᄂᆞᆫ지라]

　　비렴이 삼인을 다리고 너뎐으로 드러가니
텬지 젹셩누(摘星樓)의 잇거놀 비렴이 쥬왈,

　　“미산 삼걸(三傑)이 와 폐하롤 돕ᄂᆞ이다.”

　　쥬 디회ᄒᆞ여,

　　“드러오라!”

ᄒᆞ니 삼인이 누하의셔 결ᄒᆞ디 쥬 문왈,

　　“경 등이 무삼 묘칙(妙策)으로뻐 도젹을 파
ᄒᆞᆯ고?”

　　원홍 왈,

　　“강샹이 요괴로온 말을 ᄭᅮ며 졔후롤 달니
고 텬하의 난을 지으니 신의 어린 ᄯᅳᆺ의ᄂᆞᆫ 몬져
강샹을 잡아든 폐히 조셔롤 나리와 팔빅 졔후의
죄롤 ᄉᆞᄒᆞ시면 ᄊᆞ호지 아녀셔 스스로 평안ᄒᆞ리

---

6) 【착ᄒᆞ다】 】 휑 유능하다. ¶ 쥬 올히 너겨 ᄲᆞ니
　　조셔롤 나리오고 오문의 방 붓쳐 착ᄒᆞᆫ 사롬을
　　구ᄒᆞ더니 (紂王曰: “依卿所奏,　速傳旨懸立賞格,
　　張掛於朝歌四門,　　招選豪傑才堪督府者不次銓除.)
　　<西周 22:53>

이다."

쥐 디희ᄒ여 원홍을 비ᄒ여 디장군(大將軍)을 삼고 오룡과 샹호룰 좌우(左右) 션봉(先鋒)을 삼고 은파픽(殷破敗)로 참군(參軍)을 삼고 은셩슈(殷成秀)와 뇌붕(雷鵬) 뇌곤(雷鵾) 노인걸(魯仁杰)을 한가지로 가라 ᄒ고 조셔룰 나리와 디연(大宴)ᄒ여 원홍을 보닐시 빅관이 모다 젼송(餞送)ᄒ고 훗허지다.

노인걸이 본디 영웅을 너비 아ᄂᆞᆫ지라 원홍의 힝ᄉᆞ(行事)룰 보고 가만이 싱각ᄒ디 '이ᄂᆞᆫ 디장의 【55】 지죄 아니라 엇지 능히 강상을 디젹ᄒ리오?' ᄒ고 마옴의 항복지 아니터라.

이튼날 원홍이 즁장을 거ᄂᆞ리고 편뎐(便殿)의 드러와 조회ᄒ니 쥐 왈,

"장군이 일지병을 인ᄒ여 면디현을 구ᄒ고 쥬병을 막으미 엇더ᄒ뇨?"

홍 왈,

"신이 보오니 경ᄉᆞ 군시 먼니 못갈 터이니이다."

쥐 왈,

"그리면 쟝ᄎᆞᆺ 엇지 ᄒ리오?"

홍이 쥬왈,

"이졔 밍진이 남북이로디 졔휘 쥬치(駐寨)ᄒ여시니 지나ᄂᆞᆫ 뒤길을 반ᄃ시 막으리니 냥식은 삼군의 셩명이라 도젹이 만일 냥초(糧草)룰 아ᄉᆞ면 ᄊᆞ호지 아냐셔 스스로 픠ᄒ리니 신의 우견(愚見)은 이십만 인마룰 거ᄂᆞ려 밍진의 니르러 두길 졔후룰 막아 ᄊᆞ호면 반ᄃ시 공을 일우리이다."

쥐 디희 왈,

"만일 경의 말 갓흘진디 맛당이 ᄉᆞ직을 회복ᄒ리로다."

홍이 하직고 군을 거ᄂᆞ려 밍진으로 오니라.

88
무왕빅어약뇽쥬(武王白魚躍龍舟)

【56】 원홍(袁洪)이 더병을 거느려 밍진(孟津)으로 나아와 졔후로 더부러 디진ᄒ니라. 면디현(澠池縣) 쥬장(主將) 댱규(張奎) 쥬야의 셩을 직희여 조가(朝歌)의 구병(救兵)을 기다리더니 믄득 탐쳥군(探聽軍)이 보ᄒ디,

"텬지 원슈 원홍을 시겨 이십만 더병을 거느려 밍진의 머물고 면디현 군ᄉ는 오지 아니ᄒ느이다."

댱규 디경 왈,

"텬지 구병을 보니여 이 셩을 구완치 아니ᄒ시니 엇지 이 외로온 셩을 직희여 슈십만 쥬병을 디젹ᄒ리오? ᄒ믈며 허다ᄒᆫ 졔후의 병미(兵馬) 밍진의 막혀시니 젼후로 협공(挾攻)ᄒ면 반ᄃ시 이 셩을 직희지 못ᄒ리로다."

고난영(高蘭英) 왈,

"이졔 원쉬 밍진의 잇셔 남북 졔후를 막으니 졔휘 감히 우리 뒤흘 의논치 못ᄒᆯ 거시오. 원쉬 졔후를 파ᄒ면 반ᄃ시 우리를 구ᄒ리니 합병(合兵)ᄒ여 쥬를 치면 엇지 이긔지 못ᄒ리오? 우리 셩을 굿이 직희여 쥬병과 ᄊᆞ호지 아니면

반ᄃ시 냥식이 진【57】ᄒ여 스스로 피폐(疲斃)ᄒ리니 그 ᄢᆡ를 타 한 번 ᄊᆞ호면 셩공ᄒ리라."

냥인(兩人)이 부즁(府中)의 잇셔 셩 직흴 계규를 졍ᄒ고 군ᄉ를 호령ᄒ여 셩을 굿이 직희니 쥬인 군ᄉ를 모라 날마다 치더 능히 이긔지 못ᄒ여 영의 도라와 홀노 안ᄌ 스스로 니르더 '면디현은 조고만 고을이어ᄂᆞᆯ 친 지 여러 달이로더 능히 이긔지 못ᄒ여 장쉬 만히 죽으니 엇지ᄒ리오?' ᄒ고 장즁의 안ᄌ 계규를 싱각ᄒ더니 쇼졸이 드러와 보ᄒ더,

"문 밧긔 한 도동(道童)이 와 뵈와지라 ᄒᄂᆞ이다."

ᄌ애 드러 오라 ᄒ니 이윽고 한 도동이 드러와 졀ᄒ여 왈,

"졔ᄌᄂᆞᆫ 협농산(夾龍山) 비룡동(飛龍洞) 구류숀(衢留孫) 도인의 데ᄌ러니 스형(師兄) 토힝숀(土行孫)이 협농산 밍슈(猛獸) 아리셔 댱규의 숀의 죽으니 스뷔 알으시고 이 글월과 부작을 보니더이다."

ᄒ고 올니거ᄂᆞᆯ 보니 왈,

협농산 비룡동 구류숀은 글월을 더원슈 강자아(姜子牙) 휘하의 붓치【58】ᄂᆞ니 토힝숀이 밍슈 아리 와 댱규의 숀의 죽으니 텬슈(天數)를 도망키 어려온지라 빈되(貧道) 눈물을 흘니고 넘장홀[1] ᄯᆞ롬이로다. 댱규 면디현 직희기를 잘ᄒ니 급히 항복밧기 어려오미 니 부작을 보니ᄂᆞ니 양젼(楊戩)으로 ᄒ여곰 이 부작을 가져 황하가의 가 힝ᄒ고 양임(楊任)과 위호(韋護)로 즁노(中路)의 미복ᄒ엿다가 댱규를 ᄯᆞ르고 원쉬 친히 댱규를 유인ᄒ여 황하로 오면 죡히 댱규를 ᄉᆞ로잡고 나탁(哪吒)과 뇌진ᄌ(雷震子)는 셩을 아ᄉᆞ리니 한 번 ᄊᆞ호미 더공을 일우리라. 빈되 비록 뫼히 나려가 돕고져 ᄒ나 스부의 호령이 엄ᄒ시니 감히 가지 못ᄒ노라.

---

[1] 【넘장ᄒ다】 圖 【염장(殮葬)하다.】 ¶ 토힝숀이 밍슈 아리 와 댱규의 숀의 죽으니 텬슈를 도망키 어려온지라 빈되 눈물을 흘니고 넘장홀 ᄯᆞ롬이로다 (前者土行孫合該於猛獸崖死於張奎之手, 理數難逃, 貧道只有望崖垂泣而已, 言之可勝長歎!) <西周 22:58>

ᄒᆞ엿더라.

ᄌᆞ애 간필(看畢)의 디회ᄒᆞ여 도동을 상 쥬어 보니고 나탁·뇌진ᄌᆞ·양젼·양임·위호를 불너 귀의 다혀 니리니리 ᄒᆞ라. 즁장이 녕을 듯고 믈너가다.

【59】ᄌᆞ애 디병을 거느려 셩 아리 니르러 셩 치기를 급히 ᄒᆞ니 댱규 쳔방빅계(千方百計)로 셩을 직희미 ᄌᆞ이 이긔지 못ᄒᆞ여 징 쳐 군을 거두어 도라와 이튼날 ᄌᆞ애 무왕을 쳥ᄒᆞ여 디병을 거느려 셩 아리 가 모든 군ᄉᆞ로 ᄒᆞ여곰 갑을 벗고 길가의 누으며 혹 말 길마²)를 벗겨 디외(隊伍) 졍졔(整齊)치 아니ᄒᆞ고 ᄌᆞ이 무왕으로 더부러 ᄯᅡᇂ히 나려 안ᄌᆞ 슐먹으며 셩을 가르쳐 슈욕(受辱)ᄒᆞ니 셩 직흰 군시 드러가 댱규의게 알왼디 댱규 셩의 가 보고 스스로 니르더 '너 년일ᄒᆞ여 셩을 직희고 ᄡᅡ호지 아니ᄒᆞ미 강상(姜尙)이 날을 업슈이 너겨 져러트시 티만하니 이 ᄯᅢ를 인ᄒᆞ여 한번 ᄡᅡ호면 필경(畢竟) 디공ᄒᆞ리라' ᄒᆞ고 셩의 나려와 고난영다려 왈,

"너 나가 ᄡᅡ호리니 그더 삼가 직희라."
ᄒᆞ고 일지(一枝) 병을 거느려 셩으로 나가거늘 난영이 셩상(城上)의 올나 보니 댱규 칼을 츔츄고 바로 ᄌᆞ아의게 다라든디 ᄌᆞ아와 무왕이 급히 길마 업슨 말을 타고 【60】 셔(西)다히로³) 다라나니 댱규 방심ᄒᆞ여 ᄯᆞᆯ와 이십 니를 가니 쥬영(周營)의 모든 장쉬 댱규의 먼니 ᄯᆞ르믈 보고 ᄌᆞ아를 구치 아니ᄒᆞ고 디병을 모라 바로 셩 아리 와 삼군이 납함ᄒᆞ고 셩을 급히 치니 고난영이 군ᄉᆞ를 호령ᄒᆞ여 셩을 굿게 직희더니 나탁이 몸을 변ᄒᆞ여 삼두팔비(三頭八臂) 가진 사름이 되야 풍화륜(風火輪)을 탄 치 셩의 ᄲᅱ여올나 화

<hr>

2) 【길마】圈 안장(鞍裝). ¶ 이튼날 ᄌᆞ애 무왕을 쳥ᄒᆞ여 디병을 거느려 셩 아리 가 모든 군ᄉᆞ로 ᄒᆞ여곰 갑을 벗고 길가의 누으며 혹 말 길마를 벗겨 디외 졍졔치 아니ᄒᆞ고 <西周 22:59> 난영이 셩상의 올나 보니 댱규 칼을 츔츄고 바로 ᄌᆞ아의게 다라든디 ᄌᆞ아와 무왕이 급히 길마 업슨 말을 타고 셔다히로 다라나니 (夫人上城觀戰, 張奎上馬拾刀, 開了城門, 一馬飛來, ……子牙同武王撥馬向西而走.) <西周 22:59>

3) 【다히】圈 쪽. 편. ¶ 난영이 셩상의 올나 보니 댱규 칼을 츔츄고 비로 ᄌᆞ아의게 다라든니 ᄉᆞ아와 무왕이 급히 길마 업슨 말을 타고 셔다히로 다라나니 (夫人上城觀戰, 張奎上馬拾刀, 開了城門, 一馬飛來, ……子牙同武王撥馬向西而走.) <西周 22:60>

첨창(火尖槍)을 두르고 고난영의게 다라든디 난영이 능히 디젹지 못ᄒᆞ여 셩 안흐로 다라들거늘 뇌진지 두 날기를 붓쳐 셩의 올나 셩문을 ᄭᅢ쳐 쥬병을 인ᄒᆞ여 드리니 난영이 셰(勢) 니(利)치 아니믈 보고 호로(葫蘆)를 니고ᄌᆞ ᄒᆞ거늘 나탁이 급히 건곤권(乾坤圈)을 니여 난영을 치니 난영이 마ᄌᆞ 말긔 써러지거늘 나탁이 화쳠창으로 난영을 질너죽이니 모든 군시 쥬장 죽으믈 보고 다 항복ᄒᆞ거늘 나탁이 뇌진ᄌᆞ다려 왈,

"도형(道兄)이 이 항복흔 군ᄉᆞ와 우리 디병을 거느려 이 셩을 직희여시라. 【61】 니 무왕과 원슈를 쳥ᄒᆞ여 오리라."

뇌진지 왈,
"도형은 ᄲᆞᆯ니 가고 더디지 말나."
나탁이 풍화륜을 타고 셔호로 오니라.

댱규 ᄌᆞ아와 무왕을 ᄯᆞ라 이십 니는 가더니 믄득 ᄌᆞ아와 무왕은 보지 못ᄒᆞ고 ᄉᆞ면의 포향(砲響)이 디진(大振)ᄒᆞ니 댱규 아모리 홀 줄 몰나 군ᄉᆞ를 머믈워 진 치니 ᄌᆞ애 뒤히셔 쇼리 질너 왈,

"면디현을 임의 아삿시니 엇지 항복지 아니ᄒᆞᄂᆞ뇨?"

댱규 ᄌᆞ아의 계규의 ᄲᅡ진 줄 알고 군ᄉᆞ를 도로혀 다라나더니 날이 임의 졈으럿ᄂᆞᆫ지라 날호여 옛길을 ᄎᆞᄌᆞ 오더니 믄득 먼니 바라보니 삼두팔비 가진 사름이 오거늘 댱규 쇼리질너 왈,

"오는 자는 나탁인다?"
기인(其人)이 답왈,
"나는 나탁이어니와 네 안히 임의 니 손의 죽어시니 ᄲᆞᆯ니 항복ᄒᆞ여 죽기를 면ᄒᆞ라."

댱규 디로ᄒᆞ여 칼을 둘너 다라들거늘 나탁이 화쳠창을 둘너 마ᄌᆞ ᄡᅡ화 두어 합이 못ᄒᆞ여 나탁이 구룡신화탁(九龍神火罩)을 니니 댱규 신화탁의 【62】 어려오믈 아는지라 말을 바리고 디힝슐(地行述)을 ᄡᅥ 다라나 면디현 셩하의 오니 뇌진지 디병을 거느려 셩상의 잇거늘 댱규 스스로 싱각ᄒᆞ디 '조가로 가 원홍으로 더브러 합병ᄒᆞ여 다시 규ᄉᆞ를 쳥ᄒᆞ민 갓지 못ᄒᆞ다' ᄒᆞ고 ᄯᅩ 디힝슐노 ᄡᅥ 조가로 가니라.

나탁이 댱규를 쫏고 나아와 무왕과 ᄌᆞ아를 옹위ᄒᆞ여 셩의 도라오니 디병이 임의 셩니의 드

럿거눌 무왕과 즌이 디희ᄒ여 셩의 드러와 방
붓쳐 빅셩을 진무(賑撫)ᄒ고 즁쟝의 슈급(首級)
을 거두어 넘습(殓襲)ᄒ여 셩 밧긔 뭇다.

당규 갑옷술 닙엇눈지라 디힝슐을 잘 못ᄒ
여 황하 큰길 아리로 오더니 양임이 위호로 더
부러 즁노의 와 안짓더니 양임이 ᄯ 아리로 당
규 오믈 보고 위호다려 왈,

"도형아, 당규 져리 오니 반공(半空)의 올
나 항마져(降魔杵)로 당규롤 막으라."

ᄒ고 양임이 운화슈(雲霞獸)롤 타고 너다라 쇼
리질너 왈,

"당규는 다라나지 말나! 오눌날 환을 버셔
나지 못ᄒ리라!"

【63】당규 양임의 쇼리롤 듯고 혼불부쳬
(魂不附體)ᄒ여 급히 다라나거눌 양임이 운화슈
롤 모라 ᄯ 아리로 미러 보며 당규 왼편으로 다
라나면 왼편으로 쫏고 올흔편으로 다라나면 올
흔편으로 쫏츠니 당규 홀일 업셔 압흐로 다라나
황하가의 니르러는 양젼이 구류손(衢留孫)의 부
작을 가지고 셧거눌 양임이 양젼을 보고 디희ᄒ
여 쇼리질너 왈,

"도형아, 당규 다라난다!"

ᄒ거눌 양젼이 부작을 삼미화(三昧火) 쥬로 불
을 지르니 지 되여 다라나며 동셔남북 짜 아리
철통갓흐니 능히 다라나지 못ᄒ여 ᄯ 밧긔 쮜여
나거눌 위회 항마져롤 들어 당규의 디골을 씨쳐
죽이고 삼인이 면디현의 도라와 즌아롤 보고 당
규 죽인 일을 니르니 즌이 디희ᄒ여 두어 날을
묵어 병을 니르혀 밍진으로 나올시 이 ᄯ 졍히
가을이 진ᄒ고 겨울이 쳐음이라 히 져르고[4] 날
이 치우니 여러날 만의 인미 황하가의 니르러
빅셩의 비롤 ᄉ 군스롤【64】건넬시 믄득 빅셩
이 일시의 비롤 가지고 와 군스 건네믈 쳥ᄒ거
눌 군시 한 비 도공(棹工)이 건너지 아니ᄒ여
한 비의 즌(錢) 쉰식 쥬고 비롤 ᄉ 농쥬(龍舟)롤
솜이고 무왕을 쳥ᄒ여 한가지로 농쥬의 올나 비
롤 씌오니 비 겨요 즁뉴(中流)ᄒ미 광풍이 디작
(大作)ᄒ여 물결 스이의 ᄯᄒ이니 무왕이 디경ᄒ
여 즌아다려 문왈,

"풍셰(風勢) 불편ᄒ니 져컨디 비 파홀가 ᄒ
노라."

즌애 왈,

"황하 물결이 급ᄒ고 바롬이 미이[5] 부니
비 평안치 아니커니와 엇지 위티홀니 잇스리잇
고?"

무왕 왈,

"비 창(艙)을 열고 보미 엇더ᄒ뇨?"

즌애 무왕으로 더부러 창을 열고 보니 물
결이 하눌의 다하 흉용(洶湧)ᄒ 가온디 물결이
허여지며 큰 흰고기 하나히 비의 쮜여올나 낣뒤
거눌 좌위 잡으려 ᄒ디 쮜여 능히 잡지 못ᄒ거
눌 무왕이 문왈,

"이 고기 비의 드러시니 아니 흉죈(凶兆)가
ᄒ노라."

즌이 스미 안흐로셔 한 졈과롤 엇고 디희
왈,

"이는 큰 길죄(吉兆)로쇼이다."

ᄒ고 좌우롤 분【65】부ᄒ여 슬무라 ᄒ거눌 왕
왈,

"불가ᄒ다. 이 고기 비의 들미 길죄면 반
드시 도로 노하 살니미 올커눌 엇지 죽이리오?"

즌이 왈,

"디왕은 의심 마르쇼셔. 녯말의 일너시디,
'텬여불슈(天與不受)면 반슈기귀(反受其咎)라' ᄒ
니, 임의 비의 드럿거눌 도로 노흐미 가치 아니
ᄒ이다."

ᄒ고 좌우롤 명ᄒ여 살무라 ᄒ니 한시 못ᄒ여
그 고기롤 살마 왓거눌 무왕긔 드리고 졔쟝(諸
將)을 난화 쥬니 이윽고 풍낭(風浪)이 굿치고 비
믄득 건너 언덕의 다드랏거눌 즌애 션두(船頭)
의 안즈 보니 스빅(四百) 졔휘(諸侯) 물가의 임
의 디후(待候)ᄒ엿거눌 즌애 헤오디, '졔휘 만일
뎐하긔 쥬(紂)롤 칠 뜻을 쥬ᄒ면 뎐하는 인덕지
군(仁德之君)이라 반드시 회병(回兵)홀 계규롤
닐 거시니 니 몬져 졔후롤 분부ᄒ리라' ᄒ고 무
왕긔 알외디,

"농쥬(龍舟) 비록 언덕의 다핫시나 뎐하는

---

4)【져르다】[형] 짧다. ¶ 이 ᄯ 졍히 가을이 진ᄒ
고 겨울이 쳐음이라 히 져르고 날이 치우니 (時
近隆冬天氣, 衆將官重重鐵鎧, 疊疊征衣, 寒氣甚
勝.) <西周 22:63>

5)【미이】[부] 매우. ¶ 황하 물결이 급ᄒ고 바롬이
미이 부니 비 평안치 아니커니와 엇지 위티홀니
잇스리잇고? (黃河水急, 平昔浪發也是不小的; 況
今日有風, 又是龍舟, 故此顛播.) <西周 22:64>

아직 비의 계시쇼셔. 노신(老臣)이 몬져 가 영치(營寨)를 셰운 후 다시 디왕긔 쳥ᄒ리이다.”
ᄒ고 나려와 디디(大隊) 인마(人馬)를 거ᄂ려 밍진(孟津)의 나【66】아와 영치를 셰우고 계후다려 왈,

“모든 군휘(君侯) 왕을 보와 쥬를 멸ᄒ고 텬하를 진졍ᄒᆯ 말을난 아직 ᄒ지 말고 다만 니ᄅ디 쥐 기과ᄒᆞ믈 기다려 회군ᄒ믈 쥬ᄒ라.”

계휘 디왈,

“삼가 원슈의 니ᄅ신 디로 ᄒ리이다.”

ᄌ애 즉시 양젼 나탁을 불너 왈,

“너희 강변의 나아가 디왕을 쳥ᄒ라.”

냥인이 녕을 듯고 황하가의 와 무왕을 쳥ᄒ여 비의 나오니 셔로 이빅 니의 계휘 무왕을 조ᄎ 황하를 건너 밍진의 니ᄅ니 ᄌ이 동남북 팔빅 계후를 거ᄂ려 무왕을 마ᄌ 영의 드러가니 계휘 ᄎ례로 드러와 뵐ᄉ 남빅후(南伯侯) 악슌(鄂順)과 동남양쥬[6]후(東南揚州侯) 죵지명(鍾志明)과 동북[7]연쥬후(東北兗州侯) 펑조슈(彭祖壽)와 좌빅(左伯) 죵[8]디명(宗智明)과 원빅(遠伯) 상신인(常信仁)과 북빅후(北伯侯) 슝응난(崇應鸞)과 셔남예쥬후(西南豫州侯) 요초[9]량(姚楚亮)과 이문빅(夷門伯) 무고규(武高逵)와 우빅(右伯) 요셔량(姚庶良)과 근빅(近伯) 조종(曹宗)과 빈[10]쥬빅(邠州伯) 뎡건길(丁建吉)과 다 뵈이더 오직 동빅후(東伯侯) 강문환(姜文煥)이 유혼관(遊魂關)을 앗지 못ᄒ여시미 밋쳐 오지 못ᄒ엿더라.

계휘 일시의 【67】왈,

“디왕이 ᄯ희 님ᄒ시니 일즉 셩민을 슈화(水火) 가온디 구ᄒ시면 진실노 만민의 복이로쇼이다.”

무왕이 겸양 왈,

“괴(孤) 션왕(先王)의 위를 바다 셔빅휘(西伯侯) 되엿더니 이제 졔후들의 힘을 닙어 이의 니ᄅ러시니 텬ᄌ(天子) 기과(改過)ᄒ시믈 기다려

도라가믈 원ᄒ노라.”

예쥬휘(豫州侯) 왈,

“쥐(紂) 무도ᄒ여 쳐ᄌ를 살육ᄒ며 츙냥(忠良)을 블지ᄅ고 쥬ᄉᆨ(酒色)의 침익(沈溺)ᄒ여 졍ᄉᆞ를 도라보지 아니ᄒᆞ미 황텬이 진노ᄒ샤 디왕으로 ᄒᆞ여곰 셩민을 구ᄒ시니 일은바 응텬슌인(應天順人)ᄒᆞ미니 바라건디 디왕은 쥬를 멸ᄒ고 텬하를 평정ᄒ쇼셔.”

무왕 왈,

“쥬왕이 비록 스오나오나 텬ᄌ여늘 니 엇지 치리오? 현후(賢侯)로 더브러 한가지로 간스ᄒᆞᆫ 신ᄒᆞ를 죽이고 텬ᄌ로 ᄒᆞ여곰 기과ᄒ시게 ᄒ면 우리 신졀(臣節)을 일치 아니ᄒ고 션왕의 끼치신 말ᄉᆞᆷ을 져바리지 아니ᄒ리라.”

펑죠쉬 왈,

“녯 요지ᄌ(堯之子) 불초ᄒ거늘 텬하를 슌(舜)의게 젼ᄒ시고 우(禹)의 아들이 능히 아뷔 업(業)을 니어 디디【68】로 젼ᄒ여 오더니 걸(桀)의게 니ᄅ러 잔학무도(殘虐無道)ᄒ거늘 탕(湯)이 걸을 남쇼(南巢)의 너치시고 드디여 텬하를 두엇더니 이제 쥬(紂)의게 니ᄅ러 셩민을 슬히ᄒ고 졍ᄉᆞ를 도라보지 아니ᄒ여 죄악이 관영(貫盈)ᄒ니 황텬이 디왕을 명ᄒ여 쥬를 치게 ᄒ시니 쳥컨디 디왕은 ᄉᆞ양치 마르쇼셔. 디즁(大衆)이 일산(一散)이면 난가부합(難可附合)이리이다.”

무왕이 겸양ᄒ고 듯지 아니ᄒ거늘 ᄌ이 무왕이 회군ᄒᆞᆯ 마음을 닐가 져허 계후를 눈쥬어[11] 말을 긋치고 잔치를 비셜ᄒ여 계후를 관디ᄒ더라.

원홍(袁洪)이 영즁(營中)의 잇셔 즁장으로 더부러 계규를 의논ᄒ더니 쇼졸이 보ᄒᆞ디,

“쥬 무왕이 디병을 거ᄂ려 면디현을 앗고 밍진의 니ᄅ러 진쳣ᄂ이다.”

은파퓌(殷破敗) 원홍다려 왈,

“쥬 무왕은 텬하 반젹(叛賊) 뉴(類)의 읏듬이라. 스스로 병을 니르혀 니ᄅᄂᆞᆫ 바의 아니 이길 디 업스니 그 심예(甚銳)를 당치 못ᄒᆞᆯ지라.

---

6) 쥬: 원래는 없으나 원문에 의거하여 넣음.

7) 북: 원래 ‘빅’으로 되어 있으나 원문에 의거하여 고침.

8) 죵: 원래 ‘증’으로 되어 있으나 원문에 의거하여 고침.

9) 초: 원래 없으나 원문에 의거하여 넣음.

10) 빈: 원래 ‘변’으로 되어 있으나 오기이므로 고침.

11) 【눈쥬다】圐 눈짓하다. ¶ ᄌ이 무왕이 회군ᄒᆞᆯ 마음을 닐가 져허 계후를 눈쥬어 말을 긋치고 잔치를 비셜ᄒ여 계후를 관디ᄒ더라 <西周 22:68>

원슈는 삼가 싼호고 경격지 마르쇼셔."

원홍 왈,

"강상은 반계(磻溪)【69】 촌뷔(村夫)라 무슴 어려오미 이시리오? 오관 졔장이 관을 직희지 아니ᄒ여 관을 다 아이니 니 니일 첫 진의 강상을 파ᄒ여 편갑(片甲)도 도라가지 못ᄒ게 ᄒ리라."

은파피 물너나다.

이날 ᄌ이 졔후로 더부러 장의 오르니 이 문빅 무고귀 진왈,

"팔빅 졔휘 다 모다시디 한번도 싼호지 아니시니 니일 디가(大駕)를 쳥ᄒ여 원홍을 술오 잡으면 그 남은 도젹은 싼호지 아냐셔 파ᄒ리이다."

ᄌ이 왈,

"현후의 말이 올커니와 니 몬져 젼셔(戰書)를 보니여 져로 ᄒ여곰 알게 ᄒ고 한번 싼화 결ᄒ리라."

ᄒ고 즉시 젼셔를 닷가 양젼을 시겨 은영(殷營)의 가라 ᄒ디 양젼이 젼셔를 가지고 은영의 가 쇼졸노 ᄒ여곰 보ᄒ니 원홍이 드러오라 ᄒ거늘 양젼이 즁군의 드러와 젼셔를 드리니 홍이 바다 보고 왈,

"니일 싼홀 거시니 아직 도라가라."

양젼이 도라와 ᄌ아를 보고 원홍의 말을 고ᄒᆫ디 이튼날 ᄌ이 모든 졔후를 거느리고 무왕을 쳥ᄒ여 영의【70】 나오니 좌는 북빅후 승응 난이오 우는 남빅후 악슌이오 그 남은 졔후는 ᄎ례로 버려 셰고 쥬영 졔장은 무왕을 뫼셔시디 디외(隊伍) 졍졔ᄒ고 긔치(旗幟) 엄슉ᄒ더라. 싼홈을 쳥ᄒ니 원홍이 즁장을 거느려 영의 나오니 황금투고의 빅은갑을 닙고 빅마금안(白馬金鞍)의 쇠막디를 메고 쇼리ᄒ여 왈,

"오는 지 아니 강상인다?"

ᄌ이 왈,

"니 긔여니와 너는 엇던 인다?"

원홍 왈,

"나는 디원슈 원홍이로라."

ᄌ이 왈,

"쥬왕이 무도ᄒ여 텬하 인심이 임의 쥬의 도라 왓시니 은이 망흠이 조셕의 잇거늘 네 군ᄉ로 비컨디 한 잔 물갓흐니 엇지 능히 왼 슐

위의 불을 쯔리오? 샐니 말긔 나려 죽기를 면ᄒ라. 만일 니 말을 듯지 아니면 진이 파ᄒᆫ는 날의 옥셕(玉石)을 갈히지 못ᄒ리니 뉘웃쳐도 밋지 못ᄒ리라."

원홍이 쇼왈,

"너는 반계(磻溪)의 고기 낙는 사롬이라 물결의 일만 알 ᄯ롬이니 텬하 도모홀 일을 엇지 알니오? 오관 장시 그릇 너를 노화 기리 즁【71】 디(重地)의 보니여시니 엇지 요괴로온 말을 ᄒ여 인심을 혹게 ᄒᄂ뇨?"

ᄒ고 좌우를 도라보와 왈,

"뉘 가히 져 요괴로온 도젹을 잡을고?"

션봉 상회(常昊) 창을 두르고 니닷거늘 우빅후 요셔량이 도치를 둘너 상호를 치니 상회 몸을 굽혀 두루쳐 다라나거늘 요셔량이 상호의 간ᄉ를 아지 못ᄒ고 ᄯ르더니 상호는 비얌의 졍녕이라 말긔 나려 본상(本像)을 니여 닙으로 바람과 검은 안기를 니니 요셔량이 픠ᄒ여 다라나니라.

[셔쥬연의西周演義 권지이십삼]

89
쥬왕고골부잉부(紂王敲骨剖孕婦)

[1] 요셔량(姚庶良)이 상호(常昊)의 도슐을 보고 간계(奸計)의 샌질가 두려 말을 두르혀 다라나거늘 상회 닙으로 독훈 긔운을 너여 쏘이니 셔량이 말끠 쩌러지느 상회 한 창으로 목을 지르고 크게 쇼리ᄒ여 왈,

"강상(姜尙)을 잡아 이놈갓치 ᄒ리라!"

ᄒ더라. 졔휘(諸侯) 셔량의 죽으믈 보고 혼불부톄(魂不附體)ᄒ여 머리롤 숙이고 묵묵히 셧더니 연쥬후(兗州侯) 핑조쉬1)(彭祖壽) 창을 두르고 말을 쩌어 니다르며 쇼리질니 왈,

"이 도젹이 감히 우리 장슈롤 죽이는다?"

ᄒ고 다라들거늘 원홍(袁洪)의 좌편의 오룡(吳龍)이 셧다가 상호의 공 일우믈 보고 쌍검을 두르고 핑조슈롤 마즈 싸화 수오 합이 못ᄒ여 다라나거늘 조쉬 창을 두르고 짜라오더니 오룡은 본디 [2] 큰 진납의 졍녕(精靈)이라 본상(本像)을 너여 닙으로 바롬을 니며 코흐로 요괴로온 긔운을 토ᄒ니 조쉬 어즐ᄒ여 말긔 나려지거늘

오룡이 보검을 드러 핑조슈의 머리롤 버히고 쇼리질너 왈,

"뉘 감히 날을 당ᄒ리오?"

졔휘 핑조슈 죽는 양을 보고 면식(面色)이 여토(如土)ᄒ여 셔로 도라보고 말을 못ᄒ거늘 나탁(哪吒)이 양젼(楊戩)다려 왈,

"져 두 장슈 다 요괴로온 즘싱인가 시브니 우리 나아가 싸화 보리라."

ᄒ고 셔로 의논ᄒ더니 오룡이 칼을 두르고 쇼리질너 왈,

"뉘 나와 니 쌍검을 마즈리오?"

나탁이 디로ᄒ여 몸을 흔드러 변ᄒ여 삼두팔비(三頭八臂) 가진 사룸이 되여 화쳠창(火尖槍)을 두르고 풍화륜(風火輪)을 모라 니다르니 오룡이 쇼리질너 왈,

"오는 장슈 아니 나탁인다?"

나탁 왈,

"네 임의 니 일홈을 알면 엇지 항복지 아닛느뇨?"

ᄒ고 창을 두르고 다라드니 오룡이 쌍검을 둘너 마즈 싸화 [3] 삼소 합이 못ᄒ여 나탁이 구룡신화탁(九龍神火罩)을 너여 오룡을 바라며 더지니 오룡이 세(勢) 니(利)치 아니믈 보고 화ᄒ여 한 쩨 프른 긔운이 되여 다라나거늘 나탁이 황망이 신화탁을 거두어 도라오고져 ᄒ더니 오룡이 다시 말긔 올나 진으로 도라가니 상회 디로ᄒ여 창을 두르고 니다라 쇼리질너 왈,

"나탁은 닷지 말나!"

나탁이 디로ᄒ여 다라드러 싸호더니 양젼이 삼쳠냥인도(三尖兩刃刀)롤 두르며 다라드러 나탁을 도와 빗발 치듯ᄒ니 상회 니긔지 못ᄒ 줄 알고 말을 두르혀 다라나거늘 냥장(兩將)이 싸르더니 양젼이 금환(金丸)을 쏘와 상호의 엇게롤 맛치디 조곰도 관겨치2) 아니ᄒ니 나탁이 또 신화탁을 너여 상호롤 바라며 더지니 상회

---

1) 핑조쉬: 원래 '힝조휘'로 되어 있으나 오기이므로 고침.

2) 【관겨ᄒ다】 혱 {관계(關係)하다.} 대단하다. 중요하다. ¶ 양젼이 금환을 쏘와 상호의 엇게롤 맛치디 조곰도 관겨치 아니ᄒ니 나탁이 또 신화덕을 너여 상호롤 바라며 더지니 상회 한 쩨 붉은 긔운이 되여 다라나거늘 (楊戩也不赶他, 取彈弓在手, 隨手發出金丸, 照常昊打來. 只見那金丸不知落於何處. 哪吒後祭起神火罩, 將常昊罩住, 也似吳龍化一道赤光而去.) <西周 23:3>

한 쩨 붉은 긔운이 되여 다라나거놀 원홍이 삼
군(三軍)을 지촉ᄒ여 다라들며 쇼리질너 왈,

"강상아, 네 날과 한번 즈웅(雌雄)을 결ᄒ
미 엇더ᄒ뇨?"

양임이 원홍의 거 【4】 만ᄒ믈 보고 운화슈
(雲霞獸)룰 모라 비뢰창(飛雷槍)을 두르며 니다
ᄅ니 원홍이 급히 쇠막디룰 둘너 마즈 ᄊ화 스
오 합이 못ᄒ여 양임이 요하(腰下)의셔 오화신
염션(五火神焰扇)을 니여 한번 붓치니 원홍이
양임의 붓치 니믈 보고 말긔 나려 한 쩨 검은
긔운이 되여 다라나니 원홍의 탓던 말만 타 죽
거놀 즈이 징 쳐 군을 거두어 영의 도라와 탄
왈,

"앗갑다! 이로(二路) 졔후(諸侯)여. 나라홀
위ᄒ여 진상(陣上)의셔 죽으니 엇지 불상치 아
니리오?"

양젼이 진왈,

"뎨지(弟子) 보니 셰 사룸이 다 요괴의 졍
녕이라 나탁의 구룡신화탁과 양임의 오화신염션
과 뎨즈의 금환을 두리지 아니ᄒ고 화ᄒ여 긔운
이 되여 다라나니 능히 파키 어렵더이다."

즈이 탄식불이(歎息不已)러라.

원홍이 진의 도라가 왈,

"나탁의 신화탁과 양임의 신염션과 양젼의
금환이 만고의 비길더 업슨 보비러라."

오룡이 쇼왈(笑曰),

"이 무어시 어려오리오? 져희 【5】 비록 그
보비로 다룬 사룸을 항복 바드나 엇지 우리룰
침노ᄒ리오? 형장(兄長)은 셜니 표룰 닷가 조가
(朝歌)의 보니여 공을 쳥ᄒ라."

원홍이 올히 너겨 표룰 지어 보니거놀 노
인걸(魯仁杰)이 장의 나려와 은셩슈(殷成秀)와
뇌봉(雷鵬)을 보고 왈,

"오늘 원홍과 오룡과 상회 즈아로 더브러
ᄊ호미 진법(陣法)이 엇더터뇨?"

이인(二人) 왈,

"우리 오늘 ᄊ호미 한 진을 니긔여시니 ᄯ
무슴 의논홀 일이 이시리오?"

노인걸 왈,

"옛말의 일너시되 '나라히 흥홀 쩌는 반ᄃ
시 졍상(禎祥)이 잇고 나라히 망홀 쩌는 반ᄃ시
요얼(妖孽)이 난다'³) ᄒ니 이졔 져 삼장(三將)은

요괴로셔 사룸의 형용이 되엿ᄂ니 이졔 텬하 졔
휘 한가지로 밍진(孟津)의 모다시니 능히 더젹
기 어렵거놀 졔 스슐(邪術)노 비록 두어 진을
니긔나 맛춤ᄂ 엇지 큰 공을 어드리오?"

은셩슈 왈,

"형장이 아니 반(叛)코져 ᄒᄂ다?"

노인걸이 닐오더,

"니 더디로 국은(國恩)을 밧닷거놀 엇지 져
바릴 ᄯ이 이시리오?"

ᄒ고 삼인이 한데 모 【6】 다 군무룰 의논ᄒ더니
원홍이 뇌봉을 불너 쳡셔(捷書)룰 닷가 조가로
보니니 치관(差官)이 표룰 가져 조가의 가 문셔
방(文書房)으로 드러가니 쥬(紂) 녹더(鹿臺) 우희
잇거놀 바로 드러가 표룰 드리고 왈,

"원슈 원홍이 조셔룰 바다 밍진의 가 졔후
로 더브러 ᄊ화 핑조슈와 요셔량을 죽이니 군위
(軍威) 더진(大振)ᄒ여 쥬병(周兵)을 막으니 날을
혜여 큰 공을 일우리이다."

쥬 디희 왈,

"원슈 년ᄒ여 두 도젹을 죽이니 공이 일국
의 웃듬이라 비단 빅필과 즌(錢) 만젼과 은 쳔
냥과 금 오빅 냥을 쥬고 슐 일쳔 통과 양 삼빅
슈룰 쥬어 군스룰 호궤(犒饋)ᄒ고 다시 싸홀 버
혀 봉(封)ᄒ리라."

비렴(飛廉)이 젼지(傳旨)룰 바다 가거놀 달
긔(妲己) 밧 안히 잇다가 이 말을 듯고 심즁의
디희ᄒ여 [원홍 등 셰 장슈는 요괴라 졔 뉘(類) 미 공 일우
믈 하례(賀禮)ᄒ니] 밧을 들치고 나와 하례ᄒ더,

"폐히 ᄉ직지신(社稷之臣)을 어드시니 원홍
은 디장지지(大將之才) 잇ᄂ지라. 【7】 쳥컨더 폐
하는 ᄯ홀 버혀 봉ᄒ시고 잔치룰 비셜ᄒ여 공을
하례ᄒ쇼이다."

쥬 디희 왈,

"어쳐(御妻)의 말이 올타."

ᄒ고 좌우룰 명ᄒ여 녹더의 잔치룰 비셜ᄒ고 셰
요괴로 더부러 슐 먹으니 ᄯ 졍히 늉동극한(隆
冬極寒)이라 검은 긔운이 네 녁흐로 뭇고 흰 눈
이 날니거놀 좌위(左右) 고왈(告曰),

"눈이 만히 오니 쳥컨더 폐하는 디의 나리

쇼셔.”

쥬 왈,

“이 찐 눈이 만히 오니 구경홀지라. 엇지 나려가리오?”

호고 삼요(三妖)로 더부러 슐을 권호며 더 우희셔 눈을 구경호니 빅셜(白雪)이 만궁(滿穹)호여 셩이 은(銀)으로 꿈인 듯호거놀 쥬 달긔다려 왈,

“어쳬 어려셔붓허 노리 브르기롤 니겻다[4] 호니 한 곡조(曲調)롤 불너 니 흥을 도오라.”

달긔 잔을 잡고 한 곡조롤 브르니 쥬 디희호여 년호여 세 잔을 먹고 셔로 즐기더니 쥬 난간을 의지호여 셔문(西門)을 바라보니 셔문 안히 한 니히 잇는【8】 지라. 비록 겨울이나 물이 만하 힝인이 발을 벗고 건너더니 한 늙으니와 져믄이 두 사룸이 물을 건너디 늙으니는 비록 물이 츠나 능히 발을 벗고 건너디 겸으니는 촌 물을 두려 능히 건너지 못호여 가흐로 두로 돌거놀 쥬 이롤 보고 달긔다려 왈,

“괴이타! 괴이타! 져 늘그니는 물이 츠디 능히 건너거놀 겸으니는 강장(强壯)호디 능히 건너지 못호니 어쳬 그 연고롤 알쇼냐?”

달긔 왈,

“폐히 아지 못호도쇼이다. 부뫼(父母) 겸어셔 즈식을 나흐면 겸은 사룸의 졍혈(精血)노 셩틱(成胎)호여 나흐미 졍혈이 몸의 가득호고 쎄 즐긔여[5] 나히 늙어도 촌 거슬 두려 아니호고 부뫼 늙어셔 즈식을 나흐면 늙은 사룸의 졍혈이 모다 셩틱호여 나핫는지라 졍혈이 츠지 못호고 쎄 즐긔지 못호여 비록 겸으나 치위롤 견디지 못호니 져 늙으니는 부뫼 반드시 겸어【9】 셔 나핫고 겸으니는 부뫼 반드시 늙어셔 나핫느이다.”

---

4) 【니기다】 图 익히다. 배우다. ¶ 習學 ‖ 어쳬 어려셔붓허 노릭 브르기롤 니겻나 호니 한 곡조롤 불너 니 흥을 도으라 (御妻, 你自幼習學歌聲曲韻, 何不把按雪景的曲兒唱一套, 俟朕漫飮三杯.) <西周 23:7>

5) 【즐긔다】 形 질기다. 튼튼하다. ¶ 盈 ‖ 부뫼 겸어셔 즈식을 나흐면 겸은 사룸의 졍혈노 셩틱호여 나흐미 졍혈이 몸의 가득호고 쎄 즐긔여 나히 늙어도 촌 거슬 두려 아니호고 (少年父母精血正旺之時交媾成孕, 所秉甚厚, 故精血充滿, 骨髓皆盈, 雖至末年, 遇寒氣猶不甚畏怯也.) <西周 23:8>

쥬 쇼왈,

“어쳐의 말이 그르다. 사룸이 부졍모혈(父精母血)노 나흐미 겸어셔는 강호고 늙어셔는 쇠호느니 어이 그럴 니 잇스리오?”

달긔 왈,

“폐히 밋지 아니시거든 두 사룸을 불너 몸을 찌쳐 졍혈이 춤만호며 아니믈 보쇼셔.”

쥬 올히 너겨 좌우로 호여곰 잡아오라 혼디 치관이 젼지롤 바다 셩문 밧 시니가의 가 냥인을 잡아왓거놀 쥬 달긔로 더부러 더가의 나와 이인(二人)을 잡아 압히 지우고 도부슈(刀斧手)롤 명호여 도치로 늙으니 뎌골을 헤치니 피 쇼스나고 명(命)이 진(盡)호거놀 쏘 비롤 갈으니 피 무슈히 나며 쎄 즐긔여 슈히 끈허지지 아니커놀 쏘 겸은 사룸의 뎌골을 찌치니 다친디 족족 브러지거놀 쥬 디희호여 두 죽엄을 쓰어 문 밧긔 니치고 달긔의 등을 두다려 왈,

“어쳐는 진실노 신긔로온 사룸【10】 이로다.”

달긔 왈,

“쳡이 어려셔붓허 음양(陰陽)을 비화 즈식 빈 사룸을 한 번 보면 사나희며 계집을 아나이다.”

쥬 쏘 디희 왈,

“잉틱(孕胎)혼 사룸을 잡아다가 보리라.”

호고 좌우롤 분부호여 즈식 빈 사룸을 어드라 혼디 좌위 명을 바다 셩 안흐로 두르 도라 즈식 빈 사룸을 구호니 셩중이 쇼요(騷擾)호여 집을 바리고 다라난 지 무슈호더라. 치관이 겨오 잉틱혼 계집 세흘 집아 오문(午門)의 오니 삼인이 울며 왈,

“우리는 빅셩이라 법을 범치 아냣거놀 텬지 무죄히 죽이려 호시니 이 엇진 일이뇨?”

호고 브르지져 우는 쇼리 원근의 들니더라.

긔즈(箕子)와 미즈(微子)와 미즈계(微子啓) 미즈연(微子衍)과 상틱우(上大夫) 손영(孫榮)이 문셔방의셔 텬하스(天下事)롤 의논호더니 믄득 구룡교(九龍橋) 가의셔 우는 쇼리롤 듯고 디경호여 셔로 니르디,

“텬지 반드시 스오나온 일을 호시도다.”

호고 황망이 나와 보니 세 여인을 잡아 미【11】 야 드러가거놀 긔지 문왈,

"무스 일노 져 셰 사룸을 잡아가는다?"

그 계집들이 울며 왈,

"우리는 마을 계집이라 법을 범치 아녓거 눌 텬지(天子) 무고히 죽이려 ᄒ시니 노야(老爺) 눈 황상(皇上)긔 간ᄒ야 잔명(殘命)을 구ᄒ쇼셔."

긔지 치관다려 므론디 치관 왈,

"황상이 쇼낭낭(蘇娘娘)의 말을 드러 아 젹6)의 물 건너는 사룸 둘을 잡아 부졀업시 디 골을 찌쳐 죽이고 또 쇼낭낭의 말을 밋어 주식 빈 계집을 잡아오라 ᄒ시미 우리 등이 아지 못 ᄒ여 잡아오ᄂᆞ이다."

긔지 이 말을 듯고 디로 즐왈,

"혼군(昏君)이 무도ᄒ여 졍ᄉᆞ룰 닷지 아니 ᄒ고 요언(妖言)을 밋어 빅셩을 무고히 죽이니 니 드러가 간ᄒ리라."

ᄒ고 미주 등을 거ᄂ리고 녹디의 올나가 방셩디 곡 왈,

"폐히 무고히 빅셩을 죽이시니 빅셰 후 어 ᄂᆞ 낫츠로 디하(地下)의 가 션왕(先王)을 뵈오려 ᄒ시ᄂᆞ니잇고?."

쥐 노왈,

"짐이 녹디 우희셔 셜경(雪景)을 구경ᄒ더 니 물 【12】 건너는 사룸을 보니 늙으니는 건너 고 졈으니는 건너지 못ᄒ니 황휘(皇后) 분변(分 辨)ᄒ기룰 심히 붉게 ᄒ거눌 짐이 잡아다가 그 의심된 거슬 결(決)ᄒ여시니 무슴 큰일이완디 감히 님군을 업슈이 너겨 짐을 슈욕(受辱)ᄒᆞ 뇨?"

긔지 울며 간왈(諫曰),

"신은 드르니 사룸이란 거슨 텬디(天地) 영 긔(靈氣)로 되어 오상(五常)을 난화 사룸이 되엿 시니 늙으니는 쇠(衰)ᄒ고 졈으니는 장(壯)ᄒ믈 드럿고 폐하 말슴갓ᄒ 니는 듯지 못ᄒ엿ᄂᆞ이다. 이제 폐히 상텬(上天)을 공경치 아니시고 덕졍(德政)을 닷지 아니시니 하눌이 노ᄒ고 빅셩이 원ᄒ여 텬히 다 반ᄒ믈 싱각ᄒ거눌 이룰 씨닷지 못ᄒ고 무죄ᄒ 사룸을 죽이시니 이제 팔빅 졔회

밍진의 둔(屯)ᄒ여 위티ᄒ미 조셕의 잇ᄂᆞ지라. 도젹이 불의의 니룬면 폐히 눌노 더부러 셩을 직희려 ᄒ시ᄂᆞ니잇고? 쥬병(周兵)이 한 번 셩하 (城下)의 님ᄒ면 싼호지 아 【13】 니셔 조가(朝 歌) 빅셩이 문을 열고 단스호장(簞食壺漿)으로 쥬병을 맛스오리니 가히 어엿부다 이십스디(二 十四代) 신쥐(神主) 텬하 졔후의 씨친 비 되리로 다."

쥐 디로 즐왈,

"필뷔 감히 님군을 업슈이 너겨 간스ᄒ 말 노 날을 긔롱ᄒᄂᆞ냐?"

ᄒ고 무스(武士)룰 명ᄒ여 포락긔구(炮烙機具)룰 디하(臺下)의 베프고 긔즈룰 잡아 나리와 기동 의 미라 ᄒ디 좌우 무시 구리기동 하나흘 디하 의 셰우고 긔즈로 죽기룰 지촉ᄒ니 긔지 디셩 왈,

"신이 죽기는 앗갑지 아니ᄒ디 혼군이 셩 탕(成湯) 뉵빅년 긔업을 일흘가 두려 ᄒᆞᄂᆞ이다."

무시 긔즈룰 잡아 기동의 미고져 ᄒ거눌 디 아리 두어 사룸이 크게 웨디,

"아직 긔즈룰 상ᄒ지 말나!"

모다 보니 이는 미주와 미주계·미주연이 라. 삼인이 디상(臺上)의 올나 눈물을 흘녀 왈,

"긔즈는 츙냥지신(忠良之臣)이라 올흔 말노 뼈 간ᄒ거눌 폐히 죽이고져 ᄒ시니 바라건디 술 피쇼셔! 폐히 젼의 미빅(梅栢)을 포락지형으로 죽이시며 양임(楊任)의 눈을 싼히시고 비간의 녕통7)을 니시며 황후룰 극형으로 죽이시고 신 하의 안히룰 겁탈ᄒ시니 스직의 위티ᄒ미 조셕 의 잇거눌 폐히 씨닷지 못ᄒ시니 바라건디 폐하 는 긔즈의 죄룰 사ᄒ여 츙냥을 표ᄒ시면 인심이 거의 평안ᄒ며 셩탕 긔업을 거의 보젼ᄒ리이 다."

쥐 이 말을 듯고 마지 못ᄒ여 긔즈룰 노코 폐(廢)ᄒ여 셔인(庶人)을 삼으니 미주 등이 물너 가거눌 달긔 발 안히 셧다가 니다라 왈,

"불가ᄒ이다! 긔지 당면(當面)ᄒ여 님군을 슈욕ᄒ니 죄 맛당이 죽엄즉 ᄒ거눌 폐히 노ᄒ시

---

6) 【아젹】圈 아침. ¶ 황상이 쇼낭낭의 말을 드러 아젹1)의 물 건너는 사룸 둘을 잡아 부졀업시 디골을 씨쳐 죽이고 (皇上夜來聽娘娘言語, 將老 少二民敲骨驗髓, 分別淺深, 知其老少生育, 皇上 大喜.) <西周 23:11>

7) 【녕통】圈 염통. 심장. ¶ 心∥ 폐히 젼의 미빅 을 포락지형으로 죽이시며 양임의 눈을 싼히시 고 비간의 녕통을 니시며 (陛下昔日剖比干之心.) <西周 23:14>

니 반듯시 큰 환이 이시리이다.”

쥐 문왈,

“엇지 쳐치ᄒ리오?”

달긔 왈,

“첩의 쇼견의ᄂ 긔즈ᄅ 가도와 종 〔奴〕을 믠다라 국법을 붉히고 다른 신ᄒ로 ᄒ여곰 가히 망녕되이 간치 못ᄒ게 ᄒ쇼셔.”

쥐 올히 너겨 긔즈ᄅ 잡아 가도니 미즈 등 삼인【15】이 셔로 븟들고 울며 왈,

“셩탕 뉵빅년 긔업이 오늘날 망ᄒ리로다. 우리 틱묘(太廟)의 이십팔ᄃ 신쥬(神主)ᄅ 도젹ᄒ여 먼 싀골의8) 도라가 셩탕 졔ᄉ(祭祀)나 긋지 아니리라.”

ᄒ고 힝장을 슈습ᄒ여 틱묘신쥬(太廟神主)ᄅ 도젹ᄒ여 가지고 다라나니라.

치관이 즈식 빈 세 계집을 잡아 녹더 압히 오거ᄂ 쥐 좌우ᄅ 명ᄒ여 더 압히 남그로 기동을 믠들고 삼인을 기동의 믜니 달긔 몬져 한 사ᄅᆷ을 가ᄅ쳐 왈,

“뎌 사ᄅᆷ은 반듯시 ᄉ나희ᄅ 비엿ᄂ이다.”

쥐 무ᄉᄅ 명ᄒ여 그 사ᄅᆷ의 옷술 벗기고 날닌 칼노 비ᄅ ᄰ니 붉은 피 쇼ᄉ나며 조고만 아희 비 속으로셔 나지니 과연 ᄉ나희어ᄂ 쥐 웃고 달긔다려 왈,

“뎌 사ᄅᆷ의 비의ᄂ 무엇시 드럿ᄂ뇨?”

달긔 왈,

“계집아히 드럿ᄂ이다.”

쥐 ᄶ 명ᄒ여 비ᄅ ᄰ고 즈식을 니니 과연 계집이어ᄂ ᄶ 문왈,

“뎌 사ᄅᆷ은 엇던 즈식을 비엿ᄂ【16】뇨?”

딜긔 왈,

“ᄶ 계집이니이다.”

쥐 ᄶ 좌우ᄅ 명ᄒ여 비ᄅ ᄰ라 ᄒ니 그 계집은 비간(比干)의 집 종이라 쇼리질너 왈,

“혼군이 무도ᄒ여 니 쥬인의 녕통을 니여 죽이고 ᄶ 날을 비ᄅ ᄰ랴 ᄒᄂ다?”

쥐 쇼왈,

“네 쥬인도 녕통을 비니 니여쥬고 졀노 죽 엇ᄂ지라 너도 샐니 비 속의 즈식을 니여 뵈고 도로 녀ᄒ라.”

ᄒ고 좌우ᄅ ᄯ지져 슈이 비ᄅ ᄰ라 ᄒ더 모든 무ᄉ 일시의 다라 드러 날닌 칼노 비ᄅ 질너 즈식을 니니 과연 계집이어ᄂ 쥐 디희ᄒ여 달긔다려 왈,

“너ᄂ 과연 텬신(天神)이로다.”

ᄒ고 다시 술을 부어 먹으니 이ᄯ 음운이 참담 ᄒ고 일광(日光)이 무광(無光)ᄒ더라.

이튼날 환관(宦官)이 보ᄒ더,

“미즈의 삼형뎨 틱묘신쥬ᄅ 다 도젹ᄒ여 가지고 다라낫ᄂ이다.”

쥐 쇼왈,

“져희 다라낫시니 엇지 다시 ᄎ즈리오? 이 졔 디원슈 원홍이 쥬병을 막아 공을 여러번 닐 우니 쥬병이 나【17】아 오지 못ᄒ리라.”

ᄒ고 쥬야로 황음쥬식(荒淫酒色)ᄒ니 비렴이 마 음의 민망ᄒ여 홀노 부즁(府中)의 안졋더니 믄 득 냥인이 드러오니 하나혼 ᄂᆞᆺ치 프ᄅ고 넙니 크며 엄니 부로도닷고9) 하나혼 ᄂᆞᆺ치 외곳갓고 닙이 바탕이10)갓고 니 날난 칼갓고 머리털이 붉으며 니마의 두 ᄲᆯ이 나시니 심히 흉악ᄒ거ᄂ 비렴이 문왈,

“그더니ᄂ 어더 사ᄅᆷ인다?”

이인(二人)이 졀ᄒ고 왈,

“우리 비록 지죄 업스나 원컨더 님군을 도 와 나라 은혜ᄅ 갑고져 ᄒᄂ이다.”

비렴이 우문(又問) 왈,

---

8) 【싀골】圖 시골. ¶ 外鄕∥ 우리 틱묘의 이십팔 ᄃ 신쥬ᄅ 도젹ᄒ여 먼 싀골의 도라가 셩탕 졔 ᄉ나 긋지 아니리라 (我與你兄弟可將太廟中二十八代神主負往他州外鄕, 隱姓埋名, 以存商代禋祀, 不令同日絶滅可也.) <西周 23:15>

9) 【부로돈다】圖 부르돋다. ¶ 獠∥ 하나혼 ᄂᆞᆺ치 프ᄅ고 넙니 크며 엄니 부로도닷고 하나혼 ᄂᆞᆺ치 외곳갓고 닙이 바탕이갓고 니 날난 칼갓고 머리 털이 붉으며 니마의 두 ᄲᆯ이 나시니 심히 흉악 ᄒ거ᄂ (一個面如藍靛, 眼似金燈, 巨口獠牙, 身軀偉岸; 一個面似瓜皮, 口如血盆, 牙如短劍, 髮似朱砂, 頂生雙角, 甚是怪異.) <西周 23:17>

10) 【바탕이】圖 *시뻘겋게 딱 벌린 입. ¶ 血盆∥ 하나혼 ᄂᆞᆺ치 프ᄅ고 넙니 ᄀ며 엄니 부로도닷고 하나혼 ᄂᆞᆺ치 외곳갓고 닙이 바탕이갓고 니 날난 칼갓고 머리털이 붉으며 니마의 두 ᄲᆯ이 나시니 심히 흉악ᄒ거ᄂ (一個面如藍靛, 眼似金燈, 巨口獠牙, 身軀偉岸; 一個面似瓜皮, 口如血盆, 牙如短劍, 髮似朱砂, 頂生雙角, 甚是怪異.)<西周 23:17>

“그디 네 셩명을 무어시라 ᄒᄂᆞ뇨?”

이인이 디왈,

“우리ᄂᆞᆫ 형데니 맛은 고명(高明)이오 아온 고각(高覺)이니이다.”

비렴이 이인을 오문의 두고 안흐로 드러가 쥬의게 보ᄒᆞᆫ디 쥐 디희ᄒᆞ여 드러오라 ᄒᆞ니 이인이 닉뎐(內殿)의 드러가 졀ᄒᆞ여 뵌디 쥐 그 사롬의 상뫼(相貌) 긔이ᄒᆞᆷ믈 보고 더욱 깃거 왈,

“이ᄂᆞᆫ 진실노 졔셰영웅(在世英雄)이로다.”

ᄒᆞ고 이인을 신【18】무장군(神武將軍)을 봉ᄒᆞ고 밍진을 가라 ᄒᆞ니 이인이 ᄉᆞ례ᄒᆞ고 밍진으로 가니라.

90

주아착신다울누(子牙捉神荼鬱壘)

고명(高明)·고각(高覺)이 치관으로 더브러 밍진(孟津)의 와 원홍(袁洪)의게 알외니 원홍이 향안(香案)을 비셜(排設)ᄒ고 조셔(詔書)를 바다 닉으니 ᄒ여시디,

짐이 일즉 드르니 장쉬란 거순 삼군의 명이오 ᄉ직(社稷) 안위(安危) 손의 달넛ᄂ니 원쉬 지죄 잇셔 문뮈(文武) 겸비ᄒ여 ᄌ로1) 디공을 셰우니 국가 쥬셕(杜石)이라 이졔 특별이 티우(大夫) 진우(陳友)와 신무장군(神武將軍) 고명 고각을 보닉여 우양(牛羊)과 어쥬(御酒)로 군ᄉ를 상(賞)ᄒ고 고명 고각으로 인ᄒ여 군즁의 머므러 뼈 공을 한가지로 셰우라.

ᄒ엿더라.

---

1) 【ᄌ로】 囲 자주. ¶ 屢∥ 원쉬 지죄 잇셔 문뮈 겸비ᄒ여 ᄌ로 디공을 셰우니 국가 쥬셕이라 (茲爾元帥袁洪, 才兼文武, 學冠天人, 屢建奇功, 眞國家之柱石, 當代之龍也.) <西周 23:18>

조셔 닑기를 맛ᄎ미 원홍이 텬ᄉ(天使)를 관디(款待)ᄒ여 보닉고 고명 고각 【19】을 드러오라 ᄒ니 두 장쉬 드러와 네ᄒᆞ디 [이인은 헌원묘(軒轅廟) 요괴니 하나흔 복셩화 졍녕(精靈)이오 하나흔 버드나모 졍녕이라] 원홍이 이인을 보고 디희ᄒ여 한가지로 슐먹고 이튼날 이인이 영의 나 쥬영(周營)의 니르러 싸홈을 지쵹ᄒ니 쇼졸이 드러가 보ᄒᆞ디 ᄌ익(子牙) 좌우다려 문왈,

"뉘 져 도젹을 잡을고?"

나탁(哪吒)이 응셩(應聲) 왈,

"쇼장(小將)이 맛당이 져 도젹을 잡으리이다."

ᄒ고 군을 거ᄂ려 진 밧긔 나와 크게 웨여 왈,

"오는 ᄌ는 엇던 사롬인다?"

고명이 디왈,

"우리는 신무디장군 고명·고각이러니 원원슈(袁元帥)의 명을 바다 강샹(姜尙)을 잡으라 왓거니와 너는 엇던 인다?"

나탁이 즐왈,

"이 업츅(業畜)이 감히 큰 말을 ᄒ여 우리 원슈를 슈욕(受辱)ᄒ는다?"

ᄒ고 화쳠창(火尖槍)을 두르고 다라든디 이장(二將)이 화극(畵戟)과 도치를 두르고 셔로 싸호더니 ᄉ오 합이 못ᄒ여 나탁이 건곤권(乾坤圈)으로 고각을 치니 고각이 한 줄 금광(金光)이 되여 다라나거늘 나탁이 구룡신화탁(九龍神火罩)을 너 【20】여 고명을 치고 진언(眞言)을 넘ᄒ니 신화탁 속으로셔 아홉 화룡(火龍)이 너다라 블을 너니 고명이 셰(勢) 니(利)치 못흔 줄 보고 일진(一陣) 쳥풍(淸風)이 되여 다라나니 니탁이 이인의 다라난 줄 모르고 영의 도라와 ᄌ아를 보고 이인 죽인 줄을 보ᄒᆞ디 ᄌ익 디희ᄒ야 공을 하례ᄒ더라.

고명 고각이 픠ᄒ여 영의 도라가 원홍을 보고 왈,

"강샹은 한 도시라 삼산오악(三山五岳) 문인(門人)의 힘을 넙어 요힝으로 한 번 공을 일우나 우리 가업순 신통(神通)을 엇지 당ᄒ리오?"

ᄒ고 이튼날 ᄯ 쥬영의 니르러 싸홈을 도도니 쇼졸이 보ᄒᆞ디,

"고명 고각 이장이 싸홈을 쳥ᄒ ᄂ이다."

ᄌ익 디경ᄒ여 나탁다려 왈,

"어제 고각 등을 죽엿노라 ᄒᆞ더니 ᄯᅩ 엇지 와 쓰호ᄌ ᄒᆞᄂᆞ뇨?"

나탁 왈,

"고명 등이 반ᄃᆞ시 젹은 슬노 다라낫ᄂᆞ니 쳥컨디 원슈는 진젼(陣前)의 님ᄒᆞ여 우리 공 닐우믈 보쇼셔."

ᄌᆞ인 이의 팔빅 졔【21】 후롤 거ᄂᆞ리고 진의 나오니라. 고명은 쳔니안(千里眼)이오 고각은 슌풍이(順風耳)라. 고각이 나탁의 져희 젹은 슬이라 ᄒᆞ믈 듯고 고명다려 왈,

"져놈이 우리롤 젹은 슬이라 니ᄅᆞ니 우리 이번으란 큰 슬노 쇽이리라."

ᄒᆞ고 셔로 의논ᄒᆞ더니 이윽고 한 쇼릐 방포(放砲)의 원문(轅門)을 크게 열고 무슈한 군시 나오ᄂᆞᆫ 가온디 ᄌᆞ인 ᄉᆞ불상(四不相)을 타고 즁장(衆將)을 거ᄂᆞ리고 나와 쇼릐질너 왈,

"고명·고각은 텬시(天時)롤 아지 못ᄒᆞ고 엇지 텬병(天兵)을 항거ᄒᆞᄂᆞᆫ다?"

고명이 디쇼 왈,

"강상은 한 초븨(樵夫)라 무슴 두려오미 이시리오?"

ᄒᆞ고 말을 맛치며 각각 병긔롤 들고 다라들거놀 니졍(李靖)과 양임(楊任)이 ᄯᅩ한 병긔롤 잡아 양임은 고명을 디젹ᄒᆞ고 니졍은 고각을 마ᄌ 쓰홀시 고각의 형뎨 본디 요괴 졍녕이라 바라보미 비릔니 사룸의 코의 쏘이니 양임이 사룸 아닌 쥴 알고 허리 아리로셔 오화신염【22】션(五火神焰扇)을 ᄂᆡ여 고명을 바라고 한번 붓치니 불이 니러나는 곳의 고명이 일진(一陣) 광풍(狂風)이 되여 다라나거놀 니졍이 바라보고 황금탑(黃金塔)을 ᄂᆡ여 고각을 치니 몸을 기우려 일진 쳥풍(靑風)이 되여 다라나거놀 원홍이 이인의 능히 니긔지 못ᄒᆞ고 도라오믈 보고 디로ᄒᆞ여 오룡(吳龍)과 상호(常昊)룰 명ᄒᆞ여 쓰호라 ᄒᆞ디 이쟝이 각각 병긔롤 두르고 말을 달여 크게 쇼릐ᄒᆞ디,

"강상은 닷지 말나!"

ᄌᆞ아의 뒤히 양젼(楊戩) 나탁이 디로ᄒᆞ여 셔로 쓰호더니 원홍이 ᄉᆡᆼ각ᄒᆞ디 '이 ᄶᅥ의 공을 일우지 못ᄒᆞ면 다시 어늬 ᄶᅥ롤 기다리리오?' ᄒᆞ고 쳘퇴롤 들고 다라드니 뇌진ᄌ(雷震子) 위회(韋護) ᄒᆞᆷ긔 마ᄌ 쓰호더니 위호의 항마져(降魔

杵)는 무게 열근이오 요괴롤 능히 항복밧ᄂᆞᆫ지라 위회 원홍의 요권쥴 알고 항마져롤 드러치니 홍이 비록 득도(得道)한 진납이나 항마져롤 보고 졍신이 황홀【23】ᄒᆞ여 ᄯᅩ한 바람이 되여 다라나니 탓던 말이 ᄲᅦ 바아지거늘 양젼이 한 텬견(天犬)을 노하 상호롤 물녀 ᄒᆞ니 상호는 비얌의 졍녕이라 독한 긔운을 ᄲᅮᆷ으니 긔 엇지 비얌을 물니오? 상회 ᄯᅩ 검은 긔운이 되여 다라나거놀 ᄌᆞ인 징 쳐 군을 거두어 영의 도라오다 양젼이 진왈,

"젼의 우리 ᄉᆞ붸 니ᄅᆞᄉᆞ디 밍진(孟津)의 니ᄅᆞ면 믜산칠형뎨(梅山七兄弟) 반ᄃᆞ시 이시리니 삼가 방비ᄒᆞ라 ᄒᆞ시더니 금일 원홍을 보니 다 요괴의 긔운이 사룸의게 쏘이고 비릔니 코의 거ᄉᆞ리니[2] 원슈 각별한 진을 쳐 쓰호면 한 진의 가히 공을 일울가 ᄒᆞᄂᆞ이다."

ᄌᆞ인 왈,

"니 스스로 쳐치ᄒᆞ미 이시리라."

ᄒᆞ고 이날 나좌 즁장을 모화 구궁팔괘진(九宮八卦陣)을 비셜ᄒᆞ고 니졍을 불너 왈,

"너는 팔괘진 동편의 잇셔 부작과 복셩화[3] 가지와 긔피롤 가【24】져 이리이리 ᄒᆞ라."

ᄒᆞ고 뇌진ᄌ롤 명ᄒᆞ여 왈,

"너는 팔괘진 남편의 잇셔 이리이리 ᄒᆞ고 ᄯᅩ 나탁 양임을 불너 셔북의 각각 이갓치 잇셔 이리이리 ᄒᆞ라 ᄒᆞ고 양젼으로 오뢰법(五雷法)을 ᄲᅥ 이리이리 ᄒᆞ라."

ᄒᆞ고 ᄯᅩ 위호롤 불너 왈,

"너는 긔피와 검은 닭의 피롤 가지고 군즁(軍中)의 잇다가 고명 등 요괴로온 긔운을 졔어ᄒᆞ라."

ᄒᆞ고 일일이 분부ᄒᆞ다. 고명 등이 영즁(營中)의 잇셔 디쇼 왈,

"강상이 쇽졀업시 군ᄉᆞ롤 슈고로이 ᄒᆞᄂᆞᆫ도

---

2) 【거ᄉᆞ리다】⑧ 거스르다. ¶ 금일 원홍을 보니 다 요괴의 긔운이 사룸의게 쏘이고 비릔니 코의 거ᄉᆞ리니 원슈 각별한 진을 쳐 쓰호면 한 진의 가히 공을 일울가 ᄒᆞᄂᆞ이다 (今日觀之, 祭寶不能成功, 俱化靑黑之氣而走. 元帥宜當設計處治, 方可成功.) <西周 23:23>

3) 【복셩화】⑲ 복숭아. ¶ 桃‖ 너는 팔괘진 동편의 잇셔 부작과 복셩화 가지와 긔피롤 가져 이리이리 ᄒᆞ라 (你在八卦陣正東上, 按震方, 書有符印, 用桃椿, 上用犬血, 如此而行.) <西周 23:23>

다.”

ᄒ고 기다리더니 쇼졸이 보ᄒ되,

　“쥬진의셔 ᄊᆞ홈을 쳥ᄒ다.”

ᄒ거늘 원홍이 고명 형뎨로 ᄒ여곰 디젹ᄒᆞᆯ시 이인이 나아오며 크게 웨여 왈,

　“강상이 구궁팔괘진을 쳐 닭과 긔피와 복셩화와 부작을 감초와 우리ᄅᆞᆯ 잡고져 ᄒ거니와 우리ᄂᆞᆫ 요괴 졍녕이 아니라 엇지 너희 요슐을 져허【25】ᄒ리오?”[4]

ᄒ고 각각 도치와 화극을 들고 급히 다라들거늘 남궁괄(南宮适)·무길(武吉)이 각각 병긔ᄅᆞᆯ 두르고 니다라 어우러져 ᄊᆞ호니 고명·고각은 본디 요괴라 힘과 졍신이 비ᄒᆞ니 남궁괄·무길이 니긔지 못ᄒ거늘 즈아 ᄉ불상을 모라 보검을 두르고 다라드러 어우러져 ᄊᆞ화 삼슈 합이 못하여 즈아 거즛 픠ᄒᆞ여 팔괘진 안흐로 다라나니 고명이 쇼왈,

　“강상은 다라나지 말나! 네 무ᄉᆞᆷ 법슐노 날을 속이고져 ᄒᆞᆫ다?”

ᄒ고 ᄯ라드러와 겨오 팔괘진의 들믹 동(東)의ᄂᆞᆫ 니졍이 잇고 남(南)의ᄂᆞᆫ 뇌진ᄌᆞ 잇고 셔(西)의ᄂᆞᆫ 나탁이 잇고 북(北)의ᄂᆞᆫ 양임이 잇셔 각각 부작과 복셩화 치ᄅᆞᆯ 두르며 다라들고 양젼은 더 우희 잇셔 오뢰법을 ᄒᆡᆼᄒᆞ니 우뢰쇼릭 드러치거늘 위희 반공즁의 긔와 닭의 피ᄅᆞᆯ 너여 ᄲᅮ리니 고명 등 이인이 셰 니치 못ᄒᆞᆷ을 보고 일진【26】쳥풍이 되여 다라나거늘 즈아 군을 거두어 영의 도라와 쟝즁의 올나 쇼릭질너 왈,

　“우리 계교ᄒᆞᆫ던 일을 뉘 가만이 도젹의게 통ᄒ뇨?”

　양젼 왈,

　“군즁의 잇ᄂᆞᆫ 쟝관이 다 셔기(西岐)로붓허 의병(義兵)을 일우혀 삼십뉵노(三十六路) 졍벌(征伐)을 지나고 이졔 오관(五關)의 니ᄅᆞ러 쥬파ᄒᆞᆯ 뜻을 두엇거늘 엇지 원슈의 비밀ᄒᆞᆫ 일을 누셜ᄒᆞ여 도젹으로 ᄒ여곰 알게 ᄒ리잇가? 뎨지

보니 고명 등 이인은 요괴라 반ᄃ시 영의 들어와 원슈의 긔ᄅᆞᆯ 탐지ᄒᆞᆫ가 시부니 바라건더 원슈ᄂᆞᆫ 살피쇼셔. 뎨지 한 곳의 가 고명 등의 허실을 아라오리이다.”

　즈이 왈,

　“네 어더가 아라 오랴 ᄒᆞᄂᆞᆫ다?”

　양젼 왈,

　“고명은 쳔니(千里)ᄅᆞᆯ ᄶᆡ 보ᄂᆞᆫ 요괴라 구궁팔괘진을 아라시니 힝혀 누셜ᄒᆞᆯ가 ᄒᆞᄂᆞ이다.”

　즈이 왈,

　“네 말이 올타 ᄲᆞᆯ니 가 단여오라.”

　양젼이 즈아의게 하직고 옥텬산(玉泉山)을 가니라.

　고명이 픠【27】ᄒ여 도라가 양젼이 즈아ᄃᆞ려 져의 근본을 알나 가노라 말을 듯고 셔로 닐오디,

　“졔 어더 가 우리 근본을 알니오? ᄒᆞ물며 우리 쳔니ᄅᆞᆯ ᄶᆡ 보며 만니 밧 말을 니기[5] 드ᄅᆞ니 엇지 족히 남을 져허ᄒ리오?”

ᄒ고 즈득(自得)ᄒ더라.

　양젼이 영을 ᄯᅥ나 토둔(土遁)을 힝ᄒᆞ여 옥텬산 금화동(金霞洞)의 니ᄅᆞ러 동부로 드러가 골문을 두다리니 이윽고 동ᄌᆞ(童子) 나와 므ᄅᆞ디 ᄉ형이 무ᄉ 일노 이의 니ᄅᆞ뇨?”

　양젼 왈,

　“ᄉ부긔 알욀 말ᄉᆞᆷ이 잇셔 왓노라.”

　동ᄌᆞ 드러 가더니 옥졍진인(玉鼎眞人)이 드러오라 ᄒ거늘 양젼이 드러가 녜ᄑᆞᆯ 후 진인이 문왈,

　“무ᄉ 긴급ᄒᆞᆫ 일이 잇ᄂᆞ뇨?”

　양젼이 고명 능의 시죵(始終)을 즈시 고ᄒᆞᆫ더 진인 왈,

　“고명은 긔반산(棋盤山) 복셩화 나모 졍녕이오 고각은 버드나모 졍녕이니 두 나모 ᄲᆞᆯ희[6]

---

4) 【져허ᄒ다】 동 두려워하다. ¶ 懼‖ 강상이 구궁팔괘진을 쳐 닭과 긔피와 복셩화와 부작을 김초와 우리ᄅᆞᆯ 잡고져 ᄒ거니와 우리ᄂᆞᆫ 요괴 졍녕이 아니라 엇지 너희 요슐을 져허ᄒ리오? (姜子牙, ……周圍布八卦, 按九宮, 用門人將烏鷄·黑狗血穢汚之物魘我二人? 吾非鬼魅精邪, 豈懼你左道之術也!) <西周 23:24~25>

5) 【니기】 뷔 익히. ¶ 졔 어더 가 우리 근본을 알니오? ᄒ물며 우리 쳔니ᄅᆞᆯ ᄶᆡ 보며 만니 밧 말을 니기 드ᄅᆞ니 엇지 족히 남을 져허ᄒ리오? (憑你怎樣尋吾根脚, 料你也不能知道!) <西周 23:27>

6) 【ᄲᆞᆯ희】 명 뿌리. ¶ 根‖ 고명은 긔반산 복셩화 나모 졍녕이오 고각은 버드나모 졍녕이니 두 나모 ᄲᆞᆯ희 긔반산 삼십 니ᄅᆞᆯ 버더 빅년이 남은지라 (此業障是棋盤山桃精·柳鬼. 桃·柳根盤三十

긔반산 삼십 니롤 버더 빅년이 남은지라 쳔디 (天地) 령긔(靈氣)와 일월(日月) 졍화(精華)롤 타 요괴 되엿ᄂ니【28】긔반산이 헌원묘(軒轅廟) 뒤히 잇고 헌원묘 안의 흙 사롬 둘홀 민ᄃ라 세 워시니 하나혼 쳔니안이오 하나혼 슌풍이라. 두 나모 졍녕이 토인(土人)의게 의지ᄒ여 눈으로 능히 쳔니롤 보고 귀로 능히 만니 밧 말을 듯ᄂ 니 그 두 요괴 거즛 일홈을 고명·고각이라 짓 고 쥬롤 도와 싱민을 잔학하고 ᄌ아의 비밀흔 꾀롤 능히 몬져 아ᄂ니 네 샐니 영의 도라가 사 롬을 몬져 긔반산의 보니여 그 나모 뿔희롤 몬 져 블지르고 ᄯ 헌원묘의 가 흙 사롬을 바아바 리려니와7) 이 요괴 눈으로 몬져 알고 방비홀 거시니 여ᄎ여ᄎᄒ면 두 요괴 ᄌ연 업스리라."

양젼이 진인긔 하직ᄒ고 영의 도라와 ᄌ아 롤 뵌디 ᄌ이 문왈,

"네 어디가 엇던 법슐(法術)을 비화 온다?"

양젼이 머리롤 흔드러,

"졔귀 누셜홀가 두리ᄂ이다."

ᄌ이 왈,

"만일 니르지 아니면 어니 졔 계규롤 힝ᄒ 리【29】오?"

양젼 왈,

"뎨지 스스로 홀 일이 잇스니 원슈 용납ᄒ 쇼셔."

里, 採天地之靈氣, 受日月之精華, 成氣有年.) <西周 23:27> 쳥컨디 원슈는 사롬을 긔반산의 보니 여 두 나모 뿔희롤 블지르고 ᄯ 사롬을 보니여 헌원묘의 가 흙상을 쳐 바아ᄇ리면 져 요괴 의 지홀 디 업셔 ᄒ리니 니리흔 후의 쳐치ᄒ면 이 요괴롤 능히 잡으리이다 (請元帥命將往棋盤山掘 挖此根, 用火焚之; 再令將官去把軒轅廟裏二鬼打 碎; 然後用大霧一重常鎮行營, 此怪方能除也.) < 西周 23:30>

7)【바아바리다 /바아ᄇ리다】⑧ 부수어버리다. ¶ 打碎‖네 샐니 영의 도라가 사롬을 몬져 긔반 산의 보니여 그 나모 뿔희롤 몬져 블지르고 ᄯ 헌원묘의 가 흙 사롬을 바아바리려니와 (你可叫 姜子牙着人往棋盤山去將桃·柳根盤掘挖, 用火焚 盡; 將軒轅廟二鬼泥身打碎.) <西周 23:28> 쳥컨 디 원슈는 사롬을 긔반산의 보니여 두 나모 뿔 희롤 블지르고 ᄯ 사롬을 보니여 헌원묘의 가 흙상을 쳐 바아ᄇ리면 져 요괴 의지홀 디 업셔 ᄒ리니 니리흔 후의 쳐치ᄒ면 이 요괴롤 능히 잡으리이다 (請元帥命將往棋盤山掘挖此根, 用火 焚之; 再令將官去把軒轅廟裏二鬼打碎; 然後用大 霧一重常鎮行營, 此怪方能除也.) <西周 23:30>

ᄌ이 그리ᄒ라 ᄒ더 젼(戩)이 디희ᄒ여 원 문의 나와 디긔(大旗) 삼쳔을 버려 세우고 ᄯ 보군(步軍) 삼쳔으로 각각 금고(金鼓)와 디포(大 砲)롤 함ᄭᅵ 노흐니 쇼리 쳔디 진동ᄒ며 삼쳔 븕 은 긔롤 일시의 움죽이니 긔발이 붓치며8) 쇼리 요란ᄒ미 비록 쳔니안 슌풍이라도 능히 쎄 보며 듯기 어렵거늘 ᄌ이 괴이히 너겨 양젼다려 므른 디 양젼 왈,

"이졔야 알외리이다. 고명·고각은 복셩화 버드나모 졍녕이니 헌원묘 속의 두 흙 귀신이이 시디 하나혼 쳔니안이오 하나혼 슌풍이라. 두 나모 졍녕이 흙귀(鬼)의게 의지ᄒ여 요괴되여시 미 눈으로 능히 쳔니 밧글 보고 귀로 능히 만니 밧글 드르니 니러므로 젼의 우리 영중의셔 ᄒ던 비밀흔 일을 잘 아던가 시부더이다."

ᄌ이 왈,

"그 요괴 지금 우리 ᄒ는 말을 드르면 엇 지 ᄒ【30】리오?"

양젼이 쇼왈,

"졔 비록 능ᄒ나 삼쳔 디긔롤 두르니 능히 쳔 니롤 보지 못홀 거시오 삼쳔 디포롤 노흐니 능히 만 니 밧 쇼리롤 듯지 못ᄒ려니와 쳥컨디 원슈는 사롬을 긔반산의 보니여 두 나모 뿔희롤 블지르고 ᄯ 사롬을 보니여 헌원묘의 가 흙상을 쳐 바아ᄇ리면 져 요괴 의지홀 디 업셔 ᄒ리니 니리흔 후의 쳐치ᄒ면 이 요괴롤 능히 잡으리이 다."

ᄌ이 디희ᄒ여 니졍으로 삼쳔 인마롤 거ᄂ 려 긔반산의 가 복셩화 버들 두 남글 불지르고 오라 ᄒ고 뇌진ᄌ로 헌원묘의 가 두 흙귀신을 쳐 업시ᄒ라 ᄒ더 이쟝이 쳥녕(聽令)ᄒ고 가니 라.

고명 고각이 삼쳔 금고와 삼쳔 디긔 움죽 이미 쥬 영중의셔 ᄒ는 일을 모르더라.

니졍 뇌진지 군ᄉ롤 거ᄂ려 헌원묘의 가 니졍은 두 남글 불지르고 뇌진ᄌ는 황금 막디로

---

8)【붓치다】⑧ 나부끼다. ¶ 젼이 디희ᄒ여 원문 의 나와 디긔 삼쳔을 버려 세우고 ᄯ 보군 삼쳔 으로 각각 금고와 디포롤 함ᄭᅵ 노흐니 쇼리 쳔 디 진동ᄒ며 삼쳔 븕은 긔롤 일시의 움죽이니 긔발이 붓치며 쇼리 요란ᄒ미 (楊戩執定令旗下 帳, 把後隊大紅旗二千杆令三軍磨旗; 又令一千名 軍士播鼓鳴鑼, 恍然有驚天動地之勢.) <西周 23:29>

묘 안희 안친 토상(土象)을 바아치고 헌원묘 기
【31】동을 버혀 집을 헐워바리고 두 장슈 쏘
불을 노화 헌원묘롤 지롤 민들고 도라와 ᄌᆞ아의
게 알왼디 ᄌᆞ이 디희ᄒᆞ여 나탁과 무길을 불너
왈,

"너희 영 압히 한 단(壇)을 무으고9) 단 우
희 오힝(五行)을 버리고 ᄉᆞ면 팔방의 부작을 븟
치라."

이장이 쳥녕ᄒᆞ고 물너가미 ᄌᆞ이 홀노 안ᄌᆞ
계규롤 싱각ᄒᆞ더니 쇼졸이 보ᄒᆞ디,

"삼운독냥관(三運督糧官) 뎡뉸(鄭倫)이 왓
ᄂᆞ이다."

ᄌᆞ이 드러오라 ᄒᆞᆫ디 뉸이 ᄐᆞ하의 와 녜필
의 ᄌᆞ이 문왈,

"냥식을 언마나 츌혀 왓ᄂᆞ뇨?"

뉸이 ᄃᆡ왈,

"냥식을 만히 츌혀 왓ᄉᆞ니 원슈ᄂᆞ 독냥인
(督糧印)을 거두쇼셔."

ᄌᆞ이 ᄃᆡ희ᄒᆞ여 뉸의 인을 것다.

원홍이 영즁의 잇셔 스스로 싱각ᄒᆞᄃᆡ '쥬
병으로 더브러 ᄌᆞ로 ᄡᆞ화 승부롤 결치 못ᄒᆞ고
쇽졀업시 젼냥을 허비ᄒᆞ니 ᄂᆡ 한 계규롤 힝ᄒᆞ리
라' ᄒᆞ고 가만이 상호(常昊)·오룡(吳龍)·고명
(高明)·고각(高覺)·은파ᄑᆡ(殷破敗)·뇌기(雷開)
·은셩슈(殷成秀)·【32】노인걸(魯仁杰)·뇌곤(
雷鵾)·뇌붕(雷鵬) 등을 불너 왈,

"반야(半夜)의 쥬영을 겁칙ᄒᆞ리니 고명·고
각은 션봉이 되여 원문을 헷치게 ᄒᆞ고 상호·오
룡은 날을 조ᄎᆞ 대ᄃᆡ(大隊) 인마롤 거ᄂᆞ려 다라
들고 은파ᄑᆡ·뇌기ᄂᆞ 좌우 구응ᄉᆞ(救應使) 되고
은셩슈·노인걸은 뒤홀 ᄭᅳᆫᄎᆞ라."10)

즁장이 쳥녕ᄒᆞ고 물너가다.

ᄌᆞ이 즁군의 잇셔 계규롤 싱각ᄒᆞ더니 일진
광풍이 ᄃᆡ작ᄒᆞ며 압히 셰웟던 ᄃᆡ긔 브러시거ᄂᆞᆯ

ᄌᆞ이 ᄃᆡ경ᄒᆞ여 향안을 비셜ᄒᆞ고 금젼을 더져 셔
안 우희 버려 한 졈과(占卦)롤 어드니 극히 흉
ᄒᆞ거ᄂᆞᆯ ᄌᆞ이 즉시 졔장을 불너 분부ᄒᆞᄃᆡ,

"너희 각각 부작과 복셩화 치롤 가져 군ᄉᆞ
롤 망녕되이 움즉이지 말나."

ᄒᆞ고 니졍은 동의 미복ᄒᆞ고 양임은 셔의 미복ᄒᆞ
고 나탁은 남의 미복ᄒᆞ고 뇌진ᄌᆞᄂᆞ 북의 미복ᄒᆞ
고 양견은 ᄃᆡ 좌편의 미복ᄒᆞ고 위호ᄂᆞ ᄃᆡ 우편
의 미복ᄒᆞ고 무길·남궁괄·뎡【33】눈·용슈호
(龍鬚虎)ᄂᆞ 무왕을 옹위ᄒᆞ라."

ᄒᆞ고 ᄌᆞ이 목욕ᄒᆞ고 머리롤 풀고 발 벗고 손의
보검을 집고 ᄃᆡ 우희 올나 기다리더니 이날 밤
이경(二更)은 ᄒᆞ여 고명·고각이 일ᄃᆡ 인마롤
거ᄂᆞ려 한 쇼리 납함의 원문의 다라들거ᄂᆞᆯ ᄌᆞ이
ᄃᆡ 우희 잇셔 진언을 넘ᄒᆞ며 도술을 힝ᄒᆞ더라.

---

9) 【무으다】 圖 쌓다. ¶ 布起‖ ᄌᆞ이 ᄃᆡ희ᄒᆞ여
나탁과 무길을 불너 왈 "너희 영 압히 한 단을
무으고 단 우희 오힝을 버리고 ᄉᆞ면 팔방의 부
작을 븟치라." (子牙大悅, 隨在帳前令哪吒·武吉
在營布起一壇, 設下五行方位, 當中放一壇, 四面
八方俱鎮壓符印, 安治停當.) <西周 23:31>

10) 【ᄭᅳᆫᄎᆞ다】 圖 끊다. ¶ 斷‖ 은파ᄑᆡ·뇌기ᄂᆞ 좌
우 구응ᄉᆞ 되고 은셩슈·노인걸은 뒤홀 ᄭᅳᆫᄎᆞ라
(參軍殷破敗·雷開爲左右救應, 殷成秀·魯仁杰
爲斷後.) <西周 23:32>

91
ㅈ인화쇼오문화(子牙火[1]燒鄔文化)

ㅈ인(子牙) 디 우희셔 고명(高明)·고각(高覺)의 오는 양을 보고 진언을 념ᄒ며 보검을 두르니 풍운이 ᄉ긔(四起)ᄒ며 검은 안기 ᄌ옥ᄒ고 우흔 텬나(天羅)로 덥허시며 아리는 디망(地網)을 셧고 벽녁 쇼리 진동ᄒ며 번기 번득이니 능히 지쳑을 분변키 어려온디 함셩이 디진(大振)ᄒ며 금괴(金鼓) 제명(齊鳴)ᄒ거늘 고명·고각이 계규의 ᄲᅡ진 줄 알고 경히 다라나고져 ᄒ더니 디 우희셔 한 쇼리 납함의 함셩이 디진ᄒ며 삼군이 졍졔ᄒ니 동 【34】 의ᄂᆞᆫ 니졍(李靖)이오 셔의ᄂᆞᆫ 양임(楊任)이오 남의ᄂᆞᆫ 나탁(哪吒)이오 북의ᄂᆞᆫ 뇌진ᄌ(雷震子)오 좌우의 양젼(楊戩) 위회(韋護) 잇셔 ᄉ면 팔방으로 ᄌᆞᆺ쳐 드러오고 군ᄉ마다 복셩화치와 긔피를 가져 ᄲᅳ리며 치니 고명 형뎨 동셔로 츔돌ᄒ디 능히 다라나지 못ᄒ고 비록 변화ᄒ여 다라나고져 ᄒ나 즁군이 복셩화치와 긔피를 ᄲᅳ리며 치니 능히 변화를 부리지 못ᄒ고 ᄯᅩ 텬나 디망으로 쳘통갓치 ᄡᅡ시니 비록 죡은 바늘 ᄭᅩᆺ치라도 날 틈이 업ᄂᆞᆫ지라 동셔로

분쥬ᄒ며 즁장을 디젹ᄒ더니 ᄌ인 신편(神鞭)을 드러 고명을 쳐 것구ᄅ치니[2] 고각이 형의 죽ᄂᆞᆫ 양을 보고 도치를 들고 니졍의게 다라들거늘 니졍이 화극(畵戟)을 드러 마ᄌ ᄡᅡ호더니 나탁이 화쳠창(火尖槍)을 드러 고각의 곡뒤를[3] 질너 죽인디 원홍(袁洪)이 오룡(吳龍)과 상호(常昊)로 더브러 디디(大隊) 인마를 거느려 ᄌᆞᆺ쳐오더니 나탁 등 즁장이 고명 등 두 【35】 장슈를 죽이고 일시의 영 밧그로 ᄌᆞᆺ쳐 나오며 위회 항마져(降魔杵)를 드러 오룡을 치니 오룡이 변ᄒ여 일진 쳥광(靑光)이 되여 다라나거늘 나탁이 건곤권(乾坤圈)을 너여 상호를 치니 상회 ᄯᅩ 일진 쳥광이 되여 다라나거늘 양임이 ᄯᅩ 오화신염션(五火神焰扇)을 너여 원홍을 바라고 한 번 붓치니 불ᄭᅩᆺ치 나ᄂᆞᆫ지라. 원홍은 본디 진납이로셔 득도ᄒ여 일흔 가지 변화를 가진지라 몸을 변ᄒ여 한 돌미륵이 되여 쇠막더로 양임의 디골을 ᄭᅢ치니 ᄌ인 셰(勢) 니(利)치 아니믈 보고 징 쳐 군을 거두어 셩의 도라와 양임의 죽으믈 불상이 너겨 탄식ᄒ믈 마지 아니커늘 양젼이 나아와 니르디,

"고명 고각을 비록 죽여시나 양임이 원홍의 손의 죽어시니 원홍은 요괴 졍녕이라 뎨지 죵남산(終南山)의 가 조마경(照魔鏡)을 비러다가 이 요괴를 잡으리이다."

ㅈ인 허ᄒ디 양젼이 토둔(土遁)을 힝ᄒ여 쥬영을 ᄯᅥ나 죵남산(終南山) 옥쥬동(玉柱洞)으 【36】 로 드러가니 금화동지(金霞童子) 동부 밧긔셔 풍경을 구경ᄒ며 두르 건니거늘 양젼이 나아가 졀ᄒ고 왈,

"ᄉ형(師兄)은 ᄉ부긔 양젼이 왓다 알외라."

동지 드러가 운즁ᄌ(雲中子)의게 고ᄒ디 운즁지 드러오라 ᄒ여 온 연고를 므르니 양젼 왈,

"뎨지 강원슈(姜元帥)를 조ᄎ 원홍 등 모든 요괴를 맛나 비록 여러번 ᄡᅡ호나 맛춤ᄂᆡ 공을

---

1) 子牙火: 원문은 '蟠龍嶺'으로 되여 있다.

2) 【것구ᄅ치다】圖 거꾸러뜨리다. ¶ ᄌ인 신편을 드러 고명을 쳐 것구ᄅ치니 고각이 형의 죽ᄂᆞᆫ 양을 보고 도치를 들고 니졍의게 다라들거늘 (子牙祭起神鞭打將下來, 高明·高覺難逃此難, 只打得腦漿迸流.) <西周 23:34>

3) 【곡뒤】圀 꼭뒤. 뒤통수. ¶ 니졍이 화극을 드러 마ᄌ ᄡᅡ호더니 나탁이 화쳠창을 드러 고각의 곡뒤를 질너 죽인디 <西周 23:34>

일우지 못ᄒ니 원컨디 ᄉ슉(師叔)은 죠마경을 빌녀셔든 여러 요괴롤 잡은 후의 도로 드리리이다."

운즁지 왈,

"원홍은 미산(梅山) 일곱 요괴라. 네 이 죠마경을 가져 요괴롤 빗쵠 후 즉시 가져오라."

양전이 죠마경을 바다 가지고 운즁ᄌ롤 하직ᄒ고 영의 도라와 즈아롤 보고 왈,

"원홍은 미산 일곱 요괴니 뎨지 너일 원홍 등을 슬오잡으리이다."

ᄒ고 죠마경을 진이고 원문의 나와 원홍의 ᄊᆞ홈 쳥ᄒᆞ믈 기다리더라.

원홍이 영즁의셔 즁장으로 더부러 졔후 블니 【37】 칠 계규롤 의논ᄒ더니 은파픠(殷破敗) 왈,

"너일 원쉬 한 진을 크게 ᄊᆞ화 만일 니긔면 텬하 졔휘 ᄊᆞ호지 아녀 스스로 파ᄒ리이다."

홍이 이 말을 올히 너겨 왈,

"장군의 말이 올타."

ᄒ고 이튼날 군ᄉ롤 졍돈ᄒ여 쥬영의 니르러 ᄊᆞ홈을 쳥ᄒ거놀 쇼졸이 보ᄒ디,

"원홍이 디디 인마롤 거ᄂ려 와 ᄊᆞ호ᄌ ᄒᄂ이다."

즈이 졔후롤 거ᄂ려 영의 나와 진셰롤 베플고 원홍다려 왈,

"족히(足下) 텬명을 아지 못ᄒ고 왕ᄉ(王事)롤 항거ᄒ여 싱민을 도탄ᄒ미 심ᄒ니 일즉이 항복ᄒ면 봉후(封侯)롤 일치 아니려니와 그러치 아니면 디병을 모라 한 번 즛지르미4) 옥셕을 갈히지 못ᄒ리라."

원홍이 디로 왈,

"너ᄂ 한 반계어옹(磻溪漁翁)이라 무ᄉ 착ᄒ 법슐이 잇관디 감히 큰 말을 ᄒᄂ다?"

말을 맛츠며 좌우롤 도라보아 왈,

"뉘 능히 져 도젹을 잡을고?"

언미필(言未畢)의 상회(常昊) 말을 쮜여 너닷거놀 양젼이 마ᄌ ᄊᆞ호디 니십여 【38】 합이 못ᄒ여 상회 말을 두르혀 다라나거놀 양젼이 조ᄎ가며 죠마경을 너여 상호롤 빗쵸니 큰 흰 비얌이어놀 양젼이 죠마경을 감초고 냥인도(兩刃刀)롤 둘너 상호롤 치고져 ᄒ니 상회 본상(本像)을 너여 독긔롤 토ᄒ니 광풍이 디작ᄒ며 검은 안긔 ᄌ옥ᄒ 가온디 큰 비얌이 안긔 속의 몸을 감초고 머리롤 너여 양젼을 물고져 ᄒ거놀 양젼이 몸을 흔드러 변ᄒ여 큰 슈리 되여 비얌의 머리의 안ᄌ 발노 눈을 ᄭᆡ 쥐니 상회 알프믈 견디지 못ᄒ여 ᄯᆞ희 것구로지거놀 양젼이 본상을 너여 냥인도롤 둘너 상호롤 두 조각의 너니 원홍이 상호의 죽으믈 보고 디로 즐왈,

"양젼이 감히 니 디장을 히ᄒᄂ뇨?"

ᄒ고 쇠막디롤 두르고 다라들거놀 나탁이 화쳠창(火尖槍)을 두르고 마ᄌ ᄊᆞ화 슈합의 나탁이 신화탁(神火罩)을 너여 원홍을 바라고 더지니 원홍이 화ᄒ여 일진 쳥풍이 되【39】여 다라나거놀 오룡이 ᄲᅡᆼ검을 두르고 다라드니 나탁이 마ᄌ ᄊᆞ호더니 양젼이 죠마경을 너여 오룡을 빗쵀니 큰 진납이5)어놀 양젼이 죠마경을 감초고 칼을 들고 오룡의게 다라드러 나탁을 도와 ᄊᆞ호더니 오룡이 말을 두르혀 다라나거놀 나탁이 풍화륜(風火輪)을 모라 ᄊᆞ호더니 양젼이 ᄯᅩ 삼쳠냥인도(三尖兩刃刀)롤 두르고 오룡을 ᄶᆞ르니 오룡이 말긔 쮜여나려 본상을 너여 닙으로 바람을 지으며 검은 안긔 ᄌ옥ᄒ거놀 오룡이 다라드러 양젼을 물녀 ᄒ더 양젼이 ᄯᅩ 변ᄒ여 오식 빗 슈닭이6) 되여 안긔 속의 드러 진납의 머리 우희

***

4) 【즛지르다】 圄 짓찌르다. 무찌르다. ¶ 족히 텬명을 아지 못ᄒ고 왕ᄉ롤 항거ᄒ여 싱민을 도탄ᄒ미 심ᄒ니 일즉이 항복ᄒ면 봉후롤 일치 아니려니와 그러치 아니면 디병을 모라 한번 즛지르미 옥셕을 갈히지 못ᄒ리라 (足下不知天命久已歸周, 而何阻逆王師, 令生民塗炭耶? 速早歸降, 不失封侯之位. 如若不識時務, 悔無及衣!) <西周 23:37>

5) 【진납이】 圐 잔나비. *[지네]. ¶ 蜈蚣 ‖ 오룡이 ᄲᅡᆼ검을 두르고 다라드니 나탁이 마ᄌ ᄊᆞ호더니 양젼이 죠미경을 너어 오룡을 빗쳐니 큰 진납이어놀 (吳龍見哪吒施勇, 使兩口雙刀來戰哪吒, 哪吒翻身復來接戰吳龍. 楊戩在傍, 忙取照妖鑒照看, 原來是一條蜈蚣.) <西周 23:39>

6) 【슈닭】 圐 수닭. ¶ 雄鷄 ‖ 양젼이 ᄯᅩ 변ᄒ여 오식 빗 슈닭이 되여 안긔 속의 드러 진납의 머리 우희 올나 인져 눈을 조ᄒ니 피 흐르미 그 진납이 ᄯᆞ히 것구러지거놀 양젼이 본상을 너여 냥인도롤 드러 오룡을 두 조각의 너니 즈이 디희ᄒ여 징 쳐 군을 거두어 오니라 (楊戩見此怪飛來, 隨卽搖身一變化作一隻五色雄鷄. ……入黑霧之中, 將蜈蚣一嘴啄作數斷, 又除一怪. 子牙與

올나 안져 눈을 조흐니7) 피 흐르며 그 진납이
쏜히 것구러지거눌 양젼이 본상을 너여 냥인도
룰 드러 오룡을 두 조각의 너니 즈이 디희ᄒ여
징 쳐 군을 거두어 오니라.

은파퍼 뇌기(雷開)다려 왈,

"옛말의 닐너시디 ‘나라히 흥홀 쩌는 반드
시 졍상(禎祥)이 잇 【40】 고 나라히 망홀 쩌는
반드시 요얼(妖孽)이 잇다’ ᄒ니 오늘 부장들이
엇지 비얌 진납인 쥴 알니오?"

ᄒ고 이인이 영의 도라오니 원홍이 거줏 즁장
(衆將)다려 왈,

"상호와 오룡의 죽엄을 보니 다 요괴라 거
의 디스룰 그룻 흘낫다."

즁장 왈,

"강즈으는 곤눈산(崑崙山) 도덕(道德)의 션
비라 휘하의 삼산오악 모든 문인이 셔로 도으니
우리 젹은 군스로 능히 쏜홀 직희기 어려오니
원슈는 일즉이 디칙(對策)을 졍ᄒ여 싼호거나
항ᄒ거나 죽거나 도망ᄒ거느 한 일을 결하쇼셔.
우리 군시 젹고 장쉬 진(盡)ᄒ니 능히 디젹지
못홀지라. 우리 어린8) 뜻의는 군스룰 물녀 경셩
(京城)의 도라가 굿이 직휨만 갓지 못ᄒ이다."

원홍 왈,

"장군네 말이 그르다. 우리 조셔(詔書)룰
바다 이 짜홀 직희니 예룰 바리고 물너가 경셩
을 직희면 이는 도젹이 든 후의 문 다듬 갓ᄒ니
반드시 니긔지 못홀지라. 강상이 비록 장쉬 만
코 군 【41】 시 강ᄒ나 깁히 즁디(重地)의 드러
왓다가 위엄을 베프지 못ᄒ고 쏘 군냥이 만치
아니ᄒ고 군시 게어르면 스스로 변이 나리니 졔
군은 근심 말나."

ᄒ니 졔장이 물너나다.

노인걸(魯仁杰)이 은셩슈(殷成秀)다려 왈,

"이졔 시셰(時勢)룰 보니 은(殷)이 반드시
망ᄒ고 쥐(周) 흥홀 거시오. ᄒ물며 조졍이 붉지
아녀 요졍(妖精)으로 장슈룰 삼아 도젹을 막으
니 반드시 공을 일우지 못ᄒ리니 너 현뎨(賢弟)
로 더브러 국은을 바드미 여러 디라 엇지 가히
츙셩을 다치 아니리오? 맛당이 진심(盡心)ᄒ여
국은을 갑흐려니와 우리 엇지 요괴로 더부러 한
디 죽어셔 텬하 사룸으로 ᄒ여곰 우리룰 웃게
ᄒ리오? 아모 핑계나 어더 조가(朝歌)의 도라가
텬즈와 함긔 죽어 묽은 일홈을 후셰의 젼ᄒ리
라."

ᄒ고 이인이 셔로 의논ᄒ더니 군졍시 올나와 보
ᄒ디,

"군즁의 겨오 오일 냥(糧)이 이시니 능히
군스룰 지공(支供)치 못ᄒ깃ᄂ이 【42】 다."

ᄒ거눌 원홍이 군졍스룰 명ᄒ여 표룰 닷가 조가
의 보너여 냥식을 청ᄒ라 ᄒ더 노인걸이 이 말
을 듯고 디희ᄒ여 장즁의 올나와 니르디,

"쇼장이 원컨디 표룰 가져 조가로 가리이
다."

원홍이 허흐디 노인걸이 하직고 조가로 가
다.

비렴(飛廉)이 오문(午門)의 착흔 사룸을 구
ᄒ더니 믄득 한 디한(大漢)이 드러오니 신장이
삼십여 쳑이오 허리 스십 아룸이 남고 눈이 동
히 만흐고 입이 큰 쇼라도 능히 두 번의 먹고
힘이 능히 뭇흐로9) 비룰 쓰으고 삼지창을 잘
쓰니 그 창 일홈은 비팔10)묵(排杁木)이오 쏘한
일홈은 졍퍼(釘杁)니 그 사룸의 일홈은 오문홰
(鄔文化)라. 압히 드러와 비렴의게 뵌디 비렴이
디희ᄒ여 더브러 니뎐(內殿)으로 드러가니 쥐
(紂) 한번 보미 졍신이 황홀ᄒ며 혼빅이 몸의
븟지 아녀 발 안히 숨으며 왈,

---

7) 【조흐다】 동 쪼다. ¶ 啄 ‖ 양젼이 쏘 변흐여
　　오싴 빗 슈닭이 되여 안기 쇽의 드러 진납의 머
　　리 우희 올나 안져 눈을 조흐니 피 흐르며 그
　　진납이 쏜히 것구러지거눌 양젼이 본상을 너여
　　냥인도룰 드러 오룡을 두 조각의 너니 즈이 디
　　희흐여 징 쳐 군을 거두어 오니라 (楊戩見此怪
　　飛來, 隨卽搖身一變化作一隻五色雄鷄. ……入黑
　　霧之中, 將蜈蚣一嘴啄作數斷, 又除一怪. 子牙與
　　衆將掌鼓進營.) <西周 23:39>

8) 【어리다】 형 어리석다. ¶ 愚 ‖ 우리 어린 뜻의
　　는 군스룰 물녀 경셩의 도라가 굿이 직휨만 갓
　　지 못흐이다 (依不才等愚見, 不如退兵固守城都.)
　　<西周 23:40>

9) 【뭇ㅎ】 명 뭍. 육지. ¶ 陸地 ‖ 신장이 삼십여
　　쳑이오 허리 스십 아룸이 남고 눈이 동히 만흐
　　고 입이 큰 쇼라도 능히 두 번의 먹고 힘이 능
　　히 뭇흐로 비룰 쓰으고 삼지창을 잘 쓰니 (身高
　　數丈, 力能陸地行舟, 頓食隻牛, 用一根排杁木.) <
　　西周 23:42>

10) 팔: 원래 ‘인’으로 되어 있으나 오기이므로 고
　　침.

"티우(大夫)는 그 장슈롤 샐니 밍진(孟津)
의 보너여 도젹을 막게 ᄒ라."

비렴이 치관을 【43】 시겨 오문화로 함긔
밍진의 보너니라.

문홰(文化) 밍진의 가 원홍의게 뵌디 원홍
이 보니 장 아리 셧는 킈 반공즁의 올나 능히
우러러 보기 어렵고 그 상뫼(相貌) 흉악ᄒ지라.
원홍 왈,

"장군이 무슴 도슐을 품엇ᄂ뇨?"

오문홰 왈,

"쇼장은 한 용뷔(勇夫)라 셩지(聖旨)롤 밧
ᄌ와 원슈 막하의 쇼장이 되엿ᄂ니 무슴 계규
이시리 잇고? 가만 장군 졀졔만 바들 쑨이라."

ᄒ디 원홍이 디희 왈,

"장군이 이번 오미 일졍 디공을 셰우리라."

ᄒ더라.

이튼날 오문홰 졍파롤 메고 거러 쥬영(周
營)의 니르러 쇼리질너 왈,

"강상 필부는 샐니 나와 죽으믈 바드라!"

ᄌ익 장즁의 잇셔 믄득 드르니 텬동갓흔
쇼리 나거늘 디경ᄒ여 우러러 보니 킈 하늘 갓
흔 디한이 영 밧긔 셔셔 영을 굽어 보거늘 ᄌ익
디경ᄒ여 즁장다려 문왈,

"졔 귀신이냐 사롬이냐 요괴냐 신션이냐?"

즁장이 한 번 보미 졍신이 산난ᄒ여 아
【44】 모란 줄 아지 못ᄒ여 너외(內外) 황황(遑
遑)ᄒ더니 쇼졸이 급히 드러와 보ᄒ디,

"그 디한이 쓰호ᄌ ᄒᄂ이다."

용슈회(龍鬚虎) 너다라 왈,

"뎨지 워커디 가리이다."

ᄌ익 왈,

"삼가 디젹ᄒ고 경홀(輕忽)이 말나."

용슈회 영의 나아가 오문화롤 보고 디쇼ᄒ
기롤 긋치지 아니ᄒ디 오문홰 쇼리질너 왈,

"너는 엇던 요괴완디 감히 날을 웃ᄂ뇨?"

용슈회 디로 즐왈,

"이 필뷔 감히 날을 슈욕ᄒᄂ다? 나는 강
원슈 휘하 문인 용슈회로라."

오문홰 쇼왈,

"너는 한 츅싱(畜生)이라 무슴 두려오미 이
시리오?"

용슈회 문왈,

"네 셩명이 무어시뇨?"

오문홰 왈,

"나는 원원슈 휘라 위무디장(威武大將) 오
문화(鄔文化) 노야(老爺)님이어니와 너는 도라가
고 샐니 강상을 불너 목을 씻고 니 위엄을 바드
라 ᄒ라."

용슈회 디로 즐왈,

"이 무지흔 쵼뷔 감히 니런 말을 니는다."

ᄒ고 돌을 드러 오문화롤 바라고 치니 오문홰
그 돌을 막아 【45】 ᄯ사히 ᄶ러치거놀[11] 농슈회
ᄯ또 돌을 드러 다여섯술 년ᄒ여 치니 오문홰 급
히 피코져 ᄒ거놀 농슈회 ᄯ또 뒤흐로 너다라 셔
너 번을 년ᄒ여 치니 오문홰 알프믈 견디지 못
ᄒ여 동다히로[12] 다라나거놀 농슈회 뒤흐로 조
츠며 돌을 스무남은 번을 겹프 치니 오문홰 졍
파롤 것구로 ᄭᆯ고 급히 다라나거놀 농슈회 영의
도라와 ᄌ아롤 보고 니긔믈 보ᄒ디 즁장이 다
닐오디,

"오문홰 장디(長大)ᄒ므로ᄡᅥ ᄌ랑ᄒ더니 용
슈호의게 픠ᄒ여시니 족히 두렵지 아니타."

ᄌ익 왈,

"너희 말이 그르다. 비록 디젹기 쉬오나
조심ᄒ라."

즁장이 각각 믈너나다.

오문홰 픠ᄒ여 영의 도라와 원홍을 보고
픠흔 말을 고흔디 원홍이 칙왈,

"네 쳐음으로 싸화 픠ᄒ여 우리 예긔(銳氣)
롤 최졀ᄒ니[13] 맛당히 버혐즉 ᄒ디 아직 ᄉᄒ

---

11) 【ᄶ러치다】 图 떨이ᄯ리디. ¶ 돌을 드러 오문
화롤 바라고 치니 오문홰 그 돌을 막아 ᄯ사히 ᄶ러
치거놀 농슈회 ᄯ또 돌을 드러 다여섯술 년ᄒ여
치니 오문홰 급히 피코져 ᄒ거놀 (發手一石打來,
鄔文化一排杌木打下來, 龍鬚虎閃過, 其釘打入土
有三四尺深, 急自拽起釘杌來.) <西周 23:45>

12) 【동다히】 图 동쪽. ¶ 東上‖ 오문홰 알프믈
견디지 못ᄒ여 동다히로 다라나거놀 농슈
회 뒤흐로 조츠며 돌을 스무남은 번을 겹
프 치니 오문홰 졍파롤 것구로 ᄭᆯ고 급히
다라나거놀 농슈회 영의 도라와 ᄌ아롤 보
고 니긔믈 보흔디 (打得鄔文化疼痛難當, 倒
拽着排杌木望正東上走了. 龍鬚虎得勝回營,
來見子牙, 備言其事.) <西周 23:45>

느니 후의 공을 셰워 든 죄롤 속(贖)ᄒ리라."

오문홰 왈,

"원슈는 【46】 방심(放心)ᄒ쇼셔.14) 쇼장이 오늘 밤의 쥬영을 겁칙ᄒ여 강상으로 ᄒ여곰 편갑(片甲)도 도라가지 못ᄒ게 ᄒ리이다."

원홍 왈,

"그리 홀진디 니 맛당이 도으리라."

오문홰 군ᄉ롤 점고(點考)ᄒ여 이날 이경의 쥬영의 니르러 한 쇼리 납함(吶喊)의 모든 군시 일시의 다라들고 오문홰 정파롤 두르고 압홀 즛쳐 드러오미 한 번 드디는15) 곳의 오류인식 죽으니 뉵십만 인미 디란ᄒ여 부ᄌ형뎨 셔로 닐러 군즁이 환난ᄒ 가온디 원홍이 요괴로온 긔운을 너여 사롬을 상ᄒ며 십만 디병이 일시의 다라드니 함셩이 뫼홀 흔들며 금괴(金鼓) 텬디롤 움죽이ᄂ지라. ᄌ인 드경ᄒ여 급히 ᄉ불상(四不相)을 타고 손의 힝황긔(杏黃旗)롤 가져 독ᄒ 긔운을 막으며 다라나니 오문화 원홍이 한계 붓허 즛질너 후영(後營)의 니른지라 무왕이 급히 쇼요마(逍遙馬)롤 타고 모공슈(毛公遂) 등으로 더브러 ᄊᆞᆫ 거술 헷쳐 다라나 【47】고 즁장은 각각 토둔(土遁)을 힝ᄒ여 다라나니 오문홰 승셰(勝勢)ᄒ여 후영을 께쳐 냥초(糧草) ᄊᆞᆫ 디로 드러가니 이 ᄶᆡ 양젼이 냥초롤 직희엿다가 오문화 께쳐 드러오는 양을 보고 한 계규롤 싱각ᄒ여 급히 말긔 나려 플 ᄆᆞᆾ츨 ᄶᅥ혀 손 우희 노코 진언을 넘ᄒ며 닙으로 긔운을 너여 부니 그 플이 화ᄒ여 한 디한(大漢)이 되여 냥초 ᄊᆞᆫ 디 셔시니 이는 양젼의 팔구원공(八九元功) 긔특ᄒ 변홰라 양젼이 풀사롬 〔草人〕 뒤히 셧더니 오문

해 진녁(盡力)ᄒ여 ᄶᅥ쳐 드러오다가 한 디인(大人)의 셧는 양을 보고 겁니여 다라나고져 ᄒ더니 양젼이 오문화의 겁니는 양을 보고 한 진언을 넘ᄒ니 그 초인(草人)이 쇼리질너 왈,

"오문화는 닷지 말나!"

문홰 이 쇼리롤 듯고 정신이 몸의 붓지 아녀 졍파롤 것구로 ᄡᅳ고 다라나거눌 양젼이 조ᄎ 가더니 원홍이 디병을 거느려 즛쳐 【48】 오다가 양젼을 만나니 양젼이 쇼리질너 왈,

"원홍 필뷔 감히 요슐을 베퍼 우리 영을 겁칙ᄒᄂ다."

ᄒ고 마자 ᄊᆞ화 삼합이 못ᄒ여셔 양젼이 효텬견(哮天犬)을 노흐니 원홍이 화ᄒ여 일도(一道) 흰 빗치 되여 다라나니라.

ᄌ인 픽잔군(敗殘軍)을 거두고 무왕을 ᄎᆞ즈 영의 도라오니 하놀이 임의 붉앗거눌 잔병(殘兵)을 졈고ᄒ니 이십여 만이 죽고 장하(帳下) 문무장관(文武將官) 병(並)ᄒ여 삼십ᄉ 원(員)이 죽고 용슈회 쏘 오문화의게 붋혀 죽엇거눌 ᄌ인 블상이 너기믈 마지 아니터라.

원홍이 일진을 디살(大殺)ᄒ고 영의 도라와 조가의 보ᄒ니라.

양젼이 장의 올나 ᄌ아롤 보고 왈,

"오문화롤 몬져 잡아야 원홍을 잡으리이다."

ᄌ인 그 말을 올히 너겨 한 계규롤 싱각ᄒ고 양젼을 불너 귀의 다혀 왈,

"니리니리 ᄒ라."

양젼이 영을 듯고 밍진 가흐로 뉵십 니롤 가니 【49】 ᄒ 녕(嶺)이 이시디 일홈은 반농녕(蟠龍嶺)이라. 뫼히 급ᄒ고 놉하 한 길이 이시디 놉이 셜인16) 듯ᄒ여 두 머리로 사롬이 츌입ᄒ는 디 잇고 좌우는 긔험(崎險)ᄒ 바회와 늘근 솔이며 잣남기17) 틈 업시 셧ᄂ디 잣나모 ᄲᆞᆯ희

---

13) 【최졀ᄒ다】 圖 〔최졀(摧折)하다.〕 꺾다. ¶ 挫 ∥ 네 쳐음으로 ᄊᆞ화 픽ᄒ여 우리 예긔롤 최졀ᄒ니 맛당히 버혐즉 ᄒ디 아직 ᄉᄒᄂ니 후의 공을 셰워 든 죄롤 속ᄒ리라 (你今初會戰, 便自失利, 挫動鋒銳, 如何不自小心!) <西周 23:45>

14) 【방심ᄒ다】 圖 안심하다. ¶ 放心 ∥ 원슈는 방심ᄒ쇼셔. 쇼장이 오늘 밤의 쥬영을 겁칙ᄒ여 강상으로 ᄒ여곰 편갑도 도라가지 못ᄒ게 ᄒ리이다 (元帥放心! 末將今夜劫營, 管敎他片甲不存.) <西周 23:46>

15) 【드디다】 圖 디디다. ¶ 오문홰 정파롤 두르고 압홀 즛쳐 드러오미 한번 드디는 곳의 오류인식 죽으니 (鄔文化把排杈木只是橫掃兩邊, 也是周營軍士有難, 可憐被他衝殺得尸橫遍野, 血流成河.) <西周 23:46>

16) 【셜이다】 圖 서리다. ¶ 蟠 ∥ 양젼이 영을 듯고 밍진 가흐로 뉵십 니롤 가니 ᄒ 녕이 이시디 일홈은 반농녕이라. 뫼히 급ᄒ고 놉하 한 길이 이시디 놉이 셜인 듯ᄒ여 두 머리로 사롬이 츌입ᄒᄂ 디 잇고 (楊戩領令, 去到孟津哨探路徑. 走有六十里至一所在, 地名蟠龍嶺. 此山灣環如蟠龍之勢, 中有空闊一條路, 兩頭可以出入.) <西周 23:49>

17) 【잣남】 명 잣나무. ¶ 좌우는 긔험ᄒ 바회와 늘근 솔이며 잣남기 틈 업시 셧ᄂ디 잣나모 ᄲᆞᆯ

얽어져 나는 시라도 좌우 봉(峰) 곳 막으면 능히 버셔나기 어렵거늘 양전이 심중의 디희ᄒᆞ여 도라와 주아를 보고 왈,

"반18)농녕 형셰 극히 험쥰ᄒᆞ니 가히 계규를 ᄒᆡᆼᄒᆞᆯ너이다."

주인 디희ᄒᆞ여 양전의 귀히 다혀 왈,

"니리니리 ᄒᆞ면 셩공ᄒᆞ리라."

양젼이 녕을 듯고 가거늘 주인 남궁괄(南宮适) 무길(武吉)을 불너 왈,

"너희 이쳔 인마를 거ᄂᆞ려 반농녕의 가 미복(埋伏)ᄒᆞ고 화포(火砲) 화젼(火箭)과 마른 셥을 모화 불지를 거슬 찰혀 녕상(嶺上)의 예비하엿다가 계규를 ᄒᆡᆼᄒᆞ라."

두 장쉬 녕을 듯고 가다.

오문홰 영즁(營中)의셔 상사(賞賜)를 기다리더니 쥐 치관(差官)을 보니여시디 【50】 촉금삼빅 필을 원홍과 오문화를 상(賞)ᄒᆞ니 냥장(兩將)이 ᄉᆞ은ᄒᆞ고 오문홰 비단 빅 필을 드려 젼포(戰袍)를 지어 닙으디 오히려 주르고19) 좁아 맛지 아니커늘 원홍이 쇼왈,

"장군이 져리 크니 만일 텬주 상사 곳 아니면 옷슬 엇지 ᄒᆞ여 닙으리오?"

ᄒᆞ고 두 장쉬 졍히 담쇼(談笑)ᄒᆞ더니 쇼졸이 드러와 보ᄒᆞ디,

"무왕과 주인 원문(轅門)의 나와 한가히 단이며 우리 영을 여어보ᄂᆞ이다."20)

오문홰 왈,

"무왕과 강상이 우리 영을 엿보니 져의 계규 젼의 우리 계규를 몬져 ᄒᆡᆼᄒᆞ면 강상 잡기는 낭즁취물(囊中取物)갓ᄒᆞ리라."

말을 맛치며 졍파를 메고 나와 쇼리질너 왈,

"강상은 닷지 말나! 오늘 네 머리를 버혀 큰 공을 일우리라!"

무왕과 주인 말을 도르혀 남을 바라고 닷거늘 오문홰 날호여 거러 ᄯᆞ르니 주인 도라보고 왈,

"오장군은 우리 군신을 노화 영으로 도라 보니면 감히 다시 변경(邊境) 【51】 을 침노치 아니ᄒᆞ리라."

오문홰 왈,

"오늘 너를 노화 고국(故國)의 도라 보니면 범을 노화 산의 보니며 농을 노화 바다히 보님 갓ᄒᆞ리니 엇지 너를 노ᄒᆞ리오?"

무왕과 주인 급히 밍진 가흐로 오뉴십 니를 가니 오문홰 긔력(氣力)이 쇠곤(衰困)ᄒᆞ여 ᄯᆞ르지 아니ᄒᆞ거늘 주인 ᄉᆞ불상을 도로혀 쇼리질너 왈,

"네 다시 날과 삼십 합을 ᄡᅡ홀쇼냐?"

오문홰 디로ᄒᆞ여 다시 ᄯᅡ르거늘 주인 무왕으로 더브러 반농녕 우희 오르니 오문홰 무왕과 주인 뫼 어귀로 드러가는 양을 보고 디희 왈,

"강상이 뫼흐로 올나가니 이는 고기를 가마 속의 녀흐미로다."

ᄒᆞ고 ᄯᅡ라 영 우흐로 올나가니 남궁괄·무길이 급히 무왕과 주아를 지니고 돌과 남그로 ᄯᅡ라올 길흘 막거늘 문홰 무왕과 주아를 조ᄎᆞ 반농녕을 반은 오르미 압길히 막혓는지라 안주 쉬며 두르보디 무왕과 주아는 간디 업고 날 【52】 이 임의 겸으럿거늘 졍히 도라오고져 ᄒᆞ더니 믄득 드르니 뫼 우희셔 포셩(砲聲)이 디진(大振)ᄒᆞ며 큰 나모와 돌을 굴녀 나살 길을 막고 마른 셥흘 무슈히 ᄂᆞ리쳐 골을 메오니 오문홰 셥흘 졔파로 질너 헷치고 ᄂᆞ려오더니 ᄯᅩ 모든 군시 화포와 화젼(火箭)을 ᄂᆞ리 노흐니 마른 셥히 불이 다리며 왼 골이 불빗치 되엿거늘 오문홰 급히 헷쳐 ᄂᆞ려오더니 슈 리를 못 와셔 디장긔 하나흘 ᄭᅩ즛거늘 오문홰 디로ᄒᆞ여 그 긔를 ᄲᅢ히니 그 긔 ᄯᅡ히 구러지며 디뢰픽21) 일시의 니러나니 굴근 철환이 ᄯᅡ 아리로 조ᄎᆞ 니러나 공즁의 주옥ᄒᆞ니 오문홰 화약의 ᄡᅵ히여 반공의 올낫다가 ᄯᅥ히 ᄂᆞ려지며 임의 지 되엿거늘 양젼과 남궁괄·무길이 오문화를 티와 죽이고 주아와 무왕을 쳥ᄒᆞ여

희 얽어져 나는 시라도 좌우 봉 곳 막으면 능히 버셔나기 어렵거늘 <西周 23:49>

18) 반: 원래 '방'으로 되어 있으나 오기이므로 고침.

19) 【주르다】 團 짧다. ¶ 오문홰 비단 빅 필을 드려 젼포를 지어 닙으디 오히려 주르고 좁아 맛지 아니커늘 <西周 23:50>

20) 【여어보다】 團 엿보다. ¶ 閑看‖ 무왕과 주인 원문의 나와 한가히 단이며 우리 영을 여어보ᄂᆞ이다 (今有姜子牙與武王在轅門閑看吾營. 不知有何原故, 請令定奪.) <西周 23:50>

21) 디뢰픽: 미상.

셩의 도라오니라.

92
양젼나탁쥬칠괴1)(楊戩哪吒收七怪)

【53】 ᄌ아(子牙) 영의 도라와 니르디,

"오문화(鄔文化)ᄂᆫ 임의 죽엿거니와 원홍(袁洪)을 엇지ᄒ리오?"

양젼(楊戩) 왈,

"원홍은 득도ᄒᆫ 진납이라 디한(大漢)을 임의 죽여시니 이 요괴야 무어시 두려오리오?"

ᄌ아 왈,

"농빅후(東伯侯) 상문환(姜文煥)이 오거든 훔기 디병을 모라 나아가리니 너ᄂᆫ 믈너가 냥식(糧食)을 직희라."

양젼이 후영으로 드러가다.

원홍이 쟝듕의셔 오문화의 쇼식을 기다리더니 탐쳥 군시 드러와 보ᄒ디,

"오쟝군이 반농녕(蟠龍嶺) 아리셔 불타 죽엇ᄂᆫ이다."

원홍이 디경ᄒ더니 쇼졸이 ᄯᅩ 보ᄒ디,

"원문 밧긔 한 흉악ᄒᆫ 도인이 와 원슈긔 뵈와지라 ᄒᆫᄂᆫ이다."

---

1) 괴: 원래 '셩'으로 되어 있으나 오기이므로 고침.

원홍이 드러오라 ᄒ니 그 도인이 드러와 녜ᄒ거ᄂᆞᆯ 원홍이 답녜 왈,

"도인은 어니 곳의 이시며 셩명이 무어시뇨?"

그 도인 왈,

"빈도(貧道)ᄂᆫ 미산(梅山)의 이시니 셩은 쥬(朱)오 일홈은 ᄌ진2)(子眞)이니 원슈 겨신 【54】 동부의셔 머지 아닌 디 이시디 한번도 뵈옵지 못ᄒ엿ᄂᆞ니 이졔 원쉬 쥬왕을 위ᄒ여 셩탕ᄉ직(成湯社稷)을 붓드신다 ᄒ미 특별이 와 한 팔 힘을 돕고져 ᄒᆞ니 아지 못게라. 원쉬 용납ᄒ시리잇가?"

원홍이 디희ᄒ여 쥬ᄌ진(朱子眞)을 쳥ᄒ여 빈쥬(賓主)의 좌ᄅᆞᆯ 경ᄒ미 참군(參軍) 은파폐(殷破敗)와 뇌기(雷開) 가만이 니르디,

"져 도인이 미산 도시로라 ᄒ니 일졍 상호(常昊) · 오룡(吳龍)의 동뉘(同類)로다."

원홍이 그 말을 못출혀 듯고 은파폐다려 왈,

"쟝군네 무슴 말을 ᄒᆞᄂᆢ?"

은파폐 왈,

"우리 쥬도인(朱道人)의 긔특ᄒᆫ 상모(相貌)ᄅᆞᆯ 기리더이다."

원홍이 이 말을 듯고 디희ᄒ여 잔치ᄅᆞᆯ 비셜ᄒ고 쥬ᄌ진을 관디ᄒᆞ니라.

이튼날 쥬ᄌ진이 보검을 집고 쥬영(周營)의 니르러 ᄊᆞ호ᄌ ᄒᆫ디 쇼졸이 드러가 보ᄒ디,

"영 밧긔 한 도인이 ᄊᆞ호ᄌ ᄒᆞᄂᆞ이다."

ᄌ아 이 말을 듯고 눈셥을 찡긔여 왈,

"도인이 ᄯᅩ 와시니 반ᄃᆞ시 요괴의 뉘로다."

【55】 ᄒ고 남북 이로(二路) 계후ᄅᆞᆯ 한가지로 진의 못게 ᄒ고 ᄌ아 친히 듕쟝을 거ᄂᆞ려 원문(轅門)의 나오니 쥬ᄌ진이 날호여3) 거러 나오거ᄂᆞᆯ ᄌ아 쇼리질너 왈,

---

2) 자진: 원래 '자잔'으로 되어 있으나 오기이므로 고침. 이하 같음.

3) 【날호여】 囝 천천히. ¶ 남북 이로 계후ᄅᆞᆯ 한 가지로 진의 못게 ᄒ고 ᄌ아 친히 듕상을 거ᄂᆞ려 원문의 나오니 쥬ᄌ진이 날호여 거러 나오거ᄂᆞᆯ (子牙聽見有道者, 忙傳令南北二處諸侯齊出轅門, 排開隊伍, 自己親率諸衆弟子出轅門, 列成陣勢. …朱子眞步行至前, 見子牙簇擁而至.) <西周 23:55>

“오는 도인은 엇던 인다?”

쥬즈진 왈,

“나는 미산의 연긔(煉氣)ᄒᆞᆫ 도인 쥬즈진이로라.”

즈이 왈,

“네 평안이 뫼희 잇셔 본업을 닷지 아니ᄒᆞ고 무ᄉᆞ 일노 스스로 화ᄅᆞᆯ 취ᄒᆞᆫ다?”

쥬즈진이 쇼왈,

“셩탕이 디디로 젼ᄒᆞ여 이의 니르러시니 너희 등이 국은을 바단지 오러거눌 무고히 반ᄒᆞ여 관익(關隘)을 침탈ᄒᆞ며 도로혀 텬명(天命)과 인심4)(人心)을 슌ᄒᆞ다 니르니 이는 진실노 빅셩을 혹게 ᄒᆞᆫ는 요언(妖言)이오 불츙불효(不忠不孝)의 필뷔(匹夫)라. 너 오눌날 이의 니르러시니 셜니 말긔 나려 항복ᄒᆞ여 죽기ᄅᆞᆯ 면ᄒᆞ라. 만일 니 말을 듯지 아니면 너ᄅᆞᆯ 잡아 죽엄을 만단(萬段)의 니리니 뉘웃지 말나.”

즈이 즐왈,

“무지ᄒᆞᆫ 필뷔 감히 나라흘 슈욕ᄒᆞ여 목젼의 【56】 화ᄅᆞᆯ 만나고져 ᄒᆞᄂᆞ뇨?”

쥬즈진이 디로ᄒᆞ여 보검을 집고 나오며 쇼리질너 왈,

“뉘 감히 날을 당ᄒᆞ리오?”

말이 맛지 못ᄒᆞ여 쥬(周) 진상(陣上)의셔 한 장쉬 니다르니 머리의 속발(束髮) 금관(金冠)을 쓰고 몸의 쇄즈갑의 홍포ᄅᆞᆯ 쪄 닙고 허리의 팔모디ᄅᆞᆯ 씌고 숀의 낭아봉(狼牙棒)을 드러시니 낫츤 무ᄅᆞᆫ 디초빗 갓고 세 가리 나롯시 즈 남줏5) ᄒᆞ고 젹토마(赤土馬)ᄅᆞᆯ 타시니 이는 남빅후(南伯侯)의 부장(副將) 녀츙(余忠)이라. 이 사ᄅᆞᆷ이 본디 도슐을 밋지 아니ᄒᆞ더니 쥬즈진의 도신 줄 보고 셩이 불갓ᄒᆞ여 니다라 쥬즈진을 마즈 쓰화 이십 합이 못ᄒᆞ여 쥬즈진이 몸을 두르혀 다라나거눌 녀츙이 말을 노화 ᄯᅡᆯ와 빅여 보는

가더니 쥬즈진은 본디 득도ᄒᆞᆫ 뫼돗6)의 졍녕이라 독긔ᄅᆞᆯ 너니 녀츙이 독긔의 쏘이여 말긔 나려지거눌 쥬즈진이 본상(本相)을 너여 여츙을 두 번의 버혀 먹고 도로 도인이 되여 쇼리질너 왈,

“강상(姜尙)이 【57】 날과 즈웅을 결홀쇼냐?”

양젼이 즈아 뒤히 잇다가 가만이 조마경(照魔鏡)을 너여 빗칙니 쥬즈진이 큰 돗치어눌 양젼이 조마경을 감초고 삼쳡냥인도(三尖兩刃刀)ᄅᆞᆯ 두르고 니다라 쇼리질너 왈,

“이 업츅아, 나아오나라!”

ᄒᆞ고 다라드니 즈잔이 보검을 둘너 마즈 쓰화 슈합의 쥬즈진이 피쥬(敗走)ᄒᆞ거눌 양젼이 ᄯᅡ라가더니 즈잔이 본상을 너여 양젼을 무러 먹으려 ᄒᆞ거눌 양젼이 변ᄒᆞ여 조고마ᄒᆞᆫ 사ᄅᆞᆷ이 되여 쥬즈진의 목굼그로7) 쮜여드니 즈잔이 양젼의 도슐을 아지 못ᄒᆞ고 영의 도라와 원홍을 보고 왈,

“빈되 쥬장 둘흘 잡아 먹고 왓ᄂᆞ이다.”

원홍이 디희ᄒᆞ여 잔치ᄅᆞᆯ 비셜ᄒᆞ여 공을 하례ᄒᆞ더니 쇼졸이 드러와 보ᄒᆞ디,

“문 밧긔 한 걸ᄉᆡ(傑士)와 뵈믈 쳥ᄒᆞᄂᆞ이다.”

원홍이 드러오라 ᄒᆞᆫ디 이윽고 한 사ᄅᆞᆷ이 드러오니 낫치 분바ᄅᆞᆫ 듯ᄒᆞ고 슈염이 양의 털 갓고 니마의 두 쓸이 잇고 머리의 속 【58】 발 금관을 뼛거눌 원홍이 당의 나려 마즈 좌ᄅᆞᆯ 졍ᄒᆞ미 홍이 문왈,

“장군의 셩명이 무어시뇨?”

기인(其人) 왈,

“쇼장의 셩은 양(楊)이오 명은 현(顯)이니 미산(梅山) 사ᄅᆞᆷ이로쇼이다.”

원홍이 디희ᄒᆞ여 잔치ᄅᆞᆯ 비셜ᄒᆞ여 양현(楊

---

4) 인심: 원래 '신심'으로 되어 있으나 오기이므로 고침.

5) 【남줏ᄒᆞ다】 혱 남짓하다. ¶ 쥬 진상의셔 한 장쉬 니다르니 머리의 속발 금관을 쓰고 몸의 쇄즈갑의 홍포ᄅᆞᆯ 쪄 닙고 허리의 팔모디ᄅᆞᆯ 씌고 숀의 낭아봉을 드러시니 낫츤 무ᄅᆞᆫ 디초빗 갓고 세 가리 나롯시 즈 남줏ᄒᆞ고 (只見傍有南伯侯下副將余忠, 此人不信道術, 使狼牙棒, 面如紫棗, 三柳長髥.) <西周 23:56>

6) 【뫼돗】 몡 멧돼지. ¶ 쥬즈진은 본디 득도ᄒᆞᆫ 뫼돗의 졍녕이라 독긔ᄅᆞᆯ 너니 녀츙이 독긔의 쏘이여 말긔 나려지거눌 쥬즈진이 본상을 너여 여츙을 두 번의 버혀 먹고 (朱子眞乃是妖魅, …… 子眞回頭把口一張, 一道黑煙噴出籠罩其身, 現出本相, 一口把余忠咬了牛段.) <西周 23:56>

7) 【목굼】 몡 목구멍. ¶ 즈잔이 본상을 너여 양젼을 무러 먹으려 ᄒᆞ거눌 양젼이 변ᄒᆞ여 조고마ᄒᆞᆫ 사ᄅᆞᆷ이 되여 쥬즈진의 목굼그로 쮜여드니 (朱子眞如前復現原身, 將楊戩一口吃去.) <西周 23:57>

顯)과 쥬ᄌ진을 관디ᄒ더니 은파피 양현의 요괸
줄 알고 묵연(默然)이 말을 아니ᄒ디 셰 요괴는
은파피 웃는 줄을 모르고 셔로 슐 먹으며 즐길
시 양젼이 쥬ᄌ진의 목 속의셔 음식을 바다 먹
으니 ᄌ진이 아모리 만히 먹어도 비 브르지 아
닌지라 졍히 의심ᄒ더니 이경은 ᄒ여 양젼이 쥬
ᄌ진의 비 속의셔 쇼리질너 왈,

"쥬도인아, 네 날을 알쇼냐?"

ᄌ진이 쇼리롤 듯고 디경ᄒ여 문왈,

"너는 엇던 이며 어디 잇는다?"

양젼 왈,

"나는 옥텬산(玉泉山) 금화동(金霞洞) 옥졍
진인(玉鼎眞人)의 뎨ᄌ 양젼(楊戩)이러니 이졔
임의 네 비 속의 드러시니 네 피와 술을 다 먹
으리라."

ᄒ고 간의 쮜여올나 발을 구르 【59】 며 이8)의
올나 그늬9) 쮜듯ᄒ니 쥬ᄌ진이 짜히 것구러져
쇼리질너 왈,

"상션(上仙)아 쇼츅(小畜)을 ᄉᄒ쇼셔."

양젼 왈,

"네 죽고져 ᄒ는다 살고져 ᄒ는다? 네 근
본을 니르면 샤ᄒ리라."

ᄌ진 왈,

"쇼츅은 미산의 잇는 돗치니 텬지 졍긔와
일월 졍화롤 쏘여 사룸이 되엿더니 그릇 텬위
(天威)롤 범ᄒ여시니 원컨디 상션은 쳔명을 구
ᄒ시면 지싱(再生)ᄒ신 은혜롤 갑흐리이다."

양젼 왈,

"네 만일 살고져 홀진디 본상을 니여 쥬영
압희 가 죄롤 쳥ᄒ면 죽기롤 면ᄒ려니와 만일
그리 아니ᄒ면 네 간과 이롤 다 비혀 먹고 뜻뜻
시10) 네 비속의 드럿다가 여룸11)이여든 비 엽

홀 쩨질너12) 날 거시니 견딜가 시부냐?"

ᄌ진이 싸히 것구러져 말을 아니ᄒ거눌 양
젼이 이롤 잡고 흔들며 왈,

"엇지 본상을 닉지 아닛느뇨?"

ᄌ진이 홀일 업셔 본상을 닉여 쥬영의 니
ᄅ니 밤이 임의 ᄉ경이라 남궁괄(南宮适)이 순
영(巡營)ᄒ다가 한 【60】 돗치 업드러져시믈 보
고 군ᄉ다려 왈,

"이 빅셩의 집 돗치 노혀 영의 와시니 날
이 시거든 도로 졔 임ᄌ롤 ᄎᄌ 쥬라."

양젼이 돗희 비 속의 잇다가 쇼리질너 왈,

"남장군아, 이는 미산 돗치어눌 닉 이놈
비 속의 드러 항복 바닷노라."

남궁괄이 쇼리롤 듯고 양젼이 쥬ᄌ진의 항
복바든 줄을 씨닷고 급히 즁군(衆軍)의 드러가
ᄌ아롤 보고 왈,

"양젼이 미산 돗츨 항복바다 원문의 왓ᄂ
이다."

ᄌ이 졔후와 즁장을 거느려 원문의 나와보
니 과연 큰 도다지13) 업더엿거눌 ᄌ이 왈,

"업츅아! 네 무숨 연고로 우리롤 침노ᄒ다
가 스스로 살신(殺身)홀 화롤 취ᄒ느뇨?"

양젼이 비 속의셔 니르디,

"쳥컨디 원슈는 이 요괴롤 쌜니 죽여 후환
을 덜으쇼셔."

ᄌ이 남궁괄을 명ᄒ여 죽이라 ᄒ디 남궁괄
이 칼홀 드러 돗희 머리롤 버혀 싸히 나리치니
양젼이 파리 되여 돗희 목으 【61】 로 나와 도로
본상을 니니 원홍과 양현이 원문의 나와 쥬ᄌ진

---

8)【이】명 챵지. ¶ 간의 쮜여올니 발을 구르며
이의 올나 그늬 쮜듯ᄒ니 쥬ᄌ진이 짜히 것구러
져 쇼리질너 (把手在他心肝上一揸, 朱子眞大叫
一聲.) <西周 23:59>

9)【그늬】명 그네. ¶ 간의 쮜여올나 발을 구르며
이의 올나 그늬 쮜듯ᄒ니 쥬ᄌ진이 짜히 것구러
져 쇼리질너 (把手在他心肝上 揸, 朱了眞大叫
一聲.) <西周 23:59>

10)【뜻뜻시】명 따뜻이. ¶ 만일 그리 아니ᄒ면
네 간과 이롤 다 버혀 먹고 뜻뜻시 네 비속의
드럿다가 여룸이여든 비 엽홀 쩨질너 날 거시니
견딜가 시부냐? (如不依吾言, 我把你的心・肝・

肺・腑都摘下你的來!) <西周 23:59>

11)【여룸】명 여름. ¶ 만일 그리 아니ᄒ면 네 간
과 이롤 다 버혀 먹고 뜻뜻시 네 비속의 드럿다
기 여룸이여든 비 엽흘 쩨질너 날 기시니 견딜
가 시부냐? (如不依吾言, 我把你的心・肝・肺・
腑都摘下你的來!) <西周 23:59>

12)【쩨지르다】동 꿰뚫다. ¶ 만일 그리 아니ᄒ면
네 간과 이롤 다 버혀 먹고 뜻뜻시 네 비속의
드럿다가 여룸이여든 비 엽홀 쩨질너 날 거시니
견딜가 시부냐? (如不依吾言, 我把你的心・肝・
肺・腑都摘下你的來!) <西周 23:59>

13)【도다지】명 돼지. ¶ 猪 ‖ ᄌ이 졔후와 즁장
을 거느려 원문의 나와보니 과연 큰 도다지 업
더엿거눌 (子牙率領衆諸侯齊出轅門看時, 果是一
口大猪跪伏在地.) <西周 23:60>

의 죽는 양을 보고 원홍이 양현다려 왈,

"우리 미산의 잇셔 쳔년 도슐이 그림 쩍이 되여시니 엇지 붓그럽지 아니리오?"

양현 왈,

"쥬ᄌ진이 그릇 간계롤 맛쳐 큰 화롤 맛나시나 우리 죽을 힘을 다ᄒ여 강상을 잡아 쥬도형(朱道兄)의 원슈롤 갑흐리라."

ᄒ고 두 요괴 졍히 셔로 의논ᄒ더니 쇼졸이 보ᄒ디,

"원문의 한 텬ᄉ(天使)와 장군이 와 계시니이다."

원홍이 급히 나려 마ᄌ 좌롤 졍ᄒ미 텬시 왈,

"텬지 한 장군을 보닉여 진을 돕게 ᄒ시니이다."

원홍이 그 장슈롤 드러오라 ᄒ니 이윽고 한 장쉬 드러오거눌 원홍이 마ᄌ 녜필(禮畢)의 문왈,

"장군의 셩명은 무어시뇨?"

그 장쉬 왈,

"쇼장의 셩은 디(戴)요 일홈은 례(禮)니 미산 사롬이로쇼이다. [디례는 긔 졍녕이니 미산의 원홍과 결위형뎨(結爲兄弟)ᄒ여 함긔 오면 사롬이 의심홀가 ᄒ여 하나식 흘여 오며 거줏 모르는 쳬ᄒ고 일홈을 므르니라] 원홍이 즁장다려 왈,

"이졔 ᄯᅩ 현ᄉ(賢士)롤 어더 【62】시니 맛당이 강상으로 더브러 ᄌ웅을 결ᄒ리라."

ᄒ고 즁장을 거느리고 원문의 나와 쌋호ᄌ ᄒ거눌 쇼졸이 드러가 보ᄒ디 ᄌ익 즁장을 거느리고 원문의 나와 쇼리질너 왈,

"원홍아! 네 시무(時務)롤 아지 못ᄒ고 감히 우리롤 막느뇨?"

홍이 쇼왈,

"니 엇지 너롤 두리리오?"

ᄒ고 좌우롤 도라 보아 왈,

"뉘 이 역젹을 잡을고?"

언미이(言未已)의 한 장쉬 니다르니 이는 양현이라. 양젼이 양현의 나오믈 보고 가만이 조마경을 너여 빗쵀니 한 양의 졍녕이어눌 양젼이 거울을 감초고 삼쳡낭인도롤 드러 양현을 마ᄌ 졍히 쌋호더니 은(殷) 진상(陣上)의셔 한 장쉬 ᄡᅡᆼ검을 두르고 니다라 쇼리질너 왈,

"양도형아, 니 한 팔 힘을 도으리라!"

ᄒ고 다라들거눌 나탁이 ᄯᅩ 풍화륜(風火輪)을 모라 니다라 쇼리질너 문왈,

"오는 장슈는 뉜다?"

그 장쉬 왈,

"나는 원원슈 부장 디례(戴禮)로라."

ᄒ고 칼을 두르고 다라드러 어우러져 쌋호【63】더니 양젼이 디례의 싸홈을 돕는 양을 보고 힘뼈 싸화 이십여 합의 양현이 픽쥬ᄒ거눌 양젼이 조츳가더니 양현이 본상을 너여 닙으로 독한 긔운을 토ᄒ거눌 양젼이 변ᄒ여 큰 범이 되여 다라드러 양현을 잡아먹으니 디례 나탁과 싸호다가 양현의 죽으믈 보고 칼을 ᄯᅵ으고 다라나거눌 양젼이 냥인도롤 들고 ᄯᅩ ᄯᆞ르니 디례 본상을 너여 독긔롤 너거눌 양젼이 칼을 드러 디례롤 두 조각의 닉니 한 큰 긔어눌 원홍이 디픽ᄒ여 영의 도라가 홀노 안ᄌ 참괴(慙愧)ᄒ 빗치 낫치 가득ᄒ더라. 믄득 쇼졸이 보ᄒ디,

"원문의 한 디장이 와 원슈롤 뵈와지라 ᄒᄂ이다."

원홍이 드러오라 ᄒ더 이윽고 그 장쉬 드러오니 이도 미산의 쇠 졍녕이라. 킈 뉵쳑이 남고 머리의 두 ᄲᅳᆯ이 나고 귀 ᄲᅩ족ᄒ고 금갑홍포(金甲紅袍)의 ᄌ금관(紫金冠)을 뼈시니 거동이 심히 흉악ᄒ더라. 원홍이 거줏 문왈,

"장군의 셩명 【64】 이 무어시뇨?"

그 장쉬 답왈,

"쇼장의 셩은 김(金)이오 일홈은 디승(大升)이니 미산 사롬이로쇼이다."

원홍이 디희ᄒ여 셜연관디(設宴款待)ᄒ고 이튼날 김디승(金大升)이 독각슈(獨角獸)롤 타고 쳥농언월도(靑龍偃月刀)롤 들고 쥬영의 니르러 싸홈을 쳥ᄒ더 ᄌ익 좌우롤 도라보아 왈,

"뉘 이 도적을 잡으리오?"

뎡뉸(鄭倫)이 응셩 왈,

"쇼장이 가리이다."

ᄌ익 허ᄒ더 뎡뉸이 화안금졍슈(火眼金睛獸)롤 타고 영의 나와 쇼리질너 왈,

"오는 장슈는 뉜다?"

디승 왈,

"나는 원원슈 휘하 부장 김디승이어니와

너는 뉜다?"

뎡눈 왈,

"나는 강원슈 휘하 총독 오군상장군(五軍上將軍) 뎡눈이로라. 니 너롤 보니 요괴(妖怪)의 상이라 너롤 죽여 후환을 덜니라."

흔디 김듸승이 듸로ᄒᆞ여 월도(月刀)롤 두르고 다라들거눌 뎡눈이 항마져(降魔杵)롤 두르고 마즈 ᄊᆞ화 슈합이 못ᄒᆞ여 듸승이 닙으로셔 한덩이 누른 거슬 토ᄒᆞ니 이는 우황(牛黃)이라. 뎡눈이 우황의 마즈 다라나고져 ᄒᆞ더니 듸승이 월【65】도롤 드러 뎡눈을 질너 말 아러 나리친디 픠군이 도라가 즈아의게 보ᄒᆞ니 즈이 눈물을 흘니고 탄왈,

"뎡눈이 쇼후(蘇侯)롤 조ᄎᆞ 항복흔 후로 여러번 듸공(大功)을 셰우고 무슈흔 냥초(糧草)롤 운젼ᄒᆞ여 왓더니 이 ᄊᆞ히셔 죽을 쥴 엇지 알니오?"

ᄒᆞ고 한 글을 지어 탄ᄒᆞ니 왈,

흉즁묘슐슉능반(胸中妙術孰能班)
긔의듸지샹ᄎᆞ간(豈意大才喪此間)
유유쳥풍샹작반(惟有淸風常作伴)
츙혼의구반가산(忠魂依舊返家山)

흉즁의 묘흔 슐을 뉘 능히 ᄶᅡᆨᄒᆞ고
엇지 큰 지죄 이 ᄉᆞ이의 죽을 쥴 ᄯᅳᆺᄒᆞ여시리오
오직 쳥풍이 잇셔 덧덧이 벗슬 지으니
츙혼이 의구히 가산의 도라갓도다

즈이 글 짓기롤 맛ᄎᆞ미 좌우롤 도라보아 왈,

"뉘 뎡눈을 위ᄒᆞ여 원슈롤 갑흘고?"

양전이 응셩 왈,

"쇼장이 가리이다."

즈이 허흔디 양전이 영의 나와 은영(殷營)의 니르러 ᄊᆞ홈을 쳥흔디 김듸승이 독각슈롤 타고 【66】군젼(軍前)의 니르러 쇼리질너 왈,

"오는 장슈는 뉜다?"

양전 왈,

"나는 양전이로다."

김듸승이 ᄯᅩ 언월도(偃月刀)롤 두르고 다라들거눌 양전이 냥인도(兩刃刀)롤 드러 셔로 ᄊᆞ화 삼십여 합이 못ᄒᆞ여 듸승이 독각슈롤 두르혀 다라나거눌 양전이 ᄯᅡ르더니 듸승이 닙으로 ᄯᅩ 우황을 토ᄒᆞ여 바로 양전의 낫츠로 향ᄒᆞ니 양전이 졍히 위급ᄒᆞ엿ᄂᆞᆫ지라 몸을 흔드러 변ᄒᆞ여 금광(金光)이 되여 남다히로 다라나니 듸승이 ᄯᆞ라오거눌 양전이 듸승의 ᄯᆞ르믈 보고 조마경을 너여 빗최니 한 큰 쇼어눌 양전이 도로 본상을 너여 다시 ᄊᆞ호고져 ᄒᆞ다가 믄득 보니 향운(香雲)이 은연(隱然)ᄒᆞ고 향풍14)(香風)이 표묘(標緲)ᄒᆞ며 한 도괴(道姑) 쳥난(靑鸞)을 타고 녀동(女童) 셔너흘 다리고 오다가 녀동이 쇼리질너 왈,

"양전아, 낭낭(娘娘) 셩기(聖駕) 오시니 ᄊᆞ호지 말고 나아와 마즈라."

양전이 듸승을 바리고 다라드러 졀흔디 도괴 왈,

"나는 다른 신션이 아니라 녀와【67】 낭낭(女媧娘娘)이러니 이졔 셩탕(成湯) 긔쉬(氣數) 진ᄒᆞ고 쥬실(周室)이 반ᄃᆞ시 흥흘지라 너롤 도와 민산 요괴롤 항복밧고져 ᄒᆞ노라."

ᄒᆞ고 쳥운녀동(靑雲女童)을 불너 복요삭(伏妖索) [요괴 믜는 노히라] 을 쥬며 왈,

"네가 김듸승을 잡아오라."

녀동이 명을 바다 쇼리질너 왈,

"이 얼츅(孽畜)아, 낭낭 셩기 와 계시니 ᄲᆞᆯ니 와 뵈오라!"

흔디 듸승이 듸로ᄒᆞ여 칼을 드러 녀동을 치고져 ᄒᆞ거눌 녀동이 복요삭을 디져 김듸승을 동혀 지우고 쳘여의(鐵如意)로 두 번을 치니 듸승이 본상을 너여 큰 쇠 되거눌 녀동이 쇠 코ᄭᅮ레롤 가져다가 코흘 ᄳᅦ니 양전이 ᄯᅡ히 업듸여 왈,

"만일 낭낭의 셩덕(聖德) 곳 아니면 엇지 이 요괴롤 잡으리잇고?"

녀와시(女媧氏) 왈,

"양전은 져 쇼롤 ᄭᅳᆯ고 쥬영의 가 즈아롤 뵈라. 니 ᄯᅩ 다시 도으미 이시리라."

양전이 녀와롤 하직고 쇼롤 닛그러 쥬영의 오니라.

주인 군중의 잇셔 양전의 픠흐여 닷단 말을 듯고 길흉을 아지 못흐여 눈셥을 찡긔고 【68】 셔안(書案)의 의지흐엿더니 쇼졸이 보흐디,

"양전이 영 밧긔 왓느이다."

주인 디희흐여 드러오라 흐니 양전이 쇼롤 닛글고 드러와 쇠 졍녕(精靈) 잡은 말을 고흔디 주인 남궁괄을 명흐여 쇼롤 버히라 흔디 남궁괄이 명을 바다 칼을 드는 듯 쇠머리 따히 쩌러지거늘 군스롤 호령흐여 쇠머리롤 긔의 다라 호령흐고 주인 양전다려 문왈,

"미산 요괴롤 몃치나 죽엿느뇨?"

양전이 디왈,

"여섯 요괴롤 죽엿느이다."

주인 왈,

"오날 져녁의 네 도슐을 힝흐여 원홍을 마주 죽이면 디스롤 거의 일우리라."

양전 왈,

"뎨지 나탁(哪吒)으로 더브러 원홍을 잡을 거시니 원슈는 디병을 모라 은영을 즛지르쇼셔."15)

주인 올히 너겨 즁장과 졔후로 더부러 영(營) 겁칙홀 일을 의논흐다.

원홍이 영의 잇셔 참군 은파픠와 뇌기로 더부러 의논 왈,

"텬지 우리롤 명흐여 이 짜흘 직희라 흐여 계시거놀 우리 쥬병 【69】 으로 더부러 여러 번 쏘화 픠흐디 텬지 구병(救兵)을 보니지 아니니 우리 쏘 표롤 지어 조가(朝歌)의 보니여 고급(告急)흐리라."

흐고 표롤 지어 조가로 보니고 밤든 후 즁장이 각각 물너가 주더니 밤이 삼경이 못흐여 한 쇼리 방포(放砲)의 쥬병이 일시의 다라드러 영을 겁칙흐니 졍남(正南)은 남빅후(南伯侯) 악순16)(鄂順)이오 졍북(正北)은 북빅후(北伯侯) 슝응난(崇應鸞)이오 졍셔(正西)는 니졍(李靖)·위회(韋護)오 졍동(正東)은 주인 디디(大隊) 인마롤 거

느려 다라 들고 동남(東南)은 조젼(晁田)·조뢰(晁雷)오 셔남(西南)은 신면(辛免)·신갑(辛甲)이오 셔북(西北)은 태젼(太顚)·굉요(閎夭)오 동북(東北)은 등슈(鄧秀)·손염홍(孫焰紅)이 쎄쳐 들고 뇌진주(雷震子)·양젼(楊戩)·나탁(哪吒)은 반공즁을 조추 나리니 함셩이 싸흘 흔들고 화광(火光)이 하늘을 지르거놀 원홍이 즁군의셔 주다가 쇼리롤 듯고 급히 갑 닙고 말긔 올나 쇠막디롤 들고 나오더니 양젼을 만나 마주 쏘화 슈합이 못흐여 원홍이 본상을 너여 쇠막디롤 메고 반공즁의 쒸 【70】 여올나 어즈러이 치니 양젼이 쏘흔 공즁의셔 마주 쏘호더니 삼합이 못흐여 원홍이 니긔지 못흘 줄 알고 몸을 흔드러 변흐여 놀니17) 되여 다라나거놀 양젼이 쏘흔 변흐여 큰 범이 되여 짜라 한 뫼 아리 니르러 원홍이 쥐 되여 뫼 기슭으로 다라나거놀 양젼이 괴18) 되여 짜르니 원홍이 쏘 톳기 되여 다라나거놀 양젼이 쏘 슐이19) 되여 짜르니 니럿툿 흐여 두 장쉬 셔로 신통(神通)을 너여 각식(各色) 거시 되여 쏘호더니 원홍이 스스로 싱각흐디 '양젼이 도슐을 잘흐니 니리 흐여는 맛춤니 니긔지 못흘 거시오 흐물며 우리 디영이 픠흐여시니 쏄니 미산으로 다라남만 갓지 못흐다' 흐고 본상을 너여 미산을 바라고 다라나거놀 양젼이 쏘흔 본상을 너여 미산을 바라고 다라나거놀 양젼이 쏘흔 본상을 너여 짜르기롤 급히 흐디 원홍이 계귀(計巧) 진(盡)흐여 한 돌이 되여 길가의 노혀시니 양젼이 원홍을 일코 두르 【71】 엇다가 주셰히 보니 언덕 아리 한 돌히 노혀시디 돌 뒤희 한 디쥴기 나시니 이는 원홍이 비록 도슐을 너여 돌이 되여시나 꼬리롤 감초지 못흐여 디쥴기 되엿거놀 양젼이 아라보고 다라드러 냥인도롤 드러 치니 원홍이 도로 본상을 너여 미산으로 다라나거놀 양젼이 조추 올나가니 한 골이 이시

---

15)【즛지르다】圖 짓찌르다. 무찌르다. ¶ 뎨지 나탁으로 더브러 원홍을 잡을 거시니 원슈는 디병을 모라 은영을 즛지르쇼셔 (弟子同哪吒雙去建功, 更覺易於爲力.) <西周 23:68>

16) 악순: 원래 '악슈'으로 되어 있으나 오기이므로 고침.

17)【놀니】명 《노루》 노루. ¶ 양젼이 쏘흔 공즁의셔 마주 쏘호더니 삼합이 못흐여 원홍이 니긔지 못흘 줄 알고 몸을 흔드러 변흐여 놀니 되여 다라나거놀 <西周 23:70>

18)【괴】명 고양이. ¶ 한 뫼 아리 니르러 원홍이 쥐 되여 뫼 기슭으로 다라나거놀 양젼이 괴 되여 짜르니 원홍이 쏘 톳기 되여 다라나거놀 <西周 23:70>

19)【슐이】명 수리. 독수리. ¶ 원홍이 쏘 톳기 되여 다라나거놀 양젼이 쏘 슐이 되여 짜르니 <西周 23:70>

뎌 골 문의 미산 벽쇼동(碧霄洞)이라 뼛거놀 양
젼이 원홍을 ᄯᆞ라 드러가니 원홍이 골 문으로
다라드러 문을 굿이 닷거놀 양젼이 감히 다시
ᄯᆞ르지 못ᄒᆞ여 골 문 밧긔셔 싸홈을 도도더니
이윽고 원홍이 쇠막디롤 메고 모든 요괴롤 거ᄂᆞ
려 골 밧긔 나와 진셰(陣勢)롤 버리거놀 양젼이
냥인도롤 쓰으로 나와 쇼리질너 왈,

  "요 진납이 감히 요괴롤 거ᄂᆞ려 날을 뎌젹
고져 ᄒᆞᄂᆞ냐?"

  원홍이 뎌로ᄒᆞ여 모든 요괴롤 지휘ᄒᆞ여 일
시의 다라드러 양젼을 에워ᄊᆞ고 급히 치거【7
2】놀 양젼이 몸을 돌쳐 골 밧그로 다라나니 원
홍이 홀노 쇠막디롤 두르고 ᄯᆞ라오거놀 양젼이
변ᄒᆞ여 길가의 나모 쐴희 되여 느러져시니 원홍
이 아지 못ᄒᆞ고 ᄯᆞ라오다가 나모 등걸20)의 것
쳐 업더지거놀 양젼이 크게 쇼리지르고 본상을
니여 원홍을 잡아 짓누르고 허리 아리로셔 박요
승(縛妖繩)을 니여 진납의 목을 미여 닛글고 쥬
영(周營)으로 도라오니라.

---

20) 【등걸】 圐 등걸. 밑둥. 樹下體. ¶ 양젼이 변ᄒᆞ
    여 길가의 나모 쐴희 되여 느러져시니 원홍이
    아지 못ᄒᆞ고 ᄯᆞ라오다가 나모 등걸의 것쳐 업더
    지거놀 <西周 23:72>

[셔쥬연의西周演義 권지이십ᄉ]

93
금탁지ᄎᆔ유혼관(金吒智取遊魂關)

【1】 양젼(楊戩)이 진납이롤 미여 쥬영(周營)의 니르러 즈아(子牙)의게 알왼디 즈이 드러오라 ᄒ거늘 양젼이 진납이롤 닛글고 중군의 드러오니 즈이 디희ᄒ여 문왈,

"네 이 진납이롤 엇지 잡아온다?"

양젼이 진납이롤 조ᄎ 미산의 니르러 겨유 잡은 일을 즈셰히 니른디 즈이 왈,

"ᄲᆞᆯ니 져 진납이롤 죽여 후환을 업시ᄒ라."

중장이 그 진납을 미여 원문(轅門)의 나가 머리롤 버히디 칼이 지나치며 목이 도로 붓흐니 중장이 디경ᄒ여 드러와 즈아의게 알왼디 즈이 계후롤 거느리고 원문의 나가 두어 번 년ᄒ여 버히디 죽지 아니커늘 즈이 왈,

"이 진납이 천디령긔(天地靈氣)와 일월정화(日月精華)롤 타 사롬 【2】 의 얼골이 되여시니 만일 니 보비 곳 아니면 능히 이 요괴롤 죽이지 못ᄒ리라."

ᄒ고 향안을 비셜ᄒ고 붉은 호로(葫蘆)롤 니여 셔안 우희 노ᄒ니 이는 뉵압도인(陸壓道人)의 쥰 보비라. 호로 ᄲᅮ에[1]롤 여니 한 줄 흰 긔운이

나려지며 긔운 쇽으로셔 칠촌(七寸) 오분(五分)은 흔 칼이 니다르며 진납의 머리 칼홀 웅ᄒ여 ᄯᆞ히 쩌러지며 피 흐르거늘 즈이 비검을 거두어 호로 쇽의 녀흐니 중장 왈,

"원슈 이 보비롤 어디셔 어더 겨시다가 이 요괴롤 죽이시니잇고?"

즈이 왈,

"이 보비는 뉵압도인의 쥰 비러니 과연 신통이 거록ᄒ여 이 요괴롤 버히니 일홈은 비되(飛刀)라. 만일 이 보비 곳 아니면 엇지 이 요괴롤 버히리오?"

중장이 ᄎ탄ᄒ믈 마지 아니터라.

은파뵈(殷破敗)·뇌기(雷開) 등이 한 진을 크게 퓌ᄒ고 조가(朝歌)의 도라와 쥬(紂)롤 보고 왈,

"원홍(袁洪)이 본디 미산 요괴오 그 남 【3】 은 여셧 요괴 년ᄒ여 ᄊᆞ호다가 혹 본상도 니며 혹 칼 아리 화롤 만나 이십만 디병이 퓌ᄒ고 홀노 신 등 냥인이 남아 도라와시니 쳥컨디 죄롤 ᄉᆞ호쇼셔."

쥬 디경ᄒ여 구간뎐(九間殿)의 조회롤 비셜ᄒ고 문무빅관(文武百官)다려 문왈,

"이졔 쥬병이 창궐ᄒ여 오관(五關)을 다 앗고 밍진(孟津)의 니르러 홰 조셕의 이시니 무슴 계규로 물니치리오?"

중관이 다 잠잠하디 오직 중ᄐᆞ우(中大夫) 비렴(飛廉)이 진왈,

"쥬병이 밍진의 니르러 이십만 디병을 다 줏지르고[2] 팔빅 졔후롤 모라 불구(不久)의 셩하의 니르리니 조뎡 빅관의 오직 노인걸(魯仁杰)이 문뮈 겸젼흔지라 ᄲᆞᆯ니 디장을 봉ᄒ여 군ᄉᆞ롤 조련(調練)ᄒ여 셩을 굿이 직희고 ᄊᆞ호지 아니면 져 군시 만코 먼니 왓시니 냥식이 업술지라 그 ᄯᅢ롤 타 한 번 ᄊᆞ호면 반ᄃᆞ시 일을 일우리이

---

1) 【ᄲᅮ에】 몡 뚜껑. ¶ 蓋 ‖ 향안을 비셜ᄒ고 붉은 호로롤 니여 셔안 우희 노ᄒ니 이는 뉵압도인의 쥰 보비라. 호로 ᄲᅮ에롤 여니 한 줄 흰 긔운이 나려지며 (忙令左右排香案於中, 子牙取出一個紅葫蘆, 放在香几之上, 方揭開葫蘆蓋, 只見裏面升出一道白線.) <西周 24:2>

2) 【줏지르다】 통 짓찌르다. 무찌르다. ¶ 쥬병이 밍진의 니르러 이십만 디병을 다 줏지르고 팔빅 졔후롤 모라 불구의 셩하의 니르리니 <西周 24:3>

다."

쥐 왈,

"경의 말이 올타."

ᄒᆞ고 젼지(傳旨)ᄒᆞ여 노인걸을 불너 뎌 【4】 장을 봉ᄒᆞ고 군ᄉᆞ롤 조련ᄒᆞ라 ᄒᆞ다.

금(金)·목(木) 냥탁(兩吒)이 ᄌᆞ아롤 니별ᄒᆞ고 일지 인마롤 거ᄂᆞ려 강문환(姜文煥)을 구ᄒᆞ라 오더니 금탁(金吒)이 목탁(木吒)다려 왈,

"우리 강원슈의 명을 바다 동빅후롤 구ᄒᆞ라 가니 만일 두영(竇榮)과 ᄊᆞ호면 능히 니긔기 어려오니 군ᄉᆞ란 관 밧그로 보니고 관으로 드러가 두영을 쇼겨 거줏 돕는 체ᄒᆞ고 니응(內應)ᄒᆞ면 한 진을 ᄊᆞ호지 아냐 반ᄃᆞ시 공을 일우리라."

목탁 왈,

"형장(兄長)의 말이 올타."

ᄒᆞ고 부장을 시겨 군ᄉᆞ롤 거ᄂᆞ려 강문환의 진으로 보니고 금탁은 일홈을 곳쳐 손덕(孫德)이라 ᄒᆞ고 목탁은 일홈을 곳쳐 셔인(徐仁)이라 ᄒᆞ여 거줏 동ᄒᆡ도신(東海道士) 체ᄒᆞ고 유혼관(遊魂關)으로 드러가 관부 문의 니ᄅᆞ러 슈문장다려 왈,

"장군긔 도ᄉᆡ 뵈와지라 ᄒᆞ라."

슈문장이 드러가 두영의게 알왼ᄃᆡ 두영이 드러오라 ᄒᆞ니 목탁·금탁이 뎐젼(殿前)의 니ᄅᆞ러 녜ᄒᆞ거늘 두 【5】 영이 문왈,

"도ᄉᆞ는 어ᄃᆡ 사람이며 무슴 일노 와 계시뇨?"

금탁 왈,

"빈도(貧道) 등은 동ᄒᆡ(東海) 봉ᄂᆡ도(蓬萊島) 년긔(煉氣)ᄒᆞ는 도ᄉᆡ러니 우리 형뎨 히도의 잇서 ᄃᆞ르니 강상(姜尙)이 뎐하 제후롤 거ᄂᆞ려 텬ᄌᆞ롤 치고 동빅후 강문환이 삼산관(三山關)을 친다 ᄒᆞ니 특별이 와 한 팔 힘을 돕고져 ᄒᆞᄂᆞ니 곤져 깅문환을 잡아 조가의 보니고 군ᄉᆞ롤 모리 승승ᄒᆞ여 나아가 강상의 뒤흘 엄습ᄒᆞ면 한번 ᄊᆞ호미 맛당이 큰 공을 일우리니 니러므로 빈도 형뎨 장군의 군ᄉᆞ롤 비러 공을 세우고져 ᄒᆞᄂᆞ이다."

두영의 부장 요츙(姚忠)이 겻ᄒᆡ 셧다가 녀셩ᄃᆡ호(厲聲大呼) 왈,

"쥬장은 이놈의 말을 밋지 마르쇼셔! 강상의 문하의 방3)ᄉᆞ(方士) 만흐니 강상이 이룰 밋

어 제후롤 거ᄂᆞ려 밍진의 니ᄅᆞ러시ᄃᆡ 홀노 강문환이 니ᄅᆞ지 못ᄒᆞ여시미 강상이 두 놈을 보니여 거줏 도신 체ᄒᆞ여 우리롤 속이고 너외 【6】 협공ᄒᆞ려 ᄒᆞ미니 쳥컨ᄃᆡ 장군은 밋지 마르쇼셔."

금탁이 이 말을 듯고 ᄃᆡ쇼ᄒᆞ기롤 마지 아니ᄒᆞ고 도라 목탁다려 왈,

"도우(道友)의 혜아리던 바의 지나지 아니타."

ᄒᆞ고 다시 두영다려 왈,

"져 장군의 말이 올타이다. 이 ᄯᆡ 바야흐로 농졍호젼(龍爭虎戰)ᄒᆞ는 ᄯᆡ니 져 장군의 우리의 의심ᄒᆞ미 ᄯᅩ흔 그ᄅᆞ지 아니ᄒᆞ니라. 우리 스싱이 강상의 손의 죽어시니 상히4) 한을 셋고져 ᄒᆞᄃᆡ 다만 우리 두 사람인 고로 원슈롤 갑지 못ᄒᆞ엿더니 이졔 장군이 강문환으로 더부러 ᄊᆞ호단 말을 듯고 특별이 산의 나려와 장군의 군ᄉᆞ롤 비러 우흐로 조졍을 위ᄒᆞ여 공을 세우고 아리로 스싱을 위ᄒᆞ여 원을 갑고 가온ᄃᆡ로 장군을 위ᄒᆞ여 한 팔 힘을 돕고져 ᄒᆞ더니 이졔 장군이 우리롤 의심ᄒᆞ시니 우리는 스ᄒᆡ의 운유(雲遊)ᄒᆞ는 도ᄉᆡ라 엇지 구구히 의심ᄒᆞ는 사람의 휘하의 잇셔 작녹 【7】 을 누리리오?"

ᄒᆞ고 이인(二人)이 니러 나가며 박장ᄃᆡ쇼ᄒᆞ기롤 마지 아니ᄒᆞ거늘 두영이 ᄉᆡᆼ각ᄒᆞᄃᆡ '강상의 문하의 도인이 비록 만흐나 ᄯᅩ 엇지 히외(海外)의 착흔 도인이 업스리오? 이 도인이 우리롤 위ᄒᆞ여 지극흔 마음이 이실진ᄃᆡ 니 만일 의혹ᄒᆞ면 ᄃᆡᄉᆞ롤 그릇ᄒᆞ리라' ᄒᆞ고 군졍ᄉᆞ롤 명ᄒᆞ여 ᄲᆞᆯ니 두 도인을 쳥ᄒᆞ라 ᄒᆞ니 군졍시 급히 ᄯᆞ르며 웨ᄃᆡ,

"우리 노애 두 ᄉᆞ부롤 쳥ᄒᆞᄂᆞ이다."

금탁이 머리롤 두르혀 졍식 고왈,

"우리 형뎨 텬하 제후의 머리롤 조가(朝歌)의 보니여 큰 공을 세우고져 ᄒᆞ더니 네 노애 한 편장(偏將)의 말을 듯고 우리롤 의심ᄒᆞ니 우리

---

3) 방: 원래 '변'으로 되어 있으나 오기이므로 원문에 의거하여 고침.

4) 【상히】 뭐 늘. 항상. ¶ 厲 ∥ 우리 스싱이 강상의 손의 죽어시니 상히 한을 셋고져 ᄒᆞᄃᆡ 다만 우리 두 사람인 고로 원슈롤 갑지 못ᄒᆞ엿더니 (因吾師叔在萬仙陣死於姜尙之手, 厲欲思報此恨, 爲獨木難支, 不能向前.) <西周 24:6>

엇지 구구흔 무리의게 굴ᄒ리오? 우리는 구름 갓치 쩌단이니 어듸가 네 노야만흔 사롬을 못 어드리오?”

ᄒ고 썰치고 가거눌 군졍시 금탁의 옷술 잡고 비러 왈,

“스뷔 만일 도라오지 아니ᄒ시면 우리 큰 죄롤 【8】 닙으리니 바라건듸 스부는 싱각ᄒ쇼셔.”

목탁이 금탁다려 왈,

“도형아, 두장군이 우리롤 관곡히 쳥ᄒ니 우리 만일 가지 아니면 이는 의시 아니니라.”

금탁 왈,

“현뎨의 말이 올타.”

ᄒ고 이인이 도로 부의 니르러 몬져 군졍스로 ᄒ여곰 두영의게 왈외니 두영이 황망이 계의 나려 두 도인을 마즌 좌졍ᄒ믹 두영이 스레 왈,

“부지(不才)[겸스ᄒ는 말이라] 스부로 더부러 본 젹이 업고 ᄒ물며 변쾌(兵戈) 셔로 니러나니 니러므로 쇼장의 부장이 스부롤 의심ᄒ듸 쇼장 이 지죄 박ᄒ여 능히 결단치 못ᄒ니 바라건듸 노스는 죄롤 스ᄒ시고 긔특흔 계규롤 듯고져 ᄒ ᄂ이다. 이졔 강상이 듸병을 거느려 밍진의 모 다시니 인심이 요란ᄒ고 동빅후 강문환이 이빅 졔후롤 거느려 날노 셩 치기롤 급히 ᄒ니 아지 못게라 나라히 도현흔5) 거술 풀고 도젹을 쇼멸 ᄒ여 빅셩 【9】을 평안케 ᄒ리오?”

금탁 왈,

“빈도의 어린6) 뜻의는 강상의 팔빅 졔후는 오합지즁(烏合之衆)이라 죡히 두렵지 아니ᄒ고 강문환의 군시 셩 아리 님ᄒ여시나 이는 한 버 러지 갓흔지라 둙 잡을 듸 엇지 쇼 죽이는 칼을 쓰리오? 빈되 한 계규로 강문환을 술오잡으면

그 남으 니는 쓰호지 아녀 스스로 다 다라나리 니 승승흔 군스롤 모라 밍진으로 나아가 강상을 엄습ᄒ면 강상이 비록 능ᄒ나 속슈(束手)ᄒ고 잡히리니 강상을 잡은 후는 텬하 계휘 스스로 항복홀가 ᄒᄂ이다.”

두영이 이 말을 듯고 디희ᄒ여 잔치롤 비 셜ᄒ여 두 도인을 디졉ᄒ고 이튼날 두영이 이인 으로 더부러 뎐상의셔 일을 의논ᄒ더니 쇼졸이 보ᄒ듸,

“동빅휘 군스롤 모라 쓰홈을 도도ᄂ이다 .”7)

금탁 왈,

“빈되 몬져 나가 한 진을 본 후의 계규롤 힝ᄒ리이다.”

ᄒ고 보검을 집고 관의 나가니 한 장쉬 쇼릐질 【10】 ᄒ여 왈,

“도인은 샐니 나와 너 칼을 바드라!”

금탁 왈,

“오는 장슈는 뉜다?”

그 장쉬 왈,

“나는 동빅후 휘하 총병 마죄(馬兆)러니 너 는 뉜다?”

금탁 왈,

“나는 동히 년긔ᄒ는 도인 손덕이러니 너 희 무고히 반ᄒ여 이 관을 침노ᄒᆞᆯ 듯고 특별 이 너희롤 잡아 국법을 졍히 ᄒ고져 왓ᄂ니 너 희 텬명을 알거든 샐니 말긔 나려 항복ᄒ여 죽 기롤 면ᄒ라.”

마죄 디로ᄒ여 칼을 두르고 다라들거눌 금 탁이 마즌 쓰화 삼십 합의 금탁이 둔룡츈(遁龍 椿)을 드러 공즁의 더지니 마죄 뇽츈을 마즌 말 긔 나려지거눌 금탁이 군스롤 호령ᄒ여 마조롤 미여 관의 도라오니 두영이 ᄭᅮ지즈듸,

“무고 역젹이 임의 너게 잡혀시니 네 엇지 죽기롤 면홀다?”

마죄 녀셩 즐왈,

“네 요괴로온 슐노 날을 잡아시니 슈이 죽 일 ᄯᅡ름이라. 엇지 너 쥐갓흔 도젹의게 무릅홀

---

5) 【도현ᄒ다】 图 {도현(倒懸)하다.} 극도의 위험에 처하다. ¶ 倒懸 ‖ 동빅후 강문환이 이빅 졔후 롤 거ᄂ려 날노 셩 치기롤 급히 ᄒ니 아지 못게 라 나라히 도현흔 거술 풀고 도젹을 쇼멸ᄒ여 빅셩을 평안케 ᄒ리오? (姜文煥在城下日夜攻打, 不識將何計可解天下之倒懸, 擒其渠魁, 殄其黨羽, 令萬姓安堵, 望老師明以敎我, 不才無不聽命.) < 西周 24:8>

6) 【어리다】 혱 어리석다. ¶ 愚 ‖ 빈도의 어린 뜻 의는 강상의 팔빅 졔후는 오합지즁이라 (據貧道 愚見, 今姜尙拒敵孟津, 雖有諸侯數百, 不過烏合 之中.) <西周 24:9>

7) 【도도다】 图 돋우다. 부추기다. ¶ 撋 ‖ 동빅휘 군스롤 모라 쓰홈을 도도ᄂ이다 (東伯侯遣將撋 戰.) <西周 24:9>

쓸니오?”

　　두영이 디로ᄒ여 좌우롤 ᄭ지져 【11】 니
여 버히라 ᄒ거놀 금탁이 말녀 왈,

　　“불가ᄒ다. 강문환을 잡아 ᄒᆷ긔 조가의 보
ᄂᆡ여 공을 쳥ᄒ미 엇지 아롬답지 아니리오?”

　　두영이 금탁의 말을 올히 너겨 마조롤 미
야 뒤동산의 두고 셜연(設宴) 경하(慶賀)ᄒ다.

　　마조의 픽군이 도라와 강문환의게 알왼디
강문환이 졍히 근심ᄒ더니 쇼졸이 보ᄒ디,

　　“강승상의 구완병이 왓ᄂ이다.”

　　문환이 디희 왈,

　　“왓ᄂᆞᆫ 장슈롤 브르라.”

　　이윽고 한 부장이 장 압히 와 졀ᄒ고 금탁
목탁이 계규롤 힝ᄒ라 유혼관(遊魂關)으로 드러
간 일을 니ᄅᆞᆫ디 문환이 디희ᄒ여 혜오디 ‘마조
롤 일졍 금탁이 계규롤 힝ᄒ여 잡아가도다’ ᄒ
고 이튼날 디디(大隊) 인마롤 거ᄂᆞ려 관의 니ᄅ
러 ᄊᆞ홈을 쳥ᄒ니 쇼졸이 부의 드라가 보ᄒᆫ디
두영이 금탁·목탁다려 왈,

　　“강문환이 친히 와 ᄊᆞ홈을 쳥ᄒ니 무솜 계
규로 잡으리오?”

　　금탁 왈,

　　“장군은 근심 마ᄅᆞ쇼셔. 【12】 빈되가 잡
아오리이다.”

ᄒ고 이인이 보검을 들고 관의 나와 보니 강문
환이 몸의 쇄즈금갑(鎖子金甲)의 홍포(紅袍)롤
쪄 닙고 머리의 봉시 투고롤 쓰고 젼후의 단뇽
(團龍) 흉비(胸背)롤 붓치고 허리의 옥디롤 ᄯᅴ고
손의 큰 칼을 쥐고 연지마(胭脂馬)롤 탓거놀 금
탁이 쇼리질너 왈,

　　“반신이 ᄇᆞᆨ졀입시 죽고져 ᄒᄂᆞ냐?”

　　강문환 왈,

　　“요괴로온 도인은 셩명을 니ᄅᆞ라.”

　　금탁 왈,

　　“나ᄂᆞᆫ 동ᄒᆡ 년긔ᄒᄂᆞᆫ 도인이니 하나흔 손
덕이오 하나흔 셔인이어니와 너희 등이 신졀(臣
節)을 직희지 아니ᄒ고 무고히 반ᄒ여 셩녕을
잔히ᄒ니 너 오ᄂᆞᆯ 너롤 잡아 국법을 졍히 하리
라.”

　　문환이 녀셩 디미(大罵) 왈,

　　“무지흔 필뷔 요괴로온 슐을 부려 너 장슈

롤 슐오잡고 ᄯᅩ 감히 요괴로온 말을 ᄭᅮ며 인심
을 혹게 ᄒ니 너롤 잡아 마조의 한을 씨스리
라.”

ᄒ고 칼을 들고 다라들거놀 금탁이 보검을 드러
마즈 ᄊᆞ화 슈합이 못 【13】 ᄒ여 강문환이 양
(佯) 픽쥬(敗走)어놀 금탁이 ᄯᆞ라오더니 뒤히 은
병이 업손 줄 보고 가만이 니ᄅᆞ디,

　　“오ᄂᆞᆯ 이경(二更)의 현휘(賢侯) 군ᄉᆞ롤 모
라 관을 치면 우리 형뎨 니응ᄒ리라.”

　　강문환이 이 말을 듯고 디희ᄒ여 가만이
ᄉᆞ례ᄒ고 두영이 의심홀가 두려 칼을 노코 한
살을 ᄲᅡᄒᆞᆫ 쵹을 업시ᄒ고 조궁(□弓)의 메여 금
탁을 바라고 쏘니 금탁이 보검을 들어 살을 쳐
ᄯᆞᆫ히 나리치고 즐왈,

　　“요괴로온 도적이 가만이 날을 쏘니 너일
다시 이 한을 씨스리라.”

ᄒ고 목탁으로 더부러 관의 도라오니 두영이 마
즈 왈,

　　“노시 엇지 보비롤 너여 강문환을 잡지 아
니ᄒ뇨?”

　　금탁 왈,

　　“빈되 바야흐로 보비롤 너려 ᄒ더니 그 필
뷔 한 살노 날을 쏘미 힝치 못ᄒ여시니 너일 다
시 계규롤 싱각ᄒ여 져 놈을 잡으리이다.”

ᄒ고 삼인이 셔로 의논ᄒ더니 믄득 보니 한 녀
장(女將)이 뎐으로 올나오니 이 【14】 ᄂᆞᆫ 두영의
부인 텰디낭지(撤地娘子)라. 부인이 두영다려
왈,

　　“져 두 도인은 엇던 사롬이뇨?”

　　두영 왈,

　　“이ᄂᆞᆫ 동ᄒᆡ의 년긔ᄒᄂᆞᆫ 도인 손딕과 셔인
이니 이졔 특별이 와 날을 도와 첫 진의 마조롤
슐오잡고 둘지 진의 강문환을 ᄶᅩᆺ니 이ᄂᆞᆫ 긔특
흔 도장(道長)이니라.”

　　부인이 쇼왈,

　　“장군이 엇지 져 도인의 간ᄉᆞ흔 말을 밋ᄂ
뇨? 져 도인이 니응ᄒ여 관을 아ᄉ 강문환의게
드리면 뉘웃쳐도 밋지 못ᄒ리라.”

　　금탁·목탁 왈,

　　“부인의 의심ᄒ시미 올흔지라. 우리 엇지
이의 이시리오?”

ᄒ고 니러 밧그로 나가거놀 두영이 황망이 븟드

러 왈,

"노ᄉᄂ 노(怒)치 말나. 져 부인은 너 안히라. 병법을 비화 날노 더브러 한가지로 도적을 막거니와 노뷔 그릇ᄒᆞ미 이실가 두려 이 말을 ᄒᆞ미니 바라건디 노ᄉᄂ 셩을 굿치고 도적 칠 일을 의논ᄒᆞ라."

금탁이 졍식 왈,

"일경 단심으로 【15】 쥬왕 위ᄒᆞ믈 황텬후퇴(皇天后土) 다 아ᄅᆞ시거ᄂᆞᆯ 부인이 니리 의심ᄒᆞ니 지극 미안ᄒᆞ여이다."

ᄒᆞ고 목탁으로 더부러 니러나거ᄂᆞᆯ 두영이 간졀이 말녀 안치고 잔치ᄒᆞᆫ디 탁의 형뎨 왈,

"노장이 ᄯᅩᄒᆞᆫ 말녀 못가게 ᄒᆞ니 우리 너일 강문환을 ᄉᆞᆯ오잡아 진짓 마ᄋᆞᆷ을 알게 ᄒᆞ리이다."

부인이 참괴(慙愧)하여 물너가거ᄂᆞᆯ 두영이 금탁 형뎨로 더부러 의논 왈,

"너일 노시 무삼 계규로ᄡᅥ 강문환을 ᄉᆞᆯ오잡으리오?"

금탁 왈,

"장군은 의심마르쇼셔. 빈되 너일 한 보비ᄅᆞᆯ 쓰면 강문환이 스스로 미이여 우리게 와 항복ᄒᆞ리이다."

두영이 대희ᄒᆞ여 밤도도록 슐먹다가 슉쇼로 도라가거ᄂᆞᆯ 금탁·목탁이 뎐상의셔 이경을 기다리더니 이경 북쇼리 나며 믄득 드ᄅᆞ니 셩 밧긔셔 함셩이 디진ᄒᆞ며 금괴(金鼓) 졔명(齊鳴)ᄒᆞ여 관을 급 【16】 히 치ᄂᆞᆫ지라. 금탁·목탁은 임의 알고 뎐상의 누어 거즛 ᄌᆞᄂᆞᆫ 쳬ᄒᆞ더니 쇼졸이 보ᄒᆞ디,

"동빅휘 관 치기ᄅᆞᆯ 급히 ᄒᆞᄂᆞ이다."

금탁 형뎨 급히 사롬으로 ᄒᆞ여곰 두영의게 알외니 두영이 디경ᄒᆞ여 텰디낭ᄌᆞ로 더부러 나와 안거ᄂᆞᆯ 금탁이 두영다려 왈,

"강문환이 용(勇)을 밋고 밤을 인(因)ᄒᆞ여 관을 치니 장군은 빈도로 더부러 관의 나가 도적을 막고 텰디낭ᄌᆞᄂᆞᆫ 도뎨(道弟)로 더부러 관을 단단이 직희게 하쇼셔."

부인 왈,

"도인의 말이 올타. 장군이 나가 ᄊᆞ호거든 나ᄂᆞᆫ 셩을 직희여 스스로 홀 계규 이시리라."

ᄒᆞᆫ디 두영이 올히 너겨 군ᄉᆞᄅᆞᆯ 졈고ᄒᆞ여 셩의

나가려 ᄒᆞ더니 텰디낭지 두영의 귀의 다혀 왈,

"장군은 져 두 도인을 잘 방비ᄒᆞ라. 두리 건디 디변(大變) 이실가 ᄒᆞ노라."

두영 왈,

"부인은 근심 말나."

ᄒᆞ고 금탁으로 더부러 【17】 군ᄉᆞᄅᆞᆯ 거ᄂᆞ려 나가거ᄂᆞᆯ 텰디낭지 목탁으로 더부러 셩의 올나 보니 두영이 칼을 빗기고 디즐 왈,

"강문환 필부ᄂᆞᆫ 엇지 감히 와 죽고져 ᄒᆞᄂ뇨?"

강문환이 디로ᄒᆞ여 칼을 두르고 다라들거ᄂᆞᆯ 두영이 마즈 ᄊᆞ호니 두 편 군시 셔로 혼살(混殺)ᄒᆞ여 불빗치 낫갓ᄒᆞ며 산이 문허지ᄂᆞᆫ 듯 ᄒᆞ거ᄂᆞᆯ 금탁이 쇼리질너 왈,

"두영아! 네 너 꾀의 ᄲᅢ져시니 ᄲᅢᆯ니 말긔 ᄂᆞ려 항복ᄒᆞ여 죽기ᄅᆞᆯ 면ᄒᆞ라!"

두영이 디경ᄒᆞ여 ᄭᅮ지즈디,

"이 요괴로온 도적이 감히 날을 쇽여 관을 일케 ᄒᆞᄂᆞᆫ다?"

금탁이 쇼리질너 왈,

"나ᄂᆞᆫ 강원슈 휘하 금탁이러니 네 이졔 너 계규의 ᄲᅢ져시니 엇지 너ᄅᆞᆯ 살니리오?"

ᄒᆞ고 칼을 드러 말 뒤다리ᄅᆞᆯ 치니 두영이 말긔 ᄂᆞ려지거ᄂᆞᆯ 강문환이 크게 쇼리지ᄅᆞ고 칼을 드러 두영을 두 조각의 ᄂᆡ니 목탁이 셩상의셔 강 【18】 문환이 두영 죽이믈 보고 쇼리질너 왈,

"나ᄂᆞᆫ 강원슈 휘하 목탁이러니 네 임의 우리 계규의 ᄲᅢ져시니 ᄲᅢᆯ니 나와 칼을 바드라."

텰디낭지 셰(勢) 니(利)치 아니믈 보고 칼을 바리고 셩의 ᄂᆞ려져 죽고져 ᄒᆞ거ᄂᆞᆯ 목탁이 오구검(吳鉤劍)을 둘너 텰디ᄅᆞᆯ 버혀 셩하의 ᄂᆞ리치고 쇼리질너 왈,

"은셩 직희엿던 군시 항복ᄒᆞ면 죽으믈 면ᄒᆞ려니와 불연즉 너희ᄅᆞᆯ 다 죽이리라!"

모든 군시 일시의 항복ᄒᆞ거ᄂᆞᆯ 목탁이 관문을 열고 강문환의 군마ᄅᆞᆯ 인ᄒᆞ여 드러와 빅셩을 안무ᄒᆞ고 후원의 드러가 마조ᄅᆞᆯ 글너 노코 금탁이 가만이 강문환다려 왈,

"승상이 현후ᄅᆞᆯ 그윽이 기다리시니 현후ᄂᆞᆫ 머무지 말고 ᄲᅢᆯ니 밍진으로 가쇼셔. 우리ᄂᆞᆫ 몬져 가ᄂᆞ이다."

ᄒᆞ고 이인이 밍진으로 도라오니라.

94
문환노참은파피(文煥怒斬殷破敗)

【19】 금탁(金吒)·목탁(木吒)이 강문환(姜文煥)을 니별ᄒ고 몬져 밍진(孟津)의 와 ᄌ아(子牙)의게 알왼디 ᄌ이 드러오라 ᄒ거눌 금탁·목탁이 장의 드러와 녜롤 맛츤 후 ᄌ이 문왈,

"그디네 유혼관(遊魂關)을 치라 가더니 엇지 ᄒ엿ᄂ뇨?"

금탁이 계규롤 힝ᄒ여 유혼관 아손 일을 ᄌ셰히 고ᄒ디 ᄌ이 너희 왈,

"이ᄂ 하눌이 우리로 ᄒ여곰 공을 일우게 ᄒ시미라."

ᄒ고 잔치롤 비셜ᄒ여 이인(二人)의 공을 스례ᄒ고 이튼날 ᄌ이 장의 올나 계후롤 모드고 진병(進兵)홀 일을 의논ᄒ더니 쇼졸이 보ᄒ디,

"동빅휘(東伯侯) 디병을 거ᄂ려 원문의 니ᄅ럿ᄂ이다."

ᄌ이 군졍스롤 명ᄒ여 강문환을 마ᄌ오라 ᄒ니 군졍시 명을 바다 진문의 나가 강문환을 마ᄌ오니 문환이 이빅 계후롤 거ᄂ려 장중의 니ᄅ러 녜필 후 문환 **【20】** 왈,

"쇼장이 유혼관을 여러 히롤 치더 능히 파치 못ᄒ엿더니 원슈의 구병을 어더 관을 엇고 이의 니ᄅ러시니 쳥컨디 원슈ᄂ 쇼장의 더디온 죄롤 ᄉᄒ쇼셔."

ᄌ이 왈,

"현후의게 무삼 죄 이시리오?"

ᄒ고 강문환을 인ᄒ여 무왕긔 뵈고 이튼날 원문의 나가 계후롤 모ᄒ고 군스롤 졈고ᄒ니 무왕의 어림군(御林軍)이 이십만이오 강ᄌ아의 본부군(本部軍)이 십만이오 셔기 디병이 스십만이오 동빅후의 본부 디병이 삼십만이오 남빅후의 본부병이 삼십만이오 북빅후의 본부병이 삼십만이니 합ᄒ여 일빅 뉵십만이어눌 ᄌ이 후영의 드러가 무왕(武王)을 쳥ᄒ여 디병을 모라 조가(朝歌)로 들어올시 동빅후ᄂ 본부 인마롤 거ᄂ려 션봉이 되고 북빅후 슝응난(崇應鸞)은 우익이 되고 졔로(諸路) 이빅 졔후ᄂ 뒤히 잇고 무왕과 ᄌ아 **【21】** ᄂ 중군이 되어 나아오니 졍긔(旌旗) 폐일(蔽日)ᄒ고 검극(劍戟)이 셔리 갓ᄒ니 니ᄅᄂ 곳마다 창고롤 여러 빅셩을 먹이니 굿보ᄂ[8] 사롬이 부로휴유(扶老携幼)ᄒ여 좌우의 빈 틈이 업스니 군시 능히 나아오기 어려오디 무왕이 군중의 하령(下令)ᄒ샤 빅셩을 최오지[9] 말나 ᄒ시고 하로 십여리식 힝ᄒ여 삼스일만의 조가 삼십니의 니ᄅ러 하치(下寨)ᄒ고 삼군이 납함(吶喊)ᄒ며 디긔롤 둘너 군스롤 호령ᄒ니 디외(隊伍) 졍졔ᄒ고 법녕이 엄슉ᄒ여 한 군스도 감히 녕을 어그롯치리 업더라. 셩 직희엿던 군시 급히 오문(午門)의 드러가 알왼디 즁티우(中大夫) 비렴(飛廉)이 이 말을 듯고 디경ᄒ여 급히 편뎐의 ᄂᄅ가 슈(紂)의게 알외디

"강상의 디병이 셩하의 니ᄅ러 하치ᄒ니 셰 뫼갓ᄒ여 능히 막기 어렵더이다."

쥐 디경ᄒ여 구간뎐(九間殿)의 나아가 빅관을 모ᄒ고 친히 갑쥬롤 갓초고 빅 **【22】** 관으로 더부러 삼쳔 어림군을 거ᄂ려 셩의 올나 졔

---

8) 【굿보다】 통 구경하다. ¶ 졍긔 폐일ᄒ고 검극이 셔리 갓ᄒ니 니ᄅᄂ 곳마다 창고롤 여러 빅셩을 먹이니 굿보ᄂ 사롬이 부로휴유ᄒ여 좌우의 빈 틈이 업스니 <西周 24:21>

9) 【최오다】 통 치우다. 비키게 하다. ¶ 무왕이 군중의 하령ᄒ샤 빅셩을 최오지 말나 ᄒ시고 하로 십여리식 힝ᄒ여 삼스일만의 조가 삼십니의 니ᄅ러 하치ᄒ고 <西周 24:21>

후 뎌병을 보니 군식 비록 만흐나 젹젹흐여 지
져괴는 쇼리 업고 젼후 좌우의 각각 별영(別營)
을 셰워 겁치흐믈 방비흐엿거늘 쥐 좌우롤 도라
보아 왈,

"강상이 용병흐기롤 져러툿 잘홀 줄 엇지
알니오?"

언미필의 쥬 영즁의셔 한 쇼리 뎌포의 화
광이 염염(炎炎)흐며 뎌병을 프러 셩을 쓰니 셰
구롬 못듯흐며 물결 미둣흐여 일편 고셩이 무슈
흔 군병의 쏘히여시니 비록 날기 돗쳐도 능히
버셔나기 어렵거늘 쥐 츠탄흐기롤 마지 아니흐
고 빅관을 거느려 셩의 나려와 뇌기(雷開)롤 명
흐여 군亽롤 난화 셩을 직희고 쥐 좌우롤 도라
보아 왈,

"이졔 강상의 뎌병이 셩하의 니르러시니
무슴 계규로 물니치리오?"

노인걸(魯仁杰)이 나와 쥬왈,

"신은 드르니 큰 집이 기울 [23] 미 한 기
동으로 밧치기 어렵다 흐니 이졔 부괴(府庫) 뷔
엿고 싱민이 날노 원흐며 군심이 니반(離反)흐
니 비록 착흔 장쉬 이시나 능히 물니치기 어렵
고 흐믈며 강상이 용병흐기롤 귀신갓치 흐는지
라 쏘화도 이긔기 어려오니 원컨디 폐하는 말
잘흐는 사롬을 보니여 군신디의(君臣大義)롤 닐
너 져로 흐여곰 군亽롤 파흐여 도라가게 흐면
인흐여 젼죄(前罪)롤 亽흐여야 무亽홀가 흐느이
다."

쥐 이 말을 듯고 눈셥을 씽긔고 반향(半
晌)이나 침음(沈吟)흐거늘 즁티우 비렴이 진쥬
왈,

"도셩 빅니 남은 안히 엇지 어진 사롬이
업亽리오만은 현亽(賢士) 조최롤 감초왓느니 폐
히 조셔롤 나리오샤 현亽롤 구흐여 작녹을 후히
흐여 쥬영의 가 강상을 달니여 강상이 만일 듯
지 아니커든 노장군으로 흐여곰 뎌병을 거느려
비셩일젼(背城一戰)흐여 亽웅을 결흐 [24] 미
쏘흔 늣지 아니니이다."

쥐 이 말을 올히 너겨 즉시 조셔롤 나리와
방을 오문 밧긔 붓쳐 현인을 구흐다.

조가(朝歌) 셩 밧 삼십 니의 한 은亽 이시
니 병셔(兵書)롤 강(講)흐며 무예롤 익이니 셩은
뎡(丁)이오 일홈은 칙(策)이니 가장 고명(高明)흔

사롬이라 가즁(家中)의 한가히 잇더니 믄득 창
뒤(蒼頭) 급히 드러와 고흐디,

"텬흐 졔휘 뎌병을 거느려 조가롤 쓰니 쳥
컨디 노야는 썰니 집을 바리고 피흐로 다라나亽
이다."

뎡칙이 탄왈,

"쥬샹이 황음실덕(荒淫失德)흐여 츙냥(忠
良)을 죽이며 싱녕을 잔히흐더니 이졔 텬하 졔
휘 병을 모라 이의 니르러시니 너 평일의 님군
의 곡식을 먹고 님군의 싸히 술아 님군의 근심
을 근10)심흐며 님군의 즐기믈 즐기더니 이졔
님군이 큰 환을 만나시니 너 엇지 홀노 살기롤
도모흐리오? 가히 앗갑다. 셩탕(成湯)이 이윤(伊
尹)을 신야(□□)의 가 마즈오시고 걸(桀)을 남
쇼(南巢)의 너치시 [25] 고 뎌디로 젼흐여 뉵빅
년 긔업을 문허바리니 엇지 앗갑지 아니리오?"

탄식흐기롤 마지 아니흐더니 믄득 한 사롬
이 안흐로 드러오니 이 사람의 셩은 곽(郭)이오
일홈은 신(宸)이니 뎡칙(丁策)이 상히 형뎨갓치
亽괸 사롬이라 칙이 문왈,

"현뎨 무스일노 오뇨?"

곽신(郭宸) 왈,

"쇼뎨 한 일을 형과 의논흐려 왓노라."

뎡칙 왈,

"무슨 말을 의논흐려 오뇨?"

곽신 왈,

"이졔 텬하 졔휘 군亽롤 모라 조가롤 쓰니
위티흐미 조셕의 잇는지라. 텬지 방을 붓쳐 현
냥(賢良)을 구흐시니 쇼뎨 특별이 와 형장(兄長)
을 쳥흐여 한가지로 조가의 드러가 왕실을 붓들
고져 흐느니 만일 조가의 드러가면 놉흔 벼슬을
바들 거시오 우흐로 조졍 은혜롤 갑고 가온디로
흉즁(胸中)의 비흔 거슬 다 펼 거시니 벼슬을
뎌디로 니으미 엇지 아롬답지 아니리오?"

뎡칙이 탄왈,

"현뎨의 말이 비록 올흐나 쥬샹이 황음실
덕흐여 텬하 [26] 인심이 임의 니반(離叛)흐여
시니 비컨디 한 잔 물노 큰 불을 끔 갓흔지라
엇지 공을 일우리오? 흐믈며 강즈아는 곤눈산
(崑崙山) 도덕(道德)의 션비오 쏘 문하의 삼산오

<hr>

10) 근: 원래 '금'으로 되어 있으나 오기이므로 고
침.

악 문인이 만흐니 속졀업시 죽을 ᄯᄂ롬이라 무슴
일을 하리오?"

곽신 왈,

"형의 말이 그르다. 우리는 쥬왕의 빅셩이
라 비록 나라 은혜롤 밧지 아냐시나 나라히 이
시면 우리도 잇고 나라히 업스면 우리도 망ᄒ리
니 엇지 한번 죽기롤 앗겨 지혜업손 말을 ᄒ여
나라홀 갑지 아니리오? 흐믈며 우리는 당당흔
디장뷔라 이 ᄯᅥᆯ롤 바리고 다시 어ᄂᆞ ᄯᅥᆯ롤 기다
려 큰 일홈을 셰우리오? 우리 형데 조가의 나아
가 비혼 지조롤 다ᄒ여 텬즈의 근심을 프러 바
리지 아니코 엇지 죽기롤 두려 아녀즈의 말을
ᄒ눈다?"

뎡칙 왈,

"니 다시 싱각ᄒ리라."

ᄒ고 상을 의지ᄒ여 반향이나 침음ᄒ더니 믄득
드르니 싀비(柴扉) 밧긔 말 발쇼리 【27】 나며
한 사룸이 말을 나려 드러오니 이는 뎡(丁)·곽
(郭) 냥인(兩人)과 형데갓흔 사룸이니 셩은 동
(董)이오 일홈은 츙(忠)이라. 드러와 녜ᄒ거놀
곽신이 문왈,

"현데 무ᄉ 일노 오뇨?"

동츙 왈,

"쇼뎨 어졔 조가의 잇셔 져즛 거리로 두로
단이더니 오문의 니르러 보니 현ᄉ 브르11)는
방을 붓쳣거놀 쇼뎨 바로 비렴부(飛廉府)의 드
러가 뎡 곽 냥형과 쇼뎨의 일홈을 ᄲᅥ 드리니 비
렴이 쥬왕긔 알외라 드러가며 니르되 '너일 아
젹으로 오문의 디령ᄒ라' ᄒ미 특별이 와 두 형
을 쳥ᄒ여 한가지로 조가의 드러가 쟉녹을 바드
리라."

뎡칙 왈,

"나는 현마12) 속졀업시 죽지 아니리니 가
지 못ᄒ리로다."

동츙(董忠) 왈,

"형쟝이 엇지 이리 담긔(膽氣)업논 말을 ᄒ
ᄂ뇨? 옛말의 닐너시디, '문무지예(文武才藝)롤
비화시면 뎨왕(帝王)의 스싱이 되리라' ᄒ엿ᄂ니

---

11) 르: 원래 '룸'으로 되어 있으나 오기인 듯하여
　　고침.
12) 【현마】 曆 설마. ¶ 나는 현마 속졀업시 죽지
　　아니리니 가지 못ᄒ리로다 <西周 24:27>

흐믈며 군뷔(君父) 어려오미 잇거놀 신지(臣子)
엇지 춤아 안즈셔 보리오? 청컨디 형【28】장은
싱각ᄒ라."

뎡칙이 머리롤 슉이고 이윽이 싱각다가
왈,

"현데 임의 니 일홈을 비렴의게 드려신즉
마지 못ᄒ여 조가의 드러가리니 현데는 슈이 힝
장을 출히라."

곽신이 디열 왈,

"현형은 진실노 당당흔 장뷔로다."

ᄒ고 인ᄒ여 밤드도록 슐먹다가 이튼날 군장 복
식을 출혀 오문(午門)의 니르니 오문 직흰 관원
이 비렴의게 고ᄒ디 비렴이 친히 오문의 나와
삼인으로 더부러 구간뎐(九間殿)의 드러가 쥬의
게 알왼디 쥐 삼인을 불너 왈,

"경 등이 무ᄉ 계규로 쥬병(周兵)을 믈니쳐
ᄉ직을 평안케 ᄒ리오?"

뎡칙이 쥬왈,

"신은 드르니 병긔는 흉긔라 셩인이 마지
못ᄒ여 쓰신다 ᄒ니 이졔 쥬병이 셩하의 님ᄒ여
죠셕의 보젼키 어려오니 ᄊᆞ화는 반드시 니긔지
못ᄒ리니 신 등이 한 디장으로 더부러 셩의 나
가 셔로 디진ᄒ여 니히(理解)로 달니여 만일 듯
지 【29】 아니커든 인ᄒ여 한 번 ᄊᆞ화 즈웅을 결
ᄒ리이다."

쥬 디희ᄒ여 뎡칙을 봉ᄒ여 신칙상장군(神
策上將軍)을 삼고 곽신·동츙으로 위무상장군
(威武上將軍)을 삼아 노인걸노 더부러 군ᄉ롤
거ᄂ려 나가라 ᄒ니 노인걸이 삼장을 다리고 어
림군(御林軍) 오민을 기ᄂ려 셩외(城外)의 진 치
니 쳬탐군(探探軍)이 급히 영의 드러가 보ᄒ디
즈이 즉시 즁장을 거ᄂ리고 은영(殷營)의 니르
러 ᄊᆞ홈을 쳥ᄒ니 노인걸이 영의 나와 본즉 즈
이 몸의 도복을 갓초고 손의 보검을 들고 긔이
흔 즘싱을 타고 셧ᄂᆞᆫ디 좌편의는 나탁(哪吒)이
몸의 홍포(紅袍)롤 넘고 손의 화쳠창(火尖槍)을
들고 풍화륜(風火輪)을 탓고 우편의는 양젼(楊
戩)이 담황포(淡黃袍)롤 닙고 손의 삼쳡냥인도
(三尖兩刃刀) 들며 빅마롤 탓고 뇌진ᄌᆞ(雷震了)
금탁(金吒)·목탁(木吒)·니졍(李靖)·남궁괄(南
宮适)·무길(武吉) 등은 즈아의 뒤히 잇고 동빅
후(東伯侯) 강문환(姜文煥)과 남빅후(南伯侯) 악

슌[13](鄂順)과 북빅후(北伯侯) 슝응난(崇應鸞)이
각각 본부 인마롤 거느려 좌우【30】의 옹위ᄒ
여시니 범의 무리 갓흐며 싀랑[14]의 뉴 갓흐여
능히 디격기 어렵거놀 노인걸이 말을 치쳐 나아
와 쇼리질너 왈,

"강ᄌ아는 어디 잇느뇨?"

ᄌ이 ᄉ불상(四不相)을 모라 나아와 읍왈,

"그디 아니 노인걸이냐?"

인걸 왈,

"나는 쥬왕가하총병(紂王駕下總兵) 디장군
노인걸이어니와 너는 곤뉸산 도덕의 션비로셔
무고히 뫼히 나려와 셩을 믓지르고 싱영(生靈)
을 살ᄒ며 일홈 업순 군ᄉ롤 모라 도셩 아리
니르러 님군을 찬역(簒逆)고져 ᄒ니 쳔고의 반
역ᄒ 일홈을 면치 못홀지라. 샐니 믈너간즉 텬
지 너희 죄롤 ᄉᄒ여 본토롤 직회게 ᄒ시리니
네 텬하 졔후롤 거느리고 슌히 믈너가 신졀을
직회여 싱녕을 요란케 아니미 엇지 아롬답지 아
니리오? 너희 만일 니 말을 듯지 아니면 텬지
친히 뉵스(六師)[15]롤 모라 너희롤 줏지르시리니
뉘웃쳐도 밋지 못ᄒ【31】리라."

ᄌ이 쇼왈,

"그디 쥬(紂)의 디신이 되여 국가 흥망을
모르니 가히 무지ᄒ 필뷔라 니르리로다. 이제
쥬 죄악이 관영(貫盈)ᄒ여 싱민을 잔히ᄒ고 츙
냥을 살육ᄒ니 텬하 졔휘 한가지로 셩하(城下)
의 님ᄒ여시미 망ᄒ미 조셕의 잇거놀 그디 오히
려 텬명을 아지 못ᄒ고 간ᄉᄒ 말을 ᄒ여 인심
을 의혹게 ᄒ는다? 예 하걸(夏桀)이 무도ᄒ거놀
셩탕(成湯)이 덕을 닷그샤 걸을 남쇼(南巢)의 니
치시고 드디여 텬하롤 두샤 뉵빅 여년을 젼ᄒ여
쥬의게 니르러 셩탕의 덕을 닷지 아니ᄒ고 잔학
무도(殘虐無道)ᄒ미 걸의게 심ᄒ니 이졔 우리
쥬 텬명을 밧ᄌ와 독부(獨夫)롤 졍벌ᄒ니 공이
엇지 ᄭ닷지 못ᄒ여 무지ᄒ 말을 ᄒ느뇨?"

---

13) 슌: 원래 '슝'으로 되어 있으나 오기이므로 원
　　문에 따라 고침. 이하 같음.
14)【싀랑】圈 시랑(豺狼). 승냥이와 이리. ¶
　　동빅후 강문환과 남빅후 악슌과 북빅후 슝응난
　　이 각각 본부 인마롤 거느려 좌우의 옹위ᄒ여시
　　니 범의 무리 갓흐며 싀랑의 뉴 갓흐여 능히 디
　　격기 어렵거놀 〈西周 24:30〉
15) 뉵스: 천자의 육군(陸軍).

노인걸이 디로ᄒ여 좌우롤 도라보아 왈,

"뉘 반계(磻溪) 어부(漁夫)롤 잡아오리오?"

언미필의 한 장쉬 말을 쮜여 니다르니 머
리의 슈은 투고롤 쓰고 몸의 빅은【32】갑을 닙
고 숀의 삼쳡낭인도롤 들고 쳥총마(靑驄馬)롤
타시니 이는 곽신이러라. 곽신이 쇼리질너 왈,

"강상 필부는 샐니 나와 날과 ᄌ웅을 결ᄒ
라."

션봉장 남궁괄이 ᄌ아 뒤히 잇다가 말을
쮜여 니다라 곽신을 마ᄌ 이십 합을 쏘호더니
은(殷) 진(陣上)의셔 명칙이 곽신의 니긔지 못ᄒ
믈 보고 디로ᄒ여 창을 두르고 니다라 곽신을
돕거놀 쥬(周) 진상(陣上)으로셔 무길이 쏘 니다
라 네 장쉬 어우러져 이십여 합을 쏘호디 불분
승뷔(不分勝負)러니 남빅후 악슌이 말을 치쳐
니다라 두 장슈롤 돕더니 동츙이 여러 장슈 돕
는 냥을 보고 말을 노화 ᄭᆌ쳐 싀살(厮殺)ᄒ거놀
동빅후 강문환이 ᄌ류마(紫騮馬)롤 모라 동츙을
마ᄌ 쏘호더니 ᄌ아의 좌편의 나탁이 쇼리질너
왈,

"우리 등이 오관을 지나디 한번도 큰 공을
일우지 못ᄒ엿더니 오늘날 도셩 아리 니르【3
3】러 엇지 슈슈방관(袖手傍觀)ᄒ리오?" ᄒ고
화쳠창을 들고 풍화륜을 모라 다라드니 양젼이
싱각ᄒ디 '니 오늘날 공을 일우지 못ᄒ면 다시
어니 ᄯᆡ롤 기다리리오?' ᄒ고 삼쳡인도롤 들고
빅셜마(白雪馬)롤 타고 니닷거놀 노인걸이 쏘
창을 들고 니다라 여러 장쉬 셔로 혼살ᄒ더니
나탁이 몸을 변ᄒ여 삼두팔비(三頭八臂) 가진
사롬이 되여 명칙의게 다라드니 명칙이 디경ᄒ
여 다라나거놀 나탁이 쇼리지르고 화쳠창을 두
르고 ᄯᅡ라 명칙을 질너 마하의 나리치니 곽신이
명칙의 죽으믈 보고 심혼(心魂)이 산난ᄒ여 칼
쓰는 법이 졈졈 어즈럽거놀 양젼이 칼을 드러
곽신을 버혀 ᄯᅡ히 나리치니 동츙이 말을 두르혀
다라나거놀 무길이 크게 쇼리지르고 동츙을 질
너죽이니 노인걸이 디픽ᄒ여 영의 도라와 군ᄉ
롤 도로혀 셩의 드러가 쥬의게 알왼디 쥬 크게
두【34】려 즁신다려 왈,

"이졔 쥬병이 셩하의 쥬찰(駐札)ᄒ여시니
엇지ᄒ리오?"

은파픠(殷破敗) 쥬왈,

"신이 강상을 잠간 아ᄂ니 쥬영의 드러가

군신디의로뻐 강상을 다리여 만일 듯지 아니커
든 강상을 쑤지즈면 강상이 반듯시 신을 죽이리
니 한 번 죽어 국은을 갑흐리이다."

쥐 허흔디 은파퍼 쥬영의 니르러 쇼졸노
흐여곰 즈아의게 알외니 즈이 들어오라 흐거늘
은파퍼 드러가니 즈이 가온디 안고 좌우의 텬하
졔후와 삼산오악(三山五嶽) 모든 문인이 버럿거
눌 은파퍼 당의 올나 읍흐고 왈,

"쇼장이 한 알욀 말슴이 이시니 원슈 만일
쇼장의 말을 드르려 흐시면 한번 알외려니와 불
연즉 못 알욀쇼이다."

즈이 왈,

"장군의 니르는 말이 니(理)의 당흐면 드르
려니와 당치 못흐면 듯지 못흐리로다."

은파퍼 왈,

"쇼장은 일즉 드르니 텬지란 거슨 텬하
【35】의 웃듬이니 텬즈의 졀졔롤 좃지 아니흐
고 졍벌을 쳔즈[擅自]히16) 흐면 이는 난신(亂臣)
이니 난신은 죽으믈 면치 못흐고 무리롤 모화
찬역흐믈 의논흐며 군스롤 니르혀 황셩(皇城)을
침노흐면 이는 역신(逆臣)이니 역신은 멸족흐믈
면치 못흐느니 이졔 텬하 빅셩이 디더로 국은을
바다 뉴빅년의 니르럿거늘 원슈 나라 은혜 갑기
란 싱각지 아니하고 텬하 졔후롤 거느려 싱녕
(生靈)을 살히흐며 도셩을 핍박흐니 이는 난신
역신의 웃듬이라. 원슈 만일 더러온 일홈을 면
코져 홀진디 천하 졔후로 더부러 각각 본부의
도라가 덕졍(德政)을 힝흐면 텬지 쏘흔 죄롤 뭇
지 아니흐시고 짜홀 버려 더 봉흐시리니 엇지
아름답지 아니리오?"

즈이 쇼왈,

"공의 말이 그르다. 나는 드르니 텬하는
한 사롬의 텬히 아니오 텬하 사롬의 텬히니 그
러므로 【36】 텬명이 한 곳의 잇지 아녀 덕 잇는
디 도라가느니 녜 외(堯) 붕(崩)하시미 텬하롤
순(舜)의게 젼흐시고 순이 우(虞)의게 젼흐시고
걸(桀)의게 니르러 황음무도흐거눌 탕(湯)이 너
치시고 텬하롤 어덧더니 이졔 쥬(紂)의게 니르

러 졍스롤 닷지 아니흐고 무도흔 형벌을 지어
디신을 살육흐니 죄악이 걸의게 지난지라. 녯말
의 일너시디, '의(義)롤 젹흐느니롤 잔(殘)이라
니르고 인(仁)을 젹흐느니롤 젹(賊)이라 니르고
잔젹(殘賊)의 사롬을 독뷔라'17) 니르느니 이졔
텬하 졔휘 한가지로 독부 쥬롤 치고 싱민을 슈
화(水火) 가온디 구코져 흐니 엇지 신하로뻐 님
군 치단 말을 드르리오? 다만 독부 치단 말을
드르리라."

은파퍼 쇼리질너 왈,

"원슈의 말은 일편(一偏)된 말이라. 나는
드르니 군뷔 허물이 잇거든 신지(臣子) 맛당이
힘뻐 간흐여 군뷔 듯지 아니커든 죽을 쓰롬이니
엇지 신히 님군의 【37】 허물을 니르며 아들이
아뷔 스오나오믈 낫하느리오? 녯날 문왕이 유리
셩(羑里城)의 칠 년을 갓쳐 죽게 되엿더니 황상
이 불상이 너기샤 노화 나라히 도라보느니 문왕
은 너희갓치 스오나온 뷔 아니라 군부의 은혜롤
아라 한 번 원흐는 말을 닙의 니지 아니흐니 텬
히 한가지로 디덕군지(大德君子)라 일ᄏ더니 이
졔 너의 군신은 망녕되이 군부의 허물을 일너
텬하 졔후롤 모화 셩을 뭇지르고 싱녕을 살히흐
니 이는 다 너희 등의 죄라. 너희 군스롤 모라
도셩을 핍박흐니 엇지 신즈의 도리리오? 네 비
록 우리롤 업슈이 너기나 우리 셩즁의 갑병(甲
兵)이 십만이오 명장이 쳔여 원(員)이니 셩을 등
져 한번 쏘호면 승피롤 밋지 못흐리라."

모든 문인과 텬하 졔휘 다 은파퍼의 말을
듯고 각각 노긔롤 씌엿더니 동빅후 강문환이 블
승분노(不勝憤怒)흐여 칼홀 쎈혀들고 장의 올나
은파 【38】 퍼롤 가르치며 쑤지져 왈,

"네 국가 디신으로 님군을 간치 아니흐고
도로혀 우리 원슈롤 슈욕흐고 졔후 압히셔 무례
흔 말을 발흐니 죄 죽엄즉 흐거니와 아직 네 죄
롤 스흐느니 쌜니 물너가 죽으믈 면흐라!"

즈이 급히 말녀 왈,

"불가흐다. 냥국이 셔로 쏘호미 스신을 죽
이지 아니흐느니 흐믈며 은장군은 쥬왕의 디신
이라 가비야이 쳐치치 못흐리라."

강문환이 오히려 노흐믈 긋치지 아니커늘

---

16) 【쳔즈히】 ⾦ 제멋대로. ¶ 擅專 ‖ 텬즈의 졀졔
   롤 좃지 아니흐고 졍벌을 쳔즈히 흐면 이는 난
   신이니 난신은 죽으믈 면치 못흐고 (有違天子之
   制而擅專征伐者, 是爲亂臣. 亂臣者, 殺無赦.) <西
   周 24:35>

17) 賊仁者謂之賊, 賊義者謂之殘, 殘賊之人謂之一
   夫.

은파피 불연(勃然) 디로ᄒ여 넓더나 ᄭ지져 왈,

"네 아뷔 황후로 더부러 모역(謀逆)ᄒ다가 들쳐[18] 죽엇거늘 네 덕을 닷가 아뷔 허믈을 뉘웃지 아니ᄒ고 오히려 ᄉ오나온 일을 힝ᄒ여 나라홀 반ᄒ니 역적의 씨롤 두면 반ᄃ시 후환이 이시리라."

강문환이 이 말을 드르ᄆᆡ 노긔 두우(斗牛)의 ᄶᅦ칠 듯ᄒ여 칼을 집고 ᄭ지져 왈,

"니 아뷔 죄업시 졋담으믈 닙고 너 누의 무고 【39】 히 손을 지지고 눈을 ᄲᅢ히니 이ᄂ 다 너희 등 적지 국졍을 희롱ᄒ고 님군을 속이미니 니 이 늙은 도젹을 죽이리라."

ᄒ고 한번 손을 들ᄆᆡ 은파피의 머리 ᄶᅡ히 ᄶᅥ러지니 졔휘 일시의 상쾌ᄒ다 니ᄅ거늘 ᄌᆡ이 왈,

"불연ᄒ다. 은파피 죄 비록 죽엄즉 ᄒ나 텬ᄌ의 ᄉ신이어늘 현휘 임의 죽여시니 ᄉ신 죽이단 말을 면치 못ᄒ리로다. 그러나 일이 임의 글너시니 뉘웃쳐도 할 일 업다."

ᄒ고 좌우롤 분부ᄒ여 은파피의 죽엄을 예로ᄡᅥ 장(葬)ᄒ라 ᄒ다.

---

18) 【들치다】 튱 탄로나다. 발각되다. ¶ 네 아뷔 황후로 더부러 모역ᄒ다가 들쳐 죽엇거늘 네 덕을 닷가 아뷔 허믈을 뉘웃지 아니ᄒ고 오히려 ᄉ오나온 일을 힝ᄒ여 나라홀 반ᄒ니 역적의 씨롤 두면 반ᄃ시 후환이 이시리라 (汝父構通皇后, 謀逆天子, 誅之宜也. 汝尙不克修德業以蓋父愆, 反逞强恃衆, 肆行叛亂, 眞逆子有種. 吾雖不能爲君討賊, 卽死爲厲鬼, 定殺汝等耳!) <西周 24:38>

“쇼장이 가리이다.”

ᄒᆞ고 본부군을 거ᄂᆞ려 영의 나가 쇼리질너 왈,

“오ᄂᆞ 지 아니 은셩쉰다?”

은셩쉬 왈,

“니 긔로다.”

강문환 왈,

“네 아븨 시무(時務)를 모르고 우리 영의 드러와 망녕되이 강승상을 슈욕ᄒᆞ거늘 니 죽엿ᄂᆞ니 네 ᄯᅩ 와 죽고져 ᄒᆞᄂᆞ다?”

은셩쉬 즐 왈,

“니 부친이 텬ᄌᆞ 조셔를 밧ᄌᆞ와 너희 영의 갓거늘 네 ᄉᆞ신을 죽여시니 이ᄂᆞ 오랑키 일 【41】 이라. 엇지 사름의 홀 비리오? 니 오ᄂᆞᆯ 너를 잡아 죽엄을 만단(萬段)의 ᄂᆞ여 부친의 한을 씨ᄉᆞ리라.”

문환이 ᄃᆡ로ᄒᆞ여 칼을 두르고 다라드니 은셩쉬 마ᄌᆞ ᄊᆞ화 삼십여 합의 엇지 능히 강문환을 당ᄒᆞ리오? 말을 두르혀 다라나거늘 문환이 칼을 들어 은셩슈를 버히고 영으로 도라오니라. 은진 픽군이 셩의 드러가 비렴(飛廉)의게 보ᄒᆞ더 비렴이 ᄃᆡ경ᄒᆞ여 바로 ᄂᆡ뎐의 드러가 쥬의게 알외니 쥬 혼불부체(魂不附體)ᄒᆞ여 급히 뎐의 올나 빅관을 모흐고 문왈,

“은셩쉬 ᄯᅩ 죽고 일이 급ᄒᆞ여시니 엇지ᄒᆞ리오?”

좌위 다 묵묵ᄒᆞ더니 쇼졸이 ᄯᅩ 보ᄒᆞ더,

“듀병이 셩을 ᄉᆞ면으로 ᄊᆞ고 화포(火砲)와 화젼(火箭)을 어ᄌᆞ러이 노흐며 동빅후 강문환이 일빅 졍병을 거ᄂᆞ려 셩으로 오르니 셰 ᄃᆡ ᄯ림 1) 갓ᄒᆞ여 능히 직희지 못ᄒᆞ게 되엿ᄂᆞ이다.”

노인길 나아와 듀왈,

“신이 셩의 올나가 죽기로ᄡᅥ 직희여 【42】 연미(燃眉)의 급ᄒᆞ믈 구ᄒᆞ리이다.”

쉬 ᄃᆡ희ᄒᆞ여 허락ᄒᆞ니 노인셜이 친히 셩의 올나 군ᄉᆞ를 독촉ᄒᆞ여 셩을 직희니 강문환이 능히 셩을 넘지 못ᄒᆞ여 도로 ᄂᆞ려오니 ᄌᆞ익 혜오ᄃᆡ ‘셩이 굿고 힌지(垓字) 깁흐니 이리 ᄊᆞ화ᄂᆞ

95

ᄌᆞ익포듀왕십죄(子牙暴紂王十罪)

쥬(紂) 구간뎐(九間殿)의셔 문무 즁신으로 듀병 믈니칠 일을 의논ᄒᆞ더니 한 관원이 급히 드러와 보ᄒᆞ더,

“은파픠(殷破敗) 듀영(周營)의 드러가 강상(姜尙)을 슈욕ᄒᆞ고 죽다 ᄒᆞᄂᆞ이다.”

은파픠의 아들 은셩쉬(殷成秀) 이 말을 듯고 울며 나아와 쥬 【40】 왈,

“냥국이 상젼(相戰)의 불살사신(不殺使臣)이어늘 강상이 신의 아븨를 죽여시니 신이 원컨ᄃᆡ 죽을 힘을 다ᄒᆞ여 우흐로 나라 은혜를 갑고 아리로 아븨 원슈를 갑흐리이다.”

쥬 위로 왈,

“경은 진실노 츙효 장뷔로다. 비록 도젹과 ᄊᆞ호나 조심ᄒᆞ고 경젹지 말나!”

은셩쉬 나와 갑 닙고 말긔 올나 삼쳔 마병을 졈고ᄒᆞ여 듀영의 니르러 ᄊᆞ홈을 쳥ᄒᆞ니 쇼졸이 드러가 보ᄒᆞ더,

“ᄌᆞ익 좌우를 도라 보아 왈,

“뉘 가히 도젹을 잡을고?”

강문환(姜文煥)이 응셩 왈,

---

1) 【ᄃᆡ ᄯᅳ리다】 대 쪼개다. ¶ 듀병이 셩을 ᄉᆞ면으로 ᄊᆞ고 화포와 화젼을 어ᄌᆞ러이 노흐며 동빅후 강문환이 일빅 졍병을 거ᄂᆞ려 셩으로 오르니 셰 ᄃᆡ ᄯ림 갓ᄒᆞ여 능히 직희지 못ᄒᆞ게 되엿ᄂᆞ이다 <西周 24:41>

능히 니긔기 어려오니 한갓 군스룰 슈고롭게 ᄒ
리로다.' ᄒ고 징 쳐 군을 거두어 영의 도라와
계후룰 모ᄒ고 의논ᄒ디,

 "노인걸은 츙열의 장쉬라 셩을 진심(盡心)
ᄒ여 직희니 급히 치기 어려온지라. 무슴 계규
로 이 셩을 파ᄒ리오?"

 모든 문인 왈,

 "우리 각각 비혼 도술을 다ᄒ여 가만이 셩
의 드러가 ᄂ외(內外) 합응(合應)ᄒ면 한번 ᄊ화
아술가 ᄒᄂ이다."

 즈이 왈,

 "불연ᄒ다. 그디네 셩의 드러가면 반드시
사롬 상하믈 면치 못홀 거시오. ᄒ물며 셩즁 빅
셩이 쥬의게 보치이여2) 괴로오믈 견디지 못ᄒ
ᄂ디 ᄯ 셔로 혼살(混殺)ᄒ면 일졍 빅셩이 만히
죽으【43】리니 이ᄂ 쥬룰 업시ᄒ고 걸(桀)을
셰우미라 엇지 춤아 ᄒ리오?"

 모든 문인이 디왈,

 "원슈의 말ᄉᆞᆷ이 가장 올하이다."

 즈이 왈,

 "셩즁 빅셩이 쥬의게 보치이여 통입골슈
(痛入骨髓)ᄒ여시니 우리 몬져 한 글을 뼈 셩즁
의 쏘면 셩즁 빅셩이 일졍 셩을 여러 항복ᄒ리
니 할니3) 못ᄒ여셔 셩을 가히 어드리라."

 즁장 왈,

 "원슈의 신긔(神奇) 묘산(妙算)이 녯사롬의
밋출 비 아니로쇼이다."

 즈이 군졍스(軍政士)룰 명ᄒ여 글을 지어
일빅 장을 뼈 동셔남북으로 일시의 쏘니 살이
혹 길가의도 지며 혹 마을의도 지니 셩즁 군민

이 한 살을 어드면 셔녀식 무리지어 골골이 모
다 ᄶ혀 보니 ᄒ여시더,

 셔쥬디원슈(西周大元帥)ᄂ 글을 조가
(朝歌) 만민의게 알외ᄂ니 하ᄂᆯ이 하민(下
民)을 ᄉ랑ᄒ샤 셩쥬(聖主)룰 ᄂ여 빅셩의
부모룰 숨으시거ᄂᆯ 이제 쥐 황음무【44】
도(荒淫無道)ᄒ여 츙냥(忠良)을 살히ᄒ고
빅셩을 보치거ᄂᆯ 우리 셔쥐 텬명을 밧ᄌᆞ와
텬하 제후룰 거ᄂ려 독부(獨夫)룰 쇼멸ᄒ
고 만민을 도탄의 구ᄒᄂ니 ᄒ믈며 우리
디왕은 덕이 스히의 덥혀 싱민을 무휼(撫
恤)ᄒ시미 향ᄒᄂ 바의 항복지 아니리 업
ᄂ지라. 우리 디병으로 셩을 즛지ᄅ고져4)
ᄒ디 너희 만민을 위ᄒ여 아직 군스룰 나
오지 아니ᄒᄂ니 ᄲᆞᆯ니 도셩(都城)을 여러
큰 죄룰 면ᄒ라. 만일 그러치 아니면 셩이
파ᄒᄂ 날의 옥셕(玉石)을 갈히지 못ᄒ리
니 뉘웃쳐도 밋지 못ᄒ리라.

ᄒ엿더라.

 모든 군민(軍民)과 부뢰(父老) 셔로 의논
왈,

 "쥬 무왕이 인졍을 힝ᄒ니 우리 등이 한가
지로 셩을 여러 죽으믈 면ᄒ리라."

ᄒ고 이날 밤 삼경의 모든 부뢰(父老) 일시의
셩 ᄉ문(四門)을 열고 쇼리질너 왈,

 "조가 빅셩【45】이 셩을 드리ᄂ이다."

ᄒ니 쳥탐군시(聽探軍士) 급히 즁군의 드러가
보ᄒ디,

 "조가 빅셩이 셩문을 열고 원슈룰 쳥ᄒᄂ
이다."

 즈이 디희ᄒ여 급히 계후룰 모도고 녕을
나리오디,

 "한 군시나 빅셩을 침노ᄒᄂ 지 이시면 머

─────────────────

2) 【보치이다】 图 보채이다. 보챔을 당하다. ¶ 殘
 虐‖ ᄒ물며 셩즁 빅셩이 쥬의게 보치이여 괴로
 오믈 견디지 못ᄒᄂ디 ᄯ 셔로 혼살ᄒ면 일졍
 빅셩이 만히 죽으리니 이ᄂ 쥬룰 업시ᄒ고 걸을
 셰우미라 엇지 춤아 ᄒ리오? (況都城百姓近在轚
 轂之下, 被紂王殘虐獨甚, 慘毒備嘗, 今再加之殺
 戮, 非所以救民, 實所以害民也.) <西周 24:42>
3) 【할ㄴ】 图 하루. ¶ 日‖ 셩즁 빅셩이 쥬의게
 보치이여 통입골슈ᄒ여시니 우리 몬져 한 글을
 뼈 셩즁의 쏘면 셩즁 빅셩이 일졍 셩을 여러 항
 복ᄒ리니 할니 못ᄒ여셔 셩을 가히 어드리라
 (今百姓被紂王敲骨剖胎, 廣施土木, 負累百姓, 痛
 入骨髓, 恨不能食其肉而寢其皮. 不若先寫一告示
 射入城中, 曉諭衆人, 使百姓自相離析, 人心離亂,
 不日其城可得矣.) <西周 24:43>
4) 【즛지ᄅ다】 图 짓찌르다. 무찌르다. ¶ 攻‖ 우
 리 디병으로 셩을 즛지ᄅ고져 ᄒ디 너희 만민을
 위ᄒ여 아직 군스룰 나오지 아니ᄒᄂ니 ᄲᆞᆯ니 도
 셩을 여러 큰 죄룰 면ᄒ라. 만일 그러치 아니면
 셩이 파ᄒᄂ 날의 옥셕을 갈히지 못ᄒ리니 뉘웃
 쳐도 밋지 못ᄒ리라 (本欲進兵攻城, 念爾等萬姓
 久困水火之中, 望拯如渴, 恐一時城破, 玉石俱焚,
 甚非我等弔民罰罪之意. 爾等宜當體此, 速獻都城,
 庶免殺戮之虞, 早解塗炭之苦.) <西周 24:44>

리롤 버혀 삼군을 호령ᄒ리라."
ᄒ고 녕을 맛츠미 ᄌ이 계후 중장과 오만 인마
롤 거ᄂ려 날호여 셩으로 드러가 오문(午門)의
니르러 영치(營寨)롤 셰우고 삼군이 납함ᄒ며
일시의 디포롤 노ᄒ니 쇼리 텬디 진동ᄒ더라.

비렴(飛廉)이 구간뎐의 잇셔 빅관으로 더
부러 계규롤 의논ᄒ더니 이 쇼리롤 듯고 디경ᄒ
여 급히 관원으로 ᄒ여곰 아라오라 ᄒ더 그 관
원이 나가더니 이윽고 급히 드러와 보ᄒ더,

"쥬병이 오문의 드러와시니 일이 졍히 위
급ᄒ니이다."

비렴이 디경ᄒ여 노인걸(魯仁杰)다려 왈,
"장군은 ᄲᆞ니 어림군(御林軍)을 거ᄂ려 디
궐 셩을 직희라.【46】 나는 드러가 텬ᄌ긔 알
외리라."
ᄒ고 급히 편뎐의 드러가니 쥬 달긔(妲己)로 더
부러 젹셩누(摘星樓)의셔 촉불을 붉히고 잔치ᄒ
거늘 비렴이 누의 올나 쥬의 압히 버렷던 상을
숀으로 드러 누 아리 나리치고 쇼리질너 왈,

"쥬병이 오문의 드러왓거늘 도젹 막을 줄
난 싱각지 아니ᄒ고 궁즁의셔 잔치ᄒ시니 이 엇
지 인군의 ᄒ실 비리잇고?"

쥬 디경 왈,
"일이 임의 급ᄒ여시니 니 친히 가 보리
라."
ᄒ고 구간뎐의 나와 중관다려 왈,

"도젹이 임의 오문의 드러시니 경 등은 ᄲᆞ
니 계규롤 너여 도젹을 물니치면 맛당이 부귀롤
한가지로 ᄒ리라."

노인걸이 쥬왈,
"셩이 임의 파ᄒ고 도젹이 금즁(禁中)의 님
ᄒ여시니 겨유 어림군을 모도와 금즁을 직희엿
거니와 만일 한번 죽게 ᄊᆞ화 ᄌ웅을 결치 아니
ᄒ면 쇽슈(束手)ᄒ고 안ᄌ 죽으믈 기다릴 ᄲᆞ름
이【47】 니이다."

쥬 이 말을 올히 너겨 즉시 갑쥬(甲冑)롤
갓초고 친히 ᄊᆞ호고져 ᄒ거늘 비렴이 간왈,
"불가ᄒ이다. 셩이 비록 파ᄒ여시나 금즁
의 오히려 장슈 만ᄒ니 녕ᄒ여 ᄊᆞ호라 ᄒ고 폐
하는 안ᄌ셔 승부롤 보실 거시어늘 엇지 망녕되
이 움즉여 옥체롤 노곤케 ᄒ시리잇고?"

쥬 유예(猶豫)ᄒ더니 쇼졸이 ᄯᅩ 보ᄒ더,

"텬하 졔휘 폐하롤 쳥ᄒ여 ᄊᆞ호ᄌ ᄒᄂ이
다."

쥐 노인걸노 디장을 삼고 뇌붕(雷鵬)으로
우익을 ᄒ고 뇌곤(雷鵾)으로 좌익을 삼고 쥐 친
히 쇼요마(逍遙馬)롤 타고 어림군을 거ᄂ려 오
문의 나와 보니 무왕이 홍라5)산(紅羅傘) 아리
셧고 강ᄌ이(姜子牙) 창안학발(蒼顏鶴髮)의 갑쥬
롤 갓초고 ᄉ불상(四不相)을 타고 무왕 엽히 잇
스며 텬하 졔후는 각각 병긔롤 들고 좌우의 셧
거늘 쥐 말을 모라 나오니 머리의 츙텬반뇽(衝
天盤龍) 투고롤 쓰고 황금쇄ᄌ갑(黃金鎖子甲)의
단뇽흉비(團龍胸背) 붓친 황포(黃袍)롤 쪄닙고
허리【48】의 황셔디(黃犀帶)롤 씌고 숀의 합션
도(合扇刀)롤 드러시니 심히 용밍ᄒ거늘 ᄌ이
몸을 굽혀 왈,
"노신 강상은 비(拜)ᄒᄂ이다."

쥐 왈,
"젼일의 네 니 신하되엿다가 무고히 비반
ᄒ고 왕ᄉ(王師)롤 누욕(累辱)ᄒ더니 ᄯᅩ 텬하 졔
후롤 모화 짐의 관익(關隘)을 앗고 이의 드러와
텬ᄉ(天使)롤 죽이며 싱녕(生靈)을 살히ᄒ니 짐
이 친히 진젼의 님ᄒ엿ᄂ니 네 만일 항복지 아
니면 너롤 잡아 ᄲᅧ롤 바아6) 니 한을 씨스리라."

ᄌ이 왈,
"폐히 텬ᄌ 위의 잇셔 빅셩을 무휼ᄒ며 졔
후롤 침노치 아니면 뉘 감히 폐하롤 업슈이 너
기리잇고만은 이졔 폐히 상텬(上天)을 공경치
아니ᄒ고 하민을 ᄉ랑치 아니ᄒ여 디신을 살육
ᄒ며 만민을 보치니 폐히 죄악이 관영ᄒ지라 황
텬이 진노ᄒ샤 우리 셔쥬롤 명ᄒ여 폐하롤 치라
ᄒ시니 폐하는 신하로 님군 친다 말을 니르지
마르쇼셔."

쥐 답왈,
"짐이 무ᄉᆞᆷ 죄【49】 잇관디 관영ᄒ다 ᄒᄂ
뇨?"

ᄌ이 쇼리ᄒ여 왈,
"텬하 졔휘 ᄯᅩ 다시 말을 드르라. 쥬의 큰
열 죄(罪) 이시니 니 다 니르리라."

---

5) 라: 원래 '낭'으로 되어 있으나 오기인 듯하여
고침.
6) 바아: 원래 '마아'로 되어 있으나 오기인 듯하여
고침.

ᄒᆞ고 열죄롤 혜여 왈,

　"텬ᄌᆞ(天子)란 거슨 텬하의 웃듬이라 싱민의 부뫼어늘 폐히 쥬식(酒色)의 침혹(沈惑)ᄒᆞ여 상텬을 공경치 아니ᄒᆞ며 졍ᄉᆞ롤 닷지 아니ᄒᆞ여 군ᄌᆞ롤 먼니 ᄒᆞ고 쇼인을 갓가이 ᄒᆞ니 죄 하나히오.

　황후(皇后)는 텬하 국뫼(國母)라. 강황휘(姜皇后) 실덕ᄒᆞ미 업거늘 폐히 달긔의 말을 드러 눈을 쎈히며 손을 지져 비명의 죽게 ᄒᆞ고 요괴롤 셰워 황후롤 삼아 인눈을 문허바리니 죄 둘히오.

　티ᄌᆞ(太子)는 나라히 근본이라. 폐히 죽은 후 맛당이 종ᄉᆞ롤 니어 만민의 쥐 될거시어늘 참쇼롤 드러 조젼(晁田) 조뢰(晁雷)롤 명(命) 상방검(上方劍)을 쥬어 티ᄌᆞ롤 죽이라 ᄒᆞ니 이는 조종을 경히 너기고 혈육을 ᄉᆞ랑치【50】아니ᄒᆞ미니 죄 셰히오.

　디신(大臣)은 나라히 고굉(股肱)이어늘 폐히 두원션(杜元銑)을 버히며 미빅(梅栢)과 조계(趙啓)롤 포락으로 죽이고 상용(商容)과 교격(膠鬲)을 ᄌᆞᄉᆞ(自死)케 ᄒᆞ며 비간(比干)의 영통을 쎈히고 긔ᄌᆞ(箕子)롤 가도며 미ᄌᆞ(微子)로 ᄒᆞ여곰 졔긔(祭器)롤 안고 다라나게 ᄒᆞ니 이는 군신의 녜 아니라 죄 네히오.

　신(信)은 사롬의 근본이오 텬ᄌᆞ의 ᄉᆞ방을 호령ᄒᆞ미어늘 폐히 달긔의 간계의 쎈져 동빅후 강환초(姜桓楚)와 남빅후 악슝우7)(鄂崇禹)롤 흑빅(黑白)을 갈히지 아니ᄒᆞ고 죽엄을 졋담아 텬하 졔후의게 실신(失信)ᄒᆞ니 죄 다ᄉᆞ시오.

　법(法)이란 거슨 일긔(一己)의 ᄉᆞᄉᆞ로온 거시 아니어늘 폐히 달긔의 말을 드러 포락지형(炮烙之刑)을 지어 츙간의 닙을 막고 만분(蠆盆)을 베퍼【51】무죄ᄒᆞᆫ 궁인을 죽이니 원혼이 빅쥬(白晝)의 두로 단이며 우지ᄌᆞ니 이는 법을 과도히 ᄒᆞ미라 죄 여ᄉᆞᆺ시오.

　빅셩이란 거슨 님군의 젹ᄌᆞ(嫡子)어늘 폐히 빅셩을 보치여 지물을 너여 녹디(鹿臺)롤 지으며 쥬지(酒池)와 육님(肉林)을 ᄒᆞ여 궁인의 셩명을 히ᄒᆞ고 ᄯᅩ 슝후호(崇侯虎)와 비즁(費仲)과 우혼(尤渾)을 노화 무고히 빅셩을 보치니 죄 닐곱이오.

넘치(廉恥)란 거슨 사롬의 웃듬이어늘 폐히 달긔의 말을 드러 가시(賈氏)롤 젹셩누(摘星樓)의셔 희롱ᄒᆞ다가 져로 ᄒᆞ여곰 졍졀노 죽게 ᄒᆞ고 셔궁(西宮) 황귀비(黃貴妃) 폐하롤 간ᄒᆞ거늘 도로혀 누의 나리쳐 죽이니 이는 넘치 업슨 사롬이라 죄 여덟이오.

　거조(擧措)는 인군의 디쳬(大體)어늘 폐히 달긔의 말을 드러 싱민의 노쇼와 ᄌᆞ【52】식 빈 사롬을 잡아다가 비롤 헷치고 보니 이는 망영된 거죄라 좌 아홉이오.

　님군의 연낙(宴樂)은 법되 잇느니 유협(幽峽)ᄒᆞ며 황음(荒淫)ᄒᆞ미 ᄉᆞ오나온 님군의 연낙이오. 어진 님군은 션왕의 낙을 즐겨 만민으로 더부러 한가지로 즐기느니 이제 폐히 달긔와 호희미(胡喜媚)로 더부러 쥬야로 녹디의 잇셔 즐겨 졍ᄉᆞ롤 도라보지 아니ᄒᆞ니 이 죄 열히라.

　신이 비록 폐하의 열 죄롤 혜여 니ᄅᆞ나 폐히 반ᄃᆞ시 기과치 아니리니 신이 디병을 모라 달긔롤 죽이고 폐하롤 잡아 만민의 원슈롤 갑흐리라."

　쥐 이 말을 듯고 머리롤 숙여 말을 아니ᄒᆞ거늘 동빅후 강문환이 칼을 두르고 니다라 쇼리 질너 왈,

　"은슈(殷受)는 나의 말을 드ᄅᆞ라! 니 부왕 강환초와 누의 강황후롤 무고히 죽여시니 니 오늘날 너롤 죽【53】여 부왕과 누의 원슈롤 갑흐리라."

ᄒᆞ고 다라드니 쥐 합션도롤 들어 마ᄌᆞ 싸호더니 남빅후 악슌이 말을 치쳐 진 압히 니다라 ᄭᅮ지ᄌᆞ디,

　"네 니 부왕을 무죄히 죽여시니 오늘날 너롤 잡아 죽엄을 만단의 니여 큰 원슈롤 갑흐리라."

ᄒᆞ고 창을 두르고 다라들어 강문환을 도와 싸호더니 북빅후 슝응난이 말을 니여 에워 싸호니 무왕이 말긔 나려 ᄭᅮ러 왈,

　"신이 폐하롤 치미 아니라 상부 강상이 디병을 모라 폐하롤 곤케 ᄒᆞ니 쳥컨디 폐하는 신의 죄롤 ᄉᆞᄒᆞ쇼셔."

　ᄌᆞ의 급히 무왕을 붓드러 영으로 도라보고 북 쳐 군ᄉᆞ롤 지쵹ᄒᆞ여 싸홈을 돕더니 쥬(周) 진상의셔 모든 문인이 일시의 니다라 쥬

---

7) 우: 원래 '후'로 되어 있으나 오기이므로 고침.

(紂)ᄅᆞᆯ 에워 ᄡᅡ호니 모든 범이 한 놀늘8) ᄯᅡ르는
ᄃᆞᆺᄒᆞ며 뭇미 한 톳기ᄅᆞᆯ 좃는 ᄃᆞᆺᄒᆞ니 쥐 능히 디
젹지 못ᄒᆞ여 동셔로 튱돌ᄒᆞ디 버셔【54】 나지
못ᄒᆞ더라.

---

8) 【놀ㄴ】圀 노루. ¶ 모든 범이 한 놀늘 ᄯᅡ르는
　ᄃᆞᆺᄒᆞ며 뭇미 한 톳기ᄅᆞᆯ 좃는 ᄃᆞᆺᄒᆞ니 쥐 능히 디
　젹지 못ᄒᆞ여 동셔로 튱돌ᄒᆞ디 버셔나지 못ᄒᆞ더
　라 <西周 24:53>

96
삼요쇼야겁쥬영(三妖騷夜劫周營)[1]

중장(衆將)이 쥬(紂)를 에워 싼호더니 노인 걸(魯仁杰)이 뇌봉(雷鵬)・뇌곤(雷鵾)다려 왈,

"쥬상이 져리 곤ᄒ여 계시니 우리 이 찌의 죽음으로뻐 나라흘 갑지 아니면 다시 어니 찌를 기다리리오?"

뇌곤 뇌봉 왈,

"형장(兄長)의 말이 올타."

ᄒ고 삼인이 일시의 께쳐 드러오니 쥬 비록 여러 장슈의게 싼혀시나 조곰도 두려 아니ᄒ고 정신을 가다듬아 즁장을 더젹ᄒ더니 쏘 노인걸 등의 구완ᄒᆷ을 보고 용(勇)을 더욱 니여 크게 쇼리 ᄒ고 칼을 둘너 악슌(鄂順)을 버혀 말 아러 나리치니 나탁(哪吒)・양젼(楊戩)・뇌진ᄌ(雷震子)・위호(韋護)・금탁(金吒)・목탁(木吒)・니졍(李靖)・신갑(辛甲)・티젼(太顚)・굉요(閎夭)・조 젼(晁田)・조뢰(晁雷) 등 모든 장쉬 일시의 쇼리 질너 왈,

"오늘날 혼군을 죽이지 아니면 다시 어니 찌를 기다리리오?"

ᄒ고 【55】 일시의 다라드러 양젼이 냥인도(兩刃刀)를 드러 뇌곤을 버히고 뇌진ᄌ는 쇠막더를 둘너 뇌봉을 쳐 죽이니 동빅후 강문환이 즁장의 공 일우믈 보고 졍신을 가다듬아 칼을 노코 쇠 치를 드러 쥬의 엇게를 친디 쥬 급히 말을 두르혀 오문으로 다라드니 졔휘 쥬를 쫀라 오문 압히 니ᄅ거늘 쥬 좌우를 분부ᄒ여 오문을 직희니 졔휘 감히 드러가지 못ᄒ고 영의 도라와 ᄌ아의게 뵌디 ᄌ이 졔후를 거느리고 후영(後營)의 드러가 무왕긔 뵌디 무왕 왈,

"오늘 모든 군휘(君侯) 한번 싼호미 군신(君臣)의 분을 일헛고 쏘 강현휘 쇠치로 쥬상을 상ᄒ여시니 괴(孤) 마음의 가장 즐겨 아니ᄒ노라."

강문환이 디왈,

"디왕 말ᄉᆷ이 그ᄅ셔이다. 쥬 죄악이 머리를 버혀 텬하의 호령ᄒ여도 오히려 부족ᄒ려든 한 쇠치 마ᄌ미 무어시 앗가오리잇고?"

무왕이 머 【56】 리를 슉이고 탄식홀 뿐이러라.

쥬 강문환의 치를 맛고 도라와 구간뎐(九間殿)의 안져 머리를 슉여 탄왈,

"니 젼의 츙간(忠諫)의 말을 듯지 아니ᄒ엿더니 오늘날 뉘웃츤들 엇지 밋츠리오? 가히 앗갑다! 셩탕 뉵빅연 긔업이 니 손의 맛츠리로다." ᄒ고 우왈,

"노인걸과 뇌봉・뇌곤이 나를 위ᄒ여 진상의셔 죽어시니 가히 츙녈이라 니ᄅ리로다."

즁티우 비렴이 나아와 쥬왈,

"신 등이 폐하의 싼호시믈 보니 인즁뇽(人中龍)이며 오작즁봉황(烏鵲中鳳凰)이라. 폐히 두어 반신(叛臣)을 죽이시고 그릇 강문환의 치를 마즈 뇽체(龍體) 상ᄒ여 계시니 슈일 조리ᄒ여 다시 싼호시면 반드시 니긔시리이다. 승부는 병가의 상시라 폐하는 넘녀 마ᄅ쇼셔."

쥬 눈물을 흘녀 왈,

"츙냥이 임의 진ᄒ엿고 문뮈 쇼조(蕭條)ᄒ여 도젹을 막으리 업고 짐이 즁히 상ᄒ여시니 어느 낫츠로 졔후로 더부러 ᄌ웅을 결 【57】 ᄒ리오? 다만 한ᄒ는 바는 당년의 츙간의 말을 아니 듯고 쇼인을 갓가이 ᄒ미로다."

ᄒ고 말을 맛츠며 방셩디곡ᄒ고 니뎐으로 드러
가니 좌위 춤아 보지 못ᄒ여 눈물 아니 흘니리
업더라. 비렴(飛廉)이 즁틱우(中大夫) 오래(惡來)
다려 왈,

"쥬병이 오문의 드러와시니 안히 큰 장쉬
업고 밧긔 완병(援兵)이 끗쳐 망ᄒ미 조셕의 잇
ᄂ지라 우리 등이 어디로 가리오? 가히 앗갑다!
무죄ᄒ 몸이 죽으리로다."

오래 쇼왈,

"형장의 말이 진실노 시무(時務)롤 모ᄅᄂ
도다. 디장뷔란 거슨 찌롤 보와 응ᄒᄂ니 이졔
쥬병이 셩을 치고 오문의 님ᄒ여 망ᄒ미 조셕의
잇거눌 텬ᄌᄂ 니뎐의셔 잔치만 ᄒ니 어늬졔 회
복ᄒ리오? 우리 이 찌롤 타 쥬의 항복ᄒ면 부귀
롤 일치 아닐 거시오. ᄒ물며 무왕은 인의 군지
오 강ᄌ아ᄂ 도덕의 션비니 우리 항복ᄒ면 엇지
아롬답지 아니리오?"

비렴이 답왈,

"형【58】장의 말을 드ᄅ니 꿈을 씬 듯ᄒ
거니와 우리ᄂ 조졍 디신이라 무고히 항복ᄒ면
밋지 아닐가 ᄒᄂ니 우리 가만이 니뎐의 드러가
옥시롤 도적ᄒ여 두엇다가 무왕이 쥬롤 파ᄒ 후
의 이 옥시롤 드려 항복ᄒ면 무왕이 반ᄃ시 의
심치 아니코 벼술을 쥬리라."

오래 왈,

"형장의 말이 올타."
ᄒ고 한가지로 부의 드러가 가만이 계규롤 졍ᄒ
니라.

쥐 편뎐(便殿)의 드러가니 달긔(姐己)와 호
희미(胡喜媚)와 왕귀인(王貴人)이 나와 쥬의게
뵌디 쥐 셰 미인을 보미 심혼이 참담(慘憺)ᄒ여
눈물을 흘니며 달긔다려 왈,

"짐이 강상을 업슈이 너겻더니 오늘날 강
상이 텬하 졔후로 더부러 오문의 니르러 치기롤
급히 ᄒ거눌 짐이 친히 나가 싼호다가 강문환의
치롤 맛고 노인걸 뇌봉 뇌곤이 진상의셔 죽으니
다시 더브러 죵ᄉ롤 직힐 지 업손지라 셩탕 뉵
빅년 긔업이 짐의게 니【59】ᄅ러 망케 되어시
니 심이 디하의 산틀 어ᄂ 낫츠로 선녜(先帝)롤
뵈오리오? 짐이 너희 삼인으로 더부러 한디 잇
셔 즐겨지 오라니 일조의 엇지 춤아 셔로 니별
ᄒ리오? 만일 희발이 디병을 모라 니뎐의 드러

오면 짐이 춤아 욕을 밧지 못ᄒ리니 니 몬져 죽
으리라."
ᄒ고 눈물이 비오듯 ᄒ거눌 삼외(三妖) 일시의
쑤러 눈물을 흘녀 왈,

"첩 등이 폐하의 권이(眷愛)ᄒ시믈 닙어 오
리 궁즁의 잇더니 이졔 불힝ᄒ여 난을 만나시니
폐히 첩 등을 바리고 어디로 가려 ᄒ시ᄂ니잇
고?"

쥐 왈,

"일이 발셔 그릇되여시니 짐이 너희롤 영
별(永別)ᄒ고 격진을 쎄쳐 나고져 ᄒ노라."

달긔 쥬의 옷술 잡고 왈,

"폐히 오늘 만일 다라나려 ᄒ시면 첩 등도
조츳가리이다."

쥐 춤아 니별치 못ᄒ여 좌우롤 분부ᄒ여
슐을 가져오라 ᄒ여 셔로 니별ᄒ더니 달긔 왈,

"첩이 어려셔붓허 궁마지지(弓馬之才)롤 익
엿고 또 호희미와 왕귀비 다 도【60】슐을 잘ᄒ
니 첩 등 삼인이 죽으믈 다ᄒ여 쌴화 폐하 은혜
롤 갑흐리이다."

쥐 디희 왈,

"어쳬(御妻) 만일 도적을 파ᄒ면 이ᄂ 빅세
의 공이로다."

셰 요괴 이의 쥬영 겁칙ᄒ 일을 의논ᄒ더
라.

ᄌ이 영즁의 잇셔 셰 요괴의 일을 싱각지
아니ᄒ고 졔장으로 더부러 쥬 잡을 일을 의논ᄒ
다가 밤든 후의 훗터졋더니 밤이 삼경이 지나미
문득 드르니 한 디풍 쇼리의 셰 요괴 일시의 영
을 쎄쳐 드러오니 쥬병이 불의의 니런 변을 만
나고 또 밤이 이두온지라 동셔롤 분변치 못ᄒ여
병긔롤 바리고 살기롤 도모ᄒ니 ᄌ이 급히 장의
나와 보니 비린 바롬과 누린 안기 ᄌ옥ᄒ엿거눌
ᄌ이 달긔의 영 겁칙ᄒ믈 알고 쇼리질너 왈,

"요괴 영을 겁칙ᄒ니 졔장은 어디 갓ᄂ
뇨?"

나탁·양젼·뇌진ᄌ·니졍·금탁·목탁 닐
곱 장쉬 일시의 니다라 영을 줏쳐 나오더니 문
【61】득 보니 셰 녀장이 갑쥬롤 갓초고 각각
쌍검을 쓰며 좌우로 쇠살(廝殺)ᄒ거눌 양젼이
쇼리질너 왈,

"이 업츅이 감히 우리 영을 겁칙ᄒᄂ다?"

ᄒᆞ고 닐곱 장쉬 세 요괴롤 에워ᄊᆞ고 비발치듯 치니 세 요괴 능히 디젹지 못ᄒᆞ여 ᄊᆞᆫ 거술 헷치고 다라나거놀 ᄌᆞ이 디병을 모라 달긔롤 ᄲᆞ르더니 세 요괴 오문의 다라든디 쥐 오문 안히셔 기다리더니 믄득 보니 달긔 등 삼외 칼을 ᄶᅵ으고 황망이 오거놀 쥐 급문 왈,

"승뷔 엇더ᄒᆞ뇨?"

달긔 요두(搖頭) 왈,

"강상이 미리 예비ᄒᆞ여시니 공을 일우지 못ᄒᆞ고 도로혀 죽을 번ᄒᆞ이다."

쥐 구간뎐의 드러가 교의(交椅)의 의지ᄒᆞ여 눈믈을 흘녀 왈,

"하눌이 우리롤 망케 ᄒᆞ시도다."

말을 맛ᄎᆞ미 ᄉᆞ미롤 드러 티묘(太廟)롤 향ᄒᆞ여 ᄉᆞ비(四拜)ᄒᆞ고 인ᄒᆞ여 ᄉᆞ미롤 썰치고 젹셩누로 올나가거놀 삼외 셔로 니르더,

"텬지 반ᄃᆞ시 죽으라 가시니 쥐 【62】 죽은 후면 우리 등이 다시 어디로 가리오? 아직 쥬왕을 살오고 다시 계규롤 힝ᄒᆞ리라."

ᄒᆞ고 삼외 급히 나아가 쥬의 옷술 붓들고 울며 왈,

"폐히 죽으시면 쳡 등은 다시 어디로 가리잇고? 아직 술아 후ᄉᆞ롤 도모ᄒᆞ쇼셔."

쥐 삼요의 등을 두다려 왈,

"강상이 비록 인마롤 거ᄂᆞ려 니뎐으로 드러오나 니 너희롤 바리고 어디로 가리오? 출하리 한디셔 죽어 녕혼이 함긔 다니물 원ᄒᆞ노라."

ᄒᆞ고 편뎐의 나려와 잔치롤 비셜ᄒᆞ여 셔로 슐먹으며 왈,

"오늘날 이 잔치 마즈막이로다. 이후의 ᄯᅩ 다시 어딘가 잔치ᄒᆞ리오?"

ᄒᆞ고 눈믈이 비오듯ᄒᆞ며 잔치롤 파ᄒᆞ고 달긔롤 붓들고 왈,

"이제야 죽으라 가ᄂᆞ니 너희는 힘뼈 도적을 믈니쳐 텬하롤 진졍ᄒᆞ고 만일 공을 일우지 못ᄒᆞ거든 희발(姬發)의게 항복ᄒᆞ면 반ᄃᆞ시 황휘(皇后)되리라."

ᄒᆞ고 젹셩 【63】 누로 올나가거놀 달긔 냥요(兩妖)로 더부러 왈,

"쥐 스스로 죽으라 가니 우리 어더로 가리오? 강상이 우리 근본을 아라시니 만일 잡히면 큰 화롤 만나리라."

호희미 답왈,

"우리 임의 쥬왕을 혹게 ᄒᆞ여 사롬을 만히 잡아 먹어시니 우리도 그만ᄒᆞ여 헌원묘(軒轅廟)의 드러가 힝인을 잡아먹고 쇼혈(巢穴)의 드러 조히 살니라."

왕귀비 왈,

"형장의 말이 비록 올흐나 비간이 우리 ᄌᆞ손을 다 죽이고 쇼혈을 업시ᄒᆞ엿고 강ᄌᆞ이 장슈롤 보니여 쳔니안(千里眼)·슌풍이(順風耳)롤 죽이고 헌원묘롤 불질너시니 우리 다시 어디 의지ᄒᆞ리오?"

달긔 왈,

"그디 말이 비록 그러ᄒᆞ나 우리 예 잇다가ᄂᆞᆫ 반ᄃᆞ시 잡히리니 아직 도라가 각각 구쳐홀만2) 갓지 못ᄒᆞ다."

ᄒᆞ고 각각 본상을 니여 달긔는 구미회(九尾狐)되고 호희미는 구두치(九頭雉)되고 왕귀비는 옥셕비파졍(玉石琵琶精)이 되여 궁즁으로 들어 궁인을 【64】 반남아 잡아먹고 헌원묘로 가니라.

ᄌᆞ이 픠군을 거두어 다시 영치롤 셰우고 즁장을 모화 왈,

"어제 세 요괴 영을 겁칙ᄒᆞ니 그 요괴롤 일즉 업시치 아니면 반ᄃᆞ시 후환이 이시리라."

ᄒᆞ고 좌우롤 명ᄒᆞ여 금젼을 가져오라 ᄒᆞ여 한 졈괘(占卦)롤 엇고 디경 왈,

"만일 이 졈이 아니런들 거의 요괴롤 일흘 낫다?"

ᄒᆞ고 양젼·뇌진ᄌᆞ·위호롤 불너 왈,

"너희 세 장쉬 헌원묘 길가 공즁의 숨엇다가 양젼은 구두치롤 잡고 뇌진ᄌᆞ는 구미호롤 잡고 위호는 옥셕비파롤 잡으라. 만일 하나히나 노ᄒᆞ면 군법을 힝ᄒᆞ리라."

세 장쉬 녕을 듯고 믈너와 셔로 의논ᄒᆞ디,

"우리 어늬 길노 가야 세 요괴롤 잡으리오?"

양젼 왈,

"세 요괴 궁즁으로조ᄎᆞ 헌원묘로 가리니 우리 각각 토둔(土遁)을 힝ᄒᆞ여 구름 속의 숨엇

---

2) 【구쳐ᄒᆞ다】 圐 {구쳐(區處)하다.} 처리하다. 결졍하다. ¶ 그디 말이 비록 그러ᄒᆞ나 우리 예 잇다가는 반ᄃᆞ시 잡히리니 아직 도라가 각각 구쳐홀만 갓지 못ᄒᆞ다 <西周 24:63>

다가 세 요괴 오거든 각각 잡으리라.”
ㅎ고 삼인이 다 토둔【65】을 힝ㅎ여 헌원묘 우
희 가 기다리더니 이윽고 비린 바롬이 니러나며
삼뫼 각각 보검을 집고 구롬 스이로 오거늘 셰
장쉬 일시의 니다라 쇼리질너 왈,

“요괴는 닷지말나!”

구두치 쇼리질너 왈,

“우리 너와 원쉬 업거눌 무스 일노 가는
길을 막느뇨?”

양전이 디로 왈,

“이 업축이 간스흔 말노 감히 날을 속이고
다라나고져 ㅎ는다?”

ㅎ고 칼을 두르고 다라드니 구두치 쏘흔 칼을
두르고 마즈 싼호더니 뇌진지 황금막터롤 두르
고 다라드니 구미회 쌍검을 둘너 마즈 싼호더니
쏘 위회 항마져(降魔杵)롤 들고 싼호니 옥셕비
피 쏘 칼을 들고 니다라 싼화 슈합이 못ㅎ여 셰
요괴 능히 디젹지 못ㅎ여 급히 다라나거눌 양전
뇌진즈 위회 삼요롤 쏜라 가더니 양전이 구두치
롤 일홀가 져허 효텬견(哮天犬)을 노흐니 그 기
닙을 버리고 다라드러 구두치 등을 무러 쩌히니
【66】 피흐르며 살이 쩌러지더 구두치 알픈 줄
모르고 다라나기롤 더옥 급히 ㅎ니 양전이 쏘
토둔을 힝ㅎ여 쏘르더니 믄득 바라보니 누론 번
(幡)이 은은ㅎ며 한 도괴(道姑) 두어 녀동(女童)
을 다리고 쳥난(靑鸞)을 타고 오니 이는 녀와낭
낭(女媧娘娘)이라. 녀왜 삼요(三妖)의 길을 막고
쇼리질너 왈,

“이 요괴 어디로 가는다?”

삼뫼 녀와롤 보고 감히 다라나지 못ㅎ여
칼을 비리고3) 업디어 왈,

“낭낭 셩기(聖駕) 님ㅎ시더 쇼축이 맛지 못
ㅎ니 바라건디 죄롤 스ㅎ쇼셔.”

녀왜 왈,

“너희 어디로 가느뇨?”

요괴 왈,

“양전 등이 쇼축을 쏜르미 쇼혈노 다라나
오니 낭낭은 잔명을 구ㅎ쇼셔.”

녀왜 벽운녀동(碧雲女童)을 불너 왈,

“샐니 박요삭(縛妖索)을 너여 셰 요괴롤 미
여 양전을 쥬어 쥬영으로 보너라.”

벽운녀동이 명을 바다 박요삭을 가져 삼요
롤 미야 지우니라.

---

3) 바리고: 원래 ‘바리’로 되어 있으나 문맥상 통하
   지 않으므로 첨가함.

97
쥬왕ᄌ분젹셩누(紂王自焚摘星樓)

【67】세 요괴 노히 미이여 사롬의 얼골이 되여 울며 고왈,

"젼일 낭낭(娘娘)이 우리롤 보니여 쥬(紂)로 ᄒ여곰 텬하롤 일케 ᄒ라 ᄒ시니 우리 낭낭의 명을 밧ᄌ와 궁즁의 드러 쥬로 ᄒ여곰 텬하 인심을 일허 맛춤니 종스롤 남의게 ᄋ이게1) ᄒ엿거늘 낭낭이 엇지 도로혀 우리롤 잡아 양젼(楊戩)을 쥬려 ᄒ시ᄂ니잇고?"

녀왜(女媧) 왈,

"니 너롤 보니여 은슈(殷受)로 ᄒ여곰 텬하롤 일케 ᄒ라 ᄒ니 이는 텬슈(天數)의 응ᄒ 일이어늘 네 무고히 싱녕을 잔학ᄒ며 춤낭을 살히

ᄒ고 무도ᄒ 형벌을 지으며 상텬(上天)을 공경치 아니ᄒ니 네 죄악이 관영(貫盈)ᄒ지라 니러므로 너롤 잡아 양젼을 쥬고져 ᄒ노라."

삼외(三妖) 짜히 구을며 아모 말도 못ᄒ더라.

양젼 등이 세 요괴롤 조ᄎ오다 【68】가 먼니 바라보니 상셔(祥瑞)의 긔운이 ᄌ옥ᄒ엿거늘 양젼 등이 의논ᄒ디,

"져 압히 상셔의 긔운이 ᄌ옥ᄒ여시니 반드시 녀와낭낭(女媧娘娘)이 세 요괴롤 잡앗도다."

ᄒ고 삼인이 즉시 나아가 녜ᄒ고 왈,

"뎨ᄌ 등이 셩가(聖駕) 오시믈 아지 못ᄒ여 먼니 맛지 못ᄒ여시니 쳥컨디 죄롤 ᄉᄒ쇼셔."

녀왜 왈,

"니 세 요괴롤 미엿ᄂ니 너희 셜니 잡아 쥬영으로 가라."

삼인이 ᄉ례ᄒ고 삼요롤 잡아 영의 도라와 원문의 니르러 ᄌ아의게 알윈디, ᄌ이 드러오라 ᄒ거늘 양젼 등 삼인이 당의 올나 녜ᄒ디 ᄌ이 문왈,

"너희 요괴롤 잡아온다?"

양젼 등 왈,

"과연 잡아 원문의 왓ᄂ이다."

ᄌ이 디희ᄒ여,

"셜니 잡아 드리라."

세 장쉬 원문의 나와 양젼은 호희미(胡喜媚)롤 ᄡ으고 뇌진ᄌ(雷震子)는 달긔(妲己)롤 ᄡ으고 위호(韋護)는 왕귀인(王貴人)을 ᄡ어 당 아리 오니 삼외 짜히 꿀거늘 ᄌ이 즐 【69】왈,

"너희 쥬롤 도와 어진 일난 아니ᄒ고 도로혀 쥬롤 달니여 포락(炮烙)과 만분(蠆盆)을 민ᄃ라 츙신을 살히ᄒ고 무죄ᄒ 궁인을 슐육ᄒ며 녹디(鹿臺)롤 지어 텬하 지물을 모도며 쥬지육님(酒池肉林)을 민ᄃ라 간관(諫官)을 죽이며 무고ᄒ 싱녕(生靈)을 잡아다가 비롤 ᄣᅡ며 도치로 픠여 쥬로 ᄒ여 맛춤니 텬하롤 일케 ᄒ니 오늘날 너롤 죽여 텬하 싱녕의 한을 씨스리라."

달긔 울며 왈,

"쳡은 긔쥬후(冀州侯) 쇼획(蘇護)의 ᄯᆯ이라. 어려셔 심규(深閨)의 ᄌ라 시무(時務)롤 아지 못ᄒ더니 텬지 조셔롤 나리와 쳡을 궁즁의 드려

---

1) 【ᄋ이다】圖 빼앗기다. ¶ 우리 낭낭의 명을 밧ᄌ와 궁즁의 드러 쥬로 ᄒ여곰 텬하 인심을 일허 맛춤니 종스롤 남의게 ᄋ이게 ᄒ엿거늘 낭낭이 엇지 도로혀 우리롤 잡아 양젼을 쥬려 ᄒ시ᄂ니잇고? (小畜奉命, 百事逢迎, 去其左右, 令被將天下斷送. 今已垂亡, 正欲覆娘娘鈞旨, 不期被楊戩等追襲, 路遇娘娘聖駕, 尙望娘娘救護, 娘娘反將小畜縛去見姜子牙發落, 不是娘娘'出乎反乎了'?) <西周 24:67>

귀비룰 삼아 계시더니 국뫼(國母) 모반ᄒ다가 쥬ᄒ믈 바드니 정궁(正宮)이 업손지라 텬지 첩을 세워 황후룰 삼으시니 첩이 심궁의셔 건즐(巾櫛)을 밧들 ᄯᆞ롬이라 엇지 스스로 싱민을 잔학ᄒ리잇고? 쥬왕이 실졍ᄒ여 텬히 니반(離叛)ᄒ니 비록 간관이라도 쓸더 업거늘 이 구구【70】ᄒᆞᆫ 녀지 엇지 간ᄒ리잇고? 원슈의 덕틱이 스히의 덥혀시니 바라건더 원슈는 첩의 무죄ᄒᆞᆷ믈 어엿비 너겨 셩명을 스ᄒ여 고국의 도라보너시면 지싱지은(再生之恩)을 닙을가 ᄒᆞᄂᆞ이다.”

텬하 졔휘 달긔의 간스ᄒᆞᆫ 말을 듯고 다 불상이 너기는 뜻을 두엇거늘 ㅈ이 쇼왈,

“달긔 요괴로온 말을 ᄭᅮ며 니의 올홀더로 ᄒᆞ니 졔후는 곳이 듯지 말나. 져 요괴 졍사롬이 아니라 은쥬역(恩州驛) 뒤 못시 잇던 구미회(九尾狐)라. 가만이 쇼달긔(蘇妲己)룰 죽이고 달긔 얼골이 되여 텬ㅈ룰 혹게 ᄒᆞ여 무고ᄒᆞᆫ 싱녕을 다 죽이니 죄 십악의 범ᄒᆞᆫ지라. 져 요괴룰 죽이지 아니면 반ᄃᆞ시 후환이 이시리라.”

ᄒᆞ고 뇌진ㅈ와 양젼·위호룰 불너 왈,

“너희 삼인이 져 삼요룰 잡아 원문의 가 머리룰 버히라.”

삼장이 녕을 바다 세 요괴룰 미러 원문의 나오니 호희미와 왕귀인은 머리룰 슉이고 눈【71】물을 흘니더 오직 달긔는 조곰도 두려ᄒᆞ는 빗치 업고 교틱(嬌態)ᄒᆞ여 왈,

“첩이 죄 업시 잡혀와시니 바라건더 모든 장군은 날을 어엿비 너겨 잔명을 구ᄒᆞ라.”

모든 군시 달긔의 ㅈ식을 보고 취ᄒᆞᆫ 듯 어린 듯ᄒᆞ여 몬져 호희미룰 죽이고 위희 ᄯᅩ 군스룰 시겨 왕귀인을 버히니 뇌진지 ᄯᅩ 군스룰 지ᄎᆞᆨᄒᆞ여 달긔룰 죽이라 ᄒᆞ더 모든 군시 감히 손을 놀니지 못ᄒᆞ거늘 뇌진지 더로ᄒᆞ여 황금막더룰 둘너 더골을 치니 달긔머리 쇠갓ᄒᆞ여 ᄭᅴ여지지 아니커늘 삼인이 훌일 업셔 두 요괴의 머리룰 긔의 다라 호령ᄒᆞ고 장중의 드러와 ㅈ아의게 고ᄒᆞᆫ더 ㅈ이 문왈,

“달긔 아니 다라나냐?”

뇌진지 왈,

“뎨지 녕을 듯고 군스로 ᄒᆞ여곰 달긔룰 죽이라 ᄒᆞ더 하나토 감히 손을 움죽이지 못ᄒᆞ거늘 손조 황금막더로 치더 ᄯᅩᄒᆞᆫ 더골이 ᄭᅴ여지지 아니ᄒᆞ니【72】능히 죽이기 어렵더이다.”

ㅈ이 노왈,

“네 몸이 장쉬되여 이 한 요괴룰 죽이지 못ᄒᆞ면 쥬룰 멸ᄒᆞ랴? 너ᄒᆞ여 무어시 쓰리오?”

뇌진지 참괴(慙愧)ᄒᆞ여 믈너나거늘 ㅈ이 양젼·위호룰 불너 왈,

“너희 이인이 원문의 나가 군스 하나홀 버혀 호령ᄒᆞ고 달긔룰 ᄡᅡᆯ니 죽여 후환을 업시ᄒᆞ라.”

두 장쉬 쳥녕(聽令)ᄒᆞ고 원문의 나와보니 그 요괴 오히려 교틱ᄒᆞ는 빗치 낫치 가득ᄒᆞ엿거늘 양젼이 군스룰 버혀 호령ᄒᆞ고 다른 군스로 버히라 ᄒᆞ더 오히려 응답지 아니ᄒᆞ고 쥐엿던 칼을 ᄯᅡ히 노화 바리거늘 양젼이 위호다려 왈,

“져 요괴 사롬을 어리게[2] ᄒᆞ니 비록 여러 군시라도 능히 죽이지 못ᄒᆞᆫ지라. 우리 다시 장중의 드러가 원슈룰 보고 이 말을 ᄒᆞ리라.”

ᄒᆞ고 두 장쉬 중군의 드러가 ㅈ아룰 보고 ㅈ셰히 니ᄅᆞᆫ더 졔휘 이 말을 듯고 아니 놀나리 업거늘 ㅈ이 왈,

“이 요괴는【73】 쳔년 묵은 여이라 텬디 졍긔와 일월졍화룰 타 사롬이 되여시니 니 친히 가 죽이리라.”

ᄒᆞ고 졔후룰 거ᄂᆞ려 문외의 나가 보니 달긔 쳔틱만상(千態萬象)으로 혹 우으며 혹 울며 혹 근심ᄒᆞ거늘 ㅈ이 좌우룰 ᄭᅮ지져 믈니치고 향안을 비셜ᄒᆞ고 뉵압도인(陸壓道人)의 쥰 호로(葫蘆)룰 너여 셔안 우희 노코 진언을 념ᄒᆞ며 호로 막은 거슬 ᄲᅡᆫ니 호로 속으로셔 흰 긔운이 나며 조고민 칼이 호로 속으로 니더라 달긔의 머리룰 치니 달긔 머리 ᄯᅡ히 나려지거늘 ㅈ이 좌우룰 분부ᄒᆞ여 세 요괴의 머리룰 긔의 다라 영중의 세우니라.

쥐 현경뎐(顯慶殿)의 닛셔 홀노 난간을 의지ᄒᆞ여 젹국 믈니칠 묘칙을 싱각ᄒᆞ더니 믄득 보니 모든 궁인이 분분(紛紛)이 헤지거늘 쥐 총망

---

2) 【어리다】 동 미혹하다. ¶ 迷惑‖ 져 요괴 사롬을 어리게 ᄒᆞ니 비록 여러 군시라도 능히 죽이지 못ᄒᆞᆫ지라. 우리 다시 장중의 드러가 원슈룰 보고 이 말을 ᄒᆞ리라 (這畢竟是個多年狐狸, 極善迷惑人, 所以紂王被他纏縛得迷而忘返, 又何況這些愚人哉! 我與你快去裏明元帥, 無令這些無辜軍士死於非命也.) <西周 24:72>

(恩忙)이 문왈,

"너희 엇지 니리 분분ᄒ뇨? 아니 오문이 파ᄒ엿ᄂ냐?"

한 궁인이 울며 ᄯ러 쥬왈,

"셰 낭낭은 가신 ᄃ롤 아지 못【74】ᄒ고 궁인이 반남아 업셧ᄂ이다."

쥐 ᄃ경ᄒ여 급히 근시(近侍)롤 불너 두로 어드라 ᄒ니 근시 후원으로 두르 찻다가 급히 도라와 보ᄒ디,

"셰 낭낭의 슈급(首級)이 쥬영(周營)의 달엿ᄂ이다."

쥐 이 말을 드ᄅ미 졍신이 아득ᄒ여 급히 오봉누의 올나보니 셰 요괴 머리 다 긔디의 달녓ᄂ디 머리 우히 각각 큰 픠롤 달고 일홈을 뼈시니 쥐 한번 보미 녕통이 믜여지ᄂ 듯ᄒ여 방셩디곡ᄒ다가 우롬을 긋치고 한 글을 지어 스스로 탄식ᄒ여시니 그 글의 왈,

옥쇄향쇼실가련 (玉碎香消實可憐)

교용운빈진고현 (嬌容雲鬓盡高懸)

긔가묘무금하지 (奇歌妙舞今何在)

복우번운경왕3)연(覆雨翻雲竟枉然)

【75】봉침이무장옥일(鳳枕已無藏玉日)

원금난지불화면(鴛衾難再拂花眠)

유유ᄎ한졍무극 (悠悠此恨情無極)

일낙창산우만년4)(日落蒼桑又萬年)

옥이 바아지고 향이 슬아지미 진실노 가련ᄒ니

교티ᄒ 얼골과 구롬 살적이 다 놉히 달엿도다

긔특ᄒ 노러와 묘ᄒ 춤이 이졔 어듸 잇ᄂ뇨

비 업쳐치며 구롬이 번득이니 맛춤ᄂ 왕연ᄒ도다

봉황 벼기의 임의 옥을 장ᄒ 날이 업고

원앙 니블의 다시 곳츨 떨치고 조을기 어렵도다

---

3) 왕: 원래 '단'으로 되어 있으나 오기이므로 고침. 아래 같음.

4) 년: 원래 '면'으로 되어 있으나 오기이므로 고침.

유유ᄒ 이 한이 졍히 극ᄒ미 업스니

날이 창산의 ᄯ러지미 ᄯ 만년이로다

쥐 글 짓기롤 맛고 탄왈,

"하늘이 임의 날을 망케 ᄒ여시니 인녁(人力)으로 홀 비 아니로다."

ᄒ고 한 번 기리 한숨지고 오봉누(五鳳樓)의 나려 현경뎐의 올나 옥ᄃ(玉帶)와 뇽포(龍袍)롤 갓초고 손의 벽옥규(碧玉圭)롤 잡고 분궁누(分宮樓)롤 지나 젹셩누(摘星樓)로 오더니 누 압히 니ᄅ니 슬픈 바람이 슬슬ᄒ며 안이쏘온5) 니 ᄌ옥ᄒ더니 만분가흐로셔 모든 귓거시 나오니 머리 업손 귀신도 이시며 왼몸이 뼈흘닌6) 귀신도 이시며 혹 슈족 업스니도 잇셔 일시의 다라드ᄂ디 미빅(梅伯)과 조계(趙啓)의 녕혼이 다라드러 왈,

"혼군이 무도ᄒ여 우리롤 죽엿【76】더니 너도 오늘날 화롤 바닷도다."

쥐 스스로 싱각ᄒ디 '져거손 귓거시라 니 만일 두려ᄒ면 반다시 날을 히ᄒ리라.' ᄒ고 크게 쇼리ᄒ여 ᄭ지ᄌ며 드럿던 옥규로 어즈러이 치니 그 귀신이 업거놀 쥐 누로 올나가고져 ᄒ더니 ᄯ 만분의 드러 죽은 모든 궁인의 녕혼과 무죄히 죽은 빅셩의 녕혼 오륙쳔이 일시의 다라드러 에워ᄊ거놀 쥐 디로ᄒ여 난간디롤 ᄯ혀 두로 돌며 치니 그 귓거시 다 업셔지거놀 쥐 겨유 난간디롤 ᄯ으고 누 쳣 층을 올나 믄득 보니 강휘(姜后) 피 무든 옷슬 닙고 쥬롤 막ᄌᄅ며7) 디

---

5) 【안이쏘온】 (형) 구린. 역겨운. ¶ 臭惡‖ 누 압히 니ᄅ니 슬픈 바람이 슬슬ᄒ며 안이쏘온 니 ᄌ옥ᄒ더니 만분가흐로셔 모든 귓거시 나오니 머리 업손 귀신도 이시며 왼몸이 뼈흘닌 귀신도 이시며 혹 슈족 업스니도 잇셔 일시의 다라드ᄂ디 (紂王方行至摘星樓, 只見一陣怪風就地裏將上來, 那蠱盆內咽咽哽哽, 悲悲泣泣, 無限蓬頭披髮, 赤身裸體之鬼, 血腥臭惡, 穢不可聞, 齊上前來扯住紂王大呼.) <西周 24:75>

6) 【뼈흘니다】 (동) 썰어지다. ¶ 누 압히 니ᄅ니 슬픈 바람이 슬슬ᄒ며 안이쏘온 니 ᄌ옥ᄒ더니 만분가흐로셔 모든 귓거시 나오니 머리 업손 귀신도 이시며 왼몸이 뼈흘닌 귀신도 이시며 혹 슈족 업스니도 잇셔 일시의 다라드ᄂ디 (紂王方行至摘星樓, 只見一陣怪風就地裏將上來, 那蠱盆內咽咽哽哽, 悲悲泣泣, 無限蓬頭披髮, 赤身裸體之鬼, 血腥臭惡, 穢不可聞, 齊上前來扯住紂王大呼.) <西周 24:75>

즐 왈,

"무도(無道) 혼군(昏君)이 달긔(妲己)의 말을 곳이 드러 쳐ᄌᆞ롤 살히ᄒᆞ여 인뉸을 살피지 아니ᄒᆞ더니 오늘날 ᄉᆞ직을 남의게 아여시니 디하의 가 어너 면목으로 조종을 뵈오리오?"

쥐 난간더로 치고져 ᄒᆞ더니 황귀비 압흐로 다라들며 즐왈,

"혼군이 【77】 날을 다락 아러 나리쳐 분골쇄신(粉骨碎身)ᄒᆞ니 이는 인뉸을 모르는 도적이라. 오늘날 네 쥬 무왕긔 잡히리니 샐니 나와 니 숀의 죽으라."

쥐 원혼 둘을 만나미 졍신이 어즐ᄒᆞ여 난간더롤 바리고 기동 뒤히 숨엇더니 ᄯᅩ 보니 황비호(黃飛虎)의 부인 가시(賈氏) 크게 쇼리질너 왈,

"혼군아! 네 날을 희롱ᄒᆞ다가 다락의 나리쳐 죽게 ᄒᆞ니 닉 오늘날 녯날 한을 갑흐리라." ᄒᆞ고 숀을 드러 뺨을 치니 쥐 더경ᄒᆞ여 졍신을 다시 찰혀 셰 녕혼의게 다시 다라드러 쥬먹의로 치니 다 업셔지거놀 쥐 급히 젹8)셩누의 가 원혼을 ᄯᅩ 만날가 두려 쇼리질너 왈,

"환관(宦官)은 어디 잇ᄂᆞ뇨? 샐니 와 날을 구ᄒᆞ라!"

환관 쥬승(朱昇)이 쥬의 브ᄅᆞ믈 듯고 황망이 젹셩누의 올나와 난간가의 업더여 왈,

"폐히 무ᄉᆞ 일노 신 등을 브ᄅᆞ시니잇가?"

쥐 왈,

"짐이 젼의 츙신의 말을 듯지 아니ᄒᆞ고 그ᄅᆞᆺ 간신의 말을 드러 싱민 【78】 을 만히 살히ᄒᆞ엿더니 오늘날 강상이 더병을 거느려 황셩의 드러와시니 심이 만승(萬乘) 텬ᄌᆞ(天子)로 니린 환을 만나시니 짐이 만일 강상의게 잡히면 곤욕을 바드리니 닉 스스로 불의 타 죽어 욕을 면코져 ᄒᆞᄂᆞ니 네 만일 마ᄅᆞᆫ 셥흘 만히 깃다가 누 아러 ᄡᅩ코 불지ᄅᆞ라. 닉 이 누로 더부러 한가지로 살아지리라."

쥬승이 눈물을 흘녀 쥬왈,

"신 등이 폐하의 권이(眷愛)ᄒᆞ시믈 닙어 여러 히롤 뫼셧더니 불힝ᄒᆞ여 오날 화롤 만나시니 신등이 죽을 힘을 다ᄒᆞ여 나라 은혜롤 갑지 못ᄒᆞ거든 엇지 폐하롤 불질너 죽이리잇고?"

쥐 왈,

"하눌이 날을 망ᄒᆞ시니 엇지 명을 거술니오? 젼의 짐이 비즁(費仲)·우혼(尤渾)을 시겨 셔빅의게 짐의 길흉을 졈복히니 셔빅 왈, '짐이 스스로 불의 타 죽을 익이 잇다' ᄒᆞ거니 오늘날 이 환을 만나시니 이는 텬쉬라 네 샐니 불 【79】 을 노흐라."

쥬승이 쥬왈,

"비록 죽을지라도 춤아 이 일은 힝치 못ᄒᆞ리로쇼이다."

쥐 왈,

"일이 급ᄒᆞ여시니 네 샐니 날을 죽이라. 짐이 만일 강상의게 잡히면 반드시 참혹ᄒᆞᆫ 형벌을 바드리니 이는 칼의 죽으믈 바리고 포락의 죽으미로다."

쥬승이 크게 울며 누의 나려가 셥흘 만히 가져다가 누 아리 ᄊᆞᄒᆞ니 쥐 셥 ᄊᆞ흐믈 보고 벽옥규(碧玉圭)롤 숀의 쥐고 누 우희 단졍히 안ᄌᆞ 눈물을 흘니거놀 쥬승이 춤아 불을 노치 못ᄒᆞ여 불을 드러 ᄉᆞ비(四拜)ᄒᆞ고 셥히 노흐니 불꼿치 ᄌᆞ옥ᄒᆞ며 연염(煙焰)이 챵텬(漲天)ᄒᆞ거놀 쥬승이 방셩더곡ᄒᆞ며 쇼리질너 왈,

"신이 폐하롤 위ᄒᆞ여 한가지로 디하의 가 폐하로 더브러 디하의셔 놀니이다."
ᄒᆞ고 옷술 거두잡고9) 불 가온디 몬져 ᄲᅱ여드러 죽으니 쉬 쥬승의 죽는 양을 보고 가슴을 어르만져 탄왈,

"짐이 죽으미 밋쳐 츙신은 홀노 【80】 쥬승 쑨이로다."
ᄒᆞ고 죽으믈 기다리더니 불꼿치 졈졈 니러나 원근의 빗최니 쇼졸이 급히 ᄌᆞ아의게 알왼디 ᄌᆞ아 무왕을 쳥ᄒᆞ여 텬하 졔후롤 거느리고 영의 나와

---

7) 【막ᄌᆞ르다】 圖 막다. ¶ 扯住 ‖ 쥐 겨우 난간더롤 ᄯᅳ고 누 쳣 층을 올나 믄득 보니 강휘 피 무든 옷술 닙고 쥬롤 막ᄌᆞ르며 (紂王把袍袖一抖, 上了頭一層樓, 又見姜娘娘一把扯住紂王.) <西周 24:76>

8) 젹: 원래 '졍'으로 되어 있으나 오기이므로 고침.

9) 【거두잡다】 圖 걷어올리다. 치켜들다. ¶ 撩 ‖ 쥬승이 방셩더곡ᄒᆞ며 쇼리질너 왈, "신이 폐하롤 위ᄒᆞ여 한가지로 디하의 가 폐하로 더브러 디하의셔 놀니이다." ᄒᆞ고 옷술 거두잡고 불 가온디 몬져 ᄲᅱ여드러 죽으니 (朱昇撩衣痛哭數聲, 大叫: "陛下! 奴輩以死報陛下也!" 言罷將身擲入火中.) <西周 24:79>

보니 연뮈(煙霧) 몽농(朦朧)흔디 한 사롬이 벽옥
규룰 쥐고 홍포 옥디로 졍히 안ㅈ 불의 타 죽거
눌 무왕이 좌우다려 왈,

　　"져 니 가온디 안즌 거시 아니 텬ㅈ시냐?"

　　졔휘 왈,

　　"져 무도한 혼군이 오눌날 스스로 불의 타
죽ᄂᆞ이다."

　　동빅후 강문환이 말을 치쳐 압히 니다라
치룰 드러 쥬룰 쑤지져 왈,

　　"네 오눌날 스스로 죽으니 이ᄂᆞᆫ 반드시 텬
앙(天殃)을 바드미로다."

흐고 살흘 쌘혀 조궁(□□)의 몌여 젹셩누룰 바
라고 쏘와 기동을 맛치니 그 기동이 불의 타 부
러지게 되엿다가 한 살을 마즈미 기동이 살김의
쏘혀 부러지니 삼층 젹셩뉘 일시의 믄허지니 쥐
집의 【81】 치여 바아졋ᄂᆞᆫ디 불꼿치 더옥 셩흐거
눌 무왕이 참아 보지 못흐여 말긔 나려 쑤러
왈,

　　"이ᄂᆞᆫ 신의 죄 아니라. 동빅후 강문환(姜文
煥)의 죄로쇼이다."

흐고 다시 니러 스비흐거눌 ㅈ익 붓드러 니ᄅ혀
왈,

　　"디왕이 엇지 니런 말을 흐시ᄂᆞ뇨?"

흐고 무왕을 보호흐여 영의 도라보니고 ㅈ익 졔
후 즁장을 거ᄂᆞ려 오문을 급히 치니 시위 장관
과 어림 군졸이 쥬의 죽으믈 듯고 오문을 여러
무왕과 졔후룰 쳥흐여 구간뎐으로 드러오니 ㅈ
익 젼녕흐여 궁즁의 불을 구흐라 흐다.

　　비렴(飛廉)과 오래(惡來) 쥬의 죽으믈 듯고
급히 현경뎐의 드러가 옥시룰 도젹흐여 품의 품
고 녹디로 올나가 가비야온 보비룰 도젹흐여 가
지고 뒤셩을 넘어 다라나더니 믄득 보니 무길
(武吉)이 일지 인마룰 거ᄂᆞ려 셩쏀 거술 순초(巡
哨)흐거눌 비렴·오래 플 속의 업 【82】 더엿다
가 무길의 지나가믈 기다려 가만이 나오더니 셩
쏀 군ᄉ의게 잡히니 군시 이인을 잡아 ㅈ아의게
알외고져 흐거눌 비렴과 오래 도젹흔 보비룰 다
쥰디 군시 노커눌 냥인이 겨유 화룰 버셔나 다
라나니라.

[셔쥬연의西周演義 권지이십오종]

98
주무왕녹디산지(紂武王鹿臺散財)

【1】 졔휘(諸侯) 무왕(武王)을 옹호하여 구간뎐(九間殿)의 드러오니 무왕이 즈아(子牙)다려 왈,

"모든 군시 궁중의 불을 구ᄒ노라 요란ᄒ니 반두시 무죄ᄒᆫ 군인이 만히 상홀지라 상뷔(相父) 삼가 금졔(禁制)ᄒ라."

즈아 즉시 녕을 나리와 왈,

"모든 군시 만일 궁중 것슬 도젹ᄒ며 궁인(宮人)을 살히하면 머리ᄅᆞᆯ 버혀 삼군을 호령ᄒ리라."

모든 군시 녕을 듯고 다만 불만 구홀 ᄲᅮᆫ이오 녕을 어그릇지 아니ᄒ니 모든 궁인과 환관(宦官)이 일시의 산호(山呼)ᄅᆞᆯ 브르거늘 무왕이 다 니뎐의 드려보니고 졔후로 더브러 불ᄯᅳᄂᆞᆫ 양을 보더니 문득 보니 셔편 월랑(月廊)의 큰 구리 기동 스물히 잇거늘 무왕이 문왈,

"져거슨 무어시뇨?"

즈아 왈,

"쥬왕(紂王)의 【2】 지은 포락(炮烙)이로쇼이다."

무왕이 탄왈,

"쥬(紂) 텬지 져거슬 밍그라 츙냥(忠良)을 만히 살히ᄒ여시니 엇지 나라흘 보젼ᄒ리오?"

동빅후(東伯侯) 강문환(姜文煥)이 분연이 ᄲᅱ여나 기동을 잡아 ᄯᅡ히 것구ᄅ치며[1] 쥬ᄅᆞᆯ ᄭᅮ지져 왈

"은쉬(殷受) 이 기동을 밍드라 사ᄅᆞᆷ을 만히 술히ᄒ여시니 너 이졔 만일 쥐 죽은 시신을 어드면 ᄲᅨᄅᆞᆯ 보아 너 한을 씨스리라."

ᄒ고 무왕을 뫼셔 분궁누(分宮樓)ᄅᆞᆯ 지나 젹셩누(摘星樓) 아리 니ᄅ러ᄂᆞᆫ 무왕이 만분(蠆盆)과 주지육님(酒池肉林)의 빅골(白骨)이 ᄊᆞ혀시믈 보고 즈아다려 문왈,

"져거슨 무엇고?"

지이 왈,

"져 굴헝은 만분이니 궁인을 너허 죽이던 더오. 만분 우편의 져 남근 육님(肉林)이오 좌편의 못슨 쥬지(酒池)니이다."

무왕이 감창(感愴)ᄒ믈 니긔지 못ᄒ여 두로 건니시더니 무왕이 즈아다려 왈,

"쥬왕의 ᄒᆡ골이 지 쇽의 이시리니 상뷔 섈니 어더 녜로뻐 장(葬)ᄒ여 【3】 텬하 사ᄅᆞᆷ으로 ᄒ여곰 날을 ᄭᅮ짓게 말나."

지이 디왈,

"쥬왕이 무도ᄒ여 인민을 잔학ᄒ더니 오늘날 불의 타 죽엇거ᄂᆞᆯ 디왕이 예로 장ᄒ라 ᄒ시니 이는 디왕의 웃듬 인졍이로쇼이다."

ᄒ고 무길(武吉)노 삼빅군을 거ᄂᆞ려 젹셩누 타 문허진 거슬 그러니고 쥬의 ᄒᆡ골 셔너 조각을 어더니여 넌즈(太子) 녜(禮)로 장ᄒ고 부왕이 텬하 졔후ᄅᆞᆯ 거ᄂᆞ려 녹디(鹿臺)의 오르시니 누각이 표묘(縹緲)ᄒ여 반공의 빗겻ᄂᆞᆫ디 조란화동(雕欄花棟)은 사ᄅᆞᆷ의 눈을 바이고 슈졍념(水晶簾)을 산호구(珊瑚鉤)의 놉히 거러시며 금슈장(錦繡帳)의 긔이ᄒᆫ 구슬을 줄줄이 다랏ᄂᆞᆫ디 좌우로 긔특ᄒᆫ 보비ᄅᆞᆯ 버려시며 금쥰옥잔(金樽玉盞)을 상 우희 노핫거ᄂᆞᆯ ᄯᅩ 뒤흐로 도라가니 문을 단단이 잠근지라 뇌진즈(雷震子) 황금 막디로 문을 ᄭᅢ치고[2] 드러가 보니 각식 보홰(寶貨) 뫼갓치 ᄊᆞ

---

1) 【것구ᄅ치다】 图 거꾸러뜨리다. ¶ 동빅후 강문환이 분연이 ᄲᅱ여나 기동을 잡아 ᄯᅡ히 것구ᄅ치며 쥬ᄅᆞᆯ ᄭᅮ지져 <西周 25:2>

헛거눌 무왕이 탄왈,

"쥬왕이 텬하 지물을 모화 니러틋 【4】 스치ᄒ고 엇지 망치 아니리오?"

즈이 왈외더,

"님군의 셰 경계(警戒) 이시니 일은 부예(不禮)오 이는 살육(殺戮)이오 삼은 스치(奢侈)라. 이 셰ᄒᆡ 하나히 이시면 반ᄃ시 나라흘 망ᄒᆞᄂᆞ이다."

무왕 왈,

"쥐 임의 멸ᄒᆞ여시니 녹디 지물을 니여 졔후와 빅셩을 난화 쥬고 거교(鉅橋) 곡식을 발ᄒᆞ여 쥬린 빅셩을 구졔코져 ᄒᆞ노라."

즈이 왈,

"디왕의 말슴이 진실노 스직(社稷)과 싱민(生民)의 복이로쇼이다."

무왕이 즉시 좌우를 명ᄒᆞ여 녹디 지물과 거교 곡식을 니여 빅셩을 쥬니 조가(朝歌) 만민(萬民)이 일시의 니르더,

"오늘이야 셩쥬(聖主)를 엇괘라."

ᄒᆞ고 지물을 난호더라.

무왕이 졔후를 거느려 구간뎐의 나오니 뇌진지 후졍(後庭)으로 드러가더니 쥬의 아들 무경(武庚)을 잡아왓거눌 텬하 졔휘 니룰 갈며 꾸지져 왈,

"은쉬 무도ᄒᆞ여 죄악이 관영(貫盈)ᄒ더니 이졔 스스로 죽엇고 이졔 무경을 【5】 ᄯᅩ 잡아시니 맛당이 머리를 버혀 졔 아뷔 죄룰 디(代)ᄒ염즉ᄒᆞ이다."

즈이 왈,

"현후(賢侯) 네 말이 올타."

ᄒᆞ고 도부슈(刀斧手)룰 명ᄒᆞ여 무경을 ᄭ어ᄂᆡ여 버히라 ᄒᆞᆫ디 무왕이 급히 말녀 왈,

"불가하다! 비간(比干) 미즈3)(微子)도 오히려 쥬왕을 간치 못ᄒᆞ엿거든 무경은 아희라 엇지 능히 간ᄒᆞ리오? 녯말의 일너시디 '죄인의 즈식을 죽이지 말나' ᄒᆞ여시니 만일 무경을 죽이면 엇지 조민벌죄(弔民伐罪)ᄒᆞᄂᆞᆫ 뜻이리오? 무경을

봉ᄒᆞ여 졔후룰 삼아 셩탕(成湯) 긔업(基業)을 일치 아니케 ᄒᆞ미 이 ᄯᅩ 아롬다온 일이니라."

동빅후 강문환이 진왈,

"디왕의 말슴이 그르셔이다. 이졔 디시 임의 졍ᄒᆞ여시니 맛당히 시 님군을 셰워 텬하 인심을 진졍ᄒᆞᆯ지라. 디왕이 맛당히 졍위(正位)의 나아가스 인심을 진졍ᄒᆞ쇼셔."

텬하 졔휘 쇼리룰 한가지로 ᄒᆞ여 왈,

"강현후(姜賢侯)의 말이 즁인(衆人)의 뜻이 마즈 【6】 이다."

무왕이 겸양 왈,

"과인의 부지(不才) 박덕(薄德)으로 겨우 션왕(先王)의 업을 니어 본토(本土)룰 직희엿더니 텬하 졔후 의로옴을 힘닙어 이의 니르러시나 엇지 큰 위(位)룰 당ᄒᆞ리오? 모든 현후 즁 인후(仁厚)ᄒᆞ니룰 갈히여 텬즈룰 삼고 우리는 각각 고토(故土)의 도라가 신졀(臣節)을 직희리라."

동빅후 강문환이 여셩(勵聲) 왈,

"디왕의 인덕이 스ᄒᆡ(四海)의 덥혓고 텬하 인심이 쥬의 도라간지 ᄒᆞ로 이틀이 아니라 신등이 각각 군마룰 거느려 디왕을 조ᄎ 무도(無道)ᄒᆞ니룰 쇼멸ᄒᆞᆷᄂ 이는 디왕을 셰워 만민의 쥬룰 삼고져 ᄒᆞ미니 디왕이 니러틋시 스양ᄒᆞ시면 즁인이 바라믈 일허 각각 고토로 도라가고져 ᄒᆞᆯ가 두리ᄂᆞ이다."

무왕이 답왈,

"괴(孤) 무삼 덕이 잇관디 디위(大位)룰 당ᄒᆞ여 텬하룰 진졍ᄒᆞ리오?"

강문환 왈,

"디왕이 간과(干戈)룰 쓰지 아니ᄒᆞ고 인의(仁義)로써 텬하 인심을 도 【7】 다 삼분(三分) 텬하의 그 둘을 두시니 봉(鳳)이 산의 울며 만민(萬民)이 낙업(樂業)ᄒᆞ여 쳔인(天人)이 향응ᄒᆞ니 디왕은 굿ᄒᆞ여4) 스양치 마르쇼셔."

무왕 왈,

---

2) 【ᄶᅵ치다】 图 부수다. 뚫다. ¶ 뇌진지 황금 막디로 문을 ᄶᅵ치고 드러가 보니 각식 보ᄒᆡ 뫼갓치 ᄊᆞ혓거눌 <西周 25:3>

3) 미즈: 원래 '긔즈'로 되어 있으나 오기인 듯하여 원문에 따라 고침.

4) 【굿ᄒᆞ여】 图 구태여. 굳이. ¶ 디왕이 간과룰 쓰지 아니ᄒᆞ고 인의로써 텬하 인심을 모다 삼분 텬하의 그 둘을 두시니 봉이 산의 울며 만민이 낙업ᄒᆞ여 쳔인이 향응ᄒᆞ니 디왕은 굿ᄒᆞ여 스양치 마르쇼셔 (大王不事干戈, 以仁義敎率天下, 化行俗美, 三分天下有其二; 故鳳鳴岐山, 萬民而樂業. 天人相應, 理不可誣. 大王之政德, 與二君何多讓哉!) <西周 25:7>

"강현휘 지덕(才德)이 긔특ㅎ니 맛당히 텬하 님지 되염즉 ㅎ니라."

좌우의 셧던 졔휘 일시의 쇼리ㅎ여 왈,

"디왕이 니러틋 고집ㅎ시면 밍셰코 도라가지 아니리이다."

즈이 급히 말녀 왈,

"졔후는 잡되이 구지 말나."

ㅎ고 무왕긔 나아와 쥬왈,

"쥬 인졍(仁政)을 힝치 아니커놀 디왕이 졔후룰 거느려 그 죄룰 붉히시니 텬하 졔휘 열복(悅服)지 아니리 업손지라. 디왕은 맛당히 디위의 나아가샤 텬하룰 진졍ㅎ쇼셔. ㅎ믈며 봉이 기산(岐山)의 울고 셔기(西岐)의 상셰(祥瑞) 가득ㅎ니 이는 텬인이 향응ㅎ미라. 이 씨룰 일치 못ㅎ리니 디왕이 만일 괴로이 스양ㅎ시면 인심이 프러질가 두리느이다."

무왕 왈,

"긔 덕이 박ㅎ니 두리건디 【8】 큰 쇼임을 당치 못홀가 두리노라."

동빅후 강문환이 즈아다려 왈,

"디왕이 임의 허락ㅎ여 겨시니 원수는 샐니 디스룰 힝ㅎ여 더디지 말나."

즈이 쥬공조(周公朝)5)룰 불너 왈,

"그디 샐니 셩 밧긔 가 놉흔 단을 무으라."6)

쥬공(周公)이 명을 바다 셩 밧긔 가 단(壇) 삼층을 무으니 졔 일층의는 삼지팔괘(三才八卦)룰 난홧는디 가온디 황텬후토(皇天后土)와 산쳔스직(山川社稷)의 신졍(神政)을 비셜ㅎ엿고 데이층의는 쥭문(祝文)과 향안(香案)과 졔물(祭物)을 비셜ㅎ고 데 삼층외는 금고(金鼓)의 각식 긔치(旗幟)와 싱황(笙簧)을 버리고 쥬공이 셩의 드러와 즈아의게 알외디,

"단을 다 일웟느이다."

즈이 무왕을 청ㅎ여 단 아러 니르니 무왕

이 세 번 스양ㅎ고 단 상층의 오르셔눌 팔빅 졔휘 디하(臺下)의 버러셔고 쥬공죄 축문을 닑으니 왈,

유디쥬원년임진(惟大周元年壬辰)의 셔기(西岐) 무왕(武王) 희발(姬發)은 감히 황텬후토와 산 【9】 쳔스직 신녕의 고ㅎ느니 은 텬즈 쉬(受) 상텬(上天)을 공경치 아니ㅎ고 만민을 스랑치 아니커놀 신(臣) 발이 감히 텬명을 밧즈와 텬하 졔후로 더브러 쥬의 죄룰 붉혀 어진 사룸을 어더 큰 위룰 맛지고져 ㅎ더니 졔후와 군민이 발을 셰우고져 ㅎ니 졔인(諸人)의 뜻을 진실노 어그릇기 어려온지라 감히 디위의 나아가 텬하 인심을 진졍코져 ㅎ느니 바라건디 모든 신녕은 셔쥬룰 도라보와 힉룰 나리오지 마르쇼셔.

ㅎ엿더라.

쥬공이 독축(讀祝)ㅎ기룰 맛츠미 향연(香煙)이 농조7)(籠罩)ㅎ고 셔이(瑞靄) 분운ㅎ고 화풍(和風)이 니러나며 경운(慶雲)이 스집(四集)ㅎ니 이는 진실노 티평 긔상이라.

무왕이 황포(黃袍)룰 가라닙고 남면(南面)ㅎ여 단졍히 안즈니 텬하 졔휘 조복(朝服)을 갓초고 디 아리 업더여 만셰 브르기룰 맛츠미 즁관(衆官)이 무왕을 옹호ㅎ여 【10】 구간뎐의 도라오니 무왕이 좌우룰 분부ㅎ여 잔치룰 비셜ㅎ여 텬하 졔후룰 디졉ㅎ고 이튼날 무왕이 뎐의 오르니 졔휘 조회(朝會)ㅎ기룰 맛츠미 좌우룰 분부ㅎ여 긔즈(箕子)룰 노코 비간(比干)과 상용(商容)의 묘룰 셰우며 텬하의 디스(大赦)ㅎ고 밀을 화산(華山)의 노ㅎ며 쇼룰 도림(桃林)의 먹이고 궁궐을 허러 지목과 돌을 빅셩을 난화쥬고 텬하 졔후룰 명ㅎ여 각각 니리히 도리보니니 즈이 무왕긔 쥬왈,

"이제 텬히 졍ㅎ여시니 샐니 사룸을 시겨 조가룰 직희고 급히 셔기로 도라가스이다."

무왕 왈,

"엇던 사룸으로 직희리오?"

---

5) 원문은 '周公旦'으로 되어 있다.

6) 【무으다】囷 쌓다. 만들다. ¶ 造‖ 그디 샐니 셩 밧긔 가 놉흔 단을 무으라 (命畫圖樣造臺, 作祝文昭告天地社稷, 俟後有大賢, 大王再讓位未遲.) <西周 25:8> 쥬공이 명을 바다 셩 밧긔 가 단 삼층을 무으니 (周公旦畫了圖樣, 於天地壇前造一座臺.) <西周 25:8>

7) 농조: 원래 '농낙'으로 되어 있으나 오기인 듯하여 고침.

즈이 왈,

"폐히 임의 무경을 죽이지 아녀 계시니 무경으로 ᄒᆞ여곰 본토를 직희오고 가ᄉᆞ이다."

무왕이 올히 너기샤 관슉(管叔)·치슉(蔡叔)[8]으로 무경과 한가지 직희게 ᄒᆞ고 즈이 밧긔 나와 셩지(聖旨)를 젼ᄒᆞ고 이튼날 무왕을 쳥ᄒᆞ여 거가(車駕)를 두르혀 셔긔로 도 【11】 라올ᄉᆡ 무왕이 관슉·채슉다려 니ᄅᆞᄉᆞᄃᆡ,

"셩을 잘 직희여 빅셩으로 ᄒᆞ여곰 원망업시ᄒᆞ라."

이인(二人)이 명을 바다 물너나거ᄂᆞᆯ 인ᄒᆞ여 셩문으로 나오니 조가 빅셩이 길흘 막아 쇼리질너 왈,

"폐히 우리 등을 슈화(水火) 중의 건지시고 일조(一朝)의 셔긔로 가시니 만셩(萬姓)으로 ᄒᆞ여곰 부모를 일홈 갓흐이다."

무왕이 위로 왈,

"짐이 비록 셔긔로 가나 짐의 아이 이 ᄯᅡ흘 직희여시니 너희로 ᄒᆞ여곰 평안케 ᄒᆞ리라"

ᄒᆞᄃᆡ 모든 빅셩이 능히 머므르지 못홀 줄 알고 방셩ᄃᆡ곡ᄒᆞ고 무왕을 빅니 밧긔 가 보너거ᄂᆞᆯ 무왕이 빅셩을 위로ᄒᆞ고 거가를 지촉ᄒᆞ여 밍진(孟津)을 건너 면디현(澠池縣)을 지나 오관(五關)으로 나오더니 즈이 무왕긔 쥬ᄒᆞ고 진(陣)의셔 망(亡)ᄒᆞᆫ 이를 위ᄒᆞ여 묘당(廟堂)을 셰우고 더병이 사슈관(氾水關)의 니ᄅᆞ러 한영(韓英)의 부즈(父子)를 위ᄒᆞ여 ᄉᆞ슈가의 묘당을 셰우고 【12】 삼군을 지촉ᄒᆞ여 금계령(金鷄嶺)을 넘어 슈양산(首陽山) 압히 니ᄅᆞ니 쇼졸이 보ᄒᆞᄃᆡ,

"두 도인이 길흘 막ᄂᆞ이다."

즈이 ᄉᆞ불상(四不相)을 모라 진 압히 나와 보니 빅이(伯夷)·슉졔(叔齊)어ᄂᆞᆯ 즈이 몸을 굽혀 왈,

"이위(二位) 현휘(賢侯) 산중의 무양(無恙)ᄒᆞ냐?"

빅이 왈,

"강원쉬 군ᄉᆞ를 두르혀 셔긔로 가니 쥬왕은 어디 두엇ᄂᆞ뇨?"

즈이 답왈,

"쥬왕이 무도ᄒᆞ여 텬히 한가지로 바렷거ᄂᆞᆯ 우리 졔후로 더부러 한가지로 밍진의 모다 더병을 모라 황셩으로 드러가니 쥐 스스로 불타 죽거ᄂᆞᆯ 우리 무왕을 존(尊)ᄒᆞ여 텬즈를 삼으니 텬지 녹디의 지물을 흣흐시며 거교 곡식을 발ᄒᆞ시고 비간과 상용의 묘를 봉ᄒᆞ시니 텬히 임의 우리 셔쥬의 도라왓ᄂᆞ니라."

빅이 슉졔 이말을 듯고 방셩디곡ᄒᆞ고 슈양산으로 드러가 셔로 니ᄅᆞᄃᆡ,

"쥬나라 곡식을 먹지 아니리라."

ᄒᆞ고 치미가(採薇歌)를 지어 부르고 【13】 고소리를 키야 먹다가 일헷[9] 만의 쥬려 죽으니라.

즈이 더병을 모라 기산 아러 니ᄅᆞ니 상터우(上大夫) 산의싱(散宜生)과 노장군 황원(黃滾)과 무왕의 모든 아이 즁관을 거ᄂᆞ리고 길가의 업디여 맛거ᄂᆞᆯ 무왕 왈,

"짐이 동으로 오년을 ᄡᅡ화 고토의 도라오지 못ᄒᆞ엿더니 오늘날 경 등을 보니 슬픈 마음을 춤지 못ᄒᆞ리로라."

산의싱이 쥬왈,

"폐히 더위의 오르샤 텬하 인민으로 더부러 티평을 동낙ᄒᆞ시니 이만 즐거온 일이 업거ᄂᆞᆯ 슬허ᄒᆞ시믄 엇지니잇고?"

무왕 왈,

"짐이 동으로 오관의 나아갈 졔 허다(許多) 츙냥(忠良)이 나라흘 위ᄒᆞ여 죽어 오늘날 티평을 누리지 못ᄒᆞ니 니러므로 슬허ᄒᆞ노라"

산의싱이 쥬 왈,

"폐히 만일 츙신의 죽으믈 불상히 너기실진디 츙신의 즈손을 봉ᄒᆞ여 디디로 나라 은혜를 밧게 ᄒᆞ쇼셔"

무왕 왈,

"경의 말이 졍히 【14】 짐의 뜻의 맛다."

ᄒᆞ고 즁신을 거ᄂᆞ려 셔긔의 드러가 바로 니뎐의 드러가 터임(太任)과 터희(太姬)를 보옵고 현경뎐(顯慶殿)의 나와 잔치를 베퍼 즁신으로 더부러 진취(盡醉)토록 먹고 이튼날 무왕이 조회의 오ᄅᆞ시니 즁신이 ᄎᆞ례로 녜필 후 오문관(午門

---

8) 관슉·치슉: 원문은 '管叔鮮'·'蔡叔度'로 되어 있다.

9) 【일헤】 명 이레. 칠일. ¶ 七日 ‖ 치미가룰 지어 부르고 고소리룰 키야 먹다가 일헷 만의 쥬려 죽으니라 (歌罷, 拂袖而回, 竟入首陽山, 作採薇之詩, 七日不食周粟, 餓死首陽山.) <西周 25:13>

官)이 드러와 보흐디,

"은신(殷臣) 비렴(飛廉)과 오리(惡來) 오문의 왓느이다."

무왕이 즈아다려 왈,

"은나라 신히 이의 왓시니 반드시 무슴 일이 잇도다."

즈이 쥬왈,

"비렴과 오리논 쥬의 간신이라. 쥐 망흐미 다라나 슙엇다가 텬히 터평흐믈 보고 항복흐여 작녹(爵祿)을 밧고져 흐여 오미니 이 간신을 엇지 흐로 니틀 두리잇고? 폐히 아직 편뎐(便殿)의 드러가셔든 노신이 즈연 쳐치흐미 이시리이다."

무왕이 니뎐으로 드러가시거눌 즈이 좌우룰 명흐여 비렴·오리룰 드러오라 흔디 좌위 이인을 인흐여 뎐젼(殿前)의 니른 【15】 니 이인이 계하(階下)의 업더여 왈,

"망국신(亡國臣) 비렴과 오리논 죽으믈 쳥흐느이다."

즈이 즐왈,

"너희 이인이 쥬룰 도와 어진 일난 아니흐고 도로혀 간스흔 말노 쥬룰 쇼겨 츙냥을 살히흐며 만민을 잔학흐여 맛춤니 나라흘 망케흐고 텬히 터평흐믈 기다려 작녹을 도모코져 흐니 이 엇지 인신(人臣)의 도리리오?"

이인이 쑤러 젼국 옥시룰 드리며 쥬왈,

"원컨디 승상은 이 보비룰 바드시고 우리 등의 죄룰 스흐쇼셔."

즈이 옥시룰 바다 뎐 우희 노코 좌우룰 쑤지져 왈,

"셀니 져 도겨을 죽여 후셰외 두 마옴 가진 사롬으로 흐여곰 니런 일을 업게 흐라."

흔디 도부쉬 일시의 다라드러 이인을 쓰어 오문의 나와 머리룰 참흐여 져즈 거리의 달이 호령흐니라.

즈아의 안히 마시(馬氏) 당년의 즈이 능히 디스룰 일우지 못흐리라 흐여 즈아 【16】 룰 바리고 댱삼노(張三老)의게 긔가(改嫁)흐여 궁곡 심산의셔 괴로이 술아 봄이면 여름지이흐며[10]

여름이면 기음미고 가을이면 곡식을 거두더니 할논 마시와 댱삼뇌 들의 가 기음미더니 댱삼노논 나히 졈고 졍신이 강장(强壯)흔지라 져므도록 미더 갓바[11] 아니흐고 마시논 나히 늙고 졍신이 쇠흐엿논지라 능히 기음을 미지 못흐여 집의 도라와 싀비(柴扉)가의 누어 쉬더니 한 마을 사롬이 두어 사롬을 더불고 셔로 무슴 말을 의논흐며 힝장을 출히거눌 마시 괴이히 너겨 나아가 그 연고룰 무른디 기인(其人)이 답왈,

"이졔 셔쥬 디승상 강상이 무왕을 도와 쥬(紂)룰 쇼멸흐고 무왕을 셰워 텬즈룰 삼아 인졍을 힝흐미 우리 셔기의 가 강승상을 구경코져 흐노라."

마시 이 말을 드른미 왼 낫치 벌거흐여 반일(半日)이나 말을 아니흐거눌 【17】 한 늙은 사롬이 니르디,

"당년(當年)의 낭지 만일 강즈아룰 조츠 셔기로 갓던들 오눌날 이 뎐가(田家)의 괴로오믈 밧지 아니흐고 능히 승상 부인의 위룰 일치 아닐낫다?"

흔디 마시 집의 드러와 거젹을 몸 우희 덥고 쓰히 누어 탄왈,

"니 강상을 바리고 댱삼노룰 조츠오므로붓허 하로도 쉬지 못흐고 날마다 기음미며 밧 가라 괴로오믈 바드니 니 만일 강상을 조츠 셔기로 갓던들 임의 귀흔 사롬이 될낫다."

흐고 방셩디곡흐고 홀노 거젹 아리 누엇더니 댱삼뇌 호매룰 엇게의 메고 싀비로 드러오거눌 마시 댱삼노다려 문왈,

"강즈이 승상이 되여 부귀룰 밧논다 흐니 과연 올흐냐?"

댱삼뇌 왈,

"과연 강즈이 셔쥬 디승상이 되여 부귀흐미 텬하의 웃듬이라."

마시 토벽(土壁)을 지혀 탄흐믈 마지 아니

---

10) 【여름지이흐다】 통 농사짓다. ¶ 즈아의 안히 마시 당년의 즈이 능히 디스룰 일우지 못흐리라 흐여 즈아룰 바리고 댱삼노의게 긔가흐여 궁곡 심산의셔 괴로이 술아 봄이면 여름지이흐며 <西周 25:16>

11) 【갓부다】 형 피로(疲勞)하다. 힘들다. ¶ 댱삼노논 나히 졈고 졍신이 강장흔지라 져므도록 미더 갓바 아니흐고 마시논 나히 늙고 졍신이 쇠흐엿논지라 능히 기음을 미지 못흐여 <西周 25:16>

터라.

　　댱삼뇌 쏘 호매롤 메고 기음미라 가며 왈,
　　"그디 샐니 【18】 밥을 지어 오라."
ᄒ고 들노 가거눌 마시 스스로 싱각ᄒ디 '니 어
니 낫츠로 다시 셰상의 단이리오?' ᄒ고 치마씬
을12) 글너 목미여 죽으니 댱삼뇌 관곽을 ᄉ 므
드니라.

---

12) 【치마씬】 명 치마끈. ¶ 마시 스스로 싱각ᄒ디
　　'니 어니 낫츠로 다시 셰상의 단이리오?' ᄒ고
　　치마씬을 글너 목미여 죽으니 댱삼뇌 관곽을 ᄉ
　　므드니라 (馬氏假意勸丈夫睡了, 自己收拾渾身乾
　　淨, 哭了數聲, 懸梁自縊而死, ……馬氏氣絶, 張三
　　老只得買棺木埋葬.) <西周 25:18>

99
주아귀국봉신(子牙[1]歸國封神)

일일은 주아(子牙) 조회의 드러와 무왕긔 쥬왈,

"옛날 노신이 스싱의 뜻을 바다 산의 나려와 폐하롤 도와 조민벌죄(弔民伐罪)ᄒ미 텬시(天時)롤 응ᄒ여 니러나미오. 므릇 사룸과 신션이 다 살겁(殺劫)을 맛나시니 몬져 봉신방(封神榜)을 셰우고 봉신디(封神臺)롤 두엇더니 이졔 디시(大事) 임의 졍ᄒ엿고 사룸과 신션이 혼빅이 의지홀 곳이 업ᄂᆞ지라 노신이 특별이 폐하고 쥬하여 말미롤 쥬셔든 곤눈산(崑崙山)의 가 ᄉ존(師尊)을 보고 옥부[2](玉符)와 금칙(金冊)을 어더와 즁신을 봉ᄒ여 일죽이 그 위(位)롤 평안코져 ᄒᄂᆞ니 폐하는 신의 말을 조【19】ᄎᆞ샤 시힝ᄒ쇼셔."

왕 왈,

"상뷔(相父) 노고(勞苦)ᄒ기롤 여러 히롤 ᄒ여시니 맛당이 티평을 누렴즉 ᄒ디 다만 일을 또흔 맛지 못ᄒ여시니 상부는 가히 ᄲᆞᆯ니 힝ᄒ고

오리 션도(仙島)의 머므러 짐의 바라는 뜻을 어그릇지 말나."

주이 왈,

"노신이 엇지 감히 셩은(聖恩)을 져바리리잇고?"

ᄒ고 무왕긔 하직ᄒ고 상부(相府)의 도라와 목욕ᄒ고 토둔(土遁)을 힝ᄒ여 옥허궁(玉虛宮)의 니르러 감히 마음디로 드러가지 못ᄒ더니 이윽고 빅학동지(白鶴童子) 나와보고 문왈,

"ᄉ슉(師叔)이 오신지 오라니잇가?"

주이 왈,

"드러가 데주의 왓시믈 보ᄒ라."

동지 드러가더니 나와 드러오라 ᄒ거눌 주이 동주롤 다리고 벽유상(碧遊床) 하의 드러가 졀ᄒ고 왈,

"뎨지 오늘날 니리 드러오믄 노스긔 뵈옵고 옥부(玉府) 칙명(勅命)을 어더 진즁의 튱신효주와 겁슈(劫數) 만난 신션들을 일즉 벼슬을 봉ᄒ여 노는 영혼들을 의탁ᄒ미 잇게 ᄒ고져 ᄒᄂᆞ니【20】바라건디 노스는 주비롤 크게 발ᄒ샤 시힝ᄒ시면 졔신(諸神)이 힝심(幸甚)홀가 ᄒᄂᆞ이다."

원시(元始) 왈,

"나도 임의 짐작ᄒ여시니 너는 몬져 도라가라. 조초 칙지(勅旨)롤 봉신디로 보니리라."

주이 ᄉ은ᄒ고 옥허궁(玉虛宮)을 ᄯᅥ나 셔기(西岐)로 도라와 잇혼날 무왕긔 뵈고 졔신을 각각 품ᄎᆞ(品次)로 봉홀 일을 주셰히 품ᄒ더라.

노시 봉신 칙지롤 써 보닐시 공즁의 싱황(笙篁) 쇼리 뇨랑(嘹喨)ᄒ며 향풍이 인온(氤氳)ᄒ여 션동(仙童)이 우기(羽蓋)롤 밧들고 황건녁시 ᄯᅥ 오며 빅학동지 친히 부칙(符勅)을 씨가지고 상부 문젼의 다닷거눌[3] 주이 향안을 비셜ᄒ고 옥부와 금칙(金勅)을 밧좌 옥허궁을 바라 ᄉ은흔 후의 황건녁시 빅학동주로 더브러 주아롤

---

1) 子牙: 원문은 '姜子牙'로 되어 있다.
2) 옥부: 원래 '옥보'로 되어 있으나 오기이므로 고침.

3) 【다닷다】⑱ 다다르다. 이르다. ¶ 降臨∥ 빅학동지 친히 부칙을 씨가지고 상부 문젼의 다닷거눌 주이 향안을 비셜ᄒ고 옥부와 금칙을 밧좌 옥허궁을 바라 ᄉ은흔 후의 황건녁시 빅학동주로 더브러 주아롤 니별ᄒ고 곤눈산으로 가니라 (白鶴童子親賫符勅降臨, 相符. ……子牙迎接玉符·金勅, 供於香案上, 望玉虛宮謝恩畢, 黃巾力士與白鶴童子別了子牙回崑崙.) <西周 25:20>

니별ᄒ고 곤눈산으로 가니라.

즈이 부칙을 친히 쓰 밧들고 토둔(土遁)을 ᄒᆡᆼᄒ여 노봉으로 올시 다만 일진(一陣) 경풍(輕風)의 발셔 봉신더의 니르니 쳥복신(清福神) 【21】 빅감(栢鑑)이 나와 맛거놀 즈이 부칙을 뫼셔 봉신더의 올나가 즁앙의 비셜ᄒ고 부칙을 봉안ᄒᆞᆫ 후의 젼녕(傳令)ᄒ여 무길(武吉)과 남궁괄(南宮适)노 팔괘번(八卦幡)을 민그라 각각 방을 진압ᄒ고 ᄯᅩ 삼쳔 인마롤 거ᄂᆞ려 오방(五方)을 안(按)ᄒ여 젼후좌우 즁앙으로 진을 버려 치라 분부ᄒᆞᆫ 후 즈이 목욕ᄒ고 싀옷 가라닙고 친히 향노롤 밧드러 슐을 붓고 쏫출 드러 디(臺)롤 셰 겹으로 두르고 즈이 졀ᄒ고 부칙을 장ᄎᆞᆺ 고홀시 몬져 쳥복신 빅감을 명ᄒ여,

“디하(臺下)의 디령ᄒ여 명을 드르라.”

ᄒ고 옥허궁 원시텬존(元始天尊)의 칙지(勅旨)롤 닑으니 왈,

　　　　티상무극혼원교쥬(太上無極混元敎主) 원시텬존 칙지의 갈와시디: 슬프다! 신션(神仙)과 범인(凡人)이 길이 다ᄅᆞᆫ지라 도ᄒᆡᆼ이 둣겁지[4] 아니면 엇지 능히 통ᄒ며 텬신(天神)과 디귀(地鬼) 길히 ᄂᆞᆫ호인지라 엇지 사름의 능히 엿볼 비리오? 【22】 비록 셤 가온더셔 긔운을 먹고 얼골을 다ᄃᆞᆷ들지라도 〔服氣煉形〕 일즉 삼시(三尸)롤 버히지 못ᄒ여 맛ᄎᆞᆷᄂᆡ 쳔빅년 후의 졉슈로 도라가는지라 도시[5] 혼갈갓치 텬관의 직을 직희여도 쮜여 버셔 바리지 못ᄒ면 냥식[6]이 삼쳔 요지(瑤池)의 긔약을 가지 못ᄒᆞᄂ니 고로 너희 등이 비록 지극ᄒᆞᆫ 도슐을 드르나 보졔(菩提)롤 증거치 못ᄒ고 마음이 잇셔 ᄒᆡᆼ실을 닷그나 탐(貪)과 어리기롤 벗

지 못ᄒ고 몸이 잇셔 셩도(聖道)의 드나노ᄒ며 분ᄒᆞᆷ를 마지 아니ᄒ니 모로미 지난 허물과 오린 죄의 니르러도 겹쉬 셔로 ᄎᆞᆺᄂᆞ니 혹 몸을 의탁ᄒ며 츙을 다ᄒ여 나라홀 갑ᄒ며 혹 노ᄒᆞᆷ를 인연ᄒ여 스스로 지화(災禍)롤 니르려니 살며 죽는 슐위박회 도라가듯 돌기롤 긋치지 아니ᄒ며 싀훤ᄒ며 셟기는 셔로 조ᄎᆞ 갑기롤 마지 아니ᄒᆞᄂ니 ᄂᆡ 【23】 심히 어엿비 너기노라. 너희 등이 몸쇼 창ᄭᅩᆺ과 칼날을 조ᄎᆞ 고ᄒᆡ(苦海)의 ᄲᅡ져 마음이 비록 츙냥ᄒ나 표박ᄒ여 의지 업스믈 어엿비 너기노라. 비록 특별이 강상을 명ᄒ여 겁운(劫運)의 즁ᄒ며 경ᄒᆞᆷ를 의지ᄒ고 벼슬의 놉ᄒ며 나즈믈 조ᄎᆞ 너희 등을 팔부졍신(八部正神)을 봉ᄒ여 각각 ᄎᆞ지홀 일을 맛져 하늘이나 ᄯᅡ히나 인간이나 안포(按布)ᄒ여 한가지로 션악을 규찰ᄒ며 삼계의 고ᄒᆡᆼ을 검거(檢擧)ᄒ여 졔반 화복을 너희 등으로 ᄎᆞ지ᄒ여 시ᄒᆡᆼ케 ᄒᆞᄂ니 너희 등은 이졔로붓허 죽으며 슬며 ᄒ기는 쮜여나 버셔 바리게 ᄒ여시니 공곳 잇는 날이면 ᄎᆞ례로 조ᄎᆞ 벼슬을 옴길 거시니 너희 등이 그 너른 규구(規矩)롤 졍셩으로 힘뼈 직희여 ᄉᆞ심을 방즈히 ᄒ며 망녕되이 스스로 죄과롤 짓지 마라. 뼈 슬픈 【24】 근심을 엇지 말고 오리 복녹을 맛다시며 미양 ᄉᆞ륜(絲綸)을 잡아시라. 너희롤 아직 니리 칙ᄒᆞᄂ니 너희는 다시곰 조심ᄒ라.

ᄒ엿더라.

즈이 칙지롤 닑은 후의 그 보록(符籙)을 향안 우희 놋코 갑옷 닙고 투고 쓰고 왼손의 누른 긔 잡고 올흔손의 치롤 들고 즁앙의 셔셔 크게 불너 왈,

“빅감은 봉신방을 가져다가 디하의 걸고 모든 귀신들노 ᄒ여금 함긔 드러오디 셔로 법을 건너 죄롤 엇지 말나.”

분부ᄒ니 빅감이 녕을 듯고 즉시 디하의 봉신방을 걸고 다 브르니 모든 귀신이 일시의 ᄶᅧ드러와 그 방을 보더라.

빅감이 즉시 인혼번(引魂幡)〔녕혼 혀는 번이라〕을 들고 단하(壇下)의 업더여 원시텬존의 봉신

---

4) 【둣겁다】혱 두텁다. ¶ 厚‖ 도ᄒᆡᆼ이 둣겁지 아니면 엇지 능히 통ᄒ며 텬신과 디귀 길히 ᄂᆞᆫ호인지라 엇지 사름의 능히 엿볼 비리오? (仙凡路迥, 非厚培根行豈能通; 神鬼途分, 豈詔媚奸邪所覬窺?) <西周 25:21>
5) 【도시】뿐 도무지. ¶ 總‖ 도시 혼갈갓치 텬관의 직을 직희여도 쮜여 버셔 바리지 못ᄒ면 냥신이 삼쳔 요지의 긔약을 가지 못ᄒᆞᄂ니 (總抱眞守一於玄關, 若未超脫, 陽神難赴三千瑤池之約.) <西周 25:22>
6) 냥신: 원래 ‘냥식’으로 되어 있으나 오기이므로 고침.

칙지롤 드르려 기다리고 잇더니 티상의셔 ᄌᆞ이
왈,

"니 이졔 티상원시(太上元始)의 칙지롤 밧
ᄌᆞ와 니르노라.

【25】 빅감아! 너는 헌원황뎨(軒轅皇
帝)의 스싱이 되여 치우(蚩尤)롤 쳐 긔특ᄒᆞᆫ
공이 잇더니 불힝ᄒᆞ여 북ᄒᆡ(北海)의 가 버
혀 죽으나 몸을 바려 나라홀 갑흐니 그 츙
심이 가장 아룸다오ᄃᆡ 일향(一向) 쎈져 이
시니 그 셜움이 더욱 슬픈지라. ᄒᆡᆼᄒᆡ 강상
을 만나 신을 봉ᄒᆞᄆᆡ 디롤 직희여 공이 즁
ᄒᆞ니 특별이 보록을 쥬어 네 츙효롤 위로
ᄒᆞᆯ시 이졔 너롤 칙봉(勅封)ᄒᆞ여 삼계(三界)
의 웃듬을 삼아 팔부 삼빅뉵십오위 쳥복졍
신(淸福正神) 벼슬을 쥬ᄂᆞ니 네 흠(欽)ᄒᆞ
라."

빅감이 ᄃᆡ하의셔 음풍(陰風)이 둘넛ᄂᆞᆫᄃᆡ
손으로 빅녕번(百靈幡)을 잡고 옥칙(玉勅)을 바
라보며 머리조아 스은ᄒᆞ니 ᄃᆡ하의 샹풍(祥風)이
ᄉᆞ면으로 두루고 향연이 셔렷더라. ᄌᆞ이 빅감을
명ᄒᆞ여,

"황텬화(黃天化)롤 불 【26】 너 칙지롤 들리
라."
ᄒᆞᆫᄃᆡ 쳥복신이 번(幡)을 둘너 황텬화롤 불너 ᄃᆡ
하의 꿀닌ᄃᆡ ᄌᆞ이 왈,

"이졔 티상원시의 칙명을 밧ᄌᆞ왓더니,

황텬화야! 너는 쳥년(靑年)의 츙을 다
ᄒᆞ여 나라홀 갑고 산의 나려 큰 공을 몬져
세우고 아뷔롤 ᄀᆞ완ᄒᆞ여 효양하되 일즉 벼
술을 봉ᄒᆞ여 영화롤 보지 못ᄒᆞ고 맛ᄎᆞᆷ늬
몸을 병혁(兵革) 가온ᄃᆡ 바리니 그 졍셰
실노 가린ᄒᆞᆫ시라. ᄀᆞ 공을 의지ᄒᆞ여 샹을
쥬어 그 후ᄒᆞᄆᆞᆯ 업게 ᄒᆞᆯ시 특별이 너롤 위
ᄒᆞ여 관영삼산졍신병녕공(管領三山正神炳
靈公)을 칙봉ᄒᆞ니 네 흠ᄒᆞ라."

황텬홰 단하(壇下)의 가니 ᄌᆞ이 ᄯᅩ 빅감을
명ᄒᆞ여 오악졍신(五岳正神)을 불너 ᄃᆡ하의 드려
일시의 꿀니니 ᄌᆞ이 왈,

"니 이졔 티상원시의 칙지【27】롤 밧ᄌᆞ왓
ᄂᆞ니,

황비호(黃飛虎)야! 너는 모진 님군의
춤혹ᄒᆞᆫ ᄉᆞ오나오믈 만나므로 타국의 도망
ᄒᆞ여 ᄉᆞ방의 유리(流離)ᄒᆞ고 그 골육의 슬
프미 바야흐로 간졀ᄒᆞ여 갑고져 분발ᄒᆞ더
니 졸연이 침겁(針劫)ᄒᆞᄆᆞᆯ 만나 드듸여 흉
ᄒᆞᆫ 화의 걸리니 그 졍이 지극 슬프며 숭후
호[7](崇侯虎)ᄂᆞᆫ 빅셩 건져닐 ᄠᅳᆺ이 잇셔 씨
겁슈롤 만나고 문빙(聞聘) 등 세 사룸은
금난(金蘭)의 ᄠᅳᆺ이 즁ᄒᆞ여 종심합녁(從心合
力)ᄒᆞᄆᆞᆯ 도모ᄒᆞ여 츙의 깁허 고굉(股肱)을
본바들가 바라더니 양계(陽界)의 운쉬 진
ᄒᆞᄆᆡ ᄠᅳᆺ을 먹음고 죽으니 너희 오인은 실
노 외로운 츙이 한가지나 그 공이 더ᄒᆞ며
덜ᄒᆞ미 잇ᄂᆞᆫ고로 특별이 ᄎᆞ등ᄒᆞ여 영봉(榮
封)ᄒᆞᄆᆞᆯ 쥬ᄂᆞ니 황비호 너는 오악의 웃듬
이 되여 유명디부(幽冥地府)의 열여덟 디
옥(地獄)을 가 【28】 음 아라[8] 살며 죽으며
화ᄒᆞ여 나는 사룸이나 신션이나 귀신이나
다 동악으로조ᄎᆞ 잡히게 ᄒᆞ여 널노 동악티
산텬뎨인셩디뎨(東嶽泰山天齊仁聖大帝)롤
칙봉ᄒᆞ여 길흉화복(吉凶禍福)을 총찰(總察)
케 ᄒᆞᄂᆞ니 흠ᄒᆞ라."

황비회 ᄃᆡ하의셔 고두ᄉᆞ은(叩頭謝恩)ᄒᆞ니
ᄌᆞ이 ᄯᅩ 네 사룸다려 칙지롤 니르ᄃᆡ,

숭후호(崇侯虎)[9]야! 너는 남악형산ᄉᆞ
텬쇼셩디뎨(南嶽衡山司天昭聖大帝)롤 특별
이 봉ᄒᆞ노라.

문빙아! 너는 중악승산통텬승셩디뎨

---

7) 원문은 '崇黑虎'로 되어 있디.
8) 【가음알다】 圖 관장하다. 다스리다. ¶ 掌 ‖
황비호 너는 오악의 웃듬이 되여 유명디부의 열
여덟 디옥을 가음아라 살며 죽으며 화ᄒᆞ여 나는
사룸이나 신션이나 귀신이나 다 동악으로 조ᄎᆞ
잡히게 ᄒᆞ여 (勅封爾黃飛虎爲五嶽之首, 仍加勅
一道, 執掌幽冥地府 十八重地獄, 凡一應生死轉
化人神仙鬼, 俱從東嶽勘對, 方許施行.) <西周
25:28>
9) 원문은 '崇黑虎'로 되어 있다. 아래 같음. 이하
백여 개 주석의 원문 이표기(異標記)는 현행본
의 표기임.

(中嶽 嵩山中天崇聖大帝)룰 특별이 봉ᄒᆞ노라.

최영(崔英)아! 너ᄂᆞᆫ 북악항산안텬현셩ᄃᆡ뎨(北嶽恒山安天玄聖大帝)룰 특별이 봉ᄒᆞ노라.

【29】 댱웅(蔣雄)아! 너ᄂᆞᆫ 셔악화산금텬슌셩ᄃᆡ뎨(西嶽華山金天順聖大帝)룰 특별이 봉ᄒᆞᄂᆞ니 너희 등이 그 홈ᄒᆞ라.

슝후호 등이 일시의 고두ᄉᆞ은ᄒᆞ고 황비호와 한가지로 나가니라.

즈의 ᄯᅩ 빅감을 명ᄒᆞ여 뇌부졍신(雷部正神)을 브르라 ᄒᆞ니 빅감이 단의 나와 인혼번을 둘너 뇌부졍신을 불너 드리니 문틱시(聞太師) 맛ᄎᆞᆷ니 영풍(英風)이 늠늠ᄒᆞ며 예긔(銳氣) 셕셕ᄒᆞ며 사ᄅᆞᆷ의 긔운을 앗ᄂᆞᆫ 듯ᄒᆞ여 빅감을 조ᄎᆞ 드지 아니ᄒᆞᄂᆞᆫ지라. 즈의 디상의셔 보니 향풍(香風)이 늠늠ᄒᆞ며 이십ᄉᆞ위졍신(二十四位正神)을 다리고 문틱시 마지 못ᄒᆞ여 디하의 드러오디 ᄭᅮ지 아니ᄒᆞ거ᄂᆞᆯ 즈의 치로 가르치며 크게 쇼릭ᄒᆞ여 왈,

"뇌부졍신은 ᄭᅮᆯ어 업디여 옥허궁 봉ᄒᆞ시ᄂᆞᆫ 칙명을 듯ᄌᆞ오라!"

ᄒᆞᆫ디 문틱시 그졔야 겨우 모든 귀신을 거ᄂᆞ리고 ᄭᅮ러 업디 【30】 니 즈의 왈,

"니 이졔 틱상원시의 칙명을 밧ᄌᆞ왓ᄂᆞ니,

문즁(聞仲)아! 너ᄂᆞᆫ 일즉 명산의 드러 큰 도룰 닷글시 비록[10] 조원(朝元)의 과미(果未)ᄒᆞ믈 드르나 지일(至一)ᄒᆞ믈 다 못ᄒᆞ므로 디라(大羅)의 올을 인연이 업고 인신의 극품(極品)ᄒᆞ미 잇셔 장ᄎᆞᆺ 양조(兩朝) 도와 츙을 다ᄒᆞ여 님군을 갑ᄒᆞ니 비록 졉슈의 호미나 그 츙되고 미오미 가히 앗가온지라. 이졔 특별이 너룰 뇌부룰 독찰(督察)ᄒᆞ여 구룸을 니르혀고 비룰 나리와 만물이 다 술아나게 ᄒᆞ며 어질고 ᄉᆞ오나오믈 술펴 화복을 고로로 쥬게 ᄒᆞ여 너룰 구텬응원뇌신[11]보화텬존(九天應元雷神普化天尊)을 봉ᄒᆞ여 뇌부 스물네 관원을 거ᄂᆞ리고 구룸을 지촉ᄒᆞ여 비룰 돕ᄂᆞᆫ 호법텬존(護法天尊)과 한가지로 시힝ᄒᆞ게 ᄒᆞᄂᆞ니 네 홈ᄒᆞ라."

뇌부이십ᄉᆞ원텬군졍신명호[휘](雷部二十四位天君正神名諱)

등텬군(鄧天君)의 일홈은 츙(忠)이오

신텬군(辛天君)의 일홈은 환(環)이오

댱텬군(張天君)의 일홈은 졀(節)이오

도텬군(陶天君)의 일홈은 영(榮)이오

방텬군(龐天君)의 일홈은 홍(洪)이오

뉴텬군(劉天君)의 일홈은 보(甫)오

구[12]텬군(苟天君)의 일홈은 장(章)이오

필텬군(畢天君)의 일홈은 완(完)[13]이오

뎡텬군(程天君)[14]의 일홈은 완(完)이오

조텬군(趙天君)의 일홈은 강(江)이오

동텬군(董天君)의 일홈은 젼(全)이오

원텬군(袁天君)의 일홈은 각(角)이오

니텬군(李天君)의 일홈은 덕(德)이오[만션진(萬仙陣) 망(亡)]

숀텬군(孫天君)의 일홈은 댱(長)[15]이오

빅텬군(栢天君)의 일홈은 예(禮)오

왕텬군(王天君)의 일홈은 변(變)이오

요텬군(姚天君)의 일홈은 빈[16](賓)이오

댱텬군(張天君)의 일홈은 죠(詔)[17]오

황텬군(黃天君)의 일홈은 경(庚)이오[만션진 망]

김텬군(金天君)의 일홈은 쇼(素)오[만션진 망]

【32】 길텬군(吉天君)의 일홈은 닙(立)이오

여텬군(余天君)의 일홈은 경(慶)이오

셤텬신(閃電神)은 금광셩뫼(金光聖母)오

조풍신(助風神)은 함지션(菡芝仙)이라

---

10) 비록: 원래 '비로'로 되어 있으나 오기이므로 고침.

11) 신: 원래 '셩'으로 되어 있으나 오기이므로 고침.

12) 구: 원래 '군'으로 되어 있으나 오기이므로 고침. 어떤 판본은 '苟天君'으로 되어 있다.

13) 완: 원문은 '環'이다.

14) 程天君: 현행본에는 없고, 秦天君으로 되어 있다.

15) 長: 원문은 '良'이다.

16) 빈: 원래 '변'으로 되어 있으나 오기이므로 고침.

17) 詔: 원문은 '紹'이다.

문즁이 이십ᄉᆞ위 신션을 거ᄂᆞ리고 업더여
다 드른 후 디상(臺上)을 바라보며 일시의 ᄉᆞ은
ᄒᆞ고 봉신디로 가니 상운(祥雲)이 니러나며 번
기 번득이며 바람이 쎠 모라가거늘 ᄌᆞ이 ᄯᅩ 빅
감을 명ᄒᆞ여 화부졍신(火部正神)을 브르라 ᄒᆞ니
경긱(頃刻)의 나션(羅宣) 등이 디하의 업더거늘
ᄌᆞ이 왈,

"이졔 티상원시의 칙명을 밧ᄌᆞ왓ᄂᆞ니,

나션아! 너ᄂᆞᆫ 옛날 화룡도(火龍島)의
잇셔 일즉 도를 닷가 쳥난(靑鸞)을 죵시
타지 못ᄒᆞ고 한 어린 셩졍만 싱각ᄒᆞ니 실
노 네 허물이나 발셔 지난 일인 고로 특별
이 칙명을 밧ᄌᆞ와 너롤 남방삼긔화덕셩군
(南方三氣火德星君)을 봉ᄒᆞ여 인ᄒᆞ여 화부
(火部) 다ᄉᆞᆺ 졍신을 거ᄂᆞ【33】려 인간 션
악을 술피게 ᄒᆞᄂᆞ니 네 흠ᄒᆞ라."

화부오위젼신명휘18)(火部五位正神名諱)

미화호(尾火虎)ᄂᆞᆫ 쥬초(朱招)오
실화뎨(室火猪)ᄂᆞᆫ 고진(高震)이오
췌화호(觜火猴)ᄂᆞᆫ 방귀(方貴)오
익화ᄉᆞ(翼火蛇)ᄂᆞᆫ 왕교(王蛟)오
졉화텬군(接火天君)은 류한(劉環)이라

나션이 즉시 오귀졍신을 거ᄂᆞ리고 나가니
라.

ᄌᆞ이 ᄯᅩ 빅감을 명ᄒᆞ여 온부졍신(瘟部正
神)을 브르리 ᄒᆞ니 이윽고 녀악(呂岳) 등이 디하
의 드러오니 참참19)(慘慘)ᄒᆞᆫ 안기와 쳐쳐(悽悽)
ᄒᆞᆫ 바람20)이 부더라. ᄌᆞ이 왈,

"니 티상원시의 칙명을 밧ᄌᆞ왓ᄂᆞ니,

녀악아! 너ᄂᆞᆫ 셤의 드러 신션의 도룰
닷가 그릇 간과(干戈)롤 동(動)ᄒᆞ여 살육ᄒᆞ
미 참혹ᄒᆞ며 스스로 모진디 ᄶᅥ러지니 다시

눌을【34】 원ᄒᆞ리오만은 특별이 널노 온황
(瘟瘴) 가음아ᄂᆞᆫ 호텬디뎨(昊天大帝)롤 봉
ᄒᆞ여 온부 뉵위졍신을 거ᄂᆞ려 므릇 ᄶᅦ의
즁(症)을 잡게 ᄒᆞᄂᆞ니 네 그 흠ᄒᆞ라."

온부뉵위졍신명휘(瘟部六位正神名諱)

동방힝온ᄉᆞ자(東方行瘟使者)ᄂᆞᆫ   쥬신(周信)
이오
남방힝온ᄉᆞ자(南方行瘟使者)ᄂᆞᆫ   니21)긔(李
奇)오
셔방힝온ᄉᆞ자(西方行瘟使者)ᄂᆞᆫ   텬닌(天
麟)22)이오
북방힝온ᄉᆞ자(北方行瘟使者)ᄂᆞᆫ 양문휘(楊文
輝)오
권23)션디ᄉᆞ(勸善大士)ᄂᆞᆫ 진경(陳庚)이오
화온도ᄉᆞ(和瘟道士)ᄂᆞᆫ 손통(孫通)이라.

녀악 등이 듯기롤 맛츠미 한가지로 ᄉᆞ은ᄒᆞ
고 나가거늘 ᄌᆞ이 ᄯᅩ 빅감을 명ᄒᆞ여 두부졍신
(斗部正神)을 브르라 ᄒᆞ니 금녕셩모 등이 디하
의 니르거늘 ᄌᆞ이 왈,

"니 이졔 티상원시의 칙지롤 밧ᄌᆞ왓ᄂᆞ니,

【35】 금녕셩모야! 너ᄂᆞᆫ 도덕이 완젼
ᄒᆞ여 일즉 쳔빅겁을 지나디 ᄉᆞ오나온 마음
을 바리지 아니ᄒᆞᄆᆞ로 살육ᄒᆞᄂᆞᆫ 앙화(殃
禍)롤 바다 스스로 모진 불 속의 샌지니
엇지 운쉬 뉸회(輪廻)ᄒᆞᄂᆞᆫ 익이 아니리오?
비록 뉘웃츠나 밋지 못ᄒᆞ리라. 특별이 너
롤 금궐(金闕)을 맛져 두부롤 진졍케 ᄒᆞᄂᆞ
니 왼 하늘 모든 별 즁의 읏듬이 되여 북
두궁ᄌᆞ긔지존(北斗宮紫氣之尊)을   봉ᄒᆞ여
팔만ᄉᆞ쳔 모든 별의 악ᄉᆞ(惡煞)롤 가음아
라 부리게 ᄒᆞ여 기리 두궁(斗宮)의 잇셔
두모졍신(斗母正神) 벼슬을 ᄒᆞ이ᄂᆞ니 그
흠ᄒᆞ라."

---

18) 휘: 원래 '호'로 되어 있으나 오기인 듯ᄒᆞ여 고
    침. 이하 같음.
19) 참참: 원래 '창창'으로 되어 있으나 오기이므로
    고침.
20) 바람: 원래 '밤'으로 되어 있으나 오기이므로
    고침.

21) 니: 원래 '진'으로 되어 있으나 오기이므로 고
    침.
22) 天麟: 원문은 '朱天麟'이다.
23) 권: 원래 '귀'로 되어 있으나 오기이므로 고침.

오두군셩길흉졍신명휘(五斗群星吉凶正神名諱)

동두셩관(東斗星官)은 쇼호(蘇護)·김규(金奎)·희슉도(姬叔度)[24]·조병(趙丙)이오
셔두셩관(西斗星官)은 황텬녹(黃天祿)·농환(龍環)·손주우(孫子羽)·호승(胡昇)·호운붕(胡雲鵬)이오
【36】 즁두셩관(中斗星官)은 노인걸(魯仁杰)·조뢰(晁雷)·희슉방(姬叔方)[25]이오
즁텬북극주미디뎨(中天北極紫微大帝)는 희빅읍고(姬伯邑考)오
남두셩관(南斗星官)은 쥬긔(周紀)·호뢰(胡雷)·고귀(高貴)·녀셩(余成)·손보(孫寶)·뇌곤(雷鵾)이오
북두셩관(北斗星官)은 황텬상(黃天祥)[텬강(天罡)]·은비간(殷比干)[문곡(文曲)]·황텬[경]원(黃景元)[26][무[시]곡(試曲)]·한승(韓昇)[좌보(左輔)]·한변[27](韓變)[우필(右弼)]·쇼젼츙(蘇全忠)[파군(破軍)]·악슌(鄂順)[탐낭(貪狼)]·곽신[28](郭宸)·동츙[29](董忠)[초요(招搖)][30]

군셩명휘(群星名諱)

청농셩(靑龍星)은 등구공(鄧九公)이오
빅호셩(白虎星)은 은셩쉬(殷成秀)오
쥬작셩(朱雀星)은 마방(馬方)이오
현무셩(玄武星)은 셔곤(徐坤)이오
구진셩(句陳星)은 쇼빅(孫伯)[31]이오
등스셩(螣蛇星)은 댱산(張山)이오
티양셩(太陽星)은 셔기(徐蓋)오

티음셩(太陰星)은 강시(姜氏)오[강황후라]
옥당셩(玉堂星)은 상용(商容)이오
텬귀셩(天貴星)은 희슉건(姬叔乾)이오
【37】 농덕셩(龍德星)은 홍금(洪錦)이오
홍난셩(紅鸞星)은 농길공쥬(龍吉公主)오
텬희셩(天喜星)은 쥬왕텬즈(紂王天子)오
텬덕셩(天德聖)은 미빅(梅栢)이오[쥬 티우라]
월덕셩(月德星)은 하쵸(夏招)오
텬스셩(天赦星)은 조계(趙啓)오[쥬 티우라]
모란셩(貌端星)은 가시(賈氏)오[황비호쳐]
금부셩(金府星)은 진뎐(陳定)[32]이오[만션진 망]
목부[33]셩(木府星)은 노신(蘆申)[34]이오[만션진 망]
수부셩(水府星)은 녀찬(余燦)[35]이오[만션진 망]
화부셩(火府星)은 왕진(王眞)[36]이오[만션진 망]
토부셩(土府星)은 토힝손(土行孫)이오
뉵합셩(六合星)은 등시(鄧氏)오[션옥(嬋玉)이라]
쥬셔셩(奏書星)은 차방(車方)[37]이오
화괴셩(河魁星)은 덕[곽]원(霍元)[38]이오
텬스셩(天嗣星)은 셕장(石章)[39]이오
녁스셩(力士星)은 디례(戴禮)[40]오
월괴셩(月魁星)은 최스걸(崔士傑)[41]이오
뎨거셩(帝車星)은 셔진(徐振)[42]이오
텬마셩(天馬星)은 방호(龐虎)[43]오
황은셩(皇恩星)은 니금(李錦)이오
텬의셩(天醫星)은 젼보(錢保)오[만션진 망]

---

24) 원문은 姬叔明이다.
25) 원문은 姬叔昇이다.
26) 黃景元: 현행본에는 없다.
27) 한변: 원래 '한병'으로 되어 있으나 오기이므로 고침.
28) 곽신: 원래 '곽'으로만 되어 있으나 원문에 따라 첨기함.
29) 동츙: 원래 '등츙'으로 되어 있으나 오기이므로 고침.
30) 초요: 원래 '혼음'으로 되어 있으나 오기이므로 고침.
31) 쇼빅: 원문은 '雷鵬'으로 되어 있다.
32) 원문은 '蕭臻'으로 되어 있다.
33) 목부: 원래 '본부'로 되어 있으나 形似에 의한 오기이므로 고침.
34) 원문은 '鄧華'로 되어 있다.
35) 원문은 '余元'으로 되어 있다.
36) 원문은 '火靈聖母'로 되어 있다.
37) 원문은 '膠鬲'으로 되어 있다.
38) 원문은 '黃飛彪'로 되어 있다.
39) 원문은 '黃飛豹'로 되어 있다.
40) 원문은 '鄔文化'로 되어 있다.
41) 원문은 '徹地夫人'으로 되어 있다.
42) 원문은 '姜桓楚'로 되어 있다.
43) 원문은 '鄂崇禹'로 되어 있다.

【38】 디후셩(地后星)은 황시(黃氏)오[귀비]

틱농셩(宅龍星)은 희슉덕(姬叔德)이오

복농셩(伏龍星)은 황명(黃明)이오

역마셩(驛馬星)은 뇌기(雷開)오

황번셩(黃幡星)은 위분(魏賁)이오

표미셩(豹尾星)은 뎡농인(鄭龍□)44)이오

상문셩(喪門星)은 댱계방(張桂芳)이오

죠긱셩(弔客星)은 풍님(風林)이오

구교셩(句絞星)은 비즁(費仲)이오

권셜셩(卷舌星)은 우혼(尤渾)이오

나후셩(羅猴星)은 핑쥰(彭遵)이오

계도셩(計都星)은 왕표(王豹)오

비렴셩(飛廉星)은 희슉곤(姬 叔坤)이오

디모셩(大耗星)은 승후호(崇侯虎)오

쇼모셩(小耗星)은 은파픽(殷破敗)오

피두셩(披頭星)은 틱란(太鸞)이오

난간셩(欄杆星)은 농안길(龍安吉)이오

양인셩(羊刃星)은 조승(趙升)이오

오귀셩(五鬼星)은 등수(鄧秀)오

관부셩(官符星)은 방의진(方義眞)이오

고진셩(孤辰星)은 녀화(余化)오

텬구셩(天狗星)은 계강(季康)이오

【39】 병부셩(病符星)은 왕좌(王佐)오

찬골셩(鑽骨星)은 최신(崔信)45)이오

亽부셩(死符星)은 변금농(卞金龍)이오

텬픠셩(天敗星)은 빅현츙46)(栢顯忠)이오

부침셩(浮沈星)은 뎡츈(鄭椿)이오

독회셩(獨火星)은 희슉의(姬叔義)이오

셰살셩(歲殺星)은 니운(李雄)47)이오[만션진망]

셰형셩(歲刑星)은 셔방48)(徐芳)이오[쳥운(靑雲) 총병]

셰파셩(歲破星)은 됴견(晁田)이오

디살셩(大殺星)49)은 뎡칙(丁策)이오

혈광셩(血光星)은 마츙(馬忠)이오

망신50)셩(亡神星)은 구양평(歐陽平)51)이오

월파셩(月破星)은 왕빈(王賓)52)이오

월유셩(月遊星)은 양죵현(梁顯)53)이오

亽[왕]긔셩(王氣星)54)은 진례량(陳禮亮)55)이오

함지셩(咸池星)은 디츙(池忠)56)이오

월염셩(月厭星)은 숀안(孫安)57)이오

월형셩(月刑星)은 니덕(李德)58)이오

흑살셩(黑殺星)은 고계룽(高繼能)이오

칠살셩(七殺星)은 댱규(張奎)오

오곡셩(五谷星)은 은홍(殷洪)이오[쥬의 지(子)라]

뎨살셩(除殺星)은 황텬[졍]신(黃鼎臣)59)이오

【40】 텬형셩(天刑星)은 양츈(楊春)60)이오

오공셩(五窮星)은 亽亽졔(史思齊)61)오

디망62)셩(地網星)은 희슉길(姬叔吉)이오

홍영셩(紅艷星)은 왕의(王義)63)오

화기64)셩(華蓋星)은 댱졍(張定)65)이오

과슉셩(寡宿星)은 댱위66)(張偉)오

잠67)츅셩(蠶畜星)은 호가션(胡佳善)68)이오

---

49) 원문은 '帝輅星'으로 되어 있다.
50) 망신: 원래 '만신'으로 되어 있으나 오기이므로 고침.
51) 平: 원문은 '淳'으로 되어 있다.
52) 賓: 원문은 '虎'로 되어 있다.
53) 원문은 '石磯娘娘'으로 되어 있다.
54) 원문은 '死氣星'으로 되어 있다.
55) 원문은 '陳李貞'으로 되어 있다.
56) 원문은 '徐忠'으로 되어 있다.
57) 원문은 '姚忠'으로 되어 있다.
58) 원문은 '陳梧'로 되어 있다.
59) 원문은 '余忠'으로 되어 있다.
60) 원문은 '歐陽天祿'으로 되어 있다.
61) 원문은 '孫合'으로 되어 있다.
62) 원래 '디강'으로 되어 있으나 오기이므로 고침.
63) 원문은 '楊氏'로 되어 있다.
64) 화기: 원래 '화복'으로 되어 있으나 오기이므로 고침.
65) 원문은 '敖丙'으로 되어 있다.
66) 댱위: 원래 '댱우'로 되어 있으나 오기이므로 고침.
67) 잠: 원래 '금'으로 되어 있으나 오기이므로 고침.
68) 원문은 '黃元濟'로 되어 있다.

---

44) 원문은 '吳謙'으로 되어 있다.
45) 원문은 '張鳳'으로 되어 있다.
46) 빅현츙: 원래 '빅츙'으로만 되어 있으나 원문에 의거하여 고침.
47) 원문은 '陳庚'으로 되어 있다.
48) 셔방: 원래 '녀방'으로 되어 있으나 오기이므로 고침.

황무셩(荒蕪星)은 쇼국지(召國才)69)오
텰쇼셩70)(鐵掃星)는 마시(馬氏)오
복단셩(伏斷星)은 니안(李顏)71)이오
텬라셩(天羅星)은 쥬인(朱寅)72)이오
복음셩(伏吟星)은 녀디본(呂知本)73)이오
텬궁셩(天空星)은 젼경(錢京)74)이오
멸몰셩(滅沒星)은 방경원(房景元)이오
십악셩(十惡星)은 니덕무(李德武)75)오[구 만션진망((俱 萬仙陣 亡)]
파쇄셩(破碎星)은 녀종빅(余宗伯)76)이오
도화셩(桃花星)은 고시(高氏)오[난영이라]
피마셩(披麻星)은 김경(金庚)77)이오[만션진 망]
디화셩(大禍星)은 진망[맹](陳猛)78)이오
삼시셩(三尸星)은 산견(撒堅)이오
낭젹셩(狼籍星)은 한영(韓榮)이오[스슈 총병]
삼시셩(三尸星)은 산용(撒勇)이오[삼형데라]
【41】구치셩(九醜星)은 요현(姚玄)79)이오[만션진 망]
양츠셩(陽差星)은 왕보(王保)80)오[만션진 망]
삼시셩(三尸星)은 산강(撒强)이오
스페셩(四廢星)은 원곤(袁坤)81)이오
음착셩(陰錯星)은 김히(金海)82)요[만션진 망]
디공셩(地空星)은 홍승슈(洪承秀)83)오
인살셩(刃殺星)은 공숀탁(公孫鐸)이오
뉴하셩(流霞星)은 양상(楊相)84)이오
텬은셩(天瘟星)은 뎡됴용(程朝用)85)이오

도침셩(刀砧星)은 호승(胡松)86)이오
틱신셩(胎神星)은 희슉녜(姬叔禮)오
셰렴셩(歲厭星)은 양완[왕](楊旺)87)이오
반음셩(反吟星)은 쥬빅(周栢)88)이오
박스셩(博士星)은 형삼익(邢三益)89)이오[만션진 망]

이십팔슈명휘(二十八宿名諱) 이 중의 팔인은 벼술ᄒᆞ다가 다 만션진(萬仙陣) 망(亡).

각목교(角木蛟)난 빅님(栢林)이오
두목타(斗木豸)는 양위(楊偉)90)이오
규목낭(奎木狼)은 니웅(李雄)이오
졍목간(井木犴)은 심경(沈庚)이오
우금우(牛金牛)는 니홍(李弘)이오
귀91)금양(鬼金羊)은 조빅고(趙白高)오
【42】루금구(婁金狗)는 댱웅(張雄)이오
항금농(亢金龍)은 니도통92)(李道通)이오
녀토복(女土福)은 뎡원(鄭元)이오
위토치(胃土雉)는 송경(宋庚)이오
류토장(柳土獐)은 오곤(吳坤)이오
뎌토락(氐土貉)은 고병(高丙)이오
셩일마(星日馬)는 녀릉(呂能)이오
묘일계(昴日鷄)는 황창(黃倉)이오
허일셩(虛日星)은 쥬보(周寶)오
방일토(房日兎)는 요공빅(姚公伯)이오
필월조(필월조)는 김승양(金繩陽)이오
위월연(危月燕)은 후틱을(侯太乙)이오
심월호(心月狐)는 쇼원(蘇元)이오
댱월녹(張月鹿)은 셜졍(薛定)이오

두부텬강셩삼십뉵위명휘(斗部天罡星三十六

---

69) 원문은 '戴禮'로 되어 있다.
70) 셩: 원래 '훼'로 되어 있으나 오기이므로 원문에 따라 고침.
71) 원문은 '朱子眞'으로 되어 있다.
72) 원문은 '陳桐'으로 되어 있다.
73) 원문은 '姚庶良'으로 되어 있다.
74) 원문은 '梅武'로 되어 있다.
75) 원문은 '周信'으로 되어 있다.
76) 원문은 '吳龍'으로 되어 있다.
77) 원문은 '林善'으로 되어 있다.
78) 원문은 '李艮'으로 되어 있다.
79) 원문은 '龍鬚虎'로 되어 있다.
80) 원문은 '馬星龍'으로 되어 있다.
81) 원문은 '袁洪'으로 되어 있다.
82) 원문은 '金成'으로 되어 있다.
83) 원문은 '梅德'으로 되어 있다.
84) 원문은 '武榮'으로 되어 있다.

85) 원문은 '金大昇'으로 되어 있다.
86) 원문은 '常昊'로 되어 있다.
87) 원문은 '彭祖壽'로 되어 있다.
88) 원문은 '楊顯'으로 되어 있다.
89) 원문은 '杜元銑'으로 되어 있다.
90) 양위: 원래 '양신'로 되어 있으나 오기이므로 고침.
91) 귀: 원래 'ᄌ'로 되어 있으나 오기이므로 고침.
92) 니도통: 원래 '니통'으로만 되어 있으나 오기이므로 원문에 따라 첨기함.

位名諱) 구 만션진 망.

텬괴셩(天魁星)은 고연(高衍)이오

텬강셩(天罡星)은 황진(黃眞)이오

텬긔셩(天機星)은 노창(盧昌)이오

텬한셩(天閒星)은 긔병(紀丙)이오

텬뇽셩(天勇星)은 요공효(姚孝)오

텬웅셩(天雄星)은 싀회[93](施檜)오

【43】 텬밍셩(天猛星)은 숀을(孫乙)이오

텬위셩(天威星)은 니표(李豹)오

텬영셩(天英星)은 쥬의(朱義)오

텬귀셩(天貴星)은 진감(陳坎)이오

텬부셩(天富星)은 녀션(黎仙)이오

텬만셩(天滿星)은 방보(方保)오

텬고셩(天孤星)은 쳠슈(詹秀)오

텬샹셩(天傷星)은 니홍인(李洪仁)이오

텬닙셩(天立星)[94]은 왕용무(王龍茂)오

텬건[95]셩(天建[96]星)은 등왕(鄧王)[97]이오

텬암셩(天暗星)은 니신(李新)이오

텬유셩(天祐星)은 셔졍도(徐正道)오

텬공셩(天空星)은 젼통(典通)이오

텬패셩(天敗星)은 신례(申禮)오

텬이셩(天異星)은 녀즈답(呂自答)[98]이오

텬혜셩(天慧星)은 댱지웅(張智雄)이오

텬미셩(天微星)은 공쳥(龔淸)이오

텬곡셩(天哭星)은 류달(劉達)이오

텬퇴셩(天退星)은 고가(高可)오

텬쇽셩(天速星)은 오욱(吳旭)이오

텬건셩(天劍星)은 왕호(王虎)오

텬살셩(天煞셩)은 님릭빙(任來聘)이오

【44】 텬죄셩(天罪星)은 요공(姚公)이오

텬구셩(天究星)은 단빅초(單百招)오

텬슈셩(天壽星)은 쳑셩(戚成)이오

<hr>

텬뇌셩(天牢成)은 문걸(聞傑)이오

텬경셩(天竟[99]星)은 복동(卜同)이오

텬교셩(天巧星)은 뎡삼익(程三益)이오

텬션셩(天損星)은 당텬졍(唐天正)이오

텬포셩(天暴星)은 필덕(畢德)이오

두부디살[100]셩칠십이위명휘(斗部地煞星柒拾貳位名諱) 구 만션진 망.

디괴셩(地魁星)은 진계진[101](陳繼眞)이오

디혜셩(地慧星)은 차권(車坤)이오

디용셩(地勇星)은 가셩(賈成)이오

디연셩(地然[102]星)은 쥬경(周庚)이오

디웅셩(地雄星)은 노슈덕(魯修德)이오

디광셩(地狂星)은 곽지원(霍之元)이오

디영셩(地英星)은 숀상(孫祥)이오

디쥬셩(地走星)은 고종(顧宗)이오

디밍셩(地猛星)은 빅유환(栢有患)이오

디명셩(地明星)은 방길(方吉)이오

디졍셩(地正星)은 노격(老[103]隔)이오

디퇴[104]셩(地退星)은 번환(樊煥)이오

【45】 디합셩(地闔星)은 류형(劉衡)이오

디슈셩(地遂星)은 공셩(孔成)이오

디암셩(地暗星)은 녀혜(余惠)오

디은셩(地隱星)은 녕삼익(甯三益)이오

디회셩(地會星)은 노디(魯芝)오

디리셩(地理星)은 동[105]졍(童貞)이오

디우셩(地祐星)은 댱긔(張奇)오

디락[106]셩(地樂星)은 왕샹(汪祥)이오

디슈셩(地獸星)은 김[107]보도(金甫道)오

<hr>

99) 竟: 원문은 '平'으로 되어 있다.
100) 살: 원래 '기'로 되어 있으나 오기이므로 고침.
101) 원래 '계진'으로 되어 있으나 원문에 따라 첨기함.
102) 然: 원문은 '默'으로 되어 있다.
103) 老: 원문은 '考'로 되어 있다.
104) 퇴: 원래 '회'로 되어 있으나 오기이므로 고침.
105) 동: 원래 '즁'으로 되어 있으나 오기이므로 고침.
106) 락: 원래 '무'로 되어 있으나 오기이므로 고침.
107) 김: 원래 '진'으로 되어 있으나 오기이므로 고침.

93) 싀회: 원래 '싀호'로 되어 있으나 오기이므로 고침.
94) 원문은 '大晴星'으로 되어 있다.
95) 건: 원래 '진'으로 되어 있으나 오기이므로 고침.
96) 建: 원문은 '健'으로 되어 있다.
97) 鄧王: 원문은 '鄧玉'으로 되어 있다.
98) 答: 원문은 '成'으로 되어 있다.

디속[108]셩(地速星)은 형삼난(邢三鸞)이오
디계셩(地稽[109]星)은 공텬조(孔天兆)오
디비셩(地飛星)은 엽신(葉申)이오
디요셩(地妖星)은 공경(龔情[110])이오
디교셩(地巧星)은 니창(李昌)이오
디살셩(地煞星)은 황원졔(黃元濟)오
디진셩(地進星)은 셔길(徐吉)이오
디걸셩(地傑星)은 호빅안(呼百顔)이오
디만셩(地滿星)은 탁공(卓公)이오
디위셩(地威星)은 슈셩(須成)이오
디쥬셩(地周星)은 요금슈(姚金秀)오
디긔셩(地奇星)은 왕평(王平)이오
디이셩(地異星)은 여디(余知)오
【46】디문셩(地文星)은 혁고(革高)오
디쥰[111]셩(地俊星)은 원뎡상(袁鼎相)이오
디벽셩(地闢星)은 니슈(李燧)오
디쳡셩(地捷星)은 경안(耿顔)이오
디강셩(地强星)은 하상(夏祥)이오
디진셩(地鎭星)은 강츙(姜忠)이오
디츅셩(地軸[112]星)은 포룡(鮑龍)이오
디마셩(地魔星)은 니약(李躍)이오
디좌셩(地佐星)은 황병경(黃丙慶)이오
디유셩(地幽星)은 단청(段淸)이오
디령셩(地靈星)은 곽긔(郭己)[113]오
디복셩(地伏星)은 문도졍(門道正)이오
디미셩(地微星)은 진원(陳元)이오
디공셩(地空星)은 쇼뎐(蕭電)이오
디포셩(地暴星)은 삼셩도(桑成道)오
디젼셩(地全星)은 광옥(匡玉)이오
디창셩(地猖星)은 졔공(齊公)이오
디각셩(地角星)은 남호(藍虎)오
디장셩(地藏星)은 관빈(關斌)이오
디구셩(地狗星)은 진몽경(陳夢庚)이오
디손셩(地損星)은 황오(黃烏)오

디모셩(地耗星)은 요엽[114](姚燁)이오
【47】디즐셩(地察星)은 댱환(張煥)이오
디열셩(地劣星)은 범빈(范斌)이오
디혼셩(地魂星)은 셔산(徐山)이오
디형셩(地刑星)은 진상(秦祥)이오
디음셩(地陰星)은 초룡(焦龍)이오
디슈셩(地數星)은 갈방(葛方)이오
디장셩(地壯星)은 무연공(武衍公)이오
디앙셩(地惡星)은 니신(李信)이오
디건셩(地健星)은 엽경창(葉景昌)이오
디노셩(地奴星)은 공도령(孔道靈)이오
디젹셩(地賊星)은 숀길(孫吉)이오
디평셩(地平星)은 농셩(龍星)이오
디벽셩(地僻星)은 조님(祖林)이오
디슈셩(地囚星)은 송녹(宋祿)이오
디고셩(地孤星)은 오ㅅ옥(吳四玉)이오
디단[115]셩(地短星)은 채공(蔡公)이오

두부구요셩관명휘(斗部九曜星官名諱)   구만션진 망.

승응표(崇應彪)·고문평(高燊平)·한붕(韓鵬)·니졔(李濟)·왕봉(王封)·류금(劉禁)·왕져(王儲)·펑구원(彭九元)·니삼익(李三益)이오

【48】북두오기슈덕셩군명휘(北斗五炁水德星君名諱)

슈덕셩(水德星)은 노웅(魯雄)이오[솔영슈부 ㅅ위졍신(率領水部四位正神)이라]
긔슈표(箕水豹)눈 양진[116](楊眞)이오
벽슈유(壁水揄[117])눈 방길쳥(方吉淸)이오
삼슈원[118](參水猿)눈 숀상(孫祥)이오
딘슈[119]인(軫水蚓)은 호도원(胡道元)이라

---

108) 속: 원래 '슈'로 되어 있으나 오기이므로 고침.
109) 稽: 원문은 '羈'로 되어 있다.
110) 情: 원문은 '倩'으로 되어 있다.
111) 쥰: 원래 '후'로 되어 있으나 오기이므로 고침.
112) 軸: 원문은 '輔'로 되어 있다.
113) 己: 원문은 '巳'로 되어 있다.
114) 엽: 원래 '렴'으로 되어 있으나 오기이므로 고침.
115) 단: 원래 '만'으로 되어 있으나 오기이므로 고침.
116) 진: 원래 '젼'으로 되어 있으나 오기이므로 고침.
117) 揄: 原字左旁作'犭', 右旁'兪'.
118) 원: 원래 '어'로 되어 있으나 오기이므로 고침.

모든 셩신이 직봉ᄒᆞᄆᆞᆯ 다 듯고 돈슈 ᄉᆞ은
ᄒ고 셔로 어ᄌᆞ러이 나가니 ᄌᆞ이 ᄯᅩ 빅감을 명
ᄒ여 딕연티셰(直年太歲)ᄅᆞᆯ 브르라 ᄒ니 빅감이
인혼번을 둘너 부ᄅᆞᆫ디 은교(殷郊)와 양임(楊任)
등이 드러와 더하의 업ᄃᆡ거ᄂᆞᆯ ᄌᆞ이 왈,

"이졔 티상원시의 칙명을 밧ᄌᆞ왓ᄂᆞ니,

은교야! 너ᄂᆞᆫ 몸이 쥬의 아들노셔 어
ᄆᆡ 불측(不測)ᄒᆞᆫ 화ᄅᆞᆯ 만난 후의 명산의
드러 도ᄅᆞᆯ 닷가 스싱의 말을 비반ᄒ고 텬
의ᄅᆞᆯ 거ᄉᆞ려 보십의 화ᄅᆞᆯ 비져ᄂᆞ니[120] 비
록 신공표의 간ᄉᆞᄒᆞᄆᆡ나[121] ᄯᅩ 네 ᄌᆞ취ᄒ
【49】 미니 네 눌을 한ᄒ리오? 너ᄅᆞᆯ 집연
셰군티셰신(執年歲君太歲神)을 봉ᄒ여 쥬
년(周年)을 직희여 시졀의 조코 구ᄌᆞᄆᆞᆯ 잡
죄게[122] ᄒ라.

양임아! 너ᄂᆞᆫ 쥬ᄅᆞᆯ 셤겨 충을 다ᄒ여
직언으로 간ᄒ다가 ᄆᆞᆫ져 눈ᄉᆡ히ᄂᆞᆫ 익을 만
나니 셔기로 도라와 몸을 바려 나라흘 돕
다가 불ᄒᆡᆼᄒ여 그릇 죽으니 이 다 겹슈의
달니미니 엇지 운슈ᄅᆞᆯ 도망ᄒ리오? 특별이
갑ᄌᆞ티셰[123]신(甲子太歲神)을 봉ᄒ여 일직
졍신을 거ᄂᆞ려 왼하ᄂᆞᆯ 모든 별의 도슈(度
數)ᄅᆞᆯ 조ᄎᆞ 인간의 지난 허믈을 가음알게
ᄒ며 술필지니 네 그 흠ᄒ라."

티셰부하일직즁셩명휘(太歲部下日値衆星名
諱)

일유신(日遊神)은 교명(喬明)[124]이오
야유신(夜遊神)은 요익(姚益)[125]이오
증복신(增福神)은 한득뇽(韓毒龍)이오
양븍신(掠福神)은 셜악호(薛惡虎)오
【50】 현도[126]신(顯道神)은 방필(方弼)이오
기노신(開路神)은 방상(方相)이오
직연신(直年神)은 니병(李丙)이오[만선진 망]
디궐신(直月神)은 황승일(黃承乙)이오[만선진
망]
직일신(直日神)은 쥬등[127](周登)이오[만선진
망]
직시신(直時神)은 류홍(劉洪)이라[만선진 망]

은교 등이 다 드ᄅᆞᆫ 후 돈슈 ᄉᆞ은ᄒ고 밧그
로 나가니 ᄌᆞ이 ᄯᅩ 빅감을 명ᄒ여 왕마(王魔)
등을 브르라 ᄒ니 빅감이 번(幡)을 두다려 왕마
등을 불너 더하의 ᄭᅮᆯ닌디 ᄌᆞ이 왈,

"이졔 너 티상원시의 칙명을 밧ᄌᆞ왓ᄂᆞ니,

왕마야! 너희 등이 옛날 구룡도(九龍
島)의셔 큰 도ᄅᆞᆯ 닥더니 엇지 근힝(根行)이
깁지 못ᄒ여 간ᄉᆞᄒᆞᆫ 쳐비(萋菲)[128]ᄅᆞᆯ 듯고
아홉 번 구을닌 공부ᄅᆞᆯ 바리고 도로혀 칼
날 아러 익을 바드니 이 ᄯᅩᄒᆞᆫ ᄌᆞ취ᄒᆞᆫ 허물
이라 엇지 하ᄂᆞᆯ을 원ᄒ리오? 특별이 너희
등을 위ᄒ여 녕쇼보뎐(靈霄寶殿) 직흰 ᄉᆞ
셩디원슈(四聖大元帥)ᄅᆞᆯ 봉ᄒ여 그윽ᄒ 녕
혼을 위로케 ᄒᆞᄂᆞ니 너희 등은 그 흠ᄒ
라."

【51】 ᄉᆞ셩디원슈명휘(四聖大元帥名諱)

왕마(王魔)·양삼(楊森)·고체건(高體乾)·

---

119) 슈: 원래 '슌'으로 되어 있으나 오기이므로 고
침.
120) 【비져너다】 图 빚어내다. ¶ 釀成‖ 너ᄂᆞᆫ 몸
이 쥬의 아들노셔 어믜 불측ᄒᆞᆫ 화ᄅᆞᆯ 만난 후의
명산의 드러 도ᄅᆞᆯ 닷가 스싱의 말을 비반ᄒ고
텬의ᄅᆞᆯ 거ᄉᆞ려 보십의 화ᄅᆞᆯ 비져너니 (爾殷郊昔
身爲紂子, 痛母后致觸君父, 幾罹不測之殃; 後證
道名山, 背師言有逆天意, 釀成犁鋤之禍.) <西周
25:48>
121) 【간ᄉᆞᄒ다】 图 교사하다. 선동하여 나쁜 일을
하게 하다.¶ 唆使‖ 비록 신공표의 간ᄉᆞᄒᆞᄆᆡ나
ᄯᅩ 네 ᄌᆞ취ᄒᆞᄆᆡ니 네 눌을 한ᄒ리오? (雖申公豹
之唆使, 亦爾自作之愆由.) <西周 25:48>
122) 【잡죄다】 잡아 죄다. 관장하다. ¶ 管‖ 너ᄅᆞᆯ
집연셰군티셰신을 봉ᄒ여 쥬년을 직희여 시졀의
조코 구ᄌᆞᄆᆞᆯ 잡죄게 ᄒ라 (特勅封爾殷郊爲執年
歲君太歲之神, 坐守周年, 管當年之休咎.) <西周
25:49>
123) 세: 원래 'ᄌᆞ'로 되어 있으나 오기이므로 고침.

124) 원문은 '溫良'으로 되어 있다.
125) 원문은 '喬坤'으로 되어 있다.
126) 도: 원래 '둔'으로 되어 있으나 오기이므로 고
침.
127) 등: 원래 '진'으로 되어 있으나 오기이므로 고
침.
128) 쳐비(萋菲): 문채가 나는 모양.

니흥픽(李興霸)

왕마 등이 다 듯고 돈슈 ᄉ은 후 나가니 ᄌ인 ᄯ 빅감을 명ᄒ여 조공명(趙公明)을 브ᄅ라 ᄒ니 번을 둘너 공명을 불너 ᄭᅮ닌디 ᄌ인 왈,

"이졔 틱샹원시의 칙명을 밧ᄌ왓ᄂ니,

조공명아! 너ᄂ 녯날 큰 도룰 닷가 임의 삼승(三乘)을 아랏고 근힝이 깁허 션경(仙景)의 드럿거늘 엇지ᄒ여 마ᄋᆷ의 불이 니러나 덕업(德業)을 바리고 조혼디 ᄲᅱ여나 망녕되이 결연ᄒ여 더러온디 ᄯᅥ러져 진으로 도라오고져 ᄒ디 길히 업고 사라셔 디라뎐(大羅殿)의 드지 못ᄒ니 그거시 다 뉘 허물고? 특별이 너룰 위ᄒ여 금뇽(金龍)의 뎡일뇽호진군(正一龍虎眞君)을 봉ᄒ여 부하 ᄉ위졍신을 거느려 샹납129)(祥納)을 맛고 복을 드【52】리며 닷ᄂ 거슬 조ᄎ며 망혼 거슬 잡아 ᄎ지ᄒ게 ᄒᄂ니 네 그 흠ᄒ라."

뇽호진군명휘(龍虎眞君名諱)

쵸부텬존(招寶天尊)은 쇼승(蕭昇)이오
납진텬존(納珍天尊)은 됴보(曹寶)오
쵸지ᄉᄌ(招財使者)ᄂ 교유명(喬有明)130)이오
니시션관(利市仙官)은 요츄익(姚逐益)이러라.

됴공명이 다 드론 후 돈슈 ᄉ은ᄒ고 나가니 ᄌ인 ᄯ 빅감을 명ᄒ여 마가(魔家) ᄉ장(四將)을 브ᄅ라 ᄒ니 빅감이 마례131)청(魔禮靑) 형뎨 등을 불너드린디 ᄌ인 왈,
"이졔 틱샹원시의 칙명을 밧ᄌ왓ᄂ니,

마례132)쳥아! 너희 등은 가만이 긔특혼 보비룰 어더 텬명을 거ᄉ려 형뎨 한가지로 죄업시 죽으니 비록 츙심이 아롭다오나 엇지 몸을 곰초지 못ᄒ여 한 ᄢ의 죽어 일향 뭇치여시니 가련혼지【53】라. 특별이 너희로 ᄉ디텬왕(四大天王)을 봉ᄒ여 셔방교뎐(西方敎典)을 도와 ᄇ롬을 고로로 불며 비룰 순히 ᄒ여 나라홀 도와 빅셩을 평안케 ᄒᄂ 공을 쥬ᄂ니 네 그 흠ᄒ라."

ᄉ디텬왕명휘(四大天王名諱)

증장텬왕(增長天王)은 마례쳥(魔禮靑)이니 쳥광보검(靑光寶劍)을 가져 바람을 가음알고133)
광목텬왕(廣目天王)은 마례홍(魔禮紅)이니 벽옥비파(碧玉琵琶)룰 가져 구롬을 가음알고
다문텬왕(多文天王)은 마례히(魔禮海)니 혼원진쥬산(混元珍珠傘)을 가져 비룰 순히 ᄒ믈 가음알고
디국텬왕(持國天王)은 마례슈(魔禮壽)니 금뇽화호쵸(金龍花狐貂)룰 가져 음양을 순히 ᄒ【54】믈 가음알게 ᄒ니라.

마례쳥 등이 다 드론 후 일시의 ᄉ은ᄒ고 나가니 ᄌ인 ᄯ 빅감을 명ᄒ여 뎡눈(鄭倫) 등을 브ᄅ라 ᄒ니 빅감이 번을 둘너 뎡눈 등을 불너 드리니 ᄌ인 왈,
"이졔 틱샹원시의 칙명을 밧ᄌ왓ᄂ니,

뎡눈아! 너ᄂ 쥬(紂)룰 바리고 셔기로 드라와 바야흐로 현신이 셩쥬룰 어더 진녁ᄒ여 군냥을 지측ᄒ여 쳔니의 발셥(跋涉)ᄒ여134) 영화룰 보지 못ᄒ여 양구(陽九)의

---

129) 납: 원래 '션'으로 되어 있으나 오기인 듯하여 고침.
130) 원문은 '陳九公'으로 되어 있다.
131) 례: 원래 '리'로 되어 있으나 오기인 듯하여 고침.
132) 례: 원래 '리'로 되어 있으나 오기인 듯하여 고침.
133) 【가음알다】툉 맡다. ¶職‖ 증장텬왕은 마례쳥이니 쳥광보검을 가져 바람을 가음알고 (增長天王魔禮靑, 掌靑光寶劍一口, 職風.) <西周 25:53>
134) 【발셥ᄒ다】툉 [발셥(跋涉)하다.] 산을 넘고 물을 건너 길을 가다. 여러 곳을 두루 돌아다니다. ‖ 뎡눈아! 너ᄂ 쥬룰 바리고 셔기로 드라와 바야흐로 현신이 셩쥬룰 어더 진녁ᄒ여 군냥을 지측ᄒ여 쳔니의 발셥ᄒ여 영화룰 보지 못ᄒ

익을 맛나고, 진긔(陳奇) 너는 조민벌죄(弔民伐罪)ᄒᄂᆫ 군ᄉᆞᄅᆞᆯ 막으니 비록 텬명을 거스려시나 나라히 츙을 다ᄒᆞ니 진실노 아ᄅᆞᆷ다오나 이거시 다 접슈의 희오미니 기리 츳탄ᄒᆞ노라. 이제 특별이 너희 등을 봉ᄒᆞ여 셕산135)문(釋山門)을 직희여 교화ᄅᆞᆯ 베퍼 법도ᄅᆞᆯ 보젼케 ᄒᆞᄂᆫ 졍신을 ᄒᆞ이ᄂᆞ니 너희 그 흠ᄒᆞ라.”

【55】 뎡뉸·진긔 ᄉᆞ은ᄒᆞ고 나가니 ᄌᆞ이 ᄯᅩ 빅감을 명ᄒᆞ여 화룡(化龍)의 부ᄌᆞᄅᆞᆯ 브ᄅᆞ라 ᄒᆞ니 빅감이 ᄯᅩ 번을 둘너 화룡 등을 불너 더하의 ᄭᅮᆯ닌ᄃᆡ ᄌᆞ이 이제 틱상원시의 칙명을 밧ᄌᆞ왓ᄂᆞ니,

녀화룡(余化龍)아! 너희 부지 외로온 셩을 직희여 츙셩을 다ᄒᆞ다가 일시의 죽으니 가장 블상ᄒᆞᆫ지라. 특별이 봉ᄒᆞ여 인간 시졀의 힝ᄒᆞᄂᆫ 병을 츠지ᄒᆞ며 사롬의 ᄉᆞ힝과 음양을 슌ᄒᆞ여 조화ᄅᆞᆯ 가음알게 ᄒᆞᄂᆫ 원신(元神)을 ᄒᆞ여 오방두역(五方痘疫)ᄒᆞᄂᆫ 귀신을 잡히게 ᄒᆞᄂᆞ니 네 그 흠ᄒᆞ라.

오방두역츠졍신명휘(五方痘疫正神名諱)

동방쥬두졍신(東方主痘正神)은　　녀달(余達)이오

셔방쥬두졍신(西方主痘正神)은　　녀조(余兆)오

남빙쥬두졍신(南方主痘正神)은　　녀광(余光)이오

북방쥬두졍신(北方主痘正神)은　　녀션(余先)이오

【56】 즁앙쥬두졍신(中央方主痘正神)은　녀덕(余德)이라.

녀화룡 등이 돈슈 ᄉᆞ은ᄒᆞ고 나가니 ᄌᆞ이 ᄯᅩ 빅감을 명ᄒᆞ여 운쇼(雲霄)·경쇼(瓊霄)·벽쇼(碧霄)ᄅᆞᆯ 부ᄅᆞ라 ᄒᆞ니 빅감이 번을 둘너 운쇼 등을 더하의 ᄭᅮᆯ닌ᄃᆡ ᄌᆞ이 왈,

“이제 틱상원시의 칙명을 밧ᄌᆞ왓ᄂᆞ니,

운쇼야! 너희 등은 셤의 드러 도ᄅᆞᆯ 닷가 텬왕긔 도ᄅᆞᆯ 어더 ᄃᆡ라(大羅)의 밋쳐 오ᄅᆞ지 못ᄒᆞ여셔 졔형의 말을 듯고 금젼(金剪)을 어더 싱녕을 잔히(殘害)ᄒᆞ니 실노 명슈(冥數)라도 분로(憤怒)ᄒᆞ며 황하ᄅᆞᆯ 버려 졍ᄉᆞ(正士)ᄅᆞᆯ 사로잡으니 녁더의 문도(門徒)ᄅᆞᆯ 일흐며 금두(金斗)ᄅᆞᆯ 만나 삼화원긔(三花元氣)ᄅᆞᆯ 갓가바리니 비록 뉘웃츠나 누ᄅᆞᆯ 원ᄒᆞ리오? 아직 덕된 졍ᄉᆞᄅᆞᆯ 베퍼 특별이 너희ᄅᆞᆯ 봉ᄒᆞ여 혼원금두(混元金斗)ᄅᆞᆯ 잡아 션텬 후텬의 일응(一應) 신션과 셩인과 범인이나 텬지나 셔인이나 귀쳔 션악의 【57】 인간의 나갈 졔 반ᄃᆞ시 너희 금두로 조ᄎᆞ 나가게 ᄒᆞᄂᆫ 감응슈셰셩군(感應隨世聖君)을 ᄒᆞ이ᄂᆞ니 너희 등은 그 흠ᄒᆞ라.”

감응수세션고명휘(感應隨世仙姑名諱)

운쇼낭낭·경쇼낭낭·벽쇼낭낭

운쇼 등이 돈슈 ᄉᆞ은ᄒᆞ고 나가니라.
ᄌᆞ이 ᄯᅩ 빅감을 명ᄒᆞ여 신공표(申公豹)ᄅᆞᆯ 브ᄅᆞ라 ᄒᆞ니 빅감이 번을 둘너 신공표ᄅᆞᆯ 불너 더하의 ᄭᅮᆯ닌ᄃᆡ ᄌᆞ이 왈,

“이제 틱상원시의 칙명을 밧ᄌᆞ왓ᄂᆞ니,

신공표야! 너ᄂᆞᆫ 텬교(闡敎)의 도라 도로혀 역(逆)을 도와 투ᄒᆞ여 임의 사로잡히니 ᄯᅩ 밍셰ᄒᆞ여 ᄲᅧ 분바ᄅᆞᄃᆞ시 지니니 몸이 비록 북희의 가 갑하시나 시ᄅᆞᆯ 지난 허믈이라 아직 닥던 도ᄅᆞᆯ 싱각ᄒᆞ여 조곰 영화ᄅᆞᆯ 보게 ᄒᆞ여 특별이 동히의 봉ᄒᆞ여 앗츰의 히 도 【58】 드믈 보고 밤의 은하슈ᄅᆞᆯ 보와 여름은 훗터바리고 겨울은 엉긔여 히도라 오도록 츠지ᄒᆞ여 분슈장군(分水將軍) 벼슬을 ᄒᆞ이ᄂᆞ니 네 그 흠ᄒᆞ라.”

신공푀 듯고 돈슈 ᄉᆞ은ᄒᆞ고 나가니 ᄌᆞ이

여 양구의 익을 맛나고 (爾鄭倫棄紂歸周, 方慶良臣之得主; 督糧盡瘁, 深勤跋涉之勤勞. 未膺一命之榮, 反罹陽九之厄.) <西周 25:54>

135) 산; 원래 ‘텬’으로 되어 있으나 오기이므로 고침.

삼빅뉵십수위졍신을 다 봉훈 후의 보니 모든 귀
신들이 각각 그 쇼임을 잡아가니 봉신딕 하의
비풍(悲風)이 슬슬ᄒ며 참참(慘慘)ᄒᆫ 안기 일시
의 훗터지니 붉은 히 중텬의 나며 화ᄒᆫ 바롬이
탕양(蕩漾)이 부더라.

즈이 딕의 나려 젼녕ᄒ여 남궁괄(南宮适)
을 명ᄒ여 딕쇼 문무빅관을 조회ᄒ게 셔기산으
로 도라와 분부롤 드르라 ᄒ니 남궁괄이 녕을
듯고 가니라.

이튼날 만조빅관이 졔졔창창(躋躋蹌蹌)ᄒ
여 딕하의 녕을 기다리더니 즈이 딕의 올나 좌
롤 졍ᄒ니 모든 관원이 디의 올나 참알(參謁)ᄒ
니라. 즈이 젼녕ᄒ여 비렴과 오리롤 【59】 잡아
나리오라 ᄒ니 비렴 등이 죄업ᄉ라 ᄒ거늘 즈이
쇼왈,

"져 두 도젹아! 너희 등이 님군을 혹게 ᄒ
여 졍ᄉ롤 어즈러여 츙냥을 다 죽이고 셩탕 ᄉ
직을 문허바리니 그 죄 빅 번 죽어도 남으리라.
이졔 나라히 파ᄒ고 님군이 망ᄒ엿거늘 조곰도
싱각ᄒ미 업셔 도로혀 쇠보(璽寶)롤 갓다가 드
려 평안ᄒ믈 도젹ᄒ여 벼술을 도모ᄒ려 ᄒ니 이
졔 시 텬지 명을 닛즈와 일만 졔국을 다시 식롭
게 ᄒ시거늘 너희 갓흔 불의불츙ᄒᆫ 도젹을 용납
ᄒ여 셰상의 머므러 붓그러오믈 두게 ᄒ랴."
ᄒ고 좌우롤 명ᄒ여 버혀 법을 졍ᄒ라 ᄒ니 비
렴 등이 머리롤 숙이고 한 말도 못ᄒ더라. 좌위
이인을 미러 원문 밧긔 버혀 호령ᄒ고 즈아의게
보ᄒ딕 즈이 냥기(兩個) 영신(侫臣)을 죽이고 다
시 봉신딕의 나아가 셔안을 치며 크게 불너 왈,

"쳥복신 빅감은 어딕 잇는다? 비렴·오리
두 사 【60】 롬의 넉슬 인ᄒ여 단 압히 니르러
봉을 밧게 ᄒ라."

한시 못ᄒ여 쳥복신이 긔(旗)로뻐 비렴 오
리롤 인ᄒ여 딕하의 꿀니고 칙명을 들닐시 다만
보니 두 혼빅이 단하의 업더여 셜워ᄒ믈 니긔지
못ᄒ더라. 즈이 왈,

"이졔 틱상원시의 칙명을 밧즈왓느니,

너 비렴·오리 싱젼의 간ᄉᄒᆫ 마음을
달게 녀겨 쥬상의 총명을 가리여 나라홀
문허바리고 님군을 망케ᄒ딕 오히려 살기
롤 도모ᄒ여 구츠이 면ᄒ여 보비롤 도젹ᄒ
여 뻐 몸을 영화로이 홀 줄을 알지언졍 뉘

법망(法網)이 쇼루(疏漏)ᄒ엿지 아닌 줄 뜻
ᄒ여시리오? 임의 붉은 형벌을 졍히 ᄒ여
시니 맛당이 귀록이 잇술지라. 이 다 너희
스스로 바든 허믈이오. 쏘ᄒᆫ 겁운을 만나
미니 특별이 너희롤 칙봉ᄒ여 빙쇼와히(氷
消瓦解)라 ᄒ는 신녕을 삼느니 비록 악살
(惡煞)이 되 【61】 여시나 너희 맛당이 직
임을 맛다 흠ᄒ라."

비렴 오리 듯기롤 다ᄒ미 돈슈 ᄉ은 ᄒ고
가더라.

즈이 봉신ᄒ기롤 맛고 빅관을 거느려 셔기
로 도라 갈시 시롤 두어 증험ᄒ여시니,

텬리순환약젼거(天理循環若轉車)
유셩유패깅무챠(有成有敗更無差)
왕닉쇼장응감쇼(往來消長應堪笑)
반복흥쇠약가챠(反覆興衰若可嗟)
하걸남쇼풍리쵹(夏桀南巢風裏燭)
상신분ᄉ낭즁화(商辛焚死浪中花)
고금조벌기여츠(古今弔伐皆如此)
유유츙혼방일ᄉ(惟有忠魂傍日斜)

텬리 순환ᄒ여 도는 슐위 박회갓흐니
일움도 잇고 픿훔도 잇시딕 다시 그르미
업도다
오며 가며 쇼장ᄒ는 거시 벅벅이 우엄즉ᄒ
고
반복ᄒ고 흥쇠ᄒ는 거시 가히 슬프도다
하걸의 남쇼는 바람 속의 촉불이오
상신의 타 죽으미 물 가온딕 쏫갓도다
녜와 이졔 조민벌죄ᄒ미 이갓흐니
오직 츙혼이 잇셔 날 빗긴 디롤 겻ᄒ엿도
다

【62】 즈이 셔기로 도라가 모든 관원을 편
히 쉬오고 다 집으로 도라보너니 히 발셔 느젓
더라.

이튼날 조회ᄒ미 무왕이 뎐의 오르시니 조
졍 위의 갓초지 아니미 업스니 널온바 아롬다온
안기 공중의 빗기고 상셔로온 긔 표묘ᄒ니 욱일

(旭日)이 누른 거술 두르고 경운(慶雲)이 빗츨
여럿ᄂᆞᆫ디 옥픠(玉佩) 졍당136)(叮噹)ᄒᆞ고 중관의
옷ᄉᆞ미ᄂᆞᆫ 청풍의 춤 츄이며 농ᄉᆞ(龍蛇)ᄂᆞᆫ 그림
ᄌᆞ롤 회롱ᄒᆞ고 네 녁흐로 두른 어장(御帳)은 ᄉᆡ
비 맛ᄂᆞᆫ디 졍편(靜鞭) 삼셩(三晌)의 조반을 졍슉
히 ᄒᆞ고 문뮈 산호(山呼)롤 브르고 만셰롤 일코
ᄅᆞ니 조됴(早朝)도 아롬다온 경을 다시 보리러
라.

---

136) 졍당: 원래 '장장'으로 되어 있으나 오기인 듯
   하여 고침.

100
쥬텬지분봉녈국(周天子分封列國)[1]

즈이(子牙) 빅관을 거느리고 조회롤 맛추민 즈이 쥬왈,

"문무 즁신(重臣)이 폐하롤 조츠 시셕(矢石)간의 단이믄 다 뜻이 잇느니 이제 텬히 임의 다 졍ᄒ고 【63】 폐히 디위의 올나 겨시니 쌜니 즁신을 봉ᄒ여 디디로 나라 작녹을 밧게 ᄒ고 친왕 즈손을 봉ᄒ여 왕실을 장(掌)케 ᄒ시면 비록 천만년이라도 국기(國家) 반셕 갓흐리이다."

무왕 왈,

"짐이 이 마음을 두언지 오러더니 이제 상부(相父)의 말을 드르니 꿈을 씬 듯ᄒ여라."

ᄒ시고 졔후 봉홀 일을 의논ᄒ더니 니졍(李靖) 양젼(楊戩) 문인들이 일시의 쥬왈,

"신 등은 본디 산곡도인(山谷道人)이니 ᄉ부의 명을 바다 뫼히 나려 폐하롤 도와 혼군을 쇼멸ᄒ여시니 신 등이 뫼히 도라갈 쑨이라. 엇지 홍진(紅塵)의 공명과 부귀롤 바드리잇고? 바라건디 폐하는 신 등을 노화 뫼히 나려보너쇼

셔."

무왕 왈,

"짐이 경 등의 힘을 닙어 텬하롤 진졍ᄒ여시니 맛당히 공후롤 봉ᄒ여 부귀롤 한가지로 ᄒ리니 짐이 엇지 춤아 경 등을 보너리오?"

니졍 등이 다시 쥬왈,

"폐히 인덕이 즁ᄒ여 텬하 【64】 롤 통일ᄒ시니 엇지 신 등의 공이리잇고? ᄒ믈며 신 등이 스싱의 명을 바다시니 거스리지 못ᄒ리로쇼이다. 빌건디 폐하는 어엿비 너겨 슈히 보너쇼셔."

무왕이 머므지 못홀 줄 아르시고 왈,

"옛날 짐이 비로쇼 졍벌홀 졔 츙의지신 구름 못 듯ᄒ여 짐을 조츠 동으로 오관(五關)의 나아가며 장시 만히 죽고 다만 경 등만 남앗는지라 경 등으로 더부러 한가지로 부귀롤 누리고져 ᄒ더니 경 등이 오놀날 뫼히 도라가고져 ᄒ니 짐이 쳑연(惕然)ᄒ믈 니긔지 못홀지라. 짐이 너일 빅관을 거느려 남교(南郊)의 나아가 젼별(餞別)ᄒ리라."

ᄒ신디 이장(二將)이 스례ᄒ고 믈너나니 즈이 즁신의 도라가려 ᄒ믈 보고 참측ᄒ믈 니긔지 못ᄒ여 니졍 등 닐곱 사롬으로 더부러 승상부의 와 한디셔 자다.

이틋날 광녹시(光祿寺) 관원이 몬져 남교의 나가 젼연을 비셜ᄒ고 무왕긔 쥬흔 【65】 디 무왕이 문무 빅관을 거느리고 난예(鸞輿)롤 지촉ᄒ여 남교의 나오시니 셔기 모든 빅셩이 길히 가득ᄒ여 굿보더라.[2] 무왕이 남교의 니르러 어좌의 오르시니 니졍 등 칠인이 나아가 업디여 쥬왈,

"신 등이 폐하 어가(御駕)롤 나오셔 텬혜(天惠)롤 괴롭게 ᄒ오니 감격ᄒ믈 니긔지 못ᄒᄂ이다."

무왕이 위로 왈,

"경이 뫼흐로 도라가려 ᄒ니 짐이 ᄎᆞ마 그져 보ᄂᆡ지 못ᄒᆞᄂᆞ니 경 등은 진취(盡醉)토록 먹고 도라가라."

ᄒ시고 좌우ᄅᆞᆯ 분부ᄒᆞ여 젼연(餞宴)을 드리니 무왕이 칠인을 명ᄒᆞ여 한가지로 안고 두어 슌비 지나미 니졍 등이 도라가믈 쳥ᄒᆞ거늘 무왕이 위로ᄒᆞ여 ᄯᅩ 두어 잔을 먹이니 니졍 등이 쥬왈,

"신 등이 임의 폐하 후은을 닙어시니 그만ᄒᆞ여 뫼흐로 도라가ᄂᆞ이다."

무왕이 눈물을 흘녀 니별ᄒᆞ시니 니졍 등이 위【66】로 쥬왈,

"폐히 맛당히 인졍을 힝ᄒᆞ여 티평을 누리시면 신 등이 다시와 텬안(天顔)을 뵈오리이다."

무왕이 칠인의 ᄉᆞ미ᄅᆞᆯ 잡고 뉴쳬(流涕)ᄒ여 ᄎᆞ마 ᄯᅥ나지 못ᄒᆞ샤 지삼 위로ᄒᆞ고 ᄯᅩ 두어 잔을 권ᄒᆞᆫ 후의 니졍 등이 하직고 댱 밧긔 나와 ᄌᆞ아와 문무빅관을 니별ᄒᆞ니라.

니졍·금탁·목탁·나탁·양젼·위호·뇌진ᄌᆞ 등 칠인이 힝장을 찰혀 각각 뫼흐로 도라가니 ᄌᆞ이 무왕으로 더불어 칠인의 가는 양을 바라보고 탄식ᄒᆞ고 도라오니라.

이튿날 무왕이 뎐의 올라 문무빅관을 조회 바드실시 강ᄌᆞ이 나아와 쥬왈,

"니졍 등 칠인이 임의 뫼흐로 갓거니와 쳥컨디 폐하ᄂᆞᆫ 공신을 봉ᄒᆞ여 바라ᄂᆞᆫ 바ᄅᆞᆯ 조ᄎᆞ쇼셔."

무왕 왈,

"상뵈 짐을 위ᄒᆞ여 큰 계규ᄅᆞᆯ 드리니 상뵈 어뎨(御弟)로 더부러 나라ᄒᆞᆯ 난화 짐의게 니르라. 짐이 스ᄉᆞ로 쳐치ᄒᆞ【67】미 이시리라."

ᄌᆞ이 승ᄉᆞᆼ부의 나와 쥬공을 더부러 텬하ᄅᆞᆯ 난화 각각 일홈을 짓다.

이틋날 왕이 뎐의 오ᄅᆞ시니 문무빅관이 조회ᄅᆞᆯ 맛ᄎᆞ미 어뎨 쥬공을 명ᄒᆞ여 태왕(太王)으로븟허 왕계(王季) 문왕(文王)의 니ᄅᆞ히 다 추존(追尊)ᄒᆞ여 텬ᄌᆞᄅᆞᆯ 삼고 공(公)·후(侯)·빅(伯)·ᄌᆞ(子)·남(男) 다ᄉᆞᆺ 층을 난화 어뎨와 공신을 다 봉ᄒᆞ니,

쥬공(周公)을 봉ᄒᆞ여 노공(魯公)을 삼아 부풍옹현(扶風雍顯)의 도읍ᄒᆞ고

강상을 봉ᄒᆞ여 졔후(齊侯)ᄅᆞᆯ 삼아 산동 쳥쥬부(山東 靑州府)의 도읍ᄒᆞ고

쇼공(召公)을 봉ᄒᆞ여 연공(燕公)을 삼아 유쥬 계현(幽州 薊縣)의 도읍ᄒᆞ고

희고(姬高)ᄅᆞᆯ 봉ᄒᆞ여 위공(魏公)을 삼아 하람 ᄀᆡ봉부(河南 開封府) 고밀현(高密縣)의 도읍ᄒᆞ고

희장긔(姬章己)ᄅᆞᆯ 봉ᄒᆞ여 우공(虞公)을 삼아 하동 ᄐᆡ양현(河東[3] 太陽縣)의 도읍ᄒᆞ고[ᄐᆡ왕의 아들 즁의 ᄉᆞᆫ지라]

【68】 희즁을 봉ᄒᆞ여 호공(虎公)을 삼아 홍농협현(弘農陜縣)의 도읍ᄒᆞ고[문왕의 아이오 무왕의 아ᄌᆞ뷔라][4]

미ᄌᆞ계(微子啓)ᄅᆞᆯ 봉ᄒᆞ여 송공(宋公)을 삼아 회양현(淮陽縣)의 도읍ᄒᆞ고[쥬왕의 종족이니 쥐 긔ᄌᆞᄅᆞᆯ 가둘 쩌의 다라낫거늘 무왕이 거두어 봉ᄒᆞ시니라]

긔ᄌᆞ(箕子)ᄅᆞᆯ 봉ᄒᆞ여 고려공(高麗公)을 삼아 평양현(平壤縣)의 도읍ᄒᆞ고[쥬왕의 종족이니 쥐 가도왓거늘 무왕이 노화 보ᄒᆞ시니 고려ᄂᆞᆫ 조션국이라]

희슉션(姬叔鮮)을 봉ᄒᆞ여 관후(管侯)ᄅᆞᆯ 삼아 무경으로 더부러 하람 여령부 상채현(河南 汝寧府 上蔡縣)[5]의 도읍ᄒᆞ고

희슉도(姬叔度)ᄅᆞᆯ 봉ᄒᆞ여 채후(蔡侯)ᄅᆞᆯ 삼아 하람 여령부(河南 汝寧府)[6]의 도읍ᄒᆞ고

희슉강(姬叔康)을 봉ᄒᆞ여 위후(衛侯)ᄅᆞᆯ 삼아 북경 긔쥬(北京 冀州)의 도읍ᄒᆞ고

희슉슈(姬叔綉)ᄅᆞᆯ 봉ᄒᆞ여 등후(滕侯)ᄅᆞᆯ 삼아 산동 구현(山東 邱縣)의 도읍ᄒᆞ고

【69】 희슉우(姬叔虞)ᄅᆞᆯ 봉ᄒᆞ여 당후(唐侯)ᄅᆞᆯ 삼아 산셔 평양부(平陽府)의 도읍ᄒᆞ엿더니 니후의 국호ᄅᆞᆯ 곳쳐 진(晉)이라 ᄒᆞ다[무왕의 아들이라]

상슉(姜叔)을 봉ᄒᆞ여 긔후(紀侯)ᄅᆞᆯ 삼아 동관 극현(東莞 劇縣)의 도읍ᄒᆞ고[강ᄐᆡ공의 아들이라]

임계즁(任奚仲)을 봉ᄒᆞ여 셜후(薛侯)ᄅᆞᆯ 삼아 산농 결쥬(山東 浙州[7])의 도읍ᄒᆞ고[황뎨 헌원시 후예니 무왕이 봉ᄒᆞ여 조상 졔사ᄅᆞᆯ 닛게 ᄒᆞ시다]

위연부(嬀關父)ᄅᆞᆯ 봉ᄒᆞ여 진후(陳侯)ᄅᆞᆯ 삼아 진현(陳縣)의 도읍ᄒᆞ고[뎨슌의 후예니 무왕이 봉ᄒᆞ

---

3) 원문은 '河南'으로 되어 있다.
4) 희즁 항목은 원문에 없음.
5) 원문은 '河南 信陽縣'으로 되어 있다.
6) 원문은 뒤에 '上蔡縣' 세 글자가 더 있다.
7) 원문은 '沂州'로 되어 있다.

여 조상 제수를 닛게 ᄒ시니라

희영(姬□)을 봉ᄒ여 형[도]후(衜[8]侯)를 삼아 북경 순텬부(北京 順天府)의 도읍ᄒ고[뎨요의 후예니 무왕이 봉ᄒ여 제수를 닛게 ᄒ시다]

희슉진(姬叔振)[9]을 봉ᄒ여 조빅(曹伯)을 삼아 계양[10] 정도현(濟陽 定陶縣)의 도읍ᄒ고

희슉무(姬叔武)를 봉ᄒ여 셩빅(郕伯)을 삼아 산동 연쥬부(山東 兗州府) 문상현(汶上縣)의 도읍ᄒ고

【70】 희슉쳐(姬叔處)를 봉ᄒ여 곽빅(霍伯)을 삼아 평양부(平陽府)의 도읍ᄒ고

ᄉ동누(姒東樓)를 봉ᄒ여 기[11]빅(杞伯)을 삼아 기봉부 옹구현(開封府 雍丘縣)의 도읍ᄒ고 [하후의 후예니 무왕이 봉ᄒ여 제수를 밧들게 ᄒ다]

이기셩(伊耆姓)을 봉ᄒ여 초빅(焦伯)을 삼아 기봉부 옹구현[12]의 도읍ᄒ고[신농시 후예라]

희빅(姬伯)을 봉ᄒ여 오ᄌ(吳子)를 삼아 오군(吳郡)의 도읍ᄒ고[쥬 틱왕의 댱ᄌ 틱빅의 손지라]

간륙웅(羋鬻熊)을 봉ᄒ여 초ᄌ(楚子)를 삼아 단양남군(丹陽南郡) 지감현(枝浛[13]縣)의 도읍ᄒ고[뎐욱의 후예라]

영ᄌ여(嬴兹與)를 봉ᄒ여 게ᄌ(莒子)를 삼아 게셩(莒城) 양게현(陽莒縣)의 도읍ᄒ고[쇼호의 후예라]

조협(曹挾)을 봉ᄒ여 쥬ᄌ(邾子)를 삼아 산동 츄현(山東 鄒縣)의 도읍ᄒ고[안안(晏安)의 후예라]

강문슉(姜文叔)을 봉ᄒ여 허남(許男)을 삼아 허쥬의(許州) 도읍ᄒ고[빅이의 후예라]

【71】 황원을 봉ᄒ여 진무기국 디ᄉ마 디장군 삼고

남궁괄을 봉ᄒ여 신무 좌군 상장군을 삼고

무길을 봉ᄒ여 신무 우군 상장군을 삼고

신갑을 봉ᄒ여 건무 졍동 디장군을 삼고

신면을 봉ᄒ여 건무 졍남 디장군을 삼고

틱뎐을 봉ᄒ여 건무 졍셔 디장군을 삼고

굉요를 봉ᄒ여 건무 졍북 디장군을 삼고

황텬작을 봉ᄒ여 호가 상장군을 삼고

쥬긔를 봉ᄒ여 치속도위를 삼고

오겸을 봉ᄒ여 후군 총독ᄉ를 삼고

산의싱을 봉ᄒ여 기국 상티우를 삼아 상셔ᄉ를 녕ᄒ고

【72】 빅읍고를 츄존ᄒ여 츙효왕을 봉ᄒ고

희슉도를 츄존ᄒ여 의공을 봉ᄒ고

희슉방을 츄존ᄒ여 효공을 봉ᄒ고

희슉진을 츄존ᄒ여 뎡공을 봉ᄒ고

희슉곤을 츄존ᄒ여 졀공을 봉ᄒ고

희슉덕을 츄존ᄒ여 오공을 봉ᄒ고

희슉의를 츄존ᄒ여 츙공을 봉ᄒ고

희슉녜를 츄존ᄒ여 개공을 봉ᄒ고

희슉명을 츄존ᄒ여 영공을 봉ᄒ고

희슉승을 츄존ᄒ여 무공을 봉ᄒ고

희슉졍을 츄존ᄒ여 명공을 봉ᄒ고

【73】 희슉길을 츄존ᄒ여 안공을 봉ᄒ고

기국 무셩왕 황비호를 츄존ᄒ여 디ᄉ마 디도독을 봉ᄒ고

승흑호를 츄존ᄒ여 츙녕공을 봉ᄒ고

악슌을 츄존ᄒ여 의진공을 봉ᄒ고

쇼후를 츄존ᄒ여 츄명공을 봉ᄒ고

등구공을 츄존ᄒ여 삼산공을 봉ᄒ고

홍금을 츄존ᄒ여 동졍공을 봉ᄒ고

뎡눈을 츄존ᄒ여 신긔장군을 봉ᄒ고

농슈호를 츄존ᄒ여 북희장군을 봉ᄒ고

황텬화를 츄존ᄒ여 위무장군을 봉ᄒ고

【74】 황텬녹을 츄존ᄒ여 위효장군을 봉ᄒ고

황텬상을 츄존ᄒ여 위국장군을 봉ᄒ고

양임을 츄존ᄒ여 종힁장군을 봉ᄒ고

토힁숀을 츄존ᄒ여 신희장군을 봉ᄒ고

등션옥을 츄존ᄒ여 충졍부인을 봉ᄒ고

위분을 츄존ᄒ여 초무장군을 봉ᄒ고

등슈를 츄존ᄒ여 좌장군을 봉ᄒ고

황명을 츄존ᄒ여 우장군을 봉ᄒ고

틱란을 츄존ᄒ여 틱의장군을 봉ᄒ고

비간을 츄존ᄒ여 츙현왕을 봉ᄒ고

---

8) 원문은 '薊'로 되어 있다.
9) 원문은 '姬叔振鐸'으로 되어 있다.
10) 양: 원래 '음'으로 되어 있으나 오기이므로 고침.
11) 기: 원래 'ᄉ'로 되어 있으나 오기이므로 고침.
12) 원문은 '弘農 陜縣'으로 되어 있다.
13) 원문은 '江'으로 되어 있다.

악슝우룰 츄존ᄒ여 남빅왕을 봉ᄒ고
【75】 강환초룰 츄존ᄒ여 동빅왕을 봉ᄒ
다.

무왕이 뎐상의 계샤 졔후 봉ᄒ기룰 맛츠미
광녹시(光祿寺) 관원을 명ᄒ여 디연을 비셜ᄒ여
군신이 진취토록 즐기고 파연ᄒ시다.

이튼날 무왕이 뎐의 올나 빅관을 조회 바
드실시 텬하 졔휘 조회룰 맛츠미 왕이 졔후로
ᄒ여곰 각각 나라히 도라가게 ᄒ고 오직 어뎨와
디승상 강티공을 머므러 경ᄉ의 잇게 ᄒ고 각각
아들을 안아 가게 ᄒ다.

왕이 쥬공ᄃ려 니르샤,

"디호경(大鎬京)은 [협셔(陝西) 셔안부(西安府) 함양
현(咸陽縣)이라] 텬하의 가온디오 뎨왕의 거ᄒᆞᆯ 비
라. 짐이 맛당히 함양의 천도(遷都)ᄒ리라"
ᄒ시고 쇼공을 보닌여 함양을 슈리ᄒ라 ᄒ시다.
왕이 티공망(太公望)ᄃ려 니르샤디,

"상뷔 나히 늙어 조졍의 근노ᄒ기 어려오
니 나라히 도라가 평안이 쉬라."
ᄒ고 광녹시룰 명ᄒ여

"남교(南郊)의 잔치룰 비셜ᄒ라."
ᄒ고 ᄌᆞ아룰 니별ᄒᆞᆯ시 왕이 【76】 난예룰 타시고
남교의 니르샤 친히 잔을 드러 ᄌᆞ아룰 쥬신디
ᄌᆞ의 고두 ᄉᆞ은 왈,

"신이 폐하의 지우(知遇)ᄒ신 은혜룰 닙사
와 몸이 일국의 웃듬이 되여시니 오늘날 한번
폐하룰 니별ᄒᆞ미 다시 텬안(天顔)을 보옵지 못
ᄒᆞᆯ가 ᄒᆞᄂᆞ이다."
ᄒ고 슬허하거ᄂᆞᆯ 왕이 눈물을 흘니샤 슬프믈 니
긔지 못ᄒᆞ샤 왈,

"상뷔 왕실을 위ᄒ여 만히 구로(劬勞)ᄒ여
시니 짐이 샹부로 ᄒ여곰 나라히 도라가 안강ᄒᆞ
복을 누리과져 ᄒ노라."
ᄒ신디 ᄌᆞ의 무왕을 니별ᄒ고 본부 인마룰 거ᄂᆞ
려 졔국의 도라가 숑이인(宋異人)의 은혜룰 ᄉᆡᆼ
각ᄒ고 ᄉᆞ신을 보닌여,

"황금 쳔근과 금의옥빅(錦衣玉帛)과 한봉
글월을 닷가 조가(朝歌)로 보닌여 숑이인을 쥬
라."
ᄒᆞᆫ디 ᄉᆞ신이 녕을 바다 조가의 니르니 숑 이인
의 부쳐ᄂᆞᆫ 다 죽고 ᄌᆞ식이 잇거ᄂᆞᆯ 녜물을 쥬니

라.

ᄌᆞ의 나라홀 법으로 다ᄉᆞ리니 다숫 【77】
달이 못ᄒ여셔 졔국(齊國)이 디치(大治)ᄒ니라.
무왕이 빅관을 거ᄂᆞ려 함양의 도읍ᄒ여 인졍으
로 다ᄉᆞ리시니 ᄒᆡ닌(海內) 쳥졍ᄒ며 만민이 낙
업(樂業)ᄒ여 텬히 티평ᄒ더라. 후의 무왕이 붕
(崩)ᄒ시미 셩왕(成王)이 닙(立)ᄒ시디 나히 어린
지라 쥬공과 쇼공이 보상하여 맛츰니 쥬가(周
家) 팔빅년 긔업을 일우니라.

就道往齊國而來，太公至齊，因思昔日下山至朝歌時深蒙宋異人百般恩義，因王事多艱，一向未曾圖報，今天下大定不乘此時修候，是忘恩負義之人耳，乃遣一使臣齎黃金千斤、錦衣玉帛，修書一封前往朝歌問候宋異人，使臣離了齊國，一路行來不覺一曰來到朝歌，其時宋異人夫婦已死，止有兒子掌管家私，反覺比往時更勝幾倍，其日收了禮物，修回書與來使至齊回覆了太公。太公在齊治國有法，使民以時不五越月而齊國大治，後子牙薨，公子竊嗣位，至小伯拒管仲伯。天下春秋籍之後至康公方為田

民所滅，此是後事，亦不必表，且說武王西都長安，武王垂拱而治，海內清平，萬民樂業，天下熙熙皞皞，順帝之則，其一戎衣而天下大定，不遜堯舜之揖讓也。後武王崩，成王立，周公輔相之，戡定內難，天下後觀太平，自太公開基，周公贊襄，須成周家八百年基業，然子牙周公之鴻功偉烈，充塞乎天地之間矣，後人有詩單讚子牙斬將封神開周家不世之基，以美之。

詩曰

寶符秘籙出先天，斬將封神合往愆。
勅自崑崙承旨異，名班冊籍注銓編。
斗瘟雷火分前後，神鬼人仙任倒顛。
自是修持憑造化，故教伐紂洗腥羶。

又有詩讚周公輔相成王戡定內難，為開基首功而又有十亂以襄之、

詩曰

天潢分派足承祧，繼述豺漠更自饒。
豈獨簪纓資啓沃，遵從刻厲秩宗朝。
和邦協佐能戡亂，典禮咸稱善補貂。
總為周家多福蔭，天生十亂始同調，

總批　周室之分茅列土，首自親王，十亂以及諸臣，蕃置星列，猶屛帝京，捍衛王室，可為盡善盡美，所以周之享國久遠，良在是歟。

又批　封神一書，其說由來甚遠，事無可稽，情有可信，語云：生為大柱國，死作閻羅王，是又因人而可決者，況忠臣義士，氣可貫虹，沁可穿石，死後豈得泯泯無聞聊然，考其諸神名號雖未必盡符其時，而窮之後世，又未見其人，其為當別有是事，亦未可知，余因伯敬先生所家藏繕本，又詳為考訂其信與否者，咸聽之耳

二卅卷終

〔焦〕伊耆姓侯爵係神農之後因先世之功武王克商封之于焦即今之弘農陜縣是也。

〔薊〕姬姓侯爵係帝堯之裔武王克商求其後封之于薊以奉唐帝之祀即今之北京順天府是也。

〔鮮〕子姓乃殷賢臣曰箕子亦前王之裔因不肯臣事于周武王請見乃陳洪範九疇一篇而去之遼東武王即其地以封之至今乃其子孫即朝鮮國是也。

其親王功臣帝王後裔共封有七十二國今錄其最

2791

著者其餘如越封于會稽向封于譙國邳封于汲郡宿封于東平郯封于濟陰鄧封于潁川戎封于陳留芮封于馮翊極封為附庸穀封于南陽乍封于泰山葛封于梁國郳封為附鄘譚封于平陵遂封于濟北滑封于河南郭封于東平邢封于襄國江封于汝南冀封于皮縣徐封于下邳舒封于廬江弦封于弋陽鄪封于瑯琊厲封于義陽項封于汝陰英附于楚巿封于南陽共封于汲郡夷封于城陽等國不悉詳記。如南宮适散宜生閎夭等各分列茅土有差即與其且大排筵宴慶賀功臣親王文武等官又開庫藏將

2792

金銀寶物悉分於諸侯人等眾人俱各痛飲盡醉而散次日各上謝表辭天子各歸本國後人有詩為證。

詩曰

一舉戎衣定大周。　　分茅列土賜諸侯。

三王漫道家天下。　　全仗解籌立遠謀。

話說眾人各領封勅俱望本國以赴職任惟御弟周公旦召公奭在朝輔相王室武王乃謂周公旦鎬京為天下之主真乃帝王之居于是命召公遷都于鎬京即今陝西西安府咸陽縣是也武王謂師尚父年

2793

老不便在朝乃厚其賞賜蠶錫以宮女黃金蜀錦鎬國寶器黃鉞白旄得專征伐為諸侯之長令其之國以享安康之福次日子牙入朝拜謝賜賚陛辭之國武王乃率百官餞送于南郊子牙叩首謝恩曰臣蒙陛下賜令之國不得朝夕侍奉左右今日一別不知何日再覩天顏也臣雖能不勝於邑武王慰之曰朕因相父年邁多有勤勞于王室欲令相父之國以享安康之福不再勞相父在此朝夕勤勞耳子牙再三拜謝陛下念臣至此臣將何以報陛下知遇之恩也其日君臣分別子牙拜送武王與百官進城子牙方纔

2794

衛 姬姓侯爵係武王同母少弟封爲大司寇食采於康謂之康叔封於衛卽今北京冀州是也。

滕 姬姓侯爵係武王同母弟曰姬叔繡武王克商封于滕卽今山東滕縣是也。

晉 姬姓侯爵係武王少子曰唐叔虞封于唐後改卽今山西平陽府絳縣東翼城是也。

吳 姬姓子爵係周太王長子泰伯之後武王克商遠封之爲吳卽今之吳郡是也。

虞 姬姓公爵係周太王子仲雍之後武王克商求泰伯仲雍之後得韋巳爲吳君別封其地爲虞在河東太陽縣是也。

虢 姬姓公爵係王季子虢仲文王弟也仲與虢叔爲文王卿士勳在王室藏於盟府而文王友愛二弟謂之二虢武王克商封仲于弘農陝縣東南之虢城

楚 芈姓子爵係顓帝之裔曰鬻熊爲周文武師有勳勞于王室封之守荊蠻以子男之田居之卽今荊州南郡枝江縣是也。

許 姜姓男爵係堯四岳伯夷之後因先世有功武王克商封其裔文叔于許卽今之許州是也。

秦 嬴姓伯爵係顓帝之裔因先世有功武王克商封其裔栢翳于秦卽今之陝西西安府是也。

莒 嬴姓子爵係少昊之後因先世有功武王克商封其後茲輿期于莒城卽今之陽莒縣是也。

紀 姜姓侯爵係太公之次子武王念太公之功分封于紀卽今東莞劇縣是也。

邾 曹姓子爵係陸終第五子晏安之後武王克商封其裔曹挾于邾卽今之山東鄒縣是也。

薛 任姓侯爵黄帝之後因先世有功武王克商封其後奚仲予薛卽今山東沂州是也。

宋 子姓公爵係商王帝乙之長庶子啟曰微子啟因紂王不道微子抱祭器歸周武王克商封微子于宋卽今之雕陽縣是也。

杞 姒姓伯爵係夏禹王之後武王克商求夏禹苗裔得東樓公封于杞以奉禹祀卽今之開封府雍丘縣是也。

陳 媯姓侯爵係帝舜之後其裔孫閼父爲武王陶正能利器用王實賴之今以元女大姬下嫁其子滿而封諸陳使奉虞帝祀卽其地在太皞之墟卽今之陳縣是也。

癸曰昨蒙陛下。賜李靖等歸山得遂他修行之願也。等不勝竟幸但有功之臣。常分茅土者金陛下速別恩行以微臣下之望武王曰昨七日歸山朕心甚是不忍今所有分封儀制。宜如相父御弟所議施行于才與同貧謝恩出殿條議分封儀注拼位次上請武王裁後次曰武王登寶座命御弟周公旦开金殿上唱名策封先追王祖考自太王王季文王皆爲天子其餘功臣與先朝宿運後齋俱列爵爲五等公侯伯子男其不及五策者爲附脩條亦已畢周公方總唱名。

2783

列侯分封國號名諱

姬姓侯爵係周文王第四子周雄公貝佐文武王成王有大勳勞於天下後成王命爲人辛食邑扶風雍縣東北之周城號卑周公州天子主自陝復東之諸侯乃封其長子于命於曲阜地方七百里分以寶器大弓而伯侯爲貸以輔周室

姜姓侯爵係炎帝齊孫伯益爲四岳佐爲平水土有功賜姓曰姜氏曰謂之呂侯其國在南陽宛縣之西。商末太公呂望起自渭水爲州

2784

文武師號爲師尚父佐文武定天下有……封營丘爲齊侯列於五侯九伯之上卽今山東青州府是也。

【燕】姬姓伯爵係周同姓功臣曰君奭佐文武定天下有大功爲周太保食邑於召謂之召康相天子。其地乃自陝以西之諸侯乃封其子爲北燕伯其地乃幽州薊縣是也。

【魏】姬姓伯爵係周同姓功臣曰畢公高佐文武天下有大功封鎮魏國卽今河南開封府高密縣是也。

2785

【管】姬姓侯爵係武王弟曰姬叔鮮以監武庚封于南信陽縣是也。管卽今河南信陽縣是也。

【蔡】姬姓侯爵係武王弟曰姬叔度以監武庚封于河南汝寧府上蔡縣是也。蔡卽今河南汝寧府上蔡縣是也。

【曹】姬姓伯爵係武王弟曰姬叔振鐸武王克商封濟陰定陶縣是也。于曹卽今濟陰定陶縣是也。

【郕】姬姓伯爵係武王弟曰姬叔武武王克商封于東兗州府汶上縣是也。郕卽今山東兗州府汶上縣是也。

【霍】姬姓伯爵係武王弟曰姬叔處武王克商封于西平陽府是也。霍卽今山西平陽府是也。

2786

終情淶州九山野素志況師命難以抵進天心學之故道乞陛下憐而敕之臣等不勝幸甚武王見等堅執要決不肯少留不勝傷感乃曰昔日從朕始兼征伐之時其忠臣義士雲屯雨集不意中道有死于軍事沒於征戰者不知凡幾今僅存者甚是殘濫朕也不勝今昔之感今卿等方際太平當與朕共享康寧之福卿等又堅請歸山朕欲強留恐違素志今勉從卿請心甚戚然候明日朕率百官親至南郊餞別少盡數年從事之情李靖等謝恩平身眾官無不懷惻子牙聽得七人告辭歸山也不勝悽戚眾俱各朝

2779

散一宿晚景不題次日光祿寺與膳官預先至南郊整治下九龍席做一色齊備只見眾文武百官與李靖等先至南郊候駕惟姜子牙在朝內伺候武王御駕同行話說武王陛殿傳有排鑾與出城子牙隨後一路上香州栽道端彩繽紛士民歡悅俱來看天子與眾人仙棧別真是烘動一城居民齊集郊外只見武王求至南郊眾文武百官上前接駕眾李靖等候王前來謝同臣等有何德能致勞陛下御駕親臨賜宴使臣等不勝感激武王用手挽佳慰之曰今日卿等歸山乃方外神仙朕與卿已無君臣之禮卿等幸

2780

婭過謙今日當痛飲盡醉使朕不知卿之去方可不然朕心何以為情哉李靖等頓首稱謝不已須臾當駕官報酒已齊備武王命左右奏樂各官供依次就位武王上坐只見簫韶迭奏君臣權飲把盞輪盃真是暢快說甚麼庖鳳烹龍味窮水陸君臣飲罷多時只見李靖等出席謝宴告辭武王亦起身執手丹三勸慰又飲數盃李靖等苦苦告別武王知不可留不覺於邑李靖等慰之曰陛下當善保天和則臣等不勝慶幸俟他日再為相晤也武王不得已方肯放行李靖等拜別武王及文武百官子牙不忍分離又

2781

送了一程各灑淚而別後來李靖金吒木吒哪吒楊戲韋護雷震子此七人俱是肉身成聖後人有詩讚之

詩曰

別駕蹕山避世囂　開將丹籠自焚燒
修成羽翼超三界　煉就陰陽越九霄
兩扉怕閒金紫貴　一身離却是非朝
逍遙不問人間事　任爾滄桑化海潮

話說子牙別了李靖等七人率領從者進西岐城回和府至次日早朝武王陛殿姜子牙與周公旦出班

2782

詩曰

天理循環若轉車，
有成有敗更無差。
從來消長應堪笑，
反覆與衰若可嗟。
夏桀商辛風裹燭，
商辛焚死浪中花。
祜今弔伐皆如此，
惟有忠魂傷日針。

話說子牙自岐州進了都城，入相府安息，衆官俱回
私宅。一夕晚景已過，次日早朝，武王登殿，真是有道
天子，朝儀自是不同。所謂香霧橫空，瑞烟縹緲，旭日
團黃，慶雲舒彩。只聽得玉珮叮噹，衆官袍袖舞清風，
祇龍弄彩，四圍御帳迎曉日。靜鞭三响整朝班文武

2775

好處有詩為證。怎見得早朝羨景？後唐人有詩單道卓
朝好處有詩為證。

詩曰

絳幘雞人報曉籌，
尚衣方進翠雲裘。
九天閶闔開宮殿，
萬國衣冠拜冕旒。
日色縱臨仙掌動，
香烟欲傷袞龍浮。
朝罷須裁五色詔，
珮聲歸到鳳池頭。

話說武王陞殿，只見當駕官傳言：有事出班啓奏，無
事捲簾朝散。言還未畢，班部中有姜子牙出班上殿，
俯伏稱臣。武王曰：相父有何奏章見朕？子牙奏曰：老

2776

臣昨月奉師命，將忠臣良將，與不道之仙、奸佞之徒，
俱依劫運，遵玉勅一一封定神位，皆各分執掌，受
禋祀，護國祐民，掌風調雨順之權，職福善禍淫之柄。
自今以往，永保澄清，無復劫運。陛下宸慮，但天下諸侯
與隨行征戰功臣、名山洞府門人，曾親冒矢石，俱有
血戰之功。今天下底定，宜分茅列土封之以爵祿，使
子孫世食其土，以昭崇德報功之義。其親王子孫亦，
當封樹藩屏，以壯王室。皆上古三皇五帝之後，亦宜
分封土地，以報其立極之功。此皆陛下首先之務，當
亟行之，不可一刻緩者。武王曰：朕有此心久矣，只因

2777

相父封神未竣，故少俟之耳。今相父既同，一聽伯父
行之。武王纔言罷，只見李靖、楊戩等出班奏曰：臣
等原係山谷野人，奉師法旨下山，克襄劫運，戰定禍
亂。今已太平，臣等理宜歸山以覆師命。凡紅塵富貴
功名爵祿，亦非臣等所甘心者也。今日特牲辭皇上，
望陛下勅臣等歸山，真莫大之洪恩也。武王曰：朕蒙
卿等旋乾轉坤之力，浴日補天之才，戡禍亂于承平，
闢宇宙而再朗。其有功于社稷生民，真無涯際，雖家
謹尸祀，尚不足以報其勞，岂驟捨朕而歸山也。朕何
忍焉。李靖等曰：陛下仁恩而存德，臣等沐之久矣，但臣

2778

〔2770〕

二人低頭不語左右推出轅門不知性命如何且聽
下回分解。

總批

姜太公為諸神之祖欽勅眾神無不用命其
規模氣象窈嫩盛哉宜其萬聖皈依羣仙景
仰也。

又批

恃寶縱惡瓊碧霄二位居多若雲霄還有
些好處原是誤過而來如何也一槩定罪致
幷肯之下受了多少醃齪氣這都是元始天

〔2771〕

姊俩護自家弟子只為削了他的頂上三花。
就令他三人永劫不磨報之未免太重總是
神仙也自存私無怪凡夫更甚。

〔2773〕

第一百回　　武王封列國諸侯

詩曰、

周室開基立帝圖。分茅列土報功殊。
制田世祿滩連等，品爵宮人樹五途。
鐵券金書藏石室。高牙大纛擁銅符。
從今藩鎮如星布。倡化宣猷萬姓蘇。

話說子牙便令左右斬飛廉惡來。只見左右旗門官將
左右推至轅門外。斬首號令。回報子牙，子牙斬了兩
個俊進對神臺傍察扶阿曰清福神柏鑑何在，
快叫飛廉惡來魂魄至壇前受封不一時只見清福

〔2774〕

只是當訏殺了／自然他／輸服所／以遅至／如今改／令他壞／樣不勝

神用旛引飛廉惡來至壇下。跪聽宣讀勅命但見二
魂俯伏壇下懷切不勝。子牙曰，今奉
太上无始勅命爾飛廉惡來。生前甘心奸佞篡惑主
聽敗國亡君偷生苟免只知盜寶以榮身就意法網
無誅漏既正明刑當有幽錄。此皆爾自受之愆。亦是
逢之劫特
勅封爾為永消厄解之神雖為惡煞爾宜充修厥職。
母得爾轄寇孽。汝其欽此飛廉惡來聽罷封號。叩首
謝恩出壇而去子牙封罷神下壇率領百官回西岐。
有詩為証。

余化龍等聽罷封號，叩首謝恩出壇，去了。子牙命百
鑑引三仙島雲霄受封，碧霄上臺受封，少時只見清
福神用榜別雲霄等，至臺下跪聽宣讀勅命。子牙曰。
今奉
太上元始勅命，而雲霄等清修仙島，雖勤月夜工夫，
得道天皇未登大羅彼岸，光狂逞于兒言，借金剪殘

西方主痘正神　　余譖兆
南方主痘正神　　余譖光
北方主痘正神　　余譖先
中央主痘正神　　余譖德

2766

害生靈。且情怒于昊數，掠黃河搶拿正士，致歷代之
門徒教遭金斗，削三花之元氣，復轉凡胎業冤造乎
彖端心無悔乎，彰報姑從悲典錫甫榮封特
勅封甫執掌混元金斗，專擅先後之天，凡一應仙凡
人聖。諸侯天子貴賤賢愚落地，先從金斗轉刼不得
越此為感應隨世仙姑正神之位，甫當念此為封克
勤甫職。

雲霄娘娘　　瓊霄娘娘　　碧霄娘娘

以上三姑正是坑三姑娘之神，泄元金斗卽人間之
靜熘凡人之生肯俱從此化生也。

2767

三姑聽罷封號，叩頭謝恩出壇，去了。
引申公豹至臺上受封不一時只見
引申公豹至臺下跪聽宣讀勅命。
太上元始勅命，用申公豹身歸闡教，
復見彼擒，又發誓以粉過身雖坐平
往怒姑念清修之苦少加一命之榮，特
勅封甫執掌東海朝覲日出慕轉天河夏散冬凝週
而復始籍分水將軍之職，而共永欽成命母替厥職。
申公豹聽罷封號，叩首謝恩出壇去了。
百六十三位正神巳畢只見眾神各去

2768

一時封神臺邊，悵感盡息，悚霧澄清紅日中天獨風
湯漾子牙下壇傳令命南官适會合朝大小文武官
員至岐山聽侯發落南宮适領命怡令馬上飛遍前
牙陞帳衆官俱進帳參謁罪子牙傳令將飛廉惡來
去吊表次日衆官跡跡跲跲齊至壇下伺候少時子
拿下飛廉惡來二人齊曰無罪子牙笑曰你這二賊
感君亂政陷害忠良斷送成湯社稷罪盈惡貫死有
餘辜今國破君亡又求獻寶偷安容你這不忠不義
蘇新天子祗承休命萬國維新豈容你享厚
之賊于世以貽新政之羞也命左右推出斬之正法

2769

部下四位正神。迎祥納福。追逃捕亡。爾其欽哉。

招寶天尊　蕭昇
納珍天尊　曹寶
招財使者　喬有明
利市仙官　姚少逸

趙公明等聽罷封號。叩首謝恩。出壇去了。子牙又命栢鑑引魔家四將。上壇受封。少時只見清福神用旛引魔禮青兄弟等。至臺下。跪聽宣讀勑命。子牙曰。今奉

太上元始勑命。爾魔禮青等。伏祕授之奇珍。有逆天命。迷弟兄之一躰。致戮無辜。雖忠盡之可嘉。於封運之難躲。同時而盡。父入沉淪。今特

勑封爾爲四大天王之職。輔弼西方教典。立地水火風之相。護國安民。掌風調雨順之權。永修厥職。母忝新綸。

增長天王　魔禮青掌青光寶劍一口　職風
廣目天王　魔禮紅掌碧玉琵琶一面　職調
多文天王　魔禮海掌管混元珍珠傘　職雨
持國天王　魔禮壽掌紫金龍花狐貂　職順

魔禮青等聽罷封號。叩首謝恩。出壇去了。子牙又命栢鑑引鄭倫等。上壇受封。不一時清福神用旛引鄭倫等至臺下。跪聽宣讀勑命。子牙曰。今奉

太上元始勑命。爾鄭倫棄紂歸周。方慶良臣之得主。督糧盡瘁。深勤戰涉之勞。未厭一命之榮。反懼陽灾之厄。爾陳奇阻吾伐之師。雖遠天命。盡忠節干國。寔有可嘉。總歸勃運。無用深曉。茲特卽爾等腹內之奇。加之位號。勑封爾等鎮守西釋山門。宣布敎化。保護法寶。爲哼哈二將之神。爾此恪修欵職。永欽成命。鄭倫與陳奇聽罷封號。叩首謝恩。出壇去了。子牙又命栢鑑引余化龍父子上壇受封。不一時只見清福神用旛引鄭化龍等至壇下。跪聽宣讀勑命。子牙曰。今奉

太上元始勑命。爾余化龍父子拒守孤城。深切忠貞之節。一門死難。永堪萃旅之封。特錫爾之新綸。常襲乎上理。乃

勑封爾掌人間之痘症。主生死之修短。秉陰陽之順逆。並造化之元神。爲主痘碧霞元君之神。率領五方痘神。惟爾挺行。仍

勑封爾元配金氏。爲衛房聖母元君。同承新命。永修厥職。汝其欽哉。

五方主痘正神各諱

東方主痘正神　　余　達

〔2758〕

水德星　魯諱雄（卓領水部四位止神）
箕水豹　楊諱真
壁水貐　方諱吉清
參水猿　孫諱祥
軫水蚓　胡諱道元

衆羣星列宿。聽罷封號。叩首謝恩。紛紛出壇而去。子牙又命栢鑑引直年太歲至臺下。受封少時清福神。用旛引殷郊、楊任等。至臺下。跪聽宣讀勅命。子牙曰。今奉太上元始勅命。爾殷郊昔身爲紂子。痛母后致觸君父。幾惟不測之殃。後澄道名山。背師言。有逆天意。釀成鑠鉏之禍。雖申公豹之唆使。亦爾自作之愆尤。闗

〔2759〕

揚任事紂忠君直諫。先遭挖目之苦。歸身報國。後雖糕苑之災。總切連之後。然亦冥數之難逃。猶當勅封爾殷郊爲執年歲君太歲之神。坐守週年。齎當年之休咎。兩楊任爲甲子太歲之神。率領爾部下日月直正神。稽過关星宿度數。察人間過徃愆尤。爾等宜恪修厥職。永欽新命。

太歲部下日直眾星名諱

智遊神　喬諱明
夜遊神　姚諱益
增福神　韓諱毒龍
掠福神　薛諱惡虎
顯道神　方諱弼
開路神　方諱相

〔2760〕

直年神　李諱丙（萬仙陣亡）
直月神　黃諱承乙（萬仙陣亡）
直日神　周諱登（萬仙陣亡）
直時神　劉諱洪（萬仙陣亡）

殷郊等。聽罷封號。叩首謝恩。出壇去了。鑑引王魔等。上壇受封不一時清福神。等。至臺下。跪聽宣讀勅命。子牙曰。今奉太上元始勅命。爾王魔等。昔在九龍島潛修狄道。柰狼行之未深。聽唆使之婪菲。致抛九轉。反受血界之苦。此亦自作之愆。莫怨彼蒼之咎。特勅封爾等。爲鎮守靈霄寶殿四聖大元帥。永承欽命。慰爾幽魂。

〔2761〕

玉諱魔
楊諱森
高諱體乾
李諱興霸

王魔等。聽罷封號。叩頭謝恩。出壇去了。又命栢鑑引趙公明等。上壇受封不一時清福神。用旛引趙公明等。至臺下。跪聽宣讀勅命。子牙曰。今奉太上元始勅命。爾趙公明昔修大道。巳證三乘根行。深入仙鄉。無奈心頭火熱。德業迥超清淨。其如妄境牽纏。一墮惡趨。返真無路。生未能入大羅之境。死當受金誥之封。特勅封爾爲金龍如意正一龍虎玄壇真君之神。率領

〔2754〕

地勇星　賈諱成
地傑星　呼諱百顏
地雄星　魯諱修德
地威星　須諱成
地英星　孫諱祥
地奇星　王諱平
地猛星　百諱有患
地文星　華諱高
地正星　老諱朋
地闊星　李諱燧
地閣星　劉諱衡
地強星　夏諱祥
地暗星　余諱惠
地軸星　鮑諱龍
地會星　竇諱芝
地佐星　黃諱丙慶
地祐星　張諱奇
地靈星　郭諱巳
地默星　金諱甫道
地微星　陳諱元

〔2755〕

地慧星　車諱坤
地暴星　桑諱成道
地然星　周諱庚
地猖星　齊諱公
地狂星　霍諱之元
地飛星　葉諱申
地走星　顧諱宗
地巧星　李諱昌
地明星　方諱吉
地進星　徐諱吉
地退星　樊諱煥
地湍星　卓諱公
地遂星　孔諱成
地周星　姚諱金秀
地隱星　寗諱三益
地異星　余諱知
地辟星　童諱貞
地俊星　袁諱鼎相
地樂星　汪諱祥
地捷星　耿諱顏

〔2756〕

地速星　邢諱三鸞
地鎮星　姜諱忠
地指星　孔諱天兆
地魔星　李諱躍
地妖星　龔諱情
地幽星　段諱清
地伏星　門諱道正
地僻星　祖諱林
地空星　蕭諱電
地孤星　吳諱四玉
地全星　匡諱王
地短星　蔡諱公
地甬星　藍諱虎
地囚星　宋諱禄
地藏星　閻諱斌
地平星　龍諱成
地損星　黃諱烏
地奴星　孔諱道靈
地察星　張諱煥
地惡星　李諱信

〔2757〕

地魁星　徐諱山
地數星　鸞諱方
地陰星　焦諱龍
地刑星　秦諱祥
地壯星　武諱衍公
地劣星　范諱斌
地健星　葉諱景昌
地耗星　姚諱燁
地賊星　孫諱吉
地狗星　陳諱夢庚

隨斗部九曜星官名諱（俱萬仙陣亡）

崇諱應麗
高諱察平
韓諱鵬
李諱濟
王諱封
劉諱禁
王諱儲
彭諱九元
李諱三益

北斗五炁水德星君名諱

三十八宿名諱

五窮星　史諱思齊
地空星　洪諱承秀
紅艷星　王諱義
流霞星　楊諱湘
寀宿星　張諱偉
丞瘟星　程諱朝用
荒蕪星　召諱國才
胎神星　姬諱叔禮
伏隔星　李諱顏
反吟星　周諱楠
伏吟星　呂諱知本
刀砧星　胡諱淋
滅没星　房諱景旡
歲厭星　楊諱妊
破碎星　徐諱宗鉤

三十八宿名諱（内有八人對在冰火二部胃戴傷俱得仙陣亡）
角木蛟　賴諱林
斗木獬　楊諱信

奎木狼　舉諱雄
井木犴　沈諱庚
牛金牛　李諱弘
鬼金羊　趙諱白高
婁金狗　張諱雄
亢金龍　李諱道通
女土蝠　鄭諱元
胃土雉　宋諱庚
柳土獐　吳諱坤
氐土貉　高諱丙
星日馬　呂諱能
昴日雞　黃諱倉
虛日鼠　周諱寶
房日兔　桃諱公伯
畢月烏　金諱繩陽
危月燕　侯諱太乙
心月狐　蘇諱元
張月鹿　薛諱定

臨斗部天罡星三十六位名諱（俱萬仙陣亡）

天魁星　高諱衍
天罡星　黃諱兵
天機星　盧諱昌
天閒星　紀諱丙
天勇星　姚諱公孝
天雄星　施諱檜
天猛星　孫諱乙
天威星　李諱豹
天英星　朱諱義
天貴星　陳諱坎
天富星　柴諱仙
天滿星　方諱保
天孤星　詹諱秀
天傷星　李諱洪仁
天立星　王諱龍茂
天建星　鄧諱王
天胎星　李諱新
天祐星　徐諱正道
天空星　興諱通
天速星　炎諱旭

天異星　呂諱自谷
天煞星　任諱來聘
天徵星　龔諱清
天宛星　單諱百招
天退星　高諱可
天壽星　戚諱戌
天刎星　王諱虎
天竟星　卜諱同
天罪星　姚諱公
天損星　唐諱天正
天敗星　申諱禮
天牢星　閻諱傑
天慧星　張諱智雄
天暴星　畢諱德
天哭星　劉諱達
天巧星　程諱三盆

隨斗部地煞星柒拾貳位名諱（俱萬仙陣亡）
地魁星　陳諱繼真
地煞星　黃諱元濟

秋府星　王諱真〔萬仙陣亡〕
土府星　王諱行孫
尖合星　鄧氏嬋玉
魍士星　邢諱三益〔陣亡萬仙〕
功士星　戴諱禮
奏書星　車諱方
河魁星　瞿諱元
月魁星　崔諱士俊
帚車星　徐諱振
天嗣星　石諱章
帝輅星　丁諱策
天馬星　麗諱虎
皇恩星　李諱錦
天醫星　錢諱保〔皆萬仙陣亡〕
地后星　黃氏剌妃
宅龍星　姬諱叔德
伏龍星　黃諱明
驛馬星　雷諱開
黃旛星　魏諱賁
豹尾星　鄭諱龍

2746

喪門星　張諱桂芳
平客星　風諱林
勾絞星　費諱仲
卷舌星　尤諱渾
羅猴星　彭諱遵
計都星　王諱豹
飛廉星　姬諱叔坤
大耗星　崇諱侯虎
小耗星　殷諱破敗
貫索星　秦諱庚
欄杆星　龍諱安吉
披頭星　太諱鸞
五鬼星　鄧諱秀
牛刃星　趙諱升
血光星　孫諱紅焰
官符星　方諱義真
孤辰星　余諱化
天狗星　季諱康
病符星　王諱佐
鎖骨星　崔諱信

2747

死符星　卞諱金龍
八敗星　栢諱忠
浮沉星　鄭諱春
大殺星　丁諱策〔穿雲總兵〕
歲殺星　李諱雄〔萬仙陣亡〕
歲刑星　徐諱芳〔總兵〕
歲破星　晁諱田
獨火星　姬諱叔義
血光星　馬諱忠
亡神星　歐陽諱平〔臨潼總兵〕
月破星　王諱賓
月遊星　梁諱宗顯
死氣星　陳諱禮亮
咸池星　池諱忠
月厭星　孫諱安
月刑星　李諱德
黑殺星　高諱繼能
七殺星　張諱奎
五谷星　殷諱洪
除殺星　黃諱尚臣

2748

夭荊星　楊諱春
夭雞星　朱諱賓
地網星　姬諱叔乾
天空星　錢諱亨
華蓋星　張諱定
十惡星　李諱德武〔俱萬仙陣亡〕
蠱斎星　韻諱佳善
桃花星　蕭氏蘭英〔萬仙陣亡〕
鐵掃箒　馬氏
火禍星　陳諱貓
狼籍星　韓諱榮〔汜水總兵〕
披麻星　金諱東〔萬仙陣亡〕
九醜星　姚諱玄〔萬仙陣亡〕
空尸星　撒諱堅
三尸星　撒諱強
撒諱勇〔昆弟三人〕
陰錯星　金諱海〔萬仙師亡〕
陽差星　亞諱保〔陣亡萬仙〕
叐殺星　公孫諱鐸
四廢星　袁諱坤

2749

北方行瘟使者　楊諱文輝
勸善大師　陳諱庚
和瘟道士　孫諱通

呂岳等聽罷封號，叩首謝恩，出壇去了。子牙又命栢鑑引斗部正神，至臺下受封。不一時只見清福神引金靈聖母等至臺下，跪聽宣讀敕命。子牙曰：今奉太上元始敕命。爾金靈聖母道德已全，曾歷百千之劫，嗔心未退，致罹殺戮之殃，皆自蹈于烈焰之中，豈冥數定輪廻之厄，悔已無及，慰爾潛修。特敕封爾執掌金闕，坐鎮斗府，居週天列宿之首，為北

極紫炁之尊，八萬四千羣星惡煞，咸聽驅使，永坐坎密斗母正神之職，欽承新命，克盡往愆。

五斗羣星吉曜惡煞正神名諱
東斗星官　蘇諱護　金諱奎　姬諱叔度　趙諱丙
西斗星官　黃諱天祿　龍諱環　孫諱子羽　胡諱昴　胡諱雲鵬
中斗星官　魯諱仁傑　晁諱雷　姬諱叔方

中天北極紫微大帝　姬諱伯邑考
南斗星官　周諱紀　胡諱雷　高諱貴　余諱成　孫諱寶　雷諱鵾
北斗星官　黃諱天祥（天罡）　殷諱比干（文曲）　竇諱榮（武曲）　韓諱昇（左輔）　韓諱變（右弼）　蘇諱全忠（破軍）　鄂諱順（貪狼）　郭諱宸（巨門）　董諱忠（招搖）
臺星名諱

青龍星　鄧諱九公
白虎星　殷諱成秀
朱雀星　馬諱方
玄武星　徐諱坤
勾陳星　雷諱鵬
滕蛇星　張諱山
太陽星　徐諱蓋
太陰星　姜氏（紂王后）
玉堂星　商諱容
天貴星　姬諱叔乾
龍德星　洪諱錦
紅鸞星　龍吉公主
天喜星　紂諱受（天子）
天德星　梅諱伯
月德星　夏諱招
大煞星　趙諱啓
貌端星　賈氏（黃飛虎妻）
金府星　陳諱定
木府星　鄧諱華
永府星　余諱燦

厖天君　諱洪　　　劉天君　諱甫
苟天君　諱章　　　畢天君　諱完
程天君　諱完　　　趙天君　諱江
董天君　諱全　　　袁天君　諱角
李天君　諱德（萬仙陣亡）　孫天君　諱良
柏天君　諱禮　　　王天君　諱變
姚天君　諱賓　　　張天君　諱詔
黃天君　諱庚（萬仙陣亡）　金天君　諱素（萬仙陣亡）
吉天君　諱立　　　余天君　諱慶
閃電神　即金光聖母　助風神　即菡芝仙

即所以如今報惡影明

話說雷祖率領二十四位天君聽封。掛號畢。俱望臺下即齊謝恩。出封神臺去訖。只見祥光縹緲。紫霧盤旋。至光閃灼。風雲簇擁。自是不同。有詩讚之。

詩曰

布雨興雲助太平。滋培萬物育群生。
從今雷部承天敕。誅惡安良達聖明。

雷祖去了。子牙又命柏鑑引火部正神。上臺聽封。不一時清福神引羅宣等。至臺下。跪聽宣讀敕命。子牙曰。今奉

太上元始敕命。爾羅宣昔在火龍島。曾修無上之真。未跨青鸞之翼。同一念之嗔痴。棄七尺爲烏有。雖猶爾咎實。乃往懲特勒封爾爲南方三炁火德星君正神之職。仍率領火部五位正神。任爾施行。巡察人間善惡。爾其欽哉。

火部五位正神名諱

尾火虎　朱諱招　　室火豬　高諱震
觜火猴　方諱貴　　翼火蛇　王諱蛟
接火天君　劉諱瓛

話說火星率領五位正神。叩首謝恩。出臺去了。子牙又命柏鑑引瘟部正神。上臺受封。少頃清福神引呂岳等至臺下。跪聽宣讀敕命。只見慘霧悽悽陰風習習。子牙曰。今

太上元始敕命。爾呂岳潛修島嶼。有成仙了道之機。恨聽讒佞。動干戈殺戮之慘。自墮惡趣。夫復誰尤。特勒封爾爲主掌瘟癀昊天大帝之職。率領瘟部六位正神。凡有特疫。任爾施行。爾其欽哉。

原起惡神

瘟部六位正神名諱

東方行瘟使者　周諱信
南方行瘟使者　李諱奇
西方行瘟使者　朱諱天麟

建大功，救父先爲孝養，未享榮封，捐軀焉草，情實痛焉。拯功定賞，當存其厚。特勑封爾爲督領三山正神炳靈公之職。爾其欽哉。引黃天化在壇下。叩首謝恩出壇而去。子牙命栢鑑引五岳正神上壇受封。少時清福神引黃飛虎等齊至壇下，跪聽宣讀勑命。子牙曰：今奉

太上元始勑命，爾黃飛虎遭暴王之慘惡，致逃亡干他國，流離遷徙，方切骨肉之悲，舊志附知，突遇陽針之劫，遂懼凶禍，情實可悲。崇黑虎有志係民，時逢初運，聞聘等三人，金蘭氣重，方爵協力，同心忠義志堅

欲效股肱之願，並意陽運，咨終齋志而沒。爾五人同一孤忠，功有深淺，特錫榮封，以是差等，乃勑封爾黃飛虎爲五岳之首，仍加勑一道，兼掌幽冥地府一十八重地獄，凡一應生死轉化人神仙鬼俱從東嶽勘對方許施行。特勑封爾爲東嶽泰山天齊仁聖大帝之職，總管天地人間吉凶禍福。爾其欽哉。毋論厥典。黃飛虎在臺下先叩首謝恩。子牙方讀四勑曰。特

勑封爾崇黑虎爲南嶽衡山司天昭聖大帝。特

勑封爾聞聘爲中嶽嵩山中天崇聖大帝。特

勑封爾崔英爲北嶽恒山安天玄聖大帝。特

勑封爾蔣雄爲西嶽華山金天順聖大帝。爾其欽哉。崇黑虎等俱叩首謝恩畢，同黃飛虎出壇而去。子牙命栢鑑引雷部正神上臺受封。只見清福神持引魂幡出壇來引雷部正神。只見聞太師畢竟他英風銳氣，不肯讓人，那裏肯隨栢鑑。子牙在臺上看見香風一陣，雲氣盤旋，率領二十四位正神逕闖至臺下。不跪，子牙執鞭大呼曰：雷部正神跪聽宣讀玉虛宮封號。聞太師方纔率衆神跪聽封號。子牙曰：今奉

太上元始救命，爾聞仲齊入名山證修大道，雖聞朝元始界未真至一之諦，登大羅而無緣，位人臣之極，品輔相兩朝，竭忠補袞，雖劫運之使然，其真烈之可憫。今特令爾督率雷部與雲布雨，萬物托以長養，誅逆除奸，善惡曲之禍福。特勑封爾爲九天應元雷聲普化天尊之職，仍率領雷部二十四員催雲助雨護法天君，任爾施行。爾其欽哉。

雷部二十四位天君正神名諱

鄧天君　諱忠
辛天君　諱環
張天君　諱節
陶天君　諱榮

風早到了封神臺。有清福栢鑑來接子牙。子牙捧符
勑進了封神臺。將符勑在正中供放。傳令武吉南宮
适立八卦紙旛鎮壓方向。與干支旗號。又令二人領
三千人馬按五方排列。子牙分付停當方沐浴更衣。
拈香金爐酌酒獻花遶臺三匝。子牙拜畢誥勑先命
清福神栢鑑在臺下聽候。子牙然後開讀玉虛宮元
始天尊誥勑。
太上無極混元教主元始天尊勑曰嗚呼仙凡路
迥非厚培根行豈能通神鬼途分當詔媚奸邪所
觀竊縱眼氣煉形于島嶼未曾斬却三尸終歸五

百年後之刧總抱真守一於玄關若未超脫陽神
難赴三千瑤池之約故爾等雖間至道未證菩提
有心日修持貪痴未脫有身已入聖嗔怒難除須
至徃愆累積刧運相尋或托凡軀而盡忠報國或
因嗔怒而自惹災尤生死輪廻循環無已業冤相
逐轉報無休吾甚憫焉憐爾等身從鋒刃日沉淪
千苦海心雖忠盡飄泊而無依特命姜尚依刧運
之重輕循資品之高下封爾等爲八部正神分掌
各司按布週天斜察人間善惡檢舉三界功行禍
福自爾等施行生死從今超脫有功之日循序而

遷爾等其恪守弘規世肆私妄自悉愆尤以貽伊
戚永膺寶籙常握絲綸故茲爾敕爾其欽哉
子牙宣讀勑書畢將符籙供放案桌之上乃全裝甲
胄左手執杏黃旗右手執打神鞭站立中央大呼曰
栢鑑可將封神榜張掛臺下諸神俱當循序而進不
得攙越取咎栢鑑領法旨將封神榜張掛臺下只見
諸神俱簇擁前來觀看那榜首就是栢鑑栢鑑看見
手執引魂旛忙進壇跪伏壇下聽宣元始封諸子牙
曰今奉
太上元始勑命爾栢鑑曾為軒轅皇帝大帥征伐蚩

尤曾有勳功不幸殞死北海捐軀報國忠盡可嘉一
向沉淪宽猶可憫幸遇姜尚封神守臺功茂特錫資
籙慰爾忠魂今
勑封爾爲三界首領八部三百六十五位清福正神
之職爾其欽哉栢鑑在壇下陰風影裏手執百靈旛
望玉勑叩頭謝恩畢只見壇下風雲簇擁香霧盤旋
栢鑑至壇外手執百靈旛伺候指揮子牙命栢鑑引
黃天化上臺下聽封不一時只見清福神用旛引黃天
化至臺下跪聽宣讀勑命子牙曰今奉
太上元始勑命爾黃天化以青年盡忠報國下山伐

又批

平何必定以詐力愚之然後殺之哉子牙所
為殊失大聖人作用予深惜之

馬氏先不隨子牙入西原是簡惡婦只是一
知子牙富貴自羞當年不識人遂自縊而死
這還是簡知羞恥烈性婦人只是當睞一念
之差較之今且竟不為此者宣替天淵哉其
罪雖不足取其情寔又可憐

第九十九回　姜子牙歸國封神

詩曰

濛濛香靄影雲生，　瀟逸謳歌賀太平。
北極辨光籠兗地，　南來紫氣繞金城，
羣仙此日皆登果，　列聖明朝盡返貞。
覲古崇呼徑祀遠，　從今護國永澄清。

話說子牙縱性逃來至玉虛宮前不敢擅入少時只
見白鶴童兒出來看見嬎子牙忙問曰師叔何來子
牙曰嬌你通報一聲特煉卯謁老師童子忙進宮來，
至碧遊床前啟用鼎上老爺姜師叔在宮外求見元

始天尊曰著他進來童子出來傳與子牙子牙進宮
至碧遊床前倒身下拜弟子姜尚愿老師萬壽無疆，
弟子今日上山拜見老師特為請玉符勅命將陣亡
忠臣孝子逐劫神仙早早封其品位毋令他遊魂無
依終日懸望乞老師大發慈悲速賜施行諸神幸甚
弟子幸甚元始曰我已知道了你且先回不日就有
符勅至封神臺來你速回去罷子牙叩首謝恩而退
子牙離了玉虛宮回至西岐次日入朝參謁武王備
南封神一事老師自令人齎來不覺光陰迅速也非
正一日只見那日空中笙簧嘹喨香氣氤氳旌幢羽

恭黃巾力士簇擁而來白鶴童子親齎符勅降臨羽
府怎見得有詩為証。

詩曰

紫府金符降玉墀　旌幢羽蓋排三台。
雷瘟火斗分先後。　列宿群星次第開。
斜察無私稱至德。　滋生有自亦英才。
仙神人鬼從今定，　不使朝朝墮草萊

話說子牙迎接玉符金勅供與香案上望玉虛宮謝
恩畢黃巾力士與白鶴童子別了子牙同了崑崙不表。
子牙將符勅親自齎捧借土遁往岐山前來只一陣

馬氏還有些志氣

這還是你命裡沒福。馬氏越發心裡如油煎火燎一般，追悔不及，越覺怒惱。當時馬氏辭了老婆子，自家歸來，坐在房裡，越想越恨我當初如何看不上他這雙眼睛，還生在世上，自思便活一百歲也只是如此，天下豈有這等一箇大貴人錯過了，還有甚麼好處，又想適纔這箇老婆子說是我沒福，不覺羞慚，又有何顏立于人世，不如尋箇自盡罷，乃大哭了一回。心裡又想恐怕不是他，假如錯聽了，天下也有這箇同名同姓的，却不是枉死了，自巳又自解嘆，且等到晚間，俟我這箇丈夫來家問他明白，再也未遲。那二

天晚只見那農夫張三老往城中賣菜來家，馬氏接着收拾了晚飯，與丈夫吃了，因問曰，如今姜子牙開說他出將入相，百般富貴，果然甚麼，張三老聽說忙賠笑臉答曰，賢妻不問我也不好說，果然是真的，前日姜丞相在朝歌，這般樣威儀，天下諸侯俱各聽命，我那時要于你說去見他一見，也討箇小小的富貴。我只怕他品位俱等，恐惹出事來，故此一向不曾說。得今蒙娘子問及，只得說與你知道，如今遲了，姜丞相離國多時，只是當初在這裡好的。馬氏聞言半日無語，這張三老恐怕妻子着惱，又安慰了一回。馬氏假意

懸樑拽脰了。自巳收拾渾身乾淨，哭了數聲，懸樑縊而死。一魂往封神臺去了。及至張三老知覺，天巳明了，馬氏氣絕。張三老只得買棺木埋葬，不表。後人有詩歎之。

詩曰

$$痴心倚望享榮華，應病當膳一念差。$$
$$三復歪思無計策，懸樑雖死愧黃沙。$$

話說次日子牙又朝見武王，泰曰：昔日老臣奉師命下山，助陛下弔民伐罪，原是應運而興，凡人仙皆逢

巍巍無依，老臣特啟陛下給假往崑崙山見師尊，請玉符金冊來封衆神，早安其位，望陛下惟臣施行，武王曰，相父勞苦多年，當享太平之福，但此事亦是不了之局，相父可速宜施行，不得久羈仙島，令朕疑望。子牙曰，老臣怎敢有辜聖恩，而樂遊林壑也，子牙忻辭武王，回相府沐浴畢，駕上遠往崑崙山而來。不知後事如何，且聽下囘分解。

總批

當日飛廉惡來歸周，姜子牙當明其罪狀，收而戮之，使天下後世知奸俊斷不容于盛世

2717

此等奸佞豈可一日容之于天地間哉。但老臣有用他之處。陛下可宣入殿廷候老臣分付他。月

散言未罷。子牙出班奏曰。老臣奉天征討滅紂興周。陛下大事已定。只有屢年陣亡之人。仙及未受封職者。不日離陛下往崑崙山見掌教師尊。請玉牒金符。封贈眾人。使他各安其位。不致他悵怏無依耳。武王曰。和父之言甚善。言未畢。午門官啟駕外有商臣飛廉惡來在午門候旨。武王問子牙曰。今商臣至此見朕意欲何為。子牙奏曰。飛廉惡來紂之佞臣前破紂之時二奸隱陛。今見天下太平。至此欲篡惑陛下。希圖爵祿耳。

2718

有道理武王從其言。命宣入殿前來左右將二臣引至丹墀拜舞畢。口稱亡國臣飛廉惡來。願陛下萬歲武王曰。二卿至此有何所願。飛廉奏曰。紂王不聽忠言荒淫酒色。以至社稷傾覆。臣聞大王仁德著于四海。天下歸心。真可駕堯軼舜。臣故不惜千里求見陛下。願效犬馬倘蒙收錄得執鞭于左右。則臣之幸也。謹獻玉符金冊。願陛下容納。子牙曰。二位大夫在紂俱有忠誠。奈紂王不察。致有敗亡之禍。今既歸周。是棄暗投明。願陛下常用。二位大夫正所謂捨玟珷而用美玉也。武王聽子牙之言。封飛廉惡來為中大夫

2719

二臣謝恩。後人有詩嘆之、

詩曰

貪望高官特地來。玉符金節獻金堦。
子牙早定防奸計。難免封神劍下災。

話說武王封了飛廉惡來二人。子牙出朝回相府不表。單說當年馬氏笑子牙不能成其大事。竟棄子牙而他適及至今日。武王嗣位。天下歸周。宇宙太平。卽茅簷蓬屋窮谷深山。凡有人烟聚集之處。無有不知。武王伐紂。俱是相父姜子牙之功。今日一統華夷姜子牙出將入相。享人間無窮富貴權牟人主位極人

2720

臣古今罕及。天下人無不讚嘆當日子牙困窮之時。蟠溪坐隱。此身已老於漁樵。自意八十歲方被文王聘請歸國。今日做出這無大不大事業來。今日講明日講一月。講到這馬氏耳朵裡來。馬氏此時跟隨了一箇鄉村田戶之人共日開得隣家一箇老婆子對馬氏曰。昔月你初時嫁的那箇姜某如今做了多大事業。如此長如此短說了一遍。說得那馬氏滿面通紅一腔熱烘烘的。起來半日無語那老婆子又促了他兩句說道當月。還是大娘子餓了。若是當時隨了姜某。今日也享這無窮富貴。卻強如在這裡守窮度

不勝傷悼。一日來至金雞嶺，兵過守陽山，只見夫
方行，前面有二位道者阻住，對旗門官曰：與我請姜
元帥答話。左右報進中軍，子牙忙出轅門觀看，郤是
伯夷、叔齊。子牙忙躬身問曰：二位賢侯見尚有何見
諫？伯夷曰：姜元帥今日回兵，紂王致于何地？子牙
曰：紂王無道，天下共棄之。吾兵進五關，只見天下諸
侯已大會于孟津，至甲子日，受率衆旅若林，陌敢敵
于我師前，徒反戈攻于後，以北至血流漂杵，紂王自
焚。天下大定，吾主武王散鹿臺之才，發鉅橋之粟，封
比干之墓，式商容之閭，諸侯無不悅服，尊武王為天

讀罷夷齊採薇之詩，目袁濟分雙人

子今日之天下，非紂王之天下也。子牙道罷，只見伯
夷、叔齊邙面涕泣，大呼曰：傷哉傷哉，以暴易暴兮，予
意欲何為？歌罷拂袖而回，竟入守陽山，作採薇之詩，
七日不食周粟，餓死守陽山。後人有詩弔之。

詩曰

昔別周兵在守陽。　中心二點為成湯。
三分已去猶啼血。　萬死無辭立大綱。
水上不知新世界。　江山還念舊君王。
可憐恥食甘名節。　萬古常存日月光。

話說子牙兵過守陽山至燕山，一路上周民簞食壺

漿迎接武王。一日兵至西岐山，忽有上大夫散宜生、
黃滾前來接駕，領衆官俱在道傍俯伏。武王在車中
見衆弟與黃滾老將軍，後隨孫兒黃天祿，武王曰：朕
東征五載，今見卿等，不覺潸然悽愴，愁懷勃勃也。宜
生近前啟曰：陛下今登大位，天下太平，此不勝之喜。
臣等得復覩天顏，正是龍虎重逢再慶，都俞喜起之
風。陛下與萬姓同樂太平，又何至悽愴不悅也。武王
曰：朕因會諸侯而伐紂，東進五關，一路內損朕許多
忠良，未得共享太平，先歸泉壤。今日卿等老者少者、
存者沒者俱不一，共人使朕不勝今昔之感，所以搆

賢不樂耳。散宜生啟曰：以臣死忠，以子死孝，俱是報
君父之洪恩，遺芳名于史冊，自是美事。陛下爵祿其
子孫，世受國恩，即所以報之也，又何必不樂哉。武王
興衆臣併輦而行，西岐山至岐州，只七十里，一路上
萬民爭看，無不歡悅。武王鑾駕簇擁來至西岐城垣，
笙簫嘹喨，香氣氳氳。武王至殿前下輦，入內庭衆見太
姜，謂太任、會太姒，設筵宴在顯慶殿，大會文武，正是

太平天子排佳宴。　龍虎風雲聚會時。

話說武王宴賞百官，君臣權飲讌畢而散。次日早朝，
聚衆文武叅謁畢，武王曰：有奏章出班見朕，無事早

詩為證。

詩曰

八十公公杖策行。　　相逢欣笑話生平。
眼中不識干戈事。　　耳內稀聞戰鼓聲。
每見麒麟鸞鳳現。　　時聽絲竹管絃鳴。
而今世上稱寧宇。　　不似當年桃蓆驚。

話說武王為天子，天人感應，民安物阜，夫降瑞祥，萬民無不悅服。只見天下諸侯俱辭朝各歸本國子牙入納庭見武王曰相父有何奏章子牙奏曰方今天下已定老臣啟陛下命官鎮守朝歌武王曰俱聽

相父著用何官子牙曰今武庚陛下既代以不殺使守本土得存商祀必用何人監守方可武王曰俟明日臨朝商議子牙退朝回相府只至次日武王早朝諸臣朝見畢武王曰朕今封武庚世守本土以存商祀必使人監國當用何人而後可武王問能衆臣共議非親王不可須議管叔鮮蔡叔度二王監國武王依名臨命二叔守此朝歌武王分付明日大駕歸國只見武王聖駕一出朝歌軍民者老人等俱謀議欲慇留聖駕不表話說武王次日分付二叔臨國大駕趲起只見那些百姓扶老挈幼遮拜于道犬呼曰陛

下救我等于水火之中今一旦歸國是使萬姓而無父母也望陛下一視同仁留居此地我等百姓不勝慶幸武王見百姓挽留乃好言慰之曰今朝歌朕已命二叔監守如朕一樣必不令爾等失所也爾等當奉公守法自然安業又何必朕在此方能安阜也百姓挽留不徑放聲大哭震動天地武王亦覺懷然復謂二弟管叔鮮蔡叔度曰民乃國之根本爾不可輕虐下民當視之如子若是不體朕意有虐下民自有國法在必不能為親者辭也二叔共勉之二叔受命武王即日發駕起程往西岐前進百姓哭送一程竟回朝

歌不表話說武王雖離朝歌一路行來也非一日不覺來至孟津思想昔日渡孟津時白魚躍舟兵戈擾攘今日又是一番光景不勝嗟後人有詩嘆之。

詩曰

駕返西岐龍入海。　　與民懽怵樂堯年。
歸牛桃圃開新運。　　牧馬華山洗舊羶。
箕子囚中先解釋。　　比干墓上有封箋。
孟津昔日曾流血。　　無怪腥風念往賢。

話說武王同子牙渡一黃河過澠池出五關子牙一路行來忽然想起一班臨行征伐博士的將官心下

惟大周元年、壬辰、越甲子、昧爽三日、哉生明酉峻
武王姬發、敢昭告於皇天后土神祇曰：嗚呼惟天
惠民、惟辟奉天、有殷受罪、弗克上天、自絕于命、臣發
承祖宗累洽之仁、列聖相沿之德、予小子曷敢有
越厥志、恭天承命、底商之罪、天正於商、惟爾神祇
克成厥勳、誕膺天命、予小子方日夜祗懼、恐墜前
烈、敬修未遑、無崇諸侯軍民耆老人等、疏請再三
眾志誠難固違、俯從羣議、爰考舊典、式諏吉日、祗
告于天地宗廟社稷、暨我文考、於是日受冊寶、嗣
即大位、仰承中外靖恭之頌、天人協應之符、慶日

月之照臨、麕皇天之永命、尚望福我維新、承終不
替、慰兆人肴戴之情、垂累葉無疆之緒、神其鑒茲
伏惟尚饗
話說周公旦讀罷祝文、焚了柴特祝帛畢、只見香烟
施罩空中、瑞靄氤氳滿地、其日天朗氣清、惠風慶襄
真是昌期應運、太平景象、自然迥別、那朝歌百姓擠
擁遍地、懽呼武王受了冊寶、即天子位、面南垂恭端
坐、樂奏三番、眾諸侯出笏、山呼萬歲拜賀畢、武王傳
旨大赦天下、眾人簇擁武王下壇、來至殿廷、從新拜
賀畢、武王傳旨、命擁九龍輦歸……寶八百諸侯君臣

共樂、羣人酒潘飲飛、俱各懽暢。百官歡已深沉乎醉。
關謝恩而散、後人讀史、見武王一戎衣而有天下、君
臣和樂、作詩以詠之。
詩曰
壇上香風繞聖主。軍民嵩祝舞寛裳。
江山依舊承柴望。社稷重新樂裸將。
金闕魍臨仙掌動。玉階時聽珮環忙。
熙熙皡皞清明世。萬姓謳歌慶未央。
話說次日武王設朝、眾諸侯朝賀畢、
殷紂因廣施土木之功、竭天下之財、荒淫失政、故有

收拾人心之天　笑　機

此敗。朕與衆諸侯立之為君、朕欲將鹿臺之貨財、
散與天下諸侯、頒賜各爽于求襲之費、列爵惟五、分
土惟三、建官惟賢、位事惟能、重民五教、惟食喪祭惇
信明義、崇德報功、命諸侯各引人馬歸國、以安
其土地、又將摘星樓殿閣、盡行折毀、散鹿臺之財、發鉅
橋之粟、釋箕子之囚、封比干之墓、式商容之閭、放内
宮之人、大賚于四海、而萬姓悅服、乃偃武修文、歸馬
于華山之陽、放牛于桃林之野、以示天下弗服、武王
在朝歌、旬月萬民樂業、人物安阜、瑞草生、鳳凰現、醴
泉溢、甘露降、祥星慶雲、熙熙皡皞、真是太平景象、有

德政。與二君何多讓哉武王曰姜君疾素有才德當為天下之主忽聽得兩傷眾諸侯一齊上前大呼曰天下歸心已非一日。大王未何苦固辭大拂眾人之心矣況吾等會盟此地豈是一朝一夕之力無非欲立大王再見太平之日耳今大王拾此不居則天下諸侯瓦解自此生亂是使天下終無太平之日矣子牙上前急止之曰列位賢侯不必如此我自有明正言順之說正是

子牙一計成王業　　致使諸侯拜聖君

話說眾諸侯在先間殷見武王固遜俱紛然爭辨不一子牙乃止之對武王曰紂王禍亂天下犬王率諸侯明正其罪天下無不悅服大王禮當正位號令天下況當日鳳鳴岐山祥瑞現于周地此上天垂應之兆豈是偶然今天下人心悅而歸受正是天人嚮應時不可失大王今日固辭恐諸侯心冷各散歸國洪無所統各據其地日生禍亂甚非大王邪伐之意深失民望非所以愛之寶所以害之也願天王詳察武王曰眾人囫是羨愛然孤之德薄不足以勝此任恐遺先王之羞耳東伯侯姜文煥曰大王不必辭避元帥自有主見乃對子牙曰請元帥速行不得遲滯恐人心解散子牙急忙傳令命盡圖樣造臺作祝文以告天地社稷候後有大賢大王再讓位未遲眾諸已知子牙之意隨聲應諾傷有周公旦自去造臺後人有詩讚之。

詩曰

朝歌妖血築禪臺、　　萬姓歡呼動八垓、

淦氣已臨條燄盡、　　和風方向太陽來。

岐山鳴鳳經禎瑞、　　殷陛爐歌進壽杯。

四海雍熙從此盛、　　周家泰運又重開。

話說周公旦盡了圖樣與天地壇前造一座臺甚高三層按三才之象分八卦之形正中設皇天后土之位傷立山川社稷之神左右有十二元神旗號按子丑寅卯辰巳午未申酉戌亥立於其地前後有十干旗號按甲乙丙丁戊巳庚辛壬癸立於本位壇上有四季正神方位春日太昊夏日炎帝秋日少昊冬日顓項中有皇帝軒轅壇上羅列邊豆籩籃金爵玉幣陳設祭前价生犧牲脯列于几席鮮醬魚肉設於案桌無不齊備只見香燒寶鼎花插金瓶子牙方請武王上壇武王再三謙讓然後登壇八百諸侯齊立於兩傷周公旦高捧祝文上臺開讀祝文曰。

發財運粟。不表只見後宮擒紂王之子武庚至子牙令推來眾諸侯切齒少時眾將。將武庚推至毀前武庚跪下。眾諸侯齊曰殷受不道。罪盈滿貫人神共怒今日當斬首正罪以洩天地之恨子牙曰眾諸侯之言甚是武王慈止之曰不可紂王肆行不道皆是羣小妖婦惑亂其心。與武庚何干。且紂王炮烙大臣。小錐賢如比干微子皆不能比救其君又何况武庚一切椎之子哉今紂王已滅與子何讎且罪人不孥原是上天好生之德孤願與眾位大王共體之切不可枉行殺戮也侯新君嗣位封之以茅才以存商祀正所

2697

以報商之先王也。東伯侯姜文煥出而言曰元帥在上今大事俱定當立新君。以安天下諸侯士民之心。況且天不可以無日。國不可以無君。天命有道歸于至仁。今武王仁德著于四海。天下歸心宜正大位以安天下之心。況我等眾諸侯入閱襄武王以伐無道。正為今日之大事也。望元帥一力擔當不可遲滯有辜眾人之心。眾諸侯齊曰姜君侯講得有理。正合眾人之意于牙尚未及對。武王惶懼遜謝曰孤位輕德薄。名譽未著。惟日兢兢。求為寡過。以嗣先王之業。而

2698

乞眾位賢侯共擇一有德者以嗣大位。母令有忝欤職遣天下慈然共相父早歸故土以守臣節而已傷有東伯侯驕騭大言曰大王此言差矣。天下之至德郭有如大王者今天下歸周巳非一日即黎民之簞飡壺漿以迎王師豈有他哉謂大王能救民于水火也且天下諸侯景從雲集隨大王以伐無道其愛戴之心益有自也大王又何必固辭望大王俯從眾議母令眾人失望耳武王曰發有何德望賢侯無得執此成讓還當訪詢有眾以服天下之心東伯侯姜文煥曰昔帝堯以至德克相上帝得膺大位後生丹朱

2699

不肖帝求人而遜位舉臣眾舜舜以重華之德以繼堯而有天下後帝舜生子商均亦不肖舜乃舉天下而讓之禹禹生啟賢明能承繼夏命。故相繼而傳十七世至桀無道而失夏政成湯以至德放桀于南巢代夏而有天下傳二十六世至紂大肆無道惡貫罪盈大王以至德與眾諸侯恭行天之罰今大事已定克承大寶非大王而誰大王又何必固遜哉武王曰孤安敢方禹湯之賢哲也姜文煥曰大王不事干戈以仁義敎率天下化行俗羙三分天下有其二故鳳鳴於岐山萬民而樂業天人相應理不可評大王之

2700

樓下。見蠆盆裡面蛇蝎上下翻騰。白骨暴露。骸骸亂滾。次見酒池肉林。陰風慘慘。肉林下冷霧悽悽。武王問曰。此是何故。子牙曰。此是紂王所製蠆盆。殺害宮人者。左右正是肉林酒池。武王曰。傷哉紂天子。何無仁心。一至此也。不勝傷感。乃作詩以紀之。

詩曰

成湯祝網德聲揚。　放桀南巢正大綱。
六百年來風氣薄。　誰知慘惡喪疆場。

又傷炮烙之刑。作詩以紀之。詩曰。

苦陷忠良性獨偏，　肆行炮烙悅嬋娟。
遺魂常傷黃金柱。　樓下焚燒業報牽，

話說武王來至摘星樓。見餘火尚存。烟焰未絶。燒得七狼八狽。也有無辜宮人。遭在此劫。尚有餘骸未盡。臭穢難聞。武王更覺心中不忍。忙分付軍士。快將這些遺骸檢出去埋葬。無令暴露。因謂子牙曰。但不知紂王骸骨焚于何所。當另爲檢出。以禮安葬。不可使暴露于天地。你我爲人臣者。此心何安。子牙曰。紂王無道。人神共憤。今日自焚。實所以報之也。今大王以禮葬之。誠太王之仁耳。子牙分付軍士。檢點遺骸。母使混雜。須尋紂王骸骨。其衣余棺槨。以天子之禮葬之。後人有詩嘆成湯王業。如斯而盡。

詩曰

天喪成湯業。　敵兵盡倒戈。
積山尸遍野。　漂杵血流河。
盡去煩苛法，　方興時雨歌。
太平今日定，　祗蕭樂天和。

話說子牙令軍士。奉紂王遺骸。以禮安葬不表。且說眾諸侯同武王往鹿臺而來。上了臺時。見闌聳雲端。樓飛霄漢。亭臺疊疊。殿宇巍峨。雕欄玉飾。樑棟金裝，又只見明珠異寶。珊瑚玉樹。帽簇成瓔珞。宮瑤室堆砌就綿閣蘭房。不時起萬道霞光。頂刻有千條瑞彩頭。真謂目炫心駭。神飛魄亂。武王點手嘆曰。紂天子這等奢靡。竭天下之財。以窮己欲。安有不亡身喪國者也。子牙曰。古今之所以喪亡者。未有不從奢後而敗。故聖王再三叮嚀垂戒者。寶已以德。母寶珠玉。良有以也。武王曰。如今紂王已滅。天下諸侯。與闔閭百姓。受紂王剝削之禍。荼毒之苦。征斂之煩。目坐水火之中。袵蓆不安。重足而立。今不若將鹿臺聚積之貨財。給散與諸侯百姓。將鉅橋聚斂之稻粟。賑濟與饑民。使萬民貽蘇。享一日安康之福。平。子牙曰。大王與言及此。真社稷生民之福也。宜速行之。武王命左右去

總批

紂王無道殘殺生靈。不知允幾自家落得摘
星樓燒死。縱不是如佛氏報應輪廻之説。自
是天理難容耳。畢竟紂王有些豪興氣自家
撤過的事不肯落在他人之手裏所以一刀
兩段毫不沾滯真是斬釘削鐵漢子何難立
地成佛。

又批

天地間妖精甚邪。而最靈惺者。無過狐狸善於
蠱令亦最嫵媚所以惑人最深。而殺人亦毒

請觀妲己生前弄得紂王國破身亡甚至臨
刑猶遺害不淺古今遭此妖狐之害者豈止
一有天下國家之人哉毋乃此方是打破
重關跳出苦海此一書分明指與世人作揚
樣令人不可將此狐狸認作真的把自身
邊那個狐狸當做假的有辜此老婆心説法

第九十八回　周武王鹿臺散財

詩曰

紂王聚斂竭民脂。不信當年放桀時。
積累已無千載計。盈財登有百年期。
須知世運逢真主。却笑貪淫有阿痴。
今為遷歸民社去。從來天意豈容私。

話説衆諸族供上事尤間殷郊見丹墀下大小將領。
頓目等衆踌躇蹙簇擁兩傷乎牙傳令軍士先救
滅宮中火燄武王對乎牙曰紂王無道殘虐生靈而
六宮近在肘腋其宮人窟柰被害更條令軍士救火

不無波及無辜相父當有先嚴禁毋令復遺陷宰也
子牙間言忙傳令允軍士人等止許救火毋得肆行
暴虐。敢有違令。妄取六宮中一物妄殺一人者斬首
示衆。齊呼萬歲武王在九間殿駐蹕與衆諸族看衆軍
官。上救火武王猛擡頭看見殿東邊有黃鄧鄧二十根
大銅柱擺列在傷武王問曰此銅柱乃是何物子牙
曰此銅柱乃是紂王所造炮烙之刑武王曰善哉善
哉不但臨刑者甚慘只今日孤觀之不覺心膽皆裂。
紂天子可謂殘忍之甚子牙別武王入後宮至摘星

進中軍元帥摘星樓火起子牙忙領衆將同武王
東伯侯北伯侯共天下諸侯齊上馬。出了轅門看火。
武王在馬上觀看見烟迷一人身穿袞服頭戴
冕旒手拱碧玉圭端坐于烟霧之中朦朧不甚明白。
武王問左右曰那烟霧中乃是紂天子麽衆諸侯答
曰此正是無道昏君今日如此誠所謂自作自受耳。
武王聞言掩面而回武王曰紂王雖則無道得罪
于天地鬼神今日自焚適爲蒙哄但尔我皆爲臣下
曾北面事之何忍目睹其死而紊逼君之罪哉不若

回營爲便子牙曰紂王作惡殘害生民天怒民怨縱
大白懸旗亦不爲過今日自焚正當其罪但大王不
恐是大王之仁明忠愛之至意迪然猶有一說昔成
湯以至仁放桀于南巢救民于小火天下未嘗少之。
今大王會天下諸侯奉天征討爲民伐罪買于湯有
光大王在母芥意衆諸侯同武王回營子牙督領衆
將門人看火以便取城只見那火越盛看看捲上樓
頭那樓下的柱脚燒倒只聽得一聲響諸星樓塌倒。
東妖崩地裂之狀將紂王埋在火中一霎府化爲灰
塾中軍奴對神堂去了後人有詩嘆之。

詩曰

放桀南巢憶昔時。　深仁厚澤立根基。
誰知殷受多殘虐。　烈燄焚身悔已遲。

又有史官觀史有詩單道紂王失政云

詩曰

女媧宮裏祈甘霖。　忽動攜雲挾雨心。
豈爲有情聯好句。　應知無道起商參。
嫦娠是用殘黃耇。　忠諫難聽縱浪淫、
炮烙寃魂多屈死。　古來慘惡獨君深。

又詩嘆紂王才兼文

詩曰

打虎雄威氣貫虹。　千斤膂力冠羣儜。
托樑換柱超今古，　赤手擒飛過熱鵬。
拒諫空稱才絕代。　篩非枉道巧多饒。
只因三怪迷眞性。　嬴得樓前血肉焦。

話說摘星樓焚了紂王衆諸侯俱在午門外住劄少
頃午門開虎衆宮人同侍衛將軍御林士卒酌水獻
花焚香拜迎武王車駕並衆諸侯入九間殿姜子牙
傳令且救息宮中火不知後事如何且聽下回分
解。

2681

詩為証。

詩曰

昔日文王羑里囚。　紂王無道困西侯。

賀尤曾問先天數。　烈焰飛烟鎖玉樓。

話說朱昇再三哭奏勸紂王且自寬慰勞尊別築以
解此圍紂王怒曰事以急矣朕籌之已熟若諸矦攻
破午門殺入内庭朕一被擒没之罪不啻泰山之重
也朱昇太哭下樓去壽柴薪堆積樓下。不表且說紂
王見朱昇下樓自服充冕手執碧圭珮流身珠玉端
坐樓中朱昇將柴堆蕭揮泪下拜畢方敢舉火放聲

2682

大哭後有詩為証。

詩曰

摘星樓下火初紅。　煙捲烏雲四面風。

今日成湯傾社禝。　朱昇原身盡孤忠。

話說朱昇舉火燒着樓下乾柴只見烟捲冲天風往
火猛六官中宮人喊叫霎時間乾坤氏暗窗坐翻崩
鬼哭神號帝玉失位朱昇見摘星樓一派火着甚是
覩惡朱昇撺衣痛哭數聲大叫陛下以死報陛
下也音罷將身撺入火中可憐朱昇烈焰為窗墅
猶如地節話說紂王在三層樓上行坐下火起烈焰

2683

冲天不覺撫膺長嘆曰悔不聽忠諫之言今日自焚
死故不足惜有何面目見先王於泉壤也只見火起
風威風乗火勢須臾間四面通紅烟霧障天怎見得
有賦為証。

賦曰

烟迷霧捲金光灼灼舉天飛燄吐雲從烈風呼呼
如雨驟排炕列炬似燄如燭焰更萬物盡成灰說
甚麼棟連霄漢頃刻化作千里塵那管他雨聚雲
屯五行之内最無情二焦之為獨盛雕梁盡棟
不知費幾許工夫遭着他盡燋䴗粉珠棚玉砌不

2684

知用多少金錢造着你皆為一解摘星樓下勢如
焚内。

八妃九嬪牽連得頭焦額爛天子命炎在須史。
惡内臣皆在劫這紂天子呵都塵女盡連映作
山航海錦衣玉食金甌祉禝綉乾坤都化作消
滔洪水向東流脱離慾海休邪粉黛蛾眉溫香
媛玉翠袖慇懃清誼皓齒於捌栩羽化隨燄
繞這正是從前徐媚逞雄威過災殃遏自受成
湯事業化飛灰同窒江山方盡織。

話說子牙在中軍方典眾諸矦議攻皇城忿在右報

午門樓過九間殿，至顯慶殿，過分宮樓，將至摘星樓來，忽然一陣旋窩風，就地滾來，將紂王罩住。怎見得怪風一陣，透膽生寒，有詩為證。

詩曰：

蕭蕭颯颯攝離魂，透骨浸肌氣若吞。
撮起沉冤悲往事，追隨枉死泣新猿。
催花須借吹嘘力，助雨敲殘次第扑。
止為紂王條毒螫，故教窩鬼訴辜恩。

話說紂王方行至摘星樓，只見一陣怪風，就地裹將上來。那臺盆內咽咽哽哽，悲悲泣泣，無限蓬頭披髮、

2677

赤身裸體之鬼，血腥臭惡穢不可聞，齊上前來扯住紂王，大呼曰：還吾命來！又見趙啓、梅伯赤身大叫：昏君！你一般也有今日敗亡之時。紂王忽的把二目一睜，陽氣沖出，將陰魂撲散，那些屈魂怨鬼隱然而退。紂王把袍袖一抖，下了頭一層樓，又見姜娘娘一把扯住紂王，大罵曰：無道昏君！誅妻殺子，絕滅彝倫。今日你將社稷斷送，將何面目見先王於泉壤也？姜娘娘正扯住紂王不放。又見黃娘娘一身血污，腥氣逼人，也上前扯住，大呼曰：辱君擲我下樓，跌吾粉骨碎屍，此心何等喪殘忍刻薄之徒，今日罪盈惡滿天地

2678

必誅。紂王被一個冤魂纏得如痴似醉一般，又見賈夫人也上前大罵曰：昏君作孽受辱，你君欺吾……墜樓而死，沉冤莫白，今日方能一掌劈面打來。紂王忽然一點靈光驚醒，把二目一睜，陽神出竅，那陰魂如何敢近身，魂散神思不寧狀。紂王下摘星樓，行至九間殿，默然無語，倚欄問：封宮官何在？封宮官朱昇聞紂王呼喚，慌忙上摘星樓來，俯伏欄邊，曰稱：陛下，奴婢聽旨。紂王曰：朕悔不聽群臣忠言，快被妖姬所惑，今兵連禍結，莫可救，懊臍何及。朕思身為天子之尊，目前一城破為

2679

齏粉，被人所獲，辱莫甚焉，欲舉自盡此身，出遺人間。猶不若自焚，反為乾淨，毋得令兒女子借口。你可取柴薪堆積樓下，朕當與此樓同焚。你當如此。命來……聽罷，披淚滿面，泣而奏曰：奴婢侍陛下多年，蒙豢養之恩，粉骨難報，不幸皇恩不造，我蒙不……嗚咽不能出聲。紂王曰：此天亡我也，非干你罪。你不聽朕命，反為悖逆之罪……朕命……朕言。後人有詩單嘆紂王曰：

2680

領命另撥了軍士，再至轅門，只見那妖婦依舊如前，一樣欷歔，又把這些軍士弄得束倒西歪，如痴如醉，楊戩與韋護看見這樣光景，二人商議曰：這畢竟是箇多年狐狸，極善迷惑人，所以紂王被他纏縛得迷〔有見識〕而忘返些，又何況這些愚人哉，我與你快去禀明元帥，無令遠些無辜軍士死于非命也，楊戩道罷，二人齊至中軍帳來，對子牙如此如彼說了一遍，衆諸侯俱各驚異，子牙對衆人曰：此怪乃千年老狐，受日精月華，偷探天地靈氣，故此善能迷惑人，待吾自出營去斬此惡怪，子牙道罷，先行，衆諸侯隨後，子牙同衆諸

侯門弟子出得轅門，見妲己綁縛在法場，果然千嬌百媚，似玉如花，衆軍士如木雕泥塑，子牙喝退衆士，卒命左右排香案，焚香爐內，取出陸壓所賜葫蘆，放於案上，揭去頂蓋，只見一道白光上，現出一物，有眉有眼，有趐有足，在白光上旋轉。子牙打一躬，請寶貝轉身，那寶貝連轉兩三轉，只見妲己頭落在塵埃。狐滅滿地，諸侯中尚有憐惜之者，有詩為証。

　　詩曰

妲己妖嬈起衆憐，　　臨刑軍士也情牽。
尨花難寫溫柔態，　　与城方窈窕妍。

話說子牙斬了妲己，將首級號令轅門，衆諸侯等無不歡喜。且說紂王在顯慶殿，厭厭獨坐，有宮人左右紛紛如蟻，慌慌亂竄。紂王問曰：爾等為何這樣急遽〔可稱孤〕。想是皇城破了麼？倘一內臣跪下泣而奏曰：三位娘娘夜來二更時分，不知何往，因此六宮無主，故此着忙，紂王聽罷，忙叫內臣快查往那裡去了，速速來報，有常隨打聽，少時來報，那些下三位娘娘首級已號令于周營轅門，紂王大驚，忙隨左右官宦急上午鳳

樓觀看，果是三后之首，紂王看罷，不覺心酸，淚如雨下，乃作詩一首以弔之。

　　詩曰

玉碎香消實可憐，　　嬌容雲鬢盡高懸。
奇歌妙舞今何在，　　覆雨翻雲竟枉然。
鳳枕已無藏玉日，　　鴛衾難再拂花眠。
悠悠此恨情無極，　　月落沉桑又萬年。

話說紂王吟罷詩，自嗟自嘆，不勝傷感，只見周營中一聲砲響，三軍吶喊齊，欲攻城，紂王看見，不覺大驚，如大勢已去，非人力可挽，照頭數點長吁，一聲竟下

637

也。今元帥德撏天下。仁溢四方。紂王不肯投首。縱殺妾一女流。求無補于元帥。況古語云。罪人不孥。懇祈元帥大開慈隱。憐妾身之無辜。赦歸故國。得全殘年。真元帥天地之仁。再生之德也。望元帥裁之。衆諸侯同。你說你是蘇侯之女。將此一番巧言。迷惑衆聽。衆聽妲己一派言語。犬是有理。諸侯豈知你是九尾狐狸。在恩州驛。迷死蘇妲己。借竅成形。惑亂天子。其無端毒惡。皆是你造業。今巳被撿死。且不足以盡其罪。尚做此巧語。希圖漏網。命左右推出轅門。斬首號令。妲己等三妖。低頭無語。

左右旗牌官慌擁出轅門來。後有雷震子。楊戩。帝護斬。只見三妖推至法場。雉雞精垂頭喪氣。琵琶精默默無言。惟有這狐狸精。乃是妲己。他就有許多嬌癡。又連累了幾簡軍士。話說那妲己。綁縛在轅門外。姚在塵埃。恍然似一塊美玉無瑕。嬌花欲語。臉襯朝霞。唇含碎玉。鬢蓬鬆雲鬢。鐘情賢歌頓百般嫵媚。巧對那持刀軍士自姿身係無葬學。屈望將軍少緩須臾。勝造浮屠七級。那軍士兒妲己美貌。已自有十分憐惜。再加他嬌滴滴的。山了幾聲將軍長。將軍短。便把這幾簡軍士。料得骨軟

勅酥曰呆目瞪軟。痴痴癡癡。作一堆。麻酥酥。痒成一塊。莫能動履。只見行刑令下。楊戩監。斬九頭雉雞精。帝護監。斬玉石琵琶精。雷震子監。斬狐狸精。三人見行。刑令下。喝令軍士動手。楊戩鎮壓住雉雞精。帝護鎮僑住琵琶精。一幣唦。喊軍士動手。將兩個妖精斬了首級。有一首詩。單道琵琶精。終不免一刀之厄

詩曰

憶昔當年遇子牙。觀臺筆頂煉琵琶。

誰知三九重逢日。萬死無生空自嗟。

話說三個動手。妲己將雉雞精。琵琶精。斬了首級。楊戩

與帝護上帳報功。只有雷震子監。斬狐狸精。衆軍士被妲己迷惑。皆目瞪口呆。手軟不能舉刃。雷震發怒喝令軍士。只見簡簡如此。雷震急得沒奈何。只得來中軍帳報知。請令定奪。子牙見楊戩。帝護報功。令拿出轅門號令。惟有雷震子。赤手來見子牙問曰。你監斬妲己。如何空身來見我。豈非走這狐狸走了。雷震子弟子。奉令監斬妲己。就意衆軍上。被這妖狐迷惑。皆目瞪口呆。莫能動殺。殺子牙怒目監斬。無能要你何用。一聲喝退雷震子。羞慚滿面。站立一傍。子牙命將行刑軍士。拿下斬首示衆。復命楊戩。帝護監斬。二人

啟娘娘得知，昔日是娘娘用招妖旛招小妖去朝歌，潛入宮禁，逃藏剎空，使他不行正道，斷送他的天下。小畜奉命，百事逢迎，尅共左右，令彼將天下斷送。今巳垂盐，正欲覆娘娘鈞旨，不期被楊戩等追襲。路遇娘娘聖駕，尚望娘娘救護。娘娘反將小畜縛去見姜子牙發落，不是娘娘出乎反乎了。望娘娘上裁。女媧娘娘曰：吾使你斷逆，服受天下，原是令上天氣數登意，你無端造業，残賊生靈，屠毒忠烈，慘惡異常，大拂上天好生之仁。今日你罪惡貫盈，理宜正法。三妖俯伏不敢聲言。只見楊戩同雷震子韋護正望前追趕

三妖望見祥光，忙對雷震子韋護曰：此位是女媧娘娘大駕降臨，快上前參謁。雷震子聽罷，三人向前倒身下拜。楊戩等曰：弟子不知聖駕降臨，有失迎迓。望娘娘恕罪。女媧娘娘曰：楊戩，我與你將此三妖拿在此間，你可帶往行營，與姜子牙正法施行，令屬空。重與又是太平天下也。你三人去罷。楊戩等感謝娘娘，叩首而退，將妖解往周營。後人有詩嘆之

　　三妖造惡萬民殃　　斷送殷商至喪亡
　　今日難逃天鑒報　　軒轅塚穴柱恩光

話說楊戩等將三妖摔下雲端，三人臨狄土近來至

轅門。那衆軍士見半空中，帥下簡女人，後隨著楊戩等二人，軍士忙報入中軍。敕元帥楊戩等，令子牙傳令令來。楊戩上帳見子牙，曰：你拿的妖怪如何。楊戩曰：奉元帥將令，赶三妖于中途，幸逢女媧娘娘，大發仁慈，賜縛妖繩，將二妖捉至轅門請令施行。子牙傳令解進來帳下，左右諸侯俱來觀看怎樣簡妖精。少時楊戩解九頭雉雞精，雷震子解九尾狐狸精，常護解玉石琵琶精，同至帳下，三妖跪于帳前。子牙曰：你這三箇業障，無端造惡，戕害生靈，炎人無厭，將成湯天下送得乾乾淨淨。雖然是天數，你豈可縱慾

殺人峻斜，王迳炮絡，慘殺忠諫，治虀盆，茶毒宮人，造鹿臺，聚天下之財，為酒池肉林，內官喪命，甚至敲骨看髓，剖腹驗胎，此等慘惡，罪不容誅，天地人神共怒，雖食肉寢皮，不足以盡厥辜。妲己俯伏哀泣告曰：妾身係冀州侯蘇護之女，初長深閨，鮮知世務，謬蒙天子宣詔選擇，豈妃不意國母毙逝，天子強立為后。凡一應主持，皆操之于天子，政事俱掌握于大臣。妾不過一女流，惟知酒掃應對，整飭宮闈，侍奉小撇而巳，共他妄安能以自專也。紂王失政，雖文武万官不陛下，百皆不能發政父，何況區區一女子，能甲其聽

狐狸羣擁追琵琶精緊緊不捨只見前而兩首黃
空中飄蕩香煙靄靄遍地氤氳不知是誰來了且聽
下回分解。

總批

紂王雖然無道還筭個俠烈漢子起先做了
許多惡業及至到壞事時便爽爽利利以死
自待决不沾泥帶水若是小夫夫便有無限
婆子氣不知作多少悲啼哭泣。

又批

成湯一個完完全全天下被妲已送得乾乾

淨淨及至紂王尋死彼更不肯有一些顧惜
之意便去尋身已巢穴以爲安身之計情殊
可恨畢竟被子牙拿來身首異處正所謂天
綱恢恢疎而不漏今觀其妖怪似婦人者尚
瀰瑕怪乎婦人心最毒也。

第九十七回　　摘星樓紂王自焚

詩曰

紂王暴虐害黔黎。　　國事紛紛日夜迷
浪欵不知民血盡。　　荒滛那顧鬼神悽
蠱益宮女真殘賊。　　爽炙悲良類虎兒
報應昭昭須不爽。　　旗懸太白古今題

話說楊戩正趕雉雞精見前面黃旛隱隱寶益飄揚
有數對女童分于左右當中一位娘娘跨青鸞而來
乃足女媧娘娘駕至怎見得有詩爲証

詩曰

一天瑞彩紫霞浮。　　香靄氤氳擁鳳軸
展遶鸞鳳皆雅馴。　　飄飄童女自優遊
幢幢穆繞迎華蕐。　　瓔珞飛揚學晃旋
止處昌朠逢泰運。　　故教仙聖至中州。

話說女媧娘娘跨青鸞而來陽佳三個妖怪之路三
妖不敢前進。按落妖光俯伏在地只綢娘娘聖駕降
臨。小裔有失迴避望娘娘恕罪。
起甚迫求娘娘救命。女媧娘娘聽罷分付碧雲童兒
將縛妖索把這三個業障鎖了去又與楊戩辭別開營
寅子牙發落童見領命。將三妖縛定三妖泣而告曰

柬帖你去把九頭雉鷄精拿來如走了定按軍法據
戰領令去了子牙又令雷震子領柬帖你去把九尾
狐狸精拿來如若有失定依軍法又令韋護領柬帖
你去將玉石琵琶精拿來如違令定按軍法三個門
人領令出了轅門議曰我三人去拿此三妖不知從
何處下手那裡去尋他楊戩道三妖此時料約王已
不濟事了必竟從宮中逃出吾等務要借土遁站在空中
等候看他從何處逃走吾等小心擒獲不得鹵
莽恐有疎虞不便雷震子曰楊師兄言之有理道罷
各架土遁往空中等候三妖來至有詩讚之

詩曰

一道光華隱法身　　俏成幻化合天真

驅龍伏虎生來妙　　今日三妖怎脫神

話說妲巳與胡喜妹王貴人在宮中還吃了幾個宮
人方縱起身一陣風响三妖起在空中徃前要走只
見楊戩看見風响隨與雷震子韋護曰孽怪來也各
要小心楊戩掣寳劍大呼曰怪物慢著吾來也九頭
雉鷄精見楊戩伏劍趕來舉手中劍罵道我們姊妹
斷送了成湯天下與你們做功名你反來害我等何
無天理也楊戩大怒曰業畜囚休得多言早早受縛吾

奉姜元帥將令特來擒你不要走吃吾一劍雉鷄精
綵劍來迎雷震子黃金棍打來早有九尾狐狸精雙
刀架住韋護降魔杵打來玉石琵琶精用繡鸞刀敵
住三妖與楊戩等三人戰未及三五回合三妖架妖
光逃走楊戩與雷震子韋護惟恐有失緊緊趕來怎
見得有讚為証讚曰

妖光蕩蕩，旭日無光，冷氣颼
颼，乾坤黑暗。黃河漠漠怪塵飛，黑霧漫漫妖氣條。
雄鷄精狐狸精琵琶精徃前逃似電光飛閃，雷震
子與楊戩併韋護緊追隨如驟雨狂風，三妖獎命

恍如弩箭離弦，那顧東西南北，三聖爭功，恰似葉
落隨風，登知流行坎止，雷震性起，追得狐狸有穴
難尋，楊戩心怕，趕得雄鷄上天無路，琵琶性巧，欲
騰挪韋護英明，驅壓定遏。也是三妖作過罪業多，
故遇着三聖玄功能取命。

話說楊戩追趕九頭雉鷄精徃前多時看看趕上楊
戩取出哮天犬大祭在空中那犬乃仙犬脩成靈性見
妖精舞爪張牙起上前一口將雉鷄頭咬歪了一個
那妖精也顧不得疼痛帶血逃災楊戩見犬傷了他
一頭依舊走了心下着怓急架土遁緊追雷震子趕

連車沖得七橫八豎，驚動了大小衆將，忙報子牙。子牙忙起身出帳觀看，只見一泒妖風怪霧滾將進來。子牙忙傳令命衆門人齊去將妖怪獲來。哪吒聽得，急登風火輪，搖火尖鎗，楊戩縱馬使三尖刀，雷震子使黃金棍，韋護用降魔杵，李靖搖方天戟，金木二吒用四口寶劍，齊殺出中軍帳來迎敵三妖。只見三妖不要唱喏，敢來此自送死也。哪吒登輪奮勇當先，全身甲胄，橫沖直撞，左右斯殺。楊戩大呼曰：好業障，七位閒人將三妖圍在垓心。子牙在中軍用五雷正決，顰壓邪氣，把手一放，半空中一聲霹靂，只震得三妖

2653

膽顫心寒。三妖兒來的勢頭不好，俱是些道術之士，料難取勝，不敢戀戰，借一陣怪風，連人帶馬沖出周營，往午門逃回。三妖自二更入周營，只至四更方總逃閒，也傷了些三七卒。不表。且說紂王在午門外看三妃今夜劫營成功，注目以待。忽見三妃來至，紂王問曰：三卿劫營勝負如何？妲巳曰：姜子牙俱有准備，放此不能成功，幾乎被他衆門人困于垓心，儉不能見陛下也。紂王聞言大驚，低首不言，進了午門，上了大殿。紂王不覺淚下，曰：不期天意喪吾，莫可救解。妲巳亦泣曰：姜身指望今日成功，平定反亞，而安社稷。不

2654

料天心不順，力不能支，如之奈何。紂王曰：朕已知道，意難回，非人力可解。從今與你三人一別，各自投生，免使彼此牽絲。把袍袖一擺，逕往摘星樓去了。三妖逃怱忽不住。後人有詩嘆之。

詩曰：

　大厦將傾止一莖　尚思劫寨破周兵
　誰知天意歸眞主　猶向三妖訴別情

話說三妖見紂王自往摘星樓去了，妲巳謂二妖曰：今日紂王此去必尋自盡，只我等數年來，把成湯一倒把天下送得乾乾淨淨，如今我們却往那裡去好

2655

雉雞精曰：我等只好迷惑紂王，其他皆不聽也。恐將無處可棲，不若還往軒轅墳去，依然自家巢穴，尚可安身，再爲之計。玉石琵琶精曰：姐姐之言甚善。三妖共議還往舊巢。不表。且說子牙被三妖劫營，殺至天明，三妖逃遁。子牙收軍陞帳坐下，衆諸侯上帳參謁。子牙曰：一時未曾防此妖孽，被他劫營，幸得衆門人俱是道術之士，不然幾爲所算，失了銳氣。今若不早作，後必爲患。子牙言罷，命排香案。左右聞命，即將香案施設停當，子牙禱畢，將金錢排下，乃大聲曰：原來如此。若再遲延，幾被三妖逃去。忙傳令命楊戩領

2656

此結尾，言之痛心。道罷，龍淚下如雨，三妖聞言，亦齊齊跪下泣，對紂王曰：「妾等蒙陛下眷愛，銘心刻骨，沒世難忘，今不幸遭此離亂，陛下欲捨妾身何往？」紂王迺曰：「朕恐被姜尚所擄，有辱我萬乘之尊，朕今別你主，人皆有去頃。」妲己俯伏紂王膝上，泣曰：「妾聽陛下至言，心如刀割，陛下何遂忍捨妾等而他往耶？」扯住紂王袍服，淚流滿面，嬌聲桑語，哭在一處，甚難剖捨。紂王亦無可奈何，遂命左右治酒，與三美人共飲作別。紂王把盞作詩一首，歌之以勸酒。

詩曰：

憶昔歡娛在鹿臺，
孰知姜尚會兵來。
分飛鸞鳳惟今日，
再合鴛鴦已隔垓。
烈士盡臨烟燄滅，
賢臣方際遇弘開。
一杯別酒心如醉，
醒後蓬蒿變幾回。

話說紂王作畢詩，遂連飲數杯。妲己又奉一盞。紂王曰：「此酒甚是難飲，真所謂不能下咽者也。」妲己曰：「陛下且省愁煩，妾身生長將門，自幼曾學刀馬，頗能廝殺。況妹妹曾與王美人，善知道術，皆通戰法，陛下放心，今晚看妾等三人，一陣成功，解陛下之憂。」紂王聞言大悅：「若是御妻果能破彼，真百世之功。朕又何憂也。」妲己又奉紂王數盃，乃與喜妹、王貴人給束停當，議定今晚去劫周營。紂王見三人甲胄整齊，心中大喜，只看今晚成功，不表。

且說子牙在營中籌算，甲子屆期，紂王當滅，心中大喜，不曾著意，未曾隄防三妖來劫營，故此幾乎失利。只見將至二更，只聽得半空中風响，怎見得？有賦為証，賦曰：

冷冷飃飃，驚人清況，颯颯蕭蕭，揚沙壁障透壁穿林，森波逐浪聚，怪藏妖與魔伏，魈也會去助火張威，也會去從龍俯仰。起初時，都是些悠悠蕩蕩淅零聲，次後來却盡是滂滂湃湃呼吼响。且休言，惟殘月裡，盡道是刮倒人間麓嶂，推開了積霧重雲，吹折了蘭橈畫槳，蒼松翠竹盡遭殃，朱閣丹樓俱掃蕩。這一陣風，只吹得鬼哭與神驚，八百諸侯俱膽喪。

話說妲己與胡喜妹等三人，俱全裝甲胄，甚是停當。妲己用雙刀，胡喜妹用兩口寶劍，王美心用一口繡鸞刀，俱乘桃花馬，一聲响殺入周營，各架妖風，播土揚塵，飛砂走石，冲進周營內來。只見周營中軍上霎時間不分南北，那辨東西。守營小校盡奔馳巡邏，將士皆束手。真個是：層圍木柵，撞得來東倒西歪，鐵騎臣名分。姜君疾又傷主上一鞭、使孤心下甚是不忍。姜文煥曰、大王言之差矣、紂王殘虐、人神共怒、使殺之于市曹、猶不足以盡其辜、犬王又何必為彼惜哉。話說紂王被姜文煥一鞭打傷後背、敗回午門、至九間殿坐下、低首不言、自己沉吟嘆曰、悔不聽忠諫之言、果有今日之辱、可惜賢仁傑雷鯤兄弟皆遭此難傷。有中大夫飛廉惡來奏曰、今陛下神威天縱、雖與于萬人之中、猶能刃劈數名反臣、只是懅被姜文煥鞭傷陛下龍體、貝須保養數日、再來會戰、必定勝其。反救退晉去正太哭、相勝負乃兵家之常、陛下又何

2645

須過慮。紂王曰、忠良臣盡、文武蕭條、朕已着傷、何能再卑、又有何顏與彼爭衡哉、隨卸甲冑入內宮不表。且說飛廉謂惡來曰、兵困午門、內無應兵、外無救援、眼兄且久、必休吾輩何以佑之、倘或兵進皇城、荆山失火、玉石俱焚、可惜百萬家資、竟被他人所有。惡來咲曰、長兄此說、竟不知將務凡為丈夫者、當兒機而作、眼兒紂王做不得事簡、退不得天下諸侯、亡在旦夕。我護你乘機棄紂歸周、孫不失了自己富貴、況武王不應、姜子牙英明、他見我等歸周、必不加罪、如此方是上着。飛廉曰、賢弟此言、使我如夢中喚醒、只是遲

2646

有一條、以我恩意候他攻破皇城之日、我和你入門庭、將傳國符璽盜出藏隱于家、待諸侯議定、吾想紂湯者必周、等武王入內庭、吾等方去朝見、獻此國璽王符、武王必定以我們係忠心為國、朕然不疑、必以我以賢祿此、不差、一舉兩得。惡來又曰、前後此必以我等為如機而不失、良禽擇木、賢臣擇主之智、二人言能大咲、自謂得計。正是。

痴心妄想居周室。　斬首周岐謝將臺。

話說飛廉與惡來共議棄紂歸周不表。且說紂王入內宮、有妲已胡喜妹王貴人三個前來接駕、紂王

2647

見三人、不覺心頭酸楚、語言悲咽、對妲已曰、朕每以姬發姜尚小視、不曾着心料理、豈知彼料合天下諸侯會兵于此、今日朕親與姜尚會兵、致孤莫敵、雖然斬了他數員反臣、到被姜文煥遠斫鞭傷後背、致魯仁傑陣亡、雷鯤兄弟死節、朕靜坐自思、料此不能久守、亡在旦夕。想成湯傳位二十八世、今一旦有失、朕將何面目見先帝於在天也、朕已追悔無及。其三位美人與朕久處、一旦分離、朕心不忍為之、柰何倘武王兵入內庭、朕豈肯為彼所擄、朕當先期自盡、但朕範之後、卿等必歸姬發、只朕與卿等一番恩愛覓如

2648

鄧順郜嶼然北伯侯崇應鸞橫施雪刃武吉
南宮适似猛虎爭飧正東上青旛下眾諸侯由如
旋染正西上白旛下驍頭粗悅若冰岩正南上紅
旗下眾門徒渾如火塊正北上皂旗下牙門將忙
似鳥漫追紂王神威天縱嘗仁傑一點心丹術亂
左遮右架雷鵬左護右攔眾諸侯齊助手那分上
下殷紂王共三員將前後胡戲項上砍遠兵器似
颼颼冰塊脅下刺那鎗劍如蟠龍齊翻只聽得叮
叮噹噹响嗎兵兵兵術還鞭來扑劍來截斧來
劈劍來剃左右布吹入魂勾開鞭撥大鋼

斧架開劍上上下下心驚顫正是那紂王力如三
春茂草越戰越有精神眾諸侯怒發忙似轟雷喊
殺聲間斗柄紂王初時簡精神足倘次後來氣力
難撐殺社稷何必貪生好功名為能惜命存亡只
在今朝死生就此目下殷紂王畢竟勇猛眾諸侯
終久調停唱聲着將官落馬叫聲中翻下鞍轎紂
王刀擺似飛龍欲將傷軍如雪月劈諸侯如川兒
戲斬大將戀哭神驚常此時惱了哪吒殷下哪楊
戩怒氣冲神大喝殷紂王不要逃走等我來與
你見個雌雄可憐見驚天動地哭聲悲豪山流血

三軍淵英雄為國盡忠驅血水滑滑紅滿地馬蹄
人死口難開將劈三軍無躲避只殺的哀聲小校
亂喬馳破鼓折鎗都抛棄多少良才帶血回無數
軍兵拖傷去紂王膽戰將心驚為雷鵬雷鵬無主意
這是君生無道衰家邪謀臣枉用千條計這一陣
只殺得雪消春水世無雙風捲殘紅鋪滿地
話說紂王被眾諸侯圍在垓心全然不懼使發了手
中刀一聲响南伯侯一刀揮于馬下魯仁傑銨挑
林養惱了哪吒登開風火輪大喝曰不得猖獗吾來
也衙有楊戩雷震子草護金木二吒一齊大叫曰今

曰大會天下諸侯難道我等不如他們齊殺至重圍
楊戩刀劈了雷鵬哪吒祭起乾坤圈把魯仁傑打下
鞍轎袭了性命雷震子一棍結果雷鵬東伯侯姜文
煥見哪吒眾人立功將刀放下取鞭在手照紂王打
來紂王及至看時鞭已不得太意閃一不及早已打中
後背幾乎落馬逃回午門眾諸侯方回子牙鳴金收兵
午門兵見午門緊開眾諸侯方回午門查點大小將官損了
殘盔下眾諸侯查見子牙乎牙查點大小將官損了
一士六員父見南伯侯鄧順被紂王所害姜文煥等
武王悼武王對眾諸侯曰今日這場惡戰大失君

645

倒罷成何體統。真是天翻地覆之時。怩將逍遙馬催
上前與子牙曰。三矣還該善化天子。如何與天子抗
無君臣體面。子牙曰。方纔大王聽老臣。言紂王
十罪乃獲罪於天地人神者。天下之人皆可討之。此
正是奉天命而滅無道。老臣豈敢有違天命耶。武王
曰當今雖是失政。吾等莫非臣子。豈有君臣相對敵
之理。元帥可解此危。子牙曰。大王既有此意傳令命
單十插鼓。子牙傳令。粉鼓天下諸矣聽的鼓啊。左右
有三五十騎。紛紛殺出。把紂王圍在垓心。不知紂王
性命如何。且聽下回分解。

2636

總批

紂王無道。其憯毒稔惡。極古今之所未有。而
十惡尚未足以盡厥辜。雖然。只此十惡。紂王
足以殺身亡國。遺訧于後世矣。為民父母者。
可不為之烱鑒哉。

又批

子牙以。一示得朝歌。不屑衆門人。以威力殺
伐取之。足稱王者之師。只百姓因為貪夜少
其簞食壺漿。終屬缺典。

2637

新刻鍾伯敬先生批評封神演義卷之三十

第九十六回　子牙發東擒妲己

詩曰

從來巧笑號傾城，狐媚君王痕用情。
爁娜腰肢催命劍，輕盈體態引魂兵。
雖難有意能歌月，玉石無心解鼓聲。
斷送殷湯成個事，依然都帶血痕斑。

話說武王是仁德之君。一將那裡想起鼓進金止之
意。只見衆將聽的鼓响。客要爭先錞刀劍戟鞭鐧抓
鎚鈎鐝斧。拐子瀌蛋。一齊上前將紂王裹在垓心。

2639

曾仁傑對雷鯤雷鵬曰。主憂臣辱。吾等正於此時盡
忠報國。捨一死以決雌雄。豈得令反臣揚威遂武哉
雷鯤曰。兄言是也。吾等當捨死以報先帝。三紫縱馬
殺進重圍。怎兄得紂王大戰。天下諸侯有讚為證

讚曰

殺氣迷空鎖地。煙塵障嶺沒山。擺列諸侯八百。一
咋地沸天翻花腔。鼓插如雷震。御林軍飛動旗旛
衆門人出如猛虎。股紂王漸漸催殘。遠也是天下
遣逢殺運午門外。撼動天開。衆諸侯各分方位滿
空中劍戟如攒。東伯侯姜文煥施威伏勇南伯矣

2640

賓之娛。殘虐生命。斬朝涉者之脛。騐民生之老少。
剝剔孕婦之胎。試反背之陰陽。民庶何辜。遭此荼
毒。罪之九也。
人君之宴樂有常。未聞流連忘反。今陛下晝夜貪
納妖婦喜胏。共妲已在鹿臺晝夜宣淫。酣酒肆樂。
信妲已。販童易。割炙腎命。以作羹湯。絶萬姓之嗣
脈。殘忍憔毒。極今古之冤。罪之十也。
臣雖能言之。陛下決不肯悔過遷善。肆行荼毒。累軍
其於萬死。暴白骨於青天。獨不思臣民生斯世者竟
陛下無辜之殺戮耶。今臣尚特奏天之明命。襄周

〔2632〕

王發恭行天之罰。陛下如得以臣逆君而少之也。紂
王聽姜子牙暴其十罪。紂氣得目瞪口呆。只見八百
諸侯聽罷。齊呐一聲喊。願誅此無道昏君。眾人方欲
上前。有東伯侯姜文煥大呼曰。殷受不得回馬。吾來
也。紂王見一員大將。金甲紅袍白馬大刀。怎見得有
讚為証。讚曰。
頂上盔硃纓燦爛。龜背甲金光爛。大紅袍上綉團龍。
護心寶鏡光華現。腰間寶帶扣絲纏。鞍傍箭挿如
雲雁。打將鞭吳鈎劍。殺人如草心無間。馬上橫担
斬將刀。坐下龍駒追紫電。銅心鐵胆東伯侯保周

〔2633〕

減紂姜文煥。
話說東伯侯走馬至軍前。大喝曰。吾父王姜桓楚被
你醢尸。吾姐姐姜后被你剜目烙手。俱死于非命。今
日借武王仁義之師。仗姜元帥之力。誅此無道。以泄
我無窮之恨。只見南伯侯青驄馬冲出。厲聲大叫。無
道昏君殺父之仇。不共戴天。姜皇兄留功與我。鄂順
馬至軍前。叱曰。你行無道。吾父王未曾犯罪。無故而
奪大臣。情禮難容也。把手中鐧一混。劈胸就刺紂王。
紂手中刀劈而交還。姜文煥手中刀使開。冲殺過來。二
侯與紂王戰在午門。怎見得有詩為証。

〔2631〕

詩曰。
龍虎相爭起戰場。　三軍擂鼓列刀鎗。
紅旗招展如赤焰。　素帶飄飄似雪霜。
紂王江山風燭短。　周家福祚海天長。
從今一戰雌雄定。　留得聲名萬古揚。
北伯侯崇應鸞見東前二侯大戰紂王。也把馬催開
來助二侯。紂王又見來了一路諸侯。抖擻神威力戰
三路諸侯一口刀抵住他三般兵器。又殺得天地昏
瘋起日無光。武王在逍遙馬上嘆曰。只因天子無道。
致使天下蕭侯會集于此。不分君臣。互相爭戰。冠履

〔2635〕

民怨。天下叛之。吾今奉天明命。行天之罰。陛下幸毋以臣叛君自居也。紂王曰。朕有何罪。稱爲大惡。子牙曰。天下諸矦靜聽吾道紂王大惡。素著于天下者。衆諸矦聽得齊上前。聽子牙道紂王十大罪。子牙曰。陛下身爲天子。繼天立極。宜聰明。作元后。元后作民父母。今陛下沉湎冒色。弗敬上天。謂宗廟不足祀。社稷不足守。動曰。我有民有命。遠君子。親小人。敗倫喪德。極古今未有之惡。罪之一也。皇后爲萬國母儀。未聞有失德。陛下乃聽信妲巳之讒言。斷恩絶愛。剝剔其目。炮烙其手。致皇后死

于非命。廢元配而妄立妖妃。縱淫敗度。大壞彝倫。罪之二也。太子爲國之儲貳。承祧宗社。乃萬民所仰望者也。輕信讒言。命晁田晁雷。封賜尚方。立刻賜死。輕棄國本。不顧嗣徹忘祖絶宗。得罪宗社。罪之三也。黃耉大臣。乃國之枝榦。陛下乃播棄荼毒之。炮烙殺戮之。囚奴幽辱之。如杜元銑梅伯商容。膠鬲微子箕子比干是也。諸君子不過去君子。非引君子道而遭此惨毒。廢股肱而昵此罪人。君臣之道絕矣。罪之四也。

信者人之大本。又爲天子號召四方者也。不得以一字增損。今陛下聽妲巳之陰謀宵小之奸計。誑詐諸矦入朝。將東伯矦姜桓楚。南伯矦鄂崇禹。不分皂白。一碎臨其尸。一身首異處。失信於天下諸矦。四維不張。罪之五也。法者非一己之私。刑者乃持平之用。未有過用之者也。今陛下聽妲巳惨惡之言。造炮烙阻忠諫之口。設蠆盆吞宮人之肉。寃魂啼號于白晝。毒焰障蔽于青天。天地傷心。人神共憤。罪之六也。天地之生財有數。豈得妄用。窮糜窮財之力。搆爲

已有瘠民之生。今陛下惟污池臺榭是崇。酒池肉竭財窮民物之力。又造鹿臺。廣施土木。積天下之財。竭民有錢者。獨丁赴役。民生日促。偷薄成風。皆陛下貪剝。有以唱之。罪之七也。廉恥者乃風預戀鈍之防。況人君爲萬民之主者。今陛下信妲巳狐媚之言。誑賈氏上摘星樓。君欺臣妻。致貞婦死節。西宮黃貴妃直諫。反遭摧下摘星樓死于非命。三綱巳絶。廉恥全無。罪之八也。賞罰乃人君之大柄。豈得妄自施張。今陛下以玩

正中火大紅傘下。繞是姜子牙。乘四不相而出。怎見得。有讚姜元帥二詞。

讚曰。

四八悟道脩身煉性。仙道難成人間稫慶。奉旨下山輔相國政。君迫八年。安於義命。擒怪有功。仕紂為令妲己獻讒。棄官習靜。渭水持竿。蟠溪隱姓。八十時來飛熊入夢。龍虎欣逢西岐兆聖。先為相父。托孤事定紂惡日盈。周德隆盛。三十六路紛紛相拒。競九三拜將。金臺點正。燮鞬推輪。古今難並會令諸侯天人相應。東進五關吉凶互訂。三死七災絲

2624

期果証夜進朝歌。君臣貽膝。滅紂成周。武功永詠。正是六韜留下成王業。妙算玄机不可穷。出將入相千秋業。戔罪吊民萬古功。運籌幃幄欺風狀。裡陰陽歷老彭。亙古軍師為第一。聲名直並泰山隆。

話說紂王見子牙。皓首蒼顏。全裝甲冑。手執寶劍。分半秋。又見東伯矦姜文煥。南伯矦鄂順。北伯矦崇應鸞。當伯矦武王姬發。四總督諸矦俱張紅羅傘。齊齊整整。立在子牙後面。子牙見紂主戴紂天鳳趙盛稻黃瓚研甲。甚是勇猛。有讚紂王一詞。

2625

讚曰。

沖天盛盔龍交結獸吞頭鑌子連環滾龍袍裡程。血染藍靬輕帶緊束腰間。打將鞭懸加鐵蟒斬將劍。光吐篏斑坐下馬。如同猛獏。金背刀閂灼沁寒。諸矦旗開拱手。逢泉將力戰多殷論挈力枯燥挍。柱謗辨難舌戰群談古為君多孟浪可憐聽頭化兇頑。

話說子牙見紂王。怛突身言曰。陛下。老臣姜尚甲冑在身。不能全禮。紂王問。爾有何處姜子牙答曰。然也。紂王曰。爾曾為朕臣。為何逃避西岐。縱惡反叛累

2626

辱王師。今又會天下諸臣。紀恍闖臨。特觊逞煞不遑國法。大逆不道。就甚於此。又把殺天使。罪在不赦。今朕親臨陣前。尚不倒戈悔過。猶自抗拒。不理情殊可恨。朕今日不殺你。這賊臣。誓不回兵。子牙答曰。陛下居天子之尊。蕭矦守拒四方。為姓供其力役錦衣玉食。貴山航海。何莫非陛下之所有也。古云率土之濱莫非王臣。誰敢與陛下抗禮哉。今陛下不敬上天群行不道。殘虐百姓。殺戮大臣。惟婦言是胤。淫酗沉洒。臣下化之。朋家作仇。陛下無君道父矣。其諸矦臣民又安得以君道待陛下也。陛下之惡貫盈宇宙。天愁

2627

等玄當體此速。獻都城庶免殺戮之虞早解塗炭
忿苦爾等當速議施行毋貽後悔特示。
話說眾軍民父老人等看罷議曰。周主仁德著于海
內姜元帥弗伐誠為至公吾等遭昏君凌虐深入骨
髓若不獻城是逆民也滿城哄然真是民變難治令
城軍兵人等俱要如此直等至三更時分。一聲喊起
朝歌城四門大開父老軍民人等齊出大呼曰吾待
俱係軍民百姓願獻朝歌迎逆真王喊聲動地且說
子牙在寢帳中靜坐忽聞外面雲板响于牙忙令人
探問左右回報曰軍民人等巳獻朝歌請元帥定奪。

〔稱兒王〕〔非之師〕

子牙大喜忙傳令眾將。各門止許進兵五萬其餘俱
在城外駐劄。不可入城覷覷。如入城者。不得妄行殺
戮惟取民間物用違者。定按軍法梟首子牙令人馬
夜進朝歌俱挨巷而行客依方位立于東南西北雖
然殺聲大振。百姓安堵如故于牙將兵馬屯在午門
諸庶俱各依次序。扎寨話說紂王在宮內正與妲巳
飲宴忽聽得一片殺聲振天紂王大驚忙問宮官曰
是那裡喊殺之聲其驚破朕心也。少時宮官報入宮
中救性不。朝歌軍民人等巳獻了城池天下諸庶之
兵俱扎在午門汀紂王忙整衣出殿聚文武共議大

事。紂王曰不意罪民人等如此背逆竟將朝歌獻了。
如之奈何魯仁傑等齊曰。都城□破兵臨禁地其定
難支若不背城決一死戰此雌尚在未定不然從束
手待斃無用也紂王曰卿言正合朕意紂王分付整
點御林人馬不表。且言子牙在中軍聚眾諸庶商議
曰今大兵進城須當與紂王會兵一戰早定大業列
位賢庶併六小眾將汝其勉哉眾諸庶齊聲曰敢不
為股肱之力。以誅無道昏君耶。但悉元帥所委雌死
不辭。子牙傳令眾將。依次而出不可紊亂違者按軍
法從事只兒周營砲响。喊聲大振金鼓齊鳴如地覆

天翻之勢紂王在九間殿聽得如此忙問近臣只見
午門官啟奏天下諸庶語陛下答帝紂王聽罷忙忙
吉意自巳銙束甲胄命排儀仗率御林軍命魯仁傑為
保駕雷鼹雷鵬為左右翼紂王上逍遙馬摞金背刀
門月龍鳳旗開銷鉞戈戟整朝鸞駕。排出午門只見
周營以一聲砲响招展兩竿大紅旗一對對排成隊
伍衕序而出甚是整齊紂王兒子牙排五方隊伍甚
是赤嚴兵戈整肅左右分列大小諸庶何止千數叉
見門人眾將。一對對侍立兩傍威風凜凜氣宇軒昂
左右又列有二十四對穿大紅的軍政官雁翅排開。

殷成秀登是文煥敵手早被姜文煥一刀揮于馬下可憐父子盡忠與國姜文煥下馬將殷成秀首級找回營來見子牙大喜且說報馬報入午門至殿前奏曰殷成秀被姜文煥梟了首級號令轅門請音定奪紂王聞言驚魂不定怳問左右事已急矣如之奈何左右又報周兵四門攻打各架雲梯火砲圍城甚急十分難支望陛下早定守城之策紂王未及開言傍有曾仁傑出班奏曰臣報自上城設法防守保護城池且收燃眉再作商議紂王許之曾仁傑出朝上城守禦不表且說子牙見守城有法一

時難下隨鳴金收兵回營子牙與眾將商議曰曾亡傑乃忠烈之士盡心守城急切難下況京師城廓堅固若以力攻徒費心力當以計取可也象門人齊曰我等各遁進城裏應外合一舉成功又何必與他較勝負與城下耶子牙曰不然令象人進步未免有殺傷之若百姓豈堪遭此屠戮咒都城百姓近在輦轂之下欲紂王殘虐獨甚憐毒倍嘗今再加之殺戮非所以救民寇所以害民也象門人曰元帥之見甚善子牙曰今百姓被紂王敲骨剖胎廣施土木負累百姓痛入骨隨恨不能食其肉而寢其皮不若先寫一

子牙援筆作檄後人有詩單道子牙妙計告示射入城中曉諭象人使百姓自相離背人心板亂不日其城可得矣眾將曰元帥之言乃萬全之策

詩曰

告示得宣免甲戈　　軍民日夜受煎磨

若非妙計離心旅　　安得軍民唱凱歌

話說子牙作檄稱命中軍官寫了告示數十章四而射入城中或射于城上或射于房屋之上或射于途路之中軍民人等拾得此告示打開觀看只見告示上寫得甚是明白怎見得只見書上

掃蕩成湯天保大元帥示諭釣歌萬民知悉天覺下民篤生聖王為民父母所以保毓乾元燒樂有國豈意紂王荒淫不道若虐生靈不修郊社絕滅紀綱發忠拒諫炮烙蠆盆淫刑慘惡人神共怒殄意討王稔惡不悛憐毒性戕敲骨剖胎取童子腎命言之痛心切骨民命何辜遭此荼毒今其本天討罪大會諸侯伐此獨夫解萬民之倒懸救萬生之性命況我周武王仁德素著溥海通知如渴恐兵攻城念爾等萬姓又回水火之中望拯如渴恐一時城破玉石俱焚甚非我等弔民代罪之意爾

俊傑無奈董忠孟浪平空送了三箇性命可
恨可恨大抵天下事貪爵慕祿者未有不墜
於戮中信乎香餌之下必有死魚。

第九十五回　子牙暴紂王十罪

詩曰

紂王無道類窮奇。十罪傳聞萬世知。
敲骨剖胎黎庶懆。蠆盆炮烙鬼神悲。
西風夜呱啼玄鳥。暮雨朝垂泣子規。
無限傷心題往事。至今青史不容私。

話說子牙命左右將殷破敗尸首擡出營去於高阜
處以禮安葬畢。令眾將攻城。只見紂王在殿上與眾
文武議事忽午門官來報奏殷破敗因言觸忤姜尚
敖寰請即定奪紂王大驚傍有殷破敗之子哭而奏

曰兩國相爭不斬來使豈有擅殺天使欺逆之罪莫
此為甚臣願捨死以報君父之仇。紂王慰之曰卿雖
忠蓋可嘉須要小心用兵。殷成秀點人馬出城殺至
周營搦戰。子牙在營中正議攻城。只見報馬報入城
中。有將討戰。子牙問誰去見陣走一遭有東伯侯出
班曰末將願往子牙許之。姜文煥調本部人馬出了
轅門見是殷成秀。姜文煥乃曰來者乃是殷成秀你
父不識時務鼓唇搖舌觸忤姜元帥吾故誅之你今
又來取死也。殷成秀大怒罵曰大胆匹夫兩國相爭
不斬來使吾父奉天子之命通兩國之好反遭你這

匹夫所害殺父之仇不共戴天。定拿你碎尸萬段以
泄此恨。罵罷縱馬舞刀飛來直取。姜文煥手中刀併
而交還二馬相交雙刀並舉。有讚為証。

讚曰。

二將交鋒勢莫當。征雲片片起霞光。這一個生心
保真命王。那一個立志還從俠烈王。這一個刀來
恍似三冬雪。那一個利刃猶如九夏霜。這一個丹
心碧血扶周王。那一個赤胆忠肝助紂皇。自來惡
戰皆如此。怎似將軍萬古揚。

話說二將大戰。三十餘合姜文煥乃東方有名之士

亦盡心苦諫，雖觸君父之怒，或死或辱，或緘默以去，總不失忠臣孝子之令名。未聞暴君之過、愓父之□，尚稱為臣子者也。元帥以至德稱周，而尚謂之至德者乎？昔汝先王被囚羑里七年，蒙救歸國，愈自修德，以逢君父知遇之恩，未聞有一怨言及君。至今天下共以大德稱之，不意傳之汝，君臣構合天下諸矦，妄稱君父之過，大肆猖獗，屠城陷邑，覆軍殺將，白骨盈野，碧血成流，致民不聊生，四民費業，天下荒，父子不保，夫妻離散，此皆汝等造這等惡業，連累先王，得罪與天下後世。雖有孝子慈孫，焉能蓋

2607

此篡弒之名哉？况我都城尚有甲兵十餘萬，將不下數百員，偹背城一戰，勝負尚未可知，汝等豈就竟視天子，妄忖巳能耶？左右諸矦聽殷破敗之言，俱各大怒。子牙未反回言，只見東伯矦姜文煥帶劒上帳，揖。殷破敗大言曰：汝為國家大臣，不能匡正其君，引之于常道，今巳陷之于喪亡，尚不自恥，猶敢鼓唇弄舌，與眾諸矦之前耶！真狗彘不若，死有餘辜，還不速退，免爾一死！子牙急止之曰：兩國相爭，不禁來使，況為其王，何得與之相爭耶！姜文煥尚有怒色，殷破敗被姜文煥數語罵得勃然大怒，立起罵曰：汝父擒趙望

2608

君謀逆之子，誅之宜也。汝尚不克修德業以諫，反逞強恃眾，肆行叛亂，真逆子有種！吾雖不能為臣討賊，卽死為厲鬼，定殺汝等耳！姜文煥被殷破敗之罵，一腔火起，滿面通紅，掣劍大罵曰：老匹夫！我思君父被醢，國母遭害，俱是你這一班賊子播弄國政，欺君罔上，造此禍端，不殺你這老賊，吾父何日得泄此沉冤於地下也！罵罷，手起一刀，揮為兩段。及至子牙止之，巳無濟矣。眾諸矦齊曰：東伯姜君矦斬此利口匹夫，大快人意！子牙曰：不然，殷破敗乃天子大臣，彼以禮來謀好，豈得擅行殺戮，反成彼之名也？姜文煥

2609

且這匹夫敢于眾諸矦之前鼓唇搖舌，說短論長，又叱辱不休，情殊可恨，若不殺之，心下懣悶。子牙曰：事巳至此，悔之無及。命左右將破敗之尸擡出，以禮厚葬，打點進兵。不知後事如何，且聽下回分解。

總批

兵臨城下而欲講和罷兵，此臨時抱佛腳之計，十無一濟。只殷破敗敢於明目張膽，暢明君臣大義，自足萬古不瞑，亦偉然哉！

又批

丁策分明欲躬耕獻畝，保全亂世，可謂識時務

2610

在右通報只見中軍官進營來見子牙欷曰成湯差
官至營門請令定奪子牙傳令來殷破敗隨令而
入進了大營好齊整只見兩邊列坐天下諸侯中軍
帳上坐羨子牙殷破敗上帳曰姜元帥未將殷破敗
甲冑在身不能企禮子牙悵欠身迎曰殷老將軍此
來有何見諭殷破敗曰未將別元帥巳久不意元帥
總六師之長為諸侯之表率真榮寵崇耀令人驚羨
今特來參謁有一言奉告但不知元帥肯容納否子
牙曰老將軍有何事見教但有可聽者無不如命如
不可行者亦不必言幸老將軍諒之子牙命賜坐殷

2603

破敗遜謝坐而言曰未將嘗聞天子之尊上等於天
天可滅乎又法典所載有違天子之制而擅專征伐
者是為亂臣亂臣者殺無赦有攢會群黨謀為不軌
犯上無將者此為逆臣逆臣者則族誅天下人人得
而討之昔成湯以至德沐風櫛雨代夏以有天下相
傳至今六百餘年則天下之諸侯百姓皆世受國恩
何人不非紂老臣民哉今不思報本反唱為亂首率
天下諸侯相為叛亂殘賊生靈侵王之疆土覆軍殺
將逼王之都城為亂臣賊臣之尤罪在不救千片之
下欲逃篡弑之名豈可得乎未將深為元帥不取也

2604

以未將愚見元帥當屏退諸侯各還本國各修德業
遊令生民塗炭天子亦不加爾等之罪惟勤修政事
以樂天年則天下受無疆之福矣不識元帥意下如
何子牙咲曰老將軍之言差矣尚聞天下者非一人
之天下乃天下人之天下也故天命無常惟眷有德
吾嘗聞有云天下而讓於舜虞帝復讓於禹禹相傳至
桀而荒殆朝政不修德業遂摩夏統成湯以大德得
承天命於是放桀而有天下傳至今登意紂子罪乎
於桀荒淫不道殺妻誅子剖賢人之心炮烙諫官殺
益窮凶奴正士臨戮太臣斬朝涉之脛剖剔孕婦

2605

三綱盡絕五倫有乖天怒民怨自古及今罪惡照著
未有君此之甚者語云賊仁者謂之賊賊義者謂之
殘殘賊之人謂之一夫乃天下所共棄者又安得謂
之君哉今天下諸侯共伐無道正為天下洗此宛殘
殺民於水火耳寇有光于成湯故奉天之罰者謂之
天吏豈得尚拘之以臣伐君之名耶殷破敗見子牙
一番言詞鑿鑿有理知不可解自思不若明日張膽
慷慨痛言一番以盡臣節而已乃大言曰元帥所說
乃一偏之言豈至公之語吾聞君父有過為臣子者
必委曲周旋諫諍之務引其君子當道如甚不得已

2606

之何及子牙咲曰評爲紂王重臣爲何不察時務不
知與十今紂王非一惡貫盈人神共怒天下諸侯會兵
駐此古在旦夕子間欲強言以惑衆也昔日成湯德
曰隆盛夏桀暴虐成湯放於南巢代夏而有天下至
今六百餘年至紂之惡孚於夏桀五今奉天征討而
誅獨夫公何得尚執迷如此以逆天特哉今天下諸
侯會兵在此止彌先一城勢如纍卵猶欲以言詞相
尚公伺不智如此魯仁傑大怒曰利口匹夫吾以你
爲老狀肴德之人故以理相論汝猶特強妄談彼長
裁獨不思以臣代君遺譏萬世耶回頭左右曰誰爲

吾擒此逆賊後有一將大呼曰吾來也縱馬舞刀飛
來直取子牙子牙傍有南宮适沖將過來與郭宸截
住所殺二馬相交雙刀併舉兩下擂戟殺聲大振丁
策在馬上也挺鎗沖殺過來助戰這壁廂武吉走馬
抵住交鋒戰殊有二十餘合有南伯侯鄧順飛馬直
沖過來截殺那邊住子牙營在邊左侕世
路諸侯乃是束伯侯姜文煥俱開紫驊走馬刀劈
汀董忠使發鋼鋒好兒聽怒見得好刀有詩爲証

許曰
怒殺沖寇劈董忠　　鋼刀閃灼快如風

話說束伯侯走馬刀劈董忠在成湯陣前兇如猛虎
惡似狼豺子牙左右有哪吒大叫曰吾等進五剛不
曾見大功今日至都城大戰難道束手坐視成敗耶
言罷隨登開風火輪搖火尖鎗沖殺過來揚戰也縱
馬搖刀直殺過陣凶遣壁廂魯仁傑縱馬搖鎗敵住
兩家混戰只殺得天愁地暗鬼哭神嚎哪吒大戰丁
策郭宸也來助戰只聽得鼓振乾坤旗遮旭日哪吒
祭起乾坤圈正中丁策可憐正是

明知昏主傾邪國　　宜下令冤怨董忠

話說哪吒打死丁策郭宸落慌被楊戩一刀劈於馬
下魯仁傑不能取勝睹敗進行營子牙鳴金收兵
却說魯仁傑報入城中迹折三將大敗一陣紂王聞
報心中愁悶與衆臣共議曰今周兵駐師城下兵敗
將亡不能派朕國內無人爲之奈何傍有殷破敗奏
曰今社後有紂卯之危萬姓有倒懸之急朝野無人
宜令莫待臣與姜子牙有半面之誼捨死至周營瞧
以君臣大義勸其罷兵令天下諸侯鮮都各安木土
戰來可知如共不然臣願罵賊而死紂王從其言使
廢破敗往周營說之彼破敗領肯出城來至周營命

〔2595〕

丁兄不意你先報了名，丁策只得治酒管待二人飲了一宵，次早往朝歌來。正是：

痴心要想成梁棟，　天意扶周怎奈何。

話說丁策二人次日來至午門候旨。紂王午門官至殿上奏曰：今有三賢士在午門候旨。紂王命宣三人進殿。午門官至外面傳旨，三人聞命進殿，望駕進禮稱臣。王曰：昨飛廉薦卿等高才，三卿必有良策可退周兵，輔朕之社稷，以分朕憂，朕自當分茅列土，以爵卿等。朕決不食言。丁策奏曰：臣聞戰危事也，聖王不得已而用。今周兵至此，社稷有累卵之危，臣等雖幼習兵

〔2596〕

書，周知戰守之宜，臣等不過盡此心報效于陛下。共成敗利鈍，非臣等所逆料也。願陛下勅所司以供臣等取用，毋令有掣肘之虞，臣等不勝幸甚。紂王大喜，封丁策爲神策上將軍，郭宸、董忠爲威武上將軍，隨賜袍帶，當殿腰金衣紫，賜宴便殿。三將謝恩，次早卻見魯仁傑調人馬出朝歌城來。有詞爲証。

詞曰：

御林軍奉出朝歌，　壯士紛紛擊皺區。
千里愁雲遮日色，　數重怨氣障山窩。
披鎧甲，荷干戈，人人勇躍似奔波。

〔2597〕

諸侯八百皆離紂，　枉使兒郎衰網羅。

話說魯仁傑調人馬出城安營，只見探馬報入中軍：啟元帥，成湯遣大兵在城外立下營寨，請令施行。子牙傳令命眾將出營，至成湯營前搦戰。只見探馬報入中軍，有周營大對人馬討戰。魯仁傑聞報親自待領眾將出轅門，見子牙乘異獸，兩邊擺列三山五嶽門人。只見哪吒登風火輪，提火尖鎗，立於左手楊戩，使兰尖刀，淡黃袍騎白馬，立於右手雷震子、韋護、金吒、木吒、李靖、南宮适、武吉等一班排立，眾諸侯濟濟師師，犬是不同。正是：

〔2598〕

扶周滅紂姜元帥，　五嶽三山得道人。

話說魯仁傑一馬當先，大呼曰：姜子牙請了。子牙在四不相上欠背打躬問曰：來者是誰。魯仁傑曰：吾乃紂王駕下總督兵馬大將軍魯仁傑是也。姜子牙，你既是崑崙道德之士，如何不遵王化，攝合諸侯，肆行猖獗，以臣伐君，屠城陷邑，誅罪殺將，進逼都城，意欲何爲。千古之下，安能逃叛逆之名、欺君之罪也。今天子已敕爾往懲，不行深究，爾等可速速倒戈微回人馬，各安疆土，另行修貢，天子亦以禮相看。如若執迷，那時天子震怒，必親率六師，定擒其穴，立成齏粉。悔

喪亡無人替天子出力束手待斃而已。平日所以食君之祿，分君之憂者安在。想吾丁策，昔日曾訪高賢，傳吾兵法，深明戰守，意欲出去舒展生平所負，以報君父之恩。其如天命不眷，萬姓離心，大廈將傾，一木如何支撑。可憐成湯當日，如何德業拜伊尹，放桀於南巢，相傳六百餘年，賢聖之君六七作，今一旦至紂而喪亡，令人且極搏艱，不勝嗟嘆。丁策乃作詩一首以嘆之。

詩曰：

伊尹成湯德業儚，　南巢放桀冠諸侯。
誰知三九逢辛紂，　一統華夷盡屬周。

話說丁策作詩方畢，只聽得門外有人進來，卻是結盟弟兄郭宸，二人相見施禮坐下。丁策問曰：賢弟何來。郭宸答曰：小弟有一事特來與長兄商議。丁策曰：有何事，請賢弟見教。郭宸曰：方今天下諸侯都已會集於此，將朝歌圍困天子，而有招賢榜文，小弟特請長兄出來共輔王室。况長兄抱經濟之才，知戰守之術，一出仕于朝，上可以報效於朝廷，顯親揚名，下不負胸中所學。丁策嘆曰：賢弟之言雖則有理，但紂王失政荒滛不道，天下離心，諸族叛亂，已非一日。如大廈瓲傾，命亦隨之，雖有善者亦未如之何矣。你我在大學識，敢以一杯之水救車薪之火哉。況姜子牙沒崑崙道德之士，又有這三山五嶽門人，徒送了性命，不爲可惜耶。郭宸曰：兄言差矣，吾輩乃紂王之子民，食其土而踐其茅，誰不沐其恩灤。國存與亡與甚此，正當報效之慷便，一死何憾，爲何說此處，一腔熱血不向此處一洒，更何待也。若論俺弟兄胸中所學，講甚麼崑嵛之士，理當出去解天子之憂耳。丁策曰：賢弟事關利害非同小可，豈得造次，再容商量。二人正辨論間，忽門外馬响，有一大漢進來，此人姓董名忠。忠入來問曰：賢弟何來。董忠曰：小弟特來請兄同佐紂王，以退周兵。昨日小弟在朝歌城見招賢榜文，小弟大胆將兄名諱連郭兄小弟共是三人，齊投入飛廉府内，飛廉其奏紂王，令明早朝見，今特來約兄等聽早朝見。古云：學成文武藝，貨與帝王家。兄君父有難，爲臣子者恐坐觀之耶。丁策曰：賢弟也不問我一聲，就將我名字投出去，此事干係重大，豈得草率如此。董忠曰：吾料兄必定出身報國，豈是守株待兒之輩。郭宸惧然大笑曰：董賢弟所舉不差，我正在此勸凱歌而來。怎見得。有詩為証。

詩曰

征雲迷遠岫，殺氣振遐方。
刀鎗如積雪，劍戟似堆霜。
雄旗遮綠野，金鼓震空桑。
刀斗傳新令，時雨慶虛漿。
軍行如驟雨，馬走似奔狼。

正是吊民伐罪兵戈勝，坐碎韋兒瀰漸長。話說天下諸族領人馬正行，只見哨馬報入中軍曰。啟元帥，人馬已至朝歌，請元帥軍令定奪。子牙傳令，安下大營，三軍吶喊，放定管大砲。只見守城軍士入報

2587

午門當駕官啟奏曰：今天下諸侯兵至城下，扎了行營。人馬共有一百六十萬，其餘不可當。請陛下定奪。紂王聽罷大驚，隨命衆官併駕上城，看天下諸侯人馬。怎見得。有賦為証。

行營方正，遍地兵山。刀斗傳呼，威嚴整肅。長鎗列千條柳葉，短劍排萬片冰魚。瑞彩飄飄，旗旛色映似朝霞；寒光閃灼，刀斧影射如飛電。竹節鞭戀豹尾，方拷鋼掛龍稍。弓弩拼兩行秋引，抓鍵列數隊燦星。鼓進金退，交鋒士卒若神威。笑叫庚應逦傅，

2588

糧餉如鬼運，畫角幽幽，人煙寂寞。真是堂堂正正之師，吊民代罪之旅。

話說紂王看罷子牙行營，怏怏下城，登殿坐，問兩班文武。王曰：方今天下諸侯會兵於此，眾卿有何良策，以解此危。紂王仁傑出班奏曰：臣聞大厦將傾，一木難扶。目今庫藏空虛，民皆生怨，軍心俱離，總有良將，其如人心未順何。雖與之戰，臣知其不勝也，不若遣一能言之士，陳說君臣大義、順逆之理，令其罷兵，庶幾可解此危。紂王聽罷，沉吟半晌。只見中大夫飛廉出班奏曰：臣聞重賞之下，必有勇夫。況都城之內，環堵百

2589

里，其中豈無豪傑之士，隱跡避踪者若其間。願陛下急急求之，加以重餌崇祿，以顯榮之，彼必出死力，以解此危。況城中尚有甲兵十數萬，攫鋼頗足，即不然，令魯將軍督其師，背城一戰，雄雄尚任未定之天，豈得驟以講和示弱耶。紂王曰：此言甚是有理。一面將聖諭張掛榜遍，一面整頓軍馬。不表。且說朝歌城外，離三十里地方，有一人姓丁名了朝，號了策，乃是高明隱士，正在家中閑坐，忽聽得周兵來至，圍了朝歌。丁策歎曰：紂王失德，荒淫無道，殺忠聽佞，殘害生靈，天愁人怨，致賢者退位，奸佞盈廷。今天下諸族會兵至此，眼見

2590

第九十四回　文煥怒斬殷破敗

詩曰

兵馬臨城都講和，諸侯盡削罷干戈。
殷湯德業成荒盡，周武仁風四海歌。
火履將傾誰可負，濱艦已破豈能荷。
荒淫到底成何事，盡付東流入海波。

話說金吒祭起遁龍樁，將寶樂遁佳早被斬文煥一刃揮為兩段，可憐半開五术半身經數百戰善守關防不曾失利斧日被斧光智取殺身正是。

爭名樹業隨流水　　為國孤忠若浪萍

話說姜文煥斬了寶纂，三軍吶喊，只見木吒在關上，見東伯侯率領諸侯，聲勢大振。在城敵樓上暗暗祭起吳鈎劍去，此劍昇於空中。木吒暗日請寶貝轉來。那劍在空中，如風輪一般連轉三二轉。可憐徹地夫人正是。

油頭粉面成虛語。　　廣智多謀十俱休。

話說木吒暗祭吳鈎劍，斬了徹地夫人。在關上大呼，同吾是求吧？在此奉姜元帥將令來取此關。今上將已伏誅，降者免死，逆者無生。眾皆拜伏於地。金吒已知兄弟獻關，同東伯侯姜文煥殺至關下。木吒令左右開關迎接入馬，進了關，姜文煥查盤府庫，安撫百姓，放了被禁馬兆，感謝金木二吒。金吒曰賢侯速行。吾等先往孟津報與姜元帥，賢侯不可遲悞戊午之辰，以應上天垂象之兆。姜文煥曰謹如二位師父大教。金木二吒辭了姜文煥，架土遁往孟津前來。且說子牙在孟津大營，與二路大諸侯共議三月初九日乃是戊午之辰，看看至近。如何東伯侯尚未見來。奈何奈何，正嘀議間，忽報金木二吒在轅門等令。子牙傳令令來。金木二吒來至中軍，行禮畢，乃曰奉元帥將令往遊魂關詐為雲遊之士，乘機取關，把前事如此如彼盡說了一遍。令弟子先來報於元帥，東伯侯大兵隨後至矣。子牙聞說大喜，深羨二人用詐。乃曰天意響應不到戊午日，天下諸侯不能齊集。話說東伯侯大兵那一日來至孟津，哨馬報入中軍，啟元帥東伯侯至轅門等令。子牙傳令諸來，姜文煥待領三百鎮諸侯進中軍參謁子牙。子牙忙迎下座來，彼此溫慰一番。姜文煥又曰煩元帥引兒武王一面。牙牙同姜文煥進後營拜見武王，朝表此時天下諸侯共有八百，各處小諸侯不計，共合人馬一百六十萬。子牙在孟津祭了寶纛旗旛，一聲砲響，整人馬望朝

人又言曰寶夜交兵須是謹慎毋得貪戰務要見機
不得落他圈套將軍謹記謹記看官這是徹地夫人
留心防護恐二位道者有變故此叮嚀囑付耳金吒
見夫人言語真切乃以目送情與木吒木吒巳解其
意只在臨城應變而巳亦以目兩相關會隨同徹地
夫人在關上駐劄防衛只見寶榮開門把人馬冲出
寶榮在旗門腳下見姜文煥簇至軍前寶榮大呼曰
反臣今日合該休矣姜文煥也不答話仗手中刀直
取寶榮寶榮以手中刀付面交還二馬相交雙刀併
舉怎見得有詩讚之。

2579

詩曰

殺氣騰騰爥九天，將軍血戰苦相煎。
扶王碧血垂千仞，為國丹心勤萬年。
文煥歸周扶帝業，寶榮盡節喪黃泉。
誰知運際風雲會，八百昌期兆巳先。

話說寶榮揮動衆將兩軍混戰只殺得天愁地慘籠屍
哭神嚎鬼刀鎗響喨斧劍齊鳴喊殺之聲振地慘籠火
把如同白晝人馬恍惚似海沸江翻且言金吒縱步
在軍中混戰觀見東伯侯疾帶領二千鎮諸辰卽將上
李金吒急祭起遁龍樁一聲響先將寶榮遁住不知

2580

若將軍性命若何且聽下回分解

總批

陸壓所傳曰飛刀能誅人神仙怪可謂伸矣
但還有形跡又用葫蘆盛貯似覺費手不若
漢唐賒有劍仙愈為神妙彼劍仙所煉神劍
或藏于腦門或藏于耳後武藏于兩血脈中
乘之如禦五方之氣倏忽千里用之所
至無不如之其神劍之來若電光之影其人
神仙怪之㺯自然落地頃刻化為烏有惟血
餘難化用寒石水點之耿然無跡神矣哉此

2581

文批

飛刀若居其次。

金水二吒設智諛鬪計亦為奇而徹地娘子
果能識破無不道著齊有其如寶榮不聽竟
墮術中若此夫若真豚一棒打殺若此婦又
奉之八寶座上邦之為師

2582

眉批：不問他也殺他，一呵

吒大罵曰：「好賊乘暗射吾一箭也，吾且暫回，明日定拿你，以報一箭之恨。」金木二吒回關，來見寶榮。寶榮問曰：「老師為何不用寶貝伏之？」金吒答曰：「貧道方欲祭此寶，不意那匹夫撥馬就走，貧道趕去搶之，反被他射了一箭。待貧道明日以法搶之。」三人正在殿上講議，忽後迫報夫人上殿。金木二吒見一女將上殿，二人上前打稽首。夫人問寶榮曰：「此二位道者何來？」寶榮曰：「此二位道長乃東海散人孫德、徐仁是也。今持來助吾共破姜文煥。前日臨陣搶獲馬兆，待明日用法寶搶獲姜文煥等，以得勝之師掩襲姜尚之後，此

2575

長驅英禦之策，成不世之功也。」夫人笑曰：「老將軍，事不可不慮謀，不可不周，不可以一朝之言傾心相信。偽事生不測，急切難防，其禍不小，挫將事。古云：將欲取之，必固與之。願將軍詳察。」金木三吒曰：「寶將軍在上，夫人之計大似有理，我二人又何必在此多生此一番枝節耶，即此告辭。」金木二吒言畢，轉身就走。寶榮扯住金木二吒曰：「老師休怪，我夫人乃係女流，亦善能用兵，頗知兵法。他不知老師寒心為對，乃以方士目之，恐其中有詐耳。老師幸勿恠怪，容不才惜罪，候破嶮之日，不木自有重報。」金吒正色

2576

言曰：「貧道一點為紂真心，惟天地可表。今夫人相疑，吾弟兄若飄然而去，又難禁老將軍一段熱心相待。只等明日搶了姜文煥，方知吾等一段血誠。只恐失人難與貧道相見耶。」夫人不覺慚謝而退。金木二吒議曰：「不知明日老師將何法搶此，以暢吾懷。」金吒曰：「明日會兵，當祭吾姜文煥耳。文煥被搶，餘黨必然瓦解，兵以擒姜子牙，可斬諸侯之兵也。」寶榮聽說大喜，令夫人內室安息。金木二吒靜坐殿上，將至二更，只聽得關外砲聲大振，喊殺連天，金鼓大作，殺

2577

打。有中軍官入府擊雲板來報寶榮。寶榮忙出殿，聚眾將上關。有夫人徹地娘子披掛提刀而出。金吒對寶榮曰：「今姜文煥乘夜提兵攻城，殺我等之不息。我等不若將計就計，齊出掩殺，待貧道用法搶之，可以一陣成功，早早奏捷。夫人可與吾道弟謹守城池，卻使他位守關。」夫人聽罷，欣然應允：「道者之言甚是。仰望我與此位守關，你與此位出敵，我自料理城上，乘此寶夜，可以成功也。」正是：

文煥攻關歸呂榮

話說寶榮聽金吒之言，整點眾將士，方欲出關，有火

2578

2571

眉批：此一陣少不得的

詩曰、

紛紛戈甲向金城。
文煥專征正未平
不是金吒施妙策。
遊魂安得渡東兵。

話說金吒大戰馬兆，步馬相交有三二十合，金吒祭起遁龍樁，一聲響將馬兆套住，寶榮揮動兵戈，一齊冲殺，東兵力敵不住，大敗而走。金吒命左右將馬兆拿下，與寶榮掌得勝鼓進關。寶榮陞殿坐下，金吒坐在一傍，寶榮令左右將馬兆推來，眾軍士把馬兆擁至殿前，馬兆立而不跪。寶榮喝曰：匹夫既被吾擒，如何尚自抗禮。馬兆大怒罵曰：吾被妖道邪術遭擒，豈

2572

肯屈膝于你無名鼠輩耶，一死何足惜，當速正典刑，不必多說。寶榮喝令推出斬之。金吒曰：不可，待吾擒了姜文煥，一齊解送朝歌，以法歸朝廷，方見老將軍不世之功，非虛冒之績，不成兩美哉，又何必責此偏將耳。寶榮見金吒如此手段，說話有理，便倚為心腹，隨傅令將馬兆囚在府內不表。且說東伯侯姜文煥開報金吒將馬兆拿去，姜文煥大喜，進關只在咫尺耳。次日姜文煥布開大對，擺列三軍，鼓聲大振，殺氣迷空，來關下搦戰。哨馬報入關中，寶榮忙問金木二吒曰：二位老師，姜文煥視门臨陣，將何計以擒之，則

2573

功勞不小。金木二吒慌然應曰：貧道此來單為將軍早定東兵，不負俺弟兄下山一場。隨即提劍在手，出關來迎敵，只見東伯侯姜文煥一馬當先，左右分大小眾將，怎生打扮，有讚為証。

讚曰。

頂上盔攢六瓣黃金甲，鎖子絲大紅袍圓龍貫護。
心鏡精光煥自玉帶，玲花獻勒甲絲飄紅焰虎眼。
鞭龍尾半方楞鐧，佛鐵嘏胭脂馬毛如燃斬將刀。
如飛電千戰千贏，東伯侯文煥姓姜千古讚。

話說金木二吒大呼曰：反臣慢來。姜文煥曰：妖道通

2574

眉批：此一番 [illegible]

名金吒答曰：吾乃東海散人孫德、徐仁是也。爾等不守臣節，妄生事端，欺心反，殺害生靈，是自取覆宗滅嗣之禍，可速倒戈，免使後悔。姜文煥大罵曰：潑道無知，仗妖術擒吾大將，今又妖言惑眾，這番拿你，定碎尸以泄馬兆之恨。催開馬，使手中刀龍來直取。金吒手中劍刊而交還，步馬相交有七八回合，姜文煥撥馬便走，金木二吒隨後趕來，約有一射之地。金吒對東伯侯曰：今夜二更賢侄可引兵殺至關下，鋼刀乘機獻關，便予姜文煥謝畢，揮下鋼刀，回馬一箭。別來金木二吒把手中劍擎上一挑，將箭撥落在地。金

日師父若不回去、我也不敢去見老爺、木吒曰、道兄寶將軍既來請俺回去看他怎樣待我、們若重我筭我們就替他行事、如不重我等、我們再來不遲。金吒方勉強應允、二人回至府前、軍政官先進刑通報、寶榮命快請來、二人進府復見寶榮、寶榮忙降階迎接、慰之曰、不才與師父素無一面、況兵戈相竟、關防難膂、在不才副將、不得不疑、只不才兄讒淺薄、不能立決、多有得罪于長者、幸毋過督、不勝頂戴。今姜尚榮兵孟津、人心揣懾、姜文煥在城下、日夜攻打、不識將何計可解、又卜之剿戀擒其渠魁、殄其黨羽、令為姓

2567

安墩蟄老師明以敎我、不才無不聽命。金吒曰、據貧道愚見、今姜尚拒敵孟津、雖有諸侯數百、不過烏合之衆、人各一心、父自離散、只姜文煥兵臨城下、不可以力戰、當用計偷之、其協從諸侯、不戰而自走也。然後以得勝之師、掩孟津之後、姜尚雖能、安得豫為之計哉、彼所恃希天下諸侯、而衆諸侯、一聞姜文煥東路被搶、挫其鋒銳、彼衆人自然觧體、乘其離而戰之。此萬全之功也。寶榮聞言大喜、慌忙請坐、命左右排酒上來。金木二吒曰、貧道持森、並不用酒食、隨在敝前蒲圍而坐、寶榮小亦不敢強、一夕晚景巳過、次日寶

2568

父作何計以破之。金吒曰、貧道既來、今月先出去見一陣、看其何如、然後以討擒之、道罷忙起身提劍在手、對寶榮曰、惜老將軍細綁手、隨吾壓陣、好去拿人、寶榮聽罷大喜、忙傳令擺對伍、吾自去壓陣關內砲聲響喨、三軍吶喊、開放關門、一對旗搖金吒提鋼而來、怎見得正是、

　　寶榮錯認三山客、　咫尺遊魂鬧屬周。

話說金吒出關、見東伯侯門旗脚下、一員大將金叩

2569

紅袍走馬、軍前大呼曰、來此道希、先試吾利刃也。金吒曰、爾是何人、早通名來。將答曰、吾乃東伯侯麾下總兵官馬兆是也、道者何人、金吒曰、貧道是東海散人孫德、因見成湯旺氣正盛、天下諸侯無故造反、吾偶閒遊東土、見姜文煥屢戰多年、衆生塗炭、吾心不忍、特發慈悲、擒拿渠魁、殄滅群虜。以救衆生、汝等邪命、可倒戈納降、尚能待爾等以不死、如若半字含糊、呌你立成韲粉、言罷縱步輪劍來取馬兆，馬兆手乃。急架來迎、怎見金吒與馬兆一場大戰、有詩為

2570

打稽首曰：老將軍罷，貧道稽首了。寶榮曰：道者請了，今道者此來有何見諭？金吒答曰：貧道二人乃東海逢萊島煉氣散人孫德、徐仁是也。方縱我兄弟偶爾閒遊湖海，從此經遇，因見姜文煥欲進此關，往孟津會合天下諸侯，以伐當今天子，此是姜尚大逆不道，以蠱惑之言挑釁天下諸侯，致生民塗炭，海宇騰沸，此天下之叛臣，人人得而誅之者也。我弟兄昨覩乾象，湯氣正旺，姜尚等徒苦生靈耳。吾弟兄願出一臂之力，助將軍先擒姜文煥，解往朝歌，然後以得勝之兵，掩諸侯之後，出其不意，彼前後受敵，一戰乃成擒耳。

2563

正所謂迅雷不及掩耳，此成不世出之功也。但貧道出家之人，故不當以兵戈為事，因偶然不平，故向將軍道之，幸毋以未同之言見消可也，乞將軍思之。寶榮聽罷，沉吟不語。傍有副將姚忠，厲聲大呼曰：主將切不可信此術士之言，姜尚門下方士且多，是非何足以辨。前日聞報，孟津有六百諸侯協助姬發，今見主將阻住來兵，不能會合孟津，姜尚故將此二人，假作雲遊之士，詐投麾下，為裡應外合之計，主將不可不察，安得輕信，以墮其計。金吒聽罷，大咲不止，回首謂木吒曰：道友不出你之所料。金吒復向寶榮曰：此

2564

位將軍之言甚是，此時龍蛇混雜，是非莫辨，安知我輩不是姜尚之所使耳，在將軍不得不疑。但不如貧道此來，雖是雲遊其中，尚有原故，乃吾師叔在蓬仙陣死於姜尚之手，亟欲思報此恨，為獨木難支不能向前，今此來特假將軍之兵，上為朝廷立功，下以報天倫私怨，中為將軍効一臂之勞，豈有他心。倘將軍有猜疑之念，貧道又何必在此贅瑣也，但剖明我等一點血誠，向當告退。道罷，抽身就走，撫掌大咲而出。寶榮聽罷金吒之言，見如此光景，方沉思曰：天下該多少道者代西岐，姜尚門下雖多，海外高人不少，豈

2565

得恰好這兩箇就是姜尚門人，況我關內之兵將甚多，若只是這兩箇也做不得甚麼事，如何反疑惑他。據吾看他意思，是箇有道之士，況且來意至誠，不可錯過，忙令軍政官趕去，速請道者回來。

武王洪福摧無道
故令金吒建大功

話說軍政官趕上金木二吒，大呼曰：二位師父，我老爺有請。金吒回顧，看見有人來，對使者正色言曰：黃天后土寔鑒我心，我將天下諸侯之苦送與你們老爺，你老爺反辭而不受，以致偏將之疑，使我蒙不智之恥，如今我斷不回去。軍政官苦苦一概不放，言

2566

法寶轉身，那寶物在空中將身轉有兩三轉，只見白猿頭已落地，鮮血淋流，眾皆駭然。有詩讚之。

詩曰：

此寶昆崙陸壓傳，秘藏玄理合先天。
誅妖殺怪無窮妙，一助周朝八百年。

話說子牙斬了白猿，收了法寶，眾門人問曰：如何此寶能治此巨怪也？子牙對眾人曰：此寶乃在破萬仙陣時，蒙陸壓老師傳授與我，言後有用他處，今日果然。大抵此寶乃用邪鐵修煉，採日月精華，奪天地秀氣，顛倒五行，至工夫圓滿，如黃芽白雪結成此寶，名

曰飛刀。此物有柄有眼，眼裏有兩道白光，能釘人仙妖魅，泥丸宮的元神，縱有變化不能逃走，那白光頂上如風輪轉一般，只一二轉，其頭自然落地。前次斬余元帥此寶也。眾人無不驚嘆，乃武王之洪福，故有此寶來克治之耳。不言子牙斬了白猿，且說殷破敗、雷開敗回朝歌，面見紂王，備言梅山七怪化成人形，與周兵屢戰，俱被陸續誅滅，復現原形，大失朝廷體面，全軍覆沒，臣等只得逃回。今天下諸侯齊集孟津，旌旗蔽日，殺氣籠罩數百里，乞陛下早安社稷為重，不可令諸侯一至城下，那府救解遲矣。紂王着忙急

慈設朝，問兩班文武曰：今周兵猖獗，如何救解？眾官鉗口不言。有中大夫飛廉出班奏曰：今陛下速行宣慈，張掛朝歌四門，如能破得周兵，能斬將奪旗者，官居十品。古云：重賞之下，必有勇夫。況魯仁傑才兼文武，令彼調團管人馬，訓練精銳，以待敵軍。嚴整守城之具，堅守勿戰，以老其師。今諸侯遠來，利在速戰，一不與單，以待彼糧盡，彼不戰自走，乘其亂以破之，天下諸侯雖眾，未有不敗者也，此為上策。紂王曰：卿言甚善。隨傳旨意，張掛各門，一面令魯仁傑操練士卒，修理攻守之具，不表。且說金吒、木吒別了子牙兄弟

二人在路商議，金吒曰：我二人奉姜元帥將令，來救東伯侯姜文煥進關，若與寶榮大戰，恐不利也。我和你且假扮道者，詐進游魂關，及去協助寶榮與中事，半使彼不疑，然後裏應外合，一陣成功，何為不美。木吒曰：長兄言得甚善。二人分付使命，領人馬先去報和姜文煥，我弟兄二人隨後就來。伊命領人馬去訖。金木二吒隨借土遁，落在關前，逕至師府前，金吒曰：門上的，俯與你元帥得知，海外有煉氣士求見。門官不敢隱諱，急至殿前，啟自府內報二道省，口稱海外玄玉要見老爺。寶榮聽說，傳金吒榮二人選至

第九十三回　金吒智取遊魂關

詩曰：

丰柄春秋又向東，　賓榮輝自逞雄風。
金吒設智開周業，　微地函勳界冻疾。
迤為浮雲避曉日，　故教徽魚顯蛟湖。
源如玉關終歸主，　柱娥在靈泣路窮。

話說袁洪上孫由河社覆國如四彩變化有無窮之
妙思出即山思水卿水想前卽前想後卽後衰洪不
覺現了原身，忽然見一陣香風撲鼻，異樣甜美，這猴
兒攬上樹去，採見亡顆桃樹，綠葉森森，兩邊搖蕩。

(2555)

下墜一枝紅滴滴的仙桃，顏色鮮潤嬌嫩可愛。白猿
看見不覺忻羨，遂攀枝穿葉摘取仙桃下來，聞一聞，
撲鼻馨香，心中大喜，一口吞而食之，方纔倚松靠石
而坐，未及片時，忽然見楊戩仗劍而至，白猿欲待起
身，竟不能起，不知食了此桃，將腰墜下，早被楊戩一
把抓住頭皮，用繩妖索綑生收了山河社稷圖望正
前蝌了女媧娘娘將白猿一着，遂同周營而來，有詩。
單讚女媧授楊戩秘法伏梅山七怪。

詩曰：

悟道授師在玉泉，　秘傳九轉妙中玄。

(2556)

離龍坎虎分南北，　地尸天門列後先。
變化無端還變化，　坤乾顛倒合坤乾。
女媧秘授真奇異，　任你精靈骨已朽。

話說楊戩擒白猿來至轅門軍政官報入中軍。
帥楊戩等令子牙命令來。楊戩來至中軍見子牙曰，
子追趕白猿至梅山，仰仗女媧娘娘秘授一術，已
將白猿擒至轅門，請元帥發落子牙。大喜，命將白猿
拿來。我少時楊戩將白猿擁至中軍帳，子牙觀之，
見是一箇白猿，乃曰：似此惡隆害人無厭情殊痛恨，
令推出斬之。眾將把白猿擁至轅門，楊戩將白猿一

(2557)

刀，只見猴頭落下地來。頸項上無血，有一道青氣冲
出，頸子裡長出一朵白蓮花來，只見花一處一收，又
是一箇猴頭。楊戩連誅數刀，一樣如此，忙來報與子
牙。子牙急出營來看，果然如此。子牙曰：這猿猴既能
採天地之靈氣，便會煉日月之精華，故有此變化耳。
遂也無難，忙令左右排香案，於中子牙取出一箇紅
葫蘆放在香几之上方，揭開葫蘆蓋，只見裡面昇出
一道白線光，高三丈有餘。子牙打一躬，請寶貝現身。
須臾間有一物現於其上，長七寸五分，有眉有眼，
中射出兩道白光，將白猿釘住身形，子牙又一躬請

(2558)

各使神通，看看趕上梅山，忽的又不見了袁洪。楊戩上得梅山來，果然幻景，怎見得，有詩為証，詩曰：

梅山形勢路羊腸。　古栢喬松兩岸傍。
颯颯陰風愁霧長。　妖魔假此恣行藏。

話說楊戩上了梅山，四面觀望一遍，忽聽得崖下一帶響，鑽出千百小猴兒，手挑棍棒，齊來亂打楊戩。楊戩見眾小猢猻左右亂打，惱知不能取勝，不若脫身下山。楊戩化道金光去了，方纔轉過一坡，只聽一派仙樂之音，滿地祥雲繚繞，又見女媧娘娘駕廯，楊戩俯伏山下，叩首曰：弟子楊戩不知娘娘駕降臨，有

火廻避，望娘娘恕罪。女媧曰：你雖是玉泉山金霞上罡真人門徒，曾八九變化，不能降伏此怪，吾將此寶授你，可以收伏此惡怪也。楊戩叩首拜謝，女媧娘娘自回宮去了。楊戩將此寶展開看時，心中甚是歡喜。此寶乃山河社稷後圖，楊戩一一依法行之，懸于一大樹上。楊戩復上梅山，依舊找尋原路。話說袁洪見楊戩復上梅山，乃大呼曰：楊戩你此來是自送死也。楊戩大笑曰：你今日量無生理。使開刀直取袁洪。袁洪也使開棍付面交還，二人大戰一會，楊戩轉身就走，袁洪隨後趕來，楊戩下了梅山往前又走。忽見

前面一座高山，楊戩遁上了山，袁洪遁趕上山來，不知此山乃女媧娘娘賜的山河社稷圖變化的。袁洪趕上山來，入于圈內，在不能下山。楊戩將身一蹤，下了山河社稷圖，只見袁洪在山上左擴又跳，不知性命如何，且聽下回分解。

總批

梅山七怪併無一個好看的，其略看得不過一白猿而已，其餘皆豬狗牛羊，一窩畜類。當斯之時，其可謂無有天日，即後世之失天下，妖孽雜興，永有若此者也。對惡可謂今古之

又批

極

楊戩降豬精，遞鎖入他腹內，雖然擒獲有功。只是他大腸內，一陣豬尿臭，何以為情？楊戩甚是伶俐，只此一節，未得便宜

同哪吒雙去建功，更覺易與爲力，子牙許之。仍將眾將分派已定，不表。却說袁洪在營中與参軍殷破敗、雷開二將議曰：今主上命吾等在此守禦此處周兵，雖多能者甚少，況連日朝歌不曾見有救兵，亦不曾見吾捷報。恐天子憂心深屬不便，命中軍官具表求救，欽請天子連發援兵前來接應。中軍具疏往朝歌去。却說子牙親乘坐騎，時至二更，一聲砲響，周兵吶一聲喊，齊殺進成湯營裡去。正是：

黑夜冲營無准備，三軍無故受災殃。

話說南伯侯鄂順領二百諸侯一齊奮勇當先，

崇應鸞沖殺進左營，李靖、韋護、雷震子沖殺進右營，楊戩、哪吒殺入大營，進中軍來戰袁洪。且說袁洪聽得周將劫營，忙上馬使一根鉄棍方出中軍，怡逢楊戩也不答話，二馬相交，只殺得愁雲蕩蕩、慘霧紛紛。怎見得有詩爲証，詩曰：

夜劫湯營神見驚，軍兵奮勇誰堪敵。
喊聲齊發鼓鑼鳴，將士施威孰敢攖。
破敗無心貪戀戰，雷開有意齊途程。
梅山七怪從令箴，掃蕩妖氛宇宙清。

話說眾諸侯齊殺入成湯營裡，只殺的尸橫綠野，血

流溝渠，哀聲慘切，不堪聽聞。只見楊戩大戰袁洪，袁洪現出原身，起在半空，將楊戩劈一棍，打得火星迸出。楊戩有七十二變，隨化一道金光，起在空中，也照袁洪頂上一刀劈將下來。這袁洪也有八九工夫，隨刀化一道白氣護住其身。楊戩大喝曰：梅山猴頭，焉敢弄術，拿住你定要剝皮抽觔。袁洪大怒曰：你有多大本領，敢將吾弟兄盡行殺害，我與你勢不兩立，必擒你碎尸萬段，以報其恨。他二人各使神通變化，無窮，相生相克，各窮其技。凡八九般物件禽獸無不變化，盡施其巧，俱不見上下。袁洪暗思此時周兵把

守大營，料不能支，且將他誆上梅山，入吾巢穴，使他不能舒展，那時再擒他不難，須徃去不表。且說眾諸侯追殺成湯殘兵，子牙鳴金收兵，眾諸侯各自回營。正是：

諸侯吹敲金鈸響，子牙全勝進轅門。

話說楊戩見袁洪縱祥光前去，乃棄了馬，亦縱步借土遁緊緊追趕。只見袁洪隨變一塊怪石，立在路傍。楊戩正趕，忽然不見了袁洪，即運神光定睛觀看，已知袁洪化爲怪石，隨即變一石匠，手執鎚鑽上前鑽他。袁洪知他識破，便化陣清風往前去了。如此兩家

尖乃付面來迎二將俱是三尖刀往來中突一場大
戰有三十餘合楊戩先未曾川照妖鑑照他不防金
大升噴出牛黃此寶出如火塊飛來楊戩見來得太
急化一道金光往正南而走金大升隨後趕來大升
的獨角獸來的快楊戩怕取照妖鑑出來照時却原
來是簡水牛楊戩回頭正欲變化拿他忽然前而一
即吞風標縱異味芳馨氣氳遍地有五彩祥雲隱隱
中一對黃雄飄蕩當中有一位道姑跨青鸞而至傍
有女童三四對應聲叫曰楊戩早來見娘娘聖駕在
戩聽說乃向前抄手施禮曰弟子楊戩恭見娘娘那

道姑曰楊戩吾非別神乃女媧娘娘是也今兒成湯
數盡周室當興五特來助你降伏梅山之怪令楊戩
立于一傍乃命青雲女童將此寶去把那業障牽來
青雲女童接寶在手只見金大升足踏陰雲提刀趕
來青雲童兒上前攔住大呼曰那妖孽
此休得無禮今吾娘娘法旨特來擒你金大升大怒
將刀往上一砍劈而砍來青雲女童將伏妖索祭于
空中只見黃巾力士將金大升穿起異子來川銅挝
把金大升脊背上打了三四挝一聲雷响金大升現
出原身乃是一足水牛楊戩向前倒身下拜弟子楊

戩應娘娘聖壽無彊女媧曰楊戩你且將牛怪帶回
周營發落我還助你妝伏白猿精怪也楊戩別了女
媧娘娘把牛牽着同來且說子牙在中軍帳設到楊
戩化一道金光往正南上去道大將起去不知
吉子牙驚疑不定哪吒曰楊戩自有運用元帥何必
驚疑子牙驚曰方今東伯侯人馬未至死有梅山大怪
阻住吾師使吾心下不能安然言未必只見報馬來
報啟元帥楊戩回來子牙令至帳前問其原故楊戩
把女媧娘娘妝伏牛怪之事說了一遍今在懷門請
元帥發落子牙傳令前衆諸侯齊至大營門看吾號

令此怪少時衆諸侯齊至轅門子牙命悼過牛怪用
起一刀將牛頭斬下孟津河八十萬人馬齊聲吶采
子牙命將牛頭掛在旗竿上號令掌鼓回管却說衆
洪已知梅山衆弟兄俱被子牙所戮欲前而不能進
欲後而不能退着寔無計事屬兩難心下甚是憂疑
不表只見子牙回帳問楊戩曰梅山絶了幾怪
楊戩揖告一算啟元帥已戮了六怪子牙曰今晚你可
與衆諸矣二更時分齊劫成湯大營又令楊戩你可
申戩袁洪取巧降伏此怪大事可定楊戩答曰弟子

竟意仙犬能伏怪　紅塵血染命空亡。

話說楊戩又殺了狗怪掌鼓回營。子牙墜帳見楊戩婆破諸怪。大喜慶賀楊戩不表。且說袁洪回至中軍。又見戴禮被戮現出原形。心下甚是不樂衆將交頭接耳紛紛議論。十分沒趣。忽轅門官來報敬元帥轅門外有一大將求見袁洪傳令令來。少時令至帳前。見一人身高一丈六尺頂生雙角捲嘴尖耳金甲紅袍全身甲胄十分軒昂。戴紫金冠近前施禮袁洪問曰將軍高姓大名來將答曰末將姓金雙名大升祖貫梅山人氏此來者又是牛怪用三尖刀。力大無窮

今來助袁洪俱是梅山七怪之數。袁洪故問以遮衆人耳目。袁洪乃設酒管待。次日金大升上了獨角獸提三尖刀至周營搦戰哨馬報入中軍殷元帥成湯營有一大將請戰子牙對衆將問曰誰見陣走一遭言未畢傍有鄭倫出而言曰末將愿往子牙乃倫上了金睛獸拿降魔杵出了營門見對面一將生的模樣雄偉鄭倫問曰來者何人金大升答曰吾乃袁洪麾下副將金大升是也爾是何人快通名來鄭倫答曰吾乃總督五軍上將軍鄭倫是也吾觀你與狼非人焉敢阻擋吾之師有逆天之罪早早歸周共

被獨夫以誅無道。如不知機自取辱身之禍。金大升大怒催開獨角獸使三尖刀砍來鄭倫手中折劈面相迎。二獸相交大戰數合金大升。乃是牛怪服內煉成一塊牛黃有碗口大小。噴出來如火電一般鄭倫不及隄防正中臉上打傷鼻孔腮綻唇裂。倒撞下獸頭被金大升手起一刀揮為兩斷可憐正是

　　胸中奇術成何用。只落名垂在史篇。

話說金大升斬了鄭倫掌鼓回營。報馬報入中軍啓元帥鄭倫被湯營大將金大升所傷請令定奪子牙聞報着實傷悼嘆曰鄭倫慣建大功自從蘇侯歸周

一路督糧有功王室豈知至此袞于無名下將之手情寔可傷子牙淚下如雨有詩以弔之詩曰

　　胸中妙術孰能班，忠魂依舊返家山。
　　惟有清風常作伴，豈意遭逢喪此間。

話說子牙次日令下。誰為鄭倫報恨走一遭傍有楊戩應聲答曰弟子愿往子牙許之楊戩隨即上馬提乃至成湯營前坐名要金大升。出來答話,少時見成湯營內砲聲响處只見金大升坐獨角獸來至軍前。大呼曰求者通名楊戩曰吾乃楊戩是也你就是金大升麼。太升曰自然也楊戩舞刀直取。金大升手中三

三軍排隊伍出營，請子牙答話。周營軍政司報入中
軍，啟元帥，有袁洪搦戰。子牙隨帶諸將出營，見袁洪
走馬至軍前。子牙曰：袁洪，你不知時務，眼見覆軍殺
將，天意可知。今紂惡貫盈，人神共怒，諒爾不過區區
螳臂，敢與天下諸侯相拒哉。袁洪咲曰：你們而得勝，
便自矜誇，量你今日斷然無生回之理。問左右：誰
與吾捉此反臣也。左有楊顯大呼曰：侯，末將擒此反
賊。子牙看來將，白面長鬚，頭生二角。怎見得，有讚曰：
頂上金冠生殺氣，柳葉甲掛龍鱗砌。頭生雙角氣
崢嶸，白面長鬚聲更細。梅山妖孽號羊精也，至盂

話說楊顯走馬搖戟沖殺過來。楊戩在旗門下，用照
妖鑑一照，却是一隻羊精。楊戩收鑑，走馬舞三尖刀。
此不答話，接住厮殺，刀戟並舉，殺在虎穴龍潭。二將
正戰之間，只見成湯營裡一將使兩口刀，飛奔前來，
大叫曰：楊兄弟，吾來助爾二臂之力。子牙傍有哪吒，
登風火輪，使開火尖鎗迎來。怎見來的此怪。有詩為

讚詩曰：

嘴尖耳大最蹊蹺，　遍體妖光透九霄。
七怪之中他是首，　千年得道一神獒。

話說哪吒用鎗阻住，便大呼曰：匹夫慢來，通名來好記
功勞簿。來將答曰：吾乃袁洪剖將戴禮是也。哪吒使
開鎗劈胸就刺，戴禮雙刀急架，逆輪馬相交刀
並舉，大戰在一處。且說楊戩戰楊顯，有二三十合，楊
顯撥馬便走，楊戩趕來。楊顯在馬上吐出一道白光
連馬罩住，現原身來傷楊戩。楊戩化一隻白額斑斕
猛虎。楊顯見楊戩變了一隻猛虎，已克治了他，急欲
逃走，早被楊戩一刀砍為兩斷。楊戩割下羊頭大叫
且啟元帥，弟子又殺了梅山一怪也。戴禮與哪吒正
酣戰間，戴禮口內吐出一粒紅珠，有碗口大小，望哪

吒頂門打來。哪吒見勢頭兇惡，諒不能治伏，只得閃
一鎗，敗下陣來。楊戩見哪吒失機，走馬大呼曰：業畜
不得無禮，吾來也。使開三尖刀來戰戴禮。二人大戰
二十餘合，戴禮撥馬便走，楊戩縱馬趕來。戴禮又吐
出一粒紅珠，現出光華來傷楊戩。楊戩祭起哮天犬，
飛在空中。此犬乃是仙犬，看見此珠，十分凶，竟搶
出他的珠，來奔戴禮。戴禮見仙犬奔來，正欲抽身逃
走。早被哮天犬一口咬住，不能掙挫。楊戩手起一刀
揮于馬下。有詩為證，詩曰：

梅山狗怪逞猖狂，　煉寶傷人勢莫當。

話說猪精走至周營，在轅門前跪伏，此時南宮适巡營剛繞四更，巡至轅門，只見一猪伏着。南宮适曰：此是尺間豢養的，怎走至此間來，等到天明叫原人領去。楊戩在猪腹內大呼曰：南將軍報與姜元帥得知，此是梅山猪精，今早出陣，是吾鎖入他腹裏，特地擒伏至此，忙請元帥來轅門發落。南宮适方悟，知是楊戩變化在他肚裏，不覺大喜，忙進營門，至中軍小帳，將雲板敲響，請元帥陞帳議事。內使傳與子牙，子牙忙陞帳。南宮适上帳，啟元帥曰：楊戩妝服梅山猪精，已在營門，請元帥發落。子牙傳令，命眾將長上燈來，火把出營。

不一時一聲砲響，子牙率領眾諸矦齊出轅門看時，果是一口大猪跪伏在地。子牙問曰：你這業障，沒來由何苦自取殺身之禍。楊戩在腹內應曰：請元帥施行，斬除此怪，以絕後患。子牙傳令，命南宮适行刑。南宮适手起一刀，將猪頭斬落在地。楊戩借血光而出，現了自己真身，眾諸矦無不欣羨。子牙命將猪頭掛在轅門號令，俱回營寨不表。只見袁洪謂楊顯曰：似此露出本相，成何體面，把吾輩在梅山千年道術，一代英名，俱成盡餅，豈不愧哉，誓不與姜尚干休。楊顯曰：楊戩他時自己有變化之術，不意朱子

真恨中奸計，若不復此恨，豈能再立于人世。二人正彼此痛恨，忽出轅門，官報入中軍，啟元帥：有天使至，請令定奪。袁洪忙出轅門迎接天使。天使曰：奉天子勅命，送一賢士至軍坐下，命左右令來將恭謁，求將至中軍恭拜畢。袁洪忙亦聞曰：將軍何名，來者答曰：末將姓戴名裡，梅山人氏，聞紂王招賢，故不辭千里之遠，特來効勞于麾下。此怪也是梅山之狗精，恐怕被人識破，故此陸續而來，若為不知耳。袁洪與眾將曰：今日又添一賢士，定然與他決一雌雄。隨傳令放砲吶喊，

稱大仙饒了小畜罷。楊戩曰：你是欲生欲死，朱子真六月望上仙慈悲，小畜在梅山也不知費幾許辛勤，採天地靈氣，吸日月精華，方能修成人形，今不知分量，干犯天威，望乞恕饒，真再生之德也。楊戩曰：你餓要全生，你可速現原身，跪伏周營，吾常銑你性命，如不依吾言，我把你的心肝肺腑都摘下你的來。朱子真沒奈何，有法也無處使，只得苦苦哀告楊戩。大叫曰：如若進了，吾就動手。朱子真只得隨現原形，是一個大猪，涎涎瀗蕩，定出轅門，就把袁洪急的抓耳撓腮。楊顯惱得一天火發，有力迸無有用處，只得聽之而

子真大笑曰。成湯相傳數十世。爾等世受國恩。無故造反。侵奪關隘。反言天命人心。真是妖言惑眾。不忠不孝之夫。吾今日到此。快快下馬納降。各還故土。尚待你等以不死。如有半字不然。那時拿住。定碎尸萬段。悔無及矣。子牙大罵曰。無知匹夫。你死于目前。尚不自知。猶自饒舌也。朱子真使劍來取子牙。只見旁有南伯侯庵下副將余忠。此人不信道術。使狼牙棒。面如紫棗。三柳長鬚。飛馬大呼曰。此功留與我來取。子牙見左哨來了余忠。二馬當先。也不答話。使開棒劈頭就打。朱子真手中劍。赴上前交還。步馬相交。劍

並舉未及二十合。朱子真轉身就走。余忠隨後趕來。子牙傳令。擂鼓吶喊。以助軍威。余忠追來。未及一里之餘。朱子真乃是妖魅。足下陰風簇擁。一派寒霧籠罩。故馬亦追之不上。朱子真把身子立住。余忠馬看看至近了。真回頭把口一張。一道黑煙冒出籠罩其身。現出本相。一口把余忠咬了半段。余忠尸骸倒于馬下。朱子真復現原身回奔而來。大呼曰。姜子牙敢與吾立見雌雄。楊戩在傍用照妖寶鑑一照。原來是一箇大猴。楊戩把馬催開。使三尖刀。從後面大喝曰。好業障。少來有吾在此。使開刀。分頂門砍來。朱子

真手中劍。急架忙迎。步馬相交。刀劍並舉。未及數合。朱子真抽身就走。楊戩隨後趕來。朱子真如前復現原身。將楊戩一口吃去。子牙見楊戩如此。傳令回兵進營。朱子真得勝。來見袁洪。袁洪大喜。治酒管待朱子真。賀功。正飲之間。忽報轅門有一傑士來見袁洪。傳令。令來。少頃。見一人。面如傅粉。海下長鬚。頭上戴一頂束髮冠。至帳下。行禮畢。袁洪問曰。傑士何方人氏。其人答曰。本將姓楊。名顯。祖居梅山人氏。此傑士乃是羊精也。借楊成姓。也是梅山一怪。俱是袁洪一起。只恐傍人看破。故此陸續而來。托姓借名。以

掩眾人耳目。當日袁洪留在軍中。賜坐飲酒。楊顯與朱子真各自誇能。開膝嘵嘵不休。看破了。自思此又是袁洪等一黨妖孽耳。默默閉口不語。只見大小將官正飲酒。方到二更時分。聽得朱子真腹內有人言曰。朱道人。你可知道吾是誰。朱子真驚得魂不負體。忙問曰。你是誰。你寔在那。把楊戩在腹內答曰。吾乃玉泉山金霞洞玉鼎真人門徒楊戩是也。今已在你腹中。你只知貪吃血食。不知在梅山吃了多少眾生。今日你這業障。惡貫罪盈。我把你的肝腸弄一弄。把在他心肝上一摳。朱子貞大叫一聲。痛煞我也。曰

滾木大石，叠斷山口。軍士用火弓、火箭、火砲、乾柴等物，望山下拋放。只見四下裡火起，滿谷烟生。怎見得好火，讚曰，

騰騰烈焰，滾滾烟生。一會家地塌山崩，霎時間雷轟電掣。溪史絲樹盡沾紅，傾刻青山皆帶赤。那怕你銅牆鐵壁，說甚麼海澗河寬。湯着他爍石流金，遇着時枯泉徹涸。風乘火勢逞雄威，火借風高撲。惡毒休說鄔文化血肉身軀，就是滿山中拔毛帶角的，皆逢其劫。

話說鄔文化見後面火起，叠斷歸路，拼身轉奔進山來。那山腳下地砲、地雷由發作，聲上打來，可憐頂天地大漢，陸地行舟的英雄，只落得傾刻化為灰燼矣。人有詩嘆之詩曰。

夜劫周營立太功，孟津河下遲英雄，
姜公妙算驅楊戩，火化蟜龍一陣風。

話說楊戩與武吉、南宮适，見燒死了鄔文化，俱回來，見子牙備言前事，子牙大喜，又謂楊戩曰，只是袁洪此怪未除，如之奈何。楊戩曰，此怪為梅山得道白猿，原是精靈，須徐徐除之。子牙曰，且等東伯侯兵來至，諸事方可進兵。話說袁洪聞報，知道燒死了鄔文化，心中不樂，正獨坐納悶，忽報轅門外有一陀頭求見。袁洪傳令請來。少時陀頭至中軍，打躬首曰，元帥，貪道稽首了。袁洪曰，道者從何處來，有何見諭。陀頭曰，吾亦在梅山地方居住，與元帥相隔不遠，姓朱名子真。今知元帥為紂王出力，特來助一臂之力，不識元帥豈容納否。袁洪聽說大喜，遨請陀頭上坐。朱子真再三謙讓，就席而坐。傍有叅軍發破、敗雷、開三將，聽得又是梅山之士，乃相謂嘆曰，此又是常昊、吳龍一黨。袁洪命治酒筵，待朱子真一宵不表。次日朱子真提寶劍在手，率左右行至周營，坐名，請元帥答話。軍政官報入中軍，子牙聽見有道者，忙傳令前比二處諸侯齊出轅門，排開隊伍。自己親率諸眾弟子出轅門，列成陣勢，見成湯旗門脚下來一陀頭，怎見得，有讚為証，讚曰。

面如黑漆甚跷蹊，海下髭鬚一剪齊，長唇大耳真兇惡，眼露光華掃帚眉，皂服絲縧飄蕩蕩，渾身冷氣浸人肌，梅山猪怪逢楊戩，不久周營現此軀。

話說朱子真步行至前，見子牙簇擁而至，子牙曰，道者何人。朱子真曰，吾乃梅山煉氣士朱子真是也。姜子牙曰，你不守分安居，來此何輪，是自尋死亡也。朱

受死。免吾費力子牙與武王見鄔文化追來撥轉坐
騎望西南而逃。鄔文化見子牙武王落慌而走放心
追來子牙回頭誘鄔文化曰鄔將軍你放我君臣回
可惜文化有功無謀
營得歸故國再不敢有犯邊疆吾君臣感將軍洪恩
不淺矣鄔文化曰今番錯過千載難逢拼命趕來那
裡肯捨望前趕了一個時辰姜子牙與武王是有腳
力的鄔文化步行又當得他是急急追趕一氣趕了
五六十里鄔文化氣力已乏立住腳不趕了于牙回
頭看時見鄔文化不趕子牙勒轉坐騎大呼曰鄔文
化你敢來與吾戰三合麼鄔文化大怒曰有何不敢。

回身又望前趕來子牙勒轉四不相又走看看將
蟠龍嶺了。子牙君臣進山口去了。鄔文化大喜姜尚
進山似魚遊釜中肉在几上隨後追進山口不知鄔
文化性命如何且聽下回分解

總批

從來妖邪鬼魅安能白晝勝人不過來混
亂一場而已所以高明高覺常昊吳龍皆
陸嶽被擒只是當時成湯氣數不卜可知
其敗也竟有堂堂天子而魑魅魍魎公然
橫行於青天白日之下哉

又批

鄔文化。一勇之夫固無足論只笑姜子牙。

為武事中鼻祖闔教忠老高士如何不能
前知。如何不諳紀律令全軍屠戮武王者
共誅典刑安能逭其責以理定罪則於今
縱懲姝娣只與覺其神者俱當罰去。

第九十二回　楊戩哪吒收七怪

詩曰

梅山七怪阻周兵。　逞異誇能苦戰爭。
狗寶雖兇誰獨死。　牛黃總惡自戕生。
朱貞伏地先無項。　楊顯縱橫後亦斃。
堪笑白猿多惹事。　千年道行等閒傾。

話說武吉南宮适望見子牙引鄔文化進山先讓過
子牙與武王用水石疊斷前山只見鄔文化趕進山
口不見了子牙武王立住了腳遲疑四望竟無蹤跡。
正欲廻身出山只聽得兩邊砲響殺聲振地山上用

就走也不管好歹。只是飛跑。楊戩化身隨後趕了一
程。正遇袁洪。楊戩大呼曰好妖怪怎敢如此。使開三
尖刀飛奔殺來。袁洪使棍抵住大戰一回。楊戩祭哮
天犬。特袁洪看見化一道白光脫身回營。且說孟津
聚諸族。聞袁洪劫姜元帥的大營。驚起南北二鎮諸
族齊來救應。兩下混戰。只殺到天明。子牙會集諸門
人。盡見武王收集敗殘人馬。點算損折軍兵有二十
餘萬。帳下折了將官三十四員。龍鬚虎被鄔文化排
扒水絕共性命。軍士有見龍鬚虎的頭插在排扒水
上。因此報知子牙。子牙聞龍鬚虎被亂軍中殺死。傷

悼不已。衆諸矣上帳。問武王安。楊戩來見子牙備言
鄔文化冲殺是弟子如此治之方救得。行糧無虞。子
牙曰一特悚於檢點。故遭此厄。無非是天數耳。心下
鬱鬱不樂。納悶中軍。且說袁洪得勝回營。具本往朝
歌報捷。鄔文化大勝周兵。尸塞孟津。共水爲之不流。
莘臣具賀。自征伐西岐。從未有此大勝。紂王大喜曰
曰縱樂。全不以周兵爲事。且說楊戩來見子牙曰如
今先將大漢鄔文化治了。然後可破袁洪。子牙曰須
得如此方可絕得此人。楊戩領令去到孟津哨探路
徑。走有六十里。至一所在。地名蟠龍嶺。此山灣邐如

推不說　自家欠　打敗

蟠龍之勢。中有空澗。一條路兩頭可以出入。楊戩看
罷。心下大喜。曰此處正好行此計也。忙回見子牙。備
言蟠龍嶺地方。可以行計。子牙聽說大喜。付楊戩耳
邊備說如此如此。可以成功。楊戩也自去了。正是。
計燒大將鄔文化。須得姜公用此謀。
話說子牙令武吉南宮适領二千人馬。往蟠龍嶺去。
埋伏引火之物。中用竹筒引線暗埋火砲火箭各項。
等物。嶺上下俱用柴薪引火乾燥物件。預備停當。只
等鄔文化來至。便可行之。二將領令去訖。話說鄔文
化得了大功。紂王差官齎袍帶表禮等物。獎諭袁洪

竭力以報國恩。不負吾輩名揚于天下也。鄔文化曰。
末將明日使姜尚無備。再教他箇片甲無存。早早奏
凱。袁洪大喜。設宴慶賞。正談笑間。探事馬報入中軍
啓元帥。今有姜子牙與武王。在轅門開看吾營不知
有何原故。請令定奪。袁洪聽報。卽令鄔文化暗出大
營。抄出子牙之後。擒之如探囊取物耳。鄔文化領令。
忙出右營門。徹開大步。拖排扒木如飛雲掣電而來。
大呼曰姜尚休走。今番吾定擒你成功也。速速下騎

恭謁袁洪袁洪責之曰你今初會戰便自失利挫動
鋒銳如何不自小心鄔文化曰元帥放心末將今夜
劫營管教他片甲不存上報朝廷下泄吾恨袁洪曰
你今夜劫營吾當助爾鄔文化收拾打點今夜去劫
周營此是是子牙軍士有難故行此失正是
　一時不察軍情事　斷送無辜填孟津
話說子牙不意鄔文化今夜劫營將至二更時分戌
湯營裡一聲砲响喊聲森起鄔文化當頭憧憧進報門
那是黑夜雜人抵敵衝開七層鹿角撞翻四方木柵
攩牌鄔文化把排扒木只是橫梯兩邊也是周營軍

士有難可憐殺他衜殺得尸橫遍野血流成河六十
萬人馬在中軍呼兄與弟覓子尋爺又有袁洪協同
黑夜中袁洪放出妖氛籠罩住營中驚動多少大小
將官子牙聽得大漢劫營急上了四不相手執杏黃
旗護定身子只聽得殺聲大振心下着忙又見大漢
二目如兩盞紅灯衆門人各不相顧只殺得孟津血
水成渠有詩為証詩曰
　美帥提兵令列矣　袁洪賭智未能休
　朝歌逆將能推敵　周寨無謀是自蹤
　軍士有災皆在劫　元戎遇難更何尤

可惜英雄徒浪死　賢愚無辨喪荒坵
話說鄔文化貪夜劫周營後有袁洪助戰周將脲熟
被鄔文化將排扒木兩邊亂擋可憐為國捐軀名利
何在袁洪騎馬仗妖術衝殺進營不辨賢愚是此
小肩無臂之人都做了破腹無頭之鬼武王有四賢
是披堅執銳之士怎免一塲大厄該絕者難逃天數
有生者躲脫災殃且說鄔文化進衝殺至後營來到
粮草堆根前此處乃楊戩守護之所忽聽得大漢劫
營姜元帥失利楊戩急上馬看時見鄔文化來得勢

頭諙兗欲要迎敵又顧粮草心生一計且救眼下之
危忙下馬念念有詞將一草豎立在手口吹口氣叫聲
變化了一箇大漢頭撐天腳踏地怎見得有讚為証
讚曰
　頭有城門大　二月似披缸　鼻孔如水桶
　門牙扁担長　髭髯似標笋　口內吐金光
　大呼鄔文化　與吾戰一塲
話說鄔文化正盡力衝殺灯光影裡見一大漢比他
更覺張大大呼曰那匹夫漫來也鄔文化抬頭
看見號得魂不負體我的爺來了倒拖排扒木回頭

〔2506〕

招賢榜投軍，朝廷差官送鄔文化至孟津營聽用。來
至轅門，左右報于袁洪。袁洪命令來，鄔文化同差官
至中軍見禮畢，通名站立。袁洪見鄔文化一表非俗，
恍似金剛一般，撑在半天裏，果是驚人。袁洪曰：將軍
此來必懷妙策，今將何計以退周兵？鄔文化曰：末將
乃一勇鄙夫，奉聖旨賫送元帥帳下調用，聽憑措枒。
袁洪大喜：將軍此來必定首立大功，何愁姜尚不授
首也。鄔文化次日清晨上帳領令，出營擺戰，倒施排
枒木，行至周營大呼曰：傳與反叛姜尚，早至轅門沈
頭受戮。話說子牙在中軍帳，猛聽戰鼓聲響，舉頭觀

〔2507〕

看見一大漢懸在半天裏，驚問衆將曰：那裡來了一
箇大漢？于衆人齊來觀看，果是好箇大漢。子衆皆大
驚，正欲尋問，只見軍政官報入中軍來：有一大漢
子牙言講令定套，有龍鬚虎出曰：弟子愿往。子牙許
之，分付曰：你須仔細。龍鬚虎領令出營來。鄔文化低
頭往下一看，大笑不止：那裡來了一箇蝦精。龍鬚虎
憶頭看鄔文化怎生兇惡，但見有詩為証，詩曰：

　身高數丈惚椰頭。　　口似篩門兩眼框。
　丈二荅鬚如散線。　　六三草履似行舟。
　生成大力排山岳。　　食盡全牛賽虎彪。

（眉批：大漢原不耐戰）

〔2508〕

　陸地行舟人罕乃。　　嬌龍嶺上火光愁。
鄔文化大呼曰：周營中來的是箇甚麼東西？龍鬚虎
大怒罵曰：好匹夫，把吾當作甚麼東西，吾乃姜元帥
第二門徒龍鬚虎是也。鄔文化笑曰：你是一箇畜生，
全無一些人相，難道也是姜尚門徒。龍鬚虎罵曰：匹
夫快通名來，殺你也好上功勞。鄔文化罵曰：不識
好歹業畜，吾乃紂王御前袁元帥麾下威武大將軍
鄔文化是也。你快回去叫姜尚來受死，饒你一命。龍
鬚虎大怒罵曰：俺奉將令前來擒你，尚敢多言！發手一
鈀打來。鄔文化一排枒木打下來，龍鬚虎閃過其鈀

〔2509〕

打入土，有三四尺深。急自搰起釘扒來，到被龍鬚虎
夾大腿連腰上打了七八石頭，在轉身又打了五六
石頭，只打得是下三路。鄔文化身大轉身不活，不上
一箇時辰，被龍鬚虎連腿待腰打了七八十下，打得
鄔文化疼痛難當，倒拖着枒木，望正東上走了。龍
鬚虎得脵回營來，見子牙備言其事。眾將俱以為大
而無用，子牙也不深究，所以彼此相安不察。且說鄔
文化敗走二十里，坐在一山崖上，擦腿摸腰，有一
時辰，乃緩緩來至轅門，左右報入中軍曰：啓元帥鄔
文化在轅門等令。袁洪分付令，鄔文化來至帳前

馬便走。哪吒登風火輪就趕楊戩曰道兄休趕讓吾來也哪吒聽說便立住了風火輪讓楊戩催馬追趕吳龍見楊戩趕來即現原形就馬脚下捲起一陣黑霧罩住自已怎見得詩曰。

黑霧陰風布滿天。　梅山精惟法無邊。

誰知治克難相恕。　千歲蜈蚣化岡然。

吳龍見楊戩追趕即現原形影在黑霧之中來傷楊戩楊戩見此慌飛來隨即搖身一變化作一隻五色雄雞怎見得詩曰。

綠耳金睛五色毛。　翅如鋼劍僻如刀。

蜈蚣今遇無窮妙。　即喪原身怎脫逃。

楊戩化做一隻金雞飛入黑霧之中將蜈蚣一啄啄作數斷又除一怪子牙與衆將掌鼓進營不表却說殷破敗雷開與諸將親自看見今日光景不覺笑曰國家不祥。妖孽方興今日我們兩員副將登知俱是白蛇蜈蚣成精來此感人此可是好消息不若進營與主將商議何如隨進營來見袁洪在中軍悶坐須至帳前奏調袁洪見衆將來見此覺沒趣乃對衆將曰吾就不知常昊吳龍乃是兩箇精靈幾乎被他慌了大事衆將曰姜子牙乃崑崙道德之士麾下又有

這三山五岳門徒相隨料吾兵六不能固守此地請元帥早定大策或戰或守可以預謀毋令臨期掘井一時何及眼見我兵徹將寡力敵不能依不才等愚見。不如退兵固守都城設防禦之法以老其師此不戰龍施人之兵者不知元帥尊意如何袁洪曰。恭軍之吾差矣既奉命守此地方則此地為重令捨此不守反欲退拒都城,此為臨門禦寇未有不敗者也今姜尚雖有輔佐之人而深入重地,亦不能用武看吾在此地破敵,吾自有妙策,諸將勿得多言各人下帳憔與殷成秀曰方今時勢也都見了料成湯社稷。

終屬西周況今日朝廷不明妄用妖精為將安有成功之理,但我與賢弟受國恩數代登可不盡忠于心然而就死也,須是死在朝歌,起吾輩忠義不可枉死于此地與妖孽同腐朽也,不若乘機討一差遣往而不返可也。二將議定忽有總督糧儲官上帳來稟袁洪曰催中止有五日行粮不足支用特啟元帥定奪袁洪命軍政司,修本往袁洪許之曾仁傑領令往朝歌催言曰末將願往朝歌城催粮傍有曾仁傑出而粮不表且說朝歌城來了一箇大漢身高數丈方能陸地行舟頓食隻牛。用一根排枳木。姓鄔名文化捆

來見子牙。備言此是梅山七怪。明日俟爾子擒他。話說袁洪在營中與常昊吳龍衆將議退諸侯之策。殷破敗曰。明日元戎不大殺一場。以樹威。使天下諸侯知道利害。則彼皆不能善解與他。遷延日月。恐師老軍疲。其中有變。那時反爲不美。袁洪從其言。次日整頓軍馬。砲聲大振。來至軍前。子牙亦帶領衆諸侯出營。兩下列成陣勢。袁洪一馬當先。子牙問袁洪曰。足下不知天命。久巳歸周。而何阻逆王師。令生民塗炭。即速早歸降。不失封疆之位。如若不識時務。悔無及矣。袁洪大笑曰。料爾不過是蟠溪一釣叟耳。有何本

領敢出此大言。回頭常昊曰。與吾將姜尚搶了一步。縱馬挺鎗飛來直取子牙。傍有楊戩催馬舞刀抵住。斯殺二馬往來。刀鎗並舉。只殺的凜凜寒風騰騰殺氣。怎見得詩曰。

殺氣騰騰鎖孟津。
須臾難近終南鑑。
梅山妖魅亂紅塵。
取次催殘作鬼燐。

話說兩人大戰。未及十五合。常昊撥馬便走。楊戩隨後趕來。取出照妖鑑來照。原來是條大白蛇。楊戩巳知此怪。看他怎樣騰挪。只見常昊在馬上忽現原身。有一陣怪風捲起。搨土揚塵。愁雲靄靄。冷氣森森。現

出一條大蛇。怎見得詩曰。

黑霧漫漫天地遮。身如霜練弄妖邪。
神光閃灼兜頑性。久臥梅山是舊家。

話說楊戩看見白蛇隱在黑霧裡面。來傷楊戩。楊戩搖身一變。化作一條蜈蚣。身生兩翅。飛來。鉗如利刃。怎見他的模樣。有詩曰。

一翅翻翻似片雲。黑身黃足氣如焚。
雙鉗豎起揮雙劍。先斬頑蛇建首勳。

楊戩變做一條大蜈蚣。飛在白蛇頭上。一剪兩斷。那蛇在地下挺扎扭滾。楊戩復了本相。將此蛇斬做數

斷。發一箇五雷訣。只見雷聲一响。此怪震作灰滅。袁洪知白蛇巳死。大怒。縱馬使一根棍。大呼曰。好楊戩。敢傷吾大將。傍有哪吒登風火輪。現三頭八臂。使火尖鎗抵住了袁洪。輪馬相交。未及數合。哪吒祭起九龍神火罩。將袁洪連人帶馬罩住。哪吒將手一拍。現出九條火龍。將袁洪盤旋繞絞燒。不知袁洪有七十二變玄功。焉能燒的着他。袁洪早借火光去了。吳龍見哪吒施勇。使兩口雙刀來戰哪吒。哪吒翻身復來接戰吳龍。楊戩在傍忙取照妖鑑照着。原來是一條蜈蚣。楊戩縱馬舞刀。雙戰吳龍。吳龍料戰不過撥

振各營內鼓角齊鳴若天崩地塌之狀怎見得有詩
為証詩曰

風霧濛濛電火燒
雷聲響喨鎮邪妖
桃精柳鬼難逃躲
早把封神名姓標

話說高明高覺闖進周營殺進中軍只見鼓聲大振
三軍吶喊一聲砲響東有李靖西有楊任南有哪吒
北有雷震子左有楊戩右有韋護一所冲將出來把
高明等圍住臺上有子牙作法臺下四箇門人齊把
桃椿震動上有天羅下有地網上下交合子牙祭起
打神鞭打將下來高明高覺難逃此難只打得腦漿

2494

迸流一靈巳往封神臺去了且說袁洪同常昊吳龍
在後面催軍殺進周營被哪吒等接住大戰此時實
夜交兵兩軍混戰韋護祭起降魔杵來打吳龍吳龍
早化青光去了哪吒也祭起九龍神火罩來罩常昊
常昊化一道青氣不見了袁洪乃是得道白猿變化
多端把元神從頂上現出楊任正欲取五火扇搧袁
洪不意袁洪頂上白光中元神手舉一棍打來楊任
及至躲時巳是不及早被袁洪一棍打中頂門可憐
自穿川關歸周纔至孟津未受封爵而死後人有詩
嘆之詩曰

2495

自離成湯歸紫陽
穿雲關下破瘟瘴
孟津盡節身先喪
俱是南柯夢一場

話說楊任被袁洪打死兩軍混戰至天明子牙鳴金
兩下收兵子牙陞帳點視軍將巳知楊任陣亡着實
堅嘆不巳楊戩上帳言曰今夜大戰雖然斬了高明
高覺反折楊任一員大將據弟子見袁洪等俱是精
靈所化急切不能成功大兵阻于此地何日結局弟
子今往終南山借了照妖鑑來照定他的原身方可
擒此妖魅也不然終無了期于牙許之楊戩離了周
營借上遁往終南山而來不多時早至玉柱洞前按

2496

落遁光至洞門聽候雲中子少時只見金霞童子出
來楊戩上前稽首曰師兄借煩通報有楊戩要見師
伯童子忙還禮曰師兄少待容吾通報童子進洞對
雲中子曰有楊戩在外面候見雲中子命童子着他
進來童子出洞云師父請見楊戩見雲中子行禮畢
戩曰弟子今到此欲求師伯照妖鑑一用曰今兵至
孟津有幾箇妖魅阻住周師不能前進雖大戰數場
法寶難治因此上奉姜元帥將令特地至此拜求師
伯雲中子曰此乃梅山七怪也只你可以擒獲佊耶
寶鑑付與楊戩楊戩辭了終南借土遁逕往周營內

2497

知其意子牙大喜傳令中軍帳釘下桃椿鎮壓將印。
下布地網上盖天羅黑霧迷漫中軍令各營俱不可
輕動李靖拒住東方楊任拒住西方哪吒拒住南方。
雷震子把住北方楊戩韋護在將臺左右保護子牙
令南宮适武吉鄭倫龍鬚虎等各防守武王營寨
將待令而去于牙沐浴上臺等候袁洪來劫營寨詩
曰。

子牙妙算世無雙。　　動地驚天勢莫當
二鬼有心施密計。　　三妖無計展驅塲
遭殃楊任歸神去。　　逃死袁洪氣喪亡

莫說孟津多惡戰　　連逢劫殺損忠良

話說袁洪當晚打點人馬劫營大破子牙以成全功
繞至二更時分高明高覺為頭一隊袁洪為二隊魯
在傑對殷成秀曰賢弟據我愚見今夜劫營不但不
能取勝定有敗亡之禍況姜子牙善于用兵知玄机
變化且門下又多道德之士此行豈無准俻我和你
且在後隊見机而作殷成秀曰長兄之言甚善不說
他二人各自准俻且說高明高覺來至周營點起大
砲响一聲喊殺進營來袁洪同常昊吳龍從後接應
牙在將臺上披髮仗劍踏罡布斗雲時四下裡風

雲齊起道正是子牙背崑崙之妙術取神荼鬱壘不
知凶吉何如且聽下回分解。

總批　高明高覺耳目能視聽千里一遇旌旗金鼓
便蔽惑其聰明倏然被擒然則有耳目之壽
可不慎歟

又批　語云方以類聚物以羣分當日有袁洪常昊
吳龍三箇怪就有桃精柳鬼來應付青天白
日之下純是魑魅魍魎用事尉欲不得巳乎。

新刻鍾伯敬先生批評封神演義卷之十九

第九十一回　　蟠龍嶺燒鄔文化

詩曰
力大排山氣性粗。　　手施抓沐快如風
行舟陸地離堪衰。　　破敵營門動鼓同
擒虎英名成往事。　　食牛全氣馳[illegible]
總來天意歸周社。　　空作蟠龍嶺下烘

話說子牙在將臺上作法只見風雲四起黑霧瀰漫
孟有天羅下有地網昏天慘地罩住了周營霹靂交
加電光貶驟炎光灼灼氣森森雷响不止喊聲大

泄機。子牙曰,你今日為何如此。楊戩曰,弟子今日不敢言,且隨弟子行之,子牙並依楊戩,不去阻當楊戩,執定令旗,下帳把後,對大紅旗,命二千杆。令三軍磨旗。又令一千名軍士擂鼓鳴鑼,恍然有驚天動地之勢。子牙見楊戩如此,不知其故,楊戩方來對子牙曰,高明高覺二人,乃是棋盤山桃精柳鬼,他憑托軒轅廟二鬼之靈,名曰千里眼順風耳,如今須用旗招展,不住,使千里眼不能觀看,鑼鼓齊鳴,使順風耳不能聽察。請元帥命將往棋盤山掘挖此根,用火焚之,再令將官去把軒轅廟裡二鬼打碎,然後用大霧一重。

2486

常鎖行營,此怪方能除也。子牙聽說,既然如此,吾當有治度。子牙令李靖領三千人馬,速往棋盤山去掘絕其根。又令雷震子去打碎泥塑鬼,使後人有詩嘆之,詩曰。

虎闥深山淵闕龍。　高明高覺送邪蹤。
當時不遇仙師指。　難滅軒轅二鬼鋒。

話說子牙安排已定,只等二門人來回令。且說高明高覺只聽得周營中鼓響鑼鳴不止,高覺曰,長兄,你看看怎樣,高明曰,一派盡是紅旗招展,連眼都澆花了,兄弟你且聽聽,看向覺曰,鑼鼓齊鳴,把耳朵都震

2487

牙在帳內望二人回來,方好用計破之,次日,子牙在中軍,忽報雷震子回來,子牙令至中軍,問其打泥鬼如何,雷震子曰,奉令去打碎了二鬼,放火燒了廟宇,以絕其根,恐再為祟,代周王伐紂功成,再重修殿宇未遲,子牙大悅,隨在帳前,令哪吒武吉在營布起一壇,設下五行方位當中放一鐔四面八方俱鎮壓待印,安治停當,只見李靖掘桃柳鬼根盤已畢,來至中軍,回話,子牙火喜正是

2488

李靖掘根方至此。　袁洪舉意劫周營。

話說子牙在中軍共議束伯侯還不見來,忽報三運督糧官鄭倫來至,子牙令至帳前,鄭倫回令畢,交納糧印,鄭倫聽得土行孫已死,着實傷悼不表,且說袁洪在營中自思,今與周兵屢戰,未見輸贏,枉費精神,虛費月日,令左右暗傳與常昊吳龍令高明高覺沖頭陣,今夜劫姜尚的營,又令秦軍殺破敗雷開為左右救應,殷成秀魯仁傑為斷後務,要一夜成功,眾將聽令,只等黃昏行事,話說子牙在中軍,忽見一陣風,從地而起,捲至帳前,子牙見風色異怪,掐指一算,早

2489

2482

殺。高明逞精神，如同猛虎，南宮适遇使氣力，一似猋龍。高覺戰刺擺長槍，武吉鎗來生殺氣，四將酣戰子牙。催四不相仗劍，也來助戰，未及數合，便往陣中敗走。高明咲曰：不要走，吾豈懼你。突拼吾來也。兄弟二人隨後趕入陣來，剛入得八卦方位，東有李靖，南有雷震子，西有哪吒，北有楊任，四面發起符印，處處雷鳴。韋護在空中將一瓶穢汚之物往下打來，那些雞犬穢血濺得滿地，高明高覺化陣青光早已不見了。衆門人親自觀見，莫知去向。子牙收兵回營，陞帳坐下，大怒曰：豈知今日本營先有奸細私透營內之情，如

2483

此何日成功也。將吾機密之事，盡被高明知道。此是何說。楊戩在傍曰：師叔在上，料左右將官自在西岐，共起義兵，經過三十六路征伐，今進五關，經過數百。楊戩戰苦死多少忠良，今日至此貢成湯，只在目下。豈有這樣之埋恨，弟子觀之，此二人非是正人，定有些妖氣，那光景大不相同，望師叔詳察，今弟子往一所在去來，自知虛實了。牙曰：你往那裡去。楊戩曰：機不可洩，洩則不能成功也。子牙許之。楊戩當晚別子牙去訖。且說高明高覺來見袁洪，言子牙用八卦陣，蔣釘桃樁的事說了一遍。袁洪具表往朝歌報捷。高

2484

覺聽的周營子牙與楊戩共議，楊戩要往一所在去，又聽見楊戩不肯說兄弟二人，憑你怎樣尋吾根脚，料你也不能知道。二人又大咲一囬不表。且說楊戩離了周營，借土遁往玉泉山金霞洞來，正見

遁中道術真玄妙，咫尺青鳳萬里程。

話說楊戩來至金霞洞，見洞門緊閉，楊戩洞外敲門。少特一童兒出來，見是師兄，怃問曰：師兄何來。楊戩曰：煩賢弟通報。童子進洞內，見玉鼎真人，啟曰：師兄楊戩在洞府外來見。真人起身分付曰：著他進來。楊戩來至碧遊床前下拜。真人曰：你令到此為何。楊戩

2485

把蔬洋事說了一遍。真人曰：此業障是棋盤山桃精柳鬼。桃柳根盤三十里，採天地之靈氣，受日月之精華，成氣有年。今棋盤山有軒轅廟，廟內有泥塑鬼使，名曰千里眼順風耳二怪，托其靈氣，目能觀看千里，耳能詳聽千里，千里之外不能視聽也。你可與姜子牙着人往棋盤山去，將桃柳根盤掘挖，用火焚盡。將軒轅廟二鬼泥身打碎，以絕其靈氣之根，再用一重霧帝瑣營寨。如此如此，則二鬼自然絕也。楊戩受命離了玉泉山，復往周營而來，軍政官報與子牙。子牙令人中軍問楊戩曰：此去如何。楊戩搖頭不語曰：恐

過把白馬催開，使一條邪鐵棍來戰子牙。傍有雷震子韋護二人截住袁洪相殺。怎見得有讚爲証。讚曰。

凜凜寒風起，森森殺氣生。白猿施鐵棒，雷震棍更精。韋護降魔杵，來往勢猶兇。捨命安天下，攄生定太平。

話說雷震子展風雷翅，飛在空中。那條棍從頂上打來。韋護祭起降魔杵，此杵豈同小可，如須彌山一般打將下來，袁洪雖是得道白猿，也經不起這一杵。袁洪化白光而去，止將鞍馬打得如泥，楊戩祭哮天犬咬常昊，常昊乃是蛇精狗也，不能傷他。常昊如是仙

離方。亦有符印，也用桃椿上用犬血，如此而行。命哪吒領東帖。在正西上按兌方。也用桃椿上用犬血。如此而行。又命楊任在正北上按坎方。也用桃椿上用犬血。如此而行。楊戩你可引戰用五雷之法，望桃椿上打下來，韋護你用砒礵烏鷄黑狗血女人屎尿和勻，裝在甁內，見高明高覺趕入我陣中，你可將旛打下。此穢污濁物厭住他妖氣，自然不能逃走。卅一陣可以擒二瞽子也。衆門人聽令而去。子牙先出營。布開八卦，暗令九宮將挑椿釘下，正是。

計要摘桃柳鬼，這場心苦枉勞神。

犬先借黑氣走了。哪吒祭起神火罩，罩住吳龍吳龍也化青氣走了，總是一場虛話。子牙鳴金同營。楊戩上帳曰，今日會此一陣俱爲無用。當時弟子別師尊時。師父曾有一言分付弟子說，若到孟津，謹防梅山七聖阻攔。教弟子留心今日觀之。祭寶不能成功。俱化青黑之氣而走。元帥宜當設計處治，方可成功。若是死戰，終是無用，子牙曰，吾自有道理。當日至晚子牙帳中鼓響。衆將官上帳聽令。子牙命李靖領東帖。你在八卦陣正東上按震方。書有符印用桃椿上用犬血。如此而行。又命雷震子領東帖。你在正南上按

子牙安置停當。且說高明聽着子牙傳令，發八卦方位。用烏鷄黑狗血釘桃椿，拿他兄弟二人大咲不止。空費心機，看你怎樣捉我二人。次日子牙親臨轅門搦戰。袁洪命高明高覺出營大吓曰。姜子牙你自稱掃蕩成湯大元帥，孤看你不過一匹夫耳。你既是崑崙之士，理當遣將調兵共決雌雄，爲何釘桃椿安符印週圍布八卦，按九宮。用門人將烏鷄黑狗血穢污之物厭我二人。吾非鬼魅精邪，豈懼你左道之術也，二人道罷，縱步搖介舉戟，直取子牙左右有武吉南宮适二馬齊出，憲架怵迎，四將交兵，鎗刀共

盤山上稱御鬼，一箇得手人間叫高明，正是神荼
玉壘該如此，要阻周兵鬧孟津。

話說哪吒大呼曰：來者何人？高明答曰：吾乃高明高覺是也。今奉袁大將軍將令，特來擒拿反叛姜尚耳。你是何人敢來見我？哪吒大喝曰：好孽畜敢出大言！搖手中火尖鎗直取二將。二將舉戟斧劈面迎來。二將交兵大戰在龍潭虎穴，哪吒早現出三頭八臂，祭起乾坤圈正中高覺頂門上，打得箇一派金光散漫于地。哪吒復祭九龍神火罩，把高明罩住，用手一推，師現九條火龍滾滾，火燒罷，哪吒回營來見子牙，言

打高覺罩燒高明一事，子牙大喜不表。且說高明等二人進營來見袁洪，曰：姜尚所仗無他，俱倚的是三山五岳門人，故此所在僥幸成功，不曾遇著我等與妙之人。莫說是姜尚幾箇門人，何怕你有通天徹地之手段，豈能脫得吾輩之手也。眾人俱各歡喜。次日，高明高覺又往周營挑戰。哨馬報入中軍，啓元帥：高明高覺請元帥答話。子牙問哪吒曰：你昨日回我滅了二將，今日又來何也？哪吒曰：想必高明二人有潛身小術，請師叔親臨，吾等便知真實。子牙傳令六百諸侯齊出，看子牙用兵。高明對弟高覺曰：哪吒言吾等

有潛身小術，俱出來看吾等真實。言未了，只聽砲響，見周營大隊排開，似盤山甲海，射目光華。子牙乘四不相來至軍前，看見二將相貌凶惡醜陋不堪，大喝曰：高明高覺不順天時，敢勉強而阻逆王師，自討殺身之禍也。高明大笑曰：姜子牙，我知你是崑崙之客，你也不曾會我等這樣高人，今日成敗定在此舉也。道罷，二將使戟斧沖殺過來，這邊李靖、楊任二騎沖中，也不答話，四般兵器交加。正是四將賭鬪怎見得。有詩為証，詩曰：

四將交鋒在孟津，人神仙鬼孰虛真。

從來劫運皆天定，縱有奇謀盡懞塵。

話說楊戩在傍，見高明高覺一派妖氣，不是正人，仔細觀看，以備不虞。只見楊任取出五火扇來照高明，一搯只聽得呼的一聲，化一道黑光而去。李靖也祭起黃金塔來，把高覺罩在裡面，一時也不見了。袁洪同眾將正在轅門，看高明兄弟二人大戰周兵。見楊任用五火扇于搯高明，又見李靖用塔罩高覺，忙命吳龍、常昊接戰。二將大叫曰：周將不必回營，吾來也。哪吒登風火輪來戰吳龍，楊戩使三尖刀敵住常昊。四將大戰。袁洪心下自思曰：今日定要成功，不可錯

意下命高明高覺同欽差解湯羊御酒往孟津來不
知凶吉如何且聽下回分解

總批

紂王炙忠良蠆盆惡煩可謂極古今之慘
何得又有此一番惡想竟剖剔孕婦斮朝涉
之脛千古之下偏為獨夫信不誣矣

又批

妲己之毒惡極古今婦人之最然而俱歸之
與紂王令人只知罵紂王為獨夫何嘗罵妲
己為獨婦此又古今極便宜的事予想此婦
可謂極善逢迎者不但當日能惑紂干尚能
遞過天下後世人又可謂極古今婦人之妖

第九十回　子牙捉神荼玉壘

詩曰

眼有明兮耳有聰。　能於千里決雌雄。
神機繞動情先泄。　密計方行事已空。
軒廟借靈憑鬼使。　棋山毓秀仗桃叢。
誰知名載封神榜。　難免降魔杵下紅。

話說高明高覺同欽差官往孟津來行至轅門傳言
意下旗門官報入中軍袁洪與眾將接肯進中軍開
讀訖曰。

嘗聞將者乃三軍之司命係社稷之安危將得其

八國有攸賴苟非其才禍遞莫測則國家又何望
為茲爾元帥袁洪才兼文武學冠天人屢建奇功
真國家之柱石當代之人龍也今特遣大夫陳灰
解湯羊御酒金帛錦袍用酬成外之勞慰朕當貯
之望爾當克勤忠蓋樸誠巨挺早安邊疆以靖海
宗朕不惜茅上重爵以待有功爾其欽哉特諭

袁洪謝恩畢管待天使又令高明高覺進見高明高
覺上帳參謁袁洪行禮畢袁洪認得他是棋盤山挑
精柳鬼高明高覺也認得袁洪是梅山白猿彼此大
喜各相溫慰深喜是一氣同枝正是

不是武王洪福大。　為能亡聖死梅山。

高明高覺在營中與眾將相見各各致意次日袁洪
俯謝恩本打發天使回朝歌不表當日袁洪命高明
高覺二將往周營搦戰二人慨然出營至周營大呼
曰著姜尚來見我唶馬報入中軍子牙問左右誰去
走一遭傍有哪吒曰弟子原往子牙許之哪吒領令
出營忽見二人步行而來好兇惡怎見得

一箇面如藍靛眼如燈。一個臉似青松口血盆。
一箇獠牙凸暴如鋼劍。一箇海下髯鬚似赤繩。
方天戟上懸豹尾。一箇加鋼板斧似車輪。一個棋

絕滅可也。微子啟含淚應曰。敢不如命。遂將三人打
點收拾投他州自隱。後孔子稱他三人曰。微子去之。
箕子為之奴。比干諫而死。謂殷有三仁是也。後人有
詩讚之。詩曰

鴛幃商郊百草新。　成湯宮殿已成塵，
為奴豈是存商祀。　去國應知接後裋。
剖腹丹心成往事，　割股民婦又遭迍。
朝歌不日歸周主。　可惜成湯化鬼燐，

話說微子三人收拾行囊。投他州去了。紂王將二婦
人拿上鹿臺妲已指一婦人腹中是男面朝左脇一

婦人也是男面朝右脇。命左右用刀剖開毫釐不
又指一婦人腹中是女。面朝後背用刀剖開果然不
差。紂王大悅。御妻妙術如神。雖龜筮莫敢自此肆無
忌憚橫行不道。慘惡異常萬民切齒。當時有詩為証
詩曰，

大雪紛紛宴鹿臺。　獨夫何苦降飛災，
三賢遠遁全宗廟，　孕婦身亡實可哀。

話說當日剖剔孕婦。天昏地曀日月無光次日有探
事軍報上臺來。有微子等三位殿下封了府門不知
往何處去了。紂王曰，微子年邁就在此也是沒用之

人微子啟弟兄兩人就留在朝歌也做不得朕之事
業他去了又省朕許多煩絮。即令元帥袁洪屢建大
功。紂周兵不能做得甚事。遂日日荒淫宴樂全不以
國事為重在朝文武。不過具數而已併無可否。那日
招賢榜達下來了。二人生得相貌甚是兇惡。一個面
如藍靛眼似金睜巨口獠牙身軀偉岸。一個面似瓜
皮戶如血盆牙如短劍髮似硃砂頂生雙角甚是怪
異。往中大夫府來謁見飛廉一見。甚是畏懼行禮畢。
飛廉問曰二位傑士是那里人氏商姓何名。二人欠
背曰某二人乃大夫之子民成湯之百姓。聞姜尚欺

妄侵天子關隘。吾兄弟二人。愿投麾下。以報國恩次
不敢望爵祿之榮。愿破周兵。以洗王恥。子民姓高名
明弟乃高覺。遍罷姓名飛廉領二人往朝內拜見紂
王進午門逕往鹿臺見駕。紂王問曰。大夫有何奏章
飛廉奏曰。今有二賢高明高覺。愿求報效不徒爵祿。
故破周兵。紂王聞奏大悅。宣上臺來。二人倒身下拜。
俯伏稱臣。王賜平身。二人立起。紂王一見。相貌奇異。
甚是駭然朕觀二士。真乃英雄也。隨在鹿臺上。俱封
為神武上將軍。二人謝恩。王曰。大夫與朕陪宴二人
下臺冠帶了。至顯慶殿待宴。至晚謝恩出朝次日吉

忿忿之言一至於此

武叛逆今已有大帥袁洪。足可禦敵斬將覆軍。不日奏凱。朕偶因觀雪。見朝涉者有老少之分。行步之異。幸皇后分別甚明。朕得以決其疑。于理何害。今朕欲剖孕婦以驗陰陽。有甚大事。你敢當而侮君而妄言先王也。箕子泣諫曰。臣聞人秉天地之靈氣以生。分別五常。為天地宣猷贊化。作民父母。未聞戕毒生靈。稱為民父母者也。且人死不能復生。誰不愛此血軀。而輕棄以死。即今陛下不敬上天。不修德。敢天怒民怨。人日思亂。陛下尚不自省。殺此無辜婦女。臣恐八百諸侯屯兵孟津。旦夕不保。一旦兵臨城下。又誰

為陛下守此都城哉。只可惜商家宗裔為他人所擄。宗廟被他人所毀。宮殿為他人所居。百姓為他人之民。府庫為他人之有。陛下還不自悔。猶聽婦女之言。敲民骨。剔孕婦。臣恐周武人馬一到。不用攻城。朝歌之民。自然獻之矣。軍民與陛下作伉。只恨周武不能早至。軍民欲簞食壺漿以迎之耳。雖陛下被擄埋之當然。只可憐二十八代神王。盡被天下諸矦之所毀。陛下此心忍之乎。紂王大怒曰。老匹夫焉敢覷面侮君。以亡國視朕。不敬孰大於此。命武士拿去打死。箕子大叫曰。臣死不足惜。只可惜你昏君敗國。遺譏萬

世。縱孝子慈孫不能改也。只見左右武士扶箕子。方欲下臺。只見臺下有人大呼曰不可。微子、微子啟、微子衍三人上臺。見紂王俯伏嗚咽。不能成語。泣而奏曰。箕子忠良有功社稷。今日之諫。雖則過激。皆是為國之言。陛下幸察之。陛下昔日剖比干之心。今又誅忠諫之臣。社稷危在旦夕。而陛下不知悟。臣恐萬姓然憤。禍不旋踵也。幸陛下悔救箕子。褒忠諫之名。庶幾人心可挽。天意可回耳。紂王見微子等齊來諫議。不得已乃曰。聽皇伯皇兄之諫。將箕子廢為庶民。妲已在後殿出而奏曰。陛下不可。箕子當面辱君。已無

人臣禮。今若放之在外。必生怨望。倘與周武構謀。致生禍亂。那時表裏受敵。為患不小。紂王曰。將何處治。妲已曰。依臣妾愚見。且將箕子剃髮囚禁為奴宮禁。以示國法。使周人不敢妄為。臣下亦不敢瀆奏矣。紂王聞奏大喜。將箕子竟囚之為奴。微子見如此光景。料成湯終無挽救之日。隨即下臺。與微子啟、微子衍大哭曰。我成湯繼統六百年來。今日一旦被嗣君所。於是天亡我商也。奈之何哉。微子與微子啟兄弟二人商議曰。我與你兄弟。可將太廟中二十八代神王。竄往他州外郡。隱姓埋名。以存商代禋祀。不令同

紂王在鹿臺上專等渡水人民。却說侍駕官將二民拿至臺下回旨啟陛下。將老少二民。拿至臺下紂王命將斧砧開二民脛骨取來看驗。腿俱砧斷拿上臺看。果然老者髓滿少者髓淺。紂王大喜命左右把尸拋出。可怜無辜百姓受此慘刑後人有詩嘆之詩曰。

敗葉飄飄落故宮。　　　至今由自起悲風，
獨夫只聽讒言婦。　　　旨下朝歌社稷空。

話說紂王見妲巳如此神異撫其背而言曰御妻真是神人何靈異若此妲巳曰妾雖係女流少得陰符

之術其勘驗陰陽無不奇中適繞斷脛驗髓此猶其易者也至如婦女懷孕一旦九便知他腹內有幾月是男是女面在腹內忽朝東南西北無不週知紂王曰方繞老少人民斷脛驗髓如此神異朕得聞命矣至如孕婦再無有不妙之理命嘗駕官傳旨民間搜取孕婦見朕奉御官往朝歌城來正是。

天降大殃臨孕婦。　　　成湯社稷盪歸周，

話說奉御官在朝歌滿城尋訪有三名孕婦一聲拿徃年門米只見他夫妻難捨槍地呼天哀聲痛慘大呼曰我等百姓又不犯天子法又不施欠錢糧為何

（眉批：夫先生此惡婦何得有此諗想）

拿我等有孕之婦子不拾母母不拾女悲悲泣泣前遮後擁拉進午門來只見箕子在文書房共微子微子啟微子衍上大夫孫榮正議袁洪為將退天下諸侯之兵不知何如只聽得九龍橋閘閘嚷嚷呼天叫地哀聲不絕眾人大驚齊出文書房來問其情由見奉御官拉着兩三箇婦女而來箕子問曰這是何故。民婦泣曰吾等俱是女流。又不犯天子之法為何拿我女人做甚麼老爺是天子大臣當得為國為民救我等蟻命言罷哭聲不絕箕子怃問奉御官奉御官答曰皇上夜來聽娘娘言語將老少二民敲骨驗髓。

分別淺深知其老少生育皇上大喜娘娘又奏尚有剖腹驗胎知道陰陽皇上聽信斯言特命臣等取此孕婦看驗箕子聽罷大罵昏君方今兵臨城下將至濠邊社稷不久丘墟還聽妖婦之言逞此無端罪業左右且住待吾面君諫止箕子怒氣不息後隨着微子等俱往鹿臺來見駕且說紂王在鹿臺專等孕婦來看驗只見當駕官啟曰有箕子等候旨王曰宣箕子至臺上俯伏大哭曰不意成湯相傳數十世之天下一旦喪於今日而尚不知警戒修省尤造此無辜惡業你將何面目見先王在天之靈也紂王怒曰周

密密團團滾滾隨風勢，颼颼冷氣透幽幃。豐年祥瑞從天降，堪賀人間好事歲。

話說紂王與妲巳共飲，又見大雪紛紛，忙傳旨命捲起煖簾，待朕同御妻美人看雪。侍駕官捲起簾慢打掃積雪。紂王同妲巳、胡喜妹、王貴人在臺上看朝歌城內外似銀裝世界，粉砌乾坤，王曰：御妻你自幼習學歌聲曲韻，何不把按雪景的曲兒唱一套，俟朕没飲三杯。妲巳領旨，輕啓朱唇，輕舒鶯舌，在鹿臺上唱一箇曲兒，真是婉轉鶯聲飛柳外，笙簧嘹亮徹天來。曲曰：

2454

繞飛燕塞邊，又灑向妝門外，輕盈過玉橋去龍窟。歸閭花來攘攘挨挨，顛倒把乾坤攪，你來的長江。山魚沉鴈杳，空林中虎嘯猿哀，惡天降冷鵰胎六。花飄墮難禁耐，砌浸了白玉堦，宮幃裏冷慢衣秋。那一時暖烘烘紅日當頭曬，掃彤雲四開現青天。一派瑞氣祥光擁出來。

妲巳唱罷，餘韻怱怱揚，娘娘不絕。紂王大喜，連飲三杯。不一時雪俱止了，彤雲漸散，日色復開。紂王同妲巳憑欄看朝歌積雪，忽見西門外有一小河，此河不是活水河，因紂王造鹿臺挑取泥土，致成小河，遶繞雪

2455

水汪汪積，因此行人不便，必跣足過河。只見有一老人跣足渡水，不甚懼冷，而行步且快；又有一少年人亦跣足渡水，懼冷行緩，有驚性之狀。紂王在高處觀之，盡得其態，問于妲巳曰：怪哉，怪哉，有這等異事，你看那老者渡水反不怕冷，行步且快；這年少的反又怕冷行走甚難，道不是反其事了。妲巳曰：陛下不知，老者不甚怕冷，乃是少年父母精血正旺之時交媾成胎，所秉甚厚，故精血克滿，骨髓皆盈，雖至末年遇寒氣，猶不甚畏怯也。若此少年怕冷，乃是末年父母氣血巳衰，偶甫姤精成孕，所秉甚薄，精血既竭，隨步

2456

雖是少年，形同老邁，故過寒冷而先畏怯也。紂王笑曰：此感朕之言也，人秉父精母血而生，自然少壯老衰，豈有反其事之理。妲巳又曰：陛下何不差官去拿來，便知端的。紂王傳旨命當駕官：老者少者俱拿來。當駕官領旨，怱怱出朝，趕至西門，分老少，即時一併拿來。老少民人曰：你拿我們怎麼？侍臣曰：天子要你去見。老少民人曰：吾等奉公守法，不欠錢糧，爲何來拿我們？侍臣曰：只怕當今天子有好處到你們也不可知。正是：

平白行來因過水，誰知敲骨喪其生，

淫佚至此，可謂禍惡。

2457

仁傑對殷成秀雷鵬雷鶤曰賢弟今日你等見袁洪
吳龍常昊與子牙會兵的光景慶衆人曰不知所以
魯仁傑曰此正所謂國家將興典必有禎祥國家將凶
必有妖孽今日他三將俱是些妖孽不似人形今天
下諸侯會兵此處正是大歐登有這些妖邪能拒散
成功耶殷成秀曰長兄且莫怄說破看他後來來如何
魯仁傑曰總來吾受成湯三世之恩豈敢有負國恩
之理惟一死以報國耳話說差官往朝歌來至文書
房內飛廉接本觀看見袁洪報捷連誅大鎮叛逆諸
彭祖壽姚庶良等心中　大喜惟持本上鹿台來見

2450

紂王當駕官上臺啟曰右口中大夫飛廉候旨紂王曰
宣來左右將飛廉宣至殿前象拜畢俯伏奏曰今有
元帥袁洪領勅鎮守孟津以逆天下諸侯初陣斬兗
州侯彭祖壽豫州侯姚庶良軍威已振大挫周兵鋒
銳自興師以來未有今日之捷此乃陛下洪福齊天
紂王聞奏大悅元帥袁洪連斬二逆足破敵人之膽
得此大帥可計日奏功以安社稷者也特具本齎奏
其功莫大焉傳朕旨意特敕獎諭賜以錦袍金珠以
勵其功仍以蜀錦百疋寶鈔萬貫羊酒等件以犒將
士勤勞務要用心料理勤滅叛逆另行分列茅土朕

2451

不食言欽哉故論飛廉頓首謝恩領旨打點解犒賞
往孟津去不表且言妲己聞飛廉奏袁洪得勝奏捷
來見紂王曰妾蘇氏恭喜陛下又得社稷之臣也袁
洪實有大將之才永堪重任似此奏捷叛逆指日可
平臣妾不勝慶幸實皇上無疆之福以啟之耳今特
其觴為陛下稱賀紂王曰御妻之言正合朕意命當
駕官於鹿台上治九龍席三妖同紂王共飲此時正
值仲冬天氣嚴威凜冽寒氣侵人正飲之間不覺彤
雲四起亂舞棃花當駕官啟奏曰上天來添丁紂王
大喜曰此時正好賞雪命左右煖注金罇重斟盃酒

2452

酣飲交歡怎見好雪有讚為証讚曰
彤雲密布冷霧繽紛彤雲密布朔風凜凜號空中
冷霧繽紛大雪漫漫鋪地下真箇是六花片片飛
瓊千樹株株倚玉頃史積粉頃刻成鹽白鷴渾火
素皓鶴竟無形平添四海三江水壓倒東西幾樹
松却便似戰敗玉龍三百萬果然是退鱗殘甲滿
空飛但只見幾家村舍如銀砌萬里江山似玉圖
好雪真箇是柳絮漫橋梨花蓋舍柳絮漫橋橋迤
漁叟掛蓑衣梨花蓋舍舍下野翁煨榾柮客子難
沛酒蒼頭苦覓槿酒酒蕭蕭栽蝶趄飄飄蕩蕩剪

2453

【2446】

呼曰今拿姜尚如煼庶民為例衆庶之内不知他
是妖精有兗州伯彭祖壽縱馬搖鈴大呼曰匹夫敢
傷吾大臣將有吳龍在袁洪右邊見常昊立功忍不
住使兩口雙刀催開馬飛奔前來曰不要冲吾陣脚
也不答話兩騎相交刀鎗並舉殺在陣前六百鎮諸
疾俱在左右看看二將交兵戰未數合吳龍乃是蜈公精見彭祖壽
敢走彭祖壽隨後趕來吳龍一陣風起黑雲捲來妖氣逃
將近隨現守原形只見二將
人彭祖壽已不知人事被吳龍一刀揮為兩斷衆諸
疾不知何故只見將官追下去就是一塊黑雲罩住

【2447】

將官隨即絕命子牙傍邊必有楊戢對哪吒
俱不是正經人似有些妖氣我與道兄一往何如只
見吳龍躍馬舞刀飛奔軍前大呼曰誰來先喫吾雙
刀哪吒登開風火輪使火尖鎗現三首八臂迎來吳
龍曰求者是誰哪吒曰吾乃哪吒是也你這業畜怎
耿將妖術傷吾諸疾把鎗一擺直刺吳龍平中
刀急架交還未及三四合被哪吒祭起九龍神火罩
響一聲將吳龍罩在裡而吳龍已化道青光走了哪
吒用手一拍及至罩中現出九條火龍睐吳龍去之
久矣常昊見哪吒用火龍罩罩住吳龍心中大怒縱

【2448】

馬持鈴大呼曰哪吒不要走吾來也只見楊戢使三
尖刀縱銀合馬同哪吒雙戰常昊見勢不妙便
敗下陣去楊戢也不趕他取彈弓在手隨手發出金
丸照常昊打來只見那金丸不知落于何處哪吒
祭起神火罩將常昊罩住也似吳龍化一道赤光而
去袁洪見二將如此精奇心下甚是歡喜傳令三軍
擂鼓袁洪縱馬冲殺過來大呼曰姜子牙我與你見
簡雌雄傍有楊任見袁洪冲來急催開了雲霞獸使
開雲飛鎗敵住袁洪戰有五七回合楊任取出五火
扇照袁洪一搧袁洪已預先走了止燒死他一匹馬

【2449】

子牙鳴金收對回營陞帳坐下嘆曰可惜傷了二
諸侯心下不樂楊戢上帳曰今日弟子看他三人必
是妖怪之相不似人形方纔哪吒祭神火罩楊任用
神火扇弟子用金丸俱不曾傷他竟化青光而去只
見衆諸侯也都議論常昊吳龍之術紛紛不一且說
袁洪回營陞帳坐下見常昊吳龍齊來參謁袁洪曰
哪吒罩兒楊任的扇子俱好利害吳龍笑曰他那罩
與扇子只奸降别人那裏奈何得我們只是今日指
望拿了姜尚誰知只壞了他兩箇諸侯也不筭成功
袁洪一面修本往朝歌報捷寬免天子憂心且說羣

得執迷徒勞伊戚。洪咲曰。姜尚你只知璠溪捕魚。水有深淺。今幸而五關無有將阻攔你深入重地。你敢於巧言令色惑吾衆聽耶。回顧左右先行曰。誰與吾拿此鄙夫。以洩天下之憤。傍有一人大呼曰。元帥放心。待我成功。走馬飛臨陣前。搖手中鎗直取姜子牙。傍有左伯侯姚庶良。縱馬搖手中鎗直取姜子牙。慢來有吾在此也。不答話。兩馬相交鎗斧並舉一場大戰。怎見得有詩為証。詩曰

征雲靄靄透虛空　劍戟兵戈攘攘中
令日姜牙頭一戰　孟津血滅竹稍紅

話說姚庶良手中分斧轉換如飛。不知常昊乃是梅山一箇駝精。姚庶良乃是真寔本領。那裡知道只要成功常昊不覺敗下陣去。姚庶良便催馬趕來不知性命如何。且聽下回分解。

　總批

當日武王觀政于商。時有白魚躍舟赤烏降庭臣肇周室興隆耳。武王猶謙遜未遑此。以為德之至。仁之至。若是以臣伐君則當日便有許多議論。何至再三謙抑耶

　又批

張奎夫人高蘭英。著實有將才。其議論鑿鑿娓娓。雖古之名將。無出其右。宜其夫拱手聽命。只笑近日人家婦人。有何才幹。一味會吃醋而必欲丈夫攝服。巳自可笑矣。豈有夫亦甘心畏服。可嘆哉。

第八十九回

　詩曰

紂王酷虐古今無　淫酗貪婪鴆美姝
孕婦無辜遭惡劫　行人有難鴈兒途
遺讒簡冊稱袋賊　留與人間罵絢夫
天道悠悠難宄竟　且將濁酒對花奴

話說姚庶良隨後趕來。常昊乃是蛇精。縱馬一陣旋風捲起一團黑霧。將人帶馬罩住。方現出他原形。仍是二根大蟒蛇。把口張開吐出一陣毒氣。姚庶良禁不起。隨昏於馬下。常昊便下馬取了首級。大

武王大駕來臨以憑裁奪今日若不先擒袁洪則四
夫尚自逞強猶不知天吏之不可戰也望元帥早賜
施行子牙曰賢叚之言甚善吾必先下戰書然後會
兵孟津方可以示天下之惡惟天下之德可以堯之
眾皆大喜子牙忙修書差楊戩往湯營內來下戰書
楊戩領命往成湯營前下馬大呼曰奉姜元帥將令
來下戰書探事小校報與中軍袁洪聽得同營來下
戰書忙命左右令來只見軍政官來至營門令楊戩
進見楊戩至中軍帳見袁洪呈上戰書袁洪視看畢
乃曰吾不俟回書約定明日會兵便了楊戩回至中

軍見子牙言明日會兵子牙傳令與眾諸叚明早會
兵俱各各准備去了次日周營砲響子牙調出大隊
人馬有八百諸叚齊出當中是子牙人馬俱是大紅
旗左是南伯叚鄭順右是北伯叚崇應鸞盡是五色
旌幢真若盈山甲海威勢如虎英雄似虎布成陣勢
三軍吶喊冲至軍前哨馬報與袁洪袁洪與眾將出
營觀看子牙大兵隊伍只見天下諸叚鸞趨排陣分
于左右當中是元帥美尚左有鄭順右有崇應鸞有
詩為証詩曰

諸叚共計破朝歌　　正是神仙遇劫魔

百萬雄師興宇宙　　奇功立在孟津河
又詩曰
姜尚東征除虐政　　諸叚拱手尊號令
妖氛滾滾各爭先　　楊戩梅山收七聖
至軍前左右排列有眾位門人次後武王乘逍遙馬
南北分列眾位諸叚呂見袁洪銀盈素鎧坐下白馬
使一條鄰鐵棍擔任鞍轎英雄凜凜怎見得袁洪好
處有贊為証
贊曰

銀盈素鎧纓絡紅疑左挿狼牙箭右懸寶劍鋒橫
擔鄰鐵棍白馬似神行初長梅山下成功古洞中
曾受陰陽訣又得天地靈善能多變化玄妙似人
形梅山稱第一得計滅周兵
話說子牙向前問曰來者莫非成湯元帥袁洪麼袁
洪曰你可就是姜尚子牙曰吾乃奉天征討歸勢成
湯天保大元帥今天下歸周商紂無道天下離心雄
德只在旦夕受轉料你一盃之水安能救車薪之火
哉汝若早早倒戈納降此汝以不死如若支吾且
又一朝兵敗玉石俱焚雖　求其獨生何可及哉休

南伯矦鄂順　　西南豫州矦姚楚亮

北伯矦崇應鸞　東北克州矦彭祖壽

西伯矦武王發　夷門伯武高遷

左伯宗智明　　右伯姚庶良

遠伯常信仁　　近伯曹宗

鄰州伯丁建吉

眾諸矦進營，止于東伯矦姜文煥未曾進游魂關，乃
原武王上帳，武王不肯，彼此圓遜多讓，武王同眾諸
矦交相下兆，天下諸矦俯伏曰：今大王大駕特臨此
地，使眾諸矦得覲天顏，仰觀威德，早救民于水火之

2433

中。天下幸甚，萬民幸甚。武王深自謙襄曰：予小子發
嗣位先王，孤德寡聞，惟恐有負前烈，謬蒙天下諸矦
傳檄相邀，特拜相父，東會列位賢矦，覲政于商。若曰
予小子胃昧與師，則予豈敢，惟望列位賢矦敉之內
有豫州矦姚楚亮對曰：紂王無道，殺妻誅子，焚炙忠
民，授戮大臣，沉泅胃色，弗肆上天，郊廟不祀，播棄黎
老，毗比罪人，皇天震怒，絕命于商，于等奉大王，恭行
天之罰，代君弔民，拯萬姓于水火，正應天順人之衆
池人神之憤，天下無不咸悅，若子等與大王坐視不
埋，厭罪惟鈞，望大王裁之。武王曰：紂王雖不行止道

2434

俱臣下敉惑之耳，今只覲政于商，揄其六雙偉，令人君
敗其敉政，則天下自平矣。彭祖壽曰：天命靡常，惟有
德者居之。昔堯有天下，因其子之不肖而禪位于舜。舜
有天下，亦因其子之不肖而禪位于禹。禹之子賢能，
承繼父業。於是相傳至桀而德衰暴虐夏政，天人怨
之。故湯得行天之罰，放桀于南巢，代夏而有天下。賢
聖之君六七作，至于紂，罪惡貫盈，毀棄善政，戕賊不
道，皇天震怒，降災于商，爰命大王以伐殷湯。大王幸
母固辭，以灰諸矦之心。武王謙讓未遑，子牙曰：列位
賢矦今日亦非商議正事之時，矦至商郊而有說話

2435

眾諸矦僉曰：和父之言是也。武王命營中治酒大宴
諸矦不表。且說袁洪在營中，只見報馬啟曰：今有武
王兵至孟津下寨，大會諸矦，請元帥定奪。殷破敗聽
得忻上前言曰：周武乃天下叛逆元首，自興兵至此，
所在獲捷，軍威甚銳，元帥不可輕忽，務要嚴兵以待。
袁洪曰：參軍之言固善，料姜尚不過一蟠溪村夫，有
何本領，此皆諸關將士不用心，以致彼僥倖成功。參
軍放心，看吾一庫，令他片甲不回。次日子牙陞帳，眾
諸矦上帳，參見。有夷門伯武高遷言曰：啟元帥，諸矦
六百駐兵于此，俱未敢擅于用兵，止在此拒住，只候

2436

好大浪。怎見得。黃河疊浪千層。有詩為証。

詩曰

洋洋光浸月　浩浩影浮天　靈派吞華岳
長流貫百川　千尋凶浪滾　萬疊峻波顛
岸口無漁火　沙頭有驚眠　茫然渾似海
一望更無邊。

話說武王一見黃河，白浪濤天，一望無際，赫得面如土色。那龍舟只在浪裡，或上或下，忽然有一旋窩，水勢分開，一聲響亮，有一尾白魚跳在船艙裡來，就把武王嚇了一跳，那魚在舟中左迸右跳，跳有四五尺

高武王問子牙曰，此魚入舟主何凶吉。子牙曰，恭喜大王賀喜大王，魚入王舟者，主紂王該滅周室當與正應大王繼湯而有天下也，子牙傳令命炮人將此魚烹來與大王享之。武王曰，不可，仍命擲之河中。子牙曰既入大王舟豈可拋此，正謂天賜不取反受其咎。理安食之，不可輕棄。左右領子牙令速命炮人烹來。不一時獻上，子牙命賜諸將。少頃風恬浪靜，龍舟已渡黃河，只見四百諸侯，知周兵已至，打點前來迎接武子牙知武王乃仁德之主，豈肯欺君，恐眾諸侯尊稱武王，以致中候，則大事去矣。湏是領先分付過

然後相見，庶幾不露出主角，候破紂之後，再作區處。乃到武王曰，今舟雖抵岸，大王還在舟中。候老臣先上岸，陳設器械，嚴整軍威，以示武于諸侯，立定營柵，然後來請大王。武王曰，聽憑相父談施。子牙先上了岸，率大隊人馬，至孟津，立下營寨，眾諸侯齊至中軍，來見子牙。子牙迎接上帳，相叙禮畢。子牙曰，列位君侯見武王，不必深言其伐君弔民之故，只以觀政于商為辭。候破紂之後，再作商議。眾諸侯大喜，俱依子牙之言。子牙令軍政官，與哪吒楊戩前去迎請武王。後面又有所方二百諸侯，隨後過黃河，同武王車駕

面進。真簡是天下諸侯會合，自是不同，怎見得，有詩為証詩曰。

八百諸侯會孟津。　紛紛殺氣滿紅塵。
旌旗向日飛龍鳳。　劍戟迎霜泣鬼神。
士卒絪緼歌化日。　軍民濟濟慶仁人。
應知世運當亨泰。　四海謳吟總是春。

且說武王同西方二百諸侯，來至孟津，大營探馬報入中軍帳，子牙率領東南北三方八百諸侯，又有八百小諸侯，齊來迎接武王，邇進中軍。先有

東伯侯姜文煥　・東南揚侯鍾志明

楊任只看著張奎在地底下。如今三處看著好殺。是上邊韋護觀楊任。
〔楊任生追七殺神〕
話說張奎在地下。見楊任緊緊跟隨。在他頭上。如奎往左。楊任也往左。奎往右。楊任也往邊來趕。張奎無法。只是往前飛走。看有行至黃河邊。前有楊戩奉柬帖。在黃河崖邊專等楊任。只見遠遠楊任追趕來了。楊任也看見了楊戩。乃大呼曰。楊道見張奎來了。楊戩聽得。急將三昧火。燒了懼怕孫指地成鋼的符篆。立在黃河崖邊。張奎正行方至黃
〔此所以趕王行〕

河。只見四處如同鐵桶一般。半步莫動。左撞右不能通。右撞左不能通。徹身回來。後面猶如鐵鎚。張奎正慌忙無情。楊任用手往下二指。半空中韋護把降魔杵往下打來。此實乃鎮壓邪魔護三敎大法之物。可憐張奎怎禁得起。有詩為証。詩曰，

金光一道起空中。五彩雲霞協用功。
鬼怪逢時皆絕跡。邪魔遇此盡成空。
皈依三敎稱慈善。鎮壓蕭天護法雄。
今日黃河除七殺。千年英氣貫長虹。

話說韋護祭起降魔杵。把張奎打成齏粉。一靈也往

封神臺去了。三位門人得勝。齊來見子牙。備言打張奎追趕至黃河之事。說了一遍。子牙大喜。在澠池縣住了數日。擇日起兵。那日整頓人馬。離了澠池縣前往黃河而來。時近隆冬天氣。眾將官重重鐵鎧。疊疊征衣。寒氣甚勝。怎見得好冷。有讚為証。

讚曰
重衾無暖氣。捫手似揣冰。敗葉乘箱蕊。蒼松掛凍鈴。地裂因寒甚。池平為水凝。魚舟空釣線。仙觀沒人行。樵子愁柴少。王孫喜炭增。征人鬚似鐵。詩客筆如零。皮襖猶嫌薄。貂裘尚恨輕。蒲團僵老衲。孤

〔時雨之　讚此其二斑〕
帳旅魂驚。莫訝寒威重。兵行令若霆。

話說子牙人馬來至黃河。左右報至中軍。子牙分付。借辦民舟。每隻俱有工食銀五錢。併不白用民船一隻。萬民樂業。無不懽呼感德。真所謂時雨之師。子牙傳令。另備龍舟一隻。裝載武王。子牙與武王駕坐中艙。左右鼓棹。向中流進發。只聽得黃河內。潑浪濤天。風聲大作。把武王龍舟埋在浪裡。顛播。武王曰。相父此舟為何這等掀播。子牙曰。黃河水急。平昔浪發也是不小的。況今日有風。又是龍舟。故此顛播。武王曰。推開艙門。侯孤看一看何如。子牙同武王。推艙一看，

裝甲冑守護城池。忽聽周營中。又是炮响。不知其故
忽城上落下哪吒來。現三首八臂。腳踏風火
尖鎗殺來。高蘭英急上馬。用雙刀抵住了哪吒二人
在城上不便爭持。高蘭英走馬下城。哪吒隨後趕來
雷震子又早展開二翅。飛上城來。使開黃金棍把城
上軍士打開。隨斬關落鎖。周兵進城。高蘭英見事不
好。正欲取葫蘆放大陽神針。早已不及。被哪吒一鎗
坤閤打中頂上翻下馬來。又是一鎗。死于非命。卓往
封神臺去了。有詩爲証。詩曰

　　孤城死守爲成湯　　今日身亡實可傷

全節全忠名不朽　　女中貞烈萬年揚。

話說雷震子。哪吒進了澠池縣。軍士見打死了主母。
俱伏地請降。哪吒曰。俱免汝死候。元帥來安民。哪吒
復於雷震子曰。道兄且在城上把住。吾還去接應師
叔干武王。恐怕驚了主公。雷震子曰。道兄不可遲疑
當以速行。好哪吒把風火輪登開。往正西上趕來。只
見張奎正趕子牙。有二十里遠近。只聽得砲聲四起。
喊殺大振。心下甚是驚疑。也不去趕子牙。子牙在後
隨大呼曰。張奎你澠池已失。何不歸降。張奎心慌情
知中計。勒轉馬望舊路而來。天色又黑。正遇哪吒。現

二首八臂迎來。哪吒大爲曰。逆賊你今日還不下馬
艾死更待何時。張奎大怒。揮刀直取。哪吒手中鎗至
架相還未及數合。哪吒復祭起九龍神火罩罩來。張
奎知此術利害。把身子一扭。往地下去了。哪吒見張
奎頓先走了。因想起土行孫的光景。心上不覺悲悼
往前來迎武王。張奎急走至城下。見雷震子立于城
上知城池已陷。大人不知存亡。自思不若往朝歌與
袁洪合兵一處。而作道理。話說哪吒上前迎武王與
與子牙一同回澠池縣來。將大軍進城屯劄。又將城
上周將首級收驗。設祭起之。仍與高阜處安莊不表

只見張奎全裝甲冑。蹤地行之術。往黃河大道而走。
如飛一般。飛雲掣電而來。話說楊任遠遠望見張奎
從地底下來了。楊任知會韋護曰。道兄。張奎來了。你
須是仔細些。不要走了他。你不走我手往那裡捉你就
往那邊祭降魔杵鎮之。韋護曰。謹領尊命。且說張奎
正走。遠遠看見楊任騎雲霞獸。手心裡那兩隻神光
射耀眼。往前看着他。大呼曰。張奎不要走。今日你難
逃此厄也。張奎聽得。魂不負體。不敢停滯。縱著地行
法。刷的一聲。須臾就走有一千五百里遠。楊任在地
上催着雲霞獸。緊緊追起。韋護在上頭。只看着楊任

〔2417〕

雄瀝胆披肝。只落得遺言在此。此身皆化為烏有。子
牙正在那裡傷悼。忽轅門官來報。有一道童求見。子
牙傳令請來。少時只見一道童至帳下行禮。曰弟子
乃夾龍山飛龍洞懼留孫的門人。因師兄土行孫在
夾龍山猛獸崖被張奎所害。家師已知應上天之數。
這是救不得的。只是遇澠池須有原故。家師特著弟
子來此下書。師叔便知端的。子牙接上書來展開觀
看。書曰。
道末懼留孫。致書於大元帥子牙公麾下。前者土
行孫令蒉於猛獸崖。死於張奎之手。理數難逃。會

〔2418〕

道此。有莖崖垂泣而已。言之可勝於邑。今張奎善
於守城。急切難下。但他數亦當終。子牙公不可遲
悞。可令楊戩將貧道符印。先在黃河岸邊等。楊任
韋護追趕至此擒之。取城只用哪吒雷震子足矣。
子牙公須是親自用調虎離山計。一戰成功。此去
自然坦夷。只俟封神之後再會。會眼不宣。
子牙看罷書。打發童子回山。當月子牙傳令哪吒
令箭。雷震子領令箭前去如此。如此楊戩任領東
粘前去如此。韋護領東帖前去如此。子牙俱分付已
畢。至晚間周營中砲向。三軍吶喊。殺奔城下而來。張

〔2419〕

［眉批：張奎此時未何不與他夫人計〕

慌急上城。設法守護。百計千方。防禦急切難下。子牙
知張奎善於守城。且暫鳴金收兵。次日午未末初前
武王上帳相見。今日請大王同老臣出營。看看澠池
縣城池好去攻取。武王乃忠厚君子。隨應曰。孤愿往。
即時同子牙出營至城下。週圍看了。用手指曰。大王
若破此城。須用轟天大砲。方能攻打此城。一時可破
也。子牙與武王指畫攻城。只見澠池城上哨探土卒
報與張奎。啟老爺。姜子牙同一穿紅袍的在城下探
看城池。張奎聽報。即上城來看時。果是子牙同武王
在城下週圍指畫書。張奎自思曰。姜尚欺吾太甚。只因

〔2420〕

［眉批：張俊次而行致落圈〕

連日。吾堅守此城。不與他會戰。他便欺我。至吾城下
肆行無忌。覷吾無人物也。隨下城與夫人曰。你可
用心堅守此城。待我出城走去。以除大患。夫人
上城觀戰。張奎上馬拎刀。開了城門。一馬飛來。大呼
曰。姬發姜尚。今日你命難逃也。正是
　　計就月中擒玉兔　謀成日裡捉金烏
子牙同武王縱馬向西而走。張奎趕來。看看有二十里。周營八小將官也不出
來接應。張奎放心趕來。看看有二十里。只
聽得金鈸齊鳴。砲聲響亮。三軍吶喊。震動天地。周營
八小將官齊出營來。殺奔城下。高蘭英在城上全

五軍都督，使殷成秀、雷昆、雷鵬督催糧隨軍，鎮戲征
孟津，而衆未知勝負如何。且聽下回分解。

批　此行孫往夾龍來，子牙竟不葉天反以風指
報張奎，使衆在猛獸崖等候，致討新張不葉，
是防遇害，衆禾悲村極矣，宜其惑張奎而
行孫今若不惑不道，難知哉歟乎活曲。
高蘭英，不得太陽神針可以致勝，照他樣論。
前後書策勉勵丈夫，天有經緯大有作用。宜

其擅男權而決大事之者也。只笑今人稱娘子
停當果若乎，何天下之無夫事者多耶。

第八十八回　武王白魚躍龍舟

詩曰：
白燄告兆喜非常，顏輦周家應瑞昌。
八百諸侯稱碩德，千年師帥頌匡襄。
堂堂神演三三盞，止正旗門六六行。
蔣兩師臨民甚悅，成湯基業已消亡。

話說袁洪調兵往孟津駐劄，以阻諸侯喟喉不表。且
說澠池縣張奎，日夕登朝歌救兵，忽有報馬報入府，
誅戮守招討新死帥袁洪調兵三十萬駐劄孟津，以
阻諸侯來見。蔡兵來救澠池，張奎聞報大驚曰，天子

〔眉批〕此婦大是聰慧

不發救兵，此城如何拒守。況前有周兵，後有孟津四
百諸矦前後合攻，此取敗之道。今反捨此不救奈何。
怏怏夫人高蘭英共議。夫人曰，料吾二人可也，阻得
住周兵。今袁洪接住孟津，則南北諸矦也不能抄我
之後。只打聽袁洪勝，若破了南北二矦，我再與你去
合兵共破周武，乃無有不勝之理。俺門如今只設法
守城，不要與周將對敵。待他糧盡兵疲，一戰成功，無
有不克。此萬全之道也。張奎心下狐疑不定。且說子
牙見澠池一箇小縣攻打不下，反陣亡了許多官將，
納悶在軍中，睄睄頓首嗟嘆。可憐這些扶王定霸英

飛廉也　知邪國　求賢

不次銓除。四外烘動。就把個朝歌城内萬民日受數次驚慌。只見一日來了三個豪傑。來揭榜文。守榜軍士隨同三人先往飛廉府裏來參謁。門官報入中堂。飛廉道有請。三人進府。與飛廉見禮畢。言曰聞天子招募天下賢能。愚下三人自知非才。但君父有事。願捐軀敢效犬馬。飛廉見三人氣宇清奇。就命賜坐。三人曰吾等俱是閭閻子民。犬夫在上。子民焉敢坐。飛廉曰求賢定國聘傑安邦。雖高爵重祿直受不辭。又何妨於一坐耶。三人告過方繞坐下。飛廉曰三位姓甚名誰。住居何所。三人將一手本呈上飛廉觀看。原

來是梅山人氏。一名袁洪。一名吳龍。一名常吳。此乃梅山七聖。先是三人投見。以下俱陸續而來。袁洪者、乃白猿精也。吳龍者、乃蜈公精也。常吳者、乃長蛇精也。俱借袁吳常三字取之為姓也。飛廉看了姓名隨帶入朝門。來朝見紂王。飛廉入內庭。天子在顯慶殿與惡來奕棋。當駕官啟奏中。大夫飛廉候旨。王曰宣來。飛廉見駕奏曰臣啟陛下。今有梅山三個傑士應陛下求賢之詔。今在午門候旨。紂王大悅傳旨宣來。少時三人來至殿下。山呼拜畢。紂王賜三人平身。三人謝恩畢。侍立兩傍。王曰卿等此來有何妙策可摅

袁洪奏曰姜尚以虛言巧語紏合天下諸侯鼓惑黎庶作反。依臣愚見先破西岐拿了姜尚則八百諸侯望陛下降詔招安赦免前罪。天下不戰而自平也。紂王聞奏龍心大悅封袁洪為大將吳龍常吳為先行。命殷破敗為參軍雷開為五軍總督。使殷成秀雷鵬魯仁傑等俱隨軍征伐。紂王傳旨嘉慶殿排宴。慶賞諸臣。內有魯仁傑。自幼多讀廣識英雄。見表洪行事不按禮節。暗思曰觀此人行事不是大將之才。曰看他操演人馬便知端的。當日宴散次日謝恩。日後下教場操演三軍。魯仁傑看表洪舉動措道俱

不如法諒非姜牙敵手。但此時是用人之際。魯仁傑也只得將機就計而已。次日表洪朝見紂王。王曰元帥可先領十萬人馬往澠池縣佐張奎以拒西兵。元帥意下如何。表洪自以臣觀之都中之兵不宜遠出。紂王曰如何不宜。遣去。袁洪奏曰今孟津已有南北二路諸侯駐劄。以竊其後。原著往澠池此去路諸侯糧餉盡絕糧道。那時彼臣前後受敵。此不戰自取之道。況彊為三軍生命。進軍未行而先䀻也。依臣之計來養朝廷士卒為人馬阻往孟津迺明喚使諸侯募能侵覷朝歌。一戰成功。大事定矣。紂王大悅

俛子牙曰。你還斟酌。不可造次。鄧嬋玉那裏肯住。席泣上馬。來至城下。只叫張奎出來見我。哨馬報入城中。有女將搦戰。高蘭英曰。這賤人我正欲擒。一時恨。今日合該一死于此地。高蘭英上馬提刃。先將一紅葫蘆。執在手中。放出四十九根太陽神針。先在城裏提出鄧嬋玉。只聽得馬响三。目被神針射住。觀看覷。舉鞭高蘭英手起一刀。揮于馬下。可憐征逃滿津未會諸侯函。今日夫妻戰澠池。話說高蘭英先祭太陽神針。射往嬋玉十二目。因此上斬了鄧嬋玉。進城號令了。哨馬報說中軍。備詳前事。

2404

子牙著實傷悼。對眾門人曰。今高蘭英有大陽神針。射人二日。非同小可。諸將俱要防備。故此按兵不動。眾將請元帥著人馬四面攻打。此縣可以蹠為平地。子牙再設法以取此縣。南宮适曰。料一小縣。令損無限大牙傳令。命三軍四面攻打。架起雲梯火砲。三軍吶喊。攻打甚急。張奎夫妻千方百計看守此城。一連攻打兩晝夜不能得下。子牙心中甚惱。且命暫退再為設計。不然徒令軍士勞苦無益耳。眾將鳴金收軍回營。且說張奎又修本往朝歌城來。差官渡了黃河前至孟津。有四百鎮諸侯駐劄人馬。差官潛踪隱跡一路

2405

其如王之不聽何句

無詞至館驛中歇了一宵。次日將本。至文書房投遞。那日看本乃是微子。微子接本看了忙入內庭只見紂王在鹿臺宴樂。微子至臺下候旨。紂王宣上鹿臺。微子行禮稱臣畢。上曰。皇伯有何奏章。微子曰。武王兵進五關已至澠池縣。損兵折將莫可支撐。危在旦夕。請陛下速發援兵早來協守。不然臣惟一死以報君恩耳。況此縣離都城不過四五百里之遠。陛下還在此臺宴樂。全不以社稷為重。孟津現有南方北方四百諸侯駐兵候西伯共至商郊。事在燃眉之急。今見此報。使臣身心如焚莫知所措。願陛下早求賢士以

2406

治國事。拜大將以勦反叛。改過惡而訓軍民。修仁政以回天變。庶不失成湯之宗廟也。紂王聞奏大驚曰。姬發反叛。而今已侵陷孤之關隘。復軍殺將。兵至澠池。情殊可恨。孤當御駕親征。以除大惡。中大夫飛廉奏曰。陛下不可。今孟津有四百諸侯駐兵。一聞陛下出軍。他讓過陛下。阻住後路。首尾受敵。非萬全之道也。陛下可出榜招賢犬懸賞格。自有高名之士應求而至。古云。重賞之下必有勇夫。又何勞陛下親御六師。與叛臣較勝於行伍哉。紂王曰。依卿准奏。速傳旨懸立賞格。張掛於朝歌四門。招選豪傑才堪督府者。

2407

别了妻子，往夾龍山來。可憐正是

丹心欲佐真明主，首級高懸在澠池。

土行孫逕往夾龍山去。且說張奎被土行孫戰敗回來，見高蘭英雙眉緊皺，長吁曰：周營中有許多異人，如何是好。夫人曰：誰為異人。張奎曰：有一土行孫也，有地行之術，如之奈何。高蘭英曰：如今再修告急表章，速往朝歌取救俺夫妻二人，死守此縣，不必交兵，只等救兵前來，再為商議破敵。夫妻正議，忽然一陣怪風飄來，甚是奇異，怎見得好風。有詩為証。

詩曰

走石飛砂勢更凶，推雲擁霧亂行蹤。
暗藏妖孽來窺戶，又送孤帆過楚岑。

風過一陣，把府前實纛旗一折兩斷。夫妻大驚曰：此不祥之兆也。高蘭英隨排香案，怳取金錢排下一卦，已解其意。高蘭英曰：將軍可速為之。土行孫往夾龍山，取砧地成鋼之術，來破你也，不可遲悞。張奎大驚，已取砧結束停當，逕往夾龍山來了。土行孫一日止行千里，張奎一日行一千五百里。張奎先到夾龍山，尋個崖畔，潛等土行孫，等了一日。土行孫來至猛獸崖，遠遠望見飛龍洞，滿心懽喜，今日又至故土也。

不知張奎豫在崖傍，側身躲匿，把刀撑起，只等他來。土行孫那裏知道，只是往前走，也是數該如此。看看來至面前，張奎大叫曰：土行孫不要走。土行孫及至抬頭時，刀已落下，可憐砍了個連肩帶背。張奎找了首級，逕回澠池縣來號令。後人有詩嘆土行孫歸周，未受茅土之封，可憐無辜死于此地。

詩曰

憶昔西岐歸順時，輔君督運未徯期。
進關盜寶功為首，劫寨偷營世所奇。
名播簫陵空嘖嘖，聲揚宇宙恨綿綿。

夾龍山下必身處，反本還元正在茲。

話說張奎非止一日，次日來至澠池縣，夫妻大喜，仍把土行孫的首級，澠池縣城上號令。不表。且說周營中探馬，見澠池縣裏號令，出頭來近前看，卻是土行孫的首級，忙報入中軍，驚動元帥：澠池縣城上號令了土行孫首級，不知何故，請令定奪。子牙曰：他往夾龍山去了，不在行營，又未知如何被害。子牙掐指一算，拍案驚訝，曰：土行孫死得無辜，是吾之過也。子牙甚是傷感。不意帳後，動了鄧嬋玉，聞知夫已死，哭絕上帳來，願與夫主報火那一個似雪裏梅花靠粉牆。這一個腰肢嫋娜在鞍轎上。那一個體態風流十指長。這一個雙刀混混如閃電。那一個二刃如鋒劈面揚。分明是廣寒仙子臨凡世月裏嫦娥降下方。兩員女將天下少。紅似銀珠白似霜。

話說鄧嬋玉大戰高蘭英有二十回合撥馬就走高蘭英不知鄧嬋玉詐敗便隨後赶來嬋玉聞腦後鸞鈴響處忙取五光石回手一下正中高蘭英面上只打得唇青腫捱面迸回鄧嬋玉得勝進營求見姜元帥說高蘭英被五光石打敗進城子牙方上功勞

簿只見左右官報二運官土行孫轅門等令子牙導令來土行孫上帳參謁弟子運糧已完繳督糧印信隨軍征伐子牙曰今進五關軍糧有天下諸侯應付不消你等督運俱隨軍征進罷了。土行孫下帳來見眾將獨不見黃將軍忙問哪吒哪吒曰今澠池不過一小縣反將黃將軍崇君侯五人一陣而凶昨張奎普有地行之術此你分外精奇前日進營欲來行刺。多虧楊任救之故此阻住吾師不能前進土行孫聽罷有這樣事當時吾師傳吾此術可稱益世無雙豈有此處又有異人也待吾明日會他至後帳來問鄧

嬋玉此事可真鄧嬋玉曰果是不差土行孫躊躇一夜次早上帳來見姜元帥愿去會張奎子牙許之傍有楊戩哪吒鄧嬋玉俱欲去掠陣土行孫許之來至城下搦戰哨馬報與張奎張奎出城見一矮子問曰你是何人土行孫曰吾乃土行孫是也道罷舉手中棍濛將來劈頭就打張奎手中刀急架來迎二人大戰徃來未及數合哪吒楊戩齊出來助戰哪吒提起乾坤圈來打張奎張奎看見滾下馬就不見了土行孫也把身子一捱來赶張奎不見大驚營中也有此妙術入隨在地底下二人又復大

戰。張奎身子長大不好轉換土行孫身子矮小換伶俐故此或前或後張奎反不濟事只得敗去行孫赶了一程赶不上也自回來那張奎他行術日可行一千五百里土行孫止行一千里因此赶不上他只得回營來見子牙言張奎果然好地行之術此人若是阻住此間深為不便子牙曰昔日你師父揀爾用指地成鋼法今欲治張奎非此法不可你如何學得此法以治之土行孫曰元帥可修書一封待弟子去夾龍山見吾師取此符印來破了澠池縣須得早會諸侯子牙大喜忙修書付與土行孫土行孫

【2392】

朝歌請兵協守。不然孤城豈能阻當周兵張奎從其言忙修本差官往朝歌不表且說天明楊戩往城下來坐名叫張奎出來見我張奎聞報上馬提刀開放城門正是仇人見了仇人大罵曰好匹夫暗害吾母與你不共戴天楊戩曰你這逆天之賊若不殺你毋你也不知周營中利害張奎大叫我不殺楊戩此恨怎休舞刀直取楊戩楊戩手中刀赴面交還兩馬相交雙刀並舉未及數合楊戩祭起哮天犬來傷張奎張奎見此犬奔來忙下馬即時就不見了楊戩觀之不覺咨嗟正是。

【2393】

張奎道術真伶俐。　賽過周營土行孫、

話說楊戩回營。來見子牙。子牙問曰今日會張奎如何楊戩把張奎會地行道術說了一遍真好似土行孫。夜來楊任之功莫大焉子牙大喜傳令已後只令楊任巡督內外。防守營門。彼時張奎進城至府見夫人高氏曰。今會楊戩。料周營道術之士甚多吾夫妻不能守此城也。依吾愚見不若棄了澠池且回朝歌、再作商議。你的意下如何。夫人曰將軍之言差矣俺夫妻在此鎮守多年名揚四方豈可一但棄城而去況此關係不淺乃朝歌屏障今一棄此城。則黃河

【2394】

之陰與周兵共之。這個斷然不可。明日待我出去自然成功。次日高蘭英出城。至管前搦戰于牙正坐忽報有一女將請戰子牙問誰可出馬有鄧嬋玉應聲曰末將愿往子牙曰。須要小心鄧嬋玉曰。末將知道。言罷上馬一聲咆哮。展兩杆大紅旗。出管大呼曰來將何人。快通名來高蘭英觀看見是一員女將心下疑惑忙應曰吾非別人乃鎮守澠池張將軍夫人高蘭英是也你是誰人鄧嬋玉曰吾乃是督運糧儲土將軍夫人鄧嬋玉是也高蘭英聽說大罵賤人你父于奉勅征討如何苟就成婚今日有何面目歸見汝

【2395】

鄉也。鄧嬋玉大怒。舞雙刀來取高蘭英一身稿素將手中雙刀。急架來迎二員女將。一紅一白。殺在城下。怎見得有讚為証。

讚曰

這一箇頂上金盔耀日光，那一個束髮銀冠列鳳凰這一個黃金鎖子連環鎧。那一箇千葉龍鱗甲更強這一個猩猩血染紅納襖那一個素白征袍似粉裝這一箇是赤金映日紅瑪瑙那一箇是白雪初施玉琢娘這一個似向陽紅杏枝枝嫩那一個似月下梨花帶露香。這一個似五月榴花紅似

此等妖術從何處得來

三五合。哪吒將九龍神火罩祭起去把張奎連人帶馬罩住。用手一拍只見九條火龍一齊吐出烟火遍地燒來。不知張奎會地行之術如土行孫一般。彼時張奎見罩落將下來知道不好他先滾下馬就地下去了。哪吒不曾有心看幾乎悮了大事只是燒死他一定。馬哪吒掌蔽回營見子牙說張奎已彼燒死。子牙大喜不表。且說張奎進城對妻子曰今日與哪吒接戰果然利害。被他提起火龍罩將我罩住。若不是我有地行之術幾乎彼他燒死。高蘭英曰將軍今夜何不地行進他營寨刺殺武王君臣不是一討成功

2388

恰好處　君

大事已定又何必與他爭能較勝耶。張奎深悟曰夫人之言甚是有理。只因被楊戩可惡暗害吾老母惑亂吾心連日神思不定幾於忘了。今夜必定成功。張奎打點收拾暗帶利刃進營正是

　　武王洪福過堯舜
　　　　自有高人守大營

話說子牙在帳中悶得張奎已死議取城池。至晚發令箭點練士卒至三更造飯四更整餙五鼓登城一鼓成功。子牙分付已畢。這也是天意恰好是楊任巡外營。那是將近二更時分張奎把身子一扭逕往周鼓而來將至轅門。適遇楊任來至前營。不知楊任眼

2389

驅裡長出來的兩隻手手心裏有兩隻眼。此眼上看天庭下觀地底中看人間千里。彼時楊任忽見地下有張奎提一口刀逕進轅門。楊任曰地下是張奎慢來有吾在此。張奎大驚周營中有此等異人如何好。自思吾在地下行得快待吾進中軍殺了姜尚就來也是遲的。張奎伏刀逕入。楊任一時着急將雲霞獸一磕至三層圈子內擊雲板大呼曰有刺客營各哨仔細。不一時合營齊起。子牙急忙陞帳衆將官弓上弦刀出鞘兩邊火把燈裝照耀如同白晝。子牙問曰刺客從那裏來。楊任進帳啟曰是張奎提刀

2390

在地下逕進轅門。弟子故敢擊雲板報知。子曰昨日哪吒已把張奎燒死。今夜如何又有個張奎。楊任曰此人還在此聽元帥講話。子牙驚疑未定傍有楊戩曰候弟子天明再作道理。就把周營亂了。半夜張奎情知不得成功。只得回去。楊任一雙眼只看着地下。張奎走出轅門楊任也出轅門。只送張奎至城下方回。當時張奎進城求至府中高蘭英問曰功業如何。張奎只是搖頭道利害利害周營中有許多高人。所以五關勢如破竹不能阻當。遂將進營的事細細說了一遍。夫人曰既然如此可急修本章往

2391

楊戩幻極惡極

頭上又用符印鎮住然後斬之張奎如法製度夫妻二人齊出府前看左右一一如此施行高蘭英用符印畢先將血糞往楊戩頭一澆手起一刀將首級砍落在地夫妻大喜方纔進府來到廳前忽聽得後邊丫環飛報出廳來哭禀曰啟老爺夫人不好了老太太正在香房不知是那裡穢污血糞把太太澆了一頭隨即吊下頭來真是異事驚人張奎大叫曰又中了楊戩妖術放聲大哭如醉如痴一般自思老母養育之恩未報今因為國反將吾母喪命真個痛殺我也忙取棺槨收殮不表且說楊戩逕進中軍來見子

2383

牙備言先斬其馬後殺其母先惑亂其心然後擒張奎不難矣子牙大喜曰此皆是你不世之功張奎思報母仇上馬提刀來周營搦戰不知凶吉如何且聽下回分解

總批

五岳之英勇為世無敵而為神乃無上至尊之品一逢七殺則同府得盡豈才力不足以敵乎亦術藝不足致勝乎非也不過見屈於烏烟駒耳可見人之才力術藝俱不足恃者古云飛不以尾缺其尾則不能致遠走不以手縛手則走不疾良有以

2384

也詎有用見屈于無用大而見屈于小者也今人惟不自恃其才力術藝則可耳

又批

楊戩之巧于幻化為周營第一而討便宜見機亦是周營第一而下手辣毒亦是周營第一騰挪而斬其烏烟駒並及其母這是他幻化之妙問哪吒而不出戰這是他機械之巧斬烏烟駒似矣而致以穢污殺其老母這是他下手之毒可見極乖巧之人是極惡毒之人或曰未必盡然予曰君請看痴人討得那箇便宜

2385

第八十七回　土行孫夫妻陣亡

詩曰

地行妙術法應玄　誰識張奎更占先
猛獸崖前身已死　澠池城下婦歸泉
許多功業成何用　幾度勳名亦枉然
留得兩行青史在　從來成敗總由天

話說子牙在中軍正議進兵之策忽報張奎搦戰哪吒曰弟子愿往登風火輪而出現出八臂三首來戰張奎大呼曰張奎若不早降悔之晚矣張奎大怒催開馬仗手中刀來取哪吒使手中鎗劈面迎來未及

2387

馬有些二原故待吾除之。楊戩縱馬搖刀大呼曰：張休走，吾來也。張奎問曰：你是何人也，自來取死。楊戩答曰：你這匹夫屢以邪術壞吾諸將，吾特來拿你，碎尸萬段，以泄眾將之恨。舉三尖刀劈面砍來，張奎手中刀急架相還。二馬相交，雙刀並舉。怎見得一場大戰，有讚為証。

讚曰

二將棋逢敵手，陣前各逞豪強。翻來覆去豈尋常，真似一對虎狠。形狀這一個會騰挪變化，邪一箇會攪海翻江。刀來刀架兩無妨，兩箇將軍一樣。

話說張奎與楊戩大戰，有三四十合，楊戩故意賣個破綻，被張奎撞個滿懷，伸出手抓住楊戩腰帶，摔過鞍轎。正是：

張奎今日擒楊戩。　眼前喪了黑烟駒。

張奎活捉了楊戩，掌鼓進縣陞廳坐下，令將周將推來。左右將楊戩摧至廳前，楊戩站立。張奎大喝曰：既被吾擒，為何不跪。楊戩曰：無知匹夫，我與你既為敵國，今日被擒，有死而已，何必多言。張奎大怒，命左右推去斬首號令。只見左右將楊戩斬訖，將首級號令。張奎方欲坐下，不一時，只見管馬的來報：敢老爺得知，禍事不小。張奎大驚：甚麼禍事。管馬的曰：老爺的馬好好的吊下頭來。張奎聽得此言，不覺失色頓足曰：吾成大功，全仗此烏騅獸，豈知今日無故吊下頭來。正在廳上急得三尸神爆跳，七竅內烟生，忽報方纔被擒的周將又來搦戰。張奎頓然醒悟：吾中了此賊奸計，隨即換馬提刀在手，復出城來。一見楊戩大罵：逆賊擅壞吾龍駒，氣殺我也，怎肯干休。楊戩咲目：你仗此馬傷吾周將，我先殺此馬，後再殺你的驢頭。張奎切齒大罵曰：不要走，吃吾一刀。使開手中刀來取楊戩的刀急架相迎，又戰二十合，楊戩又賣個破綻，被張奎又抓住腰內系絛，輕輕摕將過去，二次擒

張奎二次擒楊戩。　只恐萱堂血染衣。

來。張奎大怒曰：這番看你怎能脫去。正是：

張奎捉了楊戩進城，坐在廳上，忽報後邊夫人高蘭英來至面前，問其故。張奎長吁歎曰：夫人，我為官多年，得許大功勞，全仗此烏烟獸，今日周將楊戩用邪術壞吾龍駒，這次又被我擒來，還是將何法治之。夫人曰：推來我看。傳令將楊戩推來，少時推至廳前。高蘭英一見咲曰：吾自有處治，將烏鷄黑犬血取來，用尿糞和勻，先穿起他的琵琶骨，將血澆在他的

敵五將似猛虎翻騰。刀架斧斧勞刀。叮噹響喨
迎刀。刃錄义有叱咤之聲。鐧打刀。刀架鐧不離其
身。抓分頭。刀掠處全憑心力。鐧刺來。刀隔架純是
精神。五員將。鞍轎上各施巧妙。只殺得刮地寒風
聲似簇蕩起征塵鎧甲。澠池城下立功勳數定
五岳逢七殺。
話說五將把張奎圍在垓心戰有三四十回合未分
勝負。崇黑虎暗思。既來立功。又何必與他戀戰。把坐
下金精獸一挑。跳出圈子。詐敗就走。好放神鷹四將
知機。此便撥馬跟黑虎敗走。他不知張奎坐騎其快

（此是套　脫妙）

2375

如風。此是五岳命該如此。只見張奎等五將去有三
二箭之地。把馬頂上角一拍。一陣烏燭。即時在文聘
背後。手起一刀。把文聘揮于馬下。崇黑虎急用手去
揭葫蘆盍。巳是不及。早被張奎一刀。砍為兩段。崔英
勒回馬求時。張奎使開刀。又戰三將。忽然桃花馬走。
一員女將。用兩口日月刀。飛出陣來。乃是高蘭英來
助張奎。這婦人取出箇紅葫蘆來。祭出四十九根太
陽金針。射牲二將眼目。觀看不明。早被張奎連斬二
將下馬。可憐五將一陣而亡。有詩爲証詩曰、
五將東征會澠池。時逢七殺數應奇。

（這婦人正是美　妙）

2376

忠肝化碧猶啼血。義胆成灰尚結麗。
千古英風乖泰嶽。萬年禋祀祝嵩尸。
五方帝位多隆寵、應念當時報國思。
話說張奎連誅五將。報與子牙。子牙大驚。如何就誅
了五將。掠陣官。儻言張奎的馬。有些利害。故此五將
俱借子不及。以致失利。子牙見折了黃飛虎。着實傷
懷。正尋思之間。忽報楊戩催糧至轅門。等令。子牙傳
令。令來至中軍參謁畢。稟曰弟子督粮巳進五關。令
願繳督粮印隨軍征伐立功。子牙曰。此時將會孟津
也。要你等在中軍恊助楊戩。立在一傍。聽得武成王

2377

黃將軍巳死。楊戩歎曰。黃氏一門忠烈。父子捐軀。以
爲王室不過留清芬于簡編耳。又問張奎。有何本領
先行。爲何不去會他。哪吒曰。崇君候意欲見功。不才
先要讓他。豈好占越。不意俱遭其害。正言間。只見左
右來報。張奎搦戰。有黃飛彪願爲長兄報仇。子牙許
之。楊戩掠陣。黃飛彪出營見張奎也。不答話。挺鎗道
取。張奎的刀。急架忙迎。兩馬相交。一塲大戰。約有
二十合。黃飛彪急於爲兄報仇。其力量非張奎對手。
鎗法漸亂。被張奎一刀揮于馬下。楊戩掠陣見張奎
把黃飛彪斬於馬下。又見他的馬項上有角。就知此

2378

收軍回營，心下不樂。武王聞知喪了二弟，掩面痛哭，進後營去了。張奎連斬二將，心中甚喜，夫妻二人商議，具表進朝歌不題。比言子牙悶坐帳上，謂蕭將曰：料澠池不過一小縣，反傷了二位，殺下。只見眾將齊說：張奎的馬有些奇異，其快如風，故此二位措手不及，以致喪身。眾將正備疑埓，忽報北伯侯崇黑虎至轅門求見。子牙傳令請來。崇黑虎同文聘、崔英、蔣雄上帳來參謁子牙。子牙忙下帳迎接，上帳各敘禮畢。子牙曰：君侯兵至孟津幾時了？黑虎曰：不才自起兵，取了陳塘關，人馬已至孟津，劄營數月矣。令問

元帥大兵至此，特來大營奉謁，願元帥早會蕭侯，共伐無道。子牙大喜，有武成王與崇黑虎相見，感謝黑虎曰：昔日蒙君侯相助，擒斬高繼能，此德尚未昌報，將刻不敢有忘，銘刻五內，彼此遜謝畢。子牙分付營中治酒筵待崇黑虎等正是

　　死生有數天生定。
　　五岳相逢絕澠池。

當日酒散，次日子牙陞帳，眾將參謁，忽報張奎搦戰。哨馬報入中軍，子牙問：今日誰人戰張奎？禿一遍崇黑虎曰：末將今日來至，當得効勞。只見文聘、崔英、蔣雄三人，也要同去。子牙大喜，四將同出大營，領本部

人馬擺開，崇黑虎催開了金精獸，舉雙板斧，飛臨陣前，大呼曰：張奎，天兵已至，何不早降，尚敢逆天自取滅亡哉！張奎大怒，罵曰：無義匹夫！你乃是弒兄圖位天下不仁之賊，焉敢口出大言！催開馬，使手中刀，飛來直取。崇黑虎舉雙斧急架忙迎。文聘大怒，發馬挺戟，又沖殺過來。崔英八拐鎚一似流星，蔣雄的抓絨繩飛起，一齊上前，把張奎裹在當中。都說子牙在帳上見黃飛虎站立在傍，子牙曰：黃將軍，崇侯今日會戰，你可去掠陣助他，也不負昔日崇侯曾為將軍即君報仇。黃飛虎領令出營，見四將與張奎大戰。黃飛虎

自思吾在此掠陣，不見我之情分，不若走騎成功，何不為美。黃飛虎將五色神牛催開，大呼曰：崇君侯，吾來也，此正是五岳逢七殺，大抵天數已定，畢竟難逃。只見五將裹住張奎，這場大戰，怎見得有讚為証。

讚曰

只殺得愁雲慘淡〔晉皆黃愁雲慘淡，征夫馬上抖精神，旭月；只此兒郎對半，施勇猛〕，飄揚千條瑞彩滿空飛，戰參差二冬白雪漫，鬥舞。崇黑虎雙板斧紛紜上下，文聘的托天叉左右交加，崔英的八拐鎚如流星蕩漾，蔣雄的五爪抓似蒺藜飛揚，黃飛虎長鎗如火蟒出穴，好張奎

逆不道。罪惡貫盈。今日自來送死也。縱馬舞刀來取
南宮适手中刀。拍面交還戰。有二三十回合。被南宮
适手起刀落。早把王佐揮為兩段。南宮适得勝回營。
報功。子牙大喜。只見報馬報進城來。張奎聞報報王佐
失機。心下十分不快。次日又報周將黃飛虎搦戰鄭
椿出馬。與黃飛虎大戰二十合。被黃飛虎一鎗刺于
馬下。梟了首級回營。子牙大喜。話說張奎。又見鄭椿
失利。着實煩惱。子牙見連日斬他二將。命左右軍士
一齊攻城。眾將率領軍士放炮吶喊前來攻城城上
士卒來報張奎。張奎在後廳聞報。與夫人高蘭英商

議。如今孤城難守。連折二將。如之柰何。高蘭英曰。將
軍有此道術。況且又有坐騎。可以成功。何懼賊兵哉。
奎曰。夫人不知。五關之內。多少英雄。俱不能阻逆一
旦至此。天意可知。今主上猶荒淫如故。為臣豈能安
于枕蓆。夫妻正議。又報周兵攻城甚急。張奎即府上
馬提刀。夫人掠陣開放城門。一騎當先。只見子牙門
下眾將左右分開。張奎大呼曰。姜元帥慢來。子牙上
前曰。張將軍你可知天意。速速早降。不失封矦之位。
若自執迷不悟。與五關為例。張奎笑曰。你逆天罔上。
徼幸至此。量你今日死無葬身之地矣。子牙笑曰。天

時人事。不問可知。只足下迷而不悟耳。此去朝歌不
過數百里。一河之隔。四面八方。天下諸矦雲集。諒你
區區彈丸之地。投鞭可實。何敢拒吾師哉。此正謂大
廈將傾。一木安能支撐。徒自取滅亡耳。張奎大怒。催
開馬。使手中刀飛來頂取。子牙後面姬叔明姬叔昇
二殿下走馬大呼。少冲吾陣。兩條鐧急架忙迎。好張
奎。使開刀力戰二將。有詩為証。詩曰。
臂膊揄開好用兵。空中各自下無情。
吹毛利刃分先後。刺骨鮮鋒定死生。
惡戰止徒麟閣姓。若爭只為史篇名。

（眉批：有此怪騎奇逐）

張奎刀法真無比。到處成功定太平。
話說姬叔明等二將見戰張奎不下。二位殿下。掩一
鐧詐敗而走。指望回馬鐧挑張奎。不知張奎的坐騎
甚奇。名喚獨角烏烟獸。其快如神。張奎讓二將去。有
三四射之地。他把馬上角一拍。那馬如一陣烏烟似
飛雲掣電而來。姬叔明聽得有人追趕。以為得計。時
不意張奎以至後面。指手不及。被張奎一刀揮于馬
下。姬叔昇見其兄落馬。及至回馬。又被張奎順手一
刀。也是兩段。可憐金枝玉葉。一旦遭殃。子牙大驚。急
鳴金收軍。張奎也掌鼓進城。子牙折了二位殿下。

賦以報君恩仗劍來殺鄧芮二侯二侯亦仗劍來
殺在殿上雙戰歐陽淳歐陽淳如何戰得過被芮吉
吼一聲一剉砍倒歐陽淳梟了首級正是

為國亡身全大節。　二侯察理順天心。

說話二侯殺了歐陽淳監中放出三將黃飛虎上殿
來見是姨丈鄧昆二人相會大喜各訴衷腸芮吉傳
念速行開闢先放三將來大營報信三將至轅門軍
政官報入中軍子牙大喜忙令進帳來三將至中軍
起禮畢子牙問其詳細只見左右報鄧昆芮吉至轅
門聽令子牙傳令令來二侯至中軍子牙迎下座來。

二侯下拜子牙攙住安慰曰今日賢侯歸周真不失
賢臣擇主而仕之智二侯曰請元帥進關安民子牙
傳令催人馬進關武王亦起駕隨行大軍就地歡呼
人心大悅武王來至帥府查過戶口冊籍關中人民
父老俱牽羊担酒迎迓王師武王命殿前治宴管待
東征大小衆將犒賞三軍住了數日子牙傳令起兵
往澠池縣好人馬一路上怎見得有詩讚之詩曰。

殺氣迷空千里長。　旌旗招展日無光。
層層鐵鉞鋒如雪。　對對剛刀亦似霜。
人勝登山豺虎溢。　馬過出水蟒龍剛。

澠池此際交兵日。　五嶽齊遵劍下亡。

話說子牙人馬在路前行不一日探馬報曰啟元帥
前至澠池縣了請令定奪子牙傳令安營點砲吶喊
話說澠池縣總兵官張奎聽得周兵來至忙陞帥府
坐下左右有二位先行官乃是王佐鄭椿上聽來見
張奎曰今日周兵進了五關與帝都止有一河之
隔幸賴吾在此尚可支撐張奎打點禦敵且說姜元
馳次日陞帳命將出軍忽報有東伯侯差官下書子
牙傳令令來差官至軍前行禮畢將書呈上子牙拆
書觀看子牙看畢問左右曰如今東伯侯姜文煥

求借救兵我這裡必定發兵繞是傍有黃飛虎答曰
天下諸侯皆仰望我周豈有坐視不救之理元帥當
得發兵救援以安天下諸侯之心子牙傳令問誰去
取游魂關走一遭傍有金木二吒欠身曰弟子不才
願去取游魂關子牙許之分一枝人馬與二人去了
不表且說子牙分付誰去澠池縣取頭一功南宮适
應聲願往領令出營至城下搦戰張奎聞報問在右
先行誰人出馬有王佐願往領兵開放城門求至軍
前南宮适大呼曰五關皆為周有止此彈丸之地何
不早獻以免誅身之禍王佐罵曰無知匹夫你等叛

【2359】
說話卜吉領眾將困在垓心不能得出忽然一戟中趙丙肩窩趙丙閃開卜吉乘空跳出陣來逕往旛下逃去周營一干眾將隨後趕來卜吉那知暗裏已漏消息尚自妄想拿人卜吉復兜回馬伺候眾將拿人只見數將趕過旛下遞殺奔前來卜吉大驚曰此是天喪成湯社稷如何此寶無靈也不敢復戰隨敗進關來關門不出子牙也不趕他命諸將先將此旛收了韋護取了降魔杵又將雷震子黃金棍取了掌鼓期營且說卜吉進關來見鄧芮二侯不知二侯已自歸周就要尋事虎唬卜吉忽報卜吉回見行至堦

【2360】（鄧芮二侯奸頭可恨）
下芮吉曰想今日卜將軍搶有幾箇周將卜吉曰令日末將會戰周營有十數員大將圍暴當中末將剌中一將乘空敗走引入旛下以便搶拿他幾員不知何故他眾將一擁前來俱往旛下過來此乃天喪成湯非末將戰不勝之罪也芮吉哭曰前日摘三將此旛就靈驗今日如何此旛就不准了鄧昆曰此無他說卜吉見關內兵微將寡周兵勢大此關難以次守故與周營私通假輸一陣使眾將一擁而入以獻此關耳幸軍士隨即緊閉未遂賊計不然吾等皆為擄矣此等逆賊留之終屬後患喝令兩邊刀斧手令下

【2361】
梟首示眾可憐正是
一點丹心成畫餅　怨魂空逐杜鵑啼
卜吉不及分辯被左右拿下推出帥府即時斬了首級號令歐陽淳不知其故見斬了卜吉曰瞎口未心下茫然鄧芮二侯謂歐陽淳曰卜吉不知天命故意逗留軍機理宜斬首我二人實對將軍說方今成湯氣數將終荒淫不道人心已離天命不保天下諸侯久已歸周只有此關之隔耳今關中又無大將足抵周兵終是不能拒守不若我等與將軍將此關獻于周武共戈無道正所謂順天者昌逆天者亡說周營

【2362】（歐陽淳頭見丈夫）
俱是道術之士我等皆非他的對手固然我與你俱當死君之難但無道之君天下共棄之你我徒死無益耳願將軍思之歐陽淳大怒罵曰食君之祿不思報本反欲獻關甘心降賊屈殺卜吉此真狗彘之不若也我欲歐陽淳其首可斷其身可碎而此心決不負成湯之恩甘效辜恩負義之呌也鄧芮二侯大喝曰今天下諸侯盡已歸周難道俱是負成湯之恩者止不過為獨夫殘虐生民萬姓塗炭禹武興吊民伐罪之師汝安得以叛逆目之真不識天時之匹夫歐陽淳大呼曰咄堦下誤用奸邪反賣國求榮吾先殺此逆

〔2355〕

眉批：正是著無家兒，安能取得家人。可憐只卜吉一，是送一猴。

至鄧芮二侯客室。二侯見土行孫來至。不勝大喜曰。正望公來那旛名喚幽魂百骨旛。再无法可洗今日被我二人刁難他。他將一道符與我們頂在頭上往旛下過就如平常安然无樣足下可持此符獻與姜元帥。速速進兵。吾自有獻關之策也土行孫得符纔辭了二侯往大營來見子牙。備言前事子牙大喜取符一看子牙已識得符中妙訣取硃砂書符分付衆將。不知卜吉凶吉如何且聽下囬分解。

總批

鄧芮二侯是來恊守此關的誰知他來送了

〔2356〕

此關又屬殺一簡忠良。情殊可憫李通當坐以妄舉之罪。

又批

卜吉為報父仇豈得與平常擒拿軍將等。當日拿住武成王郎當與百骨旛下誅之以洩父恨是矣豈得又擒進關去。乃致其權在主將竟至不殺而監禁之是自巳不能急其所急矣後致鄧昆因黃飛虎姻親之故竟透露消息大壞事體使其父鄧恨泉壤卜吉不能遑不孝之罪宜其有殺身之禍

〔2357〕

新刻鍾伯敬先生批證封神演義卷之十八

第八十六回　澠池縣五岳歸天

詩曰

滄海橫流[illegible][illegible]舟
神兵真勇得[illegible][illegible]
三丑年[illegible]因展藏
惟有智多楊督遲

[illegible]所用之符書完分付衆軍無不[illegible][illegible]我[illegible]兵[illegible][illegible]武[illegible]

〔2358〕

了他的百骨旛然後攻他關監。衆將聽畢。領了符命。無不歡喜次日子牙大隊而出。遙指關上搦戰探馬報知鄧芮二侯命卜吉出馬。卜吉領令出關可憐丹心枉作千年計。死到臨頭尚不知。卜吉上馬出關逕往旛下來大呼曰今日定拿你成功也縱馬搖戟直奔子牙只見子牙左右。一千大小將官。淬發過來把卜吉圍在垓心。鑼鼓齊鳴喊聲四起只殺得烟霧迷空怎見得有詩為証詩曰

殺氣漫漫鎖太華。
戈聲响喨亂交加。
五關今屬西岐主。
萬載名垂讚子牙

行孫引進歸明主。
不負元戎託所知。

話說土行孫來至中軍，剛有五鼓時分，子牙還坐在後帳中，等土行孫消息。忽然土行孫立于面前，子牙忙問其進關所行事體如何。土行孫曰：弟子奉命進關，三將還在禁中，因看守人不曾睡，不敢下手，復行至鄧芮二侯客室，見二人共議歸周，恨無引進，被弟子現身見他。一侯大悅，有書在此，呈上子牙。接書燈下觀看，不覺大喜，此真天子之福也。再行設策以侯消息，令土行孫回帳不表。且說鄧芮二侯次日陞殿坐下，眾將來見。鄧昆曰：吾二人奉勅協守此關，以退周

2351

兵，昨日會戰，未見雌雄，豈是大將之所為。明日整兵務在一戰，以退周兵，早早班師，以復王命，是吾願也。歐陽淳曰：賢侯之言是也。當日整頓兵馬，一宿晚景不提。次日鄧昆檢點士卒，砲聲響處，人馬出關，至周營前搦戰。鄧昆見幽魂白骨旛堅在當道，就在這旛上發揮怔忡，令卜吉將此旛去了。卜吉大驚曰：賢侯在上，此旛是無價之寶，阻周兵全在于此，若去了此旛，潼關休矣。芮吉曰：吾乃朝廷欽差官，反走小逕，你

〔夾批：自家弄人。見付主。又錯用主。土行孫且是可人。〕

2352

无以勝敵人，若不去，彼為主將，我豈可與之抗禮。既為父親報仇，豈惜此一符也。卜吉馬上欠身曰：二位賢侯不必去旛，請過關中，一議自然往返无碍耳。鄧芮二侯俱進了關，卜吉忙畫了三道靈符，鄧芮二侯每人一道，放在撲頭裡面，歐陽淳一道放在盔裡。復出關來，數騎往旛下過，就如尋常，二侯大悅。及至周營對軍政官曰：報你主將出來答話。探馬報入中軍，子牙忙領眾將出營。鄧昆大呼曰：姜子牙，今日與你共決雌雄也。拍馬殺入陣中來，只見子牙背後有黃飛彪、黃飛豹二馬沖出，接住鄧芮二侯，厮殺四

2353

騎相交，正在酣戰之下。卜吉看不過，大呼曰：吾來助戰，二侯勿慌。武吉出馬接住大戰，只見卜吉撥馬往旛下就走。武吉不趕，子牙見只有鄧芮二侯相戰，怔令鳴金，兩邊各自回軍。子牙看見鄧芮四將往旛下還自去了，心下著實遲疑，進營坐下，沉吟自思：前日只是卜吉一人行走得，餘則昏迷，今日如何他四人俱往旛下行得。土行孫曰：元帥遲疑，莫不是為一那旛下他四人都走得麼？子牙曰：正為此說。土行孫曰：還有何難，俟弟子今日再往關內去走一遭，便知端的。子牙大喜曰：當真速行。常晚初更，土行孫進關來

2354

武而誰前者令戰其規模氣宇已自不同但我等受國厚恩惟以死報國盡其職耳承長兄下問故敢以實告其他非我知也鄧昆笑曰賢弟這一番議論足見洪謀遠識非他人所可及者但可惜生不逢時過不得其主耳將來紂爲周擄吾與賢弟不過徒然一死而已愚兄固當與草木同朽只可惜賢弟不能效古人所謂良禽擇木而棲良臣擇主而仕以展賢弟之才言罷咨嗟不已芮吉笑曰據弟察兄之意兄已有意歸周故以言探我耳弟有此心久矣果長兄有意歸周弟願隨鞭鐙鄧昆忙起身慰之曰非不才敢

蓄此不臣之心只以天命人心卜之終非好消息而徒死無益耳既賢弟亦有此心正所謂二人同心其利斷金只吾輩無門可入奈何芮吉曰慢慢尋思再乘機會二人正商議綢繆已彼土行孫在地下聽得詳細喜不自勝思想不若乘此時會他一會有何不可也是我進關一揚引進二侯歸周也是功績正是

世間萬事由天數　引得賢侯歸武王

話說土行孫在黑影裡鑽將上來現出身子上前言曰二位賢侯請了要歸武王吾與賢侯作引進道罷就把鄧芮二侯諕得半晌死言土行孫曰二侯不要

驚恐吾乃是姜元帥麾下三運督粮官土行孫是此鄧芮二侯聽畢方纔定神問曰將軍爲何貪夜至此土行孫曰不瞞賢侯說奉姜元帥將令特來進關採聽虛實適繞在地下聽得二位賢侯有意歸周引進故敢輕造致驚大駕幸勿見罪若果真意歸周不才預爲先容吾元帥謙恭下士決不致有辜二侯之美意也鄧芮二侯聽說不勝欣喜忙上前行禮曰早知將軍前來有失迎迓望勿見罪鄧昆復挽土行孫之手嘆曰大抵武王仁聖故有公等高明之士爲之輔弼耳不才二人昨日因在陣上見武王與姜元

帥俱是盛德之士天下不久歸周今日回關與芮賢弟商議不意爲將軍得知實吾二人之幸也土行孫曰事不宜遲將軍可修書一封候我先報知姜元帥侯將軍乘機獻關以便我等接應鄧昆急忙向燈下修書遞于土行孫曰煩將軍報知姜元帥設法取關早晚將軍還進關來以便商議土行孫領命把身子一滉无影无形去了二侯看了口瞪口呆咨嗟不已

有詩讚之

詩曰

賺進鄧滽察事奇　二侯共議正逢時

于武王。見陣進關罷，是吃酒，心上暗自沉吟。

武王有德，果然氣宇不同子牙，善能用兵，果然門下俱是異士，今三分天下周有其二，眼見得此關如何怎，不若獻關歸降，以免兵革之苦。只不知鄧昆心上如何。昆慢慢將言語探他，便知虛實，兩下裡俱各有意不提。只見次日二候陞殿，坐下眾將官參謁畢。鄧昆曰，關中將寡兵微，昨日臨陣，果然姜尚用兵有法，所助者又是些道術之士，國事艱難，如之奈何。卜吉昆曰，國家興隆，自有豪傑來佐，又豈在人之多寡哉。鄧昆曰，下將軍之言雖是，但見下難支，奈何。卜吉曰，今

關弟尚有此番阻住周兵，料姜尚不能過此。芮吉聽了他二人說話，心中自忖鄧昆已有意歸周，不覺至晚，飲了數盃已散。鄧昆令心腹人密請芮候飲酒，芮吉關令欣然而來。二候執手，至密室相叙，左右掌起燭來，二候對面傳盃。正是：

二候有意歸真主

自有高人送信來

且不言二候正在密室中飲酒，欲待要說心事，彼此不妨擅出其口。只見才在營中連籌取關，又多了那首擁阻在路上，欲別尋路徑，又不知他關中虛實。黃飛虎等下蔡無計可施，忽然想起土行孫來隨營。

土行孫分付你，今晚可進關去如此如此。孫聽所不得有悮。土行孫得令，把精神抖擻，至一更時分徑進關來，先往禁中來看南宮适等三將。土行孫見看守的尚未曾睡，不敢妄動，却往別處行走，只見來至前面，聽得鄧芮二候在那廂飲酒。土行孫便躱在地下听他們說此甚麼。只見鄧昆屏退左右，笑謂芮吉曰，賢弟我們說句笑話，你說將來還是周興還是紂興，你我私議各出己見，不要藏隱，總無外人知道。芮候亦笑曰，兄長下問，使弟如何敢盡言，若說我等的識見洪違，又有所不敢言，若是糢糊應荅，兄長又笑小弟

是無用之物，弟終訥于言。鄧昆咲曰，我與你雖爲各姓，情同骨肉，此時出君之口，入吾之耳，又何本心之不可說哉，賢弟勿疑。芮吉曰，大丈夫既與同心之友談天下政事，若不明目張胆，傾吐一番，又何取其能，今雖奉勅協同守關，不過強逆天心民意，是豈人民擔當天下事，爲識時務之俊傑哉，據弟愚見你我如之所願者也。今主上失德，四海分崩，諸侯叛乱，思得明主，天下事不卜可知，況周武仁德播布四海，姜尚賢能輔相國務，又有三山五岳道術之士，爲之羽翼，是周日強盛，湯日衰弱，將來繼商而有天下者，非周

智。輔國四維。乃擅自潜稱王號。收匿叛亡。扞逆天兵殺軍覆將。已罪在不赦。今又大肆猖獗。欺君罔上。作逆不道。侵占天王疆土。意欲何爲。獨不思率土之濱莫非王臣。而敢篡惑天下後世之人心哉。芮吉又指武王曰。你先王素稱有德。雖羈囚羑里七年。更無一言怨尤。克守臣節。蒙紂王憐赦歸國。加以黃鉞白旄特專征伐。其洪恩德澤。可爲厚矣。爾等當世世酬報尚未盡涓滙之萬一。今父死未久。徹聽姜尚妄語尊事干戈與無名之師。犯大逆之罪。是自取覆宗祓祀之鍋悔亦何及。今聽吾言。速反其干戈。退其關隘擒

七十八

其渠魁。献俘商郊。爾自歸待罪。尚待爾以不死。不然恐天子大奮乾剛。親率六師。大張天討。只恐爾等死無嘁類矣。子牙笑曰。二位賢侯。只知守常之語。不知時務之說。古云天命無常。惟有德者居之。今紂王棧虐不道。荒滛酗暴。殺戮大臣。誅妻棄子。郊社不修。宗廟不亨。臣下化之。朋家作仇。殘害萬姓。無辜籲天。穢德彰聞。罪盈惡貫。皇天震怒。特命我周。恭行天之罰故天下諸侯。相率事周。會于孟津。觀政于商郊。二侯尚執迷不悟。猶以口舌相爭耶。以吾觀之。二侯如寄萬之客。不知誰爲之主。宜速倒戈棄暗投明。亦不失

封侯之位。斗請自速裁。鄧昆大怒。命卞吉拿此野興卞吉縱馬搖戟。冲殺過來。旁有趙昇。使雙刀前來抵住二人正接戰間。芮吉持刀也冲將過來。這邊孫焰紅使斧抵住。只見武吉催開馬殺來助戰。旁邊惱了尭行哪吒登開風火輪。現三首八臂。冲殺過來勢不可當。鄧昆見哪吒三頭八臂相貌異常。只嚇得神魂飛散。慌忙先發慌傳令鳴金收兵。衆將各架住兵器。

正是

人言姬發過尭舜　　雲集羣雄佐聖君。

話說鄧昆回兵進關至殷前坐下。歐陽淳卞吉等俱

說姜尚周兵有法。將勇兵驍。門下又有許多三山五岳道術之士。難以取勝。俱各咨嗟不已。歐陽淳只得治酒管待。至夜各自歸于臥所。且說鄧昆至更深自思如今天時巳歸西周。紂王荒滛不道。諒亦不久。況黃飛虎又是兩姨被陷在此。使吾掣肘。如之奈何且武王功德日盛。有龍鳳之姿。天日之表。真是應運之生才。牙叉善用兵。門下又是些道術之客。此關豈能爲紂至死守戰。不若歸周以順天時。只恐芟吉不從。奈何。且俟明日以言桃他。着他懇慇何如。再爲道理。就思想了半晌。卻說鄧昆已有意歸周。且衣芮吉

昆冷笑曰。他今日也被你拿了。此將軍莫大之功也。歐陽淳謙謝不已。鄧昆暗記在心。原來黃飛虎是鄧昆兩姨夫。衆將那裡知道。歐陽淳治酒管待二侯。衆將飲罷各散。鄧昆至私宅。默思黃飛虎令已被擒。如何救他。我想天下八百諸侯盡已歸周。五關大勢盡失。料此關焉能阻得他。不若歸周。此為上策。但不知芮吉何如。且待明日會過一戰。見機而作。次日二侯上殿。衆將泰謁。芮吉曰。吾等奉吉前來。當以忠心報國。速傳令把人馬調出關。會姜尚早定雄雌。以免無辜塗炭。歐陽淳俱曰。將軍之言甚善。令卜吉等關中

点炮吶喊。人馬一齊出關。鄧芮二侯出了關外。見了幽魂百骨旛高懸數丈。阻住正道。卜吉在馬上曰。啓上二位將軍。把人馬從左路上走。不可往旛下去。此旛不同別樣寶貝。芮吉曰。既去不得。便不可惑。軍士俱從左路。至子牙營前。對左探馬曰。請武王子牙答話。哨馬報入中軍。啓元帥。關中大勢人馬排開。請武王元帥荅話。子牙曰。既請武王荅話。必有深意。命中軍官速請武王臨陣。子牙傳令。点砲吶喊。寶纛旗磨動。轅門開處。鼓吶齊鳴。周營中人馬齊出。怎見得。有讚為証。

讚曰。

紅旗閃灼出軍中。對對英雄氣吐虹。
為上將軍如猛虎。步下士卒似蛟龍。
騰騰殺氣冲霄漢。靄靄威光透九重。
金盔鳳翅光華吐。銀甲魚鱗瑞彩橫。
幘頭燦爛紅抹領。束髮冠搖鴆尾雄。
五岳門人多驍勇。哪吒正印是先鋒。
保周滅紂元戎至。殺法森嚴姜太公。

話說鄧芮二侯在馬上。見子牙出兵威風凛凛。殺氣騰騰。別是一般光景。又見那三山五岳門人一班兒。齊齊整整。又見紅羅傘下。武王坐逍遥馬。左右有四

賢八俊分于兩傍。怎見得武王生成的天子。儀表非俗。有詩為証。

詩曰。

龍鳳丰姿迥出羣。神清氣旺帝王君。
三停勻稱金霄遠。五岳朝歸紫霧分。
仁慈相繼同堯舜。吊伐重光過夏殷。
八百十年開世業。特將時雨救如焚。

話說鄧芮二侯在馬上。大呼曰。來者可是武王姜子牙麼。子牙曰。然也。因問曰。三公乃是何人。鄧昆曰。吾乃鄧昆芮吉是也。子牙。你相西周。不以仁義禮

卞吉在傍邊罵曰你還匹夫怎敢以言語來戲弄我。命左右拿去斬了眾軍士拿出前門舉刀就斬只見土行孫一裸就不見了正是。

地行妙術真堪美。
一混全身入土中。

眾軍士忙進府中來報曰啓元帥興事非常我等拿此人尚未下手那矮子把身一裸就不見了歐陽淳與卞吉曰道個就是土行孫了。道要仔細彼此驚異。不表卞吉土行孫回營來見子牙曰果然此旛利害弟子至旛下就跌倒了。不知人事若非地行之術性命休矣次日卞吉傷痕全愈領家將出關至軍前搦戰哨

馬報與子牙。子牙問誰人出馬。哪吒愿往。登風火輪。搖火尖鎗出營來。卞吉見了仇人也不答話搖畫杆戟劈面刺來。哪吒火尖鎗分心就刺。一塲大戰／＼得有讚爲証。

　讚曰

戰鼓殷揚聲，英雄臨戰塲。
紅旗如烈火，征夫四臂忙。
這六個展開銀杆戰，那一個發動火尖鎗。
哪吒施威武，卞吉逞剛強。
與心扶社稷，赤膽爲君王。
相逢難罷手，就在熟跳趺。

話說卞吉戰哪吒。哪吒采趣他先下手。祀馬一撥預先往

旛下殺來。看官若論間哪吒要往旛下來他也來得是蓮花化身。却無魂魄。如何來不得只是哪吒天性乖巧。他由恐不妙便立住脚。看卞吉往旛下過去了。他便登回風火輪。自已回營。不表。且說卞吉進關來見歐陽淳言曰不才欲誆哪吒往旛下來。他彼猾不來趕我自已同營去了。歐陽淳曰似此柰何正議間。忽探馬報鄧芮二候奉旨前來助戰。請主將迎接。歐陽淳同眾將出府來迎接二候怡下馬携手上銀安殿行禮畢二候上坐歐陽淳下陪鄧昆問曰前有將軍告急本章進朝歌天子看過特命不才二人與將

軍協守此關。今姜尚猖獗。所在授首軍威已挫似全不在戰之罪也。今臨潼關乃朝歌保障。與他關不同必當重兵把守。方保無虞連日將軍與周兵交戰勝負如何歐陽淳曰初次副將卞金龍失利幸其子卞吉有一旛名曰。幽魂百骨旛金伐此旛以阻周兵。一次拿了南宫适。二次拿了黃飛虎。黃明三次拿了雷震子鄧昆曰拿的可是反五關的黃飛虎歐陽淳曰正是罷了。歐陽淳此回正是。

　無心說出黃飛虎。　咫尺臨潼屬子牙。

話說鄧昆問可是武成王黃飛虎歐陽淳曰正是鄧

有鄧昆芮吉素有忠良之心，輔國貢念，若得此一臣前去，可保無虞也。紂王準奏，隨宣鄧昆芮吉上殿。不一時宣至殿前朝賀畢。王曰：今有上大夫李迪奏卿忠心為國，特舉卿二人前去臨潼關協守。朕加爾黃鉞白旄，特專閫外。卿當盡心竭力，務在必退周兵，以擒罪首。卿功在社稷，朕豈惜茅土以報卿哉。當領朕命。鄧昆芮吉叩首曰：臣敢不竭駑駘之力，以報陛下知遇之恩也。紂王傳旨賜二卿莚宴，以見朕寵榮至意。二臣叩頭謝恩下殿。須臾左右鋪上莚席，百官與二候把盞。微子箕子二位殿下也奉酒與二候，哽咽

2327

言曰：二位將軍社稷安危，在此一行，全仗將軍扶持國難，則國家甚幸。二候曰：殿下放心。臣平日之忠肝義膽，正報國恩于今日也。豈敢有負皇上委托之隆，眾大人保舉之恩耶。酒畢，二人謝過二位殿下與眾，宮次臣恩兵離了朝歌，迤往孟津，渡黃河而來。按下不表。且說土行孫催粮至轅門，看見一首旛，旛下却是韋護的旛，魔杵雷震子的黃金棍。土行孫不知其故，思他二人兵器如何丟在此旛下，我且見了元帥再來看其真實。報馬報入中軍，啟元帥二運督粮正叫。令子牙傳令，令來，土行孫來至中軍見子牙行

2328

禮畢，問曰：弟子遶繞督粮至轅門外，見那關前豎一首旛，那旛下却有韋護雷震子兩件兵器在那旛下，不知何故。子牙把卞吉的事說了一遍。土行孫不信：豈有此理。哪吒曰：卞吉被吾打了一圖，這幾日俱不曾出來。土行孫曰：待吾去便知端的。哪吒曰：你不可去，果是那旛利害。土行孫只是不信。那時天色將晚，土行孫遲出營門，一頭往旛下來，方至旛下，便一交跌倒，不知人事。周營哨馬報與子牙，子牙大驚，正無可計較。只見關上軍士見旛下睡着一個矮子，報與歐陽淳。淳命開關拿來。不知若要拿人，只是卞吉

2329

的家將拿得，其餘別人俱拿不得，到不的旛下去。彼時幾個軍士走至旛下，俱翻身跌倒，不醒人事。關上軍士看見，忙報主將歐陽淳。亦自驚疑，忙叫左右去請卞吉來。卞吉此時在家調養傷痕，聞主帥來呼喚，只得免強進府中。歐陽淳將前事告訴一遍。卞吉曰：此事小耳。命家將去把那矮子拿來，將眾人放了。家將出關，將土行孫綁了，把眾軍士拖出旛外，眾人如醉方醒，各各揉眼擦面。一時將土行孫扛進關來，拿進府中。歐陽淳問曰：你是何人？土行孫曰：我見旛下有一黃金棍，拿去家裏耍子，不知就在那裏睡着了。

2330

大夫惡來看本。差官將本呈上。惡來接過手。正看副本。只見微子啓來至。惡來將歐陽淳的本遞與微子看。微子大驚。姜尚兵至臨潼關下。敵兵已臨咫尺之地。天子上高臥不知。柰何柰何。隨抱本往內庭見駕。紂王正在鹿臺與三妖飲饍。當駕官啓駕有微子啓候旨。紂王曰。宣來。微子至臺上。見禮畢。王曰。皇兄有何奏章。微子奏曰。姜尚造反自立。姬發興兵作叛。紂合諸侯。俟生禍亂。侵占疆土。五關已得四關。犬兵見屯臨潼關下。損兵殺將。大肆狂暴。真糜卵之危。其禍不永。守關主將其疏告急。乞陛下以社稷爲重。日親

政事。速賜施行。不勝幸甚。微子將表呈上。紂王接表。看罷大驚曰。不意姜尚作難肆橫。竟克朕之四關也。真是養癰自患也。隨傳旨上殿。左右當駕官。駕早至金鑾寶殿。掌殿官與金吾大將。忙將鍾鼓齊施設。龍車鳳輦。請陛下發駕。只見警蹕傳呼。天子御鳴。百官端肅而進。不覺威儀一新。只因紂王有經年未曾臨朝。今一旦登殿。人心鼓舞。如此怎見得有讚爲証。

讚曰

烟籠鳳闕香靄龍樓。光搖月晟動雲拂翠華流。待

畫燭宮女扇。雙雙映彩孔雀屏。麒麟殿。處處光浮。靜鞭三下響。衮冠拜晃旒。金章紫綬垂天象。管取江山萬萬秋。

話說紂王設朝。百官無不慶幸。朝賀畢。王曰。姜尚肆官。以下凌上。侵犯關隘。已壞朕四關。如今屯兵于臨潼關下。若不大奮乾剛。以懲其儆。國法安在。衆卿有何策可退周兵。言未畢。左班中閃出一位上大夫李通。出班啓奏曰。臣聞君爲元首。臣爲股肱。陛下平昔不以國事爲重。聽讒遠忠。荒淫酒色。屏棄政事。以致天愁民怨。萬姓不保。天下思亂。四海分崩。陛下今日

軒事已脫矣。況今朝內之士。無智能之士。賢俊之人。只因陛下平日不以忠良爲重。故今日亦不以陛下爲重耳。即今東有姜文煥。游魂關晝夜無寧。南有鄂順。三山關攻打甚急。北有崇黑虎。陳塘關旦夕將危。西有姬發。兵邪臨潼關。指日可破。眞如大廈將傾。一水焉能扶得。臣今不被斧鉞之誅。直言曰潰天聽。乞速加整飭。以救危亡。如不以臣言爲謬。臣舉保二臣。可先去臨潼關。阻住周兵。再爲商議。愿陛下日修得政。去讒遠侫。諫行言聽。庶可少挽天意。猶不失成湯之脈耳。王曰。卿保舉何人。[illegible]臣觀衆臣之內。止

眉批：李通說得極好。只是保舉兩個。都是逆臣。也是[illegible]

遂周公旦。召公奭。無數周將。把歐陽淳圍在當中。文
有周紀。龍環。吳謙。三將也來助戰。把歐陽淳殺得。只
有招架之功。更無還兵之力。不知後事如何。且聽下
回分解。

總批

通天教主爲神仙領袖。如何這等模糊。竟知
天意已定。如何扭得過來。徒令生靈受苦。夫
子云。不知天命無以爲君子。若通天教主可
爲知命乎。豈可還令他掌教。鴻鈞因該打入常行。
歷百千刧。方可還其掌教。鴻鈞道者甚欠主

張。俱爲情而所使。

又批

申公豹雖罪之魁。亦功之首。元始還該寬恕
他若不是他邀請這些人。如何奏得封神榜
上數。此時元始不過只要應他的呪。以合宜
數。故從闡敎的人。畢竟要應數。一些也不放
空。截敎不論數。只是恃力扭轉他。二者皆非
正道。無若我夫子一意中庸也。或曰此是論
神仙刧數。非是論凡人。予曰人道未完仙道
遠矣。或人喏喏而退。

第八十五回　鄧芮二侯歸周主

詩曰

西山日落景寥寥。　大廈將傾借小條。
卜吉無辜遭屈死。　歐陽熱血染霞綃。
奸邪用事民生蹇。　妖孽頻興社稷搖。
可惜成湯先世業。　輕輕送入往來潮。

話說歐陽淳被一干周將。圍在垓心。只殺得盔甲歪
鈄。汗流浹背。自料抵當不住。把馬跳出圈子。敗進關
中去了。緊閉不出。子牙在轅門。又見折了雷震子。心
下十分不樂。且說歐陽淳。敗進關來。墜殼坐下。見卜

吉打傷。分付他。且往私宅調養。一面把雷震子且送
下監中。修告急文書。往朝歌求救。差官在路上。正是
春盡夏初時節。怎見得。一路上好光景。有詩爲証。

詩曰。

清和天氣爽。　池沼芰荷生。
麥隨風裏成。　草香花落處。
江燕携雛冑。　山鷄哺子鳴。
萬物顯光明。　斗南當日永。

話說差官在路。不分曉夜。不一日進了朝歌。在館驛
安歇。次日將本齎進午門。至文書房投遞。那日是中

以現小將軍之功恩怨兩伸豈不為美且將他監候
下吉不得已只得含淚而退說周紀見黃明又失利
不敢向前只得敗進營來見子牙子牙聞說黃飛虎
被擒大驚問周紀曰他如何擒去周紀曰他于關外
立有一旛俱是人骨頭穿成有數丈他先自敗走
是竟從旛下過去君是趕他的只至旛下便身連馬
倒了黃明去救武成王也被擒去子牙大驚此又是
左道之術待吾明日親自臨陣便知端的次日子牙
與眾將門人出營看來看見此旛懸于空中有千條黑
氣萬道來相哪吒等仔細定睛看那白骨上俱有殊

破符印對子牙曰師叔可曾見上面符印子牙曰
吾已見了此正是左道之術你等今後交戰只不往
他旛下過便了又見報馬報入關內歐陽淳也親自
出關來會子牙歐陽淳不往旛下過往傍邊走來子
牙看見歐陽淳轉將出來對門人曰你看主將也不
從此處過眾將皆點頭會意子牙迎上前來問曰來
將莫非守關建將麼歐陽淳曰然走子牙曰將軍何
不知天命耶五關止此一城尚欲抗拒天兵哉歐陽
淳大怒匹夫敢出此言回顧下吉曰與吾拿此叛賊
下吉催開馬搖手中戟飛奔過來儞有雷震子大呼

目賊將漫來有吾再此展開一旛舉棍打來下吉見
雷震子竟悍知是異人未及數合就往旛下敗走雷
震子自忖此旛既是妖術不若先打碎此旛再殺下
吉未遲雷震子把二翅飛起望旛上一棍打來不知
此旛週圍有一股妖氣迷住湯養他就自昏迷發大
子二棍打來竟被妖氣沖著便翻下地來不醒人事
兩邊守旛家將把雷震子細細綁起來這壁廂韋護
怒急將起達摩杵打來打此旛只見那杵竟落旛外
道之力不如打不得此旛只見那杵竟落旛下正是

休言韋護摩魔杵　怎敵幽魂百骨旛

話說韋護見此杵竟落于旛下不覺大驚眾門下俱
彼此看住只見下吉復至軍前大呼曰姜尚可早早
下騎歸降免致一死哪吒聽得大怒登開風火輪現
出三首八臂大喝曰此夫慢來搖火尖鎗飛來直取
哪吒一乾坤圈把下吉頂平打下馬來間身敗進關
下吉見哪吒如此形狀先自吃了一驚未及兩合被
天祿舞手中刀抵住可李靖催馬搖手中戟戰歐陽
生了子牙後有李靖催戰眾戰歐陽淳徫有桂
剩子下馬歐陽淳大怒搖手中斧來戰李靖子牙命
左右擂鼓助戰只見陣後沖出辛甲辛免四賢毛公

旛怨見得有詩為証。

詩曰

萬骨攢成世罕知。
開天闢地最為奇
周匝不是多洪福，
百萬雄師此處危

話說當日卞吉將旛杆豎一起。一馬竟至周營轅門前。
揭戰哨馬報入中軍啟元帥關內有將請戰子牙問
誰人出馬只見南宮适領命出營見一員小將生的
面貌兇惡手持方天畫戟。大呼曰來者何人南宮适
咲曰似你這等黃口孺子是也不認得吾是西岐大
將南宮适卞吉曰且饒你一死囘去只叫黃飛虎出

2311

來他殺吾父。吾與他有不共戴天之仇我不拿你。這
將生替死之輩南宮适聽罷大怒縱馬舞刀直取卞
吉。卞吉手中戟急架忙迎。二馬相交戰刀並舉。二將
大戰正是棋逢對手將遇作家。卞吉與南宮适戰有
三二十余合。卞吉撥馬便走。南宮适隨後趕來。卞吉先
往旛下過去。南宮适不知詳細也往旛下來。只見馬
到旛前早已連忙帶馬跌倒南宮适不醒人事被左
右守旛軍士將南宮适繩繮索綁。拿出旛來。南宮适
方睜開二目乃知墮入他左道之術卞吉進關來見
歐陽淳把拿了南宮适的話說了一遍歐陽淳命左

2312

右推來至殿前。南宮适站立不跪歐陽淳罵曰。汝何
逆賊今已被擒尚敢抗禮命速斬首號令。偽有公孫
鐸曰畫將在上目今奸佞當道言我等守關將士俱
是捱年征戰用破錢糧辛勤買功績委有邊報一來不
準尚將齋本人役斬了係來將愚見不若將南宮适
監候俟捉覆渠魁解往朝歌以塞奸佞之口不知邊
關非同小可不知主將意下若何歐陽淳曰將軍
之言正合吾意送將南宮适送在監中不表且說子
牙聞報南宮适被擒心中大驚悶坐中軍次日卞吉
又來搦戰坐名要黃飛虎飛虎帶黃明周紀出營來

2313

見卞吉飛馬過來大呼曰來者何人黃飛虎曰吾乃
武成王黃飛虎是也卞吉聞言大怒罵曰反國逆賊。
擅殺吾父不共戴天之仇。今日拿你碎尸萬段以洩
吾恨展戰來刺黃飛虎急然鐧來迎戰有三十回合
卞吉詐敗竟往旛下去了。黃飛虎不知也趕至旛下
亦如南宮适一樣被擒黃明大怒搖斧趕來欲救黃
飛虎不知走旛下也撞翻在地也被拿了。卞吉連擒
三將進關來報功欲將黃飛虎斬首以報父仇歐陽
淳曰小將軍雖要報父之仇理宜斬首只他是起禍
渠魁正當獻上朝廷正法。一則以洩海翁之恨一則

2314

來放在天尊面前，元始曰：你曾發下誓盟，去塞北海眼，今日你也無辭。申公豹低首無語。元始命黃巾力士：將我的蒲團捲起他來，拿去塞了北海眼。力士領命，將申公豹塞在北海眼裡。有詩為証：

詩曰：

堪笑闡教申公豹，　要保成湯滅武王。
今日誰知身塞海，　不知紅日幾蓁桑。

話說黃巾力士將申公豹塞了北海，回元始法旨不表。且說子牙領眾門徒回潼關來見武王。武王曰：相父今日回來，兵士俱齊，可速進兵，早會諸侯，孤之幸

2307

也。子牙傳令起兵，往臨潼關來，只八十里，早以來至關下，安下行營。且說臨潼關守將歐陽淳，聞報與副將卞金龍、桂天祿、公孫鐸共議曰：今姜尚兵來，止得一關，焉能阻當周兵。眾將言曰：主將明日與周兵見一陣，如勝則以勝而退周兵，如不勝，然後堅守，修表往朝歌去告急，俟援兵協守，此為上策。歐陽淳曰：將軍之言是也。次日，子牙陞帳，傳下令去：誰去取臨潼關走一遭？傍有黃飛虎曰：末將愿往。子牙許之。飛虎領本部人馬，一聲砲响，至關下搦戰，報馬報入帥府：啟主神：符周將搦戰。歐陽淳曰：誰去

2308

名：飛虎曰：吾乃武成王黃飛虎是也。卞金龍大罵：反賊！本恩報國，反助叛逆。吾乃臨潼關先行卞金龍是也。黃飛虎大怒，縱騎搖鎗飛來，只取卞金龍。手中斧怒然惱迎，半馬相交，錦斧並舉，戰未三十合，黃飛虎賣個破綻，唬一聲，將卞金龍刺下馬來，梟了首級，掌鼓齊來，只見姜元帥子牙大喜，賞了黃將軍功勳不表。且說卞金龍家將報入帥府，歐陽淳大驚。只見卞金龍妻子胥氏聽說，放聲大哭，驚動後堂長子卞吉，問：左右，太太為何啼哭？左右把

2309

祭起陳修事說了一遍。卞吉怒髮衝冠，隨喚了披掛來見母親曰：孩兒未須啼哭，候兒為父親報仇。胥氏只是嚎哭。卞吉上營書告的事，卞吉上馬，至帥府前來在報太殿庭啟元帥：卞先行長子聽令。歐陽淳命令歐陽淳曰尊翁不幸被戮。賊黃飛虎鎗挑卞馬塞了性命，非常自己聘卜拿儂人為父洩恨，卞吉同至塞報會眾將扺擋一個紅幨隨鎮軍出關卞吉率領眾將持書關先題立一根大幡杆將紅幨行開慘出一首幨掛將起來題于空中有四五丈高好利害

2310

若有先將念頭改。
腹中丹發即時焚。
鴻鈞道人作罷詩，三位教主叩首拜謝老師慈悲源。
鈞道人起身作辭西方教主，吩咐通天三弟子你隨我
去。通天教主不敢違命，只見接引道人與準提俱起
身，同老子元始率眾門人同送至蓬下，鴻鈞別過西
方二位教主，老子與眾門人等又拜伏道儞候鴻鈞
發駕。鴻鈞分付你等去罷，眾人起立拱候，只見鴻鈞
與通天教主駕祥雲冉冉而去，西方教主也作辭回
西方去了。老子元始與子牙曰：今日我等與十二代
弟子俱回洞府，候你封過神從新再修身命方是真

2303

仙人俱來作別，曰子牙吾等與你此一別再不能會
面也。子牙心下甚是不忍分離，在蓬下戀戀不捨，子
牙作詩以送之。

詩曰

東進臨潼會萬仙。
依依回首甚相憐。
從今別後何年會。
安得相逢訴舊緣。

話說群仙作別而去，惟有陸壓握子牙之手曰：我等
此去會百已難，前途雖有凶險之處俱有解釋之人
只還有幾件難處之事，非此寶不可，我將此葫蘆之
寶送你以為後用，子牙感謝不已，陸壓隨將飛刀付

（眉批）愛牛最難割捨仙猶然

2305

備正是。
從修頂上三花現。
返本還元又是仙。
掌教師尊曰：弟子姜尚蒙師尊指示得進于此地，不
知後會諸候之事如何。老子曰：我有一詩你謹記可
驗。

詩曰

嶮處又逢嶮處過。
前程不必問如何。
諸候八百看看會。
只待封神奏凱歌。

老子道罷與元始各回玉京去了，廣成子與赤十五代

2304

與姐自作別而去。話分兩頭單表元始駕同玉虛，申
公豹只因破了萬仙陣，希圖逃竄他山，豈知他惡貫
滿盈，跨虎而遁，只見白鶴童子看見申公豹在前面。
似飛雲掣電一般奔走，白鶴童子忙啟元始天尊曰：
前面是申公豹逃竄。元始曰：他曾發一誓，命黃巾力
士將我的三寶玉如意把他拿在麒麟崖伺候，童子
接了如意逕與力士赶上前大呼曰：申公豹不
要走，奉天尊法旨拿你去麒麟崖聽候，祭起如意平
空把申公豹拿了往麒麟崖來，且說元始天尊駕至
崖前潑下九龍沉香輦，只見黃巾力士將申公豹拿

（眉批）他原是封神榜封神之人，不但無罪，亦且有功，元始如何放他不過，拿過仙真個修行。

2306

蓬下來。心中自思，如何好見他們，不得巳覷面而行。話說哪吒同韋護等，俱在蘆蓬下議論萬仙陣中那些光景，忽見通天敎主先行，後面跟着一個老道人，狀第而行，只見祥光繽繞，瑞氣盤旋，冉冉而來，好至蓬下。眾門人與哪吒等，各各驚疑未定，只見通天敎主將近蓬下，大呼曰：哪吒可報與老子、元始快來接老爺聖駕。哪吒怳上蓬來報，話說老子在蓬上與西方敎主正講眾弟子刼數之厄，今巳圓滿，猛擡頭見祥光瑞靄騰躍而來，老子巳知老師來至，怳起身謂元始曰：師尊來至，急率眾弟子下蓬。只見哪吒來報。

通天敎主跟一老道人而來，呼老爺接駕，不知何故。老子曰：吾巳知之，此是我等老師，想是來此與我等解釋寃愆耳，須相率下蓬迎接。在道傍俯伏曰：不知老師大駕下臨，弟子有失遠迎，望乞恕罪。鴻鈞道人曰：只因十二代弟子運逢殺刼，致你兩敎參商，吾得來與你等解釋愆尤，各安宗敎，母得自相背逆。老子與元始聲喏曰：顧聞師命。須至蓬上，與西方敎主相見。鴻鈞道人稱讚西方極樂世界，眞是福地。西方敎主應曰：不敢。敎主請鴻鈞道人共見。鴻鈞道人曰：吾與道友無有拘束，這三個是吾門下，當得如此接引道人。

還有道個大來頭做末後一笑

與準提道人打稽首坐下。後面就是老子、元始過來拜見畢，又是十二代弟子併眾門人俱來拜見畢，俱分兩邊侍立。通天敎主也在一傍站立。鴻鈞道人曰：你三個過來。老子、元始、通天三個走近前，商道人問曰：當時只因周家國運將興，湯數當盡，諸仙逢此殺運，故命你三個共立封神榜，以觀眾仙根行淺深，或仙或神，各成其品。不意通天弟子輕信門徒，致生事端，料是刼數難逃，終是你不守清淨，自背盟言，不能善為眾仙解脫，以致俱遭殺戮，罪成在你，非是我為師的有偏向，這是公論。接引與準提齊曰：老師之言

不差。鴻鈞曰：今日我與你講明，從此解釋。大徒弟你須讓過他罷，俱各歸仙闕，母得栽害生靈。況眾弟子厄滿，姜尚大功垂成，再母多言，從此各修宗敎。鴻鈞分付三人過來跪下。三位敎主齊至面前，雙膝跪下。道人袖內取出一個葫蘆，倒出三粒丹來，每一位賜與他一粒，你們吞入腹中，吾自有話說。三位敎主俱依師命各吞一粒。鴻鈞道人曰：此丹非是却病長生之物，你聽我道來。

　　詩曰

此丹煉就有玄功，因你三人各自攻。

了接引準提二位教主，子牙在蓬下。與哪吒等曰：今日萬仙陣中，許多道者，遭殃無辜受戮，其實痛心。門人之內，個個歡喜不表。且說通天教主被四位教主破了萬仙陣。內中有成神者，有歸西方教主者，有逃去者，有無辜受戮者。彼時無當聖母見陣勢難支，先自去了。申公豹也走了。毘芦仙巳歸西方教主後，成爲毘芦佛。此是千年後繞見佛光。當日通天教主領着二三百名散仙，走在一座山下，少憩片時。自思定光仙可恨，將六魂旛竊去，使吾大功不能成，令券失利，再有何顏掌碧遊宮大教。左右是一不做二不休。

〔眉批：這等惡教主者，別立一個世界，越發惡惡。〕

2295

如今同宮再立地水火風，摶個世界罷。左右衆仙震，各各贊襄。通天教主見左右四個，切巳門徒俱悽切。齒深恨。不若往紫霄宮見吾老師，先禀過了他然後再行此事。正與衆散仙商議，忽見正南上祥雲萬遍，瑞氣千條，異香襲襲，見一道者，手挽竹枝而來。

偈曰

高臥九重雲　蒲團了道真
天地玄黃外　吾當掌教尊
盤古生太極　兩儀四象循
一道傳三友　二教闡截分
玄門都領秀　一炁化鴻鈞

2296

話說鴻鈞道人來至通天教主。知是師尊來了。慌忙上前迎接，倒身下拜曰：弟子願老師聖壽無疆，不知老師駕臨，未魯遠接，望乞恕罪。鴻鈞道人曰：你爲何設此一陣，塗炭無限生靈，這是何說。通天教主曰：啓老師，二位師兄欺滅吾敎，縱門人毀罵弟子，又殺戮弟子門下，全不念同堂手足，一味欺凌，分明是欺老師一般，望老師慈悲。鴻鈞道人曰：你這等欺心，分明是你自己作業，致生殺伐。該這些生靈遭此刧運，你不自責，尚去責人，情殊可恨。當日三敎共僉封神傍，你何得盡恣之也。名利乃匹夫倍子之所爭，嗔怒乃

〔眉批：還累是老師訓敎不發。〕

2297

兒女子之所事。縱是未斬三尸之仙，未赴蟠桃之客，也要脫此苦惱。豈意你三人乃是混元大樂金仙，歷萬刧不磨之體，爲三敎元首，爲因小事，生此嗔痴，作此碇憼他二人，原無此意，都是你作此過惡，他不得不應耳。雖是刧數使然，也都是你約束不嚴。你的門徒生事，你的不是居多。我若不來，彼此報復何日是了。我特來大發慈悲，與你等解釋寃愆，各掌敎宗。母得生事，隨分付在右散仙，你等各歸洞府，自養天真。以俟超脫。衆仙叩首而散。鴻鈞道人命通天敎主先至蘆蓬通報。通天敎主不敢有違師命，只得先往蘆

〔眉批：老子元始乎云，孰不過爾，惡得贅罪。〕

2298

破陸壓看見。惟恐追不及。急縱至空中。將葫蘆揭開。放出一道白光。上有一物飛出。陸壓打一躬。命寶貝轉身。可憐丘引頭已落地。陸壓收了寶貝。復至陣中助戰。且說接引道人在萬仙陣內。將乾坤袋打開。盡收那三千紅氣之客。有緣在極樂之鄉者。俱收入此袋內。準提同孔雀明王在陣中現二十四頭。十八隻手。執定瓔珞傘蓋。花貫魚腸。金弓銀戟。白鉞幡幢。加持神杵寶銼銀瓶等物。來戰通天教主。通天教主看見準提。頓起三昧真火。大罵曰。好潑道人。敢欺吾太甚。又來攪吾此陣也。縱奎牛沖來。仗劍直取準提。將

七寶妙樹架開。正是。

西方極樂無窮法　　俱是蓮花一化身。

且說通天教主用劍砍來。準提將七寶妙樹一刷。把通天教主手中劍打的粉碎。通天教主把奎牛一摶。逃出陣去了。準提道人收了法身。老子與元始也不趕他。羣仙共破了萬仙陣。鳴動金鍾。擊响玉磬。俱回蘆蓬上來。老子與元始見長耳定光仙。問曰。你是截教長耳定光仙。未何躲在此處。定光仙拜伏在地。曰。師伯在上。弟子有罪。敬稟鳴師伯。吾師煉有六魂幡。欲害二位師伯。並西方教主。武王子牙。使弟子執定

（眉批：果然有瀬罷）

聽用弟子。因見師伯道正理明。吾師未免偏聽逆理造此業。且弟子不忍使用。故收匿藏身于此處。今師伯下問。弟子不得不以實告。元始曰。奇哉。你身居截教主坐下。共論今日邪正方分。老子問定光仙曰。你可取去六魂幡來。定光仙將幡呈上西方教主曰。此可摘去周武姜尚名諱。將幡展開。以見我等根行如何。準提隨將六魂幡摘去武王姜尚名諱。命定光仙展布。定光仙依命。將幡連展數展。只見四位教主上各現奇珍。元始現慶雲。老子現塔。西方二位教主

現舍利子保護其身。定光仙見了。棄幡倒身下拜。言曰。似此吾師妄動嗔念。陷無萬生靈也。西方教主曰。吾有一偈。你且聽著。

偈曰。

極樂之鄉客。　　西方妙術神。
蓮花為父母。　　九品立吾身。
池邊分八得。　　常演七寶園。
波羅花開後。　　遍地長金珍。
談講三乘法。　　舍利腹中存。
有緣生此地。　　久後幸沙門。

西方教主曰。定光仙與吾教有緣。元始曰。他今日至此也。是棄邪歸正念頭。理當販依道見。定光仙隨拜

此等大劫亦從古未之超

話說老子與元始冲入萬仙陣內將通天教主罩住了西方教主把乾坤袋舉在空中有緣的須當早進無緣的任你縱橫霎時間雲愁霧慘一會家地暗難窮從今驚破通天膽一事無成有愧容金靈聖娘被三大士圍在當中只見三大士面分藍紅白或現三首六臂或現八首十臂或現五首八臂

渾身上下俱有金燈白蓮寶珠瓔珞華光護持金靈聖母用玉如意招架三大士多蒔不覺把頂上金燈落在塵埃將頭髮散了道聖母披髮大戰正戰之間遇着燃燈道人祭起定海珠打來正中頂門可憐正是

　封神正位為星首
　北闕香烟萬載存

燃燈將定海珠把金靈聖母打死廣成子祭起誅仙劍赤精子祭起戮仙劍道行天尊祭起陷仙劍玉鼎真人祭起絕仙劍數道黑氣冲空將萬仙陣罩住凡封神臺上有名者就如欲瓜切菜一般俱遭殺戮子

正是天荒地老之幻

牙祭打神鞭任意施為萬仙陣中又被楊任用五火扇搧起烈火千丈黑烟迷空可憐萬仙遭難其實難堪哪吒現三首八臂往來冲突玉虛一千門下如獅子搖頭猱猊舞勢只殺得山崩地塌通天教主見萬仙受此屠戮心中大怒急呼曰長耳定光仙快取六魂旛來定光仙因見接引道人白蓮暴懷舍利現光又見十二代弟子玄都門人俱有瓔珞金燈光華罩體知道他們出身清正截教畢竟差訛他將六魂旛收起輕輕的走出萬仙陣逕往芦蓬下隱匿正是

　根深原是西方客
　躲在芦蓬戲寶旛

話說通天教主大呼定光仙快取旛來連叫數聲蓮定光仙也不見了教主已知他去了大怒欲待無心戀戰又見萬仙受此等狼狽欲待上前又有四位教主阻住欲要退後又恐教下門人笑話只得免強相持又被老子打了一拐通天教主著了急祭起紫電鎚來打老子老子笑曰此物怎能近我只見頂上現出靈籠寶塔此鎚焉能下來通天教主正出神不防元始天尊又一如意打中通天教主行窩幾于落下奎牛通天教主大怒奮勇爭戰只見二十八宿星官已殺得看看殆盡止有邱引見勢不好借土遁就走

第八十四回　子牙兵取臨潼關

詩曰

幽魂縹緲下夜猿啼。　壯士紛紛急鼓聲。

黑霧瀰漫人魄散。　妖氛籠罩將星低。

只知戰勝歌刀斗。　不識奸邪悔噬臍。

屈死英雄遭血刃。　至今城下草凄凄。

話說通天教主率領眾仙至陣前老子曰今日與你決定雌雄萬仙遭難正應你反覆不定之罪通天教主怒曰你四人看我今番怎生作用遂催開奎牛軛劍砍來老子笑曰料你今日作用也只如此知你難免此厄也催開青牛舉起扁拐急架忙迎元始天尊。對左右門人曰今日你等俱瀟此戒須當齊入陣中。以會截教萬仙不得錯過眾門人聽得此言不覺歡笑吶一聲戒殺齊殺入萬仙陣中。正是。

萬仙陣上施玄妙。　都向其中了劫塵。

文殊廣法天尊騎獅子普賢真人騎白象慈航道人騎金毛吼三位大士各現出化身冲將進去靈寶大法師仗劍而來太乙真人持寶鎚進陣懼留孫黃龍真人雲中子燃燈道人齊往萬仙陣來後面又有姜子牙同哪吒等眾門人亦大呼曰吾等今日破萬仙陣以見真偽也話畢了時只見陸壓道人從空中飛來撞入萬仙陣內也來助戰這場大戰正是萬劫總歸此地神仙殺運方完只見。

老子坐青牛往來跳躍遍天教主縱奎牛猛男來攻三大士催開了青獅象吼金靈聖母使寶劍飛騰靈寶大法師而如火熱無當聖母怒氣冲空太乙真人動了心中三昧毘芦仙亦顯神通道德真君起金箍仙用飛劍來攻陣中玉磬錚錚響臺下金鐘朗朗鳴四處起團團烟霧八方長飇颭狂風。

人人會三除五遁個個曉倒海移峯。劍對劍。紅光燦燦兵迎寶瑞氣容容平地下鳴雷震動半空中。霹靂交轟這壁廂。三教聖人行正道那壁廂通天教主淶斜宗道四位教主也。動了嗔痴煩惱那通天教主竟犯了反覆無終正克邪始終還正邪逆正到底成凶急嚷嚷天翻地覆鬧炒炒華岳山崩。姜子牙奉天征討眾門人各要立功楊戩刀由如閃電李靖戟一似飛龍金吒躍開脚蹬木吒寶劍齊衝韋護祭起降魔寶杵哪吒登開輪各自稱雄。雷震子二翅半空施勇楊任手持五火扇搧風又。

面如藍靛多威武。赤髮金睛惡似虎。

呼風喚雨不尋常。斬將封爲虛日鼠。

詩曰

三昧真火空中露。霞光前後生百步。

萬仙陣內逞英雄。斬將封爲房日兔。

話說通天教主在陣中。調出第七對來。展一杆素白簷旛下有四位道者。商商。惡惡凜凜。赶赶手提方楞鋤出來。怎見得有詩爲証。

詩曰

道術精奇蓋世無。修真煉性握兵符。

長生妙訣貪塵刼。斬將封爲畢月烏。

詩曰

髮似硃砂臉似靛。渾身上下金光現。

天機玄妙總休言。斬將封爲危月燕。

詩曰

面如赤棗落腮鬍。撒豆成兵蓋世無。

兩足登雲如掣電。斬將封爲心月狐。

詩曰

腹內玄機修二六。煉就陰陽超凡俗。

誰知五氣未朝元。斬將封爲張月鹿。

話說通天教主把九躍二十八宿調將出來按定方位。只見四七二十八位道者。齊齊整整。左右盤旋簇擁而出。但見了些飛霞紅氣紫電清光。有多少道也。層層密密。克克頑頑。真個是殺氣騰騰。愁雲靄靄。好生利害。不知後事如何。且聽下分解。

總批

金鰲獅象吼與龜皆鱗甲披毛之屬。而通天教主。一槩收爲門下。其截教之非正道可知。又云凡七竅者皆可成仙。又云披毛從此得作佛也。由他從此看來。俱是自家作主張。當

日烏雲虬首等仙學好便可以成仙了道。一動殺心便成鰲成獅成象成吼成龜都各從其類。這是自討的。此一段說法。正是慈悲勸世。

又批

金鰲獅象吼不過復其本相爲人坐騎耳。至龜靈聖母。則飽是蚊虫之腹。其死法亦苦無怪乎人深惡而痛絕之。今又有甘之者誠何心哉。

實難叢集是鐘鳴庫門開處。又有四位道人鳴為叢菁好稀奇。有詩為証。

詩曰

重從修煉茲沖妙。
不戀金章共紫誥。
通天敞主是吾師。
斬將封為箕水豹、

詩曰

幽洲震竅悟道言。
勤修苦行反離魂。
移山倒海隨吾意、
斬將封為參水猿。

詩曰

蔣冠道服性聰敏。
煉就㤫氣心無暇。

2274

只因無福了長生。
斬將封為軫水蚓。

詩曰

五行妙術體全殊。
合就玄中自丈夫。
悟道成仙無造化。
斬將封為壁水貐。

元始曰。此俱是截教門中。併無一名有根行之士。俱是無福修為。該受此劫數也。深為可悲。又見皂盖旛搖出來四位道人。怎見得。有詩為証。

詩曰

跨虎登山觀鶴鹿。
驅邪捉怪神鬼哭。
只因無福了仙家。
斬將封為女土蝠。

2275

詩曰

須玉祥光迎彩氣。
包含萬象多伶俐。
無分無緣成正果。
斬將封為胃土雉。

詩曰

採煉陰陽布異方。
五行攢簇配中黃。
不歸闡教歸截教。
斬將封為柳土獐。

詩曰

赤髮紅鬚情性惡。
包羅萬象枉徒勞。
遊盡三山併五岳。
斬將封為氐土貉。

元始與老子。同西方教主共言曰。你看這些人有仙

2276

之名無仙之骨。那裡做得修行辦道之品。四位教主正談論之間只見旗門開處。又來了四位道人。怎見得。有詩為証。

詩曰

修成大道真蕭灑。
妙法玄機有真假。
不能成道却凡塵。
斬將封為星日馬。

詩曰

鐵樹開花怎得齊。
陰神行樂跨虹霓。
只因無福為仙侶。
斬將封神昴日雞。

詩曰

2277

九煉紗巾頭上蓋，腹內玄機無比賽。
降龍伏虎似平常，斬將封為斗木豸。

詩曰

三柳鬍鬚一尺長，煉就三花不老方。
蓬萊海島無心戀，斬將封為奎木狼。

詩曰

修成道氣精光煥，巨口獠牙紅髮亂。
碧遊宮內有聲名，斬將封為井木犴。

正見一聲鐘響，六杆大紅旗搖，又來了四位道人，俱穿大紅絲綢衣，好兇惡，怎見得，有詩為証。

詩曰

碧玉霞冠影寥古，雙手善把天地補。
無心訪道學長生，斬將封為尾火虎。

詩曰

截教傳來煉玉框，玄機兩濟用工夫。
剖砂鼎內龍降虎，斬將封為室火豬。

詩曰

秘發口訣伏妖邪，頂上靈雲天地遮。
空花聚頂難成就，斬將封為翼火蛇。

詩曰

不戀榮華止自修，降龍伏虎任悠遊。
空為數載升砂力，斬將封為觜火猴。

老子觀蓮仙轉中，六杆白旗搖動，又有四位道人出來，身穿大白衣，體態兇頑，各有妖氛氣煞。因謂元始曰：似這等業障都來，枉送性命，你看出來的都是如此之類。怎見得，有詩為証。

詩曰

五岳三山任意遊，訪玄參道守心修。
空勞爐內金丹汞，斬將封為牛金牛。

詩曰

腹內珠璣貫八方，包羅萬象道汪洋。
只因教戒難逃躲，斬將封為鬼金羊。

詩曰

離龍坎虎相匹偶，煉就神丹戒不牢。
無緣頂上現三花，斬將封為婁金狗。

詩曰

塗丹煉就脫樊籠，五遁三除大道通。
求渡汪屍吞六氣，斬將封為亢金龍。

朝遊鬱羅……通天教主把手中劍，望東西南荒指大喜奉酒餞行，洪錦夫婦告別起行，也是合該如此。

正是：

萬仙陣內夫妻絕，天數安排不得差。

且說元始次日下蓬，分付眾門人鳴動金鐘玉磬，三
敎聖人率諸門人共破萬仙陣。只見通天敎主分付
長耳定光仙曰：「但吾與你師伯共西方二位道人會
戰，吾叫你將六魂旛磨動，你可將旛磨動，不得有悞。」長
耳定光仙曰：「弟子知道。」通天敎主打點會戰。且說長
耳定光仙自思：我前日見師伯左右門人總只十二
代弟子，俱是道德之士，非日又見西方敎主三顆舍

利子頂上光華，真是道法無邊，先自有三分退委。正
是。

從來心上修仙道　邪正方知成大宗

話說通天敎主至陣前，見老子、元始四人來至，大呼
曰：「今日定要與你等見個高低，斷不草率干休。」話由
求了，只見洪錦歪焉至陣前，與龍吉公主也不聽約
束，眾兵刃直冲殺過去，子牙攔阻不住。看官，此正是
這二位星官該絕干此天數，如然故不由分說直殺
過去耳。洪錦把刀一擺，兩騎馬冲進陣中，萬仙陣不
曾隄防有此冲突之患，被龍吉公主祭起瑤池內白

光劍，傷了數位仙家。夫妻二人正冲殺間，只見殺氣
騰，殺氣迷空，黑靄靄，陰風慘慘，正遇金靈聖母在七
猊車上布陳。忽報龍吉公主冲進陣來，金靈聖母急
下車看時，公主已殺至面前。聖母綽步提飛金劍抵
敵未及數合，聖母祭起四象塔打來，公主不知此寶，
躲不及，一塔正打中頂門，跌下馬來，被眾仙殺之。洪
錦見公主已絕，太叫一聲：「休傷吾公主！」把刀來販聖
母。聖母又祭起龍虎如意，正中洪錦頂上，可憐自歸
周土，屢得奇功，今日夫妻陣亡，以報武上。二人清魂
俱往封神臺去了。元始正欲與通天敎主答話，只見

洪錦失妻已亡，元始嘆謂西方敎主曰：「方纔絕者乃
是瑤池金母之女，天數合該如此，可見非人力所為。」
只聽得萬仙陣門裏有一竿翠藍旗搖，隱隱調出一
位道者，乃是按二十八宿之星，正應萬仙陣而出。元
始見翠藍旗搖動，來了四位道人，俱穿青色衣。怎見
得，有詩為証，

詩曰：

一字青紗腦後飄　道袍水合束絲縧
元神一現群魔滅　斬將封為角木蛟

品蓮臺迴悔無及正是

九品蓮臺登彼岸。　千年之後有沙門。

不表蚊蟲之事。且說西方教主同懼齒孫來至萬仙陣前。見了紫霧紅雲黃光繚繞有準提道人見師兄來至。老子與元始忙迎上前打稽首曰道友請了。對面通天教主看見大呼曰接引道人你前番可惡破吾誅仙陣。今又來此吾與你見個高下道罷把奎牛催開用劍來取。西方教主也不動手只見泥丸宮舍利子昇起三顆或上或下反覆翻騰遍地俱是金光通天教主寶劍架隔不能近身通天教主大怒復用

元始此寶　太華

漁鼓打來準提用手一摽一朵金蓮架住亦不能近身。老子與元始請曰二位道兄暫回今日且不要與他較量赤精子聽罷悄鳴金鐘廣成子又擊玉磬四位教主皆回通天教主叉不能阻攔心中大怒曰今日且讓他暫回明日決要會你等以見高下老子曰你且回去不要性急只見四位教主回至蘆蓬上坐下。元始曰二位道兄此來共佐周室若明日破陣必盡除此教以絕彼之虛妄只是難為後來訪道修真之人絕此一種耳接引道人曰貧道此來單只為渡有緣之客據吾觀萬仙陣中邪者多而正者少沒奈

何只得隨緣相度不敢免強耳老子曰吾等門人今已滿戒明日速破此陣讓他早返本還元以全此輩根行也不失我等解脫一場元始隨命姜尚過來問曰前日破誅仙陣那四口寶劍在否子曰此劍俱在弟子處元始乃命子牙取來于牙隨取出四口劍上元始乃命廣成子赤精子玉鼎真人道行天尊四人過來分付曰你四人但看明日吾等進陣之時陣裡面八卦臺前有一座寶塔昇起你四個先冲進重圍之中祭起此劍原是他的寶劍還絕他的門人非吾等故作此惡業也又謂子牙

還是自家祭的

曰明日會陣之際。但此吾門下見者皆可進陣以完劫數子牙領了法旨來至蘆蓬下。分付眾門人曰明日共破萬仙陣。爾等俱入陣中。各見雌雄以完劫數眾門人聽說喜不自勝。不表。且說潼關眾將聽得破萬仙陣。俱在關內。一個個心癢難抓恨不得也來看看內有洪錦共龍吉公主曰我也是截教況你又是瑤池仙子。理合去會萬仙陣。如何在此不行龍吉公主曰我們明日早去無妨。夫妻計議停當。次日來見武王曰臣辭大王。要去會萬仙陣。以完劫數。特聽姜元帥調遣。武王曰卿去固好。當佐相父破敵也。武王

〔夾批〕說得慈悲

合急祭起日月珠，打來。懼留孫不識此寶，不敢招架，轉身往正西而逃。通天教主大呼曰：速將懼留孫拿來！龜靈聖母飛趕前來。懼留孫乃是西方有緣之客，久後入于釋教，太闡佛法與干西漢，正往西上逃走。只見迎頭來了一人，挽雙髻，身穿水合道袍，徐徐而來，讓過懼留孫，阻住龜靈聖母，大呼曰：不要趕吾道友！你既修成人體，禮當守分安居，如何肆志亂行，作此紫障？若不聽吾之言，那時追悔何及！你可速回。吾乃西方教主，大展沙門，今來特遇有緣，非是無端之事。正是：

〔夾批〕接引佛　道翁　犬性

若是有緣當早會，同上西方極樂天。

龜靈聖母大呼曰：你是西方，當安你巢穴，如何敢在此妖言亂語，惑吾清聽！也不及交手，急將日月珠劈頭打來。接引道人指上放一白毫光，光上生一朵青蓮，托住此珠。西方教主曰：青蓮托此物，衆生那得知。龜靈聖母原非根深行滿之輩，不知進退，依舊用此珠打來。接引道人曰：既到此間，也免不得行此紅塵之事，非是我不慈悲，乃是氣數使然，我也難為自主。我且將此寶祭起，看他如何。西方教主將念頭祭起。龜靈聖母一見，躲身不及，那念珠落下，正打在龜靈

聖母背上，壓倒在地，現出原身，乃是一個大龜。只見壓得頭足齊出。懼留孫方欲仗劍斬之，西方教主忙止之曰：道友不可殺他，若動此念，轉叔難完，相報不已。教主呼童子：在那裏？西方教主言未畢，只見一童，逃至面前。西方教主曰：我同此位道友去會有緣之客，你可將此畜收之。接引道人同懼留孫赴蘆蓬來。不表。且說西方白蓮童子將一小小包兒打開，欲收龜靈聖母，不意逃出一件好東西，甚是利害，聲音細細，映日飛來。怎見得？有詩為証。

詩曰：

〔夾批〕道個俱　無得奸　普

聲若轟雷嘴若針，穿衾度幔更難禁。
貪餐血食侵人膚，畏避烟燻集茂林。
炎熱愈威偏聒嘆，寒風繞動便無情。
龜靈聖母因逢扱，難免群鋒若聚簪。

話說白蓮童子打開包裹，放出蚊蚤。那蚊蚤聞得血腥氣，俱來叮在龜靈聖母頭足之上。及至趕打，如何趕得徹？未曾趕得這裏，那裏又宿滿了。不一時把龜靈聖母吸成空壳。白蓮童子急至收時，他已自四散飛去。一翅飛往西方，把十二品蓮臺食了三品。後來西方教主破了萬仙陣回來，方能收住，已是少了三

出六位化身怎見得。
面如傅粉。三首六臂。二目中火光焰裡現金龍。兩耳內朵朵金蓮生瑞彩。足踏金鰲靄靄祥雲千萬道。手中托杵巍巍紫氣徹青霄。三寶如意擎在手。長毫光燦爛淨瓶楊柳在肘後。有瑞氣騰騰。正是普陀妙法莊嚴。方顯慈航道行。

且說金光仙看見闡教內門人這等化身。自嘆曰。真好一個玉虛門下。果然氣宇不同。欲待逃回早已被慈航道人祭起三寶玉如意。命黃巾力士把此物拿去蓬下聽候發落。少時力士平空把金光仙拿在蘆

蓬下。南極仙翁在蓬下等候。忽見空中丟下金光仙來。南極仙翁見金光仙跌下蓬來。尊老子命令。將金光仙頸上連拍幾下。這業障還不速現原形。更待何時。金光仙情知不能逃脫。就地一滾現出原形。乃是一隻金毛吼。仙翁至蘆蓬回覆法旨。元始分付。也與他項上掛一牌。書金光仙名諱。就與慈航為坐騎。仙翁一一如命施為。慈航騎了復出陣前。此乃是三大師。敎伏獅象吼。後與釋門成於佛敎。為文殊普賢觀音。是三位大士。此是後話表過不提。且說通天教主見如此光景。心中大怒。方欲仗劍前來。以决雌雄。忽

（眉批：三個到　伐俱燬　本批）

聽得後面一門人大呼曰。老師不要動怒。吾來也。通天教主觀之。乃是龜靈聖母。身穿大紅八卦衣。仗手中寶劍。作歌而來。

歌曰

炎帝修成大道通。胸藏萬象妙無窮。
碧遊宮內傳真訣。特向紅塵西破戎。

只見龜靈聖母欲來拿廣成子報仇。這壁廂有懼留孫迎上前來曰。那業障漫來。老子元始准提道人三位教主是慧眼。看出龜靈聖母行相。元始笑曰。二位道兄似這樣東西如何也要成正果。真個好笑。你道

（眉批：此物不消得道也自萬年不死）

他如何出身。有讚為証。

讚曰

根源出處號封帮泥。水底增光獨顯威。
世隱能知天地性。靈惺偏嶢鬼神機。
藏身一縮無頭尾。展足能行郎自飛。
蒼頡造字須成體。卜筮先知伴伏羲。
穿萍透符千般俏。戲水翻波把浪吹。
條條金線穿成申。點點裝成玳瑁斋。
九宮八卦生成定。散碎鋪遮綠羽衣。
生來好勇龍王幸。死後還駝三教碑。
要知此物名何姓。炎帝得道母烏龜。

且說龜靈聖母仗劍出來。與懼留孫大戰。未及三五

賢真人仗手中劍。火速忙迎未及數合靈牙仙便往
兩儀陣中而去普賢真人趕入陣内靈牙仙祭動兩
儀妙用逞截教玄功發動雷聲來困普賢真人只見
普賢真人泥丸宮現出化身甚是兇惡怎見得有讚
為証。

讚曰

面如紫棗裹巨口獠牙雲時間。紅雲籠頂上。一會家
瑞彩罩金身。瓔珞垂珠掛遍體蓮花托呆起祥雲
三首六臂持利　器手内降魔杵一根正是有福
西方成正果真人今日已完成。

說話普賢真人現出法身。鎮住靈牙仙仍用長虹索。
命黃巾力士。將靈牙仙拿去蘆蓬下。聽候指揮普賢
真人破了兩儀陣遲至蘆蓬上。謁老子老子命南
極仙翁速現靈牙原身。南極仙翁領令將三寶玉
如意把靈牙仙連擊數下。靈牙仙就地一滾現出原
形乃是一隻白象。老子分付與白象頸上也掛一牌
上書靈牙仙名諱與普賢真人為坐騎。至陣前通
天教主見青獅在左白象在右不覺大怒正欲上前。
只見四象陣中金光仙大呼曰。闡教門人不要逞強
菩來遲乃作歌而出。

妙法廣無邊身心合秉鈞。今領四象陣道術豈多
言。二指降龍虎雙胖運太玄。誰人來會我方是大
羅仙。

歌曰

元始見金光仙出得四象陣來。勇猛莫敢忙分付慈
航道人曰。你將如意縋定。進四象陣去直須如此如
就就變化無窮何愁此陣不破也此是你有緣之騎。
慈航領命作歌而出。

歌曰

普陀崖下有名聲。　　了却歸根返玉京。

今日已完收四象。　　夢魂猶自怕臨兵。

慈航歌罷金光仙躍身而出大呼曰慈航道人你口
出大言肆行無忌好個今日已完收四象只怕你死
於目前不要逞正要拿你仗手中劍飛來直取慈
航道人手中劍急架忙迎未及三合金光仙便入四象
陣去了慈航趕入陣中金光仙將四象陣符印祭開
内有無窮法寶求治慈航道人正是。

四象陣遇金毛吼。　　潮音洞裏聽談經。

話說慈航道人見四象陣中。變化無窮忙將頭上一
拍有十朵慶雲籠罩蓋住頂上只聽得一聲雷響現

接旛作筒而出。

偈曰

混元一氣此爲先　萬劫修持合太玄

莫道此中多變化　汞鉛消盡福無邊

文殊廣法天尊歌罷虹首仙大呼曰今日之功各顯
其教不必多言仗手中劍砍來文殊廣法天尊將
劍急架相還未及數合虹首仙進陣便往陣中而去文殊
廣法大尊縱步趕來虹首仙便祭起符印只見
陣中如鐵壁銅墻一般兵刃如山文殊廣法天尊將
盤古旛展動鎮住了太極陣廣法天尊現出一法身

求怎見得有讚爲証。

讚曰

面如藍靛赤髮紅髯渾身上五彩呈祥遍體內金
光擁護降魔杵滾滾紅熖飛來金蓮邊騰騰霞光
亂舞亞是太極陣中皈依大法現威光杂杂祥雲

籠入面。

虹首仙見廣法天尊現出一位化身甚是奇異只見
香風縹緲瓔珞纏身蓮花脚下虹首仙無法可治正
徹廻避文殊忙將縛妖繩祭起命黃巾力士拿去蘆
蓬下聽候槃落廣法天尊收了法像徐徐出陣上蓬

參見元始曰弟子巳破太極陣矣元始命南極仙翁
送蘆蓬下將虹首仙打出原身仙翁領命至蓬下見
虹首仙縛住一團南極仙翁對虹首仙口中念念有
詞道聲疾還不速現原形更待何時只見虹首仙把
頭搖了兩搖就地一滾乃是一個青毛獅子剪尾搖
頭甚是雄偉南極仙翁回覆元始天尊命令元始分
付就命廣法天尊驕坐仍于項下掛一牌上書虹首
仙名讚次曰老子與元始親臨陣前問通天教主何
在左右報與通天教主逕出陣前老子命文殊騎了
青獅至前面老子指與通天教主看曰你的門下供

有此等之物你還要自逞道德清高真是可笑就把
個通天教主羞紅滿面大怒曰你再敢破吾兩儀陣
麼老子尚未及回言只見兩儀陣內靈牙仙大呼而
出曰誰敢來破吾兩儀陣麼正是

　袖裡乾坤翻上下　兩儀陣內定高低

靈牙仙逕出陣來問誰敢來見吾此陣元始命普賢
真人曰你去破此陣走一遭遂將太極符印付與普
賢真人真人至陣前曰靈牙仙你苦行成形未何不
守本分又來多此一番事也只怕你咫尺間現了原
形那時悔之晚矣靈牙仙大怒仗雙劍飛來直取普

又批

神仙原自清靜無為豈得專以殺伐為裏兒
其鼻祖者乎通天教主原是立封神榜的人。
如何反丟了糊突帳裡去真個可笑此老真
該打入輪廻不可令他掌教鴻鈞自欠主張

第八十三回　　慈航收伏獅象犼

詩曰

一鈎朗月半輪秋。　三點如星仔細求。
獅象有名緣相立。　慈航無着借形修。
朝元最忌貪嗔敗。　脫骨須知呈得警。
總為諸仙逢殺切。　披毛帶角盡背休。

話說準提道人命水火童子將六根清靜竹來釣金
鼇置于空中將竹枝垂下那竹枝就有無限光華
與彩囊住了烏雲仙烏雲仙此時難逃現身之厄準
後將困烏雲仙你此時不現原形更待何時只見烏

雲仙把頭搖了一搖化作一個金鬚鼇魚剪尾搖頭
上了釣竿童子上前枷住了烏雲仙的頭將身騎上
鼇魚背上逕往西方八德池中受享極樂之福去了。

正是

八德池中閑戲耍　金蓮為伴任逍遙。

話說準提道人收了金鼇趕至萬仙陣前通天教主。
看見準提怒沖面上眼角俱紅大呼曰準提道人你
今日又來會吾此陣吾決不與你干休準提道人曰
烏雲仙與吾有緣被吾用六根清淨竹釣去西方八
德池邊自在逍遙無罣無碍真強如你在此紅塵中

擾攘也通天教主聽罷大怒正欲與準提厮殺只見
得太極陣中一人作歌而出

歌曰

大道非凡道玄中玄更玄誰能黍悟透咫尺見先
天。

話說太極陣中虹首仙提劍而出誰人敢進吾陣中
來共決雌雄準提道人曰文殊廣法天尊備你共會
此位有緣之客準提道人把文殊廣法天尊頂上一
指泥丸復開三光逬出瑞氣盤旋元始天尊遞一旛
與文殊名曰盤古旛可破此太極陣文殊廣法天尊

此神仙俱是目前煩

歌曰。

今朝圓滿斬三屍。　復整菩提在此時。
太極陣中遇奇士。　回頭百事自相宜。

赤精子躍身而出。只見太極陣中。一位道人長鬚黑面身穿皁服腰束絲縧跳出陣前。大叫曰，赤精子你敢來會吾陣麼。赤精子曰，烏雲仙，你不可恃強此處是你的死地了。烏雲仙大怒，仗劍來取，赤精子手中劍起面交還未及三兩個回合，烏雲仙腰間掣出混元鎚就地一聲響。把赤精子打了一跌。烏雲仙繞待下手。有廣成子大呼曰。少待傷吾道見，吾來了，仗劍

抵住了烏雲仙。二人大戰未及三合。烏雲仙又是鎚把廣成子打倒在地，廣成子忙將起來往西北上走了。通天教主命烏雲仙趕去定然拿來。烏雲仙領法旨。隨後趕來。廣成子前走，烏雲仙後趕。看看趕上廣成子正無可奈何。轉過山坡。只見準提道人來至。讓過了廣成子準提阻住了烏雲仙笑容滿面口稱道友請了。烏雲仙認得是準提道人。大叫曰。準提道人你前日在誅仙陣上。傷了吾師。今又阻吾去路情殊可恨。仗寶劍望準提道人頂上劈來道人把口一張有一朵青蓮托住了劍言曰。

舌上青蓮非托劍。　吾與烏雲有大緣。

準提曰道友我與你是有緣之客特來化你歸吾西方。共享極樂有何不美，烏雲仙大呼曰好潑道欺吾太甚。又是一劍準提用中指一指。一朵白蓮托劍準提又曰道友。

掌上白蓮能托刃。　須知極樂在西方。
二六蓮臺生瑞彩。　波羅花放滿園香。

烏雲仙大叫曰。一派胡說敢來欺我。又是一劍準提將手一指。一朵金蓮托住準提曰，烏雲仙友吾乃是大慈大悲，不恕你現出真相，若現相時可不有辱你

平昔修煉工夫化為烏有我如今不過要與你方教法故此善善化你幸祈急早回頭烏雲仙大怒又是一劍砍來準提將拂塵一刷烏雲仙手中劍只剩得一個靶兒烏雲仙大怒拎起混元鎚打來準提就跳出圈子去了烏雲仙隨後趕來準提曰，徒弟在那裡只見來了一個童兒身穿水合衣手執竹枝而來不知烏雲仙凶吉如何且聽下回分解。

總批

余化龍父子一門忠烈真不愧鬚眉雖余德甚痴豈得以此少之三仁然後不能多得。

元始曰。逞教下就有這些門人。據我看來總是不分品類。一概濫收那論根器深淺。豈是了道成仙之輩。此一回玉石不肯分。淺深互見。遭却者。可不杜用工夫。可勝嘆息話由未了。只見通天教主從陣中。坐奎牛而出。跨太紅白鶴絳綃衣。手執寶劍而來。老子看通天教主全無道氣。一臉兇光。怎見得有讚為證。

讚曰

闢地開天道理明。談經論法碧遊京。五氣朝元傳
妙訣。□花□□演無生。頂上金光分毫彰。足下紅
蓮逐萬年□□。□仙來紫氣□□。寶劍號□□伏

虎降龍為第一。擒妖縛怪任縱橫。從衆三千分□右後隨萬姓盡精英。天花亂墜無窮妙。地擁金蓮長瑞禎度盡衆生成正果。養成正道屬無聲對對幢幡前引道紛紛音樂及時鳴。奎牛穩坐截教主。仙童前後把香焚。霭霭沉檀雲霧長。騰騰殺氣自氳氳白鶴唳時天地轉。青鸞展翅海山澄。通天教主離金闕來聚群仙百萬名。

話說通天教主見二位教主。對面打稽手曰二位道兄請了。老子曰賢弟可謂無賴之極。不思悔過何能掌截教之主。前日誅仙陣上。已見雌雄。只當潛蹤隱

跡自己修過。以懺往愆。方是掌教之主。豈得怙惡不改。又率領群仙佈此惡陣。你只待玉石俱焚。生靈塗炭。盡你方纔罷手。這是何苦定作此業障耶。通天教主怒曰。你等謬掌闡教。自恃巳長。縱容門人肆行猖獗。殺戮不道。反在此巧言惑衆。我是那一件不如你。你敢欺我。今日你再講西方準提道人將加持杵打我就是了。不知他打我即是打你一般。此恨如何可解。元始笑曰。你也不必只講。只你既罷此陣就把你胸中學識舒展一二。我與你共決雌雄。通天教主曰。我如今與你仇恨難解。除是你我俱不掌教方纔

干休。通天教主道罷。怒進陣去。少時布成一個陣勢。乃是一個陣結三箇營壘攢簇而立。通天教主至陣前問曰。你二人可識吾此陣否。老子大笑曰此乃是吾掌中所出。豈有不知之理。此是太極兩儀四象之陣耳。有何難哉。通天教主曰可能破否。元始曰你且聽吾道來。

混元初判道為尊。

太極兩儀生四象。

煉就乾坤清濁分。

如今還在掌中存。

老子問曰。誰去破此太極陣。炁一遭赤精子大呼曰。弟子愿會此陣作歌而出。

的半空中仙樂盈空，珮環之聲不絕，群仙隨通天教主，離了碧遊宮。親至萬仙陣來。金靈聖母得知率領眾仙迎接教主，進了陣門，上了八卦臺坐下。萬仙叩謁畢。金靈聖母曰：二位師伯俱已至此，通天教主曰，罷了，如今是月缺難圓，既罷此萬仙陣，必定與他見個雌雄，以定一尊之位，今日是萬仙統會以完劫數。隨命長耳定光仙你且去蘆蓬上見你二位師伯下書。定光仙領命逕至蘆蓬下，見楊戩等俱在左右站立，哪吒問曰，來者何人，長耳定光仙曰，吾是蒙命下書來見師伯的，借你通報，哪吒上前啟知，老

子卜命來，哪吒下蓬說知。定光仙下得蓬來，見左右立着十二代門人，定光仙躬伏，將書呈上，老子看書畢。開定光仙曰，吾知道了，明日會破萬仙陣也。定光仙下蓬至萬仙陣回復通天教主，且說次日二位教主領眾門徒來看萬仙陣，下得蓬來至陣前，一見好萬仙陣。怎見得有讚為証，

讚曰

一團怪霧幾陣寒風，彩霞籠五色，金光瑞雲起千叢艷色，前後排山岳修行道士與全真，左右立湖海雲遊陀頭並散客。正東上九華巾水合袍太阿

劍梅花鹿都是道德清高奇異人，正西上雙狐髻，淡黃袍古定劍，八叉鹿盡是駕霧騰雲清隱士。正南土大紅袍黃班鹿，昆吾劍正是五遁三除截教公正北上皂色服蓮子箍，邪鐵鐗跨麋鹿都是倒海漠山雄猛客，翠藍幡青雲繞繞，素白旗彩氣翻紋大紅旗火雲罩頂，兜盧旗黑氣施張，杏黃旛下千千條古怪的金霞，內藏着天上無、世上少、關地開躍無價寶。又見烏雲仙、金光仙、亂首仙、兜光紗斜靈牙仙、哩蘆仙、金箍仙、氣毬昂昂、七寶車坐金靈聖母，分別列戶八虎車坐申公豹，總督諸仙無

當聖母法寶隨身，龜靈聖母包羅萬象金鐃響翻騰宇宙，主磬敲驚動乾坤，提爐排燄燄香煙龍霧隱羽扇搖翩翩彩鳳離瑤池，奎牛上坐的是混沌未分天地玄黃之外鴻鈞教下，通天截教主只見長耳仙持定了神書奧妙，道德無窮與截滅開六現瑞，左右金童隨聖駕，紫霧紅雲離碧遊，通天教主身心變其因，一怒結成雙管雨，教生克終有損天翻地覆鬼神愁，崑崙正法扶明主，山河一統屬西周。

話說老子同元始來看萬仙陣，老子一見萬仙陣，與

龍爐重臺殺氣森然。聚仙搖首日。好利害。人人異樣。個個兒形壺無扮。遭修行意。反有爭持殺伐心。燃燈斟衆太日。列位道見你看他們。可是神仙了道之品。衆仙看罷。方欲回蓬。只聽萬仙陣中。一聲鐘响來了。六位遑太作歌而出。

歌曰
人笑馬遂是痴仙。痴仙腹内有真玄。
真玄有路無人兒。惟我蟠桃赴幾千。
馬遂歌罷。大呼日。玉虚門下。既來偷看吾陣。敢與我見個高低。燃燈日。你們只貪看惡陣。致多生此一段

是非黃龍眞人上前日。馬遂你休要這等自恃。如今吾不與你論高低。且等掌教聖人來至。自有破陣之時。你何必倚仗強橫行兇滅教也。馬遂躍步仗劍來取黃龍眞人手中劍。急忙來迎。只一合。馬遂祭起金籬把黃眞人的頭籬住了。眞人頭疼不可當。衆仙急救眞人。大家回蘆蓬上來。眞人急忙除金籬。除又除不帝。只籬得三昧眞火從眼中冒出。大家開在一處不表。且說元始天尊來會萬仙陣。先着南極仙翁持玉特先行。南極仙翁跨鶴而來。雲光縹緲。馬遂擡頭見是南極仙翁。急架雲光。至半空中來。阻住去路。仙

翁笑日。馬遂你休要猖獗。掌教師尊來了。馬遂有欲爭持。只見後面仙樂一派。遍地異香。馬遂知不可爭持。按落雲頭。回歸本陣。南極仙翁先至蘆蓬萃衆仙迎鸞接駕。上蓬坐下。衆門人拜畢。待立兩傍。元始黃龍眞人有金籬之厄。忙叫過來。黃龍眞人行至南前。元始用手一揹。金籬隨脫。眞人謝畢。元始日。今日你等俱該圓滿。此厄各回洞府。守性修心。斬却三屍再不惹紅塵之難。衆門弟日。愿老師聖壽無疆。正靜坐間。忽聽得空中有一陣異香。仙樂飄飄而來。元始已知老子來至。隨同衆門人迎候老子下了板角青

牛。攜手上蓬。衆門人禮拜畢。老子拍掌日。周家不過八百年基業。貧道也到紅塵中。來三番四轉。何見運數難逃。何怕神仙佛祖。元始日。塵世劫運便是物外神仙都不能免。况我等門人又是身犯之者。我等不（都是自染紅塵）過誅了此一番刼數耳。二位師尊言過。端然默坐。全更蔚分。只見各童頂上現有瓔珞慶雲祥光繞繞滿空中有無限瑞靄直冲霄漢。且不言二位掌教師尊與衆門人默坐蘆蓬不表。且說金靈聖母。在萬仙陣内見瑞靄祥雲。知二位師伯已至。自思月今日掌教師伯已來。吾師也要早至方可。及至天明。只聽

余化龍父子一門忠烈。命左右收屍厚葬。凡軍士未得平復的。俱放在潼關調理。子牙方分部已定。只見黃龍真人。玉鼎真人。與子牙議曰。前面就是萬仙陣了。可請武王。也暫歇在此關。我等領人馬。往前面要路上。先命人造起蘆蓬蓆殿。迎迓三教師尊。我等只此一舉。以完劫數。了此紅塵之殺運也。子牙不覺大喜。忙命楊戩李靖。去造蘆蓬。二人領令去訖。周營衆將。自從遭痘疹之厄。人人身殘。個個狼須。俱在關上將息。又過了數日。只見李靖回令。蘆蓬俱巳完備。黃龍真人曰。蘆蓬既完。只是衆門人夫得

餘者俱離四十里遠扎下團營。候破陣後方許起程。衆將得令。就此駐劄不表。且說子牙同二位真人。與諸門人弟子。前至蘆蓬上。但見懸花結彩。香氣氤氳。迎接玉虛門下之客。今日萬仙陣總會。一面滿其紅塵殺戒。再去返本還元。不一時。到三山五岳衆道人。齊齊拍手大笑而來。廣成子。赤精子。文殊廣法天尊。普賢真人。慈航道人。清虛道德真君。太乙真人。靈寶大法師。道行天尊。懼留孫。雲中子。燃燈道人。衆道人先乎邪稽首曰。今日之會。正完其一千五百年之劫數。正應。

靜心定性誦黃庭。盡皆皈依從正道。

子牙迎接上蓬坐下。先論破陣原故。燃燈曰。只等師尊來。自有道理。衆皆默然端坐。且說金靈聖母。在萬仙陣中。見燃燈道人頂上。現了玉花。冲上空中。已知玉虛門下。衆道者來了。隨發一個雷聲。振開萬仙陣。一塊烟霧徹開。現出萬仙陣來。蘆蓬上衆仙一見。駭目細看數番。見截教中高高下下。攢攢簇簇。俱是五岳三山。四海之中。雲遊道客。奇奇怪怪之人。燃燈點頭。對衆道人嘆曰。今日方知截教有這許多人品。吾教不過屈指可數之人。正是

不是正門。終無下落。

玄都大法傳吾輩。　方顯清虛不二門。

內中有黃龍真人曰。衆位道友。自元始以來。為道獨尊。但不知截教門中。一意濫傳。遍及非類。真是可惜工夫。苦勞心力。徒費精神。不知性命雙修。枉了一生作用。不能免生死輪迴之苦。良可悲也。有道行天尊曰。此一會。正是我等一千五百年之劫。難逢難遇。今我等先下蓬。看看如何。燃燈曰。吾等不必去看。只等師尊來至。自有會期。廣成子曰。我等又不與他爭論。又不壞他的陣。遠觀何妨。衆道人曰。廣成子言之甚當。燃燈亦不住。衆人只得下蓬。一齊來看萬仙陣。只

看看繞是那騎離了帥府上得城來，只見周營比起初三四日光景不同，起先營中毫無烟火，今日周營中，反覺騰騰殺氣，烈烈威風，人人敢勇，個個精神，旗嚴整，金鼓分明，重重戈戟，登登鎗刀，余化龍慌問余德曰：這幾月周營中已有復舊光景，此事如何。余達從傷理怨曰：兄弟你不從吾言，致有今日，豈有人是自家會死得盡的。余德默然不言，暗思吾師傳我此術，啊應隨時，豈有不准之理，其中必有原故，乃對父兄曰：事已至此，遲疑無益，此必有人在暗中解了蘇他，一時身弱，也不能爭戰，不若乘其不備一戰。

河以戍功，遲則有變。余化龍聽說，只得領五子殺出關來，邅奔周營，欺周將身弱，余德穿道服仗劍在前，如風馳雨驟而來，喊聲大振。姜子牙與衆門人諸將正要出營，恰逢其時，楊戩曰：此匹夫持強欺敵，是自覆冠逞乎牙金四不刑，哪吒引道衆門人左右擁護，未肯殺出營。衆大呼曰：余化龍，今月是汝父子死期。聲衆金吒二吒氣沖牛斗，楊任腹內生烟，雷震子聲如雲靂，葦護咬碎鋼牙，李靖欲平吞他父子，龍鬚虎如霧騰來雲，奮勇爭先，余家父子迎上前來，周營中衆門僅了余家父子，未及數合，哪吒現出三首八

臂膊風火輪，先在潼關城上，軍士見哪吒三頭八臂，一聲喊散了個乾靜，余化龍父子見哪吒上關，身乎被衆人裹住，不得跳出圈子，因此上出了神，被雷震子一楔，正中余光頂上，翻下馬去。余達大呼曰：匹夫傷吾之兼，勢不兩立，來戰。雷震子又被韋護祭起降魔杵，把余達打死，倒在塵埃。楊任將扇子一搧，余光余兆之父化作飛灰而散。余德見弟兄已死四人，心中大怒，直奔子牙殺來，子牙身體方纔好，諒戰不過，急祭打神鞭于空中，正中余德，打翻在地，早被李靖女戩剁死。雷震子見哪吒上城，也飛進城來，余化

龍見五子俱亡，潼關已歸西土，在馬上大呼曰：紂王，臣不能盡忠扶帝業，為主報深仇，臣今拼一死而報君恩也。余化龍仗劍自刎而亡。後人卑道余化龍父子一門死節，後人有詩吊之。

詩曰：

鐵騎馳驅血力紅，潼關力戰未成功。
六門盡節忠商主，萬死丹心泣曉楓。
苟祿眞龍慚素位，捐生今始識英雄。
清風耿耿流千載，豈在漁樵談笑中。

話說余化龍自殺，子牙驅人馬進關，出榜安民清查

【2214】

眾門眾臉上俱有疤痕。子牙夫怒。與眾人共議事國
誰恨。眾人齊屬聲。犬叫。曰。今日不取潼關。勢不回軍。
不知杀死龍父子性命如何。且聽下回分解。

總批
痘疹毒惡於時疫之傳染同犬抵是九死一
連此症不知此藥如林是時其流毒不可紀
及其恨當曰子羔慈此禍端何不遭根斯絕

又批
慈疼既與近日似此本人難見親去仍為神仙
他自遭疤如此害之在當年不出痘既也做

【2215】

不得神仙在近日病故。也做不得人人
與仙雨不可得。還請自做主張。

又批
或曰。我慨姜子牙真會慈事。當初不惹他也。
不得流傳至今。使人人遭劫。本起初不過連
先光先德弟兄五人。尚只督得男子。不知何
年又添上個婆娘。如本速女子也不放空乎
因不然子自錯怪疗人。非是婆娘不放女子。
只男子誰肯放空了他。畢竟未曾添這婆娘。
若是添這婆娘微自吃蹶不暇。安得來管顧

【2216】

女子還是你起曾村。探得寬。或人不覺自遂。

【2217】

第八十二　會萬仙陣

詩曰
萬仙惡陣列山隈。　颯颯寒風劈面催。
片片祥光籠斗柄。　紛紛殺氣透靈臺。
魚龍此際分真偽。　玉石從今盡脫胎。
多少修持遭此刼。　三屍斬去五雲開。

話說余化龍與余達等俱聽了余德言語。不以周兵
為意。日逐飲酒。只事周營兵將。自巳病死。那一日不
覺就是第八日。余化龍對諸子言曰。今日巳是八日。
不見探事官來報我們可上城一看。五子齊曰上城

遯洞府來啓老爺外面有楊戩求見。伏羲聖人曰着他進來。童子復至外面招戩進見楊戩至蒲團前倒身下拜弟子楊戩願老爺聖壽無疆拜罷將書呈上伏羲展玩書圖。

弟子壽諸真人玉鼎真人薰沐頓首奉書上啓開天闢地是皇上帝寶座下弟子仰仗三教演習靈文宜懸符蒲圖登歇冒賛賓奏但弟子等運遲劫數殺戒已臨棄應遲之天子伐無道之獨夫路逢漢關矣遵余德以左道之劫術瘖毒害於牛宮兹有元戎姜尚暨門徒將士兵卒六十餘萬颟؟

2210

顆粒之瘖莫辨為癰為毒瀕瘝待盡至呼啄以難道且多業飛鏃乘漿而莫用自思無奈仰叩仁慈憋祈大開惻隱憐繼立極之聖君拯無辜之性命果施雨露以慰倒懸啓不勝待命之至。

伏羲看罷能書韻神農曰今武王有事於天下乃是應運忘蕭敬賞有此厄難吾等理宜助一臂之力神農目覷兒之言起此遂取三粒丹藥付與楊戩得了捋藥脫而歷曰此丹將何用度伏羲曰此丹一粒可救武王。一粒可救子牙一粒用水化開只在軍前四處灑遍此毒氣自然消滅楊戩又問曰不知此疾

2211

何名伏羲曰此疾名為痘疹乃是傳染之病少若救遲便是死症楊戩又啓曰倘此疾後日傳染人間將何藥能治乞賜指示神農曰你隨我出洞至紫雲崖來楊戩隨了神農來至崖前尋了一遍神農扳一朵遂真楊戩你往太間傳與後世此藥能救痘疹此紫此楊戩又脆懇曰此藥何名神農曰你聽我道來。

卸一朵為証。

詩曰

紫梗黃鬚次蔽花。痘瘡發表是升麻，
常桑仲說玄申救。傳與人間莫浪誇

2212

話說楊戩求了丹藥受傳下丹訣以濟後人。難了太雲洞逕至周營來見子鼎真人備言味得丹藥併丹麻之草可救痘疹之厄黃龍真人忙將丹藥化開先救武王玉鼎真人來治子牙楊戩與哪吒將水化開此丹。用楊枝酒起四處來囊府間痘疹之毒一時全消正是。

痘疹毒害從今起，　　後人過着有生凶。

周營內被楊戩哪吒在四面酒遍只三日。五岳門人與此夫不同俱是腹內有三昧真火的。又會五行之術不覺俱先好了。人人切齒箇箇咬牙。次日子牙見

2213

等甚多，且商議。楊戩曰：呂岳伐西岐，還有數廓可依。
如今不遇行營寨柵，如何抵當？倘潼關余家兵振拿
殺自來，如何濟事？二人心下甚是憔悶。且說余化龍
領兵六人在潼關城上，察看周營煙火全無，燈盞旗
濟殺世人，只此六陣滅致，卻不為英，余德用此兒不然若依余
辦寨柵，余達曰乘周營蕭靜，哥等領兵而關十
滌勤余龍宣使他人知我德絕妙……
不動蜂邑念周兵未竹萬，余人自然滅絕，妙妙。五人
奈曰妙哉妙哉，用當此正是武正有稿，不然若依余
運之高期，周管兵槁死無憔顇。正是

洪福已扶仁聖主　致令余德逞奇謀

話說楊戩見子牙看病勢危急，心下著慌，到哪吒
共議，曰師叔如此狠得，呼咳俱難，如之奈何，話由未
了，只見半空中黃龍真人跨鶴而來，楊戩哪吒迎接
黃龍真人至中軍坐下，真人曰他原說先來，如今該會萬
楊戩答曰不曾來，真人曰楊戩你師父可曾來
禦陣了，話未絕時，又聽得玉鼎真人
真人自空中來至楊
楊戩迎迓拜罷，玉鼎真人起身入內營來看子牙，見子
牙如此模樣，真人點首嘆曰雖是帝王之師，好容易
正是你。

七死三災今已滿，清名留在簡篇中。

玉鼎真人嘆息不已，隨命楊戩：你再往火雲洞走一
遭。楊戩領命，借著土遁往火雲洞而來，如風雲一樣。
看看來至山腳下，好山！真無限的景致，有奇花瑞馥
其山依依，怎見得有賦為証。
賦曰：
勢遠天巍，名號火雲。看青鼙磊磊的蒼松翠聳，
猗猗庭庭的修竹鳳尾交加，象蒙茸茸的碧草茸茸
嫩蕊，古古怪怪的古樹塵角丫叉，配似彎彎曲曲的
人大小小的伏虎，老藤扑樹，似彎彎曲曲的騰蛇

丹壁上更有些分分明明的金碧影低，潤中只見
那香香馥馥的瑞蓮華，洞府中鎖看那氤氳氣
的霧雲謂峰巒上，籠看那爛爛熳熳的烟霞對彩
鳴，渾似那咿咿啞啞的律呂雙雙丹鳳嘯恍疑
是嫩嫩曉曉的笙簧，蠢蠢水跳珠點點滴滴從玉女
盤中潷出，寬流彩閃閃灼灼自蒼龍嶺上飛斜
真個是綢起無如仙景妙，火雲仙府勝玄都。
說楊戩看罷景致，不敢擅入，少時見一水火童子
曲森，楊戩上前稽首，目敢煩師兄借傳一語，楊戩來
見童子，認得楊戩，忙作回禮曰師兄少待，童子回言畢

姜尚先當日說景休提次日余德出關至周營只要姜子牙答話哨馬報入中軍子牙隨出大營見一道童顏挽孤誓麻韡道服伏劍而來子牙蓬來余德曰吾乃余化龍第五子余德是也楊戩用哮天犬咬傷吾父哪吒用圈打傷吾兄今日下山特為父兄報仇吾與汝等共顯胸中道術以決雌雄敬步伏劍來取子牙傍有楊戩舞刀忙趨哪吒提鎗現則三首八臂雷震子草藥金吒木吒李靖一齊上前迎敵口稱拿此溺道休得輕放眾門人一齊上前把余德圍在垓心總十荷術不能使用湯戩見余德沖

2202

身一團邪氣暴住恰是左道起土把馬跳出圈子去取彈弓在手隨出營先正中余德余德妖術好一聲上逃走了子牙回營楊戩見子牙曰余德乃左道之小渾身一團邪氣寵罩防他暗用妖術子牙曰吾師哮虎曰前日四將戰四日果然是余達余兆余九有病樣防建逃先先德莫非就是此余德也傍有黃余兆余德子牙大驚憂容滿面雙鎖眉精正舞忠無將迫挽余德著傷敗回關上達府來用藥服了不一傷身器全愈余德切齒深恨日我若留你一個也不是荊道之士後時至晚余德與四兄曰你們今夜沐

2203

牙落地。曰：余元帥不才，甲冑在身，不能全禮。不才奉天征討獨夫，以除不道，弔民伐罪，所在望風納降，俱得縣邑，富貴所有；違命者隨即敗亡，家國盡失。元帥不得以昨日三次僥倖之功，認為必勝之策，倘迷不悟，一時玉石俱焚，悔之何及。請自三思，毋徒仍滅。余化龍叱曰：似你出身淺薄，不知天高地厚，戴之恩只知妖言惑衆，造反叛主，以遂狂為。今日逢吾，只教你片甲不存，無葬身之地。言未畢，左右蘇全忠令羞慚，見頭一功，只見左布四子冲殺過來，蘇全忠戰住余達，余兆敵住武吉，鄧秀抵住余光，余先殿

2198

住黃飛虎，余化龍歷住陣脚，四對見交兵，這塲大戰怎見得，好殺，有讚為証。

讚曰

兩陣上旗旛齊磨，四對將各逞英豪。長鎗闊斧並相交，短劍斜揮閃耀。蘇全忠英雄料料，余達似猛虎頭搖，武吉只叫活拿余兆，鄧秀戰捉余光。黃飛虎恨不得鈴挑，余先下馬，炎兒郎助陣似湖湯波濤，咫尺間天昏地瞄，殺多時鬼哭神嚎，這一陣只殺得屍橫遍野，血浼膏尚不肯干休罷了。

八員戰將各要爭先，余達撥馬就走，蘇全忠隨後趕

2199

來，復余達同手一柞，正中護心鏡上，打得紛紛粉碎，蘇全忠翻身落馬，余達勒回馬，挺鎗來刺，早有雷震子展開雙翅飛來，且快使開黃金棍，當頭刷來，余達只得架棍周營內，早有偏將祁恭，將全忠救回。話說余化龍見庸震子敵住余達，自縱馬舞刀，來取子牙。傍有哪吒登風火輪挺鎗來戰，來往冲突，兩軍役在虎穴之中，正酣戰間，却有楊戩催粮至營，見子牙開對交兵相戰，立馬橫刀，看十人對敵，不分勝負，楊戩口思曰：待我暗助他等，一陣遠遠將哮天犬祭起，余化龍那裡知道，被哮天犬一口，咬了頭子，連盔都帶

2200

去了。哪吒見余化龍着傷，急祭起乾坤圈，正中余先肩窩，太敗而走，周兵揮動人馬，冲殺一陣，只殺得屍橫遍野，血淋草稍，子牙堂鼓回營，正是

眼前得勝懽回寨，只恐飛災又降臨。

話說余化龍被哮天犬所傷，余先又打傷骨脅，父子二人呻吟一夜，府中大小俱不能安，不一日，余德回來，衆察父。家將報知，五爺來了，余化龍尚自呻吟不已。只見余德走近臥榻之前，見父親如此模様，急忙問，余化龍將前事備說一遍，余德曰不妨，遠是哮天犬所傷，將取丹藥用水敷之，即時全愈，又用藥搽治，兄

2201

余達大怒，搖鎗直取，太鸞手中刀赴面來迎，二將大戰二三十合，余達撥馬便走，太鸞隨後趕來。余達聞腦後馬至，掛下鎗，取出撞心杵，回手一杵，正中太鸞臉上，太鸞翻下鞍轎。可憐為將官的，正是：

禍福隨身于頃刻　翻身落馬項無頭

余達把太鸞一杵打下馬來，復一鎗結果了性命，泉了首級，掌鼓進關見父請功，將首級號令于關下。敗兵回見子牙報知，子牙聞太鸞已死，心下不樂。次日子牙陞帳，只見蘇護上帳欲去原關，子牙許之。蘇護上馬至關下討戰，哨馬報知余化龍，余次子余兆出

2194

開對敵。蘇護問曰：來者何人？余兆曰：吾乃余元帥次男余兆是也。雨是何名？蘇護曰：吾非別人，乃冀州鐵蘇護是也。余兆曰：老將軍，末將不知足，老皇親老將軍身為貴戚，世受國恩，宜當共守王土，以圖報效。何得忝敕房之寵，一旦造反，以助叛逆，切為將軍不取。一旦武王失恃，那時被擒身弒，國云遺譏萬世，追悔何及。速宜翻戈，尚可轉禍為福耳。蘇護大怒：天下大戰，武尤巳非商土豈在一澶開也。縱馬搖鎗直取余兆，余兆乎中鎗急架忙迎，二馬來往，未及十合，余兆取余黃旗一展，恐尺似一道金光一滾，余兆連人

2195

馬戟不亂了，蘇護不知所往，急自回看腦後馬至，慌忙轉馬，早被余兆一鎗刺中脇下，蘇護翻鞍落馬了，竟巳往封神臺去了。余兆取了首級進關來見父報功，將首級號令慶專不表。且荒子牙又見折了蘇護，著實傷悼。蘇護長子蘇全忠聞報，痛哭上帳，欲報父仇，子牙不得巳許之。蘇全忠領令至關下，關戰哨馬報進關來，余化龍令第三子余光出關對敵。蘇全忠見關中一少年將來，切齒曰：你可延余兆快來領死。余光曰：非也，吾乃是余元帥三子余光是也。全忠大怒，縱馬搖戟殺過來，兩馬相

2196

交戰，鎗旅舉大戰有二十餘合，余光撥馬便走。蘇全忠因父親被害，怒髮如雷，大罵曰：不殺匹夫誓不回兵。赶下陣來，余光捻下鎗，飛梅花標，回首一標有五根，一齊出手，全忠身中三標，幾乎墜于馬下，敗回周營。余光得勝進關見父回令，標打蘇全忠敗回，余化龍曰：明日待吾親會姜尚，設謀共破周兵，必取全勝。次日關中點砲吶喊，余總兵帶四子出關，至周營招戰，哨馬報進營來，子牙與眾將出營拒散，左右軍威甚整。徐化龍見子牙出兵，嘆曰：人言子牙善于用兵，果然話不虛傳。余化龍看罷，一騎當先，姜子牙請了

2197

（2190）
逕洪錦。徐蓋聽得關內喊殺。知是周兵成功。四將步行。趕至關前。見周兵巳將徐芳圍住。黃飛虎大叫曰。徐芳休走。吾來也。徐芳正在着忙之際。又見黃飛虎等四人冲殺前來。不覺吃了一驚。措手不急。被黃飛虎一釖砍來。徐芳墜後一閃。那釖竟砍落馬首。把徐芳撞下鞍韉。被衆軍卒生擒活捉。拿縛關下。衆將收了軍卒。迎姜元帥進關。陞庭坐下。出榜安民畢。有黃飛虎、南宮适等來見子牙。子牙曰。將軍等身受陷穽之險。賴皇天庇祐。轉禍爲福。此皆將軍等爲國忠心感動。遂將其家眷在穿雲關安置巳定。子牙分付把徐

（2191）
芳推來。左右將徐芳擁至階前。徐芳罵曰。徐芳。你殺兄。巳絕手足之情。爲臣。你有何顏尚敢抗禮。此乃人中之禽獸也。速推出斬了。衆軍士把徐芳推出斬首號令。設宴與衆將飲酒。犒賞三軍。翌日。子牙傳令起兵。行有八十里。兵至潼關安營。砲響立下寨柵。子牙陞帳。衆將官參謁畢。蕳取關。且言潼關主將余化龍。有子五人。乃是余達、余兆、余光、余德。惟余德一人在海外出家。不在潼關。連余化龍只有父子五人守尢關。僭忽聽開外砲響。探事報知。周兵抵關下寨。余

（2192）
化龍謂四子曰。周兵此來。一路屢屢得勝。今日至此。亦是勁敵。須是要盡一番心力。四子齊曰。父親放心。料姜尚有多大本領。不過偶而得勝。諒他可能過得此關。不言余化龍艾子商議。再言子牙次日陞帳。問座下誰去取此關見陣。一遭傍有太鸞應聲曰。末將願往。子牙許之。太鸞出營至關下搦戰。喘馬報入關中。余化龍命長子余達出關。余達潼關內有一員將。銀甲紅袍。真個奇異。整滾出關來。怎見得有讚爲証。讚曰

（2193）
紫金冠名束髮飛鳳額。雄毛撲面如傅粉一般同。大紅袍罩璉環甲。獅蠻寶帶現玲瓏。扮將鋼鞭如鐵塔。銀合馬跑白雲飛。抖白銀鎗。鞍上拉大紅旗。上書金字。潼關首將名余達。話說太鸞大呼曰。潼關來將何名。余達曰。吾乃余元帥長子余達是也。久聞姜尚大逆不道。興兵構惡。不守臣節。干犯朝廷關隘。是自取滅亡耳。太鸞曰。吾元帥乃奉天征討。東進五關。吊民伐罪。會合天下諸侯。觀政于商。五關進之有三。爾尚敢拒逆天兵哉。速宜倒戈免汝一死。若俟關破之日。玉石俱焚。追悔何及

十把傘盡成飛灰。當有瘟部神祇李平進陣來，指望勘解呂岳，不要與周兵作難。也是天數該然，怜逢其會，當被楊任一扇子搧來，李平怎能逃脫。可怜正是。

點誠心分邪正。　　反遭一扇喪微軀。

李平誤被楊任一扇子搧成飛灰。陳庚大怒罵曰：何處來的妖人，敢傷吾弟。舉兵刃飛取楊任。楊任把扇子連搧數搧，莫說是陳庚一人，連地都搧紅了。呂岳在八卦臺上見勢頭凶險，捏着避火訣，指望逃走。不知楊任此扇乃五火真性橫簇而成，意是五行之火，可以趨避。呂岳見火勢愈熾，不能鎮壓，微身往後觀

（批：另一手段如此惡毒，令人驚賞不起，可喜可賞。）

走，被楊任趕上前連搧數扇，把八卦臺與呂岳俱成灰燼。三魂俱赴封神臺去了。有詩為証。

　　詩曰

九龍島內曾修煉。　　得道多年根未深。
今日遭逢神火扇。　　可知天意滅嗔心。

話說楊任破了瘟瘟陣，只見子牙在四不相上伏定，手執着杏黃旗。左右金花發現，擁護其身。諸門人看見齊來攙住子牙，也不言語，面如淡金。只見四不相一躍而起。武王在輦門見武吉背負子牙而來。武吉垂淚言曰：相父不過為國為民，受過苦中之苦

子牙背至中軍，放在臥榻之上。雲中子用丹藥灌入于子牙口中，送下丹田。少時子牙睜目見眾將官立于左右，乃言曰：有勞列位苦心。武王大喜曰：相父且自安心仔細調理。子牙在軍中安養了數日。只見雲中子曰：子牙自寬心，只有萬仙陣我等再來助你。今日且吾別子牙。子牙不敢强留。雲中子同終南山去了。子牙打點取開，只見楊任上前言曰：前日不來已睹，放了四將在內。元帥叫作速調遣子牙。見楊任說有四將在內，須得裏外夾攻，方可取開。子牙傳令點眾將攻開。且說徐芳又見破了瘟瘟陣。左右又來報，方

知義真已死。四將不知所往。心下十分着怵。只聽關外殺聲振地，鑼鼓齊鳴，喊聲不止，如天崩地塌之狀。徐芳急上關來守禦。只見周兵大勢人馬，四面殺起。雲梯火砲攻打甚急。有雷震子大怒，飛在空中一棍，刷在城敵樓上，把敵樓打塌了半邊。徐芳禁持不住，急下城來。雷震子已站于城土。哪吒登起風火輪，也上城來。守城軍士見雷震子這等凶惡，一齊走了。哪吒下城斬殺了鎖鑰。周兵一擁而入。徐芳見周營大勢人馬進關。只得縱馬攙鎗前來抵當。被周營大小眾將把徐芳圍困在當中。彼此混戰。且說黃飛虎南

（批：趣。實是男子。）

遍武王大喜命治酒歆待楊任又將救了四將事奏
過吾師特命不才來破瘟瘟陣耳雲中子曰你來的
正妅還差三日纔是百日之厄完滿眾門人見又添
楊任各有歡喜之色不覺過了三日次日清晨周營
砲响犬對齋開。一干周將與眾門人併武王雲中子
齊至轅門看楊任破瘟瘟陣楊任至陣前大呼曰呂
岳何不早來見我只見陣內呂道人現了三首六臂。
薑捧寶劍而出見楊任形貌異常心下也自驚駭忙
問曰你是何人通簡名來楊任曰吾乃道德真君門
下楊任是也今奉師命下山特來破你瘟瘟陣呂岳

2181

咲曰你不過一小童耳敢出大言仗劍來取楊任飛
電鎗急架相迎二獸相交鎗劍並舉戰未三合呂岳
掩一劍望庫中而走楊任大呼吾來也楊任進陣不
知凶吉如何且聽下回分解。

總批

呂岳昔日在西岐逃去幸而不死自當收過
遷善如何又來這裡阻逆周兵只討送去了
性命坊罷何其痴愚若此予見他對徐芳曰
我又不受他醫祿據此觀之乃是好名之人

又批

2182

李平特來爲子牙解釋極是好意又
有七死三災之厄然而於自巳則
湊數此是好事之過迷邦本心倘
山裡坐那討殺身之禍今日之招
宜當鑑戒。

2183

新刻鍾伯敬先生批評封神演義卷之十七

第八十一回　　子牙潼關遇痘神

詩曰

痘疹惡疾勝瘡瘍，不信人間有異方。
苑紫毒生追命藥，漿清氣絶索冤湯。
蒔行尸尸應多難，傳染人人盡著傷。
不是武王多福蔭，枉教軍士喪疆場。

話說呂岳忿進陣去楊任起進陣來呂岳上了八卦
臺將瘟瘟傘撐起來往下一罩楊任把五火扇一扇。
那傘化作灰塵飄楊而去又連搧了數扇只見那二

2185

長出兩隻手來，手心裏反有兩隻眼睛，騎着一足神獸，五柳長鬚飄揚腦後，軍士見之，無不駭然飛報與方義真，啟上將軍前邊來了個古怪異人，吐住了路，此行狀從來也，不曾有這樣的相貌，心中也自着驚，大呼曰，來者何人，楊任終是文家出身，言語自然輕柔，乃應曰，不須問我，吾乃上大夫楊任是也，將軍天道起歸明主，你又何必逆天行事，自取滅亡也，方義真曰，吾奉主將命令，押解周將往朝歌請功，你爲何阻吾去路，楊任曰，吾奉師命下山來，破瘟瘟陳，今逢

將軍短解周將理宜救護，我勸將軍，不若和我歸了武王，正所謂應天順人，不失封侯之位，有何不可，方義真見楊任低言悄語，不把楊任放在心上，把手中銃一舉，大喝曰，逆賊休走，吃吾一銃，楊任恐軍士傷鎗惡架相還，兩家大戰，未及數合，楊任忙用手中救擒寶救，忙用五火神焰扇照着方義真，一扇揭去，楊任不知此扇利害，一聲响，怎見得，可憐，有詩爲証，

　　詩曰

烈焰騰空萬丈高。　金蛇千道逞英豪。

鼎烟捲地紅三尺。　賈海翻波應尺消。

話說楊任把扇子一搧，方義真連人帶馬，化一陣紅風去了，衆軍士見了，吶一聲喊，抱頭棄兵，奔走回關，且說黃飛虎等，見楊任這等神，楊任知是異人，忙在陌車中問曰，來者是那一位尊神，楊任認得是黃飛虎俱是一殿之臣，忙下了雲霞獸曰，稱黃將軍，我非別人，不才便是上大夫楊任，因紂王失政，造鹿臺，我因直諫昏君，將吾剜去二目，多虧道德真君救吾上崑崙山，被爾粒仙丹納放目中，故此生出手中之眼耳，今蒙將我下山來，被瘟瘟陳，先救將軍等，故效此微勞耳，隨敕了四將，四將謝過了楊任，只是咬牙深恨楊

任曰，四位將軍且不必出關，且借住民家，待吾破了瘟瘟陳，那時率衆取關，公等可作內應，只聽砲聲爲號，某可有悞黃飛虎等，感謝楊任，自投開內民家去了，且說楊任上了雲霞獸，出穿雲關來，至周營，下了雲霞獸，軍政官見了大驚，楊任曰，早報於武王，吾非反人，也報馬報入中軍，有異人求見，雲中子知是楊任來矣，忙傳令請進中軍，諸將見了，各自駭然，楊任見雲中子，平拜曰，師叔在此，料呂岳何能爲患，雲中子安慰謝畢，請起，與衆門人相見，楊任來見武王，武王大驚，問其原故，楊任把紂王剜目之事，又說了一

必擧掛且不講武王納悶在帳內度日如年雙眉頻
鎖直説呂岳自囤住了子牙甚是歡喜毎日入陣內
三次用傘上之功將瘟瘟來毒子牙可憐子牙全仗
崑崙杏黃旗擎住瘟瘟傘陣內常放金花千百朵或
隱或現保護其身話説呂岳進關來徐芳接住日老
師今將姜尚困于陣內不知他何日得死周兵何日
得勝呂岳自有法處之徐芳日如今且把擒獲
周將解往朝歌請罪吾另外再作一本稱讚老師功
德併請益兵防守呂岳日不必言及吾等你乃奸臣
理當如此我是道門又不受他爵祿言之無用只是

會也跦眞君隨入後洞取出一根鎗名日飛電鎗在

　　歌日

君不見此鎗名號爲飛電穿心透骨牙猙獰常刺虎
降龍眞可羨先天鉛永配離雄就坎離相眷戀
迢能飛也能戰變化無窮隨意見今日與你破瘟
義呂岳逢之鮮血濺
蕭就楊任乃是封神榜上之神自然聰慧一見眞君
傳授須叟即會眞君日我把雲霞獸與你騎還有一
把丞火神焰扇你帶了下山君進陣中須是如此如

不可把反臣留在關內隄防不惻這到是緊要事併
請兵協守再作理會徐芳領命怏怏把四將點名上
了囚車差方義眞押解往朝歌請罪正是

　　皆望成功扶帝業　　中途自有異人來

話説方義眞押解四將往潼關來止只有八十里不
一日就到且按下不表話説青峯山紫陽洞青虛道
德眞君閑下無事徃蜒圍中來見楊任在傍眞君日
今日正該你去穿雲關以解子牙瘟瘟陣之厄並釋
四將之德楊任日老師弟子乃是文臣出身非是兵
戎之家眞君笑日這有何難學者自然得會不學難

彩墮空中飛來正是

　　莫道此獸無好處

雲霞獸把頂上角拍了一把那騎四蹄自然生起雲
傳德裡外夾攻定然成功楊任拜辭師父下山上了
四將有難在中途你先可救他在關内以爲接應破
此有然破他瘟瘟陣何愁呂岳不滅耳還有黃飛虎

　　曾赴蟠桃四五番

且説楊任霎時巳至潼關離城有三十里遠只見方
義眞辭謝犯官前進旗旛上大書解岐周反將黃飛
虎兩宮适等名字楊任落下獸來阻住去路大呼日
衆將那裡去軍士一見楊任生的古怪蹺蹊眼睛裹

瘟陣。怎見得有讚為証，

讚曰

殺氣漫空悲風四起，殺氣漫空黑暗暗俱是些兒哭，神嚎悲風四起昏鄧鄧，儘是那雷轟轟電掣透心寒。怎禁他冷氣侵人解骨酥，難常他喚風撲而遠，觀似飛砂走石，近看如霧捲雲騰。瘟疫氣陣陣飛來，火水扇翩翩亂舉，瘟瘟陣內神仙怕，正應姜公百日災。

話說子牙至陣前曰呂岳你今設此毒陣，吾與定央雄雄只怕你禍至難逃悔之晚矣。呂岳忙催開金眼駝仗劍飛來直取子牙手中劍急架相迎二人戰未及數合呂岳掩一劍遲入陣去了。子牙催開四不相隨後趕進陣來呂岳上了八卦臺將一把瘟瘟傘往下一蓋昏昏黑黑如紅沙黑霧罩將下來勢不可當，子牙一手執定杏黃旗架住此傘可憐正是

七死三災扶帝業，

萬年千載竟留芳。

話說呂岳將子牙困于陣中復出陣前大呼曰姜尚巳絕于吾陣叫姬發早早受死武王在轅門聞呂岳之言慌問雲中子曰老師相父若果絕于陣內真痛殺孤家也雲中子曰不妨此是污岳謬言子牙該有百日之災。只見後邊哪吒楊戩金木二吒李靖雷震子一齊大呼。拿這妖道碎屍萬段以泄我等之恨呂岳陳庚二人向前迎敵。大戰在一處只殺的陰風颯颯冷霧迷空怎見得。

這幾個赤胆忠良名譽大。他兩個要阻周兵心思壞。一低一好兩相持。數位正神同賭賽降魔怍來得快正直無私真寶貝。這一邊哪吒楊戩善勝挪那一邊呂岳陳庚多作怪刀鎗劍戟往來施俱是玄門仙器械。今日穿雲關外賭神通各選英雄真可愛一個克心不息阻周兵一個要與武王安世界苦爭惡戰豈尋常。地慘天昏無可奈。

話說眾人把呂岳陳庚附在垓心。哪吒現了三首八臂把乾坤圈祭起正中陳庚肩窩上楊戩祭哮天犬把呂岳頭上咬了一口。二人逕敗進瘟瘟陣去了眾門人也不赶他同武王進營。武王不見子牙心中甚是不樂問雲中子曰相父受困于陣內幾時方能出來。雲中子曰不過百日之厄災滿自然無事武王大驚曰百日無食焉能再生雲中子曰犬王可記得在紅沙陣內也是百日自然無事古云有福之人千方百計莫能害他無福之人遇溝壑也喪性命大王不

見左右來報有一道人要見呂老爺呂岳曰是誰與
我請來少時那道人飄然而至呂岳一見李平來至
忙迎任喜曰道兄此來必是來助我一臂之力以滅
周武姜尚也李平曰不然我得來勸你吾在中途聞
你擺瘟癀陣以阻周兵我故此特地前來相勸道兄
今紂王無道罪貫盈天下共叛此天之所以滅商
湯也武王乃當世有德之君上配堯舜下合人心是
應運而與之君非草澤乘奸之輩兇鳳鳴岐山五氣
已鍾兵矣道兄安得以一人扭轉天命哉子牙奉天
征紂俟罪弔民會諸候于孟津正應戡紂于甲子難

2165

道我李平反為武王不為截教來逆道兄之意所以
人之順逆道兄苦依我勸可徹去此陣但憑武王與
子牙征伐取關我們原係方外閑人消遙散淡無束
無拘又何名疆利鎖之不能解脫耶呂岳咲曰李兄
差矣我來誅逆討叛正是應天順人你未何自已受
惑反說我所為非也你看我擒姜尚武王令他片甲
不回李平曰不然姜尚有七死三災之厄他也過了
遇過多少毒惡之人十絕誅仙惡陣他也逐過此非
容易至此古丟前車已覆後車當鑒道兄何苦執迷
如此李平五次三番勤不醒呂岳此正是

2166

三部正神天數盡　　　李平到此也難逃

話說呂岳不聽李平之勸差官下書知會姜尚來破
此陣使命齎戰書至子牙行營來至轅門在右報入
中軍子牙命令來使命至中軍朝上見禮畢呈上戰
書子牙接開展玩

書曰

九龍島煉氣士呂岳致書于西岐元帥姜子牙麾
下竊聞物極必返逆天必罰爾西岐不守臣節以
臣伐君以下凌上有干綱常得罪天地況且以黨
惡之象屢杭敵于天兵仗闡教之術復屠城而殺

2167

將惡已貫盈人神共憤故上天厭惡特假手於吾
設此瘟癀陣今差使致書早早批宣以決勝負如
自揣不德急早倒戈尚待爾以不死戰書至日速
乞自裁

且說子牙看罷書將原書批回明日決破此陣來使
領書回見呂岳不表次日雲中子在中軍請子牙上
帳用三道符印前心一道後心一道冠內一道又將
一粒丹藥與子牙揣在懷中打點停當只聽得轅外
砲響報馬報進營來有呂岳在營前搦戰子牙上了
四不相武王同衆將諸門下齊至軍前掠陣真好瘟

2168

不可發暗器傷人。呂岳曰，爾乃小輩之言，我自用堂
堂之陣正正之旗，豈有用暗器傷你之理。子牙同衆
人往前後看了。一遍渾然一陣，又無字跡，如何認得。
子牙心中憔燥，此必是不可攻伐之陣，又是左道之
術。子牙忽然想起先始四偈，介牌關下過誅仙穿雲
關底受瘟瘟，此莫非是瘟瘟陣，乃對楊戩曰，此正應
吾師元始之言，莫非是瘟瘟陣麼。楊戩曰，待弟子對
他說。二人商議停當，回至軍前。呂岳曰，子牙公識此
陣否。楊戩答曰，呂道長，此乃小術耳，何足爲奇。呂岳
曰，此陣何名。楊戩咲曰，此乃瘟瘟陣，你還不曾擺全

侯罷全了吾再來破你的，呂岳聞楊戩之言，如石投
大海杳無言正是。
爐中玄妙全無用。
一片雄心付水流、
話說楊戩言罷同衆人回營，子牙陞帳坐下。衆門人
齊讚楊戩利齒伶牙，子牙曰雖然一時回得他好看。
終不知此陣中玄妙。如何可破。哪吒曰且答應他一
時再作道理。況且十絕惡陣與誅仙這樣大陣俱也
破了。何況此小小陣圖不足爲慮。子牙口雖然如此
不可不慎，古人云人無遠慮必有近憂，豈可因其小
而忽畧衆門人，濟曰元帥之言甚善正議間左右來

報終南山雲中子來見。衆門人曰，武王洪福，天齊自
有高人來濟此陣之急也。子牙忙迎出轅門，接住雲
中子。二人携手，行至帳中，坐下。子牙曰，道兄此來必
爲姜尚遇此瘟瘟陣也。雲中子笑曰，特爲此陣而來
子牙欠身謝曰，姜尚屢遭大難，每勞列位道兄動履
尚何以消受。困請教此陣用何人可
破。雲中子曰，此陣不用別人，乃是子牙公百日之災
只至災滿，自有一人來破。吾與你代掌帥印調督軍
事。其餘不足爲慮，子牙曰，但得道兄如此，姜尚便一
死，又何足惜，況未必然乎。子牙欣然，就將印劍付與

雲中子掌聲，只見左在傳與武王。武王問知雲中子。
說子牙有百日之災，忙至中軍，左右報來。雲中子與
子牙迎接上帳，行禮坐下。武王曰，聞相父破陣，孤心
不安，往往爭持，致多苦惱，孤想不肖，回軍各安疆界。
以樂民生，何必如此。雲中子曰，賢王不知上天垂象。
天運循環，氣數如此，豈是人爲，縱欲逃之不能。賢王
放心。武王默然無語，且不言雲中子，與子牙商議破
陣。且說呂岳進關同陳庚，將二十一把瘟瘟傘安放
在陣內，按九宮八卦方位，排列停當，中立一土臺安
置用度符研，打點備拿周將正與陳庚在陣內調度

黃金棍夾頭打來，呂岳手中劍急架忙迎，金吒步行，
用雙劍劈頭砍來。木吒嘯聲大罵道：不要走，也吃
吾一劍。李靖保護哪吒、眾門人一齊擁上前來，將呂
岳困在垓心。怎見得，有詩為証。

詩曰

殺氣迷空透九重。　一千神聖逞英雄。
道場太戰驚天地。　海沸江翻勢更兇。

話說眾門人圍住了呂岳，呂岳現出三首六臂，祭起
剁瘟印把雷震子打將下來，眾門人一齊動手救回。子
牙把打神鞭祭起空中，正中呂岳後背，打得三昧火

2157

何不等　等呂岳此　孟浪

逃出敗回穿雲關來，呂岳進關，徐芳接住，安慰：門老
師今日會戰，其實利害。呂岳日：今日出去早了，等吾
一道友來，再出去便可成功。話說子牙進營，見雷震
子着傷，心下又有些不快，且白不題。只見呂岳在關
上一連住了幾日，不一日來了一位道者，至府前對
軍政官日：你與主將就，有一道人求見。軍政官報入。
呂岳日：請來。少時一道人進府，與呂岳打了稽手，與
徐芳行禮坐下。徐芳問呂岳日：此位老師高姓大客。
呂岳日：此是吾弟陳庚，今日特來助你，共破子牙。併
搶武正。徐芳稱謝不盡，忙治酒欵待，呂岳問陳庚日：

2158

賢弟前日所煉的那件寶貝，可曾完否。陳庚答日：為
等此寶完了，方纔趕來，所以來遲，明日可以會姜尚
軍。正是。

煉就奇珍行大惡。　誰知海內有高明

一宿曉景無詞，只至次日，呂岳命徐芳選三千人馬，
過關來會子牙。徐芳親自掠陣不表。且說子牙陞帳，
與眾門人日：今日呂岳兄來阻吾退兵，你們各要好
細。正議間，左右來報：楊戩轅門等令。子牙傳令令來。
楊戩來至帳前行禮畢，言曰：奉令催粮無誤。子牙日：
如今呂岳又來阻住穿雲關。楊戩日：呂岳乃是失機

2159

佗不穩　他

之士，何敢又阻行旌。話由未了，只見軍政官來報：呂
岳會戰。子牙忙傳令，出營率領眾將與諸門人隨子
牙來至營前。呂岳日：姜子牙，吾與你有勢不兩立之
仇。若論兩教作為，莫非如此。且你係元始門不道德
之士。吾有一陣擺與你看。但你認得，吾便保周伐紂。
若是認不得，我與你立見高低。子牙曰：道友你何還
自守清淨，往往要作此業障，甚非道者所為。你既擺
陳，請擺來我看。呂岳同陳庚進陳，有半個時辰擺成
一陣，復至軍前大呼曰：姜子牙，請看吾陣。子牙同哪
吒、楊戩保護李靖上前來。楊戩日：呂道長，吾等擺陣。

2160

第80回

第八十回　楊任下山破瘟司

詩曰

瘟瘴傘蓋屬邪巫。疫癘間浮盡若臒。
剋陣兕頑非易破。着人狂燥豈能蘇。
須臾遍染家家盡。頃刻傳尸戶戶殂。
烈燄子牙災未滿。穿雲開下受崎嶇。

話說哪吒止住風火輪，前來開下搦陣，大呼曰：左右的將，與你主將，叫龍安吉出來見我徐芳！聞報命。龍安吉領命，出得關來，見哪吒在風火輪，心下暗想：此大乃是道術之士，不如先祭此寶，易

2153

於成功。龍安吉至軍前問曰：來者可是哪吒麼？道罷，哪吒未及答應，就是一鎗。哪吒的鎗赴面相迎，輪馬交還，只一合，龍安吉就祭四肢酥，丟在空中，大叫哪吒：看吾寶貝！哪吒臺頭看時，只見陰陽扣就如太極環一般，有叮噹之聲。龍安吉不知哪吒是蓮花化身，原無魂魄，焉能落下輪來。倏然此圈落在地下，哪吒見圈落下，不知其故。龍安吉大驚。正是：

　　鞍轡慌壞龍安吉　　豈意哪吒法寶來

話說哪吒又現出三頭八臂，祭起乾坤圈，大呼曰：你的圈不如我的，也還你一圈！龍安吉躲不急，正中頂

2154

門，打下馬來。哪吒復加上一鎗，結果了性命。哪吒拿了首級，進營來見子牙，取了龍安吉首級，子牙大喜。且說報馬報知徐芳，徐芳大驚，只見左右無將。朝廷又不點官來協守，止得方義真一人而已，如之奈何！忙修本遣官齋赴朝歌不表。忽見左右來報：府前有一道人要見老爺。徐芳忙傳令請來。少時見一道人，三隻眼，面如藍靛，赤髮獠牙，遜進府來。徐芳降堦迎接，請上殿，與道人打碴手，徐芳尊道人上坐。徐芳問曰：老師是那座明山，何處洞府？道人曰：貧道乃九龍島煉氣士，姓呂名岳，吾與姜尚有不世之仇，今特來

2155

至此，借將軍之兵，以覆昔日之恨。徐芳大喜：成湯洪福，天齊又有高人來助。治酒相待，一宿晚景不提。卻說次日呂岳出關，至營前請子牙答話。報馬報入中軍：啓元帥，有一道人請。元帥答話，子牙不知是呂岳，分付點砲出營，來至營前，看見對陣乃是呂岳，不覺可笑。豈意子牙兩邊眾門人，一見呂岳，人人切齒，個個咬牙。子牙曰：呂道友，你不知進退，尚不愧顏。當日既得逃生而去，今日又為何復投死地也？呂岳曰：我今日來時，也不知誰死誰活。只見雷震子大吼一聲，罵曰：不知死的匹夫，吾來了！展開二翅，飛起空中，好

2156

此日肢／際未何／不留之／於今日

陰陽連環雙鎖此圈名曰四肢酥此寶有叮噹之聲
耳聽眼見渾身四肢骨解觔酥手足齊軟當時洪錦
聽見空中響擡頭一看便坐不住鞍轎跌下馬來又
被龍安吉拿了進關洪錦自思此賊昔在吾帳下我
就不知他有這件東西懊悔匹夫之手左右將洪錦
推至殿前求見徐芳徐芳大喜曰洪錦你奉命征討
如何反降逆賊今日將何面目又見商君也洪錦曰
天意如此何必多言吾雖被擒其志不屈有死而已
徐芳傳令且送下監去黃飛虎見洪錦也至監中各
各嗟嘆而已子牙又聽得探馬報進營來言洪錦被

擒子牙心下十分不樂次日報龍安吉又來搦戰子
牙問誰去見陳只見南宮适出馬與龍安吉戰有數
合被龍安吉仍用四肢酥拿進關來見徐芳徐芳分
付也送下監中只見報馬報與子牙子牙大驚傷有
正印先行哪吒言曰這龍安吉是何等妖術連擒數
將待末將見陳便知端的不知龍安吉性命如何且
聽下回分解。

總批

法戒馬忠龍安吉皆有一技之能俱恃為取
勝之術一遇勁敵便主敗亡理也獨法戒竟

又批

為西方有緣化去幸免於死然則緣也是不
可不結的獨恨近日之和尚於婦女之燒香
拜佛時持盤化錢動曰結緣去然則此緣可
結乎更有一種賊禿淫僧假言講經宣卷男
女叢聚不分老少輒以此一字反復開諭誘
惑婦女竟墮其術須釀成奸淫之藪不勝枚
衆良可悲夫有閒門之責者不可預為之防
夭

法戒與龍安吉二件寶物一曰己

四肢酥立此四各者俱是婆心說法引魂旛
一動則人之魂魄皆飛七尺委地四肢酥一
響則人之骨解觔酥四肢莫救可畏也今人
自思誰家不有此二物豈可任其酥骨引魂
本去只委地四肢莫救可乎真是勸世最上
一乘。

牙備言燒死馬忠一事，子牙大喜慶功不表，兵見報
馬報入關中，啟主帥馬忠被哪吒燒死，徐芳大怒傷
遶，轉過龍安吉曰，馬忠不知淺深，自恃一口神煙，故
有此收，待末將明日成功，拿幾員反將解往朝歌請
罪，次日龍安吉上馬出關前來搦戰，哨馬報入中軍，
子牙問誰人出馬，只見武成王黃飛虎上帳曰，末將
願往，子牙許之，黃飛虎上了五色神牛，提鎗出營，龍
安吉見一員周將，怎見得有詩為証。

詩曰
慣戰能爭氣更揚　英雄猛烈性堅強

忠心不改歸周主　鐵面無回棄紂王
青史名標真義士　丹臺像刻是純良
至今伐紂稱遺跡　留得聲名萬古香
龍安吉大呼曰，來者何人，飛虎曰，吾乃武成王是也，
龍安吉你就是黃飛虎，反叛成湯，釀禍之根，今日
正要擒你，催開馬，搖手中斧來取，黃飛虎手中鎗急
架怵迎，二將相交，鎗斧並舉，大戰五十餘合，二將真
是棋逢敵手，將遇作家，龍安吉見黃飛虎的鎗法毫
無滲漏，心下瞪恩，莫與他賣弄精神，把鎗一挑，錦囊
中取出一物，望空中一丟，只聽得有叮噹之聲，龍安

吉曰，黃飛虎看吾寶貝來也，黃飛虎不知何物，擡頭
一看，早已跌下鞍轎，關內人馬吶一聲喊，將黃飛虎
生擒活捉，繩纜索綁，拿進穿雲關去了，報馬報入中
軍，啟元帥黃飛虎被擒，子牙大驚曰，怎樣的拿去，掠
陣官回曰，正戰之間，只見龍安吉丟起一圈，在空中
有叮噹之聲，黃將軍便跌下坐騎，因此被擒，子牙聽
說不悅，此又是左道之術，且說龍安吉將黃飛虎拿
進穿雲關，來見徐芳，黃飛虎站立言曰，吾被邪術拿
來，願以一死報國恩也，徐芳罵曰，真是匹夫捻故主
而投反叛，今反說欲報國恩，何其顛倒耶，且暫寄監

徐芳見黃飛虎來至，悵慰曰，不才惡弟不識天時，
特倚邪術，不意將軍亦遭此羅網之厄，黃飛虎點頭
無語，惟有咨嗟而已，話說徐芳治酒，與龍安吉賀功，
次日又至周營搦戰，子牙問誰敢出馬，只見洪錦出
馬，來至陣前，看見是龍安吉，龍安吉曾在洪錦帳下
為偏將，洪錦曰，龍安吉你今見故主，未何不下馬納
降，尚敢支吾耶，龍安吉笑曰，反將洪錦，何得多言，我
正欲拿你等解進朝歌，以正國法，爾何不知進退，尚
敢巧言也，蔡馬就殺，刀斧並舉，龍安吉祭起一圈起
在空中，不知此圈兩個，左右翻覆如太極一般，扣就

〔徐蓋甚痴、徐芳甚正〕〔畢竟徐蓋出馬強〕

前、徐芳也不動身、問曰、來者何人、徐蓋大笑曰、賢弟未何見我至此、而猶然若不知也、徐芳大喝一聲、命左右拿了、兩邊跑出刀斧手、將徐蓋拿下、綁了、徐芳曰、辱沒祖宗匹夫、你降反賊也、不顧家眷遭殃、今日你自來至此、正是祖父有靈、不令徐門受屠戮也、徐蓋大罵曰、你這不知天時的匹夫、天下盡巳歸周、紂王忘在旦夕、何況你這彈丸之地、敢抗拒弔民伐罪之師、你要做忠臣、你比蘇護黃飛虎如何、洪錦鄧九公如何、我今被你所擒、死固無足惜、但不知何人擒你以洩吾念也、徐芳傳令、把這逆命的匹夫、且監候。

候拿了周武王姜尚、一齊解往朝歌正罪、左右將徐蓋監了、徐芳問、誰為國討、頭陣走一遭、一將應聲而出、乃正印恭行官神烟將軍馬忠、願往、徐芳討之、馬忠領令開關、砲聲响處、殺至周營、報馬報入中軍、啟元帥、穿雲關有將搦戰、子牙曰、徐蓋休矣、忙令哪吒去取關、就探徐蓋消息、哪吒領令、上了風火輪、出得營來、見馬忠金甲紅袍、威風凜凜、哪吒走至軍前、馬忠曰、來者莫非是哪吒否、哪吒曰、然也、你既知我、未何不倒戈納降、馬忠怒曰、無知匹夫、你等妄自稱王、逆天反叛、不守臣節、侵王疆土、罪在不赦、不日拿住你

等、粉骨碎身、尚自不知、猶且巧言饒舌、哪吒笑曰、吾看你等、好一似土蛙腐鼠、頃刻便為齏粉、何足與言。馬忠大怒、搖手中鎗、飛來直取、哪吒的鎗閃灼光明。輪馬相交、雙鎗並舉、殺至穿雲關下。正是。

馬忠神煙無敵手、
只恐哪吒道德高。

馬忠知哪吒是道德之士、手段高強、自思、我若不先下去、恐他先弄手腳、卻不為美、馬忠把口一張、只見一道黑煙噴出、連人帶馬都不見了。哪吒見馬忠黑煙噴出口、逃往一塊、忙將風火輪登起、把身子一搖、現出八臂三首、藍臉獠牙、起在空中。馬忠在煙裡看

〔竟先下手也〕〔竟狂然〕

不見、哪吒急收神煙、正欲回馬、只聽得哪吒大叫、馬忠休走、吾來了、馬忠擡頭見哪吒、三頭八臂、藍面獠牙、在空中趕來、馬忠諕得魂不負體、撥馬就走、哪吒忙將九龍神火罩、拋來罩住馬忠、復把手一拍、罩裡現出九條火龍、圍繞霎時間、馬忠化為灰燼、怎見得。有詩為証。

詩曰

乾元玄妙授來真、秘有靈符法更神。
火棗瓊漿原自異、馬忠應得化微塵。

話說、哪吒燒死馬忠、收了神火罩、得勝回營、來見子

法戒被擒。忻命左右。將囹圉中雷震子放了開關。同
雷震子至營門納降探馬報入中軍啓元帥雷震子
轅門等人令。子牙大喜。忻命令來。雷震子至帳前對子
牙曰。徐蓋久欲歸周。屢被眾將阻撓。令特同弟子獻
關納降。不敢擅入。在轅門外聽令。子牙傳令令來。徐
蓋縞素進營拜倒在地啓曰。末將行旌歸周。撫素左
右官將不從。致羈行旌。屢獲罪戾。納欵口誰死。
罪望元帥海宥。子牙曰。徐將軍既知天命。歸周亦不
為遲。何罪之有。忻令請起。徐蓋謝過諸于牙進關安
縣軍民子牙傳令催人馬進關。子牙陛銀安殿差

眉批：行一了　義我一　米奉不武　為勛之王考之

迎請武王。一面清查戶口庫藏次‖武王駕進介牌
關眾將迎接武王。上銀安殿泰謁畢。王曰。州父勞心
遠征。使孤不得與相父共享承平。孤心不安。子牙曰。
老臣以天下諸侯為重。民坐水火之中。故不敢逆天。
以啚安樂子牙領徐蓋拜見武王。武王曰。徐將軍歡
關有功。命設宴犒賞三軍。一宵巳過。次日子牙傳令。
起兵前取穿雲關。放砲起程。三軍吶喊。不過八十里
一關止半日之間。前哨探馬報入中軍。前軍巳抵穿
雲關下。子牙傳令。放砲安營正是
戰將東征如猛虎。營前小校似歡狼。

話說穿雲關主將徐芳。乃是徐蓋見弟。徐芳聞知兄
長歸周。只急得三尸神爆跳。口鼻內生烟。大罵匹夫。
不顧父母妻子。失身反叛。苟啚爵位。遺嗅萬年。忻黙
聚將鼓眾將俱上殿泰謁。徐芳曰。不幸吾兒忘親皆
君苟啚富貴獻了關臨巳降叛臣。但我一門難免戮
身之罪。為今之計。必盡擒賊臣。以贖前罪。方可。吾見
先行官龍安吉曰。主將放心待末將先拿他幾員賊
將解往朝歌請罪。然後俟擒渠魁。以贖前愆。以顯忠
蓋則主將滿門良眷。自然無事矣。徐芳曰。此言正合
吾意只願先行與諸將恊心同力。以勦叛逆上報主

恩吾之願也。其他亦非所頑巳。眾將商議不表。且說
次日。子牙陞帳問曰。誰取穿雲關。忽一遭徐蓋應聲
曰堂元帥穿雲關主將。乃是末將之弟。不用張弓隻
箭。末將說舍弟歸周。以為進身之資。子牙大喜曰。將
軍若肯如此。真為不世之奇功。豈止進身而巳。徐蓋
上馬率關下大叫曰。右右開關守關軍卒。不敢擅自
關關忻報入帥府啓主帥。有大老爺在關下叫關徐
芳大喜忻令開關請來。把關軍士去了。徐芳分付左
右埋伏刀斧手兩傍伺候不一時。左右開關徐蓋不
知親弟有心拿他徐蓋進關來至府前下馬逕至殿

路上打了幾棍，法戒意欲逃走，鄭倫見土行孫成功。恐法戒逃遁，忙將鼻竅中兩道白光哼出來，法戒聽得不如是甚麼東西響，忙擡頭一看，看見兩道白光正是。

眼見白光出鼻竅，　三魂七魄夫無踪。

話說法戒跌倒在地。被烏鴉兵生擒活捉綁了子牙，用符印鎮住了法戒的泥丸宮，掌得勝鼓回營，法戒方睜開眼見渾身上了繩索，嘆曰，豈知今日在此地，悔遭毒手，追悔無及，只見子牙陞帳坐下。三運官來見子牙，子牙曰三運得功不小獎諭三運官曰。

2132

運督軍需，智擒法戒，玄機妙筭。奇功莫大了。牙獎諭畢。三員官稱謝子牙，子牙傳令，椎法戒來。眾軍卒將法戒推至中軍，法戒大呼曰，姜尚，你不必開言，今日天數合該如此，正所謂大海風波見無限，誰知小術反擒吾，可知是天命耳。速將軍令施行。子牙曰，既知天命，爲何不早降。命左右推出去斬了，衆軍卒把法戒推至轅門，方欲行刑，只見一道人作歌而來。

歌曰

善惡兩時志念榮枯都不關心，晦明隱現任浮沉

2133

不將的終制不斷，所以近日和尚開口，先講有緣。

隨分饑餐渴飲，靜坐蒲團存想，昏瞶便有魔侵。故將惡念阻明君，何苦紅塵受刃。

歌罷，大呼曰，刀下留人，不可動手。你與我報知元帥，說準提道人來見，楊戩忙報與子牙曰，有西方準提道人來至，子牙同衆門人迎接至轅門外，請準提道人進中軍。準提曰，不必進營，貧道有一言奉告，法戒雖然違天阻逆元帥，理宜正法，但封神榜上無名，與吾西方有緣，貧道特爲此而來，望子牙公慈悲，子牙曰，老師分付，尚豈敢違，傳令放了準提上前，扶起法戒曰，道友，我那西方絕好景致，請道兄皈依。

2134

這是西方第一個得力徒弟。

西方極樂真幽境，風清月朗天籟定，白雲透出引祥光，流水潺灣如谷應，猿嘯鳥啼花木齊，菩提路上芝蘭勝。松搖巖壁散烟霞，竹拂雲霄招彩鳳乜，寶林内更逍遙，八德池邊多寂靜。遠列巔峯似掃屏，盤旋溪壑如幽罄，曇花開放滿座香，舍利玲瓏超上乘，崑崙地脈發來龍，更比崑崙無命令。

話說準提道人道罷西方景致，法戒只得皈依，同準提辭了衆人，回西方去了。後來法戒在舍衛國化祈它太子，得成正果歸于佛教，至漢明章二帝時興教中國，大鬧沙門，此是後事不表。且說介牌關主將見

2135

（眉批）只因不是血肉之軀，到處討便宜。

尖鎗來戰法戒。法戒未及三四回合。怎把那旛取出來也。滉哪吒。哪吒乃蓮花化身。却無魂魄。如何滉得動他。法戒見哪吒在風火輪上安然。不能跌將下來。已自着怞。哪吒見法戒拿一首旛。在手内滉。知是左道之術不能傷已。怎祭乾坤圈打來。法戒躲不及。打了一交。哪吒方欲用鎗來刺。法戒已借土遁去了。子牙收兵回營。見折了雷震子。心下甚惱納悶在中軍。且說法戒被哪吒打了一圈。逃回關内。徐蓋見法戒着傷而回。便問老師。今日初陣。如何失機。法戒曰不妨。是吾誤用此寶。他原來是靈珠子化身。原無魂魄

焉能搶他。怎取丹藥。吃了一粒。即時全愈。分付左右且把雷震子擡來。法戒對雷震子。將旛右轉兩轉。雷震子睜眼一觀。已被搶捉。法戒大怒罵曰。爲你這厮反被哪吒打了我一圈。命左右拿去殺了。徐蓋在傍解曰。老師既來爲我末將。且不可斬他。暫監在囹圄之中。候解往朝歌候天子蔡落。表老師莫大之功。亦知末將請老師之徵功耳。看官此是徐蓋有意歸周。故假此言遮飾。法戒聽說笑曰。將軍之言甚是有理。正是。

徐蓋有意歸周主，不怕陀頭道術高。

（眉批）原來是打神鞭孫奔的

却說法戒次日出關。又至周營搦戰。軍政官報與子牙。子牙隨即出營會戰。大呼曰。法戒今日與你定個雌雄。催開四不相。仗劍直取。法戒手中劍。赴面迎來。戰未及數合。傍有李靖。縱馬搖畫桿戟來。助子牙。子牙祭起打神鞭去。來打法戒。不知此寶只打得神法。戒非封神榜上之人正是。

封神榜上無名字，不怕崑崙鞭一條。

話說子牙祭鞭來打法戒。不意被法戒將鞭接去。子牙着怞。忽然土行孫。催熴馬到營前。見法戒將打神鞭接去。土行孫大怒。恨向前。大呼曰。吾來也。法戒見個

矮子。用條鐵棍打來。法戒仗劍迎戰。二人正殺在一處。不意楊戩也催糧來至。見土行孫大戰陀頭。與怒馬舞三尖刀。亦來助戰。子牙見楊戩來至。心中大喜。兩員運糧官。雙戰法戒。正是天數不由人。不惹鄭倫催糧也到。鄭倫見土行孫楊戩雙戰道人。鄭倫自思曰。今日四人戰這陀頭。不下。畢竟是左道之人。我也是督糧官。他成得功。我也成得功。將金精獸催開。中殺過來。就把子牙喜不自勝。子牙兜回四不相。傳令軍士。擂鼓助戰。法戒被三運督糧官。裏住。核心不得落空。總有法寶。如何使用。只見土行孫。邪鐵棍在下三

一將登風火輪而來，忙問曰：來者莫非哪吒麼，哪吒
答曰：然也。搖鎗就刺，王豹的畫戟急架忙迎，王豹知
哪吒是闡教門下，自思：打人不過先下手，正戰間，發
一劈面雷來打哪吒，不知這雷只好傷別人，哪吒乃
是蓮花化身之客，他見雷聲至，火焰來，把風火輪一
登，輪起空中，雷發無功，哪吒祭起乾坤圈去，正中王
豹頂門，打昏落馬。哪吒復一鎗刺死，梟了首級號令。
同營來見子牙，備言前事，子牙大喜，且說徐蓋聞報。
王豹陣亡，暗思二將不知時務，自討殺身之禍，不若
差官納降，以免生民塗炭。正憂疑之際，忽報有一陀

頭來見徐蓋，命請來道人進府，王殿前，打稽首曰：徐
將軍，貧道稽手，徐蓋曰：請了。道者至此有何見諭？道
人曰：將軍不知吾有一門徒，名與彭遵喪于雷震子
之手，特至此為他報仇，徐蓋曰：道者高姓大名？道人
曰：貧道姓法，名戒，徐蓋見道人有些仙風道骨，忙請
上坐，法戒不謙，欣然上坐，徐蓋曰：姜子牙乃崑崙道
德之士，他帳下有三山五岳門人，恐不能勝他，法戒
曰：徐將軍放心，我連姜尚俱與你拿了，以作將軍之
功，徐蓋曰：若如此，乃是老師莫大之恩，忙問老師是
素是葷？法戒曰：持齋。我不用甚東西，一夕無詞，次日

法戒提劍在手，還至周營坐名，要請姜子牙答話，探
馬報入中軍，有一陀頭請元帥答話，子牙傳令帶眾
門人出營來會，這陀頭只見對面並無士卒，獨自一
人，怎見得？
赤金箍光生燦爛皂，蓋服白鶴朝雲絲縧懸水火。
頂上焰光生五道，三除無比賽胸藏萬象包成，自
幼根深成大道，一時應覽紅塵，封神榜上沒他名。
要與子牙賭勝。
子牙把四不相催至軍前，見法戒曰：道者請了，法戒
道：姜子牙久聞你大名，今日特來會你，子牙曰：道者

姓甚名誰？法戒曰：我乃蓬萊島煉氣士，姓法名戒，彭
遵是吾門下，死于雷震子之手，你只斗他來見我，免
得你我分顏，雷震子在旁聽得，舌尖上丟了一個霹
靂，大怒罵曰：討死的潑道，吾來了，把風雷二翅飛在
空中，將黃金棍劈面打來，法戒手中劍怎架忙迎，兩
下裡大戰，有四五回合，法戒跳出圈子去，取出一旛
對着雷震子一混，雷震子跌在塵埃，徐蓋左右軍上
將雷震子拿了，雖然綑將起來，只是閉目不知人事。
法戒大呼曰：今番定要擒姜尚，傍有哪吒大怒罵曰：
妖道用何邪術，敢傷吾道兄也？登開風火輪搖開火

…怎經得起,故此二將失利。子牙曰,誤我忠良。次日,子牙曰,眾門人誰去關下走一遭?言未畢,有雷震子曰,弟子願往。子牙許之。雷震子出營,至關下搦戰,報馬報入關中。徐蓋問部下,見陣走一遭。彭遵領令出關,見雷震子十分兇惡,面如藍靛,巨口赤髮,獠牙,上下橫生。彭遵大呼曰,來者何人?雷震子曰,吾乃武王之弟雷震子是也。彭遵不知雷震子有雙翅,搖手中鎗,催開馬來取雷震子。雷震子把風雷翅飛起,使開黃金棍,劈頭打來。彭遵那裡招架得往,撥馬就走。雷震子見他詐敗,忙將翅飛起,趕來甚

急,劈頭一棍,彭遵躲馬遲,急架時,正中肩窩上,打翻馬下,梟了首級,進營來見子牙。子牙上了雷震子功蹟簿。且說探馬報入關中,彭遵陣亡,將首級號令轅門。徐蓋曰,此關終是難守,我知順逆,你們只欲強持。王豹聽說,主將不必性急,待我明日戰,不過時,任憑主將處治。徐蓋默然不語,王豹竟回私宅去了。不知後事如何,且聽下回分解。

總批

破誅仙陣一段,大有許多慧解,分明指點世人,你看他四位教主,進此四門,只有自家本

身寶具前,以當得解,若是眾門人便先問師父討計策,不知師父原替不得他,所以令人其向別人身上尋討,忘却自家至寶,所以不能自做主張。

又批

彭遵,王豹雖未曾做得事業,然而其志可嘉?其情苟可矜,不得以成敗論英雄。

第七十九回　　穿雲關四將被擒

詩曰

一關已過一關逢,
法寶多端勢更兇。
法戒引魂成往事,
龍安酥骨又來訌。
幾多險處仍須吉,
若許能時總是空。
堪笑徐芳徒逞命,
枉勞心思竟何從。

話說徐蓋當晚默默退歸後堂,不提只見次日,王豹他不來見主將,竟領兵出關,往周營搦戰,報馬報入中軍,子牙問誰人見陣走一遭,哪吒應口,吾願往,子牙許之,哪吒登風火輪,提火尖鎗,奔出營來。王豹見

海龍子牙門下客驍將魏賁雄。

話說彭遵見魏賁大呼曰周將通名來。魏賁曰吾乃掃蕩成湯天保大元帥姜麾下左哨先鋒魏賁是也。你乃何人若是知機早獻關臨共扶周室如不倒戈城破之日玉石俱焚悔之晚矣。彭遵大怒罵曰魏賁你不過馬前一匹夫敢出大言搖鎗催馬直取魏賁手中鎗赴面相迎兩馬相交雙鎗併舉一塲大戰好魏賁鎗力勇猛戰有三十回合彭遵戰不過魏賁掩一鎗往南敗走魏賁見彭遵敗走縱馬趕來彭遵回顧見魏賁趕下陣來忙掛下鎗囊中取出一物往地

此術實人能者不免

下撒來此物名曰蒺藜陣按三才八卦方位布成一陣彭遵先進去了魏賁不知將馬赶進陣來彭遵在馬上發手一個雷聲把蒺藜陣震動只見一陣黑烟迸出一聲響魏賁連人帶馬榨得粉碎彭遵掌得勝鼓進關報馬報人中軍啓元帥魏賁連人帶馬榨爲齏粉子牙聽罷嘆曰魏賁忠勇之士可憐死于非命。情實可憫子牙着實傷悼彭遵進關來見徐盖將壞了魏賁得勝事說了一遍徐盖權爲上了功蹟次日徐盖對衆將曰關中糧草不足朝廷又不點將恊武昨日雖則勝了他一陣恐此關終難守耳正議之間。

四十一

報有周將搦戰王豹曰末將愿往上馬提戰開關見一員周將連人帶馬純是一片青色王豹曰周將何名蘇護曰吾乃冀州侯蘇護是也王豹曰蘇護你乃天下至無情無義之夫你女受椒房之寵身爲國戚。滿門俱受皇家富貴不思報本反助武王逆叛侵故主之關臨你有何面目立于天地之間催開馬搖鎗來取蘇護蘇護手中鎗赴面來迎二馬相交戰鎗併舉蘇護正戰王豹傍有蘇全忠趙丙孫子羽三將一齊上來把王豹圍在垓心。王豹如何敵得住自料寡不敵衆把馬跳出圈子就走趙丙隨後赶來正赶之

間被王豹回手一個劈面雷打在臉上可憐隨駕東征亦皆受武王封爵之賞趙丙翻下鞍轎孫子羽急來救時王豹又是一個雷放來此劈面雷甚是利害有雷就有火孫子羽被雷火傷了面門翻下馬來早被王豹一戟一個皆被刺死蘇家父子不敢向前王豹也知機掌鼓進關回見徐盖連誅二將得勝回兵。慶喜不表且說蘇護父子進營來見子牙備言損了二將子牙曰你父子久臨戰塲如何不知進退致損二將蘇全忠曰元帥在上若是馬上征戰自然好招架今王豹以幻術發手有雷有火打在臉上就要燒

妖氛數句江山失，　一統華夷盡屬周。

話說紂遺信妲己之言，恍傳青意將介牌關尧本官即將斬首號令，箕子知之恍至内庭來見紂王，皇上為何而殺使命。王曰皇伯不知，邉庭鑽刺誹言周兵六十萬無非為冑支府庫錢糧之計，此乃是内外欺君，理當斬首以戒將來，箕子曰，姜尚與兵六十萬，自三月十五日，金臺拜將，天下盡知，非是今日之奏，皇社殺介牌關尧使，不致緊要退邉庭將士之心，王曰料姜尚添過一術士耳，有何大志，況且還有四關之險，黃河之隔孟津之阻，豈一旦而被小事所感也，皇

伯敬心不必憂慮，箕子長吁一聲而出，看着朝歌官殿，不覺潛然淚下，嗟嘆社稷垃壙，箕子在九間殿作詩以歎之。

　　詩曰

憶昔成湯放桀時。　諸侯八百盡歸斯。
誰知六百餘年後，　更甚南巢幾倍竒。

話言箕子拜罷詩回府不表，且說姜元帥，在氾水關嗛入馬進從來辭武王，子牙見武王曰，老臣先去取了介牌關，差官蕭駕，王曰，但愿相父早會諸侯，孤之幸矢，子牙別了武王，一聲砲響，人馬往介牌關進發。

只離八十里，哨探之甚快。正行間，只見探馬報入中軍，巳至介牌關下，子牙傳令安營。黜砲響喧，戰鼓聲說徐蓋巳知關外周兵安營，隨同衆將上城來看周兵。乃崑崙羽士，用兵自有調度，營寨大不相同，衛有先行官。盡是紅旗，鹿角森嚴，兵威甚肅，徐蓋曰，姜子牙呀。王豹彭遵答曰，主將休誇他人本領，看末將等成功。定拿姜尚，解上朝歌，以正國法，言罷，各自下城催備。斷殺，只見次日子牙問帳下，那員將官，關下見頭功。帳苏應聲而出，乃是魏賁曰，末將愿往，子牙許之，魏賁上馬提鎗出營，至關下搦戰，有報馬報入關上，曰

啟主帥，關下有周將討戰，徐蓋曰，衆將官在此，我等先議後行。紂王聽信讒言，殺了差官，是自取滅亡，非為臣不忠之罪，今天下巳歸周武，眼見此關難守，衆將不可不知，彭遵曰，主將之言差矣，況吾等俱是紂臣，理當盡忠報國，豈可一旦忘君殉私，古云，食君祿。而獻其地，是不忠也，末將寧死不為，愿效犬馬以報君恩，言罷，隨上馬出關，見魏賁連人帶馬，渾如一塊烏雲，怎見得。

幞頭純墨染，抹頻幗纓紅，皂袍如黑漆，鐵甲似蒼松。鋼鞭懸荇影，寶劍插冰峰，人如下山虎，馬似出

封神演義　卷七十六

父遠破惡陣。諒有眾仙孤不敢差人來間候。子牙謝恩畢。對曰。荷蒙聖恩。仰仗天威。三教聖人親至。共破了誅仙陣。前至介牌關了。請大王明日前行。武王傳旨。治酒賀功。不表。又說通天教主。被老子打了十一編拐。又被準提道人打了一加持寶杵。吃了一塲大虧。又失了四口寶劍。有何面目見諸大弟子。自思不若往紫芝崖立一壇。拜一惡旛。名曰六魂旛。此旛有六庵屍上書。接引道人。準提道人。老子。元始。武王。姜尚六人姓名。早晚用符印。俟拜完之日。將此旛搖動。要壞六位的性命。正是。

左道克心今不息，
枉勞空拜六魂旛。

不表。通天道人拜旛後。在萬仙陣中用。且說介牌關徐蓋陞了銀安殿。與眾將商議曰。方今周兵取了汜水關。駐兵不發。前日來的那多寶道人。擺甚誅仙陣。也不知勝敗。如今且修本差官往朝歌去。取救兵共守此關。只見差官領了本章。往朝歌來。一路無詞。渡了黃河。進了朝歌城。至午門下馬。到文書房。那日是箕子看本。見徐蓋的本。大驚。姜尚兵進汜水關。左右青龍關。佳夢關兵至介牌關。事有燃眉之急。箕子忙抱本來見紂王。往鹿臺來。當駕官奏知箕子係

旨。紂王宣來箕子上臺。拜罷。將徐蓋本進上。紂王覽本。驚問箕子曰。不道姜尚作反。侵奪孤之關隘。須點將協守。方可拒其大惡。箕子奏曰。如今四方不寧。姜尚自立武王。其志不小。今率兵六十萬來寇五關。此心腹大患。不得草草而已。願皇上且停飲樂。以國事為本。社稷為重。願皇上察焉。紂王曰。皇伯之言是也。朕與眾卿共議。點官協守。箕子下臺。紂王問妲己。說無心懽暢。忽妲己胡喜妹出殿。見駕行禮坐下。妲己問。今日聖上雙鎖眉頭。鬱鬱不樂。却是為何。王曰。御妻豈知。今日姜尚興師侵犯關隘。已占奪三關。

實堪慮。覆宗之大患。況四方刀兵蜂起。使孤心下不安。為宋廟社稷之憂。故此憂心。妲己笑而奏曰。陛下不知。下情此俱是邊庭武將。鑽刺鋼利。架言周兵六十萬。來犯關庭。用金賄賂大臣。誆奏陛下。陛下必發錢糧。寡應散此。守關將官。冒破支消。費朝廷錢糧。溺有私。何常有兵侵關。正為裡外欺君。情實可恨。紂王聞奏。深信其言有理。因問妲己曰。倘守關官復有此弊。如之奈何。妲己曰。依臣愚見。擬贅將徐蓋本。紂王喜。遂傳旨。將徐蓋本竟斬。號令下朝歌。正是。

至了絕仙關。四位教主齊進關前。老子曰：通天教主，吾等齊進了你誅仙陣，你意欲何為。老子隨手發雷。震動四野。誅仙陣內。一股黃霧騰起，迷住了誅仙陣。怎見得

騰騰黃霧，艷艷金光。騰騰黃霧，誅仙陣內似噴雲，艷艷金光。八卦臺前如氣罩，劍戟戈矛渾如鐵桶。東西南北恰似銅墻，此正是截教神仙施法力。通天教主顯神通，混眼迷天遮日月。搖風噴火撼江山。四位聖人齊會此，刧數相遭豈易逢，

且說四位教主齊進四關之中。通天教主，伏劍來取

接引道人。接引道人手無寸鐵，只有一拂塵，架來攔。塵上有五色蓮花，朵朵托劍。老子舉扁拐紛紛的打來。元始將三寶玉如意，架劍亂打，只見準提道人，把身子搖動，大呼曰：道友快來。半空中，又來了孔雀明王。準提現出法身，有二十四首十八隻手，執定了瓔珞傘蓋，花貫魚腸，金弓銀戟，加持神杵寶鎚金瓶，把通天教主裹在當中。老子扁拐，夾後心就一扁拐，打的通天教主三昧真火冒出。元始祭三寶玉如意，不防被準提一加持杵打中通天教主。方鏡招架。玉如意不防被準提一加持杵打中通天教主。翻鞍滾下奎牛。教主就

借土遁而起，不知燃燈在空中等候，纔待上時被燃燈一定海珠，又打下來。陣內雷聲且急，外逃四仙家，各有符印在身。奔入陣中，廣成子摘去誅仙劍，赤精子摘去戮仙劍。玉鼎真人摘去陷仙劍，道行天尊摘去絕仙劍。四劍既摘，通天道人獨自逃歸。衆門人各散去。子且說四位教主，破了誅仙陣。元始作詩以笑之。

詩曰

堪笑通天教不明，千年掌教陪群生。
仗伊黨惡污仙教，蕢聚邪宗枉橫行。
寶劍空懸成底事，元神虛耗竟無名。
不知順逆先遭辱，猶欲鴻鈞說反盈。

話說四位教主，上了蘆蓬坐下。元始稱謝西方教主。曰：為我等門人犯戒，動勞道兄扶持。得完此刧數，尚容稱謝。老子曰：通天教主，逆天行事，自然有敗而無膝。你我順天行事，天道福善禍淫，毫無差錯，如燈取影耳。今此陣已破。你等刧數將完，各有好處。姜尚你去取關，吾等且回山去。衆門人俱別過姜子牙。四位教主各回山去了。子牙送別師尊，自回汜水關來。會武王。衆將官來接元帥。至帥府。參見武王。王曰：相

元始分付畢各自安息不言只等次日黎明衆門人排班擊動金鐘玉磬四位教主齊至誅仙陣前傳令命左右報與通天教主我等來破陣也左右飛報進陳只見通天教主領衆門人齊出戮仙門來迎着四位教主通天教主對接引準提道人曰你二位乃是西方教下清淨之鄉至此地意欲何爲來遇有緣道友你聽我道來

身出蓮花清淨臺　三乘妙典法門開
玲瓏舍利超凡俗　瓔珞明珠絶世埃
入德池中生紫焰　七珍妙樹長金苔
只因東土多英俊　來遇前緣結聖胎

話說接引道人說罷通天教主曰你有你西方我有我東土如水火不同居你未何也來惹此煩惱你說你蓮花化身清淨無爲其如五行變化立竿見影你聽吾道來

混元正體合先天　萬劫千番只自然
渺渺無爲傳大法　如如不動號初玄
爐中久煉全非汞　物外長生盡屬乾
變化無窮還變化　西方佛事屬逃禪

話說準提道人曰通天道友不必誇能鬪舌道如淵海豈在口言只今我四位至此勸化你好好收了此陳毋使分顏何如通天教主曰既是四位至此畢竟也見個高下通天教主說罷竟進陣去了元始對西方教主曰道兄如今我四人各進一方以便一齊攻戰接引道人曰吾進離宮老子曰吾進兌方準提曰吾進坎地元始曰吾進震方四位教主各分方位而進且說元始先進震方坐四不相遜進誅仙門八卦臺上通天教主手發雷聲震動誅仙寶劍那劍混動元始頂上慶雲迎住有千朶金花瓔珞垂珠絡繹不絶那劍如何下得來元始進了誅仙門立于誅仙關

只見西方教主進離宮乃是戮仙門通天教主也發雷震那寶劍接引道人頂上現出三顆舍利子射住了戮仙劍那劍如釘釘一般如何下來得西方教主進了戮仙門至戮仙關立住老子進西方陷仙門通天教主又發雷震那陷仙劍只見老子頂上現出玲瓏寶塔萬道光華射住陷仙劍老子進了陷仙門也在陷仙關立住準提道人進絶仙門只見通天大教祭一聲雷震動絶仙劍準提道人手執七寶妙樹上邊放出千朶青蓮射住了絶仙劍也進了絶仙門來

神仙鼻祖俱會此，敬道不了當，事無怪今人話滸

沖空。知是有緣。貧道借此而來。渡得有緣。以與西法。故不辭跋涉。會一會截教門下諸友也。老子曰。今日道友此來。正應上天垂象之兆準提道人問曰。道陣內有四口寶劍俱是先天妙物。不知當初如何落在截教門下。老子曰。當時有一分寶嚴吾師分寶鎮厭各方。後來此四口劍。就是我通天賢弟得去已。知他今日用此作難雖然眾仙有厄原是數當如此如今道兄來得恰好只是再得一位方可破此陣耳準提道人曰。既然如此。總來為渡有緣待吾去請我道兄秦。正應三教會誅仙分辨玉石。老子大喜準提道人

2095

辭了老子。往西方來請西方教主。接引道人共遇有緣。正是

佛光出在周王世。　與在明章釋教開。

且說準提來至西方。見了接引道人打稽首坐下。接引道人曰。道友往東土去為何回來太速準提道人曰。吾見紅光數百道。俱出閬截三教之門。今通天教主擺一誅仙陣。陣有四門非四人不能破如今有了三位還少一位貧道特來請道兄。去走一遭以完善果西方教主曰。但我自未曾離清淨之鄉恐不諳紅塵之事。有悞所委反為不美夫準提曰。道見我與你俱

2096

是曰。在無為豈有不能破那有象之陣。道兄不必推辭須當同往接引道人如準提道人之言。同往東土而來。只見足踏祥光雲時而至蘆蓬廣成子來稟老子與元始曰西方二位尊師至矣老子與元始率領眾門人下蓬來迎接見一道人身高丈六。但見

大仙赤脚棗藜香。　　足踏祥雲更異常。
十二蓮臺演法寶。　　八德池邊現白光。
壽同天地言非認。　　福比洪波語豈狂。
修成舍利名胎息。　　清閒極樂是西方。

話說老子與元始。迎接接引準提上了蘆蓬打稽首

2097

紅塵原不必憂，只是既來此也，不能乾學

坐定。老子曰。今日敢煩就是三教會盟共完劫運非吾等故作此孽障耳接引道人曰。貧道來此會有緣之客。也是欲了寅數元始曰。今日四友俱全當早破此陣。何故在此紅塵中憂壞也老子曰。你且分付眾弟子。明日破陣。元始命玉鼎真人道行天尊廣成子赤精子你四人伸手過來元始各書了一道符印。在手心裡明日你等見陣內雷聲有火光冲起齊把他四口劍摘了。我自有妙用四人領命。站過去了又命燃燈你站在空中若通天教主望上走你可把定海珠往下打他自然着傷。一來也知我闡教道法無邊

2098

第七十八回　三教會破誅仙陣

詩曰

誅仙惡陣四門槧。黃霧狂風雷火偕。
過劫黃冠遭劫運。墮塵羽士盡塵埋。
劍光徒有吞神骨。符印空勞吐黑霓。
縱有通天無上法。時逢聖主應多乖。

話說老子一炁化的三清。不過是元炁而已。雖然有形有色裹住了。通天教主也不能傷他。此是老子氣化分身之妙。迷惑通天教主。竟不能傷老子。見一炁將消。跨青牛上作詩一首。

老子笑曰。米粒之珠。也放光華。把扁拐架劍醮取風火蒲團祭起空中。命黃巾力士將此道人。拿去放在桃園。俟吾發落。黃巾力士將風火蒲團把多寶道人捲將去了。正是。

從今棄邪歸正道。他與西方却有緣。

且說老子用風火蒲團把多寶道人拿往玄都去了。老子竟不戀戰出了陷仙門。來至蘆蓬柴門人與元始迎接坐下。元始問曰。今日入陣道兄見裡面光景如何。老子笑曰。他雖擺此惡陣。急切也難破他的。被吾扎了二三扁拐。多寶道人被吾用風火蒲團拿在

詩曰

先天而老後天生。借李成形得姓名。
曾拜鴻鈞修道德。方知一炁化三清。

話說老子作罷詩。一聲鐘響就不見了三位道人。通天教主心下愈加疑惑。不覺出神。被老子打了二三扁。說多寶道人見師父受了虧。在八卦臺作歌而來。

歌曰

碧遊宮內談玄妙。豈恐吾師扁拐傷。只今舒展胸中術。且與師伯做一場。

歌罷大叫師伯吾來了。好多寶道人仗劍飛來直取

玄都去了。元始曰。此陣有四門。得四位有力量的。方能破得。老子曰。我與你只顧得兩處。還有兩處非吾門人所敢破之陣。此劍你我不怕。別人怎麼經得起。正議論間。忽見廣成子來稟曰。二位老師。外面有西方教下。準提道人來至。老子元始二人忙下蓬迎接。請上蓬來。叙禮畢。坐下。老子笑曰。道兄此來。無非爲破誅仙陣。來收西方有緣。只是貧道正欲借重不意道兄先來。正合天數妙不可言。準提道人曰。不瞞道兄說。我那西方花開見人。人見我因此貧道來東南兩土。卡遇有緣。又幾番見東南二處有數千道紅氣

道兄。吾來佐你。共伏通天。道人把天馬一兜。伏如意
打來。通天教主問巳。來者何人。道人曰。你連我也認
不得。還稱你做截教之主。聽吾道來。

詩曰

函關初出至崑崙。　一統華夷屬道門。
我體本同天地老。　須彌山倒性還存。

吾乃玉清道人是也。通天教主不知其故。自古至今。
鴻鈞一道傳三友。上清玉清。不知從何教而來。手中
雖是招架。心中甚是疑惑。正尋思未巳。正此上火。是
一聲玉磬響來了一位道人。戴九霄冠。穿八寶萬壽

紫霞衣。一手執龍鬚扇。一手執三寶玉如意。騎地吼
而來。大呼李道兄。貧道來輔你。共破陷仙陣也。通天
教主又見來了這一位。蒼顏鶴髮道人。心上愈覺不
安。怳問曰。來者何人道人曰你聽我道來。

詩曰

混沌從來不計年。　鴻濛剖處我居先。
泰同天地玄黃理。　任你傷門望眼穿。

吾乃太清道人是也。四位天尊裹住了通天教主。或
上或下。或左或右。通天教主止有招架之功。且說截
教門人見三位來的道人。身上霞光萬道。瑞彩千條。

光輝燦爛。映目射眼。內有長耳定光仙。暗思。好一個
闡教。來得畢竟正氣。深自羨慕。不知後事如何。且聽
下回分解。

總批

余常笑世人耳朵軟。專信婆子搬唆。無有丈
夫氣。今見通天教主為神仙領袖。猶自聽徒
弟戳舌。便動無明之火。遠自巳做的事。都反
悔了。不但不可做神仙。連丈夫也做不過。世
人所以怕老婆。故不敢不聽其指使。難道神
仙怕徒弟不成。果徙弟乎。老婆乎。余不解此

又批

意謂間有徒弟者。

常間凡說道人心最狠。余尚未深信斯言。今
見通天教主擺有幾個。陷仙。誅仙。絕仙。四劍
利害不可當。雖老子先始二天尊。猶自滴然。
其餘散仙則不敢攖其鋒芒。似如此毒照之
劍豈是慈悲者所蓄之物。噫當年老子鼻祖如
觀其流派更甚有以哉

話說老子把手中雷放出。一聲響亮。震動了陷仙門
上的寶劍。遶遭劍一動。你人仙首落老子大笑曰。
通天賢弟少得無禮舌。偏拔劈面打來通天教主
見老子進陣。如入無人之境。不覺滿面通紅遍身水
發將手中劍火大忙迎。正那戰間。老子笑曰你不
明至道何以立教宗乂。一偏拐照臉打來。通天教主
灶然曰你有何道術。敢逆誅我的門徒此恨怎消將
問懷拐正聖人戰在誅仙陣內不外上下。欲開数羣
正是。
　邪正逼腐中妙訣。　亦清虛方顯魚龍。

2082

話說二位聖人戰、在陷仙門裡。人人各自施威方至
半個時辰只見陷仙門裡八卦臺下。有許多截教門
人。一個個睜睛瞪目。那陣內四面八方。雷鳴風吼雷
光閃灼。霧氣昏迷怎見得。有讚為証。
　讚曰
風氣呼嘯。乾坤蕩漾。雷聲激烈。震動山川電掣紅
絹。鑽雲飛火。霧迷日月。大地遮漫。風刮得沙塵撲
面需驚得。虎豹藏形。電閃得飛禽亂舞。霧迷得樹
木無踪。那風只攪得通天河波翻浪滾。那雷只震
得介畔地裂山崩。那電只閃得誅仙陣。眾仙逃

2083

眼那霧只逃得蘆蓬下。失了門人。這風真。是推山
轉石松篁倒遭。這雷真。是威風凜冽。震人驚遭電真。
是流天照野金蛇乭。這霧真是瀰漫漫蔽九重
話說老子在陷仙門大戰。自已頂上現出玲瓏寶塔
在空中。那怕他雷鳴風吼。老子自思他知伙他道
術。不知守已修身。我也顯一顆玄都紫府手段與他
的門人看看。把青牛一棒跡出圈子來。把魚尾冠一
推只見頂上三道烏出。化為三清。老子復與通天教
土來戰。只聽得正東上一聲鐘響。來了一位道人。戴
沈雲冠穿大紅白鶴絳絹衣。騎白澤而來。手段二口

2084

寶劍。大呼曰。李道兄。吾來肋你一臂之力。通天教主
認不得。隋聲問曰。那道者是何人。道者答曰。吾有詩
為証、
　詩曰
況元初判道為先。　常有常無得自然。
紫氣東來三萬里。　函關初度五千年。
道人作罷詩曰。吾乃上清道人是也。仗手中劍來取。
通天教主不知上清道人出于何處。慌忙招架只聽
得正南上又有鐘響。來了二位道者。戴如意冠穿淡
黃八卦衣。騎天馬而來。一手執靈芝如意。大呼曰。李

2085

有詩為証。

詩曰

騎牛遠遠過前村。　短笛仙音隔隴聞。

闢地開天為教首。　爐中煉出錦乾坤

話說老子至陣前通天教主打稽首曰道兄請了老
子曰賢弟我與你三人共立封神榜乃是體上天應
運教敎你如何反阻周兵使姜尚有違天命通天教
主曰道兄你休要執一偏向廣成子三進碧遊宮面
辱吾教惡語即罵為犯上不守規矩昨日二兄堅意只
呵自已門徒反滅我等二千足是何道理今兄長不責

自已弟子反來怪我此心是何意如若令我釋怨可將
廣成子送至我碧遊宮等我發落我便甘休若足牛
字不肯任憑長兄施為容存二教本領以決雌雄老
子曰似你這等說話反是不偏向的你偏聽門人肯
後之言徹動無明之火擺此惡陣殘害生靈莫說廣
成子未必有此言語便有也罪不致此你就動此念
頭悔却初心有逆天道不守清規有犯嗔痴之戒你
趁早聽我之言速速將此陣解釋回守碧遊宮毁過
爾愆尚可容你還掌教若不聽吾言拿你去紫霄
見了師尊將你貶入輪迴永不能再至碧遊宮那

懺悔之晚矣俟通天教主聽罷須彌山紅了半邊修行
裊雙睛烟起大怒叫曰李耼我和你一體同人總掌
二教你如何這等欺滅我偏心護短一意遮饒將吾
搶白難道我不如你吾已擺下此陣斷不與你甘休
你敢來破吾此陣老子笑曰有何難哉你不可後悔
証悞。

元始大道今舒展。　方顯玄都不二門。

老子復又曰既然要吾破陣我先讓你進此陣還用
傳當我再進來毋令得你手慌腳亂通天道人大怒
曰任你進吾陣來吾自有擒你之處道罷通天道人

隨兜率牛進陷仙門矣在陷仙關下等候老柔老子
將青牛一拍往西方先地來至陷仙門下將青牛催
動只見四足祥光白霧紫氣紅雲騰騰而起老子又
將太極圖抖開化一座金橋昂然入陷仙門來老子
作歌。

歌曰

玄黃外兮拜明師混沌時兮任我為五行兮在吾
韋駝笑道今虔進屏迷清靜兮修成金塔開遊兮
消出關西兮手包羅天地外腹安五岳共須彌
老子歌罷逕入陣　且說通天教主見老子昂

話說元始在九龍沉香輦上，扶住飛來倚徐徐行至正東震地，乃誅仙門。門上掛一口寶劍，名曰誅仙劍。元始把輦一拍，命四揭諦祇攝起輦來，四脚生有四枝金蓮花，花辨上生光，光上又生花。一時有萬朵金蓮照在空中。元始坐在當中，逕進誅仙陣門來。通天教主發一聲掌心雷，震動那一口寶劍，一滉好生利害。雖是元始頂上，還飄飄落下一朵蓮花來。元始了誅仙門裏邊，又是一層名為誅仙關。元始從正南上往東奓至正西，又在正北坎地上看了一遍，元始作一歌以笑之。

歌曰

好笑通天有厚顏，空將四劍掛中間。
枉勞用盡心機術，獨我縱橫任往還。

話說元始依舊還出東門而去。眾門人迎接計了蘆蓬。燃燈請問曰：老師此陣中有何光景。元始曰：看不得。南極仙翁曰：老師既入陣中，今日如何不破了他的。讓姜師弟好東行。元始曰，占云：先師次長，雖然吾掌此教，況有師長在前，豈可獨自專擅，候大師兄來。有有道理。說話未了，只聽得牛空中一派仙樂之聲。異香繚繞，報角青牛上坐一聖人，有玄都大法師牽

（眉批：畢竟是／以避讒）

住此牛飄飄落下來，有元始天尊奉領眾門人前來迎接。怎見得有詩為証。

詩曰

不二門中法更玄，汞鉛相見結胎仙。
未離母腹頭先白，繞到神霄氣已全。
室內煉丹接戊巳，爐中有藥奪先天。
生成八景宮中客，不記人間幾萬年。

話說元始見太上老君駕臨，同眾門人下蓬迎接。二人携手上蓬坐下，眾門人下拜侍立兩傍。老子曰：通天賢弟，罷此誅仙陣，反助周兵，使姜尚不得東行，此

是何意。吾因此來問他，看他有甚麼言語對我。元始曰：今日貧道自專，先進他陣中去了一遭。未曾與他較量。老子曰：你就破了他的罷了。他肯相從就罷，他若不肯相從，便將他拿上紫霄宮去見老師，看他如何講。二位教主坐在蓬上，俱有慶雲彩氣上通於天。把介牌關照耀通紅。至次日天明，通天教主傳下法旨，令眾門人排班出去，犬師兄也來了。看他今日如何講。多寶道人同眾門人擊動了金鐘玉磬，逕出誅仙陣來，請老子答話。哪吒報上蓬來。少時蘆蓬裡香煙繚繞，瑞彩翻翻，你看老子騎着青牛而來。怎見得

立臺下有上四代弟子，乃多寶道人、金靈聖母、吾當聖母、龜靈聖母，又有金光仙、烏雲仙、毘蘆仙、靈牙仙、虬首仙、有金箍仙、長耳定光仙，相從在此。通天教主乃是掌截教之鼻祖，修成五氣朝元、三花聚頂，也是萬刼不壞之身。至子時，五炁冲空，燃燈已知截教師尊來至。次日天明，燃燈來啓曰：老師今日可會誅仙陣麼。元始曰：此地豈吾久居之所。分付弟子排班：赤精子對廣成子，太乙真人對靈寶大法師，清虛道德真君對懼留孫，文殊廣法天尊對普賢真人，雲中子對慈航道人，玉鼎真人對道行天尊，黃龍真人對陸

2070

壓，燃燈同子牙在後，金木二吒、乾提爐、葦護與雷震子並列，李靖在後，哪吒先行。只見誅仙陣內金鍾響處，一對旗開，只見奎牛上坐的是通天教主率領諸代門人。通天教主見元始天尊打稽首曰：道兄請了。元始曰：賢弟爲何設此惡陣，這是何說。當時在你碧遊宮共議封神榜，當面彌封，立有三等：根行深者成其仙道，根行稍次代其神道，根行淺薄成其人道，仍隨輪回之刼。此乃天地之生化也。成湯無道，氣數當終，周室仁明應運當興，難道你不得知，如何反來阻逆姜尚，有背上天垂象。且當日封神榜內應三百

2071

人在數。賢弟爲何出乎反乎，自取失信之愆。況此惡陣立名便自可惡，只誅仙二字，可是你我道家所爲的事。且此劍立有誅戮隔絕之名，亦非是你我道家所用之物，這是何說，你作此過端。通天教主曰：道兄不必問我，你只問廣成子便知我的本心。元始問廣成子曰：遊事如何說。廣成子把三謁碧遊宮的事說了一遍。通天教主曰：廣成子，你曾罵我的教下，不論是非，不分好歹，縱羽毛禽獸，亦不擇而教，一體同觀。想吾師一教傳三友，兮與羽毛禽獸相並，道兄難道

2072

（眉批：撇是非　豈是神仙弟子）

行，況賢弟也不擇是何根行，一意收留，致有彼此搬其實。你門下胡爲亂做，不知順逆，一味恃強，人言獸鬥是非，令生靈塗炭，你心忍乎。通天教主曰：據道兄所說，只是你的門人有理，連罵我也是該的，不念一門手足罷了，我巳是擺了此陣，道兄就破吾此陣，便見高下。元始曰：你要我破此陣，道也不難，待吾自來見你此陣。通天教主駕回奎牛，進了戮仙門，眾門人隨着進去。且看元始進來破此陣。正是：

截闡道德皆正果，
方知兩教不虛傳。

2073

〔2066〕

歌曰

兵戈怎脫誅仙禍，情魔意魔反起無明火，今
日難過死生在我，玉虛宮招災惹禍穿心寶鎖，回
頭繞知往事訛呎尺起風波，這番怎逃躲自倚才
能早腕遭折挫。

話說多寶道人在陣內作歌，燃燈曰衆道友你們聽
聽作的歌聲豈是善良之輩，我等且各自回蘆蓬等，
掌教師尊來自有處治，話由未了方欲回身，只見陣
內多寶道人仗劍一躍而出大呼，曰廣成子不要走。
吾來也，廣成子大怒，曰多寶道人，如今又是在你碧

〔2068〕

中後心撲，的打了一跌，多寶道人逃回陣中去了。燃
燈曰且各自回去，再作商議，衆仙俱上蘆蓬坐下，只
聽得半空中仙樂齊鳴，異香標緲，從空而降，衆仙下
蓬來迎掌教師尊，只見元始天尊坐九龍沉香輦，馥
馥香烟氤氳遍地，正是。

提爐對對烟生霧　　羽扇分開白鶴朝。

話說燃燈衆人明香引道，接上蘆蓬，元始坐下，諸弟
子拜鼎，元始曰今日誅仙陣上繞，分別得彼此，元始
上坐，弟子侍立兩邊，至子時正，元始頂上現出慶雲。
垂珠瓔珞，金花萬朵，絡繹不斷，遠近照耀，多寶道人

〔2067〕

（眉批：誅仙也　倚人多　衆員人　何況世　人不如　此）

遊宮倚你人多，再三欺我，況你掌教師尊分付過你
等全不遵依，又擺此誅仙陣，我等既犯了殺戒，畢竟
你等俱在劫數之內，故造此業障耳，正所謂閻羅註
你三更死，怎肯留人到五更，廣成子仗劍來取多寶
道人，道人手中劍起，面交還怎見得。

仙風陣陣滾塵沙，四劍忙忙迎影亂斜，一個是玉虛
宮內真人輩，一個是截教門中根行差，一個是廣
成不老神仙體，一個是多寶西方拜釋迦，二教只
今逢殺運誅仙陣上亂如麻。

話說廣成子祭起番天印，多寶道人躲不及，一印正

〔2069〕

正在陣中打點，看見慶雲昇起，知是元始降臨，自思
此陣，必須吾師尊來至，方可為之，不然，何如抵得過
他，次日果見碧遊宮，通天教主來了，半空中仙音響
亮，異香襲襲隨，待有大小衆仙來的是截教門中師
尊，怎見他的好處有詩為証。

詩曰

鴻鈞生化見天開，　　地丑人寅上法臺。
煉就金身無量劫，　　碧遊宮內育多才。

話說多寶道人見半空中仙樂響亮，知是他師尊來
至，忙出陣拜迎，進了陣，上了八卦臺坐下，衆門人侍

用手發一聲掌心雷把紅氣震開玩出陣來蘆蓬上
泉仙正看只見紅氣閃開陣前已現好利害殺氣騰
騰陰雲慘慘怪霧盤旋冷風習習或隱或現或昇或
降上下反覆不定內中有黃龍真人曰吾等今犯殺
戒誅惹慈紅應恍遇此陳當得他一會燃燈曰自

古聖人云

只觀善地千千次　莫看人間殺伐雖

陣中有十二代弟子到有八九位要去燃燈道人阻
不住齊起身下了蘆蓬諸門人也隨着來看此陳行
聖陣前果然是驚心駭目怪寂寥人泉仙俱不肯就

神仙也如何好勳然怪恁子如此

2062

回只營貪看不知後事如何且聽下回分解

總批

自古忠臣義士同此血肉之軀少不得與之
俱盡只這一段俠烈肝腸忠貞氣節常亘古
今而不朽若韓昇韓變折父親于庭幃之中
對軍前勸父親以守關之語視死如歸何等
慷慨何等直捷真不愧與龍逄比干同遊何
物韓榮生此佳兒不怕阿翁不墜城而死乃
父反替阿郎成就了個好人他兒比玉自是難
兄難弟

又批

或曰韓昇韓變終是少年仗倚法術做得甚

2063

事終於無濟還不若韓榮棄職全家屬老庶
庶幾兩全余曰不然是其爾所知也據他對
父親之私語軍前之明決片語變宇無不令
人凛凛無不令人感激此是何等力量何等
擔當何等果決何等明白無牽纏無罣得真
是聖人之徒天地正氣又何得而議論之只
他以此術復仇者不過如人子之事父母當
有疾之時雖至甚不可為必百般周旋以求
萬一豈得坐視其處哉是其爾所知也或人
歛袵謝曰命之矣

2064

第七十七回　老子一炁化三清

詩曰

一炁三清勢更奇　壺中妙法貫須彌
移來一本還生我　運去分身莫浪疑
誅戮散仙根行淺　完全正果道無私
須知順逆皆天定　截教門人枉自癡

話說衆門人來看誅仙陣只見正東上掛一口誅仙
劍正南上掛一口戮仙劍正西上掛一口陷仙劍正
北上掛一口絕仙劍前後有門有戶殺氣森森陰風
颯颯衆人貪看只聽得裡面作歌

2065

燃想起師尊偶來介牌關下遇誅仙此事不知有何吉凶且不可妄動又思若不進兵恐惶了日期正在殿上憂慮忽報黃龍真人來至子牙迎接至中堂打稽手分賓主坐下黃龍真人曰前邊就是誅仙陣非可草率前進子牙可分付門人搭起蘆蓬席殿迎接各處真人異士伺候掌教師尊方可前進子牙聽撥此令南宮适武吉起蓋蘆蓬去了且說哪吒現了三首八臂登風火輪面如藍靛髮似硃砂丫丫叉叉七首八臂裊裊進關來軍校不知是哪吒現此化身都懼飛報子牙稟元帥外面有一個三頭八臂的將官要

進關來請令定奪子牙命李靖去探來李靖出府畢見三頭八臂的人甚是凶惡李靖問曰來者何人哪吒見是李靖怫叫父親孩兒是三太子哪吒李靖大驚問曰你如何得此大術哪吒把火棗之事說了一遍李靖進殿回子牙備言前事子牙大喜傳令來哪吒進殿拜見元帥眾將觀之無有不悅俱來稱賀不表只見次日南宮适來回報曰稟元帥蘆蓬俱已完備黃龍真人曰如今只是洞府門人去得以下將寶無氣都去不得子牙傳下令來諸位官將保武王眾門人不得擅離我同黃龍真人與諸門弟子前

武王曰臣先去取關大王且同眾將住于此處俟取了介牌關差官來接聖駕武王曰相父前途保重子牙感謝畢復至前殿與黃龍真人同眾門弟子離了汜水關行有四十里來至蘆蓬只見懸花結綵盡錦鋪瑜黃龍真人同子牙上了蘆蓬坐下少時間只見慶成子來至赤精子隨至次日懼留孫文殊廣法天尊普賢真人慈航道人玉鼎真人來至隨後有雲中子太乙真人入清虛道德真君道行天尊靈寶大法師

俱陸續來至子牙一一上下迎接俱至蘆蓬坐下少時又是陸壓道人來至打稽首坐下陸壓曰如今誅仙陣會過只是萬仙陣再會一次吾等劫運已滿自此歸山再昌精進以正道果眾道人曰師兄之言正是如此眾皆默坐專候掌教師尊不一時只聽得空中有環珮之聲眾仙知是燃燈道人來了眾道人起身降階迎上遂來行禮坐下燃燈道人曰在前面諸友可曾見麼眾道人曰前面不見甚麼光景燃燈曰那一派紅氣罩住的便是眾道人俱起身定睛觀看不表且說多寶道人已知闡教門人來了

查點府庫錢糧停妥、出榜安民。武王命厚葬韓榮矣。
子子牙傳令治酒、欵待有功人員。在關上住了三四
日。且說乾元山金光洞太乙真人在碧遊床淨坐、忽
金霞童兒來報、有白鶴童兒至此。太乙真人出洞見
白鶴童兒手執玉劄降臨、言曰、請師叔下山同會誅
仙陣。太乙真人望崑崙謝恩畢。白鶴童子回玉虛不
表。且說太乙真人分付叫哪吒來。哪吒慌忙來至、見
師父行禮畢。真人曰、你如今養的傷痕全愈、你可先
下山、我隨後就來、共破誅仙陣也。哪吒領師命、方欲
下山。真人曰、你且站住。當日玉虛宮掌教天尊也曾

2054

天祇神　仙原好　攝法兒　嬰子

贈子牙三盃酒。你今下山、我也贈你三盃酒、如何。哪吒
感謝真人。命金霞童兒斟酒過來、贈哪吒頭一盃酒。
哪吒謝過、一飲而盡。真人袖內取了一枚棗兒、遞與
哪吒過酒。哪吒連飲三盃、吃了三枚火棗。真人送哪
吒出洞府。看哪吒上了風火輪、真人方進洞去。哪吒
提火尖鎗、方欲架土遁前行、只見左邊一聲胸長出
一隻臂膊來。哪吒大驚曰、怎的了、還不曾說得完。右
邊也長出一隻臂膊來。哪吒諕得目瞪口呆。只聽得
左右齊响、長出六隻手來、共是八條臂膊、又長出三
個頭來。哪吒着慌、無可奈何、自思且回去問吾師父

卷之二十六　　十一

2055

療。只得登回風火輪、方至洞門。只見太乙真人也至
門口、拍掌大笑曰、奇哉奇哉。有詩為証。

詩曰

瓔瓈三盞透三關　火棗頻添壯士顏
八臂巳成神妙術　三花莫作等閒攀
須臾變化超凡聖　傾刻風雷任往還
不是西岐多異士　只因天意惡奸讒

話說哪吒回來、見太乙真人曰、弟子長出這些手、
又父怎好用兵。真人曰、子牙行營有許多異士、然
而有雙翼者、有變化者、有地行者、有奇珍者、有異寶

2056

者。令着你現三頭八臂、不負我金光洞裡所傳。此去
進五關也、見周朝人物稀奇、個個俊傑。這法隱也隱
得現、也現得、但憑你自巳心意。哪吒感謝師尊恩德。
太乙真人傳哪吒隱現之法。哪吒大喜、一手執乾坤
圈、一手執混天綾、一手執金磚、兩隻手擎兩根火尖
鎗、還空三手。真人又將九龍神火罩、又取陰陽劍、共
成八件兵器。哪吒拜辭了師父、下山逕往汜水關來。
正是

余化刀傷歸洞府　今朝變化更神通

且說姜元帥在汜水關計點軍將、收拾取介牌關、忽

2057

恣意趕殺周兵，看見二子兵奔回，風火兵刃全無，不見二子回來，忙問曰：「二位小將軍安在？」眾兵曰：「二位將軍趕姜子牙至一山邊，只見有將搶出來，與二位將軍交戰，未及一合，不知怎麽跌下馬來，被他捉去。我等在後，不一塲，風火兵刃全無，止有此車而已。只得敗回，幸遇老將軍，望乞定奪。」韓榮聽得二子被搶，心中惶惶，不敢戀戰，只得收兵進關不表。且說鄭倫搶了二將，來見子牙，子牙大喜，押在糧車上，同子牙回軍，與路遇着武王、毛公遂等眾門人諸將齊集。大抵是黃昏夜交兵，便是有道術的，也只顧得自己，故此

大折一陣。子牙問安，武王曰：「孤幾乎諕殺，幸得毛公遂保孤，方得免難。」子牙曰：「皆是尚之罪也。」彼此安慰，治酒壓驚，一宿不表。次日整頓雄師，復至汜水關下，扎營放砲，吶喊聲振天地。韓榮聽得砲聲響，着人打探，來報曰：「啓總兵，周兵復至關下安營。」韓榮大驚：「周兵復至，吾子休矣！」親自上城，差官打聽。且說子牙陞帳坐下，眾將參謁畢，子牙傳令擺五方隊伍，吾親自取關。眾將官切齒深恨韓昇、韓變。子牙至關下叫曰：「請韓總兵答話。」韓榮在城樓上現身大叫曰：「姜子牙，你是敗軍之將，焉敢又來至此？」子牙大笑曰：「吾雖惶

中你的奸計，此關我畢竟要取你的。你知那得勝將軍，今已被吾搶下，命兩邊左右押過韓昇、韓變來。」左右將二將押過來，在馬頭前。韓榮見二子蓬頭跣足，繩縛二臂，押在軍前，不覺痛心怛，大叫曰：「姜元帥，二子無知，冒犯虎威，罪在不赦，望元帥大開慈隱，憐而釋之。吾愿獻汜水關以報之耳。」韓昇大呼曰：「父親不可獻關。你乃紂王之股肱，食君之重祿，豈可惜子命而失臣節也？只宜緊守關隘，俟天子救兵到，自揚力同心，共擒姜尚匹夫。那時碎屍萬段，爲子報，爲晚矣。我二人萬死無恨。」子牙聽得大怒

之。只見南宮适奉令，手起刀落，連斬二將于關下。韓榮見子受誅，心如刀割，大叫一聲，往城下自墜而死。可憐父子三人捐軀盡節，千古罕及。後人有詩讚之。

詩曰：

汜水滔滔日夜流，韓榮志與國同休。
父存臣節孤猿泣，子盡忠貞老鶴愁。
一死依稀酧社稷，三魂縹緲傲王侯。
如今屈指應無愧，笑殺當年兒女儔。

話說韓榮墜城而死，城中百姓開關迎接子牙人馬，進汜水關。父老焚香迎接，武王進帥府，眾將官懽喜

見得。正是。

四下裡火砲亂響。萬刃車。刀劍如梭。三軍踴躍縱
征塵馬驟。人身迸過。風起處。遮天迷地。火來時。煙
飛焰裏。軍吶喊。天翻地覆。將用法。虎下崖坡着刀
軍。連聲叫苦。鎗跌鎧甲燒着的燋頭爛額。
絕了命。身臥沙窩。姜子牙有法。難使金木二吒也。
目難葬李靖。難施金塔。雷震子止保皇哥。南宮适
抱頭鼠竄。武成王不顧兵戈。四賢八俊俱無用。馬
死人亡。遍地撒。正是遍地草稍含碧血。滿田低陷
疊行屍。

2046

且說韓昇韓變兄弟二人。夜刼子牙行營。喊殺迸天
冲進轅門。子牙在亡軍。忽聽得刼營。急自上騎。左右
門人俱來中軍護衛。只見黑雲密布。風火交加。刀刃
齊下。如山崩地裂之勢。燈燭難支。三千火車兵冲進
轅門。如潮奔浪滾。如何抵當。况且黑夜彼此不能相
顧。只殺得血流成渠。屍骸作疊。那分別人自己。武王
上了逍遙馬。毛公遂周公旦保駕前行。韓榮在陣後
擂鼓催動三軍。只殺得周兵七零八落。一會家君不
能顧臣。父不能顧子。只見韓昇韓變趁勢趕子牙。幸
得子牙執着杏黃旗。遮護了前面一段軍士將領。一

2047

（眉批）有丈夫氣。令人敬服。不可以成敗論英雄。

擁奔走。韓昇韓變二人。催着萬刃車往前緊趕。把子
牙趕得上天無路。只殺到天明。韓昇韓變大叫曰。令
日不捉姜尚。誓不囘兵。望前越趕。分付三千兵卒曰。
不入虎穴。安得虎子。子牙見韓昇趕至。無休看看至
金雞嶺了。只見前面兩杆大紅旗展。子牙見是催糧
官鄭倫來至。其心少安。且說鄭倫坐騎出山口正迎
子牙。怵問曰。元帥為何失利。子牙曰。後有追兵。用的
是萬刃車。叉有風火助威勢。不可當。此是左道異術。
你仔細。且避其銳。鄭倫把坐下金精獸一磕。往前迎
來。只見韓昇弟兄在前緊趕。三千兵隨後。少難半射

2048

（眉批）此是天亡。非是戰輸。能話。

之地。鄭倫與韓昇韓變撞個滿懷。鄭倫大喝曰。好匹
夫。怎敢追吾元帥。韓昇曰。你來也。替不得他。把鎗搖
動來刺。鄭倫手中杵赴面交還。鄭倫知他萬刃車利
害。只見後面一片風火兵刃擁來。鄭倫知其所以。只
一合。忙運動鼻子。內兩道白光。一聲响。對着韓昇兄
第二人哼了一聲。韓昇韓變兄弟二人。坐不住鞍轎。
飄下馬來。被烏鴉兵生擒活捉呀的一聲嘆曰。天亡我也。
後面三千兵。架車前進。只見主將被擒。其法已解。風火
兵刃化為烏有。衆兵撤囘身就跑。奔囘來正遇韓榮

2049

輪之地矣。魏賁大怒。縱馬搖鈴飛來。直取韓昇。韓變兩騎。赴面交還。未及數合。韓昇撥轉馬。往後就走。魏賁不知是計。往下趕來。韓昇回頭。見魏賁趕來。把上冠除了。把鈴一擺。三千萬刃車。殺將出來。勢如風火。如何抵當。只見萬刃車捲來。風火齊至。怎見得。好萬刃車。有讚為証。

讚曰

雲迷世界。霧罩乾坤。颯颯陰風砂石滾。騰騰烟焰捲龍蛇。風乘火勢黑氣平吞。風乘火勢戈予萬道怵人魂。黑氣平吞。月下難觀前後士。魏賁中刃。幾

乎墜下馬鞍鞽。武吉着刀。顯此喪了三寸氣。滑喇喇。風聲捲起無情石。黑暗膱。刀痕剝壞將何浜人撞人。哀聲慘戚。馬驪馬。鬼哭神驚。諸將士。慌怵亂逃。眾門人借遁而行。怵壞了先行元帥。攪亂了武王行營。那裡是青天白日。恍如是黑夜黃昏。子牙今日兵遭厄。地覆天翻怎太平。

話說子牙。被萬刃車一陳。只殺的屍山血海冲過大陣來。勢不可當。韓榮低頭一想。計上心來。怵傳令鳴金收軍。韓昇韓變聽得金聲。收回萬刃車。子牙方得收住人馬。計傷士卒。七八千有餘。子牙墾帳。眾將官

俱在帳中。彼此俱言。此一陣利害。風火齊至。勢不可當。子牙曰。不知此刃是何名目。眾將曰。一派利刃。漫空塞地而來。風火助威勢。不可敵。非若軍士可以力敵也。子牙心下十分不樂。納悶軍中不表。且說韓榮父子進關。韓昇曰。今日正宜破周。擒拿姜尚父親為何鳴金收軍。韓榮曰。今日是青天白日。雖有雲霧風火。姜尚門人俱是道術之士。自有準備。保護自身。如何得一股盡絕。我有一毉後計。使他不做準備。黑夜裡伏此道術。使他片甲不存。豈還要多。二子欠身曰。父親之計。神鬼莫測。正是。

安心要劫周營寨。　　只恐高人中道來。

話說韓榮打點夜劫周營。收拾停當。只等黑夜出關不表。只見子牙在營納悶。想利刃風火果是何物來得甚惡。勢如山倒。莫可遮攔。此畢竟是截教中之惡物。當日已晚。子牙因今日不曾打點。致令眾將著傷。心下憂煩。不曾防備今夜劫寨。也是合該如此。眾將因早間失利。俱去安歇去了。且說韓榮父子將至初更暗暗出關。將三千掌萬刃車雄兵。殺至轅門周營中。雖有鹿角。其如這萬刃車。有風火助威。刀如驟雨砲聲响亮。齊冲至轅門。誰敢抵當。真是勢如破竹。怎

封神演義　卷之十六

避養畜俻用。不肖孩兒願捐軀報國，萬死不離父親。請坐，俟我兒弟取一物來與父親過目。韓榮聽罷，心中也自暗喜：吾門也由此忠義之後。韓昇到書房中取出一物，乃是紙做的風車兒，當中有一轉盤，一隻手義定中間一等，週圍攔轉如飛。轉盤上有四首盤，廳上有符有印，又有地水火風四字，名為萬刃車。韓榮看罷，問曰：此是孩兒家頑耍之物，有何用處？韓昇：父親不知其中妙用。父親若不信，直下教場中，把這紙車兒試驗試驗，與兒備看。韓榮見二子之言具足，遂變變行現，帳合下教場來，韓昇兄弟二人上馬，各

（2038）

披髮仗劍，口中念念有詞。只見雲霧陡生，陰風颯颯，火焰冲天。半空中有百萬刀刃飛來，把韓榮嚇得魂不附體。韓昇收了此車。韓榮曰：我見你是何人傳你的？韓昇曰：那年父親朝覲之時，俺弟兄閒居無事，在府前耍子，來了一個駝頭，叫作法戒，在我府前化齋。俺弟兄就與了他一齋，他就叫我們拜他為師。我們那時見他體貌異常，就拜他為師。他說道：異日姜尚必有兵來，我秘授你此法寶，可破周兵，可保此關。今日正應吾師之言，定然一陣成功，姜尚可擒也。韓榮大喜，隨令韓昇收了此寶，仍問曰：我兒還可用人馬

（2039）

你此車約有多少？韓昇曰：此車有三千輛，那怕姜尚雄師六十萬耶！一陣管教他片甲不存。韓榮怕點三千精銳之兵，與韓昇兄弟二人，在教場操演二千萬刃車。正是：

余元帥阻方繞了　又是三軍屠戮災

話說韓昇用三千人馬，俱穿皂服，披髮赤腳，左手就車，右手仗刃，任意誅軍殺卒，操練有二七日期，軍士精熟。那日韓榮父子統精兵出關搦戰。話說子牙只因破了余元，打點設計取關，只聽得關內砲響。少時探馬報入中軍，禀曰：汜水關總兵韓榮領兵出關請

（2040）

元帥答話。子牙忙傳令，與眾門人將士，縱天隊出營。子牙會過韓榮二次，那裏知道有這場禍累，去隄防他。子牙問曰：韓將軍你時勢不知，天命不順，何以為將？速速倒戈，免致後悔。韓榮笑曰：姜子牙倚着你兵強將勇，不知你等死在咫尺之間，尚敢耀武揚威，數白道黑耶！子牙大怒：誰與我把韓榮拿下？旁有魏賁縱馬搖鎗，冲殺過來。韓榮腦後有兩員小將，乃韓昇、韓變二人，搶出陣來，截住了魏賁。魏賁大呼曰：來者空將何人？韓昇曰：吾乃韓總兵長男韓昇，吾弟韓變是也。你等恃強欺君岡上，罪惡滔天，今日乃爾等絕

（2041）

兩次被擒竟遇陸壓斬仙飛刀而死豈非天
乎今之躁進不知止者多遇仆亡良可鑒也。

又批
止行孫不守主將命令擅行盜騎幾至不保
深辱國之懲理宜正法只是懼留孫護短便
自草草放過神仙也自偏心無怪世人謗惡

2034

新刻鐘伯敬先生批評封神演義卷之廿六

第七十六回　鄭倫捉將取冀州

詩曰

萬勇車兜勢莫當。
瀝在火騾助戰塲。
瀝瀝若熖猪逢刺。
將士遭映盡帶傷。
白晝已難進半瞑。
黃昏豈可護迌鄉。
誰知督運能催命。
二牙進之劍下亡。

話說韓榮坐在後廳分付衆將士。
紛紛的搬運物件。
次子韓變等二人見父親如此舉動。
韓榮勸張守韓變一人見父親如此舉動。
巫祁布曰道是阿說在府將韓變前事。說了一遍。

2035

二人悅至後堂求見韓榮曰父親何故欲搬運家私。
棄此關監意欲何為韓榮曰你二人年幼不知世務。
快收拾離此關監以避兵燹不得有悞韓昇聽得此
語。不覺失聲笑曰父親之言差矣此言切不可聞于
外人空把父親一世英名污了父親受國家高爵厚
祿。衣紫腰金封妻蔭子無一事不是恩德今主上以
此關粍重于父親父親不思報國酬恩捐軀盡節反
效兒女子之計貪生畏死遺譏後世此豈大丈夫舉
止有負朝延倚任大臣之意孩云在社稷者死社稷。
在封疆者。死封疆父親豈可輕議棄去孩兒弟兄二

2036

入皆取家訓幼習韜弓馬遇異人傳授術未曾演
熟遇日正自操演今日方完意欲進兵不意父親有
棄關之舉孩兒原效一死盡忠于國也韓榮聽罷點
頭嘆曰忠義二字我豈不知但主上昏聵荒淫不道
天命有歸終非好消息降周不可守此關又苦勞迍
民塗炭不若棄職歸山救此一方民耳況姜子牙門
下。不多興士余化余元俱羅不慴又何況其下者乎。
況鐘是你弟見二番忠肝義膽我豈不喜只恐畫虎
喬虎終無補于實用徒死無益耳韓昇曰父親說那
種讀食人之祿當分人之憂若都是自為之計則朝

2037

五百年前榮家來至

完正應封神榜上有名之人。如何逃得子牙在中軍。正無法可施無籌可展。忽然報陸壓道人來至。子牙同懼留孫出營相接。至中軍。余元一見陸壓只說得仙魂縹緲商似淡金。余元悔之不及。余元曰陸道兄你既來還求你慈悲。我可憐我千年道行苦藍功夫。從今知過必改。再不敢干犯西兵。陸壓曰你遊天行傳天理難容。況你是封神榜止之人。我本過代天行

劉正是

不依正理歸邪理，誰知天意扶真主，
使你智中道術高，吾今到此命難逃。

陸壓曰取香設。陸壓香焚爐中。望崑崙山下拜。花藍中取出一個葫蘆。放在案上。揭開葫蘆蓋。裡邊一道白光如線。起在空中。現出七寸五分。橫在白光頂上。有眼有趐。陸壓曰裡道寶貝請轉身。那東西在白光往連轉三四轉。可憐余元斗大一顆首級落將下來。有詩單道斬將封神飛刃。有詩為証。

詩曰

先煉真元後運功，爐中玄妙配雌雄。
惟存一點先天訣，斬怪誅妖自不同。

話說陸壓用飛刀斬了余元。他一靈已進封神臺去

了。子牙欲要號令。陸壓曰不可。余元原有仙體若是暴露則非禮矣。用土掩埋。陸壓與懼留孫與眾將辭別歸山。且說韓榮打聽余元已死。在銀安殿與眾將共議曰如今余道長已亡。再無可敵周將者。況兵臨城下。左右閱監俱失。欲要歸周家子牙座下。俱是道德術能之士終不得取勝。欲要降隆不忍負成湯之爵。倘依如不歸降。料此關難守。終被周人所虜。為今之計奈何。傍有偏將徐忠曰。事既不忿。有負成湯次無獻關之理。吾等不如將那紋掛在敝庭文冊留與府庫。望朝歌拜謝皇恩襲官而夫。不失盡人臣之道。韓榮

說俱從其言。隨傳令眾軍士。將帑內瓷重之物打點上車。欲隱跡山林。埋名丘壑。比時眾將官各自去打點起行。幕榮又命家將搬運金珠寶玩。扛抬細軟衣帛。紛紜喧嘩。忽然驚動韓榮二子。在後園中設造奇兵。欲拒子牙弟兄二人。聽得家將中紛紛然烘亂走出庭來。只見家將扛抬箱籠。問其緣故。家將把橐閣的話說了十遍。二人聽罷。你們且住了。我自有道理。二人齊來見父親。不知凶吉如何。且聽下回分解。

總批

余元以道術特強。自以為無可奈何他就意

【2026】

聖母備言余元一事。金靈聖母聞言大怒，怒至崖前，不覺還可，越見越怒，金靈聖母逕進宮內，見通天教主，行禮畢，言曰：弟子一事啓老師，人言崑崙門下欺滅吾教，俱是耳聽。今將一氣仙余元，他得何罪，竟用鈇櫃沉於北海，幸不絕生，借水逃遁，至于紫芝崖，望老師大發慈悲，救弟子等體。而通天教主分付檻將那裡？金靈聖母曰：在紫芝崖。通天教主曰：如今在少將余元檻至宮前。碧遊宮多少截教門人看見余元，無不動氣，只兒金鐘聲響，磬聲齊鳴，掌教師尊茶至到了宮前，一見諸大弟子齊言關教門人欵邑。

【2027】

教太甚，教主看見余元這等光景，教主先將一道符仰，對余元身上，教主用仙繩吊下來，古語云：聖人怒不吾進宮，教主取一物，與余元曰：見我不許你傷他。余元曰：弟子聖人賜與穿心鎖。話說余元得了此寶，離了碧遊宮，好快不須臾，巳至氾水關，有報事道長到了。韓榮隆皆迎接到殿，欠利被姜尚所擒，使末將身心不安。

【2028】

不辦幸甚。余元曰：姜尚用鐵櫃把我沉于北海，幸吾借小術到吾師尊那所在，借得一件，可將吾五雲駝收於，打點出開以報，騎至周營轅門，坐名只要懼留孫元帥。余元搦戰，只要懼留孫，幸而懼子牙大驚，忙請懼留孫商議。懼留孫竟借水遁潛逃，至碧遊宮，想通天教覺方敢下山。子牙你還與他答話符，且救一時燃眉之急。若是他先祭音耳。子牙曰：道兄言之有塹。子牙傳令。

【2029】

子牙至軍前，余元大呼曰：姜子牙我雖雄，催開五雲駝，惡恨恨飛來直取。趕商交還只一合，懼留孫祭起綑仙將余元拿下，只聽得一聲響，又將余正是。

　　秋風未動蟬先覺，
　　暗送無常死不知。

余元不隄防，暗中下手，子牙見拿了，進營將余元放在帳前，子牙與懼留玩不過五行之術，想他俱是會中人，若再發了，如之奈何。正所謂生死有

詞曰

虜禀征雲萬丈高，軍兵擂鼓把旗搖，一個是封
神都領秀，一個是監齋名姓標。這個正道奉天
滅紂主。那個是無福成仙自逞高，這個是六韜
之內稱始祖。那個是惡性克心怎肯饒，自來有
福催無福。天意延還怎脫逃。

話說子牙太戰余元，未及十數合，被懼留孫祭綑仙
繩在空中。命黃巾力士半空將余元拿去，止有五雲
駝跳進關中。子牙共懼留孫將余元拿至中軍，余元
曰姜尚你雖然檢二，看你將何法治我子牙令李靖

斬范報來。李靖領令，推出轅門，將寶劍斬之，一聲响
把寶劍砍缺有二指，李靖回報子牙。
事說了一遍，子牙親自至轅門，命韋護祭降魔許打。
只打得騰騰烟出，烈火飛。余元作歌曰。
君不見天皇得道，將身煉修行養道碧遊宮坎
虎窩龍方出現，五行隨我任心遊四海三江都
走遍頂金頂玉稷修成曾在爐中仙火煅你今
斬我要分明，自古一劍還一劍。
余元作歌罷，子牙心下十分不樂，與懼留孫共議如
今放不得余元，且將他因于後營等取了關，任做區

處懼留孫曰子牙你叫命匠人造一鐵櫃，將余元況
於北海以除後患。子牙命鐵匠急造鐵櫃已成，將余
元放在櫃內，懼留孫命黃巾力士擡定了，往北海中
一丟，沉於海底。黃巾力士回復懼留孫法旨不表，止
說余元入于北海之中，鐵櫃亦是五金之物，況又丟
在水中，此乃金水相生，交助下他一臂之力，余元借
水遁走了，逕往碧游宮紫芝崖下來，余元被綑仙繩綑
住，不得見截教門人，傳與掌教師尊，忽聽得一個道
童唱道情而來。

詞曰

山遙水遠隔斷紅塵，道袍敬袍袖裹乾坤倒
日月肩挑乾坤懷抱，常自把煙霞嘯傲天地迤
遙龍降虎伏，道自高紫霧護新巢，自雲敬敬交
長生不老，只在壺中一竅。

話說余元夫婦目，那一位師兄求救吾之殘喘水火
童兒見紫芝崖下一道者，青面紅髮，巨口獠牙，細在
那裡，童兒問曰你是何人，今受此厄。余元曰吾乃是
金靈聖母門下蓬萊島，一燕仙，余元是也。今被姜子
牙將吾沉於北海，幸矢不絕我得借水遁方能到得
此間，望師兄與吾道報，一聲水火童兒，逕來見金靈

〔二〇一八〕

燧人出世居離位，炎井喬光號火精。
山石逢時皆赤土，江湖偶遇盡枯平，
誰知天意歸周主，自有真仙渡此驚。

話說余元燒土行孫，命在須史，也是天數不該如此。只見懼留孫正坐蒲團，默養元神，見白鶴童子來至，曰奉師尊玉音命師兄去救土行孫。懼留孫聞命，與白鶴童子分別，借着縱地金光法，來至汜水關裏，見余元正燒乾坤袋。懼留孫使一陣旋窩風往下一坐，伸下手來，連如意乾坤袋提報去了。余元看見一陣，原來又見火勢有景，余元掐指一算，對懼留孫你救

〔二〇一九〕

你的門人，把吾如意乾坤袋也拿了去，我明日自有處治。且說懼留孫將土行孫放出火熖之中，土行孫在內自覺得不熱，不知何故。懼留孫來至周營，那夜是南宮适從外營，時至三更盡，南宮适問曰：是甚麼人。懼留孫曰：是我，快通報子牙，吾來也。南宮适向前看，知是懼留孫，怱傳雲夜子牙，子牙二鼓駕，分起來外遏，傳入帳中有懼留孫在轅門。子牙怱出迎接，見懼留孫携着一個袋子，至軍前打稽手坐下。子牙曰：道兄寅夜至此，有何見諭？懼留孫曰：土行孫有火難特來救之。子牙大驚：土行孫昨日催糧方回，其災如何得

〔二〇二〇〕

至。懼留孫把如意袋兒打開，放出土行孫來，問其詳細。土行孫把盜五雲駝的事說了一遍，子牙大怒曰：你要做此事，也該報我知道，如何違背主帥，擅行辱國之事。今若不正軍法，諸將效尤，將來營規必亂。傳刀斧手，將土行孫斬首號令。懼留孫曰：土行孫不遵軍令，擅行進關，有辱國體，理宜斬首，只是用人之際，暫且待罪立功。子牙曰：若非道兄求免，定當斬首。命左右且與我放了。土行孫叩首謝了師父，又謝過子牙。一夜周營中未曾安靜。次日只見一道金光，余元出關，來至周營，指名只要懼留孫。懼留孫問他，來只為如

〔二〇二一〕

意乾坤袋，我不去罷他。你只須如此，自可搶此袋道也。懼留孫與子牙計較停當，子牙點炮出營。余元一見子牙，大呼曰：只叫懼留孫出來會我。子牙曰：道友你好不知天命，據道友要燒死土行孫，自無逃躲嘗，知有他師父來救他，正所謂有福之人，縱千方百計而不能加害，無福之人，遇溝壑而喪其軀，此豈人力所能裁。余元大怒曰：巧言匹夫，尚敢為他支吾，催開五雲駝，使寶劍來取。子牙坐下四不相，手中劍赴而相迎，二獸相交，雙劍並舉，兩家一場大戰，怎見得有詞為證。

遂當時將子牙回營坐帳。忽報土行孫等令子牙傳令。令來土行孫至帳前交納糧數不誤限期。子牙曰。催糧有功。暫且下帳少憩。土行孫下帳來見鄧嬋玉。夫妻共語。說余元把刀傷了哪吒。哪吒往乾元山養傷痕去了。土行孫至晚對鄧嬋玉曰。我方繞見余元坐騎。四足旋起金光如雲。寬縹緲而去。妙甚妙甚。我今夜走去盜了他的來騎。存催糧有何不可。鄧嬋玉曰。雖然如此。你若要去。須稟知元帥方可行事不到。遂又土行孫曰。與他說沒用。總是走去便求。何必又走一番唇舌。夫妻計較停當。將至二更。土行孫

2014

把身子一扭。遁進泥來。闖來到帥府裡。土行孫覷余元默運元神。土行孫在地下往上看他。道人目似乖。覷不敢出去。且得等候。都言余元默運元神。忽然心血來潮。余元屈指一算。巳知土行孫求盜他的坐騎。余元把陽神出竅。少刻鼻息之聲。土行孫在地下聽見鼻息之聲。大喜曰。今夜定然成功。把身一鑽將上來。抱着鐵棍。又見廊下拴着五雲駝。土行孫解了韁繩。牽到丹墀下。挨着馬臺扒上去。試驗試騎。然後反執將下來。將這邪鐵棍執在手裏。來打余元。照頂門只一下。只打得老窩中三十餘火冒出

2015

余元不動。復一棍打得余元不作聲。土行孫圖遁泥道。真是頑皮。吾且閃去。明日再做道理。土行孫輪了金光鎚。把他頭上撓了去。那獸四足就起金霞。徑在盆中。土行孫心下未分辨。畜生是催糧。眾查見余元至。只得查物惹非。土行孫方纔下號。早被余元一把抓住頭髮。捧着鎚來。奔着他。未料曰。拿住偷駝的賊了。[illegible]千府氏步將宜寧起來。把燈裝。薔榮墜了寶殿。

2016

真見余元。喬喬的把土行孫捧着韓榮坐。光不見子。老師婁着他。做甚麼。放下他來罷了。余元曰。你他督蓮希卷術作。沿于地。他就去了。韓榮曰。將韓餚處治袋兒。前你把俺蒲園下一箇袋兒取來。袋春通業罩用火燒死他。方絕禍患。韓榮取了袋兒。類起柴。余元呼旅裝利。少時間朵起柴來。把如意乾坤袋燒着土行孫在火裡大呼曰。燒死吾也。姘火怨。見得普詳為謹。

詩曰：

神神金蛇遇地明，
黑烟滾滾即騰生。

2017

却說余化陣亡大驚此事怎好前日遣官往朝歌去。命又不下今無人協同守此關隘如何是好正議間。余元乘了金睛五雲駝至關內下騎至帥府前令門官通報眾軍官見余元好兇惡忙報韓榮韓榮傳令請來道人進帥府韓榮迎接余元只見他生得面如藍靛赤髮獠牙身高一丈七八凜凜威風二目克光冒出韓榮降堦而迎口稱老師請上銀安殿韓榮下舞開曰老師是那座名山何處洞府一炁仙余元曰楊戩欺吾太甚益井發吾弟子余化貧道是蓬萊島一炁仙余元是他今特下山以報此仇韓榮開說次

2010

雲駝酒管樣次日余元上了五雲駝出關至周營坐名眾牙牙答話報馬報入中軍氾水關有一道人請玩帥答話報馬擺對伍出營左右分五岳門人。輪當洗只見一位道人生的十分兇惡怎見得。魚尾冠金嶽戒犬紅服雲暗生面如藍靛獠牙冒赤髮紅鬚怙髻形。絲縧飄火焰麻鞋若水晶蓬萊為內修仙體。自在逍遙得至清位在監齋成神道。一炁仙名譽有聲。話貌牙牙至軍前問曰道者請了余元道姜子牙你出楊戩來見戰子牙曰楊戩催糧去了不在行營。

2011

道者你既任蓬萊島難道不知天意今成湯傳位六百餘年至紂王無道暴棄天命肆行兇惡罪惡貫盈天怒人怨天下叛之我周應天順人克修天道天下歸周今奉天之罰以觀政于商爾何得阻逆天吏自取滅亡哉道者你不觀余化諸人皆是比例縱有道術豈能扭轉天命耶余元大怒曰總是你這一番妖言惑眾若不殺你不足以絕禍根催開五雲駝仗寶創逕叛子牙手中劍赴面交還左有李靖右有韓護各舉兵器前來耶戰四人只為無名火起戰要定雌雄余元的寶劍光華灼灼子牙鐧彩色輝

2012

李靖祭光燦燦黃旗現作發鱗騰余元坐在五雲駝上把一尺三寸金光鎚祭在空中來打子牙子牙怎奈黃旗現出有千朵金蓮擁護其身余元忙收不金光鎚復祭起來打李靖不防子牙祭起打神鞭楊正中余元後背只打的三昧真火噴出丈餘近本靖又把余元腿上一仑余元着傷把五雲駝頓姜共抽只見那金眼駝四足起金光而去子牙見恭着傷而走收真回營不表且說土行孫催糧來至昊來牙會真他暗暗的瞧見余元的五雲駝四足喇金君蒔去土行孫大喜我若得此戰騎催糧真是

2013

毗之妙。

天恩。飛出洞來回到周營，眾有蒨單讚楊戩玄功變以復不讚余元施丹遍與余化。余化即顯謝老師

詩曰
菜刈功成道益精，藍冲玄妙有丹生。
煉就通變藥，沉水徒勞化血兵。
詞□勝□調理，戰成奇巧益英明。
盜回□□改試，一任奇謀若退萍。

話說楊戩得了丹藥，遲回周營祖□亡，無仙余元把

死在你家，你們俱與了余化，靜坐楊戩有多大本領。遠回我的化血刀，若余化被我傷了，他如何還到得死裡？將其中定有緣故，散余元相推一算，大叫曰：好楊戩！此來擬變化法，功盜吾丹變獄吞太甚，余元大怒。情金眼駝來趕楊戩。楊戩正往前行，只聽得後面有風聲起，至楊戩已知余元眾趕，忙把丹藥放在鞍中塘，哼天犬伏在空中。余元識領起楊戩不知暗算難防，余元被哼天犬夾頭子一口，正是此犬莠如鋼劍鴟皮肉。紅袍拉下半邊來，余元不曾隄防斯算，殺犬一口，把火紅白鶴衣扯了

半邊，余元又吃了大虧，不能前進，吾且回去再整頓前來以復此仇。話說子牙正在營中納悶，只見左右來報有楊戩等令了，牙傳令來，楊戩至帳前見子牙備言前事，盜丹而回，子牙大喜，忙取丹藥救雷震子，又遣木吒往郼元山送此藥與哪吒調理。次日楊戩往周下來揭戰，孫吏官報與師府，營中有將討戰，韓榮忙令余化出戰，涂陀上了金精獸，搖戟出關。楊戩大呼曰：余化，前日你用化血刀傷我，幸吾煉有丹藥，若無丹藥幾中汝之奸計也。余化端思此丹乃一爐所出，焉能關我？營中也有此丹，若此處有丹，此刀

無用。催開金睛獸大戰楊戩，二馬相交，刀戟並舉，二將酣戰三十餘合，止殺之間，雷震子得了此丹，即時金妍了，心中大怒，克飛出周營，大喝曰：好余化將惡刀傷吾，若非丹藥幾至不保，不要走，吃吾一棍以泄此恨。撆掄起黃金棍劈頭剁來，余化將手中戟架棍，楊戩三尖刀來得又勇，余化被雷震子一棍打來，將身一閃，那棍正中金睛獸，把余化掀翻下地，被楊戩復一刀結果了性命。正是：

一腔左術全無用，
枉做成湯梁棟材。

楊戩斬了余化，掌鼓同營見子牙報功，不表。且說韓

外許之。楊戩借土遁往玉泉山，來至了金霞洞，進洞
見師父拜罷，玉鼎真人問曰，楊戩你此來有甚麼話
說。楊戩對曰，弟子同師叔進兵氾水關，與守關將金
化對敵，彼有一刀，不知何毒，起先雷震子被他也傷了
一刀，只是寒顫，不能做聲，弟子被他也傷了十刀，幸
顙神失玄功，不曾重傷，然然殺，不知是何毒物。玉鼎真
人，把楊戩將刀痕來看，真人見此刀，孙復曰，此刃乃
遇龍逼刃，刃所傷俱了，見血卽死，幸雷震子是
到兩株仙朵，你有玄功，故爾如此，不然皆不可救。
真戩聽得，來覺失驚，必問曰，俱此將何術解救。真人

2002

日此毒連我也不能解，此刀乃是蓬萊島一派仙金
元之物，當時修煉時，此刀在爐中，有三粒神丹同煉
的，要解此毒，非此丹藥不能得濟，真人沉思良久，乃
曰此事非你不可，附耳如此如此方可。楊戩大喜，領
了師父之言，離了玉泉山，往蓬萊島而來。正是

　　真人道術非凡品。　　咫尺蓬萊見大功。

話說楊戩借土遁往蓬萊島而來，前至東海，好個海
島，其景奇花觀之不盡，怎見得。海水平波，山崖錦砌
正所謂蓬萊景致，與天關無差，怎見得好山，有讚爲
證。

2003

讚曰

勢鎮東南源流四海，汪洋潮湧作波濤滂渤山
根成碧闕，辰樓結彩，化爲人世奇觀。彩葦興風。
又是滄滇幻化，丹山碧樹非凡，玉宇瓊宮天外。
麟鳳優遊自然，仙境靈胎鸞鶴翱翔，豈是人間。
俗骨琪花四季，埀精莫嬌草千年呈瑞氣，且慢
說青松翠柏常春，覔道是仙桃仙果時有修
梯雲留夜月，藤蘿映日，靜清風一溪瀑布時飛，
雪四面丹崖若列星，正是百川澄注掌天柱萬仞無
移大地振

2004

話說楊戩來至空蓬萊山，看罷蓬萊景致，叕仗八九二里，即
仙朵玩，到身下拜，余朵見余朵，到此乃問曰，你來敢
嘆余化曰，弟子奉師父之命，去氾水關協同韓總
兵把守關隘，不愿姜尚興兵來，弟子見頭陣刀傷了
哪吒，弟子陣傷了雨震子第三陣，恰來了姜子牙師
徒楊戩弟子用刃擊傷他，被他一指，天把刀指回來
時弟子肩膊墮地，老師慈悲敖救，一派仙朵元日
他有斷，能敚指回我的寶刃，但當時煉此
龍虎，送至陽洞煉有三粒丹藥，我如今

2005

802

把二趄飛騰于空中將黃金棍劈頭打來余化手中
戰赴面交還一箇在空中用力一箇在獸上施威雷
震子金棍刷來如泰山一般余化望上招架費力墨
戰數合怂舉起化血刀來把雷震子風雷起傷了一
刀幸而原是兩枚仙杏化成風雷二趄今中此刀尚
不至傷命跌在塵埃敗進行營來見子牙子牙又見
傷了雷震子心中甚是不樂次日有報馬報入中軍。
有余化搦戰子牙曰連傷二八若癡呆一般又不做
聲只是寒顫且卷六戰牌出去平政官將兒戰牌出
起余化見周營掛免戰牌掌鼓回營只見次日有省

糧官楊戩至轅門見挂免戰二字楊戩曰從三月十
日拜將之後將近十月如今還在這裡尚不曾取
戎場寸土連怂挂免戰片心中甚是旋惑且見了元
師再做道理搽馬報入中軍啓元帥有督糧官楊戩
聽令子牙曰令來楊戩上帳叅謁畢稟曰弟子催糧
應付軍需不曾違限請令定奪子牙曰兵糧足矣其
如戰不足何楊戩曰師权且將免戰牌收了待弟子
明日出兵看其端的自有處治子牙在中軍與象人
正議此事左右報有一道童來見子牙曰請來少胗
至帳前那童子倒身下拜曰弟子是乾元山金光洞

太乙真人門下師兄哪吒有厄命弟子背上山去調
理子牙將哪吒交與金霞童子背往乾元山去了不
表且說楊戩見雷震子不做聲只是顫看刀刃中血
水如墨楊戩觀看原來此乃是毒物所傷楊戩啓子
牙去了免戰牌子牙傳令去了免戰牌次日汜水關
哨馬報入關中周營已去免戰牌余化聽得隨上了
金睛獸出關來至營前搦戰哨馬報入中軍關內有
將討戰正是。

　常勝不知終有敗。

　周營自有妙人來。

話說余化至營前搦戰楊戩稟過子牙提三尖刀出

督見余化光景是左道邪術之人縱馬大呼曰來者
莫是余化麼余化曰燕也爾通名來楊戩曰吾乃姜
元帥師徑楊戩是也縱馬搖三尖刀飛來直取余化
平中戰赴面交還兩馬相交一場大戰未及二十餘
合余化起化血神刀如閃電飛來楊戩運動八卦
功將元神遁出以左肩迎來傷了一刀也大叫一
聲敗回行營看是甚麼毒物來見子牙子牙問曰令
日你會余化如何楊戩曰弟子見他神刀利害伐吾
師道術將元神遁出以左臂迎他一刀畢竟看不出
他的果是何毒弟子且件玉泉山金霞洞走一遭子

（1994）

余化將住盂方舉起那刀來得甚快哪吒躲不及中
了一揭犬攝喇呢乃遍花化身演身俱是蓮花瓣兒
縱傷什麼來批死夫血淋起尬登時卽死議春山中
楮畫家吒着刀傷了大叫一聲敗回營中
壞了腹術賴來哪吒着了刀傷只是頭硬[illegible]
閑官璟與妻系子牙令杠攬至中軍[illegible]
電來答話牙忘平攄[illegible]不樂不知哪[illegible]怎命如何
其雖須回[illegible]解

總批

陳奇與鄭倫方是對手正所謂不相上下矣

（1995）

又批

添了哪吒土行孫等則陳奇授首宜矣。

土行孫地行之術爲偷營劫寨固是奇特養
遇着楊戩之流止落得一番空行今青龍關
內止一二庸品安能抵得土行孫之偷翹哉。

（1997）

第七十五回　　土行孫盜騎陷身

詩曰

余化恃強自喪身　　師尊何苦費精神
困燒土行禍招禍　　爲慈懼留致惹頭
北海初況方脫難　　細仙再縛豈能逃
從來數定應難解　　巳是封神榜內人

話說余化得勝回營至次日又來周營搦戰探馬報
入中軍至牙問誰人出馬　有雷震子應曰愿往提棍
尚營見余化黃而赤髮甚是兇惡問曰來者可是余
化余徒夫罵反國逆賊你不認得我麼雷震子大怒

耀剣虎將鞁績戈戎鎗軍浩浩粧佐羅鵨鼓響猛如狼東征大戰三千陣汜水交兵第一場。卻說韓榮雖馬止見子牙曰稱姜元帥請了率七之演襄非王駕花帥剣故動無名之師以下凌止其忠作商家族吾況帥不取也子牙曰將軍之志姜呆君正則居其位君不正則求為匹夫不可得果天命豈有常哉惟有德者能君之荷嫂桀暴虐滅過我之伐遂面有天下今紂王罪過乎桀天下諸侯之我罔持奉天之別以誅罪安敢有逆氏諭默惟釣哉齊榮太怒曰姜子牙我以你為高名之士

原來是妖言惑眾之人你有多大本領敢出火高叫貞將與吾拿了勞有先行王虎走馬臨界飛輪前來直取子牙只見哪吒已登風火輪舉鎗忙迎輪馬相交刀鎗並舉兩下裡喊聲不息敲角齊鳴戰未散俄哪吒奮勇一鎗[illegible]生虎挑于馬下魏貫見哪吒得勝把馬一鹽搖鎗前來飛取韓榮韓榮手中戟赴面交還魏貫的鎗勢如猛虎韓榮見先折守王虎心神已遠戰原見子牙揮動兵將沖殺過來韓相顧不無心遠戰原見子牙揮動兵將沖殺過來韓榮�33敗71任敗進關中法守子牙得勝鳴鑼不表旦說韓榮兵敗進關中兩具表往朝歌告急二面設計

韓關正在緊急之時忽報七首將軍余化等余今韓榮聽得余化來更大喜忙傳令令來余化至殿上衍禮韓榮曰自從將軍戰敗去後此關反被潰飛虎走也子牙不覺數載並意他養成氣力今反聚同姜尚上孫汾兵取了佳夢關青龍闊盡為周有昨月食飯能取勝如之奈何余化曰未將被哪吒打傷敗回韓山見我師兄說煉一件寶物可以後我前先繳用有謝樂機變余佗不是哪吒對手余化把一口刀名剣化血痕禁趣如辛道電光中了刀痕時刻郎死韓相顧有蕭為證其曰

丹爐曾煅煉　火裡用功夫。

陰陽裹裹決　逐甲元神來。

怎奈你有萧為證其曰　靈氣後先妙。

　　　　　　治身性命無。

他片甲無存韓榮大喜治酒款待說次日余化至周營討戰子牙開讓去樹馬哪吒道罷登輪提鎗卯舉

來，一見余化哪吒認得他大呼曰余化慢來余化見哪吒你把臉紅了半邊也不答話催開金情獸搖戟韓榮哪吒的鎗赴而交還輪獸相交戟鎗雙舉往将看李至开益哪吒的鎗乃太乙真人傳授有智變機變余佗不是哪吒對手余化把一口刀名化血練禁趣如辛道電光中了刀痕時刻郎死怎是像有蕭為證其曰

805

我兒首尾受敵，此非全勝之道也，故為將先要察
人軍俱得計，以無憂。衆將曰，元帥雄算真無遺策。正
談論間，左右報黃飛虎等令，子牙曰，令來。飛虎至中
軍，打躬行禮，子牙賀過功，因不見鄧九公黃天祥，
返心中亦是痛楚，嘆曰，可惜忠勇之士，不得享武牙
之蘇。汗營中治酒懽飲。次日，子牙差辛甲先下一封
戰書。話說汜水關韓榮，見子牙按兵不動，分兵取佳
衆請寵。二關速速差人打探回報，二關已失。韓榮對
衆將曰，谷西周已得此二關，軍威正盛，我等正當中
諸欲頻暢力共府，身得專將為戰也。衆將各有不念

1987

寇不該絕于此關，且言衆將暴住陳奇，被哪吒殺起
乾坤圈打中陳奇，傷了臂膊，往左一閃，被黃飛虎
鈴剌重脇下，死于非命。殺到天明，黃飛虎收兵查點。
只走了丘引，飛虎墜屍出榜安民，查明戶口冊籍，
將守青龍關黃總兵同師，先有哪吒報捷土行孫仍
催糧去了。且說子牙在中軍與衆將正講共轄太鸞，
報事官報元帥哪吒等令，子牙傳令來，哪吒逕中
軍輪潜死了青龍關事，說了一遍，弟了先來報捷了，
津氏悅辭開衆將曰，吾之先死此二關者，欲通吾之
道希不得此惝，斜兵斷吾粮道，前不能進，後不能總

1986

辦得自誤怀疑。
韓榮觀情畢，即將原書批回，來日會戰。辛甲領書回
磨現行身相，辭辭下書。原書批回，明日會兵，子牙整
隊剿征關亦，謝了韓榮，報入關來。今有姜元帥閞
下韓戰與潭身登焉以焉，放砲前咸出關，近祐尖小
諸宋洽關據，對韓戰難違寧寄箭冷森殺，一對對兵
雜藏戰泛規得，有點碼矢，十關為証。
又調曰
殺陳驚鷲畜蟬長雍鎮衰戰逞寒光旌旗手仗二

1989

寇色願尖一死戰，正議間，報姜元帥遣官下戰書，韓
榮命令來，辛甲至殷前，將書呈上，韓榮接書展開觀
遺書曰
西周奉天征討天寶大元帥姜尚，致書於汜水關
王將麾下，當聞天命無常，惟有德者，承獲天眷。今
商王受弒，嗣虐暴殄下民，天愁于上，民怨于下，
海宇分崩，萬疾叛亂，作民塗炭，惟我周武，上承巷
衍天之罰，所在民心效順，頒榮授首，所有佳變青
龍三關，遵命俱以斬將搴旗，歸降歸順，令大兵臨
此，特以火一之書咸從聞知，或戰或降，早賜興覆

1988

話說二將大戰虎穴龍潭這二箇惡恨恨圓睜二目。郑一箇略支支咬碎銀牙只見土行孫同哪吒出轅門來看二將交兵連黃飛虎同眾將也在旗門下都求看廝殺鄭倫正戰之間自忖此人當真有此術法。陳奇不過先下手為妙把杵在空中一擺鄭倫部下鳥鴉兵行如長蛇陣一般而來陳奇看鄭倫擺杵土掌把銃鈎套索似有擒人之狀陳奇也搖杵他那裡飛豹兵也有藥索搖鈎飛奔前來正是

　　　能人自有能人伏

　今日哼哈相會時。

鄭倫鼻子裡兩道白光噴來有聲陳奇口中黃光也。

1982

自進出陳奇哎了一個金冠倒獸鄭倫哎了一個銀中軟兩邊哎卒不敢拿人只顧各人搶回各自上了鄭倫被鳥鴉兵搶回陳奇被飛豹兵搶回各自上了金睛獸回營土行孫開眾將哎得腰軟骨折鄭倫自嘆曰世間又有此異人明日定要與他走個雌雄方情罷休尔兼只見陳奇進關來見丘引盡言前事止引又開往要開哎未心下不安次日鄭倫關下揚戰陳奇止哎出關言白鄭倫哎丸夫一言已定從今不必用術容赌年連正與尔哎起難得會催開望下工顆兩將哎殺一日來見黃飛虎眾將俱在

1983

弟冷夜我先進關斬開落鎖夜裡乘其無備耳了眼為此策黃飛虎曰全伏先行正是

　　　哪吒定計施威武。

　　　今夜青龍屬武王

話說丘引在關內修表奏朝歌遣將來此協同守關共囤周兵不覺是一更時分土行孫先進關徑來暗暗存囤開炉打點放黃天祿二更情分燃哪吒登起風火輪飛進關來在城樓上放起金磚把守門軍嘩打散隨撞開栓鎖周兵哪一聲喊殺進城來。不作天翻地覆城中大亂百姓呆瞷逃生土行孫在

1984

圖圖冲中聽得哪喊隨放了黃天祿太鸞殺出本府來丘引還不曾驚悉至上馬拎鈴出府只見燈光影裡天祿叢中見金印紅袍乃武成王黃飛虎哪吒鑒鄭倫殺進城來正遇陳奇。二將夜丘大戰黃天祿從後面殺出新來土行孫倒龜邪鉄棍往丘引馬下打來其巨鈴哪吒的鈴申三路黃明周紀的斧下三路逼術孫的棍丘引不及隄防被土行孫一根正打著那吒对那馬打了個前失把丘引哎下馬來黃飛虎着見把鸞鈴刺來丘引已借土遁去了正是生死有

1985

身不滿三四尺便問陳奇曰這樣東西會他何用令
左右推出去斬了號令土行孫也不慌不忙來至關
上左右方欲動手只見土行孫把身子一扭杳無蹤
踪正足。

　地行道術原無跡　　益寶偷關蓋世雄

話說左右見土行孫不見了只說得目瞪口呆惚狀
報與丘引丘引聽報大驚曰營中有如此異人
屢後西岐俱皆失利余曰不見黃天祥尸首就是
此人盜去也未可知速傳令各要防備關且
說土行孫同見黃總兵共議取那關忽喘探馬報入去

有至運督粮官鄭倫來轅門等令黃總兵傳令令
來鄭倫至帳前行禮畢告曰奉姜元帥將令催粮應
軍正聽用虎曰今蒙將軍催粮有功候止功
鄭倫同俱是為國敵用鄭倫關現世行孫也准
此間土行孫用退不係二運官今劉此何幹土行
青龍關中有十人常與陳奇也與你一樣拿人。
其被龍拾去性命特奉元帥將令來此致
與他此孫不同把的噴出一道黃氣
此孫身中白氣來大不相同覺
宜非日我被龍拿去是了一遭來鄭倫曰豈

奇此理當時吾帥傳我曾言吾之法蓋世無雙難道
此關又有這樣異人我必定會他一會看其真實月
說陳奇恨鄧嬋玉打傷他頭面自服了丹藥一夜全
愈次日出關坐名只要鄧嬋玉出來定個雌雄哨馬
報入中軍啟老爺陳奇搦戰鄭倫出而言曰末將願
往黃飛虎曰你督粮末亦是要緊的事原非先行破敵
之後姜氏相見畢鄭倫問旗是朝廷劫贖何壽子
理其黃飛虎俱將應允鄭倫上了金精獸提隆魔杵領
本部三千烏鴉兵出營來見陳奇也是金精獸挂蕩
魔杵他也有坐對火馬俱穿黃號色也拿着撓鉤套索

鄭倫心下疑惑乃至軍前大呼曰來者何人陳奇曰
吾乃督粮上將軍陳奇是也你乃何人鄭倫曰吾乃
督運總督官鄭倫是也鄭倫問曰聞你有異術今日
來會你鄭倫催開金精獸挺手中降魔杵勞頭就
將陳奇手中蕩魔杵赴面交還二獸交加一場大戰
怎見得。

二將陣前尋鬥賭兩下交鋒誰敢阻這一箇似搖
頭獅子下山岡那一箇不亞擺尾發怒尋猛虎這
二箇與心定燮正乾神那一箇赤膽英雄把江山輔。
天生一對惡星辰今朝相遇爭旗鼓。

公為左衛陣亡。吾子二人被搶，天祥被丘引逃賊風
危其君。今哪吒打丘引一乾坤圈，逆貶來將
糧草去。行孫曰：待赤精將令，且將天祥尸首
精來檢驗。明日好搶血引以報此仇。止行孫下帳與
聲譁等相見，只通當晚進。行孫備地行衛延進開
先在裡邊守一番，行至到園園之中，宿見太驚
圖下裡，人聲寂靜，土行孫鑾進來
稍帕的，黃末審承來了。你敢心，不火就死，側倒黃
聲雷大喜，回連此燒姓，止行孫
說了，繼運至城樓止，把靴牙割斷

天祥尸首吊在關外。有周紀收去尸首，黃飛虎看見
子尸，放聲大哭曰：年少為國致損其軀，真為可惜。吾
用棺木收尸。黃飛虎自思想：吾生四子，今喪三人。今
日不若命黃天爵送天祥尸首回西岐去，早晚亦可
待奉吾父。一則不失黃門之後，二則使我忠孝兩全。
黃飛虎打發第三子黃天爵，押喪車回西岐去了。且
說丘引被哪吒打傷，次日登庭納悶，只見延城軍士
來報黃天祥尸首夜來不知被何人割斷繩子，將尸
首盜去。丘引聽報，預加愁悶。陳奇大怒，不才出關拿
來為主將報仇。說罷，領本都飛豹兵至營前搦戰哨

馬報入中軍。黃總兵問：誰人見陳。土行孫愿往。鄧嬋
玉欲為父親報仇，愿隨掠陣。夫妻二人出營見陳奇，
逢金睛獸，提湯磨杵，遶至陣前。土行孫大罵陳奇曰：
匹夫用左道邪術殺吾岳丈，不共戴天。今日特來
孫報仇。陳奇大笑：諒你這等人，真如朽腐之物，做得
甚麼事。來殺你恐污吾手。催開坐騎，掄杵就打。土
行孫聽罷忿怒，縱馬忙迎。杵棍並舉，未及數合。陳奇見
此行孫往來小巧，便宜難攻，不能取勝。陳奇忙把
一擺，飛豹兵齊奔前來。陳奇對着土行孫把嘴一張，
噴出一道黃氣，土行孫站立不住，一交跌倒在地。飛豹

黃把土行孫拿了。陳奇不防，鄧嬋玉在對面見丈
夫大失機，發出一塊五光石來，正中陳奇嘴上，掉下
鞍韂，落敗的一聲，掩面而走。鄧玉又發一石來打
下把護心鏡打得粉碎，陳奇只得伏鞍而逃。
土行孫掙開眼，渾身上了繩子，咬斷
鄧嬋玉打發逃回關內，來見丘引。
渾身綻袍帶皆鬆，忙問其故。陳奇曰：只因拿一不堪
述夫不防對過，有一賤人用右打傷面門，後一石又
打傷脊背，致失機而倒。丘引聽說，忙令左右將周
拿來，差右隨將土行孫推至階前。丘引看見土行孫

1970

臣往汜水關、老營中見子牙求救、使臣在路。也非一
日、來至行營、旗門官報入中軍、啓元帥黃總兵遣官
至轅門等令。令子牙傳令令來。使臣至帳前行禮、將申
交呈上、子牙折開看畢。大驚曰、可惜鄧九公黃天祥。
死于非命者、實傷悼、只見鄧嬋玉哭上帳來、稟上
元帥。末將願去為父報仇、子牙許之、又點先行官哪
吒同徃、哪吒大喜、領了將令、星夜往青龍關來、哪吒
風火輪來的快、便先行、嬋玉隨營行走、只見哪吒
特就是青龍關。正是。
頃刻行千里。
須臾至九州。

1971

却言哪吒至營前、殺入中軍。有先行
官哪吒轅門
冷黃總兵忙叫請來。哪吒進中軍、行禮。黃總兵曰
吾奉令分兵至此、不幸子牙兵敗、鄧九公竟被丘術
設身吾在此待罪、請援令先行官至此、吾聲不勝幸
甚。哪吒曰、小將軍丹心忠義為國、捕驅清史簡篇、承
軍亦不辜負將軍教養之功。次日哪吒坐生風火
醫拿住丘引、定以此為例。太叫城上報事富、快傳與
近引罪來洗頸受戮、報馬報入帥府、有將請戰、引
還報、自特已能依舊是陀頭、拆掇竟出關門、看見一

1972

人登風輪而來、大呼曰、來者莫非是哪吒麼。哪吒大
罵曰、你這匹夫、黃天祥與你不過敵國之仇。彼此為
國、不過梟首。仇有何罪、你竟欲風化其尸。我今拿住
你。定碎醢汝尸、為天祥泄恨、把火犬鎗擺動、直取丘
引。丘引以鎗戀架相遶、二馬相交、雙鎗並舉、來往戰
殺二三十合、丘引就走。哪吒趕來、丘引依舊把頂上
自氣踅出現那一顆紅珠出來。在空中旋轉、丘引把
哪吒當做凡脂肉體、不知他是蓮花化身、便大叫曰。
哪吒你看吾之寶、哪吒攙頭看見、大咲曰、無知匹夫
此不過是個紅珠兒、你叫我看他怎的。丘引大驚曰。

1973

却道、勝成此辣、竟將搶軍、無不效驗。今自哪吒、密
却何還潛于輸下、心中已是着忙。只得
哪吒用乾坤圈打來、正中丘引肩窩。打的勒馬
新殺、莆遝反回關去、哪吒得勝回營。
報丘引說、丘行禮、催糧查子牙大營、見元
歷將軍喚、不見鄧嬋玉、問其故、武
敗兵曰、你母親共我從去了。
范子曰、死宵寶傷悼、作牲領子牙催糧
遂往青龍關來、某一日、連轅門、探馬
慮事蒲家主、行孫奉至張前、行禮罷、黃飛虎曰、鄧九

傳萬世。

三正馬戰佳了陳奇一正金精獸大戰在龍潭虎穴
不如吉凶如何且聽下回分解。

總批

胡升瓦礫不能圖之久必為禍覓當粮道憂
冲安得以疑似老人守之殺之是也但太公
伐紂巧順天應人豈有他虞而必欲以乎常
之疑待之子牙此本有愧時爾之師
鄧九公有將求而遭逢不辰故為在避願審

又批

此數也然一段懷慨不屬足似千古

第七十四回　哼哈二將顯神通

詩曰

二將相逢各有名。　青龍關過定輸贏。
五行道術皆堪並。　萬刼輪回共此生。
黃氣無聲能覆將。　白光有影更擒兵。
須知妙法無先後。　大難來時命自傾。

話說黃天祿兄弟三人裹佳陳奇忽一銃正中陳奇
奔躍陳奇將坐騎跳出圈子外邊黃天祿隨後趕來。
陳奇雖然腿上有傷他的道術自在他把蕩魔杵一
架只見飛豹兵辟擁而來將腹內煉成黃氣噴來黃

天祿滾下鞍轎早被飛豹兵挑鈎搭住生擒活捉拿
黃天祿引丘引分付也把黃天祿監禁了話說
黃天祥矢祥回營見父言兄被擒黃總兵十分不
樂進打聽可曾號令探事官回報啟老爺不曾號
令話說陳奇腿上有傷自用丹藥數搽只見次日丘
引傷痕全愈要來報仇乃不戴頭盔頂
似虬頭模樣貫甲披袍上馬拎鈴來至周營生名
黃天祥決戰報馬報入營中天祥便欲出戰飛虎
不住天祥上馬提鈴內營來見是丘引太叫日丘引
今日定要來作功催制馬擦手中鈴並轎丘引

丘引赴面交還二馬盤旋雙鈴並舉大叫
黃天祥這根鈴如風狂雨驟勢不可當丘引見将
不住掩一鈴勒回馬往關前就走黃天
隨後趕來只見丘引頂上長一道白光
面現出碗大一顆紅珠在空中滴溜溜只是轉
大叫黃天祥你看吾此寶黃天祥不知所以撞頭看
時不覺神魂飄蕩一會家不知南北西東昏慘慘
被步下軍卒生擒下馬繩縛二臂及自醒時以被擒
住丘引大喜掌鼓進關正是

可惜年少英雄客　　化作南柯夢裏人。

〔1960〕

……奇把蕩魔杵十一樂，他有三千飛虎兵，手挽撻
鈴套索，姝長馳，陳一般飛奔前來，有拿人之狀。鄧九
公不知原故。陳奇原是左道，有異人秘傳，養成腹內
一塊黃氣，噴出日來。凡是精血成胎者，必定有三魂
現見，出黃氣，卧魂魄自散。尤公見此黃氣，坐不住，
陳謝身落馬。鄧九公後飛虎兵一擁上前，生擒活
捉。令喊住，丘引正坐左右，報入府來。
尤公令丘引，在右排籠。
……至王醒來，兒臣是繩索綁縛，莫能頓挫。
……引面前，尤公大駡曰：匹夫以我左道之術……

〔1961〕

吾我就死也不服，今既失機者，死而……吾生不能瞑，
汝血肉死後必為厲鬼，以殺叛賊……大怒，令推出
斬之。可憐鄧九公歸周，不能會諸侯于孟津，今日全
忠與周主正是。

　　功名未遂扶王志。
　　今日逢危已盡忠。

話說丘引發出行刑牌，出府將鄧九公首級號令于
關上。有哨探馬報入中軍：啟老爺，鄧九公被陳奇口
吐黃氣，拿了進關，將首級號令城上。黃飛虎大驚曰：
鄧九公有大將之才，乘幸而喪于左道之術，心中甚
是鴦藏。話說丘引治酒與陳奇賀功。次日陳奇又領

〔1962〕

英至周營搦戰，報馬報入中軍衙。有九公佐二官太
鸞大怒曰：末將不才，願與主將報仇。黃飛虎許之。太
鸞上馬出營，與陳奇相對也不答話，大戰二十回合。
陳奇把杵一舉，後面飛虎兵一擁來，陳奇把嘴一張。太
鸞依舊落馬，被眾入輪拿進關見丘引。丘引曰：此為
從賊，且不必斬他，暫送下圄周，候拿了七將，一齊打
四車解往朝歌，以盡國法，又不負汝之功耳。陳奇大
喜。且說黃總兵見又折了太鸞，心下甚是不樂。只見
次日來報陳奇搦戰，黃將軍問左右誰去走一遭。話
未了，只見偏邊走過三子黃天祿、黃天爵、黃天祥，應

〔1963〕

曰：不肖三人願往。黃飛虎分付須要小心。三人應聲
時，遜弟兄三入上馬，遼出營來。陳奇問門：蓁查何
人？黃天祿答曰：吾乃開國武成王三位殿下黃天祿、
天爵、天祥是也。陳奇攔喜，正要拿這業障，他忙自來
速死。催開金晴獸，坐下……答話，被開蕩魔杵飛來直取。
大禍兄弟……臣天祿一條金慧……迎四馬交鋒怎見得。
　　一聲喊殺。
　　……將軍前發怒，額開獸馬搖待長鎗，滉滉四缸露
蕩魔其發來峻利，這手個挺生捨死定輪麁那三
個鴦開七家分軒，輕些見失手命難存，留取清名……

看丘引頂上銀盔露出髮來暗想此賊定有法術恐
日之仇乘空一鎗刺來刺了個空丘引要報前
來黃天祥挈出銀裝鐧來好鐧怎見得有讚為証讚
曰。
寶攢玉靶金葉廂成絲絨繩穿就護手熟銅抹就
光輝打大將翻鞍落馬冲行管見哭神悲亞斯三
璟劍磋折丈八鎗來凜凜有甚三冬雪冷嗖嗖賽
過九秋霜。
話說丘引被黃天祥一鐧正中前面心鏡上打神

負痛并噴鮮血幾乎落下戰轎敗進
黃天祥得勝回營來見父親說丘引閉門不出
光與鄧九公共議聚關玄策不表且
精打些血不止怕服母藥其時不
恨黃天祥骨髓在關內保養傷痕
關攝閉鐧傷未愈止城來親自
這大概此關乘朝歌醫障以攻打
賢城高寨深切難以攻打周兵一連功
蕭戰虎見此關懷切難下嘗冷鳩
金順牆走舟見周兵起去體冷鳩來

至帥府坐下心中納悶忽報督糧官陳奇聽令近朝
令至殿前陳奇打躬曰催糧應濟軍需不曾違限蕭
奏定奪丘引曰催糧有功總為朝廷出力陳奇開
與至此元帥進曰勝負如何丘引答曰美尚分兵取
鄧催恐吾斷他糧道連日與他會戰不意他將佐戰
鄧九公殺吾佐二宮黃天祥銛馬強勝吾被他中
鐘箭射鐧打著是李任遶遮賊焚分化其尸方泄吾
恨陳奇曰元帥兵管放忘肇末將拿來報元帥之恨。
次日陳奇領本部飛虎兵坐火眼金精獸提手中鎗
魔杵至周營搦戰督馬報入中軍啓元帥。

敵出馬鄧九公
九公出馬在手遶出營來一見對陣鼓響半霎
精獸鄧九公問曰來者何人哦
衛是也你是何人鄧九公答曰
鄧九公是也日者丘引失機開
聲宛然而也做不得他的名下
四大如驚鬼草芥你有何能僅
魔杵勞胸就打鄧九公大棍刀。
方杵并舉兩家大戰三十回合
陳奇用的是短兵器如何抵擋

813

天祥見丘引，自至心下暗喜，此功該吾成也，搖手中

鎗勢面相還，好殺怎見得正是。

棋逢敵手難藏興　將遇良材好用功

黃天祥使發了這條鎗，如風馳雨驟，勢不可當，丘引

自覺不能勝天祥，令會頭陣如此英勇，鎗法更神有

讚為証讚曰

乾坤真個少，蓋世果然稀，老君爐裡煉，曾敲十

入手鎗磨場，太行山頂雲，湛乾黃河九曲溪，上

不浩塵世界，翻來一陣血腥飛

話說黃天祥使開鎗把丘引殺得只有招架之功，奧

1953

侵擾天子關隘，你真是惡貫滿盈，必受天誅黃飛虎

咬日今天下會兵，紂王亡在旦夕，你等皆無死所，焉

前一卒有多大本領，敢逆天兵耶，飛虎回顧在旁郡

一員戰將與吾拿了丘引，後有黃天祥應目待吾來

搶此賊，天祥年方十七歲，正所謂初生之犢不懼虎

催開戰馬，搖手中鎗沖殺過來，這壁廂有高貴搖斧

接住兩馬相交，鎗斧並舉，黃天祥也是封神榜上老

人力大無窮，來來往往未及十五回合，一鎗剝中高

黃心窩翻鞍下馬，丘引大叫一聲氣殺吾也奔走

吾來也，丘引銀盔素鎧，白馬長鎗飛來直取天祥賣

1952

虎掌鼓進營正是。

只知得勝同營去。

話說丘引敗進高關，不覺大怒，四員副將盡被兩陣

殺絕，自巳又被這黃天祥鎗剌左腿，箭射肩窩，候明

日出陣拿住此賊，碎尸萬叚以泄此恨，看官丘引乃

跎鱔得道修成人體也，善左道之術，此人自用丹藥

敷搽，即將全愈，到三日後，上馬提鎗至周營前，只叫

黃天祥來見我，唷馬報入中軍，黃天祥又出來會戰。

丘剌見了枕入不答話，搖鎗直取黃天祥，天祥手中

鎗急架柱迎，二馬交鋒，來往戰有二十四回合，黃天祥

1955

無還兵之力，傷有丘引副將孫寶余成兩騎馬兩刀

刀殺奔前來助戰，鄧九公見三將前來協助，鄧九公

奮勇走馬刀劈了余成翻鞍落馬，孫寶大怒罵曰好

匹夫焉敢傷吾大將，轉回來力敵九公，話說丘引被

黃天祥戰住不得閒空，總有左道之術不能使出來

又見鄧九公走馬刀劈了余成，心下急躁，黃天祥賣

了個破綻，一鎗正中丘引左腿，丘引大叫一聲撥轉

馬就走，黃天祥掛下鎗取弓箭在手，搜滿弓絃往後

心射來正中丘引肩窩，孫寶見主將敗走心下一鎗

又被鄧九公一刀把孫寶揮于馬下，梟了首級黃飛

1954

將故而偷生及見火靈聖母來至你便欺心又思故王總是暮四朝三之小人豈是一言以定之君子此事雖是火靈聖母主意也要你自己肯爲我也難以准信留你久後必定爲禍命左右推出斬之胡升無言抵塞追悔無及左右將胡升綁出帥府少時見左右將首級來獻于牙命拿出關前號令子牙平定了雜亥關令祁恭鎮守于牙把戶口查明即日回兵至泛水關李靖領衆將轅門迎接子牙至後營見武王將坂佳憂閑一事奏知武王武王置酒在中軍於于牙賀功不表山說黄飛虎領十萬雄師往青龍關來。

一路浩浩軍威紛紛殺氣一月哨馬報入中軍啓總兵人馬已至青龍關請令安營黄總兵傳令安下行營放炮吶喊話說這青龍關鎮守大將乃是丘引副將是馬方爲高貴余成孫寶等聞周兵來至丘引忙陞坐下與衆將議曰今日周兵無故犯界甚是任情吾等正當効力之將各宜盡忠報國衆將官齊曰願效死衆人人俱舉拳摩掌個個勇往直前且說黄總六程張節曰今日已狼閉虎視頻一連座功鄧九松用願往飛虎曰將軍一往必建奇功鄧九公上馬洲驢李關下搦戰哨探馬報入帥府丘引急令馬方

去現頭陣便知端的馬方上馬提兵開放關門兩扇須開見鄧九公紅袍金甲一騎馬飛臨庫前馬方大怒曰反賊慢來九公曰馬方你好不知天時方令衆這朝結眼見成湯亡于旦夕爾尚敢來出關會戰也殺馬搖鈴飛來血頂鄧九公手中刀急架忙迎二馬馬方大罵逆天瀆賊欺心匹夫敢出妄言感吾清聽飛虎天戰有三十回合鄧九公乃父經戰場上將馬方那裡是他的對手正戰間鄧九公賣個破綻一聲將馬方劈于馬下鄧九公找了首級掌得回帳營來見黄飛虎將馬方首級獻上黄總兵大喜

九公首功具酒相慶且說敗兵報進關來稟元帥方失機穗鄧九公臬了首級號令周營丘引聽報只氣得三尸神暴跳七竅內生煙次日親自提兵出關黄飛虎正議取關一事見哨馬報入中軍青龍關太隊擺開蕭總兵答話黄飛虎傳令也把大隊人馬擺出炮聲嚮亮大紅旗展好雄威人馬出來正是

人是歡彪擴澗澗
馬如大海老龍騰

話言丘引見黄飛虎左右紛開大小將官一馬當先次料黄飛虎負國忘恩無父無君之賊你反守五關殺害朝廷命官叛村王府庫助姬發爲惡今日反來

錦遠迎子牙進轅門，衆將懽喜，收點人馬計算，又拆了四五千軍卒。子牙把火靈聖母、申公豹的事對衆將十一說一遍。衆人賀喜。子牙分付整頓人馬，離雄關五十里，住了三日。子牙方整點士卒，一聲炮响，復至關下安營。且說胡升在關內，不知火靈聖母凶吉。又聽得報馬來報，子牙兵復至關下。胡升大驚，姜前兵又復至，火靈聖母緣矣。急與佐二宮商議前日一番雖然勝了，妻子平靈……使吾更喪……元帥把罪名做在火靈

1944

聖母身上。彼自不罪元帥也。這些無妨。胡升曰：此畫此有理。就差王信具納降文書，前往周營來見子牙。有軍政官報入中軍，啓元帥：關內差官下文書，請令定奪。子牙傳令，令來。王信來至中軍，呈上文書。子牙展于案上，觀看書曰：

納降守關主將胡升暨大小將佐等，頓首上書於西關大元帥麾下。不職升謬承司閫，鎮守邊關。謹慎小心，希圖少盡臣節，以報主知。就意皇天不眷，降災于殷，天愁人叛，致動天下諸侯觀政于商。日者元帥率兵抵關，弟胡雷與火靈聖母，不知天

1945

命，致遞王師，自罹于禍，悔亦無及。升罪固宜用敕。但元帥汪洋之度，好生之仁，無不覆載。今特遣裡將王信薰沐上書，乞元帥下鑒愚悃，容其納降，以救此一方民真將雨之師。萬姓頂祝矣。胡升再頓首謹啓。

子牙看書畢，問王信曰：你主將既以納欵，吾以不究往事。明日帥行獻關，毋得再有推阻。洪錦在傷言曰：胡升反覆不定，元帥不可輕信，恐其中有詐。子牙曰：前日乃是他兄弟違傲與火靈聖母自恃，在道之前故耳。以我觀胡升乃是真心納降也。公無多言。隨令

1946

王信回覆去，慌明日進一關。王信領令進關，來見胡升，將子牙言語盡說一遍。胡升大喜。隨命關上軍士立起周家旗號。次日胡升同大小將領，率百姓出關，手就降旗，焚香結彩，迎子牙。大勢人馬進關，來至帥府堂上坐下。衆將官侍立兩傍。只見胡升來至堂前，行禮畢，稟曰：末將胡升，一向有意歸周，奈吾弟不識天時，以遭誅戮。末將先覺，具納降文欵，與洪將軍不欺火靈聖母，要阻天兵。末將再三阻擋不住，致有得罪于元帥麾下。望元帥恕末將之罪。子牙曰：聽你之言，真是反覆不定頭，一次納降非你本心。你見關內無

1947

調論不依成何體面衆門人未及開言只見多寶道太晚下禀曰老師聖諭怎敢不依只是廣成子太欺吾敎妄自尊大他的玉虛敎法辱罵我等不堪害師邪裡知道到把他一面虛詞當做真話被他欺誆過了通天敎主曰紅花白藕青荷葉三敎原來總一般他豈不知怎敢亂說欺弄你等切不可自分彼此致生事端多寶道人曰老師在上弟子原不敢說只今淹師怎知萬細事已至此不得不以直告他罵吾敎是左道傍門不分拔毛帶角之人濕生卵化之輩皆河同輩共一處他視我爲無物獨辯他

亦以弟子等不服心通天敎主曰我看廣成亦是真寶若子斷無是言你們不要錯聽了多寶道人曰弟子怎敢欺誆老師衆門人齊曰寶有此證這都可以面質通天敎主咲曰我與羽毛相並他師父都是窃人我誠羽毛他師父也是羽毛之類道童生這等輕簿分付金靈聖母往後邊取那四口寶淶必時金靈聖母取一包袱內有四口寶劍放在案教主曰後寶道人過來聽我分付他既是笑我敎不如你可將此四口寶劍去界牌關擺一誅仙陣香關致網朱邪一個門人敢進吾陣如有事時我自來

衆他籌多寶道人請問老師此劍有何妙用通天敎主曰此劍有四名一曰誅仙劍二曰戮仙劍三曰陷仙劍四曰絕仙劍此劍倒懸門上發雷霆勁劍也一屍任從他是萬劫神仙也難逃得此難背實有此寶劍讚曰

非銅非鉄又非鋼曾在須彌山下藏不用陰陽顛倒煉豈無水火淬瀝芒誅仙利戮仙到處起紅光絕仙變化無窮妙大羅神仙血染裳

話說通天敎上將此劍付與多寶道人父與一株仙陳圖芸曰你徃界牌關去四佐周兵看他怎樣殺你

多寶道人離了高山運往界牌關去不表且說子牙自從遇申公豹得脆回佳夢閣來周營內差人四下裡打探乎牙消息只見哪吒登風火輪四下找尋子牙正策圓奉相前行恰好遇着韋護韋護大喜上前安慰子牙問自火龍兵冲散人馬急切難以收聚不意火靈聖母趕師叔去那些兵原是左道邪術見沒有些將作法驅逐一時火光滅了並無有一些手段被我等收回兵後一陣殺的他乾淨只是不見師叔如今哪吒等四路去打探不期弟子在此得遇尊顏我等不勝幸甚有探事官飛奔中軍來報干洪錦洪

【1936】

有三謁碧遊宮之愆，這都是替子牙煽動粗子，不知當日神仙俱不肯清晉，要尋事徹藥聖，今人之多事也。

【1937】

第七十三回　青龍關飛虎折兵

詩曰

流水滔滔日夜磨。　不知烏兔若奔馳。
繞着苦海成平陸　又見蒼桑化碧波
熊虎將軍殘白叟。　英雄俊傑飲干戈。
早蓮只因天數定。　空教血淚滴婆娑。

話說廣成子三進碧遊宮，又來見通天教主，雙膝跪下。教主開曰：廣成子你為何又進我宮來，全無規矩。任你胡行，廣成子自蒙師叔分付，弟子去了，其如是閒人不放弟子守去，只要與弟子併力，弟子之來無非

【1938】

敬上之道，若是如此，弟子豈求榮反辱，望老師慈悲，發付弟子，也不壞師叔昔日三教共立封神榜的體面。通天教主聽說怒曰。往喚進宮來，只見水火童子領法旨出宮來，見衆門人曰：列位師兄，老爺發怒，喚你等進去。衆門人聽師尊呼喚，大家沒意思，只得進宮來，見通天教主喝曰：你這些不守規矩的畜生，如何師命不遵，恃強生事，這是何說，廣成子是我三教法旨，扶助周武，這是應運而與他等，遞天行事，理當如此，你等如何還是違等胡為，情實可惱，罵絕衆內人面面相覰低頭不

【1939】

語通天教主分付廣成子曰：你快快奉命修煉，不教這些人計較，你好生去罷。廣成子謝過恩情，了卻翻兎仙山去了。後有詩嘆曰：

詩曰

廣成奉旨涉先天。　只為金霞冠欲還，
不是天心原有意。　界牌關下有誅仙。

話說通天教主坐白羨尚方是奉菩三教法旨扶佐廣遵奉三教中都有在封神榜上的廣成子也是究敬之仙他就特死伏靈聖母非是他來尋事故起是你去尋他總是天意爾等何苦與他做對連我的

有龜束羽翼之形就是那時節得道的修成人形
是一個母烏龜故此稱爲聖母彼時金靈聖母多寶
道人見龜靈聖母現了原形各人面上俱覺漸愧這
極甚是追悔只見虬首仙烏雲仙金光仙金牙仙夫
呼廣成子你欺吾教不是這等數人發怒一齊仗劍
赶來廣成子自思吾在他家裏身入重地自古道單
絲不成線獨木不成林廣成子又見他們重重圍來不
若還奔碧遊宮見他師尊自然解釋乃不等遍報竟
自投臺下來通天道人曰廣成子你又來有甚話說
廣成子覽而啓曰師叔分付弟子領命下山不知師

救門人龜靈聖母同許多門人來爲火靈聖母復仇
弟子無門可入特來見師叔金容求爲開釋通天教
主命水火童兒把龜靈聖母叫來少時龜靈聖母至
堦墀下行禮口稱弟子通天教主曰你爲何求趕
廣成子龜靈聖母曰廣成子將吾教下門人打死反
分明是欺蔑吾教通天教主曰吾爲掌教之主反
如你等此是他不守我盟言自取其禍大抵俱是
天數我豈不知廣成子把金霞冠繳不敎擅用吾寶
爾等仍是狼心野性不尊吾法旨不守我清規大
是可惡將龜靈聖母革出宫外不

二七六

尊如何這樣偏心大家俱不忿盡出
許入宫聽講遂將龜靈聖母革出山兩傷惱了許多弟
予私相怨曰今爲廣成子反把自家門弟子輕辱師
教主分付廣成子你快去罷廣成子拜謝了教主方
纔出了碧遊窟只見後面一起截教門人趕來只叫
拿住了廣成子以洩吾衆人之恨廣成子聽得着慌
這一番來的不善欲絕往前行不好欲與他抵敵無
不獻衆不著還進退兩難免得此厄看官此正是
你原不該來這正應了三教碧遊宮正是
沿源撒下釣和線從今釣出是非業

話說廣成子逕出番慌慌張張跑至碧遊宮基一祗
見通天教主出不知吉凶如何且聽下回分解

總批
火靈聖母自恃金霞冠無敵就有殺身之禍
假若他當日無此寶則無所恃他自不下山
來安得有這場是非這還是通天教主作成
送他個死

又批
廣成子原自多事當時只俟子牙伐紂事完
後再去繳金霞冠他不遲如何先期而進致

二七七

1928

進至裡邊倒身下拜，弟子愿師叔萬壽無疆。通天教
主曰：廣成子，你今日至此有何事見我？廣成子將金
霞冠現上，弟子啓師叔，今有姜尚東征，兵至佳夢關，
此是武王應天順人，弔民伐罪，紂惡貫盈，理當勦滅。
不意師叔教下門人火靈聖母伏此金霞冠前來阻
逆大兵，擅行殺害生靈，糜爛士卒。頭一陣一劍傷洪錦，
併龍吉宮主。第二陣又傷姜尚，幾乎喪命。弟子奉師
尊之命下山，再三勸慰，彼仍恃寶行兇，從傷弟子。弟
子不得巳用番天印，不意打中頭門，以絕生命。弟子
得將金霞冠一繳上碧遊宮，請師叔法旨。通天教主

1929

晉三一教共議封神，其中有忠臣義士上榜者猶未甚
仙道而爲神道者，各有深淺厚薄，彼此緣分，故神有
尊卑，死有先後。吾敎下也有許多，此是天數，非同小
可。況有彌封，只至死後方知端的。廣成子，你與姜尚
說他有打神鞭，如有我敎下門人阻他者，任憑他打。
前日我有論帖在宮外，諸弟子各宜緊守，他若不聽
敎訓的，是自取咎，與姜尚無干。廣成子去罷。廣成子
出了碧遊宮，正行，只見諸大弟子在傍聽見掌敎師
尊分付：凡吾敎下弟子不遵訓誨，任憑他打。衆弟子
忿不甚是不服，俱在宮外等他，傍邊有最不忿的是

1930

金靈聖母、無當聖母對衆言曰：火靈聖母是多寶道
人門下。廣成子打死了他，就是打我等一樣，他還來
繳金霞冠，明明是欺辱吾教，我等師尊又不察其事，
反分付任他打。是明明欺吾等無人物也。彼時惱了
遁靈聖母，大呼曰：豈有此理，他打死火靈聖母，還來
繳金霞冠，待吾去拿了廣成子，以洩吾等之恨。龜靈
聖母仗劍趕來，大叫廣成子不要走，我來了。廣成子
站住，見他來的勢局不同，廣成子陪笑迎來，問曰：道
兄有何分付？龜靈聖母曰：你把吾教門人打死還錦，
此處來賀精神，分明是欺辱吾教，顯你等豪強情緻

1931

而恨不要走，吾與火靈聖母報仇。仗劍趕來，廣成子
將手中劍架住，忙曰：道友差矣，你的師尊共並封神
揭，豈是我等欺他，與他自取，也是天數該然，與我何
友？道言荅他，報仇真是不按事體。龜靈聖母火怒，
因遁敢以言語傷吾，環曲分說，又是一劍。廣成子正
色害曰：我以禮諭你，你還是如此，終不然我怕你不
戒殺是害師長也，只好饒你兩劍。龜靈聖母又是一
劍，廣成子夫怒，面發通紅，仗寶劍相還，兩家未及數
合，廣成子拏番天印祭來，龜靈聖母見此印打下來，
忙現原身，乃是個大烏龜。昔蒼頡造字南

〔1924〕

封神演義　卷之十五

鴻濛初判有聲名。煉得先天聚五行。
頂上三花朝北闕。胸中五氣透南滨。
羣仙隊裏舞綵旛。滄桑萬刼壽同庚。
漫道香花資蕙毅。玄妙門庭話未生。

話說懼留孫見掌教師尊出玉虛宮來俯伏道傍口
稱老師萬壽元始天尊曰好了你們也撥開雲霧大
返本還原懼留孫曰弟子俺奉旨將申公豹拿至
麒麟崖聽候發落元始聽說來至洪錦崖見申公豹
捉住那裏元始曰孽障姜尚與你何仇你邀三山五

〔1925〕

〔眉批（字迹模糊）：[illegible]〕

嶽伐西岐今日天數皆完你還在此論□蕩
不是我預為之計幾乎被你害了如今封神一切事
體要他與我代理應合佐周你如今只要害他使
王不能前進命黃巾力士揭起麒麟崖將這業障壓
在此間待姜尚封過神再放他看官元始天尊豈不
知道要此人收聚封神榜上三百六十五位正神故
被此難他恐他又起波瀾耳黃巾力士來拿申公豹
要壓在崖下申公豹口稱寃枉元始曰你明明的要
害姜尚每言寃枉也罷我如今把你壓了你說我偏
向姜尚你如再阻姜尚你後一個誓來申公豹發一

〔1926〕

封神演義　卷之十五

個誓願只當口頭言語不知出口有應公豹曰弟子
如再要使仙家阻當姜尚弟子將身子塞了北海眼
元始曰是了放他去罷申公豹脫了此厄而去懼留
孫也拜辭去了且說廣成子打死了火靈聖母逕往
碧遊宮來這個原是截教教主所居之地廣成子來
至宮前好所在怎見得有賦為証

賦曰。

烟霞凝瑞靄日月吐輝光老栢青青與山嵐似秋
水長天一色野卉緋緋同朝霞如碧桃丹杏齊芳
彩色盤旋盡是道德光華飛紫霧香烟繚繞柏從

〔1927〕

〔眉批：多此一舉〕

先天無極吐清芬仙桃仙果顆顆恍若金丹絲縷滿
絲梛條條恰揮如玉線時聞黃鶴鳴皐每見青鸞翔
舞紅塵絕跡無非是仙子仙童來徃玉戸常閑不
許那凡夫俗女閒窺正是無上至尊行樂地其中
妙境少人知。

話說廣成子來至碧遊宮外跕立多時裏邊開講道
德約少時有一童子出來廣成子曰那童子煩你
通報一聲宮外有廣成子求見老爺童兒進宮至九
龍沉香輦下禀曰啟老爺外有廣成子來至宮外不
敢擅入請法旨定奪通天敎主曰着他進來廣成子

1920

了子牙。申公豹大呼曰。姜子牙你不必躲我已看見你了。子牙只得強打精神上前稽首。子牙那裡來。申公豹咲曰。特來會你。姜子牙你今日也還同南極仙翁在一處不好如今一般也有。看我料你今日不能脫吾之手。子牙曰。兄弟我與你無优你何事這等惱我。申公豹曰。你不記得在崑崙你倚南極仙翁之勢全無好臉相看。先叫你只是不採後又同南極仙翁辱我又叫白鶴童兒御我的頤去指望害我這是惱人寃仇遠說没冇。你今日金臺拜將要代罪邦民只怕你不能兵進五關先當死

方纔脫却天羅難　　又撞寃家地網來

話言申公豹趕上子牙打一開天珠來正中子牙後心子牙坐不住四不相滾下鞍轎申公豹方下虎來欲害子牙不防山坡下坐着夾龍山飛龍洞懼留孫道人他也是奉玉虛之命在此等候申公豹的乃大呼曰申公豹少待無禮我在此我在此遠叫兩聲申公豹回頭看見懼留孫吃了一驚他知道懼留孫列牙也思不妖便欲抽身上虎而走懼留孫咲曰不要

扯後心疼痛撥轉四不相望東就走申公豹虎踞風雲趕來甚緊正是子牙

1921

于此地也把寶劍照子牙砍來子牙手中劍架住曰兄弟你真乃薄惡之人我與你同一師尊門下抵足四十年何無一點情意及至我上崑崙你將幻術愚我那是南極仙翁叫白鶴童兒難你是我再三解釋你道不思量報本反以為优你真是無情無義之人也。申公豹太怒你二人商議害我今又巧語花言蒙遍饒你說未了又是一劍子牙大怒申公豹吾讓你非是怕你恐後人言我姜子牙不存仁義也與你一般猙獰如何欺我太甚將手中劍來戰申公豹大抵子牙錫痕幾愈如何敵得過申公豹只見子牙前心窣

1922

1923

走子中急祭綳仙絕將申公豹綳了懼留孫分付黃巾力士曰與我拿至麒麟崖去等吾來發落黃巾力士領法旨去訖且說懼留孫下山挽扶子牙靠石衙孫少坐片時又取粒丹藥服之方纔復舊子牙曰多感道見救我傷痕未好又打了一珠也是吾七死三災之厄耳子牙辭了懼留孫上了四不相回佳夢閣不表且說懼留孫縱金光法徃玉虛宮來行至麒麟崖見黃巾力士等候懼留孫行至宮門前少時見一對長旛一對提爐兩行羽扇分開怎見得元始天尊出玉虛宮光景有詩為証

（1916）

封神演義　卷之十七

至無縷無閃之處前走一似猛鷙離弦後趕的好似
飛雲掣電子牙一來年紀高大劍傷又疼被火靈聖
母把金眼駝趕到至緊至急之處不得相離子牙正
在危迫之間又被火靈聖母取出一個混元鎚望子
牙背上打來正中子牙後心翻觔斗跌下四不相去
了火靈聖母下了金眼駝來取子牙首級只聽得一
人作歌而來。

歌曰

一徑松竹籬屏雨葉煙霞震杳　三卷黃庭四季花
開處新詩信手書丹爐自己桐非綠菱湘散步溪

（1917）

山遊坐向蒲團掛劍離龍虎功成被遲世途經
呼嘯懺兒那為
話說火靈聖母方去叛呼道級只見廣成子作歌
孤聖火靈聖母認得是廣成子扶將把
該來廣成子曰惡奉牢命在此等你多時象火
靈聖母大怒欰狀劍秋殊道一個輕移道步那一個
轉麻鞋剗來剗殺火靈聖母把金霞冠現出金光來不
開圍烝霧滾滾火靈聖母剗去劍迎腦後
如廣成子肉穿著繡霞衣將金霞冠的金光一籠全
無藏靈聖母大怒把敬被吾法寶惹背于休氣穿畔

（1918）

封神演義　卷之十七

的纔劍來欲惡恨恨的火煽飛騰後來戰廣
成子已是犯戒之仙他如今還存甚麼念頭忙取番
天印祭在空中正是
聖母若逢番天印　道行千年付水流
話說廣成子將番天印祭起在空中落將下來火靈
聖母那裡躲得及正中頂門可憐打的腦漿迸出十
靈也性封神臺去了廣成子收了番天靈聖
母的金霞冠也收了忙下山救離中取了水滴入子
取了丹藥扶起子牙把頭放在膝上把丹藥進入子
牙口中平了廿工重懷有一個將辰子牙關二目

（1919）

見廣成子子牙曰若非道兄相救姜尚必無再生之
理廣成子曰吾奉師命在此等候多時你該有此厄
把子牙扶上四不相廣成子曰子牙前途保重子牙
深謝廣成子難為道兄救吾殘喘銘刻難忘廣成子
曰我如今去碧遊宮繳金霞冠去子牙別了廣成子
回佳憂開來正行之際忽然一陣風來甚是利害民
見催林拔樹攪海翻江子牙曰好怪此風如同虎至
一般話來了時果然見申公豹跨虎而來子牙曰
四不相一軅欲隱於蘆林之中不意申公豹先看見

路上滾滾征塵，重重殺氣，非止一日，來到催夢關安營。不見洪錦的行營，子牙墜帳，坐下半晌，洪錦打聽子牙兵來，夫妻方移兵至轅門聽令，子牙把洪錦令入中軍，夫妻上帳請罪，備言失機拆軍之事，子牙目身為大將，受命遠征，須當見機而作，如何造次進兵，致有此一場大敗。洪錦答曰，起先俱得全功，不意一道姑名曰火靈聖母，有一塊金霞，方圓有十餘丈罩住他。末將看不見他，他反看得見我，又有三千火龍兵，似一座火焰山一擁而來，勢不可當，軍士見者先走。故此參機，子牙聽罷，心下甚是旋感。此又是左道

之術，正思量破敵之計。且說火靈聖母在關內惱打探洪錦不見抵關，只見這一日報馬報入城來報姜子牙親提兵至此，火靈聖母曰，今日姜尚自來也，不負我下出一場，我必親會他，方纔甘心。別了胡升怕上金眼駝，暗帶火龍兵出關，至大營前，坐名要子牙答話，報馬報入中軍，稟元帥，火靈聖母坐名請元帥答話。子牙既便帶了眾將佐，點炮出營。火靈聖母大呼曰，來者可是姜子牙麼。子牙答曰，道友不才便是，道友你既在道門，便知天今令紂惡貫盈，天人共怒，天下諸侯大會孟津，觀政于商，你何得助紂為虐。

逆天行事。爾不思得罪于天耶。況吾非一已之私，奉玉虛符命，以恭行天之罰。道友又何必逆天強為之哉。不若聽吾之言，倒戈納降，吾亦體上天好生之仁，決不肯糜爛其民也。火靈聖母哂曰，你不過伏那一昔惑世誣民之談，愚昧下民，料你不過一鉤曳貪功綱利，鼓弄愚民，以為已功，怎敢言應天順人之舉。且你有多大道行，自持其能，裁催開金眼駝，仗劍來取子牙手中劍。火速來迎，左有哪吒，登開風火輪，使開火尖鎗劈胸就刺，韋護持降魔杵，棹步飛騰，三人戰住聖母，正是。

大蟒遲威噴紫霧　　蛟龍奮勇吐光輝

火靈聖母那里經得起三人惡戰，鎗杵壞攻，抽身回走，用劍挑開淡黃祇金霞冠，放出金光約有十餘丈遠近，子牙看不見火靈聖母，聖母提劍把子牙前胸一劍，子牙又無鎧甲抵攩，竟砍開皮肉，血濺衣襟，授轉四不相望，西逃走，火靈聖母大呼曰，姜子牙今番難逃此厄也。三千火龍兵一齊在火光中吶喊，只見大轅門金鉈凱撐圍子內，個個遭殃，火焰沖于霄漢，赤光燒盡旌旗，一會家剛將不能顧主將，正是刀砍尸骸滿地，火燒人嗅難聞，且言火靈聖母赶于牙又赶

總批

胡雷一段忠肝義膽有關世教雖未成厥功
身先殞滅而其志自足于古與阿兄來管天
淵矣豈可同日語哉

又批

火靈聖母只為恃有金霞冠弄縱嬴幾陣成
得何事所以有所恃者一遇其人自然失手

1907

第七十二回　廣成子三謁碧遊宮

詩曰

三叩玄關禮大仙。貝宮珠闕自天然。
翔鸞對舞瑤階下。馴鹿啣遊碧檻前。
無限干戈從此肇。若多誅戮自今先。
周家旺氣承新命。又有西方正覺緣。

話說龍吉公主被火靈聖母一劍欲傷胸膛大叫一
聲撥轉馬望西北逃走火靈聖母尚追趕有六七拾里
只見洪錦折兵十萬有餘胡奴大喜迎接火
靈聖母進關只見龍吉公主乃蕊宮仙子今墮几塵

1909

也不免遭此一劍之厄夫妻帶傷而逃至六七十里
方纔收集敗殘人馬立住營寨忙取丹藥敷搽一時
即愈忙作文書申姜元帥求援兵且說差官非一日
至子牙大營子牙正坐忽報洪錦逃官轅門等令子
牙命令來差官進營叩頭呈上文書子牙展開

書曰

奉命東征佳夢關副將洪錦頓首百拜奉書謹啟
大元戎麾下末將以樗櫟之才謬切重任日夜祗
懼恐有不克負荷有傷元帥之明自分兵抵閩之
日屢獲全勝罔敢違逆命守關裨將胡雷擅用妖

1910

被來將妻用法斬之豈意彼師火靈聖母欲圖相
仇自恃道術末將初會戰時不知深淺慌中他火
龍兵沖來勢不可解大拆一陣乞元帥速發援兵
一以解倒懸非比尋常可以緩視之也謹此上稟
勝跂望之至

話說子牙看罷大驚這事非我自去不可隨分付李
靖暫著大營事務候我親去走一遭爾等不可遣吾
令亦不可與汜水關會兵緊守營寨毋得妄動以
挫軍威違者定按軍法等我回來再取此關李靖領
念子牙率帶韋護鄭倫調三千人馬離了汜水關一

1911

1903

曰：胡升掛免戰二字，末將只得暫回。洪錦怒氣不息，只見火靈聖母操演人馬，至一七方纔精熟。那日火靈聖母命關上去了免戰牌，一聲炮響，開中軍馬齊出。火靈聖母騎金眼駝，與煉成火龍兵隱在後面。先令胡升在前討戰。胡升得令，一馬當先，來至軍前，要洪錦出來答話。探馬報入中軍，關上有胡升討戰。洪錦聞報，上馬提刀，帶左右將官出營，一見胡升，大罵：逆賊反覆不常，真乃狗彘夫。敢來戲侮，與我縱馬舞刀，直取胡升。未及還手，只見火靈聖母催開金眼駝，用兩口太阿劍，大呼：洪錦不要走，吾來也！洪錦仔

1904

細定睛見道姑連人帶騎一塊火光滾來。洪錦問曰：來者何人？聖母答曰：吾乃丘鳴山火靈聖母是也。你敢將吾門下胡雷殺了，吾特來報仇。你可速速下馬受死，莫待吾怒起連累，此十萬生靈死無噍類也。道罷，將大阿劍飛來直取。洪錦手中大桿刀火速迎。未及數合，洪錦方欲用旗門遁以誅火靈聖母。誑不知聖母頭上戴一頂金霞冠，冠上有一淡黃包袱，盡住火靈聖母，將包袱挑開，現出十五六丈金光，把火靈聖母籠罩當中，他看的見洪錦，洪錦看不見他。早被聖母把洪錦照前甲上，十劍砍來，洪錦躲不及

1905

已劈開鎖子連環甲，洪錦哎的一聲，帶傷而逃。火靈聖母招動三千火龍兵，沖殺進大營來，好利害！怎見得好火，有賦為証。賦曰：

炎炎烈焰迎空燎，赫赫威風遍地紅。卻似火輪飛上下，由如炭屑舞西東。這火不是遴人鑽木，又不是老君煉丹。非天火，非野火，乃是火靈聖母煉成六塊三昧火。三千火龍兵勇猛，風火符印合五行。五行生化火煎成，肝木能生心火旺，心火致令脾土平，脾土生金金化水，水能生木微通靈，生生化化皆因火。火燎長空萬物榮，燒倒旗門無關擋拖

1906

鑼棄鼓，各逃生，焦頭爛額，尸堆積，圍七八里空。正是：洪錦災來難躲避，龍吉公主也遭凶。話說洪錦身著劍傷，逃進大營，不意火靈聖母領三千火龍兵，沖殺進營，勢不可當，三軍叫苦，自相殘踏，死者不計其數。龍吉公主在後營聽得一聲三軍吶喊，急上馬拎劍，走出中軍，見洪錦伏鞍而逃。洪錦不及對龍吉公主說金光的事，龍吉公主只見火勢沖天，烈烟捲起，正欲念呪救火，又見一塊金光奔至面前。公主不知所以，忙欲看時，被火靈聖母衆劍照龍吉公主勞來，不知性命如何，且聽下回分解。

說洪錦正與衆將飲賀功酒忽報隹夢關差官納欵洪錦傳令來。將差官令至中軍呈上文表洪錦展開觀看。

鎮守隹夢關總兵胡升泪佐貳衆將等謹具降表興奉天討逆元帥麾下身等仕紂有年豈意紂王肆行不道荒淫無度見棄于天仇溺士庶皇天不保持命我周武王以張天討兵至隹夢關身等不自度德反行拒敵致勞元戎奮威斬將殄兵莫敢抵當今已悔過改行特修降表遣使納欵懇鑒恩惘俯容改過之恩以啓更新之路正元帥不失代

天宣化之心乎民從罪之舉則身等不勝感激待命之至謹表。

洪錦看罷重賞差官我也不及回書明日早進關安民便了來使回關見胡升禀曰。洪總兵准其納欵不及回書明早進關胡升令在右將隹夢關上竪其屇家旗號打點戶口冊集庫藏錢粮候明早交割事宜。正打點間忽報府外來有一穿紅的道姑耍見老爺。胡升不知就裏傳令請來少時道姑從中道而進甚是兒惡腰束水火縧至殿前打稽首胡升欠身還禮問曰師父至此有何見諭道姑曰吾乃是丘鳴山欵

靈聖母是她汝乃弟胡升書是我徒弟因死于洪錦之手葺得下山來為他覆仇汝係他同胞兄弟不念乎足之情苦臣之義乎忿忿而外人而反與仇敵共立哉胡升聽得此語拜曰稱老師弟子實是不知。有失麾趍望乞恕罪弟子非是事仇自思兵微將寡才淺學踈不足以當此任況天下紛紛供思歸周雜然矛從縶是要屬他人徒令軍民日夜辛苦弟子不得已納降亦不過救此一郡生靈耳豈是貪生長死芝故火靈聖母曰這也罷了只我下山定襄此仇你可將城上遷立起成湯旗號裁自有處胡升沒柰何又拽起

成湯旗來洪錦正打點明日進關只見報馬來報隹夢關依舊又拽起成湯旗號洪錦大怒這匹夫致如此反覆戲侮我等待明日拿匹大碎尸萬叚以洩此恨且說火靈聖母問胡升曰關中有多少人馬胡升曰馬步軍卒有二萬聖母曰你挑選三千名出來與我自下教軍塲教演方有用處胡升即選三千熊彪大漢聖母命三千人俱穿大紅赤足披髮背上帖六紅紙胡盧瓶心裡俱書寫風火符印一隻手執刃一邊隻浮秋旛下教塲操演不提且説次日洪錦命孫金忘關下討戰胡升掛免戰牌全忠只得回營見洪錦

面開，向周營討戰。報馬報入中軍，有南宮适出馬。胡雷大呌：「南宮适慢來！」胡雷手中刀砍來，南宮适手中刀劈面相迎。兩馬相交，雙刀齊舉。一場大戰，怎見得？有讚爲証。

讚曰：

二將猛俱難併，棋逢對手如梟獍。來來去去手無停，下下高高心不定。一箇壯王保駕染殘生，一箇展士開疆拼性命。生前結下殺人寃，兩虎一場方得勝。

南宮适與胡雷戰有三四十合，被南宮适賣箇破綻，

胡雷用力一刀砍入南宮适懷裏來，馬頭相交，南宮适讓過刀，伸開手把胡雷生擒活捉，拿至軍前轅門，下馬逕進中軍報功。洪錦傳令推來，及至帳下，將胡雷推至帳前，立而不跪。洪錦曰：「既被擒來，何得抗拒？」胡雷大罵曰：「反國逆賊，你不思報國大恩，反助惡成害，眞狗彘也！吾恨不能食汝之肉。」洪錦大怒，命推出去斬訖報來。立時將胡雷推出轅門，須臾斬首號令。洪錦方與南宮适賀功，縱飲酒，轅門氷報胡雷又來討戰。洪錦大怒，傳令把報事官斬了，來何報事不明。左右一齊把報事官都出去。報事官含寃枉歎：

卻令推回來，問：「共故你報事不明，理當該斬，爲何？」報事官曰：「老爺，小人怎敢報事不明，外面果然是胡雷。」南宮适曰：「待來將出營驚，便知端的。」洪錦沈吟驚異，只見南宮适復上馬出營，來。南宮适大罵曰：「妖人爲贖死邪術惑吾，不要走！」嚴馬鋪刀，二將復戰，其如胡雷本事不知。南宮适未及二千合，依舊擒胡雷下馬，寧故進營，來見洪錦。大舊將胡雷推至軍前，洪錦不知何術，兩邊大小衆將紛紛亂議，驚動後營龍吉公主，上中軍帳來，問其樣救。洪錦將胡雷的事，說了一遍，龍吉公主，聞把胡雷

推至帳前一看，公主笑曰：「此乃小術，有何難哉？」時也，胡雷頂上頭髮分開，公主取三寸五分乾坤針放在胡雷泥丸宮，釘剌下去，立時斬了。公主曰：「此乃替身法，何是爲奇？」正是：

因斬胡雷招大禍。

話說洪錦斬了胡雷，傳令在轅門，有報馬入關東。咨總兵爺三爺陣亡，號令轅門。胡升大驚：「吾弟不聽吾言，故有喪身之危。」料成箇文狀不足鎖服，矢下議侯，令中軍官脩約降文書，速獻關案，以救生民塗炭。識見左右一將納降文表，脩理停當，只等差人納欵。此

一路分兵十萬黃飛虎的先行是鄧九公黃朋紀
與謙黃飛豹黃飛虎黃天祿黃天群伏
鷲鄧秀趙昇孫焰洪擇吉日祭旗往青龍關去了洪
錦的先行是季康南宮适蘇護薛金忠辛免太顛農
沃郝公尹籍分兵十萬催夢關來了權了氾氷關
路上浩浩軍威人喊馬嘶二軍踴躍過了燈重山重
氷縣府剿衛哨馬報入中軍前至催夢關了洪錦慌
盡安營並了大寨三軍吶喊洪錦陞帳衆將參謁洪
趙泗兵行百里不戰自疲候次日誰先取關走一遭
季康聽聲愿往洪錦許之季康次日上馬將刃至關

下翼戰催夢關主將胡升。胡雷。徐坤胡雲鷚爲正護周
兵只見報馬報入帥府啓總兵周將請殺湖舟同謹
入退周將走一遭傷有徐坤領令全裝甲胄出關。季
康認得是徐坤大呼曰徐坤今日天下盡爲周主致
爲何尚逆天命而強戰也徐坤大罵反賊諒爾不通
一走使耳你有何能敢出大言趫馬搶鎗直取季康
羊中刀。赴面交還兩馬相交火戰五十餘合季康口
中念念有詞只見頂上一道黑氣黑氣中現一狗口
正醋戰之間徐坤被狗夾臉一口徐坤未曾防備忝
經得一口不逶羊中鎗法大亂早被季康手起一刀

擁下馬下梟了首級掌鼓進營報功不提且說報馬
報與胡升。說徐坤陣亡。胡升心下甚是不樂次日左
右又報有周將討戰胡升令胡雲鵬走一遭雲鵬領
令上馬提斧出得關來看來將乃是蘇全忠胡雲鵬
大罵反賊天下反完了你也不可反你姐姐是朝陽
寵后這等忘本你好生坐在馬上待吾來搶你二馬
發開鎗斧併舉大戰龍潭虎穴戰有三四十合胡雲
鵬不覺汗流正是
　　征雲慘淡遮紅日　　海沸江翻神鬼愁
胡雲鵬那裡是蘇企忠對手只殺得馬邪人懸措手

不及。被蘇全忠大喝一聲。把胡雲鵬刺於馬下梟了
首級囘營見洪錦報功哨馬又報入關中報於主將
曰胡雲鵬失機陣亡。胡升與胡雷曰賢弟今兩陣連
失二將。天命可知況今天下歸周。非止一處俺弟兄
嗃議不若歸周以順天時亦不失毫傑之所爲胡雷
曰長兄之言差矣。我等世受國恩享大子高爵厚祿
今當國家多事之秋不思報本以分主憂而反說此
貪生之語常言道主憂臣辱以死報國理之當然長
兄切不可。提此傷風敗俗之言待吾明日定要成功
胡升默然無可對各歸營中歇息次日胡雷奮勇

又隻用細冠紅孔雀來準提道人坐在孔雀身上，步步走下嶺，進了子牙大營。準提道人曰：老師大法無邊，孔宣將躬情多門人諸將未知，故西何地準提問孔宣曰：遊灰今日已歸正果，當還子牙衆將門。太孔雀應四俱監在行營裡，準提道人對子牙說過，別了燃燈，把亂雀一跌下，見孔宣雲氣慶有五色祥雲紫霧整旋遷往西方法了。且說子牙聞韋護陸壓領衆將坐孔宣行聯雲兵卒，共見無頭領俱履投降子牙，許之忙還敗衆門人諸將等出來，坐本營拜謝子牙衆

1887

驚次日崇黑虎等，圓崇城燃燈陸歷俱各歸山楊義鴻催糧去虎子牙傳令，催動人馬大軍過了金鶏顏一路衆調兵涇泥水關探馬報入子牙傳令發營在關下劉往大寨怎見得，管安勝地寨有孤虎南分朱輦扎玄武東按青罪，西白虎提更小技溲金鈴傳箭見郎搶戰敗依山傍水結行營繡伏蓮弓百步弩。子牙陞帳坐下將正印發哪吒為先行把南宮适補後哪住兵三月且說泥水關韓榮開孔宣失機用兵又至關下，與衆將上城看子牙人馬，着賫整齊俱馬

1888

一團殺氣擺一川，鉄馬兵戈五彩紛紛列千桿。旗赤織畫戟森嚴輕飄豹尾貓金五彩旛兵戈凛，洌樹立斬虎屠龍純雪刃密密鉤鋒如列五萬大，小水晶盤對對長鈴似排數千粗細冰淋尾幽幽，畫角曲如東海老龍吟卿卿提鈴酷似簽前鉄馬，响長亏初吐月短琴擬飛鳧錦帳團管如審布茂，旌纛帶仍肩雲道服襦巾盡是玉虚門客紅虎王，帘都係走馬先行並是子牙東進兵戈曰我武鋒

錦幕此行

1889

韓榮看子牙大營，盡是大紅旗，心下疑惑。韓榮下城，將上城設守城之法。且說子牙在中軍正坐，有先行官哪吒進前言曰：兵至關下，宜當速戰，師叔住兵不戰何也。子牙曰：本可吾如今三路分兵，一路取佳夢關，一路取青龍關。命二位總兵以取二關，非黃將軍洪將全英雄，世者不足以當此任。吾知非才德兼軍不可，二將至前。子牙曰：二位可拈一關，分為左右二將應喏，子牙把二關放在桌上，只見黃飛虎拈的是青龍關，洪錦拈的是佳夢關，二將各掛紅蓉花套

1890

〔1883〕

新刻鍾伯敬先生批評封神演義卷之十四

第七十一回　姜子牙三路分兵

詩曰

丞相興兵列戰車。
開侯鼓譟皆忘戰。
虎賁犲士賀麒麟。
聚麀獄輻藍乘襲。
劍戟森羅衆勢彰。
旌旗醞映輝朝霞。
須知天意歸仁座。
從南征誅降狼煙。

準提道人上領天平曰。請孔宣答話。少時孔宣出轅門來。怎見得。

〔1884〕

（貌）……頂上常懸舍利子。掌中能寫波文經。……飄飖真道客。秀麗寶奇哉。煉就西方居勝境。修成永壽脫塵埃。蓮花成體無窮妙。西方首領大仙來。

話說孔宣見準提道人問曰。那道者通個名來。道人曰。我貧道與你有緣。特來同你享西方極樂世界。演講三乘大法。無星無碍成就正果。完此金剛不壞之體。豈不美哉。何苦與此殺却中尋生活耶。孔宣大咲曰。一派亂言。又來惑吾。道人曰。你聽我道。我見你有詩為證。歌曰。

功滿行完宜沐浴。　煉成本性合天真。

〔1885〕

天開于子方成道。
九戒三敗始自新。
脫却羽毛歸極樂。
超出几籠養百神。
洗塵滌埃全無染。
返本還元不壞身。

孔宣聽罷大怒。把刀望道人頂上劈來。準提道人七寶妙樹一刷。把孔宣的大杆刀刷在一邊。孔宣取金鞭在手。後望準提道人打來。道人又把七寶妙樹刷來。把孔宣的頭史刷在一邊去了。孔宣止存兩隻空手。必止着急。就新當中紅光一徹。把準提道人去。準提看見絕光徹去了。準提道人不覺大驚。只見孔宣教去了。準提道人出。是睜着眼張有嘴。須臾間。

〔1886〕

頂上套身上袍甲紛紛粉碎。連馬壓在地下。只鵝鶘孔宣五色光裡一聲雷響。現出一尊聖像來。十八隻手二十四首。戴定嬰珞傘蓋。花礶魚腸。加持神杆寶鈒金鈴金弓銀戟旛旄等件。準提道人作偈曰。

寶焰金光映日明　　西方妙法最微精
千千變容無窮妙　　萬七祥光逐次生
加持神杵人罕見　　七寶林中豈易布
今番同赴蓮臺會　　此日方知大道成。

且說準提道人將孔宣用絲絲扣著他頸下。把加持寶杵放在他身上曰。拼菁友。請現原形。時間現出

大風飛來，內現一隻大鵬，鵬躍了。只見大鵬鵬飛
至，忙把頂上麀挺了一挺，有一道紅光直沖斗牛，橫
狂空中。燃燈道人仔細定睛，以慧眼觀之，不見明白，
只聽見空中有天崩地塌之聲，有兩個時辰，只聽得
一聲響亮，把大鵬鵬打下塵埃。孔宣忙催開馬，把神
光來撒燃燈。燃燈借着一道祥光，自回營來見子牙，
陳說利害，不知他是何物。只見大鵬鵬也隨帳前，
燃燈問大鵬曰，孔宣是甚麼東西得道。大鵬曰，弟子
在空中只見五色祥雲護住他的身子，也相有兩翅
之影，他不知是何鳥，正議之間，軍政官來報，有一道

1879

雙抓髻，面黃身瘦，鬢上戴兩枝花，手中拿一株樹枝，
以至轅門來見子牙，同燃燈至轅門迎接，見此人義
見燃燈來至，大喜曰，道友請了，燃燈忙打稽首曰，道
兄從何處來。道人曰，吾從西方來，欲會東南兩處有
緣者。今知孔宣問逆太兵，特來渡彼。燃燈已知西方
救下道人，忙請入帳中，那道人見紅塵滾滾殺氣騰
騰，滿目俱是殺運，只裡只道善哉善哉。
禮坐下，燃燈問曰，貧道開西方，為極樂之鄉剛冷剛東
渡濟渡眾生，正是慈悲方梗，請問題見尊姓大名。道
又因貧道乃西方教不準提道人，提道人顯神通，

1880

道友在俺西方，借青蓮寶色旗，也會過貧道，今日孔
宣與吾西方有緣，特來請他，同赴極樂之鄉。燃燈
言大喜曰，道兄今日收伏孔宣，正是武王東進之期
矣。準提道曰，非但東進孔宣得道，根行深重，與西方有
緣。準提道罷，隨出營來會孔宣，不知勝負如何，且聽
下回分解。

總批

孔宣神光幻化，擒軍提將，無不利害，縱大有
手段的，俱當之失手，惟伶俐人就會討便宜，
若楊戩墜雲，預先就走孔宣，所以兩番落空

1881

又批

武王見孔宣阻兵失利，便欲回軍，且所語者
仁聖之言，宜其王周家八百年也。

1882

計忙把五色神光往下撒來。土行孫見這色光華來得疾速神異知道利害忙把身子一扯就不見了。孔宣見落了空忙看地下。不防鄧嬋玉發手就是一石面門。哎呀一聲雙手掩面轉身就走。嬋玉乘機又是一石正中後頸着實帶了重傷逃回行營。土行孫一宿至天喜進營見子牙。將打傷孔宣得勝闖營的話說了一遍。子牙亦喜。對土行孫曰孔宣五色神光不知何物變許多門人將佐。土行孫曰果是利害。後子牙與土行孫慶功不表。孔宣坐在營中。

大惱把臉被他打傷三次。頸上亦有傷痕心中大怒。只得服了丹藥次日全愈上馬只要發石的女將以報三石之仇。報馬報入中軍鄧嬋玉就欲出陣。子牙曰你不可出去你發石打過他三次他豈肯善與你甘休。你今出去必有不利。子牙止住嬋玉另付且懸免戰牌出去。孔宣見周營懸掛免戰牌怒氣不息而回。且說次日燃燈道人來至轅門。軍政官報入快軍。啓元帥有燃燈道人至轅門。子牙忙出轅門迎接入帳行禮畢尊於上坐。子牙以稱老師將孔宣之事說一遍。燃燈曰吾和老師今日特來會他。

牙傳令去了免戰牌。左右報于孔宣。孔宣知去了免戰牌忙上馬提刀至轅門請戰。燃燈飄然而出。孔宣知是燃燈道人笑曰燃燈道人你是清靜閒人。吾知你道行且深何苦也來惹此紅塵之禍。燃燈曰你既知我道行深高你便當倒戈投順同周王進五關以伐獨夫如何執迷不悟尚敢支吾也。孔宣大笑曰我不遇知音不發言語。你說你道行深高你也不知我的根脚聽我道來。

混沌初分吾出世。　兩儀太極任搜求。
如今了却生生理。　不向三乘妙裏遊。

孔宣道罷。燃燈一時也尋思不來不知此人是何物得道。燃燈曰你既知興亡深通玄理如何天命不知尚兀自逆天耶。孔宣曰此是你等惑眾之言豈有天位已定而反以叛逆為正之理。燃燈曰你這孽障你自恃強梁口出大言毫無思忖必有噬臍之悔。孔宣大怒將刀一擺就來戰燃燈。燃燈口稱善哉把寶劍架刀纏戰二三回合。燃燈忙祭起二十四粒定海珠來打孔宣。孔宣忙把神光一攝只見那寶珠落在神光之中去了。燃燈大驚又祭紫金鉢盂只見也落在神光中去了。燃燈大呼門人何在。只聽半空中。一連天意。大抵天生大法之人，自有大法之人可治。今若退兵，使被擒之將，俱無廻生之日。武王聽說，不敢征官退兵。且說次日孔宣至轅門搦戰，探馬報入中軍。陸壓曰：前日貧道一往，會會孔宣，看是何如。陸壓出了轅門，見孔宣全裝甲冑。陸壓問曰：將軍乃是孔宣。宣答曰：然也。陸壓曰：足下既爲大將，豈不知天時人事。今紂王無道，天下分崩，願共伐獨夫。足下以一人，欲挽回天意耶。甲子之期，乃滅紂之日，你如何阻得雅。倘有高明之士出來，足下一迴失手，那時悔之晚

1871

事，把刀一混來取陸壓。陸壓手中劍急架忙迎。衆馬相交，未及五六合，陸壓取葫蘆，欲放斬仙飛刀。只見孔宣將五色神光，望陸壓撒來。陸壓知神光利害，化作長虹而走。進得營來，對子牙曰：果是利害，不知是何神異，竟不可解。貧道只得化長虹走來，再作商議。子牙聽見，越加煩悶。孔宣在轅門不肯回去，只要姜子牙見我，以決雌雄。不可難爲三軍，苦于此地。左報入中軍，子牙正沒奈何處治。孔宣在轅門大呼，且姜尚有元帥之名，無元帥之行，畏刀避劍，豈是大其所爲。正在轅門百般辱罵，子牙只見二運官土行

1872

孫剛至轅門，見孔宣口出大言，心下大怒，道：匹夫焉敢如此藐吾元帥。土行孫大罵：逆賊是誰，敢如此無理。孔宣擡頭見一矮子，提修鐵棍，身高不過三四尺長。孔宣笑曰：你是個甚麼東西也，來說話。土行孫甚不答話，滾到孔宣的馬足下來，舉棍就打。孔宣輪刀來架。土行孫身子伶俐，左右竄跳，三五番翻出圈子。賣力，土行孫見孔宣如此轉折，隨縱步跳出圈子，誘之曰：孔宣你在馬上不好交兵，你下馬來與孫見偓，破此吾定要拿你，方知吾的手段。孔宣原不把土行孫放在眼裏，便扠此馬寶賠想趕匹丞搶鬆死不要

1873

講刀砍他，只是一脚也踢做兩斷。孔宣曰：吾下馬來與你戰，看你如何。這個正是：

你要成功扶紂主　　誰知反中藥中機

孔宣下馬執劍在手，往下砍來。土行孫手中棍望上來迎，二人惡戰在嶺下。且說報馬報入中軍：啓元帥，二運官土行孫運糧至轅門，與孔宣大戰。子牙着忙，恐運糧官被擄，糧道不通，令鄧嬋玉出轅門掠陳。嬋玉立在轅門不表。且說土行孫與孔宣步戰，大抵土行孫是忿戰慣了的，孔宣原是馬上將官，下來步戰，轉折遲，是不疾，反被土行孫打了幾下。孔宣知是失

1874

杏黃旗招展那旗現有千朵金蓮護住身體青光不能下來此正是玉虛之寶自比別樣寶貝不同孔宣大怒驟馬趕來了牙後隊惱了鄧嬋玉用手把馬撥回抓一塊五光石打來正是

發手紅光出五指
流星一點落將來

孔宣被鄧嬋玉一石打傷面門勒轉馬望本營逃回不防龍吉公主祭起鸞飛寶劍從孔宣背後砍來孔宣不知左臂上中了一劍大叫一聲幾乎墮馬負痛散進營來坐在帳中忙取丹藥敷之即時全愈方把神光一抖收了諸般法寶仍將李靖金木二吒監禁

切齒深恨不表子牙鳴金收軍回營只見楊戩已在中軍子牙陞帳問曰眾門人俱被拿去你如何到還來了楊戩曰弟子仗師尊妙法師叔福力見孔宣神光利害弟子預先化金光走了子牙見楊戩未曾失利心上還覺安妥然而心下甚是憂悶吾師偶中龐界牌關下遇誅仙如何在此處有這枝人馬阻住許久似此如之奈何正憂悶之間武王差小校來請子牙後帳議事子牙怏至後帳行禮坐下武王曰聞元帥連日未能取勝屢致損兵折將元帥既為背將之元帥六十萬生靈俱懸于元帥掌握今一旦信任

天下諸侯狂悖恣起議論糾合四方諸侯大會孟津觀政于商致使天下鼎沸萬姓洶洶糜爛其民今阻共于此眾將受羈縻之厄三軍担不測之憂使六十萬軍士拋撇父母妻子兩下憂心不能安生使孤遠離膝下不能盡人子之禮又有負先王之言元帥聽孤不若回兵固守本土以待天時聽他人自為之此為上策元帥心下如何子牙暗思大王之言雖是老臣恐違天命武王曰天命有在何必強為豈有凡事阻逆之理子牙被武王一篇言語把心中感動遶一會毅不住主意至前營傳令與先行官今夜減灶班

師衆將官打點收拾起行不敢諫阻三更時轅門外來了陸壓道人怏怏急急大呼傳與姜元帥子牙方欲回兵軍政官報入啟元帥有陸壓道人在轅門外來見子牙怏出迎接二人攜手至帳中坐下子牙見陸壓喘息不定子牙曰道兄為何這等慌張陸壓曰聞你退兵貧道急急趕來故爾如此乃對子牙曰切不可退兵若退兵之時使衆門人俱遭橫死矣數已定決不差錯子牙聽陸壓一番言語也無生張故此子牙復傳令叫大小三軍依舊扎住營寨武王聽陸壓來至怏出帳相見問其詳細陸壓曰大王不知

［1863］

送上終南山去。明日元帥會兵，便知端的。次日守才帶衆門人出營，來會孔宣。巡營軍卒報入中軍，孔宣聞報出來，復會子牙曰：「你等無故造反，趕誑妖言，感亂天下諸侯。吾起兵端，欲至孟津，會合天下叛賊。我也不與你厮殺，我只阻住你，不得過去，看你如何會得成。待你等糧草盡絕，我再拿你未遲。」只見楊戩在旗門下，把照妖鑑照着孔宣，看鏡裡面似一塊五彩裝成的瑪瑙，滾前滾後。楊戩瞻思：這是個甚麼東西。孔宣看見楊戩照他。孔宣笑曰：「楊戩，你將照妖鑑上前來照，那遠遠照，恐不明白。大丈夫當明白做事，不

［1864］

可暗地裏行藏。我讓你照。」楊戩被孔宣說明，便走馬至軍前，奉鑑照孔宣，也是如前一般。楊戩進疑。孔宣見楊戩不言不語，只管照，心中大怒，縱馬搖刀直取。楊戩三尖刀急架相還。刀來刀架，兩馬盤旋，戰有三十回合，未分勝負。楊戩見起先照的本像，及至厮殺又不見，取勝心下十分憔燥，怱怱祭起哮天犬在空中。那哮天犬方欲下來奔孔宣，不覺自己身輕，飄飄落在神光裡面去了。韋護來助楊戩，怱祭降魔杵打將下來。孔宣把神光一撤，楊戩見勢頭不好，知他背後的神光利害，架金光走了。只見韋護的降魔

［1865］

杵早落在紅光之中去了。孔宣大呼曰：「楊戩，你好道你有八九玄機，善能變化，如何也逃走了，敢再出來會我？」韋護見失了寶杵，將身隱在旗下，面面相覷。孔宣大呼：「姜尚，今日與你定個雌雄！」孔宣走馬來戰。子牙後有李靖，大怒罵曰：「你是何等匹夫，焉敢如此猖獗！」搖戟直冲向前，抵住孔宣的刀。二將又戰在虎穴龍潭之中。李靖祭起按三十三天玲瓏金塔，往下打來。孔宣把黃光一絞，金塔落去，無踪無影。孔宣叫李靖不要走，來搶你也正是：

　　紅光一展無窮妙，　方知玄內有真玄。

［1866］

（眉批：羞人家，尚按不住火，無怪少年入壞事。）

話說金木二吒見父親被擒，兄弟二人四口寶劍飛來，大罵孔宣逆賊，敢傷吾父。兄弟二人舉劍就砍。孔宣手中刀急架相迎。只三合，金吒祭遁龍樁，木吒祭吳鈎劍，俱祭在空中。總來孔宣把這些寶貝不為稀罕，只見俱落在紅光裏面去了。金木二吒見勢不好，欲待要走，被孔宣把神光復一撤，早已拿去。子牙見此一陣折了許多門人，子牙怒從心上起，惡向膽邊生：「吾在崑崙山也不知會過多少高明之士，豈懼你孔宣一匹夫哉！」催開四不相，怒戰孔宣。未及三四合，孔宣將青光往下一撤，子牙見神光來得利害，怱把

鐵嘴神鷹怎見得有讚為証

讚曰

葫蘆黑烟生烟開神鬼驚秘傳玄妙法千變號神
鷹乘烟飛騰起蜈蜂當作羨鐵翅卻鋼前尖嘴似
金針打蜈蜂成粉爛嘴啄蜈蜂化水晶唅嘲五
岳來烟會黑煞逢之命亦傾

且說高繼能蜈蜂盡被崇黑虎鐵嘴神鷹翅打嘴吞
一時吃了個乾乾淨淨高繼能大怒焉敢破吾之所
復回來又戰五人又把高繼能圍住黃飛虎一條鎗
襄雄可高繼能只見孔宜在營中間掠陣官曰高將

軍與何人對敵軍政司禀曰與五員大將殺在核營
孔宜上馬出轅門掠陣見高繼能鎗法漸亂繞待走
馬出營高繼能早被黃飛虎一鎗刺中脅下翻鞍墜
馬臭了首級繩要鼓回營忽聽得後邊大呼曰匹
夫少走得個回兵至吾來也五將見孔宜來至黃飛虎禹曰
孔宜你不知天時真乃匹夫也孔宜笑曰我也不對
你這等草木之輩講開話你且不要恋放馬來把刀
一處趕取文聘崇黑虎忙舉雙斧砍來一秒軍齡六
騎交聲陣殺得

空中飛鳥恐藏林內　　山裡狼蟲隱穴中

孔宜見這五員將兵器來得甚是兇猛若不下千戈次
為他所笑把背後五道光華往下一滉五員戰將一
去毫無踪影只剩得五騎歸營子牙正坐只見探事
官來報五將被孔宜光華撒去請令定奪子牙大驚
曰雖然殺了高繼能到又折了五將且按兵不動話
說孔宜進營把卹光一抖只見五將跌下照前昏迷
分付左右監在後營孔宜見左右并無一將止得自
巳一個也不來請戰只阻住咽喉總路屆兵如何過
去得話說子牙頭運糧草官楊戩至轅門下馬大驚
曰這時候還在此處軍政官報與子牙　　督運官楊戩

聽令子牙傳令令來楊戩上帳泰禀畢禀曰催糧三
千五百不誤限期請令定奪子牙曰督糧有功當得
為國楊戩曰是何人領兵阻在此處子牙把死了黃
天化連搶拏了許多將官的事說了一遍楊戩聽得
黃天化已死正是

道心推在汪洋海　　却把無名上臉來

楊戩母朋日元帥親臨陣前待弟子看他是甚麼東
西作怪好以法治之子牙曰道也有理楊戩下帳只
見南宮适武吉對楊戩曰孔宜連拏黃飛虎洪錦哪
吒雷震子莫知去向楊戩曰吾有照妖鑑在此不曾

837

〔1855〕

個高繼能。一條鈴抵住了四件兵器三軍吶喊數對
旗搖且說黃飛虎在中軍帳子牙聽的鼓聲大振對
黃飛虎曰黃將軍崇君侯此來為你你可出營助陣
方是黃飛虎曰未將思子一時昏瞶幾乎忘却了隨
上五色神牛搖鈴殺出營巳柴大呼崇君侯吾來拿殺
子侃人也把坐下牛一縱殺入圈子裡來正應着
五岳時來鬧黑殺。　金雞嶺上立奇功。
且說五岳將高繼能圍裹在垓心好高繼能一條鎗
遮架攔攙此正是五岳鬧黑殺不知性命如何且聽
下回分解

〔1856〕

總批

三十六路代西岐。如何少筭一路。子牙决不
如此昏瞶。大抵三十六路是申公豹請來。二
山五岳之人來一起。便是一路。於此中少筭
一路耳。非是奉紂王之命故也。

又批

事有先知。吉凶皆有預兆。若黃天化干記功
時就有筆頭落下警報。子牙未何不預為之
防而令其劫營以取喪亡。子牙不能辭其責
矣。

〔1857〕

第七十回　準提道人收孔宣

詩曰

準提菩薩產西方。道德根深妙莫量。
荷葉有風生色相，蓮花無雨逸生染。
金弓銀戟非防患，寶杵魚腸易兩防。
漫道孔宣能變化，婆娑樹下號明王。

話說高繼能與五岳大戰一篠鈴如銀蠎翻身遇戰
兩條甚是驚人怎見得十場大戰着讚為証。

讚曰

剗尾寒風如虎嘯旗旛招展紅閃爍飛虎忙施

〔1858〕

蘆鈴繼能鎗搖真猛惡。文聘使鈀
鎚一似流星落黑虎板斧似車輪蔣雄神振金紐
索三軍喝彩把旗搖正是黑殺逢五岳。
且說高繼能久戰多時一條鎗攔不住五般兵器又
不能跳出圈子正在慌怡之時只見蔣雄使的抓把
金紐索一軟高繼能乘空把馬一瘋跳出圈子就走
崇黑虎等五人隨後趕來高繼能把蜈蜂袋一抖好
蜈蜂遮天映日若驟雨飛蝗文聘撥回馬就要逃走
崇黑虎曰不妨不可着驚有吾在此忙把背後一紅
葫蘆頂揚開了裏邊一陣黑烟冒出烟裏隱有千隻

金雞嶺仁兄縱先進陳塘關至孟津也少不得等武
王到方可會合諸侯這不是還可遲得依弟愚見不
若先破了高繼能讓子牙進兵兄再分兵進陳塘關
不遲總是一靠以崇黑虎曰既然如此明日就行著世
子崇應鸞操練三軍符吾等破了孔宣再來起兵次
晚黃飛虎謝罷崇黑虎乃治酒管待飛虎等四人次
日四鼓時分起馬五岳離了崇城。
來非止一日五岳至子牙轅門聽令探馬報入中軍
啓元帥黃飛虎轅門等令子牙令至帳前問曰請崇
黑虎的事如何黃飛虎啓曰還添有三位俱在轅門

1851

外聽令子牙傳令用請旗請來崇黑虎等俱遵閫外
之令上帳打躬曰元帥在上吾等甲冑在身不能全
禮子牙慌迎下接住曰君侯等皆係外客如何這等
罪不才也俱彼此遜讓以賓主之禮序過子牙命設
坐崇黑虎等俱客席子牙與飛虎主席相陪子牙曰
今孔宣猖獗阻逆大兵有勢賢侯途次奔馳深多罪
戾崇黑虎謝過起身對子牙曰煩元帥引進叅謁周
王子牙前行引路黑虎隨後進後帳與武王見禮相
叙畢崇黑虎曰今大王體上天好生之仁救民于水
火共伐獨夫孔宣自不度德敢阻天兵是自取死耳

1852

隨即撲滅武王曰孤力窮德薄謬蒙衆位大王推許
共舉義兵今初出岐周便有這些阻隔定是天心未
順耳孤意欲回兵自修巳德以候有道何如崇黑虎
曰大王差矣今紂惡貫盈人神共怒豈得以孔宣疥
癬之輩以阻天下諸侯之心時哉不可失大王切不
可恢了將士之心武王感謝命左右治酒與黑虎共
飲數盃黑虎謝酒而出子牙與崇侯出來在中軍從
新治酒管待四位正是。
　　五岳共飲金雞嶺。　　這場大戰罕驚人。
話說崇黑虎次日上火眼金精獸左右有文聘崔英

1853

蔣雄上嶺來坐名只要高繼能出來答話孔宣聞報
隨命高繼能速退西兵高繼能出營來見崇黑虎大
賜曰你乃是比路反叛為何也來助西岐為惡這正
是你等會聚在一處便干擒捉省得費我等心機崇
黑虎曰匹夫死活不知四面八方皆非紂有尚敢支
吾而不知天命也前日斬黃公子是你高繼能笑曰
哪吒雷震子不過如此你有何能敢來問吾縱馬搖
鎗直取崇黑虎手中斧赴面相迎歇馬相交鎗斧並
舉未及數合文聘青驄馬跑五股叉搖崔英催開黃
虎馬蔣雄磕開烏騅馬四將把高繼能圍在當中好

1854

只見山凹裏三將廝殺，一員將使五股托天叉，一員將使八拐熱銅鎚，一員將使五瓜爛銀抓，三將大戰，殺得難解難分。只見那使叉的同着使抓的殺那使鎚的，戰了一會，只見使鎚的又同着使叉的殺那使抓的三將，殺得呵呵大笑。黃飛虎在坐騎上自忖曰：這三人為何以殺為戲，待吾向前問他端的。乘騎至面前，只見飛虎丹鳳眼、臥蚕眉，穿王服，坐五色神牛。使叉的大呼曰：二位賢弟少停兵器。二人似停了手，那將馬上欠身問曰：來者好似武成王麽？黃飛虎欠身曰：不才便是。不識三位將軍何以〔1847〕

知我？三將聽得，齊鞍下馬，俯伏在地。黃飛虎慌忙下騎頂禮相還。三將拜罷，口稱大王，適纔見大王儀表，與昔日所聞，故此知之。今何幸至此，邀請上山。進得中軍帳，分賓主坐下。黃飛虎曰：方纔三位兄廝殺，却係假此消遣耍子，不期衝犯行旌，有失迴避，是何故？三人欠身曰：俺弟兄三人在此吃了飯没事，亦遂謝畢，問曰：請三位高姓大名？三人欠身曰：末將姓文名聘，此位姓崔名英，此位姓蔣名雄。這一回正應着五岳相會：文聘乃是西岳，崔英乃是中岳，蔣雄乃是北岳，黃飛虎乃是東岳，崇黑虎乃是南岳。表過〔1848〕

不表文聘治酒管待黃飛虎，酒酣之間問曰：大王何往？黃飛虎把子牙拜將伐湯、遇孔宣殺了黃天化的事說了一遍。如今欲將往崇城，請崇君侯往金雞嶺共破高繼能，為吾報仇。文聘曰：只怕崇君侯不得來。飛虎曰：將軍何以知之？文聘曰：崇君侯操演人馬，要進陳塘關，至孟津會天下諸侯，恐未了事，決不得來。黃飛虎曰：道是遇着王位，不是枉走一遭。崔英曰：不然，文兄之言雖是如此說，但崇君侯欲進陳塘關，也要等武王的兵到。大王且權在小寨草榭一宵，明日俺弟兄三人同往一遭，料崇君侯定來協助，決〔1849〕

無推辭之理。黃飛虎感謝不盡，就在山寨中歇了一宿。次日四將用罷飯，一同起行，在路無詞。一日來至崇城，文聘至帥府，門官來見黑虎報曰：啓千歲，飛鳳山三位大王求見。崇黑虎道：請來。三將至殿前行禮畢，崔英曰：外有武成王尚在外面等候。崇黑虎聞言，降榻迎接，口稱：大王，不才不知大王駕臨，有失遠迎，望大王恕罪。黃飛虎曰：輕造帥府，得覲尊顏，實末將三生之幸。叙禮畢，分賓主依次而坐，彼此溫慰畢。文聘將黃飛虎的事說了一遍。崇黑虎咨嘆不語。崔英曰：仁兄莫非為先要進陳塘關麽？今姜元帥阻隔在〔1850〕

飛在空中，冲開右營。周信大戰雷震子。雷震子展動風雷二翅，飛在空中，是上三路，又是貪夜間觀看不甚明白。周信被雷震子一棍刷將下來，正中頭門，打的腦漿迸出，死于非命。雷震子飛至中營，見哪吒大戰孔宣。雷震子大喝一聲，如霹靂交加。孔宣將黃光望上一撒，先拿了雷震子。哪吒見如此利害，方欲抽身，又被孔宣把白光一刷，連哪吒撤去，不知去向。且說黃天化只聽得殺聲大作，不察虛實，催開玉麒麟，冲進左營，忽聽砲響，高繼能一馬當先，貪夜交兵，更無荅話。麟馬相交，鎗鎚並舉。好黃天化，兩柄鎚只打

1843

的鎗尖生烈燄，殺氣透心寒。二將乃是夜戰，况黃天化兩柄鎚似流星，不落地，來往不沾塵。高繼能見如此了得，俺一鎗撥馬就走。黃天化催開玉麒麟趕來。高繼能展開蜈蜂袋。夜間黃天化該如此。那蜈蜂捲將來，成堆成團而至，一似飛蝗。黃天化用兩柄鎚遮攩不防，蜈蜂把玉麒麟的眼丁了一下。那麒麟叫了一聲，後蹄站立，前蹄直竪。黃天化坐不住鞍橋，撞下地來，早被高繼能一鎗正中脇下，死于非命，一靈往封神臺去了。可憐下山大破四天王，不曾取成湯寸土。正是

1844

功名未遂身先死，
早至臺中等候封。

且說孔宣收兵，殺了一夜，嶺頭上屍橫遍野，血染草稍。孔宣坐帳，將五色神光一抖，只見哪吒、雷震子跌下地來。孔宣命左右于後營監禁，然後坐下。高繼能獻功，報斬了黃天化首級。孔宣分付號令轅門不表。且言子牙一夜不曾睡，只聽得嶺上天翻地覆一般。及至天明，報馬進營，啓老爺：三將劫營，黃天化首級巳號令轅門，二將不知所往。子牙大驚。黃飛虎聽罷，放聲大哭曰：天化苦死，不能取成湯，只寸老土要你。餘者無用，三昆弟、三叔叔、將無不下淚。武成王如

1845

酒醉一般。子牙納悶無言。南宮适曰：黃將軍不必如此。今郎爲國捐軀，萬年垂于青史。方今高繼能有左道蜈蜂之術，將軍何不請崇城崇黑虎，他善能破此左道之術。黃飛虎聽得此言，上帳來見子牙曰：末將往崇城去請崇黑虎來，破此賊，以泄吾見之恨。子牙見黃飛虎這等悲切，卽許之。黃飛虎離了行營，逕往崇城大道而來。一路上曉行夜住，饑餐渴飲，在路行程。一日來到一座山，山下有一石碣，上書飛鳳山。飛虎看罷，策馬過山，耳邊只聞得羅鼓齊鳴，武成王自思：是那里戰鼓響。把坐下五色神牛一摔，逕上山來。

1846

牙曰。天命無常。惟有德者居之。昔帝堯有子丹朱。不肯讓位與舜。舜帝有子商均。亦不肯讓位與禹。禹有子啓賢能。繼父志爲尊。釋讓復讓與益。天下之朝覲訟獄。不之益而之啓乎。後傳之桀。桀王無道。成湯代夏而有天下。今傳之紂。紂王今淫酗肆虐。穢德彰聞。天怒民怨。四海鼎沸。德在我周。恭行天之罰。將軍何不順天以歸我周。共伐獨夫也。孔宣曰。你以下伐上。反不爲逆。天乃架此一段污衊之言。惑亂民心。猖獗造反。拒逆天兵。情殊可恨。縱馬舞刀來取子牙。後有洪錦縱馬奔來。大呼。孔宣不得無禮。吾來也。孔宣見

1839

洪錦縱馬而至。孔宣大罵。逆賊你還敢來見我。洪錦曰。天下八百諸侯俱已歸周。料你一個忠臣。也不能濟得甚事。孔宣大怒。搖刀直取。二馬交兵。未及數合。洪錦將旗門逃往下一截。把刀往下一分。那旗化爲一門。洪錦方欲進門。孔宣大笑曰。米粒之珠。有何光彩。孔宣兜回馬。把左邊黃光往下一刷。將洪錦刷去。毫無影向。就如沙灰投入大海之中。止見一匹空馬。子牙左右大小將官俱目瞪口呆。孔宣復縱馬來取子牙。子牙手中劍急架相迎。傍有鄧九公縱馬來助陣。子牙大戰十五六合。子牙祭打神鞭。打孔宣。那鞭

1840

令鳴金。兩邊各歸營寨。且說子牙性懆。帳坐下沉吟想。此人後有五道光華。按有五行之狀。今將洪錦攝去。不知凶吉。如之柰何。子牙自思。不若乘孔宣得勝。今夜去劫他的營。且勝他一陣。再做區處。子牙令哪吒。你今夜去劫孔宣的大轅門。黃天化你去劫他左營。雷震子你可去劫他右營。先挫動他軍威。然後用計。破他。必然成功。三人領令去訖。且說孔宣得勝進營。將後面五色光華一抖。只見洪錦昏迷睡于地下。孔宣分付左右。將洪錦監在後營。收了打神鞭。正欲退

1841

後營。只見一陣大風。將帥旗連捲三四捲。孔宣大驚。掐指一筭。早已知其就裏。忙與高繼能分付。你在右營門埋伏。周信伱在右營門埋伏。今夜姜子牙要來劫吾營寨。我正要你來。只可惜姜尚不曾親來。且說姜子牙營中三路兵。暗暗上嶺。將近二更。一聲砲響。三路兵吶喊。一聲殺進轅門。哪吒登輪搖鎗冲開營門。殺至中營而來。孔宣獨坐帳中。不慌不忙。上了馬迎來。大笑曰。哪吒你今番劫營。定然遭擒。再休想前番取勝也。哪吒也不知孔宣的利害。大怒罵曰。今日定拿你成功。舉鎗來戰。殺在中軍。難解難分。雷震子

1842

詔征討。爾等隨寅立功。不期連折二陣。使吾心中不
悅。今日誰去見陣。一遭為國立功。傍有五軍救應
使高繼能曰末將願往。孔宣分付曰務要小心高繼
能上馬提鎗。至營前討戰。階馬報入中軍。傍有哪吒
忼應聲曰弟子願往。子牙許之。哪吒登風火輪前有
一對紅旗。如風捲火雲飛奔前來高繼能大叫曰哪
吒慢來。哪吒大喜曰既知吾名。何不早早下馬受死。
高繼能對哪吒大笑曰聞你道術過人。一般今日也
會得你着哪吒曰你且通名來。功勞簿上好記你的
首級。高繼能太怒使開鎗。奮心刺來哪吒火尖鎗急

1835

速忙迎輪馬盤旋雙鎗齊舉。這場戰非是等閒怎見
得有讚為証。

　　讚曰

二將交鋒在戰場。四枝臂膊望空道。這一個丹心
要保真明主。那一個赤膽還扶殷紂王。哪吒要成
千載業繼能為主立家邦。古來有福催無福有道
藝與無道亡。

高繼能太戰哪吒恐哪吒先下手。高繼能掩一鎗便
炱哪吒自思吾此來定要成功。那裏肯搶隨手取乾
坤圈望空中祭起高繼能的蜈蜂袋未及放開來。不

1836

意。哪吒的關來得快。一圈正打中肩窩。伏鞍而逃哪
吒為不得全功。心下惱悶回營。見子牙曰弟子未得
全功。請令定奪子牙上了哪吒的功。且說高繼能被
哪吒打傷敗進營來見孔宣。其言前事孔宣不語取
此丹藥與繼能敷貼立時全愈。孔宣命中軍點
砲自領大隊人馬親臨陣前對旗門曰請你主
將答話探馬報入中軍。孔宣請元帥將令。
擺入建將出營。大紅寶纛旗展處。子牙左右有四個
先行官與眾門徒雁翅排開了牙乘四不相至陣前
看孔宣來歷大不相同。怎見得有讚為証。

1837

　　讚曰

身似黃金映火。一籠盔甲鮮明。大刀紅馬勢崢嶸。
五道光華色映。曾見開天闢地。又見出日月星辰。
一靈道德最根深。他與西方有分。

子牙看孔宣背後有五道光華拔青黃赤白黑子牙
心下疑惑。孔宣見子牙自來。將馬一拎來至軍前問
自來者莫非姜子牙麼。子牙曰然也。孔宣問曰你原
是殷臣。為何遭反。妄自稱王。會合諸侯。逆天欺心不
安本土。吾今奉詔征討。汝好好退兵。敬守臣節。可保
家國。若半字遲延。吾定削平西土。那時悔之晚矣子

1838

843

報。且說報馬報入孔宣營中，稟元帥陳庚失機，被黃天化斬了首級，號令轅門。孔宣笑曰：陳庚自己無能，死不足惜，全不在意。次日又是孫合出馬，至周營搦戰。子牙傳令：誰去發一遭。有武吉應曰：弟子願往。子牙許之。武吉出營，見兵員將官，金甲紅袍黃馬大刀，飛臨陣前，大呼曰：來者何人。武吉曰：吾乃姜元帥門下左哨先行官武吉是也。孫合笑曰：姜尚乃是一漁翁，你乃是一個樵子，你師徒二人，正是一軸畫圖，漁樵問答。武吉大怒曰：匹夫無理，焉敢以言語戲吾。切齒咬牙，舉鎗分忿，就剌孫合手中刃，急架忙迎。兩

馬交鋒一塲惡殺，大戰有三十回合，未分勝負。武吉掩一鎗，便詐敗而逃。孫合見武吉敗走，知是樵子出身，料有何能，隨後趕來，不知子牙在磻溪傳武吉這條鎗，有神出鬼没之妙。武吉已知孫合趕來，把馬二鎗，那馬徛了一歩。孫合馬來得太速，一撞個滿懷，早被武吉回馬鎗，挑下馬來，取了首級，掌鼓進營，見子牙報功。子牙大喜，上了武吉的功，就把哪吒激得狐耳撓腮，恨不得要出營厮殺。且說報馬報入成湯營裏，啓元帥孫合失機，被武吉回馬鎗挑了，梟去首級，號令轅門，請令定奪。孔宣聽報，謂左右曰：吾今奉

天化答曰：吾非反賊，乃奉天征討，掃蕩成湯。天寶大元帥麾下正印先行官黃天化是也，你乃何人也。通個名來，錄功簿上好取你的首級。陳庚大怒：量你雞犬小輩，敢與天尊元宰相拒哉。縱馬搖戟，直取黃天化。天化手中雙鎚赴面交還。麟馬往來，鎚戟並舉，有讚為証。

讚曰

二將陣前勢無比，顛關戰馬定生死。
盤旋鉄騎眼中花，展動旗旛龍擺尾。
銀鎚劈手没遮攔，戟剌咽喉蛇信起。
自來也見將軍戰，不似今番無底止。

麟馬交還，大戰有三十回合。黃天化掩一鎗，便詐敗。陳庚不知好歹，隨後趕來。黃天化聞得腦後鸞鈴響，掛下雙鎚，取火龍標，掌在手中，回手一標正是。

金標發出神光現，斷送無常死不知。

話說黃天化回手一標，將陳庚打下馬來，撥回馬，取了首級，掌鼓進營，來見子牙。子牙問出陣如何，黃天化答曰：未將托元帥洪福，標取了陳庚首級。子牙大喜，上黃天化首功。子牙方纔舉筆，向硯臺上拱墨，不覺筆頭吊將下來。子牙半晌不言，從新再取筆上了。黃天化頭一功，此是黃天化只得首功一次，故有此

榮曰姜子牙三月十五日。金臺拜將人馬巳出西岐。
了孔宣曰料姜尚有何能我此行定拿妳發君臣解
進朝歌分付可速開兩把人馬催動前往西岐大道
而來不一日至金雞嶺哨探馬來報金雞嶺下周兵
巳至請令定奪孔宣傳令將大營駐紮嶺上叫住周
兵不知勝負如何且聽下回分解

總批

伯夷叔齊為萬古君臣之義故叩馬直諫至
今誦之猶有餘馨子牙縱左右辯難未嘗不
鑒鑒可聽終是壓此兩句不倒性反分途正

又批

在于此

又批

子牙伯夷俱文王培植之人。一與周而伐紂。
一阻諫而存討于牙似報養老者伯夷似不
報養老者予曰皆是也子牙弔民伐罪為一
時君臣之義伯夷止兵為萬世君臣之義見
紂惡不貫盈亦無可伐者正所以報文王也。
然則伯夷叔齊亦知武王之必行而不可挽
乎予曰知其必行特留片語于人間誅後世
奸人逆予之心乎。

第六十九回　孔宣兵阻金雞嶺

詩曰

伐罪弔民誅獨夫。西周原應玉盧符。
自無血戰成功易。豈有紛爭亦業殊。
孔雀逆天皆孟浪。金雞阻路盡支吾。
休言佞倆泰玄妙。總是西方接引徒。

話說孔宣人馬出關至金雞嶺探馬報入中軍。前有
周兵在嶺下請令定奪孔宣令在嶺上安下營紮阻
住咽喉之路使周兵不能前進只見子牙人馬
正行報馬報入中軍稟上元帥前有成湯大墜人馬。

住在嶺上子牙傳令安營壓帳坐下自思三十六路
人馬俱完怎麼又有這枝兵來子牙沉思掐指筭來
連張山是三十五路連此一路方是三十六路此事
必又費手且說孔宣在嶺上止住了三日子牙大兵
巳列怵傳令問誰人去周營見頭陳走一遭有先行
官陳庚出位應曰末將願先見頭陳孔宣許之陳庚
上馬下嶺至周營搦戰探馬報入中軍于牙問左右。
誰去見此頭陳有先行官黃天化營曰愿往子牙分
付曰務要小心黃天化營曰不必囑咐忙上了玉麒
麟出營看見來將于提方大戰犬呼曰反賊何人黃

1823

貢見子牙威儀整飭，兵甲鮮明，知其與隆之兆，乃遂
鞍下馬，拜伏道傷言曰，末將聞元帥天兵代紂特來
麾下，欲效犬馬微芳，附勣名于竹帛耳，因未見元帥
貢實，末將不敢擅入，令見元帥士馬之精威，令之嚴
儀節之盛，知不專在軍威，而在于仁德也，末將敢不
隨鞭墜鐙，共伐此獨夫，以泄人神之憤耶，予牙隨令
進營，魏貢上帳復拜在地曰，末將幼習鈐馬，來得其
主，今逢明君與元帥，乃魏貢不負數載功夫耳，子牙
天喜，魏貢復跪而言曰，啟元帥，雖然南將軍一時失
利，望元帥怜而救之，予牙曰，南宮适難則失利，然瓩

1824

得魏將軍，反是吉兆，傳令放來，左右將南宮适放上
帳來，南宮适謝過子牙，子牙曰，你乃周上元勳身為
首領，初陣失機理當該斬，奈魏貢歸周乃先凶而後
吉，雖然如此，你可將左哨先行印與魏貢掛，你自隨
營聽用，郎將魏貢補了左哨，彼時南宮适交代印
綬畢，子牙傳令起兵不表，且說兵因張山陣亡飛報
至氾水關，韓榮已知子牙三月十五日金臺拜將，其
本上朝歌，那日微子看本，知張山陣亡洪錦歸周，忙
抱本入內庭見紂王，具奏張山為國捐軀，紂王大驚
不意姬發猖獗至此，忙傳旨意鳴鐘鼓臨殿，百官朝

1825

賀紂王曰，今有姬發大肆猖獗，卿等有何良謀可除
西土大患，言未畢，班中閃出中大夫飛廉俯伏奏曰
姜尚乃崑崙左衟之士，非堂堂之兵可以擒勦墜下
察詔，須用孔宣為將，他善能五行道術，庶幾反叛可
擒西土可勦，紂王准奏，遣使命持詔往三山關來一
路無詞，正是

　　使命馬到傳飛撤，　九重丹詔鳳御來

話說使命官至三山關，傳接旨意，孔宣接至殿上，欽
差官開讀詔旨，孔宣跪聽宣讀
詔曰，天子有征伐之權，將帥有閫外之寄，今西岐

1826

姬發大肆猖獗，屢挫王師，罪在不赦，茲爾孔宣，謀
術兩全，古今無兩，允堪大將，特遣使齎爾斧鉞雄
旄，特專征伐，務擒首惡，勦滅妖人，永清西土，爾之
功在社稷，朕亦與有榮焉，朕決不惜茅土之封，以
賚有功，爾其欽哉，故茲爾詔
孔宣拜罷旨意，打躲天使回朝歌，連夜下營整點人
馬，其是十萬，那日拜寶纛旗，離了三山關，一路上曉
行夜住，饑飡渴飲，在路行程，也非一日，那日探馬報
入中軍，有氾水關韓榮接元帥孔宣，傳令請來，韓榮
至中軍打躬，元帥此行來遲了，孔宣曰，為何遲了，韓

騰騰殺氣冲霄漢　簇簇征雲蓋地來

子牙人馬行至金雞嶺，嶺上有一枝人馬，打兩竿大紅旗駐剳嶺上，阻住大兵。哨馬報至軍前，啓元帥：金雞嶺有一枝人馬阻住大軍，不能前進，請令定奪。子牙傳令，安下行營，座帳坐下，着探事軍打探是那裏人馬在此處阻軍。話由未了，只見左右來報有一將請戰。子牙不知是那裏人馬，恍傳令問誰人見陣。怎一遭有左哨先行南宮适上帳應聲曰：末將愿往。于牙曰：首次出軍，當宜小心。南宮适領令上馬，砲聲大震，一馬戎出營前，見一將僕頭鉄甲，烏馬長鎗，怎見

1819

得，有讚為証。

讚曰

將軍如猛虎，戰騎可騰雲。鉄甲生光艷，皂服襯龍文。赤膽扶真主，忠肝保聖君。西岐來報效，赶駕主功勲。子牙逢此將，門徒是魏賁。

南宮适問曰：你是那裏無名之兵，敢阻西岐大軍？魏賁曰：你是何人，往那裏去？南宮适答曰：俺元帥奉天征討，而伐成湯。你敢大胆粗心阻吾大隊人馬。大喝一聲，舞刀直取。此將手中鎗赴面交還，兩馬相交，刀鎗并舉，戰有三十回合，南宮适被魏賁直殺得汗流

1820

适背心下暗思：繞出兵至此，今日遇這員大將，若敗回大營，元帥必定見責。南宮适心上出神，不隄防被魏賁大喝一聲，抓住南宮适的袍帶，生擒過馬去。魏賁曰：吾不傷你性命，快請姜元帥出來相見。又把南宮适放回營來。軍政官報入中軍，南宮适聽令。子牙傳令，令來。南宮适上帳，將被擒放回，請元帥定奪說。子牙聽得大怒曰：六十萬人馬，你乃左哨首領官，令一俱先挫吾鎗，你還來見我。喝左右綁出轅門斬訖報來。左右隨將南宮适推出轅門來。魏賁在頭上覔要斬南宮适，在馬上大吼曰：刀下留人，只請

1821

元帥相見，吾自有機密相商。軍政官報入帳中，啓門傳：那人在轅門外叫刀下留人，請元帥答話，自有機密相商。子牙大罵匹夫：擒吾將而不殺，反放回來。如今又在轅門討饒。速傳令擺對伍出行營。砲聲響處，大紅寶纛旗搖，只見轅門下一對對都是紅袍金甲英雄威猛。先行官纛的是玉麒麟，絆絆殺氣哪吒。鰲風火輪昂昂眉宇，霜震了藍面紅髮，手執黃金棍。華護手捧降魔杵，俱是片片雲光。正是

盧山甲海真威武　一派天神滾出來

話說子牙在四不相上問曰：你是誰人，請吾相見。魏

1822

人馬正行，忽聞伯夷叔齊二人，寬衫博袖，麻履絲絛，
站在中途，阻住大兵，大呼曰：你是那裏去的人馬，我
欲見你主將答話。有哨探馬報入中軍：啟元帥，有二
位道者，欲見千歲並元帥答話。子牙聽說，忙請武王
出見。只見伯夷叔齊向前揖手曰：千歲與子牙
行禮。武王與子牙欠身曰：甲冑在身，不能下騎。
道者有何事見諭。夷齊曰：今旦主公與元帥起
兵，將何往。子牙曰：紂王無道，罪惡貫盈，殘虐萬姓，
敢行荼毒，焚炙忠良，荒淫穢道，無辜籲天，穢德彰聞。
上天照臨，光表西方，顯于西土，命我

小小恭行天之罰。今天下諸侯，一德一心，大會于孟
津。我武惟揚，德于之疆，取彼凶殘，我伐用張，于湯有
光。此子小子不得已之心也。夷齊曰：臣聞子不言父
之過，臣不彰君惡。故父有諍子，君有諍臣。只聞以德而
感君，未聞以下而伐上者。今紂王君也，雖有不德，何
不傾誠盡諫，以盡臣節，亦不失為忠耳。況先王以服
事殷，未聞不足于湯也。臣又聞，至德無不感通，至仁
無不賓服。荷至德至仁在我，何凶殘不化為浮良乎。
以臣愚見，當退守臣節，體先王服事之誠，守千古君

臣之分，不亦善乎。武王聽罷，停驂不語。子牙曰：此二
之言雖善，子非不知，此是一得之見。今天下溺於百
姓如坐水火之中，三綱已絕，四維已折，天怒于上，民怨于
下。正天翻地覆之時，四海鼎沸之際，惟天孫民，民之
所欲，天必從之。況天已肅命于我周，若不順天，厥罪
惟鈞。且天視自我民視，天聽自我民聽。百姓有過，在
予一人。今子必往，如逆天不順，非子先王有罪，惟子
小子無良。子牙左右將士，欲行見伯夷叔齊二人，太言
之不已，心上甚是不快。夷齊見左右俱有不豫之色。
眾人挾武王子牙欲行。二人知其必往，乃曉于馬前。

得不盡今日之心耳。今大王雖以仁義服天下，豈有
父死不葬，援及干戈，可謂孝乎。以臣伐君，可謂忠乎。
臣恐天下後世必有為之口實者。左右眾將，見夷齊
即馬而諫，軍士不得前進。心中大怒，欲舉兵殺之。子
牙忙止之曰：不可。此天下之義士也。忙令左右扶之
而去。眾兵方得前進。後伯夷叔齊入守陽山，恥食周
粟，採薇作歌，終至守節餓死。至今稱之，猶有餘麾。此
是殺事不表。且說子牙大勢雄師，離了守陽山往前
此發正是。

龍吉公主　鄧嬋玉

話說子牙點將已畢傳令令黃飛虎上臺子牙曰成
湯雖是氣數已盡五關之內恐有精銳之士不可不
防備當戰者戰當攻者攻其闖軍士須要演習陣圖
方知進退之法然後可破敵人隨令軍政官懂十陣
俱敬在臺上。

一字長蛇陣　二龍出水陣　三山月兒陣
四門十底陣　五虎巴山陣　六甲迷魂陣
七縱七擒陣　八陰陽子母陣　九宮八卦陣
十代明王陣　天地三才陣　包羅萬象陣

子牙曰此陣俱按六韜之內精演停當軍士方知進
退之方黃將軍與鄧將軍洪將軍你三位乜一字長
蛇陣聽砲響變以下諸陣毋得錯亂三將領令下臺
乜此陣正行之際子牙傳令點砲化六甲迷魂陣竟
系能瘵子牙看見把三將令上臺來教之日今日東
班非同小可乃是大敵若士卒教演不精此是弔將
之薩御河汪伐三位須是日夜操練毋得怠玩有垂
軍政三將領令乜臺用心教習子牙傳令散操眾將
斯點收拾東低翌月子牙朝賀武王畢子牙奏曰人
馬軍糧皆一應齊備請次王東行武王問曰相父將

內事託與何人子牙曰上大夫散宜生可任國事似
平可託武玉又曰外事託與何人子牙曰老將黃
滾歷練老成可任軍國重務武王大喜相父措處得
宜使孫散悅武玉退朝入內宮見太姬曰上啟母后
知道今相父姜尚會諸侯于孟津孩兒一進五關觀
政于商節便回來不敢有垂父訓太姬曰姜丞相此
行決無差失孩兒可一應俱依相父指揮分付宮中
岐武王親乘甲馬率御林軍來至十里亭只見眾御
兼排下九龍牀與武玉姜先帥餞行眾弟進酒武王

與子牙用罷乘吉日良辰起兵此正是紂王三十
三月二十四日起兵點起號砲兵威甚是雄壯怎見
得有詩為証

詩曰

征雲薇日隱旌旗。　戰士橫戈縱鐵騎
飛劍有光來紫電。　流星斜挂落金藜
將軍猛烈堪圖畫。　天子威儀異所施
漫道弔民來伐罪。　方知天地果無私

話說大勢雄兵離了西岐前往燕山一路上而
軍懽悅百陪精神行過了燕山正往守陽山來大隊

天人之憤，實干湯為有光，臣不勝激切悚望之至。
謹具表以聞。
武王覽完表，問曰：相父，此兵何日起程？子牙曰：老臣
操演停當，擇吉日再來請駕起程。武王傳左右治宴，
與相父賀喜，君臣共飲，子牙謝恩出朝。次日子牙下
教場看操，過各點將。子牙五更時分至教軍場竪了
將臺。軍政司辛甲啓元帥，放砲豎旗擂鼓點將。子牙
暗思：令人馬有六十萬，須用四個先行方有協助。子
牙命軍政司令南宮适、武吉、哪吒、黃天化上臺來。辛
甲領令，令四將上臺打躬。子牙曰：吾兵有六十萬，用

你四將為先行，掛左右前後印。你等各拈一鬮自任
其事，毋得錯亂。四將聲喏。子牙將四鬮與四將，各自
拈認。黃天化拈着是頭隊先行，南宮适是左哨，武吉
是右哨，哪吒是後哨。子牙大喜，令軍政官簪花掛紅，
各領印信。四將飲過酒，謝了元帥。子牙又令楊戩、
行孫、鄭倫各拈一鬮，作三運督糧官。楊戩是頭運，土
行孫是二運，鄭倫是三運。子牙令軍政官取督糧印，
付與三將，俱簪花掛紅，各飲三盃喜酒，三將下臺。子
牙令軍政官取點將簿，先點

黃飛虎　黃飛彪　黃飛豹　黃明

周紀　龍環　吳謙　黃天祿
黃天爵　黃天祥　辛免　太顛
閎沃　祁恭　尹勳

周之四賢八俊

毛公遂　周公旦　紹公奭　呂公望
伯達　伯适　仲突　仲忽
叔夜　叔夏　季隨　季騧
姬叔乾　姬叔坤　姬叔康　姬叔正
姬叔啟　姬叔伯　姬叔元　姬叔忠
姬叔廉　姬叔德　姬叔美　姬叔奇

姬叔順　姬叔廣　姬叔智
姬叔平　姬叔敬　姬叔安
姬叔勇　姬叔崇

文王有九十九子，雷震子乃燕山所得，共為百子。文
王有四乳二十四妃，生九十九子。有三十六殿下習
武。子牙屢征西岐，陣亡十八位，又有歸降將佐。

鄧九公　太鸞　鄧秀　趙昇
孫焰紅　晁田　晁雷　洪錦
季康　蘇護　蘇全忠　趙丙
孫子羽
女將二員

第六十八回　首陽山夷齊阻兵

詩曰

首陽芳躅為綱常。欲樹千秋叛逆防。
數語喚回人世夢。一身表率死生光。
求仁自是求仁得。義士還從義士揚。
讀罷史文猶自淚。空嗟齒齦有餘香。

話說青虛道德真君見。黃天化來問前程歸著欲說出所以。恐他不服欲不說明白。又恐他候遭陷害。真君沒奈何只得將前去機關作一偈聽憑天命真君作偈曰。

逢高不可戰。過能即速回。金雞頭上看。
蜂擁便如機。止得功為首。千載姓名題。
若不知時務。防身有難危。

道人作罷偈。黃天化年少英雄。那裏放在心上只見土行孫也來問懼留孫懼留孫也知土行孫不好。他還進得關死于章葵之手也只得作一偈于土行孫存驗偈曰。

地行道術既能通。莫為貪嗔錯用功。
撤出一猴咬一口。崖前猛獸帶衣紅。

懼留孫作罷偈土行孫謝過師尊。且說眾仙與子牙作別各回山岳而去子牙同武王眾將進西岐城武王回官子牙回帥府大小眾將伺候三日後下教場聽點子牙次日作本謝恩上殿來見武王姜子牙金僕頭大紅袍玉帶將本呈上只見上大夫散宜生接本展于御案上子牙俯伏奏曰姜尚何幸蒙先王顧聘未效涓埃之報又蒙大王拜尚為將知遇之隆古今罕及尚敢不效犬馬之力以報深恩也今特表請駕親征以順天人之願武王曰相父此舉正合天心祕覽表。

大周十三年孟春月掃蕩成湯天寶大元帥姜尚

伏以觀時應變固天地之氣運殺伐用張。亦聖神之功化。今商王受不敬上天荒淫不德殘虐無辜。肆行殺戮逆天征討天愁民怨致我西土十載不安仰仗天威自行殄滅臣念此艱難之久正值紂惡貫盈之時天下諸侯共會孟津蒙准臣等之請。許以東征萬姓歡騰將士踴躍臣不勝感激日夜祗懼才疏德薄恐無補報于涓埃佩服王言實有漸于節鉞特懇大王大奮乾剛恭行天討親御行營托天威于咫尺全勝于前籌早進正關速會諸侯觀政于商庶幾天厭其穢獨夫授首不待征

陣回了鸞駕。且說眾仙來,與子牙奉酒,各飲三盃。南
鼉仙翁也,奉子牙餞別。酒三盃,俱要起身,作辭而去。
眾門人見子牙問師尊前去吉凶,金吒悒悒向文殊廣
法天尊問曰:弟子前去吉凶如何?道人曰:你
　修身一性超仙體,何怕無謀進五關。
哪吒也來問太乙真人曰:弟子此行吉凶如何?真人
曰:你
　汜水關前重道術,方罣蓮花是化身。
木吒來問普賢真人曰:弟子領法音下山,不知歸着
如何?真人曰:你

1798

　進關全仗鈎與劍,不負仙傳在九宮。
韋護也問道行天尊曰:弟子佐姜師叔至孟津,可有
妨碍?道行天尊曰:你比眾人不嗣豈不知你
　歷代多少修行客,獨你全真第一人。
雷震子來問雲中子曰:弟子此去凶吉如何?雲中子
曰:你
　兩枝仙杏安天下,可保周家八百年。
楊戩也問玉鼎真人曰:弟子此去如何?真人曰:你也
此別人不同,
　修成八九玄中妙,任爾縱橫在世間。

1799

李靖來問燃燈道人曰:弟子此行凶吉如何?道人曰:
你也比別人不同,
　肉身成聖超天境,久後靈山護法臺。
黃天化問青虛道德真君曰:弟子此行凶吉何如?道
德真君一見黃天化命運不長,面帶絕氣低首不言,
然而心中不忍真是可憐,真君復向黃天化言曰:徒
弟你問前程之事,我有一偈,你可時時在心謹記依
偈而行,庶幾無事。道人念偈不知後導如何且聽下
回分解。

總批

1800

子牙七十餘歲方遇文王,何其晚也。又十餘
年方督師伐紂,又何其遲也。然而義旗一指
獨夫隨即援首,膽揚慷慨,懍懍千古,而分茅
裂土,與周家八百年相終始,猗歟盛哉,古云
大器晚成信然。今人又何得以年貌棄人耶。

又批

月合仙原是撮合人間好事者,龍吉公主捱
月合仙您不能嘗着人間滋味,只是恁便宜
洪錦不但免其死,且得一個好老婆。

1801

大拜八拜，武王拜罷，子牙令辛甲把令天子旗。將武
王請上臺來。少時辛甲執旗大呼曰：奉元帥將令，請
武王上臺。武王隨令旗上臺。子牙傳令，請開印劍。請
武王面南端坐。子牙拜謝畢，跪而奏曰：老臣聞國不
可從外茹治軍，不可從中而御。二心不可以事君，疑
忠不可以應敵。臣既受命尊節鉞之威，臣敢不效駑。
駑以報知遇之恩也。武王曰：相父今為大將東征，但
願早至孟津會兵，速返孤之幸矣。子牙謝恩。武王下
臺。眾將聽候指揮。子牙傳令，軍政官與眾將得知，俱
三日後在教軍場聽點。今日有三山五嶽眾道兄與

我餞別。辛甲領令。俟與眾將知悉。武王同文武百臣
俱在金臺。子牙離了將臺，往岐山正南而來。有哪吒
領諸門人來迎接子牙。只見甲胄威儀，十分壯麗，來
至蘆蓬。只見玉虛門下十二弟子，拍手大笑而來，對
子牙曰：相將威儀，自壯行色。子牙真人中之龍也。子
牙欠背打躬曰：多蒙列位師兄擡舉，今日得握兵權，
皆眾師兄之所賜也。姜尚何能哉。眾仙曰：只等學教
聖人來至。吾輩繞好奉酒。話由未了。只聽得空中一
孤笙簧仙樂齊奏。怎見得有詩為証。

詩曰：

紫氣空中遶帝都，笙簧嘹喨白雲浮。
青鸞丹鳳隨鸞駕，羽扇旛幢傷轆轤。
對對金童雲裏現，雙雙玉女珮聲殊。
祥光瑞彩多靈異，周室當興應赤符。

話說元始天尊駕臨，諸弟子伏道迎接。子牙俯伏
稱弟子，願老爺聖壽無疆。眾門人引道酌水焚香，迎
鑾接駕。元始天尊上了蘆蓬坐下。子牙復拜元始曰：
姜尚你四十年積功累行，今為帝王之師，以受人間
福祿，不可小視了。你東征滅紂，立功建業，列土分茅，
子孫綿遠，國祚延長。貧道今日特來餞你，命曰鶴童

子取酒來，遞了半盃。子牙跪接，一飲而盡。元始曰：
一盃愿子成功扶聖主。又飲一盃，治國定無虞。又
一盃速速會諸侯。子牙吃了三盃，又跪下。元始曰：子又
復跪者何說。子牙曰：蒙老爺天恩教育，使尚得拜將
東征。弟子此行不知吉凶如何，懇求指示。天尊曰：你
此去，併無他虞。你謹記一偈，自有驗也。偈曰：

界牌關遇詠仙陣，
穿雲關下受盧瘟，
紫陽達兆光先德，
過了萬仙身體康。

牙聞偈拜謝曰：弟子敬佩此偈。元始曰：我返駕回
營。你眾弟子再為餞別。群仙送出蓬來。只見仙風一

請元戎而北拜受龍章鳳篆子牙跪拜左右歌中和
之曲奏八音之章樂聲嘹喨動徹上下召公奭開讀
祝文
維大周十有三年孟春丁卯上朔丙子西岐武王
姬發敢昭告昊天上帝后土神祇曰嗚呼天矜于
民民之所欲天必從之今商王受狎侮五常荒怠
弗敬自絕于天結怨于民斮朝涉之脛剖賢人之
心作威殺戮毒痡四海崇信姦回放黜師保屏棄
典刑囚奴正士郊社不修宗廟不享作奇技淫巧
以悅婦人無辜籲天穢德彰聞上帝弗順祝降將

喪臣發曷敢有越厥志祇承上帝以遏亂略
蠻貊罔不率俾惟我先王□求賢聘請爰尚以
助祭今特拜為大將軍大會孟津以彰天討取彼
獨夫求清四海所賴有神尚克相予以濟兆民無
作神羞克成厥勳誕膺天命以撫方夏懇祈照臨
承光西土神其鑒茲伏惟尚饗
召公奭讀罷祝文子牙居中而立軍政司上臺啟元
帥蔡鼓豎旗兩邊鼓響掀起寶纛旗來軍政司請元
帥戴護頂之寶軍政官用紅漆端盤捧上一頂金盔
來怎見得

黃鄧鄧耀日鏡玲瓏花巧樣稱豎三义攢四鳳六
辦六楞紫金盔纓絡翻硃砂逬撕糊碧玉週遶
瑪瑙珍珠前後釘
軍政司將盔捧與子牙戴上又傳令取袍甲上臺軍
政官高捧袍鎧獻在臺止怎見得
龍吞口獸吞肩紅似火赤似烟老君爐曾燒煉千
鑾刀萬鎚顛綠絨扣紫絨穿進銅鎚扛鐵鞭鎖子
黃甲上懸
披一領拔南方丙丁火茜草茜胭脂抹五彩裝花
黃綵遍金織就大紅袍繫六條四折闊羊脂玉瑪

瑪瑙琥珀硯紫金雀舌八寶攢就白玉帶
話說姜元帥全裝甲冑立于臺止軍政司傳取印劍
玉臺軍政官捧劍印上臺又捧一架架上有三般令
天子協諸侯之物內有令天子旗令天子劍令天子
新正見印劍準臺來有詩為証
詩曰
黃金斗大掌貔貅
殺伐從來神鬼愁
呂望今朝登臺後
乾坤一統屬西周
話說軍政司將印劍捧至子牙面前子牙將印劍接
在手中高捧過眉散宜生請武王拜將武王正在臺下

各穿紅衣手持紅旗按南方丙丁火此邊立二十
五人各穿皂衣手持皂旗按北方壬癸水第二層
是三百六十五人手各執大紅旗三百六十五面。
按周天三百六十五度第三層立七十二員牙將。
各執劍戟抓鎚按七十二侯三層之中各有祭器
祝文自一層之下兩邊儀仗雁翅排列真是衣冠
整肅劍戟森嚴從古無兩。
只見散宜生至駕輿前請武王出輿武王纔下輿宣
生曰大王可至元帥前請元帥下輦武王行至輦前。
次身曰請元帥下輦子牙纔令中軍扶下輦來宣生

引道子牙至臺邊散宜生贊禮曰請元帥面南背北
散宜生開讀祝文
維次周廿有三年孟春丁卯朔丙子西周武王姬
發遣上大夫散宜生敢昭告于五岳四瀆名山大
川之神曰嗚呼惟天惠民惟辟奉天撫綏庶克
底于道今商王受弗敬上天降災下民惟婦言是
用昏棄厥祀弗答昏棄厥遺主父母弟不迪乃惟
四方之多罪逋逃是崇是長是信是使是以為大
夫卿士俾暴虐于百姓以姦宄于商邑今發夙夜
祗懼若不順天厥罪惟鈞謹擇令日特拜姜尚為

大將軍恭行天討伐罪弔民永清四海所賴神祇。
相我眾士以克厥勳伏惟尚饗
話說散宜生讀罷祝文有周公旦引子牙上第二層
臺周公旦贊禮曰請元帥面東背西周公曰開讀祝
文
維大周十有三年孟春丁卯上朔丙子西周武王
姬發遣周公旦敢昭告于日月星辰風伯雨師
歷代明王之神曰嗚呼天有顯道厥類惟彰今商
受乃夷居弗事上帝神祇遺厥先宗廟弗祀沉
湎冒色淫酗肆虐惟宮室臺榭是崇焚炙忠良刳

剔孕婦以殘害于下民犧牲粢盛既于凶盜乃曰
吾有民有命罔懲其侮皇天震怒命蔡誅之發昌
敢有越厥志自思欲濟斯民匪才不克今特拜姜
尚為大將軍取彼凶殘殺伐用張仰賴神祇翊衛
歷建吐納風雲噓咈變化拯救下民恭行天罰克
定厥勳于湯有光伏惟尚饗
周公旦讀罷祝文有召公奭引子牙上第三層臺毛
公遂捧武王所賜黃鉞白旄祝曰自今以後奉天征
討伐此獨夫為生民除害為天下造福元戎往易之
哉子牙跪受黃鉞白旄乃令左右執捧禮官贊禮曰

出越隊伍。攪前亂後。言語喧譁。不遵禁約。此為亂軍。犯者斬。

其十五

託傷詐病。以避征進。捏故假死。因而逃脫。此為奸罟。犯者斬。

其十六

主掌錢糧給賞之時。阿私所親。使士卒結怨。此為弊軍。犯者斬。

其十七

觀寇不審。探賊不詳。到不言到。多則言少。少則言言多。此為悞軍。犯者斬。

話說子牙將斬法牌掛了。帥府眾將觀之。無不敬懼。且說宜生至十四日入內庭。見武王曰。請大王明日清晨至相府。請丞相登壇。武王曰。拜將之道如何行禮。宜生曰。犬王如黃帝拜風后。方成拜將之禮。武王曰。卿言正合孤意。次日乃三月十五日。吉辰。武王帶領合朝文武齊至相府前。只聽裏面樂聲響過三番。軍政司令門官放砲開門。只見三聲砲響。相府門開。宜生引道。武王隨後至銀安殿。軍政司忙稟請元帥登殿。有千歲親來拜請元帥登輦。子牙忙從後面道服而出。武王乃欠身言曰。請元帥登輦。子牙慌恐謝過。同武王分左右。並行至大門。武王欠身打一躬。兩邊扶子牙上輦。宜生請武王親扶鳳尾。連推三步後。人有詩讚子牙末年。叨此榮寵。

詩曰

周主今朝列將臺。

風雲龍虎四門開。

香生滿道衣冠引。

紫氣當天御仗來。

統領貔貅添瑞彩。

安排士馬盡崔嵬。

磻溪今日人龍出。

八百開基說異才。

話說子牙非熊狄出城。只見前面七十里。俱是大紅旗只擺到西岐山。西岐百姓扶老攜幼俱來觀看。子牙至岐山。將近將臺邊。有一座牌坊。上有一幅對聯。

三千社稷歸周主。

一派華夷屬武王。

話說眾將分道而行。武王至將臺邊。一看。只見將臺高聳甚是嵯峨。軒昂怎見得。但見。

臺高三丈。象按三才。闊二十四丈。按二十四氣。臺有三層。第一層臺中立二十五人。各穿黃衣。手持黃旗。按中央戊己土。東邊立二十五人。各穿青衣。手持青旗。按東方甲乙木。西邊立二十五人。各穿白衣。手持白旗。按西方庚辛金。南邊立二十五人。

將各宜知悉，辛甲領令，掛出帥府，掃蕩成湯天寶大元帥姜，條約，示諭大小衆將知悉，只見各欵開列于後。

其一
聞鼓不進，聞金不退，舉旗不起，按旗不伏，此爲慢軍，犯者斬。

其二
呼各不應，點視不到，違期不至，動乖紀律，此爲欺軍，犯者斬。

其三
夜傳刁斗，息而不報，更籌違度，聲號不明，此爲懈軍，犯者斬。

其四
多出怨言，毀詬主將，不聽約束，梗教難治，此爲橫軍，犯者斬。

其五
揚聲笑語，蔑視禁約，囂嘩軍門，此爲輕軍，犯者斬。

其六
所用兵器，克削錢糧，致使弓弩絕絃，箭無羽鏃，劍戟不利，旗幟凋敝，此爲貪軍，犯者斬。

其七
謠言詭語，造捏鬼神，假托夢寐，大肆邪說，鼓惑將士，此爲妖軍，犯者斬。

其八
奸舌利齒，妄爲是非，調撥士卒，互相爭鬥，致亂伍，此爲刁軍，犯者斬。

其九
所到之地，淩悔百姓，逼淫婦女，此爲姦軍，犯者斬。

其十
竊人才物，以爲己利，奪人首級，以爲己功，此爲盜軍，犯者斬。

其十一
軍中聚衆議事，近帳私探信音，此爲探軍，犯者斬。

其十二
或聞所謀，及聞號令，漏泄于外，使敵人知之，此爲背軍，犯者斬。

其十三
調用之際，結舌不應，低眉俛首，而有難色，此爲怠軍，犯者斬。

其十四

之謂之不忠，孤與相父共守臣節，以俟紂王改過遷
善，不亦善乎，子牙曰，老臣怎敢有負先王，但天下諸
侯布告中外，訴紂王罪狀，不足以君天下，紏合諸侯
大會孟津，昭暢天威，與乎民伐罪之師，觀政于商前
有東伯侯姜文煥，南伯侯鄂順，北伯侯崇黑虎，其文
書知會，如那一路諸侯不至者，先問其違抗之罪，次
伐無道，老臣恐悞家國之事，因此上表請王定奪，願
大土裁之，武王曰，既是他三路欲伐成湯，聽他等自
為孤與相父，坐守本土，以盡臣節，上不失為臣之禮

1774

下可以守先王之命，不亦美乎，子牙曰，推天為萬物
父母，惟人萬物之靈，亶聰明，作元后，元后作民父母
今商王受荼毒生民，如坐水火，罪惡貫盈，皇天震怒，
命我先王大勳未集耳，今大王行乎民伐罪之師，正
代天以彰天討，救民於水火，如不順上天，厭罪惟均
且見上大夫散宜生上前奏曰，丞相之言，乃為國忠
謀，大王不可不聽，今天下諸侯大會孟津，太王若不
以兵相應，則不足取信以眾人，則眾人不服，必罪我
國以助紂為虐，倘移兵加之，那時反不自遺淨穢，況
紂王信讒，屢征西土，黎庶遭驚慌之苦，文武有汗馬

1775

見，不若依相父之言，總兵大會孟津，與天下諸侯陳
兵商郊，觀政于商，侯其自改，則天下生民皆蒙其福，
又不失信於諸侯，遺災于西土，上可以盡忠于君，下
可以盡孝于先王，可稱萬全之策，乞大王思之，武王
聽得散宜生一番言語，不覺欣悅，乃曰，大王之言是
也，不知用多少人馬，宜生奏曰，大王兵進五關，須當
拜丞相為大將軍，付以黃鉞白旄，總理大權，得專閫
外之政，方可便宜行事，武王曰，但憑大夫主張，孤即
拜相父為大將軍，得專征伐，宜生曰，昔黃帝拜風后

1776

須當築臺拜，告皇天后土，山川河瀆之神，捧轂推輪，
方成拜將之禮，武王曰，凡一應事宜，俱是大夫為之，
武王朝散宜生，又至相府恭賀百官，各欣悅眾，
門人個個喜歡，宜生次日至相府，對子牙說，令南宮
适辛甲，往岐山監造將臺，當時二人至岐山，揀選木
植磚石之物，克日與工，也非一日，將臺已完，二將回
報子牙，宜生入內庭，回武王，宜生曰，臣奉旨監造將臺
巳完，謹擇良辰于三月十五日，請大王至金臺親拜
相父，武王准旨，候至日行禮，且說子牙，三月十三日
立辛甲為軍政司，先將斬法紀律牌，掛在帥府，使眾

1777

復歸瑤池。與吾母子重逢。今下山來。豈得又多此番俗孽耶。鄧嬋玉不敢作聲。少時月合仙翁同子牙至後廳。龍吉公主見仙翁稽首。仙翁曰。今日公主巳歸正道。今既下凡間者。正要了此一段俗緣。自然反本歸元耳。況今子牙拜將在爾。那時兵慶五關。公主該與洪錦建不世之勳。垂名竹帛。候功成之日。瑤池自蘭遊嬉來迎接公主回宮。此是天數。公主雖欲強為。沐由得矣。所以貧道受符元仙翁之命。敕不辭勞頒瀙詢匡。此特為公主作伐。不然洪錦剛被法行刑。貪遑至此。苯進承早怡。逢其時其實數可知。公主當

1770

信貧道之言不可悞。卻佳期。罪愆更甚。那時悔之晚矣。公主請自三思。龍吉公主聽了月合仙翁一篇話。不覺長吁一聲。誰知有此夙寃所繫。既是仙翁掌人間婚姻之牘。我也不能強離。但憑三位主持。子牙仙翁大喜。遂放了洪錦。用藥敷好劍傷。洪錦自出營招回季康人馬。擇吉日與龍吉公主成了姻眷。正是

天緣月合非容易。自有紅絲牽繫來。

話說子牙與龍吉公主成了姻親。乃紂王三十五年。至三月初三日。西岐城眾將打點東征。一應錢糧俱備停當。只等子牙上出師表。翌日武王設聚早朝。王曰

1771

有奏章出班。無事朝散。言未畢。有姜丞相捧出師表上殿。武王命接上來。奉御官。將表文開於御案上。武王從頭看玩。

進表丞相臣姜尚。臣聞惟天地萬物父母。惟人萬物之靈。天佑下民。作之君。作之師。惟其克相上帝。寵綏四方。作民父母。今商王受。弗敬上天。降災下民。流毒邦國。剝喪元良。賊虐諫輔。狎侮五常。荒怠不敬。沉湎冒色。罪人以族。官人以世。惟宮室臺榭陂池侈服。以殘害於萬姓。遺厥先宗廟弗祀。播棄犁老。昵比罪人。惟婦言是用。焚炙忠良。刳剔孕婦。

1772

崇信姦回。放黜師保。屏棄典刑。囚奴正士。殺妻戮子。惟淫酗是崇。昏作奇技淫巧。以悅婦人。郊社不修。宗廟不享。商罪貫盈。天人共怒。今天下諸侯大會于孟津。與予民伐罪之師。救生民于水火。乞大王體上天好生之心。孚四海諸侯之思。念天下生民之苦。大奮鷹揚。擇日出師。則社稷幸甚。臣民幸甚。乞賜詳示施行。謹具表以聞。

武王覽畢。沉吟半晌。王曰。相父此表雖說紂王無道。為天下共棄。理當征伐。但昔日先王曾有遺言。切不可以臣伐君。今日之事。天下後世以孤為口實。況孤

1773

又批

武王不忍見殷郊受鑤鋤之厄，再三乞免，真
有不輩之慶，只是這些道人不肯饒他，此正
是以天意限定了，不知後世懦夫每必人。

　　　　　演義卷之十四　　十二

1765

第六十七回　　姜子牙金臺拜將

詩曰

　金臺拜將若飛仙，　斗大黃金附後懸，
　夢入熊羆方實地，　軍登耄耋治朝天，
　延綿周室承先業，　樹刻齊封啓後賢，
　福壽兩端人罕及，　帝王師相古今傳。

話說子牙見捉了洪錦，料知龍吉公主
放下丹墀，少時龍吉公主進相府，子牙次身謝曰，今
叶公主成莫大之功。皆是社稷生民之福，公主曰，自
平高山來與丞相成尺寸之功，今日捉了洪錦。但憑

1767

丞相發落龍吉公主道罷，自回浮室去了。子牙令左
右將洪錦推至殿前問曰，似你這等逆天行事之輩。
何常得片甲回去，命推將出去斬首號令。有南宮适
為監斬候行刑令下，方欲開刀，只見一道人忙奔而
來喘息不定，只叫刀下留人南宮适看見，不敢動手。
急進相府來稟曰，啓丞相得知，末將斬洪錦方欲開
刀，有一道人只叫刀下留人，末敢擅便，請令定奪。子
牙傳請少時那道人來至殿前，與子牙打了稽首，子
牙曰道兄從何處來，道人曰貧道乃月合老人也，因
符元仙翁魯言龍吉公主與洪錦有俗世姻緣，命縉

1768

紅絲之約，故貧道特來通報一則，可以保子牙東進
而關助得一臂之力，子牙公不可違了。這件大事，與
丞相起他為蘆宮仙承，吾怎舍將凡間姻緣之事與
他講，為令鄧嬋玉先去覷龍吉公主，就將月合仙翁
芝清先稟過，方可再議鄧嬋玉遲進內庭請公主出
淨室議事，公主忙出來，覷鄧嬋玉問曰，蕭何專覲我
鄧嬋玉曰，今有月合仙翁言公主與洪錦有俗世姻
緣紅絲之約，該有六世夫妻，現在殿前，與丞相
其議批事，故丞相先著羲過娘娘然後可以面
謹遵法旨，吾問在瑤池犯了清規，特救我來不得

1769

女流力氣甚小，及舉劍望洪錦背上砍來，正中昇甲。洪錦哎的一聲，不顧旗門皂旛，往正北上逃走。龍吉公主隨後趕來，大呼洪錦速速下馬受死，吾乃瑤池金母之女，來助武王伐紂。莫說你有道術，便趕你上天入地，也要帶了你的首級來望前際。趕洪錦只得拾生奔走往前，久趕看看趕上。公主又目洪錦莫想今日饒你，吾在姜丞相面前說過，定要斬你方回。洪錦聽罷心下着忙，牙上又痛，自思不若下馬借土遁逃回，再作區處。龍吉公主見洪錦借土遁逃去，笑曰洪錦這五行之術，隨意變化，有何難哉，吾來也。下馬

備木遁趕來，取水能克上之意。看看趕至北海，洪錦自思，且幸吾有此寶在身，不是怎了。忙取一物往海裏一丟，那東西見水重生，攪海糊波，而來此物名曰鯨龍。洪錦腳跨鯨龍奔入海內而去。比海只見洪錦跨鯨而去。怎見得有讚為証

讚曰

烟波蕩蕩，巨浪悠悠。烟波蕩蕩接天河，巨浪悠悠連地脉。潮來洶湧，水浸灣還。潮來洶湧由如霹靂吼，水浸灣還却似狂風吹。三春九夏乘龍福老在，來必定皺眉行，跨鶴仙童反覆，果然變鳳還近岸。

無村舍傍水少漁舟，浪捲千層靈風生六月秋
野禽憑出沒沙鷗任浮沉，眼前無釣客耳畔只聞鷗
海底魚遊樂，天邊鳥過愁

話言龍吉公主趕至北海，見洪錦跨鯨而逃，曰：幸吾離瑤池，帶得此寶而來，忙向錦囊中取出一物也，往海裏一丟。那寶貝見水復現原身，滑開水勢如泰山一般。此寶名為神鯨，原身浮于海面。公主站立于上，仗劍趕來。此神鯨善降鯨龍，起龍入海，攬得波浪滔天，次後來神鯨入海，鯨龍無勢。龍吉公主看看趕上，祭起綑龍索，命黃巾力士，將洪

錦綁去往西岐來。正是

縛龍仙索真玄妙，挺得夫君洪錦來。

話言洪錦被黃巾力士拿往西岐，至相府，棒子牙正與眾將官共議軍情，只見空中摔下洪錦。子牙不知洪錦性命如何，且聽下回分解。

總批

殷郊之死，雖是天數，只是廣成子他下山來，分明是送他上路，廣成子不得辭其責。

洪錦看見一員女將奔來，金盔金甲，飛臨馬前。怎見得，

詩曰：

女將生來正幼齡，　英風凛凛貌娉婷。
五光寶石飛來妙，　輔國安民定太平。

鄧嬋玉一馬冲至陣前，洪錦也不答話，舞刀直取。鄧嬋玉手中雙刀，急架忙迎。洪錦暗思女將不可戀戰，速斬為上策。洪錦依然去把皂幡如前用度，也把馬兜入旗門裏面去了，只說鄧嬋玉走，他不知嬋玉有智，也承求趕忙取五光石，往旗門裏一石打來，聽得洪

錦在旗門內，哎哟一聲，面已着傷，收了旗，幡敗回營去了。子牙同兵進庶，又見傷了一位殿下，鬱鬱不樂。紛悶在府。且言洪錦被五光石打得面上眼腫鼻青，激得只是咬牙，忙用丹藥敷貼，一夜全愈，次日上馬，親至城下坐名，只要女將。哨馬報入相府，言洪錦坐名要鄧嬋玉。子牙無計，只得着人到後面來說。此行孫見人來報，忙對鄧嬋玉曰：今日洪錦坐名要你，你切不可進他旗門。嬋玉曰：我在三山關丿隊數年，難道至這些不知，我豈肯進他旗門去的理。二人正當道間，龍吉公主聽見，忙出淨室問曰：你二人

一面化一旗門，殿下姬叔胭赶進去，被他一刀送了。任俞胙被嬋玉會戰他，又用是簇破他，不赶，只一石當面打去，打傷此賊。他池今日定要嬋玉出馬，故此殺子分付他，今日卻殺可赶他，卻苦不去，使他說吾賣峽無人物。龍責公主美目，此乃為小衛忖，收旗門進。貫幡為肉旗門，白幡為外旗門，既然如此，待吾收之。本往孫上，銀笑殿對牙牙，把龍借公走的事說了一。誰牙火喜，忙請公主止殿，子牙有猜手曰：龍備六坐騎得吾共服，此將附牙冷賣藍點桃花駒

龍言公主獨自出馬，開了城門，一騎當先。洪錦見女將來至，不是鄧嬋玉，洪錦問曰：來者乃是何人。龍言公主曰：你也不必問我，我要說出來你也不知。你只是下馬受死是你本色。洪錦大笑罵曰：將大胆賤人，為敢如此。縱馬舞刀來取。公主手中鴛鴦劍急架相迎，主騎女鋒，只三四合，洪錦又把內旗門遁使將出來。公主看見，也取出一首白幡，往下一幌，將劍一分，白幡化作一門，公主姣馬而入，不知所往。洪錦及至看時，不見了女將，大驚，不知外旗門有初生剋克之理。龍吉公主從熱亩世將出來，公主雖是劍子，終是

龍蛇現道一個胭脂馬跑鬼神驚那一個白龍駒一跤如銀霞紅白二將似天神虎鬥龍爭真不善二將大戰二三十合鄧九公乃是有名大將展開刀如同閃電勢不可當柏顯忠那禃是九公敵手被九公賣個破綻手起一刀把柏顯忠掉于馬下鄧九公得勝進城至相府回話斬了柏顯忠首級報功子牙令將首級號令城上且說洪錦兇折了一將在中軍大怒咬牙切齒恨不得平吞了西岐天日領大對人馬坐名要子牙答話哨馬報入相府子牙聞報郎府排對伍出城砲聲響處西岐門開一枝人馬而出

洪錦看城內兵來紀律嚴整又見左右歸周豪傑一個個勝似虎狼那三山五嶽門人飄飄然俱有仙風道骨兩傍雁趨排開寶纛旗下乃開國武成王黃飛虎子牙坐四不相穿一身道服體貌自別怎見得有

詩為証

詩曰

金冠如魚尾。　道服按東方。　絲縧懸水火。
麻鞋繫玉瑣、　手執三環劍。　胸藏百煉鋼。
帝王師相品。　萬載把名揚。

話說洪錦恍惚馬至軍前大呼曰來者是姜尚麼子牙

答曰將軍何名洪錦曰吾乃奉天征討大元戎洪錦是也爾寺不守臣節遽八作亂往征拒敵王師洪難輕貸今奉旨特來征討爾等拿解朝歌以正國洪若知吾利害早早下騎乞檻可救一郡生靈塗炭子牙笑曰洪錦你既是大將理當知機天下盡歸周主賢士盡叛獨夫斮你不過一泓之水能濟甚事今諸侯八百孟伐無遺吾不久八會兵孟津弔民伐罪以救生民塗炭削平禍亂汝笙急急早降乃歸有道自不失封侯之位乎尚敢逆天以助不道是自取罪戾也洪錦大罵好老匹夫焉敢如此肆志亂言遂縱馬舞刀

冲過陣來傍有姬叔明大呼曰不得猖獗催開馬搖錦直取洪錦二將殺在一堆姬叔明乃文王第七十一子這殿下心性最急便開鎗勢如狼虎約戰有三四十合洪錦乃左道術士出身他把馬一夾跳在圈子外面將一皂旗挂下一戳把刀望上一混那旗化作一門洪綿連人帶馬遲進旗門而去殿下不知也把馬起進旗門來此時洪錦看得見姬叔明姬叔明看不見洪錦馬頭方進旗門洪錦在旗門裡一刀把姬叔明揮于馬下子牙大驚洪錦收了旗門依舊現身大呼曰誰來與吾見陳傍有鄧蟬玉戎馬至軍前

宣不日候孔宣交待明日，洪錦領十萬雄師離了。

關往西岐進發好人馬怎見得有讚為証

讚曰

一路上旌旗遮蔽日，殺氣亂行雲。刀鎗寒颯颯，劍戟冷森森。弓灣秋月懷箭，挿點寒星。金甲黃鄧鄧，銀盔似玉鍾羅。響驚天地，鼓擂似雷鳴。人是貔貅猛，馬似蛟龍雄。今往西岐去，送美前程，

話說洪錦一路行來。兵過岐山，哨馬報入中軍。人馬已至西岐了。洪總傳令安營。立下寨佃。先行官季康柏顯忠上帳來見洪錦曰。今奉勅征討爾等各位盡

師此數　祭只班　天將

心為國，姜尚足志多謀。非同小敵。須是謹慎小心不得遜次。草率二將曰。謹領台命。次日季康領令出營至西岐城下搦戰。探馬報入相府子牙大喜三十六路征伐今山已滿。可以力點東征。怡問曰那一員將官去走一遭南宮适願往子牙許之南宮适領命出城見季康猶如一塊烏雲而至。南宮适曰。紊者何人。季康答曰吾乃洪總兵麾下正印官季康是也。今奉勅征伐爾等叛逆之徒。理當受首帳門尚敢領兵拒敵武是無法無君。南宮适笑曰。似你這等不堪之數西岐城也不知殺了百萬。又在你這一二人面已快

快回兵免你一死季康大怒縱馬舞刀直取南宮适手中刀赴面相迎二將戰有三十回合季康乃左道傷門念動呪語頂上現一塊黑雲雲中現出一隻犬來把南宮适夾腦子上一只連袍帶甲扯去牛遶幾乎被季康刀劈了南宮适號得寬不附體敗進城至相府回話將咬傷一事訴說了一遍子牙不樂只見季康進營見洪錦言得勝傷南宮适敗進城去了洪錦大喜頭陣勝陣陣勝次日柏顯忠上馬至城下請戰探馬報入相府子牙問誰人出馬有鄧九公應曰秦將愿往子牙許之鄧九公開放西岐城走馬至軍

前認得是柏顯忠大呼曰柏顯忠天下盡歸明主你等今日不降更待何時柏顯忠曰似你這匹夫貧國大恩不顧仁義乃天下不仁不智之狗彘耳鄧九公大怒催開坐騎使開令扇火刀近取柏顯忠顯忠挺鎗刺來二將交鋒如同猛虎搖頭不亞獅子擺尾只殺的天昏地暗怎見得有讚為証

讚曰

這一個頂上金盔飄列焰那一個黃金甲掛連環套這一個猩猩血染大紅袍那一個粉素征衫如白練這一個大刀揮如閃電光那一個長鎗恰似

順守天命實非臣之罪也。拜罷燃燈請武王下山令廣成子推鏾上山廣成子。一見殷郊這等如此不覺落淚曰。可惜十數載勤勞。今日成為蒿餅後有武吉推動鏾鋤可憐正是。

只因出口鏾鋤願　　今日西岐怎脫逃

福神祇栢鑑用百靈旛來引殷郊殷郊怨心不服一陣風逕往朝歌城來紂王正與妲己在鹿臺飲酒好風怎見得有讚為証

讚曰

刮地遮天暗愁雲照地昏鹿臺如潑墨一派靚粧成先刮時揚塵播土。天後來倒樹推林只刮得彈娥抱定梭羅樹空中仙子怎騰雲吹動崑崙頂、上石捲得江河水浪渾。

話說紂王在熙臺上正飲酒聽的有人來紂王不覺昏沉就席而臥見一人三首六臂立于御前口稱父王孩兒殷郊為國而受鏾鋤之厄父王可修仁政不失成湯社稷當任用賢相速拜元戎以任內外大事不然美尚不久便從東征。那時悔之晚矣核見還要訴奏恐非牌等不緩孩兒去也。紂王驚醒曰孤怪哉

怪哉妲己明喜妹王貴人三妖共席欠身恇問曰陛下為何口稱怪哉紂王把夢中事說了一遍妲已曰夢由心作陛下勿疑紂王乃酒色昏若見三妖嬌態把盞傳盃遂不在心只見沁水關韓榮有本進朝歌告急其本至文書房徽子看本看見如此心下十分不樂將此本飽入內庭紂王正在顯慶殿當駕官啟奏徽子候吉。王曰宣微子至殿前行禮畢將沁水關韓榮報本呈上紂王展看見張山奉敕征討失利又折着殷郊殺下絕於岐山紂王看畢大怒與眾臣曰不逼姬發自立武王竟成大逆屢屢征伐損將折兵。

不見成功為今之計可用何卿為將若不早除恐為大患班內一臣乃中諫大夫李登進禮稱臣曰今天下不靜刀兵四起十餘載木寧雖東伯侯姜文煥南伯侯鄂順此伯侯崇黑虎此三路不過癬疥之疾獨西岐姜尚助姬發而為不道肆行禍亂其志不小論朝歌城內皆非姜尚之敵手。臣薦三山關總兵官洪錦方術雙全若得此臣征伐庶幾大事可定紂王即傳旨齋敕往三山關命洪錦得專征伐使命持詔選件三山關來。一路無詞一日來至三山關舘驛中安下人日洪錦待佐三官楼吉開讀畢交代官乃慈孔

稷還有如打不開，吾今休矣。言罷把番天印打去。只
見响一聲，將山打出一條路來。殷郊大喜曰：成湯天
下還不能絕。便往山路就定。只聽得一聲炮响，兩山
頭俱是周兵捲上下頂來，後面又有燃燈道人赶來。
殷郊見左右前後俱是子牙人馬，料不能脫得此難，
怎借土遁往上就定。殷郊的頭方冒出山，火燃燈道
人便用手一合，二山頭一撟，將殷郊的身子夾在山
內，頭在山外。不知性命如何，且聽下回分解。

總批
殷郊固是天數以報紂之極惡，然廣成子未

1741

勉有些孟浪。當日一旦將無數寶貝付托與
他，後面治伏此寶，便去東挪西借，弄了無限
腳頭，費了許多氣力，後面又去啼哭，毫無神
仙品，反是一段婆子心腸。

又批
我想神軸原是弄人妻子，必竟要做出道裝
模樣，方顯得遠些，神通使人莫測其涯際乔
然，只不放他平山。

着　如何等無事

1742

新刻鍾伯敬先生批評封神演義卷之十四

第六十六回　洪錦西岐城大戰

詩曰

奇門遁術陣前開，斬將搴旗亦壯哉。
黑帽引寬遮白日，青旛擲地盡塵埃。
三山關上多英俊，五岳崖前有異才。
不是仙娃能幻化，只因月老怍新媒。

話說燃燈合山脅住殷郊，四路人馬齊上山來。武王
至山頂上看見殷郊這等模樣，滾鞍下馬，跪于塵埃，
俯伏叩頭，小臣姬發奉法克守臣節，併不敢欺君枉

1743

上，相父今日令殿下如此，使孤有萬年污名。子牙挽
其武王而言曰：殷郊違逆天命，大數如此，怎能脫逃。
大王要盡人臣之道，行禮以盡主公之德可也。武王
曰：相父今日把儲君來在山中，大罪俱在我姬發了。
懇列位老師大開惻隱，憐念姬發，放了殿下罷。燃燈
道人笑曰：賢王不知，殷郊違逆天命，怎能逃脫。
大王蓋過君臣之禮便罷了，大王又不可逆天行事。
武王兩次三番勸止，子牙正色言曰：老臣不過順天
應人，斷不敢逆天而悮主公也。武王含淚撮土焚香，
晚胥在地稱臣，泣訴曰：臣非不敢殿下，奈衆老師要

1744

866

子曰孽障你兄弟一般俱該如此乃是天數俱不可
逃忙用勛架戟殷郊復祭番天印就打赤精子展動
離地焰光旗此寶乃玄都寶物按五行奇珍怎見得
有詩為証
詩曰
鴻濛初判道精微　産在離宮造化機
今日岐山開展處　殷郊難免血沾衣
赤精子展開此寶番天印只在空中亂滾不得下來
殷郊見如此光景怎收了印往中央而來燃燈道人
叫殷郊曰你師父有一百張鋤鑤候你殷郊聽罷看

慌口稱老師弟子不曾得罪與眾位師尊為何各處
逼迫燃燈曰孽障你發願對天出口怎免殷郊乃是
一位惡神怎肯干休便氣冲牛斗直殺過來燃燈
稱善哉將翻架戟未及三合殷郊發印就打燃燈展
開了杏黃旗此寶乃玉虛宮奇珍怎見得有詩為証
詩曰
執掌崑崙按五行　無窮玄法使人驚
展開萬道金蓮現　致使殷郊性命傾
殷郊見燃燈展開杏黃旗就有萬朵金蓮現出番天
印不得下來恐被他人收去了怱怱收印在手忽然

望正西上一看見子牙在龍鳳旛下殷郊大吒一聲
佗人在前豈可輕殺縱馬搖戟大呼姜尚吾來也武
王見一人三首六臂搖戟而來武王曰說殺孤家子
牙曰不妨來者乃殷郊殿下武王曰既是當今儲君
孤當下馬拜見子牙曰今為敵國豈可輕易相見老
臣自有道理武王看殷郊來得勢如山倒一般滾至
面前也不答話直一戟剌來有聲子牙急架忙迎
這一合殷郊就祭印打來子牙急展聚仙旗此乃瑤
池之寶只見氤氳遍地一派異香籠罩上面番天印
不得下來怎見得有詩為証

詩曰
五彩祥雲天地迷　金光萬道吐虹電
殷郊空用番天印　咫尺鑠鈎頂上擒
子牙此旗有無窮大法番天印當作飛灰子牙把
神鞭祭起來打殷郊殷郊着怱抽身望北而走燃
燈遠見殷郊已走坎地發一霹靂四方吶喊鑼鼓齊
喴殺聲大振殷郊催馬向北漏定四面追趕把殷郊
走得無路可投往前行山逕越窄殷郊下馬步行又
閒後面追兵甚急對天祝曰若吾父王還有天下之
福我這一番天印把此山打一條路遠而出成湯社

殷郊圍在垓心，只見鄧九公帶領副將太鸞、鄧秀，趕
昇、孫焰紅冲殺。左營南宮适領辛甲、辛免、太顛、閎沃
直殺進右營李錦接住。斬殺張山，戰住鄧九公。哪吒、
楊戩搶入中軍來助。黃家父子、哪吒的鎗只在殷郊
前後心窩兩脇內亂刺，楊戩的三尖刀只在殷郊頂
上飛來。殷郊見哪吒登輪，先將落魂鐘對哪吒一滉。
哪吒全然不理，祭番天印打楊戩。楊戩有八九玄功，
迎風變化打不下馬來。故此殷郊着忙，夜交兵苦，
殺了成湯士卒。正是

> 只因為主安天下　馬死人亡滿戰場

話言哪吒祭起一塊金磚，正中殷郊的落魂鐘上。只
打得霞光萬道，殷郊大驚。南宮适斬了李錦，也殺到
中營來助戰。張山與鄧九公大戰，不防孫焰紅噴出
一口烈火，張山面上被火燒傷。鄧九公趕上一刀劈
于馬下。九公領眾將官也冲殺至中軍，重重叠叠把
殷郊圍住，鎗刀密匝，鎗戟森羅，如銅墻鐵壁。殷郊雖
然是三首六臂，怎經得起這一群狼虎英雄，俱是封
神榜上惡曜；又經得雷震子飛在空中，使開金棍刷
將下來。殷郊見大營俱亂，張山、李錦皆亡，殷郊見勢
頭不好，把落魂鐘對黃天化一滉。黃天化翻下玉麒

麟來。殷郊乘此趕出陣來，往岐山逃迯，眾將官鳴鑼
搖鼓追趕三十里方回。黃飛虎督兵進城，俱進相府
候子牙回兵。且說殷郊殺到天明，止剩有幾個殘兵
敗卒。殷郊嘆曰：誰知如此兵敗將亡，俺如今且進五
關往朝歌見父借兵，再報今日之恨不遲。因策馬前
行，忽見文殊廣法天尊站立前面而言曰：殷郊今日
你受鐵鋤之厄。殷郊欠身口稱師叔，弟子今日回
朝歌，老師為何阻吾去路？文殊廣法天尊曰：你入羅
網之中，速速下馬，可救你鐵鋤之苦。殷郊大怒，縱馬
搖戟直取天尊。天尊手中劍急架忙迎。殷下心慌，祭

起番天印來。文殊廣法天尊忙將青蓮寶色旗招展，
好寶貝，白氣懸空，金光萬道，現一粒舍利子。怎見得
有詩為証。

詩曰

> 萬道金光隱上下　三乘玄妙入西方
> 要知舍利無窮妙　治得番天印渺茫

文殊廣法天尊展動此寶，只見番天印不能落將下
來，殷郊收了印，往南方離地而來。忽見赤精子大呼
曰：殷郊你有負師言，難免出口發誓之災。殷郊情知
不殺一場也不得完事，催馬搖戟來刺赤精子。亦精

1729

只勒旨付南極仙翁周武當有天下紂王穢德彰聞
應當絕滅止合天心今特勒爾聚仙旗前去以助周
邦母得延殘複有褻仙寶速往欽裁望闕謝恩南極
翁謝恩畢離了瑤池正是。

周主洪基年八百，
聖人金闕借旗來。

話說南極仙翁離了瑤池逕至西岐有楊戩報入相
府廣成子焚香接勒望闕謝恩畢子牙迎接仙翁至
殿中坐下共言殷郊之事仙翁曰子牙吉辰將至你
等可速破了殷郊我暫且告回泉仙送仙翁回宮燃
燈曰今有聚仙旗可以擒殷郊只是還少兩三位可

1730

（兩人都是不肖所父弄門後此）

助戒功話由未了哪吒來報赤精子來至子牙迎至
殿前廣成子曰我與道兄一樣遭此不肖弟子彼此
嗟嘆又報文殊廣法天尊來至見了子牙口稱恭喜
子牙答曰何喜可賀連年征伐無休日不能安食夜
不得安寢怎能得靜坐蒲團了悟無生之妙也燃燈
道今日煩文殊道友可將青蓮寶色旗往西岐山震
地駐劄赤精子用離地焰光旗在岐山離地駐劄中
央戊己乃貧道鎮守西方聚仙旗須得武王親自駐
劄子牙曰這個不方隨即請武王至相府子牙不提
為殷郊之事只說是請大于往岐山退兵老臣同

1731

往武王曰相父分付孤自當親往話說子牙掌聚將
敢令黃飛虎領令箭冲張山大轅門鄧九公冲左糧
道門南宮适冲右糧道門哪吒楊戩在左圍護雷震
在右黃天化在後金木二吒李靖父子三人掠陣正
是。

討就月中擒玉兔，
謀成日裡捉金烏。

子牙分付停當先同武王往岐山安定西方地位月
說張山李錦見營中殺氣籠罩上帳見殷郊言月千
歲我等駐師在此不能取勝不如且回兵朝歌在圍
後舉千歲意下如何殷郊曰我不曾奉旨而來待五

1732

（不所特則有所失驚郊不濟）

修本先往朝歌求援兵來至料此一城有何難破張
山曰姜尚用兵如神兼有土虛門下甚泉亦不是小
敵耳殷郊曰不妨連吾師也懼吾番天印何況他人
三人共議至抵暮有一更時分只見黃飛虎帶領一
枝人馬點砲吶喊殺進轅門真是父子兵一擁而進
不可抵擋殷郊還不曾睡只聽得殺聲大振忙出帳
上馬拎戟掌起燈籠火把燈光內只見黃家父子殺
進轅門殷郊大呼曰黃飛虎你敢來劫營是自取死
耳黃飛虎曰奉將令不敢有違搖鈴而取殷郊于中
戟急架忙迎黃天祿黃天爵等一裹而來將

那裡有此旗，一名雲界，一名聚仙，但赴瑤池會，將此
旗搬起，羣仙俱知道，卽來赴瑤池勝會，故曰聚仙旗。
此旗別人去不得，須得南極仙翁方能借得來。土行
孫聞說，忙來至前殿，見燃燈道人曰，弟子回內室與
妻子商議。有龍吉公主聽見彼言，此旗乃西王母處，
有名曰聚仙旗。燃燈方悟，隨命廣成子往崑崙山來，
廣成子縱金光至玉虛宮，立於麒麟崖等侯多時。有
南極仙翁出來，廣成子把殷郊的事說了一遍。南極
仙翁曰，我知到了，尔且回去。廣成子回西歧不表。且
說南極仙翁卽忙收拾，換了朝服，紫了玎璫玉珮，手

執朝笏，離了玉虛宮，足踏祥雲，飄飄蕩蕩，鶴駕先行
引導。怎見得，有詩為証。
詩曰
祥雲托足上仙行。　跨鶴乘鸞上玉京。
福祿並稱為壽曜。　東南常自駐行旌。
話說南極仙翁來到瑤池，落下雲頭，見朱門緊閉，玉
珮無聲。只見瑤池那此光景，甚是稀奇。怎見得，有讚
為証讚曰。
頂摩霄漢，脈插須彌，巧峰排列，怪石參差懸崖下。
瑤艸琪花，曲徑傍紫芝香蕙。仙猿摘果天桃林，却

似火焰燒金。白鶴樓松立枝頭，渾如蒼烟捧玉彩
鳳雙雙，青鸞對對，彩鳳雙雙，向日一鳴天下瑞。青
鸞對對，迎風躍舞世間稀。又見黃鄧鄧，瑠璃瓦疊
鴛鴦明慌慌，錦花磚鋪瑪瑙來一行。西一行盡是
蕊宮珍闕，南一帶北一帶。看不了寶閣瓊樓雲光
殿上長金霞，聚仙亭下生紫霧，正是金闕堂中仙
樂動方知紫府是瑤池。
話說南極仙翁俯伏金堦口，稱小臣南極仙翁奏聞
金母應遵聖主，鳴鳳歧山，仙臨殺戒，垂象上天。因三
敕並談奉玉虛符命，按三百六十五度封神八部雷

火瘟斗羣星列宿。今有玉虛副仙廣成子門人殷郊
有負師命，逆天叛亂，殺害生靈，阻撓姜尚不能前往
恐悞并將日期，殷郊發誓，應在西歧而受銶鋤之厄。
今奉玉虛之命，特懇聖母恩賜聚仙旗，下至西歧沼
殷郊以應願言，誠惶誠恐，稽首頓首，具疏小臣南極
仙翁其奏，俯伏少時，只聽得仙樂一派。怎見得
玉殿金門兩扇開。　樂聲齊奏下瑤臺。
鳳啣丹詔離天府。　玉勅金書降下來。
話說南極仙翁俯伏玉堦，候降初肯，只聞樂聲隱隱
金門開處，有四對仙女高捧聚仙旗，付與南

870

寶焰金光映目明，異香奇彩更微精，七寶林中無窮景，八德池邊落瑞瓊。素品仙花人罕見，竿篁仙樂耳根清。西方勝界真堪羨，其乃蓮花瓣裏生。

話說廣成子站立多時，見一童子出來，廣成子曰：那童子，煩你通報一聲，說廣成子相訪。只見童子進去，不一時童子出來道：有請。廣成子見一道人身高丈六，面皮黃色，頭挽孤髻，向前稽首，分賓主坐下。道人曰：道兄乃玉虛門下，父仰清風，無緣會晤，今幸至此，實三生有緣。廣成子謝曰：弟子因犯殺戒，今被殷郊阻住子牙拜將日期，今特至此，求借青蓮寶色旗，以

1721

破殷郊，好佐周主東征。接引道人曰：貧道西方，乃清淨無為，與貴道不同，以花開見我，我見其人，乃蓮花之像，非東南兩度之客，此旗恐惹紅塵，不敢從命。廣成子曰：道雖二門，其理合一，以人心合天道，豈得有兩。南北東西共一家，難分彼此，如今周王是奉玉虛符命，應運而興，東西南北，總在皇王水土之內，道兄怎言西方不與東南之教同。古語云，金丹合利同仁，義三教元來是一家。核引道人曰：道友言雖有理，只是青蓮寶色旗染不得紅塵，柰何柰何。二人正論之間，後邊來了一位道人，乃是準提道人，打了稽首同

1722

坐下。準提曰：道兄此來，欲借青蓮寶色旗西岐山破殷郊，若論起來，此寶借不得，如今不同，亦自有說。乃對接引道人曰：前番我曾對道兄言過，東南兩慶有三千大千紅氣冲空，與吾西方有緣，是我八德池中，五百年花開之數，西方雖是極樂，其道何日得行於東南，不若借東南大教兼行吾道，有何不可，況今廣成子道兄又來，當得奉命。接引道人聽準提道人之言，隨將青蓮寶色旗付與廣成子。廣成子謝了二位道人，離西方，望西岐而來，正是

　　只為殷郊逢此厄　　纔往西方走一遭

1723

話說廣成子離了西方，不一日來到西岐，進相府來，見燃燈，將西方先不肯借旗，被準提道人說了方肯的話說了一遍。燃燈曰：事好了，如今正南用離地焰光旗，東方用青蓮寶色旗，中央用杏黃戊巳旗，西方少素色雲界旗，那里有，眾門人都想想不起來。廣成子曰：素色雲界旗，單讓北方與殷郊走方可治之。廣成子不樂，眾門人俱退。土行孫來到內裏，對妻子鄧蟬玉說：平空殷郊伐西岐，費了許多的事，如今遲少素色雲界旗，不知那里有。只見龍吉公主在靜室中，聽見忙起身來，問土行孫曰：素色雲界旗是我母親

1724

第六十五回　殷郊岐山受犁鋤

詩曰

鼙鼓頻催日已西。殷郊此日受犁鋤。
翻天有印皆淪落。離地無旗甑可棲。
空負肝腸空自費。浪留名節浪爲題。
可憐二子俱如蟄。氣化清風鬼伴泥。

話說李靖大戰羅宣戟劍相交由如虎狼之狀李靖祭起按三十三天黃金寶塔乃大叫曰羅宣今日你難逃此難矣羅宣欲待脫身怎脫此厄只見此塔落將下來如何存立可憐正是

封神臺上有坐位。　道術通天難脫逃。

話言黃金塔落將下來正打在羅宣頂上只打得腦漿迸流一靈已奔封神臺去了李靖收了寶塔借土遁往西岐時刻而至到了相府前有木吒看見父親來至忙報與子牙弟子父親李靖等令燃燈對子牙曰乃是吾門人曾爲紂之總兵子牙聞之大喜忙令相見畢且說廣成子見殷郊阻兵于此子牙拜將又近問燃燈曰老師如今殷郊不得退如之柰何燃燈曰番天印利害除非取了玄都離地焰光旗西方取了青蓮寶色旗如今此有○玉虛杏黃旗殷郊如何伏得他必先去取了此旗方可廣成子曰弟子愿去玄都見師伯衾。一遭燃燈曰你速去廣成子借縱地金光法往玄都求不一時來至八景宮玄都洞真好景致怎見得有讚爲証讚曰

金碧輝煌珠玉燦爛菁葱婆娑蒼苔欲滴仙鸞仙
鶴成羣白鹿白猿作對香烟縹緲冲霄漢彩色氤
氳逞碧空霧隱樓臺重叠叠霞盤殿閣紫陰陰祥
光萬道臨福地瑞氣千條照洞門大羅宮內金鐘
響八景宮開玉磬鳴開天闕地神仙府總是玄都
第一重

話說廣成子至玄都洞不敢擅入等候半晌只見玄都大法師出來廣成子上前稽首口稱道兄煩啓老師弟子求見玄都大法師至蒲團前啓曰廣成子至此求見老師老子曰廣成子不必着他進來他來是要離地焰光旗你將此旗付與他去罷玄都大法師隨將旗付與廣成子曰老師分付你去罷不要進見了廣成子感謝不盡將旗高捧離了玄都逕至西岐進了相府子牙接見拜了焰光旗廣成子又往西方極樂之鄉來縱金光一日到了西方勝境比崑崙山大不相同怎見得有讚爲証讚曰

武王在殷内祈禱，百官帶兩問安，子牙亦相府神魂
俱不負體，只見燃燈曰：子牙憂中得吉，就有異人至，
也。貧道非是不知。吾若是來治此火，異人必不能至。
話言未了，有楊戩報入府來啟師叔，有龍吉公主來
至。子牙忙降階迎迓上殿，公主見燃燈、廣成子在殿
上，公主打稽手，口稱道兄請了。子牙忙問燃燈曰：此
位何人。公主忙答曰：貧道乃龍吉公主。有罪于天方
總羅宣用火焚燒西岐，貧道今特到此間，用些須小
法術，救滅此火，特佐子牙東征。會了諸侯，有功于社
稷，可免罪愆。得再回瑤池耳。真不負貧道下山一場

子牙大喜，忙分付侍兒，打點焚香淨室，與公主居住
西岐城内，這一場嚷鬧，大是利害，乃牧拾官闕府第
不表。且說羅宣敗走一山，喘息不定，倚松靠石默坐。
自思今日把這些寶貝，一旦失與龍吉公主。此恨怎
消。正愁恨時，話由未了，只聽得腦後有人作歌而至。

歌曰

曾做萊羨寒，士不去奔波朝市宦情收起，打點林
泉事，高山採紫芝。溪邊理鈞絲，洞中戲耍開寫黃
庭字，把酒醺然，長歌覆內詩。識時扶王立帝基，匈
樵羅宣今日危。

話說羅宣聽罷、回頭一看見個大漢，戴弱雲盔穿道
服，持戟而至。羅宣問曰：汝是何人，敢出大言其人答
曰：吾乃李靖是也。今日往西岐見姜子牙東進五關，
我無有進見之功，今日拿你權敵一功，羅宣大怒躍
身而起，將寶劍來取。二人交鋒不知性命如何且聽
下回分解

總批

廣成子畢竟被殷郊數語壓倒，沒得回他紂
雖得罪于天下，然其子何辜，大抵廣成子俱
局于數術，定要送他弟兄兩個性命，多慈此

又批

一番鬧爭，與申公豹何下。

羅宣放火燒西岐，滿城鼎沸，眾生無所措手，
足幸得龍吉公主氷救滅燃燈，此時反說現
成話，真可謂道人會打誑語。

何累于民只願上天將姬發盡戶滅絕不忍萬民遭此災厄俯伏在地放聲大哭且說羅宣將萬鴉壺開了萬隻火鴉飛騰入城口內噴火趉上生烟又用數條火龍把五龍輪架在當中只見赤烟駒四蹄生列焰飛烟寶劍長紅光如有石墻石壁燒不進去又有思厄貶在鳳凰山青鸞斗闕今見子牙代討也來助劉環接火項刻齊休畫閣雕樑即時崩倒正是

　武王有福逢此厄　　自有高人滅火持

話言羅宣正燒西岐來了鳳凰山青鸞斗闕的龍吉公主乃是昊天上帝親生瑤池金母之女只因有念一臂之功正值羅宣來燒西岐娘娘就假此好見子牙須跨青鸞來至遠遠的只見火內有千萬火鴉恨叫碧雲童兒將霧露乾坤網撒開往西岐火內一罩此寶有相生相克之妙霧露者乃是真水水能克火故此隨即息滅即時將萬隻火鴉盡行收去羅宣正放火亂燒忽不見火鴉往前一看見一道姑戴魚尾冠穿大紅降綃衣羅宣大呼乘鸞者乃是何人敢滅吾之火公主咲曰吾乃龍吉公主是也你有何能敢動惡意有逆天心來害明君吾特來助陣你可速回母取滅亡之禍羅宣大怒將五龍輪劈面打來公主唉月我知道你只有這些伎倆你可儘力發來乃將取四海瓶持在手中對着五龍輪只見一輪竟打在瓶裡去了火龍進入于海內焉能濟事羅宣大叫一聲把萬里起雲烟射來公主又將四海瓶收住去了劉環大怒脚踏紅焰伏劍來取公主把臉一紅將二龍劍望空中一丟劉環那里經得起隨將劉環斬于火內羅宣忙現三首六臂祭照天印打龍吉公主把劍一指此即落于火內又將劍丟起去羅宣情知難拒擋赤烟駒就走公主再把二龍劍丟起正中赤烟駒後胯赤烟駒自倒將羅宣撞下火來借火遁而逃公主忙施雨露且救了西岐火焰好見子牙怎見得好雨有讚為証讚曰

瀟瀟洒洒密密沉沉瀟瀟洒洒如天邊墜落明珠密密沉沉似海口倒懸滾浪初起時如拳大小又後來甕潑盆傾溝壑水飛千丈玉澗泉波漲萬條銀西岐城內看看滿低凹池塘漸漸平真是武王有福高明助倒瀉天河往下傾

話言龍吉公主施雨救滅西岐火焰滿城民人齊聲來叫曰武王洪福齊天普施恩澤吾等皆有命也合城太小歡聲震地一夜天翻地沸百姓皆不得安生

雙手使飛烟釰好利害。怎見得有讚爲証讚曰。
赤寶丹天降異人。渾身上下烈烟爆離宮煉就非
凡品南極熬成迥出葷火龍島內修真性焰氣聲
高氣似雲純陽自是三昧寶烈石焚金惡燄神。
話說羅宣現了三首六臂將五龍輪一輪把黃天化
打下玉麒麟早有金木二咤救回去了楊戩正欲暗
放哮天犬來傷羅宣不意子牙早祭起打神鞭望空
中打來把羅宣打得幾乎翻下赤烟駒來哪咤戰
住了劉環把乾坤圈打來只打得劉環三昧火冒出
俱大敗回營張山在轅門觀看見岐周多少門人祭

1705

波山運
看見識

無窮法寶一個勝如一個心中自思火已後滅紂者。
必是子牙一葷心中甚是不悅只見羅宣失利回營。
張山接住慰勞羅宣曰今日不防姜尚打我一鞭吾
險些兒對下騎來忙取葫蘆中藥餌吞而治之羅宣
對劉環曰這也是西岐一郡眾生該當如此非我定
用此狠毒也道人咬牙切齒正是。
山紅土赤須臾了。
殿閣樓臺化作灰。
話言羅宣在帳內與劉環議曰今夜把西岐打發他
乾乾淨淨免得費我清心劉環道他既無情理當如
此正是子牙災難至矣子牙只知得勝回兵那知有

1706

此一節不意膊至二更羅宣同劉環借着火遁乘着
赤烟駒把萬甲起雲烟射進西岐城內此萬里起雲
烟乃是火箭及至射進西岐城內可怜東西南北各
處火起相府皇城到處生烟子牙在府內只聽的百
姓呐喊之聲振動華岳燃燈已知道了與廣成子出
靜室看火不提怎見得好火。
黑烟漠漠紅焰騰騰黑烟漠漠長空不見半分毫。
紅焰騰騰大地有光千里赤初起時灼灼金蛇次
後來千千火塊羅宣切齒遲雄威腦了劉環施法
力燥乾柴燒烈火性說甚麼燧人鑽木熱油門上

1707

飄絲勝似那老子開爐正是那無情火燄怎禁這
有意行兇不去殄災返行助虐風隨火勢燄飛布
千丈餘高火迸風威灰迸上九霄雲外兵兵兵。
如闐門前砲響轟轟烈烈却似鑼鼓齊鳴只燒得
男啼女哭叫黃天抱女攜兒無處躲姜子牙總有
妙法不能施周武王德政天齊難逃避門人雖有
各自保守其軀大將英雄盡是獐跑鼠竄正是災
來難道無情火慌壞青鸞斗闕仙
話說武王聽得各處火起連宮內生烟武王跪在丹
墀告祈后土皇天曰姬發不道獲罪于天降此人厄。

1708

答曰貧道乃火龍島昇熖仙羅宣是也因申公豹相邀特來助你。一臂之力。殷郊大悅治酒欵待道人曰吾乃是齋不用。殷郊命治素酒相待不提。一連在軍中過了三四日也。不出去會子牙。殷郊問曰老師既爲我而來。未何數日不會子牙一陣。道人曰我有一道友。他不曾來。若要來特我與你定然成功不用殷下費心。且說那曰正坐轅門官軍來報有一道者來訪。羅宣與殷郊傳令請來。少時見一道者黃臉虯顏身穿皀服徐步而來。殷郊乃出帳迎接進帳行禮。尊於上坐道人坐下。羅宣問曰賢弟爲何來進道人

1701

曰因攻戰之物未完。故此來遲。殷郊對道人曰請問道長高姓大名。道人曰吾乃九龍島煉氣士劉環是也。殷郊傳令治酒管待。次早二位道人出營來至城下。請子牙答話。探馬忙報入相府啓丞相有二位道人。請丞相爺答話。子牙隨即同衆門人出城排開隊伍。只見催陣篴响。對陣中。有一道者坐得甚是凶惡怎見得。

魚尾冠。純然烈熖。大紅袍片片雲生絲縧懸赤色。

麻履長紅雲劍帶。星星火馬如赤瓜龍面如血潑

紫銅牙暴出唇三目光輝觀宇宙火龍島內有聲

1702

話說子牙對諸門人曰此人一身赤色連馬也是紅的衆弟子曰截教門下。古怪者甚多。話未畢羅宣一騎馬當先。大呼曰來者可就是姜子牙。子牙答曰道兄不才便是不知道友是何處名山那裡洞府羅宣曰吾乃火龍島熖中仙羅宣是也吾今來會你只因你倚仗玉虛門下。把吾輩背後甚是玼辱。吾故到此與你見一個雌雄。方知二教自有高低。非在於口舌爭也。你那左右門人不必向前料你等不過毫末道行。不足爲能只我與你比個高下。道罷把赤烟駒催

1703

開使兩口飛烟劍求取子牙子牙手中劍急架相迎二獸艦旋朮及數合哪吒登開風火輪搖鈴來刺羅宣傍有劉環躍步而出抵住哪吒犬抵子牙的門人多。不由分說楊戩舞三尖刀冲殺過來黃天化使開雙鐗。也來助戰雷震子展開二翅飛起空中將金棍刷來。土行孫使動鄔鐵棍往下三路。也自殺來韋護緯步使降魔杵劈頭就打四面八方圍裹上來。羅宣見子牙衆門人不分好歹一湧而上抵攩不住怴把三百六十骨節搖動。現出三首六背。一手執照天印。一手執五龍輪。一手執萬鵶壺。一手執萬里起雲烟

1704

876

且說探馬來報入中軍啟千歲馬善追趕姜尚只見
一陣光華止有戰馬不見了馬善未敢擅專請令定
奪殷郊聞報心下疑惑隨傳令點砲出營定與子牙
立決雌雄只見燃燈收了馬善方回來與廣成子共
議殷郊被申公豹說反如之奈何正說之間探馬報
入相府有殷殷下請丞相答話燃燈曰子牙公你去
得你有杏黃旗可保其身子牙忙傳令同眾門人出
城砲聲響亮西岐門開子牙一騎當先對殷郊言曰
殷郊你負師命難免鏌鋤之厄及早授戈免得自悔
殷郊大怒見了讐人切齒咬牙大罵匹夫把善弟化

1697

為飛灰我與你世不兩立縱馬搖戟直取子牙子牙
仗劍迎之戟劍交加大戰龍潭虎穴且說溫良走馬
來助這壁廂哪吒登開風火輪接住交兵兩下裡只
殺得
黑霧靄雲迷白日鬧嚷嚷殺氣遮天鑱刀劍戟霄
征烟闢斧猶如閃電好勇的成功建業持強的努
力當先爲明君不怕就死報國恩欲把身捐只殺
得一團白骨現青天那時節方纔收軍罷戰
且說溫良祭起白玉環來打哪吒不知哪吒也有乾
坤圈也祭起來不知金打下打得紛紛粉碎溫良大

1698

叫一聲傷吾之寶怎肯干休又戰哪吒被哪吒一金
磚正中後心打得往前一滉未曾閃下馬來方欲逃
回不意被楊戩一彈子穿了肩頭跌下馬夫死于非
命殷郊見溫良死于馬下忙祭翻天印打子牙子牙
展開杏黃旗便有萬道金光祥雲籠罩又現有千朵
白蓮謹護其身把翻天印區得在空中只是不得下
來子牙隨祭打神鞭止中殷郊後肯翻勋斗落下馬
去楊戩及上前欲斬首級有張山李錦二騎搶出不
知殷郊已借土遁去下子牙竟獲金勝進城燃燈與
廣成子共議曰番天印難治況且子牙拜將已近恐

〔廣成子分明是自家教事〕

1699

人戴魚尾冠面如重棗海下赤髯紅髮三目穿大紅
八卦服騎赤烟駒道人下騎叫報與殷殷下吾要見
他軍政官報入中軍啟千歲外邊有一道者求見殷
郊傳令請來少時道人行至帳前殷郊看見忙降階
迎接見道人紅面英雄其形甚惡彼此各打稽首殷
殷下忙欠身答曰老師可請卜坐道人亦不謙讓隨
蔣坐下殷郊曰老師高姓大名何處名山洞府道人

1700

[1693]

牙不知番天印的利害，正說之間，門官報燃燈老爺來至，二人忙出府迎接至殿前。燃燈對子牙曰：連吾的琉璃也來尋你，一番俱是天數。子牙曰：該尚如此。理富受之。燃燈曰：殷郊的事大，馬善的事小，待吾先收了馬善，再做道理。乃謂子牙曰：你須得如此如此，方可收服。子牙俱依此計。次日，子牙單人獨騎出城，坐名只要馬善來見我。左右報馬報入中軍：啟千歲爺，姜子牙獨騎出城，只要馬善出戰。殷郊自思：昨日吾師出城見我，未曾取勝，今日令子牙單騎出城，要馬善必有緣故，且令馬善出戰，看是何如。馬善得令

[1694]

日申公豹之言固不可信，吾弟之死，又是天數，終不然是吾弟自走入太極圖中去尋此慘酷極刑。老師說得好笑，令兄存弟亡，實為可憐，老師請回，候弟子發下的誓言。殷郊曰：弟子知道，就受此厄，死也甘心，殺了姜尚以報弟仇，再議東征。廣成子曰：你可記得，決不願獨自偷生。廣成子大怒，喝一聲，伏劍來取。殷郊用戟架住：老師沒來由，你為姜尚與弟子變顏，實係偏心，倘一時失禮不好看相。廣成子又一劍劈來。殷郊曰：老師何苦為他人不顧自巳天性，則老師所謂天道人道俱是矯強。廣成子曰：此是天數，你自不

悔悟違背師言，必有殺身之禍，復又一劍砍來。殷郊怒得滿面通紅曰：師父你既無情偏執巳見，自壞手足，弟子也顧不得了。乃發手還一戟來，師徒二人戰未及四五合，殷郊祭番天印打來，廣成子着慌，借縱地金光法逃回西岐，至相府。正是：

> 番天印傳殷殿下，
> 逞知今日遭師尊。

話言廣成子回相府，子牙迎着，見廣成子面色不似平日，忙問今日會殷郊詳細。廣成子曰：彼被申公豹說反，吾再三苦勸，彼竟不從，是吾怒起與他交戰，那孽障反祭番天印來打我，吾故此回來再作商議。子

[1695]

牙不知番天印的利害，正說之間，門官報燃燈老爺來至，二人忙出府迎接至殿前。燃燈對子牙曰連吾的琉璃也來尋你，一番俱是天數。子牙曰該尚如此理，富受之。燃燈曰殷郊的事大馬善的事小，待吾先牧了馬善，再做道理，乃謂子牙曰你須得如此如此，方可收服。子牙俱依此計。次日子牙單人獨騎出城，坐名只要馬善來見我，左右報馬報入中軍，啟千歲爺，姜子牙獨騎出城，只要馬善出戰。殷郊自思昨日吾師出城見我，未曾取勝，今日令子牙單騎出城，要馬善必有緣故，且令馬善出戰，看是何如，馬善得令

[1696]

拎鎗上馬出轅門，也不答話，直取子牙。子牙手中劍赴面相迎，未及數合，子牙也不歸營，望東南上逃走。馬善不知他的本主，等他隨後赶來，未及數射之地，只見柳陰之下立着一個道人，讓過子牙，當中阻住，大喝曰：馬善你可認得我？馬善只推不知，就一鎗來刺。燃燈袖內取出琉璃，望空中祭起，那琉璃望下綽來，馬善擡頭看見，及待躲時，燃燈忙令黃巾力士，可將燈焰帶回靈鷲山去。正是：

> 仙燈得道現人形，
> 反本還元歸正位。

話言燃燈收了馬善，令力士帶上靈鷲山去了不提。

來。楊戩別了燃燈借土遁遲歸西岐至相府來見子
牙。將至玉虛見燃燈事說了一遍燃燈老師隨後就
來。子牙大喜。正言之間門官報廣成子至。子牙迎接
至殿前廣成子對子牙謝罪曰貧道不知有此大變，
豈意殷郊反了念頭吾之罪也待吾山去招他來見
廣成子隨即出城至營。大呼曰傳與殷郊快來見
我不知後事如何且聽下回分解。

總批
申公豹與子牙有甚麼讐隙五次三番邀請
十洲三島兇神惡煞來伐西岐不知殺害多

又批

少生靈畢竟與子牙無損徒自送了這許多
人這不是與子牙為讐是與眾人為讐耳。
紂王兩個兒子被申公豹一場巧言浪語。都
送在極慘的死地。此正不是為紂實所以害
紂所謂白滅自滅還自滅耳。大抵今人作惡
還自身受正是天道恰好主張

第六十四回　　羅宣火焚西岐城。

詩曰
離宮原是火之精。　　配合干支在丙丁。
烈石焚山情更惡。　　流金爍海勢偏橫。
在天刻曜人君畏。　　入地藏形萬姓驚。
不是宣羅能作難。　　只因西土降仙卿。

話說探馬報入中軍。答千歲有一道人請千歲答話
殷郊暗想莫不是吾師來此隨即出營果然是廣成
子殷郊在馬上欠背言曰老師弟子甲冑在身不敢
叩見廣成子見殷郊身穿王服大喝曰畜生不記得

山前是怎樣話你今日為何改了念頭殷郊泣訴曰。
老師在上聽弟子所陳弟子領命下山又收了溫良
馬善中途遇著申公豹說弟子保紂伐周弟子登肯
有負師言弟子知吾父殘虐不仁肆行無道固得罪
于天下弟子不敢有違天命只吾幼弟又得何罪竟
將太極圖把他化作飛灰。他與你何讐遭此慘死此
登有仁心者所為此豈以德行仁之主言之痛心刺
骨老師反欲我事讐是誠何心殷郊言罷放聲大哭。
廣成子曰殷郊你不知申公豹與子牙有嫌他是犯
你之言不可深信此事乃汝弟自取實是天數殷郊

說郎將寶鑑付與楊戩楊戩離了終南山往西岐來
至相府參謁子牙子牙問曰楊戩你往九仙山見廣
成子此事如何楊戩把上項事情一一訴說一遍次
將取照妖鑑來的事亦說了一遍次明日可會馬善
次日楊戩上馬提刀來營前請戰坐名只要馬善出
來探馬報入中軍殷郊命馬善出營馬善至軍前楊
戩睄取寶鑑照之乃是一點燈頭見在裡面混楊戩
妝了寶鑑縱馬舞刀直取馬善二馬相交刀鎗併舉
戰有二三十回合楊戩撥馬就走馬善不趕回營來
見殷郊回話與楊戩交戰那廝敗走未將不去趕他。

殷郊曰知已知被此是兵家要訣此行是也且言楊
戩回進相府來子牙問曰馬善乃何物作怪楊戩答
曰弟子照馬善乃是一點燈頭兒不知詳細傍有章
護曰世間有三處有三盞燈玄都洞八景宮有一盞
燈玉虛宮有一盞燈靈鷲山有一盞燈莫非就是此
燈作怪楊道兄可往三處一看便知端的楊戩忻然
欲往子牙許之楊戩離了西岐先往玉虛宮而來架
着土遁而走正是

　　風聲响處行千里。　一飯功夫至玉虛。

話說楊戩自不曾至此崙山今見景致非常只得玩

賞怎見得。

珠樓玉閣上扁崑崙谷虛敏禾地籟境寂散天香青
松帶雨遮高閣翠竹依稀兩道傍。霞光縹緲采色
飄飄。朱欄碧檻畫棟雕簷談經香滿座靜閑月當
窗鳥鳴丹樹內鶴飲石泉傍。四時不泄奇花草金
殿門開射赤光樓臺隱現祥雲裡玉磬金鍾聲韻
長珠簾半捲爐內烟香講動黃庭方入聖萬仙總
領鎮來方。

話說楊戩至麒麟崖看罷崑崙景致不敢擅入立于
宮外等候多時只見白鶴童子出宮來楊戩上前施
禮口稱師兄弟子楊戩借問老爺面前瑠璃燈可曾
點着白鶴童兒答曰點着哩楊戩自思此處點着想
不是這裡且往靈鷲山去彼時離了玉虛逕往靈鷲
山來好快正是

　　架霧騰雲仙體輕。　玄門須仗五行行。
　　週遊寰宇須史至。　繞離崑崙又一尓

楊戩進元覺洞倒身下拜口稱老師弟子楊戩拜見。
燃燈問曰你來做甚麼楊戩答曰老爺面前的瑠璃
滅了道人檯頭看見燈滅了呀的一聲這孽障走了。
楊戩把上件事說了一遍燃燈曰你先去我隨即就

善鎗劈面相迎，兩馬往還殺有十二三回合鄧九公
刀法如神，馬善敵不住，被鄧九公閃一刀，逼開了馬
善的鎗，抓住腰間絲袍，拎過鞍轎往下一攃生擒進
城，至相府來見子牙。子牙問曰：將軍勝負如何。九公
曰：擒了一將，名喚馬善。令在府前候丞相將令子牙
命推來。少時將馬善推至殿前。那人全不畏懼立而
不跪。子牙曰：既已被擒何不屈膝。馬善大咲罵曰：老
匹夫你乃叛國逆賊，吾既被擒要殺就殺，何必多說
子牙大怒，令推出府。斬訖報來。南宮适為監斬官推
至府前只見行刑箭出，南宮适手起一刀，猶如削菜

三昧真火燒這妖物傍有哪吒金木二吒雷震子黃
眾門人大驚，只叫古怪子牙無計可施命眾門人借
只打的一派金光就地散開，韋護收回作還是人形
般傍有韋護祭起降魔杵打將下來正中馬善頂門
子牙聽報太驚恍同諸將出府來親見動手也是一
刀，這邊過乃那邊長完不知有何幻術請丞相定奪
常子牙問曰：有甚話說宮适曰奉令將馬善連斬三
南宮适看見大驚怕進相府回令曰啓丞相異事非
一般正是

鋼刀隨過隨時長，如同切水一般同。

天化圍護運動三昧真火焚之馬善乘火光一起大
咲曰吾去也楊戩看見火光中走了馬善子牙心下
不樂各回府中商議不提且言馬善走回營來見殷
郊盡言擒去怎樣斬他怎樣放火焚他，末將借火光
而回殷郊聞言大喜子牙在府中沉思只見楊戩上
殿對子牙曰弟子往九仙山探聽虛實看是如何。一
則再往終南山見雲中子師叔去借照妖鑑來。看馬
善是甚麼東西方可治之。子牙許之。楊戩離了西岐
借土遁逕往九仙山來不一時頃刻已至桃園洞來
見廣成子楊戩行禮口稱師叔廣成子曰前日令殷

老師照妖鑑一用候除此妖邪即當奉上雲中子聽
善誅斬不得水火亦不能傷他不知何物作怪特借
見雲中子行禮口稱師叔今西岐來了一人名曰馬
楊戩離了九仙山逕往終南山來須臾而至進洞府
與他誰知今日之變叫楊戩你且先回我隨後就來
生有背師言定遭不測之禍但吾把洞內寶珍盡付
奉子牙之命特來探其虛實廣成子聞言大叫這畜
把歸叔的桊天印打傷了哪吒諸人橫行狂暴弟子
曰再來囑他楊戩曰如今殷郊不伐朝歌反伐西岐。
郊下山到西岐同子牙伐紂好三首六背麼候弁將

風火輪來黃天化見哪吒失機催開了玉麒麟使兩
柄銀鎚敵住了殷郊子牙左右救回哪吒黃天化不
知殷郊有落魂鐘殷郊搖動了鐘黃天化坐不住鞍
鞽跌將下來張山忿馬黃天化拿了及至上了繩
索黃天化方知被捉黃飛虎見子被擒催開五色神
牛來戰殷郊不答話鎗戟併舉又戰數合搖動落
魂鐘黃飛虎也撞下神牛早被馬善溫良捉去楊戩
在傍見殷郊祭番天印搖落魂鐘恐傷了子牙不當
穩便忙鳴金收回隊伍子牙忙令軍士進城坐在殿
上納悶楊戩上殿奏曰師叔如今又是一場古怪事

出來子牙曰有甚古怪楊戩曰弟子看見殷郊打哪吒
的是番天印此寶乃廣成子師伯的如何反把於殷
郊子牙曰難道廣成子使他來伐我楊戩曰殷洪之
故事師叔獨忘之乎子牙方悟且說殷郊將黃家父
子拿至中軍黃飛虎細觀不是殷郊殷郊問曰你是
何人黃飛虎曰吾乃武成王黃飛虎是也殷郊曰西
岐也有武成王黃飛虎張山在傍坐欠身答曰此就
是天子殿前黃飛虎他反了五關投歸周武為此叛
逆惹下刀兵今已被擒正所謂天綱恢恢疎而不漏
是彼自取死耳殷郊闊言忙下帳來親解其索口稱

恩人昔日若非將軍馬能保有今日忙問飛虎曰此
人是誰黃飛虎答曰此吾長子黃天化殷郊急傳令
也放了因對飛虎曰昔日將軍救吾兄弟二人今日
我放你父子以報前德黃飛虎感謝畢因問曰千歲
當時風刮去卻在何處殷郊不肯說出根本恐泄了
機密乃朦朧應曰當日乃海島仙家救我在山學業
今特下山來報吾弟之仇今日吾已報過將軍大德
倘後見戰幸為迴避妳再被擒必正國法黃家父子
告辭出營至城下叫門把門軍官見是黃家父子忙
開城門放入父子進相府來見子牙盡言共事子牙

大喜次日探馬來報有將請戰子牙問誰人去走一
遭傍有鄧九公願往子牙許之鄧九公領令出府上
馬提刀開放城門見一將白馬長鎗穿淡黃袍怎見
得
戴一頂扇雲冠光芒四射黃花袍紫氣盤旋銀葉
甲輝煌燦爛三股絛身後交加白龍馬追風趕日
杵白鎗大蟒頑蛇修行在仙山洞府成道行有正
無邪
話說鄧九公大呼曰來者何人馬善曰吾乃大將馬
善是也鄧九公也不通姓名縱馬舞刀飛來直取馬

你。再請一高人來助你一臂之力，申公豹跨虎而去。殷郊甚是疑惑，只得把人馬催動運往西岐。殷郊一路上沉吟思想，吾弟與天下無讐，如何將他如此處治，必無此事。若是姜子牙將吾弟果然如此，我與姜尚世不兩立，必定為弟報讐，再圖別議。人馬在路，非止一日，來至西岐，果然有一枝人馬打商湯旗號在此住劄。殷郊令溫良前去營裡去問果是張山否。話說張山自羽翼仙當晚去後，兩日不見回來，差人打探不得實信，正納問間，忽筆政官來報營外有一夫釋曰稱請元帥接千歲大駕，不知何故，請元帥定奪。

張山聞報，不知其故，沉思殿下又巳失凶，此處是那裡來的，忙傳令，令來軍政官出營對來將曰，元帥令將軍相見。溫良進營來見張山，打躬。張山問曰，將軍何處而來，有何見諭。溫良答曰，吾奉殷郊千歲令，令將軍相見。張山對李錦曰，殿下又巳失亡，如何此處反有殿下。李錦在傍曰，只恐是真元戎，可往相見，看其真傷，再如區處。張山從其言，同李錦出營，來至軍前。溫良先進營回話，對殷郊曰，張山到了。殷郊同令來。張山進營見殷郊三首六背，像貌寬惡。左右並溫良馬善，都是三隻眼。張山問曰，啟殿下是戎揚

那校宗泒殷郊曰，吾乃當今長殿下殷郊是也。因將前事訴說一番。張山聞言，不覺大悅，怡行禮，口稱千歲。殷郊曰，你可知道二殿下殷洪的事。張山答曰，二千歲因伐西岐，被姜尚用太極圖化作飛灰多曰矣。殷郊聽罷，大叫一聲，昏倒在地，眾人扶起，放聲大哭，曰兄弟果死于惡人之手，躍身而起，將令箭一枝折為兩段，曰若不殺姜尚，誓與此箭相同。次日殷郊親自出馬做名，只要姜尚出來。報馬報入城中進相府，報曰城外有殷郊殿下，請丞相答。籥子牙傳令，軍二排隊伍，開城砲聲響處，西岐門開，一對對英雄剗虎

一雙雙戰馬如飛，左右列各洞門人。子牙見對營門，一人三首六背，青面獠牙，左右二騎乃溫良馬善，各持兵器。那吒瞪哦，三人九隻眼，多了個半人殷郊㤏馬至軍前，叫姜尚出來見我。子牙向前曰，來者何人。殷郊大喝曰，吾乃長殿下殷郊是也，你將吾弟殷洪用太極圖化作飛灰，此恨如何消歇。子牙不知其中緣故，應聲曰，彼曰取死，與我何干。殷郊聽罷，大叫一聲，幾乎氣絕，大怒曰，好匹夫，尚誑與你無干，縱馬搖戰來取。傍有哪吒登開風火輪，將火尖鎗直取殷郊。輪馬相交，未及數合，被殷郊一番天印，把哪吒打下

正盛況吾父得十罪於天下今天下諸侯應天順人
以有道伐無道以無德讓有德此理之常登吾家故
業哉溫良馬善曰千歲興言及此真以天地父母
心乃丈夫之所為如千歲者鮮矣溫良與馬善整
慶喜殷郊一面分付儸儺改作周兵放火燒了寨柵
隨即起兵殷郊三人同上了馬離了白龍山牲夫路
盡發遷奔西岐而來正是。
殷郊有意歸周主　　只怕蒼天不肯從。
殷郊正行儸儺報啓千歲有一道人騎虎而來要見
千歲殷郊聞報忙分付左右旗門官令安下人馬請

1669

來相見道人下虎進帳殷郊忙迎將下來打躬口稱
老師從何而來道人曰吾乃崑崙門下申公豹是也
殿下往那里去殷郊曰吾奉師命往西岐投拜姬周。
姜師叔不久拜將助他伐紂道人哎曰我問你紂王
是你甚麼人殷郊答曰是吾父王道人曰恰又來
間那有子助外人而伐父之理此乃亂倫忤逆之說。
你父不久龍歸滄海你原是東宮自當接成湯之亂
位九五之尊承帝王之統豈有反助他人滅自己社
稷殷自己宗廟此亙古所未聞者也且你辱出百年
之後將何而日見成湯諸君於在天之靈哉我見你

1670

身藏奇寶可安天下形像可定乾坤當從吾言可祿
自己天下以誅無道周武是為長策殷郊答曰老師
之言雖是奈天數已定吾父無道理當以讓有德況
天心以順周主當興吾何敢逆天哉況姜子牙有將
相之才仁德數布于天下諸侯無不响應我老師曾
分付我下山助他叔東進五關吾何敢有抗師言。
此事斷難從命申公豹暗想此言犯不動他也罷在
犯他一場看他如何申公豹又曰殷殿下你言姜尚
有德他的德在那裡殷郊曰姜子牙為人公平正直
體賢下士仁義慈祥乃良心君子道德丈夫天下服

1671

從何得小視他申公豹曰殿下有所不知吾聞有德
不滅人之彝倫不戕人之天性不妄殺無辜不矜功
自伐殷下之父親固得罪于天下可與為讐殷下之
胞弟殷洪闕說他也下山助周豈意他欲邀已功。
將殷下親弟刑太極圖化成飛灰此還是有德之人
做的事無德之人做的事今殿下忘于足而事讐敵。
吾為殷下不取也殷郊聞言大驚曰老師此事可真
道人曰天下盡知難道吾有誑語實對你說如今張
山現在西岐住割人馬你只問他如束殷洪無此事。
你再進西岐不遲如有此事你當為弟报讐我今與

1672

884

〔眉批〕此何若不呌他去也竟得一場桑事

會，覺神思清爽，面如藍靛，髮似硃砂，上下撩牙多
生，一日，混混蕩蕩，來至洞前，廣成子拍掌笑曰，奇哉
奇哉，仁君有德，天生異人，命殷郊進洞，至桃園內，廣
成予傳與方天畫戟，言曰，你先下山，前至西岐，我隨
後就來，道人取出番天印，落魂鍾，雌雄劍，付與殷郊
殷郊即時拜辭下山，廣成子曰，徒弟你且住，我有一
對你說，吾將此寶盡付與你，須是順天應人，東進
五關，輔周武，與卑民伐罪之師，不可改了念頭，心下
狐疑，有犯天遣，那時悔之晚矣，殷郊曰，老師之言差
矣，周武明德聖君，吾父荒淫昏虐，豈得錯認有輋師

1665

訓弟子，如改前言，當受鑠鋤之厄，道人大喜，殷郊拜
別師尊正是。

　殿下實心扶聖主。

　只恐傍人起禍殃。

話說殷郊離了九仙山，借土遁往西岐前來，正行之
間，不覺那遁光飄飄落在一座高山，怎見得好山，有
讚為証，讚曰，

冲天占地轉日生雲，冲天處尖峰矗矗占地處
脉超超轉日的乃嶺頭松欝欝生雲的乃崖下石
磷磷松欝欝四時八節常青石磷磷萬年千載不
改林中每聽夜猿啼澗內常聽妖莽過小禽聲烱

1666

咽泣獸吼呼，山獐山鹿成雙作對，紛紛走山鴉
山雀打陣攢羣窩窩飛，山草山花，看不盡，山
菓應時新，雖然崎險不堪行，卻是神仙來往處。
話言殷郊縱看山巔險峻之處，只聽得林內一聲鑼
响見一人，面如藍靛，髮似硃砂，騎紅砂馬，金甲紅袍
三隻眼，拎兩根狼牙棒，那馬如飛奔上山來，見殷郊
三頭六臂，也是三隻眼，大呼曰，三首者乃是何人，敢
來我山前探望，殷郊答曰，吾非別人，乃紂王太子殷
郊是也，那人忙下馬，拜伏在地，口稱千歲，為何往此
白龍山逕過，殷郊曰，吾奉師命，往西岐去見姜子牙

1667

〔眉批〕鄧是也　槃數向

訴未曾了，又一人，帶扇雲盔，淡黃袍，黑鋼鎗，白龍馬。
面如傳粉，三絡長髯，也奔上山來，大呼曰，此是何人
藍臉的道，快來見殷千歲，那人也是三隻眼，滾鞍下
馬拜伏在地，二人同曰，且請千歲上山，至寨中相見。
三人步行至山寨，進了中堂，二人將殷郊扶在正中
校椅上納頭便拜，殷郊忙扶起，問曰，二位高姓大名
那藍臉的應曰，末將姓溫名良，那白面的姓馬名善
殷郊曰，吾看二位，一表非俗，俱負英雄之志，何不同
吾往西岐立功，助武王伐紂，二人曰，千歲為何反助
周滅紂者何也，殷郊答曰，商家氣數已盡，周家王氣

1668

今知過再不敢正眼敢窺視西岐。燃燈曰你在天皇
蔣得道如何大運也不知。真假也不識還聽傍人唆
使情真可恨決難恕饒大鵬再三哀告曰可憐我千
年功夫望老師憐憫燃燈曰你既肯改邪歸正須當
拜我為師我方可放你大鵬連忙極口稱道曰願拜
老爺為師修歸正果燃燈曰既然如此待我放你用
手一指那一百零八個念珠還依舊吐出腹中。大鵬
遂歸燃燈道人往靈鷲山修行不表話分兩頭且說
九仙山桃園洞廣成子只因犯了殺戒只在洞中靜
坐保羅天和不理外務忽有白鶴童子奉玉虛符命

1661

言子牙不日金臺拜將命眾門徒。須至西岐山餞別
東征廣成子謝恩打發白鶴童兒回玉虛去了道人
偶想起殷郊如今子牙東征把殷郊打發他下山佐
子牙東進五關一則可以見他家之故土一則可以
捉妲巳報殺母之深仇忙問殷郊在那里殷郊在殿
後聽師父呼喚忙至前殿見師父行禮廣成子曰方
今武王東征天下諸侯相會孟津共伐無道正你報
仇泄恨之日我如今着你前去助周作前隊你可去
麼殷郊聽罷口稱老師曰弟子雛是紂王之子實與
妲巳為仇父正反信奸言誅妻殺子母死無辜此恨

1662

時時在心刻刻掛念不能有忘。今日老師大桷慈悲
發付弟子敢不前往以徒報効真空生與天地間也
廣成子曰你且去桃源洞外獅子崖前尋了兵器來
我傳你些道術你好下山殷郊聽說忙出洞往獅子
崖來尋兵器只見白石橋那邊有一洞怎見得有西
虹月為証。

竹倚雙輪日月照耀一望山川珠淵金井煖含烟
更有許多堪羨登登朱樓畫閣凝凝赤壁青門
春楊柳九秋蓮兀的洞天罕見

話說殷郊見石橋南佯有一洞府獸環朱戶儼若王

1663

公第宅殿下自思我從不曾到此且過橋去便如端
的求至洞前那門雛兩扇不推而自開只見裡邊有
一石几几上有熱氣騰騰六七枚豆兒殷郊拈一個
吃了自覺甘甜香美非同几品好豆兒不若一總吃
了罷剛吃了時忽然想起來尋兵器如何在此閒玩
推出洞來過了石橋及至回頭早不見洞府殿下心
疑不覺渾身骨頭響左邊肩頭上忽冒出一隻手來
殿下着忙大驚失色只見右邊又是一隻一會兒忽
長出三頭六背把殷郊。只諕得目瞪口呆半晌無語
只見白雲童兒來道叫曰師兄師父有請殷郊遶一

1664

來遲了。定要吃齋。那里有了。故此開講。那道人曰。童
兒你看可有麫點心否。童兒答曰。點心還有。要齋却
没有了。羽翼仙曰。就是點心也罷。快取將來。那童兒
忙把點心拿將來。遞與羽翼仙。羽翼仙一連吃了七
八十個。那童兒曰。老師可吃了。羽翼仙曰。有還吃得。
幾個童兒又取十數個來。羽翼仙共吃了一百零八
個。正是

　　刼沙無邊藏秘訣　　今番捉住大鵬鵰

話說羽翼仙吃飽了。謝過齋。元本像飛起往西岐
來。復從那洞府過。道人還坐在那裡望着大鵬鵰把

手一指。大鵬鵰跌將下來。哎呀的一聲跌了肚腸了。
在滿地打滾。只叫痛殺我也。不知大鵬鵰性命如何。
且聽下回分解。

總批
張山有大將之才。惜乎自不是子牙對手。只
這大鵬鵰也來渾一場帳。併未曾得尺寸之
功。

又批
功後反貪口腹被擒。畢竟是羽毛中品格。
來伐西岐的屢欲措籌子牙。每每被狂風簷。
无報信須至保全無事。即此可卜天意豈是
人力所能强爲。可嘆殷郊殷洪錯了念頭。

第六十三回　申公豹說反殷郊

詩曰
　　公豹存心至不良。　　紂王兩子喪疆塲。
　　當初致使殷洪反。　　今日仍教太歲亡。
　　長舌惹非成個事。　　巧言招禍作何忙。
　　雖然天意應如此。　　何必區區點短長。

話言羽翼仙在地下打滾。只叫疼殺我也。這道人起
身徐徐行至面前問曰。你方纔經去吃竊我爲何如此。犬
鵬答曰。我吃了些麫點心。腹中作疼。道人曰。吃不着。
吐了罷。犬鵬當眞的去吐。一吐而出。有鷄子大

白光光的。連綿不斷。就相一條銀索子將大鵬的心
肝鎖住。大鵬覺得異樣。及至扯時又扯得心疼。大鵬
甚是驚駭。知是不好消息。欲待轉身。只見這道人把
臉一抹。大喝一聲。我把你這孽障。你認得我麽。這道
人乃是靈鷲山元覺洞燃燈道人。道人罵曰。你這孽
障。姜子牙奉玉虛符命。扶助聖王。戡定禍亂。拯溺救
焚。弔民伐罪。你爲何反起狠心。連我也要吃。你助惡
爲虐。命黃巾力士把這孽障吊在大松樹上。只等姜
子牙伐了紂。那時再放你不遲。犬鵬忙哀訴曰。老師
大發慈悲。赦宥弟子了。弟子六時愚昧。被傍人唆使從

把天也遮黑了半邊。好利害。有讚爲証讚曰。
二翅遮天雲霧迷空中响哮似春雷曾搧四海俱
見底吃盡龍王海内魚只因怒發西岐難遷是明
君福德齊。羽翼根深歸正道至今萬載把名題。
只見大鵬鵰飛在空中望下一看見西岐城是北海
水罩住羽翼仙不覺失聲笑曰姜尚可謂腐朽不知
我的利害我若稍用些須之力連四海頂刻搧乾豈
在此一海之水。羽翼仙。展兩翅用力連搧有七八十
搧他不知此水有三光神水在上面越搧越長不見
枯涸羽翼仙自一更時分直搧到五更天氣那水差

不多淨着大鵬鵰的脚。這一夜將氣力用盡不能成
功不覺大驚。若再遲延恐到天明不好看自覺慚愧。
不好進營來見張山。一怒飛起來至一座山洞甚是
清奇怎見得。有讚爲証讚曰。
高峰掩映怪石嵯峨奇花瑤草馨香紅杏碧桃艶
麗崖前古樹霜皮溜雨四十團門外蒼松黛色參
天三千尺。雙雙野鶴常來洞口舞清風對對山禽。
每向枝頭啼白晝簇簇黃藤如掛索行行烟柳似
垂金。方塘積水深穴依山。方塘積水隱千年未變
的蛟龍深穴依山住萬載得道仙子果然不亞玄

都府。真是神仙出入門。
話說大鵬鵰飛至山洞前見一道入靠着洞邊默坐
羽翼仙尋思不若將此道人抓來吃了。以爲充饑。再
作道理。大鵬鵰方欲撲來道人用手一指大鵬鵰撲
蹋的跌將下地來道人揉眉擦目言曰你好沒禮你
爲何來傷我。羽翼仙曰實不相瞞我去伐西岐。腹中
餓了。借你充饑不知道友仙術精奇。得罪了道人曰
你腹中饑了。問吾一聲我自然指你去你如何就來
害我甚是非禮也罷我說與你知道離去二百里有
一山名爲紫雲崖有三山五嶽四海道人俱在那里

赴香齋你速去恐遲了不便大鵬謝曰承教了把二
翅飛起雲霧府而至。即現仙形只見高高下下三五一
攢七八一處都是四海三山道者赴齋又見一童兒
往來捧東西與眾道人吃。羽翼仙曰道童請了貪道
是來赴齋的那童兒聽說。呀的一聲答曰老師來早
此方好。如今沒有東西了羽翼仙曰偏我來就沒有
東西了。道童答曰來早就有來遲了。東西以儘與眾
位師父安能再有必至明日方可羽翼仙曰你揀人
布施我偏要吃二人嚷將起來只見一位穿黃的道
人向前問曰你爲何事在此爭論童兒曰此位師父

莫非是崑崙門下元始徒弟，你有何能，對以屬我欺。拔吾翎毛，拙吾勛骨，我與你無涉，你如何道聽欺人。子牙欠身也，道友不可錯來怪人。我與道友並無怵憎，會過幾次。我知道友跟底，或有人撥唆，或有甚失體，得罪之處。我與道友未有半面之交，此語從何而來。道友請自三思。羽翼仙聽得此語，低頤醋思，此言大定有理，乃謂子牙曰：你話雖有理，只是此語未必無自而來。但說過你從今百事斟酌，毋得再是如此造欠。我與你不得干休去罷。子牙方欲勒騎，哪吒聽罷，大怒，喫豀道：焉敢如此放肆，聥覬師叔，登開風火輪

1649

撓鎗就刺羽翼仙，咲曰：元來你仗這些薩障竟頹散，於欺人。微步村劍相交，鎗剱併舉，黃天化忙催玉麒麟，使雙趫雙戰道人。雷震子把風雷翅飛起空中，黃金棍往下刷來。土行孫倒拖邬鐵棍來打下三路，楊戬縱馬舞三尖刀前來助戰，把羽翼仙圍裏，骇骇心廿。三路雷震子中三路，哪吒楊戬黃天化下三路，土行孫。且說哪吒見羽翼仙了得，先下手，祭乾坤圈打來，正中羽翼仙肩甲。道人把肩頭一激，方欲抽身逃走，被黃天化回步一擡心釘，把道人右臂打通浚激。土行孫把道人腿上打了數下，楊戬復祭哮天獸把腿

1650

翼仙夾脛子一口，羽翼仙四下吃虧，大叫一聲借土遁走了。子牙得勝，眾門人相隨進城。且說羽翼仙吃了許多的虧，把牙一挫，走進營來，張山接往曰：稱老師今日悟中奸計，老師反被他著傷。道人曰：不妨吾不曾防備他，故此著了他的手。羽翼仙忙將花藍中取出丹藥，用水吞下一二粒，即時全愈。羽翼仙謂張山曰：我念慈悲二字，到不肯傷眾生之命，他今日反來傷我，是彼自取殺身之禍。復對張山曰：可取此酒來你我痛飲，至更深時我叫西岐一郡化為渤海。張山大喜，忙治酒相欵。不表，却說子牙得勝進府，與諸

1651

門人將佐商議。忽一陣風，把詹无刮下數片來，子牙忙焚香爐中取金錢在手，占卜吉凶，只見排下卦來。把了牙說得魂不負體，忙沐浴更衣，望崑崙下拜。拜罷，子牙披髮仗劍，移步北海之水，救護西岐，把城廓罩住。只見崑崙山玉虛宮元始天尊早知詳細，用瑠璃屏中三光神水，洒向北海水面之上。又命四偈諦神，把西岐城護定，不可晃動。正是：

人君福德安天下。　元始先差偈諦神。

話說羽翼仙飲至一更時分，命張山牧去了酒，出了轅門，現了本像，乃大鵬金翅鵰，張開二翅，飛在空中。

1652

人中之畜生耳。今紂王貪淫無道，殘虐不仁，天下盡
侯不歸紂而歸周，天心人意可見。汝當欲逞強逆天，
是自取辱身之禍，與聞太師等，枉送性命耳。可聽吾
言下馬歸周，共伐獨夫，拯弱救焚，上順天心，下耐民，
願自不失封侯之位。若免強支吾，悔無及矣。張山大
怒罵曰：利口匹夫，敢假此無稽之言，惑世誣民，碎屍
不足以盡其辜。搖鎗直取，鄧九公刀迎面還來。二將
相持一塲賭鬪，怎見得有讚為証。讚曰：
　輕舉擎天手，生死在輪回。往來無定論，呸咤似春
　雷。一個恨不得平吞你腦袋，一個恨不得活砍你

顧顛只殺得一個天昏地暗，沒三才。那時節方纔
兩下分開。
話言鄧九公與張山大戰三十回合，鄧九公戰張山
不下，鄧嬋玉在後陣見父親刀法漸亂，打馬挑回，發
手一石把張山臉上打傷，幾乎對馬敗進大營。鄧九
公父子掌得勝敗進城入相府，報功不表。話言張山
失機進營臉上着傷，心下甚是急燥，切齒深恨，忽報
營外有一道人求見。張山傳令請來，只見一道人頭
挽雙髻背縛一口寶劍，飄然而至，中軍打稽手。張山
欠身答禮，尊帳中坐下，道人見張山臉上青腫，問曰：

張將軍面上未何著傷。張山曰：昨日見陣，鴉破汝淨
暗箭。道人忙取藥餌，數搽卽時痊愈。張山忙問老師
從何處而來，道人曰：晉從蓬萊島而至，貧道乃羽翼
仙也，特為將軍來助一臂之力。張山感謝，道人曰：
早至城下請子牙答話。報馬報入相府，轅外有一道
人請戰了。子牙曰：原該有三十六路征伐西岐，此來巴
是正十二路，還有四路未曾求至，我少不得要出去。
忙傳令排五方隊伍，一聲砲响齊出城。來羽翼仙撞
頭觀看只見兩扇門開，紛紛繞繞，俱是穿紅著綠狼
虎將攢簇簇，盡是敢勇當先驍騎兵。哪吒對黃天

化金吒對木吒，韋護對雷震子，楊戩與眾門人左右
排列保護中軍，武成王壓陣，子牙坐四不相領出陣。
前見對面一道者生的形容古怪，尖嘴縮腮，頭挽雙
鬟徐徐而來，怎見得有讚為証。讚曰：
　頭挽雙髻，體貌輕揚，皂袍麻履，形異尋常。嘴如鷹
　鷙，眼露凶光，葫蘆背上，劍佩身藏。蓬萊怪物得道
　無疆，飛騰萬里，時歇滄浪，名為金翅，揮號禽王。
話說子牙拱手言曰：道友請了。羽翼仙曰：請了。子牙
曰：道友高姓何名，今日會尚有何事分付。羽翼仙答
曰：貧道迺蓬萊島羽翼仙是也。姜子牙，我且問你，你

牙又令辛甲造軍器只見天下八百諸侯又表上西
岐請武王伐紂會兵于孟津子牙接表與眾將官商
議恐武王不肯行眾人正遲疑間只見探事官報入
相府來報子牙曰成湯有人馬在北門安營主將乃
是三山關總兵張山子牙聽說忙問鄧九公曰張山
用兵如何鄧九公曰張山原是末將交代官此人乃
一勇之將耳正話之時又報有將請戰子牙傳令誰
去走遭鄧九公欠身末將願往領令出城見一員戰
將如一輪火車滾至軍前怎見得打扮驍勇有讚為
証讚曰

頂上金盔分鳳翅黃金鎧掛龍鱗砌大紅袍上繡
團花絲蠻寶帶吞頭異腰下常懸三尺鋒打陣銀
鎚如猛鷙攧山跳澗紫驊騮斬將鋼刀生殺氣一
心分免紂王憂萬古留傳在史記

話言鄧九公馬至軍前看來者乃是錢保也鄧九公
大叫曰錢將軍你且回去請張山出來吾與他自有
話說錢保指九公大罵曰反賊紂王有何事負你朝
廷拜你為大將寵任非輕不思報本一旦投降叛逆
真狗彘不若尚有何面目立于天地之間鄧九公被
數語罵得滿面通紅亦罵曰錢保料你一匹夫有何

能處敢出此大言你比聞太師何如況他也不過如
此早受吾一刀免致三軍受苦言罷縱馬舞刀直取
錢保錢保手中刀急架相還二馬盤旋一場大戰怎
見得

二將坐鞍橋征雲透九霄急取壺中箭忙搋紫金
標這一個興心安社稷那一個用意正天朝這一
個千載垂青史那一個萬載把名標真如一對後
猊鬥不亞翻江兩怪蛟

話說鄧九公大戰錢保有三十回令錢保登鄧九公
對手被九公回馬刀劈于馬下梟首級進城來見子

牙請令定奪子牙大悅記功宴賀不表只見敗兵報
與張山說錢保被鄧九公梟首級進城去了張山聞
報大怒次日親臨陣前坐名要鄧九公答話報馬報
入相府言有將請戰要鄧將軍答話鄧九公挺身而
出有女鄧嬋玉願隨壓陣子牙許之九公同女出城
張山一見鄧九公走馬至軍前乃大罵曰反賊匹夫
國家有何事虧你背恩忘義一旦而事敵國死有餘
辜今不倒戈受縛尚敢恃強殺朝廷命官今日拿匹
夫解上朝歌以正大法鄧九公曰你既為大將上不
知天時下不諳人事空生在世可惜衣冠着體真乃

三山關館驛歇下次日傳與管關元帥張山同錢保
李錦等來館驛接了聖旨至府堂上焚香案跪聽開
讀認勅
詔曰征伐雖在于天子功成又在閫外元戎姬發
猖獗大惡難驅屢戰失機情殊痛恨朕欲親往討
賊百司諫阻兹爾張山素有才望上大夫李定
特薦卿得專征伐爾其用心料理克振壯猷以負
朕倚托之重候旋凱之日朕決不食言以吝此茅
土之賞爾其欽哉特詔
欽差官讀罷詔旨衆官謝恩畢管待使臣打發回朝

歌張山等候交代官洪錦交割事體明白方好進兵
一日洪錦到任張山起兵領人馬十萬左右先行乃
錢保李錦佐二乃馬德桑元。一路上人喊馬嘶好人
馬一路上正值初夏天氣風和日煖梅雨霏霏真好
光景怎見得有詩爲証

詩曰

舟冉綠陰審，風輕燕引雛。
新荷翻沼面，修竹漸扶蘇。
芳艸連天碧，山花遍地鋪。
溪邊蒲插劍，榴火壯行圖。
何時了王事，鎮日醉呼盧。

說言張山人馬一路曉行也受了些饑食渴飲
鞍馬奔馳不一日來到西岐北門左右報入行營禀
元帥前哨人馬已至岐周北門張山傳令安營一聲
砲响三軍吶喊絞絞起中軍帳來張山坐定只見錢保
李錦上帳參謁錢保曰兵行百里不戰自疲請主將
定奪張山謂二將曰將軍之言甚善姜尚乃智謀之
士不可輕敵況吾師遠來利在速戰今且暫歇息軍
吾明日自有調用二將應喏而退且言子牙在西
岐日日與衆門人共議拜將之期命黃飛虎造大紅
旗幟不要襍色黃飛虎曰旗號乃三軍眼目旗分五

色原爲按五方之位次使三軍知左右前後進退攻
擊之法不得錯亂隊伍若純是一色紅旗則三軍不
知東南西北何以知進退趨避之方猶恐不便或其
中另有妙用乞丞相一一敎之予牙咲曰將軍實不
知其故耳紅者火也今主上所居之地乃是西方此
地原自屬金非借火煉寒金登能爲之有用此正興
周之兆然於旗上另安號帶須按青黃赤白黑五色
使三軍各自認識自然不能亂耳又使敵軍一望生
疑莫知其故自然致敗兵法云疑則生亂正此故耳
又何不可之有黃飛虎打躬謝曰丞相妙籌如神子

第六十二回　張山李錦伐西岐

詩曰

搶攘兵戈日不寧。　生民塗炭自零星。
甘驅蒼赤填溝壑。　忍令脂膏實羽翎。
戰士有心勤國主。　彼蒼無意固皇扃。
只因大刧人多難。　致使西岐殺戰腥。

話說差官一路無詞。來到朝歌城。至館驛中歇下。次日進午門。至文書房。那日是中大夫方景春看本。忽然接着看時。見蘇護巳降岐周。方景春黙首罵曰。老匹夫問盡受天子寵眷。不思報本。今日反降叛逆。真狗彘之不若。遂抱本入内庭。問何處。左右侍御對曰。天子在摘星樓。方旨。左右啓上。天子紂王聞奏。宣上樓。朝賀畢。王曰。大夫有何奏章。方景春奏曰。泛水關總兵官韓榮具本。到都城。奏爲冀州侯蘇護世受椒房之貴。滿門叨其恩寵。不思報國。反降叛逆。深負聖恩。法紀安在。具本申奏。臣未敢擅便。請旨定奪。紂王見奏大驚曰。蘇護乃朕心服之臣。貴戚之卿。如何一旦反降周。助惡情殊痛恨。大夫暫退。朕自理會。方景春下樓。紂王宣蘇。皇后妲巳在御屏後。巳聽知此事。聞宣竟至紂王御座前。雙膝跪下。兩淚如珠。嬌聲軟語。泣而奏曰。妾在深宮。荷蒙聖上恩寵。粉骨難消。不知父親受何人唆使。反降叛逆。罪惡通天。法當族誅。情無可赦。願陛下斬妲巳之首。懸于都城。以謝天下。庶百官萬姓知陛下聖明。乾剛在握。守祖宗成法。不私貴倖。正妾之報陛下恩遇之榮。死有餘矣。道罷。將香肌伏在紂王膝上。相偎相倚。悲悲泣泣。淚雨如注。紂王見妲巳淚流滿面。嬌啼婉轉。真如帶雨梨花啼春嬌鳥。紂王見如此態度。更覺動情。用手挽起。口稱御妻。汝父反朕。你在深宮。如何得知。何罪之有。賜卿平身。毋得自戚。有損花容。縱朕將江山盡失也。與愛卿無千幸宜自愛。妲巳謝恩。紂王次日陞九間殿。聚眾文武曰。蘇侯叛朕歸周。情實痛恨。誰與孤代勞代伐周。將蘇護併叛逆衆人拿解朕躬。以正其罪。班中閃一大臣。乃上大夫李定進前奏曰。姜尚足智多謀。知人善任使。故所到者。非敗則降。累辱天朝師帥。大為不軌。若不擇人而用。速正厥罪。則天下諸矦皆觀望效由。何以懲將來。臣舉大元戎張山父于用兵慎事。慮謀河堪斯任。庶幾不辱君命。紂王聞奏大喜。即命傳報掛榜差官。往三山關來使命。離了朝歌。一路上鞭開。一月到了賊之人稱爲獨夫今天人叛亂是紂王自絶與天況古云良禽擇木賢臣擇主將軍可自三思毋徒伊戚天子征伐西岐其藝術高明之士經天緯地之才者至此皆化爲烏有此豈人力爲之哉況子牙門下多少高明之士道術精奇之人豈是草草罷了鄭將軍不可執迷當聽吾言後面有無限受用不可以小忠小諒而己鄭倫被蘇護一篇言語說得如夢初覺如醉方醒長嘆曰不才非君侯之言幾悞用一番精神蘇只是吾屢有觸犯恐子牙門下諸將不能相容耳蘇護曰姜丞相量如滄海何細流之不納丞相門下皆

有道之士何不見容將軍休得錯用念頭待我稟過丞相就是蘇護至殿前打躬曰鄭倫被令先將一番說肯歸降奈彼曾有小過恐丞相門下諸人不能相容耳子牙哂曰當日是彼此敵國各爲其主焉肯歸降係是一家何嫌隙之有忙令左右傳令將鄭倫放了衣冠相見少時鄭倫整衣冠至殿前下拜曰末將逆天不識時務致勞丞相籌畫今旣被擒又蒙赦宥此德此恩沒齒不忘矣子牙忙降階扶起慰之曰將軍忠心義膽不俟議之久矣但紂王無道自絶于天非臣子之不忠心于國也吾主下賢禮士將軍當安心

爲國毋得以嫌隙自疑耳鄭倫再三拜謝子牙遂引蘇候等至殿內朝見武王行禮稱臣畢王曰相父有何奏章子牙啓曰冀州候蘇護今已歸降特來朝見武王宣蘇護上殿慰曰孤守西土克盡臣節未敢逆天行事不知何故累辱王師今卿等旣捨紂歸孤暫住西土孤于卿等當共修臣節以候天子修德再爲商量相父與孤代勞設宴待之子牙領旨蘇候人馬盡行入城西岐云集羣雄不提且言氾水關韓榮聞得此報大驚忙差官修本赴朝歌城來不知吉凶如何且聽下回分解

總批

殷洪乃紂王之子豈得縶以違天論之罪紂惡貫盈而殷洪罪不應此豈得定報之如瞽當日殷洪等旣係封神榜有名之人赤精子何不叫他不要下山不是也免得這番惡孽此分明是赤精子送他上路宜乎再無人上太華山修行學業也哭之何益予獨怪慈航大士不爲之解釋耳

又批

鄭倫真有丈夫氣舉其對子牙之語勝蘇護十倍蘇護此際當如何生活

于馬下。二將靈魂巳往封神臺去了。眾將官把一箇咸陽大營殺的尸解星散。單剩鄭倫力抵眾將。不防鄧九公從傍邊將刀一盞。降魔杵磕定不能起。被九公抓住袍帶。拽過鞍轎往地正摔。兩邊士卒將鄭倫繩纒索綁。細將起來。西岐城一夜鬧嚷嚷的。只到天明。子牙陞了銀安殿。聚將鼓響。眾將上殿參謁。然後黃飛虎父子回令。鄧九公回令斬劉甫。擒鄭倫。南宮适回令。大戰苟章敗走。遇黃天祥鎗刺而絕。又報蘇護聽令。子牙傳令。請來蘇家父子進見。子牙方欲行禮。子牙曰請起。敘話君侯大德仁義。素布海內。不是

眉批：大丈夫／大蘇候／何以生

小忠小信之夫。識時務棄暗投明。審禍福擇主而仕。寧棄椒房之寵。以洗萬世污名。真英雄也。不才無不敬羨蘇護父子。遜曰。不才父子多有罪戾。蒙丞相曲賜生全。愧感無地。拜此遜謝。言畢。子牙傳令把鄭倫推來。眾軍校把鄭倫蜂擁推至簷前。鄭倫立而不跪。睜睜不語。有恨不能吞蘇候之意。子牙曰。鄭倫諒你有多大本領。屢屢抗拒。今巳被擒。何不屈膝求往。尚敢大廷抗禮。鄭倫大喝曰。無知匹夫。吾與爾身為敵國。恨不得生擒爾等叛逆。解往朝歌。以正國法。今不幸吾主帥同謀。慎被爾擒。慄有死而巳。何必多言。子牙

眉批：蘇候此／行不得／不然

命左右推去斬。號令眾軍校。將鄭倫推出相府。只等行刑牌出。只見蘇候向前跪而言曰。啟丞相。鄭倫違抗天威。理宜正法。但此人實是忠義。似遲是可用之人。況此人胸中韜略。一將難求。望丞相赦其小過。憐而用之。亦古人釋怨用仇之意。可用之人特激之使。將軍說之樂。易易與見。鄭將軍既肯如此。老夫扶起蘇候笑曰。吾知鄭將軍忠義。乃令將軍出府。至鄭倫面前。鄭敢不如命。蘇護聞言大喜。領令出府。至鄭倫面前。鄭倫見蘇候前來。低首不語。蘇護曰。鄭將軍你為何迷而不悟。嘗言識時務者。呼為俊傑。今國君無道。天愁

眉批：此正是／巧言亂／覺

民怨四海。分崩生民塗炭。刀兵不歇。天下無不思為正天之欲絕殷商也。今周武以德行仁。推誠待士。澤及無告。民安物阜。三分有二。歸周。其天意可知。子牙不久東征。弔民伐罪。爾夫授首。又誰能挽此怨尤也。將軍可速早回頭。我與你告過姜丞相。容你納降。真不失君子見機而作。不然。徒死無益。鄭倫長呼不語。蘇護復說曰。鄭將軍。非我苦苦勸你。可惜你有大將之才。死非其所。你說忠臣不事二君。今天下諸侯歸周。難道都是不忠的。難道武成王黃飛虎。鄧九公俱是不忠的。又是君失其道。便不可為民之父母。而殺

辰,再來餞東征三道人別子牙回去不表。且言蘇候聽得殷洪絕了。又有探馬報入營中,同稟元帥殷郊下趕姜子牙,只一道金光,就不見了。鄭倫與劉甫苟章打聽不知所往。且說蘇候暗與子蘇全忠商議曰,我如今暗修書一封,你射進城去,明日請姜丞相刦營。我和你將家眷先進西岐西門,吾等不管他是與非,將鄭倫等一齊拿解,見姜丞相以贖前罪,此事不可遲候。蘇全忠曰,若不是呂岳殷洪,我等父子進西岐多時矣。蘇候忙修書,命全忠寅夜將書穿在箭上,射入城中。那日是南宮适巡城,看見箭上有書,知是

邱坒約 王無道 蘇諫難 以為臣

蘇護的,忙下城,進相府來,將書呈與姜丞相子牙。拆開觀看書曰,

征西元戎冀州候蘇護百叩頓首。姜丞相麾下。護雖奉勅征討,心已歸周久矣。兵至西岐,急欲投戈。麾下執鞭隨役,使就知天違人願,致有殷洪馬元。坑逆令已授首,惟佐二郎倫,執迷不悟,尚自攖犯天條。護罪如山。護父子自思,非天兵壓棄,不能勤強誅逆。令特敬修尺一,望丞相早發大兵,今夜刦營。護父子乘機可將巨惡擒解施行,但願早歸聖主。其伐獨夫,洗蘇門一身之寃,見護誠至意。雖肝

腦塗地,護之願畢矣。謹此上啟。蘇護九頓。

話說子牙看書大喜,次日午時傳令,黃飛虎父子五人作前隊,鄧九公沖左營,南宮适沖右營壓陣。且說鄭倫與劉甫苟章回見蘇護曰,不幸殷洪下遭于惡手,如今須得本上朝歌面君請援,方能成功。蘇護只是口應,候明日區處。諸人散入各帳房去了。蘇候暗暗打點,今夜進西岐不提。鄭倫那裡知道。

正是。

挖下戰坑擒虎豹。滿天張網等蛟龍。

話說西岐傍晚將近黃昏時候,三路兵收拾出城埋

伏。伺至二更時分,一聲砲响,黃飛虎父子兵冲進營來,併無遮攔,左有鄧九公,右有南宮适,三路齊進。鄭倫急上火眼金睛獸,拎降魔杵,往大轅門來,正遇黃家父子五騎大戰在一處,難解難分。鄧九公冲左營,劉甫大呼曰,賊將慢來。南宮适進右營,正遇苟章接住廝殺。西岐城開門殺大隊人馬來接應,只殺得地沸天翻。蘇家父子已往西岐城西門進去了。鄧九公與劉甫大戰,劉甫非九公敵手,被九公一刀砍于馬下。南宮适戰苟章,展開刀法,苟章招架不住,撥馬就走,正遇黃天祥,不及隄防,被黃天祥刺料裏一鎗挑

有詩為證

詩曰

混沌未分盤古出，　太極傳下兩儀來。

四象無窮真變化，　殷洪此際喪飛灰，

話言殷洪上了此圖，一時不覺杳冥冥心無定見。百事攢來，心想何事其事即至，殷洪如夢森一般。心不想莫是有伏兵，果見伏兵殺來，大殺一陣就不見了。心下想拿姜子牙，霎時子牙來至，兩家又殺一陣。忽然想起朝歌，與父王相會，隨即到了朝歌，進了午門，至西宮見黃娘娘站立，殷洪下拜，忽的又至馨慶宮。又見楊娘娘站立，殷洪口稱姨母，楊娘娘不答應。此乃是太極四象變化無窮之法，心想何物便見，心慮百事即至，只見殷洪如夢痴一般。心圖中，如夢如痴，赤精子看着他師徒之情，數年慇懃。登知有今日，不覺嗟嘆，只見殷洪將到盡頭路又見他生身母親姜娘娘大叫曰，殷洪你看我是誰殷洪擡頭看時，呀元來是母親姜娘娘。殷洪不覺失聲曰母親孩兒莫不是與你冥中相會姜娘娘曰冤家你不尊師父之言要保無道而伐有道又孩誓言開口受刑出口有願當日發誓，說四肢成為飛灰你今日親救我忽然不見了姜娘娘殷洪慌在一堆只見赤精子大叫曰，殷洪你看我是誰殷洪看見師父泣而告曰老師弟子願保武王滅紂望乞救命赤精子曰此時遲了你已犯天條不知見何人叫你改了前盟殷洪曰弟子因信申公豹之言故此違了師父之語。望老師慈悲借得一錢之生怎敢再滅前言赤精子尚有留戀之意只見半空中慈航道人叫曰天命如此豈敢有違母得恍了他進封神臺時辰赤精子含悲忍淚只得將太極圖一抖卷在一處，捺着半晌伏去，一道靈魂進封神臺來了。有詩為証。

詩曰

殷洪任信申公豹，　要代西岐顯大才。

豈知數到皆如此，　魂遠封神臺畔哀，

話說赤精子見殷洪成了灰爐放聲哭曰，太華山在無人養道修真見吾將門下遺樣如此可爲疼心慈航道人曰道人差矣馬元封神榜上無名咱然有救這苦惱之人殷洪事該如此狗必嗟嘆三位道者復進相府子牙感謝二位道人作謝貧道只等子牙去

【1613】

貧道謹領尊命，准提道人向前摩頂受記曰：道友可惜五行修煉，枉費功夫，不如隨我上西方八德池邊，談講三乘大法、七寶林下，任你自在逍遙。馬元連聲喏喏。准提謝了廣法天尊，又將打神鞭交與廣法天尊帶與子牙。准提同馬元回西方不表。且說廣法天尊回至相府，子牙、准提見問處馬元一事如何，廣法天尊將准提道人的事詳細說了一遍，又將打神鞭付與子牙。赤精子在傍，雙眉緊皺，對文殊廣法天尊曰：如今殷洪阻撓逆法，恐懼子牙拜將之期，如之奈何？正話間，忽楊戩報曰：有慈航師伯來見。三人聞報忙

【1614】

眉批： 說□大七蟄是／慈悲如何也／來下此絕計／定是神仙詫／栖

出府迎接慈航道人。一見，攜手上殿，行禮已畢。子牙問曰：道兄此來，有何見諭？慈航曰：專為殷洪而來。赤精子聞言大喜，便曰：道兄將何術治之？慈航道人問子牙曰：當時破十絕陣，太極圖在麼？子牙答曰：在此。慈航曰：若擒殷洪，須是赤精子道兄將太極圖，須如此如此，方能除得此患。赤精子聞言，心中尚有不忍。因子牙拜將曰已近，恐限期，只得如此。乃對子牙曰：須得公去，方可成功。且言殷洪見馬元一去無音，心下不樂，對劉甫、苟章曰：馬道長一去，音信杳無，定非吉兆。明日且與姜尚會戰，看是如何，再探馬道長

【1615】

消息。鄭倫曰：不得一場大戰，決不能成得大功。一宿晚景已過，次日早，成湯營內大砲響亮，殺聲大振。殷洪大隊人馬出營，至城下大呼曰：請子牙答話。左右報入相府。三道者對子牙曰：今日公出去，我等定助你成功。子牙不帶諸門人，領一枝人馬，獨自出城，將翎尖指殷洪，大喝曰：殷洪，你師命不從，今日難免大厄，四肢定成飛灰，悔之晚矣。殷洪大怒，縱馬搖戟來取子牙。手中劍付面相還，獸馬爭持，劍戟併舉。未及數合，子牙便走，不進城，落慌而逃。殷洪見子牙落慌而走，急忙趕來，隨後命劉甫、苟章率眾而來。這一回

【1616】

眉批： 喬猜子辣有此兒女態／這分明是你送他／如今又做假慈悲

正是：

　　前邊布下天羅網　　難免飛灰禍及身

話說子牙在前邊，後隨殷洪趕過東南，看看到正南上。赤精子見徒弟趕來，難免此厄，不覺眼中淚落，點頭嘆曰：畜生，畜生！今日是你自取此苦，你死後休來怨我。忙把太極圖一抖，放開此圖，乃包羅萬象之寶，化六座金橋。子牙把四不相一縱，上了金橋。殷洪馬趕至橋邊，見子牙在橋上，指殷洪曰：你敢上橋來與我見三合否？殷洪咲曰：連吾師父在此，吾也不懼，又何怕你之幻術哉！我來了。把馬一摧，那馬上了此圖

人聲叫喊，急轉下山坡，見茂草中睡着一箇女子。馬元問曰：「你是甚人，在此叫喊？」那女子曰：「老師救命！」馬元曰：「你是何人，呼我怎樣救你？」婦人答曰：「我是民婦，因回家看親，中途偶得心氣疼，命在旦夕，望老師或在近村人家討些熱湯，搭救殘喘，勝造七級浮屠，便得重生，恩同再造。」馬元曰：「小娘子，此處那里去尋熱湯？你終是一死，不若我反化你一齋，實是一舉兩得。」女子曰：「若救我全生，理當一齋。」馬元曰：「不是如此說。我因趕姜子牙，殺了一夜，肚中其實餓了，量你也難活，不若做個人情，化你與我貧道吃了罷。」女人曰：「老

師不可說戲話，豈有吃人的理？馬元餓急了，那裡出分說，趕上去，一脚踏住女人胸膛，一脚踏住女人大腿，把劍割開衣服，現出肚皮。馬元忙將劍從肚臍內刺將進去，一腔熱血滾將出來，馬元用手抄着血，連吃了幾口，在女人肚子裡去摸心，吃左摸右，撈不着。兩隻手在肚子裡摸，只是一腔熱血，併無五臟。馬元看了，沉思疑惑，正在那裡撈，只見正南上梅花鹿上坐一道人，仗劍而來。怎見得？有讚為證，讚曰：

雙抓髻雲分霧霭，水冷袍緊束絲絲。仙風道骨任逍遙，腹隱許多玄妙。玉虛宮元始門下，十仙首會

赴蟠桃乘鸞跨鶴，在碧雲霄，天皇氏修仙養道。

話說馬元見文殊廣法天尊仗劍而來，忙將雙手長下出肚皮，不意肚皮竟長完了，把手長在裡面，欲待下女人身子，兩隻脚也長在女人身上，馬元無法可施，莫能挣扎。馬元蹲在一堆兒，只叫老師饒命。文殊廣法天尊舉劍總待要斬馬元，只聽得腦後有人叫曰：「道兄劍下留人。」廣法天尊回頭認不得此人是誰。挽雙髻，身穿道服，面黃微鬚。那道人稽首了。廣法天尊答禮，口稱：「道友何處來見論？」道人曰：「道兄認不得我，吾有一律，念出便知端的。

詩曰：

大覺金仙不二時，西方妙法祖菩提。
不生不滅三三行，全氣全神萬萬慈。
空寂自然隨變化，真如本性任為之。
與天同壽莊嚴體，歷劫明心大法師。

道人曰：「貧道乃西方教下準提道人是也。封神榜上無馬元名簿，此人根行且重，與吾西方有緣，待貧道把他帶上西方，成為正果，亦是道兄慈悲，貧道不二門中之幸也。」廣法天尊聞言，滿面歡喜，大咲曰：「久仰大法行教西方，蓮花現相，舍利元光，真乃高明之客。

新刻鍾伯敬先生批評封神演義卷之十三

第六十一回　太極圖殷洪絕命

詩曰

太極圖中造化奇。仙凡迥隔少人知。

移來幻化真玄妙。懺過前非亦狠思。

弟子悔盟師莫救。蒼天留意起難私。

當時紂惡彰淵藪。一木安能鏡阿誰。

話說馬元追趕子牙趕了多時不能趕上馬元自思
他騎四不相我倒跟着他跑今日不趕他明日再做
區處。子牙見馬元不趕勒回坐騎大呼曰馬元你敢

来這平坦之地與我戰三合。吾定擒爾馬元唉日料
你有何力量。敢禁我來不趕隨綽開大步來追子牙
又戰三四合撥騎又走。馬元見如此光景心下大怒。
你敢以誘敵之法惑我。咬牙切齒趕來。我今日拿不
看你。勢不回軍便趕上玉虛宮也擒了你你來只管往
下趕來。看看至晚見前面一座山。轉過山坡就不見
了子牙馬元見那山甚是險峻怎見得有讚為証。
那山真個好山細看處色班班頂上雲氣盪崖前
樹影寒。飛鳥覷定獸兒頑凜凜松千幹。挺挺竹
幾枝呌叫是蒼狼奪食。咆嚎是餓虎爭飡野猿常

嘯尋鮮果麋鹿攀花上翠嵐風洒洒。水潺潺琦聞
幽鳥語間關幾處藤蘿牽又扯。滿溪瑤艸祿香蘭。
磷磷怪石磊磊峰岩狐狸成羣走。猿猴作對頑行
客正愁多險峻。奈何古道又彎還。

話說馬元趕子牙來至一座高山又不見了子牙趒
的力盡觔酥。天色又晚了。腿又酸了。馬元只得倚松
靠石少憩片時喘息淨坐存氣定神待明早回營再
做道理不覺將至二更只聽的山頂炮響。正是。

喊聲震地如雷吼。　燈裏火把滿山排。

馬元擡頭觀看見山頂上姜子牙同着武王在馬上

傳盃兩遞將校一片大叫。今夜馬元已落圈套死無
葬身之地馬元聽得大怒躍身而起挺劒趕上山來。
又至山上來看見火把一晃。不見了子牙馬元睜睛
四下裡看時只見山下四面八方圍住山脚只叫不
要走了馬元馬元大怒又趕下山來又不見了把馬
元往來跑上跑下兩頭趕只趕到天明把馬元跑了
一夜甚是艱辛苦肚中又餓了。深恨了牙咬牙切
齒恨不能即將拿子牙方洩其恨自思且回營破了
西岐再處馬元離了高山往前終走只聽的山凹裡
有人聲喚叫疼殺我了其甚是懷楚馬元聽得有

州一冲自然無事馬元命取熱酒來吃了越吃越疼
馬元忽的大叫一聲跌倒在地下亂滾只叫疼殺我
也腹中嚼哚哚的響鄭倫曰老師腹中有响聲請往
後菅方便方便或然無事也不見得馬元只得往後
遁去予豈知是楊戩用八九元功變化騰挪之妙將
一粒奇邪使馬元瀉了二日瀉的馬元瘦了一半且
說楊戩囬西岐來見子牙備言前事子牙大喜楊戩
對子牙曰弟子權將一粒邪使馬元失其形神衰其
元氣然後在做處治諒他有六七日不能得出來會
戰正言之間忽哪吒來報文殊廣法天尊駕至子牙

1601

忙迎至銀安殿行禮畢又見赤精子稽首坐下文殊
廣法天尊曰恭喜子牙公金臺拜將吉期甚近子牙
曰今殷洪背師言而助蘇護征伐西岐黎庶不安又
有馬元凶頑肆虐不肯如坐針氈文殊廣法天尊曰
子牙公貧道因聞馬元來伐西岐恐悮你三月十五
日拜將之辰故此來收馬元子牙公可以放心子牙
大喜若得道兄相為姜尚幸甚國家幸甚但不知用
何策治之天尊附子牙耳曰如要伏馬元須是如此
如此自然成功子牙忙令楊戩領法旨楊飛得令自
去策應正是

1602

馬元令入牢籠計
可見西方有聖人。

話說子牙當日申牌時分騎四不相單人獨騎在成
湯轅門外著探望樣子用劍指東盡西只見巡哨探
馬報入中軍曰稟殿下有姜子牙獨自一箇在菅前
探聽消息殷洪問馬元曰老師此人今日如此摸樣
拷我行菅有何奸計馬元曰前日恨被楊戩這廝中
其奸計使貧道有失形之累待吾走去擒來方消吾
恨馬元出菅見子牙怒起大叫姜尚不要走吾來予
綽步上前伏劍來取子牙手中劍急架相還步獸相
交殊及數合子牙撥騎就走馬元只要拿姜子牙的

1603

心重怎肯輕放隨後趕來不知馬元勝負如何且聽
下囬分解。

總批　殷洪惡戰苦爭俱是替紂王添擔子愈顯其
父惡蹟真可稱父作子述

又批　馬元惡慈也西方竟妝去成佛予常曰和尚
道人心最毒今觀此可見成佛的俱要惡人。
予友聞斯言深為予折辦予因笑謂之曰虎
何執著太甚彼辭卷有云殺猪王屠棄刃立
地成佛斯語豈是誑言屠戶可是善信予衣
不覺大笑。

1604

收在豹皮囊裡。子牙大驚。止戰之間。忽一人走馬軍
前。鳳翅盔金鎧。與大紅袍白玉帶紫驊騮。大吒一聲。
丞相吾來也。子牙看時。乃泰州逞糧官猛虎大將軍
武榮。因催報至此。見城外廝殺。故來助戰。一馬衝至
軍前展刀大戰。馬元抵武榮道。口刀不住。真若山崩
地裂。漸漸勔力難支。馬元黙念神咒。道聲疾。忽腦後
伸出一隻手來。五個指頭。好似五個大冬瓜。把武榮
抓在空中。望下一搓。二腳蹬住大腿。兩隻手端定一
隻腿一撕兩塊。血滴滴取出心來。對定子牙衆周將
兩人喝喳喝喳。啃在肚裡。大呼曰。姜尚捉住你也是

這樣爲例。把衆將嚇得魂不負體。馬元伏劍又來
戰。土行孫大呼曰。馬元少待。行惡吾來也。掄開大棍。
就打馬元一棍。馬元及至看時。是一箇矮子。馬元咲
而問曰。你來做甚麼。土行孫曰。特來拿你。又是一棍
打來。馬元大怒。對尊于障綽步撩衣。把劍從下就劈土
行孫身子伶俐。展動棍。就勢已鑽在馬元身後棒擊
鐵棍。把馬元的大腿連腰。打了七八棍。把馬元打得
骨軟觔蘇招架。育寶費力。怎禁得土行孫。在穴道上
打馬元急了。念真言伸出那一隻神手。抓著土行
孫望下一搓。馬元不知土行孫有地行道術。捽在地

下就不見了。馬元曰。想見搾恨了馬。怎沒這脈連影
也不見了。正是

馬元不識地行姒　　尚將雙眼使模糊

且說鄧嬋玉在馬上見馬元將土行孫捽不見了。只
管在地上瞧。鄧嬋玉忙取五光石。發手打來。馬元未
曾提防。臉上被一石頭。只打的金光亂昌。哎呀一聲。
把臉一抹。大罵是何人暗箅打我。只見楊戩縱馬輪
刀直取馬元。馬元伏劍來戰。楊戩刀勢疾如飛。竟馬
元架不住三尖刀。只得又念真言。復現那
神子。將楊戩抓在空中。往下一搓。也相撕武榮一般

把楊戩心肺取將出來。血滴滴吃了。馬元指子牙曰。
今日且饒你。多活一夜。明日在來會你。馬元回營。殷
洪見馬元道術神奇。食人心肺。這等兇猛。心下甚是
大悅。掌鼓啣營。治酒與大小將校。只飲至初更時候。
不表。且說子牙進城。至府自思。今日見馬元這等兇
惡。把人心活活的吃了。從來未曾見此等。與人楊戩
雖是如此。不知凶吉。止是放心不下。却說馬元同殷
洪下飲酒至二更時分。只見馬元雙肩緊皺。汗流鼻
尖。殷洪曰。老師爲何如此。馬元口腹中有熱痛疼。鄭
倫答曰。想必吃的子生人心。故此腹中作痛。吃些熱酒

人不服,俱說赤,老師你太弱了,豈有徒弟與師尊對
持之理,赤精子無言可對,納悶廳堂,且說殷洪見師
父也遜遁了,其志自高,正在中軍與蘇侯共議破西
岐之策,忽轅門軍士來報,有一道人來見,殷洪傳令
請來,只見營外來一道人,身不滿八尺,面如瓜皮獠
牙巨口,身穿大紅,項上帶一串念珠,乃是人之頂骨
又掛一面鏡飄,是八半個腦袋,眼耳鼻中冒出火烟
如頑蛇吐信一般,殷洪下同諸將觀之,駭然那道人

上帳拱手而言曰那一位是殷陛下,殷洪答曰吾是
殷洪,不知老師那座名山,何處洞府,今到小營有何
事分付,道人曰吾乃骷人山,白骨洞,一氣仙馬元是
也,他遇申公豹請吾下山,助你一臂之力,殷洪大喜,諸
馬元上帳坐下,請問老師吃齋吃葷,道人曰平教吃
常,殷洪傳令軍中治酒管待馬元,當晚已過,次日馬
元對殷洪曰貧道邇來相助,今日吾當會姜尚一會
殷洪感謝道人出營,至城下只請姜子牙答話,報馬
報人咋中啓丞相,城外有一道人請丞相答話,子牙
曰吾有二十六路征伐之厄,理當會他,傳令排隊伍

出城,子牙隨常泉,將諸門人出得城來,只見對面來
一道人甚是醜惡,怎見得有詩為証

詩曰

髮似硃砂臉似瓜，金精凸暴胃紅霞。
窩中吐出頑蛇信，上下斜生利刃牙。
大紅袍上雲光長，金葉冠拴紫玉花。
腰束麻絲太極扣，太阿寶劍手中拿。
封神榜上無名姓，他與西方是一家。

話說子牙至軍前問曰道者何名,馬元答曰吾乃一
氣仙馬元是也.申公豹請吾下山來,助殷洪共破逆

天大惡,姜尚休言,你開教高妙,吾特來擒汝,與藏教
吐氣,子牙曰申公豹與吾有隙,殷洪侯聽彼言,有昔
師教逆天行事,助極惡貫盈之主,反伐有道之君,道
者既是高名,何得不順天從人,而反其所事哉.馬元
咦,比殷洪乃村王親千,反說他逆天行事,終不然輒
助爾等叛逆其君父,方是順天應人,姜尚還勸你是
王虛門下,自稱道德之士,據此看來真滿口胡言,無
父無君之輩,我不誅你,更待何人,伏劍躍步砍來,子
牙手中劍赴面交,迎來及數合,子牙祭打神鞭打將
來,馬元不是封神上人,被馬元看見,伸手接住鞭

牙可避刀兵水火之災這遭學障不知聽何人唆使中途改了念頭此罷此時還未至大決裂我明日使他進西岐贖罪便了一宿不表次日赤精子出城至營大呼曰轅門將士傳進去著殷洪出來見我話說殷洪自敗在營調養傷痕切齒痛恨欲報一石之讎忽軍士報有一道人坐名請千歲答話殷洪不知是師父前來隨即上馬帶劉甫苟章一聲炮響齊出轅門殷洪看見是師父便自寸身無地欠背打躬口稱老師弟子殷洪甲胄在身不能全體赤精子曰殷洪你在洞中怎樣對我講你如今反伐西岐是何道理徒

1589

第開口有懇出語受之仔細凹股成爲飛灰也好奸奸下馬隨吾進城以贖前日之罪庶免飛灰之禍如不從我之言那時大難臨身悔無及矣殷洪曰老師在上容弟子一言告稟殷洪乃紂王之子怎的反助武王古云子不言父過況敢從反叛而弒父哉師人神仙佛不過先完剛常彝倫方可言共沖舉又云未修仙道先修人道人道未完仙道遠矣此老師之教弟千且不論證佛成仙亦無有教人有逆倫弒父之子師以此奉告老師當何以教我赤精子咲曰吾生紂王逆倫滅紀參酷不道殺忠害良淫酗無忌天

1590

之絕商久矣故生武周繼天立極天心效順百姓樂從你之助周尚可延商家一脈你若不聽吾言這是大數已定紂惡貫盈而遭殃於子孫也可速速下馬懺悔往愆吾當與你解釋此罪尤也殷洪在馬上正色言曰老師請回未有師尊殺人以不忠不孝之事者弟子實難從命俟弟子破了西岐逆孽再來與老師請罪赤精子大怒畜生不聽師言敢肆行如此伏手中劍飛來直取殷洪將戟架住告曰老師何苦深爲子牙自害門弟赤精子曰武王乃是應運聖君子采是佐周各此子何得逆天而行暴橫乎又把寶劍

1591

直砍來殷洪又架劍曰稱老師我與你有師生之情你如今自失骨肉而動聲色你我師生之情何在若老師必執一偏之見致動聲色那時不便可惜前情教弟子一旦成爲畫餅耳道人大罵負義匹夫斷敢巧言又一劍砍來殷洪面紅火起老師你偏執已見我讓你三次吾進師禮這一劍吾不讓你了赤精子大怒又一劍砍來殷洪發手赴面交還正是

　　師徒共戰掄劍戟

　　悔卻當初教上山

話說殷洪回手與師父交兵已是逆命干戈戰未歇歛合殷洪把陰陽鏡拿出來欲悅赤精子赤精子見

1592

戩放出嘯天犬，劈臉，還咬了一口，畢環貧疼把頭一縮，湊手不及，被楊戩復上一刀，可憐死于非命。二人俱進封神臺去了。殷洪戰住哪吒，忙取陰陽鏡照着哪吒一幌，哪吒不知那裡帳，見殷洪拿鏡子照他幌，不知哪吒乃蓮花化身，不係精血之體，怎怎慌的他死，殷洪連幌數幌，全無應驗，殷洪着慌只得又戰。彼時楊戩看見殷洪拿的着陰陽鏡，慌忙對子牙曰，師叔快退後，殷洪拿的是陰陽鏡，方纔弟子見打神鞭離打殷洪不曾着重，此必有暗寶護身，如今又將此寶來幌哪吒，幸哪吒非血肉之軀，自是無恙。子牙聽說

1585

忙會鄧嬋玉暗助哪吒一石。以襄成功。嬋玉聽說，把馬一縱，將五光石掌在手。土壅殷洪打來正是。

發手石來真可羨。殷洪怎免面皮青。

殷洪與哪吒大戰局中，不防鄧嬋玉一石打來，及至着傷，打得頭青眼腫，哎的一聲撥騎就走，哪吒剌斜裡一鎗劈腦剌來，所殺了紫綬仙衣，鎗尖也不曾剌入分毫，哪吒大驚，不敢追襲。子牙掌得勝鼓進城。殷洪敗回大營，面上青痛，切齒深恨姜尚，若不報今日之恥，非大丈夫之所為也。且說楊戩在銀安殿啟于牙曰，方纔弟子臨陣，見殷洪所掌實是走陰陽鏡，今日

1586

若不是哪吒，定然埃了幾人。弟子往太華山去，走一遭見赤精子師伯，有他如何說。子牙沉吟半晌方許前去，楊戩離了西岐，借土遁往太華山來，隨風而至。來到高山發了遁，慢遁進雲霄洞來，赤精子見楊戩進洞問曰，楊戩你到此，有何說話，楊戩行禮口稱師伯，弟子來見，求借陰陽鏡與姜師叔暫破成湯大將。隨即奉上，赤精子曰，前日殷洪帶下山去，我使他助子牙伐紂，難道他不說有此寶在身，楊戩曰，弟子單為殷洪而來，殷洪不曾歸周，如今反佐西岐，道人聽罷，頓足嘆曰，吾備用其人，將一洞珍寶盡付殷洪，當

1587

知道畜生反生禍亂，赤精子命楊戩你且先回，我隨後就至。楊戩辭了赤精子，借土遁回西岐，進相府來，見子牙問曰，你往太華山見你師伯，如何說。楊戩曰，果是師伯的徒弟殷洪，師伯隨後就來。子牙心下憔悶，過了三日，門官報人毀前，赤精子老爺到了。忙迎出府前，二人攜手上殿，赤精子謂子牙曰，貧道得罪，吾使殷洪下山助你，同進五關，得歸故土，豈知負我之言，反生禍亂，子牙道，光如何把陰陽鏡也付與他，赤精子曰，貧道將盡付與殷洪，恐防東魯心有料，又把紫綬仙衣與微戩

1588

故其身正，不令而行；其身不正，雖令不從。其所令反其所好，民豈肯信之？紂王無道，民怨天怒，天下皆叛。為離，天下共叛之，豈西周故逆王命哉。今天下歸周，天下共信之，殿下又何必逆天強為，恐有後悔。殷洪大喝曰：誰與我把姜尚擒了？左隊內哪吒走馬滾臨陣前，用兩條銀裝鐧，衝殺過來。哪吒登風火輪，搖鐧戰住。劉甫出馬來戰，父殺畢環耶戰，父有楊戩攔住廝殺。且說蘇侯同子蘇全忠，在轅門看殷洪，走馬來戰姜子牙，子牙伏劍來迎，怎兒得范場惡戰

1583

子恐此一闕，夫父耶惡，為繫乞殿下察之。殷洪咲曰：黃將軍昔日救我弟兄二命，今日理當報之。今放過一番。二次擒之，當正國法耶。左右取衣印還他。殷洪曰：黃將軍今日之恩，吾已報過了，以後併無他說，再有相逢辛為留意母得自遺伊戚。黃飛虎感謝出營府謝兄。子牙大悅，問其故：將軍被獲，怎能得復脫此厄。黃飛虎把上件事說了一遍，子牙大喜。正所

正是：

昔日施恩今報德，從來萬載不生塵。

且說殷洪放回黃家父子，回至城下，放進城來，到相

1581

撲咚咚陳皮鼓響，血瀝瀝旗磨硃砂，檳榔馬上叫活拿，便把人參拟下，暗裡防風鬼箭，烏鵐便撞飛抓妍殺，只殺得附子染黃沙，都為那地黃天子駕。話說兩家鑼鳴鼓響，驚天動地，喊殺之聲，毗沸天翻。且說子牙同殷洪未及三四合。祭打神鞭來打殷洪，不知殷洪內襯紫綬仙衣，此鞭打在身上，只當不知。子牙忙收了打神鞭，哪吒戰龐弘，忙祭起乾坤圈一圈，將龐弘打下馬來，復脅下一鐧刺死。殷洪見刺殺龐弘，大叫曰：好匹夫傷吾大將，棄了子牙，忙來戰哪吒。戰鐧并舉，殺在虎穴，卻說楊戩戰畢，環未及數合。

1584

謂天相吉人。話說鄭倫見放了黃家父子，心中不悅。對殷洪曰：殿下這番再擒來，切不可輕易處治他。前番被臣擒來殺，又私自逃回。這次切宜斟酌。殿下曰：他救我，我理當報他，釋他出走，不出吾之手。次日殷洪領眾將來城下，坐名請子牙答話。探馬報入相府，子牙對諸門人曰：今日會殷洪須是看他怎樣。銅鏡子傳令排隊伍，炮聲響亮，旗旛招展出城，對子馬各分左右。諸門人為趙排開。殷洪在馬上，把畫戟指定言曰：姜尚，為何造反？你也曾為商臣，一佃辜恩情殊何恨。子牙欠身曰：殿下，此話差矣。為君者小行而下

1582

第六十回　馬元下山助殷洪

詩曰：

玄門久煉紫真官，暴虐無端性更凶。
五厭貪痴成惡孽，三花善果屬欺謾。
紂王帝業桑林晚，周武軍成瑞靄寒。
堪嘆馬元成佛去，西岐猶自忤心刓。

話說黃飛虎大戰殷洪，二騎交鋒，鎗戟上下，來往相交，約有三十回合。黃飛虎鎗洪，如風馳電掣，往來如飛，搶入懷中。殷洪招架不住，只見麗弘走馬來助。這壁廂黃天祿縱馬搖鎗，敵住麗弘，劉甫舞刃飛來。黃

天爵也來接住厮殺。苟章見眾將助戰，也冲殺過來。黃天祥年方十四歲，大呼曰：少待吾來！鎗馬搶出，大戰苟章。畢環走馬使鐧殺來，黃天化舉雙鐧接殺。且說殷洪敵不住黃飛虎，把戟一掩就走，黃飛虎趕來。殷洪取出陰陽鏡，把白光一幌，黃飛虎滾下騎來。早被鄭倫殺出陣前，把黃飛虎搶將過去了。黃天化見父親墜騎，棄了畢環，趕來救父。殷洪見黃天化坐的是王麒麟，知是道德之士，恐被他所暗，忙取出鏡子，如前一幌，黃天化跌下鞍鞽，也被搶了。苟章欺黃天祥大怒，不以為竟，被天祥一鎗正中左腿，敗回行營。

殷洪一陣擒二將，掌得勝鼓回營。且說黃家父子五人出城，到擒了兩個去，止剩三子四來，進相府泣報子牙。子牙大驚，問其原故，天爵等將鏡子一幌，即便拿人誅了一遍。子牙一分不悅，只見殷洪回至營中。令把擒來二將抬來，殷洪明明賣弄他的道術，把鏡子取出來，用紅的半趟一幌，黃家父子睜開二目，見身上已被繩索綁住，及推至帳前，黃天化只氣得三尸神暴跳，七竅內生烟。黃飛虎曰：你不是二殿下殷洪？洪喝曰：你怎見得我不是？黃飛虎曰：你既是二殿下，你豈不認得我武成王黃飛虎？當年你可記得我在

十里亭前放你，午門前救你，殷洪聽罷呀的一聲，你原來就是大恩人黃將軍。殷洪忙下帳親解其索，又令放了黃天化。殷洪曰：你為何降周？黃飛虎欠身打躬曰：殿下在上，臣愧不可言。紂王無道，困欺臣妻，故棄暗投明，歸投周主。況今三分天下，有二歸周，天下八百諸侯，無不臣服。紂王有十大罪，得于天下，臨殺夾臣，炮烙正士，剖賢之心，殺妻戮子，荒淫不道，沉湎冒色，峻宇雕梁，廣與土木。天愁民怨，天下皆不願與之俱生。此殿下所知者也。今蒙殿下釋吾父子，乃莫大之恩。鄭倫在傷，急止之曰：殿下不可輕釋黃家父

〔1573〕

虎曰當時有殷郊，殷洪綁在絞頭橋上被風刮去，想必今日回來。末將認的他，待吾出夫便知真假。黃飛虎傳令出城，有子黃天化壓陣，黃天祿、天爵、天祥父子五人齊出城。黃飛虎在坐騎上，見殷洪王服，左右擺着龐劉苟畢四將，後有鄭倫為左右護衛使，真好齊整。看殷洪出馬，怎見得有詩為証。

詩曰

束髮金冠火焰生。　連環鎧甲長征雲。
紅袍上面團龍現。　殿束擭兵走獸群。

〔1574〕

紫綬仙丞為內觀。　暗掛稀奇水火鋒。
拿人捉將除陽鏡。　腹內安藏秘五行。
坐下走陣逍遙馬，　手提方天戟一根。
龍鳳旗上書金字。　成湯殿下是殷洪。

詬言黃飛虎出馬言曰，來者何人。殷洪離飛虎十年有餘，不想飛虎歸了西岐。一時也想不到。殷洪答曰，吾乃當今次殿下殷洪是也。你是何人。敢行叛亂，今奉勅征討，早早下馬受縛，不必我費心。莫說西岐姜尚乃崑崙門下之人，若是惱了我，連你西岐寸草不留，定行戮絕。黃飛虎聽說答曰，殿下吾非別人，乃開

〔1575〕

黃飛虎、殷洪把馬一縱，提戟來取黃飛虎，催神牛手中鎗急架來迎，牛馬相交，鎗戟併舉，這場大戰不如勝負如何，且聽下回分解。

總批

殷洪對師發誓言猶在耳，申公豹浮言安得師入見。當日親見殺母身遭形羨，豈得一旦忘之哉。但申公豹之言皆在天倫至極趂處。打轉他，他不得不為之轉念耳。當斯時自無以子伐父之理，只是他不會權宜。當時肯假

〔1576〕

西周之兵，觀政商郊，擒妲己以報母恨，清君側之妖，平定禍亂，安撫士民，除其虐政，將紂王送入養老官，擇如微子之賢以續商嗣，然後自殺。武王雖賢能得代商否。又不失忠臣孝子之名，惜乎草率做了一簡孟浪事。

又批

紂王貫盈，天心厭棄矣，縱有孝子仁人亦不能挽回怨尤。况如殷洪殷郊二子者乎。取敗宜矣。

武王伐紂。四肢俱成飛灰申公豹咲曰此乃牙疼呪耳世間豈有血肉成為飛灰之理你依吾之言改過念頭竟去伐周。父後必成大業庶幾不負祖宗廟社之靈與我一片真心耳。殷洪彼曉聽了申公豹之言。把赤精子之語丟了腦後。申公豹曰如今西岐有冀州侯蘇護征伐你此去與他合兵一處我再與你諸一高人來助你成功。殷洪曰蘇護女妲已將吾母害了我怎肯與讎人之父共居。申公豹咲曰怪人須在腹相見有何妨你成了天下。任你將他怎麼去報母之恨。何必在一時自失機會。殷洪欠身謝曰。老師之

言大是有理。申公豹說反了殷洪跨虎而去正是。

堪恨申公多饒舌。殷洪難免這災迍。

且說殷洪改了西周號色。扮着成湯字號。一日到了西岐果見蘇侯大營扎在城下。殷洪命麗弘去令蘇護來見。麗弘不知就裏隨上馬到營前犬呼曰殷千歲駕臨令冀州侯去見有探事馬報入中軍啟君侯。營外有殷殿下兵到。如今來令君侯去見蘇侯聽罷沉吟曰天子崩下久已淹沒。如何又有殿下況吾奉勅征討身為大將誰敢令我夫見困分付旗門官曰你且將來人令來單政司。來令麗弘麗弘隨至中軍。

蘇侯見麗弘生的兇惡。相貌跳蹡便問來者曰。你足那裏來的兵是那個殿下。俞你來至此麗洪答曰此是二殿下之令。命末將來令老將軍蘇侯聽罷沉吟曰當時有殷郊。殷洪鄉在絞頭樁上被風刮去不見了那裏又有一箇二殿下殷洪也。偷有鄭倫敢曰。君侯聽稟當時既有被風刮去之異。此時就有一箇不可解之理想必當初被那一位神仙收去。今見天下紛紛。刀兵四起。特來扶助家國亦未可知。君侯且到他行營看其真假便知端的蘇侯從其言隨出大營來至轅門麗弘進營回覆殷洪曰蘇護在轅門等令殷

洪聽得命左右令來。蘇侯鄭倫至中軍行禮欠身打弟曰末將甲冑在身不能全禮。請問殿下。是成湯那一枝宗派殷洪曰孤乃當今嫡派次子殷洪只因父王失政把吾弟鄉在絞頭樁欲待行刑天不亡我。有海島高人將吾提挈故今日下山。耴你成功又何必問我鄭倫聽罷以手加額曰。以今日之遇正見社褳之福殷洪令蘇護合兵一處。殷洪進營陞帳。就問連日可曾與武王會兵以分勝負。蘇侯把前後大戰一一說了一遍殷洪在帳中歎換王服次日領衆將此營請戰。有報馬報入相府。啟承相外有殷殿下請

陰陽鏡把紅的半邊對三人一愰，三人齊醒回來，躍
身而起，大叫曰，好妖道，敢欺侮我等，傍立一人，大呼
曰，長兄不可造次，此乃是殷殿下也，三人聽罷，倒身
下拜，口稱千歲，殷洪曰，請問四位高姓大名，內一人
應曰，某等在此，二龍山黃峯嶺，嘯聚綠林，末將姓龐，
名弘，此人姓劉，名甫，此人姓荀，名章，此人姓畢，名環，
殷洪曰，觀你四人，一表非俗，真是當世英雄，何不隨
我往西岐夫，助武王伐紂，如何，劉甫曰，殷下乃成湯，
胄亂夫，不佐成湯，而助周武者，何也，殷洪曰，紂王雖
是吾父，奈他絕滅彝倫，有失君道，為天下所共棄，吾

1565

敬願天而行，不敢違逆，你此山，如今有多少人馬，龐
弘答曰，此山有三千人馬，殷洪曰，既是如此，你們同
吾往西岐，不失人臣之位，四人答曰，若千歲提攜，乃
貴神所照，敢不如命，四將隨將三千人馬，改作官兵，
打西岐號色，放火燒了山塞，離了高山，一路上，正是，

殺氣冲空人馬進，　這塲異事又來侵。

話說人馬，非止一日，行在中途，忽見一道人，跨虎而
來，眾人大叫，虎來了，道人曰，不妨，此虎乃是家虎，不
敢傷人，煩你報與殷殿下，說有一道者，要見軍士報
至馬前曰，啟千歲行，一道人，要見殷洪，原是道門出

1566

身命左右住了人馬，請求相見，少時見一道者，飄然
而來，白面長鬚，上帳見殷洪，打箇稽首，殷洪亦以師
禮而待，殷洪問曰，道長高姓，道人曰，你師與吾一教。
俱是玉虛門下，殷洪欠身，口稱師叔，二人坐下，殷洪
問師叔高姓大名，今日至此，有何見諭，道人曰，吾乃
是申公豹也，你如今往那里去，殷洪曰，奉師命往西
岐耶武王伐紂，道人正色言曰，豈有此理，紂王是你
甚麼人，洪曰，是弟子之父，道人大喝一聲曰，世間豈
有子助他人反伐父親之理，殷洪曰，紂王無道天下
叛之，今以天之所順，行天之罰，天必順之，雖有孝子

1567

慈孫不能改其愆尤，申公豹笑曰，你乃愚迷之人，紂
一之夫，不知大義，你乃成湯苗裔，雖紂王無道無子
伐父之理，況百年之後，誰為繼嗣之人，你道不思社
稷為重，聽何人之言，忤逆滅倫，為天下萬世之不肖，
未有若殷下之甚者，你今助武王伐紂，倘有不測，一
則宗廟被他人之所壞，社稷彼他人之所有，你久後
死於九泉之下，將何顏相見你始祖哉，殷洪殺申公
豹，一篇言語，說動其心，低首不語，默默無言半晌言
曰，老師之言，雖則有禮，我曾對吾師，發呪，立意來助
武王，申公豹曰，你發何呪，殷洪曰，我發誓說，如不助

1568

終是紂王之子。倘若中途心變。如之奈何。那時節反
為不美。赤精子忙叫殷洪。你且回來。殷洪曰。弟子既
去老師又令弟子回來。有何分付。赤精子曰。吾把此
寶俱付與你。切不可妄師之言。保紂伐周。殷洪曰。弟
子若無老師。救上高山。死已多時。豈能望有今日。弟
子怎敢背師言而妄之理。赤精子曰。從來人面是心
非。如何保得到底。你須是對我發個誓來。殷洪隨
應曰。弟子若有他意。四肢俱成飛灰。赤精子曰。出口
有愿。你便去罷。且說殷洪離了洞府。借土逃往西歧
而來正是

封神演義　卷之二十二　　五九　〔1561〕

神仙道術非凡術。　足踏風雲按五行。

話說殷洪駕着青土遁正行。不覺落將下來。一座古
怪高山。好兇險。怎見得。

詩曰

頂嶺松柏接雲青。　石壁荊榛掛野藤。
萬丈崔嵬峯嶺峻。　千層峭險鑿崖深。
蒼苔碧蘚鋪陰石。　古檜高槐結大林。
林深處處聽幽鳥。　石磊層層見虎行。
澗水流如瀉玉。　　路傍花落似堆金。
山勢險惡難移步。　十步全無半步平。

〔1562〕

狐狸麋鹿成雙走。　野獸玄猿作對吟。
黃梅熟杏真堪食。　野草閒花不識名。

話說殷洪看罷山景。只見茂林中一聲羅响。殷洪見
有一人。面如亮漆。海下紅鬚。兩道黃眉。眼如金鍍。皂
坐烏馬。穿一付金鎖甲。兩條銀裝鋼鐧滾上山來。大
吒一聲。如同雷鳴。問道你是那里道童。敢探吾之巢
穴。劈頭就是一鐧。殷洪忙將水火鋒急架忙迎。步馬
交還。山下又有一人。大呼曰。長兄吾來了。那人戴虎
磕腦。面如赤棗。海下長鬚。用駝龍鎗。騎黃標馬雙戰
殷洪。殷洪怎敵得過二人。心中暗想。吾師曾分付吩

封神演義　卷之二十二　〔1563〕

陽鏡按人生死。今日試他一試。殷洪把陰陽鏡拿在
手中。把一晃白的對着二人一揝。那二人坐不住鞍
鞽撞下塵埃。殷洪大喜。只見山下又有二人上山來。
更是兇惡。一人面如黃金。短髮亂鬚穿大紅披銀甲。
坐白馬用大刀。真是勇猛。殷洪心下甚怯。把鏡子對
他一揝。那人又跌下鞍鞽。後那一人見殷洪這等道
術。滾鞍下馬跪而告曰。望仙長大發慈悲。救兒三人
罪愆。殷洪曰。吾非仙長。乃紂王殿下殷洪是也。那人
聽罷叩頭在地曰。小人不知千歲駕臨。吾兄亦不知
萬望饒恕。殷洪曰。吾與你非是敵。日後決不害他。將

話說此寶令佐于中，輕如灰草，打在人身上，重似太山。楊文煇見此寶落將下來，方耍脫身，怎免此厄，正中頂士，可憐打的腦衆併出一道靈魂，進對神臺去了。呂岳又見折了門人，心中大怒，大喝曰：好孽障，敢如此大胆欺侮于我，捽于中劍飛來直取。韋護展開株，變化無窮。一箇是護三教法門全真，一箇是瘟部正神，兩家來往，行五七回，金鞕趕起寶柞，呂岳覩之精不能破此寶，隨借土遁化黄光而走。韋護見走了呂岳，收了降魔杵，迯往西岐來。早浮相府門官通報，有一道人求見。子牙聽得是道者，忙道：講來。韋護至簪前，倒身下拜，口稱：師叔，弟子是金庭山玉屋洞道行天尊門下韋護是也。今奉師命命來佐師叔，共輔西岐。弟子中途曾遇呂岳，兩下交鋒，被弟子用降魔

忙打死了一箇道者，不知何名，單走了呂岳。子牙聞言大悅。且說呂岳同往九龍島煉瘟癀傘不表。且說蘇侯被鄭倫拒住，不歸周，心下十分不樂，自思屢屢征戰與了洙，如何是妤，此不言蘇護納悶。話分兩處。且言太華山雲霄洞赤精子，只因削了頂上三花潜消，胸中五炁閒坐于洞中，保養天元。只見有玉虛宮白鶴童子持扎而進。赤精子接見白鶴童兒，開讀御扎，謝恩畢，方知姜子牙金臺拜將，請師赴西岐接駕。赤精子打發白鶴童兒回宮，忽然見門人殷洪在傍。道人曰：徒弟，你今在此非是了頭成仙之人。如今武王乃仁聖之君，有事于天下，伐罪吊民。你義師叔合當封拜，東進五關，會諸侯于孟津，滅獨夫于牧野。你可卽下山助予牙一臂之力，只是你有一件事聲那肘。殷洪曰：

老師，弟子有何事聲肘？赤精子曰：你乃是紂王親子，你决不肯佐周。殷洪聞言，將口中玉釘一銼，二目圓瞪：老師在上，弟子雖是紂王親子，我與姐已有百世之讐，父不慈子不孝。他聽妲己之言，剝吾母之目，烙吾母二手，在西宮死于非命。弟子時時飲恨，刻刻痛心，怎能得此機會拿住妲己，以報我母沉冤，弟子雖死無恨。赤精子听罷大悅：你雖有此意，不可把念頭改了。殷洪曰：弟子怎敢有負師命。道人忙取紫綬仙衣、陰陽鏡、水火鋒拿在于中曰：殷洪，你若是東進時，倘遇佳夢關，有一火靈聖母，他有金霞冠，載在頭上，放金霞三四十丈，罩着他一身，他看得曰你，你看不見他。你穿此紫綬仙衣，可救你刀劍之災。又取陰陽鏡付與殷洪：徒弟，此鏡半遇紅半遇白，把紅的一幌便是生路，

把白的一幌便是死路。水火鋒可以隨身護體。你不可遲留，快收拾去罷，吾不久也至西岐。殷洪收拾辭了師父下山。赤精子暗想：我為子牙，故將洞中之寶盡付與殷洪去了。他終是紂于之子，倘若中途心變，如之奈何，那時節反為不美。赤精子忙叫：殷洪，你且回來。殷洪曰：弟子既去，老師又令弟子回來，有何分付。赤精子曰：吾把此寶俱付與你，切不可忘師之言，保紂伐周。殷洪曰：弟子若無老師救上高山，死已多時，豈能重有今日。弟子怎敢背師言而忘之理。赤精子曰：從來人面是心非，如何保得到底，你須是對我發個誓來。殷洪隨口應曰：弟子若有他合，四肢俱成飛灰。赤精子曰：出口有願，你便去罷。此說殷洪離了洞府，借土遁往西岐而來。正是

入俱目不知，傍有雷震子深恨吕岳，待弟子看來，把風雷翅飛起空中一看，知是吕岳殺進城來，忙轉身報於子牙。吕岳欺敵殺入城來，金吒、木吒、黃天化聞言，恨吕岳深入骨髓，五人喊聲大叫：今日不殺吕岳怎肯干休！齊出相府，子牙阻攔不住。吕岳正戰之間，只見金吒大呼曰：兄弟不可走了！吕岳忙把遁龍樁拋祭在空中。吕岳見此寶落將下來，忙將金眼駝拋起。那駝四足就起風雲，方欲起去，不防木吒將吳鈎劍祭起砍來，吕岳躲不及，被鈎卸下一隻膀臂，負痛逃走。楊文輝見勢不好，亦隨師敗下陣去。見說眾門

五五

1557

人等回見子牙、黃龍真人同王晁真人，曰：子牙放心。此子今日之敗，再不敢正眼覷西岐了。吾等暫回山嶽，至拜將吉辰再來拜賀。二仙回山不表。且說鄭倫在城外見敗殘人馬來報，啟爺知道吕老爺失機走了。鄭倫低首無語，回營見蘇侯，蘇侯暗喜，曰：今日方顯真命聖主。俱各無語。且說那日吕岳同門人敗走，來至一山，心下十分驚懼，下了坐騎，倚松靠石少憇片時，對楊文輝曰：今日之敗，大辱吾九龍島聲名。如今往那里去，見一道友來，以報吾今日之恨。話由未了，聽得腦後有人唱道情而來。

1558

歌曰：

烟霞深處隱吾軀，俯煉天皇訪道機。一點真元無破漏，拖白虎過橋西。易消磨天地，須臾人稱我全真。客伴龍虎守芽蘆，過幾世固守男兒。

吕岳聽罷，回頭一看，見一人非俗非道，頭戴一頂區，身穿道服，手執降魔杵，徐徐而來。吕岳立身言曰：來的道者是誰？其人答曰：吾非別人，乃金庭山王屋洞道行天尊門下韋護是也。今奉師命下山，佐師叔子牙東進五關戕紂，今先往西岐擒拿吕岳，以為進身之功。楊文輝聞言太怒，大喝一聲，曰：你這厮好大胆，

五六

1559

敢說欺心大話！縱步執劍來取韋護。韋護咥曰：事有湊巧，元來此處正與吕岳相逢。二人輕移虎步，大殺山前，只三五回合，韋護祭起降魔杵。怎見得好寶貝，有詩為証。

詩曰：

魯經煆煉爐中火，製就降魔杵一根。護法沙門多有道，文輝遇此絕真魂。

話說此寶拿在手中輕如灰草，打在人身上重似太山。楊文輝見此寶落將下來，方要脫身，怎免此厄？正中頂上，可憐打的腦漿逬出，一道靈魂進封神臺去

1560

第五十九回　殺洪下山收四將

詩曰：

紂王極惡已無恩，安得延綿及子孫。
非是申公能反國，只因天意絕商門。
收來四將皆逢劫，自遇三災若返魂。
塗炭一場成簡事，封神臺上泣啼痕。

話說周信領三千人馬，殺至城下，一聲响冲開東門，往城裡殺來，喧天金鼓，喊聲大振，楊戩見人馬俱進了城，把三尖刀一擺，大呼：周信是爾自來取死，不要走，吃吾一刀。周信大怒，執劍飛來直取，楊戩的刀赴

（1553）

而交還。話分四路，李奇領三千人馬，殺進西門，有哪吒截住斷殺。朱天麟領人馬，殺進南門，有王暴真人截住去路。楊文輝同吕岳殺進北門，只見黃龍真人跨鶴大喝一聲：吕岳慢來，你欺敵擅入西岐，真如魚遊釜中，鳥投網裡，是取其死。吕岳一見是黃龍真人，咲曰：你有何能，敢出此大言。將手中劍來取真人，真人忙用劍遮架。正是：

神仙殺戒捆逢日，
只得將身向火焰。

黃龍真人用雙劍來迎，吕岳在金眼駝上現出三頭六臂，大顯神通。一位是了道真仙，一位是蛇部异仙。

（1554）

不說吕岳在北門。且說東門楊戩戰周信，未及數合，楊戩恐人馬進滿，殺戮城中百姓，隨帶哮天犬，祭在空中，把周信夾頭夾一口，咬住不放。周信欲待掙時，早被楊戩一刀，揮為兩斷，一道靈魂，往封神去了。楊戩大殺成湯人馬，三軍逈出城外，各顧性命。楊戩往中央來接應。且說哪吒在西門，與李奇大戰交鋒，未及數合，李奇非哪吒敵手，被哪吒乾坤圈打割在地，脅下戳了一鎗，一靈也往封神臺去了。王暴真人在南門戰朱天麟。楊戩走馬接應，只見哪吒殺了李奇，登風火輪，趕殺士卒，勢如猛虎。三軍逃竄，呂岳戰

（1555）

黃龍真人不能敵，且敗往正中央來。楊文輝大呼，拿住黃龍真人。哪吒聽見三軍吶喊，振動山川，急來，看見吕岳三頭六臂，追趕黃龍真人，哪吒大咤曰：吕岳不要恃勇，吾來了。把鎗刺斜裡殺來，吕岳手中劍架鎗，大戰哪吒。正戰，楊戩馬到，使開三尖刀，如電光灼目。王暴真人祭起斬仙劍，誅了朱天麟，又來助楊戩、哪吒來戰吕岳。西岐城內止得吕岳、楊文輝二人。且說子牙坐在銀安殿，其疾方愈，未能全妥，左右跕立義箇門人：雷震子、金吒、木吒、龍鬚虎、黃天化、土行孫。只聽的喊聲振地，羅鼓齊鳴，子牙慌問眾門

（1556）

話說楊戩得了柴胡草，併丹藥，離了火雲洞，逕往西岐而來，早至城上，見師父而話，玉鼎真人，問取丹藥一事如何，楊戩把神農分付的言語，細細說了一遍，玉鼎真人，依法而行，將三粒冊，如法製度，果然好丹藥正是，

　聖主洪福無邊遠。

　呂岳何須枉用心。

話說呂岳在營過了七八日，對衆門人曰，西岐人民想已盡絕，蘇侯在中軍聽得呂道人之言，心下十分不樂，又過了兩日，蘇侯暗出大營來看，西岐城上界見旗幡，你這往來不斷，人行看哪吒精神抖擻楊戩氣象軒昂，心下大悅，呂岳之言，不過愚惑吾等耳，可將言語誠他一番，遂之中軍，對呂岳曰，老師言西岐人此盡絕，如今反有人馬往來，戰將威武，此事不實，不老師將何法處之，不可以前言為戲，呂岳聞言道，身間豈有此禮，蘇侯曰此，不才過纔經目看將來的，怎敢造次亂言，呂岳就此常一看果然如此播措一藥不覺失聲大叫，日原來正是真人，往火雲洞借了哪藥救起，并殘生靈老，尼忙命四門人鄭倫你可每圍攏望行太為乘他身弱，無力支持，殺進城中盡

知，呂岳不能破子牙，遂將一萬二千人馬，調出周信領三千，往東門殺來，李奇領三千，往西門殺來，朱天麟領三千，往南門殺來，楊文輝領三千，同呂岳往北門殺來，鄭倫在城外打點進城，且說哪吒在城上看見成湯營裡，發出人馬，殺奔城下，忙見黃龍真人曰城內空虛，止有四人為能護持得來，黃龍真人曰不必命楊戩你去東門迎敵，開門誘他進來，吾自有道理，哪吒你在西門迎敵，如此，王鼎真人你在南門，我貧道在北門，把他誑進城來，我自有處治，且說呂岳把四箇門人點出來取西岐城，不知勝負如何，且聽下回分解。

總批

蘇護要歸周，偏有這些強神惡煞來幫功果是天意欲要如此，還是子牙案人有難遣此事須要與近日推算者商量，

又批

瘟疫惡病世瘟疫使者惡煞也，今人惡之更深避之亦力當時便自如此，無怪近日

四方。挺生秀栢，屈曲蒼松，真好所在。怎見得。

巨鎮東岳，中天勝岳芙蓉峯。龍鸞紫蓋嶺巍巍，百州含香味。爐烟鶴唳踪。上有玉虛之寶籙，朱陸之靈臺。舜巡禹禱，玉簡金書。樓閣飛青鸞，亭臺隱紫霧。地設名山雄宇宙，天開仙境透三清。幾樹桃梅花正放，滿山瑤草色皆舒。龍潛澗底，虎伏崖前。㘞鳥如訴語，馴鹿近人行。白鶴伴雲棲老檜，青鸞丹鳳向陽鳴。火雲福地真仙境，金闕仁慈治世公。

話說楊戩不敢擅入，伺候多時。只見一童兒出洞府。楊戩上前稽首曰。師兄，弟子乃玉泉山金霞洞玉鼎真人門徒楊戩。今奉師命特到此處參謁三聖老爺。借師兄轉達一聲。童兒曰。你可知道三聖人是誰。如何以老爺相稱。楊戩欠身曰。弟子不知。童子曰。你不知，末怪你。此三聖乃天地人三皇帝主。楊戩曰。多感師兄指教。其實弟子不知。童兒進洞府，少時出來曰。三位皇爺命你相見。楊戩進洞府，見三位聖人。當中三位頂生二角。左邊一位披葉蓋肩，腰圍虎豹之皮。右邊一位身穿帝服。楊戩不敢踐越階次。只得倒身下拜言曰。弟子楊戩奉玉鼎真人之命。今為西岐武王因呂岳助蘇護征伐其地。不知用何道術將二郡生民盡是臥床不起。呻吟不絕，晝夜無寧。武王命在旦夕。姜尚死在須臾。弟子奉師命特懇金客大發慈悲，救援無辜生靈。實乃再造洪恩，德如淵海。楊戩訴罷。

當中一位聖人乃伏羲皇帝，謂左邊神農曰。想吾羲為君，和八卦，定禮樂，備無禍乱。方今商迍，當義干戈四起。想武王德業日盛，紂惡貫盈。以周伐紂，俟此是天數。

但申公豹扭轉天心，助惡為虐，邀請左道之人。是可恨。御弟不可辭勞，枉費周功。不負有德之素。神農答曰。皇兄此言有望。惟起身入後，取了丹藥，付與楊戩曰。此丹三粒。二粒救武王宮眷，一粒救子牙諸多門人。一粒用水化開，用楊枝細洒西城。凡有此疾者，名為傳染之疫。楊戩叩首在地，拜謝出洞。神農復叫楊戩分付曰。你且站住。神農出的洞府，往紫芝崖來。尋了一遍，忽然挼起一草，遞與楊戩。你將此寶帶回人間，可治傳染之疾。若九世間衆生遭此苦厄，先取此草服之，其疾自愈。楊戩接草，跪而啓曰。此草何名，當傳人間，念濟寒疫，悲乞明示。神農道。你聽我有偈為証。

偈曰

此草生來益世無　　紫芝崖下用功夫、

五十

用水火為惡濟之物，大家小戶，天子文武，士庶人等。凡吃水者，滿城盡遭此厄，不一二日，一城中煙火全無，街道上并無人走，皇城內人聲寂靜，止聞有鐘聲之音。相府內家將門人，忽逢此難，內有二人不遭此殃。哪吒乃蓮花化身，楊戩有元功變化，故此二人見瘟城如此。二人心下十分着慌，哪吒進內庭看武王，楊戩在相府照顧，又不暇娶上城看完。二人計議城中止有二，於是呂岳加兵交打，如之柰何。楊戩門下不妙，武王　聖明之君，其禍不小，師叔莫有這場苦楚。定有　之士來佐，不言二人在城上啇議，且說正

箭散了瘟邪，次日在帳前對蘇侯等言曰：我今一日與汝等成功，不用張弓隻箭，六七日之內，西岐一郡生靈盡皆死絕，爾等速速奏凱回兵，不負我下山一遭。鄭倫曰：連日西岐不見城上有人。呂岳曰：一郡象生盡逢大劫，不久身亡。鄭倫曰：既西岐城人民俱遭困厄，何不調一枝人馬殺進城中，剪草除根。呂岳曰：也使得。鄭倫欣然領了蘇侯令，調出人馬來，方出湯營。且說楊戩在城上看見鄭倫調兵出營，哪吒着慌問楊戩曰：人馬殺來，我你二人焉能擸抵大衆人馬。楊戩曰：不要忙，吾自有退兵之策。楊戩連忙把土輿

草抓了兩把，望空中一洒，喝聲疾，西岐城上盡是虎蛇大漢往來，鄭倫抬頭看時，見城上人馬反比前大不相同，故此不敢攻城，有詩為証。

詩曰

楊戩神機妙術奇，　呂岳空自費心機。
武王洪福包天地，　應合姜公遇難時。

話說鄭倫見西岐城上人馬軒昂曉勇，不敢進兵，徐徐退進營來見呂岳，言曰城上有人一事不表。且說楊戩雖用此術，只過時三刻，只救眼下之急，不能常久。哪吒正燕煩，聽的空中鶴唳之聲，元來是黃龍

真人跨鶴而來，落在城上，哪吒楊戩下拜，口稱老師。真人曰：你師父可曾來。楊戩答曰：家師不曾來。黃龍真人至相府來看子牙，又入內庭看過武王，復出皇城，上了城。玉鼎真人方架縱地金光法而至。黃龍真人曰：道兄為何來遲。玉鼎真人曰：我借金光縱地，故此來遲。今呂岳將此異術治此一郡象生，遭逢大厄，今着楊戩速往火雲洞見三聖大師，速取丹藥可救此愆。楊戩領師命，逕往火雲洞來。正是：

足踏五行生霧彩，　週遊天下只須臾。

話說楊戩借土遁來至火雲洞，此處雲生入處霧起

飛來直取子牙劍急架忙迎楊戩在傍縱馬搖刀飛
來大呼曰師叔弟子來也楊戩不分好歹照頂上劈
來呂岳手中劍架刀隨劍哪吒登開風火輪使開火
尖鎗冲殺過來黃天化在旗門腳下恐不住心頭火
起雖然是蘇侯救歸吾父子難道我不如他們只要
成功顧不得了催開玉麒麟發鎗過來把呂岳圍在
當中且言旗門下鄭倫看見黃天化殺將過來呼的
一聲幾乎墜于獸下長吁嘆曰誰知我為紂王擒將
立功元來主將有意與周反將黃家父子放回去了
鄭倫自思這番捉住卽將打死絕其做念急催開金

1536

犬大呼黃天化曰吾來也天化兒了雖人撥轉俱
雙提步起力戰鄭倫哪吒見黃天化敵住了鄭倫
恐怕有失忙登回風火輪把鎗劈心就剌鄭倫大叫
曰黃公子你夫拿呂岳吾來殺此匹夫鄭倫會被哪
吒乾坤圈打過一次大抵心下十分快他撥戰俱是
不濟先是留心著意防哪吒動手且說子牙楊戩
使刀敵住呂岳又見黃天化助力土行孫也提邪鉄
提滾將逼來鄭嬋玉在轅門下看戰呂岳周將有
墳鎚將身子搖動三百六十骨節霎時現出三頭六
臂六隻手執形天印一隻手擎住瘟疫鎚一隻手持

1537

八

蕭門人
甚足疾
倫何恐
呂岳懲

定形瘟瘴一隻手執住止瘟劍雙手使劍現出青臉
獠牙子才見了呂岳現如此形壯心下十分懼怕楊
戩見子牙怯戰忙將馬走出圈子外命金毛童子拿
金龍在手挽滿扣兒一金正打中呂岳肩窩黃天
化見楊戩成功把玉麒麟蹕跳遠了四手一火龍標把
呂岳退上打了一標子牙見呂岳著傷起土道去
連一鞭正中肩背幾乎門下獸來敗進轅門子牙不起嗎
了鄭倫見呂岳所失慌不能取勝心下一慌彼哪吒一
鎗正中肩背幾乎門下獸來敗進轅門見呂岳失慌着丁

1538

傷卻鄭倫也著了傷心中大悅這匹夫該當如此呂岳
悶莴進中軍帳坐定被打神鞭打的三昧火從竅中
而出四門人來問老師曰今日不意老師反被泄取
了勝呂岳曰不妨吾自有道理遂將藥救之呂岳至三更
喚仍復喚曰姜尚你雖然取勝一時你怎逃滅一城
生靈之禍鄭倫著傷呂岳乘了金眼駝也在當中把瘟
時分命四門人每一人拿一葫蘆瘟丹借五形遁進
西岐城中呂岳乘了金眼駝乘至三更方囘不表且說西
著往城中披東西南北酒至三更方囘不表且說必
岐城中那知此丹供人井泉河道之中人家起來必

1539

使者用的旛名曰發燥旛第三位朱天麟按南方使
者用的劍名曰昏迷劍第四位楊文輝按北方使者
用的鞭名曰散瘟鞭故此瘟部之內先着四箇行瘟
使者先會門人此乃子牙一災又至姜子牙那裡知
道子牙正在府中謂楊戩曰吾師言三十六路伐西
岐笑將來有三十路矣今又逢此道者把吾四箇門
人困住聲叫痛苦使我心下不忍如何是好將奈之
何正議間忽門旗官報曰有一三隻眼道人蕭丞相
答話哪吒楊戩在傷目今連戰五日一月換一簡不
知他營中有多少截教門人師叔會仙便知端的子

1532

牙傳令龐隊伍出城炮聲響亮兩扇門開左右列典
周城剎英雄前後立玉虛門下且說呂岳見子牙出
城兵勢嚴整果然比別人不同正是

果然紀律分嚴整　不亞當年風后強

話說子牙見黃旛腳下有一道人穿大紅袍服面如
藍靛髮似硃砂三目圓睜騎金眼駝手提寶劍大呼
曰來者可是姜子牙麼子牙答曰然也子牙曰道兄
是那座名山何處仙府今往西岐屢敗吾門下道兄
何所見而爲今紂王無道周室曲仁天下共見從來
人心歸順眞主道兄何必強爲常言順天者在逆天

1533

者子今我周鳳鳴岐山英雄間出豈不卜可知道兄
又何得逆天而行其已意哉兄逆兄在道門又練豈
不知封神榜乃三教聖人所主非吾一已之私今我
奉玉虛符命扶助眞主不過完天地之劫數成氣運
之遷移今道兄旣屢得勝不過一時僥倖成功若是
劫數來臨自有破你之術者道兄不得恃強無徒伊
戚呂岳曰吾乃九龍島煉氣之士名爲呂岳只因你
等特開教門人假我截教吾故令四箇門人墨翟使
你知道今日特來你你一會共決雌雄只是你死口
甚近苦無追悔你聽我道來

1534

截教門中我最先。　玄中妙訣許多言
五行遁術尋常事　駕霧騰雲只等閒。
腹內離龍併坎虎。　捉來一處自熬煎。
煉就純陽乾健體　九轉還丹把壽延。
入極神遊眞自在。　逍遙任意大羅天
今日降臨西岐地。　早早投戈免罪愆

呂岳道罷子牙咲曰處道兄所談不遒峨嵋山如趙
公明三仙島雲窕瓔霄碧霄之道一但俱成塗粉料
道兄此來不過自取殺身之禍耳呂岳大怒罵曰姜
尚你有何能敢發如此惡言縱開金眼駝執手中劍

1535

封神演義卷之十二　四十

行瘟部內若離位。　正按南方火兩丁。

話說雷震子大呼曰來的妖人伏何邪術致困吾二位道兄也朱天麟笑曰你自恃猙獰古怪發此大言誰來怕你是你也不知我是吾乃九龍島朱天麟的便是你過名來也是我令你一番雷震子咲曰諒爾不過一草芥之夫焉能有甚道術雷震子把風雷翅分開飛起空中使起黃金棍劈頭就打朱天麟手中劍急架相還二人相交未及數合大抵雷震子在空中使開黃金棍往下扣將來朱人麟如何招架得住只得就走雷震子方繞要提朱天麟將劍望雷震子

1528

一指雷震子在空中架不住風雷二翅唰一聲落將下來便往西岐城內跳將進來走至相府子牙一見走來之勢不妖子牙出席急問雷震子曰你為何如此雷震子不言只是把頭搖一交跌倒在地子牙仔細定睛看不出他蹤跡原故心中十分不樂命攙進後應調息子牙納悶且說朱天麟見呂岳言如法治雷震子無不應聲而倒呂道人大悅次日又着楊文輝來城下請戰左右報入相府今日又是一位道人搦戰子牙聞報心下躊躇一日換一個道者莫非又是十絕陣之故智子牙心中疑惑只見龍鬚虎嚷

1529

去見子牙許之鬚虎出城見一道人面如紫草鬢似銅針頭戴魚尾金冠身穿皂服飛來而來怎見得有詩為証。

　詩曰

頂上金冠排魚尾。　面如紫草眼光煒。
絲縧彩結扣連環。　寶劍砍開天地髓。
草履斜登寒霧生。　腦藏秘訣多文斐。
封神臺上有他名。　正按坎官壬癸水。

話說龍鬚虎見道人大呼曰來者何人楊文輝一見大驚看龍鬚虎形相古怪稀奇問曰通個名來龍鬚

1530

虎曰吾乃姜子牙門人龍鬚虎是也楊文輝太怒伏劍來取龍鬚虎發手有石只管打將下來楊文輝不敢久戰掩一劍便走龍鬚虎隨後趕來楊文輝取出一條鞭對著龍鬚虎一頓轉龍鬚虎忽的跳將回來發着石頭盡行力氣打進西岐直打到相府又打上銀安殿來子牙忙着兩邊軍將快與吾拿下去眾將官用鈎連鎗鈎倒在地綑將起來龍鬚虎口中噴出白沫朝着天睜着眼只不作聲子牙無計可施不知就理至個是瘟部中四個行瘟使者頭一位周信按東方使者用的磬名曰頭疼磬第二位李奇按西方

1531

絲縧上下飄瑞彩。腹內玄機海樣深。
五行道術般般會。酒荳成兵件件精。
兗地行瘟號使者。正属西方庚辛金。
話說木吒大喝曰你是何人敢將左道邪術困吾兄。長使他頭疼想就是你了李奇曰非也那是吾道兄。周信吾乃呂祖門人李奇是也木吒大怒都是一班左道邪黨輕捉大步執劍當空來取李奇李奇手中劍劈面交還二人步戰之間劍分上下要賭雌雄一個是肉身成聖的木吒施威仗勇一個是瘟部內有名的惡煞展放兇光往來未及五七回合李奇便走

木吒隨後赶來。二人步行赶不上一射之地李奇取出一旛拿在手中。對木吒連搖數搖木吒打了一個寒禁不去追赶李奇也全然不理。遂進大營去了。且說木吒一會兒面如白紙渾身上如火燎。心中似油煎。急問怎的這等回來。木吒跌倒在地口噴白沫身似炙火。子牙命扶往後房。子牙問惊陣官木吒如何這樣回來。掠陣官。把木吒追赶搖旛之事說了一遍。子牙不知其故。此又是左道之術。心中甚是納悶丑說李奇進營。回見呂岳道人問曰今日會何人。李奇曰

今日會木吒弟子用法旛一展無不響應因此得勝同見尊師呂岳大悅心中樂甚乃作一歌
歌曰
不貪玄門訣。工夫修煉來。爐中分好歹。
火內辨三才。陰陽定左右。符印最奇哉。
仙人逢此術。難免殺身災。
呂岳作罷歌。鄭倫在傍口稱老師二曰成功未見擒人捉將方纔聞老師作歌最奇甚是歡樂其中必有妙用請示其詳呂岳曰你不知吾門人所用之物俱有玄功只畧展動了他自然範命何勞持刀用劍殺

他躧偸聽說讚嘆不已次日呂岳曰朱天麟今日你去走一遭地是你下山一塲。朱天麟領法旨。提劍至城下大呌曰着西岐能者會吾。有探事的報入帥府。子牙雙眉不展問左右曰誰去走一遭偹有雷震子曰弟子愿去子牙許之雷震子出城見一道人坐的兇惡怎見得有詩爲証
詩曰
巾上斜飄百合櫻。面如紫棗眼如鈴。
身穿紅服如噴火。足下麻鞋似水晶
絲縧結就陰陽扣。寶劍揮開神鬼驚。

總批

蘇侯擇主而事。棄暗投明。固是賢士。但與你紂王戍民。不思捨身報主。效龍逢比干以直諫死。真有愧于諸君矣。萬世之下。順此為臣。實者蘇侯其罪之魁乎。

又批

鄭倫乃禪將也。知有君而不知有身。真是有血性男子。看他對蘇侯數語。真令蘇侯父子汗下。

1519

第五十八回　子牙西岐逢呂岳

詩曰

疫癘瘟瘟幾遍災， 子牙端是有奇才。
匡扶聖主開基域， 保護黔黎脫禍胎。
劫數將臨神鬼哭， 兵戈將至士民哀。
何年事定清平日， 祥雲氤氳萬歲臺。

話說周信出營來至城下請戰。報進相府有一道人請戰。子牙聞報連日未曾會戰。今日竟有道人此來。必竟又是異人。便問誰去走一遭。有金吒欠身而言曰。弟子愿往。子牙許之。金吒出城。偶見一個道者。生

1521

的十分兇惡。怎見得有詩為証。

詩曰

髮似珠砂臉帶綠， 獠牙上下金精目，
道袍青色勢猙獰， 足下麻鞋雲霧簇。
手提寶劍電光生， 胸藏妙訣神鬼哭，
行瘟使者降西岐， 正是東方甲乙木，

話說金吒問曰。道者何人。周信答曰。吾乃九龍島煉氣士周信是也。聞爾等仗崑崙之術。滅吾截教。情殊可恨。今日下山。定然與你等見一高下。以定雌雄。綽步執劍來取。金吒用劍急架相迎。未及數合。周信扯

1522

身便走。金吒隨即趕來。周信揭開袍服。取出一磬。轉身對金吒連敲三五下。金吒把頭搖了兩搖。即時面如金紙。走回相府。聲喚只叫頭疼殺我。子牙問其詳細。金吒把趕周信事說了一遍。子牙不語。金吒在相府晝夜叫苦。且說次日又報進相府。又有一道人請戰。子牙問左右誰去見陣走一遭。傍有木吒曰。弟子愿往。木吒出城。見一道人。挽雙抓髻。穿淡黃服。面如滿月。三綹長鬚。怎見得有詩為証。

詩曰

面如滿月眼如珠， 滾黃袍服繡花盦。

1523

陽神出竅人難見，水虎牽來事更玄。
九龍島內經脩煉，截教門中我最先。
若問納子名何姓，呂岳聲名四海傳。

話說道人作罷詩，對蘇護曰，納子乃九龍島聲名山煉氣士是也。姓呂名岳，乃申公豹請我來，助老將軍。將軍何必見疑，于蘇侯欠身請坐，呂道人也不謙讓，就上坐了。只聽得鄭倫聲喚曰，痛殺吾也。呂道人問是何人叫苦，蘇侯暗想，把鄭倫扶出來，說他一號。蘇侯答曰，是五軍大將鄭倫，被西岐將官打傷了，故此叫苦。呂道人曰，且扶他出來，待吾看看何如。左右把鄭倫扶將出來。呂道人一看咲曰，此是乾坤圈打的，不妨待吾救你，豹皮囊中，取出一箇葫蘆，倒出一粒丹藥，用水研開，敷于上面，如井露沁心一般。即時全愈。鄭倫今得重傷全愈。正是

　　猛虎又生雙脇翅　蛟龍依舊海中來。

鄭倫傷痕全愈，遂拜呂岳為師。呂道人曰，你既拜吾為師耶，你成功便了。帳中靜坐不語三日。蘇侯嘆曰，正要行計又被道人所阻，深為可恨。且說鄭倫見呂岳不出去見陳，上帳啟曰，老師既為成湯弟子，聽侯老師法旨可見。陳會會姜子牙。呂岳曰，吾有四位門功又過數日，來了四位道人。至轅門問左右曰，裡邊可有一呂道長麼。煩為通報，有四門人來見軍政官，報入中軍，啟老爺，有四位道人要見老爺。呂岳曰是吾門人來也，著鄭倫出轅門來請。鄭倫至轅門，兄四道者臉分青黃赤黑，或挽孤髻，或戴道巾，或似佗頭。穿青紅黃皂，身俱長一丈六七尺。行如虎狼，眼露睛。光甚是克惡，鄭倫欠背躬身曰，老師有請四位道人，似不尊薦，逕至帳前，見呂道人行禮畢。口稱老師，兩邊跟立，呂岳問曰，為何來遲，肉有一穿青者答曰，因攻伐之物未曾製完，故此來遲。呂岳謂四門人曰，這鄭倫乃新拜吾為師的，亦是你等兄弟。鄭倫從新又與四人見禮畢。鄭倫欠身請問曰，四位師兄高姓大名。呂岳用手指着一位曰，此位姓周名信，此位姓李名奇，此位姓朱名天麟，此位姓楊名文輝，鄭倫也通了名姓，遂治酒管待，飲至二鼓方散。次曰蘇侯昇帳，又見來了四位道者，心下十分不悅，懊惱在心。呂岳曰，今日你四人誰往西岐走一遭，丙有一道者曰，弟子愿往。呂岳許之，那道人抖搜精神，自恃腦中道術，出營步行，來會西岐，不如丙吉如何，且聽下回分解。

不能得。便令奉勑西征。實欲乘機歸順。怎奈偏將鄭倫堅執不允。我將言語開說上古。順逆有歸之語他只是不從。今特設此酒請大王公子。少叙心曲。以贖不才冒瀆之罪飛虎曰君侯既肯歸順宜當速行雖是鄭倫執拗只可用計除之大丈夫匹婦先立功業共扶明主。垂名竹帛。豈得區區效匹夫匹婦之小忠小諒武酒至三更。蘇護起身言曰大王賢公子。出後粮門回見姜丞相把不才心事呈與丞相以知吾之心腹也。遂送黃飛虎父子回城飛虎至城下叫門城上聽的是武成王。不敢貪夜開門。來報子牙子牙聽得是

1511

三更天氣報黃飛虎回來。忙傳令開城門。少時飛虎至相府。來見子牙。子牙曰黃將軍被奸惡所羨為何貪夜而歸黃飛虎把蘇護心欲歸周所以。一說了一遍。只是鄭倫把持不得遂其初心。再等一兩日。他自有處治不表飛虎回城且說蘇侯父子。不得歸周作何商議蘇全忠曰不若乘鄭倫身著重傷。修書一封打入城中。知會子牙。牙前來劫營。將鄭倫生擒進城看他歸順不歸順任姜丞相處治。孩兒與爹爹早得歸周恐後致生疑惑蘇護曰此計雖好只是鄭倫也是箇好人。必須周全得他方妙全忠曰只是不要傷

1512

他性命便了。蘇護大喜。明日准行父子計較停當求月行事有詩為証

詩曰

　蘇家父子欲歸周。　怎奈門官不肯投。
　只是子牙該有厄。　西岐傳染病無休。

話說鄭倫被哪吒打傷肩背。雖有丹藥只是不好一夜聲喚睡卧不寧又思主將心意歸周。恨不能即報國恩以遂其忠悃其如几事不能就緒。如之奈何且說蘇護次日陞帳打點行計忽聽得把轅門官旗報

1513

不是道家出身。不知道門尊大。便叫令來。左右出轅門報與道人。道人聽得叫令來。不曾說箇請字。心下一爵爵不樂。欲待不進營去。恐辜負了申公豹之命遂人自思。且進營去。看他何如。只得忍氣吞聲。進營來至中軍。蘇侯見道人來。不知何事道人見蘇侯曰貧道稽手了。蘇侯亦還禮畢問曰。道者今到此間有何見諭。道者曰貧道特來相助老將軍。共破西岐擒反眨以解天子。蘇侯曰道者住居那裡。從何處而來。道人答曰吾從海島而至。有詩為証詩曰

　弱水行來。　不用舡。　週遊天下妙無端。

1514

924

難逃此厄，正中胸背，只打得筋斷骨拆，幾乎墜騎歟。回行營。哪吒得勝回來見子牙，將鄭倫如此如彼被乾坤圈打傷敗回去，說了一遍。子牙大喜，上了哪吒功不表。且說蘇侯在中軍，聞鄭倫失機來見。蘇侯見鄭倫着傷，跶立不住，其實難當。蘇侯借此要說鄭倫，乃慰之曰：鄭倫觀此天命有在，何必強為？前聞天下諸侯歸周，俱欲共伐無道，只聞太師屢欲扭轉天心，故此俱遭屠戮，實生民之難。我今奉勅征討，你得功莫非暫時僥倖耳。吾見你着此重傷，心下甚是不忍。我與你名為主副之將，實有手足之情。今見天下紛

紛刀兵未息，此乃國家不祥，人心天命可知。昔堯帝之子丹朱不肖，堯崩，天下不歸丹朱而歸于虞舜。之子商均亦不肖，舜崩，天下不歸商均而歸于禹。方今世亂如麻，真假可見，從來天運循環，無往不復。今主上失德，暴虐亂常，天下分崩，黯然氣象，莫非天意也。我觀你遭此重傷，是上天警醒你我耳。我思順天者昌，逆天者亡，不若歸周共享安康，以伐無道，此正天心人意，不上可知。你意下如何？鄭倫聞言，正色大叱曰：君侯此言差矣。天下諸侯歸周，君侯不比諸侯，乃是國威國土與亡國存與祗。今君侯受紂王莫大之

恩，娘娘享宮闈之寵，今一但負國為之不義，今國事艱難，不思報効而欲歸反叛，為之不仁。鄭倫切為君侯不取也。若為國捐生捨身報主，不惜血肉之軀，以死自誓，乃鄭倫忠君之愿，其他非所知也。蘇護曰：將單之言雖是。古云：良禽擇木而棲，賢臣擇主而事。古人有行之不損令名者，伊尹是也。黃飛虎官居王位，今主上失德，乖天意人心思亂，故捨紂而歸周。鄭尤公見武王子牙以德行仁，知其必昌；紂王無道，知其必亡，亦捨紂而從周。所以人要見機順時行事，不爽為智。你不可執迷，恐後悔無及。鄭倫曰：君侯既有

歸周之心，我決然不順從于反賊。待我早間死後，君侯早上歸周；我午後死，君侯午後歸周，我忠心不改。此頸可斷，心不可汙。轉身回帳調養傷痕不提耳。說蘇侯退帳，沉思良久，命蘇全忠後帳治酒，二鼓時分，命全忠往後營，把黃飛虎父子放了，請到帳前。蘇護下拜請罪，言曰：末將有意歸周久矣。黃飛虎忙答拜曰：今蒙盛德感賜再生，前聞君侯意欲歸周，使我心懷渴想，喜如雀躍，故末將纔至營前，欲會君侯問其虛實耳，不期被鄭倫所擒，有辱君命。今蒙開其生路，有何分付，恩父子惟命是從。蘇護凡不才，久欲歸周

［1503］

跌在地下，烏鴉兵把土行孫拿了。鄒將起來土行孫
睜開眼兒渾身上上了繩子道聲慚愧到有趣土行孫綑
着看着鄧嬋玉走馬大呼曰匹夫不必逞兇搶將蘇
刀飛來直取鄭倫手中拄劈面打來嬋玉未及數合把
撥馬就走鄭倫不趕催人掛下刀取五光石側坐鞍
轎四手一石正是。

　從來暗器最傷人　自古婦人為更毒

鄭倫哎呀的一聲而上着傷敗四營中來見蘇候蘇
候曰鄭倫你失擺了鄭倫呑曰拿了一個矮子繞待
回營不意有一員女將來戰未及數合回馬就走未

廿八

［1504］

將不曾趕他他便回手一石急目躲轎面上已着了
傷如今那箇矮子拿在轅門聽令蘇候傳令推將進
來眾將卒將土行孫簇擁推至帳下蘇候曰這樣將
官拿他何用推出去斬了土行孫曰且不要斬我回
去說個信來蘇候哎曰這是個獃子推出斬了土行
孫曰你不肯我就跳了眾人大哎正是。

　仙家秘授真奇妙　迎風一混影無踪。

眾人一見大驚忙至帳前來稟啓元帥方繞將矮子。
推出轅門他把身子一扭就不見了蘇候嘆曰西岐
吳人甚多無怪屢次征伐俱是片邪不回無能取勝

［1505］

嗟嘆不已鄭倫在傷只是切齒自已用丹藥敷貼欲
報一石之恨次日鄭倫又來請戰坐名要女將鄧嬋
玉就要出馬子牙曰不可他此來必有深意哪吒應
曰弟子願徃子牙許之哪吒上了風火輪出城大呼
曰來者可是鄭倫鄭倫答曰然也哪吒不答話登輪
就殺鄭倫急用杵相還輪獸交兵怎見得有讚為証
讚曰、

哪吒怒發氣呑牛鄭倫惡性展雙眸火尖鎗擺噴
雲霧寶杵施開轉捷親這一個傾心輔佐周王駕
那一偶有意能分斜主憂二將大戰西岐地海沸

［1506］

江翻神鬼愁。

話說鄭倫大戰哪吒恐哪吒先下手把杵一擺烏鴉
如長蛇陣一般都拿着撓鈎套索前來等着哪吒看
見心下着忙只見鄭倫對着哪吒一聲哼哪吒無恙
睨怎能跌得下輪來鄭倫見用此術不能嚮應大驚
曰吾師秘授隨時嚮應今日如何不驗又將白光吐
出鼻子竅中哪吒見頭一次不驗第二次就不理他
鄭倫着忙連哼第三次哪吒笑曰你這匹夫害的是
甚麼病只管哼鄭倫大怒把杵劈頭亂打又戰二十
回合哪吒把乾坤圈祭在空中一圈打將下來鄭倫

麟出城請戰。探馬報入管中。有將請戰。蘇侯曰。誰去
見陣走一遭。鄭倫答曰。願往。上了金精獸。砲聲響處
來至陣前。黃天化曰。爾乃是鄭倫搶武成王者是你。
承要走。吃吾十鎚。一似流星閃灼光輝。呼吥風響。鄭
化腰束着絲縧。是個道家之士。若不先下手。恐反遭
其害。把杵望空中一罷。烏鴉兵齊至。如常蛇一般。鄭
倫忙將杵劈面相還。二將交兵。未及十合。鄭倫見天
化鼻竅中。一道白光吐出。如鐘鳴一樣。天化看見白
光出竅。耳聽其聲。坐不住玉麒麟。翻身落騎烏鴉兵
依舊把天化綁縛起來。急自睜開眼。不知其身已受

綁縛。鄭倫又擒黃天化進營。來見蘇侯曰。末將擒黃
天化已至轅門等令。蘇侯令推至中軍。見天化眼光
暴露威風凛凛。表非俗立而不跪。蘇侯命押監候
後營。黃天化入後營。看見父親監禁在此。大呼曰。爹
爹。我父子遭妖術被擒。心中甚是不服。飛虎曰。雖是
如此。當思報國。按下黃家父子。且說探馬報入相府。
黃天化又被擒去。子牙大驚。黃將軍說。蘇侯有意歸
周。不料擒他父子。子牙心中納悶。且說鄭倫捉了二
將。軍威甚盛。次日又來請戰。探馬報入相府。子牙急
令何人走遭。言未畢。土行孫答曰。弟子歸周寸功未

立願去走一遭。探其虛實。何如。子牙許之。土行孫方
領令出府。傍有鄧嬋玉上前告曰。末將父子蒙恩。當
初掠陣。子牙併許之。鄭倫聽得城內砲响。見兩扇門
開。旗旛磨動。見一女將飛來。怎見得。有詩為証。

詩曰

此女生來錦織成。腰肢一搦體輕盈。
西岐山下歸明主。留得芳名照汗青。

話言鄭倫見城內女將飛馬而來。不曾看見土行孫
出來。土行孫生得矮小。鄭倫只看了前面。未曾照看
面前。土行孫大呼曰。那匹夫你看那裡。鄭倫往下一

看見是簡矮子。鄭倫笑曰。你那矮子來此做甚麼。土
行孫曰。吾奉姜丞相將令。特來擒爾。鄭倫復大咲曰。
看你這厮。形似殼孩。乳毛未退。敢出大言。自來送死
土行孫聽見罵他。甚是羞惱。大叫。好匹夫。焉敢辱我
便開鐵棍一滾而來。就打金精獸的蹄子。鄭倫急用
杵來迎架。只是撈不着。大抵鄭倫坐的高。土行孫身
子矮小。故此往下打。賞刀幾個回合。把鄭倫掙了一
身汗。及不好用力。心裡焦燥起來。把杵一幌。那烏鴉
兵飛走而來。土行孫不知那裡。帳鄭倫把身子裡白
光噴出。唵然有聲。土行孫眼看耳聽。魂魄盡散。一交

翻江無底止。

話說黃飛虎大戰趙丙二十回合被飛虎生擒活捉
拿解相府來見子牙報入府中子牙令飛虎進見將
軍出陣勝負若何飛虎曰生擒趙丙聽令定奪子牙
命推來士卒將趙丙擁至殿前趙丙立而不跪子牙
曰既已被擒尚何得抗禮趙丙曰奉命征討指望成
功不幸被執唯死而已何必多言子牙傳令暫且囚
於禁中且說蘇侯聞報趙丙被擒低首不語只見鄭
倫在傍曰君候在上黃飛虎自恃強暴待明日拿來
解往朝歌免致生靈塗炭次日鄭倫上了火眼金精

證詩曰。

如紫棗十分象惡騎着火眼金精獸怎見得有詩為
黃將軍出陣走一遭飛虎領令出城見一員戰將而
獸提了降魔杵往城下請戰左右報入相府子牙令

　　道術精奇別樣粧　　降魔寶杵世無雙
　　忠肝義膽堪稱誦　　無奈昏君酒色荒

話言飛虎大呼曰來者何人鄭倫曰吾乃蘇侯摩下
鄭倫是也黃飛虎你這簡叛賊為你屢年征伐百姓
遭殃今天兵到日尚不免戈伐誅意欲何為飛虎曰
鄭倫你且同去請你主將出來吾自有說話你若是

不知機變如趙丙白投陷身之禍鄭倫大怒掄杵光
打黃飛虎手中鎗急架相還二歌相交鎗杵併舉兩
家太戰二十回合鄭倫把杵一擺他有三千烏鴉兵
走動行如長蛇之勢鄭倫竅中兩道白光往鼻子裡
出來窨的一聲響黃將軍正是

　　見白光三魂卽散。　　聽聲響魂撞下鞍轎。

烏鴉兵用撓鉤搭住一蹺上前拿翻剝了衣甲繩纏
索綁飛虎上了繩子二目方睜飛虎點首曰今日之
擒如同做夢一般真是心中不服鄭倫掌得勝鼓回
營來見蘇侯上帳報功今日生擒反叛黃飛虎至轅

門請令發落蘇侯令推來小效將飛虎推至帳前飛
虎曰今被邪術受擒願請一死以報國恩蘇侯曰本
當斬首且監候留解朝歌請天子定罪左右將黃飛
虎送下後營且說報馬報入相府言黃飛虎被擒子
牙大驚曰如何擒去掠陣官啟曰蘇侯麾下有一鄭
倫與武成王正戰之間只見他鼻子裡放出一道白
光黃將軍便墜騎被他拿去子牙心下十分不樂又
是左道之術只見黃天化在傍聽見父親被擒恨不
得平吞了鄭倫當日晚間不題次日天化上帳詩令
出陣以探父親消息子牙許之天化領令上了玉麒

天下諸侯銜恨于我，今武王仁德，播于天下，三分有二，盡歸于西周。不意昏君反命，吾得生代吾征伐之。勵我明日，意欲將滿門良眷帶在行營，至西岐歸降周主，共享太平，然後會合諸侯，共伐無道，使我蘇護不得遺笑于諸侯，受譏于後世，亦不失火火之所為耳。夫人大喜：將軍之言甚善，正是我母子之心。且說次日殿上鼓嚮，眾將軍參見。蘇護曰：天子敕下命吾西征。眾將整備起行。眾將得令，整點卜萬人馬，即日祭寶纛旗，收拾起兵，同先行官趙丙、孫了羽、陳光，五軍救應使鄭倫，師日離了冀州，軍威甚是雄傑，怎見

1491

得，有讚為証，讚曰：

殺氣征雲起，金鑼鼓又鳴。旛幢遮瑞日，劍戟鬼神驚。平空生霧彩，遍地長愁雲。風翻銀葉甲，撥轉皂雕弓。人似離山虎，馬如出水龍。頭盔生燦爛，鎧甲砌龍鱗。離了冀州界，西土去安營。

蘇侯行兵，非止一日，有探馬報入中軍，前往西岐收城下。蘇侯傳令安營結寨，墜帳坐下，眾將參謁，立起帥旗。且說子牙在相府，牧四方諸侯，本請武王伐紂。怒報馬入府，怒老爺，冀州侯蘇護來伐西岐，子牙問黃飛虎曰：久聞此人善能用兵，黃將軍必知其人，請上

1492

名為國戚，與紂王有隙，一項要歸周，時常將處。此人若來，必定歸周，再無疑惑。子牙且說：蘇侯三日未來請戰，黃飛虎上殿見侯（蘇侯）按兵不動，待末將探他一陣，便知端的。飛虎領令，上了五色神牛，出得城來，一聲轅門大呼曰：請蘇侯答話。探馬報入中軍，行官見陣，趙丙領令，止馬提方天戟，逞出。是武成王黃飛虎。趙丙曰：黃飛虎，你身為國戚，不思報本，無故造反，致起禍端，使生民塗炭，屢年征討不

1493

息，今奉旨特來擒你，尚不下馬受縛，猶自剌來。黃飛虎將鎗架住，對趙丙曰：你好好回王將出來答話，吾自有道理，你何必自逞其能。丙大怒：既奉命來擒你報功，豈得猶以語言支吾。又一戟剌將來。黃飛虎大怒：好大膽匹夫，焉敢連剌吾。兩戟催開神牛，手中鎗赴面交還，牛馬相交。興怎見得。

二將陣前勢無比，發開牛馬定生死。逞一簡鋼鎗搖動鬼神愁，那一箇畫戟展開分彼此。一來一往勢無休，你生我活誰能已。從來惡戰不尋常，攪海

1494

捷者紂王曰君臣父子總係至戚又何分彼此哉飛
廉奏曰臣保一人征伐西岐姜尚可擒大功可奏紂
王曰卿保何人飛廉奏曰要克西岐非冀州侯蘇護
不可一為陛下國戚二為諸侯之長凡事無有不用
力者紂王聞言太悅卿言甚善即令軍政官速發黃
旄白鉞使命齎詔前往冀州不知勝負如何且聽下
回分解。

總批　子牙救伏鄧九公其計雖巧然非散宜生之
　　　舌辯不足以成其巧非太鸞之贊助不足以
　　　終其巧此正謂天機奏合特借人力以曲全

又批　之耳若專以人力巧謀曲取固不可若專任
　　　天緣奏合亦不可惟善於乘時者自識之
　　　天下事有好姻緣有惡姻緣好姻緣是男女
　　　相悅六禮以偹媒妁納好父母之命此之為
　　　順惡姻緣是彼此佻儷兩家敵國或千難百
　　　折情非素交反因此而不得不成此之為逆
　　　若土行孫既歸西岐與鄧九公巳為讎敵反
　　　因太鸞之計以遂韋紅此殆非天意而何雖
　　　然太鸞之計固拙于謀國未嘗不有功于土
　　　行孫兩人便當築臺拜謝

第五十七回　　冀州侯蘇護代西

詩曰
蘇侯有意欲歸周　紂主江山似浪浮
紅日已隨山後卸　落花空逐水東流
人情久欲投明聖　世局翻為急浪舟
貴戚親臣皆已散　獨夫猶自臥紅樓

話說天使離了朝歌前往冀州一路無詞捱日來至
冀州館驛安下次日報至蘇侯府內蘇侯卽至館驛
接旨焚香拜畢展詔開讀
詔曰朕開征討之命肯出于天子關外之寄實出
于元戎建立功勳威鎮海內肯臣子分內事也茲
西岐娚發釁行不道抗拒王師情殊可恨特勅爾
冀州侯蘇護總督六師前往征伐必擒獲渠魁殄
滅禍亂侯旋師奏捷朕不惜茅土以待有功爾其
勗哉特詔。

話說蘇侯開讀旨意畢心中大喜管待天使齋送程
　打發天使起程蘇侯詣謝天地曰今日吾方得洗
一身之冤以謝天下忙令後堂治酒與子全忠夫人
楊氏共飲曰我不幸生女妲已送上朝歌誰想這照
人盡違父母之訓無端作孽遠惑紂王以致所不為使

說得大是有理。自巳沉思，欲奮勇行師，衆募莫逆。欲收軍還國事屬嫌疑，沉吟半晌，對嬋玉曰，我見你是我愛女，我怎的捨得你。只是天意如此，但我羞入西岐屈膝與子牙耳，如之柰何。嬋玉曰，這有何難，姜丞相虛心下士，併無驕矜，父親果真降周，孩兒願先去說明，令子牙迎接九公。見嬋玉如此說，命嬋玉先行。鄧九公領衆軍將歸順西岐。不題且說鄧嬋玉先至西岐城，入相府對于牙將上項事訴說一遍，子牙大喜，命左右排隊武出城迎接鄧元帥，左右聞命俱披靴迎接。里餘之地，巳見鄧九公軍卒來至，子牙曰，元

帥請了。九公連在馬上欠背躬身曰，末將才踈智淺，致蒙譴責，理之當然，今以納降，蒙丞相恕罪，于牙忙勒騎向前，攜九公手，並轡而言曰，今將軍既知順逆，棄暗投明，俱是一殿之臣，何得又分彼此，況令愛又歸吾門下，師住吾又何敢赚將軍哉。九公不勝感激。二人叙至相府，下馬進銀安殿，重整莚席，同諸將飲慶賀酒一宿不題。次日見武王朝賀畢，且不言鄧九公歸周。只見探馬報入氾水關，韓榮聽得鄧九公納降，將女私配敵國，韓榮飛報至朝歌。有上大夫張謙，看本見此報大驚，忙進內打聽，皇上在摘星樓，只得

上樓啟奏。左右見上大夫進踈，慌忙奏曰，啟陛下，今有上大夫張謙候旨。紂王聽說，命宣上樓來。張謙國命上樓，至滴水簷前拜畢，紂王曰，朕無旨宣卿，卿有何奏章就此批宣。張謙俯伏奏曰，今有氾水關韓榮進有奏章，臣不敢隱匿，雖觸龍怒，臣就死無辭。紂王聽說，命當駕官即將韓榮本拿來朕看。張謙忙將韓榮本展于紂王龍案之上，紂王看未完，不覺大怒曰，鄧九公受朕大恩，今一旦歸降叛賊，情殊可恨，待朕歷殿與臣共議定拿此一班叛臣，明正伊罪，方泄朕恨。張謙只得退下樓來，候天子臨軒，只見九間殿上

鍾鼓齊鳴，衆官聞知，忙至朝房伺候。須臾孔雀屏開，紂王駕臨登寶座，傳旨命衆卿商議。衆文武齊至御前俯伏候旨。紂王曰，今鄧九公奉詔征西，不但不能伐叛奏捷，反將巳女私婚敵國，歸降逆賊，罪在不赦。有何良策以彰國之常刑。紂王言未畢，閃中諫大夫除擒拿逆臣家屬外，必將逆臣拏獲，以正國法，卿等飛廉出班奏曰，臣觀西岐抗禮拒敵，罪在不赦，然征伐大將得勝者或有捷報御前，失利者懼罪即歸伏西土，何日能奏捷音也。依臣愚見，必用至親骨肉之臣征伐，庶無二者之虞，且與國同爲休戚，自無不奏

上殿時就講此事，話猶未了，只見子牙陞殿，衆將上
殿參謁畢，土行孫與鄧嬋玉夫妻二人上前叩謝。子
牙曰，鄧嬋玉今屬周臣，爾父尚抗拒不服，我欲發兵
前去擒勦，但你係他骨肉至親，當如何區處。土行孫
上前曰，嬋玉適纔正爲此事，與弟子謫議，懇求師叔
哥惻隱之心，設一計策，兩全其美，此師叔莫大之恩
也。子牙曰，此事也不難，若嬋玉果有眞心爲國，只消
得親自去說他父親歸周，有何難處，但不知嬋玉可
肯去否。鄧嬋玉上前跪而言曰，丞相在上，賤妾既已
歸周，豈敢又蓄兩意，早辰嬋玉已欲自往說父親降

1479

周，惟恐丞相不肯信妾眞情，致生疑慮，若丞相肯命
妾說父歸降，自不勞張弓設箭，妾父自爲周臣耳。子
牙曰，我斷不疑小姐反復，只恐汝父不肯歸周，又生
事端耳，今小姐既欲親往，吾撥軍校隨去。嬋玉拜謝
子牙，領兵卒出城，望岐山前來不表。且說鄧九公牧
集殘軍，駐劄一夜，至次日陞帳，其子鄧秀、太鸞、趙昇、
孫焰紅侍立。九公曰，吾自行兵以來，未嘗遭此大辱，
今又失吾愛女，不知死活，正是羊觸藩籬，進退兩難，
奈何。太鸞曰，元師可差官齎表進朝告急，一面
探聽小姐下落。正遲疑間，左右報曰，小姐領一枝人

1480

馬，打西周旗號，上轅門等令。太鸞等驚愕不定。鄧九
公曰，令來。左右開了轅門，嬋玉下馬進轅門，來至中
軍，雙膝跪下。鄧九公看見如此行徑，慌立起問曰，我
兒這是如何說。嬋玉不覺流淚，言曰，孩兒不敢說。鄧
九公曰，你有甚冤屈，站起來說無妨。嬋玉曰，孩兒係
深閨幼女，此事俱是父親失言，美巧成拙，爹親平空
將我許了土行孫，勾引姜子牙，做出這番事來，將我
擒入西岐，強逼爲婚，如今追悔何及。鄧九公聽得此
言，諕得魂飛天外，半晌無言。嬋玉又進言曰，孩兒今
巳失身爲土行孫妻子，欲保全爹爹一身之禍，不徇

1481

不來說明，今紂王無道，天下分崩，三分天下有二歸
周，其天意人心不卜可知，縱有聞太師、魔家四將，與
十洲三島眞仙，俱皆滅亡，順逆之道明甚，今孩兒不
孝歸順西岐，不得不以利害與父親言之，父親今以
愛女輕許敵國姜子牙，親進湯營行禮，父親雖是賺
辭，誰肯信之。父親況且失師辱國，歸商自有顯戮，孩
兒乃奉父命歸適良人，自非私奔桑濮之地，父親亦
無罪，孩兒之處父親若肯依孩兒之見，歸順西周，改
邪歸正，擇主而仕，不但骨肉可以保全，實是棄暗投
明，從順撥逆，天下無不忻悅。九公被女兒一番言語

1482

〔眉批〕心裡巳□　汗流故以此托之耳

景不覺粉面通紅以手拒之曰事雖如此豈得用強候我明日請命與父親再成親不遲土行孫此時情興巳迫挨納不住上前一把摟定小姐抵死拒住土行孫曰良時吉月何必苦推有悞佳期竟將一手去解其衣小姐雙手推托彼此扭作一堆小姐終是女流如何敵得土行孫過不一時滿面汗流喘吁氣急手巳酸軟土行孫乘隙將右手插入裏衣婵玉及至以手攩抵不覺其帶巳斷及將雙手揞住裏衣其力愈怯土行孫得空以手一抱暖玉溫香巳貼滿胸懷禮口香腮輕輕緊搵小姐嬌羞無主將臉左右閃賺

不得流淚滿面曰如是恃強定死不從土行孫那裡肯放死死壓住彼此推扭又有一個時辰土行孫見小姐終是不肯順從乃詭之曰小姐既是如此我也不敢用強只恐小姐明日見了尊翁變卦無以為信耳小姐悅曰我此身以屬將軍安有變卦之理只將軍肯憐我容我見過父親庶成我之節若是有負初心定不逢好死土行孫曰既然如此賢妻請起土行孫將一手摟抱其頸輕輕扶起鄧婵玉以為真心放他起來不曾隄防將身起時便用一手推開土行孫之手土行孫乘機將雙手插入小姐腰裏抱緊了一

〔眉批〕此時不得不行　好光景　權

撏腰巳鬆了裏衣逕往下一鄧婵玉被土行孫所及落手相持時巳被雙肩隔住手如何下得來小姐展撑不住不得巳言曰將軍薄倖既是夫妻如何哄我土行孫曰若不如此賢妻又要千推萬阻小姐惟閉目不言嬌羞滿面任土行孫解帶脫衣二人扶入錦被婵玉對土行孫曰賤妾係香閨幼稚不識雲雨乞將軍憐護土行孫曰小姐嬌香艷質不才飲德久矣安敢狂迨正是翡翠衾中初試海棠新血駕鴦枕上漫飄桂蕊奇香彼此溫存交相慕戀極人間之樂無過此時矣後人有詩單道子牙妙計成就二人

〔眉批〕美滿前程

詩曰

妙筭神機說子牙　運籌幃幄更無差
百年好事今朝合　莫把紅絲孟浪誇

話說土行孫與鄧婵玉成就夫妻一夜晚景巳過次日夫妻二人起來梳洗巳畢土行孫曰我二人可至前殿叩謝姜丞相與我尊師撫育成就之恩婵玉曰此事固當要謝但我父親昨日不知敗於何地豈有父子事兩國之理乞將軍以此意道達于姜丞相得知作何區處方保兩全土行孫曰賢妻之言是也伺

陞銀安殿坐下，諸將報功畢，子牙對懼留孫曰：命土行孫乘今日吉日良辰，與鄧小姐成親何如？懼留孫曰：貧道亦是此意，時不宜遲。子牙命土行孫：你將鄧嬋玉帶至後房，乘今月好日子，成就你夫婦美事，明日我另有說話。土行孫領命。子牙又命侍兒擁鄧小姐到前日安置新房內去，好生伏侍。鄧小姐嬌羞無那，含淚不語，被左右侍兒挾持往後房去了。子牙命諸將吃賀喜酒席不題。且說鄧小姐擁至香房，土行孫上前迎接，嬋玉一見土行孫笑容可掬，便自捫身無地，泪雨如傾，默默不語，土行孫又百般安慰嬋玉

〔1471〕

嬋玉不覺怒起，罵曰：無知匹夫，賣主求榮，你是何等之人，敢妾自如此。土行孫陪着笑臉答曰：小姐雖千金之軀，不才亦非無名之輩，也不辱沒了你。況小姐曾受我療疾之恩，又是你尊翁太山親許與我，侯行刺武王回兵，將小姐入贅，人所共知。且前日散大夫先進營，與尊翁面訂，今日行聘人贅，丞相猶恐尊翁推托，故畧施小計，成此姻嫁。小姐何苦固執。嬋玉曰：我父親許散宜生之言，原是賺姜丞相之計，不意慍中好謀，落在彀中，有死而已。土行孫曰：小姐差矣，別的好做口頭話，夫妻可是暫許得的，古人一言爲定，豈可

〔1472〕

失信。況我等俱是闡教門人，只因悞聽申公豹唆使，故投在尊翁帳下，以圖報效。昨被吾師下山擒進西岐，責吾賺進西城行刺武王，姜丞相有辱闡教，背本忘師，逆天助惡，欲斬吾首以正軍法。吾哀告師尊，姜丞相定欲行刑，吾只得把初次擒哪吒黃天化，尊翁泰山晚間飲酒，將小姐許我，候旋師，命吾入贅。我只因欲完親事之心急，不得已方賺進西岐。吾師與姜丞相聽得斯言，揩指一笑，乃曰：此子該與鄧小姐有紅絲繫足之緣，後來俱是周朝一殿之臣，因此赦吾之罪，命散大夫作伐。小姐你想若非天緣，尊翁怎麼肯

〔1473〕

〔眉批〕認至此鄧小姐已自心折。　土行孫也善為說詞。

小姐爲能到此。況今紂王無道，天下叛離，累伐西岐，不過魔家四將，聞太師十洲三島仙衆，皆自取殘亡，不能得志，天意可知，順逆已先。又何況尊翁區區一旅之師哉。古云：良禽相木而棲，賢臣擇主而仕。小姐今自固執，三軍已知土行孫成親，小姐縱冰清玉潔，誰人信哉。小姐請自三思。鄧嬋玉被土行孫一席話，說得低頭不語。土行孫見小姐畧有同心之意，又近前促之曰：小姐自思，你是香閨艷質，天上奇葩，柰乃來龍山門徒，相隔不啻天淵，今日何得與小姐覿體相親，情同昵親，便欲上前強牽其衣。小姐見此光

〔1474〕

不才未得遠接望乞恕罪子牙忙答禮曰元帥盛德
姜尚久仰芳譽無緣未得執鞭今幸天緣得罄委曲
姜尚不勝幸甚只見懼留孫同土行孫上前行禮九
公問子牙曰此位是誰子牙曰此是土行孫師父懼
留孫也鄧九公忙致欵曲曰久仰仙名會拜謁今
幸降臨足慰夙昔懼留孫亦稱謝畢彼此遜讓進得
轅門子牙睜睛觀看只見肆筵設席結彩懸花極其
華美怎見得有詩為証

詩曰

結彩懸花氣象新　麝蘭香靄襯重茵

屏開孔雀千年瑞　色映芙蓉萬谷春
金鼓兩傍藏殺氣　笙簫一派響荊榛
就知天意歸周主　十萬貔貅化鬼燐

話說子牙正看筵席猛見兩邊殺氣上冲子牙已知
就裡便與土行孫眾將丟個眼色眾人已解其意俱
襯上帳來鄧九公與子牙諸人行禮畢子牙命左右
檯上禮來鄧九公方總接禮單看玩只見牛甲睛將
信香取出怭將檯盒內大砲燃着一聲砲響恍若地
塌天崩鄧九公吃了一驚及至看時只見腳夫一擁
而前各取出暗藏兵器殺上帳來鄧九公措手不及

只得望後就跑太鸞與鄧秀見勢不借也望後逃走
只見四下伏兵盡起喊聲振天土行孫緯了兵器望
後營來搶鄧嬋玉小姐子牙與眾人俱各搶上馬騎
各執兵卒殺那三百名刀斧手如何抵當得住及
至鄧九公等上得馬出來迎戰時營已亂了趙昇聞
砲自左營殺來接應孫焰紅聽得砲響從右營殺來
接應又被土行孫敵住彼此混戰不意雷震子黃天
化哪吒南宮适兩枝人馬從左右兩邊裏來成湯人
馬反在居中首尾受敵如何抵得住後面金吒木吒

等大隊人馬掩殺上來鄧九公見勢不好敗陣而走
軍卒自相殘踏死者不計其數鄧嬋玉見父親與眾
將敗下陣去也虛悶一刀往正南上逃走土行孫知
嬋玉善於發石傷人遂用綑仙繩祭起將嬋玉綑了
跌下馬來被土行孫上前綽住先擒進西岐城去了
子牙與眾將追殺鄧九公有五十餘里方鳴金收軍
進城鄧九公與子鄧秀併太鸞趙昇等只至岐山下
方總收集敗殘人馬查點軍卒見沒了小姐不覺傷
感指望擒拿子牙就知反中奸計追悔無及只得暫
扎住營寨不表且說子牙與懼留孫大獲全勝進城

牙應允後，日親來言語訴說一遍。鄧九公以手加額曰：天子洪福，彼自來送死。太鸞曰：雖然太事巳成，但防備不可不謹。鄧九公分付選有力量軍士三百人，各藏短刀利刃，埋伏帳外，聽擊盂為號，左右齊出，不論子牙衆將，一頓刀剁為肉醬，衆將士得令而退。命趙昇領一枝人馬，埋伏營左，候中軍砲響殺出接應。又命孫焰紅領一枝人馬，埋伏營右，候中軍砲響殺出接應。又命太鸞與子鄧秀，在轅門賺住衆將。又分付後營小姐鄧嬋玉領一枝人馬，為三路救應使。鄧九公分付停當，專候後日行事，左右將佐俱去安排

1463

不表。且說子牙送太鸞出府歸，與懼留孫謫議曰：必須如此如此，大事可成，光陰迅速，不覺就是第三日。先一日子牙命楊戩變化，暗隨吾身。楊戩得令。子牙命選精力壯卒五十名，裝作擡禮腳夫，辛甲辛免太顛閎天四賢八俊等克作左右應接之人，俱各藏暗兵利刃。又命雷震子黃天化領一枝人馬搶他左哨，殺入中軍接應。再命哪吒南宮适領一枝人馬搶彼右哨，殺入中軍接應。金吒木吒龍鬚虎統領大隊人馬救應，搶親子牙，俱分付暗暗出營埋伏不表。怎見得有詩為証。

1464

詩曰

湯營此日瑞煙開，專等鷹揚大將來。
就意子牙籌畫定，中軍砲響搶喬才。

且說鄧九公其日與女嬋玉謫議曰：今日子牙送土行孫入贅，原是賺子牙出城搶彼成功，吾與蕭將分剖巳定，你可將掩心甲緊束，以備搶將接應。其女應允。鄧九公陞帳分付，舖氈搭彩，候候子牙不題。且說子牙其日使諸將裝扮停當，乃命土行孫至前聽令。子牙因你閒至湯營，看吾號砲一響，你便進後營搶鄧小姐要緊。土行孫得令。子牙等至午時命散宜生

1465

先行。子牙方出了城，望湯營進發。宜生先至轅門，太鸞接着報于九公，九公降階至轅門迎接。散大夫宜生曰：前蒙金諾，今姜丞相巳親自壓禮同令婿至此，故特令下官先來通報。鄧九公曰：動煩大夫往返，尚容申謝，我等在此立等何如。宜生曰：恐驚動元帥不便。鄧九公曰：不妨。彼此等候良久，鄧九公遠遠望見子牙乘四不相，帶領腳夫一行，不尚五六十人，併無甲胄兵。亦九公看罷，不覺暗喜，只見子牙同衆人行至轅門。子牙見鄧九公同太鸞散宜生俱立候，子牙慌忙下騎，鄧九公迎上前來打躬曰：丞相大駕降臨。

1466

只是此等計策如何瞞得過他

衆將預先埋伏，下曉勇將士俟酒席中擊盂爲號，搶
之如囊中之物，西岐若無子牙，則不攻自破矣。鄧九
開說大喜，先行之言真神出鬼沒之機，只是能言快
語之人，臨機應變之士，吾知非先行不可，乞煩先行
明日親往，則大事可成。太鸞曰，若元帥不以末將爲
不才，鸞願往，管叫子牙親至中軍，不勞苦争惡戰，早
早奏凱回軍。九公大喜，一宿晚景不題，次日鄧九
陞帳，命太鸞進西岐，說親。太鸞辭別九公，出營至西
岐城下，對守門官，將曰，吾是先行官太鸞，奉鄧元帥
命，欲見姜丞相，煩爲通報，守城官至相府，報與姜丞

相曰，城下有湯營先行官太鸞，求見請令定奪，子牙
聽罷，對懼留孫曰，大事成矣，懼留孫亦自暗喜，子牙
對左右曰，速於我請來守門官同軍校至城下開了
城門，對太鸞曰，丞相有請，太鸞忻忻進城，行至相府
下馬，左右通報，太鸞進府，子牙於懼留孫降階而接，
太鸞控背躬身言曰，丞相在上，末將不過馬前一卒，
禮當叩見，豈敢當，丞相如此過愛，了牙曰，彼此二國
俱係賓主，將軍不必過謙，太鸞曰，卅四遜謝方敢就坐，
彼此溫慰畢，子牙以言挑之曰，前者因懼道兄將上
行孫擒獲，當欲斬首，彼因卅四哀求，言鄧元帥曾有

牽紅之約，乞我少緩須史之死，故此着散大夫至鄧
元帥中軍，問其的確，倘元帥果有此言，自當以土行
孫放回，以遂彼見女之情，人間恩愛耳，幸蒙元帥見
詢，俟議定，固我今辱將軍賜顧，元帥必有教我。太鸞欠
身答曰，蒙丞相下問，末將敢不上陳，今特奉主帥之
命，多拜上丞相，不及寫書，但主帥乃一時酒後所許，
不意土行孫被獲，竟以此事倡明，主帥亦不敢辭，但
主帥此女，自幼失母，主帥愛惜如珠，況此事須要成
禮後，日乃吉日良辰，意欲散大夫同丞相親率土行
孫入贅，以珍重其事，主帥方有體面，然後再面議軍

敵人甚賴不怕他不傾心相信

國之事，不識丞相允否，子牙曰，我知鄧元帥乃忠信
之士，但幾次天子有征伐之師至此，皆不由分訴，俱
以強力相加，只我周這一段忠君愛國之心，併無背
逆之意，不能見諒於天子之前，言之欲涕，今天假其
便，有此姻婭，庶幾將我等一腔心事，可以上達天子，
表白於天下也，我等後日親送土行孫至鄧元帥行
營，吃賀喜筵席，乞將軍善言道達姜尚，感激不盡，太
鸞遜謝，子牙遂厚款太鸞，而卅太鸞出得城來至營
門前等令，左右報入營中有先行官等，令鄧九公命
蜜來，太鸞至中軍九公開目，其事如何，太鸞將姜子

可謂善于說詞一變甚妙

語其中定有委曲想是元帥武與酒後賞功之際誤
才惜技之時武以一言安慰其心彼便妄認爲實作
此癡想耳九公被散宜生此一句話買出九公一腔
心事九公不覺答道大夫斯言大是明見當特土行
孫被申公豹薦在吾麾下吾亦不甚重彼初爲副先
行督糧使者後因太鸞失利彼恃其能改爲正先行
官首陣擒了哪吒次擒黃天化三次擒了姜子牙被
岐周衆將搶回土行孫進營吾見彼累次出軍獲勝
治酒與彼賀功以盡朝廷獎賞功臣至意及至飲酒
中間彼曰元帥在上若是早用末將爲先行吾取西

1455

和盤托出 打入妙極 一拳打殺

岐多時矣那時吾酒後失口許之曰你若取了西岐
吾將嬋玉贅你爲婿一來是獎勵彼竭力爲公早完
王事今彼既以被擒安得又妄以此言爲口實令大
夫往返哉散宜生笑曰元帥此言差矣大丈夫一言
既出駟馬難追况且婚姻之事人之大倫如何作爲
兒戲之談前日元帥言之土行孫信之土行孫又言
之天下共信之傳與中外人人共信正所謂路上行
人口似碑將以爲元帥相女配夫誰信元帥權宜之
術爲國家行此不得已之深衷也徒使令愛千金之
軀作爲話柄閨中美秀竟作口談爲一不曲全此事

1456

九公已上了鉤

徒使令愛有白頭之嘆吾切爲元帥惜之今元帥爲
湯之大臣天下三尺之童無不奉命若一旦而如此
吾不知所税駕矣乞元帥裁之鄧九公被散宜生一
番言語說得默默沉思無言可答只見太鸞上前附
耳說如此如此亦是第一妙計鄧九公聽太鸞之言
回嗔作喜曰大夫之言深屬有理末將無不聽命只
小女因先妻早喪幼而失教尋雖一時承命未知小
女肯聽此言候尋將此意與小女商確再令人至城
中回覆散宜生只得告辭鄧九公送至營門而別散
宜生進城將鄧九公言語從頭至尾說了一遍子牙

1457

大笑曰鄧九公此計怎麽瞞得我過懼留孫亦笑曰
且看如何來說子牙曰動勞散大夫候九公人來再
爲謫議宜生退去不表且說鄧九公與太鸞曰適纔
雖是暫允此事畢竟當如何處置太鸞曰元帥明日
可差一能言之士說昨日元帥至後營與小姐謫議
小姐已自聽允只是兩邊敵國恐無足取信是必姜
丞相親自至湯營納聘小姐方肯聽信子牙如不來
便罷再爲之計若是他肯親自來納聘彼必無帶重
兵自衛之理如此只一匹夫可擒耳若是他帶有將
佐元帥可出轅門迎接至中軍用酒筵賺開他手下

1458

轅門進了三層鹿角，行至滴水簷前，鄧九公迎下來，彼此遜讓行禮。後人有詩單讚子牙妙計。詩曰：

子牙妙美世無倫，　學貫天人泣鬼神。
縱使九公稱敵國，　藍橋也自結姻親。

話說二人遜至中軍，分賓主坐下。鄧九公曰：「大夫你與我今為敵國，未決雌雄，彼此各為其主，豈得徇私。安議大夫今日見諭，公則公言之，私則私言之，不必效吾劍唇鎗徒勞往返耳。予心如鐵石，有死而已斷

較　入語一

不為浮言所搖。」散宜生笑曰：「吾與公既為敵國，安敢造次請見，只有一件大事特來請一明示，無他耳。此因拿有一將，係是元帥門婿，於盤問中道及斯意。吾丞相不忍驟加極刑，以割人間恩愛，故命宜生親至轅門，特請尊裁。」鄧九公聽說，不覺大驚曰：「誰為吾婿為姜丞相所擒？」散宜生說：「元帥不必故推，令婿乃土行孫也。」鄧九公聽說，不覺面皮通紅，心中大怒，厲聲言曰：「大夫在上，吾止有一女，乳名蟬玉，幼而喪母。吾愛惜不啻掌上之珠，豈得輕意許人。今雖及笄，所求者固累不自視皆非佳婿，而土行孫何人，安有此說

妙　認得迟

也。」散宜生曰：「元帥暫行息怒，聽不才拜稟。古人相女配夫，原不專在門第。今土行孫亦不是無名小輩，彼原是夾龍山飛龍洞懼留孫門下高弟。因申公豹與姜子牙有隙，故說土行孫下山來耶。元帥征伐西岐，昨日他師父下山捉獲行孫在城，因窮其所事彼言，所以雖為申公豹所惑，次為元帥而暗進岐城行刺，欲速一段姻嫁，彼周傾心為元帥，以令愛相許，有此成功，良有以也。昨已被擒伏辜不枉，但彼再三哀求姜丞相，彼之師尊懼留孫曰為此一段姻嫁死不瞑目之語。即姜丞相與他師尊俱不肯救，只予在徬勤

甚　此一語跳剔妙

慰，豈得以彼一時之過，而斷送人間好事哉。因勸姜丞相暫且詔人。宜生不辭勞頓，特謁元帥，懇求俯賜人間好事，曲成兒女恩情，此亦元帥天地父母之心。故宜生不避斧鉞，特見尊顏，以求裁示。倘元帥果有此事，姜丞相仍將土行孫送還元帥，以遂姻親，再決雌雄耳，併無他說。」鄧九公曰：「大夫不知，此土行孫乃申公豹所薦，為吾先行，不過一牙門裨將，吾何得驟以一女許之哉。彼不過借此為偷生之計，以屏吾女耳。大夫不可輕信。」宜生曰：「元帥也不必固郤，此事必有原故，難道土行孫平白與此一番言

1447

又批

或曰土行孫趕子牙其至將細仙龜放盡方
纔知覺可為痴極然而到底是他騙了個好
老婆是呆子未常不討便宜然而還是痴好
還是乖好于日正好與楊戩做一對不然土
行孫進西岐楊戩不以美人弄他或人不覺
大笑

1448

此如此方可散宜生領命出城不表且說鄧九公在
營懸望土行孫回來只見一去竟無影向令探馬打
聽多時回報聞得土先行被子牙拿進城上了鄧九
公大驚曰此人挺去西岐如何能克心下十分不樂
只見散宜生來與土行孫議親不知吉凶如何且聽
下回分解

總批

楊戩往來龍山來偏要落在這些山澤出得
了許多東西雖曰天數亦是楊戩乖巧處故
到處討些便宜

1449

新刻鍾伯敬先生批評封神演義卷之十二

第五十六回　子牙設計收九公

敵國不勞戈矛奇　俄儺應自得爾聊
子牙妙計真難及　驚使前謀莊用偏
總是天機難預料　梅王無福鎮乾坤

話說散宜生出城，[illegible]到旗門宮回轅門謝教[illegible]東去，散宜生進[illegible]故問差上[illegible]來共有事求

1450

見鄧九公曰吾與他為敵國為何差人來見我必定
來下說詞豈可容他進營惑亂軍心你與他說兩國
正當爭戰之秋相見不便軍政官出營回復散宜生
宜生曰兩國相爭不阻來使相見何方吾此來奉姜
丞相命有事面決非可傳聞再煩通報軍政官只得
又進營來把散宜生言語對九公訴說一遍九公沉
吟傍有正印先行官太鸞上前言曰元帥乘此機會
放他進來隨機應變看他如何說亦可就中取事其
何不可九公曰此說亦自有理命左右請他進來其
閒官出轅門判散宜曰元帥有請散太夫下馬走進

進西岐城來，果將印道搶了土行孫，齊至府前來看。道人把土行孫放在地下，楊戩曰：師伯仔細，莫又走了他。懼雷孫曰：有吾在此不妨。復問土行孫曰：你這畜生，我自破十絕陣回去，此綑仙繩我一向不曾搶點，誰知祕你益出，你實說是誰人唆使。土行孫曰：老師來破十絕陣，弟子閑耍高山，偶逢一道人跨虎而來，問弟子叫甚名字，弟子說名與他，弟子也隨問他。他說是闡教門人申公豹，他看我不能了道成仙，曰對受人間富貴，他教我往聞太師行營成功，弟子不肯，他薦我往三山關鄧九公麾下建勳阩授弟子一

1442

畔迷惑。但富貴人人所欲，貧賤人人所惡，弟子動了一個貪婪念頭，故此益了老師綑仙繩兩葫蘆丹藥，迸下塵寰，望老師道心無處不慈悲，饒了弟子罷。子牙在傷口道：兄似這等畜生，殺了，吾教速速斬訖報來。懼雷孫曰：若論無知冒犯，理當斬首，但有一說，此人子牙公後有用他處，可助西岐一臂之力。子牙曰：道兄憐他地行之術，他心毒惡，暗進城垣行刺武王，與我賴皇天庇佑，風折旗旛，把吾驚覺，筭出吉凶，著實防備，方使我君臣無虞，若是毫釐差遲，此事怎了窮，楊戩設法擒獲，又被他挖猾走了，這樣東西，罪他

1443

不得。子牙道罷，懼雷孫大驚，怵下毀來，大喝曰：畜生，你進城欲害武王行刺，你師叔那時幸而無虞，若是差進，罪係于我。土行孫曰：我實告師尊，弟子隨鄧九公征伐西岐，一次伩師父綑仙繩拿了哪吒，二次拾了黃天化，鄧元帥與弟子賀功，三次將師叔拿了見我，屢拿有名之士，將女許我欲贅為婿，被他催逼，弟子弟了不得已伏地行之術，故有此衆，怎敢在師父孤前有一句虛語。懼雷孫低頭運想，默筭一面，不覺嗟嘆。子牙曰：道兄為何嗟嘆？懼雷孫曰：子牙公方緩貧道卜筭這濟生與那女子該有繫足之緣前生緣分

1444

原來非偶然。若得一人作伐，方可令公美若此，汝來至其父不允，他是周臣。子牙曰：吾與鄧九公乃是敵國之讐，怎能得奎此事？懼雷孫曰：武王洪福，乃有道之君，英數已定，不怕不能完全，只是選一能言之士，前往湯營說合，不怕不成。子牙低頭沉思良久，曰：須得宜生去也，遭方可。懼留孫曰：既如此事，還宜靈。子牙命左右去請上大夫散宜生來商議，命敝下走行孫，不一時上大夫散宜生來至，行禮畢，子牙曰：令鄧九公有次鄩郫来，原係鄧九公親許上行孫為妻，今煩大夫亞湯營作伐，亳為婁曲周旋，務在必成如

1445

說楊戩架土遁至夾龍山飛龍洞，遂進洞見了懼留孫，下拜，口稱師伯。懼留孫忙答禮曰：你來做甚麼？楊戩道：師伯可曾不見了綑仙繩？懼留孫慌忙跐起，曰：你怎麼知道？楊戩曰：有個土行孫同鄧九公來征伐西岐，用的是綑仙繩，將子牙師叔的門人拿入湯營，被弟子看破，特來奉請師伯。懼留孫聽得怒曰：好畜生！你敢私自下山盜吾寶貝，害吾不淺。楊戩你且先回西岐，我隨後就來。楊戩離了高山，回到西岐，至府前入見子牙。子牙問曰：可是綑仙繩？楊戩把收金毛童子寧懼入青鸞斗闕見懼留孫的事，說了一遍。子

牙曰：可喜你又得了門下。楊戩曰：前緣有定，今得刀炮，無非賴師叔之大德，生上之洪福耳。且言懼留孫分付童子看守洞門，俟我去西岐走一遭。童子領命。不提道人架縱地金光法，來至西岐，左右報與子牙。懼留孫仙師來至，子牙迎仙府來，二人攜手逕殿行體坐下。子牙曰：高徒累勝吾軍，戩又不知後燃燈道兄着殺，只得請道兄一額，以完道兄昔日助燃燈道兄之雜，未弟不勝幸也。懼留孫：但自從我來破十絕陣，回崑崙未曾檢點，此寶豈如是。這畜生竟在這裡作怪，不妨，須得如此如此，須剝搶獲。子牙大喜。次日子

牙獨自乘四不相，往成湯轅門前後，觀看鄧九公的大營，若探視之狀。只見巡營探子報入中軍，啟元帥：姜丞相乘騎在轅門私探，不知何故。鄧九公曰：姜子牙善能攻守，曉暢兵機，不可不防。傍有土行孫曰：元帥放心，待吾擒來，今日成功。土行孫暗暗走出轅門，大呼曰：姜尚你私探吾營，是自送死期，不要走！舉手中棍照頭打來，子牙挺手中劍急急架來，迎未及三合，子牙撥轉四不相就走，土行孫隨後趕來，祭起綑仙繩又來拿子牙。他不如懼留孫駕著金光法，隱在空中只管接他的。土行孫意在拿了子牙早湊功

朝要與鄧嬋玉成親，此正是愛慾逃人真性自昧。只顧拿人，不知省視前後，一路只是祭起綑仙繩，不見落下來，也不思忖，只顧趕子牙，不上一里，把繩子都用完了，隨手一模，只至沒有了，方纔驚覺。土行孫見勢頭不好，站立不趕，子牙勒轉四不相，大呼曰：土行孫敢至此再戰三合否？土行孫大怒，拖提趕來。轉過城垣，只見懼留孫曰：土行孫那裡去？土行孫抬頭見是師父，就往地下一鑽，懼留孫用手一指，不要忝，只見那一塊土比鐵還硬，鑽不下去，懼留孫趕上一把抓住頂瓜皮，用綑仙繩四馬攢蹄綑了，拎着他

揚塵播土倒樹摧林海浪如山聳渾波萬疊侵堦
坤昏慘慘日月暗沉沉一陣搖松如虎嘯忽然吼
樹似龍吟萬竅怒號天喑氣飛砂走石亂傷人。
話說楊戩見狂風大作霧騰天喑氣中旋起二三丈
水頭猛然開處見一怪物口似血盆牙如鋼劍大叫
一聲那裡生人氣跳上岸來兩手撚叉來取楊戩笑
日好孽障怎敢如此乎中鈴急架相還未及數合楊
戩發手用五雷訣一聲霹靂交加那精靈抽身就
走楊戩隨後趕來往前跳至一山腳下有斗大一個
石穴那妖精往裡而鑽了夫楊戩笑日是別人不不進

來遇我憑你有多大一個所在我也丕丕喝聲疾喳
跟進石穴中來只見裡邊黑暗不明楊戩借三昧火
眼現出光華照耀如同白晝原來裡面也大只是一
個盡頭路觀看左右并無一物只見閃閃灼灼一旦
三尖兩刃刀又有一包袱紫在上面楊戩速刀帶出
來把包袱打開一看是一件淡黃袍怎見得有讚為
証

　讚曰
淡鵝黃銅錢厚骨突雲霞光透屬戊巳按中央黃
鄧鄧大花袍渾身上下金光照

楊戩將袍料開穿在身上不長不短把刀和鎗茶在
一處收了黃袍方欲起身只聽的後面大呼日拿住
盜袍的賊楊戩回顧只兩個童見趕來楊戩立而問
日那童子那個盜袍童子日是你楊戩大喝一聲吾
盜你的袍把你這孽障吾修道多年豈犯賊盜二童
子日竹是誰楊戩日吾乃玉泉山金霞洞玉鼎真人
門下楊戩是也二童聽罷龍倒身下拜弟子不知老師
到有失迎迓楊戩日二茔子果是何人童子日弟子
乃五夷山金毛童子是也楊戩日你既拜吾為師你
先往西岐去見姜丞知似你說我徙來龍山去了金毛

童子日倘姜丞相不納如何楊戩日你將此鎗連刀
袍都帶去自然無事二童辭了師父借水遁往西岐
來了正是。
　玄門自有神仙訣。　脚踏風雲咫尺來。
話說金毛童子至西岐尋至相府前對門官日你報
丞相說有二人求見門官進來啓丞相有二道童求
見子牙命來二童人見子牙倒身下拜弟子乃楊戩
門徒金毛童子是也家師中途相遇為得刀袍故先
着弟子來師父往夾龍山去了特來謁叩老爺子牙
日楊戩又得門人深為可喜留在本府聽用不提且

封神演義　卷之二十一

立溪邊戲弄，夫成罷狐狸坐崖畔，驫張獵戶。八面崔嵬，四圍險峻，古怪喬松盤翠嶺，檜研老樹掛藤蘿，流水清流陣陣異香忻馥馥，巔峰彩色飄飄。隱現白雲飛帶，見大蟲來往，每聞山鳥聲，麂鹿成群。穿荆棘往來跳躍，玄猿出入盤溪澗摘菓礬桃竽立草坡，一壑并無人走，行來深凹，俱足採藥仙童，不是凡塵。行樂地賽過蓬萊第一峰。

話說楊戩落下土遁，來見一座山，真實罕見，往前一望，兩邊俱是古木喬松，路逕幽深杳然，難覓行過數十來，只見一座橋梁，楊戩過了橋，又見岩巉雕詹金

對朱戶上懸一扁，青鴛斗闕。楊戩觀美不盡，甚是淫幽，不覺立在松陰之下，看玩景致。只見朱紅門開，鑾鳳鶴唳之聲。又見數對仙童，各執旗旛羽扇當中，有一位道姑身穿大紅白鶴絳綃衣。徐徐而來，左右分八位女童，香風嬝嬝，彩瑞翩翩，怎見得。有讚為証。

讚曰

魚尾金冠霞彩飛，身穿白鶴絳綃衣，趕宮玉闕曾生長，自幼瑤池養息機。只因勸酒幡桃會，悮犯天條謫墜，青鸞斗闕權修攝，再上靈霄啓故扉。

話說楊戩隱在松林之內。不好出來，只得待他過去，

方好起身。只見道姑問左右女童，是那裡有閒人隱在林內。走去看來。有一女童兒往林中來。楊戩迎上前去。口稱道兄，方纔慌入此山，弟子乃玉泉山金霞洞玉鼎真人門下。楊戩是也。今奉姜子牙命，往夾龍山去。探機密事。不意架土遁，悞落于此，望道兄轉達娘娘。我弟子不好上前請罪，女童出林見道姑把楊戩的言語。一一回覆了道姑曰。既是玉鼎真人門下。請來相見，楊戩只得上前施禮，道姑曰，楊戩你往那裏去。今到此處，楊戩曰，因土行孫同鄧九公伐西岐，他有地行之術，術日顯此，被他傷了武王與姜子牙

如今訪其根由，覓其實跡，設法擒他，不知悮落此山，失於迴避，道姑曰，土行孫乃懼留孫門人，你請他師父下山，大事可定，你回西岐多拜上姜子牙，你速回去，楊戩躬身問曰，請問娘尊姓大名，同西岐好言娘娘聖德，道姑曰，吾非別人，乃是天上帝親女瑤池金母所生，只因那年蟠桃會，該我奉酒，有失規矩，悮犯青戒，將我謫貶鳳屋山青鸞斗闕，吾乃龍吉公主是也，楊戩躬身辭了公主，借土遁而行，未及盞茶時侯，又落在低澤之傍，楊戩偏生要行此遁，為何又落，只見澤中微微風起。

將成功。這是如何光景。楊戩夾着土行孫答曰道人善能地行之術。若放了他沿了地就走了。子牙傳令拿出去斬了。楊戩領令方出府。子牙批行刑箭出。楊戩方轉換手。來用刀。土行孫往下一揮。楊戩急搶時。士行孫沿土去了。楊戩面面相覷。來回子牙曰弟子只因換手斬他。被他捽脫沿土去了。子牙聽說默然不語。此將丞相府炒嚷一夜不表。此說土行孫得生回至內營悄悄的換了衣裳。來至營門聽令鄧九公傳令令來。土行孫至帳前鄧九公一問曰。將軍昨晚至西岐功業如何。土行孫曰。子牙防守嚴緊。分毫不能下手。故此守至天明空回。鄧九公不知所以原故也。自罷了。且說楊戩上殿來見子牙曰。弟子往仙山洞府訪問土行孫是如何出處。將綑仙繩問他下落。子牙曰你此去又恐土行孫行刺。你不可遲慢。事機要緊。楊戩曰弟子知道。楊戩領令離了西岐往夾龍山來。不知後事如何。且聽下回分解。

總批

土行孫器宇易盈。衆其對鄧九公之言。何其渺視西土也。不知子牙帳下。有多少智術之士。豈在土行孫之下。真所謂初生之犢不懼虎。不過以管窺天井中之量耳。只鄧九公竟以文許之。乃稱為真愛才真愛國。子不覺之復斯言。

又批

或曰土行孫幸有地行之術。不然幾為貪色所敗。可不羞負鄧九公一片熱心。這等人。真該一棒打殺。子曰君子。是如此。今日湯不得。殺許多。

第五十五回　土行孫歸伏西岐

詩曰

藏身匿影總無良，水到渠成為其松。
背却天真貪愛慾，有違師訓逐疆場。
百千役備終歸正，八九元功自異常。
兩國始終成好合，認由月老定鸞鳳。

話說楊戩借上遁往夾龍山來。正架遁光。風聲霧色。不覺飄飄蕩蕩落將下來。乃是一座好山。但見。山頂嵯峨摩斗柄。樹稍彷彿接雲霄。菁州唯裡。開谷口猿啼玃嘯。林中每聽松間鶴唳。嘯風山魈上弦刀出鞘，侍立兩傍。土行孫在下面立等，不得其便，只得伺候。且說楊戩上殿來，對子牙悄悄道了幾句，子牙許之。子牙先把武王安在密室，著四將保駕，子牙自坐殿上，運用元神，保護自己不提。且言土行孫在下面儿等，不能下手，心中燋燥起來，自恁地罷。我且往宮裡殺了武王，再來殺姜子牙不遲。土行孫離了相府，來尋皇城，未走數步，忽然一派笙簧之音，猛抬頭看時，已是官內，只見武王同嬪妃奏樂飲宴。土行孫見了大喜，正所謂：

踏破鐵鞋無覓處。

得來全不用功夫。

話說土行孫喜不自勝，於輕輕襯在底下等候，只見武王曰，且止音樂，況今兵臨城下，軍民離亂，收了筵席，且回宮安寢。兩邊宮人隨駕入宮，武王命眾官人各散，自同宮妃解衣安寢。

孫把身子鑽將上來，此蒔紅燈未滅，寢室通明，行孫提刀在手，上了龍床，揭起帳幔，搭上金鈎，武王合眼朦朧酣睡，土行孫只一刀，把武王割下頭來，往床下一擲，只見官妃尚開目朚睡不醒，土行孫看見妃子臉似桃花，異香撲鼻，不覺動了慾心，乃大喝一聲，你是何人，兀自熟睡，那女子醒來，驚問曰，汝是何人，賓夜至此，土行孫曰，吾非別人，乃成湯營中先行官土行孫是也。武王已被吾所殺，爾欲生乎，欲死乎，官妃曰，我乃女流，害之無益，可憐救妾一命，其恩非淺，若不棄賤妾貌醜，收為婢妾，得侍將軍左右，銘德五內，不敢有志。土行孫原是一位神祇，怎忘愛慾心中，大喜也罷，若是你心中情愿與我暫效魚水之歡，我便赦你。女子聽說，滿面堆下笑來，百般應喏。土行孫不覺情逸，隨解衣上床，往彼裡一鑽，神魂飄蕩，用子正欲抱摟女子，只見那女人雙手反把土行孫摟住，一來土行孫氣兒也喘不過來，叫道美人暴鬆著此那女子大喝一聲，好匹夫，你把吾當誰，叫左右住了土行孫。三軍呐喊，鑼鼓齊鳴。土行孫及至看時，原來是楊戩。土行孫赤條條的，不能展掙，已被楊戩擒住。此是楊戩智擒土行孫。楊戩將土行孫夾著走，不放他沿著地。若是沿着地他就走了。土行孫自己不好看相，只是閉着眼。且說子牙在銀安殿，只聞金鼓大作，殺聲振地，問左右，那裏殺聲。只見門官報進州府階丞相楊戩智擒了土行孫，子牙大喜。楊戩夾著土行孫在府前聽令，子牙傳令進來，楊戩把土行孫赤條條的夾到簷前來。子牙一見，便問楊戩曰，拿準備。子牙曰：有這樣事。楊戩曰：他前日拿師叔擒弟子，看定是絪仙繩。今日弟子被他絪著，我醒心著，遠遠仔細定睛，還是絪仙繩，分毫不差。待弟子往飛龍洞去探問一番何如。子牙曰：此處甚遠，且防他月下進賊。楊戩亦不敢再說。且說土行孫把偷楊戩之事，說行一遍。九公曰：但願早破西岐，旋師奏凱，不負將軍得此大功。起手行孫暗想：不然今夜進城殺了武王，誅了姜尚，擒的帳下，早成姻眷，多少是好。土行孫此帳上死，元帥不必憂心，末將今夜進西岐殺了武

王、姜尚我二人首級回來進朝報功，西岐無首自然尾解。九公曰：怎得入城。土行孫曰：昔日吾師傳我有地行之術，可行千里，如進城有何難事。鄧九公大喜，有治酒與土將軍賀功。晚間進西岐，行刺武王子牙不表。且言子牙在府，慮土行孫之事，忽然一陣怪風刮來，甚是利害，怎見得有讚為証。

讚曰

淅淅蕭蕭飄飄蕩蕩，淅淅蕭蕭飛落葉，飄飄蕩蕩捲浮雲，松柏遭催折，波濤盡攪渾，山鳥難棲樓，海魚顛倒東西，舖閣難保，門窗脫落，前後屋舍怎分戶

牖傾欹。真是無踪無影，驚人膽，助怪藏妖出洞門。子牙在銀安殿上，見大風一陣，刮得來響一聲，把寶纛旛一折兩段，子牙大驚，忙取香案焚香爐內，將八卦搜求吉凶。子牙鋪下金錢，便知就裡，大驚拍案曰：不好。命左右忙傳請武王駕至相府，眾門人俱問其故。子牙曰：楊戩之言大是有理，方纔風過甚凶主。行孫今晚進城，行刺。命府前大門懸三面鏡子，大殿上懸五面鏡子，今晚眾將不要散去，俱在府內嚴備看守，須弓上弦，刀出鞘，以備不虞，少時諸將撥執上殿。只見門官報入武王駕至，子牙慌率眾將接駕至

殿內行禮畢。武王曰：相父請孤有何見諭。子牙曰：老臣今日訓練眾將，六報待蕭太王延寅，武王大喜，多得相父如此勤勞，孤不勝感激，只願兵戈寧息，與相父共享安康也。子牙曰：今左右安排筵席，侍武王飲宴。只是談笑軍國重務，不敢說土行孫行刺一節，且說鄧九公飲酒至晚時，至初更土行孫辭鄧九公，眾將打點進西岐城，鄧九公與眾將立起看土行孫，把身子一抖，杳然無跡無踪，鄧九公撫掌大笑曰：天子洪福，又有這等高人輔國，何愁禍亂不平。且說土行孫進了西岐，到處找尋，求至子牙相府，只見眾將弓

報馬報進相府來，子牙隨即出城，衆將在兩邊，先土行孫跳躍而來，大呼曰，姜子牙，你乃崑崙之高士，特來擒你，可早早下馬受縛，無得使我費手，衆將官。那裡把他放在眼裡，齊聲大笑。子牙曰，觀你形貌不入衣冠之內，你有何能敢來擒吾，土行孫不留分說，將鉄棍劈面打來，子牙用剑架隔，只是撥不著他，如此往來又及三五合，土行孫祭起綑仙繩，子牙怎逃此厄，綑下騎來，土行孫士卒來拿這遶將官甚多，森貪勇冲出，一聲喊把子牙搶進城去了，惟有楊戩在後面看見金光一道，其光正而不邪，嘆曰，又有些古

怪。且說衆將搶了子牙進相府來，解此繩解不開，用刀割此繩，且陌在內裏，愈弄愈緊，子牙曰，不可用刀割，早已驚動武王，親自進相府來看，問相父安。子牙這等光景，武王垂淚言曰，孤不知得有何罪，天子屢年征伐，竟無窮，宋民受倒懸，軍遭殺戮，將遭陷窮，如之奈何，相父今又如此受苦，使孤日夜惶悚不安，楊戩在傍仔細看這繩子，却似綑仙繩，自已沉吟，必是此寶，正處之間，忽報有一道童要見丞相，子牙道請進來，原來是白鶴童子，至殿前見子牙，口稱師敕奉老爺法牒，送符印，將此繩解去，童見把符帖在

繩頭上用手一拆，那繩即時落將下來，子牙似頓首崑崙，拜謝老師慈憫，白鶴童子回宮不表。且說楊戩對子牙曰，此繩是綑仙繩，子牙曰，豈有此理，難道懼怕孫反來害我，决無此說。正疑惑之間，次日土行孫又來請戰，楊戩應聲而出，弟子愿往，子牙分付小心。楊戩領令上馬提鎗出得城來，土行孫曰，你是何人。楊戩道，你將何法傷吾師叔，不要逞，搖鎗來取，土行孫祭棍來迎，鎗棍交加，楊戩先自留心，看他端的，未及五七合，土行孫祭綑仙繩來拿楊戩，只見光華燦爛，楊戩已被拿了，土行孫命士卒擡着楊戩繞到壜

門。一聲響擡塌了，吊在地上，及至看時，乃是一塊石頭，衆人大驚，土行孫親目看見，心甚驚疑，正沉吟不語，只見楊戩大呼曰，好匹夫，焉敢以此術惑吾，搖鎗來取土行孫，只得復身迎敵，兩家殺得長短不一，楊戩急把哮天犬祭在空中，土行孫看見，將身子一抓，即將不見，楊戩觀看，駭然大驚曰，成湯營裡若有此人，西岐必不能取勝，爰思半晌，面有憂色，回進相府來見子牙，看見楊戩這等面色，問其故，楊戩曰，西峽漢添一患，土行孫善有地行之術，奈何這道不可防，這事是件沒有遮攔的，若是他暗進城來怎能

後跳把哪吒殺出一身汗來土行孫戰了一回跳出圈子大呼曰哪吒你長我矮你不好發手我不好用功你下輪來見個輪贏哪吒想一想這矮匹夫自來取死哪吒從其言恍下輪來把鎗來挑土行孫身子矮小鑽將過去把哪吒腿上打了一棍哪吒急待轉身土行孫又往後面又把哪吒胯子上又打兩棍哪吒急了繞要用乾坤圈打他不防土行孫奈起細仙繩一聲響把哪吒平空拿了去望轅門下一擲把哪吒縛定怎能得脫此厄正是

飛龍洞裏仙繩妙
不怕蓮花變化身

話說土行孫得勝回營見鄧九公介回報生擒哪吒鄧九公令來只見軍卒把哪吒擡來放在丹墀下鄧九公問曰如何這等拿法土行孫曰各有秘傳鄧九公想一想意欲斬首但思奉詔征西今獲大將解往朝謌使天子裁決更尊天子之威亦顯邊戎爻勇傳令將哪吒拘于後營令軍政司上土行孫首功營監治酒慶功且說報馬進相府報說哪吒被擒一事子牙驚問探馬如何擒去掠陣官啓曰只見二道金光就平空的拿去予子牙沈吟又是甚麼異人來了心下鬱鬱不樂次日報土行孫請戰于子牙曰何人會

土行孫堦下黃天化應聲而出懇往子牙許之天化上了玉麒麟出城看上行孫大喝曰你這縮頭肯生馬敢傷吾道兄手中鎚分頂門打來止行孫賓鐵棍左右來迎鎚打棍寒風凛凛棍遊鎚殺氣騰騰戰未及數合土行孫盜了懼雷孫師父仙繩在這裏亂拿人不知好反又祭起細仙繩將黃天化拿了如哪吒一樣也拘在後營哪吒一見黃天化也如此拿將進來就把黃天化激得三屍神暴跳大呼曰吾等不幸又遭如此暗身哪吒曰師兄不必着急命該絕此急也無用命若該生且自寧耐話說子牙又聞得擒

汀黃天化子牙大驚心下不樂相府兩邊亂腾腾的議論不表此言土行孫得了兩功鄧元帥治酒慶賀夜飲至二更土行孫酒後往談自持道術誇張曰元帥若早用末將子牙已擒武王早練成功多時矣鄧九公見土行孫連勝兩陣擒拿二將故此深信其言酒至三更眾將各回寢帳獨土行孫還吃酒九公火行孫聽得此言滿心歡喜一夜躊躇不睡且言次日言曰土將軍你若早破西岐吾將翁女贅公為婿土鄧九公令土行孫早早立功旋師奏凱朝賀天子共享千鍾土行孫領命排開陣勢坐名要姜子牙答話

愈趕得緊了，他不知楊戩有無限騰挪變化。嬋玉見馬勢趕得甚急，忙發一石，又中楊戩臉上，只當不知。嬋玉正是着忙，楊戩祭起哮天犬，把鄧嬋玉頸子上一口連皮帶肉咬去了一塊。嬋玉負痛難忍，幾乎落馬，大敗進營，叫喊不止。鄧九公又見女兒着傷，心下十分不爽，納悶在帳，切齒深恨哪吒。且說楊戩救了龍鬚虎回見子牙，子牙見龍鬚虎又着石傷，卻然楊哮天犬傷了鄧嬋玉，子牙心上也自不悅。當日鄧父子着傷，日夜煎熬。四將在營商議，令主帥帶勝西岐奈何，正議論間，報有督糧官土行

1406

孫等。令內帳傳出令來，土行孫上帳，不見主帥，問衆原故。太鸞備言其事。土行孫進帳來見鄧九公，問發九公說被哪吒打傷肩臂，勅斷骨折，不能全愈，今奉青來征西岐，誰知如此。土行孫曰：主將之傷不難，未將有藥，愀取葫蘆裏一粒金丹，用水研開，將鳥翎搽上，真如甘露沁心，立時止痛。土行孫又聽得帳後有婦女嬌怯悲慘之聲，土行孫問曰：裡面是何人呻吟？九公曰：是吾女嬋玉也，被着傷。土行孫又取出一粒作藥，如前取水研開，扶出小姐，用藥敷上，立時止痛。鄧九公大喜，至晚帳內擺酒，待土行孫，衆將共飲。土

1407

行孫請問鄧九公與姜子牙見了幾陣？九公曰：屢戰不能取勝。土行孫笑曰：當時主將肯用吾征時，如今平服西岐多時了。九公暗想：此人必定有些本事，他無有道術，申公豹決不薦他，也罷，不若把他改作正印先行。彼時酒散，次早陞帳，九公謂太鸞曰：將軍今把先行印讓土行孫掛了，使他早能成功奏凱，共享皇家天祿，無使遷延日月，何如？太鸞曰：主帥將令，末將怎敢有違？況土行孫早能建功，豈不是美事。情愿讓位，況將正印交代。土行孫當時掛印施威，領本部人馬，殺奔西岐城下，囑聲大呼曰：只叫哪吒出

1408

來答話。子牙正與諸將商議，忽報湯營有將搦戰。名要哪吒答話。子牙命哪吒出城，哪吒登風火輪來至陣前，只管瞧，不見將官，只管望營裡看，土行孫其身止高四尺有餘，哪吒不曾往下看，土行孫叫曰：來者何人？哪吒方往下一看，原來是個矮子，身不過四尺，拖一根賓鐵棍，哪吒問曰：你是甚麼人敢來大張聲勢？土行孫曰：吾乃鄧元帥麾下先行官土行孫是也。哪吒曰：你來作何事？土行孫曰：奉令特來擒你。哪吒大笑不止，把鎗往下一戳，土行孫把棍往上迎來。哪吒登風火輪，使開鎗展不開手，土行孫矮，只是前

1409

姜丞相問徒龍鬚虎便是嬋玉又問你來作甚麼龍鬚虎曰今奉吾師之命特來擒你鄧嬋玉不知龍鬚虎發手有石只見龍鬚虎把手一放照着鄧嬋玉打來有磨盤大小的石頭兩隻手齊放便如飛蝗一般只打得遍地灰土迸起甚如霹靂之聲嬋玉馬上自思此石來得利害若不仔細便打了馬也是不好撥回馬就㧑龍鬚虎趕來嬋玉回頭一看見龍鬚虎趕來嬋玉回手一石打來龍鬚虎見石光打來把頭往下一躲頭子長灣將過來正中頭子窩見骨把龍鬚虎打的扭着頸子跑嬋玉復又一石龍鬚虎獨足難

立打了一交鄧嬋玉勒轉馬來要取龍鬚虎首級不知性命如何且聽下回分解

總批

南宮适乃周之名將亦自輕敵幾為太鸞所斃況其他者乎天下事俱不可忽畧故詩之頌文王曰小心翼翼夫子曰暴虎馮河死而無悔者吾不與也武侯自曰先帝知臣謹慎此皆檢束身心妙諦凡人當取為式

又批

哪吒黃天化俱仙門高義以一語互相嘲誚

係但基虛……精篡辨業俱……其是見立……勝 [illegible]

可積飯。

第五十四回　土行孫立功顯耀

詩曰

征西將士有奇才，
縮地能令濁土開。
刼寨偷營如掣電，
飛書走檄若轟雷。
貪趨相府幾亡命，
恐失佳期被所摧。
總是君明天自愛，
英謀奇畧盡成灰。

話說楊戩見嬋玉把龍鬚虎回馬飛來要殺龍鬚叫曰少待傷吾師兄縱馬走如飛搖鎗來剌楊戩大怒兩馬相交未及數合嬋玉便走楊戩隨後趕來嬋玉發手六石正中楊戩打的臉上火星迸出往下

子牙曰追赶必要小心傍有黃天化言曰為將之道
身臨戰場務要眼觀四處耳聽八方難道你一塊石
頭也不會招架被他打傷今恐土星打斷就破了相
一生俱是不好把哪吒氣得怒冲牛斗今日失機着
傷又被黃天化一塲取笑且說鄧嬋玉進營見父親
回話說打傷哪吒一事鄧九公聞言雖是歡喜其如
疼痛難禁次日嬋玉復來搦戰探馬報人相府子牙
問誰去走一遭黃天化曰弟子愿往子牙曰須是仔
細天化領令上了玉麒麟出城列陣鄧嬋玉馬走如
飛上前問曰來將何名黃天化曰吾乃開國武成王

1398

長男黃天化是也你這賤人可是昨日將石打傷吾
道兄哪吒是你麼不要走舉鎚就打女將雙刀劈面
來迎二人鎚刀交架未及數合撥馬就走嬋玉高聲
叫曰黃天化你敢來赶我天化在坐騎上思想吾若
不赶他恐哪吒笑話我只得催開坐騎往前赶來
嬋玉聞腦後有聲掛下雙刀回手一石黃天化急待
閃時已打在臉上比哪吒分外打得很掩面逃回進
相府來回令子牙見黃天化臉着重傷仍問其故你
如何不隄防天化曰那賤人回馬就是一石故此未
及防備子牙曰且養傷痕哪吒在後聽得黃天化失

1399

機從後延出言曰為將要眼觀四處耳聽八方你連
一女將如何也失手與他被他打斷山根一百年還
是悔氣黃天化大怒曰你為何還我此言我出于無
心你為何記其小忿哪吒亦怒你如何昨日辱我彼
此爭論被子牙一聲喝你兩個為國何必如此二人
各自負愧退入後寨不提且說鄧嬋玉得勝回營見
父親言打了黃天化敗進城去了鄧九公雖見連日
得勝但臂膊疼痛慶日如年次日鄧嬋玉又來城下
請戰探馬報入相府曰有嬋玉在城下搦戰子牙曰
誰去走遭楊戩在傍對龍鬚虎曰此女用石打人師

1400

兄可往吾當掠陣龍鬚虎曰弟子愿往楊戩壓陣子
牙許之二人出城鄧嬋玉一見城裏跳出一個東西
來自不曾見的怎見得有詩為証

詩曰

發石如飛實可誇　龍生一種產靈芽
運成雲水歸周主　煉出奇形助子牙
手似鷹隼足似虎　身如魚滑鬢如蝦
封神椿上無名姓　徒建奇功與帝家

話說鄧嬋玉見城內跳出個古怪東西來諕得竟不
負體問曰來的甚麼東西龍鬚虎大怒好賤人吾乃

1401

見太顛帶傷、命去調養不表。且言鄧九公在營晝夜
不安。有女嬋玉見父着傷、心下十分懊惱。次日問過
父安、稟爹爹、且自調理待女孩兒、爲父親報讐鄧九
公曰。吾見須要仔細。小姐隨點本部人馬、至城下請
戰。子牙坐在銀安殿、正與衆將議事。忽報成湯營有
一女將討戰。子牙聽報、沉吟半晌、傷有武成王言曰。
丞相千場大戰、未嘗憂懼。今開一女將、爲何沉吟不
夬。子牙曰。用兵有三忌。道人、騙頭、婦女。此三等人、非
走左道定有邪術。被伏邪術、恐將士不提防、悞被所
傷深爲利害。哪吒應聲出曰、弟子愿往。子牙分付小

心、哪吒領命。上了風火輪、出得城來、果見一女將、袞
馬而至、怎見得、有讚爲証。

讚曰。

紅羅包鳳髻繡帶扣蕭湘。一辦紅蕖桃實鋆更現
得金蓮窄窄、兩灣翠黛拂秋波、越覺得玉溜沉沉
嬌姿嬝娜、慵拈針指好輪刀、玉手菁葱、懶傷粧臺
騘劣馬桃臉通紅、羞答答通名間姓、玉粳微微狠嬌
法怯奪利爭名、漫道佳人多猛烈、只因父子出營
來、有詩爲証。

詩曰。

甲冑無雙貌出奇、嬌羞嬝娜更多姿、
只因懊落凡塵裡、致使先行得結褵、
哪吒大呼曰、女將慢來、鄧嬋玉間曰、來將是誰、哪吒
答曰、吾乃是姜丞相麾下哪吒是也、你乃五體不全
婦女、焉敢陣前使勇、況你係深閨弱質、不守家教露
面拋頭、不識羞愧、料你總會兵機、也難逃吾之手、還
不回營另換有名上將出來、嬋玉大怒、你就是傷吾
父親讐人、今日受吾一刀、切齒面紅、縱馬使雙刀來
取、哪吒火尖鎗急架相還、二將往來戰未數合、鄧嬋
正想吾先下手爲強、把馬一撥、掄一刀、就乘吾不及

你哪吒點頭嘆曰、果然是個女子、不耐大戰、竟往下
趕來。趕未及三五射之地、鄧嬋玉扭頭回頭見哪吒
趕來、掛下刀、取五光石、掌在手中、回手一下、正中哪
吒臉上、正是

發手五光出掌內、　　縱是仙尼也皺眉。

話說鄧嬋玉回手一石、正打中哪吒面上、只打得傳
粉臉青紫、鼻眼皆半敗回相府、子牙看見哪吒面上
着傷、乃問其故、哪吒曰、弟子與女將鄧嬋玉戰未數
合、那賤人就走、弟子趕去要拿他、成功不防他回手
一道光華、却是一塊石頭、正中臉上打、打得如此狠狠

真如癡人說夢。今天下歸周，人心效順，即數次王師俱兵亡將擴，片甲無回。今將軍將不過十員，兵不足二十萬，真如群羊鬬虎，以卵擊石，未有不敗者也。依吾愚見，不若速回兵馬，轉達天聽，言姬周併未有不臣之心，各安邊境，真是美事。若是執迷不悟，恐蹈聞，鄧九公大怒，謂諸將曰：似此賣面編簿小人，敢綱犯天朝元宰，不殺此村夫，怎消此恨！縱馬舞刀，飛來直取于牙。左有武成王黃飛虎，催開五色神牛，大呼：鄧九公不得無禮！鄧九公見黃飛虎，大罵曰：好反賊！敢來見吾！二騎交加，刀鎗並

舉。黃飛虎鎗法如龍，鄧九公刀法似虎，二將相交。場大戰，怎見得？有讚為証。

讚曰

二將持強無比賽，各爭名利諍能會。一個赤銅刀樂溢人魂。一個銀蟒鎗飛驚鬼怪。一個冲管斬將勢無倫。一個投虎擒龍誰敢對，生來一對惡克神。大戰西收爭世界。

話說鄧九公戰住黃飛虎，左哨哪吒，見黃飛虎戰鄧九公不下，忍不得登開風火輪，搖鎗助戰。成湯營中鄧九公長子鄧秀，縱馬冲來，逼壁廂黃天化攉開玉

麒麟。惡戰太鸞，舞刀冲來，武吉搖鎗抵住。趙昇使方天戟殺來，逼得太顛懷住。成湯營孫焰紅冲殺過來。有黃天祿接住，兩家混戰。好殺！只殺得天昏地暗，旭日無光，喊殺戰鼓怵敵，唶叮噹，兩家兵器怎見得。有賦為証。

賦曰

二家混戰，士卒奔騰，衝開隊伍，勢如龍欲倒旗旛，雄似虎，兵對兵，將對將，各分頭迎鎗。箭迎箭，兩下交逢，乘不意你往我來，迎着兵又命。隨傾顧後瞻前，錯了心神，身不保，只殺得征雲黯

淡，兩家將佐眼難明，那裡知怪霧瀰漫，報效身軀尋躲伍。正是：英雄惡戰不尋常，棋逢敵手難分解。

話說兩家大戰西岐城下，哪吒用開火尖鎗助黃飛虎協戰鄧九公。九公原是戰將，抖搜神威，展開大刀，精神加倍。哪吒見鄧九公勇猛，暗取乾坤圈打來，正中九公左臂上，打了個帶斷皮開，幾乎墜馬。周兵見哪吒得勝，吶了一聲，喊殺奔過來。太顛不防，趙昇把口一張，噴出數尺火來，燒得燋頭爛額，險些見落馬。兩家混戰一場，各自收兵。且說九公敗進大營，聲喚不止，痛疼難禁，不盡晝夜不安。且言子牙進城，回至相府。

旗分離位列前鋒。朱雀迎頭百事兇、鐵騎橫排衝陣將。果然人馬似蛟龍、二聲號砲、又見兩杆青旗飛揚而出、引一隊人馬、立于左隊、有穿青周將壓住陣腳、怎見得人馬膽揚、有詩爲証、

詩曰

青龍旗展兌宮旋、短劍長矛火第先。
更有衝鋒窩裏砲、追風須用火攻前、

一聲砲響、只見兩杆白旗飄揚而出、引一隊人馬、立于右隊、有穿白周將壓住陣腳、怎見得人馬勇猛、有

詩爲証。

詩曰

旗分兌位虎爲頭、戈戟森森列敵樓。
硬弩強弓遮戰士。中藏遁甲鬼神愁、

鄧九公對諸將曰、姜尚用兵真個紀律嚴明、甚得形勢之分、果有將才。再看時、又見兩杆皁旗飛舞而出、引一隊人馬、立於後隊、有穿黑周將壓住陣腳、怎見得人馬齊整、有詩爲証。

詩曰

坎宮玄武黑旗旛、鞭鐧抓鎚襯鉄輨、

左右救應爲第一。鳴金擊鼓任頻敲、又見中央擺列杏黃旗、在前、引着一大隊人馬攢簇、五方八卦旗旛衆門人、一對對排雁翅而出、有二十四員戰將、俱是金盔金甲、紅袍畫戟、左右分十二騎、中間四不相上端坐子牙、甚是氣槩軒昂、兵威嚴肅、怎見得、有詩爲証。

詩曰

中央戊巳號中軍、寶纛旗開五色雲、
十二牙門排將士、元戎大師此中分。

話說鄧九公看子牙兵按五方而出、左右顧盼、進退

舒徐。紀律嚴肅、井井有條、兵威甚整、真堂堂之陣、正正之旗、不覺點首嗟嘆、果然話不虛傳、無怪先來將士損兵折將、真勁敵也。乃縱馬向前言曰、姜子牙、請了。子牙欠身答曰、鄧元帥、卑職少禮。鄧九公曰、姜尚不道大肆猖獗、你乃是崑崙山明士、爲何不知人臣之禮、持強叛國、大敗綱常、招亡結黨、法紀安在、及至天子震怒、與師問罪、尚敢逆天拒敵、爾必有大敗之、您不守國規、自有戮身之苦、今天兵到日、急早下馬受縛、以全滿城生靈塗炭、如抗吾言、那時城破被擒、玉石碎焚、悔之晚矣、子牙笑曰、鄧將軍、你這篇言詞。

〔1382〕

戰。探事馬報入相府。有將請戰。子牙問左右。誰見頭陣。有南宮适領令。提刀上馬。吶喊搖旗。冲出城來見對陣。一將。面如活蠏。海下黃鬚。坐烏追馬。怎見得有讚為証。

讚曰

項上金冠飛雙鳳璉環寶甲三鎖控腰纏玉帶扣
團花手執鋼刀寒光迸錦囊暗帶七星搥鞍轎又
把龍泉縱大將逢時命即傾旗開拱手諸侯重三
山關內太先行四海聞名心膽痛。

話說南宮适大呼曰來者何人。太鸞答曰吾乃三山

〔1383〕

關總兵鄧麾下正印先行。太鸞是也。今奉勅西征討賊。爾等不守臣節。招納叛亡。無故造反持強肆暴。壤朝廷之大臣。藐天朝之使命。殊為可恨。特命六師勦除叛惡。爾等可下馬受縛。觧往朝歌。盡成湯之大法。免生民之倒懸。如再執迷。悔之無及。南宮适笑曰太鸞。你知聞太師魔家四將。張桂芳等。只落得焚身，斬首片甲不歸。料爾等米粒之珠。吐光不大。蠅翅飛騰。去而不遠。速速早回。免遭屠戮。太鸞大怒。催開紫驊騮。手中刀。飛來直取。南宮适縱騎合扇刀急架相還兩馬相交。一場大戰。來往冲突。搖破花腔戰鼓。搖碎

〔1384〕

錦綉旗旛。來來往往。有三十回合。南宮适。馬上迸英雄。展開刀勢。抖搜精神。倍加氣力。太鸞怒發環眼雙睜。把合扇刀賣一個破綻。叫聲着。一刀劈將下來。南宮适因小覷了太鸞。不曾在意見。那刀一刀落將下來。南宮适着慌呌聲不好。將身急閃過。那刀把護肩甲吞去半邊。戎繩割斷敗肚。把南宮适。嚇得魂飛天外。大敗進城。太鸞赶殺周兵。得勝回營見鄧九公曰。今逢南宮适大戰。被末將刀劈護肩甲吞頭不能集首。請令定拿。鄧九公曰首功居上。雖不能斬南宮之首。已挫周將之銳。且說南宮适進城至相府回見子

〔1385〕

牙。其言失利。幾乎喪師辱命。子牙曰。勝敗軍家之常。為將務要見機進。則可以成功。退則可以保守無虞。此乃為將之急務也。次日鄧九公傳令調五方隊伍。大壯軍威。砲聲如雷。三軍踴躍。喊殺振天。來至城下。請姜子牙答話。探子馬報入相府。子牙分付辛甲先。調大隊人馬出城。吾親會鄧九公。西岐連珠砲響。兩扇門開。十簇人馬。踴出鄧九公定睛觀看。只見兩打大紅旗飄飄而出。引一隊人馬。分為前隊。有穿紅將壓住陣腳。怎見得人馬雄偉。有詩為証。

詩曰

出入之防。邊烽無警，退鄂順之反叛，奏捷甚速。慈績大焉。今姬發不道，納亡招叛，大肆猖獗，朕累勤問罪之師，彼反抗軍而樹敵，致王師累屢大損國威深，爲不法。朕心惡之。特勑爾前去用，介理相機進勦，務擒首惡。解關獻存，以正國典。朕決不惜茅土以酧有功。爾其欽哉，毋負朕托重至意。故茲爾詔。

鄧九公讀畢，待天使等交代。王貞曰：新總兵孔宣就到，不一日孔宣已到。鄧九公交代完畢，點將祭旗次日，起兵。忽報有二矮子來下書。鄧九公令進師庭見

1378

來人身不過四五尺長，至滴水簷前行禮，將書呈上。鄧九公折書觀看，來書係申公豹所薦，乃是土行孫效勞麾下。鄧九公見土行孫人物不妍，微待不留意，中道兄見怪，若要用他不成規矩，況吟良久也罷把他催糧，應付三軍。鄧九公曰：土行孫既申道兄薦你，吾不敢負命。後軍糧草缺少，用你爲五軍督糧使命，太鸞爲正印先行，子鄧秀爲副印先行，趙昇、孫焰紅、爲救應使，隨帶女孩兒鄧嬋玉，隨軍征伐，鄧元帥調人馬，離了三山關，往西進發。一路上旗旛蕩蕩殺氣騰騰。怎見得。

1379

三軍踴躍，將士熊羆。征雲並殺氣相浮，劍戟共施旛耀日，人雄如猛虎。馬驟似飛龍，弓彎銀漢月箭插虎狼牙。袍鎧鮮明如繡簇，喊聲大振若山崩。鞭稍施號令，渾如開放三月桃花。馬攏閃鑾鈴恍似搖綻九秋金菊。威風凜凜，人人咬碎口中牙。殺氣騰騰。個個驛圓眉下眼，真如猛虎出山林，恰似天王離北闕。

話說鄧九公人馬在路，也行有偶月，一日來到西岐。哨探馬報入中軍，啓元帥，前而乃西岐東門，請令定奪。鄧九公傳令安營。怎見得。

1380

營安八卦，旛列五方。左右攏攢簇簇，軍兵前後排審審層層，將佐撝揚。子馬紫挨鹿角，連珠砲審護中軍。正是刀鎗白映三冬雪，砲響聲高二月雷。

鄧九公安了行營，放砲吶喊，且說西岐子牙，自從破了聞太師天下諸侯，響應忽探馬報入相府。三山關鄧九公人馬駐劄東門，子牙聞報，謂諸將曰：鄧九公其人如何。黃飛虎在側啓曰：鄧九公將才也。子牙笑曰：將才好破，左道難克，且言鄧九公次日傳令，那員戰將，先往西岐見頭陣，走遭帳下先行官太鸞應聲願往。調本部人馬，出營排開陣勢。立馬橫刀，大呼揭

1381

總批

開太師征伐西岐來將甚是雄威及至敗回
膝何其靦顏袁氣囹是予於諸人籌無遺策
乃是聞谷惰左道諸人謀盡之本藏耳如此
觀之忿不恭惠五信然

又批

大師精忠報國死不忘君庶幾不愧大臣體
親但于絕龍嶺自恃道術以取敗此其所以
短也

第五十三回　鄧九公奉勅西征

詩曰

渭水滔滔日夜流。西岐征戰幾時休。
漫言虎豹纏離穴。又見貔貅樹敵樓。
修德每愁麋白骨。荒淫反自咏金甌。
豈知天意多顛倒。取次干戈不斷頭。

話說申公豹說反了土行孫下山他又往各處去了。且說當日絕龍嶺逃回軍士進汜水關報與韓榮說。知聞太師死于絕龍嶺隨修表報進朝歌有微子看報㤧進偏殿見紂王行禮稱臣。王曰朕無音皇伯有

何奏章、微子把聞太師的事。奏啓一遍紂王大驚。數日前恍惚之中。明明見聞太師。在鹿臺奏朕言在絕龍嶺失利。今日果然如此、紂王着實傷感王問左右文武曰。太師新亡、點那一員官定要把姜尚拿解朝歌與太師報讐眾官共議未決有上大夫金勝出班奏曰。三山關總兵官鄧九公前日大破南伯侯鄂順屢建大功。若破西岐非此人不克成功。紂王傳旨速發白旄黃鉞得專征伐差官即往星夜不許停畱使命官王貞持詔往三山關來。一路上馬行如箭心去如飛秋光正妍和暖堪行怎見得。

千山木落蘆花碎。幾樹風揚紅葉醉路途烟雨故
人稀黃菊芬菲山色麗水寒荷破人憔悴竹苗紅
蓼滿江千落霞孤鶩長空墜依稀顯淡野雲飛玄
鳥去賓鴻至嘹嚦嚦嚦驚人寐。

話說天使所過府州縣司不止一日。其日到了三山關驛内安歇次日到鄧九公帥府前。鄧九公同諸將等。焚香接旨開讀。

詔曰

天子征伐。原爲誅逆救民。大將專閫外之寄正代天行拯溺之權。茲爾元戎鄧九公累功三山關嚴

叫一聲跌將下來雲中子在外面揆雷四處有霹靂
之聲火勢兇猛可憐成湯首相為國捐軀。一道靈魂
往封神臺來有清福神祇用百靈旛來引太師。而斬
忠心不滅一點真靈借風遷至朝歌來見紂王。申斬
其情此時紂王正在鹿臺與妲巳飲酒不覺一陣昏
沉狀几而臥忽見太師立于傍邊諫曰老臣奉勑西
征屢戰失利枉勞無功令巳絕于西土愿陛下勤修
仁政求賢輔國母肆荒淫濁亂朝政毋以祖宗社稷
為不足重人言不足信天命不足畏企反前愆庶可
挽回遠臣欲再訴深情恐難進封神臺耳。臣去也。遂

往封神臺來百鑑引進其現安于臺內且說紂王猛
然驚醒曰怪哉異哉妲巳曰陛下有何驚異紂王把
夢中事說了一遍妲巳曰夢由心作賤妾常聞陛下
憂慮聞太師西征故此有這個警兆料聞太師豈是
失機之士紂王曰御妻之言是矣隨時就放下心懷
且說子牙收其眾門人都來報功雲中子收了神火
柱與燃燈二人回山去不表再講申公豹知聞太師
絕龍嶺身亡深恨子牙往五獄三山尋訪仙客伐西
岐為聞太師報讎一日遊至夾龍山飛龍洞玲虎飛
來忽見山崖上一小童兒跳耍申公豹下虎來看此

童兒却是一個矮子身不過四尺面如土色申公豹
曰那童兒你是那家的土行孫見一道人叫他上前
施禮曰老師那裡來申公豹曰我往海島來土行孫
曰老師是截教是闡教申公豹曰是闡教土行孫曰
是吾師叔申公豹問曰你師是誰你叫甚名字土行
孫答曰我師父是懼留孫弟子叫做土行孫申公豹
又問曰你學藝多少年了土行孫答曰學藝百載申
公豹搖頭曰我看你不能了道成仙只好修個人間
富貴土行孫問曰怎樣是人間富貴申公豹曰
看你只好披蟒腰玉受享君王富貴土行孫曰怎得

能勾申公豹曰你肯下山我修書薦你咫尺成功土
行孫曰老師指我往那里去申公豹曰薦你往三山
關鄧九公處去大事可成土行孫謝曰若得寸進感
恩非淺申公豹曰你胸中有何本事土行孫曰弟子
善能地行千里申公豹曰你用個我瞧土行孫把身
子一掜即時不見道人大喜忽見土行孫往土裡鑽
上來公豹又曰你師父有綑仙繩你要去帶下兩根
去也成的功土行孫曰吾知道了土行孫盜了師父
懼留孫的綑仙繩五壺丹藥逕往三山關來不知勝
負如何且聽下回分解。

樵子。乃是楊戩變化的，指聞太師往絕龍嶺而來。

說聞太師行過有二十里，看看至絕龍嶺嶺來。好險峻。但見。

魏魏嶺嶂摩蒼穹，溪深澗陡。
壁峭灘懸，虎頭石長就雄威奇，松怪柏若龍蟠。
落丹楓如翠蓋，雲迷霧障，山嶺直透九重霄瀑布。
奔流瀑灣半瀉千百里，真個是鴉雀難飛，漫道是
行人避跡，煙嵐障目，採藥稚童怕險，荊榛塞野打
柴樵子難行，胡羊野馬似穿梭，狡兔山牛如布陣。
正是草迷四野有精靈，奇險驚人多惡獸。

話說聞太師行至絕龍嶺，方欲進嶺，見山勢險峻，心下甚是疑惑。猛擡頭見一道人，穿水合道服，認的是終南山玉柱洞雲中子。聞太師慌忙上前問曰：道兄在此何幹？雲中子曰：貧道奉燃燈命，在此候見多時。此處是絕龍嶺。你逢絕地，何不歸降？聞太師大笑曰：雲中子。你把我聞仲，當作稚子嬰兒，怎言吾逢絕地。以此欺吾。莫非五行之術，在道通知。你今如此戲我。看你有何法治我。雲中子曰：你敢道這個所在來。太師就行。雲中子用手發雷，平地下長出八根通天神火柱。高有丈餘，圓有丈餘。按八卦方位乾

坎艮震巽離坤。免聞太師站立當中，大呼曰：你有何術。將此柱困我。雲中子發手雷鳴，將此柱震開，每一根柱內現出四十九條火龍，烈焰飛騰。聞太師大笑曰：離地之精，入人會近，火中之術，個個皆能。此術為襲欺吾，揎定避火訣。太師站于裡面，怎見得好火。有火讚為証。

讚曰

此火非同凡體，三家會合成功，英雄獨去離地運，
周九轉旋風煉成，通中火柱，內藏數條神龍。口內
噴煙吐焰，呲牙動處通紅，苦海煑乾，到底逢山愧

得石空遇木，郎庶厭盧逢金，化作長虹，爍人初出
定位，木裡生來無蹤。石中電火稀奇寶，三昧金光
透九重，在天為日通明帝，在地生烟活編昳，在人
五臟為心主，火內玄功大不同，饒君就有神仙體，
過我難逃眼下傾。

話說聞太師指定避火訣，站干中間，在火內大呼曰：雲中承你的道術，也只如此，吾不久居，我去也，往上升。架遁光欲走，不知雲中子，額將燃燈道人，紫金鉢盂罐住，渾如一盖，蓋定聞太師。那裡得知往上一帀。把九雲烈焰冠，撞落塵埃，青絲髮俱披下。太師大

1361

楊戩暗祭哮天犬，一口把辛環的腿咬住了。雷震子一棍正打着辛環頂門，死于非命也，往封神臺去了。雷震子獲功回西岐去了。且說聞太師失了坐騎，自思不敢歸國，想吾三十萬人馬，西征大戰三年，有餘不料失機，止存敗殘人馬數千，致有片甲無存之嘆。連吾坐騎俱死，門人所將俱絕。又見辛環已死，隻影單形，太師落下土遁，默坐沉吟半晌，仰天嘆曰：天絕成湯，當今失政，致乘心不順，衆怨且生，臣空有赤膽悲心，無能阿其萬一，此豈臣下征伐不用心之罪也。聞師坐到莊前，復起身招集敗殘士卒，迤邐而行。又

1362

無糧草，士卒疲敝之甚，俱有饑色，猛然見一村舍。有簇人家，太師沉吟饑餒不可行，乃命士卒向前去借他一頓飯你等充饑，衆人匈前觀看，果然好個所在。怎兒得有讚為証。

讚曰

竹籬密密茅屋重重泰天野樹迎門曲水溪橋映戶，道傍楊柳綠依依，閙內花開香馥馥夕照西沉。處處山林晤，鳥雀脫烟出竅，條條道逕轉牛海旺。是那餐飽雞豚眠屋角，醉酣鄰叟唱歌來。話說軍士來至莊前，個裏面有人蒙忽然禿出一位，

1363

老叟見是些殘敗軍卒，忙問衆位至小庄有何公士卒曰：吾等非是別人，乃是跟成湯聞太師老爺因奉勅伐我周，與姜尚交兵失機而回，借你一飯充饑後必有補報。那老人聽罷忙道：快請太師老爺來，衆軍士回去稟太師，即前有一老人，專請老爺太師只得緩步行至庄前，老人忙倒身下拜曰：犒太師，小民有失迎逐望乞恕罪。太師亦以禮相答，老人忙躬身迎請太師裏面坐，太師進裏面坐曰。老人急收拾飯罷將上來關太師用了一餐，方收拾飯與衆士卒吃了。敬簫兴宵夫曰太師辭老叟問曰：你們姓甚麼那曰撥

1364

攘你家久後好來謝你老人曰。小民姓李名吉。聞太師夽付左右記了。離于此間同些士卒望青龍關大路而來不覺迷蹤失徑太師命軍士站住觀看東南西岠忽聽林申伐木之聲，見一樵人太師忙令士卒向前問那樵子士卒向前問凡樵子借問你一聲樵子葉斧在地。上前躬身曰稱列位有何事呼喚士卒曰我等是奉勅征西的，如今要往青龍關去借問那你路近些樵子用手一指往西南上不過十五里過白鶴塀乃是青龍關大道，士卒謝了樵子來報與聞太師太師命衆人往西行，迤邐望前而行。不胝道這

死。一魂進封神臺去了辛環見余慶落馬大叫一聲
吾來了肉翅飛來鎚鐧往頂上打來辛環是上三路
黃天化鎚是短兵器招架上三路不好撑抵把玉麒
麟跳出圈子就趕這玉麒麟乃是道德真君坐騎足
心釘發出正中肉翅辛環在空中吊將下來鬧太師
有雲風速如飛電辛環不見機趕來被黃天化將攢
見辛環失利忙催動殘兵望東南敗走黃天化連勝
二陣也不追趕領兵回西岐報功去了且言鬧太師
見後無襲六領人馬徐徐而行又見拆了余慶辛環
帶傷太師十分不樂一路只思前想後人馬行至晚

間有一座高山在前但見山景淒涼太師坐下不覺
兜底上心自已吟詩嗟嘆

詩曰

回首青山兩淚垂

三軍僂倲更堪悲

當時只道旋師返

今日方知敗卒疲

可恨天時難預料

堪嗟人事竟何之

眼前顛倒渾如夢

為國丹心總不移

話說鬧太師作罷詩神思不寧三軍造飯辛環整理
次日回兵將至二更只聽得山頂上響聲大振砲聲
雷明聞大師出帳觀看見山上是姜子牙同武王在

馬上飲酒左右諸將用手指曰山下聞太師敗兵在
此太師聽說性如烈火上了墨麒麟提鞭殺上山來
只見一聲雷響一人也不見了聞太師乃是神目左
右觀看又不見影跡太師咬牙深恨立騎尋思忽然
山下一聲砲響人馬勢如雲集圍困山下只叫休走
了聞太師太怒催騎殺下山來及自至山下一
軍一卒俱無太師喘息不定方欲策卜又見山頂上
大砲響子牙與武王拍手大笑而言曰聞太師今日
之敗把數年英雄盡喪于此有何面目再返朝歌聞
太師嗔聲大罵姬發匹夫焉敢如此縱騎復殺上山

來將至华山凹裏猛然飛起雷震子好凶惡怎見得
有詩為証

詩曰

兩翅飛騰起怪風

髮紅臉靛勢如熊

終南秘授神仙術

輔佐姬周立大功

聞太師只顧山上未防山凹裡飛起雷震子一棍照
聞太師打來太師措手不及叫聲不好將身一閃讓
個空不妨那金棍正中墨麒麟後臀上打得此獸竟
為兩段太師跌下地來隨借土遁去了辛環大呼曰
雷震子不要走吾來了肉翅飛起來戰雷震子不防

陰霾迷四野，冷氣通三陽。道壁廂雄旗耀彩反令，
日月無光，那壁廂戈戟騰輝，致使兒郎褒瞻金鞭，
叱咤閃威風，神鎗出沒施妙用。聞太史忠心，三太
子赤膽，只殺得空中無鳥過，山內虎狼奔飛沙走
石，乾坤黑，播土揚塵宇宙昏。
話說聞太師與鄧忠、辛環、吉立、余慶，把哪吒裹在垓
心，哪吒那裡催他，使開一條鎗，怎見得利害，有讚為
証。

讚曰

鎗是邳州鐵鍊成，一段鋼落在能工手，造成丈八

長，刺虎穿胸連樹倒，降魔鋒利似秋霜，大將逢之
翻下馬，冲營躧陣士俱亡，展放光芒天地暗，吐石
寒霧日無光。
哪吒抖搜神威，酣戰五將，大叫一聲，把吉立刺于馬
下，忙把風火輪登出陣來，取乾坤圈祭在空中正中
鄧忠肩甲，翻下鞍橋，被哪吒復一鎗結裹了性命。一
道靈魂俱往封神臺去了。聞太師見又折了鄧忠、吉
立二將，十分懊惱，不覺失措無心戀戰，奪路而走。哪
吒大殺一陣，殺斷後而一半人馬，願降者免死眾兵
齊告曰：願歸明主。哪吒得獲全勝回西岐報功不表。

且說聞太師兵敗前行，至晚點檢，兵不足一萬餘。
人，太師陞帳坐下，愧赧無地，自思曰：吾自征伐未常
挫銳，今日西征致有片甲無存之辱，辛環在側曰：太
師且請寬慰，勝負乃兵家之常，何必掛心，俟回朝再
整大隊人馬，以復此仇，未遲。太師還當自已保重，次
日起人馬，望黃花山進發，行至巳牌時候，猛見前面
紅旗招展，號砲喧天，見一將金甲紅袍坐玉麒麟上、
使兩柄銀鎚，刺斜而來，大呼曰：奉姜丞相令，等候多
時，聞太師兵敗將亡，眼見獨力難支，天命已定，此處不降，
更待何時，聞太師見黃天化阻住去路，大怒罵曰：好

反賊！敢出此言欺吾，催開墨麒麟，單鞭力戰黃
天化，鞭鎚相架，戰在山前，但見
兩陣鳴鑼擊鼓，三軍吶喊搖旗，紅旛招展振天雷。
畫戟輕翻豹尾，這一個拾命冲鋒扶社稷，那一個
獠生慣戰定華夷，不是你生我死不相離，只殺得
日月無光天地逃。
話說二人交鋒，約有二三十合，有辛環氣冲牛斗，余
慶怒髮冲冠，二將來助太師，黃天化見二將來助戰，
把玉麒麟跳出陣外，就走，余慶不知好歹，隨後追來，
黃天化掛下雙鎚，取火龍標，回首一標，打中余慶面

〔眉批〕二語說授神宗，太師可以自悔。

你進五關。原是那裡來。還是那裡去。太師只氣得三
屍魂暴燥。七竅內生烟。太呼曰。赤精子。吾乃是截教
門人。總是一道。何得欺吾太甚。我雖兵敗。擭得一死。
定與你做一塲。豈肯擅自干休。將麒麟一夾。四蹄登
開。使開金鞭。神光燦爛。赤精子斜動麻鞋。揮開寶劍。
鞭劍相交。未及五七合。赤精子取陰陽鏡出來。不知
閗太師性命如何。且聽下回分解。

總批

閗太師兩次俱被子牙刼營大勝。然而太師
未常不知其為預防。大為疎忽。閗太師難曰

〔1348〕

知兵。所使者不過這些幻術耳。所以自古及
今。罕談奇門丁甲五行遁術。畢竟破敗。其如
堂堂之陣。正正之旗。所向自克。真是邪不勝

又批

神仙佛祖。動卽言數。惟軍神能修十已以逃
平數。今燃燈子牙筭皆圍于數者。而子牙獨
不能盡安于數。故見武王則哭。還有些兒女

氣。

〔1349〕

第五十二回　絕龍嶺聞仲歸天

詩曰

幾回奏捷建前功，料主荒淫幸女紅。
入國已無封諫表，到山應有淚江楓。
豈知魂夢烽烟絕，且聽哀猿夜月空。
縱有丹心成往事，年年杜宇泣東風。

話說閗太師見赤精子拿出陰陽鏡把麒麟一礚跳
出圈子外。往燕山下退去。赤精子也不來趕。太師氣
得面黃氣喘。默默無言。辛環曰。太師兩條路俱不容
行。不若還往黃花山進青龍關去罷。太師沉吟良久。

〔1351〕

〔眉批〕可謂無遺策。

曰。吾非不能遁回朝歌見天子。再整大兵。以圖恢覆。
只人馬累贅。豈可捨此身行。只得把人馬調回往青
龍關大道而行。未及半日。見前遶一枝人馬駐劄咽
喉之處。閗太師傳令安營。不意前有伏兵。營不曾安
定。只聽得一聲砲響。兩杆紅旗展動。哪吒脚踏風火
輪。燃火尖鎗。大呼曰。閗太師休想回去。此處乃是你
歸天之地。太師大怒。急得三隻眼中射出金光。罵曰
姜尚欺吾太甚。此處埋伏着不堪小輩。欺藐天朝大
臣。提鞭縱麒麟飛來直取。哪吒火尖鎗急架相還。鞭
鎗併舉。一塲大戰。只見

〔1352〕

1344

殺得鬼哭神號聞太師大兵巳敗叉聽得周兵四處
大叫曰西岐聖主天命維新紂王無道陷害萬民你
等何不投西土受享安康何苦用力而爲獨夫自取
滅亡成湯軍士在西岐日久又見八百諸侯歸周者
甚衆兵亂不由主將內一聲喊叉了一半聞太師有
力也無處使布法也無處用只見歸降者漫散而去
不降者且戰且走且說周兵赶殺成湯敗萃怎見得
赶上將連衣剝甲逞着勢願手奪銛鋼敲鼻凹鎚
打當胸鋼敲鼻凹打的眷眼張開鉋打當胸洞見
心肝肺腑連肩泡背着刀傷此腹分崩遭斧劉鍦

1345

打的利害鎗刺的無情着箭的穿袍透凱凱彈了
臭凹流紅逢叉俱喪魄遇鞭碎天靈愁雲慘慘瞪
天關急急逃兵尋活路
聞太師兵敗且戰且走辛環飛在空中保護太師鄧
忠催住後隊一夜敗有七十餘里至岐山腳下子牙
鳴金收隊正是

三軍勇躍催聲悅　　姜相成功奏凱還

話說聞太師敗至岐山收住敗殘人馬點視此三萬
有餘太師又見折了陶榮心中悶悶不語鄧忠曰太
師如今兵同那裡聞太師問此處往那裡去辛環曰

1346

此處往佳夢關去太師道就往佳夢關去催動人馬
前進可憐兵敗將亡其成甚挫着實沒與一路上人
人嘆息個個吁嗟人馬正行間只見桃花嶺上一首
黃旛下有一道人乃是廣成子聞太師向前問曰
廣成子你在此有甚麼事廣成子答曰特爲你在此
等候多時你今違天逆命助惡滅仁致損生靈害陷
忠良是你自取我今在此也不與你爲讐只不許你
過桃花嶺任惡你往別處去便罷聞太師大怒曰吾
今不幸兵敗將亡敢欺吾太甚催開墨麒麟提鞭就
打廣成子撒步向前用寶劍急架相還未及三五合

1347

廣成子頂番天印祭于空中太師一見知印利害撥
轉麒麟望西便走鄧忠跟着太師退回辛環曰太師
方縱怎的怕他便自退兵太師曰廣成子番天印吾
等招架不住若中此印倘或無生如何是好且自避
他只如今不得過此嶺却往那裡去鄧忠曰不若進
五關往燕山去太師只得調轉人馬徍燕山大路而
來太師虓行夜住不一日人馬行至燕山猛然抬頭
見太華山上竪一首黃旛赤精子立于旛下太師催
麒麟至前赤精子曰來者乃聞太師你不必往此燕
山去此處非汝行之地吾奉燃燈命在此間你不許

鄧忠陶榮在左哨辛環在右哨吉立余慶領長箭手
守後營糧草。吾在中軍。看誰進轅門。大師准俏夜戰
當時天晚。日落西山。將近一鼓時分。子牙把聚將調
出四面攻營。人馬暗暗到了。成湯大轅門。左右有燈
籠為號。一聲信砲。三軍呐喊。鼓聲大振。殺聲齊起怎
見得這場夜戰。

征雲籠四野。殺氣鎖長空。天昏地暗交兵。霧慘雲
愁。廝殺初時。戰鬬燈籠火把相迎。次後交攻劍戟
鎗刀亂刺。離宮不朗左右軍卒亂胡奔。坎地無光。
前後將兵不正昏昏沉沉。月朦朧不辨誰家宇帖。

1340

澎澎漫漫燈慘淡。難分那個乾坤。征雲緊擠命
士卒往來相持戰。鼓似敲拾死將軍紛紛對敵東
西泥戰。劍戟交加。南北相持旌旗掩映狠烟火砲。
似雷聲霹靂驚天。虎節龍旗。如閃電翻騰上下搖
旗小校簧夜裡戰。戰兢兢播鼓。見那如履冰俱難
揝手周兵勇猛紵卒奔逃只見涓涓流血坑渠滿
叠叠橫屍數里平有詩為証。

詩曰

揭營功業妙無窮。
三路冲營建大功。
只為武王洪福廣。
名垂青史羨姜公。

1341

話說子牙督前軍冲開了七層圍子呐一聲喊殺進
大轅門。聞太師忙上了墨麒麟提鞭冲來。大呼曰姜
尚今番與你定個雌雄提鞭來取子牙使劍交還金
吒在左木吒在右龍鬚虎發手放出石頭打將來。如
飛蝗驟雨成湯軍卒如何招架得開多是着傷聞太
師酣戰在中軍黃飛虎殺進左營右鄧忠陶榮大喝
曰黃飛虎慢來黃家父子兵把二將困在左營鄧忠
抖精神使開板斧陶榮顯本事雙鐧忙輪二將大戰
在左營南宮适冲進右營只見辛環大叫南宮适休
忒把肉翅飛起西岐數將戰住辛環燈裝火把照耀

1342

如同白晝黃昏廝殺黑夜交兵慘慘陰風咚咚戰鼓
聞太師正征戰之間子牙祭起打神鞭聞太師當中
神目看見疾忙躲時早中左肩臂龍鬚虎發石亂打
三軍驟剎不定大隊一亂周兵呐喊四面圍裏上來
聞太師如何抵擋得住黃飛虎有四子黃天祥等年
少勇猛勢不可當展鐧如龍擺尾轉撇似蟒翻身陶
榮躲不及早被一鐧剌于馬下鄧忠擋不住只得敗
走辛環見周兵勢甚大不敢戀戰知鋒銳已挫料不
能取勝又見後營火起楊戩燒了糧草軍兵一亂勢
不可解只見火熖冲天金蛇亂舞周軍羅鳴鼓響只

1343

化金鎖甲上霞光吐。女仙是大海波中戲水龍。楊戩似萬刃山前爭食虎。搜搜刀舉。好似金精怪獸忤。征雲幌幌長鎗一似巨角蛟龍爭戲水鞭來挏架。銀花響喨迸寒光鎗去劍迎玉焰生風飄瑞雪刀劈甲甲中刀如同山前猛虎闞後覷鎗剌盆匾中鎗一個深潭玉龍降水獸使爹的天邊皓月岐光輝使簡的萬道長虹飛紫電使鎗的紫氣照長空使刀的慶雲罩頂上。有詩爲証。

詩曰

大戰一場力不加。亡人死者亂如麻。只爲君王安社稷。不辨賢愚血染沙。

且說子牙。大戰聞太師。菡芝仙把風袋抖開一陣黑風捲起不知慈航道人有定風珠隨取珠將風定住。風不能出子牙忙祭起打神鞭正中菡芝頂護打得腦漿迸出死于非命。一道靈魂往封神臺去了。彩云仙子。聽得陣後有響聲。回頭看時。早被哪吒一鎗。剌中肩甲。倒翻在地。後加一鎗。結果了性命。也往封神臺去了。武成王大戰張節黃飛虎鎗法如神。大吼一聲。把張節一鎗。剌于馬下。一靈也往封神臺去了。聞太師力戰黃天化。又見折了三人。無心戀戰橫一鞭

暫回老營。止有鄧忠辛環陶榮三將見今日又損了張節。四將中少了一人十分不悅且言子牙全勝回兵慈航作辭回山子牙進城陞銀安殿傳令衆將用過午飯上殿聽點衆將領令子牙進內室駕東帖。只至午未未初銀安殿上打象將鼓響衆將上殿參謁聽令子牙令黃天化領東帖令箭又命哪吒領東帖令箭雷震子也領東帖令箭你們三路先只須如此如此子牙令黃飛虎等領兵五千冲左哨南宮适等領兵五千冲右哨又令金吒木吒龍鬚虎冲轅門四腎八俊隨吾後隊接應辛甲辛免太顛閎天祁恭尹

蘢領三千人馬大呼曰。歸順西岐有德之君。坐享安康扶助成湯無道之主。滅倫絕紀早歸周地不致身亡先散開成湯人馬以孤其勢太功只在今晚可成。又令楊戩領三千人馬先燒彼之糧草。彼軍不戰自亂你如燒了糧草截戰後再徃絕龍嶺助雷震子成功。楊戩領令上託。正是。

挖下戰坑擒虎豹。滿天張網等蛟龍。

不表子牙前來劫營且言聞太師。損兵折將在帳中獨坐無言猛然當中神目。看見西岐一股殺氣直冲中軍太師笑曰美尚今日得勝乘機刧吾大寨急令

壞了。燃燈在外面見破了紅沙陣，子牙催騎入陣來，看武王時，已是死了。子牙哭聲不止。燃燈曰：不妨。前日入陣，將有三道符印護其前後心體，武王該有百日之災，吾自有處治。命雷震子背負武王屍骸，放在蓬下，用水沐浴。燃燈將一粒丹藥用水研化，灌入武王口內。有兩個時辰，武王睜睛觀看，方知廻生。見子牙眾門人立于左右，王曰：孤今日又完相父也。子牙差左右聽用官送武王回宮。且說燃燈與眾道者曰：列位道友，貧道今破十陣，與子牙代勞已完，眾位各歸岐。只命廣成子：你去桃花嶺，阻聞仲，不許他進往

〔眉批〕子牙公何不懲救也

夢關。又命赤精子，你去熊山阻聞仲，不許他進五關。二位速去。又命慈航道人在此，以下請回眾道人。方巍出蓬欲去，忽雲中子至。燃燈請上蓬，打稽首曰：列位道兄請了。眾道者曰：雲中子乃福德之仙也，今不犯黃河陣，真乃大福之士。雲中子曰：奉勅煉通天神火柱，絕龍嶺等候聞太師。燃燈曰：你速去，不可遲。雲中子去了。燃燈把印劍交與子牙。燃燈曰：我貧道也往絕龍嶺，助雲中子一臂之力，吾今去也。止留慈航同子牙在蓬上。子牙傳令，把庵下眾將調來。南宮适等齊至蓬前，見姜子牙行禮畢，立于兩衛。子牙傳命明

〔眉批〕闡仙更下紀情，所以今日道人莫怖

日開隊，與聞太師共決雌雄。眾將得令不題。且說聞太師見十絕陣俱破，只等朝歌扳兵，又望三山關鄧九公來助。與彩雲仙子、菡芝仙共議。二仙曰：不料三仙遭厄，兩位師伯下山，故有今日之挫，把吾截教不如灰草。聞太師長吁一聲，忽聽得周營砲響，喊聲大震。來報曰：姜子牙請太師答話。聞太師大怒曰：吾不速拿姜尚，報讐誓不俱生。遂遣鄧辛張陶分于左右二女仙，奔出轅門。太師跨墨麒麟，如烟火而來。子牙曰：聞大師，你征戰三年，有餘雌雄未見。你如今所擺十絕陣不必傳令，把吊卷的趙江斬了。武曰：把趙江斬

在陣前。聞太師大叫一聲，提鞭冲殺過來。有黃天化催開玉麒麟，用兩柄銀鎚攔住聞太師。菡芝仙在轅門，怒從心上起，惡向膽邊生，縱步舉寶劍來助聞太師。這壁廂楊戩縱馬搖鎗前來敵住了菡芝仙、彩雲仙子。見楊戩敵住了菡芝仙，仗劍冲殺過來。哪吒大喝一聲：休冲吾陣。腳登風火輪戰住了彩雲仙子。鄧辛張陶四將齊出。這壁廂武成王黃飛虎、南宮适、武辛甲四將來迎。兩家這場大戰。

兩陣咚、咚、擂戰鼓，五色旛搖飛霞舞，長弓硬弩護轅門，鉄壁銅牆齊隊伍。大師九雲冠上火焰生天

話說三位娘娘已絕菌芝仙同彩云仙子還在八卦臺上看。二位天尊元始既破黃河陣，衆弟子都睡在地上。老子用中指一指，地下雷鳴一聲，衆弟子猛然驚醒，連楊戩金木二吒齊齊躍起，拜伏在地。老子乘牛轉出，回至蓬上。衆門人拜畢，元始天尊曰：今日諸弟子削了頂上三花，洩了胸中五炁，遭逢劫數，自是難逃。況今姜尚有四九之驚，前等要往來相佐，再賜爾等縱地金光法，可日行數千里。又問爾等鎮洞之寶，俱裝在混元金斗內，命取來還你等。如今南極仙翁破紅沙陣，我同道兄暫回玉虛宮。白鶴童子帶

1328

你師父同回，須命返駕。衆門人排班送二位天尊同駕。且說彩云仙子怒氣不息，菌芝仙見破了黃河陣，進老營來見聞太師。太師已知陣破，玉虛門人都收回去了，心下十分不安，忙具表遣道官往朝歌求救。又發火牌調三山關總兵官鄧九公往麾下聽用。且說燃燈在蓬上與衆道者默坐，南極仙翁打點破紅沙陣。子牙到九十九日上來見燃燈，口稱老師明日正該破陣。次日衆仙步行排班，南極仙翁同白鶴童兒至陣前大呼曰：吾師來會。紅沙陣主張天君從陣裡出來，甚是兇惡，跨鹿提劍殺奔前來。抬頭見是南極

佛延坐神仙佛應俱後數之一字所恨救令後世讓讚學者更自覺惡

1329

仙翁。張紹曰：道兄你是為善最樂之士，亦非破陣之流，此陣只怕你。

可惜修就神仙體，
若遇紅沙頃刻休。

話說南極仙翁曰：張紹你不必多言，此陣今日該是我破，料你也不能從立于陽世。張天君大怒，縱鹿沖來，把劍往仙翁頂上就劈。傍有白鶴童子將三寶玉如意赴面交還，來往未及數合，張天君掩一劍望本陣就走，白鶴童子隨後跟來。南極仙翁同入陣內。張紹下鹿上臺，把紅沙抓了數片，望仙翁打來。南極仙翁將五火七翎扇把紅沙一揚，紅沙一去影跡無蹤

1330

張天君報起一斗紅沙望下一灑，仙翁把扇子連搧，數搧其沙去無影。向南極仙翁曰：張紹今番難逃此厄。張紹欲待逃遁，早被白鶴童子祭起玉如意正中張紹後心，打翻跌下臺來，白鶴童子手起一劍即斬，血染衣襟。正是：

未曾破陣先數定，
怎脫封神臺下來。

且說南極仙翁破了紅沙陣，白鶴童子見三穴山有人。南極仙翁祭一雷，驚動哪吒雷震子俱將身一躍，睜開眼看見南極仙翁，知是崑崙山師尊來救護。哪吒急來扶武王，武王巳是死了，坐下逍遙馬百日都

1331

雲霄頗有見識。只是沒有堅持之操守。故必
竟遭此却數當時只有碧霄瓊霄二人有些
動客氣報你又有菡芝彩雲二子猶屬孟浪
不羈聊緣屬虐所以造成此數實是人謀深
矣。

1324

新刻鍾伯敬先生批評封神演義卷之十一

第五十一回　　子牙劫營破聞仲

詩曰。

昔日行兵誇首相。　　今逢時數念應差。
鳳雷陣設如奔浪。　　龍虎營排似落花。
縱有黃河成個事，　　其如蒼赤更堪嗟。
勸君莫待臨龍地，　　同向靈臺玩物華。

（眉批）神仙也　要差到　可見到　災俱難

話說二位天尊進陣老子見眾門人似醉而未醒沉
沉酣睡呼吸有鼻息之聲又見入封臺上有四五個
玉體不全之人老子嘆曰可惜千載功名一但俱成

1325

封神演義卷之十一

（眉批）玄門教　主也動　殺戒為　仙佛凡

畫餅且說瓊霄見老子進陣來覬望便放起金蛟剪
去那剪在空中挺折如剪頭交頭尾交尾落將下來
老子在牛背上看見金蛟剪落下來把袖口望上一
迎那剪子如芥子落于大海之中毫無動靜碧霄又
把混元金斗祭起老子把風火蒲團往空中一丟順
黃巾力士將此斗帶上玉虛宮去三位娘娘大呼曰
罷了收吾之寶豈肯干休三位齊下臺來仗劍飛來
直取難道天尊與他動手老子將乾坤圖抖開命黃
巾力士將云霄裹去了壓在麒麟崖下力士得肯將
圓裏去不題且言瓊霄仗劍而來元始命白鶴童子

1326

把三寶玉如意祭在空中正中瓊霄頂上打開天靈
一道靈魂往封神臺去了碧霄大呼曰道德千年一
但被你等所傷誠惟杜修功行用一口飛劍來取元
始天尊被白鶴童子一如意把飛劍打落塵埃元始
袖中取一盒揭開蓋丟起空中把碧霄連人帶烏裝
在盒內不一會化為血水一道靈魂也往封神臺去
了有詩為証，

詩曰

修道三年島內成　　慇懃日夜煉無明。
無端擺下黃河陣　　氣化清風樹七情。

1327

戮目珠從後面打來。那珠未到天尊跟前已化作灰塵飛去雲霄見而失色且說元始出陣上蓬坐下。燃燈曰老師進陣以衆道友如何元始曰三花削去閉了天門巳成俗體即是凡夫。燃燈又曰方纔老師入陣未何不破此陣將衆道友提援出來大發慈悲。元始咲曰此教雖是貧道掌尚有師長必當請問過道兄方纔可行言未畢聽空中鹿鳴之聲元始曰八景宮道兄來矣忙下遙迎迓怎見得有詩爲証

詩曰

鴻濛剖破玄黃景。又在人間治五行。

度得軒轅昇白晝　函關施洪道常明。

話說老子乘牛從空而降。元始遠迓大咲曰爲周家人百年事業有勞道兄駕臨老子曰不得不來燃燈明香引道上蓬玄都大法師隨後燃燈參畢子牙叩首畢二位天尊坐下。老子曰三仙童子笑一黃河陣吾教下門人俱厄于此你可暫去看。元始曰貧道先進去看過正應乘象故候道兄老子曰你就破了罷。又何必等我二位天尊默坐不言且說三位娘娘在陳又見老子頂上現一座靈龍塔于空中。毫光五色隱現于上。雲霄謂二妹曰玄都大老爺也來了。怎生

〔眉批〕此時神似此為多事

是好碧霄娘娘道姐姐。各教所授。那裡管他。今日他再來吾不是昨日那樣待他。那裡怕他。雲霄搖頭曰此事不妤瓊霄曰但他進此陣就放金蛟剪再祭混元金斗。何必懼他。且說次貝老子謂元始曰今日俵了黃河陣早刜紅塵不可久居元始曰道兄之言是矣命南極仙翁收拾香蕫老子上了板角青牛燃燈引道遍地氣氳異香馥道散滿紅霞行至黃河陣前亥三位娘娘出陣立而不拜老子曰你等不守清規敢都大法師。大呼曰三仙姑决來接駕裡面一聲鍾响。行忏慢爾師見吾乢射身稽首你爲敢無狀碧霄曰

〔眉批〕敕語可

吾拜截教主不知有玄都。上不尊下不敬禮之常耳玄都大法師大喝曰這畜生好膽大出言觸犯天顏快進陣三位娘娘轉身入陣老子把牛領進陣來。元始沉香蕫也進了陳丹鶴童兒在後齊進黃河陣來。不知三位娘娘性命如何。且聽下囘分解、

總批

黃河陣。雖是衆仙逢却然而動了二位天尊。三位仙姑亦當俯首聽命。何得抗顏忤逆師長是自取滅亡豈得盡委之天命哉、

又批

羽扇分開雲霧隱，左右仙童玉笛吹。
黃巾力士聽勑命，香烟滾滾眾仙隨。
聞道法揚真教主，元始天尊離玉池。

話說燃燈子牙聽見半空中仙樂，渢渧嘹之音，燃燈秉香輙道伏地曰，弟子不知大駕來臨，有失遠迎，望乞恕罪。元始天尊落了沉香輦，南極仙翁執羽扇隨後而行，燃燈子牙請天尊上蘆蓬，倒身下拜。天尊開言曰，爾等平身。子牙復俯伏啟曰，三仙島擺黃河陣，眾弟子俱有陷身之厄，求老師大發慈悲，普行救拔。元始曰，天數巳定，莫能解，何必你言。元始黙言。

靜坐。燃燈子牙侍于左右。至子時分，天尊頂上現慶雲。有一畝田大，上放五色毫光，金燈萬盞，點點落下。如管前滴水不斷。且說雲霄在陣內，猛見慶雲現出，雲霄謂二妹子曰，師伯至矣。妹子我當初不肯下山，你二人堅執不從我，一時動了無明，閒設此陣，把虛門人俱陷在裡面，使吾又不好放他，又不好壞他。今番師伯又來，怎好相見，真為掣肘。瓊霄曰，姐姐此言差矣，他又不是吾師尊，他為上不過看吾師之面，我不是他教下門人，任憑我為，如何怕他？碧霄曰，我倆見他尊他，他無聲色以禮相待，他如有自尊之念，

（悔亦何久）

我們那認他甚麼師伯，既為敵國，如何遜禮，今此陣既以擺了，說不得了，如何怕得許多話。說元始天尊次日清晨，命南極仙翁將沉香輦收拾，吾既來此，須進黃河陣走一遭。燃燈引道，子牙隨後，下蘆蓬行至陣前，白鶴童兒大呼曰，三仙島雲霄快來接駕。只見雲霄等三人出陣，道衡欠身，口稱師伯，弟子甚是無禮，望乞恕罪。元始曰，三位設此陣乃我門下，該當如此。只是一件，你師尚不敢妄為，爾等何苦，不守清規，逆天行事，自取違教之律。爾等且進陣去，我自進來。三位娘娘先自進陣，上了八卦臺，看元始進來如何。且

（此時尚好收拾，如何就逆不悟）

號天尊扣著飛來椅，遲進陣來。沉香輦下四腳離地二尺許高，祥雲托定，瑞彩飛騰。天尊進得陣來，慧眼垂光，見十二弟子橫臘直倘，開目不瞬。天尊嘆曰，只因三尸不斬，六氣未吞，空用功夫千載。天尊道心慈悲，看罷方欲出陣，八卦臺上彩雲仙子見天尊回身，抓一把戮目珠打來，怎見得有詩為証。

詩曰

奇珠出手焰光生，燦爛飛騰太沒情。
只說暗傷元始祖，誰知此寶一時傾。

話說元始天尊看罷黃河陣，方欲出陣，彩雲仙子將

972

〔1312〕

廣成子。拿入黃河陣內。如赤精子一樣相同。不必煩敕。此混元金斗。正應玉虛門下徒衆。該削去頂上三花。天數如此。自然隨時而至。總把玉虛門人俱拿入黃河陣。閉了天門。失了道果。只等子牙封過神。再修正果返本還元。此是天數。話說雲霄將混元金斗。拿文殊廣法天尊。拿普賢真人。拿慈航道德真君。拿清微教主太乙真人。拿靈寶大法師。拿懼留孫。拿黃龍真人。把十二代弟子俱拿入陣中。正剩的燃燈與子牙。且說雲霄。雲霄又倚金斗之功。無窮妙法。大呼曰。

〔1313〕

〔眉評〕看如此　梅何其　當初遇　賓到底　有紫婆　子氣

鐵令巳難圓。作惡到底。燃燈道人今番你也難逃。又祭混元金斗。來擒燃燈。燃燈見事不妙。借土遁化風而去。三位娘娘見燃燈走了。暫歸老營。閒太師兄黃河陣內。拿了玉虛許多門人。十分喜悅。設席賀功。雲霄娘娘雖是飲酒而散。默坐自思。事以做成。怎把玉虛門下許多門人。困于陣中。此事不好處。使吾今日進退兩難。且說燃燈遶回蓬上。只見子牙上蓬相見坐下。子牙曰。不料衆道兄俱被困于黃河陣中。凶吉不知如何。燃燈曰。雖是不妨。阿愓了一場功夫。虛用了。如今我貧道只得往玉虛宮。走一遭。子牙你在

〔1314〕

此好生看守衆道友。不得損毀。燃燈彼時離了西岐。架土遁而行。娑娑來至崑崙山。麒麟崖下道光。行至宮前。又見白鶴童兒看守九龍沉香輦。燃燈向前問童兒曰。掌教師尊往那裡去。白鶴童兒曰。稱老師老爺駕往西岐。你速回去。焚香靜室迎鑾接駕。燃燈聽罷。火速忙回。至蓬前。見子牙獨坐。燃燈曰。子牙公快焚香結綵。老爺駕臨。子牙忙靜潔其身。乘香道為誌。

歌曰。

〔1315〕

混沌從來道德奇。全憑玄理立玄機。
太極兩儀併四象。大開于子作為之。
地丑人寅吾掌教。黃庭兩卷度羣迷。
玉京金闕傳徒衆。火種金蓮是我為。
六根清靜除煩惱。玄中妙法少人知。
二指降龍能伏虎。目運祥光天地後。
頂上慶雲三萬丈。遍身霞遶彩雲飛。
朋騎逍遙四不相。默坐沉檀九龍車。
飛來異獸為扶手。吾托三寶玉如意。
白鶴青鸞前引道。後隨丹鳳舞仙衣。

【1308】

娘同進中軍聞太師見一日擒了三人入陣太師問

雲霄曰此陣內拿去的玉虛門人怎生發落雲霄曰

等我會了燃燈之面自有道理聞太師營中設席欵

待張天君紅沙陣用着三人又見雲霄這等異陣成

功聞太師燊懷樂意正是，

　　屢勝西岐重重喜。　只怕蒼天不順情。

且說聞太師歡飲而散次日五位道姑齊至蓬前做

名請燃燈答話燃燈同衆道人排班而出雲霄見燃

燈坐鹿而出怎見得有讚爲証讚曰

　　雙狐瞽。乾坤二色皂道服白鶴飛雲仙。手併道骨。

【1309】

　　霞彩現當身頂上靈光千丈遠包羅萬象胸襟。九

　　返金丹全不講修成聖體徹靈明靈鴬山上客元

覺道燃燈

（雲霄此時與下山大不相同，）且說燃燈見雲霄打稽首曰道友請了雲霄曰燃燈

道人今日你我會戰決定是非吾擺此陣請你來看

陣只因你教下門人將吾道污穢太甚吾故此纔有

念頭如今月鈇難閤你門下有甚高明之士誰來會

吾此陣燃燈咲曰道友此言差矣焱押封神榜你親

自在宮中豈不知循環之理從來造化復始過流趙

公明定就如此本無仙體之緣該有如此之刼瑤霄

【1310】

曰姐姐既設此陣又何必與他講甚麼道德待吾拿

他看他有何術相抵瓊霄娘娘在鴻鵠鳥上伏劍飛

來道壁廂惱了衆門下內有一道人作歌曰

　　高臥白雲山下明月清風無價壺中玄奧靜裡乾

　　坤大夕陽看破霞樹頭數晚鴉花陰柳下咲咲逢

　　人話剩水殘山行行到處家憑咱茅屋任生涯從

　　他金堦玉露滑。

（此衆仙未何不受此清福而與紅塵中爭高下，）赤精子歌罷大呼曰少出大言瓊霄道友你今日到

此也免不得封神榜上有名輕移道步桃劍而來瓊

霄聽說臉上變了兩朵飛花伏劍血取步烏飛騰未

【1311】

及數合雲霄把混元金斗望上祭起一道金光如電

射目將赤精子拿住望黃河內一搒跌在裡而如醉

如痴即時把頂上泥丸宮開塞了可憐千年功行坐

中辛苦只因一千五百年逢此大刼乃過此斗裝人

陣中總是神仙也沒用了廣成子見瓊霄如此逞兇

大呌雲霄休小看吾輩有辱闡道之仙自恃碧遊宮

左道雲霄見廣成子來忙催青鸞上前問曰廣成子

莫說你是玉虛宮頭一位擊金鍾首仙若逢吾質也

難脫厄廣成子咲曰吾巳犯戒怎說脫厄定就前因

怎違天命今臨殺戒雖悔何及伏劍來取雲霄靴劍

變化莫測。我只看你今日也。用變化來破此陣我斷
不相你等賭用喙天犬而傷人也快去看了陣來再
賭勝負楊戩等各恐怒怒氣保着子牙來看陣圖及至
到了一陣門上懸有小小一牌上書九曲黃河陣士
卒不多只有五六百名旗旛五色怎見得有讚為証
讚曰。

陣排天地勢擺黃河陰風颯颯氣侵人黑霧瀰漫
逐日月悠悠蕩蕩杳杳冥冥慘氣冲霄陰霾徹地。
消魂波颼任你千載修持成盡餅損神喪氣難逃
萬劫艱辛俱失腳正所謂神仙難到盡剷去頂上

楊戩縱
不識悻
才悻則
有敗

三花那怕你佛祖厄來。也消了胸中五氣逢此陣
刧數难逃遇他時真人怎躲
話言姜子牙看罷此陣回見雲霄雲霄曰子牙你謹
此陣慶子牙曰道友明明書寫在上何必又言識與
不識也碧霄大喝楊戩曰你今日再放喙天犬來楊
戩倚了胸襟。了道徹催馬搖鈴來取璎霄住黃鴿
鳥上說劍來迎未及數合雲霄娘娘祭起此元金斗
楊戩不知此斗利害只見一道金光把楊戩吸在裡
面往黃河陣裡一搓不怕你
七十二變俱無用。怎脫黃河陣內災。

卻說金吒見拿了楊戩犬喝曰將何左道拿吾道兄
仗劍來取璎霄持寶劍來迎金吒祭起細龍椿璎霄
咲曰此小物也托寶劍在手用中指一指細龍椿落
在斗中二起金斗把金吒拿去撺入黃河陣中正是
此斗。

裝盡乾坤併四海　　任他寶物盡收藏

話說木吒見拿了兄長去大呼曰那妖婦將何妖術。
敢欺吾兄這道童狠行虎跳伏劍且兇莖璎霄一劍
弱來。璎霄急架忙迎未及三合木吒把眉胸一搖吳
鈎劍。起在空中璎霄一見咲曰莫道吳鈎不是寶吳

鈎是寶也。難傷吾雲霄劈手一招寶劍落在斗中雲
霄再祭金斗木吒躲不脫。一道金光裝將去了也棒
在黃河陣中。雲霄大怒把青鸞一縱二翅飛來直取
子牙子牙見拿了三位門人去心下驚恐。急架雲霄
劍時未及數合雲霄把混元金斗祭起來拿子牙子
牙忙將杏黃旗招展旗現金花把金斗敝住在空中
只是亂翻不得落將下來子牙敗回蘆蓬來見燃燈
等。燃燈曰此寶乃是混元金斗道一番方是衆位道
友逢此一場刧數你們神仙之體有些不祥入此陣
內根深者不妨根淺者只怕有些失利且說雲霄娘

碧霄肩胛上一口。連皮帶服扯了一塊下來。且言茜芝仙見勢不妙。把風祇打開。好風怎見得。有詩為証

詩曰
　能吹天地暗。善刮宇宙昏。
　人逢命不存。裂石崩山倒。

茜芝仙放出黑風。子牙急睜眼看時。又被彩雲仙子一錠目珠打傷眼目。幾平落騎。瓊霄發劍冲殺幸得楊戩前後救護。方保無虞。子牙走回蘆蓬遂閉目不睜。燃燈下蓮看曉。乃知戮目珠傷了。忙取丹藥療治一時而愈。子牙與黃天化眼目好了。黃天化切齒咬牙。

終是懷恨。欲報此珠之讐。且說雲霄被打神鞭打重了。碧霄被啐天犬咬了。二位娘娘曰吾到不肯傷你。你今番壞吾。罷罷罷妹乃莫言他玉虛門下門人。你就是我師伯。也顧不得了。正是。

不施奧妙無窮術。　　那顯仙傳秘授功。

話說雲霄服了丹藥。謂聞太師曰把你營中大漢子。選六百名來。與吾有用。聞太師令吉立去。即時選了那六百太漢前來聽用。雲霄同三位娘娘。同二位道姑。往後營用白土畫成圖式。何處起。何處止。內藏先天秘竅。生死機關外按九宮八卦。出入門戶連環進退井

井有條人雖不過六百。其中玄妙不啻百萬之師。縱是神仙入此。則神消魄散。其陣衆人也。演習半月有期方纔走熟。那一日雲霄進營來見。聞太師曰今日吾陣已成。請道兄看。吾曾玉虛門下弟子。太師問曰不識此陣。有何玄妙。雲霄曰此陣內按三才包藏天地之妙。中有惑仙丹。閉仙訣。能失仙之神。消仙之魄。陷仙之形。損仙之氣。喪神仙之原本。損神仙之骸體。神仙入此而成凡。尢凡人入此而即絕。尢曲曲中無血。曲盡造化之奇。快盡神仙之秘。任他三教聖人遭此亦難逃脫。太師聞說大喜傳令左右。起兵出營。聞太師

上了墨麒麟。四將分於左右。五位道姑齊至蓬前大呼曰左右探事的傳與姜子牙。着他親自出來答話。探事的報上蓬來。湯營有眾女將討戰。子牙傳令命眾門人排班出來。雲霄曰姜子牙若論二教門下。俱會五行之術。倒海移山。你我俱會。今我有一陣請你看。你若破得此陳。我等盡歸西岐。不敢與你拒敵。你若破不得此陳。吾定為我兄報仇。楊戩曰道兄我等同師叔看陳。你不可乘機暗放奇寶暗器傷我等。雲霄曰你是何人。楊戩答曰我是玉泉山金霞洞玉鼎真人門下楊戩是也。碧霄曰我聞得你有八九元功。

曰姜子牙吾居三仙島是清閒之士不管人間是非。
只因你下此絕情實為可惡。你雖是陸壓所使但殺人
之兄人亦殺其兄我等不得不問罪與你兄你乃毫
末道行何足為論就是燃燈道人知吾姊妹三人他
也不敢欺忤我子牙曰道友此言差矣非是我等尋
事作非乃是令兄自取惹事此是天數如此終不可
逃既逢絕地怎免災殃令兄師命不尊要往西岐是
自取死瓊霄大怒曰既殺吾親兄還倚言天數吾與
你殺兄之仇如何以巧言遮飾不要走吃吾一劍把

1295

鴻鵠鳥催開雙翅將寶劍飛來直取子牙手中劍急
架相還只見黃天化縱玉麒麟使兩柄銀鎚沖殺過
來楊戩走馬搖鈴飛來截殺這壁廂碧霄怒發如雷
氣殺我也把花翎鳥二趙飛騰雲霄把青鸞飛開也
來助戰彩雲仙子把葫蘆中戮目丹抓在手中要打
黃天化下麒麟不知性命如何且聽下回分解。

總批

五百年王者起正是殺運方興之際縱武王
以仁德開國而殺戮猶紛紛不已也況其他
乎只紂將又不知是何運炳而神仙佛祖也

1296

又批

來混戰一場殊覺顛倒。

當雲霄既聆師訓又知天命如倘並廊不牢必
九竟殺傷太掘動了大抵氣是易動的所以孟
讓夫乎要養氣神仙要消却無明天自心如死
趙灰方繞衢神仙做人可是不諳戒的理

1297

第五十回　　三姑計擺黃河陣

詩曰

黃河惡陣按三才。此劫神仙盡受災。
九九曲中藏造化。三三灣内隱風雷。
誤言閬苑修真客。誰道靈臺結聖胎。
遇此總殺重換骨。方知在道不堪媒。

話說彩雲仙子把戮日珠望黃天化劈面打來此珠
專傷人目黃天化不及隄防被打傷二目翻下玉麒
麟有金吒速救回去子牙把打神鞭祭起正中雲霄
乎下青鸞有碧霄急來救時楊戩又放起哮天犬把

1299

陸壓答曰，三位道友肯容吾一言，吾便當說，不容吾
言，任你所爲。雲霄曰，你且道來。陸壓曰，修道之士皆
從理悟，豈伏逆行，故正者成仙，邪者臨落。吾自從天
皇悟道，見過了多少逆順，歷代已來，從善歸宗自成
正果，豈意趙公明不守順專行逆，助滅綱敗祀之君，
殺戮無辜百姓，天怒民怨，且伏白已道術，不顧別人
修持，此是只知有已，不知有人，便是逆天，從占來逆
天者亡，吾今卽是大差，殺此逆士，又何怨于我。吾觀
道友此地居不久，此處乃兵山火海，怎立其身。君久
居之，恐失長生之路，吾不尖忌薩肎膝上陳。雲霄沉

1291

吟良久不語，瓊霄大喝曰，好孽子障，焉敢將此虛謬之
言簧惑衆聽，射死吾兄，反將利口強辯，料你毫末之
道有何能處。瓊霄娘娘怒冲霄漢，仗劍來取，陸壓劍
架忙迎未及，數念碧霄將混元金斗望空祭起，陸壓
怎逃此斗之厄。有詩爲証，

詩曰

此斗開天長出來，　內藏天地按三才。
碧遊宮裡親傳授，　闡教門人盡受災。

碧霄娘娘把混元金斗祭于空中，陸壓看見，却待逃
走，其如此寶利害，只聽得一聲响，將陸壓拿去望戍

1292

湯老營一捽，陸壓總有玄妙之功也，慣得昏昏默默
碧霄娘娘親自動手，鄉縛起來，把陸壓泛九宮用符
印鎮住，鄉在旛杆上，與聞太師曰，他會射吾兄，今番
我也射他。傳長箭手令五百名軍來射箭，發如雨，那
箭射在陸壓身上，一會兒那箭連箭杆與箭頭，都成
灰末，衆軍卒大驚，聞太師觀之，無不駭異。雲霄娘娘
看見如此，碧霄曰，這妖道將何異術來贰我等，忙榮
金鮫剪，陸壓看見，呼聲吾去也，化道長虹遁自走了
來到蓬下，見衆位道友，燃燈問曰，混元金斗把道友
拿去，如何得送。陸壓曰，他將箭來射吾，欲與其兄報

1293

仇。他不知我根脚，那箭射在我身上，簫咫尺成爲灰
末，復放金鮫剪時，吾自來矣。燃燈曰，公道術精奇真
個可羨。陸壓曰，貧道今日暫別，不日再會不表。且說
次日，雲霄共五位道姑齊出來，會子牙，子牙定睛看雲
諸門人乘了四不相，衆弟子分左右，子牙隨片餉
霄跨青鸞而至，怎見得，

雲髻雙蟠道德清，　紅袍白鶴終朱纓。
坤結足下麻鞋瑞彩生，劈地開天成道行三仙島，
內煉眞形六氣三尸俱拋盡，咫尺青鸞離玉京。

話說子牙乘騎向前，打稽首同五位道友請了。雲霄

1294

指示聞太師悲咽溢訴淚雨如珠曰道兄趙公明不幸遭蕭升曹寶收了定海珠去他徃道友洞府借了金蛟剪來。就會燃燈交戰時便祭此剪燃燈逃遁其坐下一鹿開為兩段次日有一野人陸壓會令兄又祭此剪陸壓化作長虹而走然後雨下不曾會戰數日來西岐山姜尚立壇行術咒咀令兄被吾筭山彼時令兄有二門人陳九公姚少司令他去搶釘頭七箭書又被哪吒殺死令兄對吾說悔不聽吾妹雲霄之言果有今日之苦他將金蛟剪用道服包定留與三位道友見服如見公明關太師道罷放聲掩面大

1287

哭。五位道姑齊動悲聲。太師起身忙取袍服所包金蛟剪放于案上三位娘娘展開視物傷情。淚不能乾。瓊霄切齒碧霄面發逼紅動了無明三昧碧霄曰吾兄棺槨在那裡太師曰在後營壇霄曰吾去看來。雲霄娘娘止曰吾兄既死何必又看碧霄曰既來了看看何防二位娘娘就走雲霄只得同行來到後營二位娘娘見了棺木揭開一看見公明二目血水流淙心窩裡流血不得不怒瓊霄大叫一聲幾乎氣倒碧霄含怒曰姐姐不必着急吳非拿住他也射他三箭報此仇恨雲霄曰不管姜尚事是野人陸壓弄這樣

1288

邪術一則也是吾兄數盡二則邪術傾生。吾口等只拿陸壓也射他三箭就完此恨又見紅沙陣主張天君進營與五位仙姑相見太師設席與眾位共飲數盃。次日五位道姑出營開太師栋陳又命鄧辛張陶護衛前後雲霄來駕來至簷下大呼曰傳與陸壓早來會吾左右忙報上蓬來有五位道姑欲請陸老師答話陸壓起身曰貧道一徃提劍在手迎風大袖飄颻而來雲霄娘娘觀看陸壓雖是野人真有些仙風道骨怎見得

雙抓髻雲分瑞彩，水合袍緊束絲縧，仙風道骨氣

1289

逍遙腹內無窮玄妙，四海野人陸壓五嶽到處名高學成異術廣懶去赴蟠桃、雲霄判二妹曰此人名為閑士腹內必有胸襟看他到了面前怎樣言語便知他學識淺深陸壓徐徐而口念幾句歌詞而來歌曰

白雲深處誦黃庭洞口清風足下生無為世界清虛境脫塵緣萬事輕嘆無極天地也無名袍袖展乾坤穴杖頭挑日月明只作一粒丹成

陸壓歌罷見雲霄打個稽首瓊霄曰你是散人陸壓陸壓答曰然也瓊霄曰你為何射死吾兄趙公明

1290

天景朦似蓬萊鬧苑佳。

話說申公豹行至洞門下虎問裡面有人否少時一女童出來認得申公豹便問老師往那裡來公豹曰報你師父說我來訪童兒進洞啟娘娘申老爺來訪娘娘道請來申公豹入內相見稽首坐下雲霄娘娘問曰道兄何來公豹曰特為令兄的事來雲霄娘娘曰吾兄有甚麼事敢煩道兄申公豹笑曰趙道兄被姜尚釘頭七箭書射死岐山你們還不知道只見瓊霄碧霄聽罷頻首曰不料吾兄死于姜尚之手責為痛心放聲大哭申公豹在傷之曰令兄把你金蛟剪

借下山一場未成反被他人所害臨危對聞太師說我死之後吾妹必定來取金蛟剪你多拜上三位妹子吾悔不聽雲霄之言反入羅網之厄見吾道服絲繼如見我親身一般言之痛心說之酸鼻可憐千年勤勞修煉一場豈知死於無賴之手真是切骨之仇。雲霄娘娘曰吾師有言截教門中不許下山如下山者封神榜上定是有名故此天數已定吾兄不聽師言故此難脫此厄瓊霄曰姐姐你實是無情不為吾兄出力故有此言我姊妹二人就是封神榜上有名也能吾定去看吾兄骸骨不負同胞瓊霄碧霄娘娘。

怒氣冲冲不由分說瓊霄忙乘鴻鵠碧霄乘花翎鳥山洞雲霄娘娘暗思吾妹妹此去必定刑涅元金當亂拿玉虛門人反為不美惹出事來怎生是妳吾當親夫執掌還可在我娘娘分付女童好生看守洞府我去就來娘娘跨青鸞也出洞府見碧霄瓊霄飄飄跨異鳥而去雲霄娘娘大叫曰妹妹慢行吾也來了三位娘娘道姐姐你往那裡去雲霄曰我見你不請事體恐怕多事同你去見機而作不可造次三人同行只見後面有人叫曰三位姐姐慢行吾也來了雲霄回頭看時原來是菡芝仙妹子問道你從那裡來

菡芝仙曰同你往西岐去娘娘大喜繞待前行又有人來叫曰少待吾來也及看時乃彩雲仙子打稽首曰四位姐姐往西岐去方纔遇着中公豹約我同行。正要往聞道兄那裡去恰好遇着大家同行五位女仙往西岐來項刻架遁光即時而至正是

　　羣仙頂上天門閉　九曲黃河大雜來

話說五位仙姑來至營門命旗門官通報旗門官報人中軍聞太師出營迎請至帳內打稽首坐下雲霄曰前日吾兄被太師請下羅浮洞來不料被姜尚射死我姊妹特來收吾兄骸骨如今卻在那裡煩太師

道人戴魚尾冠，面如凍綠，頷下赤髯，提兩口劍，作歌而來。歌曰：

截教傳來悟者稱，玄中大妙有天機。
先成爐內黃金粉，後煉無窮白玉霏。
紅沙數片人心落，黑霧瀰漫膽骨飛。
今朝若會龍虎地，遍是神仙絕鬼歸。

紅沙陣主張紹大呼曰：玉虛門下誰來會吾此陣。只見風火輪上哪吒提火尖鎗而來。又見雷震子保有一人帶蟠龍冠，身穿黃服。張紹曰：來者是誰。哪吒答曰：此吾之真主武王是也。武王見張天君猙獰惡狀，

兇暴猙獰，讀得戰驚驚，坐不住馬鞍轎上。張天君縱開梅花鹿，伏劍來砍。哪吒登開風火輪，搖鎗赴面交還。未及數合，張天君往本陣便走。哪吒、雷震子保定武王，逐入紅沙陣中。張天君見三人趕來，忙上臺。孤一片紅沙，往下劈面打來。武王被紅沙打中前胸，連人帶馬，撞下坑去。哪吒踏住風火輪，就昇起空中。張經又磕三片沙，打將下來，也把哪吒連輪打下坑內。雷震子見事不妙，欲起風雷翅，又被紅沙數片，打翻下坑。故此紅沙陣困住了武王三人。且說燃燈同子牙見紅沙陣內，一股黑氣往上冲來。燃燈曰：武王雖

是有厄，然百事可解，子牙問其詳。武王怎不見出陣來。燃燈曰：武王、雷震子、哪吒三人俱該受困此陣。子牙慌問：老師幾時回來。燃燈曰：百日方能出得此厄。子牙聽罷，頓足嘆曰：武王乃仁德之君，如何受得百日之苦。那時若有差說，奈何。燃燈曰：不妨，只有百日災在。周主洪福，自保無事，子牙何必着忙。且回蓬首有道理。子牙進城報入宮中，太姬、太任二后忙令眾兄弟進相府來問。子牙曰：當今不妨，有保無虞。子牙出城後，上蓬見眾道友，閒談道法不提。話表眾天君進營，對聞太師曰：

武王、雷震子、哪吒俱陷紅沙陣內。聞太師口雖慶喜，心中只是不樂。此為公明混悶而死，張天君在陣內，每日常把紅沙灑在武王身上，如同刀刃一般。多虧前後符卽護持其體，真命福人焉，能得絕。且不說張紹困住武王，只說申公豹跨虎往三仙島來報信，與雲霄娘娘姊妹三人。及至洞門光景，真別處大不相同。怎見得：

煙霞嬝嬝，松柏森森。煙霞嬝嬝瑞盈門，松柏森森蔭洞府。青鸞踐橋路上石苔，那門前時催花發，風送香浮。蟠鹿踐芳叢，水峯巔繞群鸞鳥。臨堤綠柳黃鶯囀，傍岸夭桃翻粉蝶。然別是洞

刀劍張天君進營來布趙公明正是有力無處使只
恨釘頭七箭書把一個大羅神仙只拜得如俗子病
夫一般可憐講甚麼五形遁術說不起倒海移山只
落得一場虛話大家相看流淚且說子牙至二十一
日巳牌時分武吉來報陸壓老爺來至子牙出山營迎
接入帳行禮庠坐畢陸壓曰恭喜恭喜趙公明定絕
今日且又破了紅水陣可謂十分之喜子牙深謝陸
懃若非道兄法力無邊焉得公明絕命陸壓咲吟吟
揭開花籃取出小小一張桑枝弓三隻桃枝箭遞與
子牙今日午時初刻用此箭射之子牙曰領命二人

在帳中等至午時不覺陰陽官來報午時牌子牙爭
手拈弓搭箭陸壓曰先中左目子牙依命先中左目
這西岐山發箭射草人成湯營裡趙公明犬叫一聲
把左眼閉了開太師心如刀割一把抱住公明泪流
滿面哭聲甚慘子牙在岐山二箭射右目三箭劈心
一箭三箭射了草人公明死于成湯營裡有詩為証

詩曰

悟道原須滅去塵　塵心不了怎成真
至今空却羅浮洞　封受金龍如意神

開太師見公明死于非命放聲大哭用棺槨盛殮停

于後營鄧辛張陶四將心驚膽戰周營有這樣高人
如何與他對敵營內只因死了公明彼此驚亂行伍
不整且言子牙同陸壓回蓬與眾道友相見俱說若
不是陸壓之術焉能使公明如此命絕然燈甚是
稱美且說張夫君開了紅沙陣裡面連催鐘响燃燈
纔見謂子牙曰此紅沙陣乃一大惡陣耳須要一福
人方保無虞若無福人去破此陣必有大損須是一福
老師用誰為福人燃燈曰若破紅沙陣須是當今聖
主方可若是別人凶多少吉子牙曰當今天子前先
王仁德不善武事怎破得此陣燃燈曰事不宜遲速

封神寅卷之十

請武王吾自有處子牙着武吉請武王至少時武王至
蓬下子牙迎迓上蓬武王見眾道人下拜眾道人答
禮相還武王曰列位老師相招有何分付燃燈曰方
今十陣已破九陣止得一紅沙陣須得至尊親破方
來俱為西土禍亂不安而發此惻隱今日用孤帶脫
保無虞但不知賢王可肯去否武王曰列位道長此
袍燃燈用中指在武王前後胸中用符印一道完畢
不去燃燈大喜請王解帶寬袍武王依其言摘帶脫
請武王穿袍又將一符印塞在武王蟠龍冠內燃發
又命哪吒雷震子保武王下蓬只見紅沙陣內有一

第四十九回　武王失陷紅沙陣

詩曰

一煞真元萬事休。　無爲無作更無憂。
心中白璧人難會。　世上黃金我不求。
石畔溪聲談楚語。　淵邊山色咽寒流
有時七里灘頭坐。　新月垂江作釣鉤

話說道德真君。領燃燈命。作罷歌。提劍而來。真君曰王變你等不請天曉。指望扭轉乾坤。逆天行事。只待喪身噬臍。何及。今爾等十陣。已破八九。尚不悔怖術然恃強狂逞。王天君聽得道德真君，如此之誚。大怒

仗劍來取。道德真君劍架忙還。來往數合。王變進本陣。失了。道德真君聞金鐘擊响。隨後趕進陣中。王變上臺。也將葫蘆如前一樣。打將下來。只見紅水滿地。真君把袖一抖。落下一瓣蓮花。道德真君雙腳路在蓮花瓣上。任憑紅水。上下翻騰。道德真君。只是不理王天君又拿一葫蘆。打下來。真君頂上。現出慶雲。遮蓋上面。無水粘身。下面紅水不能粘其步履。如一葉蓮舟相似。正是。

一葉蓮舟能解厄。　方知闡教有高人。

道德真人腳踱蓮舟。有一個時辰。王變情知此陣。不

能成功。方欲抽身逃走。道德真君忙取五火七禽扇一搧此扇有空中火。石中火。木中火。三昧火。人間火。五火合成此寶扇。有鳳凰翅。有青鸞翅。有大鵬翅有孔雀翅。有白鶴翅。有鴻鵠翅。有臭鳥翅。七禽翅上有符印。有秘訣。後人有詩。單道此扇好處。有詩為証。

詩曰

五火奇珍號七翎。　授人初出秉離爻。
逢山怪石成灰燼。　遇海煎乾少露泠。
克木克金為第一。　焚樑焚棟暫無停。
王變從足神仙體。　逃扇搧時即滅形。

道德真君把七禽扇照于王變。一搧。王變大叫一聲。化一陣紅灰。逕進封神臺去了。道德真君破了紅水陣。燃燈回蘆蓬靜坐。且說張天君。報入中軍啟太師。紅水陣。又被西周破了。聞太師。因趙公明有釘頭七箭書事。鬱鬱不樂。納悶心頭。不曾理論軍情。又聽得破了一陣。更添愁悶。且說子牙。在岐山拜了二十日。七篇書已拜完。明日二十一日。要絕公明。心下甚歡喜。再說趙公明。臥于後堂。聞太師坐于榻前看守。公明曰。聞兄吾與你。止會今日。明日午時吾命已絕。太師聽罷泚而言曰。吾某某道兄。遭此不測之殃。使我心如

與他吾三位妹妹。見吾袍服。如見親兄。道罷淚流滿面。猛然一聲大叫曰。雲霄妹子。悔不用你之言。致有今日之禍。言罷不覺於邑不能言語。聞太師見趙公明道等苦切。心如刀絞只氣的怒髮冲冠。剛牙挫碎。只有紅水陣主王變見如此。傷心忙出老營將紅水陣排開。逕至蓬下大呼曰。玉虛門下。誰來會吾紅水陣也。哪吒楊戩繞在蓬上回。燃燈陸壓的話又聽得紅水陣開了。燃燈只得領班下蓬衆弟子分開在左右。只見王天君。乘鹿而來好兇惡怎見得有詩爲証。

詩曰

一字青紗頭上蓋。　　腹內玄機無比賽。
紅水陣內顯其能。　　修煉惹下誅身債。

話說燃燈命曹道友你去破陣走一遭曹道曰。既爲真命之主。安得推辭。忙提寶劍出陣。大叫王變慢來。王天君認得是曹寶散人。王變曰。曹兄你乃閒人。此處與你無干。爲何也來受此發氣曹寶曰。察情斷事。你們扶假滅真。不和天意有在。何必挑約。想趙公明不順天時。今一但自討其死。寸陣以破八九可見天心有數。王天君大怒。伏劍來取。曹寶劍架忙迎。步鹿相交。求及數合王變往陣中就走曹寶隨後跟來。趕入陣中。王天君上臺。將一葫蘆水往下一捧葫蘆振破。紅水平地擁來。一點粘身。阿肢化爲血水曹寶破水粘身。可憐只剩道服綠絲在阿股皮肉化爲津一道靈魂往封神臺去了。王天君後乘鹿出陣大呌曰。燃燈甚無道理。無辜斷送閒人。吾玉虛門下。高名者甚多。誰敢來會吾此陣。燃燈命道德真君你去破此陣。不知勝負如何。且聽下回分解。

總批

釘頭七箭書原是壓魅之術。但是神仙不免。此所以爲奇。大抵天意歸周。任你有玄功妙術俱自遇治而滅。不然金蛟剪已自無敵矣。

又批

陳九公。姚少司。既以搶得書來。公明則有生矣。其如西周不保。何故得楊戩有此變化後。賺即書其功莫大爲。不但堪羨其功而臨時應迅速提更妙。

進營見間太師在中軍帳坐定二人上前回話太師
問曰你等搶書一事如何二人回曰奉命去搶姜
子牙正行法術等他拜下去被弟子坐遁將書搶回
太師大喜問二人將書拿上來二人將書獻上太師
接書一看放于袖內便曰你們後邊去回覆你師父
二人轉身往後營正走只聽得腦後一聲雷響急回
頭不見大營二人跕在空地之上二人如痴如醉正
疑之間見一人白馬長鎗大呼曰還吾書來陳九宮
姚少司大怒四口劍來取楊戩鏡大蛛一般賓夜交
兵只殺的天慘地昏鎗劍之聲不能斷絕正戩之際

只見空中風火輪響哪吒聽得兵器交加落下輪來
搖鎗來戰陳九宮姚少司那裡是楊戩敵手況又有
接戰之人哪吒奮勇一鎗把姚少司刺死楊戩把陳
九宮脇下一鎗二人靈魂俱往封神臺去了楊戩問
哪吒曰岐山一事如何哪吒曰師叔已被搶了書去
着吾來趕楊戩曰方纔見二人架土遁風聲古怪吾
想必是搶了書來吾隨設一謀伏武王洪福把書誆
設過來又得道兄協助可喜二人俱死楊戩與哪吒
後往岐山來見子牙二人行至岐山天色已明有武
吉報入營中子牙正納悶時只見來報楊戩哪吒來

見子牙命入中軍問其搶書一節楊戩把誆設一輩
說與子牙子牙獎諭楊戩曰智勇雙全奇功萬古又
諭哪吒協助英雄赤心輔國楊戩將書獻與子牙二
人回蘆蓬不表且說子牙日夜用意隄防驚心提膽
又恐來搶且說聞太師等搶書回來報喜等到第二
日已時不見二人回來又令辛環去打聽消息少時
辛環來報啓太師陳九宮姚少司不知何故死在中
途太師拍案大叫曰二人已死其書必不能返趙脇
跌足太哭于中軍只見二陣主進營來見太師見知
此悲痛忙問其故太師把前事說了一遍二天君不

語同進後營來見趙公明公明鼻息之聲如雷二位
來至榻前太師垂泪叫曰趙道兄公明睜目見聞太
師來至就問搶書一事太師實對公明說曰陳九宮
姚少司俱死趙公明將身坐起二目圓睜大呼曰罷
了悔吾早不聽吾妹之言果有喪身之禍公明只嚇
的渾身汗出無計可施公明嘆目想吾在天皇時得
道修成玉肌仙體豈知今日遭殃反被陸壓而死寃
是可憐聞兄料吾不能再生令追悔無及但我死之
後你將金蛟剪連吾皂服包住用繡纔縛定我死必
定雲霄諸妹來看吾之尸骸你把金蛟剪連袍服遮

必有准備只可暗行不可明取若是明取反為不利
聞太師入後登見趙公明曰道兄你有何說公明曰
胡兄你有何說太師曰原來術士陸壓將釘頭七箭
書射你公明聞得此言大驚曰道兄我為你下山你
教如何解救我聞大師這一會神魂飄蕩性亂如麻
一時間走投無路張天君曰不必開兄着急今晚命
陳九公姚少司二人借土遁暗往岐山搶了此書來
大事方纔可定太師大喜正是
　天意巳歸真命主
　何勞太師暗安排
話說陳九公二位徒弟去搶箭書不表且說燃燈與

眾門人靜坐各運元神陸壓忽然心血來潮道人不
語掐指一算早解其意陸壓曰象位道兄聞仲巳察
出原由今着他二門人去岐山搶此箭書搶去
吾等無生快遣能土報知子牙須知防備方保無虞
燃燈隨道楊戩哪吒二人速往岐山去報子牙哪吒
登風火輪先行楊戩在後風火輪去而且快楊戩的
馬慢便遲且說開太師着趙公明二位徒弟陳九公
姚少司已去岐山搶釘頭七箭書二人領命速往岐山
來時巳是二更二人架着土遁花空中果見子牙披
髮伏劍步罡蹴斗于臺前書符念呪而發遣正一聞

下去早被二人往下一撈抓了箭書似風雲而去子
牙聽見響氣抬頭看時案上早不見了箭書子牙不
知何故自巳沉吟正憂慮之間忽見哪吒來至南宮
适報入中軍子牙急令進來問其原故哪吒曰奉陸
壓道者命說有聞太師遣人來搶箭書此書著是搶
去一躲無生令着弟子來報令師叔預先防禦子牙
聽罷大驚曰方纔吾正行法術只見一聲响便不見
了箭書原來如此你快去搶回來哪吒領令出得營
來登風火輪便起來趕此書不表且說楊戩馬徐徐
行來求及數里只見一陣風來甚是古怪怎見得好
　風。

風。

　喓喓喋喋如同虎吼。
　滑剌喇猛獸咆號。
　楊塵播土逞英豪。
　絞海翻江華嶽倒。
　損林木如同劈砍。
　响時節花草齊凋。
　催雲捲霧豈相饒。
　無影無形真個巧。

楊戩見其風來得異怪想必是搶了箭書來楊戩下
馬忙將土草抓一把望空中一洒唱一聲疾坐在一
邊正是先天秘術道妙無窮保真命之主而隨時節
應且說陳九宮姚少司二人搶了書來大喜見前面
是老營落下土遁來見鄧忠巡外營忙然報入二人

赤精子歌罷曰姚賓你前番將姜子牙魂魄拜來吾
二次進你陣中雖然救出子牙魂魄今日你又傷方
相殊為可恨姚天君曰太極圖玄妙也只如此未免
落在吾囊中之物你玉虛門下神通總高不妙赤精
子曰此是天意該是如此你今逢絕地性命難逃悔
是無及姚天君大怒執鐧就打赤精子曰獨善哉招
架閃躲未及數合姚賓便進落魂陣去了赤精子聞
後面鐘聲隨進陣中這一次乃三次了豈不知陣中
利害赤精子將項上用慶雲一朵現出愛護其身將
八卦紫壽仙衣明見其身光華顯耀愛黑沙不粘其

身自然安妥姚天君上臺見赤精子進陣忙將一斗
黑沙往下一潑赤精子上有慶雲下有仙衣黑沙不
能侵犯姚天君大怒見此術不應隨欲下臺復來戰
爭不防赤精子暗將陰陽鏡望姚賓劈面一幌姚天
君便撞下臺來赤精子對東崑崙打轂首曰弟子開
了殺戒提劍取了首級姚賓一道靈魂徑往封神臺去
了赤精子破了落魂陣取回太極圖送還玄都洞且
官聞太師因趙公明如此心下不樂懶理軍情不知
二陣主又失了機大帥開報破了兩陣只急得三尸
神暴跳七竅內生煙頓足嘆曰不期今日吾累諸發

遭此災厄忙請二陣主張王兩位天君曰太師泣而言
曰不幸奉命征討累諸位道兄受此無辜之災吾受
國恩理當如此眾道友都是為何遭此慘毒使聞仲
心中如何得安又見趙公明昏亂不知重務只是睡
臥嘗聞鼾息之聲古云神仙不寢乃是清寧六根如
何今日六七日只是昏睡且不說湯營亂紛紛計議
不一且說子牙拜斗了趙公明元神散而不歸但神
仙以元神為主遊八極任逍遙今一旦被子牙拜去
不貴昏沉只是要睡開太師心下甚是著忙自思趙
道兄為何只是睡而不醒必有凶兆開太師愈覺驚

嚇不樂且說子牙在岐山拜了半月趙公明漸覺昏
沉睡而不醒人事太師入內帳見公明鼻息如雷用
手推而問曰道兄你乃仙體為何只是酣睡公明答
曰我並不曾睡二陣主見公明顛倒謂太師曰開兄
據我等觀趙道兄光景不相好事相有人暗算他的
取金錢一卦便知何故開太師曰此言有現便忙排
香案親自拈香搜求八卦開太師太驚曰術士座壓
將釘頭七箭書在西岐山要射殺趙道兄這事如何
處王天君曰既見陸壓如此吾輩須往西岐山搶了
他的書來方能解得此厄太師曰不可他既有此意

987

歌曰

烟霞深處運元功，輕羅罷茅蘆日巳紅，翻身跳出塵埃境，把功名付轉蓬，受用些，明月清風，人世間逃名士，雲水中，自在翁，跨青鸞遊遍山峯。

陸壓歌罷，百天君曰，爾是何人，陸壓曰，你既設此陣，陣內必有玄妙處，我貪道乃是陸壓，特來會你，天君大怒，仗劍來取陸壓，用劍泪還未及數合，百天君望陣內便走，陸壓不聽鐘聲，隨即趕來，百天君下鹿上臺，將三首紅旛招展，陸壓進陣，見空中火，地下火，三眛火，三火將陸壓團裹君中，池不知陸壓，乃火內之

珍，離地之精，三眛之靈，三火攢遶，共在一家，焉能壞得此人，陸壓被三火燒，有兩個屍辰，在火內作歌。

歌曰

燦人曾煉火中陰，三眛攢來用意深。
烈焰空燒吾秘祕，何勞百禮費其心。

百天君聽得此言，着心看火內，見陸壓精神百陪乎，中托着一個葫蘆，葫蘆內有一線毫光，高三丈有餘，上邊現出一物，長有七寸，有肩有目，眼中兩道白光。反罩將下來，釘住了百天君泥丸宫，百天君不覺昏迷，莫知左右，陸壓在火內一躬請寶，又轉身那寶物

在白光頭上一轉，百禮首級早巳落下塵埃，一道靈魂往封神臺下去了，陸壓收了葫蘆，破了烈焰陣，方出陣時，只見後而大呼曰，陸壓休走，吾來也，落魂陣主姚天君跨鹿持鋼，面如黃金，海下紅鬚，巨口獠牙。聲如霹靂，如飛電而至，燃燈命子牙曰，你去喚方相，破落魂陣走一遭，子牙急令方相你去破落魂陣，其功不小，方相應聲而出，提方天畫戟，飛步出陣曰，那道人，吾奉將令，特來破你落魂陣，更不答話，一鋼就刺，方相身長力大，姚天君招架不住，掩一鋼望陣內便走，方相耳開鼓聲隨後追來，起進落魂陣中，見姚

天君巳上板臺，把黑沙一把洒將下來，可憐方相那知其中奧妙，大叫一聲，須刻而絕，一道靈魂往封神臺去了，姚天君復上鹿出陣，大呼曰，燃燈道人你乃名士，為何把一俗子凡夫，枉受殺戮，你們可着道德清高之士，來會吾此陣，燃燈命赤精子你當去矣，赤精子領命，提慧劍作歌。而來，歌曰

何幸今為物外人，都因夙世脫凡塵。
了知生死無差別，開了天門妙莫論。
事事通非事事，神神徹不神神。
日前總是常生理，海角天涯都是春。

趙公明認不得問曰來的道者何人陸壓曰吾有名
是你也認不得我我也非仙也非聖你聽我道來
歌曰
性似浮雲意似風飄流四海不停踪或在東洋觀
皓月或臨南海又乘龍三山虎豹俱騎盡五嶽青
鸞足下從不富貴不簪纓玉虛宮裡亦無名玄都
觀內栽千樹自的三杯任我行喜將棋局逐玄友
間坐山岩聽鹿鳴開吟詩句驚天地靜裡瑤琴樂
性情不謙高名空實力吾今到此絕公明
貪道乃西崑崙閑人陸壓是也趙公明大怒好妖道

1247

爲敬如此出口傷人欺吾太甚催虎提鞭來取陸壓
持劍赴面交還未及三不合公明將金蛟剪在空
中陸壓觀之大笑曰來的好他一道長虹而去公明
見走了陸壓怒氣不息又見蘆蓬上燃燈等昂然端
坐公明切齒而曰且說陸壓逕歸此非是會公明戰
實看公明形容今日觀之罷了
千年道行隨流水　絕在釘頭七箭書
且說陸壓回蓬與諸道友相見燃燈問會公明一事
如何陸壓曰納子自有處治此事請子牙公自行子
牙欠身陸壓揭開花藍取出二幅書菁寫明白上有

1248

符印口訣依次而用可往岐山立一營營內築一臺
臺一草人人身上書趙公明三字頭上一盞燈足下
一盞燈自步正斗書符結印焚化一日三次拜禮至
二十一日之辰貧道自來午時助你公明自然絕也
子牙領命前往岐山暗出三千人馬又令南宮適武
吉前去安置子牙後隨軍至岐山南宮適築起將臺
安排停當築一草人依方製度子牙披髮伏劍腳步
罡斗書符結印連拜三五日把趙公明只拜的心如
火發意似油煎走投無路帳前走到後抓耳撓腮
聞太師見公明如此不安心中甚是不樂亦無心理

1249

論軍情且說烈焰陣主百天君進營來見聞太師曰
趙道兄這等無情無緒恍惚不安不如且留在營中
吾將烈焰陣去會闡教門人聞太師欲阻百天君不
天君大呼曰十陣之內無一陣成功如今若坐視不
理何日成功遂不聽太師之言轉身出營走入烈焰
陣內領聲响處百天君乘鹿大呼于蓬下燃燈同象
道人下蓬排班方挽出來未曾貼定只見百天君大
叫玉虛教下誰來會吾此陣燃燈顧左右無一人答
應陸壓在傍問曰此陣何路燃燈曰此是烈焰陣陸
歷笑曰吾去會也　一番道人侯鼓作歌

1250

第四十八回　陸壓獻計射公明

詩曰

周家開國應天符，何怕區區定海珠。
陸壓有書能射影，公明無計庇頭顱。
應知幻化多奇士，誰信殘恐活獨夫。
聞仲扭天原為主，忠肝留向在龍圖。

話說公明祭起金蛟剪。此剪乃是兩條蛟龍採天地靈氣，受日月精華，起在空中，挺拆上下，祥雲覆體頭。交頭，如剪尾絞尾。如股不怕你得道神仙，一間兩段。那時起在空中，徃下開來，燃燈忙拼了梅花鹿，借木遁去了。把梅花鹿一開兩段。公明怒氣不息，暫回老管不提。且說燃燈逃回蘆蓬。眾仙接着，問金蛟剪的原故。燃燈搖頭曰好利害。起在空中，如二龍絞結落下來，利刃一般。我見勢不妙，愈先借木遁走了。可惜把我的梅花鹿一開兩段。眾道人聽說，俱各心寒。共議將何法可施。正議間，哪吒上蓬來，啟老師有一道者求見。燃燈道，哪吒下蓬對道人曰，老師有請。這道人上得蓬來。打稽首曰，列位道兄請了。燃燈與眾道人俱認不得此人。燃燈咲容問曰，道友是那座名山何處洞府。道人曰，貧道關遊五嶽，問戲四海。吾乃野人也。吾有歌為証。

歌曰

貧道本是崑崙客，石橋南畔有舊宅，修行得道遲。
元初鍊了長生知，順逆休誇爐內紫金丹，須知火裏焚玉液，跨青鸞，驅白鶴不去，蟠桃發壽藥不夫。
玄都拜老君，不去玉虛門上謁，三山五嶽任我遊。
海島蓬萊隨意樂，人人稱我為仙癖，腹內盈虛自有情。
陸壓散人親到此，西岐要伏趙公明。

貧道乃西崑崙關人，姓陸名壓，因為趙公明保假滅真，又借金蛟剪下山，有傷眾位道兄。他只知道術無窮盡。曉得玄中更妙，故此貧道特來會他一會，管教他金蛟剪也用不成。他自然休矣。當日道人黙坐無言。次日趙公明乘虎遶前大呼曰，燃燈你既有無窮妙道，如何昨日逃回，可速來，早央雌雄。哪吒報上蓬來，陸壓曰貧道自去。道人下得蓬來，遲至軍前，趙公明忽見一矮道人帶魚尾冠犬紅袍異相長鬚作歌而來。

歌曰

烟霞深處訪玄真，坐向沙頭洗幻塵，七情六欲消磨盡。
把功名付水流，任逍遙自在閒身，尋野叟同垂釣，覓騷人共賦吟，樂陶陶別是乾坤。

〔眉批〕雲霄何見蛟不……

也罷，把金蛟剪借與長兄去罷。雲霄娘娘聽罷，沉吟半晌，無法可處，不得已，取出金蛟剪來。雲霄娘娘曰：大兄你把金蛟剪拿去，對燃燈說，你可把定海珠還我，我便不放金蛟剪；你若不還我寶珠，我便放金蛟剪，那時月缺難圓，他自然把寶珠還你。大兄千萬不可造次行事，我是實言。公明應諾，接了金蛟剪，辭卻三仙島。菡芝仙送公明曰：吾爐中煉戊奇珍，不久亦至。彼此作謝而別。公明別了菡芝仙，隨風雲而至成湯大營，旗牌報進營中：報太師爺，趙老爺到了。聞太師迎接入中軍坐下。正是：

〔1238〕

入門休問榮枯事　觀見容顏便得知

太師問曰：道兄往那裡借寶而來？公明曰：往三仙島吾妹子處，那裡借他的金蛟剪，將明日遊要復奪吾定海珠。聞太師大喜，設酒欵待，四陣主相陪，宴日而散。次早，成湯營中砲響，聞太師上了墨麒麟，左右是鄧、辛、張、陶。趙公明跨虎臨陣，請燃燈答話。哪吒報上蘆蓬。燃燈早知其意，今公明已借金蛟剪來，謂眾道友曰：趙公明已有金蛟剪，你們不可出去，吾自去見他。遂上了仙鹿，自臨陣前。公明一見燃燈，大呼曰：你將定海珠還我，萬事干休；若不還我，定與你見個

〔1239〕

雌雄。燃燈曰：此珠乃佛門之寶，今見主必定要取。你那左道傍門，豈有福慧壓得住他。此珠還是我等了道証果之珍，你也不必妄想。公明大叫曰：今日你既縱情，我與你月缺難圓。二道人

詩曰：

跨虎臨陣胆氣雄，圓睜怪目吐長虹。
神鞭閃灼遊龍尾，黑虎飛騰起旋風。
借來蛟剪稱無價，要你奇珠立大功。
造化不如周主福，千年道行一場空。

話說燃燈道人見公明縱虎衝來，只得催鹿抵架。不

〔1240〕

燃燈性命如何，且聽下回分解。

總批

龍虎交加，往來數合，趙公明將金蛟剪祭起，不知……趙公明也只是恃得自己有寶貝，故此連勝。至失卻諸寶，便自空拳失手。及去治門托鈸尼有吾門者，當得自愛。

又批

公明無寶珠，便自張惶失措；一有金蛟剪，又自恃此遂亮，所以終至失手。古人所以云：謙受益，滿招損，良有以也。

〔1241〕

詩曰
髻挽青絲殺氣深　修真煉性隱山丘
爐中玄妙超三界　掌上風雷震九州
十里金城驅黑霧　三仙瑤島運神風
若還錮惱仙姑怒　翻倒乾坤不肯休

可行昔日三教共議。僉押封神榜。吾等俱在碧遊宮。我們截教門人。封神榜上頗多。因此禁止不出洞府。只為此也。吾師有言。補封名姓。當宜謹慎。宮門又有兩句貼在宮外。

緊閉洞門。靜誦皇庭三兩卷。
身披西土。封神榜上有名人。

如今闡教道友。犯了殺戒。吾截教實是逍遙。昔日鳳鳴岐山。今生聖主。何必與他爭論。開非大兄你不該下山。你我只等子牙封過神。纔見神仙玉石分。大兄謂吾親自往碧遊。為山門紛……

討珠還你。若是此時要借金蛟剪。混元金斗梛子不敢從命。公明曰。難道我來借你。也不肯。雲霄娘娘曰。非是不肯。恐怕一時失手。追悔何及。總來兄請回山。不必封神。在爾何必太急。公明喚曰。一家如此何況他人。遂起身作醉欲出洞門。十分怒色正是

他人有寶他人用
果然開口告人難

三位娘娘聽公明之言。內有碧霄娘娘。要借與姐姐雲霄不從。且說公明跨虎離洞。行不上一二里。在海面上行。腦後有人叫曰。趙道兄。公明回頭看時一位道姑。腳踏風雲而至。怎見得。

趙公明看時。元來是菡芝仙公。公明曰。道友。為何相招道姑曰。道兄那裡去。趙公明把伐西岐失了定海珠的事說了一遍。方纔問俺妹子。借金蛟剪去。復奪定海珠。竟堅執不允。故此往別處借些寶貝。再作區處菡芝仙曰。豈有此理。我同道兄回去。一家不借何況

外人。菡芝仙把公明請將回來。復至洞門下虎童兒稟。三位娘娘。大老爺又來了。三位娘娘復出洞來迎接。只見菡芝仙同來。入內行禮坐下。菡芝仙曰。三位姐姐。道兄乃你三位一脈。為何不立綱紀。難道玉虛宮有道術。吾等就無道術。他吃粧了道兄二寶。理當為道兄出力。三位姐姐為何不允。這是何故。倘或道兄往別處。借了奇參。復得西岐燃燈之寶。你姊妹面上不妨看了。兄且至親一脈。又非別人。今親妹子不借。何況他人。哉連我八卦爐中煉的一物。也要協助閬兄去怎的。你到不肯。碧霄娘娘在旁。一力贊助說

穿紅的道友遭迤吾心不忍。二位是那座名山，何處洞府，高姓，大名，道者答曰。貧道乃五夷山，散人蕭升。曹寶是也。因閒無事，假此一局遺與今遇老師，實爲不平之忿。不期蕭兄絕與公明毒手，實爲可嘆燃燈日方纏公明祭起二物。欲傷二位。貧道見一金錢起去。那物隨錢而落。道友忙忙收起。采是何物曹寶曰吾寶名爲落寶金錢。連落公明二物。不知何名取出來與燃燈觀看，燃燈一見定海珠。鼓掌大呼曰。今日方見此奇珍。吾道成矣。曹寶忙問其故。燃燈曰。此寶名定海珠。自兀始巳來，此珠曾出現光輝照耀玄都。

天地間奇物自是有福人所得

1230

後來杳然無聞，不知落於何人之手。今日幸逢道友收得此寶，貧道不覺心羨神快。曹寶曰，老師既欲見此寶，必是有可用之處，老師自當收去，燃燈曰，貧道無功，焉敢受此。曹寶曰，一物自有一主，既老師可以助道，理當受得，弟子救之無用，燃燈打稽首，謝了曹寶二人同往西岐至土蘆蓬，眾道人起身相見。燃燈把遇蕭升一事說了一遍，燃燈又對眾人曰，列位道友。被趙公明打傷樸跌在地者，乃是定海珠，眾道人方悟。燃燈取出眾人觀看，一個個哓喚不已，不說燃燈得寶話說趙公明。被打了一乾坤尺，又失了定海珠。

1231

縛龍索回進大營。聞太師接住。問其追燃燈一事。公明長吁一聲。聞太師曰，道兄爲何這等，公明大叫曰。吾自修行以來。今日失利。正赶燃燈，偶逢二子，名曰蕭升曹寶。將吾縛龍索，定海珠收去。吾自得道伏此奇珠。今被無名小輩收去，吾心碎矣。公明曰，陳九公姚少司，你好生在此。吾往三仙島去來。聞太師曰，道兄此去速回，免吾翹首。公明曰，吾去郎迴，遂乘虎架風雲而起，不一時來至三仙島下，虎至洞府前，咳嗽一聲，少時一童兒出米。原來是大老爺來了，忙報與三位娘娘，大老爺至此，三位娘娘，起身齊出洞門迎

1232

接口。稱兄長。請人裡面打稽首坐下。雲霄娘娘曰，大兄至此，是往那裡去來。公明曰，聞太師伐西岐，不能取勝。請我下山介開教門人，連勝他幾番。後是燃燈道人，會我。口出大言。吾將定海珠祭起。燃燈逃遁。吾便追襲，不意赶至中途，兩過散人蕭升曹寶，兩簡無名下士。把吾二物收夫了。自恐悶地，開天成了道。柰得此二寶方欲煉，性修真，在羅浮洞中以証元始今一進落下兒曹起手。心甚不平，特到此間，借蚤蛟剪剪罷，或混元金斗也罷，拿下山丟，務要復回此二寶。吾忘方安，雲霄娘娘聽罷只是搖頭說道，大兄此事不

1233

色毫光，驟不見是何寶物。看看落將下來。燃燈騎鹿便走，不進蘆蓬塋，西南上去了。公明追將下來，往前趕，有多時，至一山坡，松下有二人下棋，一位穿青，一位穿紅，正在分局之時，忽聽鹿蹄响亮，二人回顧，見是燃燈道人。二人忙問其故，燃燈認不得二人。燃燈把趙公明伐西岐事說了一遍。二人曰：不妨，老師跐在一邊，待我二人問他。且說趙公明虎走如飛馳電驟，儵忽而至。二人作歌曰：

可憐四大屬虛名，認破方能脫死生。
慧性圓如天際月，幻身都似水中氷。

（眉批：此行的　而是趙　發）

1226

撥廻關猴頭頭着，看破虛空物物明。
缺行蔚功俱是假，丹爐火起道難成。

且說趙公明正趕燃燈，聽得歌聲古怪，定目觀之，見二人各穿青紅二色衣袍，腰分黑白。公明問曰：爾是何人？二人咲曰：你連我也認不得，還辮你是神仙臕。我道來。

堪咲公明問我家，我家原住在烟霞。
曇巖火電非關說，手種金蓮嘗自誇。
三尺焦桐為活計，一壺美酒是生涯。
騎龍遠出遊蒼海，夜久無人玩物華。

1227

吾乃五夷山散人蕭升曹寶是也。俺弟兄閙對一局，以遺日月。今見燃燈老師被你欺逼太甚，強逆天道，扶假滅真，自不知巳罪，反恃強追襲，吾故問你端的。趙公明大怒：你好大本領，焉敢如此發鞭來打二道人？急以寶劍來迎。鞭來劍去，宛轉抽身，求及數合，公明把縛龍索祭起來，拿兩個道人。蕭升一見此索，咲曰：求的好。急忙向豹皮囊取出一簡金錢，有一名曰落寶金錢，也祭起空中。只見縛龍索跟着金錢，落在地上。曹寶忙將索收了。趙公明見收了此寶，大呼一聲：好妖孽敢收吾寶。又取定海珠祭起于空中。只見

1228

瑞彩千團，打將下來。蕭升又發金錢，定海珠臨錢而下，曹寶忙忙搶了定海珠。公明見失了定海珠，氣得三尸神暴跳，急祭起神鞭。蕭升又發金錢，不知鞭是兵器，不是寶，如何落得？正中蕭升頂護，打得腦漿迸出，做一塲散淡開人，只落得封神臺下去了。曹寶見道兄巳死，欲為蕭升報仇。燃燈在高阜處觀之，嘆曰：二友棋局歡咲，豈知為我遭如此之苦。待吾暗助他一臂之力。忙將乾坤尺祭起去，公明不曾隄防，被一尺打得公明幾乎墜虎，大呼一聲，撥虎往南去了。燃燈近前下鹿施禮，深感道兄施術之德，堪憐那一位

（眉批：此老大是恐人，如今方纔下手。）

1229

三五合公明取出一物名曰定海珠珠有二十四顆。
此珠後來與於釋門化為二十四諸天公明將此寶
祭于空中有五色毫光縱然神仙覩之不明瞧之不
見。一刷下來將赤精子打了一交趙公明正欲用鞭
復打赤精于頂上有廣成子岔步大叫少待傷吾道
兄吾來了公明見廣成子來得兇惡怎忙迎架廣成
子兩家交兵未及一合又祭此珠將廣成子打倒塵
埃道行天尊急來抵任公明連發此寶打傷五
位上仙玉鼎真人靈寶大法師五位敗回蕭蓬趙公
明連勝回營至中軍。閒太師見公明得勝大喜公明

命將黄龍真人也界在旛杆上把黄龍真人泥九宫
上用符印壓住元神輕容易不得脫逃管中闡太師
一面分付設酒四陣主陪飲且說燃燈回上蓬來坐
下五位上仙俱着了傷面面相覷默默不語燃燈問
衆道友曰今日趙公明用的是何物件打傷衆位靈
寶大法師曰只知着人甚重不知是何寶物看不門
切五人齊目只見紅光閃灼不知是何物件燃燈聞
言甚是不樂忽然搖頭見黄龍真人曰在旛杆上面
心下越覺不安衆道者嘆曰是吾輩逢此劫厄難
罷脫今黄龍真人被如此厄難我等此心何恐誰能

解他愁悶尤方好玉鼎真人曰不妨至睌間并作處治
衆道友不言不覺紅輪西墜玉鼎真人喚楊戩曰你
今夜去把黄龍真人放來楊戩聽命至一更時分化
作飛蟣飛在黄龍真人耳邊俏俏言曰師叔弟子楊
戩奉命特來放老爺怎麼樣脫陽神便出真人曰你將
吾頂上符印去了吾自得脫陽神便出真人曰你
天門大開陽神出。去了崑崙正果也。
真人來至盧逢稽首謝了玉鼎真人衆道人大喜且
說趙公明飲酒半酣正歡呼大悦忽鄧忠來報老
爺旛上不見了道人了趙公明招指一筭知道是楊

戩救去了公明咲曰你今日去了明日怎逃彼咋二
更蓆散各歸寢楊次日昰中軍趙公明上虎提鞭早
到蓬下坐名要燃燈答話燃燈在蓬上見公明跨虎
而來謂衆道友曰你們不必出去待吾出去會他燃
燈乘鹿數門人相随至于陣前趙公明曰楊戩救了
黄龍真人來了他有變化之功呌他來見我燃燈咲
曰道友乃斗箸之器此事非是他能乃伏武王洪福
姜尚之德耳公明大怒曰你將此言惑亂軍心甚是
可恨提鞭就打燃燈口稱善哉急忙用劍招架未及
數合公明將定風珠祭起燃燈借慧眼看時一派五

動。吾去盧蓬照顧、恐趙公明猖獗。廣成子至蓬上回
了燃燈的話。已救回子牙還生。且在城內調養不表。
話說趙公明次日上虎提鞭出營、至蓬下。坐名要燃
燈答話。哪吒報上蓬來、燃燈遂與眾道友排班而出。
見公明威風凜凜、眼露兇光、非道者氣像。燃燈打稽
首對趙公明曰。道兄請了。公明回答曰。道兄你等欺
吾教大甚。吾道你知。你道吾見你聽吾道來。
混沌從來不記年。　　各將妙道補真全
當時未有星河斗。　　先有吾常後有天。
道兄你乃闡教玉虛門下之士。我乃截教門人你師

我師。總是一師秘授了道成仙、共為教主你們把趙
江牙在蓬上將吾道藐如灰土。再他一繩、有你半繩
道理不公起不知。
翠竹黃鬚白筍芽。　　儒冠道履白蓮花。
紅花白藕青荷葉、　　三教元來總一家
燃燈答曰。趙道兄當時僉押封神榜。你可留在碧遊
官。趙公明曰、吾起不知。燃燈曰、你既知道你師曾說
神中之姓名三教內俱有彌封無影。死後見明爾師
古得明明白白道兄今日至此。乃自眛已心逆天行
事、是道兄自取。吾輩逢此劫數吉凶未知。吾儕天皇

成于正果。至今難脫紅塵。道兄無束無拘。却要強爭
名利你且聽我道來。
盤古脩來不記年。　　陰陽二氣在先天。
煞中生氣肌膚換。　　精裡含精性命丹
玉液丹成真道士。　　六根清淨產胎仙。
扭天拘地心難正。　　徒貴工夫落塹淵
趙公明大怒曰。難道吾不如你。且聽我道來。
能使須彌翻轉過。　　又將日月逆週旋。
從來天地生吾後。　　有甚玄門道德仙
趙公明道罷黃龍真人跨鶴至前大呼曰趙公明。你

今日至此也。此是封神榜上有名的。合該此處盡絕。公
明大怒舉鞭來取真人忙將寶劍來迎鞭劍交加。未
及數合趙公明將縛龍索祭起。把黃龍真人平空拿
去、赤精子見拿了黃龍真人大呼趙公明。少得無禮。
聽吾道來。
會得陽丹物外玄。　　了然得意自忘筌、
應知物外長生路　　　自是逍遙不老仙
鉛與汞、產先天　　顛倒日月配坤乾。
明明指出無生妙。　　無奈凡心不自揣。
話說赤精子、執劍來取公明。公明鞭法飛騰來往有

【1214】

哪吒、雷震子、黃天化、楊戩、金木二吒擁護，只見杏黃
旗招展，黑虎上坐一道人，怎見得，

天地玄黃偷道德，洪荒宇宙煉元神，虎龍蕭聚風
雲鬧，烏兔遇蓬邪酉晨，五遁三除開戲耍，移山倒
海等閑掄，掌上曾安天地訣，一雙草履任遊巡，正
氣朝元真穿裏，三花聚頂自長春，峨嵋山下群名
遠，得到羅浮有幾人。

話說子牙見公明向前施禮，口稱道友是那一座名
山何處洞府，公明曰，吾乃峨嵋山羅浮洞趙公明是
也，你破吾道友六陣，俏伏你等道術，壞吾六友，心實

【1215】

（眉批）道人初下山，自是利害。

痛切，又把趙江、高平、蘆蓬悵恨俱可恨，姜尚我知你是
玉虛宮門下，我今日下山，必定與你見個高低，提鞭
縱虎來取子牙，子牙伏劍急架忙還，二獸相交未及
數合，公明祭鞭在空中，神光閃灼如電，其實驚人，子
牙躲不及，被一鞭打下鞍鞽，哪吒急來使火尖鎗，敵
住公明，金吒救回姜子牙，子牙被鞭打傷後心死了
哪吒使開鎗法，戰未數合，又被公明一鞭打下風火
輪來，黃天化看見，惱開玉麒麟，使兩柄鎚抵住公明
又飛起雷震子，展開黃金棍往下打來，楊戩縱馬搖
鎮將趙公明裹在核心，好殺，只殺得

【1216】

天昏地慘無光彩。　宇宙渾然黑霧迷。

趙公明被三人裹住了，雷震子是上三路，黃天化是
中三路，楊戩冊將嘩天犬放起，形如白象，怎見得好
犬。

仙犬偏成號細腰，　形如白象勢如象。
銅頭鐵頸難招架，　遭遇兒鋒骨亦消。

話說楊戩惡嗤放嘯天犬，趙公明不防備，早被嘯天
犬一口把頸項咬傷，將袍服扯碎，只得撥虎逃歸進壩
門，聞夫師見公明失利，慌忙上前慰勞，趙公明曰，不
妨，忙將葫蘆中仙藥取出搽上，即時全愈，不表，且說

【1217】

（眉批）今人何保有此妙術。

子牙被趙公明一鞭打死，擡進相府，武王知子牙打
死，忙同文武眾官，至相府來看子牙，只見子牙面如
白紙，合目不言，不覺點首嘆曰，名利二字俱成畫餅，
著實傷愧，正嘆之間，報廣成子進相府來看子牙，武
王迎接至殿前，武王曰，道兄相父已亡，如之奈何，廣
成子曰，不妨，子牙該有此厄，叫取水一盞，道人取一
粒丹，用手撚開，撬開口，將藥灌下十二重樓，有一個
時辰，子牙大叫一聲，痛殺吾也，二目睜開，只見武王
廣成子俱跪于臥榻之前，子牙方知中傷已死，正欲
撐起身來致謝廣成子，搖手曰，你好生調理，不暇妄

提綱　關太師同四陣主出營，帥趙、公明來會姜子牙。

不知勝負如何，且聽下回分解。

總批

十陣生自恃無敵，故屢屢遭敗，勢然也。若然燈畢竟是以靜待動，故動徹致勝，古語殺敵者亢，從來任一旦用事的，都做盡所好事，來可爲自用者之戒。

又批

十絕陣生，剛暴自任，理合取敗，大抵闡太師實是勾魏使，只無柰燃燈，來以十簡人去集……

四足就起烏雲，雲時開來，到成湯營，轅門下虎眾軍大呼，虎來了，陳九公曰，不妨，乃是家虎，快報與聞太師，赫老爺已至轅門，太師聞報忙出營迎迓，二人至中軍帳坐下，有四陣主來相見，共談軍務之事。趙公明曰，四位道兄，如何擺十絕陣，反損了六位道友，此情真是可恨，正說間猛然撞頭，只見子牙蘆蓬上吊有趙江，公明問曰，那蓬上吊的是誰，百天君曰，道兄，那就是地烈陣主趙江，公明大怒，豈有此理，三教原來總一般，彼將趙江如此之辱，吾輩體面何存，待吾也將他的人，拿一個來吊着，看他意下如何，隨上虎

陷，若有意送去的，此還是天數乎，果不可逃者乎，當與知數學商之。

第四十七回　公明輔佐聞太師

詩曰：

異寶雖多莫炫奇，　須知盈溢有參商。
西山此際多誇勝，　俠路應思失意悲。
跨虎有威終屬幻，　降龍無術轉當時。
堪嗟紂曰西山近，　無柰君臣欠所思。

話說趙公明乘虎提鞭出營，來大呼曰，着姜尚快來見吾，哪吒聽說報上蓬來，有一跨虎道者，請師叔答話，燃燈謂子牙曰，來者乃峨嵋山羅浮洞趙公明是也，你可見機而作，子牙領命下蓬，乘四不相，左右有

獨自尋思。無計可施。忽然想起峨嵋山羅浮洞趙公明。心下躊躇。若得此人來。大事庶幾可定。忙喚吉立。余慶好生守營。我往峨嵋山去來。二人領命。太師隨上墨麒麟。掛金鞭。偕風雲往羅浮洞來。正是

　　神風一陣行千里。　　方顯玄門道術高。

話時到了峨嵋山羅浮洞。下了麒麟。太師觀看其山。真清幽僻淨。鶴鹿紛紜。猿猴來往。洞門前懸掛藤蘿。太師問有人否。少時有一童子出來。見大師三變眼間。曰。老爺那裡來的。太師曰。你師父可在麼。童兒答曰。在洞裡靜坐。太師曰。你說商都聞太師來訪。童兒進

來。見師父報曰。有聞太師來拜訪。趙公明聽說。忙出洞迎接。見聞太師大喜曰。聞道兄那一陣風兒吹你到此。你享人間富貴。受用金星繁華。全不念道門光景清淡家風。二人攜手進洞行禮坐下。聞太師長吁一聲。未及開言。趙公明問曰。道兄為何長吁。聞太師曰。我聞仲奉詔征西。討伐叛逆。不意崑崙教下姜尚善能謀謨。助惡者衆。朋濟作奸。屢屢失機。無計可施。不得已往金鰲島。邀秦完等十友。協耻乃罷十絕陣。指望擒獲姜尚。孰知今破有六。反損六位道友無故遭殃。實為可恨。今日自思無門可投。忝愧到此。煩兄

一往。不知道兄尊意如何。公明曰。你當時怎不早來。今日之敗。乃自取之也。既然如此。兄且先回營。吾隨後即至。太師大喜。辭了公明。上騎借風雲回營不表。且說趙公明喚門徒陳九公。姚少司。隨我往西岐去。兩個門徒領命。公明打點起身。喚童兒好生看守洞府。吾去就來。帶兩個門人。借土遁往西岐。正行之間。忽然落下來。是一座高山上。正是

　　異景奇花觀不盡。　　分明生就小蓬萊。

趙公明正看山中景致。猛然山腳下。一陣狂風大作。捲起灰塵。公明看時。只見一隻猛虎來了。咦。此去

也無坐騎。跨虎登山。正是好事。只見那虎剪尾搖頭而來。怎見得。

詩曰

　　咆哮踴躍出深山。　　幾點英雄汗血斑。
　　利瓜如鈎心胆壯。　　剛牙似劍勢兒頑。
　　未曾行處風先動。　　繞作奔騰草自扳。
　　任是獄群應畏服。　　敢攖威猛等閒間。

話說趙公明見一黑虎而來。喜不自勝。正用得著你。搯步向前。將二拇伏虎在地。用系鎖套住虎項。跨在虎背上。把虎頭一抬。朋將甲一道畫在虎項上。那虎

是出家人爲何起心不良擺此惡陣。孫天君曰：爾是
何人敢來破吾化血陣，快快回去，免遭枉死。喬坤大
怒罵曰：孫良你休誇海口。吾定破爾陣，拿你梟首號
令西岐。孫天君大怒，縱鹿伏劍來取。喬坤赴而交還
未及數合，孫天君敗入陣。喬坤隨後趕入陣中。孫天
君上臺將一片黑沙，往下打來，正中喬坤正是。
沙占袍服身爲血。化作津津遍地紅。
喬坤一道靈魂已進封神臺去了，孫天君復出陣前
大呼曰：燃燈道友你若無名下士，來破吾陣，枉喪此
命太乙真人你夫走一遭。太乙真人作歌而

歌曰。

當年有志學長生。　今日方知道行精，
運動坤乾顛倒理，　轉移月日互爲明。
蒼龍有意歸離队。　白虎多情覓坎行。
欲煉九還何處是，　震宮雷動子西戌

太乙真人歌罷，孫天君曰：道兄你非是兒吾此陣之
士，太乙真人咲曰。道友休誇大口，吾進此陣如入無
人之境耳。孫天君大怒，催鹿伏劍直取。太乙真人用
劍相還，未及三五合。孫天君便往陣中去了，太乙真
人聽腦後金鐘催响，至陣門，將手往下一指，地現函

朵青蓮。真人脚踏二花騰騰而入。真人用左手一指，
指上放出一道白光，爲有一二丈頂上現一朵慶雲
旋在空中。覆于頂上，孫天君在臺上抓一把黑沙打
將下來，其沙方至頂雲，如雪見烈焰一般，自滅無踪。
孫天君大怒，將一斗黑沙往下一發，其沙飛揚而去
自滅自消。孫天君見此術不應，抽身逃遁，太乙真人
忙將九龍神火罩，祭于空中，孫天君合該如此，將身
罩住真人雙手一拍，只見現出九條火龍，將罩盤繞
項刻燒成灰燼。一道靈魂徃封神臺去了，開太師在
老營外，見太乙真人又破了化血陣，大叫曰：太乙真

人休回去吾來了。只見黃龍真人乘鶴而至。立阻開
太師曰。大人之語覺得失信，十陣方繞破六。爾止漸
回明日再會。如今不必遣等恃強，雌雄自有分定開
太師氣冲斗牛，神目光輝，鬚髮皆監回進老營忙請
四陣主入帳。太師泣對四天君曰吾受國恩官若極
品，以身報國，理之當然。今日六发遭殃吾心何恋四
仕請回海島待吾與姜尚央一死戰誓不俱生大師
道罷泪如雨下。四天君曰聞兄且自寬慰。此是天數
吾等各有主張，俱回本陣去了。且說燃燈與太乙真
人回至蘆蓬默坐不言，子牙打點前後，詁說閞太師

金光聖母撥馬往陣中飛走，蕭臻大叫，不要去，吾來了，逕趕入金光陣內，至一臺下，金光聖母下駒上臺，將二十一根杆上羅着鏡子，鏡子上每面有一套，套住鏡子。聖母將繩子拽起其鏡，現出把手一放，明霎響處，振動鏡子，連轉數次，放出金光射着蕭臻，大叫一聲，叫憐正是。

　　百年道行從今滅。　衣袍身體影無踪。

蕭臻一道靈魂，清福神柏鑑引進封神臺，夫金光聖母復上了班豹駒，走至陣前曰，蕭臻已絕，誰敢會吾此陣，燃燈道人忖廣成子，你去走一遭，廣成子領命。

作歌曰。

　　有祿得悟本來真，　曾在於南逈聖人，
　　指出長生千古秀，　生成玉蕊萬年新。
　　渾身是口難為道，　大地飛塵別有春。
　　吾道了然成一貫。　不明一字敢艱辛。

話說金光聖母，見廣成子飄然而來，大呼曰，廣成子你也敢會吾此陣，廣成子曰，此陣有何難破，聊為兒戲耳。金光聖母大怒，伏劍來取廣成子，執劍相迎，戰未及三五合，金光聖母轉身，往陣中走了，廣成子隨後趕入金光陣內，見臺前有撘杆二十一根，上有物件掛着，金光聖母上臺，將繩子攬住，拽起套，來現出鏡子，發需振動，金光射將下來，廣成子忙將入卦仙衣打開，遮頭裹定，不見其身，金光總有精奇異妙，便不得入卦，紫壽衣有一個時辰，金光不能透入其身。雷聲不能振動其形，廣成子暗將番天印，往八卦仙衣底下打將上來，一聲响，把鏡子打碎了，十九面金光聖母着慌忙，拿兩面鏡子住手，方欲掀動，忽發金光來照廣成子，早被廣成子復祭番天寶印，打來金光聖母躲不及，正中項門，腦漿迸出一道靈魂，飛早逃封神臺去了，廣成子破了金光陣，方出陣門，閒太師得知。金光聖母已死，大叫曰，廣成子休走，吾與金光聖母報讎，麒麟走動如飛，只見化血陣內，孫天君大呼曰，聞兄不必動怒，待吾擒他，與金光聖母報讎，孫天君，面如重棗，一步短髯，戴虎頭冠，秉黃班鹿飛滾而來，燃燈道人顧左右，併無一人去得，偶然見一道人慌忙而至，與眾人打稽首，曰眾位道兄，請了，燃燈目道者何來，高姓大名，道人曰納子乃五夷山白雲洞散人喬坤是也，聞十絕陣內化血陣，吾當協助子牙，言未了，孫天君叫曰誰來會吾此陣，喬坤抖搜精神，曰吾來了，仗劍在手，向前問曰，爾等雖是截教總中。又見袁天君跨鹿而來。便叫你們十二位之內。乃是上仙名士。誰來會吾此陣。乃令此無甚道術之人。來送性命燃燈道人命普賢真人。走一遭普賢真人作歌而來。

歌曰

道德根源不敢忘。　寒水看破火消霜

塵心不解遭魔障。　堪傷　眼前咫尺失天堂

普賢真人歌罷袁天君怒氣紛紛持劍而至普賢真人曰袁角你何苦作孽。擺此惡陣貧道此來入陣時一則開吾殺戒。二則你道行功夫。一但失卻後悔何

及袁天君大怒。仗劍直取普賢真人。將手中劍架住。口稱善哉。二人戰有三五合。袁角便走入陣中去了。普賢真人隨卽趕進陣來。袁天君上了板臺將黑旛招動上有冰山一座打將下來普賢真人用指上放一道白光如線長出一朵慶雲高有數丈。上有八角角上乃金燈纓絡垂珠護持頂上其冰見金燈自然消化。毫不能傷有一個時辰。袁天君見其陣已破方欲抽身。普賢真人用吳鈎劍飛來將袁天君斬于臺下。袁角一道靈魂被清福神引進封神臺去了普賢收了雲光犬袖迎風飄飄而出。聞太師又見破了寒

冰陣欲爲袁角報讎。只見金光陣主。乃金光聖母。撒開五點班豹駒嗩聲作歌而來。歌曰。

真大道　不多言　運用之間恆覺察

放開二目兌天元　此卽是神仙

話說金光聖母。騎五點班豹駒提飛金劍大呼曰。開敎門人。誰來破吾金光陣。燃燈道人看左右無人先破此陣。正沒計較只見空中飄然對下一位道人而

如傳粉屑似丹珠怎見得有詩爲証

詩曰

道服先天氣蓋坤　竹冠麻履異尋常

系縧腰下飛鸞尾　　寶劍鋒中起燁光

全氣全神真道士。　　伏龍伏虎伏仙方。

袖藏奇寶欽神鬼。　　封神榜上恣名揚。

話說衆道人看時乃是玉虛宮門下蕭臻蕭臻對衆仙稽首曰吾奉師命下山特來破金光陣只見金光聖母大呼曰闡敎門下誰來會吾此陣言未畢蕭臻轉身曰吾來也金光聖母認不得蕭臻問曰來者是誰蕭臻咲曰你連我也認不得了吾乃玉虛門下蕭臻的便是金光聖母曰爾有何道行敢來會吾此陣執劍來取蕭臻微步走而交還二人戰未及三五合

最是逍遙何苦擺此陣勢，自取滅亡。當時僉押封神
榜你可曾在碧遊宮聽你掌教師尊曾說有兩句偈
言帖在宮門淨誦黃庭緊閉洞如染西土受災殃董
天君曰你聞教門下。自倚道術精奇屢屢將吾輩董
視我等方繞下山道友你是為善好樂之客速回去。
再著別個來。休惹苦惱慈航曰連你一身也顧不來。
還要顧我董全大怒執寶劍望慈航面取，慈航架劍
口稱善哉方繞用劍相還來往有三五回合董天
往陣中便走慈航道人隨後趕來到得陣門前亦不
敢擅入裡面去只聽得腦後鍾報頂摧乃涂涂而入

只見董天君上了板臺將黑旛搖動黑風捲起。由如
壞方繞一般慈航道人頂上有定風珠。此風焉能得
至不知此風不至刀刃怎麼得來。慈航將清淨瑠璃
瓶祭于空中命黃巾力士將瓶底朝天瓶口朝地只
見瓶中一道黑氣一聲響將董全吸在瓶中去了。慈
航命力士將瓶口轉上。帶出風吼陣來只見聞太師
坐在墨麒麟身上專聽陣中消息只見慈航道人出
來對聞太師曰風吼陣已被吾破矣命黃巾力士將
瓶傾下來。怎見得只見
、系絲道服麻鞋在。
渾身皮肉化成膿，

董全一道靈魂往封神臺來清福神栢鑑引進去了。
聞太師見而大呼曰氣殺吾也。將麒麟磕開提金鞭
冲殺過來。有黃龍眞人乘鶴急止之曰。聞太師你十
陣方破三陣。何必又動無明，來亂吾班次只聽得寒
氷陣主大叫。聞太師且不要爭先待吾來也乃信口
作歌曰。
玄中奧妙少人知。　　變化隨機事事奇。
九轉功成爐內寶。　　從來應笑世人痴。
話說聞太師只得立住那寒氷陣內袁天君歌罷犬
叫闡教門下。誰來會吾此陣燃燈道人命道行天尊

門徒薛惡虎你破寒氷陣走一遭薛惡虎領命提劍
辭擁而來。袁天君見是一個道童乃曰那道童速自
退云着你師父來薛惡虎怒曰奉命而來豈有善回
之理執劍砍來袁天君大怒將劍來迎戰有數合便
走入陣內去了薛惡虎隨後趕入陣來只見袁天君
上了板臺用手將皂旛搖動上有氷山師似刀山一
樣從下磕來下有水塊如狼牙一般從上泰合任你
是甚麼人湯之卽為齏粉薛惡虎一入其中只聽得
一聲响磕成內泥一道靈魂逕往封神臺去了陣中
黑氣上昇道行天尊嘆曰門人兩個今絕於二陣之

來騎八乂鹿提兩口太阿劍

歌曰

得到清平有甚憂　丹爐乾馬配坤牛

從來看破紛紛亂　一點靈蒼只自由

話說董天君,鹿走如飛陣前高叫,燃燈觀左右無人,可先入風吼陣,忽然見黃飛虎,領方弼相來見子牙,稟曰末將催糧收此二將,乃射王駕下,鎮殿大將軍,方弼方相兄弟二人,子牙曰大喜猛然間燃燈道人看見兩個大漢問子牙曰此是何人子牙曰黃飛虎新收二將,乃是方弼方相,燃燈嘆曰天數已定萬物

鄭逃,就命方弼破風吼陣走一遭,子牙破風吼陣可憐方弼不過是俗子凡夫那裡知道其中幻術,便應聲願往,持戟搜步,如飛虎走至陣前董天君見一大漢高三丈有餘面如重棗一布落腮鬍鬚四隻眼睛甚是凶惡董天君看罷著實駭然怎見得有讚為証讚曰

三乂冠烏雲蕩漾鐵掩心砌就龍鱗翠藍袍團花燦爛畫桿戟烈烈征雲四目生光真顯耀臉如重棗像蝦紅一步落腮飄腦後平生正直最英雄反朝歌保太子盤河渡口遇宜生歸周未受封官

話說方弼見董天君大呼曰妖道慢來就是一戟董天君那裡招架的住,只是一合,便往陣裡走了,子牙命左右擂鼓,方弼耳開鼓聲響拖戟起來至風吼陣門前逕沖將進去,他那裡知道陣內無窮與妙只見董天君上了板臺將黑旛搖動黑風捲起有萬千兵刀殺將下來只聽得一聲響,方弼四肢已為數段跌倒在地,一道靈魂徑往封神臺清福神百鑑引進去了董天君命士卒,將方弼尸首拖出陣來董全催鹿復

至陣前大呼曰,王虛道友爾等,把一凡夫,候送性命汝心安乎,既是高明道德之士,來會吾此陣,便是玉石也,燃燈乃命慈航道人,你將定風珠拿去破此風吼陣,慈航道人領法旨,乃作歌曰

歌曰

自隱玄都不記春　幾回蒼海變成塵

玉京金闕朝元始　紫府丹霄悟妙真

喜集化成千歲鶴　閑來高臥萬年身

吾今已得長生術　未肯輕傳與世人

話說慈航道人謂董全曰道友吾輩逢此殺戒爾等

赶不多時，巳自趕上。只見兄第二人在前而混淉渡蕩而行。黃千歲大呼曰。方弼方相慢行。方弼回頭見兄是武成王黃飛虎。多年不見。怵在道傍跪下問武成王曰。千歲那裡去。飛虎大喝曰。你為何把散宜生定風珠。都搶了來。方弼曰。他與我作過渡錢。誰搶他的。飛虎曰。快拿來與我。方相雙手獻與黃飛虎。飛虎曰。你二人一向在那裡。方弼曰。自別大王。我弟兄盤河過日子。苦不堪言。飛虎曰。我棄了成湯。今歸周國。武王真乃聖主。仁德如堯舜。三分天巳有二分。會即太師在西岐征伐。屢戰不能取勝。你既無所歸。不若

同我歸順武王御前。亦不失封侯之位。不然辜負你弟兄本領。方弼曰。大王若肯提援。乃愚兄弟再生之恩矣。有何不可。飛虎曰。既如此隨吾來。二人隨着武成王飛騎而來。霎時即至。宜生晁田見方家弟兄根着而來。赫的覓不負體。武成王下騎。將定風珠付與宜生。你二位先行。吾帶方弼後來。且誑宜生晁出。星夜趕至西岐遂下。來見子牙。子牙問取定風珠的事如何。宜生把波黃河被刼之事誑了一遍。子牙大喝宜生。倘然是此珠。若是國璽也被中途搶夫了。且帶罪暫退。子牙將定風珠上遙現與燃燈道人眾

催曰。既有此珠。明日可破風吼陣。不知勝負如何。且聽下囬分解。

總批

破一陣必先用一箇陪賵性命的。此便是佛家輪回報應之說。執一而不可破。倘嘗日只用後百一簡去破。何等直捷省事。燃燈佛祖。畢竟有此婆子氣。

又批

方弼方相。只在黃河岸上盤河。何等快樂。一為跟黃飛虎來立功名。便送郤性命。此正為香餌之下。必有死魚。令人欲速富貴利達者。

新刻鍾伯敬先生批評封神演義卷之十

第四十六回　　廣成子破金光陣

詩曰

仙佛從來少怨尤，只因煩惱惹閒愁。
幾度看來悲徃事，從前思省爲誰儀。
持強自藥千年業，用暴須揼萬刼倐。
可憐羽化封神日，俱作南柯一夢遊。

話說燃燈道人，次日共十二弟子排班下篷，將金鐘玉磬頻敲，一齊出陣。只見成湯營裡，一聲炮响。聞太師乘騎早至轅門，看子牙㟴破風吼陣。董天君作歌而

【1177】

宜生分明是方弼方相的

他捎勒渡河錢。人不敢拘。他要多少就是多少。宜生聽說有如此事。數日就有變更。速馬前行，果然見兩個大漢子不撑船。只用木筏將兩條繩子，左邊上筏，右邊拽過去；右邊上筏，左邊拽過來。宜生心上也甚是驚駭，果然力大，且是利害。心怕意急，等晁田來同渡。只見晁田馬至面前。他認得是方弼方相兄弟二人在此盤河。晁田曰：方將軍。方弼看時，認得是晁田。方弼曰：晁兄你往那里去來。晁田曰：煩你渡吾過河。方弼隨將筏𦟛同宜生晁田渡過黃河上岸。方相方弼相見，叙其舊日之好。方弼問曰：晁兄往那里去來。

【1178】

晁田將取定風珠之事說了一遍。方弼又問此此是何人。晁田曰：此是西岐上大夫散宜生。方弼曰：你乃紂臣，為甚事同他來。晁田曰：紂王失政，吾已歸順武王。如今聞太師征伐西岐，擺下十絕陣，今要破風吼陣。借此定風珠來。今日有幸得遇你昆玉。方弼自思，昔日反了朝歌得罪紂王，一向流落，今日將定風珠搶去，將功贖罪，却不是好。我兄弟還可復職。因問曰：散大夫，怎麼樣的就叫做定風珠？借吾一看，以長見識。宜生見方弼渡他過河，況是晁田認得，忙忙取出來遞與方弼。方弼打開看過了，把包兒往腰裏一塞。

【1179】

此珠當作過河船資。遂不答話，徑往正南大路去了。晁田不敢攔阻。方弼方相身高三丈，有餘力大無窮，怎敢惹他。把宜生嚇的魂飛魄散，大哭曰：此來跋跗數千里途程，今一旦被他搶去。宜生大哭曰：辜負了姜丞相。抽身往黃河中要跳。晁田把宜生扯住曰：大夫不要性急，吾等死不足惜。但姜丞相命我二人取此珠破風吼陣。今不幸被他搶去，吾等死于黃河。姜丞相不知信音，有誤國家大事，是不忠也。中途被劫，是不智也。我和你慨然見姜丞相報知，所以令他別作良圖，寧死刀下，庶幾少減此不忠不

【1180】

智之罪。你我如今不明不白死了，兩下擔擱，其罪更甚。宜生嘆曰：誰知此處遭殃。二人上馬，往前加鞭急走，行不過十五里，只見前面兩杆旗旛飛出山口，後聽糧車之聲。宜生馬至根前，看見是武成王黃飛虎催糧過此。宜生下馬，武成王下騎，禮問晁田曰：幾時却這等悲泣。宜生把取定風珠渡黃河遇方弼搶去的事說了一遍。武成王黃飛虎有甚遠。飛虎曰：不妨，吾與大夫取來，你們在此暑等片時。飛虎上了神牛，此騎兩頭，見曰：走八百里撒開鑾頭。

真人曰。閒兄不必這等、我輩奉玉虛下世、身惹紅塵、來破十陣、縱破兩陣、尚有八、見明白、況原言過闖法、何勞聲色、非道中之高去也。把聞太師說得默默無言、燃燈道人命暫止曰。聞太師亦進老營、請入陣主帥、議曰、今方破二帥、反傷二位道友、使我聞仲心下實是不忿。蕭天君曰、事有定數、既到其間、亦不容收拾、如今把吾風吼陣定成大功、與聞大師共議不提。且說燃燈道人回至蓬上、懼留蹤、將趙江提在蓬下來、啟燃燈。燃燈道人將趙江吊在蘆蓬上、眾仙啟燃燈道人、風吼陣明日可

破。燃燈道、破不得、這風吼陣非世間風也、此風乃地水火之風、若一運動之時、風內有萬刃齊至、何以抵當、須得先借得定風珠、治住了風、然後此陣方能得破。眾位道友曰、那裡去借定風珠、內有靈寶大法師曰、吾有一道友、在九鼎鐵義山八寶雲光洞慶尼真人有定風珠、弟子修書可以、借得子牙差文官一員武將一員、速去借珠、風吼陣自然可破、子牙忙差散宜生晁田、文武二名、星夜往九鼎鐵義山八寶雲光洞來、取定風珠、二人離了西岐、逕往大道、非此一日、渡了黃河、又過數日、找到九鼎鐵義山、怎見得。

嵯峨亞蓝、峻險巍巍。嵯峨蓝蓝沖霄漢、峻險巍巍碧磯空。怪石亂堆如坐虎、蒼松斜掛似飛龍。嶺上鳥啼嬌韻美、崖前梅放異香、澗水游游流出岑。巔雲黯淡過來凶、又見瓢飄霧凜凜、風咆哮餓虎吼山中、寒鴉揀樹無棲處、野鹿尋窩沒定踪、可嘆行人難進步、皺眉愁臉把頭蒙。

話說宜生晁田二騎上山、至洞門下馬、只見有一童子出洞、宜生曰、師兄、請煩通報老師、西岐差官散宜生求見。童子進裡面去、少頃走出來道、請宜生進洞見。一道人坐于蒲團之上、宜生行禮、將書呈上、道人看

書畢、對宜生曰、先生此來為借定風珠、此時群仙聚集會、破十絕陣、皆是定數、我也不得不允。況有靈寶師兄華扎、只是一路去須要小心、不可失悞、隨將一顆定風珠付與宜生、宜生謝了道人、慌忙下山、同晁田上馬揚鞭急走、不顧嶺危跋涉、沿黃河走了兩日、卻無渡船、宜生對晁田曰、前日來到處有渡口、卻今卻無渡船者何也、只見前面有一人來、晁田問曰、過路的漢子、此處為何竟無渡口、行人答曰、官人不知近日新來兩個惡人、力大無窮、把黃河渡口俱彼他趕個罄盡、離此五里有個渡口、都要從他那裡過、儘

趙天君大呼曰：廣法天尊院破了天絕陣，誰敢會我，地烈陣裏沖殺而來。燃燈道人命韓毒龍破地烈陣，走一遭。韓毒龍躍身而出，大呼曰，不可亂行吾來也。趙天君問曰：你是何人敢來見我。韓毒龍曰：道行天尊門下奉燃燈師父法旨，特來破你地烈陣。趙江曰：你不過毫末道行怎敢來破吾陣，空要性命。提手中劍飛來直取，韓毒龍手中劍赴而交還，劍來劍架，猶如紫電飛空，一似寒冰出谷，戰有五六回合，趙江掩一劍趕陣內敗走，韓毒龍隨後跟來，趕至陣中，趙天君上了板臺，將五方旛搖動，四下裡輕雲捲趕，一

1169

聲雷鳴，上有火罩，上下交攻，雷火齊發，可憐韓毒龍，不一時身體成為齏粉，一道靈魂往封神臺來，不清福神祗引進去了，且說趙天君復上梅花鹿出陣大呼，闡教道友別着火，有道行的來見此陣，母得使恨，行淺薄之人，至此往喪性命，誰敢再會吾此陣，燃燈道人曰：懼留孫去走一番。懼留孫領命作歌而來。

歌曰

交光日月煉金英，二粒靈珠透室明，擺動乾坤知道力，遷移生死見功成，逍遙四海留踪跡，蹁躚任么都立姓名直上五雲，雲路穩，紫鸞朱鶴自來迎。

1170

懼留孫躍步而出，見趙天君縱鹿而來，怎生妝束，但見。

碧玉冠一點紅，翡翠袍花一叢，綠絲結就乾坤樣，足下常登兩朵雲，太阿劍現七星，誅龍虎斬妖精，九龍島內真靈士，要與成湯立大功。懼留孫曰：趙江，你乃截教之仙，與吾輩大不相同，立心險惡，如何擺此惡陣，逆天行事，休言你腦中道術，只怕你封神臺上難逃目下之災。趙天君大怒提劍飛來直取，懼留孫挑劍赴面交還，未及數合，倏前走入陣內，懼留孫隨後趕至陣前，不敢輕進，只聽腦後

1171

有鍾聲催響，只得入陣。趙天君已上板臺，將五方旛如前運用。懼留孫見勢不好，先把天門開了，現出慶雲保護其身，然後取綑仙繩，命黃巾力士，將趙江拿在蘆蓬聽候指揮，但見。

金光出手萬仙驚，一道英風透體生。

地烈陣中施妙法，平空攝去上蘆棚。

說懼留孫將綑仙繩命黃巾力士拎往蘆蓬下一聲，趙江跌的三昧火七竅中噴出，遂破了地烈陣。徐徐而回，聞太師又見破了地烈陣，趙江被麟背上聲君巨需大叫曰：懼留孫莫走，君

1172

殺戒非是我等藏却慈悲，無非了此前因，你等勿自
後悔。泰完大笑曰：你等是閒樂神仙，怎的也來受此
苦惱，你也不知吾所練陣中無盡無窮之妙，非我遍
你，是你等自取大厄。文殊廣法天尊咲曰：也不知是
誰取絕命之愆。泰完大怒，挑鋼就打。天尊遂善戰將
劍攛架招隔，未及數合，泰完敗走進陣，火尊趕到天
絕陣門首，見裡而悲風颯颯，寒霧廳廳，也自遲疑不
敢撞入，只聽付後而金鍾響處，只得要進陣去。大尊
把手往下一指，平地有兩朵白蓮而出，天尊足踏二
蓮飄飄而進，泰天君大呼曰：文殊廣法天尊，縱你開

口有金蓮焉，手有白光也，此不得吾天絕陣也。天尊
咲曰：此何難哉。把口一張，有十大一朵金蓮噴出。左
手五指裡有五道白光蓋地，倒往上捲，白光頂上有
五枝蓮花，花上有五盞金燈引路。且說泰完將三首
旛如前施展，只見文殊廣法天尊頂上有慶雲昇起。
五色毫光內有纓絡香珠掛將下來，平托七寶金蓮，
現了化身。怎見得，

悟得靈臺體自殊，　自由自在法難拘，
三花久以朝元海，　瓔絡香絲頂上珠，

話說泰天君把旛搖了數十搖，也搖不動廣法天尊。

天尊在光裡言曰：泰完，貧道今日放不得你，要完吾
殺戒。把遁龍樁望空中一撒，將泰天君遁住了。此樁
按三才上下，有三圈將泰完縛得過直。廣法天尊對
崑崙打簡稽首曰：弟子今日開此殺戒，將寶劍一磨
取了泰完首級，伶將出天絕陣來，聞太師在墨麒麟
上一見泰完被斬，大叫一聲，氣殺老夫，催動坐騎大
叫文殊休走，吾來也。天尊不理，麒麟來得甚急，一
陣黑烟滾來，怎見得，後人有詩嘆曰，

詩曰
怒氣凌空怎按摩，　一心只要動干戈，

休言此陣無虧曰，　縱有奇謀俱自訛，

且說燃燈後面黃龍真人乘鶴飛來，叫住聞太師曰，
泰完天絕陣壞吾鄧華師弟，想泰完身亡，足以相敵，
今十陣方纔破一還，有九陣未見雌雄，原是鬥法不
必持強，你且漸退。只聽的地裂陣一聲鍾響，趙江在
梅花鹿上作歌而出，

歌曰
妙妙妙中妙，玄玄更玄玄，動音俱演道，默語是神
仙在掌，如珠異常空似月圓，功成歸物外，直入大
羅天

散髮似硃濃騎黃斑鹿出陣。但見
蓮子箍頭上青絲綰玉繡衣繡白鶴手持四楞黃金鐧
暗帶搶仙玄妙索蕩三山遊五嶽金鰲島內燒丹
藥。只因煩惱共嗔痴不在高山受快樂。
且說天絕陣內秦天君飛出陣來燃燈道人看在右
暗思並無一箇在劫先破此陣之人正話說未了忽
然空中一陣風聲飄飄落下一位仙家乃玉虛宮第
五位門人鄧華是也攙一根方天畫戟見衆道人打
簡稽首曰吾奉師命特來破天絕陣燃燈黙首自思
日數定在先怎逃此厄尚未回言只見秦天君大呼

1161

日盧教下誰來見吾此陣鄧華向前言曰秦完慢
來不必恃強自肆猖獗秦完曰你是何人敢出大言
鄧華曰業障你連我也認不得了吾乃玉虛門下鄧
華是也秦完曰你敢來會吾此陣否鄧華曰既奉勅
下山怎肯空回提盡戟就剌秦完催鹿相還步鹿交
加殺在天絕陣前怎見得
這一個輕移道步那一個兜轉黃班輕移道步展
動撮金五色旛兜轉黃班金鐧使開龍擺尾這一
個道心退後惡心生那一個那顧長生真妙快這
一個藍臉上殺光直透三千丈那一個粉臉上惡

1162

氣冲破五雲端一個是雷部天君施威仗勇一個
是日宮神聖氣概軒昂正是
封神臺上標名客　　　　　怎免誅身戮體災
話說秦天君與鄧華戰未及三五回合空丟一鐧往
陣內就走鄧華隨後趕來見秦完走進陣門去了鄧
華也趕入陣內秦天君見鄧華趕急上了板臺臺上
有几案案上有三首旛秦天君將旛執在手左右連
轉數轉將旛往下一擲雷聲交作只見鄧華昏昏慘
慘不知南北西東倒在地下秦完下板臺將鄧華取
了首級攞出陣來大呼曰覺嶺教下誰敢再觀吾天

1163

絕陣也燃燈看見鄧華首級不覺杳嗟可憐數年道
行今日結果又見秦完復來叫陣乃命文殊廣法天
尊先破此陣燃燈分付務要小心文殊曰知道領法
牒作歌出曰。
欲試鋒芒敢憚勞　　　　　參差寶匣玉龍號
手中紫氣三千丈　　　　　頂上祥雲百尺高
金闕曉臨談道德　　　　　玉京時去種蟠桃
奉師法旨離仙府　　　　　也到紅塵走一遭
文殊廣法天尊問曰秦完你截教無拘無束原自快
樂為何擺此天絕陣陷害生靈我等既來破陣必開

1164

取了吾念頭。子牙分請了，可將符印交與我。子牙與衆人俱大喜，曰：道長之言甚是，尤不謬。隨將印符拜送燃燈。燃燈受印符，謝過衆道友，方打點議破十陣之事。正是：

雷部正神施猛力，神仙殺戒也難逃。

話說燃燈道人安排破陣之策，不覺心上咨嗟，此一劫必損吾十友。且說聞太師在大營，請十天君上帳坐，而開問：十陣可曾完全？衆曰：完已多時，可着人下戰書，速速早早成功，以便班師。聞太師忻，修書命鄧忠往子牙轅門下戰書。哪吒見鄧忠承書至，便問

1157

你來何事至此？鄧忠答曰：來下戰書。哪吒報與子牙，鄧忠下書，子牙命接上來。

征西大元戎太師聞仲書奉丞相姜子牙麾下：古云率土之濱，莫非王臣。今無故造反，是得罪與天下，為天下所共棄者也。爾奉天討，不行悔罪，反恣肆強暴，戕害王師，致辱朝庭，罪亦不容宥。今擺此十絕陣已完，與爾共決雌雄，特着鄧忠將書通會，可准定日期，候爾破敵。戰書到日，此批。

子牙看罷書，原書批此：廻，三日後會戰。鄧忠回見太師。

1158

三日後會戰。聞太師乃在大營中設席，款待十天君，大吹大擂飲酒，飲至三更，聞中軍帳猛見周家燈蓬，裏燃燈道人頂上塊出慶雲瑞彩，處金燈與紫纓珞亞，珠似瓔珞，滿水消泊不斷。十天君驚曰：崑崙山諸人到了。衆皆駭異，各歸本陣，自去留心。不覺便是三日。那日早晨，成湯營裡炮響喊聲齊起，聞太師出營，在轅門口，左右分開隊伍。乃鄧辛張陶四將，十陣主各安方向而立。只見西岐蘆蓬裡隱隱旛飄鸞霧瑞氣，西邊擺三山五岳門人。只見頭一對是哪吒、黃天化出來。二對是楊戩、雷震子。三對是韓毒龍與薛惡虎

1159

四對是金吒、木吒。怎見得：

玉磬金鐘聲兩分，從今大破十絕陣，西岐城下吐祥雲。

話說燃燈掌握元戎，領衆仙下蓬，步行排班，緩緩而來。只見赤精子對廣成子，太乙真人對靈寶大法師，道德真君對慵留孫，文殊廣法天尊對普賢真人，慈航道人對黃龍真人，玉鼎真人對道行天尊，十二代上仙齊齊整整，擺出當中。梅花鹿上坐燃燈，彈讚大羅精予學金鐘，廣成子掌玉爐貝見天絕陣內十二鐘，嚮陣門開處，兩扦簾垂，見十道人焚坐樓棋南劍鐘

1160

今日前來。與廢可知真假自辨子牙公幾時破十絕
陣。吾等聽從指教。子牙聽得此言，竟不附體，欠身言
曰：列位道兄，料不才不過四十年毫求之功，竟能彼
得此十絕陣。乞列位道兄俾姜尚才踈學淺，生民塗
炭，將士水火，敢煩那一位道兄與吾代理，解君臣之
愛煩，黎庶之倒懸，真社稷生民之福矣。姜尚不勝幸
甚。廣成子曰：吾等自身難保無虞，雖有所學，不能克
敵此左道之術。彼此互相推讓。正說間，只兄半空中
有鹿鳴異香滿地，遍處氤氳，不知是誰來至，且聽下
回分解。

總批

十天王十絕陣，自恃無敵，就知十人止做了
破陣的貼戶，害人者實所以自害，今人何得
特一巴之才，而妄自尊大耶。
姚天君之魔魅，實為蘭撓，子牙乃係應運而
興者，登得撲能撲滅，故常報疑百折之際，又
所為之地者，他人徒自費心。

第四十五回　燃燈議破十絕陣

詩曰

天絕陣中多猛烈，若逢地則更難堪。
秦完湊數皆天定，袁角遭誅是性貪。
雷火燒殘今已兩，繼仙縛去不成三。
區區十陣成何濟，蘗得封神榜上談。

話說眾人正議破陣，主將彼此推讓，只見空中來了
一位道人，跨鹿乘雲，脊風襲襲，怎見得他相貌稀奇
形容古怪，真是仙人，琹首佛祖源流，有詩為証。

詩曰

一天瑞彩光挑狼，五色祥雲飛不徹。
鹿鳴空內九皋聲，紫芝色秀千窞葉。
中間現出真人相，古怪容顏原自別。
神舞虹霓透漢霄，腰懸寶籙無生滅。
靈鷲山上號燃燈，時赴蟠桃添壽域。

眾仙如是靈鷲山圓寬洞燃燈遊人，拜下蓬來迎接。
上蓬行禮少下，燃燈曰：眾道友先至，貧道來遲，幸勿
以此介意。方今十絕陣，非是凶惡，不知以何人為主。
子牙欠身打躬曰：尊候老師指教。燃燈曰：吾此來實
與子牙代勞，執掌封神，二則眾友有厄，特來解釋三

九宮連把葫蘆敲了三四下，其竅魄依舊入竅。少時子牙睜開眼，口稱好睡，急至看時，臥榻前武王、赤精子、眾門人。子牙躍身而起。武王曰：若非此位老師費心，焉得相父今生再面。道會子牙方纔醒悟，便問道兄何以知之而救不才也。赤精子把十絕陣內有一落魂陣姹妖將你竅魂拜入草人，草人腹內止得一竅一魄。天不絕你，竟遊崑崙，我為你趕入玉虛宮討你竅魄，復入大羅宮，蒙掌教大老爺賜太極圖救你，不意失在落魂陣中，子牙聽舉，自悔根行甚淺，不能俱知。始求太極圖乃玄妙之珍，今已悔陷，柰何。赤精子曰：

子牙且調養身體，待平復後，共議破陣之策。武王回駕，子牙調養數日，方纔全完。翌日陞殿，赤精子與諸人共議破陣之決，赤精子曰：此陣乃左道傍門，不知深與。既有真命，自然安妥。言未畢，楊戩啟子牙，二仙山麻姑洞黃龍真人到此。子牙迎接至銀安殿行禮畢，分賓主坐下。子牙曰：道兄今到此，有何事見諭。黃龍真人曰：特來西岐，共破十絕陣，方今吾等犯了殺戒，輕重有分，眾道友咫尺即來，此處凡俗不便貧道先至，與子牙議論。可在西門外，搭一蘆蓬蓆毯結綵懸花，以便三山五嶽道友齊來，可以安歇，不然有褻

眾聖甚非尊賢之理。子牙傳令，著南宮适、武吉起造蘆蓬。安放蓆毯，又命楊戩在相府門首，但有眾老師至，隨即通報。赤精子對子牙曰：吾等不必在此商議，候造蓬工完，蓬上議事可也。話非一日，武吉來報了。完。子牙同二位道友，眾門人都出城來聽用，止留武成王掌府事，話說子牙上了蘆蓬鋪毯佃地懸花結綵，專候諸道友來至。大抵武王為應天順人，仙聖自不範而來先來的是。

九仙山桃園洞廣成子，太華山雲霄洞赤精子。

二仙山麻姑洞黃龍真人。狹龍山飛雲洞懼留

孫。後入釋成佛。

乾元山金光洞太乙真人。

崆峒山元陽洞靈寶大法師。

五龍山雲交洞文殊廣法天尊。後成文殊菩薩。

九功山白鶴洞普賢真人。後成普賢菩薩。

普陀山落伽洞慈航道人。後成觀世音大士。

玉泉山金霞洞玉鼎真人。金庭山玉屋洞道行天尊。

青峰山紫陽洞青虛道德真君。

子牙往往迎接上蓬坐下，內有廣成子曰：眾位道友

寶樹映沙堤。　山高紅日近。　澗闊水流低。
清幽仙境院　風景勝瑤池　此間無限景
世上少人知。
話說赤精子至玄都洞見上面一聯云
道判混元曾見太極兩儀生四象。
鴻濛傳法又將胡人西度出函開。
赤精子在玄都洞外不敢擅入等候一會只見玄都
大法師出宮來看見赤精子問曰道友到此有甚麼
大事赤精子打稽首曰稱道兄今無甚事也不敢擅
感只因姜子牙魂魄遊蕩的事細說一番特奉師命

1145

來見老爺敢煩通報玄都大法師聽說忙入宮至蒲
團前行禮啟曰赤精子宮門外聽候法旨老子曰招
他進來赤精子入宮倒身下拜弟子愿老師萬壽無
疆老子曰你等犯了此劫落魂陣姜尚有愆吾之寶。
落魂陣亦遭此厄。都是天數汝等謹受法戒叫玄都
大法師取太極圖來付與赤精子將吾此圖如此行
夫自然可救姜尚你速去罷赤精子得了太極圖離
了大羅宮一時來至西岐武王聞說赤精子回來與
眾將迎逕至幾前武王忙問曰老師那裡去來赤精
子曰今日方救得子牙眾將聽說不覺大喜楊戩曰

1146

老師還到甚時候赤精子曰也到三更時分諸弟子
專等至三更來請赤精子隨即起身出城行至廿
陣門前把土成遁架在空中只見姚天君還在那裡
拜伏赤精子將老君太極圖打散抖開此圖乃老君
劈地開天分清理濁定地水火風包羅萬象之寶化
了一座金橋五色毫光照耀山河大地護持着赤精
子往下一墜一手正抓住草人升空就走姚天君忽
見赤精子二進落魂陣來大叫曰好赤精子你又來
搶我草人甚是可惡忙將一斗黑砂望上一潑赤精
子叫一聲不好把左手一放將太極圖落在陣裡被

1147

姚天君所得且說赤精子雖是把草人抓出陣去反
把太極圖失了嚇得魂不附體而如金紙喘息不定
在土遁內幾平失利落下遁光將草人放下把葫蘆
取出收了子牙二魂六魄裝在葫蘆裡而往相府前
而來只見眾弟子正在此等候遠遠望見赤精子忙
然而來楊戩上前請問曰老師叔魂魄可曾取得
來赤精子曰子牙事雖完了吾將掌教大老爺的
奇寶失在落魂陣吾未免有陷身之禍眾將同進相
府武王聞得取子牙魂魄已至不覺大喜赤精子至
子牙臥榻將子牙頭髮分開用葫蘆口合住子牙泥

1148

令牌一擊，那灯往下一滅，子牙一魂一魄在葫廬中一逆，幸葫廬口兒塞住，焉能進得出來。姚天祿連拜數拜，其灯不滅。大抵灯不滅，魂不絕，姚斌不覺心中燥燥，把令牌一拍，大呼曰：二魂六魄已至，一魂一魄為何不歸不言。姚天君發怒連拜。且說赤精子在空中見姚斌方拜下去，把足下二道花往下一坐來搶。州人不意，姚斌拜起擡頭，看見有人落將下來，乃是赤精子。姚斌曰：赤精子，原來你敢入吾落魂陣，搶去吾之魂。忙將一把黑砂望上一洒，赤精子慌忙疾走。饒着走的快，把足下二朵蓮花落在陣裡，赤精子覺

乎失陷落魂陣中，急忙架遁進了西岐，楊戩接住，見赤精子一個色恍惚，喘息不定。楊戩曰：老師可曾救回子牙。赤精子搖頭：連日好利害，好利害，落魂陣幾乎連我陷于裡面，饒我走得快，猶把我足下二朵白蓮花打落在陣中。武王聞說大哭曰：若如此言，相爻不能厄生矣。赤精子曰：賢王不必憂慮，料是無妨。此不過係子牙災殃，貧道如今徃徜所在去救。武王曰：老師住那裡去？赤精子曰：吾去就來，你們不可妄動，好生看侍子牙。分付已畢，赤精子離了西岐，腳踏祥光，借土遁來至崑崙山，不一時有南極仙翁

出玉虛宮而來，見赤精子至，忙問子牙竟魂魄可曾回。赤精子把前事說了一遍，借重道兄啟師尊問箇端的。怎生救得子牙。仙翁聽說入宮，至寶座下行禮畢，把子牙事細細陳說一番。元始曰：吾雖掌此大教，事體尚有疑難。你叫赤精子可去入景宮見大老爺，便知始末。仙翁領命出宮來，對赤精子曰：老師分付你可徃入景宮去，泰萬大老爺便知端的。赤精子辭了南極仙翁，架祥雲徃玄都而來，不一時已到仙山。此處乃大羅宮玄都洞，是老子所居之地，內有入景宮。仙境裡常令人把玩不暇，有詩為証。

詩曰：

仙景甚巍險，峻嶺崔嵬，坡生瑞艸。
山禽靈芝，根連地秀，頂接天齊。
松綠梛，紫菊紅梅，碧桃銀杏。
火棗交梨，仙翁判盡，隱者圍棋。
羣仙談道，靜講玄機，閒經怪獸。
聽法狐狸，虎熊剪尾，豹舞猿啼。
龍吟虎嘯，翠落鴛飛，犀牛孕月。
海馬聲斯，與禽多變化，仙烏世間稀。
孔雀談經句，仙童玉簡吹，怪松盤古頂。

來赤精子曰閒君無事特來會你遊海島逰山嶽訪仙境之高明野士。看其着棋閒要如何仙翁曰不得閒。赤精子曰。如今止了講你我正得閒他日若還閒講你我俱不得閒矣今日反說是不得閒兄乃欺我仙翁曰。我有要緊的事不得陪兄豈為不得閒之說。赤精子曰吾知你的事姜子牙魂魄不能入竅之說。再無他意仙翁曰你何以知之。赤精子曰適來言語原是戲你我正為子牙魂魄赶來。我因先到西岐山封神臺上見清福神百鑑說子牙魂魄方繞至此被我推出今遊崑崙山去了。故此特地赶來方繞見你

進宮故意問你今子牙魂魄果在何處仙翁曰適閒閒遊崖前只見子牙魂魄飄蕩而至及仔細觀看方知今已被吾裝在葫蘆內要瞞老師知之不意兄至赤精子曰多大事情驚動教主。你將葫蘆付與赤精子待吾去救子牙走一番。仙翁把葫蘆付與赤精子心慌意急借土遁離了崑崙霎時來至西岐。到了相府前有楊戩接住拜倒在地口稱師伯今日駕臨想是為師叔而來赤精子答曰然也快為通報楊戩入內報與武王武王親自出迎赤精子至銀安殿赤精子對武王打簡稽首武王克以師禮待之尊於

上坐赤精子曰貧道此來特為子牙下山如今子牙死在那裡武王同眾將士引赤精子進了內憩子見子牙合目不言仰面而臥。赤精子曰賢王不必悲啼母得驚慌只令他魂魄還體自然無事赤精子同武王復至殿上武王請問曰道長相父不絕足用何藥餌赤精子曰不必用藥自有妙用楊戩在傍間曰幾時救得赤精子曰只消至三更時子牙自然間生眾人俱是懽喜不覺至晚已到三更。楊戩來請赤精子整頓衣袍起身出城只見十陣內黑氣迷天陰雲布合悲風颯颯冷霧飄飄有無限鬼哭神嚎覓

無底止赤精子見此陣十分險惡用手一指足下先現兩朵白蓮花為護身根本後將麻鞋踏定蓮花輕輕起在空中正是仙家妙用怎見得有詩為証

詩曰

道人足下白蓮生。　頂上祥光五色呈。

只為神仙犯殺戒。　落寇陣內去留名。

話說赤精子站在空中見十陣好生凶惡殺氣貫於天界黑霧罩于岐山赤精子正看只見落寇陣內姚斌在那裡披髮仗劍步罡踏斗于雷門又見艸人頂上一盞灯皆昏慘慘足下一盞灯半滅半明姚斌把

魂。又拜去了一魂一魄，子牙在府，不覺悲慘嘆息如雷。且說哪吒、楊戩與衆大弟子商議曰：方今兵臨城下，陣擺多時，師叔全不以軍情為重，只是憂愁，此中必有緣故。楊戩曰：據愚下觀，丞相所為恁般顛倒連日，如在醉夢之間，似此動作，不相前番，似有人暗筭之意，不然丞相學道崑崙，能知五行之術，善察陰陽禍福之機，安有昏迷如是，置大事若不理者，其寧定有說話。衆人齊曰：必有緣故，我等同入臥室，請上殿來，商議破敵之事，看是如何。衆人至內室前，問內侍人等：丞相何在？左右侍兒應曰：丞相濃睡未醒。衆人

命侍兒請丞相至殿上議事。侍兒怏入室，請子牙出得內室門外。武吉上前告曰：老師緣何安寢，不顧軍國重務，關係甚大，將士憂心，懇求老師速理軍情，以安衆士。子牙只得勉強出來，墮了殿，衆將上前議論軍情等事，子牙只是不言不語，如痴如醉。忽然一陣風響，哪吒沒柰何，來試試子牙陰陽如何。哪吒曰：師叔在上，此風甚是兇惡，不知主何凶吉？子牙掐指一筭，答曰：今日正該刮風，原無別事。衆人不敢抵觸。看吉：此時子牙被姚天君拜去了蒐魂，心中模糊，陰陽差錯了，故曰該刮風，如何知道禍祟。當日衆人也無

可柰何，只得各散。言言休煩絮。不覺又過了二十日，姚天君把子牙二蒐六魄俱巳拜去了，止有得一蒐一魄。其月竟拜出於九宮，子牙巳死在相府。衆弟子與門下諸將官，迓武王駕至相府，俱環立而泣。武王亦泣而言曰：相父為國勤勞，不曾受享安康，一旦致此，於心何忍，言之痛心。衆將聽武王之言，不覺大痛。楊戩含淚，將子牙身上摸一摸，只見心口還熱，忙來啟武王曰：不要慌，丞相胸前還熱，料不能就死，且停在臥榻。不言衆將在府中慌亂，單言子牙一蒐一魄，飄飄蕩蕩，杳杳冥冥，逕往封神臺來。時有清福神祗迎

逕見子牙竟是蒐魄，清福神柏鑑知道天意，忙將子牙竟魄輕輕的推出封神臺來。但子牙原是有根行的人，一心不忘崑崙，那蒐魄出了封神臺，隨風飄飄蕩蕩，如絮飛騰，逕至崑崙山來。適有南極仙翁閑遊山下，採芝煉藥，猛見子牙竟魄渺渺而來，南極仙翁仔細觀看，方知是子牙的蒐魄。仙翁大驚，叫子牙絕。突慌忙趕上前，一把捽住了蒐魄，裝在葫蘆裡面，塞住了葫蘆口，正逕玉虛宮啓掌教老師，纔進得宮門，後面有人叫曰：南極仙翁不要走。仙翁及至回頭看，卻原來是太華山雲霄洞赤精子。仙翁曰：道友那裡

天地人三才中分三無內藏紅砂三斗看似紅砂蘆
身利刃上不知天下不知地中不知人若入仙中入
此陣風雷運處飛砂傷人立時骸骨俱成齏粉縱有
神仙佛祖遭此再不能逃有詩為証

詩曰

紅砂一撮道無窮。　入封爐中玄妙功。

萬象包羅為一處。　方知截教有鴻濛。

聞太師聽罷不覺大喜今得象道友到此西岐指日
可破縱有百萬甲兵千員猛將無能為矣實乃社稷
之福也內有姚天君曰列位道兄據貧道論起來西

岐城不過彈丸之地姜子牙不過袋行之夫急經得
十絕陣起只小弟略施小術把姜子牙處死軍中無
主西岐自然瓦解常言蛇無頭而不行軍無主而則
亂又何必區區於之較勝負哉聞太師曰道兄若有
奇功妙術使姜尚自宛又不張弓持失不致軍士金
炭此幸之幸矣敢問如何治法姚天君曰不動聲色
二十一日自然命絕子牙縱是脫骨神仙超凡佛祖
地難逃躲聞太師大喜更問詳細姚斌附太師耳曰
如此如此自然命絕又何勞象道兄費心聞太師
喜不自勝對裝道友曰今日姚兄施大法力為戎聞

仲冶死姜尚尚死諸將自然瓦解功成至易真所罰
樽俎折衝談笑而下西岐大抵今皇上洪福齊天致
感動列位道兄扶助象人曰此功讓姚賢弟行之總
為聞兄何言勞逸姚天君讓過眾人隨入落魂陣內。
築一土臺設一香案臺上紮一艸人艸人身上寫姜
尚的名字艸人頭上點三盞灯足下燃七盞灯上三
盞名為催魂灯下七盞名為促魄灯姚天君在其中
披髮仗劍步罡念呪于臺前發符用印於空中一日
拜三次連拜了三四日就把子牙弔的頭三倒四坐
臥不安不管姚天君行法且說子牙坐在相府與諸

將商議破陣之策默默不言半籌無畫楊戩在側見
姜承相或驚或怪無策無謀容貌比前大不相同心
下便自疑惑難道承相臂在玉虛門下出身今膽重
寄況上天乖象應運而與燈是小可難道就無計破
此十陣便自顛倒如此其實不解。
過七八日姚天君在陣中把子牙拜弔了一魂二魄。
子牙在相府心煩意燥進退不寧十分不爽利整日
不理軍情懨懶常眠眾將門徒俱不解是何緣故也。
有疑無策破陣者也有凝深思靜攝者不說相府眾
人猜疑不一又過十四五日姚天君將子牙弔魂氣

鏡用二十一根高杆每一面懸在高杆頂上一鏡上
有一套若人仙入陣將此套拽起常聲震動鏡子只
一二輝金光射出照住其身立刻化為膿血縱會飛
騰難越此陣有詩為証

詩曰

寶鏡非銅又非金　不向爐中火內等
縱有天仙逢此陣　須臾形化更難禁

聞太師又問化血陣如何用度孫天君曰吾此陣法
用先天靈氣中有風雷內藏數片黑沙但人仙入陣
雷响處風捲黑沙此沾着處立化血水縱是神仙難

逃利害有詩為証

詩曰

黃風捲起黑沙飛　天地無光動殺威
任你神仙開此氣　泊泊血水濺征衣

聞太師又問烈焰陣又是如何白天君曰吾烈焰陣
妙用無窮非同凡品內藏三火有三昧火空中火石
中火三火併為一㸃中有三首紅旛若人仙進此陣
內三旛展動三火齊飛須臾成為灰燼縱有避火真
言難躲躱三昧真火有詩為証

詩曰

爍人方有空中火　煉養丹砂爐內藏
坐守離宮爲首鎮　紅旛招動化空亡

太師問落寇陣奇妙如何姚天君曰吾此陣非同小
可乃閉生門開死戶中藏天地腐氣結聚而成內有
白紙旛一苩刻上存符印若人仙入此陣內白旛展
愧消寇散項刻血減不論神仙隨入隨減

詩曰

白紙旛摧黑氣生　煉成妙術透虛盈
從來不信神仙體　入陣寇消竟自傾

太師又問如何為紅水陣其中妙用如何王天君曰

吾紅水陣內奪壬癸之精藏天乙之妙變幻莫測中
有一八卦臺臺上有三個葫蘆任隨人仙入陣將葫
蘆往下一擲傾出紅水汪洋無際若其水濺出一點
粘在身卜傾刻化為血水縱是神仙無術可逃有詩
為証

詩曰

爐內陰陽真奧妙　煉成壬癸裡邊藏
饒君就是金鍋體　遇水粘身項刻亡

聞太師又問紅砂陣必竟愈出愈奇更煩請教以快
愚衷張天君曰吾紅砂陣果然奇妙作法更精內接

第四十四回　子牙魔遊崑崙山

詩曰

左道妖魔事更偏。　呪咀魔魅古今傳。
傷人不用飛神劍。　索魂何須取命箋。
多少英雄皆棄世。　任他豪傑盡歸泉。
誰知天意俱前定。　一脉遊魂去復連。

話說秦天君講天絕陣對聞太師曰此陣乃吾師留
演先天之數得先天濟炁內藏混沌之機中有三首
旛按天地人三才共合爲一炁若人入此陣內有雷
鳴之處化作灰塵仙道若逢此處肢體震爲粉碎故

1121

日天絕陣也有詩爲証

詩曰

天地三才顛倒排。　玄中玄妙更難猜。
神仙若遇天絕陣。　頃刻肢體化成灰。

聞太師聽罷大喜又問地烈陣如何趙天君曰吾地
烈陣亦按地道之數中藏凝厚之體外現隱罷之妙
變化多端內隱一首紅旛招動處上有雷鳴下有火
起凡人仙進此陣再無復生之悲縱有五行妙術怎
逃此尼有詩爲証

詩曰

1122

地烈煉成分澗厚。　上雷下火太無情。
就是五行乾徤體。　雜逃骨化與形傾。

聞太師又問風吼陣何如董天君曰吾風吼陣中藏
玄妙按地水火風之數內有風火此風火乃先天之
氣三昧真火百萬兵刃從中而出若人仙進此陣風
火交作萬刃齊攢四股立成韲粉怕他有倒海移山
之異術難逃身體化成澱有詩爲証

詩曰

風吼陣中兵刃窩。　暗藏玄妙若天羅。
傷人不怕神仙體。　消盡渾身血肉多。

1123

聞太師又問寒氷陣內有何妙册袁天君曰此陣非
一月功行乃能煉就各爲寒氷實爲刀山內藏玄妙
中有風雷上有氷山如狼牙下有氷塊如刀劍若人
仙入此陣風雷動處上下一磕四股立成韲粉纇有
興術難逃此難有詩爲証

詩曰

玄功煉就號寒氷。　一座刀山上下凝、
君是人仙逢此陣。　連皮帶骨盡無悲。

聞太師又問金光陣妙處何如金光聖母曰貧道金
光陣內海日月之精藏天地之氣中有二十一面寶

1124

牙吾在島中曾練有一陣擺與子牙道曰不必倚強。恐傷上帝好生之仁累此無辜黎庶勇悍見郎智猛將士遭此劫運而糜爛其肌體也不識子牙意下何如子牙曰道兄既有此意姜尚蘯敢遵命只見十道人俱伯駒進營一兩個特辰把十陣俱擺將出來秦完復至陣前曰子牙貧道陣圖已全請公細玩子牙月領教了隨帶哪吒黃天化雷震子楊戩四門人來看陣間太師在轅門與十道人有子牙領未四人一個站在風火輪上提火尖鎗是哪吒玉麒麟上是黃天化雷震子猙獰異相見楊戩道氣宇軒然楊戩向前

敵救敵之未免太涉張

對秦天君曰吾等看陣不可以暗兵暗寶暗箅吾師叔非大丈夫之所為也秦完咲曰叫你等早辰死不敢午時亡登有將臨寶傷你等之理哪吒曰曰說無懇袋手可見道者朱得誇曰四人保定子牙看陣見頭一陣挑起一牌上書天絕陣第二上書地烈陣第三上書風吼陣第四上書寒氷陣第五上書金光陣第六上書化血陣第七上書烈熖陣第八上書落魂陣第九上書紅水陣第十上書紅沙陣子牙看畢復至陣前秦天君曰子牙識此陣否子牙曰十陣俱明。吾已知之袁天君曰可能破否子牙曰既在道中焉

不能破袁天君曰幾侍來破子牙曰此陣尚未完全待你完曰用書知會方破此陣請了聞太師同諸道友囘營子牙進城入相府好愁真正是雙鎖眉尖無籌可展。楊戩在側曰師叔方繞言能破此陣其實可能破得否子牙曰此陣乃截教傳來皆稀奇之幻法、陣名罕見焉能破得不言子牙煩難且說聞太師同十位道者入營治酒欵待飲酒之間聞太師曰道友此十陣有何妙用可破西歧泰天君開講卜絕大陣不知有何與妙且聽下囘分解、

總批　聞太師久經征戰老練之才。如何昏夜劫營。不預為防備致遺大敗太師不能辭其疎虞之責矣。

又批　十天君原自討煩惱只在金鰲島自在逍遙何等快樂乃信申公豹之說練十絕陣來助聞太師是自取滅亡所以說天作孽猶可違自作孽不可活神仙且由不可逃今人尚多作孽者何哉余不知此輩所稅駕矣、

只聽一聲砲響，殺奔西岐城來，安了行營，三軍吶喊傳更。子牙在相府，自因得勝，與衆將逐日議論天下大事。忽聽喊聲，子牙曰：聞太師新敗去了半月，弟子聞至矣。傍有楊戩答曰：聞太師慈必取得援兵。此人乃截教門下，必定別請左道傍門之客也。要存細防護。子牙聽罷，心下疑惑，乃同哪吒、楊戩等都上城來觀看。聞太師行營今番大不相同，子牙見營中愁雲慘慘，冷霧飄飄，殺光閃閃，悲風切切，又有十數道黑氣，斗于霄漢，籠罩中軍帳內。子牙看罷，驚訝不巳。諸弟子默默不言，只得下城入府，共議破敵，竟是

1112

無策。且說聞太師安了營，與十天君共議破西岐之策。袁天君曰：吾聞姜子牙崑崙門下，想二教叛依，愁是一理。如紅塵殺伐，吾等不必動此念頭，既練有十陣，我們先與他鬪智，方顯兩教中玄妙，若要倚勇鬪力，皆非我等道門所爲。聞太師曰：道兄之言甚善。次日成湯營裡，砲聲一響，布開陣勢，聞太師秉墨麒麟坐，名請子牙答話。報馬進相府，子牙隨即三軍罷，出城來，旗分五色，衆將軒昂。子牙在四不上看成湯營裡布成陣勢，只見聞太師坐麒麟，執金鞭在前，後面有十位道者，好凶惡臉，分五色青黃赤白黑俱

1113

全，騎鹿而來。怎見得，有詩爲証

詩曰

青絲上搭一綸巾。　腹內玄機動萬人。

無福成仙稱道德。　封神榜上列其身。

話說秦天君乘鹿上前，見子牙打稽首曰：姜子牙請了。子牙欠背躬身答曰：道兄請了，不知列位道兄是那座名山，何處洞府。秦天君答曰：吾乃金鰲島煉氣士秦完是也。汝乃崑崙門客，吾是截教門人，爲何你倚道術欺侮吾教甚非，你我道家體面。子牙答曰：道友何以見得我欺侮貴教。秦完曰：你將九龍島魔家

1114

四人誅戮，遷深侮吾教，我等今下山，與你見個雌雄，非是倚勇。吾等各以秘術署見功夫，吾等又不是几夫俗子，持齋鬪勇，皆非仙體。秦完說罷，子牙曰：道兄通明達顥，普照四方，復始延移，過流上下，原無二致。紂王無道，絕滅綱紀，王氣黯然，西土仁君已現，當順天時，莫迷已性。況鳴鳳在岐山，應生聖賢之兆。從來有道克無道，有福催無福，正能克邪，邪不能犯正。道兄切訪名師，深悟大道，豈可不明道理。秦完曰：據你所言，周爲眞命之主，紂王乃無道之君，吾等此來助紂戡同，難道便是不應天時逆也，不在口中講。姜子

1115

聞太師沉吟半晌。自思不如往別處去罷。上了墨麒麟。方出島來。後有人叫曰聞道兄往那裡去。聞太師回頭見來者乃菡芝仙也。忙上前稽首曰道友往那里去。菡芝仙答曰特來會你。金鰲島眾道友為你往白鹿島去練陣圖。前日申公豹來請俺們往西岐助你。我如今在八卦爐中煉一物。功尚未成若是完了。隨即就至。眾道友現在白鹿島。道兄你可速去。聞太師聽說大喜。遂辭了菡芝仙。邀往白鹿島至。只見眾道人。或帶一字巾。或紮魚尾金冠碧玉冠。或挽雙抓髻。或它頭打粉。供在山坡前閒說。不

在一處。聞太師看見大呼。曰列位道友好自在也。眾道人回頭見是聞太師。俱起身相迎。內有泰天君曰聞得道兄征伐西岐。前日申公豹在此相邀勸你。吾等在此練十陣圖。方得完備。適道兄到臨。真是萬千之幸。聞太師問曰兄們練的那十陣這十陣各有妙用。明日至西岐擺下其中變化無窮。聞太師看罷曰。為何只有九位。卻少一位泰天君曰金光聖母往白雲島去練他的金光陣。其玄妙大不相同。因此少他一位董天君曰。列位陣圖可曾完麼。眾道人曰俱完了。既完了。我們先往西岐。聞兄有此

等金光聖母同來。你意下如何。聞太師曰既蒙列位道兄雅愛。聞仲感戴榮光萬萬矣。此是極妙之事。九位道人辭了聞太師。借水遁先往岐山而來。怎見得。有詩為証。

詩曰

天下嬉遊半日功　倏來倏去任西東
仙家妙術無窮際　豈似凡夫駕彩虹

不說九位道者往西岐山到了營裡。且說聞太師坐在山坡倚松靠石。未及片時。只見正南上五點斑豹駒上坐一人帶魚尾金冠。身穿大紅八卦衣。腰束絲

縧。駕登雲板。背一包袱。掛兩口寶劍。如飛雲掣電而來。望見白鹿島前不見眾人。只見一位穿紅三目黃臉長髯的道者。卻元來是聞太師金光聖母怎下坐騎。曰聞兄何來。二人施禮。問九位道友往那裡去了。太師曰他們先往岐山去。留吾在此等候同行。二人大喜。齊上坐騎。架起雲光。往岐山而來。霎時便到了行營。吉立領眾將迎接上中軍帳。與眾道人參見泰天君曰西岐城在那裡。聞太師曰吾前夜收兵退至七十里安營。此處乃是岐山。眾人曰我們連夜起兵前去。聞太師令鄧忠前隊起兵。整點人馬。一

1104

震之子。子牙方悟。謂諸將曰。此乃先王曾言出五關。
過雷震子救護。今日進西岐。乃當今之洪福。得此興
人。遂引雷震子往見武王。子牙至皇城。有姚殷官啟
武王。丞相候旨。武王傳宣。子牙進殿行禮畢。奏曰。大
王御弟朝見。武王曰。孤弟何人。子牙曰。昔日先王在
燕山救的雷震子。一向在終南山學藝。今日方歸。武
王命請來。雷震子進內庭。倒身下拜。口稱皇兄。武王
攙御弟。昔先王會言賢弟之功。救危出關。復回終南。
今日相逢。實為慶幸。武王見雷震子形像凶惡。不敢
命入內庭。恐驚太姬等。武王曰。相父與孤代勞。相府

1105

宴罷。子牙曰。雷震子持齋。只隨臣府宅。以便立功。武
王甚喜。雷震子彼時辭王回相府不題。且說聞太師
兵敗岐山七十里。收住敗殘人馬。結下營寨。查點損
折軍兵。坐營納悶。長嘆曰。自來提兵征伐。
多年未常有挫鋒銳。今日到此失機喪師。殊為痛恨。
心下十分不樂。自思無門。欲調別將。各有鎮守。太師
乃丹心赤胆。恨不能一刻遂平西地。其心纔快愜意。
如今失機被辱。只急的當中神目睜開。長吁短嘆。吉
立近前啟曰。太師不必憂思。況三山五嶽之中。遇
友頗多。或請一二位。大事自然可成。太師聽說。老夫

1106

看軍務煩冗。素亂心懷。一時忘卻。遂上帳分付鄧辛
二將好生看守大營。吾夫來。太師乘了墨麒麟。把風
雲角一拍。那獸起在空中。正是

金鰲島內邀仙友　封神榜上早標名。

話說聞太師的墨麒麟。週遊天下。霎時可至千里。其
日行到東海金鰲島。太師觀看大海青山幽靜。因差
嘆曰。吾只為國事煩瑣。先王托孤之重。何日能脫卻
煩惱。靜坐蒲團。參玄悟妙。開看皇庭一卷。任鳥兔如
梭。何有與我。真箇好海島。有無窮奇景。怎見得。有贊
為証

1107

勢鎮汪洋。威寧瑤海。潮湧銀山魚入穴。波翻雪浪
蜃離淵。水火方隅高積土。東西崖畔聳危峰。丹巖
怪石。削壁奇峰。丹崖上彩鳳雙鳴。削壁前麒麟獨
臥。峰頭時聽錦鸞啼。石窟每觀龍出入。林中有壽
鹿仙狐。樹上有靈禽玄鶴。瑤艸奇花不謝。青松翠
栢長春。仙桃常結果。修竹每留雲。一條澗壑藤蘿
密。四面源提艸色新。正是百川會處擎天柱。萬刼
無移大地根。
話說聞太師到了金鰲島。下了墨麒麟。看了一回。各
處洞門緊閉。並無一人。不知往那裡去了。靜悄悄的。

伐紂。你可立功速去倘或中途若遇有肉翅之人便
可立功方不負貧道。傳你兩翅玄功。以助周室。正是
兩枚仙杏安天下
方保周家入百年，
且說雷震子出洞。把風雷翅一展。脚登天頭往下二
翅騰朋頃刻萬里。怎見得有讚為証。
讚曰
大雨燕山曾出世。一聲雷響現無生，終南秘授先
一天訣。八卦爐邊師訓成。七歲臨潼習會父。回山學
藝更精明。二枚仙杏分離坎。兩翅飛騰有亥盈洞
府傳就黃金棍。展動舒開雲霧生。奉師法青離玉

柱。方見岐山舊有名
且說雷震子攤了終南把二翅一夾有風雷之聲飛
至西岐山遠遠望見開太師敗兵而來雷震火喜幸
遇敗兵正好用心殺他一陣且說太師正坐鋒銳慌
忙疾走猛然撞頭見空中飛有一人面如藍靛碌似
硃砂撩牙生於上下好兇惡之像開太師叫辛環你
看前面飛來一人甚是兇惡你可仔細小心說猶未
了雷震子大呼曰吾來了舉棍就打辛環鎚鑽迎面
交還空中四翅翻騰鎚棍交加響亮雷震子乃仙傳
棍法辛環生就英雄怎見得

四翅在空中風雷響亮冲遣。一簡殺氣三千丈那
一簡靈光透九重遣。一簡肉身成正道那一簡几
體受神封遣。一簡棍起生烈焰那一簡鎚鑽逞英
雄平地徵雲起空中火焰兒金棍光輝分上下鎚
鎖精通泉有功。自來也有將軍戰不似空中頦轉
蓬
話說雷震子中途一戰只殺的辛環抵懍不住抽身
望岐山逃走雷震子自思不可追趕見了師叔皇兄
料他還來終久會我遂望西岐城相府中來不題只
見眾人俱在子牙府裏策功劫營得勝接了開太師

的鋒銳子牙大喜慰勞諸將曰今日之膝。皆出汝等
之力。聖主社稷生民之福眾將答曰武王洪福承州
德政致使間他不諳時務失其利也正話間忽報有
一道負求見子牙傳請少時雷震子進府下拜口稱
師叔子牙曰是那座名山弟子今至此地雷震子答
曰弟子乃終南山玉柱洞雲中子門下雷震子是也
今奉師命下山一則謁師叔立功二則見皇兄相會
子牙曰你皇兄是誰雷震子曰皇兄乃是武王子牙
問兩邊跪立殿下你們可認得麼眾人同認不得雷
震子曰弟子七歲曾收文王山五關弟子乃燕山雷

上前助戰，韓毒龍薛惡虎展寶劍左右相攻，殺氣紛紛兵戈閃灼，怎見得一夜好戰，有讚爲証。

讚曰

黃昏兵到。黑夜軍臨。撞黃昏兵到冲開隊伍怎支持，黑夜兵臨撞倒栅欄焉可立。馬聞金鼓之聲驚馳亂走，軍聽呐殺喧嘩難辨你我。刀鎗亂刺，那知上下交鋒。將士相迎，難識東西南北。劫營將如同猛虎踏營，軍一似歡龍鳴。金小校播鼓兒郎，鳴金小校灰迷二目眼難睜。播鼓兒郎兩手慌怕，搥副打初起崎，兩下抖擻精神。次後"來勝敗難分敵乎。放

1096

了的，似傷弓之鳥，見曲木而高飛；得勝的，如猛虎登崖，閣群羊而弄猛。著刀的，連肯洩背連斧的頭斷身，開撼劍的，劈開甲冑；中鎗的，腹內流紅。人撞人自相殘，踏馬撞，遍地尸橫傷殘士軍哀叫苦。帶箭兒郎喊慨之聲，棄金鼓旌幢，滿地燒粮艸，四野逈紅。只知道奉命征討，誰知道片甲無存，愁雲只上九重天，遍地尸骸真慘切。

話說子牙劫聞太師行營，哪吒等把聞太師圍困垓心。黃飛虎父子冲左營，與鄧忠張節大戰，殺的乾坤暗暗。南宮适辛甲等冲右營，與辛環陶榮接戰。俱係

1097

夜間只殺的慘慘悲風愁雲滾滾。正耶戰之際楊戩從聞太師後營殺進去，縱馬搖鎗，只殺至粮艸堆上，放起火來，好火！怎見得，有詩爲証。

詩曰

烈焰冲霄勢更兇。金蛇萬道遶空中。
烟飛捲蕩三千里。燒毀行粮天助功。

話說楊戩借胭中三昧眞火，將粮艸燒着照徹天地。聞太師正戰之間忽覩火起，必中太驚自馬，帥被烟火營難立。把金鞭架鎗撼劍無心戀戰。又見子牙騎到，把打神鞭祭于空中。聞太師難逃這一鞭之厄

1098

只打的聞太師三昧火噴出三四尺遠近，太師把鞭麒麟縱出圈子，且戰且走。黃飛虎等追襲鄧忠張節，見中軍失守，只得保著聞太師奔路而走南宮适等。追趕辛環陶榮吉立余慶，見勢頭不好，護持不下，只得敗走。辛環肉趙飛在空中，保養聞太師退走往岐山不表。且說終南山玉柱洞雲中子在碧遊床忽然想起聞太師往伐西岐，正是雷震子下山之時，怳念金霞童兒，請你師兄米童子去。不多時，將雷震子喚至碧遊床前，倒身下拜。雲中子曰：徒弟你可往西岐去見你兄武王姬發，便可謁見你師叔姜子牙，助他

1099

善泉將暫退牟後聽令正是

挖下戰坑擒虎豹。

滿天張綱等蛟龍。

且說聞太師敗兵進營陞帳坐下，四將恭詣聞太師曰：自來征伐未常有敗，今丈姜尚打斷吾雖鞭，想吾師秘授蛟龍金鞭，今日已絕，有何面目再見吾師也。四將曰：勝負軍家常事。且說子牙掌鼓聚將上發，子牙令黃飛虎、飛彪、黃明等沖聞太師左營，令南宮适、辛甲、辛免四賢沖右營，令哪吒、黃天化為頭對沖大轅門，木吒、金吒、韓毒龍、薛惡虎為二對，龍鬚虎、武吉保于牙作三對，令楊戩你去燒聞太師行糧老將軍。

黃滾守城垣調遣已定。止說聞太師敗兵進營坐于帳下，簪甚不樂，忽然見殺氣罩于中軍帳，太師焚香將金錢一卜，午知其意，咲曰：今劫吾營非為奇計必。傳令鄧忠、張節在左營敵周將，辛免、閣榮在右營戰周將，吉立、余慶守行糧，老大守中營自然無虞也。聞太師安排迎敵。郤說子牙把眾將發落已畢，只等危響各人行事。當日將人馬喈喈出城，四百八方俱有號記灯籠高挑，各按方位。時至初更，一聲炮響，三軍吶一聲喊，大轅門哪吒、黃天化先殺進米左營黃家父子，右營乃四賢眾將齊冲進來，這一陣不知勝敗。

如何且聽下回分解。

總批

聞太師征伐西岐，與對陣時凛凛敕語責之，何辭？後雖至紂惡貫盈，于牙相周以滅湯，終無廻護今日靦面之言，所以湯武雖王天下，猶有慚德，真聖人之語也。

又批

聞仲食君祿而死君之節，自是當然。只鄧忠等四人，且自逍遙，何苦為功名富貴自送死。古云香餌之下必有死魚，信然。今之求富躁達者，必一詳審方可。

第四十三回　聞太師西岐大戰

詩曰

黑夜交兵實可傷。　拋盔棄甲未披裳。

冐煙笑火尋歸路。　失志丟戈覓去鄉。

多少英雄滋昧死。　幾許壯士夢中亡。

誰知吉立多饒舌。　又送天君入北邙。

話說子牙與眾將來劫聞太師行營，勢如風火。只見哪吒登風火輪，持火尖鎗殺來，聞太師忙上了麒麟，擺鞭迎敵。黃天化自恃英勇，持兩柄銀鎚，催動玉麒麟前來接戰，裹住聞太師不放。金木二吒揮寶劍雙鞭正打中楊戩頂門上。只打的火星迸出。全然不理。一若平常。太師大驚。駭然嘆曰。此等異人。眞乃道德之士。不說聞太師讃嘆。且說陶榮戰武吉。見諸將都未分勝負。忙把聚風旛取出。連搖數搖。霎時間。飛砂走石播土揚塵。天昏地暗。怎見得好風。只打得衆軍如風捲殘雲。丢旗棄鼓。將士盡盔歪甲斜莫辨東西。敗下陣來。有讃爲証。

讃曰

霎時間天昏地暗。一會兒霧起雲迷。初起時塵砂蕩蕩。次後來捲石翻磚。黑風影裡。三軍亂竄慘霧

1088

之中戰將心慌。會武的刀鎗亂法。能文的顛倒慌張。聞太師金鼈龍擺尾。鄧忠闊斧似車輪。辛環肉翅世間稀。張節鎗傳天下少。陶榮奇異聚風旛。這纔是雷部神祇施猛烈。西岐衆將各逃生。棄鼓丢鑼拋滿地。尸橫馬倒不堪題。爲國亡身遭劍劈。盡忠捨命定逢傷。聞太師西岐得勝。四天君掌鼓回營。

話說聞太師掌得勝鼓回營。昇了帳。衆將來賀太師。頭陣之初。挫動西岐鋒鋭。破此城。只在指日矣。且說子牙收兵敗進城入府。衆將上殿見子牙。子牙曰。今

1089

一脉一貫天道循環

日着傷諸將。李氏三人。韓毒龍等盡被聞太師打了。有楊戩在側曰。丞相且歇息一二日。再與他會戰。定勝聞仲。若得勝之時。乘機劫營。先挫其鋒。後面勢如破竹。聞仲可擒矣。子牙曰。善。只至第三日。西岐砲响。衆將出城。安排厮殺。報馬報入營來。聞太師見報入營。隨即出陣。左右四將分開。太師至陣前。子牙曰。今日與太師定決一雌雄。各不答話。二獸相交。鞭劍併舉。子牙左有楊戩。右有哪吒。敵住太師。鄧忠走馬。前來助戰。有黃飛虎前來。截住厮殺。張陶二將來助。有武吉南宮适。敵住厮殺。辛環飛來。有黃天化阻住。鬪

1090

太師鏖戰之際。又把雌鞭起在空中。子牙打神鞭也飛將起來。打神鞭乃玉虛宮元始所賜。此鞭有三七二十一節。一節上有四道符印。打入部正神。聞太師鞭往下打。子牙鞭往上迎。鞭打鞭。把聞太師雌鞭一打兩斷。落在塵埃。聞太師大叫一聲。好姜尚。今把吾寶貝傷其性命。吾與你勢不兩立。子牙復祭打神鞭起去。聞太師難逃這一鞭之禍。一聲响。把聞太師打下騎來。幸有門下吉立余慶催馬急救。太師借土遁去了。子牙與衆將大殺一陣。方收兵進西岐城。入相府。只見楊戩進曰。今日劫營之事。定是大暁。子牙曰。

1091

欠身曰末將自別太師不覺數載今日又會不才寬屈庶可伸明聞太師喝曰滿朝富貴盡出黃門之俱貪君造反助惡殺害命官逆惡貫盈還來強辯命那一員將官先把反臣拿了左哨上鄧忠大叫曰末將願往走馬搖斧來取黃飛虎飛虎縱五色神牛手中鎗赶上交還張節使鎗也來助鄧忠周營內有大將南宮适敵住陶榮使鐧飛馬前來助戰這壁廂武吉撥馬搖鎗抵住陶榮兩陣上六員戰將三對交鋒來來往往冲冲撞撞番勝上下交加只殺得天愁地暗目月無光辛環見三將不能取勝把脅下肉翅一夾

飛赴半空手持鎚鑽望子牙打來時有黃天化催開玉麒麟兩柄銀鎚抵住辛環周營眾將見成湯營裡飛出一人來虎頭冠面如紅棗尖嘴獠牙狰獰惡狀惟黃天化戰住辛環聞太師見黃天化坐玉麒麟知是道德之士急催開墨麒麟使兩條金鞭冲殺過來怎取子牙忙催動四不相急架相迎二獸交加竟生雲霧這是聞太師頭一場西岐大戰怎見得

讚曰

兩下裡排開對伍軍政司擂鼓鳴鑼前後軍安排賭鬪左右將准俻相持一等等有牙有瓜一等等

能走能飛猊犼獅豸獅子麒麟惟彪怪獸猛虎蛟龍猊犼鬪狂風蕩蕩獅豸鬪日色輝輝獅子鬪寒風凛凛麒麟鬪冷氣森森惟彪鬪來徃擦跳怪獸鬪遍地雲雲蛟龍鬪彩雲布合猛虎鬪捲起狂風大戰一場怎肯休英雄惡戰逞雄糾若煩解的蟲王恨除是南山老比丘

且說聞太師鞭法甚利且有風雷之聲父慣與師四方響應子牙如何敵得住遮難招架被聞太師祭起雄鞭飛在空中此鞭原是兩條蛟龍化成雙鞭按陰陽分二氣那散在空中打將下來正中子牙頂上翻

鞍落騎聞太師方欲來取首級彼時哪吒登風火輪搖鎗大叫勿要傷吾師叔照聞太師面上一鎗太師急架鎗時早被辛甲將子牙收回聞太師與哪吒戰三五囘合又祭鞭打哪吒哪吒不曾防俻也被一鞭打下輪來早有金吒躍步起來將寶劍裂住金鞭欲救哪吒太師大怒連祭雙鞭雌雄不定或起或落連打金木二吒又打韓毒龍幸有楊戩在側看見聞太師好鞭只打得落花流水戩把銀合馬飛走出陣使鎗便刺聞太師見楊戩相貌非俗心下自忖西岐有這些奇人安得不反便把鞭來迎戰數合之內祭起

金盔金甲杏黃旛。　將坐中央守一元。

殺氣騰騰籠戰騎，　冲鋒銳卒候轅門。

話說聞太師看見子牙把五方對伍調出、兩邊大小將官。一對對整整齊齊哪吒登風火輪手提火尖鎗。對着楊戩金吒木吒、韓毒龐薛惡虎、黃天化武吉等。侍衛兩傍寶纛旗下、子牙騎四不相。右手下有武成王黃飛虎坐五色神牛而出、只見聞太師在龍鳳旛下、左右有鄧辛張陶四將、太師面如淡金五綹長髯飄揚腦後、手提金鞭。怎見得聞太師威武。

九雲冠金霞繚繞絳綃衣鶴舞雲飛陰陽繼結束

朝履應玄機。坐下麒麟如墨染。金鞭擺動光輝舞。

話說子牙催騎向前、欠背打躬、口稱太師。早職姜尚在通天教下。三條五道施為、胸中包羅天地、運籌萬斛珠璣。丹心貫乎白日、忠貞萬載、名題龍鳳旛下別旌旗、太師行兵自異。

不能全禮。聞太師曰、姜丞相、聞你乃崑崙名士、為何不按事體、何也。子牙答曰、尚忝王虛門下、周旋道德、何敢違背天常、上尊王命、下順軍民、奉法守公、一循于道、敬誠緝熙、克勤天戒、分別賢愚、佐守本土、不敢虐民亂政、稚子無欺、民安物阜、萬姓歡愉、有何不按

罪體之處、聞太師曰、你只知巧於立言、不知自己有過。今天王在上、你不尊君命、自立武王、欺君之罪、就大於此。收納叛臣黃飛虎、明是欺君、安心拒敵叛君之罪孰大如此。及至問罪之師、一至不行認罪、擅行拒敵、殺戮軍士、命官大逆之罪、孰加於此。今吾自至此猶恃巳能、不行降服、猶自興兵拒敵、巧言飾非、真可令人痛恨。子牙哄而答曰、太師差矣、自立武王、固是吾國求行諳奏、然子襲父蔭、何為不可。況天下諸候盡反成湯、也是欺君不成、只是人君先自戕犯紀綱。不足為萬姓之主。因此皆叛背不臣、此其過盡在

臣也。收武成王正是君不正臣投外國、亦是禮之當然。今為人君尚不自反、乃厚於責臣、不亦羞乎。若論殺朝廷命官士卒、是自到此取死討辱、尚等並不曾領一軍一卒、或助諸候、或伐關臨、太師名振八方。今又到此求免、先有輕樂妄動之意、在尚怎敢抗拒、不若依尚愚意、老太師請惕回鑾、各守疆界、還是好顏相看。若太師務任一巳之私、逆天行事、然兵家勝負未可知也。還請太師三思。毋損威重。聞太師被此數語、說得面皮通紅。又見黃飛虎在寶纛之下、乃太呼曰、逆臣黃某、出來見我飛虎覿面難回、只得向前

門下衆將商議退兵之策，有黃飛虎在側曰，丞相不
必憂慮，況且魔家四將，不過如此，正所謂國王洪福
大數惡自然消散。子牙曰，雖是如此，民不安生，軍逐
惡戰將累，鞍馬俱不是寧恭之象。正議間，報聞太師
差官下書。子牙傳令，不一時，開城放一員大將，
至相府，將書呈上，子牙拆書觀看，上云。
成湯太師兼征西天寶大元帥，聞仲書奉丞相
姜子牙麾下，蓋聞王臣作叛，犬逆于天，今天王
在上，赫赫威靈，茲爾西土，敢行不道，不尊國法，
自立為王，有傷國躰，復納叛逆，明欺憲典天子

累興問罪之師，不為俯首伏辜，尚致大肆猖獗，
拒敵天吏，殺軍覆將，徹致號令張城，王法何在。
雖食肉寢皮，不足以盡厥罪，縱移爾宗祀，削爾
疆土，猶不足以償其失令。奉詔下征，你等若惜
一城之生靈，誅至轅門授首，後歸朝以正國典。
如若拒抗，真火焰崑岡，俱為齏粉，噬臍何及。戰
書到日，速為自裁不宜。
子牙看書畢，子牙曰，來將何名，鄧忠答曰，末將鄧忠
子牙曰，鄧將軍回營，多拜上聞太師，原書批回三日
後會兵城下。鄧忠領命，出城進營，回覆了聞太師將

子牙回話說了一遍，不覺就是三日。只聽得成湯營
中炮響，喊殺之聲振天。子牙傳令，把五方隊伍調遣
出城。開太師正在轅門，只見西岐南門開處，一聲砲
響，有四桿青旛招展，旛下四員戰將，按震宮方位。
青砲青馬盡穿青，步將層層列馬兵。
手捉控屏人似虎，短劍長鎗若鉄城。
二聲砲響，四桿紅旛招展，旛腳下四員戰將，安離宮方位。
紅袍紅馬絳紅纓，收陣銅鑼帶角鳴。
將士雄糾跨戰騎，窩弓火炮列行營。

三聲砲響，四桿素白旛招展，旛腳下有四員戰將，按兌宮方位。
白袍白馬爛銀盔，寶劍昆吾耀日輝。
火焰鎗同金裝鐧，大刀猶似白龍飛。
四聲砲響，四桿皂旛招展，旛腳下四員戰將，按坎宮方位。
黑人黑馬皂羅袍，斬將飛鎗箭更豪。
齊有宜花酸棗捌，虎頭鑕配鴉翎刀。
五聲砲響，四桿杏黃旛招展，旛腳下四員戰將，按戊
巳宮方位。

烈烈旌旗飛殺氣。　　紛紛戰馬似龍蛟。
西岐豪傑如云集。　　太師親征若浪抛。

連絕則絲太師詩曰思心

話言聞太師人馬正行。忽撞頭見一石碣上書三字。
名曰絕龍嶺太師在墨麒麟上默默無言半晌不語。
鄧忠見聞太師勒騎不行而上有驚恐之色鄧忠問
曰太師為何停騎不語聞太師曰吾當時悟道在碧
遊宮拜金靈聖母為師之時學藝五十年吾師命我
下山佐成湯臨行問師曰弟子歸着如何吾師道你
一生逢不的絕字今日行兵恰恰見此石碣上書絕
字心上遲疑故此不決鄧忠等四將咲曰太師差矣。

1072

大丈夫豈可以二字定終身禍福況且吉人天相只
以太師之才德。豈有不克西岐之理從古云不念何
卜太師亦大咲。不語眾將催人馬速行刀鎗似水甲
士如雲一路無詞哨馬報入中軍啟太師人馬至西
岐南門請令定登太師傳令安營一聲炮响三軍吶
一聲喊安下營結下大寨怎見得有讚為証

讚曰
營安南北陣擺東西營安南北分龍虎陣擺東西
按木金圓子于平添殺氣虎狠威長起征雲拐了
馬齊齊整整　保森旌捲起威風陣前小校拔金甲

1073

傳箭兒郎掛錦裙先行官如同猛虎佐二官惡似
彪熊。定營炮天崩地烈。催陣鼓一似雷鳴自月裡
出入有法到睌間轉箭支更只因太師安營寨。鴉
鳥不敢望空行、
不說聞太師安營西岐。只見報馬報進相麻報聞太
師調三十萬人馬在南門安營子牙曰當時吾在朝
歇不曾會聞太師今日領兵到此。看他紀法何如。隨
帶諸將上城眾門下相隨同到城敵樓上觀看聞太
師行營果然好人馬怎見得有讚為証

讚曰

1074

滿空殺氣十川鐵馬兵戈片片征云五色旌旗繞
渺千枝盡戟豹尾描金五彩旛蕩山剛刀誅龍斬
虎青銅剱寨密鉞斧旛旗大小水晶盤對對長鎗、
盞口粗細銀盡桿幽幽盡角由如東海老龍吟燦
燦銀甌滾滾冰霜如雪練錦衣綉祆簇擁走馬先
行玉帶征夫侍聽中軍元帥鞭抓將士盡英雄打
陣見郎兒似虎不亞軒轅黃帝破蚩尤一座兵山
從地起、
話說子牙觀看良久嘆曰聞太師平日有將未今觀
如此整練人言尚未盡其所學隨下城入廠同太小

1075

吉凶禍福有所不計耳金之人又不知有多
少為陰陽所懾惟吉是趨者然又何嘗逃越
乎數此始兒女情多英雄氣少。

第四十二回　黃花山收鄧辛張陶

詩曰

胡數相逢亦異常。　諸天神部涉疆場。
任他奇術俱遭敗。　那怕仙凡盡帶傷。
周室興隆時共泰。　成湯零亂日偕亡。
黃花山下收強將。　總向岐山土內藏。

話說三將齊來忿怒辛環急上前恨此是朝歌聞太師老爺三將
得妄為快下馬來參謁此日兄弟們不
聽說聞太師滾鞍下馬拜伏在地口稱太師久恭大
名未得親覲尊顏今幸天緣大駕過此末將等有失

此去不復還不如暫借為好

迎迓致多冒瀆正謂懼犯望太師老爺恕罪末將等
不勝慶幸眾將請太師上山間太師聽說亦喜隨同
眾將上山眾將請太師上坐復行參謁太師亦自溫
慰因問四將尊姓何名今日幸逢老夫亦與有榮焉
鄧忠曰此黃花山俺弟兄四人結義多年末將姓鄧
名忠次名辛環三名張節四名陶榮只因諸侯荒亂
暫借居此山權且為安身之地其實皆非末將等本
心聞大師聽罷你等肯隨吾征伐西岐候有功之日
俱是朝廷臣子何苦為此綠林之事埋役英雄辜負
生平本事辛環曰如太師不棄忠等愿隨鞭鐙聞太

師曰列位既肯出力王室正是國家有慶你們可將
山上嘍囉計有多少辛環答曰有一萬有餘聞太師
曰你可曉諭眾人愿隨征者去不愿隨征者寧釋還
家仍給賞財物也是他跟隨你們一場辛環領命傳
與眾人有願去的有不願去的俱將歷年所積給與
諸人眾人無不悅服除不去的尚餘七千多人馬糧
艸計有三萬俱打點停當燒了牛皮寶帳聞太師即
日起兵又得四將不覺大喜把人馬過了黃花山徑
往前進浩浩蕩蕩甚是軍威雄猛有詩為証

詩曰

稱奇太師掩一鞭望東便走辛環大呼妖道那裡去吾來了把雙趐一夾卽到頂上他不知聞太師有多大本領任意行兇聞太師自忖五遁之中道不得此人且將金鞭照路傍一塊山連指兩三指命黃巾力士將此山石把這人壓了力士得法肯忙將此山石平空飛起把辛環挾腰壓下來怎知聞太師

玄中道術多奇異　倒海移山談笑中

剛纔把辛環壓住了聞太師勒轉墨麒麟舉鞭照頂門上打來辛環大叫曰老師慈悲弟子不識離明片犯天威望老師救宥若得再生感恩非淺太師把鞭

1063

放在辛環頂上曰你謊不得我。聞太師是也因征伐西岐往此徑過你那藍臉的人無故來傷我你還是欲生乎欲死乎辛環大叫太師老爺小的不知是太師駕過此山早知應當遠迓另犯天顏萬望恕小人死罪太師曰你既欲生吾便救汝只是要在吾門下往征西岐若是有功不失腰玉之福辛環曰若是貴人肯提援下士末將願從麾下指揮太師把鞭一指黃巾力士將山石捌去辛環站不起來半晌方能站立拜倒在地開太師扶起太師收了辛環方倚松靠石坐下辛環立在一傍聞太師

1064

問曰黃花山有多少人馬辛環答曰此山方圓有六十里嘯聚嘍囉一萬有餘粮艸頗多太師不覺大喜辛環跑下哀告曰前來三將望太師老爺一例慈悲救宥若得回生愿盡駑駘以報知遇之恩聞太師道你還要他來辛環曰名雖各姓情同手足聞太師曰既然如此你等也是有義氣的跕開了太師發手一聲雷鳴振動山岳且說道的三將一時揉眉擦眼鄧天君不見了金墻張天君不見了大海倒榮不見了大林三將走馬回山只見辛環跕在那穿紅的道人傍邊鄧忠大怒聲若巨雷叫賢弟與吾拿住那妖道

1065

話還未了張陶二將齊叫拿妖道也不知聞太師性命如何且聽下回分解。

總批　聞太師征西岐不從中路而走青龍關小徑。須至黃花山收了四位天君以奏封神之數。此始劫運聚集縱是仙凡亦不能逃越信乎。

又批　聞太師出兵當餞別時墨麒麟自驚已是警報。王變諫止太師不信決意西征須至敗亡。此豈智者故失之况又深明陰陽善卜者之衡者乎大抵太師只知有忠君愛國之必效

1066

馬已到面前只見來將大呼曰你是何人好大膽敢來探吾山穴聞太師曰貧道看此山幽靜欲化此結一茅菴早晚誦一二卷黃庭不識將軍肯否來人大怒罵道好妖道催開馬搖手中斧飛來直取聞太師用金鞭急架忙迎鞭斧交加勇戰在高山之上聞太師征伐多年不知見過多少豪傑那裡把他放在眼裏見這將使的斧也有些本領待吾收了此人往西岐去雖無大成亦有小就太師把騎一撥往東就走那人趕來聞太師聽腦後鈴聲响亮把金鞭一指平地現出一座金墻把這一員大將圈裹在內用金墻

1059

道了太師依舊還往這山上下了戰騎倚松靠石坐下太師看有幾道殺氣隱在山中默然不提且說小校報上山來啟二位千歲有一穿紅的道人把大千歲引入一陣黃氣之內就不見了二將急問報事嘍囉如今在那裡小校答曰如今現在山上坐着二人大怒慌上馬持兵眾嘍囉齊聲吶喊殺上山來聞太師看見慢慢的上了墨麒麟把金鞭一擺大呼曰二將慢來二將見聞太師是三隻眼的道人也自驚訝乃上前唱曰你是何人敢在此行兇將吾兄長攝在那裡去了好好送還饒你性命聞太師曰方纔那藍

1060

臉的無知餔我被我一鞭打死了你二人又來做甚麼我非有別意欲化此黃花山修煉你二人肯麼二人大怒把馬摧開一箇使鐧便取那一箇使雙鐧打來聞太師使開金鞭冲殺上下三騎交加聞太師勒轉墨麒麟往南就走二將趕來太師把鞭一指將冰遁逃了張天君木遁逃了陶天君此一囘乃聞太師收鄧辛張陶四天君聞太師依舊還坐在山坡之上且說嘍囉來報辛天君辛天君正在山後收報忽見小嘍囉來報二千歲禍事不小辛環問曰有何事小校曰三位千歲被十道人打死了辛環聽說大叫一

1061

聲氣殺我也忙提鎚鎖將脇下雙肉翅一夾飛起空中一陣風响只聽得半空中聲似雷鳴至山上大呼曰好妖道將吾兄弟打死豈可讓你獨生乎聞太師當中眼睜開看時好兇惡之像二翅飛來怎見得

讚曰

二翅空中响頭戴虎頭冠面如紅棗色頂上寶光寒鎚鎖安天下獠牙嘴上安一怒無遮攔飛來勢若鶩

話說聞太師見而大喜真奇異豪傑那人照聞太師頂止一鎚打來太師用鞭急架忙迎鎚鞭驍勇殺往

1062

[1055]

詩曰

騰騰殺氣滾征埃。隱隱紅雲映綠苔。

十里止聞戈甲響。一座兵山出土來。

話說大兵離了青龍開一路跋踄窘小止容一二騎而行人馬甚是難走跋涉更覺險峻聞太師見如是艱難悔之不及。早知如此。不若還走五關方便許多。如今反爲懊了程途。一日來到黃花山只見好一座大山怎見得有讚爲証。

讚曰

遠觀山山青壘翠近觀山翠壘青山山青壘翠叠

[1056]

天松姿婆弄影。翠壘青山靠峻嶺逼陡懸崖逼陡澗綠檜影搖玄豹尾。峻懸崖青松拆拆老龍腰望上看似梯似磴望下看。如穴如坑。青山萬丈掞雲霄斗澗鶯愁侵地戶此山到春來。如火如烟到夏來。如藍如翠到秋來如金如錦。到冬來如玉如銀到春來怎見得如火如烟紅灼灼妖桃噴火綠依依弱柳含烟到夏來怎見得如藍如翠雨來蒼烟欲滴月過嵐氣氳氳到秋來怎見得如金如錦一攢攢一簇簇俱是黃花吐瑞一層層一片片盡是紅葉搖風。到冬來怎見得如玉如銀水幌幌凍成

[1057]

千堆玉雪濚濚堆叠一銀山山徑崎嶇難進難出水廻曲折流去流來樹稍上生生不已鳥啼睍睆時致悠揚。正是觀之不捨樂坐忘歸。

詩曰

一山未週一山迎。千里全無半里平。

莫道牧童遲指處。只看圖畫不堪行。

話說聞太師看此山險惡。傳令安下人馬催趲墨麒麟自上山來觀看見有一程平坦之地好似一簡戰場。太師嘆曰好一座山若是朝歌寧靜老夫來此山避靜消閒多少快樂又見保保翠竹。古木喬松賞

[1058]

玩不盡正看此山景致忽聽腦後一聲鑼響太師急勒轉坐騎原來是山下走陣走的乃是長蛇陣陣頭一將面如藍靛髮似硃砂。上下獠牙金甲紅袍坐下黑馬手使一柄開山斧聞太師貪看走陣不覺被山下士卒看見聞太師身穿紅袍坐騎一獸用兩根金鞭偷看陣勢。士卒竟不走陣來報主將。啓大王千歲山上有一人。探看吾等巢穴那人見說擡頭一看大怒速命退了陣。把馬一磕那馬飛上山來。聞太師看見十將飛來甚是英雄。十分勇猛心中大喜收得此人去伐西岐。乃是用人之際。心上正自躊躇不覺那

中一旦睜開白光有二尺遠近只氣得三尸神爆燥七竅內生烟自思自忖道也罷如今東南二處漸已平定明日面君必須親征方可克敵當日作表次早朝賀將出師表章來見紂王紂王曰太師要伐西岐為孤代理命左右速發黃旄白鉞得專征伐太師擇吉日祭寶纛旗旛紂王親自餞別滿斟一盃遞與聞太師太師接酒躬身奏曰老臣此去必克除反叛靖靜邊隅願陛下言聽計從百事詳察而行毋令君臣隔絕上下不遍臣多不過半載便自奏凱還朝紂王曰太師此行朕自無慮不久候太師佳音命排黃旄

白鉞令聞太師起行太師飲過數盃紂王看聞太師生騎那墨麒麟久不曾出戰今日聞太師方欲騎上被墨麒麟叫一聲跳將起來把聞太師跌將下來百官大驚左右扶起太師怔整衣冠時有下大夫王變上前奏曰太師今日出兵落騎實為不祥可再點別將征伐可也太師曰大夫差矣人臣將身許國而忘其家上馬掄兵而忘其命將軍上陣不死帶傷此理之常何足為異大低此騎亦不曾出戰未曾演試勖骨不能舒伸故有此失大夫幸勿再言隨傳令點炮起兵太師復上騎此一別正不知何年再會君臣面

只落得黙黙英魂帶血歸太師一點丹心三年征伐俱是為國為民

用盡機謀扶帝業　　上天垂象不能成

話說聞太師提大兵三十萬出了朝歌渡渡黃河兵澠池縣總兵官張蔡迎接至帳前行禮畢太師問西岐那一條路近張蔡答曰往青龍關近二百里太師傳令往青龍關去人馬離了澠池縣往青龍關來一路上旗旛招展繡帶飄飄真好人馬怎見得有讚為証

讚曰

飛龍旛紅纓閃閃飛鳳旛紫霧盤旋飛虎旛騰騰殺氣飛豹旛蓋地遮天㨪牌滾滾短劍輝輝擋牌滾滾掃萬軍之馬足短劍輝輝破千重之狼銑大桿刀馬䎃刀排開對伍鑌金鐙點鋼鎗盪蕩殊響太阿劍昆吾劍龍憐砌就金裝鋼銀鍍鋼冷氣森嚴畫桿戟銀尖戟飄揚豹尾開山斧宣花斧一似車輪三軍呐喊撼天關五色旗搖遮峽日一聲鼓響諸營奮勇逞雄威數捧鑼鳴眾將往寶纛旛下瑞氣籠烟金字令旗來往穿梭能報事拐子馬緊挨鹿角能冲鋒連珠砲提防刼營

寸五分，放出華光火焰，奪目，名曰攢心釘。黃天化拿
在手中，回手一發，此釘如稀世奇珍，一道金光出掌。
怎見得，有詩爲証，
詩曰
此寶今番出紫陽。
煉成七寸五分長。
玄中妙法真奇異。
收伏魔家四大王。
話說黃天化發出攢心釘，正中魔禮青前心不覺穿
心而過。只見魔禮青大叫一聲，跌倒在地。魔禮紅見
兄長打倒在地，心中大怒，急忙跑出陣來，把方天戟
一擺，緊緊趕來。黃天化收回釘，仍復打來，魔禮紅躲

不及。又中前心。此釘見心繞過，响一聲，跌在塵埃。魔
禮海大呼曰：小畜生將何物傷吾二兄。急出睜早被
黃天化連發此釘，又將魔禮海打中。也是該四天王
命絕，正遇炳靈公，此乃天數。只有魔禮壽見三兄死
于非命，心中甚是大怒，忙忙走出，用手徃豹皮囊裡
拏花狐貂出來，欲傷黃天化。不知此花狐貂乃是楊
戩變化的，隱在豹皮囊裡。禮壽把手來拿此物，不知
楊戩把口張着，等魔禮壽的手徃花狐貂嘴裡來。被
花狐貂一口把魔禮壽的手咬將下來，只得一個骨
儀，怎然得這般痛滾。又被黃天化一釘打來，正中腦

前。可怜正是：
治世英雄成何濟。
封神臺上把名標。
話說黃天化打死魔家四將，方纔來取首級。忽見
皮囊中一陣風兒過處，只見花狐貂化爲一人，乃是
楊戩。黃天化認不得楊戩，天化問曰：風化人形者是
誰。楊戩答曰：吾乃楊戩是也。姜師叔有命在此，以爲
內應。今見兄長連克四將，正應上天之兆。正說間，只
見哪吒登輪趕來，對黃天化楊戩言曰：二兄今立大
功。不勝喜悅。三人彼此慶慰，同進城，至相府內來見
子牙。三人將發釘打死四將，楊戩傷手之事訴說一

遍。子牙大喜，命將四將斬首號令城上。且說魔家人
馬逃回進關，隨路報於汜水關韓榮。韓榮聞報大驚
曰：姜尚在西周用兵如此利害，心上甚是着忙，
急告表章，星夜打上朝歌去訖。不題。且說聞太師在
相府閑坐，聞報游魂關竇榮屢勝東伯候，忽然又報
三山關鄧九公有女鄧嬋玉連勝南伯候，今已退兵。
太師大喜，又報汜水關韓榮有報。太師命令來，來官
將文書呈上。太師拆開一看，見魔家四將盡皆誅戮，
號令城頭。太師拍案大怒，叫曰：誰知四將英勇，都也
喪於西岐。姜尚有何本領，挫辱朝廷軍將，聞太師當

鎚撥步來取黃天化，天化手中鎚赴面交還，亦騎交兵。一場大戰怎見得。

鼗鼓振天雷羅鳴，兩陣催紅旛如烈火，將軍入面威，這一个拾命而安社稷，那一個挤殘生欲正華夷。自來也見將軍戰，不似今番鎗對鎚。

話說魔禮青大戰黃天化，麟步相交，鎗鎚並舉，來往未及二十回合，早被魔禮青隨手帶起白玉金鋼鐲，一道霞光打將下來，正中後心，只打的金冠倒撞，跌下騎來。魔禮青方欲取首級，早被哪吒大叫不要傷吾道兄，登間風火輪殺至陣前，收了黃天化。哪吒大

戰魔禮青，雙鎚共發，殺的天愁地暗。魔禮青二起金鋼鐲來打哪吒，哪吒也把乾坤圈丟起，乾坤圈是金的，金鋼鐲是玉的，金打玉打的粉碎。魔禮青、魔禮紅一齊大呼曰，好哪吒傷碎吾寶，此恨怎消，齊來動手。哪吒兒勢不好，慌進西岐。魔禮海正待用琵琶時，哪吒巳自進城去了。魔禮青進營，見失了金鋼鐲，悶悶不悅。且說黃天化被金鋼鐲巳自打死了，黃飛虎痛哭曰，早知縱進西岐求安桃薦，竟被打死，甚是傷情。只得把天化屍骸停在相府門前。子牙亦是不樂，忽有人報進府來，啟丞相，有一道童求見。子牙傳令喚

來道，至殿前下拜。子牙問曰，那裡來的童子。曰，弟子是紫陽洞道德真君介弟子，來背師兄黃天化回山。子牙大喜。白雲童子將黃天化背回至紫陽洞門前放下。道童進洞回覆曰，師兄巳背至了。道君出洞，看天化面黃不語，閉目無言。真君命童子取丹藥一丸，丹藥化開，用劍撬開口，將藥灌入，隨入丹田，約一個時辰，黃天化巳是回生，二目睜開，見師父在傍。天化曰，弟子如何在此相見。真君曰，好畜生，下山貽累，罪之一也，變服忘本，罪之二也，若不看子牙面上決不饒你。黃天化欠身抖擻，又取出十領遞與天化曰，

你速往西岐，在會魔家四將，可成大功，我不從也要下山。黃天化辭了師父，借土遁前來，須臾便至西岐，落下遁光，來至相府門，官忙報子牙，命至殿前。黃天化把師父言語說了一遍，飛虎大喜。次日黃天化上了玉麒麟出城，坐名要魔家四將。軍政司報進行營，黃天化請戰。魔家四將聽報，忙出營，見天化精神抖擻，大叫曰，今日定見雌雄。魔禮青搖鎚來刺，天化火速來迎，麒步相交，一場大戰，未及三五回合，天化便走。魔禮青隨後趕來，黃天化回頭一看，見魔禮青趕起，掛下雙鎚，取出一幅錦囊，打開看時，只見長虹

家四將故此。如將家裝束耳。怎敢忘本于予曰魔家
四將乃左道之術也。須緊要提防天化。日師命指明
何足懼哉。于乎許之黃犬化上了玉麒麟。拎兩柄鎚
開放城門。至轅門請戰。四天王正過炳靈公。不知勝
敗如何。且聽下回分解。

總批

魔家四將雄偉過人。又且寶物利害。設若無
炳靈公一遇岐周。已無炮活。大抵強梁定然

文批

遣對萬事皆然。

1039

冰凍岐山。□仲尤渾。自然該如此異死。尚不
足以盡厥辜。只常雄亦遭此惡斃。殊覺可憐

1040

新刻鍾柏敬先生批評封神演義卷之九

第四十一回　開太史兵伐西岐

詩曰

太師行兵出故商　西風颯颯送斜陽
君因亂政民多難　臣為總忠命盡喪
能匆去日寧知返　只識與時那識仁
四將赤幟征進沒　令人幾度憶成湯

且說魔禮紅不見了珍珠傘。無此整踵軍精。忽報有
將在轅門封戰。四將聽說。隨縣人馬。出管會戰。見一
將騎玉麒麟而來。但見怎生打扮。有讚為証。

1041

讚曰

悟道高山十六春。仙傳道術最通靈。達開悟故生
身父莫耶寶劍斬陳桐。束髮金冠飛烈焰。大紅袍
上長征番連環砌就金瑣鎧。腰下紙絲絲左右分兩
柄銀鎚生八楞。穩坐走陣玉麒麟。奉命特來收四
將。西岐賊外立頭功。旗開拱手黃天化。封神榜上
炳靈公。

魔禮青觀看一員小將。身坐玉麒麟。到陣前曰。來者
何人。天化答曰。吾非別人。乃開國武成王長男黃天
化是也。今奉姜丞相將令。特來擒你。魔禮青大怒。搖

1042

成花狐貂滿地跳把哪吒喜書不自勝楊戩曰弟子去也響一聲繞要去子牙曰楊戩且住你有大術把魔家四將寶貝取來使他折手不能成功楊戩郎時飛出西岐城落在魔家四將帳上禮壽聰的寶貝回來忙用手接住聽了一瞧見不曾吃了人來將近四鼓時分兄弟同進帳中睡去正是酒邪睡倒鼻息如雷莫知高下楊戩自豹皮囊中跳出來將魔家四將帳上掛有四件寶貝楊戩用手一端端塌了止拿得一把傘那三件寶貝落地有聲魔禮紅夢中聽見有響聲急起來看時呀卻元來掛塌了鈎子吊將下來糊

塗醉眼不曾查得就復掛在上面依舊睡了。且說楊戩復到西岐城來見子牙將混元珍珠傘獻上金木二吒哪吒都來看傘楊戩復又入營還在豹皮囊中不表且說次早中軍帳鼓響兄弟四人各取寶貝魔禮紅不見混元傘大驚為何不見了此傘急問巡內營將校眾將日內營紅塵也飛不進來那有好細得入魔禮紅大叫吾立大功只憑此寶今一但失了怎生奈何四將見如此失列蕭斝不樂無心整理軍情且說清峰山紫陽洞清虛道德真君忽然心血潮水叫金霞童子請你師兄來童兒領命少時間請師兄

至黃天化至碧遊床前側身下拜老師父叫弟子那裡使用真君曰你打點下山你父子當立功與周主隨我來黃天化隨師至桃園中真君傳二柄鎚天化見而卽會精熟停當無不了然真君曰將吾的玉麒麟與你騎又將火龍標帶去徒弟你不可忘本必尊道德黃天化曰弟子怎敢違了師父出洞來上了玉麒麟把角一拍四足起風雲之聲此獸乃道德真君開戲三山悶遊五嶽之騎黃天化卽時來至西岐落下麒麟來到相府令門官通報啟丞相有一道童求見子牙曰請來黃天化上殿下拜口稱師叔弟子黃

天化奉師命下山聽候左右子牙問那一座山黃飛虎曰此童乃清峰山紫陽洞清虛道德真君門下黃天化乃末將長子子牙大喜將軍有子出家修道更當慶幸且說黃天化父子重逢同回王府置酒父子歡飲黃天化在山吃齋今日在王府吃葷不晚雙狐鬢穿王服帶束髮冠金抹額穿大紅服貫金瑣甲束王帶次日上殿見子牙子牙一見天化如此裝束便且黃天化你兄是道門為何一旦變服我身君用位不敢忘崑崙之德你昨日下山今日變服還把祭鎚束了黃天化領命繫了系維天化曰弟子下山退魔

大怒。未及十合。取出花狐貂祭在空中。化如一隻白象。口似血盆。牙如利刃。亂搶人吃。有詩為証。

詩曰

此獸修成隱顯功。陰陽二氣在其中。
隨時大小皆能變。喫盡人心若野熊。

却說祭起花狐貂。一聲响。把馬成龍吃了半節去。楊戩在馬上睛喜。元來有這簡孽障作怪。魔家四將也。不知道楊戩有九轉煉就元功。魔禮壽又祭花狐貂。一聲响也。把楊戩咬了半節去。哪吒見頭勢不好進城來報姜丞相說楊戩被花狐貂吃了。子牙俏辭不

樂。納悶在府。且說魔家四將得勝回營。治酒兄弟共飲吃到二更時分。魔禮壽曰。長兄如今把花狐貂放進西岐城裡去。若是吃了姜尚。吞了武王。大事定了。那時好班師歸國。何必與他死守。四人酒後各發狂言。禮青曰賢弟之言有理。禮壽豹皮囊取出花狐貂叫曰寶貝你若吃了姜尚回來。此功莫大。遂祭在空中去了。花狐貂乃是一獸。只知吃人。那知道吃了楊戩是個禍胎。楊戩曾煉過九轉元功。七十二變化無窮妙道。肉身成聖。封清源妙道真君。花狐貂把他吃在服裡。楊戩聽着四將計較。楊戩曰。孽障也不知我

是誰把花狐貂的心一捏。那東西叫一聲。跌將下來。楊戩現身。把花狐貂一撐兩段。楊戩現元形。有三更時分。來相府門前呼左右。報丞相守門軍士擊鼓子牙三更時選與哪吒共議魔家四將事。忽聽鼓响報楊戩回來。子牙大驚。人死起能復生命。哪吒採盧寶哪吒至大門首問曰。楊道兄。你已死了。為何又至。楊戩曰。你我道門徒弟各玄妙不同。快開門。我有要緊事報與師叔。哪吒命開了門。楊戩同至殿前。子牙驚問。早辰陣亡。為何又至。必有回生之術。楊戩把魔禮壽放花狐貂進城。要傷武王。師叔。弟子在那孽障腹

中聽着方繞把花狐貂美死了。特來報知。師叔。子牙聞言大喜。吾有這等道術之客。何懼之有。戩曰。弟子如今還去。哪吒曰。道兄如何去得。楊戩曰。家師秘授自有玄妙。隨風變化。不可思議。有詩為証。

詩曰

秘授仙傳真妙訣。我與道中俱各別。
或山或水或巔崖。或金或寶或銅鐵。
或鸞或鳳或飛禽。或龍或虎或獅猰。
隨風有影節無形。赴得蟠桃添壽節。

子牙聽罷。你有此奇術可顯一二。楊戩隨身一悅節。

糧前來。子牙曰、糧屯何所。道童曰、弟子隨身帶來、錦
囊中取一簡、獻與子牙。子牙看簡大喜、曰、師尊聖諭、
事在危急、有高人相輔、今果如其言。子牙命道童
取糧、道童將豹皮囊中、取出碗口大一個斗、見盛有
一斗米、氣將、又不敢咲。子牙將手命韓毒龍親送三
濟倉去。再來叫話、不一時、毒龍回來見子牙、送去了
不上兩個時辰、管倉官來報、啟丞相、三濟倉連氣摟
上、都徜出米來。子牙大喜、今事到急處、有高人來
佐祐、此是武王福大。有詩讚曰。
詩曰

武王仁德祿能昌，　　增福神祇來助糧，
紫陽洞裡黃天化，　　西岐盡藏四天王。

話說子牙糧也足、將也多、兵也廣、只役柰魔家四將
奇寶傷人。因此上周守西岐、不敢擅動。且說魔家兄
弟又過了兩個月、將近一年、不能成功、修文書報閫
太師、言子牙雖則善戰、今又能守、不表。一日子牙正
在相府商議軍功大事、忽報有一道者求見子牙、命
請來、這道人帶扇雲冠、穿水合服、腰束絲縧、腳登麻
鞋、至簷前下拜、口稱師叔。子牙曰、那裡來的道人曰
弟子乃玉泉山金霞洞玉鼎真人門下、姓楊名戩、奉

師命將來師叔亦右聽用。子牙大喜、見楊戩超群出
類、楊戩與諸門人會了、見過武王、復來問城外屯兵
者何人。子牙把魔家四將用的地水火風物作說了
一遍、故此掛免戰牌。楊戩曰、弟子既來、師叔可去免
戰二字、弟子會魔家四將、便知端的、若不見戰、焉能
隨機應變。子牙聽言甚喜、隨傳令摘了免戰牌。彼時
探馬報入人營、啟元戎、西岐去了免戰牌。魔家四
將大喜、即刻出營搦戰、探馬報入相府、子牙命楊戩
出城、那吒厭陣、城門開處、楊戩出馬、見四將威風凜
凜冲霄漢、殺氣騰騰遍斗星。四將見西岐城內一人

似道非道、似俗非俗、帶扇雲冠、道服、系絲縧、騎白馬、長
鎗、魔禮青曰、求者何人。楊戩答曰、吾乃姜丞相師姪
楊戩是也、你有何能、敢來此行、克作怪伏、依在道害
人、眼前叫你知吾利害、死無葬身之地、縱馬搖鎗來
取。再說魔家四將、有半年不曾會戰、如今一齊出來
步戰、楊戩四將圍將上來、把楊戩裹在垓心、鏖戰城
下、且說楚州有解糧官、解糧往西岐、正要進城、見前
面戰塲阻路、此人姓馬名成龍、用兩口刀、坐赤兔馬
心性英烈、見戰塲阻路、大喝一聲、吾來了。那馬撺在
園子內、力敵四將、魔禮壽又見一將、中殺將來、心生

牙與武成王黃飛虎議退兵之策，忽然猛風大作，起寶纛旛杆一折兩段，子牙大驚，忙焚香把金錢搜求八卦，只嚇得面如土色，隨即沐浴更衣，拈香望東皇崙下拜，子牙倒海救西岐，有詩爲証。

詩曰

玉虛秘授甚精奇， 玄內玄中定坎離。

魔家四將施奇寶， 子牙倒海救西岐。

話說子牙披髮仗劍倒海，把西岐罩了，却說玉虛宮元始天尊知西岐事體，把瑠瑯瓶中靜水壅西岐一潑，爲三光神水渾在海水上面，再說魔禮青把青雲

劍祭起，地水火風，魔禮紅祭混元珍珠傘，魔禮海撥動琵琶，魔禮壽祭起花狐貂，只見四下裡陰雲布合，冷霧迷空，響若雷鳴，勢如山倒，骨碌碌天鼎滑喇喇地塌，三軍見而心驚。一個個魂迷意怕，兄弟四人各施異術，要成大功，奏凱回朝，則怕你一場空飡，正是

周費心機空費力， 雲消春水一場空。

且說魔家兄弟四人，祭此各樣異寶，只到三更盡繞，妝了回營，指望次月開兵，且説子牙借比海水救了西岐眾將，一夜不曾安扰，至驚日子牙把海水退回，北海依舊，現出城來，秋毫無犯之，卻且說紂營軍校見西

岐城上草也不曾動一根，忙報四位元帥西岐城，今然不曾壞動一角，四將大驚，齊出轅門看時，果然如此，四人無法可施，一策莫展，只得把人馬緊困西岐。且說子牙倒海救了此危，然將上城看守，非一日烏飛兔走，不覺又困兩月，子牙被困無法退兵，魔家四將英勇伏倚寶具，其爲能取勝，忽有總督糧儲官見子牙，其言三濟倉缺糧，止可支用十日，請丞相定奪，子牙驚曰，兵困城事小，城中缺糧事大，如之柰何，武成王黃飛虎曰，丞相可發告示與居民，富厚者必捐有稻穀，或借三二萬或五六萬，俟退兵之日，加利給還，

亦是暫救燃眉之計，子牙曰不可，吾若出示，民慌軍亂，必有內變之禍，料還有十日之糧，所作區處，子牙不行，不覺又過七八日，子牙等止得二日糧，心下十分着忙，大是憂鬱，那日來了兩位道童，一個穿紅，一個穿青，至相府門上對門官曰，煩你通報，要見姜師叔，門官啟老爺，有二位道童求見，子牙聞道者來，便命請來，二位道童上殿下拜，口稱師叔，子牙答禮曰，二位是那座名山，何處洞府，今到西岐有何見論，二道童曰弟子乃金庭山玉屋洞道行天尊門下弟子，姓韓雙名毒龍，這位是姓薛雙名惡虎，今奉師命送

瓜風火無情。西岐眾將遭此一敗。三年盡受其殃了。
牙見黑風捲刃。烈火飛來。人馬一亂。往後敗下去魔
家四將。揮動人馬。往前沖殺。可憐三軍吓戰。將養
傷怎見得。

趕上將。任從刀劈乘着勢。勤殺三軍。逢刀的連身
挾背。和脅後地上屍橫折肋斷骨。怎分南北與東
西。人亡馬死。只為扶王創業到如今。將餘軍趕止
落叫苦連聲無投處。子牙出城齊奔整整眾將官
項盔貫甲。好似得智狐狸強似虎。到如今只落得

哀哀哭哭歪盔卸甲。由如退翎鸞鳳不如雞死的
尸骸森露生的逃竄難回驚天動地將聲悲嗥山
泣嶺。三軍苦愁雲只上九重天。一派殘兵奔陸地。

話言魔家四將一戰損周兵一萬有餘。戰將損了九
員帶傷者十有八九。子牙坐四不相。平空去了金木
二吒土遁逃迴。哪吒風火輪走了。龍須虎借水裡逃
生。眾將無術為能得脫。子牙敗盡城八相府。點眾將
著傷大半。降亡者九名。殺死了支王六位。殺下三名
副將。子牙傷悼不巳。且說魔家四將收兵掌得勝鼓
回營。三軍勇躍正是

喜孜孜鞭敲金鐙響。咲吟吟齊唱凱歌回。

話說魔家四將得勝回營。上帳議取西岐大事。魔禮
紅曰。明日點人馬困城盡力攻打。指日可破子牙成
擒。武王授首。禮青曰。賢弟之言甚善。次日進兵。魔
喊聲大振殺奔城下。坐名請子牙臨陣。探馬報進帥
府。子牙傳令。將免戰牌掛在城敵樓上。魔禮青傳令
四面架起雲梯。用火砲攻打甚是危急。且說子牙失
利。諸將帶傷。忙領金木二吒。龍須虎。哪吒。黃飛虎
曾帶傷者上城。設床擂砲石火箭火弓硬弩長鎗干
方守禦。日夜防備。魔家四將見四門攻打二日不下

又損有兵卒。魔禮紅曰。暫且退兵。命軍士鳴金退兵
回營。當曉兄弟四人商議。妻尚乃崑崙教下。自善用
兵。我們且不可用力攻打。只可緊困得他裡無糧
草。外無援兵。此城不攻自彼矣。禮青曰。實弟言之有
理。安心困城。不覺困了兩月。四將心下甚是燋燥。用
太師命吾伐西岐。如今將近兩三個月。未能破敵。十
萬之眾。日費許多錢糧。倘太師嗔怪體面何存也罷
今晚初更。各將異寶祭于空中。就把西岐旋成渤海
早早奏凱退朝。魔禮壽曰。兄長之言妙。其各各懽喜
不言兄弟計較停當。且說子牙在相府有事。又見失

不要冲吾陣腳，用鋼刀急架忙迎，步馬交兵，刀戟併舉，魔禮紅掄步展方天戟冲殺而來。子牙對裡辛甲齊來戰魔禮紅，魔禮海搖鎗直殺出來。哪吒登風火輪，搖火尖鎗迎住。二將雙鎗共舉，魔禮壽使兩根鋼似猛虎搖頭，殺將過來，遮壁庵武吉銀盔素凱白馬長鎗接戰，陣前這一場大戰，怎見得：

滿天殺氣，遍地征雲。這陣上三軍威武，那陣上戰將軒昂。南宮适斬將刀半濺秋水，魔禮青虎頭鎗似一段寒冰。辛甲大爷由如皓月光輝，魔禮紅書戟一似金錢豹尾。哪吒發怒抖精神，魔禮海生嗔顯武藝。武吉長鎗颭颭，急雨洒殘花；魔禮壽二簡凜凜冰山，飛白雪。四天王忠心佐成湯，衆戰將亦膽扶聖主。兩陣上鑼鼓頻敲，四哨內三軍吶喊。從辰至午，只殺的旭日無光；未末申初，霎時間天昏地暗。

詩曰：

為國亡家欲盡忠　以徒千載把名封
捐軀馬革何曾惜　止願皇家建大功

話言哪吒戰住了魔禮海，把鎗架開，隨手取出乾坤圈，使在空中，要打魔禮海。魔禮紅看見，忙忙跳出陣，外把混元珠傘撐開，一幌，先收了哪吒的乾坤圈。金吒見收兄弟之寶，忙使遁龍樁，又被收將去了。子牙把打神鞭使在空中，此鞭只打的神，打不的仙，打不得人。四天王乃是釋門中人，打不得，後一千年纔受香煙，因此上把打神鞭也被傘收去了。子牙大驚。魔禮青戰住南宮适，把鎗一掩，跳出陣來，把青雲劍一幌，來往三次，黑風捲起，萬刃戈矛，一齊响亮。怎見得，有詩為証。

詩曰：

黑風捲起最難當　百萬雄兵盡帶傷
此寶英鋒真利害　銅軍鐵將亦遭殃

魔禮紅見兄用青雲劍，也把珍珠傘撐開，連轉三四轉，恁尺間黑暗了宇宙，崩塌了乾坤。只見烈烟黑霧，火發無情，金蛇攪遶半空，火光飛騰滿地，好火！有詩為証。

詩曰：

萬道金蛇空內滾　黑烟罩體命難奔
子牙道術全無用　今日西岐盡敗奔

話說魔禮海撥動了地水火風琵琶，魔禮壽把花狐招放出在空中，現形如一隻白象，任意食人，張牙舞

[1011]

上有四條絃也。按地水火風，撥動絃聲，鼠火齊至。如青雲劍一般。還有魔禮壽，用兩根鞭，囊裡有一物形如白鼠，名曰花狐貂，放起空中，現身似白象，脅生飛翅。食盡世人。若此四將來伐西岐，吾兵恐不能取勝。在末將麾下，征伐東海，故此曉得。今對丞相不得不以實告。子牙聽罷，嗟嘆不樂。且言魔禮青對三弟曰：今奉王命，征勦兇頑。兵至三日，必當為國立功，不負開太師之所舉也。魔禮紅曰：明日俺們兄弟青會姜尚一陣成功，旋師奏凱。其日弟兄歡飲，次早炮響鼓

[1012]

鳴，擺開隊伍，立于轅門，請子牙答話。探馬來報魔家四將請戰。子牙因黃飛虎所說利害，恐將士失利，心下猶豫未決。金吒、木吒、哪吒在傍，口稱師叔，難道依黃將軍所說，我等便不會戰罷。所伏福德在周天意相祜，隨時應變，豈得看住。子牙猛醒，傳令擺五方旗號。整點諸將，校列成隊伍，出城會戰，怎見得。

兩扇門開青旛招展，震中殺氣透天庭，素白紛紜兒地征雲從地起，紅旛蕩湯，離宮猛火欲燒山。皂帶飄飄坎氣烏雲由止下。杏黃旛磨中央正道出兵來。金盔將，如同猛虎銀盔將，一似歡狼南宮适

（欄外小註：哪吒三兄弟哪身去得）

[1013]

似搖頭獅子。武吉似擺尾俊猊。四賢八俊遏英豪。金木二吒持寶劍。龍須虎天生異像。武成王斜跨神牛。領首的哪吒英武。掠陣的眾將軒昂。

魔家四將見子牙出兵有法。紀律森嚴。坐四不相，軍前怎生打扮，有詩為證。

詩曰

金冠分魚尾。逍服勒霞綃。童顏並鶴髮。
項下長銀黃。身輔四不相。手持劍鋒芒。
玉虛門下客。封神花聖朝。

話說子牙出陣前，欠身曰：四位乃魔禮青、魔禮

[1014]

曰。姜尚你不守本土，甘心啇亂，而故結叛亡。壞朝廷法紀，殺犬臣，號令西岐，滅屬不道，是自取滅亡。今天兵至，且尚不倒戈投首，猶自抗拒，直待戮平城垣，似為雍粉。那時悔之晚矣。子牙曰：元帥言之差矣。吾等守法奉公。原是啇臣，受封西土，豈得稱為反叛。今朝廷信大臣之言，屢伐西岐，勝敗之事，乃朝廷大臣自取其辱。我等併無一軍一卒，冒犯五關，今汝等反加之罪名。我君臣豈肯詐服。魔禮青大怒曰：嚴敢巧詐混稱大臣，取辱，獨不思你韓下有滅國之禍，放開大步，使鎗來取子牙，左哨止南宮适縱搖舞刀大喝曰

足叫曰不料西岐姜尚遺等兇惡殺死張桂芳又挫智雄號令岐山大肆猖獗吾欲親征奈東南二處未息兵戈乃問吉立余慶曰我如今再遣何人去代西岐吉立答曰太師在上西岐足志多謀兵精將勇張桂芳況且失利九龍島四道者亦且不能取勝如今可發令牌命佳夢關魔家四將征伐廢大功可成太師聽言喜曰非此四人不能克此大惡忙發令牌又點左軍大將胡陞胡雷交代守關將令發出使命領令前行不覺一日已至佳夢關下馬報曰聞太師有緊急公文魔家四將接了文書拆開看罷大笑曰太

師用兵多年如今爲何顛倒料西岐不過是姜尚苦飛虎等割雞焉用牛刀打發來使先回弟兄四人點精兵十萬師曰與師與胡陞胡雷交代府庫錢根一應完畢魔家四將辭了胡陞一聲炮響大對人馬起行浩浩蕩蕩軍聲大振往西岐而來怎見得好人馬三軍吶喊旛列五方刀如秋水迸寒光鈴似麻林初出土開山斧如同秋月盡杆戟豹尾飄飄鞭鐧抵鎚分左右長刀短劍砌龍鱗花腔鼓擂催軍攢將響陣鑼鳴令出收兵拐子馬禦防刼寨金裝笠被沖營中軍帳鉤鎌護守前後營刁斗分明陞

共全仗腦中策用武還依紀法行

話說魔家四將人馬曉行夜住逢州過府越嶺登山非止一日又過了桃花嶺哨馬報入中軍啓元帥兵至西岐北門請令定奪魔禮青傳令安下團營扎了大寨三軍放靜營炮吶一聲喊丑說子牙自兵束岐山軍威甚盛將士英雄天心效順四方歸心豪傑雲集子牙正商議軍情忽探馬報入相府魔家四師領共住扎北門子牙聚將上殿共議退兵之策武成王黃飛虎上前啓曰丞相在上佳夢關魔家四將乃弟兄四人皆係與人秘授奇術變幻大是難敵長曰寶

禮青長二丈四尺面如活蟹鬚如銅線用一根長鎗步戰無騎有秘授寶劍名曰青雲劍上有符印中分四字地水火風這風乃黑風風內有萬千戈矛若人逢着此双四肢成爲虀粉若論火空中金蛇攪遶遍地一塊黑倒烟掩人目烈焰燒人並無遮攔還有魔禮紅秘授一把傘名曰混元傘傘上有祖母祿祖母叩祖母碧有夜明珠碧塵珠碧火珠碧水珠消涼珠九曲珠定顏珠定風珠還有珍珠穿成四字裝載乾坤這把傘不敢撑撑開時天昏地暗日月無光轉一將乾坤愰動還有魔禮海用一根鎗背上一面琵琶

第四十回　四天王遇丙靈公

詩曰

魔家四將號天王。　恍有青雲劍異常
彈動琵琶人已絕。　撐開珠傘日無光
莫言烈焰能焚燬。　且說花狐善食強
縱有幾多稀世寶。　丙靈一遇命先亡

却說南宮适武吉將三人拿到轅門通報子牙命推進來魯雄跪立費尤二賊跪下。子牙曰魯雄時務要知天心要順。太理要明真假要辨方令四尤知紂稔惡棄紂歸周三分有二何苦逆天。自取殺身之禍令

凡老臣　足忠烈　幾乎

已被擒尚有何說魯雄大喝曰姜尚爾曾為紂臣職任大夫令背主求榮。非良傑也吾今被擒食君之祿當死君之難。今日有死而已又何必多言子牙命曰監于後營復到土臺上布起罡斗隨把彤雲散了。出大陽日色如火。一般把岐山脚下水時刻化了。五萬人馬凍死三二千餘者逃進五關去了。子牙又命南宮适往西岐城請武王至岐山南宮适走馬進城來見武王行禮畢。武王曰相父在岐山天氣炎熱陸地無陰三軍勞苦卿今來見孤有何事。南宮适對曰臣奉丞相令請六王駕幸岐山武王隨同衆文武往岐

山來怎見得有詩爲証

詩曰

君正臣賢國曰昌。　武王仁德配陶唐。
慢言冰凍擒軍苑。　且聽臺城斬將亡。
祭賽對神勞聖主。　驅馳國事仗臣良。
古來多少英雄血。　爭利貪名盡是傷。

話言武王同文武往西岐山來。行未及二十里只見兩邊溝渠之中冰塊飄浮。來往武王問南宮适方知冰凍岐山君臣又行七十里至岐山子牙迎武王武王曰相父避孤有何事商議子牙曰請大主親祭岐

山武王曰。山川享祭此爲正禮乃上山進帳子牙設下祭文武王不知今日祭封神臺子牙只言祭岐山排下香案武王拈香子牙傳令斬訖報來。衆將獻三顆首級武王大驚曰。相父祭山爲何斬人子牙曰此二人乃成湯費仲尤渾也。武王曰如臣理當斬之子牙奏武王囘兵西岐不表。且說清福神。將三魂引入封神臺去了。話說魯雄殘兵敗卒走進關逃囘朝歌聞太師在府看各處報章。看三山關鄧九公報太敗南伯侯忽報汜水關。韓榮報到令接上來。拆開看畢。頻

層層。由如柳絮舞。初起時一片兩片。似鵝毛風捲在空中。次後來。千團萬團。如裁花雨打落地下。高山堆疊。野狐失穴。怎能行。溝澗無踪。苦殺行人難進步。雲時間。銀粧世界。一會家粉初乾。乾坤客子難沽酒。蒼翁苦覓梅。飄飄蕩蕩裁蝶趐。疊疊層層道路迷。豐年祥瑞從天降。堪賀人間好事宜。

魯雄在中軍。對費尤曰。七月秋天降此大雪。世之罕見。魯雄邁先。怎禁得這等寒冷。費尤二人亦無計可施。三軍都凍壞了。且說子牙在岐山上。軍士人人穿起棉袄。帶起斗笠。感丞相恩德。無不稱謝。子牙問雪

深幾尺。武吉回話。山頂上深二尺。山脚下風旋下去。深有四五尺。子牙復上土臺。披髮仗劍。口中念念有詞。把空中彤云散去。現出紅日當空。一輪火傘雲将雪都化水。往山下一聲响。水去的急。聚在山凹裡。子牙見日色丑勝。有詩為記。

詩曰

真火原來是太陽。　初秋積雪化征凉。

玉虛秘秩無窮妙。　欲凍窩兵盡喪亡。

話說子牙見雪消水急滚湯下山。忙發符仟。又刮大風。只見陰雲佈合。把大陽掩了。風狂藥烈不亞嚴冬。

雲時間。把岐山凍作一塊汪洋。子牙出營來看。紂管嬌幢盡倒。命南宮适武吉二将。帶二十名刀斧手下山。進紂營。把首将拿來。二将下山。遲及營中。見三軍凍在冰裡。将死者且多。又見魯雄費仲尤渾三将在中軍。刀斧手上前擒捉。如同囊中取鈔一般。把三人捉上山來見子牙。不知性命如何。且聽下回分解。

總批

魯雄談兵。儘有将畧。只是沒有交戰。竟被子牙捉去在費仲尤渾同無論。只可惜魯雄忠貞之輩。竟打在此劫之內。未免令人恓惶。

又批

李與霸巳身逃去。必竟撞着木吒斬了。可見天數巳定。更無踈漏。令人畢竟逆天傲事。都是不安義命。

魯雄電兵在茂林深處見岐山上有人安營紮兵大
咲此時天氣山上安營紮兵不過三日只不戰自死魯雄只
等救兵交戰至次日只子牙領三千人馬出城往西岐
山來南宮适武吉下山迎接上山合兵一處八千人
馬在山上紮起了帳幔子牙坐下怎見得好熱有詩
為証

　　詩曰

太陽真火煉塵埃。　烈石煎湖實可哀。
綠柳青松催艷色。　飛禽走獸盡罹災。
眾淨上面如煙燒　水閣之中似火來

萬里乾坤只一照。　　　行商旅客苦相煤。

話說子牙坐在帳中令武吉營後築一土臺高三尺
速去築來武吉領令西岐辛免催趙車輛許多餙物
報與子牙子牙令搬進行營散餙物眾軍看見痴呆
羊駒子牙點名給散一各一個棉袄一個斗笠領愷
下去眾軍咲日吾等穿將起來死的快了且說子牙
至晚武吉回令土臺造完子牙上臺披髮仗劍望東
覷嵩下拜布罡步斗行玄術念靈章發符水但見
子牙作法要時狂風大作吼樹穿林只刮的颯颯
尼塵霧迷世界滑溜溜天催地塌驟瀝瀝海拂山

崩搖幢啊如銅鼓鼕來將枝兩眼難睜一時把金

　　詩曰

念動王虛玄妙訣。　　靈符秘籙更無差。
驅邪伏魅隨時應。　　喚雨呼風似滾沙。

且說魯雄在帳內見狂風大作熱氣全無太事月若
閗太師點兵出閗正好厮殺溫和天氣費仲尤渾日
天子洪福齊天故有涼風相聚那風一發勝了如猛
虎一般怎見得好風。

　　詩曰

蕭蕭颯颯透深閨。　　無影無形收皎人
旋起黃沙三萬丈。　　飛來黑霧丁千霄
穿林倒木真無狀。　　徹骨生寒豈易論。
縱火行兇尤猛烈。　　江湖作浪更迷濛。

話說子牙在岐山布斗刮三日大風凜凜似朔風一
樣三軍嘆日天時不止山國家不祥故有此異事過了
一兩個時辰半空中飄飄蕩蕩落下雪花來紛兵怨
言吾等單衣欲用怎耐凜溂嚴威正在那裡埋怨不
一將鵝毛片片亂舞梨花好大雪怎見得
瀟瀟洒洒密密層層、瀟瀟洒洒一似豆楷灰容

在圍圈之中，只得掛印簪花遞酒，太師發銅符點人
馬五萬協助張桂芳，有詩爲証。

詩曰：

魯雄報國寸心丹　黃仲尤渾心膽寒
夏月行兵難住馬　一籠火傘罩征鞍
只因國祚生離亂　致有妖氣起禍端
臺造封神將巳備　子牙冰凍二讒妹

話說魯雄擇吉日，祭寶纛旗，殺牛宰馬，不日起兵。嘗
雄辭過開太師，放炮起兵。此時夏末秋初，天氣酷暑，
三軍鉄甲單衣，好難知走馬，軍雨汗長流，步卒人人嗞

息好熱天氣，三軍一路怎見得好熱。

萬里乾坤似一輪，火傘當中四野無雲風盡息。八
方有熱氣昇空，高山頂上，大海波中，高山頂上只
晒得石烈灰飛，犬海波中，蒸熱得波翻浪滾，林中
飛鳥晒脫翎毛，莫想騰空展翅，水底遊魚蒸翻鱗
甲，怎能弄土鑽泥，只晒得磚如燒紅鍋底熱，便是
溪石人身也汗流，三軍一路上盆滾滾撞天銀鏊，
甲胃胄益地兵，山軍行如驟雨，馬跳似歡龍閃翻
銀葉甲，撥轉皂雕弓，正是喊聲振動山川澤大地
乾神似火籠

話說魯雄人馬出五關，一路行來，有探馬報與魯雄
曰：張總兵失機陣亡，首級號令在西岐東門，請軍令
定奪。魯雄聞報大驚曰：桂芳巳死，吾師不必行，且安
營。問前面是甚麽所在，探馬回報是西岐山。魯雄傳
令茂林深處安營，命軍政司修告急文書報太師，不
表。且說子牙自從斬了張桂芳，見李姓兄弟三人都
到西岐。一日子牙墜相府，有報馬報入府來：西岐山
有一枝人馬扎營。子牙巳知其詳，前日清福神來報，
封神臺巳造完，張掛封神榜，如今正要祭臺傳令，命
燃告適武吉點五千人馬往岐山安營，阻塞路口，不

放他人馬過來。二將領令，隨郎點人馬出城，一聲炮
响，匕十里望見岐山，一枝人馬乃成湯號色，南官适
對陣安下營塞，天氣炎熱，三軍此立不住，空中火傘
施張。武吉對南官适曰：吾師令我二人出城，此處安
營難爲，三軍枯渴，又无樹林遮益，恐三軍心有怨言。
一宿巳過，次日有辛甲至營相見，丞相有令，命把人
馬調上岐山頂上去安營。二將聽罷，甚是驚訝。此時
遞只得如此，二將點兵上山，三軍怕熱，張口喘息，看
天氣熱不可當，遞上山去死之速矣。辛甲曰：軍令怎
實難當，又要造飯取水不便，軍士俱埋怨，不題。且言

話說木吒大戰李與霸，木吒背上寶劍兩口，名曰吳鈎。此劍乃干將鏌耶之流，分有雌雄。木吒把左肩一搖，那雄劍起去，橫在空中磨了一磨，李與霸可憐。

千年修煉全無肌　血染衣襟在九宮

木吒將與霸尸骸掩了，借土遁往西岐來，進城至相府，問官通報，有一道童求見。子牙命請來，木吒至殿前下拜。子牙問曰：那裡來的？金吒在傍言曰：此是弟子兄弟木吒，在九宮山白鶴洞普賢真人學藝。子牙曰：先弟三人齊佐明主，簡篇萬年，史冊傳揚不朽。西岐日盛。話說聞太師在朝歌執掌大小國事，共實有

條有法。話說汜水關韓榮報入太師麾，聞太師拆開一看，拍案大呼曰：道兄你郄為着何事死于非命？兩位極人臣，受國恩如同泰山，只因國事艱難，使我不敢擅離此地，今見此報，使吾痛入骨髓。忙傳令點鼓聚將。只見銀鞍殿三咚鼓響，一千眾將參謁太師。太師曰：前日吾邀九龍島四道友協助張桂芳，不料死了三位，風林陣亡。今與諸將共議，誰為國家輔張桂芳破西岐，走一遭？言未畢，左軍上將軍魯雄年紀高大，上殿曰：末將愿往。聞太師看時，左軍上將軍魯雄蒼髯皓首上殿，太師曰：老將軍年紀高大，由恐不

請得極是只恐大道不有乃尔

足成功。魯雄唉曰：太師在上，張桂芳雖是少年當道，用兵恃強，只知已能顯腦中秘投風林，乃匹夫之才。故此有失身之禍。為將行兵，先察天時，後觀地利，中曉人和，用之以文，濟之以武，守之以靜，發之以動，亡而能福，機變不測，決勝千里自天之上，由地之下無所不知。十萬之眾無有不力，範圍曲成，各極其妙，定自然之理，決勝負之機，神運用之權，藏不窮之智。此乃為將之道也。末將一去，更要成功，再副一二眾軍，大事自可定矣。太師聞言：魯雄雖老，似有將才，況是

忠心，欲點參軍必得是機明辨的方夫，得不若令費钟尤渾前去，亦可。忙傳令命費仲尤渾為參軍。軍司將二臣令至殿前，費仲尤渾見太師行禮畢。太師曰：方今張桂芳失機，風林陣亡，魯雄協助少二名參軍。老夫將二位大夫為參讚機務，征勦西岐，旋師之日，其功莫大。費尤聽罷，魂魄潛消。太師在上，職任文家，不按武事，恐惶國家重務。太師曰：二位有隨機應辨之才，通達時務之變，可以參讚軍機，以襄魯將軍不逮。總是為朝廷出力，況如今國事艱難，當得輔君為國，豈可彼此推諉。左右取參軍印來。費尤二人落

還未及數合。只見哪吒登風火輪。搖鑔直剌李與霸。與霸用鐧急架。忙還子牙在四不相上。方祭打神鞭。李與霸見勢不能取勝。把狰獰一拍。那獸四足騰起。風雲迤脫去了。哪吒見走了李與霸。登輪直殺進桂芳垓心來。尫田弟兄二人在馬上大呼曰。張桂芳早下馬歸降。免爾一死。吾等共享太平。張桂芳大罵叛逆匹夫。捐軀報國。盡命則忠。豈若尔輩貪生而損名節也。從清辰只殺到午牌時分。桂芳料不能出。大呼紂王陛下。臣不能報國立功。一死以盡臣節。自刎鎗一剌。桂芳撞下鞍鞽。一點靈魂徑往封神壹來清福神

引進去了。正是

英雄半世成何用。留的芳名萬載傳。

桂芳巴苑人馬。也有降西岐者。也有回關者。子牙得勝進城入府上殿。各報其功。子牙見今日眾將英雄可喜。且說李與霸逃脫重圍。慌張疾走。李與霸乃四聖之數。怎脫得大數。得解正行。飄然落在一山。道人見坐騎落下。滾鞍下地。倚松靠石。少憩片時。將思良久。吾在九龍島修煉多年。豈料西岐有失。愧回海島。羞見道中朋友。如今迴往胡歌城去。與闡兄共議報。雪泪之恨。也方欲起身。只聽的山上有人唱道情而

來。道人回首一看。原來是一道童。

天使還玄得做仙。做仙隨處覘青天。

此言勿謂吾狂妄。得意回時合自然。

話言那道童唱着行來。見李與霸打稽首。道者請了。與霸答禮。道童曰。老師那一座名山何處洞府。與霸曰。吾乃九龍島煉氣士李與霸。因功張桂芳西岐失利。在此少坐片時。道童你往那裡來。道童陪想道。道正是踏破鉄鞋無覓處。得來全不用功夫。道童大喜。我不足別人。我乃九宮山白鶴洞普賢真人從弟木吒是也。奉師命。往西岐去見師叔姜子牙門下立功

滅紂。我臨行時。吾師會說。你要過着李與霸。捉他去西岐見子牙。為贄見。登知恰侚遇你李與霸。大吹曰。好孽障。為敚欺吾太甚。拎鐧劈頭就打。木吒趫劍急架忙迎。劍鐧相交。怎見得九宮山大戰。

這一個輕移道步。那一個急轉麻鞋。輕移道步撇王把純鋼出鞘。急轉麻鞋。滲金裝簧劍離匣鋼來劍架。劍烽斜刺一剮花。劍去鋼迎。腦後千堆寒霧滾。一個是肉身成聖木吒多威武。一個是靈霄殿上神將逞雄威。些兒眼慢。目下皮肉不完全。手若遲鬆。眼下尸骸分兩塊。

騰騰殺氣照山河。子牙暗想吾師所賜打神鞭。何不祭起。子牙將神鞭丟起空中。只聽雷鳴火電。正中高友乾頂上。打的腦漿迸出。死于非命。一魂已入封神臺去了。楊森見高道兄已亡。吼一聲來奔。子牙不防。哪吒將乾坤圈丟起。楊森早被金吒一劍揮為兩段。一道龍鬚祭起套住楊森。方欲收此寶。被金吒將斬。靈魂也進封神臺去了。張桂芳風林見二位道長身亡。縱馬使鎗。風林使狼牙捧冲殺過來。李興霸騎獐獰。搖方楞鐧殺來。金吒步戰。哪吒使一根鎗。兩家混戰。只聽西岐城裡一聲砲響。走出一員小將。還是一

978

個光頭兒。銀冠銀甲。白馬長鎗。此乃黃飛虎第四子黃天祥。走馬殺到軍前。神武煇煇。威勁貫三軍。鎗法如驟雨。天祥刺斜裡一鎗。把風林挑下馬來。一魂也進封神臺去了。張桂芳料不能取勝。敗進行營。李興霸上帳自思。吾四人前來助你。不料今日失利。喪吾三位道兄。你可脩文書速報。聞兄可求救至此。以泄今日之恨。張桂芳依言。忙作告急文書。差官星夜進朝。歌不表。且說姜子牙得勝回西岐。陞銀安殿。眾將報功。子牙羨黃天祥走馬鎗挑風林。金吒曰。師叔今日之勝。不可停留。明日會戰一陣成功。張桂芳可破也，

979

子牙曰善。次日子牙點眾將出城。三軍吶喊。軍威大振。坐名要張桂芳。桂芳聽報大怒。自來提兵。未曾挫銳。今日反被張桂芳小人欺侮。氣殺我也。忙上馬布到轅門。指子牙大喝曰。反賊怎敢欺侮天朝元帥。與你立見雌雄。縱馬持鎗殺來。子牙後面黃天祥馬出。與桂芳雙鎗並舉。一場大戰。

二將坐雕鞍。征夫馬上歡。邀一個怒發如雷吼。那一個心頭火一攢。這一個喪門星要扶紂主。那一個天罡星欲保周元。這一個捨命而安社稷。那個攘殘生欲正江山。自來惡戰不辭荒。轅門幾次

980

鮮紅濺，話說黃天祥大戰張桂芳。三十合未分上下。子牙傳令點鼓。軍中之法。鼓進金止。周營數十騎。左右搶出，伯達伯适仲突仲忽。叔夜叔夏季隨季騧。毛公遂周公旦召公奭呂公望南公适辛甲辛免。太顛閎夭黃明周紀等。圍裹上來。把張桂芳圍在垓心。好張桂芳。似弄風猛虎。酒醉班彪。抵擋周將。全無懼怯。且說子牙命金吒你去戰李興霸。我用打神鞭助你。今日戌功。金吒聽命。獨步而來。李興霸坐在狴犴上。見一道童來。搶來。催開狴犴。提鐧就打。金吒舉寶劍急架相

981

973

子牙遇王魔已被打死幸得文殊救免輪迴
實未曾死。如有此等死法。便是百死何妨只
恐今人學此方法的便是斷根絕命

975

第三十九回　姜子牙氷凍岐山

詩曰

四聖無端欲逆天。　仗他異術弄狂顛。
西來有分封神客。　北伐方知証果仙。
幾許雄才消此地。　無邊惡孽造前愆。
雪飛七月氷千尺。　尤費顛連喪九泉。

話說金吒一劍把王魔斬了，一道靈魂徑往封神臺來
清福神百鑑用百靈旛引進去了。廣法天尊收了此
寶望崑崙下拜弟子了。開了殺戒命金吒把子牙背貨
上山。將丹藥用水研開灌入子牙口內不一時子牙

976

醒回看見廣法天尊曰。道兄我如何於此處相會天
尊答曰原是天意。定該如此不由人耳。過了一二時
辰命金吒你同師叔下山協助西土。我不久也要來
須扶子牙上了四不相回西岐。廣法天尊將土墩了
王魔尸骸不表且說西岐城不見姜丞相眾將慌張。
武王親至相府差探馬各處找尋子牙同金吒至西
岐眾將同武王齊出相府。子牙下騎武王曰相父敗
兵何處孤心甚是不安子牙曰老臣若非金吒師徒。
決不能生還矣。金吒參謁武王會了。哪吒二人自在
一處子牙進府調理。且說成湯營裡楊森見王魔得

977

滕追趕子牙。至晚不見回來。楊森疑惑。怎麼還不見
來。忙忙袖中一筭。大叫一聲罷了。高友乾本與霸齊
問原由楊森怒目。可惜千年道行。一但死于五龍山
三位道人怒髮沖冠。一夜不安次日上騎城下搦戰
只要子牙出來答說探馬報入相府子牙着傷未愈。
只見金吒曰師叔既有弟子在此保護出城定要成
功子牙從計上騎開城見三位道人咬牙大罵曰好
姜尚殺吾道兄。勢不兩立。三騎齊出來戰子牙傷有
金吒哪吒二人。金吒兩口寶劍哪吒登開風火輪使
開火尖鎗抵敵五人交兵只殺得電霤紅雲籠宇宙

歪魔見趕不上子牙復取開火珠望後心一下把子
牙打翻下騎來骨碌碌滾下山坡面朝天打死了四
不相趐在一傷王魔下騎來取子牙首級忽然聽的
半山中作歌而來。
　　對水清風拂柳。　　池中水面飄花。
　　借問安居何處。　　白雲深處為家
話說王魔聽歌看時乃五龍山雲霄洞文殊廣法天
尊王魔曰道兄此來為何廣法天尊答曰王道友姜
子牙害不得貧道奉玉虛宮符命在此久等多時只
因五事相湊故命子牙下此一則成湯氣數已盡二

則西岐真主降臨三則吾闡教犯了殺戒四則姜子
牙該享西地福祿身膺將相之權五則與玉虛宮代
理封神道友你截致中逍遙自在無拘無束為甚廖
惡氣紛紛雄心料料可知道你那碧遊宮上有兩句
說的妖。
　　上有名人。
緊閉洞門靜誦黃庭三兩卷。　　身投西土封神薹
你把姜尚打死雖屍還有甌生時候道友係我你好
生四去道還是甘月來缺著　不聽吾言致生後悔王
魔曰文殊廣法天尊你好不誄我何你下樣規矩怎

言月缺難圓難道你有名師我無教主王魔動了歷
明之火捧劍在手睜睛欲來取文殊廣法天尊只見
天尊後面有一道童挽孤拏髻穿淡黃服大叫王魔少
待行點我來了廣法天尊門徒金吒是也挺劍直奔
王魔手中劍對面交還來往盤旋惡神斯殺有
詩為証
　　詩曰
　　來往交還劍吐光。　　二神鬥戰五龍崗
　　行深行淺皆出命。　　方知天意滅成湯
話說王魔金吒惡戰山下文殊廣法天尊取一物此

寶在玄門為遁龍樁父後在釋門為七寶金連上有
三箇金圈往上一舉落將下來王魔急難逃脫頸子
上一圈腰上一圈足下一圈直立的算定此樁金吒
見寶縛了王魔手起劍落不知性命如何且聽下回
分解

總批

聞太師自己不動身又送四個人去死驊然如
此只他四個人要尋事做不肯靜坐深山保
守天真甘入封神傍內

又批

管教他血滿城池尸成山嶽。又過三日楊森對王魔
曰。道兄姜子牙至八日還不出來。我們出去會他。兩
个端的張桂芳目見姜尚那日見勢不好將言術就妻
尚外有忠臣內懷奸詐。楊森曰。既如此我等出去看。
是誘哄我等。我們只消一陣成功早與你班師回去
風林傳下令去。點砲。三軍吶喊殺至城下。請子牙答
話探事馬報入相府。子牙帶哪吒龍鬚虎武成王騎
四不相出城。王魔一見大怒好姜尚你前日跌下馬
去。卻原來往崑崙山借四不相要與俺們見个雌雄
趕從軒一碨靴劍來取子死傷有哪吒登開風火輪

搖火尖鎗大叫王魔少待傷吾師叔。冲殺過來輪戰
相交鎗劍併舉。一場大戰怎見得。
兩陣上旛搖攝戰鼓。鎗劍交加霞光吐。鎗是乾元
秘殺來。劍法米山多威武。哪吒發怒性綱強。王魔
寶劍誰敢阻。哪吒是乾元山上寶和珍。王魔一心
要把成湯輔。鎗劍並舉沒遮攔。只殺的兩邊兒郎
尋閙賭。
話說二人大戰哪吒使發了那一條鎗。與王魔力敵。
正戰間楊森騎着俊猊見哪吒鎗來得利害。劍乃短
家火招架不開。楊森在豹皮囊中取一粒開天珠。劈

面行來。正中哪吒。打翻下風火輪去。王魔急來取首
級。早有武成王黃飛虎催開五色神牛把鎗一擺冲
將過來救了哪吒。王魔復戰飛虎楊森二發奇珠黃
飛虎乃是馬上將軍。怎經得一珠。打下坐騎來卒被
龍鬚虎大叫曰莫傷吾大將。我來了。王魔一見大驚。
是個甚麼妖精出來。怎見得。
古怪蹺蹊相頭大頸子長。獨足只是跌眼內吐金
光身止驎甲現。兩手似鈎鋼煉成奇異術發手膛
盤強。但逢龍鬚虎。不死也着傷。
諕言寫夾虔騎着花班豹見龍鬚虎兒慌忙取混元

寶珠劈臉打來。正中龍鬚虎的膊子。打的扭着頭跳。
左右救回黃飛虎。王魔楊森二騎來搶子牙。子牙只
得將劍招架。來往冲殺。子牙左右無佐。三將着傷。救
回去了不防李興霸把劈地珠照子牙打來正中前
心。子牙愛呀一聲。幾平墜騎帶四不相望西北上逃
走。王魔曰待吾去拿了姜尚來。趕子牙似飛雲風捲
如弩箭離絃。子牙雖是傷了前心聽的後面趕來。把
四不相的角一拍起。在空中王魔咲曰總是道門之
術你欺我不會騰雲。把鞭狂乱拍。他起離空中隨後
趕來。子牙在西岐有七死三災。此是逃四聖頭一死

天地靈氣受日月之精發手運石多玄妙口吐人
言恭世無龍與豹交眞可羡來扶明主勒皇圖
話說子牙一見魂不負体嚇了一身冷汗那物大叫
一聲曰但吃我姜尚一塊肉延壽一千年子牙聽罷原
來是要吃我的那東西又一跳將來叫姜尚我要吃
你子牙曰吾與你無隙無讎爲何要吃我妖怪答曰
你休想逃脫今日之厄子牙把杏黃旗輕輕展開有
裡面簡帖元來如此子牙曰那尊障我該你口裡食
料應難免你只把我杏黃旗扳起來我就與你吃
扳不起來怨命子牙把旗望地上一戳那旗長有二

961

丈有餘那妖相伸手來扳扳不起來兩隻手扳也
不起來用陰陽手扳也扳不起來將雙手只到旗根
底下把頭頸子抔的老長的也扳不起來子牙把手
望空中一撒五雷正法一聲響雷火交加嚇的那東
西要放手不意把手長在旗上了子牙喝一聲好尊
隱吃吾一劍那物叫曰上仙饒命念吾不識上仙玄
妙此乃申公豹害了我子牙聽說申公豹的名字子
牙問曰你要吃我與申公豹何干妖怪答曰上仙吾
乃龍鬚虎也自少吳聊生我採天地靈氣受陰陽精
華已成不死之身前日申公豹往此處過說今日

962

時姜子牙過府若吃他一塊肉延年萬載故此一時
愚昧大膽欺心冒犯上仙不知上仙道高德隆自古
是慈悲道德可憐念我千年辛苦修開十二重樓若
救一生萬年感德子牙曰據你所言你拜吾爲師我
就饒你龍鬚虎曰願拜老爺爲師子牙曰既如此你
閉了目龍鬚虎閉目只聽得半空中一聲萬响龍鬚
虎把手放了倒身下拜子牙於北海收了龍鬚虎爲門
徒子牙問曰你在此山可曾學得此道術龍鬚虎答
曰弟子善能發手有石隨手放開便有譽盤大石頭
飛蝗驟雨打的滿山灰土迷天臨發隨應子牙大喜

963

此人用之叔營到處可以成功子牙收了杏黃旗臨
帶龍鬚虎上了四不相逕往西岐城落下坐騎來至
相府眾將迎接猛見龍鬚虎在子牙後邊眾將嚇的
痴獃了姜丞相惹了邪氣來了子牙見眾將猜疑叹
曰此是北海龍鬚虎也乃是我收來門徒眾將進到
府衆謁已畢子牙問城外消息武吉曰城外不見動
靜子牙打點有一場大戰且說張桂芳在營五日不
見子牙出城犒賞三軍把黃飛虎父子解到管禁來
乃對四位道人曰老師羌父尚五日不見消息其中渼
非有詭王魔曰他既徒徒免難道失信與我等西岐城

964

兒他非有他意彼騎的俱是怪獸衆將未戰先自潰
馬挫動銳器故此將機就計且進城再作他處黃將
軍謝了子牙衆將散訖子牙乃香湯沐浴分付武吉
哪吒子牙駕土遁二上崑崙往玉虛宮而來有詩為
証

詩曰

道術傳來按五行　　不登霧彩最輕盈
須更直過扶桑徑　　咫尺行來至玉京

且說子牙到了玉虛宮不敢擅入候白鶴童子出來
子牙曰白鶴童兒通報一聲白鶴童子至碧遊床跪

而言曰啓老爺師叔姜尚在宮外候法旨元始分付
命來子牙進宮倒身下拜元始曰尤龍島王魔等四
人在西岐伐你他騎的四獸你未曾知道此物乃萬
獸朝蒼之時種種各別龍生九種色相不同白鶴童
子你往桃園裡把我的坐騎牽來白鶴童兒往桃園
內牽了四不相來怎見得有詩為証

詩曰

麟頭豸尾體如龍　　足踏祥光至九重
四海九洲隨意遍　　三山五嶽霎時逢

童兒把四不相牽至元始曰姜尚也是你四十年苦

行老功勞與貧道代理封神今把此獸與你騎往西岐
好會三山五嶽四瀆之中奇異之物又令南極仙翁
取竹木鞭長三尺六寸五分有二十一節每節有
四道符印共八十四道符印名曰打神鞭子牙晚而
叉受又拜懇乞望老師大發慈悲无始曰你此一去
往北海邊還有六人等你貧道猜此中妙玄团之機
付你旗內有篩臨逃走除留看此簡復却騰的子牙
叩首辭別出玉虛宮南極仙翁送子牙童旗離宮字
牙上了四不相把頂上兩角赤歟十道紅光起上
鈴鐺响處往西岐奉直符老聞那四不相飄飄落在

一座山上山近連海島怎見得好山

千峰排戟萬仞開屏。日映嵐光輕嶺外雨收岱色
冷含煙藤纏老樹。雀占危岩，奇花瑤草修竹喬松。
幽鳥啼聲近，洶洶海浪鳴。重重谷壑芝蘭繞處處
嶢崖苔蘚生。起伏峯頭龍脈好，必有高人隱姓名

話說子牙看罷山只見山嶧下。一股怪雲捲起雲超
處生風風響處見一物好生蹺蹊古怪怎見得

頭似駝，猙獰凶惡。項似鷺，綎折泉雄。顙似蝦或上
武下。耳似牛凸暴雙睛身似魚光輝燦爛手似鳶。
電灼鋼釘足似虎鑽山跳澗龍分類眹下異形探

們好會他楊森日張桂芳風林你把道符貼在你的
馬鞍轎上各有話說我們的坐騎乃是奇獸戰馬見
了骨軟筋酥焉能踮立二將領命且說次日張桂芳
進相府報張桂芳請丞相答話子牙不把張桂芳放
全粧甲胄上馬至城下坐名只要姜子牙答話報馬
在心上料只如此傳令擺五方隊伍出城砲聲響亮
城門大開
只見青旛招展一池荷葉舞青風素帶施瀟苑
梨花飛瑞雪紅旛閃灼燒山烈火一般同皂蓋飄
搖烏雲益佈鐵山頂杏黃旗磨動覆中軍戰將英

雄如猛虎兩邊擺打陣衆英豪
話說寶纛旛下子牙騎青毯馬手提寶劍桂芳一馬
當先子牙日敗軍之將又有何面自至此張桂芳日
勝敗軍家常事何得為愧今非昔比不可欺敵言還
未畢只聽得後面鼓響旗旛開處走出四樣異獸王
魔騎狴犴楊森騎猊高友乾騎的是花班豹李興
霸騎的是爭獰四獸冲出陣來子牙兩邊戰將都跌
翻下馬連子牙也撞下鞍轎那戰馬經不起那異獸
惡氣冲來戰馬都骨軟筋酥內中只是哪吒風火輪
不能動搖黃飛虎騎五色神牛不曾挫銳以下都跌

下馬來四道人見子牙跌在得冠斜袍縧大咲不止犬
呼日不要慌慢慢起來子牙忙整衣冠再一看時見
四位道人好凶惡之相臉分青白紅黑各現古怪器
獸子牙打稽首日四位道兄那座名山何處洞府今
到此間有何分付子牙道罷王魔日姜子牙吾乃是
九龍島煉氣士王魔楊森高友乾李興罷也你我俱
是道門只因聞太師相招作地到此我等奠非與子
牙解圍並無他意不知子牙可依得貧道等三件事
子牙日道兄分付莫說三件便三十件可以依得但
競無妨王魔日頭一件要武王稱臣子牙日道兄差

矢吾主公武王死足商臣奉法守公并無欺子何不
可之有王魔日第二件開了庫藏給散三軍賞賜第
三件將黃飛虎送出城與張桂芳解回朝歌你意下
如何子牙日道兄分付極是明白容尚回城三日後
作表文敢煩道兄帶回朝歌謝恩再無他議兩邊拳手
請了正是
且將三事權依允　二上崑崙走一遭
話說子牙同衆將進城人扣府陞殿坐下只見武成
上跪下日請丞相將我父子解送桂芳行營免累武
王子牙忙忙快起日賢將軍方纔三件事乃權宜暫

太師曰承道兄大德求卽幸臨不可爲媿王魔曰蒙
把童兒先將坐騎送往岐山我們卽來聞太師上了
墨麒麟回朝歌不表且說王魔等四人一齊駕水遁
往朝歌來怎見得有詩爲証

詩曰

五行之內水爲先　不用成舟不駕船
大地乾坤頃刻至　碧遊宮內聖人傳

話說四位道人到朝歌收了水遁進城朝歌軍民一
見嚇得魂不負體王魔戴一字巾穿水合服面如滿
月楊森蓬子籍似宅頭打扮穿皂服面如鍋底額似

珠砂兩道黃眉高友乾槐雙狐鬢穿大紅服面如藍
髮似珠砂上下撩牙李典霸戴魚尾金冠穿淡黃
服面如重棗一部長鬚俱有一丈五六尺長慌慌蕩
湯衆民看見伸舌咬指王魔問百姓曰聞太師府在
那裡有大膽的答曰在正南二龍橋就是四道人來
至相府太師迎入施禮畢傳令擺上酒來左道之內
俱用掌酒持齋者少五位傳杯次日聞太師入朝見
紂土言九龍島臣請得四位道者往西岐破武王紂
王曰太師翁孤佐國何不請來相見太師領首不一
特領四位道人進殿來紂王一見魂不負體好兇惡

像貌道人見紂王曰納子稽首了紂王曰道者平身
傳旨命大師畫朕代禮顯慶殿陪宴太師領首紂王
回宮且說五位在殿懽飲王魔曰聞兄待吾等成了
功來再會酒罷我們去也四位道人離了朝門太師
送出朝歌太師自回府中不表且說四位道人架水
遁往西岐山來霎時到了蔡下遁光到張桂芳
探馬報入有四位道長至轅門候見張桂芳聞報出
營接入中軍張桂芳風林參謁王魔見二將欠身不
便問月聞太師請俺們來取你你想必著傷風林把
脅膊被哪吒打傷之事說了一遍王魔曰与吾看一

看呀元來是乾坤圈打的葫蘆中取一粒丹口中嚼
碎搽上卽時全愈桂芳也來求丹王魔一樣治度又
問西岐姜子牙在那裡張桂芳曰此處離西岐七十
里因兵敗至此王魔曰快起兵徃西岐城去彼時張
桂芳傳令一聲炮响三軍吶喊殺奔西岐東門下寨
子牙在相府正議速日張桂芳敗兵之事探事馬報
來張桂芳起兵在東門安營子牙與衆將官言曰張
桂芳此來必求有拐兵在營各要小心衆將得令且
說王魔在帳中坐下對桂芳曰你明日出陣前做名
要姜子牙出來吾等俱隱在旗旛腳下待他出來我

第三十八回　四聖西岐會子牙

詩曰

王道從來先是仁，俊加征伐自沉淪。
趨名戰士如奔浪，逞刼神仙似斷燐。
異術奇珍誰箇是，爭強圖霸盡爲眞。
不如閉目深山坐，樂守天倪養自身。

話說聞太師聽吉立之言，忽然想起海島道友，拍掌大咲曰：只因事冗猱終日碌碌，爲這些軍民事務，不得寧服，把這些道友都忘却了，不是你方纔說起幾時得海宇清平，分付吉立傳衆將知道三月不必來

見你與余慶好生看守相府。吾去三兩日就回。太師騎了墨麒麟。掛兩根金鞭。把麒麟頂上角一拍。麒麟四足白起風雲靄時間週遊天下。有詩爲証。

詩曰

四足風雲聲响亮，鱗生霧彩映金光，
過遊天下須臾至。方顯玄門道術昌。

話說聞太師來至西海九龍島。見那些三海浪潯洺烟波滾滾把坐騎落在崖前。只見那洞門外異花奇草。般般秀檜栢青松色色新。正是只有仙家來往處。那許几人到此間。正看玩時。見一童兒出來太師問曰。

你師父在洞否。童子答曰。家師在裡面下棋。太師曰。你可通報。商都聞太師相訪。童兒進洞來。啓老師曰。商都聞太師相訪。只見四位道人聽得此言。齊出洞來。大咲曰。聞兄那一陣風兒吹你到此。聞太師一見四人出來滿面咲容相迎。竟邀至裡面行禮畢在蒲團坐下。四位道人曰。聞兄自那裡來。太師答曰。特來進謁道人曰。吾等避跡荒島之中。有何見諭特至此地。太師曰。吾受國恩。與先王之託。官居相位。統領朝綱重務。今西岐武王駕下姜尚。乃崑崙門下仗道燕公。助姬發作反。新差張桂芳領兵征伐不能取勝。奏

因東南又龍諸侯猖獗。吾欲西征。恐家國空虛。自思無計。愧見道兄。若肯借一臂之力。扶危拯弱。以鋤強暴。實聞仲萬千之幸。位道人答曰。聞兄既來。我貪道一往救援桂芳大事自然可定。只見第二位道人曰。要去四人齊去。難道說王兄爲得聞兄。吾等便就不去。聞太師聽罷大喜。此乃是四聖也。是封神榜上之數。頭一位。姓王名魔。二位。姓楊。名森。三位姓高名友乾。四位。姓李。名興霸。是靈肯殿四將。看官大抵神道原是神仙做。只因根行淺薄不能成正果朝元故成神道。且說王魔曰。聞兄先行。俺們隨後卽至。閱

桂芳見是哪吒不戰自走風林在左營見黃飛虎騎
五色神牛使鎗冲殺進來風林大怒好反叛賊臣馬
敢寅夜劫營自取死也縱青毯馬使兩根狼牙棒來
取飛虎牛馬交逢夜間混戰且說辛甲辛免往右營
冲殺營內無將抵當任意縱橫只殺到後寨見周紀
南宮适監在陷車中忙發開紂兵打開陷車救出二
將步行搶得利刃在手只殺得天崩地裂鬼哭神愁
裏外夾攻如何抵敵張桂芳與風林見不是勢頭只
得帶傷迸竄過地屍橫滿地血水成流三軍叫苦棄
甲丟盔自已踐踏死者不計其數張桂芳連夜收走

941

至西岐山收拾敗殘人馬風林上帳與主將議事桂
芳曰吾自來提兵未嘗有敗今日在西岐損折許多
人馬心上甚是不樂忙修告急本章打進朝歌速發
接兵共破反叛且說子牙收兵得勝回兵眾將懽騰
孜孜唱凱正是

　　鞍上將軍如猛虎　　　得勝小校似懽彪

話說張桂芳逃官進朝歌來至太師府下文書聞太
師陞殿聚將敉響眾官泰謁堂候官將張桂芳申文
呈上太師拆開一看大驚曰張桂芳征伐西岐不能
取勝反損兵挫銳老夫須得親征方克西土奈因東

942

南兩路屢戰不寧又見遊魂關總兵竇榮不能取勝
方今賊盜亂生如之柰何吾欲去家國空虛吾不去
不能克狀只見門人吉立上前言曰今國內無人老
師怎麼親征得往於三山五嶽老帥可邀一二位
師友往西岐協助張桂芳大事自然可定何勞老師
費心有傷貴體只這一句話斷送修行人兩對封神

璧上且標瓷不知凶吉如何且聽下回分解

　總批

張桂芳身為大將豈有不隄防採察以致一
敗塗地其行軍欠嚴之律桂芳不能辭責子

943

　又批

　恐不得專美矣。

子牙雖是忠厚未免失之於猷申公豹必欲
扭轉天道更呆似子牙但南極翁不善調
停當時只將他頭拿去免了輕慢唇舌

944

靈芝結就清靈地。真是蓬萊迴不羣。

話說子牙貪看此山景物，堪描堪畫，我怎能了卻紅塵，永到此間團瓢靜坐，朗誦黃庭，方是吾之心願。話未了，只見海水翻波旋風四起，風逞浪翻雪練水起，波波滾雷鳴，霎時間雲霧相連，陰霾四合，籠罩山峯。子牙大驚曰：怪哉怪哉！正着間，見巨浪分開，現一人，赤條條的，大叫：大仙，遊魂埋沒千載，求得現體前。曰：青虛道德真君符命言，今日今時，法師經過使遊魂伺候。望法師大展威光，普濟遊魂，超出苦海撥離，苦海洪恩萬載。子牙仗着膽子問曰：你是誰在此興

937

波作浪，有甚流寃，實實道來。那物曰：遊魂乃軒轅黃帝總兵官柏鑑也。因大破蚩尤，被火器打入海中，千年未能出劫。萬望法師指超福地，恩同泰山。子牙曰：你乃柏鑑，聽吾玉虛法牒，隨徃西岐山夫候用。把手一放，五雷響亮振開，速超神道。柏鑑現身拜謝。子牙大喜，隨架土遁徃岐山來，雲時風响，來到山前。只聽狂風大作，怎見得妍風。㳷詩爲証。

詩曰

細細微微播土塵。　無形過樹透荆榛。
太公仔細觀何物。　却似朝歌五路神。

938

當時子牙看，原來是五路神來接，大呼曰：昔在朝歌蒙恩師榮落往西岐山伺候。今知恩師駕過，特來迎接。子牙曰：吾擇吉日起造封神臺，用百鑑監造。若是名完，將榜張掛，吾自有妙用。于牙分付百鑑：你就在此督造，待臺完吾來開榜。五路神同百鑑領法語，在岐山造臺。子牙回西岐，至相府，武吉哪吒迎接至殿中坐下，就問張桂芳可曾來搦戰？武吉回曰：不曾。子牙徃朝中見武王，回旨。武王宣子牙至殿前行禮畢。武王曰：相父往崑崙事體何如？子牙只得模糊答應，把張桂芳事撞蓋，不敢洩漏天機。武王曰：相父爲孤

勞苦。孤心不安。子牙曰：老臣爲國，當得如此，豈憚勞苦。武王傳旨設宴與子牙，共飲數杯，子牙謝恩回府。次日點鼓聚將，謁畢，子牙傳令眾將官領簡帖，令黃飛虎領令箭，哪吒領令箭，又令辛甲辛免領令箭。子牙發放已畢。且說張桂芳被哪吒打傷脅膊，正在營中保養傷痕，專候朝歌援兵，不知子牙劫營。更時分，只聽得一聲砲响，喊聲齊起，震動山岳。慌忙披掛上馬，風林也上了馬，及至出營，遍地周兵燈裘火把照耀，天地通紅，喊殺連聲，山搖地動。只見正轅門哪吒蹬風火輪，搖火尖鎗冲殺而來，勢如猛虎張

940

卻了往南海走，走來童子得法音，便化鶴飛起，把申公豹的頭啣着往南海去了。有詩為証。

詩曰

左道傷門惑子牙　仙翁妙算更無差
邀仙全在申公豹　四九兵來亂似麻

話說子牙卻面觀頭，忽見白鶴啣去了，曰：孽障怎的把頭啣去了。不知南極仙翁把子牙後心一巴掌。子牙回頭看時，乃是南極仙翁。子牙忙問曰：道兄你為何又來。仙翁指子牙曰：你原來是一個獸子。申公豹乃左道之人，此乃些小幻術，你

933

也當真，只用一時三刻，其頭不到頸上，自然冒血而死。師尊分付你不要應人，你為何又應他。你不打緊，有三十六路兵馬來伐你，方繞我在玉虛宮門前看着你，和他講話，他將此術惑你，你就要燒封神榜。倘忽燒了此術，怎麼了。我故叫白鶴童兒化一隻仙鶴，啣了他的頭，往南海去，過了一時三刻死了，這孽障你繞無患。子牙曰：道兄你既知道，可以饒了他罷。道心無處不慈悲，憐恤他多年道行、數載功夫，成九轉龍交虎成真，為可惜。南極仙翁曰：你饒了他，他不饒你。那時三十六路兵來伐你，莫要懊悔。子牙

934

就是後面有兵來伐我，我若背忘了慈悲，先行不仁不成。不言子牙哀求南極仙翁饒我。且說申公豹被仙鶴啣去了頭，不得還體，心內憔悴，過了一時三刻血出即死，左難右難。且說子牙懇求仙翁，仙翁把手一招，只見白鶴童兒把嘴一張，放下申公豹的頭落將下來。不意落忙了，把臉落的朝着脊背。申公豹把手端着耳朵一磨，繞磨正了，把眼睜開，看見南極仙翁站立。仙翁大喝一聲，把你這該死孽障，你把左道成弄姜子牙，使他燒燬封神榜，令子牙保尉滅周，這是何說。該拿到玉虛宮見掌教老師去。繞好吃了一聲，

935

還不退去。姜子牙你好生去罷。申公豹慚愧不敢回言，上了白額虎，指子牙道：你去，我叫你西岐頂刻成血海，白骨積如山。申公豹恨恨而去不表。話說子牙捺封神榜，架土遁往東海來，正行之際，飄飄的落在一座山上。那山玲瓏剔透，古怪崎嶇，峯高嶺峻，雲霧盤連近于海島。有詩為証。

詩曰

海島峯高生怪雲　崖傷檜栢翠氳氳
巔頭風吼如猛虎　拍浪穿梭似破軍
異草奇花香釀釀　青松翠竹色紛紛

936

巳得二分八百諸侯，悅而歸周，吾今保武王滅紂，王
正應上天垂象，豈不知鳳鳴岐山，兆應真命之主乎
武王德配堯舜，仁合天心，兒成湯旺氣黯然，此一傳
而盡賢弟反問，却是爲何，申公豹曰，你說成湯旺氣
以盡我如今下山保成湯扶紂王，子牙你扶周武王，我
和你掣肘子牙曰，賢弟你說那裡話，尊師嚴命，怎敢
有違申公豹曰，子牙我有一言奉禀，你聽我說有一
全美之法，到不如同我保紂滅周，一來你我弟兄同
心合意，二來你我弟兄又不至參商，此不是兩全之
道你意下如何，子牙正色言曰，兄弟之言，差矣，今觀

929

賢弟之言，反違師尊之命，況天命人登敢逆，決無此
理兄弟請了，申公豹怒色曰，姜子牙料你保周，你有
多大本領，道行不過四十年而已，你且聽我道來，有
詩爲証。

　詩曰

煉就五行真妙訣，　移山倒海更通玄。
降龍伏虎隨吾意，　跨鶴乘鸞入九天。
紫氣飛昇千萬丈，　喜時火內種金蓮。
足跺霞光開戲耍，　逍遙也過幾千年。

話說子牙曰，你的功夫是你得我的功夫是我得豈

930

在年數之多寡申公豹曰姜子牙你不過五行之術
倒海移山而已你怎比得我似我將首級取將下來
往空中一擲遍遊千萬里紅雲托接復入頸項上依
舊還元返本又復能言似此等道術不枉學道一場
你有何能敢保周滅紂你依我燒了封神榜同吾往
朝歌亦不失丞相之位子牙被申公豹所惑暗想人
的頭乃六陽之首刎將下來遊千萬里復入頸項上
還能復舊有這樣的法術自是稀罕乃曰兄弟你把
頭取下來果能如此起在空中復能依舊我便把封
神榜燒了同你往朝歌去申公豹曰不可失信于牙

931

曰大丈夫一言既出重若泰山豈有失信之理申公
豹去了道巾執劍在手左手提住青綹右手將劍一
刎把頭割將下來其身不倒復將頭望空中一擲那
顆頭盤盤旋旋只管上去了子牙乃忠厚君子邱面
呆看其頭旋得只見一些些黑影不說子牙受惑且說
南極仙翁送子牙不曾進宮去在宮門前少愒片眸
只見申公豹乘虎趕至麒麟崖前指手畫腳
講論又見申公豹的頭遊在空中仙翁曰子牙乃忠
厚君子顯些兒被這孽障惑了忙喚白鶴童兒那裡
童子答曰弟子在你快化一隻白鶴把申公豹的頭

932

官前等候多時，只見白鶴童子出來，子牙曰白鶴童
兒與吾通報。白鶴童子見是子牙，忙入宮至八卦臺
下跪而啓曰，姜尚在外聽候玉旨。元始點首，正要他
來。童兒出宮，口稱師叔老爺有請。子牙至臺下倒身
拜伏，弟子姜尚願老師聖壽無疆。元始曰，你今上山
正好。命南極仙翁取封神榜與你，可往岐山造一封
神臺，臺上張掛封神榜，把你的一生事俱完畢了。子
牙跪而告曰，今有張桂芳以左道傍門之術征伐西
岐，弟子道理微末，不能治伏，望老爺大發慈悲提拔
弟子。元始曰，你爲人間宰相，受享國祿，稱爲相父。几

間之事我貧道怎管得你的。盡西岐乃有德之人，坐
守何怕左道傍門事。到危急之處，自有高人相輔，此
事不必問我，你去罷。子牙不敢再問，只得出宮。纔出
宮門首，有白鶴童兒曰，師叔老爺請你。子牙聽得，急
忙回至八卦臺下跪了。元始曰，此一去，但几有叫你
的，不可應他，若應了他，有三十六路征伐你，東海還
有一人等你，務要小心，你去罷。子牙出宮，有南極仙
翁送子牙。子牙曰，師兄，我上山參謁老師，懇求指點，
以退張桂芳，老師不肯慈悲，奈何奈何。南極仙翁曰，
上天數定，終不能移，只是有人叫你，切不可應他，看

實要緊，我不得遠送你了。子牙捧定封神榜往前行，
至麒麟崖繞架土遁，惱後有人叫姜子牙。子牙曰當
真有人叫，不可應他。後邊又叫子牙公，也不應。又叫
姜丞相，也不應。連聲叫三五次，見子牙不應，那人大
叫曰，姜尚你惑薄情而忘舊也，你今就做丞相，位極
人臣，獨不思在玉虛宮與你學道四十年，今日連呼
你數次，應也不應。子牙聽得如此言語，只得回頭看
時，見一道人，怎見得，有詩爲証。

詩曰

頂上青巾一字飘　　迎風大袖襯輕綃

麻鞋足下生雲霧　　寶劍光華透九霄
葫蘆裹面長生術　　腦內玄機隱六韜
跨虎登山隨地是　　三山五嶽任逍遙

話說子牙一看，原來是師弟申公豹。子牙曰，兄弟吾
不如是你叫我，我只因師尊分付，但有人叫我切不
可應他，我故此不曾答應，得罪了。申公豹問曰，師兄
手裡拿着是甚麼東西。子牙曰，是封神榜。公豹曰，那
裡去。子牙道，往西岐造封神臺，上面張掛。申公豹曰，
師兄你如今保那個。子牙咲曰，賢弟你說混話，我在
西岐身居相位，文王托孤，我立武王三分天下，周主

第三十七回　姜子牙一上崑崙

詩曰

子牙初返玉京來。遙見瓊樓香霧開。
綠水流殘人世夢。青山消盡帝王才。
軍民有難干戈動。將士多災異術催。
無奈封神天意定。岐山方去築新臺。

話說哪吒一乾坤圈把張桂芳左臂打得勌斷骨拆,
馬上慌了三四幌不曾閃下馬來哪吒得勝進城探
馬報入相府令哪吒來見子牙問曰與張桂芳見陣
勝負如何哪吒曰被弟子乾坤圈打傷左臂敗進營

裡去了子牙又問可曾叫你名字哪吒曰桂芳連叫
三次弟子不曾理他罷了,衆將不知其故,但凡精血
成胎者,有三魂七魄被桂芳叫一聲魂魄不居一體,
散在各方自然落馬哪吒乃蓮花化身渾身俱是蓮
花郡裡有三魂七魄哪吒不得叫下輪來,且說張桂
芳打傷左臂,先行官風林又被打傷,不能動履只得
差官用告急文書往朝歌見聞太師求援不表且說
子牙在府內自思。哪吒雖則取勝,恐後面朝歌調動
火隊人馬,有累西土子牙沐浴更衣來見武王朝見
畢武王曰相父見孤有何緊事子牙曰臣辭主公往

崑崙山去一遭武王曰兵臨城下將至濠邊國內無
人相父不可逗留高山使孤聆望子牙曰臣此去多
則三朝少則兩日卽時就回武王許之子牙出朝回
相府對哪吒曰你與武吉好生守城不必與張桂芳
廝殺待我回來再作區畫哪吒領命子牙分付已畢
隨借土遁往崑崙山來怎見得有詩爲証

詩曰

玄裡玄空玄內空　　妙中妙法妙無窮
五行道術非凡術　　一陣清風至玉宮

話說子牙縱土遁到得麒麟崖落下土遁見崑崙光

景又覺一新子牙不勝眷戀怎見得好山
景嗟嘆不已自想一離此山不覺十年如今又至風
烟霞散彩日月搖光千株老栢萬節修篁千株老
栢帶雨滿山青染染萬節修篁一生色茶蘩
門外奇花布錦橋逕開仙草生香嶺上蟠桃紅錦爛
洞門茸草翠綠長時開瑤草每見瑞鸞翔仙鶴
喫時聲振九皐霄漢遠瑞鸞翔處毛輝五色彩雲
光白鹿玄猿時憶觀青獅白象不任行藏細觀靈楛
地果乃勝天堂
子牙上崑崙過了麒麟崖行至玉虛宮不敢擅入在

了他的法術。勒囬馬復戰，被哪吒豹皮囊取出乾坤圈丟起，正打風林左肩甲，只打的筋斷骨拆，幾乎落馬。敗囬營去。哪吒打了風林，立在帳門，做名要張桂芳，且說風林敗囬，進營見桂芳，備言前事。又報哪吒做名搦戰。張桂芳大怒，忙上馬提鎗出營。一見哪吒耀武揚威，張桂芳問曰：貼風火輪來，可是哪吒麼。哪吒答曰：然。張桂芳曰：你打吾先行官是爾。哪吒大喝一聲：匹夫，說你善能呼名落馬，特來會爾。把鎗一幌，來取桂芳。急架相迎。輪馬相交，雙鎗並舉，好場殺。一個是蓮花化身靈

916

珠子，一個是封神榜上一喪門。有賦為証：征雲籠宇宙，殺氣遠乾坤。這一個展銅鎗要安社稷，那一個踏雙輪發手無存。這一個為江山以身報國，那一個爭世界豈肯輕論。這個鎗似金鏊攪海，那個鎗似大蛟翻身。幾特繞擺干戈。曰：老少安康見太平。

話說張桂芳大戰哪吒，三四十囬合。哪吒鎗乃太乙真傳，使開如飛電遶長空，似風聲吼玉樹。張桂芳雖是鎗法精傳，也自雄威力敵，不能久戰，隨用道術要搞哪吒。桂芳大呼曰：哪吒不下輪來，更待何特，哪吒

917

〔桂芳仍身計窮〕

地吃一驚，把腳登定二輪，郤不得下來。桂芳見叫不下輪來，大驚曰：老師秘授吐語捉將，道名拿人，往常鄉應。今日為何不準，只得再叫一聲。哪吒只是不理。連叫三聲。哪吒大罵：失時匹夫，我不下來，憑我難得，免強叫我下來。張桂芳大怒，努力死戰。哪吒一緊似銀龍翻海底，如瑞雲蕭空飛，只殺的張桂芳力盡觔舒，遍身汗流。哪吒把乾坤圈飛起，來打張桂芳。不知性命如何，且聽下囬分解。

總批

子牙設計，令晁雷誑家養，原是平常家數，無

918

甚精奇。而聞太師之中計，亦是理之可信者。但係兩家敵國，須要檢點精察，不然，以千里懸度不為其所欺者，幾希。忽畧之過，聞仲不能辭其責矣。

又批

張桂芳風林，俱以左道涉人。一遇哪吒便自失手。可見有所恃者，定有所敗，理勢然耳。

919

哪吒原
自好動

---

〔912〕

輔佐明君，以應上天垂象。哪吒滿心歡喜，即刻辭別下山，上了風火輪，提火尖鎗，斜掛豹皮囊，往西岐來。怎見得好快，有詩為詩。

詩曰

風火之聲起在空，　遍遊天下任西東。
乾坤頃刻須臾到，　妙理玄功自不同。

話說哪吒頃刻來到西岐，落了風火輪，找問相府。左右指引小金橋是相府，哪吒至相府下輪。左右報入有一道童求見子牙，不敢忘本傳，令請來，哪吒至殿前倒身下拜，口稱師叔。子牙問曰，你是那里來的哪

〔913〕

吒答曰，弟子是乾元山金光洞，太乙真人徒弟，姓李名哪吒，奉師命下山。聽師叔左右驅使，子牙大喜，未及溫慰，只見武成王出班，稱謝前救援之德。哪吒問有何人在此伐西岐，黃飛虎答曰，有青龍關張桂芳左道驚人，連擒二將，姜丞相故懸免戰牌在外，哪吒曰，吾既下山來佐師叔，豈有袖手傷親之理，哪吒來見子牙曰，師叔在上，弟子奉師命下山，今懸免戰，此非長策。弟子願去見陣，張桂芳可擒，此子牙許之，傳令去了免戰牌。彼時探馬報與張桂芳，西岐摘了免戰牌，桂芳謂先行風林曰，姜子牙連日不出戰，那裡

〔914〕

取得救兵來了。今日摘去免戰牌，你可去搦戰，先行風林領令。出營城下搦戰，探馬報入相府，哪吒答言曰，弟子願往，子牙曰，是必小心，桂芳左道，呼名落馬哪吒答曰，弟子見機而作，即登風火輪，開門出城，見一將藍靛臉硃砂髮，兇惡多端，用狼牙棒，走馬出陣。見哪吒腳踏二輪問曰，汝是何人，哪吒答曰，吾乃姜丞相師姪李哪吒是也，爾可是張桂芳，專會呼名落馬的，風林曰，非也，吾乃是先行官風林，哪吒曰，饒你不死，只喚出張桂芳來，風林大怒，縱馬使棒來取，哪吒承內鐧，兩相架隔，輪馬相交，鎗棒并舉，大戰城下。

〔915〕

有詩為証、

詩曰

下山首戰會風林，　發手成功豈易尋。
不是武王洪福大，　西岐城下事難禁。

話說二將大戰二十回合。風林暗想，觀哪吒道骨稀奇，若不下手，恐受他累，捲一棒，撥馬便走，哪吒隨後趕來前走，一似猛風吹敗葉，後隨恰如急雨打殘花。風林回頭一看，見哪吒趕來，把口一張，噴出一道黑烟，烟裡現碗口大小一珠，劈面把來，哪吒笑曰，此術非是正道，哪吒用手一指，其烟自滅。風林見哪吒破

話說二將交兵，只殺的征雲遮地，鑼鼓喧天。且說張桂芳在馬上，又見武成王黃飛虎在子牙寶纛旁下，怒納不住，縱馬殺將過來。黃飛虎也把五色神牛催開，大罵：逆賊怎敢冲吾陣腳！牛馬相交，雙鐧并舉，惡戰龍潭。張桂芳伏脳中左道之術，一心要擒飛虎。二將鏖戰未及十五合，張桂芳大叫：黃飛虎不下騎，更待何時！飛虎不由自已，撞下鞍轎。軍士方欲上前擒獲，只見對陣上一將，乃是周紀，飛馬冲來，掄斧直取張桂芳。黃飛彪、飛豹二將齊出，把飛虎救去。周紀大戰桂芳，張桂芳掩一鐗就走，周紀不知其故，隨後

聞你在崑崙學藝數年，你也不知天地間有無窮變化。據你所言，就如嬰兒作笑，不識重輕，你非智者之言。令先行官與吾把姜尚拿了。風林走馬出陣，冲殺過來。只見子牙旗門角下，一將連人帶馬，如映金赤日，瑪瑤一般，縱馬迎敵風林。乃大將軍南宮适，也不答話，刀棒并舉。一塲大戰，怎見得：

二將陣前把臉變，催開戰馬心不善。這一個指望萬載把名標，那一個聲名留在金鑾殿。這一個鋼刀起去似寒冰，那一個捧皋長虹飛紫電。自來惡戰果蹊蹺，二虎相爭心膽顫。

待破了西岐，解往朝歌，聽聖旨發落。不題。次日張桂芳親往城下搦戰，探馬報入丞相府，且張桂芳搦戰。子牙因他開口叫名字便落馬，故不敢傳令，且將免戰牌掛出去。張桂芳呌曰：姜尚被吾一陣便殺得，免戰牌高懸，故此按兵不動。且說乾元山金光洞太乙眞人，坐碧遊床，運元神，忽然心血來潮，早知其故，命金霞童兒：請你師兄哪吒來。童兒領命，來桃園見哪吒曰：師兄，老爺有請。哪吒至蒲團下拜。真人曰：此處不是你久居之所，你速往西岐去，佐你師叔姜子牙，可立你功名事業。如今三十六路兵代西岐，你可前去

趕來。張桂芳知道周紀大叫一聲：周紀不下馬，更待何時！周紀弔下馬來，及至衆將救時，巳被衆士卒生擒活捉，拿進轅門。且說風林戰南宮适，風林撥馬就走，宮适也趕去，被風林如前把口一張，黑烟噴出，烟內現碗口大小一粒珠，把南宮适打下馬來，生擒去了。張桂芳大獲全勝，掌鼓回營。子牙收兵進城，見折了二將，欝欝不樂。且說張桂芳陞帳，把周紀、南宮适推至中軍。張桂芳曰：並而不跪者何也？南宮适大喝：狂詐匹夫！大將身許國，豈惜一死！旣被妖術所擭，但憑汝爲，有甚闗說！桂芳傳令，且將二人囚于陷車之內，

乾嚴聖收埋勢　實然

脚上中了一鐙。風林撥馬逃回本營。姬叔乾縱馬趕來。不知風林乃左道之士。逞勢追趕。風林雖是帶傷法術無損。回頭見叔乾趕來。口裏念念有詞。把口一吐。一道黑烟噴出化爲一溜。裏逬現一粒紅珠。有碗口大小。望姬叔乾劈臉打來。可憐姬殿下。乃交王第十二子。被此珠打下馬去。風林勒回馬復一捧打死。暴了首級。長鼓回營。見張桂芳報功。桂芳令轅門號令。且說西岐敗殘人馬進城。報于姜丞相。子牙知姬叔乾陣亡。懣懣不樂。武王知弟死。着寶傷悼。諸將切齒。次日張桂芳。太對排開。做名請子牙答話。子牙曰

904

不入虎穴焉得虎子。隨傳令擺五方對伍。兩邊擺列。鞭龍降虎將打陣衆英豪。出城只見對陣旗雄脚下有一將銀盔素凱。白馬長鎗上下似一塊寒氷。如一堆瑞雪怎見得

頂上銀盔拼鳳翅。璁璟素凱似秋霜
白袍暗現團龍滾。腹束羊脂八寶庯
獲心鏡射光明顯。凹面鋼掛馬鞍傍
銀合馬走龍出海。倒提安邦白杵鐧
胎中煉就無窮術。殺秘玄功寶異常
背龍關上聲名遠。紂王駕下紫金樑
素白旗上書大字。奉勅西征張桂芳。

905

話說張桂芳見子牙人馬出城。對伍齊整。紀法森嚴。左右有雄壯之威。前後有進退之法。金盔者英風科斜。銀盔者氣槩昂昂。一對對出來。其實驍勇。又見子牙坐青踪馬。一身道服。落腮銀鬚。手提雌雄寶劍。怎見得有西江月

魚尾金冠鶴氅系絲雙結。乾坤雌雄寶劍手中擎
八卦仙衣可襯。善能移山倒海。慣能酒豆成兵。仙風道骨果神清。極樂神仙臨陣。

張桂芳又見寶纛旛下武成王黃飛虎坐騎提鐧。心下大怒。一馬闖至軍前見子牙而言曰。姜尚你原爲

906

紂臣曾受恩祿。爲何反背朝廷。而助姬發作惡文納叛臣黃飛虎。復施詭計。說晁田降周惡大罪深縱死之罪。尚敢抗拒天兵。只待踏平西土。玉石俱焚。那時莫贖。吾今奉詔親征。速宜下馬受縛。以正欺君叛國悔之晚矣。子牙馬上咲曰。公言差矣。豈不聞賢臣擇主而仕。良禽相木而棲。天下盡反。豈在西岐料公一忠臣也。不能輔紂王之稔惡。吾君臣守法奉公謹偹臣節。今日提兵侵犯西土。乃是公來欺我。非我欺足下。偏忽失利。遺喚他人。深爲可惜。不如依吾拙諫。請公回兵。此爲上策。毋得自取禍端。以遺伱戚桂芳曰

907

下寶帳。先行參謁桂芳按兵不動,話說西岐報馬報
人相府張桂芳領十萬人馬南門安營,子牙陞殿,聚
將共議退兵之策,子牙曰黃將軍張桂芳川兵如何
飛虎曰承相下問,末將不得不以實陳,子牙曰將軍
何故出此言,吾與你皆係大臣,爲之心腹,何故說不
待不實陳者,何也,飛虎曰張桂芳,乃左道傍門術士,
俱有幻術傷人,子牙曰有何幻術,飛虎曰此術異常,
但凡與人交兵會戰,必先通名道姓,如末將叫黃某,
正戰之間他就叫黃飛虎,不下馬,更待何時,末將自
然下馬,故有此術,似難對戰,丞相須分付衆位將軍。

但遇桂芳交戰,切不可通名,如有一遇名者,無不獲走
之理,子牙聽罷,面有憂色,傍有諸將不服此言的,進
豈有此理,那有叫名便下馬的,若這等我們百員官
將只消叫得百十聲,便都拿盡衆將官,俱各含笑而
已,且說張桂芳命先行官風林,先往西岐,見頭陣風
林上馬往西岐城下請戰,報馬忙進相府,啓丞相有
將搦戰,子牙問誰見首陣走一遇,內有一將乃文王
殿下,姬叔乾也,此人姓如烈火,因夜來聽了黃將軍
的話,故此不服,要見頭陳,上馬挺鎗出陣來,只見翠藍
旛下,一將面如藍靛,髮似硃砂,鋸牙生上下,怎見得

花冠分五角,藍臉映鬚紅。金甲袍如火,
玉帶扣玲瓏,手提狼牙棒,烏追猛似熊。
腦中藏錦繡,到處定成功。封神爲罥索,
先鋒自不同。大紅旛上寫,首將姓爲風。

話說姬叔乾一馬至軍前見來將甚是凶惡,問曰來
將可是張桂芳風林曰,非也,吾乃張總兵先行官風
林是也,奉詔征討反叛,今爾主無故背德,自立武王,
又收反臣黃飛虎,助惡害天兵,到日尚不別領受
戮,乃敢拒敵大兵,快早通名來,速投棒下,姬叔乾大
怒曰天下諸侯人人悅而歸周,天命已是有在,怎敢

後把西岐自取死亡,今日饒你,只叫張桂芳出來,風
林大罵,反賊焉敢欺吾,縱馬使兩根狼牙棒飛來,直
取,姬叔乾,搖鎗急架相還,二馬相交,鎗棒并舉,一場
大戰,怎見得,

二將陣前心逞,鑼鳴鼓响人驚,馘囚世上動刀兵,
不由心頭發恨,鎗來那分上下,捧去兩眼難睜,你
拿我謀身報國輔明君,我擒你梟首轅門號令。

二將戰有三十餘合,未分勝敗,姬叔乾鎗法傳授神
妙,演習輪奇,渾身罩定,毫無滲漏,風林是短家火攻
不進身鎗去,被姬叔乾賣個破綻,叫聲着,打風林左

問西岐光景。晁雷答曰。末將兵至西岐。彼特有南宮
适翎戰。求將出馬大戰三十合。未分勝敗。兩家鳴金
次日晁田大戰辛甲。連戰數日。勝敗未分。
奈因氾水關韓榮不肯發糧草。三軍慌亂。大抵糧
乃三軍之性命。末將不得已。故此星夜來見太師
望乞速發糧草。再加添兵卒。以作應援。聞太師沉吟
半晌。日前有火牌令箭。韓榮為何不發糧草應付。晁
雷你點三千人馬。糧草一千。星夜往西岐接濟老夫
捆點大將。共破西岐。不得遲悞。晁雷得令。速點三千
人馬。糧草一千。帳暗夾帶家小出了朝歌。星夜往酉

岐去了。有詩為証、

詩曰

妙算神機世所稱、　太公用計亦深微、
當時慢道欺聞仲。　此後征誅事漸非。

話說聞太師發三千人馬糧草一千。命晁雷去了三
四日。忽然想起氾水關韓榮為何不肯支應。其中必
有緣故。太師焚香。將三個金錢搜求八卦。妙理玄機
籌出其中情由。太師拍案大呼曰。吾失打點。反被此
賊誆了家小去了。氣殺吾也。欲點兵追趕去之已遠
隨問徒弟吉立。余慶今令何人可代西岐。吉立曰。老

爺欲伐西岐。非青龍關張桂芳不可。太師大悅。隨發
火牌令箭。差官往青龍關去訖。一面又點神威大將
軍丘引鎮守關臨。話說晁雷人馬出了五關。至
西岐囤。見子牙叩頭作地。丞相恩計百發百中。令末
將父母妻子俱進都城。承相恩德永矢不忘。又把兄
聞太師的話說了一遍。子牙曰。聞太師必點兵前來
征伐。此處也要防禦打點。有場大戰。按下不表。且說
聞太師的差官到了青龍關。張桂芳得了太師令箭
火牌交代官。乃神威大將軍丘引。張桂芳把人馬點
十萬。先行官姓風名林。乃風后苗裔等。至數日。丘引

話說張桂芳大隊人馬已到西岐離城五里安營。放炮吶喊設
啟總兵。人馬已到西岐離城五里安營。採馬報入中軍
來到交代明白。張桂芳一聲炮響。十萬雄師盡發遍
那些府州縣道。夜住曉行。怎見得。有詩為証。

詩曰

浩浩雄旗滾。　翻翻綉帶飄。
刀刃白如鏡。　斧列宣花樣。
鞭鐧瓜捷棍。　征雲秀九霄。
戰馬怪龍梟。　鼓搖春雷振。
桂芳為大將。　西岐事更昭。

1075

令被丞相看破擒歸斬首情實可矜子牙曰你既有
父母在朝歌與吾共議設計搬取家眷爲何起這等
狠心晁雷曰末將才慚智淺併無遠大之謀早告明
丞相自無此厄也道罷泪流滿面子牙曰你可是負
情晁雷曰末將若無父母故說此言黃將軍盡知子
牙問黃將軍晁雷可有父母答曰有
有父母此情是實傳令飛虎答曰
子牙道將晁田爲質晁雷領簡帖如此如此往朝歌
子牙道將令把晁田放回二人跪拜在地
撤取家眷晁雷領令往朝歌不知凶吉如何且聽下
回分解、

總批

聞太師與兵問罪亦理之當然但不可驟用
晁氏弟兄無謀之將須令子牙一發不可收
拾周之反商未嘗不是聞太史釀成之耳倘
當日先以一能言之士奉尺一之書責以不
當招亡納叛擅即封爵則武王子牙縱聖神
明哲亦無以解此二罪也所以管夷吾責楚
以包茅等事楚雖强悍未嘗不心悅誠服惜
太師計不出此而開此釁端是亦天數使然

非歟

又批

晁田以掩耳之計賺子牙宜其被擒但子牙
亦以此計愚聞仲而仲乃覺受其愚何其顢
倒若是果仲與田等而予牙獨出其上耶仲
殆圖予晁氏兄弟而不加察焉耳

新刻鍾伯敬先生批評封神演義卷之八

第三十六回　張桂芳奉詔西征

詩曰

奉詔西征剖玉符，　旌幢飄颺映長途。
驚看畫戟翻錢豹，　更羨氷花拂劍鳬。
張桂搦軍稱號異，　風林打將伏珠姝。
縱然智巧皆亡敗，　莫奈天心惡獨夫。

話說晁雷離了西岐星夜過五關過澠池渡黃河往
朝歌非止一日進了都城先至聞太師府來太師止
在銀安殿開坐忽報晁雷等令太師急令至慇前忙

晁田設計擒周將　妙筭何如相父明

畫虎不成類爲犬。　弟兄細縛進都城。

話說晁田兄弟忻然而囘。砲聲不响。人無喊聲。飛雲執電而走。行過三十五里。兵至龍山口。只見兩杆雄旗撬布開。人馬應聲火叫。晁田早早留下武成王。吾奉姜丞相命在此久候多時了。晁田怒曰。吾不傷西岐將佐。焉敢中途搶截朝廷犯官。縱馬舞刀來戰辛甲。使開斧赴面交還。兩馬相交。刀斧并舉。大戰二十四合。辛免見辛甲的斧勝似晁田。自思既來救黃將軍。須當上前催馬使斧殺進營來。晁雷見辛免馬至。理

屈詞窮。舉刀來戰。戰未數合。晁雷情知中計。撥馬落慌便走。辛免殺官兵。逃走救了黃飛虎。飛虎感謝。走騎出來。喬辛甲大戰晁田。武成王大怒曰。吾有義與晁田這個賊狠心之徒。縱騎持短兵來戰。未及數合。早被黃將軍擒下馬來。拿了繩纏二背。武成王指而罵曰。逆賊。你欺心定計擒我。豈能出姜丞相奇謀妙筭。夫命有在。解叫西岐不表。且說晁雷得命逃歸有路。就走。路遷生疎。迷踪失遷。左串右串。只在西岐山內走。到二更時分。方上大路。只見前面有夜不收。燈籠高挑。晁雷的馬走驚。鈴响處。忽聽得砲聲呐喊當

頭一將乃南宮适也。燈光影裡。晁雷曰。南將軍放一條生路。後日恩當重報。宮适曰。不須多言。早早下馬受縛。晁雷大怒。舞刀來戰。那里是南將軍敵手。大喝一聲。生擒馬下。兩邊將繩索綁縛拿囘西岐來。此時天色微明。黃飛虎在相府前伺候。南宮适囘來。飛虎稱謝畢。少時間聽得鼓响。衆將綁縛。左右報辛甲囘令。令至殿前曰。末將奉令龍山口擒了晁田。救了黃將軍。在府前聽令。令來。飛虎感謝曰。若非丞相救拔。幾乎遭逝黨毒手。子牙曰。來意可疑。吾故知此賊之詭詐矣。故令三將於二處伺候。果不出吾之所料。

又報南宮适聽令。令至殿前。南宮适曰。奉命岐山上束。二更時分。果擒晁雷。請令定奪。子牙傳令來。把二將推至簷下。子牙大喝曰。匹夫用此詭計。怎麼瞞得過我。此皆是兒曹之輩。命推出斬了。軍政官得令。把二將簇擁推出相府。只聽晁雷大叫冤枉。子牙咲曰。明明暗筭害人。爲何又稱冤枉。分付左右推囘晁雷來。子牙曰。匹夫弟兄謀害忠良。指望功高歸國。不知老夫豫巳知之。今既被擒。禮當斬首。何爲冤枉。晁雷曰。丞相在上。天下歸周。人皆盡知。吾兄言父母俱在朝歌。子歸眞主。父母遭殃。自思無計可行。故設小計

〔884〕

語心明意，朗曰，稱黃將軍方纔末將抵解了子牙，恐不肯救免。飛虎曰：你有歸降之心，吾當力保。晁雷曰：既蒙將軍大恩，你全實是再生之德，末將敢不如命。且說飛虎復進內見子牙，備言晁雷歸降一事。子牙曰：殺降誅服，是為不義，黃將軍既言，傳令放來。晁雷至篷下拜伏在地，末將一時凶恭，冒犯尊顏，理當正決，荷蒙赦宥，感德如山。子牙曰：將軍既真心為國，赤膽佐君，皆是一殿之臣，同是股肱之佐，何罪之有。將軍令已歸周，城外人馬，可調進城來。晁雷曰：城外營中還有末將的兄晁四，見在管裏，得二將出城招來，

〔885〕

同見丞相子牙，許之。不說晁雷歸周。話說晁田在營，忽報二爺被擒晁四，心下不樂，聞太師令吾等來探一虛實，今方出戰，不料被擒，挫動鋒銳。言未了，又報二爺轅門下馬，晁雷進帳見兄晁田，曰言你被擒為何而返。晁雷門弟被南宮适擒見子牙，吾當面深辱子牙一番，將吾斬首，有武成王一篇言語，說的我肝膽盡裂。吾今歸周，請你進城。晁田聞言大罵曰：該死匹夫，你信黃飛虎一片巧言，降了西土，你與反賊同窠，有何面見聞太師也。晁雷曰：兄長不知，今不但吾等歸周，天下尚且悅而歸周。晁田曰：天下悅而歸周，吾

這也是／只不該／又仍說

〔886〕

也知之。但你我歸降，獨不思父母妻子，見在朝歌，吾等雖得安康，致令父母遭其誅戮，你我心裏安樂否。晁雷曰：為今之計奈何。晁田曰：你快上馬，須當如此如此，以掩其功方好。晁田見太師，晁雷依計上馬進城，至相府見子牙，曰末將領令招兄晁田歸降，吾兄恐從麾下，只是一件，末將兄說，奉紂王肯意征討西岐，此係欽命，雖末將被擒歸周，而吾兄如束手來見，恐諸將後來借口，望丞相壁樂，命一將至營招請一番，可存體面。子牙曰：原來你令兄要請方進西岐。子牙問曰：左右誰去請晁田走一遭。左有黃飛虎言曰：末

〔887〕

將願往。子牙許之。二將出相府去了，子牙令辛免領簡帖速行，二將得令。子牙令南宮适領簡帖速行，得令去訖不表。且說黃飛虎同晁雷出城至營門，只見晁田轅門躬身欠背，迎迓武成王，口稱千歲，請飛虎進了三層圍子手，晁田喝聲拿了，兩邊刀斧手一齊動手，撓鈎搭住郎袍服，純繩索綁，飛虎大罵：負義逆賊，恩將讎報。晁田曰：踏破鐵鞋無覓處，全不費功夫，正要擒反叛解往朝歌，你今來得湊巧。傳令起兵，速回五關。有詩為証。

詩曰

城排開陣勢立馬旗門看時乃是晁雷南宮适門晁將軍慢來。今天子無故以兵加於吾都是為何晁雷答曰。吾奉天子勅命聞太帥軍令問不道姬發曰立武王不遵天子之諭。收叛臣黃飛虎情殊可恨汝可速進城稟你主公早早把反臣獻出解往朝歌免你一郡之殃君待遲延悔之何及南宮适笑曰晁雷紂王罪惡深重醢大臣不思功績斬元銑有失司天塗炮烙不容諫言治藥岔難及溼宮殺叔父剖心療疾起鹿臺萬姓遭殃君欺臣妻五倫盡滅寵小人大壞綱常吾主坐守西岐奉法守仁君尊臣敬子孝父慈

二分天下。二分歸西，民樂安康軍心順悅你今日取將人馬。侵犯西岐。乃自取辱身之禍晁雷大怒縱馬舞刀來取宮适宮适舉刀赴面相迎兩馬相交雙刀併舉一場大戰南宮适與晁雷戰有三十回合把晁雷只殺得力盡觔舒那里是宮适敵手。被宮适賣一個破綻生擒過馬望下一揪繩縛二背得勝發砲推進西岐南宮适至相府聽令。左右報于子牙。介令來南宮适進殿子牙問出戰勝負南宮适曰。晁雷來伐西岐末將生擒聽令指揮子牙傳令推來。左右把晁雷推至滴水簷前晁雷立而不跪子牙曰晁雷既被

吾將擒來。為何不曲膝求生。晁雷瞪目大喝曰。汝不過編籬賣麵一小人。吾乃天朝上國命臣不幸被擒有死而已豈至曲膝子牙命推出斬首衆人將晁雷推出去了。兩邊大小衆將聽晁雷罵子牙之短衆將暗咲子牙出身淺薄子牙乃何等人物便知衆將之意子牙謂諸將曰晁雷說吾編籬賣麵非辱吾也昔伊尹乃莘野匹夫後輔成湯為商股肱只在遇之遲早耳傳令將晁雷斬訖來報只見武成王黃飛虎出丞相在上晁雷只知有紂。不知有周末將敢說此人歸降。後來伐紂亦可得其一臂之力。子牙許之黃

飛虎出相府見晁雷跪候行刑。飛虎曰。晁將軍晁雷見武成王至不語飛虎曰。你天時不識地利不知人和不明三分天下。問土已得二分東南西北俱不屬紂紂雖強勝一時乃老徤春寒耳紂之罪惡得之于天下百姓兵戈自無休息況東南土馬不寧天下事可知矣武王文足安邦武可定國想吾在紂官拜鎮國武成王到此只改一字開國武成王天下歸心悅而從周武王之德乃堯舜之德不是過耳吾今為你力勸丞相准將軍歸降可保簪纓萬世若是執迷行刑令下。難保性命悔之不及。晁雷被黃飛虎一篇言

可點大將鎮守嚴備關防料姬發縱起兵來中有五
關之阻左右有青龍佳夢二關飛虎縱有本事亦不
能有為又何勞太師怒微方今二處干戈未息又何
必生此一方兵戈自尋多事況如今庫藏空虛錢糧
不足還當量古云大將者必戰守通明方是安天
下之道太師曰老將軍之言雖是猶恐西土不守本
分倘生禍亂吾安得而無准備況西岐南宮适勇貫
三軍散宜生謀謨百出又有姜尚乃道德之士不可
不防一着空虛百着空臨渴掘井悔之何及魯雄曰
太師若是猶豫未決只可差一二將出五關打聽西岐

消息如動則動如止則止太師曰將軍之言是此隨
問左右誰為我往西岐走一遭內有一將應聲曰末
將願往來者乃文聘上將軍晁田見太師欠背打躬
曰末將此去一則探虛實二則觀西岐進退巢穴人
且便知興廢事三寸舌動可安邦有詩為証

詩曰

顧探西岐虛實情　提兵三萬出都城
子牙妙策權施展　管取將軍謁聖明

話說聞太師見晁田欲往大悅點人馬三萬即日辭
朝出朝歌一路上只見

轟天炮响震地鑼鳴轟天炮响汪洋大海起春雷
鎮地鑼鳴萬仞山前飛霹靂人如猛虎離山似
蛟龍出水旗旛擺動渾如五色祥雲籠戟輝煌卻
似三冬瑞雪迷空殺氣罩乾坤遍地征雲籠宇宙
征夫勇猛要爭先虎將鞍韉持利刃銀盔蕩蕩白
雲飛凱甲鮮明光燦爛漠滾人行如泄水滔滔馬
走似狻猊
話說晁田晁雷人馬出朝歌度黃河出五關曉行夜
住非止一日哨探馬報人馬至西岐晁田傳令安營
點炮靜營三軍呐喊兵扎西門且說子牙在相府閑

坐忽聽有喊聲震地子牙傳出府來為何有喊殺之
聲不時有報馬報至府前啓老爺朝歌人馬住扎西
門不知何事子牙默思成湯何事起兵來侵傳令擂
鼓聚將不一時衆將上殿參謁子牙曰成湯人馬來
侵不知何故衆將僉曰不知且說晁田安營與弟共
議吾奉太師命來探西岐虛實元來也無准備今日
往西岐見陣如何晁雷曰長兄言之有理晁雷上馬
提刀往城下請戰子牙正議探馬報稱有將搦戰子
牙問曰誰去問虛實走一遭言未畢大將南宮适應
聲出曰末將願往子牙許之南宮适領一枝人馬出

又批

了。

收亡納叛。爲古今所共惡。武王一納黃飛虎。
兵戈竟無寧日。凡有家國生民之計者。幸毋
蹈此轍。

第三十五回　晁田兵探西岐事

詩曰

黃家出寨若飛鳶，　矜乇西岐擬到天，
兵過五關人寂寂。　將來幾次血浻浻，
子牙妙笇安周室，　聞仲無謀改紂愁，
縱有雄師皆離德。　晁田空自涉風洲。

話說聞太師自從追趕黃飛虎至臨潼關被道德真
君一粒神砂退了聞太師兵囘太師乃碧遊宮金靈
聖母門下。五行大道倒海移山聞風知勝敗喚土定
軍情怎麼一粒神砂便自不知大抵天數以歸周主。

聞太師這一會陰陽交錯。一時失計聞太師看着兵
囘。自已逃了。到得朝歌百官聽候囘音俱來見太師。
問其追襲原故太師把追襲說了一遍衆官無言。問
太師沉吟半晌自思縱黃飛虎逃去。左有青龍關張
所阻右有魔家四將可攔中有五關。料他挿翅
也不能飛去忽聽得報臨潼關蕭銀開挫鎖殺張鳳。
放了黃飛虎出關太師不語又報黃飛虎潼關殺陳
桐又報川雲關殺了陳梧又報界牌關黃滾縱子投
西岐又報汜水關韓榮有告急文書聞太師看過大
怒曰吾掌朝歌先君托孤之重。不料當今失政刀兵

四起。先反東南二路。豈知禍生蕭牆。元旦災來反了
股肱重臣。追之不及。中途中計而殞。此乃天命如今
成敗未知。與士怎定。吾不敢負先帝托孤之恩盡人
臣之節。以死報先帝可也。命左右擂聚將鼓响不一
時。衆官俱至。參謁太師。問列位將軍。今黃飛虎反叛
已歸姬發。必生禍亂。今不若先起兵。明正其罪。方是
紂伐不臣。爾等意下如何。內有總兵官魯雄出而言
曰。末將啓太師。東北侯姜文煥。年年不息兵戈。使遊
魂關寶榮勞心費力。南北侯鄂順。月月三山關苦壞
生靈。鄧九公睡不安枕。黃飛虎今雖反出五關。太師

列相位，昔曾在大王治下，今日何故太謙衆虎勷機
告坐。子牙躬身請問曰：大王何事棄商？武成王曰：紂
王荒淫，權臣當道，不納忠良，寵近小人，貪色不分晝
夜，不以社稷為重，殘殺忠良，全無恩輝，施土木貽害
萬民。今元旦末將元配朝賀中宮，妲巳散討誣陷末
將元配，須致墜樓而死。末將妹子在西宮得知此情，
上摘星樓，明正其非。紂王偏向，又將吾妹誅凌衣徹，
後綦粹下摘星樓，跌為韲粉。末將自臨君不匡說殺
界國，此亦禮之常然，救此反了朝歌，殺出五關待誅，
相投，顧教犬馬莆肯納吾父子，汐丞相冀火之恩等

867

牙大喜，大王既肯相投，竭力扶持社稷，武王不勝幸
甚，豈有不容納之理，傳出去請大王公館少憩尚隨
即入內庭見駕，飛虎辭往公館不表。且言子牙乘馬
進朝，武王作顯慶殿開坐當駕官啟奏丞相候旨武
王宣。子牙進見禮畢，王曰：相父有何事見孤？子牙奏
曰：大王萬千之喜，今成湯武成王黃飛虎藥紂來投，
大王，此西土典壯之兆也。武王曰：黃飛虎可是朝歌
國戚？子牙曰：正是昔先王曾說詩官得受大恩，今既
來歸禮當請見，傳旨請不一時使命回旨，黃飛虎低
古武迂衿宣至殿前，飛虎倒身下拜，成湯難臣黃飛

868

聖君賢
臣遇合
自是淩
洽

虎顧大王千歲，武王答禮曰：父慕將軍德行天下，義
重四方，施恩積德，人人瞻仰，真良心君，乍何期相會，
實三生之幸，飛虎伏地奏曰：荷蒙大王提拔飛虎一
門出陷窄之中，離網羅之內，敢不致駑駘之力以報
大王。武王問子牙曰：昔黃將軍在商官居何位？子牙
奏曰：官拜鎮國武成王黃飛虎。武王曰：孤西岐只收一字罷，
便封開國武成王黃飛虎，謝恩，武王設宴待臣共飲，
席前把紂王失政細細說了一遍，武王論子曰：君臣不正，
臣禮宜恭，各進其道而已。武王邀吉日黃飛虎，
與飛虎造王府，子牙領旨君臣席散，次日黃飛虎上

869

總批

後事如何且聽下回分解。

職西岐曰得黃飛虎遍地千戈起紛紛士馬興不知
武王曰：既是有老將軍，傳旨今速入都城，各官居舊
人馬三千未敢擅入都城，今住扎西岐山請旨定奪
祿天齊天祥義弟黃明周紀龍環炎彪家將一千名
殿謝恩畢，復奏曰：臣父黃滾同弟飛彪飛豹子黃天

韓榮自特余化不從黃滾之請就意哪吡一
來化為烏有反折去了許多家私此所謂愛
便宜處失便宜大凡處天下事俱不可認做

870

日逼共必定拿韓榮報讎且說余化沒奈何奮勇催
金睛獸使畫杆戟殺出府來兩家混戰哪吒見黃家
眾將殺來用手取金磚丟在空中打將下來正中守
將韓榮打了護心鏡紛紛粉碎落慌便走余化大叫
李哪吒打勿傷吾主縱獸搖戟來服哪吒未及三四
合用鎗架住畫戟豹皮囊內忙取乾坤圈打來正中
余化臂膊打得觔斷骨折幾乎隧獸往東北上敗走
哪吒取了汜水關黃明等六將只殺得關內三軍亂
寬任意勦除次日黃滾同飛虎等齊至剝把韓榮府
內之物一總裝在車輛上載出汜水關乃西岐地界

哪吒送至金雞嶺作別黃滾與飛虎眾將感謝曰蒙
公子垂救愚生實出望外不知何日再覩尊顏稍效
犬馬以盡血誠哪吒曰將軍前途珍重我貧道不日
也往西岐後會有期何必過此眾人分別哪吒回乾
元山去了不題話說武成王同原舊三千人馬佇家
將還在一路上曉行夜住過了些高山凸凹跋嶇路
險水巔崖深茂林有詩為証

詩曰

別卻朝歌歸聖主　　五關成敗力難支
野牙從此刀兵動　　崔被四九伐西岐

話說黃家眾將過了首陽山桃花嶺度了燕山非此
一日到了西岐山只七十里便是西岐城武成王兵
至岐山安了營寨禀過黃滾曰父親在上孩兒先往
西岐去見姜丞相如肯納我等就好進城如不納我
等再作道望黃滾曰我兒言之甚善黃飛虎縞素將
巾上騎行七十里至西岐看西岐景致山川秀麗風
土淳厚大不相同只見行人讓路禮別尊甲人物繁
盛地利險阻飛虎嘆曰西岐稱為聖人今果然民安
物阜的確舜日堯天飛虎誇之不盡進了城問姜丞
相府在那裡民人答曰小金橋頭便是黃飛虎行至

小金橋到了相府對堂候官曰借重你禀丞相一聲
說朝歌黃飛虎來見堂候官擊雲板請丞相陞殿子
牙出銀安殿堂候官將手本呈上子牙看罷朝歌黃
飛虎乃武成王也今日至此有甚麼事忙傳請子
牙服迎至儀門拱候飛虎至滴水簷前下拜子牙頂
禮相還口稱大王駕臨姜尚木嘗遠接有失迎迓望
乞勿罪飛虎曰未將黃飛虎乃是難臣今棄商歸周
如失林飛鳥哪借一枝倘蒙見納黃飛虎感恩不淺
子牙忙扶起分賓主坐飛虎曰未將乃商之叛臣
怎敢輒坐丞相之傍子牙曰大王言之太重尚雖忝

卻說余化敗走回氾水關來火眼金睛獸兩頭見日走千里川雲關至氾水一百六十里韓榮在府內正與衆將官飲酒作賀歡心悅意談講黃家事體忽報先行官余化等令韓榮大驚去而復反其中事有可疑忙令進見正是入門休問來枯事觀得容顏便得知忙問曰將軍爲何回來面容失色似覺帶傷余化請罪曰人馬行至川雲關將近有一人不道姓名腳登風火二輪作歌截路末將會面要我十塊金磚方肯放行末將不念與他大戰一場那人鎗法精奇末將只得回騎欲用寶物拿他方纔舉寶時那人用手

接去末將不服勒回騎與他交兵見他手動處不知取何物只見黃光閃灼被他把末將頸項打壞故此敗回韓榮慌問曰黃家父子怎樣了余化答曰不知韓榮頓足曰一場心苦走了反臣天子知道吾罪怎說衆將曰料黃飛虎前不能出關退不能往朝歌總兵速遣人馬把守關隘以防衆反叛透露正議間探事官來報有一人腳登車輪提鎗威武稱名要七首將軍余化在僞答曰就是此人韓榮大怒傳諸將上馬等吾擒之衆將得令俱上馬出帥府三軍蜂擁而來哪吒登轉車輪大呼曰余化早來見我說一個明

白韓榮一馬當先問曰來者何人哪吒見韓榮戴束髮冠金鎖甲大紅袍玉束帶點鋼鎗銀合馬答曰吾非別人乃乾元山金光洞太乙眞人門下姓李名哪吒奉師命下山特救黃家父子方纔正遇余化未魯打死吾特來擒之韓榮曰截搶朝延犯官還來在此猖厥甚是可惡哪吒曰成湯氣數該盡西岐聖主已生黃家乃西周棟樑正應上天垂象爾等又何違背天命而造此不測之禍哉韓榮大怒縱馬搖鎗來取哪吒登輪轉鎗相還輪馬相交未及數合左右一齊圍遶上來怎見得好一場大戰

咚咚鼓響雜彩旗搖三軍齊吶喊衆將舉鎗刀哪吒鋼鎗生烈焰韓榮馬上逞英雄衆將精神雄似虎哪吒相獅子把頭搖衆將如狻猊擺尾哪吒似攬海金鰲火尖鎗猶如蛟蟒衆將兵殺氣滔滔哪吒斬關落鎖施威武韓榮阻攩英雄氣槩高天下兵戈從此起氾水關前頭一遭

話說哪吒火尖鎗是金光洞裡傳授使法不同出手如銀龍探爪收鎗似走電飛虹鎗挑衆將紛紛落馬衆將抵不住各自逃生韓榮拾命力敵正耶戰之間後有黃朗周紀龍環吳謙飛彪飛豹一齊殺來大斗

賓德門前敕光服。二上乾元現化身。
二追李靖方認父。秘殺火尖鎗一根。
頂上揪巾光燦爛。水合袍束虎龍紋。
金磚到處無遮攔。乾坤圈配混天綾。
西岐屢戰成功績。立保周朝八百春。
東進五關為前部。鎗展旗開逈絕倫。
蓮花化身無壞體。八臂哪吒到處聞。

話說余化問曰登風火輪者乃是何人哪吒答曰吾久居此地如有過往之人不論官員皇帝都要留些買路錢你如今往那裡去乞速送上買路錢讓你好

趕路余化大咲曰吾乃泗水關總兵韓荣前部將軍余化今解反臣黃飛虎等官員徃朝歌請功你好大膽敢撓路遲作甚歌兒可速退去饒你性命哪吒曰你原來是捉將有功的今徃此處過也罷只送我十塊金磚放你過去余化大怒催開火眼金睛搖方天畫戟飛來直取哪吒手中鎗急架相還二將交加一塲大戰徃來冲突一個七孤星英雄猛虎大不蓮花化身的陡搜神威哪吒乃仙傳妙法比衆大不相同把余化殺的力盡勌舒掩一戟揚長敗走哪吒曰吾來了徃前正趕余化回頭見哪吒趕來拼下方

天畫戟取出戮魂幡來如前來拿哪吒哪吒一見咲曰此物是戮魂幡只何足為奇哪吒見敷道黑氣來奔哪吒只用手一招便自接住徃豹皮裝中一塞大叫曰有多少一搭見敷將來罷余化見破了寶物撥間走獸來戰哪吒哪吒想奉師命下山來援黃家父子恐余化泄了機殺了黃家父子反為不美左手提鎗攛架方天戟右手取金磚一塊丢起空中喝聲疾只見五采瑞臨天地暗乾元山上寶生光那磚落將下來把余化頂護上打了一磚打的俯伏鞍轎竅中賓血倒拖畫戟敗走哪吒趕了一程自思吾奉師命

來援黃家父子若貪追襲可不悞了大事隨登轉雙輪祭一塊金磚打得衆兵星飛雲散瓦解氷消各顧性命奔走哪吒只見陣車中垢面蓬頭嗚聲大呼曰誰是黃將軍飛虎曰登輪者是誰哪吒答曰吾乃乾元山金光洞太乙真人門下姓李名哪吒知將金磚今有小厄命吾下山相援武成王大喜哪吒曰將軍將軍慢行我如今先與你把泗水關取了等將軍們磕開隘車將衆將放出飛虎倒身拜謝哪吒曰列位出關衆人稱謝多感甚德立救殘喘尚容叩謝各人將短器械執在手中切齒咬牙怒冲牛半隨後而行

表韓榮既得了黃家父子功勳又收了黃家貨財珍寶等項衆官設酒與總兵賀功大吹大擂樂奏笙簧衆官歡飲韓榮正飲酒中間乃商議解官點誰余化日元帥娶解黃家父子未將自去方保無虞韓榮大喜必須先行一徃吾心方安當晚酒散次日點人馬三千把黃姓犯官共計十一員解送朝歌衆官置酒與余化餞別飲罷酒一聲砲響起兵往前進發行八十里至界牌關黃滾在陷車中看見帥府廳堂依舊誰知今作犯官觀物傷情不由泪落關內軍民一齊來看無不嘆息流泪不說黃家父子在路且言乾元

851

山金光洞有太乙真人閒坐碧遊床正運元神忽心血來潮看官但凡神仙煩惱嗔痴愛慾三事未忘其心如石再不動搖心血來潮者心中忽動耳真人袖裡一掐早知此事呀黃家父子有厄貧道理當救之喚金霞童兒請你師兄來童兒至桃園見哪吒使鎗童子曰師父有請哪吒收鎗來至碧遊床下倒身下拜弟子哪吒有難你下山救他一番送出泎水關你黃飛虎父子有不知師父喚弟子有何使用真人曰可速囬不得有悞久後你與他俱是一殿之臣哪吒原是好動的心中大慌忙收拾打點下山腳登風

852

火二輪提火尖鎗離了乾元山望川雲關來好快怎生見得有詩為証

詩曰

腳踏風輪起在空　　乾元道術妙無穷
週遊天下如風響　　忽見川雲眼角中

話說哪吒踏風火二輪霎時至川雲關落下來在山岡上看一會不見動淨跕立多時只見那縣府一枝人馬旗旛招展劍戟森嚴而來哪吒想平白地怎就殺將起來必定尋他一個不見處方可動手哪吒一時想起作個歌兒來

853

歌曰

吾當生長不記年　　只怕尊師不怕天
昨日老君徃此過　　也須送我一金磚

哪吒歌罷腳登風火二輪立于咽喉之徑有探事馬飛報與余化啓老爺有一人脚立車上作歌余化傳令扎了營摧動火眼金睛獸出營觀看見哪吒立于風火輪上怎見得有詩為証

詩曰

吳寶靈珠落在塵　　陳塘關內脫真神
九灣河下誅李艮　　怒發抽了小龍觔

854

第三十四回　飛虎歸周見子牙

詩曰

左道傍門亂似麻，只因昏主起波查。
貪濫不避彝倫序，亂政誰知國事差。
將相自應歸聖主，韓榮何故阻行車。
中途得遇靈珠子，磚打傷殘枉怨嗟。

話說黃滾滕行軍門請罪見韓榮忙答禮曰老將軍此事皆係國家重務亦非末將敢於自專今老將軍如此有何見諭黃滾曰黃門犯法理當正罪原無可辭但有一事情

在可矜之列。望總兵法外施仁開此一線生路則恩父子雖死九泉感德無涯矣韓榮曰何事分付末將願聞黃滾曰子紊父死滾不敢怨柰黃門七世忠良未嘗有替臣節今不幸遭此刦運使我子孫一繫屠戮情實可憫不得已肘膝求見總兵可憐念無知稚子罪在可宥乞總兵放此七歲孫兒出關存黃門一脉但不知將軍意下何如韓榮曰老將軍差矣榮居此地自有官守豈得徇私而忘君哉譬如老將軍權居元首職壓百僚滿門富貴盡受國恩不思報本祖子反商罪在不救髮亂無留一門犯法毫不容私解

（批：此老也有些意思）

進朝歌朝廷自有公論清白必竟有分那特各正言順誰敢不服今老將軍欲我將黃天祥放出關臨吾便與反叛通同欺侮朝廷法紀何在吾與老將軍皆不可免這個決不敢從命黃滾曰總兵在上黃氏犯法一門良眷顏多料一嬰兒有何妨碍縱然釋難能成何事這個情分也做得過惻隱之心人皆有之將軍何苦執一而不開一線之方便也想我黃門功積如山一但如此古云當權若不行方便如入寶山空手回人生豈能保得百年常無事況我一家俱係令寬貸況又非大奸不道安心叛逆者望將軍憐念捨

（批：此老大不濟）

而宥之生當啣環死當結草決不敢有負將軍之大德矣韓榮曰老將軍你要天祥出關末將除非也做叛亡之人隨你往西岐這件事難做得黃滾三番四次見韓榮執法不允黃滾大怒對二孫曰吾居元帥之位反去下氣求人既總兵不肯容情吾父孫願投陷阱何懼之有隨往韓榮帥府自投囹圄來至監中黃飛虎忽見父親同二子齊到放聲大哭豈料今日如老爺之言使不肯子為萬世大逆之人也黃滾曰事已到此悔之無益當初原教你饒我一命你不肯饒我父何必怨尤不說黃滾父子在囹圄悲泣且

（批：既悔之不及何必又諫當初此老人是憨氣）

乾坤真簡少，蓋世果然稀。老君爐裏煉，曾藏十萬八千。提磨塌太山，崑崙頂戰乾，黃河九曲溪上陣，不粘塵世界，回來一陣血腥飛。

話說黃天祿使開銃，如翻江怪獸，勢不可當。天祿見戰不下，余化在馬上賣一個名，喚做丹鳳入崑崙。一鎗正刺中余化左腿，余化負痛落慌便走。天祿不知好反，起下陣來。余化雖敗，此術尚存，依舊縛轎，如前把黃天祿拿去見韓榮，也發下囹圄監候。黃飛虎屢見將他黃門人拿來，心上甚是懊惱。忽見矢子天祿又拿到，飛虎不覺波流滿面，可憐正是父子關

骨肉情切。且不說他父子悲咽有話難言，再表黃滾聞報次孫被擒，心中甚是懷惋，想一想無策可施。如今止存公孫三人，料難出他地網天羅，往前不得出關。去後一無退步，黃滾把案一拍，罷罷，忙傳令命家將等共三千人馬，你們把車輛上金珠細軟之物，獻與韓榮，買條生路，放你們出關。我公孫料不能俱生。眾家將跪而告曰：老爺且省愁煩，吉人自有天相。何必如此。黃滾曰：余化乃左道妖人，皆係幻術，我何能抵擋，若被他擒獲，反把我平昔英名一旦化為烏有。又見二孫在傍啼泣，黃滾亦泣曰：我見你也不知

可有造化，我替你哀告韓榮，不知他可肯饒你二人。黃滾把頭上盔除下，摘去腰間玉帶，解甲寬袍，腰懸玉玦，領着二孫，逕往韓榮帥府門前來。眾官見是黃元帥親自如此，俱不敢言語。黃滾至府前，對門官曰：煩你通報韓總兵，只說黃滾求見。軍政官報與韓榮。韓榮曰：你來也無用了，怏令軍卒，分排兩傍，眾將分開左右。韓榮出儀門，至大門口，只見黃滾縞素跪下，後跪黃天爵、天祥。不知凶吉如何，且聽下回分解。

總批

飛虎父子，原自忠貞，只因天數使然，致有叛

亂之變，而黃明周紀，不過於中挑撥之。若說人定勝天，此英雄欺人語耳。

又批

韓榮術余化而好大喜功，至於不綝余化，倚左道之術，倘若無人，以為無出其右，卒至哪吒一出，幾至不免，回視以前，恍然如夢。大抵人丈夫須自作主張，未有倚人而可做事業者。世人當要着眼，作者無限婆心。

方耳豈知朝政得失禍亂之由。君臣乖違之故。我今既彼你所護。莫非一死而已。何必多言。韓榮曰。吾既守此關隘。搶拿叛逆。不過盡吾職守。吾亦不與你辨。且送下囹圄監候。候餘黨盡獲起解。且說黃滾在營中聞報說飛虎被擒。黃滾嘆曰。畜生你不聽爲父之言。可惜這塲功勞。落在韓榮手裏。一宿已過。次日來報。余化請戰。黃滾問何人出去。黃明周紀曰。末將願往。二將上馬搖斧出營。大呼曰。余化匹夫搶吾長兄。此恨怎消。縱馬舞斧來取。余化畫戟急架相還。三將相交。戰斧并舉。一塲大戰。

詩曰

三將昂昂殺氣高。　征雲靄靄透青霄。
英雄勇躍多威武，　俊傑胸襟膽量豪。
逆理莫思封拜福，　順時應自得金鰲。
從來理數皆如此。　莫用心機空自勞。

話說三將交逢。未及三十回合。余化撥馬便走。二將趕來。余化依舊將戲覤蠡舉起。如前把二將拿去。見韓榮。韓榮分付。發下監禁不表。且言探馬報入中營。啓元帥。二將被擒。黃滾低首不言。又報余化請戰。黃滾又問。誰出馬。黃飛彪飛豹曰。孩兒願爲長兄報讎。

二將上馬搖鎗出營。罵曰。余化匹夫。以妖法搶吾弟兄三人。撥馬來取。三將又戰二十回合。余化撥馬敗走。飛豹二將亦趕下來。余化也如前法。又把二將拿去。見韓榮。也是送下囹圄監候。黃滾聞二將又被擒去。心下十分懊惱。次日又報余化請戰。黃滾問曰。誰再去退戰。帳下龍環炭謙曰。終不然畏彼妖法便罷。吾二人願往。二將上馬搖戟出營。見余化氣冲牛斗。嚦聲大叫。匹夫將左道之術搶吾長兄。與賊勢不兩立。三馬交還。戰二十回合。余化依舊敗走。二將趕來。亦被余化拿去見韓榮。依舊發下囹圄。余化連四陣

捉七員將官。韓榮設酒與余化賀功不表。話說黃滾在中軍。見兩邊諸將被擒。又見三個孫兒站立在傍。心下十分不忍。點頭淚落。我兒你年不過十三四歲。爲何也遭此厄。又報余化請戰。只見次孫黃天祿欠身曰。小孫願爲父叔報讎。黃滾分付曰。是必小心。黃天祿上馬。提鎗出營。見余化曰。匹夫趕盡殺絕。但不知你可有造化。受其功祿。縱馬搖鎗直取。余化急架忙迎。二馬相交。鎗戟齊舉。黃天祿年紀幼。原是將門之子。傳授精妙。鎗法如神。不分起倒。一勇而進。正是初生之犢猛於虎。後人看至此。有鎗讚曰。

臉似擟金鬚髮紅，一雙怪眼度金睛。
虎皮袍襯連環鎧，玉束寶帶現玲瓏。
秘授玄功無比賽，人稱七首似飛熊。
翠藍幡上書名字，余化先行手到功。

話說余化一騎向前。此人自不曾會武成王。見來將儀容異相。五綹長髯飄揚腦後。丹鳳眼。臥蠶眉。提金鏨。提蘆桿。坐五色神牛。余化問曰。來者何人。武成王答曰。吾乃武成王黃飛虎是也。今紂王失政。棄紂歸周。汝乃何人。余化答曰。末將未會大王尊顏。大王乃成湯社稷之臣。若論滿朝富貴。盡出黃門。何事不足

834

而作反叛之人。飛虎曰。將軍之言雖是。各有衷曲。一言難盡。即以君臣之道而論。古云。君使臣以禮。臣事君以忠。普天下盡知紂王無道。羞於為臣。今又亂倫敗德。污衊紀綱。殘賊仁義。不恤士民。天下諸侯皆知有岐周矣。三分天下。周土以得二分。可見天命有歸。豈是人力。吾今止借此關一往。望將軍容納不才。感德無涯。余化嘆曰。大王此言差矣。末將各守關隘。以盡臣職。大王不反。末將自當遠迎。大王今係叛亡。末將與大王成為敵國。豈肯放大王出關之理。大王難道此理也不知。我勸大王。請速下戰騎。侯末將關主

封神演義　卷之二二

835

解往朝歌。請旨定奪。百司自有本章保奏。念大王平日之功。以赦叛亡之罪。或未可知。若想善出此關。大王乃緣木求魚。非徒無益。而又害之也。飛虎曰。五關已出有四。豈在汝上泛水關。敢出言無狀。放馬來與你見個雌雄。飛虎舉鎗直取余化。余化搖畫戟相迎。二獸相交。鎗戟併舉。一場大戰。

二將陣前勢無比，立見輸嬴定生死。
狻猊攛尾鬧麒麟，却似蒼龍攬海水。
長鎗蕩蕩蛟翻身，擺動金錢豹子尾。
將軍惡戰不尋常，不至敗亡心不止。
武成王展放鋼鐧使得性發，似一條銀蟒裹住

836

余化只殺的他馬仰人翻。余化掩一戟。就走。飛虎趕來。追至兩射之地。余化掛下畫戟。揭起戰袍袋中取出一旛。名曰戮魂旛。此物是蓬萊島一氣仙人傳授。乃左道傍門之物。望空中一舉。數道黑氣把飛虎罩住。平空搒得去了。望轅門摔下。眾士卒將武成王拿了。余化掌得勝皷回府。旗門小校飛報守將韓榮曰。余將軍今日已擒反臣黃飛虎。聽令。韓榮傳令推來。眾士卒將飛虎推至簷前。飛虎立而不跪。榮曰。朝廷何事虧你。一旦造反。飛虎唉曰。似足下坐守關隘。自謂貴職。不過狐假虎威。借天子之威福以彈壓此一

封神演義　卷之二二

837

〔眉批：絶情。亦是。亦巧。此計。絶。〕

了反爲不美。乃說龍環、吳謙二將，把黃老將軍家私，都打點上車。就放一把火燒將起來。兩邊來報糧草堆火起。衆人齊上馬出關，黃滾叫苦、我中了這夥強盜的計了。黃明曰老將軍實對你講紂王無道武王乃仁明聖德之君我們此去借兵報讐。你去就去你不去便是權督不完燒了倉廒巳絶粮草。到了朝歌。難逃一死總不如一同歸武王。此爲上策。黃滾沉吟長叮曰臣非縱子不忠奈衆口難洞老臣七世忠臣。今爲叛亡之士望朝歌大拜八拜將五十六兩帥印。掛在銀安殿。老將軍點兵三千共家將人等。合有四

〔830〕

千餘人救滅火光離了高關有詩爲証。

詩曰

設計施謀出界牌　黃明周紀顯奇才。
誰知氾水關難過，怎脫天羅地網災。
余化通玄多奧妙，法施異寶捉將來。
不是哪吒相接引，馬得君臣破鹿台。

話說黃滾同衆人並馬而行。黃滾曰黃明我見你爲吾子。不是爲他是害了我一門忠義。界牌關外。便是西岐。那個不妨只此八十里至氾水關守關者乃韓榮庵下一將。余化此人乃左道。人稱他七首將軍。此

〔831〕

人道法通玄。旗開拱手。馬到成功，坐下火眼金睛獸。用方天戟我們一到。料是個個被搶決難脫逃。我若解你往朝歌尚留我老身。命今日一同至此真是荊山失火玉石俱焚。此正天數難逃吾命所該又見七歲孫兒在馬上啼哭。又添慘切不覺失聲道曰我等遭此縲絏你得何罪與天地也逢此誅身之厄。黃滾一路上不絶口嘆息。不覺行至氾水關安下人馬。扎了轅門。却說韓榮探馬報到。黃滾同武成王反出界牌。兵至關前扎營。韓榮聽罷低首自思黃老將軍。你官居總帥。位極人臣。爲何縱子反商不按事體其

〔832〕

實可哭。命左右擂鼓一聚。將並聽用。諸軍參謁畢。韓榮曰黃滾縱子造反兵至此地必須商議仔細酌量。衆將領令。命韓榮調人馬阻塞咽喉。按下不表且說黃滾坐在帳裡看着兩遭子孫點首曰今日齊齊整整。念之意。且說次日余化領令布開人馬。軍前搦戰。營門官報入。黃滾問你們誰去走走。只見黃飛虎曰孩兒前去。上了五色神牛提鎗在手催騎向前見一將生的古怪形容怎見得，

詩曰

〔833〕

黃明劈來，黃明架刀大叫：「黃老兒，你天晴不肯走，只待雨淋頭。你做一世大帥，不識時務，只管把刀來劈。我獨不想吾手中斧無眼少目，萬一有傷把老將軍一生英名置于烏有，小侄怎敢。」黃滾大怒，縱馬舞刀，飛來直取。周紀曰：「老將軍今日得罪也罷，忍不住了。」黃明、周紀、龍環、吳謙四將把黃滾圍裹垓心，斧戟交加，奔騰戰馬。黃飛虎在傍見四將把父親圍住，面上甚有怒色，沉思曰：「這匹夫可惡，我在此尚把老爺數侮。」只見黃明大叫曰：「長兄，我等將老爺圍住，你們不快快出關，還要等請飛豹、飛彪、天祿、天爵一齊連家

將車輛冲出關去。」黃滾見兒子撞出關去，氣冲肝腑，跌下馬來，隨欲援刃自刎。黃明下馬一把抱住，口稱：「老爺何必如此。」黃滾睜回怒目大罵：「無知強盜，你把我逆子放走了，還要在此支吾。」黃明曰：「末將一言難盡，真是有屈無伸。我受你的兒子氣，已是無限了。他要反商，我幾番苦諫，動不動只要殺我四人，我等沒奈何，共議只到界牌關見了黃將軍設法拿解朝歌，洗我四人一身之怨。末將以日送情，老將軍只管說，開話不採，末將由恐泄了機會，反為不美。」黃滾曰：「據你怎麼講？」黃明曰：「老將軍快上馬出關趕飛虎，只說

黃明勸我虎毒不食見，你們都回來，我同你往西岐去投見武王何如。」黃滾唉曰：「這畜生好言語反來誘我。」黃明曰：「終不然當真去，此是哄他進關。老將軍在府內設偽酒與他吃，我四人打點繩索撓鈎，老將軍擊鐘為號，吾等一齊上手，把你三子三孫俱拿入陷車，解往朝歌。只望老將軍天恩，救我四條金帶感德不淺。」黃滾聽罷嘆曰：「黃將軍你原來是個好人。」黃滾忙上馬趕出關來，大呼曰：「我兒黃明勸我著實有理，我也自思不若同你往西岐去罷。」飛虎自忖父親為何有此言語。飛豹曰：「這是黃明的圈套，我等速回聽

其指揮以便行事，須進關入府拜見父親。」黃滾曰：「一路鞍馬，快收拾酒飲你們吃了，同往西岐去便了。」且說兩邊忙排酒食上來，黃滾相陪飲了四五盃酒，見黃明站在傍邊。黃滾把金鐘擊了數下，黃明聽見只當不知。且說龍環來對黃明說：「如今怎樣了？」黃明曰：「你二人將老將軍貲蓄打點上車收拾乾淨，你一把火燒起糧草堆來。我們一齊上馬，老將軍必定問我，我自有話回他。」二人去訖。黃滾見黃明聽鐘响不見動手，叫到案傍來問曰：「方繞鐘响，你怎的不下手？」黃明曰：「老將軍刀斧手不齊，怎麼動得手，倘忽知覺走

尸稱父親，不孝男飛虎不能全禮。黃滾曰：你是何人？飛虎荅曰：我是父親長子黃飛虎。為何反問？黃滾大喝一聲：我家父天子七世恩榮，為商湯之股肱，忠孝賢良者有，叛逆奸佞者無。況我黃門無犯法之男，無在嫁之女。你今為一婦人而背君親之大恩，棄七代之簪纓，絕腰間之寶玉，失仁倫之大體，忘國家之遺陰，背主求榮，無端造反，殺朝廷命官，闚天子闌檻，乘機搶擄百姓，遭殃辱祖宗於九泉，愧父顏於人世。忠不能於天子，孝不盡於父前。畜生！你空為王位，累父貪刀，你生有愧于天下，死有辱于先人，你再有何顏

822

見我飛虎？被父親一篇言語說得默默無言。黃滾又曰：畜生！你可做忠臣孝子，不做忠臣孝子？飛虎曰：父親此言怎麼說？滾曰：你要做忠臣孝子，早早下騎，為父的把你解往朝歌，使我黃滾解子有功，天子必不害我，我得生全，你死還是商臣，為父還有肖子。畜生！你忠孝還得兩全。你不做忠臣孝子，既已反了朝歌，目中已無天子，自是不忠。你再使開長鎗把我刺於馬下，料你必挍西土，任你縱橫，使我眼不見，耳不聞，我也甘心。你可槊意庶幾不遺我末年披枷帶索，死于棄街，使人指曰：此某人之父，因子造反而致其于

823

此也。飛虎聽罷，在神牛上大叫曰：老爺不必罪我，與老爺解往朝歌去罷。方欲下騎，傍有黃明在馬上大呼曰：長兄不可下騎！紂王無道，乃失政之君，不以吾等盡忠輔國為念。古語云：君使臣以禮，臣事君以忠。國君虐以不止，亂倫反常，臣又何心聽其驅使？我等出五關，費了多少艱難，十死一生，今聽老將軍一篇言語就死于馬下無益，可憐慘死深冤，不能表白于天下。飛虎聽的此言有理，在牛上低首不語。黃滾大罵黃明：你們這夥逆賊，吾子料無反心，是你們這樣無父無君、不仁不義、少三綱絕五常的匹夫唆使，故

824

做出這等事來，在我面前，況且教吾子不要下騎。道不是你等撮弄他，氣殺老夫！縱馬掄刀來取黃明。黃明急用斧架開刀口：老將算，你聽我講，黃飛虎等是你的兒子，黃天祿等是你的孫子，我等不是你的子孫，怎把囚車來拿我等？老將軍，你差了念頭。自古虎毒不食兒，如今朝廷失政，大變倫常，各處荒亂，万兵四起，天降不祥禍亂已現。今老將軍媳婦被君欺辱，親女被君棒死，沉冤無伸，不思為一家骨肉報警，反解兒子往朝歌受戮。語云：君不正臣投外國，父不慈子必參商。黃滾大怒：反賊巧言舌辯，氣殺我！把刀望

825

象將只殺得關內兒郎叫苦驚天動地鬼哭神愁彼
時斬拴落鎖殺出穿雲關天色已明打點往界牌關
來黃明在馬上曰在也不斷殺了前關乃是太老爺
鎮守的乃是自家人忙催車輛緊行有八十餘里看
看行至離關不遠却說界牌關開黃滾乃是黃飛虎父
親鎮守此關聞報長子飛虎反了朝歌一路上殺了
守關總兵黃滾心下慎惱探事軍報來大老爺同二
爺三爺來了黃滾惡傳令把人馬發三千布成陣勢
將四車十輛把這反賊總拿解朝歌不知黃家象將
性命如何且聽下回分解。

總批

黃天化父子相逢誅讒剪暴自是天相吉人。
若不令其死正罷之危地而發驅之死地而前
存乃上天增益其所不能深意只天化兒父
叔諸人而不見其丹必至痛心亦揣寫孩提
惟慈母依依本色於殺父器有分別。

又批

陳梧以一段小人心膓百般趨迎百般晉接
酒間有無限慇懃無非欲為焚殺飛虎張本
飛虎則以是心至而待之不疑辛夫人有靈

為之指示不然幾不免虎口哉今人如處嫌
疑之際有過分謙恭不可不鑒別於斯

第三十三回　黃飛虎泗水大戰

詩曰

百難千災苦不禁　奸臣賊子枉痴心。
慢誇幻術能多獲　不道邪謀可易侵。
余化圍功成畫餅　韓榮封拜有差參。
總然天意安排定　說道封神淚潚祿。

話說黃滾布開人馬等候兒子來只見黃明周紀遠
遠望見一枝人馬擺開黃明對飛虎曰老爺布開人
馬又見陷車這光景不是好消息龍環道且見了老
爺看他怎說再做處治數騎向前飛虎在鞍轎欠身

感恩侯　人自誰　作活

虎把牙一咬作詩。

詩曰

七世忠良成畫餅。誰知今日入西岐、
五關有路真顏厄、三戰無君登浪思。
飛鳥失林家已破、依人得意念先疑。
老入若遂平生志。洗却從前百事奇

話說黃飛虎作詩方畢聽得譙樓一皷獨坐無聊不
覺又是三更催來飛虎思想王府華麗玩設書堂錦
堆繡閣何等富貴豈知今月置身無地又聽三更皷
力飛虎日我今日怎的脏不着心下一燥悶了一身

816

香汗忽聽丹墀下。一陣風响怎見得好風。

詩曰

無形無影冷然驚　滅燭穿簾太没情
送出白雲飛去杳　剪殘黄菜落來輕
催驟雨去助舟行　起人愁思恨難平
猛添無限傷心淚　滴白墀前作雨聲

話說飛虎坐在殿上三更時候只聽得一陣風响從
丹墀下直旋到殿裏衆飛虎見了。毛骨聳然驚得冷
汗一身。那旋風開處見一隻手。伸出來把燭光滅了
聽的有聲叫曰黃將軍妾身並非妖魔乃是你元配

817

忙爬起問道長兒為何大叫飛虎把滅燈聽賈氏之言說了一
遍飛虎日寧可信有不可信無賈明走至大門前開門時其門
倒傾黃明說不好了龍環吳謙用斧劈開只見府前堆積柴薪
運似柴蓬藜撥慌壞周紀急喚衆家將車輛推出衆將上馬
方議出得府來只見陳梧待衆將持火把蜂擁而至却來遲了
些兒大抵大意豈是入舘探馬報與陳梧日黃家衆將出了府
門車輛在外陳梧大怒叫衆將日來遲了快縱馬向前黃飛虎
日陳梧你昨日高慢成為流水我與伤何怨何讐行此不仁陳
梧知討已破大罵日反賊寶指望斬草除根絕你黃氏一脉軏
知你狡猾之徒縱多哲日雖然如此諒你也難出地綱天羅縱
馬搖鎗求取黃明黃明手中斧赴面交還夜裡交兵兩家游戰

4

黃飛虎攤開五色神牛舉鎗也來戰陳梧陳梧招架刀斧抵控
鎗戟黃飛虎戰不敢台火怒吼一聲穿心過把陳梧挑于馬上
衆將只殺得開內人叫苦驚天動地鬼哭神愁彼時斬衆首落
鎖殺出穿雲關天色已明打點往界牌關來黃明往馬上曰再
也不須殺了前關乃是太老爺鎮守的乃是自家人忙擂幸輛
緊行有八十餘里看行至離關不遠却說界牌關普震乃是
黃飛虎父親鎮守此開聞報長子飛虎反了朝歌一路上殺了
守關總兵黃滾心下噢惝探事軍報來大老爺同二爺三爺求
了黃滾急傳令把人馬發三千布成陣勢將四車十輛把這反
賊總拏解朝歌不知黃家衆將性命如何且聽下回分解

總批

黃氏一門也。陳梧大喜，依計而行，傳令如黃飛虎到關，須當速報。不一時，有探事馬報到：黃家人馬來了。陳梧傳令掌金鼓，眾將上馬迎接武成王。黃爺只見飛虎在坐騎上，見陳梧領眾將，身不披甲，手不執戈，迎來。馬上欠身，口稱大王。飛虎亦欠背言曰：難臣黃飛虎罪犯朝廷，被厄出關，今蒙將軍以客禮相待，感德如山。胝义爲令弟所阻，故有殺傷將帝，若念飛虎受屈，此一去倘有得地，决不敢有忘大恩也。陳梧有馬上荅曰：陳梧知大王數世忠良，亦忠心報國，今乃是君貪十恳，何罪之有？吾弟陳桐不知分量，抗阻行車

不識天時，禮當誅戮，末將今設有一飯，請大王暫停鸞輿，少納末將虔意，則陳梧不勝幸甚。黃明馬上曒曰：一母之子，有愚賢之分，一樹之菜有酸甜之别，似這等觀之，陳將軍勝其弟多矣。黃家眾將聽得黃明之言，一齊下馬。陳梧亦下馬，請黃太王入帥府，眾人相讓至殿行禮，依次序坐。陳梧傳令擺上飯來，飛虎謝曰：難臣蒙將軍盛賜，何以克當此恩此德，不知何日能報萬一耳。眾將用罷飯，飛虎起身謝陳梧曰：將軍若發好生惻隱之心，敢煩開關以度蟻命，他日卿環决不有負陳梧帶唉欠身而言曰：末將知大王必

往西岐以扶明主，他日若有會期，再圖報效，今具有魯酒一盃莫賀，末將芹敬，大王勿疑並無他意。黃飛虎曰：將軍雅愛，念吾俱是武臣，被屈脱難，賢明自是見亮。既陳將軍設有盛愛，總不敢辭。陳梧忙傳令擺設酒席，奏樂賓客交歡，不覺日已沉西。黃飛虎出席告辭。承蒙雅賜，恩同太山。難臣若有寸進，决不忘今日之德。陳梧曰：大王放心，末將知大王一路行來，未交桃蓆鞍馬困倦，天色已晚，草榻一宵，明日早行，料無他事。飛虎自思雖是好意，但此處非可宿之地，又見黃明道：長兄陳將軍既有高情，明日去也無妨。黃

飛虎只得免强應承。陳梧大喜，梧曰：末將當得再陪幾盃。恐大王連日困勞，不敢加勸。大王且請暫歇，末將告退。明早再爲勸酹，飛虎深謝，送陳梧出府。命家將把車輛推進府廊下堆垛起來。家將掌上書燭，眾人安歇去訖，都是一路上辛苦技涉勤勞，一個個邯睡如雷，各有鼻息之聲。黃飛虎坐在殿上思前想後。兜底上心長吁一聲嘆曰：天我黃氏一門七世尚臣，豈知今日如此，而做叛亡之客，我一點忠心惟天可表。只是昏君欺滅阺妻，殊爲痛恨，捽死吾妹切骨傷心。老天呵，若是武王肯容納我等借兵，定伐無道飛

言天化聽罷大叫一聲氣死在地慌壞眾人急救甦
醒時天化滿眼垂淚哭得如醉如痴大叫曰父親後
兒也不去青峰山上學道且殺到朝歌為母報讐
咬牙切齒正哭忽急報陳桐在外請戰飛虎聽報面如
土色天化見父慌張忙此淚奔曰父親出去有孩兒
在此不妨飛虎只得上了五色神牛金裝凱甲出得
營來叫曰陳桐還吾夜來一標之讐陳桐見飛虎婉
然無恙心下大疑又不敢問只得大叫曰反臣慢來
飛虎曰匹夫你將標打我登知天不絕吾縱牛搖鎗
直取陳桐陳桐將戟急架相迎二騎相交大戰十五

回合陳桐撥馬便走飛虎不趕天化叫曰父親趕那
匹夫有兒在此何懼之有飛虎只得趕將下來陳桐
見飛虎追趕發標打來天化暗將花藍對着火龍標
那標盡投花藍內收將去了陳桐見收了火龍標大
怒勒回馬復來戰飛虎後一人大叫曰陳桐匹夫我
來了陳桐見一道童助戰呼原來是你收我神標破
吾道術怎肯干休縱馬搖戟來挑天化天化忙將背
上寶劍執在手中照陳桐搖戟只一指只見劍尖上一道
星光有盞口大小飛至陳桐面上陳桐首級巳落于
馬下有詩單道寶劍好處

詩曰

非銅非鐵亦非金　乃是乾元五行鍊精
變化無形隨鈔用　要知能殺亦能生

話說天化此劍乃清虛道德真君鎮山之寶名曰莫
耶寶劍光芒閃出人頭即落故陳桐逢此劍自絕陳
桐巳死黃明周紀眾將納一聲喊斬挫落鎖段散軍
兵。出了潼關黃天化辭父歸山拜曰父親同兄弟慢
行前途保重飛虎曰我兒你為何不與我同行天化
曰師命不敢有違必欲回山飛虎不忍別了嘆曰相
逢何太遲別離須悲切此一別何時再會天化曰不

父往西岐相會父子兄弟酒淚而別不說天化回山
且說黃家父子離了潼關八十餘里行至穿雲關不
遠穿雲關守將乃陳桐的兄弟陳梧守把敗軍先巳報
知陳梧聽得飛虎殺了兄弟忿得三尸神爆燥七竅
內生煙欲點鐵聚將發兵為弟報讐內班中一人言
曰主將不可造次黃飛虎乃勇買三軍焉能取勝
罷之將寨不敢眾弱不拒強二爺勇猛況巳枉死以
愚意觀之當以智擒若要力戰恐不能取勝尚有
測陳梧聽偏將賀申之言乃曰賀將軍言雖有理計
將安出賀申曰須得如此如此不用張弓隻箭可絕

青峰山紫陽洞煉氣士是也知你大王有難特來相
救快去通報家將聞言報知二爺飛虎急出營門燈
下觀看見一道童着實齊整怎見得。

西江月為証

頂上抓髻燦爛道袍大袖迎風絲縧叩結按離
龍足下麻鞋珍重花藍內藏玄妙背懸寶劍鋒
兒潼關父子得相逢方顯麒麟有種、

話說黃飛虎出來迎請道童一見舉止色相愰如飛
虎飛彪忙請裏面相見那道童進得幣中與眾相見
畢飛彪問曰道者此來君救得家兄實是再生父母

道童曰黃六王在那里飛彪引道童來看走至後堂
見飛虎臥在逍毯上以面朝天形如白紙閉目無言
黃天化看見點亡脂脂嘆曰父親你各在何方利在
何處身居王位一品當朝為甚來由造等狠狼天化
見還有一個雖在傍邊天化問曰那一位是誰飛彪
曰是吾結義兄弟也被陳桐飛標打死的天化命潤
下取木來不一時水到天化花藍中取出仙藥用水
研開把劍撬開上下牙關灌入口內送入中黃用三
關透四肢須臾轉八萬四千毛竅又用藥搽在傷眼
上有一個時辰只見黃飛虎大叫一聲疼殺吾也睜

開雙目只見一個道童坐在草岗之上飛虎曰莫非
冥中相會如何有此仙意飛虎曰若非道者長兄不
能回生飛虎聽罷隨起身拜謝曰飛虎何幸今得道
長麟憫垂救回生黃天化垂淚跪在地上曰父親吾
非別人是你三歲在後花園不見的黃天化飛虎與
眾人聽罷驚訝曰原來是天化問天化曰我兒你不
覺又是十有三年飛虎問天化曰孩兒你在那座名山
學道天化曰孩兒見在青峰山紫陽洞吾師是
清虛道德真君見孩兒有出家之分把我帶上高山
不覺十有三載今見三個兄弟又見二位叔叔周紀

也救得返本還元一家相聚天化前後一看却不見
母親賀氏天化曰父親你好狠心把牙一咬飛虎曰我
向前對飛虎曰父親你好狠心一時而歿通紅
兒今日相逢何故突發此言天化曰父親既反朝歌
兒弟都却帶來不見吾母親何也他起女流偶被
朝廷拿問露面抛頭武成王體面何在飛虎聞說頓
足淚流哭曰我兒言之痛心我父親為何事而反
你母親元旦朝賀蘇后因君欺臣妻你母親誓守貞
潔辱君自墜摘星樓而死你姑娘為你母親面諫被
紂王摔下樓來跌得粉骨碎身俱死非命今若不勝

是也今在潼關被火龍標打死着你下山一則救父
二則你子父相逢父後仕周共扶王業天化聽罷曰
弟子因何到此真君曰那一年我往崑崙山來脚踏
祥雲被你頂上殺氣冲入雲霄阻我雲路我看時你
繞三歲見你相貌清奇後有大貴故此帶你上山今
已十三載了你父親今日有難該我救他我故教你
前去真君先把花藍兒與天化拿了又將一口劒付
與分付速去救父天化方欲問故真君曰若會陳桐
須得如此如此方可保你父出潼關不許你同往西
岐可速回來終有日相會天化領師父嚴命叩頭正

蕭銀懷恩陳桐挾恨皆是世井常態烏足爲
怪但當分公私何如耳若陳桐未免記讐太
過必至殺身而後已今之記人恩怨者必準
之於公私則得矣。

山出了紫陽洞捏了一堆坌土望空中一撒借土遁往
潼關來迅速如風父子相逢潼關大戰不知後事如
何聽下回分解。

總批

飛虎之反乃天子有以驅逐之閒太師駈兵
擒拿飛虎何先見之聞而轉念反惑耶真是
不斜酌處幸遇清虛道德真君繞免大難不
然四路會合飛虎幾爲虀粉矣雖曰天數是
亦人謀之未臧曰

又批

第三十二回　黃天化潼關會父

詩曰

五道玄功妙莫量。　隨風化氣涉滄茫。
須史歷遍閻浮世。　項刻遨遊泰嶽印。
救父盡辭勞頓苦。　誅讒不怕勛心狠。
潼關父子相逢日。　盡是岐周美棟梁。

話說黃天化借土遁候爾來至潼關落下埃塵睜方
五更只見一簇人馬圍遶一盞燈蒿挑空中又聽得
悲悲切切哭泣之聲天化定至一簇人前黑影內有
人問曰你是何人來此探聽軍情天化苔曰貧道乃

情昔日你在吾麾下。我並無誠心待如手足。後汝托罪是你自取，吾亦聽眾人而免你之罪，立功自贖。亦不爲無恩，今當面辱吾，莫非欲報昔日之恨耳，快放馬來，你三合贏得我，便下馬受縛，言罷搖鎗直取陳桐，將畫戟相迎。二騎相交，雙兵共舉，一場大戰，則殺的。

讚曰

四下陰雲慘慘，八方殺氣騰騰。長鎗閃得亮如銀，畫戟搖擺動。鎗挑前心兩脇，戟刺眼角眉叢。咬牙切齒面皮紅，地府天關搖動。

話說二將撥馬往來冲突。二十回合陳桐非飛虎敵手，料不能勝，掩一戟撥馬就走。飛虎怒氣冲空大喝一聲，決拿此賊以泄吾恨，望前趕來。陳桐開胭後彎鈴响處，料是飛虎趕來，掛下畫戟取火龍標掌在手中。此標乃異人秘授，出手烟生，百中百發，一標打來，飛虎叫聲不好，躲不及，一標從脇下打來，可憐萬丈神光從此滅，將軍撞下戰駒來。

詩曰

標發飛烟焰。光華似異珍。逢將穿心過。中馬倒埃塵。安邦無價寶。治國正乾坤。今日傷飛虎。萬死落沉淪。

黃飛虎被火龍標打下五色神牛，黃明周紀見主帥落騎，催馬向前大喝曰勿傷吾主，待吾來也。兩騎馬兩并斧飛來直取陳桐，將畫戟惡架相還，飛虎將飛虎救回時已是死了。二將戰陳桐，恨不得將陳桐碎屍萬段，陳桐掩一戟就走。二將爲飛虎報讐，催馬趕來，陳桐又祭標打來，把周紀一標將頸子打通落馬。陳桐勒回馬欲取首級，早被黃明馬到，力戰陳桐。陳桐見已勝二人，便回軍掌皷進營去了。且說飛彪把飛虎屍骸救回，三子見父死大哭，黃明將周紀也停

在荒郊草地。衆家將無不傷感，衆將見死了二人，心下無謀，前無所往，退無所歸，羊觸藩籬，進退兩難，正在荒亂之間不表。話說青峰山紫陽洞清虛道德真君，在碧雲床運元神，忽心下一驚，道人袖裡揑指一筭，早知黃飛虎有厄，道人忙命白雲童兒請你師兄來。白雲童子即時請出一位道童，生的身高九尺，面似羊脂，眼光暴露，虎形豹走，頭挽狐髻，腰束麻縧，腳登草履，至雲榻前下拜，口稱師父，喚弟子那壁使用。真君曰你父親有難，你可下山走一遭。黃天化答曰師父弟子父親是誰，眞君曰你父乃武成王黃飛虎

拜曰：末將乃舊門下蕭銀，蒙老爺點發偏潼關。今日張鳳密令末將，二更時帶領撥箭手，射死老爺滿門，將首級獻上朝歌請功。末將自思，豈肯欺心，有傷天道。故此改粧先來報知。飛虎聽畢，大驚曰：多感將軍盛德，不然黃門老少死于非命矣。實係再生之恩，何時能報。為今之計，事屬燃眉，將軍何以救我。蕭銀曰：大王速上馬，領車輛殺出臨潼關，末將開關等候。事不宜遲，恐機泄有悞。飛虎等急忙上騎，各持兵器，聲殺來，勢如虎猛。時方初更，未及二鼓，士卒皆未有備。蕭銀開了捨鎖，黃家衆將一擁殺出關門去了。且

說張鳳正坐聽上，忽報黃家衆將鬧關殺出去了。張鳳嘱聲叫苦曰：是我錯用了人。蕭銀乃黃飛虎舊將，今日串同黃飛虎斬關落鎖而去，情殊可恨。張鳳惡上馬提刀來趕。飛虎不防蕭銀乘馬隱在關傍，聽得馬鈴响處，料是張鳳來趕。不期果然張鳳奔馬方出關門，蕭銀一戟刺張鳳于馬下。有詩為証。

詩曰：

凛凛英才漢，堂堂忠義隆。
聽令發千弓，只因飛虎反。
戟刺張鳳死，輔佐出臨潼。
知恩行大義，落鎖放雕籠。

話說蕭銀殺了張鳳，走馬來趕，大叫黃老爺慢行。末將蕭銀已刺死了張鳳，大王前途保重。末將如今將臨潼關扎板下了，命兵卒將土壅塞，恐有追兵趕來，再去了土板可以稽滯時候，及至來時，大王去之已遠。此一別又不知何日再覩尊顏。飛虎稱謝曰：今日之恩，不知甚日能報。彼此各分路而別。後來蕭銀要會在十絕陣內，此是後話不表。且說黃飛虎離了臨潼八十餘里，行至潼關。潼關守將陳桐，有探馬報到：黃飛虎同家將至關，扎住了行營。陳桐曰：黃飛虎，你指望成湯王位坐守千年，一般也有今日！傳令將

人馬排開，鹿角阻住咽喉。陳桐全身披掛，結束整齊，打點擒拿飛虎。且說黃飛虎扎住行營，問守關主將何人。周紀曰：乃是陳桐。黃飛虎半晌不言，長吁曰：昔陳桐在我麾下，有事犯吾軍令，該梟首級，衆將告免。後來准立功代罪，今調任在此，與吾有隙，必報昔日之恨，如何處治。正沉思間，只聽外邊叫喊之聲甚惡。飛虎上了神牛，提鎗至營前，只見陳桐躍武揚威，用戟指曰：黃將軍請了，你昔享王爵，今日為何私自出關。吾奉太師將令，伺候多時，乞早早下馬，解送朝歌，免生他說。飛虎曰：陳將軍差矣，盈虛消息乃世間長

聽我老拙之言，早下坐騎，受縛解送朝歌百司，有本當殿與你分個清濁，辨其罪戾，庶幾紂王姑念國戚，將往日功勞贖今日之罪，保全一家生命。如迷而不悟，悔之晚矣。黃飛虎告曰：老叔在上，小侄爲人，老叔盡知，紂王荒淫酒色，聽奸退賢，顛倒朝政，人民思亂，又況君欺臣妻，逆體悖倫，殺妻滅義。我兵平東海，立大功二百餘場，定天下，安社稷，歷膽披肝，治諸侯，練士卒，神勞形瘁，有所不恤。今天下太平，不念功臣，又行不道，而欲臣下傾心，難矣。望老叔開天地之心，發慈悲之德，放小侄出關，扶其明主，日後結草啣環。

〔眉批〕也是當衆之言　自見象綮可所

補報不遲，不識尊叔意下何如。張鳳大怒：好逆賊！敢出此污讒之言，欺吾老邁。手起一刀砍來。黃飛虎將手中鎗架住：老叔息怒，我與老叔皆是一樣臣子。倘老叔被屈，必定也授他處，總是一般。從來有言，君不正，臣授外國，體之當然。老叔何苦認真，不行方便耳。張鳳大喝曰：好反賊！焉敢巧舌！又一刀劈來。飛虎大怒，縱騎挺鎗，牛馬相交，刀鎗並舉，戰三十回合。張鳳力怯，撥馬便走。見飛虎逞勢趕來，張鳳開腦後鈴响，料飛虎趕來，鳥翅環掛下刀，揭開戰袍，取白鍊鎚，將紫紙繩理得停當，發手打來。怎見得好鎚——

圍的好，米盤大，碗口小，神見愁，鬼見怕，傷人心碎，人腦斷觔常真稀少，順手輕持百鍊鎚，暗帶隨身。話說張鳳回馬一鎚打來，黃飛虎見鎚將近，用寶劒孛上一掠，將繩截爲兩斷，收了張鳳百鍊鎚。張鳳敗進帥府，黃飛虎也不追趕，命家將將車輛圍遶營中，就草茵而坐，與衆弟兄商議出關之策。且說張鳳敗進關，坐在殿上自思：黃飛虎勇貫三軍，吾老邁安能取勝，倘然走了，吾又得罪與天子。恰蕭銀在那裡，蕭銀上殿見張鳳曰：末將聽令。張鳳曰：黃飛虎力

夫又收我百鍊鎚，似不可以力敵。你可黃昏時候傳長箭手三千，至二更時分，領至大對，聽梆子响一齊發箭，射死反賊，將首級獻上朝歌請功，方保無虞。蕭銀領令出府，乃自忖曰：黃將軍皆在都城，我在他處下，荷蒙提攜獎薦，陞用將職，未曾以不肖相看，今點臨潼副將，我豈敢忘恩，忍令恩主一門反遭橫禍。我心安忍。蕭銀隨改粧束，暗出行營，黑地潛行，來至黃飛虎營前，問曰：可有人麼？巡營軍曰：你是何人？蕭銀荅曰：我原是老爺門下蕭銀，得來報機，察重情。巡營軍急進營報知飛虎。命速令進見。蕭銀黑地參見下

軍前欠身躬候太師問曰黃飛虎反出朝歌此必出
關臨你可曾見否桂芳答曰未將不曾見太師曰速
回謹防關臨不得遲悮桂芳得令去訖又報佳夢關
魔家四將聽令太師命令來四天王步行至軍前口
稱太師甲冑在身不能全禮太師道黃飛虎曾往佳
夢關來否四將答曰不曾見太師傳令速回佳夢關
守禦悮同捉賊四將得令去訖又報臨潼關首將張
鳳聽令太師命令來至騎前行禮太師曰老將軍敖
賊黃飛虎可曾往關上來否張鳳欠身答曰不曾見
聞太師令回兵用心防守張鳳得令去訖且說太師

坐在騎上腦思俱道飛虎旣出西門過孟津爲何不
見三處人馬撞來俱言不曾見異哉異哉也罷待吾
將人馬住扎在此看他往那里來且說清虛道德真
君在空中看聞太師住兵不動真君曰若不把此仲
兵退回黃飛虎怎的出得五關真人臨將葫蘆盞去
了倒出神砂一捏望東南上一洒法用先天一氣爐
中煉就玄功少時間聞太師軍政官來報啟太師武
成王領家將倒殺往朝歌去了太師聞報僞令回兵
慌忙赶殺選奔渾池一路上采見前遇一隊人篏權
飛走太師催動三軍赶過了孟津按下不表且說有

君在雲裏命黃巾力士把混元幡移出大道黃家父
子兄弟在馬上如醉方醒如夢方覺個個馬上揉眉
揉眼定睛看時四路人馬去得影跡無踪黃明嘆曰
古人自有天相飛虎忙問象弟兄方總人馬俱不知
往那里去了乘此時速行過臨潼關方好衆將聽令
速速策馬前行來至臨潼關見一枝人馬扎住團營
阻住去路黃飛虎令車輛暫停正要上前打聽只聽
得砲聲響處吶喊搖旗飛虎坐在五色神牛上只見
總兵張鳳令粧甲冑八扎九吞怎見得
鳳趐歷黃金重柳葉甲掛紅袍控束腰八寶紫金

恍惚如夢

廂戎繩雙叩梅花鏡打將鋼鞭如豹尾百鍊鎚起
寒雲迸斬將刀舉似秋霜馬走臨崖常取勝大紅
旛上倒威名坐鎮臨潼將張鳳
話說張鳳聽報黃飛虎領衆已至關前張鳳上馬來
至軍前大呼曰黃飛虎出來答話武成王乘神牛至
營前欠身口稱老叔乃住乃是難臣不能全禮張鳳
曰黃飛虎你的父與我一拜之交你乃紂王之股肱
況是國戚爲何造反辱沒宗祖今汝父任總帥大權
汝居王位爲爲一婦人而負君德今日反叛如鼠枒
陷笄無有昇騰即老拙聞知亦慚愧無地真是可惜

事出一時不暇籌畫所以竟成其是飛虎忠
臣也不肯因一婦人而失其節此見極是始
至沉思遲疑須來周紀之激必竟成其叛逆
開仲謂君有負于臣議論極是及至轉一議
便生出無限事端不能尨全其美良可悲矣
大抵天下事成於初念敗於轉念好惡皆然

新刻鍾伯敬先生批評封神演義卷之七

第三十一回　　聞太師驅兵追襲

詩曰

忠良去國運將灰　　水旱頻仍萬姓災
賢聖太師旋秉柄　　奸諛妖孽喪鹽梅
三關慢道能留轡　　四徑紛紜唱草萊
空把追兵迷白日　　彼蒼定敢莫相猜

話說聞太師驅兵追趕出西門一路上旗幡招展鐘
鼓齊鳴喊聲大作不表且說黃家父子兄弟過了孟
津渡了黃河行至澠池縣縣中領守主將張奎黃家

虎知張奎利害不敢穿城而走從城外過了澠池逕
往臨潼關來家將徐徐行至白營林只聽得後面呐
聲大作滾滾塵起飛虎回頭一看却似聞太師的演
號隨後趕來飛虎俯鞍嘆曰聞太師兵來如何抵敵
吾等束手將斃而巳飛虎見三子天祥年方七歲坐
在馬上飛虎暗暗嗟嘆此子幼稚無知你得何罪也
逢此難家將來報啓千歲左邊有一枝人馬列了飛
彪看時乃青龍關張桂芳人馬又報佳夢關魔家四
將從右邊來了又見正中間臨潼關總兵官張鳳兵
來黃飛虎見四面人馬俱來自思不能脫逃長叫一

聲氣冲霄漢且說清風山紫陽洞清虛道德真君因
神仙犯了殺戒玉虛宮止講待子牙封過神方上崑
崙因此關遊五嶽一日往臨潼關過被武成王怨氣
冲開真人足下祥光真人撥開雲彩往下一觀元氣
是武成王有難貧道不行護救誰為拔濟真人命黃
巾力士將吾混元旛遮下把黃家父子移到避淨山
中去待貧道退了朝歌人馬打發他出關黃巾力士
領法旨用混元旛一罩將黃家父子盡移往深山去
了踪跡全無且說聞太師大兵趕至中途前哨報青
龍關總兵官張桂芳聽令太師傳將令來桂芳行至

為何不來隨朝王曰黃飛虎反了太師驚問為何事

反紂王曰元旦賈氏進宮朝賀中宮將忤蘇后自知

罪戾羞愧懸樑而死此是自取西宮黃妃聽知賈氏

已死忿怒上樓毀打蘇后辱朕不堪是朕怨恨起相讓

悞跌下樓非朕有意不知黃飛虎擬敢率眾殺入午

門與朕樹敵幸而未遭毒手今已擁眾反出西門朕

正在此沉思適太師奏捷乞與朕擒來以正國法太

師聽罷勵聲言曰此一件事嫌老臣愚見還是陛下

有負于臣子黃飛虎素有忠君愛國之心今賈氏進

宮朝賀此臣下之禮豈有無故而死冤摘星樓乃陛

775

下所居與中宮相間賈氏因何上此樓其中必有干

使引誘之人故陷陛下于不義陛下不自詳察而有

辱此貞潔之婦黃娘娘見嫂死無辜必定上樓直諫

陛下亦不能容受逆愛偏何又將黃娘娘摔跌下樓

致賈氏而怨死黃娘娘冤實君有負臣子與陛下

何干死語云君不正則臣投外國今黃飛虎以報國

赤衷功在社稷不能榮子封妻享久長富貴反致骨

肉無辜慘死情實傷心乞陛下可赦黃飛虎一門大

罪待臣追趕飛虎回來社稷可安家國太平百官在

傍齊言太師處之甚明無不欽服望陛下速降敕音

776

大事定矣聞太師又曰此是天子負臣故當赦宥者

果飛虎有負君之處只怕老臣一時之見還有禮常

大夫徐榮出見聞太師曰大夫有何議論榮曰太師

所言雖是天子負臣黃飛虎也有忤君之罪太師曰

大夫何以見得榮曰君欺臣妻天子負臣不顧恩愛

捧死黃娘娘也是天子失政黃飛虎豈得率眾殺入

午門聲言天子之罪與天子在午門大戰不知

故武成王也有不是聞太師聽說乃對諸臣節全無

諸臣朦朧只談天子之過不言飛虎之道乃傳令吉

777

立徐慶快發飛虎傳臨潼關佳孟關青龍關三路總

兵不可走了反叛待老臣趕去拿來以正大法不知

凶吉何如且聽下回分解

總批

姐已欲快私讐不顧禮義綱常致陷君于不

道遍飛虎之叛亂此皆長舌之婦啟之也書

曰牝雞司晨牝雞之晨惟家之索凡有茅國

之責者幸察於斯

又批

賈氏烈婦也寧死而不受君辱雖兒女之真然

778

1105

[771]

紀大叫傳與紂王早早出來講個明白如遲殺進宮闕悔之晚矣紂王自賈氏身亡黃妃已絕自已悔之不及正在龍德殿懊惱無可對人言說直到天明當駕官啟奏黃飛虎反了現在午門請戰紂王大怒借此出氣好匹夫焉敢如此欺忤朕躬傳旨取披掛九吞八扎黥護駕御林軍上逍遙馬提斬將刀出午門怎見得。

冲天盔龍盤鳳舞金鎖甲叩就連環九龍袍金光幌月護心鏡前後勞拴紅珽慣攢成八寶鞍橋掛竹節鋼鞭逍遙馬道風逐日輔將刀定國安邪只

[772]

因天道該如此至使君臣會戰塲。黃飛虎雖反今日面君未免尚有愧色周紀見飛虎愧色在馬上大呼紂王失政君欺臣妻犬肆狂悖縱馬使手中斧來取紂王。紂王大怒手中刀急架相還黃明走馬來攻黃飛虎口裡雖不言心中大惱曰也不等我分清理濁他二人便動手殺將起來飛虎只得催開坐下神牛一龍三虎殺在午門這繞是

詩曰

虎關龍爭在午門，紂王無道敗彝倫。
眼前賢士歸明主，目下黎民叛逺村。

[773]

三畧有人空執法，五關無路可留關。
忠孝至今傳萬載，獨夫遺臭極稱尊。

君臣四騎殺三十回合紂王刀法展開其勢真如虎狼。三員大將使開鎗斧紂王抵敵不住刀尖難舉馬往後坐將刀一掩敗進午門黃明要赶飛虎曰不可三騎隨出西門來赶家將一同行走過孟津不表且說紂王敗至大殿坐下懊悔不及都城百姓官員已知武成王反了家家閉戶路少人行又開天子大戰黃飛虎百官忙入朝見紂王問安曰黃飛虎因何造反天子怎肯認錯乃曰賈氏進宮朝賀觸忤皇后

[774]

自已墜樓而死黃妃倚伐伊兄慌強殿辱正宮摧跌下樓亦是惧傷不知黃飛虎自已因何造反殺入午門深屬不道諸臣為朕作速議處百官聽紂王言說皆默默無語莫敢先立意見正沉思間探事馬報進午門月聞太師征東海奏凱回兵百官大喜齊辭朝上馬出郭迎接只見人馬遠遠行至中軍官報入營中曰啟太師百官轅門迎接聞太師曰眾官請回午門相會眾官進城至朝門見聞太師騎墨麒麟來至眾官躬身太師曰列位請了眾官同進朝見天子行禮畢起身不見武成王太師心下疑惑奏曰武成王

棲此事再無他議，長兄不必遲疑，君不正臣投外國，想吾輩南征北討，馬不離鞍，束戰西攻，人不脫甲。若是這等看起來，愧見天下英雄，有何顏立於人世。君既負臣，臣安能長仕其國。吾等反也，四人各上馬，持利刃出門而走。飛虎見四人反了，自思難道爲一婦人竟負國恩之理，將此反聲揚出，難洗青白。黃飛虎急出府，大叫曰，四弟速回，就反也要商議往何地方。授於何主，打點車輛，裝載行囊，同出朝歌，爲何四人獨自前去。四將聽罷，同馬至府下馬，進了內殿。黃飛虎持劍在手，大喝曰，黃明等你這四賊，不思報本，反

陷害我合門之禍，我家妻子死於摘星樓，與你何干。你等口稱反字，黃氏一門七世忠良，享國恩二百餘年，難道爲一女人造反。你借此乘機，要反朝歌而徒擄掠。你不思金帶垂腰，官居神武，盡忠報國而終成狠子野心，不絕綠林本色耳。罵的四人黙黙無言。黃明唉曰，長兄你罵得有理，又不是我們的事，惱他怎的。四人在傍檯一桌酒吃，四人大唉不止。黃飛虎心下如火燎一般，又見三子哭聲不絕。聽的四人撫掌歡欣，黃飛虎問曰，你們那些兒歡喜。黃明曰，兄長家不有事梘心，小弟們心上無事。今元旦吉辰吃酒作

樂，與你何干。飛虎氣不過，惱曰，你見我有事反大唉。這是怎麼說。周紀曰，不瞞兄說，唉的是你。飛虎道，有甚麼事與你唉我。官居王位，祿極人臣，列朝班，身居首領，披蟒腰玉，你何事與你唉。周紀曰，兄長你只知官居首領，顯耀爵祿，身掛蟒袍，知者說仕你平生腦襟位至尊大，不知者只說你倚嫂嫂姿色，和悅君王，得其富貴。周紀迫罷，黃飛虎大叫一聲，氣殺我也。傳家將收拾行囊，打點反出朝歌。黃飛彪見兄反了，點一千名家將，車輛四百把細軟金銀珠寶裝悲伜。當飛虎同三子，一弟四友臨行曰，我們如今投那方

去。黃明曰，兄長豈不聞賢臣擇主而仕。西岐武王三分天下，周十巳得二分，共享安康之禍，豈不爲美。周紀睧恩方絕，飛虎反是我犯將計反了。他若還看破，只怕不反，不若使他箇絕後計，再也來不得。周紀曰，此往西岐，出五關，借兵來朝歌城。爲嫂嫂娘娘報雙。此還是遲著，依小弟愚見，今日就在午門會紂王一戰，以見雌雄，你意下如何。黃飛虎心上昏亂，隨口答應曰，也是。大抵天道該是如此。飛虎金裝盔甲，上了五色神牛，飛彪飛豹同三侄龍環吳謙並家將保車輛出西門，黃明周紀同武成王至午門，天色以明。周

氣

進宮朝賀乃敬上守法之臣。任信潑賤誣彼上樓昏君你愛色不分綱常絕滅彛倫你有辱先王污名簡冊黃妃把紂王罵的默默無言又見妲己側坐黃妃指妲己罵曰賤人你淫亂深宮蠱惑天子我嫂嫂被你陷身墜樓痛傷骨髓趕上前一把抓住妲己黃妃原有氣力乃將門之女把妲己拖番在地撩在塵埃手起拳落打了二三十下妲己雖然是妖怪見紂王坐在上面有本事也不敢用出只叫陛下救命紂王看着黃妃打妲己心有偏向上前勸解紂王曰不管妲己事你嫂嫂觸朕自愧故墜樓下與妲己無干黃

妃急攘之間不暇檢點回手一拳候打着紂王臉上好昏君你還來替賤人遮掩打死了妲己與嫂嫂償命紂王大怒這賤人反將朕打一拳一把採住宮衣揪起來紂王力大望摘星樓下一摔可憐香消玉碎佳人絕粉骨殘軀血染衣紂王摔了黃妃下樓獨坐無言心下甚是懊惱只是不好埋怨妲己。且說賈氏待兒隨夫人往宮中朝賀只在九間殿兼候到下晚也不見出來只見一內使問曰你們是那里的待兒答曰我們是武成王府裡的隨夫人朝宮在此伺候內使曰你夫人墜了摘星樓黃

娘娘為你夫人辨明反被天子摔下樓來跌得粉骨碎身你們快去罷待兒聽說急急回王府來武成王在內殿同弟黃飛彪飛豹黃明周紀龍环吳謙黃天祿天爵天祥三子元旦良辰歡飲只見侍兒慌張來報千歲爺禍事不小飛虎曰有甚麼事報的這等凶侍兒跪禀曰夫人進宮不知何故墜了摘星樓黃娘娘被紂王摔下樓來跌死了黃天祿十四歲天爵十二歲天祥七歲聽得母親墜樓而凶放聲大哭有詩為証。

詩曰

子哭兒啼淚若傾，
忠君無愧更當誠。
烈婦有恩雛莫負，
右覲三男苦痛情。
左觀四友俱懷悠，
傷心只有夜猿鳴。
回首不堪重悒快，
忽聞凶報滿門驚。

話說飛虎聽得此信無語沉吟又見三子哭得酸楚黃明曰兄長不必躊躕紂王失政大變仁倫嫂嫂進宮想必昏君看見嫂嫂姿色君欺臣妻此事也是有的。嫂嫂乃是女中丈夫兄長何等豪傑嫂嫂守貞潔的為子剛常故此墜樓而死黃娘娘見嫂嫂慘死必定向昏君辨明紂王逆愛偏向把娘娘摔下

妃倚宮門而候差官回覆曰賈夫人隨蘇娘娘上摘
星樓去了黃妃大驚姐己乃妬忌之婦嫂嫂爲何隨
此賤人忙差官往樓下打聽話說姐己賈氏正飲酒
時宮人來報駕到賈氏着忙姐己曰姐姐莫慌請立
於欄杆外邊等駕見畢姐姐下樓何必着忙果然賈
氏立在欄杆外邊紂王上樓姐己禮畢紂王坐下故
問曰欄杆列立者何人姐己曰武成王夫人賈氏賈
氏出笏進禮姐己曰賜卿平身賈氏立于一傍紂王
偷睛觀看賈氏姿色果然生成端正長就嬌容昏君
傳旨賜坐賈氏奏曰陛下國母乃天下之主臣妾爲

封神演義　卷之六

敢坐臣妾該萬死姐己曰姐姐坐下何妨紂王曰御
妻爲何稱賈氏爲姐姐姐己曰賈夫人與妾一拜姊
妹故稱姐姐乃是皇姨便坐下無妨賈氏自思今日
入了蘇姐己圈套賈氏俯伏奏曰臣妾進宮朝賀乃
是恭上陛下亦合禮下自古道君不見臣妻禮也願
陛下賜臣妾下樓感聖恩于無極矣紂王曰皇姨謙
而不坐朕立奉一盃如何賈氏面紅赤紫怒髮冲霄
自思我的丈夫何等之人我怎肯今日受辱賈氏料
今日不能全生紂王執一盃酒唉容可搁來奉賈氏
賈氏以無退處用手抓盃望紂王劈面打來大罵昏

君我丈夫與你苦掙江山立奇功三十餘場不思酬
功今日信蘇姐己之言欺辱臣妻昏君你與姐己賤
人不知死於何所紂王大怒命左右拏了賈氏大喝
曰誰敢拏我轉身一步走近欄杆前大叫曰黃將軍
妾身與你全其名節只可憐我三個孩兒無人看管
這夫人將身一跳撞下摘星樓臺粉骨碎身有詩爲証
詩曰

朝賀中宮惹禍殃　　夫人貞潔墜樓亡
紂王失政忘君道　　烈婦存誠敢自凉
西伯慢言招國瑞　　殷商又道失金湯

三三　　兩兵戈動。
八百諸侯起戰場。

話說紂王見賈氏墜樓而死好懊惱平地風波悔之
不及且說黃妃的差官打聽信息忙報西宮啓娘娘
其禍不淺黃妃曰有甚麼禍事差官報說賈夫人墜
了摘星樓不知何故黃妃大哭曰姐己潑賤與吾兒
有隙令將吾嫂嫂陷害無辜黃妃步行往摘星樓下
罵來逕上樓指定紂王罵曰昏君你成湯社稷戲誰
我兄與你東拒海寇南戰蠻夷掌兵權一點丹心佐
國家未敢安枕我父黃滾鎮守界牌關訓練士卒日
夕勞苦一門忠烈報國憂民今元旦遵守朝廷國體

婦人原自憐壽不意于妖狐中見之

黃飛虎的妹子。一年姑嫂會此一次。必須欽洽半日
故賈夫人先往正宮來。宮人報啓娘娘。賈夫人候旨。
妲己問曰。那個賈夫人。宮人啓娘娘。黃飛虎元配賈
夫人。妲己暗暗點頭。黃飛虎你恃強助放神鷹抓壞
我面門。今日你一般妻子賈氏。也入吾圈圚。傳旨宣
賈氏入宮。行禮朝賀畢。娘娘賜坐。夫人謝恩。妲己曰。
夫人青春幾何。賈氏啓娘娘。臣妾虛度四九。妲己曰。
夫人長我八歲。還是我姐姐。我蘇氏與你結爲姊妹
如何。賈氏奏曰。娘娘乃萬乘之尊。臣妾乃一介之婦。
豈有綵鳳配山鷄之理。妲己曰。夫人太謙。我雖椒房

755

之貴。不過蘇侯之女。你位居武成王夫人。況且又是
國戚。何卑之有。傳旨排宴。欵待賈氏。妲己居上。賈氏
居下。傳盃共飲。酒不過三五巡。宮官啓娘娘。駕到。賈
氏着忙。奏曰。娘娘將妾身置於何地。妲己曰。姐姐不
妨。可往後宮迴避。賈氏果進後宮。妲己接駕至殿上。
紂王見有筵席。問曰。卿與何人飲酒。妲己奏曰。妾身
陪武成王夫人。賈氏飲宴。紂王曰。賢哉。妲己傳旨換
席。紂王與妲己把盞。妲己曰。陛下可曾見賈氏之容
貌乎。紂王曰。卿言差矣。君不見臣妻。禮也。妲己曰。君
故不可見臣妻。今賈氏乃陛下國戚。武成王妹子現

756

[illegible]此打動

在西宮。既爲内戚。見亦何妨。外邊小民。姑夫舅母共
飲。乃常事耳。陛下暫請出宮。別殿少憩。待妾誆賈氏
上摘星樓。那時駕臨。使賈氏不能迴避。賈氏果然天
姿國色。萬分妖嬈。紂王大喜。退於偏殿。且說妲己來
請賈氏。賈氏謝恩。告出。妲己曰。一年一會。今與姐姐
往摘星樓看景。一會何如。賈氏不敢違命。只得相隨。
往摘星樓來。

詩曰

妲己設計陷忠貞。　賈氏樓前命自湮。
名節已全淸白信。　簡篇凛烈有誰倫。

757

慘然

妲己携賈氏上得樓來。行至九曲欄杆。望下一看。又
見蠆盆内蛇蝎猙獰。骷髏白骨。堆堆垛垛。着實難看。
酒池中悲風凛凛。肉林下寒氣侵侵。賈氏對妲己曰。
啓娘娘。此樓下。設此池沼坑穴。爲何。妲己曰。宮中大
弊難除。故設此刑。名曰蠆盆。宮人有犯者。撰剝縛身
送下此坑。喂此蛇蝎。賈氏聽罷。魂不負體。妲己傳旨。
擺上酒來。賈氏告辭。決不敢領娘娘盛意。妲己曰。我
曉的你還要往西宮去。畧飲數杯。也是上樓一番。賈
氏只得依從。且不說賈氏在樓。且說西宮黃妃差官
打聽賈夫人入宮朝賀姑嫂骨肉。只此一年一會。黃

758

奸退忠各有無君之心今姬發自立為武王不日而
有鼎沸山河擾亂乾坤之時今就將本面君昏君決
不以此為患總是無益姚中曰老殿下言雖如此各
盡臣節姚中抱本往摘星樓候旨不知凶吉如何且
聽下回分解

總批

崇虎罪惡固人人可誅況文王得專征伐矣
有坐視之理擒之送入朝廷明正其罪以殺
殺出自朝廷文王不自專擅可也何子牙計
不出此而擅自斬首號令豈是時雨之師後

又批

曰叩馬之諫有所自矣。
黑虎為崇侯嫡弟雖君臣之義重而手足之
分亦嚴皆不足草草作為且甚至令滿門受
縛何心哉當時黑虎只當明兄之罪共相擒
獲而自行請罪以免其子孫此方安當豈得
暗行謀計而傷其手足哉黑虎難辭其責矣。

第三十一回　周紀激反武成王

詩曰

君戲臣妻自不良。　綱常污衊挂成王
只知蘇后妖言惑。　不信黃妃直諫臣
烈婦清貞成個是。　昏君愚眛落場硊
今朝逼反擒天柱。　穩助周家世世昌。

話說姚中上摘星樓見駕畢紂王曰卿有何奏章姚
中曰西伯姬昌已死姬發自立武王頒行四方諸侯
歸心者甚多將來為禍不小臣因見邊報甚是恐懼
陛下當速興師問罪以正國法若怠玩不行則其中

觀望者皆效尤耳紂王曰料姬發一黃口稚子有何
能為之事姚中奏曰發雖年幼姜尚多謀南宮适散
宜生之輩謀勇俱全不可不預為防紂王曰卿之言
雖有理料姜尚不過一術士有何作為須不聽姚中
知紂王意在不行隨下殿嘆曰滅商者必姬發矣這
且不表時光迅速不覺又是年終次年乃紂王二十
一年。正月元旦之辰自宮朝賀畢聖駕回宮太烦元
旦日各王位併大臣的夫人俱入內朝賀正宮蘇皇
后各親王夫人朝畢出朝禍因此起且說武成王黃
飛虎的元配夫人賈氏入宮朝賀二則西宮黃妃是

王之傳位武王語語皆是王道只子牙尚懷負初心

核非亂臣賊子雖人人可誅今明君在上不解天子
而自行誅戮是自專也況孤與侯虎一般爵位自行
專擅大罪也自殺侯虎之後孤每夜聞悲泣之聲合
目則立於榻前吾思不能久立於陽世矣今日請卿
入內孤有一言切不可負倘吾死之後縱君惡貫盈
切不可聽諸侯之唆以臣伐君丞相若違背孤言冥
中不好相見道罷淚流滿面子牙跪而啓曰臣荷蒙
恩寵身居相位敢不受命若負君言即係不忠君臣
正論間忽殿下姬發進宮問安文王見姬發至便喜
曰我兒此來正遂孤願姬發行禮畢文王曰我死之

747

後吾兒年幼恐妄聽他人之言肆行征伐縱天子不
德亦不得造次妄爲以成臣弑之名你可過來拜子
牙爲亞父早晚聽訓指教今聽丞相即聽孤也可請
丞相坐而拜之姬發請子牙轉上即拜爲亞父子牙
叩首榻前泣曰臣受大王重恩雖肝腦塗地碎骨捐
軀不足以酬國恩之萬一大王切莫以臣爲慮當宜
保重龍體不日自愈矣文王謂子發曰商雖無道吾
乃臣子必當恪守其職毋得僭起遺譏後世睦愛弟
兄憫恤萬民吾死亦不爲恨又曰見善不怠時至勿
疑去非勿處此三者乃修身之道治國安民之大略

748

也姬發再拜受命文王曰孤蒙紂王不世之恩臣再
不能覲天顏直諫再不能和八卦羑里化民也言罷
遂薨亡年九十七歲後謚爲周文王時商紂王二十
年仲冬

皃美文王德　巍然甲衆侯　際遇昏君時
小心翼翼求　商都三道諫　羑里七年囚
卦發先天秘　易傳起後周　飛熊勞入夢
丹鳳出鳴州　仁風光后稷　德業繼公劉
終守仁臣節　不逞伐商謀　萬古岐山下
難爲西伯儔

749

話說西伯文王薨於白虎殿停喪百官共議嗣位太
公望率羣臣奉姬發嗣西北之位（後謚爲武王）武王葬父
既畢尊子牙爲尚父其餘百官各加一級君臣協心
繼志述事盡遵先王之政四方附庸之國皆行朝貢
西土二百鎮諸侯皆率王化且說汜水關總兵官韓
榮見得邊報文王已死姜尚立世子姬發爲武王榮
大驚忙修本差官往朝歌奏事使命一日進城將本
下於文書房時有上大夫姚中見本與殿下微子共
議姬發自立爲武王其志不小意在謀叛此事不可
不奏微子曰姚先生天下諸侯見當今如此荒淫進

750

誰知惡孽終須報。梟首轅門是自亡。

詩曰

話說斬了崇家父子。還有崇侯虎元配李氏併其女兒。黑虎請子牙發落。子牙曰，令兄積惡，與元配無干。況且女生外姓，何惡之有。君侯將令嫂與令任女，分為別院，衣食之類，君侯應之，無使缺乏，是在君侯。今曹州可令將把守，坐鎮崇城，便是一國萬無一失矣。崇黑虎隨釋其嫂，依于子牙之說，請文王進城查府庫清屍。文王曰，賢侯，兄既死，即賢侯之掌握，何必孤行。姬昌就此告歸。黑虎再三苦留不住。子牙回兵。

自出磻溪為首相。酬恩除暴伐崇城。
一封書到擒侯虎。方顯飛熊素著名。

話說文王子牙辭了黑虎回兵，往西岐來。文王自見斬了崇侯虎的首級，文王神魂不定，身心不安，驚疑不樂。一路上茶飯懶餐，睡臥不寧，合眼朦朧，又見崇侯虎立於面前，驚疑失神。那一日兵至西岐，眾文武迎接文王入宮。彼時路上有疾，用醫調治服藥不愈。按下不表。話說崇黑虎獻兄周營，文王將崇侯虎父子梟首示眾，崇城已屬黑虎。北邊地方俱不服朝歌。其時有報到朝歌城文書房，微子看本，看到崇侯虎

被文王所誅，崇城盡屬黑虎所占。微子喜而且憂。喜者，侯虎罪不容誅，死當其罪；憂者，黑虎獨占崇城，終非良善。姬昌擅專征伐，必欲剪商，此事重大，不得不奏，須抱本來奏紂王。紂王看本怒曰，侯虎屢建大功，一旦被叛臣誅戮，情殊痛恨。傳旨命點兵將，先伐西岐，拏曹州崇黑虎等，以正不臣之罪。傍有中大夫李仁進禮稱臣，奏曰，崇侯虎雖有大功，與陛下荼毒於萬民，結大惡與諸侯，人人切齒，個個傷心。今彼西伯殄滅，天下無不謳歌。況大小臣工，無不言陛下寵信讒佞，今為諸侯又生異端。此言恰中諸侯之

口。願陛下將此事徐徐圖之。如若急行文武，以陛下寵愛崒以諸侯為輕，侯虎雖死，如疥癬一般。天下更南成為重務，願陛下裁之。紂王聽罷，沉吟良久，方息其念。按下紂王不表。且說文王病勢日日沉重，有加無減，看看危篤，文武問安非止一日。文王傳旨宣丞相進宮。子牙入內殿，至龍榻前跪而奏曰，老臣姜尚奉旨入內殿，問候大王貴體安否。文王曰，孤今召卿入內，併無別論。孤居西北，坐鎮兑方，統二百鎮諸侯。元首感蒙聖恩不淺。方今雖則亂離，況且還有君臣各分，未至乖離。孤伐侯虎，雖斬逆而歸，外舒而心實

之太孝，誼似有不足取者

門會齋又令沈岡我等出城迎大千歲去你把大千
歲家眷拿到周營轅門等候分付已定方同崇應彪
出城迎接行三里之外只見侯虎前隊已到有探馬
報入行營曰二火王同殿下轅門接駕崇侯虎馬出
轅門唉容言曰賢弟此來愚兄不勝欣慰又見應彪
三人同行方進城門黑虎將腰下鋼鞭抽出劈一聲響
只見兩邊家將一擁上前將侯虎父子二人拏下鄉
縛其臂侯虎大叫曰好兄弟反將長兄拏下者何也
黑虎曰長兄你位娇人臣不修仁德感亂朝廷屑害
萬姓重賄酷刑監造鹿臺惡貫天下四方諸侯欲同

心勦其崇姓文王書至爲我崇氏分辦賢愚我敢有
負朝廷寧將長兄拿解周營定罪我不過只得罪與
和宗猶可我登肯得罪於天下自取滅門之禍故將
兄送解周營再無他說侯虎長嘆一聲再不言語黑
虎隨將侯虎父子送解周營至轅門侯虎又見元配
李氏同文站立侯虎父子見了大哭曰豈知親弟陷
兄一門盡絕黑虎至轅門下騎探事馬報進中軍子
牙傳令請黑虎至帳行禮子牙迎上帳曰賢侯大德
惡黨勦除君侯乃天下齊大夫也黑虎躬身謝曰感
丞相之恩手扎降臨。照明肝膽。領命尊依。故將不仁

所以文王愛之，如似了牙終來翻逆

之兄拏獻轅門聽候以軍令子牙傳令請文王上帳彼
時文王至黑虎進禮口稱大王文王曰呀原來崇二
賢侯爲何至此黑虎曰不才家兄逆天違命造惡多
端廣行不仁燔虐良善小弟今將不仁家兄解至轅
門請令施行文王聽罷其心不悅沉思是你一胞兄
弟反陷家庭亦是不義子牙在傍言曰崇侯不仁黑
虎奉詔討逆不避骨肉真忠良君子懷慨丈夫古語
云善者福惡者禍天下說侯虎恨不得生啖其肉三
尺之童聞而切齒今只知黑虎之賢名人人悅而心
歡故曰好歹賢愚不以一例而論也子牙傳令將崇

侯虎父子推來眾士卒將崇侯虎父子簇擁推至中
軍雙膝跪下正中文王左邊子牙右邊黑虎子牙曰
崇侯虎惡貫滿盈今日自犯天誅有何理說文王在
傍有意不忍加誅子牙下令速斬首回報不一時推
將出去寶纛籬一展侯虎父子二人首級斬了來獻
中軍文王自不曾見人之首級猛見獻上來赫得寬
不負體忙將袍袖掩面曰駭殺孤家子牙傳令將首
級號令轅門有詩可証

詩曰

獨霸朝歌恃已強。　　惑君貪酷害忠良

如此設擒未免是秦子不懼歌躡本包

將軍坐下陣去罷南宮适曰領君侯命隨掩一刀撽馬就走大叫崇黑虎吾不及你了休來赶我黑虎亦不赶掌鼓同營話說崇應彪在城上敵樓觀戰見南宮适敗走黑虎不赶忙下城迎着黑虎曰叔父今日會兵爲何不放神鴛拿南宮适黑虎曰賢侄任你年幼。不知事體你不聞姜子牙乃崑崙山上之客我用此術他必能識破不爲可惜且勝了他再作區處二人同至府前下馬上殿坐下共議退兵之策黑虎道你修一表差官往朝歌見天子我修書請你父親來設計破敵庶幾文王可擒大事可定應彪從命修本差

官併書一齊起行且說使命官一路無辭過了黄河。至孟津往朝歌來邪一日進城先來見崇侯虎兩邊啓千歲家將孫榮到了崇侯虎命令來孫榮叩頭侯虎曰你來有甚話說榮將黑虎書呈上侯虎拆書黑虎百拜皇兄麾下益聞天下諸侯彼此皆兄弟之國孰意西伯姬昌不道聽姜尚之謀無端架起言皇兄惡大過深起猖獗之師入無名之謗伐崇城甚急應彪出敵又損兵折將。弟問此事星夜進兵連敵二陣未見勝負因差官上達皇兄啓奏紂王發兵勸叛除奸清肅西土如今事在燃眉不

可羈滯。候兵臨共破西黨崇門幸甚。弟黑虎再拜上陳。

侯虎看罷拍案大罵姬昌曰老賊你逃官欺主罪當誅戮聖上幾番欲覔伐你我在其中尚有許多委曲今不思你知感反致欺侮若不殺老賊勢不回兵遂穿朝服進內殿朝見紂王王宣侯虎至行禮畢紂王曰卿有何奏章侯虎奏曰逆惡姬昌不守本土偶生異端領兵伐臣談揚過惡望陛下為臣作主紂王曰昌素有大罪逃官貧孤焉敢凌虐大臣誅為可恨卿先回故地朕再議點將提兵協同勦捕逆惡侯虎領

命先回。且說崇侯虎領人馬三千，離了朝歌，一路而來有詩爲証

詩曰

三千人馬疾如風。　侯虎威嚴自姓崇。
積惡如山神鬼怒。　誘君上木士民窮。
一家嫡弟施謀畧。　拿解行營請建功。
善惡到頭終有報。　衣襟血染已成空。

且說崇侯虎人馬不一日到了崇城。報馬來報黑虎。黑虎暗令高定你領二十名刀斧手埋伏於城門裡。聽吾腰下劍聲響處與我把大爺拿下解送周營轅

共怒天下恨不食其肉而寢其皮為諸侯之所素
今尚主公得專征伐奏詔以討不道但思君侯素
稱仁賢豈得躲以一族而加之以不義哉尚不忍
坐視特遣裨將呈書上達君侯能擒叛逆解送周
營以謝天下庶幾洗一身之清白見賢愚之有分
不然天下之口嘵嘵恐崑崗火焰玉石無分尚深
為君侯惜矣君侯倘不以愚言為非乞速賜一語
則尚幸甚萬民幸甚臨楮不勝政望之至尚再拜
崇黑虎看了書復連看三五遍自思點頭我觀子牙
之言甚是有理我寧可得罪於祖宗怎肯得罪於天

下為萬世人民切齒縱有孝子慈孫不能蓋其怨尤
寧至冥下請罪於父母尚可留崇氏一脈不致絕滅
宗枝也南宮适見黑虎自言自語暗暗點頭又不敢
問只見黑虎曰南將軍我末將謹領丞相總無他說只
修回書將軍先回多多拜上大王丞相教誨不必
是把家兄縛送轅門請罪便了遂設席待南宮适盡
飲而散次日宮适作辭趙周去了話說崇黑虎分付
副將高定沈岡點三千飛虎兵即日往崇城來又命
子崇應鸞守曹州黑虎行兵在路無詞一日行至崇
城有探馬報與崇應彪應彪領眾將出城迎接黑虎

應彪馬上欠背打躬口稱皇叔曰姪男甲冑在身不
能全禮黑虎曰賢侄吾聞姬昌伐崇特來相助崇應
彪感謝不盡遂併馬進城入府上堂行禮畢崇黑虎
問其來伐原故應彪答曰不知何故攻打崇城前日
與西伯會兵小侄失軍損將今得皇叔相輔乃崇門
之幸也遂設宴欸待一宿次日黑虎點三千飛虎兵
出城至周營索戰南宮适已回過子牙子牙正坐忽
報崇黑虎請戰子牙令南宮适出陣南宮适結束來
至陣前見黑虎怎生粧束
九雲冠真威武黃金甲霞光吐大紅袍上現圖龍

勒甲戎繩攢九股豹花囊內掃狼牙龍角弓灣四
尺五坐下火眼金睛獸鞍上橫拖兩柄斧曹州威
鎮刻諸侯封神南嶽崇黑虎
黑虎面如鍋底海下一部落腮紅髯兩道黃眉金睛
雙暴來至軍前厲聲大叫曰無故恃強犯界任爾猖
狂非王者之師南宮适曰崇黑虎不道汝兄惡貫天
下陷害忠良殘虐善類古云亂臣賊子人人得而誅
之道罷舉刀直取黑虎手中斧急架相還獸馬相交
斧刀併起戰有二十回合馬上黑虎瞧對南宮适曰
末將只見這一陣只等把吾兒解到行營再來相見

同堯舜一般如何取得崇城只得賠修一書使南宮
适往曹州見崇黑虎庶幾崇城可得令南宮适接書
运往曹州來子牙按兵不動只等回書不知崇侯虎
性命如何且聽下回分解。

總批

西伯得專征伐。乃紂王假之以權正天奉共
鑒若或使之而然故天下諸侯皆知有西伯
耳所以武王嗣興天下響應有所自也雖然。
斯時已三分有二文王猶以服事殷紂惡日
甚周之德所以日見其盛矣雖不假之以權。

又批

其可得乎君人者當知所勉夫。
賞牡丹而妖狐出現此紂王親見神鶯抓退。
進內殿見妲妃抓傷頭面此不問可知不然。
亦當疑惑何能其撫拾而恬不為怪乃癡迷
若是也又何怪今人之多被此妖之蒙蔽乎。

第二十九回　斬侯虎文王托孤

詩曰

崇虎無謀枉自尤，欺君盜國登常留。
轅門斬首空嗟日，孝子懸頭莫怨秋。
周室龍興應在武，紂家虎敗卻貪彪。
熟知不負文王托，八百年來戊午收。

話說南宮适離了周營逕逛曹州一路上曉行夜住。
也非一日來到曹州館驛安歇次日至黑虎府下書。
書黑虎正坐家將稟千歲有西岐差南宮适來下書。
黑虎聽得是西岐差官即降階迎接笑容滿面讓至

子才可謂不賤而愛人之兵

殿內行禮分賓主坐下崇黑虎欠身言曰將軍今到
敝驛有何見諭南宮适曰吾主公文王丞相姜子牙
拜上大王特遣末將有書上達南宮适取書遞與黑
虎黑虎拆書觀看
岐周丞相姜尚頓首百叩致書於大君侯崇將軍
麾下益開人臣事君務引其君於當道必諫行言
聽膏澤下於民使百姓樂業天下安阜未有身為
大臣逢君之惡蠱惑天子戕虐萬民假天子之命
令藏骨剝髓盡民之力肥潤私家陷君不義忍心
喪節如令兒者真可謂積惡如山窮兒若虎人神

子牙馬至陣前言曰崇城守將可來見我只聽得那陣上一騎飛來怎見得崇應彪排束。盤龍冠飛鳳結大紅袍猩猩血染金凱甲奏連環。護心寶鏡懸明月。腰束羊脂白玉旒九吞八扎直奇絕金粧鋼掛馬鞍傍虎尾鋼鞭懸竹簡袋内弓灣三尺五。囊中箭插賓州鉄坐下走陣冲營馬尺八蛇矛神鬼怯父在當朝一寵臣子鎮崇城真英傑。鬢白髮氣精神却似神仙臨陣。崇應彪一馬當前見子牙問曰汝乃何等人物敢犯

723

吾疆界子牙曰吾乃文王駕下首相。姜子牙是也汝父子造惡如淵海積毒似山嶽貪民財物如餓虎傷人酷慘似豺狼惑天子無忠耿之心壞忠良有推忍之意普天之下雖三尺之童恨不能生啖你父子之肉今日文王起仁義之師除殘暴于崇地絕惡黨以暢以神不負天子加以節鉞得專征伐之意應彪聞得此言。太喝姜尚曰你不過磻溪一無用老朽敢出大言頑左右曰誰為吾擒此逆賊言還未了只見一將出馬對陣文王馬上大呼曰崇應彪少時行兒孤來也應彪又見文王馬至氣冲滿懷千指文王大罵。

姬昌你不思得罪朝廷立仁行義反來侵吾疆界文王曰你父子罪惡貫盈不必我言只是你早早下馬。解送西岐立壇告天除汝父子兒惡不必連累崇城良民應彪大喝誰為我擒此反賊一將應聲而出乃陳繼貞這壁廂辛甲縱馬掄斧大叫陳繼貞慢來休得冲吾陣腳兩馬相交銚斧并舉戰在一處二將撥馬掄兵殺有二十回合應彪見陳繼貞戰辛甲不下隨命金成梅德助陳子牙見對陣有助子牙令毛公遂周公旦召公奭呂公望辛免南宮适六將齊出冲殺一陣應彪見大勢人馬催動自撥馬殺進重圍只

725

殺的慘慘征雲紛紛愁霧喊聲不絕鼓角齊鳴混戰多時早有呂公望一銚刺梅德於馬下辛免斧劈金成崇兵大敗進城。子牙傳令鳴金眾將長得勝鼓回營不表話說應彪兵敗將亡進城將四門緊閉。殿上與眾將商議退兵之策眾將見西岐士馬英雄勢不可當并無一籌可展半策可施。且說子牙得勝回營欲傳令攻城文王曰崇家父子作惡與眾百姓無干今氶相欲要攻城恐城破玉石俱焚可憐無辜遭枉兄孤此來不過救民豈有反加之以不仁哉切為不可子牙見文王以仁義為重不敢抗違自思主公德

726

系謁不題且説探馬報進崇城此時崇侯不在崇城
正在朝歌隨朝城内是侯虎之子崇應彪開報大怒
忙昇殿點聚將鼓衆將上銀安殿參謁已畢應彪曰
姬昌暴橫不守本分前歲逃關聖上幾番欲點兵征
伐彼不思悔過反與此無名之師深屬可恨況且我
與你各守彊上秋毫無犯今自來送死我豈肯輕恕
傳令點人馬出城隨令大將黃元濟陳繼貞梅德金
成這一番定擒反叛解上朝歌以盡大法却説子牙
次日昇帳先令南宮适崇城見首陳南宮适得令領
本部人馬出營排開陣勢出馬囑聲叫曰逆賊崇侯

719

虎早至軍前受死言未畢聽城中砲響門開處只見
一枝人馬殺將出來為頭一將乃飛虎大將黃元濟
是也南宮适曰黃元濟你不必來喚出崇侯虎來領
罪殺了逆賊泄神人之怒萬事俱休元濟大怒驟馬
搖刀飛來直取南宮适舉刀相迎兩馬盤旋雙刀并
舉一場大戰怎見得
　二將坐鞍橋征云透九霄這一個急取壺中箭那
　一個忙扳紫金標這將刀欲誅軍將那將刀直取
　英豪這一個平生膽壯安天下那一個氣象軒昂
　壓俊毛

720

話説南宮适大戰黃元濟未及二十回合元濟非南
宮适敵手力不能支南宮适是西岐名將元濟怎能
勝得他元濟欲要敗走又被宮适一口刀裂住了跳
不出圈子去早被南宮适斬於馬下軍兵回
首級長得勝鼓回營進轅門來見子牙將斬的黃元
濟首級報功子牙大喜且説崇城敗殘軍馬回報崇
應彪説黃元濟已被南宮适斬於馬下找首級在轅
門號令應彪聽罷拍案大呼曰好姬昌逆賊令今反
臣又殿朝廷命官你罪如太山誓不斬此賊與黃元
濟報警誓不回軍傳令明日將太對人馬出城與姬

721

昌央一雌雄一伯已過次早旭日東昇大砲三聲開
城門大勢人馬殺奔周營坐名只要姬昌姜尚至轅
門答話探馬報入中軍曰崇應彪口出不遜之言請
丞相軍令定奪子牙請文王親自臨陣會兵於崇城
六王乘騎四賢保駕八俊隨軍周營内砲響磨動旗
旛崇應彪見衆將一對對雁翅分開崇應彪定睛觀
來兩邊排列有西江月為証
看但見有西江月為証
　魚尾金冠鶴氅絲絲雙結乾坤雌雄寶劍手中擎
　八卦仙衣可襯元始玉虛門下包含地理天文銀

722

武成王那裡知道，話分兩處，且言西岐姜子牙在朝，一日聞邊報，言紂王荒淫酒色，寵任奸佞，又反了東海平靈王，聞太師前去征勦，又見報崇侯虎蠱惑聖聰，廣興土木，陷害大臣，荼毒萬姓，潛通費尤內外結，把持朝政，朋比為奸，肆行不道，鉗制諫官，子牙看到切情之處，怒髮冲冠，此賊若不先除，恐為後患，子牙次日早朝，文王問曰，丞相昨閱邊報，朝歌可有甚麼異事，子牙出班啓曰，臣昨見邊報紂王剗比干之心，作羹湯療妲己之疾，崇侯虎紊亂朝政，橫恣大臣，蠱惑天子，無所不為，害萬民而不敢言，行殺戮而不

敢怨，惡孽多端，使朝歌生民，日不聊生，貪酷無厭，臣愚不敢請，似這等大惡，假虎張威，毒痛四海，助桀為虐，使居天子左右，將來不知如何結局，今百姓如在水火之中，大王以仁義廣施，若依臣愚意，先伐此亂臣賊子，剪其亂政者，則天子左右，見無讒佞之人，庶幾天子有悔過遷善之機，則主公亦不枉天子假以節鉞之意，文王曰，卿言雖是，奈孤與崇侯虎一樣爵位，豈有擅自征伐之理，子牙曰，天下利病，許諸人直言無隱，況主公受天子白旄黃鉞，得專征伐，原為禁暴除奸，似這等權奸蠹國，內外戚黨，殘虐生民，以白

作黑屠戮忠賢，為國家大惡，大王今發仁慈之心，救民於水火，倘天子改惡從善，而效法堯舜之主，大王此功成萬年不朽矣，文王聞子牙之言，勦紂王為堯舜，其心甚悅，便曰，丞相行師，誰為主將，去代崇侯虎，子牙曰，臣願與大王代勞，以效犬馬，文王恐子牙殺伐太重，自思我去還有着量，文王曰，孤同丞相一往，恐有別端，可以共議，子牙曰，大王大駕親征，天下響應，文王發出黃旄鉞，鉞起人馬十萬，擇吉日，祭寶纛，旛以南宮适為先行，辛甲為副將，隨行有四賢八俊，文王與子牙放炮起兵，路上父老相迎，雞犬不驚，

民聞伐崇，人人大悅，個個歡忻，好人馬，怎見得，旛分五色，殺氣迷空，明幌幌劒戟鎗刀，光燦燦义趬斧棒，三軍跳躍，尤如猛虎下高山，戰馬長嘶，一似蛟龍離海島，巡營小校似歡狼，瞭哨兒郎雄糾糾，先行引道，逢山開路，踄橋樑，元帥中軍，殺斬存留，旗號令，團團牌手，護軍糧，硬擎長弓，射陣脚，此一去除奸削黨，安天下，繞離磻溪第一功，話說子牙人馬過府州縣鎮，人人樂業，雞犬不驚，一路上多少父老迎迓，一日，探馬來報中軍，兵至崇城，子牙傳令安營，堅了旗門，結成大寨，子牙昇帳，眾將

摧花倒樹異尋常　滅燭無情盡絕光
穿戶透簾侵病骨　妖氛怪氣此中藏
風過了一陣播土揚塵把牡丹亭都慌動眾官正驚
疑間只聽得侍酒官齋叫妖精撲來了黃飛虎酒已半
酣聽說有妖精慌慌忙忙起身出席果見一物在寒露之
中而來但見
眼似金燈體態姝　尾長爪利短身軀
撲來恍似登山虎　轉面渾如捕物狙
妖孽慣侵人氣鬼　怪魔常噬血頭顱
疑眸仔細觀形象　却是中山一老狐

話說黃飛虎帶酒出席見此妖精撲來手中無一物
可攔把手挽住牡丹亭欄杆攀拆了一根望那狐狸
一下打去那妖精閃過又撲將來黃飛虎叫左右快
取北海進來的金眼神鷹左右忙忙的將紅籠開了
放出那神鷹飛起二目如燈專降狐狸此鷹往下一
罩爪似鋼鈎把狐狸抓了一下那狐狸叫了一聲逕
往太湖石下攢去了紂王眼見此事即喚左右取鍬
鋤望下挖去左右挖下二三尺見無限的人骨骸骸成
堆紂王着實駭然紂王因想諫官本上常言妖氛貫
于宮中災星變于天下此事果然是實心下甚是不

（眉批）摧歡悅翻成無限風波

悅日官起身謝恩出朝各歸府第不題且說妲已酒
後元形出現不意被神鷹抓了面門傷破皮膚驚醒
回來悔之無及紂王至御書閣同妲已共寢睡至天
明紂王忽見妲已面上帶傷急問日御妻臉上為何
有傷妲已在枕邊回日夜來陛下將妾往
園中稍遊樂原來此地真有妖氛朕與百官飲至三更果
把妾身抓了面上故此帶傷紂王日今後不可往御
園遊樂從海棠花下過忽被海棠枝幹吊將下來
見一狐狸前來撲人時有武成王黃飛虎攀拆欄杆
去打他尚然不退後放出外國進來金眼神鷹那鷹

慣降狐狸一爪抓去那妖帶傷走了鷹爪尚有血毛
紂王對妲已說但不知同着狐狸共寢且說妲已暗
恨黃飛虎我不曾惹你你今來害我則怕你路逢窄
道難廻避有詩寫証
詩日
紂王忻然賞牡丹　君臣歡飲鼓三攢
狐狸影現人多怕　怪獸威施氣更歡
金眼神鷹現真可羨　綏尾邪魔已帶殘
私誓斷送真潦婦　繞得忠良逐釣竿
話說妲已深恨黃飛虎放鷹害他只等他路逢來道

錦堂畫棟，碧沉沉彩閣雕簷，蹴毬場斜通桂院鞦韆架，遠離花蓬牡丹亭，燦妃來往芍藥院彩女閒遊。金橋流綠水。海棠醉輕風。磨磚砌就蕭墻白石鋪成路，逕紫街兩道，現出二龍戲珠。闌杆左右雕成朝陽丹鳳，翡翠亭萬道金光。御書閣十層瑞彩。祥雲映日。顯帝王之榮華，瑞氣迎眸見皇家之極。箕鳳尾草百鳥來朝，龍爪花五雲相罩，千紅萬紫映樓臺，走獸飛禽鳴內院，八哥說話紂王呌呼欲狂，鸚鵡高歌天子歡容鼓掌，碧池內金魚躍水，粉墻內鶴鹿同春，芭蕉影動遲風威遍射，香爲百花

主。珊瑚樹高高下下，神仙洞曲曲灣灣。玩月臺，層層疊疊惜花，逕遠遠迢迢。水閣下鷗鳴和暢，涼亭上琴韻清幽，夜合花開。深院奇香不散，木蘭花放滿園清味難消。名花萬色，丹青難畫難描，樓閣重重妙手能工，焉敢御園中。果然異景，皇宮內，其是繁華花開翻蝶翅，禁院隱蜂衙。亭簷飛紫燕，池角聽鳴蛙。春鳥啼百舌，反哺是慈烏。正是御園如錦繡，何用說仙家藍靛染成，千塊玉碧紗籠罩萬堆霞。

詩曰

瑞氣騰騰瑣太華，　祥光靄靄照雲霞。
龍樓鳳閣侵霄漢。　玉戶金門映翠紗。
四時不絕稀奇景，　八節常開罕見花。
幾番雨過春風至，　香滿城中百萬家。

話說百官隨駕，進御園牡丹亭。擺開九龍飾席筵宴，文武依次序坐下。論尊甲行禮，紂王在御書閣，陪蘇妲巳胡喜媚共飲，且說武成王對微子箕子曰，延無好延，會無好會。方今士馬縱橫，刀兵四起，有甚心情宴賞牡丹。但不知。天子能改過從善，或邊停烽息災，逆除兇尚可望共樂唐虞，享太平之福。若是迷而不

返恐此日無多憂。日轉長也，微子箕子開言，點首嗟嘆眾官飲至日當正午。百官往御書閣來謝酒當駕官啓奏百官謝恩，紂王曰。森光景媚花柳芳妍。正官樂飲。何故謝恩，傳旨待朕陪宴百官聽見天子下樓親陪。不敢告退，只得恭候。但見紂王親至牡丹亭上首添一席，同眾臣共飲歡唉，樂聲齊奏。君臣換盞輪盃不覺天晚，帝命長上畫燭笙歌嘹亮。真是歡樂倍常。將近二鼓時分，不說君臣會酒。且言御書閣妲巳胡喜媚帶酒酣睡龍榻之上，近三更時候，妲巳元形現出來，尋人吃。一陣怪風大作。怎見得。

下回分解

總批

聞太師十策亦是救時急義尚未盡紂之不
善。雖然當時在朝諸臣不無慷慨激烈之士
因紂王慘酷未免鉗口結舌雖未必為身家
富貴之計。而懼禍之不測者恒多。若聞太師
之位重望隆。可以使天子不得不行庶可稍
挽天變柰何又有東海之役此殆天數也歟

文批

夏招不忍比干之死有激于衷。故不暇揣度
君臣之分。勇往而死此殆忠而過直而懇者
也。其心則可悲其情則可矜耳。若聞太師之
當殿打費仲尤渾未免犯早廢尊下越上之
意此不得與夏招同科

第二十八回　子牙兵伐崇侯虎

詩曰

崇虎貪殘氣更豪　剝民膏髓自肥饒
逢君欲作征無道　乘機起釁帝齒消
奉命督工人力盡　國敗人亡事事捐
子牙有道征無道

話說紂王同文武欣然回至大殿衆官侍立天子傳
旨釋放費仲尤渾。彼時有微子出班奏曰費尤二人
乃太師所奏繫獄聽勘者今太師出兵未遠即將釋
放似亦不可紂王曰費尤二人原無罪係太師條陳

屈陷朕躬不明皇伯不必以成議而陷忠良也微子
不言下殿。不一時救出二人官還原職隨朝保駕。紂
王心甚歡悅。又見聞太師連征放心安樂一無忌憚
特當三春天氣景物韶華御園牡丹盛開傳旨同百
官往御花園賞牡丹以繼君臣同樂效虞廷賡歌喜
起之盛事百官領旨隨駕進園正是天上四時春作
首人間嚴富帝王家怎見得御花園的好處但見
彷彿蓬萊仙境依希天上仙圖諸般花木結成攢
壘石琳琅就景桃紅李白紛芳綠桺青蘿搖捜
金門处幾株君子竹玉戸下兩行大夫松紫巍巍

近喚左右將費尤二人拿出午門斬了當朝武士氣惱此二人聽得太師發怒將二人推出午門問太師怒冲牛斗紂王默默無言口裡不言心中暗道費尤二臣不知起倒自討其辱聞太師復奏請紂王發行刑旨紂王怎肯殺費尤二人紂王曰太師奏疏俱說得是此三件事朕俱總行待朕再商議而行費尤二臣雖是冒犯紊卿其罪無証且發下法司勘問情真罪當彼亦無怨開太師見紂王再三委曲反有競業顏色自思吾雖為國盡瘁盡忠使君懼臣吾先得欺君之罪矣太師隨而奏曰臣但顧四方黻服百姓莫

安諸候賓服臣之願足矣敢有他望哉紂王傳旨將費尤發下法司勘問七道條陳恨即舉行三條再議安施行紂王回闕百官各散天下興好事行天下亡禍胎降太師方上條陳事巳好將來了不防東海反了平靈王飛報進朝歌來先至武成王府黃元帥見報嘆曰兵戈四起八方不寧如今又反了平靈王何時定息黃元帥把報差官送到聞太師府裡去太師在府正坐堂候官報黃元帥差官見老爺太師命令來差官將報呈上太師看罷打發來人隨即往黃元帥府裡來黃元帥迎接到殿上行禮分賓主坐下聞

（天數巳然完非人力）

太師道元帥今反了東海平靈王老夫來與將軍共議還是老夫去還是元帥去黃元帥答曰末將去也可老太師去也可但憑太師主見太師想一想道曰黃將軍你還隨朝老夫領二十萬人馬前往東海勦平反叛歸國再商政事二人共論停當次日早朝聞太師朝賀畢太師上表出師紂王覽表驚問曰平靈王又反如之奈何聞太師奏曰臣之丹心憂國憂民不得不去今留黃飛虎守國臣往東海削平反叛愿陛下早晚以社稷為重條陳三件待臣回再議紂王朋奏大悅巳不得聞太師去了不在面前攬擾心中

甚是清淨忙傳諭發黃旌白鉞即與聞太師餞行起兵紂王駕出朝歌東門太師接見紂王命掛酒賜與太師聞仲接酒在手轉身遞與黃飛虎太師曰此酒黃將軍先飲飛虎欠身曰太師遠征聖上所賜黃飛虎怎敢先飲太師曰將軍接此酒老夫有一言相告黃飛虎依言接酒在手聞太師曰朝綱無人全賴將軍當今若是有甚不平之事禮當直諫不可鉗口結舌非人臣愛君之心太師回身見紂王曰臣此去無別事憂心願陛下聽忠告之言以社稷為重母變亂舊章有乖君道臣此一去多則一載少則半年不久

第一件拆鹿臺安民心不亂
第二件廢炮烙使諫官盡忠
第三件填蠆盆宮患自安
第四件去酒池肉林掩諸侯謗議
第五件貶妲巳別立正宮使內庭無蠱惑之虞
第六件勘佞臣速斬費仲尤渾而快人心使不肖者自遠
第七件開倉廩賑民饑饉
第八件遣使命招安于東南
第九件訪遺賢於山澤釋天下疑似者之心

條陳十件尚有采處

第十件納忠諫大　言路使天下無壅塞之蔽

聞太師立於龍書案傍磨墨潤毫將筆遞與紂王請陛下批准施行紂王看十欵之中頭一件便是拆鹿臺紂王曰鹿臺之工費無限錢糧成功不毀今一旦拆去實是可惜此等再議二件炮烙准行三件蠆盆准行五件貶蘇后今妲巳德性幽閒并無失德如何便加謫貶也再議六件中大夫費尤二人素有功而無罪何爲讒佞豈得便加誅戮除此三件以下准行太師奏曰鹿臺功大勞民傷財萬民深怨拆之所以消天下百姓之隱恨皇后諫陛下造此慘刑神怒鬼

怨屈寃無申乞速貶蘇后與神喜鬼舒屈寃瞑目所以消在天之幽怨勘斬費仲尤渾則朝綱清淨國內無讒聖心無惑亂之虞則朝政不期清而自清矣願陛下速賜施行幸無遲疑不决以悞國事則臣不勝幸甚紂王沒奈何立語曰太師所奏朕准七件此三件候議妥再行聞太師曰陛下莫謂三事小節而不足爲此三事關係治亂之源陛下不可不察毋得草草放過君臣立辨只見中大夫費仲還不識時務出班上殿見駕聞太師認不得費仲問曰這員官是誰仲曰卑職費仲是也太師道先生就是費仲先生上

費仲乘機挑剔亦自有理但當時丞相之權如東坐政事堂雖天子之叙倖可召而殺

殿有甚麼話講仲曰太師雖位極人臣不按國體執筆逼君批行奏疏非禮也本參皇后非臣也令殺無辜之臣非法也太師滅君恃巳以下凌上肆行殿廷大失人臣之禮可謂大不敬太師聽說當中神目睜開長髯直竪大聲曰費仲巧言惑主氣殺我也將手一拳把費仲打下丹墀面門青腫只見尤渾怒上心來上殿言曰太師當殿毆打大臣非打費仲即打陛下矣太師曰汝是何官尤渾曰吾乃是尤渾太師笑曰原來是你兩個賊臣表裏弄權互相回護趨向前只一掌打去把那奸臣翻觔斗跌下丹墀有丈餘遠

疼要玲瓏心作湯療疾，勒逼比干剖心，死于非命。靈樞見停北門，國家將興，禎祥自現；國家將亡，妖孽頻出。讒佞信如膠漆，忠良視如冠讐，憐虐異常，荒淫無忌。即不才等累具諫章，觀如故紙，甚至上下壅隔，正無可奈何之時，適太師奏凱還國，社稷幸甚，萬民幸甚。黃飛虎這一篇言語，從頭至尾，細細說完，就把聞太師急得嚼聲大叫曰：有這等反常之事！只因北海刀兵，致天子紊亂綱常，我負先王，有愧國事，實老夫之罪也。眾大王先生請回，我三日後上殿，自有條陳。太師送眾官出府，喚徐、急兩令，封了府門，一應人等

不許投遞，至第四日面君方許開門，應接事體。徐、急兩得令，即閉府門。有詩為証。

詩曰

太師兵回奏凱還，登知國內事多姦。
君王失政乾坤亂，海宇分崩國政艱。
十道條陳安社稷，九重金闕削奸頑。
山河旺氣該如此，總用心機只等閒。

話說聞太師三日內造成條陳十道，第四日入朝面君。文武官員巳知聞太師捧本上殿，那日早朝，聚兩班文武百官朝畢，紂王曰：有奏章出班，無事朝散。左

班中閃太師進禮稱臣，曰臣有疏，將本鋪展御案。紂王覽表。其疏：太師臣聞仲上言，奏為國政大變，有傷風化，寵澤近佞，逆治慘刑，大于天變，隱憂莫測事。臣聞堯受命，以天下為已憂，而未常以位為樂也，故誅逐亂臣，務求賢聖，是以得舜禹稷契，而咎緒輔德，賢能佐職，教化大行，天下和洽，萬民皆安，樂義各得其宜，動作應禮，從容中道，乃王者必世而後仁之謂也。堯在位七十載，迺遜位以禪虞舜。堯崩，天下不歸堯子丹朱，而歸舜，舜知不可避，乃

即天子之位，以禹為相，因堯之輔佐，繼其統業，是以垂拱無為而天下治，所作韶樂盡美盡善。今陛下繼承大位，當行仁義，普施恩澤，惜愛軍民，禮文敬武，順天和地，則社稷莫安，生民樂業，豈意陛下近淫酒，親奸佞，亡恩愛，將皇后炮手剜睛，殺子嗣，自剪其後，此皆無道之君所行，自取滅亡之禍。臣願陛下痛改前非，行仁興義，遠小人，近君子，庶後社稷莫安，萬民欽服，天心効順，罔作霪長，風和雨順，天下享承平之福矣。臣代罪冒犯天顏，條陳開列于後。

買直。故設此刑。名曰炮烙。太師又啓。臣進都城。見高聳青霄。是甚所在。紂王曰。朕至暑天。苦無憩地。造此行樂。亦觀高望遠。不致耳目蔽塞耳。名曰鹿臺。太師聽罷。心中甚是不平。乃大言曰。今四海荒荒。諸侯齊叛。皆陛下有負於諸侯。故有離叛之患。今陛下仁政不施。恩澤不降。忠諫不納。近奸色而遠賢良。戀酗飲而不分晝夜。廣施土木。民連累而反。軍絕糧而散。文武軍民。乃君王四肢。四肢順。其身廉健。四肢不順。其身缺殘。君以禮待臣。臣以忠事君。想先王在日。四夷拱手。八方賓服。學太平樂業之豐。受蓽問皇基之福。

今陛下登臨大寶。殘虐萬姓。諸侯離叛。民亂軍怨。此海刀兵。使臣一片苦心。殄滅妖黨。今陛下不修德政。一意荒淫。數年以來。不知朝綱大變。國體全無。使臣日勞邊彊。正如辛勤立燕巢於朽幕耳。惟陛下思之。臣今回朝。自有治國之策。容臣再陳。陛下暫請回宮。紂王無言可對。只得進宮闕去了。且說聞太師立於殿上。日眾位先生大夫。不必回府第。俱同老夫到府內共議。吾自有處。百官跟隨同至太師府。到銀安殿上。各依次坐下。太師就問列位大王。諸先生老夫在外多年。遠征北地。不得在朝。但我聞仲感先王托孤

之重。不敢有負遺言。但當今顛倒憲章。有不道之事。各以公論。不可架捏。我自有平定之說內。有一大夫孫容欠身言曰。太師在上。朝廷聽讒遠賢。沉湎酒色。殺忠阻諫。殄滅彝倫。怠荒國政。事跡多端。恐眾官春言有素。太師清聽。不若眾位靜坐。只是武成王黃老大人。從頭至尾。講與老太師聽。一來老太師便與聽罷。百官不致攪越。不識太師意下如何。聞太師聽罷。孫大夫之言甚善。黃老大人。老夫洗耳。願聞其詳。黃飛虎欠身曰。既從尊命。末將不得不細細實陳。天子自從納了蘇護之女。朝中日漸荒亂。將元配美娘娘。

剜目烙手。殺子絕倫。誆諸侯入朝歌。輕臨大臣。妄斬司天監太史杜元銑。聽妲己之狐媚。造炮烙之刑。壞上大夫梅伯。囚姬昌于羑里七年。摘星樓內。設蠆盆之工。致上大夫趙啓墜樓而死。肆用崇侯虎監功。賄賂通行。三丁抽二。獨丁赴役。有錢者買閒在家。累死百姓。填于臺下。上大夫楊任諫阻鹿臺之工。將楊任剜去二目。至今屍骸無踪。前者鹿臺上有四五十狐狸化作仙人赴宴。被比干看破。妲己懷恨。今不明不白。內庭私納一女。不知來歷。昨日聽信妲己。詐言心

紙旛安定冤鬼。忽聽探馬報聞太師奏凱回朝,百官齊上馬迎接十里,至轅門。軍政司報太師,百官迎接。轅門太師傳令,百官暫回午門相會,衆官速至午門等候。聞太師乘墨麒麟往北門而進,忽見紙旛飄蕩,便聞左右是何人靈柩。左右答曰:是亞相比干之柩。太師驚呀進城,又見鹿臺高聳,光景嵯峨,到了午門,見百官道傍相迎。太師下騎,改臉問曰:列位老大人,仲達征北海,離別多年,景物城中盡都變了。武成王曰:太師在北,可開天下離亂,朝政荒蕪,諸侯四叛。太師曰:年年見報,月月通知,只心懸兩地,北海灘平,托

〔眉批〕如此造　語百官　[illegible]　[illegible]

賴天地之恩,主上威福,方滅北海妖孽,吾恨慪無雙翼,飛至都城面君爲快。衆官隨至九間大殿,太師見龍書案可以生塵,寂靜悽凉,又見殿東邊黃鄧鄧大圓柱子。太師問執殿官:黃鄧鄧火柱子爲何放在殿上?執殿官跪而答曰:此是天子所置新刑,名曰炮烙。太師又問:何爲炮烙?只見武成王向前言曰:太師,此刑乃銅造成的,有三層火門,煩布諫官阻事盡忠無私,亦心爲國的,言天子之過,說天子不仁,正天子不義,便將此物將炭燒紅,用鉄索將人兩手抱住銅柱,左右衆將過去,四肢烙爲灰爐,殿前臭不可聞,爲造

此刑,忠良隱遁,賢者退位,能者去國,忠者死節。聞太師聽得此言,心中大怒,三目交輝,只急得當中那一隻神目睜開,白光現尺餘,遠近命執殿官鳴鍾鼓請駕。百官大悅。話說紂王自取比干心作湯,療妲巳之疾,一時全愈,正在臺上溫存。當駕官啓奏曰:九間殿鳴鍾鼓,乃聞太師還朝,請駕登殿。紂王聞得此說,默然不語,隨傳旨排鑾輿,臨軒奉御,保駕等官,危擁天子,登九間大殿。百官朝賀,聞太師進禮,山呼畢。紂王秉圭諭曰:太師遠征北海,登涉艱苦,鞍馬勞心,運籌無暇,欣然奏捷,其功不小。太師拜伏於地曰:仰仗天

〔批〕飾謀忠

威,感陛下洪福,滅怪除奸,斬逆勦賊,征伐十五年,臣捐軀報國,不敢有負先王。臣在外聞得內庭濁亂,各路諸侯反叛,使臣心懸兩地,恨不得插翅面君,今覩天顏,其情可實。紂王曰:姜桓楚謀逆弒朕,鄂崇禹縱惡爲叛,俱已伏誅,但其子肆虐,不尊國法,亂離各地,使關隘擾攘,甚是不法,良可痛恨。太師奏曰:姜桓楚篡位,鄂崇禹縱惡,誰以可証?紂王無辭以對。太師近前復奏曰:臣征在外,苦戰多年,陛下仁政不修,荒淫酒色,誅諫殺忠,致使諸侯反亂。臣且啓陛下,殿東放着黃鄧鄧的是甚東西?紂王曰:諫臣惡。曰:忤君沽忠

678

得勒馬問曰怎麼是無心菜婦人曰民婦賣的是無
心菜比干曰人若是無心如何婦人曰人若無心卽
死比干大叫一聲撞下馬來一腔熱血濺塵埃有詩
爲証　詩曰

　御扎飛來實可傷　姐巳設計害忠良
　比干倚仗崑崙術　卜兆焉知在路傍

話說賣菜婦人見比干落馬不知何故慌的躲了黄
明周紀二騎馬是出北門看見比干死於馬下一地
鮮血濺染衣袍仰面朝天瞑目無語二將不知所以
然當時子牙留下簡帖上書符印將符燒灰入水服

679

於服中護其五臟故能乘馬出北門耳見賣無心菜
的比干問其因由婦人言人無心卽死若是回道人
無心還活比干亦可不死比干取心下臺上馬血不
出者乃子牙符水玄妙之功話說黄明周紀飛馬趕
出北門見如此行遂回至九間殿來回黄元帥話見
比干如此而死說了一遍微子等百官無不傷悼內
有一下大夫嚎聲大叫昏君無辜擅殺叔父紀綱絕
滅吾自見駕此官乃是夏招自往鹿臺不聽宣召遂
上臺來紂王將比干心立等做羹湯又被夏招上臺
見駕紂王出見夏招見招豎目揚眉圓睜兩眼面君

680

不拜。紂王曰大夫夏招無肯有何事見朕招曰特來
弒君紂王咲曰自古以來那有臣弒君之理招曰昏
君你也知道無弒君之理世上那有無故㹻殺叔父
之情比干乃昏君之嫡叔乙帝之弟今聽妖婦姐巳
之謀取比干心作羹誠爲殺父臣弒昏君以盡成湯
之決招把鹿臺上掛的飛雲劍掣在手望紂王劈面
殺來紂王乃文武全才登懼此一個儒生將身一閃
讓過夏招撲個空紂王大怒命武士拿了武士領旨
方來擒拿夏招大叫曰不必來昏君殺父招宜弒君
此事之當然衆人向前夏招一跳種下鹿臺可憐粉

681

骨碎身死於非命有詩

　　詩曰

　夏招怒發氣當眞　只爲君王行不仁
　不惜殘軀撩直諫　可憐血肉巳成塵
　忠心自合留千古　赤膽應知重萬鈞
　今日雖投臺下死　芳名常共日華新

不說夏招死於鹿臺之下且說各文武聽得夏招盡
節鹿臺之下又去北門外收比干之屍世子微子伯
披麻執杖拜謝百官內有武成王黄飛虎微子箕子
傷悼不巳將比干用棺槨停在北門外搭起蘆棚揚

繞心去一片吾卽死矣。比干不犯剜心之罪如何無
辜遭此非殃。紂王怒曰君叫臣死。不死不忠臺上殷
君有戮臣節。如不從朕命武士拿下去取了心來。比
干大罵妲巳賤人。我死冥下見先帝無愧矣。喝左右
取劍來與我。奉御將劍遞與比干。比干接劍在手望
太廟大拜八拜泣曰成湯先王豈知殷受斷送成湯
一十八世天下。非臣之不忠耳。遂解帶現軀將劍往

674

朝廷失政只聽的殿後有脚跡之聲黃元帥墜後一
觀見比干出來心中大喜飛虎曰老殿下事體如何一
比干不語百官迎上前來比干低首速行面如金紙。
逤過九龍橋去出午門常隨見比干出朝將馬伺候。
比干上馬往北門去了。不知凶吉如何且聽下回分
解。

總批

比干乃國之黃耈元老竟遭慘死其欲不亡
得乎紂王惟婦言是用巧於拒諫酷惡非常
所以後世推亡國之君必首及桀紂實爲萬

675

又批

世罪魁

妲巳一婦巳足以亡商今又添一喜媚如虎生
翼紂王且日與之酣飲荒淫縱不敗家國亦
是速死之道。

676

第二十七回　太師回兵陳十策

詩曰

天運循環有替隆。　任他勝筭總無功。
方繞少進和平策。　又道提兵欲破戎。
數定登容人力輓。　期逢自與鬼神同。
從來逆孼終歸盡。　縱是回天手亦窮。

話說黃元帥見比干如此不言遶出午門命黃明周
紀隨看老殷下往何處去二將領命去訖。且說比干
馬走如飛只聞的風响之聲約走五七里之遠只聽
的路傍有一婦人手提筐籃叫賣無心菜比干忽聽

677

甚速話未了又報御扎又至比干又接過不一時速到五次御扎比干疑惑有甚緊急連發五扎正沉思間又報御扎又至持扎者乃奉御官陳青比干接畢問青曰何事要緊用扎六次青曰丞相在上方令國勢漸衰鹿臺又新納道姑名曰胡喜媚今日早饍娘娘偶然心疼疾發看看氣絕胡喜媚陳說要得玲瓏心一片煎羹湯吃下即愈皇上言玲瓏心如何燒得胡喜媚會筭筭丞相是玲瓏心因此發扎六道要借老干歲的心一片急救娘娘故此緊急比干聽說驚得覓膽俱落自思事已如此乃曰陳青你在午門等

候我郎至也比干進內見夫人孟氏曰夫人你好生看顧孩兒微子德我死之後你母子好生守我家訓不可造次朝中併無一人矣言罷淚如雨下夫人大驚問曰大王何故出此不吉之言比干曰昏君聽信妲己有疾欲取吾心作羹湯豈有生還之理夫人垂淚曰官居相位又無欺誑上不犯法於天子下不貪酷於軍民大王忠臣節孝素表著於人耳目有何罪惡豈至犯取心慘刑有子在傍泣曰父王勿憂方纔孩兒想起昔日姜子牙與父王看氣色曾說不利留一簡帖見在書房說至危急兩難之際進退無路方

可看簡亦可解救比干方悟曰呀幾乎一時忘了忙開書房門見晁臺下壓着一帖取出觀之上書明白比干曰速取火來取水一碗將子牙符燒在水裡比干飲于腹中忙穿朝服上馬往午門來不表且說六扎宣比干陳青泄了內事驚得一城軍民官宰盡知取比干心作羹湯話說武成王黃元帥同諸大臣俱在午門只見比干乘馬飛至午門下馬百宰忙問其故比干曰據陳青說取心一節吾總不知百官隨比干至大殿比干逕往鹿臺齊候旨紂王立候聽得比干至命宣上臺來比干見駕王曰御妻偶祭頭疼病

心痛之疾惟玲瓏心可愈皇叔有玲瓏心乞借一片作湯治疾若愈此功莫大焉比干曰心是何物紂王曰乃皇叔腹內之心比干怒奏曰心者一身之主隱于肺內坐六葉兩耳之中百惡無侵一侵即死心正手足正心不正則手足不正心乃萬物之靈苗四象變化之根本吾心有傷豈有生路老臣雖死不惜只是社稷坵墟賢能盡絕今昏君聽新納妖婦之言賜吾搞心之禍只怕比干在江山在比干存社稷存紂王曰皇叔之言差矣總只惜心一片無傷於事何必多言比干囑聲大叫曰昏君你是酒色昏迷糊塗狗

紂王見他如此雙手抱樓偏殿交歡雲雨幾度方纔歇手正起身整衣忽見姐已出來一眼看見喜媚烏雲散亂氣喘吁吁姐已曰妹妹爲何這等樣樣紂王曰實不相瞞方纔與喜媚姻緣相湊天降赤繩你妹妹同侍朕左右制幕歡娛共享無窮之福此亦是愛卿薦拔喜媚之功朕心嘉悅不敢有忘卿傳旨重新排宴三人共飲至五更方共寢鹿臺之上有詩爲証

詩曰

國破妖氣現，家亡紂主昏。
不聽君子諫，再納倭臣言。
先愛狐狸女，又寵雉鷄精。
比干逢此怪，目下死無存。

話說紂王暗納喜媚外官不知天子不理國事荒淫內闕外廷隔絕真是君門萬里武成王雖執掌大帥之權提調朝歌四十八萬人馬鎮守都城雖然丹心爲國豈如不能面君諫言彼此隔絕無可奈何只付長嘆而已。一日見報說東伯侯姜文煥分兵攻打野馬嶺要取陳塘關黃總兵令魯雄領兵十萬守把去訖不表且說紂王自得喜媚朝朝雲雨夜夜酣歌那里把社稷爲重那日二妖正在臺上用早膳忽見如巳大叫一聲跌倒在地把紂王驚駭汗出嚇的面如

土色見姐巳口中噴出血水來開月不言面皮俱紫紂王曰御妻自隨朕數年未有此疾今日如何得這等凶症喜媚故意點頭嘆曰姐姐舊疾發了帝問媚美人爲何知御妻有此舊疾喜媚奏曰昔在冀州時。彼此俱是閨女姐姐常有心痛之疾一發即死冀州有一醫士姓張名元。他用藥甚妙有玲瓏心一片煎湯吃下此疾即愈紂王曰傳旨宣冀州醫士張元喜媚奏曰陛下之言差矣朝歌到冀州有多少路一去一來至少月餘耽悞日期焉能救得除非朝歌之地。若人有玲瓏心取他一片登時可救。如無須史即死。

紂王曰玲瓏心誰人知道喜媚曰妾身曾拜師善能占籌紂王大喜命喜媚速籌這妖精故意掐指算來籌去奏曰朝中止有一大臣官居顯爵位極人臣只怕此人捨不得不肯救拔娘娘紂王曰是誰快說喜媚曰惟亞相比干乃是玲瓏七竅之心紂王曰比干乃是皇叔。一宗滴派難道不肯借一片玲瓏心爲御妻起沉痾之疾速發御扎宣比干差官飛往相府比干閑居無事正爲國家顛倒朝政失宜心中籌畫忽堂候官敲雲板傳御扎立宣見駕比干接扎禮畢曰天使先回午門會齊比干自思朝中無事御扎爲何

衾枕便不做天子又有何妨心上甚是難過只見妲
已問喜媚曰妳妹是齋是喜喜媚答曰是齋妲已傳
吉排上素齋來二人傳盃敍話燈光之下故作妖燒
紂王看喜媚真如慈宮仙子月窟嫦娥把紂王只弄
的竟遊蕩泳三千里鬼遶山河十萬重恨不能共語
相陪一口吞他下肚抓耳撓腮坐立不寧不知如何
是妲紂王急得不耐煩只是亂咳嗽妲已已曾其意
眼所傳情肴着喜媚曰妹妹姿有一言奉賀不知妹
妹可容納否喜媚曰姐姐有何事分付貧道領教妲
已曰前者妾在天子面前讚揚妹妹大慈天子云不

自朕又欲一覩仙顏今蒙不棄慨賜降臨實出萬幸
乞賢妹念天子渴想之懷儕同一會得領福慧感戴
不勝今不敢唐突晉謁托羔先容不知妹妹意下如
何喜媚曰姜係女流況且出家生俗不便　二來
男女不雅且男女授受不親豈可同筵晤對而不分
內外之禮姐已曰不然妹妹旣係出家原是超出三
界外不在五行中豈得以世俗男女分別而論兒天
子係命於天卽天之子總控萬民富有四海率土皆
臣卽神仙亦嘗讓位況我與你幼維結拜義實同胞
卽以姐妹之情就見天子亦是親道道也無妨喜媚

曰姐姐分付請天子相見紂王聞請字也等不得就
走出來了紂王見道姑一躬喜媚打一稽首相還喜
媚曰請天子坐紂王便傍坐在側二妖反上下坐了
燈光下見喜媚兩次三番啓珠唇一點櫻桃吐的是
美孜孜一圑和氣轉秋波雙灣活水送的是嬌滴滴
禹種風情把個紂王弄得心猿難案意馬馳韁只急
得一身香汗姐已情知紂王慾火正熾左右難捱故
意起身更衣姐已上前目盻下在此相陪妾更衣就
來紂王復轉下坐卻上靚面傳杯紂王燈下以眼角
傳情那道姑面紅微哭紂王街酒雙手奉於道姑道

姑接酒吐孅娜聲音答曰歌勞陛下紂王乘機將喜
媚手脘一搿道姑不語把紂主覔靈見都飛在九霄
紂王見是如此便問曰朕同仙姑臺前玩月何如喜
媚曰領教紂王復携喜媚手出臺玩月喜媚不辭紂
王心動便搭伙香肩月下偎倚情意甚密紂王中心
甚美乃以言桃之曰仙姑何不棄此修行而與令姐
同住宮院拋此清涼月亭富貴朝夕歡娛四時歡慶
豈不快樂人生幾何乃自苦如此仙姑意下如何喜
媚只是不語紂王見喜媚不甚推托乃以手抹着喜
媚胸膛軟綿綿溫潤潤嫩嫩的腹皮喜媚半推半就

未及一月家望恩取上朝歌侍陛下左右一向忘却。方纔陛下不言妾亦不敢奏聞紂王大喜曰愛卿何雲速取信查焚之妲己曰尚早喜媚乃是仙家非同凡俗待期明日月下陳設茶某妾身沐浴焚香相迎方可王曰卿言甚是不可褻瀆紂王於妲己宴樂安寢却說妲己至三更時分現出元形竟到軒轅坟中只見雄雞精接着泣訴曰姐姐因爲你一席酒斷送了你的子孫盡滅將皮都剝了去你可知道姐己亦悲泣道妹妹因我子孫受此沉寃無處申報尋思一計。須如此如此可將老賊取燃炀遂吾願令仗妹妹扶

持彼此各相護衛我想你獨自守此巢穴也是寂寥何不乘此機會身子向上官血食朝暮如常何不爲美雄雞精深謝妲己曰既蒙姐姐擡舉敢不如命明日卽來妲己計較已定依舊懸形回宮入殼與紂王共寢。天明起來正是紂王歡怀專候今晚喜媚降臨恨不得把金烏趕下西川去捧出東遐玉兔來至脫紂王見華月初昇一天如洗作詩曰

清幽宇宙徹長空
金運蟬光出海東。
展放光輝散彩紅
玉盤懸在碧天上

說話紂王與妲己在臺上玩月催逼妲己焚香妲己

曰妾難焚香丹請倘或喜媚來時陛下當回避一時恐凡俗不便觸彼回去急切難來待妾以言告過再請陛下相見紂王曰但憑愛卿分付一一如命姐己方淨手焚香做成圈圍將近一鼓時分聽半空風响陰雲密布黑霧迷空把一輪明月遮掩一霎時天昏地暗寒氣侵人紂王驚爲疑忙問姐己曰好風一會見淅轉了天地姐己曰想必喜媚踏飛雲而來言未畢只聽空中有環佩之聲隱隱有人聲墜落姐己忙催紂王進裏面曰喜媚來矣俟妾講過好請相見紂王只得進凹殿掮簾偷聽只見風聲停息月光之中見

二道姑穿大紅八卦承絲縧麻履況此月色復明光彩皎潔且足燭燼熒煌常言燈月之下看佳人此白月更勝十倍只見此女肌如瑞雪臉似朝霞海棠丰韻櫻桃小口杏臉桃腮光瑩嬌媚色色動人姐己向前日妹妹來矣喜媚目姐姐貧道稽首了二人尊至殿凹行禮坐下茶罷姐己曰昔日妹妹曾日但欲用會只焚信香卽至今果不失前言得會尊容妾之幸甚道姑曰貧道適聞信香一至恐違前約故此卽速前來幸庶唐突彼此遜謝曰說紂王再觀喜媚之姿復覩妲己之色天地懸隔紂王暗想但得喜媚同侍

紂王與妲己正飲宴賞雪，當駕官啟奏比干候旨。王曰。宣比干上臺。比干行禮畢。王曰。六花襟出。舞雪紛紜。皇叔不在府第酌酒禦寒。有何奏章冒雪至此。比干奏曰。鹿臺高接霄漢。風雪嚴冬。臣憂陛下。龍體生寒。特獻袍襖與陛下禦冷驅寒。少盡臣微悃。王曰。皇叔年高當留自用。今進與孤足徵忠愛。命取來。比干下臺將朱盤高捧。面是大紅裡是毛色。比干親手料開與紂王穿上。帝大悅。朕爲天子。福有四海。實缺此袍禦寒。今皇叔之功。世莫大焉。紂王傳旨賜酒共樂鹿臺。話說妲己在繡簾內觀見。都是他子孫的皮。不

覺一時間刀剜肺腑火燎肝腸。此苦可對誰言。暗罵比干老賊。吾子孫就享了當今酒席。與老賊何干。你明明欺我把皮毛感吾之心。我不把你這老賊剜出你的心來。也不筭中宮之后。淚如雨下。不表。妲己深恨比干。且說紂王與比干把盞。比干辭酒謝恩下臺。紂王着袍進內。妲己接住。王曰。鹿臺寒冷。比干進袍。甚稱朕懷。妲己奏曰。妾有愚言。不識陛下可容納否。陛下乃龍體怎披此貂狸皮毛。不當穩便。甚爲褻尊。王曰御妻之言是也。遂脫將下來貯庫。此乃是妲己見物傷情。其心不忍。故爲此語。因自沈思曰。昔日欲

造鹿臺爲報琵琶妹子之讐。豈知惹出這場是非。連子孫俱勦滅殆盡。心中甚是痛恨。一心要害比干。無計可施。話說時光易度。一月妲己在鹿臺陪宴。忽生一計。面上妖容微去。比平常嬌媚不過十分中一二。大抵往日如牡丹初綻。芍藥迎風。梨花帶雨。海棠醉日。艷冷非常。紂王正飲酒間。稀視良久。見妲己容貌大不相同。不住盼睞。妲己曰。陛下頻顧賤妾憔粧何也。紂王笑而不言。妲己強之。紂王曰。朕看愛卿容貌真如嬌花美玉。令人把玩。不忍釋手。妲己曰。妾有何容色。不過蒙聖恩寵愛。故如此耳。妾有一結識義

妹姓胡名曰喜媚。如今在紫霄宮出家。妾之顏色百不及一。紂王原是愛酒色的。聽得如此容貌。其心不覺欣悅。乃哂而問曰。愛卿既有令妹。可能令朕一見。妲己曰。喜媚乃是閨女。初出家拜師學道在洞府名山紫霄宮內修行。一刻焉能得至。王曰。托愛卿禍庇如何委曲使朕一見。亦不負卿所舉。妲己曰。當時同妾在冀州時同房針線。喜媚出家與妾作別。妾灑淚泣曰。今別妹妹永不能相見矣。喜媚曰。但拜師之後若得五行之術。我送信香與你。姐姐欲要相見。焚此信香。吾當卽至。後來去了一年。果送信香一塊。

總批　天子富貴已極所思者神仙壽筭耳故奸諛
雙僥每以此惑之着着打人痛處其聽信皆
牢不可破人君一入此套未有不身弒國亡
者幾希

又批

妲己妖孽耳只天子不知舉朝皆知妖氣貫
宮闈邪氣籠内殿獨怪此干身爲次相親陪
几宴目覩諸妖而不能以一壺擊其腦髓是
又痛恨後與黃飛虎委曲燒死種類假一袍
以悟主聰難矣宜乎懼不測之禍

新刻鍾伯敬先生批評封神演義卷之六

第二十六回　妲己設計害比干

詩曰

朔風一夜碎瓊瑤　丞相乘襪進錦貂
呂望回心除惡孽　孰知獮怠作咎妖
剔心已定千秋案　籠姬難羞萬載謠
可惜成湯賢聖業　化爲流水逐春潮

且說此干將狐狸皮硝鞣造成一件袍襖只候嚴冬
進袍此是九月瞬息光陰一如撚指不覺將近仲冬。
紂王同妲己宴樂于鹿臺之上。那日只見彤雲密布。

凛烈朔風亂舞梨花乾坤銀砌。紛紛瑞雪。遍滿朝歌。
怎見得好雪。

空中銀珠亂灑半天柳絮交加行人拂袖舞梨花
滿樹千枝銀壓。公子圍爐酌酒仙翁掃雪烹茶夜
來朝風透窗紗也不知是雪是梅花飈颺冷氣侵
人片片六花益地无楞驚鴛轎輕拂粉爐焚蘭麝可
添綿雲迷四野摧粧晚煖客紅爐玉影偏此雪似
梨花似楊花似梅花似瓊花似藥花白似楊花容
似梅花無香似瓊花貴此雪有聲有色有氣有味
有聲者如蠶食葉有氣者冷浸心骨有色者此美

玉無霞，有味者能識來年禾稼團團如滾珠碎剪
如玉屑一片似鳳耳兩片似鵝毛三片攢三四片
攢四五片似梅花六片如六夢此雪下到稠密處
只見江河一道青此雪有富有貴有貧有賤富貴
者紅爐添獸炭煖閣飲羊羔貧者厨中無米竃
下無柴非是老天傳勑肯分明降下殺人刀
凛凛寒威霧氣英　國家祥瑞落紛紜
須臾四野雖分變　頃刻千山盡是雲
銀世界　玉乾坤。　空中隱躍自爲羣
此雪若到三更後。　盡道豐年已十分。

午門比干頓足道：老大人國亂邦傾。紛紛精怪濁亂朝廷，如何是妖？昨晚天子宣我陪仙子仙姬宴，果然有一更月上奉青上臺，有一起道人各穿青黃赤白黑衣，也有些仙丰道骨之像，乾知原來是一陣狐狸精。那精連飲兩三大盃，把尾巴掛將下來，月下明明的看得是實。如此光景，怎生柰何？黃飛虎曰：丞相請回，求將明日自有理會。比干回府。黃飛虎命黃明、周紀、龍環、吳乾：你四人各帶二十名健卒，散在東南西此地方，看那些道人出那一門，務踪其巢穴，定要真賓回報。四將領令去訖。武成王回府。且說眾狐狸酒

冤方紹 門斷戶

在腹內鬧將起來，架不得妖風，起不得朦霧，勉強架出午門，一個個都落下來，拖拖拽拽，擦擦挨挨，三三五五攢簇而來，出南門將至五更，南門開了，周紀遠遠的黑影之中，明明看見，隨後哨探，離城三十五里，軒轅墳衝有一石洞，那些道人仙子都扒進去了。次日黃飛虎異殿四將回令。周紀曰：身在南門探得，道人有三四十名，俱進軒轅墳石洞內去了，探的是實，請令定奪。黃飛虎命周紀領三百家資，盡帶柴薪，塞住石洞，將柴架起來，燒到下午來回令。周紀領令去訖。門官報道：亞相到了。飛虎迎請到庭上行禮分

賓主坐下，茶罷，黃飛虎將周紀一事說明，比干大喜，稱謝二人在此談論國家事務。武成王置酒與比干丞相傳盃相敘，不覺就于午後，周紀來見奉令放火，燒到午時，特來回令。飛虎曰：末將同丞相一往如何？比干曰：願隨申駕。二人帶領家將，同出南門三十五里，來至墳前，烟火未滅，黃將軍下騎，命家將將火滅了，用撓鈎搭將出來，眾家將領命不提。且說遠此狐狸吃了酒的死了也甘心，還有不曾變的無辜俱死于一穴矣。詩為証。詩曰：

惟飲傳盃在鹿臺。狐狸何事化仙來。只因穢氣人看破。巷下燋身粉骨災。眾家將不一時將些狐狸撻出，而有燋毛爛肉，臭不可聞。比干對武成王曰：這許多狐狸還有未燋者，揀選好的將皮剝下來，造一袍裩，獻與當今，以惑妲巳之心，使妖寐不安于君前，必至內亂，使天子醒悟，惑知妲巳也見我等忠誠。二臣共議大悅，各歸府第，歡飲盡醉而散。古語云：不肖閒事終無事，只怕你謀裡招殃，禍及身。佃不知後來凶吉如何，且聽下回分解。

華或一二百年者或三五百年者今併化作仙子仙媌。神仙體象而來。那此妖氣霎時間把一輪明月霧了。風聲大作猶如虎吼一般。只聽得臺上飄飄的落下人來。那月光漸漸的現出妲巳悄悄啟曰仙子來了。慌的紂王隔繡簾一瞧內中袍分五色各穿青黃赤白黑。而有戴魚尾冠者九揚巾者。一字巾者他頭打辦者雙丫髻者內有盤龍雲髻如仙子仙姬者紂王在簾內觀之龍心大悅只聽有一仙人言曰眾位道友稱乎了。眾仙答禮曰今蒙紂王設席宴吾輩于鹿臺誠為厚賜。但願國祚千年勝皇基萬萬秋妲巳

（眉批：果然是妖狸做神仙，是神仙假狐狸，二者難辨。）

642

在裏面傳肯宜陪宴官上臺比干上壽室月光下一看果然如此個個有仙丰道骨人人相不老長生自思此事實難解也人像兩真我比干只待向前行禮內有一道人曰先生何人比干答曰單職亞相比干奉旨陪宴道人曰既是有緣來此會賜壽一千秋比干聽說心下着疑內傳肯斟酒比干執金壺斟酒三十九席巳完身居相位不識妖氣懷抱金壺侍于側半這些狐狸俱仗變化全無忌憚雖然服色變了那些狐狸騷臭變不得比干只聞狐騷臭比干自思神仙乃六根清淨之體為何氣穢冲人比干嘆息當今天

643

子無道妖生怪出與國不祥正沉思之間妲巳命陪宴官奉大盃比干依次奉三十九席每席奉一盃陪一盃比干有百斗之量隨奉過一回妲巳又曰陪宴官再奉一盃比干每一席又是一盃諸妖連飲二盃此盃乃是勸盃諸妖曰不曾吃過道皇封御酒狐狸量大者還招架的住量小者招架不住妖怪醉了把尾巴都拖下來只是幌妲巳不知好反只是要他的子孫吃但不知此酒發作起來禁持不住都要現出原形來比干奉第二層酒頭一層都掛下尾巳都是狐狸尾此時月照正中比干着實留神看得明白巳。

（眉批：此席非美味，乃迷魂湯耳。）

是追悔不及暗暗叫苦想我身居相位反見妖怪叩頭羞殺我也比干聞狐騷臭難當暗暗切齒且說妲巳在簾內看着陪宴官奉了三盃見小狐狸醉將來了。若現出原身來不好看相妲巳傳肯陪宴官暫下臺去不必奉酒任從眾仙各歸洞府比干領旨下臺。鬱鬱不樂出了內庭過了分宮樓顯慶殿嘉善殿九間殿殿內有宿夜官員出了午門上馬前邊有一對紅紗燈引道未及行了二里前面火把燈來鎗鎗士馬原來是武成王黃飛虎延督皇城比干上前武成王下馬驚問比干曰丞相有甚緊急事這時節繞出

645

九月十三日。三更時分，妲巳候紂王睡熟，將元形出竅，一陣風聲來至朝歌南門外，離城三十五里軒轅墳內，妲巳元形至此，眾狐狸齊來迎接，又見九頭雉雞精出來相見。雉雞精道：姐姐為何到此，你在深院皇宮受享無窮之福，何嘗思念我等在此妻涼。妲巳道：妹妹我雖偏你們朝朝侍天子，夜夜伴君王，未嘗不思念你等，如今天子造完鹿臺，要會仙姬仙子。我思一計，想起妹妹與眾孩兒們，你會變者或變神仙，或變仙子仙姊，去鹿臺受享天子九龍宴席，不會變者自安其命，在家看守，俟其且妹妹同眾孩兒們來

雉雞精答道：我有些需事，不能領席筵，將來只得三十九名會變的。妲巳分付停當，風聲響處依舊回宮，入還本竅。紂王大醉，那知妖精出入，一宿天明次日，紂王問妲巳曰：明日是十五夜，正是月滿之辰，不識群仙可能至矣。妲巳奏曰：明日治宴三十九席，排三層擺在鹿臺，候神仙降臨墜下，若會仙家壽添無筭。紂王大喜，王問曰：神仙降臨，可命一臣斟酒陪宴。妲巳曰：須得一大量大臣，方可陪席。王曰：合朝文武之內，為有比干量洪。傳旨宣亞相比干，不一時比干至臺下朝見，紂王曰：明日命皇叔陪群仙筵宴，至月上

臺下候旨。比干領旨，不知怎樣陪神仙，糊塗不明。但天嘆息昏君社稷，道等狠狽國事，日見顛危，今又痴心逆想要會神仙，似此又是妖言，豈是國家吉兆。比干回府，總不知所出。且說紂王次日傳旨，打點筵宴，安排臺上三層九廊，俱朝上擺列十三席，一層擺列三層，紂王分付布列停妥，紂王恨不得將太陽速送西山，皎月怏升東上，九月十五日抵暮，比干朝服往臺下候旨。止說紂王見曰巳西沉，月光東上，紂王大喜，如得萬斛珠玉一般，攜妲巳于臺上，看九龍筵廣，真乃是烹龍炮鳳，珍羞美味，但海饌山珍，色色新鮮，席巳完

備。紂王妲巳入內坐權飲，候神仙前來。妲巳奏曰：但群仙至此墜下，不可出見。如泄天機，恐後諸仙不肯再降。王曰：御妻之言是也。話由未了，將近一更時分，只聽得四下裡風響，怎見得有詩為証，

詩曰

妖雲四起罩乾坤，　冷霧陰霾天地昏。
紂主臺前心膽戰，　蘇妃月下子孫尊。
只知飲宴多生福，　孰料貪杯惹滅門。
怪氣巳隨主氣散，　至今遺笑鹿臺冤。

遠趍在軒轅墳內狐狸，採天地之靈氣，受日月之精

[634]

甚喜。二卿可暫往臺下，候朕與皇后同往。王傳旨排鑾駕往鹿臺玩賞，有詩為證。

詩曰：

鹿臺高聳透雲霄，斷送成湯根與苗。
土木工行人失望，黎民怨起鬼應妖。
食人無厭崇侯惡，獻媚逢迎費仲梟。
勾引狐狸歌夜月，清朝一似水中飄。

話說紂王與妲巳同坐七香車，宮人隨駕，侍女紛紛。到得鹿臺，果然華麗。君臣下車，兩邊扶侍上臺，真是瑤池紫府，玉闕珠樓，說甚廣蓬壺方丈，團團俱是白

[635]

〔眉批〕賊民之膏血

石砌就，週圍盡是瑪瑙粧成樓閣，重重顯雕簷碧瓦。亭臺疊疊，皆獸馬金環，殿當中餐幾樣明珠夜放光。華空中照耀，左右盡鋪設，俱是美玉良金，輝煌閃灼。比干隨行，在臺觀看，臺上不知費幾許錢糧無限寶玩，可憐民膏民脂，棄之無用之地，想臺中間不知限害了多少冤魂屈鬼，又見紂王攜妲巳入內庭。比干看罷鹿臺，不勝嗟嘆，有賦為証。

賦曰：

臺高插漢，榭聳凌雲，九曲欄杆飾玉雁金光彩彩，千層樓閣朝星映月影溶溶，怪草奇花香馥四時

[636]

不卸，珠禽異獸聲揚十里傳聞，遊宴者姿情惟樂，供力者勞瘁艱辛，塗壁脂泥俱是萬民之膏血，華瑩采色盡收百姓之精神，綺羅錦席空盡織女機絲，竹管絃變作野夫啼哭，真是以天下奉一人，須信獨夫殘萬姓。

比干在臺上，忽見紂王傳旨奏樂飲宴，賜比干候虎蓬席。二臣飲罷數盃，謝酒下臺不表。几說妲巳與紂王酣飲，王曰：愛卿曾言鹿臺造完，自有神仙仙子仙姬俱來行樂。今臺巳造完成，不識神仙仙子可一二一至乎。這一句話原是當時妲巳玉石琵琶精

[637]

〔眉批〕縱樂無厭

報讐，將此鹿臺圖獻與紂王，要害子牙，故將邪言惑誘紂王。豈知作耍成真，不期今日工完，紂王欲想神仙，故問妲巳，妲巳只得朦朧應曰：神仙仙子乃清虛有道之士，須待月色圓滿，光華皎潔，碧天無翳，方肯至此。紂王曰：今乃初十日，料定十四五夜月華圓滿，必定光輝，使朕會一會神仙仙子何如。妲巳不敢強辯，隨口應承。此時紂王在臺上貪歡取樂，淫泆無休。從來有福者福德多生，無福者妖孽廣積，奢侈淫泆，方喪身之藥。紂王日夜縱施，全無忌憚。妲巳自紂王要見神仙仙子之類，著實驚疑心，日夕不安。其日乃是

夾批　陰陽妙用。原在隱躍之間令人欲盡信而不
可得。欲不信而亦不可得。此方是天地顯微
之妙。若一定不疑。反覺索然無味宜生困怖
文王先天數有準則有破先天數者在此雖
蕭語大可會心

第二十五回　　蘇妲己請妖赴宴

詩曰

鹿臺只望接神仙。　　豈料妖狐降綺筵。
濁骨不能超濁世。　　凡心怎得出凡笯。
希徒弄巧欺明哲。　　就意招尤剪穢羶。
惟有昏庸殷紂拙。　　反聽蘇氏殺先賢。

話說韓榮知文王聘請子牙相周，怵修本差官往朝
歌非止一日。進城來差官往文書房來下本。那日有
本者，乃比干丞相。比干見此本，姜尚相周一節沉吟
不語，仰天嘆息曰，姜尚素有大智，今佐西周，其心不

小。此本不可不奏。比干抱本往摘星樓來候旨。紂王
宣。比干進見王曰。皇叔有何奏章。比干奏曰。泛水關
總兵官韓榮一本。言姬昌禮聘姜尚為相。其志不
東伯侯反干東魯之鄉。南伯侯屯兵三山之地。西伯
姬昌若有變亂。此時正調刀兵四起。百姓思亂。況水
早不時。民貧軍乏。庫藏空虛。況聞大師遠征北地勝
敗未分。真國事多艱。君臣交省之時。願陛下聖意上
裁。請旨定奪。王曰。俟朕臨殿。與眾卿共議君臣此論
國事。只見當駕官奏曰。北伯侯崇侯虎候旨命傳旨
宣候虎上樓。王曰。卿有何奏章。候虎奏曰。奉旨監造

成功只速民禍更添

鹿臺整造二年零四個月。今已工完。特來復命。紂王
大喜。此臺非卿之力。終不能如是之速。候虎曰。臣夙
夜督工焉敢怠玩。故此成工之速。王曰。今姜尚相
周。其志不小。況水關總兵韓榮有本來奏為今之計
如之奈何。卿有何謀。可除姬昌大患。候虎奏曰。姬昌
何能。姜尚何物。井底之蛙所見不大。螢火之光其亮
不遠。名為相周。猶寒蟬之抱枯楊。不久俱盡。陛下若
以兵加之。使天下諸侯恥笑。據臣觀之。無能為耳。願
陛下不必與之較可也。王曰。卿言甚善。紂王又問曰
鹿台已完。朕當幸之。候虎奏曰。特請聖駕觀看。紂王

日久仰高明，未得相見，今幸接丰標，祗聆教誨，昌實三生之幸矣。子牙拜而言曰：尚乃老朽菲才，不堪顧問，文不足安邦，武不足定國，荷蒙賢王枉顧，實辱鑒與，有辜聖德。宜生在傷曰：先生不必過謙，吾君臣沐浴虔誠，特申微忱，專心聘請。今天下紛紛，定而又亂。當今天子遠賢近佞，淫酒色，殘虐生民，諸候變亂，民不聊生，吾主晝夜思維，不安枕蓆，久慕先生大德，側隱溪巖，特具小聘，先生不棄，供佐明時，吾王幸甚，生民幸甚。先生何苦隱胸中之奇謀，忍生民之塗炭，何不一展緒餘，哀此黎，獨出水火而置之昇平，此先

王復載之德，不世之仁也。宜生將聘禮擺開，子牙看了，遂命童兒收訖。宜生將鑾輿推過，請子牙登輿。子牙跪而告曰：老臣荷蒙洪恩，以禮相聘，尚已感激非淺，怎敢乘坐鑾輿，越名僭分，這個斷然不敢。文王曰：孤預先相設，特迓先生，必然乘坐，不負素心。子牙再三不敢推阻，數次決不敢坐。宜生見子牙堅意不從，乃對文王曰：賢者既不乘輿，望主公從賢者之請，可將大王逍遙馬請乘，主公乘輿。王曰：若是如此，有失孤數日之虔敬也。比此又推讓數番，文王方乘輿，子牙乘馬，催辭戰道士馬軒昂，時值喜吉之辰，子牙時

來年近八十，有詩嘆曰：

渭水溪頭一釣杆
鬢霜皎皎兩雲磻
胸橫星斗冲霄漢
氣吐虹霓掃日寒
養老來歸西伯下
避危拼棄舊王冠
自從夢入飛熊後
八百餘年享奠安

話說文王聘子牙進了西岐，萬民爭看，無不欣悅。子牙至朝門下馬，文王陞殿，子牙朝賀畢，文王封子牙爲右靈臺丞相。子牙謝恩，偏殿設宴，百官相賀對飲。其時君臣有輔，龍虎有依，子牙治國有方，安民有法，件件有條，行行有欵，西岐起造相府。比時有報傳進

五關汜水關首將韓榮，其疏往朝歌，言姜尚相周。不知子牙後事如何，且聽下回分解。

總批
聘賢大禮也，自不可草率。文王能行之，散宜生能贊成之，故造周家八百年洪基。推古聰今，毫釐不爽。雖然，當時太公望年巳八十，隱釣溪邊，若非武吉事，終事沉埋。天下事都要逢機應會，不然，縱五百年各世應一代之王者，求來有時而失之者，伯益、皋陶、伊尹、周公、孔子是也。三復于斯，令人於悒。

實而以隆禮迎請偶言遇其實不空費主公一片真
誠竟為愚夫所弃依臣愚見主公亦不必如此費心
待臣明日自去請來如果才付共名主公再以隆禮
加之未晚如果虛名可比而不用又何必主公宿齋
而後請見哉宜生在傍勵聲言曰將軍此事不是如
此說方今天下荒荒四海鼎沸賢人君子多隱巖谷
今飛熊應兆上天垂象特賜大賢助我皇基是西岐
之福澤也此時自當學古人求賢破拘攣之習豈得
如近日欲賢人之自售哉將軍切不可說如是之言
使諸臣懈殆文王聞言大悅曰大夫之言正合孤意

於是百官俱在殿廷歇宿三日然後聘請子牙後有
詩曰
　西地城中鼓樂喧　文王聘請太公賢
　周家從此皇基固　四九為尊八百年
文王從散宜生之言齋宿三日至第四日沐浴整衣
極其精誠文王端坐鑾輿扛擡聘禮文王擺列軍馬
成行前往磻溪來迎子牙封武吉為武德將軍笙簧
滿道竟出西岐不知驚動多少人民扶老攜幼來看
迎賢但見
旗分五采戈戟鑅鑅笙簧載道山如鶴唳鸞鳴

鼓咚咚一似雷聲滾滾對子馬人人專悅金吾士
個個懽忻文在東覽神大禮武在西貫甲披堅毛
公燧周公旦召公奭畢公榮四賢佐主百逹
叔夜叔夏等八俊相隨城內氤氳香滿道廊外瑞
絲結成祥聖主降臨西土地不貪五鳳立岐山萬
民齊享昇平日宇宙雍熙八百年飛熊仁兆興周
室感得文王聘大賢
文王待領眾文武出廓迤往磻溪而來行至三十五
里早至林下文王傳肯七卒暫在林外劄住不必啓
揚恐驚動賢士文王下馬同散宜生步行入得林來

只見子牙背坐溪邊文王悄悄的行至跟前立於子
牙之後子牙明知駕臨故作歌曰
　西風起兮白雲飛　歲已暮兮將焉為
　五鳳鳴兮真士現　垂杆釣兮卻我稱
子牙作畢文王曰賢士快樂否子牙回頭看見文王
慌棄杆一傷俯伏叩地曰子民不知駕臨有失迎候
望賢王恕尚之罪文王忙扶住拜言曰久慕先生前
顧不虞昌不榖今特齋戒專誠拜謁得覩先生尊
顏實昌之幸也命宜生扶賢士起子牙躬身而立文
王笑容携子牙至茅舍之中子牙再拜文王同拜王

敢欺孤太甚。隨對宜生曰。大夫這等狡猾遊民須當
加等勘問殺傷人命躲重投輕罪與殺人等今非謂
武吉逃躲則先天數竟有差錯何以傳世武吉泣拜
在地奏曰吉乃守法守公之民不敢狂悖只因悞傷
人命前去問一老叟離此間三里地名磻溪此人乃
東海許州人氏姓姜名尚字子牙道號飛熊叫小人
拜他為師傳與小人回家挖一坑時小人睡在裡面
用草蓋在身上頭前點一盞燈腳後點一盞燈草上
用米一把撒在上面睡到天明只管打柴再不妨了
千歲爺螻蟻尚且貪生豈有人不惜命只見宜生馬

上欠身賀曰恭喜大王武吉今言此公道號飛熊正
應索臺之兆昔日商高宗夜夢飛熊而得傳說今日
大王夢飛熊應得子牙今大王行獵正應求賢望大
王宜赦武吉無罪令武吉往前林請賢士相見武吉
叩頭飛奔林中去了且說文王君臣將至林前不敢
驚動賢士離數箭之地文王下馬同宜生步行入林
且說武吉趕進林來不見師父心下着慌文王見武吉
進林宜生問曰賢士在否武吉答曰方纔在此這會
不見了文王曰賢士可有別居武吉道前邊有一草
舍武吉引文王駕至門首文王以手撫門猶恐造次

只見裡面走一小童開門文王笑臉問曰老師在否
童曰不在了道友間行文王問曰甚特回來童子
答曰不定或旬來或一二月或三五月萍梗浮踪逢
山遇水或師或友便談玄論道故無定期宜生在傍
曰臣啓主公求賢聘傑禮當虔誠今日來意未誠宜
其遠避昔古神農拜常桑軒轅拜老彭黃帝拜風
后湯拜伊尹須當沐浴齋戒擇吉日迎聘方是敬賢
之禮主公且暫請駕回文王曰大夫之言是也命武
吉隨駕回朝文王行至溪邊見光景稀奇林木幽曠
乃作詩曰

宰割山河布遠猷。大賢抱負可同謀。
此來不見垂杆叟。天下人愁幾日休。
文王作罷又見綠柳之下坐石之傍魚杆飄在水面
不見子牙心中甚是怏怏快復作詩曰
求賢遠出到溪頭。不見賢人止見鉤。
一竹青絲垂綠柳。滿江紅日水空流。
文王猶留戀不捨宜生復勸文王方隨眾文武回朝
抵暮進西歧俱到殿廷文王傳旨令百官俱不必各
歸府第都在殿廷宿齋三月同去迎請大賢內有大
將軍南宮适進曰磻溪釣叟恐是旅名大王未知真

〔613〕

把我雙耳都污了，故此洗了一會，有恨此牛吃水，其
人聽了把牛牽至上流而飲。那人曰，為甚事覺汝，其
人曰，水被你洗污了。如何又污吾牛口，常時高潔之
士，如此此一句乃是洗耳不聞忘國君袋官馬上俱
聽文王談講先朝興廢後國遺踪。君臣馬上傅盃共
子與民同樂，見了此桃紅李白，鴨綠鵝黃，鶯聲燕噎
紫燕呢喃，風吹不管遊人醉，獨有三春景色新君臣
正行見一起樵人作歌而來。

鳳飛之今麟非無，但嗟治世有隆污。
龍與雲出虎生風，世人慢惜尋賢路。

〔614〕

君不見，莘野夫。心樂堯舜與犁鋤。
不遇成湯三使聘，懷抱經綸學左徒。
又不見，傅岩子。蕭蕭簑笠廿寒楚。
當年不入高宗夢，霖雨終身藏版土。
古來賢達屢而縈，豈特吾人終水滸。
且橫牧笛歌清晝。慢叱犁牛耕白雲。
王侯富貴料眸下，卬天一笑侯明君。

文王同文武馬上聽得歌聲甚是奇與內中必有大
賢命辛甲蕭賢者相見見辛甲領命撥馬前來見一夥
樵人言曰你們內中可有賢者請出來與吾大王相

〔615〕

見眾人放下擔見俱言內無賢者不一時文王馬至
辛甲回覆曰內無賢士文王曰聽其歌韻清奇內中
豈無賢士中有一人曰此歌非吾所作前邊十里地
名磻溪其中有一老叟朝暮垂竿小民等打柴回來。
磻溪少歇朝夕聽唱此歌眾人聽得熟了故此隨口
唱出不知大王駕臨有失迴避乃子民之罪也。王曰
既無賢士爾等暫退眾人去了文王在焉上只管思
念又行了一路與文武把盞與不能盡春光明媚花
柳芳妍紅綠交加耕黎春色正行之間只見一人桃
着一擔柴唱歌而來。

〔616〕

春水悠悠春草奇，金魚未遇隱磻溪。
世人不識高賢志。只作溪邊老釣磯。

文王聽得歌聲嗟嘆曰奇哉此中必有大賢宜生在
馬上看那挑柴的好相似民武吉宜生曰主公方纔
作歌者相似打死王相的武吉王曰大夫差矣武吉
已死萬丈深淵之中前演先天豈有武吉還在之理
宜生看的寶子隨命辛免曰你是不是拿來辛免走
馬向前武吉見是文王駕至迴避不及把柴歇下跪
在塵埃辛免看時果然是武吉辛免回見文王啓曰
果是武吉文王聞言滿而通紅見武吉大喝曰匹夫怎

臣賢士民怡樂，勝似堯天君臣。宜生馬上欠背答曰：主公，西岐之地，正逸遊行樂。只見那邊一個漁人作歌而來。

憶惜成湯掃桀時，中一征兮自葛始。
堂堂正大應天人，義旗一舉民安止。
今經六百有餘年，祝網恩波將欲息。
懸肉為林酒作池，鹿臺積血高千尺。
内荒于色外荒禽，嘈嘈四海沸呻吟。
我曹本是滄浪客，洗耳不聽亡國音。
日逐洪濤歌浩浩，夜觀星斗垂孤釣。

孤釣不如天地寬，白頭俯仰天地老。

文王聽漁人歌罷，對散宜生曰：此歌韻度清奇，其中必定有大賢隱于此地。文王命辛甲與孤把作歌賢人請來相見。辛甲領旨，將坐下馬一磕，向前勵聲言曰：内中有賢人請出來見吾千歲。那些漁人齊齊跪下，答曰：吾等都是閒人。辛甲曰：你們為何都是賢人。漁人曰：我等早晨出戶捕魚，這時節回來無事，故此我等俱是閒人。不一時文王馬到，辛甲向前啓曰：此乃俱是漁人，非賢人也。文王曰：孤聽作歌韻度清奇，内中定有大賢。眾漁人曰：此歌非小民所作，雖此三

十五里有一磻溪，溪中有一老人，時常作此歌，我們耳邊聽的熟了，故此訊口唱出此歌，實非小民所作。文王曰：眾位請回。眾漁人叩頭去了。文王馬上想歌中之味：好個洗耳不聞忘國音者。有大夫散宜生欠背言曰：洗耳不聞忘國音者何也？昌曰：大夫不知。宜生曰：臣愚不知深義。昌曰：此一句乃堯王訪舜天子故事。昔堯有德，乃生不肖之男，後堯王恐失民望，私行訪賢，欲要讓位。一日行至山僻幽靜之鄉，見一人筒溪臨水而坐，一小瓢見在水中轉。堯王問曰：公何將此瓢在水中轉？其人答曰：吾看破世情都了

利，丟了家私，棄了妻子，離愛戀是非之門，拋紅塵之逍遙，處處深林，盤臨蔬食，怡樂林泉，以終天年，平生之願足矣。堯王聽罷大喜，此人眼空一世，忘富貴之榮，遠是非之境，真乃仁傑也。孤將今見大賢有德，欲將天子之位讓爾，可否？其人聽罷，將小瓢拿起，一腳踏的粉碎，兩隻手掩住耳朵飛跑，跑至溪邊洗耳。正洗之間，又見一人牽一隻牛來吃水。其人曰：此耳有多少穢污，只管洗那？那人只管洗耳。其人又曰：此耳有多少穢污。那人洗完，方開口答曰：方纔帝堯讓位與我

鶯

人人貪戀春三月。　再戀春光却動心。
勸君休錯三春景。　一寸光陰一寸金。

話說文王同衆文武出郊外行樂共享三春之景行
至一山見有圍場步成羅網文王一見許多家將披
堅執銳手持稀杆綱又黃鷹細大雄威萬狀怎見得
烈烈旌旗似火輝輝皂蓋遮天錦衣燦秋架黃鷹
花帽征衣牽猵大粉青壇笠打灑朱纓粉青瑝差
一池荷葉舞清風打灑朱纓開放桃花浮水面只
見趕獐細犬鑽天鵝子帶紅纓提兎黃鷹拖帽全

彪雙鳳翅黃鷹起去空中咬墜玉天鵝惡犬來睁
飛地拖番梅花鹿青錦白吉錦豹花彪青錦白吉
遇長杆血濺滿身紅錦豹花虎逢利刄血淋山土
赤野雞着箭穿住二翅怎能飛鷂鶉遭刄撲地翎
毛難展猙犬弓射去青糚白鹿怎逃生藥箭來時
練雀班鳩難廻避旌旗招展亂縱橫鼓響鑼鳴聲
納喊打闈人個個心猛與獵將各各歡欣登崖賽
過搜山虎跳淵猶如山海龍火砲鐗又速地滾窩
弓伏弩傷空行長天膔有天鵝吥開籠又放海東
青

話說文王見這樣個光景忙問上大夫此是一個圍
場為何設于此山宜生馬上欠身答月今日千歲遊
春行樂共幸春光南將軍已設此圍場候吾公打獵
行幸以暢心情亦不枉行樂一番君臣共樂文王聽
說正色曰犬夫之言差矣昔伏義皇帝不用茹毛而
猶至聖當時義首相名曰風后進茹毛于伏義伏義
曰此鮮食皆百獸之肉吾人饑而食其肉渴而飲其
血以之爲滋養之道不知吾欲共生忍令彼死此心
何忍朕今不食會獸之肉寧食百草之粟各全生命
以養天和無傷無害豈不爲美伏義居洪荒之世無

百穀之美尚不茹毛鮮食況如今五穀可以養生肥
甘足以悅口孤與卿踏青行樂以賞此韶華風景今
欲騁孤箏之樂逐麀校强比騁騁英雄于獵較
之開禽獸何辜而遭此殺戮之慘且當此陽春
眛將正萬物生青之時而行此蕭殺之政此仁人所
痛心者也吉人當生不剪體天地好生之仁孤與卿
等何蹿此不仁之事哉速命南宮适將圍場去了衆
將侍盲文王曰孤與衆卿任馬上歡飲行樂觀望來
往士女紛紜踏青紫陌闈草芳菲或携酒的樂些些遼
或嘔歌而行線闈君臣馬上忻然而嘆曰正是君正

髮仗劍蹄罷布斗，猾款結印隨與武吉歷星次，早武
吉來見子牙口稱師父下拜子牙曰既拜吾為師早
晚聽我教訓打柴之事非汝長策早起挑柴貨賣到
中時來講談兵法方今紂主無道天下反亂四百鎮
諸侯武吉曰老師父反了那四百鎮諸侯子牙曰
了東伯侯姜文煥領兵四十萬大戰游魂關南伯侯
鄂順反了領三十萬人馬攻打三山關我前日仰觀
天象見西岐不久刀兵四起離亂蒼生此是用武之
秋上心學藝若能得功出仕便是天子之臣聖是打
柴了事書語有云將相本無種男兒當自強又曰學

成文武藝貨與帝王家也是你拜我一場武吉憶了
師父之言早晚上心不離子牙精學武藝講習六韜
不表話說散宜生一日起起武吉之事二去半載下
求宜生入內庭見文王啟奏曰武吉打死王相臣因
兒彼有老母在家無人養侍奏過主公放武吉回家
辦其母稱木卜費之用削來豈意彼意欺藐國法今
經半載不來領罪此必發獵之民犬王可演先天數
以驗真實文王曰善隨取金錢占演凶吉文王點首
嘆曰武吉亦非猾民因懼刑自投萬丈深潭已死若
論正法亦非團歐殺人乃是惧傷人命罪不該死彼

反懼法身死如武吉深為可憫嘆息良久君臣各退
正是燃箕光陰似箭果然歲月如流文王一日與文
武閒居無事見春和景媚柳舒花放桃李爭妍韶光
正茂文王曰三春景色繁華萬物發舒襟懷爽暢孤
同諸子眾卿往南郊尋青踏翠共樂山水之歡以效
尋芳之樂散宜生近前啟曰主公昔日造靈臺夜兆
飛熊主西岐得棟梁之才君有賢輔之佐況今春
光晴霎花柳爭妍一則圍幸于南郊二則訪遺賢於
山澤臣等隨使南宮适辛甲保篤正克舜與民同樂
之意文王大悅隨傳旨次早南郊圍幸行柴夾川南

宮适領五百家將出南郊步一闖塲眾武士披執同
文王出城行至南郊怎見得好春光景致
和風飄動百花爭榮桃紅似火柳嫩垂金萌芽列
州土百草已排新芳草綿綿鋪錦繡嬌花媛媛閒
春風林內清奇鳥韻樹外氤氲悄籠聽黃鸝杜宇
喚春回徧助遊人行樂絮飄花落添歸棹天添水
面文章見幾個牧童短笛騎牛背見幾個田下鋤
人逢手忙見幾個摘桑拎着桑藍枝見幾個採茶
歌罷入茶筐一段青一段紅春光富貴一闖花一
開柳花柳爭妍無限春光靚不盡溪邊春水感鴛

第二十四回　渭水文王聘子牙

詩曰

別却朝歌隱此間，
黃庭兩卷消長晝。
柳內鶯聲來嚦嚦，
滿天華霧開祥瑞。
喜觀綠水遠青山，
金鯉三條了笑顏。
岸傍瀲灩響游漩，
嬴得文王仙駕扳。

話說武吉來到溪邊，見子牙獨坐垂楊之下。將魚杆飄浮綠波之上。自巳作歌取樂。武吉走至子牙之後。欵欵叫曰姜老爺子牙回首看見武吉子牙曰你是那一日在此的樵夫武吉答曰正是子牙道你那一日可曾打死人麼武吉慌忙跪泣告曰小人乃山中樵子執斧愚夫那知深奧肉眼凡胎不識老爺高明。隱達之士前日一語冐犯尊顏老爺乃大人之輩不是我等小人望姜老爺切勿記懷大開仁慈廣施惻隱只當普濟群生那日別了老爺。行至南門正遇文王駕至挑柴閃躱不知捒了尖擔果然打死門軍王相此時文王定罪理合抵命小人因思母老無依終久必成溝壑之鬼蒙上大夫散宜生老爺為小人啓奏文王權放歸家。置辦母事完備不日去抵王相之命以此思之母子之命。依舊不保今日特來叩見姜老爺萬望憐救。毫末餘生得全母子之命小人結草啣環犬馬相報決不敢有負大德子牙曰救你定難你打死了人宜當償命。我怎麼救得你武吉哀哭拜求曰老爺恩施昆蟲草木。無處不發慈悲倘救得母子之命。没齒難忘子牙見武吉來意虔誠亦且此人後必有貴子牙曰你要我救你。你拜吾為師我方救你武吉聽言。隨即下拜。子牙曰你既為吾弟子我不得不救你。如今你速回到家。在你床前隨你多長挖一坑塹深四尺你全黃昏時候睡在坑內叫你母親於你頭前點一盞燈脚頭點一盞燈戒米也可戒飯也可。抓兩把穰在你身上。放上些亂草。睡過一夜起來只管去做生意再無事了武吉聽了領師之命。回到家中。挖坑行事有詩為証。

詩曰

文王先天數、
子牙善厭星、
不因武吉事。
焉能涉帝廷、
磻溪生將相。
周土產天丁。
大造原相定、
須敎數合寅、

話說武吉回到家中。滿面喜容母曰我見你去求姜老爺。此事如何武吉對母親一一說了一遍母親大喜隨命武吉挖坑點燈不題且說子牙三更時分披置辦你的衣衾棺木。米糧之類。打點停當。孩兒就夫償王相之命。母親你養我一塲無益了。道罷大哭。為母聽見兒子遭此人命重情。魂不附體。一把扯住武吉悲聲咽咽。兩淚如珠。對天嘆曰。我見忠厚半生并無欺妄孝母守分。今日有何罪得與天地遭此百笑之災。我兒你有差遲為娘的焉能有命武吉曰前一日孩兒擔柴行至磻溪見一老人執杆垂釣線上拴着一個釷。在那里釣魚孩兒問他。為何不打灣了。安着香餌釣魚。那老人目寧在直中取不在曲中求。非為錦鱗只釣王侯。孩兒笑他。你這個人。也想做王侯。

你那嘴臉。也不相個王侯道相一個活猴。那老人看着孩兒曰我看你的嘴臉。也不好。我問他我怎的不妖那老人說孩兒左眼青。右眼紅。今日必定打死人。確確的那一日打死了王相。民想那老人嘴極靈。想將起來。可惡其母問吉曰。那老人姓甚名誰武吉曰那老人姓姜名尚字子牙。道號飛熊因他說出號來孩兒故此笑他。他纔說出這樣破話老母曰。此老善相莫非有先見之明我見此老人。你還去求他救你。此老必是高人武吉聽了母命收拾運往磻溪來見子牙。不知後事如何且聽下回分解。

總批

從來仁賢應運而生。必有異兆方能側陋升聞當年帝賚良弼夢入飛熊此皆帝心簡在。良有以也但小說家必假吉凶禍福以武吉一段插入以神之說此皆不解文王子牙之遇合者也。

又批

子牙武吉以漁樵問答相稱大是好光景只武吉惡子而趣。子牙達而熱。俱有用世心腸物外意趣子牙又因武吉而成名武吉因子牙而脫難可稱良對。

又批

當日武吉罪名。原有應得之典只文王散宜生俱不分晰明白。致武吉逃隱後來竟成見戲套頭宜生不能辭責。

禁獄惟西岐因文王先天數禍福無差因此人民不
敢逃匿所以畫地為獄民亦不敢逃去但凡人犯了
文王演先天數籌出拿來加倍問罪以此頑猾之民
皆奉公守法故曰畫地為獄且說武吉禁了三日不
得回家武吉思母無依必定倚閭而望况又不知我
有刑陷之災因思母親放聲大哭行人圍看其時散
宜生往南門過忽見武吉悲聲大痛散宜生問曰你
是前日打死王相的殺人償命理之常也為何大哭
武吉告曰小人不幸逢遇兇家懊將王相打死理當
償命安得埋怨只奈小人有垜七十有餘歲小人無

588

兄無弟又無妻室母老孤身必為溝渠餓莩尸骸暴
露情切傷悲養子無益子襲母亡思之切骨苦不敢
言小人不得已放聲大哭不知迴避有犯大夫望所
怨罷散宜生聽罷默思久之若論武吉打死王相非
是鬭毆殺傷人命不過挑柴悮塌尖擔打傷人命自
無抵償之理宜生曰武吉不必哭我往見千歲啟一
本放你回去辦你母親衣衾棺木柴米養身之資你
再等秋後以正國法武吉叩頭謝老爺天恩宜生一
日進便殿見文王朝賀畢散宜生奏曰臣啟大王前
曰武吉打傷王相人命禁于南門臣往南門忽見武

589

吉痛哭臣問其故武吉言言有老母七十餘歲止生武
吉一人况吉上無兄弟又無妻室其母一無所望吉
遵國法羈陷莫出思母必成溝渠之鬼因此大哭臣
思王相人命原非鬭毆實乃悮傷况武吉母寡身單
不知其子陷身于獄據臣愚念且放武吉歸家以辦
養母之費棺木衣衾之資完畢再來抵償王相之命
臣請大王肯意定奪文王聽宜生之言隨准行速放
武吉回家謝曰
文王出廓驗靈臺。
武吉擔柴惹禍胎。
王相死于尖擔下。
子牙八十遇文王

590

話說武吉出了獄可憐思家心重飛奔回來只見母
親倚閭而望見武吉回來便問曰我兒你因甚麼事
這幾日繞來為母在家曉夜不安又恐你在深山窮
谷被虎狼所傷使為娘的懸心吊膽廢寢忘餐今日
見你我心方落不知你為何事今日繞回武吉哭拜
在地曰母親孩兒不幸前日往南門賣柴遇文王駕
至我挑柴閃躲掣了尖擔打死門軍王相文王把孩
兒禁于獄中我想母親在家中懸望又無音信上無
親人單身隻影無人奉養必成溝壑之鬼因此放聲
痛哭多蒙上大夫散宜生老爺啟奏文王放我歸家

591

584

此樵子便有路氣不作歌此是大不相同

綠柳而垂絲。別無營運。守株而待兔。看北清波無識
見高明。為何亦稱道號武吉言罷。却將溪邊釣杆拿
起見線上叩一針而無曲。樵子撫掌大笑不止。對子
牙點頭嘆曰。有智不在年高。無謀空言百歲。樵子問
子牙曰。你這鈎線何為不曲。古語云。且將香餌鈎金
鰲。我傳你一法。將此針用火燒紅。打成釣樣。上用香
餌。線上又用浮子。魚來吞食。浮子自動。是知魚至。望
上一拎鈎掛魚腮。方能得鯉。此是捕魚之方。似這等
釣。莫說三年便百年也無一魚到手。可見你智量愚
拙。安得妄曰飛熊。子牙曰。你只知其一不知其二。老

夫在此。名雖垂釣。我自意心不在魚。吾在此不過守青
雲而得路。撥陰翳而騰霄。豈可曲中而取魚乎。非大
夫之所為也。吾寧在直中取。不向曲中求。不為錦鱗
設。只釣王與侯。吾有詩為証、

短杆長線守磻溪。
這個機關那得知。
只釣當朝君與相。
何常意在水中魚。

武吉聽罷大笑曰。你這個人也想王侯做。看你那個
嘴臉不相王侯。你到相個活猴。子牙也笑著曰。你看
我的嘴臉不相王侯。我看你的嘴臉也不甚麼好。武
吉曰。我的嘴臉比你好些。吾雖樵夫。真比你快活春

看桃杏。夏玩荷紅。秋看黃菊。冬賞梅松。我也有詩。

擔柴貨賣長街上。沽酒回家母子歡。
伐木只知營運樂。放翻天地自家看。

子牙曰。不是這等嘴臉。我看你臉上的氣色不甚麼
好。武吉曰。你看我的氣色怎的不好。子牙曰。你左眼
青。右眼紅。今日進城打死人。武吉聽罷叱之曰。我和
你閑談戲語。為何毒口傷人。武吉挑起柴逞往西岐
城中來賣。不覺行至南門。却逢文王車駕往靈臺占
驗災祥之兆。隨侍文武出城。兩邊侍衛甲馬御林軍
人大呼曰。千歲駕臨少來。武吉挑着一擔柴往南門

來。市井道窄。將柴換肩。不如塌了一頭。番轉尖擔。把
門軍王相夾耳門一下。即刻打死。兩邊人大叫曰。樵
子打死了門軍。即時拿住。來見文王。文王曰。此是何
人。兩邊啟奏大王千歲。這個樵子不知何故。打死門
軍王相。文武在馬上問曰。那樵子叫甚名字。為何打
死王相。武吉啟曰。小人就是西岐的良民。叫做武吉
因見大王駕臨。道路窄狹。將柴換肩。悟傷王相。文王
曰。武吉既打死王相。理當抵命。隨即就在南門畫地
為牢。豎木為吏。將武吉禁于此間。文王往靈臺去了。
尉時畫地為牢。止西岐有此事。東南比連朝歌俱有

瑤帳中撲來。忙急呼左右。只見臺後火光冲霄一聲響喨驚醒。乃是一夢。此兆不知主何吉凶散宜生躬身賀曰。此夢乃大王之大吉兆。主大王得棟梁之臣。大賢之客。真不讓風后伊尹之右。文王曰。卿何以見得如此。宜生曰。昔唐高宗曾有飛熊入夢。得傅說于版築之間。今主公夢虎生雙翼者。乃熊也。又見臺後火光乃火假物之象。今西方屬金。金見火必煅煉。寒金必成大器。此乃與周之大兆。故此臣特欣賀此官聽罷森稱賀。文王傳吉回駕。心欲訪賢以應此兆。不題。且言姜子牙。自從棄却朝歌。剗了馬氏土道

即此便是神仙　閒必又来名利

救了居民隱于磻溪垂釣渭水。子牙一意守時候命。不管閒非。日誦黃庭。悟道修真。若悶時。持系綸倚綠柳而垂釣時。心上崑崙。刻刻念隨師長。難忘道德。朝暮懸懸。一日執杆嘆息作詩曰。

詩曰

自別崑崙地　俄然二四年。
商都榮半藏　磻溪執釣先。
直諫在君前　棄却歸西土。
何日逢真主　披雲再見天。

子牙作罷詩。坐于垂楊之下。只見滔滔流水。無盡無休。徹夜東行。熬盡人間萬古。正是惟有青山流水依

然在古往今來盡是空。子牙嘆畢。只聽得一人作歌而來。

登山過嶺伐木叮叮。隨身扳斧。砍劈枯藤崖前兔尨。山後鹿鳴。樹稍異鳥。柳外黃鶯。見下此青松檜栢李白桃紅。無憂樵子。膝似腰金。擔柴一石易米三升。隨時菜蔬。沽酒一瓶。對月邀飲。樂守孤林。深山幽僻。萬壑無聲。奇花異草。逐日相侵。逍遙自在。任意縱橫。

樵子作罷。把一擔柴放下。近前少憩。問子牙曰。老丈我常時見你杆釣魚。我和你相一個故事。

牙曰。相何故事。樵子曰。我與你相一個漁樵問答。子牙大喜。好個漁樵問答。樵子曰。你上姓貴處原何到此。子牙曰。吾乃東海許洲人也。姓姜名尚。字子牙。迤號飛熊。樵子聽罷揚揚笑。不止。子牙問樵子曰。你姓甚名誰。樵子曰。吾姓武名吉。祖貫西岐人氏。子牙曰。你方繞聽吾姓名。反加揚笑者何也。武吉曰。你方繞言號飛熊。故有此笑。子牙曰。人各有號。何以為笑。樵子曰。當時古人高人。聖人賢人。胸藏萬斛珠璣。腹隱無邊錦繡。如風后老彭傅說常桑伊尹之輩。方稱共號。似你也有此號。名不稱實。故此笑耳。我常時見你件

一大觀也。有賦為証。賦曰。

臺高二丈勢按三才。上分八卦合陰陽。下屬九宮定龍虎。四角有四時之形。左右立乾坤之象。前後配君臣之義。週圍有風雲之氣。此臺上合天心。下合地戶。中合人意。上合天心。應四時。下合地戶。屬五行。中合人意。風調雨順。文王有德。便萬物而增輝。聖人治世。感百事而無逆。靈臺從此立王基驗。照災祥扶帝主。正是治國江山茂。今日靈臺勝鹿臺。

話說文王隨同兩班文武。上得靈臺四面一觀。文王默然不語。時有上大夫散宜生。出班奏曰。今日靈臺工完。大王為何不悅。文王曰。非是不悅此臺雖好。臺下欠少一池沼。以應水火既濟。合配陰陽之意。孤欲在開沼池。又恐勞傷民力。故此鬱鬱耳。宜生啟曰。靈臺之工甚是浩大。尚且不日而成。況於臺下再開一沼。其工甚易。宜生怕傳王旨。臺下再開一池沼。以應水火既濟之意。說言未了。只見眾民大呼曰。小小池沼。有何難成。又勞聖慮。眾人隨將帶來鍬钁。一時挑挖。內中挑出一付枯骨。眾人四路拋擲。文王在臺上見眾人拋此枯骨。王問曰。眾民拋此何物。左右啟奏曰。此地撅起一付人骨。眾人故此拋擲。文王急傳旨。命眾人將枯骨取來。放在一處。用櫃盛之。埋于高阜之地。豈有因孤開沼。而暴露此骸骨。實孤之罪也。眾人聽見此言大呼曰。聖德之君。澤及枯骨。何況我等人民。不沾雨露之恩。真是廣施仁義道。合天心。西岐萬民獲有父母矣。眾民歡聲大悅。文王因在靈臺看挖沼池。不覺天色漸晚。回駕不及。文王隨文武。在靈臺上設宴。君臣共樂。席散之後。文武在臺下安歇。文王臺上設繡榻而寢。時至三更。正值夢中。或見東南一隻白額猛虎。脅生雙翼。望帳中撲來。文王急叫左右。只聽臺後一聲響喨。火光沖霄。文王驚醒。嚇了一身香汗。聽臺下已打三更。文王自思。此夢主何凶吉。待到天明。再作商議。有詩曰。

文王治國造靈臺。
文武鏘鏘保駕來。
忽見沼池枯骨現。
命將高阜速藏埋。
君臣共樂傳盃盞。
夜夢飛熊撲帳來。
龍虎風雲從此遇。
西岐方得棟梁才。

話說次早文武上臺參謁以畢。文王曰。大夫散宜生何在。宜生出班見禮曰。有何宣召。文王曰。孤今夜三鼓得一異夢。夢見東南有一隻白額猛虎。脅生雙翼猶以服事殷。此所以為至聖。

又批　吐見之說。此後人粉飾聖人食子之故。不知
正必爾也。聖人心同天地。無可無不可。總不
出經權二字。識此者可以語此。

第二十三回　文王夜夢飛熊兆

詩曰

文王守節盡臣忠。　仁德兼施造大工。
民力不教胼胝碎。　役錢常賜錦纏紅。
西岐社稷如磐石。　紂主江山若浪撬。
謾道孟津天意合。　飛熊入夢巳先通。

話說文王聽散宜生之言。出示張掛。西岐各門。驚動
軍民都來爭覩告示。只見上書曰。

西伯文王。示諭軍民人等知悉。西岐之境。乃道德
之鄉。無兵戈用武之擾。民安物阜。訟減官清。孤因

美里羈縻。蒙恩赦宥歸國。因見通來。災異頻仍。水
潦失度。及查本土。占驗災祥。竟無壇址。昨觀城西
有官地一隅。欲造一臺。名曰靈臺。以占風候看驗
民災。又恐上木工繁。有傷爾軍民力役。特每日給
工銀一錢支用。此工亦不拘日之近遠。但隨民便。
願做工者。即上薄造名。以便查給。如不願者各隨
爾經營。併無逼強。想宜知悉。論眾通知。

話說西岐眾軍民人等。一見告示。大家歡悅齊聲言
曰。大王恩德如天。莫可圖極。我等日出而嬉遊。日落
而歸宿。坐享成平之福。皆大王之所賜。今大王欲

居民力而民不知此所以為大

造靈臺。尚言給領工錢。此我等雖肝腦塗土。手胼足胝。
亦所甘心況。且為我百姓。占驗災祥之設。如何反領
大王工銀也。一郡軍民。無不歡悅。情願出力造臺散
宜生。如民心如此。抱本進內。啟奏文王。曰軍民既有
此義舉。隨傳旨給散銀兩。眾民領訖。文王對散宜生
曰。可選吉日。破土與工。眾軍用心著意。搬泥運土代
木造臺。正是窓外日光彈指過。席前花影座間移。又
道是行見落花紅滿地。委時黃菊綻東籬。造臺不
過旬月。管工官來報工完。文王大喜。隨同文武多官
排鑾輿出廓。行至靈臺觀看。雕梁畫棟。臺砌巍峩直

死聖人之言

敢直忤以君父哉冐囧直諫干君君故囚昌于羑里
雖有七載之閑苦是吾怨尤敢怨君歸善于已古
語有云君子見難而不避惟天命是從今昌感皇上
之恩爵賜文王榮歸西土孤正當早晚祈祝當今但
願八方寧息兵燹萬民安阜樂業方是為人臣之道
從今二卿切不可逆理悖倫遺讖萬世豈仁人君子
之所言也南宮适曰公子進貢代父贖罪非有逆謀
如何竟遭臨尸之慘情法難容故當勤無道以正天
下此亦萬民之心也文王曰卿只執一時之見此是
君子自取其死孤臨行曾對諸子文武有言孤演先

天數算有七年之災切不可以一卒前來問安候七
年災滿自然榮歸邑考不遵父訓自恃驕拗執忠孝
之大節不知從權又失打點不知時務進退自己德
薄才庸性情偏執不順天時致遭此臨身之禍孤今
奉公守法不妄為不悖德碰碇以盡臣節任天子肆
行狂悖天下諸侯自有公論何必二卿首為亂階自
持強良先取滅亡哉古云五倫之中惟有君親恩最
重百行之本當存忠孝義為先孤既歸國當以化行
俗美為先民豐物阜為務則百姓自受安康孤與卿
等共享太平耳不聞兵戈之聲眼不見征伐之事身

不受鞍馬之勞心不懸勝敗之擾但願三軍身無披
甲胄之苦民不受驚慌之災即此是福即此是樂又
何必勞民傷財糜爛其民然後以為功哉南宮适散
宜生聽文王之訓頓首叩謝文王曰孤恩西北正南
欲造一臺名曰靈臺孤恐木土之工非諸侯所作勞
傷百姓然而造此靈臺以應災祥之兆非西土之民
大王造此靈臺既為應災祥而設乃為西土之民非
為遊觀之樂何為勞民哉況主公仁愛及昆蟲草
木萬姓無不卿恩若大王出示萬民自是樂役若大
王不輕用民力仍給工銀一錢任民自便隨其所欲

不去強他造也無害於事況又是為西土之民應災
祥之故民何不樂為文王大喜大夫此言方合孤意
隨出示張掛各門不知後事如何且聽下回分解

總批　大聖人所為者化所過者神全不在世情上
起見於忠孝上猶自渾然紂王無道文王之
德曰益隆盛宜代殷商而有天下此不待有
智者所深知也散宜生南宮适雖是大賢終
未窺見文王底蘊所以孟夫子曰得百里之
地而君之皆能朝諸侯而有天下行一不義
殺一不辜不為也文王雖至三分有二歸周

吐出一塊肉羹那肉餅就地上一滾生出四足長上兩耳望西跑去了連吐三次三個兎兒禿了象臣扶起文王萊駕興至西岐城進端門到大殿公子姬發扶文王入後宮調理湯藥也非一日文王其恙已念那日陞殿文武百官上殿朝賀畢文王宣上大夫散宜生拜伏于地文王曰孤朝天子筭有七年之厄不料長子邑考為孤遭戮此乃天數荷蒙聖恩特赦歸國加位文王父命誇官三日深感鎮國武成王大德送銅符五道放孤出關不期殷雷二將奏官追襲使孤勢窮力盡無計可施束手待斃之時多虧背年孤

闞朝商途中行至燕山收一嬰兒路逢終南山煉氣士雲中子帶去起名雷震不覺七年誰想追兵緊急得雷震子救我出了五關散宜生曰五關豈無將官把守焉能出得關來文王曰若說起雷震之形險此兒嚇殺孤家七年光景生得面如藍靛髮似珠砂脇生雙翼飛騰半空勢如風雷之狀用一根金棍勢似熊羆他將金棍一下把山尖打下一塊來故此殷雷二將不敢相爭諾諾而退雷震回來背着孤家飛出五關不須半個時辰卽是金雞嶺地面他方告歸終南去了孤不忍捨他他道師命不敢違孩兒不久下

山再見父王故此他便回去孤獨自行了一日行至申傑店中感申傑以驢兒送孤一路扶持命官重賞使齎傑回家宜生跪啟曰主公德貫天下仁布四方三分天下二分歸周萬民受其安康百姓無不瞻仰自古有云克念者自生百福作念者自生百殃主公已歸西土真如龍歸大海虎復深山自宜養時待動況天下已反四百諸侯而紂王肆行不道役妻誅子製炮烙蠆盆醢大臣廢先王之典造酒池肉林殺害嬪聰妲己之所讒播棄犁老昵比罪人拒諫誅忠沉酗冒色謂上天不足畏謂善不足為一意荒淫罔有

悛改臣料朝歌不久屬他人矣言未畢殿西來一人大呼曰今日大王已歸故土當得為公子報醢屍之讐況今西岐雄兵四十萬戰將六十員正宜殺進五關圍住朝歌斬費仲尤已于市曹廢棄昏君另立明義之士西土賴之以安今日出不忠之言是先自處于不救之地而尚敢言報怨滅讐之語天子乃萬國之元首縱有過臣且不敢言尚敢正君之過父有失子亦不敢語況敢正父之失所以君叫臣死不敢不死父叫子亡不敢不亡為人臣子先以忠孝為首而

〔眉批〕此是罵紂之言

又見故國文王不覺心中悽慘想昔日朝商之時遇
此大難不意今日回歸又是七載青山依舊人而非
非正嗟嘆間只見兩竿紅旗招展大砲一聲簇擁一
對人馬文王心中正驚疑未定只見左有大將軍南
宮适右有上大夫散宜生引了四賢八俊三十六傑
辛甲辛免太顛閎沃祁恭少籍伏于道傍茭子姬發
近前拜伏驪前曰父王顛蘇異國時月累更爲人子
不能分憂代盡天地間之罪人望父王寬恕今日
復覩慈顏不勝欣慰文王見眾文武世子多人不覺
淚下孤想今日不勝悽慘孤已無家而有家無國而

560

有國無臣而有臣無子陷身七載羈四姜里
自甘老死今幸見天日與爾寧復能完聚覩此反覺
懷慘耳大夫散宜生啓曰昔成湯王亦四于夏臺一
日還國而有事于天下今主公歸國更修德政育養
民生俟時而動安知今日之美非昔之夏臺乎文
王曰大夫之言豈是爲孤之姜里亦非臣下事上之理
昌有罪商都蒙聖恩雖而不殺雖七載之四正天子
浩蕩洪恩雖頂踵亦不能報後又進爵文王賜黃鉞
白旄特專征伐故孤歸國此何等殊恩當盡臣節捐
罪報國猶不能效涓涓之萬一耳大夫何故出此言

561

使詣文武而動不肯之念也諸皆悅服姬發近前蕭
父王更衣乘輦文王依其言換了王服乘輦命申傑
同進西岐一路上歡聲擁道樂奏笙簧戶戶焚香家
家結彩文王端坐鸞輿兩邊的執事成行旛幢蔽日
只見眾民大呼曰七年遠隔未覩天顏今大王歸國
萬民瞻仰欲親覩天顏愚民欣慰文王聽見眾臣如
此方騎道遙馬眾民歡聲大振曰今日西岐有主矣
人人歡悅各傾心文王出邑小龍山口見兩邊文武
九十八子相隨獨不見長子邑考因想其臨屍之苦
姜里自噬子肉不覺心中大痛淚如兩下文王將來

562

摭面作歌曰

進臣節兮奉吉朝商直諫君兮欲正綱常諫臣陋
今囚于姜里兮不敢怨兮天降其殃邑考孝兮爲父
贖罪鼓琴音兮屈害忠良噬子肉兮痛傷骨髓感
聖恩今位至文王誇官兮路逢雷震命不絕
今幸溱吾疆兮歸兩土兮圍圓毎子獨不免邑考
今碎烈肝腸

文王作罷歌大叫一聲痛殺我也跌下逍遙馬來面
如白紙慌壞世子併文武諸人急急扶起摟在懷中
速取茶湯連灌數口只見文王漸漸重樓中一聲響

563

震曰父王已出五關了文王睜開二目已知是本土
大喜曰今日復見我故鄉之地皆賴孩兒之力雷震
子曰父王前途保重孩兒就此告歸文王驚問曰我
兒你為何中途拋我這是何說雷震告曰奉師父之
命止救父親出關即歸山洞今不敢有違恐負師言
孩兒有罪父王先歸家國孩兒學全道術不久下山
再拜尊顏雷震叩頭與文王洒淚而別正是世間萬
般哀苦事無過死別共生離雷震子回終南山回覆
師父之命不題且說文王獨自一人又無馬步步行
一日文王年紀高邁跋涉艱難抵暮見一客舍文王

555

（眉批）更敬　植寫出盛世光景

投店歇宿次日起程囊乏無資店小兒曰歇房與酒
飯錢為何一文不與文王曰因空乏到此權且暫記
侯到西岐着人加利送來店小兒怒曰此處比別處
不同俺這西岐撒不得野騙不得人西伯侯千歲以
仁義而化萬民行人讓路道不拾遺夜無犬吠萬民
而受安康湛湛堯天朗朗舜日好好拿出銀子籌還
明白放你去若是遲延送你到西岐見上大夫散宜
生老爺那時悔之晚矣文王決不失信只見店
主人出來問道為何事吵嚷店小兒把文王欠少飯
錢說了一遍店主人見文王年雖老邁精神相貌不

556

（眉批）此老犬　通身　相伱德　氏之民

因問曰你往西岐來做甚麼事因何盤費也無我又
不相識你怎麼記欵錢說得明白方可記與你去文
王曰店主人我非別人乃西伯侯是也因困羑里七
年蒙聖恩赦宥歸國幸逢吾兒雷震子救我出五關
因此囊內空虛權記你數日俟吾到西岐差官送來
決不指負那店家聽得是西伯侯慌忙倒身下拜口
稱大王千歲子民肉眼有失接駕之罪復請大王入
內進獻壺漿子民親送大王歸國文王問曰你姓甚
名誰店主人曰子民姓申名傑五代世居於此文王
大喜問申傑曰你可有馬借一疋與我騎了好行俟

557

（眉批）西伯數　神其來　有日

歸國必當厚謝申傑曰子民皆小戶之家那有馬疋
家下止有磨麵驢兒收拾鞍轡大王暫借此前行小
人親隨伏侍文王大悅離了金雞嶺過了首陽山一
路上曉行夜住時值深秋天氣只見金風颯颯梧葉
飄飄颯颯林醉色景物雖是堪觀怎奈寒鳥悲風蛩聲
懷切況西伯又是久離故鄉觀此一片景色心中如
何安泰恨不得一時就到西岐與母子夫妻相會以
慰愁懷按下文王在路不表且說文王母太姜在宮
申思想西伯忽然鼠過三陣風中竟帶吼弊太歲之命
侍兒焚香取金錢演先天之數知西伯侯其日其時

558

予之所爲。因此奉吾師法旨。下山特來迎接我父王
歸國。使吾父子重逢。你二人好好回去。不必言勇。吾
師曾分付。不可傷人間衆生。故教汝速退便了。殷破
敗大笑曰。好醜匹夫。焉敢口出大言。煽惑三軍。欺吾
不勇。乃縱馬舞刀來取雷震。雷震將手中棍架住曰。
不要來。你想必要與我定個雄雌。這也可。只是柰我
父王之言。師父之命。不敢有違。我且試一試與你看。
雷震子將脇下翅一聲響。飛起空中。有風雷之聲響。
登天頭望下。看見西邊有一山嘴往外撲著。雷震說。
待我把這山嘴打一棍你看。一聲響曉。山嘴滾下一

551

半。雷震轉身落下來。對二將言曰。你的頭可有這山
結實。二將見此兇惡。魂不負體。二將言曰。雷震子聽
你之言。我等暫回朝歌見駕。且讓你回去。殷雷二將
見此光景。料不能勝他。只得回去。有詩爲証。

一怒飛騰起在空、　黃金棍擺氣如虹。
雲時風響來天地。　頃刻雷鳴遍宇中。
猛烈恍如鵬趐鳥。　徉徜渾似見山熊。
從今喪却殷雷膽。　束手歸商勢已窮。

話說殷雷二將。見雷震子這等驍勇。先且脇生雙翼。
遍體風雷。情知料不能取勝。免得空喪性命無益。故

552

此將機就計。轉回人馬。不表。且說雷震復上山來見
文王。文王嚇得痴了。雷震曰。奉父王之命去退追兵。
趕父王文王。二將。一名是殷破敗。一名是雷開。他二人被
孩兒以好言勸他回去了。如今孩兒送父王出五關。
文王曰。我隨身自有銅符令箭。到關照驗方可出關。
雷震曰。父王不必如此。若照銅符有悞父王歸期。如
今事已急迫。恐後面又有兵來。終是不了之局。待孩
兒見話雖是好。此馬如何出得去。雷震曰。且願父王
背我一時飛出五關。免得又有異端。文王聽
出關馬定之事甚小。文王曰。此馬隨我患難七年。今

553

日。一旦便棄他。我心何忍。雷震曰。事已到此。豈是好
爲此不良之事。君子所以棄小而全大。文王上前。以
手拍馬嘆曰。馬非昌不仁。庇你出關。柰恐追兵復至。
我命難逃。我今別你。任憑你去罷。另擇良主。文王道
罷。灑淚別馬。有詩曰

奉勅朝歌來諫主。　同吾羑里七年囚。
臨潼一別歸西地。　任你逍遙擇主投。

且說雷震子曰。父王快些。不必久羈。文王曰。背着我
你仔細。此文王伏在雷震背上。把二目緊閉。耳聞風
響。不過一刻。已出了五關。來到金雞嶺。落將下來。雷

554

曰不要來兵奉撞頭看見雷震子面如藍靛散髮似硃
砂。巨口獠牙軍卒報與殷破敗雷開曰敢老爺前有
一惡神阻路兒势猙獰潑二將大聲喝退二將縱
馬向前來會雷震不知性命如何且聽下回分解

總批

文王聖人也當此大厄之後自宜恬退靜處
豈有跨官耀職之理此在智者不爲西伯斷
無此事此小說家粉飾之談獨怪武成王知
朝政日非勸文王歸國則當明正言順約諸
大臣力奏西伯還國何不可之有乃草草令
西伯逃回是先得悖逆之名適來讒佞之日

西伯幾至不免是誰之咎與

又批

小人之口無常然而其心更險費費入當其
受西伯之賄則百計贊導惟恐描寫其不真
及至西伯逃回又彼此為卸擔之計刺紂王亦
明知之然而終被其感者以其近而易狎善
於婉轉繾綣其忠臣義士必不如是為人君
者幸鑒於茲

第二十二回　西伯侯文王吐子

詩曰

恐聰歸家意可憐　只因食子淚難乾
非求度難傷天性　不爲成忠賊受緣
大數湊來誰個是　劫灰聚處若爲愆
從來莫道人間事　自古分離總在天

且說二將縱馬當先只見雷震子怎生模樣有贊為
証。

天降雷鳴現虎軀燕山出世托遺孤姬侯應產蟆
蛉子仙宅當藏不世珠秘稅七年玄妙訣長生兩

話說殷破敗雷開伏其膽氣厲聲言曰汝是何人敢
攔阻去路雷震答曰吾乃西伯文王第百子雷震是
也吾父王乃仁人君子賢德丈夫君盡忠事親盡
孝交友以信視臣以義治民以禮處天下以道奉公
守法而盡臣節無故而羈囚羑里七載守命行時金
無嗔怒今旣放歸為何又來追襲反復無常豈是天

雷家也　源道學

伯姬昌乃汝之父速去速來不可遲延你救父送
出五關不許你同父往西岐亦不許你傷紂王軍將
功完速回終南再傳你道術後來你弟兄自有完聚
之日雲中子分付畢你去罷雷震子出了洞府二趟
飛起霎時間飛至臨潼關見一山岡雷震落將下來
立在山岡之上看了一會不見形跡雷震自思呀我
失于打點不曾問吾師父西伯姬文王不知怎麼個
模樣教我如何相見一言未了只見那壁廂一人粉
青瓊笠穿一件皂服號衫乘一騎白馬飛奔而來雷
震子曰此人莫非是吾公人也大叫一聲曰山下的同

是西伯姬姥老爺麼文王聽的有人叫他勒馬擡頭
觀看時又不見人只聽的聲氣文王嘆曰吾命合休
為何聞聲不見人形此必見神相戲原來雷震子面
藍身上又是水合色故此與山色交加文王不曾看
得明白故有此疑雷震子見文王住馬停蹄看一回
不言而又行又叫曰此位可是西伯姬千歲否文
王擡頭猛見一人面如藍旋髮似珠砂巨口獠牙眼
似銅鈴光華閃灼嚇的魂不負體文王自忖若是見
魅必無人聲我既到此也避不得了他既叫我我且
上山看他如何文王打馬上山叫曰那位傑士為何

認的我姬昌雷震開言倒身下拜口稱父王孩兒來
遲救父王受驚恕孩兒不孝之罪文王曰傑士錯認
了我姬昌一向無識為何以父子相稱雷震曰孩兒
乃是燕山救的雷震子文王曰我兒你為何生得這
個模樣你是終南山雲中子帶你上山算將來方今
七歲你為何到此雷震子曰孩兒奉師法旨下山來
救父親出五關退追兵故來到此文王聽罷吃了
一驚自思吾乃逃官巳自得罪朝廷此子看他面色也
不是个善人他若去退追兵兵將都被他打死了與
我更加罪惡待我且說他一番以正他克暴文王叫

雷震子你不可傷了紂王軍將他奉王命而來吾乃
逃官不遵王命秉紂歸西我負當今之大恩你若傷
了朝廷命官你非為救父反為害父也雷震子答曰
我師父也曾分付孩兒教我不可傷他軍將之命只
救父親出五關便了孩兒自勸他回去雷震子見那
里追兵捲地而來旌旗招展鑼鼓齊鳴喊聲不息一
派征塵遮蔽旭日雷震子看罷便把脇下雙趐一搧
響飛起空中將一根黃金棍拿在手裡就把文王嚇
了一交跌在地下不題且說雷震子飛在追兵前面
一聲響落在地下用手把一根金棍柱在掌上大叫

喬撲鼻透胆鑽胝不知在于何所只見前面一澗。下水聲潺潺雷鳴隱隱雷震觀看不見稀奇景致雅韻幽樓籐纏檜柏竹挿顛崖狐兔往來如梭麗鶴喉鳴前後見了些靈芝隱綠草梅子在青枝看不盡山中異景猛然間見綠葉之下紅杏二枚雷震心歡頭不得高低險峻攀籐捫葛手扯恍搖將此二枚紅杏。摘于手中聞一聞撲鼻馨香如甘露沁心愈加甘美雷震暗思此二枚紅杏我吃一个留一个帶與師父。雷震方吃了一个怎麼這等香美津津異味只是要吃不覺又將這個咬了一口呀咬殘了不如都吃了

罷。方吃了杏子又尋兵器不覺左脇下一聲響長出翅來拖在地下。雷震赫得魂飛天外魄散九霄。雷震子曰不好了忙將兩手去拿住翅只管拔不防右邊又冐出一隻來雷震子慌得沒主意嚇得坐在地下原來兩邊長出翅來不打緊迎面都變了斛子高了面如青靛髮似硃砂眼睛暴湛牙齒橫生出于唇外身軀長有二丈雷震如呆不語只見金霞童子來到。雷震子面前叫曰師兄師父叫你雷震曰師弟你看我。我都變了金霞曰你怎的來雷震曰師父叫我往虎兒崖尋兵器去救我父親尋了半日不見只尋得

二枚杏子被我吃了可煞作怪弄的青頭紅髮上下獠牙又長出兩邊肉翅敔我如何去見師父金霞童子曰快去師父等你雷震起來一步一步走來自覺不好看二翅拖著如同闖敗了的雞一般不覺到了桃柱洞前雲中子見雷震而來撫掌道奇哉奇哉手指雷震作詩

兩枚仙杏安天下。一條金棍定乾坤
風雷兩翅開先輩。變化千端起後昆
眼似金鈴通九地。髮如紫草短三鬃
秘傳玄妙真仙訣。煉就金剛體不昏

雲中子作罷詩命雷震子隨我進洞來。雷震隨師父至桃園巾雲中子取一條金棍傳雷震子上下飛騰。盤旋如風雨之聲。進退有龍蛇之勢。轉身似猛虎搖頭起落相蛟龍出海呼吁响亮閃灼光明空中展動一團錦。左右分紋萬簇花雲中子在洞中傳的雷震精熟隨將雷震一翅。左邊用一風字右邊用一雷字。又將咒語誦了一遍雷震飛騰起于半天腳蹬天頭望下。二翅招展空中俱有風雷之聲雷震落地倒身下拜。叩謝曰師父有妙道玄機今傳弟子有救父之厄此乃莫大之洪恩也道人曰你速往臨潼關救西

人心難測面從背違知外而不知內而不知心
正所謂海枯終見底人死不知心姬昌此去不遠陛
下傳旨命殷破敗雷開點三千飛騎趕去拿來以正
逃官之法紂王准奏速遣殷雷開二將點兵追趕
傳旨神武大將軍殷破敗雷開領旨往武成王府來
調三千飛騎出朝歌西門二路上趕來怎見得
搭幢招展三春楊柳交加號帶飄揚七夕彩雲
彼日刀鎗閃灼三冬瑞雪漫天劍戟森嚴九月
秋霜蓋地咚咚鼓響汪洋大海起秦雷振地鑼
嗚嗚劫山前飛沙走麗人是南山平食虎馬如此

534

海混波龍

不說追兵隨後飛雲摯電而來且說文王自出朝歌
過了孟津渡了黃河望澠池大道徐徐而行辦作夜
不收模樣文王行得慢殷雷二將趕得快不覺看
趕上文王回頭看見後面塵土蕩起遠聞人馬戒殺
之聲知是迫趕文王驚得魂飛無地仰天嘆曰武成
王雖是為我一時失于打點貪夜逃歸想必當今
知道傍人奏聞怪我私自逃回必有追兵趕此一
拿回再無生理如今只得趲馬前行以脫此厄文王
這一回似失林飛鳥漏網驚魚那分南北就辨東西

535

文王心怵似箭意急如雲正是仰面告天天不語低
頭訴地地無言只得加鞭縱轡數番恨不得馬足騰
雲身能生翅遠望臨童關不過二十里之程後有追
兵看看至近文王正在危急按下不提且說終南山
雲中子在玉柱洞中碧遊床連其元神守離龍納坎
虎猛的心血潮來道人覺而有警掐指一算早知凶
吉原來西伯災厄已滿目下逢危今日正當他父
子重逢貪道不失燕山之語叫金霞童兒在那里你
與我後桃園中請你師兄來金霞童兒領命往桃園
中來見了師兄道師父有請雷震子答曰師弟先行

536

我隨即就來雷震子見了雲中子下拜不知師父有
何分付雲中子曰徒弟汝父有難你可前去救拔雷
震子曰弟子父是何人道人曰汝父乃是西伯姬
昌有難在臨潼關你可往虎兒崖下尋一六器來待
吾秘授你些三兵法好去救你父親今川正當子父
逢之日後期好相見耳雷震領師父之命離了洞府
遲至虎兒崖下東瞧兩看各到處尋不出甚麼東西
又不知何物為之兵器雷震子尋思我失打點長問
兵器乃鎗刀劍戟鞭斧瓜鎚師父曰言兵器不知何
物且回洞中再問詳細雷震方欲轉身只見一陣異

537

卦可以前知進朝已知有七年之厄寧有不
知其子有啖身之慘與食子肉而脫難耶若
不知而蹈之終就不明若知而使蹈之亦為
不仁二者就是余曰文王豈有不知之理臨
行所以再三叮嚀毋使一人至商者其意蓋
以深告之矣然而所以必蹈之者此又數之
難逃者耳。

新刻鍾伯敬先生批點封神演義卷之五

第二十一回　文王誇官逃五關

詩曰

黃公恩義救岐王　令箭銅符出帝疆
先費讒謀追聖主　雲中顯化濟慈航
從來德大難容世　自此龍飛兆瑞祥
留有吐兒名譽在　至今薗苑菊餘芳

話說文王離了朝歌連夜過了孟津渡了黃河過了
澠池前往臨潼關而來不提且說朝歌城館驛官見
文王一夜未歸心下慌怵急報費大夫府得知左右

通報費仲曰外有驛官稟說西伯文王一夜未
知何往此事重大不得不預先稟明費仲聞知命驛
官且退我自知道費仲沉思事干自己身上如何處
治乃着堂侯官請尤爺來商議少時尤渾到費仲府
相見禮畢仲曰不道姬昌賢弟保奏皇上封彼為王
這也罷了就意皇上准行誇官三日今方二日姬昌
逃歸不遵王命必非好意事于重大且東南二路叛
亂多年今又走了姬昌使皇上又生一患遠箇擔兒
誰擔為今之計將如之何尤渾曰年兄兒且覽心不必
愛悶我二人之事料不能失手且進內庭而君着兩

員將官趕去拿來以正欺君負上之罪速斬于市曹
何慮之有二人計議停當忙整朝衣隨即入朝紂王
正在摘星樓賞玩侍臣啟駕費仲尤渾候旨王
二人上樓二人見王禮畢王曰二卿有何奏章來見
費仲奏曰姬昌深負陛下洪恩不遵朝廷之命必懷
反意恐回故土以起狼獍之端臣舉在先恐後得罪
陛下誇官二日不謝聖恩不報王爵暗自逃歸必懷
臣等預奏請旨定奪紂王怒曰二卿曾言姬昌忠義
逢朔望焚香叩拜祝新風和雨順國泰民安故此
敕之今日懷事背出二卿輕舉之罪尤渾奏曰自古

王殺城中，誇官兩日，到未牌時分，只見前面旛幢對伍，劍戟森羅，一枝人馬到來。文王問曰：前面是那里人馬？兩邊啓上：大王千歲，是武成王黃爺看操回來。文王急忙下馬，姑立道傍，欠脊打躬。武成王見文王下馬，郎忙滾鞍下騎，稱文王曰：大人前來，末將有失廻避大駕，望乞恕罪。乃曰：令賢王榮歸，真是萬千之喜。末將有一闊言奉啓，不識賢王可容納否？西伯曰：不才領敎。武成王曰：此間離末將府第不遠，薄具杯酒，以表芹意，何如？文王乃誠實君子，不令虛辭謙讓，隨答曰：賢王之命，姬昌敢不領敎。黃飛虎隨携文王

〔忠君之正，是子愛人以德〕

至王府，命左右快排筵宴，二王傳盃歡飲，各談此忠義之言，不覺黃昏，長上畫燭。武成王命左右且退，黃飛虎曰：今日大人之樂，實爲無疆之福，但當今寵信邪佞，不聽忠言，殯壞大臣，荒于酒色，不整朝綱，不容諫本，炮烙以迟忠良之心，蠆盆以凹諫臣之口，萬姓慌慌，刀兵四起，東南兩處巳反，四百諸侯，以賢王之德，尚有羑里困苦之羈，今已特赦，是龍歸大海，虎入深山，金鰲脫鈎，如何尚不省悟，况且朝中無三日正條，賢王誇甚麼官顯，甚麼王，何不早早飛出雕籠，見其故土父子重逢，夫妻復會，何不為美，又何必在此

網羅之中，做此吉凶未定之事也。武成王只此數語，把個文王說的骨解励酥起，而謝曰：大王真乃金石之言，提拔姬昌，此恩何以得報。奈昌欲去五關有阻，奈何？黃飛虎曰：不難。銅符俱在吾府中，須更取出銅符，令交與文王，隨令改換衣裳，打扮夜不收號色，逞出五關，併無阻隔。文王謝曰：大王之恩，實是重生父母，何時能報。此時二鼓時候，武成王命副將龍環、吳賢開朝歌西門，送文王山城去了，不知性命如何，且聽下回分解。

總批　從來奸佞只知脂賂可通，不管是非，

人家國隨轉，說言可黃而可白，可死而可生，自古及今，不知凡幾，宜生此術，惜乎行之太晚。

又批

聖人不食子肉者，此經也，食子肉而避難者，此權也，經權原自合一，不可分之爲兩件，大聖人不能行，亦非大聖人不敢行，雖然在己覷何如耳，若此身有關于天下不可少之人，則行權，若此身在天地間，無甚關係，則行經，如是方稱合一，不然二者皆非，或曰文王易

麥智黃飛虎八諫議大夫都來見西伯侯姬昌。見眾官慌忙行禮,慰曰:「犯官七年未見眾位大人,今一旦荷蒙天恩特赦,此皆叨列位大人之福蔭,方能再見天日也。」眾官見姬昌年邁,精神加倍,彼此慰喜。只見使命回音,犬子正在龍德,聞知,俟吉命,宣眾官隨姬昌朝見。只見姬昌縞素俯伏,奏曰:「犯臣姬昌罪不勝誅,蒙恩赦宥,雖粉骨碎身,皆陛下所賜之年,願陛下萬歲!」王曰:「卿在羑里七載羈囚,毫無一怨言,而反祈朕國祚綿長,求天下太平,黎民樂業,可見卿有忠誠。朕實有負于卿矣。今朕特詔赦卿無罪,七載無辜,仍

523

加封賢良忠孝,百公之長。特專征伐,賜卿白旄黃鉞,坐鎮西岐,每月加祿米一千石,文官二名,武將二員,送卿榮歸。」仍賜龍德殿筵宴,遊街三日,拜闕謝恩。西伯侯謝恩,彼時姬伯換服,百官稱慶,就在龍德殿飲宴。怎見得:

擦抹條臺桌椅鋪設,異異華筵,左設粧花白玉瓶,右擺瑪瑙珊瑚樹,進酒官娥雙洛浦添香美女兩嫦娥。黃金爐內麝檀香,琥珀盃中珍珠滴,兩邊間遠補屏開滿座,重鋪鋪金簟,金盤輝,犀筋掩映龍鳳,珍饈整整齊齊,另是一般氣象,繡屏錦帳圍遶花

524

卉閣毛疊疊重重,自然彩色稀奇,休誇交梨火棗,自有雀舌牙茶火炮白杏醬,牙紅薑鴉蔡蘋菓青脆梅,龍眼枇杷金赤橘,石榴盞大秋柿毬圓,又擺列兔絲熊掌猩唇駝蹄,誰羨他鳳髓龍肝獅睛鱗脯,漫樹那瑤池玉液紫府瓊漿,且吹他鸞簫鳳笛象板笙簧,正是西伯誇官先飲宴,蛟龍得水離泥沙,要的般般有,珍饈百味全,一聲鼓樂動,正是帝王歡。

話說比干、微子、箕子在朝,大小官員,無有不喜。赦姬昌,百官陪宴盡樂。文王謝恩出朝,二日誇官。怎見得:

525

文王誇官的好處。

但見前遮後擁五色旄,搖桶子鈴,朱樓蕩蕩朝天,艷色輝輝,左邊鉞斧,右金瓜,前擺黃旄,後豹尾,帶刀力士增光彩,隨駕官員喜氣添,銀交椅襯王芙蓉,逍遙馬飾黃金轡,走龍飛鳳犬紅袍暗隱間,龍粧花繡彩,玉束帶箱成八寶,百姓爭看西伯駕,萬民稱賀聖人來,正是鶬霧香烟,馨滿道重重瑞氣罩台堦。

朝歌城中百姓,扶老攜幼,抱男抱女,森來看文王誇官。人人都道:「忠良今日出雕籠,有德賢侯災厄滿。」文

——— 518 ———

心致羈羑里，毫無怨言。若陛下憐命赦歸本國，是姬昌以死而之生，無國而有國，其感戴陛下再生之恩，豈有巳哉。此去必效犬馬之勞，以不負生平報德酬恩。臣量姬昌以不死之年，忠心於陛下也。尤渾在側，見費仲力保，想必也是得了西岐禮物，所以如此。我豈可畢讓他做情，我一發使姬昌感激。尤渾出班奏曰，陛下天恩赦宥姬昌，再加一恩典，彼自然傾心為國。況今東伯侯姜文煥造反，攻打遊魂關，大將竇融人戰七年未分勝負，南伯侯鄂順謀逆，攻打三山關，大將鄧九公亦戰七載，殺戮相牛刀兵，竟無寧息。烽

——— 519 ———

烟四起。依臣愚見，將姬昌反加一王封，假以白旄黃鉞，得專征伐，代勞天子，威鎮西岐。況姬昌素有賢名，天下諸侯畏服，使東南兩路知之，不戰自退，正所謂舉一人而不肖者遠矣。紂王聞奏大喜曰，尤渾才智雙全，尤屬可愛，費仲善挽賢良，實是可欽。二臣謝恩。紂王即降赦條，單赦姬昌速離羑里。有詩為証，

天運循環大不同，七年方滿出雕籠。
費尤受賂將言諫，社稷成湯畫餅中。
加任文王歸故土，五關父子又重逢，
靈臺應兆飛熊至，渭水溪邊遇太公。

——— 520 ———

且說使臣持赦出朝歌，百官聞知大喜，使臣竟往羑里而來，不題。且說西伯侯在羑里之中，閑思長子之苦，被紂王醢屍，嘆曰，我兒生在西土，絕於朝歌，不聽父言，遭此橫禍，聖人不食子肉，我為父不得已而咬者，乃從權之計。正思想邑考，忽一陣怪風將簷瓦吹落兩塊在地，跌為粉碎。西伯驚曰，此又是異徵，隨焚香將金錢搜求八卦，早解其情。姬伯點首嘆曰，今日天子赦至，喚左右，天子赦到，收拾起行，眾隨侍人等，未肯盡信，不一時使臣傳旨，赦書巳到，西伯接赦禮畢，使臣曰，奉聖旨，單赦姬伯老大人，姬伯望北謝恩。

——— 521 ———

隨出羑里，只見羑里艾老牽羊擔酒，簇擁道傍，覽接曰，千歲今日龍逢雲彩，落梧桐，虎上高山鶴棲松柏，七載蒙千歲教訓撫宇，長幼皆知忠孝，婦女皆知廉潔，化行俗美，大小居民，不拘男婦，無不感激千歲洪恩。今一別尊顏，雨不能得沾雨露，左右泣下。西伯亦泣而言曰，吾囹圄七載，毫無尺寸美意與爾黎民。又勞酒禮，吾心不安，只願爾等，不負我常教之方，自然百事無虧，得享朝廷太平之福矣。黎民越覺悲傷，遠送十里，洒淚而別，西伯侯一日到了朝歌，百官在午門候迓，只見微子、箕子、比干、微子啟、微子衍、麥雲

生全雖因羹里實大夫再賜之餘生耳不勝慶
幸其外又何敢望焉職等因僻處一隅末仲卿
結日夜只有望帝京遙祝萬壽無疆而已今特
遣大夫太顛其不鯢之儀白肇貳雙黃金百鎰
表體四端少騤西土眾士民之微忱幸無以不
恭之見罪但我主公以衰末殘年久覊羑里情
實可矜況有倚閭老母幼子孤臣無不日夜懸
思希喬再靚此亦仁人君子所共憐念者也懇
新恩喜大開慈隱法外施仁一語回天得赦歸
國則恩臺德海仁山西土眾姓無不卸恩于世

514

世矢臨書不勝悚慄待命之至世啟
費仲看了書共禮單自思此禮價值萬金如今怎能
行事沉思半晌乃分付太顛曰你且回去多拜上散
大夫我也不便修回書等我早晚取便自然令你主
公韓國奕不有預你大夫相托之情太顛拜謝告辭
回國亦發不特閒人也行尤渾處送禮回至二人
相談俱是一樣之言將大喜忙收拾回西岐去訖
不意行賄仲受了散宜生禮物也不問尤渾尤渾也
二人各推不知一日紂王在摘星樓與二
陛下棋紂王連勝了二盤紂王大喜傳旨排宴費尤

515

待于左右換盞傳盃正歡飲之間或紂王言起伯邑
考鼓琴之雅猿猴謳歌之妙又論姬昌自食子肉所
論先天之數皆係妄誕何嘗先有定數費仲乘機奏
曰臣聞姬昌素有叛逆不臣之心一向防備臣於前
數日希心腹往羑里探聽虛實羑里軍民俱言姬昌
實有忠義每月逢朔望之辰焚香祈求陛下國祚安
康四夷拱服國泰民安雨順風調四民樂業社稷承
昌窮閻安靜陛下因昌七載並無一怨言據臣意看
鄉昌真乃忠臣紂王言曰卿前日言姬昌外有忠誠
內懷奸詐包藏禍心非是好人何今日言之反也費

516

仲又奏曰據人言昌或忠或佞入耳難分一時不辨
因此臣暗使心腹探聽眞實方知昌是忠耿之人正
所謂路遙知馬力日久見人心紂王曰尤大夫以為
何如尤渾啟曰其費仲所奏其實不差據臣所言姬
昌數年困苦終日羑囚訓羑里萬民萬民感德化行
俗美民知有忠孝節義不知妄作邪為所以民謳姬
昌為聖人日從善類陛下問臣臣不敢不以實對方
繞費仲不奏臣亦上言笑紂王曰二卿所奏恍同必
竟姬昌是個好人朕欲赦姬昌二卿意下何如費仲
曰姬昌之可赦不可赦臣不敢主張但姬昌忠孝之

517

此說甚通，不本十乱之刘

〔510〕

個無言默默不語南宮适亦無語低頭宜生曰當日，
公子不聽宜生之言今日果有殺身之禍昔日大王
往朝歌之日演先天數有七年之殃災滿難足自有
榮歸之日不必着人來接言猶在耳殿下不聽致有
此禍況又失於打典今紂王寵信費尤二賊臨行不
帶禮物先通關節賄賂二人故殿下有喪身之禍為
今之計不若先差官二員用重賂私通費尤使內外
相應待臣修書懇切哀求若奸臣受賄必在紂王面
前以好言解釋老大王自然還國邪時修德行仁侯
紂惡貫盈再會天下之兵共伐無道與予民伐罪之

〔511〕

師天下自然响應廢去昏庸再立有道人心悅服不
然徒取敗亡速誠後世為天下笑耳姬發曰先生之
教甚善使癸頓開毛塞真金玉之論也不知先用何
等禮物所用何官先生當明以告我宜生曰不過用
明珠白璧綠段表禮黃金玉帶共禮二分。一分差太
顛送費仲。一分差閎沃送尤渾使二將星夜進五關
辦做商賈暗進朝歌費尤二人若受此禮大王不日
歸國自然無事公子大喜即忙收拾禮物宜生修書
差二將往朝歌來有詩曰。

　明珠白璧共黃金。
　暗進朝歌賄佞王。

〔512〕

慢道財神通鬼使，果然世利動人心。
成湯社稷成殘燭，西伯江山若茂林。
不是宜生施妙策，天教殷紂自成擒。
且說太顛閎沃辦做經商暗帶禮物星夜往氾水關
來關上查明二將進關，一路上無詞過了界牌關八
十里進了穿雲關又進潼關。一百二十里又至臨潼
關過澠池縣渡黃河到孟津至朝歌。二將不敢在館
驛安住投客店歇下。暗暗收拾禮物。太顛往費仲府
下書閎沃往尤渾府下書且說費仲抵暮出朝歸至
府第無事或門官啟老爺西岐有散宜生差官下書。

〔513〕

費仲笑曰遲了着他進來太顛來到廳前只得行禮
叅見費仲問曰汝是甚人黑夜見我。太顛答曰末將
乃西岐神武將軍太顛是也今奉上大夫散宜生命。
具有表禮蒙大夫保全我主公性命再造洪恩高深
莫極每思亳無尺寸相補以效涓涯今特差未將有
書投見費仲命大顛平身將書折開觀看書曰。

　西岐甲職散宜生頓首百拜致書於
上大夫費公恩主台下久仰大德未叩台端自愧
駑駘無緣執鞭夢想殊渴茲啟微地恩主姬伯
月昔忤君罪在不赦深感大夫垂救之恩得復

可惜二
賊有下
井中之
布

七載罹囚。欲赦還國。二卿意下以為如何。費仲奏曰。昌數無差。定知子肉。恐欲不食。又遭屠戮。只得勉強恐食。以為脫身之計。不得巳而為之也。陛下不可不察。惧中奸計耳。王曰。昌知子肉。決不肯食。又言昌乃大賢。豈有大賢恐啖子肉哉。費仲奏曰。姬昌外有忠誠內懷奸詐。人皆為彼瞞過。不如且禁姜里。以虎投陷窠。烏固雕籠。雖不殺戮也。磨其銳氣。況今東南二路巳叛。尚未攝服。今縱姬昌於西岐。是又添一患矣。乞陛下念之。王曰。卿言是也。此還是西伯侯災難未滿。故有讒佞之阻。有詩為証、

姜里城中災未滿。　費尤在側獻讒言。
若無西地宜生計。　為得文王返故園。

不說紂王不赦姬昌。且說邑考從人。巳知紂王將公子醢為肉醬。星夜逃回。進西岐來見二公子姬發。姬發一日陞殿。端門官來報。有跟隨公子往朝歌家將候吉。姬發聽報。傳令吉宣眾人到殿前。眾人哭拜在地。姬發慌問其故。來人啓曰。公子往朝歌進貢不曾到姜里見老爺。先見紂王。不知何事。將殿下醢為肉醬。姬發聽言。大哭于殿廷。幾乎氣絕。只見兩邊文武之中有大將軍南宮适。犬叫曰。公子乃西岐之幼主。

今進貢與紂王。反遭醢屍之慘。我等主公遭囚姜里。雖是昏亂五臣等還有君臣之禮。不肯有負先王。今公子無辜而受屠戮。痛心切骨。君臣之義巳絕。綱常之分俱乖。今東南兩路苦戰多年。吾等奉國法以守臣節。今巳如此。何不統兩班文武。將傾國之兵先取五關。殺上朝歌。勦戮昏主。再立明君。正所謂定禍亂而反太平。亦不失為臣之節。只見兩邊武將。聽南宮适之言。時有四賢八俊。辛甲。辛免。太顛。閎沃。祁公尹積。西伯侯有三十六教習。子姓姬叔度等。齊大叫。南將軍之言有理。眾文武切齒咬牙。豎眉睜眼。一齊闖殷上

說此是二

一片喧嚷之聲。連姬發亦無定主。只見散宜生勵聲言曰。公子休亂。臣有事奉啓。發曰。上大夫今有何言。宜生曰。公子命刀斧手。先將南宮适拿出端門斬了首級。然後在議大事。姬發與眾將問曰。先生為何先斬南將軍。此理何說。使諸將不服。宜生對諸將言曰。此等亂臣賊子。陷主君於不義。理當先斬再議國是。諸公只知披堅執銳。一勇無謀。不知老大王克守臣節。硜硜不貳。雖在姜里。定無怨言。公等造次胡為。正未到五關。先陷主公於不義而死。此誠何心。故先斬南宮适。而後再議國是也。公子姬發與眾將聽罷。個

有殺聲西伯驚曰此殺聲主何怪事怎止琴聲取金
錢占取一課便知分曉姬伯不覺流淚曰我見不聽
父言遭此碎身之禍今日如不食子肉難逃殺身之
禍如食子肉其心何忍使我心如刀絞不敢悲啼如
泄此機我身亦自難保姬伯只得含悲忍淚不敢出
聲作詩嘆曰

詩曰

孤身抱忠義，萬里探親災。
夫入羑里城，先登戲綵臺。
抛琴除孽婦，頃刻怒心推。
可惜青年客，魂隨劫運灰。

時使命官到有旨意下姬伯稿素接旨曰稱犯臣死
罪姬昌接旨開讀畢使命官將龍鳳膳盒擺在布面
使命曰主上見賢侯在羑里久羈聖心不忍昨日聖
駕幸獵打得鹿獐之物做成肉餅特賜賢侯故有是
命姬昌跪在案前揭開膳盒言曰聖上受鞍馬之勞
反賜犯臣鹿餅之享願陛下萬歲謝恩畢連食三餅
將盒盖了使命見姬昌食了子肉暗暗嘆曰人言姬
伯能知先天神數善曉吉凶今日見子肉而不知速
食而甘美所謂陰陽吉凶皆是虛語且說姬昌明知

此大聖人種之
抄亦不能
朝亦不能行亦不
可行

子肉含悲苦痛不敢悲傷免強精神對使命言曰欽
差大人犯臣不能躬謝天恩敢煩大人與昌轉達昌
就此叩頭恩便了姬伯倒身下拜感聖上之恩光又普
熙于羑里使命官回朝歌不題且說姬伯思子之苦
不敢啼哭暗暗作詩嘆曰

一別西岐到此間。曾言不必渡江關。
只知進貢朝昏主。莫解迎君有犯顏。
年少忠民空慘切。淚多時雨只潛潛。
遊魂一點歸何處。青史名標是等閒。

姬伯作畢詩不覺憂憂悶悶寢食俱廢在羑里不題。

且說使命官回朝復命紂王在顯慶殿與費仲尤渾
奕棋左右侍駕官啓奏使命侯旨紂王傳旨宣至殿
延回旨奏曰臣奉旨將肉餅送至羑里姬昌謝恩言
曰姬昌犯罪當死蒙聖恩赦以再生已出塋外今皇
上受鞍馬之勞犯臣安逸而受鹿餅之賜聖恩浩蕩
感刻無地跪在地上揭開膳盒連食三餅叩頭謝恩
又對臣曰犯臣姬昌不得面覩天顏望拜八拜乞使
命轉達天廷今臣回旨紂王聽使臣之言對費仲曰
姬昌素有重名善演先天神數吉凶有準禍福無差
今觀自己子肉食而不知人言可盡信哉朕念姬昌

常在孝節永存。賤人我生不能啖汝之肉、死後定爲厲鬼食汝之魂。可憐孝子爲父朝商、竟遭萬死臨屍。不一時將邑考剁成肉醬、紂王命付于蠆盆、喂了蛇蝎。妲已曰、不可。妾常聞姬昌號爲聖人、說他能明禍福善識陰陽、妾聞聖人不食子肉、今將邑考之肉、着廚役用作料做成肉餅、賜與姬昌、若昌竟食此人、乃是妾涎虛名、禍福陰陽俱是謬說、竟可赦宥、以表皇上不殺之仁。如果不食、當速殺姬昌、恐遺後患。紂王曰、御妻之言正合朕意、速命廚役將邑考肉作餅、差官押送羑里、賜與姬昌。不知西伯性命如何、且聽下

回分解

總批

紂王無道、戕害忠良、忍心害理、並無一念仁慈、獨於伯邑考累聽其言、每加憐惜、可見至昏庸之人亦有一時良心發現、但不常耳。無奈妲已貪其姿色、陡起邪淫、愈戀愈深、致反成怨、勢必至死而後已、此皆妲己使然、豈人力所能哉。所以邑考亦見得透徹、不惜犯顏一諫、以遂其忠臣孝子之心、其偉哉。

又批

淫婦心最慧、最善妬、最悍毒、善于逢迎、巧于

遮護、隨機應變、捷於喬先。人一墮其手、未有不身忘家破者。今觀妲已妖魅耳、何人不可苟且、一見丰美之人、尚戀戀不能捨、百計千方以誘之、況人間愚婦女。一覩年少見郎貌、有不神馳心蕩者鮮矣。語云、男女雖異、所欲則同。又云、女子非不肯也、不敢也。其深知女子之性者也。此篇可作閨門箴。

第二十回　散宜生私通費尤

詩曰

自古權奸止愛錢。構成機殺害忠賢。
不無黃白開生路、也要青蚨入錦纏。
戚已不知遺國恨、遺災邪間有家筵。
祇知返復原無定。悔却吳鈎倒撚。

且言西伯侯囚于羑里城、〔卽今河北相州湯陰縣是也〕待罪、將伏羲八卦變爲八八六十四卦、重爲三百八十四爻、內按陰陽消息之機、週天剝復之妙、後爲周易。姬伯關眼無事、悶撫瑤琴一曲、猛然琴中大絃而

邑考撫罷。紂王不明其意。妲巳妖魅聽得琴中之意。有毀謗君上之言。妲巳以手指邑考罵曰。大膽匹夫。敢與琴中暗寓毀謗之言。辱君罵主。情殊可恨。真是刁惡之徒。罪不容誅。紂王問妲巳曰。琴中毀謗朕尚不明。妲巳將琴中之意細說一番。紂王大怒。喝左右來拿邑考。邑考奏曰。臣還有結句一段。武撫於陛下聽完。詞曰。

願王遠色兮。再正綱常。天下太平兮。速廢娘娘。妖氣滅兮。諸侯悅服。邦邪淫兮。社稷寧康。陌邑考兮

妖猴　不疾未　能除此　禍宋

這白猴乃千年得道之猿。修的十二重樓。憤骨俱無。故此善能歌唱。又修成火眼金睛。善看人間妖魅。妲巳已原形現出。白猿看見上面有個狐狸。不知狐狸乃妲巳本相。白猿雖是得道之物。終是一個畜類。此猿將檀板擲于地下。隔九龍侍席上一攛。劈面來抓妲巳。妲巳往後一閃。早被紂王一拳。將白猿打跌在地。遂死于地下。眾宮人扶起妲巳。妲巳目伯邑考明進猿猴。暗為行剌。若非陛下之恩。俏救妾命休矣。紂王大怒。喝左右將伯邑考拿下。邑考囑聲大叫。冤枉不絕。紂王聽邑考口稱

冤枉命。且放回。紂王問曰。你這匹夫。白猿行剌。累目所視。為何強辯。口稱冤枉。何也。邑考泣奏曰。猿乃山中之畜。雖修人語。野性未退。況猴子善喜菓品。不用烱火之物。今見陛下九龍侍席之上。百般菓品不中。急欲取菓物。便棄檀板而擾酒席。且猿猴手無寸刃。焉能行剌。臣伯邑考世受陛下洪恩。焉敢造次。願陛下寬察其情。臣雖寸磔死亦瞑目矣。紂王聽邑考之言。暗思多時。轉怒為喜。言曰。御妻。邑考之言是也。猿猴乃山中之物。終是野性。況無双。豈能行剌。隨赦邑考。邑考謝恩。妲巳曰。既赦邑考無罪。你再將瑤琴

景　方是將

不堪萬死。絕妲巳兮。史氏傳揚。邑考作歌巳畢。回手一琴。隔侍席打來。只打得盤碟紛飛。妲巳將身一閃。跌倒在地。紂王大怒曰。好匹夫。猴猴行剌。被你巧言說過。你將琴擊皇后。分明試逆。罪不容誅。喝左右侍駕官。將邑考拿下摘星樓。送入蠆盆。眾宮人扶起妲巳。奏曰。陛下且將邑考拿下樓去。妾身自有處治。紂王隨聽妲巳之言。把邑考拿下樓。妲巳命左右取釘四根。將邑考手足釘了。用刀碎剮。可憐一聲拿下。釘了手足。邑考大叫。罵不絕口。賤人。你將成湯錦片江山。亡為烏有。我死不足惜。恨名

妲巳只得陪紂王安寢。茨日天明，紂王問妲巳曰：夜來伯邑考傳琴，可曾精熟。妲巳枕邊挑剔，乘機譖曰：妾身啓陛下，夜來伯邑考無心傳琴，反起不良之意，將言調戲，甚無人臣禮，妾身不得不奏。紂王聞言大怒曰：這匹夫焉敢如此。隨卽起來，整飭用膳，傳旨宣伯邑考。邑考在館驛聞命，卽至摘星樓下候旨。王命宣上樓來，邑考上樓叩拜在地。王曰：昨日傳琴，爲何不盡心相傳，反延延昨刻，這是何說。邑考奏曰：學琴之事，要在心堅意誠，方能精熟。妲巳在傍言曰：琴中之法無他，若仔細分明講的斟酌，豈有不諳熟之理。

只你傳習不明，講論糊塗，如何得臻其音律之妙。紂王聽妲巳之言，夜來之事不好明言，隨命邑考在撫一曲與朕親聽，看是如何。邑考受命，膝地而坐，撫弄瑤琴，自思不若於琴中寓以諷諫之意，乃嘆紂王一詞曰。

一點忠心達上倉。　祝君壽筭永無彊。

風和雨順當今福，　一統山河國祚長。

紂王靜聽琴內之音，俱是忠心愛國之意，併無半點欺誷之言，將何罪于邑考。妲巳見紂王無有加害之心，以言挑之曰：伯邑考前進白面猿猴，善能歌唱胜

下，可曾聽其歌唱否。紂王曰：夜來聽琴有悮，未曾演習，今日命邑考進上樓來，以試一曲如何。邑考領旨，到館驛將猿猴進上，摘星樓開了紅籠，放出猿猴。邑考將檀板遞與白猿，白猿輕敲檀板，婉轉歌喉，音若笙簧，滿樓嘹喨，高一聲低一聲，似鸞啼之美。愁人聽而舒眉歡，人聽而撫掌，泣人聽而止淚，明人聽而如痴。紂王聞之，顚倒情懷。妲巳聽之，芳心如醉。宮人聽之，爲世上之罕有。那猿猴只唱的神仙着意，嫦娥側耳。就把妲巳唱得神蕩意迷，情飛心逸，如醉如痴，不能檢束自巳形骸，將原形都明出來了。

撫弄一番，訓與調琴內，果有忠良之心便罷，若無傾蔡之諝，決不輕饒。紂王曰：御妻之言甚善。邑考聽妲巳之奏，暗想道：這一番諛，不能脫其圈圍，就將此殘軀以爲直諫，就死萬刃之下，留之史冊也，見我姬姓界世不失忠良。邑考領旨坐地，就于麻上撫弄一曲詞曰。

明君作兮布德行兮，未聞恣心兮重欲，煩刑炮烙熾兮，觔骨粉身兮肺腑驚，萬姓精血竟入酒海兮，方宵腊盡戀肉林，機杼空兮鹿臺才瀚犁鋤折兮，鉅橋粟盈，我愿明君兮去讒逐淫，振刷綱紀

父子同還故都。那有此意。雖是傳琴。心如鐵石。意若
堅剛眼不瞬觀。一心只顧傳琴。妲己兩番三次勾邑
考不動。妲己曰。此舉一時難明。分付左右且排上宴
來兩邊隨辦上宴來。妲己命席俯設坐令邑考侍宴
邑考魂不附體。跪而奏曰。邑考乃犯臣。當萬死。荷蒙娘
娘不殺之恩。賜以再生之路。感聖德真如山海。娘娘
乃萬乘之尊。人間國母。邑考怎敢側坐。臣當萬死。若
考俯伏不敢擡頭。妲己曰。邑考之言差矣。若論君臣。乃
然坐不得若論傳琴。乃是師徒之道。坐而何妨。伯
邑考聞妲己之言。暗暗切齒。道賤人把我當做不忠

不德不孝不仁非禮非義不智不良之類想吾始祖
賣父在堯為臣官居司農之職相傳數十世累代忠
良今日邑考為父朝商候入陷穽豈知妲己以邪淫
壞主上之綱常有傷于風化深辱天子其惡不小我
邑考寧受萬刃之誅豈可壞姬門之節也九泉之下
何顏相見始祖哉且說妲己見邑考俯伏不言又見
邑考不動心情并無一計可施妲己邪念不絕我道
有愛戀之心他全無顧盼之意也罷我再將一法引
逗他不怕此人心情不動耳妲己只得命宮人將酒
收了令邑考平身且卿既堅執不飲可還依舊用心

傳琴邑考領旨依舊撫琴照前勾撥多時妲己猛曰
我括于上你在于下所隔疎遠按絃多有錯亂甚是
不便為能一時得熟我有一法可以兩便又相近可
以按納有何不可邑考曰父撫自精娘娘不必性急
妲己曰不是這等説今夜不熟明日上上問我我將
何言相對深為不便可將你移於上坐我坐你懷內
你拿著我手雙撥此絃不用一刻即熟何勞多延月
哉就把伯邑考嚇得魂遊萬里魄延三千邑考思
董此是大數以定料難出此羅綱必竟做個青白之
鬼不負父親教子之方只得把忠言直諫就死甘心

邑考正色奏曰娘娘之言使臣萬載竟為狗彘之人
史官載在典章以娘娘為何如后娘娘乃萬姓之國
母受天下諸侯之貢賀享椒房至尊之貴掌六宮金
關之權今為傳琴一事褻尊一至於此深屬兒戲成
何體統使此事一聞于外雖娘娘氷清玉潔而天下
萬世又何信哉娘娘請無性急使傷觀若有辱于至
尊也就把妲己羞得微耳通紅無言可對隨傳吉命
伯邑考暫退邑考下樓回館驛不題且說妲己深恨
這等匹夫輕人如此我本將心托明月誰知明月照
溝渠反被他羞辱一場管教你粉骨碎身方消吾恨

封神演義　卷之四

動人。姐巳又看紂王容貌大是暗眛，不甚動人。看官，紂王雖是帝王之相，怎經絕色慾相屬，形容枯槁。自古佳人愛少年。何況姐巳乃一妖魅乎。姐巳暗思，且將邑考畱在此處，假說傳琴。乘機挑逗，庶幾成就鸞鳳，共效于飛之樂。況他少年，其爲補益更多，而拘拘於此老哉。姐巳設計，欲畱邑考，隨卽奏曰，陛下當赦西伯父子歸國，固是陛下浩蕩之恩。但邑考琴爲天下絕調，今赦之歸國，朝歌竟爲絕響，深爲可惜。紂王曰，卿如之奈何。姐巳奏曰，妾有一法，可全二事。紂王曰，卿有何妙策，可以兩全。姐巳曰，陛下可畱邑考在此傳

姜之琴。俟姜學精熟，早晚侍陛下左右，以助皇上淸暇一樂。一則西伯父子，感陛下赦宥之恩，二則朝歌不致絕瑤琴之樂。庶幾可以兩全。紂王聞言，以手拍姐巳之背曰，賢哉愛卿，眞是聰慧賢明，深得一擧兩全之道。隨傳旨畱邑考在此樓傳琴。姐巳不覺暗喜，我如今且將紂王灌醉了，扶去濃睡，我自好與彼行事，何愁此事不成。便傳旨排宴，紂王以爲姐巳好意。宣鍾內藏傷風敗俗之情，大壞綱常禮義之防。姐巳手奉金盃，對紂王曰，陛下進此壽酒。紂王以爲美愛，只顧歡飲，不覺一時酩酊。姐巳命左右侍御宮人，扶

皇上龍榻安寢，方着邑考傳琴。兩邊宮人取琴二張，一張是姐巳彈，一張是伯邑考傳琴。邑考奏曰，臣子啓娘娘，此琴有內外五形，六律五音，吟揉勾剔，左手龍睛，右手鳳目，按宮商角徵羽，右有入法，乃揉挑勾剔撇托削打。有六忌七不彈。姐巳問曰，何爲六忌。邑考曰，聞哀慟泣，專心事忿，怒情懷，戒慾驚。姐巳又問，何爲七不彈。邑考曰，疾風驟雨，大悲大哀，衣冠不正，酒醉性狂，無香近藝，不知音近俗，不潔近穢，過此皆不彈也。此琴乃太古遺音，樂而近雅，與諸樂大不相同。其中有八十一大調，五十一小調，三十六等

有詩爲証

音和平兮淸心目。　世上琴聲天上曲。

盡將千古聖人心。　付與三尺梧桐木。

邑考言畢，將琴撫動，其音嘹亮，妙不可言。且說姐巳原非爲傳琴之故，實爲貪邑考之姿容，挑逗邑考，欲敖于飛，縱淫敗度，何嘗畱心于琴，只是左右勾引。故將臉上桃花現嬌艷夭姿，風流國色，轉秋波送嬌滴滴情懷，啓朱唇吐軟溫溫悄語，無非欲動邑考，以惑亂其心。邑考乃聖人之子，因爲收受羑里之厄，欲行孝道，故不辭跋涉冰霜之艱，往朝歌難贖父之厄，指望

陛下。西伯侯姬昌子伯邑考。納貢代父贖罪。王曰。伯邑考納進何物。比干將進貢本呈上。紂王覽畢。問比干曰。七香車。醒酒氈。白面猿猴。美女十名。代西伯贖罪。紂王命宣邑考上樓。邑考肘膝而行。俯伏奏曰。犯臣子伯邑考朝見。紂王曰。姬昌罪大忤君。今子納貢為父贖罪。亦可為孝矣。伯邑考奏曰。犯臣姬昌。罪犯忤君。赦宥免死。暫囚羑里。臣等舉室感陛下天高海闊之洪恩。仰地厚山高之大德。今臣等不揣愚眛。昧死上陳。請代父罪。倘荷仁慈賜以再生。得赦歸國。使臣母子等骨肉重完。臣等萬載嘯塮。仰陛下好生之德。出

（眉批）言詞慈，人無不感動。

於意外也。紂王見邑考悲懷。為父陳冤。極其懇至。知是忠臣孝子之言。不勝感動。乃賜邑考平身。邑考謝恩。立于欄杆之外。妲己在簾內見邑考丰姿秀雅。目秀眉清。唇紅齒白。言語溫柔。妲己傳旨。捲去珠簾。左右宮人將珠簾高捲。搭上金鈎。紂王見妲己出來。口稱御妻。今有西伯侯之子伯邑考。納貢代父贖罪。情實可矜。妲己奏曰。妾聞西岐伯邑考。善能鼓琴。真世上無雙。人間絕少。紂王曰。御妻何以知之。妲己曰。妾雖女流。幼在深閨。聞父母傳說邑考博通音律。鼓琴更精深。知大雅遺音。妾所以得知。陛下可着邑考撫

彈一曲。更知深淺。紂主乃酒色之徒。父被妖氣所惑。一聽其言。便命伯邑考叩見妲己。邑考朝拜畢。妲己曰。伯邑考。聞你善能鼓琴。你今試撫一曲。何如。邑考奏曰。娘娘在上。臣聞父母有疾。為人子者。不敢舒衣安食。今犯臣父七載羈囚。苦楚萬狀。臣何忍蓬視其父。敢為喜悅。而鼓琴哉。況臣心碎如麻。安能宮商節奏。有辱聖聽。紂王曰。邑考你當此景。撫操一曲。如果孤便赦你父子歸國。邑考你聽見此言。大喜謝恩。紂王傳旨取琴一張。邑考盤膝坐在地上。將琴放在膝上。十指尖尖。撥動琴絃。撫弄一曲。名曰風入松。

（眉批）雅樂可挑塵襟。鼓吹亦健脾胃。看所用之地何如耳。妲己此身不作。

楊柳依依弄曉風，　桃花半吐映日紅。
芳草綿綿鋪錦繡，　任他車馬各西東。

邑考彈至曲終。只見音韻幽揚。真如戞玉鳴球。萬壑松濤清婉欲絕。令人塵襟頓爽。恍如身在瑤池鳳闕。而笙簧簫管。檀板謳歌。覺俗氣逼人耳。誠所謂此曲祇應天上有。人間能得幾回聞。紂王聽罷。心中大悅。對妲己曰。真不負御妻所聞。邑考此曲。可稱盡善盡美。妲己奏曰。伯邑考之琴。天下共聞。今親覩其人。所聞未盡所見。紂王大喜。傳旨摘星樓排宴。妲己偷睛看邑考面如滿月。丰姿俊雅。一表非俗。其風情嬝嬝

托付南公適孩兒親往朝歌面君以進貢為名請贖父罪母親兒伯邑考堅執要去只得依允分付曰孩兒此去須要小心邑考辭出竟到殿前與弟姬發言曰兄弟好生與眾兄弟和美不可改西岐規矩我此去朝歌多則三月少則二月即便回程邑考分付收拾寶物進貢擇日起行姬發同文武九十八弟在十里長亭餞別邑考與眾人飲酒作辭一路前揚鞭縱馬過了些紅杏芳林行無限柳陰古道伯邑考與從人一日行至汜水關關上軍兵見兩杆進貢旛憧上書西伯侯旗號軍官來報主帥守關總兵韓榮

命開關邑考進關一路無辭行過五關求到汜水縣渡黃河至孟津進了朝歌城皇華館驛安下次日邑驛丞丞相府住在那裡驛丞答曰在太平街笑曰邑考來至午門并不見一員官走動又不敢擅入午門往返五日邑考素縞抱本立于午門外少時只見一位大臣騎馬而至乃亞相比干也伯邑考向前跪下比干問曰塔下跪者何人邑考答曰吾乃犯臣姬昌子伯邑考比干聞言滾鞍下馬以手相扶曰賢公子請起二人立在午門外比干問曰公子為何事至此邑考答曰父親得罪與天子蒙丞相保護得全性

命此恩真天高地厚愚父子弟兄銘刻難忘只因七載光陰父親久羈羑里人子何以得安想天子必思念循良豈肯甘為魚肉邑考與散宜生共議將祖遺鎮國異寶進納王廷代父贖罪萬望丞相開天地仁慈之心憐姬昌久羈羑里之苦倘蒙賜骸骨得歸故土真恩如太山德如淵海西岐萬姓無不感念丞相之大恩也比干答曰公子納貢乃是何寶伯邑考曰自始祖竇父所遺七香車醒酒氈白面猿猴美女十名代父贖罪比干曰七香車有何貴乎邑考答曰香車乃軒轅皇帝破蚩尤于比海遺下此車若人坐

上面不用推引欲東則東欲西則西乃傳世之寶也醒酒氈倘人醉酩酊臥此氈上不消時刻卽醒白面猿猴雖是畜類善知三千小曲八百大曲能嘔筵前之歌善為掌上之舞真如嚦嚦鶯簹翩翩弱柳比干聽罷此寶雖妙今天子失德又以游戲之物進貢正是助桀為虐燮惑聖聰反加朝廷之亂無奈公子為父羈囚行其仁孝一點真心此本我替公子轉達天聽不負公子來意耳比干往摘星樓下候肯奉御官啟奏亞相比干見駕紂王曰宣比干上樓比干上樓朝見王曰朕無肯宜召卿有何奏章比干奏曰臣啟

了七十里至西岐城。眾民進城觀看景物。民豐物阜。行人讓路老幼不欺。市井謙和。真乃堯天舜日。別是一番風景。眾民作一手本投遞上大夫府。散宜生接看手本。翌日伯夷考傳命阮朝歌逃民因紂王失政。阮歸吾土無妻者給銀與他娶妻。又與銀子。令眾人儼居安處。鰥寡孤獨者在三濟倉造名自領口糧宜生領命夷考曰父王囚羑里七年。孤欲自往朝歌代父贖罪不知卿等意下如何。散宜生奏曰。臣啟公子。主公臨別之言七年之厄已滿災完難足自然歸國。不得造次有違主公臨別之言。如公子與心不安可

470

差一士卒前去問安。亦不失為子之道。何必自馳鞍馬身臨險地哉。伯夷考嘆曰。父王有難七載禁于異鄉。舉目無親。為人子者與心何忍。所謂立國立家徒為虛設。要我等九十九子何用。我自帶祖遺三件寶貝往朝歌進貢以贖父罪。伯夷考此去不知吉凶如何且聽下回分解。

總批

紂王用刑極慘。良心喪盡其欲不忘國者央。無是理。況荒淫無度土木煩興。茶毒生靈天愁民怨雖有善人無復能為之矣。況逆諫殺忠黃考去國乎。所以自古無道之君。必首稱

471

又批

桀紂其來信有自也。

又批

子牙乃一代偉人封侯拜將開周家八百年元勳何等力量而不能無兒女子之態觀其與馬氏留戀代逃民求釋都是可笑事多此無限轉折其然豈其然乎。婦人見識是極小的原不可責備他況無限鬚眉男子也不知錯認了多少英雄豪傑何嘗與塵埃中識得天子宰相其此質者幸為兇之

472

第十九回　伯邑考進貢贖罪

詩曰

忠臣孝子死無辜。只為殷商有怪狐。
淫亂不羞先薦恥。貞誠豈畏後來誅。
寧甘萬刃留青白。不受千嬌學獨夫。
史冊不污千載恨。令人揩淚如珠。

話說伯邑考要往朝歌為父贖罪。時有上大夫散宜生阻諫。公子立意不允。隨進宮辭母太姬。要往朝歌贖罪。太姬曰汝父被囚羑里。西岐內外事托付何人考曰內事托與兄弟。外事托付與散宜生軍務

473

怎肯欺君誤國害民傷才因此直諫天子不聽反欲
加刑于我我本當以一死以報爵祿之恩奈尚天數
未盡蒙恩赦宥放歸故鄉因此行到貴治偶見許多
百姓攜男挈女扶老攜幼悲號苦楚甚是傷情如君
執回又懼炮烙藁盆搩刑惡法殘缺股體骨粉魂消
可憐民死無辜怨魂懷屈今尚觀之心定可憐故不
辭愧而奉詔卒顏懇求賜眾民出關黎庶從死而之
生將軍真天高海闊之恩實上天好生之德張鳳聽
罷太怒言曰汝乃江湖術士一旦富貴不思報本于
君恩反以巧言而惑我兒逃民不忠若聽汝言亦陷

此辱原是自己討的

我以不義我受命執掌關監豈進臣子之節逃民
玩法不守國規宜當拿解于朝歌自思只是不放過
此關彼自然回國我已自存一棧之生略矣若論國
法連汝例解回朝以正國典奈吾初會斬且姑免嗄
兩邊把姜尚父將出去眾人一聲喝把子牙推將出
來子牙滿面羞愧眾民見子牙回來問曰姜老爺張
老爺可放我等出關子牙曰張總兵連我此要拿進
朝歌城去是我說過了眾人聽罷齊聲叫苦七八百
黎民號啕痛哭哀聲徹野子牙看見不忍子牙曰你
們眾民不必啼哭我送你們出五關去有等不知事

的黎民聞知此語只說寬慰他乃曰老爺也出不去
怎講救我們內中有知道的哀求曰老爺若肯救拔
真是再生之恩子牙道你們要出五關者到黃昏時
候我伴你等閉眼你等就閉眼若聽得耳內風響不
要睜眼若開了眼時跌出腦子來不要怨我眾人應
成了子牙到一更時候望崑崙山拜罷口中念念有
詞一聲響這一會子牙土遁救出萬民眾人只聽的
風聲颯颯不一會四百里之程出了臨潼關過潼關穿
雲關界牌關汜水關到金鷄嶺子牙收了土遁眾民
落地子牙曰眾人開眼眾人睜開了眼子牙曰此處

乃是汜水關外金鷄嶺乃西岐州地方你們好好去
罷眾人叩頭謝曰老爺天垂甘露普救羣生此恩此
德何日能報眾人拜別不題且說子牙往磻溪隱晴
有詩為証。
棄却朝歌遠市塵。法施土遁救民愁。
閑居渭水垂竿待。只等風雲際會緣。
武吉災殃為引道。飛熊仁兆主求賢。
八十纔逢明聖主。方立周朝八百年。
話說眾民等待天明果是西岐地界過了金鷄嶺便
是首陽山走過燕山又過了白柳村前至西岐山逃

常言道心去意難留，勉強終非是好結果。子牙曰：長兄嫂在上，馬氏隨我一場，不曾受用一些，我心不忍離他，他倒有離我之心，長兄分付我就寫休書與他。子牙寫了休書拿在手中。娘子書在我手中，夫妻還是團圓的；你接了此書，再不能完聚了。馬氏伸手接書，全無半毫顧戀之心。子牙嘆曰：青竹蛇兒口，黃蜂尾上針，兩般由自可，最毒婦人心。馬氏妝拾回家改節去了不題。子牙打點起行，作辭宋異人、嫂嫂孫氏。姜尚蒙兄嫂看顧挑携，不期有今日之別。異人治酒與子牙餞行，飲罷遠送一程，因問曰：賢弟往那裡去？

子牙曰：小弟別兄往西岐做些事業。異人曰：倘賢弟得意時可寄一音，便我也放心。二人洒淚而別。

異人送別在長途，兩下分離心思孤。只為金蘭恩義重，幾回搔首意踟躕。

話說子牙離了宋家庄，取路往孟津，過了黃河，徑往澠池縣，往臨潼關來。只見一起朝歌奔逃百姓，有七八百黎民，父攜子哭，弟為兄悲，夫妻淚落，男女悲哭之聲，紛紛載道。子牙見而問曰：你們是朝歌的民？內中也有人認的是姜子牙，眾民叫曰：姜老爺，我等是朝歌民，因為紂王起造鹿臺，命崇侯虎監督，那天殺的奸臣，三丁抽二，獨丁赴役，有錢者買閒在家，累死數萬人夫，屍填鹿臺之下，晝夜無息，我等經不得這等苦楚，故此逃出五關，不期總兵張老爺不放我們出關。若是拿將回去，死于非命，故此傷心啼哭。子牙曰：你們不必如此，待我去見張總兵，替你們說個人情，放你們出關。眾人謝曰：這是老爺天恩，普施甘露，枯骨重生。子牙把行囊與眾人看守，獨自前往張總兵府來。眾人問曰：那裡來的？子牙曰：煩你通報商都下大夫姜尚來拜你。總兵門上人來報：老爺，商都下大夫姜尚來稟。張鳳想下大夫姜尚來拜，他是文官，我乃武官，他近朝廷，我居關隘，百事有煩他。急命左右請進。子牙道家打扮，不曾公服，逕往裡面見張鳳。鳳一見子牙道服而來，便坐而問曰：來者何人？子牙曰：吾乃下大夫姜尚是也。鳳問曰：大夫為何道服而來？子牙答曰：卑職此來，不為別事，單為眾民苦切。天子不明，聽妲己之言，廣施土木之功，興造鹿臺。崇侯虎督工盡意彼，陷虐萬民，貪圖賄賂，周惜民力。況四方兵戈未息，上天示儆，水旱不均，民不餘生，天下失望，黎庶遭殃。可憐累死軍民，填于臺內。荒淫無度，奸臣蠱惑天子，狐媚巧閉聖聽。命吾督造鹿臺，我

〔458〕

逃奔四方崇侯虎仗勢虐民可憐老少累死不計其
數皆填于鹿之內朝歌變亂逃亡者甚多不表候虎
監督臺工且說子牙借水遁回到宋異人庄上馬氏
接住恭喜大夫今日回家子牙曰我如今不做官了
馬氏大驚為何事來子牙曰天子聽妲巳之言起造
鹿臺命我督工我不忍萬民遭殃黎庶有難是我上
一本天子不行被我直諫聖上大怒把我罷職歸田
我想紂王非吾之主娘子我同你往西岐去守時候
命我一日時來運至官居顯爵一品當朝人臣第一
方不負吾心中實與子馬氏曰你又不是文家出身不

〔459〕

〔眉批：富時也　分科甲　丁藝一　吠〕
〔眉批：其是也　該咲今　目何多　婦人之　兒也〕

過是江湖一術士天幸做了下大夫感天子之德不
淺今命你造臺乃看顧你監工兒錢粮旣多你不管
甚東西也賺他些回來你多大官也上本諫言還是
你無福只是個術士的命子牙曰娘子你放心是這
樣官未展我胸中才學難遂我平生之志你且收拾
行裝打點同我往西岐去不日官居一品位列公卿
你授一品夫人身着霞帔頭帶珠冠榮耀西岐不枉
我出仕一番馬氏咲曰子牙你說的是失時話現成
官你沒福做到去空拳隻手去別處尋這不是折得
你若思亂想走接無路拎近求遠尚望官居一品天

〔460〕

〔眉批：此鼠　京更多　迅曰兩〕

子命你監造臺工明明是看你你做的是那裡清官。
如今多少大小官員都是隨時而已子牙曰你女人
家不知遠大天數有定遲早有期各自有主你與我
同到西岐自有下落一日時來富貴自是不淺馬氏
曰姜子牙我和你緣分夫妻只到的如此我生長朝
歌決不往他鄉外國去從今說過你行你的我幹我
的再無他說子牙曰娘子此言錯說了嫁鷄怎不逐
鷄飛夫妻豈可分離之理馬氏曰妾身原是朝歌女
子那裡去離鄉背井子牙你從實些寫一紙休書與
我各自後生我決不去子牙曰娘子隨我去好一日

〔461〕

〔眉批：這老兒　轉有些　娶子氣　不像拜　將封侯　氣像〕

身榮無邊富貴馬氏曰我的命只合如此也受不起
大福分你自去做一品顯官我在此受些窮苦你再
娶一房有福的夫人罷子牙曰你不要後悔馬氏曰
是我造化低決不後悔子牙點頭嘆曰你小看了我。
旣嫁與我為妻怎不隨我去必定要你同行馬氏大
怒罵子牙你好就與你好開交如要不肯我與父兄
說知同你進朝歌見天子也講一個明白夫妻二人
正在此關口有宋異人同妻孫氏來勸子牙同賢弟
當初這一件事是我作的弟婦旣不同你去就寫一
紙休書與他賢弟乃奇男子豈無佳配何必苦苦留戀他

〔眉批〕以非刑刑紂王，又啓又臨，可謂獨夫。

不能磐石。臣不忍朝歌百姓。受此塗炭。願陛下速止
臺工。民心樂業。庶可救其萬一。不然民一離心。則萬
民荒亂。古云。民亂則國破。國破君王亡。只可惜六百
年以定華夷。一旦被他人所擄矣。紂王聽罷。大罵。匹
夫把筆書生。焉敢無知。直言犯王。命奉御官。將此匹
夫挽去二目。朕念前歲有功。姑恕他一次。楊任復奏曰。臣
雖挽目不辭。只怕天[illegible]諸侯有不忍臣之挽目之苦
也。奉御官把楊任挽下樓。一聲响。挽二目獻上樓來。
且說楊任忠肝義胆。實為紂王。雖挽二目。忠心不滅。
一道怨氣。直冲在青峰山紫陽洞青虛道德真君面

〔眉批〕謂上天不足異。

前真君早解其意。命黃金力士。可救楊任。回山力士
奉旨至。摘星樓下。用三陣神風。異香遍滿。摘星樓平
地播起塵土。揚起沙灰。一聲响。楊任尸骸竟不見了
紂王急往樓內。避其沙土。不一時。風息沙平。兩邊啓
紂王曰。楊任尸首風刮不見了。紂王嘆曰。似前奏
朕斬太子也。被風刮去。似此等事。皆係常事。不足怪
也。紂王謂妲巳曰。鹿臺之功。已詔候虎。楊任諫朕自
取其禍。速詔崇候虎侍駕官。催詔去了。且說楊任的
魄被力士攝上紫陽洞。回真君法旨。道德真君出
洞來。命白雲童兒。葫蘆中取二粒仙丹。將楊任眼睛

裡放二粒仙丹。真人用先天真氣。吹在楊任面上。喝
聲楊任不起。更待何時。真是仙家妙術。起死回生。只
見楊任眼眶裡。長出兩隻手來。手心裡生兩隻眼睛。
此眼上看天庭。下觀地穴中。識人間萬事。楊任立起
半晌定省。見自巳目化奇形。見一道人立在山洞前
楊任問曰。道長此處莫非幽冥地界。真君曰。非也。此
處乃青峰山紫陽洞。貧道是煉氣士青虛道德真君
因見子有忠心赤胆。直諫紂王。憐救萬民。身遭挽目
之災。貧道憐你陽壽不絕。救你上山。後輔周王成其
正道。楊任聽罷。拜謝曰。弟子蒙真君憐救指引。重生

再見人世。此恩此德。何敢有忘。望真君不棄。願拜為
師。楊任就在青峰山居住。後只待破瘟黃陣。下山助
子牙成功。有詩曰。

大夫直諫犯非刑，　挽目傷心不忍聽。
不是真君施妙術，　為能兩眼察天庭。

不說楊任居此安身。且說紂王詔崇候虎。督造鹿臺。
此臺功成浩瀚。勞動無限錢糧。無限人夫。搬運木柏
泥土磚瓦。絡繹之苦。不可勝計。各州府縣。軍民三丁
抽二。獨丁赴役。有錢者買閒在家。無錢者任勞累死。
萬民驚恐。日夜不安。男女慌慌。軍民塞怨。家家閉戶。

這箇教　死法故　敢避戲　三昧

不知子牙借水遁去了。承奉官往摘星樓回旨王曰。
好了這老匹夫。且不表紂王話說子牙授水橋下。有
四員執殿官扶着欄杆看水嗟嘆適有上大夫楊任。
進午門見橋邊有執殿官伏着望水。楊任問曰你等
在此看甚麼執殿官曰啟老爺下大夫姜尚投水而
死楊任曰為何事執殿官答曰不知楊任進文書房
看本章不提。且說紂王與妲己議鹿臺差那一員官
監造妲己奏曰若造此臺非崇候虎不能成功紂王
准行。差承奉宣崇候虎。承奉得旨出九間殿往文書
房來見楊任楊任問曰下大夫姜子牙何事忤君曰

此承奉　亦是鐵　宇錚着

投水而死。承奉答曰天子命姜尚造鹿臺姜尚奏事
忤旨因命承奉拿他。他跑至此投水而死。今詔崇候
虎督工楊任問曰何為鹿臺承奉答曰蘇娘娘獻的
圖樣高四丈九尺上造瓊樓玉宇殿閣重簷瑪瑙砌
就欄杆珠玉粧成樑棟今命崇候虎監造甲職見天
子所行皆桀王之道不忍社稷坵墟特來見大夫大
人秉忠諫止土木之工救萬民搬泥運土之苦免商
賈有陷血本之殃此大夫愛育天下生民之心可描
楊於世世矣楊任聽罷謂承奉曰你且將此詔停止
待吾進見聖上再為施行。楊任逕往摘星樓下候旨

紂王宣楊任上樓見駕王曰卿有何奏章楊任奏曰。
臣聞治天下之道君明臣直言聽計從為師保是用。
忠良是親奸佞日遠和外國順民心功賞罪罰莫不
得當則四海順從八方仰德仁政施于人則天下景
從萬民樂業此乃聖王之所為今陛下信后妃之言,
而忠言不聽建造鹿臺陛下只知行樂懼娛歌舞宴
賞作一巳之樂致萬姓之愁臣恐陛下不能享此樂
而先有腹心之患矣陛下若不慈為整飭臣恐陛下
之患不可得而治之矣王上三害在外。一害在內陛
下聽臣言其外三害。一害者東伯侯姜文煥雄兵百

何當時　如此乂　可怒戰

萬欲報父仇游魂關兵無寧息屢折軍威苦戰三年
錢糧盡費根草日艱此為一害。二害者南伯侯鄂順
為陛下無辜殺其父親大勢人馬盡夜攻取三山關
鄧九公亦是苦戰多年庫藏空虛軍民失望此為二
害三害者。死聞太師遠征北海。大敵十有餘年。今且
未能返國勝敗未分陛下何苦聽信讒言。
殺戮正士狐媚偏於信從讒言致之不問小人日近
于君前君子日聞于退避宮幃竟無內外貂璫素亂
深宮。三害荒荒八方作亂陛下不容諫官有阻忠耿
今又起無端造作廣施土木不惟社稷不能莫安宗

又批

婦人陰物也美婦陰之極者也惟陰最毒惟
陰之極者為極毒妲巳美婦也故所鍾之毒
巳極而設施憐惡亦極其毒或曰然則醜婦
乃得陰之輕者乎予曰無鹽東施自是楊榜
然則今人又極喜美色者何多也予曰自□
及今你見幾曾做出好事來。

446

第十八回　子牙諫王隱磻溪

詩曰

渭水潺潺日夜流。
當時未入飛熊夢
子牙從此獨垂釣，
幾向斜陽嘆白頭

話說子牙看罷圖樣王曰此臺多少月期方可完得
此工尚奏曰此臺高四丈九尺造瓊樓玉宇碧檻雕
獨工成浩大若完臺工非三十五年不得完成紂王
聞奏對妲巳曰御妻姜尚奏朕臺工要三十五年方
成朕想光陰瞬息歲月如流年少可以行樂若是如
此人生幾何安能長在造此臺實為無益妲巳奏曰

447

姜尚乃方外術士總以一派誣言那有三十五年完
工之理狂悖欺主罪當炮烙紂王曰御妻之言是也
傳奉官可與朕拿姜尚炮烙以正國法子牙曰臣啟
陛下鹿臺之工勞民傷財愿陛下且息此念頭切為
不可今四方刀兵亂起水旱頻仍府庫空虛民生日
促陛下不留心邦本與百姓養和平之福日荒淫於
酒色遠賢近佞荒亂國政殺害忠良民怨天愁累示
警報陛下全不修省今又聽狐媚之言妄興土木陷
害萬民臣不知陛下之所終矣臣受陛下知遇之恩
不得不瀝膽披肝冒死上陳如不聽臣言又見桀王

448

光昴其　笑可哎

造瓊宮之故事耳可憐社稷生民不久為他人之所
有臣何忍坐視而不言紂王聞言大罵匹夫為敢謗
謗天子令兩邊承奉官與朕拿下醢尸韲粉以正國
法眾人方欲向前子牙抽身望樓下飛跑紂王一見
且怒且咲御妻你看這老匹夫聽見拿之一字就跑
了禮節法度全然不知那有一個跑了的傳旨命奉
御官拿來眾官趕于牙過了龍德殿九間殿子牙至
九龍橋只見眾官趕來甚急子牙曰本奉官不必趕
我莫非一死而已挨着九龍橋欄杆望下一擦把水
打了一個窟籠眾官急上橋看水星見也不冒一個

449

惟日不足又信然

正任意荒淫。一日妲巳忽然想起。玉石琵琶精之恨。
設一計要害子牙。那日在摘星樓與紂王
飲宴酒至半酣妲巳曰妾有一圖畫獻與陛下一觀
王曰取來朕看妲巳命宮人將畫又挑起紂王曰此
畫又非翎毛又非走獸又非山景又非人物上畫一
臺高四丈九尺殿閣巍峩瓊樓玉宇瑪瑙砌就欄杆
明珠糚成樑棟夜現光華照耀瑞彩名曰鹿臺妲巳
奏曰陛下萬聖至尊貴為天子富有四海若不造此
臺不足以壯觀瞻此臺真是瑤池玉闕閬苑蓬萊陛
下早晚宴于熹上自有仙人仙女下降陛下得與真

仙遨遊延年益壽祿算無窮陛下與妾共明福庇永
享人間富貴也王曰此臺工成浩大命何官督造妲
巳奏曰此工須得才藝精巧聰明賢智深識陰陽洞
曉生克以妾觀之非下大夫姜尚不可紂王聞言即
傳旨宣下大夫姜尚使臣往比干府宣召姜尚比干
慌忙接旨使臣曰肯意乃是宣下大夫姜尚子牙即
忙接旨謝恩曰天使大人可先到午門畢職就至使
臣去了子牙暗起一課早知今日之危子牙對比干
謝曰姜尚荷蒙大德提携並早晚指教之恩不期今
日相別此恩此德不知何時可報比干曰先生何故

敲兄如此解之無益子牙自為達人

出此言子牙曰尚占運命。主今日不好有害無利。有
凶無吉比干曰先生又非諫官在位兄且不久面君
以順為是何害之有子牙曰尚有一束帖壓在書房
硯臺之下但丞相有大難臨身無處解釋可觀此東。
庶幾可脫其危乃早職報丞相湔洫之萬一耳從今
一別不知何日能再覩尊顏子牙作辭比干着實不
恕先生果有災迍待吾進朝面君可保先生無虞子
牙曰數以如此不必動勞反累其事比干相送子牙
出相府上馬來到午門遜至摘星樓候占泰御官宜
上摘星樓見駕紂王曰卿與朕符勞。起造鹿臺俟功

成之日。加祿增官朕。決不食言。圖樣在此子牙一在
高四丈九尺上造瓊樓玉宇殿閣重簷瑪瑙砌就欄
利寶石糚成樑棟子牙看罷暗想朝歌非吾久居之
地且將言語感悟這昏君昏君必定不聽殘怒我就
此脫身隱了何為不可畢竟不知子牙凶吉如何且
聽下回分解

　　總批
蠆盆慘惡毒極千古真令人神共怒則焚屍
懸首不足以盡其辜而妲巳亦當服此極刑
可惜止戮首棄街至今猶令人不平。

夫怎敢無知侮謗聖君，罪在不赦，呼左右即將此匹夫剝淨，送入蠆盆，以正國法。眾人方欲來拿，被膠鬲大喝曰，昏君無道，殺戮諫臣，此國家大患，吾不忍見成湯數百年天下一旦付於他人，雖死我不瞑目。況吾官居諫議，怎入蠆盆，手指紂王大罵昏君，這等橫暴，終應西伯之言，大夫言罷，望摘星樓下一躍撞下來，跌了個腦漿迸流，並死于非命。有詩為証。

赤膽忠心為國憂　先生撞下摘星樓
早知天數成湯滅　可惜捐軀血水流

話說膠鬲墜樓，粉骨碎身，紂王看見，更覺大怒傳旨

將宮女推下蠆盆，連膠鬲兩一齊喂了蛇蝎，可憐七十二名宮人齊聲高叫，皇天后土，我等又未為非遭此慘刑，妲巳賤人，我等生不能食汝之肉，死後定噬汝陰魂。紂王見宮人落于坑內，餓蛇將宮人盤繞吞咬，皮膚鑽入腹內，苦痛非常，妲巳曰，若無此刑焉得除宮中大患，紂王以手拂妲巳之背曰，喜似這等奇法，妙不可言，兩邊宮人心酸膽碎。有詩為証。

蠆盆蛇蝎勢獰獰　宮女遭殃入此坑
一見魂飛千里外　可憐慘死勝油烹

話說紂王將宮人入于坑內以為美刑，妲巳又奏曰

陛下可再傳旨，將蠆盆左邊掘一池，右邊挖一沼，池中以糟丘為山，右邊以酒為池，糟丘山上用樹枝插滿，把肉披成薄片掛在樹枝之上，名曰肉林，右邊將酒灌滿，名曰酒海，天子富有四海，原該亨無窮富貴，此肉林酒海非天子之尊不得妄自尊亨，此紂王曰，御妻異製奇觀，真堪玩賞，非奇思妙想不能有此，隨傳旨依法製造，非止一日，將酒池肉林造的完全，紂王設宴與妲巳玩賞，肉林酒池正飲之間，妲巳奏曰，樂聲頻歇，歌唱尋常，陛下傳旨命宮人與窰官撲跌，得勝者池中賞酒，不勝者乃無用之婢，侍于御前，有

辱天子，可用金瓜擊頂，放于糟內，妲巳奏畢，紂王無不聽從，傳旨命宮人窰官撲跌，可憐這妖孽在宮中無所不為，宮窰遭殃，傷殘民命，看官他為何事要將宮人打死入在糟內，妲巳或二三更現出元形要吃糟內宮人，以血食養他妖氣，惑于紂王。有詩曰。

懸肉為林酒作池　紂王無道類窮奇
蠆盆怨氣冲霄漢　炮烙精魂傷火炊
文武無心扶社稷　軍民有意破宮禰
將來國土何時盡　戊午旬中甲子期

話說紂王聽信妲巳，造酒池肉林，一無忌憚，朝綱不

一齊叫苦。那日膠鬲在文書房，也為這件事，遂目打聽，只聽得一陣悲聲慘切。大夫出的文書房來見執殿官，怱怱來報啟老爺。前日天子取蛇放在大坑中。今日將七十二名宮人選剝入坑，餵此蛇蝎甲職探聽得實前來報知，膠鬲聞言心中甚是激烈，迤進內庭，過了龍德殿，迤分宮樓迄至摘星樓下。只見眾宮人赤身縛肯，淚流滿面，哀聲叫苦，懷慘難觀，膠鬲南嚀聲大叫曰：此事豈可行，膠鬲有本啟奏紂王正要看毒蛇咬食宮人以為取樂。不期大夫膠鬲啟奏紂王宣膠鬲上樓俯伏王前曰：朕無吉意，卿有何奏章膠

鬲泣而奏曰：臣不為別事。因見陛下橫刑慘酷，民遭荼毒。君臣聯隔，上下不相交接，宇宙已成否塞之像今陛下又用這等非刑，宮人得其何罪？昨日臣見萬民交納蛇蝎，人人俱有怨言，今旱潦頻仍。況且買蛇百里之外，民不安生，臣聞民貧則為盜，盜聚則生亂況且海外烽烟，諸侯離叛，東南二處，刻無寧宇，民日思亂，刀兵四起，陛下不修仁政，日行暴虐，自從盤古至今，并不曾見此刑為何名？那一代君王所製，王曰宮人作弊，無法可除，往往不息，故設此刑，名曰蠆盆，膠鬲奏曰：人之四肢，莫非皮肉，雖有貴賤之殊，總是

一體。今入坑穴之中，毒蛇吞咬，苦痛傷心，陛下觀之其心何忍，聖意何樂。況宮人皆係女子，朝夕宮中，侍陛下于左右，不過役使，有何大繁，遭此慘刑，望陛下憐救宮人，真皇上浩蕩之恩，體上天好生之德，王曰卿之所諫，亦似有理，但肘腋之患發，不及覺豈得以草率之刑治之。況婦等陰謀險毒，不如此彼未必知警耳，膠鬲厲聲言曰：君乃臣之元首，臣是君之股肱。又曰：宣聰明，作元后，作民父母，今陛下忍心委德不聽臣言，妄行暴虐，罔有悛心。使天下諸侯懷怨東伯侯無辜受戮，南伯侯屈死朝歌，諫官盡遭炮烙

今無辜宮娥，又入蠆盆，陛下只知歡娛于深宮，信讒聽佞，荒淫酗酒，真如重疾在心，不知何時樂極禍敗，所謂大癰既潰，命亦隨之。陛下不一思省，只知縱慾敗度，不想國家何以如磐石之安，可惜先王克勤克儉敬天畏民，民方保社稷，太平華夷率服，陛下當收惡從善。親賢遠色，退佞進忠，庶幾宗社可保，國泰民安生民幸甚。臣等日夕憔心，不忍陛下淪於昏瞶，黎民離心離德，禍生不測，所謂社稷宗廟，非陛下之所有也。臣何忍深言，望陛下以祖宗天下為重，不得妄聽女寺之言，有費忠諫之語，萬民幸甚，紂王大怒曰：好匹

（眉批）妲巳可為從古第一惡端

430

的内有奉御官查得原是中宮姜娘娘侍御宮人妲
巳怒曰你主母謀逆賜死你們反懷忿怒久後必成
宮闈之患奏與紂王紂王大怒傳旨拿下樓俱用金
爪打死妲巳奏曰陛下且不必將這起逆黨擊頂暫
且送下冷宮妾有一計可除宮中大弊奉御官將宮
女送下冷宮且說妲巳奏紂王曰將摘星樓下方圓
開二十四丈闊深五丈陛下傳旨命都城萬民每一
戶紉蛇四條都放于此坑之內將作弊宮人選剝乾
淨送下坑中喂此毒蛇此刑名曰蠆盆紂王曰御妻
之奇法真可剔除宮中大弊天子隨傳旨意張掛各

431

（眉批）惡極

門國法森嚴萬民遭累勒令限期往龍德殿交蛇衆
民曰且進于朝中併無內外法紀全消朝延失政不
止一日衆民納蛇都城那裡有這些蛇俱到外縣賣
蛇交納一日文書房膠甬官居上大夫在文書房裡
看天下本章只見衆民或三兩成行四五一處手提
筐籃進九間大殿大夫問執殿官這些百姓手提筐
籃裡面是甚麼東西執殿官答曰萬民交蛇大夫大
驚曰天子要蛇何用執殿官曰甲職不知大夫出文
書房到大殿衆民見大夫叩頭膠甬曰你等拿的甚
麼東西衆民曰天子榜文張掛各門每一戶交蛇四

432

條都城那裡計多蛇俱是百里之外賣蛇交納不知
聖上那裡用膠甬曰你們且去交蛇衆民去了大夫
進文書房不看本章只見武成王黃飛虎比干徵子
箕子楊任楊修俱至相見禮畢膠甬曰列位大人可
知天子令百姓每戶納蛇四條不知取此何用黃飛
虎答曰末將昨日看操回來見衆民言天子張掛榜
文每戶交蛇四條紛紛不絕俱有怨言因此今日到
此請問列位大人必知其詳比干箕子曰我等一宇
也不知黃飛虎曰列位既不知道呌執殿官過來你
聽我分付你上心打聽天子用此物做甚麼事若得

433

（眉批）惡極

重賞你執殿官領命去乞衆官隨
散不表且說衆民又過五七日蛇巳交完收蛇官往
摘星樓回旨奏曰都城衆民交蛇以完奴婢回旨紂
王問妲巳曰坑中蛇巳完了御妻何以治此妲巳曰
陛下傳旨可將前日暫寄不遊宮人選剝乾淨用
繩縛背推下坑中喂此蛇蝎若無此极刑宮中深弊
難除奸宮所設此刑真是除奸之要決既以
蛇完命奉御官將不遊宮前月送下宮人綁山推落
蠆盆奉御官得旨不一時將宮人綁至坑邊那宮人
一見蛇蝎猙獰揚頭吐信惡相難看七十二名宮人

方哄動萬民又得此琵琶精來筭命方能驚動夫子然而劉乾妖精亦不可認作惡相識

又批

當日眾人只見女子不知是妖怪子牙見是妖怪不是女子請問今人畢竟妖怪是女子女子還是妖怪悟此方是達者

426

第十七回　紂王無道造蠆盆

詩曰

蠆盆極惡已瀰天　宮女無辜血肉朘
婚骨已無埋玉處　芳魂猶帶穢腥羶
故園有夢空歌月　此地沉寃未息肩
怨氣漫漫天應慘　周家世業更安然

話說子牙用三昧真火燒這妖精此火非同凡火從眼鼻口中噴將出來乃是精氣神煉成三昧養就離精與凡火共成一處此妖精怎麼經得起妖精在火光中扒將起來大叫曰姜子牙我與你無冤無讎怎

427

牙雙手齊放只見霹靂交加一聲響亮火滅烟消現出一面玉石琵琶來紂王與妲己曰此妖已現真形妲己聽言心如刀絞意似油煎暗暗叫苦你來看我回去便罷了又笑甚麼今遇惡人將你原形燒出使我肉身何安我不殺姜尚誓不與匹夫俱生妲己只得勉作笑容啟奏曰陛下命左右將玉石琵琶取上樓來待妾上了絲絃早晚與陛下進御取樂妾觀姜尚才術兩全何不封彼在朝保駕王曰御妻之言

428

甚善天子傳旨且將玉石琵琶取上樓來姜尚聽朕封官拜下大夫特授司天監職隨朝侍班子牙謝恩出午門外冠帶回宋異人庄上異人設席欵待觀友俱來恭賀飲酒歡日子牙復往都城隨朝不表且說妲己把玉石琵琶放于摘星樓上採天地之靈氣受日月之精華巳後五年返本還元斷送成湯天下一日紂王在摘星樓與妲己飲宴酒至半酣妲己歌舞一回與紂王作樂三宮嬪妃六院宮人齊聲喝采內有七十餘名宮人俱不喝采眼下且有淚痕妲己看見停住歌舞查是那七十餘名宮人原是那一

429

衆民圍住子牙。子牙拖着妖精往午門來，比干至摘星樓候旨。紂王宣比干見。比干進內，俯伏陛奏王曰，朕無旨意，卿有何奏章？比干奏曰，臣過南門，有一術士筭命。只見一女子筭命，術士看女子是妖精不是人，便將硯石打死。衆民不服，齊言術士愛女子姿色，強姦不從，騁兇將女子打死。臣據術士之言，亦似有理。然衆民之言，又是經目可証。臣請陛下旨意定奪。妲巳在後聽見，此比干奏此事，暗暗叫苦，妹妹你回巢穴去便罷了，筭甚麽命？今遇惡人打死，我必定與你報讐。妲巳出見紂王，妲巳奏聞陛下，丞相所奏真假

難辨。主上可傳旨，將術士連女子拖身，一觀便知端的。紂王曰，御妻之言是也。傳旨命術士將女子拖于摘星樓。見駕旨意，一出子牙將妖精拖至摘星樓。子牙俯伏階下，右手揪住妖精不放。紂王在九曲雕闌之外，王曰，階下俯伏何人？子牙曰，小民東海許州人氏，姓姜名尚，幼訪名師，秘授陰陽，善識妖魅，因尚住居都城南門求食，不意妖氣作怪，來惑小民。尚看破天機，勦妖清于朝野，滅怪靜其宮闕，姜尚一則感皇王都城戴載之恩，報師傅秘授不虚之德。王曰，朕觀此女乃是人像，併非妖邪。若是妖邪

何無破綻。子牙曰，陛下若要妖精現形，可取柴數擔煉此妖精，原形自現。天子傳旨，搬運柴薪至于樓下。子牙將妖精頂上用符印鎮住原形，子牙方放了手。把女子衣裳解開，前心用符，後心用印，治住妖精四肢，拖在柴上，放起火來。好火但見，濃烟籠地角，黑霧鎖天涯。積風生烈焰，赤火冒紅霞。風乃火之師，火乃風之帥。風仗火行，克火以風，為害滔滔。烈火無風，不能成形，蕩蕩狂風，無火焉能取勝。風隨火勢，須臾將燃微天關，火稱風威，須刻間燒開地戶。金蛇串遠，難逃火炙之殃，烈炤圍

紂王原形

身大難飛來怎躲。好似老君扳倒煉丹爐，一塊火光連地滾。子牙用火煉妖精，燒煉兩個時辰，上下渾身不曾燒枯了些。見紂王問亞相比干曰，朕觀烈火焚燒兩個時辰，渾身也不燋爛，真乃妖怪。比干奏曰，若看此事，姜尚亦是奇人，但不知此妖終是何物作怪。王曰，卿問姜尚，此妖果是何物成精？比干下樓問子牙，子牙答曰，要此妖現真形，這也不難，子牙用三昧真火燒此妖精，不知妖精性命如何，且聽下回分解。

總批　子牙筭命尚未逢時，得劉乾一無賴來起課。

妖精進了裡而坐下。子牙曰：小娘子借右手一看。妖精曰：先生算命，難道也會風鑑？子牙曰：先看相後算命。妖精暗笑，把右手遞與子牙看。子牙一把將妖精的寸關尺脉門撚住，將丹田中先天元氣運上火眼金精，把妖光釘住了。子牙不言，只管看着婦人曰：先生不相不言，我乃女流，如何拿住我手，快放手。偏人看着，這是何說，傷人且炙，不知奧妙。齊齊大呼：姜子牙，你年紀老大，怎幹這樣事？你貪愛此女姿色，對眾欺騙，此乃天子曰月脚下，怎這等無知，實為可惡。子

418

牙曰：列位，此女非人，乃是妖精。眾人大喝曰：好胡說，明明一個女子，怎說是妖精？外面圍看的擠嚷不開。子牙暗思，若放了女子，妖精一去，青白難辨，我既在此當除妖怪，顯我姓名。子牙手中無物，止有一紫石硯臺，用手抓起石硯，照妖精頂上智一聲，打得腦漿噴出，血染衣襟。子牙不放手，還搳住了脉門，使妖精不能變化。兩邊人大吼，莫等他走了。眾人齊喊：算命的打死了人。一齊發閧，圍住了子牙命舘。不一時打路的來，乃是丞相比干乘馬來到，問左右為何。眾人喧嚷，眾人齊說：丞相駕臨，拿姜尚夫。見丞相爺比干

419

勒住馬，問甚麼事。內中有報不平的，入跪下啟老爺：此間有一人算命，叫做姜尚，適間有一個女子來算命，他見女子姿色，便欲欺騙，女子貞潔不從。姜尚陡起兇心，提起石硯照頂上一下，打死可憐血濺滿身，死于非命。比干聽罷，大怒，嗊左右拿來子牙。一隻手拖住妖精，拖到馬前跪下。比干曰：看你皓頭白鬚，如何不知國法，曰月欺姦女子良婦不從，為何執硯打死人命關天，豈容惡黨，勘問明白，以正大法。子牙曰：老爺在上，容姜尚稟明。姜尚自幼讀詩書，守禮豈敢違法，但此女非人，乃是妖精，近曰只見妖氣貫

420

于宮中，災星歷遍天下。小人既在輦轂之下，感當今皇上水土之恩，除妖滅怪，蕩魔驅邪，以盡子民之志。此女實是妖怪，怎敢為非，望老爺細察，小民方得生路傍邊。眾人齊齊跪下：老爺，此等江湖術士，利口巧言，遮掩狡詐，蔽惑老爺。眾人經曰明明欺騙不從，逞兇打死。老爺若聽他言，可憐女子卸寃，百姓含屈。此干見眾口難調，又見子牙拿住婦人手不放，比干問曰：那姜尚，婦人已死，為何不放他手，這是何說。子牙答曰：小人若放他手，妖精去了，何以為証。比干問分付眾民：此處不可辨明，待吾啟奏天子，使知清白

421

（眉批）無賴之笑

輕你口裡只管念，不見拿出錢來。子牙曰，課不准，兄便說閒話，課既准，可就送我課錢，如何只管口說。劉乾曰，就把一百二十文都送你也，還虧你姜先生不要急，等我來。劉乾站立簷前，只見南門那邊來了一個人，腰束皮挺帶，身穿布衫，行走如飛。劉乾趕上去一把扯住那人。那曰，你扯我怎的。劉乾曰，不爲別事，扯你箅個命兒。那人曰，我有緊急公文要走路，我不箅命。劉乾道，此位先生課命准的，該照顧他一命，況眾醫薦卜乃是好情。那人曰，兄真個好笑，我不箅命也由我。劉乾大怒，你箅也不箅。那人道，我不箅

（眉批）笑

劉乾曰，你既不箅，我與你跳河，把命配你。一把拽住那人就往河裡跑。眾人曰，那朋友劉大哥分上箅個命罷。那人說，我無甚事，怎的箅命。劉乾道，若箅不准我替你出錢，若准，你還要買酒請我。那人無法，見劉乾克得緊，只得進子牙命舘來。那人是個公差，有緊急事，等不的箅八字，看個卦罷。批下一個帖兒來與子牙看。子牙曰，此卦做甚麼用。那人曰，攄錢糧。子牙曰，卦帖批于，你去自驗，此卦逢于艮，錢糧不必問，等候你多時。一百零三錠。那人接了卦帖，問曰，先生一課該幾個錢。劉乾曰，這課比眾不同，五錢一課。那人

（眉批）懸懸可笑

曰，你又不是先生，你怎麼定價。劉乾曰，不准包同換五錢一課，還是好了。你那人心忙意急，恐悮了公事只得秤五錢銀子去了。劉乾辭謝子牙曰，承兄照顧。眾人在子牙命舘門前看那摧錢糧的如何過了一個時辰，那人押解錢糧到子牙命舘門前，曰，姜先生真乃神仙出世，果是一百零三錠，真不負五錢一課。子牙從此時來，轟動一朝歌軍民人等俱來筭命看課，五錢一命，子牙攄得起的銀子，馬氏歡喜，異人遂心，不覺光陰似箭，日月如梭，半年以後，遠近聞名都來推筭，不在話下。且說南門外軒轅墳中有個

（眉批）妖精巷事

玉石琵琶精往朝歌城來，看妲已便往宮中夜食宮人御花園太湖石下白骨現。天琵琶精看罷出宮，欲回巢穴，駕着妖光，逕往南門過，只聽得哄哄人語擾嚷之聲。妖精撥開妖光看時，却是姜子牙箅命。妖精曰，待我與他推筭，看他何如。妖精一化，變作一個婦人，身穿重孝，扭捏腰肢而言曰，列位君子讓一讓，妾身筭一命。紂時人老誠，兩邊閃開。子牙止看命兒一婦人來的蹊蹺，子牙定睛觀看，認得是個妖精。暗思好孽畜，也來試我眼色，今日不除妖怪，等待何時。子牙曰，列位看命君子，男女授受不親，先讓這小娘子

戶走進命館來看見子牙伏案而臥劉乾把桌子一
拍子牙嚇了一驚揉肩擦目看時那一人身長丈五。
眼露兇光子牙曰兄起身是看命那人道先生上姓
子牙曰在下姓姜名尚字子牙別號飛熊劉乾曰且
問先生袖裏乾坤大壺中日月長這對聯怎麼講子
牙曰袖裏乾坤大乃知過去未來包羅萬象壺中日
月長有長生不死之術劉乾曰先生口出大言既知
過去未來想課是極准的了你與我起一課如准二
十文青蚨如不准打幾拳頭還不許你在此開館子
牙暗想幾個目全無生意今日撞着這一個又是撥

嘴的人子牙曰你取下一卦帖來劉乾取了一個卦
帖兒遞與子牙子牙曰此卦要你依我繳准劉乾曰
必定依你子牙曰我寫四句在帖兒上只管去上面
寫着一直往南走柳陰一老叟青蚨一百二十文四
個點心兩碗酒劉乾看罷此卦不准我賣柴二十餘
年那個與我點心酒吃論起來你的不准子牙曰你
去包你准劉乾挑着柴逕往南走果見柳樹下站立
一老者叫曰柴來劉乾暗想好課果應其言老者曰
這柴要多少錢劉乾答應要一百文少討二十文拗
他一拗老者看看好柴乾的好網子大就是一百文

也罷勞你替我拿進來劉乾把柴拿在門裏落下
草葉來劉乾愛乾淨取掃箒把地下掃得光光的方
繞將尖擔繩子收拾停當等錢老者出來看見地下
乾淨今日小廝勤謹劉乾曰老丈是我掃的老者曰
老哥今日是我小兒娶妻遇着你這好人又買的好
柴老者說罷往裏邊去只見一個孩子捧着四個點
心一壺酒一個碗員外與你吃劉乾嘆曰姜先生真
乃神仙也我把這酒滿滿的斟一碗那一碗淺些也
不筭他准劉乾滿斟一碗在斟第二碗一樣不差劉
乾吃了酒兒老者出來劉乾曰多謝員外老者拿兩

封錢出來先遞與劉乾曰這是你的柴錢又
將二十文遞與劉乾曰今日是我小兒喜辰這是與
你做喜錢買酒吃就把劉乾驚喜無地想朝歌城出
神仙了拿着尖擔逕往姜子牙命館來早辰有人聽
見劉乾言語不妨眾人曰姜先生這劉大不是好惹
的卦如果不准你去罷子牙曰不妨眾人俱在這裏
開站等劉乾來不一時只見劉乾如飛前來子牙問
曰卦准不准劉乾大呼曰姜先生真神仙也好准課
朝歌城中有此高人萬民有福都知趨吉避凶子牙
曰課既准了取謝儀來劉乾曰三十文其實難為你

遠烟迷赤律律，天黃地黑，山紅土赤，煞時間萬物齊崩，閃電光輝，一會家千門盡倒，正是妖氣烈火冲霄漢，方顯龍崗怪物兇。話說子牙在牡丹亭裡見風火影裡五個精靈作怪，子牙忙披髮仗劍，用手一指，把劍一揮，喝聲孽畜不落更待何時，再把手一放，雷鳴空中，把五個妖物慌恓跪倒，口稱上仙，小畜不知上仙駕臨，望乞全生施放大德。子牙喝道，好孽畜，用火毀樓房數次，兇心不息，今日罪惡貫盈，常受誅戮。道罷提劍向前，就斬妖怪。眾怪哀告曰，上仙道心無處不慈悲，小畜得道多年，

一時閒瀆天顏，望乞憐赦令一旦誅戮，可憐我等數年功行付于流水，拜伏在地，苦苦哀告。子牙曰，你既欲生，不許在此擾害萬民，你五畜受吾符命，逕往西岐山欠後搬泥運土，聽候所使，有功之日，自然得共正果。五妖叩頭，逕往岐山去了。不說子牙壓星收妖，且說那日是上樑吉日，三更子時前堂異人待匠。馬氏同姆姆周氏往後園瞞瞞的看子牙做何事，二人來至後園，只聽見子牙分付妖怪。馬氏對孫氏曰，大娘，你聽聽子牙自已說話，這樣人一生不長進。說見話的人，怎得有昇騰日子。馬氏氣將起來，走到子牙

面前問子牙曰，你在這裡與誰講話。子牙曰，你女人家不知道，方繞壓妖。馬氏曰，自已說鬼話，壓甚麼妖。子牙曰，說與你也不知道。馬氏正在園中與子牙分辨。子牙曰，你那裡曉得甚麼，我善能風水，又識陰陽。馬氏曰，你可會算命。子牙曰，命理最精，只是無處開一命館。正言之間，宋異人見馬氏孫氏與子牙說話，異人曰，賢弟方繞雷響，你可曾見些甚麼。子牙把收妖之事說了一遍。異人謝曰，賢弟這等道術，不枉修行一番。孫氏曰，叔叔會算命，却無處開一命館，不知那所在有便房，把一間與叔叔開館也好。與人曰，你

要多少房子，朝歌南門鼎熱鬧，叫後生收拾一間房子與子牙去開命館，這個何難。却說安童將南門房子不日收拾齋整，貼幾個對聯，左邊去妙一團理，右邊是不說尋常半句盧裡邊，又有一對聯云，一張鐵嘴說破人間凶與吉，兩隻怪眼善觀世上敗何與上席，又一幅云，袖裡乾坤大，壺中日月長。子牙選吉日開館，不覺光陰撚指，四五個月不見算命扯帖的來。只見那日有一樵子，姓劉名乾，挑着一擔柴往南門來，忽然看見一命館，劉乾歇下柴擔，念對聯，念到袖裡乾坤大，壺中日月長，劉乾原是朝歌破刺

---

〔401〕

膚云云良有以也、

〇批

馬氏也是有見識的人只是不可以世俗之見
待子牙所以不足取耳若是近日婦人只知安
閒了事有吃有穿罷了那裏又論身後一着此
婦又超出今人之上，

---

〔403〕

新刻鍾伯敬先生批評封神演義卷之四

第十六回　　子牙火燒琵琶精

詩曰

妖孽頻與國勢關。　大都天意久摧殘，
休言怪氣侵牛斗。　且俟精靈殺豸冠，
千載修持成枉事。　一朝被獲若為歡、
當時不遇天仙術。　安得琵琶火後看。

話說子牙同異人來到後花園週圍看了一遍果然
好個所在但見
墻高數仞門壁清幽左邊有兩行金線垂楊石壁

---

〔404〕

有幾株剔牙松樹牡丹亭對玩花樓芍藥圃連鞦
韆架荷花池內來來往往錦鱗遊木香蓬下翻
翻翻蝴蝶戲正是小園光景似蓬萊樂守天年娛
晚景。
話說異人與子牙來後園散悶子牙自不曾到此處。
看了一回子牙曰仁兄這一塊空地怎的不起五間
樓異人曰起五間樓怎說子牙曰小弟無恩報兄。此
處若起做樓按風水有三十六條玉帶金帶有一升
芝麻之數異人曰賢弟也知風水子牙曰小弟頗知
一二異人曰不瞞賢弟說此處也起造七八次造起

---

〔405〕

來就燒了。故此我也無心起造他。子牙曰小弟擇一
日辰仁兄只管起造若上樑那月仁兄只是管待匠
人我在此替你壓壓邪氣自然無事異人信子牙之
言擇日與工破土起造樓房那日子牙時上樑與人待
匠在前堂子牙在牡丹亭裏坐定等候看是何怪異
不一時狂風大作走石飛砂播土揚塵火光影裏見
些妖魅臉分五色猙獰怪異怎見得
狂風大作惡火飛騰煙繞處黑霧濛濛火起處千
團紅燄臉分五色赤白異色共青黃巨口遊牙吐
放霞光千萬道風逞火勢忽喇喇走萬道金蛇火

〔眉批〕一代人　雜貨進

十座酒飯店俱是我的，待我邀衆朋友來，你會他們
一會，每店讓你開一日，週而復始輪轉作生涯，都不
是好。子牙作謝道，多承仁兄抬舉。異人隨將南門張
家酒飯店與子牙開張。朝歌南門乃是第一箇所在，
近發場，各路通衢，人烟湊積，火是熱鬧。其日做手多，
宰猪全蒸了點心，收拾酒飯齊整。子牙掌櫃坐在裏
面，一則子牙乃萬神總領，一則年庚不利，從早晨到
巳牌時候，鬼也不上門。及至午時傾盆大雨，黃飛虎
不曾操演，天氣炎熱，猪羊餚饌被這陣暑氣一蒸，登
時嗅了，點心餿了，酒都酸了。子牙坐得沒趣，呌衆把

397

〔眉批〕做生意　糟局的

持你們把酒餚都吃了罷，在過一時可惜了。子牙作
詩曰。

黃天生我在塵寰。　虛度風光困世間。
鵬翅有時騰萬里。　也須飛過九重山。

當時子牙至晚回來，異人曰，賢弟今日生意如何。子
牙曰，愧見仁兄，今日折了許多本錢，分文也不曾賣
得下來。異人嘆曰，賢弟不必惱，守時候命方為君子。
總來折我不多，再做區處，別尋道路。異人怕子牙着
惱，對五十兩銀子，卟後生同子牙走積場，販賣牛馬
猪羊，難道活東西也會臭了。子牙收拾去買猪羊。非

398

止一日，那日販買許多猪羊，趕往朝歌來賣。此時因
紂王失政，妲巳殘害生靈，奸臣當道，豺狼滿朝，此故
天心不順，旱澇不均，朝歌半年不曾下雨。天子呂姓
祈禱，禁了屠沽，告示曉諭軍民人等，各門張掛。子牙
失於打點，把牛馬猪羊往城裏趕，被守門人役呌聲
違禁犯法拿了。子牙聽見，就抽身跑了，牛馬牲口俱
被入官。子牙只得束手歸來，異人見子牙慌慌張張，
面如土色，慈問子牙曰，賢弟為何如此。子牙長吁嘆
曰，屢蒙仁兄厚德，件件生意俱做不着，致有虧折，今
販猪羊又失打點，不知天子祈雨斷了屠沽違禁，進

399

城猪羊牛馬入官，本錢盡絶，使姜尚愧身無地，柰何
柰何。宋異人笑曰，幾兩銀子入了官罷了，何必惱他。
賢弟我攜一壺與你散散悶懷，到我後花園去。子牙
時來還至後園，先收五路神，不知後事何如，且聽下
回分解。

總批

　子牙乃三代人物，一世英雄，豈是草草豪傑，故
做事多有不就緒耳。者是以一件事做妥貼了，
反是恁這個人一生。孟子所以說故天將降大
任與是人也，必先苦其心志，勞其筋骨，餓其體

400

拾後生支起磨來，磨了一擔乾麵。子牙次日挑着進朝歌貨賣，從四門都走到了，也賣不的一觔，腹內又饑，擔子又重，只得出南門，肩頭又痛，子牙歇下了擔兒，靠着城墻坐一坐，少憩片時，自思運蹇時乖，作詩一首。

詩曰

四八崑崙訪道玄，　　豈知緣淺不能全。
紅塵黯黯難睜眼，　　浮世紛紛怎脫肩。
借得一枝棲止處，　　金枷天鎖又來纏。
何時得遂平生志，　　靜坐溪頭學老禪。

話說子牙坐了一會，方纔起身，只見一個人叫賣麵的站着。子牙說，發利市的來了。歇下擔子。只見那人走到面前，子牙開口要多少麵。那人曰，買一文錢的。子牙又不好不賣，只得低頭挑麵，不想子牙不是久挑擔子的人，把扁擔拋在地傷，繩子撒在地下。此時因紂王無道，反了東南四百鎮諸侯，報來甚是緊急，武成王日日操練人馬，因放散營炮響，驚了，那騎馬奔走如飛。子牙彎着腰撬麵，不曾隄防，後邊有人大叫曰，賣麵的，馬來了。子牙忽起身，馬已到了擔上。繩子鋪在地下，馬來的急，繩子套在馬七寸上。把

兩蘿回拋了五六丈遠，麵都潑在地下，被一陣狂風將麵刮個乾淨。于牙急搶麵時，渾身俱是麵，裝了。買麵的人見這等模樣就去了，子牙空蘿回去，一路嗟嘆，來到庄前。馬氏見子牙空蘿回來，大罵朝歌城乾，百這等賣的，于纔到了馬氏跟前，把羅擔一丟，罵曰，都是你這賤人多事。馬氏曰，乾麵賣的乾净是好事，反來罵我。子牙曰，一擔麵挑至城裏，何常賣得，至下午纔賣一文錢。馬氏曰，空蘿回來，想必都除去了。子牙氣冲冲的曰，因被馬涌彊把繩子絆住脚，把一擔麵帶撺了一地，天降狂風一陣，把麵都吹去了，都不

是你這賤人惹的事。馬氏聽說，把子牙劈臉一口唾到，不是你無用，反來怨我，真是做甕蒸夫，惟知飲食之徒。子牙大怒，戲人女流，爲敢碎傷丈夫，二人拌扭一堆。宋異人同妻孫氏來勸，叔叔都爲何事，與嬸嬸爭競。子牙把賣麵的事說了一遍，異人笑曰，擔把麵能值幾錢的，你夫妻就這等起來。宋異人笑曰，子牙同異人往書房中坐下。子牙曰，承兄雅愛，提攜小弟，弟時乖運蹇，做事無成，實爲有愧。異人曰，人以運爲主，花逢時發，古語有云，黃河尚有澄清日，豈可人無運時。賢弟不必如此，我有許多豚話，朝歌城有三

小爺喜從何至異人曰今日與你議親正是相逢千里會合姻緣子牙曰今日時辰不好異人曰陰陽無忌吉人天相子牙曰是那家女子異人曰馬洪之女才貌兩全正好配賢弟還是我妹子人家六十八歲黃花女兒異人治酒與子牙賀喜二人飲罷異人曰可擇一良辰娶親子牙謝曰承兄看顧此德怎忘乃擇選良時吉日迎娶馬氏宋異人又排設酒席邀庄前庭後隣舍四門親友慶頃迎親其日馬氏過門洞房花燭成就夫妻正是天緣遇合不非偶然有詩曰

離邦崑崙到帝邦。
子牙今日娶妻房。

六十八歲黃花女、稀壽有二做新郎。

話言子牙成親之後終日思慕崑崙只慮大道不成。心中不悅那裏有心情與馬氏慕樂朝歡馬氏不知子牙心事只說子牙是無用之物不覺過了兩月馬氏日便問子牙宋伯伯是你姑表弟兄子牙曰宋兄是我結義兄弟馬氏曰原來如此便是親生弟兄也無有不散的筵席今宋伯伯在我夫妻可以安閑自在倘異日不在我與你如何處常言道人生天地間以營運為主我勸你做些生意以防我夫妻後事子牙曰賢妻說得是馬氏曰你會做些甚麼生理子牙

日我三十二歲在崑崙學藝不識甚麼世務生意只會編笊籬馬氏曰就是這個生意也好況後園又有竹子砍些來劈些篾編成笊籬往朝歌城買些錢鈔大小都是生意子牙依其言劈了篾子編了一担笊籬挑到朝歌來買從早至午賣到未末申初也賣不得一個子牙見天色至申時還要挑着走三十五里腹內又餓了只得奔回一去一來共七十里路子牙把肩頭都壓瘟了走到門前馬氏看時一担去還是一担來正待問時只見子牙指馬氏娘子你不賢恐怕我在家閑着叫我賣笊籬朝歌城必定不用笊

籬如何賣了一日一個也賣不得到把肩頭壓瘟了馬氏曰笊籬乃天下通用之物不說你不會賣反來假報怨夫妻二人語去言來犯顏嘶嚷宋異人聽得子牙夫婦忙忙走來問子牙曰賢弟為何事夫妻相爭子牙把賣笊籬事說了一遍異人曰不要說是你夫妻二人就有三二十口我也養得起你們何必如此馬氏曰伯伯雖是這等好意但我夫妻日後也要歸着難道束手待斃宋異人曰弟婦之言也是何必做這個生意我家倉裏麥子生芽可呼後生磨些麵賢弟可挑去貨賣郤不強如編笊籬子牙把羅担收

385

叫我往那裏去。我似失林飛鳥，無一枝可棲。忽然想起朝歌，有一結義仁兄宋異人，不若去投他罷。子牙借土遁前來，早至朝歌離南門三十五里，至宋家庄。子牙看門庭依舊，緣柳長存，子牙嘆曰：我離此四十載，不覺風光依舊，人面不同。子牙到得門前，對看門的問曰：你員外在家否？管門人問曰：你是誰？子牙曰：你只說故人姜子牙相訪。庄童來報員外：外邊有一故人姜子牙相訪。宋異人正美悵，聽見子牙來，忙忙趨出庄來，口稱：賢弟，未何數十載不通音問？子牙連

386

下。異人曰：常時渴慕，今日重逢，幸甚幸甚。子牙曰：別仁兄實指望出世超凡，奈何緣淺分薄，未遂其志。今到高庄得會仁兄，乃尚之幸。異人忙分付收拾飯食，又問曰：是齋是葷？子牙曰：既出家起有飲酒吃葷之理，弟是吃齋。宋異人曰：酒乃瑤池玉液，洞府瓊漿。就是神仙也赴蟠桃會，酒吃此兒無方。子牙曰：仁兄見教，小弟領命。二人懽飲。異人曰：賢弟上崑崙多少年了？子牙曰：不覺四十載。異人嘆曰：好快！賢弟在山，可曾學些甚麼？子牙曰：怎麼不學？不然所作何事？異

387

人曰：學些甚麼道術？子牙曰：桃水、澆松、種桃、燒火、煻爐、煉丹。異人笑曰：此乃僕傭之役，何足掛齒。今賢弟既回來，不若尋些事業，何必出家。就在我家同住，不必又往別處去。我與你相知，非比別人。子牙曰：正是。異人曰：古云：不孝有三，無後為大。賢弟也該與你相處一場，明日與你議一門親，生下一男半女，也不失姜姓之後。子牙攏手曰：仁兄此事且弗議。二人談講至晚。子牙就在宋家庄住下。且說宋異人次日早起，騎了驢兒，往馬家庄上來議親。異人到庄，有庄童報與馬員外，來拜。馬員外曰：有宋員外。大喜，迎出門

388

來，便問員外：是那陣風兒刮將來？異人曰：小侄特來，與令愛議親。馬員外大悅，施禮坐下，茶罷，員外問曰：賢契將小女說與何人？異人曰：此人乃東海許州人氏，姓姜名尚，字子牙，別號飛熊，與小侄契交通家。因此上這一門親正好。馬員外曰：賢契主親，并無差遲。宋異人取白金四錠，以為聘資。馬員外收了，忙設酒所欵待，異人抵暮而散。且說子牙起來一日，不見宋異人，問庄童曰：你員外那裏去了？庄童曰：早晨出門，想必討帳去了。不一時，異人下了頭口，子牙看見，迎門接曰：兄長那裏回來？異人曰：恭喜賢弟！子牙問曰

第十五回　崑崙山子牙下山

詩曰

子牙此際落凡塵　白首牽騾類野人
幾度策身成老拙　三番涉世反相嗔
磻溪未入飛熊夢　渭水安知有瑞麟
世際風雲開帝業　享年八百慶長春

話說崑崙山玉虛宮掌闡教道法元始天尊因門下十二弟子犯了紅塵之厄殺罰臨身故此三教並談乃又因昊天上帝命仙首十二稱臣故此闡官山講關教截教人道三等共編成三百六十五位成神又分八部上四部雷火瘟斗下四部羣星列宿三山五岳步雨興雲善惡之神此時成湯合滅周室當興又逢神仙犯戒元始封神姜子牙享將相之福怡逢其數非是偶然所以五百年有王者起共間必有名世者正此之故一日元始天尊坐八寶雲光座上命白鶴童子請你師叔姜尚來白鶴童子往桃園中來請子牙口稱師父老爺有請子牙忙至寶殿前行禮子牙口稱弟子姜尚拜見天尊曰你上崑崙幾載了子牙曰弟子三十二歲上山如今虛度七十二歲了天尊曰你生來命薄仙道難成只可受人間之福成湯數盡周室將興你與我代勞封神下山狀助明君為將有也不枉你上山修行四十年之功此處亦非汝久居之地可早早收拾下山子牙哀告曰弟子乃真心出家大發慈悲指迷歸覺弟子情願在山苦行必不敢貪戀紅塵富貴望尊師收錄天尊曰你命緣如此聽於天豈得違拗子牙戀戀難捨有南極仙翁上前曰子牙機會難逢時不可失況天數已定自難逃報你雖是下山待你功成之日自有上山之日子牙只得下山子牙收拾琴劍衣囊起身拜別師尊臨而禪下山我有八句鈴偈後日有驗

偈曰

二四年來窘迫聯　磻溪渭水垂竿釣
自有高明訪子賢　輔佐聖君為相父
諸侯會合逢戊甲　九三拜將握兵權
九八封神將又四年

往日弟子領師法旨下山將來歸酌如何天尊曰子牙你在麒麟崖分付曰子牙前途保重子牙別了南天尊道罷雖然你去還有上山之日子牙拜辭天尊又辭眾位道友隨帶行囊出玉虛宮有南極仙翁送子牙在麒麟崖分付曰子牙前途保重子牙別了南

饒你道人忙收寶塔哪吒睜眼一看渾身上下並莫有傷壞些兒哪吒暗思有道等的異事此道人真是弄鬼道人曰哪吒你既說李靖爲父你與他叩頭哪吒意欲不肯道人又要祭塔吒不得已只得忍氣吞聲低頭下拜尚有不忿之色道人曰還要你口稱父親哪吒不肯答應道人曰哪吒你既不叫父親還是不服再取金塔燒你哪吒着慌連忙高呼父親孩兒知罪也哪吒口內雖叫心上實是不服只是暗暗切齒自思道李靖你常遠帶着道人走道人嘆李靖曰你且跪下我秘授你這一座金塔如哪吒不服你便

將此塔祭起燒他哪吒在傍只是脂脂叫苦道人曰哪吒你父子從此和睦父後俱係一殿之臣輔佐明君成其正果再不必言其前事哪吒你回去罷哪吒見是如此只得回乾元山去了李靖跪而言曰老爺廣施道德解弟之危厄請問老爺高姓大名那座名山何處洞府道人曰貧道乃靈鷲山元覺洞燃燈道人是也你修道未成合享人間富貴今商紂失德天下大亂你且不必做官隱於山谷之中暫忘名利待武周興兵你再出來立功立業李靖叩首在地回關隱跡去了道人原是太乙眞人請到此間磨哪吒之

性以認父之情後來父子四人肉身成聖托塔天王乃李靖也後人有詩曰

黃金造就玲瓏塔　萬道豪光透九重
不是燃燈施法力　天教父子復相從

此是哪吒二次出世于陳塘關後子牙下山正應文王羑里七載之事不知後節何如且聽下回分解

總批
起死回生原是神仙妙術太乙眞人起初就常如此救度他何必又教他去翠屏山上受甚麼香火致使他父子兄弟分顏若是故意做此勾

常磨折他殺性此分明是婆子氣

又批
今觀太乙文殊然燈諸菩薩俱是不與列的哪吒滓燥便當明白曉諭他父子兄弟之道何故反左支右吾令李靖狼狽不成爲父之體此所以謂之和尚道士耳呵呵

踏起風火二輪追趕李靖往前趕有多時哪吒看是李靖前邊駕着土遁大叫李靖休走我來了李靖看見叫苦曰這道者可為失言既先着我來就不該放他下山方是為我令汝沒多時便放他來趕我這正是為人不終怎生奈何只得望前逃走卻說李靖被哪吒趕的上天無路入地無門正在危急之際只見山崗上有一道人倚松靠石而言曰山腳下可是李靖李靖抬頭一看見一道人靖曰師父末將便是李靖道人曰哪吒追之甚急望師父爭救。道人曰快上崗來站在我後面待我救你李靖上崗

372

躲在道人之後喘息未定只見哪吒風火輪响看看趕至崗下哪吒看見兩人站立便冷笑一番難道這一遭又吃虧罷踏着輪往崗上來道者問曰來者可是哪吒哪吒答曰我便是你這道人為何叫李靖站立在你後面道人曰你為何事趕他哪吒又把翠屏山的事說了一遍道人曰你既在五龍山講白了又趕他是你失信了哪吒曰你莫管我們今日定要拿他以泄我恨道人曰你既不肯便對李靖曰你就與他殺一回與我看李靖曰老師這畜生力大無窮來將殺他不過道人站起來把李靖一口哕把脊背上

（眉批）此道人哭是大此二流

373

打一巴掌你殺與我看有我在此不妨事李靖只得持戟刺來哪吒持火尖鎗來迎父子二人戰在山崗有五六十回合哪吒這一回被李靖殺的汗流滿面遍體生津哪吒遮架畫戟不住暗自沉思李靖原殺我不過方纔這道人哕他一口撲他一掌其中必定有些原故我有道理待我賣箇破綻一鎗先戳死道人然後再拿李靖哪吒將身一躍跳出圈子來一鎗竟刺道人道人把口一張一朵白蓮花接住火尖鎗道人曰李靖且住了李靖聽說慈架住火尖鎗道人問哪吒曰你這孽障你父子斯殺我與你無仇你

（眉批）哪吒甚是勇猛

374

怎的刺我一鎗到是我白蓮架住不然我反被你瞞美這是何說哪吒曰先前李靖殺不過我你叫他與我戰你為何哕他一口掌他一下這分明是你弄鬼使我戰不過他我故此刺你一鎗以泄其忿道人曰你這孽障敢來刺我哪吒大怒把鎗展一展又劈胸刺來道人跳開一躍身兒登上一座只見祥雲繚繞紫霧盤旋一物往下落來把哪吒罩在玲瓏塔裏道人雙手在塔上一拍塔裏火發把哪吒燒的大叫饒命道人在塔外問曰哪吒你可認父親哪吒只得連聲岩應老爺我認是父親了道人曰既認父親我便

375

真人徒弟叫做哪吒你在別處撒野便罷了我這所在撒不的野若撒一撒野便拿去桃園內吊三年打二百搧拐哪吒那裏曉得好歹將鎗一展就刺天尊天尊抽身就往本洞跑哪吒踏輪來趕天尊回頭看見哪吒來的近了袖中取一物名曰遁龍樁又名七寶金蓮望空丟起只見風生四野雲霧迷空播土揚塵落來有聲把哪吒昏沉沉不知南北黑慘慘怎認東西頸項套一個金圈兩隻腿兩個金圈靠首黃磴瞪金樁子站着哪吒及睜眼看時把身子動不得了天尊曰好擘障撒的好野喚金吒把扁拐取來金吒

忙取扁拐至天尊面前稟曰扁拐在此天尊曰昝我打金吒領師命持扁拐把哪吒一頓扁拐打的三昧真火七竅齊噴天尊曰且住了同金吒進洞去了嘩吒暗想趕李靖到不曾趕上到被他打了一頓扁拐又走不得哪吒切齒深恨沒柰何只得站方此間氣冲牛斗看官這個是太乙真人明明送哪吒到此處他殺性真人已知此情哪吒正煩惱時只見邪壁廂大袖寬袍絲絲麻偈乃太乙真人來也哪吒看見叫曰師父毫乞救弟子一救連叫數聲真人不理逕進洞去了有白雲童兒報曰太乙真人在此天尊迎出

洞來對真人携手笑曰你的徒弟叫我教訓他二仙坐下太乙真人曰貧道因他殺戒重了故送他來磨其真性孰知果獲罪於天尊天尊命金吒放了哪吒來金吒走到哪吒面前道你師父叫你哪吒曰你明明的卻何我你美甚麼障眼法兒把我動展不得你還來消遣我金吒笑曰你閉了目哪吒只得閉着眼金吒將靈符畫畢收了遁龍樁哪吒急待看時其圈樁俱不見了哪吒點頭道好好好今日吃了無限大虧兵進洞去見了師父再做處置二人進洞來哪吒抬見打他的道人在左邊師父在右邊太乙真人曰過

哪吒甚迷不省

來與你師作叩頭哪吒不敢違傲師命只得下拜哪吒道謝打了轉身又拜師父太乙真人叫李靖過來李靖倒身下拜真人曰翠屏山之事你也不該心量窄小故此父子參商哪吒在傍只氣的面如火發恨不的吞了李靖纔好二仙早解其意真人曰從今父子再不許犯額分付李靖你先去罷李靖謝了真人逕出來了就把哪吒急的敢怒而不敢言只在傍邊抓耳採腮長吁短嘆真人暗笑曰哪吒你也回去罷好生看守洞府我與你師伯不祺一時就來哪吒聽見此言心花兒也開了哪吒曰弟子曉得怏怏出洞

下輪來。木吒上前大喝一聲。慢來。你這孽障好大膽子殺父忤逆亂倫早早回去。饒你不死。哪吒曰你是何人口出大言。木吒曰你連我也認不得吾乃木吒是也。哪吒方知是二哥。哪吒曰二哥你不知其詳。哪吒把翠屏山的事。細細說了一遍這簡是李靖的是哪吒又把剖腹剜腸。已將骨肉還他了。我與他無干是我的是木吒大喝曰胡說天下無有不是的父母還有甚麼父母之情木吒大怒曰這等逆子。將手中劍望哪吒一劍砍來哪吒鎗架住曰木吒我與你無干。你站開了。待吾拿李靖報仇。木吒大喝好孽障焉

〔既認其兄反欲誅父哪吒甚是可笑〕

364

敢大逆提劍來取。哪吒道這是大數造定將生替死手中鎗劈面交還輪步交加弟兄大戰哪吒見李靖站立一傍。又恐走了他。哪吒性急將鎗挑開劍用手取金磚望空打來木吒不隄防一磚正中後心打了一交跌在地下。哪吒登輪來取李靖李靖抽身就跑。哪吒吐曰就趕到海島也取你首級來方泄吾恨李靖望前飛走其似失林飛鳥漏網遊魚莫知東南西北往前又趕多時李靖見事不好自嘆曰罷罷罷想我李靖前生不知作甚孽子障致使仙道未成又生出遠等冤愆也是合該如此不若自已將舊戟刺死免

365

受此子之辱。正待動手。只見一人叫曰李將軍切不要動手。貧道來矣信口作歌。

歌曰。

野外清風拂柳。池中水面飄花。

借問安居何地。白雲深處為家。

作歌者。乃五龍山雲霄洞文殊廣法天尊。手執拂塵而來。李靖看見。口稱老師救末將之命天尊曰你進洞去。我這裏等他。少刻哪吒雄赳赳氣昂昂腳踏風火輪持鎗趕至東見一道者怎生模樣。

雙手抓髻雲分霧。水合袍際來絲絛。仙風道骨任

366

逍遙腹隱許多玄妙玉虛宮。元始門下羣仙首領赴蟠桃全憑五氣煉成豪天皇氏修仙養道。

話說哪吒看見一道人站立山坡上。又不見李靖哪吒問曰那道者可曾看見一將過去天尊曰方纔李將軍進我雲霄洞裏去了。你問他怎的哪吒曰道者他是我的對頭。你好好放他出洞來與你干休若走了李靖就是你替他戳三鎗天尊曰你是何人這等很連我也要戮三鎗哪吒不知。那道人是何等人便叫曰吾乃乾元山金光洞太乙真人徒弟哪吒是也。你不可小覷了我。天尊說自不曾聽見有甚麼太乙

367

真人曰你隨我桃園裏來，真人傳哪吒火尖鎗不一
時已自精熟哪吒就要下山報仇真人曰鎗法好了，
賜你腳踏風火二輪另授靈符秘訣真人又付豹皮
囊囊中放乾坤圈混天綾金磚一塊你往陳塘關去
走一遭哪吒叩首拜謝師父上了風火輪兩腳踏定
手提火尖鎗逕往關上來

詩曰

兩朵蓮花現化身。　靈珠二世出凡塵。
手提紫焰蛇矛寶。　腳踏金霞風火輪。
豹皮囊內安天下，　紅錦綾中福世民。

話說哪吒來到陳塘關逕進關來至帥府大呼曰李
靖早來見我有軍政官報入府內外面有三公子腳
踏風火二輪手提火尖鎗口稱老爺姓諱不知何故
請老爺定奪李靖喝曰胡說人死豈有再生之理言
未了只見又一起人來報老爺如出去遲了便殺進
府來李靖大怒有這樣事忙提畫戟上了青驄出得
府來見哪吒腳踏風火二輪手提火尖鎗比前大不
相同李靖大驚問曰你這畜生我骨肉已交還與你

我與你無相干碍你為何往翠屏山鞭打我的金身
火燒我的行宮今日拿你報一鞭之恨把鎗幌一幌
劈腦剌來本靖將畫戟相迎輪馬盤旋戟鎗並舉哪
吒力大無窮三五合把李靖殺的馬仰人翻力盡觔
輪汗流脊背李靖只得望東南逃走哪吒大叫曰李
靖休想今番饒你不殺你決不空回往前趕來不多
時看看趕上哪吒的風火輪快李靖馬慢李靖心下
著慌只得下馬借土遁去了哪吒笑曰五行之術道
家平常難道你土遁去了我就饒你把腳一登駕起
風火二輪只見風火之聲如飛雲齧子電望前追趕李

靖自思今番趕上。一鎗被他剌死如之奈何。李靖見
哪吒看看至近正在兩難之際忽然聽得有人作歌
而來。

歌曰

清水池邊明月。　　綠楊堤畔桃花。
別是一般清味，　　凌空幾片飛霞。

李靖看時見一道童頂著髮巾道袍大袖麻履絲絛
來者乃九公山白鶴洞普賢真人徒弟木吒是也。木
吒曰父親孩兒在此李靖看時乃是次子木吒心下
方安哪吒駕輪正趕見李靖同一道童講話哪吒落

罵罷提六陳鞭、一鞭把哪吒金身打的粉碎李靖怒
遂復一脚蹬倒鬼判傳令放火燒了廟宇分付進香
萬民曰此非神也不許進香嚇得衆人忙忙下山李
靖上馬怒氣不息有詩爲証。
　詩曰
雄兵纔至翠屏疆、　忽見黎民曰進香。
鞭打金身爲粉碎、　脅挑鬼判也遭殃。
火焚廟宇騰騰焰、　烟透長空烈烈光。
只因一氣冲牛斗、　父子參商有戰塲。
話説李靖兵進陳塘關師府下馬傳令衆人馬散了。

356

李靖進後廳殷夫人接見李靖罵曰你生的好兒子。
還遺害我不少今又替他造行宮煽惑良民你要把
我這條玉帶送了纔罷如今權臣當道況我不與賊
仲尤渾二人交接倘有人傳至朝歌奸臣泰臣假降
邪神白日的斷送我數載之功這樣事俱是你婦人
所爲今日我已燒毀廟宇你若再與他起造那時我
也不與你好休且不言李靖再表哪吒那一日出神
不在行宮及至回來只見廟宇無存山祗土赤烟焰
來減兩個見判含淚來接哪吒問曰怎的來鬼判答
曰是陳塘關李總兵突然上山打碎金身燒毀行宮。

357

不知何故哪吒曰我與你無干了骨肉還於父母你
如何打我金身燒我行宮令我無處棲身心上甚是
不快沉思良久不若還往乾元山走一遭哪吒受了
半年香烟巳覺有些形聲一時到了高山至于洞府。
金霞童兒引哪吒見太乙眞人眞人曰你不在行宮
接受香火你又來這裏做甚麼哪吒跪訴前情被父
親將泥身打碎燒毀行宮弟子無所依倚只得來見
師父望祈憐救眞人曰這就是李靖的不是他既選
了父母骨肉他在翠屏山上與你無干今使他不受
香火如何成得身體況姜子牙下山巳快也罷既爲

358

你就與你做件好事叫金霞童兒把五蓮池中藕花
摘二枝荷葉摘三個來童子忙忙取了荷葉蓮花放
于地下眞人將花勤下辨兒鋪成三才又將荷藥梗
見折成三百骨節三個荷葉按上中下按天地人眞
人將一粒金丹放于居中法用先天氣運九轉分離
龍坎虎絆住哪吒覔見望荷蓮裏一推喝聲哪吒不
成人形更待何時只聽得响一聲跳起一個人來面
如傅粉唇似塗硃眼運精光身長一丈六尺此乃哪
吒蓮花化身兒師父拜倒在地眞人曰本李靖毀打
身之事其實陽心哪吒曰師父在上此优決難干休。

359

屏山山上有一容地。令你母親造一座哪吒行宮。你
受香烟三載。又可立於人間輔佐真王。可速去。不得
違悞。哪吒聽說。離了乾元山往陳塘關來。正值三更
時分。哪吒來到香房。叫母親。孩兒乃哪吒也。如今我
覓鬼無棲室。母親念為兒死得好苦。離此四十里。有
一翠屏山上與孩兒建立行宮。使我受些香烟。好夫
批生天界。孩兒懇母親之慈德。甚於天淵。夫人醒來。
把夢中事說了一遍。李靖問曰。夫人為何啼哭。夫人
如趺一夢。夫人大哭。李靖火怒曰。你還哭他。他害我
們不淺。常言夢隨心生。只因你思想他。便有許多夢

352

魂顛倒。不必疑感。夫人不言。且說夫人曰。又來托夢。三
日又來。夫人合上眼殿下。就站立面前。不覺五七日
之後。哪吒他生前性格勇。拯死後魂鬼也是驍雄。遂
對母親曰。我求你數日你。全不念孩兒苦宛不肯造
行宮與我。我便炒你箇六宅不安。夫人醒來。不敢對
李靖說。夫人暗着心腹人。與此銀兩。行翠屏山興功
破土。起建行宮。造哪吒神象一座。旬月功完。哪吒在
此翠屏山顯聖。感動萬民。千請千靈。萬請萬應。因此
廟宇軒昂十分齊整。但見
　行宮八字粉墻開。
　硃戶銅環左右排。

353

　碧瓦雕簷三尺水。　　數株檜栢兩重台。
　神厨寶坐金粧就。　　龍鳳旛幢瑞色裁。
　帳幔懸鈎吞半月。　　猙獰鬼判立塵埃。
　沉檀嬝嬝烟結鳳。　　逐日紛紛祭祀來。
哪吒在翠屏山顯聖。四方遠近居民俱來進香。紛紛
如蟻。日盛一日。往住不斷。祈福禳災。無不感應。不覺
烏飛兔走似箭。光陰半載有餘。且說李靖因東伯姜
文煥為父報仇。調四十萬人馬。游魂關大戰竇融。融
不能取勝。李靖在野馬嶺操演三軍。緊守關隘。一日
回兵往翠屏山過李靖在馬上看見。往往來來。扶老

354

携幼進香。男女紛紛。似蟻。人煙稠積。李靖在馬上問
曰。這山乃翠屏山。為何男女紛紛絡繹不絕。軍政官
對曰。半年前有一神道。在此感應顯聖。千請千靈。萬
請萬感。祈福福至。禳患患除。故此驚動四方男女進
香。李靖聽罷。想起來、問中軍官、此神何名。中軍
回曰、是哪吒行宮。李靖大怒。傳令安營。待我上山進
香人馬站立。李靖縱馬往山上來。進香男女閃開。李
靖縱馬連至廟前。只見廟門高懸一扁。書哪吒行宮
四字。進得廟來。見哪吒行相如生。左右站立鬼判。李
靖指面罵曰。畜生。你生前擾害父母。死後愚弄百姓

355

【347】

是烈黃

形煉出乃是一塊頑石此石生於天地玄黃之外經過地水火風煉成精靈今日天數已定合於此地而死故現其真形此是太乙真人該開殺戒真人恐了神火罩又收乾坤圈泥天綾進洞不表且說哪吒飛奔陳塘關來只見帥府前人聲嘆嚷眾家將見公子來了忙報李靖曰公子回來了四海龍王放光教師教明教吉正看問只見哪吒罵聲叫曰一人行事一人當我打死敖丙李良我當償命起有子連累父母之理乃對敖光曰我一身非輕乃靈珠子是也奉玉虛符命應運下世我今日剖腹剜腸剔骨還於父

【348】

母不累雙親你們意下如何如若不肯我同你奔到靈霄殿見天王我自有話說敖光聽見此言也罷你既如此救你父母也有李名四龍王便放了李靖夫婦哪吒便右手提劍先去一背膊後自剖其股剜腸剔骨散了七竅三魂一命歸泉四龍王據哪吒之言回告不表殷大人見哪吒尸骸用棺木盛了埋葬不表且說哪吒魂無所依眠無所倚他元是寶貝化現借了精血故有魂魄哪吒飄飄蕩蕩隨風而至逕到乾元山來不知後事如何且聽下回分解

總批

【349】

哪吒頑发不亞美髯公王而一念忠孝慷慨激烈處有似花和尚李鐵牛此傳與西遊水滸並傳。

又批

頑石乃是一蠢然無知之物偶借天地之精靈而成形所以做事就有這些蠢浪造次未免道此劫數今之蠢然無知之輩自識此字便要自尊大何以異此所以今人此稱此輩曰石頭良有以也於此傳者真大慈悲菩薩

【351】

第十四回　哪吒現蓮花化身

詩曰

仙家法力妙難量。
起死回生有異方。
一粒丹砂歸命寶。
幾根荷葉續魂湯。
超凡不用骯髒骨。
入聖須尋返魄香。
從此開疆歸聖主。
岐周事業借匡襄。

且說金霞童兒進洞來敖太乙真人曰師兄香杳宴賓飄飄蕩蕩隨風定止不知何故真人聽說早解其意怱出洞來真人分付哪吒此處非汝安身之所你閃到陳塘關托一夢與你母親離關四十里有一翠

成湯合滅，周室當興，玉虛封神，應享人間富貴。當時
三教僉押封神榜，吾師命我教下徒衆降生出世，輔
佐明君。哪吒乃靈珠子下世，輔姜子牙而滅成湯，奉
的是元始掌教符命，就傷了你的徒弟，乃是天數。你
怎言包羅萬象，遷早飛昇。似你輩無憂無慮，無所無
榮，正好修持，何故輕動無明，白傷軀道。石磯娘娘忍
不住心頭火，喟曰：道同一氣，怎見高低。太乙眞人曰：
道雖一理，各有所陳，你且聽吾分剖。

交光日月鍊金英，一顆靈珠透空明。
擺動乾坤知道力，逃移作宛冠功成。

逍遙四海留蹤跡，歸在三淸立姓名。
直上五雲雲路穩，紫鸞彩鶴自來迎。

石磯娘娘大怒，手執寶劍劈眞人勞而砍來。太乙眞
人讓過，抽身復入洞中取劍，砍在弓上，嗒袋一物，望
東崑崙山下拜弟子，今在此山開了殺戒，拜罷出洞，
指石磯曰：你根源淺薄，道行難堅，你在我乾元山
自恃兇暴。石磯又一劍砍來，太乙眞人用劍架住，口
稱善哉。石磯乃一頑石成精，採天地靈氣，受日月精
華得道數千年，尚未成正果，今逢大劫，本像難作。故
到此山，一則石磯數盡，二則哪吒該在此處出身。天

數已定，怎能逃躲。石磯娘娘與太乙眞人往來衝突
翻騰數轉，二劍交加，未及數合，只見靈彩獅搏石磯
娘娘，將八卦龍鬚帕丟起空中，欲傷眞人。咲曰：
萬邪豈能侵正。眞人口中念念有詞，用手一指此物，
不落更待何時。八卦帕落將下來，石磯大怒，臉變桃
花，劍如雪片。太乙眞人曰：事到其間，不行不行。眞人
將身一躍，跳出圈子外來，將九龍神火罩抛起空中。
石磯見罩欲逃不及，巳罩在裏而巳。說哪吒看見師
父用此物罩了石磯，嘆曰：早將此印傳我，也不費許
多力氣。哪吒出洞來見師父，太乙眞人回頭看見徒

弟來，呀這頑皮他看見此草，畢竟要了，但如今他還
用不着，待子牙拜將之後，方可傳他。眞人忙叫哪吒：
你快去，四海龍君泰雄玉帝來拿你父母了。哪吒聽
得此言，滿眼垂淚，懇求眞人曰：望師父慈悲，弟子一
雙父母，子作災欻，遺累父母，其心何安。道罷放聲大
哭。眞人見哪吒如此，乃附耳曰：如此如此，可救你父
母之阨。哪吒叩謝借上，逕往陳塘關來，不表。且說太
乙眞人罩了石磯，石磯在罩內，不知東西南北。眞人
用兩手一拍，那罩內騰騰焰起，烈光生九條火龍
盤繞。此乃三昧神火，燒煉石磯，一聲雷响，把石磯娘娘眞

娘娘命彩雲童兒着他進來、只見哪吒首見洞裡一
人出來、自想打人不過先下手、此間是他巢穴反為
不便。捧起乾坤圈一下打將來、彩雲童兒不曾隄防、
爽頸一圈、阿呀一聲跌倒在地、彩雲童兒彼時一命
將危。娘娘聽得洞外跌得人响、急出山洞來、彩雲童兒
已在地下拚命。娘娘曰、好孽障還敢行兇、又傷我徒
弟哪吒兒。石磯娘娘帶魚尾金冠、穿大紅入卦衣、麻
顧絲絲。手提太阿劍趕來、哪吒收囘圈、復打一圈來、
娘娘看是太乙真人的乾坤圈、哪吒呀、原來是你娘娘用
手接任乾坤圈、哪吒大驚、忙將七尺況天綾來裹娘

文無賴
又孟浪

339

娘娘大哭。把袍袖望上一迎、只見混天綾輕輕的、
落在娘娘袖裏、娘娘叫哪吒再把你師父的寶貝用
幾件來看、吾道術如何、哪吒手無寸鐵、將何物支持、
只得轉身就的。娘娘叫李靖不干你事、你囘去罷、不
言李靖囘關。且說石磯娘娘趕哪吒飛雲執電而驟、
風馳趕散多時、哪吒只得徑至乾元山來、到了金光洞。
慌忙走進洞門、望師父下拜、真人問曰、哪吒為何這
等慌張、哪吒曰、石磯娘娘賴弟子射死他的徒弟、提
寶劍趕來殺我、把師父的乾坤圈混天綾都收去了、
如今趕弟子不放、現在洞外。弟子沒奈何、只得求見

李得闡
走不動
是上乘

340

師父、望乞救命、太乙真人曰、你這孽障、且住後桃園
內待我出去看、真人出來身倚洞門、只見石磯滿面
怒色。手提寶劍、惡恨恨趕來、見太乙真人、打稽首道
兄請了。太乙真人答禮、石磯曰、道兄你們的門人使你
道術射死貧道的碧雲童兒、打壞了彩雲童子、還將
乾坤圈混天綾來傷我、道兄好好把哪吒咩他出來
見我、還是好面相看、萬事俱息、若道兄隱匿、只恐明
珠彈雀、反為不美、真人曰、咩吒在我洞仰要他出來
不難、你只到玉虛宮見吾掌教老師、他教與你、我就
與你、哪吒奉御勅欽命出世、輔保明君、非我一己之

341

私。娘娘笑曰、道兄差矣、你將教主壓我、難道你縱徒
弟行兇殺我的徒弟、還將大言壓我、難道我不如你。
我就罷了、你聽我道來。

　三花聚頂非閒說、　　五氣朝元豈浪言、
　道德森森出混元、　　修成乾建得長存。
　閒坐蒼龍歸紫極、　　喜乘白鶴過崑崙。
　休將教主欺吾黨、　　劫運迴環已萬源。

話說太乙真人曰、石磯你說你的道德清高、你乃截
教、吾乃闡教、四吾輩一千五百年不曾斬卻三尸、犯
了殺戒。故此降生人間、有征誅殺伐、以完此劫數、今

342

〔三三五〕

拿來。以分皂白、庶不寃枉無辜、如無射箭之人弟子
死甘瞑目。石磯娘娘曰、既如此我且放你回去、你若
查不出來、我問你師父要你、你且去李靖連箭帶回
借土遁來至關前收了遁法進了帥府殷夫人不知
何故見李靖平空摔去、正在驚慌之處李靖回見夫
人夫人曰、將軍爲甚事平空摔去使妾身驚慌無地
李靖頓足嘆曰夫人我李靖居官二十五載誰知今
日運蹇時乖關上敵樓、有乾坤弓震天箭乃鎮壓此
關之寶不知何人將此箭射去、把石磯娘娘徒弟射

〔三三六〕

兔箭上是我官銜万繞被他拿去、要我低償性命被
我苦苦哀告回來訪是何人拿去見他方能與我明
白李靖又曰、若用此弓箭、別人也拿不動覺非又是
哪吒夫人曰、豈有此理難道敕光事未了他又敢惹
這是非就是哪吒也拿不起來李靖沉思半响計上
心來叫左右侍兒請你三公子來不一時哪吒來
兒苫立一傍李靖曰、你說你有師父承當、叫你輔弼明
君你如何不去學習此弓馬後來也好大用力。哪吒
曰孩兒奮志如此纔偶在城敵樓上見弓箭在此、是
我射了一箭只見紅光絲繞紫霧紛紛把一枝好箭

〔三三七〕

射不見了、就把李靖氣的大叫一聲好逆子你打死
三太子事尚未定今又惹這等無涯之禍夫人黙黙
無言哪吒不知其情便問爲何又有甚麼事李靖曰
你方纔一箭射死石磯娘娘的徒弟娘娘拿了我去
被我說過放我回來尋訪射箭之人原來邦是你你
自去見娘娘同話哪吒咲曰父親此息怒石磯娘娘
在那裡住他的徒弟在何處我怎樣射死他平地賴
人其心不服李靖說石磯娘娘在枯髏山白骨洞你
既射死他徒弟你岂見他哪吒曰父親此言有理、同
到甚麼白骨洞若還不是我打他倒攪海翻江我纔

〔三三八〕

回來、父親請先行孩兒隨後。父子二人架土遁往枯
髏山來。

箭射金光起，紅雲照太虛。
真人今出世，帝子已安居。
莫浪跨仙術，萬邪難克正。
須知念玉青，不免破三車。

話說李靖到了枯髏山、分付哪吒站立在此待我進
去回了娘娘法肯、哪吒冷笑、我在那裡平空賴我、看
他如何發付我。且言李靖進洞中、來見娘娘娘娘曰
起何人射死碧雲童兒見李靖敕娘娘、就是李靖所生
逆子哪吒弟子不敢有違巴拿在洞府前聽候法旨

不曾到此。只見好景致瞧瞧蕩蕩綠哪依依。觀望長空果然似一輪火盞。正是行人滿面流珠落避暑閒人把扇搖。哪吒看了一回。自言曰從不知道這個所在好頑耍。又見兵器架上有一張弓。名曰乾坤弓。有三枝箭名曰震天箭。哪吒自思師父說我後來做先行官。破成湯天下。如今不習弓馬更待何時光。且有現成弓箭何不演習演習。哪吒心下甚是歡喜。便把弓拿在手中取一枝箭搭前當絃望西的上一箭。射去。響一聲紅光繚繞瑞彩盤旋。這一箭不當緊正是鉛河撒下鈎何線從今。鈎出是非來。哪吒不知此弓

箭乃鎮陳塘關之寶乾坤弓。震天箭。自從軒轅黃帝大破蚩尤。傳留至今並無人拿的起來。今日哪吒拿起來射了一箭。只射到髏山白骨洞有一石磯娘娘的門人名曰碧雲童子。攜花藍採藥。來至山崖之下。被這一箭正中咽喉。翻身倒地而死。少時只見彩雲童兒看見碧雲中箭而死。急忙報與石磯娘娘。師兄不知何故。箭射咽喉而死。石磯娘娘聽說。走出洞來。行至崖邊看見碧雲童兒。果然中箭而死。只見翎花下有名諱鎮陳塘關總兵李靖字號石磯娘娘怒曰。李靖你不能成道。我在你師父前着你下山。求

人間富貴你今位至公族。不思報德。反將箭射我的徒弟。恩將仇報。叫彩雲童兒看着洞府。待我拿李靖來。以報此恨。石磯娘娘乘青鸞而來。只見金霞蕩蕩。彩霧緋緋正是仙家妙用無窮盡恁尺青鸞到此關。娘娘在半空中大呼李靖出來見我。李靖倒身下拜。誰人叫急出來看時相似石磯娘娘。李靖不知道是弟子李靖拜見。不知娘娘駕至有失迎迓望乞恕罪。娘娘曰你行的好事。尚在此巧語花言。將八卦雲光帕上面有坎離震兌之寶包羅萬象之珍望下一丟。命黃金力士將李靖拿進洞府來。黃金力士平空把

李靖拿去至自骨洞放下。娘娘離了青鸞。坐在蒲團之上。力士將李靖拿至面前跪下。石磯娘娘曰。李靖你仙道未成。已得人間富貴。你那辟了何人。今不思報本。反起反意將我徒弟碧雲童兒射死。有何理說。李靖不知何事英是平地風波。李靖曰娘娘弟子今得何罪。娘娘曰你恩將仇報。射死我門人。你還故推不知。李靖曰箭在何處。娘娘命收箭來。與他看。李靖看時郝是震天箭。李靖大驚曰這乾坤弓震天箭乃軒轅皇帝傳留。隨出人君鎮關之寶。誰人拿得起來。這是弟子運乖時蹇。異事非常。望娘娘念弟子無辜。

便打死他二命也是小事你就上本我師父說來就
連你這老蠢物都打死了也不妨事敖光聽罷罵曰
刻孫子打的好打的妙哪吒曰你要打就打你拎起
拳來或上或下呷呷叫叫一氣打有一二十拳打的
敖光喊叫哪吒道你這老蠢才万頭皮不要打你
是不怕的古云龍怕揭鱗虎怕抽觔哪吒將敖光朝
服一把拉去了半遍左脅下露出鱗甲哪吒用手連
抓數把抓下四五十片鱗甲鮮血淋漓痛傷骨髓敖
光疼痛難忍只叫饒命哪吒曰你要我饒你我不許
你上本跟我往陳塘關去我就饒你若不依一頓

封神演義　卷之八十三　三二七

乾坤圈打走你料有太乙真人作主我也不怕你敖
光遇着惡人莫敢誰何只得應承願隨你去哪吒曰
放你起來敖光起來正欲同行哪吒曰當聞龍會變
化要大便撐天柱地要小便芥子藏身我怕你走了
往何處尋你你變一個小小蛇兒我帶你回去敖光
不得脫身沒柰何只得化一個小青蛇兒哪吒拿來
放在袖裏離了寶德門往陳塘關來時刻便至帥府
家將忙報李靖曰三公子回府了李靖問言甚是不
樂只見哪吒進府來謁見父親見李靖眉鎖春山愁
容可掬上前請罪李靖問曰你往那裏去來哪吒曰

封神演義　卷之八十三　三二八

孩兒往南天門去請回伯父敖光不必上本李靖大
喝一聲你這說謊畜生你是何等之輩敢往天界俱
是一派謊言瞞哄父親甚是可惱哪吒曰父親不必
大怒現有伯父敖光可証李靖曰你尚胡說伯父如
今在那裏哪吒曰在這裏袖內取出青蛇擲下一
敖光化一陣清風見成人形李靖吃了一驚忙問曰
長兄為何如此敖光大怒把南天門毀打之事說了
一遍又把脅下鱗甲把與李靖觀看你生這等惡子
我把四海龍王所約到靈霄殿中明冤且看你如何
理說道罷化一陣清風去了李靖頓足曰此事愈反

封神演義　卷之八十三　三二九

加重如何是好哪吒近前跪而禀曰老爺母親只管
放心孩兒求救師父師父說我不是私自投胎至此
奉玉虛宮符命來保明君連四海龍王便都壞了也
不妨甚麼事若有火事師父自然承當父親不必掛
念李靖乃道德之士亦明玄中奧妙父見哪吒南天
門打敖光的手段旣上得天曹其中必有原故說大
人終是愛子之心見哪吒站立傷邊李靖煩惱有恨
見子之慈殷夫人曰你還在這理不往後邊去哪吒聽
母命遲行後園來坐了一會心上覺悶乃出後園門
迤上陳塘關的城樓上來納凉此時天氣甚熱況自

封神演義　卷之八十三　三三○

看見敖光在此等候，心中大怒撒開大步提起手中
乾坤圈把敖光後心一圈，打了個觔虎撲食跌倒在
地，哪吒趕上去一脚跐住後心，不知敖光性命如何。
且聽下回。

總批

哪吒在九灣河洗澡原是小兒常態，夜义原是
鹵莽惡狀的，二人相見自不是好相識，所以遭
哪吒打死，只這三太子便當問一端的，此事原
妍結局如何也，蠻做起來，亦遭毒手，遠是门欠

主張

又批

哪吒終是與利漢子，自不藏頭露尾，一見敖光
便自承認。若是今人，就有計多抵賴，許多淩子

氣

第十三回　太乙真人收石磯

詩曰

天然頭石得機先。　結就靈胎已萬年。
吸月飡星探地窟。　填離取坎伏天乾。
慢跨步霧興雲術。　須知邪正有偏全
劫火運逢難措手。　且聽吟龍嘯虎仙

話說哪吒在寶德門，將敖光踏住後心，敖光扭頸回
頭看時認得是哪吒，不覺勃然大怒况，又被他打倒
用脚踏住挣持不得，乃大罵曰好大膽潑賊，你黃牙
未退，妳毛未乾，劈臉將御筆欽點夜义打死，又將我
三太子打死，他與你何仇你，徹將他觔俱抽去，這等
兇頑，罪已不救，今又敢在寶德外，毀打典雲步雨正
神，你欺天罔上，蠙損醢汝尸，不足以盡其辜，哪吒被
他罵得性起，恨不得就要一圈打死，害太乙真人
分付只是按住他道，你吓，你，我便打死你這老泥
鰍也無甚大事，我不說你也不知，我是誰，吾非別人
乃乾元山金光洞太乙真人弟子，吾靈珠子是也，奉虛
宮法牒脫化陳塘關李門為子，因成湯合滅周室
當興姜子牙不久下山，吾乃是破剎輔周先行官是
也。偶因九灣河洗澡，你家人欺負我，是我一時性起

有何話說哪吒曰啓老師。蒙恩降生陳塘今已七年。昨日偶到九灣河洗澡不意敖光子敖丙將惡語傷人弟子一時怒發將他傷了性命今敖光欲奏天庭父母驚慌弟子心甚不安無門可救只得上山懇求老師赦弟子無知之罪望祈垂救真人自思曰雖然哪吒無知悮傷敖丙這是天數今敖光雖是龍中之工只是步雨興雲然上天垂象豈得推爲不知以此一小事干賣天庭真是不諳事體怎叫哪吒過來你把衰裳解開真人以手指在哪吒前腦畫了一道符錄分付哪吒你到寶德門如此如此事完後你回到

陳塘關與你父母說若有事還有師父決不干碍父母你去罷哪吒離了乾元山遙往寶德門來正是天宮異景非凡像紫霧紅雲罩碧空但見上天大不相同。

初登上界乍見天堂金闕道吐紅霓瑞氣千條噴紫霧只見那南天門碧沉沉瑠璃造就明晃晃寶鼎粧成兩邊有四根大柱柱上盤繞的是興雲步霧赤鬚龍正中有二座玉橋橋上站立的是彩羽凌空丹頂鳳明霞燦爛耿天光碧霧朦朧遮斗日天上有三十三座仙宮遺雲宮毘沙宮紫霄宮太

陽宮太陰宮化樂宮一宮宮春吞金獅豸又有七十二重寶殿乃朝會殿凌虛殿寶光殿聚仙殿傳奏殿一殿殿柱列玉麒麟壽星台祿星台福星台台下有千千年不邱奇花煉丹爐八卦爐水火爐爐中有萬萬載常青的檜卜朝聖殿中絳紗衣金霞燦爛彤廷揩下芙蓉冠金碧輝煌靈霄寶殿金釘攢玉戶積聖樓前彩鳳舞硃門伏道廻廊處處玲瓏剔透三簷四簇層層龍鳳朝翔上面有紫巍巍明幌幌圓丟丟光灼灼亮錚錚的葫蘆頂左右是紫簇簇窑層層響叮叮滴溜溜明朗朗的玉佩

聲正是天宮異物般般有世上如他件件稀金闕銀鶯並紫府奇花異草暨瑤天朝王玉兔喧邊過泰聖金烏着底飛若人有福來天竟不墮人間免污泥。

哪吒到了寶德門來的尚早不見敖光又見天宮各門未開哪吒站立在聚仙門下不多時只見敖光朝服叮噹遙至南天門只見南天門未開敖光曰來早了黃金力士還不曾至不免在此隔等候哪吒看見敖光敖光看不見哪吒哪吒是太乙真人在他前心看了符錄名曰隱身符故此敖光看不見哪吒哪吒

〔314〕

父李艮孩兒又不惹他他百般罵我還拿斧來劈我
是孩兒一圈打死了不知又有個甚麼三太子教做
敦內持畫戟刺我被我把混天綾裏他上岸一腳踏
寰貴氣因此上抽了他的觔來在此打一條龍觔繰
任頸項也是一圈不意打出一條龍來孩兒想龍觔
與父親束甲就把李靖只嚇得張口如痴結舌不語
半晌大叫月好笑家你惹下無涯之禍你快出去見
你伯父白回他話哪吒曰父王放心不知者不坐罪
觔又不曾動他的他要元物在此得孩兒見他去哪
吒急走求至大廳上前施禮口稱伯父小任不知一

〔315〕

時失錯孽伯父恕罪元觔交付明白分毫未動敖光
見物傷情對李靖曰你生出這等惡子你適纔還說
我錯了今他自已供認只你意上可過的去兒子無
者正神也夜父李艮亦係御筆懸差豈得你父子無
故擅行打死我明日奏上玉帝問你的師父要你敖
光遷揚長去了李靖頓足放聲大哭這禍不小夫人
聽見前庭悲哭忙問左右侍兒侍兒回報曰今日三
公子因遊玩打死龍王三太子適繞龍王與老爺折
辨明日覲奏崔天庭不知老爺爲何啼哭夫人着忙
急至前庭來看李靖李靖兒夫人來忙止淚恨曰我

〔316〕

李靖求仙未成誰知你生下這樣好兒子惹此滅門
之禍龍王乃施雨正神他妄行殺害明日王帝准奏
施行我和你多則三日少則兩朝俱為刀下之鬼說
龍又哭情甚悽切夫人亦淚如雨下指哪吒而言曰
我懷你三年零六個月方纔生你不知受了多少苦
辛誰知你是滅門絕戶之禍根也哪吒見父母哭泣
立身不发幾膝跪下言曰爹爹母親孩兒今日說了
罷我不是凡夫俗子我是乾元山金光洞太乙真人
弟子此寶皆係師父所賜料敖光怎的不得我我如
今往乾元山上問我師尊必有主意常言道一人做

〔317〕

事一人當豈敢連累父母哪吒出了府門孤一把
望空一洒寂然無影此是生來根本借土逍往乾元
山來有詩爲証

詩曰

乾元山上叩吾生。　訴說敖光東海情。
寶德門前施法力。　方知仙術不虛名。

話說哪吒借土逍來至乾元山金光洞候師法旨
寶德童兒忙啟師父師兄候法旨太乙真人曰着他
來金霞童子至洞門對哪吒曰師父命你進去哪吒
至碧遊床倒身下拜眞人問曰你不在陳塘關到此

知今不　拾正也　邪只要　做得去

吒把三太子的筋抽了。逛帶進關來。把家將嚇得渾
身骨軟勑酥腿漫難行挨到帥府門前哪吒來見殷
夫人。夫人曰我兒你往那裡耍子便去這半日哪吒
曰孩兒外閒行不覺來遲哪吒說罷往後園去了且說
李靖操演回來發放左右。自卸衣甲坐於後堂憂思
村王失政逼反天下四百諸矦目見生民塗炭正在
那裡煩惱且說敖光在水晶宮只聽得龍兵來報說
陳塘關李靖之子哪吒把三太子打死連筋都抽去
了敖光聽報大驚曰吾兒乃興雲步雨滋生萬物正
神怎說打死了李靖你在西崑崙學道吾與你也有

一拜之交。你敢縱子爲非。將我兒子打死。這也是百
世之冤。怎敢又將我兒子筋都抽了。言之痛心切骨。
敖光大怒。恨不能卽與其子報仇。隨化一秀士逕行
陳塘關來。至于帥府。對門官曰。你與我傳報。有故人
敖光拜訪。軍政官進內廳稟曰。啟老爺。外有故人敖
光拜訪。李靖曰。吾兄一別多年。今日相逢。真是天幸
靖整衣來迎。敖光至大廳。施禮坐下。李靖見敖光。一
臉怒色。方欲動問。只見敖光曰。李賢弟。你生的好兒
子。李靖咲答曰。長兄多年未會。今日奇逢。真是天幸
何故突發此言。若論小弟止有三子。長曰金吒。次曰

木吒。三曰哪吒。俱拜名山道德之士為師。雖未甚好
亦不是無賴之輩。長兄莫要錯見。敖光曰。賢弟你錯
見了。我豈錯見你的兒子在九灣河洗澡。不知用何
法術。將我水晶宮。幾乎震倒。我差夜叉來看。便將我
夜叉打死。我第三子來看。又將我三太子打死。還把
他筋都抽了。敖光說至此。不覺心酸。勃然大怒曰
你還說不曉事。護短的話。李靖忙倍笑答曰。不是我
家兄錯怪了我。我長子在九龍山學藝。二子在九宮
山學藝。三子七歲。犬門不出。從何處做出這等大事
來。敖光曰。便是你第三子哪吒打的。李靖曰。真是異

事非常。長兄不必性急。待我教他出來。你看李靖徃
後堂來。殷夫人問曰。何人在廳上。李靖曰。故友敖光
不知何人打死他三太子。說是哪吒打的。如今叫他
出去與他認。哪吒今在那裡。殷夫人自思。只今日出
門。如何做出這等事來。不敢回言。只說在後園裏面。
李靖逕進後園來。叫哪吒。在那裡叫了半個時辰。不
李靖逕走到海棠軒來。見門又關住。李靖在門口
大叫。哪吒在裡面聽見。忙開門來。見父親李靖便問
我兒你在此作何事。哪吒對曰。孩兒今日無事出關。
至九灣河頑耍偶因炎熱下水洗個澡。時耐有一夜

纔只見一小兒將紅羅帕蘸水洗澡，夜叉分水大叫曰：那孩子將甚麼作怪東西，把河水映紅，宮殿搖動。哪吒回頭一看，見水底一物，面如藍靛，髮似硃砂，巨口獠牙，手持大斧。哪吒曰：你那畜生是個甚東西，也說話。夜叉大怒：吾奉主公點差巡海夜叉，怎罵我是畜生。分水一躍，跳上岸來，望哪吒劈臉一斧。哪吒正赤身站立，見夜叉來得勇猛，將身躲過，把右手套的乾坤圈望空中一擎，此寶原係崑崙山玉虛宮所賜太乙真人鎮金光洞之物，那夜叉那裏經得起，那實打將下來，正落在夜叉頭上，只打的腦漿迸流，卽死於岸上。哪吒笑曰：把我的乾坤圈都污了，復到石上坐下，洗那圈子。

水晶宮如何經得起此二寶震撼，顯些二見把宮殿俱悅倒了。敖光曰：夜叉去探事未回，怎的這等凶惡。正說話間，只見龍兵來報：夜叉李艮被一孩童打死在陸地。特啟龍君知。遣敖光傳令點龍兵待吾親去看是何人。語未了，只見龍王三太子敖丙出來，口稱：父王爲何大怒。敖光將李艮打死的事說了一遍。三太子曰：父王請安，孩兒出去拿來便是。敕調龍兵，上了逼水獸，提畫杆戟，逕出水晶宮來，分

開水勢，浪如山倒，波濤橫生，平地水長數尺。哪吒起身看着水言曰：好大水，好大水。只見波浪中現一水獸，那獸上坐一人，全裝服色，持戟驍雄，大叫曰：是甚人打死我巡海夜叉李艮。哪吒曰：是我。敖丙一見問曰：你是誰人。哪吒答曰：我乃陳塘關李靖第三子哪吒是也。俺父親鎮守此間，乃一鎮之主，我在此避暑洗澡，與他無干，他來罵我，我打死了他也無妨。三太子敖丙太驚曰：好潑賊，夜叉李艮乃天王駕差，你敢大膽將他打死，尚敢撒潑亂言。太子將畫戟便刺來取哪吒。哪吒手無寸鐵，把手一低，撚將過去，少待助手：

你是何人，通個姓名，我有道裡。敖丙曰：吾乃東海龍君三太子敖丙是也。哪吒咲曰：你們原來是敖光之子，你妄自尊大，若惱了我，連你那老泥鰍都拿出來，把皮也剝了他的。三太子大叫一聲：氣殺我好潑賊道，等無禮。又一戟刺來。哪吒急了，把七尺混天綾望空一展，似火塊千團，往下一裹，將三太子裹下逼水獸。那吒搶一步趕上去，一腳踏住敖丙的頸項，提起乾坤圈照頂門一下，把三太子的元身打出，是一條龍，在地上挺直。哪吒曰：打出遠小龍的本像來了也，龍把他的觔抽去，做一條龍觔絛與俺父親束甲。哪

日。木吒拜九宮山白鶴洞普賢真人為師。老師既要此子為門下。但憑起一名諱。便拜道者為師。道人曰。此子第三。取名教做哪吒。李靖謝曰。多承厚德命名。感謝不盡。喚左右看齊。道人乃辭曰。這個不必。貧道有事。即便回山。著實固辭。李靖只得送道人出府。那道人別過。逕自去了。話說李靖在關上無事。或聞報天下反了。四百諸侯忙傳令出。把守關隘。操演三軍。訓練士卒。謹隄防野馬嶺一要地。烏飛兔走。瞬息光陰。暑往寒來。不覺哪吒年方七歲。身長六尺。時逢五月。天氣炎熱。李靖因東伯侯姜文煥反了。在遊魂

關大戰竇融。因此每日操練三軍。教練士卒不表。說三公子哪吒。見天氣暑熱。心下煩燥。來見母親。慈見畢。站立一傷。對母親曰。孩兒要出關外閑說一會。稟過母親。方敢前去。殷夫人愛子之心重。便叫我兒。你既要去關外閑玩。可帶一名家將領你去。不可貪頑。快去快來。恐怕你爹爹操練回來。哪吒應道。孩兒曉得。哪吒同家將出得關來。正是五月天氣也就著這炎熱。但見。

太陽真火煉塵埃。
綠柳嬌禾欲化灰。
行旅畏威慵舉步。
佳人怕熱懶登臺。

水閣無風似火埋。
涼亭有暑如煎燎。
輕雷細雨始開懷。
慢道荷香來曲院。

話說哪吒同家將出關。約行一里之餘。天熱難行。哪吒走得汗流滿面。乃叫家將看前面樹陰之下。可好納涼。家將來到絲柳陰中。只見燻風蕩漾。須襟盡解。急忙走回來到哪吒報曰。稟公子。前面柳陰之內甚是清涼。可以避暑。哪吒聽說。不覺大喜。便走進林內。解開衣帶。舒放襟懷。甚是快樂。猛忽的見那壁廂清波滾滾。綠水涓涓。真是兩岸垂楊風習習。崖傷亂石水淙淙。哪吒立起身來。走到河邊。叫家將曰。我方纔走

出關來熱極了。一身是汗。如今且在石上。洗一個澡。家將曰。公子仔細。只怕老爺回來。可早些回去。哪吒曰。不妨。脫了衣裳。坐在石上。把七尺混天綾放在水裏蘸水洗澡。不知道河是九灣河。乃東海敖光上。哪吒將此寶放在水中。把水俱映紅了。擺一擺。江河悅動的亂響。不說那哪吒洗澡。且說東海敖光在水晶宮坐。只聽得宮闕震響。敖光忙喚。在左右問曰。地不該震。為何宮殿幌搖。傳與巡海夜叉李艮看海口是何物作怪。夜叉來到九灣河。一望見水俱是紅的。光華燦

又懷孕在身以及三年零六個月尚不生產。李靖時
常心下憂疑。一日指夫人之腹言曰。孕懷三載有餘。
尚不降生非妖即怪。夫人亦煩惱曰。此孕定非吉兆。
教我日夜憂心。李靖聽說心下甚是不樂。當晚夜至
三更夫人睡得正濃夢見一道人。頭挽雙髻身着道
服逕進香房。夫人叱曰道人甚不知理。此乃內室
如何逕進着實可惡道人曰。夫人快接麟兒夫人未
及達只見道人將一物往夫人懷中一送夫人猛然
驚醒駭出一身冷汗忙喚醒李靖曰。適纔夢中如
此。如此說了一遍言未畢。時殷夫人已覺
腹痛。

靖急起來。至前廳坐下。暗想懷身三年零六個月令
夜如此莫非降生吉凶尚未可知正思慮間只見兩
個侍兒慌忙前來啟老爺夫人生下一個妖精來了。
李靖聽說急忙來至香房手執寶劍只見房裡一團
紅氣滿屋異香有一口裝滴溜溜圓轉如輪李靖大
驚望肉裹上一劍砍去割然有聲分開肉裹跳出一
個小孩兒來滿地上白面如傅粉右手套一金鐲肚
腹上圍着一塊紅綾金光射目遠位神聖下世此出在
陳塘關乃姜子牙先行官是也靈珠子化身金鐲是
乾坤圈紅綾名曰混天綾此物乃是乾元山鎮金光

洞之寶表過不題只見李靖砍開肉裹見一孩兒滿
地上跑起李靖駭異上前一把抱將起來分明是個好
孩子又不忍作為妖怪壞他性命乃遞與夫人看彼
此恩愛不捨各各歡喜卻說次日有許多屬官俱來
賀喜李靖剛祭賽放完畢中軍官來稟啟老爺外面有
一道人求見李靖原是道門怎敢忘本忙道請來
政官急請道人道人逕上大廳朝上對李靖曰將軍
貪道稽首了李靖忙答禮畢尊道人上坐道人不謙
便就坐下。李靖曰老師何處名山甚麼洞府今到此
關有何見諭道人曰貧道乃乾元山金光洞太乙真

人是也間得將軍生了公子特來賀喜借令公子六
看不知尊意如何李靖間道人之言隨喚侍兒抱將
出來侍兒將公子抱將出來道人接在手看了一看。
問曰。此子落在那個時辰李靖答曰。生在丑時道人
曰。不好李靖問曰。此子莫非養不得麼道人曰。非也
此子生于丑時正犯了一千七百殺戒又問此子可
曾起名否李靖答曰。不曾道人曰。待貧道與他起個
名就與貧道做箇徒弟何如李靖答曰。願拜道者為
師道人曰。將軍有幾位公子李靖答曰。不才有三子
長曰金吒拜五龍山云霄洞文珠廣法天尊為師次

把伏羲八卦反復推明。變成六十四卦。中分三百六
十又象守分安居全無怨。王之心後人有詩贊曰
七載羑裏城。
玄機泰透先天秘。　萬古留傳大聖名。
卦爻一一變分明。
話表紂王囚禁大臣全無忌憚一日報到元戎府黃
飛虎看報見反了東伯侯姜文煥領四十萬人馬兵
取遊魂關又反了南伯侯鄂順領人馬二十萬取三
山關天下已反了四百鎮諸侯黃飛虎嘆曰二鎮兵
起天下慌生民何日得安怱發令前命將緊守關
隘此話不表且言乾元山金光洞太乙真人因神仙

一千五百年。犯了殺戒乃年積月累天下大亂一場。
然後復定。一則姜子牙該斬將封神成湯天下該滅。
周室將與因此玉虛宮住講道教太乙真人閒坐桐
中。只聽崑崙山玉虛宮白鶴童子持玉扎到山太乙
真人。接玉扎望玉虛宮拜罷白鶴童子曰姜子牙不
父下山請師叔。把靈珠子送下山去太乙真人曰我
已知道了白鶴童子回去不表太乙真人送這一位
老爺下山不知後事如何且听下回分解
總把紂王無故殺戮人悮禁囚賢聖其與為君之道
以絕故不久國被牙凶為天下戮也宜矣、

又批
必竟文王也是多事的。倘與問數特只含糊應
之此一番事。不是也逃越過了古云。惟口出奸
與戎又曰其默足以容文王尚欠保身之術。

第十二回　　陳塘關哪吒出世
詩曰
金光洞裏一奇珍。　降落塵寰輔至仁。
哥室巳生佳氣色。　紂家應自喪精神。
從來泰運多樑棟。　自古昌期有劫燐。
戊午時中逢甲子。　慢嗟朝野盡沉淪。
話說陳塘關有一總兵官姓李名靖自幼訪道修真。
拜西崑崙度厄真人為師。學成五行遁術因仙道難
成故遣下山輔佐紂王官居總兵享受人間之富貴。
元配殷氏生有二子長曰金吒次曰木吒殷夫人後

官報稟上衆老爺正當午時，了衆官不見太廟火起
正在驚慌之際只聽半空中霹靂一聲山河振動忽
見陰陽官來報稟上衆老爺太廟火起此干嘆曰太
廟災異風湯天下必不久矣衆人齊出王府看火好
火但見
　此火本原生於石內其窗有威有雄坐居龐地東
　南位勢轉丹砂九鼎中此火乃燃人民出世刻木
　鎖金旋坤轉乾八卦內只他有感五行中衝地無
　情朝生東南照萬物之光輝暮落西北爲一世之
　混沌火起處滑刺刺閃電飛騰烟發時黑沉沉遮

　天避日看高低有百丈雷鳴聽遠近發三千霹靂
　黑烟鋪地百忙裡走萬道金蛇紅焰沖空霎時間
　有千團火塊狂風助力金釘銖戶一時休惡火飛
　來碧瓦雕簷撚指過火起千條焰星洒滿天紅都
　城齊吶喊轟動萬民驚
　鼓演先天莫浪猜
　成湯宗廟盡成灰
　老天已定興衰事
　箏不由人枉自媒
話說紂王在龍德殿正聚文武商議時只見奉御官
來奏果然午時太廟火起只嚇得天子魂飛天外覩
散九霄兩個奸臣肝膽盡裂姬昌眞聖人也紂王曰

姬昌之數今果有應驗大夫如何處之費尤二臣奏
曰雖然姬昌之數偶驗適逢其時豈得驟赦歸國陛
下恐衆大臣有所諫阻只赦放姬昌須如此如此天
下可安強臣無慮此四海生民之福也王曰卿言甚
善言未畢徵子比干黃飛虎等朝見畢比干奏曰今
日太廟火災姬昌之數果驗望陛下赦昌直言之罪
王曰昌數果應赦其死罪不赦歸國暫居美里待後
國事安寧方許歸國比干等謝恩而出俱至午門比
于對昌言曰爲賢侯特奏天子准赦死罪不赦還國
暫居美里月餘賢侯且自寧耐侯天子轉日回天自

然榮歸故地姬昌頓首謝曰今月天子禁昌美里無
處不是浩湯之恩怎敢有違飛虎又曰賢侯不過暫
居月餘不才等逢機搆會自然與賢侯力爲挽回
不令賢侯久嚲此地耳姬昌謝過衆人隨在午門璔
關謝恩即同押送官往美里來美里軍民父老捧全
捧酒擁道跪迎父老言曰美里今得聖人一顧萬物
生光罹聲襪地鼓樂驚天迎進城廟押送官嘆曰聖
人心同日月普照四方今月觀百姓迎接姬伯非伯
之罪可知也姬昌進了府宅押送官往都城回有不表
且言姬昌一至美里教化大行軍民樂業開拓無事

午門候旨飛虎惶問曰賢侯去而復还者何也昌曰
聖上召回不知何事却說是因見駕回言紂王大怒
叫速召姬昌至丹墀俯伏奏曰荷蒙聖恩釋臣
歸國令復召臣回不知聖意何故王大罵曰老匹夫
釋你歸國不思報效君恩而反侮辱天子尚有何詞
姬昌奏曰臣雖至愚主知有天下知有地中知有君
生身知有父母調教知有師長天地君親師五字臣
時刻不敢有忘故敢侮辱陛下廿冒萬死王怒曰你
還在此巧言強辯你演甚麼先天數辱罵朕躬罪在
不赦昌奏曰先天數乃伏羲演成八卦定人事之吉

且昌先天數乃是伏羲先聖所演非姬昌捏造若是
不準亦是據數推詳若是果準姬昌亦是直言君子
不是狡詐小人陛下亦可赦其小過王曰騁自已之
妖術謗主罪以不堪豈得赦其無罪比干奏曰臣等
非為姬昌定為國也今陛下斬姬昌事小恐櫻安危
事大姬昌素有令名為諸侯瞻仰軍民欽服置昌先
天數據理直推非是妄捏如来聖上不信可命姬昌
演目下凶吉如准可赦姬昌如不准即坐以捏造妖
言之罪紂王見大臣力諫只得准奏命姬昌演日下
吉凶昌取金錢一幌大驚曰陛下明日太廟火災迷

凶休咎非臣故捏臣不過據數而言豈敢妄議是非
王曰你試演朕一數看天下如何昌奏曰前演陛下
之數不吉故對費仲尤渾二大夫言即曰不吉併來
曾言甚麼是非臣安敢妄議紂王立身大呼曰你道
朕不能善終你自誇壽終正寢卦侮君而何此正是
妖言惑衆以後必為禍亂朕先教你先天數不驗不
能善終傳旨將姬昌拿出午門梟首以正國法左右
魏徵上前只見殿外有人大呼曰陛下姬昌不可斬
臣等有諫章紂王急視見黃飛虎微子等七位大臣
遷殿俯伏奏曰陛下天赦姬昌還國臣民仰德如山

將宗社神主請開恐觸社稷根本王曰數演下且庶
在何時昌曰應在午時王曰既如此且將姬昌發下
囹圄以候明日之驗衆官同出午門姬伯感謝七位
殿下黃飛虎曰賢侯明日若有火災罷不願廿且言
昌言明日令看守太廟官宦子細防閑亦不必焚香
傳旨明日令看守太廟官宦子細防閑亦不必焚香
其火從何而至王曰此言極善普天子回宮費尤二人
也出朝不表且言次日武成王黃飛虎約七位殿下
俱在王府候午時火災之東大命陰陽官報時刻陰陽

來姜子牙氷凍岐山拿魯雄捉此二人祭封神臺此是後事表過不題二人聽罷含笑曰生有時辰死有地也自留他三人復又暢飲費尤二人乃乘機誘之曰不知賢侯平日可曾演得自己究竟如何昌曰這平昔我也曾演過費仲曰賢侯禍福何如昌曰不才還討得簡善終正寢衆費尤二人復虛言慶慰曰賢侯自是福壽雙全兩伯謙謝三人又飲數杯費尤二人曰不才朝中有事不敢久覊賢侯前途保重各人分別費尤二人在馬上罵曰這老畜生自己死在目前及言善終正寢我等及集氷凍死分明罵我等這樣

282

可惡正言話間已至午門下爲便殿朝見天子王問曰姬昌可曾說甚麼二臣奏曰姬昌怨妄亂言辱君罪在大不敬紂王大怒曰這匹夫朕赦汝歸國到不感德反行悔辱可惡他以何言辱朕二人復奏曰他曾演數言國家只此一傳而絕所延不過四七之年又道陛下不能善終紂王怒罵曰你不問這老匹夫死得如何費仲曰臣二人也問他他道善終正寢大抵姬昌乃利口妄言惑人耳目卽他之死生出於陛下尚然不知還自已說善終這不是自家哄自家卽臣二人叫他演數他言臣二人凍死氷中只臣莫說

283

托陛下福蔭卽係小民也無凍死氷中之理卽此皆係荒唐之說虛謬之言惑世誣民莫此爲甚陛下速賜施行王曰傳朕旨令晁田趕去拿來卽特梟首號令都城以戒妖言晁田得旨追趕不表且說姬昌上馬自覺酒後失言忙令家將速離此間恐後有變衆皆催動迤運而行姬伯在馬上自思吾演數中七年災迤爲何平安而返必是此間失言致有是非定然惹起事來正遲疑間只見一騎如飛趕來及到面前乃是晁田也晁田大呼曰姬伯天子有旨請回姬伯回答曰晁將軍我已知道了姬伯乃對衆家將曰吾

284

今災至難逃你們速回我七載後自然平安歸國者伯邑考上順母命下和弟兄不可更西岐規矩再無囑說你們去罷衆人洒淚回西岐去了昌同晁田回朝歌來有詩曰

十里長亭餞酒巵　　只因直語欠委蛇
若非天數羈羑里　　焉得姬侯繼伏羲

話說姬昌同晁田往午門來就有報馬飛報黃飛虎飛虎大驚沉思爲何去而復返莫非費尤兩個奸逆坐害姬昌令周紀快請各位老殿下速至午門周紀去請黃飛虎隨上坐騎急急來到午門將姬昌已在

285

言曰國內已無綱紀。今無故而殺大臣。皆非吉兆。賢
侯明日拜闕急宜早行遲則恐奸佞忌刻又生他變。
至囑至囑姬昌欠身謝曰丞相之言真為金石盛德
豈敢有忘次日早臨午門望闕拜謝謝恩姬昌隨帶
家將竟出西門來到十里長亭百官欽敬武成王黃
飛虎微子箕子比干等俱在此伺候多時姬昌下馬
黃飛虎與微子慰勞曰今日賢侯歸國不才等其有
水酒一杯一來為君侯榮餞尚有一言奉瀆姬昌曰愿
聞微子曰雖然天子有負賢侯望乞念先君之德不
可有失臣節妄生異端則不才輩幸甚萬民幸甚姬

二人內奸佞，外行仁義

頓首謝曰感天子赦罪之恩蒙列位再生之德昌雖
沒齒不能報天子之德豈敢有他異哉百官執杯把
盞姬伯量大有百檻之飲正所謂知已到來言不盡。
彼此更覺綢繆。一時便不能捨正歡飲之間只見費
仲尤渾乘馬而來自具酒席也來與姬伯餞別。百官
一見費尤二人至便有幾分不悅個個抽身姬昌謝
曰二位大夫昌有何能荷蒙遠餞費仲曰聞賢侯榮
歸早職特來餞別。有事來遲望乞恕罪姬昌乃仁德
君子待人心實那有虛意。一見二人懷慚便自喜悅
然百官畏此二人俱先散了只他三人把盞酒過數

百計迎奸佞盡應

巡，費尤二人曰取大盃來。二人滿斟一盃奉與姬伯。
姬伯接酒欠身謝曰多承大德何日卻環。一飲而盡。
姬伯量大不覺連飲數盃費仲曰請問賢侯仲常聞
賢侯能演先人數。其應果否無差姬昌答曰陰陽之
理自有定數豈得無準但人能反此以作善趨避之
亦能逃越仲復問曰若當今天子所為皆錯亂不識
將來究竟可預開乎此時姬伯酒已半酣却忘記此
二人來意。一聽得問大子休咎便慂額欷歔歎曰國
家氣數顯然只此一傳而絕不能善其終今天子所
為如此是速其敗也臣子安忍言之哉姬伯言畢不

覺悽然。仲又問曰。其數應在何年姬伯曰不過四七
年間戊午歲中甲子而已費尤二人俱浴嗟長嘆復
以酒酬西伯少頃二人又問曰不才二人亦求賢侯
一數看我等終身何如姬伯原是賢人君子那知虛
偽即袖演一數便沉吟良久曰此數甚奇怪費尤
二人笑問曰如何不才二人數內有甚奇怪昌曰人
之死生雖有定數或糜爛鼓腹百般雜誅或五刑水
火繩縊跌撲非命而已不似二位大夫死得蹊蹺
蹺古古怪怪費尤二人咲問曰必竟如何死于何地
昌曰將來不知何故被雪水渰身凍在氷凵而絕後

〔眉批〕讒言逆耳／君聰臣難

章可奏天下。紂王曰：卿等又有何奏章？揚任奏曰：四
臣有罪，天赦姬昌，乃七王為國為賢者也。且姜桓楚、
郭崇禹皆稱首之臣，恒楚任重功高，素無失德謀逆，
無証豈得妄坐？崇禹性鹵無屈，直諫聖聰，無虛無謬，
臣聞君明則臣直，直諫君過者忠臣也，訶諍逢君者
佞臣也。臣等目觀國事艱難，不得不繁言實奏，願陛
下憐二臣無辜，救還本國，清平各地，使君臣喜樂于
堯天，萬性謳歌于化日，臣民念陛下寬洪大慶納諫，
如流始終，不負臣子為國為民之本心耳。臣等不勝
感激之至。王怒曰：亂臣造逆，惡黨簧舌，桓楚弒君，醢

274

尸不足以盡其辜。崇禹藹藹，君正當其罪，衆卿強
諫，朋比欺君，污衊法紀，如再阻言者，卽與二逆臣同
罪。隨傳旨速正典刑。楊任等見天子怒色，莫敢誰何。
也是合該二臣命絕，旨意出，鄂崇禹梟首，姜垣楚將
臣釘釘其手足，亂刀碎剮，名曰醢尸。監斬官當雄回
奏紂王，駕回官闕，姬昌拜謝七位殿下，泣而新曰：姜
垣楚無辜慘死，鄂崇禹忠諫喪身，東南兩地，自此無
寧日矣。衆人俱各慘然淚下曰：且將二侯收尸埋葬
淺土，以俟事定再作區處。有詩為証。
詩曰

275

忠告徒勞諫諍名
逆鱗難犯莫輕攖。
臨尸桓楚身遭慘
服甸崇禹命已傾、
兩國君臣空望眼、
七年羑里屈孤貞、
上天有意傾人國。
致使紛紛禍亂生、

且不題二侯家將星夜逃回，報與二侯之子去了。且
說紂王次日昇頤慶殿，有亞相比干具奏，比干出朝，銜有費仲、
尸。放姬昌歸國，天子惟奏，比干領旨出朝，銜有費仲
諫曰：姬昌外若忠誠，內懷奸詐，以利口而感眾臣，而
是心非終非良善，恐放姬昌歸國，反構東魯姜文煥、
南都鄂順，與兵擾亂天下。軍有持戈之士，守有披甲

276

〔眉批〕費計百出

之觀百姓驚慌，都城擾嚷。誠所謂縱龍入海，放虎歸
山，必生後悔。王曰：詔赦已出，衆臣皆知，豈有出乎反
平之理？費仲奏曰：臣有一計，可除姬昌。王曰：計將何
出？費仲對曰：既赦姬昌，必拜闕方歸故土，百官也要
與姬昌餞行，臣去探其虛實。若昌果有真心為國，陛
下赦之；若有欺詐，卽斬昌首，以除後患。王曰：卿言是
也。且說比干出朝，逕至館驛，來看姬伯，在左右通報。姬
昌出門迎接，敘禮坐下。比干：不才今日便殿見駕，
奏王為收二侯之尸，釋君侯歸國。姬昌拜謝曰：老殿
下厚德，姬昌何月能報再造之恩？比干復前就手低

277

命魯雄監斬速發行刑旨只見右班中有中諫大夫
費仲尤渾出班俯伏奏曰臣有短章冒瀆天聽王曰
二卿有何表章臣敢啟陛下四臣有罪觸犯天顏罪在
不赦但姜桓楚有弒君之惡鄂崇禹有此主之惡姬
昌利口誨君崇候虎隨眾議謗惚臣公議崇候虎素
懷忠直出力報國造橋星橫瀝胆披肝起壽仙宮鳳
夜盡瘁曾竭力公家分毫無過崇候虎不過隨聲附
和實非本心若是不分皂白玉石俱焚是有功而奏
無功同也人心未必肯服願陛下赦候虎毫末之生
以後將功讀今日之罪紂王見費尤二臣諫赦崇候

虎蓋為費尤二人乃紂王之寵臣言聽計從無語不
入王曰據二卿之言昔崇候虎既有功于社稷朕嘗
不負前勞叫奉御官傳旨特赦崇候虎二人謝恩歸
班旨意傳出單赦崇候虎殷東頭惱了武成王黃飛
虎執笏出班有亞相比干併微子箕子微子啟微子
衍伯夷叔齊七人同出班俯伏比干奏曰臣啟陛下
大臣者乃天子之股肱姜桓楚威鎮東魯數有戰功
若言弒君一無可証安得加以極刑況姬昌忠心不
二為國為民實邦家之福臣道合天地德配陰陽仁
結諸候義施文武禮治邦家智服反叛信達軍民紀

綱肅清政事嚴整臣賢君正子孝父慈兄友弟恭君
臣一心不肆干戈不行殺法行人讓路夜不閉戶路
不失遣四方瞻仰稱為西方聖人鄂崇禹身任一方
重寄日夜勤勞王家使一方無警皆是有功社稷之
臣乞陛下一併憐而赦之群臣不勝感激之至王曰
姜桓楚謀逆鄂崇禹姬昌肆口鼓惑妄言詆君俱罪
在不赦諸臣安得妄保黃飛虎奏曰姜桓楚鄂崇禹
皆名重大臣素無過舉姬昌乃良心君子善演先天
之數皆國家棟梁之才今一旦無罪而死何以服人
下臣民之心況三路諸候俱帶甲數十萬精兵猛將

不謂無人倘其臣民知其君死非其罪又何忍其君
遭此無辜倘或機心一聞恐兵戈擾壞四方黎庶倒
懸況聞太師遠征北海今又內起禍胎國作何安厝
陛下憐而赦之國家幸甚紂王聞奏又見七王力諫
乃曰姬昌朕亦素聞忠良但不該隨聲附和本宜重
處姑看諸卿所奏赦免但恐他日歸國有變卿等不
得辭其責矣姜桓楚鄂崇禹謀逆不赦速正典刑蕭
卿再毋得實奏旨意傳出赦免姬昌天子命奉御官
惠催行刑將姜桓楚鄂崇禹以正國法只見左班中
有上大夫繆隔楊任等六位大臣進禮稱臣臣有奏

又批

奸讒禍人家國無不賤忍刻薄用心甚毒甚險。只將人一個家國送得乾乾淨淨身弒國亡方是了當妲巳陰險費仲濟惡其設謀用一網打盡之計何其惡毒不若一驛卒反有不忍良心善惡原不以君子小人而分。

又批

天生一關繫運有用之人其出身必異古今皆然又不止雷震子一人盖雷震子生之於古墓中此所以為更異。

封神演義卷之二　終

新刻鍾伯敬先生批評封神演義卷之三

第十一回　羑里城囚西伯侯

詩曰

君虐臣奸國事非　如何信口泄天機
若非丹陛忠心諫　已見藁街血色飛
羑里七年沾化雨　伏羲八卦開精微
從來世運歸明王　漫道岐山日正輝

話說西伯侯姬昌見天子不看姜桓楚的本竟平白斬桓楚拿出午門碎醢其尸心上大驚知天子甚是無道三人俯伏稱臣奏曰君乃臣之元首臣乃君之

股肱陛下不看臣等本章即殺大臣是謂虐臣文武如何肯服君臣之道絕矣乞陛下垂聽亞相比干將姬昌等本展開紂王只得看本具疏臣鄂崇禹姬昌崇侯虎等奏為正國正法退佞除奸洗明沉寃以匡不替復立三綱內勤狐媚事臣等聞聖王治天下務勤實政不事臺榭陂池親賢遠佞不馳務於遊畋不沉湎于酒湎荒于色惟敬修天命所以天府三事允治以故堯舜不下階垂拱而天下太平萬民樂業今陛下承嗣大統以來未聞美政日事怠荒信讒遠賢沉湎酒色姜

后賢而有禮並無失德竟遭慘刑妲巳穢污宮中反寵以重位屈斬太史有失司天之內監輕酷大臣而廢國家之股肱造炮烙杜忠諫之口聽讒言殺子無慈臣等顧陛下昵費仲尤渾惟君子是親斬妲巳整肅宮闈庶幾天心可回天下可安不然臣等不知所終矣臣等不避斧鉞冒死上言懇乞天顏納臣直諫速賜施行天下幸甚萬民幸甚臣不勝戰慄待命之至謹具疏以聞紂王看罷大怒扯碎表章拍案大呼將此等逆臣梟首回貞武士一齊動手把三位大臣綁出午門紂王

眾人起去喚姚福問曰你為何出此言實說有賞假訕有罪姚福道是非只為多開此千歲爺在上這一件事是讒密事小的是使命宦家下的人因姜皇后屈死西宮二殿下大風刮去天子信妲巳娘娘暗傳詔青宮四位大臣明日早朝不分皂白一槩斬首今夜小人不忍不覺說出此言姜桓楚聽罷恍問曰姜娘娘為何屈死西宮姚福話巳露了收不住言語只得從頭訴說紂王無道殺子誅妻自立妲己為正宮細細訴說一遍姜皇后乃桓楚之女女死心下如何不痛身似刀碎意是油煎大叫一聲跌倒在地

262

（眉批：說賊臣心見悞其）

昌命人扶起桓楚痛哭曰我兒抉目炮烙雙手自古及今那有此事姬伯勸曰皇后受屈殿下無蹤人死不能復生今夜我等各具奏章明早見君犯顏力諫必分清白以正人倫桓楚哭而言曰姜門不幸怎敢動勢列位賢伯上言我姜桓楚獨自面君辯明冤枉姬昌曰賢伯另是一本我三人各具本章姜桓楚兩淚千行一夜修本不題且說奸臣費仲知道四大臣在館驛住奸臣費仲暗進偏殿見紂王其言四路諸侯俱到了紂王大喜明日昇殿四侯必有奏章何言阻諫臣啟陛下明日但四侯上本陛下不必看本不

263

分皂白傳旨拿出午門梟首此為上策王曰卿言甚善費仲辭王歸宅一宿曉景巳過次日早朝昇殿聚積兩班文武午門官啟駕四鎮諸侯候齊王曰宣來只見四侯伯聽詔即至殿前東伯侯姜桓楚等高擎牙笏進禮稱臣畢姜桓楚將本章呈上亞相比干接本紂王曰姜桓楚你知罪麼桓楚奏曰臣鎮東魯肅嚴邊庭奉法守公自盡臣節有何罪可知陛下聽讒寵色不念元配痛加慘刑誅子滅倫巳絕宗嗣信妖妃陰謀忌妒聽佞臣炮烙忠良臣既受先王重恩今觀天顏不避斧鉞直言冒奏實君負微臣臣無負于

264

君望乞見憐辯明冤枉生者幸甚死者幸甚紂王大怒罵曰老逆賊命女弒君忍心篡位罪惡如山今反飾辭強辯希圖漏網命武士擎出午門碎醢其屍以正國法金瓜武士將姜垣楚剝去官冕縲縶繩索姜桓楚罵不絕口不由分說推出午門只見西伯侯姬昌南伯侯鄂崇禹北伯侯崇侯虎出班稽首陛下臣等俱有本章姜垣楚真心為國並無謀篡情由望乞詳察紂王安心要殺四鎮諸侯將姬昌等本章放于龍案之上不知姬昌等性命如何且聽下回分解

總批

265

調和鼎鼐，治民有法，有干何事，宜詔我等四人飲酒。半酣只見南伯侯鄂崇禹，平昔知道崇侯虎會夤緣鑽刺，結黨費仲、尤渾，蠱惑聖聰，廣施土木，勞民傷財，那肯為國為民，只知賄賂于己。此時酒已後了，偶然想起從前事來，鄂崇禹乃曰：姜賢伯、姬賢伯，不才有一言奉啟崇賢伯。崇矦虎笑容荅曰：賢伯有甚事見教，不才敢不領命。鄂崇禹曰：天下諸矦首領是我等四人，聞賢伯過惡多端，全無大臣体面，剝民利己，專與費仲、尤渾往來，督功監造摘星樓，問得你三丁抽二，有錢者買閒在家，無錢者重後苦累，你受私愛財苦

殺萬民，自專殺法，狐假虎威，行似豺狼，心如餓虎。朝歌城內軍民人等，不敢正視，千門切齒，萬戶卸冤。賢伯常言道：得奸禍猶惡作福，自德生從此改過，切不可為。就把崇侯虎說得滿目烟生，口內火出，大叫道：鄂崇禹，你出言狂妄，我和你俱是一樣大臣，你為何席前這等凌虐我，你有何能敢當面以誣言污蔑我。看官崇侯虎倚費仲、尤渾內裡有人，欲酒席上要與鄂崇禹相爭起來，只見姬昌拈侯虎曰：崇賢伯、鄂賢伯，勸你俱是好言，你怎這等橫暴，難道我等在此，你好歹打鄂賢伯。若鄂賢伯這番言語，也不過是愛公

忠告之道，若有此事，痛加改過，若無此事，更自加勉，則鄂伯之言，句句良言，語語金石，今公不知，自責反怪直諫非禮也。崇侯虎聽姬昌之言，不敢動手，不提防被鄂崇禹一壺酒劈面打來，正打侯虎臉上。侯虎探身來抓鄂崇禹，又被姜桓楚架開，大喝曰：大臣廝打，體面何存，崇賢伯夜深了，你睡罷。侯虎忍氣吞聲，自去睡了。有詩曰：

館舍傳杯論短長，奸臣設計害忠良。
刀兵自此紛紛起，播亂朝歌萬姓殃。

且言三位諸侯久不曾會，重整一席，三人共飲，將至

二鼓時分，內中有一驛卒，見三位大臣飲酒，點頭嘆曰：千歲千歲，你們今夜傳盃懽會飲，只怕明日鮮紅染市曹。更深夜靜，人言甚是明白。姬昌明明聽見這樣言語，便問甚麼人說話，叫過來。左右侍酒人簇俱在兩傍，只得俱過來齊齊跪倒。姬伯問曰：方纔誰言今夜傳盃懽會飲，明日鮮紅染市曹？眾人荅曰：不曾說此言語。只見姜、鄂二侯也不曾聽見。姬伯曰：句句分明，怎言不曾說。叫家將進來，拿出去都斬了。驛卒聽得，誰肯將生替死，只得擠出這人。眾人齊叫：千歲爺，不干小人事，是姚福親口說出。姬伯聽罷，叫作了

傾下有半個時辰，姬伯分付眾人仔細此二雷來了。跟隨眾人，大家說老爺分付雷來了。仔細些。話猶未了。一聲響亮霹靂交加震動山河。大地崩倒華岳高山。眾人大驚失色。都擠緊在一處。須臾雲散雨收日色。當空眾人方出得林子來。姬昌在馬上渾身雨濕嘆曰雷過生光將星出現左右的與我把將星尋來。眾人冷笑不止將星是誰。那裡去找尋。然而不敢違命。只得四下裡尋見眾人正尋之間只聽得古墓旁邊像一孩子哭泣聲響。眾人向前一看果是箇孩子。眾人曰想此古墓焉得有這孩兒見。必然古怪想是將星

就將這嬰兒抱來獻與千歲看何如。眾人果將這孩兒抱來遞與姬伯。姬伯看見好個孩子。面如桃蕊服有光華。姬昌大喜。想我該有百子。今止有九十九子。適纔之數該得此見。正成百子之兆。眞是美事。命左右將此見送往前村權養待孤七載回來帶往西岐。久後此子福分不淺。姬昌蹤馬前行。登山過嶺趕過燕山徃前正走不過一二十里只見一道人。丰姿清秀。相貌稀奇。道家風味異常。寬袍大袖。那道人有飄然出世之表。向馬前打稽首曰君侯貧道稽首了。姬昌慌忙下馬答禮言曰不才姬昌失禮了。請問道者。

為何到此。那座名山甚麼洞府。今見不才。有何見論。願聞其詳。那道人答曰。貧道是終南山玉柱洞煉氣士雲中子是也。方纔兩過雷鳴。將星出現。貧道不辭千里而來。尋訪將星。今觀尊顏。貧道幸甚。姬昌聽罷。命左右抱過此見。付與道人。道人接過看曰。將星你這時候纔出現。雲中子曰。賢侯貧道今將此見帶上終南以為徒弟。俟賢侯回日。奉與賢侯不知賢侯意下如何。昌曰道者帶去不妨。只是久後相會以何名為証道人曰。雷過現身。後會時。以雷震為名便了。昌曰不才領教。請了。雲中子抱雷震子。回終南而去。若

要相會七年後。姬伯有難。雷震子下山重會此是後話表過不題。且說姬昌一路無詞進五關過澠池縣度黃河過孟津進朝歌來至金庭館驛館驛中先到了。三路諸侯東伯侯姜桓楚。南伯侯鄂崇禹北伯侯崇侯虎三位諸侯在驛中飲酒左右來報姬伯侯到了。三位迎接姜桓楚曰姬賢伯為何來遲。昌曰因路遠羈縻故此來遲得罪了。四位行禮已畢復添一席傳杯權飲酒行數巡。姬昌問曰三位賢伯天子何事緊急詔我四臣到此我想有甚麼大事情。都城內有武成王黃飛虎是大子棟樑。治國有方。亞相比干能

一循舊章，弟兄和睦，君臣相安，母得任一己之私便
一身之好，凡有作為，惟老成是諳，西岐之民無妻者。
給與金錢而娶，貧而悠期未嫁者，給與金銀而嫁，孤
寒無依者，當月給口糧，毋使欠缺，待孤七載之後災
滿自然榮歸，你切不可差人來接我，此是至囑，至囑
不可有忘，伯夷考聽父此言跪而言曰，父王既有七
載之難，子當代往，父王不可親夫，姬昌曰，我兒君子
見難豈不知迴避，但天數已定斷不可逃徒自多事。
你等專心守父囑諸言，即是大孝，何必乃爾，姬昌退
至後宮來見母親，太姜行禮畢，太姜曰，我兒，為母與

你演先天數，你有七載災難，姬昌唬跪下答曰，今門天
子詔至，孩兒隨演先天數，內有不詳七載罪愆不能
絕命，方纔內事外事，俱托艾武國政，付子伯夷考，孩
兒特進宮來，辭別母親，明日欲往朝歌，太姜曰，我兒
此去百事斟酌不可造次，姬昌曰，謹如母訓隨出內
宮，與元妃太姬作別，西伯侯有四乳二十四妃生九
十九子，長曰伯夷考，次子姬發即武王天子也，周有
三母，乃昌之母太姜，昌之元妃太姬，武王之元配太
姬，故周有三母俱是大賢聖母，姬昌次日打點往朝
歌，匆匆行色，帶領從人五十名，只見合朝文武上太

夫散宜生大將軍南宮适，毛公遂周公旦，召公奭，畢
公榮公辛甲，辛免太顛閎夭四賢八俊與世子伯夷
考，姬發領眾軍民人等，至十里長亭餞別，擺九龍侍
席，百官與世子把盞，姬昌曰，今與諸卿一別七載之
後，君臣又會矣，姬昌以手拍夷考曰，我兒只你弟兄
和睦，孤亦無慮，飲罷數杯，姬昌上馬，父子君臣洒淚
而別，西伯那一日上路，走七十餘里，過了岐山一路
行來夜住曉行也，非一日，那一日行至燕山姬伯在
馬上曰，呼左右看前面可有村舍茂林可以避雨呢。
尺問，必有大雨來了，跟隨人正議論曰，青天朗朗雲

翳俱無，赤日流光，雨從何來，說話未了，只見雲霧香
生，姬昌打馬叫速進茂林避雨，眾人方進得林來，且
見好雨
雲長東南霧起西，此雲時間風狂生冷氣。
雨氣可侵人，初起時微微細雨，次後來密密層層。
滋禾潤稼花枝上，斜掛玉玲瓏，壯地肥田草稍尖，
亂滴珍珠滾，高山翻下千重浪，低凹平添白練水。
遍地草堯鴨頭綠，蒲山石洗佛頭青，椎塌錦江並
四海，好雨扳倒天河往下傾。
話說姬昌在茂林避雨，只見滂沱大雨一似瓢潑盆

今日商容撞死,趙啟敬炮烙,朕被這兩箇匹夫辱罵不堪這樣慘刑。百官俱還不怕,畢竟還再想奇法治此倔強之輩。妲巳對曰:容妾再思,王曰:美人大位巳定,朝內百官也不敢諫阻,朕所慮東伯侯姜桓楚知他女見慘死,領兵反叛,搆引諸侯殺至朝歌,聞仲北海未回。妲巳曰:妾乃女流,聞見有限,望陛下急召費仲商議,必有奇謀,可安天下。王曰:御妻之言有理。即傳旨宣費仲,不一時費仲至官拜見紂王曰:姜后巳亡,朕恐姜桓楚聞知領兵反亂,東方恐不得安寧。卿有何策可定太平。費仲跪而奏曰:姜后巳亡。

〔眉批〕賊子惡,用一網打盡之計

殿下又失商容撞死,趙敬炮烙,文武各有怨言,只恐內傳音信,搆惹姜桓楚兵來,必生禍亂。陛下不若暗傳四道旨意,把四鎮大諸侯,誆進都城,梟首號令,斬草除根,那八百鎮諸侯知四臣巳故,如蛟龍失首,猛虎無牙,斷不敢猖獗,天下可保安寧,不知聖意如何。紂王聞言大悅:卿真乃蓋世奇才,果有安邦之策,不貞蘇皇后之所薦。費仲退出官中,紂王暗發沉吉四道,點四員使命官,往四處去認姜桓楚、鄂崇禹、姬昌、崇侯虎,不提。且說那一員官,逕往西岐前來。一路上風塵滾滾,芳草悽悽,穿州過府,旅店村庄,真是朝登

紫陌暮踏紅塵,不一日過了西岐山七十里,進了都城,使命官觀看,城內光景,民豐物阜,市井安閒,做買做賣,和容悅色,來往行人,謙讓尊卑。使命官歎曰:聞道姬伯仁德,果然風景雍和,真是唐虞之世。使命官至金庭館驛,下馬,次日,西伯侯姬昌,設殿聚文武,講論治國安民之道,端門官報道:旨意下。姬伯帶領文武,接天使旨。使命到殿,跪聽開讀:

詔曰:北海猖獗,大肆兇頑,生民塗炭,文武莫知所措,朕甚憂心,內無輔弼,外欠協同,特詔爾四大諸侯,至朝,共襄國政,戡定禍亂,詔書到日,闔西北侯。

姬昌速赴都城,以慰朕捲懷,亦得羈遲致朕佇望。侯功成之日,進爵加封,廣開茅土,謹欽來命,朕不食言,汝其欽哉,特詔。

姬昌拜詔畢,設筵欵待天使,次日整備金銀表禮,賞送天使。姬昌曰:天使大人,只在朝歌會齊,就行。使命官謝畢,姬昌去了不題。且言姬昌坐端明殿,對上大夫散宜生曰:孤此去,內事托與大夫,外事托與南宮适等諸人。宣見伯邑考至,分付曰:昨日天使宣召我,起一易課,此去多凶少吉,縱不致損身,該有七年大難,你在西岐,須是守法,不可收於國政

燕山此際瑞烟籠　雷起東南助曉風
霹靂聲中驚蝶夢　電光影裏祭座朦
三分有二開岐業　百子名全應鄹鄹
卜世卜年龍虎將　興周滅紂建奇功

話說眾官見商容撞死紂王大怒俱未及言語良見
大夫趙啟見商容皓首死於非命又令拋尸心下甚
是不平不覺瞪目揚眉忍納不住大叫出班臣趙啟
不敢有負先王今日殿前以死報國得與商丞相同

第十回

詩曰

姬伯燕山收雷震

封神演義　卷之二

多少尋思。幾番酌量。極致做來。又是東扯西曳
總是兒女情多。英雄氣少。予當取法斯人。

冲牛斗。兩邊將炮烙燒紅。把趙啟剝去官冕將鐵索
裹身只烙的筋斷皮焦骨化烟飛。九間殿烟飛人臭
眾官員鉗口傷情。紂王看此慘刑其心方遂傳旨畢
回有詩為証。

詩曰

炮烙當庭設　火威乘勢熱
一胆先摧烈　須臾化骨觔
要知紂山河　隨此烟爐滅

九間殿又炮烙大臣百官駐顏魂飛不表且說紂王
回宮。妲巳接見紂王攜手相攬並坐龍墩之上王曰。

遊地下足矣。指紂王罵曰無道昏君絕首相退忠良。
諸侯失望。寵妲巳信讒佞社稷摧頹。我且歷數昏君
的積惡。皇后遭枉酷死。自立妲巳為正宮追殺太子。
使無踪跡。國無根本不久坵墟。昏君你不義誅
妻不慈殺子不道治國不德殺大臣不明近邪佞不
正貪酒色不智立三綱不耻敗五常。昏君仁倫道德
字全無。枉為人君空禪帝座。有辱成湯死有餘愧。
紂王大怒切齒拍案大罵匹夫焉敢侮君罵主傳旨
將這逆賊速拿炮烙。趙啟曰吾死不足惜止留忠孝
于人間。豈似你這昏君斷送江山污名萬載紂王氣

罵將大
快人心

載臣雖死之日猶生之年臣臨啟不勝惶悚待命
之至謹疏以聞。
紂王看完表章大怒將本扯得粉碎傳旨命當駕官。
將這老匹夫拿出午門用金瓜擊死兩邊當駕官欲
待上前商容站立簷前大呼曰誰敢拿我我乃三世
之股肱托孤之大臣商容手指紂王大罵曰昏君你
心迷酒色荒亂國政獨不思先王克勤克儉孝修厥
德乃受天明命今昏君不敬上天藥厥先宗社謂惡
不足畏謂敬不足與日身弒國亡有辱先王且皇
后乃元配天下國母未聞有失德昵比妲巳慘刑毒

238

罵得痛
快

死夫綱巳失殿下無辜信讒殺戮令翦刮無辜父子
倫絕阻忠殺諫炮烙良臣君道全二處耶見禍亂將與
災異疊見不久宗廟坵墟社稷易王可惜先王竭精
挨隨遺為子孫萬世之基金湯錦繡之天下被你道
皆君斷送了個乾乾靜靜的你死于九泉之下將何
顏見你之先王哉紂王拍案大罵快拿匹夫擊頂前
容大喝左右吾不惜死乙帝先君老臣今日有負社
稷不能匡救于君實愧見先王耳你這昏君天下只
在數載之間一但失與他人商容望後一閃一頭撞
倒龍盤石柱上面可憐七十五歲老臣今日盡忠軀

239

漿噴出血染末襟一世忠臣半生孝子今日之死乃
是前生造定的後人有詩吊之

詩曰

速馬朝歌見紂王，九間殿上盡忠良。
罵君不怕身軀碎，叱主何愁劍下亡。
炮烙豈辭心似鐵，忠言直諫意如鋼。
今朝撞死金堦下，前得聲名萬古香。

話說眾臣見商容撞死堦下面面相覰紂王猶怒聲
不息分付奉御官將這老匹夫尸骸抛去都城外母
令掩捱左右將商容尸骸扛去城外不題不知後事

240

如何且聽下回分解

總評

商容一疏其見忠懇。一罵更暢人心。可謂不失
大臣體段。但起初開紂王女媧宮進香啟費仲
誘天子揀選美女致有紛紛禍亂。今日之死原
幾可蓋前愆矣。所以為大臣者要慎重其始方
保其終。不然未有自今作者不自身受者哉。

又批

趙敬址旨與方相叫反。俱是一起爽快人做事
直捷。不去轉灣抹角。若是這一班文武不知有

241

商容此舉甚難入意

百官奏章内外不通君臣阻隔。不得面奏正無可奈
何却得天從人願。一陣狂風把二位殿下刮將去了。
殷破敗繚進宮回音尚未出來。老丞相累等一等俟
他出來便知端的只見殷破敗走出大殿。看見商容
未及言說商容向前曰殿下被風刮去了。恭喜你的
功高任重不日列土分茅殷破敗欠身打躬曰丞相
罪殺未將了君命點茅非爲巳私丞相錯怪我了商
容對百官曰老夫此來面見天子有死無生。今日必
犯顏直諫捨身報國庶幾有目見先王子在天之靈
叫執殿官鳴鍾鼓敲殿官將鍾鼓齊鳴奉御官奏樂

請駕紂王正在宮中。因風刮去殿下。鬱鬱不樂。又聞
奏樂臨朝鍾鼓不絶紂王大怒只得命駕登殿昇于
寶座百官朝賀畢。天子曰卿等有何奏章商容在丹
墀下。俯伏不言。紂王觀見丹墀下俯伏一人。身穿縞
素又非大臣。王曰俯伏何人商容奏曰致政首相待
罪商容。朝見陛下。紂王見商容驚問曰卿既歸林下。
復往都城不遵宜詔擅進大殿何自不知進退如此
商容刖膝行至滴水簷前泣而奏曰臣昔居相位未
報國恩近聞陛下。荒淫酒色道德全無聽讒逐正紊
亂紀綱顛倒五常汚蔑彝倫君道有虧禍亂巳伏臣

不避萬刃之誅具疏投天懇乞陛下。納容。真燦雲見曰
普天之下瞻仰聖德干無疆矣商容將本献上比干
接表。展于龍案紂王觀之。
其疏臣商容奏爲朝廷失政三綱盡絶倫紀全乖
社稷顛危禍亂巳生隱憂百出事臣聞天子以道
治區以德治民克勤克戒毋敢怠荒夙夜祗懼以
祀上帝。故宗廟社稷乃得盤石之安金湯之固昔
日陛下。初嗣寶位修仁行義日邁寧處罔敢倦勤。
（禮諸侯）優恤大臣。憂民勞苦惜民貨財智服四
殿加澂遍雨順風調。萬民樂業真可軼堯駕舜。

乃聖乃神不是過也。不意此下。近時信任奸邪。不
修政道。荒亂朝政。大肆兇頑近佞遠賢沉湎冒色。
日事聲歌聽讒臣設謀而陷正宮人道垂和信妲
巳賜殺太子而絶先王宗嗣慈愛盡滅忠諫遭其
炮烙慘刑君臣大義巳無陛下三綱汚蔑人道俱
垂罪符夏桀有忝爲君。自古無道仁君求有過此
者。臣不避斧鉞之誅献逆耳之言願陛下速賜妲
巳自盡于宮闈中皇后太子屈死之寃斬讒臣于
藁街謝忠臣義士懍刑酷死之苦人民仰服文武
懼心朝綱整飭宮內肅清陛下坐享太平安康萬

午門殺氣連綿愁雲捲結二仙早知其意廣成子曰道兄成湯王氣將終西岐聖王已出你看那一簇衆生之內綁縛二人紅氣冲霄命不該絕況且俱是姜子牙帳下名將你我道心無處不慈悲何不救他一救你帶他一個我帶他一個回山久後助姜子牙成功東進五關也是一舉兩得赤精子曰此言有理不可遲悞廣成子忙喚黃巾力士與我把那二位殿下抓回本山來聽用黃巾力士領法旨駕起神風只見播土揚塵飛沙走石地暗天昏一聲響喨如崩開華岳折倒泰山嚇得圍宿三軍執刀士卒監斬殷破敗

用衣掩面抱頭鼠竄及至風息無聲二位殿下不知何往踪跡全無嚇得殷破敗魂不負體異事非常午門外衆軍一聲納喊黃飛虎在大殿讀詔繞商議紛紛忽聽喊聲比干正問何事納喊有周紀到大殿報黃飛虎曰方繞大風一陣滿道異香飛砂走石對面不能見人只一聲響喨二位殿下不知刮往何處去了異事非常真是可怪百官聞言喜不自勝嘆曰天不亡卻冤之子地不絕成湯之脉百官俱有喜色只見殷破敗慌忙進宮啟奏紂王後人有詩感嘆此事詩曰

仙風一陣異香生　　播土揚塵蔽日明
立士奉文施道術　　將軍失守枉持兵
空勞鉄騎追風影　　漫有謊言害鶺鴒
堪嘆廢興皆定數　　周家八百巳生成

話說殷破敗進蔣仙官見紂王奏曰臣奉旨監斬正候行刑旨出忽被一陣狂風把二殿下刮將去了無踪無跡異事非常請旨定奪紂王聞言沉吟不語暗想曰奇哉怪哉心下猶豫未決且說丞相商容隨後趕進朝歌只聽得朝歌百姓俱言風刮去二位殿下商容甚是驚異來到午門只見人

商容遲進午門過九龍橋時有比干看見商容前來百官俱上前迎接口稱丞相商容曰衆位老殿下列位大夫我商容有罪告歸林下未久孰想天子失政殺子誅妻荒淫無道可惜堂堂宰府烈烈三公飫食朝廷之祿當為朝廷之事為何無一言諫止天子者何也黃飛虎曰丞相天子深居內宮不臨大殿有旨皆係傳奉諸臣不得面君真是君門萬里今日殷雷二將把殿下捉獲進都城回旨綁縛午門專候行刑旨意幸上大夫趙先生扯碎旨意百官鳴鐘擊鼓請天子臨殿面諫只見內宮傳旨俟斬了殿下明日看

〔226〕

不方。多官俱有本章保奏，料應無事，且言殷雷二將。進壽仙宮回旨，紂王曰：既拿了逆子，不須見朕，速斬首午門正法，收尸埋葬。回旨，殷破敗奏曰：臣未得行刑旨出，為敢處決，紂王即用御筆書行刑二字付與殷雷二將，捧行刑旨意，速出午門來。黃飛虎一見，火從心上起，惡向膽邊生，就立午門正中阻住二將，大叫曰：殷破敗，雷開恭喜你擒太子有功，殺殿下有罪，只怕你官高必險，位重者身危，殷雷二將還未及回言，只見一員官，乃上大夫趙敢是也，走向前劈手一把，將殷破敗捧的行刑旨，扯得紛紛粉碎，礪聲大叫

〔227〕

昏君無道，匹夫助惡，誰敢捧旨擅殺東宮太子，誰敢執寶劍妄斬儲君，似今朝綱常大變，禮義全無，刈位老殿下，諸位大臣，午門非議國事之所，齊到大殿鳴其鐘鼓，請駕臨朝，俱要犯顏直諫，以定國本，殷旨二將見衆官激變，不復朝儀，嚇得目瞪口呆不知所出，黃飛虎又命黃明周紀等，四將守住殿下以防備，害道八名奉御官，把二位殿下綁縛只等行刑旨意，就知衆官阻住這，且不言，且說衆官齊上大殿鳴鐘擊鼓請天子登殿，紂王在壽仙宮聽見鐘鼓之聲，正欲傳問，只見奉御官奏曰：合朝文武請陛下登殿，紂

〔228〕

王對妲己曰：此無別事，只為逆子，百官欲來保奏，如何處治，妲己奏曰：陛下傳出旨意，今日斬了殿下，百官明日見朝，一面傳旨，一面催殷破敗敢回旨奉御官旨意下，百官仰聽玉音。

詔曰：君命召，不候駕，君賜死，不敢生，此萬古之大法，天子所不得輕重者也，今逆子殷郊助惡殷洪滅倫藐法，肆行不道，伏劍入宮，擅殺逆賊姜環，希圖無証，復持劍敢殺命官，欲行弒父，悖理道常，子道盡滅，今擒獲午門，以正祖宗之法，爾等毋得助逆祐惡，明聽朕言，如有國家政事，候明日臨殿議

〔229〕

處。故茲詔示，想宜知悉。

奏御官讀詔已畢，百官無可奈何，紛紛議論不決，亦不敢散，不知行刑旨已出午門了。這且不表。單言土天垂象定下興衰，二位殿下，乃封神榜上有名的。是不該命絕，當有太華山雲霄洞赤精子，九仙山桃源洞廣成子，只因一千五百年神仙犯了殺戒，崑崙山玉虛宮掌闡道法，宣揚正教聖人，元始天尊閉了講筵，不闡道德，二仙無事，閒樂三山，與遊五岳，腳踏雲光往朝歌，遶過忽被二位殿下頂上兩道紅光把二位大仙足下雲光阻住，二仙乃撥開雲頭觀看，見

也罷，殿下你同殷將軍前去，老夫隨後便至。却說殷下難捨商容府第，行行且止，兩淚不乾。商容便叫殷破敗：賢契，我响噹噹的殿下交與你，你莫望功高有傷君臣大義，則罪不勝誅。殷破敗頓首曰：門下領命。豈敢妄為。殿下辭了商容，同殷破敗上馬，一路行來。殷郊在馬上暗想：我雖身死不辭，還有兄弟殷洪尚有申冤報恨之辰。行非一日，不覺來到三义路口。軍卒報雷開，雷開到轅門來看時，只見殿下同殷破敗在馬上。雷開口恭喜千歲回來。殿下下馬進營。殷洪在帳上高坐，只見報說千歲來了。殷洪聞言抬頭看

時果見殷郊，又一見殷洪，心如刀絞，意似油煎，赶上前一把扯住殷洪，放聲大哭曰：我兄弟二人前生得何罪與天地？東南逃走不能逃脫，竟遭絅羅。兩人被搶，父母戴天之讎化為烏有。頓足搥胸，傷心切骨。可憐我母死無辜，子亡無罪。正是二位殿下悲啼。只見三千士卒，聞者心酸，見者掩鼻。二將不得巳，催動人馬望朝歌而來。有詩為証。

二子真是狼心頓不動

詩曰：

皇天何苦失推詳，　兄弟逃災離故鄉。
指望借兵申大恨，　就知中道遇豺狼。

恩親漫有冲霄志，　誅佞空懷報怨方。
此日雙雙授陷穽，　行人一見淚千行。

話說殷雷二將獲得殿下，將至朝歌安下營寨。一將進城回言。暗喜成功。有探馬報到武成王黃飛虎帥府來，說殷雷二將巳捉獲得二位殿下，進城回言。黃飛虎聽報大怒：這匹夫你望成功，不顧成湯後嗣。我叫你千鍾未享，淦刀劍，功未褒封，血染衣。令黃明、周紀、龍瓌、吳炎你們與我傳請各位老千歲與諸多文武俱至午門會齊。四將領命去了。黃飛虎上了坐騎，遶至午門方繞下騎，只見紛紛文武往往寶纛開捉

復了殿下，俱到午門。不一時亞相比干、微子、箕子、微子啟、微子衍、伯夷、叔齊、上大夫膠隔、趙啟、楊任、孫寅、方天爵、李燁、李燧百官相見。黃飛虎曰：列位老殿下、諸位大夫，今日安危俱在丞相列位，陳議定森吾乃武臣，又非言路，乞早為之計。此議論間，只見軍卒簇擁二位殿下，來到午門。百官上前口稱千歲。殷郊、殷洪垂淚大叫曰：列位皇伯皇叔並眾位大臣，可憐成湯三十二世之孫，一但身遭屠戮。我自正位東宮，並無失德，縱有過惡，不過貶謫，也不致身首異處。乞列位念社稷為重，保救餘生，不勝幸甚。微子啟曰：殿下

且看這老兒如何作

些見悶。下馬來。雷開暗想。夜裡追趕。只怕趕過了。倘或殿下在後。又在前空勞心力。不如歇宿一宵。明日精健好趕。叫左右往前邊看。可有村舍暫宿一宵。明日趕罷。眾軍卒因連日追趕辛苦。巴不得要歇息。兩邊將火把燈籠高舉。照得前面松陰窈窈。却是村庄。及至看時。乃是一座廊宇。軍卒前來稟曰。前邊有一古廟。老爺可以暫居半夜。明早好行。雷開曰。這箇却好。眾軍到了廟前。雷開下馬抬頭觀看。上懸字乃是軒轅廟。裡邊並無廟主。軍卒用手推門齊進刷來。火把一照。只見聖座下一人鼾睡不醒。雷開向前看

時却是殿下殷洪。雷開嘆曰。若往前行。却不錯過了。此也是天數。雷開叫曰。殿下。殷洪正在濃睡之間。猛然驚醒。只見燈裹火把。一簇人馬攏塞。殿下認的是雷開。殿下叫雷將軍。雷開曰。殿下。臣奉天子命來請殿下回朝。百官俱有保本。殿下可以放心。殷洪曰。將軍不必再言。我以盡知。料不能逃此大難。我死也不懼。只是一路行來。甚是狼狽。難以行走。乞將軍把你的馬與我騎一騎。你意下如何。雷開聽得忙答曰。臣的馬請殿下乘騎。臣願步隨。彼時殷洪離廟上馬。雷開步行押後。往三叉路口而來不表。且言殷破

敗望東魯大道趕來。行了一二日。趕到風雲鎮。又過十里。只見八字粉牆。金字牌扁上書太師府。殷破敗勒住馬看時。原來是商丞相的府。殷破敗滾鞍下馬。逕進相府來。看商容。原是殷破敗座主。殷破敗是商容的門生。故此下馬謁見商容。却不知太子殷郊正在廳上吃飯。殷破敗忝于門生。不用通報。逕到廳前見殿下同丞相用飯。殷破敗上廳曰。千歲老丞相。末將奉天子旨意。來請殿下回朝。商容曰。殷將軍你來的好。我想朝歌有四百文武。就無一員官直諫天子。文官鉗口。武不能言。愛爵貪名。尸位素餐。成何

世界丞相正罵起氣來。那裡肯住。且說殿下殷郊。顏兢兢而如金紙。上前言曰。老丞相不必大怒。殷將軍既奉旨拿我。料此去必無生路。言罷淚如雨下。商容大呼曰。殿下放心。我老臣本尚未完。若見天子自有說話。叫左右槽頭收拾馬疋。打點行裝。我親自面君便了。殷破敗見商容自往朝歌見駕。恐天子罪責。殷破敗曰。丞相聽稟。卑職奉旨來請殿下。可同殿下先回往朝歌等候。丞相緩後一步見門生。先有天子而後私情也不謀。丞相可容納否。商容咲曰。殷將軍我曉得你這句話。我要同行。你恐天子責你容情之罪

二綱盡失我老臣雖是身在林泉心懷魏闕豈知平
地風波生此異事娘娘竟遭慘死二位殿下流離塗
炭百官為何鉗口結舌不犯顏極諫致令朝政顛倒
殿下放心待老臣同進朝歌直諫天子改弦易轍以
救禍亂郎喚左右分付整治酒廉款待殿下候明日
修本不言殿郊在商容府內且說殿雷二將領兵追
趕二位殿下雖有人馬三千俱是老弱不堪的一日
行三十里不能遠走來了三日走上百里遠近一
日來到三义路口雷開日長兄且把人馬安在此處
你領五十名精壯士卒我領五十名精壯士卒分頭

追趕你往東魯我往南都殷破敗日此言甚善不然
日同老弱之卒行走不上二三十里如何趕得上終
是悞事雷開日如長兄先趕着回來也在此等我若
是我先趕着回來也在此等兄殷破敗日說得有理
二人將些老弱軍卒屯劄在此另各領年壯士卒五
十名分頭趕來不知二位殿下性命如何且聽下回
分解。

　　總批

紂王無道殺妻誅子固是戡忍但恨當時文
武泉官不爭去保救齊去極薄成就紂惡貫

盈然大臣耆能主持國是輔大定傾天下事。
孰有大如國母儲貳者乎其他亦無足論獨
比干箕子微子諸賢置之若罔聞乎其然豈
其然乎

　　又批

令人號方相為獸子今觀其負氣忠義做事
個儻有多少慷慨激烈處只分路一節大有
智識如何有此摭號還是今人不如古人而
脒心反言之乎亦是今人勝如古人而笑之
平請清夜自捫共心。

第九回　商容九間殿死節

詩曰

忠臣直諫豈沽名
只欲君明國政清
不願此身成簡是
忍敎今日禍將盈
報儲一念堅金石
誅佞孤忠貫玉京
大志未酬先碎首
令人覩此淚如傾

話說雷開領五十名軍卒往南都追趕似電走雲飛
風馳雨驟趕至天晚雷開傳令你們飽餐連夜追趕
料去不遠軍士依言飽吃了戰飯又趕將及到二更
時分軍士因連日跋涉勞若人人俱在馬上困倦顛

後絆前思，腹內又饑，你想那殿下深居官中，思衣則綾錦，思食則珍饈，那裡會求乞與人。見一村舍人家，大小俱在那裡吃飯，殿下走到跟前，便教拿飯與孤家用。衆人看見殿下身着紅衣，相貌非俗，忙起身曰，請坐。有飯忙忙取飯放在桌上，殷洪吃了，起身謝曰，承飯有擾，不知何時遣報你們。鄉人曰，小哥那裡去，今往南都見郭崇禹。那些二人聽是殿下，忙叩在地曰，貴處上姓。殷洪曰，吾非別人，紂王之子殷洪是也。如稱千歲，小民不知有失迎逆，望乞恕罪。殷下曰，此歲可是往南都去的路，鄉民曰，這是大路。殷下離了村

庄望前趙行。一日走不上二三十里，大抵殿下乃深宮嬌養，那裡會走路。此時來到前不巴村，後不着店，無處可歇，心下着慌。又行二三里，只見松陰密襟路道分明，見一座古廟，殿下大喜，一逕奔至前面，見廟門一扁上書軒轅廟。殿下進廟，拜倒在地言曰，軒轅聖主，製麂衣裳，禮樂冠冕，日中為市，乃上古之聖君也。殷洪乃成湯三十一代之孫，紂王之子，今父王無道殺子誅妻，殷洪逃難，借聖帝廟宇安宿一夜，明日早行，望聖帝護祐，若得寸土安身，殷洪自當重修殿宇，再換金身。此時殷下一路行來，身體困倦，聖座下

和衣睡倒不表。且言殷郊望東曾大道一路行來，日色將暮，止走了四五十里，只見一府第，上書太師府。殷郊曰，此處乃是官門，可以借宿一宵，明日早行。殿下曰，裡邊有人否，問了一聲，見裡邊無人答應。殿下只得又進一層門，只聽的裡面有人長嘆作詩曰，

我年得罪掌絲綸，一片丹心豈自湮。
輔弼有心知為國，堅持無地向私人。
孰知妖孽生宮室，致使黎民化鬼畜。
可惜野臣心魏闕，它囊無計叩楓宸。

話說殿下聽畢裡面作詩，殷郊復問曰，裡面何人，行人聽

裏面聽有人聲問曰，是誰，天色已晚，黑影之中看得不甚分明。殷郊曰，我是過路投親，天色晚了，借府上一宿，明日早行。那裡面老者問曰，你聲音好相朝人。殷郊答曰，正是。老者問曰，你在鄉在城。殿下曰，在城。你既在城，請進來問一聲。殿下向前一看，呀，元來是老丞相商容。見殷郊下拜曰，殿下何事到此，老臣有失迎逆，望乞恕罪。商容又曰，殿下乃國之儲貳，豈有獨行至此，必國有不祥之兆，請殿下坐了，老臣聽說詳細。殷郊流淚，把紂王殺子誅妻事故細說一遍。商容頓足大叫曰，孰知昏君這等暴橫，絕滅人倫

飛騎追趕殿下，你明日五更把左哨疾病衰老
不堪的點三千與他去周紀。
將等發兵符，周紀領命，次早五更，殷雷二
將領去。二將觀之，皆老弱不堪疾病之卒，又
不敢違令，只得領人馬出南門而去，一聲砲響摧動
三軍那老弱疾病之兵，如何行得快？急得二將沒奈
何隨軍征進，有詩為証。詩曰，

三千飛騎出朝歌　　納戚搖旗播鼓鑼
隊伍不齊叫難走　　行人拍手笑呵呵

不言殷破敗雷開追趕殿卜，且言方弼方相保二位

一人相
中有細
姆底夫

殿下行了一二日，方與弟言曰，我和你保二位殿
下，及出朝歌，囊夾空虛，路費毫無，如何是好？雖然費
老爺賜有玉玦，你我如何好用？倘有人盤詰，反為不
便，來此正是東南二地，你我指引二位殿下前往。我
兄弟再投他處，方可兩個方相曰，此言極是。方弼請
一位殿下說曰，臣有一言，敢二位千歲，臣等乃一勇
之夫，秉性愚鹵，昨見殿下，負此冤苦，一時性起反了
朝歌，併不曾想到路途窩，遠盤費全無，今欲將黃將
軍所留玉玦貨賣使用，又恐心盤詰出來，反為不便，光
逃災避禍，須要隱秀此二方是，適繞臣想一法必須路

自潛行，方保萬全，望二位千歲詳察，非臣不能終
始。殷郊曰，將軍之言極當，但我兄弟幼小，不知去路
奈何？方弼曰，這一條路往東魯，這一條路往南都，俱
是大路，人烟湊集，可以長行。殷郊曰，既然如此，二位
將軍不知往何方去？何時再能重會也？方相曰，臣此
去不管那鎮諸侯處暫且安身，候殿下借兵進朝歌，
時臣自來投拜麾下，以作前區耳。四人各各洒淚而
別不表。方弼方相別殿下投小路而去，且說殷郊對
殷洪曰，兄弟你投那一路去？殷洪曰，但憑哥哥。殷郊
曰，我往東魯，你往南都，我見外翁哭訴這場冤苦，

爺必定調兵，我差官知會你，你或借數萬之師齊伐
朝歌，搶拿妲已，為母親報讎，此事不可忘了。殷洪垂
淚點頭，哥哥從此一別，不知何日再會？兄弟二人放
聲大哭，執手難分，有詩為証。詩曰，

旅雁分飛實可傷　　兄南弟北若參商
思親痛有千行淚　　失路愁添萬結腸
橫笛幾聲催慕靄　　孤雲一片逐滄浪
誰知國破人離散　　方信傾城小女娘

話言殷洪上路，淚不能乾，悽悽慘慘愁懷萬縷，況殿
下年紀幼小，身居官關，那曉的跋涉長途，行行且此

兄弟殷洪。放聲大哭曰。我何忍殺吾弟遭此慘刑二人
痛哭彼此不忍。你推我讓那裡肯燒方弼方相看見
如此苦情疼切。二人一聲吼苦殺人也。淚如飄傾黃
飛虎看見方弼方相有這等忠心。自是不忍見其是悽惶
乃含淚教方弼方相二位殿下不必傷心此事
惟有我五人共知。如有漏泄我奉族不保方弼過來
保殿下往東魯曾見姜桓楚方相你去見南伯侯鄂崇
義就言我在中途放殿下往東魯傳與他教他兩路
調兵靖軒洗寃我黃飛虎那時自有處治方弼我

201

帶有路費如今欲分頭往東南二路去這事怎么飛
虎曰此事你我俱不曾打點殷飛虎沉思半晌且可將
我內懸寶玦拿去前途貨賣權作路費上有金廂價
直百金二位殿下前途保重方弼方相你兄弟宜當
用心其功不小臣回官復命飛虎上騎比干日黃
時日色已暮百官尚在午門黃飛虎下騎比干日黃
將軍怎樣了黃飛虎日追趕不上只得回官百官大
喜且言黃飛虎進官候旨紂王問目逆了叛臣可曾
拿了黃飛虎口臣奉手勅追趕七十里列三叉路口
問往來行人俱言不曾見臣恐有悞回吉只得回來。

202

紂王曰追襲不上好了逆了叛臣卿且暫退明日再
議黃飛虎謝恩出午門與百官各歸府第且說如已
見未曾拿住殷郊復進言曰陛下今日走脫了殷郊
殷洪倘投了姜桓楚只恐大兵不久即至其禍不小
況聞太師遠征不在都城不若速命殷破敗雷開點
三千飛騎星夜拿來斬草除根恐生後患紂王聽說
美人此言正合朕意忙傳手詔命殷破敗雷開二將
騎三千速拿殿下母得遲悞取罪殷破敗雷開二將飛
往黃飛虎府內來領兵徑往調選兵馬黃飛虎坐在後
廳思想朝廷不正將來民愁天怨萬姓追遭四海分

203

崩八方播亂生民塗炭日無寧宇如何是好正思想
間軍政司啟老爺殷雷二將聽令飛虎曰令來二將
進後所行禮畢飛虎問曰方繞散朝又有何事二將
啟曰天子手詔令末將領三千飛騎星夜追趕殿下。
捉方弼等以正國法特來請發兵符飛虎暗想此二
將起去必定拿來我把前面方便付與流水乃分付
殷破敗雷開曰今日晚了人馬未齊明日五更領兵
速去殷雷二將不敢違令只得退去這黃飛虎乃
是元戎殷雷二將乃是麾下為謀取強辯只得回去不
表且言黃飛虎對周紀曰殷破敗來領兵徑調三千

20

緝法晁田奏曰方弼力大勇徧臣焉能拿得方弼兄弟陛下速發手詔着武成王黃飛虎方可戍劫殿下亦不致漏網衍王曰速行手勅着黃飛虎遂去拿來晁田將這個担兒卸與黃飛虎晁田奉手勅至大殿命武成王黃飛虎速摛反叛方弼方相並取二位殿下首級回旨黃飛虎曉的這是晁田與我担兒挑卸領劍勅出午門只見黃明周紀籠畏晁炎曰小弟相隨黃飛虎曰不必你們去自上五色神牛推關坐下獸兩頭見目走八百里目言方弼方相背貟二位殿下一口氣跑了三十里放下來殿下

曰二位將軍此恩何日報得方弼曰此屈陷故此心下不平一時反了朝歌如今計議前往何方授脫正商議間只見武成王黃飛虎坐五色神牛飛趕來方弼方相着慌怵對二位殿下曰末將二人一時鹵莽不自三思如令性命休矣如何是好殿下曰將軍救我兄弟性命無恩可酬何出此言方弼曰黃將軍來拿我等此去一定伏誅殿郊急畫黃飛虎已趕到面前二位殿下軱道跪下曰黃將軍此來莫非捉獲我等黃飛虎見二殿下跪於道旁滾下神牛亦跪與地上曰稱臣該萬死殿下請起殿郊

此處黃飛虎不濟事不要緊

曰將軍此來有甚事飛虎曰奉命差遣天子賜龍鳳劍前來請二位殿下自決臣方敢回旨意非臣敢逼弑儲君請殿下速行殿郊聽罷兄弟跪告曰將軍盡知我母子卿寃貟屈母遭慘刑沉魂莫白再殺幼于一門盡絕乞將軍可憐卿寃孤兒開犬地仁慈之心賜一線再生之路倘得寸上可安生則卿環死當結草沒世不敢忘將軍之大德黃飛虎跪而言曰臣豈不知殿下寃柱君命躲不由巳臣欲要放殿下便得欺君賣國之罪欲要不放殿下其實身貟沉寃臣心何忍彼此籌畫再三沉思俱無計策只見殿郊自思

觀此何人不涙

料不能脫此災也罷將軍既奉君命不敢違法還有一言望將軍不知可施此德周旋一脈生路黃飛虎曰殿下有何事但說不妨郊曰將軍可將我殷郊之首找回郡城回旨可憐我幼弟殷洪放他逃往別國倘他日長成或得借兵報怨得泄我母之沉寃我殷郊雖死之日猶生之年望將軍可憐殷洪上前念止之曰黃將軍此事不可皇兄乃東宮太子我不過一郡王況我又年幼無有大施展黃將軍可將我殷洪首級回旨皇兄或往東魯或去西岐借一旅之師倘可報母弟之讐言弟何惜此一死殿郊上前一把抱住

子比干等諸位殿下滿朝文武人人切齒兩個個是叫正無甚計策只見一員官身穿大紅袍腰懸寶帶上前對諸位殿下言曰今日之變正應終南山雲中子之言古云君不正則臣生奸佞今天子屍斬太師杜元銑治炮烙壞涼官梅栢今日又有這異事皇上青白不分殺子誅妻我想起來那定計奸臣行事賊子他反在旁騗笑可憐成湯社稷一旦立墟似我等不久終被他人所據言者乃上大夫揚任黃飛虎長嘆數弊大夫之言是也百官默默二位殿下悲哭不止只見方必方相分開眾人方弼夾住殷郊方相夾

住殷洪嚎聲高叫曰紂王無道殺子而絕宗廟誅妻有壞綱常今日保二位殿下往東魯借兵除了昏君再立成湯之嗣我等及了二人背負殿下遝出朝歌南門去了大抵二人氣力甚大彼時不知跌倒幾多官員那裡當得住他後人有詩為証詩曰

方家兄弟反朝歌　殿下今番脫綱羅
漫道美人能破㐫　天心已去柰伊何

話說眾多文武見反了方弼方相大驚失色獨黃飛虎若爲不知亞相比干近前曰黃大人方弼反了大人為何獨無一言黃飛虎荅曰可惜文武之中並無

一位保方弼二人的方弼乃一條漢尚知不忍國母負屈太子枉死自知罪小不敢諫言故此輩負二位殿下去了若聖旨追趕回來殿下一死無疑忠良盡皆屠戮此事明知有死無生只是迫于一腔忠義故造此罪孽然情甚可矜百官未及荅只擄後殿奔逃之聲眾官正看只見晁田兄弟二人捧寶劍到殿前言曰列位大人二位殿下可曾往九間殿來黃飛虎言曰二位殿下方纔上殿哭訴寃枉國母屈勘遭誅又欲賜死太子有鎮殿大將軍方弼方相聽見不忿沉寃把二位殿下背負反出都城去尚不遠你既奉大

子肯意速去拿回救正國法晁田晁雷聽得是方弼兄弟反了嚇的魂不負體話說那方弼身長三丈六尺方相身長三丈四尺晁田兄弟怎敢惹他一拳也經不起晁田自思此是黃飛虎明明奈何我我有道理晁田曰方弼既反保二位殿下出都城去了未將進宮回旨晁田來至壽仙官見紂王奏曰臣奉旨到九間殿見文武未散找尋二位殿下不見只聽百官道二位殿下有鎮殿將軍方弼方相保二位殿下反出都城投東魯借兵去了請旨定奪紂王大怒曰方弼反了你速赶去拿來毋得躭悞

后臨絕，大呼數聲，道：妾侍聖躬十有六載，坐二十位，正東宮，自待罪官闈，謹慎小心，夙夜匪懈，御下並無疾妬。不知何人妬我，買刺客姜環，坐我一個大逆不道罪名，受此慘刑，十指枯焦，肋脈骨碎，似浮雲，恩愛付於流水，身死不如禽獸。這場寃枉無門可雪，只傳與天下後世，自有公論。萬望妾身轉達天臨。姜后言罷，氣絕，尸臥西宮。望陛下念元配生太子之情，可賜棺槨收殮白虎殿，庶成其禮，使文武百官無議，你不失主之德。紂王傳旨准行，黃妃回宮，只見晃田回旨。紂王問曰：太子何在？晃田等奏曰：東宮謀

反，不知殿下下落。王曰：莫非只在西宮？晃田對曰：不在西宮，連馨慶宮也不在。紂王言曰：三宮不在，想在大殿，必須揄獲，以正國法。晃田領旨出宮來，不表。且言二殿下往長朝殿來，兩班文武俱不曾散朝，只等官內信息。武成王黃飛虎聽得腳步慞惶之聲，望孔雀屏裡一看，見二位殿下慌忙錯亂，戰戰兢兢。黃飛虎迎上前曰：殿下為何這等慌張？殷郊看見武成王黃飛虎，大叫：黃將軍救我兄弟性命！道罷，大哭，一把拉住黃飛虎袍服，頓足曰：父王聽信妲己之言，不分皂白，將我娘親掩去一目，銅斗燒紅烙去二手，死于四

肢。官篡貴妃勘問，並無半點真情。我看見生身母親遭此慘酷之刑，那姜環跪在前面對詞，那時思甚憔悴，不曾思忖，將姜環殺了，我復仗劍欲殺妲己，不意晃田奏准父王，父王賜我兄弟二人死。望列位皇伯憐我母親受屈身亡，救我殷郊，庶不失成湯之一脈。言罷，二位殿下放聲痛哭。兩班文武齊含淚上前曰：國母受誣，我等如何坐視，可鳴鐘擊鼓，請天子上殿，啟明其事，庶幾罪人可得洗雪，皇后寃枉。言未了，只聽得殿西首一聲喊叫，似空中霹靂，大呼曰：天子失政，殺子誅妻，建造炮烙，阻塞忠良，恣行無道。大丈夫既

不能為皇后洗寃，太子復出含淚悲啼，效兒女子之態。古云：良禽相木而棲，賢臣擇主而仕。今天子不道，三綱已絕，大義有乖，恐不能為天下之主，我等亦耻為之臣。我等不若反出朝歌，見擇新君，去此無道之主，保全社稷。眾人看時，却是鎮殿大將軍方弼、方相兄弟二人。黃飛虎聽說，大喝一聲：你多大官敢如此亂言滿朝，該多少大臣，豈到得你講，本當拿下你這等亂臣賊子，還不退去？方弼兄弟二人低頭喏喏不服，回言。黃飛虎見國政顛倒，豈覺見不祥也，知天意人心俱有離亂之兆，心中沉鬱，怏怏不樂，嘿嘿無言。又見

不得你你可往馨慶宮楊貴妃那裡可避一二月若
有大臣諫救方保無事二位殿下雙雙跪下口稱貴
妃娘娘此恩何日得報只是母死尸骸暴露望娘娘
開天地之心念母死冤枉替他討得片板遮身此恩
天高地厚莫敢有忘黃妃曰你作速去此事俱在我
我回肯自有區處二殿下出宮門逕往馨慶宮來只
見楊妃身倚宮門望姜皇后信息二殿下向前哭拜
在地楊貴妃大驚問曰二位殿下娘娘的事怎樣了
殿下哭訴曰父王聽信姐巳之言不知何人買囑姜
環架捏誣害將母親挽去一旦炮烙二手死于非命

許同細嫩

今又聽姐巳讒言欲殺我兄弟二人望姨母救我二
人性命楊妃聽罷淚流滿面嗚咽言曰殿下你快進
宮來二位殿下進宮楊妃沉思晁田晁雷至東宮不
見太子必往此處追尋待我把二人打發回去再作
區處楊妃站立宮門只見晁田兄弟二人行如狼虎
飛奔前來楊妃命傳宮官與我拿了來人此乃深宮
山關外官焉敢至此法當夷族晁田聽罷向前口稱
娘娘千歲臣乃晁田晁雷奉天子旨找尋二位殿下
上有龍鳳劍在臣不敢行禮楊妃大喝曰殿下在來
官你怎往馨慶宮來若非天子之命拿問賊臣繞好

還不快退去晁田不敢回言只得退走兄弟計較這
件事怎了晁雷曰三宮全無宮內生踈不知內庭路
徑且回壽仙宮見天子回旨二人同去不表且言楊
妃進宮二位殿下來見楊妃曰此間不是你弟兄所
居之地眼目且多君昏臣暗殺子誅妻大變綱常仁
倫盡滅二位殿下可往九間殿去令朝文武未散你
去見皇伯微子箕子比干微子啓微子衍武成王黃
飛虎就是你父親要難為你兄弟也有大臣保你二
位殿下聽罷叩頭拜謝姨母指點活命之恩洒淚而
別楊妃送二位殿下出宮楊妃坐于綉墩之上自思

濟妃甚　有見識　當參人　虎濟禮　之時判　當知道　熊決敏　揚妃反　有自虎　殿停袭

嘆曰姜后元配被奸臣做陷遭此橫刑何況偏宮今
姐巳恃寵蠱惑昏君倘有人傳說二位殿下自找宮
中放去那時歸罪于我也是如此行徑我怎經得這
殷憐刑況我侍奉昏君多年併無一男半女東宮太
子乃自巳親生之子父子天性也不過如此三綱巳
絕不久必有禍亂我以後必不能有甚好結果楊妃
思想半日愓惶自傷掩了深宮自縊而死有宮官報
入壽仙宮中村王聞楊妃自縊不知何故傳旨用棺
椰停於白虎殿且諉晁田晁雷來至壽仙宮只見黃
貴妃乘輦進宮回旨村王曰姜后死了黃妃奏曰姜

千歲速救娘娘。殷郊一聲大叫。同弟出東宮。竟往進得官來。忙到殿前。太子一見母親。渾身血染。口手枯焦。噎不可聞。不覺心酸肉顫。近前俯伏姜后身上。跪而哭曰。娘娘為何事受此慘刑。母視你總有大惡。正位中宮。何輕易加刑。姜后聞子之聲。睜開一目。見其子。大叫一聲。我兒你看我挽日烙手。形甚殺戮。這個姜環。做宮我謀逆。妲已進獻讒言。殘我手目。你與為母明冤洗恨。也是我養你一塲。言罷大叫一聲。苦死我也。嗚咽而絕。太子殷郊見母氣死。又見姜環跪在一旁。殿下問黃妃曰。誰是姜環。黃妃指姜

環曰。跪的這個惡人。就是你母親對頭。殿下大怒。只見西宮門上掛一口寶劍。殿下取劍在手。好逆戰。你欺心行刺。敢做陌國母。把姜環一劍。欲為兩段。血濺滿地。太子大叫曰。我先殺妲已以報母讎。提劍出宮。蹕步如飛。黃妃見殿下執劍前來。只說殺他。不知其故。轉身就跑。往壽仙宮去了。黃妃見殿下殺了姜環持劍出宮。大驚曰。這冤家不諳事體。叫殷洪快趕回。你哥哥來。說我有話。說殷洪從命。出宮趕叫曰。皂兄黃娘娘叫。你且回去。有話對你說。殷郊聽言回來進宮。黃妃曰。殿下你忐暴燥。如今殺了姜環人死

無對。你待我也將銅斗烙他的手。或用嚴刑拷訊。目招成也。曉得誰人主謀。我好回告。你又提劍出官。赶殺妲已。只怕晃田晁雷到壽仙官。見邪昏君。其禍不小。黃妃言罷。殷郊與殷洪追悔不及。晃田晁雷跑至官門。慌忙傳進官中言。二殿下持劍進官弒父。紂聞奏大怒。好逆子弒父。總是逆種。不可留着。命晃田晁雷收龍鳳劍。將二逆子首級取來。以正國法。晃田晁雷領劍出官。已到西宮。時有西宮奉御官來報黃妃曰。太子命晃田晁雷捧劍來誅殿下。黃妃急至官門。只見晃

田兄弟二人捧天子龍鳳劍而來。黃妃問曰。你二人何故又至我西官。晃田一見黃貴妃。晃田對曰。臣晃田奉皇上命。欲取二位殿下首級。以正殺父之罪。黃妃大喝一聲。這匹夫。適纔太子趕你同出西官。你為何不徃東官去尋。卻怎麼徃我西官來尋。我曉的你這匹夫倚天子言意。遍遊內院。玩弄官妃。你這欺君罔上的匹夫。若不是天子劍。吾立斬你這匹夫驢頭。還不速退。晃田兄弟二人。只嚇得魂喪魄消。喏喏而退。不敢仰視。竟徃東官而來。黃妃忙進官中。急喚殷郊兄弟二人。黃妃泣曰。昏君殺子誅妻。我這西官敢

田晁雷押刺客。姜環進西宮對詞。不知姓命如何且
聽下回。

總批
從來奸臣賊子定是殘忍刻薄費仲遣謀如
巳起釁紂王殘忍若天生就一付肝腸書曰
朋比作仇良有以也可憐姜后之賢竟懷奇
禍所有黃妃一人左右挽回終不克予恨
此時滿朝文武獨無一忤子紂王可謂獨夫

又批
紂書以狐狸托於妲巳原未見於正史此係

177

作書者婆心指點大有深意迫狐善媚而亦
慘毒如婦人爲狐之始以美色妖惑少年宣
溺恩愛彼少者不知及至髓竭精枯罷弊郎
當彼方棄而他適何嘗有一點憐惜之意與
婦人何以異今看紙上之言回覬閨中之婦然
乎否也如今舉世皆有狐狸但不可爲他所
惑可謂回頭是岸

178

第八回。　方弼方相反朝歌。
詩曰
美人禍國萬民災　　驅逐忠良若草萊
擅寵誅妻夫道絕　　聽讒殺子國儲灰
英雄棄主多亡去　　俊彥懷才盡隱埋
可笑紂王孤注立　　紛紛兵甲起塵埃

話言晁田雷押姜環至西宮跪下黃妃曰姜娘娘
你的對頭來了姜后屈刑凌陷一目睜開罵曰紂這
賊子是何人買囑你陷害我你敢誣執我主謀弒君
皇天后土也不祐你美環曰娘娘所使小人小人怎

179

敢違旨娘娘不必推辭此情是實黃妃大怒姜環你
這匹夫你見姜娘娘這等身受慘刑無辜絕命黃天
后土天必殺汝不言黃妃勘問且說東宮太子殷郊
二殿下殷洪弟兄正在東宮無事奕棋只見執掌東
官太監楊容來改千歲禍事不小太子殷郊此時年
方十四歲二殿下殷洪年方十二歲年紀幼小尚貪
嬉戲竟不在意楊容復稟曰千歲不要奕棋了今禍
起官幃家亡國破殿下忙問曰有何大事禍及官闈
楊容含淚曰故千歲太后娘娘不知何人陷害天子
怒發西宮挖去一目炮烙二手如今與刺客對詞講

自悔無及低頭不語甚覺傷情回首貴姐巳日方纔
輕信你一言將姜后挑去一目又不曾招成咎將誰
委這事俱係你輕率妄動倘百官不服奈何奈何姐
巳日姜后不招百官自然有說如何干休況東伯侯
坐鎮一國亦要爲女洗冤此事必欲姜后招成方免
百官萬姓之口紂王沉吟不語心下煎熬似羝羊觸
藩進退兩難良久問姐巳日爲今之計何法處之
姐巳日事巳到此一不做二不休招成則安靜無
說不招則議論風生竟無寧宇爲今之計只有嚴刑
酷拷不怕他不認今傳旨令貴妃用銅斗一隻內放

173

炭火燒紅如不肯招炮烙姜后二手十指連心痛不
可當不愁他不成認紂王日據黃妃所言姜后全無
此事今又用此慘刑屈勘中宮恐百官他議挑目巳
錯豈可再乎姐巳日陛下差矣事到如此勢成騎虎
寧可屈勘姜后陛下不可得罪與天下諸侯合朝文
武紂王出乎無奈只得傳旨如再不認用炮烙二手
冊得狗情貪護黃妃聽得此言魂不負體上輦回宮
來看姜后可憐身倒塵埃血染衣襟情景慘不忍見
放聲大哭日我的賢德娘娘你前生作何惡孽得罪
于天地遭此橫刑乃扶姜后而慰日賢后娘娘你認

174

如你再不招用銅斗炮烙你二手如此慘惡我何忍
見姜后血淚染面大哭日我生前罪深孽重二死何
辭只是你替我作個証盟就死瞑目言未了只見奉
御官將銅斗燒紅傳旨日如妻后不認即烙其二手
姜后心如鐵石意似堅剛豈肯認此誣陷屈情奉御
官不由分說將銅斗放在姜后兩手只烙的筋段皮
焦骨枯人嗅十指連心可憐昏死在地後人觀此不
勝傷感有詩歎日

　　銅斗燒紅烈焰生　宮人此際下無情

175

　　可憐一片忠貞意　化作冤禽日夜鳴

黃妃看見這等光景免死狐悲心如刀絞意似油煎
痛哭一場上輦同旨進宮見紂王黃妃含淚奏日慘
刑酷法嚴審數番並無行刺真情只怕奸臣內外相
通做害中宮事機有變其禍不小紂王聽言大驚日
此事皆美人教朕傳旨勘問事既如此奈何奈何姐
巳跪而奏日陛下不必憂慮刺客姜環現在傳旨着
威武大將軍晁田晁雷押解姜環進西宮二人對面
執問難道姜后還有推托此回必定招認紂王日此
事甚善傳旨宣押刺客對審黃妃回宮不題話言見

176

〔169〕

曰黃妃之言甚是明白果無此事必有委曲正在遲疑未決之際只見姐巳在旁微微冷唉紂王見姐巳微唉問曰美人微唉不言何也姐巳對曰黃娘娘被姜后惑了從來做事的人好的自巳揣揚惡的推與別人況謀逆不道重大事情他如何輕意便認凡姜環是他父親所用之人既供有主使如何賴得過耳三宮后妃何不攀扯別人單指姜后其中豈得無說恐不加重刑如何肯認望陛下詳察紂王曰美人之言有理黃妃在旁言曰蘇姐巳毋得如此皇后乃天子之元配天下之國母貴嫡王尊雖自三皇治世五

〔170〕

帝爲君縱有大過止有貶謫並無誅斬正宮之法姐巳曰法者乃爲天下而立天子代天宣化求不得以自私自便況犯法無尊親貴賤其罪一也陛下可傳言如姜后不招挽去他一目眼乃心之苗他懼挽目之苦自然招認便文武知之此亦法之常無甚苛求也紂王曰姐巳之言也是黃貴妃聽說欲挽姜后目心甚着忙只得上輦回西宮下輦見姜后垂淚頓足曰我的皇娘姐巳是你百世寃家君前獻妬忌之言如你不認卽挽你一目你依我就認了罷歷代君王並無將正宮加害之理莫非貶至不遊宮便了姜后

〔171〕

泣而言曰賢妹言雖爲我但我生平頗知禮義怎肯認此大逆之事貽羞於父母得罪於宗社況妻刺其夫有傷風化敗壞綱常令我父親作不忠不義之奸臣我爲辱門敗戶之賤輩惡名千載使後人言之切齒又致太子不得安于儲位所關甚巨豈可草率耳認莫說挽我一目便挖之于剮鑊萬剮千錘這是生前作孽今生報豈可有忝大義古云粉骨碎身俱不懼只留清白在人間言未了聖上肯下如姜后不認卽法一目黃妃曰快認了罷姜后大哭曰縱死豈有冐認之理奉御官百般逼迫容留不得將姜皇后挽去

〔172〕

一目血染衣襟昏絕于地黃妃忙教左右宮人扶救急切未醒可憐有詩爲証詩曰

挽目飛災禍不禁　只因規諫語相侵
早知固破終無救　空向西宮血染襟

黃貴妃見姜后遭此慘刑泪流不止奉御官將挽下來血滴滴一目盛貯盤內同黃妃上輦來回紂王黃妃下輦進宮紂王忙問曰那賤人可曾招成黃妃奏曰姜后併無此情嚴究不過受挽目屈刑怎肯失了大節奉旨巳取一目黃妃將姜后一目血淋淋的棒將上來紂王觀之見姜后之睛其心不忍恩愛多年

消息，方存定論。百官俱在九間殿未散，話言曰奉御官承旨至中宮。姜皇后接旨跪聽宣讀，奉御官宣讀曰：勅曰皇后位正中宮，德配坤元，貴敵天子，不思日夜競惕，敬修厥德，母忝姆懿，克諧內助，乃敢肆行大逆，拳養武士姜環於分宮樓前行刺，幸天地有靈，大奸隨獲，發赴午門勘問，招稱皇后與父姜桓楚同謀不道，僥倖天位，彝倫有乎，三綱盡絕，着奉御官拿送西宮好生打着，勘明從重擬罪，母得狥情，故縱罪有攸歸，特勅。姜皇后聽罷，放聲大哭道：冤哉冤哉，是那一簡奸賊

165

生事做害我。這簡不赦的罪名可憐。數載宮闈，克勤克儉，夙與夜寐，何敢輕為妄作，有忝姆訓。今皇上不察來歷，將我拿送西宮，存亡未保。姜后悲悲泣泣，淚下沾襟。奉御官同姜后來至西宮，黃貴妃將旨意放在上首尊其國法。姜皇后跪而言曰：我姜氏素秉忠良，皇天后土可鑒我心。今不幸遭人陷害，望乞賢妃鑒我平日所為，替奴作主，雪此冤枉。黃妃曰聖旨道你命姜環弒君獻國，構東伯侯姜桓楚篡成湯之天下，事干重大逆禮亂倫，失夫妻之大義，絕元配之恩情。若論情真，當夷九族。姜后曰賢妃在上，我姜氏乃

166

姜桓楚之女，父鎮東魯乃二百鎮諸侯之首，官居品，位壓三公，身為國戚，女為中宮，又在四大諸侯之上。況我生于膝下，已正東宮，聖上萬歲後我子亦嗣大位，身為太后。未聞父為天子，而能令女辰貞太廟者也。我雖係女流，未必癡愚至此。且天下諸侯不止只我父親一人，若天下齊興問罪之師，如何保得永久。望賢妃詳察，雪此奇冤，並無此事。懇乞回旨轉達，懇袞此恩非淺。話言未了，聖旨來催，黃妃乘輦至壽仙宮候旨。紂王宣黃妃進宮，朝賀畢，紂王曰那賤人招了不曾。黃妃奏曰奉旨嚴問姜后，並無半點之私。

167

實有真潔賢能之德。后乃元配侍君多年，蒙陛下恩寵，生殿下，已正位東宮。陛下萬歲後，彼身為太后，有何不足，尚敢欺心造此滅族之禍。況姜桓楚官居東伯，位至皇親，諸侯朝稱千歲，乃人臣之極品，乃敢使人行刺，必無是理。姜后席傷于骨髓之中，御冤于覆盆之上。即姜后至愚，未有父為天子而女能為太后，豈能承祧者也。至若棄貴而投賤，遠上而近下，愚者不為。冤姜后正位數年，素明禮教者哉。妾願陛下察冤雪枉，無令元配受誣，有垂聖德，再乞看太子生母，憐而赦之，委身幸甚，姜后舉室幸甚。紂王聽罷自思

168

仙官閑居無事，姐已啟奏曰：陛下顧戀妾身旬月，未
登金殿。望陛下明日臨朝，不失文武仰望。王曰：美人
所言真是難得，雖古之賢妃聖后豈是過哉。明日臨
朝，裁決機務，朕不失賢妃美意。看官，此是費仲姐已
之計，豈是好意。表過不題。次日天子設朝，但見左右
奉御保駕，出壽仙宮，鸞輿過龍德殿，至分宮樓，紅燈
簇簇，香氣氳氳，正行之間，分宮樓門角旁，一人身高
丈四，頭帶扎巾，手執寶劍，行如虎狼，大喝一聲曰：
昏君無道，荒淫酒色，吾奉王母之命，刺殺昏君，庶成
湯天下，不失與他人，可保吾主為君也。一劍劈來，兩

邊該多少保駕官，此人未近前時，已被眾官所護，繩
纏索綁，拿近前來，跪在地下。紂王驚而且怒，駕至大
殿，陛座，文武朝賀畢，百官不知其故。王曰：宣武成王
黃飛虎、亞相比干二臣隨出班拜伏稱臣。紂王曰：二
卿今日陛殿，異事非常。比干王曰：分宮
樓有一刺客執劍刺朕，不知何人所使。黃飛虎聽言
大驚，怵問曰：昨日是那一員官宿殿內有一人，乃是
封神榜上有名官，拜總兵，姓魯名雄，出班拜伏，是臣
宿殿，並無奸細，此人莫非五更隨百官混入分宮樓內，
故有此異變。黃飛虎分付把刺客推來。眾官將刺客

拖到滴水之前，天子傳旨，眾卿誰與朕斷問明白回
旨。班中閃一人進禮稱臣費仲不才，勘明回旨。看官，
費仲原非問官，此乃做成圈套陷害姜皇后的，恐怕
別人審出真情，故此費仲討去勘問。話說費仲拘出
刺客，在午門外勘問，不用加刑，已是招成謀逆。費仲
進大殿，見天子俯伏回旨，百官不知原是設成計謀，
靜聽回奏。王曰：勘明何說。費仲奏曰：臣不敢奏聞。王
曰：卿既勘問明白，費仲刺客姓姜名環，乃東伯侯
姜桓楚家將，奉中宮姜皇后慈旨行刺陛下，意在侵

奪天位，與姜桓楚而為天子。幸宗社有靈，皇天后土
庇佑陛下，洪福齊天，逆謀敗露，隨即就擒。請陛下
九卿文武議貴議戚定奪。紂王聽奏，拍案大怒曰：姜
后乃朕元配，微敢無禮謀逆不道，還有甚麼議貴議
戚，況宮弊難除，禍潛內禁，肘腋難以隄防，速着西宮
黃貴妃斷問回旨。紂王怒發如雷，駕回壽仙宮不表。

且言諸大臣紛紛議論難變假真，內有上大夫楊任
對武成王曰：姜皇后真靜淑德，慈祥仁愛，治內有法，
據下官所論，其中定有委曲不明之說，宮內定有私
通，列位殿下，眾位大夫，不可退朝，且聽西宮黃娘娘

來况且耳目甚衆。又非心腹之人。如何使得。蘇捐曰。明日天子幸御園。娘娘暗傳懿旨。宣召中諫大夫費仲到宫。待奴婢分付他定一妙計。若害了姜皇后。許他官居顯任。爵祿加增。他素有才名。自當用心。萬無一失。妲巳曰。此計雖妙。恐彼不肯奈何。蘇捐曰。此人亦係王公寵臣。言聽計從。况娘娘進宫也是他舉薦。奴婢知他必肯盡力。妲巳大喜。那日紂王幸御花園。蘇捐暗傳懿旨。把費仲宣至壽仙宫。費仲在宫門外。只見蘇捐出宫問曰。費大夫。娘娘有密書一封。你拿出去自拆。觀其機密。不可漏泄。若成事之後。蘇娘娘

決不負大夫。宜速不宜遲。蘇捐道罷。進宫去了。費仲接書。急出午門。到於本宅。至秘室開拆觀看。乃妲巳教我設謀害姜皇后的重情。看罷沉思憂懼。我想起來。姜皇后乃主上元配。他的父親乃東伯侯姜桓楚。鎮於東魯。雄兵百萬。麾下大將千員。長子姜文煥。又勇貫三軍。力敵萬夫。怎的惹得他。若有差訛。其害非小。若遲疑不行。他又是天子寵妃。那月他若讐恨。或枕邊密語。或酒後讒言。吾死無葬身之地矣。心下躊蹰。坐臥不安。如芒刺背。沉思終日。併無一籌可展。半策可施。應前走到廳後。神魂顛倒。如醉如痴。必任憑

丁正納悶間。只見一人。身長丈四。膀濶三停。壯而且勇。走將過去。費仲問曰。是甚麼人。那人忙向前叩頭曰。小的是姜環。費仲聞說。便問你在我府中幾年了。姜環曰。小的來時。離東魯到老爺臺下五年了。蒙老爺一向擡舉。恩德如山。無門可報。適繞不知老爺悶坐。有失廻避。望老爺恕罪。費仲一見此人。計上心來。便叫你且起來。我有事用你。不知你肯用心去做。你的富貴亦自不小。姜環曰。若老爺分付。安敢不努力前去。况小的受老爺知遇之恩。便使小的赴湯蹈火。萬死不辭。費仲大喜曰。我終日沉思。無計可施。誰知

却在你身上。若事成之後。不失金帶垂腰。其福應自不淺。姜環曰。小的怎敢望此。求老爺分付。小人領命。費仲付姜環耳上。這般如此。如此若此。計成你我有無窮富貴。切莫漏泄。其禍非同小可。姜環點頭領計去了。這正是金風未動蟬先覺。暗送無常死不知。有詩為証。詩曰。

姜后忠賢報主難，　孰知平地起波瀾。
可憐數載鴛鴦夢，　取次凋殘不忍看。

話說費仲密密將計策。寫明暗付蘇捐。蘇捐得青宵。奏與妲巳。妲巳大喜。正宮不久可居。一日紂王往壽

陛下改過弗吝聿修厥德親師保遠女寺立綱持紀。毋事宴遊毋沉酗於酒毋息荒於色日勤政事弗白滿暇庶幾天心可回百姓可安天下可登太平矣妾乃女流不識忌諱妄干天聽願陛下痛改前愆力賜施行妾不勝幸甚天下幸甚美皇后奏罷辭謝畢上輦還宮且言紂王以是酒醉聽姜皇后一番言語十分怒色這賤人不識抬舉朕着美人歌舞一回與他取樂玩賞反被他言三語四討多說話若不是正宮用金瓜擊死方消我恨好懊惱人也此時三更已盡紂王酒已醉了叫美人方繞朕躬着惱再舞一回與

朕解悶姐已跪下奏曰妾身從今再不敢歌舞王曰為何姐已曰姜皇后深責妾身此歌舞乃傾家喪國之物況皇后所見甚正妾身蒙聖恩寵眷不敢暫離左右倘娘娘傳出宮闈道賤妾盡惑聖聰引誘天子不行仁政便外庭諸臣持此督責妾雖拔髮不足償其罪矣言罷淚下如雨紂王聽罷大怒曰美人只管侍朕明日便瘥了賤人立你為皇后朕自做主美人嫡愛姐已謝恩復傳奏樂飲酒不分晝夜不表一日朔望之辰姜皇后在中宮各宮嬪妃朝賀皇后西宮黃貴妃乃黃飛虎之妹馨慶官楊貴妃俱在正宮只

惡也多　一番　禍根自　而伏君　子所以　忌疾惡　太嚴也

見宮人來報壽仙宮蘇姐已候吉皇后傳宣姐已進宮見姜皇后昇寶座黃貴妃在左楊貴妃在右姐已進宮朝拜已畢姜皇后特賜美人平身姐已侍立一旁二貴妃問曰這就是蘇美人姜后問正是因對蘇氏責曰天子在壽仙宮無分晝夜宣淫作樂不理朝政法紀混淆你並無一言規諫迷惑天子朝歌暮舞沉湎酒色拒諫殺忠壞成湯之大典惧國家之安危是皆汝之作俑也從今如不悛改引君當道仍前肆無忌懲定以中宮之法處之且退姐已忍氣吞聲拜謝出宮滿面羞慚悶悶回宮時有蘇姐接化姐已曰

稱娘娘姐已進宮坐在繡墩之上長吁一聲蘇姐已曰娘娘今日朝正宮而回為何短歎長吁姐已切齒曰我乃天子之寵妃姜后自恃元配對黃楊二貴妃耻辱我不堪此恨如何不報蘇姐已曰王公前日親許娘娘為正宮何愁不能報復姐已曰雖然但姜后現在如何做得必得一奇計害了姜后方得妥貼不然百官也不服依舊諫諍不寧怎得安然你有何計可行其福亦自不淺蘇姐對曰我等俱係女流況奴婢不過一侍婢耳有甚深謀遠慮依奴婢之意不若召一外臣計議方妥姐已沉吟半晌曰外官如何召得進

第七回　費仲計廢姜皇后

詩曰

紂王無道樂溫柔。日夜宣淫興未休。
月色已西重進酒。清歌纔罷奏笙篌。
養成讒虐三綱絕。釀就酗戕萬姓愁。
諷諫難回流下性。至今餘恨鎖西樓。

話言姜皇后聽得音樂之聲，聞左右，知是紂王於妲己歡宴，不覺點首歎曰：天子荒淫，萬民失業，此取亂之道耶。外臣諫諍，竟遭慘死，此事如何是好。眼見成湯天下變更，我身為皇后，豈有坐視之理。姜皇后乘

〔149〕

輦，兩邊排列宮人，紅燈閃灼，簇擁而來，前至壽仙宮。侍駕官敢奏：姜娘娘已到宮門候旨。紂王更深帶酒，醉眼斜蘇美人：你當去接梓童。妲己領旨出宮，迎接蘇氏。見皇后行禮，皇后賜以平身。妲己引導姜皇后至殿前行禮畢，紂王曰：命左右設坐，請梓童坐。姜皇后謝恩，坐于右首。看官那姜后乃紂王元配，妲己乃美人，坐不得，侍立一旁。紂王與正宮把盞。王曰：梓童今到壽仙宮，乃朕喜幸，命妲己美人著宮娥綵綃，輕敲檀板，美人自歌舞一回，與梓童賞玩其時綵綃，輕敲檀板，妲己歌舞起來。但見：

〔150〕

〔眉批〕也太板。丁所以敬殺。

覓裳擺動綉帶飄揚，輕輕裙捲不沾塵，嬝娜腰肢風折柳。歌喉嘹嚦，由如月裡奏仙音。一點硃唇，却似櫻桃逢雨濕。尖纖十指，慌如春笋一般同。杏臉桃腮，好相逢牡丹初綻蕊。蕊正是瓊瑤玉宇神仙降，不亞嫦娥下世間。

妲己腰肢嬝娜，歌韻輕柔，好似輕雲領上擺風嫩柳，池塘拂水。只見綵捎與兩邊侍兒喝采，跪下齊稱萬歲。姜皇后正眼也不看，但以眼觀鼻，鼻叩於心。忽然紂王看見姜后如此，帶咲問曰：御妻光陰瞬息，歲月如流，景致無多，正宜當此取樂，如妲己之歌舞，乃天

〔151〕

〔眉批〕此一段理真言，雕圖是金石，仙不可對，係君欲，子言說，此所以……

上奇觀，人間少有的，可謂真寶。御妻何無喜悅之色，正顏不觀，何也。姜皇后就此出席，跪而奏曰：如妲己歌舞，豈足稀奇也，不足真寶。紂王曰：此樂非奇寶，何以為奇寶也。姜后曰：妾聞人君有道，則賤貨而貴德，去讒而遠色，此人君自省之寶也。若所謂天有寶日月星辰，地有寶五穀園林，國有寶忠臣良將，家有寶孝子賢孫，此四者乃天地國家所有之寶也。如陛下荒淫酒色，徵歌逐技，窮奢極欲，聽讒信佞，殘殺忠良，驅逐正士，播棄犁老，昵比罪人，惟以婦言是用，此牝雞司晨，惟家之索。以此為寶，乃傾家喪國之寶也。妾願

〔152〕

〔一四四〕

君之視臣如土芥，則臣視君如寇讎。古云道德，好君之視臣如手足，則臣視君如腹心。今主上不行仁政，以非刑加上大夫，此乃亡國之兆，不出數年，必有禍亂。我等豈忍坐視敗亡之理。眾宮俱各嗟嘆而散，各歸府宅。且言紂王回宮，妲巳迎接聖駕，紂王下輦攜妲巳手而言曰，美人妙策，朕今日殿前炮烙了梅栢，使眾臣俱不敢出頭強諫，鉗口結舌，唯唯而退。是此炮烙乃治國之奇寶也，傳旨設宴與美人賀功。其時笙簧褋奏，簫管齊鳴，紂王與妲巳在壽仙宮百般作樂，無限歡娛，不覺譙樓鼓角二更，樂聲不息。左

〔眉批〕此但是閨閫大……巳如劍……炮烙梅……黙然不言，俱有責焉，退而後言何益。

〔一四五〕

陣風將此樂音送到中宮，姜皇后尚未寢，只聽樂聲聒耳，問左右官人，這時候那裡作樂。兩邊宮人啟娘娘，這是壽仙宮蘇美人與天子飲晏未散。姜皇后嘆曰，昨聞天子信妲巳造炮烙，殘害梅栢，慘不可言。我想這賤人蠱惑聖聽，引誘人君，肆行不道，即命乘輦，待我往壽仙宮走一遭。看官此一去，未免有娥眉見妒之意，只怕是非從此起，災禍目前生，不知後事如何，且聽下回。

〔眉批〕又是公諫……

總批

忠諫殺身，古今不止一人。若梅大夫以炮烙捐軀，須臾骨化形消，其受禍更慘更烈。俚云

〔一四六〕

〔眉批〕最毒婦人心，妲巳固無足論，紂王竟化之作

忍心人，嗣是更慘更毒，正所謂習以性成。獨怪近日鬚眉男子，皆化為繞指柔，而順先意逢迎，若不見其慘毒較之妲巳紂王顯惡，稍不肯人，以是少恕之。予曰，否。當彼之為曲意權貴時，冷挑熱挽，并巾下石，朋比作仇，殺人未嘗不毒不慘，此之謂真陰。真婦人何也，彼陰可以借劍殺人，行止甚致乘機卸担，此輩之惡更甚殷紂妲巳，公論當入無間獄。

〔一四七〕

又批

後來仙佛之流，乃超出煩惱場中，逍遙清虛之府，任他桑田渝海，斗換星移，都無罣礙。這雲中子不守清規，突然多事，引起事端妖怪，滅不成就索罷了，又惹其麼詩送了簡杜元銑。用杜元銑又惹得簡梅栢慘死，致紂王有炮烙諫臣之名，遂節生出事來，把商家一箇天下送了。究其始皆此老不寧耐多事起心。經所以欲觀自在，故煩惱恐怖墨礙色相俱忘，真是養心妙諦。

銅柱造完如何處置妲巳命取來過目監造官將炮烙銅柱推來黃鐙鐙的高二丈圓八尺三層火門下有二滾盤推動好行紂王觀之指妲巳而咲曰美人神傳秘授奇法其治世之寶待朕明日臨朝先將梅栢炮烙殿前使百官知懼自不敢阻撓新法章牘煩擾一宿不提次日紂王陞朝鐘鼓齊鳴聚兩班文武。朝賀巳畢武成王黃飛虎見殿東二十根大銅柱不知此物新設何用王曰傳肯把梅栢拿出就殿官去拿梅栢紂王命把炮烙銅柱推來將三層火門用炭架起又用巨扇搧那炭火把一根銅柱子燒的通紅。

眾官不知其故午門官啟奏梅栢巳至午門下曰拿來兩班文武看梅栢坵而蓬頭身穿稿素上殿跪下。口稱臣梅栢叅見陛下紂王曰匹犬你看看此物是甚麼東西梅大夫觀看不知此物對曰臣不知此物。紂王咲曰你只知內殿侮君伇你利口誣言毀罵朕躬治此新刑名曰炮烙匹夫今日九間殿前炮烙你教你筋骨成灰使狂妄之徒如侮謗人君者以梅栢為例耳梅栢聽言大叫罵曰昏君梅栢死輕如鴻毛有何惜哉我梅栢官居上大夫三朝舊臣今得何罪。遭於慘刑只是可憐成湯天下喪於昏君之手久以

後將何面目見汝之先王耳紂王大怒將梅栢剝去衣服赤身將鐵索綁縛其手足抱住銅柱可憐梅栢大叫一聲其氣巳絕只見九間殿上烙得皮膚筋骨臭不可聞不一時化為灰燼可憐一片忠心半生赤膽直言諫君遭此慘禍正是一點丹心歸大海芳名留得萬年芳後人看此有詩嘆曰。

血肉殘軀盡化灰。　丹心耿耿燭三台。
生平正直無偏黨。　死後英魂亦壯哉。
烈燄俱隨亡國盡。　芳名多傍史官裁。
可憐太白懸旗月。　怎似先生嘆雋才。

話說紂王將梅栢炮烙炮烙在九間大殿之前阻塞忠良諫諍之口以為新刑稀奇但不知兩班文武觀見此刑梅栢慘死無不恐懼人人有退縮之心個個有不為官之意紂王駕回壽仙宮不表且言眾大臣俱至午門外內有微子箕子比干對武成王黃飛虎曰天下荒荒北海動搖間太師為國遠征不意天子任信妲巳造此炮烙之刑殘害忠良若使播楊四方天下諸侯聞知如之奈何黃飛虎間言將五柳長鬚撚在手內大怒曰二位殿下據我未將看將起來此炮烙不是炮烙大臣乃烙的是紂王江山炮的是成湯社

剝官服將鐵索纏身束圍銅柱之上只炮烙四肢筋
骨不須臾烟盡骨消盡成灰燼以刑名曰炮烙若無
此酷刑奸猾之臣沽名之輩盡玩弄法紀皆不知儆
懼紂王曰美人之法可謂盡善盡美卽命傳旨將杜
元銑梟首示眾以戒妖言將梅栢禁於囹圄又傳旨
意照樣造炮烙刑具限作速完成首相商容觀紂王
將行無道任信妲巳竟造炮烙在壽仙宮前嘆曰今
觀天下大事去矣只是成湯怒敬厭德一片小心承
天永命豈知傳至當今天子一但無道眼見七廟不
守社稷坵墟我何忍見又聽妲巳造炮烙之刑商容

俯伏奏曰臣敢陛下天下大事以定國家萬事康寧
老臣衰朽不堪重任恐失於顛倒得罪於陛下悲乞
念臣侍君三世數載揆席實愧素殂陛下雖不卽賜
罷斥其如臣之庸老何望陛下救臣之殘軀放歸田
里得含煦哺腹于光天之下皆陛下所賜之餘年也
紂王見商容辭官不居相位王慰勞曰卿雖暮年尚
自變錄無奈卿苦苦固辭但卿朝綱勞苦數載慇懃
朕甚不忍卽命隨侍官傳朕旨意點文官二員四表
禮送卿榮歸故里俯養本地方官不時存問商容謝
退出朝不一時百官俱知首相商容致政榮歸各來

遠送當有黃飛虎千批微子箕子微子敢微子衍各官
俱在十里長亭餞別商容見百官在長亭等候只得
下馬只見七位親王把手一舉老丞相今日固是榮
歸你爲一國元老如何下得這般毒意就把成湯社
稷抛棄一旁揚鞭而去忿心安乎商容泣而言曰列
位殿下眾位先生商容縱粉骨碎身難報國恩這一
死何足爲惜而偷安苟免今天子信任妲巳無端造
惡製造炮烙酷刑拒諫殺忠商容立諫不聽又不能
挽回聖意不日天愁民怨禍亂自生商容進不足以
輔君死適足以彰遇不得巳讓位待罪俟賢才俊彥

大展經綸以救禍亂此容本心非敢遠君而先身謀
也刻位殿下所賜商容立飲一杯此別料還有會期
乃持杯作詩一首以誌後會之期詩曰

蒙君十里送歸程，　把酒長亭淚巳傾。
回首天顏成隔世，　歸來獻祝神京。
丹心難化龍逢血，　赤月空消夏桀名。
幾度話來多愷快。　何年重訴別離情。

商容作詩巳畢百官無不洒淚而別商容上馬前去
各官俱進朝歌不表話言紂王在宮歡樂朝政荒亂
不一日監造炮烙官敢奏功完紂王大悅問妲巳曰

梅栢聽罷只氣得五靈神暴燥三昧火燒貫老丞相變理陰陽調和鼎鼐奸者即斬佞者即誅賢者即薦能者即褒君正而首相無言君不正以直言諫主今天子無辜而殺大臣似丞相這等鉗口不言委之無奈是重一巳之功名輕朝內之股肱怕死貪生愛血肉之微軀惧君王之刑典皆非丞相之所爲也叫兩邊且住了待我與丞相面君梅栢攜商容過大殿遶進內庭栢乃外官及至壽仙官門首便自俯伏奉御官敢奏商容梅栢候旨王曰商容乃三世之老臣進內可赦梅栢擅進內廷不尊國法傳旨宣商容在前

則手足歪邪古語有云臣正君邪國患難治杜元銑世之忠良陛下若斬元銑而廢先王之大臣聽艷妃之言有傷國家之樑棟臣願主公赦杜元銑毫未之生使文武仰聖君之大德紂王聽言梅栢與元銑一黨達法進宮不分內外本當與元銑一例典刑奈前侍朕有勞幸免其罪削其上大夫求不序用梅栢嚷聲大言曰昏君聽妲巳之言失君臣之義今斬元銑豈是斬元銑寔斬朝歌萬民今罷梅栢之職輕如灰塵這何足惜但不忍成湯數百年基業喪于昏君之手今聞太師北征朝綱無統百事混清昏君曰

梅栢隨後進宮俯伏王問曰二卿有何奏章梅栢曰稱陛下臣梅栢具疏杜元銑何事于犯國法致于賜死王曰杜元銑與方士通謀架捏妖言搖惑軍民播亂朝政污衊朝廷身爲大臣不思報本酬恩而反詐言妖魅蒙蔽欺君律法當誅除奸勸佞不爲過耳梅栢聽紂王之言不覺勵聲奏曰臣聞堯王治天下應天而順人言聽于文官計從于武將一日一朝共談安民治國之道去讒遠色共樂太平今陛下半載不朝樂於深宮朝朝飲宴夜夜歡娛不理朝政不容諫臣聞君如腹心臣如手足心正則手足正心不正

于讒佞之臣左右蔽惑於妲巳在深宮日夜荒淫眼見天下變亂臣無面見先帝於黃壤也紂王大怒着奉御官把梅栢拿下去用金瓜擊頂兩邊遶待動手妲巳曰妾有奏章王曰美人有何奏朕妾敬主公人臣立殿張眉竪目罵語侮君大逆不道亂倫及常非一死可贖者也且將梅栢權禁囹圄妾治一刑杜佞臣之瀆奏除邪言之亂正紂王問曰此刑何樣妲巳曰此刑約高二丈圓八尺上中下用三火門將銅造成妲銅柱一般裡邊用炭火燒紅却將妖言惑衆利口譖君不尊法度無事妄生諫章與諸般違法者遁

墀下百草生芽。御階前苔痕長綠。朝政紊亂。百官失望。臣等難近天顏。陛下貪戀美色。日夕歡娛。君臣不會。如雲蔽日。何日得覩龍顏喜起之隆。再見太平天日也。臣不避斧鉞冒死上言。稍盡臣節。如果臣言不謬。望陛下早下御音。速賜施行。臣等不勝惶悚待命之至。謹具疏以聞。

紂王看畢。自思言之甚善。只因本中具有雲中子。除妖之事。前日幾乎把蘇美人顯喪性命。托天庇佑。焚劍方安。今日又言妖氛在宮闈之地。紂王回首問妲巳曰。杜元銑上書又提妖魅相侵。此言果是何故。妲

巳上前跪而奏曰。前日雲中子。乃方上術士。假捏妖言蔽惑聖聽。搖亂萬民。此是妖言亂國。今杜元銑又假此為題。皆是朋黨惑衆。駕言生事。百姓至愚一聽此妖言。不慌者自慌。不亂者自亂。致使百姓邊邊莫能自安。自然生亂。究其始皆自此無稽之言惑之也。故凡妖言惑衆者。殺無救。紂王曰。美人言之極當。傳朕旨意。把杜元銑梟首示衆。以戒妖言。首相商容曰。陛下此事不可。元銑乃三世老臣。素秉忠良真心為國。瀝血披肝。無非朝懷報主之恩。暮思酬君之德。一片苦心。不得巳而言之。況且職受司天驗察吉凶。若

按而不奏。恐百司參論。今以直諫。陛下反賜其死。元銑雖死不辭。以命報君。就歸冥下。自分得其死所。只恐四百文武之中。各有不平。元銑無辜受戮。望陛下原其忠心。憐而赦之。王曰。丞相不知。若不斬元銑。誑言終無巳。時致令百姓邊邊。無有寧宇矣。商容欲待再諫。奈紂王不從。令奉御官送商容出宮。奉御官遝令而行。商容不得巳。只得出來。及到文書房。見杜太師。何候命下。不知有殺身之禍。旨意巳下。杜元銑妖言惑衆。拿下梟首以正國法。奉御官宣讀駕帖畢。不由分說。將杜元銑。摘去衣服。繩纏索綁。拿出午門。

方至九龍橋。只見一位大夫。身穿大紅袍。乃梅栢也。栢見杜大師。綁縛而來。向前問曰。太師何故罪如此、元銑曰。天子失政。吾等上本内庭。言妖氛縈貫于官中。灾星立變於天下。首相轉達。有犯天顏。若賜臣死。不敢違旨。梅栢聽言。兩邊的且住了。竟至九龍橋邊。適成氷冷。梅栢先生功名二字。化作灰塵。數載丹心竟逢首相商容。梅栢曰。請問丞相杜太師有何罪犯君。特賜其死。商容曰。元銑本章實為朝廷。因妖氛選于禁闕。怪氣照于宮闈。當今聽蘇美人之言。坐以妖言惑衆。驚慌萬民之罪。老夫苦諫。天子不從。如之奈何。

門役禀老爺有一道人在照牆上吟詩故此衆人來看杜太師在馬上看見是二十四字其意頗深一時難解命門役將水洗了太師進府將二十四字細細推詳窮究幽微終是莫解暗想此必是前日進朝獻劍道人說妖氣旋繞宮闈此事到有此着落連日我夜觀乾象見妖氣日盛旋繞禁闈定有不祥故留此鈴記曰今天子荒淫不理朝政權奸蠱惑天愁民怨眼見興衰我等受先帝重恩安忍坐視見朝中文武簡箇憔思人人危懼不若乘此其一本章力諫天子盡其臣節非是買直沽名實爲國家治亂杜元銑當

夜脩成疏章次日至文書房不知是何人看本今日却是首相商容元銑大喜上前見禮叫曰老承相昨夜元銑觀司天台妖氣粟貫深宮災殃立見天下事可知矣主上國政不修朝綱不理朝歡暮樂荒淫沔色宗廟社稷所關治亂所繫非同小可豈得坐視今特具諫章上于天子感勞丞相將此本轉達天庭丞相意下如何商容聽言曰太師既有木章老夫豈有坐視之理只連日天子不御殿庭難於面奏今日老夫與太師進内庭見駕面奏何如商容進九間大殿過龍德殿顯慶殿嘉善殿再過 分官樓商容見奉御

宮奉御官曰稱老承相壽仙官乃禁闈所在聖躬寢室外臣不得進此商容曰我豈不知你與我改奏前容候旨奉御官進宮啟奏首相商容候旨于曰商容何事進内見朕但他雖是外官乃三世之老臣也可以進見命宣商容進宮曰稱陛下俯伏階前王曰承相有甚緊急奏章特進宮中見朕商容啟奏軾掌司天元首官杜元銑昨夜觀乾象見妖氣照籠金闈災殃立見元銑乃三世之老臣陛下之股肱不忍坐視且陛下何事日不設朝不理國事端坐深宮使百官山夜憂思今臣等不避斧鉞之誅干冒天威非爲沽

展開觀看

直乞垂天聽將本獻上兩邊侍御官接本在案衍其疏臣執掌司天台官杜元銑奏爲保國安民靖魅除妖以隆宗社事臣聞國家將興禎祥必現國家將亡妖孽必生臣元銑夜觀乾象見怪霧不祥妖光遠於內殿慘氣籠罩深宮陛下前曰躬臨大殿有終南山雲中子見妖氣貲於宮闈特進木劍鎮壓妖魅聞陛下火焚木劍不聽大賢之言致使妖氣復成日盛一月冲霄貲斗禍患不小臣切恩肖蘇護進貴人之後陛下朝綱無紀御案生塵丹

新刻鍾伯敬先生批評封神演義卷之二

　　　　　鍾山逸叟許仲琳編輯
　　　　　金閶載陽舒文淵梓行

第六回　　紂王無道造炮烙

詩曰

紂王無道殺忠賢。酷慘奇冤觸上天。
俠烈盡隨灰燼滅。妖氛偏向禁宮旋。
朝歌艷曲飛檀板。暮宴龍涎吐碧煙。
取次催殘黃耇散。孤魂無計返家園。

話說紂王見驚塌了妲己荒怳無措卻傳旨令侍御

又批

今人見美色兒黃金見顯官赫奕何嘗不羨
慕願得之亦未嘗不昏夜乞哀甚至咒詛舐
痔求之雲中子反欲驅之絕之甚至抵死辭
之其中必另有一番話說請試一捫心

官將此寶劍立刻焚毀不知此劍莫非松樹削成經
不得火立時焚盡侍御官問旨妲己見焚了此劍妖
光復長依舊精神正是有詩為証詩曰

火焚寶劍智何庸　妖氣依然透九重
可惜商都成畫餅　五更殘月曉霜濃

妲己依舊侍君擺宴在宮中歡飲且說此時雲中子
尚不曾回終南山還在朝歌忽見妖光復起冲照宮
闕雲中子點首嘆曰我只欲以此劍鎮滅妖氛稍延
成湯脈絡豈知大數已然將我此劍焚毀一則是成
湯合滅二則是周國當興與三則神仙遭逢大難四則

姜子牙合受人間富貴五則有諸神欲討封號罷了
罷也只是貧道下山一場留下二十四字以驗後人云
中子取文方四寶留筆跡在司天臺杜太師照墻上

詩曰

妖氛穢亂宮庭　聖德播揚兩上
要知血染朝歌　戊午歲中甲子

雲中子題罷逕回終南山去了且言朝歌百姓見道
人在照墻上吟詩俱來看念不解其意人煙攢擠聚
積不散正看之間只見太師杜元銑回朝只見許多
人圍遶府前兩邊侍從人喝開太師問甚麼事官府

官暫退百官無可奈何只得退朝話說紂王駕至壽
仙宮前不見妲已來接見紂王心甚不安只見侍御
官接駕紂王問曰蘇美人為何不接朕侍駕官啟陛
下蘇娘娘一時偶染暴疾人事昏沉臥榻不起紂王
聽罷忙下龍輦急進寢宮揭起金龍幔帳見妲已面
似金枝唇如白紙昏昏慘慘氣息微茫懨懨若絕紂
王便叫美人早辰送朕出宮美貌如花為何一時有
恙便是這等垂危叫朕如何是好看官這是那雲中
子寶劍掛在分宮樓鎮壓的這獅狸如此模樣倘若
逞鎮壓的這妖怪死了可不保得成湯天下也是合

116

該這紂王江山有敗周室將興故此紂王終被他迷
惑了表過不題只見妲已微睜杏眼強啟朱唇作呻
吟之狀嚶吁吁叫一聲陛下妾身早辰送駕臨軒乍
時遠迎陛下不知行至分宮樓前候駕猛抬頭見一
寶劍高懸不覺驚此一身冷汗竟得此危証想賤妾
命薄緣慳不能長侍陛下于左右永放于飛之樂耳
乞陛下自愛無以賤妾為念道罷泪流滿面紂王驚
得半晌啊無言亦含淚對妲已曰朕一時不明幾為方
士所惑分宮樓所掛之劍乃終南山煉氣之士雲中
子所進言朕宮中有妖氣將此鎮壓就意竟於美人

只有色之一字如此迷惑人可嘆可嘆

117

作祟乃此子之妖術欲害美人故捏言朕宮中有妖
氣朕思深宮邃審之地塵跡不到焉有妖怪之理大
抵方士惑人朕為所賣傳旨急命左右將那方士所
進木劍用火作速焚毀毋得遲慢幾驚壞美人紂王
再三溫慰一夜無寢看官紂王不焚此寶劍還是商
家天下只因焚了此劍妖氣綿固深宮把紂王攛得
顛倒錯亂虎費朝政人雜天怨自將天下失于西
伯此也是天意合該如此不知焚劍如何且聽下囬
分解。

總批

118

雲中子進劍不知費幾許婆心幾許言語方
打動紂王將此劍得掛于深宮妲已只用眤
眤數語便至焚毀而滅跡將雲中子幾許懃
懃苦心為烏有佞言易入忠言難信然遇此者
須當着眼

又批

金霞童子必竟是個快人幹事自是爽利彼
時只依他用照妖寶劍去斬斷禍根省了許
多牽枝帶葉雲中子必竟學究氣到底做的
不了當可作腐儒榜樣

119

艷麗妖嬈最惑人，暗侵肌骨喪元神。
若知此是其妖魅，世上應多不死身。

紂王曰，宮中既有妖氣，將何物以鎮之。雲中子揭開花籃，取出松樹削的劍來，拿在手中，對紂王曰，陛下不知此劍之妙，聽貧道道來。

松樹削成名巨闕，其中妙用少人知。
鋒無寶氣沖牛斗，三日成灰妖氣離。

雲中子道罷，將劍奉與紂王。紂王接劍曰，此物鎮在何處。雲中子曰，掛在分宮樓三月內，自有應驗。紂王隨命傳奉官，將此劍掛在分宮樓前。傳來官領命而

去，紂王復對雲中子曰，先生有這等道術，明于除眯，能察妖魅，何不拚終南山而保護朕躬，官居顯爵，揚名于後世，豈不美哉，何苦為淡薄沒世無聞。雲中子謝曰，蒙陛下不棄幽隱，欲貧道若官，貧道乃山野慵懶之夫，不識治國安邦之術。日上三杆憨睡足，裸衣跣足滿山遊。紂王曰，便是這等有什麼好處，何如衣紫腰金，封妻蔭子，有無窮享用。雲中子曰，貧道其中也有好處。

身逍遙，心自在，不揚戈，不弄怪，萬事忙忙付肚外。吾不思理正事而種菲，吾不思取功名如拾芥。吾

不思身服錦袍，吾不思腰懸魚帶，吾不思拂宰相之鬚，吾心偕君王之快。吾不思伏弩長驅，吾不思望塵下拜，吾不思養我者享錄千鍾，吾不思簇我者金人四被。小小廬不嫌窄，舊服不嫌穢。制菱茄以為衣，結秋蘭以為佩。不問天皇地皇與人皇，問天籟地籟與人籟。雅懷恍如秋水同興來，由己天地碍閑來。一枕山中睡，憂魂要赴蟠桃會，那程管玉兔東升，金烏西墜。

紂王聽罷嘆曰，朕聞先生之言，真乃清靜之客。忙命隨侍官取金銀各一盤為先生前途盤費。耳不一時

隨侍官將紅漆端盤捧過金銀，雲中子咲曰，陛下之恩賜，貧道無用處，貧道有詩為証，詩曰。

隨緣隨分出塵林，似水如雲一片心。
兩卷道經三尺劍，一條藜杖五弦琴。
囊中有藥逢人度，順內新詩過客吟。
一粒能延千載壽，慢誇人世有黃金。

雲中子道罷，離了九間大殿，打一稽首，大袖飄，風揚長，竟出午門去了。兩邊八大夫正要上前奏事，又被一個道人來講甚麼妖魅，便兜閣了時候。紂王與雲中子談講多非，巳是厭倦，袖展龍袍，駕起還宮，令百

道人曰，雲散皓月當空，水枯明珠出現，紂王聞言，轉怒為喜曰：方纏道者，見朕稽首而不拜，大有慢君之心。今所答之言甚是有理，乃通知通慧之大賢也。命左右賜坐，雲中子也不謙讓，倒側坐下。雲中子欠背而言曰：原來如此，天子只知天子貴，三教元來道德尊。帝曰：何見其尊，雲中子曰：聽納子道來。

但親三教，惟道至尊，上不朝于天子，下不謁于公卿，避樊籠而隱跡，脫俗網以修真，樂林泉兮絕名絕利，隱岩谷兮忘辱忘榮，頂星冠而耀日，披布納以長春，或蓬頭而跣足，或丫髻而幅巾，摘鮮花而

徹笠折野草以鋪茵，吸甘泉而漱齒，嚼松柏以延齡，歌之鼓掌舞，罷眠雲遇仙客兮，則求玄問道會道友兮，則詩酒談文，咲奢華而濁富樂自在之清貧，無一毫之星碍，無半點之牽纏，或三三而條玄論道，或兩兩而究古談兮，究古談兮，嘆前朝興廢，紊玄論道兮，究性命之根因，恁寒暑之更變，隨烏兔之逡巡，蒼顏返少，髮白還青，攜單瓢兮，到市纏而乞化，耶以充饑，捉鋤藍兮，進山林而採藥，臨難濟人，解安人而利物，或起死以回生，修仙者竹之酲秀，達道者神之最靈，判凶古兮，明通爻象定

禍福兮，審察人心，闡道法，揚太上之正教，書符籙除人世之妖氣，謁飛神于帝闕，步罡氣于雷門，扣玄關，天昏地暗，擊地戶，鬼泣神欽，奪天地之秀氣。採日月之精華，運陰陽而煉性，養水火以胎凝。八陰消兮，若恍若惚，三九陽長兮，如杳如冥，按四時而採取，煉九轉而丹成，跨青鸞直沖紫府，騎白鶴遊遍玉京，參乾坤之妙用，表道德之懃懃，比儒者兮，官高職顯，富貴浮雲，比截教兮，五刑道術正果難成，但談三教，惟道獨尊。

紂王聽言大悅，朕聆先生此言，不覺精神爽快，如在

座世之外。真覺富貴如浮雲耳，但不知先生界住何處洞府，因何事而見朕？請道其詳。雲中子曰：貧道住終南山玉柱洞雲中子是也。因貧道閒居無事採藥于高峯，忽見妖氣貫于朝歌。怪氣生于禁闥，道心不鈌善念常臨，貧道特來朝見陛下，除此妖魅耳。紂王咲曰：深宮秘關禁闥森嚴防閑，迤審又非塵世山林，妖魅從何而來？先生此來莫非錯了，雲中子咲曰：陛下若知道有妖魅，妖魅自不敢至矣，惟陛下不識，遠妖魅他方能乘機蠱惑，父之不除，釀成大害，貧道有詩為証詩曰

大千世界須臾即至　石爛松枯當一秋，

且不言雲中子往朝歌來除妖邪只見紂王日逐酒
色旬月不朝百姓邊邊滿朝文武議論紛紛內布上
大夫梅栢與首相商容亞相比干言口天子荒淫沉
酒冒色不理朝政本積如山此大亂之兆也公等身
為大臣進退自有常盡的大義況君有諍臣父有諍
子上有諍友下官與二位丞相俱有責焉今日不免
鳴鐘擊鼓齊集文武請駕臨軒各陳其事以力諍之
庶不失君臣大義商容曰大夫之言有理傳執殿官
鳴鐘鼓請王陞殿紂王正在摘星樓宴樂聽見大殿

上鐘聲齊鳴左右奏請聖駕陞殿紂王不得已分付
妲巳曰美人暫且安頓待朕出殿就回妲巳俯伏送
駕紂王秉圭坐輦臨殿登座文武百官朝賀畢天子
見二丞相抱本上殿又見八大夫抱本上殿與鎮國
武成王黃飛抱本上殿紂王連日被酒色昏迷情思
厭倦又見本多一時如何看得盡又有退朝之意只
見二丞相進前俯伏奏曰天下諸侯本章俟命陞下
何事旬月不臨大殿旦坐深宮全不把朝綱整理此
必有在王左右迷惑聖聽者乞陞下當以國事為重
無得仍前高坐深宮貴馳國事大佛臣民之望臣聞

天位惟難況今天心未順水旱不均降災下民未甞
不非政治得失所致願陛下留心邦本痛改前徹去
讒遠色勤政恤民則天心效順國富民豐天下安康
四海受無窮之福矣願陛下幸留意焉紂王曰朕聞
四海安康萬民樂業止有北海逆命已令太師聞仲
勤除奸黨此不過疥癬之疾何足掛慮二位丞相之
言甚善朕豈不知但朝廷百事俱有首相與朕代勞
自是可行何嘗有壅滯之理縱朕臨軒亦不過垂恭
而已又何必嘵嘵于口舌哉君臣正言國事午門官
啓奏終南山有一煉氣士雲中子見駕有機密重情

補完天地缺。

道人左手攜定花籃右手執著拂塵近到滴水簷前
執拂塵打箇稽首口稱陛下貧道稽首了紂王看見
這道人如此行禮心中不悅自思朕貴為天子富有
四海率土之濱莫非王臣你雖是方外邦也在朕版
闇之中這等可惡本當治以慢君之罪諸臣只說朕
不能容物朕且問他端的看他如何應我紂王曰那
道者從何處來道人答曰貧道從雲水而至王曰何
為雲水道人曰心似白雲常自在意如流水任東西
紂王乃聰明智慧天子便問曰雲散水枯沒歸何處

文書房本積如山不能面君其命焉能得下眼見
下大亂不知後事如何且聽下回分解。

總批

西伯解蘇護之圍而責以君臣大義是尊君
也原非有迷惑天子之心就意紂王罷一妲
巳無所不爲卒至天下之惡皆歸之追遠共
始獨非西伯之遠謀不藏矛豈知天之新命
竟爲岐周所有西伯在有意無意之間。

又批

妲巳天下美色也能禍人家國不知先死于
狐狸之手是禍人者實所以自禍信然信然。

第五回　雲中子進劍除妖

詩曰

白雲飛雨過南山　碧落蕭疎春色閒
樓閣金輝來紫霧　交梨玉液駐朱顏
花迎瑞鶴歌仙曲　柳拂青鸞舞翠鬟
此是仙凡多隔世　妖氛一沁透天關

不言紂王貪戀妲巳終日荒淫不理朝政話說終南
山有一煉氣士名曰雲中子乃是千百年得道之仙
那日閒居無事手携水火花籃意欲往虎兒崖前採
藥方纔駕雲與霧忽見東南上一道妖氣直冲透霄

霄雲中子打一看時點首嗟嘆此畜不過足千年狐
狸今假托人形潛匿朝歌皇宮之內若不早除必爲
入患我出家人慈悲爲本方便爲門忙喚金霞童子
你與我將老枯松枝取一段來待我削一木劍去除
妖邪童兒何不用照妖寶劍斬斷妖邪永絕禍根
雲中子咲曰千年老狐豈足當吾寶劍只此足矣童
兒取松枝與雲中子削成木劍分付童子好生看守
洞門我去就來雲中子離了終南山腳踱祥雲望朝
歌而來怎見得有詩爲證詩曰

不用乘騎與駕鳧　五湖四海任遨遊

惹御爐香共沐恩波，鳳池上朝朝染翰侍君王。

天子陞殿百官朝賀畢。王曰有奏章者出班，無事且啟言未畢，午門官啟駕真州侯蘇護候旨午門進女，請罪。王命傳旨宣來，蘇護身服犯官之服，不敢冠旒服晃，來至丹墀之下，俯伏口稱犯臣蘇護死罪死罪。王曰真州蘇護，你題反詩午門，永不朝商，及至崇侯本劾問罪，你尚拒敵天兵，損壞命官軍將，你有何說。今又朝君，著隨侍官拿出山午門梟斬，以正兩法。言未畢，只見首相商容出班諫曰，蘇護反商，理當正法。但前日西伯侯姬昌有本，令蘇護進女贖罪，以完君臣

95

大義。今蘇護既尊王法，進女朝王贖罪，情有可原。且陛下因不進女而致罪，今已進女而又加罪，甚非陛下本心。乞陛下憐而赦之。紂王猶豫未定，有費仲出班奏曰，丞相所奏，望陛下從之。且宣蘇護女姐已朝見，如果容貌出衆，禮度幽閒，可任役使，陛下便赦蘇護之罪。如不稱聖意，可連女斬于市曹，以正其罪，庶陛下不失信于臣民矣。王曰，卿言有理。看官只四遺費仲一語，將成湯六百年基業送與他人。這且不題，但言紂王命隨侍官宣姐已朝見，姐已進午門，過九龍橋，至九間殿滴水簷前，高擎牙笏勿進禮下拜，口稱為

96

燉紂王定睛觀看，看見姐已烏雲，並鬢杏臉桃腮淺淡春山黛，柔腰柳，真似海棠醉日，梨花帶雨不亞九天仙女下瑤池，月裡嫦娥離玉闕。姐已啟朱唇，似一點嬰桃。舌尖上吐的是美孜孜一團和氣，轉秋波如雙灣鳳目，眼角裡送的是嬌滴滴萬種風情。口稱犯臣女姐已願陛下萬歲萬萬歲。只這幾句就把紂王的魂遊天外，魄散九霄，骨軟觔酥，耳熱眼跳不如如何是好。當晦紂王起立御案之傍，命美人平身，令左右宮如捲蘇娘娘進壽仙宮，候朕躬回宮忙叫當駕官傳旨，敕蘇護返滿門無罪，聽朕加封官還舊職

97

國戚，新增每月加俸二千担，顯慶殿筵宴三日。衆白官首相慶賀皇親，賜宴官三日，文官二員武官三員，送卿榮歸故地。蘇護謝恩，兩班文武見天子這等愛色，都有不悅之意，本奈天子起駕還宮，無可諫諍，只得都到顯慶殿陪宴。不言蘇護進女榮歸，天子同姐已在壽仙宮筵宴，當夜成就鳳友鸞交，恩愛如同膠漆。紂王自進姐已之後，朝朝宴樂，夜夜歡娛，朝政隳墮，章奏混淆，羣臣便有諫章，紂王視同兒戲，日夜荒淫不覺光陰辉息，歲月如流，已是二月不曾設朝，只在壽仙宮同姐已宴樂。天下八百鎮諸侯多少本到朝歌

98

忽聽後廳侍兒一聲喊叫有妖精來了蘇護聽說後
遶有妖精急忙提鞭在手搶進後廳左手挑燈右手
執鞭將轉大廳背後手中燈已被妖風撲滅蘇護急
轉身再遶大廳急叫家將取進燈火來時後進後廳
只見眾侍兒慌張無措蘇護急到妲已寢榻之前用
手揭起幔帳問曰我兒方纔妖氣相侵你曾見否妲
已答曰孩兒夢中聽得侍兒叫喊妖精來了孩兒急
待看時又見燈光不知是爹爹前來并不曾看見甚
麼妖怪護曰這個感謝天地庇佑不曾驚嚇了你這
也罷了護復安慰女兒安息自己巡視不敢安寢不

知這個回話的乃是千年狐狸不是妲已方纔撲滅燈
之時再出廳堂取得燈火來這是多少時候了妲已
魂魄已被狐狸吸去死之久矣乃借體成形迷惑紂
王斷送他錦繡江山此是天數非人力所為有詩為
証　詩曰

　　恩州驛內怪風驚　　蘇護提鞭撲滅燈
　　二八嬌容今已喪　　錯看妖魅當親生

蘇護心慌一夜不曾着枕幸喜不曾驚了貴人扎頼
天地祖宗庇佑不然又是欺君之罪如何解釋等待
天明離了恩州驛前往朝歌而來曉行夜住饑飡渴

飲在路行程非止一日渡了黃河來至朝歌安下營
寨蘇護先差官進城用腳色見武成王黃飛虎飛虎
見了蘇護進女贖罪文書忙差龍環出城分付蘇護
把人馬劄在城外令護同女進城到金亭舘驛安置
當時權臣費仲尤渾見蘇護又不先送禮物噗曰這
逆賊你雖則獻女贖罪天子之喜怒不測凡事俱在
我二人點綴其生死存亡只在我等掌握之中他全
然不理我等此足可惡不講二人懷恨且言紂王在
龍德殿有隨侍官啓駕費仲候旨天子命傳宣只見
費仲進朝稱呼禮畢俯伏奏曰令蘇護進女已在都

城候旨定奪紂王聞奏大怒曰這匹夫當日強辭亂
政朕欲置於法頓卿等諫止故歸本國豈意此賊題
詩午門欺藐朕躬殊乃可恨明日朝見定正國法以
懲欺君之罪費仲乘機奏曰天子之法原非為天子
而重乃為萬姓而立今叛臣賊子不除是為無法無
法之朝為天下之所棄王曰卿言極善明日朕自有
說費仲退散已畢次日天子登殿鐘聲亦鳴文武侍

　　立但見、
　　銀燭朝天紫陌長　　禁城春色曉蒼蒼
　　青瑣百轉流篁統　　建章劍佩聲隨鳳池步衣冠身

封神演義卷之一

我安敢惜一女自取敗亡哉今只得將你妹子進往朝歌面君贖罪你可權鎮冀州不得生事擾民我不日就回全忠拜領父言蘇護隨進內對夫人楊氏將紂王來書勸我朝王一節細說一遍夫人放聲大哭蘇護再三安慰夫人含淚言曰此女生來嬌柔恐不諳侍君之禮反又慈事蘇護曰這也沒柰何只得聽之而巳夫妻二人不覺感傷一夜次日點三千人馬五百家將整備氈車令姐巳梳粧起程姐巳聞命淚下如雨拜別母親長兄姐巳轉悲啼百千嬌態真如籠煙芍藥帶雨梨花子母怎生割捨只見左右侍兒苦

勸夫人方哭進府中小姐也含淚上車兄全忠送至五里而回蘇護壓後保護姐巳前進只見前面打兩桿貴人旗旛一路上饑飱渴飲朝登紫陌暮踐紅塵過了此綠楊古道紅杏園林見了些啼鵑喚春杜鵑叫月在路行程非止一日逢州過縣涉水登山那日抵暮巳至恩州只見恩州驛驛丞接見護曰驛丞收拾廳堂安置貴人驛丞啓老爺此驛三年前出一妖精以後几有一應過徃老爺俱不在裡面安歇可請貴人權在行營安歇庶保無虞不知老爺尊意如何蘇護大喝曰天子貴人豈懼甚麼邪魅況有館驛安得

封神演義卷之一

暫居行營之禮便去打掃驛中廳堂住室毋得進退取罪驛丞忙把衆人打點廳堂內室准備舖陳香酒掃一色收拾停當來請貴人蘇護將姐巳安置在後面內堂裡有五十名侍兒在左右奉侍將三千人馬俱在驛外邊圍繞五百家將在舘驛門首屯劄蘇護正在廳上坐着點上銀燭蘇護暗想方纔驛丞言此處有妖怪此乃皇華駐節之所人烟湊集之處焉有此事然亦不可不防將一根豹尾鞭放在案桌之傍剔燈展玩兵書只聽得恩州城中戍鼓初敲巳是一更時分蘇護終是放心不下乃手提鐵鞭悄步後

堂於左右室內點視一番見諸侍兒併小姐寂然安寢方纔心安復至聽上再看兵書不覺又起二更不一時將交三鼓可煞作怪忽然一陣風响透人肌膚將燈滅而復明怎見得

非干虎嘯豈是龍吟淅淅凛凛寒風撲面清冷冷惡氣侵人到不能開花謝柳多暗藏水怪山妖悲風影裡露雙精一似金燈在慘霧之中黑氣叢中深四爪渾如鋼鈎出紫霞之外尾擺頭搖如縱行狰獰雄猛似後羿

蘇護被這陣怪風吹得毛骨竦然心下正感之間

第四回．　恩州驛狐狸死妲己

詩曰

天下荒荒起戰塲，致生讒佞亂家邦。
忠言不聽商容諫，逆語惟知費仲良。
色納狐狸發琴瑟，政由豺虎逐鸞鳳。
甘心亡國爲乃下，嬴得人間一炷香。

話說宜生接了回書竟往西岐不題且說崇黑虎上前言曰仁兄大事已定可作速收拾行裝將令愛送進朝歌遲恐有變小弟同去放令郎進城我與家兄收兵歸國具表先達朝廷以便仁兄朝商謝罪不得

83

又有他議致生禍端蘇護曰蒙賢弟之愛與西伯之德吾何愛此一女而自取滅亡哉即將打點無辭賢弟放心只是我蘇護止此一子被令兄囚禁行營賢弟可速放進城以慰老妻懸望牢室感德不淺黑虎道仁兄寬心小弟出去即昨就放他來不必掛念二人彼此相辭出城行至崇候虎行營卒邊來報啓老爺二老爺巳至轅門候虎急傳令請黑虎進營上帳坐下候虎曰西伯侯姬昌好不今按兵不動坐觀成敗故遣散宜生來下書說蘇護進女朝商至今未見回報賢弟彼擒之後吾日日差人打聽心甚不

84

安今得賢弟回來不勝萬千之喜不知蘇護果肯朝王謝罪賢弟自彼處來定知蘇護端的幸道其詳黑虎厲聲大叫曰長兄想我兄弟二人自始祖一脈相傳六世俺弟兄係同胞一本古語有言一樹之菓有酸有甜一母之子有愚有賢長兄你聽我說蘇護反偏你先領兵征伐故此損拆軍兵你在朝廷此是一鎮大諸侯你不與朝廷幹些好事卑諉天子近于佞臣故此天下人人怨惡你五萬之師總不如一紙之書蘇護已許進女朝王謝罪你折兵損將愧也不傻辱我崇門長兄從今與你一別我黑虎再不會你面

85

邊的把蘇全放了兩邊不敢違令放了全忠上帳謝黑虎曰叔父天恩救小侄再生頂戴不盡崇黑虎曰賢侄可與令尊說叶他速收拾朝王毋得遲滯我與他上表轉達天子以便你父子進朝歌謝罪全忠拜謝出營上馬回冀州不提崇黑虎怒發如雷領了三千人馬上了金精獸自回曹州去了且言崇侯虎愧莫敢言只得收拾人馬自回本國具表請罪不提單言蘇全忠進了冀州見了父母彼此感慰畢護曰姬伯前日來書其是救我蘇氏滅門之禍此德此恩何敢有忘我兒我想忠臣之義至重君叶臣死不敢不死

86

家。豈得隱匿。今足下有女叔艾，子欲選入宮。曰是美事，足下竟與天子相抗，是足下忤君。且題詩午門，意欲何為，足下之罪已在不赦。足下竟知小節，為愛一女而失君臣大義。昌深聞公忠義不恐坐視，特進一言，可轉禍為福祥。坐聽焉，且足下若進女王庭，寶有三利。女受宮闈之寵，父享椒房之貴，官居國戚，食祿千鍾，一利也。冀州永領，蒲宅無驚，二利也。百姓無塗炭之苦，三軍無殺戮之憐，三利也。公若執迷，三害目下至矣。冀州失守，宗社無存，一害也。骨肉有族滅之禍，二害也。軍民遭兵燹之災，三害也。大丈夫當捨小節而全大義，豈得效區區無知之輩，以自取滅亡哉。昌與足下同為商臣，不得不直言上瀆。幸賢侯留意焉。草草奉聞，立候裁決。謹啟。

蘇護看畢，半晌不言，只是點頭。宜生見護不言，乃曰：君侯不必猶豫，如允，以一書而罷兵戈；如不從，卑職回覆主公，再調人馬，無非上從君命，中和諸侯，下免三軍之勞苦。此乃上公一段好意，君侯何故緘口無語。乞速降號令，以便施行。蘇護聞言，對崇黑虎曰：賢弟你來看一看，姬伯心書實是有理，果是真心為民，乃仁義君子也。敢不如命。於是命酒管待散宜生於館舍。次日修書，贈金帛，令先回西岐，我隨便收拾送女朝商贖罪。宜生拜辭而去。真是一封書抵十萬之師。有詩為証。詩曰：

　舌辨懸河瀉百川。　方知君義與臣賢。
　數行書轉蘇侯意。　何用三軍枕戢眠。

蘇護送散宜生回西岐，與崇黑虎商議姬伯之言甚善。可速整行裝，以便朝商，母致渥違，又生他議。宜生欣喜，不知其女如何，且聽下回分解。

　總批

蘇全忠年少之梟勇，崇侯虎與鄭倫之異術，自是宇宙奇觀，故其自忖亦不相護，所以立功見戰，無不取捷，良有以也。

　又批

崇侯自恃強橫，致有損兵折將之慘，郎父子幾至不免。非若西伯以一紙之書，竟挽回蘇侯進女，其所全者多多矣，豈止十萬之師哉。古云：仁人之言，其利甚溥。信然。

感恩非淺辭謝導黑虎上坐命鄭倫衆將來見黑虎曰鄭將軍道術精奇今遇所搶使黑虎終身悅服護今設宴與黑虎二人歡飲護把天子欲進女之事一對黑虎訴了一遍黑虎曰小弟此來一則為兄失利二則為仁兄解圍不期今郎年紀幼小自持剛強不肯進城請仁兄答話因此被小弟搶回在後管此小弟實為仁兄也蘇護謝曰此德此情何敢有忘不言二徙城內飲酒單言報馬進轅門來報啓老爺二爺被鄭倫搶去未知凶吉請令定奪侯虎自思吾弟自有道術為何被搶其時客陣官言二爺與鄭倫正戰

75

間只見鄭倫把降魔杵一擺三千烏鴉兵一齊而至鄭倫身子裡二道白光出來如鍾聲響亮爺便撞下馬來故此被搶侯虎聽說驚曰世上如何有此異術再差探馬打聽虛實言未畢報西伯侯差官轅門下馬侯虎心中不悅分付令來只見散宜生素服角帶上帳行禮畢畢職散宜生拜見君侯侯虎曰大夫你主公為何偷守竟不為國按兵不動遷避朝廷旨意你主公甚非為人臣之禮今大夫此來有何說話宜生答曰吾主公言兵者凶器也人君不得巳而用之今因小事勞民傷才驚慌萬尸所逃州府

76

頗道護用一應錢糧路途之跋涉百姓有征租榷稅之擾率將有披堅執銳之苦因此吾主公先使畢職下一紙之書以息鋒烟使蘇護進女王廷各罷兵戈不失一殿股肱之意如護不從火兵一至勤叛除妖畢當滅族那時蘇護死而無悔侯虎聽言大笑曰姻伯自知違避朝廷之罪特用此支吾之辭以求自擇吾先到此搟將折兵惡戰數場那賊馬肯見一紙之書而獻女也我且看夫大往冀州見蘇護如何如不依尤看你主公如何回古你且去宜生出瞥上馬逕到城下叫門城上的報與你主公說西伯侯差官下書

此老伯不知不戰而屈人之兵

77

城上卒急報上殷啓爺西伯侯差官在城下口稱下書蘇護與崇黑虎飲酒未散護曰姻伯乃西岐之賢人速令開城請來相見不一時宜生到殿前行禮畢護曰大夫今到敝郡有何見諭宜生曰畢職今奉西伯侯之命前月君侯怒題反詩得罪天子當即勅命起兵問罪吾主公素知君侯忠義故此按兵未致侯犯今有書上達君侯望君侯詳察施行宜生錦袋取書獻與蘇護護接書開拆書曰西伯侯姬昌百拜冀州君侯蘇公麾下昌聞率土之濱莫非王臣今天子欲選艷妃凡公鄉士庶之

78

此術又奇

犯天條有碎骨粉軀之禍你肯是反賊逆黨敢如此
大膽妄出浪言催開坐下獸手中斧飛來直取鄭倫
鄭倫手中杵急架相還二獸相迎一場大戰但見
兩陣冬冬發戰鼓五采旛幢空內舞三軍納喊助
神威慣戰兒郎持弓弩二將齊縱金睛獸四背齊
舉斧共杵這一個怒發如雷烈熖生那一個自小
生來情性鹵這一個面如鍋底赤鬚長那一個臉
如紫棗紅霞吐這一個蓬萊海島斬蛟龍那一個
萬亦山前誅猛虎這一個崑崙山上拜明師那一
個入封爐邊恭老祖這一個學成武藝去整江山

71

那一個秘授道術把乾坤輔目來也見將軍戰不
似今番杵對斧
二獸相交只殺的紅雲慘慘白霧霏霏。兩家棋逢對
手。將遇作家來往有二十四五回合。鄭倫見崇黑虎
脊背上背一紅葫蘆。鄭倫自思。主將言此人有異人
傳授秘術。卽此是他法術常言道打人不過先下手
鄭倫也曾拜西崑崙度厄真人爲師。真人知道鄭倫
封神榜上有名之士。特傳他竅中二炁吸人魂魄几
與將對敵逢之卽擒。故此着他下山投冀州捱一條
玉帶享人間福祿令日會戰黑虎把手中杵在空中

72

一悅後邊三千烏鴉兵一聲喊行知長蛇之勢人人
手拿撓勾個個橫拖鐵索飛雲勢電而來黑虎觀之
如擒人之狀黑虎不知其故只見鄭倫鼻竅中一聲
嚮如鍾聲竅中兩道白光噴將出來吸人魂魄崇黑
虎耳聽其聲不覺眼目昏花跌了個金冠倒蹄鎧甲
離鞍。一對戰靴空中亂舞烏鴉兵生擒括促繩縛二
背。黑虎半晌方甦急睛看時已被綁了。黑虎怒曰此
賊好賺眼法如何不明不白將我擒獲只見兩邊長
得勝鼓進城詩曰

海島名師授秘奇

英雄猛烈世應稀

73

神鷹十萬全無用　　方顯男兒語不移

且言蘇護正在殿上忽聽得城外鼓嚮嘆曰鄭倫休
矣心甚遲疑只見探馬飛報進來啓老爺鄭倫生擒
崇黑虎請令定奪蘇護不知其故心下暗想倫非黑
虎之敵手如何反爲所擒急傳令令來倫至殿前將
黑虎被擒訴說一遍只見眾士卒把黑虎簇擁至墀
下護急下殿叱退左右親釋其縛跪下言曰護今得
罪天下乃無地可容之犯臣鄭倫不諳事體觸犯天
威護當死罪崇黑虎答曰仁兄與弟一拜之交未敢
忘義今被步下所擒愧身無地又蒙厚禮相看黑虎

74

兵衆再作區處按下不題且言蘇護在城內並無一
籌可展一路可投奔爲束手待斃正憂悶間忽聽來
報啓君侯督糧官鄭倫侯令護嘆曰此糧雖來實爲
無益急叫令來鄭倫到滴水簷前欠背行禮畢倫曰
末將路間君侯反商崇侯奉旨征討因此上末將心
懸兩地星夜奔回但不知君侯勝負如何蘇護曰昨
因朝商昏君聽讒言欲納吾女爲妃吾以正言諫
諍致觸昏君便欲問罪不意費尤二人將計就計救
吾歸國使吾自進其女因一時慘燥題詩反將大獲
天子命崇侯虎伐吾連贏他二三陣損軍拆將

全勝不意曹州崇黑虎將吾子全忠拿去吾口想黑虎
身有異術勇貫三軍吾非敵手令天下諸侯八百我
蘇護不知往何處投扎自思至親不過四人長子令
已被擒不若先殺其妻女然後自盡庶不使天下後
世取笑汝衆將可收拾行裝投往別處任諸公自爲
成立耳蘇護言罷不勝悲泣鄭倫聽言大叫曰君侯
今日是醉了逃了痴了何故說出這等不堪言語天
下諸侯有名者西岐姬昌東魯姜桓楚南伯鄧崇禹
總八百鎮諸侯一齊都到冀州也不在我鄭倫眼角
之內何苦自視甲弱如此末將自幼相從君侯術

捉挈玉帶垂腰末將愿效駑駘以盡犬馬蘇護聽倫
之言對衆將曰此人催糧路逢邪氣口裡亂談目昏
但天下八百鎮諸侯只這崇黑虎曾拜黑人所傳道
術神鬼皆驚腦藏韜畧萬人莫敵你如何輕視此人
只見鄭倫聽罷按劍大叫曰君侯在上末將不生來
黑虎來見把項上首級納于衆將之前言罷不由軍
令翻身出府上了火眼金睛獸使兩柄降魔杵放砲
開城排開三千烏鴉兵像一塊烏雲捲地及至營前
嘱聲高叫曰只教崇黑虎出來見我崇營探馬報入
中軍啓二位老爺冀州有一將請二希爺答話黑虎大

身小弟一往調本部三千飛虎兵一對旗旛開處黑
虎一馬當先見冀州城下有一簇人馬按北方壬癸
水如一片烏雲相似那一員將面如紫黶似金針
帶九雲烈焰冠大紅袍金鎖甲玉束帶騎火眼金睛
獸兩根降魔杵鄭倫見崇黑虎裝束稀奇帶九雲四
獸冠大紅袍連環鎧玉束帶也是金睛獸兩柄湛金
斧黑虎認不得鄭倫也次莫非曹州崇黑虎來將通名倫曰冀
州督糧上將鄭倫也次莫非曹州崇黑虎搶我主將
之子自持強暴可速獻出我主將之子下馬受縛君
道半字立爲韲粉崇黑虎大怒罵曰好匹夫蘇護遷

63

稱長兄小弟擒蘇全忠已至轅門，侯虎喜不自勝，傳
令推來，不一時，把全忠推至帳前，蘇全忠立而不跪。
侯虎大罵曰，賊子今已被擒，有何理說，尚敢倔強抗
禮，前夜五崗鎮那樣英雄，今日惡貫滿盈，推出斬首
示眾。全忠勵聲大罵曰，要殺就殺，何必作此威福。我
蘇全忠視死輕如鴻毛，只不恐你一班奸賊妬妒坐
聰眊害萬民，將成湯基業被你等斷送了，但恨不能
生啖你等之肉耳。侯虎大怒罵曰，黃口孫子，今已被
擒，尚敢篁舌，速令推出斬之。方欲行刑，轉過崇黑虎
言曰，長兄暫息雷霆，蘇全忠被擒，雖則該斬，奈他父

（眉批：此罵差強人意。蘇護可謂有子。）

64

子皆係朝廷犯官，前間古意拿解朝歌，以正國法死
且護有女妲己，姿貌甚美，偷天子終有憐惜之意，一
朝救其不臣之罪，時不歸罪于我等，是有功而實為
無功也。且姬伯木至，我兄弟何苦任其咎，不若且將
全忠囚禁，後管破了冀州，擒獲滿門，解入朝歌請上
定奪方是上策。侯虎曰，賢弟之言極善，只是好了這
反賊耳。傳令設宴，與你二爺爺賀功。按下不表且言
冀州探馬報與蘇護，長公子出陣被擒，護口不必言
矣。此子不聽父言，自持已能，今日被擒，禮之當然，但
唇為豪傑一場，今親子被擒，強敵壓境，冀州不久為

65

他人所守郤為何來，只因生了姐己，昏君聽信讒佞，
使我滿門受禍，黎庶遭殃，這都是我生此不肖之女，
以遺此無窮之禍耳。倘久後此城一破，使我妻女擒
往朝歌，露面拋頭，尸骸殘暴，惹天下諸侯哭我為無
謀之輩，不若先殺其妻女，然後自刎，庶幾不失丈夫
之所為。蘇護帶十分大惱，仗劍走進後廳，只見小姐
妲己盈盈笑臉，微吐硃唇，口稱爹爹，為何提劍進來。
蘇護一見，思已乃親生之女，又非讐敵，此劍焉能舉
的起，蘇護不覺含淚點頭，言曰，寃家，為你兄被他人
所擒，城破他人所困，父母被他八所殺，宗廟被他人

（眉批：孝死是烈漢。正是我兒猶憐。）

66

所有生你一人，斷送我蘇氏一門，正感嘆間，只見左
右擎雲板，請老爺升殿，崇黑虎索戰，護傳令各城門
嚴加防守，惟備攻打崇黑虎，有異術，誰敢拒敵念令
眾將上城，交起弩座，架起信砲，灰瓶滾木之類，一應
完全。黑虎在城下，暗想蘇兄你出來與我謫議，方可
退兵。為何懼哉，反不出戰。這是何說，沒奈何暫且回
兵報馬報與侯虎，侯虎道，請黑虎進帳坐下，就言蘇
護閉門不出，侯虎曰，可架雲梯攻打黑虎曰，不必攻
打，徒費心力，今只困其粮道，使城內百姓，不能盡接
濟，則此城不攻自破矣。長兄可以逸待勞，俟西伯侯

備坐騎卽翻身來至軍、前見全忠馬上躍武揚威黑
虎曰全忠賢侄你可回去請你父親出來我自有說
話全忠乃年幼之人不暗事體又聽父親說黑虎氣
勇馬肯囬乃大言曰崇黑虎我與你勢成敵國我
父親又與你論甚交情可速倒戈退軍饒你性命不
然悔之晚矣黑虎大怒曰小畜生焉敢無禮舉金
菱斧面砍來全忠將手中戟急架相還獸馬相交二
場惡戰怎見得。
二將陣前奔鬧跬雨下交鋒誰敢阻這個似搖頭
獅子下山崗那個如擺尾狻猊荨猛虎這一個輿

心要定錦乾坤那一個實意欲把江山補，從來惡
戰幾千番不似將軍真英武
二將大戰冀州城下蘇全忠不知崇黑虎幼拜截教
真人為師秘授一個葫蘆背伏在春背上有無限神
通全忠只倚平生猛勇又見黑虎用的是短斧不把
黑虎放在心上眼底無人自逞已能欲要擒獲黑虎
須把平日所習武藝盡行使出戟有尖有咎九九八
十一進來七十二開門騰挪閃賺遲速收放怎見好

戟

能工巧匠費經營者君爐裡煉成兵造出一根銀

尖戟安邦定國正乾坤黃旛展三軍害怕豹尾動
戰將心驚冲行營徧如大莽踏大塞虎蕩羊羣休
言鬼哭與神嚎多少兒郎輕喪命全憑此寶安天
下盡戰長旛定太平
蘇全忠使盡平生精力把崇黑虎殺了一身岑汗黑
虎嘆曰蘇護有子如此可謂佳兒真是將門有種黑
虎把斧一幌撥馬便走就把蘇全忠在馬上哎了一
個腰軟骨酥若聽俺父親之言竟為所恍誓令此人
以滅吾父之曰放馬趕來那裡肯捨緊走緊趕慢走
慢追全忠定要成功件前趕有多時黑虎闖臘後金

鈴鐺處回頭見全忠趕來不捨忙把脊梁上紅葫蘆
頂揭去念有詞只見葫蘆裡邊一道黑烟冒出化
開如絪羅大小黑烟中有噫啞之聲遮天映日飛來
乃是鐵嘴神鷹張開口霹面喫來全忠只知馬上英
雄那曉的黑虎異術盡展戟護其身面坐下馬早被
神鷹把眼一嘴傷了那馬跳將起來把蘇全忠跌了
個金冠倒蹋鎧甲離鞍撞下馬來黑虎傳令拿了衆
軍一擁向前把蘇全忠綁縛二背黑虎長得勝鼓囘
營轅門下馬探馬報崇侯虎二老爺得勝生擒反臣
蘇全忠蘇門聽令侯虎傳令請黑虎上帳見侯虎口

第三回　姬昌解圍進妲己

詩曰

崇君奉敕伐諸侯　智淺謀慷枉怨尤
白晝調兵輸戰策　黃昏劫寨失前籌
從來女色多亡國　自古權奸不到頭
豈是紂王求妲己　應知天意屬東周

話說崇侯虎父子帶傷奔走一夜不勝困之急收聚敗殘人馬十停止存一停俱是帶着重傷候虎一見眾軍不勝傷感黃元濟轉上前曰君侯何故感嘆脈負軍家常事昨夜偶未隄防候中奸計君侯且莫發兵暫行劄住可發一道催軍文書往西岐催西伯速調兵馬前來以便截戰一則添兵相助二則可復令日之恨耳不知君侯意下如何候虎聞言沉吟曰姬伯按兵不舉坐觀成敗我今又去催他及便宜了他一簡違避聖言罪名正遲疑間只聽前邊大勢人馬而來崇候虎不知何處人馬駭得魂不附體覷遠空中急自上馬望前看時只見兩杆旗旛開處見一將面如鍋底海下赤鬚兩道白眉眼如金鍍帶九雲烈燄飛獸冠身穿頊子連環甲大紅袍腰繫白玉帶騎火眼金睛獸川雨納洪　金斧此人乃崇候虎兄弟崇黑虎也官拜曹州侯候虎一見是親弟黑虎其心方爻黑虎曰聞長兄兵敗特來相助不意此處州逢實為萬幸崇應虎馬上亦欠背稱謝叔父有勞遠涉黑虎曰小弟此來與長兄合兵復往冀州弟自有處後時大家合兵一處崇黑虎只有三千飛虎兵在先隨二萬有餘人馬復到冀州城下安營曹州兵在先納喊叫戰冀州報馬飛報蘇護令有曹州崇黑虎兵至城下請爺軍令定李蘇護開報低頭默默無語半晌言曰黑虎武藝精通曉暢玄理滿城諸將皆非對手如之奈何左右諸將聽護之言不卻詳細只見長子全忠上前曰兵來將當水來土壓諒一崇黑虎有何懼哉護曰汝年少不諳事體自負英勇不知黑虎曾遇異人傳授道術百萬軍中取上將首級如探囊中之物不可輕覷全忠大叫曰父親長他銳氣滅自己威風孩兒此去不生擒黑虎誓不回來見父親之面護曰汝自取敗勿生後悔全忠那裡肯住番身上馬開放城門一騎當先勸聲高叫探馬的與我報進中軍叫崇黑虎與我打話藍旗忙報與二位才帥得知外有蘇全忠討戰黑虎暗喜曰吾此來一則為長兄兵敗二則為蘇護解一圍以全吾友誼交情令左右

奔走夜半更深不認路途而行只要保全性命蘇護
趕殺侯虎敗殘人馬約二十餘里坐令鳴金收軍蘇
護得全勝回冀州單言崇侯虎父子領敗兵遲遲望
前正走只見黃元濟孫子羽催後軍趕來並馬而行
侯虎在馬上叫眾將言曰吾自提兵以來未嘗大敗
今被逆賊瞞却吾營黑夜交兵未曾准備以致損折
軍將此恨如何不報吾想西伯侯姬昌自討安然羈
逆言意按兵不動坐觀成敗真甚可恨長子應答西
曰軍兵新敗銳氣巳失不如按兵不動違一軍催西
伯侯起兵前來接應再作區處侯虎曰我兒所見甚

明到天明收住人馬再作別議言未畢一聲炮響喊
殺連天只聽得叫崇侯虎快快下馬受死侯虎父子
眾將急向前看時見一員小將束髮金冠抹額雙
搖兩根雉尾大紅袍金瑣甲銀合馬畫杆戟面如滿
月容若塗硃嘁聲大罵崇侯虎吾奉父王之命在此
侯爾多時可速倒戈乞死還不下馬更待何時侯虎
大罵曰好賊子你父子謀反忤逆朝廷殺了朝廷命
官傷了天子軍馬罪業如山于磔汝尸尚不足以贖
其辜偶爾貪夜中賊姦計徹敢在此躍武揚威大言
不慚不日天兵一到汝父子死無葬身之地誰真吾

拿此反賊黃元濟驟馬舞刀直取蘇全忠全忠用手
中戟對面相迎兩馬相交一場大戰
刮地寒風弊似颭滾滾征塵飛紫霧駣駣撥撥馬
一嘶鳴叮叮噹噹袍甲刮興心刀砍錦袍舉意鎗
刺鏗璫環甲兵殺的搖旗小校手連顛鼓郎提
二將鏖戰正不分勝負孫子羽縱馬舞又雙戰全忠
全忠大喝一聲刺于羽馬下全忠復奮勇來戰侯
虎侯虎父子雙迎上來戰住全忠陡搜神威好
相弄風猛虎攪海蛟龍戰住三將正戰間全忠賣簡

破綻一戰把崇侯虎護腿金甲挑下了半邊侯虎大
篤將馬一夾跳出圍來往外便走崇應彪見父親敗
走意急心忙慌了手脚不隄防被全忠當心一戟刺
來應虎急閃時早中左臂血淋袍甲幾於落馬眾將
急上前架作救命望城此時天
色漸明兩邊來報蘇護令長子到前殿問曰可曾
恐黑夜之間不當穩便只得收了人馬進城又
拿了那賊全忠答曰秦父親將令在五闆鎮埋伏至
半夜敗兵方至孩兒奮勇刺死孫子羽挑崇侯虎護
腿甲傷崇應彪左臂幾于落馬被眾將救逃奈黑夜

一聲嚮亮，如天崩地塌，三千鐵騎，一齊發喊衝殺
管如何抵當好生利害怎見得
黃昏兵到黑夜軍臨衝開對伍怎扶持
黑夜軍臨撞倒塞門馬可立人聞戰鼓之聲惟知
慞惶奔走馬聽轟天之炮難分東南西北刀鎗亂
刺那明上下交鋒將士相迎當知自家別個濃睡
軍東衝西走未醒將怎帶頭盔先行官不急鞍馬
中軍帥赤足無鞋圍子丟東三西四拐子馬南北
奔逃刦營將驍如猛虎衝寨軍一似歡龍著刀的
連肩掗背著鎗的兩臂流紅迸劍的砍開甲冑遇

斧的劈破天靈人撞人自相殘踏馬撞馬遍地尸
橫著傷軍哀哀叫苦中箭將咽咽悲聲棄金鼓旛
幢滿地燒糧草四野通紅只知道奉命征討誰成
望片甲無存愁雲直上九重天一泒敗兵隨地擁
只見三路雄兵人人敢勇個個爭先一片喊殺之聲
冲開七層圍子撞倒八面虎狼單言蘇護一騎馬
條鎗直殺入陣來捉拿崇侯虎左右營門喊聲振地
崇侯虎正在夢中開見殺聲披袍而起上馬提刀冲
出帳來只見燈光影裡著蘇護金盔金甲大紅袍玉
東帶青驄馬火龍鎗手人叫曰侯虎休走速下馬受縛

撫手中鎗霹心刺來崇侯落慌將手中刀對面來迎
兩馬相交正戰時只見這崇侯虎長子應彪帶領金
蔡黃元濟殺將來助戰崇營左糧道門趙丙殺來右
糧道門陳季貞殺來兩家混戰賓夜交兵怎見得
征雲籠地尸殺氣鎖天關天昏地暗排兵月下星
前布陣四下裡齊舉火把八方處亂長燈裘那管
裡數員戰將廝殺這營中千疋戰馬如龍燈影戰
馬火映征夫燈影戰馬千條烈焰照貔貅火映征
夫萬道紅霞籠獬豸開少射箭星前月下吐寒光
轉背輪刀燈裏火中生燦爛鳴金小校慘慘二月

竟難睜擂鼓兒郎漸漸雙手不能舉刀來鎗架馬
蹄下人頭亂滾劍夫戰迎頭盔上血水淋漓鎚鞭
並舉燈前小校盡傾生斧鐧傷人月下兒郎都喪
命喊天振地自相殘哭泣蓐天連叫苦只殺得滿
營炮嚮冲霄漢星月無光斗府迷
話言兩家大戰蘇護有心刦營崇侯虎不曾防備冀
州人馬以一當十金葵正戰早被趙丙一刀砍于馬
下侯虎見勢不能技且戰且走有長子應彪保父殺
一條路逃走好似袋家之犬漏網之魚冀州人馬兒
如猛虎惡似豺狼只殺的尸橫遍野血濺溝渠怠怠

忠認得是偏將梅武。梅武曰：蘇全忠，你父子反叛，得罪天子，尚不倒戈服罪，而強欲抗天兵，是自取滅族之禍矣。全忠拍馬搖戟霹靂胸來刺。梅武手中斧劈面相迎。但見：

二將陣前心影，鑼鳴鼓響人驚該，閃世上動刀兵。
致使英雄相馳駿，道倜邪分上下，那個兩眼難睜。
你拿我凌烟閣上標名，我捉你丹鳳樓前盡影。
斧來戟繞身一點，鳳搖頭戟夫斧迎，不離鬼邊過。
項額兩馬相交，二十回合，早被蘇全忠一戟刺梅武于馬下。蘇護見子得勝，傳令擂鼓。冀州陣上大將趙

丙、陳季貞縱馬掄刀殺將來。一聲喊起，只殺的愁雲蕩蕩，旭日輝輝，尸橫遍野，血濺成渠。侯虎麾下，金葵、黃元濟、崇應彪且戰且走，敗至十里之外。蘇護傳令鳴金收兵回城，到帥府昇殿坐下，賞勞有功諸將。冀日雖大破一陣，彼必整兵復讎，不然定請兵益將，冀州必危，如之奈何。言未畢，副將趙丙上前言曰：君侯今日雖勝，而征戰似無已時，前者趙反詩，今日斬軍殺將，拒敵王命，此皆不赦之罪。況天下諸侯非止侯虎一人，倘朝廷盛怒之下，又點幾路兵來，冀州不過彈丸之地，誅所謂以石投水，立見傾危。若依末將愚

諫，一不做二不休。侯虎新敗，不過十里遠近，乘其不備，人卸枚馬摘鸞，暗劫營塞，殺彼片甲不存，彼方知我等利害，然後再尋那一國賢良諸侯依附于彼，廢可進退，亦可保全宗社。不知君侯尊意何如。護聞此言大悅曰：今言甚善，正合吾意。即傳令命子全忠領三千人馬出西門十里五崗鎮埋伏，全忠領命而去。陳季貞統左營，趙丙統右營，護自統中營。時值黃昏之際，捲旛息鼓，人皆銜枚，馬皆摘鸞，聽炮為號，諸將聽令不表。且言崇侯虎恃才妄作，提兵遠伐，乾知今日損軍折將，心甚羞慚。只得將敗殘軍兵收聚，扎下

行軍年火尚不知虛實　門諮智　卅

行營納悶。中軍贊贊不絕，對衆將曰：吾自行軍征伐多年，未嘗有敗，今日折了梅武，損了三軍，如之奈何。倘有大將黃元濟諫曰：君侯豈不知勝敗乃兵家常事，想西伯大兵不久即至，破冀州如反掌耳。君侯且省愁煩，宜當保重。侯虎軍中置酒，衆將歡飲不題。有詩為証，詩曰：

侯虎據兵權遠征。
冀州城外駐行旌。
三千鐵騎摧殘後。
始信當年浪得名。

且言蘇護把人馬暗暗調出城來，只待劫營。時至初更，巳行十里，探馬報與蘇護。護即傳令，將號炮點起

人保奏將我救回。欲我送女進獻。彼時心甚不快。偶題詩帖于午門而反。商此回昏君必點諸侯前來問罪。眾將官聽令。且將人馬訓練城垣。多用滾木砲石。以防攻打之虞。諸將聽令。日用防維。不敢稍懈以待斯殺。話說崇侯虎領五萬人馬。即日出兵離了朝歌。望冀州進發。但見

轟天砲響。振地鑼鳴。轟天砲響。汪洋大海起春雷。振地鑼鳴。萬刃山前丟霹靂。幡幢招展。三春楊柳交加。號帶飄揚。七夕彩雲蔽日。刀鎗閃灼。三冬瑞雪重鋪。劍戟森嚴。九月妖霜蓋地。騰騰殺氣鎖天

〔…〕書卷之一

台隱隱紅雲遮碧岸。十里汪洋波浪滾。一塵兵山出土來。

大兵正行。所過州府縣道。非止一日。前哨馬來報。人馬以至冀州。請千歲軍令定奪。侯虎傳令安管。怎見得。

東擺蘆葉點鋼鎗。南擺月樣宣花斧。西擺馬鬧鬧翎刀。北擺黃花硬柄弩。中央戊巳按勾辰。殺氣離管四十五帳門。下按九宮垒。大寨暗藏八卦譜。

侯虎安下營寨。忽有報馬報進冀州。蘇護問曰。是那路諸侯為將。探事回日乃北伯侯崇侯虎。蘇護大怒曰。

若是別鎮諸侯還有他議。此人素行不道。段不能以禮解釋。不若剩此大破其兵。以振軍威。且為萬姓除害。傳令點兵出城。厮戰。眾將聽令。各整軍器出城。一聲砲響。殺聲振天。城門開處。將軍馬一字擺開。蘇護大叫曰。傳將進夫。請主將轅門答話。探事馬飛報進管。侯虎傳令整點人馬。只見門旗開處。侯虎坐逍遙馬。統領眾將出管。展兩杆龍鳳繡旗。後有長子崇應彪。壓住陣腳。蘇護見侯虎飛鳳瘟。金瑣甲。大紅袍。玉東帶。紫驊騮。斬將大刀。擔于鞍轎之上。蘇護一見。馬上欠身曰。賢侯別來無恙。不才甲冑在身。不能全禮。

今天子無道。輕賢重色。不思量留心邦本。聽讒佞之言。強納臣子之女為妃。荒滛酒色。不久天下變亂。不才各守邊疆。賢疾何故興此無名之師。崇侯聽言大怒曰。你忤逆天子詔旨。題反詩於午門。是為賊臣。罪不容誅。今奉詔問罪。則當肘膝轅門。尚敢巧語支吾。持兵貫甲。以騁其強暴哉。崇侯回顧左右。誰與我擒此逆賊。言未了。左哨下有一將。頭帶鳳翅盔。黃金甲。大紅袍。獅蠻帶。青驄馬。嘶聲而言曰。待末將擒此叛賊。連人帶馬滾至軍前。這壁廂有蘇護之子蘇全忠。見邪陣上一將當先。刺斜裡驟馬搖戟曰。慢來。全

與人恐此行未能伸朝廷威德。不如西伯姬昌仁義
素聞陛下若假以節鉞自不勞矢石可擒蘇護以正
其罪。紂王思想良久俱准奏特旨令二侯秉節鉞得
專征代使命持旨到顯慶殿宣讀不題只見四鎮諸
侯與二相飲宴未散,忽聽旨意下,不知何事,天使曰,
西伯侯北伯侯接旨二侯出席接旨。跪聽宣讀
詔曰朕聞冠履之分雖嚴事使之道無兩故君命
召不候駕君賜死不敢逅命。乃所以隆學畢崇任
使也茲不道蘇護狂悖無禮立殿忤君紀綱已失,
被赦歸國不思自新徵敢寫詩午門妄心叛上罪

35

在不赦茲爾姬昌等節鉞便宜行事。往懲其忤毋
得寬縱罪有攸歸。故茲詔示汝往欽哉謝恩。
天使讀畢二侯謝恩平身。姬昌對二丞相三侯伯言
曰蘇護朝商未進殿庭未參聖上。今詔旨有立殿忤
君,不知此語何來。且此人素懷忠義累有軍功。午門
題詩必有詐偽。天子聽信何人之言欲伐有功之臣。
恐大下諸侯不伏望二位丞相明日早朝見駕請察
其詳。蘇護所得何罪果言而正伐之可也儻言而不
正企當止之比干言曰君侯言之是也崇侯虎在傍
言曰王言如絲其出如綸今詔旨已出誰敢抗逅況

36

蘇護題詩午門必然有據天子豈無故而發此難端
今諸侯八百俱不遵王命大肆猖獗。是王命不能行
於諸侯乃取亂之道也姬昌曰公言雖善是執其一
端耳。不知蘇護乃忠良君子素秉丹誠忠心為國。
民有方治兵有法數年以來並無過失。今天子不知
為誰人迷惑興師問罪於善類此一節恐非國家之
祥瑞只願當今不事干戈不行殺法共樂堯年。況兵
乃兇象所徑地方必有驚擾之虞且勞民傷才。窮兵
黷武師出無名皆非盛世所宜有者也。崇侯虎曰。
言固是有理獨不思君命所差繄不由已且煌煌天

37

語誰敢有違以自取欺君之罪。昌曰。既如此公可領
兵前行。我兵隨後便主常時各散西伯便對二丞相
言侯虎先去。姬昌暫回西岐領兵續進須各辭散不
題次日崇侯虎下教場整點人馬辭朝起行。且言蘇
護離了朝歌同眾士卒。不一日囬到冀州護之長子。
蘇全忠率諸侯出廓迎接其時父子相會。進城帥府
下馬。眾將俱到殿前見畢護曰。當今天子失政天下
諸侯朝覲不知那一個奸臣暗奏吾女姿色昏君宣
吾進殿欲將吾女選立宮妃彼時被我當面諫諍不
意昏君大怒將我拿問忤旨之罪當有費仲尤渾二

38

業罷信讒臣諂媚之言欲選吾女進宮為妃此必是費仲尤渾以酒色迷惑君心欲專朝政我聽肯不覺直言諫諍昏君道我忤言拿送法司二賊子又奏昏君赦我歸國諒我感昏君不殺之恩必將吾女送進朝歌以遂二賊奸計我想間大師遠征二賊弄權眼見昏君必荒滛酒色紊亂朝政天下荒荒黎民倒懸可憐成湯社稷化為烏有我自思若不將此女進貢昏君必興問罪之師若要送此女進宮以後昏君失德使天下人恥笑我不智諸將必有良策教我眾將開言齊曰吾聞君不正則臣投外國今主上輕賢重

封神演義　卷之一

31

色眼見昏亂不若反出朝歌自守一國上可以保宗社下可保一家此時蘇護正在盛怒之下一聞此言不覺性起竟不思維便曰大丈夫不可做不明白事叫左右取文房四寶來題詩在午門牆上以表我不不歸商之意詩曰

君壞臣綱。
有敗五常。
冀州蘇護。
永不朝商。

蘇護題了詩領家將逕出朝歌奔本國而去且言紂王見蘇護當面折諍一番不能遂願雖准費尤二人所奏不知彼可能將女進貢深宮以遂朕于飛之樂

32

正蹰躇不悦只見看午門内臣俯伏奏曰臣在午門見牆上帖有蘇護題有反詩十六字不敢隱匿伏乞聖裁隨侍接詩鋪在御案上紂王一見大罵賊子如此無禮朕體上天好生之德不殺鼠賊赦令歸國反反寫詩午門大辱朝廷罪在不赦即命宣殷破敗反田魯雄侍統領六師朕須親征必滅其國當駕官匷宣魯雄等見駕不一時魯雄等朝見禮畢王曰蘇護反商題詩午門甚辱朝綱情殊可恨法紀難容卿等統人馬廿萬爲先鋒朕親率六師以聲其罪魯雄跪罷低首暗思蘇護乃忠良之士素懷忠義何事觸忤

封神演義　卷之一

33

天子自欲親征冀州休矣魯雄駕奏蘇護俯伏奏曰蘇護得罪于陛下何勞御駕親征況且四大鎮諸侯俱在都城尚未歸國陛下可點一二路征伐以擒蘇護明正其罪自不失撻伐之威何必聖駕遠事其地紂王問曰四侯之内誰可征伐費仲在傍出班奏曰冀州乃北方崇侯虎屬下可命侯虎征伐紂王即准施行魯雄在側自思崇侯虎乃貪鄙暴橫之夫提兵遠征所徑地方必遭殘害黎庶何以得安見有西伯姬昌仁德四布信義素著何不保舉此人庶幾兩全紂王方命傳旨魯雄奏曰侯虎雖鎮與北地恩信尚未符

34

千妖冶嬬媚何不足以悅王之耳目乃聽左右諂諛之言陷陛下於不義況臣女蒲柳陋質素不請禮度德色俱無足取乞陛下留心邦本速斬此進讒言之小兒使天下後世知陛下正心修身納言聽諫非好色之君豈不美哉紂王大咲曰卿言甚不諳大體自古及今誰不願女作門楣況女為后妃貴敵天子卿為皇親貴戚赫奕顯榮執過于此卿母惑逃當自裁審蘇護開言不覺勵聲言曰臣聞人君修德勤政則萬民悅服四海景從天祿永終昔日有夏失政浮荒酒色惟我祖宗不邇聲色不殖貨財德懋懋官功懋

懋賞克寬克仁方能割正有夏彰信兆民邦乃其昌永保天命今陛下不取法祖宗而效彼夏王是取敗之道也況人君愛色必顛覆社禝卿大夫愛色必絕滅宗廟士庶人愛色必戕賊其身且君為臣之標率君不向道臣不將化之而朋比作仇天下事尚忍言哉臣恐商家六百餘年基業必有陛下素亂之矣紂王聽蘇護之言勃然大怒曰君命召不俟駕君賜死不敢違況選汝一女為后妃乎敢以讒言忤旨面折朕躬以亡國之君匹朕大不敬執過于此着隨侍官拿出午門送法司勘問正法左右隨將蘇護拿下將

出費仲尤渾二人上殿俯伏奏曰蘇護忤旨本該勘問但陛下因選侍其女以致得罪使天下聞之陛下輕賢重色阻塞言路不若赦之歸國彼感皇上不殺之恩自然將其女進貢宮闕以侍皇上庶百姓知陛下寬仁大度納諫容流而保護有功之臣是一舉兩得之意願陛下准臣施行紂王聞言天顏少霽依卿所奏即降赦令彼還國不得久羈朝歌話說聖旨一下迅如烽火即催逼蘇護出城不容停止那蘇護辭朝回至驛亭眾家將接見慰問聖上召將軍進朝有何商議蘇護大怒罵曰無道昏君不思量祖宗德

回兵蘇護曰好了造老賊孩兒且自安息不題未知崇侯虎往何路借兵且聽下回分解

總批

君臣原以道合紂王一為好色之言所動致令蘇護反商弈勤干戈生民塗炭率至郊社不守四海分崩其害莫可勝言書曰惟口出好興戎良有以也

又批

兵家致勝先自知已知彼崇侯虎恃勇而敗敗後不自隄防致有全軍覆沒折兵損將之耻尚不自反而猶致怨西伯可謂不愚不移

朝賀。聽侯玉音發落。紂王問首相商容，容曰：陛下止可宣四鎮首領臣面君，採問民風土俗淳漓、國治邦安，其餘諸侯俱在午門外朝賀。天子聞言大悅，卿言極善。隨命黃門官傳旨，宣四鎮諸侯見駕，其餘午門朝賀。話說四鎮諸侯整齊朝服，輕搖玉佩進午門，行過九龍橋，至丹墀山呼朝拜畢，俯伏。王懇勞曰：卿等與朕宣猷贊化，撫綏黎庶，鎮攝荒服，威遠寧邇，多有勤勞，皆卿等之功耳，朕心嘉悅。東北侯奏曰：臣等荷蒙聖恩，官右總鎮，臣等自叩執掌，日夜兢兢，常恐不克負荷，有辜聖心，縱有犬馬微勞，不過臣子分

25

内事，尚不足報涓涯於萬一耳，叉何勞聖心垂念。臣等不勝感激。天子龍顏大喜，命首相商容、亞相比干，與顯慶殿治宴相待。四臣叩頭謝恩，離丹墀前至顯德殿，相序筵宴不題。天子退朝，至便殿宣費仲、尤渾二人，問曰：前卿奏朕欲令天下四鎮大諸侯進美女，朕欲頒旨，叉被商容諫止。今四鎮諸侯在此，明早召入，當面頒行，侯四人囘國，以便揀選進獻，且免使臣往返。二卿意下若何。費仲俯伏奏曰：首相諫止採選美女，陛下當日容納，卽行停旨，此美德也，臣下共知，衆庶共知，天下景仰。今一怛復行，是陛下不足取信

26

於臣民矣，切為不可。臣近訪得冀州侯蘇護有一女，艷色天姿，幽閒淑性，若選進宮幃，隨侍左右，堪任役使。況選一人之女，叉不驚擾天下百姓，自不動人耳目。紂王聽言，不覺大悅，卿言極善。卽命隨侍官傳旨，宣蘇護。使命來至館驛傳旨，宣冀州侯蘇護商議國政。蘇護卽隨使命至龍德殿，朝見禮畢，俯伏聽命。王曰：朕聞卿有一女，德性幽閒，舉止中度，朕欲選侍後官。卿為國戚，食其天祿，受其顯位，永鎮冀州，坐享安康，名揚四海，天下莫不欣羨。卿意下如何。蘇護聽言，正色而奏曰：陛下宮中，上有后妃，下至嬪御，不啻數

27

一聲刺子羽至馬下。全忠復奮勇來戰侯虎。侯虎父子雙迎上來戰住全忠。全忠陡搜神威，好似弄風猛虎、攪海蛟龍，戰住三將。正戰間，全忠賣個破綻，一戟把崇侯虎護腿金甲挑下了半邊。侯虎大驚，將馬一夾，跳出圍來，往外便走。崇應彪見父親敗走，意急心怡，荒了手腳，不提防彼全忠當心一戟刺來，應彪急閃，時早中左臂，血淋袍甲，幾於落馬，眾將急上前架住救得性命，望前逃走。全忠欲要追趕，叉恐黑夜之間不當穩便，只得收了人馬進城。此時天色漸明，兩邊來報蘇護，令長子到前殿，問曰：可曾拿了那賊。全忠答曰：奉父親將令，在五崗鎮埋伏，至半夜敗兵方至，孩兒奮勇刺死孫子羽，挑崇侯虎護腿甲傷，崇應彪左臂幾千落馬，被眾將救逃，奈黑夜不敢造次追趕，故此

第二回　冀州侯蘇護反商

詩曰

丞相金鑾直諫君　忠肝義膽孰能羣
早知侯伯來朝覲　空費傾葵紙上文

話說紂王聽奏大喜即時還宮一宵經過次日早朝
聚兩班文武朝賀畢紂王便問當駕官即傳朕肯意
頒行四鎮諸侯與朕每一鎮地方揀選良家美女百
名不論富貴貧賤只以容貌端莊情性和婉禮度閒
淑舉止大方以充後宮役使天子傳旨未畢只見左
班中一人應聲出奏俯伏言曰老臣商容啓奏陛下

21

君有道則萬民樂業不令而從況陛下後宮美女不
啻千人嬪御而上又有妃后今劈空欲選美女恐失
民望臣聞樂民之樂者民亦樂其樂憂民之憂者民
亦憂其憂此時水旱頻仍乃事女色實爲陛下不取
也故堯舜與民偕樂以仁德化天下不事干戈不行
殺伐景星耀天甘露下降鳳凰止于庭朱中生于野
民豐物阜行人讓路犬無吠聲夜雨書晴稻生雙穗
此乃有道與隆之象也今陛下若取近時之樂則目
眩多色耳聽淫聲沉湎酒色遊于苑囿獵于山林此
乃無道敗亡之象也老臣待罪首相位列朝綱侍君

22

三世不得不啓陛下愿陛下進賢退不肖修行仁
義通達道德則和氣貫于天下自然民富財豐天下
太平四海雍熙與百姓共享無窮之福況今北海兵
戈未息正宜修其德愛其民惜其財費重其使令雖
堯舜不過如是又何必區區選侍然後爲樂哉臣
不識忌諱望祈容納紂王沉思良久卿言甚善朕即
免行言罷羣臣退朝聖駕還宮不意紂王八年
夏四月天下四大諸侯率領八百鎮朝覲於商那四
鎮諸侯乃東伯侯姜桓楚南伯侯鄂崇禹西伯侯姬
昌北伯侯崇侯虎天下諸侯俱進朝歌此時太師聞

23

仲不在都城紂王寵用費仲尤渾各諸侯俱知二人
把持朝政擅作威福少不得先以禮賄送以結其心
正所謂未去朝天子先來謁相公內中有位諸侯乃
冀州侯姓蘇名護此人生得性如烈火剛方正直那
裡知道奔競夤緣平昔見稍有不公不法之事便挺
法處分不少假借故此與二人俱未曾送有禮物也
是令當有事那日二人查天下諸侯俱送有禮物獨
蘇護併無禮單心中大怒懷恨於心不題其日元旦
吉晨天子早朝設朝兩班文武眾官拜賀畢黃門官
啓奏陛下今年乃朝賀之年天下諸侯皆在午門外

如此小器

妖進宮叅謁，口稱娘娘聖壽無疆。這三妖一個是千
年狐狸精，一個是九頭雉鷄精，一個是玉石琵琶精。
俯伏丹墀，娘娘曰，三妖聽吾密旨，成湯望氣黯然，當
失天下，鳳鳴岐山，西周已生聖主，天意以定氣數，使
然你三妖可隱其妖形，托身宮院，惑亂其心，俟武王
代紂以助成功，不可殘害衆生，事成之後，使你等亦
成正果。娘娘分付已畢，三妖叩頭謝恩，化清風而去。
正是狐狸聽旨施妖術，斷送成湯六百年。有詩爲証。

詩曰

三月中旬駕進香。　吟詩一首起飛猋。

只知把筆施才學。　　不曉今春社稷亡。

按下女媧娘娘分付三妖不題。且言紂王只因進香
之後，看見女媧美貌，朝暮思想，寒暑盡忘，寢食俱廢。
每見六院三宮，真如塵飯土羹，不堪稀視，終朝將此
事不放心，懷鬱不樂。一日駕陛顯慶殿，將有常隨
在側，紂王忽然猛省，着奉御宣中諫大夫費仲。仲乃
紂王之倖臣，近因聞太師奉勅平北海，大兵遠征戍
外立功，困此上就寵費仲尤渾二人。此二人朝朝蠱
惑聖聽，讒言獻媚，紂王無有不從。大抵天下將危，倭
臣當道。不一時費仲朝見，王曰朕因女媧宮進香，偶

見其顏艷麗，絕世無雙。三宮六院，無當朕意。將如之
何。卿有何策以慰朕懷。費仲奏曰，陛下乃萬乘之尊，
富有四海，德配堯舜，天下之所有，皆陛下之所有，何
思不得。這有何難。陛下明日傳一旨，頒行四路諸侯，
每一鎮選美女百名，以充王庭。何憂天下絕色不入
王選乎。紂王大悅，卿所奏甚合朕意，明日早朝發旨。
卿且暫囬。隨即命駕還宮。畢竟不知此後何如。且聽
下囬分解。

總批

紂之無道，周書亟稱之。有曰弗敬上天，降災
下民。又曰惟受罔有悛心，乃夷居弗事上

神祇。弗事猶可，今竟事而褻之，宜有滅亡之
禍。獨恨首相商容，不能譏諫，反逢迎以開此
釁端，真該一捧打殺。

又批

好色者，人人皆有是心，獨怪商紂好色而思
及土木偶人可為真好，可為痴好，看來今人
還當不起一好字，可發一哂。

天子作畢，只見首相商容啟奏曰：女媧乃上古之正神，朝歌之福主。老臣請駕拈香，祈求福德，使萬民樂業，雨順風調，兵火寧息。今陛下作詩褻瀆聖明，毫無虔敬之誠，是獲罪與神聖，非天子巡幸祈請之禮。愿主公以水洗之，恐天下百姓觀見，傳言聖上無有德政耳。王曰：朕看女媧之容，有絕世之姿，因作詩以讚美之，豈有他意。卿母多言，況孤乃萬乘之尊，留與萬姓觀之，可見娘娘美貌絕世，亦見孤之遺筆。开言罷回朝。文武百官默默黜首，莫敢誰何，俱鉗口而□

詩爲証

13

詩曰：

鳳輦龍車出帝京，　拈香瑩祝女中英。
只知祈福黎民樂，　孰料吟詩萬姓驚。
目下狐狸爲太后，　眼前犲虎盡簪纓。
上天垂象皆如此。　徒令英雄嘆不平。

天子駕回，陞龍德殿，百官朝賀而散。時逢望辰，三宮妃后朝君，中宮姜后、西宮黃妃、馨慶宮楊妃朝畢而退。按下不表。且言女媧娘娘降誕三月十五日，往火雲宮朝賀伏羲、炎帝、軒轅三聖，而閬下得青鸞坐于寶殿，玉女金童朝禮畢，娘娘猛抬頭，看見粉墻上詩

句，大怒罵曰：殷受無道昏君，不想修身立德以保天下，令反不畏上天，吟詩褻我，甚是可惡。我想成湯伐桀而王天下，享國六百餘年，氣數已盡，若不與他箇報應，不見我的靈感。即喚碧霞童子，駕青鸞往朝歌一回不題。卻說二位殿下殷郊、殷洪來參謁父王。那殷郊後來是封神榜上直年太歲，殷洪是五穀神，皆有名神將，正行禮間，頂上兩道紅光冲天。娘娘正行時，被此氣攔住雲路，因墜下一看，知紂王尚有二十八年氣運，不可造次，暫且回行宮，心中不悅，喚彩雲童兒把後宮中金葫蘆取來，放在丹墀之下，拘去盧蓋

14

州手一指，葫蘆中有一道白光，其大如綫，高三四丈有餘。白光之上，懸出一首旛來，光分五彩，瑞映下條。名曰招妖旛。怎見得？不一時，悲風颯颯，慘霧迷漫，陰雲四合。但見有詩爲証。

詩曰：

善聚亭前草，　能開水上萍。
掲簾真有義，　滅燭太無情。
隔院聞鍾響，　高樓送鼓聲。
只知千樹叫，　不見半分形。

風過數陣，天下羣妖俱到行宮聽候法旨。娘娘分付彩雲，着各處妖魔且退，只留軒轅墳中三妖伺候。三

15

8

天子問當駕官有奏章出班無事朝散言未畢只見右班中一人出班俯伏金堦高擎牙笏山呼稱臣臣商容待罪宰相執掌朝綱有事不敢不奏明日乃三月十五日女媧娘娘聖誕之辰請陛下駕臨女媧宮降香王曰女媧有何功德朕輕萬乘而往降香商容奏曰女媧娘娘乃上古神女生有聖德那時共工氏頭觸不周山天傾西北地陷東南女媧乃採五色石煉之以補青天故有功于百姓黎庶立禋祀以報之今朝歌祀此福神則四時康泰國祚綿長風調雨順災害潛消此福國庇民之正神陛下當往行香子

9

准奏章紂王還宮已意傳出次日天子乘輦隨帶兩班文武往女媧宮進香此一回紂王不來還好只因進香惹得四海荒荒生民失業正所謂沒江撒下釣和線從前釣出是非來怎見得有詩為証詩曰

天子鸞輿出鳳城，
旌旄瑞色映簪纓。
龍光劍吐風雲色，
赤羽幢搖日月精。
崚嶒曉分僊掌露，
溪花光耀翠裘清。
欲知巡幸瞻天表，
萬國衣冠拜聖明。

駕出朝歌南門家家焚香設火戶戶結綵鋪氈三千鐵騎八百御林武成王黃飛虎保駕滿朝文武隨行

10

前至女媧宮天子離輦上大殿香焚爐中文武隨班拜賀畢紂王觀看殿中華麗怎見得

殿前華麗五彩金粧金童對對執旛幢玉女雙雙捧如意玉鈎斜掛半輪新月懸空寶帳婆娑萬對彩鸞朝斗碧落林邊俱是舞鶴翔鸞沉香寶座造就走龍飛鳳飄飄奇彩異尋常金爐瑞靄裊裊禎祥騰紫霧銀燭輝煌君王正看行宮景一陣狂風透膽寒。

紂王正看此宮殿宇齊整樓閣豐隆忽一陣狂風捲起幔帳現出女媧聖像容貌端麗瑞彩翩躚國色天

11

姿婉然如生真是蕊宮仙子臨凡月殿嫦娥下世。語云國之將興必有禎祥國之將亡必有妖孽紂王一見神魂飄蕩起淫心自思朕貴為天子富有四海總有六院三宮并無有此艷色王曰取文方四寶有駕官忙取將來獻與紂王天子深潤紫毫在行宮粉壁之上作詩一首

鳳鸞寶帳景非常，
盡是泥金巧樣粧。
曲曲遠山飛翠色，
翩翩舞袖映霞裳。
梨花帶雨爭嬌豔，
芍藥籠煙聘媚粧。
但得妖嬈能舉動，
取回長樂侍君王。

遣役往聘之而不敢用進之于天子桀王無道逆賢而不能用復歸之於湯後桀王曰事荒淫殺臣關龍逢眾庶莫敢直言湯使人哭之桀王怒囚湯于夏台後湯得釋而歸國出郊見人張網四面而祝之曰從天墜者從地出者從四方來者皆罹吾網湯解其三面止置一面更祝曰欲左者左欲右者右欲高者高欲下者下不用命者乃入吾網漢南聞之曰湯德至矣歸之者四十餘國桀惡日暴民不聊生伊尹乃相湯伐桀放桀于南巢諸侯大會湯退而就諸侯之位諸侯皆推湯為天子於是湯始即位都于亳

4

元年乙未湯在除桀虐政順民所喜遠近歸之桀無道大旱七年成湯新禱桑林天降大雨又以拯山之金鑄幣救民之命作樂大護護者護也言湯寬仁大德能救護生民也在位十三年而崩壽百歲國六百四十年傳至商受而止

成湯	太戊	沃甲	小乙	武乙
太甲	仲丁	祖丁	武丁	太丁
太庚	外壬	南庚	祖庚	帝乙
小甲	河亶甲	陽甲	祖甲	紂王
雍巳	祖乙	盤庚	廩辛	
	祖辛	小辛	庚丁	

紂王乃帝乙之三子也帝乙生三子長曰微子啟次曰微子衍三曰壽王因帝乙與于御園領眾文武玩賞牡丹因飛雲閣踢了一樑壽王扛樑換柱力大無比因首相商容上大夫梅伯趙啟等上本立東宮乃立季子壽王為太子後帝乙在位三十年而崩托孤與太師聞仲隨立壽王為天子名曰紂王都朝歌文有太師聞仲武有鎮國武成王黃飛虎文足以安邦武足以定國中宮元配皇后姜氏西宮妃黃氏馨慶宮妃楊氏三宮后妃皆德性真靜柔和賢淑紂王坐享太平萬民樂業風調雨順國泰民安四夷拱手八

6

方賓服八百鎮諸侯盡朝於商有四路大諸侯率領八百小諸侯東伯侯姜文煥楚居於東魯南伯侯鄂崇禹西伯侯姬昌北伯侯崇侯虎每一鎮諸侯領二百鎮小諸侯共八百鎮諸侯屬商紂王七年春二月忽報到朝歌反了北海七十二路諸侯袁福通等太師聞仲奉勑征北此不題一日紂王早朝登殿設聚文武但見瑞靄紛紜金篆殿上坐君王祥光繚繞白玉階前列文武沉檀噴靄噴金爐則見那珠簾高捲蘭麝氤氳龍寶扇且看他雉尾低回

7

新刻鍾伯敬先生批評封神演義卷之一

第一回　紂王女媧宮進香

古風一首

混沌初分盤古先，太極兩儀四象懸。子天丑地人寅出，避除獸患有巢賢。燧人取火免鮮食，伏羲畫卦陰陽前。神農治世嘗百草，軒轅禮樂婚姻聯。少昊五帝民物阜，禹王治水洪波淺。承平享國至四百，桀王無道乾坤顛。日縱妹喜荒酒色，成湯造毫洗腥羶。放桀南巢拯暴虐，雲霓如願後蘇全。三十一世傳殷紂，商家脈絡如斷絃。穢亂朝綱絕倫紀，

殺妻誅子信讒言，穢污宮闈寵妲己，蠆盆炮烙忠貞冤，鹿臺聚斂萬姓苦，愁聲怨氣應障天，直諫剖心盡焚炙，孕婦剮剔朝涉獵，崇信姦回棄朝政，逐師保性何偏，郊社不修宗廟費，奇技淫巧盡研昵，比罪人乃囹圄沈酗，肆虐如鴟鴞，西伯朝商囚羑里，微子抱器走風煙，皇天震怒降災毒，若涉大海無淵邊，天下荒荒萬民怨，子牙出世人中仙，終日垂絲釣人主，飛熊入夢獵岐田，共載歸周輔朝政，三分有二日相沿，文考未集大勳沒，武王述日乾乾，孟津大會八百國，取彼凶殘伐罪愆。

子眛爽會牧野前徒倒戈，反回旋若崩厥角齊賭首，血流標杵脂如泉，戎衣甫着天下定，更于成湯增光妍，牧馬華山示偃武，開我周家八百年，太白旗懸獨夫死戰區，將士幽魂潛天挺人賢，號尚父封神壇上列花箋，大小英靈尊位次，商周演義古今傳。

成湯乃黃帝之後也。姓子氏。初帝嚳次妃簡狄，祈于高禖，有玄鳥之祥，遂生契。契事唐虞為司徒，教民有功，封於商，傳十三世，生太乙，是為成湯。聞伊尹耕于有莘之野，而樂堯舜之道，是簡大賢，即時以幣帛

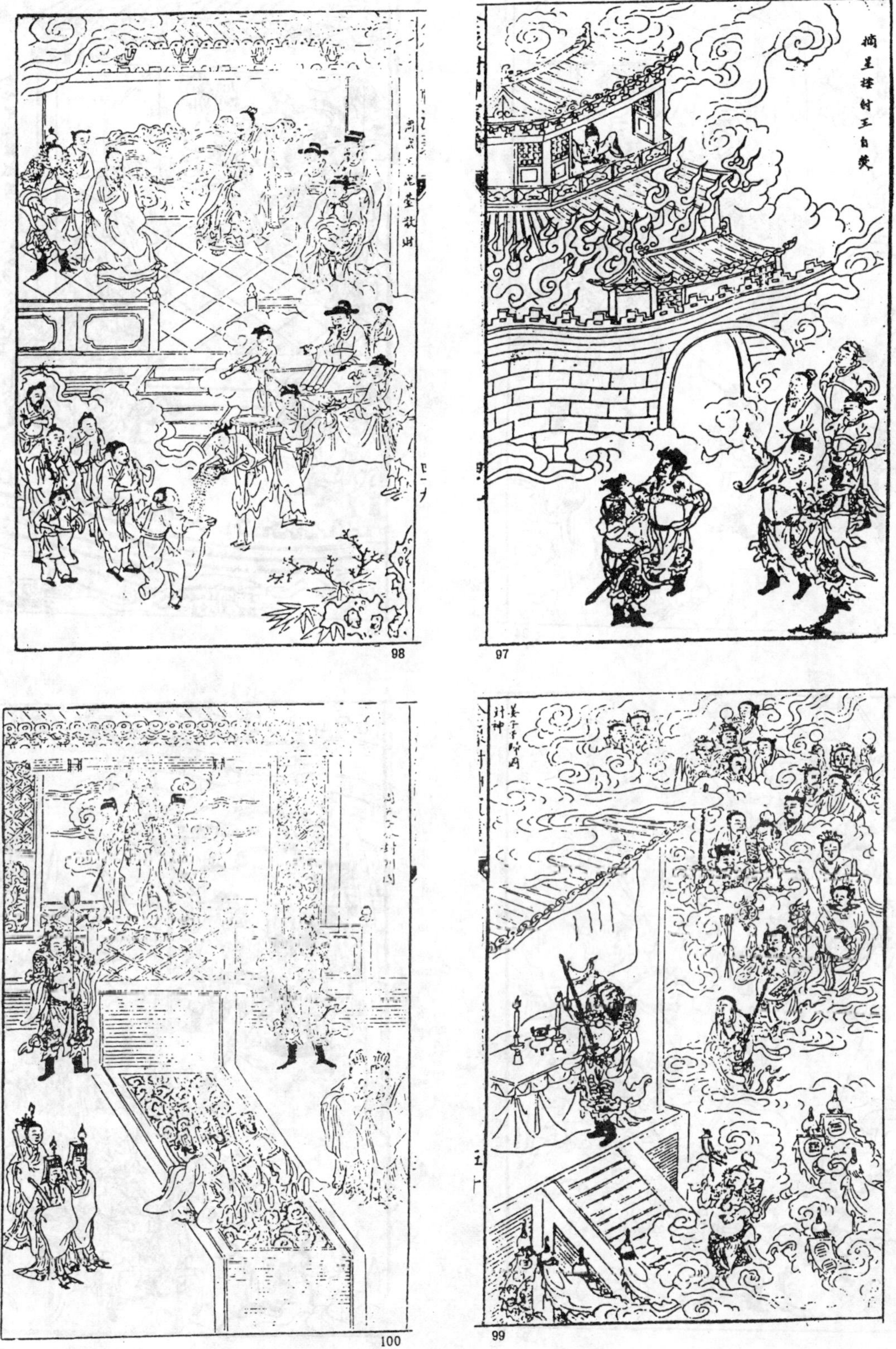

萬仙陣
三教大會萬仙陣

子牙臨潼遇遊神

臨潼關
子牙兵取臨潼關

三大師誅

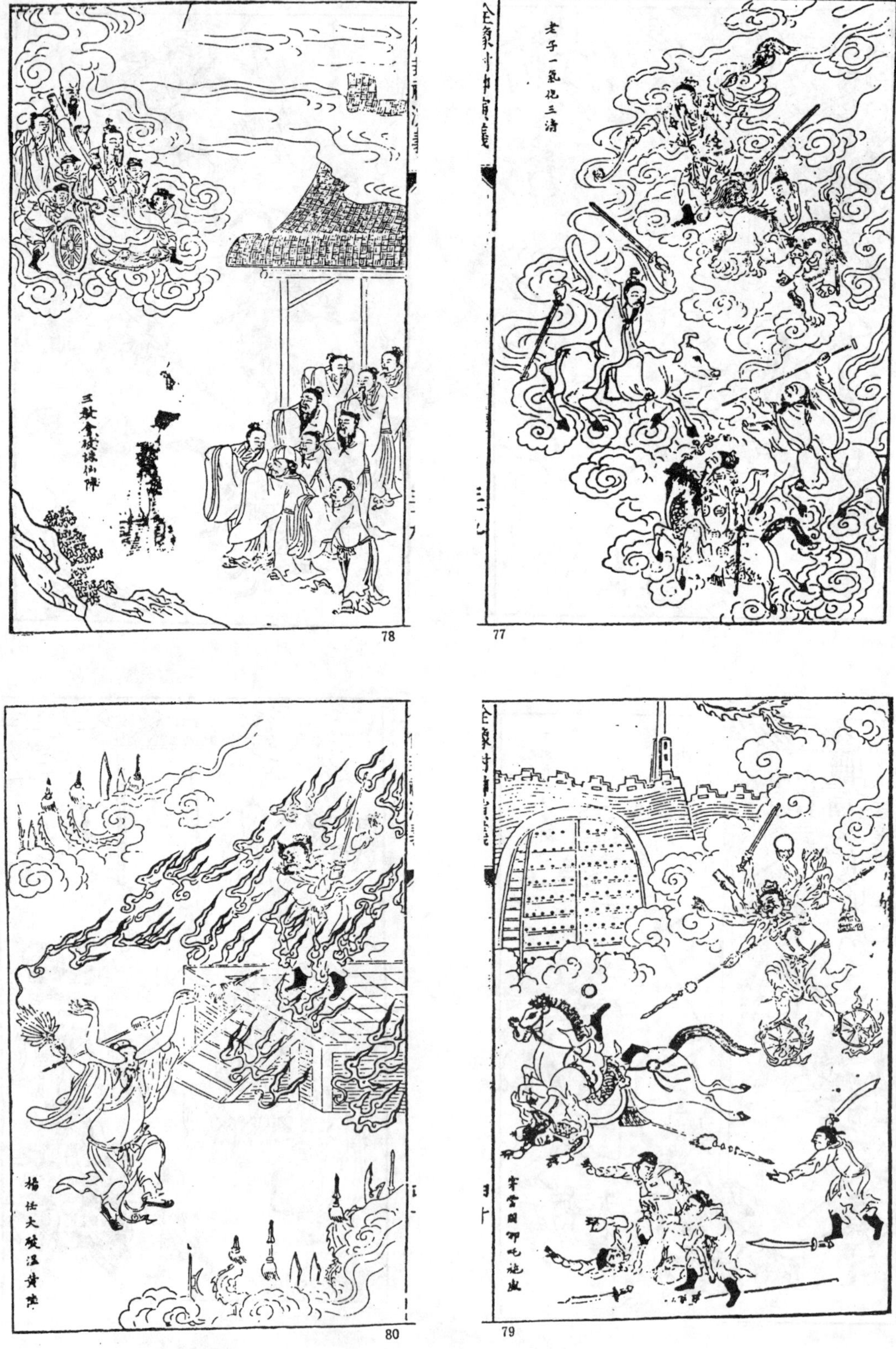

老子一氣化三清
三教會破誅仙陣
楊任大破瘟癀陣

73

74

75

76

66

65

68

67

張山李錦伐西岐
62
太歲圖救羋崇令
61
羅宣火焚西岐城
64
申公豹遣天敗劫
63

58

57

60

59

土行孫立功显程
子牙設計收九公
轅門

廣成子破金光陣
燃燈破第十絕陣
陸壓設計射公明
趙公明被佐聞太師
45
46
47
48

黃花山收鄧辛張陶
聞太師兵伐西岐
聞太師調兵大戰

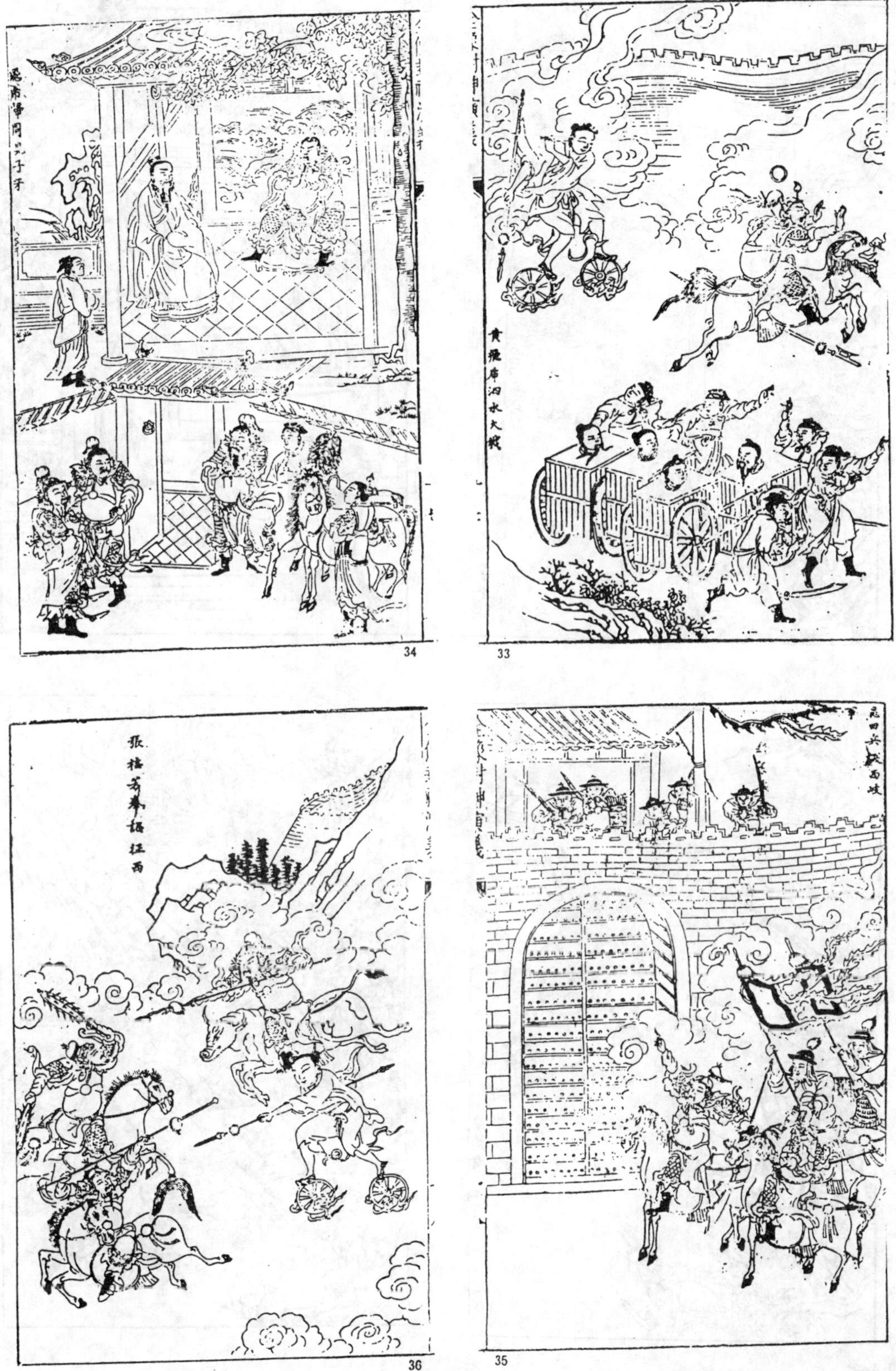

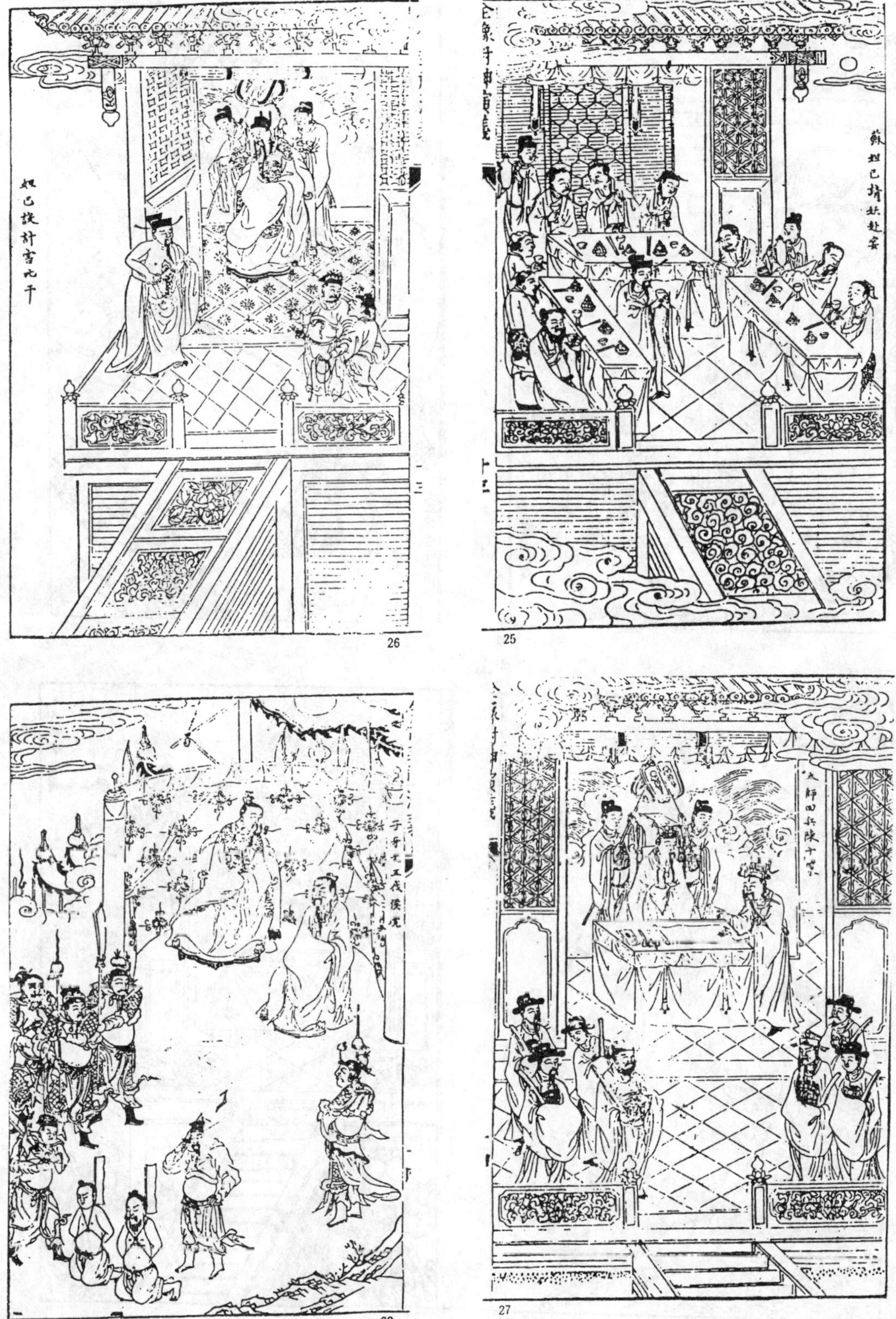

大柱國死作閻羅王自
古及今何代無之而至
斬將封神之書目之為
迂誕耶書成其可信不
可信又在閱者作如何
觀余何言哉

邗江李雲翔為霖甫
撰

18　17

盛真駕軼千古而內府
民間可曰汗牛充棟矣。
俗有姜子牙斬將封神
之說從未有繕本不過
傳聞於說詞者之口可
謂之信史哉余友舒冲
甫自楚中重資構有鍾
伯敬先生批閱封神一
冊尚未竟其業乃托余
終其事余不愧續貂刪
其荒謬去其鄙俚而於
每回之後或正詞或反
說或以嘲謔之語以寫
其忠貞俠烈之品奸邪
頑頓之態於世道人心
不無喚醒耳語云生爲

金閶載陽舒文淵梓行『新刻鍾伯敬先生批評封神演義』

為之憲章，祖述刪繁芟偽，不可不謂斯文之幸。孰意秦火一烈，尺籍無遺矣。雖歷漢魏晉於五

代以至唐宋，不無除挾書之令，求天下之遺書者。有建石室蘭臺東觀、仁壽崇文秘閣以藏其

典籍者，甚至求錄於民間者，可謂盛矣。然而有遭喪亂而焚燬者，有遭遷徙而遺棄者，又有遭

運而舟覆於砥柱，航海而盡喪於滄溟者，可勝言哉。幸而天啓文明，我國家景運洪開，於斯文獨

日謨武曰烈下至曰桀。
日紂曰幽曰厲何在不
非史臣親承之下撰摹
則肯之也孟夫子尚曰

盡信書不如無書況三
代以來所謂曰文曰武。
曰孝曰莊曰敬曰神曰
懿曰嶽曰德種種美詞。

不過皆史臣為之粉過
飾非寫為一代信史其
中可信不可信明甚又
何怪後儒曰三代之下

無書嗟嗟自周禮以小
史掌邦國之志外史掌
三皇五帝之書至周末
德衰不無紊亂我夫子

封神演義序

古今有可信者經史綱鑑之書是也有不可信者齊諧虞初山海之書是也若可信若不可信者諸子小說陰陽方技術數之書是也迨自結繩以後倉頡成書宇宙人事始煥斯文始鑿極天蟠地無竅不開其中所以為帝王師相人物臧否如經史百家之書無不假此定其好醜若所稱二帝曰放勳曰重華禹曰文命敷于四海湯曰顧諟天之明命文

校註 : 장경남

숭실대학교 국어국문학과 교수
논문 : 「서유문의 『무오연행록』 연구」
        「조선후기 소설을 통해 본 부권의 형상」 외 다수
저서 : 『주해 을병연행록』, 『임진왜란의 문학적 형상화』 외 다수

이재홍

선문대학교 중어중국학과 강사
논문 : 「『세설신어』의 내용과 언어특성 연구」
역서 : 『훈세평화』(공역)

손지봉

이화여자대학교 통역대학원 교수
저서 : 『韓國說話의 中國人物 硏究』 외 다수

조선시대 번역고소설 총서 ⑩

셔쥬연의(西周演義)

2003년 9월 1일 첫판 찍음
2003년 9월 3일 첫판 펴냄

교주자 : 장경남 · 이재홍 · 손지봉
발행인 : 송미우
발행저 : 이회문화사

주 소 : 130-030 서울시 동대문구 답십리동 488-338 부영BD 503호
전 화 : (02) 2244-7912~3
팩 스 : (02) 2244-7914
E-mail : ih7912@chollian.net

등 록 : 제6-0532(1992. 5. 2)
ISBN : 89-8107-410-0 93820
        89-8107-400-3 (세트)

정가 80,000원

이 논문(또는 저서)은 2002년도 한국학술진흥재단의 지원에 의하여
연구되었음. (KRF-2002-071-AS3511)